महान देशों का आर्थिक विकास

प्रो० श्रीधर पाण्डेय

भूतपूर्व प्रोफेसर और अध्यक्ष, अर्थशास्त्र विभाग
वीर कुँवर सिंह विश्वविद्यालय,
आरा (बिहार)

मोतीलाल बनारसीदास

दिल्ली, मुम्बई, चेन्नई, कोलकाता, बंगलौर,
वाराणसी, पुणे, पटना

पुर्नमुद्रण : दिल्ली, २०१०
उन्नीसवाँ संशोधित संस्करण: २००५
अठारहवाँ संशोधित संस्करण: २००१
सत्रहवाँ संशोधित संस्करण: १९९७
प्रथम संस्करण: १९६१

ISBN: 978-81-208-2725-7 (सजिल्द)
ISBN: 978-81-208-2730-1 (अजिल्द)

मोतीलाल बनारसीदास

४१ यू०ए० बंगलों रोड, जवाहर नगर, दिल्ली ११० ००७
८ महालक्ष्मी चैम्बर, २२ भुलाभाई देसाई रोड, मुम्बई ४०० ०२६
२३६ नाइंथ मेन III ब्लाक, जयनगर, बंगलौर ५६० ०११
सनाज प्लाजा, १३०२ बाजीराव रोड, पुणे ४११ ००२
२०३ रायपेट्टा हाई रोड, मैलापुर, चेन्नई ६०० ००४
८ केमेक स्ट्रीट, कोलकाता ७०० ०१७
अशोक राजपथ, पटना ८०० ००४
चौक, वाराणसी २२१ ००१

नरेन्द्रप्रकाश जैन, मोतीलाल बनारसीदास, बंगलो रोड, दिल्ली ११० ००७
द्वारा प्रकाशित तथा जैनेन्द्रप्रकाश जैन, श्री जैनेन्द्र प्रेस,
ए-४५ नारायणा, फेज-१, नई दिल्ली ११० ०२८ द्वारा मुद्रित

सादर समर्पित

स्वर्गीय पितामह

को

जिनकी अभिलाषा रही थी कि मैं
शीघ्र से शीघ्र और अधिक-से-अधिक
विद्योपार्जन कर कुटुम्ब की परम्परा
का पालन कर पाता

दो शब्द

मानव आवश्यकताएँ असीम किन्तु उनकी सन्तुष्टि के लिए उपलब्ध साधन ससीम हैं। इसी कारण मानवीय आर्थिक क्रियाओं की समस्याएँ उत्पन्न होती हैं और ये मानवीय आर्थिक क्रियाएँ भूत में भी रहीं, वर्त्तमान में भी हैं और भविष्य में भी बनी रहेंगी। अतीत के अनुभवों के आधार पर व्यक्ति अपनी वर्तमान एवं भविष्य की समस्याओं का समाधान खोजता है। इसीलिए हमें आर्थिक विकास के इतिहास की भी आवश्यकता पड़ती है।

आर्थिक विकास के इतिहास का अध्ययन विभिन्न भारतीय विश्वविद्यालयों के पाठ्य-क्रम में भी सम्मिलित है। प्रस्तुत पुस्तक इन्हीं तथ्यों को ध्यान में रखकर लिखी गयी और चेष्टा की गई है कि विषय-वस्तु का एक संक्षिप्त शृंखलाबद्ध एवं तार्किक किन्तु सरल परिचय दिया जा सके जिससे संबंधित विद्यार्थीगण तो लाभान्वित हो ही सकें, सामान्य पाठकों की जिज्ञासा को भी सन्तुष्ट किया जा सके।

इस पुस्तक के संबंध में मौलिकता का और इसकी उपादेयता का दावा मैं नहीं कर सकता। स्वयं पाठकगण ही इस तथ्य का निर्णय करें। हाँ, मैंने यह चेष्टा अवश्य की है कि मैं यथासंभव विषय-वस्तु की एक विश्लेषणात्मक अभिव्यक्ति कर सकूँ और साथ ही हिन्दी के शब्दों के प्रयोग में एकरूपता ला सकूँ। जहाँ तक हो सका है, मैंने अंग्रेजी शब्दों के लिए समीचीन हिन्दी शब्दों को प्रयुक्त करने का प्रयास किया है। किन्तु सरलतापूर्वक समझ जाने के लिए कहीं-कहीं साथ में अंग्रेजी शब्दों को भी लिख दिया है। यदि पाठकगण इस पुस्तक से कुछ भी लाभ उठा सकें तो मैं अपने परिश्रम को सार्थक समझूँगा।

पुस्तक के लिए मेरे अग्रज पं॰ श्रीराम पाण्डेय, प्रिय बहन श्रीमती लीला जोतवानी, प्रिय भाभी श्रीमती कुसुम झींग्रन आदि ने मुझे प्रेरित किया है। प्रिय भाभी श्रीमती शान्ति सिंह, एम॰ ए॰ की मुझ पर विशेष कृपा रही है जिनकी प्रेरणा ने मुझे उत्साहशील बनाया है। कॉलेज के प्राचार्य डॉ॰ परमहंस से मुझे प्रोत्साहन प्राप्त होता रहा है। प्रो॰ अवधेश कुमार सिन्हा, प्रो॰ लाल मोहन राय और प्रो॰ माधव कान्त की तो मुझ पर विशेष कृपा रही है। साथ ही मैं भूल नहीं सकता अपने भूतपूर्व सहकर्मी भाई कामेश्वर प्रसाद जी को जिन्होंने भू-क्षेत्रीय दूरी की अवहेलना कर मुझे अपने प्रोत्साहनों से लाभान्वित किया है। प्रो॰ कुंज बिहारी सिंह के प्रति मैं हृदय से कृतज्ञ हूं।

हिन्दी विभागीय डॉ॰ पूर्णमासी राय जी एवं डॉ॰ कपिलदेव पाण्डेय जी से मुझे स्फूर्ति प्राप्त हुई है। अंग्रेजी विभागीय भाई सूर्यदेव राय के उचित सुझावों को मैं नहीं भूल सकता। श्री जकी अहमद खाँ, श्री उग्रह नारायण मिश्र एवं श्री चन्द्रिकेश्वर सिंह, बी॰ ए॰ (ऑनर्स) आदि मित्रों के प्रति अपनी कृतज्ञता की अभिव्यक्ति मैं कैसे करूँ, नहीं जानता।

पुस्तक को पूर्ण रूप देने में सुश्री शान्ति सिंह, सुश्री कुलदीप कौर, श्री सुदामा सिंह, श्री दुर्गादत्त पाठक आदि बी॰ ए॰ (ऑनर्स) के मेरे शिष्यों ने मुझे उत्साहपूर्ण सहयोग दिया है। उनका मैं हृदय से आभारी हूँ।

प्रकाशन में तत्परता के लिए मैं बुकलैंड प्राइवेट लिमिटेड, पटना के निर्देशक श्री मानिक लाल बसु एवं अन्य कर्मचारियों को धन्यवाद दिये बिना नहीं रह सकता।

अन्य व्यक्तियों के प्रति मेरी कृतज्ञता स्वयं पुस्तक ही प्रदर्शित करेगी।

अर्थशास्त्र विभाग
एच॰ डी॰ जैन कॉलेज, आरा
महालया, सम्वत्, 2018 वि॰, सन् 1961 ई॰

—श्रीधर पाण्डेय

द्वितीय संस्करण की भूमिका

प्रस्तुत पुस्तक का प्रथम संस्करण भय एवं आशंका के साथ प्रकाशित हुआ था और वह भी जल्दीबाजी में। स्वभावतः इसके प्रथम संस्करण में कुछ कमियाँ रह गईं थीं यद्यपि मैं उन कमियों के प्रति चेतनशील था। किन्तु इन कमियों के बावजूद विद्यार्थी-जगत ने इस पुस्तक का स्वागत किया जिसके फलस्वरूप पुस्तक की प्रतियाँ शीघ्र ही समाप्त हो गयीं और मुझे द्वितीय संस्करण लिखना पड़ा। विद्यार्थियों के उत्साह से उत्साहित होकर प्रस्तुत संस्करण में इसके समस्त दोषों को दूर करने की भरपूर चेष्टा की गयी है और इसे पूर्णरूप में संशोधित, परिमार्जित, पुनर्गठित एवं परिवर्द्धित कर दिया गया है। इस संस्करण में उन अनेक विषयों को भी जोड़ दिया गया है जो प्रथम संस्करण में जल्दबाजी में छोड़ दिए गये थे किन्तु जो परीक्षा के दृष्टिकोण एवं सामान्य पाठकों की रुचि के दृष्टिकोण से भी महत्त्वपूर्ण और आवश्यक थे। हमारा विश्वास है कि प्रस्तुत संस्करण सामान्य पाठकों एवं परीक्षार्थियों के लिए अब पूर्वापेक्षा बहुत ही अधिक लाभदायक होगा।

पुस्तक में संशोधन के लिए मेरे मित्रों, सहयोगियों एवं मेरे प्रिय छात्रों द्वारा जो आवश्यक सुझाव प्राप्त हुए हैं उनके लिए मैं उन सभी लोगों का अभारी हूँ। एल० एस० कॉलेज, मुजफ्फरपुर के अर्थशास्त्र विभागीय प्रो० महन्थ श्याम सुन्दर दास एवं प्रो० रमेश प्रसाद वर्मा, पटना कॉलेज, पटना के अर्थशास्त्र विभागीय डॉ० राम अवतार लाल; एस० पी० जैन कॉलेज, सहसराम के अर्थशास्त्र विभागीय अध्यक्ष भाई अखौरी जगन्नाथ सहाय; महराजा कॉलेज आरा के अर्थशास्त्र विभागीय अध्यक्ष भाई परमानन्द सिंह आदि के सुझावों तथा प्रोत्साहनों के लिए मैं अनुग्रहीत हूँ। यहाँ मैं किसान कॉलेज, सोहसराय के एक प्रिय सजग छात्र श्री राम किशोर प्रसाद 'किशोर' (बी० कॉम०) को भी उनके सुझावों के लिए धन्यवाद देना नहीं भूल सकता।

बन्धुवर डॉ० काशी नाथ पाठक, प्रो० रामेश्वर नाथ तिवारी आदि के प्रोत्साहनों के विषय में मैं जो कुछ भी यहाँ लिखूँ, थोड़ा ही होगा। अपने पूज्य अग्रज पं० श्रीराम पाण्डेय एवं अपनी धर्मपत्नी श्रीमती ललिता पाण्डेय को मेरे द्वारा धन्यवाद शब्दों में नहीं दिए जा सकते। बन्धुवर श्री मानिक लाल बोस, निर्देशक, बुकलैंड प्राइवेट लिमिटेड, पटना के अथक प्रयास की प्रशंसा किए बिना मैं नहीं रह सकता। अंत में मैं उन सभी व्यक्तियों को धन्यवाद देना चाहता हूँ जिन्होंने प्रत्यक्ष अथवा परोक्ष रूप से मुझे प्रोत्साहन एवं समर्थन दिया है।

अर्थशास्त्र विभांग
एच० डी० कॉलेज, आरा
आषाढ़ शुक्ल एकादशी,
सं० 2021 विक्रम सन् 1964 ई०

—श्रीधर पाण्डेय

दसवें संस्करण की भूमिका

पुस्तक का दसवाँ (संशोधित और परिवर्द्धित) संस्करण पाठकों के समक्ष प्रस्तुत करते हुए हमें अपार हर्ष हो रहा है। प्रस्तुत पुस्तक में पुस्तक को बहुत ही विस्तृत और संशोधित किया गया है। इसमें कई अध्यायों में परिवर्तन कर दिये गये हैं और कई नये अध्याय जोड़ दिए गये हैं। प्रत्येक अध्याय के अतिरिक्त पुस्तक के अन्त में विशेष अध्ययन के लिए सहायक पुस्तकों की सूची दे दी गयी है और परीक्षा प्रश्नों को भी दे दिया गया है। आशा है, पुस्तक का यह संस्करण विद्यार्थियों के लिए अधिक लाभदायक होगा।

पुस्तक में सुधार के निमित्त दिये गये सुझावों के लिए मैं उन सभी महानुभावों का आभारी हूँ जिन्होंने इस कार्य में मुझे प्रोत्साहित किया है। इस संबंध में मैं पटना कॉलेज, पटना के सजग छात्र श्री प्रतापधारी सिन्हा को विशेष रूप से धन्यवाद दिए बिना नहीं रह सकता। मोतीलाल बनारसीदास, पटना शाखा के श्री कमला शंकर सिंह और व्यवस्थापक श्री शान्ति लाल जैन आदि को भी मैं हार्दिक धन्यवाद देना चाहता हूँ।

एच॰ डी॰ जैन कॉलेज, आरा —श्रीधर पाण्डेय
श्रावणी संवत् 2025 विक्रम

बारहवें संस्करण की भूमिका

प्रस्तुत संस्करण में आद्योपान्त संशोधन-परिवर्तन कर दिये गये हैं। कुछ नए अध्याय जोड़ दिए गए हैं परन्तु कुछ अध्यायों को निकाल भी दिया गया है। सभी अध्यायों में पूर्ण रूप से संशोधन किया गया है जिससे कि पुस्तक संतुलित और अद्यतन हो सके। पुस्तक को परीक्षापयोगी बनाने की भी भरपूर चेष्टा की गयी है परन्तु इसकी मूल आत्मा को बनाए रखते हुए ही।

पुस्तक में संशोधन के लिए जो सुझाव प्राप्त हुए हैं उनके लिए मैं सभी संबद्ध सज्जनों का आभारी हूँ। इस संबंध में विशेष रूप से मैं एच॰ एम॰ मेमोरियल हायर सेकेन्डरी स्कूल, सी॰ पी॰ मिशन, झाँसी की शिक्षिका सुश्री जे॰ सी॰ डायसन और टी॰ एन॰ बी॰ कॉलेज, भागलपुर के मेधावी छात्र श्री अनिल कुमार तिवारी को हार्दिक धन्यवाद देता हूँ जिन्होंने पुस्तक में विशेष रुचि दिखला कर मेरा उत्साह बढ़ाया है।

प्रो॰ हेम लता खरे और प्रो॰ स्वर्ण लता खरे को धन्यवाद देना मैं नहीं भूल सकता और मोतीलाल बनारसीदास, पटना शाखा के प्रबन्धक श्री कमला शंकर सिंह एम॰ ए॰ को जितना धन्यवाद दूँ, कम ही होगा।

एच॰ डी॰ जैन कॉलेज, आरा —श्रीधर पाण्डेय
श्रीकृष्ण जन्माष्टमी
संवता 2041 वि॰

चौदहवें संस्करण की भूमिका

पुस्तक के प्रस्तुत संस्करण में पुनः बड़ी सीमा तक संशोधन-परिवर्तन किए गए हैं। कुछ अध्यायों को हटाया और कुछ नए को जोड़ा गया है तथा शेष अध्यायों में भी महत्त्वपूर्ण परिवर्तन-संशोधन कर पुस्तक को अद्यतन बनाया गया है।

सुझावों-प्रोत्साहनों के लिए मैं हिन्दी विभागीय डॉ॰ दीना नाथ सिंह, वनस्पतिशास्त्र विभागीय प्रो॰ दीनबन्धु पाण्डेय और टी॰ एन॰ बी॰ कॉलेज, भागलपुर की अर्थशास्त्र-प्रतिष्ठा की सजग-अध्ययनशील छात्रा सुश्री मीनाक्षी सिंह को विशेष रूप से धन्यवाद देना चाहूँगा।

अर्थशास्त्र विभाग
एच॰ डी॰ जैन कॉलेज, आरा —श्रीधर पाण्डेय
अनन्त चतुर्दशी,
सं॰ 2045 वि॰

सत्रहवें संस्करण की भूमिका

प्रस्तुत संस्करण में पुस्तक में पुनः बहुत से उलट-फेर किए गए हैं। नयी घटनाओं और सूचनाओं के आलोक में विषय-वस्तु में महत्त्वपूर्ण परिवर्तन किए गए हैं। विशेषकर रूस और चीन की अर्थव्यवस्थाओं के संबंध में कुछ नयी जानकारियाँ दी गयी हैं। आशा है, प्रस्तुत संस्करण विद्यार्थियों के लिए विशेष रूप से लाभदायी होगा।

अर्थशास्त्र विभाग
वीर कुँअर सिंह विश्वविद्यालय, आरा
वसन्त पंचमी
सम्वत् 2054 वि० सन् 1997 ई०

—श्रीधर पाण्डेय

अठारहवें संस्करण की भूमिका

प्रस्तुत संस्करण में पुस्तक में जहाँ तहाँ आवश्यकतानुसार संशोधन-परिवर्तन कर इसे अधिक अद्यतन एवं उपयोगी बनाने का प्रयास किया गया है। आशा है यह संस्करण पाठकों एवं विद्यार्थियों के लिए अधिक उपयोगी होगा। इस संबंध में मैं पुस्तक के पाठकों एवं विद्यार्थियों को विशेष रूप से धन्यवाद देना चाहूँगा जिन्होंने इस पुस्तक में रुचि दिखाकर मुझे प्रोत्साहित किया है।

वाणी सदन
आजाद नगर (कतिराबाग), आरा
वसन्त पंचमी सम्वत् 2057

—श्रीधर पाण्डेय

उन्नीसवें संस्करण की भूमिका

पुस्तक के प्रस्तुत संस्करण में विषय-वस्तु में बहुत कुछ उलट-फेर कर इसे पाठकों-विद्यार्थियों के लिए अपेक्षाकृत अधिक उपयोगी और संतुलित बनाने का प्रयास किया गया है। यदि यह संस्करण पाठकों को रुचिकर लगेगा तो मैं अपने प्रयास को सार्थक समझूँगा। पाठकों ने मेरा मनोबल बढ़ाया है। इसके लिए मैं उनका आभारी हूँ।

पुस्तक में रुचि के लिए मैं मोतीलाल बनारसीदास, पटना के प्रबन्धक श्री कमला शंकर सिंह, एम० ए० को धन्यवाद देना नहीं भूलूँगा।

वाणी सदन
आजाद नगर (कतिराबाग), आरा
कार्तिक पूर्णिमा, सम्वत् 2060 वि०

—श्रीधर पाण्डेय

विषय-सूची

तृतीय खंड

संयुक्त राज्य अमेरिका का आर्थिक विकास

अध्याय **पृ० सं०**

चतुर्थ खंड

सोवियत रूस का आर्थिक विकास

अध्याय पृ० सं०

पंचम खंड

जापान का आर्थिक विकास

अध्याय पृ० सं०

षष्ठ खंड

चीन का आर्थिक विकास

❑

प्रथम खंड

आर्थिक विकास की सैद्धान्तिक पृष्ठभूमि

अध्याय 1

आर्थिक विकास की प्रकृति एवं आयाम

(NATURE AND PERSPECTIVE OF ECONOMIC DEVELOPMENT)

पुरुष अत उत्काम मा अवपंथाः।
मृत्योः षड्विंश अवमुञ्च मा नः।। यजुर्वेदः 37: 9

—हे मनुष्य! उठो, गिरो मत, मृत्यु के पाशों को तोड़ डालो।

यजुर्वेद का यह मंत्र-संदेश मानव प्रयास का मूल मंत्र है। इसी कारण मनुष्य ने सौ वर्षों तक जीने एवं उससे अधिक वर्षों तक चर्चित रहने की कामना की है—

पश्येम् शरदः शतं जीवेम शरदः शतं श्रृणुयाम शरदः शतम्।
प्रब्रवाम शरदः शतमदीनाः स्याम शरदः शतं भूयश्च शरदः शतात्।।
(यजुर्वेद 36 : 24)

—हम सौ शरद अर्थात् सौ वर्ष देखें, सौ वर्षों तक जीवित रहें, सौ वर्षों तक सुनें, सौ वर्षों तक बोलें, सौ वर्षों तक धनवान बने रहें, सौ से अधिक वर्षों तक भूमि पर हमारी चर्चा होती रहे।

सौ वर्षों तक धनवान बनकर रहने और सौ वर्षों से अधिक समय तक पृथ्वी पर चर्चित बने रहने की लालसा से ही मानव क्रियाशील रहा है और अपनी प्रगति के लिए पथ प्रशस्त करता रहा है। प्रगति के साथ मानव आवश्यकताएँ बढ़ती गयी हैं।

मनुष्य एक सामाजिक प्राणी है। समाज में रहकर मनुष्य को विभिन्न प्रकार की आवश्यकताएँ महसूस होती हैं जिनकी पूर्ति के लिए धन की आवश्यकता पड़ती है। धनहीन मनुष्य को कष्ट उठाने पड़ते हैं। **चाणक्य** ने आज से प्रायः ढाई हजार वर्षों पूर्व बतलाया था—

अणुत्रस्त गृहं शून्यं दिशः शून्यास्त्व बान्धवाः।
मूर्खास्य हृदयं शून्यं सर्वशून्यं दरिद्रता।।

—बिना संतान के घर सूना होता है, बिना भाइयों के मनुष्य की राह सूनी होती है, मूर्ख का हृदय सूना होता है और निर्धन का तो सबकुछ सूना होता है। अतः निर्धन होना सबसे बड़ा सूनापन है, कष्टदायी है।

दरिद्रता के कारण इस सूनेपन को दूर करने के लिए मनुष्य अपनी विभिन्न आवश्यकताओं की पूर्ति के लिए प्रयास करता रहता है।

मनुष्य की भौतिक आवश्यकताएँ अनेक, विभिन्न, प्रतियोगी, आवर्त्ती होती हैं। समस्त आवश्यकताएँ एक ही साथ पूर्ण नहीं की जा सकतीं। समय और प्रौद्योगिकी तथा सभ्यता के विकास के साथ-साथ भौतिक आवश्यकताओं की संख्या एवं जटिलता में भी वृद्धि होती जाती है और ये ही विभिन्न अनिवार्य विशेषताओं से युक्त आवश्यकताएँ, जिनकी संतुष्टि

के लिए साधन सीमित हैं, मनुष्य की आर्थिक क्रियाओं को प्रेरित करती हैं। ज्योंही एक आवश्यकता पूर्ण होती है त्योंही दूसरी उत्पन्न हो जाती है—संभवतः अपेक्षाकृत अधिक तीव्रता के साथ। सर्वदा कुछ-न-कुछ इच्छा बनी रहती है। भौतिक प्रगति की राह पर व्यक्ति जितना ही दूर चलता जाता है, क्षितिज उतना ही दूर खिसकता जाता है।

उम्र भर करते रहे राहे मुहब्बत तय मगर,
जब सुना तो बस यही मंजिल अभी कुछ दूर है।

आर्थिक विकास की भी यही गति है और यह अच्छा भी है कि मनुष्य का स्वभाव ऐसा है क्योंकि आवश्यकताओं की अनन्तता ही भौतिक प्रगति का कारण है। यदि मनुष्य पूर्णतः संतुष्ट हो जायँ तो पुनः कार्य करने की उत्प्रेरणा नहीं होगी और इसलिए अर्थशास्त्र अथवा अन्य भी कोई शास्त्र नहीं होगा। चूँकि मनुष्य के कार्य कदापि सर्वथा गतिशून्य नहीं होते इसलिए यदि प्रगति का अन्त हो जाय तो पतन का प्रारंभ होना संभव है। सन्तुष्ट मानव जाति ह्रासोन्मुख होगी। आर्थिक दृष्टि से असन्तोष ही जीवन और सन्तोष ही मृत्यु है। असन्तोष इच्छाओं को आवश्यकता में परिवर्तित करता है जिनमें उनकी संतुष्टि के लिए तीव्र प्रयास का समावेश रहता है। आवश्यकताएँ मनुष्य को कार्यशील बनाती हैं और आविष्कारों की जननी होती हैं। आविष्कार मानव जाति के लिए भौतिक विकास का मार्ग प्रशस्त करते हैं और आर्थिक विकास का क्रम जारी रहता है।

आर्थिक विकास की समस्या औद्योगिक दृष्टिकोण से विकसित और अर्द्ध-विकसित दोनों ही प्रकार के देशों के लिए महत्त्वपूर्ण है। भूतकाल में अर्थशास्त्रियों ने इस समस्या पर किसी-न-किसी रूप मे विचार किया है और यह जानने का प्रयत्न किया है कि विभिन्न देशों में आर्थिक विकास विभिन्न युगों में विभिन्न दरों से क्यों होता है। यद्यपि यह अध्ययन अत्यन्त ही रुचिकर और महत्त्वपूर्ण है तथापि यह अपेक्षाकृत एक उपेक्षित अध्ययन रहा है। बीसवीं शताब्दी के चतुर्थ और पंचम दशक में महान मंदी और द्वितीय विश्वयुद्ध के कारण अर्थशास्त्रियों का प्रमुख ध्यान तात्कालिक अल्पकालीन आर्थिक समस्याओं पर ही केन्द्रित रहा—वे स्थिरता के साथ पूर्ण रोजगार की तात्कालिक समस्या पर अपना ध्यान केन्द्रित किए रहे। 1930 की दशाब्दी में **केन्सीय सिद्धान्तों** ने विकसित औद्योगिक देशों के लिए दोहरा संदेश लाया था। इन्होंने **व्यापार चक्रीय बेकारी** से उत्पन्न होनेवाली आर्थिक बर्बादियों की निन्दा की थी और **'युगीन निष्प्रवाह'** ("secular stagnation") के जड़ीभूत खतरे की चेतावनी दी थी। किन्तु अब ये दो अन्तर संबंधित समस्याएँ आर्थिक विकास के एक अधिक सामान्य विचार में एकीकृत कर दी गई हैं। अब आर्थिक विकास का अध्ययन विचारों के अध्ययन में सबसे आगे आ गया है और केन्सोत्तर आर्थिक विश्लेषण का प्रमुख विषय हो गया है।

इस प्रकार विगत तीन-चार दशाब्दियों से **'पूर्ण रोजगार'** और **'स्थिरता'** की दो अन्तर संबंधित समस्याओं को आर्थिक विकास की सामान्य समस्या में गूँथ दिया गया है और अब आर्थिक विकास की समस्याएँ धनी और गरीब, विकसित और अर्द्धविकसित सभी देशों में अत्यन्त ही महत्त्वपूर्ण हो गई हैं। आजकल अर्थशास्त्री आर्थिक दृष्टिकोण से अधिक विकसित देशों में निरन्तर आर्थिक विकास के लिए आवश्यक दशाओं का पता लगाने में और निरंतर आर्थिक विकास की अवस्था को बनाए रखने तथा अति उत्पादन अथवा अल्पोत्पादन की समस्याओं को दूर करने में व्यस्त हैं जबकि अर्द्धविकसित देशों

में निम्नवाहित स्थैतिक अर्थ-व्यवस्था को स्वपोषित गतिशील अर्थव्यवस्था (self-sustaining dynamic economy) में परिणत करने के लिए आवश्यक साधन-उपाय जुटाने में व्यस्त हैं।

आज विकसित देशों में आर्थिक विकास को बनाए रखने की समस्या है जबकि अर्द्ध-विकसित देशों की समस्या आर्थिक विकास की गति को तीव्रतर करने की है। अधिकांश व्यक्ति आज विश्व की अधिकांश जनता की गरीबी को विश्व की सर्वाधिक महान आर्थिक समस्या मान रहे हैं। मानवतावाद, आर्थिक और राजीनतिक हित—सभी दृष्टिकोणों से अर्द्ध विकसित देशों के आर्थिक विकास की समस्या महत्त्वपूर्ण हो गई है। परिवर्तनशील कल्पनाओं दशाओं और आर्थिक विकास की प्रक्रिया की जटिलताओं के कारण विभिन्न देशों के आर्थिक विकास के लिए एक सामान्य सिद्धान्त का निरूपण करना असंभव है। फिर भी अर्द्धविकसित देशों की अर्थव्यवस्थाओं के रूपान्तरण की प्रक्रिया को तीव्रतर करने वाली शक्तियों की व्याख्या करने का प्रयास किया जा सकता है।

आर्थिक विकास क्या है?

खेद है, आर्थिक विकास की कोई एक ही परिभाषा पूर्णतः संतोषजनक नहीं है। सामान्यतः अर्थशास्त्रियों में "युगीन परिवर्तन" (secular change), "आर्थिक संवृद्धि" (economic growth) और "आर्थिक विकास" (economic development) शब्द-बन्धों को एक ही अर्थ में प्रयुक्त करने की प्रवृत्ति पायी जाती है। यद्यपि "आर्थिक संवृद्धि" और "आर्थिक विकास" में कुछ सूक्ष्म अन्तर किया जा सकता है तथापि मूलतः ये दोनों एक ही हैं और इनमें व्यवहारतः कोई विशेष अन्तर नहीं है। **प्रो० मायर** (Meier) और **बाल्डविन** (Baldwin) ने "आर्थिक संवृद्धि" "आर्थिक विकास" और "युगीन परिवर्तन"—इन तीनों का एक ही अर्थ में प्रयोग किया है। उनके अनुसार इन तीनों शब्द-बन्धों के अन्तर को प्रकट करना बाल की खाल निकालना है।

आर्थिक विकास एक ऐसी प्रक्रिया है जिसके द्वारा अर्थव्यवस्था की वास्तविक राष्ट्रीय आय में दीर्घकालीन आधार पर वृद्धि होती है। आर्थिक विकास के दृष्टिकोण से शुद्ध राष्ट्रीय उत्पादन में वृद्धि निरन्तर और स्थायी होनी चाहिए। यदि आर्थिक विकास की दर देश की जनसख्या में वृद्धि की दर से अधिक होगी तो देश की जनता की प्रतिव्यक्ति वास्तविक आय में भी वृद्धि होगी। आर्थिक विकास की इस प्रक्रिया में कुछ शक्तियाँ कार्यशील होती हैं जो दीर्घकाल में अर्थव्यवस्था में परिवर्तन लाती हैं। व्यापक रूप से ये शक्तियाँ और इस प्रक्रिया की प्रकृति समय और स्थान के अनुसार भिन्न-भिन्न होती हैं। किन्तु मूलतः इनकी प्रकृति-एक सी होती है और इस प्रक्रिया का सामान्य परिणाम अर्थव्यवस्था के राष्ट्रीय उत्पादन में वृद्धि होता है।

आर्थिक विकास के अध्ययन में यदि हम केवल राष्ट्रीय उत्पादन में वृद्धि पर ही अपना ध्यान केन्द्रित करते हैं तो इसका अर्थ यह है कि हम विकास प्रक्रिया के परिणाम पर सम्यक दृष्टिपात कर रहे हैं। किन्तु यदि हम इस विकास प्रक्रिया का विस्तारपूर्ण परीक्षण करेंगे तो हमें ज्ञात होगा कि विकास प्रक्रिया में राष्ट्रीय उत्पादन में वृद्धि के साथ-साथ कुछ विशिष्ट प्रकार के अनेक अन्य परिवर्तन भी अर्थव्यवस्था में हो रहे होते हैं। इनमें से महत्त्वपूर्ण परिवर्तनों को हम (क) मौलिक साधन पूर्त्ति में परिवर्तन और (ख) उत्पादित वस्तुओं की माँग की

प्रकृति में परिवर्तन में विभाजित कर सकते हैं। **उत्पादन साधनों की पूर्त्ति में होने वाले विशिष्ट परिवर्तन** के अन्दर (1) अतिरिक्त संसाधनों की खोज, (2) पूँजी संचय, (3) जनसंख्या वृद्धि; (4) उत्पादन की नवीन और श्रेष्ठतर प्रविधियों का समावेश, (5) कार्य निपुणता में सुधार, (6) अन्य सांस्थिक एवं संगठनात्मक सुधार आदि सम्मिलित किए जा सकते हैं। **उत्पादित वस्तुओं के लिए माँग की प्रकृति में होने वाले विशिष्ट परिबर्तनों** में मुख्यतः (1) जनसंख्या के आकार और अवस्था के अनुसार उसके वितरण में सुधार, (2) आय के स्तर और उसके वितरण में सुधार, (3) जनता की रुचियों में सुधार, (4) अन्य सांस्थिक और संगठनात्मक व्यवस्थाओं में सुधार सम्मिलित किए जा सकते हैं। अतएव उत्पादन-साधनों की पूर्ति और वस्तुओं की माँग में होनेवाले विशिष्ट परिवर्तनों एवं विकास के रूप में भी आर्थिक विकास की व्याख्या की जा सकती है।

आर्थिक विकास की तीन स्थितियाँ हो सकती हैं—(1) धनात्मक, (2) नकारात्मक तथा (3) शून्य। जब राष्ट्रीय आय में निरन्तर वृद्धि होती जाती है तो आर्थिक विकास धनात्मक होता है। इसके विपरीत यदि राष्ट्रीय आय में निरन्तर कमी होती है तो आर्थिक विकास नकारात्मक होता है। यदि राष्ट्रीय आय न तो घटती है और न बढ़ती है तो आर्थिक विकास की गति शून्य हो जाती है। आधुनिक युग में अर्थशास्त्री आर्थिक विकास शब्द-बन्ध का प्रयोग धनात्मक रूप में ही करते हैं अर्थात् आर्थिक विकास का अर्थ राष्ट्रीय आय में वृद्धि लगाया जाता है।

अतएव हम कह सकते हैं कि **''आर्थिक विकास वह प्रक्रिया है जिसके द्वारा किसी दिए हुए समय में किसी अर्थ-व्यवस्था की वास्तविक राष्ट्रीय आय में वृद्धि होती है।''** *(Economic development is a process whereby an economy's real national income increases over a given period of time.)* आर्थिक विकास की परिभाषा में तीन शब्द बन्ध महत्त्वपूर्ण हैं—(1) प्रक्रिया, (2) वास्तविक राष्ट्रीय आय में वृद्धि और (3) दीर्घकालीन अथवा निरन्तर वृद्धि।

1. आर्थिक विकास प्रक्रिया *(Economic Devlopment Process)*—आर्थिक विकास की प्रक्रिया का आशय अर्थ-व्यवस्था के विभिन्न अवयवों में परिवर्तनों की क्रिया से है। ये परिवर्तन कई तत्त्वों से प्रभावित होते हैं। इन्हें हम सुविधा के लिए दो भागों में बाँट सकते हैं—**(क) साधनों की पूर्ति में परिवर्तन और (ख) वस्तु की माँग की प्रकृति में परिवर्तन।** माँग एवं पूर्त्ति की प्रकृति में होने वाले परिवर्तन परस्पर निर्भर होते हैं। ये परिवर्तन आर्थिक विकास के कारण एवं परिणाम दोनों ही होते हैं। सारांश यह है कि आर्थिक विकास के परिणामस्वरूप माँग एवं पूर्त्ति की प्रकृति में कई प्रकार के परिवर्तन होते हैं। इन परिवर्तनों की सीमा आर्थिक विकास की गति तथा समय पर निर्भर होती है।

2. वास्तविक राष्ट्रीय आय *(Real National Income)*—**आर्थिक विकास का सम्बन्ध वास्तविक राष्ट्रीय आय में वृद्धि से है।** इसका अर्थ देश में उत्पादित अन्तिम वस्तुओं एवं सेवाओं के कुल योग के समायोजित मूल्य से है। इसके लिए हम सर्वप्रथम समस्त वस्तुओं तथा सेवाओं का मूल्यांकन करते हैं। फिर किसी आधार वर्ष के सन्दर्भ में मूल्य-स्तर में हुए परिवर्तनां के लिए इस मूल्य में आवश्यक समायोजन करते हैं। आर्थिक विकास को मापने के लिए कुल राष्ट्रीय उत्पादों (gross national product) का प्रयोग नही कर शुद्ध राष्ट्रीय उत्पादन (net national product) का प्रयोग किया जाता है क्योंकि कुछ राष्ट्रीय उत्पादन के अन्तर्गत पूँजी के पुनर्स्थापन पर ध्यान नहीं दिया जाता है।

3. दीर्घकालीन अथवा निरन्तर वृद्धि (*Long Period of Time or Continuous Increase*)—आर्थिक विकास के लिए वास्तविक राष्ट्रीय आय में वृद्धि अल्पकालीन न होकर दीर्घकालीन होनी चाहिए। किसी व्यापार चक्र के अन्दर होने वाले अल्पकालीन आर्थिक विस्तार को आर्थिक विकास नहीं कहा जा सकता। इसका कारण यह है कि अल्पकाल में हुई वृद्धि किन्हीं अस्थायी परिस्थितियों (जैसे—अच्छी जलवायु सम्बन्धी दशाएँ) के परिणामस्वरूप हो सकती हैं। हम इसे आर्थिक विकास कदापि नहीं कहेंगे। सरल शब्दों में, आर्थिक विकास का सम्बन्ध परिवर्तनों से नहीं अपितु दीर्घकालीन परिवर्तनों से होता है। (Economic development process is a long term continuous one.) "आर्थिक विकास विभिन्न व्यापार चक्रों के बीच वास्तविक राष्ट्रीय आय में होनेवाली वृद्धि है न किसी एक व्यापार-चक्र के अन्दर होनेवाली वृद्धि।"[1]

उपर्युक्त विवेचन से यह स्पष्ट हो जाता है कि किसी देश में हुए आर्थिक विकास से आशय शुद्ध राष्ट्रीय आय में दीर्घकालीन वृद्धि है। वास्तविक रूप में यह सम्भव है कि किसी देश की वास्तविक राष्ट्रीय आय में तो वृद्धि हो जाय किन्तु वहाँ की जनता का वास्तविक जीवन-स्तर ऊँचा न उठे। आर्थिक विकास योजनाओं का मुख्य लक्ष्य जनता के जीवन स्तर को ऊँचा उठाना है। इसलिए आर्थिक विकास का आशय न केवल वास्तविक राष्ट्रीय आय में वृद्धि करना है अपितु प्रति व्यक्ति राष्ट्रीय आय में वृद्धि करना है। यह सम्भव है कि वास्तविक राष्ट्रीय आय में तो हो परन्तु जनसंख्या वृद्धि दर ऊँची होने के कारण या तो प्रति व्यक्ति राष्ट्रीय आय में वृद्धि न हो अथवा प्रति व्यक्ति राष्ट्रीय आय कम हो जाय। इसे देश का आर्थिक विकास कदापि नहीं कहा जा सकता। अतएव **प्रति व्यक्ति राष्ट्रीय आय में वृद्धि को आर्थिक विकास की एक अनिवार्य शर्त मानते हुए** आर्थिक विकास की एक उपयुक्त परिभाषा इन शब्दों में दी जा सकती है—**"आर्थिक विकास वह प्रक्रिया है जिसके परिणामस्वरूप किसी अर्थव्यवस्था की प्रति व्यक्ति शुद्ध राष्ट्रीय आय में दीर्घकाल में वृद्धि होती है।"**

आर्थिक विकास मूलतः गतिशील है। गतिशून्य अर्थात् विकासहीन स्थिति का अर्थशास्त्र समस्थिति (equilibrium) की आर्थिक शक्तियों का अध्ययन है। विकास का अर्थशास्त्र अर्थव्यवस्था को समस्थिति की एक स्थिति से उठाकर दूसरी उच्च समस्थिति पर लाकर रखने के लिए आवश्यक आर्थिक शक्तियों का अध्ययन है। विशेषतः यह इन शक्तियों के अभिसाधन से सम्बन्धित है। इन शक्तियों का अभिसाधन विभिन्न परिस्थितियों में आवश्यक हो सकता है। उदाहरण के लिए यह उस समय भी आवश्यक हो सकता है जब किसी सुविकसित आधुनिक अर्थव्यवस्था को व्यापारिक मन्दी की स्थिति से उठाना हो अथवा जब तेजी के प्रभाव को रोकना हो अथवा जब युद्ध के कारण युद्धकालीन स्थितियों के समीचीन एक नवीन समस्थिति की व्यवस्था करनी हो अथवा यह तब भी आवश्यक हो सकता है जब किसी निर्धन पिछड़ी हुई अर्थव्यवस्था को निष्प्रवाह से ऊपर उठाना हो।

आर्थिक विकास के निर्धारक घटक अथवा तत्त्व
(Determinants of Economic Development)

किसी देश में होनेवाला आर्थिक विकास वहाँ की आर्थिक उन्नति का प्रतीक है। यह

1. "It is the increase in real national income between cycles rather than the increase within a cycle that connotes economic development."

आर्थिक उन्नति उत्पादन के विभिन्न साधनों (श्रम, पूँजी, प्राकृतिक साधन आदि) में हुई वृद्धि और उत्पादन प्रणाली में सुधार के फलस्वरूप होती है। किसी देश के आर्थिक विकास के इतिहास में, विशेषतः अयोजनाबद्ध अर्थव्यवस्था में, कुछ ऐसे तत्त्व पाये जाते हैं जो देश के आर्थिक विकास के लिए सहायक के रूप में सर्वप्रथम प्रकट होते हैं। ऐसे तत्त्व आर्थिक विकास के लिए आधारशिला प्रस्तुत करते हैं और जब विकास-गति प्रारंभ हो जाती है तो कुछ अन्य तत्त्वों का भी आगमन हो जाता है जो विकास गति को और तीव्र बना देते हैं। प्रथम श्रेणी के तत्त्व, जो विकास-गति को प्रारंभ करते हैं, **''प्रधान चालक''** (prime mover) अथवा उपक्रमक (initiator) अथवा प्राथमिक (primary) तत्त्व कहे जाते हैं। दूसरे प्रकार के तत्त्व, जो प्रारम्भ हो गयी विकास प्रक्रिया (process) को सहायता पहुँचाते हैं, प्रभावक (conditioning) अथवा माध्यमिक (secondary) अथवा अनुपूरक (supplementary) अथवा **सहायक** (helping) तत्त्व कहे जाते हैं।

''प्रधान चालक'' अथवा वह तत्त्व जो विकास की प्रक्रिया को चालू करता है, सामान्यतः एक ही होता है और यह सरलतापूर्वक सहायक तत्त्वों से पृथक किया जा सकता है जो अनेक होते हैं। **प्रधान चालक जनता की धारणाओं से सम्बन्धित एक मनोवैज्ञानिक तत्त्व है।** यह जनता की मनोदशा है। **सहायक तत्त्वों को तीन भागों में वर्गीकृत** किया जा सकता है—(1) जनसंख्या की वृद्धि दर, (2) प्रौद्योगिकी (technology) की विकास दर और (3) पूँजी की विकास दर अथवा पूँजी-निवेश की दर अथवा पूँजी निर्माण अथवा पूँजी-संचय की दर। किसी निश्चित समय की अवधि में ये तीनों सहायक तत्त्व स्थिर रहते हैं।

प्राथमिक तत्त्व प्रदर्शित करता है कि आर्थिक विकास क्यों होता है और माध्यमिक तत्त्व यह बतलाता है कि एक बार प्रारम्भ हो जाने पर आर्थिक विकास का क्रम क्यों चालू रहता है। फिर भी ये माध्यमिक तत्त्व भी बहुत ही प्रभावोत्पादक होते हैं। जनसंख्या का विकास एक गतिशील तत्त्व है जो श्रम-बल के लिए उत्तरदायी है। प्राविधिक प्रगति में आविष्कार, अनुसंधान, शोध, नव-प्रवर्तन (innovation) आदि सम्मिलित हैं जो मानव-ज्ञान के क्षितिज को परिवर्तितत करते हैं। वस्तुतः **आर्थिक विकास के लिए केवल यही आवश्यक नहीं है कि प्रविधि का विकास हो वरन् साथ ही यह भी समानरूपेण आवश्यक है कि प्रविधि में होने वाले विकास और परिवर्तनों को वस्तुतः वास्तविक जीवन में व्यवहृत किया जाय।** प्राविधिक परिवर्तनों का वास्तविक जीवन में समावेश होना चाहिए। तभी उनकी सार्थकता है। अतएव **जिस गति से जनता का जीवन विचारों एवं प्रविधियों को व्यावहारिक रूप देने के लिए प्रस्तुत और समर्थ है वह गति भी आर्थिक विकास के महत्त्वपूर्ण निर्धारकों में से एक है।**

इस प्रकार किसी देश के आर्थिक विकास के कुछ महत्त्वपूर्ण निर्धारक घटक या तत्त्व होते हैं। **प्रो॰ रस्टोव** (Rostow) ने अपनी पुस्तक ''आर्थिक संवृद्धि की प्रक्रिया'' (The Process of Economic Growth) में यह बताया है कि अन्तिम विश्लेषण में आर्थिक विकास छः प्रवृत्तियों पर निर्भर है—(1) बुनियादी (भौतिक तथा सामाजिक) विज्ञान में विकास करने की प्रवृत्ति, (2) आर्थिक उद्देश्यों की पूर्त्ति करने के लिए विज्ञान का प्रयोग करने की प्रवृत्ति, (3) नव-प्रवर्त्तनों को स्वीकार करने की प्रवृत्ति, (4) भौतिक प्रगति की प्रवृत्ति, (5) उपभोग करने की प्रवृत्ति तथा (6) संतान उत्पत्ति की प्रवृत्ति। दूसरे शब्दों में,

प्रो० रस्टोव ने आर्थिक विकास का समाजशास्त्रीय और ऐतिहासिक दृष्टिकोण अपनाया है। उनके अनुसार, "आर्थिक विकास की गति पूँजी-भंडार, प्रायोगिक ज्ञान-भंडार समेत, में परिवर्तन और देश के श्रम बल के आकार में परिवर्तन का फलन है।"[1]

प्रो० लेविस (Lewis) के विचार में किसी देश के आर्थिक विकास के प्रमुख निर्धारक तत्त्व प्राकृतिक साधनों के अतिरिक्त तीन हैं—(1) **मितोपयोग का प्रयत्न** (the effort to economise), (2) **ज्ञान में वृद्धि तथा इसका प्रयोग** (the increase of knowledge and its application), (3) **प्रति व्यक्ति पूँजी एवं अन्य संसाधनों की मात्रा में वृद्धि** (increase in the amount of capital and other resources per head)।[2] आगे चलकर **प्रो० लेविस** ने आर्थिक विकास को बहुत से विभिन्न तत्त्वों का परिणाम बतलाया है। उन्हीं के शब्दों में "आर्थिक विकास काम करने, धन कमाने, मितव्ययता करने, संतान उत्पन्न करने, आविष्कार करने, जोखिम उठाने आदि के प्रति जनता की धारणाओं पर निर्भर है और ये सभी धारणाएँ मानव मस्तिष्क के गहरे निर्झर से प्रवाहित होती हैं।[3]

वस्तुतः **आर्थिक विकास की प्रक्रिया एक अत्यन्त ही जटिल घटना है और यह अनेक प्रकार के आर्थिक, राजनीतिक, सामाजिक, धार्मिक, सांस्कृतिक तत्त्वों द्वारा निर्धारित होती है। प्रो० नर्क्स** ने सच ही कहा है, "आर्थिक विकास का बहुत कुछ सम्बन्ध मानवीय सम्पत्तियों, सामाजिक धारणाओं, राजनीतिक परिस्थितियों और ऐतिहासिक घटनाओं के साथ है।"[4] **प्रो० डोमर** (Domar) ने अपनी पुस्तक 'एसेज ऑन दी थियरी ऑफ इकनॉमिक ग्रोथ' में आधुनिक विकास के निर्धारक तत्त्वों के सम्बन्ध में इस प्रकार की व्याख्या की है : "आर्थिक विकास समाज के बुनियादी ढाँचे द्वारा निर्धारित होता है और विकास के एक व्यापक सिद्धान्त में भौतिक वातावरण, राजनीतिक ढाँचा, उत्प्रेरणा, शिक्षा के तरीकों, वैज्ञानिक ढाँचा, विज्ञान के प्रति, परिवर्तन के प्रति और संचय के प्रति धारणाओं आदि जैसे कुछ तत्त्वों का समावेश होना चाहिए।"[5]

इस प्रकार किसी देश का आर्थिक विकास बहुत से तत्त्वों पर निर्भर है। विभिन्न लेखकों ने आर्थिक विकास के अलग-अलग तत्त्वों पर जोर दिया है। किन्तु सुविधा की दृष्टि से हम इन तत्त्वों को निम्नांकित दो वर्गों में विभाजित कर इनका अध्ययन कर सकते

1. "The pace of economic development is a function of change in the stock of capital including the stock of applied knowledge, and the size of its working force."
2. W. A Lewis : *The Theory of Economic Growth. p.* 11
3. "Economic growth depends on attitudes to work, to earn wealth, to thrift, to having children, to invention, to adventure and so on, and all these attitudes flow from deep springs in the human mind." W.A. Lewis : ibid. p. 14
4. "Economic development has much to do with human endowments, social attitudes, political conditions and historical accidents."
5. "Economic growth is determined by the basic structure of a society, and a comprehensive theory of growth should include physical environment, political structure, incentives, educational methods, legal framework, attitude to science, to changes, to accumulation just to name a few." Domar : *Essays on the Theory of Economic Growth, p.18*

हैं—(क) **आर्थिक तत्त्व** तथा (ख) **गैर आर्थिक तत्त्व।** इन आर्थिक और गैर-आर्थिक तत्त्वों के अन्दर भी अनेक विभिन्न तत्त्व हैं। आर्थिक विकास के इन सभी निर्धारक तत्त्वों

आर्थिक विकास के निर्धारक तत्त्व

↓

(क) आर्थिक तत्त्व

1. प्राकृतिक साधन
2. जनसंख्या
3. कौशल निर्माण
4. पूँजी निर्माण
5. वैज्ञानिक और तकनीकी प्रगति
6. विदेशी पूँजी
7. आर्थिक संगठन
8. व्यावसायिक ढाँचा
9. साहसोद्यमशीलता (entrepreneurship)
10. पूँजी-उत्पादन (capital-output ratio)
    (क) आर्थिक विकास आवश्यकता
    (ख) निवेश नीति
    (ग) पूँजीगत माल का उपयोग
    (घ) प्रबन्धात्मक कुशलता
    (ङ) उत्पादन साधनों के मूल्यों में परिवर्तन
    (च) अन्य तत्त्व

(ख) गैर-आर्थिक तत्त्व

मनोवैज्ञानिक तत्त्व सांस्कृतिक तत्त्व सामाजिक तत्त्व धार्मिक तत्त्व राजनीतिक तत्त्व

को हम सुविधा के लिए ऊपर की तालिका द्वारा व्यक्त कर सकते हैं। एक सूत्र के रूप में

$$G = f(a, b)$$

जहाँ G एक निश्चित अवधि में आर्थिक विकास की दर, a = आर्थिक तत्त्व, b = गैर आर्थिक तत्त्व और f = फलन है।

आर्थिक विकास के इन सभी निर्धारक तत्त्वों का अलग-अलग महत्त्व है। देश-विदेश की परिस्थितियों के अनुसार इनमें से कभी कोई एक तत्त्व अधिक महत्त्वपूर्ण हो जाता है तो कभी दूसरा। किन्तु आर्थिक विकास के लिए इन सभी. तत्त्वों में समन्वय अनिवार्य है। *''किसी देश के आर्थिक विकास की दर अन्ततः सामाजिक सांस्कृतिक और राजनीतिक तत्त्वों द्वारा आरोपित सीमाओं के अधीन आर्थिक तत्त्वों द्वारा निर्धारित होती है।''*[1] अतएव

1. "The ulitimate rate of economic development of a country is determined by the economic factors subject to the limits imposed on them by social, cultural and political factors."

बी० शेपर्ड क्लाउ (B. Shepard Clough) के अनुसार "आर्थिक विकास तब होता है जब अनेक महत्त्वपूर्ण तत्त्वों का उचित अनुपात में और शुभ घड़ी में संगम होता है।"[1]

अर्द्ध-विकसित देशों में राष्ट्रीय आय अधिक नहीं होती और वैयक्तिक पूँजी औद्योगिक महत्त्वकांक्षाओं की पूर्त्ति के लिए पर्याप्त नहीं होती है। इसलिए वास्तविक विकास दर को तीव्रतर करने के लिए आयोजना की आवश्यकता पड़ती है और उस दशा में वैयक्तिक साहस के पूर्व सरकारी उपक्रम (state initiative) आवश्यक है।

किन्तु यदि अर्थव्यवस्था योजनाबद्ध न हो तो उस समय प्रधान चालक का महत्त्व बढ़ जाता है। ऐसी अर्थव्यवस्थाओं के आर्थिक विकास में प्रधान चालक का कार्य सर्वप्रथम प्रारंभ हुआ और होता है। कालान्तर में माध्यमिक तत्त्वों का समावेश होता है और विकास की प्रक्रिया तीव्रतर होती जाती है जैसा कि 19वीं शताब्दी में ग्रेट ब्रिटेन में हुआ। यदि इन माध्यमिक तत्त्वों का योगदान न हो तो आर्थिक विकास की प्रक्रिया बहुत दिनों तक नहीं चल सकती। संक्षेप में, हम यों कहें कि **प्रधान चालक विकास का प्रारंभ और सूत्रपात करता है और सहायक तत्त्व उसको बनाए रखते हैं।** किन्तु विकास को बनाए रखने के पूर्व विकास प्रक्रिया का आरंभ होना आवश्यक है। इसलिए **प्रधान चालक आर्थिक विकास का सर्वाधिक महत्त्वपूर्ण तत्त्व है। यह प्रधान चालक एक मनोवैज्ञानिक तत्त्व है जिसे महत्तर जोखिम लेने, साहस करने, लाभ प्राप्त करने और मुद्रा की प्राप्ति करने के प्रति मानव की परिवर्तनशील धारणाओं में देखा जा सकता है।**

अतएव सारांश यह हुआ कि विगत दो वर्षों पूर्व वाले ग्रेट ब्रिटेन जैसी अयोजनाबद्ध अप्राधिकारवादी अर्थव्यवस्थाओं के आर्थिक विकास की गति को स्पष्ट करनेवाला तत्त्व उद्योगपतियों के दबाव की शक्ति है जो प्रभावक तत्त्वों के प्रत्युत्तर की लोच के साथ और बहुत ही अधिक सीमा तक उनके द्वारा प्रभावित होकर कार्य करती है। यदि ये उपर्युक्त तत्त्व विद्यमान हों तो आर्थिक विकास के लिए असीम, अनन्त गति हो सकती है। किन्तु **यह विकास गति कम-से-कम तीन प्रकार के तत्त्वों द्वारा प्रस्तुत सीमाओं द्वारा अवरोधित होती है।** ये तत्त्व हैं—(1) जनसंख्या के विकास की अधिकतम साध्य (attainable) दर, (2) नवीन विचारों के प्रवाह की अधिकतम साध्य दर और (3) बचत में वृद्धि की अधिकतम साध्य दर। किन्तु ये परिसीमाएँ निरपेक्ष अटल और पूर्ण नहीं प्रत्युत गतिशील होती हैं और उद्योगपतियों के व्यवहार की खींचातानी से परिवर्तित की जा सकती है। जहाँ तक भौतिक बाधाओं का प्रश्न है ये अपेक्षाकृत कम महत्त्व की हैं क्योंकि इन्हे दूर किया जा सकता है। **तीव्र आर्थिक विकास के लिए महत्त्वपूर्ण बाधाएँ सामाजिक और मनोवैज्ञानिक शक्तियाँ होती हैं** जो आर्थिक विकास के साथ सरलतापूर्वक और आवश्यक सीमा तक अनुकूलतः परिवर्तित नहीं होती हैं।

आर्थिक विकास की विभिन्न अवस्थाएँ
(Different Stages of Economic Growth)

आर्थिक विकास के क्रम में विभिन्न अर्थव्यवस्थाओं को भिन्न-भिन्न अवस्थाओं से होकर गुजरना पड़ता है। प्रत्येक देश की सामाजिक तथा अन्य परिस्थितियाँ भिन्न-भिन्न होती हैं। उनकी आर्थिक प्रगति की शर्तें तथा परिस्थितियाँ भी एक-दूसरे से भिन्न होती हैं। इसलिए

1. "Economic growth takes place when there is a convergence of several strategic factors in the right proporption and with propitious timing."

सभी देशों के लिए विकास की अवस्थाओं को एक ही आधार पर निर्धारित करना अत्यन्त कठिन है। पिछले कुछ वर्षों में अनेक विद्वानों ने आर्थिक विकास की विभिन्न अवस्थाओं के विवेचन का प्रयास किया है। इनमें **प्रोफेसर रस्टोव** (W. W. Rostow) का विवेचन अधिक लोकप्रिय हुआ है। **रस्टोव** के अनुसार आर्थिक विकास की निम्नांकित पाँच अवस्थाएँ हैं[1]—

1. परम्परागत समाज की अवस्था (The stage of traditional society)
2. आत्म-स्फूर्ति विकास की पूर्वदशा की स्थापना की अवस्था (The stage of establishing pre-condtions for take-off)
3. आत्म स्फूर्ति की अवस्था (The take-off stage)
4. परिपक्वता की ओर की अवस्था (The stage of drive towards maturity)
5. अधिकाधिक उपभोग की अवस्था (Age of high mass consumption)

1. परम्परागत समाज की अवस्था

इसके अन्तर्गत कृषि की प्रधानता रहती है। समाज के अधिकांश साधन कृषि में लगे होते हैं। किन्तु समाज में अन्ध-विश्वास और जड़ता का प्रभुत्व होने के कारण कृषि की रीतियाँ पुरानी तथा रूढ़िवादी होती हैं। प्रायः सभी आर्थिक तथा सामाजिक कार्य पुरानी पद्धतियों के अनुसार होते हैं जिससे उत्पादन और आय बहुत कम होती है। वस्तुतः परम्परावादी समाज में वैज्ञानिक तथा तकनीकी प्रगति का कोई विशेष प्रभाव दृष्टिगोचर नहीं होता। प्रोफेसर रस्टोव के अनुसार "परम्परागत समाज वह समाज है जिसका ढाँचा न्यूटन के पूर्वकालीन विज्ञान तथा प्रौद्योगिकी और भौतिक विश्व के प्रति प्राक्-न्यूटनीय धारणा पर आधारित एक सीमित उत्पादन क्रिया व्यवस्था के अन्तर्गत विकसित हुआ है।"[2] इस प्रकार के समाज में राजनीतिक सत्ता भूमिधारियों के हाथ में केन्द्रित होती है क्योंकि उद्योग और वाणिज्य अत्यन्त अविकसित स्थिति में होते हैं तथा भूमि के मालिक भूमि की उपज के बल पर आर्थिक शक्ति अपने हाथ में केन्द्रित कर लेते हैं। कहीं-कहीं कृषि की नवीन-पद्धतियों अथवा व्यवसाय एवं उद्योगों में नये-नये आविष्कारों के प्रयोग भी दिखलाई पड़ते हैं। परन्तु सम्पूर्ण ढाँचा मुख्यतः दुर्बल तथा अविकसित अथवा अल्प विकसित रहता है। जो कुछ उत्पादन होता है वह प्रायः सारा-का-सारा उपभोग कर लिया जाता है। बचत और निवेश नाममात्र के होते हैं—राष्ट्रीय आय के 5 प्रतिशत से भी कम। जन्म-दर और मृत्यु-दर दोनों ही अधिक होती हैं।

2. आत्म-स्फूर्ति विकास की पूर्व-दशा की स्थापना की अवस्था

यह अवस्था प्रगति की एक ऐसी अवस्था है जिसमें विकास के आवश्यक घटक (जैसे—श्रम, पूँजी और कच्चे माल आदि) एकत्र किये जाते हैं और तकनीकी ज्ञान को विकसित किया जाता है। उत्पादन और प्रगति के विभिन्न साधनों की स्थिति में सुधार और

---

1. W. W. Rostow : *The Stages of Economic Growth.*
2. "A traditional society is one whose structure is developed within limited production functions based on pre-Newtonian science and technology and on pre-Newtonian attitude towards the physical world."

—*W. W. Rostow—The Stages of Economic Growth.* p.4.

वृद्धि के फलस्वरूप आत्म-स्फूर्ति की अवस्था को प्राप्त करने के लिए अनुकूल पृष्ठभूमि तैयार हो जाती है। अतः वास्तव में यह आत्म-स्फूर्ति अवस्था की भूमिका मात्र है। यह परम्परागत तथा आधुनिक समाज के बीच संक्रमण की अवस्था है। परम्परावादी समाज जब प्रगति की ओर अग्रसर होने लगता है तो उसमें उद्योग, आवागमन तथा व्यावसायिक साधनों का विकास प्रारंभ हो जाता है। जनता के विचारों में क्रान्तिकारी परिवर्तन होने लगते हैं और जनसंख्या नियन्त्रण के उपायों का सहारा लिया जाने लगता है जिससे जन्म-दर में कमी होने लगती है। कृषि उद्योग तथा व्यवसाय में नवीन तथा प्रगतिशील वैज्ञानिक पद्धतियों का प्रयोग होने लगता है। भूमिधारियों का महत्त्व धीरे-धीरे कम होने लगता है। **प्रोफेसर रस्टोव** के अनुसार, परम्परागत समाज में राष्ट्रीय आय का केवल लगभग 5 प्रतिशत ही निवेश होता है जबकि आत्म-स्फूर्ति के पूर्व की अवस्था में निवेश की मात्रा राष्ट्रीय आय के 10 प्रतिशत तक पहुँच जाती है। यह दर जनसंख्या की वृद्धि दर से इस सीमा तक अधिक होती है कि प्रति व्यक्ति उत्पादन पहले से बढ़ जाता है। नगरों का महत्त्व धीरे-धीरे बढ़ने लगता है। पश्चिमी यूरोप के विभिन्न राष्ट्र सत्रहवीं शताब्दी के अन्त तथा अठारहवीं शताब्दी के आरम्भ में इसी स्थिति में थे। **रस्टोव** की धारणा के अनुसार पूर्व गतिशील अवस्था के अन्तर्गत कृषि उत्पादन में तीन परिवर्तन स्पष्टतः दृष्टिगोचर होते हैं—**(क) पर्याप्त मात्रा में खाद्यान्नों का उत्पादन**—देश में खाद्य सामग्री का उत्पादन आवश्यकता के अनुसार होने लगता है। **(ख) औद्योगिक कच्चे मालों के उत्पादन में वृद्धि**—खाद्य सामग्री के अतिरिक्त औद्योगिक कच्चे मालों (जैसे—रूई, पटसन, तिलहन आदि) का उत्पादन भी बढ़ जाता है। फलस्वरूप कृषि एक लाभदायक व्यवसाय बन जाती है। **(ग) पूँजी और पूँजी निर्माण में वृद्धि**—कृषि उद्योग की बचत का आधुनिक उद्योगों में निवेश किया जाने लगता है। संक्षेप में, कृषि उद्योग अधिक खाद्यान्न, विस्तृत बाजार तथा अधिक पूँजी की व्यवस्था करने में सफल होता है। परम्परावादी समाज को गतिशील अवस्था तक पहुँचने के संक्रमण काल में सरकार को बड़े पैमाने पर सामाजिक पूँजी लगानी पड़ती है। सामाजिक पूँजी का तात्पर्य ऐसी पूँजी से है जो यातायात, सिंचाई योजना अथवा गन्दी बस्तियों की सफाई आदि के लिए प्रयुक्त की जाती है। भारत सरकार द्वारा रेल, सड़क, नहरें, चिकित्सा, जन-स्वास्थ्य तथा अन्य सामाजिक सुविधाओं की व्यवस्था इस प्रकार के पूँजी के प्रत्यक्ष उदाहरण हैं।

3. टेक ऑफ अथवा आत्म-स्फूर्ति की अवस्था

यह आर्थिक विकास की तीसरी अवस्था है। समाज अब एक ऐसी अवस्था में पहुँच जाता है जब आर्थिक विकास सामान्य नियमित गति से होने लगता है। इसके लिए अब विशेष प्रयत्नों की आवश्यकता नहीं पड़ती। **प्रोफेसर रस्टोव** के अनुसार, ''आत्म-स्फूर्ति की अवस्था को एक मध्यान्तर के रूप में व्यक्त किया जा सकता है जिसमें निवेश की दर इस प्रकार से बढ़ती है कि उससे प्रतिव्यक्ति वास्तविक उत्पादन में वृद्धि होती है और इस प्रारंभिक वृद्धि से उत्पादन की तकनीक तथा आय के प्रवाह के वितरण में इस प्रकार का परिवर्तन होता है कि उसके फलस्वरूप निवेश की नयी दर को निरन्तरता प्राप्त होती है। इस प्रकार प्रति व्यक्ति उत्पादन में वृद्धि की प्रवृत्ति जारी रहती है।''[1] प्राविधिक प्रगति का

1. "The take-off is defined as the interval during which the rate of investment increases in such a way that the real output per capita rises and this initial increase carries with it radical changes in production, techniques and the disposition of the income flows which perpetuates the new scale of investment and continuing thereby rising trend in per capita output."

प्रभाव कृषि तथा औद्योगिक क्षेत्रों में स्पष्ट रूप से दृष्टिगोचर होने लगता है और उत्पादन की मात्रा तथा किस्म में आशातीत सुधार दिखलायी पड़ता है। ''यह प्रगति की ऐसी अवस्था है जिसमें अर्थव्यवस्था इस योग्य हो जाती है कि वह अपने बल पर खड़ी होने एवं आत्म-निर्भर होने की अवस्था में प्रवेश कर सके और विभिन्न प्रकार के विकास के लिए आवश्यक सामग्रियों हेतु दूसरे देशों पर निर्भर न रहे।'' यह ऐसी अवस्था है जिसमें विकास मार्ग में उपस्थित होने वाली पुरानी रूढ़ियाँ और बाधाएँ समाप्त हो जाती हैं और वे शक्तियाँ जो पहले विकास की गति में धीमी सहयोग देती थीं, बलवती हो जाती हैं तथा विकास एक सर्वसाधारण स्थिति हो जाता है। अर्थ-व्यवस्था बिना किसी बाहरी सहायता के विकास का उड़ान भर सकती है और कुछ समय में उत्पादन की अधिकतम सीमा तक पहुँच सकती है। इसका तात्पर्य यह है कि अर्थव्यवस्था के अन्तर्गत निवेश की दर इस प्रकार से बढ़ती है कि प्रति व्यक्ति वास्तविक आय में वृद्धि होती है और इस वृद्धि के फलस्वरूप उत्पादन की पद्धतियों में आश्चर्यजनक परिवर्तन हो जाते हैं। फलस्वरूप पुनः निवेश दर में वृद्धि होती है और प्रति व्यक्ति उत्पादन में भी बराबर वृद्धि होती जाती है। संक्षेप में, विकास की इस अवस्था में जो साधन पहले आर्थिक क्रियाओं को बढ़ने में थोड़ा-सा सहायक होते हैं वे अब तीव्र गति से विकास में महत्त्वपूर्ण स्थान प्राप्त कर लेते हैं। नए उद्योगों का बहुत अधिक विस्तार हो जाता है। उनमें बचत होने लगती है जिसका नए क्षेत्रों में पुनः निवेश होता है। बचत में वृद्धि हो जाती है, उद्योग और कृषि में नई पद्धतियों का प्रयोग होने लगता है, निर्यात की नई संभावनाओं का विकास होता है और आयात की प्रकृति में परिवर्तन हो जाते हैं। इस प्रकार सम्पूर्ण अर्थव्यवस्था में आमूल परिवर्तन हो जाते हैं। अर्थव्यवस्था अब इस योग्य हो जाती है कि वह उन साधनों और पद्धतियों का प्रयोग कर सके जिनका प्रयोग वह पहले नहीं कर पाती थी। इन सभी क्रियाओं के फलस्वरूप विदेशी पूँजी सर्वसाधारण स्थितियों में आकर्षित होने लगती है। आत्म-स्फूर्ति का प्रभाव प्रत्यक्ष रूप में सामाजिक तथा आर्थिक संस्थानों पर पड़ता है। फलस्वरूप वितरण और निवेश प्रभावित होते हैं। नव प्रवर्तन एक दीर्घ-कालीन विशेषता बन जाता है। निवेश राष्ट्रीय आय के 5 प्रतिशत से बढ़कर 10 प्रतिशत अथवा इससे भी अधिक हो जाता है जो जनसंख्या की वृद्धि की दर से अवश्य ही अधिक होता है। फलस्वरूप प्रति व्यक्ति आय में वृद्धि हो जाती है। उपभोग में वृद्धि होती है। परन्तु यह वृद्धि बहुत अंशों तक वितरण की प्रणाली, जनसंख्या के दबाव, निवेश की प्रकृति और उसकी उत्पादकता पर निर्भर होती है।

आत्म-स्फूर्ति के मूल तत्त्व और आवश्यक शर्तें—1. उत्पादक निवेश राष्ट्रीय आय के 5 प्रतिशत अथवा उससे कम से बढ़ कर राष्ट्रीय आय के 10 प्रतिशत अथवा उससे अधिक हो जाता है। प्रोफेसर रस्टोव ने यह कल्पना की है कि यदि किसी अर्थव्यवस्था के विकास की प्रारंभिक अवस्था में कुल सीमान्त पूँजी-उत्पाद अनुपात (aggregate marginal capital output ratio) को 3.5 : 1 मान लिया जाय और जनसंख्या वृद्धि को 1 से 1.5 प्रतिशत प्रतिवर्ष मान लिया जाये तो यह स्पष्ट है कि शुद्ध राष्ट्रीय उत्पाद (net national product) का 3.5 प्रलिशत से 5.25 प्रतिशत अवश्य ही प्रतिवर्ष निवेश किया जाय यदि प्रतिव्यक्ति राष्ट्रीय उत्पादन को इस दर पर भी स्थिर रखना हो। इन्हीं कल्पनाओं के आधार पर यदि वास्तविक राष्ट्रीय उत्पादन में 2 प्रतिशत प्रति वर्ष वृद्धि करनी है तो राष्ट्रीय उत्पादन का 10 प्रतिशत से 12.5 प्रतिशत का लगातार निवेश किया जाना आवश्यक है।

2. एक अथवा अधिक निर्माणी क्षेत्रों (manufacturing sectors) की प्रगति तीव्र गति से होना। ''निर्माणी क्षेत्र'' का तात्पर्य ऐसे उद्योगों से है जिनमें कृषि उत्पादनों का सवारन (processing), आधुनिक पद्धतियों से कच्चे मालों का सवारन, दुग्ध उद्योग, लकड़ी उद्योग आदि सम्मिलित हैं। जब एक बार ऐसे उद्योगों का विकास होना प्रारंभ हो जाता है तो अन्य आधुनिक उद्योगों की स्थापना का ताँता बँध जाता है और इनमें विस्तार से उद्योगों को बाह्य मितव्ययताएँ प्राप्त होने लगती हैं जो उद्योगीकरण के लिए बहुत ही उपयोगी हैं।

3. एक ऐसे राजनीतिक, सामाजिक और सांस्थिक ढाँचे का विद्यमान होना अथवा तीव्र गति से विकसित होना जो आधुनिक क्षेत्र और संभावित बाह्य मितव्ययताओं के विस्तार के लिए विभिन्न प्रवृत्तियों का पोषण करे और प्रगति की गति को जारी रखने वाले लक्षण प्रदान करे अर्थात् सम्बन्धित देश में ऐसी क्षमता उपस्थित हो अथवा आ जाय कि आन्तरिक साधनों में पर्याप्त गतिशीलता लायी जा सके।

संक्षेप में कहा जा सकता है कि इस काल में वित्त की पूर्ति के लिए यह आवश्यक है कि समाज की बचत उन लोगों के हाथों में न पड़े जो उसको एकत्रित कर रखें अथवा विलासितापूर्ण अथवा कम उत्पादक क्षेत्रों में निवेश करें; सस्ते और पर्याप्त कार्यशील पूँजी की पूर्ति के लिए उपयुक्त संस्थाओं का विकास हो; कुछ ऐसे क्षेत्र तेजी से विकसित हों जो उद्योगीकरण की प्रक्रिया में तीव्रता ला सकें और अपने लाभ के लिए विशाल भाग का अधिक उत्पादक क्षेत्रों में निवेश करें।

4. परिपक्वता की ओर—गतिशील अवस्था तक पहुँच जाने पर देश की अर्थव्यवस्था में एक विभिन्न हलचल-सी उठ जाती है। तकनीकी एवं वैज्ञानिक साधनों का उपयोग इस सीमा तक होने लगता है कि देश में किसी भी वस्तु का उत्पादन आवश्यक मात्रा में करना सम्भव हो जाता है। परिपक्वता की दशा में पूँजी निवेश की मात्रा राष्ट्रीय आय के 10 से 20 प्रतिशत तक हो जाती है और अर्थ-व्यवस्था की सबलता के कारण अनेक नये-नये उद्योगों की स्थापना हो जाती है। इन उद्योगों के उत्पादन-स्तर में अन्तरराष्ट्रीय उत्पादन के साथ स्पर्द्धा करने की क्षमता होती है। रस्टोव के अनुसार टेक ऑफ काल का प्रारम्भ होने के लगभग 60 वर्षों बाद परिपक्वता अवस्था उत्पन्न होती है। परिपक्व अर्थव्यवस्था की प्रगति के फलस्वरूप देश की अन्य देशों पर सामान्य निर्भरता समाप्त हो जाती है। उसका व्यापार व्यवसाय केवल आर्थिक आधार पर किया जाता है। वास्तव में परिपक्व अवस्था प्राप्त कर लेने वाला देश आर्थिक दृष्टिकोण से यथेष्ट सबल तथ सम्पन्न हो जाता है।

5. अधिकाधिक उपभोग की अवस्था—अधिकाधिक उपभोग की अवस्था में नये उद्योग-धन्धे अधिकाधिक मात्रा में टिकाऊ उपभोक्ता वस्तुओं के उत्पादन की ओर बढ़ने लगते हैं जिसके फलस्वरूप मोटरकार, रेफरीजरेटर, वस्त्र धोने की मशीनें आदि महँगे उपभोक्ता साधनों की माँग केवल कुछ व्यक्तियों द्वारा ही नहीं वरन् सामान्य जनता द्वारा की जाने लगती है। अधिक आय प्राप्त करने वाला वर्ग सदा इन वस्तुओं के नए मॉडल प्राप्त करने को उत्सुक रहता है। इस अवस्था में तकनीकी विकास इस सीमा तक हो जाता है कि उसमें विशेष सुधार करने की बहुत कम गुंजाइश रह जाती है। उत्पादक अब केवल विभिन्न वस्तुओं के आवरण में परिवर्तन करते हैं अथवा सामान्य सुविधाओं में वृद्धि द्वारा नये ग्राहकों को आकर्षित करते हैं।

राज्य एवं आर्थिक विकास
(State and Economic Development)

"एक बुद्धिशील सरकार की प्रेरणा के बिना कोई भी देश आर्थिक विकास नहीं कर पाया है। इंगलैंड, जिसकी औद्योगिक शक्ति के रूप में महानता की नींव एडवर्ड द्वितीय और उसके उपरान्त योग्य प्रशासकों के एक क्रम द्वारा डाली गयी थी, अथवा संयुक्त राज्य अमेरिका, जिसकी संघीय और राज्य सरकारों ने आर्थिक क्रियाओं के रूप-निर्धारण में सदैव महत्त्वपूर्ण भाग लिया है, में तो और भी कम।"[1] इसके विपरीत इतिहास में ऐसे भी उदाहरण मिलते हैं जहाँ सरकारी हस्तक्षेप ने आर्थिक जीवन को नष्ट किया है। किन्तु वर्तमान काल में देश के शीघ्र आर्थिक विकास में सरकार का हस्तक्षेप आवश्यक समझा जाने लगा है। विकासशील देशों में सरकारी हस्तक्षेप अत्यावश्यक बन गया है क्योंकि ये राष्ट्र शीघ्र ही विकास करना चाहते हैं। आजकल तो विकसित देशों में भी आर्थिक क्रियाओं में सरकार महत्त्वपूर्ण भाग ले रही है। अर्द्ध-विकसित देशों के आर्थिक विकास में राज्य एक महत्त्वपूर्ण कार्य करता है। **संयुक्त राष्ट्र संघ अध्ययन समूह** (United Nations Study Group) के अनुसार "उन सामान्य कार्यों के अतिरिक्त जो कोई सरकार करती है ऐसे अनेक कार्य हैं जिन्हें उसे इस कारण करने होते हैं कि वे महत्त्व के हैं अथवा ये कार्य निजी प्रयासों द्वारा कार्यक्षमतानुसार नहीं किये जाते हैं। ये कार्य किसी भी देश के लिए आवश्यक हो सकते हैं किन्तु अर्द्ध-विकसित देशों में अधिक आवश्यक हैं क्योंकि इन देशों में निजी साहस अधिक ज्ञानी एवं उपक्रमी नहीं होता है।"[2] विकास की प्रारंभिक अवस्था में सामाजिक ऊपरी व्यय (social overheads) की कमी के कारण नवीन योजनाओं को प्रारंभ करने का क्षेत्र बहुत सीमित होता है।

परिवहन, संवहन, विद्युत, सिंचाई आदि पर भारी निवेश की आवश्यकता होती है। किन्तु इसमें लाभ तुरन्त और पर्याप्त मात्रा में प्राप्त न होने के कारण निजी साहसी इन कार्यों में अपना धन निवेश करना नहीं चाहते। ऐसे कार्यों पर व्ययों की मात्रा अधिक होने के साथ-साथ इनके लाभ अप्रत्यक्ष रूप में तथा दीर्घकाल में प्राप्त होते हैं। अर्द्धविकसित देशों में व्यवसाय साहसी दूरदर्शी नहीं होते तथा अपने धन-कोषों को दीर्घकाल तक फँसाना नहीं चाहते। इसके विपरीत व्यापार, सट्टे, गृह आदि में निवेश सरलता से आकर्षित हो जाता

---

1. "No country has made economic progress without positive stimulus from intelligent government, least of all England, the foundations of whose greatness as an industrial power were laid by a series of intelligent rulers from Edward II onwards, or the United States, whose governments, state and federal, have always played a large part in shaping economic activities."

   —W. A. Lewis: *The Theory of Economic Growth* (London, 1963), p. 37
2. "In addition to the functions governments normally perform, there is a large borderland of functions which they ought to perform for the simple reason that they are important and are not carried out or are not carried out sufficiently, by private effort. This borderland exists in any country, but it is wider in under-developed than developed countries because private enterprise in the latter is more knowledgeable and more enterprising than in the former."—Measares for Economic Development of Underdeveloped Countries, United Nations, New York (1957), P. 18

है क्योंकि इनमें आय शीघ्र और अधिक मात्रा में प्राप्त हो सकती है। अतएव सामाजिक ऊपरी व्ययों को राज्य द्वारा प्रोत्साहित करना चाहिए। आर्थिक विकास में मानवीय पूँजी के महत्त्व को नहीं भुला दिया जाना चाहिए और राज्य द्वारा श्रमिकों को प्रशिक्षण देने तथा अच्छी स्वास्थ्य सेवाएँ देने का समुचित प्रयत्न किया जाना चाहिए। सार्वजनिक उपक्रमों को राजनीतिक हस्तक्षेप से दूर रखकर पूर्णरूप से वाणिज्यिक आधार पर ही संचालित किया जाना चाहिए। यदि उपक्रमों को सरकारी विभाग के रूप में स्थापित किया गया तो उनमें अस्वस्थ राजनीतिक भावनाएँ प्रवेश कर लेंगी और उनका पूर्णरूप से विकास सम्भव नहीं हो पायेगा। इस प्रकार देश के आर्थिक, राजनीतिक तथा धार्मिक संस्थाओं में सुधार लाने में सरकारी हस्तक्षेप काफी महत्त्वपूर्ण भूमिका अदा करता है। सरकारी हस्तक्षेप के आधार पर ही देश के आर्थिक विकास में गति लायी जा सकती है। अल्प विकसित देशों में तो सरकारी हस्तक्षेप अति आवश्यक समझा जाने लगा है क्योंकि इन देशों में निजी साहसी दीर्घकाल में प्राप्त होने वाले लाभों में कोई योगदान नहीं देते। इसलिए इन कार्यों को सरकारी हस्तक्षेप द्वारा ही सम्पन्न किया जा सकता है।

प्रो० लेविस ने अर्द्ध-विकसित देशों के आर्थिक विकास के लिए सरकार के कार्य-क्षेत्र को नौ वर्गों में विभाजित किया है—(1) प्रवृत्तियों को विभाजित करना, (2) साधनों के उपयोग को प्रभावित करना, (3) मुद्रा की मात्रा को नियन्त्रित करना, (4) पूर्ण रोजगार की व्यवस्था करना, (5) निवेश स्तर को बढ़ाना, (6) लोक सेवाओं को बनाये रखना, (7) आर्थिक संस्थान बनाना, (8) आय के वितरण को समान करना, (9) उतार-चढ़ाव को नियन्त्रित करना।[1] सरकार के ये सभी कार्य आर्थिक विकास को बढ़वा देते हैं। इसके विपरीत **प्रो० लेविस** के अनुसार, सरकार आर्थिक विकास के मार्ग में अग्रलिखित रूपों में गतिरोध भी उत्पन्न कर सकती है—(1) नागरिकों को लूटना, (2) विदेशी पूँजीपतियों के मार्ग में रोड़े अटकाना, (3) अत्यधिक स्वतन्त्र नीति को अपनाना, (4) अत्यधिक धन व्यय करना, (5) खर्चीले युद्ध आरम्भ करना, (6) शान्ति बनाये रखने में विफल होना, (7) एक वर्ग द्वारा दूसरे वर्ग का शोषण करना, (8) लोक सेवाओं की अवहेलना करना, (9) अत्यधिक नियन्त्रण लगाना। ये सभी कार्य देश के आर्थिक विकास में बाधक सिद्ध होते हैं।

सामाजिक, आर्थिक संस्थाएँ एवं आर्थिक विकास
(Socio-Economic Institutions and Economic Growth)

सामाजिक और आर्थिक संस्थाएँ देश के आर्थिक विकास को प्रभावित करती हैं। इसलिए किसी भी देश का आर्थिक विकास उस देश की आर्थिक, सामाजिक, राजनीतिक और वैधानिक संस्थाओं से घनिष्ठतः सम्बन्धित होता है। विश्व के अनेक देशों के आर्थिक इतिहास का अध्ययन करने से ज्ञात होता है कि सामाजिक संस्थाओं ने आर्थिक विकास की गति को तीव्र करने में महत्त्वपूर्ण कार्य किया है। देश का आर्थिक विकास अनुकूल वातावरण में ही सम्भव होता है और ये सामाजिक संस्थाएँ देश के विकास वातावरण को अनुकूल अथवा प्रतिकूल बना सकती हैं। उदाहरण के लिए 19वीं शताब्दी में फ्रांस की धीमी प्रगति का मुख्य कारण वहाँ की सामाजिक कठोरताएँ रही हैं जिन्होंने साधनों और मानव के उत्पादक कार्यों के स्वतन्त्र प्रवाह को रोका, परम्परागत रीति-रिवाजों ने श्रम की

1. "W. A. Lewis : *The Theory of Economic Growth, London,* (1953), p. 377

गतिशीलता को प्रभावित किया और सरकारी सेवाओं में सामाजिक प्रतिष्ठा के लगाव आदि ने व्यापार की प्रगति को प्रभावित किया। कृषि के क्षेत्र में भी परम्परागत विधियों के प्रयोग ने कृषि की उत्पादकता को कम कर दिया। जापान के आर्थिक विकास में सामाजिक संस्थाएँ सहायक रही हैं जबकि चीन में ये बाधक रही हैं। चीन के आर्थक विकास में व्यापार का निम्न स्थान, सभी पुत्रों में समान सम्पत्ति-वितरण-प्रणाली, धर्म के प्रति कट्टरता, शासन की महत्त्वपूर्ण भूमिका, जनता की निजी सम्पत्ति में हस्तक्षेप का अधिकार, सामाजिक वर्ग विभाजन और गतिशीलता का अभाव आदि जैसे तत्त्व आर्थिक विकास में बाधक रहे हैं। इसके विपरीत, जापान में आन्तरिक और बाह्य व्यापार-क्रियाओं में स्वतन्त्रता, सामाजिक पदों में न्यायशीलता, श्रम का महत्त्व, स्वतन्त्र कृषि प्रणाली, व्यापार तथा उद्योग के प्रति सामाजिक प्रतिष्ठा, धर्म के प्रति व्यक्तिवादी दृष्टिकोण आदि ने आर्थिक विकास को प्रोत्साहित किया है। **यदि सामाजिक और आर्थिक संस्थाएँ अनुकूल हों तो वे देश के आर्थिक विकास में योगदान करती हैं। किन्तु यदि देश परम्परागत और रूढ़िवादी विधियों में ही जकड़ा हुआ हो तो अधिक प्रगति सम्भव नहीं हो पातीं।** भारत की अर्थव्यवस्था में सामाजिक और आर्थिक संस्थाएँ बेलोच तथा कठोर होने के कारण आर्थिक विकास में सहायक नहीं सिद्ध हुई हैं। इस प्रकार सामाजिक संस्थागत परिवर्तनों के बिना देश का आर्थिक विकास करना सम्भव नहीं होगा। आर्थिक तथा सामाजिक संस्थाओं में परिवर्तन लाने के उद्देश्य से देश की सामाजिक बाधाओं को दूर करना होगा।

आर्थिक इतिहास के अध्ययन का महत्त्व

लेखन-कला का आविष्कार सम्भवतः मानव जाति की महानतम् सिद्धियों (achievements) में से एक है। इसने सचमुच ही मानव जाति में एक पूर्ण क्रान्ति ला दी है। इसने अपने पूर्वजों की सिद्धियों को साहित्यिक रूप में सुरक्षित रखने में मनुष्य को समर्थ बनाया है। इस क्रान्तिकारी आविष्कार के पूर्व प्राचीन गरिमाएँ एक संतति से दूसरी संतति तक मौखिक रूप से पहुँचाई जाती थीं। किन्तु लेखन-कला के आविष्कार के साथ मौखिक ऐतिहासिक गरिमाओं की कठिनाइयाँ दूर हो गईं। इसके पश्चात् गाथाकारों और गुणगायकों ने महान् सिद्धियों के विषय में अपने कुल को गौरवान्वित करने के लिए अपने वंश की शक्ति एवं साहस की श्रेष्ठता का प्रदर्शन करने तथा ऐसे गुणों को अपंनाने के लिए व्यक्तियों को प्रेरित करने के उद्देश्य से लिखना और अपने वंश का गुणगान करना प्रारम्भ किया। कालान्तर में ऐसा अनुभव किया गया कि कुल-प्रशंसा एवं राष्ट्रीय अहंकार के अतिरिक्त भी इतिहास की कुछ अपनी लाभदायकता है। कुशाग्र बुद्धि वाले व्यक्तियों ने विभिन्न मानवीय कार्य-कलापों में नियमित कारण-परिणाम (cause and effect) के सम्बन्ध का अस्तित्व ढूँढ़ना प्रारम्भ किया और वे इस सारांश पर पहुँचे कि समान परिस्थितियों का सामान्यतः समान परिणाम होता है। अतएव वर्तमान तथा भविष्य की समस्याओं के समाधान के लिए भूत की घटनाओं का अध्ययन लाभदायक सिद्ध हुआ। भूत के अनुभवों के आधार पर मानव वर्तमान को भविष्य में खींच लाता है। इस प्रकार इतिहास के दर्शन का विकास हुआ और भू-क्षेत्रीय लोभ (territorial greed), धर्मांधता (religious bigotry), सैनिक गौरव आदि जैसे मानवीय कार्य-कलापों के अधिक स्पष्ट प्रयोजनों की व्याख्या होने लगी और उनमें विभेद दिया जाने लगा।

किन्तु धर्मान्धिता, सैनिक गरिमा, क्षेत्रीय लोभ आदि तक ही समस्त मानवीय कार्य सीमित नहीं हैं। इसलिए ये बातें समस्त मानवीय कार्यों को स्पष्ट करने में अपर्याप्त हैं। निःसंदेह **मुगलवंशीय औरंगजेब की धर्मान्धता, नेपोलियन का गौरव आवेश (passion), लुई चौदहवें का भू-क्षेत्रीय लोभ इत्यादि मनुष्य के कतिपय कार्यों का स्पष्ट कर सकते हैं। फिर भी ये समस्त मानवीय कार्यों के एक अंश मात्र को ही स्पष्ट करने के लिए पर्याप्त हैं।** राष्ट्रों का सतत् अस्तित्व होता है और जनता केवल युद्ध और पूजा ही नहीं करती वरन् परिश्रम और व्यापार भी करती है। अतः यदि मानव इतिहास को पूर्ण और सुसन्तुलित करना है तो आर्थिक तत्वों को भी पूर्ण स्थान देना आवश्यक है। सचमुच **कार्ल मार्क्स** ने आर्थिक तत्वों को उचित महत्त्व देकर मानव इतिहास और राष्ट्रीयता को एक नवीन मोड़ दिया है। मानव क्रियाएँ, चाह वे सामाजिक हों अथवा राजनीतिक अथवा धार्मिक, मानसिक अथवा नैतिक, समस्त आर्थिक परिस्थितियों द्वारा प्रभावित होती हैं। यदि कभी असह्य उदर-ज्वाला हो तो नैतिकता का अन्त हो जाना स्वाभाविक है। **'बुभुक्षितः किम् न करोति पापम्?'**

मानवीय आवश्यकताएँ मानवीय क्रियाओं के आधार हैं और इस प्रकार अर्थशास्त्र के भी। वे लाभदायक भौतिक वस्तुएँ जो केवल मानव प्रयास और त्याग द्वारा ही प्राप्त की जा सकती हैं आर्थिक वस्तुएँ कहलाती हैं तथा आर्थिक वस्तुओं के उत्पादन, वितरण, उपभोग और विनिमय को नियमित करने वाले सिद्धान्त अर्थशास्त्र की विषय-वस्तु होते हैं। **अर्थशास्त्र व्यापक रूप में तीन शाखाओं में विभक्त किया जा सकता है**—वर्णनात्मक (descriptive), सैद्धान्तिक(theoretial) और व्यावहारिक(applied)। वर्णनात्मक अर्थशास्त्र में अध्ययन के विषय-विशेष से सम्बन्धित समस्त समुचित तथ्यों का संकलन किया जाता है जिससे कि कतिपय व्यापक निष्कर्ष निकाले जा सकें। जैसे, भारतीय जूट उद्योग अथवा सूती वस्त्र उद्योग का अध्ययन। अर्थशास्त्र का सिद्धांत अथवा सैद्धांतिक अर्थशास्त्र आर्थिक प्रणाली की गतिविधियों एवं उनके महत्त्वपूर्ण स्वरूपों की सामान्य व्याख्या करता है। व्यावहारिक अर्थशास्त्र में सैद्धान्तिक अर्थशास्त्र द्वारा प्रदत्त विश्लेषण (analysis) के सामान्य ढाँचे को वर्णनात्मक अर्थशास्त्र द्वारा प्रस्तुत घटनाओं के कारणों एवं महत्त्व को स्पष्ट करने के लिए प्रयुक्त करने का प्रयास किया जाता है। एक प्रकार से आर्थिक इतिहास इस तीसरी शाखा में सम्मिलित किया जा सकता है। किन्तु **यह तीसरी शाखा भी पुनः दो भागों में विभक्त की जा सकती** है। इसका एक भाग मुख्यतः वर्तमान की आर्थिक समस्याओं से सम्बन्धित है और दूसरा भूतकालीन समस्याओं, उनके समाधान और परिणाम से। यही दूसरा भाग आर्थिक इतिहास कहलाता है। इसलिए **आर्थिक इतिहास का सम्बन्ध उन विभिन्न उपायों से है जिनके द्वारा मनुष्य ने भूतकाल में अपनी आवश्यकताओं की पूर्ति करने और अपनी आर्थिक समस्याओं का समाधान करने का प्रयास किया है।** साथ ही, यह उन समस्त संस्थानों, संगठनों और आविष्कारों से भी सम्बन्धित है जो विशेषतः मनुष्यों की आर्थिक क्रियाओं के विभिन्न पहलुओं को प्रतिबिंबित करते हैं। संक्षेप में, **आर्थिक इतिहास किसी देश की आर्थिक स्थितियों के विकास का अध्ययन है।**

इस प्रकार आर्थिक विकास के ऐतिहासिक अध्ययन के लाभ भी स्पष्ट हो जाते हैं। विश्व के विभिन्न देशों के आर्थिक विकास के इतिहास का अध्ययन कर और विभिन्न आर्थिक घटनाओं, समस्याओं तथा उनके परिणामों में एकरूपता (uniformity), नियमितता (regularity) और कारणीयता (causality) की स्थापना कर हम लोग अपनी वर्तमान

समस्याओं का समाधान कर सकते हैं और और भविष्य के लिए भी व्यवस्था कर सकते हैं। अन्य देशों के आर्थिक विकास के इतिहास का पाठ हमारी अपनी समस्याओं को सुलझाने में पथ-प्रदर्शन का लाभदायक कार्य कर सकता है। इसीलिए हम आर्थिक इतिहास का अध्ययन करते हैं—अपने देश का और अन्य विकसित देशों के आर्थिक इतिहास का भी।

आर्थिक विकास का ढर्रा और उनका महत्त्व
(Patterns of Economic Development and their Significance)

विश्व के विभिन्न देशों के आर्थिक विकास की गति तथा प्रक्रिया में पर्याप्त अन्तर रहा है। एक ओर संयुक्त राज्य अमेरिका, पश्चिमी जर्मनी, फ्रांस, कनाडा, इंगलैंड, आस्ट्रेलिया, सोवियत संघ, जापान आदि विश्व के धनी देश हैं जहाँ विकास की गति काफी तेज होती रही है और आज वे अत्यन्त ही अधिक विकसित अवस्था में पहुँच गये हैं और दूसरी ओर हम विश्व के अधिकांश देशों को पाते हैं जो अभी भी पिछड़ी हुई अवस्था में हैं और उनके विकास की गति भी काफी मन्द रही है। ऐसे देशों में सम्पूर्ण अफ्रिका, सम्पूर्ण दक्षिण अमेरिका, अधिकांश एशियाई देश है। भारत, पाकिस्तान आदि इसी श्रेणी में आते हैं। आज हम एक ओर जापान को पाते हैं जो विश्व अर्थव्यवस्था के मानचित्र पर एक नए नक्षत्र के रूप में तेजी के साथ उभर रहा है तो दूसरी ओर इंगलैंड को पाते हैं जिसकी अर्थव्यवस्था में धीरे-धीरे शिथिलता आती जा रही है। विश्व की ऐसी विषम स्थिति के क्या कारण रहे हैं? विश्व के विकसित देशों का विकास क्यों तेजी के साथ हो पाया है और पिछड़े देश क्यों पिछड़े रह गए हैं? इसी उद्देश्य से विश्व के कुछ विकसित देशों के आर्थिक विकास का अध्ययन किया जाता है।

आर्थिक विकास का एक तरीका **पूँजीवाद** का तरीका रहा है जिसका जन्म और विकास इंगलैंड में हुआ था और जो आज भी संयुक्त राज्य अमेरिका में फल-फूल रहा है। सामान्य अमेरिकी आज भी समाजवाद के नाम से काँप उठता है। अतएव संयुक्त राज्य अमेरिका और 1945 के पूर्व की ब्रिटिश अर्थव्यवस्था, पश्चिमी जर्मनी, फ्रान्स, आस्ट्रेलिया, कनाडा, जापान आदि पूँजीवादी अर्थव्यवस्था के उदाहरण हैं। पूँजीवादी विकास भी दो प्रकार से हुआ है—निर्बन्ध-पूँजीवाद और नियन्त्रित अथवा सरकार समर्थित पूँजीवाद। निर्बन्ध पूँजीवादी अर्थव्यवस्था में आर्थिक विकास सामान्यतः बिना सरकारी समर्थन और संरक्षण के हुआ है। 1945 के पूर्वकालीन ग्रेट ब्रिटेन की अवस्था और संयुक्त अमेरिका की यही अवस्था रही है। यद्यपि यहाँ भी सरकार द्वारा हस्तक्षेप होता रहा है किन्तु बहुत मामूली रूप में ही और वह भी परोक्ष रूप से ही। सामान्यतः ये अर्थव्यवस्थाएँ व्यक्तिगत या निजी पूँजीवाद (private capitalism) के उदाहरण हैं।

दूसरी ओर **राजकीय पूँजीवाद** (state capitalism) का नाम लिया जा सकता है जिसके अन्दर सरकार ने खुले और प्रत्यक्ष रूप से आर्थिक विकास में योगदान किया है यद्यपि विकास का ढर्रा पूँजीवादी रहा है। अतः इस प्रकार का पूँजीवाद राज्य समर्थित पूँजीवाद (state-supported capitalism) अथवा नियन्त्रित पूँजीवाद (controlled capitalism) भी कहा जाता है। पश्चिमी जर्मनी और जापान ऐसे विकास ढर्रे के ज्वलन्त उदाहरण हैं।

विकास का तीसरा ढर्रा **समाजवादी** कहा जाता है। इसके अन्दर उत्पादन साधनों पर सरकार का स्वामित्व रहा है और विकास का ढाँचा तथा प्रक्रिया स्वयं सरकार द्वारा तय की जाती रही हैं। सामान्यतः इसके अन्दर विकास आर्थिक आयोजना के आधार पर होता

है। सोवियत संघ, चीन, रूमानिया, युगोस्लाविया, चेकोस्लावाकिया, हंगरी, पोलैंड आदि पूर्वी यूरोपीय देश इसके ज्वलनत उदाहरण रहे हैं जो सभी अभी हाल तक साम्यवादी देश रहे हैं। इसके अन्दर सामान्यतः सम्पूर्ण विकास कठोर सरकारी नियन्त्रण के अधीन और उसी द्वारा किया जाता रहा है। साम्यवादी देशों के बाहर स्वीडेन भी ऐसा देश रहा है जहाँ समाजवादी ढंग से आर्थिक विकास किया गया है। यों आजकल साम्यवादी देशों में भी पूँजीवादी प्रवृत्ति आ रही है, साम्यवाद के प्रति मोह भंग हो रहा है। साम्यवादी अर्थव्यवस्थाएँ चरमरा गयी हैं और अब वे पूँजीवादी और बाजारवादी तत्त्वों को अपना ली हैं केवल क्यूबा ही एक टापू की तरह साम्यवादी देश बना हुआ है।

चौथी श्रेणी में होने वाले आर्थिक विकास ढाँचे को **मिश्रित अर्थव्यवस्था** कहा जा सकता है जिसके अन्तर्गत सरकार और निजी संघटकों के संयुक्त प्रयास से आर्थिक विकास किया जाता है। यह न पूँजीवादी है और न समाजवादी बल्कि दोनों का मिश्रण है। इसलिए इसमें दोनों के गुण पाये जाते हैं। 1945 के बाद ग्रेट ब्रिटेन इसका एक ज्वलन्त उदाहरण बन गया था परन्तु अब इसमें भी बाजारवादी प्रवृत्तियाँ प्रबल होने लगी हैं। भारत समेत अनेक अल्पविकसित देश आजकल इसी वर्ग में आ गए थे। परन्तु 1991 में सोवियत अर्थव्यवस्था के चरमरा जाने के बाद अब प्रवृत्ति बाजारवाद की ओर हो गयी है जिनमें प्रतियोगिता और खुलापन अर्थात् वैश्वीकरण पर अधिक जोर है।

प्रस्तुत पुस्तक में आर्थिक विकास के इन चारों ढर्रों के अन्दर आने वाले ग्रेट ब्रिटेन, संयुक्त राज्य अमेरिका, सोवियत रूस और जापान चार महान विकसित देशों तथा चीन का अध्ययन किया गया है जो अपने-अपने ढंग से आर्थिक विकास के इन चारों ढर्रों के प्रतिमान हैं और जिनमें भारत जैसे अल्पविकसित देशों के आर्थिक विकास के लिए शिक्षा मिलती है। इनके विकास इतिहास के अध्ययन से हमें यह शिक्षा मिलती है कि इन देशों ने अपना आर्थिक विकास किस प्रकार किया है? उनके विकास की प्रक्रिया क्या रही है? आर्थिक विकास के क्रम में उन्हें कैसी समस्याओं का सामना करना पड़ा है और उन्होंने उन समस्याओं का समाधान कैसे किया है? उनके विकास के क्या गुण-दोष, कमियाँ अथवा खूबियाँ रही हैं और उनके आधार पर हम अपने देश के आर्थिक विकास के लिए क्या शिक्षा-सहायता ले सकते हैं?

संयुक्त राज्य अमेरिका पूँजीवाद का उदाहरण है, सोवियत रूस समाजवाद का नमूना रहा है, जापान सरकार-समर्थित पूँजीवाद का नमूना है और ग्रेट ब्रिटेन कालसिद्ध पूँजीवाद के जन्म और विकास का नमूना रहा है परन्तु 1945 के बाद मिश्रित अर्थव्यवस्था तथा कल्याणकारी राज्य का नमूना बन गया है। चीन बाजारवादी समाजवाद (market socialism) अपनाने का दावा कर रहा है।

संदर्भ

W.W. Rostow : The Stages of Economic Growth

Meier and Baldwin : Economic Development—Theory, History and Policy

Williamson : Economic Development : Principles and Patterns

Benjamin Higgins : Economic Development

C.P. *Kindleberger* : Economic Development

मानक प्रश्न

1. आर्थिक विकास से आप क्या समझते हैं? क्या आर्थिक विकास को मापने का कोई सन्तोषजनक मापदण्ड है? **[Bhag. U. B. A (H) 1976]**
2. भारत मे आर्थिक विकास के विभिन्न तत्त्वों की व्याख्या कीजिए।
3. अल्प विकसित देशों के आर्थिक विकास में पूँजी के महत्त्व की व्याख्या करें।
4. आर्थिक विकास के विभिन्न रूपों की प्रमुख विशेषताओं की व्याख्या करें।
   Bring out the distinguishing features of different patterns of economic development.
5. आर्थिक विकास के विभिन्न स्तरों की व्याख्या कीजिए।
6. In what forms can the state foster the economic growth of a country? Discuss. **[Udiapur, M.A. 1966]**
7. Examine the theoretical and historical considerations relevant to the determination of the role of the state in economic development. **[Rajasthan M. A. 1968]**
8. In what significant ways are the motives behind state participation in economic affairs of an under-developed country different from those of developed countries? Discuss fully. **[Rajasthan M. A. 1968]**
9. Examine the ways in which the government of a country, through its action or inaction, could help or hinder the processes of economic growth. **[Rajasthan M.A. 1961]**
10. 'भारत जैसे देश में, जिसका उद्देश्य एक समाजवादी समाज का निर्माण करना है, लोक क्षेत्र को उत्तरोत्तर बढ़कर अर्थव्यवस्था में समादेशक ऊँचाई का स्थान ग्रहण करना है।'' समीक्षा करें। **[Saugar, M. Com. 1968]**
11. पिछड़ी अर्थव्यवस्थाओं में सामाजिक संस्थाओं के महत्त्व पर प्रकाश डालिए। आर्थिक विकास में संस्थागत बाधाओं को दूर करने के क्या उपाय हैं? **[Bhag. U. B. A (H) 1975, Udaipur M.A. 1968]**
12. किसी देश के आर्थिक विकास को संस्थागत परिवर्तन किस प्रकार प्रभावित करते हैं? ऐसे परिवर्तनकारी तत्त्व कौन से हैं? **[Raj. M. A. 1965]**
13. ''आर्थिक विकास में संस्थागत तत्त्वों का योग'' पर एक टिप्पणी लिखिए। **[Udaipur M. A. 1964]**

❑

अध्याय 2

आधुनिक आर्थिक विकास की प्रकृति और विशेषताएँ

आधुनिक आर्थिक विकास उन मानवीय प्रयासों के परिणामस्वरूप नयी तकनीक की उपज है जिसने मानव के सम्पूर्ण आर्थिक जीवन और धारणाओं को आमूलतः रूपान्तरित कर दिया है। इसे दूसरे शब्दों में आर्थिक क्रान्ति की संज्ञा दी गयी है जो कृषि, उद्योग, परिवहन, वाणिज्य आदि अर्थव्यवस्था के विभिन्न क्षेत्रों में क्रान्ति का संयुक्त परिणाम है। सामान्यतः इसे प्रायः 1750 के बाद आविष्कारों-परिवर्तनों के एक क्रम का परिणाम माना जाता है जो तत्कालीन ग्रेट ब्रिटेन में हो रहे थे जिसे आधुनिक आर्थिक विकास का जन्म स्थान कहा जाता है। वहीं से पूँजीवाद के रूप में इसका विश्व के दूसरे क्षेत्रों में विस्तार हुआ और आवश्यक संशोधनों-परिवर्तनों के साथ उसका रूप भी बदलता गया जो देश-काल की परिस्थितियों और जनता की आकांक्षाओं का परिणाम था। इसी विकास क्रम में **1750 से लेकर 1914 के प्रथम विश्व युद्ध तक के काल को मोटे रूप से 19वीं शताब्दी का काल कहा जाता है।** इसका अर्थ यह हुआ कि 19वीं शताब्दी के आर्थिक विकास को व्यापक रूप से आधुनिक आर्थिक विकास का स्थूल रूप कहा जा सकता है। इसी शताब्दी में ग्रेट ब्रिटेन की सम्पूर्ण विश्व में सर्वोच्चता रही और दूसरे देशों ने उसका अनुकरण किया। अतः 19वीं शताब्दा के आर्थिक विकास की विशेषताएँ मोटे रूप से आधुनिक आर्थिक विकास की विशेषताएँ कही जा सकती हैं। अगली पंक्तियों में हम इसी का अध्ययन करेंगे।

19वीं शताब्दी के आर्थिक विकास की प्रमुख विशेषताएँ
(Principal Features of 19th Century Economic Development)

19वीं शताब्दी महान् आर्थिक विकास काल थी। इसने अर्थ-व्यवस्था के लगभग समस्त क्षेत्रों—कृषि, उद्योग, वाणिज्य, परिवहन आदि में आमूल परिवर्त्तनों को होते हुए देखा न केवल ग्रेट ब्रिटेन में ही अपितु समस्त विकसित देशों में। 19वीं शताब्दी द्वारा लाये गये विभिन्न महान परिवर्तनों की कुछ स्पष्ट महत्त्वपूर्ण विशेषताएँ परिलक्षित होती हैं। इस शताब्दी ने उद्योग, परिवहन, खान आदि के क्षेत्र में यान्त्रिक शक्ति के सामान्य प्रयोग को देखा हैं। नए आविष्कारों ने न केवल उत्पादन और वितरण के प्राचीन ढंगों को ही परिवर्तित कर दिया बल्कि ऐसे उत्पादन एवं वितरण के मानवीय तत्त्व—मनुष्य को भी आमूलतः और बहुत ही शक्तिपूर्ण रूप में यन्त्रों, रेलवे और वाष्प-जलयानों द्वारा प्रभावित किया। यन्त्रों ने मानव की क्षमताओं एवं शक्तियों को परिवर्द्धित कर दिया और रेलवे तथा वाष्प जलयानों ने उसकी गतिशीलता में वृद्धि कर दी। भौतिक जगत में इन आमूल परिवर्तनों के साथ अनिवार्यतः विचार-भावनाओं में भी क्रान्ति आ गई। वैयक्तिक स्वतन्त्रता की एक नवीन धारणा का संचार हुआ और यूरोपीय देशों की अधिकांश जनता 19वीं शताब्दी में

इतनी अधिक स्वतन्त्र हो गई जितनी वह पहले कभी भी नहीं थी। देश की सरकारों को नवीन मानव वर्गों का, नवीन समस्याओं का सामना करना पड़ा और राष्ट्रीय नीति की एक नवीन अवधारणा का आविर्भाव हुआ। उद्योग एवं परिवहन के नवीन ढंग कच्चे माल तथा खाद्यान्न के लिए नवीन माँगों की सृष्टि किए, नवीन भू-क्षेत्रों के लिए द्वार खुला, नवीन आवश्यकताओं की रचना हुई, नवीन बाजारों का विकास हुआ जिससे शताब्दी के अन्त तक सम्पूर्ण भू-मण्डल विश्व अन्तरनिर्भरता एवं विनिमय तथा विश्व प्रतिद्वन्द्विता की एक विश्व अर्थ-व्यवस्था में परिवर्तित हो गया।

विलक्षण रूप में महान् एवं क्रान्तिकारी परिवर्तनों से युक्त 19वीं शताब्दी की तुलना यदि अन्य कोई शताब्दी कर सकती हैं तो वह 16वीं शताब्दी थी जिसमें भारत और अमेरिका जानेवाले समुद्री मार्गों की खोज का अथाह महत्त्व नवीन व्यापारी मार्गों, नवीन वाणिज्यिक एवं औपनिवेशिक प्रतिद्वन्द्विताओं, राष्ट्रों के बीच नवीन संघर्षों, नवीन व्यापारी वर्ग के उदय एवं पूँजी के विकास की पर्याप्त तीव्रता और फलस्वरूप औद्योगिक एवं कृषि जीवन के पुनर्गठन आदि में स्पष्टतः परिलक्षित हुआ था। 19वीं शताब्दी की पाँच "महान शक्तियों"—इंगलैंड, फ्रांस, जर्मनी, रूस और संयुक्त राज्य अमेरिका—में से केवल प्रथम दो ही देशों को 16वीं शताब्दी में आर्थिक इकाइयाँ कहा जा सकता था। वस्तुतः 16वीं शताब्दी की सर्वाधिक "महान शक्तियाँ", जो 16वीं शताब्दी में किये जानेवाले अन्वेषणों के लिए उत्तरदायी हैं पूर्वी साम्राज्य एवं समृद्धपूर्ण मसाला व्यापार के साथ पुर्तगाल था और 'नवीन विश्व' एवं उसकी चाँदी की खानों के साथ स्पेन था। जब सन् 1580 में स्पेन ने पुर्तगाल को भी अपने में मिला लिया और चाँदी तथा मसाला दोनों को नियन्त्रित कर लिया तो वह विश्व की एक अपार शक्ति बन गया। किन्तु इस महान कैथोलिक शक्ति के आर्थिक प्रभुत्व को प्रोटेस्टेन्ट हॉलैंड से चुनौती मिली और वह एक महान शक्ति बनने लगा। जिस प्रकार 16वीं शताब्दी स्पेन एवं पुर्तगाल की शताब्दी थी उसी प्रकार 17वीं शताब्दी हॉलैंड की हो गई। इस शताब्दी में हॉलैंड एक महान समुद्री शक्ति बन गया जिसके पास विश्वव्यापी व्यापार था और ऐम्सटरडम यूरोप का विनिमय स्थान बन गया। 18वीं शताब्दी तक डच गणतन्त्र का पतन होने लगा जबकि स्पेन और पुर्तगाल अब महान शक्तियाँ नहीं रह गये थे और फ्रांस 18वीं शताब्दी का सर्वाधिक महान एवं शक्तिशाली राष्ट्र बन गया। इंगलैंड का स्थान द्वितीय हो गया।

किन्तु 18वीं शताब्दी में फ्रांस के विश्वव्यापी आर्थिक आधिपत्य, सर्वोच्चता एवं प्रभुता को इंगलैंड से ललकार मिलने लगी। इस प्रकार 18वीं शताब्दी की दो महान शक्तियाँ विश्व सर्वोच्चता के लिए अपने में संघर्ष करने लगीं और अपनी महान जनसंख्या के साथ महान भू-शक्ति—फ्रांस—महान समुद्री शक्ति—ग्रेट ब्रिटेन—के साथ लड़ने लगा जो जनसंख्या में तो फ्रांस से बहुत ही निम्न था किन्तु वित्तीय दृष्टिकोण से अधिक अच्छी तरह संगठित था। फलस्वरूप इंगलैंड ने फ्रांस की लागत पर अपने उपनिवेशों एवं आश्रित देशों की संख्या में वृद्धि कर ली। "इन्हीं दो प्रतिद्वन्द्वियों से उद्भूत होने वाले थे वे नवीन आविष्कार जिन्होंने भौतिक अवस्थाओं में क्रान्ति ला दी और वे नवीन विचार जिन्होंने मानव प्राणी के रूप में मनुष्य की अवस्था में क्रान्ति ला दी।"[1] जैसा कि **श्रीमती**

1. "From these two rivals were to emanate the new inventions which revolutionised the physical condition, and the new ideas which revolutionsed the position of man as a human being."—L.C.A. Knowles : *The Industrial and Commercial Revolutions in Great Britain During the Nineteenth Century. p. 5*

नोल्स (Knowles) का विचार है, 19वीं शताब्दी ग्रेट ब्रिटेन से उदित होनेवाले नवीन यान्त्रिक आविष्कारों के साथ फ्रांसीसी सिद्धि और व्यक्तिक स्वतन्त्रता की धारणा का परिणाम है। **श्रीमती नोल्स** के शब्दों में *"यदि फ्रांसीसी विचारों ने व्यक्तियों की पद-प्रतिष्ठा को रूपान्तरित करने में सहायता दी तो अंग्रेजी आविष्कारों ने प्रकृति की शक्तियों को नियन्त्रित करने में सहायता दी जिन्होंने अबतक उसे अपने अधीनस्थ रखा था।"*[1] ग्रेट ब्रिटेन 18वीं शताब्दी में वाष्प-शक्ति के सफल विकास के लिए उत्तरदायी है जबकि फ्रांस से वैयक्तिक स्वातन्त्र्य की वे भावनाएँ प्रवाहित हुईं और फैलीं जो वाष्प अभियंत्र और अन्य यंत्रों के साथ विभिन्न प्रकार से प्रयुक्त होने पर यूरोप को परिवर्तित कर दीं और यूरोप के द्वारा संसार की शेष अर्थव्यवस्थाओं को भी। इस प्रकार **"19वीं शताब्दी फ्रांसीसी विचारों एवं अंग्रेजी प्रविधियों का परिणाम है।"**[2]

यदि सन् 1765 में **जेम्स वाट** (James Watt) द्वारा वाष्प शक्ति के आविष्कार के पश्चात् उत्पादन के क्षेत्र में नवीनतम प्रविधियों के आविष्कार और विकास के लिए ग्रेट ब्रिटेन को श्रेय दिया जाता है तो फ्रांस स्वतन्त्रता समानता एवं भ्रातृत्व के विचारों का मन्त्र फूँकने के लिए प्रधानतः उत्तरदायी है। **फ्रांस ने मानव के उन आधारभूत विचारों का प्रचार किया जो वास्तविक जीवन में उतार देने पर व्यक्तियों को कार्य करने के लिए, विचरण के लिए, पूँजी संचय के लिए और यहाँ तक कि यदि इच्छा हुई तो भूखों मरने के लिए भी स्वतन्त्र कर दिये।** इन्हीं विचारों, विशेषकर व्यक्तिगत स्वातन्त्र्य की भावना के प्रसार ने लाभार्जन करने, पैसा बनाने और जोखिम लेने के लिए व्यक्तियो को उत्साहित किया और अनूकूल वातावरण की सृष्टि की। इन्हीं विचारों के उद्भव ने अर्वाचीन संगठक वर्ग की उत्पत्ति की।

वाष्प-शक्ति के क्रान्तिकारी प्रभाव का कारण यह है कि यह ऐसी शक्ति उपलब्ध करती है जो जलवायु अथवा भौगोलिक स्थितियों से स्वतन्त्र है और इसका प्रयोग अनेक विभिन्न कार्य क्षेत्रों में किया जा सकता है। इसका प्रयोग खानों को खोदने में, कारखानों को चलाने में, भवन-निर्माण में, जहाजों से सामान उतारने और चढ़ाने में, समुद्र लाँघने, पहाड़ पर चढ़ने एवं पहाड़ को तोड़ने में, मरूभूमि पार करने में, प्रकाश तथा हवा की व्यवस्था करने में, पानी को निकालने और एक स्थान से दूसरे स्थान पर पहुँचाने आदि समस्त क्षेत्रों में किया जा सकता है और इसका निर्माण तथा प्रयोग ऐसे किसी भी देश में किया जा सकता है जहाँ पर इसके लिए आवश्यक ईंधन मिल सके। यदि इसके लिए कोयला और पानी उपलब्ध रहें तो यह दिन-रात गर्मी-सर्दी सभी समय और सभी स्थानों में कार्य को सरल बना देती है, श्रम व्यय को कम कर देती है। वाष्प का आविष्कार सन् 1710 में **न्यूकमेन** (Newcomen) ने कोयला की खानों से पानी निकालने के लिए किया था और कालान्तर में **जेम्स वाट्ट** (James Watt) ने इसके निर्माण एवं प्रयोग को मितव्ययी बनाया था। फलतः इसका प्रयोग शनैः—शनै व्यापक रूप से इंगलैड में और इसका अनुसरण कर यूरोप के अन्य देशों तथा सम्पूर्ण विश्व में किया जाने लगा। वाष्प के प्रयोग के पूर्व मनुष्य

1. "If French ideas helped to transform the status of persons, English inventions helped to control the forces of nature which had kept him in subjection hitherto."

—L.C.A. Knowles : ibid

2. "The nineteenth century is the outcome of French ideas and English technique:"

—L.C.A. Knowles, op. cit, p. 5

बाढ़, तूफान, अतिवृष्टि आदि जैसी प्राकृतिक शक्तियों कें समक्ष लगभग पूर्णतः असहाय था। वह पर्वतीय और मरुस्थलीय बाधाओं से घिरा हुआ था और जलवायु की स्थितियों तथा भू-क्षेत्रीय दूरी से सीमित था। वाष्प-अभियन्त्र ने इन भौतिक बाधाओं पर विजय प्राप्त करने में मानव को समर्थ बनाया और यह प्रकृति पर मानव नियन्त्रण का महान यन्त्र बन गया।

विचरण स्वातन्त्र्य एवं वाष्प का संयोग अत्यन्त ही महत्त्वपूर्ण तथा विलक्षण परिणाम लाया। जब आर्थिक स्वतन्त्रता पूर्ण हो गईं तो यूरोपीय जनता विचरण करने, धन-संचय करने और यदि इच्छा हुई तो भूखों मरने के लिए भी स्वतन्त्र हो गई और तब रेलवे और वाष्प-जलयान का आगमन हुआ जिसने इतनी अधिक गतिशीलता को संभव बनाया जिसे अभी तक स्वप्न में भी नहीं देखा गया था। लगभग इसी के साथ ही वैधानिक और भौतिक असमर्थताओं का भी अन्त हो गया। **जिस समय मनुष्य आजीविका के साधनों का चयन करने में अपने को स्वतन्त्र पा रहे थे ठीक उसी समय उनके हाथों में यन्त्रों के रूप में उत्पादन के नवीन औजार उपलब्ध हो गये और सभी ओर नवीन आजीविकाओं के द्वार खुल गये। ''इसके परिणाम हुए नवीन जनता, नवीन वर्ग, नवीन नीतियाँ, नवीन समस्याएँ एवं नवीन साम्राज्य।''**[1]

19वीं शताब्दी की तीन अन्य ''महान शक्तियाँ''—जर्मनी, रूस, संयुक्त राज्य अमेरिका—नवीन आविष्कारों तथा नवीन विचारों के ही परिणाम थीं। भूस्थलीय परिवहन में वाष्प के प्रयोग ने रेलवे को उत्पन्न किया जिसने इन महाद्वीपीय देशों के भीतरी क्षेत्रों तक पहुँचना सम्भव बनाया—ऐसे क्षेत्रों तक जो परिवहन साधनों के अभाव में अब तक बाह्य संसार से पृथक थे। ये देश प्रथम श्रेणी की आर्थिक शक्तियाँ इसीलिए बन पाये कि रेलवे ने उनकी कृषि वस्तुओं के निर्यात को सम्भव बनाया, उनके कोयले तथा लोहे को एक साथ ला दिया और उनकी वस्तुओं को सस्ती दर पर विशाल भू-क्षेत्रों में वितरित किया। अब तक वस्तुओं के वितरण की सुविधा अटलांटिक सागर के आस-पास वाली समुद्री शक्तियों का एकाधिकार थी। ये देश जबकि नवीन उत्पादन प्रविधियों के लिए इंगलैंड के ऋणी हैं तो उन्होंने मानव जाति के उचित सम्बन्धों के सम्बन्ध में अपनी प्रेरणा फ्रांस से प्राप्त की थी। फ्रांसीसी क्रान्तिकारी विचारों का प्रभाव इस तथ्य से स्पष्ट हो जाता है कि रूस और जर्मनी दोनों ने अपने लाखों परतन्त्र कृषकों को स्वतन्त्र कर दिया और संयुक्त राज्य अमेरिका ने अपने दासों को मुक्त कर दिया। 19वीं शताब्दी के प्रारंभ में केवल ग्रेट ब्रिटेन और फ्रांस को ही महान् आर्थिक शक्तियाँ कहा जा सकता था। इसका अन्त होते-होते जर्मनी, रूस और संयुक्त राज्य अमेरिका भी महान् शक्तियाँ बन गए।

जबकि आर्थिक उद्विकास (evolution) में कभी भी वस्तुत: निरपेक्षत: नवीन कुछ भी नहीं होता है, बहुधा कभी-कभी विकास की गति इतनी तीव्र हो जाती है कि जीवन की समस्त अवस्थाएँ आमूलत: परिवर्तित हो जाती हैं। यही कारण है कि 19वीं शताब्दी 18वीं शताब्दी से इतने स्पष्ट रूप से भिन्न हैं। परिवर्तन का यह संचय, जिनकी छाया पहले से ही मिल रही थी किन्तु जो 1782 के

1. "The result was new peoples, new classes, new policies, new problems and new empires."
—*L.C.A. Knowles : ibid, p.7.*

पश्चात् ही स्पष्ट हो सके थे, परवर्ती शताब्दी को यंत्र तथा वैयक्तिक गतिशीलता का युग बना देता है।[1] **19वीं शताब्दी की प्रधान विशेषताएँ पाँच कही जा सकती हैं**[2]—

1. विचरण स्वतन्त्रता और उसके परिणामस्वरूप कृषि क्रान्ति सम्भवतः 19वीं शताब्दी के आर्थिक विकास की सबसे अधिक महत्त्वपूर्ण विशेषताओं में से एक है।

2. द्वितीय महत्त्वपूर्ण विशेषता यन्त्रों का आगमन है जिन्होंने एक नवीन औद्योगिक वर्ग और नवीन श्रमिक आन्दोलन का सृजन किया।

3. यान्त्रिक परिवहन का विकास, जिसने विश्व के विभिन्न देशों के आपेक्षिक महत्त्व, वाणिज्य तथा सामाजिक जीवन में क्रान्ति ला दी, 19वीं शताब्दी की तीसरी महत्त्वपूर्ण विशेषता है।

4. चतुर्थ महत्त्वपूर्ण विशेषता **नवीन राष्ट्रीय आर्थिक नीतियों का विकास** है जिन्होंने उद्योग तथा वाणिज्य के सम्बन्ध में सरकारी नियन्त्रण को परिवर्द्धित किया। **औद्योगिक एवं वाणिज्य क्रांतियों ने नवीन सामाजिक वर्गों की सृष्टि की—एक नवीन व्यापारी वर्ग, एक नवीन औद्योगिक वर्ग, एक नवीन मौद्रिक शक्ति का उदय हुआ** था और फलतः प्राचीन भूमिधारी वर्ग का महत्त्व घट गया था। ये नवीन वर्ग 19वीं शताब्दी के नवीन जनतन्त्र की सृष्टि किये थे और इसी जनतन्त्र को नवीन नीति का निर्धारण करना था।

5. पंचम विशेषता जाति-विस्तार के लिए नवीन प्रयास है जिसने विश्व अन्तर-निर्भरता और विश्व प्रतिद्वन्द्विता के लिए पथ-प्रशस्त कर **एक नवीन औपनिवेशिक युग का उद्घाटन** किया। नवीन राष्ट्र पासामुद्रिक (overseas) क्षेत्रों पर अपनी शक्ति तथा प्रभाव को फैलाने में व्यग्र थे जिसके कारण औपनिवेशक क्षेत्रों में नवीन सरकारी कार्यों का जन्म हुआ। महान औद्योगिक शक्तियों के लिए कच्चे माल और बाजार जीवन-मरण के प्रश्न हो गये। रेलवे ने महादेशों के रास्तों को खोला। वाष्प-जलयान उन क्षेत्रों के उत्पादनों को यूरोप लाने लगे और सम्पूर्ण विश्व राष्ट्रीय विस्तार तथा उपनिवेशीकरण के लिए नवीन प्रयासों द्वारा नवीन यूरोप के आर्थिक प्रभाव में ला दिया गया। नवीन परिवहन साधनों के कारण क्षेत्रीय दूरी का अन्त हो गया। अविकसित क्षेत्रों में परिवर्द्धित रूप में पूँजी का निवेश किया जाने लगा और एक नवीन औपनिवेशिक युग का उद्घाटन हुआ। आत्म-निर्भरता के लिए प्रयास के बावजूद सम्पूर्ण विश्व के सभी देश अन्तरनिर्भर हो गए और सम्पूर्ण विश्व आर्थिक दृष्टिकोण से एक इकाई बन गया। फिर भी राष्ट्रीय भावनाएँ बनी रहीं और उपनिवेशों को मातृदेश के साथ मिलाकर एक यथासम्भव आत्म-निर्भर आर्थिक साम्राज्य की स्थापना के लिए चेष्टाएँ होने लगीं।

इस प्रकार **19वीं शताब्दी में एक नवीन ब्रिटिश साम्राज्य, एशिया में एक नवीन रूस, अफ्रीका में एक नवीन फ्रांस, यूरोप, अफ्रीका और पोलीनेशिया में एक नवीन जर्मनी का उदय हुआ और संयुक्त राज्य अमेरिका अटलांटिक महासागर के किनारे स्थित केवल 14 राज्यों के संघ से बढ़कर एक विशाल देश बन गया जो अटलांटिक महासागर से प्रशान्त महासागर और फिलीपाइन्स तक फैल गया।** इन महान साम्राज्यों का उदय नहीं हुआ होता यदि नवीन देशों को आबाद करने के लिए वृहत पैमाने पर जनसंख्या की वृद्धि एवं विचरण नहीं हुआ होता। यह वृद्धि तथा विचरण वैयक्तिक स्वतन्त्रता-सम्बन्धी नवीन भावनाओं और प्रविधि के संयोग से ही सम्भव हो सका। **"वैयक्तिक स्वातंत्र्य और फलतः कृषि ढंगों एवं व्यवस्थाओं में**

---

1. *नोल्स : वही, पृ० 9*
2. *नोल्स : वही*

क्रान्ति, वाष्प शक्ति द्वारा प्रस्तुत औद्योगिक तथा वाणिज्य क्रान्तियाँ, श्रमिक आन्दोलन, नवीन राष्ट्रीय नीतियाँ और नवीन उपनिवेशीकरण एवं प्रयास 19वीं शताब्दी की अत्यन्त ही महत्त्वपूर्ण विशेषताएँ हैं।''[1]

कृषि, औद्योगिक, वाणिज्य और परिवहन क्रान्तियाँ एक-दूसरे पर निर्भर थीं। ये एक-दूसरे की सहायता कीं और सहायता प्राप्त कीं। कृषि क्रान्ति ने औद्योगिक क्रान्ति को सहायता पहुँचाई और बदले में सहायता प्राप्त की। जब कृषि और उद्योग में क्रान्तियाँ आ गयीं तो उनके पास वस्तुओं का अतिरेक हुआ जिनका विक्रय देश के दूरस्थ क्षेत्रों और कालान्तर में विदेशों में आवश्यक हुआ। उद्योगों के लिए अधिक-से-अधिक मात्रा में कच्चे माल और खाद्यान्नों की आवश्यकता हुई जिन्हें देश के दूरस्थ क्षेत्रों से अथवा विदेशों से लाना आवश्यक हुआ। इस प्रकार वाणिज्य के प्रसार का अवसर मिला। किन्तु व्यक्तियों और वस्तुओं को एक स्थान से दूसरे स्थान में पहुँचने के लिए परिवहन साधनों की आवश्यकता हुई और उनका विकास हुआ। परिवहन साधनों के विकास के फलस्वरूप कृषि-उद्योग का और भी अधिक विकास हुआ जिसके कारण वाणिज्य में वृद्धि हुई और पुनः परिवहन में विकास हुआ। इस प्रकार ये समस्त क्रान्तियाँ एक-दूसरे पर निर्भर रहीं। **कृषि, उद्योग, परिवहन आदि क्रान्तियों की यह अन्तर्निर्भरता भी 19वीं शताब्दी के आर्थिक विकास की एक महान विशेषता है।**

19वीं शताब्दी में ग्रेट ब्रिटेन में तीव्र आर्थिक विकास के कारण

पिछले पृष्ठों में वर्णित आवश्यक साधनों के साथ हमलोग अब उन तत्त्वों का विश्लेषण करने में समर्थ हो सकते हैं जो गत दो ढाई सौ वर्षों में अर्थात औद्योगिक क्रान्ति के पश्चात् ग्रेटब्रिटेन में हुए तीव्र आर्थिक विकास के लिए उत्तरदायी हैं। ग्रेट ब्रिटेन में औद्योगिक विकास वस्तुतः सन् 1750 से प्रारम्भ हुआ जब वहाँ औद्योगिक क्रान्ति का जन्म हुआ था। औद्योगिक क्रान्ति के आगमन के साथ ग्रेट ब्रिटेन ने अपने राष्ट्रीय उत्पादन में इस प्रकार की वृद्धि दर का अनुभव किया जो अवश्य ही पूर्वकालीन शताब्दियों की अपेक्षा 30-40 गुनी अधिक रही होगी। विगत लगभग दो ढाई सौ वर्षों में ग्रेट ब्रिटेन में जो तीव्र आर्थिक विकास हुआ उसने ग्रेट ब्रिटेन को एक अत्यन्त ही विकसित पूँजीवादी देश में परिणत कर दिया। प्रश्न उठता है कि ग्रेट की आर्थिक व्यवस्था ने क्यों इतना अधिक तीव्र आर्थिक विकास का अनुभव किया?

कालसिद्ध (classical) अर्थशास्त्रियों के अतिरिक्त अन्य बहुत से अर्थशास्त्रियों—**प्रो० हैरोड, प्रो० डोमर, श्रीमती जोन रॉबिन्सन** आदि सबों ने इस बात का विश्लेषण करने का प्रयास किया है कि औद्योगिक विकास की गति क्यों तीव्रतर हुई। किन्तु सबों ने केवल सहायक प्रभावक तत्त्वों का ही विवेचन किया है और प्रधान चालक पर उनका ध्यान नहीं गया है। किन्तु हमने स्पष्ट किया है कि जो सिद्धान्त तीव्रतर आर्थिक विकास के कारणों को निश्चित करने के लिए ब्रिटिश जनता की महत्तर कंजूसी अथवा कतिपय वैज्ञानिक आविष्कारों के प्रतिफल पर निर्भर है वह निश्चय ही अपर्याप्त होगा क्योंकि न तो पूँजी के संचयन और न प्राविधिक आविष्कारों के प्रवाह को ही ''स्वतंत्र चरराशि'' (independent

1. "Personal freedom and the consequent revolution in agricultural methods and tenures, the industrial and commercial revolutions brought by steam power, the labour movement, the new national policies and new colonisation and migration are the outstanding economic features of the 19th century. —*I.C.A. Knowles : ibid,*

variable) माना जा सकता है। अधिक-से-अधिक वे आर्थिक विकास प्रक्रिया की प्रव्यक्तियाँ ही हो सकते हैं किन्तु ये स्वयं ही यह नहीं बतला सकते कि आर्थिक विकास कभी और कहीं क्यों होता है?

वास्तविक व्याख्या प्रधान चालक के द्वारा की जा सकती है जो ग्रेट ब्रिटेन में एक मनोवैज्ञानिक तत्त्व था। **लाभार्जन, जोखिम-साहस लेना और अधिक-से-अधिक लाभ एवं मुद्रा अर्जित करना—ये तीन मनोवैज्ञानिक तत्त्व थे जिन्होंने प्रधान चालक के रूप में कार्य करते हुए इंगलैंड में तीव्र आर्थिक विकास की प्रक्रिया को प्रारम्भ किया।** अन्य देशों की अपेक्षा ग्रेट ब्रिटेन का बहुत ही तीव्रतर आर्थिक विकास क्यों हुआ, इस प्रश्न का सबसे अच्छा उत्तर हमलोगों की दृष्टि में महान आविष्कारों अथवा अनुकूल वातावरण जैसी अनपेक्षित घटनाओं में उतना नहीं ढूँढा जाना चाहिए जितना कि जोखिम लेने और पैसा बनाने जैसे कार्यों के प्रति मानवीय धारणाओं में। **अर्वाचीन व्यवसायी (business man) अथवा 'संघटक' (entrepreneur) स्पष्टत: पूँजीवादी समाज की उपज है। फिर भी आधुनिक पूँजीवाद की व्याख्या इसके सिवा और कोई नहीं हो सकती कि वह स्वयं भी उन मानसिक धारणाओं(mental attitudes) के विकास का प्रतिफल है जो अपनी अभिव्यक्ति लाभ कमाने, जोखिम लेने (risk-taking) और पैसा कमाने (money-making) में प्राप्त करती है जो व्यक्तिगत अहंता (individual ego) की अभिव्यक्ति के साधन हैं।** इस प्रकार हम **निकोलस काल्डोर** (Nicholas Kaldor) को यह कहते हुए पाते हैं कि *'मेरी दृष्टि में विगत दो सौ वर्षों में अर्थात् आधुनिक पूँजीवादी के प्रादुर्भाव के उत्तरकालीन वर्षों में अत्यन्त ही अधिक तीव्र आर्थिक विकास की व्याख्या केवल जोखिम लेने और लाभार्जन करने के प्रति परिवर्तित होती हुई मानवीय धारणाओं द्वारा ही की जा सकती है।* यह परम्परावादी दृष्टिकोण से शासित उत्पादन इकाइयों—कृषक और शिल्पकार—का व्यावसायिक उपक्रमों द्वारा विस्थापन का परिणाम था जो ऐसे व्यक्तियों द्वारा संचालित किये जाने लगे थे जो जोखिम लेना और पैसा बनाना जीवन की मुख्य अभिरुचि समझने लगे थे—ऐसे व्यक्तियों द्वारा जो **'केवल जीवन यापन'** के बजाय धन-सम्पदा का अर्जन करने पर तुले हुए थे। इस प्रकार **'व्यावसायिक उपक्रम' का प्रादुर्भाव, जो अर्वाचीन पूँजीवाद की विशेषता है, उत्पादन-रीति में परिवर्तन का परिणाम नहीं अपितु कारण था और वह ऐसी सामाजिक शक्तियों की उपज था जो आर्थिक अथवा प्राविधिक तत्त्वों द्वारा विवेचित नहीं की जा सकती।''**[1] शायद

1. "In my view the greatly accelerated economic development of the last 200 years—the rise of modern capitalism—can only be explained in terms of changing human attitudes to risk taking and profit-making. It was the displacement of production units governed by a traditionalist outlook—the peasant and the artisan—by business enterprise led by men who found risk-taking and money-making their chief interest in life, by men who were out to make fortune rather than just a living. The emergence of the "business enterprise' characteristic of modern capitalism, was the cause rather that the result of changes in the modes of production and it was the product of social forces that can not in turn be accounted by economic or technical factors." —*Nicholas Kaldor "Characteristics of Economic Development", International Congress of Studies of the Problems on Undedeveloped Areas, Milan*; October, 1954.

ही कोई इसे अस्वीकार करे कि विगत दो शताब्दियों में अत्यन्त ही तीव्र आर्थिक विकास, जो अर्वाचीन पूँजीवाद के पदार्पण से संलग्न है, अनिवार्यतः ऐसी शक्तियों की उपज है जो समाजान्तर्गत (endogeneous to society) हैं जबकि प्राविधिक नव-प्रवर्तनों और जनसंख्या के विकास का विस्तृत प्रभाव भी, जो इस प्रक्रिया के साथ-साथ चला और जिसने उसकी कार्यान्विति को संभव बनाया, स्वयं इन्हीं आधारभूत सामाजिक शक्तियों की उपज था, आर्थिक विकास का सूत्रपाती कारण नहीं। इसी कारण **अन्तरराष्ट्रीय श्रम-संघ** (International Labour Organization) का एक प्रतिवेदन दुःख प्रकट करता है कि "एशिया में आधुनिक उद्योग को जिन प्रमुख तत्त्वों ने सहायता अथवा बाधा पहुँचायी है उनमें से अब तक सबसे अधिक महत्त्वपूर्ण तत्त्व निःसन्देह उपक्रम का सामान्य अभाव रहा है। बाजार के अवसरों के प्रति अपने को उत्तरशील बनाने के लिए प्रस्तुत और समर्थ साहसी उपक्रमी व्यक्ति समस्त एशियाई देशों में अत्यन्त ही कम रहे हैं। यहाँ के आधुनिक उद्योग को विकसित करने के लिए न केवल पूँजी ही वरन् उपक्रम भी दूसरे देशों से आया है।"[1] यही कारण है कि एशियाई देश अधिकांशतः अर्द्ध-विकसित और पिछड़े हुए हैं।

अतएव आर्थिक विकास स्वतः ही नहीं हुआ करता। यह केवल गतिमय बना देने का ही विषय नहीं है। यह तभी होता है जब संबद्ध मानवीय अभिकरण सतत प्रयास करें। आर्थिक विकास आर्थिक और सामाजिक वातावरण द्वारा पर्याप्त रूप में प्रस्तुत प्रयोजनों एवं उत्प्रेरणाओं के प्रति एक विशेष प्रकार की मानवीय प्रतिक्रिया के कारण होता है। **कार्य करने, पूँजी संचयन करने, जोखिम उठाने आदि के प्रति विकसित एवं अर्द्ध-विकसित क्षेत्रों की जनता की धारणाओं में महान अन्तर हैं। ये धारणाएँ सांस्कृतिक परिस्थितियों द्वारा निर्धारित होती हैं फिर भी परिवर्तनीय होती हैं।** फिर भी जिस गति से ये धारणाएँ परिवर्तित की जा सकती है और उन परिवर्तनों का जो प्रभाव पड़ सकता है वे निःसन्देह महत्त्वपूर्ण हैं। भाग्यवश ग्रेट ब्रिटेन में यह गति अधिक थी और दुर्भाग्यवश कुछ समय के लिए संसार के अन्य देशों में (अर्द्ध-विकसित देशों में अब भी) बहुत कम।

एक बार यदि ये मनोवैज्ञानिक शक्तियाँ दुर्द्धर्ष हो जायें तथा उत्पादन-योजना ऐसे व्यक्तियों के हाथों में आ जाय जो अधिक-से-अधिक विकास करने की प्रबल इच्छा से उद्यत हों तो फिर प्रगति स्वसर्जित स्वचालित हो जाती है। विकास की अपेक्षाओं के प्रत्युत्तर में महत्तर पूँजी का संचयन और जनसंख्या में वृद्धि होने लगती है। विकासशील क्षेत्रों को विकसित होने के लिए जितनी ही अधिक शक्तिपूर्ण इच्छा होगी अर्थात्, दूसरे शब्दों में, संघटक जितना ही अधिक जोखिम उठाने के लिए प्रस्तुत रहेंगे अथवा भविष्य के प्रति जितना ही अधिक उनकी आशावादिता रहेगी, अर्थव्यवस्था में उतना ही अधिक कार्यभार का दबाव और विकास होगा और उतनी ही अधिक नवीन प्रविधियों द्वारा उत्पादन की भौतिक परिस्थितियों को विजित करने की उत्प्रेरणा होगी।

---

1. "Among the principal factors which have favoured or retarded the growth of modern industry inAsia, the most important so far is doubtless the general lack of enterprise. Men of enterprise, ready and able to respond to market opportunuties have been scarce in all Asiatic countries. Not only capital, but also the initiative in developing modern industry has come mainly from abroad." —*International Labour Organization*: *The Problems of Economic Background of Social Policy Including Problems of Industrialisation, New Delhi, International Labour Office, 1947, p. 97.*

ये सभी बातें ग्रेट ब्रिटेन में **औद्योगिक क्रांति** के पश्चात् आयीं और आर्थिक विकास को अत्यन्त ही तीव्रगामी बना दी। **वाष्प अभियंत्र** के अनुसंधान के साथ एक नवीन युग का श्रीगणेश हुआ। **व्यवसायी वर्ग ने नवीन आशाओं और नयी शक्ति के साथ नवीन सारिकाओं पर उत्पादन करना प्रारंभ किया। किन्तु उनके कृत्यों के पीछे उनकी वृहत्तर लाभार्जन की आशाएँ थीं। इसी कारण वे अधिक-से-अधिक जोखिम उठाने से भयभीत नहीं हुए। व्यवसायी वर्ग के मस्तिष्क में एक महान मनोवैज्ञानिक परिवर्तन हो चुका था।** अब तक वे परम्परागत सारिकाओं पर ही अपना व्यवसाय कर रहे थे। किन्तु परिवर्तित मानवीय धारणाओं के द्वारा उद्घाटित औद्योगिक क्रांति के साथ इनमें एक महान् परिवर्तन आया। ग्रेट ब्रिटेन में औद्योगिक क्रांति के पश्चात् पुनः नवीन व्यावसायिक दृष्टिकोण के साथ नवीन संघटकों के समूह का उदय हुआ जिसने महत्तर नवीनतर जोखिम उठाकर उत्पादन के क्षेत्र में एक नवीन अवस्था का सूत्रपात किया। उत्पादन में अत्यन्त ही अधिक गति से वृद्धि हुई।

इसलिए ब्रिटिश अर्थव्यवस्था का अनुभव हमें बतलाता है कि तीव्र आर्थिक विकास एक ओर तो संघटक के दबाव की शक्ति का परिणाम है और दूसरी ओर जनसंख्या की वृद्धि, प्राविधिक प्रगति और पूँजी संचयन की प्रतिक्रिया की लोच का। जनसंख्या में वृद्धि, प्राविधिक प्रगति और पूँजी संचयन प्रभावक तत्त्व हैं जो संघटक के समीचीन व्यवहारों द्वारा प्रारंभ किये गये आर्थिक विकास की प्रक्रिया को और भी अधिक गति प्रदान करते हैं। **इंगलैंड में न केवल मनोवैज्ञानिक शक्तियाँ, जो प्रधान चालक का काम करती हैं, विद्यमान थीं, वरन् साथ ही जनसंख्या की वृद्धि, प्राविधिक प्रगति और पूँजी संचयन जैसे प्रभावक तत्त्व भी प्रचुर मात्रा में उपलब्ध थे।** इसी कारण ब्रिटिश अर्थव्यवस्था ने अत्यन्त ही अधिक तीव्र आर्थिक विकास का अनुभव किया और अन्ततोगत्वा आधुनिक परिपक्व औद्योगिक अर्थव्यवस्था, जिसे अर्वाचीन पूँजीवाद कहा जाता है, में अपनी चरम अभिव्यक्ति प्राप्त की। ब्रिटिश अर्थव्यवस्था अत्यन्त ही तीव्र गति से यात्रा करती हुई गृह और कुटीर औद्योगिक इकाइयों से चलकर कारखाना-प्रणाली से होती हुई आज कल के वृहत् पैमाने के निगमों तक आ पहुँची है।

विश्व के विभिन्न देशों में विषम आर्थिक विकास के कारण
(Causes of the Uneven Economic Development in the World)

ब्रिटिश आर्थिक विकास का सर्वेक्षण कर अब हम विश्व के विभिन्न देशों में विषम आर्थिक विकास के कारणों का विश्लेषण करेगे। यह प्रस्थापना कि इंगलैंड में पूँजीवादी उपक्रम के उद्भव ने अर्वाचीन पूँजीवाद को जन्म दिया है इस तथ्य पर बहुत ही कम प्रकाश डाल पाती है कि विभिन्न देशों में विषम आर्थिक विकास क्यों हुआ अर्थात् यह नहीं बतला सकती कि क्यों औद्योगिक क्रांति के पश्चात् एक बार ग्रेट ब्रिटेन में प्रारंभ कर दिया गया आर्थिक विकास का आन्दोलन संसार के विभिन्न क्षेत्रों में समान और व्यापक रूप से विकसित नहीं हो सका। हमलोगों के विचार में इस बात को स्पष्ट करने के लिए विशुद्ध और सरल ''मनोवैज्ञानिक'' व्याख्या अपर्याप्त है क्योंकि पूँजीवादी उपक्रम वस्तुतः संसार के लगभग समस्त देशों में फैल चुका है यद्यपि कहीं बहुत अधिक और कहीं बहुत कम। यह कहना सत्य नही होगा कि आधुनिक पूँजीवादी व्यवस्था अर्द्धविकसित देशों में पूर्णतः अज्ञात है। वस्तुतः महत्त्वपूर्ण अन्तर यही है कि अर्द्धविकसित देशों में **अर्थव्यवस्था का पूँजीवादी खंड (capitalist segment) अत्यन्त ही लघु रहा है और उसने उन देशों में गतिशील विस्तार के लिए वैसी ही प्रवृत्ति नहीं दर्शाया है जैसी कि विकसित देशों में।**

तो फिर समस्या का समाधान क्या है? इस प्रश्न पर अधिक प्रकाश डालने के लिए हमें आर्थिक विकास की समस्याओं के अध्ययन में एक नवीन और अत्यन्त ही अधिक महत्त्वपूर्ण तत्त्व का समावेश करना होगा और वह है **संतुलितं विकास की अवधारणा** (concept of balanced growth)। **आर्थिक विकास की प्राकृतिक प्रक्रिया के लिए अर्थव्यवस्था के विभिन्न अंगों के संतुलित विकास की प्रक्रिया की आवश्यकता होती है** यद्यपि आयोजनों द्वारा हम असंतुलित विकास की प्रक्रिया से संबंधित प्रविधि का भी अनुकरण कर सकते हैं यदि वहाँ हम भारी और आधारभूत उद्योगों के विकास पर अधिक जोर डालें। किन्तु जो अर्थव्यवस्था योजनाबद्ध नहीं होगी, और योजनाकरण अभिनव विकास है, वहाँ असंतुलित विकास कुछ समय में ही स्वयं अपना गला घोंट लेगा।

अर्थव्यवस्था में विभिन्न क्षेत्र (sectors) होते हैं और वे एक-दूसरे से इतने अधिक संबंधित होते हैं कि यदि किसी क्षेत्र में विकासीय संभावनाओं (developmental potential) के अभाव में विकास नहीं हो पाता तो अन्य क्षेत्रों पर भी इसका प्रतिकूल प्रभाव पड़ता है। इस कथन से यह निष्कर्ष निकलता है कि यदि किसी महत्त्वपूर्ण क्षेत्र में विकास की संभावना कम अथवा अस्तित्वहीन हो तो अन्य क्षेत्रों के विकास की महत् संभावनाएँ भी प्रभावोत्पादक नहीं हो सकतीं। हमलोग यहाँ पर अर्थव्यवस्था के कृषि और उद्योग में महत्त्वपूर्ण विभाजन पर विचार कर रहे हैं। **किसी महत्त्वपूर्ण क्षेत्र में विकासीय संभावना कम इसलिए हो सकती है कि** (1) उस क्षेत्र में मनोवैज्ञानिक उपक्रम का अभाव हो सकता है और (2) उस क्षेत्र में उत्पादन में वृद्धि के लिए अपेक्षाकृत कम प्रणोदन हो सकता है। अर्थव्यवस्था के महत्त्वपूर्ण क्षेत्र का विकास इस कारण पीछे रह सकता है कि विकास के लिए आवश्यक सामाजिक शक्तियाँ अर्थव्यवस्था के समस्त क्षेत्रों में व्याप्त न होकर केवल कुछ ही क्षेत्रों में बिखरी हुई हैं।

औद्योगिक उत्पादन का विकास आवश्यक रूप से कृषि-उत्पादन के विकास की पूर्व कल्पना पर आधारित है। इसके अतिरिक्त यह विकास यह भी कल्पना करता है कि कृषि उत्पादन का वह अनुपात, जिसका कृषि-क्षेत्र में ही उपभोग नहीं हो जाता वरन् औद्योगिक आदि दूसरे क्षेत्रों में उपभोग के लिए अतिरेक (surplus) के रूप में रहता है, लगातार वृहत्तर होता चला जाय। दूसरे शब्दों में, **औद्योगिक क्रांति के पूर्व ही कृषि क्रांति का पदार्पण अत्यन्त आवश्यक है क्योंकि कृषि-क्रांति औद्योगिक क्रांति की पूर्व दशा (pre-condition) और आधार है।** इसी कारण **औद्योगिक आयोजना के पूर्व कृषि आयोजना का पूर्ण होना आवश्यक है।** आर्थिक विकास अनिवार्यतः यह चाहता है कि कृषि में लगे हुए व्यक्तियों की संख्या में कमी हो। वस्तुतः खाद्यान्न के उत्पादन में लगी हुई मानव-शक्ति का अनुपात किसी देश के स्तर और गति को निर्धारित करने के लिए सबसे अधिक सामान्यतः स्वीकृत कसौटियों में से एक है क्योंकि इस अनुपात का प्रति व्यक्ति वास्तविक आय के साथ सर्वदा उल्टा संबंध होता है। यह अनुपात भारत, चीन, दक्षिण-पूर्वी यूरोपीय देशों और दक्षिण अमेरिका के देशों, जो अर्द्ध विकसित हैं, में 70 से 80 प्रतिशत तक है जबकि ग्रेट ब्रिटेन, न्यूजीलैंड और संयुक्त राज्य अमेरिका आदि विकसित देशों में 10 प्रतिशत से भी कम है। इसके अतिरिक्त औद्योगिक उत्पादन के विकास के लिए सम्पूर्ण कृषि-उत्पादन में वृद्धि आवश्यक है क्योंकि वास्तविक आय में वृद्धि के साथ खाद्यान्नों के उपभोग में वृद्धि होती है यद्यपि संभवतः अनुपात में कम गति से। किन्तु इससे भी अधिक **महत्त्वपूर्ण बात यह है** कि औद्योगिक विकास उस उत्पादन के अनुपात में वृद्धि चाहता है

जो कृषि-क्षेत्र द्वारा नगरों के लिए उपलब्ध किया जाता है। साथ ही, इस विकास के लिए गैर-कृषि वस्तु का उपभोग करने के लिए खाद्यान्न उत्पादकों के पास इच्छा का होना भी आवश्यक है। अन्त में, हमें यह जानना आवश्यक है कि औद्योगिक विकास के लिए यह भी आवश्यक है कि कृषक वर्ग कृषि-क्षेत्र के बाह्य कार्यों के लिए पूँजी का संचय करने के लिए इच्छुक और उद्यत रहें क्योंकि तभी औद्योगिक विकास के लिए आवश्यक उचित पूँजी का सृजन हो सकता है। संक्षेप में, **कृषि-क्रांति औद्योगिक क्रांति की पूर्व दशा है क्योंकि—**

1. कृषि सुधार द्वारा मानव शक्ति अतिरेक की सृष्टि होती है अर्थात् इसके द्वारा कृषि में लगे हुए श्रमिकों को औद्योगिक क्षेत्र में कार्य करने के लिए उपलब्ध किया जाता है। यदि औद्योगिक क्रांति के पूर्व कृषि-सुधार द्वारा कृषि-क्रांति नहीं लायी गयी तो औद्योगिक क्षेत्र में श्रमिकों का अभाव रहेगा जिसके कारण अपेक्षित औद्योगिक क्रांति को लाने में बाधाएँ आयेंगी। अतएव यह आवश्यक है कि कृषि-क्षेत्र में कम-से-कम व्यक्ति कार्यशील हों और अधिक-से-अधिक व्यक्ति कृषि से भिन्न क्षेत्रों के लिए उपलब्ध किये जाएँ। इसके लिए कृषि क्रांति की आवश्यकता पड़ती है।

2. औद्योगिक क्रांति की सफलता के लिए यह आवश्यक है कि कृषि-क्षेत्र इतना पर्याप्त खाद्यान्न उत्पन्न करे कि वह न केवल अपनी ही वरन् अन्य क्षेत्रों की जनता की खाद्यान्नों के लिए माँग की भी पूर्ति कर सके। दूसरे शब्दों में, कृषि-क्षेत्र को विक्रेय खाद्यान्न अतिरेक (marketable food surplus) की सृष्टि करना आवश्यक है क्योंकि इसके बिना कृषि से भिन्न क्षेत्रों में कार्यशील जनता को सरलतापूर्वक खाद्यान्न नहीं मिल पायेगा। इसके अतिरिक्त खाद्यान्नों के इस अतिरेक को सतत परिवर्द्धित किया जाना आवश्यक है जैसे-जैसे औद्योगिक विकास की गति में वृद्धि होती चली जाय।

3. औद्योगिक विकास के लिए कृषि-क्रांति इसलिए भी आवश्यक है कि बहुत से उद्योग कृषि द्वारा उत्पादति कच्चे माल का प्रयोग करते हैं जिनकी पूर्ति करने में कृषि क्षेत्र को समर्थ होना आवश्यक है क्योंकि इसके बिना कृषि द्वारा प्रस्तुत कच्चे माल पर निर्भर रहने वाला उद्योग विकसित और पोषित नहीं हो सकते।

4. कृषि-क्षेत्र को ऐसा बनाना आवश्यक है कि उस क्षेत्र में कार्य करने वाले व्यक्तियों की वास्तविक आय में सतत वृद्धि हो सके ताकि वे व्यक्ति औद्योगिक वस्तुओं के लिए महत्तर प्रभावोत्पादक माँग का सृजन कर सकें। यदि औद्योगिक क्षेत्र द्वारा प्रस्तुत वस्तुओं की माँग में वृद्धि नहीं होगी तो ऐसी वस्तुओं को अधिक मात्रा मे उत्पादित करने के लिए न तो उत्प्रेरणा ही मिलेगी और न उनका उत्पादन उचित ही होगा। फलस्वरूप अधिकतम औद्योगिक विकास नहीं हो पायेगा। कृषि-क्रांति औद्योगिक वस्तुओं के लिए प्रभावोत्पादक माँग का सृजन करती है।

5. कृषि-क्रांति कृषि मे लगे व्यक्तियों को कृषि के अतिरिक्त अन्य कार्यों के लिए पूँजी के संचयन में सहायता पहुँचाती है। यदि कृषि-क्षेत्र मे यह आवश्यक सामर्थ्य प्राप्त नही होगा तो औद्योगिक विकास के लिए पूँजीयन की कमी होगी और इस प्रकार आर्थिक विकास के लिए आवश्यक आधार का अभाव होगा।

6. कृषि के विकास से विदेशी व्यापार में वृद्धि होती है। कृषि वस्तुओं का निर्यात कर बदले में आवश्यक यंत्र, प्राविधिक ज्ञान एवं अन्य आवश्यक वस्तुओं का आयात कर औद्योगिक विकास किया जा सकता है। अतः विदेशी व्यापार के माध्यम से कृषि का विकास देश के औद्योगिक विकास को सहायता देता है।

अतएव औद्योगिक क्रांति के पूर्व कृषि-क्रांति का होना आवश्यक है। यदि कृषि क्रांति नहीं हो पाती तो हमारी विकासोन्मुख अर्थ व्यवस्था के लिए आवश्यक खाद्यान्नों का अभाव होगा और हमें बैंकिंग प्रणाली को विनियमित कर कृत्रिम ढंग से औद्योगिक क्षेत्र को विनियमित करना पड़ेगा। ऐसे कदम का परिणाम साख का विस्तार होगा जो पुनः औद्योगिक विस्तार में फलीभूत होगा। इस प्रकार से अधिक-से-अधिक व्यक्ति औद्योगिक क्षेत्र में कार्य करने लगेंगे जिसके फलस्वरूप पुनः और भी अधिक खाद्यान्नों और अन्य कृषि वस्तुओं की माँग होगी। किन्तु खाद्यान्नों की कमी के कारण मुद्रास्फीति द्वारा बाधाएँ प्रस्तुत की जायँगी। परिणामस्वरूप पुनः खाद्यान्न सम्बन्धी बाधाएँ उत्पन्न होंगी। अन्ततः अर्थव्यवस्था निष्प्रवाह की स्थिति में पहुँचती हुई होगी। इसीलिए **औद्योगिक विस्तार की व्यवस्था-भावना में कृषि-क्रांति का अपरिहार्य स्थान और बेजोड़ महत्त्व है। कृषि-क्रांति औद्योगिक क्रांति की सहायता करती है और बदले में स्वयं उससे सहायता लेती है।** प्रारंभिक अवस्था में कृषि-क्रांति औद्योगिक क्रांति में सहायक होती है किन्तु कालान्तर में कृषि एवं औद्योगिक क्रांतियाँ एक-दूसरे की सहायिका हो जाती हैं। कृषि-क्षेत्र औद्योगिक वस्तुओं के लिए माँग प्रस्तुत करता है और औद्योगिक क्षेत्र कृषि-क्षेत्र की वस्तुओं के लिए।

कृषि-क्रांति कृषि के यंत्रीकरण और अन्य प्रकार के कृषि-सुधारों द्वारा लायी जा सकती है। **तीव्र आर्थिक विकास तभी संभव है जब कृषि में लगा हुआ जन-समूह कम-से-कम तीन शर्तों को पूर्ण करे** अर्थात्

1. कृषि में उच्च प्राविधिक क्षमता हो,
2. कृषि संबंधी जनसमूह जीवन के उच्च और विभिन्न-स्तर के लिए इच्छुक हो और
3. वह कुछ प्रकार की मुद्रा-सम्पदा को अपने पास रखने के लिए इच्छा रखता हो जो परम्परागत कृषक की नहीं प्रत्युत् पूँजीवादी कृषक की विशेषता है।

इन समस्त बातों के परिणामस्वरूप कृषि अत्यन्त ही कुशल और वाणिज्यिक हो जायगी तथा भू-साधनों का अधिकतम उपयोग होगा। इसलिए **विश्व के समस्त देशों में समान औद्योगिक विकास क्यों नहीं हो सका इसका कारण विभिन्न देशों की अर्थ-व्यवस्थाओं के विभिन्न क्षेत्रों के संतुलित विकास के अभाव में प्राप्त किया जा सकता है।** विश्व के अन्य देशों में विभिन्न मात्रा में कृषि-क्रांति का अभाव था जो उचित विकासीय संभावनाओं के अभाव के लिए उत्तरदायी है। इंगलैंड में—उस देश में जिसमें अर्वाचीन पूँजीवाद का जन्म हुआ कहा जा सकता है—कृषि-क्रांति प्राकृतिक रूप में आई और औद्योगिक क्रांति के पूर्व आई। इंगलैंड में कृषि क्षेत्र में ज्ञान, ढंग और योग्यता—समस्त में आमूल परिवर्तन हुए थे। एक प्रकार से ब्रिटिश कृषि में पूँजीवादी भावना का समावेश हो गया था जिसकी प्रव्यक्ति घेराबन्दी (enclosure) और चकबन्दी आन्दोलन में हुई और नवीन, नवीनतर कृषि ढंगों तथा पशुपालन की खोज में हुई। इस संबंध में **लार्ड टॉउनशेण्ड** (Lord Townshend) के चार वर्षीय **नॉरफोक कोर्स** (Norfolk Course) **जेथरो टुल** (Jethro Tull) द्वारा ड्रील (Drill) के अन्वेषण और **जार्ज तृतीय** (George III) द्वारा विडसर (Windsor) में आदर्श खेती की स्थापना को भी ध्यान में रखना चाहिए। **जॉर्ज तृतीय को कृषि और उसमें सुधार के प्रति इतना प्रेम था कि उसकी प्रजा ने उसे ''कृषक राजा'' के नाम से संबोधित किया है।**[1] ये सभी

1. विस्तृत वर्णन के लिए साउथगेट की पुस्तक : ''इंगलिश इकॉनोमिक हिस्ट्री'' पृ॰ 112-114 को देखें।

बातें इंगलैंड में औद्योगिक विकास के प्रारंभ के पूर्व ही हो चुकी थीं। खाद्यान्न उत्पादन और कृषि में लगे श्रमिकों की उत्पादन शक्ति में वृद्धि ने औद्योगिक विकास के लिए खाद्यान्न और श्रम-शक्ति प्रदान की। आगे चलकर औद्योगिक पूँजीवाद का और भी अधिक विकास पारसामुद्रिक ''नवीन देशों'' से आयात किये गए खाद्यान्न द्वारा संभव हो सका। इन ''नवीन देशों'' के निवासियों के विचार अत्यन्त ही वाणिज्यिक थे—यूरोप और एशिया के कृषकों की अपेक्षा पूँजीवादी संघटकों की मनोदशा के अधिक समीप थे।

18वीं और 19वीं शताब्दियों में ग्रेट ब्रिटेन, पश्चिमी यूरोप और अमेरिका में हुए क्रांतिकारी तकनीकी परिवर्तनों का अनुसरण कर आर्थिक विकास की प्रक्रिया में भाग लेने में संसार के अनेक देश क्यों पिछड़ गये इसकी वास्तविक व्याख्या यही है। इन प्रविधियों का आविष्कार हो जाने पर और उनको सफलतापूर्वक व्यवहृत कर लिए जाने पर उनकी अन्य देशों द्वारा नकल अपेक्षाकृत सरल कार्य है। इसका प्रमाण यह है कि जहाँ तक औद्योगिक इकाइयों का अर्द्ध-विकसित देशों में अस्तित्व है इनमें व्यवहृत प्रविधियों और श्रमिकों की उत्पादन शक्ति विकसित देशों की अपेक्षा बहुत अधिक भिन्न नहीं है—केवल संयुक्त राज्य अमेरिका को छोड़कर जहाँ उद्योगों में श्रमिकों की उत्पादन-शक्ति अन्य किसी भी देश के उद्योगों की उत्पादन-शक्ति की अपेक्षा बहुत ही अधिक है। किन्तु अर्द्ध-विकसित देशों में उद्योग का और भी अधिक विकास क्यों नहीं हुआ है, इस प्रश्न का उत्तर उद्योगों के लिए सुयोग्यता के किसी अभाव में नहीं खोजा जाना चाहिए बल्कि अपनी कृषि का इस प्रकार से पुनर्गठन करने में उन देशों की उस असमर्थता में खोजा जाना चाहिए जिसके कारण वे औद्योगिक नगरी जनता के लिए वृहत्तर मात्रा में खाद्यान्नों की व्यवस्था करने में सफल न हो सके। यह असमर्थता अपनी प्रव्यक्ति औद्योगिक विकास के लिए पूँजी के अभाव में प्राप्त कर सकती है अथवा बाजार के अभाव में। किन्तु दोनों ही दशाओं में मौलिक कारण नगरों के लिए अधिक-से-अधिक खाद्यान्नों की पूर्ति करने में कृषि-क्षेत्र की असमर्थता अथवा अनिच्छा है। निःसंदेह किसी देश विशेष में यह समस्या विदेशों से अतिरिक्त खाद्यान्नों का आयात कर सुलझाई जा सकती है। किन्तु यह तथ्य विदेशी बाजार में अपनी वस्तुओं के विक्रय की पूर्व कल्पना पर आधारित है—एक ऐसा तथ्य जिसके संबंध में सुसंस्थापित बाजारों वाले विकसित देशों की अपेक्षा अर्द्ध-विकसित देश असुविधाजनक अवस्था में होते हैं। विदेशी वाणिज्य और व्यापार में अर्द्ध विकसित देशों के समक्ष अनेक असुविधाएँ उत्पन्न होती हैं। अतएव यह कोई आकस्मिक घटना नहीं है कि ऐसे लगभग समस्त देशों में, जो उद्योगों का विकास करने में सफल हुए थे (जैसे—ग्रेट ब्रिटेन, संयुक्त राज्य, स्वीडेन, जर्मनी, बेल्जियम, स्विटजरलैंड आदि), अत्यन्त ही कुशल और वाणिज्यिक कृषि थी जिसमें प्रति व्यक्ति और प्रति एकड़ उत्पादन बहुत ही अधिक रहा है। इस समस्या की इस आधारभूत विशेषता को मानने के कारण ही रूस में सन् 1930 के दशक में बलपूर्वक वैयक्तिक कृषि को सामूहिक कृषि में परिवर्तित करने का प्रयास किया गया और सन् 1950 के पश्चात् चीन में भी ऐसा ही कुछ प्रयास हुआ।

यदि ये अध्ययन विचार सत्य हैं तो संसार में **अर्द्ध विकसित देशों के तीव्रतर आर्थिक विकास के लिए कुञ्जी उन देशों के कृषकों की मनोदशा, प्राविधिक ज्ञान और कौशल में आमूल परिवर्त्तन करने में प्राप्त होगी।** सबसे अधिक आशाप्रद उपाय देहाती क्षेत्रों में शिक्षा का प्रसार प्रतीत होता है। विकसित देशों का भूतकालीन अनुभव जैसा बतलाता है, देहाती और नगरी जनता के दृष्टिकोणों में कृषक वर्ग की मनःस्थिति और

प्राविधिक ज्ञान के स्तर में परिवर्तन के प्रति उत्साह भरने की सफलता ने ही वस्तुतः जर्मनी और फ्रांस जैसे देशों में आर्थिक विकास को संभव बनाया है। भारतवर्ष में भी सामुदायिक विकास योजनाओं, निःशुल्क अनिवार्य प्रारंभिक शिक्षा तथा प्रौढ़ शिक्षा की योजनाओं और ''जनतंत्रीय विकेन्द्रीकरण'' के द्वारा एक ''मानवीय क्रांति'' लाकर कृषि क्षेत्र में क्रांति लाने का प्रयास किया गया है।

संदर्भ

L.C.A Knowles : The Industrial and Commercial Revolutions in Great Britain During he 19th Century.

Southgate : English Economic History.

M. Dobb : Studies in the Development of Capitalism.

Briggs and Jordan : Economic History of England.

L.C.A. Knowles : Economic Development During the 19th Century.

मानक प्रश्न

1. "19वीं शताब्दी फ्रांसीसी विचारों और अंग्रेजी तकनीक का परिणाम है।'' विवेचना करें।
2. 19वीं शताब्दी के आर्थिक विकास की मुख्य विशेषताओं की व्याख्या करें।
3. 19वीं शताब्दी में ब्रिटेन के तीव्र आर्थिक विकास के क्या कारण थे?
4. 19वीं शताब्दी में विश्व के विभिन्न देशों में विषम आर्थिक विकास के कारणों को स्पष्ट करें।
5. ''कृषि क्रांति औद्योगिक क्रांति की पूर्व दशा है।'' विवेचना करें।

   ("Agricultural revolution is a pre-condition of industrial revolution". Comment.)

❑

द्वितीय खंड

ग्रेट ब्रिटेन का आर्थिक विकास

अध्याय 1

ब्रिटिश अर्थव्यवस्था की झलक

(A GLIMPSE OF THE BRITISH ECONOMY)

विश्व अर्थव्यवस्था में ग्रेट ब्रिटेन की भूमिका
(Role of Great Britain in the World Economy)

इंगलैंड को आधुनिक पूँजीवाद का मातृदेश (mother country) कहा जाता है। यहीं से आधुनिक युगीन उद्योग एवं व्यापार तथा पूँजीवाद का विकास हुआ और धीरे-धीरे विश्व के अन्य देशों में फैला। प्रथम विश्वयुद्ध के पूर्व यह आधुनिक विश्व का नेता और विश्व की कर्मशाला(workshop of the world) था जो सम्पूर्ण विश्व के लिए औद्योगिक वस्तुओं की पूर्ति करता था। कृषि, उद्योग, परिवहन एवं व्यापार आदि के क्षेत्र में आधुनिक वैज्ञानिक ढंगों एवं प्रविधियों के प्रयोग में यह अगुआ देश रहा। श्रमिक संघ आन्दोलन एवं श्रमिकों की अवस्था को विनियमित करने वाले विधानों का प्रारंभ भी इसी छोटे से देश में हुआ है। अपनी महान औद्योगिक क्रांति के सफल संचालन द्वारा इसने **'आधुनिक युग'** का प्रारंभ किया जिसे **यंत्र युग** कहा जाता है। इस यंत्र युग ने विश्व मानव के दृष्टिकोण को आमूल रूप से परिवर्तित कर दिया और अपनी आर्थिक अवस्था के प्रति उसे जागरूक कर दिया। आज मानव केवल **'भरण-पोषण'** (just a living) से ही संतुष्ट नहीं रह रहा है। अर्वाचीन औद्योगिक पूँजीवाद और वित्तीय पूँजीवाद के विकास का श्रेय इसी ग्रेट ब्रिटेन द्वारा लाए गए यंत्र युग को है। **यंत्र युग ने मानव के जीवन, उसकी प्रवृत्तियों एवं भावनाओं और उत्पादन प्रणाली को आमूलतः परिवर्तित कर दिया है।** इंगलैंड में हो रहे इन आधुनिक मौलिक परिवर्तनों का विश्व के अन्य देशों ने अनुकरण किया जिसके फलस्वरूप विश्व के अन्य देशों में भी आर्थिक विकास की प्रक्रिया तीव्रतर हो गई। जर्मनी, फ्रांस, संयुक्त राज्य अमेरिका, जापान, रूस आदि समस्त विकसित देश किसी-न-किसी रूप में इंगलैंड द्वारा लाये जाने वाले परिवर्तनों का उपयोग करते हुए ही अपना आर्थिक विकास कर पाये हैं। इस प्रकार सम्पूर्ण आधुनिक विश्व पर ग्रेट ब्रिटेन का किसी-न-किसी रूप से गंभीर प्रभाव पड़ा है।

नेपोलियनी युद्धों (Napoleonic Wars) **के अन्त से लेकर प्रथम विश्व युद्ध तक ग्रेट ब्रिटेन का विश्व में सर्वोच्च स्थान रहा।** लगभग 1750 के बाद से ही इंगलैंड की अर्थव्यवस्था का तीव्र गति से विकास होना प्रारंभ हो गया था और 19वीं शताब्दी का अन्त होते-होते वह आर्थिक विकास के सर्वोच्च शिखर पर पहुँच गया था। इन लगभग 150 वर्षों के अरसे में इंगलैंड की कृषि-प्रधान अर्थ-व्यवस्था तीव्र गति से औद्योगिक अर्थव्यवस्था में बदल कर सम्पूर्ण विश्व की कार्यशाला हो गई थी। औद्योगिक प्रगति के साथ इंगलैंड ने वणिकवादी(mercantilist) नीतियों का त्याग कर मुक्त व्यापार नीति को अपनाया जो 19वीं शताब्दी में उसके लिए अत्यन्त लाभकारी सिद्ध हुई। इसके आयात एवं निर्यात दोनों ही में महान वृद्धि होने लगी जिसके कारण इंगलैंड की औद्योगिक प्रगति की प्रक्रिया और भी

तीव्र हो गई। ब्रिटेन के जलयानों ने ब्रिटेन के लिए दूरस्थ देशों से आवश्यक कच्चे माल एवं अन्य वस्तुओं को लाया—अमेरिकी कपास, आस्ट्रेलियाई ऊन, बाल्टीक सागरीय देशों की लकड़ियाँ, भारतीय जूट आदि और उनके बदले में इंगलैंड की निर्मित वस्तुओं को दूरस्थ देशों क्षेत्रों में पहुँचाया—सूती वस्तुएँ, कोयला, रेलवे अभियंत्र, अन्य प्रकार की मशीनें आदि। ब्रिटेन के निर्यात व्यापार ने ब्रिटेन के लिए आर्थिक लाभ लाया जिसके कारण देश की आय में वृद्धि हुई जो देश की जनता के जीवन-स्तर एवं बचत और पूँजी निर्माण में प्रतिबिम्बित हुई। जनता की परिवर्द्धित आय से जीवन-स्तर में वृद्धि तो हुई ही, पूँजी निर्माण में भी वृद्धि हुई जिसका निवेश देश के पुनः आर्थिक विकास के लिए उद्योग एवं व्यापार में हुआ और बहुत बड़े पैमाने पर विदेशों में भी उसका निवेश किया गया। उपनिवेशों एवं विश्व के अन्य देशों में रेल पथ, खान, बगान एवं उद्योगों में लगायी गई ब्रिटिश पूँजी एवं विदेशी सरकारों को दिए गए ब्रिटिश ऋणों ने उन देशों के आर्थिक विकास में सहयोग तो दिया ही, इंगलैड को भी बहुत बड़े पैमाने पर पूँजी लाभांश प्रदान किया और साथ ही उन देशों में ब्रिटिश वस्तुओं के लिए प्राथमिकता भी दिलाई। इस प्रकार अपनी सुदृढ़ एवं सर्वोच्च औद्योगिक अवस्था के कारण ग्रेट ब्रिटेन 19वीं शताब्दी के अंत तक सम्पूर्ण विश्व में अपना सुदृढ़ एवं सर्वोच्च स्थान बनाए रखा। लंदन का मुद्रा बाजार विश्व का मुद्रा बाजार था और इंगलैंड विश्व का ऋणदाता देश था। औद्योगिक सर्वोच्चता के अतिरिक्त ग्रेट ब्रिटेन को समुद्री नौपरिवहन में भी विश्व में सर्वोच्चता प्राप्त थी। इंगलैंड की उच्चस्तरीय राजनीतिक नीतियाँ ने भी प्रथम विश्वयुद्ध तक इंगलैंड की सर्वोच्चता बनाए रखने में योगदान किया। शक्ति संतुलन बनाए रखने की राजनीतिक प्रविधि ने यूरोपीय एवं अन्य देशों के व्यापार एवं वाणिज्य पर अधिकार जमाए रखने में उसे समर्थ बनाया। सारांशतः प्रथम विश्वयुद्ध के पूर्व विश्व के समस्त देशों में इंगलैंड को प्रथम स्थान प्राप्त था।

प्रथम विश्वयुद्ध के पश्चात् विश्व अर्थव्यवस्था में ग्रेट ब्रिटेन की अवस्था परिवर्तित होने लगी और उसका महत्त्व कम होने लगा। प्रथम विश्व युद्धोत्तर विश्व में अमेरिका, जर्मनी, फ्रांस, जापान के प्रभाव स्पष्टतः महसूस किए जाने लगे। **प्रथम विश्वयुद्ध ने ग्रेट ब्रिटेन को ऋणदाता देश की अवस्था से हटाकर ऋणी देश बना दिया। विश्व का वित्तीय केन्द्र लन्दन से हटकर न्यूयार्क चला गया और विश्व की अर्थव्यवस्था में संयुक्त राज्य अमेरिका ने सर्वोच्च स्थान प्राप्त कर लिया।** ग्रेट ब्रिटेन की अवस्था दूसरी हो गई। ग्रेट ब्रिटेन ने अपनी अवस्था में सुधार करने एवं विश्व में अपनी सर्वोच्चता प्राप्त करने के लिए अथक प्रयास किया और कम-से-कम विदेशों में पूँजी निवेश के सम्बन्ध में तो 1929-30 ई॰ तक अपनी खोई हुई प्रतिष्ठा को प्राप्त करने में सफल भी हो सका था। किन्तु 1929-30 ई॰ की महान आर्थिक मंदी ने ग्रेट ब्रिटेन की सर्वोच्चता प्राप्त करने की रही-सही आशा को भी चकनाचूर कर दिया। **द्वितीय विश्वयुद्ध ने ग्रेट ब्रिटेन की अर्थव्यवस्था को एक घातक चोट दी**—इतनी घातक की उस अवस्था से ग्रेट ब्रिटेन अभी तक नहीं उठ पाया है। किन्तु यद्यपि विश्व की अर्थव्यवस्था में ग्रेट ब्रिटेन का अब सर्वोच्च स्थान नहीं रह सका है फिर भी अनेक क्षेत्रों में वह अंतरराष्ट्रीय अर्थव्यवस्था पर अब भी महत्त्वपूर्ण प्रभाव डाल रहा है।

द्वितीय विश्वयुद्ध समाप्त होने पर जुलाई1945 में इंगलैंड में साधारण निर्वाचन हुए जिसमें श्रम दल (Labour Party) की विजय हुई। युद्धकालीन प्रधानमंत्री श्री चर्चिल ने त्याग-पत्र दिया और **श्री क्लीमेन्ट आर॰ एटली** (Clement R. Attlee) **के नेतृत्व में श्रमदलीय सरकार का गठन हुआ। श्रमदलीय सरकार के साथ इंगलैंड अर्थव्यवस्थाओं के**

दो उग्र रूपों—**अमेरिका में प्रचलित पूर्णत: स्वतंत्र वैयक्तिक संगठन (free private enterprise) की अर्थव्यवस्था और सोवियत रूस में प्रचलित पूर्णत: नियंत्रित सामूहिक (controlled collective) अर्थव्यवस्था अर्थात् पूर्णत: पूँजीवादी और पूर्णत: समाजवादी अर्थव्यवस्थाओं के बीच के रास्ते अर्थात मिश्रित अर्थव्यवस्था (mixed economy) का प्रयोग करने लगा।** अक्टूबर 1951 में श्रम दल की पराजय के बाद भी ब्रिटिश अर्थव्यवस्था का स्थान अमेरिकी आर्थिक प्रणाली और सोवियत रूसी आर्थिक प्रणाली के बीच में ही बना रहा है। **कम-से-कम अक्टूबर 1951 तक अधिकांश अमेरिकी जनता ब्रिटिश अर्थव्यवस्था को ''समाजवादी'' कहती रही और जिस मंच पर श्रम दल सन् 1946 के साधारण निर्वाचन में लड़ा और विजयी हुआ था उस पर स्पष्टत: लिखा था ''श्रम दल एक समाजवादी दल है और इसका इसे गर्व है।''** (The Labour Party is a socialist party and is proud of it.) फिर भी ब्रिटिश अर्थव्यवस्था को किसी भी प्रकार पूर्णतः समाजवादी नहीं कहा जा सकता क्योंकि इस अर्थव्यवस्था और समाजवाद में बहुत ही अन्तर है। ब्रिटिश अर्थव्यवस्था को अधिक उचित रूप में एक **'नियंत्रित अर्थव्यवस्था'** (controlled economy) अथवा **'मंगल राज्य'** (welfare state) अथवा **मिश्रित अर्थव्यवस्था (mixed economy) कहा जा सकता है। श्रमिक दल आर्थिक मामलों में सरकारी हस्तक्षेप और प्रभाव को कोई ऐसी बुराई नहीं मानता है जिसे दूर करने के लिए सर्वदा प्रयास किया जाना चाहिए। किन्तु यह सरकारी हस्तक्षेप को 'अपने आप में अच्छा' (good in itself) भी नहीं मानता।** इस प्रकार द्वितीय विश्वयुद्ध के बाद शासनारूढ़ श्रम दल ने ब्रिटिश अर्थव्यवस्था की मौलिक प्रकृति को ही आमूलतः परिवर्तित कर दिया और अल्पकाल में ही इंगलैंड ने एक ऐसे दृढ़ मंगल राज्य की स्थापना की जो विश्व के अन्य देशों के लिए भी आदर्श बना। कालान्तर में **श्रीमती मारग्रेट थैचर के प्रधानमंत्रित्व काल में ब्रिटिश अर्थव्यवस्था निजीकरण और प्रतियोगिता की ओर लौट आयी और लोक कल्याण तथा लोक सेवाओं में सरकार की भूमिका कम होने लगी।**

आकार एवं क्षेत्रफल के दृष्टिकोण से ग्रेट ब्रिटेन का विश्व में 75वाँ स्थान है जो सम्पूर्ण विश्व के भू-क्षेत्र के 0.18 प्रतिशत भाग में फैला हुआ है। जनसंख्या के दृष्टिकोण से यह विश्व का 9वाँ बड़ा देश है जहाँ पर सम्पूर्ण विश्व की 2 प्रतिशत जनता निवास करती है। जनसंख्या के घनत्व के दृष्टिकोण से यह विश्व का चौथा देश है और इसका स्थान जापान, बेल्जियम और हालैंड के बाद ही है। **विश्व में ग्रेट ब्रिटेन की तरह शायद ही ऐसा कोई देश होगा जहाँ की 80 प्रतिशत जनसंख्या नगरों में निवास करती हो और सम्पूर्ण जनसंख्या का केवल 3 प्रतिशत ही कृषि कार्य में संलग्न हो।**

आज भी ब्रिटेन विश्व की पाँचवीं सबसे बड़ी अर्थव्यवस्था है। यूरोपीय समुदाय में यह जर्मनी और फ्रांस के बाद तीसरी सबसे बड़ी अर्थव्यवस्था है।

विश्व व्यापार में यह विश्व का चौथा सबसे बड़ा देश है जहाँ से सम्पूर्ण विश्व व्यापार का 1/10 अंश प्राप्त होता है। यह सम्पूर्ण विश्व के प्राथमिक वस्तुओं (primary goods) के निर्यात के लगभग 1/5 अंश का आयात करता है और सम्पूर्ण विश्व के निर्मित मालों के निर्यात का लगभग 1/6 अंश इंगलैंड से ही प्राप्त होता है। जलयान, वायुयान, मोटरगाड़ियों, विद्युत वस्तुओं, सूती एवं ऊनी वस्तुओं, विभिन्न प्रकार के यंत्र, रेल अभियंत्र, जूता, औषधि आदि के निर्यात में ग्रेट ब्रिटेन को विश्व में प्रमुख स्थान प्राप्त है जबकि यह खाद्यान्न एवं अन्य कृषि वस्तुओं का विश्व में सबसे बड़ा आयातक देश है। ग्रेट ब्रिटेन की मुद्रा पौंड स्टर्लिंग है जो विश्व व्यापार के लगभग 1/5 भाग के भुगतान

की मुद्रा का कार्य करती है। इस प्रकार ब्रिटिश मुद्रा एक अंतरराष्ट्रीय मुद्रा है। व्यापार भुगतान के अतिरिक्त स्टर्लिंग मुद्रा विभिन्न देशों की मुद्रा के भंडार के रूप में कार्य करती है। दूसरे शब्दों में, स्टर्लिंग एक प्रमुख कोष मुद्रा (reserve currency) भी है।

वर्तमान ब्रिटिश अर्थव्यवस्था की प्रमुख विशेषताएँ
(Broad Features of the British Economy Today)

अर्थव्यवस्था में उत्पादित सभी वस्तुओं एवं सेवाओं का मूल्य घरेलू उत्पाद (gross domestic product) द्वारा मापा जाता है। वर्ष 1996 में कुल घरेलू उत्पाद (GDP at current factor cost) प्रचलित साधन लागतों पर करों को जोड़ने और उपदानों (subsidies) को घटाने के पहले वस्तुओं एवं सेवाओं की लागत पर कुल 642916 मिलियन स्टर्लिंग पौंड रहा। वर्ष 1986 से 1996 के बीच यथा स्थिर (constant) साधन लागत पर कुल घरेलू उत्पाद (GDP) का संकेतांक 24 प्रतिशत बढ़ा। वर्ष 1996 के बाद कुछ चुने हुए वर्षों में प्रमुख आर्थिक संकेतकों के मूल्य को तालिका 1:1 में दिखलाया गया है।

तालिका 1 : 1 कुछ प्रमुख आर्थिक संकेतक

मद	1986	1991	1996
कुछ घरेलू उत्पाद[1] (GDP)	488122	540308	601720
निर्यात[1]	114047	132252	179805
आयात[1]	113255	140598	184671
उपभोक्ता व्यय[1]	295622	340037	376648
कुछ घरेलू अचल पूँजी निर्माण[1] (gross domestic fixed capital formation)	83685	97403	104090
खुदरा मूल्य संकेतांक में प्रतिशत वृद्धि	3.3	5.9	2.4
काम में लगा कार्यबल (हजार) (work force in employment)	24719	236313	25819
अनियोजित कार्यबल का प्रतिशत	11.1	8.0	7.5

1. 1990 के बाजार मूल्य स्तर पर मिलियन स्टर्लिंग पौंड

स्रोत : यूनाइटेड किंगडंम : नेशनल एकाउन्ट्स,1997 संस्करण, इकॉनामिक ट्रेन्ड्स, लेबर मार्केट ट्रेड्स

1. राष्ट्रीय आय—देश के अन्दर उत्पादित वस्तुओं और सेवाओं तथा विदेशों से प्राप्त शुद्ध आय के मूल्यांकन के आधार पर ब्रिटेन का कुल राष्ट्रीय उत्पादन सन् 1972 ई॰ में 5394 करोड़ पौण्ड था। स्थिर मूल्यों के आधार पर पिछले दस वर्षों में ब्रिटेन की राष्ट्रीय आय में 30 प्रतिशत की वृद्धि हुई थी। इस प्रकार ब्रिटेन के आर्थिक विकास की दर 3 प्रतिशत वार्षिक रही है जो एक परिपक्व अर्थव्यवस्था के लिए पर्याप्त है। किन्तु इसी अवधि में संयुक्त राज्य अमेरिका की 5·1 प्रतिशत प्रति वर्ष आर्थिक विकास की दर की तुलना में यह निश्चय ही कम है। तालिका 1·2 से 1978 के पहले कुछ वर्षों में ब्रिटेन के कुल राष्ट्रीय उत्पादन का विभिन्न उद्योगों के बीच वितरण स्पष्ट हो जाता है। तालिका 1:2 से स्पष्ट है कि 1978 में ब्रिटेन के कुल राष्ट्रीय उत्पादन में निर्माणी उद्योगों का योग 28 प्रतिशत, खनिज सम्बन्धी उपक्रमों का 3 प्रतिशत, वाणिज्य का 1 प्रतिशत, कृषि, वन एवं मत्स्य व्यवसाय का 3 प्रतिशत, परिवहन का 8 प्रतिशत तथा सेवाओं का 41 प्रतिशत था। इस प्रकार ब्रिटेन की राष्ट्रीय आय में निर्माणी उद्योगों की प्रधानता है तथा

1. Dean and Cole : *British Growth,* p.284

प्राथमिक उपक्रमों का स्थान बहुत ही गौण है। तालिका 1 : 3 से वर्ष 1986 और 1996 में ग्रेट ब्रिटेन में उद्योगों के अनुसार कुल घरेलू उत्पाद का तुलनात्मक विवरण प्राप्त होता है।

तालिका 1 : 2 ब्रिटेन के राष्ट्रीय उत्पादन का प्रतिशत वितरण[1]

मदें	1924	1936	1949	1955	1978
कृषि और मत्स्य	4·2	3·9	6·2	4·7	3·0
खनिज	5·4	3·1	3·7	3·4	3·0
निर्माणी उद्योग	31·0	30·8	35·7	39·0	28·0
भवन एवं निर्माण	9·5	10·6	8·2	8·9	6·0
वाणिज्य	17·8	19·6	16·5	15·7	10·0
परिवहन	12·0	10·7	8·2	8·2	8·0
सेवाएँ	8·0	8·1	10·0	9·9	41·0
विदेशों से प्राप्त आय	5·2	4·1	1·4	1·0	1.0

1. Dean and Cole : British Economic Growth, p. 284

तालिका 1 : 3 उद्योग के अनुसार कुल घरेलू उत्पाद[1]

मद	1986		1996	
	मीलियन स्टर्लिंग पौंड	प्रतिशत	मिलयिन स्टर्लिंग पौंड	प्रतिशत
1. कृषि, आखेट, वानिकी एवं मत्स्य	6680	2·0	11790	1·8
2. खान-खदान (तेल एवं गैस निस्सारण [extraction] समेत)	13533	4·1	18068	2·8
3. निर्माण (manufacturing)	81252	24·8	137006	21·3
4. विद्युत, गैस एवं जल आपूर्त्ति	9407	2·9	13306	2·1
5. विनिर्माण (कंस्ट्रक्शन)	19916	6·1	33746	5·2
6. थोक एवं खुदरा व्यापार, मरम्मत होटल एवं रेस्तराँ	45617	13·9	93091	14·5
7. परिवहन, भंडारण एवं संचार	27247	8·3	54056	8·4
8. वित्त, भू-सम्पदा (real estate) एवं व्यावसायिक क्रियाएँ	33197	10·1	73464	11·4
9. लगान-भाड़ा (rent)	23848	7·3	63850	9·9
10. लोक प्रशासन, सुरक्षा एवं सामाजिक क्रियाएँ	22604	6·9	38244	5·9
11. शिक्षा, स्वास्थ्य एवं समाज कार्य	31645	9·6	81876	12·7
12. अन्य सेवाएँ	13326	4·1	24713	3·8
साधन लागतों पर कुल घरेलू उत्पाद (GDP at factor cost)	**328272**	**100·0**	**642916**	**100·0**

1. अपकर्षण(depreciation) की व्यवस्था के पहले परन्तु स्टॉक मूल्य वृद्धि(stock appreciation) को घटाने के बाद कुल योगों(totals) एवं उनके उपागों(component parts) के योगों(sums) के बीच अन्तर आँकड़ों को गोल-मटोल करने के कारण है। वर्ष 1996 के लिए कुल घरेलू उत्पाद में सांख्यकीय विसंगति (statistical discrepancy) शामिल है। (–595 मिलियन पौंड स्टर्लिंग)

स्रोत : युनाइटेड किंगडम नेशनल एकाउन्ट्स, 1997 संस्करण

2. व्यक्तिगत आय-व्यय, बचत तथा निवेश (*Personal Income, Saving and Investment*)—ग्रेट ब्रिटेन में प्रति व्यक्ति आय 1979 में लगभग 16320 अमेरिकी डॉलर थी जो भारत में प्रति व्यक्ति औसत आय की अपेक्षा लगभग 33 गुनी अधिक थी। पिछले कुछ वर्षों में ब्रिटेन में मूल्य स्तर की तुलना में व्यक्तिगत आय के स्तरों में अधिक वृद्धि हुई है। इस काल में ब्रिटेन में मूल्य-स्तर में केवल 28 प्रतिशत की वृद्धि हुई जबकि श्रमिकों के वेतन-स्तर में 53 प्रतिशत की वृद्धि हुई। इससे यह स्पष्ट है कि युद्धोत्तर ब्रिटेन ने स्फीति पर नियंत्रण कर नागरिकों की आय के वास्तविक मूल्य को गिरने से रोकने में पर्याप्त सफलता प्राप्त की है। ब्रिटेन में 1968 में कुल राष्ट्रीय उत्पादन का 18 प्रतिशत बचाया गया था। इसके अतिरिक्त सार्वजनिक निगमों, सीमित कम्पनियों, बैंकों, बीमा कम्पनियों, प्रावधान कोष आदि का भी राष्ट्रीय बचतों में योगदान होता है। कुल राष्ट्रीय बचत का लगभग 40 प्रतिशत भाग निगमित कम्पनियों तथा 10 प्रतिशत भाग सार्वजनिक निगमों द्वारा प्राप्त होता है। शेष 50 प्रतिशत भाग व्यक्तिगत बचत, सरकारी और स्थानीय अर्द्ध-सरकारी संस्थाओं से प्राप्त होता है। 1950 में निवेश की दर कुल राष्ट्रीय उत्पादन का 11 प्रतिशत थी जो बढ़कर सन् 1968 में लगभग 19 प्रतिशत हो गयी।

तालिका 1 : 4 से वर्ष 1996 में बाजार मूल्यों पर कुल अन्तिम व्यय का पता चलता है जबकि तालिका 1 : 5 से वर्ष 1986 और 1996 में बाजार मूल्यों पर उपभोक्ता व्यय का पता चलता है। तालिका 1 : 11 में घरेलू अचल पूँजी निर्माण (निवेश) को दिखलाया गया है।

तालिका 1 : 4 कुल अन्तिम व्यय 1996 में बाजार मूल्यों पर
(Total Final Expenditure in 1996 at Market Prices)

मद	मिलियन पौंड स्टर्लिंग	प्रतिशत
उपभोक्ता व्यय	473509	49·1
सामान्य सरकारी अन्तिम उपभोग	155732	16·2
कुल घरेलू अचल पूँजी निर्माण	114623	11·9
स्टॉकों में वस्तुगत वृद्धि और प्रगति में कार्यों का मूल्य (value of physical increase in stock and work in progress)	2917	0·3
कुल घरेलू व्यय	746781	77·5
वस्तुओं एवं सेवाओं का निर्यात	217147	22·5
कुल अन्तिम व्यय	963928	100.0

स्रोत : यूनाइटेड किंगडम नेशनल एकाउन्ट्स 1997 संस्करण

तालिका 1 : 5 वर्ष 1986 और 1996 बाजार मूल्यों पर उपभोक्ता व्यय

मद	1986	1996	
	प्रतिशत	प्रतिशत	मिलियन पौंड स्टर्लिंग
भोजन (गृह व्यय)	13·5	11·0	52024
अल्कोहल पेय	6·8	5·9	28015
तम्बाकू	3·1	2·5	11812
वस्त्र एवं जूते	6·9	5·8	27434
आवास	15·1	5·8	74690
ईंधन और शक्ति	4·5	3·4	16074
गृह वस्तुएँ एवं सेवाएँ (household goods and services)	6·6	6·3	29945
परिवहन एवं संचार	17·2	17·2	81470
मनोरंजन, आवभगत एवं शिक्षा (recreation, entertainment and education)	9·2	10·5	49711
अन्य वस्तुएँ एवं सेवाएँ	15·6	19·6	92874
अन्य मदें[1]	1·6	2·0	9460
कुल	100·0	100·0	473509

1. विदेशों में गृहव्यय + निजी गैर-लाभ कमाऊ निकायों द्वारा अन्तिम व्यय—ग्रेट ब्रिटेन में विदेशी पर्यटकों द्वारा व्यय

टिप्पणी—कुल योगों एवं उनके उपांगों के योगों में अन्तर आँकड़ों को गोल-मटोल दिखलाने के कारण है। (differences between totals and the sums of their component parts are due to rounding.)

स्रोत : यूनाइटेड किंगडम नेशनल एकाउन्ट्स 1997 संस्करण

3. जीवन स्तर—ब्रिटिश निवासियों का जीवन-स्तर एशियाई देशों की तुलना में अधिक ऊँचा है। इसके दो मुख्य कारण हैं—(1) ब्रिटेन के परिवारों का औसत छोटा आकार और (2) उनकी आय का उच्च-स्तर। ब्रिटेन में लगभग डेढ़ करोड़ परिवार हैं जिनमें 70 प्रतिशत परिवारों में सदस्यों की संख्या तीन-चार से अधिक नहीं हैं। केवल 1 प्रतिशत परिवारों में ही घरेलू नौकरों की व्यवस्था है। शेष परिवारों के सदस्य अपना कार्य स्वयं करते हैं। किन्तु श्रम की बचत करने के उद्देश्य से घरेलू कार्यों के लिए मशीनों के प्रयोग की प्रवृत्ति अधिक हो रही है। पौष्टिकता के दृष्टिकोण से एक औसत ब्रिटिश नागरिक का दैनिक आहार अत्यन्त उच्च कोटि का होता है। इसमें निरन्तर सुधार भी हो रहा है। औसत निवासी को प्रतिदिन औसतन 3,160 कैलोरीज आहार प्राप्त होता है। एक औसत ब्रिटिश नागरिक के भोजन में लगभग 5½ औंस रोटी, 6 औंस मांस, 4 औंस चीनी एवं डिब्बे बन्द खाद्य पदार्थ, 2 औंस मक्खन और पनीर तथा 16 औंस फल और सब्जी आदि सम्मिलित होते हैं। ग्रेट ब्रिटेन जीवन की अन्य सुविधाओं में भी एशियाई देशों से बहुत आगे है। ग्रेट ब्रिटेन में प्रायः 80 प्रतिशत परिवारों के पास टेलीविजन सेट हैं; प्रति

तीन परिवारों में से एक के पास स्वयं की मोटकरकार है, प्रति दस हजार व्यक्तियों पर 1981 मोटर गाड़ियाँ, 2315 टेलीफोन तथा 3176 रेडियो हैं। इससे एक औसत ब्रिटिश नागरिक के जीवन-स्तर का अनुमान लगाया जा सकता है।

ग्रेट ब्रिटेन में 75 प्रतिशत मुख्य टेलीफोन लाइनें निवासी उपभोक्ताओं के घरों से जुड़ी हुई हैं। 1992 तक ब्रिटेन के प्रायः 88 प्रतिशत आवास-गृहों में टेलीफोन थे जबकि 1975 में ऐसे आवास-गृहों का प्रतिशत मात्र 52 था। ग्रेट ब्रिटेन के लोग यूरोप में सबसे अधिक टेलीफोन करने वाले लोग हैं।

जनसंख्या—ग्रेट ब्रिटेन में विश्व की कुल जनसंख्या के लगभग 2 प्रतिशत व्यक्ति निवास करते हैं। ग्रेट ब्रिटेन की जनसंख्या सन् 1971 की जनगणना के अनुसार 5,53,46,551 थी। 1961 ई० में यह 5,27,09,000 थी। अतः 10 वर्षों में जनसंख्या में प्रायः 26 लाख की वृद्धि हुई है। इस प्रकार ग्रेट ब्रिटेन में जनसंख्या की वृद्धि की दर केवल आधा प्रतिशत प्रतिवर्ष से कुछ अधिक है जबकि भारत में यह दर इस समय लगभग 1·8 प्रतिशत वार्षिक है। 1980 के मध्य में इसकी जनसंख्या प्रायः 5,95,98,000 थी। यहाँ की जनसंख्या का घनत्व 1980 में 232 व्यक्ति प्रति वर्ग किलोमिटर था जबकि यह 1972 में 229 व्यक्ति प्रति वर्ग किलोमीटर था। **जनसंख्या के घनत्व की दृष्टि से यह पश्चिमी जर्मनी, जापान, बेल्जियम तथा नीदरलैंड के बाद पाँचवाँ देश है।** सन् 1972 में ब्रिटेन में जन्म दर 14·9 व्यक्ति प्रति हजार एवं मृत्यु-दर 12 व्यक्ति प्रति हजार थी। अतः ब्रिटेन में जन्मदर एवं मृत्यु दर दोनों ही भारत की अपेक्षा काफी नीची हैं।

5. कार्यशील जनसंख्या *(Working Population)*—ग्रेट ब्रिटेन में कार्यशील जनसंख्या का प्रतिशत बहुत अधिक है। 15 से 64 वर्ष की आयु वाले व्यक्तियों का अनुपात कुल जनसंख्या का 65 प्रतिशत है। जनसंख्या का बड़ा भाग उद्योगों में लगा हुआ है। कुल जनसंख्या के केवल 3 प्रतिशत व्यक्ति ही कृषि में लगे हैं। शेष व्यक्ति उद्योग, व्यापार, खान, परिवहन, संचार एवं अन्य नागरिक तथा सैनिक सेवाओं में संलग्न हैं। 1962 में कुल जनसंख्या का केवल 21·2 प्रतिशत भाग गाँवों में और शेष 78·8 प्रतिशत भाग शहरों में निवास करता था।

6. कृषि—ग्रेट ब्रिटेन में उद्योगों की अपेक्षा कृषि व्यवसाय का कम महत्त्व है। कुल जनसंख्या का केवल 3 प्रतिशत कृषि-उद्योग में लगा है और तब भी कुल राष्ट्रीय उत्पादन का 4·7 प्रतिशत कृषि से प्राप्त होता है। कुल मिलाकर ब्रिटेन की लगभग आधी खाद्य आवश्यकताओं की पूर्त्ति कृषि, पशुपालन और मत्स्य उद्योगों से हो जाती है। शेष पचास प्रतिशत का विदेशों से आयात करना पड़ता है। यहाँ की 6 करोड़ एकड़ भूमि में से लगभग 4·7 करोड़ एकड़ भूमि कृषि से संबद्ध व्यवसाय के लिए काम में आती है। औसत फार्म का आकार ब्रिटेन में 70 एकड़ है। पिछले कुछ वर्षों से कृषि में मशीनों का प्रयोग बढ़ रहा है क्योंकि मजदूरी में काफी वृद्धि होती जाती रही है और श्रम महँगा होता जा रहा है। पिछले दस वर्षों में कृषि-श्रमिकों के वेतन-स्तर में 60 प्रतिशत की वृद्धि हो चुकी है। ब्रिटेन में प्रति 37 एकड़ कृषि-योग्य भूमि के लिए 1 ट्रैक्टर उपलब्ध है। विश्व के अन्य किसी भी देश में ट्रैक्टरों का घनत्व इतना नहीं है। 90 प्रतिशत कृषि-फार्मों को विद्युत की सुविधाएँ उपलब्ध हैं। परन्तु राष्ट्रीय आय में कृषि का योगदान घटता जा रहा है।

7. उद्योग—ग्रेट ब्रिटेन एक उद्योग-प्रधान देश है। तकनीकी ज्ञान, खनिज-पदार्थों की

सुविधा तथा कच्चे माल के आयात ने ब्रिटेन के औद्योगिक विकास को बहुत अधिक प्रोत्साहित किया है। यहाँ आधारभूत उद्योगों का जाल-सा बिछा हुआ है और उपभोक्ता उद्योगो की भी कमी नहीं है। इंगलैंड के प्रमुख उद्योग वस्त्र उद्योग, इस्पात उद्योग, जहाज निर्माण, रासायनिक उद्योग, बिजली उपकरण उद्योग, काँच एवं मिट्टी बर्तन उद्योग, कागज उद्योग, हवाई जहाज, रेलवे इंजन और मोटर निर्माण उद्योग, इंजीनियरिंग उद्योग, मशीन उद्योग, रंग एवं वार्निश उद्योग, कृत्रिम रबर उद्योग, रासायनिक खाद उद्योग, औषधि निर्माण उद्योग आदि हैं। ब्रिटेन का तेल एवं गैस उद्योग द्वितीय विश्व युद्धोत्तर काल की सर्वाधिक सफल उपलब्धि है। 1996 में तेल एवं गैस उद्योग का ब्रिटिश अर्थव्यवस्था के कुल घरेलू उत्पादन (GDP) में योगदान प्रायः 2·5 प्रतिशत था। 1996 मे यू० के० के तेल शोधक कारखानों में पेट्रोलियम पदार्थों का उत्पादन 90 मिलियन टन था, देश में पेट्रोलियम का कुल उपभोग 75 मिलियन टन हुआ था। उस वर्ष ब्रिटेन से 74 मिलियन टन क्रूड पेट्रोलियम का निर्यात किया गया था प्रायः पूरा का पूरा यूरोपीय देशों को। ब्रिटेन में अनेक प्रकार की उपभोक्ता वस्तुएँ निर्मित की जाती हैं। कुछ सार्वजनिक एवं सैनिक महत्त्व के उपक्रमों को छोड़कर प्रायः सभी उद्योग निजी व्यक्तियों के अलावा कंपनियों के हाथों में है। सरकार कई प्रकार से उद्योगों की सहायता करती है जिनमें आवश्यक सेवाओं की व्यवस्था, सूचना परामर्श तथा गवेषणा आदि सम्मिलित हैं। श्रम, आयात निर्यात तथा भूमि के उपयोग-सम्बन्धी कुछ प्रतिबन्धों के अतिरिक्त अन्य कोई भी प्रतिबन्ध सरकार द्वारा उद्योगों पर नहीं लगाये जाते हैं। सरकार उत्पादकता बढ़ाने और उत्पादित वस्तुओं की किस्म को सुधारने में भी उद्योगों की सहायता करती है।

8. परिवहन और संचार (*Transport and Communications*)—सड़क, रेल, वायु एवं जल परिवहन के साधनों का ग्रेट ब्रिटेन में जाल-सा बिछा हुआ है। राष्ट्रीय आय का लगभग 8 प्रतिशत परिवहन और संचार सेवाओं से प्राप्त होता है। ब्रिटेन के 7·3 प्रतिशत व्यक्ति इन सेवाओं में लगे हुए हैं जिनकी संख्या लगभग 17 लाख है। इनमें से 28 प्रतिशत सड़क परिवहन, 23·1 प्रतिशत रेल परिवहन, 8·2 प्रतिशत जल परिवहन और 2·9 प्रतिशत वायु परिवहन में लगे हुए हैं। शेष आन्तरिक जल परिवहन और संचार व्यवस्था में कार्य करते हैं। देश के कुल 300 बन्दरगाहों से आयात और निर्यात होने वाले माल का वजन लगभग 20 करोड़ टन वार्षिक होता है। ग्रेट ब्रिटेन की जहाजी क्षमता विश्व की कुल जहाजी क्षमता का 14 प्रतिशत है। ब्रिटेन में बहुत विशाल जहाजों का निर्माण होता है। सन् 1969 में ब्रिटेन में रेलपथ की लम्बाई लगभग 17 हजार मील थी। वायु परिवहन के क्षेत्र में ब्रिटिश ओवरसीज एयरवेज कॉरपोरेशन (BOAC) तथा ब्रिटिश यूरोपियन एयरवेज (BEA) कार्यशील हैं। ब्रिटेन की दूरसंचार प्रणाली अत्यधिक विकसित और आधुनिक है। मार्च 1992 के अंत में ग्रेट ब्रिटेन में 25·7 मिलियन सीधे जुड़ी मुख्य टेलीफोन लाइनें थीं जिसका अर्थ प्रति 100 व्यक्तियों पर 44·7 टेलीफोन लाइन होना था। उस समय ग्रेट ब्रिटेन में मोबाइल संचार सेवाओं के 2 मिलियन उपभोक्ता थे। 1992 में ग्रेट ब्रिटेन में 1 मिलियन फैक्स मशीनें थीं जबकि 1986 में ये केवल 56000 ही थीं। ग्रेट ब्रिटेन का दूरसंचार (टेलीक्म्यूनिकेशन) उद्योग ब्रिटिश अर्थव्यवस्था का सर्वाधिक तेज विकास वाला क्षेत्र है।

9. विदेशी व्यापार—ग्रेट ब्रिटेन क्षेत्रफल तथा जनसंख्या के दृष्टिकोण से विश्व का एक छोटा-सा देश है किन्तु अंतर्राष्ट्रीय व्यापार में इसका विश्व में चौथा स्थान है। इसका

विदेशी व्यापार विश्व के कुल अंतरराष्ट्रीय व्यापार का प्रायः 10 प्रतिशत है। यह विश्व के कुल प्राथमिक उपजों के निर्यात के 20 प्रतिशत भाग का आयात करता है तथा विश्व की निर्मित वस्तुओं का सातवाँ भाग स्वयं प्रदान करता है। सन् 1914 तक विश्व के कुल निर्यात व्यापार का एक-तिहाई ब्रिटेन के हाथों में था। किन्तु कालांतर में अन्य देशों में औद्योगिक विकास हो जाने से इसे कड़ी प्रतियोगिता का सामना करना पड़ा। अतः सन् 1939 में विश्व के निर्यात व्यापार में ब्रिटेन का भाग घटकर 20 प्रतिशत रह गया। फिर भी ब्रिटेन के कुल आयात का मूल्य भारत के आयात के मूल्य का 6 गुना तथा निर्यात 7 गुना है। ब्रिटेन ने 1980 में कुल मिलाकर 12000 करोड़ पौंड के मूल्य की वस्तुओं का आयात किया था। इसमें खाद्य, पेय पदार्थ, तम्बाकू औद्योगिक कच्चा माल, खनिज पदार्थ और तेल तथा विभिन्न प्रकार के निर्मित एवं अर्द्ध-निर्मित माल आदि सम्मिलित थे। आयात प्रधानतः स्टर्लिंग क्षेत्र, पश्चिम और पूर्वी यूरोप के देशों तथा उत्तरी अमेरिका के देशों से किया जाता है। इसके कुल आयात का आधा भाग खाद्य-पदार्थों तथा औद्योगिक कच्चे माल के रूप में होता है। ग्रेट ब्रिटेन द्वारा निर्यात किए गये मालों में मशीनों एवं इंजीनियरिंग के सामान, सभी प्रकार के वस्त्र, रासायनिक पदार्थ, धातु, कोयला तथा अन्य निर्मित माल आदि सम्मिलित हैं। ब्रिटिश निर्यातों में 50 प्रतिशत इंजीनियरिंग समान होते हैं।

10. रोजगार—1929-30 की महान आर्थिक मन्दी काल में ब्रिटिश कार्यशील जनसंख्या का प्रायः 14 प्रतिशत बेकारी से ग्रसित था। किन्तु द्वितीय विश्वयुद्ध में बेकारों की संख्या में बहुत कमी हुई। सैनिक गतिविधियों में वृद्धि के कारण पिछले बीस वर्षों में कुल कार्यशील जनसंख्या का केवल 1·5 प्रतिशत से 2·5 प्रतिशत तक बेकार है। ऐसे व्यक्तियों की संख्या मोटे रूप में प्रायः 4 से 5 लाख है। स्कॉटलैंड, उत्तरी आयरलैंड तथा उत्तरी-पूर्वी-इंगलैंड के कुछ उद्योगों की गिरी हुई दशा के कारण इन भागों में बेकार व्यक्तियों की संख्या कुछ अधिक है। ऐसे व्यक्तियों के भरण-पोषण, प्रशिक्षण तथा फिर से काम दिलाने के लिए सरकार की ओर से समुचित प्रबन्ध किया जा रहा है। बेरोजगारी बीमा पर विशेष ध्यान दिया जा रहा है। पिछले पाँच वर्षों में बेरोजगार व्यक्तियों की संख्या में कमी हुई है। तालिका 1 : 6 से सम्पूर्ण ग्रेट ब्रिटेन तथा इसके विभिन्न प्रदेशों में प्रथम विश्व-युद्ध से लेकर 1968 तक बेरोजगारी की स्थिति का अंदाजा लगता है। तालिका 1 : 8 मे वर्ष 1995 और 1996 में रोजगार के संकेतांक दिए गए हैं।

तालिका 1 : 6 बेरोजगारों की संख्या बीमाकृत जनसंख्या के प्रतिशत के रूप में

क्षेत्र	1913-14	1937	1950	1968
यूनाइटेड किंगडम	3·8	10·4	1·6	2·5
स्कॉटलैंड	2·1	15·2	3·0	3·7
वेल्स	2·3	24·3	3·4	4·0
उत्तरी आयरलैंड	7·0	26·2	3·3	7·5

11. श्रम और श्रम कल्याण—ग्रेट ब्रिटेन के श्रमिक आज विश्व के सबसे अधिक संगठित और सम्पन्न श्रमिक माने जाते हैं। यहाँ लगभग एक करोड़ व्यक्ति विभिन्न श्रम संघों के सदस्य हैं। ये ट्रेड यूनियन कांग्रेस (TUC) से सम्बद्ध हैं जो श्रमिकों की एक विशाल संस्था बन गयी है। ब्रिटेन में श्रमिकों का अपना पृथक राजनीतिक दल भी है जिसे **लेबर पार्टी** कहा जाता है। यह राजनीतिक स्तर पर श्रमिकों के हितों के लिए संघर्ष करता रहता

है। इंगलैंड की लेबर पार्टी ने कई बार देश में सरकार का निर्माण भी किया है। वर्तमान समय में ब्रिटेन में पुरुष श्रमिकों की औसत आय आठ-दस शिलिंग प्रति घंटा है जबकि महिला श्रमिकों की सात-आठ शिलिंग प्रति घंटा। सामाजिक सुरक्षा के क्षेत्र में ब्रिटिश श्रमिक की स्थिति अत्यंत उत्तम है। सन् 1948 से बेवरिज योजना (Beveridge Plan) के आधार पर ब्रिटेन में सामाजिक सुरक्षा एवं सहायता का एक अत्यंत व्यापक कार्यक्रम अपनाया गया है। इस कार्यक्रम ने ब्रिटेन के श्रमिकों को जीवन के सभी ऐसे सम्भावित खतरों की चिंता से मुक्त कर दिया है जिनकी सुरक्षा समाज द्वारा दी जा सकती है। यही कारण है कि ब्रिटेन का औसत श्रमिक जन्म से मृत्यु तक सामाजिक एवं आर्थिक चिन्ताओं से वस्तुतः मुक्त है।

12. मुद्रा, बैंकिंग और मूल्य स्तर (Currency, Banking and Price Level)—ब्रिटेन की बैंकिंग व्यवस्था अत्यन्त सुदृढ़ एवं सुसंगठित है। ब्रिटेन का केन्द्रीय बैंक—**बैंक ऑफ इंगलैंड** विश्व का सबसे प्राचीन बैंक है। मौद्रिक नीतियों को सुचारु रूप से कार्यान्वित करने में यह सरकार की सहायता करता है। व्यावसायिक बैंक का कार्य कुल 4 विशालकाय बैंकों के हाथों में है जो देश भर में विस्तृत लगभग 14,000 शाखाओं के द्वारा जनता से विशाल धन-राशि जमा के रूप में आकर्षित करते हैं। इनके अतिरिक्त 4 छोटे बैंक हैं। किन्तु इन सबके पास कुल जमा का केवल लगभग 3 प्रतिशत ही है। मूल्य-स्तर में वृद्धि की जो प्रवृत्ति द्वितीय विश्वयुद्ध काल में प्रारम्भ हुई वह प्रायः अभी तक बनी हुई है तथा पिछले 10 वर्षों की अवधि में ब्रिटेन में मूल्य स्तर में 28 प्रतिशत अर्थात् 2·8 प्रतिशत प्रतिवर्ष की वृद्धि हुई है। सरकार मूल्य स्तर को बढ़ने से रोकने के लिए कई प्रकार के उपाय करती रही है।

13. आर्थिक आयोजना (*Economic Planning*)—अभी भी ग्रेट ब्रिटेन में मिश्रित अर्थव्यवस्था है। इसके अन्तर्गत सार्वजनिक और निजी क्षेत्र दोनों का महत्त्वपूर्ण स्थान है। ब्रिटेन में आर्थिक प्रगति के सही मूल्यांकन तथा आर्थिक विकास की दर को बढ़ाने के उद्देश्य से आर्थिक आयोजन का प्रयास किया जाने लगा है। इस उद्देश्य की पूर्ति के लिए सन् 1962 में एक राष्ट्रीय आर्थिक विकास परिषद (National Economic Development Council) की स्थापना की गयी। अक्टूबर, 1964 में आर्थिक मामला विभाग (Department of Economic Affairs) की स्थापना की गयी। आर्थिक आयोजन के लिए यही उत्तरदायी है। यह विभाग प्रौद्योगिकी मंत्रालय (Ministry of Technology) तथा राष्ट्रीय आर्थिक विकास परिषद के सहयोग से देश के लिए आर्थिक योजना का निर्माण करता रहा है और सरकारी विभागों के सहयोग से उस योजना को कार्यान्वित करता रहा है। यह औद्योगिक तथा क्षेत्रीय विकास और भौतिक साधनों के आवंटन से संबंधित नीतियों के समन्वय में भी योग देता रहा है। इनके अतिरिक्त प्रत्येक प्रमुख उद्योग के लिए आर्थिक विकास समितियाँ (economic development committees) एवं क्षेत्रीय आर्थिक आयोजन परिषदें (regional economic planning councils) स्थापित की गयी हैं जो आर्थिक आयोजन के कार्य में सहयोग देती हैं। ब्रिटेन के आर्थिक विकास की गति को तीव्र करने के लिए 1965 ई० में एक राष्ट्रीय योजना बनायी गयी। इसका उद्देश्य सन् 1970 तक राष्ट्रीय उत्पादन, निर्यात एवं वस्तुओं तथा सेवाओं के कुल उत्पादन में पर्याप्त वृद्धि करना था ताकि इस अवधि में राष्ट्रीय आय में कुल मिलाकर लगभग 25 प्रतिशत की वृद्धि हो सके। परन्तु **श्रीमती थैचर के शासन काल में इस सम्बन्ध में काफी परिवर्तन हुए। आज आर्थिक आयोजन का महत्त्व बहुत घट गया है।**

14. आंचलिक आर्थिक आयोजना *(Regional Economic Planning)*—आंचलिक आर्थिक आयोजना का प्रमुख उद्देश्य देश के संसाधनों का पूर्ण और संतुलित विकास है ताकि राष्ट्रीय उत्पादन में स्थायी तीव्र गति से वृद्धि का क्रम जारी रह सके। इस उद्देश्य से 1965 ई० में आंचलिक परिषद और मंडल (regional councils and boards) स्थापित किए गए। प्रादेशिक आयोजन के उद्देश्य से स्कॉटलैंड तथा वेल्स को एक-एक इकाई माना गया तथा इंगलैंड को 8 क्षेत्रों में विभाजित किया गया—उत्तरी यार्कशायर और हम्बरशायर, पूर्वी मिडलैंड, पूर्वी ऐग्लिस, दक्षिणी-पूर्वी, दक्षिणी-पश्चिमी, पश्चिमी मिडलैंड तथा उत्तरी पश्चिमी-क्षेत्र। इनमें से प्रत्येक क्षेत्र की आर्थिक समस्याओं तथा साधनों आदि का विस्तारपूर्वक अध्ययन किया जाता है और इनके विकास के लिए योजनाएँ तथा कार्यक्रम बनाए जाते हैं। परन्तु निजी क्षेत्र को अधिक महत्त्व देने के कारण इसका भी महत्त्व क्षीण हो गया है।

ब्रिटिश अर्थव्यवस्था की वर्तमान प्रवृत्तियाँ
(Recent Trends in the British Economy)

द्वितीय विश्वयुद्ध के बाद ग्रेट ब्रिटेन की सर्वप्रमुख आर्थिक समस्या आर्थिक पुनर्निर्माण की समस्या थी। यह कार्य लगभग 1950-51 तक पूरा हो गया। इस कार्य में ब्रिटेन को **मार्शल योजना** के अन्तर्गत अमेरिका से पर्याप्त सहायता प्राप्त हुई। इसके द्वारा ग्रेट ब्रिटेन अपने विदेशी विनिमय संकट की समस्या के समाधान में बहुत अंश तक सफल हुआ। अब यह अनुभव किया जाने लगा कि यूरोप के अन्य देशों की तुलना में ग्रेट ब्रिटेन में आर्थिक विकास की दर बहुत ही मंद थी। राष्ट्रीय आय, निर्मित वस्तुओं का उत्पादन तथा श्रम की कार्यक्षमता, जो आर्थिक विकास के महत्त्वपूर्ण निर्धारक तत्त्व हैं, में बहुत धीरे-धीरे वृद्धि हो रही थी और ब्रिटिश अर्थव्यवस्था के अधिकांश क्षेत्रों में कठिनाइयाँ थीं। 1952-56 के बीच कुछ यूरोपीय देशों की विकास दर से ब्रिटिश विकास दर की तुलना करने पर यह स्पष्ट हो जाता है। इसे तालिका 1 : 7 में दिखाया गया है।

तालिका 1 : 7 वर्ष 1952 और 1956 के बीच आर्थिक विकास

देश	विकास दर	देश	विकास दर
पश्चिमी जर्मनी	38	ग्रेट ब्रिटेन	15
नीदरलैंड	27	बेलजियम	13
इटली	25	लक्जेमबर्ग	13
फ्रांस	20		

पोलिटिकल एण्ड इकॉनामिक प्लानिंग (P.E.P.) के "ब्रिटिश अर्थव्यवस्था की संवृद्धि" (Growth in the British Economy) नामक विवरण के अनुसार ब्रिटेन में कुल राष्ट्रीय उत्पादन का सूचनांक (1938 = 100 के आधार पर) 1958 में अन्य प्रमुख देशों की अपेक्षा बहुत ही कम था। यह संयुक्त राज्य अमेरिका में 229 तथा पश्चिमी जर्मनी में 220 था जबकि ग्रेट ब्रिटेन में केवल 135 ही था। औद्योगिक उत्पादन के सम्बन्ध में भी यही बात थी। 1957 में इसका सूचनांक (1950 = 100 के आधार पर) पश्चिमी जर्मनी में 311 था जबकि ग्रेट ब्रिटेन में केवल 121 था। इसी प्रकार वहाँ प्रति श्रमिक उत्पादन का सूचनांक (1953 = 100 के आधार पर) 110 था जबकि पश्चिमी जर्मनी में 133 तथा

फ्रांस में 140 था। इस विवरण का निष्कर्ष बड़ा ही महत्त्वपूर्ण था। दूसरे देशों के विकास के साथ तुलना करने पर ब्रिटिश अर्थव्यवस्था की विकास दर भयावह रूप से मंद थी और यद्यपि ग्रेट ब्रिटेन वर्तमान समय में तुलनात्मक रूप से एक धनी देश हो सकता है तथापि इन तुच्छ आर्थिक सिद्धियों का 1960 के दशक में बना रहना कुछ ही वर्षों के अन्दर ग्रेट ब्रिटेन को अन्य देशों की अपेक्षा एक निम्नतर जीवन स्तर में रख छोड़ता।[1] युद्ध के बाद ग्रेट ब्रिटेन के औद्योगिक उत्पादन में वृद्धि अवश्य हुई थी तथापि यूरोप तथा विश्व के औद्योगिक उत्पादन में हुई वृद्धि को देखते हुए यह बहुत ही कम थी। इस कारण बहुत से लेखक ब्रिटिश अर्थव्यवस्था को अगतिशील बतलाने लगे हैं। (Britain has become an undynamic society.)

उत्पादन और रोजगार *(Output and Employment)*—ग्रेट ब्रिटेन का कुल राष्ट्रीय उत्पादन 1969 ई० में 32,339 मिलियन पौंड था। वास्तविक रूप में वर्ष 1956 से 1966 के बीच इसमें लगभग एक तिहाई की ही वृद्धि हुई। वर्ष 1966 में चालू साधन लागतों पर कुल घरेलू उत्पादन (GDP) 642916 मिलियन पौंड स्टर्लिंग था। 1986 से 1996 के बीच कुल घरेलू उत्पाद का संकेतांक 24 प्रतिशत बढ़ा था। पिछले 27-28 वर्षों में ग्रेट ब्रिटेन में उत्पादन और उत्पादकता में समूह-7 के महत्त्वपूर्ण उद्योगीकृत देशों की तुलना में मन्दतर वृद्धि होती रही है और इसका प्रति व्यक्ति कुल घरेलू उत्पाद समूह-7 के अन्य देशों से नीचा बना रहा है। आर्थिक स्थिरता पर वर्ष 1945 के बाद आयी दो गहनतम और दीर्घतम अवसाद (recession) के कारण प्रतिकूल प्रभाव पड़ा। नवीनतम अवसाद वर्ष 1990 से प्रारंभ हुआ था। दो वर्षों तक निरन्तर गिरावट के बाद वर्ष 1992 से उत्पादन में वृद्धि होने लगी। वर्ष 1994 में कुल घरेलू उत्पादन में 4.5 प्रतिशत वृद्धि के बाद वर्ष 1995 में आर्थिक वृद्धि दर गिरकर 2·8 प्रतिशत और वर्ष 1996 में पुनः गिरकर 2.5 प्रतिशत हो गयी। वर्ष 1997 में वृद्धि दर 3.25 प्रतिशत और 1998 में 2.5 प्रतिशत होने की सरकार को आशा थी। उपभोक्ता व्यय में व्रर्ष 1997 में 4.5 प्रतिशत और 1988 में 4 प्रतिशत वृद्धि होने का अनुमान था।

पिछले कुछ दशकों में सेवा उद्योग में सबसे तेज वृद्धि हुई है जिसका कुल घरेलू उत्पाद में योगदान आजकल लगभग दो-तिहाई हो गया है जबकि वर्ष 1950 में इसका योगदान लगभग आधा ही था। निर्माणी उद्योगों का कुल घरेलू उत्पाद में योगदान अब एक-चौथाई से भी कम हो गया है जबकि 1950 में इनका योगदान एक तिहाई से अधिक था। 1990 के दशक में सेवा उद्योगों का उत्पादन ऊर्ध्वमान प्रवृत्ति वाला रहा है। केवल 1991 और 1992 में कुछ मामूली गिरावट के साथ वर्ष 1996 में इस क्षेत्र का उत्पादन रिकार्ड स्तर पर पहुँच गया। वर्ष 1997 के दूसरे चतुर्थांश में सेवा-क्षेत्र का उत्पादन पिछले वर्ष की तुलना में 4.3 प्रतिशत अधिक था। 1992-93 ई० में निर्माणी उद्योगों में धीरे से वृद्धि हुई और 1994 में इनका उत्पादन 4.7 प्रतिशत बढ़ा परन्तु वर्ष 1995 में पुनः गिरकर 1.7 प्रतिशत और 1996 में मात्र 0.3 प्रतिशत रह गया।

---

1. "The rate of growth of the British economy has been awefully slow when compared with that of other countries, and although Britain may at the moment be a comparatively wealthy country the continuation into the 1960's of this relatively poor economic performance would, within a few years, leave Britain with a lower standard of living in relation to other countries."

तालिका 1 : 8 उत्पादन और रोजगार (संकेतांक 1990 = 100)

मदें	उत्पादन		रोजगार[1]	
	संकेतांक 1995	**संकेतांक 1996**	**संकेतांक 1995**	**संकेतांक 1996**
कृषि, आखेट, वानिकी और मत्स्य	97·1	95·4	85·2	86·9
उत्पादन उद्योग, जिनमें—	106·7	107·9	82·7	83·5
विद्युत, गैस एवं जल	116·3	123·6	58·5	59·0
खान-खदान (mining and quarrying)	138·7	143·3		
निर्माण (manufacturing)	102·5	102·8	84·7	85·7
विनिर्माण (construction)	90·0	91·1	73·3	70·9
सेवाएँ	108·7	112·6	101·6	103·7
रोजगार में नियोजित व्यक्ति			95·7	97·3

तेल और गैस उत्पादन का ब्रिटिश अर्थव्यवस्था पर पिछले कुछ वर्षों में महत्त्वपूर्ण प्रभाव पड़ा है। 1960 के दशक के अन्तिम वर्षों में गैस का उत्पादन उल्लेखनीय मात्रा में होने लगा जबकि 1976 से तेल का उत्पादन बड़ी मात्रा में होने लगा। वर्ष 1989 से गैस का उत्पादन प्रत्येक वर्ष बढ़ता गया है जबकि तेल का उत्पादन भी पिछले कुछ वर्षों में बढ़ता गया है और वर्ष 1995 में नये रिकार्ड पर पहुँच गया था। वर्ष 1997 में तेल और गैस उत्पादन में 7 प्रतिशत वृद्धि हुई थी। वर्ष 1996 में कुल घरेलू उत्पादन में तेल और गैस उत्पादन का योगदान 2·5 प्रतिशत था जबकि क्रूड आयल और पेट्रोलियम पदार्थों के निर्यात ने देश के चालू खाते में 4300 मिलियन पौंड स्टर्लिंग का योगदान किया था। तालिका 1 : 8 से 1990 के आधार मूल्यों पर वर्ष 1995 और 1996 में उत्पादन एवं रोजगार की स्थिति का अन्दाजा लगता है।

कार्यशील जनसंख्या में भी अपेक्षाकृत मंद गति से वृद्धि हो रही है। 1958 से 1969 ई० के बीच इसमें 15 लाख अर्थात् लगभग 5 प्रतिशत की दर से वृद्धि हुई। इस प्रकार 1959 ई० के मध्य में ग्रेट ब्रिटेन की कार्यशील जनसंख्या 260 लाख थी जिसमें दो-तिहाई भाग पुरुष थे। पिछले दो दशकों में बेरोजगारी औसत रूप में कुल कार्यशील जनसंख्या के दो प्रतिशत से भी कम थी जबकि अन्तर्युद्ध काल में यह 14 प्रतिशत के लगभग थी। कुछ उद्योगों, विशेषतः कोयला खान उद्योग, रेलवे, सूती वस्त्र तथा कृषि में पिछले पाँच वर्षों में श्रम शक्ति में बहुत कमी हुई। 1958 ई० के मूल्य स्तर पर कुछ वस्तुओं और सेवाओं का विभिन्न मदों में वितरण तालिका 1 : 9 से स्पष्ट होता है। 1986 और 1996 में राष्ट्रीय और उपभोक्ता व्यय का अन्दाजा तालिका 1 : 4 और 1 : 5 से लगाया जा सकता है।

1. रोजगार के आँकड़े ग्रेट ब्रिटेन से सम्बन्धित है और इनमें मौसमी समायोजन आधार पर जून में रोजगार में लगे नियोजित व्यक्ति शामिल हैं।

स्रोत: यूनाइटेड किंगडम नेशनल एकाउन्ट्स, 1997 संस्करण लेबर मार्केट ट्रेन्ड्स

तालिका 1 : 9 राष्ट्रीय व्यय (प्रतिशत)[1]

मदें	1951	1956	1961	1966
उपभोग व्यय	55·2	55·0	54·9	54·1
सार्वजनिक संस्थाओं का चालू व्यय	15·2	14·3	12·7	12·5
कुल आन्तरिक स्थायी पूँजी-निर्माण	10·5	12·3	14·5	15·5
स्टॉक में निवेश	2·5	0·9	1·0	0·6
वस्तुओं तथा सेवाओं का निर्यात	16·6	17·5	16·9	17·3
कुल व्यय	100·0	100·0	100·0	100·0

ग्रेट ब्रिटेन की कुल राष्ट्रीय आय का 21·3 प्रतिशत निर्माणी उद्योगों द्वारा उत्पन्न किया जाता है। खनिज, निर्माण और सार्वजनिक सेवाओं (mining, construction and public utilities) को सम्मिलित करने पर इनका हिस्सा कुल राष्ट्रीय आय का लगभग 33 प्रतिशत है। कृषि, वन तथा मत्स्य उद्योगों का हिस्सा तीन प्रतिशत से कुछ अधिक है तथा यातायात और संवहन तथा व्यापार का हिस्सा 1·8 प्रतिशत के लगभग है। शेष भाग सार्वजनिक प्रशासन, शिक्षा, स्वास्थ्य तथा अन्य सेवाओं से प्राप्त होता है। कृषि की कुल उपज में वृद्धि के बावजूद पिछले वर्षों में कुल राष्ट्रीय आय में कृषि के हिस्से में निरंतर कमी होती जा रही है। जबकि सेवाओं के योगदान में वृद्धि होती जा रही है। यह तालिका 1 : 3 से स्पष्ट है।

कुल स्थायी निवेश *(Gross Fixed Investment)*—इसमें पिछले कुछ वर्षों में महत्त्वपूर्ण वृद्धि हुई है। 1951 में कुल स्थायी निवेश कुल राष्ट्रीय निवेश का प्रायः 15 प्रतिशत था। इसमें धीरे-धीरे वृद्धि होती गयी जिसके परिणामस्वरूप यह बढ़कर 1966 में 20 प्रतिशत हो गया। इसका प्रायः 22 प्रतिशत निर्माणी उद्योग में निवेश किया जाता है। 1966 ई० में निर्माणी उद्योगों में कुल निवेश 1456 मिलियन पौण्ड था। पिछले कुछ वर्षों में कुल स्थायी निवेश का प्रायः 40 प्रतिशत भाग केन्द्रीय सरकार, स्थानीय संस्थाएँ तथा सार्वजनिक निगमों में था। 1965 ई० में केन्द्रीय सरकार का कुल निवेश 3118 मिलियन पौण्ड था। निवेश में वृद्धि के साथ-साथ बचत में वृद्धि हुई है। तालिका 1 : 10 से यह स्पष्ट है। तालिका 1 : 11 से वर्ष 1996 में स्थायी निवेश का पता चलता है।

तालिका 1 : 10 ग्रेट ब्रिटेन में कुल बचतें (मिलियन पौण्ड)[2]

विभिन्न मदें	1956	1961	1966
व्यक्तिगत	823	1747	1967
कम्पनियाँ	2038	2400	3099
सार्वजनिक निगम	205	364	621
केन्द्रीय सरकार तथा स्थानीय संस्थाएँ	538	541	1664
कुल	3604	5062	7333

1. Britain : An Official Hand-book, 1969.
2. Britain : An Official Hand-book, 1966

तालिका 1 : 11 क्षेत्रवार कुल घरेलू स्थायी पूँजी निर्माण (निवेश) 1996 में
Gross Domestic Fixed Capital Formation (Investment) by Sector, 1996

मद	मिलियन पौंड स्टर्लिंग बाजार मूल्यों पर	मिलियन पौंड स्टर्लिंग 1990 मूल्य स्तर पर	1990 के मूल्यों पर संकेतांक (1990 = 100)
कृषि, आखेट, वानिकी एवं मत्स्य	1126	977	71·4
खान-खदान (तेल एवं गैस निस्सारण समेत)	4623	4415	93·9
निर्माण (manufacturing)	15388	12442	87·5
विद्युत, गैस एवं जल आपूर्ति	4567	4021	84·8
विनिर्माण (कंस्ट्रक्शन)	1165	986	102·2
सेवाएँ	61012	57176	102·3
निवास (dwellings)	22538	19909	92·9
अन्तरण लागतें (transfer costs)	4204	4164	97·9
सम्पूर्ण अर्थव्यवस्था (whole economy)	114623	104090	96·8

स्रोत : यूनाइटेड किंगडम नेशनल एकाउन्ट्स 1997 संस्करण

वर्तमान ब्रिटिश अर्थव्यवस्था की प्रमुख समस्याएँ
(Principal Problems Facing the British Economy Today)

द्वितीय विश्वयुद्ध के बाद से ही आर्थिक क्षेत्र में ब्रिटेन को अनेक समस्याओं का सामना करना पड़ रहा है। निम्नलिखित समस्याएँ विशेषतः उल्लेखनीय हैं—

1. भुगतान-संतुलन की स्थिति को ठीक करने और इस प्रकार स्टर्लिंग को सुदृढ़ बनाने की समस्या (Problem of maintaining a sound balance of payments position and thereby assuring the strength of sterling);

2. आय में उत्पादकता से अधिक वृद्धि की प्रवृत्ति और इसके फलस्वरूप लागत में स्फीतिक वृद्धि (tendency for incomes to rise faster than productivity and also leading to inflationary increases in cost) तथा

3. राष्ट्रीय उत्पादन में वृद्धि की अधिक उच्च दर को प्राप्त करने की समस्या (need to achieve a higher rate of expansion of national output)।

4. बेरोजगारी की समस्या जिसमें क्रमशः वृद्धि होती जा रही है।

भुगतान संतुलन (*Balance of Payments*)—ग्रेट ब्रिटेन की मुख्य आर्थिक समस्याएँ समय-समय पर विदेशी विनिमय-सम्बन्धी कठिनाइयों में प्रतिबिम्बित होती हैं। विदेशी विनिमय-सम्बन्धी कठिनाइयों के कारण आर्थिक विकास और उत्पादक निवेश में एक प्रकार की रुकावट उत्पन्न हो जाती है। पिछले दशक में ग्रेट ब्रिटेन के निर्यात में औसतन प्रतिवर्ष 3 प्रतिशत की दर से तथा आयात में औसतन प्रतिवर्ष 4 प्रतिशत की दर से वृद्धि हो रही है। निवेश वस्तु के आयात में महत्त्वपूर्ण सुधार तथा व्यापार की शर्तों के अनुकूल होने के

बावजूद दृश्य तथा अदृश्य व्यापार का आधिक्य ग्रेट ब्रिटेन के विदेशी भुगतान की आवश्यकताओं की पूर्त्ति करने में असमर्थ रहा है। बाह्य भुगतान में सर्वाधिक महत्त्वपूर्ण सैनिक खर्च है जो 1956-66 के बीच दस वर्षों में 101 मिलियन पौंड से बढ़कर 272 मिलियन पौंड हो गया था। इसके अतिरिक्त ब्रिटेन को युद्धोत्तर काल में संयुक्त राज्य अमेरिका तथा कनाडा से लिए गए ऋण तथा ब्याज के भुगतान पर भी लगभग 69 मिलियन पौंड प्रतिशत खर्च करना पड़ा है।

स्फीति (*Inflation*)—ग्रेट ब्रिटेन को 1996 तक लगभग दो दशकों से पूर्ण रोजगार की स्थिति के कारण स्फीति का सामना करना पड़ा है। इसका मुख्य कारण मौद्रिक आय का उत्पादन की मात्रा की अपेक्षा अधिक तेजी से बढ़ना है जिससे सर्वत्र लागत में वृद्धि हो गयी। 1956 ई० से अतिरिक आय में वृद्धि की औसत दर 6 प्रतिशत रही है जबकि इस अवधि में प्रति श्रमिक कुल औतरिक उत्पादन में वृद्धि की दर 2½ प्रतिशत रही है। जनवरी, 1956 से दिसम्बर, 1966 के बीच खुदरा मूल्य-स्तर में औसतन 4 प्रतिशत वार्षिक वृद्धि हुई जबकि इसी अवधि में शारीरिक श्रम वाले मजदूरों की औसत साप्ताहिक आय में प्रतिवर्ष 6½ प्रतिशत की दर से वृद्धि हुई। आय में वृद्धि के परिणामस्वरूप माँग में वृद्धि को नियंत्रित करने के लिए इस अवधि में विभिन्न सरकारों द्वारा कड़े मौद्रिक और वित्तीय उपाय अपनाये गये हैं। इन उपायों में बैंक साख की मात्रा तथा मूल्य पर नियंत्रण, किस्त-क्रय पर नियंत्रण तथा कर एवं सार्वजनिक व्यय में परिवर्तन आदि उल्लेखनीय हैं। वर्तमान समय में मूल्य तथा आय सम्बन्धी सरकारी नीति का मुख्य उद्देश्य मौद्रिक आय को आर्थिक विकास से सम्बन्धित करना है। साथ ही, लागत तथा मूल्य में उचित स्थायित्व रखने के लिए आय बढ़ाने के उपायों पर स्वैच्छिक नियंत्रण की आवश्यकता पर भी जोर दिया जा रहा है।

औद्योगिक कार्यकुशलता (*Industrial Efficiency*)—ग्रेट ब्रिटेन की दूसरी प्रमुख समस्या औद्योगिक कार्यकुशलता और उत्पादता में वृद्धि की समस्या है। इसके लिए पिछले कुछ वर्षों में कई प्रकार के प्रयास किये गये हैं। इनमें आर्थिक विकास समिति द्वारा विभिन्न उद्योगों की कमजोरियों की जाँच, मिनिस्ट्री ऑफ टेक्नोलॉजी द्वारा विकसित तकनीक को अपनाने तथा उसका और भी विकास करने के उपाय तथा कुशल श्रम की आवश्यकताओं की पूर्ति के लिए औद्योगक प्रशिक्षण की व्यवस्था आदि उल्लेखनीय हैं। उद्योगों में वांछित संयोग तथा पुनर्गठन को प्रोत्साहित करने के उद्देश्य से औद्योगिक पुनर्गठन निगम(Industrial Re-organisation Corporation) की स्थापना की गयी है। गैर-निर्माणी उद्योगों तथा सेवाओं की तुलना में निर्माणी उद्योगों को सुदृढ़ बनाने के लिए कर नीति द्वारा प्रोत्साहन दिया जाता है। औद्योगिक क्षमता में वृद्धि के और भी बहुत से उपाय किये जा रहे हैं।

भौगोलिक पृष्ठभूमि
(Geographical Background)

ग्रेट ब्रिटेन यूरोप के उत्तरी-पश्चिमी कोने में स्थित एक छोटा-सा द्वीप-समूह है जो कुछ बड़े और अनेक छोटे-छोटे द्वीपां से मिलकर बना है। कुल मिलाकर क्षेत्रफल 1,21,600 वर्गमील है। इंगलिश चैनल इस द्वीप समूह को यूरोप की मुख्य भूमि से पृथक करती है। ग्रेट ब्रिटेन में इंगलैंड, स्कॉटलैंड, वेल्स तथा उत्तरी आयरलैंड के प्रदेश सम्मिलित हैं। इंगलैंड ग्रेट ब्रिटेन का मुख्य प्रदेश है और सदा इस देश की आर्थिक,

राजनीतिक तथा सामाजिक गतिविधियों का केन्द्र-बिन्दु रहा है। जनसंख्या और जलवायु के दृष्टिकोण से भी यह देश का महत्त्वपूर्ण भाग रहा है। प्रारम्भ से ही इसी प्रदेश के लन्दन नामक स्थान में इस राष्ट्र की राजधानी रही है। सम्भवतः इसी कारण अधिकांश लेखक इंगलैंड, संयुक्त राज्य (U.K) और ग्रेट ब्रिटेन का प्रयोग प्रायः एक ही अर्थ में करते हैं। ग्रेट ब्रिटेन में क्षेत्रफल की दृष्टि से भी इंगलैंड का प्रमुख स्थान है। इसका क्षेत्रफल 50,051 वर्गमील है और यह 49 प्रशासनिक इकाइयों में विभाजित है। स्कॉटलैंड का क्षेत्रफल 29,795 वर्गमील है और यह 33 इकाइयों में विभाजित है। वेल्स का क्षेत्रफल 7966 वर्गमील है। इसमें 31 इकाइयाँ हैं। उत्तरी आयरलैंड का क्षेत्रफल 5206 वर्गमील है और यह 6 प्रशासनिक इकाइयों में विभाजित है। इसके अतिरिक्त कुछ छोटे-छोटे द्वीप हैं और इस प्रकार सम्पूर्ण संयुक्त राज्य (United Kingdom) का क्षेत्रफल लगभग 94300 वर्गमील है। उत्तर से दक्षिण इसकी लम्बाई 600 मील तथा पूरब से पश्चिम चौड़ाई अधिक-से-अधिक 300 मील है।

ग्रेट ब्रिटेन के आर्थिक विकास में भौगोलिक तत्त्वों का योग
(Role of Geographical Factors in Great Britain's Economic Growth)

19वीं शताब्दी ग्रेट ब्रिटेन की औद्योगिक और वाणिज्यिक सर्वोच्चता की शताब्दी रही। इसकी इस व्यापारिक एंव औद्योगिक सर्वोच्चता में कई तत्त्वों ने योगदान किया था। भौगोलिक तत्त्व उसकी आर्थिक महानता के मूलाधार रहे हैं। भौगोलिक तत्त्वों ने कई रूपों में ग्रेट ब्रिटेन की आर्थिक महानता में महत्त्वपूर्ण भूमिका निभाई है। निम्नांकित विशेष रूप में उल्लेखनीय हैं—

1. भौगोलिक स्थिति (*Geographical Location*)—यूरोप के उत्तर-पश्चिम कोने में स्थित ब्रिटिश द्वीप-समूह के दो महत्त्वपूर्ण भौगोलिक गुण हैं—(क) पृथकता (insularity) तथा (ख) सार्वभौमिकता (universality) जो वस्तुतः एक-दूसरे के पूरक हैं। एक तो इसका कोई भाग भी भाग समुद्र तट से 100 मील से अधिक दूर नहीं पड़ता। दूसरे, पश्चिमी यूरोप के औद्योगिक राष्ट्रों के निकट पड़ने के साथ ही समुद्री मार्गों के विकास के कारण यह संयुक्त राज्य अमेरिका और सुदूर पूर्व के भी निकट पड़ता है। तीसरे, इंगलिश चैनल इसे यूरोप के अन्य देशों से पृथक करती है। अतएव यूरोप का एक अंग होते हुए भी यह उससे अलग पड़ता है। इससे सीमा-सम्बन्धी कलह आदि में इसके फँसने की नौबत ही नहीं आती। फ्रांस अथवा जर्मनी ने इंगलैंड के साथ कई युद्ध लड़ा, यह सही है। किन्तु ये सभी युद्ध मुख्यतः यूरोप की मुख्य भूमि में ही सीमित रहे हैं। अतएव अपनी पृथक भौगोलिक स्थिति के कारण इंगलैंड विभिन्न युद्धों में सक्रिय होने के बावजूद उनके विनाशकारी प्रभावों से प्रायः मुक्त रहा।

2. प्राकृतिक धरातल तथा वनस्पति—सम्पूर्ण ग्रेट ब्रिटेन में पहाड़ों, पठारों, ढालों, झीलों और नदियों की उपत्यकाओं की भरमार है। नम जलवायु और विभिन्न प्रकार की मिट्टी के कारण यहाँ भिन्न-भिन्न प्रकार की वनस्पतियाँ पायी जाती हैं। इससे अनेक प्रकार के प्राथमिक व्यवसायों का विकास हो पाया है। उदाहरण के लिए ढालों में उत्तम जलवायु, स्वच्छ जल की सुलभता एवं स्वच्छ चारे की प्रचुरता के कारण पशुपालन, भेड़ पालन तथा डेयरी उद्योग प्रसिद्ध हो गए हैं। दक्षिण-पूर्व के निचले मैदानी भाग की मिट्टी अत्यन्त उपजाऊ है। इससे विभिन्न प्रकार की फसलें उपजायी जाती हैं।

3. छिछला समुद्री तट—देश के चारों ओर से समुद्र से घिरा होने के कारण इंगलैंड के निवासियों का समुद्र से अत्यन्त निकट का सम्पर्क रहता है। इसलिए इन लोगों ने समुद्र के आंतक से निर्भीक होकर विश्व के भिन्न-भिन्न भागों में अपना उपनिवेश स्थापित किया। इसके अतिरिक्त इस देश के अधिकांश समुद्री किनारे अत्यन्त छिछले हैं। छिछले समुद्र-तटों के कारण यहाँ के निवासियों का समुद्र से घनिष्ठ सम्पर्क हो पाया है। इसी से यहाँ के निवासी प्रसिद्ध मछुए हैं। इसी कारण इसका समुद्री बेड़ा भी बहुत अधिक सुदृढ़ बन पाया जो ब्रिटेन की सफलता तथा शक्ति का प्रमुख कारण रहा है।

4. अनुकूल जलवायु—ग्रेट ब्रिटेन शीत प्रदेश में स्थित है। किन्तु गल्फ स्ट्रीम की गर्मधारा इसके किनारों से होकर बहती है जो यहाँ के वातावरण को शीत काल में भी अधिक शीत होने से बचाती है। यही कारण है कि 50 से 60 उत्तरी अक्षांशों के बीच स्थित होते हुए भी यहाँ का तापक्रम हिम बिन्दु तक नहीं पहुँच पाता। यहाँ का वार्षिक तापक्रम 47° फारेनहाइट है। गर्मियों में यह बढ़कर 51° फारेनहाइट तक चला जाता है और सर्दियों में घटकर 39° फारेनहाइट तक चला आता है। इस प्रकार ब्रिटेन की जलवायु लोगों को स्फूर्ति देती है और उन्हें शारीरिक तथा मानसिक दोनों प्रकार के कार्यों को अधिक क्षमता के साथ पूर्ण करने में समर्थ बनाती है।

5. प्राकृतिक बन्दरगाहों का बाहुल्य—ग्रेट ब्रिटेन में अनेक प्राकृतिक बन्दरगाह हैं—300 से भी अधिक। लगभग 24 उत्तम कोटि के बनदरगाह हैं। अतः प्रति पाँच हजार वर्गमील पर एक अच्छा बन्दरगाह पड़ता है। किन्तु इनमें से11 बन्दरगाह—लन्दन, लिवरपुल, मैनचेस्टर, साउथैम्पटन, न्यूकेसिल, हल, स्वान्सी, मिडिल्सबरो, ब्रिस्टल तथा ग्लासगो व्यापारिक दृष्टि से अधिक महत्त्वपूर्ण है। ये बन्दरगाह समुद्री तूफानों से पूर्णतः सुरक्षित हैं और ये वर्ष भर खुले रहते हैं। विश्व के किसी भी देश में इतने अधिक प्राकृतिक बन्दरगाह नहीं हैं।

6. सालों भर नियमित वर्षा—वर्षा का वार्षिक औसत ब्रिटेन में 40 इंच के लगभग है। पछुवा हवाएँ निरन्तर समुद्र की ओर से इस देश की ओर चलती रहती हैं जिससे सालों भर वर्षा होती है। पिनाइन पर्वत की पश्चिमी ढालों पर 100 इंच तक वर्षा होती है जिससे सालों भर बहने वाली कई नदियाँ पूर्व की ओर प्रवाहित होती हैं। इनमें पहाड़ों पर स्थित झरने जल-विद्युत शक्ति के स्रोत हैं। यहाँ की वर्षा की प्रमुख विशेषता यह है कि यह बौछार के रूप में गिरती है जिससे उपजाऊ मिट्टी का कटाव कम होता है और उत्तम घास तथा फसलों की खेती में सहायक होती है। यहाँ वर्षा की निरन्तरता के कारण सिंचाई के कृत्रिम साधनों की आवश्यकता नहीं होती।

7. विविध खनिज पदार्थ—इंगलैंड में कोयला, लोहा, चीनी मिट्टी, टिन, शीशा, जस्ता, चूना पत्थर, संगमरमर, स्लेट, बॉक्साइट, निकल, क्रोम, टंगस्टन आदि अनेक खनिज पदार्थ पर्याप्त मात्रा में पाये जाते हैं। यहाँ औद्योगिक विकास के लिए आवश्यक मूलभूत खनिज—लोहे, कोयले और चूने की प्रचुरता है और ये देश के कई भागों में एक-दूसरे के निकट ही स्थित हैं जिससे इस्पात उद्योग का काफी विकास हुआ है। ग्रेट ब्रिटेन में लोहे के क्षेत्र यार्कशायर, कम्बरलैंड, नार्थहिम्पटनशायर तथा वेल्स के कुछ भागों में फैले हुए हैं। इंगलैंड को प्रति वर्ष स्पेन, स्वीडन और फ्रांस से खनिज लोहा का आयात करना पड़ता है। इंगलैंड के खनिज-पदार्थों की प्रचुरता ने ही औद्योगिक क्रांति को प्रेरित किया था।

8. मत्स्य व्यवसाय—ग्रेट ब्रिटेन के समुद्री किनारे छिछले हैं। इसलिए ग्रेट ब्रिटेन में मछली पकड़ने के व्यवसाय को भी अधिक प्रेरणा मिली है। किनारे के छिछले समुद्रों में प्लैंकटन बहुतायत से उत्पन्न होते हैं जिन्हें खाकर मछलियाँ बढ़ती रहती हैं। प्रतिवर्ष लगभग 10 लाख टन मछलियाँ इंगलैंड निवासी पकड़ते हैं।

ब्रिटिश अर्थव्यवस्था के विकास की सामाजिक राजनीतिक पृष्ठभूमि
(Social-Political Background of British Economic Development)

1. ब्रिटिश जनता का देश प्रेम—रोमनों के आगमन के समय तक ब्रिटेन अत्यन्त पिछड़े हुए निवासियों का देश था। इनके बाद एंग्लो-सेक्सन, जर्मन और विभिन्न जाति के लोग यहाँ आए और यहीं पर बसतें गये। धीरे-धीरे जातीय भावनाएँ अतीत के गर्भ में विलीन हो गयीं और विभिन्न जातियों के सम्मिश्रण से वहाँ एक ऐसी जाति का जन्म हुआ जो एक सूत्र में बँधी थी और जिसमें अनेक जातियों के गुणों का समावेश था। इन उच्च जातीय गुणों ने ब्रिटेन निवासियों को विश्व-विजय, अन्तरराष्ट्रीय व्यापार एवं औद्योगिक विकास की भावनाओं से प्रेरित किया और वे देश प्रेम एवं देश के उत्थान से ओत-प्रोत होकर बड़े-बड़े जोखिम एवं साहस के कार्य सफलतापूर्वक कर सके।

2. सामाजिक तथा धार्मिक उदारता—ब्रिटिश समाज व्यक्ति की समानता तथा स्वतंत्रता की भावना पर आधारित है। इसमें रूढ़िवादिता के बदले व्यावहारिकता और उदारता पायी जाती है और धार्मिक भावनाओं में कट्टरपन लेश-मात्र भी नहीं है। यही कारण है कि ब्रिटेन में प्रोटेस्टेन्ट मत का विकास हुआ। परिणामस्वरूप वहाँ धर्म आर्थिक विकास में बाधक न बनकर साधक बन गया। यह सही है कि ब्रिटेन के मध्ययुगीन समाज में भी रूढ़ि एवं अन्धविश्वास कुछ सीमा तक विद्यमान थे। किन्तु मैनोरियल कृषि प्रणाली की समाप्ति के बाद वे धीरे-धीरे समाप्त हो गये। अठारहवीं शताब्दी तक जब इंगलैंड में औद्योगिक क्रांति प्रारम्भ हुई ब्रिटिश समाज धार्मिक एवं सामाजिक दृष्टि से इतना उदार हो चुका था कि उसने क्रांति के अन्तर्गत होनेवाले परिवर्तनों का विरोध न कर उनका स्वागत किया। उस समय तक वहाँ के समाज में युग परिवर्तन के साथ परिवर्तनशील परिस्थितियों के अनुरूप अपने को ढाल लेने की क्षमता पूर्णरूप से विकसित हो चुकी थी।

3. शिक्षा और साहित्य—शिक्षा के क्षेत्र में ब्रिटिश जनता ने नए प्रयोगों का आरम्भ सबसे पहले किया। बढ़ते हुए अंतरराष्ट्रीय व्यापार तथा औपनिवेशिक साम्राज्य के कारण इंगलिश भाषा और साहित्य का प्रभाव अन्य देशों में भी हो रहा था। इन शताब्दियों में ब्रिटेन ने कला, साहित्य एवं काव्य में उच्च कोटि के लेखक विश्व को दिया। सुसंस्कृत और सुशिक्षित व्यक्तियों का एक विशाल दल ब्रिटेन की महत्त्वपूर्ण उपलब्धि था जिसके सदस्यों ने विकासशील अर्थव्यवस्था द्वारा उत्पन्न नये-नये साधनों को ग्रहण करके देश के विकास को आगे बढ़ाया।

4. तकनीकी ज्ञान एवं आविष्कार—ब्रिटेन में शिक्षा के क्षेत्र में वैज्ञानिक अनुसंधान, परीक्षण तथा अन्वेषण को पर्याप्त महत्त्वपूर्ण स्थान दिया गया था। भौतिकी, रसायनशास्त्र तथा गणित के अध्ययन के लिए ब्रिटिश विश्वविद्यालयों में विशेष सुविधाएँ दी गयीं। प्राकृतिक विज्ञान के गूढ़ रहस्यों को खोजने और प्राकृतिक शक्तियों को नियन्त्रित कर उन्हें मानव उपयोग में लाने के कार्य में अच्छी प्रगति हुई थी। वाष्प शक्ति के आविष्कार और उसको प्रयोग में लाने के लिए विभिन्न मशीनों के आविष्कार ने ब्रिटेन को एक ऐसी महान शक्ति दी जो उस समय तक विश्व में सर्वथा अज्ञात थी।

5. सुदृढ़ प्रशासन—इंगलैंड का प्रशासन बारहवीं शताब्दी तक सुदृढ़ हो चुका था। धीरे-धीरे वह अधिक सुदृढ़ होता गया। वहाँ राजतंत्र की छत्रछाया में संसदीय प्रणाली का विकास हुआ। राजतंत्र एवं जनतंत्र का इतना उत्तम समन्वय वस्तुतः विश्व के अन्य किसी देश में नहीं मिलेगा। सुदृढ़ प्रशासन एवं न्याय व्यवस्था ने वहाँ की जनता को दीर्घकाल तक आन्तरिक शान्ति भोगने का अवसर दिया जो आर्थिक विकास के लिए अत्यन्त सहायक सिद्ध हुई। आज भी ब्रिटिश संविधान की गणना विश्व के सर्वोत्तम संविधानों में की जाती है। यद्यपि यह मूलतः परम्परा पर आधारित है फिर भी वहाँ के नागरिक इसका सम्मान करते हैं और वे न्याय व्यवस्था के कायल हैं।

संदर्भ

Southagate : English Economic History.

Britain : An Official Handbook.

United Kingdom National Accounts,1997

मानक प्रश्न

1. ब्रिटिश अर्थव्यवस्था की प्रमुख विशेषताओं और उसकी वर्तमान प्रवृत्तियों की व्याख्या करें।
2. ब्रिटिश अर्थ-व्यवस्था के समक्ष वर्तमान समय में कौन-कौन-सी मुख्य समस्याएँ हैं? उनका समाधान कैसे किया जा रहा है ?
3. ब्रिटेन की वर्तमान अर्थ-व्यवस्था की प्रमुख विशेषताओं का संक्षेप में वर्णन कीजिए। **(भागलपुर 1966, राजस्थान, 1970)**
4. उन भौगोलिक कारणों की विवेचना कीजिए जो ग्रेट ब्रिटेन की व्यापारिक एवं औद्योगिक सर्वोच्चता में सहायक सिद्ध हुए हैं। **(Punjab, 1966)**
5. ब्रिटेन की कृषि औद्योगिक अर्थव्यवस्था पर गल्फ स्ट्रीम के प्रभावों की विवेचना कीजिए। **(Raj., 1966)**

❑

अध्याय 2

ब्रिटिश आर्थिक विकास का सामान्य सर्वेक्षण

(A GENERAL SURVEY OF BRITISH ECONOMIC DEVELOPMENT)

1. ब्रिटिश अर्थव्यवस्था का आदि काल

(Early Years of the British Economy)

इंगलैंड अनेक जातियों के सम्मिश्रण से बना राष्ट्र है जिसमें केल्ट (Celt), ब्रिटन, रोमन, जर्मन, डेनिश, नार्वेजियन आदि जातियों के प्रभाव प्रमुख रहे हैं। डेनमार्कीय (Danish) जाति ने न केवल इंगलैंड पर विजय ही प्राप्त की थी वरन् उसने आधुनिक इंगलैंड के निर्माण में भी महत्त्वपूर्ण योगदान किया है। डेनमार्कीय लोग प्रमुखतः व्यापारी थे और इंगलैंड के निवासियों से उस समय बढ़े-चढ़े एवं विकसित थे। इंगलैंड में बाह्य जीवन के प्रभाव का संचार, व्यापार करने की प्रवृत्ति एवं नगरों के निर्माण का प्रारम्भ उन लोगों के ही प्रभाव से हुआ था जो कालान्तर में इंगलैंड के आर्थिक विकास की आधारशिला बन गया। ईसा युग के प्रारम्भ में वहाँ पर आदिम जातियाँ निवास करती थीं जिनमें केल्ट (Celts), ब्रिटन आदि जातियाँ प्रमुख थीं। सम्भवतः इस ब्रिटन जाति के नाम पर ही ग्रेट ब्रिटेन का नामकरण हुआ है। ईसा से एक शताब्दी पूर्व इंगलैंड की इन आदिम जातियों पर रोमनों ने अधिकार जमा लिया था और लगभग चार-पाँच सौ वर्षों तक इस रोमन साम्राज्य का आधिपत्य इंगलैंड पर बना रहा। रोमन साम्राज्य का पतन होने से इंगलैंड रोमन साम्राज्य के आधिपत्य से मुक्त हो गया। किन्तु इंगलैंड पर विदेशियों के आक्रमण के लिए द्वार प्रशस्त हो गए। ऐसे समय में जर्मन जातियों ने इंगलैंड पर आक्रमण किया और ब्रिटन जाति को दूरस्थ पश्चिम में भगा दिया। ईसा के बाद 577 में ब्रिटन जाति पर अन्तिम विजय प्राप्त कर ये इंगलैंड की स्वामिनी बन गईं। विजय के बाद ये जर्मन जातियाँ अनेक छोटे-छोटे समुदायों में स्वयं इंगलैंड में ही बस गईं और कालान्तर में एंग्लो-सेक्शन (Anglo-Saxon) अथवा इंगलिश जाति के नाम से विख्यात हुईं। इस इंगलिश जाति के शासनाधीन रहने के कारण ब्रिटेन का नाम इंगलैंड पड़ा। किन्तु इंगलिश जाति युद्ध-प्रिय जाति थी। इसलिए जब उसे और किसी के साथ लड़ने को नहीं मिला तो वे स्वयं अपने में ही लड़ने लगीं। फलस्वरूप ईसा के बाद सन् 802 तक इंगलिश जाति के छोटे-छोटे समुदाय एवं राज्य बड़े समुदायों द्वारा विजित कर लिए गये और अन्ततः उन्हें एकीकृत कर एगबर्ट (Egbert) के नेतृत्व में इंगलिश साम्राज्य का निर्माण किया जा सका। फिर भी यह इंगलिश जाति शान्तिपूर्वक न रह सकी। नवीं और दसवीं शताब्दियों में इंगलिश जाति पर डेनमार्क एवं नार्वे के लोगों द्वारा आक्रमण किए जाने लगे। इनमें से कुछ तो इंगलैंड को धनवान जान कर इसके पूर्वी भागों में बसने भी लगे। इंगलिश जाति वीरता के साथ इन आक्रमणकारियों का सामना करती रही और अपने सम्राट अलफ्रेड महान के नेतृत्व में लड़ती हुई डेनमार्कीय आक्रमणकारियों को स्थायी रूप से बाहर खदेड़ने में सफल

भी हो सकी थी। किन्तु यह डेनमार्कीय आक्रमणों को स्थायी रूप से नहीं रोक सकी। अलफ्रेड महान की मृत्यु के पश्चात् यह डेनमार्कीय लोगों द्वारा विजित कर ली गई जो इंगलैंड के शासक बन बैठे।

डेनमार्क एवं नार्वे की जातियों के कुछ लोग फ्रांस में भी जाकर बस गये थे जो नारमन्डी अथवा नॉर्मन (Norman) जाति के नाम से प्रसिद्ध थे। कुछ समय के पश्चात् इस नॉर्मन जाति ने अपने नेता विलियम, जो **विलियम प्रथम** अथवा विजेता विलियम (William, the Conqueror) के नाम से प्रसिद्ध है, के नेतृत्व में इंगलैंड पर आक्रमण किया और सन् 1066 में इंगलैंड को जीतकर वहाँ का शासक बन बैठी। नार्मन जाति की विजय इंगलैंड पर अन्तिम विजय थी। यह ठीक है कि इंगलैंड कालान्तर में अनेक युद्धों में सम्मिलित रहा किन्तु ये सभी युद्ध इंगलैंड की सीमा के बाहर ही होते रहे हैं और नार्मन विजय से लेकर 1939-40 के द्वितीय विश्वयुद्ध तक इंगलैंड की भूमि युद्धों एवं आक्रमणों की विभीषिका से सामान्यतः मुक्त ही रही है।

नार्मन विजय और उसके बाद का समय इंगलैंड के लिए आर्थिक उत्थान, निर्माण एवं कला के विकास का समय कहा जा सकता है। इंगलैंड के आर्थिक विकास का हमारा अध्ययन वस्तुतः नार्मन विजय के पश्चात् से ही प्रारम्भ होता है। यद्यपि यह ठीक है कि इंगलैंड के आर्थिक विकास का प्रक्रिया नार्मन विजय के पूर्व ही प्रारम्भ हो गयी थी किन्तु इस सम्बन्ध में नार्मन विजय के पूर्व हमें निश्चित एवं विश्वस्त तथ्य नहीं उपलब्ध हैं। नार्मन विजय के पश्चात् ही इंगलैंड के आर्थिक विकास की कुछ विश्वस्त सूचनाएँ हमें मिल पाती है। ये सूचनाएँ हमें डूम्सडे बुक (Doomsday Book) से प्राप्त होती हैं जो एक जनगणना की पुस्तक है जिसे 1086 में विलियम प्रथम ने करवाई थी। इस जनगणना का प्रमुख उद्देश्य जनता की करदानीय क्षमता का पता लगाना था। विलियम प्रथम डेनीगेल्ड (denigeld) नामक कर लगाना चाहता था। इसी से जनता की करदान क्षमता का पता लगाना आवश्यक था। प्रारम्भ में डेनीगेल्ड वस्तुतः डेनमार्कीय आक्रमणों से इंगलैंड की रक्षा करने के लिए आर्थिक साधनों को जुटाने के उद्देश्य से लगाया जाता था। किन्तु कालान्तर में यह बाह्य आक्रमणों से रक्षा के रूप में रूढ़ हो गया था।

2. मध्ययुगीन ब्रिटिश अर्थव्यवस्था
(British Economy During the Middle Ages)

इंगलैंड की मध्ययुगीन आर्थिक व्यवस्था का अध्ययन सुविधा के लिए प्रमुखतः कृषि, उद्योग एवं व्यापार में विभक्त किया जा सकता है।

मध्ययुगीन कृषि : जागीरदारी अथवा मैनोर-प्रणाली
(Mediaeval Agriculture : The Manorial System)

मध्ययुग में इंगलैंड एक कृषि प्रधान देश था। इस कृषि संगठन की इकाई मैनोर (manor) थी और कृषि-प्रणाली समान्तवादी थी। **प्रो० ऑग** और **प्रो० शार्प** ने मैनोर को 'मध्ययुग की आर्थिक इकाई और सामाजिक गुठली' ("an economic unit and the social cell of the middle ages") कहा है और इसे एक ऐसा भू-खंड बतलाया है जो एक सामन्त के स्वामित्व में रहता था जिस पर आश्रित खेतिहरों के समुदाय रहा करते थे।[1]

1. A manor was an "estate owned by a lord and occupied by a community of dependent cultivators"—Ogg and Sharp : *The Economic Development of Modern Europe*, p. 18

इंगलैंड में उद्योगों एवं नगरों के विकास के पूर्व तक सम्पूर्ण मध्ययुग में यह मैनोर-प्रणाली बनी रही।

इस जागीरदारी अर्थात् मैनोर-प्रणाली का जन्म कब हुआ, यह निश्चित रूप से नहीं कहा जा सकता। यह संगठन केवल इंगलैंड में ही नहीं वरन् महाद्वीपीय यूरोपीय देशों में भी प्रचलित था। किन्तु यह प्रणाली सर्वत्र एकरूपी नहीं थी। न केवल इस प्रणाली के अंग्रेजी और अन्य यूरोपीय देशों के स्वरूप में ही भिन्नता थी वरन् स्वयं इंगलैंड में भी विभिन्न स्थानों में यह विभिन्न रूप की थी। ये विभिन्नताएँ भौगोलिक अथवा ऐतिहासिक कारणों से थीं। अतएव यह कहना गलत होगा कि इस प्रणाली का संगठन किसी निश्चित समय में हुआ होगा।

जहाँ तक कि महद्वीपीय यूरोपीय देशों में प्रचलित मैनोर का सम्बन्ध है, यह स्पष्ट है कि यह प्रणाली रोमन काल की देन थी जब बड़ी-बड़ी भू-सम्पदाओं की कृषि दास-श्रम (slave labour) से की जाती थी। किन्तु इंगलैंड से रोमनों की विदाई के बाद यह रोमन-प्रणाली इंगलैंड में कहाँ तक जीवित रह सकी, यह निश्चित रूप से कह सकना कठिन है क्योंकि रोमनों के आने के पहले के इंगलैंड में प्रचलित कृषि-संगठनों की छाप भी स्पष्टतः दिखलाई पड़ती है—केल्टिक प्रणाली की छाप और साथ ही यह भी कुछ निश्चित-सा लगता है कि नार्मन विजय के पूर्व भी इंगलैंड में मैनोर प्रणाली थी।

मैनोर (जागीरदारी) की भूमि पर रहने वाले सभी लोग मैनोर के सामन्त (manorial lord) पर आश्रित रहा करते थे और सम्भव है कि इस निर्भरता के कारण मूलतः स्वतंत्र (free) जनता क्रमशः अंशतः स्वतंत्र और परतंत्र (unfree) में परिवर्तित होती गई। बाह्य आक्रमणों जैसी अनिश्चितताओं के काल में स्वभावतः छोटे और कमजोर लोग अपेक्षाकृत अधिक शक्तिशाली और साधन-सम्पन्न व्यक्तियों का संरक्षण प्राप्त करने की चेष्टा करते रहे होंगे और स्वभावतः इस संरक्षण के बदले में वे उसे संरक्षण देने वाले व्यक्ति के पास अपने कुछ अधिकारों को सौंप कर अपनी कुछ स्वतंत्रता का त्याग किये होंगे। इसी क्रम में मैनोर-प्रणाली का विकास हुआ होगा और मैनोर सामन्त का जन्म हुआ होगा। सामन्त का संरक्षण प्राप्त करनेवाले व्यक्ति सामन्त की प्रजा, असामी अथवा दास बनते गए होंगे। **नार्मन विजय के बाद विलियम प्रथम ने सामन्तवाद को दृढ़ आधार प्रस्तुत किया** और उसने सक्रिय रूप से उच्चतर स्तरीय व्यक्ति के आश्रय में रहने की प्रथा को विकसित एवं सूत्रबद्ध किया। इस सूत्रबद्ध सामन्तवादी प्रणाली में मैनोर समाज की एक इकाई बन गया।

सामान्यतः मैनोर एक और कभी-कभी एक से अधिक गाँवों से बना होता था जिनके चारों ओर भूमि रहा करती थी। कहीं-कहीं मैनोर में कस्बों के कुछ भाग भी होते थे अथवा कभी-कभी सम्पूर्ण कस्बा भी मैनोर के अन्दर रहा करता था। मध्य युग में कस्बे बड़े-बड़े गाँवों से कुछ ही अधिक बड़े और अच्छे हुआ करते थे। वस्तुतः मैनोर एक ग्रामीण भू-सम्पदा (rural estate) था जिसकी सम्पूर्ण भूमि तीन भागों में विभक्त रहा करती थी—(1) डीमीन (demesne), असामी के खेत (tenants holdings) और (2) सामूहिक भूमि (common land)। इनमें से डीमीन सामन्त का अंश हुआ करता था।

मैनोर के निवासी व्यापक रूप से दो वर्गों में विभक्त किए जा सकते हैं—(1) स्वतंत्र (free) और (2) परतंत्र (unfree)। परतंत्र निवासियों को भू-दास (serf) कहा जाता था जो दो प्रकार के होते थे—(1) विलीयेन्स (villiens) और कॉटरर्स (cottars) अथवा

बोर्डर्स (boardars)। नार्मन विजय के पूर्व परतंत्र निवासियों में भू-दासों के अतिरिक्त दास (slaves) भी हुआ करते थे किन्तु उनकी संख्या बहुत कम होती थी। नार्मन विजय के पश्चात् ये दास (slaves) धीरे-धीरे भू-दासों के बोर्डर वर्ग में विलीन हो गए। अतएव नार्मन विजय के पश्चात् परतंत्र व्यक्तियों में केवल भू-दास ही बच रहे जो विलीयेन और कॉटरों अथवा बोर्डरों—दो वर्गों में विभक्त थे। मैनोर के इन दो प्रकार के परतंत्र असामियों—विलीयेनों और कॉटरों अथवा बोर्डरों की अपेक्षा विलीयेनों की आर्थिक अवस्था कुछ अधिक अच्छी थी। कॉटरों अथवा बोर्डरों की अपेक्षा विलीयेनों के पास अधिक भूमि हुआ करती थी और ये हल, बैल एवं अन्य पशु रख सकते थे जबकि बोर्डरों अथवा कॉटरों को ये सुविधाएँ नहीं प्राप्त थीं। इन्हें सामन्त की तीन प्रकार की रूढ़िगत (customary) सेवाएँ करनी पड़ती थीं—(1) साप्ताहिक कार्य (week-work), जिनकी प्रकृति निश्चित नहीं थी, के रूप में सप्ताह में दो-तीन दिन कार्य करना पड़ता था। (2) दूसरे प्रकार की सेवा को वरदान कार्य (boon work) कहा जाता था जिसके अनुसार अधिक कृषि-कार्यों वाले मौसम में इन्हें केवल पत्नी को छोड़कर अपने परिवार के सभी सदस्यों के साथ सामन्त की सेवा करनी पड़ती थी। वरदान कार्य करने वाले दिनों में विलिएनों को सामन्त द्वारा खाना-पीना दिया जाता था। (3) तृतीय प्रकार की रूढ़िगत सेवा को कार्टेज (cartage) कहा जाता था जिसके अनुसार इन लोगों को अपने सर पर फसलों अथवा अन्य वस्तुओं को खेत से सामन्त के घर पर पहुँचाना पड़ता था। इनके अतिरिक्त भी इन्हें कई प्रकार भुगतान (payments) सामन्त के लिए करने पड़ते थे। यदि विलीयेन की लड़की की शादी करनी होती थी तो उसे 'मरचेट' (merchet) नामक कर सामन्त को देना पड़ता था, जब वह मैनोर के बाहर जाकर रहना चाहता था तो उसे चिवेज (chevage) नामक कर का भुगतान करना पड़ता था, यदि विलीयेन का पुत्र अपने पिता की सम्पत्ति का उत्तराधिकारी होता था तो उसे 'हेरियट' (heriot) नामक कर देना पड़ता था जिसके अनुसार उसके पास जो पशुधन होता था उसमें सर्वाधिक अच्छे पशु को दे देना पड़ता था। सामन्त को खुश रखने के लिए ईस्टर (Easter) और अन्य त्योहारों एवं अवसरों पर उसे अन्य प्रकार की भी वस्तुओं की भेंट करनी पड़ती थी। इन करों एवं भुगतानों के अतिरिक्त विलीयेन पर अन्य भी अनेक प्रकार के बन्धन थे।**सिद्धान्ततः विलीयेन सामन्त की सेवा करने के लिए था और उसकी मर्जी पर था।** उसे मामूली अधिकार (elementary rights) भी नहीं प्राप्त थे। सामन्त की अनुज्ञा के बिना वह मैनोर के बाहर नहीं जा सकता था, अपना पशु नहीं बेच सकता था, पेड़ नहीं काट सकता था, शादी भी नहीं कर सकता था। वह केवल सामन्त की चक्की में ही अनाज पिसवा सकता था, अपने बच्चों को वह न शिक्षा दे सकता और न न्यायालय में सामन्त के विरुद्ध कोई मुकदमा ही कर सकता था। कॉटरों अथवा बोर्डरों को अपने सामन्त के लिए सप्ताह में केवल एक ही दिन श्रम करना पड़ता था—सोमवार (Monday) को जिसके कारण इनका नाम मन्डेमेन (Mondaymen) पड़ गया था। अन्य दिनों वे मजदूरी लेकर कार्य करते थे। इस प्रकार ये आधुनिक युगीन कृषक श्रमिक वर्ग के पूर्वज थे। इनके अन्य बन्धन एवं आचार उसी प्रकार के थे जो विलीयेनों के लिए निर्धारित थे। यद्यपि इन बन्धनों पर ध्यान देने से ऐसा लगता है कि भू-दासों का जीवन अत्यन्त कष्टदायक था किन्तु व्यवहार में उनका जीवन उतना कष्टकर नहीं था जितना कि सिद्धान्त में लगता है। महाद्वीपीय यूरोपीय देशों के भू-दासों की तुलना में तो अंग्रेजी भू-दासों की स्थिति बहुत ही अच्छी थी क्योंकि उन देशों में भू-दासों के जीवन और मृत्यु पर भी सामन्तों का अधिकार था और वे माल ढोने वाले जानवर एवं मनुष्य के

बीच की एक कड़ी के ही समान थे। इसके अतिरिक्त इंगलैंड में भू-दासों पर लगाए जानेवाले बन्धन एवं आभार बहुत दिनों तक चल भी नहीं सके।

स्वतंत्र निवासियों के अन्दर, यदि अनुपस्थित सामन्त नही हो, तो(1) सामन्त(lord), (2) सामन्त के मुख्तार (bailiff), (3) पुजारी (priest) और (4) स्वतंत्र व्यक्ति (freemen) सम्मिलित किए जाते थे। मैनोर का सामन्त (manorial lord) कोई कुलीन (noble) हो सकता था अथवा पादरी (bishop) हो सकता था अथवा स्वयं राजा ही मैनोर का सामन्त हो सकता था और मैनोर सामन्त के पास एक ही मैनोर हो सकता था अथवा अनेक मैनोर भी उसके अधीन हो सकते थे। यदि सामन्त के पास एक ही मैनोर होता था तो वह सामान्यतः मैनोरगृह (manor house) में निवास करता था और स्वयं ही मैनोर के मामलों का अधीक्षण करता था। किन्तु बहुधा सामन्त अनुपस्थित भू-पति (absentee landlord) की तरह होते थे और केवल कभी-कभी ही मैनोर में आया करते थे। ऐसी अवस्था में मैनोर के मामलों की देख-रेख और डिमिन भूमि की खेती की देख-रेख सामन्त की ओर से उसका प्रतिनिधि किया करता था जिसे मुख्तार (bailiff) कहा जाता था।

मैनोर के स्वतंत्र व्यक्ति (freemen) अल्पसंख्यक थे। उनकी अवस्था और परतंत्र निवासियों के भू-दासों (serfs) की अवस्थाओं में मैनोर-प्रणाली की जटिलताओं के कारण सर्वथा स्पष्ट अन्तर नहीं था। कभी-कभी ये स्वतंत्र व्यक्ति (freemen) परतंत्र विलीयेनों (villiens) की कास्तकारी के अन्दर भी भूमिधारी (land hloder) हो सकते थे और तब भी इन्हें स्वतंत्र ही माना जाता था। किन्तु ये स्वतंत्र व्यक्ति सामन्त की अनुज्ञा (permissiosn) के बिना भी मैनोर को छोड़ सकते थे, सामन्त पर मुकदमा चला सकते थे और मर्चेट (merchet) देना उनके लिए आवश्यक नहीं था।

स्वावलम्बन मैनोर-प्रणाली का आदर्श था और यह चेष्टा की जाती थी कि मैनोर के रहनेवाले लोगों की आवश्यकताओं की पूर्त्ति स्थानीय रूप में हो जाय और जो वस्तु मैनोर के अन्दर उत्पन्न की जाय उसकी खपत भी मैनोर में ही हो सके। परिवहन के साधनों का और इसलिए दूरस्थ क्षेत्रों की जनता के साथ मैनोर के रहनेवाले लोगों के बीच सम्पर्क का अभाव था। इसलिए **मैनोर के बाह्य व्यापार को अवांछनीय समझा जाता था।** जनता की आवश्यकताएँ साधारण और बहुत ही कम थीं जिनकी पूर्त्ति मैनोर के अन्दर ही प्रायः हो जाया करती थी। नमक, लोहा, तागा, सिल्क, सूई आदि जैसी कुछ ही वस्तुओं को मैनोर के बाहर से मँगाया जाता था। कृषि प्रधान पेशा थी। स्त्रियाँ स्वयं कपड़ा बुन लेती थीं और पुरुष अपने जूते बना लेते थे। **मैनोर की अर्थव्यवस्था एक प्राकृतिक अर्थव्यवस्था** (natural economy) थी। वस्तुओं का आदान-प्रदान वस्तुओं के साथ हुआ करता था और चक्की वाले, लुहार, कारीगर आदि लोगों को सेवाओं के उपयोग के लिए वस्तुएँ दी जाती थीं—**मुद्रा का प्रचलन नहीं था। रूढ़ियों एवं परम्पराओं का प्रचलन था** न कि प्रतियोगिता और संविदा (contracts) का। खेती के ढंग पुराने थे, वैज्ञानिक आविष्कारों के लिए स्थान नहीं था और न कृषि कार्य में किसी सुधार के लिए उत्प्रेरणा (incentive) ही थी। खेत उपविभाजित और अपखण्डित (subdivided and fragmented) थे। वस्तुतः उत्पादन की दर बहुत ही कम थी। खेती सहकारिता के आधार पर होती थी। इससे कृषकों में समानता की भावना थी। किन्तु खेती में सुधार करने अथवा नवप्रवर्तन करने की इच्छा मारी जाती थी। खेतों का बँटवारा भी स्पष्ट नहीं था जिससे कृषकों में बहुधा संघर्ष हुआ करते थे।

मैनोर-प्रणाली अर्थात् जागीरदारी की विशेषताएँ
(Features of the Manorial System)

आत्मनिर्भरता, स्थिरता (stability) और **अनुदारवादिता** (conservatism) **मैनोर-प्रणाली के मूल तत्त्व थे।** मैनोर-प्रणाली की प्रमुख विशेषताएँ निम्नलिखित थीं—

1. जिस काल और देश में मैनोर-प्रणाली का प्रचलन था वहाँ यह प्रणाली व्यापक (universal) थी। केवल कुछ जगहों को छोड़कर यह समस्त देश में व्याप्त थी। इसके साथ-साथ अन्य किसी प्रणाली का अस्तित्व नहीं था। यहाँ तक कि मध्ययुगीन नगर भी मैनोर-प्रणाली के ही अधिक विकसित रूप थे।
2. मैनोर के संगठन एवं क्रियाशीलता में एकरूपता (uniformity) थी।
3. मैनोर सामन्त के अधीन रहा करते थे जो मैनोर की जनता पर अधिकार जमाए हुए थे।
4. मैनोर का संगठन कृषि-कार्य के लिए किया जाता था और कृषि मैनोर की प्रमुख पेशा थी।
5. मैनोर के अन्दर कृषि-कार्य जीवन निर्वाह के लिए किया जाता था न कि उत्पादन को बाजार में बेचने के लिए।
6. मैनोर-प्रणाली स्वावलम्बन के आदर्श पर आधारित थी।
7. रूढ़ियों एवं परम्पराओं का प्रचलन था।
8. मैनोर के भू-खंड के डीमीन (demnese) नामक अंश की खेती भू-दासों द्वारा सामन्त के लिए की जाती थी।

''अराजकता की वह उद्धत कुमारी'' *("that rude off-spring of anarchy")*— मैनोर-प्रणाली एक पिछड़े विशृंखल विक्षिप्त समाज का एक सरल ढाँचा थी। यह ऐसे कृषकों का एक स्थिर एवं आत्मनिर्भर संगठन थी जिनकी आवश्यकताएँ जीवन-निर्वाह तक ही सीमित थीं। जैसा कि **प्रो० ऑग** और **शार्प** ने लिखा है, *''यह एक ठोस रूप में संगठित, आर्थिक दृष्टिकोण से आत्मनिर्भर और सामाजिक दृष्टिकोण से स्वतंत्र इकाई थी।''*[1] उन प्रारंभिक दिनों में इस प्रणाली ने असामियों को शारीरिक संरक्षण दिया और सामन्तों ने जनता को भूमि में रुचि लेने और कुछ धार्मिक स्वतंत्रता देने में सहायता की। इस प्रणाली ने कृषि के कार्य-स्तर को बनाए रखने एवं मितव्ययता तथा बचत करने में प्रोत्साहन दिया। मैनोर-प्रणाली के नियमों की कठोरता ने समाज की व्यवस्था तथा स्थिरता के अभ्यास को विकसित करने में सहायता पहुँचायी उस समय में जब विधि अभी एक कमजोर शक्ति थी। अपर्याप्त एवं दोषपूर्ण परिवहन तथा संचार साधनों के समय में स्थानीय बाजार में सीमित रहने और आत्मनिर्भर रहने की आवश्यकता स्पष्ट थी।

जागीरदारी अर्थात् मैनोर-प्रणाली के दोष

किन्तु इसके दोष अत्यन्त ही गंभीर थे। रूढ़ियों द्वारा विनियमित सामूहिक कृषि (communal cultivation) साहसी एवं कुशाग्र बुद्धिवाले व्यक्तियों द्वारा कृषि सुधार के

---

1. "It was a compactly organised, economically, self-sufficing and socially independent unit." : Ogg and Sharp, ibid. p. 24.

प्रयोग को अवबाधित करती थी। सभी लोगों को रूढ़िगत ढंग को अनुसरित करना पड़ता था। फलतः सुधार किया जाना असम्भव था। लघु कृषकों को भूमि अर्जित करना कठिन था। असामियों के साथ मैनोर के अधिकारियों के व्यवहार कठोर एवं स्वेच्छाचारी थे। उपविभाजित एवं अपखण्डित खेतों के कारण समय तथा शक्ति की बहुत बर्बादी होती थी। खेतों की मेड़ों अथवा घेरों के अभाव में खेतों का बँटवारा अस्पष्ट था जिससे कृषकों में झगड़े हुआ करते थे। ऐसी अवस्था में कृषि-कार्य अत्यन्त ही पिछड़ा था, फसलें बहुत ही कम और निम्न कोटि की थीं, उत्पादन की दर बहुत कम थी और कीड़े-मकोड़े, जानवरों, अतिवृष्टि अथवा फसलों के रोग आदि प्राकृतिक प्रकोपों के कारण फसलों की बहुत बर्बादी होती थी। श्रम-विभाजन (division of labour) के लिए स्थान नहीं था। परिवहन एवं संचार के अभाव में वस्तुओं के मूल्यों में बहुत अस्थिरता थी और अकाल के प्रकोपों से रक्षा करने की सुविधाएँ बहुत ही कम थीं। सफाई की उचित व्यवस्था नहीं थी। सामान्यतः ग्रामीण जीवन नीरस और कष्टप्रद था और इसमें सुधार करने के लिए न अवसर था और न उत्साह ही। इस प्रकार यह प्रणाली अपनी उपयोगिता खो चुकी थी और एक प्रकार की यह गन्दगी हो गयी थी। यदि यह बहुत दिनों तक बनी रही तो इसका कारण यह था कि इस प्रणाली के अन्दर रहनेवाले लोग बहुत दिनों तक इसका विकल्प (alternative) नहीं खोज पाए थे। ''इसके दीर्घ-जीवन का प्रमुख कारण सम्भवतः परिवर्तन करने की कठिनाई में निहित था न कि इसके अन्तर्निहित गुणों में।''[1]

किन्तु अन्ततः 13वीं शताब्दी में परिवर्तन का प्रारम्भ होने लगा। इसका प्रमुख कारण मुद्रा का प्रयोग था जिसने मैनोर को एक निर्वाह-प्रधान अर्थव्यवस्था (subsistence economy) अर्थात् आत्मनिर्भर अर्थव्यवस्था से एक नकद अर्थ व्यवस्था (cash economy) अर्थात् मौद्रिक अर्थव्यवस्था में परिवर्तित कर दिया जो आत्मनिर्भर के बदले अन्तनिर्भर होती है। **काली मृत्यु** (black Death) के कारण भू-दास श्रम (serf labour) का अन्त, डीमीन (demesne) का लोप, परिवहन एवं संचार के साधनों का विकास, जनसंख्या में वृद्धि आदि इस प्रणाली के अन्त के अन्य कारण थे।

इंगलैंड के मध्ययुगीन उद्योग एवं व्यापार
(British Industry and Trade During the Middle Ages)

आधुनिक आर्थिक विकास के लिए मध्य युग की एक अत्यन्त ही महत्त्वपूर्ण देन नगरों का विकास है जहाँ पर स्वतंत्र औद्योगिक एवं व्यापारी जनता का निवास था। इंगलैंड के उद्योग एवं व्यापार दोनों ही का विकास नगरों के विकास से सम्बन्धित रहा है। प्रारम्भिक मध्ययुग में नगर न तो बड़े थे और न उनकी संख्या ही अधिक थी। वे वस्तुतः केवल बड़े-बड़े गाँव थे जो मैनोर के सामन्त के क्षेत्राधिकार में थे और जिनके निवासी अधिकांशतः कृषि और उससे सम्बन्धित कार्यों में लगे हुए थे। इस प्रकार उस समय इंगलैंड के अधिकांश नगर गाँवों के ही विकसित रूप थे जो रोमन शासकों के निवास होने, भवन निर्माण की वस्तुओं के उपलब्ध होने, सड़कों अथवा नदियों के संगम (junction) होने, बन्दरगाह होने अथवा मठों अथवा गिरजाघरों के समीपस्थ होने अथवा अन्य किसी-

1. "Perhaps the chief reason for its long survival lay in the difficulty of making a change rather than in its inherent merits"—Southgate : *The English Economic History,* p. 16

न-किसी कारण अतिरिक्त जनसंख्या को आकर्षित कर सके थे और कतिपय नगरी विशेषताओं को प्राप्त कर सके थे। शताब्दियों तक इन नगरों पर ग्रामीणता की छाप बनी रही। मैनोर का सामन्त नगरों की कृषि जनता से व्यक्तिगत सेवाओं को प्राप्त करने के अतिरिक्त अपने मुख्तार (bailiff) के द्वारा नगरों के सभी निवासियों से कुछ-न-कुछ भुगतान लेता रहा। राजा के अभिकर्त्तागण—शेरीफ (sheriff) भी इनके निवासियों पर कुछ-न-कुछ कर लगाते और इन्हें तंग करते रहे।

इस प्रकार **मध्यकालीन नगरों का स्वतंत्र अस्तित्व नहीं था**। रोमन साम्राज्य के पतन के बाद इंगलैंड में जो कुछ नगर थे उनका पतन होने लगा। फलतः वहाँ के उद्योग एवं व्यापार का भी पतन होने लगा। इसके फलस्वरूप देहातीकरण (ruralization) होने लगा और देहाती जनता आत्मनिर्भर बनने का प्रयास करने लगी ताकि आवश्यक वस्तुओं के लिए बाह्य पूर्त्ति पर निर्भर न रहना पड़े। इस प्रकार मैनोर में ही उद्योग का केन्द्रीकरण होने लगा। खाने-पीने वाली वस्तुओं की पूर्त्ति सामन्त की मिलों से की जाने लगी, कपड़े आदि का उत्पादन स्थानीय वस्तुओं से होने लगा। स्थानीय लोहारों तथा अन्य कारीगरों ने कृषि-कार्य सम्बन्धी वस्तुओं एवं यंत्रों का उत्पादन और मरम्मत करना प्रारम्भ किया। जो वस्तुएँ मैनोर के अन्दर नहीं मिल पाती थीं उनकी पूर्ति बाहर से आनेवाले व्यक्ति करने लगे। इस प्रकार 12वीं शताब्दी के पूर्व नगर और उद्योग भी सीमित और साधारण थे और कृषि की ही भाँति स्वतंत्र नहीं होकर मैनोर के अधीन थे।

इसी प्रकार 12वीं शताब्दी के पूर्व व्यापार भी सीमित था। परिवहन एवं संचार के साधनों के अभाव के कारण आत्मनिर्भरता पर विशेष जोर दिया जाता था। ऐसी अवस्था में व्यापार का कुछ ही वस्तुओं तक सीमित रहना स्वाभाविक था। नमक, धातु की वस्तुएँ, चमड़ा, मछली, फल, मसाले, जवाहरात, सुन्दर कपड़े, शराब आदि जैसी वस्तुओं तक ही व्यापार की सीमा थी।

उद्योग एवं व्यापार का विकास—11वीं शताब्दी तक इस अवस्था में शनैः-शनैः परिवर्तन होने लगे थे और परिमाण, मूल्य, दूरी एवं संगठन सभी दृष्टिकोणों से व्यापार बढ़ने लगा था। जनसंख्या की वृद्धि, जीवन स्तर में वृद्धि, उद्योग का विकास, मुद्रा का परिवर्द्धित रूप में प्रयोग, दूरस्थ देशों के साथ सम्पर्क के कारण नई रुचियाँ, नए अभ्यास का विकास आदि इस परिवर्तन के प्रमुख कारण थे। किन्तु मध्ययुग के अन्तिम वर्षों में उद्योग एवं व्यापार दोनों ही के विकास के लिए सबसे अधिक महत्त्वपूर्ण कारण नगरों एवं नगरी जीवन का पुनर्जीवन (survival) और विकास है। जैसा कि पिछले पृष्ठों में बतलाया गया है, प्रारम्भ में नगरों का पृथक स्वतंत्र अस्तित्व नहीं था बल्कि वे मैनोर के सामन्त के अधीन ही हुआ करते थे। किन्तु 11वीं शताब्दी से इनकी अवस्था में परिवर्तन होने लगे थे और 13वीं एवं 14वीं शताब्दियों तक तीव्र गति से परिवर्तन होते रहे। 12वीं शताब्दी में नगर अपनी स्वतंत्र सत्ता का क्रय करने लगे और इस प्रकार स्वतंत्र नगरों का तीव्र विकास होने लगा। नगर एवं नगरी जीवन आधुनिक युगीन विशेषताओं से विभूषित होने लगा।

नगरों के विकास के कारण—नगरों के तीव्र विकास में बहुत ही महत्त्वपूर्ण हाथ तथाकथित धर्मयुद्धों (crusades) का था जो मध्ययुग की एक महत्त्वपूर्ण विशेषता थे। उन दिनों पुण्यभूमि (Holy Land) को प्राप्त करने के लिए अनेक धर्मयुद्ध होते रहे थे और चूँकि धर्मयुद्धों में सम्मिलित होने के लिए सामन्त भी इच्छुक थे इसलिए वे कुछ अर्थ के भुगतान के बदले नगरों को विशेषाधिकारयुक्त अधिकार-पत्र (charter of priviledges)

देने लगे। इस प्रकार **धर्मयुद्ध नगरों एवं नगरी जीवन के विकास के लिए और उसके द्वारा उद्योग तथा व्यापार के विकास के लिए महत्त्वपूर्ण प्रोत्साहन् दिए।** ये स्वयं ही किसी नगर अथवा उद्योग एवं व्यापार की सृष्टि नहीं किए किन्तु ये निश्चय ही व्यापार और उद्योग को बढ़ावा देकर नगरों के विकास में महत्त्वपूर्ण योगदान किए। नगरों, उद्योगों तथा व्यापार आदि के विकास में धर्मयुद्ध के योगदान की चर्चा करते हुए **आदम्स** (Adams) ने लिखा है, *"धर्मयुद्ध मनुष्य एवं वस्तुओं के परिवहन के लिए सतत माँग की सृष्टि किये, स्वयं ही एक महान् परिवहन व्यापार (carrying trade) का निर्माण किये, ये परिवहन की कला में सुधार किये, नवीन बाजारों को खोले, नवीन वस्तुओं के उपयोग को बतलाये, नवीन आवश्यकताओं की सृष्टि किये, व्यापार करने के लिए नवीन मार्गों एवं नवीन जनता का पता लगाये, अनुसंधान को प्रोत्साहित किये और सैकड़ों अन्य प्रकारों से नवीन वाणिज्य युग का प्रारम्भ किये जिन्हें उल्लिखित नहीं किया जा सकता।"*[1] यह कहना आवश्यक नहीं कि **नगरों का तीव्र विकास तबतक सम्भव नहीं जबतक उनके निवासियों को वैयक्तिक स्वतंत्रता (personal freedom) न प्राप्त हो और उद्योग एवं व्यापार का तबतक स्वस्थ विकास नहीं हो सकता जबतक कि इनमें लगे व्यक्तियों को संगठित होने, संचरण (move) करने, सम्पत्ति अर्जित करने और यहाँ तक कि स्थानीय कराधान (taxation) और न्याय पर नियंत्रण करने से सम्बन्धित अधिकार और स्वतंत्रता न प्राप्त हो।** धर्मयुद्धों ने नगरों, उद्योगों एवं व्यापार के लिए ऐसे अवसरों को उपलब्ध किया। जैसा कि ऊपर कहा जा चुका है, धर्मयुद्धों के कारण ही नगर के लोग आर्थिक भुगतान की बदौलत अपनी स्वतंत्रता और अधिकार प्राप्त कर सके। नगरी जनता को स्वशासन के अधिकार मिले और भू-दास स्वतंत्र हो गए। इस प्रकार वैयक्तिक स्वतन्त्रता एवं गमनशीलता (mobility) को प्रोत्साहन देकर धर्मयुद्ध नगरों एवं व्यापार को प्रोत्साहित किये। किन्तु यद्यपि धर्म-युद्धों ने नगरों के विकास को और इस प्रकार उद्योग और व्यापार को प्रोत्साहित किया **तथापि विकसित उद्योग एवं व्यापार के साथ नगर एवं नगर जीवन के विकास के मूल कारण आर्थिक थे जिनमें जनसंख्या की वृद्धि, धन एवं जीवन-स्तर में वृद्धि और उनके फलस्वरूप उत्पादित वस्तुओं के लिए परिवर्द्धित माँग, भू-दासों की मुक्ति एवं मैन्नोर प्रणाली का क्रमिक पतन आदि प्रमुख तत्त्व हैं।** जैसे-जैसे प्राचीन नगरों का पुनरुत्थान और नवीन नगरों का विकास होता गया वैसे-वैसे ग्रामीण जनता में से एक ऐसे महत्त्वपूर्ण नगरी वर्ग का उद्भव होता गया जो प्रमुखतः औद्योगिक अथवा वाणिज्यिक अथवा दोनों ही था।

नगरों को विशेषाधिकार राजा अथवा सामन्तों द्वारा प्रदत्त अधिकार-पत्रों (charter) द्वारा प्राप्त हुए थे जिनमें एकरूपता का अभाव था। इनके विकास के प्रारम्भिक दिनों में नगरों को यह अधिकार प्राप्त हुआ कि नगरी न्यायालय नगर में ही स्थापित होगा। बाद में उन्हें अपने दण्डाधिकारियों (magistrates) और नगर अधिकारियों को निर्वाचित करने के अधिकार प्राप्त हुए। नगरी जनता को वैयक्तिक स्वतन्त्रता का अधिकार मिला। कालान्तर

---

1. "The crusades created a constant demand for the transportation of men and of supplies, built up of themselves a great carrying trade, improved the art of navigation, opened new markets, taught the use of new commodities, created new needs, made known new routes and new peoples with whom to trade, stimulated explorations, and in a hundred ways which can not be mentioned, introduced a new commercial age."
—Adams : *Civilization During the Middle Ages.*

में स्थानीय कराधान का भी अधिकार मिल गया और वे बाजार और मेला की व्यवस्था करने लगे। अपने स्वार्थों को ध्यान में रखकर व्यापार को विनियमित एवं नियंत्रित करने के लिए व्यापारी अभिषदों (merchant guilds) के संगठन का भी अधिकार उन्हें प्राप्त हो गया। इस प्रकार नगरों को क्रमशः स्वशासन का अधिकार मिला, न्याय की व्यवस्था का अधिकार मिल गया, स्थानीय कराधान एवं व्यापारी संगठन का अधिकार प्राप्त हो गया और कालान्तर में उन्हें आरक्षी (police) की व्यवस्था का भी अधिकार मिल गया। 13वीं शताब्दी तक ब्रिटिश संसद में उनका प्रतिनिधित्व भी होने लगा। **ब्रिटिश नगरों के विकास की चार अवस्थाएँ** स्पष्टतः परिलक्षित होती है जो निम्नांकित हैं—

1. बड़े-बड़े गाँव जिनके निवासियों में केवल कुछ ही लोग ऐसे थे जो कृषि से सम्बन्धित नहीं थे।
2. नगरों की जनसंख्या एवं धन में पर्याप्त वृद्धि जिससे कि वे मैनोर के सामन्त से अपनी पृथक सत्ता के लिए अधिकार-पत्र (charter) प्राप्त कर सके और धीरे-धीरे व्यापारी अभिषदों (merchant guilds) का निर्माण होने लगा।
3. नगरों का पुनः अधिक विकास जिसमें नगरों के संगठन में अधिक जटिलताएँ आने लगीं और कालान्तर में शनैः - शनैः शिल्प अभिषदों (craft guilds) का विकास होने लगा।
4. नगरों में पूँजीवादी उद्योगों का विकास और मजदूरी-भोगी वर्ग का उदय। यह नगरो के विकास की आधुनिक अवस्था कही जा सकती है।

नगरों के विकास के परिणाम—नगरों के विकास ने पेशों (occupation) को अधिक बहुमुखी (diversified) कर दिया और उनका अधिक विशिष्टीकरण (specialisation) किया, गाँवों के लिए भी अपने उत्पादन अतिरेक (production surplus) को बेचने एवं आवश्यक निर्मित वस्तुओं को खरीदने के लिए सुन्दरतर बाजारों की सृष्टि की, नगरवासियों के लिए वैयक्तिक स्वतंत्रता उपलब्ध की, भू-दासों को अपनी दीनावस्था से मुक्त होने के लिए मैनोर से भागकर नगरों में आकर बस जाने के लिए आकर्षण एवं अवसर प्रदान कर मैनोर-प्रणाली का विघटन किया। नागरिक स्वतंत्रता (civil freedom) एवं जान-माल की अधिक सुरक्षा एवं वृहत्तर संख्या में मनुष्यों के सम्पर्क के लिए अवसर प्रदान कर व्यापार के विकास को प्रोत्साहित किया आदि। मध्ययुगीन नगर ''भू-दासत्व और अर्द्ध-स्वातंत्र्य के सागर में स्वतंत्रता के द्वीप'' थे।[1]

व्यापारी अभिषदें
(Merchant Guilds)

प्रारम्भिक काल से ही व्यापारी जनता एक पृथक और स्पष्ट सामाजिक एवं आर्थिक वर्ग के रूप में रही है। उसका उद्देश्य धन अथवा भरण-पोषण के लिए आवश्यक आय को वस्तुओं के विनिमय द्वारा प्राप्त करना है न कि उनके उत्पादन द्वारा। इसलिए स्वभावतः उनकी प्रवृत्ति नगरों में रहने की रही है क्योंकि नगरों में ही वाणिज्यिक क्रियाओं के लिए अवसर प्राप्त हो सकते हैं और नगरी क्षेत्र की सीमा के अन्दर ही व्यापारी अपनी वस्तुओं के लिए अधिक अंश तक सुरक्षा प्राप्त कर सकते हैं।

1. The towns were the "islands of freedom in a sea of serfdom and half-freedom."

—Clive Day : *History of Commerce.*

जीवन के समस्त क्षेत्रों में मध्ययुगीन जीवन सामुदायिक और सहकारी प्रकृति का रहा है। इसलिए यह स्वाभाविक था कि एक ही नगर के रहनेवाले व्यापारी-वर्ग भी पारस्परिक लाभ एवं सरंक्षण तथा विशिष्ट अधिकारों के लिए एक संघ में संगठित हों। मध्ययुग में व्यापारियों के ऐसे संगठनों को व्यापारी अभिषद (merchant guild) कहा जाता था।

व्यापारिक अभिषदों का प्रमुख कार्य रूढ़िगत उचित मूल्यों पर वस्तुओं के क्रय-विक्रय की व्यवस्था एवं अभिषद के सदस्यों को नगर के ब।जार में विशेषाधिकारयुक्त स्थान प्रदान करने के उद्देश्य से उन व्यक्तियों पर कतिपय व्यापारी बन्धनों की व्यवस्था करना था जो अभिषद के सदस्य नहीं थे। अभिषद के अधिकारी विक्रय की जानेवाली वस्तुओं के गुण की जाँच करते थे और वस्तुओं के गुणों का स्तर (standard of quality) निर्धारित करते थे। जो व्यक्ति उस स्तर को बनाए रखने में असमर्थ होता था अथवा जो कपटपूर्ण आदान-प्रदान (fraudulent transaction) करता था उन्हें यह अभिषद दण्डित करती थी। कम मूल्य पर वस्तुओं को क्रय कर ऊँचे मूल्य पर उन्हें बेचने की प्रवृत्ति, जिसके कारण वस्तुओं के मूल्य में सहसा उतार-चढ़ाव अथवा बाजार में उनकी पूर्ति में सहसा कमी-बेसी हो जाया करती है, को रोका जाता था। वस्तुओं के सभी आदान-प्रदान साक्षिया की उपस्थिति में खुले रूप में किये जा सकते थे। यदि कोई व्यक्ति वस्तुओं के मोल-तोल (bargain) में अधिक लाभ कमा लेता था तो उस लाभ को अभिषद के अन्य सदस्यों के बीच बाँटना पड़ता था। विदेशियों को नगर के अन्दर प्रमुख वस्तुओं का खुदरा व्यापार (retail trade) करने से रोका जाता था। नगर के लोग कुछ वस्तुओं का व्यापार कर सकते थे किन्तु उन्हें उसके लिए कर देना पड़ता था।

व्यापारी अभिषद की सदस्यता नगर निवासियों को पर्याप्त सामाजिक प्रतिष्ठा प्रदान करती थी और अन्य नगरों में भी उन्हें विशिष्ट अधिकार देती थी। अभिषद के सदस्य की साख-क्षमता (credit-worthiness) ऊँची मानी जाती थी और यदि वह अपने ऋण का भुगतान (debt-payment) करने में असफल होता था तो उस ऋण का भुगतान करने के लिए अभिषद द्वारा दबाव डाला जाता था। अन्य नगरों में और उसके नगर के समीप लगनेवाले अन्तरराष्ट्रीय मेलों (fairs) में उसे कुछ ऐसे करों (tolls) से मुक्ति मिलती थी जो उन व्यक्तियों पर लगाए जाते थे जो अभिषद के सदस्य नहीं होते थे।

मध्य युग में अर्थशास्त्र को आचार शास्त्र (ethics) से पृथक नहीं किया जाता था। इसलिए इन व्यापारी अभिषदों के कतिपय धार्मिक एवं परोपकारी कार्य (philanthropic function) भी होते थे और वे उत्सव-त्योहर भी मनाया करते थे। अभिषद-सदस्यों के बीच भ्रातृ-भाव (brotherliness) को बहुत ही अधिक प्रोत्साहन दिया जाता था। यदि कोई सदस्य अस्वस्थ हो जाता था तो अभिषद के अन्य सदस्य उसके यहाँ आया-जाया करते थे, यदि किसी सदस्य की मृत्यु हो जाती थी तो अन्य सदस्य उसके मृत्यु-संस्कार में सम्मिलित होते थे और उसकी पत्नी एवं बच्चों को सहायता भी देते थे। अभिषद के न्यायालय मुकदमों का निर्णय भी करते थे किन्तु उन्हीं मुकदमों का जिससे अभिषद के सदस्य ही सम्बन्धित होते थे। व्यापारिक अभिषद का प्रधान अधिकारी आल्डरमैन (alderman) कहा जाता था जिसकी सहायता के लिए दो अथवा चार वार्डेन (warden) और सामान्यतः एक परिषद (council) होती थी। बड़े-बड़े अभिषदों में विशिष्ट कार्यों के लिए अन्य अधिकारी भी हो सकते थे।

मध्ययुगीन विश्व में सरकारें आर्थिक क्षेत्र में बहुत ही कम हस्तक्षेप करती थीं एवं आर्थिक विवादों में शायद ही कभी निर्णायक कार्य करती थीं। ऐसी अवस्था में 12वीं एवं 13वीं शताब्दियों में ये व्यापारी अभिषदें इन कार्यों को सम्पादित करती थीं।

शिल्प अभिषद
(Craft Guilds)

पिछले पृष्ठों में बतलाया गया है कि प्रत्येक मध्ययुगीन नगर में कुछ ऐसे व्यक्ति होते थे जो व्यापार किया करते थे और लगभग प्रत्येक नगर में व्यापारी लोगों का एक संघ होता था जिसे व्यापारी अभिषद कहा जाता था। 13वीं शताब्दी में उद्योग, व्यापार एवं विशिष्टीकरण में वृद्धि होने से व्यापार की सभी शाखाओं को नियंत्रित करना कठिन हो गया। फलतः कालान्तर में वस्तुओं के उत्पादन में लगे निपुण कर्मकारों (skilled workers) अर्थात् शिल्पकारों ने अपना एक पृथक संघ बना लिया। इस प्रकार कुछ समय के पश्चात् एक अन्य प्रकार के संगठन का जन्म हुआ जो शिल्प अभिषद (crafts guild) के नाम से विख्यात हुआ। प्रत्येक नगर में प्रत्येक शिल्प का एक पृथक संघ होने लगा। **शिल्प अभिषद का उद्भव उत्पादन के पारिवारिक स्तर** (family level) **से कारीगर अवस्था** (artisan stage) **में संक्रमण को चिह्नित करता है।** यह एक ही शिल्प में लगें शिल्पकारों का एक संघ था और यह परिवर्द्धित हो रहे विशिष्टीकरण एवं महत्तर श्रम विभाजन का स्वाभाविक परिणाम था।

शिल्प अभिषद का जन्म कब और कैसे हुआ, यह ब्रिटिश आर्थिक इतिहास का एक उलझनपूर्ण एवं विवादग्रस्त प्रश्न है। इसके सम्बन्ध में बहुत से तर्क एवं सुझाव दिए गए हैं। ऐसा प्रतीत होता है कि शिल्प अभिषदों का उद्भव देश के विभिन्न क्षेत्रों में विभिन्न परिस्थितियों में एवं विभिन्न रूपों से हुआ। इसके जन्म से सम्बन्धित सिद्धान्त चाहे जो हों, इतना कहा जा सकता है कि **सम्पूर्ण मध्ययुगीन जीवन की सामान्य प्रवृत्ति सहयोग एवं सामुदायिकता की ओर थी।** इसलिए व्यापारी अभिषदों की भाँति स्वभावतः एक ही पेशा में लगे व्यक्ति एक संघ में अपने को संगठित करने लगे।

उद्योग के क्षेत्र में इस अभिषद प्रणाली की स्थापना के लिए वस्तुतः दो शक्तियाँ उत्तरदायिनी थीं—(1) समान उद्देश्यों एवं आजीविका वाले व्यक्तियों की एक संघ में संगठित होने की मध्ययुगीन प्रवृत्ति की अनुपूर्त्ति (2) नगर अधिकारियों के हठ (insistence) से हुई। ये नगर अधिकारी, जो व्यवहारतः सभी अवस्थाओं में व्यापारी अभिषदों से सम्बन्धित थे, यह सुनिश्चित करना चाहते थे कि विक्रय की जानेवाली वस्तुएँ अच्छी वस्तुएँ एवं उच्च कौशल से निर्मित अच्छे गुण की हों। इसलिए ये हठ करते रहे कि प्रत्येक शिल्प के लिए एक निश्चित गुण-स्तर (standard of quality) की व्यवस्था की जाय। इस कार्य के लिए कार्यशालाओं की उत्पादित वस्तुओं की जाँच करने के लिए शिल्पकारों द्वारा कुछ अधिकारियों की नियुक्ति आवश्यक बना दी गयी और कालान्तर में इसका परिणाम औद्योगिक विनियमन के लिए एक पूर्ण प्रणाली की स्थापना हुआ। फलतः शिल्प स्वयं एक संगठन में विकसित हो गया जो शिल्प का अभिषद कहलाने लगा। चूँकि शिल्प अभिषदों से बाहर के व्यक्तियों के कौशल और सच्चाई के लिए शिल्प अभिषदों को उत्तरदायिनी बनाना असम्भव था इसलिए सम्बन्धी शिल्प अभिषद का सदस्य होना उस शिल्प से सम्बन्धित कारीगरों के लिए अनिवार्य हो गया।

मध्ययुगीन कारगीर तीन स्पष्टत: वर्गों में विभक्त थे—(1) मालिक शिल्पकार (master craftsman), (2) जर्नीमैन (journeyman) अर्थात् प्रतिदिन काम करनेवाले व्यक्ति और (3) शिशिक्षु (apprentices)। मालिक शिल्पकार शिल्प अभिषद का पूर्ण सदस्य होता था जो कार्यशाला की स्थापना करता था जिसमें वह अपने अधीनस्थों के साथ कार्य करता था। जर्नीमैन उचित रूप में प्रशिक्षण-प्राप्त कर्मकार था जो कार्यशाला में मजदूरी लेकर प्रतिदिन कार्य करता था। शिशिक्षु वे लड़के अथवा युवक थे जो शिल्प-कला सीखने में लगे होते थे। इन शिल्पकारों की ये श्रेणियाँ इनकी सामाजिक भिन्नता की संकेतक नहीं थीं बल्कि ये केवल जीवन-वृत्ति (career) की विभिन्न अवस्थाएँ थी। शिशिक्षु सात वर्षों के प्रशिक्षण के बाद जर्नीमैन हो जाता था और जर्नीमैन यदि पर्याप्त अर्थ संग्रह कर लेता था तो पृथक कार्यशालाा की स्थापना कर मालिक शिल्पकार बन सकता था।

शिल्प अभिषद का संगठन बहुत कुछ सीमा तक व्यापार अभिषदों के समान ही था। शिल्प अभिषदों के कार्यों की देख-रेख वार्डेन (wardens) किया करते थे जो इनके प्रधान अधिकारी होते थे। बड़ी-बड़ी शिल्प अभिषदों में एक परिषद (council) भी हुआ करती थी।

शिल्प अभिषदों का उद्देश्य उत्पादित वस्तुओं के गुण एवं मूल्यों का नियंत्रण एवं मजदूरी तथा कार्य की दशाओं का विनियमन तथा नियंत्रण था। ये अपने सदस्यों के हितो की रक्षा करती थीं और व्यापारी अभिषदों की भाँति इस बात को सुनिश्चित करने का प्रयास करती थीं कि जो व्यक्ति इस शिल्प अभिषद के सदस्य नहीं हैं वे अभिषद के सदस्यों के साथ अनुचित प्रतियोगिता न कर पाएँ। ये अभिषद के सदस्यों को नगर के बाजार में एकाधिकार देने की चेष्टा करती थीं। छल-कपट को दूर कर ये उपभोक्ताओं की रक्षा एवं अभिषद के लिए समान अवसर की व्यवस्था करनें की चेष्टाएँ करती थीं। ये अभिषद के शिशिक्षुओं (apprentices) के लिए उचित प्रशिक्षण की व्यवस्था एवं अभिषद के सदस्यों के बीच सद्भाव में वृद्धि करने का भी प्रयास करती थीं। व्यापारी अभिषदों की भाँति ये भी परोपकारी एवं धार्मिक कार्यों का संपादन करती थीं और वैयक्तिक हिंत को सामुदायिक हित के अधीन करने की चेष्टा करती थीं।

इस प्रकार शिल्प अभिषद प्रणाली के बहुत से लाभ थे और यह कहा जा सकता है कि यह उद्योग के विकास एवं विस्तार के लिए लाभदायक थी। **इनका उद्भव एवं विकास उस समय मध्ययुगीन अर्थव्यवस्था में हुआ जब देश की सरकारें आर्थिक क्षेत्र में नेतृत्व करने तथा उद्योगों एवं व्यापार को विनियमित करने में न तो सक्षम ही थीं और न इच्छुक ही।** इसलिए व्यापारी अभिषदों जैसे स्थानीय संगठनों ने ही इन कार्यों को संपादित किया। ऐसी मध्ययुगीन अर्थव्यवस्था में इनका महत्त्वपूर्ण स्थान रहा है। उद्योग एवं व्यापार के विकास के लिए उन्होंने आवश्यक व्यवस्था की।

फिर भी ये शिल्प अभिषदें हानियों एवं अवगुणों से मुक्त नहीं थीं। इनमें अन्तर्निहित सिद्धान्त एकाधिकार था, इनके कठोर नियम वैयक्तिक सूत्रपात एवं साहस को हतोत्साहित करते थे, ये मजदूरी को निम्न सीमा पर दबाए रखीं और ये एक ऐसे औद्योगिक संगठन का पालन एवं विकास कर रही थीं जो अत्यन्त ही सामान्य (mediocre) एवं पिछड़ा हुआ था।

मध्ययुगीन शिल्प गिल्ड और आधुनिक युगीन श्रमिक संघ
(Mediaeval Craft Guilds and Modern Trade Unions)

19वीं शताब्दी में अर्वाचीन श्रमिक संघों एवं मध्ययुगीन शिल्प-गिल्ड में ऐतिहासिक

तारतम्य एवं निरन्तरता को ढूँढ़ निकालने का प्रयास किया गया था। यह प्रयास विफल हुआ इस कारण कि ऐसी किसी निरन्तरता (continuity) का अस्तित्व ही नहीं था। फिर भी इन दोनों में कुछ समता एवं कुछ विरोध को जानना रुचिकर होगा क्योंकि यद्यपि ये दो प्रकार के औद्योगिक संघटन एक दूसरे से उद्भूत नहीं हैं तथापि इन दोनों में जितनी सामान्यतः कल्पना की जाती है उससे अधिक समानता है।

1. प्रथम बात तो ध्यान देने योग्य यह है कि गिल्ड स्थानीय होते थे और सीमित क्षेत्र में कार्य करते थे। किन्तु आधुनिक श्रमिक संघ राष्ट्रव्यापी होते हैं। किन्तु क्षेत्रीय अन्तर का कोई महत्त्व नहीं है क्योंकि आज अर्थव्यवस्था भी स्थानीय से राष्ट्रीय अर्थव्यवस्था में परिवर्तित हो चुकी है और आधुनिक युगीन श्रमिक संघों का राष्ट्रव्यापी स्वरूप इसी परिवर्तन का परिणाम है।

2. गिल्ड में शिल्प से सम्बन्धित समस्त वर्गों का समावेश था चाहे वे मास्टर थे अथवा कर्मकार जबकि आधुनिक श्रमिक संघों में केवल एक ही वर्ग को सम्मिलित किया जाता है—श्रमिक वर्ग को।

3. मध्ययुगीन गिल्ड नियोजक (employer) और नियोजित (employee) के हितों के तादात्म्य (identity) पर आधारित था जबकि आधुनिक श्रमिक संघ हितों के प्रतिरोध (antagonism) पर आधारित माने जाते हैं। फिर भी यह मानना होगा कि कभी-कभी श्रमिक संघ भी नियोजकों के साथ सहयोग करते हैं। श्रमिक संघों के सदस्य भी इस बात का अनुभव करते हैं कि मालिकों के प्रति विरोध की भावना रखने के बदले उनके साथ सहयोग करने से अधिक लाभ होता है और उद्योग को समृद्धिशाली होने से दोनों पक्षों को लाभ होता है तथा मन्दी से दोनों की हानि।

4. गिल्ड धार्मिक और परोपकाररी कार्यों से भी सम्बन्धित थे जबकि आधुनिक श्रमिक संघों द्वारा ऐसे कार्य साधारणतः संपादित नहीं किये जाते हैं। फिर भी प्रारम्भिक अवस्था में आधुनिक श्रमिक संघ भी अपने सदस्यों के लिए ''मैत्रित्व पूर्ण'' लाभ ("friendly benefits) की व्यवस्था किया करते थे और आज भी पाठागार, पुस्तकालय, चिकित्सालय आदि की व्यवस्था करते हैं।

5. यह कहा जाता है कि गिल्ड शिल्प की प्रतिष्ठा को बनाये रखने के लिए प्रयास करते थे जबकि श्रमिक संघ अपने सदस्यों के हितो की रक्षा और वृद्धि का प्रयास करते हैं। किन्तु श्रमिक संघ भी जनहित के प्रति सर्वथा उदासीन नहीं रहते हैं। वस्तुतः श्रमिक संघ भी केवल अपने सदस्यों के भौतिक हितों की रक्षा करने के लिए ही नहीं हैं प्रत्युत् स्वास्थ्य और शिक्षा आदि से सम्बन्धित अपने सम्बन्धित क्षेत्रों में वे भी जनमंगल (public welfare) की वृद्धि के लिए उत्साहपूर्ण रहते हैं।

6. गिल्ड प्रणाली में केवल निपुण कर्मकारों (skilled workers) को ही सम्मिलित किया जाता था जबकि आधुनिक युगीन श्रमिक संघों में निपुण एवं अनिपुण सभी प्रकार के श्रमिकों को सम्मिलित किया जाता है।

7. मध्ययुगीन शिल्प गिल्डों पर नगर की प्रशासन-सत्ताओं का नियंत्रण रहता था। किन्तु आधुनिक युगीन श्रमिक संघों पर ऐसा कोई नियंत्रण नहीं होता है।

8. मध्ययुगीन शिल्प गिल्डों में केवल नगरी श्रमिक ही रहा करते थे और इनका संगठन नगरी (urban) होता था। किन्तु आधुनिक युगीन श्रमिक संघों में ग्रामीण क्षेत्रों के श्रमिक भी सम्मिलित किए जाते हैं।

9. आधुनिक युगीन श्रमिक संघ एक केन्द्रीय संघ (central federation) में संघटित होते हैं जबकि मध्ययुगीन शिल्प गिल्डों का कोई केन्द्रीय संघटन अथवा सत्ता नहीं होती थी।

3. मध्य युग से आधुनिक युग की ओर
(Transition to the Modern Age)

कालान्तर में, विशेषकर 14वीं शताब्दी से इंगलैंड की मध्ययुगीन अर्थ व्यवस्था का पतन होने लगा। मध्ययुगीन अर्थव्यवस्था के आधुनिक युग में संक्रमण की प्रक्रिया में मैनोर-प्रणाली और गिल्ड-प्रणाली के विघटन विशेष रूप से उल्लेखनीय हैं।

जागीरदारी अर्थात् मैनोर-प्रणाली का पतन
(Decline of the Manorial System)

इंगलैंड के इस मध्ययुगीन ग्रामीण संगठन का पतन 14वीं शताब्दी से प्रारम्भ हो गया था और 15वीं तथा 16वीं शताब्दियों में यह तीव्रता के साथ विघटित होता हुआ अपने सामाजिक पक्ष को पूर्णतः लुप्त कर दिया। इस मैनोर-प्रणाली के स्थान पर शनैः-शनैः एक नवीन कृषि संगठन का विकास हुआ जो कृषक श्रमिकों की स्वतंत्रता, गतिशीलता और व्यापक भू-स्वामित्व पर आधारित था। **मैनोर-प्रणाली के अन्त के प्रमुख कारण** निम्नलिखित थे—

1. भू-दासत्व (Serfdom) **का अन्त**—इंगलैंड में भू-दासत्व का अन्त 12वीं शताब्दी से ही प्रारम्भ हो गया था। इस **भू-दासत्व का अन्त भी अनेक कारणों** से हुआ जिनमें निम्नलिखित प्रमुख हैं:

(i) जनसंख्या की वृद्धि—अनुमान लगाया जाता है कि 11वीं शताब्दी के प्रारम्भ तक इंगलैंड की कुल जनसंख्या 10-15 लाख के बीच रही होगी। किन्तु 14वीं शताब्दी के अन्त तक यह बढ़ कर सम्भवतः 40 लाख हो गई थी। इसके कारण खाने-पींने की वस्तुओं की माँग बढ़ जाने से वे बहुत महँगी हो गईं। फलतः वरदान-श्रमिकों (boon-workers) को खिला पाना बहुत से सामन्तों के लिए कठिन हो गया। इसलिए उन्होंने भू-दासों से कुछ मुद्रा लेकर उन्हें मुक्त करना अधिक लाभकर समझा। जनसंख्या की वृद्धि का एक दूसरा भी प्रभाव हुआ—खाद्यान्नों की परिवर्द्धित माँगों की पूर्त्ति करने के लिए कृषि-क्षेत्र का विस्तार, कृषि-कार्य में सुधार एवं खेतों का समावरण (enclosure) किया जाने लगा।

(ii) मुद्रा का आविर्भाव—आरम्भ में कृषक सामन्त को लगान उत्पादित फसल के रूप में देते थे जो अनिश्चित थी। कालान्तर में भूमि की लगान मुद्रा के रूप में दी जाने लगी जिसके फलस्वरूप लगान की दर निश्चित हो गई। मुद्रा ने भू-दासों के जीवन में निश्चितता ला दी।

(iii) अन्तर्वर्तन *(commutation)*—राजकोष में देने के लिए अथवा युद्ध लड़ने के लिए अथवा स्वयं अपने आमोद-प्रमोद के लिए अथवा अन्य अनेक कारणों से सामन्तों को मुद्रा की आवश्यकता पड़ती थी जिसकी उपलब्धि के लिए वे भू-दासों को क्रमशः मुक्ति देने लगे और बदले में उनसे मुद्रा लेने लगे। इस प्रकार बहुत से भू-दासों ने मुद्रा के बल पर अपनी स्वतंत्रता का क्रय किया।

(iv) नगरों का विकास—नगरों के विकास ने भी भू-दासत्व प्रणाली की नींव खोद डाली। यदि कोई भू-दास नगर में आकर सामन्त की जानकारी के बिना ही लगातार 1 वर्ष और 1 दिन तक रह जाता था तो उसे मध्ययुगीन परम्परा के अनुसार भू-दासत्व से मुक्ति

मिल जाती थी। इसके अतिरिक्त, नगरों ने आजीविका के अन्य साधनों की उपलब्धि कर ग्रामीण जनता, विशेषकर भू-दासों को नगरों में आकर्षित किया और जनसंख्या की गतिशीलता में वृद्धि की। इसके फलस्वरूप गाँवों में श्रमिकों की कमी और इनकी मजदूरी की दर ऊँची हो गई। फलतः कृषि-कार्य में कम-से-कम श्रमिकों को लगाने के उपाय ढूँढ़ निकाले जाने लगे, भेड़ पालने पर विशेष जोर दिया जाने लगा और भू-दासत्व प्रणाली समाप्त होने लगी। **नगरों ने मुद्रा युग का भी श्रीगणेश किया।** प्राचीन सामाजिक रूढ़ियों का अन्त होने लगा।

(v) ऊनी उद्योग का विकास—ऊनी उद्योग के विकास ने ग्रामीण भू-दासों को कार्य करने का विकल्प (alternative) दिया जिसके कारण अधिक-से-अधिक संख्या में भू-दास मुद्रा आदि के बदले में वैयत्तिक स्वतंत्रता प्राप्त करने में उद्यत हो गये।

(vi) काली मृत्यु *(Black Death)*—सन् 1349 से 1360 के बीच इंगलैंड में अनेक भयानक प्लेग पड़े थे जिसमें देश की लगभग 1/3 जनसंख्या की मृत्यु हो गई थी। इस भयानक महामारी को काली-मृत्यु कहा जाता है। उसने देश में श्रमिकों की अत्यन्त ही गंभीर कमी उत्पन्न कर दी जिससे मजदूरी बढ़ गई और भू-दास स्वतंत्रता के लिए दबाव डालने लगे। उन दिनों ब्रिटिश संसद पर सामन्तों का ही प्रभुत्व था। अतः संसद ने सन् 1351 में श्रमिक संविधि (Statute of Labourers) निर्मित कर श्रमिकों की मजदूरी को नियंत्रित करने एवं भू-दासों को कार्य करने के लिए बाध्य करने का प्रयास किया, किन्तु व्यर्थ ही। भू-दास इस अवसर का लाभ उठाकर अन्तर्वर्तन (commutation) के लिए ज़ोर देने लगे। इस प्रकार भू-दास स्वतंत्र होने लगे और भू-दासत्व का अन्त होने लगा।

(vii) कृषक विद्रोह *(peasants revolts)*—काली मृत्यु के पश्चात् भी देश में कुछ भू-दास रह गए थे जो स्वतंत्रता नहीं प्राप्त कर सके थे। ये असन्तुष्ट भू-दास सन् 1381 में विद्रोह कर दिए। तत्काल तो इस कृषक-विद्रोह को दबा दिया गया किन्तु इसका दीर्घकालीन प्रभाव यह पड़ा कि भविष्य में ऐसे विद्रोह की आशंका के कारण सामन्तों द्वारा भू-दासों को स्वतंत्र किया जाने लगा।

(viii) नवीन कृषि कला का विकास एवं कृषि का बहुमुखीकरण—मध्ययुग के अन्तिम वर्षों में कृषि कला में भी परिवर्तन होने लगे थे और कम-से-कम श्रमिकों की सहायता से भी कृषि-कार्य किया जाना सम्भव होता जा रहा था। इसके अतिरिक्त यह भी अनुभव किया जाने लगा था कि फसलों की खेती के बदले भेड़-पालन (sheep-breeding) आदि जैसे कार्य अधिक लाभप्रद किन्तु कम श्रमिक की आवश्यकता वाले हैं। फलतः कालान्तर में भेड़-पालन कार्य में बहुत ही वृद्धि होने लगी। भूमि का प्रयोग इस कार्य के लिए अधिक-से-अधिक सीमा तक किया जाने लगा न कि खेती के लिए। फलतः भू-दासों को स्वतंत्रता प्राप्त होने लगी।

2. डीमीन का लोप *(Disappearance of the demesne)*—काली-मृत्यु, कृषक विद्रोह, भू-दासत्व के अन्त के कारण मजदूरी में वृद्धि की जानी अनिवार्य हो गयी और सामन्तों द्वारा डीमीन की खेती असम्भव होने लगी। बलात् श्रम (forced labour) का अन्त हो गया था। इससे सामन्तों ने अपने भूमि-अंश—डीमीन को निश्चित लगान लेकर कृषकों को देना प्रारम्भ किया। इसके कारण देश में नए स्वतंत्र कृषक वर्ग का उदय हुआ जो दृष्टिकोण में पूँजीवादी हो गया। फलतः मैनोर-प्रणाली का अन्त हो गया।

3. समावरण आन्दोलन (*Enclosure Movement*)—जैसा कि पिछले पृष्ठों में बतलाया जा चुका है, इंगलैंड में धीरे-धीरे कृषि-कला में परिवर्तन हो रहे थे और कृषि-कार्य में विविधता आ रही थी। भेड़-पालन अधिक लाभकर सिद्ध हो रहा था। इन सभी कार्यों के लिए खुली भूमि का समावरण (enclosure) होने लगा। इस समावरण आन्दोलन का अर्थ खुले, बिखरे खेत का अन्त एवं समुदाय के नियंत्रण से कास्तकारों की मुक्ति था। इस **समावरण आन्दोलन की चार प्रमुख प्रक्रियाएँ** थीं–(1) बिखरे खेतों की घेरायुक्त चकबन्दी, (2) खेती योग्य भूमि का चरागाहों में परिवर्तन, (3) खेतों का कुछ व्यक्तियों के पास संकेन्द्रण (concentration) और (4) बंजर, चरागाह आदि सामूहिक भूमि पर अधिकार। यह आन्दोलन मैनोर-प्रणाली के लिए मृत्यु की घंटी था। 13वीं शताब्दी में डीमीन भूमि की चकबन्दी जोरों से होने लगी और कास्तकार अपने बिखरे खेतों को चकवाले खेतों के साथ विनिमय करने के लिए बहुत इच्छुक थे। 14वीं, 15वीं एवं 16वीं शताब्दियों में यह आन्दोलन तीव्र रूप धारण कर लिया था।

4. मैनोर-न्यायलयों का अन्त (decline of manorial courts)—देश में केन्द्रीय शासन के प्रभाव एवं शक्ति में वृद्धि के कारण ग्रामीण जनता को राजकीय न्यायलयों में संरक्षण मिलने लगा था जिसके कारण मैनोर न्यायलायों की अवहेलना की जाने लगी और इनका अन्त होने लगा। इस कारण सामन्तों की शक्तियों एवं प्रतिष्ठा में ह्रास हुआ, मैनोर प्रणाली का पतन हुआ।

गिल्ड-प्रणाली का पतन
(Decline of the Guild System)

15वीं शताब्दी तक इंगलैंड के शिल्प गिल्ड देश की आर्थिक प्रगति के लिए बाधक हो गये और उस समय की व्यापक आर्थिक प्रवृत्तियों के विरोध में आ गए थे। फलतः 15वीं शताब्दी से इनका पतन होने लगा और 16वीं शताब्दी तक वे केवल एक प्रकार की सामाजिक संस्था का ही रूप धारण कर लिए थे। उद्योग एवं व्यापार पर उनका कोई नियंत्रण नहीं रह गया था।

मध्ययुगीन शिल्प गिल्डों के पतन के प्रमुख कारण निम्नलिखित थे—

1. गिल्डों का स्वार्थी दृष्टिकोण–मध्य युग के अन्तिम वर्षों में शिल्प गिल्डों का दृष्टिकोण स्वार्थी हो गया था। वे उत्तम एवं उचित व्यवहार की व्यवस्था करने के बदले अपने स्वार्थ-साधन में लगे हुए थे। उनकी नीतियाँ एवं कार्य एकाधिकारपूर्ण प्रवृत्ति के हो गए थे जिससे देश की औद्योगिक प्रगति को बाधा हो रही थी।

2. परिस्थितियों में परिवर्तन–15वीं शताब्दी में गिल्ड वाले नगरों के बाहर भी उद्योगों एवं व्यापारों का विकास होने लगा। ऐसे स्थानों में उद्योग एवं व्यापार गिल्ड के नियंत्रण से मुक्त थे। कालान्तर में गिल्ड वाले नगरों के उद्योगों की अपेक्षा ये अधिक महत्त्वपूर्ण हो गए। ऐसी अवस्था में गिल्डों की शक्तियों को चोट लगी। वस्तुतः गिल्ड प्रणाली का विकास एक विशेष युग के लिए हुआ था–ऐसे युग के लिए जब उद्योग एवं व्यापार का विकास सीमित था, परिवहन एवं संचार के साधन सीमित थे तथा सरकार उद्योगों और व्यापार पर नियंत्रण करने में या तो असमर्थ थी अथवा अनिच्छुक। किन्तु पन्द्रहवीं शताब्दी में ये सभी अवस्थाएँ परिवर्तित हो चुकी थीं। इसलिए गिल्ड प्रणाली अपनी उपयोगिता खोने लगी।

3. विदेशी कारीगरों का आगमन—15वीं एवं 16वीं शताब्दियों में महाद्वीपीय यूरोप के देशों से बहुत ही बड़ी संख्या में कारीगरों का इंगलैंड में आगमन हुआ था जो ब्रिटिश कारीगरों से अधिक निपुण थे। वे गिल्ड प्रणाली के नियंत्रण में रहना अस्वीकार कर दिए। फलतः उन्हें गिल्डों के नियंत्रण से मुक्त रखा गया।

4. पारस्परिक संघर्ष—एक-दूसरे के प्रति जिस भ्रातृ-भाव की आशा गिल्ड के सदस्यों से की गई थी वह विभिन्न गिल्डों के पारस्परिक सम्बन्ध में प्रदर्शित नहीं होती थी। फलतः उनमें झंझटें होने लगीं। पारस्परिक झंझटों का सामान्य कारण एक दूसरे शिल्प की सीमा के स्पष्ट निर्धारण का अभाव था।

5. आन्तरिक संघर्ष एवं संकुचित दृष्टिकोण—कालान्तर में अपवर्जन (exclusion) की नीति का अनुसरण किया जाने लगा और शुल्क में वृद्धि कर प्रवेश को रोका जाने लगा। जैसे-जैसे गिल्डों के धन में वृद्धि हुई और आधुनिक प्रतियोगी भावना के विकास के पूर्व जैसे-जैसे सहकारिता के प्रति मध्ययुगीन प्रवृत्ति का लोप होने लगा वैसे ही वैसे गिल्ड संकुचित एवं अपवर्जित (exclusive) होने लगे और जनता के साथ उत्तम व्यवहार करने की गिल्ड की प्रतिष्ठा का ध्यान न कर वे स्वार्थ साधन में जुट गये। गिल्ड एकाधिकार का कठोर ढंग से पोषण किया जाने लगा और नवागन्तुकों पर रोक लगायी जाने लगी। प्रवेश-शुल्क बहुत ऊँचे कर दिये गए और कुछ अवस्थाओं में तो जर्नीमैन को मास्टर बनने से रोक दिया गया। परिणामस्वरूप अनेक नगरों में जर्नीमैन के पृथक संघटन बन गये जिन्हें जर्नीमैन गिल्ड अथवा युमेन (yeomen) गिल्ड कहा गया और ये इनके हितों की रक्षा का भार अपने ऊपर ले लिए।

6. उद्योग एवं व्यापार का विकास तथा पूँजी के महत्त्व में वृद्धि—समय के प्रवाह के साथ व्यापार और उद्योग का विस्तार हुआ जिसके कारण पूँजी का महत्त्व और भी अधिक हो गया और कुछ धनी गिल्डमैन शिल्पकार के नियोजक (employer) बन गये। अनेक जर्नीमैनों को अनुभव हुआ कि स्वतंत्र शिल्पकार बनने के लिए अवसर समाप्त हो रहे हैं और उन्हें आजीवन मजदूर बनकर रहना पड़ेगा। ज्योंही उन्हें इसका आभास हुआ, स्वार्थों में टक्कर होने लगी और जर्नीमेन अपना स्वतंत्र संगठन बनाना प्रारम्भ किये जिस कारण गिल्ड प्रणाली के अवसान के दिन आने लगे।

7. जनतंत्रीय भावना का लोप—गिल्ड के आन्तरिक संघटन में जनतंत्रीय भावना का स्थान कुलीनतंत्र (aristocracy) ने ले लिया था। प्रारम्भ में गिल्ड के प्रत्येक सदस्य को गिल्ड के मामलों को विनियमित करने के लिए अधिकार प्राप्त था। किन्तु उत्तर मध्ययुग में गिल्ड का नियंत्रण धनी-मानी सदस्यों के हाथों में आ गया, जनतंत्रीय भावना का लोप हो गया और स्वयं गिल्ड प्रणाली के लोप के लिए भी पथ-प्रशस्त कर दिया गया।

8. गिल्ड के नियंत्रण से मुक्त नगरों का विकास—गिल्ड के सदस्यों का संकुचित एवं स्वार्थपूर्ण दृष्टिकोण सम्बन्धित नगरों के औद्योगिक विकास में बाधक सिद्ध होने लगा। अतएव गिल्ड के प्रतिबन्धों से मुक्त नवीन नगरो का जन्म हुआ जिनमें उद्योगों की अधिक प्रगति हुई। कुछ शिल्पकार प्राचीन नगरों का त्याग कर गिल्ड की सीमा के बाहर पड़ोसी गाँवों में जाकर बस गये जहाँ पर वे गिल्ड के नियंत्रण से स्वतंत्र थे। ऐसी परिस्थितियाँ अवश्य ही गिल्ड प्रणाली पर प्रतिकूल प्रभाव डालीं।

9. पूँजीवाद का उदय *(Emergence of capitalism)*—औद्योगिक संघटन के

आधुनिक युगीन पूँजीवादी स्वरूप के उदय एवं विकास ने गिल्ड प्रणाली के लिए मृत्यु का संदेश लाया और उसके पतन का मार्ग प्रस्तुत कर दिया।

10. धर्म की आड़ में सरकार द्वारा गिल्डों की लूट—राजकीय सत्ता के हस्तक्षेप ने गिल्ड प्रणाली के पतन की प्रक्रिया को तीव्रतर किया और कालान्तर में पूर्ण कर दिया। प्रबल ट्यूडर शासन (Tudor rule) की स्थापना के साथ गिल्ड प्रणाली ने अपने पतन काल में प्रवेश किया। 16वीं शताब्दी के मध्य में एडवर्ड षष्ठ (Edward VI) के संरक्षक (protector) ड्यूक ऑफ समरसेट (Duke of Somerset) के हाथों गिल्ड प्रणाली को गंभीर धक्का लगा। एडवर्ड षष्ठ के शासनकाल में गिल्डों को अनेक कार्यों से वंचित कर दिया गया। एक प्रकार से उनकी लूट-खसोट की गई। इस बहाने कि उनकी धार्मिक क्रियाएँ अधंविश्वासिनी हैं, गिल्डों की सम्पत्ति का बहुत बड़ा भाग छीन लिया गया। यद्यपि उनकी सम्पत्ति के केवल उसी भाग को जब्त किए जाने का आदेश दिया गया था जो धार्मिक कार्यों में लगाया जाता हो तथापि यह अन्तर करना सरल नहीं था कि उनकी सम्पत्ति का कौन-सा भाग धार्मिक कार्यों में लगाया जाता है और कौन नहीं और सम्भव था कि राजकर्मचारी गिल्ड प्रणाली के विरोधी होने के कारण उसके साथ नर्मी नहीं कर सकते थे। गिल्ड इस चोट को सहकर जीवित तो रह सके किन्तु उनका महत्त्व अब अत्यन्त ही कम हो गया।

इन सब कारणों से गिल्ड प्रणाली का पतन होने लगा था। 17वीं शताब्दी में कुछ सीमा तक उनका पुनर्जीवन हुआ। किन्तु इस काल में वे कठोर सरकारी बन्धनों के अधीन थे। अतः सन् 1835 में जब नगर-पालिका निगम अधिनियम(Municipal CorporationAct) निर्मित किया गया तो गिल्डों के समस्त विशेषाधिकार औपचारिक रूप से (formally) हड़प लिए गए। इस प्रकार ये शिल्प गिल्ड, जो किसी समय आर्थिक शक्तियों के गढ़ थे, केवल परोपकार एवं उत्सव कार्यों से युक्त भूतकालीन गौरव की छाया-मात्र रह गए। फलतः जब इसकी उपयोगिता समाप्त हो गई तो गिल्ड-प्रणाली लुप्त हो गई।

4. वणिकवादी युग
(The Mercantilist Era)

वणिकवाद अथवा व्यापारवाद (mercantilism) शब्द का प्रयोग उन अनेक राजनीतिक एवं आर्थिक उपायों को सामूहिक रूप से व्यक्त करने के लिए किया जाता है जो ब्रिटिश सरकार द्वारा 14वीं से 18वीं शताब्दी के बीच अपनाए गए थे। इन उपायों को एक निश्चित उद्देश्य की पूर्त्ति के लिए अपनाया गया था—राष्ट्रीय आर्थिक आत्मनिर्भरता की प्राप्ति कर राष्ट्रीय धन एवं शक्ति में वृद्धि करना। यही राष्ट्रीय शक्ति का व्यापक आदर्श इस युग में अनुसरित किया जाता रहा यद्यपि इस आदर्श की पूर्त्ति के लिए अपनाये गए उपाय और ढंग समय-समय पर परिस्थितियों में अन्तर, किसी उपाय विशेष के प्रयोग के परिणाम, सिद्धान्तवादियों के लेखों आदि के अनुसार बदलते रहे थे। किन्तु कुछ लेखकों के मतानुसार वणिकवादी युग में अपनाये जाने वाले विभिन्न उपाय किसी निश्चित एवं स्पष्ट नीति के अंश न होकर केवल समय-समय पर विशिष्ट समस्याओं को सुलझाने के लिए अपनाए गए उपाय-मात्र ही थे। इस प्रकार इन विचारकों के मतानुसार वणिकवादी युग के ब्रिटिश राजनीतिज्ञों के समक्ष राष्ट्रीय शक्ति का आदर्श सर्वदा ही स्पष्ट रूप से अनिवार्यतः नहीं रहा होगा। **वस्तुतः वणिकवाद एक विकासशील राष्ट्रवादी भावना की उपज था और इस युग में अपनाए गए अनेक वणिकवादी उपाय विदेशों को लागत पर इंगलैंड के हितों में वृद्धि करने के लिए अपनाए गए थे।**

लार्ड बेकन (Bacon) के अनुसार वणिकवाद का जन्म **हेनरी सप्तम** (Henry VII) के समय हुआ। किन्तु व्यापारवादी नीति अपनाए जाने के प्रथम प्रयास के चिह्न एडवर्ड तृतीय (Edward III) के ही काल में मिलते हैं जब सन् 1376 में संसद ने **एडवर्ड तृतीय** की ''प्रचुरता की नीति'' ("policy of plenty") की आलोचना की थी। इस सम्बन्ध में रिचार्ड द्वितीय (Richard II) के शासन-काल में भी कतिपय अधिनियम निर्मित किए गए थे। उस समय शतवर्षीय युद्ध (Hundred Years' War) के फलस्वरूप ब्रिटिश राष्ट्रीयता की भावना बहुत ऊँची हो गई थी और विगत युग की नगर भावना (municipal spirit) को दबा रही थी। इस व्यापारवादी नीति के अंकुर आर्लियन्स के ड्यूक, चार्ल्स (Charles, the Duke of Orleans) के ''दी डीवेट ऑफ दी हीराल्ड्स'' (The Debate of the Hearalds), सर जॉन फोर्टेस्क्यू (Sir John Fortescue) के ''कमोडिटीज ऑफ इंगलैंड'' (Commodities of England) आदि जैसी 15वीं शताब्दी की रचनाओं में मिलते हैं। किन्तु उस शताब्दी में व्यापारवादी नीति अधिकांशतः नकारात्मक (negative) थी क्योंकि अपनाए जानेवाले अधिकांश उपाय प्रतिबन्धनकारी (restrictive) थे। ट्यूडर काल (Tudor period) में ही जाकर सरकार द्वारा संरचनात्मक व्यापारवादी नीति की व्यवस्था की जा सकी। इस काल में प्रारम्भिक व्यापारवादी नीति को पुनर्निर्मित एवं पुनर्व्यवस्थित किए जाने के लिए उत्तरदायी कारणों में सबसे अधिक महत्त्वपूर्ण कारण तो लन्दन के व्यापारियों का परिवर्द्धित हो रहा प्रभाव था जो नये परिवर्तन को आवश्यक बना रहा था किन्तु इस रचनात्मक व्यापारवादी नीति के पुनः निर्धारण में राष्ट्रवादी राज्यों का उदय एवं उनमें तीव्र प्रतियोगिता, अमेरिका की खोज और उसके अपार धन के लिए संघर्ष आदि कतिपय राजनीतिक तत्त्व भी महत्त्वपूर्ण योगदान किए थे। व्यापक रूप से **वणिकवादी उपाय चार वर्गों में विभाजित किये जा सकते हैं**—

1. कृषि के विकास के लिए अपनाए जानेवाले उपाय—बहुत से लोगों की यह धारणा रही है कि व्यापारवाद उद्योगों एवं व्यापार के विकास के लिए अधिक जोर देता था न कि कृषि के विकास पर, नगरों के विकास पर अधिक जोर देता था न कि गाँवों के विकास पर। यह धारणा महाद्वीपीय यूरोपीय देशों के व्यापारवाद के लिए भले ही सत्य सिद्ध हो सकती है किन्तु ब्रिटिश व्यापारवाद के लिए बिल्कुल ही सत्य नहीं। वस्तुतः **कृषि का सुधार एवं विकास ब्रिटिश व्यापारवादी नीति की आधारशिला था। ब्रिटिश व्यापारवादी देश को समृद्धशाली एवं शक्तिशाली बनाने की नीति अपनाये हुए थे।** इस नीति के अनुसरण के लिए कृषि एवं देहाती जीवन में सुधार एवं विकास अत्यन्त आवश्यक था क्योंकि स्पष्टतः कोई भी देश युद्ध आदि जैसे समय में तब तक सुरक्षित नहीं रह सकता था जबतक कि वह भोजन की व्यवस्था के लिए आत्मनिर्भर न हो। इसके अतिरिक्त देश को शक्तिशाली बनाने के लिए एक महान् शक्ति की आवश्यकता थी और इसके लिए शक्तिशाली एवं विकासशील जनसंख्या की। ब्रिटिश व्यापारवादी गाँवों की समृद्धि को देश के विकास एवं शक्ति के लिए एक वृहत् एवं शक्तिशाली जनसमूह की व्यवस्था का आधार मानते थे। चूँकि देश का कृषक वर्ग ही सेना की रीढ़ (back-bone) था इसलिए देहाती जीवन में व्यापारवादियों की विशेष अभिरुचि थी और कृषि के विकास के लिए उन्होंने अनेक उपाय किया। कृषि को प्रोत्साहन देने के लिए उनके द्वारा अपनाए जानेवाले ढंगों में एक ढंग **अन्न विधियों** (corn laws) का निर्माण था। **रिचार्ड द्वितीय** ने इस नीति को बदलकर उनके निर्यात की छूट दे दी ताकि ब्रिटिश कृषकों के लिए

विस्तृत बाजार की सृष्टि हो सके। **15वीं शताब्दी में दो अन्य महत्त्वपूर्ण विधियाँ निर्मित की गईं**—एक सन् 1416 में, जिसके द्वारा यदि अन्न का मूल्य 6 शिलिंग 8 पेंस प्रति क्वार्टर नीचे गिर जाय तो अन्न के निर्यात के लिए छूट दी गई और दूसरी विधि सन् 1463 में निर्मित की गई थी जिसके द्वारा यदि देश में अन्न का मूल्य 6 शिलिंग 8 पेंस प्रति क्वार्टर से कम हो जाय तो अन्न के आयात को रोक दिया गया। इस प्रकार इन विधियों के द्वारा कृषि को स्थिर (stablize) करने का प्रयास किया गया था। अनाज का यह निर्धारित मूल्य इतना ऊँचा था कि उससे ब्रिटिश कृषकों के लिए पर्याप्त लाभ हो सकता था। **सन् 1534 में घोषित किया गया कि बिना राजा की अनुज्ञा (premission) के अन्न का आयात नहीं किया जा सकता** यद्यपि यह अनुमति सरलतापूर्वक प्राप्त हो सकती थी। 17वीं शताब्दी में अन्न के आयात-निर्यात मूल्यों में बहुतधा परिवर्तन किए जाते रहे। विदेशी अन्न पर बहुधा प्रतिबन्ध लगाए जाते रहे। सन् 1689 में ब्रिटिश संसद द्वारा अन्न अधिदान अधिनियम (Corn Bounty Act) निर्मित किया गया जिसके अनुसार यदि अन्न का मूल्य 48 शिलिंग प्रति क्वार्टर से कम हो जाय तो अन्न के निर्यात के लिए 5 शिलिंग प्रति क्वार्टर का अधिदान (bounty) दिया जाना निर्धारित किया गया। इसके परिणामस्वरूप अन्न के मूल्य-स्तर एवं इस प्रकार कृषकों के लाभ में महान् वृद्धि हुई। फलतः कृषि विकास के लिए बहुत ही अधिक प्रोत्साहन मिला। अन्न सम्बन्धी संरक्षण नीति का उग्र रूप सन् 1815 में हुआ जब तक देश में अन्न का मूल्य 80 शि० प्रति क्वार्टर न हो जाय तब तक अन्न के आयात को प्रतिषेधित (prohibited) कर दिया गया। इससे कृषकों को कृषि सुधार के लिए और भी अधिक प्रोत्साहन मिला। किन्तु इसका परिणाम गंभीर सार्वजनिक असन्तोष भी हुआ। इन विभिन्न उपायों के परिणामस्वरूप ब्रिटिश कृषि का क्रान्तिकारी विकास हुआ और व्यापारवादी युग में इंगलैंड खाद्यान्न की पूर्त्ति के लिए लगभग आत्म-निर्भर रहा। कृषि वस्तुओं के मूल्यों में वृद्धि के कारण भूमि की लगान में भी वृद्धि हुई जिसे इस आधार पर न्यायोचित ठहराया गया कि उस समय अधिकांश कर भूमि-पतियों से ही लिए जाते थे। वणिकवादी युग में कृषि-विकास को प्रोत्साहित करने के लिए अन्य ढंग भी अपनाए गए थे। सरकार ने भेड़-पालन (sheep farming) के विरोध में कतिपय अधिनियमों एवं उद्घोषणाओं के द्वारा भी अन्न उत्पादन को प्रोत्साहित करने का प्रयास किया था यद्यपि ये उपाय असफल ही रहे क्योंकि स्वयं इन्हें लागू करने वाले व्यक्ति भी इनको सक्रिय रूप में लागू नहीं करना चाहते थे।

2. उद्योग को विकसित करने के लिए किए जाने वाले उपाय—व्यपारवादियों ने देश के उद्योगों के विकास के लिए विशेष जोर दिया था और वे इसके लिए अनेक विभिन्न उपाय अपनाये थे जिनको व्यापक रूप में अग्रलिखित रूप में व्यक्त किया जा सकता है—

(i) विदेशी व्यापार का विनियमन (*Regulation of foreign trade*)—व्यापारवादी कच्चे माल (raw materials) के आयात और निर्मित वस्तुओं (manufactured goods) के निर्यात का स्वागत करते थे और कच्चे माल के निर्यात (export) और निर्मित वस्तुओं के आयात (import) का विरोध करते थे। सन् 1455 में रेशम का आयात बन्द कर दिया गया और सन् 1463 में बहुत-सी निर्मित वस्तुओं के आयात को बन्द कर दिया गया। 18वीं शताब्दी के प्रारम्भ में रेशमी वस्तुओं के निर्यात के लिए अधिदान (bounty) दिया जाने लगा जब महारानी एलिजाबेथ ने भेड़ों एवं मेमनों के निर्यात को प्रतिबंधित कर दिया ताकि विकासशील ब्रिटिश ऊनी उद्योग के लिए पर्याप्त कच्चे माल की पूर्त्ति की जा सके।

(ii) विदेशियों के आवास पर नियंत्रण *(Control of immigration)*—देश में विदेशियों के आगमन एवं उनके कार्यों का नियन्त्रण किया गया था। वैसे विदेशियों को इंगलैंड में आने से प्रतिबन्धित कर दिया गया जो इंगलैंड में खुदरा व्यापार कर इंगलैंड के धन को अपने देश में ले जाते। किन्तु जो विदेशी देश में तत्कालीन उद्योगों को विकसित कर सकते थे अथवा नए उद्योगों एवं शिल्प का आरंभ कर सकते थे उनके आगमन को प्रोत्साहित एवं आकर्षित किया गया।

(iii) उपभोग व्यय पर नियंत्रण एवं विदेशी वस्तुओं के उपयोग पर रोक—व्यापारिवादियों द्वारा उपभोक्ताओं के व्यय को भी नियंत्रित करने का प्रयास किया गया था। **उन्होंने अंगरेजी वस्तुओं के उपभोग को निर्धारित किया एवं विदेशी वस्तुओं के उपभोग को निन्दित एवं प्रतिबंधित किया। महारानी एलिजाबेथ के द्वारा आदेश दिया गया कि अंग्रेज लोग केवल अंगरेजी टोपियों को ही पहनें। चार्ल्स द्वितीय ने अध्यादेश (ordinance) जारी किया कि अंगरेज अपने मृतकों को केवल अंग्रेजी ऊनी कपड़ों में ही बन्द कर गाड़ें। उसी प्रकार 18वीं शताब्दी में इंगलैंड में भारतीय सूती वस्त्र, चीनी रेशमी वस्तुओं अथवा फ्रान्सीसी कपड़ों के उपयोग के लिए भारी अर्थदंड निर्धारित किए गए थे।**

(iv) वस्तुओं की माप एवं गुण का प्रमापीकरण *(Standardization of measurement and quality)*—इस काल में सरकार ने बहुत-सी वस्तुओं के गुण एवं माप को भी प्रमापीकृत करने का प्रयास किया था। सरकार का सबसे अधिक ध्यान उस समय ऊनी उद्योग पर था जिसकी वस्तुओं की लम्बाई, चौड़ाई, वजन को निर्धारित किया गया। यंत्रों के प्रयोग के लिए नियम बनाए गये थे। किन्तु जब इस प्रकार के नियमों के कारण औद्योगिक विकास एवं विस्तार के लिए बाधाएँ होने लगीं तो सरकार ने इन्हें समाप्त करने में भी हिचकिचाहट नहीं दिखाई।

(v) एकाधिकार की सृष्टि के प्रयास *(Attempts at creation of monopolies)*—ब्रिटिश उद्योगों के विकास को प्रोत्साहित करने के लिए व्यापारवादियों ने एकाधिकार की व्यवस्था को भी प्रोत्साहित किया। कभी-कभी उद्योगों के नियंत्रण को किसी एक व्यक्ति अथवा एक व्यक्ति-समूह के हाथों में रख दिया जाता था जो एक कम्पनी की क्षमता में कार्य करना था।

(vi) कार्य दशाओं का विनियमन *(Regulation of working conditions)*—महारानी एलिजाबेथ के शासन काल में ही प्रथम बार वास्तविक श्रमविधियों (labour laws) को निर्मित करने के प्रयास किए गए थे। इनके शासन काल में कार्यदशाओं को नियंत्रित करने वाली सबसे अधिक महत्त्वपूर्ण विधि का निर्माण हुआ था जो व्यापारवादी प्रणाली का प्रमुख आधार थी। इसके पहले की श्रम विधियाँ श्रमिकों को दी जाने वाली अधिकतम मजदूरी (maximum wages) को ही निर्धारित करने से सम्बन्धित थीं। अत्यन्त ही कम मजदूरी दी जाने से श्रमिकों की सुरक्षा की व्यवस्था नहीं की गई थी। किन्तु इसके विपरीत सन् 1563 में निर्मित शिल्पियों अथवा शिशिक्षुओं की संविधि(Statute of Artifiers or Apprentices) ने शान्ति न्यायाधीशों (justices of peace) को विभिन्न व्यवसायों के लिए न्यूनतम मजदूरी (minimum wages) निर्धारित करने की शक्तियाँ दी। यद्यपि इस संविधि को सभी व्यवसायों के साथ कठोर रूप से कार्यान्वित नहीं किया गया फिर भी यह बहुत से श्रमिकों के लिए वरदान सिद्ध हुई। संविधि का दूसरा उद्देश्य देश में 'पूर्ण रोजगार' (full employment)

की व्यवस्था करना था क्योंकि इसमें कहा गया था कि 12 वर्ष से 30 वर्ष के बीच की आयुवाले वे सभी भूमिहीन व्यक्ति जो समर्थ-कार्य (able-bodied) एवं बेकार (unemployed) हैं मालिकों के कहने पर खेतों में कार्य करें। यदि दो न्यायाधीशों अथवा नगर सत्ता(municipal authority) द्वारा कहा जाय तो उन्हें फसल काटने का कार्य करना चाहिए। रोजगारी की निरन्तरता की व्यवस्था के लिए ऐसे कार्यों के लिए कम-से-कम एक वर्ष अवश्य रखा जाना चाहिए। इसके अतिरिक्त संविधि ने पतनशील शिल्प गिल्डों के पुनरुद्धार का भी प्रयास किया था। इस उद्देश्य से इसने इन गिल्डों को शिशिक्षुओं को भर्ती करने का कार्य-भार दिया, उनके लिए सात वर्ष का प्रशिक्षर्ण निर्धारित किया, शिल्पकारों के उच्च गुणीय कार्य (high quality work) पर जोर दिया। **यह सम्बन्धी स्वार्थों में समझौता एवं सामञ्जस्य करने की एलिजाबेथीय युगीन भावना का ज्वलन्त उदाहरण है–एक ओर इसने न्यूनतम मजदूरी निर्धारित कर श्रमिकों की सहायता की और दूसरी ओर इसने निम्न सामाजिक स्तरीय व्यक्तियों के लिए उच्चतर आजीविकाओं में प्रवेश का द्वार बन्द कर समाज के उच्चतर स्तर के व्यक्तियों का पक्ष लिया।** इसने एक ओर वैसे समय में कृषि-कार्य को प्रोत्साहित किया जब फसलों की खेती का पतन और भेड़-पालन में तीव्र वृद्धि हो रही थी—जब, जैसा कि **सर टॉमस मूर** (Sir Thomas Moore) ने कहा, ''भेड़ की प्रवृत्ति व्यक्ति को निगल जाने की थी'' ("sheep had the tendency to devour men")—और दूसरी ओर नगरों के व्यावसायिक जीवन में नए जीवन का संचार किया जो शिल्प गिल्डों के पतन के कारण संकट काल से गुजर रहे थे।

3. नौ परिवहन का विकास(*Development of shipping*)—**व्यापारवादियों का सर्वाधिक महत्त्वपूर्ण उद्देश्य देश के अन्दर स्वर्ण, रजत आदि बहुमूल्य रत्नों के भंडार में वृद्धि करना था।** इस उद्देश्य से वे न केवल अधिक-से-अधिक निर्यात करने एवं कम-से-कम आयात करने पर ही जोर दिये वरन् साथ ही **वे इस बात पर जोर दिए कि ब्रिटिश व्यपार केवल अंगरेजी जलयानों के द्वारा ही हो** ताकि उस माल के व्यापार(carrying trade) से स्वर्ण आदि की प्राप्ति हो सके। इस उद्देश्य से **वे माल ढोने के व्यापार को एकाधिकृत करने की चेष्टा किए और इस उद्देश्य की प्राप्ति के लिए अनेक नौवाहन विधियों**(navigation acts) का निर्माण किए। नौवाहन विधियों के और भी उद्देश्य थे—माल ढोने के व्यापार में इंगलैंड के भयानक प्रतियोगी, हॉलैंड, की सर्वोच्च को समाप्त करना, देश में एक शक्तिशाली जहाजी बेड़ा (mercantile marine) का विकास करना, इंगलैंड को एक शक्तिशाली नौवाहिनी शक्ति (naval power) बनाना। **नौवाहन विधियाँ तत्कालीन औपनिवेशिक नीति (colonial policy) के आवश्यक अंग थीं जिनके अनुसार उपनिवेशों की आर्थिक क्रियाओं को मातृ देश (mother country) के लाभ के लिए उसके अनुकूल नियंत्रित एवं विनियमित करना आवश्यक समझा जाता था ताकि विभिन्न उपनिवेश मातृ देश के सहायक और अनुपूरक के रूप में ही विकसित हों न कि प्रतियोगी के रूप में।** प्रथम नौवाहन विधि सन् 1381 में पारित की गयी थी जिसके अनुसार अंग्रेजों द्वारा विदेशी जलयानों के प्रयोग को प्रतिषेधित कर दिया गया था। किन्तु उस समय इंगलैंड के पास जलयानों का अभाव था। इसलिए यह अधिनियम सफल नहीं हो सका। इसे **1463 में** पुनः निर्मित किया गया। **हेनरी सप्तम** के शासन काल में इंगलैंड में शराब का आयात केवल **अंग्रेजी** जहाजों में ही किया जाना

आवश्यक बनाया गया। **महारानी एलिजाबेथ** के शासन काल में भी ऐसा ही आदेश जारी किया गया था। फिर भी 17वीं शताब्दी में हालैंड की नौवाहिनी श्रेष्ठता न केवल बची ही रही वरन् उसका उत्तरोत्तर विकास भी होता गया जिससे वह ब्रिटिश वाणिज्यिक विस्तार के लिए धमकी सिद्ध होने लगी। वस्तुतः महत्त्वपूर्ण एवं सफल नौवाहन विधियों का निर्माण प्रथम बार **ओलीह्वर क्रामवेल** (Oliver Cromwell) के समय में हुआ। सन् 1651 में निर्मित नौवाहन विधि के अनुसार यह निर्धारित किया गया कि इंगलैंड में यूरोपीय वस्तुओं का आयात केवल अंग्रेजी जलयानों में अथवा सम्बन्धित वस्तु को निर्मित करने वाले देश के जहाजों में ही किया जा सकता है और वस्तुओं को उन्हें निर्मित करने वाले देश से सीधे ही इंगलैड लाया जाना निर्धारित किया गया। एशिया, अफ्रिका और अमेरिका के देशों में वस्तुओं का इंगलैड में आयात केवल ब्रिटिश जहाजों अथवा ब्रिटिश उपनिवेशों की जहाजों में ही किया जा सकता है। इस अधिनियम के अनुसार मछली का व्यापार केवल अंग्रेजी जहाजों में ही किया जा सकता था जब कि इंगलैंड के तटीय व्यापार (coastal trade) को केवल अंग्रेजी जहाजों के लिए सुरक्षित रखा गया। हालैंड की नौवाहिनी सर्वोच्चता के लिए यह प्रथम गहरी चोट था। किन्तु इस अधिनियम में 'अंग्रेजी जहाज' (English ship) का अंर्थ पूर्णतः स्पष्ट नहीं था। इस दोष को सन् 1660 में निर्मित नौवाहन अधिनियम द्वारा दूर कर दिया गया जिसमें कहा गया कि **जिस जहाज के मालिक और तीन चौथाई चालक अंग्रेज होंगे वही जहाज अंग्रेजी जहाज मानी जायगी।** इस अधिनियम के अधीन औपनिवेशिक वस्तुओं को परिगणित(encumerated) और अपरिगणित(non-enumerated) दो वर्गों में विभक्त किया गया और निर्धारित किया गया कि परिगणित औपनिवेशिक वस्तुएँ केवल इंगलैड में ही भेजी जा सकती हैं। सन् 1664 में एक अन्य विधि द्वारा निर्धारित किया गया कि ब्रिटिश उपनिवेश केवल ग्रेट ब्रिटेन से ही किसी वस्तु का आयात कर सकते हैं, दूसरे किसी देश से नहीं। सन् 1673 में अन्तर्उपनिवेशी व्यापार (inter-colonial trade) पर चुंगियाँ (duties) लगायी गयीं। **ग्रेनविल** (Grenville) ने औपनिवेशिक वाणिज्य सम्बन्धी विधियों को कठोरता के साथ लागू करने का आदेश दिया। इन विभिन्न नौवाहन विधियां (navigation acts) द्वारा इंगलैड के नौपरिवहन को खूब बढ़ावा मिला और इस क्षेत्र में हालैण्ड की श्रेष्ठता को समाप्त किया जा सका। **किन्तु इन विधियों ने कम-से-कम दो प्रकार से ब्रिटिश उद्योगों को धक्का भी पहुँचाया**—(1) इन विधियों के कारण बाल्टिक (Baltic) सागरीय देशों के साथ अंग्रेजी व्यापार कम हो गया क्योंकि उस व्यापार को हालैंड ने एकाधिकृत कर लिया और (2) इन विधियों ने अंग्रेजी नौपरिवहन कम्पनियों को माल ढोने के व्यापार में एकाधिकार दिया था जिसका अनुचित लाभ उठाकर इन कम्पनियों ने भाड़े की दर को ऊँचा कर दिया। फलतः कच्चे माल का आयात-व्यय बढ़ गया। इस कारण निर्मित वस्तुओं का मूल्य ऊँचा हो गया जिसने अंग्रेजी वस्तुओं के व्यापार के प्रसार को बहुत कुछ सीमा तक प्रतिबन्धित किया। इसके अतिरिक्त इन विधियों का एक और घातक परिणाम हुआ—उन्होंने ब्रिटिश उपनिवेशों में असन्तोष ला दिया। वणिकवादी युग में ब्रिटिश नौपरिवहन के विकास को प्रोत्साहित करने के लिए नौवाहन विधियों के अतिरिक्त कतिपय अन्य उपाय भी किए गए थे। **हेनरी सप्तम** ने व्यापारी जहाजों के निर्माण को प्रोत्साहित किया, **हेनरी अष्टम** ने कतिपय पतनशील (declining) बन्दरगाहों की भरम्मत करवाई और देम्स (Thames) नदी को नौवाहन के अनुकूल बनवाया, रानी **एलिजाबेथ प्रथम** न जहाज निर्माण के लिए पर्याप्त कच्चे माल की व्यवस्था करने के उद्देश्य से देश में हेम्प

(hemp) और फ्लैक्स(flax) की खेती का आदेश दिया, मछली के व्यापार को प्रोत्साहित करने के लिए एक अधिनियम द्वारा उपवास के दिनों में अंग्रेजों के लिए मछली खाना आवश्यक बनाया गया, आदि।

4. बहुमूल्य रत्नों का संचय *(Accumulation of precious metals)*—बहुमूल्य रत्नों का संचय व्यापारवादी नीति का अन्य प्रमुख अंग था। राष्ट्र को आर्थिक एवं सैनिक दृष्टिकोण से सबल बनाने के लिए इनका संचय इन लोगों के दृष्टिकोण से अनिवार्य था। इस उद्देश्य की पूर्ति के लिए व्यापारवादियों द्वारा अनेक उपाय किए गए जिनमें से कुछ उपायों का उल्लेख पहले ही किया जा चुका है। **व्यापारवादी युग में ही प्रथम बार सरकार ने बहुमूल्य धातुओं के प्रवाह पर प्रत्यक्षतः रोक लगाना प्रारम्भ किया था। रिचार्ड द्वितीय** (Richard II) ने इंगलैंड से सोने एवं चाँदी के निर्यात को रोक दिया। 15वीं शताब्दी में इंगलैंड से सिक्कों के निर्यात को दण्डनीय घोषित किया गया और विदेशियों से इस बात के लिए प्रतिभूति(security) ली जानी आवश्यक बना दी गई कि वे सोने-चाँदी आदि बहुत्मूल्य रत्नों को इंगलैंड से बाहर नहीं भेजेंगे। व्यापारवादियों ने सुदूर पूर्वी एवं अन्य एशियाई देशों के साथ व्यापार करने से सम्बन्धित ईस्ट इण्डिया कम्पनी की नीतियों की कटु आलोचना की इसलिए कि देश से सोने-चाँदी के निर्यात को रोका जा सके। **सोने-चाँदी के भंडार को देश की शक्ति के लिए आवश्यक माना गया था। इन लोगों के अनुसार सोने-चाँदी के कोष ही सम्पदाएँ (riches) थे।** किन्तु सोने-चाँदी के कोष को प्राप्त करने के ढंग के सम्बन्ध में दो विचारधाराएँ थीं। एक विचार-धारा बहुमूल्य रत्नों के प्रवाह पर प्रत्यक्ष नियंत्रण चाहती थी जब कि दूसरी व्यापारवादी विचारधारा व्यापार के नियंत्रण द्वारा स्वर्ण-रजत प्राप्त करने के पक्ष में थी। अन्ततः इस दूसरी विचारधारा की ही विजय हुई। सन् 1663 में विदेशी सिक्कों एवं बहुमूल्य धातुओं के निर्यात को वैधानिकता दी गई। भुगतान सन्तुलन (balance of payments) राष्ट्रीय समृद्धि का संकेतक था। इस सम्बन्ध में सरकार ने आयात से अधिक निर्यात करने की व्यवस्था पर जोर दिया था ताकि अनुकूल भुगतान सन्तुलन की व्यवस्था की जा सके।

वणिकवाद की आलोचना

व्यापारवादी नीति के दोष अनेक एवं गंभीर थे। व्यापार सन्तुलन को अनुकूल बनाए रखने की नीति त्रुटिपूर्ण तथा भ्रममूलक थी। चूँकि विश्व के अन्य देश ऐसी नीति नहीं अपना रहे थे इसलिए इंगलैंड में यह नीति अपनाई जा सकी थी। किन्तु यदि विश्व के अन्य सभी देश भी ऐसी ही नीति अपना कर अधिक-से-अधिक निर्यात और कम-से-कम आयात करने की चेष्टा करते तो अन्तरराष्ट्रीय व्यापार ही समाप्त हो गया होता। **व्यापारवादी इस तथ्य को भूल गए थे कि उन दिनों, जब मुद्रा बहुमूल्य धातुओं की ही बनी होती थी, बहुमूल्य धातुओं का प्रवाह केवल एक ही दिशा में बहुत दिनों के तक नहीं चल सकता।** एक ही देश में बहुमूल्य धातुओं के परिमाण में वृद्धि के कारण इनका मूल्य गिर जा सकता था जिसके कारण मूल्यस्तर में वृद्धि हो सकती थी और फलतः उस देश से वस्तुओं का निर्यात कम हो सकता था। इंगलैंड के साथ भी ऐसा ही हुआ। **वणिकवाद की आलोचना इसलिए भी की गई है कि इसके द्वारा परस्पर विरोधी उपाय एवं नीतियाँ अपनाई गई थी।** व्यापारवादियों ने कृषि एवं उद्योग के पारस्परिक विरोधी स्वार्थों का समायोजन(adjustment) करना चाहा और इस कार्य में वे सफल भी हुए। किन्तु वे राष्ट्रीय

आर्थिक विकास के लिए एक सूत्रबद्ध योजना प्रस्तुत कर सकने में विफल ही रहे। ये लोग समय-समय पर राष्ट्रीय अर्थ-व्यवस्था के विशिष्ट अंगों को विकसित करने से सम्बन्धित छिटपुट उपायों को अपनाने से ही सन्तुष्ट रहे और आर्थिक दशाओं पर उन्होंने पूर्णरूपेण विचार ही नहीं किया। **कुछ लोगों ने व्यापारवाद को ग्रेट ब्रिटेन की प्रथम योजनाबद्ध अर्थव्यवस्था कहा है। किन्तु वस्तुतः यह ऐसी अर्थव्यवस्था पर विचार करने का एक ढंग मात्र ही था।** किन्तु इसने यह पाठ अवश्य पढ़ाया कि आर्थिक विकास की योजना में विभिन्न पहलुओं में संगति (coherence) होनी चाहिए। व्यापारवादियों ने नौपरिवहन का विकास करने के लिए तथाकथित नौवाहन विधियों (navigation acts) का निर्माण किया था। इसके कारण नौपरिवहन का विकास कितना हो सका, यह तो एक विवादग्रस्त प्रश्न है, किन्तु यह स्पष्ट है कि देश के उद्योग और यहाँ तक कि वाणिज्य पर भी इनका प्रभाव प्रतिकूल पड़ा। **अनुकूल व्यापार सन्तुलन का आदर्श कभी-कभी औद्योगिक विकास का विरोधी सिद्ध हुआ।** किन्तु इन सबों में अधिक गंभीर तथ्य वर्गीय एवं राष्ट्रीय स्वार्थों के बीच टक्कर का दुष्प्रभाव है।**व्यापारवाद ने कतिपय क्षेत्रों में एकाधिकार की व्यवस्था को प्रोत्साहित किया था जिससे उपभोक्ताओं के स्वार्थों का हनन हुआ।** 18वीं शताब्दी में व्यापारवाद के दुष्परिणाम स्पष्ट हो गये जब व्यापारवाद एक व्यापक राष्ट्रीय नीति के बदले केवल कतिपय निहित स्वार्थों (vested interests) का ही समर्थन करने लगा जो अपने स्वार्थों को व्यापक राष्ट्रीय स्वार्थों से ऊपर रखने लगे। **कठोर सरकारी नियंत्रण एवं विनियमन आर्थिक विकास के लिए बाधक सिद्ध हो रहे थे।** कालान्तर में जब सरकारी नियंत्रण एवं विनियमन की व्यवस्था करने वाले एवं इस नीति को कार्यान्वित करने वाले व्यक्तियों में व्यभिचार (corruption) फैल गया तो नियंत्रण एवं विनियमन की नीति और भी अधिक घातक सिद्ध होने लगी।

वणिकवाद राष्ट्रीय आर्थिक आत्मनिर्भरता की व्यवस्था करना चाहता था। यह विश्व के अन्य देशों की लागत पर देश को समृद्धिपूर्ण एवं शक्तिपूर्ण बनाना चाहता था। ऐसी नीति के नैतिक प्रभाव तो विचारणीय ही हैं किन्तु इनके अतिरिक्त भी ऐसी नीति का स्वाभाविक परिणाम विश्व के विभिन्न देशों में प्रतिशोध (retaliation) की भावना का संचार है। इसने सम्पूर्ण विश्व में महान् आर्थिक कठिनाइयाँ ला दी। **इस नीति का अनिवार्य परिणाम एक साम्राज्यवादी नीति (imperialist policy) का अनुसरण हुआ** जिसने ग्रेट ब्रिटेन और उसके उपनिवेशों दोनों के लिए विषाक्त फल लाया।

5. सोलहवीं शताब्दी से सन् 1760 तक—औद्योगिक क्रान्ति के पूर्व ब्रिटेन की स्थिति और औद्योगिक क्रान्ति की भूमिका

सन् 1760 ब्रिटिश आर्थिक इतिहास का महान् विभाजक (Great Divide) कहा जा सकता है क्योंकि इसके बाद इंगलैंड में इतने महान कृषि औद्योगिक एवं वाणिज्यिक परिवर्तन हुए कि उन्हें क्रान्ति की संज्ञा दी गई है। किन्तु इन क्रांन्तिकारी परिवर्तनों एवं उनके महत्त्व एवं प्रभावों को पूर्ण रूप में समझने के लिए इंगलैंड की 1760 की पूर्वकालीन आर्थिक अवस्था पर एक संक्षिप्त दृष्टिपात आवश्यक है। 17वीं शताब्दी में अंग्रेजी राष्ट्र की शक्तियाँ अधिकांशतः राजनीतिक क्षेत्र में लगी हुई थीं। इसलिए इस शताब्दी में आर्थिक विकास के क्षेत्र में इंगलैंड में कोई विशेष क्रान्तिकारी परिवर्तन नहीं हुए थे। फिर भी इस शताब्दी का महत्त्व आर्थिक क्षेत्र में भी कम नहीं कहा जा सकता है क्योंकि

कालान्तर में इंगलैंड में होनेवाली कृषि, औद्योगिक, वाणिज्यिक क्रान्तियों की भूमिका इसी 17वीं शताब्दी में ही बन चुकी थी। सन् 1760 के पूर्व इंगलैंड में उद्योगों का महत्त्वपूर्ण विकास नहीं हो पाया था। इंगलैंड की प्राचीन औद्योगिक प्रणाली—गृह प्रणाली (domestic system) अब भी थी जिसमें कृषि एवं हस्तशिल्प दोनों का सम्मिश्रण था। अधिकांश जनता ग्रामीण और व्यापारी थी, औद्योगिक नहीं। **श्रीमती नोल्स** (Knowles) के अनुसार उस समय के जॉन बुल (John Bull) (अर्थात अंग्रेजी व्यक्तित्व) का चित्र उसे एक समृद्धिशील कृषि के रूप में प्रकट करता है न कि उद्योग के कप्तान के रूप में।''[1] अधिकांश जनता गाँवों में निवास करती थी।

जनसंख्या—ग्रेगरी किंग (Gegory King) के अनुसार 1696 ई० में ब्रिटेन की कुल जनसंख्या के प्रायः 77 प्रतिशत व्यक्ति कृषि पर आश्रित थे तथा केवल 5 प्रतिशत व्यक्ति ही उद्योगों पर निर्भर थे। उस वर्ष प्रायः 41 लाख व्यक्ति गाँवों में तथा 14 लाख व्यक्ति नगरों में निवास करते थे। किन्तु 1881 ई० में शहरी एवं ग्रामीण जनसंख्या का अनुपात क्रमशः 66.7 तथा 33.3 हो गया और वर्तमान समय में तो लगभग 80 प्रतिशत ब्रिटेन निवासी नगरों में तथा केवल 20 प्रतिशत गाँवों में निवास करते हैं। मध्य युग में शहरों की संख्या बहुत कम थी। लंदन, जो ब्रिटेन का सबसे बड़ा शहर था, की जनसंख्या केवल 25 हजार से 30 हजार के बीच थी। ब्रिस्टल तथा यार्कशायर ऐसे अन्य शहर थे जिनकी जनसंख्या 10 हजार से अधिक नहीं था। अन्य शहर बहुत कम थे तथा इनकी जनसंख्या हजार से कम थी। वास्तव में, इस अवधि में अधिकांश शहर मैनोर थे जिनमें कुछ बाहरी लोग रहने लगे थे। इस प्रकार **अठारहवीं शताब्दी के मध्य तक ब्रिटेन मुख्य रूप से एक कृषि प्रधान देश था।** उद्योग अत्यन्त अविकसित स्थिति में थे तथा व्यापार की मात्रा भी सीमित थी। नगरों की संख्या बहुत कम थी और वर्तमान मापदण्ड के अनुसार वे बहुत ही छोटे थे। प्रत्येक 5 में से प्रायः 4 व्यक्ति गाँवों में रहते थे तथा अपनी जीविका के लिए प्रत्यक्ष अथवा परोक्ष रूप में कृषि पर आश्रित थे। **आर्थर यंग** (Arthur Young) के अनुसार उस समय 34 मिलियन एकड़ भूमि में से 32 मिलियन एकड़ भूमि खेती एवं चरागाहों के लिए उपलब्ध थी। यद्यपि इन आँकड़ों पर बहुत अधिक भरोसा नही किया जा सकता क्योंकि सन् 1801 के पूर्व इंगलैंड में किसी प्रकार की कोई सही गणना नहीं हुई थी फिर भी इन आँकड़ों की सहायता से तत्कालीन इंगलैंड की आर्थिक अवस्था का थोड़ा-बहुत विवरण अवश्य प्राप्त हो सकता है।

कृषि और पशुपालन—18वीं शताब्दी में ब्रिटिश कृषि के सुधारकों को हालैंड और फ्लान्डर्स से प्रेरणाएँ प्राप्त हुई थीं। हालैंड फल-फूल की कृषि (horticulture) में महत्ता प्राप्त कर चुका था और वहाँ के निवासी समुद्र के पानी को हटाकर भूमि को कृषि-कार्य के योग्य बनाने में दक्ष माने जाते थे। उनके सफल प्रयासों एवं ढंगों का अनुसरण करने का समर्थन इंगलैंड में भी किया गया। इस सम्बन्ध में **वेस्टन** (Weston), **प्लैट** (Plat) और **टेलर** (Taylor) आदि व्यक्तियों के नाम उल्लेखनीय हैं जिनके प्रयासों से इंगलैंड के **नारफोक** (Norfolk) और **इसेक्स** (Essex) के क्षेत्र में बहुती-सी भूमि को ज्वार-भाटों से मुक्त कर चरागाह के योग्य बनाया जा सका। कृषि भूमि में वृद्धि करने के लिए अन्य

1. "The typical picture of John Bull represents him as a prosperous farmer, not as a captain of industry—L.C.A. Knowles : *The Industrial and Commercial Revolutions in Great Britain During the 19th Century*, p. 364

भी अनेक उपाय किये गये थे। बेकार भूमि का समावरण (enclosure) किया गया। नदियों में बाढ़ आने के समय उनके मिट्टी युक्त पानी को बाँधों द्वारा कीचड़ों को जमा होने के लिए छोड़ देना कृषि-योग्य भूमि में वृद्धि करने का एक अलग उपाय था। ऐसा प्रयास करनेवाले व्यक्तियों को ब्रिटिश संसद द्वारा पुरस्कार दिया जाता था—इस प्रकार से प्राप्त भूमि का 1/3 और कभी-कभी आधा अथवा 2/3 तक ऐसे व्यक्तियों को दे दिया जाता रहा। इस शताब्दी में इंगलैंड के कुछ भागों में वैज्ञानिक कृषि के विकास के लिए भी कुछ ध्यान दिया गया। खाद की व्यवस्था के प्रयास क्रिये गये थे, कृषि-योग्य भूमि में सुधार के लिए प्रयास किये गये थे। उनमें नालियों की व्यवस्था के प्रयास किये गये थे। कुछ नवीन फसलो की खेती का प्रारम्भ किया गया यद्यपि ये फसलें कृषि क्रान्ति के पूर्व बहुत अधिक प्रचलित नहीं हो पाई थीं। कुछ विकसित खेतों में आलू और चारे की फसलों की खेती के प्रयास किये गये थे। कालान्तर में ये नवीन फसलें ब्रिटिश कृषि व्यवस्था में क्रान्तिकारी परिवर्तन ला सकीं और समस्त यूरोप में इंगलैंड को एक आदर्श के रूप में प्रस्तुत कर सकीं। इस काल में कृषि क्षेत्र में सबसे महत्त्वपूर्ण सुधार समावरण आन्दोलन था जिसके अनुसार खुली हुई एवं बेकार भूमि की घेराबन्दी होने लगी थी। यह आन्दोलन सन् 1710 एवं 1760 के बीच में खूब जोर पकड़ा था। इस अवधि में इंगलैंड में लगभग चार लाख एकड़ भूमि को समावरण आन्दोलन के अधीन लाया जा सका था। इसके अतिरिक्त खेत को **तीन टुकड़ों में बाँट कर खेती करने की पद्धति** भी अपनायी गयी थी जिसके अन्तर्गत दो टुकड़ों में गेहूँ और जौ उत्पन्न किये जाते थे और एक टुकड़े को खाली छोड़ दिया जाता था। खेत जोतने के सुधरे हुए ढंगों को व्यवहृत करने के लिए भी प्रयास किये गये थे। इस सम्बन्ध में 18वीं शताब्दी के पूर्वार्द्ध में देश के कतिपय भाग अन्य भागों से आगे थे। खेती के लिए आशाएँ उज्ज्वल होती रही थीं, कृषि बाजार का महत्त्व बढ़ता जा रहा था, लगान में वृद्धि होती जा रही थी। कोयले और कपड़े को बेचकर जो धन व्यापारी कमा रहे थे उस परिवर्द्धित हो रहे धन का प्रयोग वृहत स्तरीय खेतों की व्यवस्था करने में हो रहा था। अब इन समस्त प्रवृत्तियों को आर्थिक क्रान्नि को तीव्रतर गति प्रदान करने के लिए केवल नारफोक के **लॉर्ड टाउनशेण्ड** (Lord Townshend of Norfolk) एवं कतिपय अन्य व्यक्तियों की प्रतिभा की ही आवश्यकता रह गई थी।

उद्योग—17वीं शताब्दी में भी ब्रिटिश उद्योग वृहत स्तरीय संगठनों मे परिवर्तित होने लगे थे जिनमें पर्याप्त संख्या में श्रमिक कार्य कर रहे थे और जो विदेशी बाजारों की पूर्त्ति कर रहे थे। **अगली शताब्दी की औद्योगिक क्रान्ति इन उद्योगों के उद्‌विकास की केवल एक विकसित अवस्था ही थी।** व्यापक रूप में इस काल में **ब्रिटिश औद्योगिक संगठन दो प्रकार** का था—**साधारण गृह प्रणाली** और **पूँजीवादी गृह प्रणाली** (capitalistic domestic system)। पूँजीवादी गृह प्रणाली में श्रमिकों द्वारा मध्य व्यक्ति के लिए उत्पादन किया जाता था जो उत्पादित वस्तु को उसके व्यवसायी के हाथ बेच देता था जो विदेशों में उनका निर्यात करता था। जबकि साधारण गृह प्रणाली में कातने और बुनने वाले स्वयं ही कच्चे माल को खरीदते थे और इच्छा के अनुसार उत्पादित वस्तुओं को बेचते थे तो पूँजीवादी गृह प्रणाली में कच्चे माल और कभी-कभी औजारों की व्यवस्था भी श्रमिकों के लिए पूँजीपति के द्वारा की जाती थी और श्रमिकों को निर्धारित मजदूरी मिलती थी। **पूँजीवादी गृह प्रणाली और कारखाना प्रणाली में यह अन्तर था कि पूँजीवादी गृह प्रणाली में कार्य अधिकांशत: श्रमिकों के घर पर ही किया जाता**

था और श्रमिकों को बहुत बड़ी संख्या में एक साथ एकत्र नहीं किया जाता था, जैसा कि कारखाना प्रणाली में होता है। 17वीं शताब्दी में ब्रिटिश उद्योगों के विकास का एक अत्यन्त ही महत्त्वपूर्ण कारण **चार्ल्स द्वितीय** (Charls II) के शासन काल में **फ्लेमिश शरणार्थियों** (Flemish refugees) का इंगलैंड में आगमन है। ये शरणार्थी कुशल शिल्पकार थे। अतीत काल में भी फ्लेमिश जाति के आगमन से इंगलैंड लाभान्वित हुआ था—एक बार **एडवर्ड तृतीय** के शासन काल में और दूसरी बार महारानी **एलिजाबेथ प्रथम** के शासन काल में। 17वीं शताब्दी में इनके आगमन में ब्रिटिश उद्योगों को और भी अधिक बल मिला। इन लोगों के आगमन से सूती वस्त्र उद्योग का विकास तो हुआ ही, अन्य अनेक हस्तशिल्पों एवं यहाँ तक कि खान उद्योग का भी विकास हो सका। **चार्ल्स द्वितीय** के शासन काल में फ्रांस से लगभग 3 मिलियन पौंड की पूँजी के साथ 50 हजार हगनटों (Huguenots) के इंगलैंड में आकर बस जाने से रेशम उद्योग के विकास को प्रोत्साहन मिला। **जॉन लुम्बी** ने सन् 1717 में सर्वप्रथम इस उद्योग में मशीन का प्रयोग किया। इस हगनट जाति के बुनकरों ने अनेक प्रकार के व्यवसायों में एक नवीन श्रेष्ठता प्रदान की। इन्होंने कागज निर्माण, घड़ी निर्माण आदि बहुत से उद्योगों का सूत्रपात किया। इस शताब्दी में ऊनी उद्योग इंगलैंड का सबसे अधिक महत्त्वपूर्ण उद्योग था। सन् 1701 में इंगलैंड से 1 मिलियन पौंड ऊन का निर्यात किया गया था जबकि 1717 ई० में 4 मिलियन पौंड का। उन दिनों ऊन उत्पादन करने के प्रमुख क्षेत्र इंगलैंड के पूर्वी नगर, पश्चिमी इंगलैंड, स्कॉटलैंड और आयरलैंड थे। सन् 1760 में नारविच, मेडस्टोन और साउथम्पटन ऊन उत्पादन करने के प्रमुख केन्द्र थे। देश के उद्योगों को क्रान्तियुक्त करने के लिए कतिपय अंग्रेज व्यक्ति जुटे हुए थे। **स्टर्टीवान्ट** (Sturtevant) और **डडले** (Dudley) कोयले से लोहा पिघलाने का प्रयास कर रहे थे। यद्यपि उनके प्रयास सफल नहीं हो सके थे फिर भी वे इस तथ्य को कभी नहीं महसूस कर सके होंगे कि **वे औद्योगिक क्रान्ति के दूत थे।**

परिवहन—परिवहन के साधन उन्नतिशील अवस्था में नहीं थे। सड़कें टूटी-फूटी थीं। उनकी मरम्मत और सुधार की ओर ध्यान नहीं दिया गया था। एक स्थान से दूसरे स्थान जाने में बहुत अधिक समय लगता था। उदाहरण के लिए एक घोड़ा गाड़ी को लन्दन से एडिनवर्ग पहुँचने में एक सप्ताह से भी अधिक समय लग जाता था। सर्वप्रथम सन् 1755 में लीवरपुल के पास 10 मील लम्बी नहर का निर्माण किया गया और 18वीं शताब्दी के अन्त तक इंगलैंड में नहरों की कुल लम्बाई बढ़कर 3000 मील हो गयी।

व्यापार—इस काल में अल्पकालीन व्यापार का प्रचलन हुआ। व्यापार नगरों एवं कस्बों के बाजारों में हुआ करता था। स्थान-स्थान पर मेले भी लगा करते थे। व्यापारिक दृष्टिकोण से इनका बहुत ही अधिक महत्त्व था। निर्यात के दृष्टिकोण से व्यापार बढ़ा-चढ़ा था। सन् 1760 में अनुमानतः 14.5 मिलियन पौंड के मूल्य की वस्तुओं का निर्यात किया गया था जबकि 18वीं शताब्दी के प्रारम्भ में केवल 1 मिलियन पौंड के मूल्य तक का ही निर्यात किया जाता था। जलयान निर्माण के विकास से व्यापार में और भी अधिक वृद्धि सम्भव हो सकी। देश के राजनीतिक क्षेत्र में संसद की विजय के कारण अब देश की आर्थिक अवस्था की ओर ध्यान दिया जाने लगा था। **व्यापार सन्तुलन की नीति को अब भ्रममूलक एवं दोषपूर्ण समझा जाने लगा था। मेरेडिथ (Meredith) के अनुसार 18वीं शताब्दी में अग्रलिखित दो सिद्धान्तों का अधिक महत्त्व था**—(1) व्यापार सन्तुलन की उदार

नीति का अपनाया जातना जिसके अनुसार वणिकवाद को हानिकारक समझा जाने लगा और महसूस किया जाने लगा कि अधिक निर्यात करना ही देश के लिए लाभप्रद नहीं है और (2) मूल्यों के परिमाण सिद्धान्त (Quantity Theory of Prices) का अपनाया जाना।

सन् 1760 तक इंगलैंड में लगभग 10.6 मिलियन पौंड का आयात और 15.8 मिलियन पौंड का निर्यात हो रहा था। इस प्रकार औद्योगिक क्रान्ति के पूर्व ही इंगलैंड एक उन्नतिशील वाणिज्य देश बन चुका था जिसके उद्योग तीव्र गति से विकसित हो रहे थे और जिसका विश्व के लगभग समस्त देशों के साथ व्यापारिक सम्बन्ध स्थापित हो चुका था।

निष्कर्ष—ब्रिटेन में औद्योगिक क्रान्ति के पूर्व वणिकवादी नीति का बोलबाला था। इसका उद्देश्य किसी भी प्रकार 'अनुकूल व्यापाराधिक्य (favourable balance of trade) प्राप्त करना था। यद्यपि सरकार को विभिन्न आर्थिक क्रियाओं में हस्तक्षेप करने का पूर्ण वैधानिक अधिकार प्राप्त था, फिर भी आर्थिक क्रियाओं की जटिलता के कारण नियंत्रण सम्बन्धी इन विधानों को लागू करना अत्यन्त ही कठिन था। उस समय श्रमिकों की स्थिति भी ठीक नहीं थी। 1717 तथा 1727 ई० के संयोजन अधिनियम (Combination Act) के कारण श्रम-संघों का निर्माण नहीं किया जा सकता था। कृषि के क्षेत्र में भी सरकार द्वारा किसी प्रकार की सहायता नहीं दी जाती थी। **कुछ लोगों के विचार में औद्योगिक क्रान्ति के पूर्व ही इंगलैंड में पूँजीवादी अर्थ-व्यवस्था का विकास हो चुका था। किन्तु यह कथन तथ्यहीन है। उस समय वहाँ पर गृह प्रणाली का प्रचलन था जिसके अन्तर्गत कारीगर बहुधा** अपने घरों में ही उत्पादन का कार्य करते थे। कुछ कुशल कारीगरों ने छोटे-छोटे कारखानों का निर्माण अवश्य किया था किन्तु इनमें बहुत कम संख्या में मजदूर कार्य करते थे। इन कुशल कारीगरों ने बाद में ब्रिटेन में पूँजीवाद व्यवस्था की स्थापना में अकथनीय योगदान किया। इस प्रकार **अठारहवीं शताब्दी का इंगलैंड पूँजीवादी प्रणाली से दूर था** तथा देश के तीन भागों में से केवल एक भाग में ही, जहाँ ऊनी वस्त्र-उद्योग स्थित था, पूँजीवादी रूप बड़े पैमाने पर विकसित हुआ था। अब भी कृषि की ही प्रधानता थी और औद्योगिक अथवा व्यापारिक पूँजीपति की अपेक्षा कारीगर का महत्त्व कहीं अधिक था।[1]

औद्योगिक क्रान्ति के पूर्व ब्रिटेन की आर्थिक स्थिति के इस संक्षिप्त वर्णन से स्पष्ट है कि औद्योगिक क्रान्ति के प्रारम्भ के समय ब्रिटेन एक ऐसा देश था जिसके उद्योग विकासोन्मुख थे, संसार के विभिन्न देशों के साथ विदेशी व्यापार बढ़ रहा था तथा कृषि में भी महत्त्वपूर्ण परिवर्तन हो रहे थे। घरेलू औद्योगिक व्यवस्था का देश के विभिन्न भागों में विस्तार हो रहा था। परिवहन साधनों के अविकसित होने पर भी व्यापार विकासशील था। जहाज रानी का भी तीव्रगति से विकास हो रहा था। इंगलैंड खाद्यान्नों के सम्बन्ध में आत्म-निर्भर नहीं था, किन्तु अधिकांश आवश्यकताओं की पूर्ति देश में ही हो जाती थी। सारांशतः **1760 ई० तक इंगलैंड में औद्योगिक क्रान्ति के लिए पृष्ठ-भूमि तैयार हो गयी थी।** निःसंदेह औद्योगिक क्रान्ति के पूर्व ब्रिटेन में उद्योग अपने वर्तमान रूप में नहीं पाये जाते थे, फिर

1. The eighteenth century Britain was still far away from being a country of capitalist enterprise. In only one of the three parts of the country in which woollen industry was located, had the capitalist form developed on a large scale... the agricultural interest was still dominating and the handicraftsman was more important than the industrial or commercial capitalist.

भी कुछ उद्योगों की स्थिति बहुत अच्छी थी। इनमें सूती एवं ऊनी वस्त्र उद्योग प्रमुख थे। वर्तमान समय की तरह ये कुछ खास स्थानों में ही केन्द्रित नहीं थे। फिर भी यार्कशायर, नारफोक तथा दक्षिणी-पश्चिमी भाग प्रमुख औद्योगिक केन्द्र थे। अन्य उद्योगों में लोहा उद्योग, जहाज निर्माण उद्योग, छपायी तथा कागज उद्योग आदि का भी प्रारम्भ हो चुका था। इस प्रकार 1750 ई० तक ब्रिटेन अपने उद्योगों की विविधता एवं संपन्नता के लिए प्रसिद्ध हो चुका था।[1] जैसा कि **जी० डी० एच० कोल** (G.D. H. Cole) ने लिखा है, सम्पूर्ण 18वीं शताब्दी में "वाणिज्यिक अवसर को औद्योगिक उत्थान को प्रोत्साहित करते हुए पाया गया न कि नवीन बाजारों की निरन्तर खोज को आवश्यक बनाते हुए औद्योगिक विस्तार को। यहीं पर इस काल और इसके बाद आनेवाले काल के बीच अन्तर निहित हैं।"[2]

6. सन् 1760 से प्रथम विश्वयुद्ध तक : आर्थिक क्रान्ति काल

इस काल को मोटे तौर पर 19वीं शताब्दी का काल कहा जा सकता है जो वस्तुतः अनेक प्रकार की आर्थिक क्रांतियों का काल था। सन् 1760 के पश्चात् इंगलैंड में महान आर्थिक परिवर्तन हुए जो देश की अर्थव्यवस्था को आमूलतः परिवर्तित कर दिए। **1760 से लेकर प्रथम विश्वयुद्ध तक इंगलैंड का विश्व में सर्वोच्च स्थान रहा है।** इस अवधि में इंगलैंड की कृषि, उद्योग, वाणिज्य, परिवहन, आदि सभी क्षेत्रों में असाधारण परिवर्तन हुए हैं। कृषि क्रान्ति, औद्योगिक क्रान्ति, वाणिज्य क्रान्ति, परिवहन क्रान्ति आदि ने इंगलैंड में एक समृद्धिपूर्ण युग का शुभारंभ किया। सन् 1760 से 1830 के बीच के वर्षो ने इंगलैंड में वृहत् पैमाने के खेतों की विजय और **जेथरो टुल** (Jethro Tull), **नारलोक के लॉर्ड टाउनशेन्ड** (Lord Townshend of Norfolk) एवं कतिपय अन्य व्यक्तियों द्वारा कृषि-कार्य के नवीन ढंगों के प्रारम्भ के कारण कृषि उत्पादन में महान वृद्धि को देखा है। इन परिवर्तनों को कृषि क्रान्ति कहा जाता है। उसी प्रकार सन् 1750 से 1850 के बीच औद्योगिक क्षेत्र में भी इतने आमूल एवं क्रान्तिकारी परिवर्तन हुए कि उन्हें औद्योगिक क्रान्ति की संज्ञा दे दी गयी है। **औद्योगिक क्रान्ति का सूत्रपात हस्त-शक्ति चालित औद्योगिक कार्यों का यंत्र शक्ति द्वारा औद्योगिक उत्पादन के द्वारा प्रतिस्थापन द्वारा किया जा सका था।** इस काल में ग्रेट ब्रिटेन में अनेक वृहत कारखानों की स्थापना हुई और इंगलैंड सम्पूर्ण विश्व की कार्यशाला बन गया।

इंगलैंड की औद्योगिक क्रान्ति केवल कतिपय व्यक्तियों के प्रयासों का ही परिणाम थी—लगभग 10-12 व्यक्तियों ने ही अनेक उद्योगों की या तो सृष्टि की अथवा उन्हें आमूल रूप में परिवर्तित कर दिया। इन व्यक्तियों के पास आर्थिक समस्याओं को ठंढे एवं विवेकशील रूप में सर्वेक्षण करने की शक्ति थी, भूतकाल में जिस तरह से और जो कार्य हुआ था उसे परिवर्तित कर देनें की शक्ति और लगन थी। **इस रूप में यह 18वीं शताब्दी की प्रमुख विकास-धारा के अनुकूल थी। यह आर्थिक क्षेत्र में विवेकवाद**

---

1. Great Britain by 1750 was already distinguished by the variety and prosperity of her industries.
2. Throughout the 18th century "the impression is that of commercial opportunity as stimulating industrial advancement rather than of industrial expansion as causing a contant search for fresh markets. Three in lies the contrast between this period and that which came after it."

(rationalism) के विजय का संकेत है। यहाँ यह कहना बेकार होगा कि किसी देश एवं समय विशेष में ऐसे महान परिवर्तनों को लाने में कतिपय व्यक्तियों को समर्थ बनाने के लिए परिस्थितियों के एक विचित्र संयोग की आवश्यकता थी। वस्तुतः **इंगलैंड की औद्योगिक क्रान्ति को सम्भव बनाने में अनेक तत्त्व शताब्दियों से कार्य कर रहे थे।**

सामान्यतः वृहत् पैमाने के उत्पादन की व्यवस्था एक ऐसा तत्त्व था जिसने कतिपय व्यक्तियां को राष्ट्र के आर्थिक जीवन को परिणत कर देने में समर्थ बनाया। इसने सूती वस्त्र के उद्योगपतियों एवं लोहे के उत्पादकों को वृहत्तर प्रत्यक्ष आर्थिक शक्तियाँ दी जिन लोगों ने इन शक्तियों के कारण अर्थव्यवस्था के वृहत्तर क्षेत्र को नियंत्रित करने में सफलता प्राप्त की। अप्रत्यक्ष रूप से इन व्यक्यिों की सफलताओं ने इनके कार्य ढंगों का प्रचार किया जिससे अन्य उत्पादकों ने भी इन कार्य-ढंगों का उपयोग करना प्रारम्भ किया। **इंगलैंड में नवीन उद्योगों को खोलने की सरगर्मी, निर्माणी उद्योगों एवं खान उद्योगों वाले जिलों का असामान्य रूप में तीव्र विकास कालान्तर में संयुक्त राज्य अमेरिका के विकास की भविष्यवाणी था।**

अतएव औद्योगिक क्रान्ति के कारणों को ढूँढ़ने का प्रयास करते समय हमें यह पूछना होगा कि **इस निश्चित काल में वृहत् पैमाने के उत्पादन को सहसा सम्भव बनाने वाली परिस्थितियाँ क्या थीं?** इस प्रश्न के उत्तर में **कम-से-कम तीन तत्त्वों** पर अवश्य विचार किया जाना चाहिए—(1) उद्योगों पर सरकारी नियंत्रण का पतन जिसने पूँजी एवं श्रम के उपयोग एवं वस्तुओं के क्रय-विक्रय में व्यक्तियों को अपेक्षाकृत अधिक स्वतंत्र बना दिया, (2) सभी क्षेत्रों में विवेकवाद का विकास जिसके फलस्वरूप आर्थिक क्षेत्र में उत्पादन की प्रगति प्रमुखतः अनुकरण करने की शक्ति पर निर्भर होने के बदले प्रमुखतः कल्पना, प्रयोगता एवं तर्क पर निर्भर होने लगी और (3) राजनीतिक घटनाएँ जिन्होंने अंग्रेजी साम्राज्य की स्थापना की थी और उसकी प्रतिष्ठा को ऊँचा किया था जिसके फलस्वरूप जितना भी अधिक उत्पादन किया जाता था उसके लिए विशाल बाजार पहले से ही उपलब्ध रहता था। देश के अन्दर शान्ति एवं सुरक्षा की व्यवस्था ने वृहत् पैमाने पर पूँजी निवेश को प्रोत्साहन दिया। ये परिस्थितियाँ शनैः-शनैः 17वीं शताब्दी से ही परिपक्व हो रही थीं और औद्योगिक क्रान्ति आने तक वृहत् पैमाने के उत्पादन की प्रविधि तक पहुँचने के लिए प्रयोग की प्रारंभिक प्रक्रिया पूर्ण की जा चुकी थी। इस प्रकार 19वीं शताब्दी के प्रमुख महान उद्योगों-खान, धातु-शोधन, वस्त्र-उद्योग, पात्र-उद्योग (ceramics) आदि के विकास के लिए आधार प्रस्तुत किया जा चुका था। लंदन के बैंकिंग, साख एवं संयुक्त पूँजी कम्पनियों की सम्भावनाओं के साथ व्यक्तियों का परिचय हो चुका था। संचार एवं परिवहन सुविधाओं में सुधार एवं विस्तार के लिए प्रथम प्रयास किये जा चुके थे।

औद्योगिक क्रान्ति की दो प्रमुख अवस्थाएँ थीं। प्रथम अवस्था सन् 1760 से लेकर 1870 तक कही जा सकती है जब इंगलैंड की सर्वोच्चता सम्पूर्ण विश्व में निरपेक्ष थी और दूसरी अवस्था सन् 1870 से 1914 तक कही जा सकती है जब इंगलैंड की औद्योगिक सर्वोच्चता केवल सापेक्ष हो गई थी और क्रमशः उस सर्वोच्चता में पतन होने लगा था। सन् 1760 से लेकर 1830 के बीच के काल में औद्योगिक क्रान्ति की सिद्धियों को संक्षिप्त रूप में इस प्रकार वर्णित किया जा सकता है—सन् 1710 के दो प्रमुखतः महत्त्वपूर्ण उद्योग अर्थात् कृषि एवं वस्त्र उद्योग प्रविधि एवं ढाँचे दोनों ही दृष्टिकोणों से परिवर्तित हो गए जबकि कोयला, सूती वस्त्र, लोहा, पात्र-निर्माण

आदि जैसे अनेक उद्योग प्रथम श्रेणी के उद्योगों में विकसित हो गए। गृह प्रणाली के आधार पर उद्योगों का विस्तार जारी रहा किन्तु उन पर पूँजीवाद का प्रभाव बढ़ता गया और लगभग सभी महत्त्वपूर्ण उद्योगों का संचालन अब खर्चीले यंत्रों वाले वृहत् पैमाने के कारखानों में होने लगा। सम्पूर्ण देश में इंगलैंड एवं विश्व के बीच वस्तुओं एवं सेवाओं का विनिमय तीव्र गति से बढ़ गया। विशिष्टीकरण के लिए बहुत ही अधिक प्रश्रय मिला और बहुत से महत्त्वपूर्ण उद्योग कतिपय क्षेत्रों में स्थानीकृत होने लगे। इन परिवर्तनों के परिणामस्वरूप देश भर में सामान्य बैंकिंग सुविधाओं में वृद्धि और सड़कों एवं नहरों का निर्माण हुआ और अंशतः इनके निर्माण से इन परिवर्तनों को भी प्रोत्साहन मिला।

परम्परागत उत्पादन व्यवस्थाओं के विघटन के साथ उत्पादन शक्ति में वृद्धि और कुछ अंश तक निर्धन सहायता विधि प्रशासन (Poor Law Administration) में दोष के कारण देश की जनसंख्या में तीव्र वृद्धि हुई। सन् 1600 में इंगलैंड और वेल्स की जनसंख्या अनुमानतः 5 मिलियन थी जो 1750 में बढ़कर लगभग 6½ मिलियन हो गयी थी। सन् 1831 की जनगणना के अनुसार यह जनसंख्या बढ़कर 13·8 मिलियन हो गयी थी। साथ ही, जनसंख्या का विचरण भी होता गया। अधिकांश जनता नहरों में बसती गई और अधिक जनसंख्या वाले क्षेत्र दक्षिणी और पूर्वी न रहकर इंगलैंड, लंकाशायर, पश्चिमी राइडिंग आदि हो गए। अब तक यह स्पष्ट हो गया था कि यदि देश की जनसंख्या इसी प्रकार बढ़ती रही तो देश में खाद्यान्न का अभाव हो जायेगा। इंगलैंड पहले से ही कपास एवं अन्य महत्त्वपूर्ण कच्चे मालों की पूर्ति के लिए विदेशों पर आश्रित था। अन्त में यह कहा जा सकता है कि जो परिवर्तन हुए थे वे उन स्थितियों को परिवर्तित कर दिये थे जिन पर आर्थिक और सामाजिक विनियमन निर्भर होते हैं। **परम्परागत प्रणाली का अधिकांश ध्वस्त हो चुका था और नवीन ढंगों के प्रारम्भ दृष्टिगोचर होने लगे थे।**

इन परिवर्तनों के साथ और अंशतः इन परिवर्तनों के परिणामस्वरूप देश में कल्पनातीत मानव कष्ट एवं पतनशीलता आयी। यों तो उत्पादन प्रविधि में किसी भी प्रकार के महत्त्वपूर्ण परिवर्तन का कुछ-न-कुछ बुरा प्रभाव पड़ता ही है किन्तु इस परिवर्तन में अनियमितता के कारण ये बुराइयाँ और भी अधिक गंभीर हो गई थीं। इन समस्त 70 वर्षों में देश में एक के बाद एक अनेक महान आर्थिक उथल-पुथल हुए हैं। दोषपूर्ण बैंकिंग विनियमन और युद्ध की अनिश्चितताओं के कारण इस काल की कठिनाइयाँ और भी अधिक हो गईं थीं। पर्याप्त सामान्य लोकोपकारों के बावजूद उस काल में आर्थिक क्षेत्र में सरकारी हस्तक्षेप के प्रति बहुत अधिक अविश्वास हो गया था—एक ऐसा अविश्वास जो सिद्धान्ततः चाहे कितना भी तर्कहीन क्यों न हों, तत्कालीन राजनीतिक क्षेत्र के व्यावहारिक दोषों के कारण अंशतः न्यायोचित था। नगरों का तीव्र विकास वृहत्तर जनता के लिए बुराइयाँ ला रहा था जिसका समाधान नहीं निकल पाया था। यंत्रों के साथ-साथ खानों एवं कारखानों में व्यक्तियों के रोजगार ने ऐसी समस्याओं को जन्म दिया जिनको समझने एवं जिनका उपचार करने के लिए अभी अनुभव नहीं प्राप्त हुआ था। संयोगवश इसी काल में इंगलैंड को फ्रांसीसी क्रान्तिकारी एवं नेपोलियनी युद्धों की विभीषिकाओं का सामना पड़ा जो प्रथम विश्वयुद्ध के पूर्व इंगलैंड के लिए अधिक कष्टदायक संघर्ष रहे हैं। **फ्रांसीसी क्रान्ति एवं नेपोलियनी युद्धों ने ब्रिटिश आर्थिक इतिहास के सर्वाधिक कष्टदायक एवं अशांत काल को उपस्थित किया और औद्योगिक क्रान्ति के दुष्परिणामों को अत्यन्त ही अधिक गम्भीर कर दिया।** कम-से-कम 15 वर्षों तक इंगलैंड में मूल्य स्तर में भयानक उतार-चढ़ाव होते

रहे, परिकल्पी प्रवृत्तियाँ अत्यन्त ही तीव्र रहीं, व्यापक बेकारी, कृषि अशान्ति रही, अत्यधिक कष्टदायक कराधान, मौद्रिक कठिनाइयाँ, औद्योगिक मन्दी एवं वित्तीय हलचलें रहीं। ये युद्ध व्यक्तियों के ध्यान को अन्य मार्गों पर खींच लाए। ये इन्हें ऐसी किन्हीं भी बुराइयों को स्वीकार कर लेने के लिए प्रस्तुत कर दिये जिन्हें परिवर्द्धित उत्पादन-शक्ति को घटनाओं के रूप में प्रतिबिम्बित किया जा सकता है। इन युद्धों ने व्यक्तियों पर करों का भार अत्यन्त ही अधिक बढ़ा दिया जबकि उनकी आय उनकी कार्य क्षमता की रक्षा करने के लिए भी पर्याप्त नहीं रह गई थी। उन दिनों की आर्थिक घटनाओं की जटिल जाल में औद्योगिक एवं कृषि क्रान्तियों के परिणामों से फ्रांसीसी क्रान्तिकारी एवं नेपोलियनी युद्धों के परिणामों को पृथक करना सरल नहीं है। किन्तु यह स्पष्ट हैं कि फ्रांसीसी क्रान्तिकारी युद्ध उस काल में औद्योगिक एवं कृषि क्रान्तियों द्वारा उपस्थित कठिनाइयों एवं बुराइयों को और भी गंभीर करने के अतिरिक्त प्रत्यक्ष रूप से भी बहुत ही अधिक आर्थिक अशान्ति लाये थे।

युद्ध छिड़ने के थोड़े ही समय पश्चात् इंगलैंड पर फ्रांसीसी आक्रमण के भय ने इंगलैंड में वित्तीय हलचल मचा दिया और बैंक ऑफ इंगलैंड से लोग नकद कोष निकालने लगे। फलतः 1793 में बैंक ऑफ इंगलैंड को बाध्य होकर नकद भुगतान (cash payment) को निलम्बित (suspend) कर देना पड़ा। 1819 तक ग्रेट ब्रिटेन अपरिवर्तनीय पत्रमान (inconvertible paper standard) पर रहा। किन्तु जब सन् 1819 में बैंक ऑफ इंगलैंड नकद भुगतान को चालू करने के लिए स्वर्ण का संचय करने लगा तो सोने की पूर्ति में सहसा संकुचन (contraction) के कारण पुनः गंभीर कठिनाइयाँ उत्पन्न हो गईं। युद्ध के प्रारंभिक वर्षों में इंगलैंड ने कतिपय फ्रांसीसी उपनिवेशों पर अधिकार जमा लिया था जिसके कारण उसने कुछ सीमा तक अपनी वस्तुओं के लिए यूरोपीय बाजार के संकुचन की क्षतिपूर्ति इन देशों में अपनी वस्तुओं को भेज कर कर पायी थी। किन्तु नेपोलियनी युद्धों के छिड़ जाने से पुनः स्थितियाँ बिगड़ गईं। इंगलैंड के बहुत से व्यापारियों का दिवाला निकल गया। इन युद्धकालीन वर्षों में ब्रिटिश निर्यात व्यापार का एक बहुत बड़ा अंश उत्तरी यूरोप से दक्षिणी यूरोप की ओर चला गया और अंग्रेजी सूती और लीनेन की वस्तुएँ बहुत बड़ी मात्रा में अफ्रिका और लेवान्त में भेजी जाने लगीं जहाँ पर समुद्र पर ब्रिटिश आधिपत्य के कारण फ्रांसीसी वस्तुओं का प्रवेश नहीं हो पाया था।

सन् 1806 में नेपोलियन ने इंगलैंड की नाकेबन्दी (blockade) कर दी। बर्लिन आज्ञप्ति (Berlin Decree) ने घोषित किया कि ब्रिटिश वस्तुओं को यूरोप ले जानेवाले जलयानों को पकड़ लिया जायेगा और उसके परवर्ती वर्ष में मिलन आज्ञप्ति (Milan Decree) घोषित की गई जिसके अनुसार ब्रिटिश बन्दरगाहों में ठहरनेवाले तटस्थ जलयानों को पकड़ा जा सकता था। ब्रिटेन ने भी परिषद-आदेशों (orders-in-council) द्वारा इसका प्रतिशोध किया जिसके अनुसार ब्रिटिश वस्तुओं का वहिष्कार करनेवाले सभी बन्दरगाहों की नाकेबन्दी कर दी गई। **ब्रिटेन की श्रेष्ठतकर समुद्री शक्ति और उसकी सस्ती वस्तुओं के कारण नेपोलियन द्वारा ग्रेट ब्रिटेन की नाकेबन्दी सफल नहीं हो सकी। फिर भी इसने ब्रिटिश व्यापारियों के लिए पर्याप्त कठिनाइयाँ उपस्थित की थी और कुछ वर्षों तक ग्रेट ब्रिटेन के बहुत से उद्योगों में मन्दी की अवस्था रही।** यही नहीं, जब ये संघर्ष समाप्त हो गए तो युद्धकालीन माँगों को समाप्त हो जाने के कारण इंगलैंड में लगभग 1 लाख व्यक्ति बेकार (unemployed) हो गए। दूसरी ओर, यूरोपीय व्यापार में पर्याप्त वृद्धि की आशा में ब्रिटिश उत्पादकों ने युद्ध के अन्त में वृहत् मात्रा में

वस्तुओं का उत्पादन किया था। किन्तु फ्रांसीसी युद्धों के कारण अनेक यूरोपीय देशों में किए गये आर्थिक विनाश के कारण वस्तुओं की माँग कम हो गई। फलतः अंग्रेजी उत्पादकों एवं व्यापारियों को गहरी चोट लगी। यही नहीं, युद्ध के पश्चात् सेना में की गई छँटनी के कारण बेकारी की समस्या और गंभीर हो गई। श्रमिकों की पर्याप्त पूर्ति ने यंत्रों के प्रसार को अववाधित किया। इस प्रकार युद्ध के पश्चात् लगभग 15 वर्षों तक ब्रिटिश उद्योग अस्थिर प्रवाह (doldrum) की अवस्था में रहे। सन् 1815 की अन्न विधि (Corn Law) के अनुसार देशी बाजार में अनाज का मूल्य 80 शिलिंग प्रति क्वार्टर सुनिश्चित किया गया था। किन्तु इसके बावजूद कृषि में मन्दी आ गई थी। कृषि वस्तुओं के मूल्यों में सहसा एवं तीव्र उतार-चढ़ाव मध्य कृषकों (yeomen) को, जो परिवर्तित हो रही परिस्थितियों से त्रस्त थे, पूर्णतः समाप्त कर दिया। देहाती क्षेत्रों में संकट कुछ वर्षों में अत्यन्त ही घनघोर हो गया जिसके फलस्वरूप श्रमिकों द्वारा विद्रोह किया जाने लगा और उन्होंने एक प्रकार का ''देहाती युद्ध'' छेड़ दिया। ऐसे समय में असामाजिक तत्वों ने परिकल्पी (speculative) क्रियाओं में वृद्धि कर दी—देश में एक प्रकार की जुआखोरी की सनक सवार हो गई। नेपोलियनी युद्धों द्वारा लाई गयी परिस्थितियों ने श्रमिकों की हलचलों को बढ़ा दिया और श्रमिक संघीयतावाद को वैधानिकता प्रदान करने के लिए दबाव बढ़ा दिया। इसके फलस्वरूप सन् 1799 और 1800 में पारित संयोजन विधियों (combination laws) में सन् 1825 में ढिलाई की गई। हमने पहले ही कहा है कि फ्रांसीसी क्रान्तिकारी एवं नेपोलियनी युद्धों के परिणामस्वरूप देश में कर भार बढ़ गया था—इतना अधिक कि वह कष्टकारक हो गया था, विशेषकर गरीब लोगों के लिए।

यद्यपि फ्रांसीसी क्रान्तिकारी एवं नेपोलियनी युद्धों ने ब्रिटिश अर्थव्यवस्था के लिए कठिनाइयाँ प्रस्तुत की थी तथापि ये कठिनाइयाँ अस्थायी थीं और कालान्तर में ब्रिटिश अर्थव्यवस्था का पुनः तीव्र विकास होने लगा। ''नेपोलियन ग्रेट ब्रिटेन के विध्वंश को पूर्ण करने में असफल रहा, इतनी सबल इसकी आर्थिक अवस्था थी, और सन् 1815 में यह विश्व की कार्यशाला, विश्व की भट्ठी, विश्व का बैंकर और विश्व की वस्तुओं को ढोने वाले सबसे बड़े देश के रूप में उदित हुआ। वह डच जाति की नौपरिवहनीय सर्वोच्चता और फ्रांसीसी जाति के औद्योगिक नेतृत्व का उत्तराधिकारी बन गया।''[1] यदि हम इन युद्धो के उत्तरकालीन सन् 1830 से 1900 के बीच के वर्षों के ब्रिटिश आर्थिक इतिहास पर ध्यान दें तो हम प्रमुखतः उसी आर्थिक पुनर्गठन की निरन्तरता का अनुभव करेंगे जिसकी प्रारंभिक अवस्थाओं का वर्णन हमने पहले ही किया है। इस परवर्ती काल में भी ब्रिटेन में वृहत् पैमाने के उत्पादन का विकास होता रहा और साथ ही ब्रिटिश वस्तुओं का वितरण स्थानीय केन्द्रों से बढ़ता हुआ अपेक्षाकृत अधिक व्यापक क्षेत्रों में और सम्पूर्ण विश्व में होने लगा। उसी प्रकार परिवहन एवं संचार तथा साख और बैंकिंग की सुविधाओं का विस्तार होता रहा, खाद्यान्न एवं कच्चे माल की पूर्ति के लिए विश्व के अन्य देशों पर ब्रिटिश निर्भरता बढ़ती

---

1. "Napoleon failed to accomplish the ruin of Great Britain, so strong was her economic position, and she emerged in 1815 as the workshop of the world, the forge of the world, the banker of the world, and the world's greatest carrier. She had falled heir to the shipping supremacy of the Dutch and the industrial leadership of the French."
—L.C.A Knowles : *The Industrial and Commercial Revolutions in Great Britain During the 19th Century*. p. 102.

रही औद्योगिक क्षेत्रों में जनसंख्या की वृद्धि होती रही, औद्योगिक एवं वाणिज्यिक नगरों का विकास-विस्तार होता रहा।

सन् 1850 से 1870 के बीच वर्षों को ब्रिटिश पूँजीवाद का स्वर्णयुग (golden age of British capitalism) कहा जाता है और इस प्रकार ब्रिटिश कृषि, उद्योग, व्यापार का भी। इस काल में ब्रिटिश अर्थव्यवस्था का असाधारण विकास होता रहा और ब्रिटिश पूँजीवाद, ब्रिटिश उद्योग, कृषि एवं व्यापार अपने विकास की चरम सीमा पर पहुँच गए। **ग्रेट ब्रिटेन सम्पूर्ण विश्व की कर्मशाला बन गया था जहाँ से सम्पूर्ण विश्व के लिए आवश्यक वस्तुएँ भेजी जाती थीं। ''सन् 1850 से 1873 के बीच 23 वर्षों में ग्रेट ब्रिटेन विश्व की भट्ठी था, विश्व की वस्तुओं की पूर्ति करनेवाला देश था, विश्व का जलयान निर्माता था, विश्व का बैंकर था, विश्व की कर्मशाला था, विश्व का निकास-गृह (clearing house) था, विश्व का व्यापारी केन्द्र था। इस काल में विश्व व्यापार ग्रेट ब्रिटेन की कील पर था। वह विश्व अर्थव्यवस्था के रूप में संगठित था जबकि इटली, जर्मनी और संयुक्त राज्य अमेरिका जैसे अन्य देश अभी राष्ट्रीय प्रणाली के निर्माण के रास्ते में ही थे।''**[1] सन् 1859 तक इटली में आठ प्रशुल्क बन्धनों (tariff barriers) के साथ आठ राज्य थे, जर्मनी अभी सन् 1834 में ही अपने आन्तरिक चुंगी संघ (customs union) को प्रारम्भ कर सका था और 19वीं शताब्दी के 6ठे दशक तक अभी यह अनिश्चित ही था कि यह संघ बना रहेगा। संयुक्त राज्य अमेरिका उत्तरी, दक्षिणी और मध्य पश्चिमी तीन क्षेत्रों में विभक्त था और सन् 1865 तक अभी यह संदेहयुक्त था कि इस देश में एक अथवा दो अथवा तीन राष्ट्र होंगे। इसमें पहले ही दो गंभीर संकट उत्पन्न हो चुके थे। किन्तु इस समय में ग्रेट ब्रिटेन की चमत्कारपूर्ण सफलता हो रही थी और इस असाधारण सफलता ने वैयक्तिक सूत्रपात एवं साहस के मूल्य और मुक्त व्यापार नीति की बुद्धिमत्ता को और भी अच्छी तरह सिद्ध किया। **19वीं शताब्दी में इंगलैंड की वाणिज्यिक सर्वोच्चता रही। इस काल में इंगलैंड सम्पूर्ण विश्व व्यापार की कील था। वह राष्ट्रों का विनिमय-स्थान था, विश्व का वित्त प्रदायक (financier) था, अविकसित देशों का विकासक था।** उसके खेनेवाले अथवा वाष्प से चलने वाले जलयान सभी समय में सातों समुद्रों में पाये जा सकते थे। उसने अपनी रेलों से सम्पूर्ण पृथ्वी को घेर लिया था और अपने रेल अभियंत्रों एवं वाष्प अभियंत्रों से भारी वस्तुओं एवं खाद्यान्नों को ढो रहा था। उसने न केवल सम्पूर्ण विश्व के लिए वस्तुओं का निर्माण ही किया वरन् महाद्वीप के लिए मार्ग खोलने, नवीन देशों में लाखों व्यक्ति को विचरित करने, नवीन वस्तुओं एवं खाद्य पदार्थों को उत्पादित करने में भी सहायता पहुँचायी थी। उसने मनुष्य की प्रकृति पर आधिपत्य जमाने में सहायता की। उसने विश्व में शक्ति, साहस, उपक्रम, रचनात्मक सामर्थ्य, सक्षमता एवं वित्तीय शक्ति का संचार किया।''[2]

1. "In the twenty three years from 1850 to 1873, Great Britain was the forge of the world, the world's carrier, the world's ship-builder, the world's banker, the world's workshop, the world's clearing house, the world's entrepot. The trade of the world during this period pivoted on Great Britain. She was organized for a world economy when other countries, such as Italy, Germany and the United States were only feeling their way to a national system." —L.C.A. Knowles : ibid, p. 139

2. नोल्स: वही, पृ० 117-18

सन् 1870 के पश्चात् इंगलैंड की इस औद्योगिक एवं वाणिज्यिक सर्वोच्चता का शनैः-शनैः पतन होने लगा। इसके पूर्व इंगलैंड की सर्वोच्चता निरपेक्ष थी। अब वह सापेक्ष हो गई। अपनी सर्वोच्चता के इस पतन को रोकने के लिए इंगलैंड के अदृश्य व्यापार में विश्व में श्रेष्ठता प्राप्त करना चाहा और इनमें यह सफल भी रहा। नौपरिवहन, बैंकिंग आदि का विकास कर वह प्रथम विश्व युद्ध तक अपना सर्वोच्च स्थान बनाए रखा यद्यपि क्रमशः पतनशील रूप में ही। प्रथम विश्वयुद्ध के पश्चात् इसकी सर्वोच्चता समाप्त हो गई। फिर भी **''जहाँ तक ग्रेट ब्रिटेन का सम्बन्ध है, 19वीं शताब्दी सिद्धियों की शताब्दी है। यद्यपि किसी समय निःसन्देह इसका स्थान किसी अन्य शक्ति की अपेक्षा कम हो जायेगा तथापि वह विश्व पर अपनी अमिट छाप छोड़ जायगा यहाँ तक कि रोम से भी अधिक महत्त्वपूर्ण छाप।''**[1] इस काल में औद्योगिक क्रान्ति द्वारा प्रस्तुत की गई सामाजिक संगठन की समस्याओं पर भी अधिक-से-अधिक ध्यान दिया जाने लगा था। प्रारम्भ में सामाजिक आर्थिक क्षेत्र में सरकारी हस्तक्षेप के प्रति गंभीर संदेह एवं अविश्वास किया जाता था। किन्तु अब यह राष्ट्र अपने राजनीतिक यंत्र को शनैः-शनैः पुनः निर्मित कर लिया था और इन कार्यों के संचालन एवं कार्य के लिए विचार-विमर्शशील योजनाओं को निर्मित करने की सरकारी शक्ति में जनता का विश्वास पनपने लगा था। इन प्रकार **''स्वच्छन्दता''** (laissez faire) नीति के काल—1830 से 1870 तक के बाद एक ऐसे युग का प्रारम्भ हुआ जिसे **समग्रसत्तावादी** (collectivist) युग कहा गया है।

अतएव हम **मेरेडिथ** (Meredith) के शब्दों में कह सकते हैं कि ''औद्योगिक क्रान्ति में अनेक बुराइयाँ थीं तथापि वह लाभप्रद थी। नेपोलियन की यह धारणा कि इंगलैंड के बाह्य व्यापार एवं उद्योगों को नष्ट कर दिया जाय सफल नहीं हो सकी बल्कि दूसरी ओर नेपोलियनी युद्धों का दोषपूर्ण प्रभाव फ्रांस पर ही पड़ा क्योंकि इससे फ्रांस का व्यापार एवं उसकी साख बिल्कुल नष्ट हो गई। इससे ग्रेट ब्रिटेन और भी अधिक प्रभावशाली राष्ट्र बन गया। इस क्रान्ति के कारण इंगलैंड की वित्त-व्यवस्था में पर्याप्त सुधार हुआ। वस्तुतः आधुनिक इतिहासवेत्ता यह निःसंदेह कह सकते हैं कि भावी संततियों को समृद्धिपूर्ण बनाने के प्रयासों में उन दिनों के निवासियों को सफलता प्राप्त हुई।'' ''सोलहवीं शताब्दी वह शताब्दी थी जिसमें स्पेन ने यूरोप, इन्डीज और अमेरिका आदि के आर्थिक भाग्यों को निर्धारित किया था। 17वीं शताब्दी विशाल विनिमय व्यवसाय एवं नौपरिवहन से युक्त हालैंड की थी और 18वी शताब्दी अपने महान औद्योगिक वाणिज्य एवं औपनिवेशिक विकास और विचार भावनाओं में अपने नेतृत्व के साथ फ्रांस की शताब्दी थी। किन्तु 19वीं शताब्दी यूरोप के किनारे स्थित इस छोटे से द्वीप के विश्वव्यापी प्रभाव एवं आधिपत्य की शताब्दी थी।''[2]

---

1. "The nineteenth cenruty as far as Great Britain is concerned is a century of achievement. Although no doubt her turn will come to decline relatively to that of some other power, she will have left an indelible impression on the world even greater than that of Rome."
—L.C.A. Knowles : ibid, 118

2. "The sixteenth century was the century when Spain swayed economic destinies of Europe, the Indies and the Americas. The seventeenth century belongs to Holland with vast exchange business and shipping; the eighteenth is the century of France with her great industrial, commercial and colonial development and her leadership in ideas; but the nineteenth century is the century of the predominance and world-wide influence of this tiny island on the outskirts of Europe."
—L.C.A. Knowles : idid; p.109

19वीं शताब्दी में ग्रेट ब्रिटेन की औद्योगिक एवं वाणिज्यिक सर्वोच्चता के कारण

इंगलैंड में न केवल औद्योगिक क्रान्ति का सर्वप्रथम आविर्भाव ही हुआ अपितु बहुत समय तक इंगलैंड औद्योगिक एवं वाणिज्जिक क्षेत्र में विश्व का नेतृत्व भी करता रहा। 19वीं शताब्दी भर इन क्षेत्रों में इंगलैंड की सर्वोच्चता अग्रालिखित कारणों से बनी रही—

1. आर्थिक विकास का अग्रगामी—इंगलैंड नवीन औद्योगिक प्रविधियों का अग्रगामी था। औद्योगिक विकास की राह पर सर्वप्रथम चलने के कारण बहुत समय तक वह आगे ही रहा क्योंकि अन्य देशों को उसकी अवस्था तक पहुँचने में काफी समय लगा।

2. साहसी उद्योगपतियों एवं प्रविधि-ज्ञाताओं की पूर्त्ति—इंगलैंड में न केवल संघटक वर्ग (entrepreneur class) ही विद्यमान था वरन् प्रविधि-ज्ञाताओं की भी कमी नहीं थी। प्रविधि में निपुण व्यक्तियों ने औद्योगिक विकास करने में संघटकों को आवश्यक सहायता पहुँचायी। किन्तु संसार के अन्य देशों में उस समय तक न तो संघटक ही पर्याप्त थे और न प्रविधि-ज्ञाता ही।

3. बहुमुखी औद्योगिक विकास *(Diversified industrial growth)*—सूती वस्त्र एवं अन्य उपभोक्ता वस्तु उद्योगों के साथ इंगलैंड में भारी एवं आधारभूत उद्योगों का विकास तो हुआ ही, साथ ही इन सभी उद्योगों से सम्बन्धित सहायक और माध्यमिक उद्योगों का भी विकास हुआ जिससे औद्योगिक विकास बहुमुखी एवं व्यापक हुआ। इन सब कारणों से उद्योगों का संचयी विकास हुआ। अन्य देश ऐसा कर सकने में बहुत दिनों तक सफल नहीं हो सके थे।

4. बैंकिंग प्रणाली का विकास—पूँजी-निर्माण तथा व्यापारिक कार्यों के सम्पादन में सहायता देने के लिए उत्तम सुसंगठित बैंकिंग प्रणाली का विकास शीघ्र ही इंगलैंड में हो गया। अन्य देशों में बैंकिंग प्रणाली का विकास मन्द गति से हुआ।

5. विश्व के विभिन्न देशों के साथ वित्तीय सम्बन्ध—इंगलैंड में जलयान उद्योग अत्यन्त ही सुसंगठित था जिसके कारण इंगलैंड का विश्व के समस्त देशों के साथ सम्बन्ध स्थापित हो चुका था। लन्दन का मुद्रा बाजार अत्यन्त ही सुसंगठित था और संसार के समस्त देशों का कारबार उसके द्वारा होने लगा था। लन्दन की लिखी गई हुंडियाँ वाणिज्य की अन्तरराष्ट्रीय चलार्थ (currency) मानी जाने लगीं। इस प्रकार इस क्षेत्र में भी इंगलैंड अन्य देशों की अपेक्षा अधिक सुविधाजनक अवस्था में था।

6. परिवहन प्रणाली का विकास—इंगलैंड में जलयान उद्योग अत्यन्त ही सुसंगठित था जिसके कारण इंगलैंड का विश्व के समस्त देशों के साथ व्यापारिक सम्बन्ध स्थापित हो गया। जलयान आदि परिवहन साधनों से ब्रिटिश विदेशी व्यापार में बहुत ही अधिक वृद्धि हुई। कालान्तर में परिवहन के अन्य साधनों (जैसे—रेल-पथ, सड़क आदि) का विकास हुआ। जलयान उद्योग में इंगलैंड समस्त देशों से आगे था।

7. ब्रिटिश उपनिवेश *(Colonies)*—इंगलैंड के पास अनेक उपनिवेश थे जो ब्रिटिश उद्योगों के लिए आवश्यक कच्चे माल की पूर्त्ति करते थे और निर्मित वस्तुओ के लिए बाजार का काम करते थे। इस प्रकार इंगलैंड के उद्योगों के लिए बाजार की कोई समस्या नहीं थी। देश के अन्दर जनसंख्या बढ़ने के कारण वस्तुओं की माँग बढ़ रही थी और देश के बाहर भी अधिक माँग थी, उपनिवेश तो उनके लिए सुरक्षित थे ही।

8. विदेशों में ब्रिटिश पूँजी का निवेश—इन सभी बातों के अतिरिक्त ब्रिटिश जनता विदेशों में भी रेल-पथ, बन्दरगाह, विद्युत शक्ति, ट्राम-पथ, टेलीग्राफ, टेलीफोन आदि जैसे उद्योगों में पूँजी लगायी थी। उपनिवेशों में खान उद्योग, चाय, रबर, कहवा आदि उद्योगों में भी उनकी पूँजी लगी हुई थी। इन उद्योगों से इंगलैंड विदेशों से लाभार्जन करता रहा और औद्योगिक विकास की उत्तरोत्तर वृद्धि के लिए अनुकूल वातावरण बना रहा।

9. मुक्त व्यापार नीति (*free trde policy*)—**मुक्त व्यापार नीति आदम स्मिथ की विश्व अर्थव्यवस्था की अवधारणा का परिणाम थी।** इस नीति के अनुसार विभिन्न देशों के बीच वस्तुओं और सेवाओं के संचरण पर कोई रोक-टोक नहीं थी। परिणामस्वरूप इंगलैंड अपने उद्योगों के लिए आवश्यक कच्चे मालों को विश्व के विभिन्न देशों से मँगवा सकने में और अपनी निर्मित वस्तुओं को विभिन्न देशों में भेजकर विश्व की कर्मशाला बनने में समर्थ हो सका। इस कार्य में ग्रेट ब्रिटेन को विशेष सुविधा यह प्राप्त थी कि जबकि विश्व के अन्य देश अभी तक अपने को उद्योगीकृत करने में समर्थ नहीं हो पाए थे, ग्रेट ब्रिटेन में औद्योगिक क्रान्ति के द्वारा विलक्षण औद्योगिक विकास हो रहा था। ऐसे समय में मुक्त व्यापार नीति उद्योग एवं व्यापार के क्षेत्र में ग्रेट ब्रिटेन को सर्वोच्चता प्रदान कर सकी।

10. कृषि, परिवहन और औद्योगिक विकास की अन्तरनिर्भरता—सम्पूर्ण 19वीं शताब्दी में ग्रेट ब्रिटेन की कृषि, उद्योग, परिवहन, व्यापार सभी एक-दूसरे को प्रोत्साहन दे रहे थे। अतः विकास अन्तरनिर्भर और सरल रूप से होता जा रहा था।

11. राजनीतिक स्थिरता—इंगलैंड में प्रशासन तंत्र स्थिर था। राजनीतिक स्थिरता के कारण आर्थिक विकास निर्बाध रूप से होता गया।

12. प्राकृतिक सुविधाएँ—ये आर्थिक विकास के अनुकूल थीं।

ब्रिटेन की सर्वोच्चता न्यूनाधिक रूप में सन् 1914 तक बनी रही। **औद्योगिक क्रान्ति की प्रथम अवस्था 19वीं शताब्दी के मध्य तक पूर्ण हो गयी और द्वितीय अवस्था सन् 1914 तक पूर्ण हुई।** स्मरण रहे कि इंगलैंड की औद्योगिक क्रान्ति को आवश्यक बल देने के लिए साथ-ही-साथ कृषि एवं परिवहन क्रान्तियाँ भी हो रही थीं। फ्रांस को ''राजनीतिक प्रयोगों की प्रयोगशाला'' (a laboratory of political experiments) कहा गया है क्योंकि वहाँ पर सरकारें, शासन और संविधान बहुत शीघ्र बदलते रहे हैं। **एक बार एक व्यक्ति ने पुस्तकों की एक दुकान से ''फ्रांस का संविधान'' की एक पुस्तक माँगी। दुकानदार ने कहा ''अफसोस! हमलोग पत्रिकाएँ नहीं बेचते।''** ("Sorry ! we don't deal in a periodical literature.)। जहाँ पर बहुधा राजनीतिक उथल-पुथल हुआ करे वहाँ अन्य साधनों के उपलब्ध रहते हुए भी तीव्र आर्थिक विकास नहीं हो सकता। फ्रांस की यही दशा हुई। **बिस्मार्क** (Bismarck) के पूर्व जर्मनी में राजनीतिक एकता ही नहीं थी, **पीटर महान** (Peter, the Great) के पूर्व रूस का आर्थिक विकास महत्त्वहीन था जबकि संयुक्त राज्य अमेरिका अभी भी ग्रेट ब्रिटेन से स्वतंत्र हुआ नवीन अनुभवहीन देश था।

ग्रेट ब्रिटेन की औद्योगिक एवं वाणिज्यिक सर्वोच्चता में ह्रास के कारण

19वीं शताब्दी के अन्त तक ग्रेट ब्रिटेन अपने औद्योगिक एवं वाणिज्यिक विकास के

चरम शिखर पर पहुँच चुका था और सन् 1914 में प्रथम विश्वयुद्ध छिड़ने तक उसकी इन क्षेत्रों में सर्वोच्चता बनी रही। यद्यपि सन् 1870 के पश्चात् ही उसमें ह्रास होना प्रारम्भ हो गया था किन्तु ग्रेट ब्रिटेन अदृश्य व्यापार में सर्वोच्चता प्राप्त कर अपने स्थान को प्रथम विश्वयुद्ध तक बनाये रखा। दृश्य व्यापार में ग्रेट ब्रिटेन का 1870 के पश्चात् विश्व में सर्वोच्च स्थान तो नहीं रह सका था किन्तु बीमा, बैंकिंग, नौवाहन आदि जैसे अदृश्य व्यापार में उसका स्थान अब भी सर्वोच्च था यद्यपि इस क्षेत्र में भी प्रथम विश्वयुद्ध के पश्चात् उसकी सर्वोच्चता जाती रही। सन् **1913 तक लौह पिंड** (pig iron) और **इस्पात के उत्पादन में जर्मनी इंगलैंड से आगे निकल गया।** संयुक्त राज्य अमेरिका भी इंगलैंड से आगे आने लगा। **सन् 1913 तक अमेरिका ने कोयले के उत्पादन में ग्रेट ब्रिटेन को पीछे ढकेलकर प्रथम स्थान प्राप्त कर लिया।** प्रथम विश्वयुद्ध के पश्चात् संयुक्त राज्य अमेरिका इंगलैंड से और भी आगे बढ़ गया। वर्तमान शताब्दी के प्रारंभिक वर्षों में सूती वस्त्र उद्योग के क्षेत्र में भी ब्रिटिश सर्वोच्चता को चुनौती मिलने लगी। **प्रथम विश्वयुद्ध के बाद इसने सूती वस्तुओं के लिए अपने पूर्वीय बाजारों के एक बहुत बड़े अंश को खो दिया। इन क्षेत्रों में जापान ने अपना स्थान बना लिया जबकि भारत में सूती वस्त्र उद्योग के विकास से भारत में ब्रिटिश वस्तुओं का आयात कम होने लगा। यंत्रों के निर्यात में भी सन् 1913 तक संयुक्त राज्य अमेरिका एवं जर्मनी इंगलैंड की बराबरी करने लगे।** केवल जलयान निर्माण में ही इंगलैंड की सर्वोच्चता बनी रह सकी। मोटर गाड़ियाँ, विद्युत वस्तुओं के निर्माण जैसे अनेक नवीन उद्योगों का इंगलैंड में अभी भी पर्याप्त विकास नहीं हो सका था। **ग्रेट ब्रिटेन की औद्योगिक एवं वाणिज्य सर्वोच्चता का पतन अनेक प्रतिकूल शक्तियों का संचयी परिणाम था** जिसका अनुभव ग्रेट ब्रिटेन 1870 से ही करता आ रहा था। इस पतन के निम्न वर्णित कारण कहे जा सकते हैं—

1. उत्पादनशीलता में ह्रास (*Decline in productivity*)—ब्रिटिश उद्योग एवं व्यापार की उत्पादनशीलता की दर में कमी हो रही थी। सन् 1870 के पूर्व इंगलैंड में औद्योगिक विकास की दर 4 प्रतिशत थी। किन्तु इस काल के पश्चात् और प्रथम विश्वयुद्ध के प्रारम्भ तक औद्योगिक विकास की दर 1.8 प्रतिशत ही रह गई थी जबकि इसी काल में सम्पूर्ण विश्व के औद्योगिक विकास की औसत दर 3.7 प्रतिशत थी और संयुक्त राज्य अमेरिका में 4.8 प्रतिशत तथा जर्मनी में 3.8 प्रतिशत थी। इस प्रकार हम देखते हैं कि 1870 के पश्चात् ग्रेट ब्रिटेन की औद्योगिक प्रगति की दर न केवल कतिपय देशों, जैसे—अमेरिका, जर्मनी, फ्रांस आदि की अपेक्षा ही वरन् सम्पूर्ण विश्व के औद्योगिक विकास की अपेक्षा भी कम हो गयी थी। **सन् 1870 को ग्रेट ब्रिटेन के आर्थिक विकास का महान विभाजक (great divide) कहा जा सकता है।**

2. निर्यात व्यापार का पतन—ग्रेट ब्रिटेन अत्यन्त ही अधिक सीमा तक निर्यात व्यापार पर आश्रित था। किन्तु 1870 के पश्चात् ग्रेट ब्रिटेन के निर्यात व्यापार में भी पतन होने लगा था। जबकि 1870 के पूर्व ग्रेट ब्रिटेन के निर्यात व्यापार के विकास की गति चमत्कारपूर्ण थी तो इस काल के पश्चात् यह गति केवल 1 प्रतिशत से भी कम हो गई थी। अतएव इस क्षेत्र में ब्रिटेन अपनी श्रेष्ठता को नहीं बनाए रख सका।

3. उपभोक्ता वस्तुओं पर विशेष जोर—ब्रिटिश औद्योगिक एवं वाणिज्यिक सर्वोच्चता का प्रमुख आधार—निर्यात व्यापार—प्रमुखतः निर्मित उपभोग वस्तुओं से संरचित

थी जबकि संसार के अन्य देश अपनी पूँजी का निवेश उत्पादक वस्तुओं के निर्माण में कर रहे थे। निःसन्देह ग्रेट ब्रिटेन भी इन नवीन परिस्थितियों के अनुसार अपने को समायोजित कर रहा था। किन्तु यह समायोजन अत्यन्त ही मन्द गति से हो रहा था।

4. मुक्त व्यापार नीति—जबकि ग्रेट ब्रिटेन स्वर्णमान और मुक्त व्यापार नीति को अपनाए हुए था तो अमेरिका और अधिकांश पश्चिमी यूरोपीय देश अपना उद्योगीकरण कर रहे थे और इस कार्य के लिए वे नवीन प्रशुल्क नीतियों को अपनाकर अपने देश के "शिशु उद्योगों" को संरक्षण दे रहे थे। फ्रांस, जर्मनी और अमेरिका विशेष रूप से ब्रिटिश एवं अन्य विदेशी वस्तुओं के आयात के विरुद्ध प्रशुल्क की ऊँची दीवारें खड़ी कर दिये जिसके कारण ब्रिटिश निर्यात व्यापार को अत्यन्त ही अधिक क्षति पहुँची और इसके द्वारा ग्रेट ब्रिटेन के औद्योगिक एवं वाणिज्यिक सर्वोच्चता को भी क्योंकि यह सर्वोच्चता बहुत ही अधिक सीमा तक निर्यात व्यापार पर आधारित थी। ये ब्रिटिश वस्तुओं के बहुत ही अच्छे ग्राहक थे। इसलिए इनकी संरक्षण नीतियाँ ब्रिटिश उद्योगों को घातक आघात दीं। इस प्रकार **जो मुक्त व्यापार नीति प्रारम्भ में ग्रेट ब्रिटेन को सर्वोच्चता प्रदान की थी वही नीति अब ग्रेट ब्रिटेन का दिवाला निकालने लगी।**

5. विश्व के अन्य देशों का औद्योगिक विकास—संसार के अन्य देशों जैसे—संयक्त राज्य अमेरिका, जर्मनी, फ्रांस आदि का औद्योगिक एवं वाणिज्यिक विकास हो रहा था। इन क्षेत्रों में ये नव विकसित देश इंगलैंड के सशक्त प्रतियोगी सिद्ध हो रहे थे। इनके आर्थिक विकास के कारण इंगलैंड की निर्मित वस्तुओं के लिए इन देशों में बाजार तो समाप्त हुआ ही, साथ ही संसार के अन्य देशों के बाजार में भी ये देश धावा बोलने लगे। **अब तक जिन बाजारों पर ग्रेट ब्रिटेन अधिकार जमाये हुए था उन पर नव-विकसित देशों का प्रभाव जमने लगा। ग्रेट ब्रिटेन की औद्योगिक एवं वाणिज्यिक सर्वोच्चता के पतन का सम्भवतः प्रमुख कारण यही तथ्य था।** इन नवीन देशों के साथ, जहाँ विकास की दर इंगलैंड की अपेक्षा अधिक थी और फलतः उनके द्वारा निर्मित वस्तुओं का मूल्य अपेक्षाकृत कम था, प्रतियोगिता करने में इंगलैंड नहीं टिक सका। इंगलैंड ने वस्तुओं के निर्यात में ह्रास को नौवाहन, बीमा, बैंकिंग, विनिमय आदि जैसे अदृश्य व्यापार में अपनी पूँजी निवेश कर रोकने का प्रयास किया जिससे विदेशों से आय प्राप्त हो जाती थी और इंगलैंड का भुगतान सन्तुलन अनुकूल बना रह सका। इस उपाय से इंगलैंड को कुछ समय तक साँस लेने के लिए अवसर मिल सका। किन्तु इस उपाय का प्रभाव भी अस्थायी था क्योंकि कालान्तर में विश्व के अन्य देशों ने भी अपने नौवाहन, बीमा एवं बैंकिंग आदि का विकास कर लिया।

6. स्वर्णमान और उसके परिणाम—प्रथम विश्वयुद्ध के पूर्व इंगलैंड का अन्तरराष्ट्रीय स्वर्णमान से घनिष्ठ लगाव था। इस प्रणाली के अन्तर्गत अन्तरराष्ट्रीय विनिमय स्थिरता स्वर्ण के आगमन और निर्गमन पर निर्भर होती है। ऐसी स्वतंत्र व्यापारी अवस्था में ग्रेट ब्रिटेन परिवर्तित आवश्यकताओं के अनुसार अपनी अर्थव्यवस्था को समायोजित करना कठिन पा रहा था। फलतः उसके स्वर्ण भंडार में तीव्र गति से कमी हो रही थी।

7. प्रथम विश्वयुद्ध के पश्चात् सरकार की मौद्रिक नीति—प्रथम महायुद्ध के पश्चात् भी, जब स्वर्णमान का परित्याग कर दिया था, ग्रेट ब्रिटेन ने अपनी वित्तीय प्रतिष्ठा को बनाए रखने के लिए पुनः स्वर्णमान को सन् 1925 में अपना लिया। सन् 1925 में स्वर्णमान को प्राक्-युद्ध समता स्तर (per-war parity level) पर अपनाया गया था। ऐसी

अवस्था में ग्रेट ब्रिटेन की पौंड मुद्रा अतिमूल्यित हो गई। किन्तु उसी काल में विश्व के कतिपय अन्य प्रमुख देशों की मुद्राओं का अवमूल्यन हुआ था। परिणाम यह हुआ कि ग्रेट ब्रिटेन की वस्तुएँ विश्व बाजार में महँगी हो गईं और ग्रेट ब्रिटेन न केवल नवीन बाजारों को खो दिया वरन् अपने प्राचीन बाजारों को भी। इंगलैंड के व्यापार में पहले से ही ह्रास हो रहा था। सन् 1925 के पश्चात् इस नीति के कारण यह ह्रास और भी तीव्र हो गया। प्रतिकूल प्रभाव के कारण स्वर्णमान के विरोध में प्रतिक्रिया हुई और देश के अन्दर एवं बाहर के दबाव के वशीभूत होकर ब्रिटिश सरकार सन् 1931 में स्वर्णमान का पुनः परित्याग करने के लिए विवश हुई। किन्तु अब परिस्थितियाँ हाथ से बाहर जा चुकी थीं और काफी विलम्ब हो चुका था। सन् 1925 और 1931 के बीच 6 वर्षों की अवधि में ग्रेट ब्रिटेन को महान क्षति हुई। इस अवधि में उसका भुगतान सन्तुलन जो इसके पूर्व सक्रिय रूप से 103 मिलियन पौंड तक अनुकूल था, 104 मिलियन पौंड तक निष्क्रिय रूप से प्रतिकूल हो गया। केवल 6 वर्षों के लिए पुनः स्थापित पौंड की प्रतिष्ठा के लिए इंगलैंड को महान मूल्य चुकाना पड़ा।

8. आन्तरिक बाजार की उपेक्षा—ग्रेट ब्रिटेन की औद्योगिक एवं वाणिज्यिक नीति का सम्भवतः सबसे महान दोष यह था कि उसने निर्यात व्यापार पर अत्यन्त ही अधिक एवं गृह बाजार पर अत्यन्त ही कम जोर दिया था। सम्भवतः इससे अच्छी नीति देश के अन्दर रोजगारी की सृष्टि हुई होती ताकि निर्यात उद्योगों में लगे श्रमिकों को, जो निर्यात में ह्रास के कारण कार्यहीन हो रहे थे, कार्य करने का अवसर दिया जा पाता।

9. पुरानी प्रविधि एवं पुसने यंत्र—ग्रेट ब्रिटेन के उद्योगों के यंत्र एवं उपकरण आदि पुराने एवं टूटे फूटे हो गये थे। उनका आधुनिकीकरण आवश्यक था। किन्तु आवश्यक वित्त की कठिनाइयों के कारण समयानुकूल आधुनिकीकरण नहीं किया जा सका था। यंत्रों आदि के आधुनिकीकरण के लिए वित्त की आवश्यकता थी। इसलिए ऐसे वित्त को उपलब्ध करने के लिए सरल मुद्रा नीति अपनायी जानी चाहिए थी ताकि कम ब्याज-दर पर पूँजीपति वित्त प्राप्त कर यंत्रों का आधुनिकीकरण कर सकें। किन्तु सरकार ने इसके ठीक विपरीत कार्य किया। बैंक दर को बढ़ाकर 7 प्रतिशत कर दिया। फलतः पूँजी का निवेश और भी खर्चीला हो गया।

10. औद्योगिक गवेषणा की कमी—ग्रेट ब्रिटेन औद्योगिक एवं वैज्ञानिक गवेषणा (research) पर पर्याप्त ध्यान नहीं दे रहा था। भूतकाल में चाहे जो रहा हो कालान्तर में अन्य नवोदित औद्योगिक राष्ट्रों की अपेक्षा ग्रेट ब्रिटेन ऐसी गवेषणाओं पर कम व्यय करने लगा था। अनुमानतः अन्तरयुद्धीय (inter war) काल में जबकि सोवियत रूस औद्योगिक गवेषणा पर अपनी सम्पूर्ण राष्ट्रीय आय का 1 प्रतिशत व्यय कर रहा था, संयुक्त राज्य अमेरिका अपनी सम्पूर्ण राष्ट्रीय आय का 0.5 प्रतिशत व्यय कर रहा था तो ग्रेट ब्रिटेन केवल 0.1 प्रतिशत ही ऐसे कार्यों में व्यय कर रहा था। फलतः नवीनतम यंत्रों एवं पद्धतियों का समावेश ग्रेट ब्रिटेन में पर्याप्त रूप में नहीं हो रहा था।

11. सरकार की उलझनपूर्ण आर्थिक नीति—1920 के दशक में **ब्रिटेन की सरकार की आर्थिक नीति पर दो भ्रामक एवं दोषपूर्ण विचारधाराओं का प्रभाव था**— (1) खोई हुई प्रतिष्ठा को प्राप्त करना जिसके लिए 1925 में प्राक-युद्ध समता स्तर पर स्वर्णमान को पुनः अपनाया गया जो ग्रेट ब्रिटेन के लिए विनाशकारी हुआ था। (2) देश में प्रचलित मजदूरी दर को अधिक मान कर मजदूरी दर में कटौती करना जो विश्वविख्यात श्रमिक हड़ताल में फलित हुई और जिससे ब्रिटेन को बड़ी क्षति पहुँची।

7. प्रथम विश्वयुद्ध और ब्रिटिश अर्थव्यवस्था
(First World War and the British Economy)

सन् 1914-18 के विश्वयुद्ध ने सम्पूर्ण यूरोपीय अर्थव्यवस्था के चित्र को परिवर्तित कर दिया और इस प्रकार ग्रेट ब्रिटेन की अर्थव्यवस्था को भी।

1. इंगलैंड की वाणिज्यिक सर्वोच्चता का अन्त—युद्ध काल में ग्रेट ब्रिटेन का निर्यात व्यापार अत्यन्त ही कम हो गया। एक तो युद्ध की अवस्था में वस्तुओं को दूसरे देशों में भेजा जाना सुरक्षित नहीं था और दूसरे, युद्धकालीन संकट ने इंगलैंड के औद्योगिक उत्पादनों, शक्ति के साधनों और नौपरिवहन को प्रतिकूलतः प्रभावित भी किया था। ऐसी अवस्था में ब्रिटिश वस्तुओं के आयातक देशों ने स्वयं अपने यहाँ ही उद्योगों का विकास करने का प्रयास किया। इन देशों में इंगलैंड के प्रतिद्वन्द्वी देशों—जापान और अमेरिका आदि ने अपनी वस्तुओं के लिए बाजार की सृष्टि कर ली। उदाहरण के लिए भारत ने अपने सूती वस्त्र उद्योग का तीव्र विकास कर लिया और जापान ने एशियाई देशों में अपनी वस्तुओं के लिए स्थान बना लिया। उसी प्रकार शक्ति के रूप में परिवर्द्धित मात्रा में तेल के प्रयोग के कारण इंगलैंड के कोयला उद्योग पर बुरा प्रभाव पड़ा। साथ ही, अन्य यूरोपीय देशों की नवीन खानों के साथ भी कोयला उत्पादन में इंगलैंड की प्रतियोगिता होने लगी। अनुमान लगाया गया है कि सन् 1913 में ब्रिटिश निर्यातों का मूल्य लगभग 52.5 करोड़ पौंड था। युद्ध-काल में मूल्य-स्तर में लगभग 129 प्रतिशत वृद्धि हुई थी। किन्तु इसके बावजूद सन् 1918 में ब्रिटिश निर्यातों का मूल्य केवल 50 करोड़ पौंड ही रह सका था। सबसे अधिक कमी सूती वस्त्र उद्योग, कोयला और लोहा तथा इस्पात उद्योग की वस्तुओं के निर्यातों में हुई थी। युद्धोत्तर काल में अस्थायी रूप से कुछ समय के लिए इसके निर्यातों में वृद्धि हुई थी। किन्तु पुनः 1929 की महान् मन्दी आ जाने के कारण ये घट गए।

2. ब्रिटिश उद्योगों की क्षति—युद्ध काल में देश में युद्ध सम्बन्धी वस्तुओं का उत्पादन करने वाले उद्योगों को प्राथमिकता दी गयी थी। युद्ध काल में जान-माल की सुरक्षा के अभाव के कारण ब्रिटिश उद्योगों के लिए विदेशों से कच्चा माल मँगाया जाना कठिन हो गया। इसके फलस्वरूप एक ओर जबकि ब्रिटिश उद्योगों का उत्पादन कम हो गया तो दूसरी ओर ब्रिटिश वस्तुओं के लिए बाजार का कार्य करने वाले देश अपने उद्योगों का विकास कर आत्म-निर्भर बनने लगे। जापान, जर्मनी, संयुक्त राज्य अमेरिका, फ्रांस आदि जैसे कतिपय देशों के साथ इसकी प्रतियोगिता होने लगी। इसके फलस्वरूप युद्धोत्तर काल में भी ब्रिटिश उद्योगों को अपने बाजारों में कठोर प्रतियोगिता करनी पड़ी—ऐसे बाजारों में जो अब तक ब्रिटिश उद्योगों के लिए सुरक्षित थे। सूती वस्त्र, कोयला आदि जैसे उद्योगों पर सबसे गम्भीर प्रभाव पड़ा था। लोहा, यंत्र आदि जैसे अभियांत्रिकी उद्योग समूह वाले उद्योगों की माँग में युद्धकाल में कुछ वृद्धि हुई थी जिससे इसके विकास को कुछ प्रोत्साहन मिला था। किन्तु युद्ध काल के पश्चात इनकी माँग समाप्त हो गई।

3. ब्रिटिश कृषि का तीव्र विकास—कृषि पर अनुकूल प्रभाव पड़ा और कृषि का तीव्र विकास हो गया। युद्ध के पूर्व तो ग्रेट ब्रिटेन अपने खाद्यान्नों की पूर्ति विदेशों से आयातों द्वारा कर लेता था। किन्तु युद्ध काल में विदेशों से खाद्यान्न मँगाना सम्भव नहीं हो सका। ऐसी अवस्था में ब्रिटिश कृषि को तीव्र गति से विकसित कर खाद्य पदार्थों के लिए आत्म-निर्भर बनने के अतिरिक्त और कोई चारा इंगलैंड के पास नहीं रह गया। कृषि

पर सरकारी नियंत्रण बहुत ही बढ़ गया और खाद्य पदार्थों के वितरण के लिए राशनिंग की व्यवस्था की गई। कृषि-उत्पादन को बढ़ाने के लिए भरपूर चेष्टाएँ की जाने लगीं। बंजर और बेकार भूमि को कृषि योग्य बनाया जाने लगा। अनुमानतः युद्ध काल में लगभग 3 मिलियन एकड़ अतिरिक्त भूमि को कृषि-कार्य के अधीन किया गया और लगभग 4 मिलियन टन अतिरिक्त खाद्यान्न का उत्पादन किया जा सका। अनुपूरक भोज्य पदार्थों पर भी विशेष जोर दिया गया। कृषि वस्तुओं का न्यूनतम मूल्य निर्धारित किया गया और कृषि श्रमिकों की न्यूनतम मजदूरी निर्धारित की गयी।

4. परिवहन साधनों पर सरकारी स्वामित्व होने लगा।

5. स्वर्णमान का अंत हो गया—युद्धकाल में स्वर्णमान को निलम्बित कर दिया गया था। किन्तु अपनी अन्तरराष्ट्रीय वित्तीय प्रतिष्ठा की रक्षा करने के लिए ग्रेट ब्रिटेन ने पुनः 1925 में स्वर्णमान को अपनाया। किन्तु विश्व परिस्थितियाँ स्वयंक्रिय स्वर्णमान के अनुकूल नहीं थीं। इससे ग्रेट ब्रिटेन को महान क्षति हुई। फलतः सन् 1931 में स्वर्णमान का अन्त कर दिया गया।

6. ग्रेट ब्रिटेन ऋणदाता देश की अवस्था से हटकर ऋणी देश बन गया।

7. बेकारी की समस्या भी गम्भीर रूप से प्रत्यक्षतः प्रकट हुई और उसी प्रकार निवेश की भी समस्या उत्पन्न हुई।

8. उद्योग तथा व्यवसाय के क्षेत्र में संयोजन और समामेलन *(Amalgamation)*—युद्धकाल के बाद ऐसे आन्दोलनों का प्रारम्भ हुआ। प्रथम विश्वयुद्ध का ग्रेट ब्रिटेन के उद्योगों के उत्पादन के साथ-साथ उनके ढाँचे तथा संगठन पर भी प्रभाव पड़ा। उद्योगों के क्षेत्र में श्रमिकों की कमी को दूर करने तथा उत्पादन बढ़ाने के उद्देश्य से वैज्ञानिक तथा उन्नत विधियों का प्रयोग किया जाने लगा। उद्योगों के विकास के लिए संरक्षण नीति उपनायी गयी जिससे इनकी स्थिति में कुछ सुधार हुआ। युद्धोत्तर काल में अपनी समृद्धि को पुनः प्राप्त करने के लिए ग्रेट ब्रिटेन ने **साम्राज्यीय अधिमान** (Imperial Preference) की नीति को अपनाया।

9. वित्त पर प्रभाव *(Effects on Finances)*—प्रथम विश्वयुद्ध ने ग्रेट ब्रिटेन की वित्त व्यवस्था को भी प्रभावित किया। युद्ध के पूर्व इंगलैंड में करों की दर अधिक ऊँची नहीं थी। 1913-14 ई॰ में ग्रेट ब्रिटेन में कुल राष्ट्रीय आय का 11.2 प्रतिशत भाग कर (केन्द्रीय तथा स्थानीय कर) के रूप में लिया जाता था। उसी वर्ष अमेरिका तथा फ्रांस में यह प्रतिशत क्रमशः 6.4 तथा 13.4 था। युद्ध के समय में अधिक मात्रा में ऋण लिया गया तथा करों की दर में वृद्धि की गयी और कुछ नये प्रकार के कर भी लगाये गये। इनके सम्मिलित प्रभाव से ग्रेट ब्रिटेन में 1923 ई॰ में कुल राष्ट्रीय आय का 23.2 प्रतिशत भाग कर के रूप में लिया जाने लगा जबकि अमेरिका तथा फ्रांस में उसी वर्ष यह प्रतिशत क्रमशः 11.5 तथा 16.6 था। कर भार में वृद्धि का इंगलैंड के निर्यात-व्यापार पर अत्यन्त ही प्रतिकूल प्रभाव पड़ा।

10. मूल्य-स्तर पर प्रभाव *(Effects on Price-level)*—ग्रेट ब्रिटेन में प्रथम विश्वयुद्ध काल में युद्ध-सम्बन्धी व्यय में वृद्धि के कारण स्फीति आ गयी। युद्धकाल में पत्र-मुद्रा तथा बैंक जमा में वृद्धि हुई। मूल्य स्तर ऊँचा उठा। मजदूरी में वृद्धि हुई तथा उत्पादन लागत अधिक हो गयी। इस प्रकार ब्रिटिश अर्थ-व्यवस्था मुद्रा-प्रसार के चक्र में

आ गयी। प्रथम विश्वयुद्ध काल में प्रायः सभी देशों में मूल्य स्तर में वृद्धि हुई थी। किन्तु ग्रेट ब्रिटेन में यह वृद्धि सर्वाधिक थी–

देश	**1920 ई॰ में थोक मूल्यों का निर्देशांक (1913 = 100)**
ग्रेट ब्रिटेन	307
अमेरिका	221
हालैंड	292

11. विश्व सर्वोच्चता का अन्त–इंगलैंड की सर्वोच्चता का अन्त हो गया और इसका विश्व में द्वितीय स्थान हो गया। विश्व अर्थव्यवस्था में संयुक्त राज्य अमेरिका का प्रथम स्थान हो गया और विश्व का वित्तीय केन्द्र (financial centre) लंदन से उठकर न्यूयार्क चला गया।

8. अन्तरयुद्धीय काल और ग्रेट ब्रिटेन
(Inter-War Period and Great Britain)

प्रो॰ लेविस[1] के अनुसार अन्तरयुद्धीय काल को अर्थात् प्रथम विश्वयुद्ध और द्वितीय विश्वयुद्ध के बीच के काल को तीन वर्गों में विभक्त किया जा सकता है–

1. सन् 1918 और 1925 के बीच का काल–इस काल में प्रथम विश्वयुद्ध के तुरन्त पश्चात् तेजी आई थी और उसके पश्चात् मंदी। तेजी और मंदी सामान्यतः समस्त देशों में सन् 1925 तक समाप्त हो गयी। किन्तु यह कथन ग्रेट ब्रिटेन के साथ नहीं लागू होता है जहाँ पर पुनर्निर्माण कार्य सन् 1933 तक चलता रहा।

2. सन् 1925 से 1929 तक का काल–इस काल में उद्योगपति तथा व्यापारियों का विश्वास पुनः लौट आया और उत्पादन एवं व्यापार समस्त देशों में पुनर्जीवित हो गए केवल ग्रेट ब्रिटेन और संयुक्त राज्य अमेरिका को छोड़कर। ग्रेट ब्रिटेन में व्यापारिक मंदी बनी रही और अमेरिका में व्यापारिक मंदी का कोई प्रश्न ही नहीं था क्योंकि वस्तुतः युद्ध से उसे कोई क्षति ही नहीं हुई थी। सन् 1920 का दशक अर्थात् सन् 1920 से 1929 तक का काल **अमेरिका में गर्जनकारी दशक** (roaring decade or roaring twenties) कहा जाता है क्योंकि उस काल में अमेरिका में असाधारण आर्थिक विकास हुआ था। इस काल में संयुक्त राज्य अमेरिका में एक प्रकार से तेजी आ गयी थी। आर्थिक क्रियाएँ बड़ी तेजी से बढ़ रही थीं, सट्टे बाजार के मूल्य, प्रतिभूतियों के मूल्य आदि सभी में वृद्धि हो रही थी जब सन् 1929 में अकस्मात् गम्भीर विस्फोट हो गया।[1]

3. सन् 1929 से 1939 तक का काल–इस काल में सन् 1929 में वाल स्ट्रीट (Wall Street) में एक आकस्मिक और गम्भीर विस्फोट का अनुभव किया गया। इसके फलस्वरूप एक महान मंदी आ गयी जो सन् 1933 तक बनी रही। सन् 1937 में तेजी आ गयी। किन्तु उसके बाद व्यापारिक गति प्रतिकूल दिशा में होने लगी और पुनः मन्दी प्रारम्भ हुई जो सन् 1939 में द्वितीय विश्वयुद्ध छिड़ जाने तक बनी रही। इस प्रकार यह काल अनेक गम्भीर उत्थान-पतन का काल था। बेकारी, अन्तरराष्ट्रीय व्यपार में ह्रास आदि का परिमाण अत्यन्त ही अधिक था।

प्रथम विश्वयुद्ध की समाप्ति के बाद आर्थिक पुनर्निर्माण का काम आरम्भ हुआ था।

---

1. W.A. Lewis : *Economic Survey*,. 1919-29, p. 33.

इससे मूल्य-स्तर में वृद्धि होने लगी थी। किन्तु तेजी की यह स्थिति अधिक दिनों तक नहीं बनी रह सकी क्योंकि युद्ध के बाद विदेशों से अधिक मात्रा में माल आने लगा। अतएव 1921 ई० में मूल्यों में पुनः ह्रास प्रारम्भ हो गया। इस काल में ब्रिटेन में मूल्य-स्तर में हुए परिवर्त्तनों का अन्दाजा नीचे की तालिका से लगाया जा सकता है—

ग्रेट ब्रिटेन में थोक मूल्यों का सूचनांक (1913 = 100)

वर्ष	1913	1920	1921	1922	1923	1924	1925
मूल्य-सूचनांक	100	307	197	159	195	136	159

ग्रेट ब्रिटेन के विदेशी व्यापार की स्थिति भी इस काल में अत्यन्त शोचनीय रही। इसका भुगतान सन्तुलन इसके पूर्णतया विपरीत रहा। नीचे की तालिका से इस काल में ग्रेट ब्रिटेन के विदेशी व्यापार की स्थिति का अनुमान लगाया जा सकता है—

ग्रेट ब्रिटेन के आयात और निर्यात (मिलियन पौंड में)

वर्ष	शुद्ध आयात	शुद्ध निर्यात
1919	1226	973
1920	1931	1557
1921	1085	810
1922	1003	823
1923	1096	885
1924	1277	940
1925	1320	927

इस प्रकार इस काल में ग्रेट ब्रिटेन का विदेशी व्यापार निरन्तर इसके प्रतिकूल रहा। अदृश्य निर्यातों को शामिल करने पर भुगतान सन्तुलन प्रतिकूल ही था। **ग्रेट ब्रिटेन के विदेशी व्यापार की इस हीन स्थिति के लिए अग्रांकित कारण उत्तरदायी थे**—(1) अन्य देशों की जनता की क्रय शक्ति में कमी, (2) विश्व के अन्य देशों का तीव्र गति से औद्योगिक विकास, और (3) संयुक्त राज्य अमेरिका तथा जापान आदि देशों की बढ़ती हुई प्रतियोगिता। 1925 ई० में ब्रिटेन ने जब स्वर्णमान को पुनः अपनाया था तो यह आशा की गयी थी कि इससे व्यापारिक परिस्थितियों में सुधार होगा। किन्तु वास्तव में ऐसा नहीं हुआ। **1925 ई० से 1929 ई० का काल अधिकांश पूँजीवादी देशों के लिए सामान्य समृद्धि का काल का था। इस काल में इन देशों के उत्पादन में बहुत वृद्धि हुई। किन्तु ब्रिटेन के उत्पादन में अन्य देशों की तुलना में बहुत कम वृद्धि हुई।** सोवियत रूस के अतिरिक्त सम्पूर्ण विश्व के उत्पादन में औसत वृद्धि 26 प्रतिशत थी। किन्तु ब्रिटेन में यह केवल 16 प्रतिशत थी। इस काल में ग्रेट ब्रिटेन में बेराजगारी की मात्रा भी अन्य देशों से अधिक थी। उदाहरण के लिए संयुक्त राज्य अमेरिका में इस काल में केवल 2 प्रतिशत बेरोजगारी थी जबकि ब्रिटेन में यह 10 से 11 प्रतिशत तक थी। कुछ विद्वानों के अनुसार **ग्रेट ब्रिटेन की इस स्थिति का मुख्य कारण युद्ध के पूर्व की समता स्तर पर स्वर्णमान को पुनः अपनाने के कारण स्टर्लिंग का लगभग 10 प्रतिशत से अधिमूल्यन था।** इस प्रकार इस अवधि में ग्रेट ब्रिटेन के औद्योगिक उत्पादन में कमी हुई तथा बेरोजगारी में भी वृद्धि हुई। **औद्योगिक उत्पादन में कमी के अग्रलिखित प्रमुख कारण थे**—निर्माण व्यय में वृद्धि, सरकार की लागत मौद्रिक नीति, दोषपूर्ण संगठन तथा पुरानी मशीनें, नियोजकों का पुराना दृष्टिकोण,

श्रमिकों का असहयोग, औद्योगिक झगड़े इत्यादि। इन विभिन्न कारणों से निर्यात उत्पादन में विशेष कमी हुई। सूती-वस्त्र, लोहा तथा इस्पात, कोयला और जहाज निर्माण उद्योगों के निर्यात में 1913 से 1929 ई॰ के बीच क्रमशः 37 प्रतिशत, 18 प्रतिशत तथा 19 प्रतिशत की कमी हुई। उत्पादन में कमी के कारण इन उद्योगों में कुल श्रम-शक्ति का 44 प्रतिशत भाग लगा था परन्तु 1930 ई॰ में वह प्रतिशत घटकर केवल 25 ही रह गया। ग्रेट ब्रिटेन ने इस स्थिति में सुधार लाने के लिए बहुत प्रयास किया। किन्तु इनमें सफलता बहुत कम मिली। इस बीच 1929 ई॰ में विश्व की भयानक आर्थिक मन्दी प्रारम्भ हुई जिसके प्रभावों से ग्रेट ब्रिटेन भी वंचित नहीं रह सका।

महान मन्दी और ब्रिटिश अर्थव्यवस्था

1929 ई॰ का समय प्रायः सभी पूँजीवादी देशों के लिए आर्थिक संकट का काल था। सभी देशों में औद्योगिक उत्पादन, रोजगार, आय तथा निवेश के स्तर में अत्यधिक ह्रास हुआ। **विश्व के आर्थिक इतिहास में इतना बड़ा आर्थिक संकट एक ही समय इतने अधिक देशों में कभी नहीं आया था। इसीलिए इसे महान आर्थिक मन्दी** (Great Economic Depression) की संज्ञा दी जाती है। **"1929 में जो मन्दी प्रारम्भ हुई थी वह साधारण मन्दी नहीं थी वरन् आधुनिक इतिहास में अवधि तथा गहरा प्रभाव दोनों दृष्टिकोणों से सबसे बड़ी थी। 1932 ई॰ में यह अपनी निम्नतम सीमा तक पहुँच गयी जब विश्व में बेराजगार व्यक्तियों की संख्या 3 करोड़ तक पहुँच गयी थी।"**[1] ग्रेट ब्रिटेन में 1932 ई॰ में कुल कार्यशील जनसंख्या का प्रायः 22 प्रतिशत भाग बेकार था जो पिछले वर्षों की अपेक्षा सबसे अधिक था। **इस भयानक आर्थिक मन्दी के कारणों के सम्बन्ध में विद्वानों में मतभेद हैं। इनके अनुसार स्वर्ण की कमी, श्रम-संगठन तथा एकाधिकारी संस्थाओं के निर्माण से अर्थव्यवस्था में अस्थिरता, साख का अत्यधिक प्रसार, उपभोग का निम्न-स्तर, बैंकिंग व्यवसाय में संकट, निवेश के अवसरों का अभाव इत्यादि इस मन्दी के लिए उत्तरदायी बतलाए जाते हैं।** वास्तव में, इस विश्वव्यापी आर्थिक मन्दी में इनमें से किसी एक का ही नहीं वरन् प्रायः सभी कारणों का हिस्सा था।

यह मन्दी सर्वप्रथम 1929 ई॰ में अमेरिका में वाल स्ट्रीट पतन(Wall Street Collapse) से प्रारम्भ हुई। धीरे-धीरे इसका प्रभाव विश्व के अन्य देशों पर भी पड़ा। 1932 ई॰ तक प्रायः सभी पूँजीवादी देश इसकी चपेट में आ गये थे। इस मंदी का ग्रेट ब्रिटेन पर भी बहुत बुरा प्रभाव पड़ा। इसके औद्योगिक उत्पादन, मूल्य-स्तर, निर्यात और रोजगार सभी में तीव्र गति से ह्रास प्रारम्भ हुआ।

ग्रेट ब्रिटेन में प्रमुख आर्थिक तत्त्वों के सूचनांक (1929 = 100)

	1929	1930	1931
औद्योगिक उत्पाद	106	98	89
रोजगार	102	98	94
थोक मूल्य स्तर	97	83	74
निर्यात	103	89	74

1. "The slump that started in 1929 was not a mild recession but the biggest in recent history, both for its length and for its severity. The bottom was not reached until 1932 and the estimate of the number of people unemployed in the world, when conditions were at their worst, was thirty millions."

महान मन्दी के कारण : एक विश्लेषण
(Analysis of the Causes of the Great Depression)

महान मंदी के कारणों की विभिन्न विद्वानों ने विभिन्न व्याख्या की है। यहाँ हम कतिपय महत्त्वपूर्ण विश्लेषणों को संक्षिप्त रूप से वर्णित करेंगे।

(क) सैद्धान्तिक विश्लेषण
(Theoretical analysis)

1. हिक्स (Hicks) **का विश्लेषण**—डॉ॰ हिक्स का कहना है कि त्वरण (acceleration) सिद्धान्त के आधार पर निर्मित व्यापार चक्र (trade cycle) का विशुद्ध सिद्धान्त केवल सामान्य तेजी अथवा सामान्य मंदी की ही व्याख्या कर सकता है। किंतु वर्तमान शताब्दी के तृतीय दसक की महान् मंदी एक असामान्य मंदी थी। इसलिए इसकी व्याख्या करने के लिए हिक्स ने अपने व्यापार चक्र के विशुद्ध सिद्धान्त (pure theory) में मौद्रिक तत्त्व (monetary factor) का समावेश किया है। हिक्स के अनुसार सन् 1930 की महान् मंदी उस मौद्रिक अवस्था से, जो अत्यन्त ही असामान्य रूप से अस्थिर थी, टकरा कर उत्पन्न हुई थी। अस्थिरता का प्रमुख कारण केवल ऊपरी (superficial) परिकल्पी (speculative) प्रसारातिरेक (over expansion) ही नहीं था जो सन् 1928-29 में न्यूयार्क में हुआ था बल्कि उसकी जड़ बहुत पहले ही पड़ चुकी थी। संसार की मौद्रिक प्रणाली सन् 1914-18 के विश्वयुद्ध के काल में और उसके पश्चात् मौद्रिक आय के स्तर में हुए परिवर्तनों के अनुसार पूर्णतः समायोजित (adjusted) नहीं हो पाई थी। यह प्रणाली सोने की ऐसी पूर्ति द्वारा व्यवस्थित हो रही थी जो अत्यन्त ही अपर्याप्त थी। मंदी की प्रारंभिक अवस्थाओं में अर्थात् सन् 1930 और 1931 के प्रारम्भ में निःसंदेह यह मौद्रिक कमजोरी परिस्थितियों को और भी गुरुतर बनाने वाली बात रही थी। किन्तु महाविपत्ति (catastrophe) का पूर्ण परिणाम तभी ज्ञात हो सका जब एक गम्भीर मौद्रिक संकट अधोमुख विनाश के कुछ ही समय पश्चात् सन् 1931 के ग्रीष्म में पूर्ण मंदी में परिवर्तित हुआ। उस समय वास्तविक चक्र (cycle) निम्नतर समस्थिति अंश (lower equilibrium part) के एक ऐसे बिन्दु पर था जिसे उस चक्र की थाह (bottom) होना चाहिए था। किन्तु एक नवीन मौद्रिक संकट ने उस चक्र-बिन्दु को और भी अधिक गहराई में पहुँचा दिया। दूसरे शब्दों में, निम्नतर समस्थिति बिन्दु (lower equilibrium point) और भी नीचे गिरता गया क्योंकि स्वायत्त निवेश (autonomous investment) में निरपेक्ष (absolute) ह्रास हो गया था। इस गहराई से अर्थव्यवस्था को पुनः ऊपर उठाना अपरिहार्य रूप से कठिन था।

2. हाटरे (Hawtrey) **का विश्लेषण**—हाटरे के विश्लेषण में व्यापारी (dealer) का अत्यन्त ही अधिक महत्त्व है क्योंकि वह बट्टे की दर (discount rate) के प्रति अत्यन्त ही अधिक संवेदनशील (sensitive) होता है। हाटरे के विश्लेषण में उच्चतर बैंक दर (bank rate) अधोमुख विनाश का संकेतक (signal) है क्योंकि यह व्यापारियों द्वारा वस्तुओं को जमाकर रखे जाने की लागत को बढ़ा देती है। हाटरे के सिद्धान्त द्वारा हम लोग वैसी सामान्य व्यापारिक तेजी की अधः प्रवृत्ति (downward trend) को स्पष्ट कर सकते हैं जैसे कि ग्रेट ब्रिटेन में मई सन् 1919 और अप्रैल सन् 1920 में आई थी क्योंकि उस समय अत्यंत ही अधिक मौद्रिक कठिनाइयाँ थीं—विशेषतः उस समय जब बैंक दर

को बढ़ाकर 7 प्रतिशत कर दिया गया था। किन्तु हाटरे के सिद्धान्त द्वारा हम सन् 1929-31 की तेजी की अधःप्रवृत्ति को समझा पाने में उतने सफल नहीं हो पाते हैं क्योंकि सन् 1929-30 में मौद्रिक कठिनाइयाँ अपेक्षाकृत कम गम्भीर थीं। प्रारम्भ में हाटरे ने 'साख गत्यवरोध' (credit deadlock) की अर्थात् उस परिस्थिति की जब सूद की दर में किसी भी प्रकार की कमी व्यापारियों को उधार लेने के लिए प्रोत्साहित नहीं कर सकती है, उपेक्षा की थी। बाद में उन्होंने स्वीकार किया कि कभी-कभी साख गत्यवरोध उपस्थित हो सकता है जब व्यापारियों का विश्वास इतना क्षीण हो सकता है कि साख उपलब्ध करने में किसी भी प्रकार की सुविधा स्वतः आर्थिक पुनरोत्थान (recovery) करने के लिए पर्याप्त नहीं होती है। उनके अनुसार सन् 1930 की महान् मंदी एक ऐसी ही अवस्था थी। हाटरे के मूल सिद्धान्त का यह परिमार्जित रूप इस तथ्य को स्पष्ट करता है कि मंदी ग्रेट ब्रिटेन में लगभग चार वर्षों तक (सन् 1930 से 1934 तक) क्यों बनी रही।

3. शूम्पीटर (Schumpeter) **का सिद्धान्त**—इनके सिद्धान्त में तीन महत्त्वपूर्ण बातें हैं अर्थात्—

1. संघटक (entrepreneur) जो एक असाधारण व्यक्ति है क्योंकि वह नवप्रवर्तक (innovator) है,
2. नवप्रवर्तन जिनमें न केवल नवीन वस्तुएँ ही वरन् बाजारों की खोज, पूर्ति के नवीन साधन और व्यापारिक संगठन के नवीन स्वरूप आदि भी सम्मिलित हैं
3. नवप्रवर्तनों में निरंतरता का अभाव जिसके कारण नवप्रवर्तन निरंतर नहीं हुआ करते वरन् रुक-रुक कर कुछ समय पश्चात् एक झुण्ड में आया करते हैं।

शूम्पीटर सामान्य तेजी और सामान्य मंदी को नवप्रवर्तन की प्रक्रिया के द्वारा प्रेरित आर्थिक प्रसार की प्रारंभिक लहर की सहायता से स्पष्ट करते हैं। किन्तु असाधारण मंदी की व्याख्या निराशा के अतिरेक (over pessimism) द्वारा प्रस्तुत संकुचन (contraction) की माध्यमिक (secondary) लहरों द्वारा की जा सकती है। माध्यमिक लहर सामान्यतः प्रारंभिक लहर के ऊपर लदी हुई होती है। हमलोग शूम्पीटर के सिद्धान्त को ब्रिटेन की मंदी को स्पष्ट करने के लिए आंशिक रूप से प्रयुक्त कर सकते हैं क्योंकि ब्रिटेन में आशातिरेक (over optimism) और निराशातिरेक प्रारंभिक लहरों में उतना अधिक नहीं था। अत्यधिक परिकल्पी क्रियाओं (excessive speculative activities) के कारण आशातिरेक और निराशातिरेक का वातावरण संयुक्त राज्य अमेरिका में गम्भीर था। इसलिए सन् 1926-27 और सन् 1936-37 के बीच संयुक्त राज्य अमेरिका की अर्थ व्यवस्था में प्रारंभिक लहर के ऊपर माध्यमिक लहर को स्थित होने की सम्भावना हम अधिक मान सकते हैं। इसलिए शूम्पीटर का सिद्धान्त अमेरिकी अर्थव्यवस्था में आने वाली महान् मंदी को समझाने में अधिक उपयुक्त है।

4. डॉब और क्लेन का निष्प्रवाह सिद्धान्त (Stagnation Theory of Dobb and Klein)—डॉब, क्लेन जैसे अर्थशास्त्री महान् मंदी की व्याख्या निष्प्रवाहित अर्थव्यवस्था के दृष्टिकोण से करते हैं। वे **मार्क्स** द्वारा प्रतिपादित लाभ की ह्रासशील दर (falling rate of profit) के नियम को व्यवहृत करने की चेष्टा करते हैं और बतलाते हैं सन् 1920 की भवन निर्माण तेजी (building boom) ने ग्रेट ब्रिटेन में तीव्र पूँजी संचयन के लिए मार्ग खोल दिया था। किन्तु यह संचयन अआयोजित (unplanned) ढंग से हुआ और पूँजी

की आंगिक रचना (organic composition of capital) में वृद्धि के कारण सन् 1920 के पश्चात् लाभ की दर में ह्रास होने लगा था। यही प्रवृत्ति सन् 1929-30 की महान् मंदी के विस्फोट तक जारी रही थी। मंदी के काल में लाभ की दर में और भी अधिक ह्रास हुआ। किन्तु अर्थव्यवस्था का पूर्ण निष्प्रवाह और पूँजीवाद का विनाश कुछ काल के लिए आर्थिक सिद्धान्त और नीतियों में परिवर्तन के कारण टल गया जिसके कारण लोक निवेश (public investment) और मध्यवर्गीय उपभोग (middle class consumption) के महत्त्व एवं परिमाण में वृद्धि हो गयी थी।

(ख) आनुभविक एवं ऐतिहासिक तर्क
(Empirical and Historical Argument)

1. पीगू की व्याख्या *(Pigou's Analysis)*—प्रो॰ पीगू ने प्रथम महायुद्ध की समाप्ति और महान् मंदी के आरम्भ के बीच की अवधि को **चार कालों** में विभक्त किया है—

(क) राहत काल (*'The breathing space'*)—नवम्बर 1918 से अप्रैल सन् 1919 तक यह काल संमायोजन (adjustment) का काल था और थोक विक्रय का निर्देशांक (index number) इस काल में 100 माना गया है।

(ख) तेजी काल (*Boom period*)—मई सन् 1919 से अप्रैल सन् 1920 तक। इस काल में थोक क्रय-विक्रय का निर्देशांक 144 रहा। अप्रैल सन् 1920 में बैंक दर को बढ़ाकर 7 प्रतिशत कर दिया गया था। इसलिए कृत्रिम ढंग से तेजी को दबा दिया गया था।

(ग) मंदी काल (*Slump period*)—मई सन् 1920 से जनवरी सन् 1923 तक। इस काल में थोक विक्रय का निर्देशांक 70 रहा और मंदी की अंतिम सतह (bottom) जनवरी सन् 1923 में आ गई।

(घ) मंद प्रवाह काल (the doldrums)—फरवरी सन् 1923 से सन् 1929 के वाल स्ट्रीट विस्फोट (Wall Street Crash) तक। इस काल में थोक विक्रय का निर्देशनांक लगभग 60 और 65 के बीच रहा।

अपने इस ऐतिहासिक काल की व्याख्या के द्वारा पीगू यह दिखाने की चेष्टा करते हैं कि सन् 1920-23 की मंदी और उसके अनुवर्ती मंद प्रवाह काल ने महाविपत्ति के लिए पहले से ही आधार प्रस्तुत कर दिया था और सन् 1929 के वालस्ट्रीट विस्फोट ने एक द्वितीय गंभीरतर मंदी के आगमन का संदेश लाया जिसे हम महान् मंदी के नाम से पुकारते हैं।

2. लेविस (Lewis) **और आर्न्डट** (Arndt) **के विश्लेषण**

1. उनका प्रथम सामान्य तर्क *(their first common point)*—प्रो॰ लेविस और आर्न्डट दोनों ही इस बात से सहमत हैं कि महान् मंदी का प्रमुख कारण ब्रिटेन के निर्यात व्यापार के सापेक्ष निष्प्रवाह में छिपा हुआ था। प्रो॰ लेविस का विश्वास है कि ग्रेट ब्रिटेन की कठिनाइयाँ सन् 1870 की मंदी से प्रारम्भ हुई थीं। उनके अनुसार सन् 1913 के पूर्व यह निष्प्रवाह सापेक्ष (relative) था किन्तु उसके पश्चात् यह निरपेक्ष (absolute) हो गया। प्रो॰ आर्न्डट के अनुसार निष्प्रवाह के प्रति यह प्रवृत्ति प्रथम विश्वयुद्ध से प्रारम्भ हुई और युद्धोत्तर काल में जारी रही। फिर भी दोनों ही प्रोफेसर इस तथ्य से सहमत हैं कि निर्मित वस्तुओं के विश्व व्यापार के विकास की गति में ह्रास के कारण निर्मित वस्तुओं के ब्रिटिश निर्यात पर बुरा प्रभाव पड़ा था। साथ ही ब्रिटेन के निर्यात पर नवीन देशों के

उद्योगीकरण का भी हानिकारक प्रभाव पड़ रहा था। उनका यह भी विश्वास है कि आर्थिक राष्ट्रीयतावाद (economic nationalism) की भावना अंतरराष्ट्रीय व्यापार में बाधा डालने तथा अंतराष्ट्रीय आर्थिक व्यवस्था को अशान्त करने के लिए उत्तरदायी है। इस सम्बन्ध में दोनों प्रोफेसरों ने औद्योगिक देशों, विशेषकर फ्रांस, जर्मनी और संयुक्त गज्य अमेरिका द्वारा प्रशुल्क (tariff) नीतियों के अनुसरण पर दोष आरोपित किया है।

उनकी विशेष बातें *(Their special points)*

(क) प्रो॰ लेविस की विशेष बात—प्रो॰ लेविस का कहना है कि निर्मित वस्तुओं के विश्व व्यापार और असाधारण आधिपत्य खो देने के पश्चात् ग्रेट ब्रिटेन ने कुछ काल के लिए अपने भुगतान सन्तुलन (balance of payments) को विश्व नौपरिवहन (shipping), बीमा और अन्य वाणिज्यिक सेवाओं के असाधारण अंश पर अपना आधिपत्य जमाकर बनाये रखा। किन्तु जैसा कि स्वाभाविक है, यह अवस्था बहुत अधिक दिनों तक नहीं चल सकी। फिर भी प्रो॰ लेविस ने ब्रिटेन के निर्यात उद्योगों के क्लिष्ट ढाँचे में दोष निकाला है। उनके अनुसार यदि ब्रिटिश अर्थव्यवस्था कुछ और लचीली हुई होती तो ब्रिटेन के निर्यात बहुत ही अधिक रहे होते। नवीन देशों के उद्योगीकरण के साथ प्रवृत्तियाँ उपभोक्ता वस्तुओं के विरुद्ध सामान्य रूप से और वस्त्र उद्योग की वस्तुओं के विरुद्ध विशेष रूप से तथा उत्पादक वस्तुओं के पक्ष में हो रही थीं। ब्रिटेन के निर्यात उद्योग तुरंत ही अपने ढाँचे को समय की माँग के अनुसार समायोजित नहीं कर सके। इसी कारण दीर्घ काल में ब्रिटेन को हानि उठानी पड़ी।

(ख) प्रो॰ आर्न्ड्ट की विशेष बात—प्रो॰ आर्न्ड्ट का कहना है कि प्रथम विश्वयुद्ध के उत्तर काल में ब्रिटेन के निर्यात में ह्रास संसार की कृषि की कुछ शखाओं में सापेक्षिक अति उत्पादन की अवस्था के परिणास्वरूप हुआ। कृषि कला में असाधारण विकास और कृषित भूमि में वृद्धि के कारण प्रथम महायुद्ध के काल में उत्पादकता में काफी वृद्धि हुई थीं। विश्व की कृषि वस्तुओं के सापेक्षिक अति उत्पादन के कारण कृषि वस्तुओं के मूल्य में निर्मित वस्तुओं के मूल्य की अपेक्षा कमी आ गई थी। इस प्रकार कृषि प्रधान देशों की आय में भी ह्रास हो गया। इसलिए इन कृषि प्रधान देशों ने भी, जो ब्रिटेन की निर्मित वस्तुओं के सबसे बड़े और अच्छे ग्राहक थे, अपेक्षाकृत कम ही निर्मित वस्तुओं को खरीदना प्रारम्भ किया था।

2. प्रो॰ लेविस और आर्न्ड्ट का द्वितीय सामान्य तर्क—दोनों ही प्रोफेसरों का विश्वास है कि सन् 1930 के आर्थिक निष्प्रवाह की गति में महायुद्ध के पूर्वकालीन समता-स्तर (parity level) पर सन् 1925 में स्वर्णमान (gold standard) के पुनः स्थापन (restoration) के द्वारा वृद्धि हो गई थी। तीव्र गति से परिवर्तित हो रहे सापेक्षिक राष्ट्रीय मूल्य-स्तरों और सन् 1920 और उसके बाद के वर्षों में स्वयंक्रिय समायोजन (automatic adjustment) के लिए परिवर्द्धित बाधाओं के कारण स्वर्णमान असंगत सिद्ध हो गया था।

प्रो॰ लेविस और आर्न्ड्ट की विशेष बातें

(क) प्रो॰ लेविस की विशेष बातें—प्रो॰ लेविस का विश्वास है कि तत्काल सर्वोत्तम उपचार गृह उपभोग के लिए उत्पादन को प्रोत्साहित करना और निर्यात व्यापार से भिन्न क्षेत्र में रोजगार की सृष्टि करना हुआ होता। (यदि केन्स की 'जेनरल थियरी' सन् 1925 और 1930 के बीच प्रकाशित हो गई होती तो सभी बातें ठीक रहतीं।) प्रो॰ लेविस का

यह भी कहना है कि सन् 1925 और सन् 1929 के बीच की अवधि में पौंड का कम-से-कम 20 प्रतिशत अवमूल्यन (devaluation) किया जाना चाहिए था क्योंकि यह निश्चय ही ग्रेट ब्रिटेन के भुगतान-सन्तुलन (balance of payment) की अवस्था में सुधार किया होता।

(ख) प्रो॰ आर्न्ड्ट की विशेष बातें—प्रो॰ आर्न्ड्ट का मत है कि सन् 1925 के पूर्व विश्व की आर्थिक अस्थिरता प्रमुखतः ग्रेट ब्रिटेन में महान् मन्दी लाने के लिए उत्तरदायी है। युद्ध-ऋण, हानि-पूर्ति (reparation), युद्ध काल में ग्रेट ब्रिटेन द्वारा बाह्य पूँजी के विक्रय और विश्व व्यापार के परिवर्तनों आदि ने अन्तरराष्ट्रीय भुगतान की समस्थिति को पूर्णतः परिवर्तित कर दिया था। महायुद्ध के पश्चात् यह ज्ञात हुआ कि संयुक्त राज्य अमेरिका ने निश्चय ही प्रमुख ऋणदाता (creditor) देश के रूप में ग्रेट ब्रिटेन का स्थान ले लिया था। इस प्रकार वालस्ट्रीट विस्फोट के पश्चात् परिस्थितियाँ और भी बिगड़ गईं। सन् 1929-30 में गर्म मुद्रा (hot money) के अन्तरराष्ट्रीय चलन (movement) ने आग में घी का कार्य किया। इसी मन्दी को अत्यन्त ही गम्भीर बना दिया।

महान मन्दी को दूर करने के लिए ग्रेट ब्रिटेन के उपचार
(Remedial Measures Adopted by Great Britain)

इस महान मन्दी को दूर करने के लिए ग्रेट ब्रिटेन द्वारा किए गए उपचारों को हम **तीन श्रेणियों** में विभक्त कर सकते हैं—

1. निर्यात अतिरेक की संरचना करने के लिए किए गए उपचार
(Measures to Create Export Surplus)

(क) स्वर्णमान का त्याग तथा सन् 1931 में पौंड का अवमूल्यन *(Abandonment of the gold standard and the devaluation of the sterling in 1931)*—सन् 1925 में स्वर्णमान पर पुनः चले आने के बाद से ही ग्रेट ब्रिटेन पौंड को महायुद्ध के पूर्व कालीन समता-स्तर पर बनाये रखने में कठिनाइयाँ अनुभव कर रहा था। मुख्यतः प्रतिष्ठा को बनाए रखने के लिए ग्रेट-ब्रिटेन ने पौंड का स्वर्ण के साथ पुनः सम्बन्धित स्थापित किया था। उच्च विनिमय दर के कारण ब्रिटिश निर्यात व्यापार के लिए अतिरिक्त कठिनाइयाँ उपस्थित हो गई थीं जबकि स्वर्ण भंडार को सुरक्षित करने के लिए किये गए सरकारी प्रयासों ने प्राधिकारियों को विस्फीतिक (deflationary) मौद्रिक नीति का अनुसरण करने के लिए बाध्य कर दिया था जिसने देश के अन्दर आर्थिक क्रियाओं को और भी मन्द बना दिया। **प्रो॰ लेविस** के अनुसार यदि 1925-27 में पौंड का 20 प्रतिशत अवमूल्यन (devaluation) कर दिया गया होता तो ग्रेट ब्रिटेन की मुख्य आर्थिक समस्याएँ सुलझ गई होती। किन्तु अवमूल्यन की सार्थकता का अनुभव ब्रिटिश सरकार ने सन् 1931 में जाकर किया जब अर्थव्यवस्था मन्दी की सबसे निचली सतह पर पहुँच चुकी थी। 20 सितम्बर सन् 1931 को बैंक ऑफ इंगलैंड को स्वर्ण के भुगतान को निलम्बित करने के लिए विवश होना पड़ा और उसके दूसरे दिन स्वर्णमान को आधिकारिक रूप से छोड़ दिया गया। पौंड के मूल्य में तुरन्त 20 प्रतिशत का ह्रास हो गया और वर्ष के अन्त के पूर्व पुनः 10 प्रतिशत की कमी हो गई। सन् 1930 के दशक के शेष वर्षों में पौंड व्यवस्थित चलार्थ (managed currency) के रूप में रहा। इसमें कोई सन्देह नहीं कि स्वर्णमान के त्याग और पौंड के अवमूल्यन ने ग्रेट ब्रिटेन को महान मंदी की स्थिति से बाहर आने के लिए सबसे अधिक

सहायता पहुँचायी। किन्तु उसके बावजूद ग्रेट ब्रिटेन अवमूल्यन नीति का पूर्ण लाभ नहीं उठा सका क्योंकि कुछ ही दिनों में यह अवमूल्यन नीति विश्वव्यापी और प्रतियोगी हो गई।

(ख) संरक्षण और साम्राज्यीय अधिमान(*Protection and Imperial Preference*) —मुक्त व्यापार नीति को त्याग कर ब्रिटेन ने सामान्य संरक्षण तथा साम्राज्यीय अधिमान की नीति अपनाई। जैसा कि **प्रो॰ आरन्ड्ट** (Arndt) ने लिखा है, यह सत्य है कि सामान्य संरक्षण नीति का प्रभाव लगभग वैसा ही पड़ा जैसा कि अवमूल्यन नीति का पड़ता है। किन्तु अनेक कारणों से सामान्य संरक्षण नीति श्रेयस्कर थी। सबसे अधिक महत्त्वपूर्ण कारण तो यह था कि जबकि अवमूल्य नीति का प्रभाव समस्त वस्तुओं और उद्योगों पर समान रूप से ही पड़ता है तो सामान्य संरक्षण नीति का प्रभाव विभेदात्मक(differential) होता है। संरक्षण नीति ग्रेट ब्रिटेन के लिए अत्यन्त ही लाभप्रद उपाय सिद्ध हुई। इस नीति से सरकार को राजस्व भी प्राप्त हुआ और विदेशी निवेशों से प्राप्त होनेवाली वास्तविक आय की हानि को भी रोका जा सका। यदि और भी अवमूल्यन किया जाता तो इन विदेशी निवेशों से प्राप्त होने वाली वास्तविक आय में ह्रास हुआ होता। फरवरी सन् 1932 में **आयात शुल्क अधिनियम** (Import Duties Act) पारित किया गया जिसने इस नवीन प्रशुल्क(tariff) नीति की प्रकृति की नींव रखी। इस अधिनियम के अनुसार सरकार ने स्वतंत्र सूची (free list) में वर्णित वस्तुओं (जिसमें अधिकांश कच्चे माल तथा खाद्यान्न सम्मिलित थे) को छोड़कर समस्त वस्तुओं के आयात पर 10 प्रतिशत **यथामूल्य** (ad valorem) शुल्क आरोपित किया। यह अधिनियम **साम्राज्यीय वस्तुओं** (Empire products) के साथ लागू नहीं हुआ था। इस प्रकार इसने **साम्राज्यीय अधिमान** (Imperial Preference) के लिए आधार प्रस्तुत किया जो 6 महीनों के पश्चात् ग्रेट ब्रिटेन और **ब्रिटिश अधिराज्यों** (dominions) के बीच **ओटावा में हुए समझैते द्वारा दृढ़ किया गया। साम्राज्यीय अधिमान और ओटावा समझौते की सहायता से ग्रेट ब्रिटेन एक ओर तो अपने साम्राज्य की राजनैतिक एकता को दृढ़ कर रहा था और दूसरी ओर अधिराज्यीय बाजारों (dominion market) से विदेशी प्रतियोगिता को दूर कर अपने निर्यातों में भी वृद्धि कर रहा था।** सन् 1933 में साम्राज्यीय अधिमान **क्राउन उपनिवेशों**(Crown colonies) के साथ भी लागू कर दिया गया। ये संरक्षणात्मक उपाय तुरन्त ही ग्रेट ब्रिटेन की मन्दी को दूर करने में सहायता पहुँचाये। **वस्तुत: यह नीति ग्रेट ब्रिटेन के लिए अनुकूल व्यापार सन्तुलन की अवस्था लाने के लिए मुख्य रूप से उत्तरदायी थी** और सम्पूर्ण परिस्थितियों में सुधार लायी।

2. सस्ती-सुलभ मुद्रा से सम्बन्धित घरेलू नीति (*Domestic policy connected with cheap money*)—ब्रिटेन की बाह्य आर्थिक नीति के विपरीत उसकी आन्तरिक पुनरुत्थान नीति वर्तमान शताब्दी के तृतीय दशक में अपनी रूढ़िवादिताओं से युक्त थी। महान् मन्दी सरकारी हस्तक्षेप में, विशेषतः लोक व्यय और हीनार्थ प्रबन्धन (deficit financing) नीतियों से सम्बन्धित हस्तक्षेप में कोई विशेष वृद्धि नहीं कर सकी। वस्तुतः **यह एक आश्चर्यजनक बात है कि जिस देश में केन्स (Keynes) ने जन्म लिया था वह सन् 1930 के महाविपत्तिकाल में 'जेनरल थियोरी' के सामाजिक दर्शन एवं आर्थिक नीतियों की उपलक्षणाओं को नहीं जान सका** जबकि हमें ज्ञात होता है कि स्वीडेन में विशेष रूप से और अमेरिका में कुछ सीमा तक सरकारें 'जेनरल थियरी' के कुछ सामाजिक दर्शनों तथा नीति उपलक्षणाओं का पूर्वाधान कर रही थीं। **संयुक्त राज्य**

अमेरिका और स्वीडन दोनों ही देशों में महान मन्दी को हीनार्थ प्रबन्धन कार्यक्रम द्वारा दूर किया जा रहा था यद्यपि इन दोनों देशों के उपागमनों में भिन्नता थी। संयुक्त राज्य में राहत व्यय पर अपेक्षाकृत अधिक जोर दिया जा रहा था और लोक निवेश पर कम। किन्तु दूसरी ओर स्वेडन में श्रमिक सरकार का शासन था। इसलिए वहाँ पर लोक निवेश पर अधिक जोर दिया गया था। किन्तु **ग्रेट ब्रिटेन ने सन् 1930 के दशक में हीनार्थ प्रबन्ध नीति का अनुसरण नहीं किया। क्यों? प्रथमत:** इसलिए कि सन् 1931 की **मे समिति** (May Committee) ने अपने प्रतिवेदन में हीनार्थ नीति के प्रति गंभीर भय-आशंका प्रकट की थी और यह सरल वित्तीय रूढ़िवादिता के पक्ष में थी। **दूसरा कारण** यह था कि सन् 1930 के साधारण निर्वाचन में वहाँ की श्रमिक सरकार (Labour Government) की पराजय हो गई थी और अनुदार (Conservative) दलीय बहुमत से मिश्रित (coalition) सरकार संघटित हुई थी जिसे राष्ट्रीय सरकार की संज्ञा दी गयी थी।

इतना विचार करने के बाद अब हम महान मन्दी काल की ब्रिटेन की रूढ़िवादी वित्तीय नीतियों का विश्लेषण कर सकते हैं। सबसे महत्वपूर्ण घरेलू नीति सुलभ मुद्रा नीति को अपनाये जाने से सम्बन्धित थी। **सुलभ मुद्रा नीति ने तीन रूप लिया**—युद्ध ऋण का परिवर्तन, संयुक्त पूँजी बैंकों के नकद कोष में प्रसार और नवीन पूँजी निर्गमों (capital issues) पर सरकारी नियंत्रण। युद्ध ऋणों, जो समस्त आन्तरिक लोक ऋण के एक तिहाई थे, को सन् 1932 के ग्रीष्म में 5 प्रतिशत ब्याज 3½ प्रतिशत ब्याज वाले ऋणों में परिवर्तित किया गया। बैंक दर को बाद में घटाकर 2½ प्रतिशत कर दिया गया। **किन्तु इस सुलभ मुद्रा नीति के बावजूद वैयक्तिक निवेश में पर्याप्त वृद्धि नहीं हो सकी।** यह इस बात का संकेतक है कि उस समय ग्रेट ब्रिटेन में मन्दी के निम्न सतह पर कुछ प्रकार की **'साख गत्यावरोध परिस्थितियाँ'** (credit deadlock situation) विद्यमान थीं। इस सम्बन्ध में एक और बात को ध्यान में रखा जाना चाहिए। निम्न ब्याज दर ने राष्ट्रीय ऋण के ब्याज प्रभारों में कमी लाई थी। इसके परिणामस्वरूप न केवल करों में कमी सम्भव हो सकी थी वरन् कुछ महत्त्वपूर्ण उद्योगों को प्रत्यक्ष उपदान (subsidy) देने में सरकार को सहायता भी प्राप्त हो सकी। ब्रिटेन की सरकार ने न केवल कुछ अत्यन्त पीड़ित उद्योगों को ही सरकारी उपदान और ऋण प्रत्याभूतियों (loan guarantees) द्वारा सहायता पहुँचायी थी वरन् इसने सूती वस्त्र, कोयला, जलयान निर्माण उद्योगों के आन्तरिक पुनर्गठन को भी प्रोत्साहित करने के लिए उपाय किया था। इसके अतिरिक्त विनिमय अवमूल्यन (exchange depreciation) की नीति के कारण स्वर्ण का प्रवाह पुनः लन्दन में लौट आया और उसके **विनिमय समानीकरण निधि** (Exchange Equalization Fund) के कोष में वृद्धि हुई। विनिमय समीकरण निधि के परिवर्द्धित कोष ने बैंक ऑफ इंगलैंड के चलार्थ संसाधनों (currency resources) में वृद्धि की। इसके फलस्वरूप बैंकों की नकद राशि में वृद्धि हुई और वे साख का प्रसार करने में समर्थ हुए। **सारांशतः ब्याज दर के अभिसाधन के सम्बन्धित रूढ़िवादी घरेलू नीति साख गत्यावरोध की उपस्थिति के कारण केवल आंशिक परिणाम ही ला सकी।**

3. विशिष्ट अनुकूल वातावरण (*Specially favourable atmosphere*)—महान मन्दी काल में ब्रिटेन को कुछ विशिष्ट परिस्थितियों ने अवश्य ही सहायता पहुँचायी थी। प्रथमतः सन् 1920 के दशक में ब्रिटेन में आई हुई तेजी ने पूर्ण पुनरुत्थान नही प्रस्तुत किया था। इसलिए उस काल में निवेश के लिए समस्त उद्दीपनों को रिक्त नहीं कर दिया

गया था। ऐसा प्रमुखतः मौद्रिक कड़ाइयों के कारण हुआ था जो सन् 1920 के दशक के प्रारम्भ में ब्रिटिश सरकार द्वारा की गई थी। उदाहरण के लिए, अप्रैल सन् 1920 में बैंक दर को बढ़ाकर 7 प्रतिशत कर दिया गया था। अमेरिका में उस काल में पुनरुत्थान परिकल्पी तेजी (speculative boom) से सम्बन्धित था। **जिस प्रकार तेजी इंगलैंड की अपेक्षा संयुक्त राज्य में अधिक गंभीर थी उसी प्रकार मन्दी भी इंगलैंड की अपेक्षा संयुक्त राज्य में अधिक गंभीर थी।** 1920 के दशक में अमेरिका ने निवेश के अधिकांश बाह्य एवं आन्तरिक उद्दीपनों को रिक्त कर दिया था। इसलिए स्वभावतः मन्दी संयुक्त राज्य में अधिक गंभीर थी।

अमेरिका की अपेक्षा इंगलैंड की कम गंभीर मन्दी की व्याख्या करने के लिए हम प्रो० शूम्पीटर के विश्लेषण की सहायता ले सकते हैं और कह सकते हैं कि अत्यधिक आशावादी तथा अत्यधिक निराशावादी वातावरण के कारण माध्यमिक लहर (secondary wave) की दोनों अवस्थाएँ इंगलैंड की अपेक्षा अमेरिका में अधिक प्रबल थीं। साधारण भाषा में हम कह सकते हैं कि इंगलैंड में मन्दी कम गंभीर थी क्योंकि ग्रेट ब्रिटेन में ''सन् 1930 का दशक 1920 के दशक से भोजन प्राप्त कर रहा था'' (The 30's were feeding on the 20's") इसका अर्थ यह हुआ कि इंगलैंड में बहुत से नवीन निवेश, जो सन् 1925 के पश्चात् अर्द्ध निष्प्रवाह (semi-stagnation) के कारण टाल दिये गये थे, सन् 1932-33 के पश्चात् किये जाने लगे। यह भी प्रदर्शित किया जा सकता है कि 1930 के दशक में पूँजी की सीमांत कुशलता (marginal efficiency of capital) का युगीन ह्रास ग्रेट ब्रिटेन की अपेक्षा संयुक्त राज्य अमेरिका में अधिक था। दूसरे शब्दों में, **चूँकि ग्रेट ब्रिटेन में मन्दी की तीव्रता कम थी इसलिए सामान्य उपचार भी पुनरुत्थान ला सके।** अन्त में, हमें ध्यान में रखना होगा कि एक अन्य दैवी परिस्थिति भी इंगलैंड के लिए सहायक सिद्ध हुई थी। जैसा कि हम जानते हैं, सन् 1920 में इंगलैंड में एक भवन-निर्माण तेजी (building boom) आई थी किन्तु मौद्रिक कठिनाइयों के कारण यह तेजी अपनी पूर्ण यात्रा नहीं तय कर पाई थी। ध्यान रहे कि निर्माण-चक्र (bulding cycle) का स्थिति-काल लगभग 15-16 वर्ष हुआ करता है। परिणामस्वरूप सन् 1935-36 में ब्रिटिश अर्थव्यवस्था ने प्रबल निर्माण तेजी के प्रभाव का अनुभव किया। निर्माण तेजी ने स्वायत्त (autonomous) निवेश के परिमाण को परिवर्द्धित कर दिया और पुररुत्थान को सुविधाजनक बनाया।

9. द्वितीय विश्वयुद्ध और उसके बाद

द्वितीय विश्वयुद्ध सितम्बर सन् 1939 में छिड़ा और सन् 1945 के मध्य तक चलता रहा। **इस महान युद्ध ने इस अल्पकाल में ही ग्रेट ब्रिटेन की अर्थ व्यवस्था पर इतना गंभीर घातक प्रभाव डाला और विश्व-व्यापार में उसके स्थान में इतना अधिक मौलिक परिवर्तन किया कि यदि हम इसके परिणामों को क्रान्ति की संज्ञा दें तो अत्युक्ति नहीं होगा।** पिछले पृष्ठों में हमने देखा है कि सन् 1870 से ही ग्रेट ब्रिटेन की औद्योगिक और वाणिज्यिक सर्वोच्चता में आपेक्षिक ह्रास हो गया था। अन्तरयुद्धीय काल अर्थात् प्रथम विश्वयुद्ध और द्वितीय विश्वयुद्ध के बीच की अवधि में इंगलैंड की विश्वव्यापी महत्ता तीव्र गति से क्षीण हो रही थी। फलतः इंगलैंड की अर्थव्यवस्था में

आर्थिक संकट आ रहा था और उसमें मौलिक परिवर्तन के लक्षण परिलक्षित होने लगे थे। द्वितीय विश्वयुद्ध ने इस प्रक्रिया को कुछ ही वर्षों में पूर्ण कर दिया।

द्वितीय विश्वयुद्ध का इंगलैंड पर प्रभाव

इस महान् युद्ध से ग्रेट ब्रिटेन को महान क्षति पहुँची। युद्धकाल में बम-वर्षा और वाणिज्य पोतों को डुबाने और सैनिक क्रियाओं के कारण धन की क्षति के साथ मानवीय क्षति भी महान हुई। लगभग 6,00,000 व्यक्ति मारे गये अथवा घायल हुए। द्वितीय विश्वयुद्ध ने ब्रिटेन की अर्थव्यवस्था पर इतना अधिक दबाव डाला तथा विश्व व्यापारी के रूप में उसकी अवस्था को अत्यन्त ही अल्प समय में इतना अधिक प्रभावित किया कि युद्ध के प्रभावों को हम क्रान्तिकारी कह सकते हैं।[1] **द्वितीय विश्वयुद्ध के प्रभावों का विस्तृत अध्ययन** निम्नवर्णित शीर्षकों के अन्तर्गत किया जा सकता है—

1. आर्थिक क्षति—द्वितीय विश्वयुद्ध से ब्रिटेन को महान आर्थिक क्षति हुई। बम-वर्षा, वाणिज्य पोतों को डुबाने तथा सैनिक क्रियाओं के कारण लगभग 9900 मिलियन पौंड धन की क्षति हुई। लगभग 3000 मि॰ पौंड की घरेलू पूँजी नष्ट हुई। इस प्रकार युद्ध के कारण मकान, सड़क, जहाज आदि सम्पत्ति बड़े पैमाने पर नष्ट हुई। औद्योगिक यंत्रों और उपकरणों की घिसावट आदि के रूप में 10,000 मिलियन पौंड की क्षति हुई।

2. विदेशी निवेशों में कमी—युद्ध के पूर्व इंगलैंड के निवेश विदेशों में बहुत अधिक थे। युद्ध काल में खाद्यान्न तथा कच्चे माल की पूर्ति के लिए विदेशी निवेशों को सुरक्षित रखा गया। इस काल में युद्ध सम्बन्धित वस्तुएँ खरीदने के लिए ब्रिटेन 1000 मिलियन पौंड का अपना विदेशी निवेश बेच दिया। इससे इंगलैंड की विदेशी आय में कमी हुई। सन् 1938 में विदेशी निवेश की आय से वह अपने कुल आयात के 21 प्रतिशत मूल्य का भुगतान करता था जबकि सन् 1947 में यह प्रतिशत केवल 3 रह गया।

3. विदेशी ऋणों में वृद्धि—युद्ध काल में अपने भुगतान सन्तुलन को ठीक करने तथा युद्ध संचालन के लिए ब्रिटेन को विदेशी ऋण के रूप में 3000 मिलियन पौंड लेना पड़ा।

4. व्यापार पर प्रभाव—व्यापार पर युद्ध का बहुत बुरा प्रभाव पड़ा। विदेशों में कच्चे माल के मूल्य में वृद्धि हुई। मूल्य-वृद्धि के कारण अब ब्रिटेन को युद्ध के पूर्व के बराबर आयात के लिए 20 प्रतिशत से भी अधिक निर्यात करना पड़ता था। अतः उसे अपने आयात में अब कमी करनी पड़ी। युद्ध की समाप्ति के बाद तो इसका निर्यात युद्ध के पूर्व का केवल एक तिहाई भाग ही रह गया। साथ ही, युद्ध के परिणामस्वरूप संयुक्त राज्य अमेरिका तथा अन्य डॉलर क्षेत्रों पर ब्रिटेन की निर्भरता में बहुत अधिक वृद्धि हुई।

5. कृषि पर प्रभाव—प्रथम महायुद्ध की तरह द्वितीय महायुद्ध का भी ब्रिटेन की कृषि पर अनुकूल प्रभाव पड़ा। युद्ध के पूर्व ब्रिटेन अपनी कुल खाद्यान्न आवश्यकता का लगभग 70 प्रतिशत आयात करता था। गेहूँ तथा मक्खन जैसी वस्तुओं के सम्बन्ध में तो यह 90 प्रतिशत तक आयात करता था। किन्तु युद्ध काल में विभिन्न कारणों से खाद्यान्न तथा कच्चे

1. "The Second World War subjected Britain's economy to such a severe strain and affected her position as a world trader so fundamentally in such a short period that we can speak of its effects almost as a revolution."

पदार्थों की बहुत अधिक कमी आ गयी। सरकार ने कृषि-विकास के लिए सभी सम्भव प्रयास किया। सन् 1941 तक कृषि के अन्तर्गत भूमि के क्षेत्र में 40 लाख एकड़ की वृद्धि हुई। सन् 1938 में ब्रिटेन में कृषि फार्मों पर 30 हजार ट्रैक्टर काम करते थे। इनकी संख्या बढ़कर युद्ध के बाद 190 हजार हो गयी। प्रत्येक काउन्टी में एक-एक युद्ध कृषि समितियाँ (war agricultural committees) स्थापित की गयीं। ये कृषि-समितियाँ किसानों को खाद, यंत्र, बीज आदि उपलब्ध करने के साथ-साथ कृषि-सम्बन्धी विस्तृत योजना भी तैयार करती थीं। इन प्रयत्नों के परिणामस्वरूप कृषि उत्पादनों में द्वितीय विश्वयुद्ध काल में 35 प्रतिशत वृद्धि हुई।

6. उद्योगों पर प्रभाव—द्वितीय विश्वयुद्ध का ब्रिटिश उद्योगों पर बहुत बुरा प्रभाव पड़ा। सूती वस्त्र उद्योग पर युद्ध का सर्वाधिक प्रतिकूल प्रभाव पड़ा। इस उद्योग को श्रमिकों की कमी का सामना करना पड़ा। इसकी स्थिति में सुधार के लिए सन् 1938 में एक सूती उद्योग मंडल (Cotton Industry Board) गठित किया गया। युद्ध के कारण इस उद्योग में श्रमिक-शक्ति का अभाव हो गया। युद्ध के पूर्व सन् 1938 में इस उद्योग में 11.6 लाख श्रमिक काम करते थे जबकि सन् 1946 में इनकी संख्या केवल 8.4 लाख ही रह गयी थी। इसी प्रकार कोयला उद्योग का भी विनाश हुआ। किन्तु युद्ध काल में अभियांत्रिकी उद्योग (जिसके अन्तर्गत लोहा और इस्पात उद्योग, मोटर, हवाई जहाज तथा जलयान निर्माण उद्योग इत्यादि सम्मिलित थे) के विकास का पूर्ण प्रयास किया गया। वास्तव में ये उद्योग ही युद्ध-सम्बन्धी प्रयत्नों की जान थे। इन उद्योगों के विकास में प्रमुख कठिनाई कच्चे मालों के अभाव की कठिनाई थी। युद्ध में जापान के प्रवेश के साथ यह कठिनाई और भी बढ़ गयी। किन्तु इसके बावजूद युद्ध काल में इन उद्योगों के उत्पादन में पर्याप्त वृद्धि हुई। उदाहरण के लिए लोहे का उत्पादन सन् 1938 में 11 मिलियन टन था जो बढ़कर सन् 1946 में 13 मिलियन टन हो गया।

7. परिवहन का प्रभाव—ब्रिटिश परिवहन पर भी युद्ध का बहुत बुरा प्रभाव पड़ा। युद्ध के समय जहाजों की कमी हो गई। सन् 1939 में इंगलैंड के पास 1,74,00,000 टन की जहाजी क्षमता थी जो सन् 1947 में केवल 1,33,00,000 टन ही रह गयी। बहुत से जहाज शत्रु द्वारा डुबो दिये गये। रेलवे की स्थिति भी खराब थी। रेलवे को सरकारी रेलवे कर्मचारी समिति (Govt. Railway Executive Committee) के नियंत्रण में रखा गया। सरकार रेलवे कम्पनियों को 430 लाख पौंड वार्षिक भुगतान करती थी। युद्ध के कारण रेलवे से अधिक-से-अधिक काम लिया गया। युद्ध काल में रेलवे इंजन तथा कर्मचारियों में क्रमशः 4 तथा 6 प्रतिशत वृद्धि हुई। परन्तु रेलवे द्वारा युद्ध के पूर्व काल की अपेक्षा 35 प्रतिशत अधिक माल तथा 80 प्रतिशत अधिक यात्री ले जाये गये। युद्ध काल में रेलवे का बहुत अधिक प्रयोग किया गया था। इनकी मरम्मत इत्यादि के कार्य को स्थगित कर दिया गया था। इससे युद्ध के बाद रेलवे की स्थिति अत्यन्त दयनीय हो गयी।

8. रोजगार पर प्रभाव—युद्ध के पूर्व ब्रिटेन में बेरोजगारों की संख्या काफी थी। युद्ध काल में उत्पादन में वृद्धि की आवश्यकता पड़ी जिससे धीरे-धीरे रोजगार के साधनों में भी वृद्धि होने लगी तथा शीघ्र ही कुशल श्रमिकों का अभाव अनुभव किया जाने लगा। सर्वप्रथम युद्ध के लिए सैनिकों की संख्या में वृद्धि की आवश्यकता हुई। युद्ध के बाद सन् 1945 में 50 लाख पुरुष तथा नारियाँ युद्ध-सम्बन्धी सेवाओं में लगी थीं। युद्ध के बाद युद्ध सम्बन्धी उद्योगों, कृषि तथा खनिज उद्योगों में श्रमिकों में पर्याप्त वृद्धि हुई। सन् 1939 में

कृषि में 7 लाख तथा अभियांत्रिकी तथा रसायन उद्योगों में 31 लाख श्रमिक कार्य कर रहे थे। इनकी संख्या 1945 में क्रमशः लगभग 9 लाख तथा 50 लाख हो गयी। श्रमिकों के अभाव को दूर करने के लिए कुछ गैर-सामरिक वस्तुओं के उत्पादन में कटौती की गयी। इसी प्रकार कृषि-कार्य में युद्ध के बन्दियों, नारियों तथा स्वैच्छिक श्रमिकों का प्रयोग किया गया। यद्यपि द्वितीय विश्वयुद्ध काल में ब्रिटेन को बहुत अधिक कठिनाइयों तथा त्याग का अनुभव करना पड़ा फिर भी ब्रिटेन निवासियों के जीवन-स्तर पर युद्ध का बहुत अधिक प्रतिकूल प्रभाव नहीं पड़ा। वास्तव में युद्ध काल में ग्रेट ब्रिटेन एक न्यूनतम जन जीवन-स्तर को बनाए रखने में समर्थ हो सका था। जैसा कि **चर्चिल** ने एक बार कहा था **''ग्रेट ब्रिटेन एक युद्धरत समुदाय था न कि हाटेनटॉट अथवा एस्कीमो''।**[1]

9. आर्थिक नियंत्रण में वृद्धि—द्वितीय विश्वयुद्ध काल में देश के आर्थिक जीवन पर सरकार के नियंत्रण में बहुत अधिक वृद्धि हुई। युद्ध प्रारम्भ होते ही कई नये मंत्रालयों का निर्माण किया गया। जैसे—गृह सुरक्षा, आर्थिक कल्याण, सूचना, खाद्य, वायुयान उत्पादन मंत्रालय इत्यादि। धीरे-धीरे इन्हें विस्तृत अधिकार दिया जाने लगा। युद्ध प्रारम्भ होते ही मूल्य-स्तर में वृद्धि होने लगी जिसके परिणामस्वरूप मजदूरी में वृद्धि की माँग की जाने लगी। मजदूरी में वृद्धि को रोकने के लिए सरकार ने आवश्यक वस्तुओं के मूल्यों को आर्थिक सहायता द्वारा स्थिर करने का प्रयास किया। इस प्रयास में उसे बहुत अधिक सफलता भी मिली।

10. सरकारी व्यय और करों में वृद्धि—युद्ध काल में सरकारी व्यय में भी बहुत अधिक वृद्धि हुई। युद्ध के ठीक पूर्व ब्रिटेन की कुल राष्ट्रीय आय का केवल लगभग 17 प्रतिशत सरकार द्वारा व्यय किया जाता था। सन् 1943 तक सरकारी व्यय कुल राष्ट्रीय आय का 63 प्रतिशत हो गया। राजकीय व्यय सन् 1938-39 में केवल 92 करोड़ पौंड था जो बढ़कर सन् 1944-45 में अनुमानतः 620 करोड़ पौंड हो गया। इस व्यय का लगभग आधा भाग कर के द्वारा पूरा किया जाता था। युद्ध में कई नये कर (जैसे—अतिरिक्त लाभ कर (excess profits tax), क्रय कर (purchase tax) इत्यादि लगाए गये। पुराने करों में भी वृद्धि की गयी। शेष भाग देशी तथा विदेशी ऋणों से पूरा किया जाता था। विदेशी ऋण के अन्तर्गत ब्रिटेन को अमेरिका से बहुत अधिक मात्रा में ऋण तथा सहायता प्राप्त हुई। युद्ध काल में कुल मिलाकर अमेरिका से 700 करोड़ पौंड तथा अन्य देशों से 400 करोड़ पौंड ऋण अथवा सहायता के रूप में प्राप्त हुए थे।

युद्धोत्तर ब्रिटेन की आर्थिक दशा का अन्दाजा **पी॰ ग्रेग** (P. Gregg) के इस वर्णन से लगाया जा सकता है: *''युद्ध काल में पूँजी सामग्री में उत्तरोत्तर ह्रास यह प्रदर्शित करना प्रारम्भ कर दिया था कि रेलवे स्लीपरों के लिए लकड़ी, सभी कार्यों के लिए धातुएँ, चालू रखने के लिए कोयला, जटिल कार्य को पूर्ण करने के लिए श्रम चाह रहे थे। सभी की कमी थी। कारखानों में यंत्र टूट गए थे अथवा मरम्मत के अभाव में अकुशलता पूर्वक कार्य कर रहे थे। योजनाकरण सुधार की कुँजी बन गया था उसी प्रकार जैसा कि विवेकीकरण बीस वर्षों पूर्व था।''*[2] स्पष्ट है कि द्वितीय महायुद्ध का ब्रिटेन की अर्थव्यवस्था पर बहुत बुरा

1. "Great Britain was a community at war and not Hottentot or Esquimaux."
2. "The running down of capital equipment during the war was beginning to show that railways were wanting timber for sleeper, metal for all purpose, coal for running, labour for working the complicated work. All were short. In factories, machines broke down or worked inefficiently through want of maintenance, Planning become the keyword as rationalisation had been twenty years earlier."
—*P Gregg : A Social and Economic History of Britain*, p. 448.

प्रभाव पड़ा। वस्तुतः प्रथम तथा द्वितीय विश्व युद्धों ने ब्रिटेन की अर्थव्यवस्था को अस्त-व्यस्त कर ब्रिटेन की आर्थिक तथा राजनीतिक सर्वोच्चता को समाप्त कर दिया। **ग्रेग** ने ठीक ही लिखा है, "दोनों विश्वयुद्धों के बीच वाले काल में ब्रिटेन को अपने इतिहास में सर्वाधिक खराब व्यापार मन्दी का सामना करना पड़ा। दोनों युद्धों में वह विजयी रहा किन्तु प्रत्येक में उसके राजनीतिक प्रभाव तथा आर्थिक शक्ति में ह्रास हुआ।[1]

युद्धोत्तर ब्रिटिश अर्थव्यवस्था की समस्याएँ और श्रम सरकार की सिद्धियाँ

द्वितीय विश्वयुद्ध के शीघ्र ही बाद सन् 1945 में मजदूर दल की सरकार बनी। नयी सरकार के समक्ष सबसे बड़ी समस्या देश का आर्थिक पुनर्निर्माण थी। मजदूर दल अपने को समाजवादी बतलाया था। इसने आर्थिक पुनर्निर्माण के लिए एक वृहत आर्थिक योजना का कार्यक्रम अपनाया जिसकी **मुख्य विशेषताओं** का अध्ययन निम्नलिखित शीर्षकों के अन्तर्गत किया जा सकता है—

1. व्यक्तिगत आय का समानीकरण (*Equalisation of Personal Income*)—श्रम दल की सरकार ने आय के वितरण को समान करने के लिए उचित अंश कार्यक्रम (fair shares programmes) के अन्तर्गत कर तथा व्यय नीति का प्रयोग किया। किन्तु **इस कार्यक्रम से आय की समानता लाने में बहुत कम सफलता मिली।** इसके **कई कारण** थे। **प्रथम** तो द्वितीय विश्वयुद्ध के दौरान आय कर को इतना अधिक प्रगतिशील बना दिया गया था कि इनमें और अधिक प्रगतिशीलता की गुन्जाइश नहीं थी। **दूसरे,** महँगी के प्रभावों को दूर करने के लिए उपभोग वस्तुओं पर परोक्ष करों में वृद्धि करनी पड़ती थी। इससे कर-प्रणाली आय के वितरण की विषमता को दूर करने के बजाय इसे और अधिक बढ़ा रही थी। किन्तु सरकारी व्यय इन प्रतिकूल प्रभावों को समाप्त कर देता था। **सन् 1948 में ब्रिटिश सरकार ने सामाजिक सुरक्षा की एक बेजोड़ विस्तृत योजना लागू की। अन्य देशों में ऐसी विस्तृत सामाजिक सुरक्षा योजना नहीं थी।** अतः इन प्रयत्नों द्वारा आय की विषमता को बहुत अंश तक दूर किया जा सका था।

2. आयोजना—मजदूर दल की सरकार द्वारा चालू की गई योजना का उद्देश्य पूर्ण रोजगार के बिन्दु पर आर्थिक स्थायित्व तथा दीर्घकालीन औद्योगिक तथा क्षेत्रीय विकास था। पूर्ण रोजगार की स्थिति को बनाए रखने के लिए सरकार कुल व्यय और निवेश पर नियंत्रण करने का प्रयास कर रही थी। सरकार व्यक्तिगत निवेश पर कठोर नियंत्रण रख रही थी। केवल सरकार द्वारा निर्धारित उद्योग में ही निवेश किया जा सकता था। किन्तु मजदूर दल सरकार की आयोजना नीति का बहुत आलोचना की जा रही थी। वास्तव में इस प्रकार की आयोजना कुछ भी समाजवादी नहीं थी। **लेविस** (Lewis) ने इसकी आलोचना इन शब्दों में की है : "एक शाब्दिक अभिलाषीय बहाना, वस्तुतः योजना बनाने में अत्यन्त कल्पनाहीन और भीरु योजनाकारकों के लिए एक आवरण।"[2]

---

1. "Between the Wars Britain suffered the worst trade depression of her history. From both Wars he emerged victorious but in each with a loss of political influence and economic strength." —Gregg—Ibid, p. 448
2. "A wordy wishful pretence—a cloak for planners too unimaginative and too timid really to plan."

3. राष्ट्रीयकरण—मजदूर दल के अनुसार आधारभूत उद्योगों के राष्ट्रीयकरण द्वारा आर्थिक व्यवस्था का उचित तरीके से नियंत्रण किया जा सकता है। श्रम सरकार की राष्ट्रीयकरण नीति के अन्तर्गत कुल उद्योगों के लगभग 20 से 30 प्रतिशत के राष्ट्रीयकरण का प्रयास था। जिन उद्योगों अथवा संस्थाओं का राष्ट्रीयकरण हुआ उनमें बैंक ऑफ इंगलैंड, कोयला, इस्पात, गैस, विद्युत, परिवहन, नागरिक उड्डयन (civil aviation) तथा पार-सामुद्रिक संचार (overseas communication) महत्त्वपूर्ण हैं। किन्तु अपेक्षित परिणाम नहीं निकला। इनमें से कुछ उद्योगों का कालान्तर में अनुदार दल की सरकार द्वारा निःराष्ट्रीयकरण (denationalization) भी कर दिया गया।

4. उत्पादकता में वृद्धि *(Increase in productivity)*—श्रम सरकार ने उद्योगों की उत्पादकता को बढ़ाने के लिए पूर्ण प्रयास किया। सरकार ने विभिन्न उद्योगों की स्थिति की जाँच करने के लिए **कार्यकारी टोली** (working group) की नियुक्ति की। इस उद्देश्य से एक **वैज्ञानिक और औद्योगिक गवेषणा विभाग** (Department of Scientific and Industrial Research) की स्थापना की गयी। उत्पादन शक्ति में वृद्धि करने के प्रयास में श्रम सरकार को सराहनीय सफलता मिली।

इस प्रकार श्रम सरकार ने युद्धोत्तर काल में अपने लगभग 6 वर्षों के अल्प शासन काल में बहुत से सुधार करने का प्रयास किया और इसमें उसे सराहनीय सफलता भी मिली। इस दल के कार्यों पर विचार करने से स्पष्ट होता है कि श्रम सरकार ने आर्थिक क्षेत्र में वस्तुतः एक **मध्यम मार्ग** (middle-of road policy) अर्थात् **मिश्रित अर्थव्यवस्था** की स्थापना करने की नीति का अनुसरण किया था। किन्तु सामाजिक क्रान्ति लाने में यह सरकार वस्तुतः असफल ही रही। श्रमदल की सरकार द्वारा युद्धोत्तर परिस्थितियों का सामना करने के लिए अनेक कार्य किए गए। इस काल में ब्रिटेन में आर्थिक नारा था **''निर्यात करो अथवा मरो''** (export or die)। निर्यात को बढ़ाने के लिए सरकार ने भरपूर प्रयास किया। सन् 1947 में ब्रिटेन के भुगतान सन्तुलन में 630 मिलियन पौंड का घाटा था जिसे संयुक्त राज्य अमेरिका और कनाडा से डॉलर कर्ज लेकर तथा स्वर्ण राशि और पारसामुद्रिक पूँजी को बेचकर पूर्ण किया गया। किन्तु वर्षान्त तक ब्रिटेन का डॉलर भंडार तीव्र गति से कम हो रहा था। इस कारण ब्रिटेन को आयात में महान कटौती करनी पड़ी। संयुक्त राज्य से खाद्यान्न को खरीदना बन्द करना पड़ा और गैर-डालर क्षेत्रों से आयात करने के लिए प्रयास करना पड़ा। इन समस्त कार्यों को शीघ्र ही सम्पादित कर दिया जाना आवश्यक था और वह भी ऐसी परिस्थिति में जब स्फीति का दबाव भयानक हो रहा था। इस संकट में अमेरिका ने ग्रेट ब्रिटेन की सहायता की। **यूरोपीय पुनरोद्धार कार्यक्रम** (European Recovery Programme) के अन्तर्गत अमेरिका ने सन् 1946 से 1950 के बीच इंगलैंड को साख के रूप में 920 मिलियन पौंड और ऋण तथा अनुदान के रूप में 733 मिलियन पौंड की धनराशि को उपलब्ध किया।

सन् 1949 ब्रिटेन के लिए अत्यन्त बुरा वर्ष सिद्ध हुआ। आर्थिक संकट इतना अधिक बढ़ गया कि पौंड का अवमूल्यन अनिवार्य हो गया। सितम्बर सन् 1949 में पौंड के मूल्य में 30.5 प्रतिशत कमी कर दी गई। संसार के 27 अन्य राष्ट्र इंगलैंड का अनुकरण किये। अवमूल्यन देश के निर्यात को बढ़ाने तथा आयात को घटाने के लिए किया गया था। इंगलैंड की श्रम सरकार के आलोचकों का तर्क था कि सरकार द्वारा राष्ट्रीयकरण के लिए

दी जानेवाली धमकी और ऊँचे कराधान के कारण देश में आर्थिक कार्य के लिए उत्प्रेरणा और उपक्रम पर घातक प्रभाव पड़ा था। दूसरी ओर सरकार की सुलभ मुद्रा-नीति दलित स्फीति को पोषित कर रही थी। इसके अतिरिक्त उनकी यह आलोचना थी कि लोक व्यय में की गयी महान् वृद्धि ने वस्तुओं तथा सेवाओं के लिए घरेलू माँग को परिवर्द्धित कर निर्यात को कम कर दिया।

पौंड के अवमूल्यन की नीति स्वयं आर्थिक संकट को दूर करने में कहाँ तक सफल रही, यह कहना कठिन है क्योंकि इस नीति के साथ-ही-साथ अन्य भी परिस्थितियाँ कार्य कर रही थीं। अतएव अवमूल्यन के प्रभाव को ब्रिटेन में अधिक उत्पादन करने के लिए प्रयास, अमेरिका में व्यावसायिक तेजी के पुनरागमन आदि जैसे अन्य तथ्यों के परिणामों से पृथक करना कठिन है। फिर भी यह स्पष्ट है कि अवमूल्यन ग्रेट ब्रिटेन के निर्यातों में वृद्धि करने में सहायक अवश्य रहा। सन् 1950 में स्टर्लिंग क्षेत्र के पास 287 मिलियन पौंड का अतिरेक हो गया जबकि उसके पूर्व इसके पास 381 मिलियन पौंड का घाटा था। फिर भी अवमूल्यन का ग्रेट ब्रिटेन की व्यापार शर्तों पर बुरा प्रभाव पड़ा। जो भी हो, सन् 1950 तक ब्रिटेन की आर्थिक दशा में इतना सुधार अवश्य हो सका कि यूरोपीय पुनरुद्धार कार्यक्रम के अन्दर ग्रेट ब्रिटेन को दी जाने वाली सहायता बन्द कर दी गई। डॉलर समस्या प्रमुखतः अमेरिका की प्रशुल्क नीति के कारण थी।

युद्धोत्तर ब्रिटेन के विदेशी व्यापार की दिशा और संरचना (composition) में महत्त्वपूर्ण परिवर्तन हुए। निर्यात व्यापार में जहाज, यंत्र, अभियांत्रिक वस्तुएँ, विद्युत उपकरण, वाहन (vehicles) आदि महत्त्वपूर्ण हो गये जबकि आयात व्यापार में खाद्यान्न, पेय वस्तुओं, तम्बाकुओं आदि का महत्त्व अपेक्षाकृत घट गया। खाद्यान्न तथा कच्चे माल की पूर्ति ब्रिटेन अब डॉलर क्षेत्र के बदले स्टर्लिंग क्षेत्र से करने लगा है। यूरोपीय देशों के साथ ग्रेट ब्रिटेन ने अनेक द्वि-पक्षीय (bilateral) व्यापार समझौता किया है और इनके साथ अपने व्यापार को विस्तृत किया है।

उत्पाद शक्ति में वृद्धि करने के प्रयास में भी इंगलैंड को सराहनीय सफलता मिली है। इंगलैंड की उत्पादन-क्षमता में वृद्धि का अन्दाजा नीचे की तालिका से लगाया जा सकता है—

उद्योग में प्रति व्यक्ति प्रतिवर्ष औसत उत्पादन

(सूचनांक : औसत 1935-38 = 100)

देश	1938	1946	1947	1948
फ्रांस	93	76	84	94
जर्मनी[1]	103	39	41	62
स्वेडेन	102	114	115	117
ग्रेट ब्रिटेन	99	104	107	115
संयुक्त राज्य	94	120	105	127

1. युद्धोत्तर काल में केवल पश्चिमी जर्मनी के लिए

युद्धोत्तर विकास और समस्याएँ

1. प्रतिकूल विदेशी व्यापार सन्तुलन तथा डॉलर संकट *(Unfavourable foreign trade balance and dollar crisis)*—युद्ध ने ब्रिटेन के निर्यात व्यापार को बिल्कुल कम कर दिया। दूसरी ओर इसे कच्चा माल, खाद्य पदार्थ आदि सामग्रियों का बड़े पैमाने पर विशेषतः अमेरिका से आयात करना पड़ा था। अतएव युद्धोपरान्त ब्रिटेन के समक्ष बड़ी समस्या विदेशी भुगतान, विशेषतः डॉलर के अभाव की समस्या थी। युद्ध के पश्चात् ब्रिटेन के विदेशी निवेश में बहुत कमी आ गयी थी। दूसरी ओर सन् 1945 में इसका कुल विदेशी ऋण (जिसमें संयुक्त राज्य अमेरिका के ऋण की प्रधनता थी) 4000 मिलियन पौंड हो गया।

2. पौंड का अवमूल्यन *(Devaluation of sterling)*—सन् 1948 में डालर संकट कुछ कम हुआ। किन्तु सन् 1949 में पुनः इसने उग्र रूप धारण कर लिया। वास्तव में सन् 1949 का वर्ष ब्रिटेन के लिए अत्यन्त बुरा वर्ष सिद्ध हुआ। अतः इस समस्या के समाधान में ब्रिटेन ने सितम्बर, सन् 1949 में पौंड स्टर्लिंग का 30.5 प्रतिशत की दर से अवमूल्यन किया। 1959 के बाद पुनः स्थिति बिगड़ गयी और बिगड़ती गयी। सरकार ने अन्तरराष्ट्रीय मुद्रा कोष से उधार और आयात करों में वृद्धि आदि के द्वारा सुधार करने की चेष्टा की। परन्तु स्थिति में सुधार नहीं हो पाया। उदाहरण के लिए सन् 1966 ई॰ में ब्रिटेन संयुक्त राज्य अमेरिका से 722 मिलियन पौंड का आयात तथा 625.6 मिलियन पौंड का निर्यात किया था अर्थात् इसका भुगतान सन्तुलन 97 मिलियन पौंड से विपक्ष में था।[1] इसी प्रकार कनाडा से ब्रिटेन ने सन् 1966 में 425.3 मिलियन डॉलर का आयात तथा 134.9 मिलियन पौंड का निर्यात किया था। विवश होकर 1966 में पुनः पौंड का अवमूल्यन करना पड़ा। अब पौंड का विनिमय मूल्य 2.80 डालर से घटकर केवल 2.40 डॉलर रह गया। डालर क्षेत्र के साथ ब्रिटेन का भुगतान-सन्तुलन आज भी इसके विपक्ष में है।

3. पौंड पावने की समस्या *(Problem of sterling balances)*—द्वितीय विश्वयुद्ध के दौरान ब्रिटेन ने भारत तथा मिस्र आदि देशों से प्रतिरक्षा व्यय के रूप में ऋण लिया था। इन ऋणों की रकम का जमा युद्ध काल में पौंड पावने के रूप में होता रहा। युद्ध समाप्ति के बाद भारत तथा मिस्र ने अपने ऋणों की वापसी की माँग कर दी। ये अपना आर्थिक विकास कर रहे थे जिसके लिए इन्हें पूँजीगत वस्तुओं की आवश्यकता थी। किन्तु ब्रिटेन के लिए इन ऋणों का एक बार में भुगतान करना सम्भव नहीं था। अतएव इसने पौंड से सम्बन्धित विभिन्न देशों से कई समझौते किये जिसके अनुसार धीरे-धीरे इनकी वापसी की जाने लगी।

4. मूल्य स्तर की समस्या—युद्ध काल में ही वस्तुओं के मूल्यों में वृद्धि की प्रवृत्ति दृष्टिगोचर हो रही थी। किन्तु मूल्य नियंत्रण तथा रैशनिंग की नीति के द्वारा इनमें वृद्धि को बहुत अंश तक रोका जा सका था। परन्तु युद्ध के पश्चात् मूल्य स्तर में पुनः तीव्र गति से वृद्धि हुई। सन् 1946 से 1956 के बीच मूल्यों में 50 प्रतिशत वृद्धि हुई। सरकार ने मौद्रिक तथा वित्तीय नीतियों में परिवर्तन और साधारण जनता से लाभ एवं मजदूरी में वृद्धि न करने की अपील के द्वारा इसे रोकने का प्रयास किया। 1951 ई॰ के बाद सरकार ने इस उद्देश्य से बैंक दर में समय-समय पर परिवर्तन किया है। फरवरी सन् 1961 में सरकार ने

1. Britain : An Official Hand Book, 1969

यह नीति अपनायी कि किसी वर्ष में मजदूरी तथा वेतन में 2½ प्रतिशत, जो प्रति व्यक्ति राष्ट्रीय उत्पादन में वृद्धि कर दी थी, से अधिक वृद्धि नहीं होनी चाहिए।

5. प्रतिरक्षा व्यय *(Defence expenditure)*—युद्धोत्तर काल में भी ब्रिटेन की सरकार के प्रतिरक्षा व्यय में बहुत वृद्धि हुई। आज भी ब्रिटिश सरकार अपने कुल व्यय का लगभग 21 प्रतिशत प्रतिरक्षा पर व्यय करती है। 1963-64 ई० में प्रतिरक्षा पर कुल अनुमानित व्यय 1904 मिलियन पौंड था।

6. उद्योग—युद्ध काल के 6 वर्षों में युद्ध-सम्बन्धी उद्योगों के अतिरिक्त अन्य उद्योगों में कोई भी नया निवेश नहीं हुआ था। साथ ही वर्तमान यंत्रों के प्रतिस्थापन तथा मरम्मत का कार्य भी स्थगित रहा। युद्ध काल में उपभोग वस्तुओं का भी सामान्यतः अभाव था। अतएव युद्ध के बाद बड़े पैमाने पर उद्योगों के विकास की आवश्यकता का अनुभव किया जाने लगा। किन्तु मजदूरों के अभाव तथा भुगतान सन्तुलन सम्बन्धी कठिनाइयों के कारण युद्धोत्तर औद्योगिक विकास में बहुत बड़ी बाधा उत्पन्न हो रही थी। सन् 1945 के बाद 19 वर्षों में साधारणतया तीव्र गति से औद्योगिक विकास प्रारम्भ हुआ। इस्पात, ईंधन तथा शक्ति-सम्बन्धी उद्योगों का तीव्र गति से विकास हुआ। किन्तु सबसे अधिक संवृद्धि तेल-शोधक, मोटर कार तथा हवाई जहाज निर्माण के क्षेत्र में हुई। मोटर कार के निर्यात में बहुत अधिक वृद्धि हुई। सन् 1955 में इनका निर्यात 1937 ई० की तुलना में चार से पाँच गुना बढ़ गया। इसी प्रकार हवाई जहाज निर्माण उद्योग में भी आशातीत प्रगति हुई। 1955-56 ई० के बाद ब्रिटेन सामरिक तथा नागरिक उड्डयन जहाजों का विश्व में एक प्रमुख निर्यातक देश हो गया। इसी प्रकार रसायन उद्योगों, विशेषतः तेलशोधक उद्योगों में बहुत अधिक प्रगति हुई। किन्तु अन्य उद्योगों में प्रायः कोई प्रगति नहीं हुई अथवा बहुत कम उन्नति हुई। उदाहरण के लिए सामुद्रिक जहाजों के निर्माण में केवल 16 प्रतिशत वृद्धि हुई। इसी प्रकार वस्त्र उद्योग भी अपने गरिमापूर्ण अवस्था को पुनः प्राप्त नहीं कर सका। युद्धोत्तर काल में उद्योगों के क्षेत्र में एक प्रमुख प्रवृत्ति एकाधिकारी संघों के निर्माण की रही है। मोटर, इस्पात, रासायनिक तथा अभियांत्रिकी प्रायः सभी उद्योगों में एकाधिकारी संघों की स्थापना की जाने लगी। श्रम सरकार ने इसे रोकने का प्रयास किया। सन् 1948 ई० में **एकाधिकार और प्रतिबन्धकरी व्यवहार आयोग** (Monopolies and Restrictive Trade Practices Commission) की नियुक्ति की गयी। किन्तु इससे कोई विशेष लाभ नहीं हुआ। पुनः 1956 में एक **प्रतिबन्धकारी व्यापार-कार्य अधिनियम** (Restrictive Trade Practices Act) पारित हुआ।

7. कृषि—द्वितीय विश्वयुद्ध की अनिवार्यताओं तथा युद्धोत्तर भुगतान-सन्तुलन को ठीक करने के प्रयास के परिणामस्वरूप ब्रिटेन की कृषि के महत्त्व में भी वृद्धि हुई। द्वितीय विश्वयुद्ध के पूर्व ब्रिटेन खाद्यान्न की अपनी कुल आवश्यकताओं का केवल 31 प्रतिशत ही पूरा करता था। किन्तु सन् 1950 तक यह अपनी कुल आवश्यकताओं का लगभग 50 प्रतिशत भाग अपने उत्पादन से पूरा करने लगा। युद्ध के दौरान कृषि की उपज को बढ़ाने के लिए बहुत अधिक प्रयास किये गये थे। युद्ध के बाद भी इस क्षेत्र में प्रयास जारी रहा। कृषि-विकास तथा कृषि की कार्य-क्षमता में वृद्धि के लिए आज ब्रिटेन में विभिन्न राष्ट्रीय संठगन कार्य कर रहे हैं जिनमें **कृषि-भूमि आयोग, राष्ट्रीय कृषि परामर्शदात्री सेवा, कृषि-भूमि सुधार परिषद** आदि उल्लेखनीय हैं। साथ ही, इस काल में मजदूरों के अभाव

को दूर करने के लिए कृषि का यंत्रीकरण भी तीव्र गति से हुआ। उदाहरण के लिए 1936 ई॰ में ब्रिटेन में केवल 56 हजार टैक्टर थे जिनकी संख्या 1951 ई॰ तक बढ़कर 360 हजार हो गयी।

मार्शल योजना
(Marshall Plan)

यूरोपीय पुनरूद्धार योजना (European Recovery Plan) अर्थात् **यूरोपीय आर्थिक सहयोग** (European Economic Co-operation) के अंतर्गत 1 अक्टूबर, 1948 को ब्रिटेन ने अपनी चार वर्षीय योजना (1947-53) प्रस्तुत की तथा **यूरोपीय देशों के सहयोग में संयुक्त राज्य अमेरिका की सहायता से मार्शल योजना** अपनायी गयी। पेरिस में 16 राष्ट्रों की एक बैठक हुई जिसमें **मार्शल योजना के अग्रांकित उद्देश्य** निर्धारित किये गये—(1) प्रत्येक सहयोगी देश में उत्पादन को बढ़ाना—खाद्यान्न के उत्पादन को युद्ध के पूर्व के स्तर पर लाना, कोयला उत्पादन में युद्ध-पूर्व स्तर से दो-तिहाई वृद्धि करना तथा बिजली और इस्पात के युद्ध पूर्व स्तर से दो-तिहाई वृद्धि करना (2) अतिरिक्त वित्तीय स्थायित्व की व्यवस्था करना तथा इसे बनाये रखना, (3) सहयोगी देशों में एक-दूसरे की अधिकतम सहायता करना, (4) अमेरिकी देशों के साथ यूरोपीय व्यापार के घाटे की पूर्ति करना। **मार्शल योजना में इस बात की व्यवस्था की गयी थी कि ब्रिटेन में आर्थिक आयोजन तीन मूलभूत तत्त्वों पर आधारित है**—(1) यह आर्थिक तथ्य कि ब्रिटेन की अर्थव्यवस्था मुख्यतः अन्तरराष्ट्रीय व्यापार पर आधारित है, (2) यह राजनीतिक तथ्य कि यह अत्यधिक व्यक्तिगत स्वतंत्रता वाला जनतांत्रिक देश है और भविष्य में भी रहेगा और (3) यह प्रशासनिक तथ्य कि कोई आयोजन अधिकारी भविष्य के आर्थिक विकास के सम्बन्ध में सामान्य तथ्यों से अधिक की जानकारी नहीं रख सकता है। ब्रिटेन के समक्ष उस समय कई समस्याएँ थीं जिनका समाधान उसे मार्शल योजना की सहायता से करना था। जैसे—भुगतान सन्तुलन के घाटे को दूर करना तथा आवश्यक वस्तुओं के अभाव को समाप्त करना, कुल आंतरिक उत्पादन को प्रोत्साहित करना, कई उद्योगों को विकसित करना तथा एक वृहत् आंतरिक निवेश कार्यक्रम को अपनाना इत्यादि।

इस प्रकार **युद्धोत्तर काल ब्रिटेन के लिए आर्थिक तथा राजनीतिक संकट का काल रहा है।** इस काल में उसे विभिन्न प्रकार की आर्थिक तथा राजनीतिक समस्याओं का सामना करना पड़ा है। फिर भी द्वितीय विश्वयुद्ध के बाद ब्रिटिश अर्थव्यवस्था में कुछ अपवादों के साथ वस्तुओं और सेवाओं के उत्पादन में निरन्तर वृद्धि होती गई है और रोजगारी उच्च्य स्तर पर रही है। आविष्कार और प्रौद्योगिक प्रगति तथा वस्तुओं के लिए माँग में परिवर्तन के अनुसार उत्पादन में परिवर्तन के कारण ब्रिटिश औद्योगिक क्षेत्र में आमूल परिवर्तन हुए हैं। जिन उद्योगों में उत्पादन की नवीन प्रविधि का विशेष महत्त्व है (जैसे—विद्युत अभियांत्रिकी, हवाई जहाज, मोटर और रासायनिक उद्योग और यंत्र निर्माण की नवीन शाखाएँ) वे अधिक महत्त्वपूर्ण हो गये हैं और राष्ट्रीय उत्पादन में निर्यात में निपुण श्रमिकों के कार्य अवसरों में वृद्धि कर रहे हैं। किन्तु साथ ही ग्रेट ब्रिटेन को कतिपय कठिन आर्थिक समस्याओं का भी सामना करना पड़ रहा है जिनका अभी तक समाधान नहीं **हो पाया है।** विशेष रूप में पार-सामुद्रिक आभारों को पूर्ण करने और विश्व व्यापार तथा

वित्त में अपने परम्परागत महत्त्व को बनाए रखने के लिए इसे पर्याप्त मात्रा में भुगतान सन्तुलन अतिरेक की सृष्टि करना और उसे बनाए रखना आवश्यक है और निरन्तर बढ़ते हुए आंतरिक मूल्य स्तर और बेरोजगारी को रोकना आवश्यक है। फिर ग्रेट ब्रिटेन के समक्ष डालर अभाव का संकट है। इसके व्यापार की शर्त्तें इसके प्रतिकूल जा रही हैं।

संदर्भ

L.C. A. Knowles — The Industrial and Commercial Revolutions in Great Britain During the 19th Century.

L.C.A. Knowles — Economic Development During the 19th Century.

Southgate — English Economic History

Briggs and Jordan — Economic History of England

Arthur Bernie — An Economic History of Europe

Fay — England from Adam Smith to the Present Day

A.C. Pigou — Aspects of British Economic History

Arthur Lewis — Economic Survey, 1929-30

Arndt — Economic Lessons of the 1930's

Ogg and Sharp — Economic History of Modern Europe

J.M. Keynes — Gèneral Theory of Employment, Interest and Money, Chap. on Mercantilism.

Gregg — Social and Economic History of Britain.

Crossland — Britain's Economic Problems.

M. Dobb — Studies in the Development of Capitalism

Oxenfeldt — Economic Systems in Action, Chap.4

Robert Brady — Crisis in Britain

John Parker — Labour Marches On

Sikes — Contemporary Economic Systems

Pichman — Nationalization in Theory and Practice

A.J.Youngson — British Economy, 1920-1957

H. Dalton — Practical Socialism of Britain

Britain — An Official Hand Book

Clive Day — Economic Development of Modern Europe

L.J. Williams — Britain and the World Economy (1919-1970)

मानक प्रश्न

1. Why did "Industrial Revolution" come first in England ?
2. What were the reasons responsible for industrial and commercial supermacy of Great Britain during the 19th century ? **(Patna. B.A. Hons., 1954)**
3. Account for the decline of the industrial and commercial supremacy of Great Britain after 1914. **(Patna B.A. Hons., 1956, B. Com. 1961)**

4. "The agricultural, industrial, commercial and transport revolutions in Great Britain during the 18th and 19th centuries were interdependent." Discuss.
5. Analyse the effects of World War I on British economy.
6. Analyse the causes of the Great Depression in England during the 1930s. What were the remedies adopted by the Govt. to solve the crisis ?
7. Examine carefully the main features of the British Economy in the period 1920-1930.
1920-30 की अवधि में ब्रिटिश अर्थ-व्यवस्था की मुख्य विशेषताओं की व्याख्या कीजिए।
(B. H. U. B. A. 1956)
8. Discuss the effects of the Second World War on the economy of Great Britain.
ब्रिटिश अर्थव्यवस्था पर द्वितीय महायुद्ध के प्रभावों की व्याख्या करें।
(P. U. B. Com. 1960)
9. Discuss the effects of the Second World War on British agriculture, foreign trade and industries.
ब्रिटिश कृषि, विदेशी व्यापार तथा उद्योगों पर द्वितीय विश्वयुद्ध के प्रभावों की व्याख्या करें।
(Raj. U. 1957, R. U. B. Com. 1962)
10. Discuss the effects of the Second World War on the British economy. What measures have been adopted by the British Government in the post-World War II period to promote rapid recovery and expansion of the War-ravaged economy.
(Punjab B. Com. 1958)
ब्रिटेन की अर्थ-व्यवस्था पर द्वितीय विश्वयुद्ध का क्या प्रभाव पड़ा? युद्ध द्वारा विनष्ट अर्थ-व्यवस्था में सुधार के लिए युद्धोत्तर काल में ब्रिटिश सरकार द्वारा अपनाये गये उपायों की व्याख्या कीजिए।
11. Discuss the effects of the two World Wars on the British Economy.
ब्रिटेन की अर्थ-व्यवस्था पर दो महायुद्धों के प्रभावों की व्याख्या करें।
12. Discuss the main features of the Marshall Aid Plan and its contribution in rehabilitating the British economy in the post-War period.
मार्शल सहायता योजना की मुख्य विशेषताओं की व्याख्या कीजिए। युद्धोत्तर ब्रिटिश अर्थ-व्यवस्था के पुनर्निमाण में इसकी क्या देन है? बतलाइये। **(B.H.U.B.A. 1957)**
13. Give a short account of British economic development in the post-War period.
युद्धोत्तर ब्रिटेन के आर्थिक विकास की संक्षिप्त व्याख्या करें। **(Cal. U. 1964)**
14. Analyse some of the post-War (World War II) economic problems of Great Britain and discuss the measures taken to solve them.
द्वितीय विश्वयुद्धोत्तर ग्रेट ब्रिटेन की कुछ प्रमुख आर्थिक समस्याओं का विश्लेषण कीजिए और उनके समाधान के लिए किए गये उपायों की समीक्षा कीजिए।
(B.U.B. Com. 1964 A. 1954 A)
15. Describe briefly some of the problems that Britain has faced since the end of World War II.
द्वितीय विश्वयुद्ध के बाद ग्रेट ब्रिटेन को जिन कुछ समस्याओं का सामना करना पड़ा है उनका वर्णन कीजिए। **(B.H.U., B. A. 1954)**

❑

अध्याय 3

कृषि और कृषि क्रांति

(AGRICULTURE AND AGRICULTURAL REVOLUTION)

मध्ययुग में ब्रिटिश कृषि

(British Agriculture During the Middle Ages)

मध्य युग में ब्रिटिश कृषि अन्य देशों की कृषि की भाँति प्रारंभिक अवस्था में थी और मैनोर (जागीरदारी) प्रणाली (manorial system) के आधार पर संगठित थी। जागीरदारी अर्थात् मैनोर का अर्थ एक गाँव होता है। मध्य युग में इसका स्वामी एक लॉर्ड होता था और उस पर आश्रित खेतिहर वहाँ रहा करते थे। **प्रो॰ ऑग** (Ogg) और **प्रो॰ शार्प** (Sharp) ने जागीरदारी अर्थात् मैनोर को ''मध्य युग की आर्थिक इकाई और सामाजिक गुठली'' (an economic and unit and the social cell of middle ages) कहा है।[1] जिस प्रकार कुछ वर्ष पूर्व भारतवर्ष में जमींदार रहा करते थे और कई गाँवों में उनकी जमींदारी रहा करती थी उसी प्रकार इंगलैंड में भी उस युग में लॉर्ड कई मैनोर (जागीर) की भूमि का स्वामी हुआ करता था। इस **मैनोर (जागीरदारी) प्रणाली की कुछ महत्त्वपूर्ण विशेषताएँ थीं**–(1) प्रत्येक मैनोर में एक बस्ती होती थी जहाँ लोग रहा करते थे। (2) बस्ती के चारों ओर खुला कृषि योग्य मैदान होता था। (3) खेती खुले खेत पद्धति (open field system) के अनुसार होती थी। खेतों की कोई घेराबन्दी नहीं थी जिसके कारण फसलों को पशुओं एवं जंगली जानवरों से क्षति पहुँचती थी। (4) खेतों को अच्छी तरह घेरा और पृथक नहीं किया जाता था। ऐसी व्यवस्था खेतिहरों के लिए समान अवसर देने के लिए की जाती थी। खेतों के टुकड़ों को एक दूसरे से पृथक करने के लिए बीच में कुछ पतली अकृषित भूमि की पेटी छोड़ दी जाती थी। इस अवस्था को टुकड़ी प्रणाली (strip system) कहा जाता था। (5) खेती का ढंग पुराना था और खादों की कमी थी। इसलिए कृषि-कार्य **दो खेत** (two fields) अथवा **तीन खेत प्रणाली** के आधार पर किया जाता था। **दो खेत प्रणाली** में एक खेत पर खेती होती थी और दूसरे को कुछ काल के लिए अकृषित रख छोड़ा जाता था ताकि उसकी उर्वरा शक्ति लौट आवे। तीन खेत प्रणाली को तीन भागों में विभक्त किया जाता था। इस प्रकार आवृत्ति (rotation) द्वारा बारी-बारी से कुछ खेतों को बिना जोते हुए रखकर कुछ पर कृषि की जाती थी। (6) मैनोर का एक क्षेत्र विशेष मैनोर के स्वामी के लिए पृथक रखा जाता था जिसे डिमेन (demense) कहा जाता था। इस पर खेती मैनोर के स्वामी के लिए खेतिहरों द्वारा की जाती थी। उसकी उपज लॉर्ड और उसके कुटुम्ब के लिए दे दी जाती थी। (7) प्रत्येक मैनोर में भूमि का कुछ भाग चरागाह के रूप में छोड़ दिया जाता था।

1. **ऑग और शार्प:** इकॉनॉमिक डेवलपमेन्ट ऑफ मॉर्डन यूरोप, पृ॰ 18

मैनोर अर्थात् जागीरदारी प्रणाली के अन्तर्गत कृषि की अवस्था—मैनोर की **कृषि सहकारिता के आधार** पर होती थी क्योंकि खेतिहरों के पास पर्याप्त औजारों का अभाव था। किन्तु कृषि की उपज का भाग सहकारिता के आधार पर नहीं वरन् खेतों के आधार पर वितरित होता था। वस्तुतः सहकारिता कृषि औजारों और पूँजी तक ही सीमित थी। मैनोर के खेतिहर स्वतंत्र व्यक्ति नहीं थे। यहाँ तक कि उन्हें विवाह करने की भी स्वतंत्रता नहीं थी। स्वतंत्र सूत्रपात का अभाव था और कृषि के लिए नवीन रीतियों का प्रयोग करने की सम्भावना नहीं थी। खेती रूढ़ियों के अनुसार होती थी। खेत टुकड़ों में विभक्त थे किन्तु एक-दूसरे से स्पष्टतः पृथक नहीं थे। इस कारण खेतिहरों में बहुधा झगड़े हुआ करते थे। भूमिपति का खेतिहरों के साथ अच्छा बर्ताव नहीं होता था। लघु कृषकों के लिए भूमि प्राप्त करना अत्यन्त दुष्कर कार्य था। ऐसी अवस्था में ब्रिटिश कृषि का उस युग में पिछड़ा हुआ होना अपरिहार्य था। उपज अत्यन्त ही कम थी। उदाहरण के लिए गेहूँ की उपज केवल 8 अथवा 9 बुशेल ही थी जबकि आजकल 30-40 बुशेल से अधिक है। यही नहीं, उपज अनिश्चित भी थी। इनके कारण तथा परिवहन साधनों की अपर्याप्तता के कारण भूखमरी और आर्थिक अभाव का बोलबाला था। **देहाती जीवन असन्तोषमय आलस्यमय और कष्टमय था।**

मैनोर (जागीरदारी) में उत्पादन, बुआई और कटाई का समय व्यवहार और परम्परा के आधार पर निश्चित होता था। इसे नहीं मानने वाले को दण्ड दिया जाता था। हल चलाना कृषि कार्य का सर्वाधिक महत्त्वपूर्ण अंग था। बड़े-बड़े हल आठ बैलों तथा छोटे हल चार बैलों द्वारा खींचे जाते थे। नयी भूमि में कृषि करने के लिए बड़े हल तथा पुरानी भूमि के लिए छोटे-छोटे हलों का प्रयोग किया जाता था। उस समय खाद का प्रयोग बहुत कम होता था। सिंचाई की भी उत्तम व्यवस्था नहीं थी। खेत भी छोटे-छोटे टुकड़ों में विभाजित तथा खुले होते थे। अतएव प्रति एकड़ औसत उत्पादन बहुत कम होता था—प्रायः 6 से 8 बुशेल। **स्वावलम्बन मैनोर की भू-पद्धति का आदर्श था।** प्रत्येक मैनोर अपनी आवश्यकता की प्रायः सभी वस्तुओं के उत्पादन का प्रयास स्वयं करता था। यद्यपि पूर्ण स्वावलम्बन की प्राप्ति व्यवहार में कभी भी नहीं हो पाती थी फिर भी बाह्य व्यवहार अवांछनीय समझा जाता था।

मैनोर (जागीरदारी) प्रथा के गुण-दोष—इस मैनोर प्रणाली के **कुछ महत्त्वपूर्ण गुण** थे। इसका **पहला गुण** यह था कि इसमें खेतिहरों को खेती करने में एक सीमा तक स्वतंत्रता प्राप्त थी। **दूसरे**, प्रत्येक मैनोर आत्मनिर्भर तथा बाह्य शक्तियों के नियंत्रण से परे होता था। **तीसरे**, मैनोर निवासियों को शारीरिक सुरक्षा प्राप्त रहती थी जिसका मध्य युग में अत्यन्त अभाव पाया जाता था। किन्तु मैनोर पद्धति में **कई दोष** भी थे। **प्रथमतः**, परम्परा अथवा रीति-रिवाज पर आधारित होने के कारण इस प्रथा में सुधार प्रायः असम्भव था। **दूसरे**, इस प्रथा में श्रम विभाजन तथा विशिष्टीकरण सम्भव नहीं था। **तीसरे**, रिवाजों द्वारा नियंत्रित सामुदायिक कृषि में बुद्धिमान तथा साहसी व्यक्तियों द्वारा नये-नये प्रयोग में कठिनाई होती थी। जमीन घास-फूस से साफ नहीं हो पाती थी क्योंकि आलसी किसानों की भूमिपतियों से ये परिश्रमी किसानों की पाटियों में फैल जाते थे। **चौथे**, यदा-कदा सीमा-सम्बन्धी झगड़े भी हुआ करते थे। **पाँचवें**, कृषि कार्य दासों द्वारा किया जाता था और उन पर नाना प्रकार के नियंत्रण थे। छठे, खेत छोटे-छोटे टुकड़ों में बिखरे होते थे जिससे एक स्थान से दूसरे स्थान में आने-जाने में व्यर्थ समय तथा शक्ति की बर्बादी होती थी। फिर भी **उपर्युक्त दोषों के बावजूद अराजकता की यह उद्धत प्रणाली—मैनोर-प्रथा उस समय की आवश्यकताओं के अनुकूल थी।**

मैनोर (जागीरदारी) प्रणाली का पतन

जागीरदारी अर्थात् मैनोर प्रणाली इंगलैंड में कई शताब्दियों तक बनी रही। इस लम्बी अवधि में इसमें कितने परिवर्तन हुए तथा मैनोर के रिवाजों और व्यवहारों में रूपान्तर होते रहे। प्रारम्भ में ये परिवर्तन बहुत ही धीमे थे। किन्तु मध्य युग के अन्तिम दिनों में इस अवस्था में कई महत्त्वपूर्ण परिवर्तन हुए जिनका आघात इस पद्धति की जड़ों पर पड़ा। लार्ड अर्थात् मैनोर के स्वामी की भूमि के साथ दासों का सम्बन्ध धीरे-धीरे कम हो गया और अन्ततः टूट गया। खुले खेत की प्रणाली के स्थान पर खेतों की घेराबन्दी की जाने लगी। रीजि-रिवाज जो इस प्रणाली की रीढ़ थी, धीरे-धीरे कमजोर पड़ने लगे। 15वीं शताब्दी के अन्त तक इस प्रथा के पतन की प्रवृत्तियाँ दृष्टिगोचर होने लगीं। संक्षेप में **मैनोर प्रथा के पतन के प्रधान कारण** निम्नवर्णित थे—

1. जनसंख्या में वृद्धि—मैनोर प्रणाली के पतन का सर्वाधिक महत्त्वपूर्ण कारण इंगलैंड की जनसंख्या में अत्यधिक वृद्धि था। अनुमान लगाया गया है कि 11वीं शताब्दी के प्रारम्भ तक इंगलैंड की जनसंख्या प्रायः 10-15 लाख के बीच थी। 14वीं शताब्दी के अन्त तक यह संभवतः 40 लाख हो गई। जैसे-जैसे इंगलैंड की जनसंख्या बढ़ती गई वैसे-वैसे मैनोर प्रणाली खाद्यान्नों की बढ़ती हुई माँग को पूरा करने में असफल सिद्ध होने लगी। खाद्यान्नों की इस माँग की पूर्ति के लिए नवीन और परती भूमि को कृषि के अन्तर्गत लाया जाने लगा तथा इनके चारों ओर घेरा बनने लगे। यह सुधार मैनोर प्रथा के मूलभूत तत्त्वों पर प्रहार था। शीघ्र ही यह पतन की ओर उन्मुख होने लगी।

2. मौद्रिक विनिमय का प्रचलन—वस्तु विनिमय के बदले मौद्रिक विनिमय प्रथा के प्रचलन का भी इस प्रणाली पर महत्वपूर्ण प्रभाव पड़ा। प्रारम्भ में कृषि का उद्देश्य मैनोर को स्वावलम्बी बनाना था। किन्तु मुद्रा के आविर्भाव तथा शहरों की संख्या में वृद्धि के कारण कृषि कार्य व्यापार के लिए किया जाने लगा। इससे आस-पास के शहरों तथा मण्डियों के साथ मैनोर का संपर्क स्थापित होने लगा। इससे उत्पादन में वृद्धि हुई तथा कृषि-पदार्थों के व्यापार की संभावना बढ़ने लगी।

3. भू-दासत्व का अन्त—मैनोर प्रणाली की एक मूलभूत विशेषता भू-दासत्व प्रणाली थी। किन्तु 13वीं तथा 14वीं शताब्दियों में यह दास प्रथा भी मुद्रा के रूप में लगान का निर्धारण, विनिमय के रूप में मुद्रा का प्रयोग, भू-दासत्व के प्रति धार्मिक विरोध, कृषि श्रमिकों की कमी, मुद्रा द्वारा स्वतंत्रता का क्रय आदि अनेक कारणों से धीरे-धीरे समाप्त होने लगी। पहले भू-स्वामी अपनी इच्छा के अनुसार कृषकों से लगान लेते थे। किन्तु कालान्तर में यह निश्चित हो गया और कृषक समय के पूर्व ही लगान की राशि को जानने लगे। लगान पहले उपज के रूप में ही दी जाती थी। किन्तु बाद में मुद्रा के रूप में दी जाने लगी। इससे कृषक अपनी उपज को बाजार में बेचकर भू-स्वामी को लगान चुकाने लगे। इससे उसे अपनी भूमि में सुधार करने के लिए अवसर भी मिला क्योंकि अब उसे भूमि स्थायी रूप से प्राप्त हो गयी। बहुत से दासों ने अपने लॉर्ड को मुद्रा देकर भूमि क्रय कर लिया।

4. प्लेग अथवा काली मृत्यु *(Black Death)*—इंगलैंड में चौदहवीं शताब्दी में बहुधा गंभीर प्लेग पड़ा करते थे। इनसे बड़े पैमाने पर लोगों की मृत्यु होती थी। **1348-49 के प्लेग को काली मृत्यु** कहा जाता है। प्लेग के प्रकोप से बहुत से लोग मैनोर छोड़कर शहर की ओर जाने लगे। काली मृत्यु और व्यक्तियों का गाँवों को छोड़कर नगरों में चले

जाने के कारण श्रमिकों की अत्यन्त कमी हो गई। सन् 1349 और 1360 ई॰ के बीच के विभिन्न प्लेगों से ब्रिटेन में लगभग 1/3 लोगों की मृत्यु हो गई। इन सब कारणों से भू-दासत्व की प्रथा का पतन होने लगा। 16वीं शताब्दी तक यह प्रथा केवल ऐतिहासिक महत्त्व की ही रह गयी।

5. डीमेन का अन्त—मैनोर प्रणाली की समाप्ति में डीमेन का भी महत्त्वपूर्ण हाथ रहा है। डीमेन मैनोर प्रणाली की एक प्रमुख विशेषता थी। इसका धीरे-धीरे अन्त हो गया। पहले इसमें दासों द्वारा कृषि अपने भू-स्वामी के लिए निःशुल्क की जाती थी। किन्तु कालान्तर में कई कारणों से दासों तथा स्वतंत्र मजदूरों से इस प्रकार की बेगारी कराना सम्भव नहीं रह सका। इस कारण भू-स्वामी ने इसकी किसानों के साथ बन्दोबस्ती प्रारम्भ कर दी और इसका अन्त हो गया।

6. भेड़-पालन के लिए घेराबन्दी—भेड़-पालन के लिए भूमि की घेराबन्दी मैनोर प्रणाली के पतन का अन्य महत्त्वपूर्ण कारण थी। इंगलैंड तथा नीदरलैंड में ऊनी वस्त्रों का निर्माण बड़े पैमाने पर किया जाता था। इससे इंगलैंड की ऊन की माँग देश-विदेश में बहुत अधिक होती थी। इसके लिए उन्हें उचित मूल्य और स्थिर माँग का भी भरोसा था। इनमें अधिक मजदूरों की भी कोई विशेष आवश्यकता नहीं पड़ती थी। अतः जमीन्दारों का झुकाव धीरे-धीरे घास उगाने की ओर होने लगा। इसके लिए छोटे-छोटे खेतों को मिलाकर एक चक का रूप दिया जाने लगा। इसके चारों ओर बेड़ा लगाये जाने लगे। इससे भी मैनोर प्रणाली को बड़ा आघात पहुँचा।

7. अन्तर्वर्तन *(Commutation)*—श्रम-सेवाओं के बदले मुद्रा के रूप में भुगतान की प्रथा का प्रचलन (substitution of money payment for labour services) होने लगा था। इसे अन्तर्वर्तन कहा जाता है। मैनोर प्रथा के अन्तर्गत दासों तथा असामियों को अपने लॉर्ड की भूमि पर अनिवार्य रूप से सेवा करनी पड़ती थी। यही मैनोर प्रथा का मुख्य आधार था। किन्तु अब इस मुफ्त सेवा के बदले मुद्रा के रूप में लगान चुकाया जाने लगा। इस कारण मैनोर की समाप्ति होने लगी। किलाबन्दी आदि जैसे राजनीतिक कारणों से तथा धार्मिक युद्धों में सहायता आदि के कारण मैनोर के स्वामियों को मुद्रा की आवश्यकता पड़ी। आमोद-प्रमोद, भोग-विलास के लिए भी इन लोगों को बड़े पैमाने पर मुद्रा की आवश्यकता पड़ी। इसके लिए वे अपने मैनोर को बेचने लगे। प्रारम्भ में तो इस प्रकार का परिवर्तन महत्त्वपूर्ण नहीं जान पड़ा, किन्तु धीरे-धीरे इसने मैनोर प्रथा के आधार को ही समाप्त कर दिया।

8. मैनोर से शहरों की ओर जनसंख्या का प्रवास *(Emigration from the manor to the towns)*—मैनोर प्रणाली की समाप्ति का एक कारण जनसंख्या का मैनोर से शहरों की ओर प्रस्थान भी था। मैनोर के स्वामी धीरे-धीरे मैनोर निवासियों पर कर का बोझ बढ़ाना प्रारम्भ किये। यह भार असहनीय होने लगा। इसी बीच शहरों का विकास हो रहा था। परिणामस्वरूप मैनोर से शहर की ओर जनसंख्या का प्रवाह हुआ। इस सम्बन्ध में **लिप्सन** (Lipson) ने लिखा है : *"यह प्रणाली अन्तर्वर्तन द्वारा नहीं वरन् कृषकों के विखराव द्वारा धूसरित कर दी गयी। मैनोर से व्यक्तियों के प्रस्थान ने इंगलैड के द्वारा गाँवों के अन्त को तेज कर दिया।"*[1]

1. "The system was undermined not by commutation but the dispersion of the peasantry. Desertation of men from the manor accelerated the end of villages in England."

9. श्रम अधिनियम—1349 तथा 1359 में इंगलैंड के सम्राट द्वारा श्रमिक अधिनियम पारित किये गये जिनके अनुसार शारीरिक दृष्टि से योग्य व्यक्तियों को पुराने स्तर पर भुगतान लेकर सेवाएँ करना अनिवार्य बना दिया गया। इन अधिनियमों को सम्पूर्ण देश में लागू किया गया। इन्हें लागू करना मैनोर स्वामियों पर निर्भर था। किन्तु आर्थिक शक्ति के अभाव में ये असफल सिद्ध हो गए।

10. मैनोर कचहरियों की समाप्ति (*Decline of manorial courts*)—मैनोर कचहरियों की समाप्ति इस प्रणाली के अन्त का एक अन्य कारण थी। पहले मैनोर के लॉर्ड को मैनोर के निवासियों के मुकदमों का फैसला करने का अधिकार होता था। लॉर्ड अथवा उसके कारिन्दे बीच-बीच में कचहरी लगाते थे। गुलाम तथा आसामी उनके अधिकार क्षेत्र में होते थे। लॉर्डों को इससे आर्थिक लाभ भी होते थे। किन्तु जैसे-जैसे दास स्वतंत्र होते गये वैसे-वैसे ये लाभ कम होते गए। भूमि-सम्बन्धी रूढ़ियों को तोड़ने के मामले कम होने लगे। परिणामस्वरूप वसूल किए गये जुर्मानों की राशि भी कम होने लगी। मैनोर कचहरी के अधिकार का महत्त्व घटने लगा। राजाओं के अधिकारों तथा राज की कचहरियों के महत्त्व में वृद्धि होने लगी। इससे भी मैनोर प्रणाली को आघात पहुँचा।

सन् 1600 और 1750 ई॰ के बीच ब्रिटिश कृषि

साधारणतया 17वीं शताब्दी को ग्रामीण मामलों में स्थायित्व का काल माना जाता है। इस शताब्दी में कृषि की गति निश्चित रूप से मन्द पड़ गयी थी। किन्तु यह सर्वथा रुकी नहीं थी। 16वीं शताब्दी में जो घेराबन्दी (enclosure) आन्दोलन प्रारम्भ हुआ था वह बहुत धीरे-धीरे प्रगति कर रहा था। खुले खेत की पद्धति में भूमि का दुरुपयोग होता था। अतएव लोग अब धीरे-धीरे घेराबन्दी की ओर बढ़ रहे थे। **घेराबन्दी आन्दोलन ब्रिटिश कृषि की एक प्रमुख विशेषता था।** इसने कृषि कला में परिवर्तन लाने में सक्रिय सहयोग दिया। ऐतिहासिक अध्ययन के रूप में **इस आन्दोलन को दो भागों में विभाजित किया जा सकता है**—

प्रथम घेराबन्दी आन्दोलन (*First enclosure movement*)—इसे **भेड़-पालन आन्दोलन** (sheep farming movement) भी कहा जाता है क्योंकि इस काल में भूमि की घेराबन्दी भेड़ पालने के उद्देश्य से की जाती थी। भेड़-पालन आन्दोलन कें लिए उस समय की परिस्थितियाँ बहुत सीमा तक उत्तरदायी थीं। काली मृत्यु के कारण गाँवों की अधिकांश जनसंख्या समाप्त हो गई थी और जो शेष रह गयी थी वह भी कृषि-कार्य के लिए उत्सुक नहीं थी। इससे मजदूरी की दर में बहुत वृद्धि हो गयी थी। दूसरी ओर अन्न के मूल्य में वृद्धि नहीं हो रही थी। सन् 1491 ई॰ में सरकार ने अन्न के निर्यात पर रोक लगा दिया जिससे यह व्यवसाय बिल्कुल लाभदायक नहीं रह गया। इसके विपरीत ऊन की माँग देश-विदेश में बढ़ने के कारण इसके मूल्य में वृद्धि हो रही थी। इससे भेड़ पालना ही अधिक लाभदायक व्यवसाय सिद्ध हो रहा था। **कहा जाता है कि जब कृषि-योग्य भूमि को इस कठिनाई का सामना करना पड़ रहा था तो भेड़ के चरण सोना उगल रहे थे।** भेड़ पालने में अन्न उपजाने की अपेक्षा केवल 1/10 भाग श्रम लगता था। अतएव सभी लोग कृषि कार्य छोड़कर भेड़ पालने का कार्य ही प्रारम्भ कर दिये। अतएव वस्तुतः इस काल में **''भेड़ की प्रवृत्ति मनुष्य को निगल जाने की थी।''** जैसा कि **टॉमस मूर** (Thomas Moore) ने इस सम्बन्ध में लिखा, ''यह कहा जा सकता है कि **आप की भेड़ें**

जो स्वभावत: नर्म हैं और सरलतापूर्वक ठीक से रखी जा सकती हैं अब मनुष्य को निगल जायेंगी और वे न केवल गाँवों को बल्कि नगरों को भी निर्जन कर सकती है।''[1] इसके अतिरिक्त भेड़-पालन उद्योग 15वीं शताब्दी में अन्य कारणों से भी उपयोगी होने लगा। शहरों में रहने वाले धनिक वर्ग के लोग अपनी पूँजी लगाने का एक अच्छा माध्यम खोज रहे थे। अतएव उन्होंने अपने धन को भेड़ पालन में लगाना प्रारम्भ किया। यह प्रवृत्ति दिनोदिन बढ़ती गई। इससे स्पष्ट है कि **भेड़-पालन उद्योग केवल इसलिए महत्त्वपूर्ण नहीं था कि इसने कृषि योग्य भूमि को चरागाह में परिणत किया वरन् इसका महत्त्व इस बात में है कि इसने भूमि की ओर पूँजी को आकर्षित किया और इस प्रकार भविष्य में व्यापारिक ढंग की कृषि के लिए वातावरण तैयार किया।**

द्वितीय घेराबन्दी आन्दोलन—यह पूँजीवादी ढंग की कृषि-प्रणाली का परिणाम था। (The second enclosure movement was enclosure for the concentration of holding suitable for large capitalistic farming.) **यह आन्दोलन व्यक्तिक कृषि को व्यापारिक कृषि के रूप में बदलने में सहायक सिद्ध हुआ।** इस सम्बन्ध में **तीन महत्त्वपूर्ण तथ्य उल्लेखनीय हैं**—(1) कृषि क्षेत्र में पूँजी का प्रयोग, (2) औद्योगिक क्रांति के परिणामस्वरूप लोगों की आवश्यकताओं तथा दृष्टिकोण में परिवर्तन और (3) वैज्ञानिक कृषि के लिए बड़े-बड़े खेतों की आवश्यकता। 18वीं शताब्दी से इंगलैंड की जनसंख्या में तीव्र गति से वृद्धि प्रारम्भ हुई जिसे खिलाने के लिए वैज्ञानिक कृषि आवश्यक थी और वैज्ञानिक कृषि के लिए बड़े-बड़े खेत आवश्यक थे। इन सब कारणों से घेराबन्दी आवश्यक प्रतीत होने लगी। पहले घेराबन्दी का कार्य व्यक्तिगत समझौते के आधार पर संपादित किया जाता था। किन्तु बाद में कोर्ट ऑफ चांसरी (court of chancery) द्वारा इसका पंजीकरण होने लगा। साथ ही, इसके बढ़ते हुए महत्त्व के कारण संसद को विशेष अधिनियम निर्मित करना पड़ा। सन् 1809 ई० में संसद द्वारा साधारण घेराबन्दी अधिनियम (General Enclosure Act) पारित हुआ जिसमें आगे चलकर सन् 1836 ई० में संशोधन किया गया। संसद द्वारा घेराबन्दी खेतों की जाँच-पड़ताल के लिए विशेष आयुक्त भी नियुक्त किये गये। 18वीं शताब्दी के घेराबन्दी आन्दोलन की प्रगति का अन्दाजा नीचे की तालिका से लगाया जा सकता है[2]—

काल	अधिनियम संख्या	घेराबन्दी का क्षेत्र
1700-1760	208	312,363
1761-1801	2,000	3,180,871
1801-1844	1,883	2,549,345
1845 और उसके बाद	677	522,227

इस प्रकार 17वीं एवं 18वीं शताब्दियों में पूँजीवादी कृषि की नींव पड़ चुकी थी। इस काल में घेराबन्दी आन्दोलन बहुत ही सामान्य रूप से प्रचलित था। **घेराबन्दी का अर्थ छोटे-बिखरे खेतों को बड़े खेत के चक्कों में बदलना होता है।** श्रमिकों की कमी

1. "Your sheep which are naturally mild and easily kept in order, may be said now to devour men and unpeople not only villages but towns."
2. Johnson : Disappearance of the Small Land-Owner, p. 90.

के कारण कुछ कृषि भूमि चरागाहों में परिवर्तित की जाने लगीं। बंजर भूमि भी व्यक्तियों के स्वामित्व में आने लगी।

ब्रिटिश कृषि सन् 1750 के पश्चात् : कृषि क्रांति

इस अवधि में इंगलैंड की कृषि एवं उद्योग के संघटन में महान परिवर्तन हुए। कृषि क्रांति के साथ-ही-साथ औद्योगिक क्रांति भी इस काल में आयी। कृषि क्रांति की भूमिका इस अवधि के पूर्व ही बन युकी थी। इस अवधि में इसका केवल व्यापक प्रसार होना था। भूस्वामित्व और भी कम व्यक्तियों के पास संकेन्द्रित होने लगा। सामूहिक भूमि (common land) भी घेरे में डाल दी गई। ऐसा परिवर्तन 18वीं शताब्दी के उत्तरार्द्ध में प्रारम्भ हुआ और 19वीं शताब्दी के मध्य तक लगभग पूर्ण हो चला।

ग्रेट ब्रिटेन में कृषि क्रांति के कारण

1. जनसंख्या तथा खाद्यान्नों की माँग में वृद्धि—ग्रेट ब्रिटेन की जनसंख्या में महान वृद्धि हुई थी। अनुमानतः 11वीं शताब्दी के प्रारम्भ तक इंगलैंड की जनसंख्या 10-15 लाख के बीच थी जो 14वीं शताब्दी के अन्त तक बढ़कर सम्भवतः 40 लाख हो गयी थी। इसका परिणाम खाद्यान्नों के लिए माँग में वृद्धि हुआ था। किन्तु इस अवधि में फ्रांसीसी और नेपोलियनी युद्धों के कारण इंगलैंड खाद्यान्नों को पोलैंड, जर्मनी आदि से नहीं मँगा सका था। अतः खाद्यान्नों की अतिरिक्त माँग की पूर्ति देश के अन्दर ही अधिकांशतः होनी आवश्यक थी। किन्तु तत्कालीन कृषि की परिस्थितियों में ऐसा सम्भव नहीं था। इसी कारण अन्ततः कृषि में सुधार आवश्यक हो गया जिसकी अभिव्यक्ति तीव्र घेराबन्दी आन्दोलन में हुई तथा जिसके द्वारा छोटे-छोटे बिखरे खेतों के टुकड़ों की चकबन्दी और नवीन कृषि पद्धति का सूत्रपात किया गया। इस प्रकार कृषि क्रांति हुई।

2. अन्न विधियाँ और अन्न के ऊँचे मूल्य—इंगलैंड की कृषि क्रांति का दूसरा उत्साहवर्द्धक तत्त्व खाद्यान्न का अधिक ऊँचा मूल्य था जिसका अनुभव सन् 1689 में कार्न बाउन्टी अधिनियम (Corn Bounty Act) के पारित होने के समय से ही किया जा रहा था। इसके अनुसार यदि गेहूँ का मूल्य 48 शिलिंग प्रति क्वार्टर से कम हो जाय तो गेहूँ के निर्यातकों को 5 शिलिंग प्रति क्वार्टर निर्यात अधिदान (bounty) देने की व्यवस्था की गई थी।

3. पूँजी संचय में वृद्धि—वणिकवादी (mercantilist) पद्धति ने साहूकारों व्यापारियों और व्यवसायियों को विदेशी व्यापार में बहुत ही अधिक धन कमाने में समर्थ बनाया था। इन साहूकारों (money-lenders) और महाजनों को भूमि का क्रय करने के लिए प्ररोचना (inducement) प्राप्त हुई क्योंकि उस समय आर्थिक शक्ति और सामाजिक प्रतिष्ठा भू-सम्पन्न कुलीनों के हाथों में ही थी। स्वयं ब्रिटिश संसद भी इन्हीं भूपतियों के प्रभुत्व में थी।

4. कृषि और औद्योगिक क्रांतियों की अन्तर निर्भरता—संभवतः **कृषि क्रांति की सफलता के लिए सबसे अधिक महत्त्वपूर्ण कारण कृषि और औद्योगिक क्रांतियों का अन्तर सम्बन्ध था।** 16वीं एवं 17वीं शताब्दियों की कृषि-क्रांति ने औद्योगिक क्रांति के लिए आधार प्रस्तुत किया। किन्तु इस काल में औद्योगिक क्रांति ने भी कृषि-क्रांति को सहायता और उत्साह देना प्रारम्भ किया। औद्योगिक क्रांति के पूर्व कृषक अपनी आजीविका के लिए कुछ अंश तक हस्तशिल्प पर निर्भर थे। **हस्तशिल्प को उस युग के कृषकों**

का ''स्तार लंगर''(sheet anchor) कहा गया है क्योंकि इससे कृषक अपनी अतिरिक्त आय को अर्जित करते थे। किन्तु औद्योगिक क्रांति के कारण सस्ती वस्तुओं का उत्पादन होने लगा और हस्तशिल्प द्वारा निर्मित वस्तुएँ महँगी पड़ने लगीं। फलतः उनकी माँग समाप्त होने लगी और हस्तकला का विनाश होने लगा। बड़े पैमाने पर कारखानों द्वारा उत्पादित वस्तुओं की बाढ़ में हस्तशिल्प का अवसान हो गया। हस्तशिल्प में कार्य करने वाले व्यक्ति और लघु कृषक कृषि-कार्य को बन्द कर नगरों में चले गये। परिणामस्वरूप एक ओर कृषकों की आय में कमी हुई और दूसरी ओर कृषक श्रमिकों का अभाव-सा हो गया। इस कारण कृषि के नवीन ढंग की व्यवस्था करने के लिए विवश होकर प्रयास करना पड़ा और कृषि का यंत्रीकरण होने लगा। आर्थिक विकास की प्रक्रिया का चक्र जैसे-जैसे घूमता गया वैसे-ही-वैसे नवीन नवीनतर कृषि ढंग और उपकरणों की व्यवस्था आवश्यक होती गई।

5. कृषि कला में सुधार—ग्रेट ब्रिटेन में कृषि क्रांति के लिए कुछ प्रभावक तत्त्व विद्यमान थे। सन् 1701 में खेत में बीज बोने के लिए **जेथरो टुल ने ड्रील का अनुसंधान** किया था। सन् 1730 से सन् 1760 के बीच के वर्ष **फसल आवृत्ति के प्रयोग के वर्ष** थे। इस क्षेत्र में **नॉरलोक के लार्ड टाउनसेन्ड** ने अनेक प्रयोग किया। उनके प्रयोग **नॉरफोक कोर्स** (Norfolk Course) के नाम से सुविख्यात हैं। इन प्रयोगों ने दो खेत और तीन खेत प्रणालियों के दोषों को दूर किया। पशुपालन में भी सुधार किए गए थे। इस क्षेत्र में **रॉबर्ट बैकवेल** (Robert Bakewell) का नाम उल्लेखनीय है। इसके अतिरिक्त कृषि क्रांति को ब्रिटेन के राजवंश द्वारा प्रोत्साहन मिला। **जार्ज तृतीय ने विन्डसर में आदर्श कृषि की व्यवस्था की थी।** इसी कारण **जार्ज तृतीय को ''कृषक जॉर्ज''** (farmer George) अथवा 'कृषक राजा' (farmer King) कहा जाता है।

6. कृषि का पूँजीकरण *(Capitalisation of Agriculture)*—कृषि के क्षेत्र में पूँजी के प्रयोग ने भी ब्रिटेन में कृषि-क्रांति के लिए मार्ग प्रशस्त किया। वाणिज्यवादी पद्धति के अन्तर्गत व्यापारियों एवं व्यावसायिकों ने विदेशी व्यापार से बहुत अधिक धन उपार्जित किया। चूँकि उस समय ब्रिटेन में भूमि सामाजिक प्रतिष्ठा एवं राजनीतिक शक्ति का आधार थी अतः ये भूमि में पूँजी लगाने लगे। इससे भी कृषि-क्षेत्र में सुधारों को प्रोत्साहन मिला।

7. कृषि को राजकीय संरक्षण *(Royal Patronage to Agriculture)*—खेती के तरीकों में सुधार के लिए राजकीय संरक्षण भी ब्रिटेन की कृषि-क्रांति का प्रमुख कारण था। जार्ज तृतीय जिसे कृषक जार्ज (farmer George) कहा जाता था, का नाम इस सम्बन्ध में विशेष सम्मान के साथ लिया जाता है।**कृषि-क्रांति की सफलता बहुत कुछ कृषिमंडल के सचिव आर्थर यंग के कारण हुई थी** जिन्होंने इंगलैंड और फ्रांस की विस्तृत यात्रा की थी तथा विभिन्न क्षेत्रों में कृषि के प्रचलित तरीकों और उपायों का तुलनात्मक विवरण प्रकाशित किया था।

''कृषि क्रांति'' शब्द-सम्बन्ध के प्रयोग की सार्थकता

ध्यान देने योग्य बात यह है कि अभी इस काल तक यूरोप के अन्य देशों में कृषि-क्रांति नहीं लायी जा सकी थी। फ्रांस में कृषि-क्रांति समान उत्तराधिकार (egalitarian inheritance) के सिद्धान्त की व्याप्ति और लघु भूमिहरों के संरक्षण के कारण अवरोधित थी जबकि जर्मनी में यह दास प्रणाली के विद्यमान रहने तथा राजनीतिक एकता के अभाव के कारण नहीं लायी जा सकी थी। बहुत लम्बी अवधि के पश्चात् ही **बिस्मार्क** (Bismark)

के प्रयास से जर्मनी का एकीकरण (unification) हुआ और तब कहीं कृषि और उद्योग में तीव्र परिवर्तन हो सके। साथ ही, यह भी ध्यान में रहे कि **इंगलैंड में कृषि-क्रांति सन् 1789 की महान फ्रांसीसी क्रांति की भाँति अचानक और हिंसात्मक रूप से भूत से संबध विच्छेद कर नहीं लायी गई। यह सर्वथा कोई वर्ग संघर्ष और आन्दोलन नहीं थी।** जैसा कि **प्रो० ऑग** और **प्रो० शार्प** ने लिखा है, "सत्य तो यह है कि बहुत कुछ सीमा तक यह क्रांति सर्वथा निर्देशित नहीं थी। यह उतना अधिक एक आन्दोलन नहीं थी वरन् स्थितियों की एक स्वाभाविक अपरिहार्य स्वयंक्रिय परिपक्वता थी।"[1] वस्तुतः जैसा कि औद्योगिक क्रांति की दशा है, **इंगलैंड के कृषि विकास को कृषि-क्रांति इसलिए नहीं कहा गया है कि वहाँ कृषि के क्षेत्र में तुरन्त ही हिंसात्मक रूप में मौलिक और आमूल परिवर्तन हुए हैं। वस्तुत: अपेक्षाकृत एक लम्बी अवधि के पश्चात् ही शनै:-शनै: इस क्रांति की प्रक्रिया पूर्ण हो सकी।** ग्रेट ब्रिटेन में कृषि-क्रांति की सीमा का अनुभव स्पष्टतः तब किया जा सकता है जब हम **इस युग की ब्रिटिश कृषि की अवस्था की तुलना इसके पूर्वकालीन ब्रिटिश कृषि की अवस्था से करें** जब ब्रिटिश कृषि ब्रिटिश जनता की एक जीवन दर्शन थी, जीवन-पथ थी, आजीविका का प्रमुख साधन थी—(1) पहली बात तो यह है कि कम-से-कम सन् 1832 तक ग्रेट ब्रिटेन अपनी जनसंख्या को खिलाने के लिए पर्याप्त खाद्यान्नों का उत्पादन कर लेता था। किन्तु उस वर्ष के पश्चात् ग्रेट ब्रिटेन को अपने लिए आवश्यक खाद्यान्नों के लिए विदेशों पर निर्भर रहना पड़ा। अतः उस समय तक ग्रेट ब्रिटेन प्रमुखतः कृषि प्रधान था, कृषि उसका सबसे महत्त्वपूर्ण उद्योग थी। (2) अबतक ग्रेट ब्रिटेन में अनेक लघु भूमिधारी थे और कृषि अपेक्षाकृत कम महत्त्वपूर्ण थी। (3) कृषि करने के ढंग भी वस्तुतः प्राचीन और अवैज्ञानिक थे। (4) कृषक अपनी अतिरिक्त आय कृषि से भिन्न आजीविकाओं से, विशेषतः हस्तशिल्प से प्राप्त करने थे। अतः कृषि के साथ उद्योग का भी समावेश था। किन्तु इस काल में इन बातों में परिवर्तन हुए। यदि हम इन सभी बातों को ध्यान में रखेंगे तो कृषि-क्रांति का रूप स्पष्टतः निखरता हुआ प्राप्त होगा।

ग्रेट ब्रिटेन की कृषि-क्रांति की विशेषताएँ

1. कृषि क्षेत्र में पूँजी के महत्त्व में वृद्धि—कृषि क्षेत्र में पूँजी का महत्त्व बढ़ गया और बढ़ता ही गया। विज्ञान के साथ पूँजी का कृषि में प्रयोग होने लगा। श्रमिकों के अभाव ने कृषि में यंत्रों का प्रयोग करने के लिए कृषकों को विवश किया और यंत्रों के प्रयोग के कारण अधिक-से-अधिक पूँजी की आवश्यकता हुई।

2. कृषि का यंत्रीकरण—कृषि कला में परिवर्तन हुए और ब्रिटिश कृषि का यंत्रीकरण हो गया। कृत्रिम खाद और वैज्ञानिक यंत्रों के व्यवहार में वृद्धि हुई। इन उद्देश्यों से सन् 1838 में **रायल एग्रिकल्चर सोसाइटी** और सन् 1862 में **एग्रीकल्चर केमिस्ट्री एसोसिएशन** की स्थापना की गयी थी।

3. सामूहिक भूमि का समावरण (*Enclosure of common land*)—सामूहिक भूमि के समावरण के लिए भी आन्दोलन चला। इस काल के समावरण आन्दोलन और

1. "In truth it was to no great extent directed at all, being not so much a movement as a natural, inevitable, automatic ripening of conditions."

—*Ogg and Sharp : The Economic Development of Modern Europe*, p. 116

16वीं तथा 17वीं शताब्दियों के समावरण आन्दोलनों में अन्तर था। **16वीं और 17वीं शताब्दियों के समावरण आन्दोलनों ने कृषि भूमि को चरागाह में परिवर्तित किया** था। इसके दो कारण थे—(1) प्रथम तो यह कि उस समय श्रमिकों की अत्यन्त कमी हो गयी थी और अभी तक वैज्ञानिक अनुसधान बहुत ही लोकप्रिय नहीं हो सके थे और (2) उस समय पशुपालन तथा ऊनी वस्त्र उद्योग समृद्धिशाली थे जिनके कारण अधिक भेड़ों एवं पशुओं को पालने के लिए प्रोत्साहन मिला था और खेतों को चरागाहों में बदला गया था। **किन्तु 18वीं तथा 19वीं शताब्दियों के समावरण आन्दोलन ने लघु कृषकों को वृहत् कृषकों में और चरागाह को कृषित भूमि में परिवर्तित किया।** लघु कृषकों का शनैः शनैः अन्त होने लगा। इस काल में समावरण आन्दोलन का यौवनोल्लास सन् 1800 से 1819 तक रहा। इस अवधि में 30 लाख एकड़ से भी अधिक भूमि समावृत्त (enclosed) कर दी गई। सन् 1850 तक बिना घेरी हुई भूमि लगभग नहीं के बराबर रह गई थी। इस काल में ब्रिटिश संसद पर भूमिपतियों का प्रभुत्व था। इस कारण ब्रिटिश संसद ने समावरण आन्दोलन को सफल बनाने तथा प्रोत्साहित करने के लिए सन् 1801, 1836, 1845, 1852 में अधिनियम निर्मित किये थे। **महारानी अने** (Queen Anne) स्पष्टतः इस आन्दोलन के पक्ष में थी और इसको बुद्धिजीवियों का भी समर्थन प्राप्त हुआ था। **आदम स्मिथ** (Adam Smith) जैसे अर्थशास्त्रियों के द्वारा इस आन्दोलन को सैद्धांतिक आधार एवं बल मिला था। **आदम स्मिथ ने अपने सर्वविख्यात श्रम-विभाजन सिद्धान्त को इस आन्दोलन के साथ लागू किया।** 1845 ई॰ में घेराबन्दी आयुक्तों की एक समिति का निर्माण हुआ जो गाँव-गाँव में जाकर इस कार्य का निरीक्षण करते थे। धीरे-धीरे चरागाह की भूमि की भी घेराबन्दी की जाने लगी। घेराबन्दी आन्दोलन के अन्तर्गत 1760 से 1849 ई॰ के बीच प्रायः 80 लाख एकड़ भूमि ली गई। घेराबन्दी आन्दोलन में कृषि की उपज में बहुत अधिक वृद्धि हुई जिससे ब्रिटेन की बढ़ी हुई जनसंख्या के लिए अधिकाधिक मात्रा में अन्न प्राप्त होने लगा। **प्रो॰ आस्टन** (Ashton) के अनुसार, **"यदि मिट्टी की उत्पादन दर को बढ़ाने के लिए घेराबन्दी नहीं हुई होती तो राष्ट्रीय महाविनाश हुआ होता और यह विश्वास करना कठिन है कि घेराबन्दी की अनुपस्थिति में जीवन-स्तर बनाये रखा जा पाया होता।"**[1] इसको काफी सफलता भी प्राप्त हुई। कृषि को सरकारी सहायता तथा समर्थन प्राप्त होने लगा। इस युग में संसद में भूमिपतियों का प्रभाव बढ़ रहा था। परिणामस्वरूप एक ओर तो भूमि का राजनीतिक महत्त्व बढ़ गया और दूसरी ओर सरकार का ध्यान कृषि की ओर आकर्षित हो गया।

4. फसल आवर्तन पद्धति *(Rotation of crops)*—कृषि क्रांति के पहले इंगलैंड में कृषि कार्य त्रि-खेत पद्धति (three field system) के आधार पर होता था। इसमें प्रत्येक वर्ष कृषि योग्य भूमि का एक-तिहाई भाग परती ही रखा जाता था। किन्तु अब परती भूमि छोड़ना बन्द हो गया। अब फसलों की हेर-फेर की गई और विस्तृत पद्धति अपनायी गयी। इस सम्बन्ध में **लॉर्ड टाउनशेन्ड** (Lord Townshend) द्वारा चलायी गयी **नारफोक पद्धति** बहुत अधिक लोकप्रिय होने लगी तथा कई स्थानों पर इसे अपनाया जाने लगा। **यह**

1. "If there had been no enclosure to increase the yield of the soil, there might have been a national catastrophe and it is hard to believe that, in the absence of enclosure, the standard of life could have been maintained."

अग्रांकित सिद्धान्तों पर आधारित एक चार वर्षीय पद्धति थी–(1) भूमि को एक वर्ष के लिए परती छोड़ना बन्द कर दिया गया। (2) एक वर्ष छोड़कर अनाज की फसल बोई जाती थी। (3) बीच के वर्षों में रामपर्ण (clover) तथा कन्द मूल की फसलों की खेती की जाती थी। (4) इस पद्धति के सर्वाधिक रूप के अन्तर्गत एक के बाद दूसरे वर्ष में क्रमशः गेहूँ, रामपर्ण, जौ तथा शलजम की खेती की जाती थी।

5. कृषि कला में क्रांतिकारी परिवर्तन(*Revolution in agricultural technique*) —इंगलैंड में कृषि-कला में आमूल परिवर्तन हुए। बीज बोने, खेत जोतने और काटने के लिए नये-नये यंत्रों का आविष्कार हुआ। **जेथरो टुल** (Jethro Tull) द्वारा खेत बोने की नाली (drill) के आविष्कार से बीच बोने की एक नयी प्रणाली का विकास हुआ। इसके पूर्व बोने वाला अपने साथ बीज की एक टोकरी रखता था जिसमें से वह हाथ से दाएँ-बाएँ बीज बिखेरता जाता था। बाईबिल के समय से ही यह प्रथा चली आ रही थी। किन्तु ड्रिल के प्रयोग से भूमि में एक छिद्र हो जाता था जिसमें बीज क्रम में गिरते जाते थे। इससे बीज कम लगता था तथा फसल भी अच्छी होती थी। **जेथरो टुल मिट्टी के चूर्णीकरण** (pulverisation) के पक्ष में भी था और इसने घोड़ों से सफाई की प्रथा (horsehoing) भी निकाली। इस प्रकार कृषि-कला के सम्बन्ध में ''नये-नये प्रयोग किये जाने लगे तथा सफल प्रयोगों के प्रचार के लिए पुस्तकें तथा निबन्ध आदि प्रकाशित किये जाने लगे।'' उदाहरण के लिए **आर्थर यंग** (Arthur Young) ने **'एनाल्स ऑफ एग्रीकल्चर'** (Annals of Agriculture) नामक एक पत्रिका का संपादन किया। आगे चलकर वह **कृषि परिषद** (Board of Agriculture) का सचिव हुआ तथा उसने कई कृषि क्लबों तथा कृषि परिषदों का आयोजन किया। उन्नीसवीं शताब्दी में कृषि-कला के क्षेत्र में तीन दिशाओं में महत्त्वपूर्ण प्रगति हुई–(1) पानी निकास की अधिक अच्छी और उचित व्यवस्था, (2) यंत्रों का अधिकाधिक उपयोग, (3) कृत्रिम खाद का प्रयोग। इन सभी ने कृषि क्रांति में अकथनीय योगदान किया।

6. वृहत पैमाने की कृषि की विजय (*Victory of large scale farming*)—इस काल की कृषि क्रांति की अन्य विशेषता वृहत् पैमाने की कृषि का विकास थी। सन् 1750 और 1830 के बीच के वर्षों ने अंग्रेजी कृषि में वृहत् पैमाने की कृषि की विजय और उत्पादन-शक्ति में अत्यधिक वृद्धि को देखा है। लघु कृषक बड़े कृषकों के साथ प्रतियोगिता में नहीं टिक सके। इसके अतिरिक्त उनकी रक्षा की दूसी ढाल—हस्तशिल्प—का विनाश हो रहा था जिससे उनकी आय और भी कम हो गई थी। श्रमिकों की कमी के कारण श्रम की लागत अधिक हो गई थी। यंत्रों का प्रयोग आवश्यक हो गया था। किन्तु आय की कमी के कारण उनके पास पूँजी का अभाव था। फलतः बहुत से लघु कृषक स्वयं कृषक श्रमिक बन गए अथवा उद्योगों में श्रम करने लगे अथवा उपनिवेशों में चले गये। इन परिवर्तनों के फलस्वरूप **कृषि क्षेत्र में तीन भिन्न वर्गों का जन्म हुआ**–(क) भूमिपति जो भूमि से आय प्राप्त करते थे, (ख) कृषक जो कृषि कार्य करते थे और (ग) कृषक श्रमिक जिनके पास न भूमि थी और न उनका प्रबन्ध वरन् ये केवल पारिश्रमिक पर श्रम करते थे।

7. पशुओं की नस्ल में सुधार–ब्रिटेन में पशुओं की नस्ल में सुधार के प्रयत्न भी किए गए जिससे अब पशु स्वस्थ एवं मजबूत होने लगे। अठारहवीं शताब्दी में पशु-पालन पर बहुत अधिक ध्यान दिया गया। इसके पूर्व इंगलैंड में खेती के कार्य में काम आने वाले पशु अति निम्न कोटि के होते थे। भेड़ें दुर्बल होती थीं और बहुत कम ऊन देती थीं। सभी प्रकार के पशु संक्रामक रोगों से प्रभावित रहते थे। सत्रहवीं शताब्दी में इस

क्षेत्र में कुछ प्रयत्न अवश्य किये गये। किन्तु अठारहवीं शताब्दी के पूर्व विवेकपूर्ण अभिजनन द्वारा पशुओं की नस्ल सुधारने के प्रयत्नों का अभाव था। इस शताब्दी में कई अभिजनकों ने मवेशियों और भेड़ों की उत्तम नस्लें तैयार कीं। इसमें **रॉबर्ट बेकवेल** तथा **कॉलिग बन्धु** विशेष रूप से उल्लेखनीय हैं। इससे सभी प्रकार के मवेशियों की स्थिति में पर्याप्त सुधार हुआ।

8. अन्य प्रयास-कार्य—इनके अतिरिक्त पशु प्रदर्शनी, कृषक-गोष्ठी, कृषि-परिषदों, कृषि-विद्यालयों और रसायनशालाओं की भी स्थापना हुई। सन् 1838 ई॰ में **शाही कृषि-परिषद** की स्थापना हुई और 1848 ई॰ में **कृषि रसायनशाला** स्थापित की गई। इन संस्थाओं ने भी कृषि-क्रांति में महत्त्वपूर्ण योगदान किया।

कृषि-क्रांति के परिणाम
(Effects of Agricultural Revolution)

आर्थिक परिणाम

1. ब्रिटिश कृषि की सर्वोच्चता—कृषि-क्रांति के फलस्वरूप कृषि यूरोप और इस प्रकार विश्व में सर्वोत्तम हो गई। लगान में वृद्धि हुई और इस वृद्धि ने पुनः कृषि के विकास और वृहत् पैमाने की कृषि के लिए प्रोत्साहन दिया।

2. कृषि क्षेत्र में पूँजी के महत्त्व में वृद्धि—कृषि-क्रांति ने कृषि के क्षेत्र में पूँजी का प्रभुत्व स्थापित कर दिया। वृहत् पैमाने की कृषि ने स्वयं ही अधिक-से-अधिक मात्रा में कृषि के क्षेत्र में पूँजी और विज्ञान के प्रयोग को आवश्यक बना दिया। कृषि का यंत्रीकरण हुआ।

3. कृषि उत्पादन तथा कार्य-कुशलता में वृद्धि—कृषि-क्रांति के कारण 1750 से 1780 के बीच कृषि के प्रति एकड़ उत्पादन में 40 प्रतिशत की वृद्धि हुई। परिणामस्वरूप कृषि व्यवस्था यूरोप तथा विश्व में सर्वोत्तम हो गई। ब्रिटेन की कृषि में उन्नति के परिणामस्वरूप लगान में वृद्धि हुई जिसने कृषि के विकास तथा बड़े पैमाने की कृषि के लिए मार्ग प्रस्तुत किया।

4. पूँजीवादी कृषि का विकास—कृषि क्रांति के परिणामस्वरूप कृषि के क्षेत्र में पूँजी का प्रभुत्व बढ़ने लगा। इससे भूमि का अधिकार कुछ थोड़े-से व्यक्तियों के हाथों में केन्द्रित हो गया। छोटी-छोटी इकाइयों के बदले बड़े-बड़े कृषि-फार्मों की स्थापना हुई। इनमें वैज्ञानिक तरीकों से आधुनिक औजारों द्वारा कृषि की जाने लगी। इस प्रकार कृषि क्रांति से पूँजीवादी कृषि का विकास हुआ। कृषि-क्रांति से बड़े-बड़े पूँजीपति भी भूमि में अपनी पूँजी लगाने लगे। भूमि को सामाजिक प्रतिष्ठा और राजनीतिक शक्ति का प्रधान साधन समझा जाने लगा। भूमिधारियों का सामाजिक तथा राजनीतिक प्रभाव बढ़ गया तथा ब्रिटिश संसद वस्तुतः भूमिस्वामियों के नियंत्रण में आ गई। पूँजीवादी कृषि के विकास से जोतों के आकार में वृद्धि हुई। कुछ स्थानों में तो लगान में 300 से 400 प्रतिशत तक वृद्धि हुई। इससे भूमि का मूल्य बहुत बढ़ गया।

5. मवेशियों तथा भेड़ों की संख्या में वृद्धि—कृषि-क्रांति के परिणामस्वरूप मवेशियों की संख्या में अत्यधिक वृद्धि हुई। इनकी नस्ल में भी पर्याप्त सुधार हुआ। 1710 से 1795 के बीच मवेशियों का औसत वजन 370 पौंड से बढ़कर 800 पौंड तथा भेड़ों का वजन 28 पौंड से बढ़कर 80 पौंड हो गया।

6. कृषि का यंत्रीकरण—कृषि-क्रांति के फलस्वरूप कृषि के तरीकों में भी सुधार हुआ। कृषि कार्य में नये-नये वैज्ञानिक यंत्रों का प्रयोग किया जाने लगा। कृषि में प्रवृत्ति यंत्रीकरण की ओर हुई।

7. कृषक श्रमिकों की संख्या में कमी—कृषि में यंत्रों के अधिकाधिक प्रयोग के कारण कृषक श्रमिकों की मजदूरी बहुत कम हो गयी। इन्हें साधारणतया सप्ताह में 8 शिलिंग से भी कम मजदूरी मिलती थी। इतनी कम मजदूरी से उनके लिए भरण-पोषण करना प्रायः असम्भव हो गया। इससे लोग गाँव छोड़कर औद्योगिक केन्द्रों अथवा उपनिवेशों में बसने के लिए जाने लगे। इससे गाँव की जनसंख्या कम होने लगी। कृषि पर आश्रित व्यक्तियों के अनुपात में भी कमी होने लगी।

सामाजिक परिणाम

1. भूस्वामियों का प्रभुत्व (*Dominance of landed interests*)—भू-धारियों के प्रभाव में वृद्धि हुई। वस्तुतः स्वयं ब्रिटिश संसद भी भू-स्वामियों के नियंत्रण में आ गयी।

2. लघु-कृषकों का अन्त (*Disappearance of yeomen*)—लघु कृषकों पर ग्रहण आया और वे समाप्त हो गये। **मैनटाक्स** (Mantoux) के अनुसार 1740 से 1780 के बीच 40-50 हजार छोटे-छोटे फार्म समाप्त हो गए। **सन् 1815 तक लघु कृषक का महत्त्व लगभग अर्थहीन हो चला था और सन् 1850 तक वे पूर्णतः विलीन हो गये।** भूमि छोटे किसानों से हटकर पूँजीपतियों के हाथों में चली गयी। अतएव भूमिहीन कृषक मजदूर वर्ग का उदय हुआ। देश के अन्दर धन तथा आय वितरण में विषमता बढ़ी।

3. जनसंख्या का गाँवों से नगरों में प्रवाह (*Migration*)—गाँवों की जनसंख्या में अत्यन्त कमी हो गयी। लोग अधिक-से-अधिक संख्या में गाँवों को छोड़कर नगरों अथवा उपनिवेशों को जाने लगे। गाँवों में उनके लिए पर्याप्त रोजी नहीं रही।

4. देहाती वर्ग-विभेद (*Rural class distinction*)—देहातों में क्लिष्ट वर्ग विभेद कृषि-क्रांति का परिणाम था। **देहाती समाज तीन भिन्न वर्गों में विभक्त हो गया**— (1) भू-पति जिनकी आय भूमि से प्राप्त होती थी किन्तु जो भूमि का स्वामी रहते हुए भी स्वयं कृषि नहीं करते थे, (2) कृषक वर्ग जो लगान के बदले भूमि पर कृषि करते थे, और (3) भूमिहीन कृषक श्रमिक। इनमें वर्ग संघर्ष होने लगे।

इस प्रकार **''आर्थिक दृष्टिकोण से कृषि क्रांति उचित थी किन्तु इसके सामाजिक परिणाम विनाशकारी हुए।''**[1] आर्थिक दृष्टिकोण से कृषि की उत्पादनशीलता बढ़ गयी और ब्रिटिश कृषि विश्व में सर्वोच्च स्थान प्राप्त कर ली। किन्तु इसका लाभ बड़े-बड़े कृषकों को हुआ। लघु कृषक खर्चीले यंत्रों, ऊँची लगान, ऊँची मजदूरी आदि के कारण बड़े कृषकों के साथ प्रतियोगिता नहीं कर सके। वे समाप्त हो गये। ग्रामीण समाज में वर्ग विभेद उग्र रूप पकड़ने लगा। लघु कृषकों की जमीन तो चली ही गई, घेराबन्दी आन्दोलन के कारण सार्वजनिक भूमि भी घेरे में डाल दी गई और उस पर खेती होने लगी। इसलिए सार्वजनिक भूमि समाप्त होने पर ये लघु कृषक भेड़-पालन आदि भी नहीं कर सकते थे। अतः अब गाँव में वे केवल मजदूरी ही कर सकते थे। किन्तु मजदूरी अनाज के रूप में न दी जाकर मुद्रा के रूप में दी जाने लगी थी। मजदूरी दर भी बहुत कम थी। सामान्यतः प्रति सप्ताह 8 शिलिंग से कम मजदूरी मिलती थी। बढ़ते मूल्यों के कारण मौद्रिक मजदूरी का वास्तविक मूल्य क्रमशः घटता जा रहा था। इससे कृषक मजदूरों की आर्थिक स्थिति दिन-प्रतिदिन बिगड़ती जा रही थी। संक्षेप में, कृषि क्रांति के फलस्वरूप, **''यद्यपि कृषि**

1. "The Agrarian Revolution was economically justifiable, its social effects were disastrous."

कला में सुधार हुआ, उपज बढ़ गई, लाभ बढ़ गए तथापि लघु कृषक नष्ट हो गये, एक ग्रामीण सर्वहारा वर्ग का जन्म हुआ जिसका भूमि से कोई सम्बन्ध नहीं रह गया, जिसके पास उत्पादन का कोई साधन नहीं रह गया और जो बहुधा भूमिहीन के साथ-साथ कार्यहीन भी था।''[1]

उन्नीसवीं शताब्दी के पूर्वार्द्ध में ब्रिटिश कृषि
(British Agriculture During the First Half of the 19th Century)

19वीं शताब्दी के प्रारम्भ तक ब्रिटिश कृषि में महत्त्वपूर्ण प्रगति हुई। इसके उत्पादन में भी आशाजनक वृद्धि हुई। किन्तु इससे ब्रिटेन की बढ़ती हुई जनसंख्या के लिए खाद्य-सामग्री की पूर्ति करने की समस्या केवल अंशतः ही हल हुई। 19वीं शताब्दी के प्रारम्भ में खाद्य-सामग्री का पुनः आयात करना पड़ा। आरम्भ में आयात की मात्रा अधिक नहीं थी। फ्रांसीसी युद्ध के समय देश को अधिकांशतः अपने कृषि-उत्पादन पर ही निर्भर रहना पड़ता था। निम्नांकित तालिका से 1776 ई० से 1842 ई० के बीच ब्रिटेन में खाद्यान्नों के आयात एवं निर्यात का अन्दाजा लगता है—

ब्रिटेन में खाद्यान्न का आयात-निर्यात (क्वार्टर में)[2]

वर्ष	निर्यात	आयात
1776	2,10,664	20,578
1786	2,05,466	51,463
1796	24,679	8,79,200
1810	75,785	15,67,126
1825	38,796	7,87,606
1839	45,512	31,10,729
1842	68,047	31,11,290

ऊपर की तालिका से स्पष्ट है कि 18वीं शताब्दी के अन्त तक ग्रेट ब्रिटेन अपनी खाद्य-सामग्री का अधिक भाग देश में ही उत्पन्न कर लेता था। किन्तुं 19वीं शताब्दी के प्रारम्भ में खाद्यान्न के आयात में वृद्धि होने लगी। 1793 से 1815 ई० तक ब्रिटेन लगातार फ्रांस के साथ युद्ध में लीन रहा। 1815 से 1850 ई० तक वह किसी बड़े युद्ध से मुक्त रहा। फ्रांस के साथ युद्ध का काल इंगलैंड की कृषि के लिए सम्पन्नता का काल था। 1750 से 1801 ई० के बीच देश की जनसंख्या तथा खाद्य पदार्थों की माँग में 50 प्रतिशत की वृद्धि हुई थी। यद्यपि इस काल में कृषि कला तथा कृषि संगठन में सुधार के परिणामस्वरूप कृषि उत्पादन में वृद्धि हुई फिर भी कृषि-उत्पादन मांग के बराबर नहीं बढ़ाया जा सका था। अतएव युद्ध के दिनों में जनता की खाद्यान्न की माँग की पूर्ति करना और भी कठिन हो गया। 1809 और 1810 ई० में इंगलैंड में खराब फसल के कारण अन्न का अभाव और भी बढ़ गया। ऐसी स्थिति में अन्न का मूल्य 160 शिलिंग प्रति क्वार्टर तक हो गया। केवल

---

1. "Though the technique improved, output increased, profits rose, rents soared, small peasants were destroyed, rural proletariat was created "divorced from the land" owning no means of production, often workless as well as landless."
2. Mc Culloch's Commercial Dictionary (1847), p. 438

फ्रांस से गेहूँ का आयात कर ही इस अकाल को टाला जा सका जिसके लिए ब्रिटिश द्वीप समूह की नाकाबन्दी के बावजूद नेपोलियन ने अनुमति दी थी। ग्रेट ब्रिटेन में खाद्यान्न के उत्पादन में वृद्धि का एक मात्र उपाय खेती के क्षेत्र में वृद्धि था। किन्तु खेती के क्षेत्र में विस्तार के कारण जो नयी भूमि कृषि के अन्तर्गत आती है वह अपेक्षाकृत कम उपजाऊ होती है जिससे उत्पादन व्यय तथा भूमि के लगान में वृद्धि होने लगती है। अतएव नेपोलियन के साथ युद्ध के समय भी खेती के क्षेत्र में लगातार वृद्धि के साथ-साथ अनाज के मूल्य में उत्तरोत्तर वृद्धि होने से लगान में भी वृद्धि हुई। ऐसी स्थिति में भूस्वामियों तथा किसानों दोनों की समृद्धि में वृद्धि हुई। किन्तु इस समृद्धि से केवल बड़े किसान ही लाभान्वित हुए। छोटे किसानों को इस समृद्धि का कोई भाग नहीं मिला क्योंकि खुले खेतों में जो अन्न उत्पन्न होता था वह बड़े पैमाने पर खेती करने वाले किसानों की तुलना में गुण तथा मात्रा दोनों दृष्टियों से छोटा होता था। इससे घेराबन्दी आन्दोलन को और तीव्र प्रोत्साहन प्राप्त हुआ। 1815 ई॰ तक बड़े-बड़े घेराबन्दी फॉर्म अंग्रेजी ग्रामीण अर्थ-व्यवस्था की सामान्य इकाई बन गये और खुले खेतों की प्रणाली बिल्कुल अपवाद-स्वरूप हो गयी यद्यपि सभी घेराबन्दी खेत बड़े ही नहीं थे बल्कि उनमें से कुछ छोटे भी होते थे।

1815 ई॰ का अनाज अधिनियम—1815 ई॰ में युद्ध की समाप्ति और शान्ति की स्थापना के साथ ही बड़ी मात्रा में आयात सम्भव हुआ जिससे खाद्यान्नों के मूल्य में भारी कमी होने लगी। इसका बड़े-बड़े किसानों की समृद्धि पर प्रतिकूल प्रभाव पड़ने लगा। अतएव इस कठिनाई को दूर करने के लिए ब्रिटिश संसद द्वारा 1815 ई॰ में एक **अनाज विधि** (Corn Law) बनायी गयी। इसके अनुसार इंगलैंड में गेहूँ का आयात तबतक नहीं किया जा सकता था जबतक इसका मूल्य ब्रिटिश बाजार में 80 शिलिंग प्रति क्वार्टर अथवा इससे अधिक न हो जाय। दूसरे अनाजों के साथ भी यह नियम लागू था। इसके लिए भी मूल्य की एक अधिकतम सीमा तय कर दी गई थी। जैसे—राई (Rye) के लिए 53 शि॰, जौ के लिए 40 शि॰, जई (Oat) के लिए 36 शि॰ प्रति क्वार्टर। इस अन्न विधि के पक्ष में यह दलील दी गई थी कि देश के कल्याण के लिए कृषि की निरन्तर समृद्धि अनिवार्य थी और अनाज विधि जनसाधारण को कोई हानि पहुँचाए बिना भूमिधरों के हितों की रक्षा करती थी।

अन्न विधि का रद्दीकरण—इस अन्न विधि (Corn Law) का परिणाम बहुत अच्छा नहीं हुआ। रोटी महँगी हो गई और गरीबों को कष्ट झेलना पड़ा। अनाज का मूल्य भी स्थिर नहीं रहा। भूमिगत हितों को पूर्व कल्पित लाभ नही मिल सका। यह विधि सम्पूर्ण देश को हानि पहुँचाकर एक वर्ग विशेष की समृद्धि का पोषक थी। वस्तुतः औद्योगिक क्रांति के बाद यह स्पष्ट होने लगा कि इंगलैंड का वास्तविक राष्ट्रीय हित सस्ते खाद्य-पदार्थों के आयात के बदले में निर्मित वस्तुओं के निर्यात में ही निहित है। अतएव अन्न विधि का तीव्र विरोध किया जाने लगा। इसके लिए 1838 ई॰ में **रिचर्ड कॉबडेन** तथा **जॉन ब्राइट** के नेतृत्व में लंकाशायर के कारखाना मालिकों के एक दल द्वारा एक **अन्न विधि विरोध अधिसंघ** (Anti-Corn Law League) की स्थापना की गई। 1841 ई॰ के साधारण चुनाव में इस संघ को बहुत कम सफलता मिली। इससे संरक्षणवादियों की विजय हुई तथा **सर राबर्ट पील** (Sir Robert Peel) की अध्यक्षता में एक संरक्षणवादी मंत्रिमंडल बना। किन्तु पील हठधर्मी नहीं था। **उसने अनुभव किया कि अन्न विधियों का महत्त्व केवल तभी तक है जबतक यह राष्ट्र की आवश्यकताओं के लिए यथेष्ट मात्रा में खाद्यान्न उत्पन्न**

कर सके। किन्तु यह विधि इसमें भी असफल रही। परिणामस्वरूप प्रति वर्ष अन्न का आयात करने की आवश्यकता बढ़ती ही जाती थी। अतः 1845 ई॰ में जब आयरलैंड में आलू का अकाल पड़ा और इंगलैंड में भी फसल कमजोर हुई तो पील को यह विश्वास हो गया कि अन्न विधियों को ढीला करना आवश्यक है। अतएव **1846 ई॰ में अन्न विधि को रद्द कर दिया गया।** इसके आयात पर करों की दरें नीची कर दी गईं। 1849 ई॰ में 1 शि॰ प्रात क्वार्टर का एक नाम-मात्र का कर लगाया गया। 1869 ई॰ में इसे भी समाप्त कर दिया गया। इसके बाद इंगलैंड में विदेशों से अनाज का कर मुक्त आयात किया जाने लगा।

ब्रिटिश कृषि का स्वर्ण युग (1850-1870)

1846 ई॰ में अन्न विधि के विखंडन से ब्रिटिश कृषि का विनाश नहीं हुआ। यद्यपि विखंडन के बाद कृषि के क्षेत्र में एक अस्थायी मंदी का अनुभव किया जाने लगा तथापि आगामी बीस वर्ष इतनी समृद्धि के निकले कि इस काल को ब्रिटिश कृषि का स्वर्ण युग (Golden Age of British Agriculture) कहा जाने लगा। इस अवधि में इंगलैंड में कृषि पर आश्रित जनसंख्या का प्रतिशत उत्तरोत्तर घटता जा रहा था। नीचे की तालिका से यह स्पष्ट है।

वर्ष	**कृषि पर आश्रित जनसंख्या का प्रतिशत**
1811	34
1821	32
1831	28
1841	22
1851	16
1861	10

मोटे रूप में सन् 1830 से सन् 1870 तक किन्तु शुद्ध रूप से 1850 से 1870 तक का काल ब्रिटिश कृषि का स्वर्ण-युग कहा जाता है। इस युग में ब्रिटिश कृषि के आधुनिकीकरण की प्रक्रिया जारी रही और वृहत् पैमाने पर कृषि का विकास होता रहा। वस्तुतः कृषि पर आश्रित जनता का अनुपात जबकि सन् 1811 में 34 प्रतिशत था तो यह कम होकर सन् 1861 में केवल 10 प्रतिशत हो गया। वह तथ्य उस तीव्र गति को सूचित करता है जिस गति से ब्रिटिश कृषि लघु कृषकों के प्रभाव से हटकर वृहत् कृषकों के प्रभाव में आ गई थी। इस काल में **समावरण आन्दोलन को कॉर्न लॉ द्वारा समर्थन प्राप्त हुआ।** सन् 1864 से ब्रिटिश सरकार ने कृषि से संबंधित सांख्यिकी का संकलन और प्रकाशन प्रारम्भ किया। **इस काल को ब्रिटिश कृषि का स्वर्णकाल इसलिए कहा जाता है कि इस काल में ब्रिटिश कृषि में सबसे अधिक और ठोस विकास हुआ। इसके कई अनुकूल कारण थे**—(1) यह विकास परिवहन एवं संचार के साधनों के प्रयास द्वारा सरल तथा सुविधापूर्ण हो सका था। इस काल में जलपथ, सड़क और रेलपथ का प्रचुर विकास हुआ जिसके कारण ग्रेट ब्रिटेन के अधिकांश क्षेत्र एक-दूसरे से जुड़ गए और संसार के अन्य देशों से ग्रेट ब्रिटेन जुड़ गया। ग्रेट ब्रिटेन को वस्तुओं के निर्यात की सुविधा प्राप्त हुई। (2) इस काल में ब्रिटिश कृषि के लिए विदेशी प्रतियोगिता का अभाव था। **जबकि इस काल में ब्रिटिश कृषि सबसे अधिक अनुकूल वातावरण का**

अनुभव कर रही थी और स्वर्ण युग से होकर गुजर रही थी तो विश्व के अन्य विकसित देश विषम और कष्टकारी परिस्थितियों का सामना कर रहे थे। रूस अभी क्रीमियाई युद्ध (Crimean War) के विध्वंसों से मुक्त होने के लिए प्रयास कर रहा था। संयुक्त राज्य अमेरिका अपनी आन्तरिक झंझटों का सामना कर रहा था। सन् 1861 से संयुक्त राज्य अमेरिका में गृह-युद्ध प्रारम्भ हो गया था। फ्रांस बाह्य शक्तियां से विशेषतः जर्मनी से भयभीत था और जर्मनी पड़ोसी राज्यों पर सफल आक्रमण के पश्चात फ्रांस पर आक्रमण करने की तैयारी में लगा हुआ था। (3) उन्नीसवीं शताब्दी का तृतीय चतुर्थांश आस्ट्रेलिया तथा कैलिफोर्निया में हुई स्वर्ण की खोज एवं अन्य परिस्थितियों के कारण बढ़ते हुए मूल्यों तथा असामान्य समृद्धि का काल था। अतएव इसमें रोजगारी की प्रचुरता थी तथा मजदूरी में भी वृद्धि की प्रवृत्ति थी जिससे मांस तथा रोटी का उपयोग बढ़ रहा था। इससे खाद्य पदार्थों की माँग भी बढ़ रही थी। इन कारणों से किसान सामान्य रूप में समृद्धि का अनुभव कर रहे थे। (4) इस काल में कृषि में वैज्ञानिक तरीकों का अधिकाधिक प्रयोग होने लगा था। खेती की उन्नत पद्धतियों को, जिन्हें 18वीं शताब्दी के अन्त तथा 19वीं शताब्दी के प्रारम्भ से श्रेष्ठतर किसानों ने प्रारम्भ किया था, अब अधिक सामान्य रूप में स्वीकार कर लिया गया था। इसी प्रकार **शाही कृषि-परिषद** (Royal Agricultural Society) और अन्य समितियों के निर्माण से भी कृषि पद्धति के सुधार में बहुत अधिक सहायता मिली। वार्षिक कृषि-प्रदर्शनियों का आयोजन किया जाता था जिससे आधुनिकतम कृषि-पद्धतियों के सम्बन्ध में किसानों को जानकारी प्राप्त होती थी। कृषि-रसायन शास्त्र के विकास से नई-नई खादों तथा उर्वरकों का प्रयोग सम्भव हुआ जिसमें भूमि की उपजाऊ शक्ति में वृद्धि हुई। इन सब कारणों से कृषि व्यवसाय में नवीन पूँजी लगायी जाने लगी और वैज्ञानिक प्रयोगों से पूरा लाभ उठाया जाने लगा। (5) रेलों के तीव्र प्रसार ने भी इस युग में अंग्रेजी कृषि के विकास में योगदान किया। इससे खेती की उपज को बेचने के लिए एक विस्तृत बाजार खुल गया। अब किसान अपनी उपज तथा पशुओं को दूर-दूर के बाजार तक भेज सकता था। साथ ही, रेलों ने यंत्रों उर्वरकों तथा बीजों को भी सस्ता एवं जनसाधारण के लिए उपलब्ध बना दिया।

किन्तु इस युग में जनसंख्या का प्रवाह गाँवों से नगरों की ओर तीव्र गति से हो रहा था। वैज्ञानिक यंत्रों के प्रयोग के कारण कृषि में मजदूरों की आवश्यकता कम होती जा रही थी। साथ ही, गाँवों में मजदूरी की दर में भी बहुत वृद्धि हो रही थी। किन्तु औद्योगिक केन्द्रों तथा रेलों में बहुत लोगों को रोजगार मिल रहा था। अतएव लाखों की संख्या में मजदूर गाँव छोड़कर औद्योगिक केन्द्रों तथा शहरों में जाकर बसने लगे थे।

ब्रिटिश कृषि सन् 1870 से 1914 तक : विनाश-काल

यदि सन् 1870 के पूर्व का काल ब्रिटिश कृषि के लिए प्रगति एवं समृद्धि का काल था तो उसके पश्चात् का काल पतन और विनाश का। **"यदि उन्नीसवीं शताब्दी का तृतीय ब्रिटिश कृषि का स्वर्ण काल था तो इसका अन्तिम चतुर्थांश राहतहीन और बेमिशाल मंदी का समय था।"**[1] सन् 1870 के पश्चात् ब्रिटिश कृषि में जो महान मंदी आयी वह इतनी विध्वसक थी कि सन् 1870 और 1900 के बीच लगभग 1/3 कृषक

---

1. "If the third quarter of the 19th century was the golden age of British agriculture, the last quarter was a time of unrelieved and unexampled depression."

मजदूर सर्वदा के लिए कृषि कार्य का परित्याग कर दिए। सन् 1875 में ब्रिटिश कृषि के अधीन 37 मिलियन एकड़ भूमि थी जो घटकर सन् 1911 में केवल 1.7 मिलियन एकड़ हो गई। कृषि की उपजें विशेषतः खाद्य फसलें भी कम हो गईं। उदाहरणस्वरूप गेहूँ की उपज जो सन् 1845 में इंगलैंड की जनता की 90 प्रतिशत के लिए पर्याप्त थी, सन् 1906 में केवल 10.6 प्रतिशत जनता के लिए ही पर्याप्त रह सकी।

मंदी के कारण कृषि वस्तुओं के मूल्य भी बहुत ही गिर गए। उदाहरण के लिए गेहूँ का मूल्य जबकि सन् 1875 में 55 शिलिंग प्रति क्वार्टर था तो वह सन् 1895 में घटकर केवल 28 शिलिंग प्रति क्वार्टर हो गया। इस काल में अत्यधिक ठंढक तथा वर्षा के कारण कृषि की महान क्षति हुई थी। जानवरों में भी भयंकर बीमारी फैल गई थी जिससे बहुत संख्या में पशु मर गये। पशुओं को शूकर ज्वर की पीड़ा हो गइा। इससे पशुपालकों को अत्यधिक हानि उठानी पड़ी। भूमि के लगान में कमी हो गई और इस प्रकार किसानों के साथ-साथ जमीनदारों की स्थिति भी खराब हो गई। ठीक इसी समय कृषि वस्तुओं को विदेशी प्रतियोगिता का सामना करना पड़ा। इससे इनका मूल्य गिरने लगा। इससे कृषि के क्षेत्र में भी कमी होने लगी। 1873 ई० में 3.7 मिलियन एकड़ भूमि में गेहूँ की खेती होती थी। वह घटकर 1900 ई० में 1.9 मिलियन एकड़ हो गयी। बड़े-बड़े भूमिपति कृषि योग्य भूमि को भी चरागाहों में परिवर्तित करने लगे। कृषि से पूँजी हटाई जाने लगी। इससे कृषि के लिए वैज्ञानिक यंत्रों का प्रयोग बहुत कम हो गया। परिणामस्वरूप कृषि के उत्पादन में बहुत अधिक कमी हुई। उदाहरण के लिए 1841-45 ई० के बीच ब्रिटेन में उत्पन्न गेहूँ देश की जनसंख्या के प्रायः 90 प्रतिशत जनसंख्या को खिला पाने के लिए पर्याप्त था। 1906 ई० में यह केवल 10.6 प्रतिशत जनसंख्या के लिए ही पर्याप्त था। इसके विपरीत 1876 से 1906 के मध्य घास के अन्तर्गत भूमि के क्षेत्र में प्रायः 33 प्रतिशत की वृद्धि हुई। पर इस अवधि में देश में मांस के उत्पादन में केवल 5 प्रतिशत की वृद्धि हुई।

संकट का मुख्य कारण विदेशी प्रतिस्पर्द्धा था। स्वतंत्र व्यापार नीति के कारण इंगलैंड में आयात पर किसी प्रकार का प्रतिबन्ध नहीं था। अतएव उत्तरी अमेरिका, आस्ट्रेलिया, न्यूजीलैंड, भारत और अर्जेंटाइना से बहुत अधिक मात्रा में गेहूँ का आयात किया जाने लगा। फलस्वरूप ब्रिटेन अब गेहूँ तथा मांस की पूर्ति के लिए आयात पर निर्भर रहने लगा। 1875 ई० में कुल 124 मिलियन पौंड मूल्य का आयात किया गया था। 1905 ई० में इनका आयात मूल्य बढ़ कर 205 मिलियन पौंड हो गया। अन्तर-प्रान्तीय रेलवे जहाजी परिवहन ने बाहर से खाद्य-पदार्थ मँगाने में कठिनाई को दूर कर दिया था। बाहर से आए हुए अधिक सस्ते गेहूँ के साथ देश के किसानों के लिए प्रतिस्पर्द्धा करना बहुत कठिन था। फलस्वरूप किसानों को हानि उठानी पड़ी। अब कृषि-कार्य लाभप्रद नहीं रहा। इसके विपरीत अन्य राष्ट्र कृषि पर विशेष ध्यान देने लगे। 1874 ई० में रूस में 287 लाख एकड़ भूमि में ही गेहूँ उपजाया गया था जो बढ़कर 1903 में 451 लाख एकड़ हो गया। उसी अवधि में संयुक्त राज्य अमेरिका में गेहूँ की खेती 189 लाख एकड़ भूमि से बढ़कर 495 लाख एकड़ भूमि में होने लगी और कनाडा में 16 लाख एकड़ भूमि से बढ़कर 44 लाख एकड़ भूमि में गेहूँ की खेती की जाने लगी। प्रशीतन विधि (refrigerating processes) की प्रगति के कारण आस्ट्रेलिया और न्यूजीलैंड से भेड़ का मांस, अर्जेन्टाइना से गौ-मांस और संयुक्त राज्य अमेरिका से डिब्बा बंद गौ-मांस एवं मछलियाँ बड़े पैमाने पर आयात की जाने लगीं। इनके अतिरिक्त

पनीर, आलू और विभिन्न प्रकार के फलों का भी आयात होने लगा। इसका इंगलैंड के गव्य (dairy) उद्योग पर बुरा प्रभाव पड़ा।**उस समय जबकि जर्मनी, संयुक्त राज्य अमेरिका, फ्रांस आदि देशों में संरक्षणवादी नीति अपनायी जा रही थी तो इंगलैंड स्वतंत्र व्यापार नीति अपना रहा था।** अतएव ग्रेट ब्रिटेन की कृषि के लिए संकट उत्पन्न होना स्वाभाविक था।

ब्रिटिश कृषि के इस मन्दी काल में अन्य कठिनाइयों के साथ-साथ श्रम-सम्बन्धी कठिनाई भी उपस्थित हुई। मन्दी के कारण किसान श्रमिकों की मजदूरी कम करना चाहते थे। इसके विपरीत अधिकांश श्रमिक, जो अब तक **कृषि श्रमिक संघ** (Agricultural Labour Union) के सदस्य बन चुके थे, अपनी मजदूरी में वृद्धि का आग्रह कर रहे थे। किन्तु उनके नियोक्ता इनकी माँग की पूर्ति की स्थिति में नहीं थे। अतएव कृषि मजदूर अपनी माँगों में असफल होने के कारण कृषि कार्य छोड़कर शहरों में बसने लगे। आस्ट्रेलिया, कनाडा आदि में युवा श्रमिकों की माँग अधिक होने के कारण श्रमिक वहाँ भी जाने लगे। अतएव इस मन्दी के कारण गाँवों में कृषि-कार्य करने के लिए आवश्यक श्रमिकों की कमी हो गई जबकि नगरों में श्रमिकों का बाहुल्य था। कृषि-कार्य करने के लिए आवश्यक श्रमिक वहाँ भी जाने लगे। अतएव**इस मन्दी के कारण गाँवों में कृषि-कार्य करने के लिए आवश्यक श्रमिकों की कमी हो गई जबकि नगरों में श्रमिकों का बाहुल्य था।** कृषि श्रमिकों के गुण भी खराब हो गए क्योंकि जो कृषक मजदूर गाँवों में रह गए थे उनमें से अधिकांश बूढ़े अथवा बच्चे थे। कार्य करने लायक कम ही मजदूर रह गए थे। वस्तुतः **इस काल में कृषक 'खराब घर में खराब भोजन पर निर्वाह करने वाले गरीब व्यक्ति' थे।** भूमि की लागत में भी कमी हो गई और इसके साथ कृषि विकास के लिए प्रोत्साहन भी समाप्त हो गया। पुनः कृषित भूमि को चरागाह में बदला जाने लगा। जिन रेल पथों ने सन् 1850-70 के बीच ब्रिटिश कृषि के लिए स्वर्ण काल लाया था वे ही इस काल में उसके लिए विध्वंसक सिद्ध होने लगे क्योंकि आवागमन के साधनों, विशेषतः रेलवे और जलयानों के विकास के कारण अर्जेन्टाइना, अमेरिका आदि देशों से सस्ती कृषि-वस्तुएँ इंगलैंड में आने लगीं।

रिचमान्ड आयोग 1882—इन विभिन्न समस्याओं को दूर करने एवं कृषि को पूर्णतः पुनर्गठित करने के लिए सरकार द्वारा उपाय किए गए। सन् 1882 में **रिचमान्ड आयोग** (Richmond Commission) की नियुक्ति की गई जिसे कृषि की समस्याओं की जाँच करने का कार्य-भार सौंपा गया। यह एक **शाही कृषि आयोग** (Royal Commission on Agriculture) था जिसे **ड्यूक ऑफ रिचमांड** की अध्यक्षता में नियुक्त किया गया था। रिचमांड आयोग के अनुसार आर्थिक मन्दी तथा संकट के लिए मुख्य रूप से निकृष्ट फसल, लगान में वृद्धि, पशु रोग, कृषि-सम्बन्धी प्रशिक्षण का अभाव, अनुचित रेलवे दर तथा बाह्य प्रतियोगिता का दबाव इत्यादि कारण उत्तरदायी थे। आयोग के अनुसार मन्दी का प्रसार भी विषम था। इसकी सर्वाधिक तीव्रता दक्षिण एवं पूर्व में थी। दक्षिण-पश्चिम में इसका प्रभाव न्यून था।

एवरस्ले आयोग (Eversley Commission)—बाद में लॉर्ड ऐवर्स्ले की अध्यक्षता में एक-दूसरे शाही आयोग की नियुक्ति हुई जो 1893-1897 के बीच ब्रिटिश कृषि की समस्याओं की जाँच करता रहा। **उसके अनुसार चाँदी के मूल्य में कमी ही इस मन्दी**

के लिए मुख्य रूप से उत्तरदायी थी। इस आयोग ने मन्दी काल में किसानों एवं भू-स्वामियों को उनकी पूँजी में होनेवाली क्षति की ओर भी ध्यान आकर्षित किया। आयोग के अनुसार तत्कालीन परिस्थितियों में खेती का सर्वाधिक लाभप्रद रूप विपणोद्यानन (market gardening), फलोत्पादन, पशुपालन, पुष्पोत्पादन (flower growing) एवं कुक्कुट पालन (poultry farming) तथा दलदली जमीन में आलू उत्पन्न करना था।

कृषि के पुनर्गठन के उपाय (*Measures to Reorganise Agriculture*)—ब्रिटिश कृषि पर इस मन्दी का बड़ा ही गंभीर और व्यापक प्रभाव पड़ा। अतएव इसके प्रभावों को दूर करने के लिए कृषि का पुनर्गठन करने का प्रयास किया गया। 19वीं शताब्दी के अन्त में बड़े-बड़े फार्मों को तोड़कर छोटे-छोटे फार्म बनाने का आन्दोलन प्रारम्भ हुआ। श्रमिकों के शहर में बसने की प्रवृत्ति में वृद्धि के साथ-साथ श्रम का अभाव बढ़ता जा रहा था। अतएव लोगों का ध्यान पुनः छोटे-छोटे खेतों के निर्माण की ओर आकर्षित हुआ। आशा की जाती थी कि 20 से 50 एकड़ के एक छोटे खेत पर जिसमें मुख्यतः एक किसान सपरिवार कार्य कर सकता है मजदूरी पर काम करने वाले श्रमिकों के द्वारा खेती किये जाने वाले एक बड़े खेत की अपेक्षा अधिक अच्छा कार्य किया जा सकता है। किन्तु भू-स्वामी बड़े-बड़े फार्मों के ही पक्ष में थे। इसलिए ये लघु क्षेत्र आन्दोलन का विरोध कर रहे थे। अतः **कृषक मजदूरों को श्रमिक संघों के आधार पर संगठित किया गया** और उनकी कमी को स्त्रियों एवं बच्चों को नियोजित कर तथा यंत्रों का प्रयोग कर दूर किया जाने लगा। इस काल के पूर्व सहकारिता आन्दोलन की पर्याप्त प्रगति नहीं हो पाई थी क्योंकि एक तो इंगलैंड की जनता की विचारधारा व्यष्टिवाद से प्रभावित थी और दूसरे हस्तक्षेपहीन नीति को अपनाने के कारण सरकार ने भी इनके लिए कोई विशेष प्रयत्न नहीं किया था। किन्तु **इस काल में सरकार ने सहकारिता आन्दोलन पर काफी जोर दिया।** सन् 1914 तक सरकारी समितियों का प्रयोग कृषि-सुधार तथा कृषि वित्त एवं उपकरणों के वितरण के लिए किया जाने लगा।

सरकार ने कृषि को लघु पैमाने पर संघठित करने का निश्चय किया। इस उद्देश्य से सन् 1882 में **आवंटन अधिनियम** (Allotment Act) पारित किया गया जिसके अनुसार अतिरिक्त भूमि को लघु कृषकों को दिया जाने लगा ताकि वे फालतू समय में उन पर कार्य कर अपनी आय में वृद्धि कर सकें। सन् 1889 में **कृषि-मंडल** (Board of Agriculture) की स्थापना हुई जिसे व्यापाक रूप से कृषि सुधार का उत्तरदायित्व सौंपा गया। 1892 में **लघु जोत अधिनियम** (Small Holding Act) पारित किया गया जिसके द्वारा लघु कृषकों को प्रोत्साहन दिया गया। लघु कृषकों को भूमि खरीदने के लिए वित्त उपलब्ध किया गया और उन्हें भूमि खरीदने में सम्पूर्ण मूल्य का केवल 20 प्रतिशत ही प्रारम्भ में देना आवश्यक बनाया गया। शेष वित्त सरकार दे सकती थी जिसे कृषक बाद में किस्तों में चुका सकते थे। 1892 ई॰ में पारित इस लघु जोत अधिनियम (Small Holding Act) के अनुसार जिला परिषदों को भूमि खरीदने, घेराबन्दी, गृहों और फार्म भवनों का निर्माण करने एवं प्रार्थियों को 50 एकड़ तक खेतों को बेचने का अधिकार दिया गया।

किन्तु यह अधिनियम असफल रहा क्योंकि इसमें प्रारम्भनाधिकार जिला परिषदों पर छोड़ दिया गया था। वे छोटे खेत उपलब्ध कर सकती थीं, किन्तु ये इसके लिए बाध्य नहीं थीं। इसी प्रकार भू-स्वामी भी खेत बेचने के लिए बाध्य नहीं थे। 1892 से 1906 के बीच इस अधिनियम के अनुसार 790 एकड़ भूमि ही अर्जित की जा सकी। अतएव इन

त्रुटियों को दूर करने के लिए 1907 ई॰ में लघु जोत एवं आवंटन अधिनियम (Small Holding and Allotment Act) पारित किया गया जिसके अन्तर्गत जिला-परिषदों को भू-स्वामियों को खेत बेचने के लिए बाध्य करने का अधिकार दिया गया। इससे इस आन्दोलन को बहुत बल मिला। सन् 1908 से 1918 तक 184000 एकड़ भूमि इसके अन्तर्गत खरीदी और वितरित की जा सकी। साथ ही, लघु जोतों को सफल बनाने के लिए लघु जोत वालों को तरह-तरह की सुविधाएँ दी जाने लगीं। इसके अन्तर्गत सहकारिता का विकास, शिक्षा का प्रसार तथा श्रम सघों के आधार पर किसानों को संगठित होने का अधिकार दिया गया। 1906 ई॰ में इस प्रकार का एक और विधान पारित हुआ जिसके अनुसार किसान किसी भी फसल की खेती कर सकता था। प्रशुल्क सुधार पर विचार किया जा रहा था। कृषि वस्तुओं के आयात पर शुल्क आरोपित करने का सुझाव दिया जा रहा था ताकि देश की कृषि वस्तुओं के मूल्य में वृद्धि हो सके, भूस्वामियों के लाभ में वृद्धि हो सके, कृषक मजदूरों की मजदूरी में वृद्धि हो सके तथा साथ ही कृषित भूमि को चरागाह में बदलने की प्रवृत्ति को रोका जा सके।

किन्तु ऐसे सुझाव का इस आधार पर विरोध भी हो रहा था कि ऐसी नीति के अनुकरण का अर्थ स्वतंत्र व्यापार की नीति का परित्याग होगा जिसके अन्दर ग्रेट ब्रिटेन उन्नतिशील हो सका था। साथ ही, ऐसी नीति के फलस्वरूप लगान में वृद्धि हो जाने की सम्भावना थी और उसके परिणामस्वरूप कृषकों को कोई विशेष लाभ नहीं होने वाला था। कृषि वस्तुओं के मूल्य में वृद्धि मजदूरों एवं उद्योगों के लिए भी हानिकारक सिद्ध होती। भूमि के राष्ट्रीकरण की माँग की जा रही थी और उस माँग का विरोध भी हो रहा था। ऐसा विवाद छिड़ा ही हुआ था कि सन् 1914 में प्रथम विश्व युद्ध छिड़ गया। इस प्रकार **1899 ई॰ से 1914 के बीच ब्रिटिश कृषि में चार मुख्य परिवर्तन हुए—**

1. ब्रिटिश पशु पालन उद्योग अधिक लोकप्रिय हो गया। विदेशों से जमे मांस के आयात के बावजूद यह उद्योग उन्नतिशील स्थिति में था क्योंकि ऑग्ल मांस विदेशी मांस से उत्तम समझ जाता था। अतएव जिनके पास पर्याप्त मात्रा में पूँजी थी वे पशु पालन में लग गये।

2. देश में वैज्ञानिक ढंग पर मुर्गी पालन, अंडा, मक्खन, दूध और पनीर आदि का उत्पादन प्रारम्भ हुआ। देश में इनके उपभोग का परिमाण भी बढ़ता ही जा रहा था। अतएव यह उद्योग भी लाभदायक सिद्ध होने लगा।

3. फल-फूल तथा साग-सब्जी आदि की खेती में भी अधिक वृद्धि हुई। इन वस्तुओं की माँग भी निरन्तर बढ़ती जा रही थी। अतएव वे किसान जिनकी भूमि इस कार्य के लिए उपयुक्त थी देशी वाजार के लिए गोभी, सेम तथा अन्य शाकों के उत्पादन में लग गए जबकि जिलों के विशाल भू-भागों में फलोत्पादन होने लगा।

4. गेहूँ, जौ और आलू की खेती में कमी होने लगी।

ब्रिटिश कृषि प्रथम विश्व युद्ध (1914-18) से महान मंदी (1929-30) तक

युद्ध आरम्भ होने के समय ब्रिटिश कृषि देशवासियों के लिए वर्ष में केवल 125 दिनों के लिए पर्याप्त अन्न का ही उत्पादन करती थी। शेष 240 दिनों के लिए अन्न की पूर्ति के लिए विदेशों पर निर्भर रहना पड़ता था। किन्तु सन् 1914 के पश्चात् प्रथम विश्वयुद्ध के कारण वस्तुओं के आयात पर स्वभावतः बन्धन हो गया। उनके मूल्य में सन् 1914 की

तुलना में सन् 1917 में 120 प्रतिशत की वृद्धि हुई थी। इंगलैंड में उत्पादित गेहूँ का मूल्य कभी-कभी तो 100 शिलिंग प्रति क्वार्टर हो जाता था। कृषि वस्तुओं के आयात पर बन्धन होने के कारण उपस्थित हुए उनके अभाव को दूर करने के लिए सरकारी प्रयास हुए।

इस काल में ब्रिटिश कृषि कठोर सरकारी नियंत्रण में रही क्योंकि अधिक-से-अधिक मात्रा में कृषि वस्तुओं का, विशेषतः खाद्यान्न का उत्पादन करने की आवश्यकता पड़ गई थी। सन् 1916 में खाद्यान्न एवं कृषि वस्तुओं पर नियंत्रण के लिए **खाद्य मंत्रालय** स्थापित किया गया। सन् 1917 में **कॉर्न प्रोडक्शन एक्ट** (Corn Production Act) पारित किया गया जिसने अनाज के लिए न्यूनतम मूल्य निर्धारित किया; लगान को निश्चित किया और कृषि श्रमिकों के लिए न्यूनतम मजदूरी की प्रत्याभूति (guarantee) की। कृषक श्रमिक की मजदूरी का निर्धारण प्रत्येक जिले में **केन्द्रीय कृषि मजदूरी मंडल** (Central Agricultural Wages Board) द्वारा गठित स्थानीय समितियों द्वारा किया गया था। कृषकों के कार्यों पर पर्याप्त नियंत्रण रखा गया और इन्हें एक निश्चित उत्पादन क्षमता प्राप्त करने के लिए विवश किया गया। साथ ही, कितने एकड़ भूमि में गेहूँ आदि की खेती हो और कितनी भूमि चरागाह में लगायी जाय इसके सम्बन्ध में भी कृषकों को सरकारी निर्देश स्वीकार करने के लिए बाध्य किया गया। यथासम्भव अधिक-से-अधिक खाद्यान्न उत्पादित करने की आवश्यकता और सरकारी दबाव के कारण बहुत-से घास के मैदानों को कृषित भूमि में परिणत किया गया। सन् 1916 और 1918 के बीच कृषि-कार्य के योग्य भू-क्षेत्र में 14 लाख एकड़ भूमि की वृद्धि की जा सकी थी। इस अवधि में गेहूँ का उत्पादन 54 प्रतिशत तथा आलू का उत्पादन 68 प्रतिशत बढ़ गया। **युद्ध-काल में पुनः कृषि ने एक अल्पकालीन वैभव का अनुभव किया।**

किन्तु युद्ध के पश्चात् कृषि की दशा बिगड़ने लगी। कृषि में मन्दी आ गई। अतएव सन् 1919 में कृषि की दशा की जाँच करने के लिए एक **राजकीय आयोग** (Royal Commission)की नियुक्ति की गई। कृषि वस्तुओं के लिए कृषक न्यूनतम मूल्य की प्रत्याभूति माँग रहे थे। उनका कहना था कि न्यूनतम मजदूरी देने के लिए कृषकों को विवश करने के साथ-ही-साथ अनाज के न्यूनतम मूल्य की प्रत्याभूति भी की जानी चाहिए थी क्योंकि ऐसी परिस्थिति में जब अनाज का मूल्य गिर जाता था तो कृषकों को कार्य करना कठिन हो जाता था। अतः सन् 1920 में ब्रिटिश सरकार ने अनाज के न्यूनतम मूल्य की प्रत्याभूति की। किन्तु सन् 1921 के पश्चात् पुनः कृषि वस्तुओं का मूल्य गिरने लगा। इसलिए **कृषि अनुसंधान न्यायाधिकरण** (Agricultural Tribunal of Investigation) की नियुक्ति की गई। सन् 1921 में सन् 1917 के कॉर्न प्रोडक्शन ऐक्ट जैसे अधिनियम रद्द कर दिया गया। किन्तु सन् 1924 में पारित **कृषि मजदूरी (विनियमन) अधिनियम** (Agricultural Wages [Regulation] Act) द्वारा मजदूरी निर्धारित करने वाली मशीनरी की पुनः व्यवस्था की गई।

इस काल में ब्रिटिश कृषि की मन्दी का कारण केवल न्यूनतम मजदूरी का निर्धारण ही नहीं था। युद्ध काल के पश्चात् पुनः विदेशी प्रतियोगिता होने लगी थी। इस प्रतियोगिता में ब्रिटिश कृषि विफल हो रही थी। पुनः कृषि क्षेत्र में ह्रास होने लगा था। किन्तु तब कृषि-कार्य की आधुनिकतम रीतियों एवं व्यवस्था का सहारा लेने, सहकारी क्रय-विक्रय, श्रमिकों के बदले अधिक यंत्रों के प्रयोग, अधिक माँग की जानेवाली वस्तुओं के अधिक उत्पादन आदि द्वारा कृषक अपना जीवन निर्वाह करते रहे और कृषि कार्य चालू

रहा। सन् 1926 में **लघु जोत एवं आवंटन अधिनियम** (Small Holding and Allotment Act) पारित किया गया जिसने खेतों सम्बन्धी समस्त भूत-कालीन अधिनियमों को रद्द कर नवीन व्यवस्था की। सन् 1928 में पारित एक अधिनियम द्वारा कृषकों को पशुधन, उपकरणों तथा फसलों आदि की प्रतिभूति पर अल्पकालीन ऋण प्राप्त करने की सुविधाएँ दी गई। तत्पश्चात् उन्हें दीर्घकालीन ऋण देने के लिए एक भूमि बन्धक बैंक की स्थापना की गई।

1929-30 की महान मंदी: ब्रिटिश कृषि का काला युग
(Great Depression of 1929-30 : Black Period of British Agriculture)

ब्रिटिश कृषि के लिए सबसे कष्टमय और खराब समय बीसवीं शताब्दी का तृतीय दशक था। इस काल को ब्रिटिश कृषि का काला युग कहा जाता है। सन् 1930 से 1938 के बीच यद्यपि फसल अच्छी होती रही तथापित कृषि का कार्य करना कठिन हो गया था क्योंकि—(1) महान मंदी के कारण कृषि वस्तुओं का मूल्य अत्यन्त गिर गया था जिससे कृषकों को लाभ के बदले घाटा हो रहा था और कृषि कार्य करने की उत्प्रेरणा समाप्त हो गई थी। उदाहरणस्वरूप गेहूँ का सामान्य मूल्य केवल 20-25 शिलिंग प्रति क्वार्टर ही हो गया था जबकि प्रथम विश्वयुद्ध के समय और उसके बाद यह लगभग 100 शिलिंग प्रति क्वार्टर तक था।(2) नवयुवक कृषक श्रमिक गाँवों को छोड़कर शहरों में चले जाने लगे थे जिसके कारण कृषि-कार्य के लिए श्रमिकों का अभाव हो गया था और कृषि-कार्य करना कठिन हो गया था। (3) दूध के लिए जनता की माँग बढ़ गयी थी और दूध का व्यवसाय कृषि की अपेक्षा अधिक लाभप्रद ज्ञात होने लगा था। फलतः दुग्ध व्यवसाय में पर्याप्त प्रगति हुई। इन सब कारणों से कृषक कृषि के प्रति उदासीन होने लगे और पुनः कृषि भूमि को चरागाहों में परिणत किया जाने लगा जिससे पशुपालन उद्योग और दुग्ध उद्योग की प्रगति हुई।

सन् 1931 में ब्रिटिश सरकार की कृषि नीति के विकास में एक नवीन मोड़ को चिह्नित किया। कृषि क्षेत्र में ब्रिटिश सरकार द्वारा किए गए भूतकालीन उपाय अत्यन्त ही सामान्य थे। किन्तु इस वर्ष के पश्चात् निर्मित किए गए अधिनियमों ने कृषि पर कठोर सरकारी नियंत्रण आरोपित कर दिया। **कृषि को संरक्षण दिया गया। नवीन नीति ब्रिटिश कृषि को ''परिकल्पी बाजार से हटाकर सरकारी प्रतिभूति बाजार में लाने के लिए चेष्टा की।''**[1] सन् 1931 में **आयात शुल्क अधिनियम** (Import Durties Act) पारित किया गया जिसके द्वारा कृषि वस्तुओं को विदेशी प्रतियोगिता से संरक्षण दिया गया। सन् 1933 में पारित एक अधिनियम ने इस अधिनियम के क्षेत्र को और भी व्यापक बना दिया। सन् 1931 और 1933 के **कृषि विपणन अधिनियमों** (agricultural marketing act) ने कृषि वस्तुओं के क्रय-विक्रय के लिए **बाजार मंडलों** (marketing boards) की व्यवस्था की। इसका गठन उत्पादकों द्वारा किया जाता था। इन बाजार मंडलों को कृषि वस्तुओं के उत्पादन के परिमाण को निर्धारित करने, उनका मूल्य निर्धारण करने, उन्हें विभिन्न रूपों से श्रेणीबद्ध करने, एक स्थान से दूसरे स्थान भेजने, उनके क्रय-विक्रय पर नियंत्रण करने आदि के सम्बन्ध में विस्तृत शक्तियाँ प्राप्त थीं। दूध, आलू, सूअर के

---

1. "The new agricultural policy attempted to take agriculture "out of the speculative market to gilt-edged market."

मांस आदि के सम्बन्ध में भी ऐसे बाजार मंडलों की व्यवस्था की गई थी। इन बाजार सम्बन्धी योजनाओं के अतिरिक्त सरकार ने उत्पादन और अभ्यंश की व्यवस्था के द्वारा भी कृषि की सहायता की थी।

सन् 1932 में **गेहूँ अधिनियम** (Wheat Act) पारित किया गया था जिसके अधीन जब गेहूँ का उत्पादन एक निर्दिष्ट सीमा के नीचे हो जाता था अथवा/और उसका मूल्य 45 शिलिंग प्रति क्वार्टर से कम हो जाता था तो गेहूँ के उत्पादन के लिए उपदान दिया जाता था। कालान्तर में बार्ली और ओट के उत्पादकों को भी ऐसी सहायता दी जाने लगी। सरकार ने पशुपालन उद्योग को भी आयात अभ्यंश और उपदान (subsidy) द्वारा सहायता दी थी। इस उपाय ने अधिराज्यों (dominions) से किए जाने वाले आयात के लिए प्राथमिकता पूर्व बर्ताव (preferential treatment) को बढ़ाया और ब्रिटिश राष्ट्र मंडल के आन्तरिक सम्बन्धों को दृढ़ किया। इन सब अधिनियमों एवं अन्य उपायों द्वारा कृषकों को उत्प्रेरणा देने तथा कृषि वस्तुओं के लिए निम्नतम मूल्य की प्रत्याभूति द्वारा ब्रिटिश सरकार ने कृषि मंदी को दूर करने का प्रयास किया।

इस नवीन नीति की कटु आलोचनाएँ की गई थीं। वस्तुतः इस नीति में कुछ दोष भी थे। कारण यह था कि विभिन्न प्रकार के कृषि कार्य विभिन्न परिस्थितियों में किये जाते थे। इसलिए उनके साथ विभिन्न परिस्थितियाँ एवं समस्याएँ थीं। अतएव इन विभिन्न परिस्थितियों के कारण ब्रिटिश सरकार द्वारा किए गए कृषि कार्य सम्बन्धी उपाय भी विभिन्न और छिट-फुट रहे। उन्हें समन्वित नहीं किया जा सकता था। इसके अतिरिक्त, **वस्तुत: इस नवीन नीति का उद्‌घाटन 'प्रचुरता की नीति' (policy of plenty) का 'शक्ति की नीति' (policy of power) में परिवर्तन था** और इसमें ब्रिटिश उपभोक्ताओं के लिए यथासम्भव सस्ते-से-सस्ते खाद्यान्न की व्यवस्था की अपेक्षा कृषकों की समृद्धि की व्यवस्था को अधिक महत्त्वपूर्ण समझा गया था। इसलिए इस नीति पर उन व्यक्तियों द्वारा कठोर प्रहार किया गया जो पर्याप्त खाद्यान्न की पूर्ति निम्न मूल्य पर चाहते थे। **पालमर** (Palmer) ने अपनी पुस्तिका **'लीगल लिमिटेशन्स ऑन कॉआपरेटिव प्रोसेस'** में इस नीति के सम्बन्ध में लिखा—"यह सम्पूर्ण योजना जन-कल्याण के लिए वस्तुओं के राष्ट्रीय अथवा अन्तरराष्ट्रीय सरकारी संगठन के लिए किये गए प्रयास को प्रभावी रूप से अवरोधित करती है और बदले में वैयक्ति लाभ के लिए राष्ट्रीय संगठन प्रस्तुत करती है। ....यह विचित्र ज्ञात होता है कि यह सम्पूर्ण विधान निहित स्वार्थों के सुस्थिरीकरण की ओर झुके और राज्य के नियंत्रण की दिशा के वस्तुतः सभी कार्यों को रोके।" कुछ आलोचकों का कहना है कि बिना उपदान और अभ्यंश की व्यवस्था के भी कृषि को अधिक लाभप्रद बनाया जा सकता था। **इस संरक्षण नीति के विरोध** में यह भी कहा गया था कि एक तो इससे कृषकों को कोई विशेष लाभ नहीं होगा क्योंकि कृषि वस्तुओं के परिवर्द्धित मूल्य से जो लाभ कृषकों को पहुँचेगा उसे लगान के रूप में जमीन्दार हड़प लेंगे और, **दूसरे,** संरक्षण प्राप्त कर लेने से कृषकों में प्रतियोगिता के भय का अभाव हो जायेगा और उनकी उत्पादन कुशलता में ह्रास हो जायगा। इसके अतिरिक्त यह भी कहा गया था कि यह नीति निर्यात और नौपरिवहन उद्योगों पर प्रतिकूल प्रभाव डालती है। परन्तु **इस नवीन नीति के पक्ष** में यह कहा जा सकता है कि इसको प्रारम्भ करने के पश्चात् लगभग सभी प्रकार के फलों और सब्जियों का उत्पादन बढ़ गया। दूध के उत्पादन की प्रवृत्ति भी बढ़ने की ओर हो गई। किन्तु आलू का उत्पादन घट गया। सन् 1931 और 1936 के बीच गेहूँ के अधीन भू-क्षेत्र में 47 प्रतिशत वृद्धि हुई।

द्वितीय विश्वयुद्ध काल में ब्रिटिश कृषि

सन् 1939 में द्वितीय विश्वयुद्ध छिड़ जाने से पुनः परिस्थितियाँ परिवर्तित हो गईं और खाद्यान्न तथा कच्चे माल की समस्या पुनः गंभीर हो गई। द्वितीय विश्वयुद्ध प्रारम्भ होने के समय ग्रेट ब्रिटेन अपनी आवश्यक खाद्य-सामग्री का अधिकांश गेहूँ और आटा का 88 प्रतिशत और अन्य खाद्य पदार्थों का 70-80 प्रतिशत विदेशों से आयात कर रहा था। युद्ध की अनिवार्यताओं एवं विदेशी व्यापार की स्थिति को सुधारने की आवश्यकता ने ब्रिटिश कृषि के महत्त्व को बढ़ा दिया। इन समस्याओं को सुलझाने के लिए **कृषि मंडल** (Board of Agriculture) और **खाद्य मंत्रालय** को विस्तृत शक्तियाँ दी गईं। कृषकों को स्वेच्छया कार्य करने पर रोग लगा दी गई। प्रत्येक प्रशासनीय काउन्टी में काउन्टी युद्ध **कृषि समितियाँ** (county war agricultural committee) गठित हो गईं। इन समितियों को शक्ति मिली थी कि कृषकों को उगाई जाने वाली फसल और फसलों के आवर्तन के सम्बन्ध में निर्देश दें। कौन-सी फसल उगाई जाय और किस प्रकार के फसलों का आवर्तन किया जाय, इन सभी बातों के सम्बन्ध में ये समितियाँ कृषकों को निर्देश देती थीं। कृषकों को अपनी कार्य कुशलता बढ़ाने के लिए भी बाध्य किया गया। जो कृषक इन समितियों के निर्देशों का पालन नहीं करते अथवा जो अपनी कार्य कुशलता को नहीं बढ़ा पाते उन्हें उनकी भूमि से वंचित किया जा सकता था।

साथ-ही-साथ, **भूमि व्यवस्था में स्थिरता, निश्चितता लाने के लिए भी चेष्टा की गई** ताकि कृषकों को कृषि सुधार के लिए प्रेरणा मिल सके। इसके लिए व्यवस्था की गई कि जो कृषक अपने खेतों में सुधार किए हों वे भूमि के स्वामियों से उस सुधार के लिए मुआवजा ले सकते थे और यदि वे गलत ढंग से अपनी भूमि से जमीन्दारों द्वारा हटाए जाते हों तो उन्हें पूर्ण मुआवजा अवश्य दिया जाना चाहिए। कृषि मंत्री को शक्तियाँ दी गईं कि वह कृषित भूमि को चरागाह में बदले जाने को रोके और कृषि के उपयोग को विनियमित कर सके। **काउन्टी युद्ध कृषि समितियाँ** घास के मैदानों एवं बंजर भूमि को भी जोतने का आदेश दे सकती थीं। इन समितियों द्वारा कृषकों के लिए यंत्रों एवं खाद की व्यवस्था की जाती थी। न केवल कृषि उत्पादनों के लिए न्यूनतम मूल्य को ही निर्धारित किया गया वरन् कृषि उत्पादन के लिए आवश्यक बीज आदि जैसी वस्तुओं के मूल्य को भी निर्धारित कर दिया गया था ताकि कृषि कार्य के लिए प्रेरणा मिलती रहे। इस प्रकार कृषि वस्तुओं के मूल्य में स्थिरता लाई गई थी। उत्पादन में अधिक वृद्धि के लिए सरकार ने कृषकों को उपदान भी दिया था। युद्ध के प्रारंभिक वर्ष में ही **कृषि गवेषणा परिषद** (Agricultural Research Council) की स्थापना कर दी गई थी और सन् 1940 में **कृषि सुधार परिषद** (Agricultural Improvement Council) की स्थापना की गई जो कृषि गवेषणा परिषद् के कार्यों को व्यवहार में लाने के लिए सुविधा देती थी। इन विभिन्न रीतियों से कृषि उत्पादन को प्रोत्साहन दिया गया। **युद्ध काल में कृषि के लिए श्रमिकों की सबसे बड़ी कठिनाई थी** क्योंकि एक तो यों ही श्रमिकों का अभाव था और, दूसरे, युद्ध छिड़ने से भी बहुत से श्रमिक युद्ध के मोर्चे पर चले गये थे। श्रमिकों की इस कमी को दूर करने के लिए एक ओर तो स्त्रियों, स्कूल के बच्चों, युद्ध के बंदियों आदि से कृषि कार्य कराया जाने लगा और दूसरी ओर कृषि के यंत्रीकरण पर भी जोर दिया गया। कृषक श्रमिकों की मजदूरी भी बढ़ा दी गई।

ऐसे वातावरण में कृषि उत्पादन में वृद्धि के लक्षण दिखाई दिए। घास के मैदान पुनः

कृषित किए गए। सन् 1930 से 1945 के बीच कृषित भूमि क्षेत्र 8¾ मिलियन से बढ़कर 14½ मिलियन एकड़ हो गया और स्थायी चरागाह का क्षेत्र 18¾ मिलियन एकड़ से घटकर 11½ मिलियन एकड़ हो गया। इस प्रकार कृषित क्षेत्र में 66 प्रतिशत वृद्धि हुई। गेहूँ का मूल्य पुनः बढ़ते-बढ़ते 70 शिलिंग प्रति क्वार्टर हो गया। युद्ध काल में अच्छी फसल उगाई गयी थी और उपज अच्छी हुई थी।

सन् 1942 और 1943 में उपज सबसे अधिक रही। युद्ध का अन्त होते-होते गेहूँ और आलू का उत्पादन 1938 के उत्पादन की अपेक्षा दूना हो गया। चुकन्दर के उत्पादन में भी पर्याप्त वृद्धि हुई। अतएव युद्ध काल में अपनाए गए अनेक विभिन्न प्रयत्नों के परिणामस्वरूप गेहूँ के उत्पादन में 90 प्रतिशत, आलू के उत्पादन में 100 प्रतिशत, सब्जियों के उत्पादन में 35 प्रतिशत तथा पशुशालाओं के उत्पादन में 25 प्रतिशत की वृद्धि हुई। 1930 से 1942 ई० के बीच कृषि पदार्थों के मूल्यों में वृद्धि से उत्पादन वृद्धि को बहुत अधिक प्रोत्साहन मिला। किन्तु खाद्य पदार्थों के खुदरा मूल्य पर सरकार का कठोर नियंत्रण था। इससे इस खुदरा मूल्य में बहुत कम वृद्धि हुई। खुदरा मूल्य को एक निश्चित स्तर पर बनाये रखने के लिए सरकार उदारतापूर्वक अनुदान भी देती थी।

इस प्रकार **द्वितीय विश्व युद्धकाल अंग्रेजी कृषकों के लिए अभूतपूर्व समृद्धि का काल था।** अनुमान किया जाता है कि युद्धकाल में कृषि-वस्तुओं का मूल्य 28.5 करोड़ पौंड से बढ़कर 58 करोड़ पौंड हो गया। द्वितीय विश्वयुद्ध के पूर्व ब्रिटेन अपनी कुल आवश्यकता का 12 प्रतिशत गेहूँ तथा जई उत्पन्न करता था। 1945 ई० में यह बढ़कर 32 प्रतिशत हो गया। **इस समय कृषि उत्पादन में वृद्धि में दो प्रमुख कठिनाइयाँ थी**—(1) पहली कठिनाई अतिरिक्त भूमि प्राप्त करने की थी। इसे परती तथा घास की भूमि को कृषि के अन्तर्गत लाकर दूर किया गया। (2) दूसरी कठिनाई श्रम के अभाव से सम्बन्धित थी जिसे यंत्रीकरण और फसल के समय स्वेच्छिक श्रम के द्वारा दूर किया गया।

द्वितीय विश्वयुद्धोत्तर ब्रिटिश कृषि
(British Agriculture in Post Second World War Period)

1945 ई० में द्वितीय विश्वयुद्ध समाप्त हुआ। किन्तु ब्रिटिश कृषि के महत्त्व में किसी प्रकार की कमी नहीं हुई। इसका प्रमुख कारण द्वितीय विश्वयुद्ध के बाद संसार में सामान्यतः खाद्यान्नों का अभाव था। साथ ही, द्वितीय विश्वयुद्ध के बाद ब्रिटेन के बहुत से उपनिवेश समाप्त हो गये। इससे ब्रिटेन को अब खाद्यान्नों का आयात करने में असुविधा होने लगी। अतएव **युद्ध के पश्चात् देश के समस्त राजनीतिक दलों ने महसूस किया कि विगत वर्षों की उन गलतियों को पुनः नहीं दुहराया जाय जिससे ब्रिटिश कृषि पुनः मंदी की अवस्था में पहुँच जाय।** इसलिए सन् 1946 के अन्तिम दिनों में सरकार ने इस विषय में एक स्मार पत्र प्रकाशित किया जिसमें कृषि की अवस्था की समीक्षा की गई थी और सरकारी नीति की रूपरेखा प्रस्तुत की गई थी। अनुमान लगाया गया था कि ग्रेट ब्रिटेन का सम्पूर्ण भू-क्षेत्र 60 मिलियन एकड़ है जिसमें से 48 मिलियन एकड़ भूमि कृषि एवं कृषि सम्बन्धी कार्यों में लगी हुई है। यह कृषि कार्य प्रत्यक्ष रूप से लगभग 12½ लाख व्यक्तियों को रोजगार देता है और अप्रत्यक्ष रूप से अनेक को। कृषि उत्पादन युद्ध के पश्चात् बहुत अधिक बढ़ गये। युद्ध के पूर्व कुल कृषि उत्पादन

290,000,000 पौंड मूल्य का होता था जो अब दूना हो गया अर्थात् 580,000,000 पौंड का हो गया। सरकार देश के अन्दर ही अधिक-से-अधिक खाद्यान्न उत्पादित करना चाहती है और कृषि को स्थिर एवं कुशल रखना चाहती है। इस कार्य के लिए कृषि पर नियंत्रण रखना एवं उसकी वस्तुओं के मूल्य की प्रत्याभूति करना आवश्यक है, ऐसा सरकार ने निर्णय किया। अतएव यह व्यवस्था की गई कि **खाद्य मंत्रालय अथवा कृषि मंत्रालय** निश्चित अवधि के लिए कृषि वस्तुओं के मूल्य निर्धारित कर दिया करेगा और इनमें परिवर्तन तभी किया जाएगा जब ऐसा परिवर्तन सार्वजनिक हित के लिए आवश्यक होगा। साथ ही, कृषकों पर कठोर नियंत्रण रखा जायेगा ताकि वे अपनी कार्य-कुशलता में वृद्धि करते रहें। जो कृषक अपनी कार्य-क्षमता में वृद्धि नहीं कर पायेंगे उनको भूमि से वंचित कर दिया जायेगा। कृषि विकास और उसकी कार्य-क्षमता में वृद्धि करने की इस योजना को कार्यान्वित करने के लिए सन् 1947 में एक **कृषि अधिनियम** (Agriculture Act) पारित किया गया जिसके अनुसार **काउण्टी कृषि समितियाँ** गठित की गयीं।

कृषि के स्थायी एवं कुशल विकास के लिए सरकार ने कृषि-सम्बन्धी एक विस्तृत नीति का अनुकरण किया। इस नीति का आधार 1947 ई॰ का कृषि अधिनियम था जिसका प्रमुख उद्देश्य कृषि-उत्पादन में वृद्धि तथा कृषि पदार्थों के मूल्यों में स्थायित्व लाना रहा है। इस अधिनियम के अनुसार सरकार को कृषि-पदार्थों के लिए न्यूनतम मूल्य निर्धारित करने का अधिकार प्राप्त हुआ। कृषि के तरीकों को अधिक कार्य-कुशल बनाने तथा किसानों के अधिकारों की रक्षा पर भी इस अधिनियम में जोर दिया गया। इसके अनुसार छोटे-छोटे खेतों का निर्माण कर उन्हें किसानों को उचित लगान की दर पर दिया जाना है। इससे छोटे-छोटे खेतों की संख्या में महत्त्वपूर्ण वृद्धि हुई है। 1961 ई॰ में ब्रिटेन में 506000 खेत थे जिसमें से लगभग 75 प्रतिशत खेत 50 एकड़ अथवा इससे कम के, 19 प्रतिशत खेत 50 एकड़ से 100 एकड़ के तथा केवल 6 प्रतिशत खेत 100 एकड़ अथवा इससे अधिक के थे। किन्तु भूमि का उपयोग राज्य के आदेशों के आधार पर किया जाता है। भूमि जोतने वाला अब अपनी भूमि को अपनी इच्छानुसार प्रयोग करने के लिए स्वतंत्र नहीं रह गया। **इस अधिनियम का आंग्ल कृषि पर बड़ा ही सन्तोषजनक प्रभाव पड़ा।** 1952 ई॰ में कृषि का उत्पादन युद्ध के पूर्व के उत्पादन से 50 प्रतिशत तथा 1962 ई॰ 60 प्रतिशत ऊँचा हो गया। इससे परिस्थिति में धीरे-धीरे सुधार होने लगा। अतएव **अन्न के राजकीय व्यापार को छोड़ दिया गया। इस प्रकार युद्धोत्तर ब्रिटिश कृषि के सुधार एवं पुनर्संगठन में 1947 ई॰ के कृषि अधिनियम ने विशेष रूप से महत्त्वपूर्ण भूमिका निभायी है।**

युद्धोत्तर ब्रिटिश कृषि को चरागाह (grass land) के अभाव में भी कठिनाई का भी सामना करना पड़ा है। सन् 1919 ई॰ में 190 लाख एकड़ भूमि स्थायी रूप से घास के अन्तर्गत थी। द्वितीय विश्वयुद्ध काल में 70 लाख एकड़ घास की भूमि को कृषि के अन्तर्गत लाया गया। इससे इस प्रकार की भूमि का क्षेत्र घटकर 120 लाख एकड़ ही रह गया। इससे मांस तथा दूध आदि की पूर्ति में कमी होने लगी। इन कठिनाइयों को दूर करने के लिए 1946 ई॰ में **पर्वतीय कृषि अधिनियम** (Hill Farming Act) पारित हुआ। इसका उद्देश्य अब तक बेकार पड़े हुए चरागाह का प्रयोग करना था। इस अधिनियम के अन्तर्गत बेकार पड़े हुए चरागाह को प्रयोग में लाने के उद्देश्य से इस पर किये जाने वाले शासन स्वीकृत व्यय का 50 प्रतिशत भाग सरकार द्वारा सहायता के रूप में दिया जाने

लगा। इस उद्देश्य से सरकार इन भूमियों में रक्षा पेटियों को उगाने और पर्णगराज को बाँटने के अतिरिक्त उचित प्रक्षेत्र भवनों, चरवाहों की कुटी, वार्डो-शीताश्रयों, सड़कों तथा नालियों इत्यादि के प्रबन्ध को सम्मिलित कर सकती थी। 1956 ई॰ में एक दूसरे अधिनियम द्वारा इस प्रकार की सहायता की अवधि को दस वर्षों के लिए बढ़ा दिया गया।

कृषि-पदार्थों के विक्रय की सुविधा के उद्देश्य से इस काल में किसानों के कई सहकारी संघ स्थापित किये गये। सरकार द्वारा भी किसानों के प्रयासों को अधिक सफल बनाने के लिए बहुत से संघों का निर्माण किया गया। उदाहरण के लिए 1954 ई॰ में **आलू विपणन मंडल** (Potato Marketing Board) को पुनः संगठित किया गया। 1957 ई॰ में **अंडा विपणन मंडल** (Egg Marketing Board) और **सूकर उद्योग विकास मंडल** (Pig Industry Development Board) की स्थापना की गई। इन परिषदों का प्रमुख उद्देश्य अपने क्षेत्र की विभिन्न उपजों के वर्गीकरण और विक्रय की व्यवस्था करना था।

वर्तमान काल में कृषि को विभिन्न प्रकार से सहायता दी जा रही है। 1962-63 ई॰ में सरकार ने कृषि उद्योग को 21 मिलियन पौंड और 1963-64 ई॰ में 364 मिलियन पौंड तक सहायता दी थी। इसके अतिरिक्त**आज इंगलैंड में कृषि विकास के लिए विभिन्न राष्ट्रीय संगठन कार्य कर रहे हैं जिसमें कृषि भूमि आयोग** (Agricultural Land Commission), **राष्ट्रीय परामर्शदात्री सेवा** (National Agricultural Advisory Service), **कृषि सुधार परिषद** (Agricultural Improvement Council), **कृषि-भूमि सेवा** (Agricultural Land Service) आदि उल्लेखनीय हैं। युद्धकाल में **बाजार मंडल** (Marketing Board) कार्य नहीं कर रहे थे जो सन् 1931 और 1933 में पारित किए गए अधिनियमों के अनुसार गठित किए गये थे। युद्ध के पश्चात् उन्हें पुनः क्रियाशील बनाया गया और सन् 1949 में पारित एक **कृषि बाजार अधिनियम** (Agricultural Marketing Act) द्वारा उनकी शक्तियों में वृद्धि की गई। **1949 में कृषि बाजार अधिनियम** के अनुसार बाजार मंडलों में मंत्रियों का भी प्रतिनिधित्व हो गया और उन पर उनका नियंत्रण बढ़ गया।

स्पष्टतः युद्धोत्तर ब्रिटिश कृषि में बहुत अधिक सुधार हुआ। इस काल में कई प्रमुख कृषि वस्तुओं के उत्पादन और विक्रय में महत्त्वपूर्ण वृद्धि हुई। युद्ध के कृषि उत्पादन का निर्देशांक 100 की तुलना में 1962 ई॰ में 186 हो गया। द्वितीय विश्वयुद्ध के पूर्व ग्रेट ब्रिटेन अपनी सम्पूर्ण खाद्यान्न आवश्यकता का केवल 31 प्रतिशत ही देश के अन्दर उत्पादित कर पाता था। किन्तु सन् 1950 में वह खाद्यान्न की अपनी सम्पूर्ण माँग का 40 प्रतिशत उत्पन्न करने लगा। सन् 1947 में योजना बनाई गई थी कि सन् 1952 तक इंगलैंड के वार्षिक कृषि उत्पादन के शुद्ध मूल्य में प्राक् युद्ध की तुलना में 50 प्रतिशत वृद्धि की जाय। युद्ध एवं युद्धोत्तर काल में ब्रिटिश कृषि का यंत्रीकरण भी तीव्र गति से हुआ है। जबकि सन् 1939 में ग्रेट ब्रिटेन में कुल केवल 55,000 ट्रैक्टर ही थे तो इनकी संख्या सन् 1951 में बढ़कर 350,000 तक हो गयी। नीचे की तालिका से ब्रिटेन में प्रति एकड़ उत्पादन का पता चलता है।

उपज	1885-94	1930-39	1940-49
गेहूँ	15.7 क्वार्टर	17.9 क्वार्टर	19.2 क्वार्टर
बार्ली	14.7 "	16.4 "	18.4 "
जई (Oats)	12.2 "	16.2 "	16.9 "
आलू	—	6.6 टन	7.0 टन
चुकन्दर	—	8.8 टन	9.3 टन

ब्रिटिश कृषि की वर्तमान अवस्था

वर्तमान समय में ग्रेट ब्रिटेन की कुल 60 मिलियन एकड़ भूमि में से 40 मिलियन एकड़ पर खाद्यान्न उपजाए जाते हैं। लगभग 18.1 मिलियन एकड़ भूमि पर स्थायी रूप से घास उगाए जाते हैं। इसके अतिरिक्त, 18 मिलियन एकड़ से अधिक भूमि ऊबड़-खाबड़ चरागाह है। खेतों (farms) के कुल उत्पादन के 2.3 से अधिक अंश जो कुल 1500 मिलियन पौंड के बराबर है, पशुओं एवं पशु उत्पादनों (live-stock produce) से प्राप्त होता है। द्वितीय विश्वयुद्ध के पूर्व इंगलैंड में जितना कृषि उत्पादन होता था उसकी तुलना में आजकल इंगलैंड का कृषि उत्पादन ¾ से भी अधिक ऊँचा हो गया है। विगत कुछ वर्षों में कृषि उत्पादन में लगभग 1/5 की वृद्धि हुई है, यद्यपि कृषि कार्य करने वाले व्यक्तियों की संख्या में कमी हो गयी है। **आजकल इंगलैंड में सम्पूर्ण जनसंख्या का केवल 3 प्रतिशत ही कृषि कार्य में लगा हुआ है।** अब आजकल ग्रेट ब्रिटेन अपने उन खाद्य पदार्थों की आवश्यकताओं का लगभग 2/3 उत्पादित कर लेता है जिनका उत्पादन देश के अन्दर किया जा सकता है। यह गेहूँ, आटा और चीनी की अपनी आवश्यकताओं का 1/4; मांस का 2/3 से भी अधिक; सम्पूर्ण दूध; आलू, अंडे और पनीर की आवश्यकताओं का 2/5 से भी अधिक पैदा कर लेता है। किन्तु मक्खन का उत्पादन यह बहुत ही कम कर पाता है। **ग्रेट ब्रिटेन की कृषि अत्यन्त यंत्रीकृत** (mechanised) है। वहाँ पर लगभग 4,50,000 कृषि ट्रैक्टरों एवं 30,000 से भी अधिक फसल काटने वाले यंत्रों (combine harvesters) का प्रयोग किया जाता है। यद्यपि कृषि उत्पादन में महान वृद्धि हुई है तथापि **ग्रेट ब्रिटेन को अब भी लगभग आधा खाद्यान्न विदेशों से मँगाना पड़ता है।** विगत कुछ वर्षों से ब्रिटिश कृषि में महत्त्वपूर्ण प्रगति हुई है। **''यद्यपि ब्रिटेन अत्यधिक धनी जनसंख्या वाला प्रमुखतः एक उद्योग-प्रधान देश है और अपनी आधी खाद्यान्न पूर्ति के लिए आयातों पर आश्रित है फिर भी कृषि आज भी ब्रिटेन के सबसे बड़े तथा महत्त्वपूर्ण उद्योगों में से एक है।** इसमें लगभग 8 लाख व्यक्ति अर्थात् असैनिक सेवाओं में लगे कुल व्यक्तियों के 3 प्रतिशत व्यक्ति लगे हुए हैं। इससे देश की कुल राष्ट्रीय उत्पादन का लगभग 3 प्रतिशत प्राप्त होता है और देश के कुल 60 मिलियन एकड़ भूमि में से लगभग 40 मिलियन एकड़ भूमि खेती के अन्तर्गत है।''[1] ब्रिटिश कृषि के उत्पादन में पिछले कुछ वर्षों में अत्यधिक वृद्धि हुई है। नीचे की तालिका[2] से यह स्पष्ट होता है।

---

1. "Although Britain is a densely populated and industralised country relying on imports for half of its food supply, agriculture remains one of its largest and most important industries. It occupies about 800,000 people in Great Britain or just over 3 per cent of those in civil employment, provides 3 per cent of the gross national product, and uses 40 million of the 60 million acres of land."

—Britain : *An Official Hand Book, 1968,* p. 314.

2. Agriculture Department—Annual Abstract of Statistics.

ब्रिटिश कृषि का उत्पादन

फसलें	द्वितीय विश्वयुद्ध के पूर्व औसत उत्पादन	1966 में उत्पादन
कृषि वस्तुएँ		
गेहूँ (लाख टन)	16.5	34.9
जौ " "	7.6	88.1
जई " "	19.4	11.0
अन्य अन्न " "	0.8	1.5
आलू " "	48.7	64.7
चुकन्दर " "	4	8.9
पशुधन से प्राप्त उपज		
दूध (करोड़ गैलन)	155.6	255.0
अंडे (करोड़ दर्जन)	54.4	118.9
मांस (लाख टन)	12.9	24.3

स्पष्टतः विगत वर्षों में कृषि-उत्पादन में महत्त्वपूर्ण वृद्धि हो रही है। सरकार का कृषि मंत्रालय कृषि-विकास के लिए अत्यधिक प्रयत्नशील है। **विश्व में प्रायः सर्वत्र कृषि का कार्य विभिन्न प्रकार के जोखिमों से परिपूर्ण है। किन्तु ब्रिटेन में इस तत्त्व को कम करने के लिए सरकार द्वारा यथासम्भव सभी प्रयत्न किये जा रहे हैं।** *(The role of Government successively as financial supporter, as war time controller and as guarantor and provider of technical and advisory services has been the greatest.)* **ब्रिटेन की सरकार का प्रमुख उद्देश्य कृषि को प्रतियोगितात्मक उद्योग के रूप में संगठित करना है।**

वर्तमान ब्रिटिश कृषि की प्रमुख विशेषताएँ

1. खेतों की संख्या—ब्रिटेन में 1966 ई० में कुल 4,40,000 कृषि जोतें थीं। इनमें चरागाह की इकाइयाँ शामिल नहीं हैं। जोतों का औसत क्षेत्र 110 एकड़ है। किन्तु छोटी-छोटी जातों की संख्या भी अधिक है। इसमें प्रायः 2,20,000 जोतें पूर्णकालिक जोतें हैं। इंगलैंड तथा वेल्स में पूर्णकालिक जोतों का औसत आकार क्रमशः 145 एकड़ तथा 150 एकड़ है। कृषि-कार्य में लगभग 8 लाख व्यक्ति नियोजित है। इनमें एक-तिहाई किसान हैं। शेष भुगतान लेकर काम करने वाले श्रमिक और कृषक परिवार हैं। कुल राष्ट्रीय उत्पादन का 3 प्रतिशत भाग कृषि से प्राप्त होता है।

2. स्वामित्व—कुछ किसान तो भूमि के स्वामी हैं किन्तु अधिकांश कास्तकार हैं जिन्हें लगान की सुरक्षा दी गई है। ये भूमि पर कृषि करने, पशु-धन और जल-साधन रखने के अधिकारी हैं जबकि भूमिपतियों को भूमि, मकान आदि स्थायी साधन रखने होते हैं। भूमि के विकास का दायित्त्व उन्हीं पर होता है। **संयुक्त राष्ट्र संघ के खाद्य एवं कृषि संगठन** के एक विवरण के अनुसार 1950 ई० में इंगलैंड और वेल्स की 35 प्रतिशत भूमि के किसान स्थायी थे, 49 प्रतिशत भूमि किराए की थी जो काश्तकारों के पास थी तथा 16

प्रतिशत भूमि आधी खुद की और आधी किराये की थी। अधिकांश कृषक राष्ट्रीय कृषक संघ तथा कृषि सहकारी समितियां जैसी विभिन्न संस्थाओं में से एक अथवा अधिक के सदस्य हैं।

3. कृषि-प्रणालियाँ—देश में मिट्टी तथा जलवायु में भिन्नता के साथ-साथ कृषि प्रणालियों में भी विभिन्नता पाई जाती है। इंगलैंड और वेल्स में 294 लाख एकड़ भूमि में से 135 लाख एकड़ भूमि पर कृषि होती है। शेष भूमि पर केवल घास उगायी जाती है। स्कॉटलैंड में 167 लाख एकड़ में से 43 लाख एकड़ पर कृषि होती है। शेष भूमि पर घास उगाई जाती है। इस प्रकार उत्तरी द्वीपों पर 28.7 लाख एकड़ भूमि में से 21.8 लाख एकड़ भूमि में कृषि की जाती है।

4. यंत्रीकरण—ब्रिटेन में कृषि कार्य मुख्यतः यंत्रों के द्वारा किया जाता है। 1925 ई॰ में देश में केवल लगभग 31 हजार ट्रैक्टर थे। 1958 ई॰ में इनकी संख्या 4 लाख 50 हजार तथा 1967 ई॰ में 5 लाख हो गयी। इस प्रकार ब्रिटेन में प्रति 35 एकड़ भूमि पर एक ट्रैक्टर है। इसी प्रकार फसल काटने के यंत्रों (combine harvester) की संख्या सन् 1966 ई॰ में 65,000 थी जबकि सन् 1939 ई॰ में इनकी संख्या केवल 150 थी। विद्युत यंत्रों का प्रयोग भी दिनों-दिन बढ़ता ही जा रहा है। इन वर्गों में दूध दोहन की मशीनों ने विशेषतः ख्याति प्राप्त की है। सन् 1966 ई॰ में इंगलैंड के 90 प्रतिशत फार्म विद्युत-शक्ति से सज्जित थे। इनका प्रतिशत उत्तरी आयरलैंड में 26 था। अतः ब्रिटेन की कृषि में यंत्रों का प्रयोग उत्तरोत्तर बढ़ता जा रहा है।

5. सरकारी सहायता की प्रधानता—ब्रिटिश कृषि के विकास के लिए सरकार द्वारा विभिन्न प्रकार की सहायता दी जाती है। 1957 के **कृषि अधिनियम** (Agriculture Act, 1957) के अनुसार किसानों को भूमि सुधार लाने के लिए व्यय का एक तिहाई भाग सरकार द्वारा अनुदान के रूप में दिया जाता है। अनार्थिक जोतों के एकीकरण में भी सरकार द्वारा अनुदान दिया जाता है। 1963 के **कृषि विविध प्रावधान अधिनियम** (Agriculture [Miscellaneous Provisions] Act) के अनुसार कृषि कार्य के लिए सस्ती दर पर विद्युत उपलब्ध की जाती है और यंत्र तथा अन्न आदि को रखने के लिए संचय-गृहों के निर्माण में एक-तिहाई व्यय अनुदान के रूप में दिया जाता है। **1967 के कृषि अधिनियम** (Agriculture Act, 1967) के अन्तर्गत छोटे-छोटे फार्मों के सम्मिश्रण के व्यय का 50 प्रतिशत भाग सरकार द्वारा देने की व्यवस्था की गयी है।

6. पूँजीवादी कृषि—ब्रिटिश कृषि मुख्यतः पूँजीवादी कृषि है और लघु कृषकों का अभी भी महत्त्व कम है। **ब्रिटिश कृषि में पूँजीवादी तत्त्वों की प्रबलता के कुछ महत्त्वपूर्ण कारण ये हैं**—(1) इंगलैंड में अपेक्षाकृत कम व्यक्तियों के अधीन ही भूमि का संकेद्रण जनहित के लिए हानिपूर्ण नहीं समझा जाता है क्योंकि इंगलैंड के भूमिपति उदार एवं सुसंस्कृत होते हैं। (2) ब्रिटिश कृषि प्रमुखतः वाणिज्यिक आधार पर संघटित है। कृषि वस्तुओं का उत्पादन मुख्यतः विक्रयार्थ होता है। इसका कारण यह है कि ब्रिटिश कृषि अत्यन्त ही वाणिज्यिक हो गयी है। अतः इस प्रकार की कृषि के लिए खेत की इकाई का बड़ा होना और पूँजीवादी आधार पर व्यवस्थित होना आवश्यक है क्योंकि इस प्रकार की कृषि के लिए लघु पैमाने की कृषि अयोग्य होती है। (3) ग्रेट ब्रिटेन में कृषि से भिन्न

आजीविका के अन्य और अच्छे साधन भी सरलतापूर्वक उपलब्ध हो जाते हैं। इसलिए ब्रिटिश जनता का भू-सम्पत्ति से उतना अधिक लगाव नहीं है जितना कि अन्य विकसित देशों में जहाँ पर कृषि से भिन्न आजीविका के साधन प्रचुर मांत्रा में उपलब्ध नहीं हैं और इसलिए जहाँ कृषि ही आजीविका का मुख्य साधन है। इंगलैंड की अधिकांश जनता उद्योग, व्यापार, वाणिज्य आदि द्वारा अपनी आजीविका प्राप्त करती है।

भारत के लिए शिक्षा

ग्रेट ब्रिटेन में अठारहवीं और उन्नीसवीं शताब्दी में जो कृषि-क्रांति हुई उनसे भारत जैसे अल्प-विकसित कृषि-प्रधान देशों को कई महत्त्वपूर्ण विषयों के सम्बन्ध में शिक्षा प्राप्त हो सकती है। भारतीय कृषि अनुत्पादक है। इसकी जोतें छोटी-छोटी तथा बिखरी हुई हैं। बहुत बातों में आज भी भारतीय कृषि मध्ययुगीन ब्रिटिश कृषि से मिलती-जुलती है। किन्तु एक बात स्पष्ट है। **ब्रिटेन की तरह भारत में कृषि-क्रांति अत्यन्त स्वाभाविक रूप में नहीं आ सकती। अत: इस क्षेत्र में बड़े पैमाने पर सरकारी प्रयत्नों एवं सहायता की प्रबल आवश्यकता है।** इनके बिना भारत में कृषि का विकास सम्भव नहीं है। किन्तु कृषि का पर्याप्त विकास नहीं होने पर देश की बढ़ती हुई जनसंख्या के लिए यथेष्ठ मात्रा में खाद्यान्न तथा बढ़ते हुए उद्योगों के लिए कच्चे पदार्थ को प्राप्त करने में कठिनाइयाँ होंगी। अतः इसके लिए एक ही साथ कई प्रकार के प्रयास आवश्यक हैं। बड़े पैमाने पर यंत्रों का प्रयोग करना होगा, अच्छे तथा सुधरे हुए बीजों तथा रसायनिक खाद का प्रयोग करना होगा, पशुओं के नस्ल सुधार के कार्य पर ध्यान देना होगा, कृषि-योग्य भूमि को बेकार अथवा परती छोड़ने की प्रणाली का त्याग करना होगा, किसानों की गोष्ठियों तथा पशु-प्रदर्शनियों का आयोजन करना होगा इत्यादि। देश की कृषि में सुधार के लिए छोटी-छोटी और बिखरी हुई जोतों को समाप्त करना अत्यन्त ही आवश्यक है। इसके लिए **भारत के लिए ब्रिटेन में अपनाई गयी प्रणाली उपयुक्त नहीं होगी।** किन्तु इस बात पर ध्यान देना होगा कि उत्पादन में वृद्धि के लिए जोतों का आकार आर्थिक आकार का होना चाहिए क्योंकि बड़ी-बड़ी तथा आर्थिक जोतों में खेती करने से कई प्रकार की बाह्य आन्तरिक मितव्ययताएँ प्राप्त होती हैं।

पिछले पृष्ठों में हम देख चुके हैं कि **यद्यपि ब्रिटेन में कृषि-क्रांति के आर्थिक परिणाम बहुत उत्तम थे तथापि इसके सामाजिक परिणाम बहुत ही भयावह थे। ब्रिटेन में कृषि-क्रांति के दौर में छोटे-छोटे किसानों का बिलकुल सफाया हो गया। घेराबन्दी आन्दोलन ने तो छोटे-छोटे किसानों की कमर ही तोड़ दी। इससे पूँजीपति बहुत अधिक लाभान्वित हुए। किन्तु ऐसे सामाजिक परिणामों का मुख्य कारण यह था कि ब्रिटेन में कृषि-क्रांति स्वसंचालित थी।** इसके लिए सरकार द्वारा कोई प्रयास नहीं किए गए थे। किन्तु भारत में एक निश्चित योजना के आधार पर कृषि का विकास किया जा रहा है। अतएव कृषि-विकास के क्रम में हमें गाँवों में व्याप्त विषमता को दूर करने के लिए तत्पर रहना चाहिए। हमें निर्धन वर्ग के हितों पर भी ध्यान रखना होगा। फिर भी संक्रमण काल में कुछ अव्यवस्था अवश्य ही उत्पन्न होगी। कुछ लोग बेरोजगार भी हो सकते हैं। अतएव इनके लिए हमें उद्योगों में रोजगार की व्यवस्था करनी होगी।

संदर्भ

Ogg and Sharp : Economic Development of Modern Europe.

Southgate : The English Economic History.

Britain : An Official Handbook.

Youngson : The British Economy, 1920-1957.

Briggs and Jordan : The Economic History of England.

Clive Day : Economic Development in Modern Europe.

मानक प्रश्न

1. उन्नीसवीं शताब्दी के अन्तिम चतुर्थांश में ब्रिटिश कृषि की स्थिति की व्याख्या कीजिए। कृषकों के सहयोग के लिए सरकार द्वारा कौन-कौन से कार्य किये थे?**(B. U. B. A. (H) 1958)**
2. "यदि उन्नीसवीं शताब्दी का तृतीय चतुर्थांश ब्रिटेन की कृषि के लिए स्वर्ण युग था तो अन्तिम चतुर्थांश महान मन्दी का समय था।" व्याख्या कीजिए तथा इस अन्तर के लिए कारण बतलाइये।
3. 18वीं शताब्दी में इंगलैंड में कृषि-क्रांति की मुख्य विशेषताओं की व्याख्या कीजिए। देश की कृषि-व्यवस्था पर इसका क्या प्रभाव पड़ा ? **(B.U.B. Com. 1950S)**
4. इंगलैंड की कृषि-क्रांति की प्रधान विशेषताओं की व्याख्या कीजिए तथा इसे आर्थिक एवं सामाजिक परिणामों का वर्णन कीजिए। **(B.U.B. Com. 1954, M.U.B. Com. 1963)**
5. उन्नीसवीं शताब्दी के दूसरे कृषि अर्द्धभाग में इंगलैंड की कृषि-नीति की विवेचना कीजिए। **(B.U.B. Com. 1954)**
6. सन् 1914 के बाद ब्रिटिश कृषि नीति की प्रमुख विशेषताओं की संक्षिप्त व्याख्या करें। **(Raj. U.B.A. 1949)**
7. अठारहवीं तथा उन्नीसवीं शताब्दियों में इंगलैंड की कृषि एवं औद्योगिक क्रांतियों के अंतरसम्बन्ध की व्याख्या करें। **(M.U.B.A. (H) 1968)**
8. उन्नीसवीं शताब्दी में इंगलैंड की कृषि के यंत्रीकरण के मुख्य कारणों की व्याख्या कीजिए। **(B.H.U.B.A. 1956, 1960)**
9. "18वीं शताब्दी के उत्तरार्द्ध में इंगलैंड में कृषि-क्रांति आर्थिक दृष्टि में उचित थी किन्तु इसके सामाजिक प्रभाव अत्यधिक खतरनाक थे।" व्याख्या कीजिए। **(Bhag. U.B.A. (H) 1975, Punjab U.B. Com. I 1960)**
10. ब्रिटिश कृषि पर द्वितीय विश्वयुद्ध के प्रभावों का चित्रण कीजिए। वर्तमान ब्रिटिश कृषि की क्या प्रमुख विशेषताएँ हैं?

❑

अध्याय 4

उद्योग और औद्योगिक क्रांति

(INDUSTRY AND INDUSTRIAL REVOLUTION)

औद्योगिक क्रांति के पूर्व ब्रिटिश उद्योग—औद्योगिक क्रांति के पूर्व ब्रिटिश औद्योगिक संगठन दो अवस्थाओं से गुजरा था अर्थात् हस्तशिल्प प्रणाली से और घरेलू प्रणाली से। हस्तशिल्प प्रणालीं यूरोप में 15वीं शताब्दी तक सर्वव्यापी थी और घरेलू प्रणाली 17वीं एंव 18वीं शताब्दियों में प्रचलित थी।

मध्य युग में ब्रिटिश उद्योगों की विशेषताएँ

1. हस्तशिल्प प्रणाली का प्रचलन—मध्य युग में हस्तशिल्प प्रणाली का प्रचलन था। वस्तु निर्माण सरल था तथा यंत्र स्थूल और सस्ते थे। वाष्प शक्ति व्यवहृत नहीं की जाती थी और समस्त वस्तुएँ हस्त-निर्मित थीं। वस्तुतः हस्तशिल्प प्रणाली उद्योग की एक ऐसी प्रकृति की ओर इंगित करती है जो हाथ द्वारा संचालित किया जाता था और जिसमें पूँजीवादी तत्त्वों का अभाव था।

2. कुटुम्ब पर आधारित औद्योगिक संगठन—औद्योगिक संगठन की इकाई कारखाना नहीं वरन् कुटुम्ब था। वास्तव में यह विशेषता तत्कालीन प्रचलित आर्थिक-सामाजिक दशाओं के कारण अपरिहार्य थी।

3. कच्चे माल की स्थानीय पूर्ति—कच्चे माल की पूर्ति पड़ोस से ही हो जाया करती थी क्योंकि संचार एवं परिवहन के साधनों के अभाव के कारण उत्पादन का पैमाना छोटा था।

4. सरल श्रम विभाजन—श्रम विभाजन सरल था। प्रत्येक शिल्प में कर्मकार अन्य शिल्पों के कर्मकारों से स्वतंत्र होकर समस्त अवस्थाओं में समस्त कार्यों का सम्पादन करते थे।

5. श्रमिकों की निम्न उत्पादन क्षमता—उत्पादन के लघु पैमाने और प्राचीन ढंग के कारण अनिवार्यतः कर्मकारों की उत्पादन क्षमता अत्यन्त निम्न थी। वस्तुओं की माँग में स्थायित्व के कारण श्रम पूर्त्ति, कच्चे माल, वस्तुओं के विक्रय आदि में भी स्थायित्व था। फलस्वरूप औद्योगिक उत्पादन प्रविधि में अत्यन्त ही मन्द परिवर्तन होते थे।

6. गिल्ड प्रणाली का प्रचलन—सम्भवतः इस युग के उद्योग की सबसे महत्त्वपूर्ण विशेषता श्रमिकों का श्रेणियों (guild) में संघटन था।

गिल्ड प्रणाली
(Guild System)

गिल्ड व्यापारी एवं वस्तुओं के निर्माताओं के संघ थे। व्यापारियों के गिल्डों को व्यापारी गिल्ड (merchant guild) कहा जाता था और निर्माताओं के गिल्ड को शिल्प

गिल्ड (craft guild)। **शिल्प गिल्ड नगर के एक ही पेशे के शिल्पकारों के संघटन थे। मालिक** (master), **जर्नीमैन** (journeyman) और **शिशिक्षु** (apprentice)—ये तीन वर्ग गिल्ड के सदस्य होते थे। मास्टर शिल्पकार (master craftman) एक स्वतंत्र कर्मकार (work-man) था और अपनी निजी कर्मशाला संघटित करता था। जर्नीमैन को मजदूरी पर नियुक्त किया जाता था और शिशिक्षु को शिल्प सीखने के लिए भर्ती किया जाता था। **इन तीन वर्गों में कोई भी स्वार्थ-विरोध नहीं था क्योंकि प्रत्येक शिशिक्षु शिल्प को सीख कर जर्नीमैन बनता था और कुछ समय में मास्टर शिल्पकार।** फिर भी यह ध्यान रहे कि स्वयं गिल्ड ही वस्तुओं का उत्पादन अथवा निर्माण नहीं किया करते थे। वस्तुओं का निर्माण व्यक्तियों द्वारा वैयक्तिक उत्तरदायित्व से किया जाता था। **उत्पादन-लाभ निर्माताओं को प्राप्त होता था, गिल्ड को नहीं। कुछ अर्थों में मध्ययुगीन गिल्ड की तुलना आधुनिक युगीन वाणिज्य मंडल (chamber of commerce) से की जा सकती है।** गिल्ड सदस्यों के हितों की रक्षा और उनके अधिकारों एवं अवसरों की सुरक्षा करते थे। कर्मकारों के लिए वे एक प्राविधिक प्रशिक्षण की व्यवस्था करते तथा कर्मकार (workmanship) के स्तर को बनाये रखने की व्यवस्था कर वैयक्तिक हित को सार्वजनिक हित के अधीनस्थ रखते थे। एक-दूसरे के प्रति भ्रातृ-भाव का प्रदर्शन करने की आशा गिल्डों से की जाती थी और यह आशा नहीं की जाती थी कि वे मूल्य-ह्रास आदि जैसे उपायों द्वारा अपने बन्धुओं की लागत पर लाभार्जन करें। किन्तु गिल्ड से कुछ असुविधाएँ भी थीं। उनका मुख्य उद्देश्य एकाधिकार प्राप्त करना था। उनके नियमों की कठोरता उत्पादन के उपक्रम और वृद्धि में बाधक थी। मजदूरी को कम कर दिया गया था और एक सामान्य प्रकार के औद्योगिक संघटन का पोषण हो रहा था। कालांतर में गिल्ड प्रणाली का पतन होने लगा। इसके पतन के अनेक और विभिन्न कारण थे।

गृह प्रणाली
(Domestic System)

गिल्ड प्रणाली की समाधि पर गृह प्रणाली का जन्म हुआ था। **गिल्ड प्रणाली में शिल्पकार कच्चे माल को खरीदता था, अपने परिवार के श्रम से वस्तुओं का निर्माण करता था और ग्राहकों को निर्मित वस्तुएँ बेचता था। गृह प्रणाली ने संघटक (entepreneur) के प्रादुर्भाव को चिह्नित किया जो उत्पादन का कार्य नियोजित व्यक्तियों द्वारा कराने लगा।** अनेक अवस्थाओं में अपने श्रमिकों के साथ वह अपने अभिकर्त्ताओं द्वारा सम्बन्ध रखता था। इस अवस्था में गिल्डमैन पूँजीहीन भूमिहीन श्रमिकों में परिणत हो गये और उन्हें उनके द्वारा उत्पादित वस्तु से पारिश्रमिक दिया जाने लगा। **कालान्तर में कुछ अवस्थाओं में जलशक्ति द्वारा संचालित स्थूल और साधारण यंत्रों का प्रयोग किया जाने लगा और श्रमिकों को कार्य करने के लिए एक स्थान विशेष में जाना पड़ने लगा। इसी ने वर्तमान कारखाना प्रणाली को जन्म दिया। गृह-प्रणाली के कुछ लाभ थे।** इस प्रणाली में निर्माण-कार्य अपने घर पर ही गिल्डमैन द्वारा किया जाता था और उसकी सहायता उसके परिवार के सदस्य तथा कुछ जर्नीमैन करते थे। निर्माण कार्य ऐसे वातावरण में किया जाता था जो वर्तमान कारखाना प्रणाली की बुराइयों से वंचित था। श्रमिक जितना चाहते उतना कार्य करते थे और उन्हें

स्त्रियों और बच्चों द्वारा सहायता भी मिल सकती थी। नगरों में गन्दगी और धुआँ नहीं बल्कि वातावरण अनुकूल था। किन्तु इस **प्रणाली के कुछ दोष** भी थे। श्रमिक स्वतंत्र नहीं था और उसके पास कार्य करने के लिए यंत्र नहीं थे। जो भी मजदूरी दी जाय उसे स्वीकार करने के लिए वह विवश था। कभी-कभी श्रमिक नियोजकों के ऋणी होते थे। वस्तुओं में मजदूरी देने की प्रणाली, जिसे ट्रक (truck) प्रणाली कहा जाता था, उनके लिए असुविधाजनक थी और उनके शोषण में सहायक हो रही थी। शिशु श्रम प्रचलित था। कालान्तर में जब कुछ प्रकार के कारखानों की स्थापना हुई तो कारखानों से सम्बन्धित सभी प्रकार की बुराइयाँ गृह-प्रणाली में भी आ गईं।

औद्योगिक क्रांति 1750-1850
(The Industrial Revolution—1750-1850)

कालान्तर में गृह प्रणाली भी नवीन सामाजिक एवं आर्थिक व्यवस्था को जन्म देकर समाप्त हो गई। वास्तव में **सन् 1750 और 1850 के बीच ब्रिटिश उद्योग में इतने महान परिवर्तन हुए कि इन परिवर्तनों के लिए ''औद्योगिक क्रांति'' शब्दबंध व्यवहृत किया गया है।** कहा जाता है कि औद्योगिक क्रांति शब्द-बन्ध का प्रयोग सर्वप्रथम सन् 1884 में **अर्नाल्ड टायनवी** (Arnold Toynbee) ने किया था। किन्तु वस्तुतः इसका प्रयोग सन् 1837 में ही फ्रांसीसी लेखक **ब्लाँकी** (Blanqui) ने किया था और बाद में **जैह्वन्स** (Jevons), **इंजेल्स** (Engles) और **कार्ल मार्क्स** (Karl Marx) ने।

औद्योगिक क्रांति शब्द-बंध के प्रयोग का औचित्य

सामान्यतः क्रांति शब्द को अपेक्षाकृत हिंसात्मक और तेज उथल-पुथल के लिए प्रयुक्त किया जाना समीचीन माना जाता है—वैसे उथल-पुथल के लिए जैसा कि सन् 1789 में फ्रांस में, सन् 1917 में 1949 में चीन में रूस में और 1971 में बंगला देश में हुए थे। किन्तु **क्रांति को अचानक और हिंसात्मक होना आवश्यक नहीं है। वास्तव में इसका अर्थ मौलिक परिवर्तन होता है जो क्रमिक और यहाँ तक कि अतीन्द्रीय (imperceptible) भी हो सकता है।** भारत में मार्च 1977 के सामान्य निर्वाचन में इन्दिरा सरकार और कांग्रेस दल की जो करारी हार हुई और केन्द्र में जनता पार्टी की सरकार बनी वह भी एक तरह से राजनीतिक क्रांति ही थी। यह हिंसक बिल्कुल नहीं थी। यही बात औद्योगिक क्रांति के साथ भी थी। वस्तुतः **औद्योगिक और वाणिज्य क्रांतियों के समय की जनता को हो रहे मौलिक परिवर्तन स्पष्टतः ज्ञात भी नहीं थे और वे किन निश्चित तिथियों को हुए यह सर्वथा ठीक-ठीक कहना भी अत्यन्त कठिन है।** सन् 1765 से सन् 1785 के बीच के केवल 20 वर्षों की अल्पावधि में वस्त्र उद्योग में अनेक महान् आविष्कार हुए। किन्तु औद्योगिक क्रांति को केवल इसी अल्पावधि तक सीमित रख देना उचित नहीं होगा क्योंकि वस्त्र उद्योग के यंत्रों में सन् 1765 के पूर्व भी अनेक वर्षों तक सुधार के लिए प्रयास किए जाते रहे और वस्त्र उद्योग का पूर्ण रूपान्तरण होने में निश्चय ही लगभग 70 वर्षों से कम का समय नहीं लगा। अन्य क्षेत्रों में परिवर्तन तो इससे भी अधिक लम्बी अवधि तक होते रहे। शक्ति के साधन के रूप में वाष्प अभियंत्र (steam engine) अठारहवीं शताब्दी के पूर्वार्द्ध में ही उद्भूत हो चुका था। किन्तु यह 19वीं शताब्दी के अन्त तक भी जल-चक्र (water wheel) का पूर्ण स्थान नहीं ले सका

था और न तो गृह-प्रणाली का कारखाना-प्रणाली में परिवर्तन ही अल्पकाल में पूर्ण हो सका था।

इन्हीं बातों के कारण कुछ लेखकों ने 'औद्योगिक क्रांति' शब्द-बन्ध के प्रयोग की उपयुक्तता के प्रति संदेह प्रकट किया है। **'औद्योगिक क्रांति'** के बदले वे इसे **'औद्योगिक उद्विकास'** (industrial evolution) कहना अधिक पसन्द करते हैं। **''किन्तु यदि सन् 1850 के ब्रिटिश उद्योग की अवस्था की तुलना उसकी उस अवस्था से की जाय जो सन् 1770 में थी तो उद्योगों में परिवर्तनों का महत्त्व अवश्य स्वीकार किया जायेगा और उन्हें क्रांतिकारी वर्णित किए जाने का औचित्य स्वीकार किया जायेगा।''**[1] अठारहवी शताब्दी के मध्य तक अर्थात् सन् 1850 तक इंगलैंड प्रमुखतः कृषि प्रधान देश था। नगर कम और छोटे-छोटे थे तथा जनसंख्या का 4/5 भाग गाँवों में रहता था और आजीविका के लिए मुख्यतः कृषि पर आश्रित था। सूती वस्त्र, लोहा और इस्पात आदि अधिकांश महान निर्माणी उद्योग अभी तक आधुनिक ढंग से प्रारम्भ नहीं किए जा सके थे। यदि उनका अस्तित्व था भी तो लघु पैमाने पर ही। चूँकि कृषि में व्यक्ति साल भर आवश्यक रूप से कार्यरत नहीं रह पाते हैं इसलिए औद्योगिक क्रांति के पूर्व कृषक सामान्यतः अपने फालतू समय को घर पर ही निर्माण कार्य करने में लगाया करते थे। इसलिए **कृषि का एक प्रकार से हस्तशिल्प उद्योग के साथ मिश्रण था।** इन हस्तशिल्पों द्वारा कृषकों को अतिरिक्त आय प्राप्त हो जाया करती थी।

औद्योगिक क्रांति ने इस सबों को परिवर्तित कर दिया। यह परिवर्तन औद्योगिक ढंग की दृष्टि से हस्तकर्म का शक्ति द्वारा चालित यंत्र द्वारा कार्य में परिवर्तन था और औद्योगिक संगठन के क्षेत्र में गृह-कार्य का कारखाने में कार्य किये जाने में। इन नवीन परिस्थितियों में उद्योग वृहत पैमाने पर उत्पादन करना प्रारम्भ किए। स्थिर और सीमित बाजार के लिए वस्तुओं की पूर्ति करने के प्राचीन आदर्श का स्थान ऐसे बाजारों के लिए सस्ती एवं अधिक मात्रा में वस्तुओं को उत्पन्न करने के दृढ़ निश्चय ने ले लिया जो कभी-कभी राष्ट्रीय सीमा के पार तक विस्तृत और वस्तुतः विश्वव्यापी हो गये थे। संक्षेप में, हम यों कहें कि **प्राचीन काल की भाँति बाजार अब केवल स्थानीय नहीं ही रह कर राष्ट्रीय और अन्तरराष्ट्रीय हो गए। औद्योगिक क्रांति ने नगरों का विकास किया।** इसने एक श्रमजीवी वर्ग को जन्म दिया जो औद्योगिक कार्यों पर अपनी आजीविका के लिए निर्भर हुआ। उद्योगीकरण की प्रगति के स्वाभाविक परिणामस्वरूप नगरों में भीड़ होने लगी क्योंकि जनता गाँवों को छोड़कर नगरों में आकर बसने लगी उद्योगों में कार्य करने के लिए अथवा व्यवसाय आदि करने के लिए। संक्षेप में इस क्रांति के फलस्वरूप जनसंख्या, विदेशी व्यापार, परिवहन एवं संचार के साधनों आदि का विकास हुआ। नियोजकों तथा नियोजितों में संघर्ष होना स्वाभाविक हो गया। यदि इन महान परिवर्तनों को विचार में रखा जाय तो क्या 'औद्योगिक क्रांति' शब्द-बंध का प्रयोग किया जाना उचित नहीं होगा? सत्यतः जैसा कि **एल० सी० ए० नोल्स** ने लिखा है,

1. "But if the State of British industry in 1850 be contrasted with its condition in 1770, the importance of changes which occurred will be recognised and the appropriateness of describing them as revolutionary will be admitted."

—*Southgate : English Economic History*, 116

''औद्योगिक क्रांति शब्द-बंध इसलिए नहीं प्रयुक्त किया गया है कि परिवर्तन की प्रक्रिया तीव्र थी वरन् इसलिए कि पूर्ण होने पर परिवर्तन मौलिक था।''[1]

औद्योगिक क्रांति ने अग्रलिखित परिवर्तन किया–

1. इसने नवीन उद्योगों को जन्म दिया।
2. इसने वाणिज्य का आमूल रूपान्तरण किया। वृहत् मात्रा में उत्पादन के कारण अन्तरराष्ट्रीय विनिमय प्रारम्भ हुआ।
3. इसके कारण अनेक नगरों का विकास हुआ। कोयले एवं लोहे के क्षेत्रों में जनता का वृहत् पैमाने पर समागम हुआ।
4. गृह-उद्योग का विनाश हुआ और इसका स्थान कारखानों ने ले लिया।
5. पूँजी और श्रम के सम्बन्ध में परिवर्तन आया। पूँजीपति उद्योग का नियंत्रण करने लगे एवं श्रमिक उनके आदेशों के अधीन कार्य करने लगे।
6. नए जिलों का महत्त्व बढ़ गया–उन जिलों का जहाँ पर कारखाने खुले।

ये परिवर्तन स्पष्ट करते हैं कि इनके कारण ग्रेट ब्रिटेन की अर्थ व्यवस्था का रूप ही बदल गया। अतएव ''औद्योगिक क्रांति'' शब्द-बंध का प्रयोग हिंसात्मक परिवर्तनों के लिए नहीं वरन् इन्हीं मौलिक परिवर्तनों के लिए किया गया है। जैसा कि **साउथगेट** ने लिखा है, **''कूटनीतिक क्रांति अन्तरराष्ट्रीय सम्बन्धों में पूर्ण परिवर्तन है, कृषि क्रांति कृषि-कला और संगठन में परिवर्तन है, सामाजिक क्रांति कतिपय सामाजिक वर्गों में सापेक्ष महत्त्व में परिवर्तन है। उसी प्रकार औद्योगिक क्रांति औद्योगिक रीतियों में हस्त-कर्म का शक्ति-चालित यंत्रों द्वारा कार्य में और औद्योगिक संगठन में घर पर काम करने का कारखानों में काम करने में परिवर्तन थी।''**[2]

उद्योग की गृह प्रणाली का कारखाना प्रणाली में परिवर्तन यंत्रों के आविष्कार का अपरिहार्य परिणाम था। यंत्र भारी और खर्चीले होते हैं और उन्हें शक्ति द्वारा संचालित किया जाता है। कुटीर श्रमिक के पास न तो इसे खरीदने के लिए पर्याप्त पैसा था और न उसे स्थापित करने के लिए पर्याप्त स्थान और यदि इन कठिनाइयों को वह किसी प्रकार दूर भी कर सकता तो फिर आवश्यकता संचालन शक्ति की होती थी। इनके अतिरिक्त यंत्रों को पूर्णतः और सतत् संचालित करना आवश्क होता है ताकि वे सस्ते और मितव्ययी सिद्ध हो सकें। उसके लिए वृहत् पैमाने पर कच्चे माल की भी आवश्यकता होती

---

1. "The term "industrial revolution' is used not because the process of the change was quick but because, when accomplished, the change was fundamental"

   —*L.C.A. Knowles, The Industrial and Commercial Revolutions in Great Britain During the Nineteenth Century,* p. 79

2. "A diplomatic revolution is an entire rearrangement of international alliances; an agrarian revolution is a change in the technique and organization of agriculture; a social revolution is a change in the relative importance of certain social classes. Similarly, the Industrial Revolution was a change, in industrial method, from hand-work to work done by machines driven by power, and in industrial organization, from work at home to work in factories."

   —*Southgate : The English Economic History,* p. 123.

है। किन्तु इन सबों की व्यवस्था करने के लिए गृह-उद्योग में कार्य करने वालों के पास पर्याप्त साधनों का अभाव था। ऐसी परिस्थितियों में इनका ऐसे व्यक्तियों द्वारा संचालन आवश्यक था जिनके पास ऐसे पर्याप्त साधन उपलब्ध थे। **श्रम और पूँजी का यह पृथक्करण वर्तमान प्रणाली को पूँजीवादी कहलाने के लिए उत्तरदायी है।**

इन परिवर्तनों को 'औद्योगिक क्रांति' कहने का समर्थन करते हुए प्रो **आर्थर बर्नी** (A. Birnie) ने लिखा है, *''इसके अन्दर परिवर्तन इतने व्यापक और गहरे थे, गुण-दोष के अनोखे किन्तु दुःखदायी समिश्रण थे, भौतिक उत्थान और सामाजिक त्राण के इतने नाटकीय संयोग थे कि उन्हें क्रांतिकारी परिवर्तन कहना ही अधिक उचित होगा।''*[1] औद्योगिक क्रांति के सम्बन्ध में प्राचीन लेखकों की यह धारणा थी कि औद्योगिक क्रांति ने प्राचीन औद्योगिक व्यवस्था को एकाएक समाप्त कर दिया। *(Industrial Revolution destroyed the old system of industrial production by sudden and mighty blows of the steam engine and other techniques of production.)* किन्तु इस सम्बन्ध में आधुनिक धारणा यह है कि ये परिवर्तन बिल्कुल आकस्मिक तथा अत्यन्त द्रुतगामी नहीं थे। फिर भी ये परिवर्तन इतने महत्त्वपूर्ण थे कि पूरा होने पर इनके कारण इंगलैंड की काया ही पलट गयी। अतः इन परिवर्तनों के लिए 'औद्योगिक क्रांति' शब्द-बंध का प्रयोग उपयुक्त है। **श्रीमती नोवल्स** ने भी इस सम्बन्ध में लिखा है, **''यद्यपि औद्योगिक परिस्थितियों में अन्ततः आमूल परिवर्तन हुए तथापि ये परिवर्तन किसी भी प्रकार आकस्मिक नहीं थे।''**[2]

औद्योगिक क्रांति की मुख्य विशेषताएँ
(Salient Feature of the Industrial Revolution)

''तथाकथित औद्योगिक क्रांति छः महान परिवर्तनों अथवा विकासों से संलिष्ट थी जो समस्त एक-दूसरे पर अन्तरनिर्भर थे।''[3] ये महान परिवर्तन ये थे–

1. लोहा और इस्पात उद्योग का विकास–प्रथमतः यह लोहा और इस्पात उद्योगों के विकास से सम्बद्ध थी। नवीन रीतियों तथा नवीन प्रविधियों के आविष्कारों के लिए नवीनतर यंत्रों की आवश्यकता हुई और यंत्रों के निर्माण के लिए लोहा और इस्पात उद्योग के विकास की।

2. अभियांत्रिकी का विकास–यह अभियांत्रिकी (engineering) के विकास से संलिष्ट थी क्योंकि यंत्रों के निर्माण एवं मरम्मत के लिए अभियंताओं (engineers) की आवश्यकता हुई।

3. जल अथवा वाष्प चालित यंत्रों का प्रयोग–वस्त्र उद्योग में जल अथवा वाष्प शक्ति द्वारा चालित यंत्रों का प्रयोग किया गया। सर्वप्रथम उनका प्रयोग सूत कातने में हुआ

---

1. "The changes which it describes were so far-reaching and profound, so tragic in their strange mixture for good and evil, so dramatic in their combination of material progress and social suffering that they may well be described as revolutionary."
—*A Birnie : An Economic History of Europe*, 1760-1939.
2. "Although industrial conditions were eventually redically altered, they were by no means suddenly altered."—L.C.A. Knowles, Ibid, p.79
3. "The so-called 'industrial revolution' comprised six great changes or developments all of which were interdependent." —L.C.A. Knowles, Ibid, p. 20

और फिर बुनने आदि में। 18वीं शताब्दी में अंगरेजी व्यापार तीव्र गति से बढ़ रहा था और अंग्रेजी वस्त्रों के लिए विदेशों में सर्वदा बढ़ती हुई माँग हो रही थी। इस कारण वस्त्र उद्योग के व्यापारियों को अधिक-से-अधिक लाभ उठाने का अवसर मिल रहा था जिससे वे अधिक-से-अधिक उत्पादन करने के लिए उत्पादकों पर दबाव डाल रहे थे। तत्कालीन विद्यमान उपकरणों से अधिक उत्पादन सम्भव नहीं था। इसलिए सूत कातने में अभिनव यंत्रों एवं ढंगों का प्रयोग होना प्रारम्भ हुआ। सूत कातने की रीति में सुधार की आवश्यकता ने उन महान परिवर्तनों के लिए प्रारंभिक प्रेरणा दी जो कालान्तर में औद्योगिक क्रांति में फलित होने वाले थे। कुछ समय बीतने पर आविष्कारों के एक क्रम ने वस्त्र उद्योग का रूपान्तर कर दिया। इस प्रकार यंत्रों का प्रयोग सर्वप्रथम सूती वस्त्र उद्योग में प्रारम्भ हुआ और कालान्तर में क्रमशः ऊनी, रेशमी और अन्य उद्योगों में फैल गया।

4. रासायनिक उद्योग का विकास—जब ये समस्त परिवर्तन हो रहे थे तो एक चतुर्थ परिवर्तन भी आवश्यक हो गया। वस्त्र उद्योग के बढ़ते हुए उत्पादनों के साथ कदम मिलाने के लिए रंगाई, छपाई आदि की रीतियों में परिवर्तन किया जाना आवश्यक हो गया। फलतः रासायनिक उद्योग का विकास हुआ।

5. कोयला उद्योग का विकास—ये समस्त विकास एवं परिवर्तन अन्ततः कोयले पर टिके हुए थे जो विभिन्न उद्योगों के लिए तत्कालीन प्रमुख संचालक शक्ति का साधन था। परिणामस्वरूप कोयला उद्योग अपने को परिवर्तित परिस्थितियों के अनुकूल बनाकर विकसित हुआ।

6. वाष्प अभियंत्र का विकास—वाष्प अभियंत्र जो खानों में से जल को निकाल कर बाहर फेंकने का कार्य करता था, का विकास उन महान परिवर्तनों का ही परिणाम था जो औद्योगिक क्रांति की प्रक्रिया में ही हुए और हो रहे थे।

ये समस्त परिवर्तन तथा विकास पारस्परिक रूप से एक-दूसरे पर निर्भर थे। उन सबों को एक ही साथ व्यवहृत किया जा सकता था जिसके कारण वे एक-दूसरे को प्रोत्साहन देते हुए 19वीं शताब्दी में खूब फैल गए। स्पष्टतः **इंगलैंड में औद्योगिक क्रांति का प्रारम्भ सूती वस्त्र उद्योग में हुआ।** सूती वस्त्र उद्योग की समृद्धि और विकास के कारण ऊनी तथा रेशमी वस्त्र उद्योगों के विकास को बल मिला। फिर इन वस्त्र उद्योगों के विकास का प्रभाव अभियांत्रिकी, लोहा और इस्पात, रासायनिक तथा कोयला उद्योगों पर भी पड़ा और इन उद्योगों में प्रगति के परिणामस्वरूप परिवहन साधनों का विकास हुआ। इस प्रकार धीरे-धीरे इंगलैंड के औद्योगिक विकास का द्वार खुला।

श्रीमती नोवेल्स के विचार में ब्रिटिश औद्योगिक क्रांति की दो प्रमुख अवस्थाएँ थीं जो परिवहन साधनों के विकास की प्रकृति से सम्बन्धित थीं। अतएव इसे दो **कालों** में विभाजित किया जाता है।**प्रथम काल1770 से1840 तक अर्थात्19वीं शताब्दी के मध्य तक था।** इस काल में सड़कों तथा आंतरिक जलमार्गों का विकास हुआ। **नोवेल्स ने इसे पक्की सड़कों तथा नहरों का युग** (period of metalled roads and canals) कहा है। इस काल में मुख्यतः कोयले और लोहे की खानों, अभियांत्रिकी तथा वस्त्र-उद्योगों का विकास हुआ। किन्तु इस काल में परिवहन साधनों का पूर्ण रूप से विकास नहीं हुआ था। अतएव व्यापार-उद्योग का रूप भी बहुत विकसित नहीं था। इस स्तर पर व्यवसाय साधारणतया व्यक्तिगत तौर पर थोड़ी-बहुत पूँजी से किया जाता था। श्रमिकों में इस समय

केवल स्थानीय तौर पर ही संगठनों का निर्माण किया जाता था। औद्योगिक क्रांति के इस काल में केवल इंगलैंड और फ्रांस में ही उद्योग का विकास प्रारम्भ हुआ था।

ब्रिटिश औद्योगिक क्रांति का द्वितीय काल 1840 से 1914 के बीच रहा। इस काल में रेलवे तथा वाष्प-शक्ति से चालित जहाजों का तीव्र गति से विकास प्रारम्भ हुआ और इसके विकास के साथ-साथ उद्योग-धन्धों का भी तीव्र गति से विकास हुआ। **इसे 'रेलवे युग' कहा जाता है।** धीरे-धीरे ये आविष्कार जर्मनी, संयुक्त राज्य अमेरिका, रूस, आस्ट्रिया, स्विटजरलैंड, इटली, जापान और भारत आदि देशों में भी अपनाये जाने लगे। इस काल में वस्त्र-उद्योग के अतिरिक्त विद्युत, लोहा तथा इस्पात की नवीन प्रणाली, पटसन, रबर, पेट्रोलियम आदि उद्योगों का भी विकास प्रारम्भ हुआ। रेलों के निर्माण के लिए लोहा इस्पात की माँग में अत्यधिक वृद्धि हुई। इससे व्यापार के आकार में बहुत वृद्धि हुई। किन्तु **रेलवे युग में बड़े पैमाने पर कारबार करने के लिए बहुत अधिक मात्रा में पूँजी की आवश्यकत पड़ी। इसकी पूर्त्ति संयुक्त पूँजी कम्पनियों के विकास से सम्भव हुई।** अब किसी एक व्यक्ति अथवा परिवार के लिए इतने बड़े पैमाने पर कारोबार करना सम्भव नहीं रह गया था। अतएव पुराने व्यवसायियों ने भी अपने व्यवसाय को कम्पनी के रूप में परिवर्तित किया। इस युग में बैंकों और अन्य वित्तीय संस्थाओं का भी अत्यधिक विकास हुआ। कम्पनियों के निर्माण के साथ-साथ इनमें आपसी प्रतियोगिता भी बढ़ने लगी। किन्तु वर्षों की गलाघोंट प्रतियोगिता के बाद उन्नीसवीं शताब्दी के अन्त में इसे समाप्त करने के लिए विभिन्न प्रकार के संयोजनों का निर्माण किया जाने लगा। इनमें ट्रस्ट, कार्टेल, पुल, रिंग तथा सिन्डीकेट आदि प्रधान हैं। प्रथम विश्वयुद्ध के पूर्व तक यह प्रवृत्ति लगभग सभी देशों के व्यवसायियों के साथ पायी जाने लगी और धीरे-धीरे अन्तरराष्ट्रीय पैमाने पर संयोजनों का संगठन किया जाने लगा। परिवहन और संचार साधनों के विकास के साथ-साथ श्रमिक संगठनों का रूप भी बदलने लगा। इससे इनकी शक्ति में अत्यधिक वृद्धि हुई। धीरे-धीरे अन्तरराष्ट्रीय पैमाने पर भी श्रम आन्दोलन का संगठन किया जाने लगा। **कार्ल मार्क्स के 'सभी देशों के सर्वहारा एक हो जाओ'** (Proletarians of all lands unite) के नारे ने बहुत अधिक योगदान किया।

इंगलैंड में कारखाना प्रणाली के मंद विकास के कारण

इंगलैंड में कारखाना प्रणाली के विकास की गति औद्योगिक क्रांति के प्रारंभिक चरण में मन्द थी। इसके अनेक विभिन्न कारण थे—

1. श्रमिक गृहकार्य का त्याग करने के प्रति अनिच्छुक थे। सामान्य कृषकों के पास कुछ कुटीर उद्योग भी थे जिनसे उन्हें कुछ अतिरिक्त आय हो जाती थी। फालतू समय में उन्हें कार्य मिल पाता था। साथ ही परिवार के स्त्री-पुरुष समस्त सदस्यों को कार्य मिल पाता था। किन्तु यह निश्चय नहीं था कि यदि वे नगरों में प्रवास कर लेते तो उनके परिवार के समस्त सदस्यों को वहाँ भी कार्य मिल पाता।

2. नियोजक (employer) भी कारखाना प्रणाली को अपनाने के प्रति अनिच्छुक था क्योंकि कारखाना प्रणाली में वृहत् पैमाने पर पूँजी की आवश्यकता थी और जोखिम अधिक था।

3. कारखाना प्रणाली का विकास जनसंख्या में तीव्र वृद्धि के कारण भी मन्द था क्योंकि ऐसी दशा में सस्ते श्रमिक उपलब्ध हो जाते थे और इसलिए कम श्रम लागत वाली रीतियों को अपनाने की प्रबल आवश्यकता ही नहीं थी।

4. कारखाना प्रणाली का विकास लोहा और इस्पात, अभियांत्रिकी और कोयला आदि उद्योगों के विकास पर निर्भर था। किन्तु इन उद्योगों का विकास मन्द था जिसके कारण कारखाना उद्योग में विकास की गति के लिए भी सीमाएँ प्रस्तुत थीं।

फ्रांस और औद्योगिक क्रांति

औद्योगिक क्रांति के पूर्व फ्रांस इंगलैंड से अधिक समृद्धिशाली देश था। फ्रांस की सरकार आविष्कारों को इंगलैंड की सरकार की अपेक्षा बहुत अधिक प्रोत्साहन देती थी। फिर भी फ्रांस औद्योगिक क्रांति में इंगलैंड से पीछे रह गया। **इसके प्रमुख कारण नीचे लिखे थे:**

1. फ्रांस की आंतरिक परिस्थितियाँ औद्योगिक क्रांति के लिए उपयुक्त नहीं थीं। यह सही है कि फ्रांस अधिक समृद्धशाली था और वह अपने कारीगरों की कुशलता, चतुर आविष्कारक तथा बड़े पैमाने पर विदेशी व्यापार के लिए प्रसिद्ध था। परन्तु **राजनीतिक संकट के कारण उसके आर्थिक विकास की गति मन्द पड़ गयी।** फ्रांस की राज्य-क्रांति ने उसे अपने पड़ोसियों से युद्धों में उलझाये रखा। 1830 ई॰ तक फ्रांस किसी-न-किसी राजनीतिक उलझन में फँसा रहा। अतः राजनीतिक अशान्ति के कारण फ्रांस में 19वीं शताब्दी के पूर्व तक औद्योगिक क्रांति नहीं आ सकी।

2. फ्रांस में व्यापार पर विभिन्न प्रकार के नियंत्रण लगे हुए थे। इन नियंत्रणों के कारण वहाँ के व्यापारी अधिक उत्साह नहीं दिखला सके।

3. यद्यपि फ्रांस एक धनी देश था तथापि इसकी बैंकिंग व्यवस्था इंगलैंड की अपेक्षा बहुत पिछड़ी हुई थी। सुविकसित बैंकिंग-व्यवस्था के अभाव में पूँजी का निवेश उचित रूप से नहीं हो पाता। फलतः औद्योगिक क्रांति में फ्रांस पीछे रह गया।

4. इंगलैंड की अपेक्षा फ्रांस की जनसंख्या अधिक थी। सन्1770 ई॰ में फ्रांस की जनसंख्या लगभग 2 करोड़ थी जबकि ग्रेट ब्रिटेन की जनसंख्या केवल 5 लाख थी। 1789 ई॰ में फ्रांस की जनसंख्या 2.6 करोड़ थी तथा इंगलैंड की 90 लाख। जनसंख्या अधिक होने के कारण फ्रांस को वैज्ञानिक आविष्कारों तथा इनके प्रयोग की उतनी अधिक आवश्यकता नहीं थी जितनी कि इंगलैंड को। अतः जनसंख्या की कमी ने इंगलैंड को आविष्कारों के लिए प्रेरित किया।

जर्मनी और औद्योगिक क्रांति

जर्मनी में औद्योगिक क्रांति इंगलैंड के बहुत बाद में हुई। इसके प्रमुख कारण निम्नलिखित थे—

1. 1870 ई॰ तक जर्मनी कई छोटे-छोटे राज्यों में विभक्त था। **बिस्मार्क** (Bismark) ने किसी प्रकार जर्मन राष्ट्र का पुनर्एकीकरण किया। इस प्रकार 1870 के पूर्व जर्मनी के उद्योगीकरण का प्रश्न ही नहीं था।

2. जर्मनी में पूँजी का अभाव था। जर्मनी एक कृषि-प्रधान निर्धन देश था। अतएव वहाँ अधिक पूँजी उपलब्ध नहीं थी। वहाँ की बैंकिंग व्यवस्था भी ठीक नहीं थी। नोवेल्स (Knowles) ने लिखा है, ''प्रत्येक अर्थ में जर्मनी 1850 तक एक गरीब देश था और यह गरीबी सभी वर्गों में व्याप्त थी। जन-समूह में चाहे, वह देहाती हो अथवा शहरी, कष्ट और अभाव था जो बहुधा अकाल लाया करते थे।''[1]

---

1. "In every sense, Germany upto 1850 was a poor country and it was poverty that extended to all classes. Among the mass of the people, whether urban or rural, there was misery and want which often caused famine."

3. जर्मनी निरन्तर युद्ध में लगा रहा। इससे इसकी अर्थ-व्यवस्था छिन्न-भिन्न हो गयी थी। युद्ध के कारण जर्मनी को सदा बड़े पैमाने पर सेना रखनी पड़ती थी। इससे भी औद्योगिक प्रगति में बाधा उपस्थित हुई।

अन्य देश और औद्योगिक क्रांति

फ्रांस और जर्मनी के अतिरिक्त स्पेन, हालैण्ड और पुर्तगाल प्रसिद्ध यूरोपीय देश थे जो कुछ अंशों में राजनीतिक प्रभाव तथा आर्थिक उन्नति की दृष्टि से इंगलैंड के समकक्ष थे। किन्तु वे सभी औद्योगिक विकास में इंगलैंड की बराबरी नहीं कर सके। वस्तुतः अठारहवीं शताब्दी तक ये सभी देश प्रथम श्रेणी के थे। किन्तु इन देशों में कुछ ऐसी परिस्थितियाँ थीं जिनके कारण उनकी औद्योगिक प्रगति अपेक्षित सीमा तक नहीं की जा सकी। हॉलैंड के पास अपेक्षित पूँजी नहीं थी, बैंकिंग और जहाजरानी अविकसित अवस्था में थे। स्पेन की अर्थ-व्यवस्था असन्तुलित थी। वहाँ का समाज रूढ़िग्रस्त तथा सैनिकवाद से प्रभावित था। वह परम्पराओं को तोड़कर औद्योगिक युग में प्रवेश करने में असमर्थ था। रूस भी परम्परागत बन्धनों में जकड़ा हुआ था। वहाँ भी उद्योगीकरण के लिए पूँजी का अभाव था।

अतएव विभिन्न कारणों से अन्य यूरोपीय देश औद्योगिक क्रांति की दौर में पिछड़ गये। इसके विपरीत इंगलैंड में ऐसी परिस्थितियों का संयोग था जिन्होंने इंगलैंड को केवल औद्योगिक क्रांति का जन्मदाता ही नहीं अपितु उसे विश्व का आर्थिक नेता भी बना दिया। उदाहरण के लिए, इंगलैंड में एक सुविकसित बैंकिंग व्यवस्था थी जबकि अन्य देशों में इसका उस समय अभाव था। इसके अतिरिक्त वहाँ पर कोयले और लोहे की खानें आस-पास ही स्थित थीं। उसकी समुद्री शक्ति अत्यन्त सुदृढ़ थी जिसका सामना अन्य देश नहीं कर सकते थे। इसके अतिरिक्त इंगलैंड निवासियों को अत्यधिक सीमा तक व्यक्तिगत स्वतंत्रता प्राप्त थी। **श्रीमती नोल्स ने इस व्यक्तिगत स्वतंत्रता को ब्रिटेन की औद्योगिक सफलता का प्रधान कारण बतलाया है।**[1]

ग्रेट ब्रिटेन में हुए कुछ प्रमुख आविष्कार
(Some Important Inventions in Great Britain)

ग्रेट ब्रिटेन की औद्योगिक क्रांति में उसके आविष्कारों का प्रमुख स्थान रहा है। ग्रेट ब्रिटेन में अनेक आविष्कार हुए। पहला महत्त्वपूर्ण आविष्कार सन् 1738 में **जॉन के** (John Kay) नामक बुनकर ने **फ्लाईंग शटल** (Kay's Flying Shuttle) नामक यंत्र का किया था। इस आविष्कार ने बुनकरों की उत्पादन-क्षमता बढ़ा दी। इसके पूर्व जितने भी हाथ-बुनकर यंत्र थे उनसे ताने (warp) के बीच बाना (weft) लेने का काम जुलाहे को

---

1. "The English had by the end of the eighteenth century attained a degree of personal freedom undreamed of by other nations. The development of the continental countries still sunk in serfdom and feudalism in the eighteenth century and the people looked to the feudal lord or king for guidance and leadership. In England changes came from below and were due to individual intiative. The feudal countries with their backward agricultural population could not leave things to individual initiative as did England."

अपने दोनों हाथों से करना पड़ता था। किन्तु इस अन्वेषण से बाना तानों के बीच से यांत्रिक पद्धति से फेंका जाने लगा। साथ ही इससे चौड़ा कपड़ा बुनना सम्भव हुआ और दूसरे, जुलाहों को एक ओर से दूसरी जोर बाना फेंकने की आवश्यकता न रहने से उनका उत्पादन दुगुना हो गया। 1753 में दूसरा महत्त्वपूर्ण आविष्कार **जेम्स हारग्रीव्स** (James Hargreaves) द्वारा **स्पिनिंग जेनी** (Spinning Jenney) का हुआ था। फ्लाईंग शटल के आविष्कार ने बुनाई की क्षमता बढ़ा दी। अतः कताई में सुधार पर अधिक जोर दिया जाने लगा और इसी क्रम में जेनी का आविष्कार हुआ। इस यंत्र से एक साथ सूत 54 धागे कातकर निकाले जा सकते थे। इसी मैं सुधार कर सन् **1764 में स्पिनिंग जेनी नाम से हारग्रीव्स ने पेटेण्ट कराया।** फिर भी सूत का प्रथा कम ही रहा क्योंकि यह जेनी भी हाथ से ही चलायी जाती थी। सन् 1769 में **रिचार्ड आर्कराइट** (Richard Arckright) ने **वाटर-फ्रेम** (Water Frame) का आविष्कार किया। **आर्क राइट ने प्रयोग द्वारा रोलर स्पिनिंग मशीन और स्पिनिंग जेनी के प्रयोग से एक ऐसी रोलर स्पिनिंग मशीन तैयार की जो पानी से चलती थी** तथा जिसमें **रोलर की गति को आवश्यकतानुसार कम अथवा अधिक किया जा सकता था और अच्छे तथा मजबूत धागे काते जा सकते थे।** सन् 1776 में हारग्रीव्स की स्पिनिंग जेनी और आर्कराइट के वाटर-फ्रेम के संयोग से क्रॉम्प्टन (Crompton) ने एक नवीन यंत्र 'म्यूल' (Crompton's Mule) का आविष्कार किया। इस यंत्र द्वारा इतने अच्छे धागे काते जाने लगे जितना कि इंगलैंड में कभी नहीं काते गये थे। इसके बाद इंगलैंड में यांत्रिक प्रयोगों तथा आविष्कारों का एक ताँबा-सा लग गया। **एडमण्ड कार्टराइट ने पावरलूम का आविष्कार किया** जिसका उत्पादन क्षेत्र में प्रयोग सन् 1769 में मानचेष्टर के एक कारखाने वाले ने 400 यंत्र खरीदकर आरम्भ किया। प्रारम्भिक अवस्था में यह यंत्र बैलों द्वारा चलाया जाता था परन्तु सन् 1769 में **जेम्स वाट** ने स्टीम ईंजन का आविष्कार किया और स्टीम ईंजन द्वारा चलने वाला पहला लूम सन् 1779 में काम में लिया गया। इस प्रकार औद्योगिक क्षेत्र में यंत्रों का आविष्कार सूती वस्त्र उद्योग से आरम्भ हुआ और बाद में अन्य उद्योगों भी इसकी प्रतिक्रिया होने लगी। वस्त्र उद्योग से सम्बन्धित अन्य आविष्कारों में **कार्ट राईट** की **वूल कोम्बिग मशीन, बेल की सिलिण्डर प्रिंटिंग मशीन** तथा **होपकोट की लेथ मेंकिंग मशीन प्रमुख हैं।**

इन आविष्कारों से इंगलैंड के वस्त्र उद्योग की उत्पादन-पद्धति में यंत्रों का अधिक पैमाने पर उपयोग होने लगा और क्रमशः ऊन-उद्योग, लिनन इत्यादि के कारखानों में भी इन यंत्रों का उपयोग होने लगा। वे सभी तरह यंत्र-चालित हो गये। निम्नलिखित तालिका से इन विभिन्न आविष्कारों के सम्बन्ध में विस्तृत जानकारी मिलती है:

वर्ष	**यंत्रों का अन्वेषण**[1]
1730	वाट की रोलर स्पिनिंग मशीन (सन् 1738 में पेटेन्ट)
1738	जॉन के का फ्लाइंग शटल
1748	पॉल की काडिंग मशीन (ली, आर्कराइट तथा वूड के संशोधन के बाद सन् 1772-74 से इसका उपयोग होना प्रारम्भ हुआ)
1764	हारग्रीब्स की स्पिनिंग जेनी (सन् 1770 में पेटेन्ट)
1764	कैलिको प्रिंटिंग

1. "Hobson : *Evolution of Modern Capitalism*.."

1769	आर्कराइट ने वाट की स्पिनिंग मशीन का आविष्कार पूरा किया (पेटेन्ट सन् 1769)
1779	क्रॉम्पटन का म्यूल यंत्र पूरा हुआ
1785	कार्टराइट का पॉवरलूम
1792	ह्विटने का सांजिन
1813	हॉरॉक (Horrock's) की ड्रेसिंग मशीन
1832	रॉबर्ट ने स्व-संचालित म्यूल का अन्वेषण पूरा किया
1841	बलो (Bulloh's) का संशोधित पॉवरलूम

विभिन्न यंत्रों के आविष्कार और उनके बढ़ते हुए उपयोग के कारण लोहे की अधिक आवश्यकता पड़ने लगी। इससे इस क्षेत्र में भी आविष्कारों की खोज होने लगी। फलस्वरूप **अब्राहम डर्बी तथा रोबक ने सबसे पहले यह प्रमाणित किया कि कोयले से लोहा शीघ्र तथा सरलता से गलाया जा सकता है।** इसके बाद जब लोहा गलाने में अच्छी भट्ठियों का तथा उनको चलाने के लिए स्टीम इंजन का उपयोग होने लगा तब इस उद्योग की उत्पादनशीलता अधिक बढ़ गयी। परन्तु जब **हेनरी कोर्ट** ने खनिज लोहे से अच्छा लोहा पडलिंग (puddling) द्वारा निकलने का अन्वेषण किया तो लौह उद्योग का स्वरूप पूरी तरह बदल गया। इसके बाद लौह उद्योग में क्रमशः सुधार होते गये। फलतः सन् 1812 में लोहा उद्योग की उत्पादन-क्षमता सन् 1787 की अपेक्षा 20 गुनी अधिक हो गयी। यांत्रिक क्षेत्र में भी अन्वेषण चालू रहे। **मॉडस्ले** (Maudslay) ने अच्छे यंत्रों और औजारों का आविष्कार किया तथा यंत्रों को इस योग्य बना दिया कि खराब हिस्से को किसी भी समय बदला जा सकता था। माडस्ले और उसके बाद **क्लेमण्ट, मरे, ह्विटबर्थ, नास्मिथ** (Clement, Murray, Whitworth, and Nasmith) ने यंत्रों तथा उनके हिस्सों का प्रमाणीकरण कर दिया। इससे यंत्रों का उपयोग और भी अधिक होने लगा। **इस प्रकार जिस औद्योगिक क्रांति का 1730 में सूत्रपात हुआ वह सन् 1842 में पूरी हुई।** औद्योगिक क्षेत्र में इन परिवर्तनों ने ग्रेट ब्रिटेन की कृषि, परिवहन, वाणिज्य की उन्नति को प्रोत्साहित किया। परिणामस्वरूप इन क्षेत्रों में भी क्रांति आ गयी।

औद्योगिक क्रांति सर्वप्रथम इंगलैंड में ही क्यों आयी?

यहाँ प्रश्न उठता है कि औद्योगिक क्रांति सर्वप्रथम इंगलैंड में ही क्यों आई? इस क्रांति के पूर्व ग्रेट ब्रिटेन की अपेक्षा फ्रांस अधिक उन्नतिशील देश था। वहाँ क्रांति पहले क्यों नहीं आई? इस प्रश्न के उत्तर में पुनः प्रधान चालक और प्रभावक तत्त्वों का सहारा लिया जा सकता है जिनके विषय में हम इंगलैंड के तीव्र आर्थिक विकास के कारणों पर दृष्टिपात करते समय कह चुके हैं। किन्तु यहाँ यह कह देना उपयुक्त होगा कि **औद्योगिक क्रांति इंगलैंड में अनेक कारणों के परिणामस्वरूप आयी थी जिनमें सबसे महत्त्वपूर्ण कारण मनोवैज्ञानिक तत्त्व हैं किन्तु जिनके सहायतार्थ सहायक तत्त्व पर्याप्ततः विद्यमान थे और अनुकूल वातावरण प्रस्तुत था। ये समस्त तत्त्व उस समय संसार के अन्य देशों में समानरूपेण उपलब्ध नहीं थे। इसी कारण जब इंगलैंड में औद्योगिक क्रांति हो रही थी तो उस समय विश्व के अन्य देश पीछे पड़े हुए थे।** इस क्रांति के पूर्व वस्तुतः फ्रांस इंगलैंड से अधिक समृद्धिशाली देश था किन्तु वहाँ औद्योगिक क्रांति नहीं आ सकी। यह सही है कि जिस काल में इंगलैंड में

औद्योगिक क्रांति हो रही थी उस समय यूरोप में इंगलैंड के अतिरिक्त फ्रांस तथा जर्मनी ही प्रमुख राष्ट्र थे। औद्योगिक क्रांति के पूर्व के वर्षों में फ्रांस ग्रेट ब्रिटेन का प्रधान प्रतियोगी तथा उसकी तुलना में अधिक समृद्धिशाली देश था। 1780-1790 के बीच इंगलैंड की जनसंख्या लगभग 90 लाख थी जबकि 1789 में फ्रांस की जनसंख्या लगभग 260 लाख थी। अतः फ्रांस के पास इंगलैंड की तुलना में बहुत बड़ा बाजार उपलब्ध था। वहाँ पूँजी भी पर्याप्त मात्रा में उपलब्ध थी तथा इसके आयात-निर्यात भी ग्रेट ब्रिटेन की अपेक्षा अधिक थे। फ्रांस के पास पर्याप्त उपनिवेश भी थे जिनसे वह बड़े पैमाने पर व्यापार करता था। किन्तु फ्रांस की बैंकिंग व्यवस्था अभी विकसित नहीं हो पायी थी और वहाँ पर व्यापार-संघों का सर्वथा अभाव था। औद्योगिक विकास को प्रोत्साहित करने के लिए ऐसे संघ उस समय की परिस्थितियों में अनिवार्य थे। इसके अतिरिक्त फ्रांस के सम्राटों को अपनी वंशानुगत समस्याओं से ही अवकाश नहीं मिलता था। इससे वे देश के आर्थिक विकास के विषय में बहुत अधिक सोच नहीं पाते थे। फिर भी **श्रीमती नोवेल्स का कहना है कि यदि फ्रांस की राज्य क्रांति ने फ्रांस के आर्थिक जीवन को अस्त-व्यस्त नहीं किया होता तो इंगलैंड के बदले फ्रांस ही औद्योगिक क्रांति का प्रणेता हुआ होता।**

औद्योगिक क्रांति में जर्मनी भी आगे नहीं बढ़ सका। जर्मनी में उस समय औद्योगिक विकास के लिए आवश्यक पूँजी का अभाव था। इसके अतिरिक्त वह सैनिक गतिविधियों पर बहुत अधिक व्यय कर रहा था। फिर जर्मन राष्ट्र उस समय कई छोटे-छोटे राज्यों में विभाजित था। अतः इन राष्ट्रों को औद्योगिक क्रांति लाने का श्रेय नहीं मिल सका।

औद्योगिक क्रांति में इंगलैंड की पहल कई तत्त्वों का परिणाम थी जिनमें प्राकृतिक परिस्थितियाँ, राजनीतिक वातावरण, देशवासियों की मनोवृत्ति तथा अनुकूल आर्थिक व्यवस्था आदि मुख्य रूप से उल्लेखनीय हैं। इंगलैंड में प्राकृतिक, सामाजिक, राजनीतिक तथा आर्थिक तत्त्वों का ऐसा उत्तम संयोग था कि उसके कारण वह विश्व में आधुनिक औद्योगिक क्रांति का प्रणेता बना गया। इंगलैंड में **औद्योगिक क्रांति लाने वाले प्रमुख कारण निम्नवर्णित थे–**

1. जनता की मनःस्थिति (*Psychological set-up*)—मनोवैज्ञानिक कारण सबसे अधिक महत्त्वपूर्ण कारण है। इंगलैंड में जोखिम उठाने वाले साहसी उद्योगपति एवं व्यापारी उपलब्ध थे जबकि अन्य देशों में उनका अभाव था।

2. ग्रेट ब्रिटेन की राजनीतिक एवं वित्तीय स्थिरता (*Political and financial stability*)—मनोवैज्ञानिक कारण के अतिरिक्त जो सबसे महान कारण था वह था ग्रेट ब्रिटेन की राजनीतिक एवं वित्तीय स्थिरता। जिस समय फ्रांस में अनेक राजनीतिक उथल-पुथल हो रहे थे और शासन में जनता का विश्वास नहीं था उस समय ग्रेट ब्रिटेन में राजनीतिक शान्ति थी जिसके कारण आर्थिक-राजनीतिक स्थिरता भी थी। जनता का सरकार में विश्वास था। **सन् 1689 के गृह-युद्ध के पश्चात् ब्रिटिश संविधान दृढ़ सिद्धान्तों पर स्थापित हो गया था और वालपोल (Walpole) की बुद्धिमत्तापूर्ण नीतियों ने ग्रेट ब्रिटेन को समृद्धशाली बनने में सहायता पहुँचायी थी। जैसा कि नोवेल्स ने लिखा है, ''ग्रेट ब्रिटेन की राजनीतिक सुरक्षा इतनी अच्छी थी कि जनता अपनी मुद्रा को स्थिर रूप (fixed form) में फँसाने में नहीं हिचक रही थी जो बड़े पैमाने के संगठन के लिए आवश्यक था।''**[1]

1. "The political security in Great Britain was so good that people did not hesitate to sink their money in the fixed form necessary for large enterprise.."

3. बाह्य आक्रमणों से मुक्त (*Free from foreign aggressions*)—अन्य देशों के विपरीत ग्रेट ब्रिटेन बाह्य आक्रमणों के भय से मुक्त था। यह सत्य है कि ब्रिटेन भी 18वीं शताब्दी में अनेक युद्धों में संलग्न था। किन्तु वे समस्त युद्ध ग्रेट ब्रिटेन की भूमि पर नहीं अपितु यूरोप के अन्य देशों में, जल में अथवा अमेरिका में अथवा एशिया में हुए थे। इस प्रकार बाह्य आक्रमाणों के भय से मुक्त होकर ग्रेट ब्रिटेन औद्योगिक विकास में जुटा हुआ था जबकि संसार के अन्य देश अपनी रक्षा की व्यवस्था करने में व्यस्त थे।

4. दास प्रणाली का अन्त और व्यक्तिगत स्वतंत्रता में वृद्धि(*The end of slavery and increase in personal freedom*)—यद्यपि स्वतंत्रता, समानता एवं भ्रातृत्व की लहर फ्रांस में सबसे पहले आई थी तथापि उपयुक्त वातावरण नहीं प्राप्त होने के कारण उसका लाभ फ्रांसीसी जनता नहीं उठा पाई जबकि दूसरे देशों में दास प्रणाली के कारण वैयक्तिक स्वतंत्रता का अभाव था। किन्तु ग्रेट ब्रिटेन की जनता 16वी शताब्दी से ही वैयक्तिक स्वतंत्रता का अनुभव करती आ रही थी। ग्रेट ब्रिटेन में दास प्रणाली का अन्त अन्य देशों की अपेक्षा बहुत पहले हो चुका था। कार्य करने, विचरण करने, पूँजी का संचय करने, व्यापार उद्योग आदि का संचालन करने के लिए ब्रिटिश जनता स्वतंत्र थी। **लगभग समस्त देशों में औद्योगिक विकास की प्रारंभिक दशा दास प्रणाली का अन्त रही है।**

5. पूँजी संचयन (*Accumulation of capital*)—वैयक्तिक स्वतंत्रता के कारण पूँजी संचयन के लिए वातावरण तो प्रस्तुत था ही अन्य अनुकूल परिस्थितियों ने भी पूँजी संचयन में सहायता पहुँचायी। इंगलैंड में समृद्ध व्यापारी वर्ग था जिसने विदेशी व्यापार में बहुत ही अधिक धन कमाया था जिसे वह औद्योगिक उत्पादन में लगा सकता था। धार्मिक एवं सामाजिक प्रवृत्तियों के कारण इस धन का संचय और पूँजी के निर्माण को और भी अधिक प्रोत्साहन मिला। 17वीं शताब्दी का **प्यूरीटन** (Puritan) आन्दोलन और 18वीं शताब्दी का **मेथाडिस्ट** (Methodist) आन्दोलन कम-से-कम व्यय करने पर जोर दिये थे। **इन आन्दोलनों ने जनता को धन की बचत करने और व्यय में मितव्ययता करने का पाठ पढ़ाया था। सांसारिक सुख में विभोर होने की निन्दा की गई थी किन्तु कारबार में सफलता की प्रशंसा की जाती थी। ऐसी परिस्थितियों में पूँजी का अधिक संचय अवश्यम्भावी था।**

6. समृद्ध विदेशी व्यापार—ग्रेट ब्रिटेन का विदेशी व्यापार फ्रांसीसी विदेशी व्यापार से अधिक था जिसके कारण ग्रेट ब्रिटेन को अधिक लाभ प्राप्त होता था और उस लाभ का पूँजी निर्माण में प्रयोग किया जाता था। इस कारण भी फ्रांस आर्थिक विकास में क्रांति के पूर्व ब्रिटेन से आगे रहते हुए भी इस क्रांति में अधिक योगदान नहीं कर सका।

7. वित्तीय संस्थाओं का विकास—विदेशी व्यापार और पूँजी के संचयन में सहायता देने के लिए औद्योगिक क्रांति के समय तक ग्रेट ब्रिटेन में बैंकों जैसी वित्तीय संस्थाओं का विकास हो चुका था जबकि अन्य देशों में उनका अभी अभाव था। 18वीं शताब्दी में बैंक ऑफ इंगलैंड के नेतृत्व में एक सुदृढ़ बैंकिंग व्यवस्था का विकास इंगलैंड में हो चुका था। 1793 में इंगलैंड में 400 बैंक थे जिनकी संख्या बढ़कर 1815 में 900 हो गयी थी। **लन्दन मुद्रा बाजार सम्पूर्ण विश्व के लिए मुद्रा बाजार और वित्तीय केन्द्र बन गया था।**

8. श्रमिकों का अभाव—इंगलैंड में श्रमिकों की नितान्त कमी थी जिसके कारण यंत्रों के आविष्कार एवं प्रयोग के लिए द्वार खुला हुआ था। आविष्कारों को प्रोत्साहन मिला।

किन्तु फ्रांस में सस्ते श्रमिकों का बाहुल्य था जिससे यंत्रों के आविष्कार तथा विकास के लिए प्रोत्साहन नहीं मिला। **नोल्स** के अनुसार फ्रांस के पास उसके 400 लाख पौण्ड के विदेशी व्यापार के लिए 260 लाख जनसंख्या थी जबकि इंगलैंड के 320 लाख पौंड के विदेशी व्यापार के लिए केवल 90 लाख जनसंख्या थी।

9. परिवहन साधनों का विकास—फ्रांस आदि देशों की अपेक्षा ग्रेट ब्रिटेन में आवागमन के उत्तम साधन अधिक उपलब्ध थे।

10. विस्तृत बाजार की उपलब्धि—ग्रेट ब्रिटेन की निर्मित वस्तुओं के विक्रय के लिए बाजार उपलब्ध थे जिससे यहाँ अधिक-से-अधिक मात्रा में वस्तुओं को उत्पादित करने के लिए उत्प्रेरणा मिली।

11. प्राकृतिक एवं भौगोलिक सुविधाएँ—इन कारणों के अतिरिक्त ग्रेट ब्रिटेन को कुछ प्राकृतिक सुविधाएँ उपलब्ध थीं। वहाँ की जलवायु औद्योगिक विकास के लिए अनुकूल थी। कोयला और लोहा जैसे खनिज पदार्थ एक-दूसरे के समीप ही प्राप्त थे। कोयला ने शक्ति के रूप में कार्य किया और लोहा ने यंत्रों के निर्माण के लिए आवश्यक वस्तु उपलब्ध किया। इंगलैंड की भौगोलिक स्थिति उसके विदेशी व्यापार की वृद्धि में सहायक रही। **''यूरोप के आँचल पर अटलांटिक महासागर के सिरे पर स्थित और उत्तरी यूरोप उसकी सरल पहुँच के अन्दर होने की भौगोलिक स्थिति ने उसकी अपनी वस्तुओं को किसी भी बाजार में बेचने के लिए निर्द्वन्द्व अवसर दिया।''**[1] इंगलैंड का कोई भी भाग समुद्र से 100 मील से अधिक दूर नहीं है। जल परिवहन के योग्य नदियाँ उसके लिए सस्ते परिवहन साधनों को उपलब्ध की थीं और उत्तम बन्दरगाहों के निर्माण में सहायक रहीं। इन कारणों से जलयान उद्योग (shipping industry) के विकास में सहायता मिली जिसने इंगलैंड को संसार के अन्य देशों से जोड़ दिया। फलतः विदेशी व्यापार में और अधिक वृद्धि हुई।

12. सरकार की संरक्षणकारी नीति—जैसा कि हमने पिछले पृष्ठों में देखा है, वणिकवादी युग में देश के उद्योगों का विकास करने के लिए अनेक संरक्षणकारी उपाय किए गए थे—**इंगलैंड में विदेशी निर्मित वस्तुओं के आयातों पर रोग लगाई गयी थी, इंगलैंड से कच्चे माल के निर्यात पर रोक लगाई गई थी, ब्रिटिश जनता के उपभोग व्यय को निर्धारित और नियमित करने की चेष्टा की गई थी। सरकार द्वारा निर्धारित किया गया था कि ब्रिटिश जनता कतिपय विदेशी वस्तुओं का उपयोग न कर केवल अंग्रेजी वस्तुओं का ही उपभोग करे।** भारतीय सूती वस्त्र उद्योग की वस्तुओं का इंगलैंड में आयात करने पर प्रतिषेध लगा दिया गया था जिसके फलस्वरूप इंगलैंड में सूती वस्त्र उद्योग का विलक्षण विकास होना प्रारम्भ हुआ था। सुविख्यात इतिहासकार **एच॰ एच॰ विल्सन** (H.H. Wilson) ने लिखा है, **''सन् 1813 में साक्षी देते समय कहा गया था कि उस काल तक भारतीय सूती और रेशमी वस्तुओं को इंगलैंड में इंगलैंड की ही बनी वस्तुओं की अपेक्षा 50-60 प्रतिशत कम मूल्य पर बेचा जा सकता था। फलतः भारतीय वस्तुओं पर उनके मूल्य के कम-से-कम 70-80 प्रतिशत तक शुल्क (duty) लगाकर अथवा इंगलैंड में भारतीय वस्तुओं के आगमन पर प्रत्यक्षतः प्रतिषेध लगाकर ब्रिटिश वस्तुओं की रक्षा की जानी**

---

1. "The geographical position of Great Britain on the outskirts of Europe at the head of the Atlantic and commanding the approach to northern Europe gave her unrivalled opportunities for selling in any market." —*L.C.A. Knowles*—Ibid, p.37

आवश्यक हो गई। यदि ऐसी बात नहीं होती तो पेसली (Paisley) और मानचेस्टर की मिलें प्रारम्भ में बन्द हो गयी होती। उनका निर्माण भारतीय उद्योग के त्याग पर हुआ। **यदि भारत स्वतंत्र रहा होता तो वह भी इसका बदला लिया होता** और अंग्रेजी वस्तुओं पर कड़ी चुंगियाँ लगाकर अपने उद्योगों की रक्षा किया होता। किन्तु इस आत्म-रक्षा का कार्य वह नहीं कर सका क्योंकि वह विदेशियों की मर्जी पर था।''[1]

13. भारतीय धन की लूट-खसोट *(Plunder of Indian Wealth)*—कहा जाता है कि इंगलैंड की औद्योगिक क्रांति का सम्भवतः सर्वाधिक महत्त्वपूर्ण कारण अंगरेजों द्वारा बहुत बड़े पैमाने पर भारतीय धन की लूट है। 18वीं शताब्दी में ईस्ट इंडिया कम्पनी ने व्यापार की आड़ में भारतीय धन की खूब लूट की और वह धन इंगलैंड ले जाया गया जहाँ उद्योगों के विस्तार में उसे लगाया गया। अमेरिकी लेखक **बुक आदम्स** (Brook Adams) ने इंगलैंड की औद्योगिक क्रांति पर भारतीय धन की लूट का प्रभाव दिखलाते हुए लिखा है—''**प्लासी के युद्ध के पश्चात् बहुत शीघ्र ही बंगाल का लूटा हुआ माल लन्दन आने लगा और इसका प्रभाव तुरन्त पड़ा प्रतीत होता है। प्लासी का युद्ध सन् 1757 में हुआ। .... सन् 1760 में फ्लाइंग शटिल का आगमन हुआ, सन् 1764 में हारग्रीह्वस ने सूत कातने के यंत्र, स्पीनिंग जेनी का आविष्कार किया, सन् 1776 में क्राम्पटन ने म्यूल को प्रस्तुत किया, सन् 1785 में कार्टराइट ने शक्ति करघे को विकसित किया और सन् 1768 में वाट्ट ने वाष्प अभियंत्र को विकसित किया।**''[2] भारतीय धन की लूट ने इंगलैंड के उद्योगों के विस्तार के लिए आवश्यक पूँजी उपलब्ध की, उत्पादन की प्रविधि में सुधार एवं आविष्कार करने के लिए आवश्यक धन राशि प्रस्तुत की और नवीन आविष्कार का औद्योगिक क्षेत्र में प्रयोग करने के लिए भी आवश्यक पूँजी उपलब्ध की। हमने देखा है कि किस प्रकार भारतीय धन की लूट ने इंगलैंड में अनेक आविष्कारों को सम्भव बनाया। किन्तु ये आविष्कार निरर्थक हुए होते यदि उनका उपयोग करने के लिए आवश्यक पूँजी नहीं उपलब्ध हुई होती। **भारतीय धन की लूट ने इंगलैड के इस कार्य के लिए आवश्यक वित्त उपलब्ध किया।** जैसा कि **बुक आदम्स** ने लिखा है—''**अपने आप में आविष्कार निष्क्रिय होते हैं—अनेक अत्यन्त ही महत्त्वपूर्ण आविष्कार भी शताब्दियों तक सुषुप्त रहते हैं और कार्यशील बनने के लिए पर्याप्त शक्ति-कोष के संचय की प्रतीक्षा करते रहते हैं। उस कोष को सर्वदा-मुद्रा का रूप धारण करना पड़ता है।**''[3] **भारतीय धन ने इंगलैंड में इस शक्ति-कोष को उपलब्ध किया था।** सुप्रसिद्ध इतिहासकार **एच॰ एच॰ विल्सन** (H.H. Wilson) ने भी इस तथ्य पर जोर दिया है। यद्यपि यह ठीक-ठीक नहीं कहा जा

1. देखिए, लैड रेह्वेन्यू कमीशन रिपोर्ट, बंगाल, खंड 1. पृ॰ 325
2. "Very soon after Plassey, the Bengal plunder began to arrive in London and the effect appears to have been instantaneous.... Plassey was fought in 1757...In 1760 the Fiying Shuttle appeared, in 1764 Hargreaves invented the Spinning Jenny, in 1776 Crompton contrived the Mule, in 1785 Cartwright patented the power loom, and in 1768 Watt matured the steam engine."—Brook Adams : *The Law of Civilization and Dacay.*
3. "In themselves inventions are passive many of the most important having lain dormant for centuries waiting for sufficient store of force to have accumulated to set them working. That store must always take the shape of money."

—*Brook Adams, Ibid*, p. 260

सकता है कि इस कथन में किस अंश तक सत्यता है किन्तु यह निश्चय ही कहा जा सकता है कि भारतीय धन की लूट ने इंगलैंड की औद्योगिक क्रांति को अत्यन्त ही अधिक अंश तक सम्भव बनाया था। **अपार मात्रा में भारतीय धन के आगमन के पूर्व इंगलैंड में औद्योगिक उत्थान के लिए आवश्यक धन-राशि का अभाव था।** यह ठीक है कि 17वीं शताब्दी के उत्तरार्द्ध से ही इंगलैंड में आर्थिक क्रांति के लिए शक्तियाँ कार्य कर रही थीं। किन्तु इन शक्तियों को तीव्र गति-शक्ति अथाह मात्रा में भारतीय धन के अपहरण से ही मिली। इंगलैड में **''भारतीय कोष के आगमन और उसके पश्चात् हुए साख के प्रसार के पूर्व इसके लिए कोई भी पर्याप्त शक्ति नहीं विद्यमान थी और यदि वाट पचास वर्ष पूर्व जन्म लिया होता तो वह और उसके अनुसंधान अवश्य ही एक ही साथ विनष्ट हो गए होते।''**[1]

14. कोयला और लोहे की निकटता तथा विपुलता—आधुनिक औद्योगिक विकास के लिए लोहा और कोयला अति आवश्यक वस्तुएँ हैं। इंगलैड में ये दोनों खनिज पदार्थ प्रचुर मात्रा में एक-दूसरे के आस-पास, समुद्र-तट के समीप उपलब्ध थे। कहा जाता है कि यदि यंत्रों और वाष्प इंजनों को बनाने के लिए, प्रचुर मात्रा में लोहा को गलाने तथा इंजनों को चलाने के लिए कोयले का अभाव होता तो शायद इंगलैंड औद्योगिक क्रांति का अग्रदूत नहीं बन पाया होता।

15. समुद्री शक्ति—मध्य-युग में अन्तरराष्ट्रीय व्यापार तथा राजनीतिक स्वतंत्रता की रक्षा के लिए एक सुव्यवस्थित समुद्री शक्ति अनिवार्य थी। इंगलैंड की समुद्री शक्ति उस समय प्रायः सभी देशों से श्रेष्ठ थी। इसी सुव्यवस्थित शक्ति के कारण इंगलैंड अपना विशाल साम्राज्य स्थापित करने में सफल हो सका था। इंगलैंड का बढ़ता हुआ विश्वव्यापी व्यापार भी इसकी समृद्ध शक्ति की ही देन था जिससे इसका उद्योगीकरण तीव्र गति से हुआ।

16. व्यवसाय-संगठन योग्यता—व्यावसायिक संगठन उत्पादन का एक आवश्यक अंग और व्यापार तथा उद्योग की उन्नति के लिए एक अनिवार्य शर्त्त है। ब्रिटिश निवासियों में यह गुण विशेष रूप से विद्यमान था। शताब्दियों के विदेशी व्यापार के कारण इन्हें संगठन में विशेष दक्षता प्राप्त हो चुकी थी। वे बड़े पैमाने के उत्पादन से पूर्णतः परिचित थे। साथ ही, इनके व्यापारिक सम्बन्ध समस्त संसार के साथ थे। ऊष्ण तथा ठंढी जलवायु वाले देशों से लेकर वे आर्कटिक से मेक्सिको तक अपनी वस्तुएँ बेच सकते थे।

17. वैज्ञानिक प्रगति—इंगलैंड में अठारहवीं शताब्दी में कई प्रमुख वैज्ञानिक आविष्कार हुए। इन्होंने उत्पादन-प्रणाली में क्रांतिकारी परिवर्तन ला दिया। यह सही है कि कि अन्य अनुकूल परिस्थितियों के अभाव में इन आविष्कारों द्वारा औद्योगिक क्रांति सम्भव नहीं थी फिर भी इन्होंने इंगलैंड को विश्व का औद्योगिक नेता बनाने में अमूल्य योदगान किया।

स्पष्ट है कि अनेक विभिन्न कारणों से ब्रिटेन औद्योगिक क्रांति का अग्रदूत बना। 18वीं शताब्दी के प्रारम्भ में विश्व मे इंगलैंड ही एक ऐसा देश था जहाँ औद्योगिक क्रांति के लिए पोषक अनुकूल परिस्थितियाँ विद्यमान थीं। इसलिए सर्वप्रथम इंगलैंड में ही औद्योगिक क्रांति आयी। ''इन महत्त्वपूर्ण आविष्कारों के पूर्व इंगलैंड में वाणिज्य तथा व्यापार के अनुकूल सरकार थी, मुक्त आंतरिक व्यापार था, समृद्ध तथा विकासशील सूत-वस्त्र उद्योग

1. "Before the influx of the Indian treasure and the expansion of credit the followed, no force sufficient for this existed and had Watt lived fifty years earlier, he and his invention must have perished together." —*Brook Addams*, op. cit.

था जिसके द्वारा निर्मित माल का यूरोप में निर्यात किया जाता था, जिसके व्यापारिक सम्बन्ध अत्यन्त विकसित थे, जहाँ संयुक्त पूँजी कम्पनी तथा विकसित बैंकिंग व्यवस्था थी।''[1] जिस समय ब्रिटेन में औद्योगिक क्रांति प्रारम्भ हुई उस समय यूरोप में ही फ्रांस, जर्मनी, हालैंड, स्पेन तथा पुर्तगाल आदि कुछ ऐसे देश थे जो व्यापारिक दृष्टि से इंगलैंड के समकक्ष थे। इन देशों के बीच अपने व्यापार को बढ़ाने के लिए एक पारस्परिक होड़ थी तथा समय-समय पर इंगलैंड को इन देशों के साथ युद्ध भी करना पड़ा था। परन्तु इस होड़ में इंगलैंड अन्तिम रूप से विजयी हुआ था। इसके लिए इंगलैंड की उपयुक्त सुविधाओं के साथ-साथ इसके प्रतिद्वन्द्वियों की कमजोरी भी मुख्य रूप से उत्तरदायी थी।

औद्योगिक क्रांति के परिणाम
(Effects of the Industrial Revolution)

औद्योगिक क्रांति द्वारा महान परिवर्तन हुए। इसने इंगलैंड में एक नए युग का सूत्रपात किया। इसका परिणाम था, **''नयी जनता, नए वर्ग, नयी नीतियाँ, नयी समस्याएँ और नए साम्राज्य।''**[2] इस प्रकार इस क्रांति के प्रभाव आर्थिक, सामाजिक, राजनीतिक सभी क्षेत्रों में पड़े। इन महान परिणामों का हम यहाँ संक्षिप्त उल्लेख कर सकते हैं।

आर्थिक परिणाम *(Economic Effects)*

1. इंगलैंड की औद्योगिक सर्वोच्चता *(Industrial supremacy)*—औद्योगिक क्रांति के कारण इंगलैंड विश्व की कर्मशाला बन गया। संसार के कोने-कोने में इंगलैंड की निर्मित वस्तुएँ बिकने लगीं और संसार के कोने-कोने से इन वस्तुओं की माँग आने लगी।

2. आधुनिक पूँजीवाद का उदय एवं विकास *(Rise and development of modern capitalism)*—औद्योगिक क्रांति के कारण ही ग्रेट ब्रिटेन समस्त गुण-दोषों के साथ अर्वाचीन औद्योगिक पूँजीवाद को अपनाने में सफल हुआ। पूँजी का प्रभुत्व बढ़ गया और सम्भवतः सेविका के बदले वह स्वामिनी बन बैठी।

3. नए जिलों के महत्त्व में वृद्धि एवं नगरों का विकास—आधुनिक कारखाना प्रणाली के कारण नगरों का विकास हुआ। गाँवों को छोड़कर जनता नगरों में, विशेषकर कोयले, लोहे की खानों के समीप आने लगी। किन्तु कालान्तर में अन्य नगरों का निर्माण हुआ जहाँ कारखाने खोले गये थे। गहन जनसंख्या वाले दक्षिण ब्रिटेन के क्षेत्रों में जनसंख्या का कम जनसंख्या वाले उत्तरी पश्चिमी क्षेत्रों में आगमन होने लगा।

4. आय में वृद्धि—क्रांति के फलस्वरूप आय में वृद्धि हुई। औद्योगिक क्रांति के कारण कम ही समय में अधिक उत्पादन किया जाने लगा। इससे व्यक्तियों की कार्य क्षमता, आय एवं जीवन-स्तर में वृद्धि हुई।

5. यंत्रों के प्रयोग में वृद्धि एवं सस्ती वस्तुओं का उत्पादन—यंत्रों के प्रयोग को आवश्यक सरल बनाकर औद्योगिक क्रांति ने निर्मित वस्तुओं को सस्ती कर दिया। यंत्रों के

1. "Before the great inventions England had a government favourable to commerce, internal free trade, prosperous and growing textile industry exporting its products to the continent with large commercial connections, joint stock companies and a well-developed banking system."
2. The result was "new people, new classes, new policies, new problems and new empires."
—L.C.A. Knowles, Ibid, p. 7

व्यवहार का श्रमिकों द्वारा प्रबल विरोध किया गया था क्योंकि उनके विचार में यंत्रों के प्रयोग से बेकारी की समस्या को गंभीर हो जाने का भय था। किन्तु **दीर्घकाल में यंत्रों का प्रयोग श्रमिकों के लिए ही अधिक लाभदायक सिद्ध हुआ** क्योंकि कारखाना प्रणाली ने (1) उनके कार्य करने के घंटों को कम कर दिया क्योंकि यंत्रों द्वारा कम ही समय में अधिक वस्तुओं का उत्पादन सम्भव था, (2) उनके मनोरंजन के लिए पर्याप्त समय उपलब्ध किया, (3) सामाजिक एवं राजनीतिक कार्यों में भाग लेने के लिए अवसर दिया और (4) उन्हें संगठन बनाने के लिए अवसर दिया जिसके द्वारा वे अपनी अवस्था में सुधार कर सकते थे। यह श्रमिकों के लिए कारखाना प्रणाली की सबसे बड़ी देन है। इंगलैंड के वर्तमान श्रमिक दल के अधिकांश समर्थक इन श्रमिक संघों के ही सदस्य हैं।

6. नवीन एवं सहायक उद्योग का विकास–औद्योगिक क्रांति द्वारा स्थापित कारखाना प्रणाली ने नवीन और सहायक उद्योगों को विकसित करने में योगदान किया। कारखानों के निर्माण के लिए यंत्रों एवं उपकरणों की आवश्यकता हुई जिसके कारण अभियांत्रिकी का विकास हुआ।

7. व्यापारी क्रांति और निर्यात व्यापार में महान वृद्धि–यंत्रों के प्रयोग के कारण अधिक मात्रा में सस्ती एवं अच्छी वस्तुएँ उत्पादित की जा सकीं जिसके कारण उनकी खपत देश के ही अन्दर नहीं हो सकती थी। उन्हें विदेशी बाजार में बेचना और उनके उत्पादन के लिए कच्चे माल को विदेशों से लाना आवश्यक हुआ। फलतः इंगलैंड में व्यापारी क्रांति को बढ़ावा मिला और इंगलैंड निर्यात व्यापार के क्षेत्र में विश्व में सर्वोच्च स्थान प्राप्त कर लिया। व्यापार की प्रकृति में भी आश्चर्यजनक परिवर्तन हुआ। औद्योगिक क्रांति के पूर्व इंगलैंड के विदेशी व्यापार में धनी वर्ग के प्रयोग के लिए विलासिता वस्तुओं की प्रधानता थी किन्तु क्रांति के पश्चात् सामान्य जन समूह की दैनिक आवश्यकता वाली वस्तुओं का महत्त्व बढ़ गया।[1]

8. परिवहन एवं संचार साधनों का विकास–वृहत् पैमाने पर उत्पादन के कारण विस्तृत बाजार की आवश्यकता हुई जो विदेशों में फैले हुए थे। इस प्रकार औद्योगिक क्रांति ने परिवहन क्रांति ला दी। रेल-पथ, जलयान उद्योग, जल-पथ आदि का विकास हुआ।

9. वृहत पैमाने पर धन का सृजन–ब्रिटिश औद्योगिक क्रांति ने बड़े पैमाने पर धन का सजृन किया। किन्तु धन का मुख्यतः कुछ ही व्यक्तियों के हाथ में केन्द्रीयकरण हो गया। **ब्रिग्स** एवं **जार्डन** (Briggs and Jordan) के अनुसार अपनी व्यक्तिगत योग्यता के आधार पर बहुत से व्यक्ति, जो निर्धनता में पैदा हुए तथा पले थे, ने लाखों की सम्पत्ति का अर्जन कर लिया जो अन्य किसी भी समय में सम्भव नहीं था। इसमें आर्कराइट तथा वाकर विशेष रूप से उल्लेखनीय हैं।

10. बड़े-बड़े कारखानों की स्थापना–औद्योगिक क्रांति के परिणामस्वरूप उत्पादन का कार्य बड़े पैमाने पर बड़े-बड़े यंत्रों द्वारा किया जाने लगा। इससे गृह-प्रणाली के बदले कारखाना प्रणाली का विकास हुआ। कारखानों में बड़े-बड़े यन्त्रों द्वारा उत्पादन कार्य किया

1. "Before the revolution luxury goods for the use of the rich were the most important items in foreign commerce. After the revolution goods of daily use for popular consumption occupied the most important place."

जाने लगा जिनमें हजारों-हजार की संख्या में मजदूर काम करने लगे। इन कारखानों में प्रत्येक मजदूर को अब सदा किसी कार्य का एक छोटा अंश ही पूरा करना पड़ता था। इससे कभी-कभी कार्य में नीरसता भी प्रतीत होने लगी।

11. श्रम और पूँजी के बीच नया सम्बन्ध—औद्योगिक क्रांति के कारण बड़े पैमाने पर उत्पादन के लिए अधिम मात्रा में पूँजी की आवश्यकता पड़ने लगी। अतएव उद्योग-धन्धों के संगठन में श्रम के बदले पूँजी का महत्त्व बढ़ने लगा। श्रमिकों तथा नियोजकों के बीच एक नये प्रकार का सम्बन्ध स्थापित हो गया। अब मजदूर अपनी रोजी के लिए पूर्णरूप से नियोजकों पर आश्रित रहने लगे क्योंकि गाँव तथा कृषि के साथ इनका सम्बन्ध सदा के लिए समाप्त हो गया। किन्तु एक ही स्थान पर अधिक संख्या में एकत्र होने के कारण श्रमिकों के बीच अपने संगठन की प्रवृत्ति बढ़ने लगी। श्रमिक आपस में श्रम की स्थापना करने लगे। इन संघों का उद्देश्य श्रमिकों के लिए अधिक मजदूरी, कार्य के घंटों में कमी तथा अन्य सुविधाओं में वृद्धि के लिए मिल मालिकों से माँग करना था। प्रारम्भ में इन संगठनों को सरकार द्वारा गैर कानूनी घोषित किया गया। किन्तु बाद में इन्हें मान्यता दे दी गयी। आज तो ये इंगलैंड के राजनीतिक तथा सामाजिक जीवन के प्रमुख अंग बन गए हैं।

12. संयुक्त पूँजी कम्पनियों का प्रादुर्भाव—बड़े पैमाने पर उत्पादन के लिए बड़ी मात्रा में पूँजी आवश्यक थी। किन्तु एक अथवा कुछ ही व्यक्तियों द्वारा इतनी अधिक मात्रा में पूँजी की व्यवस्था करना कठिन था। अतएव संयुक्त पूँजी कम्पनियों की स्थापना की जाने लगी। इनकी पूँजी अंशों में विभाजित होती थी और इन्हें कोई भी व्यक्ति खरीद सकता था। पहले कम्पनियों की स्थापना सम्राट की विशेष आज्ञा द्वारा होती थी। इनके पूँजी लेने का अधिकार सीमित था। किन्तु 1829 ई॰ में इस प्रकार के प्रतिबन्ध को समाप्त कर दिया गया। इसके बाद असीमित दायित्व की कम्पनियों की स्थापना की जाने लगी। 19वीं शताब्दी के अन्त में ब्रिटेन में लगभग 20 हजार संयुक्त पूँजी कम्पनियाँ थीं।

13. उत्पादन में वृद्धि और उत्पादन व्यय में कमी—औद्योगिक क्रांति के फलस्वरूप उत्पादन के क्षेत्र में यंत्रों का बड़े पैमाने पर प्रयोग किया जाने लगा। इससे उत्पादन में अत्यधिक वृद्धि हुई। बड़े पैमाने पर उत्पादन के परिणामस्वरूप उत्पादन व्यय में कमी हुई। उदाहरण के लिए एक पौंड रूई का सूत उत्पादन करने का व्यय 1779 ई॰ की तुलना में 1888 में केवल 2 प्रतिशत ही था। इससे मूल्यों में भी कमी हुई। मूल्य में भारी कमी से माँग में वृद्धि और माँग में वृद्धि से उत्पादन में और वृद्धि हुई। उत्पादन में वृद्धि का अन्दाजा निम्नांकित तालिका से लगाया जा सकता है—

वस्तुएँ	**प्रारंभिक उत्पादन**	**1850 ई॰ में उत्पादन**	**कितनी गुनी वृद्धि**
कच्चा लोहा	1788 में 68,000 टन	25000,000 टन लगभग	37 गुनी
कोयला	1780 में 60 लाख टन	646 लाख टन	10 गुनी
कपास का उपयोग	1760 में 8 हजार टन	3 लाख टन	40 गुनी
ऊन का आयात	1801 में 70 लाख पौंड	740 लाख पौंड	10 गुनी

अतएव स्पष्टतः औद्योगिक क्रांति के फलस्वरूप औद्योगिक उत्पादन में बहुत अधिक

वृद्धि हुई। 1800 ई॰ से 1850 ई॰ के बीच उपभोक्ता वस्तुओं के उत्पादन में औसत 2.4 प्रतिशत और उत्पादक वस्तुओं के उत्पादन में 3.4 प्रतिशत प्रति वर्ष की दर से वृद्धि हुई।

14. बड़े पैमाने पर कृषि—औद्योगिक क्रांति के फलस्वरूप गाँवों तथा नगरों की जनसंख्या के अनुपात में भारी परिवर्तन हुआ। बहुत से व्यक्ति गाँवों को छोड़-छोड़कर औद्योगिक केन्द्रों में जाकर बसने लगे। इससे गाँवों में मजदूरों की कमी होने लगी जिससे कृषि कार्य में बाधा उत्पन्न हुई। इस कठिनाई को दूर करने के लिए कृषि का यंत्रीकरण आरम्भ हुआ और यंत्रों द्वारा कृषि करने के लिए बड़े-बड़े फार्मों का निर्माण किया जाने लगा। इस प्रकार औद्योगिक क्रांति के फलस्वरूप बड़े पैमाने पर कृषि कार्य प्रारम्भ किया जाने लगा।

15. व्यापार नीति में परिवर्तन—औद्योगिक क्रांति ने इंगलैंड की व्यापार नीति में भी परिवर्तन किया। पहले ब्रिटेन में वणिकवादी नीति को महत्त्व दिया जाता था। इसके अन्तर्गत इंगलैंड के उद्योगों को पूर्ण संरक्षण प्राप्त था। किन्तु औद्योगिक क्रांति के बाद इंगलैंड के उद्योगपतियों को किसी भी देश में प्रतिस्पर्धा का सामना नहीं करना पड़ता था। अतः उन्होंने मुक्त व्यापार नीति की माँग की। इस माँग के कारण वणिकवादी नीति का परित्याग किया गया तथा स्वतंत्र-व्यापार नीति अपनायी गयी।

16. पूँजीपतियों का औद्योगिक एकाधिकार—ग्रेट ब्रिटेन में औद्योगिक क्रांति के कारण बड़े-बड़े कारखाने स्थापित हुए। इनके विकास एवं स्थापना के लिए बड़े पैमाने पर पूँजीगत साधनों को एकत्र करने की आवश्यकता पड़ी। अतएव इन कारखानों पर बड़े-बड़े पूँजीपतियों का अधिकार होने लगा। विशाल उत्पादन एवं बड़े पैमाने के लाभ प्राप्त करने के लिए इन कारखानों का आकार विशाल से विशालतर होता गया। परिणामस्वरूप समाज के कुछ ही व्यक्तियों के पास आर्थिक एवं सामाजिक सत्ता का केन्द्रीकरण होने लगा।

17. बैंकिंग और बीमा व्यवस्था का संगठन—औद्योगिक उत्पादन की वृद्धि तथा व्यावसायिक क्षेत्र के विस्तार के कारण व्यापारिक लेन-देन और जीविका का क्षेत्र बहुत बढ़ गया। अतएव इन समस्याओं के समाधान के लिए बैंकिंग संस्थाओं और बीमा कम्पनियों का संगठन किया जाने लगा।

18. उद्योगपतियों का संगठन—उद्योगपतियों में अपने हितों में वृद्धि और प्रतियोगिता को समाप्त करने के लिए संगठन की भावना उत्पन्न हुई। उत्पादकों के संगठन सत्रहवीं शताब्दी में भी कार्यशील थे। परन्तु ट्रस्ट के रूप में संगठन आधुनिक शताब्दी में ही जन्में और विकसित हुए। इस प्रकार के संगठनों का मुख्य उद्देश्य सरकार की आर्थिक नीति को प्रभावित करना था।

19. मध्य वर्ग का उदय एवं विकास (*Emergence and growth of middle class*)—औद्योगिक क्रांति के फलस्वरूप बड़े-बड़े उद्योगों के विकास के साथ सहायक उद्योग-धंधों का भी विकास हुआ जिससे मध्य वर्ग को विशेष लाभ पहुँचा। इनकी जीविका इन्हीं पर आधारित थी क्योंकि व्यक्ति न तो श्रमिक का ही कार्य कर सकते थे और न बड़े उद्योगों की स्थापना के लिए इनके पास पर्याप्त पूँजी ही थी। इन सहायक उद्योगों ने उनका जीवन-निर्वाह सरल बना दिया। ठेकेदारी, व्यापारी, लिपिक आदि व्यक्ति-समूहों का विकास हुआ जो ऐसे सहायक कार्य करने लगे।

सामाजिक परिणाम ***(Social Effects)***

किन्तु, "**इंगलैंड में औद्योगिक क्रांति से होने वाले आर्थिक लाभों का महत्त्व इस क्रांति के परिणामस्वरूप उपस्थित होने वाली सामाजिक समस्याओं के कारण बहुत घट गया।**"[1] इसके सामाजिक परिणाम अच्छे नहीं हुए। औद्योगिक क्रांति के प्रमुख सामाजिक परिणाम निम्नवर्णित हुए–

1. जनसंख्या में वृद्धि–औद्योगिक क्रांति के कारण देश की आय में महान् वृद्धि हुई थी। उसके फलस्वरूप देश की जनसंख्या में पर्याप्त वृद्धि हुई। अनुमान लगाया गया है कि सन् 1701 में ग्रेट ब्रिटेन की जनसंख्या केवल लगभग 55 लाख थी। किन्तु सन् 1751 तक यह बढ़कर 60 लाख और 1801 तक 90 लाख हो गयी। इसके बाद जनसंख्या में तीव्र वृद्धि हुई क्योंकि सन् 1851 तक यह दूनी हो गई और सन् 1901 तक पुनः दूनी हो गई। यद्यपि यह कहना सम्भवतः पूर्णतः सत्य नहीं होगा कि जनसंख्या में वृद्धि औद्योगिक क्रांति के कारण ही हुई तथापि यह क्रांति जनता की आय में वृद्धि द्वारा उनके जीवन स्तर को ऊँचा कर अवश्य ही उस वृद्धि में सहायक रही होगी। जनसंख्या वृद्धि के महानतम् कारणों में यह भी एक कारण अवश्य है।

2. गाँवों की जनसंख्या में कमी–औद्योगिक क्रांति का एक परिणाम यह भी हुआ कि गाँवों से जनसंख्या का प्रवास होने लगा। इस प्रकार गाँवों की जनसंख्या में कमी हो गई। मैनोर प्रणाली के विघटन के साथ ही कृषक गाँवों को छोड़कर नगरों में आकर बसने लगे थे क्योंकि कृषक गाँवों में बेकार होते जा रहे थे जबकि औद्योगिक प्रतिष्ठानों में उन्हें कार्य करने के लिए अवसर सरलतापूर्वक प्राप्त हो रहे थे। फलस्वरूप नगरों की जनसंख्या में तो वृद्धि हुई किन्तु गाँवों की जनसंख्या में कमी हो गयी। लंदन की जनसंख्या 1780 ई. में 6 लाख से बढ़कर 1810 में 9 लाख हो गयी। मानचेस्टर, बरमिंघम आदि शहरों की जनसंख्या में भी वृद्धि हुई।

3. स्वास्थ्य की समस्या एवं नैतिक पतन–जनसंख्या में वृद्धि एवं बड़े नगरों के निर्माण के कारण दूषित एवं अस्वस्थ वातावरण उत्पन्न होने लगा और नैतिक स्तर में कमी एवं व्यभिचारों में वृद्धि होने लगी। स्वास्थ्य की समस्याओं को दूर करने की ओर ध्यान देना आवश्यक हो गया।

4. श्रमिकों के महत्त्व में कमी–औद्योगिक-क्रांति ने श्रमिकों के महत्त्व को कम कर दिया क्योंकि उत्पादन अब अधिक-से-अधिक अंश तक यंत्रों से होने लगा। श्रमिक अधिक-से-अधिक अंश तक यंत्रों पर आश्रित होने लगे। इस प्रकार श्रम का स्वरूप ही परिवर्तित हो गया।

5. नवीन श्रमिक वर्ग का उदय *(Emergence of a new working class)*–औद्योगिक क्रांति ने श्रम के स्वरूप को परिवर्तित कर दिया जिसके कारण एक नवीन श्रमिक वर्ग का उदय हुआ–औद्योगिक श्रमिकों के एक वर्ग का। अब औद्योगिक श्रमिक, जैसा कि **प्रो० ऑग** और **प्रो० शार्प** ने बतलाया है, **केवल एक प्रतिहारी** (attendant) की तरह रह गया–"**सम्पत्तिहीन, मुद्राहीन एवं गृहहीन**" (propertyless, moneyless, homeless)

---

1. "The economic benefits of the Industrial Revolution in England were greatly minimised by the social problems resulting from the Revolution."

6. वर्ग संघर्ष का उदय (*Emergence of class struggle*)—अर्वाचीन वर्ग संघर्ष औद्योगिक क्रांति की ही देन है। **औद्योगिक क्रांति के कारण सामाजिक दृष्टिकोण से इंगलैंड दो वर्गों में विभक्त हो गया**—धनी एवं गरीब वर्ग। इस प्रकार देश में **वर्ग संघर्ष का जन्म हुआ**—धनी एवं गरीब, पूँजीपति और श्रमिक के बीच संघर्ष होने लगा।

7. श्रमिकों का शोषण—वृहत् पैमाने के उद्योगों का विकास कर औद्योगिक क्रांति ने पूँजीवाद को जन्म दिया जिसने अनेक प्रकार से श्रमिकों का शोषण किया। बच्चों का शोषण भी श्रमिकों के रूप में हो रहा था। कारखाना प्रणाली का आगमन तो अरुचिकर था ही, कारखाने के अन्दर काम करने की परिस्थितियाँ भी अत्यन्त भयावह थीं।[1] **कारखाना प्रणाली पर आधारित पूँजीवाद ने उस समय श्रमिकों के लिए दो प्रकार से समस्याओं का सृजन किया**—(1)"स्वच्छन्दता" नीति के प्रचलन के कारण सरकार कोई हस्तक्षेप नहीं कर सकती थी और श्रमिकों का पूँजीपतियों द्वारा शोषण किया जाने लगा तथा (2) इस व्यष्टिवादी नीति के कारण सरकार कोई श्रम-विधान नहीं निर्मित कर सकी थी। बहुत समय के पश्चात् ही हस्तक्षेप रहित नीति को त्याग कर श्रमिक-विधान बनाना पड़ा और श्रमिक संघों को मान्यता देनी पड़ी।

---

1. Distasteful as was the advent of the factory itself, even more distasteful were the conditions within it. Child labour, for instance, was common-place and sometimes began at age four, hours of work were generally dawn to dusk; abuses of every kind were all too frequent. A Committee of Parliament appointed in 1832 to look into their conditions gives this testimony from a factory overseer.

Q. At what time in the morning, in the brisk time, did these girls go to the mills ?
Ans. In the brisk time, for about six, weeks, they have gone at three o'clock in the morning and ended at ten or nearly half past at night.

Q. What intervals were allowed for rest and refreshment during those nineteen hours of labour ?
Ans. Breakfast quarter of an hour, and dinner half an hour, and drinking a quatter of an hour.

Q. Was any of that time taken up in cleaning the machinery ?
Ans. They generally had to do what they call dry down. Sometimes this took the whole time at breakfast or drinking.

Q. Had you not great difficuly in awakening your children to the excessive labour ?
Ans. Yes, in the early time we had to take them up asleep and shake them.

Q. Had any of them any accident in consequence of this labour ?
Ans. Yes, my eldest daughter...the cog cought her fore-Inger nail and screwed it off below the knuckle.

Q. Had she lost that finger ?
Ans. It is cut off at the second joint.

Q. Were her wages paid during that time ?
Ans. As soon as the accident happened the wages were totally stopped.

Quoted in F. Engles : *The Condition of the Working Class in England* in 1874 (New York : The Macmillan Company, 1958), p. 46

8. श्रमिकों की स्वतंत्रता का लोप—औद्योगिक क्रांति के फलस्वरूप श्रमिकों की स्वतंत्रता सदा के लिए समाप्त हो गयी। औद्योगिक क्रांति के पूर्व श्रमिक स्वच्छन्द रूप में अपनी इच्छानुसार कार्य करते थे। किन्तु अब उन्हें कारखानों में जाकर कड़े नियंत्रण के अन्तर्गत यंत्रों के द्वारा कार्य करना पड़ा। श्रमिक अब से अधिक-से-अधिक अंश में यंत्रों पर निर्भर रहने लगे। इस प्रकार औद्योगिक क्रांति ने श्रमिकों की स्थिति में आमूल परिवर्तन ला दिया। इसने इनकी स्वतंत्रता समाप्त कर दी तथा उनके महत्त्व को कम कर दिया।

9. पारिवारिक जीवन का विघटन—औद्योगिक क्रांति के फलस्वरूप श्रमिकों के पारिवारिक जीवन का पतन हुआ। मजदूरों को अधिक समय तक कारखानों में काम करना पड़ता था। इससे वे अपने परिवार से बहुत अधिक समय तक दूर रहते थे। इसका प्रभाव उनके पारिवारिक जीवन पर भी पड़ा। किन्तु कुछ लेखकों के अनुसार इसका पारिवारिक जीवन पर अच्छा प्रभाव पड़ा। इन लोगों के अनुसार पारिवारिक जीवन की समाप्ति से कुछ कठिनाइयाँ अवश्य हुईं। किन्तु अब श्रमिकों में नियमित रूप से कार्य करने की आदत पड़ गयी और नियमित रूप से कार्य करने से श्रमिकों का नैतिक उत्थान हुआ।[1]

उपर्युक्त विवरण से स्पष्ट है कि **औद्योगिक क्रांति के सामाजिक परिणाम बहुधा अच्छे नहीं थे। किन्तु इनमें अधिकांश बुराइयाँ नवीन नहीं थीं।** वे औद्योगिक क्रांति के पहले से ही चली आ रही थी। **अतएव यह कहा जा सकता है कि कारखाना प्रणाली ने किसी नयी बुराई को जन्म नहीं दिया वरन् पहले से आ रही बुराइयों को ही अधिक स्पष्ट और मूर्त कर दिया।** (The factory system did not create new evils but merely revealed what of long had existed.)

राजनीतिक परिणाम (*Political Effects*)

औद्योगिक क्रांति के इन समस्त परिणामों का संचयी परिणाम राजनीतिक एवं संसदीय सुधार हुआ। औद्योगिक क्रांति के परिपक्व होने के पूर्व इंगलैंड की संसद में भूपतियों का प्रभुत्व था। व्यापारी, महाजन तथा उद्योगपति वर्ग का संसद में प्रतिनिधित्व नहीं था। जैसे-जैसे औद्योगिक क्रांति का प्रभाव स्पष्ट होने लगा, समाज में भी परिवर्तन आने लगा। कालान्तर में यह व्यवस्था असंगत-सी हो गई और संसद में उनके प्रतिनिधित्व के लिए संसदीय सुधार आवश्यक हो गया। भूपतियों द्वारा इस सुधार का विरोध अवश्य किया गया था किन्तु समय के ज्वार ने उसे पूर्ण सत्य में परिणत कर दिया। ससंदीय सुधार के अतिरिक्त इंगलैंड की औद्योगिक क्रांति के कुछ अन्य महत्त्वपूर्ण राजनीतिक प्रभाव भी थे। **औद्योगिक क्रांति के कारण ही सरकार ने स्वतंत्र व्यापार नीति को अपनाया तथा कारखाना-प्रणाली की कुप्रथाओं को दूर करने के लिए समय-समय पर कई कारखाना अधिनियम (factory act) पारित हुए।** किन्तु इंगलैंड की औद्योगिक क्रांति का सर्वाधिक महत्त्वपूर्ण राजनीतिक परिणाम नेपोलियन के साथ युद्ध में ब्रिटेन की विजय था। वस्तुतः इस युद्ध में ग्रेट ब्रिटेन की विजय इस औद्योगिक क्रांति के फलस्वरूप ग्रेट ब्रिटेन की आर्थिक शक्ति में वृद्धि के कारण हुई थी।

---

1. "Domestic happiness is not promoted but imparied by all members of a family muddling together and jostling each other constantly in the same room...the man was improved morally by working regular hours which were said to engender regular habits."
—L.C.A. Knowles, Ibid, p. 8

औद्योगिक क्रांति का श्रमिकों पर प्रभाव

पिछली पंक्तियों में हमने औद्योगिक क्रांति के आर्थिक, सामाजिक, राजनीतिक प्रभावों का वर्णन किया है जिसके अन्दर श्रमिकों की अवस्था पर औद्योगिक क्रांति के प्रभावों का भी उल्लेख है। यहाँ हम उन पर पड़ने वाले औद्योगिक क्रांति के प्रभावों का पृथक अध्ययन करेंगे। मोटे तौर पर यह कहा जा सकता है कि **औद्योगिक क्रांति ने कारखाना प्रणाली का विकास किया और इस कारखाना प्रणाली ने श्रमिकों पर हितकर प्रभाव भी डाला और हानिकारक भी।**

हितकर प्रभाव ***(Beneficial Effects)***

1. कार्य क्षमता में वृद्धि–कारखाने में कार्य करने वाले श्रमिकों की कार्य-क्षमता में वृद्धि हुई क्योंकि कारखाना प्रणाली के विकास से कार्य-प्रणाली में सुधार हुआ और वैज्ञानिक कार्य-ढंगों का प्रयोग किया जाने लगा।

2. कार्य के घण्टों में कमी–औद्योगिक क्रांति ने कारखाना प्रणाली के विकास एवं यंत्रों के प्रयोग द्वारा श्रमिकों के कार्य-घंटों (working hours) को कम कर दिया क्योंकि अब यंत्रों द्वारा कम ही समय में अधिक उत्पादन सम्भव हो गया। **कार्य के घंटों के कम हो जाने से श्रमिकों को कई लाभ हुए**–(1) उनके लिए अब मनोरंजन के लिए समय मिलने लगा जिससे उन्हें अपने स्वास्थ्य में सुधार करने का अवसर मिला,(2) उन्हें खाली समय में सामाजिक एवं राजनीतिक कार्यों में भाग लेने का अवसर मिला, (3) उन्हें अपना संगठन बनाने का भी अवसर मिला जिसके द्वारा वे अपनी अवस्था में सुधार करने का प्रयास कर सकते हैं।

3. श्रमिकों की बेकारी में कमी–औद्योगिक क्रांति के कारण श्रमिकों के निर्वाह के लिए नवीन साधन उपलब्ध हो गए। उनके रोजगार में वृद्धि हो गई जिससे कुछ सीमा तक उनकी बेकारी दूर हो सकी।

हानिकारक प्रभाव ***(Harmful Effects)***

1. श्रमिकों की स्वतंत्रता का लोप–यंत्रों के साथ कारखाने में कार्य करने से श्रमिकों की स्वतंत्रता का अन्त हो गया। अब उन्हें कारखानों के स्वामियों के आज्ञानुसार ही कार्य करना आवश्यक हो गया।

2. वैयक्तिक सूत्रपात एवं कार्य-गरिमा का अन्त–चूँकि कारखानों में श्रमिक स्वतंत्रतापूर्वक कार्य नहीं कर सकते थे इसलिए उन्हें अपनी निर्मित वस्तुओं के कला कौशल के प्रदर्शन का अवसर नहीं मिलता था। इसलिए उनके वैयक्तिक सूत्रपात की इच्छा समाप्त हो गई और कार्य करने में उनके गर्व का अन्त हो गया। गृहप्रणाली में श्रमिक कार्य करने में गर्व का अनुभव करता था।

3. कार्य करने में नीरसता *(monotony of work)*—कारखाना प्रणाली में यंत्रों के द्वारा एक ही प्रकार का कार्य करते-करते श्रमिक नीरसता का अनुभव करने लगे।

4. श्रमिकों के व्यक्तित्व का एकांगी विकास *(one-sided development of personality)*—यंत्रों के द्वारा कार्य करने से विशिष्टीकरण होने लगा जिससे श्रमिकों का एकांगी विकास होने लगा।

5. श्रमिकों के व्यक्तित्व के लिए अवसर का अभाव–कारखानों के मालिकों की उपेक्षापूर्ण प्रवृत्ति अथवा स्वार्थ की भावनाओं के कारण श्रमिकों का शोषण किया जाने लगा जिससे श्रमिकों को अपने व्यक्तित्व का विकास करने के लिए अवसर नहीं मिल सके।

6. श्रमिकों के जीवन स्तर में वृद्धि का अभाव—औद्योगिक क्रांति की प्रारंभिक अवस्था में श्रमिकों को अपने सामाजिक जीवन स्तर को ऊँचा करने के लिए अवसर नहीं मिल सके थे। उन्हें अपने परिवार से दूर रहना पड़ता था जिसके कारण वे अपने परिवार के हितों की ओर विशेष ध्यान नहीं दे पाते थे।

7. दूषित वातावरण का प्रभाव—औद्योगिक क्षेत्र की जनसंख्या अधिक होने के कारण वातावरण दूषित होने लगा जिसके फलस्वरूप बीमारियों का प्रकोप बढ़ा और मृत्यु अधिक संख्या में होने लगी। इससे श्रमिकों की कार्य क्षमता पर बुरा प्रभाव पड़ा।

8. मजदूरी भुगतान का दोषपूर्ण तरीका—मजदूरी भुगतान नकद मुद्रा में नहीं कर वस्तुओं के रूप में भुगतान की प्रणाली का प्रचलन था जिसे **ट्रक प्रणाली** (truck system) कहते हैं। **इसके अन्तर्गत मजदूरी का भुगतान उत्पादित वस्तुओं के रूप में किया जाता था।** औद्योगिक केन्द्रों में उद्योगपतियों की दूकाने रहती थीं जिनसे मजदूरों को अपनी आवश्यकता की सारी वस्तुएँ खरीदनी पड़ती थी। साथ ही, मजदूरों को मिल-मालिकों के मकानों में ही रहना पड़ता था। अतएव उनकी सारी मजदूरी समाप्त हो जाती थी तथा आवश्यकता पड़ने पर कर्ज भी लेना पड़ता था।

पिछली पंक्तियों के वर्णन से **ऐसा लगता है कि औद्योगिक क्रांति का श्रमिकों पर अच्छा प्रभाव नहीं पड़ा। किन्तु सब कुछ मिलाकर इसका प्रभाव अच्छा ही पड़ा।** सम्भव है कि औद्योगिक क्रांति की प्रारंभिक अवस्था में यंत्रों एवं कारखानों का श्रमिकों पर कुछ बुरा प्रभाव पड़ा हो किन्तु अन्ततः यंत्रों एवं कारखाना प्रणाली का श्रमिकों पर लाभदायक प्रभाव ही पड़ा। औद्योगिक क्रांति की प्रारंभिक अवस्था में भी श्रमिकों की स्थिति इसके पूर्व की स्थिति से बुरी नहीं थी। ट्रक प्रणाली द्वारा भुगतान की प्रथा पहले से ही चली आ रही थी। जहाँ तक औद्योगिक केन्द्रों में रहने की दशा का सम्बन्ध है, **फ्रांसीसी लेखक एली हालवी** (Elie Halevy) के अनुसार 1815 ई० में मजदूरों की स्थिति कारखाना-प्रणाली के पूर्व की स्थिति से अच्छी थी। कारखाना आयुक्तों ने भी 1833 ई० में अपने प्रतिवेदन में कहा था कि घरेलू उद्योग-प्रणाली में श्रमिकों को कारखाना-प्रणाली की अपेक्षा देर तक तथा खराब वातावरण में अधिक परिश्रमपूर्ण तरीके से कार्य करना पड़ता था। इन्हें मजदूरी भी कम ही मिलती थी। अतः औद्योगिक क्रांति का श्रमिकों पर बहुत ही खराब प्रभाव स्वास्थ्य सम्बन्धी अवश्य पड़ा किन्तु इसके अतिरिक्त मजदूरों की स्थिति में औद्योगिक क्रांति से सुधार ही हुआ। उन्हें अब अधिक मजदूरी मिलने लगी, उनमें संगठन बनाने की भावना का उदय हुआ जिससे ये कार्य की दशाओं में सुधार की माँग करने लगे। **''यदि हम वर्तमान कारखाना श्रमिक की तुलना घरेलू प्रणाली के श्रमिक, जैसा कि वह 18वीं शताब्दी में था, से करें तो शायद ही कोई ऐसी विशेषता अथवा परिस्थिति मिलेगी जिसके कारण उसे हानि हुई हो।''**[1] अतएव क्रांति के इन दोषपूर्ण प्रभावों के बावजूद यह कहा जा सकता है कि भले ही प्रारंभिक अवस्था में औद्योगिक क्रांति ने यंत्रों एवं कारखानों के द्वारा श्रमिकों पर कुछ हानिकारक

1. "If we compare the factory hand of the present day with the domestic worker as he really was in the eighteenth century, it is hard to point out any characteristic trait or any single circumstance in which he has really suffered."

—*Cunningham : The Growth of English Industry and Commerce.*

प्रभाव डाला था किन्तु अन्ततः यंत्रों का प्रयोग श्रमिकों के लिए भी लाभदायक ही सिद्ध हुआ और औद्योगिक क्रांति ने श्रमिकों के जीवन-स्तर को ऊँचा ही किया।

सारांश—इस प्रकार औद्योगिक क्रांति ने इंगलैंड के आर्थिक, सामाजिक, राजनीतिक सभी प्रकार के जीवन पर महत्त्वपूर्ण प्रभाव डाला। औद्योगिक क्रांति के महत्त्वपूर्ण परिवर्तनों एवं प्रभावों के विषय में लिखते हुए **जी॰ डी॰ एच॰ कोल** (G. D. H. Cole) ने लिखा है—''नेपोलियनी युद्धों एवं कृषि परिवर्तनों के साथ औद्योगिक क्रांति ने भयानक रूप से अंग्रेजी राष्ट्र के रहन-सहन के स्तर पर प्रभाव डालना प्रारम्भ किया जिसके फलस्वरूप गाँव एवं छोटे-छोटे कस्बे निर्जन होने लगे और जिसके कारण जनसंख्या का अधिकांश दक्षिणी इंगलैंड में आ गया। आयरिश और पहाड़ी जाति के लोग औद्योगिक नगरों में रहने लगे। इसका प्रभाव यह हुआ कि घरेलू उद्योग समाप्त हो गये और अब श्रमिक कारखानों, औद्योगिक संस्थाओं एवं मालिकों के प्रत्यक्ष एवं सीधे अनुशासन में रहने लगे। इस प्रकार औद्योगिक श्रमिकों के रूप में एक नवीन श्रमिक वर्ग का उदय हुआ जिन्होंने आर्थिक राजनीतिक एवं सामाजिक विकास के लिए अपनी माँग प्रस्तुत करना प्रारम्भ किया। इसलिए उन्होंने कारीगरों के साथ सहयोग अथवा असहयोगपूर्ण कार्य प्रारम्भ किया जिसका परिणाम यह हुआ कि राष्ट्र की आय में वृद्धि हुई और पुराने व्यापारी, जमींदारी एवं उद्योगपति अधिक धनवान एवं सम्पन्न हो गए। इसी के कारण बाह्य व्यापार का विकास हुआ और ग्रेट ब्रिटेन इस शताब्दी में एक महत्त्वपूर्ण उत्पादक राष्ट्र बन गया। किन्तु अनेक दीर्घकालीन समस्याएँ उत्पन्न हो गयीं। उदाहरण के लिए नगरों की जनसंख्या में निरन्तर वृद्धि, ग्रामनिवासियों पर दबाव एवं वर्गों के पारस्परिक संघर्ष।''[1]

औद्योगिक क्रांति का प्रभाव ब्रिटेन तक ही सीमित नहीं रहा। विश्व के अन्य स्वतंत्र देश और उपनिवेश भी इससे प्रभावित हुए। आवास-प्रवास, ब्रिटिश साहित्य एवं तकनीकी ज्ञान के प्रसार, ब्रिटिश पूँजी के अन्य देशों में निवेश आदि कुछ ऐसे तथ्य थे जिनके आधार पर अन्य देशों में क्रांति की प्रतिक्रिया आरम्भ हुई।

ब्रिटिश उद्योग का स्वर्णकाल—1850-1870
(Golden Age of British Industry—1850-1870)

सन् 1850 से 1870 के बीच का काल ब्रिटिश उद्योगों के लिए स्वर्ण काल था। इस काल को 'विक्टोरियाई समद्धि काल' (age of Victorian prosperity) भी कहा जाता है। इस काल में ब्रिटिश उद्योगों का तीव्र विकास होता रहा। इसके लिए निम्न वर्णित कारण उत्तरदायी थे—

1. विदेशी प्रतियोगिता का अभाव—इस काल में ब्रिटिश उद्योगों के लिए विश्व बाजार में प्रतियोगिता का अभाव था। जैसा कि हमने पिछले पृष्ठों में व्यक्त किया है, इस काल में संयुक्त राज्य अमेरिका अपने गृह युद्ध से त्रस्त था, रूस अभी क्रीमियाई युद्ध (Crimean War) के प्रभाव से मुक्त हो रहा था, जर्मनी अपने कतिपय पड़ोसी राष्ट्रों का विजय कर फ्रांस पर विजय प्राप्त करने की तैयारी में था और फ्रांस जर्मनी के आक्रमण के भय से अपनी रक्षा करने की तैयारी में था। फलतः विश्व बाजार में इंगलैंड की औद्योगिक वस्तुओं के लिए आवश्यक बाजार निर्बन्ध रूप में उपलब्ध था।

---

1. जी॰ डी॰ एच॰ कोलः ब्रिटिश इन्डस्ट्री एण्ड ट्रेड—पास्ट, प्रेजेन्ट एण्ड फ्यूचर।

2. बाजार का विस्तार—इस काल में ब्रिटिश औद्योगिक वस्तुओं के लिए एशिया और यूरोप में बाजार का विस्तार होता जा रहा था। एशिया में ब्रिटेन ने हांगकांग पर अधिकार जमा लिया और कतिपय बन्दरगाहों को ब्रिटिश वस्तुओं के लिए मुक्त कर देने के लिए चीन को बाध्य कर दिया था। यूरोप का नेपोलियनी युद्धों के विनाश से अब तक पूर्णतः उत्थान हो चुका था और अनेक देशों से मुक्त व्यापार की ओर झुकाव होता जा रहा था।

3. विदेशों में लगाई गई पूँजी से प्राप्त लाभ—इन वर्षों में विश्व के बहुत से देशों में रेलवे, तार आदि के निर्माण में बहुत बड़े पैमाने पर ब्रिटिश पूँजी एवं मानव शक्ति का प्रयोग हो रहा था। इस प्रकार की पूँजी ने विशाल मात्रा में विदेशों के प्राप्त लाभांश को इंगलैंड में लाया जिससे इंगलैंड की सर्वोच्चता बनाए रखने में योगदान मिला।

4. परिवहन साधनों का विकास—इस काल में उद्योगों की असाधारण समृद्धि का एक महत्त्वपूर्ण कारण परिवहन साधनों का विकास भी है। इस युग तक इंगलैंड का सम्बन्ध विश्व के कोने-कोने से हो गया था जिसके कारण इंगलैंड के उद्योगों के लिए कच्चे माल सस्ती दर पर ही लाये जा सकें और उसकी उत्पादित वस्तुओं को विश्व के विभिन्न बाजारों में सरलतापूर्वक भेजा जा सका।

5. श्रमिकों की अवस्था में सुधार—इंगलैंड में कतिपय परोपकारियों के प्रयास से सन् 1830 से 1850 के बीच श्रमिकों की अवस्था में अनेक सुधार किए जा सके थे जिससे श्रमिकों को बहुत ही अधिक राहत मिली थी। इस काल में रोजगारी की अवस्था संतोषजनक रही और श्रमिक संघों ने शान्तिपूर्ण मार्गों को अपनाया था। श्रमिकों की मजदूरी नगरी क्षेत्रों में बढ़ती गई। नगरी जीवन में स्वच्छता एवं स्वास्थ्य की अवस्था में सुधार हो रहा था। फलतः श्रमिकों की कार्य-क्षमता में वृद्धि हुई और औद्योगिक उत्पादन में वृद्धि हुई।

किन्तु इस काल में कृषि की भाँति उद्योग की समृद्धि भी दोष-मुक्त नहीं थी। विशेषतः इस काल में सूती एवं रेशमी वस्त्र उद्योगों के लिए परेशानियाँ आई थीं। अमेरिकी गृह युद्ध के कारण सूती वस्त्र उद्योग के लिए कच्चे माल—कपास का अभाव हो गया था। इस अभाव को दूर करने के लिए अँगरेजी सूती मिल मालिकों ने अपना ध्यान भारतीय कपास की ओर लगाया। फ्रांस के साथ हुई **काब्डेन संधि** (Cobden Treaty) के कारण ब्रिटिश रेशम उद्योग को पूर्णरूप में फ्रांसीसी रेशम उद्योग के साथ प्रतियोगिता करनी पड़ी थी जिससे ब्रिटिश उद्योग में मन्दी आ गयी थी।

उन्नीसवीं शताब्दी में इंगलैंड की औद्योगिक सर्वोच्चता के कारण

1. औद्योगिक क्रांति का अग्रगामी (*Pioneer in the field of industrialization*)—औद्योगिक क्रांति का अगुआ होने के कारण ही इंगलैंड आर्थिक क्षेत्र में विश्व का अगुआ राष्ट्र बन पाया। इंगलैंड में औद्योगिक क्रांति 1750 ई. में आरम्भ हुई। उन्नीसवीं शताब्दी के मध्य तक ब्रिटिश औद्योगिक व्यवस्था विशेष रूप से सुदृढ़ हो चुकी थी। इसके विपरीत अन्य देशों में उद्योगीकरण उन्नीसवीं शताब्दी के उत्तरार्द्ध में आरम्भ हुआ। इस प्रकार जब तक अन्य देशों में उद्योगीकरण प्रारम्भ हुआ तब तक इंगलैंड इस क्षेत्र में बहुत आगे निकल चुका था। उद्योगीकरण के क्षेत्र में इस अग्रगामिता ने इंगलैंड को विश्व का नेता बनाने में महत्त्वपूर्ण योगदान किया।

2. **कुशल और प्रशिक्षित श्रमिक** *(Skilled and trained workers)*—औद्योगिक क्रांति में अग्रगामी होने के कारण इंगलैंड के श्रमिक अन्य देशों के श्रमिकों की अपेक्षा बहुत पहले से यंत्रों का प्रयोग करने लग गये थे। इस दीर्घकालीन अभ्यास के कारण इंगलैंड में कुशल एवं प्रशिक्षित श्रमिकों के एक सुदृढ़ वर्ग का जन्म हो चुका था। अन्य देशों में इसका अभाव था। उदाहरण के लिए लंकाशायर के सूती वस्त्र कारखानों में काम करने वाला श्रमिक संसार के किसी भी देश के श्रमिकों की अपेक्षा अधिक तकुओं की देखभाल कर सकता था। उस समय इंगलैंड के श्रमिक इतने कुशल थे कि अन्य देशों में होनेवाले आविष्कारों को भी वे शीघ्र ही अपना लेते थे तथा आवश्यकतानुसार उनकी कार्यविधि में सुधार भी कर लेते थे।

3. **साहसी उद्योगपति**—इंगलैंड में साहसी उद्योगपतियों का एक ऐसा वर्ग था जो किसी भी प्रकार का जोखिम उठाने में संकोच नहीं करता था। वे विदेशों में भी बड़े पैमाने पर पूँजी निवेश करने में नहीं हिचकते थे। अमेरिका और भारत आदि जैसे उपनिवेशों में भी उन्होंने बड़े पैमाने पर पूँजी का निवेश किया था। इन्होंने अपनी पूँजी के निवेश द्वारा उपनिवेशों में रेलों, टेलीफोन आदि का निर्माण किया। ब्रिटिश जहाजी कम्पनियाँ संसार के प्रायः सभी देशों से माल ले जाती थीं तथा ले आती थीं। इन सेवाओं के बदले इंगलैंड को दूसरे देशों से पर्याप्त धन प्राप्त हुआ। इससे वह औद्योगिक विकास में बहुत आगे निकल गया।

4. **सहायक उद्योगों का विकास** *(Development of subsidiary industries)*—इंगलैंड में यंत्र उद्योगों का बड़े पैमाने पर विकास पहले ही हुआ था। इन उद्योगों के आस-पास बहुत से सहायक उद्योगों का भी विकास हो गया जो इन उद्योगों के पूरक उद्योग के रूप में कार्य करते थे।

5. **वित्तीय एवं बैंकिंग व्यवस्था का विकास** *(Development of financial and banking systems)*—इंगलैंड में पूँजी-निर्माण और व्यापारिक कार्यों के सम्पादन में सहायता देने के लिए अन्य देशों की अपेक्षा बहुत पहले ही एक सुदृढ़ वित्तीय और बैंकिंग व्यवस्था का विकास हो चुका था जबकि अन्य देशों में ऐसी वित्तीय संस्थाओं का अभाव था जो इंगलैंड की वित्तीय संस्थाएँ विश्व व्यापार के विकास से योगदान कर रही थी। लन्दन मुद्रा बाजार उन्नीसवीं शताब्दी में ही विकसित हो चुका था। इसके जारी किए गए बिल अन्तरराष्ट्रीय मुद्रा के रूप में स्वीकार किये जाते थे। उन्नीसवीं शताब्दी के अन्त तक ब्रिटेन की वित्तीय संस्थाओं का सम्बन्ध विश्व के प्रायः सभी भागों के साथ स्थापित हो चुका था। अतः इस क्षेत्र में भी अन्य देशों की अपेक्षा इंगलैंड को अधिक सुविधाएँ उपलब्ध थीं।

6. **परिवहन और संचार साधनों का विकास**—परिवहन के विकास में भी इंगलैंड अन्य देशों का अग्रणी था। उसका जहाजरानी उद्योग अत्यधिक संगठित हो चुका था। इससे उसे विश्व के सभी भागों से व्यापारिक सम्बन्ध स्थापित करने में सहायता प्राप्त हुई। विश्व के प्रायः सभी देशों में इसके जहाज आते-जाते तथा माल ढोते थे। **अंग्रेजी जहाज का कप्तान एक प्रकार से विश्व में अंग्रेजी वस्तुओं के विज्ञापन और प्रचार का कार्य करता था।** अतएव जहाजरानी उद्योग के विकास से इंगलैंड के विदेशी व्यापार में बहुत अधिक वृद्धि हुई। कालान्तर में परिवहन के आन्तरिक साधनों जैसे—रेल-पथ, जल-पथ तथा सड़कों का भी विकास हुआ। इनके विकास में भी इंगलैंड विश्व का अगुआ था।

7. कोयले की प्रचुरता (*Abundance of coal*)—कोयले के विशाल भंडार ने भी इंगलैंड की सर्वोच्चता में अनमोल योगदान किया। कोयला के रूप में शक्ति का एक महत्त्वपूर्ण साधन उसे आरम्भ से उपलब्ध था। इंगलैंड में उन्नीसवीं शताब्दी में ही फ्रांस, अमेरिका, जर्मनी आदि देशों की अपेक्षा अधिक मात्रा में कोयले का उत्पादन हो रहा था। कोयले की खाने समुद्र के किनारे वाले हिस्सों में पायी जाती थीं। इस कारण इंगलैंड इसका अत्यधिक मात्रा में निर्यात भी करता था जिससे उसके जहाजरानी उद्योग के विकास में सहायता मिली। कोयले तथा लोहे की खानें आसपास पायी जाती थीं। ये दोनों आधारभूत उद्योग हैं जो अन्य उद्योगों की आधारशिला हैं। इन दोनों के आस-पास में ही मिलने के इसके विकास में विशेष सुविधा प्राप्त थी। इस प्रकार **प्राकृतिक साधनों विशेषत: कोयले तथा लोहे की प्रचुरता ने भी इंगलैंड को सभी राष्ट्रों की अगुआ होने में विशेष योगदान किया।** (*England was the first in the field and her natural resources have enabled her to remain first amongst nations.*).

8. ब्रिटिश उपनिवेश (*British colonies*)—उस समय ग्रेट ब्रिटेन के पास कई उपनिवेश थे जिनसे वह अपने उद्योगों के लिए कच्चे माल प्राप्त करता था और जो इसके उद्योगों की बनी वस्तुओं की बिक्री के लिए बाजार भी थे। इस प्रकार इंगलैंड के लिए कच्चे माल प्राप्त करने तथा तैयार वस्तुओं के बाजार की कोई समस्या नहीं थी। साथ ही उपनिवेशों से उसे अन्य प्रकार से सहायता भी प्राप्त होती थी।

9. ब्रिटिश पूँजी का बड़े पैमाने पर विदेशों में निवेश (*Large scale investment of British capital in foreign countries*)—विश्व के अनेक देशों में रेलों, बन्दरगाहों, विद्युत-शक्ति के विकास, टेलीफोन, तार, खनिज, बगान आदि उद्योगों के विकास में ग्रेट ब्रिटेन ने बड़ी मात्रा में अपनी पूँजी लगाई थी। इन उद्योगों के विकास के लिए विदेशों में अँगरेजी इंजीनियरों, यंत्रों आदि का प्रयोग किया जाता था। अतः विदेशों में पूँजी-निवेश से इंगलैंड का लाभार्जन के साथ-साथ औद्योगिक विकास के लिए अनुकूल वातावरण बना रहा।

10. स्वतंत्र व्यापार नीति (*free trade policy*)—स्वतंत्र व्यापार की नीति भी इंगलैंड की आर्थिक और व्यापार सर्वोच्चता के लिए बहुत अधिक सीमा तक उत्तरदायिनी थी। इस नीति के अन्तर्गत विभिन्न देशों के बीच वस्तुओं तथा सेवाओं के आयत-निर्यात पर किसी भी प्रकार की रुकावट नहीं रहती है। **स्वतंत्र व्यापार नीति के परिणामस्वरूप इंगलैंड सुविधापूर्वक विदेशों से कच्चे पदार्थों का आयात तथा निर्मित वस्तुओं का निर्यात कर सकता था।** इससे वह शीघ्र ही विश्व की कर्मशाला बन गया। इंगलैंड के लिए यह नीति विशेष रूप से उपयुक्त इसलिए सिद्ध हुई कि **जिस समय विश्व के अन्य देशों में अभी उद्योगीकरण का प्रारम्भ भी नहीं हुआ था उस समय इंगलैंड तीव्रगति से अपना औद्योगिक विकास कर रहा था।** अतएव इंगलैंड को अन्तरराष्ट्रीय मुद्रा-बाजार तथा वित्तीय व्यवस्था का जितना व्यावहारिक ज्ञान 1816 ई० में प्राप्त था उतना संयुक्त राज्य अमेरिका जैसे देशों को 1931 ई० में भी प्राप्त नहीं था।

11. आन्तरिक शान्ति (*internal peace*)—आर्थिक विकास के लिए आंतरिक शान्ति एक अनिवार्य शर्त है। 19वीं शताब्दी में इंगलैंड में पूर्ण आंतरिक शांति थी जबकि प्रायः सभी पश्चिमी देश किसी-न-किसी युद्ध में लगे हुए थे। उदाहरण के लिए, **1789 ई० में फ्रांसीसी राज्य क्रांति के समय से ही फ्रांस किसी-न-किसी युद्ध में लगा**

रहा, विस्मार्क के पूर्व जर्मनी का एकीकरण तक नहीं हो पाया था, संयुक्त राज्य अमेरिका में 1861-65 ई॰ के बीच गृह युद्ध हुआ था। इस प्रकार जबकि अन्य पश्चिमी देश युद्ध आदि में लगे हुए थे, इंगलैंड 1815 ई॰ से लेकर 1914 ई॰ तक युद्ध से प्रायः मुक्त रहा। शांति की इस दीर्घावधि में वह अपने औद्योगिक उत्थान में लगा रहा।

इस प्रकार ऊपर वर्णित सभी कारणों से इंगलैंड उन्नीसवीं शताब्दी में विश्व का सर्वश्रेष्ठ राज्य बन गया।[1] ब्रिटेन की यह स्थिति न्यूनाधिक रूप में 1914 ई॰ तक बनी रही। इस काल में औद्योगिक क्रांति के साथ-ही-साथ इंगलैंड में कृषि एवं परिवहन क्रांतियाँ भी हो रही थीं। अतः संसार का कोई भी देश एक लम्बे समय तक इंगलैंड की बराबरी नहीं कर पाया और सम्पूर्ण उन्नीसवीं शताब्दी में इंगलैंड विश्व का निर्माता तथा भाग्य-विधाता बना रहा। उसने सम्पूर्ण विश्व के एक-चौथाई भाग में अपना साम्राज्य स्थापित कर लिया जो विश्व के विभिन्न क्षेत्रों में और कोनों में फैला हुआ था। इसलिए कहा जाता था कि **ब्रिटिश साम्राज्य में सूरज कभी अस्त नहीं होता था। प्रो॰ नोवेल्स** ने उन्नीसवीं शताब्दी में इंगलैंड की इस स्थिति का वर्णन करते हुए लिखा है कि **''इंगलैंड विश्व की भट्ठी, विश्व का जहाज निर्माता, विश्व की कर्मशाला, विश्व का बैंक, विश्व का निकास गृह और विश्व का व्यापार केन्द्र बन गया।''**[2]

1870 की महान मन्दी और ब्रिटिश उद्योग

1870 ई॰ के बाद ब्रिटिश उद्योगों के लिए भी मन्दी के दिन आ गए। उद्योगों की यह मन्दी 1873 से 1896 तक बनी रही। उसके बाद इनकी अवस्था में सुधार होने लगा। ब्रिटिश उद्योगों की **इस मन्दी के निम्न वर्णित कारण** थे–

1. विदेशी प्रतियोगिता–ब्रिटिश उद्योगों की इस मन्दी का सर्वाधिक महत्त्वपूर्ण कारण विदेशी प्रतियोगिता, विशेषकर जर्मनी के साथ प्रतियोगिता था। **विस्मार्क** (Prince Bismarck) के अधीन जर्मनी का पुनरेकीकरण हो जाने के कारण सन् 1870 के पश्चात् जर्मनी में तीव्र गति से औद्योगिक क्रांति होने लगी और जर्मनी तीव्र गति से औद्योगिक सर्वोच्चता की ओर बढ़ने लगा। **विश्व इतिहास में जर्मनी एक ऐसा देश है जो राज्य समर्थित पूँजीवाद (state-supported capitalism) का विकास करने का उदाहरण प्रस्तुत करता है।** जर्मनी के उद्योगों को पर्याप्त मात्रा में सरकारी सहायता मिल रही थी। जर्मनी की यह प्रतियोगिता ब्रिटिश उद्योगों के लिए भयानक हो गई। संयुक्त राज्य अमेरिका में भी गृह युद्ध के पश्चात् औद्योगिक क्रांति होने लगी जिसके कारण अब वह भी ब्रिटिश उद्योगों के बाजारों में इंगलैंड से प्रतियोगिता करने लगा। ऐसी अवस्था में ब्रिटिश उद्योगों के लिए मन्दी की अवस्था उत्पन्न होना स्वाभाविक था।

---

1. "Thus the early start, the abundant coal supplies, the skills of the British artisan, the uniquity of British shipping, the universality of the British financial organisation, the magnitude of British investment abroad combined with the excellence of the manufactures of the United Kingdom have all combined to ensure her predominance during the last century."

—*L. C. A. Knowles : Industrial and Commercial Revolutions in Great Britain, During the 19th Century,* p. 167.

2. "England became the forge of the world, the world's carriers, the world's ship builder, the world's banker, the world's workshop, the world's clearing house and the world's entrepot."

2. स्वेज नहर का निर्माण (*Construction of the Suez Canal*)—ब्रिटिश उद्योगों के लिए मन्दी का दूसरा कारण स्वेज नहर का निर्माण था। स्वेज नहर के निर्माण के पूर्व इंगलैंड का व्यापार बढ़ा-चढ़ा था। किन्तु जब स्वेज नहर का निर्माण हो गया और जब जर्मनी ने रेलवे का विकास कर भूमध्य सागरीय देशों (Mediterranean countries) के साथ अपने को जोड़ लिया तो जो वस्तुएँ अब तक उत्तमाशा अन्तरीप (Cap of Good Hope) से होती हुई इंगलैंड पहुँचती थीं और वहाँ से जर्मनी आदि अन्य यूरोपीय देशों में आती थीं वे अब स्वेज नहर से होती हुई सीधे इटली पहुँचने लगीं और वहाँ से स्थल मार्गों से होती हुई जर्मनी आदि देशों में पहुँचने लगीं। इस प्रकार व्यापार मार्ग (trade route) में परिवर्तन हो जाने से अँग्रेजी व्यापार और उसके द्वारा अंग्रेजी उद्योगों को धक्का लगा।

3. नवीन आविष्कार—ब्रिटिश उद्योगों की मन्दी का एक महत्त्वपूर्ण कारण नवीन आविष्कारों का आगमन है जिसके कारण लोहा उद्योग से इस्पात उद्योग और खेने वाले जलयानों (sailing ships) से वाष्प-चालित जलयानों (steamer) में परिवर्तन आवश्यक हुआ था। इसके अतिरिक्त इन आविष्कारों ने यूरोप में औद्योगिक क्रांति को बढ़ावा भी दिया और इस प्रकार कठोर प्रतियोगिता का सृजन किया।

4. अन्य देशों का औद्योगिक विकास—अमेरिका और जर्मनी जैसे अन्य देशों में तीव्र गति से औद्योगिक विकास हो रहा था। इन देशों ने ब्रिटेन के अनुभवों से लाभ उठाया। इन देशों में पूँजी एकत्र करने के लिए निवेश बैंकों (investment banks) का विकास किया जाने लगा जबकि इंगलैंड में लोग पूँजी बाजार में अपने अंशों को बेचकर पूँजी प्राप्त करते थे। यह सुविधा भी केवल संयुक्त पूँजी कम्पनियों को ही प्राप्त थी जिनकी संख्या उस समय बहुत ही सीमित थी। अतः इंगलैंड में इस युग में उद्योगों को पूँजी के अभाव का सामना करना पड़ा जिससे इनका विकास रुक-सा गया।

5. स्वतंत्र व्यापार नीति—इस काल में जर्मनी और संयुक्त राज्य अमेरिका में संक्षरण के आधार पर उद्योगों का विकास किया जा रहा था जबकि ब्रिटेन में अब भी मुक्त व्यापार नीति का ही पालन किया जा रहा था। इस नीति के अनुसार सरकार कृषि एवं उद्योगों के क्षेत्र में किसी भी प्रकार का हस्तक्षेप नहीं करती थी। आर्थिक क्रियाओं में हस्तक्षेप न करने की नीति से देश में विदेशी प्रतियोगिता का दबाव पड़ने लगा।

इन विभिन्न कारणों से **ब्रिटिश उद्योगों का स्वर्ण-युग बहुत अधिक दिनों तक नहीं चल सका। 1874 ई० के बाद इसे मन्दी की दीर्घकालीन अवधि का सामना करना पड़ा। मन्दी की यह स्थिति किसी-न-किसी रूप में 1896 ई० तक चलती रही।**[1] इस मन्दी का सबसे अधिक बुरा प्रभाव लोहा-इस्पात उद्योग और जलयान निर्माण उद्योग (shipping industry) पर पड़ा था। लोहा उद्योग पर बुरा प्रभाव इसलिए पड़ा था कि **हेनरी बेसेमर** (Henry Bessemer), **टॉमस** (Thomas) और **गिलक्रीस्ट** (Gilchrist) एवं साइमन्स (Siemens) द्वारा किये गये आविष्कारों ने इस्पात को बहुत ही सस्ता बना दिया था। इसके अतिरिक्त इसने विदेशी प्रतियोगिता में भी वृद्धि कर दी

1. The last quarter of the nineteenth cenruty has often been called the period of Great Depression although the term has been criticised in recent years...In 1874, the long and almost uninterrupted mid-Victorian prosperity came to an end and depression set in which lasted on and off until about 1896...The depression was by no means continuous.

थी। नौपरिवहन उद्योग भी उन्हीं उपर्युक्त कारणों से संकटग्रस्त हुआ था। इसके अतिरिक्त विदेशी नौपरिवहन के साथ इसकी कठोर प्रतियोगिता भी होने लगी थी। मन्दी से रक्षा करने के लिए ग्रेट ब्रिटेन की नौपरिवहन कम्पनियों ने एकाधिकार संघ **रिंग** (ring) का निर्माण किया।

उद्योगों की मन्दी का परिणाम यह हुआ कि इस काल में इंगलैंड के आयात बढ़ गये और निर्यात घट गये जिसके परिणामस्वरूप निर्बन्धता (laissez faire) नीति के विरुद्ध प्रतिक्रिया होने लगी और गृह उद्योग के लिए संरक्षण की माँग करने में **जोसेफ चैम्बरलेन** को व्यापाक समर्थन प्राप्त हुआ।

किन्तु उपर्युक्त वर्णन से यह नहीं समझ लेना चाहिए कि इस काल में ब्रिटिश उद्योगों का विकास बिल्कुल नहीं हुआ था। वस्तुतः इस काल में भी बहुत से उद्योगों का विकास हुआ था और देश की आर्थिक प्रगति हुई थी। **डॉ० जोन्स** (Jones , एवं **पूल** (Pool) के अनुसार सन् 1875 से 1896 के बीच, जब मूल्य स्तर गिर रहा था और बेकारी औसतन 5½ प्रतिशत थी वास्तविक आर्थिक प्रगति सन् 1896 से 1914 के बीच हुई आर्थिक प्रगति की अपेक्षा अधिक जो मूल्य स्तर में वृद्धि हो रही थी और बेकारी औसतन लगभग 3 प्रतिशत थी। इन लोगों के अनुसार ब्रिटिश सूती वस्त्र, लोहा और इस्पात एवं भवन निर्माण उद्योग में प्रति व्यक्ति औसत वास्तविक आय सन् 1900 तक बढ़ती रही और वर्तमान शताब्दी के प्रारम्भ के बाद ही निश्चल हो गई।[1]

द्वितीय औद्योगिक क्रांति
(The Second Industrial Revolution)

औद्योगिक गवेषणा (research) की महान् प्रगति के कारण सन् 1870 के पश्चात् औद्योगिक क्षेत्र में इतने महान् एवं आमूल परिवर्तन हुए हैं कि आर्थिक इतिहासकारों ने इसे **द्वितीय औद्योगिक क्रांति की संज्ञा** दे दी है। हमने पिछले पृष्ठों में बतला दिया है कि **इंगलैंड की औद्योगिक क्रांति की दो अवस्थाएँ थीं जो परिवहन साधनों के विकास की प्रकृति से सम्बन्धित थीं।** औद्योगिक क्रांति की प्रथम अवस्था अथवा यों कहें कि प्रथम औद्योगिक क्रांति सड़कों एवं नहरों के विकास से सम्बन्धित थी और यह लगभग 1870 तक पूर्ण हो गई। रेलवे के तीव्र विकास एवं औद्योगिक गवैषणा ने पुनः औद्योगिक क्षेत्र में क्रांतिकारी उथल-पुथल मचा दिया जिसके कारण लगभग 1870 के पश्चात् औद्योगिक क्रांति की दूसरी अवस्था अर्थात् **द्वितीय औद्योगिक क्रांति** का सूत्रपात हुआ जो प्रथम विश्वयुद्ध तर्क पूर्ण हो गई। **प्रथम औद्योगिक क्रांति और द्वितीय औद्योगिक क्रांति में महत्त्वपूर्ण अन्तर यह है कि जबकि प्रथम औद्योगिक क्रांति ने इंगलैंड को औद्योगिक एवं वाणिज्यक क्षेत्रों में सर्वोच्च स्थान दिया था दूसरी औद्योगिक क्रांति ने इंगलैंड की आपेक्षित अवस्था को कमजोर बना दिया** क्योंकि इंगलैंड ने एक ऐसे समय में वैज्ञानिक गवेषणा की अवहेलना की थी जब इस क्षेत्र में जर्मनी एवं संयुक्त राज्य अमेरिका तीव्र गति से आगे बढ़ रहे थे। बहुत वर्षों के बाद वर्तमान शताब्दी में ही आकर ग्रेट ब्रिटेन वैज्ञानिक गवेषणा पर ध्यान देने लगा और **राष्ट्रीय भौतिक प्रयोगशाला** (National Physical Laboratory), **ईंधन गवेषणा मंडल** (Fuel Research Board) **राष्ट्रीय औद्योगिक मनोविज्ञान संस्थान** (National Institute of Industrial

---

1. जोन्स और पूलः ए हंड्रेड ईयर्स ऑफ इकॉनॉमिक डवेलपमेन्ट

Psychology) आदि जैसी महत्त्वपूर्ण गवेषणा संस्थाओं की स्थापना कर सकी जो औद्योगिक विकास से घनिष्ठतः सम्बन्धित हैं। **द्वितीय औद्योगिक क्रांति की प्रमुख विशेषताएँ निम्नलिखित हैं–**

1. विद्युत शक्ति का उत्पादन किया जाने लगा,
2. रसायन उद्योग का तीव्र विकास हुआ,
3. मोटर परिवहन का विकास हुआ,
4. बेतार संचार (wireless communication) का प्रादुर्भाव हुआ।

द्वितीय औद्योगिक क्रांति के परिणाम

1. उद्योगों के विवेकीकरण के लिए आन्दोलन *(Movement for the rationalization of industry)*—इस क्रांति द्वारा लाये गए परिवर्तनों ने उद्योगों के विवेकीकरण के लिए आन्दोलन का उद्‌घाटन किया। वर्तमान शताब्दी के तृतीय दशक में ब्रिटिश उद्योगपतियों ने उत्पादन में वृद्धि करने के लिए अनेक प्रकार से उपाय किया। उदाहरण के लिए उन्होंने श्रम-बचावक उपायों को अपनाया, उत्पादन प्रक्रिया को साधारण करने की चेष्टा की, वस्तुओं के प्रमाणीकरण के लिए प्रयास किया आदि।

2. संयोजनों का विकास एवं स्वामित्व तथा उत्तरदायित्त्व का पृथकत्व *(Growth of combinations and the divorce of ownership and responsibility)*—औद्योगिक क्षेत्र में परिवर्तनों की इस शृंखला ने संयोजनों के विकास एवं स्वामित्त्व और उत्तरदायित्त्व के सम्बन्ध-विच्छेद को प्रोत्साहित किया। प्रशासकीय, प्राविधिक और व्यवस्थापकीय कार्यों को अधिक स्पष्ट रूप से परिभाषित करने की चेष्टा की गई।

3. उद्योगों का पेशाकरण *(Professionalization of industry)*—इस क्रांति की एक महत्त्वपूर्ण विशेषता यह है कि इस काल में अनेक पेशेवर संघों (professional associations) का निर्माण हुआ जो उत्पादन के स्तर (standard) और उद्योगों के क्षेत्र में व्यवस्थापन के गुण को ऊँचा करने का प्रयास करने लगे। यांत्रिक अभियन्ता संस्थान (Institute of Mechanical Engineers) उत्पादन अभियंता संस्थान (Institute of Production Engineers) आदि ऐसे संघों के कतिपय उदाहरण हैं।

4. पूँजी एवं श्रम के बीच तनाव तथा औद्योगिक अशान्ति *(Industrial unrest)*—द्वितीय औद्योगिक क्रांति ने पूँजी और श्रम के बीच सम्बन्धों को बिगाड़ दिया और औद्योगिक अशान्ति का वातावरण उत्पन्न किया एक ऐसे समय में जब अन्तरराष्ट्रीय आर्थिक परिस्थितियाँ इंगलैंड के प्रतिकूल जा रही थीं तथा इंगलैंड में बेकारी की मात्रा में वृद्धि होती जा रही थी। इसने वैसे समय में उद्योगपतियों के हाथों में अत्यन्त ही अधिक नवीन शक्तियाँ प्रदान की जब वे अनुभवहीनता के कारण समाज को उनसे लाभ पहुँचाने में असमर्थ थे।

5. आर्थिक न्याय की समस्या–उद्योगपतियों की शक्तियों में वृद्धि एवं उनके द्वारा श्रमिकों और समाज के शोषण के कारण आर्थिक न्याय की व्यवस्था करने की समस्या का महत्त्व बढ़ गया और इसकी व्यवस्था बहुत आवश्यक हो गई।

1870 के पश्चात् ब्रिटिश उद्योग

ऊपर के वर्णन से स्पष्ट है कि सन् 1870 के पश्चात् ग्रेट ब्रिटेन में औद्योगिक क्षेत्र

में कुछ महत्त्वपूर्ण परिवर्तन हुए जिनकी मौलिकता को देखते हुए इन्हें द्वितीय औद्योगिक क्रांति कहा गया है। इन परिवर्तनों को अग्रोक्त रूप में व्यक्त किया जा सकता है—

औद्योगिक संगठन में परिवर्तन
(Changes in the Industrial Organization)

1. संयुक्त पूँजी कम्पनियों का विकास (*Growth of joint stock companies*)— संयुक्त पूँजी कम्पनियों का विकास इस युग के महत्त्वपूर्ण औद्योगिक परिवर्त्तनों में से एक है। सन् 1850 के अधिनियम में कम्पनियों के साथ सीमित दायित्व के सिद्धान्त को लागू किया जिसके कारण इंगलैंड में ऐसे कम्पनियों का तीव्र विकास होने लगा। सन् 1880 से 1885 के बीच बहुत-सी वैयक्तिक फर्मों को संयुक्त पूँजी कम्पनियों में परिवर्तित किया गया था। औद्योगिक क्षेत्र में इस प्रकार की कम्पनियों के विकास के कारण अब पूँजी के स्वामित्त्व एवं उनके नियंत्रण का सम्बन्ध-विच्छेद हो गया क्योंकि कम्पनी के बहुत अंशधारी अब कम्पनी में सक्रिय रुचि नहीं लेने लगे।

2. एकाधिकारी कम्पनियों का विकास (*Growth of monopolies*)—ग्रेट ब्रिटेन के औद्योगिक संगठन में सन् 1870 के पश्चात् दूसरा महत्वपूर्ण परिवर्तन एकाधिकारी कम्पनियों का विकास है। सन् 1862 के अधिनियम द्वारा वृहत पैमाने के औद्योगिक संगठनों की स्थापना को प्रोत्साहन मिला था और ये ही वृहत संगठन एकाधिकार कम्पनियों की नींव डाले। किन्तु इंगलैंड में प्रथम विश्वयुद्ध के पूर्व केवल कुछ ही उद्योगों में एकाधिकार का प्रकोप बढ़ सका था और यहाँ तक कि अन्तरयुद्धीय काल में भी वहाँ एकाधिकार का विकास उतना नहीं हो सका जितना कि संयुक्त राज्य अमेरिका एवं जर्मनी में। सूती वस्त्र, सीमेंट, साबुन, रसायन, तम्बाकू आदि जैसे उद्योगों में एकाधिकारी संगठनों की स्थापना अवश्य हुई किन्तु ये अधिकांशतः मूल्यों एवं उत्पादन को निश्चित करने वाले 'समाप्य संघ' (terminable association) ही थे न कि प्रन्यास (trust)। **प्रन्यास एक ऐसा एकाधिकारी संयोजना होता है जो विभिन्न कम्पनियों के एक में मिल जाने से बनता है किन्तु एक बार बन जाने पर इसकी अंगभूत इकाइयाँ पृथक नहीं हो सकतीं।** अमेरिका और जर्मनी में अधिकांशतः प्रन्यासों का ही विकास हुआ था। इस प्रकार इंगलैंड में एकाधिकार का उतना भयानक प्रकोप नहीं हो सका जितना अमेरिका और जर्मनी में। इस अन्तर का **एक कारण** इंगलैंड में मुक्त व्यापार नीति का प्रचलन है और **दूसरा कारण** इंगलैंड में एकरूपी एंव कठोर कम्पनी विधि (company law) की व्यवस्था है। स्मरण रहे कि **आधुनिक कम्पनी विधि की नींव इंगलैंड में सन् 1862 के अधिनियम द्वारा डाली गयी थी।**

वर्तमान शताब्दी में लोहा और इस्पात उद्योग में कतिपय संयोजनों का निर्माण हुआ। सन् 1934 में **ब्रिटिश आयरन एण्ड स्टील फेडरेशन** की स्थापना हुई थी। लोहा और इस्पात उद्योग की अपेक्षा कोयला उद्योग में एकाधिकार के विकास के लिए स्थितियाँ कम अनुकूल थीं। किन्तु प्रथम विश्वयुद्ध के पश्चात् सन् 1926 के खान उद्योग अधिनियम (Mining Industries Act) एवं 1930 के कोयला खान अधिनियम (Coal Mines Act) द्वारा कोयला उद्योग में एकाधिकार की स्थापना के लिए सरकार द्वारा प्रोत्साहन दिया गया। सन् 1938 के कोयला अधिनियम के अधीन एक **कोयला आयोग** (Coal Commission) की स्थापना हुई जिसके ऊपर कोयला उद्योग में समामेलन (amalgamation)

की व्यवस्था करने का उत्तरदायित्त्व रखा गया। किन्तु इसके बावजूद **इंगलैंड के उद्योगों में अधिकांशतः लघु फर्मों की ही प्रबलता रही है।** सन् 1925 में की गई उत्पादन गणना के अनुसार प्रत्येक फर्म में कर्मचारियों की औसत संख्या केवल लगभग 125 थी जबकि "गैर कारखाना व्यवसाय" (non-factory trade) में यह संख्या लगभग सत्रह थी।[1]

(ख) औद्योगिक अवस्था में परिवर्तन
(Changes in the Industrial Position)

1. प्रमुख निर्यात उद्योगों के महत्त्व में कमी–सन् 1870 के पश्चात् और विशेषकर अन्तरयुद्धीय काल में ग्रेट ब्रिटेन में कोयला, लोहा और इस्पात, वस्त्र आदि जैसे प्रमुख उद्योगों के महत्त्व में कमी हो गई। ऐसे उद्योगों की निर्मित वस्तुओं का अधिकांशतः निर्यात होता था। फलतः ब्रिटेन के निर्यात व्यापार में भी कमी हो गई। सन् 1923 से कोयला उद्योग का उत्पादन कम होता जा रहा था और उसी प्रकार कोयले का निर्यात कम होता रहा। सन् 1938 में कोयला का निर्यात प्रथम विश्वयुद्ध के पहले कोयले का जितना निर्यात होता था उसका आधा हो गया और सन् 1947 में तो कोयला का निर्यात लगभग नहीं के बराबर हुआ। उसी प्रकार लोहा और इस्पात उद्योग के महत्त्व में भी कमी होती रही और इसमें अन्तरयुद्धीय काल में नियोजित व्यक्तियों की संख्या घटती रही। प्राविधिक विकास के कारण पिंड लोहे (pig iron) के उत्पादन में स्थायी कमी हो गई। अन्तरयुद्धीय काल में इस्पात उद्योग का उत्पादन प्रथम विश्वयुद्ध के पूर्वकालीन वर्षों की अपेक्षा अधिक था। फिर भी सन् 1913 से 1936 के बीच निर्यातों में लोहा और इस्पात उद्योग का अंशदान 5 मिलियन टन से घटकर 2.6 मिलियन टन ही हो गया। वस्त्र उद्योग सन् 1918 से 1939 के बीच मन्दी की ही अवस्था में रहा। इसका कारण यह था कि इसके सुदूर पूर्वी बाजारों में जापानी प्रतियोगिता के कारण इसका बाजार संकुचित हो गया था। इसने 75 प्रतिशत बाजार खो दिया जिसके फलस्वरूप इस उद्योग का उत्पादन 50 प्रतिशत कम हो गया। सन् 1912, 1939, 1949 में प्रति श्रमिक औसत उत्पादन इस उद्योग में समान रहा। आत्म-रक्षा के उपाय में वस्त्र उद्योग के मालिक बारीक सूतों के उत्पादन की ओर प्रवृत्त हो गये। इन्होंने कार्य के घंटों को भी कम कर दिया। **द्वितीय विश्वयुद्ध में जापान के पराजय एवं उसकी अर्थव्यवस्था के ध्वंस के कारण ब्रिटेन का भयानक प्रतियोगी समाप्त हो गया** जिससे इस उद्योग का पुनरोद्धार होना प्रारम्भ हुआ। 1946 से 1950 के बीच इस उद्योग की सभी शाखाओं में उत्पादन बढ़ गया। किन्तु पुनः प्रतियोगिता उपस्थित हो जाने से इस उद्योग के लिए पुनः संकट उपस्थित हुए। इसी प्रकार सन् 1870 के पश्चात् जहाज निर्माण, अभियांत्रिकी एवं ऊनी वस्त्र उद्योग के महत्त्व में भी कमी हुई। इनके महत्त्व में कमी के फलस्वरूप इंगलैंड में बेकारी की समस्या गंभीर होने लगी है।

2. कतिपय उद्योगों के महत्त्व में वृद्धि–1870 के पश्चात् जबकि ग्रेट ब्रिटेन की अर्थव्यवस्था में कतिपय उद्योगों, विशेषकर प्रमुख निर्यात उद्योगों के महत्त्व में कमी हुई है तो कतिपय उद्योगों का विकास भी हुआ है। इसके प्रमुख विकासशील उद्योग रसायनिक उद्योग, वस्तु-निर्माण उद्योग, मोटर गाड़ी उद्योग, भवन निर्माण उद्योग (building industry) आदि हैं। इन उद्योगों में विकास होने से इनमें नियोजित व्यक्तियों की संख्या में वृद्धि हुई

1. मॉरिस डॉब : स्टडीज इन दी डेवलपमेंट ऑफ कैपीटालिज्म, पृ॰ 346

है जिसके कारण प्रमुख निर्यात उद्योगों में ह्रास होने के कारण उपस्थित हुई बेकारी कुछ सीमा तक दूर की जा सकी है। फिर भी इन उद्योगों में नियोजित व्यक्तियों की संख्या में इतनी पर्याप्त वृद्धि नहीं हो पायी है कि देश की बेकारी की समस्या को पूर्णतः सुलझाया जा सके। फलतः बेकारी बढ़ती ही रही है।

3. विदेशी बाजारों पर निर्भरता और विदेशी व्यापार के महत्त्व में कमी—इंगलैंड में निर्यात उद्योगों का महत्त्व कम हो गया है जबकि जो उद्योग 1870 के पश्चात् विकसित हुए हैं वे अधिकांशतः देशी बाजार की माँग पर ही आश्रित हैं। इस प्रकार ब्रिटिश उद्योगों की विदेशी बाजारों पर निर्भरता में कमी हुई है। फलतः ब्रिटिश अर्थव्यवस्था में विदेशी व्यापार के महत्त्व में कमी हुई है।

4. विदेशी प्रतियोगिता में वृद्धि—1870 के पश्चात् ब्रिटिश उद्योगों के लिए प्रतियोगिता में वृद्धि हुई है। जापान, संयुक्त राज्य अमेरिका, जर्मनी इसके प्रबल प्रतियोगी हो गये हैं। वर्तमान शताब्दी के प्रारम्भ में जर्मनी और संयुक्त राज्य अमेरिका ने पूँजी वस्तुओं के निर्माण एवं निर्यात में ब्रिटेन की अपेक्षा अधिक तीव्र गति से प्रगति की है जबकि उपभोक्ता वस्तुओं के निर्माण में भी ये ग्रेट ब्रिटेन के प्रबल प्रतियोगी हो गए हैं।

औद्योगिक परिवर्तनों के परिणाम

1. ग्रेट ब्रिटेन की औद्योगिक सर्वोच्चता में ह्रास—हमने ऊपर बताया है कि सन् 1870 के पश्चात् इंगलैंड के प्रतियोगियों में वृद्धि हो गई और विश्व बाजार में संयुक्त राज्य अमेरिका, जर्मनी, जापान आदि देशों के प्रभाव प्रबल होने लगे। इंगलैंड में प्रमुख निर्यात उद्योगों का महत्त्व घटने लगा और जिन उद्योगों का विकास भी हुआ वे अधिकांशतः देशी बाजार के ही आधार पर विकसित हुए। फलतः विश्व अर्थव्यवस्था में ग्रेट ब्रिटेन की औद्योगिक सर्वोच्चता का पतन होने लगा।

2. ग्रेट-ब्रिटेन की अर्थव्यवस्था में विदेशी व्यापार के महत्त्व में कमी—1870 के पश्चात् ग्रेट ब्रिटेन के औद्योगिक ढाँचे एवं स्थिति में परिवर्तन के कारण देश की अर्थव्यवस्था में विदेशी व्यापार का महत्त्व पहले की अपेक्षा घट गया है।

3. उद्योगों के विवेकीकरण के लिए आन्दोलन (movement for rationalization of industries)—1870 के पश्चात् विश्व अर्थव्यवस्था में ग्रेट ब्रिटेन की अवनतिशील स्थिति के कारण वहाँ के उद्योगों के विवेकीकरण के लिए आन्दोलन चला ताकि ग्रेट ब्रिटेन के उद्योग विश्व बाजार में अपने प्रतियोगियों से सामना कर अपनी रक्षा करने में सफल हो सकें।

4. बेकारी की समस्या का गंभीर होना—ब्रिटेन के उद्योगों की अवनति एवं विदेशी व्यापार के संकुचन के कारण देश में बेकारी की समस्या उत्पन्न होने लगी जो उद्योगों के विवेकीकरण आन्दोलन के कारण गंभीर और स्थायी हो गई है।

5. पूँजी एवं श्रम के बिगड़ते हुए सम्बन्ध—बेकारी की अवस्था एवं विवेकीकरण के लिए आन्दोलन ने मिलकर पूँजी एवं श्रम के सम्बन्धों को विषाक्त कर दिया है।

6. ग्रेट ब्रिटेन के दक्षिणी भाग के औद्योगिक महत्त्व में वृद्धि—1870 के पश्चात् इंगलैंड के औद्योगिक परिवर्तनों का एक परिणाम यह हुआ कि देश में नवीन उद्योगों एवं व्यवसायों के विकास और विस्तार के कारण 18वीं एवं 19वी शताब्दियों की औद्योगिक

क्रांति का चक्र उलट गया। 1870 के पश्चात् हाने वाले औद्योगिक परिवर्तनों ने इंगलैंड के दक्षिणी क्षेत्रों के महत्त्व को बढ़ाया है क्योंकि नवीन उद्योग दक्षिणी क्षेत्रों में ही अधिकांशतः विकसित हुए हैं जहाँ पर विलास वस्तुओं की माँग अधिक हो रही है।

7. जनसंख्या का दक्षिण की ओर प्रयाण (*Shift of population from north to south*)—चूँकि 1870 के पश्चात् होने वाले औद्योगिक परिवर्तनों ने उत्तर के महत्त्व को कम कर दिया है और दक्षिण के महत्त्व को बढ़ा दिया है इसलिए देश की जनसंख्या का उत्तर से दक्षिण की ओर प्रयाण होने लगा है। दक्षिणी क्षेत्रों की जनसंख्या में वृद्धि हो गई है। यह परिवर्तन भी 18वीं एवं 19वीं शताब्दियों की औद्योगिक क्रांति के चक्र का परिवर्तन है क्योंकि उस क्रांति के कारण जनसंख्या दक्षिण से उत्तर की ओर विचरित हुई थी।

8. मध्य वर्ग का विकास (*Growth of intermediate class*)—1870 के पश्चात् होने वाले औद्योगिक परिवर्तनों का सामाजिक प्रभाव यह हुआ कि अंग्रेजी समाज में मध्य वर्ग का विकास हो गया। जैसा कि **डरबिन** (Durbin) ने लिखा है, "समाज का 40 प्रतिशत से भी अधिक गैर-सर्वहारा वर्ग (non-proletarian group) में सम्मिलित हो गया है और यह प्रतिशत अभी तक बढ़ ही रहा है। **ऐसा समाज जो परिवर्द्धित रूप में सर्वहारा वर्गीय हो एक भूतकालीन तथ्य हो गया है। जिस समाज में हम रह रहे हैं वह परिवर्द्धित रूप में एक मध्य वर्गीय समाज है।**"[1]

9. सरकारी नियंत्रण में वृद्धि—1870 के पश्चात् हुए औद्योगिक परिवर्तनों के स्वाभाविक एवं अनिवार्य परिणामस्वरूप सन् 1870 के पश्चात् देश के उद्योगों पर सरकारी नियंत्रण में वृद्धि हुई है जो द्वितीय विश्वयुद्ध के पश्चात् अत्यन्त ही अधिक बढ़ गया है। अन्तरयुद्ध काल में सरकार ने उद्योगों को संरक्षण दिया एवं उनके संयोजन को बढ़ावा दिया। द्वितीय विश्वयुद्ध के पश्चात् श्रमिक दलीय सरकार ने योजनाकरण के मार्ग को अपनाया। इसने इस कार्य के लिए एक **केन्द्रीय आर्थिक आयोजना कर्मचारी संवर्ग** (Central Economic Planning Staff) एवं **आर्थिक आयोजना मंडल** (Economic Planning Board) की स्थापना की। योजनाकरण के महत्त्वपूर्ण उद्देश्यों की पूर्ति के लिए कतिपय आधारभूत नियंत्रण किये गये। इसने औद्योगिक उत्पादनशीलता को बढ़ाने के लिए भी प्रयास किया। औद्योगिक एवं वैज्ञानिक गवेषणा (research) पर सरकारी व्यय में महान वृद्धि हुई है। जबकि सन् 1937-38 में इस कार्य के लिए केवल लगभग 6,37,000 पौंड ही व्यय किये गये तो सन् 1949-50 में लगभग 3.9 मिलियन पौंड इस कार्य पर व्यय किए गए। पिछले कुछ वर्षों से सरकारी नियंत्रण में ढिलाई की जा रही है।

ब्रिटेन की औद्योगिक सर्वोच्चता में ह्रास के कारण

विश्व इतिहास में उन्नीसवीं शताब्दी को ब्रिटेन की शताब्दी कहा जाता है। इस शताब्दी में ग्रेट ब्रिटेन औद्योगिक और वाणिज्य क्षेत्रों में विश्व का सर्वश्रेष्ठ राष्ट्र था। इसके उद्योग, वाणिज्य और साम्राज्य उन्नति के उच्चतम शिखर पर थे। किन्तु इन शताब्दी के अन्तिम वर्षों में, विशेषतः 1870 ई० के बाद इसकी औद्योगिक और वाणिज्यिक

1. "Over 40 per cent of the society has come to be included in non-proletraian groups and the percentage is still rising. A society that is increasingly proletarian is a thing of the past. The society in which we live is increasingly a bourgeoise society."
—Durbin : *The Politics of Democratic Socialism*, p. 112.

सर्वोच्चता में ह्रास प्रारम्भ हो गया। यद्यपि इसके बाद भी अदृश्य व्यापार (जैसे—बीमा, बैंकिंग, जहाजरानी आदि) के द्वारा वह अपनी सर्वोच्चता को प्रथम विश्व युद्ध तक बनाये रख सका था फिर भी दृश्य व्यापार में संयुक्त राज्य अमेरिका, जर्मनी और जापान जैसे उन्नतिशील देशों ने इसे 1870 ई॰ के बाद चुनौती देना प्रारम्भ किया था। धीरे-धीरे आर्थिक नेतृत्व की दौड़ में ग्रेट ब्रिटेन पिछड़ने लगा था। ग्रेट ब्रिटेन अपनी औद्योगिक सर्वोच्चता को 1870 ई॰ के बाद से ही कई प्रकार से खोने लगा था। कुछ उद्योगों (जैसे—लोहा और इस्पात तथा कोयला) के उत्पादन में जर्मनी और संयुक्त राज्य अमेरिका इससे आगे बढ़ने लगे। 1913 ई॰ तक जर्मनी तथा संयुक्त राज्य अमेरिका कच्चा लोहा तथा इस्पात के उत्पादन में ब्रिटेन से आगे बढ़ गये। इस काल में इंगलैंड से कोयले के निर्यात में भी महत्त्वपूर्ण कमी हुई। सूती वस्त्र उद्योग के उत्पादन में भी इसे प्रथम विश्वयुद्ध काल और बाद में जपापन आदि देशों ने चुनौती देना प्रारम्भ कर दिया। यंत्रों के निर्यात में भी 1913 ई॰ तक जर्मनी तथा संयुक्त राज्य अमेरिका इंगलैंड की बराबरी करने लगे थे। सारांशतः **19वीं शताब्दी के प्रारम्भ तक इंगलैंड की औद्योगिक सर्वश्रेष्ठता का पतन प्रारम्भ हो गया। प्रथम विश्वयुद्ध ने उसे अपार आर्थिक क्षति पहुँचायी।** फलतः यह अपनी सर्वोच्चता को खो बैठा। इस प्रकार **उन्नीसवीं शताब्दी के अन्तिम चरण में ब्रिटेन की औद्योगिक तथा वाणिज्यिक सर्वोच्चता में ह्रास की प्रक्रिया प्रारम्भ हुई और प्रथम विश्व युद्ध ने इसकी पूर्णाहुति कर दी।** इंगलैंड की औद्योगिक सर्वोच्चता का यह पतन विभिन्न कारणों का परिणाम था जिसे ब्रिटेन थोड़ी बहुत मात्रा में 1870 के बाद ही अनुभव करने लगा था। निम्नवर्णित कारण विशेष रूप से उल्लेखनीय हैं—

1. ब्रिटिश उद्योगों की उत्पादन क्षमता में ह्रास *(Decline in the productivity of British industries)*—ग्रेट ब्रिटेन की औद्योगिक सर्वोच्चता में ह्रास का प्रधान कारण इस युग में इसके उद्योगों की उत्पादन-क्षमता में ह्रास था। 1870 ई॰ के पूर्व ब्रिटेन में औद्योगिक विकास की वार्षिक दर 4 प्रतिशत थी। किन्तु इसके बाद इसमें कमी होने लगी तथा यह केवल 1.8 प्रतिशत प्रति वर्ष ही रह गयी। किन्तु दूसरी ओर अन्य विकासोन्मुख देशों में औद्योगिक विकास की दर अपेक्षाकृत अधिक थी। उदाहरण के लिए, 1870 ई॰ के पश्चात् यह दर सम्पूर्ण विश्व के लिए 3 प्रतिशत तथा संयुक्त राज्य अमेरिका एवं जर्मनी के लिए क्रमशः 5 तथा 4 प्रतिशत थी। स्पष्टतः इन देशों की अपेक्षा 1870 ई॰ के बाद ब्रिटेन की औद्योगिक उत्पादन क्षमता में ह्रास होने लगा।

2. विश्व के अन्य देशों का औद्योगिक विकास—उन्नीसवीं शताब्दी के अन्तिम चरण में संयुक्त राज्य अमेरिका, जर्मनी, फ्रांस, जापान आदि विश्व के कुछ अन्य देशों का तेजी से औद्योगिक और वाणिज्यिक विकास हो रहा था। इसका इंगलैंड की आर्थिक स्थिति पर बड़ा ही प्रतिकूल प्रभाव पड़ा। इन देशों में तो ब्रिटेन की बनी वस्तुओं का बाजार समाप्त हुआ ही, विश्व के अन्य देशों के बाजारों में भी ब्रिटेन को अब इन देशों की बढ़ती हुई प्रतियोगिता का सामना करना पड़ा। इस युग में ब्रिटेन की अपेक्षा इन नवविकसित राष्ट्रों में उत्पादन-क्षमता और विकास की दर अधिक थी। इस कारण इनके साथ प्रतियोगिता में ब्रिटेन ठहर नहीं सका। अतएव ब्रिटेन के उद्योग एवं व्यापार का पतन होने लगा। अब यह संसार की एकमात्र कर्मशाला नहीं रह पाया। सम्भवतः विश्व में ब्रिटेन के आर्थिक नेतृत्व की समाप्ति का यही सर्वाधिक महत्त्वपूर्ण कारण था। यद्यपि अपने अदृश्य व्यापार में वृद्धि के द्वारा ब्रिटेन अपनी स्थिति को कुछ समय तक बनाये रखा तथापि इसका प्रभाव भी अल्पकालीन ही था। धीरे-धीरे इन देशों ने भी अपनी बीमा, बैंकिंग तथा जहाजी सेवाओं का विकास कर लिया।

3. पुराने यंत्र तथा प्रविधि का प्रयोग (*Application of old plans and techniques*) —उन्नीसवीं शताब्दी के अन्त तक भी इंगलैंड में यंत्र प्रविधि के सुधार पर विशेष ध्यान नहीं दिया जा रहा था। ब्रिटिश उत्पादक उत्पादन के प्राविधिक पहलू पर बहुत कम ध्यान दे रहे थे। अतः इस क्षेत्र में ये धीरे-धीरे पीछे पड़ने लगे। दूसरी ओर जर्मनी तथा संयुक्त राज्य अमेरिका में प्राविधिक प्रगति पर विशेष ध्यान दिया जा रहा था। इससे इन देशों में उत्पादन की नयी-नयी विधियों का प्रयोग किया जाने लगा। परिणामस्वरूप वस्तुएँ सस्ती होने लगीं। इससे विदेशी बाजार में प्रतियोगिता करना इन देशों के लिए सरल हो गया। इससे भी इंगलैंड के व्यापार तथा उद्योगों को क्षति उठानी पड़ी। इस समय ब्रिटेन औद्योगिक एवं वैज्ञानिक गवेषणा पर भी नये विकासशील देशों की अपेक्षा बहुत कम ध्यान दे रहा था। उदाहरण के लिए, दोनों विश्वयुद्धों के बीच वाले समय में जबकि सोवियत रूस औद्योगिक गवेषणा पर अपनी कुल राष्ट्रीय आय का 1 प्रतिशत तथा संयुक्त राज्य अमेरिका 0.5 प्रतिशत खर्च कर रहे थे तो ब्रिटेन ऐसे कार्यों पर अपनी कुल राष्ट्रीय आय का केवल 0.1 प्रतिशत भाग ही व्यय कर रहा था।

4. निर्यातों में ह्रास—ग्रेट ब्रिटेन की अर्थव्यवस्था में औद्योगिक क्रांति के समय से ही निर्यात का अत्यधिक महत्त्वपूर्ण स्थान रहा था। किन्तु कई कारणों से 1870 के बाद इसके निर्यातों में कमी आने लगी। उन्नीसवीं शताब्दी के अन्तिम वर्षों में निर्यात प्रायः स्थायी रहा था जबकि आयातों में वृद्धि हो रही थी। इससे स्पष्ट है कि निर्यात के क्षेत्र में भी ब्रिटेन अपनी सर्वोच्चता नहीं बनाये रख सका। अगले पृष्ठ की तालिका इसे स्पष्ट करती है।

ग्रेट ब्रिटेन के आयात तथा निर्यात (मिलियन पौंड में)

वर्ष	कुल निर्यात	कुल आयात
1870-74	235	345
1875-79	202	365
1880-84	234	408

5. मुक्त व्यापार नीति (*Free trade policy*)—ग्रेट ब्रिटेन जिस काल में स्वर्णमान और मुक्त व्यापार नीति का अनुसरण कर रहा था उसी काल में अमेरिका और अधिकांश पश्चिमी यूरोपीय देश अपना उद्योगीकरण कर रहे थे। इस उद्देश्य से **वे संरक्षण नीति द्वारा अपने ''शिशु उद्योगों'' की रक्षा कर रहे थे।** विशेष रूप से फ्रांस, जर्मनी और अमेरिका ने ब्रिटिश और अन्य वस्तुओं के आयात के विरुद्ध ऊँची प्रशुल्क दीवारें खड़ी कर दी थीं। इससे ब्रिटिश निर्यात व्यापार को अधिक क्षति पहुँची। इसने ग्रेट ब्रिटेन की औद्योगिक एवं वाणिज्यिक सर्वोच्चता को प्रभावित किया क्योंकि यह सर्वोच्चता मुख्यतः निर्यात व्यापार पर ही आधारित थी। ये देश ब्रिटिश वस्तुओं के प्रमुख ग्राहक भी थे। अतएव इनकी संरक्षण नीति का ब्रिटिश उद्योगों पर प्रतिकूल प्रभाव पड़ा। इस प्रकार जिस मुक्त व्यापार नीति ने प्रारम्भ में ग्रेट ब्रिटेन को सर्वोच्चता प्राप्त करने में इंगलैंड की सहायता की थी वही अब इसके लिए एक अभिशाप बनने लगी।

6. उपभोक्ता-वस्तुओं पर विशेष जोर—ग्रेट ब्रिटेन की औद्योगिक और वाणिज्यिक सर्वोच्चता का प्रमुख आधार निर्यात व्यापार था जिसमें निर्मित उपभोक्ता-वस्तुओं की प्रधानता थी। किन्तु इधर संसार के अन्य देश अपनी पूँजी का निवेश उत्पादक वस्तुओं के

निर्माण में कर रहे थे। निःसंदेह ग्रेट ब्रिटेन भी इन परिस्थितियों के अनुसार अपनी अर्थ-व्यवस्था को समायोजित करने का प्रयास कर रहा था। किन्तु समायोजन की यह प्रक्रिया अत्यन्त ही मन्द थी।

7. स्वर्णमान का प्रतिकूल प्रभाव *(Adverse effect of gold standard)*—इंगलैंड में प्रथम विश्वयुद्ध के पूर्व अन्तरराष्ट्रीय स्वर्णमान का प्रचलन था। इस प्रणाली में अन्तरराष्ट्रीय विनिमय स्थायित्व स्वर्ण के अन्तरगमन तथा बहिर्गमन पर निर्भर था। किन्तु 1870 ई० के बाद बदली हुई परिस्थितियों तथा स्वतंत्र व्यापार के कारण ब्रिटेन अपनी अर्थव्यवस्था में इच्छानुसार समायोजन नहीं कर सका। इससे उसके स्वर्ण-भंडार में अत्यधिक कमी होने लगी। इससे उसकी आर्थिक स्थिति पर प्रतिकूल प्रभाव पड़ा।

8. दोषपूर्ण मौद्रिक नीति—ग्रेट ब्रिटेन द्वारा प्रथम विश्वयुद्ध के बाद दोषपूर्ण मौद्रिक नीति का अनुसरण भी इसकी हीनावस्था के लिए उत्तरदायी है। प्रथम विश्वयुद्ध के बाद 1925 ई० में इंगलैंड ने अपनी वित्तीय प्रतिष्ठा को बनाये रखने के लिए स्वर्णमान को प्रथम विश्वयुद्ध की समता दर पर अपनाया था। ब्रिटेन की आर्थिक स्थिति पर इसका प्रतिकूल प्रभाव पड़ा। इस दर पर पौंड का अधिमूल्यन हो गया था। इससे विदेशी बाजार में ब्रिटेन की वस्तुएँ अन्य देशों की अपेक्षा महँगी पड़ने लगीं और फलतः उनकी माँग कम होने लगी। इसका उसके निर्यात पर व्यापाक प्रतिकूल प्रभाव पड़ा।

द्वितीय विश्वयुद्ध के पश्चात् औद्योगिक क्षेत्र में सबसे अधिक उत्पादन अभियांत्रिकी, जलयान निर्माण, विद्युत वस्तुओं, वाहन, रासायनिक वस्तुओं, कागज एवं मुद्रण, गैस, विद्युत शक्ति एवं जल सम्बन्धी उद्योगों में बढ़ा है। अनुमानतः 1948 से 1957 के बीच अभियांत्रिकी, जलयान निर्माण एवं विद्युत वस्तुओं सम्बन्धी उद्योगों का उत्पादन 55 प्रतिशत बढ़ा, वाहन सम्बन्धी उद्योगों का उत्पादन 65 प्रतिशत बढ़ा, रासायनिक वस्तु सम्बन्धी उद्योगों का उत्पादन 92 प्रतिशत बढ़ा, कागज एवं मुद्रण सम्बन्धी उद्योगों का उत्पादन 69 प्रतिशत बढ़ा और गैस, विद्युत शक्ति एवं जल सम्बन्धी उद्योगों का उत्पादन 63 प्रतिशत बढ़ा। सन् 1948 से 1958 के बीच कारखानों एवं अन्य औद्योगिक संस्थानों द्वारा विद्युत शक्ति का उपयोग बढ़कर दूना हो गया।

संदर्भ

L.C.A. Knowles : Industrial and Commercial Revolutions in Great Britain During the Nineteenth Century.

L.C.A. Knowles : Economic Development During the Nineteenth Century.

Southgate : English Economy History.

Youngson : The British Economy, 1920-1957.

Ogg and Sharp : Economic Development of Modern Europe.

Arnold Toynbee : Lectures on the Industrial Revolutions of the 18th Century.

L.J. Williams : Britain and the World Economy (1919-1970)

मानक प्रश्न

1. उन्नीसवीं शताब्दी में इंगलैंड की औद्योगिक एवं वाणिज्यिक सर्वश्रेष्ठता के क्या कारण थे?

2. ''इंगलैंड की औद्योगिक क्रांति के प्रभाव ब्रिटेन के आर्थिक जीवन के प्रत्येक पहलू पर अत्यन्त दूरगामी थे।'' विवेचना कीजिए।

"The Industrial Revolution in England had far-reaching effects on every aspect of her economic life." Discuss. **(Bhag. U., B. A. (H) 1961)**

3. ग्रेट ब्रिटेन की औद्योगिक क्रांति के (क) कारणों एवं (ख) उसके आर्थिक तथा सामाजिक प्रभावों की विवेचना कीजिए। **(Punjab 1966; P.U., B.A. (H) 1961)**

4. औद्योगिक क्रांति की प्रमुख विशेषताओं का वर्णन कीजिए और उसके आर्थिक एवं सामाजिक प्रभावों की विवेचना कीजिए। **(M.U.B.A. (H) 1971, Raj. U. 1961)**

5. क्या इंगलैंड में 1750 से 1850 के बीच हुए परिवर्त्तनों को औद्योगिक क्रांति की संज्ञा देना सही है?

6. औद्योगिक क्रांति की परिभाषा दीजिए। औद्योगिक क्रांति सर्वप्रथम ब्रिटेन में ही क्यों आई? **(Patna B.A. (H) 1960, Jodhpur 1963, Punjab, 1965)**

7. औद्योगिक क्रांति का विवरण दीजिए। इसने इंगलैंड के लोगों को किस प्रकार से प्रभावित किया है? **(Raj. U. 1950)**

8. ''औद्योगिक क्रांति शब्द-बंध का प्रयोग इसलिए नहीं किया गया है कि परिवर्तन की प्रक्रिया द्रुतगामी थी वरन् इसलिए कि पूर्ण होने पर परिवर्तन मौलिक था।'' व्याख्या कीजिए तथा ग्रेट ब्रिटेन में औद्योगिक क्रांति के आर्थिक एवं सामाजिक प्रभावों की व्याख्या कीजिए।

"The term Industrial Revolution is used not because the process of change was quick but because, when accomplished. the change was fundamental." Discuss and describe the economic and social effects of Industrial Revolution in Great Britain. **(P.U.B.A. (H) 1959)**

9. ''औद्योगिक क्रांति में 6 महत्त्वपूर्ण परिवर्तनों का समावेश था जो सभी अन्तरसम्बन्धित थे।'' इस कथन की विवेचना कीजिए।

10. अठारहवीं तथा उन्नीसवीं शताब्दियों में ब्रिटेन में हुई कृषि एवं औद्योगिक क्रांतियों के परस्पर सम्बन्धों की व्याख्या कीजिए।

11. औद्योगिक क्रांति की प्रमुख विशेषताओं का वर्णन कीजिए और बतलाइये कि यह क्रांति अठारहवीं सदी में ही क्यों आई ?

12. इंगलैंड की औद्योगिक क्रांति की प्रमुख विशेषताओं का उल्लेख कीजिए। इंगलैंड ही औद्योगिक क्रांति का प्रणेता क्यों बना ? **(Jodhpur Uni. 1965)**

State the salient features of the Industrial Revolution in England ? Why did England become the pioneer in Industrial Revolution ?

13. औद्योगिक क्रांति के पूर्व ब्रिटेन की आर्थिक स्थिति की व्याख्या कीजिए।

Discuss the economic conditions of Britain before the Industrial Revolution.

14. उन तत्त्वों की व्याख्या करें जिन्होंने अठारहवीं शताब्दी में ब्रिटेन में उद्योगों में महान परिवर्तनों का सूत्रपात किया।

Discuss the factors which brought about the great changes in English industry in the middle of the 18th century. **(Raj. U. 1951)**

15. उन्नीसवीं शताब्दी के बाद ब्रिटेन की औद्योगिक एवं वाणिज्यिक सर्वश्रेष्ठता में ह्रास की व्याख्या करें।

Account for the decline of the industrial and commercial supremacy of Great Britain after the 19th century. **(Patna B.A. (H) 1965)**

❑

अध्याय 5

ग्रेट ब्रिटेन के कुछ प्रमुख उद्योग

(SOME PRINCIPAL INDUSTRIES OF GREAT BRITAIN)

ग्रेट ब्रिटेन का आर्थिक इतिहास वस्तुतः इसके औद्योगिक विकास का ही इतिहास है। विश्व में औद्योगिक क्रांति का सूत्रपात ब्रिटेन से ही हुआ। 19वीं शताब्दी में इसने औद्योगिक क्षेत्र में विश्व का नेतृत्व किया। **इसने उद्योगवाद नाम से विश्व को एक नयी सामाजिक व्यवस्था, एक नया सामाजिक दर्शन तथा एक नया सामाजिक जीवन प्रदान किया।** यद्यपि अब विश्व औद्योगिक अर्थ-व्यवस्था में ब्रिटेन की वह गरिमापूर्ण स्थिति नहीं रह गयी है फिर भी इसकी अर्थव्यवस्था में उद्योग का महत्त्वपूर्ण स्थान है। यह एक उद्योग प्रधान देश है। आज भी यह विश्व में निर्मित वस्तुओं का तीसरा सबसे बड़ा निर्यातक देश है तथा इसके औद्योगिक उत्पादन की विविधता इस बात का साक्षी है कि यह विश्व की एक महत्त्वपूर्ण कर्मशाला है।

सूती वस्त्र का उद्योग

ब्रिटिश औद्योगिक क्रांति का सर्वप्रथम अनुभव वस्त्र उद्योग ने ही किया था। सन् 1765 से 1785 के बीच के 20 वर्षों में अनेक महत्त्वपूर्ण अनुसंधान ब्रिटिश वस्त्र उद्योग में ही हुए थे। इन प्राविधिक अनुसंधानों के फलस्वरूप ब्रिटिश सूती वस्त्र उद्योग संसार में कालान्तर में सर्वोच्च स्थान प्राप्त कर लिया। ग्रेट ब्रिटेन में सूती वस्त्र उद्योग का विकास 1585 ई० से ही मानचेस्टर के आस-पास प्रारम्भ हो गया था। किन्तु **18वीं शताब्दी के प्रारम्भ तक सूती वस्तुओं का निर्माण ब्रिटेन में महत्त्वपूर्ण नहीं था।** उसका **प्रथम कारण** यह था कि रूई वेस्ट इन्डीज और लेवान्त आदि से प्राप्त होती थी और उसकी पूर्ति अनिश्चित थी क्योंकि लेवान्त में फ्रांसीसी और डच व्यापारियों की प्रतियोगिता थी और वेस्टइण्डीज पर 1763 ई० तक ग्रेट ब्रिटेन का पूर्ण प्रभाव नहीं हो पाया था। इस कारण इस उद्योग का विकास रुका हुआ था। **द्वितीय कारण** निहित स्वार्थों का विरोध था। इन विरोधियों में एक तो वे थे जो ऊनी और रेशमी उद्योगों में लगे हुए थे और दूसरा विरोध ईस्ट इंडिया कम्पनी का था जो भारत वर्ष से सूती कपड़े का आयात करती थी। भारतीय सूती कपड़े इंगलैंड में लोकप्रिय थे। इसलिए ब्रिटिश ऊनी और रेशमी कपड़ों के हित में **भारतीय रंगीन सूती कपड़ों के आयात पर सन् 1709 में बन्धन लगा दिया गया।** किन्तु अब भी सफेद कपड़े मँगाये जा सकते थे। भारतीय सूत कपड़ों का प्रयोग नहीं रोका जा सका क्योंकि इंगलैंड में ही आवश्यक वस्तुओं का आयात कर उनका निर्माण किया जाने लगा। इस प्रकार अप्रत्यक्ष रूप से भारतीय कपड़े व्यवहृत होते रहे। फलतः **1721 में भारतीय सूती कपड़ों के इंगलैंड में व्यवहार को भी प्रतिषेधित कर दिया गया।** लगभग 50 वर्षों से अधिक समय तक मखमल और रूई के सिले हुए सूतों का प्रयोग

किया जाता रहा क्योंकि बहुत दिनों तक ब्रिटिश उद्योगपति रूई के मजबूत सूतों का उत्पादन नहीं कर पाये थे। किन्तु सन् 1721 के अधिनियम को पारित होने पर इस प्रकार के व्यवहार की वैधानिकता के प्रति सन्देह किया जाने लगा। फलतः सन् 1733 में पारित **मानचेस्टर एक्ट** के अनुसार इस कार्य को वैधानिक घोषित कर दिया गया। ब्रिटिश सूती वस्त्र उद्योग की क्रांति के लिए अब भूमिका बन चुकी थी। कुछ नये तत्त्वों ने उस क्रांति में योग दिया। **ब्रिटिश सूती वस्त्र उद्योग के क्रांतिकारी विकास के प्रमुख कारण अग्रलिखित कहे जा सकते हैं**—(1) प्रथम कारण तो भारतीय सूती कपड़ों के आयात और उसके ब्रिटेन में प्रयोग पर प्रतिबन्ध ही है। भारतीय सूती कपड़ों के विरोध में इंगलैंड के द्वारा अपनायी गई संरक्षण नीति प्राथमिक रूप से इंगलैंड के ऊनी और रेशमी वस्त्र उद्योगों के हितों की रक्षा के लिए ही थी। किन्तु यह अन्ततः अंग्रेजी सूती वस्त्र उद्योग के उत्थान में फलीभूत हुई। यदि भारत से कपड़ों के आयात पर रोक नहीं लगाई गई होती तो सम्भवतः अंग्रेजी सूती वस्त्र उद्योग का इतना तीव्र विकास नहीं हुआ होता। (2) अंग्रेजी सूती वस्त्र उद्योग के तीव्र विकास का द्वितीय कारण सन् 1736 में मानचेस्टर एक्ट का पारित किया जाना है जिसने सन् 1721 के अधिनियम की वैघानिक कठिनाइयों को दूर कर दिया और ब्रिटिश उद्योगपतियों द्वारा मखमल एवं रूई को मिश्रित कर सूत कातने के कार्य को वैधानिक रूप दे दिया। (3) यह उद्योग इस कारण भी तीव्र गति से विकसित हुआ कि यद्यपि सफेद सूती कपड़ों का आयात किया जा सकता था और उनकी प्रतियोगिता बनी हुई थी तथापि वह प्रतियोगिता कोई विशेष महत्त्व की नहीं थी क्योंकि उन आयातों पर कड़ा कर लगाया जाता था। अतएव व्यवहारतः ब्रिटिश सूती वस्त्र उद्योग धीरे-धीरे समस्त आन्तरिक बाजार पर आधिपत्य जमा लिया। (4) ब्रिटिश सरकार वस्तुओं के निर्यात पर उत्पादन देने की नीति अपनायी थी। इससे सूती कपड़ों के निर्यात को प्रोत्साहन मिला और इसलिए इस उद्योग के तीव्र विकास के लिए भी। (5) 18वीं शताब्दी का अन्त होते-होते रूई की वृहत् पैमाने पर पूर्ति संयुक्त राज्य अमेरिका से की जा सकी और इस प्रकार कच्चे माल का अभाव नहीं रह गया। (6) 18वीं शताब्दी के उत्तरार्द्ध में अनेक आविष्कार हुए। इन यांत्रिक एवं प्राविधिक आविष्कारों ने इस उद्योग की कठिनाइयों को दूर कर दिया। सन् 1759 में **रिचार्ड आर्कराइट** (Richard Arkwright) ने सूत कातने की मशीन का आविष्कार किया। (7) भारत वर्ष की आन्तरिक गड़बड़ी ने भी ब्रिटिश सूती वस्त्र उद्योग को प्रोत्साहन दिया। सन् 1707 में औरंगजेब की मृत्यु के पश्चात् भारतवर्ष में शसक्त शासन का अभाव हो गया और भारतवर्ष पर आधिपत्य जमाने में अंग्रेजों एवं फ्रांसीसियों में संघर्ष होने लगे। अन्ततः अंग्रेज सफल हुए। ऐसी आन्तरिक अशांति की अवस्था में भारतीय सूती कपड़ों के निर्यात पर बाधा पहुँची और अंग्रेजी सूती वस्त्र उद्योग को स्वर्ण अवसर प्राप्त हो गया।

सूती वस्त्र उद्योग सम्बन्धी विभिन्न आविष्कार—ब्रिटेन में 18वीं शताब्दी के उत्तरार्द्ध में सूती वस्त्र उद्योग से सम्बन्धित अनेक विभिन्न प्रकार के आविष्कार हुए जिन्होंने इसकी काया पलट ही कर दी। इनमें 1733 ई० में जॉन के (Jon Kay) द्वारा फ्लाईंग शटल (Fluying shuttle) का आविष्कार प्रमुख है। इससे इसके बुनाई कार्य में सुविधा हुई। इसका प्रयोग पहले ऊन उद्योग में किया जाता था किन्तु 1760 ई० से सूती वस्त्र-उद्योग में भी यह प्रयुक्त किया जाने लगा। अब सूती वस्त्र-उद्योग की प्रमुख समस्या कताई के सम्बन्ध में रह गयी। अठारहवीं शताब्दी के मध्य में इस पर भी ध्यान दिया जाने लगा।

प्रारम्भ में **वायट** (Waytt), **पॉल** (Paul) और **हाईज** (Highs) आदि ने अनेक मशीनों का निर्माण किया। किन्तु इन प्रारंभिक प्रयत्नों में बहुत अधिक सफलता नहीं मिल सकी। सन् 1767 ई॰ में **जेम्स हारग्रीव्स** (James Hargreaves) ने "स्पिनिंग जेनी" (spinning jenny) का आविष्कार किया जिस पर एक साथ ग्यारह तकुए घूम सकते थे। 1769 में **रिचार्ड आर्कराइट** (Richard Arkwright) ने एक सूत कातने की मशीन का आविष्कार किया जो सर्वथा नवीन सिद्धान्तों पर आधारित थी। यह मशीन जल-शक्ति से चलायी जाती थी। अतः यह **'वाटर-फ्रेम** कहलायी। इसके लिए अधिक स्थान की आवश्यकता थी। अतः यह घरों में काम में नहीं लायी जा सकती थी। साथ ही, श्रमिकों के लिए यह महँगी पड़ती थी। इसके लिए अलग से मकान बनाने की आवश्यकता पड़ती थी। अतः **इसके प्रयोग से कारखाना प्रणाली का प्रारम्भ हुआ माना जाता है। आर्कराइट का महत्त्व इस उद्योग में 'शक्ति' के प्रयोग के कारण है।** शक्ति के उपयोग से आर्कराइट ने कताई के कार्य को घर से निकाल कर कारखानों में ला दिया। *(He revolutionised the spinning process and transferred it from the home to the factory.)* वाटर फ्रेम से तैयार किया गया सूत 'जेनी' के सूत से मजबूत तथा मोटा होता था। अतः यह ताना बनाने के लिए अधिक उपयुक्त था।

सन् 1776 ई॰ में **क्रॉम्पटन** (Crompton) ने **'म्यूल'** (mule) नामक मशीन का आविष्कार किया जिसमें 'जेनी' और 'वाटर फ्रेम' के सिद्धान्तों को मिलाकर महीन एवं मजबूत सूत तैयार किया जाने लगा। इसके आविष्कार से इंगलैंड में अब मलमल का निर्माण सम्भव हो गया। कुछ ही समय बाद ऐसे प्रकार के म्यूल का निर्माण किया गया जिस पर एक ही साथ सैकड़ों तकुए चलाए जा सकते थे। अब जेनी तथा म्यूल कारखानों में लगाये जाने लगे। अठारहवीं शताब्दी के अन्त तक ये मशीनें मुख्यतः जल-शक्ति से चलायी जाती थीं। किन्तु कहीं-कहीं पर वाष्प-शक्ति का भी प्रयोग किया जाने लगा था। 1785 ई॰ में **रिचार्ड रॉयट्स** ने एक स्वचालित म्यूल (automatic mule) का आविष्कार किया। 1830 ई॰ में इसमें सुधार किया गया। सूत कातने की इस नयी मशीन से सूत अधिक मात्रा में उपलब्ध होने लगा। इससे कताई और बुनाई के अनुपात में परिवर्तन हो गया। साथ ही, सूत प्रचुर मात्रा में मिलने लगे। इसके कारण बुनकरों की माँग बढ़ गयी। पहले फ्लाइंग शटल द्वारा बुनाई होती थी। किन्तु 1785 ई॰ में **एडमण्ड कार्टराइट** (Edmund Cartwright) ने शक्ति द्वारा चालित करघे (power loom) का आविष्कार किया। परन्तु यह बिल्कुल निकम्मा था। अतएव इसमें **रैडिक्लिफ और होरटोक्स** (Hortocks) आदि ने सुधार किया। 1815 ई॰ तक शक्ति द्वारा प्रचलित करघों का विस्तृत रूप से प्रयोग किया जाने लगा। तब कातने तथा बुनने की क्रिया में समान स्तर का अनुपात स्थापित किया जा सका।

सन् 1780 से 1803 के बीच सूती वस्त्र-उद्योग में छपाई और रंगाई में भी बहुत सुधार हुए। सन् 1783 तक कपड़े की छपाई हाथ से होती थी जिसमें श्रम, शक्ति और धन का अत्यधिक अपव्यय होता था। 1783 में थॉमस बेल ने ताम्बे के सिलिंडर से छापने का आविष्कार किया। इसी प्रकार **ग्लासगो के टेनेन्ट** ने रंगाई की कला में 1799 में इस तरह का सुधार किया कि इससे महीनों का कार्य दिनों में होने लगा। बाद में इस प्रणाली को **मैनचेस्टर के हेनरी** ने और विकसित किया। इसी समय **टेलर** ने **टकीरेड रंगाई का ढंग निकाला। प्रारम्भ में कुछ आविष्कारकों को विभिन्न प्रकार की शारीरिक यातनाएँ**

भी भुगतनी पड़ीं। कुछ को तो अपना देश तक छोड़ना पड़ा था क्योंकि उस समय तक इंगलैंड इन आविष्कारों द्वारा उत्पन्न आर्थिक प्रभावों को वहन करने के लिए तैयार नहीं था। किन्तु बाद में जब बड़े पैमाने पर भारतीय पूँजी इंगलैंड आने लगी तो इन आविष्कारों को मूर्त्त रूप दिया जाने लगा और शीघ्र ही लंकाशायर और मैनचेस्टर सूती वस्त्र-उद्योग के लिए जगत प्रसिद्ध केन्द्र बन गये। **इंगलैंड के सूती वस्त्र उद्योग का क्रांतिकारी विकास हुआ किन्तु भारतीय सूती वस्त्र-उद्योग की बलि वेदी पर। इन समस्त कारणों से अंग्रेजी सूती वस्त्र-उद्योग की विश्व में सर्वोच्चता स्थापित हो गई। अधिकांशतः यह उद्योग लंकाशायर के आस-पास स्थानीकृत** (localised) हो गया क्योंकि (1) लंकाशायर की जलवायु अनुकूल थी, (2) उसके पास उत्तम बन्दरगाह लीवरपुरल था जिसके द्वारा कच्चे माल को दूसरे देशों से मँगाया जा सकता था और बने हुए कपड़ों का निर्यात किया जा सकता था और (3) उद्योग के लिए आवश्यक शक्ति एवं कोयले सरलता से सस्ते मूल्य पर प्राप्त किये जा सकते थे।

ब्रिटिश सूती वस्त्र-उद्योग को अमेरिकी गृह-युद्ध(1862-65) के समय आघात पहुँचा था क्योंकि उस समय इसके लिए वहाँ से रूई पर्याप्त मात्रा में नहीं मँगाई जा सकी थी। फलस्वरूप कई कारखाने बन्द हो गये और इस उद्योग पर वित्तीय संकट आ गया। श्रमिक इस उद्योग को छोड़-छोड़ कर अन्य उद्योगों में जाने लगे। उसके पश्चात् इसका शनैः -शनैः पुनरुत्थान हुआ। कालान्तर में कपास भारत एवं मिस्र से मँगाई जाने लगी। सन् 1902 में **ब्रिटिश कॉटन ग्रोइंग एसोसिएशन** का निर्माण किया गया जिसने ब्रिटिश साम्राज्य के विभिन्न देशों की रूई के उत्पादन को प्रोत्साहित करने के लिए मौद्रिक सहायता दी।

19वीं शताब्दी तक ब्रिटिश सूती वस्त्र उद्योग विश्व में अपना सर्वोच्च स्थान बनाये रखा क्योंकि (1) इसे पर्याप्त मात्रा में कच्चा माल मिल जाता था, (2) अब तक संसार के अन्य देशों में सूती वस्त्र उद्योग का विकास नहीं हो पाया था, (3) 19वीं शताब्दी की औद्योगिक एवं वाणिज्यिक क्रांतियाँ इसे प्रोत्साहित करती रहीं। प्रथम विश्व युद्ध तक इस उद्योग का विकास अबाध गति से होता रहा। बीसवीं शताब्दी का प्रारम्भ होतें-होते यह और भी अधिक विकसित हो गया। सन् 1885 में कुल 42 मिलियन तकुए थे जो सन् 1914 में बढ़कर 59 मिलियन हो गए थे। करघों की संख्या भी 1885 में केवल 5½ लाख थी जो सन् 1915 में 8 लाख से भी अधिक हो गई। 1914 में यह प्रतिवर्ष 200 करोड़ पौंड कपास का उपयोग करता था और इस उद्योग में 620 हजार मजदूर काम करते थे।

प्रथम विश्वयुद्ध से इस उद्योग को क्षति पहुँची। इसका कारण था कि (1) यह उद्योग निर्बल आधार पर विकसित हुआ था। विदेशी बाजारों पर यह अधिक आश्रित था और युद्ध काल में विदेशी बाजारों में बड़े पैमाने पर सूती कपड़ों को नहीं भेजा जा सका। (2) नौपरिवहन की कठिनाइयाँ भी इसके समक्ष थीं। (3) जबकि इस समय इंगलैंड के सूती वस्त्र उद्योग को हानि पहुँच रही थी तो जापान के सूती वस्त्र उद्योग को सुअवसर प्राप्त हो गया। जापान अब इंगलैंड का प्रबल प्रतियोगी हो गया। महायुद्ध के पश्चात् इसकी स्थिति में सुधार हुआ। स्वर्ण एवं चाँदी के मूल्य में वृद्धि हो जाने से पूर्वीय देशों की आय में वृद्धि हुई। इससे इस उद्योग को खूब लाभ प्राप्त हो सका। किन्तु **उद्योग की तेजी का काल सन् 1920 के पश्चात् समाप्त हो गया।** इसके उत्पादन में लगातार कमी होने लगी। 1924 ई० में 1913 ई० की अपेक्षा सूत और सूती वस्त्र के उत्पादन में क्रमशः 30 और 33 प्रतिशत कमी हो गयी थी। सन् 1924-25 के पश्चात् सूती कपड़ों

का निर्यात कम हो गया। जापान तो प्रतियोगी हो ही गया था, भारत और चीन में भी यह उद्योग विकसित हो गया। फलतः अंग्रेजी सूती उद्योग के बाजार का बहुत अंश विदेशियों के हाथों में चला गया और ब्रिटेन के सूती कपड़ों का निर्यात कम हो गया। सन् 1930 में महान मन्दी आई और उसका भी प्रभाव इस उद्योग पर पड़ा। इसके अतिरिक्त कपास का मूल्य भी बढ़ गया और कच्चा माल मँहगा हो गया। दूसरी ओर, इंगलैंड में मजदूरी की दर भी ऊँची थी। अतएव उत्पादन की लागत अधिक हो जाती थी। इन्हीं सब कारणों से अँग्रेजी सूती उद्योग के लिए बाधाएँ उपस्थित हो गईं। 1930 में 1924 ई॰ की अपेक्षा उत्पादन 40 प्रतिशत की कमी हो गयी। **प्रथम विश्वयुद्ध के बाद ग्रेट ब्रिटेन के सूती वस्त्र-उद्योग की अवनति के कारण अग्रलिखित थे**–(1) विश्व के विभिन्न देशों में आर्थिक स्वावलम्बन तथा राष्ट्रीयता की भावना प्रबल होने लगी थी। इससे अधिकांश देश अपनी सीमा के अन्दर ही सूती वस्त्र-उद्योग के विकास का प्रयास करने लगे थे। इससे ब्रिटिश कपड़ों की माँग कम हो गयी थी। (2) सुदूर पूर्व में जापान ब्रिटेन का एक प्रमुख प्रतियोगी राष्ट्र बन गया। इसके कपड़े इतने सस्ते होते थे कि 75 प्रतिशत कर लगाने पर भी ये ब्रिटिश वस्त्रों से सस्ते पड़ते थे। उधर संयुक्त राज्य अमेरिका में भी धीरे-धीरे यह उद्योग विकसित हो रहा था। (3) युद्ध और मन्दी के परिणामस्वरूप भारत तथा चीन आदि देशों में लोगों की क्रयशक्ति कम हो गयी थी। अतएव इंगलैंड का कपड़ा इनके लिए मँहगा पड़ने लगा। इससे इन देशों में भी माँग कम होने लगी। (4) इंगलैंड में भी सूती वस्त्र की स्थानीय माँग में कमी हो गयी। (5) भारत आदि देशों में स्वदेशी आन्दोलन का भी ब्रिटेन के इस उद्योग पर प्रतिकूल प्रभाव पड़ा।

इस प्रकार इस उद्योग पर प्रथम विश्वयुद्ध और विश्व-व्यापी आर्थिक मन्दी का बड़ा ही घातक प्रभाव पड़ा। इसके पतन की इस प्रक्रिया को रोकने के लिए सूती वस्त्र उद्योग में संयोजन-आन्दोलन प्रारम्भ हुआ। कई निगम स्थापित किये गये। इनमें **लंकाशायर कॉटन निगम** विशेष रूप से उल्लेखनीय हैं। सन् 1936 ई॰ में **सूती वस्त्र-उद्योग पुनर्गठन अधिनियम** (Cotton Industry Reorganisation Act) पारित किया गया। इसके अनुसार एक तकुआ मंडल (Spindles Board) की नियुक्ति की गयी जिसे आवश्यकता से अधिक तकुओं को निकाल देने का अधिकार दिया गया। 1939 में **सूती उद्योग मंडल** (Cotton Industry Board) नियुक्त किया गया।

द्वितीय विश्व युद्ध काल–सन् 1939-45 के पूर्व ब्रिटिश सूती वस्त्र उद्योग असंतुलित था। सन् 1935 के **कॉटन इन्डस्ट्री एक्ट** द्वारा इसे सुस्थिर करने का प्रयास किया गया था। किन्तु उसे लागू नहीं किया जा सका। सन् 1946 में ब्रिटिश श्रमिक दल की एक समिति का प्रतिवेदन प्रकाशित हुआ जिसके अनुसार ब्रिटिश सूती वस्त्र उद्योग का ढाँचा अनुप्रस्थ (horizontal) था। उसकी क्षमता 38.5 मिलियन तकुओं की थी। अधिकांश सूत कातने के कारखाने सार्वजनिक सीमित कम्पनियाँ थे। करघों की संख्या 5,00,000 थी। युद्ध काल में स्त्री श्रमिकों की संख्या बढ़ी। सन् 1939 में इस उद्योग के समस्त श्रमिकों में 28 प्रतिशत स्त्रियाँ थीं जबकि सन् 1945 में वे 42 प्रतिशत हो गयीं। इसका कारण श्रमिकों का अभाव था। अधिकांश श्रमिक युद्ध-संचालन में चले गए थे। अतः स्त्रियों एवं बच्चों को भी नियुक्त किया जाने लगा। उद्योग की उत्पादन क्षमता कम हो गई।

ब्रिटिश सूती वस्त्र उद्योग की वर्तमान स्थिति और समस्याएँ

ब्रिटेन के उपभोक्ता उद्योग में सूती वस्त्र उद्योग आज भी एक प्रधान उद्योग है फिर भी इसके उत्पादन तथा नियोजन की शक्ति में पिछले कुछ वर्षों से निरन्तर कमी आ रही है। सन् 1969 ई॰ में ग्रेट ब्रिटेन के वस्त्र उद्योग में लगभग 8.5 लाख मजदूर काम करते थे। इसमें से अधिकांश मजदूर सूती वस्त्र उद्योग में लगे हुए थे। 1966 ई॰ में प्रायः 371 लाख पौंड मूल्य के सूत एवं सूती वस्त्र का ब्रिटेन से निर्यात किया गया था। इस समय आस्ट्रेलिया, दक्षिणी अफ्रीका, न्यूजीलैंड इसके प्रमुख ग्राहक हैं।

1. निर्यात बढ़ाने की समस्या—ब्रिटिश सूती उद्योग मुख्यतः निर्यात पर ही आधारित है। किन्तु अब इसके निर्यात में निरन्तर कमी होने लगी है। इसका प्रधान कारण भारत, जो पहले इसका एक प्रधान बाजार था, में सूती वस्त्र उद्योग का द्रुतगति से विकास है। इसके अतिरिक्त चीन, मिस्र तथा अन्य अफ्रीकी देशों में भी इस उद्योग का विकास होता रहा है। दूसरी ओर, युद्ध के बाद जापान ने पुनः एशियाई बाजार पर अपना आधिपत्य जमा लिया है। यूरोप के बाजारों में भी इंगलैंड को फ्रांस की प्रतिद्वन्द्विता का सामना करना पड़ता है। अब तो राष्ट्र मंडल के देशों से भी सूती वस्त्र इंगलैंड के घरेलू बाजार में आने लगे हैं जिनकी प्रतियोगिता का इसे सामना करना पड़ता है। सूती वस्त्र के निर्यात को प्रोत्साहित करने के लिए ब्रिटिश सरकार द्वारा बहुत से प्रयत्न किये जा रहे हैं। उदाहरण के लिए, 1955 ई॰ में इस उद्देश्य से सूती वस्त्र को क्रय-विक्रय से मुक्त कर दिया गया।

2. संयोजन आन्दोलन *(Combination movement)* **के उचित तरीके से विकास की समस्या**—ग्रेट ब्रिटेन के सूती वस्त्र-उद्योग का संगठन पहले क्षैतिज आधार (horizontal basis) पर हुआ था। इससे इसे विशेष रूप से कठिनाइयों का सामना करना पड़ा। अतः बाद में वे इसे लम्बवान (vertical) आधार पर संगठित करने की माँग की जाने लगी। इसके लिए विशेष रूप से प्रयास किया जा रहा है। संयोजन के उद्देश्य से जून 1956 ई॰ में **युक्त राज्य एकाधिकार और प्रतिबन्धनकारी व्यवहार आयोग** (United Kingdom Monopolies and Restrictive Practices Commission) ने सूती वस्त्र-उद्योग के लिए एक **6 सूत्रीय कार्यक्रम** प्रस्तुत किया जो इस प्रकार है—(1) विक्रेताओं द्वारा सामूहिक विवेकपूर्ण निर्णय एवं मूल्य-निर्धारण, (2) विक्रेताओं द्वारा सामूहिक विवेकपूर्ण क्रय, (3) सामूहिक रूप में विक्रय की दशाओं का निर्माण, (4) निर्धारित दशाओं को सामूहिक रूप से लागू करना, (5) क्रेताओं का सामूहिक विवेकपूर्ण निर्णय, तथा (6) सामूहिक छूट (rebate)। इस कार्यक्रम का प्रमुख उद्देश्य संयोजन की व्यवस्था द्वारा सूती वस्त्र-उद्योग के संकट को दूर करना है।

3. यंत्रों के आधुनिकीकरण की समस्या *(Problem of modernisation of plants)*—ग्रेट ब्रिटेन में सूती वस्त्र-उद्योग के अधिकांश कारखानों के यंत्र अत्यन्त प्राचीन हैं। अतएव इनका आधुनिकीकरण अनिवार्य है। अन्यथा यह उद्योग विदेशी प्रतियोगिता का प्रभावपूर्ण तरीके से सामना नहीं कर सकता। अधिकांश कारखानों में अतिरिक्त कार्य-क्षमता भी विद्यमान है। इसका वे पूर्णरूप से उपयोग नहीं कर पाते हैं। इससे उत्पादन व्यय बहुत अधिक पड़ता है। 1959 ई॰ में अनुमान लगाया गया था कि कुल 240 लाख तकुओं में से 80 लाख तकुए तथा 2.4 लाख करघों में से 70 हजार करघे फालतू थे। इस अतिरिक्त कार्यक्षमता को कम करने के लिए सरकार ने अप्रैल 1959 ई॰ में एक योजना घोषित की। इसके अनुसार अतिरिक्त कार्य-क्षमता को कम करने के कुल व्यय का दो-तिहाई भाग

सरकार वहन करती है। इसके अतिरिक्त इस कार्यक्रम के अन्तर्गत यंत्रों के आधुनिकीकरण तथा पुनरुद्धार के व्यय का प्रायः एक-चौथाई भाग सरकार अदा करेगी। इस प्रकार की योजना का पाँच वर्षों का अनुमानित व्यय 5 करोड़ पौंड था।

4. उत्पादन व्यय को कम करने की समस्या *(problem of reducing the cost of production)*—ब्रिटिश सूती वस्त्र उद्योग में कपड़े तथा सूत का उत्पादन व्यय अधिक होता है। इस कारण निर्मित माल महँगा पड़ता है। अतएव उत्पादन व्यय को कम करना भी आवश्यक है।

इन समस्याओं के समाधान के लिए उद्योगपतियों तथा सरकार दोनों द्वारा विभिन्न प्रकार के प्रयास किये जा रहे हैं। यंत्रों का आधुनिकीकरण किया जा रहा है। सरकार भी इस क्षेत्र में योगदान कर रही है। द्वितीय विश्वयुद्ध के अन्त से लेकर 1959 ई॰ तक केवल बुनाई सम्बन्धी यंत्रों के आधुनिकीकरण पर अनुमानतः 10 करोड़ पौंड व्यय किये जा चुके थे। इस कार्य के लिए प्रायः 4 करोड़ पौंड और व्यय करने का अनुमान था। उद्योग के अन्य क्षेत्रों के आधुनिकीकरण के द्वारा भी इसकी स्थिति को सुदृढ़ किया जा सकता है।

ब्रिटेन में सूती वस्त्र उद्योग से सम्बन्धित विभिन्न अनुसंधान तथा गवेषणा को प्रोत्साहन देने के लिए 1961 ई॰ में **कपास, रेशम और हस्त निर्मित रेशा गवेषणा संघ** (Cotton Silk and Man-made Fibres Research Association), जिसे स्टीनली संस्थान (Stinley Institute) भी कहा जाता है और जिसकी स्थापना 1919 ई॰ में की गयी थी, को ब्रिटिश रेयन गवेषणा संघ (British Rayon Research Association) में मिलाकर एक नयी संस्था का निर्माण किया गया ताकि इस कार्य में शीघ्र प्रगति हो सके। आजकल कृत्रिम रेशों (synthetic fibres) तथा रेयन का प्रयोग ब्रिटेन के वस्त्र उद्योग में बहुत बढ़ रहा है। वर्तमान समय में सूती वस्त्र उद्योग की 47 प्रतिशत इकाइयाँ पूर्णतः सूती धागे और सूती वस्त्रों का उत्पादन करती हैं, 41 प्रतिशत मिश्रित वस्त्रों का उत्पादन करती हैं तथा 12 प्रतिशत पूर्णरूप से कृत्रिम रेशों के वस्त्र बनाने में संलग्न हैं।

इस उद्योग की अवस्था में सुधार (1) यंत्रों के आधुनिकीकरण, (2) उत्पादन की निरन्तरता में वृद्धि, (3) श्रम का और भी अच्छी तरह से प्रयोग, (4) उद्योग के विभिन्न वर्गों में अधिकतम प्रभावपूर्ण सहयोग, (5) वैज्ञानिक एवं प्राविधिक गवेषणा के प्रयोग, (6) उद्योग के संगठन में सुधार आदि के द्वारा किया जा सकता है। बाजार की समस्या को सुलझाने का भी प्रयास किया जाना आवश्यक है। अधिकांशतः विदेशी बाजार पर निर्भर होने के कारण सम्भवतः यह उद्योग अपने भूतकालीन गौरव को नहीं प्राप्त कर सके। इसका निर्यात कम ही होता जा रहा है। ब्रिटेन ने रूई के सूतों का निर्यात सन् 1946 में केवल 19.38 मिलियन पौंड का किया था जबकि सन् 1938 में इसने 122.93 मिलियन पौंड का किया था। सन् 1946 में सूती कपड़ों का निर्यात इसके द्वारा केवल 516.3 मिलियन वर्गगज का किया जा सका था जबकि सन् 1938 में यह निर्यात 1386.5 वर्गगज था। **वर्तमान समय में सूती वस्त्र उद्योग के लिए मुख्यतः बाजार, श्रमिकों, यंत्रों, व्यावसायिक संगठन, ईंधन और शक्ति की समस्याएँ हैं।**

लोहा और इस्पात उद्योग

लोहा और इस्पात का उत्पादन देश के आर्थिक विकास का संकेतक कहा जाता है। यह एक आधारभूत उद्योग है जो स्वयं विकसित होकर अन्य उद्योगों को विकसित करता है। विगत 40-50 वर्षों में विश्व के आर्थिक उथल-पुथल लोहा और इस्पात

के उत्पादन में उथल-पुथल से ही हुए हैं। इसलिए इस उद्योग का किसी देश के आर्थिक विकास में इतना अधिक महत्त्व है। **वस्तुतः इंगलैंड में औद्योगिक क्रांति सफल नहीं हुई होती यदि उस क्रांति को आधार देने के लिए इंगलैंड में लोहा इस्पात उद्योग का विकास नहीं हुआ होता**। लोहा और इस्पात उद्योग ही विभिन्न उद्योगों के लिए यंत्र उपलब्ध करने के लिए उत्तरदायी है और इसी उद्योग के कारण अभियांत्रिकी तथा रसायनिक उद्योग का विकास तीव्र गति से हो सका। इसी कारण परिवहन क्रांति सम्भव हो सकी और रेलवे, नौपरिवहन का विकास हो सका।

ब्रिटेन कोयले द्वारा लोहे को गलाने की क्रिया में अग्रणी रहा है।**डूम्सडे**(Doomesday) पुस्तक में भी देश के कई भागों में लोहा उद्योग के अस्तित्व का उल्लेख मिलता है। सत्रहवीं शताब्दी से ही ब्रिटेन निरन्तर इस बात का प्रयत्न करता रहा तथा ब्रिटेन में ही वे सभी आविष्कार हुए जिनके चलते उन्नीसवीं शताब्दी के मध्य से इस्पात के निर्माण में इतनी उन्नति हुई।[1] अठारहवीं शताब्दी के मध्य तक इंगलैंड में लोहा गलाने का काम लकड़ी के कोयले से किया जाता रहा था। फलतः लोहा उद्योग मुख्यतः वनों के आस-पास ही स्थित था। उसी समय लोहा गलाने का कार्य मुख्यतः वील्ड (Weald), डीम के वन (Forest of Deam) तथा रीकिन(Wrekin) जिले आदि स्थानों में होता था। किन्तु**जहाजों के निर्माण में लकड़ी का महत्त्व अधिक होने के कारण ट्यूडर काल में लोहा गलाने के लिए वनों को सर्वनाश से बचाने के लिए लकड़ी के प्रयोग पर 18वीं शताब्दी में इतने कठोर प्रतिबन्ध लगाये गये कि यह उद्योग प्रायः समाप्त हो गया।** 1740 ई० में ग्रेट ब्रिटेन में लोहे का वार्षिक उत्पादन 18000 टन से भी कम था और स्वीडेन, रूस और अन्य देशों से लोहा का आयात किया जाता था। सत्रहवीं शताब्दी से ही लोहा तैयार करने के लिए लकड़ी के कोयले के बदले खानों के कोयले के प्रयोग पर ध्यान दिया जाने लगा था। किन्तु इस समस्या का समाधान अठारहवीं शताब्दी के प्रारम्भ में डर्बी परिवार द्वारा किया गया। **अब्राहम डर्बी** तथा उनके पुत्र ने कोकिंग कोयले का आविष्कार कर लोहा गलाने की पद्धति में एक क्रांतिकारी परिवर्तन ला दिया। अठारहवीं शताब्दी के अन्त तक इसका ज्ञान साधारण हो गया। इससे गले हुए लोहे की पूर्ति में उल्लेखनीय वृद्धि हुई। लोहा गलाने के लिए अब क्रमशः कोयले का प्रयोग किया जाने लगा। कोयले के प्रयोग के परिणामस्वरूप अब लोहा उद्योग की स्थापना वनक्षेत्र से हटाकर कोयले के खानों के समीप, विशेषतः क्लाइट वेंली, यार्कशायर तथा दक्षिणी वेल्स आदि स्थानों में की जाने लगी। फिर भी लकड़ी से लोहा गलाने की प्रथा न्यूनाधिक मात्रा में उन्नीसवीं शताब्दी के प्रारम्भ तक चलती रही। 1750 के पश्चात् प्राविधिक सुविधाएँ मिलीं और इस्पात उद्योग में विकास होना प्रारम्भ हुआ। कोयला का प्रयोग किए जाने से लोहा और इस्पात उद्योग को वन-क्षेत्र से हटाकर अब कोयले की खानों के समीप स्थापित किया जाने लगा।1760, 1784, 1790 में लोहे और इस्पात उद्योग में पातिभिक विकास हुए। गर्म ब्लास्ट का आविष्कार **नेल्सन** (Nelson) ने सन् 1828 में किया जिसके कारण लोहा गलाने की प्रक्रिया तीव्र हो गई और ईंधन की बचत होने लगी।

---

1. "Britain pioneered the application of coal to the smelting of the iron ore from the seventeenth century onwards and British inventions were responsible for the discovery of the process which led to the great expansion of the steel making in the second half of nineteenth century."

—*Britain : An Official Hand Book,* 1968 p. 289

हेनरी कोट को साँचे के लोहा (cast iron) से सस्ता और प्रचुर मात्रा में व्यंगारित लोहा (wrought iron) अथवा कुट्य लोहा (malleable iron) तैयार करने का श्रेय दिया जाता है। इसने 1784 ई॰ में प्रधूनन (pudding) तथा लोहन (rolling) की क्रियाओं को पूर्ण किया। **हेनरी कोर्ट** ने एक ऐसी भट्ठी तैयार की जिसमें अग्नि की ज्वाला ही लोहे को छू सकती थी। इस भट्ठी को बन्द कर दिया जाता था तथा गला हुआ लोहा नीचे की ओर एक छेद से बाहर जाता था। फिर भी अठारहवीं शताब्दी के अन्त तक लोहा-निर्माण के क्षेत्र में एक प्रमुख कठिनाई भट्ठी के लिए एक प्रभावोत्पादक अभिधमन (blast) तैयार करने की थी। 1810 में वाष्प इंजन का अभिधमन उत्पन्न करने में प्रयोग किया गया। बाद में इसमें कई सुधार किये गये। 1828 ई॰ में **नेल्सन** (Nelson) ने गर्म धमन (hot blast) का आविष्कार किया। इसके परिणामस्वरूप धातु गलाने की क्रिया वेगवती हो गयी तथा ईंधन की भी बचत होने लगी। पहले इसका प्रयोग 500 फॉरेनहाइट पर किया जाता था। 1860 तक इसे बढ़ाकर 1600 फॉरेनहाइट तक कर दिया गया। इसकें अतिरिक्त इसे गर्म करने के लिए धमन भट्ठी (blast furnace) की बेकार गैस का भी उपयोग किया जाने लगा।

ग्रेट ब्रिटेन के लोहा इस्पात उद्योग ने लोहे के आयात पर लगाए जाने वाले करों से प्रोत्साहन मिलां जो 18वीं शताब्दी के अन्त तक अधिक कर दिए गए थे। सन् 1825 में लोहा इस्पात सम्बन्धी आयात-कर पर्याप्ततः कम कर दिया गया क्योंकि अब तक यह उद्योग काफी विकसित हो गया था। रेलवे के निर्माण से इस उद्योग को विशेष स्फूर्ति मिली क्योंकि एक ओर तो पटरियों एवं इंजनों के निर्माण के लिए लोहा और इस्पात के लिए रेलवे द्वारा अधिक माँग प्रस्तुत की जाने लगी और दूसरी ओर रेलवे लोहा और कोयला को ढोने में सहायक हुए। सन् 1890 तक ग्रेट ब्रिटेन लोहा और इस्पात उद्योग के उत्पादन में विश्व में सर्वोच्च स्थान प्राप्त किए रहा। किन्तु उसके पश्चात् उसकी सर्वोच्चता इस उद्योग में समाप्त हो गई। सन् **1890 में संयुक्त राज्य अमेरिका लोहा और इस्पात के उत्पादन में इंगलैंड से आगे निकल गया और सन् 1903 में जर्मनी भी।**

19वीं शताब्दी में इस उद्योग का अत्यधिक विकास हुआ और इस उद्योग के सम्बन्ध में अनेक आविष्कार और प्रयोग होते रहे—1855 में **हेनरी बेसेमर** (Henry Bessemer) ने ढलाई योग्य लोहे और इस्पात उत्पादन के लिए नया ढंग निकाला। सन् 1878 में लोहे को गलाने के लिए विद्युत भट्ठी की व्यवस्था की गयी। अनेक मिश्रणों से लोहे को विशुद्ध एवं पक्का बनाने का प्रबन्ध किया गया। स्वीडेन और रूस से आयात किये गये लोहे पर लगाये गये कर से ग्रेट ब्रिटेन में लोहा और इस्पात उद्योग के विकास में अत्यधिक सहायता मिली। धीरे-धीरे ये बढ़कर निषेधात्मक हो गये। उन्नीसवीं शताब्दी के पूर्वार्द्ध में इस उद्योग ने पर्याप्त प्रगति कर ली थी। अतः 1825 ई॰ में इन करों में पर्याप्त कमी कर दी गयी। रेलवे के निर्माण तथा जहाजों में लकड़ी की जगह लोहे के प्रयोग से इस्पात की माँग में भारी वृद्धि हुई जिससे इस उद्योग के विकास में तीव्रता आ गई। इस प्रकार उन्नीसवीं शताब्दी में इस्पात के उत्पादन के सम्बन्ध में प्रगति हुई। 1855-56 ई॰ में **हेनरी बिसेमर** (Henery Bessemer) ने ढलाई के लिए एक नये ढंग का आविष्कार किया जिसे बिसेमर प्रक्रिया (Bessemer process) कहते हैं। इस आविष्कार का इस्पात उद्योग के लिए विशेष महत्त्व था। इसलिए कहा जाता है कि **बिसेमर ने इंगलैंड को एक नया उद्योग दिया** (Bessemer gave to England a new industry.)। इस प्रयोग के

कारण इस्पात का मूल्य घटकर आधा हो गया। सन् 1864 ई॰ में **सीमेंन्स** (Siemens) ने खुली भट्ठी रीति (open hearth method) का आविष्कार किया। 1878 ई॰ में लोहा गलाने के लिए बिजली भट्ठी का प्रारम्भ हुआ। अतएव **उन्नीसवीं शताब्दी में इंगलैंड के लोहा और इस्पात उद्योग की आश्चर्यजनक प्रगति हुई।** रेलवे, जहाज और अन्य प्रकार के यंत्रों के निर्माण के लिए लोहा और इस्पात की माँग बहुत अधिक हो रही थी। **1870 ई॰ तक इंगलैंड लोहा उत्पादन में विश्व का शिरोमणि था।** जर्मनी, फ्रांस एवं अमेरिका आदि देशों में इंगलैंड के लोहे की अत्यधिक माँग थी। ये देश ब्रिटेन से लोहे का आयात करते थे। ब्रिटिश लोहा तथा इस्पात उद्योग की यह स्थिति 1890 ई॰ तक बनी रही। किन्तु इसके बाद अमेरिका ने इंगलैंड को लोहे के उत्पादन में पीछे कर दिया। जर्मनी में भी इस उद्योग का द्रुतगति से विकास होने लगा। 1907 ई॰ तक यह भी ब्रिटेन से आगे निकल गया। 1913 ई॰ में इंगलैंड की तुलना में अमेरिका के इस्पात का उत्पादन चौगुना तथा जर्मनी का तीन गुना अधिक हो गया। फिर भी इंगलैंड लोहा तथा इस्पात का बहुत बड़ी मात्रा में निर्यात करता रहा।

प्रथम विश्वयुद्ध में अस्त्र-शस्त्र निर्माण में वृद्धि होने के कारण लोहे और इस्पात की माँग बढ़ी और इस प्रकार लोहे और इस्पात का उत्पादन भी। इस युद्धकाल में इंगलैंड में लोहे और इस्पात का वार्षिक उत्पादन 8 मिलियन टन से बढ़कर 12 मिलियन टन हो गया। युद्ध का अन्त होने पर सन् 1920 के पश्चात् इस उद्योग के लिए मन्दी आ गई और इसका उत्पादन गिर गया। उत्पादन कम होने का एक कारण इंगलैंड में लोहे और इस्पात के उत्पादन की ऊँची लागत भी था। इंगलैंड में लोहे और इस्पात का मूल्य तो गिर गया किन्तु उनकी उत्पादन-लागत नहीं कम हो सकी। इंगलैंड में उस समय कोयले का मूल्य ऊँचा हो गया था और श्रमिकों के कार्य करने के घन्टे कम दिये गये थे। फलतः उत्पादन लागत बढ़ गई और इस उद्योग के समक्ष भंयकर समस्या उपस्थित हो गई। 1924 से 1930 के बीच इस्पात उद्योग में बेरोजगारी का प्रतिशत 20 के लगभग था जो बढ़कर 1931 और 1932 में 40 प्रतिशत हो गया। किन्तु पुनः धीरे-धीरे यह कम होने लगा और 1937 में केवल 10 प्रतिशत रह गया।

सन् 1931 में महान मन्दी के कारण इस उद्योग पर कुछ अस्थायी प्रतिकूल प्रभाव पड़े। किन्तु उसके पश्चात् इस उद्योग में कोई विशेष परिवर्तन नहीं हुए। ब्रिटेन के लोहा और इस्पात का उत्पादन न्यूनाधिक रूप से बहुत दिनों तक समान ही रहा है। विश्व के अन्य देशों की अपेक्षा इंगलैंड पहले ही उद्योगीकरण कर लिया था। इसलिए वर्तमान शताब्दी में इंगलैंड में लोहा और इस्पात का उत्पादन अन्य देशों की अपेक्षा कम गति से बढ़ा है। उदाहरण के लिए वर्तमान शताब्दी के प्रथम 30 वर्षों में जबकि जर्मनी में इस्पात का उत्पादन 8 गुना और संयुक्त राज्य अमेरिका में 10 गुना से भी अधिक बढ़ा तो ग्रेट ब्रिटेन में केवल 2½ गुना ही। सन् 1937 में ब्रिटेन में इस्पात का उत्पादन 13 मिलियन टन था जबकि रूस में इस्पात का उत्पादन 17.8 मिलियन टन था। सन् 1946 में इंगलैंड ने 22.75 मिलियन टन इस्पात का उत्पादन किया था और 4,00,000 टन का आयात किया था। सन् 1947 में ईंधन संकट के कारण इस्पात के उत्पादन में भी अधिक कठिनाइयाँ उपस्थित हुईं।

इस्पात के उत्पादन को बढ़ाने के लिए अनेक ठोस प्रयास किए गए। सन् 1946 में **ब्रिटिश आयरन एण्ड स्टील बोर्ड** की स्थापना की गई जिसे इस उद्योग को नियंत्रित करने एवं उसके विकास की योजना बनाने का उत्तरदायित्व सौंपा गया। इस उद्योग को पुनः

संघटित करने का भी उत्तरदायित्व उस पर है। सन् 1946 में 68 मिलियन पौंड की लागत से सम्पूर्ण लोहा और इस्पात उद्योग को विकसित करने की योजना बनाई गई थी। **कड़े विरोध के बावजूद ब्रिटेन की श्रम दल सरकार ने सन् 1946 में इस उद्योग का राष्ट्रीयकरण कर दिया था।** सन् 1959 में अनुमानतः संयुक्त राज्य अमेरिका ने 100 मिलियन टन इस्पात का उत्पादन किया था जबकि रूस ने 50 मिलियन टन का, पश्चिमी जर्मनी और इंगलैंड में से प्रत्येक ने लगभग 20 मिलियन टन का।

ग्रेट ब्रिटेन के लोहा तथा इस्पात उद्योग के ह्रास के कारण—1890 तक सम्पूर्ण विश्व में ग्रेट ब्रिटेन की लोहा और इस्पात उद्योग में सर्वोच्चता थी। किन्तु इसके बाद यह इस उद्योग के लिए अमेरिका, जर्मनी और बाद में रूस से भी पीछे चला गया। अग्रलिखित कारण इसके लिए मुख्यतः उत्तरदायी थे—(1) ब्रिटेन पुरानी उत्पादन पद्धतियों का त्याग कर नयी पद्धति को शीघ्र नहीं अपना सका जबकि जर्मनी, संयुक्त राज्य अमेरिका तथा अन्य राष्ट्रों ने नये-नये आविष्कारों को शीघ्र अपना कर अपनी उत्पादन क्षमता में आश्चर्यजनक वृद्धि की। (2) ब्रिटेन की तुलना में जर्मनी तथा अमेरिका की खानों में अच्छे किस्म का लोहा पाया जाता था। इन देशों में अन्य प्राकृतिक साधन भी अधिक उपलब्ध थे। इसके अतिरिक्त अधिक दिनों से काम करने के कारण ब्रिटेन की खानों में लोहे के लिए अधिक गहराई तक जाना पड़ता था। ब्रिटेन में कोयले का मूल्य भी अधिक था और मजदूरी दर भी अपेक्षाकृत अधिक थी। इन सभी कारणों से ग्रेट ब्रिटेन में इस्पात का उत्पादन-व्यय अपेक्षाकृत अधिक हो गया था। (3) राशिपातन (dumping) की नीति अपना कर जर्मनी ने ब्रिटेन के इस्पात व्यापार को गहरा आघात पहुँचाया। 1927 ई० में फ्रांस, जर्मनी, लक्जेमबर्ग तथा बेल्जियम ने एक अन्तरराष्ट्रीय कार्टेल की स्थापना की जिसने इंगलैंड के निर्यात को बहुत कम दिया। (4) ग्रेट ब्रिटेन के विपरीत जर्मनी और संयुक्त राज्य अमेरिका में लोहा एवं इस्पात उद्योग का विकास सरकारी संरक्षण में हो रहा था। सरकार इन देशों में इस उद्योग की विभिन्न प्रकार से सहायता कर रही थी जिससे इनकी प्रतियोगी शक्ति अपेक्षाकृत अधिक थी।

द्वितीय विश्वयुद्ध के बाद शीघ्र ही ब्रिटेन के लोहा तथा इस्पात उद्योग पर पुनः संकट के बादल मँडराने लगे। 1947 ई० के ईंधन संकट के कारण इस्पात उत्पादन में और भी कठिनाइयाँ उपस्थित होने लगीं। **ब्रिटिश आयरन एण्ड स्टील फेडेरेशन** ने इस उद्योग के विकास के लिए 1945 ई० में एक पंचवर्षीय योजना का निर्माण किया। इसके अनुसार इस कार्यक्रम पर 1945 ई० से 1950 ई० के बीच 30 करोड़ पौंड व्यय करने का आयोजन था। द्वितीय विश्व युद्ध के बाद ब्रिटेन में श्रम दल (Labour Party) की सरकार बनी। यह इस उद्योग के राष्ट्रीयकरण का पक्षधर थी। अतः 1946 ई० पारित लोहा और इस्पात अधिनियम (Iron and Steel Act) के अनुसार फरवरी, 1951 ई० तक इस उद्योग का अधिकांश सरकारी स्वामित्व के अन्तर्गत आ गया। 1952 ई० में इस कार्य के लिए एक स्वायत्त निगम (autonomous corporation) स्थापित किया गया। किन्तु **1951 ई० में सत्तारूढ़ होने पर अनुदार दल (Conservative Party) ने 1951 ई० के आयरन एण्ड स्टील एक्ट के द्वारा लोहा और इस्पात उद्योग का नि:राष्ट्रीयकरण कर दिया।** अतः यह उद्योग पुनः निजी कम्पनियों के हाथों में आ गया। सरकार द्वारा इस कार्य के लिए लोहा और इस्पात संधारण और उगाही अभिकरण (Iron and Steel Holding and Realisation Agency) स्थापित किया गया। इसे उद्योग को पुनः निजी व्यावसायियों

को सौंपने का कार्य सुपुर्द किया गया। 1953 ई० के अधिनियम के अनुसार इस उद्योग की देखभाल के लिए सरकार द्वारा लोहा और इस्पात मंडल (Iron and Steel Board) का संगठन किया गया। 1964 तक केवल एक कम्पनी को छोड़कर सभी कम्पनियों को निजी स्वामित्व के अन्तर्गत सुपुर्द कर दिया गया।

पुनः राष्ट्रीयकरण *(Renationalisation)*—परन्तु श्रम दल इस निःराष्ट्रयीकरण की नीति से असंतुष्ट था। अतः पुनः श्रम दल की सरकार बनने पर 1967 ई० में एक नया लोहा और इस्पात अधिनियम (Iron and Steel Act) पारित किया गया। इसके अनुसार 13 बड़ी इस्पात कम्पनियों का राष्ट्रीयकरण किया गया। ये कम्पनियाँ ब्रिटेन के कुल क्रूड इस्पात का प्रायः 90 प्रतिशत भाग उत्पन्न करती हैं तथा इस्पात उद्योग में लगे कुल श्रमिकों के प्रायः 70 प्रतिशत श्रमिक इन 13 कम्पनियों में काम करते हैं। इन कम्पनियों की पूँजी को ब्रिटिश इस्पात निगम (British Steel Corporation) के हाथ में अन्तरित कर दिया गया। लोहा और इस्पात मंडल (Iron and Steel Board) को भंग कर दिया गया। इस प्रकार इस्पात उद्योग का आंशिक राष्ट्रीयकरण हुआ। अगस्त 1967 में ब्रिटिश स्टील कॉरपोरेशन, जिसमें इन 13 कम्पनियों का विलयन किया गया, ने इस्पात कम्पनियों के पुनः संगठन पर अपना प्रथम प्रतिवेदन पेश किया। इसके अनुसार लोहा-इस्पात का 90 प्रतिशत तथा संलग्न श्रमिकों की संख्या का 70 प्रतिशत राष्ट्रीय क्षेत्र में आ गया है। फिर भी छोटी-छोटी लगभग 200 इस्पात कम्पनियाँ अब भी निजी क्षेत्र में हैं। इनका कुल उत्पादन कुल इस्पात उत्पादन का केवल 10 प्रतिशत है। **इस्पात उद्योग के पुनः राष्ट्रीयकरण के लिए श्रम दल की सरकार ने तीन मुख्य कारणों का उल्लेख किया था**—(1) देश के आर्थिक विकास की दर को बढ़ाने तथा ग्रेट ब्रिटेन के विभिन्न क्षेत्रों में आर्थिक विकास का समान वितरण करने में लोहा और इस्पात उद्योग का अत्यन्त महत्त्वपूर्ण स्थान है। अतः ऐसे आधारभूत उद्योग को पूर्णतः निजी क्षेत्र में नहीं छोड़ा जा सकता। (2) लोहा और इस्पात उद्योग के विकास के लिए बहुत अधिक मात्रा में पूँजी की आवश्यकता पड़ती है जिसे निजी क्षेत्र-द्वारा तब तक उपलब्ध नहीं किया जा सकता जब तक इस्पात के मूल्य बहुत ऊँचे स्थिर न किये जाएँ। किन्तु निर्यात तथा जनहित की दृष्टि से ऐसा करना सम्भव नहीं होगा। (3) यह उद्योग एक पूँजी-प्रधान उद्योग है और इसमें एकाधिकारी प्रवृत्तियाँ तेजी-मन्दी के चक्रों को प्रोत्साहन देती हैं। अतः सत्ता के इस केन्द्रीयकरण को रोकने के लिए इस उद्योग का राष्ट्रीयकरण अति आवश्यक है ताकि जनहित में वृद्धि के लिए उचित मूल्य-नीति का पालन किया जा सके। वस्तुतः **ब्रिटेन के इस उद्योग को राष्ट्रीयकरण की योजना से बहुत अधिक लाभ हुआ है।** इससे केन्द्रीय स्तर पर उत्पादन एवं विक्रय में सुधार हो सका है, इस उद्योग की प्रतियोगी क्षमता में वृद्धि हुई है तथा भविष्य में इसकी वस्तुओं के निर्यात में वृद्धि की आशा की जाती है। कच्चे माल की व्यवस्था तथा अनुसंधान के स्तर में भी राष्ट्रीयकरण के फलस्वरूप सुधार की आशा की गयी थी। इससे श्रमिकों को भी लाभ हुआ है।

ब्रिटिश लोहा और इस्पात उद्योग की वर्तमान अवस्था—लोहा तथा इस्पात उद्योग आज भी ब्रिटेन का एक प्रमुख उद्योग है। विश्व के लोहा एवं इस्पात उत्पादन राष्ट्रों में इसका पाँचवाँ स्थान है। पिछले कुछ वर्षों में इसके उत्पादन का अन्दाजा अग्रलिखित तालिका[1] से लगाया जा सकता है—

1. Britain : *An Official Hand Book, 1968*, p. 290

मद	उत्पादन (लाख टन में)			
	1946	**1960**	**1963**	**1966**
कुल इस्पात	127	243	204	243
पिंड लोहा (Pig Iron)	87	140	107	157

ब्रिटेन ने 1969 में लगभग 230 लाख टन तैयार इस्पात(finished steel) का उत्पादन किया था। इस समय इस्पात उद्योग अपनी कुल उत्पादन क्षमता का प्रायः 88 प्रतिशत भाग काम में ला रहा है। 1969 ई० में लगभग 23 करोड़ पौंड मूल्य का 40 लाख टन तैयार इस्पात विदेशों को निर्यात किया गया था। संयुक्त राज्य अमेरिका, स्वीडेन, रूसं तथा भारत इसके मुख्य क्रेता हैं। 1952 ई० से 1969 ई० के बीच इस उद्योग के विकास पर पूँजीगत मदों में 150 करोड़ पौंड व्यय हुए। **इस समय ब्रिटेन के लोहा उत्पादक क्षेत्र अग्रलिखित हैं**—दक्षिणी वेल्स (16 प्रतिशत), इंगलैंड का उत्तरी पूर्वी क्षेत्र (16 प्रतिशत), शेफिल्ड तथा उसके आसपास के क्षेत्र (12 प्रतिशत), लिंकन शायर (11 प्रतिशत), स्कॉटलैंड (11 प्रतिशत) तथा लंकाशायर(10 प्रतिशत)। आज भी ब्रिटिश लोहा तथा इस्पात उद्योग अपनी विभिन्न समस्याओं के बावजूद उत्तरोत्तर प्रगति कर रहा है। 1966 ई० में इसकी वार्षिक उत्पादन क्षमता 10 लाख टन इस्पात की थी। फिर भी यह कहा जा सकता है कि **अब ब्रिटेन लोहा तथा इस्पात के उत्पादन में संसार के अन्य विकसित राष्ट्रों की बराबरी नहीं कर सकता** क्योंकि उन देशों के पास खनिज लोहे का विशाल भंडार है तथा वहाँ श्रमिक अपेक्षाकृत सस्ते हैं। अतः ब्रिटेन अपनी गहरी खानों के समाप्त होते हुए भंडार से प्राप्त खनिज लोहे के साथ लोहा और इस्पात के उत्पादन में उनके साथ प्रतियोगिता होते हुए भंडार से प्राप्त खनिज लोहे के साथ लोहा और इस्पात के उत्पादन में उनके साथ प्रतियोगिता में टिक नहीं सकता। फिर भी यह कहा जा सकता है कि अभिनवीकरण, विवेकीकरण, उच्च कार्य कुशलता तथा सरकारी सहायता के बल पर यह विश्व में अपनी महत्त्वपूर्ण स्थिति को बनाये रखने में समर्थ हो सकता है।

कोयला उद्योग

इंगलैंड के आर्थिक इतिहास में कोयला को "काला हीरा" (black diamond) कहा जाता है। कोयला सम्पूर्ण ब्रिटिश आर्थिक समृद्धि का आधार था। इंगलैंड की औद्योगिक क्रांति की यही नींव था। कोयले का प्रयोग न केवल उस वाष्प (steam) के निर्माण में ही किया गया जिसने कारखानों की चक्कियों को चालू किया वरन् इसने खनिज लोहे को भी गलाया जिससे सभी प्रकार के यंत्रों का निर्माण सम्भव हो सका। यही नहीं वृहत् मात्रा में इंगलैंड से कोयले का निर्यात भी होता रहा जिसके कारण इंगलैंड की औद्योगिक क्रांति को तीव्र करने के लिए पर्याप्त पूँजी विदेशों से प्राप्त हुई। **प्रो० सी० आर० फे** (C. R. Fay) के अनुसार **'भौतिक दृष्टिकोण से कोयला ही औद्योगिक क्रांति का कुशल कारण था।''**[1] अतएव ग्रेट ब्रिटेन के आर्थिक विकास के इतिहास में कोयला का एक बड़ा ही महत्त्वपूर्ण स्थान रहा है। वस्तुतः ब्रिटेन में कोयला औद्योगिक क्रांति का संचालक रहा है। **ब्रिटिश औद्योगिक क्रांति कोयला एवं लोहा दो आधारभूत पदार्थों पर आधारित थी।** (Industrial revolution hinged on coal and

1. "On the material side, coal was the efficient cause of the Industrial Revolution."
—*C.R.Fay : England from Adam Smith to the Present Day.*

iron.) लोहे के द्वारा मशीनों का निर्माण हुआ तथा कोयला वाष्प का निर्माण कर उन्हें चलाने लगा। दूसरे शब्दों में, लोहे ने मशीनों को जन्म दिया और कोयले ने उसको गति प्रदान की। लौह धातु को गलाकर लोहा तथा इस्पात तैयार करने में कोयले की आवश्यकता पड़ती है। **साउथगेट** (Southgate) **के विचार में औद्योगिक क्रांति के अन्तर्गत जो एक मूलभूत परिवर्तन हुआ वह हाथ से काम के स्थान पर मशीन द्वारा उत्पादन था।** मशीनें शक्ति से चलायी जाती हैं। प्रारम्भ में शक्ति बहते हुए जल से प्राप्त होती थी। किन्तु कालान्तर में शक्ति के साधन के रूप में वाष्प का महत्त्व बढ़ा। वाष्प के प्रयोग से इंजन और मशीनों के निर्माण के लिए लोहे की माँग हुई तथा इन्हें चलाने के लिए कोयले की। ब्रिटेन में लोहे तथा कोयले की प्रचुरता थी। ये एक ही साथ समुद्र के तटवर्तीय प्रदेशों के आसपास पाये जाते थे। इंगलैंड से बड़े पैमाने पर कोयले का निर्यात भी किया जाता था। इससे विदेशों में पूँजी प्राप्त हुई जिसका प्रयोग औद्योगिक विकास के लिए किया गया। यदि ऐसा नहीं होता तो विश्व में ब्रिटेन को औद्योगिक प्रधानता नहीं मिल पाती। अतः स्पष्टतः **''इंगलैंड के आर्थिक विकास के इतिहास की व्याख्या कोयला उद्योग के विकास के रूप में की जा सकती है।''**[1]

प्रारंभिक विकास—घरेलू कार्यों के लिए कोयले का शताब्दियों से थोड़ा बहुत प्रयोग किया जाता रहा था और यदि इसके परिवहन की कठिनाई इतनी प्रबल नहीं रहती तो सम्भवतः उस काल में भी इसका बड़े पैमाने पर प्रयोग हुआ होता। किन्तु सदियों तक खानों में बहुत नीचे तक काम करने की असुविधा के कारण कोयले का उत्पादन बहुत कम रहा। खानें प्रायः छोटी होती थीं तथा उनमें अधिक-से-अधिक 40-50 मजदूर तक काम करते थे। किन्तु अठारहवीं शताब्दी में अन्य प्रकार के ईंधन के बढ़ते हुए अभाव के कारण कोयले की माँग में बहुत वृद्धि हुई। कालान्तर में विभिन्न दिशाओं में इसकी उपयोगिता स्पष्ट हुई। नगरों के विकास के साथ-साथ घरेलू कार्यों के लिए और वाष्प ईंजन के आविष्कार के बाद इसे चलाने वाले जहाज भी कोयले के बिना कार्य नहीं कर सकते थे। बहुत दिनों तक कोयला लोहा को गलाने के लिए कोयले की बड़ी माँग हुई। उन्नीसवीं शताब्दी में रेल तथा वाष्प से चलने वाले जहाज भी कोयला के बिना कार्य नहीं कर सकते थे। बहुत दिनों तक कोयला लोहा को गलाने के लिए अनुपयुक्त समझा जाता रहा। किन्तु 1709 ई॰ में **अब्राहम डर्बी ने कोक के रूप में इसका प्रयोग कर इसे लोहा गलाने योग्य बना दिया।** विकास के प्रारम्भ में कोयला उद्योग को अनेक कठिनाइयों का सामना करना पड़ा था। एक तो खानों में नीचे कुएँ की तरह पानी भर आता था जिसे निकालना अति आवश्यक था। अठारहवीं शताब्दी के पूर्व खानों में से पानी हाथ द्वारा निकाला जाता था। किन्तु अठारहवीं शताब्दी में **न्यूकोमेन** (Newcomen) ने **वाष्प इंजन** का आविष्कार कर इस समस्या का समाधान किया। बाद में **जेम्स वाट्ट** (James Watt) के स्टीम ईंजन ने इस कार्य को और भी सरल बना दिया। कोयला परतों में पाया जाता है जिससे नीचे काम करने पर ऊपर की परतों के गिरने का भय बना रहता है। इस कठिनाई को दूर करने के लिए 18वीं शताब्दी में **'स्तम्भ और पोल प्रणाली'** (piller and stall system) अपनायी गयी जिनके अनुसार परत में प्रवेश करते समय कहीं-कहीं कोयले के स्तम्भ छोड़ दिये जाते थे।

यह प्रणाली भी दोषमुक्त नहीं थी। अतएव **लाँग वाल प्रणाली** को अपना कर इसके

1. "The economic history of England can well be interpreted as the history of her coal mines."

दोषों को भी दूर किया गया। **सर हम्फरी डैवी** (Davy) ने सन् 1815 ई॰ में विख्यात **सुरक्षा दीप** (safety lamp) का आविष्कार कर खानों में प्रकाश की समस्या को सुलझाया। इसके पूर्व खानों में नंगी बत्तियों का प्रयोग किया जाता था जिससे आग लगने की सम्भावना रहती थी। 1839 ई॰ में तारों के बने हुए रस्सों (cable wires) के आविष्कार ने कोयला निकालने के प्राचीन ढंग को समाप्त कर इस कार्य को सरल बनाया। पहले खानों से कोयला बाहर निकालने के लिए स्त्रियों और बच्चों का प्रयोग किया जाता था। **1842 ई॰ में खानों में स्त्रियों और बच्चों को काम पर लगाना कानून द्वारा निषिद्ध कर दिया गया।** इसी प्रकार खानों में हवा आने जाने में भी कठिनाइयाँ होती थीं। 1837 ई॰ में इस कार्य के लिए हवा निकालने के पंखों (exhaust fan) का आविष्कार किया गया।

आजकल प्रत्येक खान में हवा के दो प्रवेश मार्ग (shaft) होते हैं। एक से पंखे द्वारा हवा ऊपर की ओर भेजी जाती है तथा दूसरे मार्ग से हवा नीचे की ओर जाती है। इस पंखे के प्रयोग से खानों के नीचे ऑक्सीजन पहुँचाया जाने लगा तथा तापमान को कम किया जाने लगा। धीरे-धीरे रेल, कोयला काटने के यंत्र, बिजली तथ लिफ्ट आदि के आविष्कार ने खानों में गहरी सतह तक खुदाई के काम को सम्भव बना दिया। गैस से बत्ती जलाने, इनकैन्डिसेन्ट स्टोव (incadescent mantle) इन्टरनल कम्बसन इंजिन (internal combution engine) एवं गैस स्टोव (gas stove) आदि के आविष्कार ने इस उद्योग को और भी आगे बढ़ाया। इन प्रारंभिक आविष्कारों एवं आविष्कारकों ने उन्नीसवीं शताब्दी में कोयला उद्योग में एक प्रकार की क्रांति ला दी। इन आविष्कारों के पूर्व ब्रिटेन में कोयले का उत्पादन कम था। परन्तु इनके परिणामस्वरूप उन्नीसवीं शताब्दी के अन्त तक इसके उत्पादन में आशातीत वृद्धि हुई। यह अग्रांकित तालिका से स्पष्ट है।

वर्ष	**उत्पादन (लाख टन)**	**निर्यात (लाख टन)**	**निर्यात (कुल उत्पादन के प्रतिशत रूप में**
1800	100	—	—
1960	800	100	12.5
1900	2250	500	24.0
1913	2870	940	33.0

स्पष्टतः उन्नीसवीं शताब्दी में ग्रेट ब्रिटेन के कोयला उद्योग की विशेष प्रगति हुई। इस शताब्दी में इंगलैंड ने प्रचुर मात्रा में कोयले का निर्यात भी किया। 1910 ई॰ तक विश्व बाजार में ब्रिटिश कोयले के निर्यात का प्रभुत्व था।[1] 1913 ई॰ ब्रिटेन में कोयला के लिए **चरमोत्कर्ष का वर्ष था**। उस वर्ष ब्रिटेन में कोयला का उत्पादन 2870 लाख टन था। इसमें से प्रायः 940 लाख टन का निर्यात किया गया था। उस वर्ष इस उद्योग में 11 लाख से भी अधिक श्रमिक काम कर रहे थे।

ग्रेट ब्रिटेन में कोयला उद्योग के तीव्र विकास के कारण—ब्रिटिश कोयला उद्योग के विकास के लिए **कुछ अनुकूल परिस्थितियाँ** थीं। अग्रांकित विशेषतः महत्त्वपूर्ण थीं—(1) सन् 1709 में **अब्राहम डरबी** ने सर्वप्रथम कोयले का कोक के रूप में प्रयोग किया था। (2) **जेम्स वाट** (James Watt) ने वाष्प चालित इंजन का आविष्कार किया

1. "British coal exports dominated the world market until about 1910." —*Britain : An Official Hand Book,* 1964, p. 27

जिसकी सहायता से खान से कोयला निकालना सरल हो गया। जेम्स वाट द्वारा एक और नये प्रकार के ईंधन का आविष्कार हुआ जिससे खानों से पानी निकालने में सुविधा मिली। (3) उद्योगों में वाष्प चालित ईंधन का प्रयोग होने से कोयले की माँग में वृद्धि हुई। (4) सन् 1760 के बाद ब्रिटेन में नहरों के निर्माण से कोयला ढोने के लिए सस्ता और तेज यातायात साधन उपलब्ध हुआ। (5) **हेम्फ्री डेविस** द्वारा **सुरक्षा दीप** (Davy safty lamp) के आविष्कार से कोयले की खानों में आग लगने का भय समाप्त हो गया। (6) सन् 1837 में हवा निकालने के पंखों (exhaust fan) के आविष्कार के बाद खानों की गहरी खुदाई सरल हो गयी। (7) 1837 में शेफ्ट्स (shafts) के बन जाने से रोशनी की समस्या हल हो गयी। (8) सन् 1839 में समुद्री तार के आविष्कार के कारण कोयले को खान से बाहर खींच कर लाने में सुविधा हो गयी। (9) स्तम्भ और स्टाल पद्धति (piller and stall system) द्वारा खुदाई के समय खानों की छतों को गिरने का भय दूर किया गया। कुछ समय पश्चात लाँग वाल पद्धति का भी प्रयोग किया गया। (10) रेलवे, कोयला काटने के यंत्र, बिजली तथा लिफ्ट आदि के कारण कोयला उद्योग में बहुत उन्नति हुई और पर्याप्त गहराई तक खानें खोदी जाने लगीं। (11) 1860 के पश्चात् यूरोप के अन्य देशों में औद्योगिक क्रांति होने से कोयले की माँग विदेशों में भी बढ़ी।

इस उद्योग में व्यक्तियों की संख्या सन् 1815 में केवल लगभग 2 लाख ही थी जबकि 1913 में इस उद्योग में 1.29 लाख व्यक्ति कार्य करने लगे थे। इसकी प्रगति का प्रमुख कारण इसके लिए बढ़ती हुई विदेशी माँग था। प्रथम विश्वयुद्ध के पूर्व सम्पूर्ण विश्व में जितने कोयले का निर्यात किया जाता था उसका 2/3 ब्रिटिश कोयले की खानों से प्राप्त होता था। सन् 1860 में ब्रिटेन के कुल निर्यात का 3 प्रतिशत कोयले का निर्यात था जबकि सन् 1913 में ब्रिटेन के निर्यातों में कोयले के निर्यात का अंश बढ़कर 10 प्रतिशत हो गया था।

प्रथम विश्वयुद्ध और उसके बाद—प्रथम विश्वयुद्ध के पश्चात् ब्रिटिश कोयला उद्योग का पतन होने लगा। ब्रिटेन के औद्योगिक ढाँचे में सबसे खराब परिस्थिति सम्भवतः कोयला उद्योग की कमी हुई थी। **ग्रेट ब्रिटेन के कोयला उद्योग की अवनति के कारण दो प्रकार के थे**—आन्तरिक और बाह्य। **आन्तरिक कारणों** के अन्दर भौगोलिक और संगठन सम्बन्धी परिस्थितियाँ रखी जा सकती हैं—(1) ब्रिटेन में उद्योगों का स्थापना स्थान (location) आर्थिक दृष्टिकोण से गलत था और इस कारण उत्पादन की लागत को कम किया जाना कठिन था। इसके अतिरिक्त स्थान का गलत चुनाव उत्पादन क्षमता में वृद्धि करने में भी सहायक नहीं था। (2) कोयला उद्योग की इकाइयाँ बहुत ही छोटी-छोटी थीं जिससे उत्पादन व्यय अधिक हो जाता था। फलस्वरूप ब्रिटिश कोयले का निर्यात-मूल्य अधिक हो जाता था और विदेशी कोयले की अपेक्षा ब्रिटिश कोयला महँगा पड़ता था। (3) प्रथम विश्व युद्ध के पश्चात् भी ग्रेट ब्रिटेन के कोयला उद्योग ने खानों से कोयला निकालने के विकसित यांत्रिक ढंगों का प्रयोग नहीं किया था जिसके कारण कोयले का उत्पादन तो कम रहा किन्तु उत्पादन की लागत ऊँची ही रही। दूसरी ओर जर्मनी अपने अत्यन्त ही विकसित यांत्रिक ढंगों के कारण कोयले के उत्पादन में ग्रेट ब्रिटेन से आगे निकल गया था। (4) जर्मनी में लिगनाइट कोयले का उत्पादन होने से भी ब्रिटिश कोयला उद्योग को बाधा पहुँची थी। (5) प्रथम विश्व युद्ध के पश्चात् कोयले के बदले में जलशक्ति तथा पेट्रोलियम का प्रयोग बढ़ गया। ब्रिटिश कोयला उद्योग के निष्प्रवाह का यह भी एक महत्त्वपूर्ण कारण था। (6) विदेशों में कोयले का उत्पादन बढ़ गया था और ग्रेट ब्रिटेन को विदेशी बाजार में

विदेशों के साथ कठोर प्रतियोगिता करनी पड़ी। विदेशों में कोयले के उत्पादन की लागत एवं इसलिए उसका मूल्य अंग्रेजी कोयले की अपेक्षा कम था। फलतः ब्रिटिश कोयले का निर्यात घट गया। जबकि सन् 1913 में लगभग 94 मिलियन टन कोयले का निर्यात किया गया था तो सन् 1933 में यह घटकर केवल 57 मिलियन टन ही हो गया। (7) कोयले की खानों में 1926 में आम हड़ताल हुई थी जिसके कारण ब्रिटिश कोयले के विदेशी बाजार पर बहुत ही गंभीर घातक प्रभाव पड़ा। इस अवस्था से कोयला उद्योग को बहुत ही अधिक हानि हुई। इसका उत्पादन कम हो गया, इसमें निष्प्रवाह आ गया, इसमें लगे व्यक्तियों की संख्य कम हो गई और इस प्रकार श्रमिकों की बेकारी की समस्या उपस्थित हुई। जबकि सन् 1913 में ब्रिटिश कोयला उद्योग में 11,29,000 श्रमिक कार्य करते थे तो सन् 1923 में इनकी संख्या घटकर केवल 7,97,000 ही हो गई।

कोयला उद्योग की इस हीनावस्था को दूर करने के लिए सरकार ने सन् 1929 के पश्चात् हस्तक्षेप किया और इसने इस उद्योग को विनाश से बचाने के लिए आपूर्ण एवं विस्तृत उपाय किया। सन् 1926 में ब्रिटिश संसद ने **कोयला खान अधिनियम** (Coal Mines Act) पारित किया जिसमें **दो महत्त्वपूर्ण बातें** थीं—(1) पहली बात तो यह थी कि इस अधिनियम में अनावश्यक प्रतियोगिता को रोकने तथा इस उद्योग की वित्तीय अवस्था में सुधार लाने के लिए कोयले के उत्पादन को नियंत्रित किया और (2) दूसरी बात यह है कि इस अधिनियम में कोयला उद्योग की इकाइयों का समामेलन एवं कोयले के मूल्य का विनियमन करने के लिए **खान पुनर्गठन आयोग** (Mines Reorganization Commission) की स्थापना करने की व्यवस्था की गयी थी। इस प्रकार यह अधिनियम कोयला की उत्पादन लागत को कम करने के लिए इस उद्योग का पूर्ण रूप से प्राविधिक पुनर्गठन करना चाहना। सन् 1928 में **केन्द्रीय कोयला खान संघ** (Central Collieries Association) की रचना की गई उत्पादन के अभ्यंशों को निर्धारित किया गया और कोयला के निर्यात पर 25 प्रतिशत का उपदान (subsidy) देने की व्यवस्था की गई। कोयला खान अधिनियम ने कोयला उद्योग की अवस्था में पर्याप्त सुधार किया। इसने कोयला के क्रय-विक्रय के लिए सुविधाओं में भी सुधार किया। फिर भी यह प्रतिकूल आलोचनाओं से अपनी रक्षा नहीं कर सका।

1929-32 ई० की भयानक विश्वव्यापी आर्थिक मंदी का इस उद्योग की स्थिति पर बुरा प्रभाव पड़ा। मन्दी काल में केन्द्रीय कोला खान संघ ने इस उद्योग की स्थिति को सुदृढ़ करने के लिए बहुत अधिक प्रयास किया। किन्तु इसमें सफलता नहीं मिल सकी। इस उद्योग की स्थिति में सुधार के लिए तत्कालीन श्रम सरकार द्वारा 1930 ई० में पुनः एक कोयला खान अधिनियम (Coal Mines Act) पारित किया गया जिसके अनुसार खानों के विलयन का प्रयास किया गया। कोयले के उत्पादन को नियंत्रित किया गया, कोयला बेचने के लिए क्षेत्र निर्धारित किये गये और विभिन्न इकाइयों के लिए अभ्यंश (quota) निर्धारित किये गये। इसी वर्ष सरकार ने कोयला खान पुनर्गठन समिति(Coal Mines Reorganization Committee) की भी नियुक्ति की जिसे यह अधिकार दिया गया कि वह छोटी-छोटी इकाइयों के समामेलन की व्यवस्था करे अथवा यदि आवश्यक समझे तो उन्हें अपने हाथों में ले ले। किन्तु इसमें भी पर्याप्त सफलता नहीं मिल सकी और इस उद्योग के उत्पादन में कमी होती गयी। कोयले का उत्पादन 1923 ई० में 2870 लाख टन से घटकर 1930 ई० में 2400 लाख टन तथा 1933 ई० में 2070 लाख टन हो गया। इसी प्रकार निर्यात की मात्रा भी

1913 ई॰ में 940 लाख टन से घटकर 1933 ई॰ में 570 लाख टन हो गयी तथा रोजगार 11.29 लाख से घटकर केवल लगभग 8 लाख हो गया। 1933 के बाद इस उद्योग की स्थिति में कुछ सुधार तथा समुत्थान होने लगा जिसके लिए आयरलैंड, नार्वे तथा स्वीडेन आदि देशों के साथ व्यापार समझौते मुख्य रूप से उत्तरदायी थे।

राष्ट्रीयकरण के बाद प्रगति—वर्तमान अवस्था सन् 1946 में श्रम सरकार ने इस उद्योग का राष्ट्रीयकरण कर दिया जिसके कारण इस उद्योग में अग्रलिखित सुधार किए जा सके—(1) इस उद्योग की पूँजी में वृद्धि करने की चेष्टा की गई। (2) इस उद्योग का युक्ति-संगत पुनर्गठन और विवेकीकरण (rationalization) किया गया। (3) राष्ट्रीयकरण की योजना के अन्तर्गत दो प्रकार की कोयला उपभोक्ता परिषदों की स्थापना की गयी। (4) उद्योग के श्रमिकों के साथ उत्तमतर सम्बन्ध स्थापित करने के प्रयास किए गए।

विश्वयुद्ध काल से ही इस उद्योग के श्रमिकों में असन्तोष था। सरकार और राष्ट्रीय कोयला मंडल (National Coal Board), जिसकी स्थापना कोयला उद्योग राष्ट्रीयकरण अधिनियम, 1946 के अधीन की गयी थी, ने इनकी अवस्था पर विशेष ध्यान दिया और **इस उद्योग में अधिक संख्या में श्रमिकों को आकर्षित करने के लिए अग्रलिखित उपाय किए गए**—(1) मज़दूरी में वृद्धि की गई, (2) प्रति सप्ताह केवल 5 दिन कार्य करने की व्यवस्था की गई, (3) श्रमिकों के लिए निवृत्तिका(pension) की व्यवस्था की गई।

इन सब कारणों से कोयला के उत्पादन में 17 प्रतिशत वृद्धि हो सकी। सन् 1950 में राष्ट्रीय कोयला मंडल ने इस उद्योग के पुनरुत्थान के लिए एक विशाल योजना का निर्माण किया जिसका प्रमुख उद्देश्य कोयला के उत्पादन को बढ़ाना और उसके निर्यात को बढ़ावा देना था। इस योजना के अनुसार सन् 1951 से 1964 तक की अवधि में ग्रेट ब्रिटेन से लगभग 15 से 35 मिलियन टन तक कोयले का निर्यात किया जाना था। इसके अतिरिक्त देश के अन्दर भी कोयले की माँग को 208 मिलियन टन से बढ़ाकर 228 मिलियन टन करने का प्रयास किया जाना था। इस योजना के फलस्वरूप ब्रिटिश कोयला उद्योग को कुछ प्रोत्साहन अवश्य मिला।

मार्च, 1967 में 438 खानों में काम हो रहा था। राष्ट्रीय कोयला मंडल ने सम्पूर्ण देश को 8 कोयला क्षेत्रों में विभाजित कर दिया है। इन आठ क्षेत्रों को 34 उप-क्षेत्रों में विभाजित किया गया है ताकि कोयले की खुदाई, ढुलाई और उत्पादन की क्रिया अधिक प्रभावशाली बन सके। युद्ध काल में कोयले का निर्यात अस्त-व्यस्त हो गया था। सन् 1949 ई॰ में पुनः निर्यात ने जोर पकड़ा। उस वर्ष 190 लाख टन कोयले का निर्यात किया गया। 1966 में 1.9 करोड़ पौंड मूल्य के 29 लाख टन कोयले का निर्यात किया गया। 1966 ई॰ में कोयले का कुल उत्पादन 1746 लाख टन था और उद्योग में नियोजित श्रमिकों की संख्या 42,26,600 थी। पिछले कुछ वर्षों से ब्रिटेन में कोयले के उपयोग में कमी हो रही है। किन्तु कोयला उद्योग को वैज्ञानिक आधार पर संगठित करने के लिए राष्ट्रीय कोयला मंडल द्वारा प्रयास किया जा रहा है। **राष्ट्रीय कोयला मंडल** (National Coal Board) **के अग्रलिखित कार्य हैं**—(1) कोयले की उपलब्धि को बढ़ाने के लिए प्रयास करना, (2) कोयला उद्योग का उत्तम ढंग से विकास करना, (3) श्रमिकों के स्वास्थ्य और सुरक्षा व्यवस्था पर ध्यान देना, (4) जनता के हित को ध्यान में रखते हुए उचित मूल्य, उचित मात्रा और विविध प्रकार के उपयोग में आनेवाले कोयले को उपलब्ध करवाना।

अनुमानतः **वर्तमान उपभोग की दर पर ब्रिटेन का कोयला-भंडार अगले 200 वर्षों के लिए पर्याप्त है।** किन्तु चूँकि कोयले की खानों में निरन्तर नीचे की ओर काम

करना पड़ रहा है इसलिए सुधरे हुए यंत्रों की आवश्यकता पड़ेगी। **इस समय ब्रिटेन के प्रमुख कोयला उत्पादक-क्षेत्र इस प्रकार हैं**–(1) यार्कशायर, डरबीशायर, बेनटिंघम क्षेत्र जहाँ कुल उत्पादन का प्राय: 48 प्रतिशत कोयला उत्पादन होता है, (2) डर्नहम और नार्थम्बरलैंड क्षेत्र, (3) दक्षिणी वेल्स क्षेत्र (4) स्कॉटलैंड क्षेत्र तथा (5) लंकाशायर और पश्चिम मध्यवर्ती क्षेत्र।

राष्ट्रीयकरण के बाद कोयला उद्योग की प्रगति

विवरण	इकाई	1947	1957	1967
कुल उत्पादन	लाख ठन	1966	2,178	1,721
निर्यात	लाख टन	43	82	71
मशीनों द्वारा लदान	प्रतिशत	5	22	88
श्रम	लाख व्यक्ति	6.8	6.9	4.0

ब्रिटिश कोयला उद्योग की प्रमुख समस्याएँ–ब्रिटिश कोयला उद्योग की वर्तमान समय में **दो प्रमुख समस्याएँ** हैं–एक उत्पादन की और दूसरी श्रमिकों की पूर्ति की। उत्पादन के लिए देश के कोयले की खानों की गहराई को ध्यान में रखते हुए अधिक-से-अधिक वैज्ञानिक साधनों को सस्ते रूप में प्रयोग किया जा रहा है। उत्पादन कार्य को अधिक कार्य कुशल बनाने के लिए निकट भविष्य में अनार्थिक खानों को बन्द करने का आयोजन है। श्रमिक वर्ग की समस्या के सम्बन्ध में कारखाना अधिनियमों का पालन विगत् 30-32 वर्षों में प्रभावशाली ढंग से किया जा रहा है। इस क्षेत्र में काम के घन्टे, हवा, रोशनी और पानी के प्रबन्ध, चिकित्सा-सम्बन्धी सुविधाएँ, सामाजिक बीमा और पेन्सन की व्यवस्था आदि के लिए महत्त्वपूर्ण प्रयास किए गए हैं। **फिर भी इस उद्योग की वर्तमान अवस्था अवनतिशील ही है और अब यह केवल देश की आन्तरिक माँग की ही पूर्ति कर पाता है।** बहुत थोड़ी मात्रा में ही अब ग्रेट ब्रिटेन से कोयला का निर्यात किया जाता है। उदाहरण के लिए सन् 1954 में ग्रेट ब्रिटेन में कोयले का कुल उत्पादन 224.2 मिलियन टन था जिसमें से केवल 14 मिलियन टन कोयला ही बाहर भेजा जा सका था। **इस प्रकार ग्रेट ब्रिटेन का कोयला उद्योग अब शनैः शनैः अवनति करता जा रहा है और ब्रिटेन के 'काले हीरे' का महत्त्व घटता जा रहा है उस काले हीरे का जो सम्पूर्ण ब्रिटिश एवं अन्य देशों की औद्योगिक एवं परिवहन क्रान्तियों का आधार था और इस प्रकार वाणिज्यिक क्रांति का भी।**

संदर्भ

L.C.A. Knowles : Industrial and Commercial Revolutions in Great Britain During the Nineteenth Century.

L.C.A. Knowles : Economic Development During the Nineteenth Century.

Ogg and Sharp : Economic Development of Modern Europe.

Southgate : English Economy History.

Youngson : The British Economy, 1920-1957.

Arnold Toynbee : Lectures on the Industrial Revolutions of the 18th Century.

मानक प्रश्न

1. "The economic history of England can well be interpreted as the history of her coal mines." Discuss.
''इंगलैंड के आर्थिक विकास के इतिहास को कोयला खानों के इतिहास के रूप में बतलाया जा सकता है।'' व्याख्या करें।
2. Discuss the growth of the British iron and steel industry since 1900.
1900 के बाद ग्रेट ब्रिटेन के लोहा-इस्पात उद्योग के विकास का वर्णन करें।
(Raj. U. 1958, 61)
3. Discuss the present position and future prospect of cotton textile industry of England. **(Raj. U. 1965, 53)**
इंगलैंड के सूती वस्त्र उद्योग की विद्यमान स्थिति और भावी सम्भावनाओं की विवेचना करें।
4. What led to the development of the cotton textile industry in England especially at Lancashire when England was neither a producer nor a consumer of cotton. **(Raj. U. 1953)**
5. Discuss the grwoth, present position and problems of coal industry of Great Britain.
ग्रेट ब्रिटेन के कोयला उद्योग के विकास, विद्यमान स्थिति तथा भविष्य की विवेचना करें।
(Punjab U. 1965)
6. What are the circumstances which led to the nationalisation of iron and steel industry in Great Britain after the Second World War ? **(Raj. U. 1967)**

❑

अध्याय 6

वाणिज्य क्रांति और उसके प्रभाव

(COMMERCIAL REVOLUTION AND ITS EFFECTS)

मध्ययुग में वाणिज्य का विशेष महत्त्व नहीं था क्योंकि उन दिनों का आदर्श स्वावलम्बन था न कि अन्तरनिर्भता। व्यापार को सन्देह की दृष्टि से देखा जाता था। उत्पादन स्थानीय आधार पर होता था जिसकी खपत स्थानीय बाजारों में होती थी। इस काल में संचार के साधनों का अभाव एवं 'प्राकृतिक अर्थ-व्यवस्था' का प्रचलन था क्योंकि मुद्रा अभी प्रचलित नहीं हो पायी थी। ऐसी अवस्था में मध्य युग में वाणिज्य केवल कुछ ही वस्तुओं एवं कुछ ही देशों तक सीमित था। उसकी मात्रा भी सीमित थी। उस काल में इंगलैंड के व्यापारिक सम्बन्ध केवल पश्चिमी देशों के साथ ही थे। कालान्तर में विदेशी व्यापार बढ़ा। किन्तु अब भी समुद्री मार्गों का पता नहीं था जिसके कारण भारत जैसे एशियाई देशों की वस्तुएँ यूरोपीय देशों में स्थल मार्गों से भेजी जाती थीं। इस कारण उन दिनों भूमध्य सागरीय देशों का विशेष महत्त्व था और कुस्तुन्तुनिया व्यापार का महत्त्वपूर्ण केन्द्र था। भारत की वस्तुएँ भूमध्य सागरीय देशों से होती हुई इंगलैंड पहुँचती थीं। जब सन् 1453 में तुर्कों ने कुस्तुन्तुनिया पर अधिकार जमा लिया तो भारत पहुँचने के लिए समुद्री मार्गों की खोज हुई और भारत पहुँचने के लिए समुद्री मार्ग की इसी खोज के क्रम में ही सन् 1492 में **कोलम्बस** ने अमेरिका की खोज कर ली। अन्ततः सन् 1498 में **वास्को डी गामा** ने भारत पहुँचने का समुद्री मार्ग खोज ही लिया। इन अन्वेषणकारी समुद्री यात्राओं (sea voyages of discovery) ने यूरोपीय आर्थिक जीवन को अत्यन्त ही अधिक प्रभावित किया और विश्व व्यापार में महान् परिवर्तन हुए।

16वीं शताब्दी में व्यापारी क्षेत्र में होने वाले महत्त्वपूर्ण परिवर्तन निम्नलिखित रूप में व्यक्त किये जा सकते हैं—

1. नवीन व्यापारी क्षेत्रों का विकास—15वीं एवं 16वीं शताब्दियों में की गई अनेक समुद्री यात्राओं के फलस्वरूप अनेक नवीन देशों का आविष्कार हुआ और साथ ही विश्व व्यापार के क्षेत्र में भी नवीन क्षेत्रों एवं केन्द्रों का महत्त्व बढ़ा।

2. विशाल व्यापारी कम्पनियों की स्थापना—इन नवीन व्यापारी केन्द्रों एवं नवीन भू-क्षेत्रों पर आधिपत्य जमा लेने के लिए उस काल में बहुत-सी विशालकाय व्यापारी कम्पनियों का निर्माण हुआ। तत्कालीन परिस्थितियों एवं आर्थिक सुविधाओं के कारण बड़ी-बड़ी कम्पनियों की स्थापना को प्रोत्साहन मिला था। व्यक्ति की अपेक्षा विशाल कम्पनियों की अधिक सुविधाएँ और कर प्राप्त करने के दृष्टिकोण से इनकी स्थापना के लिए सरकारी प्रोत्साहन इन बड़ी-बड़ी कम्पनियों की स्थापना के प्रमुख कारण थे।

3. बैंकिंग, साख एवं वित्तीय संस्थाओं का विकास—परिवर्द्धित मात्रा में व्यापार

करने के लिए अधिक पूँजी की आवश्यकता पड़ रही थी। फलतः वित्तीय संस्थाओं का विकास हुआ।

4. स्थानीय व्यापारी नीति का राष्ट्रीय व्यापारी नीति द्वारा प्रतिस्थापन—विकसित तथा विकासशील व्यापार की अवस्था में अब अर्थव्यवस्थाएँ केवल स्थानीय स्वावलम्बन पर आधारित नहीं रह सकीं। फलतः स्थानीय व्यापार नीति का स्थान राष्ट्रीय नीति ने ले लिया।

व्यापार क्षेत्र में हो रहे इन परिवर्तनों में इंगलैंड की अवस्था सर्वोच्च थी। वह स्पेन, पुर्तगाल, हॉलैंड आदि देशों के साहसिक कार्यों को देखकर अत्यधिक प्रेरित हुआ था। इस तरह इंगलैंड भी समुद्री मार्गों की खोज में लगा। किन्तु इस कार्य में उसे स्पेन और पुर्तगाल से लोहा लेना पड़ा। अन्ततः सन् 1588 में इसने स्पेन को हराया और इसके बाद इसका विश्व व्यापार में महत्त्व और भी अधिक बढ़ने लगा। **कुतुबनुमा** तथा अन्य यंत्रों के आविष्कार के कारण समुद्री यात्राएँ पूर्वापेक्षा अधिक सुरक्षित हो गयीं। नौपरिवहन के विकास के कारण जल-परिवहन की कठिनाइयाँ दूर की जा सकीं। **रानी एलिजाबेथ प्रथम का शासन काल ब्रिटिश इतिहास का स्वर्ण काल कहा जाता है।** इस शासन काल में इंगलैंड की वाणिज्यिक क्रांति को खूब बढ़ावा मिला। ईस्ट इंडिया कम्पनी पूर्वीय देशों के साथ व्यापार कर इंगलैंड के धन को बढ़ाने लगी। सन् 1689 की गौरव क्रांति (Glorious Revolution) के बाद इंगलैंड में बैंकिंग प्रणाली का विकास प्रारम्भ हुआ। सन् 1694 में **बैंक ऑफ इंगलैंड** की स्थापना हुई। बैंकों ने व्यापार के लिए आवश्यक वित्त उपलब्ध किया। इन समस्त कारणों से इंगलैंड का विदेशी व्यापार खूब बढ़ा। जबकि सन् 1700 में इंगलैंड का कुल निर्यात व्यापार केवल 317,000 टन का ही था तो यह 1750 तक बढ़कर 6,61,000 टन हो गया था और सन् 1801 में तो यह 19,58,000 टन हो गया।

रेल-पथों तथा वाष्प जलयानों के आविष्कार और विकास तथा औद्योगिक क्रांति के कारण इस व्यापारिक क्रांति को और भी बल मिलाक्योंकि अब ग्रेट ब्रिटेन औद्योगिक क्रांति के कारण विश्व की कार्यशाला हो गया था और जलयानों तथा रेलपथों के विकास के कारण विश्व के कोने-कोने में अँग्रेजी वस्तुएँ पहुँचायी जा सकती थीं तथा वहाँ से इंगलैंड में लायी जा सकती थीं। 18वीं शताब्दी के मध्य तक ग्रेट ब्रिटेन में सड़कें कच्ची होती थीं जिससे यातायात में असुविधा होती थी। किन्तु अठारहवीं शताब्दी के अन्त में पक्की सड़कें बनायी जाने लगीं। साथ ही, नौका-गम्य नहरों का निर्माण होने तथा नदियों को नौका गमन योग्य बनाया जाने लगा। धीरे-धीरे यातायात के क्षेत्र में भी वाष्प-शक्ति का प्रयोग किया जाने लगा। रेलपथों तथा वाष्प जलयानों के विकास से विश्व के कोने-कोने में अंग्रेजी वस्तुओं का प्रचार हो गया। **रेलवे और वाष्प-चालित समुद्री जहाजों के आवागमन ने राष्ट्रीय अर्थव्यवस्था को विश्व अर्थव्यवस्था से जोड़ दिया।** इससे विश्व के विभिन्न देशों के बीच परस्पर निर्भरता तथा शत्रुता की भावना का अभ्युदय हुआ।

इंगलैंड के विदेशी व्यापार में 17वीं एवं 18वीं शताब्दियों से ही वृद्धि हो रही थी। किन्तु 19वीं शताब्दी में औद्योगिक क्रांति तथा रेलपथ और वाष्प नौपरिवहन के विकास के कारण इसमें महान् वृद्धि हुई। 19वीं शताब्दी से इंगलैंड के विदेशी व्यापार में महान वृद्धि का एक और कारण था। **इंगलैंड ने मुक्त व्यापार नीति को अपनाया था जो तत्कालीन विशिष्ट एवं अनुकूल परिस्थितियों में महान लाभकारी सिद्ध हुई।** 19वीं शताब्दी में ग्रेट ब्रिटेन के विदेशी व्यापार में हुई वृद्धि का अनुमान अग्रांकित तालिका द्वारा

किया जा सकता है—

वर्ष	औसत निर्यात (मिलियन पौंड)	औसत आयात (मिलियन पौंड)	औसत पुनर्निर्यात (re-export) (मिलियन पौंड)
1801	41	31	—
1855-59	116	146	23
1870-74	235	291	55
1875-68	202	320	55
1900	283	460	63
1913	525	789	—

इस प्रकार 19वीं शताब्दी में इंगलैंड में वाणिज्यिक क्रांति ने जोर पकड़ा था और इस शताब्दी में विश्व व्यापार में इंगलैंड की सर्वोच्चता रही। सन् 1850 से 1873 तक का काल ब्रिटिश व्यापार का स्वर्ण युग कहा जाता है। इस अवधि में ब्रिटिश व्यापार में महान् वृद्धि हुई। किन्तु 1873 के पश्चात् इंगलैंड में व्यावसायिक मंदी आ गई थी और इसे विदेशी बाजार में नवोदित औद्योगिक राष्ट्रों से प्रतियोगिता करनी पड़ी। फलतः विश्व व्यापार में अंग्रेजी सर्वोच्चता में कमी होने लगी। फिर भी 1870 के पश्चात् भी ग्रेट ब्रिटेन नौपरिवहन, बीमा, बैंकिंग आदि अदृश्य व्यापार मदों में महान् वृद्धि कर कम-से-कम 1914 के प्रथम विश्वयुद्ध तक वाणिज्य क्षेत्र में अपनी सर्वोच्चता बनाए रखा यद्यपि इसकी सर्वोच्चता 1870 के पश्चात् निरपेक्ष नहीं रहकर सापेक्ष हो गई थी।

19वीं शताब्दी में ब्रिटिश वाणिज्य क्रांति एवं सर्वोच्चता के कारण

1. आदर्श भौगोलिक स्थिति—भौगोलिक दृष्टिकोण से इंगलैंड को विशेष सुविधाएँ प्राप्त थीं।

2. नौपरिवहन में ब्रिटेन की सर्वोच्चता—नौपरिवहन में इंगलैंड की सर्वोच्चता भी इंगलैंड की वाणिज्यिक सर्वोच्चता के लिए उत्तरदायी थी।

3. विशाल साम्राज्य—इंगलैंड के पास कई उपनिवेश थे जहाँ से कच्चे मालों का आयात किया जाता था और जहाँ पर इंगलैंड की निर्मित वस्तुओं का निर्यात किया जाता था।

4. औद्योगिक क्रांति—इंगलैंड वृहत् पैमाने के उद्योगों के क्षेत्र में अगुआ था और वृहत् पैमाने पर निर्मित वस्तुओं का निर्यात कर सकता था। फ्रांस का औद्योगिक उत्पादन विश्व-व्यापार में सन् 1850 के पश्चात् महत्त्वपूर्ण हुआ और जर्मनी का 1870 के पश्चात्। अतएव इस काल तक वृहत् पैमाने के उत्पादन में इंगलैंड बेजोड़ था।

5. संगठित साख और बैंकिंग प्रणाली—अंग्रेजी वाणिज्य को प्रोत्साहित करने तथा सुविधा देने के लिए इंगलैंड में बैंकिंग एवं बीमा प्रणाली आदि का समुचित विकास हो गया था।

6. स्वतंत्र व्यापार नीति—इंगलैंड ने नौपरिवहन तथा विदेशी व्यापार सम्बन्धी प्रतिबन्धों को अन्य देशों द्वारा दूर किए जाने के पहले ही दूर कर दिया था। मुक्त व्यापार नीति को अपनाने का ब्रिटिश व्यापार पर कितना प्रभाव पड़ा, यह विवाद ग्रस्त है। किन्तु **इस तथ्य से कि कॉर्न लॉ के रद्द किये जाने के बाद पाँच वर्षों के अन्दर ही ब्रिटिश निर्यात 50 मिलियन पौंड से बढ़कर 100 मिलियन पौंड का हो गया ''यह धारणा बनती है कि इसमें कारण और परिणाम का कुछ सम्बन्ध अवश्य था।''**[1]

1. ऑग और शार्प, वही : पृ॰ 258

वाणिज्यिक क्रांति की विशेषताएँ

1. रेलवे का तीव्र विकास—ग्रेट ब्रिटेन में रेल पथों का विकास अन्य देशों से पहले ही प्रारम्भ हुआ था। रेलवे के विकास की गति पहले से ही तीव्र थी। इसने ब्रिटिश उद्योगों पर अनुकूल प्रभाव डाला जिसके कारण ग्रेट ब्रिटेन की औद्योगिक क्रांति ने जोर पकड़ा और इसी कारण ब्रिटिश वाणिज्य में भी क्रांति आ गई।

2. नौपरिवहन का विक्रास—वाष्प शक्ति के आविष्कार के कारण नौपरिवहन के विकास को प्रोत्साहन मिला था। औद्योगिक तथा वाणिज्यिक क्रांतियों ने नौपरिवहन के विकास को प्रोत्साहन दिया जिसके फलस्वरूप ग्रेट ब्रिटेन ने नौपरिवहन में सर्वोच्चता प्राप्त कर ली। इस विकसित नौपरिवहन ने बदले में ब्रिटेन की वाणिज्यिक तथा औद्योगिक क्रांतियों को बढ़ावा दिया।

3. ब्रिटिश साम्राज्य का उदय—वाणिज्यिक क्रांति ने बाजारों पर अधिकार जमाने की सरकारी इच्छा के कारण साम्राज्य का जन्म दिया। इसके कारण **उपनिवेशों को नया महत्त्व प्राप्त हुआ और नवीन औपनिवेशिक नीति एवं रचनात्मक साम्राज्यवाद का उदय हुआ। व्यापारी प्रवृत्ति ने राजनीतिक मोड़ लिया।** फलस्वरूप जिसके साथ व्यापारिक सम्बन्ध स्थापित हुआ उस पर क्रमशः राजनीतिक आधिपत्य जमा लेने की प्रवृत्ति हो गई।

4. नवीन वस्तुओं के महत्त्व में वृद्धि—वाणिज्यिक क्रांति के प्रभाव में आकर वस्तुओं के महत्त्व में भी परिवर्तन हुआ। व्यापारी वस्तुएँ परिवर्तित होने लगीं। 15वीं शताब्दी में मसाला महत्त्वपूर्ण था। 17वीं शताब्दी में दास व्यापार अधिक महत्त्वपूर्ण हुआ था। 19वीं शताब्दी में कोयला, लोहा जैसी भारी वस्तुओं, यंत्र, खाद्यान्न, कच्चे माल आदि का व्यापारिक महत्त्व बढ़ा।

5. इस्पात की माँग में वृद्धि—वाणिज्यिक क्रांति के कारण लोहे और इस्पात की माँग में निरन्तर वृद्धि होती रही। नौपरिवहन, जलयान निर्माण, यंत्रों के निर्यात, रेलवे के निर्माण और इस तरह ऐसी ही अनेक वस्तुओं के निर्माण को वाणिज्यिक क्रांति ने आवश्यक बना दिया था। किन्तु इसके निर्माण के लिए लोहे और इस्पात की आवश्यकता पड़ी। फलतः लोहा और इस्पात उद्योग का विकास होता गया।

6. व्यापारिक संगठनों का विकास—वाणिज्यिक क्रांति की अन्य महत्त्वपूर्ण विशेषता यह रही है कि इसके कारण विश्व व्यापार में आर्थिक लाभ प्राप्त करने के उद्देश्य से बड़ी-बड़ी व्यापारिक कम्पनियों की स्थापना हुई। छोटी-छोटी कम्पनियों की तुलना में बड़ी कम्पनियों की सुविधाएँ इनके विकास के महत्त्वपूर्ण कारणों में से थीं।

7. स्थानीय अर्थव्यवस्था का अन्तरराष्ट्रीय अर्थव्यवस्था में परिवर्तन—वाणिज्यिक क्रांति की एक यह भी विशेषता रही है कि इसने स्थानीय अर्थव्यवस्था एवं स्थानीय बाजारों को अन्तरराष्ट्रीय अर्थव्यवस्था तथा अन्तरराष्ट्रीय बाजार में परिवर्तित कर दिया। सम्पूर्ण विश्व ही अब एक वृहत् बाजार बन गया। अब वस्तुएँ विश्व के एक कोने से दूसरे कोने में भेजी जाने लगीं।

8. विक्रय पद्धति में परिवर्तन तथा उपज विनिमय बाजारों का जन्म (*Changes in the system of marketing and growth of produce exchanges*)—यातायात तथा संवादवाहन के साधनों के विकास के कारण सम्पूर्ण विश्व व्यापारिक दृष्टि से एक इकाई बन गया था तथा वस्तुओं का क्रय-विक्रय अन्तरराष्ट्रीय स्तर पर होने लगा। अन्तरराष्ट्रीय

व्यापार में सुविधा के लिए वस्तुओं के गुण की दृष्टि से अन्तरराष्ट्रीय प्रमाप निश्चित हुए और वस्तुओं का क्रय-विक्रय प्रत्यक्ष दर्शन के बदले विवरण के आधार पर होने लगा। साथ ही, व्यावसायिक नैतिकता के नियम और परम्पराएँ निश्चित की गईं जिन्हें सारा व्यापारिक समाज मानने लगा। इसके परिणामस्वरूप **प्राचीन प्रणाली के मेलों का महत्त्व बहुत घट गया।** अन्तरराष्ट्रीय औद्योगिक प्रदर्शनियाँ आयोजित की जाने लगीं। व्यापार के पैमाने को बढ़ जाने से व्यवसाय में विज्ञापन का महत्त्व बढ़ गया। **कहा जाता है कि इंजन के लिए वाष्प जितना महत्त्वपूर्ण है उतना ही महत्त्वपूर्ण व्यवसाय के लिए विज्ञापन है।** (Advertising is to business what steam is to the engine.) व्यापार में उपज विनिमय केन्द्रों (produce exchanges) का गठन हुआ जिनमें नमूने, वर्गीकरण और प्रमापीकरण के आधार पर व्यवसाय किया जाने लगा। सट्टेबाजी को भी अन्तरराष्ट्रीय मान्यता प्राप्त हो गई।

9. व्यावसायिक विशिष्टीकरण *(commercial specialisation)*—वाणिज्यिक क्रांति ने व्यावसायिक विशाष्टीकरण को जन्म दिया। **यह विशिष्टीकरण तीन प्रकार से हुआ**—(1) पहले उत्पादक ही वितरण का भी कार्य करता था। उदाहरण के लिए एक कारीगर अपनी वस्तुओं का उत्पादन कर स्वयं उनका विक्रय करता था। किन्तु उद्योग-धन्धों के आधार तथा आकार में वृद्धि होने से औद्योगिक और वाणिज्यिक दोनों कार्य पृथक-पृथक हो गये। इस प्रकार वाणिज्य उद्योग से अलग हो गया। (2) किन्तु वाणिज्य कार्य में अत्यधिक वृद्धि होने से इस क्षेत्र में भी विशिष्टीकरण की प्रवृत्ति का जन्म हुआ तथा यह भी दो भागों में विभाजित हो गया—थोक व्यापार तथा खुदरा व्यापार। (3) वाणिज्य व्यवसाय में और वृद्धि के परिणामस्वरूप इस क्षेत्र में विभिन्न प्रकार के मध्यस्थों जैसे—दलाल, कमीशन एजेन्ट, निकासी एजेन्ट आदि का आविर्भाव हुआ।

10. व्यावसायिक एकीकरण *(commerical integration)* **की प्रवृत्ति की प्रधानता**—तीव्र गति से उद्योगीकरण तथा आवागमन के साधनों के विकास से वाणिज्य व्यवसाय में प्रतिस्पर्धा बढ़ गई। अतएव बाजार में टिके रहने के लिए बड़े पैमाने की बचत प्राप्त करना आवश्यक समझा जाने लगा। इसके लिए एकीकरण ही एकमात्र उपाय दिखाई पड़ा। आर्थिक मंदी के कारण एकीकरण की प्रवृत्ति को और भी बल मिला। इससे **यह स्पष्ट हो गया कि प्रतिस्पर्धा के युग में जीवित रहने के लिए एकीकरण तथा संयोजन अनिवार्य है।** अतः विभिन्न प्रकार के एकीकरण अथवा संयोजन का विकास हुआ। क्षैतिज संयोजन (horizontal combination) में एक ही व्यवसाय में लगी विभिन्न इकाइयाँ एक ही प्रबन्ध के अन्तर्गत आ गईं जिससे इनके माल एक साथ बिकने के लिए बाजार में आने लगे। इसी प्रकार लम्बवान संयोजन (vertical integration) के अन्तर्गत एक ही उद्योग में कच्चे पदार्थों से लेकर निर्मित वस्तुओं तक का निर्माण करनेवाली विभिन्न संस्थाएँ एक प्रबन्ध में आ गईं। विक्रय के उद्देश्य से **न्यास** (trust), **समुच्चय** (pools), **कार्टेल** (cartels), **अभिषदों** (syndicates) आदि का निर्माण किया जाने लगा। इससे वाणिज्य में अत्यधिक प्रगति हुई।

11. वित्त, करेंसी, बैंकिंग और साख इत्यादि के क्षेत्र में क्रांति *(revolution in finance, currency, banking and credit)*—विदेशी व्यापार में अभिवृद्धि से साख और बैंकिंग व्यवस्था के विकास को प्रोत्साहन मिला। ब्रिटेन ने इस क्षेत्र में भी विश्व के अगुआ का कार्य किया। बैंक ऑफ इंगलैंड के नेतृत्व में यहाँ पर एक सुदृढ़ बैंकिंग व्यवस्था का

विकास हुआ। अंतरराष्ट्रीय भुगतान में प्रथम महायुद्ध तक बैंक ऑफ इंगलैंड को प्रधान स्थान मिला था। संसार भर से विदेशी प्रतिभूतियाँ तथा विनिमय पत्र लन्दन के मुद्रा-बाजार में क्रय-विक्रय के लिए आते थे। लन्दन का मुद्रा-बाजार विश्व में अपने प्रकार का अकेला संगठित मुद्रा बाजार था। वाणिज्य और उद्योग के प्रसार से क्षति होने की सम्भावना बढ़ गयी जिसे कम करने के लिए विभिन्न प्रकार की बीमा कम्पनियों का विकास हुआ। इसी प्रकार जीवन, अग्नि, नौवाहन आदि से सम्बन्धित विभिन्न दुर्घटनाओं के लिए बीमा प्रणाली का विकास हुआ।

12. प्राचीन मेलों के महत्त्व का लोप—जब व्यापार सीमित था तो मेलों का विशेष महत्त्व था। व्यापार विस्तृत हो जाने के कारण मेला का महत्त्व समाप्त हो गया और उनका लोप होने लगा।

वाणिज्य क्रांति के परिणाम

1. परिवहन का तीव्र विकास—वाणिज्य क्रांति के कारण हल्की-भारी वस्तुओं को विश्व के दूरस्थ क्षेत्रों में शीघ्रता के साथ सस्ती लागत पर पहुँचाना आवश्यक हुआ। फलस्वरूप परिवहन साधनों का तीव्र विकास और सुधार हुआ।

2. औद्योगिक क्रांति को प्रोत्साहन—वाणिज्यिक क्रांति के कारण उत्पादित वस्तुओं को विश्व बाजार में ले जाया गया और दूसरे देशों से आवश्यक कच्चे माल को देश में लाया गया। फलतः औद्योगिक क्रांति को प्रोत्साहन मिला। यही कारण था कि 1850 से 1870 तक का काल ब्रिटिश उद्योगों का स्वर्ण काल था।

3. कुटीर उद्योग का विनाश—वाणिज्य क्रांति ने सस्ती लागत पर वृहत् मात्रा में वस्तुओं का उत्पादन आवश्यक बनाया था। फलस्वरूप उत्पादन की वृद्धि की इस दौड़ में कुटीर उद्योग वृहत् उद्योगों के साथ प्रतियोगिता करने में सफल नहीं हो सके और उनका विनाश हो गया। कुटीर उद्योग वाले व्यक्ति लुहार, बढ़ई, मिस्त्री आदि अपने कार्यों को बन्द कर या तो श्रमिक बन गए अथवा अन्य कोई कार्य करने लगे।

4. सहायक उद्योगों में वृद्धि—वाणिज्य क्रांति ने रेल-पथ, नौपरिवहन आदि के विकास को आवश्यक बनाया था और उनके विकास के कारण देश में इन सबों से सम्बन्धित सहायक उद्योग-धन्धों का विकास हुआ—रेल तथा जलयान बनाने के कारखाने, उनकी मरम्मत करनेवाली कार्यशालाएँ आदि।

5. नये कार्यों में वृद्धि—सहायक उद्योगों के विकास के साथ वाणिज्य क्रांति ने स्वभावतः नवीन रोजगार में भी वृद्धि की। बहुत से लोग माल ढोने, गाड़ी चलाने, यंत्रों एवं आवश्यक स्थानों को साफ करने, वस्तुओं आदि की निगरारी करने, मजदूरी करने आदि में लग गए।

6. विश्व प्रतियोगिता एवं विश्व अन्तरनिर्भरता में वृद्धि—वाणिज्य क्रांति ने विश्व में नवीन बाज़ारों की खोज तथा वर्तमान बाजारों को हड़पने के सतत प्रयास को जन्म दिया। फलतः विश्व प्रतियोगिता में वृद्धि हुई जो आगे चलकर साम्राज्यवाद में विकसित हुई। इसके अतिरिक्त विशिष्टीकरण में वृद्धि के कारण विश्व अन्तरनिर्भरता बढ़ी। उपनिवेशों का महत्त्व बढ़ा और एक नवीन औपनिवेशिक नीति का विकास हुआ। अब उपनिवेशों को कच्चे माल के आपूरक और निर्मित माल के उपभोक्ता के रूप में विकसित किया जाना आवश्यक हो गया।

7. विदेशों से निवासियों का आगमन—वाणिज्यिक क्रांति ने देश मे अनेक नवीन औद्योगिक केन्द्रों की स्थापना को प्रोत्साहित किया जहाँ पर बहुत से लोगों को सरलतापूर्वक

जीविकोपार्जन के लिए कार्य मिल सकता था। ग्रेट ब्रिटेन औद्योगिक, वाणिज्यिक और परिवहन क्रांतियों का अग्रगामी था। इसलिए अन्य देशों की अपेक्षा इंगलैंड में रोजगार अधिक हो गए थे। फलतः इंगलैंड में रोजगारों की वृद्धि के कारण बहुत से लोग विदेशों से आकर इंगलैंड में बसने लगे। सन् 1847 में जर्मनी से मध्यवर्गीय लोग इंगलैंड में आ गए थे।

8. नियंत्रित व्यापार—परिवहन सुविधाओं में विकास के कारण बहुत से लोग मनोरंजन करने, दूसरे देशों की आचार संहिता को जानने अथवा व्यापार द्वारा आर्थिक लाभ अर्जित करने के उद्देश्य से विदेशों में जाने लगे। सरकार ने नियंत्रण करने के उद्देश्य से इन पर कुछ बन्धन लगा दिया।

9. नगरों का विकास—वाणिज्यिक क्रांति के सर्वाधिक महत्त्वपूर्ण परिणामें में एक परिणाम नगरों का विकास है। व्यापार अधिक सुविधापूर्वक तथा सुरक्षापूर्ण नगरों में से ही हो सकता था। फलतः व्यापारी जनता एक स्थान में एकत्र होने लगी जिससे नगरों का विकास हुआ। यही नहीं, व्यापारी क्रांति ने औद्योगिक क्रांति को बढ़ावा देकर भी नगरों के विकास में वृद्धि की थी। जहाँ कहीं कारखाने खोले गये वहाँ छोटे-मोटे नगर बस गए। जबकि सन् 1800 में इंगलैंड तथा वेल्स की कुल जनसंख्या का केवल 21.3 प्रतिशत ही शहरों में रहता था तो सन् 1861 में यह प्रतिशत बढ़कर 61.7 हो गया।

10. व्यक्तियों की गतिशीलता में वृद्धि (*increase in human mobility*)— वाणिज्यिक क्रांति के परिणामस्वरूप लोगों की गतिशीलता में बहुत वृद्धि हुई। बाजारों की खोज में लोग एक-स्थान से दूसरे स्थान में आने-जाने लगे। साथ ही, व्यापार की वृद्धि से लोग बड़ी संख्या में गाँवों को छोड़कर शहरों में जाने गले। यातायात के साधनों, विशेषतः रेलवे एवं जहाज ने इस गतिशीलता की वृद्धि में अत्यधिक योगदान किया। नोल्स के शब्दों में, **''रेलवे ने व्यक्तियों की एक नयी गतिशीलता उत्पन्न की जिसने एक सामाजिक क्रांति का सूत्रपात किया जो किसी भी प्रकार राजनीतिक, वाणिज्यिक एवं वित्तीय परिवर्तनों से कम महत्त्वपूर्ण नहीं थी।''**[1]

11. विश्व अर्थव्यवस्था का प्रारम्भ—समाज में 'स्वावलम्बन' और 'ग्राम स्वावलम्बन' की भावना समाप्त हुई तथा प्रत्येक व्यक्ति, ग्राम, राष्ट्र एक-दूसरे पर अपनी आवश्यकताओं के लिए निर्भर रहने लगे। इससे परस्पर निर्भर तथा विश्व अर्थ-व्यवस्था का युग प्रारम्भ हुआ।

12. विशिष्टीकरण तथा अत्यधिक उत्पादन—स्वावलम्बन की समाप्ति से व्यक्ति और राष्ट्र में उत्पादन के विशिष्टीकरण का आविर्भाव हुआ और इससे परावलम्बन की भावना बढ़ती गयी। विशिष्टीकरण से उत्पादन की क्षमता बढ़ी जिससे वस्तुओं का उत्पादन बड़े पैमाने पर तथा सस्ते मूल्यों पर होने लगा।

13. श्रमिकों के एक नये वर्ग का उदय—रेलवे तथा अन्य परिवहन साधनों के विकास ने समाज में श्रमिकों के एक नये वर्ग को जन्म दिया जिसमे ड्राइवर, फायरमैन, क्लीनर, गार्ड, स्टेशन मास्टर, वर्कशॉप ऑपरेटर, मैकेनिक, कुली इत्यादि मुख्य थे। जहाजों में भी इसी प्रकार के बहुत से लोग कार्य करने लगे। इसी तरह रेलवे तथा जहाजों ने परिवहन के अन्य साधनों के लिए भी पर्याप्त मात्रा में काम प्रस्तुत किया। अतएव यातायात के साधनों में काम करने वाले लोगों का एक नया समूह बन गया जिसके जीवन-

1. "The railways introduced a new personal mobility and that produced a social revolution no less remarkable than the political, commercial and financial."

यापन के ढंग ही अलग हो गये। इसी प्रकार रेलवे के कारण जो वाणिज्यिक क्रांति हुई उसने भी समाज में व्यापारी वर्ग की संख्या में अधिक वृद्धि की। इसके साथ ही वाणिज्य के क्षेत्र में नये वर्ग का उदय हुआ जिसमें बैंक, आढ़तिये, दलाल, छोटे-छोटे दुकानदार, सेल्समैन आदि सम्मिलित थे। **संक्षेप में, वाणिज्यिक क्रांति ने रोजगार के साधनों में बहुत वृद्धि की।**

14. जीवन-स्तर में सुधार—वाणिज्यिक क्रांति के कारण लोगों के जीवन-स्तर में भी पर्याप्त सुधार हुआ। चाय, कहवा, चावल, चीनी, संतरा, नींबू आदि जैसी वस्तुएँ, जो सन् 1850 तक केवल धनी वर्ग के व्यक्तियों को उपलब्ध थीं, सन् 1900 तक सर्वसाधारण के दैनिक उपभोग के काम आने लगीं। इन वस्तुओं को ढोने के भाड़े में कमी के कारण अब ये विशेष सस्ती हो गईं जिससे सभी व्यक्ति इनका उपयोग करने लगे। इससे लोगों के जीवन-स्तर में वृद्धि हुई। इससे अकाल की सम्भावना भी कम हो गई क्योंकि किसी देश में खाने की वस्तुओं के अभाव को विदेशों से आयात के द्वारा दूर किया जा सकता था।

15. गृह-व्यवस्था में परिवर्तन—वाणिज्यिक क्रांति के कारण गृह-व्यवस्था में भी परिवर्तन हुआ। वितरण की सुविधा के कारण अब कारखानों में बनी सामग्रियों का घरों पर खाने के लिए प्रयोग किया जाने लगा। इस प्रकार बिस्कुट, रोटी, मक्खन, घृत, डब्बों में बन्द मांस तथा दूध इत्यादि वस्तुएँ, जो पहले घर में तैयार की जाती थीं अब बाजार से आवश्यकतानुसार प्रतिदिन प्राप्त की जाने लगीं।

16. विशाल ब्रिटिश साम्राज्य की स्थापना—वाणिज्य क्रांति ने विशाल ब्रिटिश साम्राज्य की स्थापना में भी योगदान किया। विश्व के जिन नये आबाद देशों में अंग्रेज लोग व्यापार के उद्देश्य से गये वहाँ धीरे-धीरे उन लोगों ने ब्रिटिश साम्राज्य की स्थापना भी की। इससे **'सत्ता व्यापार का अनुगमन करती है'** (flag follows the trade) की कहावत चरितार्थ हुई। किन्तु इस उग्र साम्राज्यवादी नीति के कारण धीरे-धीरे शोषक और शोषित राष्ट्रों के पृथक-पृथक वर्ग बन गये। शोषित राष्ट्रों में भी राष्ट्रीयता की भावना पनपी तथा लोग विदेशियों को शंका की दृष्टि से देखने लगे। बाजार की होड़ से भी साम्राज्यवादी राष्ट्रों में परस्पर कटुता में वृद्धि हुई जिसके परिणामस्वरूप विश्व-युद्ध की सम्भावनाएँ बढ़ीं।

17. राज्य-नियंत्रण एवं हस्तक्षेप में वृद्धि *(increase in state control and interference)*—वाणिज्यिक क्रांति के कारण आवास-प्रवास, प्रति-स्पर्द्धा, बाजार, विदेशी विनिमय, मुद्रा तथा साख इत्यादि कई समस्याएँ उत्पन्न हुईं जिनके समाधान के लिए आर्थिक क्षेत्र में राज्य का नियंत्रण तथा हस्तक्षेप अनिवार्य हो गया। लोगों के जीवन पर राज्य के इस बढ़ते हुए नियंत्रण और हस्तक्षेप का महत्त्वपूर्ण प्रभाव पड़ा।

18. नवीन सामाजिक ढाँचा—वाणिज्यिक क्रांति का सामाजिक जीवन पर महत्त्वपूर्ण प्रभाव पड़ा। वास्तव में **इसने एक नवीन समाज की रचना में वर्णनातीत योगदान किया।** वर्तमान समाज बहुत कुछ उन्नीसवीं शताब्दी की वाणिज्यिक क्रांति की ही देन है।

ब्रिटेन के विदेशी व्यापार की वृद्धि

वर्ष	औसत आयात (लाख पौंड में)	औसत निर्यात (लाख पौंड में)	औसत पुनर्नियात (लाख पौंड में)
1802	310	410	—
1850-56	1460	1160	230
1860-64	1930	1380	420
1865-69	2370	1810	490
1870-74	2910	2350	550
1875-79	3200	2020	550
1880-84	3440	2340	640
1885-89	3480	2360	610
1980-94	3570	2340	620
1865-99	3930	380	600
1900	4600	2830	663

1850 के पश्चात ब्रिटिश विदेशी व्यापार की मुख्य विशेषताएँ

ब्रिटेन का विदेशी व्यापार, जो सत्रहवीं तथा अठारहवीं शताब्दियों से ही बढ़ रहा था, औद्योगिक एवं वाणिज्यिक क्रांतियों के कारण उन्नीसवीं शताब्दी के अन्त तक अपनी चरम सीमा पर पहुँच गया। **ब्रिटेन के विदेशी व्यापार में इस वृद्धि के लिए कई कारण उत्तरदायी थे** जिनमें स्वतंत्र व्यापार नीति, ब्रिटेन के विशाल उपनिवेश आदि विशेष रूप से उल्लेखनीय हैं। उन्नीसवीं शताब्दी के उत्तरार्द्ध में ब्रिटेन के विदेशी व्यापार में जो वृद्धि हुई वह ऊपर की तालिका से स्पष्ट है। **उन्नीसवीं शताब्दी के उत्तरार्द्ध में ब्रिटेन के विदेशी व्यापार में अनेक महत्त्वपूर्ण परिवर्तन हुए।**

1. विदेशी व्यापार की संरचना में परिवर्तन (*changes in the composition of foreign trade*)—कल कारखानों के स्थापित होने से निर्मित वस्तुओं का अधिकाधिक निर्यात होने लगा। वस्त्र, यंत्र, कोयला, रसायन और मिट्टी के बर्तन आदि निर्यात की मुख्य वस्तुएँ थीं। इसी प्रकार आयात में विलासिता वस्तुओं की अपेक्षा कच्चे पदार्थ और खाद्यान्न मुख्य थे। इस प्रकार का व्यापारिक परिवर्तन औद्योगिक क्रांति का परिणाम था।

2. विदेशी व्यापार के मूल्य एवं मात्रा में वृद्धि (*increase in the value and volume of foreign trade*)—सन् 1802 में ब्रिटेन के निर्यात और आयात क्रमशः 410 लाख पौंड और 310 लाख पौंड के थे। सन् 1900 में ये बढ़कर क्रमशः 2830 लाख पौंड तथा 4600 लाख पौंड हो गये। इस बात का श्रेय भी औद्योगिक क्रांति को ही दिया जा सकता है। यह ठीक है कि यह प्रवृत्ति सामान्य नहीं रही और इसमें समय-समय पर उतार-चढ़ाव होते रहे क्योंकि आर्थिक मन्दी ने इनको प्रभावित किया। किन्तु इस काल में विदेशी व्यापार की सामान्य प्रवृत्ति मूल्य एवं मात्रा दोनों में वृद्धि की रही थी।

3. आयातों में निर्यातों की अपेक्षा तीव्र वृद्धि—इस काल में ब्रिटेन के आयातों में

निर्यातों की अपेक्षा अधिक वृद्धि हुई। आयातों में हुई आशातीत वृद्धि का मुख्यः कारण घरेलू बाजार की आवश्यकता की पूर्ति था। देश की आवश्यकताओं की पूर्ति के लिए बड़े पैमाने पर कच्चे माल एवं खाद्य पदार्थों का आयात अनिवार्य था।

बीसवीं शताब्दी के प्रारम्भ में प्रथम महायुद्ध तक ब्रिटेन के व्यापार में आशातीत वृद्धि हुई यद्यपि इस समय तक अन्य औद्योगिक देश भी इसके प्रतिद्वन्द्वी हो गये थे। वास्तव में **इंगलैंड के विदेशी व्यापार का शीर्ष बिन्दु सन् 1913 का वर्ष कहा जा सकता है** जब आयात और निर्यात क्रमशः 7890 और 5250 लाख पौंड के थे। बाद के वर्षों में विदेशी व्यापार की मात्रा में क्रमशः कमी होने लगी। उन्नीसवीं शताब्दी में ब्रिटेन के विदेशी व्यापार में इस वृद्धि के लिए बीमा, बैंकिंग एवं साख व्यवस्था तथा जहाजरानी में विकास आदि मुख्य रूप से उत्तरदायी थे। सन् 1826 और 1833 के बैंकिंग अधिनियम के परिणामस्वरूप इंगलैंड की बैंकिंग व्यवस्था का बहुत अधिक विकास हुआ। साथ ही, सीमित दायित्व के विधान ने भी इनके विकास में यथोचित योगदान किया। इन सब कारणों से ब्रिटेन के विदेशी व्यापार में मूल्य तथा मात्रा दोनों ही दृष्टियों से इस युग में अत्यधिक वृद्धि हुई।

द्वितीय विश्वयुद्ध काल में इंगलैंड में निर्यात संकट था। सन् 1938 में देश के बाहर इसे 839 मिलियन पौंड का भुगतान करना पड़ा जबकि बाहर से इसे कुल 769 मिलियन पौंड ही मिले अर्थात् 70 मिलियन पौंड का घाटा रहा। सन् 1946 में इसे 1400 मिलियन पौंड का भुगतान करना पड़ा और 950 मिलियन पौंड की प्राप्ति हुई। फलतः इसके विदेशी भुगतान में 450 मिलियन पौंड का घाटा हुआ। यह प्रतिकूल भुगतान संतुलन अब भी बना हुआ है। यही कारण है कि **इंगलैंड, जो स्वतंत्र व्यापार क्षेत्र** (European Free Trade Area) **का सदस्य था, यूरोपीय साझा व्यापार** (European Common Market) **में सम्मिलित हो गया है।**

ब्रिटिश विदेशी व्यापार की वर्तमान स्थिति

1. विदेशी व्यापार का आकार *(Volume of Foreign Trade)*—ग्रेट ब्रिटेन का कुल आयात सन् 1938 में 90.90 करोड़ पौंड का था। 1948 में यह 200.00 करोड़ पौंड, 1951 में 389.20 करोड़ पौंड, 1964 में 551.20 करोड़ पौंड और 1970 में लगभग 900 करोड़ पौंड हो गया। इसी प्रकार निर्यात व्यापार का मूल्य भी 1938 में 47.10 करोड़ पौंड से बढ़कर सन् 1950 में 255.6 करोड़ पौंड, 1964 में 424.5 करोड़ पौंड और सन् 1970 में लगभग 800 करोड़ पौंड हो गया।

2. विदेशी व्यापार की संरचना *(Composition of Foreign Trade)*—विदेशी व्यापार का ग्रेट ब्रिटेन की अर्थ-व्यवस्था में बहुत अधिक महत्त्व रहा है। यह अपने यहाँ से विश्व के अन्य देशों को अपने कारखानों में निर्मित माल (कुल व्यापार का 85 प्रतिशत), इंजीनियरिंग सामान, मोटरगाड़ियाँ, धातुएँ, वस्त्र, रासायनिक पदार्थ, विद्युत मशीनें आदि वस्तुओं का निर्यात करता है और विदेशों से पेट्रोलियम, कच्चे माल, खाद्य-पदार्थ, चाय, कपास आदि का आयात करता है।

खाद्यान्न पदार्थ, मक्खन, पनीर, चाय, तम्बाकू, कपास, ऊन, धातुएँ ब्रिटेन के आयात व्यापार की मुख्य वस्तुएँ हैं। कुल आयात व्यापार का 37 प्रतिशत खाद्य-पदार्थों, 16

प्रतिशत कच्चा मालों, 25 प्रतिशत अर्द्धनिर्मित माल, 20 प्रतिशत निर्मित माल और शेष 2 प्रतिशत धातु और ईंधन के रूप में होता है।

3. विदेशी व्यापार की दिशा *(Direction of Foreign Trade)*—ग्रेट ब्रिटेन का विश्व के अनेक देशों के साथ व्यापारिक सम्बन्ध है। आयात निर्यात में स्टर्लिंग क्षेत्र की प्रधानता है यद्यपि अब यूरोपीय साझा बाजार का महत्त्व बढ़ रहा है। 1969 में विश्व के विभिन्न भागों में ब्रिटेन के निर्यात और आयात का अनुपात नीचे की तालिका से स्पष्ट होता है।

1969 में ग्रेट ब्रिटेन के आयात निर्यात की दिशा

क्षेत्र	कुल निर्यात का प्रतिशत	क्षेत्र	कुल आयात का प्रतिशत
स्टर्लिंग क्षेत्र	30.4	स्टर्लिंग क्षेत्र	27.4
उत्तरी अमेरिका	16.5	उत्तरी अमेरिका	19.9
यूरोपीय साझा बाजार	19.2	यूरोपीय साझा बाजार	19.6
यूरोपीय स्वतंत्र व्यापार क्षेत्र (EFTA)	15.1	यूरोपीय स्वतंत्र व्यापार क्षेत्र (EFTA)	14.6
लैटिन अमेरिका	3.3	लैटिन अमेरिका	4.5
पूर्वी यूरोप	3.3	पूर्वी यूरोप	3.9
मध्य-पूर्व	3.5	मध्य-पूर्व	4.3
जापान आदि अन्य देश	8.7	जापान आदि अन्य देश	5.8
कुल	100.00	कुल	100.00

ऊपर की तालिका स्पष्ट करती है कि प्रथम विश्वयुद्ध के बाद ग्रेट ब्रिटेन के विदेशी व्यापार में महत्त्वपूर्ण परिवर्तन हुए हैं। **1914 तक ग्रेट ब्रिटेन के आयात निर्यात व्यापार का दो-तिहाई भाग उसके उपनिवेशों एवं स्टर्लिंग क्षेत्र के साथ होता था जबकि आजकल यह केवल एक-तिहाई के लगभग हो गया है।** इसके विपरीत उत्तरी अमेरिका और यूरोपीय साझा बाजार क्षेत्रों के साथ उसके विदेशी व्यापार में वृद्धि हुई है। यही कारण है कि **अब ग्रेट ब्रिटेन की विदेशी व्यापार नीति केवल राष्ट्रमंडलीय देशों के हितों के साथ जुड़ी हुई नहीं रह गयी है** और न रह सकती है। यूरोपीय साझा बाजार में ब्रिटेन को सम्मिलित हो जाने पर यह बिल्कुल स्पष्ट हो गया है।

संदर्भ

Southgate : English Economy History.

Knowles : *The Industrial and Commercial Revolutions in Great Britain During the 19th Century.*

Briggs and Jordan : Economic History of England.

Lipson : The Economic History.

Youngson : The British Economy.

मानक प्रश्न

1. वाणिज्यिक क्रांति की प्रमुख विशेषताओं की व्याख्या कीजिए तथा उन्नीसवीं शताब्दी के अन्तिम भाग में ग्रेट ब्रिटेन पर इसके प्रभावों की विवेचना कीजिए। **(B.U.B. Com. 1960A)**
2. उन्नीसवीं शताब्दी में ग्रेट ब्रिटेन की वाणिज्यिक सर्वोच्चता के कारणों की व्याख्या करें।
3. ''इंगलैंड की वाणिज्यिक एवं औद्योगिक क्रांतियों का अध्ययन हमारे समक्ष पूँजीवाद के भव्य परिणामों का रोचक वर्णन प्रस्तुत करता है।'' स्पष्ट कीजिए। **(Allahabad, 1962)**
4. इंगलैंड की अर्थ-व्यवस्था पर वाणिज्यिक क्रांति का क्या प्रभाव पड़ा?
5. "1870 के बाद यांत्रिक परिवहन के विकास के सामान्य परिणाम क्रांतिकारी थे।'' विवेचना कीजिये और इसके फलस्वरूप ब्रिटिश विदेशी व्यापार में होने वाले परिवर्तनों को स्पष्ट करें। **(Raj. U. 1959)**

❑

अध्याय 7

ब्रिटिश वाणिज्य नीति

(COMMERCIAL POLICY OF GREAT BRITAIN)

अतीत की छाया में *(In the Shadow of the Past)*—इंगलैंड में मध्ययुगीन आर्थिक जीवन पूर्णतः नियमित था। आर्थिक क्रिया का क्षेत्र स्थानीय था। संचार एवं परिवहन साधनों का पर्याप्त विकास नहीं हो पाया था। मैनोर अथवा कस्बा आर्थिक क्रिया का केन्द्र था। कस्बों के बीच कुछ मात्रा में व्यापार किया जाता था। किन्तु व्यापार को उतना अधिक वांछनीय नहीं माना जाता था जितना की आत्मनिर्भरता को। राष्ट्रीयता की भावना का अभी अस्तित्व नहीं था।

वणिकवाद का उदय और विस्तार
(Rise and Spread of Mercantilism)

15वीं शताब्दी के पश्चात् ऐसी घटनाएँ घटीं जिनके चलते राष्ट्रीयता की भावना जागृत हुई। इनमें फ्रांस के साथ इंगलैंड का सौ वर्षीय युद्ध, पन्द्रहवीं शताब्दी में पुनर्जागरण (renaissance) की लहर, इंगलैंड में सामन्तों की शक्ति का ह्रास, धर्म-सुधार आन्दोलन, भौतिक अन्वेषण आदि विशेष रूप से उल्लेखनीय हैं। इनके चलते यूरोप में राष्ट्रीयता की भावना का विकास हुआ। **राजनीतिक, धार्मिक एवं आर्थिक सत्ता के रूप में राष्ट्रों का उदय मध्य युग को वर्तमान युग से अलग करता है।** इसके परिणाम-स्वरूप राष्ट्र एक-दूसरे के अस्तित्व से पूर्णतः चैतन्य हो गये। राष्ट्रों का उद्देश्य अपनी स्वतंत्रता की रक्षा करना था। इस उद्देश्य की प्राप्ति के लिए राष्ट्र अपनी समस्त क्रियाओं को विनियमित और नियंत्रित करने लगे। व्यक्तियों के कार्य करने के अधिकार को राष्ट्रीय हित के अधीन कर दिया गया। **इंगलैंड में यह प्रणाली वणिकवाद अथवा व्यापारवाद के नाम से प्रख्यात हुई** यद्यपि इस प्रणाली के प्रचलन काल में इसके लिए यह शब्द नहीं प्रयुक्त किया जा सका था। **वणिकवाद उन सामूहिक राजनीतिक तथा आर्थिक प्रयत्नों को कहा गया है जिन्हें इंगलैंड की सरकार ने 15वीं से 18वीं शताब्दियों के बीच राष्ट्रीय आर्थिक आत्म-निर्भरता और अंततः राष्ट्रीय सम्पदा एवं शक्ति के विकास के लिए अपनाया था।** किन्तु कुछ अर्थशास्त्रियों तथा विचारकों के अनुसार उपर्युक्त उद्देश्यों से समय-समय पर अपनाये गये उपाय किसी निश्चित नीति के परिणाम नहीं थे वरन् विशिष्ट समस्या के समाधान के लिए समय-समय पर अपनाये गये यथोचित उपाय थे। **मध्य युग में राष्ट्रीयता की भावना अधिक प्रबल थी।** वणिकवादी विचारधारा राष्ट्रीय भावना के साथ-साथ पनप रही थी। **जी० डी० एच० कोल** (G.D. H. Cole) के अनुसार, ''वणिकवाद एक ऐसा शब्द है जिसका प्रयोग उन नीतियों, सिद्धान्तों तथा व्यवहारों के लिए किया जाता है जिन्हें राष्ट्रों द्वारा तत्कालीन परिस्थितियों में अपनाया गया

था और जिनके आधार पर वे राष्ट्र आर्थिक क्षेत्र में शक्ति, सम्पत्ति एवं समृद्धि प्राप्त कर सके।''[1] **यह प्रणाली रिचर्ड द्वितीय के काल में अद्भुत हुई किन्तु टयूडर काल में ही एक रचनात्मक नीति का रूप धारण कर सकी।** जैसा कि **लॉर्ड बेकन** का कहना है, **''हेनरी सप्तम ने राज्य की पुरानी नीति को छोड़कर शक्ति की नीति का अनुकरण किया।''** यह समय राष्ट्रीयता की भावना के विकास का सर्वोपरि काल था। इसके चलते स्थानीय भावनाएँ दब-सी गयीं।

वणिकवाद एक विकासोन्मुख राष्ट्रीयतावादी भावना की उपज था और इसके उद्देश्यों की पूर्ति के लिए अपनाए गए उपाय ग्रेट ब्रिटेन को विदेशों की लागत पर एक शक्तिशाली, समृद्धि-सम्पन्न राष्ट्र बनाना चाहते थे। **व्यापाक रूप से इसके द्वारा अपनाए गए उपाय चार श्रेणियों में विभक्त किए जा सकते हैं**–(1) कृषि को विकसित करने के लिए उपाय, (2) उद्योग को विकसित करने के लिए उपाय, (3) नौवाहिनी को शक्तिपूर्ण बनाने के लिए उपाय और (4) राष्ट्रीय धन के संचय एवं वृद्धि के लिए उपाय। संक्षेप में हम यों कहें कि **यह ब्रिटेन को अत्यन्त ही शक्तिशाली राष्ट्र बनाने के लिए समस्त क्षेत्रों में सरकारी हस्तक्षेप करना चाहता था**– (1) जनसंख्या अधिक-से-अधिक एवं स्वस्थ होनी चाहिए थी। इस उद्देश्य से सरकार ग्रामीण निर्जनीकरण (depopulation) की प्रवृत्ति को हतोत्साहित कर रही थी। (2) चरागाहों के बदले कृषि कार्य को प्राथमिकता दी जा रही थी जिससे कि खाद्य-पूर्ति ठीक रूप से की जा सके। (3) नौवाहिनी शक्ति के महत्त्व को स्वीकार किया गया और नौवाहन अधिनियमों (navigation acts) द्वारा नौपरिवहन को प्रोत्साहित किया गया। (4) पारसामुद्रिक व्यापार को भी सरकार द्वारा विनियमित किया गया। इस व्यापार को कतिपय कम्पनियों को सौंपा गया जिन्हें कुछ निश्चित क्षेत्रों के व्यापार के सम्बन्ध में एकाधिकार दिया गया। (5) वणिकवादी नीति ने स्वर्ण-रजत के कोष को अधिक महत्त्व दिया और उसकी वृद्धि के लिए विशेष ध्यान दिया गया। **वणिकवादी विचारों के अनुसार स्वर्ण, रजत आदि बहुमूल्य रत्नों के भंडार ही देश की 'सम्पदाएँ हैं और ये देश को धनी बनाते हैं एवं उसकी सुरक्षा करते हैं।** 15वीं एवं 16वीं शताब्दियों में प्रचलित धारणा यह थी कि सोना और चाँदी के आयात को प्रोत्साहित तथा निर्यात को निरुसाहित कर बहुमूल्य भंडार को बढ़ाया जा सकता है। अतः देश का व्यापार संतुलन पक्ष में होना चाहिए। (6) यह नीति अधिक-से-अधिक उपनिवेशों को प्राप्त करने के पक्ष में थी। **मातृदेश के हितों की सुरक्षा और वृद्धि के लिए होना चाहिए था। इस प्रकार वे किसी भी रूप में कभी मातृदेश के साथ प्रतियोगिता नहीं कर सकते थे। मातृदेश के लिए आवश्यक खाद्यान्नों एवं उसके उद्योगों के लिए आवश्यक कच्चे माल की पूर्ति करना तथा मातृदेश में निर्मित वस्तुओं के लिए बाजार प्रस्तुत करना उपनिवेशों का परम कर्त्तव्य था।**

15वीं एवं 16वीं शताब्दी में प्रचलित धारणा यह थी कि सोने और चाँदी के आयात को प्रोत्साहित तथा निर्यात को निरुत्साहित कर बहुमूल्य रत्नों के भंडार को परिवर्द्धित किया

1. "Mercantislism is a term which may be applied to those theories, policies and practices arising from the condition of the time by which the national state acting in the economic sphere sought to increase its power, wealth and prosperity."

जा सकता है। अतएव व्यापारवादियों का विश्वास था कि इस कार्य के लिए व्यापार का सन्तुलन इंगलैंड के अनुकूल होना चाहिए। यह तभी हो सकता था जब इंगलैंड अधिक-से-अधिक वस्तुओं का निर्यात और कम-से-कम वस्तुओं का आयात करे। इसी कारण निर्यात व्यापार पर अत्यधिक ध्यान दिया गया।

वणिकवाद के मूल तत्त्व
(Chief Elements of Mercantilism)

ग्रेट ब्रिटेन की वणिकवादी नीति के मूल तत्त्व निम्नलिखित थे :

1. राष्ट्रीय हित की प्रधानता—वणिकवादी नीति के अनुसार व्यापार-सम्बन्धी सन्नियम संकुचित राष्ट्रीय दृष्टिकोण से बनाये जाते थे। **यह माना जाता था कि वाणिज्य एक प्रकार का युद्ध है जिसमें एक देश का लाभ दूसरे देश की हानि पर निर्भर है।** इस तरह राष्ट्रीय धन में वृद्धि को राष्ट्रीय-शक्ति में वृद्धि का प्रतीक माना जाता था और इसी उद्देश्य से राज्य द्वारा आर्थिक क्रियाओं का नियमन तथा नियंत्रण किया जाता था।

2. आत्म-निर्भरता—वणिकवादी विशिष्टीकरण में विश्वास नहीं करते थे। राष्ट्रीय आत्म-निर्भरता पर ध्यान दिया जाता था। तटकर की दरों को ऊँचा कर अथवा विदेशों से आयात कर रोक लगा कर आयात को कम करने का प्रयास किया जाता था और निर्यात-प्रोत्साहन के लिए उद्योगों को सहायता दी जाती थी।

3. अनुकूल भुगतान शेष और स्वर्ण-संग्रह—वणिकवाद के अन्तर्गत भुगतान शेष को सदा अनुकूल रखने का प्रयास किया जाता था। व्यापारिक नीति का निर्माण इसी उद्देश्य को ध्यान में रखकर किया जाता था। इस प्रकार की विधि से स्वर्ण का बहाव सदा इंगलैंड की ओर हो सकता था। **व्यापारवादियों के अनुसार धनी देश वही है जिसके पास स्वर्ण तथा चाँदी अधिकाधिक मात्रा में हो।** इसलिए अनुकूल भुगतान शेष एवं स्वर्ण तथा चाँदी का संग्रह उनकी नीतियों का मूलाधार था।

4. उपनिवेशवादी नीति—वणिकवादी नीतियाँ उपनिवेशों के सन्दर्भ में भी लागू की जाती थीं। उपनिवेशों का प्रयोग शासक देश के आर्थिक हितों की रक्षा और अभिवृद्धि के लिए किया जाता था। उपनिवेश मातृदेश को कच्चा माल देते थे और शासक देश से निर्मित माल खरीदते थे। दूसरे देश उपनिवेशों के साथ प्रत्यक्ष रूप से व्यापार नहीं कर सकते थे। उपनिवेशों में केवल उन्हीं उद्योगों की स्थापना की जाती थी जो उद्योग शासक देश में नहीं थे। इस प्रकार **व्यापारवादी नीति का एक महत्त्वपूर्ण आधार उपनिवेशों का आर्थिक शोषण था।**

5. राज्य की सर्वोपरि सत्ता—वणिकवाद ने देशवासियों के व्यक्तिगत हितों को गौण और राष्ट्रीय हितों को प्रमुख स्थान दिया था। दूसरे शब्दों में राष्ट्रीय हित में वृद्धि के लिए निजी हितों का परित्याग किया जाना एक उच्च आदर्श माना जाता था।

6. जनसंख्या में वृद्धि—वणिकवाद सैनिकों और नाविकों की संख्या में वृद्धि और इसलिए जनसंख्या वृद्धि को अनिवार्य मानता था।

7. चार्टर्ड कम्पनियाँ—वणिकवाद में कुछ देशों में विभिन्न क्षेत्रों के लिए चार्टर्ड कम्पनियों की स्थापना की गयी। जैसे, ईस्ट इण्डिया कम्पनी, साउथ सी कम्पनी, हडसन बे कम्पनी आदि। इन कम्पनियों ने अपने-अपने क्षेत्र में व्यापार में वृद्धि कर बड़े पैमाने पर स्वर्ण के आयात द्वारा औद्योगिक क्रांति के लिए पृष्ठभूमि तैयार करने में योगदान किया।

वणिकवादियों की योजना तथा उसका विकास

वणिकवादी नीति के अन्तर्गत अर्थ-व्यवस्था के विभिन्न अंगों के विकास की विस्तृत योजना थी। इस नीति का अध्ययन अग्रलिखित **चार शीर्षकों** के अन्तर्गत किया जा सकता है—(1) कृषि, (2) उद्योग, (3) नौपरिवहन और (4) बहुमूल्य रत्नों का संचय।

1. कृषि क्षेत्र में वणिकवादी नीति—वणिकवादियों के अनुसार कृषि देश की अर्थ व्यवस्था की रीढ़ है। अतः कृषि के विकास का भरपूर प्रयत्न किया जाना चाहिए। इस विचारधारा के अनुसार जो देश खाद्यान्न के आयात पर निर्भर होता है वह युद्ध के समय सुरक्षित नहीं रह जाता। विदेशों से अन्न का आयात बन्द होने से देश की जनता भूखों मर सकती है। वणिकवादी नीति के अन्तर्गत कृषि के इस महत्त्व के कारण कृषि के विकास के लिए विभिन्न अन्न अधिनियम (Corn Laws) बनाये गये थे। पन्द्रहवीं शताब्दी में दो अन्य अधिनियम निर्मित हुए। इनमें पहला अधिनियम 1436 ई॰ का अन्न अधिनियम है जिसके अनुसार अन्न का निर्यात तभी किया जा सकता था जब इसका मूल्य 6 शि॰ 8 पें॰ प्रति क्वार्टर से नीचे हो जाय। दूसरा अधिनियम 1463 ई॰ का अन्न अधिनियम है। इसके अनुसार यदि अन्न का मूल्य 6 शि॰ 8 पे॰ प्रति क्वार्टर से नीचे हो जाये तो इसके आयात को रोक दिया जाता था। अन्न के मूल्यों के निर्धारण में किसान के लाभ को ध्यान में रखा जाता था। 1534 ई॰ में एक दूसरा अन्न अधिनियम बनाया गया। इसके अनुसार सम्राट की आज्ञा के बिना अन्न का आयात नहीं किया जा सकता था। सन् 1663 ई॰ में अन्न अधिदान अधिनियम (Corn Bounty Act) निर्मित हुआ। इसके अनुसार किसानों को संरक्षण दिया गया। इस अधिनियम के अनुसार गेहूँ के मूल्य को 48 शि॰ प्रति क्वार्टर से नीचे होने पर आयात किए गए गेहूँ पर 5 शि॰ 4 पें॰ प्रति क्वार्टर कर लगाने की व्यवस्था कीं गयी थी। 1676 ई॰ में किसानों को आर्थिक सहायता देने की व्यवस्था की गयी। 1689 ई॰ में पुनः एक अन्न अधिनियम (Corn Law) बनाया गया। इसके अनुसार देश में गेहूँ का मूल्य 48 शि॰ प्रति क्वार्टर से कम होने पर निर्यात किये गए गेहूँ पर 5 शि॰ प्रति क्वार्टर की आर्थिक सहायता देने की व्यवस्था की गयी। इस तरह **वणिकवादी कृषि नीति के अन्तर्गत विभिन्न प्रकार से कृषि तथा किसानों को सहायता दी जाती थी।** ऐसी संरक्षणवादी नीति की चरम-सीमा उस समय पहुँची जब 1815 ई॰ के अन्न अधिनियम के अनुसार 80 शि॰. प्रति क्वार्टर मूल्य होने तक अन्न का आयात निषिद्ध कर दिया गया। 1815 के अधिनियम का प्रमुख उद्देश्य इंगलैंड को खाद्यान्न के मामले में आत्म-निर्भर बनाना था। इस अधिनियम के द्वारा संरक्षणवादी नीति इतनी अधिक उग्र हो गयी कि इसने ग्रामीण तथा शहरी क्षेत्रों में असन्तोष की एक लहर उत्पन्न कर दी।[1]

फिर भी सब कुछ मिलाकर इन विभिन्न अधिनियमों तथा उपायों का परिणाम बहुत ही अच्छा हुआ। वणिकवादी नीति के काल में इंगलैंड खाद्यान्न के मामले में आत्म-निर्भर रहा और भूमि की लगान में भी वृद्धि हुई। यदि ऐसी सहायताओं से कृषि को प्रोत्साहन नहीं दिया गया होता तो सम्भव था कि भूमि का प्रयोग कृषि के लिए नहीं होकर भेड़-पालन के लिए किया गया होता।

---

1. The protective policy was carried to an extreme in 1815 when import was prohibited until domestic price was at least 80s. a quarter—a ruthless measure which caused grave public disturbance and trouble in rural areas.

अन्न अधिनियम विरोधी संघ (*Anti-Corn Law League*)—किन्तु कालान्तर में कृषि को संरक्षण देने के उद्देश्य से बनाए गए इन अन्न अधिनियमों के कारण उपभोक्ताओं में धीरे-धीरे असन्तोष होने लगा और इन अन्न अधिनियमों के प्रति विरोध प्रदर्शित किया जाने लगा। अतएव देश में **अन्न अधिनियम विरोधी अभियान** (Anti-Corn Law Compaign) चलाया गया। असन्तुष्ट पूँजीपतियों, उद्योगपतियों तथा अन्य श्रेणी के उपभोक्ताओं ने कृषि-संरक्षण का सक्रिय रूप में विरोध करने के लिए **अन्न-अधिनियम विरोधी संघ** (Anti-Corn Law League) की स्थापना की। इस लीग के प्रमुख नेता **रिचार्ड काब्डेन** (Richard Cobden) तथा **जॉन ब्राईट** (John Bright) थे। रिचार्ड काब्डेन स्वतंत्र व्यापार का सबसे बड़ा समर्थक था। जॉन ब्राईट ने भी रिचार्ड काब्डेन के साथ मिलकर काम किया। **अन्न अधिनियम विरोधी अभियान वस्तुतः मध्य वर्ग का आन्दोलन था।** यह औद्योगिक-पूँजीपतियों की वित्तीय सहायता से संचालित होता था तथा इसे काब्डेन तथा ब्राईट जैसे योग्य व्यक्तियों का नेतृत्व प्राप्त था। अन्त में **राबर्ट पील** (Robert Peel) के प्रयास से अन्न अधिनियम समाप्त हुए।

2. उद्योगों के सम्बन्ध में वणिवादी नीति—वणिकवादी नीति के अन्तर्गत कृषि की ही तरह उद्योगों के विकास पर भी विशेष ध्यान दिया गया। मध्य-युग में उद्योगों का नियंत्रण स्थानीय था। किन्तु वणिकवादियों ने राज्य द्वारा उद्योगों के नियंत्रण पर जोर दिया। वणिकवादी नीति के अन्तर्गत उद्योगों के विकास के सम्बन्ध में भी कई प्रकार के अधिनियम निर्मित किए गए। इन अधिनियमों का सम्बन्ध व्यय, विदेशी व्यापार, श्रम तथा प्रवास आदि से था। इनका उद्देश्य उद्योगों की रक्षा तथा प्रगति करना था। वणिवादियों ने निर्मित वस्तुओं के आयात का विरोध और इनके निर्यात को प्रोत्साहित करने का प्रयास किया। इस उद्देश्य से 1455 ई० में रेशम तथा 1463 ई० में रेशम की विभिन्न प्रकार की निर्मित वस्तुओं का आयात बन्द कर दिया गया। 18वीं शताब्दी में रेशमी वस्त्र के निर्यात को प्रोत्साहित किया गया। सूती वस्त्र के आयात पर ऊँची दर से आयात कर लगाया गया। इस कारण इंगलैंड में सूती-वस्त्र उद्योग की तेजी से प्रगति हुई। विदेशी माल के उपयोग पर निषेध लगा दिये गये तथा स्वदेशी वस्तुओं के उपयोग का प्रचार किया गया। सन् **1700 तथा 1720 ई० में ग्रेट ब्रिटेन में भारतीय मलमल एवं कैलिको के उपयोग पर तथा 1745 ई० में फ्रांसीसी कैम्ब्रिक पर प्रतिबन्ध लगाये गये।** विदेशी व्यापार एकाधिकार-प्राप्त राजपत्रित कम्पनियों को सौंप दिया गया। विभिन्न वस्तुओं के प्रमाणीकरण की व्यवस्था की गयी ताकि निर्मित माल एक निश्चित प्रकार का हो सके। श्रम के नियंत्रण की भी व्यवस्था की गयी। सन् 1563 ई० में एक अधिनियम द्वारा न्यायाधीशों को न्यूनतम मजदूरी निश्चित करने का अधिकार दिया गया।

3. नौवाहन के सम्बन्ध में वणिकवादी-नीति—वणिकवादियों ने नौवाहन अर्थात् जहाजरानी के विकास पर विशेष जोर दिया। **वणिकवाद के अनुसार राष्ट्र की शक्ति उसकी जहाजी शक्ति पर निर्भर है।** इस उद्देश्य से कई **नौवाहन अधिनियम** (Navigation Act) बनाए गए। ऐसा पहला अधिनियम 1381 ई० में निर्मित किया गया था जिसके अनुसार देशवासियों द्वारा विदेशी जहाजों के उपयोग को निषिद्ध कर दिया गया था। किन्तु अंग्रेजी जहाजों की अपर्याप्तता के कारण उसे व्यावहारिक रूप नहीं दिया जा सका। अतः 1463 ई० में इसमें संशोधन करना पड़ा। **क्रामवेल** (Cromwell) के शासन-काल में एक महत्त्वपूर्ण नौवाहन अधिनियम बनाया गया। 1651 ई० के **राष्ट्र मंडल नौवाहन**

अधिनियम (Commonwealth Navigation Act) **के अनुसार एशिया, अफ्रिका तथा अमेरिका से आनेवाला माल तथा इन देशों को भेजा जाने वाला माल केवल अंग्रेजी जहाजों द्वारा ही ले जाया जा सकता था।** यूरोपीय देशों के सम्बन्ध में व्यवस्था की गई कि जो माल यूरोप से आयात किये जाएँ वे या तो अंग्रेजी जहाजों द्वारा अथवा उस देश के जहाजों द्वारा मँगाये जायें जो माल भेज रहा हो। 1662 ई॰ में इस अधिनियम में संशोधन किया गया। इसके अनुसार 'आंग्ल जहाज' उसी को कहा जा सकता था जिसका स्वामी तथा कम-से-कम तीन चौथाई मल्लाह अंग्रेज हों। 1662 ई॰ में यह व्यवस्था की गयी कि उन्हीं जहाजों पर कर नहीं लगाए जाएँ जो सम्राट के राज्य में बनाए गए हों तथा जिनका स्वामी भी राज्य का ही नागरिक हो। किन्तु इस व्यवस्था का उपनिवेशों ने विरोध किया। फलस्वरूप 18वीं शताब्दी के पूर्वार्द्ध में उपनिवेशों के निर्यात पर कुछ छूट दी गई। 1696 ई॰ तथा 1822 ई॰ में नौवाहन अधिनियम में संशोधन किए गए। 1849 ई॰ में इन अधिनियमों की सफलता के सम्बन्ध में विभिन्न प्रकार के मत प्रकट किए गए हैं तथा उनकी कटु आलोचनाएँ भी की गई है तथापि वह सत्य है कि **इन विधानों के द्वारा आंग्ल नौवाहन शक्ति की विशेष प्रगति हुई।** उदाहरण के लिए, 1600 ई॰ में अंग्रेजी बन्दरगाहों द्वारा आने-जाने वाले जहाजों की माल वाहक क्षमता केवल 3,71,000 टन थी जबकि सन् 1800 ई॰ में यह बढ़कर 20, 58, 000 टन हो गयी।

4. बहुमूल्य रत्नों का संग्रह—वणिकवादी नीति के अन्तर्गत कृषि, उद्योग, जहाजरानी आदि के सम्बन्ध में कई विधान बनाए गये। किन्तु इनमें सर्वाधिक महत्त्वपूर्ण अधिनियम स्वर्ण-कोष के संचय से सम्बन्धित थे। सर्वप्रथम **रिर्चाड द्वितीय** के शासनकाल में स्वर्ण के निर्यात पर प्रतिबन्ध लगाया। **15वीं शताब्दी में सिक्कों के निर्यात को भी अपराध घोषित कर दिया गया।** ईस्ट इण्डिया कम्पनी की आलोचना भी इस आधार पर की गई कि यह स्वर्ण का निर्यात करती है। **वणिकवादी व्यापार संतुलन को राष्ट्रीय प्रगति का सूचक मानते थे। उनके विचार में सोना-चाँदी आदि बहुमूल्य रत्न ही देश की समृद्धि के द्योतक हैं।** किन्तु कालान्तर में इस विचारधारा में परिवर्तन हुए और 1663 ई॰ में विदेशी मुद्रा तथा बुलियन के निर्यात को वैधानिक मान लिया गया।

वणिकवाद की आलोचना (*Criticisms of Mercantilism*)—व्यापारवाद की आलोचना बड़े कड़े शब्दों में की गई है। **आधुनिक युगीन आर्थिक ज्ञान के प्रकाश में व्यापारवादी प्रणाली का बचाव नहीं किया जा सकता।**

1. यदि प्रत्येक राष्ट्र अधिक-से-अधिक मात्रा में वस्तुओं का निर्यात करने और कम-से-कम मात्रा में आयात करने पर जोर देना प्रारम्भ कर दे तो सम्भव है एक दिन अन्तरराष्ट्रीय व्यापार ही समाप्त हो जाय। **किसी देश विशेष के लिए भले ही यह नीति लाभदायक सिद्ध हो सकती है किन्तु सभी राष्ट्रों के लिए नहीं।**

2. **व्यापारवादी साधन एवं साध्य को संभ्रांत (confuse) कर दिये थे।** बहुमूल्य धातुओं के आयात को वे आयात और निर्यात का अन्तर मानते थे। वे नहीं समझते थे कि उन धातुओं के आयात के बदले में भी उन्हें अन्य वस्तुओं का निर्यात करना पड़ता है।

3. **व्यापारवादी इस तथ्य पर ध्यान नहीं दिए कि अन्य वस्तुओं की भाँति बहुमूल्य रत्नों के साथ भी माँग और पूर्ति का नियम कार्य करता है।** यदि किसी देश में बहुमूल्य धातुओं की पूर्ति अधिक हो जाय तो अन्य परिस्थितियों के समान रहने पर उनके मूल्य में ह्रास हो जाता है अर्थात् ये धातुएँ सस्ती एवं अन्य वस्तुएँ अपेक्षाकृत

महँगी हो जाती हैं। फलतः बहुमूल्य वस्तुओं का निर्यात अधिक होने लगेगा और आयात कम। फलतः बहुमूल्य धातुओं का अब आयात के बजाय निर्यात करना पड़ जायेगा।

4. **व्यापारवादी लोग राष्ट्रीय आर्थिक आत्म-निर्भरता पर जोर देते थे। किन्तु इस प्रकार की नीति के फलस्वरूप राष्ट्र की जनता का जीवन स्तर नीचा हो सकता है।** इससे अधिक लाभ विनिमय एवं विशिष्टीकरण(specialization) से प्राप्त किया जा सकता है।

5. व्यापारवादी नीति की आलोचना इसलिए भी की जाती है कि **इसके द्वारा किए गए उपाय पारस्परिक रूप से एक-दूसरे के विरोधी थे।** व्यापारवादी लोग राष्ट्रीय आर्थिक विकास के लिए एक सूत्रबद्ध योजना बना सकने में विफल रहे। वे छिट-पुट ढंग से समयानुकूल नीतियों को निर्मित करते थे।**व्यापारवाद को ग्रेट ब्रिटेन की प्रथम आयोजित(planned) अर्थ-व्यवस्था कहा गया है। किन्तु वस्तुत: यह इस योजनाकरण की समस्या के लिए केवल एक उपागमन (approach) ही था** जिसने यह पाठ पढ़ाया कि देश के आर्थिक विकास के लिए एक सूत्रबद्ध योजना की आवश्यकता होती है। नौवाहन को प्रोत्साहित करने के उद्देश्य से निर्मित नौवाहन अधिनियम ब्रिटिश उद्योग एवं यहाँ तक कि वाणिज्य के लिए भी प्रतिकूल सिद्ध हुए। अनुकूल व्यापार संतुलन की नीति कभी-कभी औद्योगिक विकास में बाधक सिद्ध हुई।

6. **इस प्रणाली ने वर्गीय एवं राष्ट्रीय हितों में विरोध खड़ा कर दिया।** एकाधिकार प्रदान कर कुछ उद्योगों को विकसित करने की नीति द्वारा इसने उपभोक्ताओं के हितों पर आघात किया। 18वीं शताब्दी में इस नीति ने व्यापक राष्ट्रीय नीति को त्याग कर कतिपय निहित स्वार्थों (vested interests) का समर्थन किया जो अपने स्वार्थ को राष्ट्रीय स्वार्थों के ऊपर रख दिए।

7. **इस नीति को लागू करने वाले व्यक्ति भ्रष्टाचारी हो गए थे।** फलतः सरकारी नियंत्रण एवं विनियमन आर्थिक प्रगति के लिए बाधक सिद्ध होने लगे।

8. **यह नीति न केवल आन्तरिक वरन् अन्तरराष्ट्रीय शान्ति के लिए भी खतरनाक थी।** इस नीति ने विश्व के विभिन्न देशों में प्रतिशोध की भावना को भर दिया और सम्पूर्ण विश्व के लिए आर्थिक कठिनाइयाँ प्रस्तुत कर दी। **यह नीति स्वभावत: साम्राज्यवाद** (imperialism) में प्रतिफलित हुई जो इंगलैंड के लिए तो बुरा परिणाम लाया ही उपनिवेशों के लिए भी हानिकारक सिद्ध हुआ।

संक्षेप में **वणिकवादी लोग राष्ट्रीय आर्थिक आत्म-निर्भरता पर जोर देते थे।** किन्तु इस प्रकार की नीति के फलस्वरूप राष्ट्र की जनता का जीवन स्तर नीचा हो सकता है। इससे अधिक लाभ विनिमय एवं विशिष्टीकरण से प्राप्त किया जा सकता है। वणिकवादी नीति द्वारा किए गए उपाय पारस्परिक रूप से एक-दूसरे के विरोधी थे। वणिकवादी लोग राष्ट्रीय आर्थिक विकास के लिए एक सूत्रबद्ध योजना बना सकने में विफल रहे। वे छिट-पुट ढंग से समयानुकूल नीतियों को निर्मित करते थे। अनुकूल व्यापार संतुलन की नीति कभी-कभी औद्योगिक विकास में बाधक सिद्ध हुई।

इस प्रणाली ने वर्गीय राष्ट्रीय हितों में विरोध खड़ा कर दिया। एकाधिकार प्रदान कर कुछ उद्योगों को विकसित करने की नीति द्वारा इसने उपभोक्ताओं के हितों पर आघात किया। 18वीं शताब्दी में इस नीति ने व्यापक राष्ट्रीय नीति को त्याग कर कतिपय निहित स्वार्थों का समर्थन किया जो अपने स्वार्थ को राष्ट्रीय स्वार्थों के ऊपर रख दिए। यह नीति स्वभावतः साम्राज्यवाद में प्रतिफलित हुई जो इंगलैंड के लिए तो बुरा परिणाम लाया ही उपनिवेशों के लिए भी हानिकारक सिद्ध हुआ।

मुक्त व्यापार नीति की विजय

वणिकववादी नीति की इन बुराइयों के कारण इस प्रणाली के विरोध में प्रतिक्रियाएँ होने लगीं और धीरे-धीरे इस प्रणाली का महाप्रयाण होने लगा। कालान्तर में हस्तक्षेपहीन नीति अर्थात् मुक्त व्यापार नीति की शानदार विजय हुई। मुक्त व्यापार नीति को ''स्वच्छन्दता'' (laissez faire) नीति भी कहा जाता है।

मुक्त व्यापार नीति को अपनाए जाने के कारण

1. वणिकवादी नीति के दोष—स्वयं वणिकवादी नीति के दोष भी वणिकवादी नीति की विदाई और उन्मुक्त व्यापार नीति के आगमन के लिए उत्तरदायी थे।

2. व्यक्तिवादी दर्शन के प्रभाव (*effects of individualistic philosophy)*— अठारहवीं शताब्दी में **रूसो** (Rousseau), **बेन्थम** (Bentham) जैसे विचारकों ने वणिकवादी नीति को अनुचित बतलाया। इन लोगों के अनुसार व्यक्तियों को आर्थिक और सामाजिक क्षेत्र में स्वतंत्र होना चाहिए। स्वतंत्र प्रतियोगिता से व्यक्तियों को अधिकतम लाभ प्राप्त होता है। अतः यदि उनके कार्यों पर बन्धन नहीं लगेगा तो वे अपने कार्यों के लिए सर्वोत्तम उपाय अपना कर अपना लाभ और इस प्रकार समाज का लाभ अधिकतम कर सकते थे। उनके विचार में सरकार सदा विवेकपूर्ण रूप से कार्य नहीं करती है। इसलिए ऐसे प्रतिबन्धों को हटा दिया जाना चाहिए जो व्यक्तियों की स्वतंत्रता में बाधक हों।

3. औद्योगिक क्रांति—औद्योगिक क्रांति ने आर्थिक परिस्थितियों में महान् परिवर्तन लाया था। 19वीं शताब्दी के प्रारम्भ में वृहत् पैमाने पर उत्पादन होने लगे थे। इस क्रांति में इंगलैंड अग्रगामी था। इसलिए उसके उद्योगपतियों का दृढ़ विश्वास हो गया कि यदि वे अपनी वस्तुओं को देश के बाहर भेजने में स्वतंत्र कर दिये जायँ तो वे राष्ट्रीय व्यापार में तीव्र वृद्धि कर सकते हैं और अन्य देशों को व्यापार के क्षेत्र में मात कर सकते हैं। उन्होंने वणिकवादी नीति के परित्याग की माँग की। जैसा कि **लिप्सन** (Lipson) ने लिखा है, ''स्वतंत्र व्यापार का प्रारम्भ व्यावहारिक विचारों से प्रभावित हुआ था जिसमें आर्थिक स्वतंत्रता के सूक्ष्म सिद्धान्तों का वह प्रभाव नहीं था जो सामान्यतः उनका कहा जाता है।''[1]

4. निर्यात में वृद्धि और स्वर्णमान को अपनाया जाना—ग्रेट ब्रिटेन के निर्यातों में वृद्धि और स्वर्णमान को अपनाए जाने के कारण भी संरक्षण नीति का परित्याग आवश्यक हो गया। कारण यह था कि ग्रेट ब्रिटेन अपनी निर्मित वस्तुओं के ग्राहकों को सर्वथा विवश नहीं कर सकता था कि वे सोने-चाँदी में ही मूल्य चुकाएँ। दूसरी ओर यदि वह नियंत्रण की नीति को नहीं छोड़ता और कच्चे माल के आयात को कर-मुक्त नहीं करता तो इन मालों को भेजने वाले देश अंग्रेजी वस्तुओं को खरीदना कम कर देते। **सर चार्ल्स मॉरगन वेब** (Sir Charles Morgan Webb) ने लिखा है, कि ''विशुद्धतः करेन्सी दृष्टिकोण से इंगलैंड द्वारा मुक्त व्यापार नीति का अपनाया जाना करेन्सी व्यवस्था का सबसे अधिक सफल कार्य था।''[2]

1. "The beginning of free trade was dictated by practical considerations in which abstract doctrines of economic freedom did not have the influence usually assigned to them."
2. "From the purely currency point of view, the adoption of free trade by England was supremely successful piece of currency management."—Sir Charles Morgan Webb: *The Rise and fall of the Gold Standard*, p. 70

5. पुर्तगाली व्यापार का पतन—19वीं शताब्दी के आरम्भ में पुर्तगाली व्यापार के पतन के कारण भी मुक्त व्यापार को अपनाए जाने के लिए अनुकूल अवसर मिला था।

6. अमेरिकी स्वतंत्रता युद्ध—अमेरिकी स्वतंत्रता युद्ध (American War of Independence) में ग्रेट ब्रिटेन की पराजय से वणिकवादी नीति का दिवाला निकल गया। 17वीं और 18वीं शताब्दियों में पारित नौवाहन विधियों ने अंग्रेजी उपनिवेशों पर बन्धन लगाया था।

7. काल-सिद्ध अर्थशास्त्रियों के प्रभाव—कालसिद्ध अर्थशास्त्रियों के विचारों का पर्याप्त प्रभाव पड़ा था। 18वीं शताब्दी के अन्तिम चतुर्थांश में **आदम स्मिथ, रिकार्डो, जेम्स मिल** प्रभृति कालसिद्ध अर्थशास्त्रियों ने वणिकवादी प्रणाली की कटु आलोचना की थी। इन अर्थशास्त्रियों ने अन्तरराष्ट्रीय श्रम विभाजन पर जोर दिया न कि राष्ट्रीय आत्म-निर्भरता पर। सरकारी हस्तक्षेप के बजाय उन्होंने व्यक्तिगत स्वतंत्रता पर जोर दिया। इसके अनुसार व्यक्तियों और समाज के हितों में कोई विरोध नहीं है और अपना कल्याण मनुष्य जितना स्वयं कर सकता है उतना उसकी सरकार नहीं कर सकती। अतएव इन लोगों ने बतलाया कि **''सबों को स्वतंत्र कर दो''** (set things free to take their own course)। इस प्रकार **''उन्नीसवीं शताब्दी में ब्रिटिश कालसिद्ध आर्थिक विचारधारा उद्योग के उदीयमान कप्तानों और शक्तिशाली भू-कुलीनों के हाथों में श्रमिक वर्ग के निर्बन्ध शोषण और विदेशों में नवीन रचनात्मक साम्राज्यवाद की नीति के लिए एक सुन्दर क्षमा याचना थी।''**[1]

8. फ्रांसीसी क्रांति (*French Revolution*)—सन् 1789 में फ्रांस की राज्य क्रांति हुई जिसने मानवता को स्वतंत्रता का एक नया सन्देश दिया। इंगलैंड भी इससे वंचित नहीं रह सका जिससे सभी प्रकार के नियंत्रणों को हटाना अनिवार्य हो गया। राज्य-क्रांति के बाद सन् 1793 से 1815 तक इंगलैंड नेपोलियन के साथ युद्ध में फँसा रहा। नेपोलियन इंगलैंड के विदेशी व्यापार, मुख्यतः निर्यात व्यापार को छिन्न-भिन्न कर इंगलैंड की शक्ति को समाप्त कर देना चाहता था। किन्तु अपने इस प्रयत्न में वह सफल नहीं हो सका। इंगलैंड इस अवधि में अपने निर्यात को बढ़ाने का प्रयास करता रहा। इस उद्देश्य से वह स्वतंत्र व्यापार की ओर अग्रसर होता गया।

स्वतंत्र व्यापार नीति अपनाए जाने के विभिन्न स्तर
(Different Stages in the Adoption of Free Trade Policy)

1. सन् 1815 के पूर्व—सन् 1776 में **आदम स्मिथ** की जगत प्रसिद्ध पुस्तक **'वेल्थ ऑफ नेसन्स'** (Wealth of Nations) प्रकाशित हुई। इसके विश्लेषण से लोगों को यह विश्वास हो गया कि स्वतंत्र व्यापार सिद्धान्त को व्यावहारिक रूप दिया जा सकता है। **विलियम पिट्ट कनिष्ठ** (William Pitt, the Younger) पहला प्रधानमंत्री था जिसने संरक्षण के प्रति आपत्ति की तथा स्वतंत्र व्यापार का समर्थन किया। **अमेरिका के स्वतंत्रता संग्राम के बाद पिट्ट को यह विश्वास हो गया कि इंगलैंड की व्यापार नीति गलत सिद्धान्तों पर आधारित थी।** अतः वह व्यापार के क्षेत्र में इंगलैंड तथा उपनिवेशों में कोई

1. "The British classical economic thought during the 19th century was a fine apology in the hands of rising captains of industry and powerful landed aristocracy for unfettered exploitation of working class at home and a policy of new constructive impeirialism abroad."

अन्तर नहीं करना चाहता था। किन्तु पिट्ट स्वतंत्र व्यापार नीति को बहुत आगे तक नहीं बढ़ा सका क्योंकि उद्योगपतियों ने उसका साथ नहीं दिया। फिर भी पिट्ट ने अपना प्रयत्न जारी रखा। सन् 1786 में फ्रांस के साथ उसने तटकर नीति में भी परिवर्तन किया जिसके अनुसार संरक्षण करों का उद्देश्य देश के उद्योग-धंधों को प्रोत्साहन देना नहीं होकर सरकारी आय में वृद्धि करना था।

सन् 1793 में फ्रांस के साथ युद्ध प्रारम्भ हुआ जो लगभग सन् 1815 तक चलता रहा। युद्ध-काल में स्वतंत्र व्यापार नीति को चलाना सम्भव नहीं था। युद्ध की आवश्यकताओं की पूर्ति के लिए आवश्यकतानुसार नये-नये कर लगाने पड़े। युद्ध के पूर्व कर का भार 170 लाख पौंड था जो युद्ध के बाद बढ़कर 620 लाख पौंड हो गया।

2. सन् 1816 से 1830 तक—यह स्वतंत्र व्यापार के क्षेत्र में आर्थिक असंतुलन एवं मन्दी का काल था। युद्ध-जनित विभीषिकाओं ने ब्रिटेन के आर्थिक जीवन को पूर्णतया अस्त-व्यस्त कर दिया था। युद्ध के कारण सरकारी ऋण में बहुत अधिक वृद्धि हुई जैसा कि निम्नांकित तालिका से स्पष्ट है—

सन् 1816 में ब्रिटेन का कुल ऋण (पौंड में)

ऋण प्रकार	**ब्रिटिश**	**आयरिश**
कोषित (funded)	772,764,937	23,435,254
अकोषित (unfunded)	44,463,300	5,304,992
वार्षिकी (annuity) और ब्याज	30,731,555	1,323,795
	847,959,792	30,064,041

इस प्रकार हम देखते हैं कि कुल ऋण सन् 1816 में 878,23,833 पौंड था। यह समय आर्थिक मंदी का भी समय था जिससे मजदूरों में बहुत अधिक कमी हो गयी थी। इस काल में **हस्किसन** (William Haskisson) ने वणिकवादी नीति का विरोध तथा स्वतंत्र व्यापार नीति का समर्थन किया। **हस्किसन** सन् 1822 से 1829 तक **व्यापार मंडल** (Board of Trade) के अध्यक्ष थे। इन्होंने स्वतंत्र व्यापार के क्षेत्र में अनेक महत्त्वपूर्ण उपाय किया। इन्होंने सिल्क, ऊन, लोहा आदि जैसी कई प्रकार की वस्तुओं पर कर हटा दिया। सन् 1824 में स्वर्ण बाहर भेजने पर जो कर था वह हटा लिया गया। सन् 1825 में नमक उत्पादन कर समाप्त कर दिया गया तथा 1826 में तम्बाकू पर कर की दर भी घटा दी गयी। सन् 1823 में एक **पारस्पर्य अधिनियम** (Reciprocity Act) पारित हुआ जिसके अनुसार सरकार को उन देशों से व्यापारिक समझौता करने तथा तटकर में छूट देने का अधिकार मिला जो इंगलैंड को बदले में समान सुविधाएँ दे सकते थे। पारस्परिकता के आधार पर उन्होंने फ्रांस, प्रसिया, रूस, स्वीडेन आदि के साथ व्यापारिक समझौता किया और नौवाहन में उन्हें रियायत दी। नौवाहन विधियों में सर्वप्रथम 1796 में ढिलाई की गई थी। उनमें पुनः ढिलाई की गई। सन् 1825 में नौवाहन अधिनियम में संशोधन किया गया। इस प्रकार इन्होंने **साम्राज्यीय अधिमान** (Imperial Preference) की नीति में भी सुधार किया तथा इसे अधिक उदारवादी बनाया जिससे उपनिवेशों को लाभ हो सके। इस प्रकार **हस्किसन** ने ब्रिटेन के हितों को ध्यान में रखते हुए व्यापारिक तथा उपनिवेश सम्बन्धी नीतियों में सुधार कर स्वतंत्र व्यापार के लिए मार्ग तैयार किया।

3. 1830 से 1850 ई० तक—इस काल में भी कई महत्त्वपूर्ण प्रयास किये गये। इस

काल में स्वतंत्र व्यापार की दिशा में प्रयत्न करने वालों में **सर रॉबर्ट पील** (Robert Peel) का नाम विशेष रूप से उल्लेखनीय है। **पील** सन् 1841 में प्रधानमंत्री बने तथा सन् 1842 से 1846 के बीच अपने बजटों के द्वारा स्वतंत्र व्यापार के क्षेत्र में महत्त्वपूर्ण कार्य किये। **पील** ने तटकर नीति में आमूल सुधार का प्रयत्न किया। जिस समय ये प्रधानमंत्री बने उस समय सरकार की आय बहुत कम हो गयी थी। अतएव उन्होंने सोचा कि यदि तटकर नीति में सुधार किया जाय तो कर संग्रह की लागत भी कम होगी तथा व्यापार में वृद्धि होगी। अतः उन्होंने बहुत-सी वस्तुओं पर तटकर समाप्त कर दिया तथा तटकर से सम्बन्धित कमी की पूर्ति के लिए आय कर लगाया। सन् 1842 के बजट में उन्होंने बहुत-सी वस्तुओं पर तटकर की दरों में कमी की। सन् 1843 में उन्होंने मशीनों के निर्यात पर प्रतिबन्ध पूर्ण रूप से समाप्त कर दिया। सन् 1845 के बजट में पील ने 500 वस्तुओं पर तटकर हटा लिया। कपास का आयात स्वतंत्र कर दिया। किन्तु **पील का सर्वाधिक महत्त्वपूर्ण प्रयास अन्न विधियों को रद्द करना** (repeal of the Corn Law) है। अन्न विधियों को सन् 1826 से ही अस्थायी रूप से रद्द करने के लिए उपाय किए गए थे। सन्1839 में एक अन्न अधिनियम विरोधी संघ (Anti-Corn Law League) को संघटित किया गया। इसमें **रिचर्ड काब्डेन** (Richard Cobden) तथा **जॉन ब्राइट** (John Bright) ने सक्रिय रूप से भाग लिया था। **ऐन्टी कार्न ला लीग** लोक प्रचार की उस समय तक संचार की सर्वाधिक संगठित प्रणाली था।[1] यह आन्दोलन सात वर्षों तक चलता रहा। बाद में सन् 1845 में पील के प्रयत्नों से संसद ने एक विधेयक निर्मित किया जिसके अनुसार धीरे-धीरे सन् 1849 तक अन्न अधिनियम की समाप्ति की घोषणा की गयी। इसका परिणाम पील के लिए बड़ा ही बुरा हुआ। उनके दल में फूट पड़ गयी तथा उन्हें प्रधानमंत्री के पद का त्याग करना पड़ा। फिर भी **''पील ने दल को खोया किन्तु राष्ट्र को जीत लिया।''**[2] पील के बाद **जॉन रसेल** (John Russell) प्रधानमंत्री हुए। इन्होंने भी स्वतंत्र व्यापार की दिशा में प्रयास किया। सन् 1849 में इन्होंने नौवाहन अधिनियमों को रद्द कर दिया। इसी प्रकार उपनिवेशों से आनेवाली चीनी को दी जाने वाली प्राथमिकता को भी समाप्त कर दिया।

4. सन् 1850 से 1873 तक—इस काल में स्वतंत्र व्यापार के क्षेत्र में **ग्लैडस्टोन** (Glandstone) ने महत्त्वपूर्ण कार्य किया। **ग्लैडस्टोन के समय में वणिकवाद के शेष चिन्ह भी लुप्त हो गए और ब्रिटेन व्यवहारतः एक स्वतंत्र व्यापारी देश हो गया।** इन्होंने सन् 1853 में अपने बजट में 123 वस्तुओं पर तटकर समाप्त कर दिया तथा 133 वस्तुओं पर तटकर में कमी की। सन् 1860 के बजट में इन्होंने 360 वस्तुओं पर से तटकर हटा लिया। इस प्रकार 1860 से केवल 48 वस्तुओं पर कर रखा गया जबकि **पील** के पहले इस प्रकार की वस्तुओं की संख्या 1150 थी। **स्वतंत्र व्यापार के समर्थकों की सर्वाधिक महत्त्वपूर्ण सफलता सन् 1860 की काब्डेन सन्धि (Cobden Treaty) है जो फ्रांस के साथ नेपोलियन तृतीय के शासन काल में हुई थी।** इसके अनुसार फ्रांस जो पहले एक संरक्षणवादी देश था, ने अंग्रेजी व्यापारियों को रियायत दी तथा फ्रांसीसी रेशम का इंगलैंड में निःशुल्क आयात किया जाने लगा। किन्तु **''कॉब्डेन सन्धि इंगलैंड में लोकप्रिय नहीं थी।** अंग्रेज लोग किसी वाणिज्य सन्धि को स्वतंत्र व्यापार में अनुचित

1. The Anti-Corn Law League was the most highly organised system of public propaganda that has yet been seen any where in the world.
2. "Peel lost a party, but won a nation."

उलट-फेर समझते थे जो अपने-आप में इतना स्पष्टतः सही था कि उसके लिए किसी मोल-तोल की आवश्यकता नहीं थी।''[1] सन् 1831 में पत्र चुंगी (paper duty) को समाप्त कर दिया गया।

मुक्त व्यापार नीति के परिणाम

1. व्यापार का विकास—प्रथमतः इसने शीघ्र ही ब्रिटेन के व्यापार में महान् वृद्धि की। सन् 1840 और 1870 के बीच ब्रिटेन का निर्यात पाँच गुना बढ़ गया और आयात तीन गुना। **19वीं शताब्दी का तृतीय चतुर्थांश ब्रिटिश वाणिज्य का स्वर्ण युग कहा जाता है।** इस शताब्दी में ब्रिटिश वाणिज्य का इतना अधिक विकास हुआ कि वाणिज्य के क्षेत्र में भी इंगलैंड ने विश्व में सर्वोच्च स्थान प्राप्त कर लिया।

2. नौपरिवहन का विकास—द्वितीय परिणाम अंग्रेजी नौपरिवहन का तीव्र विकास हुआ जो ब्रिटेन के बढ़ते हुए व्यापार के कारण आवश्यक हो गया था। 1851 में ग्रेट ब्रिटेन के पास 3600000 जी॰ आर॰ टी॰ के जहाज थे जो बढ़कर 1871 में 5700000 जी॰ आर॰ टी॰ के हो गए।

3. राष्ट्रीय आय में वृद्धि—ब्रिटेन के व्यापार में वृद्धि से ब्रिटेन को खूब लाभ हुआ और राष्ट्रीय धन में वृद्धि हुई जिससे देश के आर्थिक संकट और राजनीतिक हलचलों में कमी हो गई। खाद्यान्न के आयात में वृद्धि से खाद्यान्नों का मूल्य गिर गया जिससे श्रमिकों की वास्तविक आय में वृद्धि हो गयी।

4. कृषि का विकास—कृषि भूमि में वृद्धि हुई और कृषि ढंग में सुधार हुआ। जनसंख्या बढ़ रही थी और जनसंख्या की आय भी बढ़ रही थी जिससे कृषि वस्तुओं की माँग बढ़ रही थी।

5. उद्योग का विकास—स्वतंत्र व्यापार नीति का सर्वाधिक महत्त्वपूर्ण प्रभाव उद्योग पर पड़ा। इनका तीव्र गति से विकास हुआ। ब्रिटेन इस समय लोहा, कोयला तथा वस्त्र के उत्पादन में विश्व का सर्वप्रथम राष्ट्र हो गया। 1856 में कोयले का उत्पादन 76.5 लाख टन था जो बढ़कर सन् 1870 में 110 लाख टन हो गया। इसी प्रकार लोहे का उत्पादन सन् 1850 में 20 लाख टन से बढ़कर सन् 1875 ई॰ में 60 लाख टन हो गया। सूती वस्त्र उद्योग में सन् 1850-54 ई॰ के बीच 85.6 पौंड कपास की खपत थी जो बढ़कर सन् 1870-74 के बीच 152.4 करोड़ पौंड हो गयी। इससे स्पष्ट है कि इस काल में उद्योगों की आशातीत प्रगति हुई। प्रमुख उद्योगों के अतिरिक्त अन्य उद्योगों की भी पर्याप्त उन्नति हुई।

6. कारखाना विधियों को प्रोत्साहन—कार्न लॉ के रद्दीकरण से कारखाना विधियों की माँग को बल मिला। **कार्न लॉ को रद्द करवाने में उद्योगपतियों ने नेतृत्व किया था। उद्योगपतियों के कार्यों से बिगड़ कर प्रतिशोध की भावना से जमीन्दारों ने कारखाना अधिनियमों को पारित करने में अगवानी करना प्रारम्भ किया।**

7. करों में वृद्धि—राष्ट्रीय वित्त के क्षेत्र में मुक्त व्यापार का महत्त्वपूर्ण परिणाम प्रत्यक्ष कराधान में वृद्धि हुआ था। सन् 1842 में आयकर पुनः आरोपित किया गया और सन् 1853 में प्रशुल्क सुधार के कारण आयव्ययक में हुए घाटे को पूर्ण करने के लिए मृत्यु-कर लगाया गया।

---

1. The CobbdenTreaty was not popular in England. The English regarded a commercial treaty as tampering with free trade which was so obviously right in itself that it needed no bargain."—L.C.A Knowles : ibid.

8. आर्थिक मन्दी—1870 के पश्चात् उन्मुक्त व्यापार नीति ने इंगलैंड के लिए कठिनाइयाँ ला दी। इस समय तक अमेरिका और यूरोप के अन्य देशों में भी औद्योगिक क्रांति आ गई थी और 19वीं शताब्दी के अन्तिम चरण में उनकी वस्तुओं की बाढ़-सी आ गई। जबकि अन्य देश संरक्षण की नीति अपना रहे थे तो अकेले इंगलैंड मुक्त व्यापार की नीति अपनाए हुए था। फलतः इंगलैंड में व्यावसायिक मन्दी आ गई।

9. विविध परिणाम—इनके अतिरिक्त स्वतंत्र व्यापार नीति के और भी कई महत्त्वपूर्ण परिणाम हुए। जैसे **स्वर्ण के निर्यात पर प्रतिबन्ध हटा लिया गया, बैंक ऑफ इंगलैंड का बैंकिंग व्यवसाय पर प्रतिबन्ध समाप्त कर दिया गया तथा 1833 ई॰ में दास प्रणाली समाप्त कर दी गयी।**

इस प्रकार इंगलैंड की अर्थव्यवस्था पर स्वतंत्र व्यापार नीति का महत्त्वपूर्ण प्रभाव पड़ा। इस नीति के परिणामस्वरूप वह विश्व का आर्थिक नेता बन गया। 1870 ई॰ के लगभग ब्रिटेन सम्पूर्ण विश्व के औद्योगिक उत्पाद का प्रायः दो तिहाई भाग उत्पन्न करता था। **इस नीति के प्रभावों की चर्चा करते हुए ग्रेग ने लिखा है,** "1851 की महान् प्रदर्शनी ने समृद्धि काल का प्रारम्भ किया जो 1873 तक चलती रही। ये 22 वर्ष स्वतंत्र व्यापार, बढ़ते हुए निर्यातों और आयातों बढ़ते हुए उत्पादन, विस्तृत होती हुई परिवहन प्रणाली, विदेशों में महत्तर पूँजी निवेश और व्यवसाय तथा वाणिज्य प्रणाली के बदले हुए रूपों के लिए उल्लेखनीय हैं।"[1]

मुक्त व्यापार के विरोध में प्रतिक्रिया : पुनः संरक्षण की ओर
(Reaction Against Free Trade : Towards Protection Again)

सन् 1870 के पश्चात् मुक्त व्यापार नीति के विरोध में प्रतिक्रिया होने लगी। जैसा कि **नोवेल्स** ने लिखा है, **"सन् 1895 के बाद ब्रिटिश वाणिज्य नीति का महत्त्वपूर्ण परिवर्तन विश्व अर्थशास्त्र से साम्राज्य अर्थशास्त्र की ओर प्रतिक्रिया है।"**[2] हमलोगों ने देखा है कि 1870 के पश्चात् ब्रिटेन की औद्योगिक सर्वोच्चता को जर्मनी, संयुक्त राज्य अमेरिका और फ्रांस से चुनौती मिल रही थी। जर्मनी और अमेरिका संरक्षण की नीति अपना कर तीव्र गति से अपना औद्योगिक विकास कर रहे थे। 1870 के दशक में ब्रिटेन विश्व के सम्पूर्ण औद्योगिक उत्पादन का 2/3 उत्पादित कर रहा था। किन्तु 1913 तक वह केवल 1/4 ही उत्पादित करने लगा था। प्रथम विश्वयुद्ध में उसने अपने कुछ पूर्वीय बाजारों को खो दिया। फलतः मुक्त बाजार नीति का कई कारणों से विरोध होने लगा—

1. परिवहन क्रांति—इसके विरोध के कारणों में प्रथम कारण तो परिवहन क्रांति है

---

1. The great exhibition of 1851 ushered in an age of prosperity which lasted virtually unborken until 1873. These twently two years were marked by free trade, mounting exports and imports, increasing production and expanding transport system, greater capital investment abroad and by changing forms of business and commercial organization.

—Pauling Gregg : *A Social and Economic History of Britain,* p. 295

2. "The characteristic change in British commercial policy after 1895 is a reaction from world economics to imperial economics."

जिसने विदेशी प्रतियोगिता, विशेषतः जर्मनी की प्रतियोगिता के लिए द्वारा खोलकर ग्रेट ब्रिटेन में महान् मंदी ला दी थी।

2. प्रारंभिक संरक्षणकारी उपायों की सत्यता—मानवीय भावनाओं के दबाव में आकर ब्रिटिश सरकार ने 1870 के पूर्व भी कुछ कारखाना विधियों को निर्मित किया था। किन्तु इन विधियों का उद्योगों पर हानिकारक प्रभाव पड़ने के बदले लाभप्रद प्रभाव पड़ा था। इस तथ्य से मुक्त व्यापार नीति के समर्थकों की धारणा गलत सिद्ध हो गयी थी कि सरकारी हस्तक्षेप उद्योग एवं वाणिज्य के विकास के लिए बाधक है।

3. अन्य देशों द्वारा संरक्षण नीति का अपनाया जाना—विश्व के लगभग समस्त देश संरक्षण नीति को अपना रहे थे। मुक्त व्यापार नीति को अपनाने में इंगलैंड अकेलापन महसूस कर रहा था।

4. व्यापार और श्रमिक संघों का विकास—श्रमिक संघीयता, औद्योगिक संयोजनों और रेलवे समामेलनों (amalgamation) आदि जैसे इंगलैंड के कुछ आन्तरिक परिवर्तनों ने भी सरकार को अपनी हस्तक्षेपहीन नीति को छोड़ देने के लिए बाध्य कर दिया।

5. वैज्ञानिक आविष्कार और उनके प्रयोग की आवश्यकता—वैज्ञानिक आविष्कार एवं विकास भी हस्तक्षेपहीन नीति का परित्याग करने के लिए इंगलैंड को बाध्य कर दिये। देश की औद्योगिक प्रगति को जारी रखने के लिए वृहत् पैमाने पर वैज्ञानिक गवेषणा एवं आविष्कार किया जाना आवश्यक था। किन्तु इस कार्य के लिए वृहत् पैमाने पर सरकारी वित्तीय सहायता भी आवश्यक थी और वित्तीय सहायता देने के लिए हस्तक्षेपहीन नीति का परित्याग भी।

6. अन्य देशों का तीव्र गति से उद्योगीकरण—उन्नीसवीं शताब्दी के अन्तिम चरण में फ्रांस, जर्मनी तथा संयुक्त अमेरिका आदि देशों में भी औद्योगिक क्रांति हुई। इसके कारण इन देशों का तीव्र गति से औद्योगिक विकास हुआ। ब्रिटेन के आर्थिक नेतृत्व को इन देशों ने अब चुनौती दी। इस प्रकार ब्रिटेन के आर्थिक महत्त्व में कमी आने लगी। 1870 ई॰ में ब्रिटेन विश्व के कुल औद्योगिक उत्पादन का प्रायः दो-तिहाई भाग उत्पन्न करता था। किन्तु 1913 ई॰ में उसका उत्पादन विश्व के कुल औद्योगिक उत्पादन का केवल एक चौथाई भाग ही रह गया। विभिन्न वस्तुओं के उत्पादन में भी ये देश ब्रिटेन से आगे बढ़ गये। उदाहरण के लिए 1870-74 ई॰ में ब्रिटेन में लोहे का उत्पादन फ्रांस, जर्मनी तथा संयुक्त राज्य अमेरिका के सम्मिलित उत्पादन से भी अधिक था जबकि 1900 ई॰ में इसका उत्पादन केवल संयुक्त राज्य अमेरिका के उत्पादन का दो-तिहाई भाग ही रहा गया। कोयला तथा सूती वस्त्र आदि के क्षेत्र में भी ब्रिटेन पीछे पड़ने लगा। प्रथम विश्व युद्ध के बाद जापान में सूती-वस्त्र उद्योग का तीव्र गति से विकास हुआ। इससे पूर्वी देशों में ब्रिटेन के प्रभाव में कमी आ गयी। इन देशों में उद्योगों का विकास राज्य के संरक्षण में हुआ था। स्वतंत्र व्यापार नीति में ब्रिटेन अकेला ही रहा गया था। अतः ब्रिटेन निवासी भी संरक्षण की माँग करने लगे।

7. नये-नये उद्योगों का विकास—विश्व में पुराने उद्योगों के क्षेत्र में ब्रिटेन के सापेक्षिक महत्त्व में तो कमी हुई ही, नये उद्योगों के विकास में भी यह अन्य देशों से पीछे रह गया। संयुक्त राज्य अमेरिका, जर्मनी तथा फ्रांस इत्यादि देशों में नये आविष्कारों के कारण मोटरगाड़ी तथा बिजली आदि कई नये उद्योगों का तीव्र गति से विकास हुआ। किन्तु

इन उद्योगों के क्षेत्र में ब्रिटेन बहुत पीछे पड़ गया। इससे यहाँ के उद्योगपतियों को बहुत धक्का लगा और उन्हें अपने देश की आर्थिक नीति की सफलता के प्रति सन्देह होने लगा।

8. उद्योगपतियों के दृष्टिकोण में परिवर्तन—स्वतंत्र व्यापार नीति को ब्रिटेन ने अपने उद्योगपतियों के इस विश्वास के कारण अपनाया था कि वे विश्व बाजार में किसी भी देश का सामना कर सकते थे। किन्तु 1870 ई० के बाद जर्मनी एवं अमेरिका इंगलैंड के प्रमुख प्रतियोगी हो गये। इनकी वस्तुएँ बड़े पैमाने पर ब्रिटेन के बाजारों में भी बिकने के लिए आने लगीं। इन परिवर्तित परिस्थितियों में ब्रिटेन के उद्योगपतियों को अपने-आप में विश्वास नहीं रह गया। अतः वे सरंक्षण की माँग करने लगे।

9. आर्थिक मन्दी का बारम्बार आगमन (*Recurring economic depression*)—इंगलैंड में 1873 ई० के पश्चात् व्यापाक आर्थिक मन्दी का काल प्रारम्भ हुआ। इसने उद्योग तथा कृषि की स्थिति को खराब कर दिया। 1880 ई० के बाद उद्योग एवं वाणिज्य के लाभ में ह्रास ने उद्योगपतियों तथा व्यापारियों को गृह-उद्योग के प्रोत्साहन में सरंक्षण के महत्त्व को स्पष्ट कर दिया। अतः राज्य द्वारा कुछ क्षेत्रों में हस्तक्षेप आवश्यक समझा जाने लगा।

10. प्रतिकूल व्यापार सन्तुलन (*Unfavourable balance of trade*)—1882-90 के बीच ब्रिटेन के निर्यातों की अपेक्षा आयात में अधिक वृद्धि हो रही थी। इससे उसका व्यापारिक संतुलन उसके विपक्ष में हो रहा था। ऐसी स्थिति में सरकार को बाध्य होकर ऐसे उपायों को अपनाना पड़ा जिससे इसके निर्यातों में वृद्धि हो सके तथा व्यापारिक सन्तुलन विपक्ष में नहीं हो।

11. नव संरक्षणवादियों का प्रचार (*Propaganda of and compaigns by the neo-protectionists*)—नव संरक्षणवादियों के प्रचारों का भी महत्त्वपूर्ण प्रभाव पड़ा। **चेम्बरलीन** के नेतृत्व में नये संरक्षणवादियों ने स्वतंत्र व्यापार नीति के विरोध में प्रचार करना प्रारम्भ किया। चेम्बरलीन का सुझाव था कि ब्रिटेन तथा उपनिवेशों को एक इकाई माना जाय और अन्य देशों से आनेवाली वस्तुओं पर कर लगाये जायँ। नव-संरक्षणवादियों की नीति का कोई तात्कालिक परिणाम नहीं हुआ। फिर भी ब्रिटेन की अर्थ-व्यवस्था बहुत दिनों तक स्वतंत्र व्यापार नीति का अनुसरण करने में समर्थ नहीं रह पायी।

ग्रेट ब्रिटेन द्वारा पुनः संरक्षण नीति का अपनाया जाना
(Britain's Return to Protectionist Policy)

1875 ई० के बाद विभिन्न कारणों से ब्रिटेन में स्वतंत्र व्यापार नीति का तीव्र गति से विरोध किया जाने लगा था। फिर भी वह 1931ई० तक स्वतंत्र व्यापार की नीति पर चलता रहा। किन्तु प्रथम महायुद्ध के प्रारम्भ से ही कुछ ऐसी घटनाएँ हुईं जिन्होंने संरक्षणवादी नीति के लिए मार्ग प्रशस्त किया।

1915 ई० का मैकेना शुल्क अधिनियम (*Mckenna Duties Act of 1915*)—प्रथम विश्व युद्ध के समय से ही ब्रिटेन ने स्वतंत्र व्यापार नीति का परित्याग प्रारम्भ कर दिया था। जहाजों की कमी के कारण युद्ध काल में आयातों पर नियंत्रण आवश्यक समझा जाने लगा। अतएव 1915 ई० में वित्त मंत्री ने मोटर साईकिल, घड़ी, फिल्म और वाद्य-यंत्रों जैसी विलासिता-सम्बन्धी कुछ वस्तुओं पर आयात कर लगाया जिसे **मैकेना कर** कहा जाता है। प्रारम्भ में यह आश्वासन दिया गया था कि युद्ध की समाप्ति के बाद इन करों को हटा लिया जायगा। किन्तु युद्ध के बाद भी ये कर ज्यों-के-त्यों बने रहे। अतः इन करों

से ब्रिटेन की संरक्षणवादी नीति का समारम्भ होता है। (The thin end of the edge of protection had at last driven in) युद्ध काल में कुछ वस्तुओं के आयात के लिए सरकार से अनुमति लेनी पड़ती थी। प्रथम विश्वयुद्ध के बाद भी यह व्यवस्था जारी रही। 1919 ई॰ में उपनिवेशों से आयात की गयी वस्तुओं के एक-तिहाई भाग पर ब्रिटेन द्वारा अधिमान दिया गया।

1921 ई॰ का उद्योग सुरक्षा अधिनियम *(Safeguarding of Industries Act 1921)*—संरक्षण नीति के सम्बन्ध में दूसरा महत्त्वपूर्ण कदम 1921 ई॰ का उद्योग सुरक्षा अधिनियम है। युद्धोत्तर काल में संरक्षण की आड़ में आस्ट्रेलिया, ब्राजील, भारत तथा जापान आदि देशों में बड़े पैमाने पर औद्योगिक विकास हो रहा था। दूसरी ओर संयुक्त राज्य अमेरिका तथा फ्रांस भी संरक्षणात्मक नीति का अनुसरण कर रहे थे। ऐसी स्थिति में ब्रिटेन को भी अपने उद्योगों की सुरक्षा के लिए संरक्षण नीति को अपनाने के लिए बाध्य होना पड़ा। अतः 1921 ई॰ में **उद्योग सुरक्षा अधिनियम** (Safeguarding of Industries Act) निर्मित हुआ जिसके अनुसार राष्ट्रीय सुरक्षा सम्बन्धी आवश्यक कुछ प्रमुख वस्तुओं पर $33^1/_3$ प्रतिशत का एक कर लगाया गया। इसका प्रमुख उद्देश्य युद्ध काल में स्थापित कुछ प्रमुख नये उद्योगों को संरक्षण देना था। इसके अतिरिक्त विदेशी वस्तुओं के राशिपातन (dumping) पर भी रोक लगाने की व्यवस्था थी। किन्तु 1923 ई॰ में अनुदार दल संरक्षण के प्रश्न पर हार गया और मजदूर दल की विजय हुई। मजदूर दल की सरकार ने 1924 ई॰ में **मैकेना करों** को समाप्त कर दिया। किन्तु मजदूर दल की सरकार भी उसी वर्ष समाप्त हो गयी। 1925 ई॰ में पुनः संरक्षाणात्मक करों को लगाया गया। 1926 ई॰ में पुनः मजदूर दल की सरकार बनी। किन्तु अब उसने अपनी स्वतंत्र व्यापार नीति का परित्याग कर दिया। इस प्रकार ग्रेट ब्रिटेन में 1920 वाले दशक से ही संरक्षण का प्रारम्भ हो गया था तथा स्वतंत्र व्यापार नीति का बड़े पैमाने पर विरोध किया जाने लगा था। **इसके बाद तटकर का प्रमुख उद्देश्य संरक्षण हो गया।** (The tariff system was becoming increasingly protective and revenue-producting in character.)

महान् मन्दी और आयात शुल्क अधिनियम, 1932 *(Great Depression and the Import Duties Act, 1932)*—स्वतंत्र व्यापार नीति का पूर्ण रूप से परित्याग महान् आर्थिक मन्दी के काल में ही हुआ। विश्वव्यापी मन्दी का प्रारम्भ 1929 ई॰ में हुआ। 1931 ई॰ में यह अपनी चरम सीमा पर पहुँच गयी। **1931 ई॰ में ब्रिटेन ने स्वर्ण-मान** (gold standard) **का परित्याग कर दिया।** सरकार द्वारा मन्दी के कुप्रभावों को दूर करने के लिए विदेशी व्यापार पर विभिन्न प्रकार के नियंत्रणों की नीति अपनायी गयी। इस उद्देश्य से 1931 ई॰ में **असामान्य आयात सीमा चुंगी अधिनियम** (Abnormal Importations Customs Duties Act) पारित किया गया। इसके अनुसार 6 महीने के लिए आयात की जाने वाली वस्तुओं पर एक आयात कर लगाया गया। बाद में 1932 में इसे **आयात चुंगी अधिनियम** (Import DutiesAct) द्वारा स्थायी बना दिया गया। इस अधिनियम के अनुसार खाद्य-पदार्थों तथा कुछ कच्चे मालों के अतिरिक्त सभी आयात की जाने वाली वस्तुओं पर 10 प्रतिशत का आयात कर लगाया गया। आयात कर के सम्बन्ध में परामर्श देने के लिए **आयात चुंगी सलाहकार समिति** (Import Advisory Committee) गठित की गयी।

1930 के दशक में **साम्राज्यीय अधिमान** *(Imperial Preference)* और **द्विपक्षीय** (bilateral) व्यापार समझौतों द्वारा ग्रेट ब्रिटेन ने अपने व्यापार सन्तुलन को ठीक करने

का प्रयास किया। प्रथम विश्वयुद्ध के पूर्व भी ग्रेट ब्रिटेन को साम्राज्य के कुछ देशों (Impire countties) में अधिमान प्राप्त हो रहा था। सन् 1932 में **ओटावा सम्मेलन** (Ottawa Conference) हुआ जिसमें साम्राज्यीय अधिमान की पुष्टि की गई। **ओटावा सम्मेलन को साम्राज्यीय अधिमान सम्मेलन भी कहा जाता है** जिसमें ब्रिटिश राष्ट्रमंडल के देशों ने भाग लिया था। इसमें **साम्राज्य के देशों के साथ व्यापार बढ़ाने के उद्देश्य से ब्रिटेन ने उनके आयात पर अग्रलिखित सुविधाएँ प्रदान कीं–**

1. राष्ट्रमंडल के सभी देशों की वस्तुओं पर ग्रेट ब्रिटेन में कोई प्रशुल्क नहीं लगाया जायगा।
2. कुछ विशिष्ट विदेशी वस्तुओं पर तत्कालीन अधिमान की सीमा 10 प्रतिशत रखी गयी।
3. राष्ट्रमंडल के देशों की अन्य वस्तुओं को अधिक अधिमान की सुविधा दी गई।

इन सुविधाओं के बदले में राष्ट्र मंडल के देशों ने भी ग्रेट ब्रिटेन की रसायनिक वस्तुओं, सूती वस्त्र, ऊन और ऊनी वस्त्र आदि जैसी निर्मित वस्तुओं को अधिमान देना स्वीकार किया। अनेक द्विपक्षीय व्यापार समझौते किए गए। साम्राज्यीय देशों के साथ ग्रेट ब्रिटेन का व्यापार शीघ्र ही बढ़ गया और उसके व्यापार-संतुलन में सुधार हुआ। किन्तु अन्य यूरोपीय देशों ने भी अपने प्रशुल्क को बढ़ा लिया जिससे ब्रिटेन को हानि हुई। अन्य देशों के साथ भी इंगलैंड ने द्विपक्षीय समझौते किये थे। **द्विपक्षीय व्यापार समझौतों की कटु आलोचनाएँ की गई हैं। लियोनेल रॉबिन्स** (Lionel Robbins) **ने इन्हें 'स्वयं उत्पादनशील अर्थव्यवस्था की ही नास्ति'** (the very negation of productive economy) **कहा है।**[1]

ग्रेट ब्रिटेन द्वितीय विश्व युद्ध के पूर्व तक संरक्षण नीति पर चलता रहा और साम्राज्य अधिमान की शर्तों को भी मानता रहा। किन्तु 1932 से 1939 ई० के बीच आवश्यकतानुसार समय-समय पर कई देशों से द्विपक्षीय समझौते भी किये गये। उदाहरण के लिए 1938 ई० में संयुक्त राज्य अमेरिका के साथ इस प्रकार का एक समझौता किया गया। द्वितीय विश्व युद्ध काल में सरकारी खरीद तथा आयात-नियंत्रण की प्रधानता के कारण तटकर नीति का महत्त्व कम हो गया था। 1949 ई० में आयात-नियंत्रण की नीति में ढिलायी के बाद से तटकर पुनः संरक्षण का एक प्रमुख साधन बन गया है।

द्वितीय विश्व-युद्ध काल में इंगलैंड में निर्यात-संकट था। सन् 1938 में देश के बाहर इसे 839 मिलियन पौंड का भुगतान करना पड़ा जब कि बाहर से इसे कुल 769 मिलियन पौंड ही मिले अर्थात् 70 मिलियन पौंड का घाटा रहा। सन् 1946 में इसे 1400 मिलियन पौंड का भुगतान करना पड़ा और 950 मिलियन पौंड की प्राप्ति हुई। फलतः 450 मिलियन पौंड का घाटा हुआ। यह प्रतिकूल विदेशी भुगतान-संतुलन अब भी बना हुआ है। यही कारण है कि इंगलैंड, जो स्वतंत्र व्यापार क्षेत्र (free trade area) का सदस्य था, यूरोपीय साझा बाजार (European Mommon Market) में सम्मिलित होने के लिए आवेदन किया था। पहले उनके आवेदन को यूरोपीय साझा बाजार द्वारा अस्वीकृत कर दिया गया था। इसके बावजूद ग्रेट ब्रिटेन इसका सदस्य बनने के फेर में रहा। अन्ततः उसे इस कार्य में सफलता मिली और 1 जनवरी 1973 से वह साझा बाजार का विधिवत सदस्य बन गया।

---

1. रॉबिन्स, लियोनेलः इकॉनॉमिक प्लानिंग एण्ड एन्टरनेशनल ऑर्डर

ब्रिटेन की वर्तमान प्रशुल्क नीति
(Present Tariff Policy)

ब्रिटिश अर्थ व्यवस्था को द्वितीय विश्व युद्ध ने बिल्कुल अस्त-व्यस्त कर दिया। विदेशी भुगतान समस्या अत्यन्त ही गंभीर हो गयी। द्वितीय विश्व युद्ध के बाद विदेशी व्यापार के क्षेत्र में सर्वाधिक महत्त्वपूर्ण घटना **सामान्य प्रशुल्क और व्यापार समझौता** (General Agreement on Tariff and Trade-GATT) के तत्वावधान में कई बहुपक्षीय व्यापारिक समझौतों (multiateral trade agreements) का सम्पन्न होना है। साप्रव्यास (GATT) के अनुसार ब्रिटेन राष्ट्र-मंडल को दिए गए अधिमान को तो जारी रख सकता है किन्तु वह किसी भी नये देश को कोई नया अधिमान नहीं दे सकता। इस समझौते के कारण ब्रिटेन ने अपने आयात कर कम कर दिए हैं। साथ ही भविष्य में इनमें किसी प्रकार की वृद्धि नहीं की जा सकती है।

निकट भूत के दो अधिनियमों ने ब्रिटेन की प्रशुल्क नीति को प्रभावित किया है। इनमें से एक 1957 का **सीमा चुंगी (राशिपातन और उपदान) अधिनियम** (The Custom Duties Dumping and Subsidies) Act है। इसके अनुसार व्यापार-मंडल (Board of Trade) स्थानीय उद्योगों को क्षति पहुँचाने वाले अथवा आर्थिक सहायता प्राप्त आयातों पर कर लगा सकता है। दूसरा अधिनियम 1958 का **आयात चुंगी अधिनियम** (The Import Duties Act, 1958) है। यह संरक्षणात्मक नीति-सम्बन्धी विभिन्न अधिनियमों को मिलाकर बनाया गया है। इस अधिनियम के अनुसार 1 जनवरी, 1959 से प्रशुल्क सूची नए सिरे से अन्तरराष्ट्रीय स्तर पर निर्धारित कर ली गयी है। 1966-67 में आयात करों से ब्रिटेन को 195 करोड़ पौंड तथा निर्यात करों से 17.9 करोड़ पौंड की आय हुई थी।

जुलाई, 1966 ई॰ में ब्रिटेन ने आयरिश रिपब्लिक के साथ एक व्यापारिक संमझौता किया। इसके अनुसार दोनों देशों ने एक दूसरे की वस्तुओं पर से सभी प्रकार के आयात करों को समाप्त कर दिया। आजकल ब्रिटेन यूरोपीय देशों के साथ आर्थिक सम्बन्ध बढ़ाने का प्रयत्न कर रहा है।[1] इस उद्देश्य से इसने फरवरी, 1957 ई॰ में **यूरोपीय आर्थिक समुदाय** (European Economic Community—EEC) के 6 देशों को **यूरोपीय स्वतंत्र व्यापार क्षेत्र** (European, Free Trade Area) बनाने का प्रस्ताव प्रस्तुत किया। किन्तु यह प्रस्ताव सफल नहीं हो सका। 1960 ई॰ में OEEC के सात सदस्यों—आस्ट्रिया, डेनमार्क, नार्वे, स्वीडेन, पुर्तगाल, स्विटजरलैंड तथा ब्रिटेन ने मिलकर **यूरोपीय स्वतंत्र व्यापार संघ** (European Free Trade Association) की स्थापना की। यह एक प्रकार का चुंगी संघ (custom union) है। 1961 ई॰ में फिनलैंड भी इस संघ का सदस्य बन गया। इसके अन्तर्गत इन देशों के आपसी प्रशुल्क को धीरे-धीरे 1966 ई॰ तक समाप्त करने का आयोजन था। अगस्त, 1961 ई॰ में ब्रिटेन ने यूरोपीय साझा बाजार में सदस्य के रूप में शामिल होने की कोशिश की। इस सम्बन्ध में ब्रिटेन और यूरोपीय आर्थिक समुदाय (EEC) के देशों के साथ वार्ता प्रारम्भ हुई। किन्तु सन् 1963 ई॰ में फ्रांस के कारण यह वार्ता भंग हो गयी और ब्रिटेन इस संघ का सदस्य नहीं बन सका। किन्तु ब्रिटेन इसके लिए अपना प्रयास जारी रखा। अन्ततः जनवरी 1973 में यह यूरोपीय साझा बाजार का सदस्य बन गया। सन् 1975 में ब्रिटेन में यूरोपीय साझा बाजार की सदस्यता को लेकर मतदान हुआ। इसमें साझा बाजार की सदस्यता के पक्ष में भारी बहुमत प्राप्त हुआ। यूरोपीय साझा बाजार में शामिल होने से ब्रिटेन की व्यापारिक स्थिति में आमूल परिवर्तन होने की आशा है।

---

1. Britain, 1968, pp. 401-03.

ग्रेट ब्रिटेन और यूरोपीय साझा बाजार
(The U.K. and the European Common Market)

द्वितीय विश्व युद्ध के बाद ग्रेट ब्रिटेन की आर्थिक स्थिति और विश्व अर्थव्यवस्था में उसके महत्त्व में गिरावट आ गयी। सन् 1955-56 तक पश्चिमी जर्मनी का आर्थिक पुनर्निर्माण पूरा हो गया और उसका औद्योगिक उत्पादन ग्रेट ब्रिटेन की अपेक्षा अधिक होने लगा। विश्व के पूँजीवादी देशों के औद्योगिक उत्पादन में ग्रेट ब्रिटेन का हिस्सा तेजी के साथ घटने लगा जो निम्नांकित तालिका से स्पष्ट है—

वर्ष	**विश्व के पूँजीवादी देशों के कुल औद्योगिक उत्पादन का प्रतिशत**
1937	12.5
1953	10.1
1957	9.5
1961	9.0

यूरोपीय साझा बाजार का जन्म *(Emergence of the European Common Market)*—मार्च सन् 1957 में पश्चिमी जर्मनी, फ्रांस, इटली, नीदरलैंड, बेल्जियम तथा लेक्जेमबर्ग—6 देशों ने रोम में एक समझौते पर हस्ताक्षर किया जिसके अनुसार यूरोपीय **आर्थिक समुदाय** (Europan Economic Community) की स्थापना की गयी जिसके अन्तर्गत **यूरोपीय साझा बाजार** (European Common Market) की स्थापना की व्यवस्था की गयी। **इसकी स्थापना का मूल उद्देश्य गैर-साम्यवादी यूरोपीय देशों का एकीकरण करना है ताकि वे साम्यवाद के प्रसार के विरोध में एक रक्षा-कवच का कार्य कर सकें।** इस उद्देश्य से यह समान आर्थिक और व्यापारिक नीतियाँ लागू करना चाहता है ताकि इस समुदाय का समान्न और संतुलित विकास हो सके। **इसकी मूल भावना अन्तत: संयुक्त राज्य यूरोप** (United States of Europe) **की स्थापना है।** इसी मूल भावना से प्रेरित होकर सम्पूर्ण गैर-साम्यवादी देशों का आर्थिक राजनीतिक एकीकरण करने का प्रयास किया जाना है। इसी उद्देश्य से **यूरोपीय साझा बाजार के तीन मुख्य अंग हैं—(1) चुंगी संघ** (custom union)—इसका मुख्य उद्देश्य सदस्य राष्ट्रों के बीच सीमा-शुल्क मुक्त व्यापार क्षेत्र के विकास के लिए तटकर में कमी करना है। सभी सदस्य देश इस क्षेत्र से बाहर के देशों से आने वाली वस्तुओं पर समान दर से शुल्क लगायें। **(2) आर्थिक संघ** (economic union)—आर्थिक संघ का प्रमुख उद्देश्य सदस्य राष्ट्रों द्वारा समान मौद्रिक नीति का अनुसरण करना है। साथ ही, इसका उद्देश्य सदस्य राष्ट्रों की आर्थिक नीतियों तथा सेवाओं में यथासम्भव समानता लाने का प्रयास करना है। **(3) राजनीतिक संघ** (political union)—राजनीतिक संघ का प्रमुख उद्देश्य अधिराष्ट्रीय-संघटनों (supranational organisations) का सगंठन है जो बाजार व्यापार नीति का नियंत्रण करेंगे। एक **यूरोपीय संसद** होगी जो प्रारम्भ में विभिन्न देशों के संसदों के द्वारा निर्वाचित होगी किन्तु अन्ततः इसका चुनाव वयस्क मताधिकार के आधार पर होगा। 1973 में ब्रिटेन को साझा बाजार में सम्मिलित होने पर इसमें 410 सदस्य निर्धारित किए गए जिनमें से 81 सदस्य ब्रिटेन द्वारा चुने जाते। सदस्य राष्ट्रों की संसदें यूरोपीय संसद के अधीन कार्य करेंगी। प्रारम्भ से अबतक यूरोपीय साझा बाजार के अन्तर्गत चुंगी-

संघ (customs union) के क्षेत्र में पर्याप्त प्रगति हुई है। आर्थिक संघ की स्थापना में अभी बहुत कम प्रगति हुई है। सन् **1972 में यूरोपीय मुद्रा कोष** (European Monetary Fund) की स्थापना अवश्य हुई पर राजनीतिक संघ की स्थापना के क्षेत्र में अभी कोई ठोस कार्य नहीं प्रारम्भ किया जा सका है। संघ के विभिन्न सदस्य राष्ट्रों में पश्चिमी जर्मनी का सर्वाधिक महत्त्वपूर्ण स्थान है। इसके बाद फ्रांस और इटली का स्थान है। अतएव यह यूरोपीय साझा बाजार पर अपना एकछत्र आधिपत्य जमाना चाहता है। किन्तु फ्रांस, इटली आदि देश इसका विरोध करते हैं।

यूरोपीय साझा बाजार के देशों की प्रगति(*Progress of the E.C.M. Countries*)—रोम समझौते के प्रायः 8 वर्षों के अन्दर साझा बाजार के 6 देशों ने प्रायः सभी वस्तुओं के आपसी तटकर में पर्याप्त कमी की। निर्मित वस्तुओं के तटकर में 36 प्रतिशत तथा कृषि पदार्थों के तटकर में 25-30 प्रतिशत की कमी की गयी। साथ ही, बाजार के बाहर वाले देशों से आने वाले आयातों पर एक समान दर से कर लगाने का भी प्रयास किया जा रहा है। साझा बाजार के देशों के अन्दर पूँजी और श्रम के गमनागमन पर भी कुछ प्रतिबन्ध समाप्त कर दिये गये हैं। इसका साझा बाजार के विकास पर उत्साहजनक प्रभाव पड़ा है। इससे सदस्य राष्ट्रों की व्यावसायिक क्रियाशीलता में वृद्धि हुई है। साथ ही, आर्थिक एकीकरण से राष्ट्रों की उत्पादन-शक्ति के विकास को भी प्रोत्साहन मिला है।

ग्रेट ब्रिटेन द्वारा प्रतिरोध (*Resistance by Britain*)—साझा बाजार की सफलता से ब्रिटेन आशंकित हो गया तथा उसे ऐसा आभास होने लगा कि उसके लिए अपना स्वतंत्र आर्थिक अस्तित्व बनाये रखना असम्भव होगा। अतएव उसने साझा बाजार के देशों से समझौता का एक प्रस्ताव किया जिसमें उसने केवल औद्योगिक वस्तुओं के लिए साझा बाजार के साथ-साथ एक वृहत् मुक्त व्यापार क्षेत्र के निर्माण का सुझाव दिया। किन्तु साझा बाजार के सदस्य राष्ट्रों को यह प्रस्ताव मान्य नहीं था क्योंकि इसका तात्पर्य यह था कि ग्रेट ब्रिटेन इन देशों में अपनी औद्योगिक वस्तुओं को बिना किसी कर के बेच सकता था किन्तु सदस्य राष्ट्रों के कृषि-पदार्थों को ग्रेट ब्रिटेन में बिना किसी कर के प्रवेश नहीं मिल सकता था। ग्रेट ब्रिटेन ने निराश होकर एक समानान्तर संघ **यूरोपीय स्वतंत्र व्यापार संघ** (European Free Trade Association), जिसे संक्षेप में इफ्टा (EFTA) कहते हैं, की स्थापना की जिसमें नार्वे, स्वीडेन, डेनमार्क, स्विटजरलैंड, आस्ट्रिया तथा फिनलैंड सदस्य थे। **किन्तु व्यापार-युद्ध में यह संघ साझा बाजार की चुनौती का सामना नहीं कर सका।** ग्रेट ब्रिटेन ने महसूस किया कि वह अपने पुराने बाजारों में भी अपना महत्त्व खो रहा है। सन् 1960 में ऐसा स्पष्ट होने लगा कि ग्रेट ब्रिटेन एक महान् वित्तीय संकट की ओर अग्रसर हो रहा है। ऊँची ब्याज दर से जो विदेशी मुद्रा ग्रेट ब्रिटेन से निवेश के लिए आयी थी वह बाहर जाने लगी। इस संकट को दूर करने के लिए बैंक ऑफ इंगलैंड को पश्चिमी यूरोपीय देशों के बैंकों तथा अन्तरराष्ट्रीय मुद्रा कोष (IMF) से बड़े पैमाने पर ऋण लेना पड़ा। ऐसी स्थिति में संयुक्त राज्य अमेरिका ने ब्रिटेन को यूरोपीय साझा बाजार में शामिल होने के लिए बातचीत करने का सुझाव दिया।

ग्रेट ब्रिटेन का यूरोपीय बाजार में शामिल होने का अभिप्राय (*Britain's Intentions to Join the E.C.M.*)—अन्त में सन् 1960 में ब्रिटेन ने साझा बाजार में शामिल होने का निश्चय किया। इस सम्बन्ध में एक सरकारी विज्ञप्ति जारी की गयी जिसमें साझा बाजार में शामिल होने के आर्थिक तथा राजनीतिक लाभों की चर्चा की गयी। **ब्रिटिश**

सरकार के अनुसार आर्थिक दृष्टि से साझा बाजार में शामिल होने से ग्रेट ब्रिटेन को एक बहुत बड़ा तथा सम्पन्न बाजार हाथ लग जायेगा। राजनीतिक दृष्टि से साझा बाजार की सदस्यता ग्रेट ब्रिटेन पश्चिमी यूरोप के प्रमुख राष्ट्रों के बहुत समीप आ जायगा। द्वितीय महायुद्ध के पूर्व अपनी आर्थिक और राजनीतिक शक्ति के कारण ग्रेट ब्रिटेन यूरोपीय देशों से पृथक रह सकता था। किन्तु बाद के समय में सोवियत रूस के बढ़ते हुए आर्थिक और राजनीतिक प्रभुत्व के कारण उसके लिए ऐसा करना सम्भव नहीं रह गया। इसके अतिरिक्त पश्चिमी जर्मनी एवं फ्रांस के बढ़ते हुए महत्त्व को देखकर ग्रेट ब्रिटेन आशंकित हो गया था। वह साझा बाजार में शामिल होकर अपनी खोई हुई सर्वोच्चता प्राप्त करना चाहता था।

अतः साझा बाजार में शामिल होने के लिए ब्रिटेन ने आवेदन किया। किन्तु इसमें ग्रेट ब्रिटेन को बहुत भारी कठिनाइयों का सामना करना पड़ा। इनमें सबसे प्रमुख प्रश्न राष्ट्र-मंडल तथा इफ्टा (EFTA) के देशों के साथ भविष्य के सम्बन्ध का था। इन देशों की वस्तुएँ ब्रिटिश बाजार में तथा ब्रिटिश वस्तुएँ इन देशों के बाजारों में बिना किसी कर अथवा कम ही कर पर प्रवेश करती थीं। अब साझा बाजार में प्रवेश करने पर ग्रेट ब्रिटेन राष्ट्र मंडल तथा इफ्टा (EFTA) के देशों को ये सुविधाएँ नहीं दे सकता था जिससे ये ग्रेट ब्रिटेन से अपने सम्बन्ध का परित्याग करने के लिए विवश होते। इससे ग्रेट ब्रिटेन की अपनी निर्मित वस्तुओं के एक बहुत बड़े बाजार से वंचित रहने के लिए विवश होना पड़ता। ग्रेट ब्रिटेन के साझा बाजार में शामिल होने के आर्थिक तथा राजनीतिक लाभों के सम्बन्ध में भी आशंका व्यक्त की गई। आलोचकों के अनुसार दीर्घकाल में इससे लाभ की आशा अवश्य की जा सकती है किन्तु अल्पकाल में इससे बहुत सारी कठिनाइयों का सामना करना पड़ेगा। साथ ही, सूती-वस्त्र, रेशम, घड़ी तथा चमड़ा आदि उद्योगों को इससे निश्चित रूप से घाटा होगा। अन्ततः ग्रेट ब्रिटेन में जनमत साझा बाजार में शामिल होने के कुछ राजनीतिक प्रभावों के विरुद्ध था। अधिकांश लोग ''अधिराष्ट्रीयता' (supranationalism) के विरुद्ध थे तथा किसी भी मूल्य पर देश तथा संसद की राजनीतिक स्वतंत्रता की रक्षा करना चाहते थे।

शीत युद्ध के दौरान सम्भावित रूसी आक्रमण से रक्षा-कवच के रूप में गैर-साम्यवादी यूरोपीय देशों के एकीकरण के उद्देश्य से निर्मित यूरोपीय साझा बाजार में शामिल होने के लिए अमेरिका ब्रिटेन पर दबाव डाल रहा था। अमेरिका के दबाव में आकर साझा बाजार में शामिल होने के लिए आवेदन देते हुए तत्कालीन ब्रिटिश प्रधानमंत्री **मैकमिलन** ने 31 जुलाई, 1961 को स्पष्ट किया कि ग्रेट ब्रिटेन तभी साझा बाजार में शामिल होगा जब राष्ट्रमंडल तथा इफ्टा (EFTA) के साथ उसके विशेष सम्बन्धों की संतोषप्रद रूप में व्यवस्था होगी। अक्टूबर, 1961 में यूरोपीय साझा बाजार देशों के मंत्रियों के सम्मेलन में यह प्रस्ताव रखा गया कि राष्ट्रमंडल के देशों, विशेषतः आस्ट्रेलिया, कनाडा तथा न्यूजीलैंड को भी साझा बाजार में शामिल होने का अवसर दिया जाना चाहिए। किन्तु यह मान्य नहीं था। फिर भी वार्ताएँ उठती-दबती चलती रहीं और अन्ततः 1 जनवरी, 1973 से ग्रेट ब्रिटेन यूरोपीय **साझा बाजार का सदस्य बन गया। साझा बाजार का सदस्य बन जाने से इंगलैंड के लिए एक वृहत् बाजार मिल गया; कृषि वस्तुओं और खाद्यान्न की पूर्ति में निश्चितता आ गयी और यूरोपीय देशों पर राजनीतिक प्रभाव डालने के लिए मंच मिल गया।** अपनी सदस्यता के

माध्यम से वह अन्तरराष्ट्रीय क्षेत्र में भी अपना प्रभाव बनाए रख सका। इंगलैंड की शक्ति क्रमशः कमजोर होती जा रही थी और उसे अलग-थलग पड़ जाने का भय था।

संदर्भ

Southgate : English Economy History.
Lipson : The Economic History of England.
Youngson : The British Economy 1920-1957.
Briggs and Jordan : Economic History of England.
L.C.A. Knowles : Industrial and Commercial Revolutions in Great Britain During the 19th Century.
Britiain : An Official Handbook

मानक प्रश्न

1. इंगलैंड द्वारा स्वतंत्र व्यापार नीति को अपनाने की व्याख्या कीजिए और व्याख्या कीजिए कि विभिन्न स्तरों पर इसने इसकी औद्योगिक व्यवस्था को किस प्रकार से प्रभावित किया है? **(Raj. U. 1963)**

2. 1914-18 के युद्ध के बाद ब्रिटिश सरकार स्वतंत्र व्यापार नीति से किस प्रकार विचलित हुई ? उन परिस्थितियों की व्याख्या कीजिए जिनमें इस प्रकार का परिवर्तन आवश्यक हुआ। **(Raj. U. 1969)**

3. "1914 ई॰ के बाद ब्रिटिश व्यापारिक नीति में परिवर्तन विश्व अर्थव्यवस्था से साम्राज्य अर्थव्यवस्था की ओर प्रतिक्रिया था।" व्याख्या कीजिए।

"The characteristic change in British commercial policy after 1915 is a reaction from world economy to imperial economy." Comment. **(Punjab. B. Com. 1960)**

4. किस प्रकार इंगलैड ने स्वतंत्र-व्यापार नीति का अनुसरण किया ? आगे चलकर इसने इस नीति का कैसे परित्याग किया ? **(B.H.U. 1957, 1959)**

5. आर्थिक क्रियाओं में राज्य की बढ़ती हुई सहभागिता के लिए उत्तरदायी कारणों की व्याख्या कीजिए। ग्रेट ब्रिटेन के संदर्भ में इनकी व्याख्या कीजिए। **(Patna B. Com. 1962)**।

6. साम्राज्य अधिमान का क्या तात्पर्य है ? ब्रिटिश अर्थव्यवस्था पर साम्राज्यीय अधिमान नीति का क्या प्रभाव पड़ा ? **(B.H.U. 1963)**

7. ग्रेट ब्रिटेन में स्वतंत्र व्यापार नीति के विकास की व्याख्या कीजिए। उपनिवेशों के साथ व्यापार पर इसका क्या प्रभाव पड़ा ? **(Punjab. B. Com. 1960)**

8. 19वीं शताब्दी में स्वतंत्र व्यापार बनाम संरक्षण के वाद-विवाद की व्याख्या कीजिए। 19वी शताब्दी के अन्तिम वर्षों में संरक्षणवाद क्यों लोकप्रिय हुआ ? **(M.N.B.A. (H) 1968)**

9. यूरोपीय साझा बाजार से आप क्या समझते हैं ? इसमें प्रवेश से ग्रेट ब्रिटेन को क्या लाभ होंगे ? **(Jodhpur, 1970)**

10. यूरोपीय साझा बाजार में ग्रेट ब्रिटेन के प्रवेश के आर्थिक और राजनीतिक प्रभावों की व्याख्या करें। भारत पर इसके क्या प्रभाव पड़े है ?

❑

अध्याय 8

परिवहन और परिवहन क्रांति

(TRANSPORT AND TRANSPORT REVOLUTION)

इंगलैंड की परिवहन क्रांति कृषि, औद्योगिक और वाणिज्यिक क्रांतियों का स्वाभाविक परिणाम और कारण थी। प्रारंभिक अवस्था में यह आर्थिक विकास का परिणाम थी। किन्तु उत्तर काल में परिवहन क्रांति आर्थिक विकास का कारण भी हो गई। परिवहन की सुविधाओं की उपलिब्ध ने संचयी भाव से कृषि, उद्योग और वाणिज्य को सहायता पहुँचायी और स्वयं उनसे सहायता प्राप्त की। इसी कारण **कृषि, उद्योग और परिवहन क्रान्तियाँ एक-दूसरे पर निर्भर कही जाती हैं।** अतिरिक्त कृषि वस्तुओं को नगरों में लाना आवश्यक था और बाजार में निर्मित वस्तुओं को भी देहातों में अथवा देश के बाहर ले जाना आवश्यक हुआ। वस्तुतः यदि बेहतर परिवहन एवं संचार सुविधाओं को उपलब्ध नहीं किया जाता तो औद्योगिक क्रांति सफल नहीं हो पाती क्योंकि उस दशा में न तो कृषि की आवश्यकता से अतिरिक्त व्यक्तियों को उद्योग में कार्य करने के लिए नगरों में लाया जा पाता और न उन्हें खिलाने के लिए खाद्यान्नों को तथा उद्योगों के कच्चे माल को ही देहातों से नगरों में लाया जा पाता और श्रमिकों को अभाव में उद्योगों द्वारा उतनी वस्तुएँ संभवतः नहीं उत्पादित की जा सकतीं जितनी कि सचमुच की गयीं। इसके अतिरिक्त परिवहन साधनों के अभाव में औद्योगिक वस्तुओं की खपत भी अधिक नहीं हो पाती क्योंकि उस दशा में उनके बाजार सीमित होकर संभवतः स्थानीय ही रहते, राष्ट्रीय अथवा अन्तरराष्ट्रीय नहीं। औद्योगिक वस्तुओं को न तो देश के दूरस्थ गाँवों में और न विदेशों में ही भेजा जा पाता। औद्योगिक क्रांति की प्रगति के कुछ समय के पश्चात् इंगलैंड में उद्योगों के लिए कच्चे माल और खाद्यान्न की कमी हो गई जिसको विदेशों से अथवा इंगलैंड के दूरस्थ उपनिवेशों से लाया जाना आवश्यक था। इन सभी कारणों से इंगलैंड के विभिन्न क्षेत्रों को एक-दूसरे से और समस्त इंगलैंड को विश्व के अन्य देशों से परिवहन एवं संचार के साधनों द्वारा संबंधित होना आवश्यक था ताकि एक-दूसरे की पारस्परिक आवश्यकताओं की पूर्ति की जा सके। इसी कारण परिवहन क्रांति का होना आवश्यक हो गया।

ग्रेट ब्रिटेन में अठारहवीं शताब्दी के मध्य तक यातायात की सुविधाओं का सामान्य रूप से अभाव था। आन्तरिक यातायात के साधन अविकसित अथवा अर्द्धविकसित स्थिति में थे। किन्तु इस शताब्दी के अन्त तक उन्नीसवीं शताब्दी के प्रारंभ में यातायात के साधनों में क्रांतिकारी परिवर्तन प्रारंभ हुए। परिणामस्वरूप 19वीं शताब्दी में ग्रेट ब्रिटेन में आन्तरिक यातायात के साधन अति विकसित हो गये थे। इस क्षेत्र में दूसरे देश इसकी बराबरी में नहीं थे। इससे आर्थिक प्रगति में ग्रेट ब्रिटेन को अन्य देशों की अपेक्षा अधिक

सहायता मिली।[1] **रेलवे तथा वाष्प-शक्ति द्वारा प्रचलित जहाजों के आगमन से ब्रिटेन में आर्थिक, सामाजिक एवं राजनीतिक जीवन में क्रांतिकारी परिवर्तन हुए।** इन परिवर्तनों के विषय में **श्रीमती नोवेल्स** ने लिखा है, "रेलवे और वाष्प जहाज के आगमन का अर्थ राष्ट्रीय अर्थव्यवस्था का विश्व अर्थव्यवस्था द्वारा प्रतिस्थापन हुआ जिसके सामान्य परिणाम अन्तरनिर्भरता और विश्व-प्रतिस्पर्द्धा थे। यांत्रिक परिवहन ने राज्यों के वाणिज्यिक और औद्योगिक महत्त्व में क्रांति ला दी। इसने वस्तुओं और व्यक्तियों की नवीन गतिशीलता की सृष्टि की। रेलवे को बनाने और नियंत्रित करने की आवश्यकता द्वारा राष्ट्रीय नीतियाँ प्रभावित हुईं।"[2]

परिवहन क्रांति की विशेषताएँ
(Features of the Transport Revolution)

1. गति में वृद्धि *(Increase in speed)*—रेलवे तथा वाष्प-शक्ति द्वारा संचालित जहाजों आदि जैसे परिवहन के नये-नये साधनों का आविष्कार हुआ। परिवहन के क्षेत्र में वाष्प-शक्ति के प्रयोग ने यातायात के साधनों को एक नयी एवं तीव्र गति प्रदान की। परिणामस्वरूप लम्बी दूरियों को भी अब कम ही समय में तय किया जाने लगा। साथ ही, अब बड़ी मात्रा में भी वस्तुओं का भेजा जाना संभव हो गया। परिवहन के यांत्रिक साधनों के कारण मनुष्य ने प्रकृति पर विजय प्राप्त कर ली तथा इससे व्यक्तियों एवं वस्तुओं की गतिशीलता में बहुत अधिक वृद्धि हुई।

2. नियमितता *(Regularity)*—परिवहन के यांत्रिक साधनों के कारण वस्तुओं तथा सेवाओं का नियमित रूप से आयात एवं निर्यात प्रारंभ हुआ क्योंकि इनके द्वारा यात्रा करने में किसी भी प्रकार के प्राकृतिक व्यवधान की गुंजाइश नहीं थी। इससे ब्रिटेन का संसार के भिन्न-भिन्न देशों के साथ स्थायी व्यापारिक संबंध स्थापित हो गया।

3. सुरक्षा *(Safety)*—परिवहन के यांत्रिक साधनों ने व्यापारिक सुरक्षा में भी अभिवृद्धि कर दी। अब अधिक मात्रा में वस्तुएँ सुरक्षापूर्वक एक स्थान से दूसरे स्थान में आ-जा सकती थीं। जलवायु, मौसम आदि जैसी भौगोलिक बाधाओं का व्यापार पर कोई विशेष प्रभाव नहीं रह गया।

4. सस्ता परिवहन—परिवहन के यांत्रिक साधन अपेक्षाकृत सस्ते थे। इनके विकास के कारण अब कम ही व्यय में दूर-दूर तक वस्तुएँ भेजी जा सकती थीं। अतः इस क्रांति के कारण परिवहन के सस्ते साधन उपलब्ध हुए जिससे विदेशी व्यापार में भी अत्यधिक वृद्धि हुई।

परिवहन क्रांति के परिणामस्वरूप परिवहन के नये साधनों विशेषतः रेलवे तथा

---

1. "As a result of these developments, Great Britain entered the nineteenth century in possession of internal transport and communication superior to anything which she had before. They gave her temporarily an important economic advantage over other countries."— L.C.A. Knowles : *The Industrial and Commercial Revolutions in Great Britain During the 19th century.*
2. "The coming of the railways and the steam-ships meant the substitution of a world economy for a national economy the result of which were intendependence and the world rivalry. Mechanical transport caused a revolution in the industrial and commercial importance of routes. It created a new mobility of goods and persons. National policies were affected by the need to build and control railways."

जहाजरानी में विकास के कारण ही उन्नीसवीं शताब्दी में ब्रिटेन का बड़े पैमाने पर विकास संभव हो सका। **नोवेल्स** (Knowles) के शब्दों में **''19वीं शताब्दी का नया ब्रिटिश साम्राज्य रेलवे तथा स्टीमर दोनों के विकास की उपज था।''**[1]

सड़क परिवहन का विकास

ब्रिटिश परिवहन क्रांति का प्रभाव सर्वप्रथम सड़कों पर पड़ा जो औद्योगिक क्रांति के पूर्व बुरी दशा में थीं। वस्तुतः सन् 1555 ई० के पूर्व ब्रिटेन में परिवहन से सम्बन्धित कोई विधि नहीं थी और परिवहन की बहुत-सी असुविधाएँ थीं। सन् 1555 में एक विधि निर्मित की गयी जिसके अनुसार 50 पौंड से अधिक मूल्य के भूमिधारी को प्रतिवर्ष 6 दिनों के लिए सड़कों के निर्माण में कार्य करना आवश्यक बनाया गया। इसका कारण यह था कि इस समय इंगलैंड में हस्तक्षेपहीन नीति का बोलबाला था। 18वीं शताब्दी के पूर्व अच्छी सड़कों का निर्माण संभव नहीं था क्योंकि प्राविधिक क्षमता का अभाव था, जनसंख्या कम थी और धन अपर्याप्त था। इस समय के पश्चात् सड़कों के विकास का उत्तरदायित्व कुछ धनी-मानी व्यक्तियों के ऊपर आ गया और इस कार्य के लिए चुंगी प्रन्यासों (turnpike trusts) की स्थापना की गई। ये प्रन्यास सड़कों का पोषण करने लगे। प्रथम चुंगी प्रन्यास अधिनियम सन् 1663 में पारित किया गया। किन्तु सन् 1760 और सन् 1774 के बीच ये अत्यन्त ही लोकप्रिय रहे। सन् 1760 और सन् 1775 के बीच ऐसे 400 से भी अधिक अधिनियम पारित किये गए थे। 17वीं शताब्दी के अन्तिम वर्षों में सड़कों में काफी सुधार हो चुका था। किन्तु अब भी उनके निर्माण एवं पोषण के लिए आवश्यक धन-राशि सड़कों को प्रयोग में लाने वाले व्यक्तियों द्वारा ही उपलब्ध की जाती थी, सामान्य जनता पर कराधान (taxation) द्वारा नहीं। इस प्रकार अठारहवीं शताब्दी के पूर्व तक ब्रिटेन में राष्ट्रीय मार्ग साधारणतः कच्चे थे जिन पर पशुओं द्वारा माल ढोया जाता था।[2] ये कच्चे मार्ग 1555 ई० के अधिनियम द्वारा शासित होते थे। सत्रहवीं शताब्दी तक गाड़ियों का चलना बहुत कम था। किन्तु व्यापार की आवश्यकताओं के कारण अब इनका प्रचलन बहुत बढ़ रहा था। अठारहवीं शताब्दी में कुछ प्रभावशाली व्यक्तियों ने संसद से गैर-सरकारी अधिनियम (private act) स्वीकृत करा कर सड़कों के निर्माण का कार्य अपने हाथों में लिया। परिणामस्वरूप गाड़ियों के लिए जहाँ-तहाँ सड़कों का निर्माण और सुधार किया गया। इन व्यक्तियों ने चुंगी प्रन्यासों (turnpike trusts) का निर्माण किया जिनको एक ओर सड़क निर्माण करने तथा दूसरी ओर सड़क पर चलने वाले या माल ढोने वाले व्यक्तियों से कर (toll) वसूल करने का अधिकार प्राप्त था। उस समय देश में प्रायः 11,000 चुंगी प्रन्यास विद्यमान थे जो विभिन्न श्रेणियों और उन्नमता की सड़कों का निर्माण तथा व्यवस्था कर रहे थे।

चुंगी प्रन्यासों द्वारा सड़कों के निर्माण में बहुत विभिन्नता थी। अतः सड़क परिवहन के क्षेत्र में सुधार आवश्यक हो गया। **इस समय तीन व्यक्तियों ने सड़क निर्माण के**

---

1. "The new British empire of the 19th century was equally a product of railways and steamers combined."—L.C.A. Knowles : *The Industrial and Commercial Revolutions in Great Britain During the Nineteenth Century,* p. 183
2. "The public highway of Great Britain had been until the eighteenth century mere earthern tracks or bridle paths for pack mules and riders."—Tooke and Newmarch : *History of Price,* Vol. V.

संबंध में तीन प्रमुख सुधार किया जिससे उन्नीसवीं शताब्दी के प्रारंभ में सड़क-निर्माण की क्रिया में क्रांतिकारी परिवर्तन होने लगे। ये तीन व्यक्ति थे—**जॉन मैक एडम** (Johan Mac Adam), **टामस टेलफोर्ड** (Thomas Telford) तथा **जॉन मेटकॉफ** (John Metcalfe)। **जान मैक आदम** और **मेटकाफ** ने सड़कों के लिए टिकाऊ धरातल (durable surface) की प्रणाली का आविष्कार किया। **टेल फोर्ड** और **मेटकाफ** ने सड़कों के निर्माण में अभियांत्रिकी के महत्त्व पर जोर दिया। नालियों की व्यवस्था के साथ दृढ़ आधार पर सड़कों के निर्माण कार्य को इन्होंने प्रोत्साहन दिया। इंजीनियरों की देख-रेख में नए ढंग से सड़कों का विकास होने लगा।

उन्नीसवीं शताब्दी के प्रारंभ में रेलों के कारण ऐसे प्रन्यासों का महत्त्व घट गया और सड़कों के निर्माण एवं पोषण का उत्तरदायित्व काउन्टी परिषदों (county councils) और बरो (borough) परिषदों पर आ गया। सन् 1815 ई॰ से टर्नपाइक-ट्रस्टों में एकीकरण की प्रवृत्ति जोर पकड़ने लगी। इससे बड़े-बड़े तथा अधिक साधन सम्पन्न ट्रस्टों की स्थापना हुई। इन्होंने अब बड़े दायरे में सड़कों के निर्माण एवं मरम्मत का कार्य उत्तम रोड इंजीनियरों की देखरेख में करना प्रारंभ किया। इन सुधारों के परिणामस्वरूप सड़क निर्माण के एक नये युग का श्रीगणेश हुआ जिसे **स्टेज कोच** (stage coach) का युग कहा जाता है। 1830 तक 22,000 लम्बी उत्तम सड़कें बनायी गयीं। सन् 1835 ई॰ में राज मार्ग अधिनियम (The Highway Act) पारित हुआ। इसके अनुसार 1555 ई॰ के अधिनियम को समाप्त कर दिया गया और पेरिस को पूरे समय के लिए अधिकारी नियुक्त कर सड़कें बनाने एवं उनकी व्यवस्था का अधिकार दिया गया। इससे अब नयी सड़कों का निर्माण किया जाने लगा। किन्तु 1820 ई॰ के बाद रेल-निर्माण के रूप में सड़क परिवहन की नयी विपत्ति उत्पन्न हुई जिसे **रेलवे विपत्ति** (the calamity of the railways) कहा जाता है। सड़कों पर रेल परिवहन के विकास का बड़ा ही बुरा प्रभाव पड़ा। टर्नपाइक ट्रस्ट इस प्रतियोगिता का सामना नहीं कर सके। इनका पतन प्रारंभ हुआ। 1875 ई॰ तक अधिकांश ट्रस्ट समाप्त हो गये। ट्रस्ट द्वारा अन्तिम कर 1895 ई॰ में लगाया तथा वसूल किया गया। 1888 ई॰ में मुख्य सड़कों का कार्य काउन्टी कौंसिलों (county councils) तथा अन्य सड़कों का दायित्व ग्रामीण अथवा शहरी जिला-परिषदों (rural or urban district councils) को सौंप दिया गया। 1861 ई॰ से ब्रिटेन में ट्रामों का प्रयोग किया जाने लगा। 1911 ई॰ तक 2580 मील लम्बी ट्राम लाइनें प्रयोग में लाई जाने लगीं।

बीसवीं शताब्दी के प्रारंभ में मोटर गाड़ियों का प्रयोग किया जाने लगा। इससे सड़क परिवहन का महत्त्व बढ़ने लगा। इन नवीन प्रगति के कारण केन्द्रीय सरकार द्वारा सड़कों को अपने अधिकार में लेना अनिवार्य हो गया। अतएव 1909 ई॰ में सड़क विकास और सुधार निधि अधिनियम (Road Development and Improvement Fund Act) पारित किया गया। इसके अनुसार एक **सड़क मंडल** (Road Board) की स्थापना की गयी जिसे सड़कों के विकास का कार्य सौंप दिया गया। चूँकि वर्तमान शताब्दी के प्रारंभ में मोटर परिवहन के विकास के कारण सड़कों का महत्त्व बढ़ गया इसलिए सड़कों के निर्माण का पुराना ढंग दोषपूर्ण और अपर्याप्त पाया गया। अतः मोटर परिवहन के कराधान से प्राप्त राजस्व का कुछ भाग सड़कों के निर्माण एवं पोषण के लिए दिया जाने लगा। तत्कालीन आर्थिक परिस्थितियों के दबाव के वशीभूत होकर ब्रिटिश सरकार ने सन् 1910 में प्रथम बार **केन्द्रीय सड़क विकास मंडल** (Central Road Improvement Board) की स्थापना की। **प्रथम**

विश्व युद्ध ने सड़कों पर और अधिक भार डाला। इसलिए सन् 1919 में ब्रिटिश सरकार को विवश होकर एक पृथक **परिवहन मंत्रालय** का संगठन करना पड़ा। चूँकि सड़कों के निर्माण तथा पोषण के लिए पूँजी का अभाव था इसलिए इस समस्या के समाधान के लिए एक संसदीय अधिनियम द्वारा सन् 1920 में एक **सड़क निधि** (road fund) की संरचना की गई। इस निधि के द्वारा सड़कों के लिए आवश्यक धन-राशि उपलब्ध की जाती है। सन् 1929 तक इंगलैंड में लगभग 1,800, 000 मील लम्बी पक्की (metalled) सड़कें थीं। **प्रथम और द्वितीय विश्वयुद्ध के बीच की अवधि** में सड़कों तथा रेलपथों के बीच गंभीर प्रतियोगिता हुई। इसलिए इस समस्या को सुलझाने के लिए सन् 1930 में **शाही परिवहन आयोग**(Royal Commission onTransport) की नियुक्ति हुई। उसी वर्ष एक अधिनियम पारित किया गया जिसके अनुसार ग्रेट ब्रिटेन को 13 विभागों में विभक्त किया गया।

सड़क परिवहन को विनियमित करने के लिए **परिवहन आयुक्त** (transport commissioner) नियुक्ति किये गए। 1930 ई॰ के अधिनियम के अनुसार मोटर परिवहन को नियंत्रित करने का प्रयास किया गया। अब इसका क्षेत्र, समय तथा किराये की दर सरकार द्वारा निश्चित की जाने लगी। 1933 ई॰ के अधिनियम के अनुसार सड़क पर माल ढोने वाले यातायात के साधनों पर प्रतिबन्ध लगाया गया। इससे रेल-सड़क प्रतियोगिता में कुछ कमी हुई। सरकार ने सड़क परिवहन को प्रोत्साहन देने के लिए सन् 1936 ई॰ में लम्बी सड़क अधिनियम (Trunk Road Act) निमित किया। इसके अनुसार परिवहन मंत्रालय ने 30 प्रमुख सड़कों को अपने अधिकार में ले लिया। शेष सड़कों को **तीन भागों** में वर्गीकृत किया गया और राष्ट्रीय महत्त्व के आधार पर उनके विकास के लिए सरकार द्वारा अनुदान दिया जाने लगा। 1939 ई॰ में द्वितीय विश्वयुद्ध प्रारंभ होने के समय ब्रिटेन में विभिन्न प्रकार की सड़कों की लम्बाई इस प्रकार थी—

सड़कें	**लम्बाई (मील)**
ट्रंक रोड	4,456
क वर्ग की सड़कें	23,086
ख वर्ग की सड़कें	17,634
अवर्गीकृत सड़कें	1,35,348
कुल	1,80,527

द्वितीय विश्वयुद्ध के बाद ब्रिटिश सड़कों का विकास (*Development of Roads after the Second World War*)—ब्रिटिश सरकार ने द्वितीय विश्वयुद्ध काल में **आपात सड़क परिवहन संगठन** (Emergency Road Transport Organization) का संगठन किया था। इसे किसी भी सवारी को राष्ट्र-सेवा के लिए उपयोग में लेने का अधिकार था। **युद्धकाल में सड़क परिवहन पर सरकार का पूर्ण नियंत्रण था।** किन्तु पेट्रोल की कमी के कारण युद्ध-काल में मोटर परिवहन को गहरा धक्का लगा। दिसम्बर, 1941 ई॰ में विभिन्न प्रकार की सड़कों पर गाड़ियों की संख्या, 4,17,000 थी जबकि दिसम्बर 1943 ई॰ में इनकी संख्या घटकर 3,96100 रह गयी। सरकार ने 1943 ई॰ में **सड़क ढुलाई संगठन** (Road Haulage Organization) स्थापित किया। इसने परिवहन के क्षेत्र में प्रशंसनीय कार्य किया। द्वितीय विश्वयुद्ध की समाप्ति के बाद 1946 ई॰ में परिवहन मंत्रालय ने सड़क-विकास की एक **'दसवर्षीय योजना'** का निर्माण किया। **सन् 1948 ई॰ में मजदूर दल की सरकार**

ने सड़क परिवहन का राष्ट्रीयकरण कर दिया। 1949 ई० में सड़क अधिनियम बनाया गया। इसके अनुसार कुछ सड़कों को आरक्षित कर लिया गया। 1953 ई० में **सड़क ढुलाई निपटान मंडल** (Road Haulage Disposal Board) स्थापित किया गया। **1955 में अनुदार दल की सरकार ने एक नया परिवहन अधिनियम बनाया। इसके अनुसार पुनः सड़क परिवहन के एक बहुत बड़े भाग को निजी व्यक्तियों को सौंप दिया गया। बाद में 1956 ई० के परिवहन सड़क ढुलाई सम्पत्ति निपटान अधिनियम** (Transport Disposal of Road Haulage Propert y Act) **के अनुसार निःराष्ट्रीयकरण** (denationalisation) **की नीति को पूरा किया गया।**

ब्रिटिश सड़कों की वर्तमान स्थिति—ग्रेट ब्रिटेन में अप्रैल, 1967 ई० में लगभग 2,00,000 मील लम्बी सार्वजनिक सड़कें (public highways) थीं। इनमें से 8770 मील ट्रंक सड़कें, 20,154 मील प्रमुख सड़कें तथा शेष 1,70,000 मील अन्य सड़कें थीं। सन् 1966 ई० में ग्रेट ब्रिटेन में विभिन्न प्रकार की 130 लाख मोटर गाड़ियाँ थीं जिनमें 30 लाख माल ढोने वाली गाड़ियाँ तथा 94 हजार यात्री ढोने वाली गाड़ियाँ थीं। आजकल ब्रिटेन में सड़कों के विकास पर पर्याप्त जोर दिया जा रहा है। 1967-68 ई० में सड़कों के विकास तथा मरम्मत पर 2350 लाख पौंड खर्च किये गये थे। इसका अधिकांश शहरों में सड़कों के निर्माण तथा मरम्मत पर खर्च किया गया था। वर्तमान समय में इंगलैंड में प्रति वर्ग मील भू-क्षेत्र में सड़कों की लम्बाई (road mileage) 3.21 मील है जबकि फ्रांस में यह 3.03 मील, संयुक्त राज्य अमेरिका में 1.1 मील और भारत में केवल 0.24 मील ही है।

जल पथ : नहरें
(Water : Wages Canals)

18वीं शताब्दी में देश के औद्योगिक विकास की गति के साथ कदम मिलाकर चलने में सड़कें असफल रहीं। **परिवहन की आवश्यकताओं को वे पूर्ण नहीं कर सकीं क्योंकि** (1) भारी वस्तुओं को शीघ्र ही एक स्थान से दूसरे स्थान में सड़कों द्वारा ले जाना संभव नहीं था; (2) सड़क परिवहन अपेक्षाकृत मन्द गति वाला और महँगा होता था। इसके विपरीत नहरें अपेक्षाकृत अधिक गति वाली, सस्ती और कुशल थीं। भारी वस्तुओं को उनके द्वारा ले जाना सरल था। उसकी मरम्मत की लागत भी कम होती थी। कहीं-कहीं तो सड़कों की अपेक्षा नहरों का निर्माण सस्ता पड़ता था। इसलिए नवीन और परिवर्द्धित माँगों को पूर्ण करने के लिए नहरों का निर्माण हुआ। प्रथम नहर **ब्रिजवाटर** (Bidgewater) नहर थी जो सन् 1755 और 1761 के मध्य निर्मित हुई। इसके लिए **ड्यूक ऑफ ब्रिजवाटर ने** आवश्यक वित्त की व्यवस्था की थी और प्रधान अभियन्ता **ब्रिन्डले** (Brindley) था। इसने मानचेस्टर को वोर्सले (Worsley) में स्थित ड्यूक की कोयले की खानों से जोड़ दिया। इस नहर के कारण मानचेस्टर में कोयला अत्यन्त सस्ता हो गया और ड्यूक को खूब लाभ हुआ। इससे अन्य नहरों के निर्माण को प्रोत्साहन मिला। **टेलफोर्ड** (Telford) दूसरा अभियन्ता था जिसे भी नहरों के निर्माण में अत्यन्त ही अधिक अभिरुचि थी। इन अभियन्ताओं के प्रयासों से मानचेस्टर को प्रमुख बन्दरगाह में परिणत किया जा सका और नहरों द्वारा इसको लीवरपूल (Liverpool) और रन्कर्न (Ruyncurn) से जोड़ दिया गया। 18वीं शताब्दी के अन्तिम वर्षों में अनेक नहरों का निर्माण हुआ। **सन् 1792 और सन् 1797 के बीच इंगलैंड में तीव्र नहर उन्माद रहा।** इस अवधि में नहर-निर्माण में अत्यन्त ही अधिक आतुरता प्रदर्शित

की गई। 18वीं शताब्दी के अन्त तक इंगलैड में 260 मील लम्बी और स्कॉटलैंड में 225 मील लम्बी नहरों का निर्माण हो गया था। उसके पश्चात भी विभिन्न व्यक्तियों द्वारा निजी आधार पर विभिन्न नहरें निर्मित की गई।

ध्यातव्य है कि **इंगलैंड में जो नहरें निर्मित की गयीं वे निजी आधार पर गैर-सरकारी व्यक्तियों द्वारा निर्मित की गयी थीं। इसलिए नहरों की गहराई, चौड़ाई और उनके पुलों की ऊँचाई में महान भिन्नता थी।** फलतः सभी नहरें सभी प्रकार के यातायात के लिए प्रयुक्त नहीं की जा सकती थीं। किन्तु यदि हम इस बात को ध्यान में रखें कि जिन व्यक्तियों ने नहरों का निर्माण किया था उन्होंने गैर-सरकारी सहायता से ही नहरों का निर्माण किया था तो उनके कार्य स्पृहणीय माने जायंगे। जैसा कि **नोल्स** का कहना है, **''नहरों ने सभी प्रकार के व्यापार और संचारों के लिए प्रोत्साहन दिया और ये वृहत् पैमाने के उत्पादन के लिए अपरिहार्य प्रारंभिक दशाएँ थीं।''**[1] अनेक दोषों के बावजूद नहरों ने विकसित परिवहन प्रणाली को उपलब्ध किया जिसके बिना औद्योगिक विकास संभव नहीं था। उनके द्वारा खाद्यान्न और कच्चे माल को देहातों से औद्योगिक केन्द्रों तक पहुँचाया गया। निर्मित वस्तुओं को देहातों तक और निर्यात के लिए बन्दरगाहों तक पहुँचाया गया। कोयला जैसी भारी वस्तुओं को औद्योगिक केन्द्रों में पहुँचाने की समस्या भी सुलझाई जा सकी और यातायात की लागत में कमी लायी जा सकी। नगरों, बन्दरगाहों आदि का उनके कारण काफी विकास हुआ। कार्नवाल की मिट्टी बर्तन उद्योग को प्रचुर प्रोत्साहन मिला।

कालान्तर में देश के आर्थिक विकास के साथ नहरें अकुशल सिद्ध होने लगीं। देश के आन्तरिक व्यापार की रूपरेखा तीव्र गति से परिवर्तित हो रही थी जिससे और भी अधिक शीघ्रगामी परिवहन साधनों की आवश्यकता हुई। पशुपालन उद्योग और गव्यशाला उद्योग (dairy farming) का बहुत काफी विकास हुआ और ब्रिटिश कृषक खाद्यान्न के साथ मक्खन, पनीर आदि जैसी वस्तुओं का विक्रय करने लगे। इनके लिए रेल परिवहन के विकास की आवश्यकता हुई क्योंकि नहरें रेलपथ की अपेक्षा मन्दगामिनी होती हैं और दूध आदि का एक स्थान से दूसरे स्थान में शीघ्र ही पहुँचाया जाना आवश्यक था। ब्रिटिश महाजन कोयला आदि का भंडार रखने के लिए गोदाम आदि की व्यवस्था करने के प्रति अनच्छिुक थे क्योंकि रेलगाड़ियों आदि में कुछ काल के लिए उनका रखा जाना संभव हो गया था। इस प्रवृत्ति ने नहरों को गहरी चोट पहुँचाई। इसे अतिरिक्त, रेलों को पार यातायात (through traffic), तीव्र गति, सस्ते भाड़े, समय निष्ठता आदि के संबंध में सुविधाएँ प्राप्त थीं। अतएव नहरों का ह्रास होने लगा। नहरों में पैसा लगाने की प्रवृत्ति ठंढी पड़ने लगी।

रेलपथ के निर्माण की प्रारंभिक अवस्था में नहरों के मालिकों ने उसका विरोध किया था और सरकार भी नहर-रेल प्रतियोगिता को बनाये रखना चाहती थी जिससे कि परिवहन के भाड़े की दर कम रह सके। रेल के निर्माण के प्रति नहरों के इस विरोध को दूर करने के लिए रेल-पथों के मालिकों ने नहरों को खरीदना प्रारंभ किया और कुछ समय में एक तिहाई नहरों को खरीद लिया। इस प्रवृत्ति ने नहरों की अवनति की गति को तीव्र कर दिया। रेलवे निर्माण के उत्तर काल में रेलों का समामेलन होने लगा जिससे कि वे अपना

1. "The canals gave an impetus to all trade and communications and were an indispensable preliminary to large scale production." —L.C.A. Knowles, op. cit., p. 348

एकाधिकार स्थापित कर सकें। इससे विभिन्न रेलों में प्रतियोगिता का अभाव होने लगा और भाड़े की दर में वृद्धि होने लगी। इससे सरकार ने रेलवे और नहरों की प्रतियोगिता को बनाये रखकर भाड़े की दर को कम करने का प्रयास किया। एतदर्थ सन् 1888 में रेलवे द्वारा नहरों के क्रय पर विधि द्वारा रोक लगा दी गई। नहरों को पुनर्गठित करने की चेष्टा की गई। इस संबंध में सरकार ने 1906 में एक **शाही आयोग** की नियुक्ति की जिसने मर्सी, देम्स, हम्बर और सेवर्न नदियों को जोड़ती हुई राष्ट्रीय नहरों के निर्माण के लिए अनुशंसा की। इसका स्वामित्त्व एक जलपथ मंडल (Waterway Board) के अधीन रखा जाना था। किन्तु वर्तमान शताब्दी में तीव्र गति से विकसित होता हुआ सड़क परिवहन इस आयोग की अनुशंसाओं को कार्यान्वित करने में बाधक सिद्ध हुआ।

वर्तमान समय में ब्रिटेन में 2500 मील लम्बे आंतरिक जल यातायात साधन उपलब्ध है जिसमें से प्रायः 1850 मील **ब्रिटिश जलपथ मंडल** (British Waterway Board) के जिम्मे है तथा शेष निजी कम्पनियों के हाथों में है। ब्रिटिश जल-पथ मंडल के अधीन 1850 मील नहरों में से 100 मील लम्बी नहरें यातयात योग्य नहीं है जिससे केवल 1750 मील का ही यातायात के लिए प्रयोग किया जाता है। इसमें 1200 मील का प्रयोग व्यापार के लिए होता है। सन् 1962 में ब्रिटिश जलपथों द्वारा कुल 93 लाख टन माल ले जाया गया था। उस वर्ष इसे कुल 46 लाख पौंड की आय प्राप्त हुई थी। **यद्यपि वर्तमान समय में नहरों का महत्त्व कम हो गया है फिर भी ब्रिटेन की औद्योगिक क्रांति में नहरों का महत्त्वपूर्ण योगदान रहा है। इन्होंने ''जनसंख्या के वितरण में सहायता की, नये कल-कारखानों के लिए स्थान निर्धारित किया, औद्योगिक विस्तार को अवसर दिया तथा श्रमिकों को घनी जनसंख्या वाले नगरों की अस्वास्थ्यकर सीमाओं से बाहर आने में सहायता की।'' आज भी नहरों का महत्त्व बिल्कुल समाप्त नहीं हुआ है।**

रेलपथ
(Railways)

रेल-पथ के तीव्र विकास ने नहरों को अवनति के गर्त में ढकेल दिया। **इंगलैंड के रेल-पथ के विकास की कहानी अन्य यूरोपीय देश के रेल-पथों के विकास से भिन्न है**--(1) इंगलैंड में रेल-पथ का निर्माण बिना सरकारी निर्देशन और वित्तीय सहायता के ही वैयक्तिक पूँजीपतियों द्वारा किया गया था। किन्तु अन्य यूरोपीय देशों में इनके निर्माण में वहाँ की सरकारों द्वारा पर्याप्त सहायता दी गई थी। (2) इंगलैंड में रेल-पथों का निर्माण प्रमुखतः वाणिज्यिक उत्प्रेरणाओं के कारण हुआ था। उद्योग, व्यापार और वाणिज्य के विकास ने ब्रिटिश रेल-पथ के निर्माण के लिए प्रेरणा दी थी। किन्तु अन्य यूरोपीय देशों में इनका निर्माण देश की प्रतिरक्षा, प्रशासकीय एवं सामरिक कार्यों के लिए था। (3) इंगलैंड में रेल-पथ का विकास नहरों एवं सड़कों के साथ प्रतियोगिता करते हुए हुआ था जबकि अन्य यूरोपीय देशों में नहरों तथा सड़कों के साथ रेल-पथ की ऐसी कोई विशेष प्रतियोगिता नहीं थी क्योंकि वहाँ पर नहरें और सड़कें इस प्रकार बनी हुई थीं कि वे रेल-पथों के लिए सहायक तथा पूरक हो सकें, बाधक एवं प्रतियोगी नहीं। (4) बहुत दिनों तक ब्रिटिश रेल-पथों के मालिकों के निजी स्वामित्व में आवश्यक अभियंत्र और डिब्बों का केवल कुछ अंश ही था। (5) अन्य यूरोपीय देशों के विपरीत ब्रिटिश रेल-पथ के विकास के प्रारंभिक काल में उनके निर्माण में लागत बहुत ही अधिक होती थी।

प्रारंभिक अवस्था में रेलवे के निर्माण का नहरों द्वारा विरोध हुआ था और कुछ सीमा तक सरकार द्वारा भी। सरकार यातायात के भाड़े को कम रखने के लिए नहरों तथा रेलवे की प्रतियोगिता को बनाये रखना चाहती थी। संसद भी प्रारंभिक काल में उसके विरोध में थी। रेलवे-निर्माण की ऊँची लागत का एक कारण यह भी था कि रेलवे-निर्माण के क्षेत्र में इंगलैंड अग्रगामी था। उसे अभी किसी प्रकार का इस क्षेत्र में अनुभव नहीं था। इसके अतिरिक्त **अन्धविश्वासी भय और निहित स्वार्थ इसके निर्माण में बाधक थे।** विभिन्न प्रकार की आशंकाएँ भी रेलों के निर्माण में बाधक सिद्ध हो रही थीं। **रेलवे-निर्माण से उत्पन्न कुछ आशंकाओं का अन्दाजा इस बयान से लगाया जा सकता है**– ''जहाँ भी रेलवे इंजिन जायेगा वनस्पतियाँ समाप्त हो जायेंगी। इसके द्वारा भूमि का मूल्य गिरा दिया जायेगा। बाजार माली विनष्ट कर दिया जायेगा.......इसे अबतक सुना हुआ मानव विश्वास का महत्तम अकाल कहा जाता था। यह त्रुटिपूर्ण, अव्यावहारिक और अनुचित था। यह निजी सम्पत्ति पर महान और निन्दनीय प्रहार था। ......इंजिन इतना तेज चलेगा कि जीवन और शरीरांग खतरे में पड़ जायेंगे।''[1]

इन समस्त कारणों से उनके निर्माण के पूर्व विस्तृत जाँच-पड़ताल आवश्यक बना दी गयी थी। कभी-कभी तो ऐसी प्रारंभिक जाँच-पड़ताल में प्रतिमील लम्बी रेलवे लाईन की लागत लगभग 4,000 पौंड पड़ जाती थी। इसके अतिरिक्त रेलवे के निर्माण के लिए भूमि की लागत भी बहुत अधिक थी। कभी-कभी तो भूमि की लागत 8,000 पौंड प्रति मील हो जाती थी। सरकार रेलवे के ठोस निर्माण पर और सुरक्षा के लिए विभिन्न उपायों की व्यवस्था करने पर जोर देती थी ताकि दुर्घटनाएँ कम हो सकें। ऐसी परिस्थितियों में रेलवे निर्माण की लागत का बहुत ही अधिक होना अवश्यम्भावी था। फलतः **ब्रिटिश रेलवे संसार में सबसे अधिक पूँजीकृत रेलवे हो गई।**

ब्रिटिश रेलवे विकास को निम्नलिखित कालों में वर्गीकृत किया जा सकता है–

1. प्रारंभिक प्रायोगिक काल (सन् 1821 से 1844 तक);
2. दृढ़ीकरण काल (सन् 1844 से 1973 तक);
3. सरकारी नियंत्रण का विकास काल (सन् 1873 से 1894 तक);
4. असाधारण एवं हलचलपूर्ण विकास काल (1894 से 1915 तक);
5. अस्थिर विकास काल (सन् 1915 से 1945 तक);
6. राष्ट्रीयकरण और उसके बाद।

1. प्रारंभिक प्रायोगिक काल (*Period of early experiments*)—कहा जाता है कि इंगलैंड में ''**कोयला ने नहर प्रणाली को प्रारंभ किया और कोयला ने ही रेलवे को उत्पन्न किया।**''[2] रेलवे परिवहन का वास्तविक प्रारंभ 1825 से ही हुआ कहा जा सकता

1. "Vegitation....................would cease wherever the locomotive passed. The value of land would be lowered by it, the market gardener would be ruined by it....................It was called the greatest draught upon human credulity ever heard of. It was erroneous, impracticable and unjust. It was a great and scandalous attack on private property...the locomotive would travel so fast that life and limb would be endangered."—L.C.A. Knowles : *The Industrial and Commercial Revolutions in Great Britain During the 19th Century*, p. 256
2. "Coal started the canal system and coal produced railways." —L.C.A. Knowles : op cit. p. 261

है यद्यपि इसका निर्माण 18वीं शताब्दी के उत्तरार्द्ध में ही प्रारंभ हो गया था। 1801 में **सरे** (Surrey) रेलवे का निर्माण हुआ। किन्तु यह घोड़ों, गधों और खच्चरों द्वारा चालित की जाती थी जिससे यह आर्थिक दृष्टिकोण से सफल नहीं सिद्ध हो सकी और तीस वर्षों की अवधि के पश्चात् दिवालिया हो गई। सन् 1814 में **स्टेफेन्सन** (Stephenson) ने एक वाष्प अभियंत्र का निर्माण किया जिसे ब्लचर (blucher) कहा जाता है और जो सर्वप्रथम 11 वर्ष के पश्चात् चालू किया गया। **स्टाक्टन** और **डार्लिंगटन** (Stockton and Darlington) प्रथम रेलवे थी जिसने वाष्प अभियंत्र का प्रयोग किया था और यात्रियों को ढोया था। यह सन् 1825 में चालू की गई थी। स्टेफेन्सन की महत्तर देन **लीवरपुल** और **मानचेस्टर रेलवे** (Liverpool and Manchester Railway) थी जो सन् 1824 में प्रारंभ की गयी थी और सन् 1830 में पूरी हुई थी। उत्तर में नहरों की कमी के कारण इस रेलवे लाइन को बहुत सफलता मिली। सन् 1830 में **स्टेवेस-राकेट लाइन** खोली गयी। सन् 1833 तक ब्रिटिश सरकार लन्दन के आसपास की समस्त रेलवे लाइनों के लिए संमोदन (sanction) दे चुकी थी। सन् 1836 में 29 रेलवे लाइनों को संसद से आज्ञापत्र मिला। सन् 1838 तक 112 मील लम्बी रेलवे लाइनें बिछ चुकी थीं। इसके बाद इंगलैंड में रेलवे निर्माण की एक बीमारी-फैल गईं। कितनी ही कम्पनियों को रेलवे निर्माण के लिए अनुमति दी गयी। 1843 ई॰ तक रेलवे मार्गों की लम्बाई 1857 मील थी। 1840 ई॰ से संसद ने भी रेलवे यातायात के बढ़ते हुए महत्त्व को स्वीकार किया तथा इसकी जाँच के लिए कई आयोगों को नियुक्त किया। एक **व्यापार मंडल** (Board of Trade) की नियुक्ति की गयी जिसके अधिकार को 1844 ई॰ में बढ़ा दिया गया। 1844 ई॰ में एक अधिनियम द्वारा रेलवे कम्पनियों पर 10 प्रतिशत से अधिक लाभांश घोषित करने पर एक अतिरिक्त कर लगा दिया गया। साथ ही, रेल गाड़ियों को निश्चित समय के अनुसार चलना अनिवार्य बनाया गया। तीसरे दर्जे के यात्रियों के लिए 1 पें॰ प्रति मील किराया निश्चित किया गया। इस वर्ष के बाद बनी रेलवे लाइन को सरकार क्रय कर सकती थी। किन्तु इन सारे प्रतिबन्धों के होते हुए भी रेलवे कम्पनियों द्वारा व्यापार तथा उद्योगों का शोषण जारी रहा।

2. दृढ़ीकरण काल *(Period of consolidation, 1844-1873)*—1844 तक रेलवे कम्पनियों के अंशों का मूल्य बहुत बढ़ गया। किन्तु इसके साथ-ही-साथ सट्टेबाजी में भी वृद्धि हुई जिसका परिणाम 1840-50 ई॰ का रेलवे निर्माण संबंधी उन्माद था। 1847 ई॰ का आर्थिक संकट इसी उन्माद का परिणाम था। इसके पश्चात् रेलवे निर्माण के क्षेत्र में उन्नति की गति मन्द पड़ गयी। इस आर्थिक संकट के परिणामस्वरूप कई कम्पनियाँ निर्धन हो गयीं तथा इनके अंशों के मूल्य में भारी कमी हुई। किन्तु यह संकट अल्पकालीन था। इसके बाद भी रेलवे निर्माण का कार्य जारी रहा। 1870 ई॰ तक ब्रिटेन में 15,000 मील लम्बी रेल लाइनें हो गयीं। वस्तुतः ब्रिटिश रेलवे के विकास की गाथा क्रिया-कलापों पर व्यक्तित्व के प्रभाव की महत्ता को स्पष्ट करती है क्योंकि रेलवे का वास्तविक एवं तीव्र विकास यार्क के **जॉर्ज हडसन** (Hudson) की लंगन एवं उत्साह के कारण हुआ जिसने उद्योगपतियों, प्राध्यापकों, लिपिकों आदि समस्त वर्गों को रेलवे अंश खरीदने के लिए उन्मादित कर दिया था। सन् 1845 और सन् 1847 के बीच लगभग 8,000 मील लम्बी रेलवे लाइनों के लिए संमोदन दिया गया। **जॉर्ज हडसन** को **'रेलवे राजा''** (railway king) कहा गया है। उसकी महत्तम देन अनेक रेल-पथों को एक में मिलाकर वृहदाकार रेलवे की व्यवस्था करने की है जिसका सर्वोत्तम उदाहरण सन् 1844 में संगठित **मिडलैंड रेलवे** (Midland Railway) है।

इस समय की सबसे बड़ी विशेषता रेलवे कम्पनियों के एकीकरण पर जोर है। इस कार्य में **जार्ज हडसन** (George Hudson) से बहुत अधिक प्रेरणा मिली। इसके अनुसार रेलवे की कुशलता, सुविधा और यात्रा की सरलता के लिए इनका एकीकरण आवश्यक था। अतः छोटी-छोटी रेलवे लाइनों को मिलाकर ट्रंक लाइनों का निर्माण किया जाने लगा। 1846 ई० में एक अधिनियम निर्मित हुआ जिसके अनुसार सभी रेलवे लाइनों की चौड़ाई को एक समान बनाने के लिए इसे 4 फीट 8½ ईंच का होना अनिवार्य बना दिया गया। निकास-गृहों (clearing houses) से भी कम्पनियों के बीच समझौते का सुअवसर प्राप्त हुआ।

सन् 1821 से 1847 तक ब्रिटिश रेलवे का महान विकास हुआ था। किन्तु सरकारी नियंत्रण एवं योजना के अभाव में विभिन्न रेलवे कम्पनियों के प्रबन्ध, संचालन, विशेषकर भाड़े की दरों में महान् भिन्नता थी। रेलवे पर नियंत्रण रखने की समस्या के विभिन्न पहलुओं की जाँच करने के लिए समय-समय पर विभिन्न आयोगों की नियुक्ति होती रही। किन्तु इसका परिणाम निराशाजनक ही हुआ। **सर्वप्रथम सन् 1834 में रेलवे भाड़े को विनियमित करने के लिए प्रयास किया गया था।** किन्तु यह प्रयास विफल रहा। **व्यपार मंडल** (Board of Trade) को रेलवे के संबंध में कुछ सामान्य शक्तियाँ अवश्य प्राप्त थीं। फिर भी यह भाड़े और यात्रियों के लिए दी जाने वाली सुविधाओं को विनियमित करने में प्रभावशाली नहीं था। सन् 1844 में **ग्लैडस्टोन** (Gladstone) ने इस विषय को विनियमित करने की चेष्टा की। किन्तु वह भी असफल ही रहा। सन् 1846 में 50 व्यक्तियों की एक समिति गठित की गई थी जिसका कार्य दृढ़ीकरण से होनेवाली बुराइयों को सरकार के सामने रखना था। किन्तु इस समिति को सफलता नहीं मिल सकी और 1851 से इसे भंग कर दिया गया। रेलवे की कार्यशीलता की जाँच करने के लिए **कार्डवेल** (Cardwell) की अध्यक्षता में एक समिति नियुक्त की गई जिसने 1852 और 1853 में विचार-विमर्श किया। इस समिति के विचार-विमर्शों के आधार पर सन् 1854 में एक **रेलवे और नहर यातायात अधिनियम** (Railway and Canal Traffic Act) निर्मित किया गया जिसे **कार्डवेल अधिनियम** (Cardwell Act) कहा जाता है। इस अधिनियम ने रेलवे कम्पनियों को वस्तुओं को ढोने के लिए समस्त उचित सुविधाओं की व्यवस्था करने का निर्देश दिया और प्राथमिकता देने के कार्य को रोक दिया। किन्तु यह प्रयास भी असफल ही रहा। अवस्था में सुधार का एक मात्र उपाय रेलवे की दरों का प्रमापीकरण करना और सरकारी सत्ता द्वारा उसे लागू किया जाना था। किन्तु सरकार अपनी नीति में परिवर्तन करने के लिए तैयार नहीं थी। फलतः ये सभी प्रयास विफल हुए थे। छोटी-छोटी रेलवे कम्पनियों का बड़े-बड़े एकाधिकारी संगठनों में समामेलन करने की अनेक योजनाएँ अनुमोदन करने के लिए ब्रिटिश संसद के समक्ष प्रस्तुत की गयीं। किन्तु संसद में मतान्तर था और संसद सदस्यों की राय विभाजित थी। किन्तु अन्ततः परिस्थितियाँ हस्तक्षेपहीन नीति के विरोध में हो गयी और यह स्वीकार किया गया कि रेलवे और उनके कार्यों पर सरकार का अधिक नियंत्रण आवश्यक है। **रेलवे कम्पनियों पर नियंत्रण करने के उद्देश्य से सन् 1867 में ब्रिटिश सरकार ने एक आयोग की स्थापना की जिसके अनुसार एक निश्चित रूप से हिसाब रखना रेलवे कम्पनियों के लिए आवश्यक बना दिया गया।**

3. संरकारी नियंत्रण का विकास काल (*Period of intensification of state control, 1873-1894*)—''**सन् 1873 और 1894 के बीच रेलवे विकास की प्रमुख विशेषता रेलवे पर सरकार का बढ़ता हुआ कठोर नियंत्रण है।**''[1] सन् 1850 से 1873 के बीच का काल ग्रेट ब्रिटेन में पूँजीवाद का स्वर्ण युग कहा जाता है। इसमें ग्रेट ब्रिटेन की समृद्धि में महान वृद्धि हुई। इस समृद्धि में रेलवे का महत्त्वपूर्ण योगदान था। इसलिए इस काल में ब्रिटिश रेलवे का विकास भी खूब हुआ। किन्तु रेलवे के समामेलन की प्रवृत्ति के कारण रेलवे यातायात में एकाधिकार की वृद्धि हो रही थी। इसे रोकना आवश्यक था। अतएव सन् 1872 में रेलवे समामेलन की समस्याओं की जाँच करने के लिए आयोग नियुक्त किया गया। बाद में रेलवे भाड़े को व्यवस्थित करने के लिए एक प्रविधि आयोग (Technical Commission) की नियुक्ति की गई। किन्तु इस सत्ता को प्रदत्त शक्तियाँ अत्यन्त ही सीमित थीं। अतएव रेलवे भाड़े की दर में कोई एकरूपता नहीं लाई जा सकी। फिर भी इस आयोग ने रेलवे समामेलन में सुविधा दी थी। रेलवे कम्पनियों द्वारा भेदभाव का व्यवहार किया जाने लगा। एक ही दूरी के लिए एक व्यापारी से कम और दूसरे व्यापारी से अधिक भाड़े लेने की प्रवृत्ति रेलवे कम्पनियों के पास हो गई थी। इसके लिए भी सरकारी नियंत्रण आवश्यक था। फलस्वरूप **रेलवे विनियमन अधिनियम** (Regulation and Railways Act) के अधीन सन् 1873 में **रेलवे और नहर आयोग** (Failway and Canal Commission) की नियुक्ति की गई। इसका उद्देश्य रेलवे यातायात पर नियंत्रण करना था। इस आयोग के प्रमुख कार्य रेलवे द्वारा किए जाने वाले भेद-भाव की जाँच करना, रेलवे कम्पनियों के समामेलन (amalgamation) की जाँच करना, बिना गाड़ी बदले यात्रा(through journey) के लिए उचित भाड़े की दर निर्धारित करना, रेलवे कम्पनियों के बीच उपस्थित होनेवाले विवादों का निर्णय करना, रेलवे द्वारा नहरों को खरीदने के प्रस्तावों पर विचार करना और स्वीकृत करना था। परन्तु इसके पास पर्याप्त शक्तियाँ नहीं थीं। अतः इस आयोग को अपने कार्यों में पूर्ण सफलता नहीं मिल सकी। यह रेलवे के समामेलन को नहीं रोक सका। परन्तु इसे इस क्षेत्र में कुछ सफलता यह मिली कि नहरों पर रेलवे कम्पनियों का पूर्ण अधिकार होना रुक गया और कुछ सीमा तक रेलवे भाड़े पर होनेवाले भेद-भाव कम हो गए।

सन् 1880 तक रेलवे से संबंधित लगभग 900 संसदीय अधिनियम पारित किये जा चुके थे और किसी भी रेलवे को कम-से-कम ऐसे 50 अधिनियमों को ध्यान में रखना पड़ता था। परिणाम यह हुआ कि इस समय तक विभिन्न वस्तुओं के संबंध में लगभग 300 लाख विभिन्न भाड़ा दरें हो गई थीं। ग्रेटर नार्दर्न रेलवे(Greater Northern Railway) और लन्दन तथा नार्थवेस्टर्न रेलवे में कम-से-कम 200 लाख ऐसे विभिन्न नियम थे। अतएव सन् 1888 में **रेलवे और नहर यातायात अधिनियम** (Railway and Canal Traffic Act) पारित किया गया जो रेलवे भाड़े के संबंध में प्रथम व्यापार प्रयास था और रेलवे पर सरकारी नियंत्रण के लिए ठोस कदम था। इस अधिनियम ने सन् 1872 में सरकार द्वारा स्थापित आयोग को शक्तियों से विभूषित किया। 1 जनवरी, 1893 को संसद ने रेलवे भाड़ा की नयी दर को अनुमोदित किया। सन् 1894 में एक अन्य अधिनियम निर्मित किया गया जिसके अनुसार यह व्यवस्था की गई कि यदि रेलवे कम्पनियाँ सन् 1892 के रेलवे भाड़े को बढ़ाना चाहें तो उन्हें उसके औचित्य का प्रमाण देना होगा। सेवा के लिए

1. "The chief characteristic of railway development between 1873 and 1894 is the progressive intensifaction of control of the railways by the State."

कार्य-व्यय में वृद्धि होने पर भाड़े में वृद्धि की जा सकती थी। किन्तु यह वृद्धि निर्धारित सीमा के भीतर ही की जा सकती थी। सन् 1894 के बाद रेलवे कम्पनियों में यात्रियों एवं ग्राहकों को सुविधा देने के लिए प्रतिद्वन्द्विता प्रारंभ हो गई।

4. असाधारण एवं हलचलपूर्ण विकास काल (1894 से 1915 तक)—सन् 1894 से 1914 ई० तक बीस वर्षों का समय ब्रिटेन में रेलवे-विकास के लिए कई कारणों से महत्त्वपूर्ण है। इस काल में रेलवे में भयानक प्रतिस्पर्द्धा होती रही। एक तो रेलवे ने यात्रियों को भिन्न प्रकार की सुविधाएँ देना प्रारंभ किया। रेलवे के व्यय में वृद्धि हुई तथा लाभांश की दरों में कमी। इस प्रतिस्पर्द्धा को दूर करने के लिए रेलों ने भी एकीकरण तथा विलयन का मार्ग अपनाया तथा सुविधाओं में कमी करना प्रारंभ किया। इससे जनता में असन्तोष फैलने लगा। रेलवे श्रमिकों को भी इससे घाटा होने लगा। अतः वे आपस में संगठित होने लगे। साथ ही, सामान्य जनता तथा रेलवे कम्पनियों ने रेलवे के राष्ट्रीयकरण की माँग प्रारंभ की। रेलवे के एकाधिकार को समाप्त करने के लिए नहरों के पुनर्गठन की माँग की जाने लगी। इस उद्देश्य से सन् 1906 में एक आयोग नियुक्त किया गया जिसका उद्देश्य नहरों के पुनर्निर्माण के संबंध में विचार करना था। **इस काल की एक प्रमुख विशेषता रेलवे श्रमिकों द्वारा पारिश्रमिक में वृद्धि के लिए हड़ताल है।** सन् 1907 में रेलवे कम्पनियाँ नियोजक एवं श्रमिकों के प्रतिनिधियों द्वारा एक समझौता मंडल के संगठन को स्वीकार कीं। फिर भी श्रमिकों ने सन् 1911 में हड़ताल की। सन् 1913 में **नेशनल यूनियन ऑफ रेलवेमेन** (National Union of Railwaymen) नामक एक संघ का गठन हुआ। इस प्रकार **सन् 1894 और 1914 के बीच के वर्ष महान् अशान्ति के वर्ष थे**। इस काल ने वेतन, भत्ते और कार्य करने की दशाओं के सम्बन्ध में परिवहन द्वारा प्रदर्शित एक नवीन संघर्ष को देखा था। रेलवे सत्ताओं में भी रेलवे के संयोजन और समामेलन की प्रबल प्रवृत्ति इस काल में थी। रेलवे कम्पनियों के ये संयोजन एवं समामेलन तथा कार्य करने से संबंधित पारस्परिक समझौते सामाजिक कल्याण के लिए घातक सिद्ध हो रहे थे। इस काल में रेलपथों के प्रतियोगी के रूप में नहरों को पुनर्जीवित करने के लिए हलचलें की गयीं ताकि यात्रा के भाड़े की दर में कमी आ सके। इसके अतिरिक्त स्वयं रेलवे सत्ताओं में भी भाड़े की दर को लेकर पारस्परिक गलाघोंट प्रतियोगिता होने लगी थी। इस सभी बातों के कारण रेल-पथों के राष्ट्रीयकरण की प्रबल माँग की जाने लगी।

5. अस्थिर विकास दल (1915 से 1945 ई० तक)—सन् 1914 ई० में प्रथम महायुद्ध प्रारंभ होते ही सुरक्षा के दृष्टिकोण से केन्द्रीय सरकार ने रेलों की व्यवस्था को अस्थायी रूप से अपने हाथ में ले लिया। **युद्ध काल में इसकी व्यवस्था एक रेलवे कार्यपालिका समिति** (Railway Executive Committee) **के द्वारा की जाती थी।** इस काल में रेलों के किराये तथा लागत में पर्याप्त वृद्धि हुई तथा यात्रियों को दी जाने वाली सुविधाओं में भी कमी की गयी। युद्ध काल में रेलवे के सामानों की कमी अनुभव की जाने लगी थी। मजदूरों में भी एक प्रकार का अंसतोष फैल रहा था। अतएव युद्ध समाप्ति के बाद रेलों के राष्ट्रीयकरण की माँग की जाने लगी। परन्तु सरकार ने पुनः रेलों को निजी कम्पनियों को सौप दिया यद्यपि प्रथम विश्वयुद्ध के समय ब्रिटिश रेल-पथ अस्थायी रूग से सरकारी नियंत्रण के अधीन हो गये थे। युद्ध की समाप्ति पर सन् 1921 में एक अधिनियम पारित किया गया जो रेल-पथों के राष्ट्रीयकरण की माँग और उसके एकरूपी वैयक्तिक नियंत्रण के बीच एक समझौता था। इस अधिनियम के अनुसार रेलवे के प्राचीन

वर्गीकरण को दूर कर **ग्रेट ब्रिटेन की 121 रेलवे कम्पनियों को चार महान कम्पनियों में वर्गीकृत कर दिया गया**–(1) लन्दन एण्ड नार्थ ईस्टर्न, (2) दी लन्दन, मिडलैंड एण्ड स्काटिश, (3) दी सदर्न और (4) दी ग्रेट वेस्टर्न। इस प्रकार के वर्गीकरण से रेलवे के कार्य व्यय में कमी होने और इसके समृद्धिशाली होने की आशा की गई थी। रेलवे भाड़े की दर सूची को सरल बना दिया। इस अधिनियम द्वारा रेलवे भाड़े की दर को विनियमित करने के लिए एक **रेलवे दर न्यायाधिकरण** (Railway Rates Tribunal) की स्थापना की गयी। रेलवे कर्मचारियों के वेतन, भत्ते एवं कार्य की दशाओं को भी विनियमित करने की व्यवस्था की गई थी। उनके हितों की रक्षा के लिए **राष्ट्रीय मजदूरी मंडल** (National Wages Board) की स्थापना की गई। किन्तु रेलवे के इस पुनर्गठन से भी रेलपथों की पारस्परिक प्रतियोगिता नहीं समाप्त हुई। युद्ध के पश्चात् इंगलैंड के व्यापार और उद्योग में अवनति भी होने लगी थी। इसका भी रेलवे कम्पनियों पर बुरा प्रभाव पड़ा।

बीसवीं शताब्दी के तृतीय दशक में अर्थात् सन् 1920-30 के बीच सड़कों एवं रेलों में गंभीर प्रतियोगिता की समस्या उठ खड़ी हुई। इससे रेल कम्पनियों की आय में और भी कमी हो गई। रेल सड़क प्रतियोगिता को रोकने के लिए सन् **1923 में एक समिति नियुक्त** की गई जिसने इस संबंध में अग्रलिखित सुझाव दिया–(1) रेलवे कम्पनियां द्वारा उपभोक्ताओं को अधिक सुविधाएँ दी जायँ, (2) रेलवे का वर्गीकरण अधिक वैज्ञानिक बनाया जाय, (3) मोटर यातायात पर उचित नियंत्रण किया जाय, (4) रेलगाड़ियाँ यथासंभव बिजली द्वारा चलाई जाएँ।

सड़कों की प्रतियोगिता को दूर करने के लिए रेलवे सत्ताओं ने सड़क परिवहन में भी भाग लेना आरंभ किया। रेलवे सत्ताओं की यह प्रवृत्ति सन् 1928 के पश्चात् और भी तीव्र हो गई। फलतः रेलवे और सड़क के बीच समन्वय (coordination) की समस्या गंभीर हो गई। इस समस्या के समाधान के लिए सन् 1930 में एक **राजकीय परिवहन आयोग** (Royal Commission on Transport) की नियुक्ति हुई। इसी बीच महान मन्दी विश्व भर में छा गई। मन्दी के कारण रेलवे की आय अत्यन्त कम हो गई। अकेले 1931 और 1932 में रेलवे कम्पनियों की वार्षिक आय 140 लाख पौंड कम हो गई। इस मंदी के बुरे प्रभावों को दूर करने के लिए रेल कम्पनियों ने प्रबन्ध व्यय में कमी करने का प्रयास किया। सन् **1932 के सड़क-रेल यातायात अधिनियम** (Road and Rail Traffic Act, 1932) ने रेलवे कम्पनियों को कुछ राहत दी। इसके अनुसार रेलवे कम्पनियों को अधिकार दिया गया कि वे उन व्यवसायियों और उत्पादकों के साथ समझौता द्वारा भाड़े की दर तय कर सकती हैं जो बड़ी मात्रा में वस्तुओं को रेल से भेजा करते थे। ये समझौते वाली दरें सामान्य प्रमाणित दरों से कुछ कम रह सकती थीं। जो व्यावसायिक कम्पनियाँ समझौते वाले दरों को स्वीकार करती थीं वे अपनी सभी यातायात वाली वस्तुओं को रेल द्वारा भेजने का वचन देती थीं। सन् 1937 में पुनः रेलवे कम्पनियों को कुछ राहत मिली थी। **रेलवे दर न्यायाधिकरण** (Railway Rates Tribunal) ने रेल कम्पनियों को भाड़े की दर में 5 प्रतिशत वृद्धि करने का प्राधिकार दिया था।

सन् 1938 का अन्त होते-होते रेलवे की चारों कम्पनियाँ एक साथ मिलकर रेलवे के साथ जनता द्वारा उचित व्यवहार किऐ जाने के लिए आह्वान (appeal) कर रही थी। रेलवे कम्पनियों की शिकायत थी कि सड़क यातायात की अपेक्षा रेलवे यातायात पर अधिक और अनेक प्रकार के प्रतिबन्ध (restrictions) थे और इन्हें उसकी

अपेक्षा अधिक असुविधाएँ हो रही थीं। अतएव उन्होंने भाड़े की दरों को निर्धारित करने के लिए विभिन्न वस्तुओं के कई विभिन्न वर्गों में बाँटने के लिए अधिक स्वतंत्रता की माँग की थी। परिवहन मंत्री ने रेलवे कम्पनियों के इस आवेदन को विचारार्थ एक परिवहन परामर्शदात्री परिषद (Trasport Advisory Council) के साथ भेज दिया और मई 1939 में इस परिषद ने अपना विचार रेलवे कम्पनियों के पक्ष में प्रकट किया।

सितम्बर सन् 1939 में द्वितीय विश्व युद्ध छिड़ जाने के कारण सम्पूर्ण स्थितियों में परिवर्तन आ गया। युद्ध काल में रेलवे की कार्यशीलता का निर्धारण और संचालन सैनिक आवश्यकताओं के आधार पर हो रहा था न कि आर्थिक आधार पर। सन् 1914-18 के विश्वयुद्ध की भाँति इस युद्ध काल में भी ब्रिटिश रेलवे राष्ट्र के सैनिक प्रयास में एक महत्त्वपूर्ण कड़ी के रूप में कार्य किए। ये सरकार के नियंत्रण में आ गए थे यद्यपि उनकी वास्तविक व्यवस्था रेलवे कम्पनियों और इनके कर्मचारियों के अन्दर ही रही। **द्वितीय विश्वयुद्ध काल में ब्रिटिश रेलवे परिवहन मंत्रालय के अधीन एक एकीकृत प्रणाली के रूप में कार्य कर रहा था।**

6. राष्ट्रीयकरण और उसके बाद—द्वितीय विश्वयुद्ध काल में रेलवे की स्थिति बिगड़ गयी थी। इससे बहुत से कर्मचारियों को युद्ध-कार्यों में भेज दिया गया था। इसके यंत्रों से बहुत अधिक कार्य लिया जा रहा था। किन्तु इसके इंजनों, डिब्बों लाइनों आदि औजारों की सामान्य रूप से भी मरम्मत और पुनर्स्थापन नहीं किया जा सका था। युद्ध के बाद इसकी पूर्ण कार्यकुशलता को वापस लाना एक गंभीर किन्तु अन्य आवश्यक कार्य था। अतएव युद्ध के समाप्त होने पर सन् 1945 में **लॉर्ड एटली** (Attlee) **के नेतृत्व में बनी श्रम दलीय सरकार** (Labour Government) **ने अन्य परिवहन साधनों के साथ रेलवे का सन् 1947 में राष्ट्रीयकरण कर दिया। 19वीं शताब्दी के ब्रिटिश रेलवे इतिहास ने रेलवे के समामेलन के एक क्रम का अनुभव किया था और अन्ततः यह समामेलन केवल 4 महान रेलवे कम्पनियों की स्थापना में' पूर्ण हुआ था। किन्तु चार की संख्या में कोई जादू नहीं था और यह कल्पना की जा रही थी कि इस समामेलन की प्रक्रिया अन्ततः एक ही रेलवे में जाकर पूर्ण होगी और अन्ततः 1947 में ऐसा ही हुआ भी।**

सन् 1947 के **परिवहन अधिनियम** (Transport Act) के अधीन एक **परिवहन आयोग** (Transport Commission) की स्थापना की गई जिसे न केवल रेलवे को ही अर्जित करने और नियंत्रित करने का भार सौंपा गया बल्कि नहरों को भी। इन सबों को एक एकीकृत परिवहन प्रणाली में रखा गया। **रेलवे को 6 अंचलों (regions) में पुनर्गठित किया गया**—लंदन मिडलैंड, पश्चिमी, दक्षिणी, पूर्वी, उत्तर-पूर्वी और स्काटिश। रेलवे-दर न्यायाधिकरण (Railway Rates Tribunal) तथा रेलवे और नहर आयोग (Railway and Canal Commission) का उन्मूलन कर दिया गया और उनके कार्यों को एक नवीन परिवहन न्यायाधिकरण (Transport Tribunal) को सौंप दिया गया। किन्तु रेलवे निकास गृह (Railway Clearing House) को बनाए रखा गया। रेलवे की सभी वस्तुओं और सम्पत्तियों को परिवहन आयोग द्वारा अर्जित कर लिया गया।

राष्ट्रीयकरण के बाद के वर्षों में ब्रिटिश रेलवे का इतिहास पूर्णतः आनन्दमय नहीं कहा जा सकता। प्रारंभिक कठिनाइयाँ बहुत ही अधिक थीं। रेलवे की मरम्मत और पुनर्स्थापन की समस्या गंभीर थी जिसे दूर किया जाना आवश्यक था। रेलवे की आय में

जितनी वृद्धि हो रही थी उसकी अपेक्षा श्रम-लागत और वस्तुओं के मूल्य में अधिक तेजी से वृद्धि हो रही थी। पेट्रोल की राशनिंग में ढिलाई और अन्ततः उसकी समाप्ति के कारण पुनः रेलवे को सड़कों के साथ खुले रूप में प्रतियोगिता करनी पड़ी। वर्ष प्रतिवर्ष रेलवे का संचालन घाटे के साथ होता रहा और सन् 1956 के अन्त तक इसका कुल घाटा 120,000,000 पौंड हो गया था जिसकी पूर्ति सरकार द्वारा की जानी आवश्यक थी। सन् 1953 ई० में एक नया परिवहन अधिनियम (Transport Act) निर्मित किया गया जिसके अनुसार रेलवे प्रशासन को सुदृढ़ बनाया गया। इस अधिनियम के अनुसार **रेलों की व्यवस्था को 6 क्षेत्रीय परिषदों** (area boards) के जिम्मे सुपुर्द किया गया। **सन् 1962 ई० के परिवहन अधिनियम** (Transport Act) **के अनुसार अब रेलवे की व्यवस्था ब्रिटिश रेलवे मंडल** (British Railway Board) **के द्वारा की जाती है।** इस अधिनियम के अनुसार क्षेत्रीय परिषदों के बदले क्षेत्रीय रेलवे परिषदों की स्थापना की गयी है। ब्रिटिश रेलवे बोर्ड द्वारा इन परिषदों को अपने-अपने क्षेत्रों से रेलों की व्यवस्था का अधिकार दिया गया है।

इस प्रकार आज ब्रिटिश रेलवे सरकार के अधीन हैं और उनकी अवस्था में सुधार के निरन्तर प्रयास जारी हैं। **1947 के अधिनियम ने ब्रिटिश रेलवे इतिहास में एक नया मोड़ लाया और उसके स्वरूप को ही बदल दिया। यहाँ यह ध्यान में रखना चाहिए कि सन् 1947 के परिवहन अधिनियम** (Transport Act, 1947) **के निर्माण ने ब्रिटिश अर्थव्यवस्था द्वारा अपने एक महत्त्वपूर्ण सिद्धांत के परित्याग को चिह्नित किया है—रेलवे का रेलवे के साथ और रेलवे का अन्य परिवहन के साधनों के साथ प्रतियोगिता के सिद्धांत के परित्याग को** जिसे बनाए रखने के लिए 19वीं शताब्दी में संसद और सरकार द्वारा सतत प्रयास किए गए थे और जिसमें ढिलाई करने की अनुमति बीसवीं शताब्दी के प्रारंभिक वर्षों में संसद और सरकार द्वारा अनिच्छापूर्वक ही दी गई थी। **अब परिवहन प्रतियोगी नहीं हो सकता बल्कि वह एकाधिकारी हो गया–सरकार के स्वामित्व में एकाधिकार, फिर भी एकाधिकार।**

नौपरिवहन
(Shipping)

वाष्प शक्ति के आविष्कार ने नौपरिहवन में क्रांति ला दी। वाष्प शक्ति द्वारा संचालित नौपरिवहन ने आर्थिक परिस्थितियों में इस प्रकार परिवर्तन कर दिया कि समस्त विश्व ही एक ही बाजार-सा हो गया। इंगलैंड वाष्प-शक्ति का अग्रगामी तो था ही, वाष्प शक्ति चालित नौपरिवहन के क्षेत्र में भी यह अग्रगामी था। **इंगलैंड ने ही प्रथम बार वाष्प चालित स्टीमर का विकास किया था और उसने ही प्रथम बार माल ढोने वाले जहाजों का प्रचार किया था।** वाणिज्यिक रूप से अन्तरराष्ट्रीय यातायात के लिए नौपरिवहन का विकास के लिए ग्रेट ब्रिटेन ही प्रथमतः उत्तरदायी है। प्रारंभ में नौपरिवहन को नौवाहन अधिनियमों (Navigation Act) से प्रोत्साहन मिला था जो सन् 1381 से ही निर्मित होने प्रारंभ हुए थे। **इन अधिनियमों का मुख्य उद्देश्य ब्रिटिश नौपरिवहन का विकास करना था। किन्तु इनके उद्देश्य राजनीतिक और आर्थिक भी थे। राजनीतिक दृष्टिकोण से ये अधिनियम ग्रेट ब्रिटेन की राष्ट्रीय स्वतंत्रता की रक्षा करना चाहते थे और आर्थिक दृष्टिकोण से ये सामान ढोने से अधिक-से-अधिक आय प्राप्त**

करना और डचों की नौवाहन सर्वोच्चता को तोड़ना चाहते थे। सन् 1651 और 1660 में पारित नौवाहन अधिनियमों के स्पष्ट उद्देश्य ये ही थे। **प्रथमतः** वे इंगलैंड के जहाजों बेड़ों के लिए सुरक्षित क्षेत्र की व्यवस्था करना चाहते थे। **दूसरे,** वे इंगलैंड को एक वस्तु-वितरक देश बनाना चाहते थे जहाँ से विभिन्न देशों के लिए आवश्यक वस्तुएँ भेजी जातीं और **तीसरे,** वे औपनिवेशिक व्यापार में इंगलैंड को एकाधिकार देना चाहते थे। इसी कारण कुछ निश्चित व्यापारों के सम्बन्ध में विदेशी जहजों पर प्रतिषेध लगा दिया गया था। **क्रामवेल** (Cromwell) के समय में निर्मित सन् 1651 के नौवाहन अधिनियम में निर्धारित किया गया था कि इंगलैंड और उसके उपनिवेशों में एशिया, अफ्रिका और अमेरिका आदि में बनी हुई वस्तुएँ केवल उन्हीं जहाजों में लाई जा सकती है जिसके मालिक और अधिकांश नाविक अंग्रेज हों। सन् 1660 का अधिनियम तो इससे भी आगे गया और प्रावधान किया कि इंगलैंड और उसके उपनिवेशों में वस्तुओं का आयात और निर्यात केवल उन्हीं जहजों द्वारा हो सकता है जो इंगलैंड में निर्मित हुए हों। उसी वर्ष एक अन्य अधिनियम निर्मित किया गया जिसके अनुसार इंगलैंड के उपनिवेशों में उत्पादित की जाने वाली वस्तुएँ केवल इंगलैंड में ही पहले पहल भेजी जा सकती थीं और फिर वहाँ से किसी अन्य देश में। कालान्तर में यह भी व्यवस्था की गई कि इंगलैंड के उपनिवेशों में भेजी जानेवाली यूरोपीय वस्तुएँ इंगलैंड होकर ही भेजी जा सकती थीं अन्यथा उन पर कड़ा कर लगाया जानेवाला था। **इंगलैंड के तटीय व्यापार को केवल अंग्रेजी नौवाहकों के लिए सुरक्षित रखा गया।**

1660 के नौवाहन अधिनियम में 1663 ई॰ और 1696 ई॰ में संशोधन किए गए। **इन संशोधनों के अनुसार सभी विदेशी जहाजों को शत्रु जहाज घोषित कर दिया जाता था।** इन समस्त अधिनियमों का उद्देश्य अंग्रेजी जहाजी बेड़े को शक्तिशाली बनाना था और अंग्रेजी वाणिज्य को विकसित करना था। दूरस्थ क्षेत्रों में अंग्रेजी जहाजों को पहुँचाने के लिए प्रोत्साहन देने का उद्देश्य से यह व्यवस्था की गई थी कि जो वस्तुएँ यूरोप में नहीं निर्मित हुई हों उन्हें इंगलैंड में यूरोपीय देशों से नहीं मँगाया जा सकता। सन् 1707 के पश्चात् अंग्रेजी नौवाहन प्रणाली के नियम स्कॉटलैंड के साथ भी लागू कर दिए गए।

नौवाहन विधियों के परिणाम सामान्यतः यह हुए कि सामुद्रिक व्यापार में भी अंग्रेजी नौपरिवहन को प्रोत्साहन मिला। 17वीं एवं 19वीं शताब्दियों के बीच अंग्रेजी व्यापारी जहाजी बेड़ा संसार में सर्वोच्च स्थान प्राप्त कर लिया। किन्तु **नौवाहन विधियों के विरोधी यह तर्क देते हैं कि अंग्रेजी नौवाहन की सर्वोच्चता नौवाहन विधियों के कारण ही नहीं हुई बल्कि उनके बावजूद भी हुई**–(1) प्रथमतः यह कहा जाता है कि 17वीं शताब्दी में डचों की नौवाहनीय सर्वोच्चता अस्थायी ही थी।(2) दूसरे, ब्रिटिश नौपरिवहन का विकास व्यापार के विकास के कारण हुआ। कहा जाता है कि फ्रांस जैसे देशों में भी जहाँ पर नौवाहन विधियाँ नहीं थीं नौपरिवहन का विकास हुआ था। नवीन औपनिवेशिक क्षेत्रों के आविष्कार से व्यापार और भी बढ़ा और इस प्रकार नौपरिवहन भी। (3) तीसरे, इन आलोचकों ने कहा है कि नौवाहन नीति की कार्यशीलता बाल्टिक (Baltic) सागरीय व्यापार के साथ अच्छी प्रकार नहीं हो सकी। उस व्यापार में इंगलैंड को हानि हुई जबकि उसके प्रतियोगियों को प्रचुर लाभ हुआ। अंग्रेजी जहाजें इस व्यापार के लिए उपयुक्त नहीं थीं। किन्तु इन नौवाहन विधियों के अनुसार सन् 1662 के पश्चात् यह व्यापार भी अंग्रेजी जहाजों द्वारा ही किया जाना आवश्यक बनाया गया था। फलतः इंगलैंड को असुविधा हुई और यह व्यापार दूसरों

के हाथों में चला गया। अतः स्पष्ट है कि नौवाहन विधियाँ ही ब्रिटिया व्यापार को बढ़ाने के लिए उत्तरदायी नहीं थीं। (4) चौथे, यह भी कहा जाता है कि नौवाहन अधिनियमों द्वारा निर्मित नौवाहन नीति के कारण सामानों के लिए लिये जाने वाले भाड़े की दर में वृद्धि आवश्यक हो गई। फलतः अंग्रेजी वस्तुएँ विदेशी बाजार में महँगी पड़ने लगीं।

किन्तु इन आलोचकों के उत्तर में कहा जा सकता है कि यदि ये नौवाहन विधियाँ नहीं होतीं तो डच व्यापारी ब्रिटेन के परिवर्द्धित पूर्वीय व्यापार पर अपना आधिपत्य जमा लिये होते। ब्रिटिश व्यापार अवश्य बढ़ रहा था। किन्तु यह व्यापार विदेशी जहाजों द्वारा भी किया जा सकता था। इसलिए यह कहना कि परिवर्द्धित विदेशी व्यापार ही नौपरिवहन के क्षेत्र में ब्रिटिश सर्वोच्चता का रहस्य था महत्त्वहीन हो जाता है। वास्तविकता तो यह है कि ब्रिटिश नौपरिवहन अपने लिए विश्व में सर्वोच्च स्थान प्राप्त करने में फ्रांसीसी युद्धकाल में सफल हुआ था जब फ्रांसीसी और डच नौपरिवहन का विनाश कर दिया गया था। **सन् 1815 में ग्रेट ब्रिटेन नौपरिवहन के क्षेत्र में प्रतियोगीहीन हो गया था।** 18वीं शताब्दी के अन्त तक नौपरिवहन प्रणाली में इंगलैंड की अवस्था इतनी सबल हो गयी थी कि वह नौपरिवहन प्रणाली में इच्छानुकूल परिवर्तन कर सकने में समर्थ हो सका था। सन् 1796 और 1822 के बीच इन विधियों में कुछ ढिलाइयाँ की जा सकी थीं। सन् 1854 में इंगलैंड के तटीय व्यापार के द्वार को भी विदेशियों के लिए खोल दिया गया।

नौपरिवहन क्रांति के फलस्वरूप जलयान-निर्माण एवं वस्तु-परिवहन व्यापार में इंगलैंड ने विश्व में सर्वोच्च स्थान प्राप्त कर लिया। हम पहले ही कह चुके हैं कि 1870 के पश्चात् इंगलैंड की औद्योगिक तथा वाणिज्यिक सर्वोच्चता में ह्रास होने लगा था। किन्तु नौपरिवहन के क्षेत्र में वह अब भी सर्वोच्च स्थान प्राप्त किए हुए था। वस्तुतः नौपरिवहन के द्वारा ही इंगलैंड 1870 के पश्चात् और सन् 1914 तक अपने भुगतान-सन्तुलन को सुव्यवस्थित किए हुए था। अनुमानतः प्रथम विश्वयुद्ध के पूर्व इंगलैंड के जलयान निर्माण उद्योग एवं सामुद्रिक अभियांत्रिकी में लगभग 2 लाख श्रमिक कार्य कर रहे थे और 35 मिलियन पूँजी लगी हुई थी। **प्रथम विश्वयुद्ध के पूर्व इंगलैंड का जहाजी बेड़ा विश्व का सबसे बड़ा और सबसे सक्षम था।** वाष्प चालित जलयानों द्वारा किए जाने वाले समस्त विश्व व्यापार का 50 प्रतिशत अंग्रेजी जलयानों द्वारा किया जाता था। **मोटे रूप में सन् 1786 ई॰ के बाद ग्रेट ब्रिटेन में नौपरिवहन के विकास के इतिहास को निम्नलिखित पाँच कालों में विभाजित किया जा सकता है—**

1. प्रारंभिक विकास काल—सन् 1786 से 1854 तक;
2. वाष्प-चालित जहाज निर्माण का विकास काल—सन् 1854 से 1880 तक;
3. समृद्धि काल—सन् 1880 से 1914 तक;
4. अन्तरयुद्धीय (inter-war) काल अर्थात् दोनों विश्वयुद्धों के बीच का काल—1914 से 1939 तक; और
5. द्वितीय विश्वयुद्ध और उसके बाद—1939 ई॰ से अबतक।

1. प्रारंभिक विकास काल (1786 ई॰ से 1854 तक)—यह काल ग्रेट ब्रिटेन में आधुनिक जहाजरानी के विकास का आरंभ काल था। सबसे पहले 1886 ई॰ में **सीमिंगटन** (Symington) ने एक जहाजी इंजन का पेटेन्ट कराया तथा 1803 में अपनी पहली वाष्प-

चालित नौका का निर्माण किया। इसके बाद 1812 ई० में **हेनरी बेल** (Henery Bell) ने **कारमेट** नाम का एक छोटा जहाज बनाया। 1818 ई० तक वाष्प-चालित नावें तटीय समुद्रों में चलने लगीं। वाष्प चालित ईजन के साथ-ही-साथ इस्पात का जहाज बनाने का प्रयास भी किया गया। सबसे पहले सन् 1823 ई० में **मैनली** ने टेम्स नदी में अपनी इस्पात की नाव वाष्प शक्ति से चलायी। सन् 1830 से 1840 के बीच जहाज बनाने के दो कारखाने स्थापित हुए। 1833 ई० में **रॉयल विलियम** वाष्प चालित जहाज में बीस दिन की यात्रा करते हुए समुद्री मार्ग से अमेरिका पहुँचा। 1838 ई० से अतलांटिक सागर में तथा 1839 ई० में अन्य समुद्री मार्गों में नियमित रूप से जहाज चलने लगे तथा जहाजरानी से संबंधित कई कम्पनियों की स्थापना हुई। इस काल में नौवाहन विधियों में कुछ ढिलाई भी की गयी। सन् 1796 ई० में अमेरिका को अपने जहाजों द्वारा माल ले जाने की छूट दी गयी। बाद में कनाडा तथा ब्राजील को भी ये सुविधाएँ दी गयीं। उपनिवेशों को विदेशों से सीधा व्यापार करने की अनुमति दी गयी। फिर भी एशिया तथा अफ्रीका से ब्रिटिश जहाजों में ही माल ले जाया जा सकता था। डेनमार्क, स्वीडेन, हालैंड, रूस आदि देशों के साथ जहाजरानी-संबंधी संधियाँ की गयीं। सन् **1854 ई० में नौवाहन विधियाँ पूर्णरूप से समाप्त कर दी गयीं।**

2. वाष्पचालित जहाज-निर्माण काल (सन् 1854 से 1880 ई० तक)—इस काल में नौवाहन विधियों की समाप्ति से समुद्री परिवहन की आशातीत प्रगति हुई। 1850 ई० के पश्चात् लोहे के बड़े-बड़े जहाजों का निर्माण होने लगा। 1870 तक इंगलैंड के जहाज निर्माण उद्योग में 2 लाख श्रमिक कार्य करने लगे थे जो प्रतिवर्ष लगभग 50 मिलियन पौंड के जहाजों का निर्माण कर रहे थे। सन् 1860 ई० में ग्रेट ब्रिटेन के पास 6876 पुराने ढंग के जहाज तथा 447 स्टीमर थे। 1869 ई० में स्वेज नहर का निर्माण पूरा हुआ। इससे पूर्वी एशियाई देशों के साथ ब्रिटिश व्यापार में वृद्धि हुई। इस समय जहाज **दो प्रकार** के होते थे—एक तो **लाइनर** जो सामान्यतः यात्रियों को ढोते थे और जिनका समय तथा स्थान निश्चित रहता था तथा दूसरा **ट्रैम्प** जो भारवाहक होते थे।

3. समृद्धि काल (1880 से 1914 तक)—ग्रेट ब्रिटेन के आर्थिक इतिहास में यह काल **जहाज-निर्माण का स्वर्णयुग** माना जाता है। 1880 ई० के पश्चात् **बेसेमर** (Bessemer) तथा **सीमन्स** (Siemens) के प्रयासों के कारण इस्पात के जहाज बनाये जाने लगे। 1894 ई० में **पारसन** (Parsons) ने **टरबाइन** का आविष्कार किया। इस काल में जहाजों का बड़े पैमाने पर निर्माण किया जाने लगा तथा इंगलैंड का इस क्षेत्र में विश्व में सर्वोच्च स्थान हो गया। **साउथगेट** के अनुसार **''1890 ई० के पूर्व ब्रिटेन विश्व के कुल जहाजों के 80 प्रतिशत का निर्माण करता था तथा इसके पास 60 प्रतिशत जहाज थे।''**[1] किन्तु इस काल में फ्रांस, जर्मनी, रूस, डेनमार्क तथा अमेरिका आदि देशों में सरकारी सहायता से बड़े-बड़े जहाजों का निर्माण प्रारंभ किया जाने लगा। इस क्षेत्र में जर्मनी बहुत बाद में आया किन्तु वह शीघ्र ही ब्रिटेन का सबसे बड़ा प्रतियोगी हो गया। साथ ही, ब्रिटिश जहाजी कम्पनियों में आपसी प्रतिस्पर्द्धा प्रारंभ हुई। बढ़ती हुई प्रतिस्पर्द्धा को रोकने के लिए विभिन्न कम्पनियों ने आपस में समझौता किया तथा इनके द्वारा बिलम्बित छूट (deferred rabate) की प्रथा अपनाई गयी। विदेशी प्रतियोगिता को समाप्त करने के लिए एकीकरण की प्रवृत्ति भी जोरों पर थी। इसी अवधि में गोदी (dock) बनाने के कार्य

1. Southgate : *English Economic History*, p. 265

में भी विशेष प्रगति हुई। बड़े-बड़े जहाजों के ठहरने के लिए गोदियों का निर्माण किया जाने लगा। इस प्रकार **प्रथम विश्वयुद्ध के प्रारंभ में जहाजरानी के क्षेत्र में ग्रेट ब्रिटेन का सर्वश्रेष्ठ राष्ट्र था।** ग्रेट ब्रिटेन में 1913 ई॰ में जहाजों की संख्या इस प्रकार थी–

	जहाजों की संख्या	**टन-भार**
1000 टन से कम वजन वाले वजन	8,855	11,00,000
1000 टन से अधिक वजन वाले जहाज	3,747	1,12,73,000
कुल	12,602	1,12,73,000

प्रथम विश्व युद्ध तक जहाजरानी के क्षेत्र में ग्रेट ब्रिटेन की सर्वोच्चता के कई कारण थे। एक तो नये प्रकार के जहाज के निर्माण के एक शताब्दी पूर्व से ही इंगलैंड में आधुनिक तरीके के लोहा, इस्पात तथा कोयला आदि उद्योगों का विकास हो रहा था। **दूसरे,** जहाजरानी के विकास के लिए आवचश्यक पूँजी जुटाने में इंगलैंड के बैंकों ने भी महत्त्वपूर्ण योगदान किया था। **तीसरे,** समुद्री परिवहन संबंधी बीमा का कार्य भी ग्रेट ब्रिटेन में प्रारंभ हो गया था। इससे नौपरिवहन में जोखिम के प्रति सुरक्षा मिल गयी थी। इससे इनके विकास में काफी सहायता प्राप्त हुई। किन्तु **मुक्त व्यापार नीति के कारण प्रथम विश्व युद्ध के प्रारंभ तक ब्रिटिश सरकार ने जहाजरानी के विकास की ओर कोई जोर नहीं दिया।** हाँ, 1871 ई॰ में इनके निरीक्षण तथा जाँच के लिए व्यापार मंडल को अवश्य अधिकार दिया गया था तथा 1875 एवं 1876 में व्यापारी जहाजरानी अधिनियम (Merchant Shipping Act) द्वारा जहाजों के लिए कुछ नियम बनाये गये थे। 1894 ई॰ में जहाजरानी से संबंधित सभी सन्नियमों को संहिताबद्ध किया गया था।

4. अन्तरयुद्धीय काल (1914 से 1939 ई॰ तक)–प्रथम विश्वयुद्ध काल में जर्मनी की पनडुब्बियों ने ग्रेट ब्रिटेन के बहुत-से जहाजों को डुबो दिया। लगभग 80 लाख टन क्षमता के ब्रिटिश जहाज शत्रुओं द्वारा इस प्रकार नष्ट कर दिये गये। अतः देश में जहाजों की कमी हो गयी। जहाजों के भाड़े में अत्यधिक वृद्धि हो गई। 1916 ई॰ में सरकार ने जहाजरानी को अपने नियंत्रण में ले लिया। युद्ध में विनष्ट जहाजों की क्षमता की पूर्ति करने के लिए जहाजों के निर्माण को विशेष रूप से प्रोत्साहन दिया गया। युद्ध काल में जहाजों के वितरण के लिए मित्र-राष्ट्रों के बीच मित्र जहाजी बेड़ा परिवहन परिषद (' Allied Maritime Transport Council) की स्थापना की गयी। इसका प्रधान कार्यालय लन्दन में था। यह परिषद 1918 ई॰ में समाप्त हो गयी। प्रथम विश्व युद्ध काल में समुद्री परिवहन में ग्रेट ब्रिटेन के सापेक्ष महत्त्व में कमी हो गयी। इसके पास 1890 ई॰ में विश्व की कुल जहाजी क्षमता का 60 प्रतिशत भाग था जो घटकर 1914 ई॰ में 48 प्रतिशत तथा 1925 ई॰ में मात्र 37 प्रतिशत रह गया। निम्नांकित तालिका 1914 तथा 1925 ई॰ के बीच विश्व में प्रमुख राष्ट्रों में समुद्री परिवहन की स्थिति को स्पष्ट करती है।

देश	1914 ई॰	1925 ई॰	विश्व टन भार का प्रतिशत	
	(लाख टन)	(लाख टन)	1914	1925
सम्पूर्ण विश्व	425	588	100	100
ग्रेट ब्रिटेन	203	215	47.7	36.6
संयुक्त राज्य अमेरिका	18	116	4.3	19.7
जापान	16	37	3.9	6.3
जर्मनी	53	30	12.0	5.1

दोनों विश्वयुद्धों के बीच वाले काल में मन्दी तथा आर्थिक राष्ट्रीयता के अभ्युदय के कारण विश्व के विदेशी व्यापार की मात्रा में बहुत कमी हो गयी थी। ग्रेट ब्रिटेन के विदेशी व्यापार में तो इस अवधि में और भी कमी हो गई। इसका ब्रिटिश नौपरिवहन पर बहुत बुरा प्रभाव पड़ा। इस काल में जर्मनी की प्रतियोगिता तो समाप्त हो गयी किन्तु संयुक्त अमेरिका और जापान प्रतिद्वन्द्वी के रूप में उभर कर सामने आ गये। विश्व के पूर्वी क्षेत्र में जापान तथा अटलांटिक क्षेत्र में संयुक्त राज्य अमेरिका ने ब्रिटेन के सामुद्रिक व्यापार का एक बड़ा भाग हथिया लिया। इससे ब्रिटिश जहाजों को पर्याप्त मात्रा में व्यापार मिलने की कठिनाई होने लगी। ऐसी परिस्थिति में ब्रिटिश जहाजी कम्पनियों ने सरकार से सहायता की माँग की। सरकार ने 1935 ई० से जहाजी कम्पनियों को कर्ज एवं आर्थिक सहायता देना प्रारंभ किया।

5. द्वितीय विश्वयुद्ध और उसके बाद (1939 ई० से अब तक)—द्वितीय विश्व युद्धकाल में भी ब्रिटेन के बहुत-से जहाज जर्मनी तथा जापान द्वारा नष्ट कर दिये गये। इससे ग्रेट ब्रिटेन की नौपरिवहन शक्ति को बहुत गंभीर धक्का लगा। सरकार को इस युद्धकाल में भी जहाजी कम्पनियों को अपने नियंत्रण में लाना पड़ा। 1937 ई० में ब्रिटेन के पास विश्व के कुल टनभार का प्रायः 32 प्रतिशत भाग था जो 1947 ई० में घटकर प्रायः 25 प्रतिशत ही रहा गया। द्वितीय विश्व युद्ध के बाद ग्रेट ब्रिटेन के पास जहाजों की कमी हो गयी। अतएव जहाजों के पुनः निर्माण का प्रश्न उठा। परन्तु आवश्यक सामान तथा कुशल श्रमिकों के अभाव में इस क्षेत्र में कोई विशेष प्रगति नहीं हो सकी। फिर भी 1946 ई० से जहाज निर्माण का कार्य अति तेज से प्रारंभ हुआ तथा उस समय विश्व के कुल जहाज निर्माण का प्रायः 50 प्रतिशत भाग ब्रिटेन से ही निर्मित किया जाता था।[1] (More than half the ship-building that was going on in the world was taking place in British yard.) विदेशों से भी बहुत बड़ी मात्रा में जहाजों के लिए आदेश आने लगे। किन्तु संयुक्त राज्य अमेरिका, जर्मनी तथा जापान आदि देशों में जहाज निर्माण का कार्य बड़ी तेजी से प्रारंभ हुआ और 1956 ई० तक जापान जहाज-निर्माण के क्षेत्र में ब्रिटेन से भी आगे बढ़ गया। 1947 ई० में ब्रिटेन की जहाज-निर्माण क्षमता युद्ध के पूर्व वाले वर्षों में 50 प्रतिशत से घटकर 1957 ई० में केवल 20 प्रतिशत रह गयी। 1958 ई० के बाद ब्रिटेन की जहाजरानी ने पुनः उन्नति करना प्रारंभ किया। नीचे की तालिका[2] भिन्न-भिन्न समय में ग्रेट ब्रिटेन के झंडे के नीचे वाले समुद्री जहाजों की स्थिति को विश्व की कुल जहाज क्षमता के प्रतिशत के रूप में स्पष्ट करती हैं—

वर्ष	विश्व के कुल जहाजों का प्रतिशत
1890	60.0
1914	46.0
1920	36.0
1937	31.8
1947	24.6
1955	19.2
1966	13.2

1. Southgate : *English Economic History*, p. 270.
2. Southgate : Ibid, p. 268

वर्तमान समय में विश्व के कुल टन-भार (gross tonnage) समुद्री जहाज में से 13.2 प्रतिशत भाग जहाज ब्रिटेन में रजिस्टर्ड हैं। यद्यपि आज भी ब्रिटेन का व्यापारिक दस्ता विश्व में सबसे बड़ा सक्रिय दस्ता है तथापि इसे विश्व के अन्य देशों से बढ़ती हुई प्रतियोगिता का सामना करना पड़ रहा है। 1956 से 1966 ई॰ के बीच ब्रिटेन की व्यापारिक जहाजरानी में 10 प्रतिशत की वृद्धि हुई जबकि सम्पूर्ण विश्व की जहाजरानी में इस अवधि में 98 प्रतिशत की वृद्धि हुई थी।

1962 ई॰ में ब्रिटिश जहाजों से भाड़े इत्यादि के रूप में 59.8 करोड़ पौंड प्राप्त हुआ था जो ब्रिटेन के कुल अदृश्य निर्यात का 25 प्रतिशत भाग था। 30 जून, 1966 ई॰ को ब्रिटेन के कुल व्यापारिक जहाज 215 लाख कुल टन भार तक थे। **जहाजरानी से ब्रिटेन अपनी कुल विदेशी मुद्रा का सबसे बड़ा भाग अर्जित करता है।** सन् 1966 में जहाजों के भाड़े से 76.6 करोड़ पौंड प्राप्त हुए थे। जहाजरानी की व्यवस्था परिवहन मंत्रालय के द्वारा की जाती है। अगस्त, 1962 ई॰ में परिवहन मंत्री की अध्यक्षता में जहाजरानी सलाहकार दल (ShippingAdvisory Panel) की नियुक्ति की गयी थी जो ब्रिटिश जहाजों के सम्बन्ध में सलाह देता है। ग्रेट ब्रिटेन में प्रायः 300 बन्दरगाह हैं जिनके द्वारा 1966 ई॰ में 15.5 करोड़ टन आयात तथा 3.8 करोड़ टन निर्यात गुजरा था।

19वीं शताब्दी में इंगलैंड की नौपरिवहन क्रांति एवं सर्वोच्चता के कारण

1. इंगलैंड एक बहुत ही विशाल साम्राज्य का केन्द्र था जिससे इंगलैंड को कच्चा माल, खाद्यान्न आदि सरलतापूर्वक मिल जाते थे।
2. इंगलैंड का वाणिज्य और व्यापार बढ़ा था। प्रथम विश्व युद्ध के पूर्व विश्व के समस्त समुद्री व्यापार का 40 प्रतिशत व्यापार इंगलैंड के साथ होता था और विश्व के सामुद्रिक व्यापार का 52 प्रतिशत व्यापार अंग्रेजी जलयानों द्वारा किया जाता था।
3. इंगलैंड के पास कोयले का विशाल भंडार था जिसने वाष्पशक्ति उपलब्ध की और जो साथ ही विदेशी व्यापार का एक प्रमुख अंग था। इंगलैंड विदेशों को कोयला भेजता रहा है।
4. इंगलैंड में लोहा और इस्पात उद्योग का विकास हो चुका था।
5. इंगलैंड के समुद्र तट इस उद्योग के लिए अनुकूल थे।
6. अंग्रेजी जलयानों को सरकार द्वारा आर्थिक सहायता दी जाती थी।

किन्तु आर्थिक सहायता व्यापारी जलयानों को नहीं प्राप्त होती थी और केवल 3 प्रतिशत जलयानों को ही सहायता प्राप्त हो पाती थी। अधिकांश जलयान बिना सरकारी सहायता के ही निर्मित और संचालित किये जाते थे। वैयक्तिक पूँजीपति ही इनके विकास के लिए मुख्यतः उत्तरदायी थे।

ब्रिटिश नौपरिवहन की सर्वोच्चता का पतन

कालान्तर में इंगलैंड को नौपरिवहन में भी विदेशी प्रतियोगिता का सामना करना पड़ा। यह प्रतियोगिता गत शताब्दी के अन्तिम वर्षों में बढ़ने लगी। अतएव नौपरिवहन में नवीन तत्त्वों का समावेश हुआ। भाड़े की दर को निश्चित करने के लिए विभिन्न देशों के सम्मेलन होने लगे। सन् 1873 में नौपरिवहन में एक मन्दी आई जिसका अंग्रेजी नौपरिवहन

का बुरा प्रभाव पड़ा। मन्दी के फलस्वरूप नौपरिवहन उद्योग में संयोजन (combination) की प्रवृत्तियाँ दृष्टिगोचर होने लगीं। इस संयोजन का उद्देश्य प्रतियोगिता को कम कर भाड़े में होने वाले ह्रास को रोकना था। स्वेज नहर के खुल जाने से अनेक महत्त्वपूर्ण व्यापारी मार्गों की दूरी कम की जा सकी। स्थगित छूट (deferred rebate) प्रणाली का भी प्रयोग किया जाने लगा ताकि परिस्थितियों का सामना किया जा सके। इस प्रणाली की छान-बीन करने के लिए सन् 1923 में **साम्राज्य नौपरिवहन समिति** (Imperial Shipping Committee) नियुक्त की गई। इस समिति ने इस प्रणाली को हानिपूर्ण नहीं पाया।

जर्मनी के जहाजी बेड़े को शक्तिशाली हो जाने से इंगलैंड के नौपरिवहन को क्षति पहुँचने लगी। जर्मनी के नौपरिवहन को सरकारी सहायता प्राप्त हो रही थी। अतएव इंगलैंड में भी सरकार द्वारा नौपरिवहन के सम्बन्ध में हस्तक्षेपहीनता को छोड़कर नौपरिवहन को सहायता दिए जाने के लिए जोर दिया जाने लगा। अतः सन् 1909 और 1900 के बीच ब्रिटिश सरकार भी आर्थिक सहायता देने लगी। सन् 1902 में नौपरिवहन उपदान समिति(Committee on Shipping Subsicies) ने सुझाव दिया कि अन्तर्साम्राज्यीय (Inter-imperial) व्यापार को पुनः साम्राज्यीय जलयानों के लिए सुरक्षित रखा जाय। प्रथम युद्ध काल में पनडुब्बी (submarine) जहाजों द्वारा जर्मनी ने अंग्रेजी जलयानों को ध्वंस कर दिया। इसके अतिरिक्त युद्ध के पश्चात् अमेरिका नौपरिवहन के क्षेत्र में ग्रेट ब्रिटेन का प्रतिद्वन्द्वी हो गया। युद्ध के पश्चात् क्षति की पूर्ति की जा सकी। किन्तु पुनः अंग्रेजी नौपरिवहन को सन् 1930 की महान मन्दी से गंभीर आघात पहुँचा। महान मन्दी ने विश्व व्यापार के परिमाण को कम कर दिया। इस प्रकार नौपरिवहन के समक्ष भी गंभीर समस्याएँ उपस्थित हुईं। अनुमानतः सन् 1931-32 में विश्व व्यापार सन् 1929 का केवल 1/3 ही रहा गया था।

द्वितीय विश्व युद्ध में अँग्रेजी नौपरिवहन को और क्षति पहुँची। विभिन्न देशों की सरकारों ने अपने नौपरिवहन को आर्थिक सहायता देना प्रारंभ किया था। इस काल में जपापन ने भी नौपरिवहन को विकसित कर लिया जिसके साथ भी ग्रेट ब्रिटेन को प्रतियोगिता करनी पड़ी। फलतः प्रतियोगिता अत्यन्त गंभीर हो गयी। इस प्रवृत्ति को रोकने का प्रयास किया गया। **द्वितीय विश्व युद्ध के पश्चात् नौपरिवहन और जलयान-निर्माण उद्योग के परिमाण और गुण दोनों में सुधार हुआ।** जलयान निर्माण सम्बन्धी सांख्यिकी के अनुसार सन् 1946 में विश्व में जितना जलयान-निर्माण हुआ उसका 53 प्रतिशत केवल ग्रेट ब्रिटेन ने निर्मित किया था। सन् 1946 के अन्त तक जहाजी बेड़ों की सामान ढोने की समता 16,500,000 टन थी। ये सुधार श्रम-पूर्ति की कठिनाई और जलयान-निर्माण के लिए आवश्यक वस्तुओं के अभाव के बावजूद हुए। जलयान-निर्माण के लिए इस्पात की आवश्यकत पड़ती है। किन्तु इस्पात की खपत अन्य क्षेत्रों में भी अधिक थी और उनकी पूर्ति कोयले की अपर्याप्तता के कारण कम थी।

युद्धोत्तरकालीन ब्रिटिश नौपरिवहन की एक और विशेषता उल्लेखनीय है। भूतकाल में व्यापारी जहाजी बेड़ों में कार्य करने वाले श्रमिकों की दशाएँ संतोषजनक नहीं थीं। अतः मार्च सन् 1947 में इन कार्य-दशाओं को प्रमापीकृत (standardised) किया गया। इस प्रकार इन श्रमिकों के पारिश्रमिक, कार्य करने के घंटों, अवकाश की अवधियां, उचित निवास और पर्याप्त भोजन तथा नौकरी की निरन्तरता आदि से सम्बन्धित समस्त बातों को व्यवस्थित कर दिया गया। **यह व्यवस्था ब्रिटिश नौपरिवहन के इतिहास के एक नवीन अध्याय के प्रारंभ को चिह्नित करती है।**

नौपरिवहन पर सरकारी नियंत्रण
(State Control Over Shipping)

नौवाहन अधिनियमों को रद्द कर दिए जाने के पश्चात् ब्रिटिश नौपरिवहन पर सरकारी नियंत्रण अत्यन्त ही सामान्य रहा था। **वस्तुत: सन् 1849 और 1914 के बीच ब्रिटिश नौपरिवहन सरकारी नियंत्रण से मुक्त था** केवल उन विनियमनों को छोड़कर जो इस बात को सुनिश्चित करने से सम्बन्धित थे कि जलयान समुद्र में चलाये जाने के योग्य है अथवा नहीं। हमने पिछले पृष्ठों में देखा है कि रेल-पथ के सम्बन्ध में सरकार स्पष्टत: नियंत्रण कर रही थी। किन्तु नौपरिवहन के साथ ऐसी बात नहीं थी।**प्रारंभ में नौपरिवहन पर सरकारी नियंत्रण के अभाव के अनेक कारण थे।** (1) प्रथम, जैसी बात रेलवे कम्पनी के साथ थी उससे भिन्न नौपरिवहन कम्पनी के लिए संसदीय संमोदन (parliamentary sanction) प्राप्त करना आवश्यक नहीं था क्योंकि इन्हें सड़क बनाने के लिए भूमि क्रय करने की आवश्यकता नहीं थी। जलयान भूमि पर नहीं, समुद्र के पानी पर चलते हैं जो सबके लिए उपलब्ध है। रेलवे के साथ ऐसी बात नही थी। (2) द्वितीय कारण यह था कि नौपरिवहन को प्रारंभ करने के लिए रेलवे का निर्माण करने की अपेक्षा कम पूँजी की आवश्यकता पड़ती थी। नौपरिवहन में अत्यधिक प्रतियोगिता थी जिस पर भरोसा किया जा सकता था। (3) तृतीय कारण ब्रिटिश नौपरिवहन की विदेशी नौपरिवहन के साथ कड़ी प्रतियोगिता था। ब्रिटिश रेलवे को विदेशियों से प्रतियोगिता नहीं करनी पड़ती थी। इस कारण विदेशी प्रतियोगिता का सामना करने के लिए ब्रिटिश जलयान के मालिकों को भाड़े आदि की दर को निर्धारित करने में स्वतंत्रता रहनी आवश्यक थी। (4) चतुर्थ कारण नौपरिवहन को नियंत्रित करने में व्यावहारिक कठिनाइयाँ थीं। यदि सरकार भाड़े आदि की दर को नियंत्रित करने के सम्बन्ध में विस्तृत विनियमन करती तो उनकी अवहेलना करना नौपरिवहन के लिए सरल था और रेलवे के लिए कठिन। रेलवे देश के अन्दर ही कार्य करते हैं और उन्हें सरलतापूर्वक नियंत्रित किया जा सकता है। किन्तु जलयान विदेशों में भी जाया करते हैं और वर्षों तक वे देश के बाहर ही रह सकते हैं। सरकार की आँखों से दूर होने के कारण उनका निरीक्षण और नियंत्रण सरल नहीं है। जलयान देश के बाहर रह कर भी एक देश से दूसरे देश में समान ढो सकते हैं और विभिन्न दरों से भाड़ा वसूल कर सकते हैं। ये समस्त तत्त्व ब्रिटिश नौपरिवहन में वैयक्तिक साहस एवं सरकारी नियंत्रण के अभाव के लिए उत्तरदायी थे। इसलिए **19वीं शताब्दी में नौपरिवहन और रेलवे के इतिहास एक दूसरे से भिन्न रहे हैं। रेलवे के सम्बन्ध में कड़ा नियंत्रण था और नौपरिवहन के सम्बन्ध में स्वतंत्रता।**

नौपरिवहन अधिनियमों को रद्द किए जाने की चर्चा हम लोगों ने पहले ही की है। सन् 1850 के पश्चात् **ब्रिटिश नौपरिवहन में एक क्रांति आयी जिसमें दो महत्त्वपूर्ण तत्त्व थे: एक तो** नौपरिवहन में वाष्पशक्ति का प्रयोग और, **दूसरे,** लोहे के बदले इस्पात के बने जलयानों का निर्माण। ये ही नौपरिवहन क्रांति को चिह्नित करते हैं। ब्रिटिश सरकार नौपरिवहन के सम्बन्ध में प्रतिबन्धनकारी (restrictionist) नीति न अपनाकर एक विकासीय नीति अपनायी थी। जलयानों को खेने के बदले वाष्पशक्ति द्वारा संचालित किए जाने के लिए सरकार ने आर्थिक अनुदान देकर सहायता पहुँचायी थी। उदाहरणार्थ सन् 1840 में ब्रिटिश सरकार ने इस कार्य के लिए **ब्रिटिश एण्ड नार्थ अमेरिकन रॉयल मेल स्टीम पाकेट कम्पनी** को 8,100 पौंड का उपदान (subsidy) देकर आर्थिक सहायता पहुँचाई थी। पेनिन्सुलर एण्ड ओरिएण्टल स्टीम नेविगेशन कम्पनी को प्रतिवर्ष 2,10,000 पौंड आर्थिक सहायता प्राप्त हो रही थी।

किन्तु **नौपरिवहन के सम्बन्ध में नियंत्रण के अभाव के कारण कई प्रकार की बुराइयाँ आ गयीं।** जलयानों को बिना ठीक-ठीक जाँच किए ही समुद्र में भेज दिया जाता था। उनके डूब जाने से जान-माल की क्षति होती थी। जलयान के मालिकों में कम-से-कम व्यय कर अधिक-से-अधिक लाभ प्राप्त करने की प्रवृत्ति आ गयी। उनके आवश्यकता से अधिक सामान लाद दिया जाता था और कभी कभी अधिक-से-अधिक राशि का बीमा कराकर उन्हें इस उद्देश्य से समुद्र में भेज दिया जाता था कि वे समुद्र में डूब जाएँगे और बीमा द्वारा अधिक धन मिल जाएगा। इस बात की चेष्टा में वे भूल जाते थे कि ऐसी दशा में वस्तुओं के अतिरिक्त नाविकों के प्राण भी चले जाते थे। अतः नौपरिवहन पर कुछ नियंत्रण के उद्देश्य से सन् 1871 में **बोर्ड ऑफ ट्रेड** (Board of Trade) को कुछ शक्तियाँ दी गयीं। किन्तु ये शक्तियाँ अपर्याप्त थीं। सन् 1873 में उनमें वृद्धि की गयी।

सन् 1875 और 1876 में पारित मरचेण्ट शिपिंग एक्टों के द्वारा उन जलयानों के मालिकों पर अर्थदण्ड लगाया जाना निश्चित किया गया जो जलयानों की बिना जाँच-पड़ताल किए ही उन्हें समुद्र में भेज देते थे। सामान लादने के लिए भी सीमा निर्धारित कर दी गयी। नौपरिवहन पर इस प्रकार के नियंत्रण करने के प्रति **सैमुएल प्लिमसल** (Samual Plimsoll) सबसे अधिक उत्साही था जिसने इस सम्बन्ध में सबसे अधिक जनमत को आकर्षित किया था और एक **राजकीय आयोग** (Royal Commission) की नियुक्ति करवायी थी। किन्तु तब भी सरकार जब उसके आग्रह को नहीं मानी थी तो उसने एक विधेयक को संसद में प्रस्तुत किया था। किन्तु सरकारी समर्थन नहीं होने से वह पारित नहीं हो सका था। फिर भी कुछ ही दिनों पश्चात् जनमत के दबाव के कारण सन् 1875 और 1876 में इस सम्बन्ध में व्यवस्था करने के लिए सरकार को बाध्य होना पड़ा था। **प्लिमसल के उत्साह के कारण ही सरकारी भार रेखा (load line) को प्लिमसल रेखा कहा जाता है।** सन् 1894 में पुनः मरचेन्ट शिपिंग एक्ट (Mercant Shipping Act) इस सम्बन्ध में पारित किया गया जिसने नौपरिवहन पर सरकारी नियंत्रण को और भी बढ़ा दिया। सन् 1930 की महान मंदी का ब्रिटिश नौपरिवहन पर गहन आघात हुआ था। इसलिए सन् 1935 में पारित ब्रिटिश शिपिंग असिस्टेन्स एक्ट के अनुसार सरकार उन्हें आर्थिक सहायता देने लगी। नौपरिवहन के लिए उचित शर्तों पर ऋण देने की व्यवस्था भी सरकार कर रही है।

वायु परिवहन
(Air Transport)

ग्रेट ब्रिटेन में सबसे पहले **सन् 1911 ई० में पंचम जार्ज के राज्याभिषेक के अवसर पर हवाई जहाज से डाक ले जाने का कार्य प्रारंभ हुआ। 25 अगस्त, 1919 ई० को नागरिक उड्डयन का प्रथम उद्घाटन लंदन तथा पेरिस के बीच किया गया।** 1919 ई० में ही **जान अलकर्क** तथा **आर्थर** ने अटलांटिक महासागर पार किया तथा **रोस स्मिथ** ने इंगलैंड तथा आस्ट्रेलिया के बीच पहली उड़ान पूरी की। सन् 1922 ई० में चार छोटी-छोटी ब्रिटिश कम्पनियों को मिलाकर **इम्पीरियल एयरवेज लिमिटेड** (Imperial Airways Limited) नामक एक बड़ी कम्पनी का निर्माण किया गया। इस नयी कम्पनी को सरकार ने अगले 10 वर्षों में दस लाख पौंड का अनुदान दिया। सन् 1924 ई० में 28,350 उड़ानें भरी गयीं जिनके द्वारा 50 लाख मील की दूरी तय की गयी तथा 57,222 यात्री और 541 टन सामान ले जाया गया। सन् 1929 ई० में इंगलैंड तथा भारत, 1931 ई० के मध्य अफ्रिका,

1934 ई॰ में ट्रांस आस्ट्रेलिया तथा 1939 ई॰ में अटलांटिक वायु सेवाएँ प्रारंभ की गयीं। सन् 1939 ई॰ में **ब्रिटिश ओवरसिज एयरवेज कॉरपोरेशन एक्ट** के अनुसार **ब्रिटिश ओवरसीज एयरवेज कॉरपोरेशन** (British Overseas Airways Corporation) नामक एक राजकीय संस्था की स्थापना की गयी जिसे 1940 ई॰ में इम्पीरियल एयरवेज लिमिटेड तथा ब्रिटिश एयरवेज लिमिटेड की व्यवस्था सौंप दी गयी। 1946 ई॰ के **नागरिक उड्डयन अधिनियम** (Civil Aviation Act) के अनुसार ब्रिटिश यूरोपीयन एयरवेज़ नामक एक पृथक् राजकीय निगम की स्थापना की गयी जो यूरोप तथा इंगलैंड के बीच नागरिक उड्डयन सेवाओं की व्यवस्था करता है। इन दोनों विशाल निगमों के अतिरिक्त 30 छोटी-छोटी वायु परिवहन कंपनियाँ हैं जो छोटे पैमाने पर हवाई यातायात की व्यवस्था करती हैं। वायु परिवहन के विकास का कार्य उड्डयन मंत्रालय (Minnistry of Aviation) के द्वारा किया जाता है। 1946 ई॰ में **वायु परिवहन सलाहकार परिषद** (Air Transport Advisory Council) की स्थापना की गयी। किन्तु 1960 ई॰ में इसके बदले **वायु परिवहन अनुज्ञाप्ति मंडल** (Air Transport Licencing Board) की स्थापना की गयी। यह बोर्ड निगमों तथा निजी चालक कम्पनियों को हवाई सेवाओं की व्यवस्था के लिए अनुमति देता है। 30 मार्च 1961 ई॰ से स्वतंत्र कम्पनियाँ भी नयी लाइनों की अनुमति के लिए आवेदन-पत्र दे सकती हैं। उनके आवेदन-पत्र पर विचार करते समय निगमों के साथ किसी प्रकार का पक्षपात नहीं किया जाता है। सन् 1959 से 1966 ई॰ के बीच ब्रिटिश वायु यातायात की कुल टन-भार क्षमता में तीन गुना से भी अधिक वृद्धि हुई। **वायु परिवहन की दृष्टि से ब्रिटेन आजकल विश्व के 4 प्रमुख राष्ट्रों में से एक है।** 1969 ई॰ में 90 राष्ट्रों के व्यापारिक हवाई जहाजों द्वारा तय की गयी पैसेंजर मीलों का 15 प्रतिशत ब्रिटिश जहाजों द्वारा तय किया गया था। 1966 ई॰ में 181 लाख यात्री इसकी जहाजी कम्पनियों से आये गये जबकि समुद्री रास्ते से केवल 48 लाख व्यक्ति ही आये-गये थे। इसके ब्रिटेन की परिवहन व्यवस्था में वायु परिवहन का महत्त्व स्पष्ट हो जाता है।

परिवहन क्रांति के परिणाम

1. उद्योगों और व्यापार का तीव्र विकास—ब्रिटिश उद्योगों के लिए कच्चे माल को सस्ता कर और नवीन विदेशी बाजारों के लिए द्वार खोल कर वाष्प परिवहन ने ग्रेट ब्रिटेन को विश्व की कर्मशाला बनने में महत्त्वपूर्ण सहायता पहुँचाई। **स्टाक्टन और डार्लिंगटन रेलवे** पूर्ण हो जाने पर कोयले का मूल्य अत्यन्त ही कम हो गया। उसका मूल्य 18 शिलिंग प्रति टन से घट कर केवल 8 शिलिंग प्रति टन हो गया। फलतः औद्योगिक शक्ति अत्यन्त ही सस्ती हो गयी और उद्योगों तथा व्यापार का तीव्रतर विकास हुआ।

2. अन्य देशों में रेलवे को प्रोत्साहन—ग्रेट ब्रिटेन की परिवहन क्रांति ने संसार के अन्य देशों में भी रेलवे का विकास को प्रोत्साहन दिया और सहायता प्रदान की।

3. लोहा और इस्पात उद्योग के विकास को प्रोत्साहन—संसार के दूसरे देशों से ब्रिटेन की रेलवे की वस्तुओं, विशेषतः अभियंत्रों एवं डिब्बों के लिए माँग की गयी। इसका अर्थ लोहा और इस्पात उद्योग का तीव्र गति से विकास हुआ।

4. भारी वस्तुओं के परिवहन की सुविधा—परिवहन क्रांति ने भारी वस्तुओं को दूरस्थ क्षेत्रों में तीव्र गति से ले जाना संभव बनाया।

5. औद्योगिक नगरों का तीव्र विकास—वाष्प परिवहन के द्वारा खाद्यान्नों को

शीघ्रता के साथ गाँवों से नगरों में ले जाना संभव हो सका जिसके परिणामस्वरूप औद्योगिक नगरों का विकास भी तीव्र गति से होने लगा।

6. आर्थिक क्रियाएँ अधिक व्यापक हो गयीं—तीव्रतर और अपेक्षाकृत सस्ती परिवहन सुविधाओं की उपलब्धि ने नवीन तथा व्यापाक आर्थिक क्रियाओं को प्रोत्साहन दिया।

7. वित्तीय संस्थाओं के विकास को प्रोत्साहन—आर्थिक क्रियाओं को व्यापक और जटिल हो जाने के कारण नवीनतर वित्तीय संस्थाओं की आवश्यकता हुई। ग्रेट ब्रिटेन इस क्षेत्र में भी पीछे नहीं था। उसके बैंक, बीमा कम्पनियाँ आदि विभिन्न वित्तीय परिवर्तित परिस्थितियों के अनुसार अपना विकास तथा परिवर्तन कर लीं और शीघ्र ही ग्रेट ब्रिटेन विश्व का वित्तीय केन्द्र बन गया।

8. नवीन आर्थिक साम्राज्यवाद का उदय (*emergence of new economic imperialism*)—परिवहन क्रांति द्वारा उत्पन्न की गयी गला-घोंट प्रतियोगिता के कारण कच्चे माल को प्राप्त करने के लिए तथा निर्मित वस्तुओं के लिए बाजार के लिए नवीन संघर्ष हुआ। **परिवहन क्रांति के फलस्वरूप यूरोपीय देशों के तीव्र औद्योगिक विकास के कारण नवीन भू-क्षेत्रों की खोज प्रारंभ हुई। ग्रेट ब्रिटेन और अन्य यूरोपीय देश उन देशों की खोज में लग गये जो अभी तक दासत्व से मुक्त थे। उपनिवेशों को नवीन महत्त्व प्राप्त हुआ और ग्रेट ब्रिटेन भी निराशामय वीतरागत्व की अवस्था से उठ खड़ा हुआ जिसमें वह अमेरिकी स्वातंत्रत्र्य युद्ध में अमेरिका से बुरी तरह हार कर पड़ा हुआ था।** नवीन आर्थिक साम्राज्यवाद के लिए नवीन स्फूर्ति मिली। एक ऐसे समय में जब अन्य यूरोपीय देश संरक्षणनात्मक नीति को अपनाए हुए थे, ग्रेट ब्रिटेन मुक्त व्यापार नीति का अनुसरण कर रहा था जो उसके आर्थिक हितों के लिए विनाशकारी सिद्ध हो रही थी। 19वीं शताब्दी के अन्तिम वर्षों में **जोसेफ चैम्बरलेन** ने अदम्य उत्साह के साथ **'खुले द्वार'** (open door) की नीति पर सफल प्रहार करना प्रारंभ किया। इस प्रकार **आदम स्मिथ** (Adam Smith) के **विश्व अर्थशास्त्र** (world economics) के आदर्श से मुक्त होकर ग्रेट ब्रिटेन ने अपनी वाणिज्य नीति में **नवीन साम्राज्यवाद** (new constructive imperialism) की भावना का समावेश किया।

9. हस्तक्षेपहीन नीति का त्याग—कालान्तर में विशेषकर 19वीं शताब्दी के अन्तिम चतुर्थांश में परिवहन क्रांति का ग्रेट ब्रिटेन पर हानिपूर्ण प्रभाव पड़ने लगा। **जिन रेलपथों ने सन् 1850 के पश्चात् ब्रिटिश कृषि के लिए स्वर्ण-युग लाया था उन्होंने ही उसके लिए 1870 के पश्चात् विनाश भी लाना प्रारंभ किया।** 1870 के पश्चात् ग्रेट ब्रिटेन की कृषि में महान मंदी आयी। परिवहन के सरल साधनों के कारण संयुक्त राज्य अमेरिका और रूस के सस्ते खाद्यान्नों की ग्रेट ब्रिटेन के बाजारों में बाढ़-सी गयी। कृषि वस्तुओं का मूल्य अत्यन्त ही कम हो गया और ब्रिटिश कृषकों के लिए जीवन-मृत्यु की समस्या उपस्थित हो गयी। कुछ समय पश्चात् इसी मन्दी का अनुभव ब्रिटेन के उद्योगों को भी हुआ। इनके अतिरिक्त, औद्योगिक क्रांति के कारण ब्रिटेन के देशी और विदेशी व्यापार पर धीरे-धीरे संयुक्त राज्य अमेरिका और जर्मनी जैसे नवीन औद्योगिक देशों का अधिकार जमने लगा और ब्रिटेन के उद्योगों के लिए बाजार घटने लगा। उनके बीच प्रतियोगिता बढ़ गई। **वास्तव में अब ग्रेट ब्रिटेन विश्व की कर्मशाला नहीं रह सका था।** यद्यपि वस्तुओं के परिवहन के लिए अब भी इसका बराबरी करने वाला नहीं था—कम-से-कम प्रथम विश्व-युद्ध तक।

हस्क्षेपहीन नीति के त्याग के कारण (reasons for the over-throw of the laissez faire policy)—परिवहन क्रांति का कृषि, उद्योग एवं व्यापार पर इतना गहरा प्रभाव पड़ा कि ब्रिटिश सरकार चुपचाप नहीं बैठ सकी। इन परिवर्तित परिस्थितियों में हस्तक्षेपहीन नीति को अपनाकर दूर से तमाशा देखना उसके लिए कठिन हो गया। 19वीं शताब्दी के अन्तिम वर्षों में कृषकों ने इस नीति के विरुद्ध आवाज उठानी प्रारंभ की और उद्योगपतियों ने भी इस नीति पर प्रहार करने में **जोसेफ चैम्बरलेन** (Joseph Chamberlian) का साथ दिया। ब्रिटिश सरकार द्वारा हस्तक्षेप-रहित नीति के त्याग के और भी अनेक थे। **इस समय तक कर्मचारियों के एक नवीन सबल वर्ग का अर्थात् परिवहन कर्मचारियों का जन्म हो चुका था जो हड़ताल द्वारा समस्त अर्थ-व्यवस्था को ठप्प कर सकते थे।** बहुधा अपने नियोजकों के प्रतिरोध में रहते हुए वे कभी-कभी कुछ बातों को आर्थिक संकट (crisis) तक पहुँचा सकने में समर्थ थे। इसलिए सरकारी हस्तक्षेप आवश्यक हो गया। इसके अतिरिक्त ग्रेट ब्रिटेन में उद्योगों के अनेक संयोजन (combination) होने लगे थे और एकाधिकार प्राप्त कर लेने की प्रवृत्ति अत्यन्त ही प्रबल हो गयी थी जिसके कारण जनकल्याण को धक्का पहुँचने लगा था। इसलिए भी सरकार को हस्तक्षेप करने के लिए बाध्य होना पड़ा। यही नहीं, कभी-कभी तो औद्योगिक इकाइयों में एक दूसरे पर नियंत्रण प्राप्त कर लेने की प्रवृत्ति हो गयी और कभी-कभी वे आत्मविनाशी (self-destructive) नीतियों का अनुसरण करने पर तुल जाती थीं। उनमें बहुधा गलाघोंट प्रतियोगिता भी होने लगी थी। **बड़ी-बड़ी औद्योगिक इकाइयों की इस प्रवृत्ति के कारण उपभोक्ता की सार्वभौमिकता** (consumer sovereignty) **एक पहेली बन गयी थी।** उपभोक्ता इन विशालकाया औद्योगिक इकाइयों के आगे असहाय प्राणी बन गया था। अपनी अवस्था में सुधार के लिए वह सरकार का शरणागत हो चुका था। सरकार को विवश होकर व्यष्टिवादी नीति का त्याग कर इन हरकतों को नियंत्रित करना पड़ा ताकि वस्तुओं का मूल्य कम रखा जा सके। व्यापारी वर्ग भी वस्तुओं के आयात-निर्यात और परिवहन के लिए परिवहन सत्ताओं विशेषतः रेलवे रेलवे की सत्ताओं की मर्जी पर हो गया था और वस्तुओं के परिवहन के लिए उसे अधिक भाड़ा देने के लिए विवश होना पड़ रहा था। इसके साथ नहरों की सत्ताएँ रेलवे के एकाधिकार को समाप्त करने के लिए हलचल मचा रही थीं। ऐसी परिस्थितियों में ब्रिटिश सरकार के लिए हस्तक्षेपरहित नीति का अनुसरण करना असंभव हो गया।

मानक प्रश्न

1. Discuss the role of transport in the economic development of Britain.
   ब्रिटेन के आर्थिक विकास में यातायात के महत्त्व का विवेचना कीजिए।
2. "The general result of the growth of the mechanical transport after 1870 were revolutionary." Briefly indicate these results and discuss the resulting changes in British foreign trade. **(Raj U. 1959)**
   "1870 ई॰ के बाद यांत्रिक यातायात के विकास के सामान्य परिणाम क्रांतिकारी थे।" इन परिणामों की संक्षिप्त व्याख्या कीजिए तथा इसके परिणामस्वरूप विदेशी व्यापार में परिवर्तनों की व्याख्या कीजिए।
3. Describe the effects of the revolution in transport on the economic development of Great Britain during the second half of 19th century. **(B.U., B. Com. 1955A)**

4. उन्नीसवीं शताब्दी के उत्तरार्द्ध में ग्रेट ब्रिटेन के आर्थिक विकास पर परिवहन क्रांति के प्रभावों की व्याख्या करें।
5. इंगलैड में रेलवे या नहर यातायात के विकास की आलोचनात्मक व्याख्या कीजिए। इंगलैंड के आर्थिक जीवन पर इनके क्या प्रभाव पड़े ? **(Punjab, B. Com. 1969)**
6. इंगलैड में नहर यातायात के ह्रास के कारणों की व्याख्या कीजिए। **(Punjab, B. Com. 1961)**
7. अठारहवीं तथा उन्नीसवीं शताब्दियों में ब्रिटेन के सड़कों के विकास की संक्षिप्त व्याख्या करें।
8. "1873 से 1894 के बीच रेलों के विकास की प्रमुख विशेषता राज्य द्वारा रेलों के नियंत्रण में वृद्धि है।" इस कथन की व्याख्या करें। रेलवे के राष्ट्रीयकरण के पक्ष में तर्क की व्याख्या करें। **(B.U.B.A. (H) 1962)**
9. उन्नीसवीं शताब्दी में इंगलैंड में जहाजरानी के विकास की संक्षिप्त व्याख्या करें। **(Patna, B.A. Hons. 1956)**
10. ब्रिटेन के जहाजरानी उद्योग के विषय में आप क्या जानते हैं ? आधुनिक ब्रिटेन के निर्माण में यह कहाँ तक उत्तरदायी रहा ? **(Raj. U. 1961, 1960)**
11. उन्नीसवीं शताब्दी में ब्रिटिश उद्योगों के विकास में जहाजरानी के विकास ने क्या सहायता दी ? औपनिवेशिक साम्राज्य के रूप में ब्रिटेन के गठन में इसका क्या योगदान रहा है ?
12. ग्रेट. ब्रिटेन में रेलवे विकास के परिणामों का वर्णन कीजिए। **(Bhag. U. B. A. Hons. 1979)**

❑

अध्याय 9

ब्रिटिश श्रमिक संघ आन्दोलन

(BRITISH TRADE UNION MOVEMENT)

श्रमिक संघ आन्दोलन एक अर्वाचीन विकास है। मध्ययुग में निःसन्देह कुछ गिल्ड रहा करते थे। किन्तु वें शिल्पियां के संघ थे जिनमें नियोजक भी होते थे और श्रमिक भी। गिल्ड सम्पूर्ण शिल्प का विनियमन करता था। किन्तु दूसरी ओर श्रमिक संघ मुख्यतः श्रमिकों के संघ हैं जो उनके हितों की रक्षा करते हैं। **ब्रिटिश संघीय आन्दोलन के विकास को हम पाँच कालों में बाँट कर उसका अध्ययन कर सकते हैं।**

1. जन्म काल
(The Period of Birth)

प्रारंभ में **श्रमिक संघों को इंगलैंड की सामान्य विधि** (Common Law) **के सिद्धांत का विरोधी माना जाता था।** दूसरे शब्दों में, वे व्यापार बाधक षड्यंत्र (conspiracy in restraint of trade) समझे जाते थे। निःसंदेह वैयक्तिक रूप से श्रमिक स्वेच्छया किसी अवस्था विशेष में कार्य करना अस्वीकार कर सकते थे। किन्तु यदि वे मजदूरी अथवा कार्य के घंटे को नियंत्रित करने के लिए संघ बनाते थे तो उन्हें दण्ड मिलता था। यद्यपि ये विधियाँ और नियम मालिकों के साथ भी लागू होने वाले थे तथापि उन्हें सामान्यतः केवल श्रमिकों के साथ ही लागू किया जाता था। **अधिक मजदूरी तथा कार्य के कम घंटे की माँग पर प्रतिबन्ध था।** 1563 ई॰ के विधान द्वारा शान्ति न्यायाधीशों (justices of peace) को अधिकतम मजदूरी तय करने का अधिकार दिया गया। **1720 और 1725 के विधानों द्वारा श्रम संगठन बनाने पर रोक लगा दी गयी थी।** तत्कालीन प्रचलित आर्थिक सिद्धांत श्रमिक संघों के प्रति सरकार की मनोवृत्ति को प्रभावित किए हुए थे। **मजदूरी निधि सिद्धांत** (Wages Fund theory) की स्वीकृति के फलस्वरूप यह धारणा कार्य कर रही थी कि **किसी उद्योग विशेष में श्रमिक संघ का अस्तित्व अन्य उद्योगों के श्रमिकों के हितों के प्रतिकूल था क्योंकि इस सिद्धांत के अनुसार मजदूरी एक निश्चित निधि से दी जाती है जिसे मजदूरी निधि कहा जाता है। इस प्रकार यदि श्रमिकों का कोई समूह संघ बनाकर अपनी मजदूरी को बढ़ा सकने में सफल हो सका तो मजदूरी की निधि निश्चित होने के कारण अन्य मजदूरों की मजदूरी कम हो जायेगी**, ऐसी धारणा थी। फिर भी यह नहीं समझना चाहिए कि इस क्षेत्र में श्रमिकों के संगठित प्रयास का औद्योगिक क्रांति के पूर्वकाल में पूर्णतः अभाव था। 17वीं शताब्दी में भी श्रमिकों के कुछ संघ थे जो अपनी लड़ाकू प्रवृत्तियों के लिए विख्यात थे।

परन्तु औद्योगिक क्रांति के प्रारंभ में परिस्थितियों में परिवर्तन हो गया।**कारखाना प्रणाली के कारण औद्योगिक केन्द्रों में हजारों-हजार की संख्या में मजदूर कार्य करने लगे।**

इससे इन्हें अपनी समस्याओं पर पारस्परिक रूप में विचार-विनिमय करने का अवसर प्राप्त हुआ। प्रारंभ में इन औद्योगिक केन्द्रों का जीवन अत्यन्त कष्टदायक था। श्रमिकों को औद्योगिक केन्द्रों के गन्दे वातावरण में 12-14 घंटे प्रतिदिन तक कार्य करना पड़ता था। उद्योगों के प्रबन्ध में भी इनकी कोई आवाज नहीं थी। इस प्रकार उन्नीसवीं शताब्दी के प्रारंभ में श्रमिकों की स्थिति बड़ी दयनीय हो गयी थी। **प्रो॰ आग और शार्प** (Ogg and Sharp) के अनुसार **'19वीं शताब्दी का एक महान कार्य श्रम को नयी विपत्ति से बचाना था जिसमें वह औद्योगिक परिवर्तन के दबाव में ला दिया गया था। इसमें कार्य करने वाले लोगों के कार्य के घंटे, उनकी मजदूरी और उनके नियोजन की दशाएँ ही सन्निहित नहीं थी बल्कि इनके आवास, शिक्षा, बीमारी और बुढ़ापे में उनकी राहत, मनुष्य के रूप में उनकी सामाजिक पद-प्रतिष्ठा भी संलिष्ट थीं।'**

पहले उद्योगों के नियंत्रण के संबंध में कुछ विधान लागू अवश्य होते थे। किन्तु **आदम स्मिथ** तथा **मुक्त व्यापार नीति** के अन्य समर्थकों के प्रयासों के परिणामस्वरूप सरकार ने इन नियंत्रणों को 1813-14 ई॰ तक हटा दिया था। इससे श्रमिकों की स्थिति और भी चिन्ताजनक हो गयी। फिर भी **अठारहवीं शताब्दी के अन्त में श्रमिक संघ आन्दोलन को प्रोत्साहित करनेवाली विभिन्न परिस्थितियाँ कार्य कर रही थीं।** इनमें फ्रांस की राज्य क्रांति प्रमुख है जिसने मानव को स्वतंत्रता, समानता एवं भ्रातृत्व का सन्देश दिया। इससे श्रमिक बहुत अधिक प्रभावित हुए और श्रमिकों के कुछ संघ स्थापित किये गये। 1760 और 1780 के बीच इंगलैंड ने अनेक हड़तालों का अनुभव किया जो अधिकांशतः ऐसे श्रमिकों के कारण हुए थे जो औद्योगिक नव-प्रवर्तनों से घृणा करते थे और ऐसे समय को लौट आने की इच्छा प्रकट करते थे जब कुशल श्रमिकों का अपेक्षाकृत अधिक मूल्य समझा जाता था। **फ्रांसीसी क्रांति के पश्चात् श्रमिक संघों के बुरे दिन आ गए थे जब जैकोबिनवाद**(Jacobinsim) **की छाया इंगलैंड पर आच्छादित हो गई थी और भावी विप्लव तथा देशद्रोह की अफवाह से इंगलैंड का वायुमंडल परिपूरित हो गया था।** प्रस्थापित सामाजिक तथा आर्थिक व्यवस्था को समाप्त कर देने के संबंध में कुछ ब्रिटिश निवासियों को जो पत्र फ्रांसीसी क्रांतिकारियों से प्राप्त हुए थे वे इंगलैंड के धनी वर्ग को भयभीत कर दिये। उनके लिए संघ अभिशाप सिद्ध होने लगे। उनकी सामूहिक क्रियाओं के प्रति प्राणघातक भय के कारण**सन् 1799 और 1800 में संयोजन विधियाँ**(combination laws) **बनाई गई थीं जिन्होंने समस्त संयोजनों को, चाहे वे श्रमिकों के हों अथवा स्वामियों के प्रतिबन्धित कर दिया।**

फिर भी वे विधियाँ श्रमिक संघों को पूर्णतः कुचल नहीं सकीं प्रत्युत उन्हें निम्न सतह में ढकेल दीं। नेपोलियनी युद्धों के पश्चात इंगलैंड में कठिन आर्थिक परिस्थितियों ने श्रम अशान्ति ला दी। फलतः श्रमिक संघों को वैधानिक घोषित करने के लिए हलचलें हुई। इन आन्दोलनों का नेता **फ्रांसिस प्लेस** (Francis Place) था जो तर्क और चापलूसी से दो प्रभावशाली समर्थकों को अपने पक्ष में कर लिया था जिनमें एक स्काटिश अर्थशास्त्री**मैकुलाक** (Ma Culoch) था और दूसरा प्रमुख संसद सदस्य **जोसेफ ह्यूम** (Joseph Hume) था। फलतः **सन् 1824 में एक अधिनियम पारित किया गया जिसने श्रमिकों को सामूहिक मोल-तोल का अधिकार दिया।** किन्तु दूसरे वर्ष एक और अधिनियम पारित किया गया जिसने श्रमिक संघों की अवस्था को अत्यन्त ही अस्थित बना दिया। 1824 ई॰ से श्रमिकों को अपने संगठन के निर्माण की वैधानिक छूट मिल गयी। **अतएव 1824 तक का समय ब्रिटेन के श्रम-संघों के विकास का प्रारंभ काल माना जा सकता है।**

संगठन की प्रेरणा—श्रमिक संघ आन्दोलन को औद्योगिक क्रांति की देन कहा जा सकता है। औद्योगिक क्रांति के ही फलस्वरूप यह आन्दोलन वास्तव में उत्पन्न हुआ और धीरे-धीरे अपनी जड़ें मजबूत करता गया। श्रमिक संघ आन्दोलन के इतिहास में अनेक उतार-चढ़ाव आए हैं। किन्तु इन अनेक उतार-चढ़ावों के बावजूद **निम्नलिखित कारणों और घटनाओं से श्रमिक संघ आन्दोलन को प्रोत्साहन मिला—**

1. औद्योगिक क्रांति के प्रारंभिक काल में श्रमिकों की काम करने की दशाएँ अत्यन्त शोचनीय थीं। बालकों और महिला श्रमिकों की तो बहुत ही बुरी स्थिति थीं। इसके लिए कारखानों का अस्वास्थ्यपूर्ण वातावरण भी उत्तरदायी था।

2. इंगलैंड में जिस समय औद्योगिक क्रांति का प्रारंभ हुआ उसी समय फ्रांस में सन् 1789 में राज्य-क्रांति का सूत्रपात हुआ। इस क्रांति के आकर्षक नारों—समानता, स्वतंत्रता, बन्धुत्व—ने श्रमिकों में संगठित होने की चेतना भर दी।

3. सरकार की दमन नीति ने भी इस आन्दोलन को प्रोत्साहित किया। फ्रांसीसी क्रांति ने इंगलैंड की सरकार को दमन नीति अपनाने के लिए प्रोत्साहन दिया। सन् 1799 तथा 1800 में सरकार ने दमनकारी अधिनियम बनाया जिसमें श्रमिकों के सभी प्रकार के संगठन अवैध घोषित किये गये। किन्तु जैसे-जैसे सरकार दमन नीति का सहारा लेती गयी, श्रमिक संघ आन्दोलन और भी अधिक सुदृढ़ होता गया।

4. श्रम संघों के निर्माण के लिए उद्योगपतियों के संगठनों से प्रेरणा मिली। उद्योगपतियों का संगठन सुदृढ़ था। इसका अप्रत्यक्ष परिणाम यह हुआ कि श्रमिकों को भी अपना अधिक सुदृढ़ संगठन बनाना पड़ा।

5. श्रमिकों में संगठन की भावना श्रमिकों की बढ़ती हुई संख्या ने भी उत्पन्न की। श्रमिकों ने अनुभव किया कि संगठित होकर वे देश की राजनीति में हस्तक्षेप कर सकते हैं तथा अपने हित में श्रम-अधिनियमों का निर्माण करा सकते हैं।

इस प्रकार औद्योगिक क्रांति ने जबकि एक ओर पूँजी के केन्द्रीकरण और उद्योगों के स्थानीयकरण में योग दिया तो दूसरी ओर उसने श्रमिक वर्ग में संगठित होने की भावनाओं को भी प्रोत्साहित किया। मध्यकाल में भी श्रमिक वर्ग किसी-न-किसी रूप में संगठित था किन्तु उनके वास्तविक एवं प्रभावपूर्ण संगठन का सूत्रपात औद्योगिक क्रांति के पश्चात् ही हुआ। फ्रांसीसी राज्य क्रांति तथा अमेरिकी स्वतंत्रता-युद्ध ने भी इंगलैंड में श्रमिकों को संगठित होने की प्रेरणा दी।

ग्रेट ब्रिटेन के श्रमिक-संघ आन्दोलन को अपने विकास के प्रारंभिक काल में कुछ निम्नलिखित कठिनाइयों का सामना करना पड़ा था—

1. संयोजन-विरोधी अधिनियम *(Anti-combination laws)*—इन अधिनियमों द्वारा श्रम संघों पर कई प्रकार के प्रतिबन्ध लगाए गए थे। ऐसे अधिनियमों में 1799 तथा 1800 की संयोजन विधियाँ प्रमुख हैं। इनके द्वारा काम के घंटे में कमी, मजदूरी में वृद्धि तथा मालिकों के प्रसंविदों में रुकावट डालने आदि के लिए सभाएँ करना तथा संगठन बनाना अवैधानिक घोषित किया गया था।

2. सामान्य विधि *(Common Law)*—ग्रेट ब्रिटेन की सामान्य विधि भी श्रम-आन्दोलन की अंवरोधक थी। सामान्य विधि के अनुसार श्रम-संघ व्यापार में बाधक षडयंत्र (conspiracy in restraint of trade) माने जाते थे।

3. आवागमन के साधनों का अभाव—ब्रिटेन में उस समय आवागमन के साधनों का अभाव था। इससे श्रमिक आपस में मिल नहीं पाते थे।

4. श्रमिकों की निर्धनता—श्रमिक अपनी निर्धनता के कारण भी नियमित रूप से श्रम-संघों के कोष में दान नहीं कर पाते थे। श्रम संघ धनाभाव के कारण अपने कार्य-क्षेत्र में वृद्धि नहीं कर पाते थे।

5. सरकार की दमनकारी नीति—सरकार भी श्रम-संघ को दबा देने का प्रयास करती थी। इसके द्वारा मजदूर नेताओं को आजन्म कारावास जैसी कड़ी सजाएँ दी जाती थीं। यद्यपि संयोजन-विरोधी विधान श्रम तथा मिल-मालिकों दोनों के संघों के विरोध में बनाए गए थे तथापि व्यवहार में इन विधानों का प्रयोग केवल श्रम-संघों को दबाने के लिए ही किया जाता था।

6. मिल मालिकों द्वारा विरोध—स्वयं मिल मालिकों द्वारा भी विभिन्न प्रकार के श्रम-संघों को कुचलने का प्रबन्ध किया जाता था। मजदूरों को मिलों से निकालना तथा उन्हें तरह-तरह की यातनाएँ देना मिल मालिकों के लिए साधारण कार्य थे।

7. श्रमिक नेताओं का अभाव—सच्चे तथा योग्य श्रम नेताओं के अभाव के कारण भी इस आन्दोलन को अपने विकास की प्रारंभिक स्थिति में बहुत अधिक कठिनाइयों का सामना करना पड़ा था।

8. जाति, धर्म भाषा तथा रीति-रिवाज में भिन्नताएँ—श्रमिकों में जाति, धर्म, भाषा तथा रीति-रिवाज आदि में विभिन्नता भी प्रारंभ में श्रमिकों के संगठन में बाधक थी।

9. नारियों और बच्चों का नियोजन—कारखाना प्रणाली की प्रारंभिक अवस्था में मिल-मालिक बड़े पैमाने पर बच्चों तथा औरतों को श्रमिक के रूप में नियुक्त करते थे। इनको संगठित करना बड़ा ही कठिन था।

2. क्रांति-काल–सन् 1834 से सन् 1842 तक
(The Revolutionary Years—1834-1842)

इस काल में श्रमिक संसार में सबसे महान व्यक्ति था स्वप्नद्रष्टा **रॉबट ओवेन** (Robert Owen) जिसने इस बात से प्रेरित होकर कि साधारण हड़ताल द्वारा सरकार को उलट देने से ही समस्त बुराइयाँ दूर हो जायेगी, सन् 1831 में **ग्रैंड नेशनल कन्सालिडेटेड ट्रेड यूनियन** (Grant National Consolidated Trade Union) की स्थापना की थी। अल्पकाल में ही इसकी सदस्यता लगभग 5 लाख हो गई। किन्तु संघों के पास इतनी बड़ी शक्ति के लिए उपयुक्त संगठन तथा निर्देशन के लिए आवश्यक यंत्रों का अभाव था। श्रमिकों ने सरकार को उलटने का प्रयास किया। इससे अत्यन्त ही भयभीत होकर धनी और मध्य वर्गों ने उनके निर्मम दमन की नीति का समर्थन किया। संघ और इसके प्रयास विफल हुए। अल्पकाल में ही महान वर्ग-युद्ध की मोहकता समाप्त हो गई और **सन् 1842 के पश्चात् श्रमिक आन्दोलन कुछ ऐसे व्यावहारिक व्यक्तियों के निर्देशन के अधीन आ गया जो आदर्शवादी युद्धप्रियता के बदले औद्योगिक कूटनीति को अपनाकर दृढ़ नींव पर कुशल श्रमिकों की 'समामेलित' (amalgamated) समितियाँ निर्मित किए।**

चार्टिस्ट आन्दोलन
(Chartist Movement)

यह समय श्रमिक आन्दोलन के लिए एक क्रांतिकारी काल था। किन्तु व्यवस्था,

संगठन, अनुभव, धन आदि के अभाव के कारण श्रमिक संस्थाएँ असफल हो गई थीं जिससे क्रांति के द्वारा देश की स्थापित व्यवस्था और सरकार को उलट देने के उनके स्वप्न चूर-चूर हो गए। इसके फलस्वरूप श्रमिक वर्ग पुनः राजनीतिक कार्यों की ओर उन्मुख हुआ। उस समय देश में प्रचलित चार्चिस्ट आन्दोलन की ओर श्रमिक आकर्षित हुए। **चार्चिस्ट आन्दोलन का प्रारंभ सन् 1836 में लन्दन में हुआ था और बहुत कुछ सीमा तक यह एक राजनीतिक आन्दोलन था जो आर्थिक माँगों पर आधारित था।** सन् 1836 में लन्दन के श्रमिकों ने **लंदन कर्मकार संघ** (London Workingmen's Association) की स्थापना की थी और यहीं से इस आन्दोलन का प्रारंभ हुआ था। इस संस्था के मंत्री **विलियम लॉवेट** (William Lowett) थे जो 19वीं शताब्दी के सबसे प्रसिद्ध श्रमिक नेता माने गए हैं। इस संस्था का उद्देश्य राजनीतिक समानता और सामाजिक न्यायपरता था। इसका तत्कालीन उद्देश्य स्वशिक्षा और शिक्षा की राष्ट्रीय प्रणाली था। शनैः-शनैः चार्चिस्ट आन्दोलन इंगलैंड के उत्तरी भाग में फैल गया। सन् 1839 में **लन्दन कर्मकार संघ** की एक सभा बुलाई गई थी जिसमें एक अधिकार-पत्र (charater) तैयार किया गया था। **इस अधिकार-पत्र की निम्नलिखित 6 मुख्य बातें थीं जिन्हें अधिनियम का रूप देने के लिए माँग की गई थी—**

1. समान निर्वाचन क्षेत्र (equal electoral districts)
2. संसद की सदस्यता के लिए सम्पत्ति होने की शर्त्त की समाप्ति
3. सार्वभौम वयस्क मताधिकार (universal adult sufferage),
4. वार्षिक संसद (annual parliaments);
5. पर्चे द्वारा मतदान (vote by ballot); और
6. संसद के सदस्यों के लिए वेतन।

ऊपर वर्णित माँगों का सभी श्रमिकों द्वारा समर्थन किया गया था। किन्तु **प्रारंभ से ही चार्चिस्ट आन्दोलन के समर्थक कई दलों में विभाजित** हो **गए थे। विलियम लॉवेट** के दल के अतिरिक्त इसमें **दो दल** हो गये थे। प्रमुख दल में अधिकतर **जुलाहे और कारखानों में काम करने वाले श्रमिक थे। स्टीफेंस, ओसलरा, ओकोन्नोर** आदि इस दल के प्रमुख नेता थे। **दूसरे दल में मध्य वर्ग के लोग** थे जो सिक्कों में सुधार लाना चाहते थे। इस दल का **प्रमुख नेता अन्तऊड** था। चार्चिस्ट आन्दोलन श्रमिक संघों और ओवेनाईट दल का प्रोत्साहन नहीं प्राप्त कर सका और इसमें आन्तरिक मतभेद भी था। पारस्परिक मतभेद के कारण आवेदन-पत्र प्रस्तुत करने में देर हो गयी थी जिससे सरकार को संभलने के लिए समय मिल गया था। अन्ततः **12 जुलाई, 1839 को अन्तऊड ने ब्रिटिश संसद में राष्ट्रीय आवेदन-पत्र प्रस्तुत किया।** यह आवेदन-पत्र संसद द्वारा 235 मतों से अस्वीकृत कर दिया गया। सन् 1839-42 का काल **चार्चिस्ट आन्दोलन का द्वितीय काल** कहा जाता है। इस काल में भी एकता के अभाव के कारण इस आन्दोलन की कोई भी नीति सफल नहीं हो सकी थी। सन् 1840 में **राष्ट्रीय अधिकार-पत्र समिति** का निर्माण किया गया था। सन् 1841 में साधारण निर्वाचन के समय चार्चिस्ट प्रतिनिधियों की संख्या बहुत ही कम थी। अतएव टोरी अथवा ह्विग को सहायता देने के प्रश्न पर इस आन्दोलन में मतभेद हो गया और अन्ततः **सन् 1842 में चार्चिस्ट दल दो भागों में बँट गया।** 3 मई, सन् 1842 को **उन्कोव** ने संसद में चार्चिस्ट दल का आवेदन-पत्र प्रस्तुत

किया जो 287 मतों से संसद द्वारा अस्वीकृत कर दिया गया। इसके फलस्वरूप मानचेस्टर, लंकाशायर, यार्कशायर आदि स्थानों में श्रमिकों द्वारा हड़तालें हुई। किन्तु ये हड़तालें सफल नहीं हो सकीं। इनमें लगभग 1500 चार्टिस्ट गिरफ्तार किये गये। सन् 1842 के बाद चार्टिस्ट आन्दोलन का **तृतीय काल** प्रारंभ हुआ। सन् 1845 में **चार्टिस्ट भूमि सहयोग समिति** स्थापित हुई जो बाद में **राष्ट्रीय भूमि कम्पनी** में परिवर्तित हो गई। सन् 1848 तक चार्टिस्टों द्वारा पाँच बड़ी रियासतों की स्थापना कर ली गई थी। किन्तु श्रमिकों का प्रभुत्व जमाने की यह योजना भी सफल नहीं हो सकी। इसके बाद चार्टिस्टों द्वारा संसद में **तृतीय आवेदन-पत्र** प्रस्तुत किया गया और इस बार भी यह 222 मतों से अस्वीकृत कर दिया गया। इसके बाद **चार्टिस्ट आन्दोलन** समाप्त होने लगा। सन् 1853 में **ओकोन्नोर** को पागलखाने में भेज दिया गया जहाँ वह दो वर्षों के बाद मर गया। इसमें चार्टिस्ट आन्दोलन की रही-सही शक्ति भी समाप्त हो गई और इसका कोई स्वतंत्र अस्तित्व नहीं रह गया। इस प्रकार चार्टिस्ट आन्दोलन असफल हुआ। **चार्टिस्ट आन्दोलन की असफलता के प्रमुख कारण** इसके कार्यकर्त्ताओं में मतभेद, सुयोग्य नेताओं का अभाव, मध्यवर्ग द्वारा इसका विरोध, अन्य राजनीतिक दलों के समर्थन का अभाव, आन्दोलनकारियों की पारस्परिक ईर्ष्या और मनोमालिन्य, इसके नेताओं की अदूरदर्शिता, औद्योगिक क्षेत्र के उत्पादन में ह्रास आदि थे।

3. सतर्क प्रगति काल : सन् 1842 से सन् 1871
(Period of Cautious Advance : 1842-1871)

जबकि श्रमिकों के क्रांतिकारी प्रयास और चार्टिस्ट आन्दोलन असफल सिद्ध हो गए तो श्रमिक आन्दोलन में नवीन चेतना आई और श्रमिकों द्वारा समामेलित समितियाँ निर्मित की जाने लगीं जो अधिक व्यावहारिक नेतृत्व के परिणाम थीं। **समामेलित समितियों में सबसे अधिक महत्त्वपूर्ण समिति अभियंताओं की थी** जो सन् 1850 में स्थापित की गयी थी और अब तक भी बनी हुई है। इनके नेताओं ने इनके दृढ़ीकरण के लिए प्रमुख औद्योगिक केन्द्रों में स्थायी श्रमिक परिषदों को संघटित करने का प्रयास किया जो स्थायी श्रमिक संघों के हितों को समन्वित करने के अतिरिक्त राजनीतिक प्रगति के लिए भी काम की। **समामेलित समितियों के सचिवों के एक लघु समूह ने जिसे श्री और श्रीमती वेब** (Webb) ने **जुनता** (Junta) कहा है, **19वीं शताब्दी के अन्तिम चतुर्थांश में इस आन्दोलन के तीव्र विकास को संभव बनाया।** किन्तु श्रमिक नेताओं की नरमी के बावजूद नियोजक श्रमिकों के हितों पर तालाबन्दी (lock-out) के द्वारा कुठाराघात कर रहे थे। शेफिल्ड में कुछ श्रमिक अशातियाँ हुईं। इसलिए श्रमिक संघों के संबंध में **शाही आयोग** (Royal Commission) की माँग की गई। सन् 1868 के **श्रमिक संघ कांग्रेस** (Trade Union Congress) ने इस चुनौती को स्वीकार किया और एक निष्पक्ष आयोग को संगठित करवाया। सन् 1869 के **श्रमिक संघ निधि सुरक्षा अधिनियम** (Trade Union Protection of Funds Act) के अनुसार श्रमिक संघ की निधियों को अस्थायी संरक्षण प्राप्त हुआ। सन् 1871 के श्रमिक संघ अधिनियम ने संयोजन विधियों को रद्द कर दिया और श्रमिक संघ की सम्पत्ति के लिए सुरक्षा प्रदान की। दुर्भाग्यवश इन विधियों के प्रभाव दूसरे वर्ष में पारित अपराधी विधि संशोधन अधिनियम (Criminal Law Amendment Act) के कारण अर्थहीन हो गये जिसने धरना देने और डराने के लिए कठोर दण्ड

निर्धारित किया था। श्रमिक वर्ग ने इसको रद्द करने के लिए शोर मचाया और सन् 1875 के **षड्यंत्र एवं सम्पत्ति सुरक्षा अधिनियम** (conspiracy and Protection of Property Act) के द्वारा शांतिमय धरना को वैधानिक रूप दिया गया।

4. नवीन संघवाद : सन् 1871 से 1900 तक

सन् 1871 के बाद वर्षों में ग्रेट ब्रिटेन के श्रमिक संघों की शक्ति लगभग दूनी हो गई। **यह चार वर्षों की अवधि 19वीं शताब्दी के ब्रिटिश श्रमिक आन्दोलन के इतिहास के तीन 'उच्च ज्वारों' (high tides) में से एक थी।** अन्य उच्च ज्वार सन् 1833-34 और 1889-90 के वर्षों में आए थे। सन् 1875 के पश्चात् एक दशक तक श्रमिक वर्गीय आन्दोलन में संगठित शक्ति का अभाव रहा था और यह विभिन्न मतभेदी वर्गों से मिलकर बना था। ये वर्ग अपने स्थानीय क्षितिज से दूर नहीं देख सकते थे और अपने-अपने क्षेत्रों के सीमा—निर्धारण संबंधी विवादों में उलझे हुए थे। यह उत्पादन ढंग में परिवर्तन का काल था और कुशल श्रमिक के एक वर्ग द्वारा दूसरे वर्ग का स्थान लिए जाने से श्रमिक संघों के सदस्यों में फूट पैदा हो गयी थी। **ब्रिट्रिश और सिडनी वेब** (Beatrice and Sidney Webb) का कहना है कि "सन् 1885 तक हस्तक्षेपहीन नीति ही श्रमिक संघीय नेताओं एवं सामान्य सदस्यों का राजनैतिक तथा सामाजिक पंथ (creed) थी। किन्तु एक दशक के अंदर ही हम सम्पूर्ण श्रमिक संघीय संसार को समूहवादी (collectivist) विचारों से आच्छदित और श्रमिक संघ कांग्रेस (Trade Union Congress) में समाजवादी दल को सर्वोच्च पाते हैं। विचारों की यह क्रांति 19वीं शताब्दी के अन्तिम काल के श्रमिक संघीय इतिहास की प्रमुख घटना है।"[1] उत्साही व्यक्तियों के प्रचार कार्य, एक लोकोपकारी की धैर्यपूर्ण छानबीन और **हेनरी जार्ज** (Henry George) की पुस्तक **'प्रोग्रेस एण्ड पावर्टी'** (Progress and Poverty) ने सहस्रों श्रमिकों को प्रभावित किया था। परिश्रमपूर्ण व्याख्यानों द्वारा **कार्ल मार्क्स के हिण्डमन** (Hyndman), **मारिस** (Morris) एवं अन्य शिष्यों ने इस समय समूहवाद की भावना का प्रचार किया। **चार्ल्स बूथ** (Charles Booth) नामक एक व्यापारी ने लन्दन निवासियों का एक श्रमबद्ध सांख्यिक अध्ययन किया जिसके द्वारा विद्रोही निर्धनता का पता चला। इसके लिए सामाजिक सुधार किया जाना आवश्यक था। यह औद्योगिक उतार-चढ़ाव का समय था। अत्यन्त ही कुशल श्रमिक भी कभी-कभी बेकार हो जाते थे। उनकी कठिनाइयों ने समाजवादियों के लिए पर्याप्त उदाहरण प्रस्तुत किया जो पूँजीवाद के अंतर्निहित विरोधी तत्त्वों को बतला रहे थे। **"अधिक प्रभावपूर्ण तथ्य यह था कि केवल समाजवादी ही एक ऐसे समाधान प्रस्तुत कर रहे थे जिसका अभी तक परीक्षण नहीं हुआ था।"**[2]

19वीं शताब्दी के अन्तिम चतुर्थांश में श्रमिक संघवाद देहातों में भी दृष्टिगोचर हुआ और कृषक मजदूरों में भी फैल गया। कृषक मजदूर संघ प्रथम बार सन् 1872 में गठित किया गया था। परिवहन श्रमिकों के सम्मेलन से श्रमिक आन्दोलन को विशेष बल मिला। **परिवहन श्रमिकों का प्रथम संघ सन् 1871 में बना था और 1880 में रेलवे सेवकों की समामेलित समिति (Amalgamated Society of Railway Servants) की रचना हुई थी** जिससे वर्तमान शताब्दी के प्रारंभिक वर्षों में नियोजकों के साथ शक्ति

1. Beatrice and Sidney Webb : *A History of the Trade Unionism.* p. 374
2. ब्रिटिश और सिडनी वेब– वही, पृ॰ 382

परीक्षा की धमकी दी थी और औद्योगिक विवदों को निर्णीत करने के लिए आवश्यक संस्थाओं की व्यवस्था करने की आवश्यकता की ओर ध्यान आकर्षित किया था। **इस काल के श्रमिक संघीय इतिहास की सबसे उत्तेजित घटनाएँ अनिपुण श्रमिकों में संबंद्ध थीं।** सन् 1889 में लन्दन के दियासलाई उद्योग की लड़कियों ने हड़ताल की थी जिसका समर्थ आयोजन एनी बेसेन्ट (Anne Besant) ने किया था। इस हड़ताल को अत्यन्त ही अधिक जन सहानुभूति प्राप्त हुई थी और इसका परिणाम श्रमिकों की विजय हुआ था। इनके पश्चात् गैस के श्रमिकों ने सफल हड़ताल की। **श्रमिक संघों के कार्य-कलापों की चरम सीमा लन्दन बन्दरगाह के श्रमिकों के हड़ताल में पहुँची** जो चार सप्ताहों तक चलती रही। इस हड़ताल ने लन्दन के बन्दरगाह को लकवा-ग्रस्त कर दिया और इसका अन्त श्रमिकों की शानदार विजय में हुआ। इसने अकुशल श्रमिकों में श्रमिक संघवाद की स्थिति को सुदृढ़ कर दिया। **इस काल में श्रमिक संघों के ऐसे कार्य को नवीन संघवाद (new unionism) की संज्ञा दी गयी है।** 19वीं शताब्दी के प्रारंभिक तथा मध्यकालीन वर्षों के श्रमिक संघों के विपरीत **इस काल में श्रमिक संघ केवल व्यापारी सुविधाएँ ही प्रदान किए, मैत्रिक सुविधाएँ (friendly benefits) नहीं।** इसका कारण उनका यह तर्क था कि चूँकि श्रमिकों को मताधिकार प्राप्त है इसलिए ये मैत्रिक सुविधाएँ तो संसद से प्राप्त कर सकते हैं। इस काल में श्रमिक संघीय नेतागण श्रमिक संघों को केवल संघर्ष के लिए संगठन ही बनाये रखना चाहते थे। सन् 1888 में श्रमिक संघों की प्रथम **अन्तरराष्ट्रीय महासभा** (First Congress of Trade Union) लन्दन में हुई।

19वीं शताब्दी के अन्तिम काल में श्रमिक संघवाद राजनीतिक आन्दोलन से घनिष्ठ रूप से संबंधित हो गया। सन् 1883 में सामाजिक जनतंत्रीय संघ (Social Democratic Federation) स्थापित हुआ। सन् 1884 में **समूहवाद** के अर्थ के प्रतिपादन के लिए **फेबियन सोसाइटी** (Fabian Society) की स्थापना हुई। 9 वर्षों के पश्चात् सन् 1893 में स्वतंत्र **श्रमिक दल** (Independent Labour Party) का जन्म हुआ। श्रमिक संघीय महासभा (Trade Union Congress) ने उदारवादी दल (Liberal Party) से अपना संबंध-विच्छेद कर लिया। सन् 1899 तक श्रम संघ, फेबियन सोसायटी, स्वतंत्र श्रमिक दल और सामाजिक जनतंत्रीय संघ समस्त मिलकर संसद में अधिक-से-अधिक प्रतिनिधित्व प्राप्त करने के लिए प्रयास करने लगे थे। इस संबंध में वे श्रमिक प्रतिनिधित्व समिति (Labour Represenation Committee) को गठित किये थे जो सन् 1906 में **श्रमिक दल** (Labour Party) के रूप में उभरी।

5. वर्तमान शताब्दी में श्रमिक आन्दोलन

सन् 1890 और सन् 1920 के बीच श्रमिक संघों की शक्ति में महान वृद्धि हुई। जबकि सन् 1900 में ग्रेट ब्रिटेन में 20,22,000 सदस्यों के साथ 1323 श्रमिक संघ थे तो सन् 1920 में उनकी संख्या और सदस्य संख्या क्रमशः 164 और 83,44000 हो गई। सन् 1890 और 1920 के बीच श्रमिक संघों की निधियों में दस गुनी वृद्धि हुई थी। वर्तमान शताब्दी के प्रारंभिक वर्षों में **''शिल्प संघवाद''** (craft unionism) के बदले **''औद्योगिक संघवाद''** (industrial unionism) की ओर अधिक झुकाव था जिसमें विभिन्न शिल्पों एवं श्रेणियों के श्रमिकों को सम्मिलित किया गया था। यह झुकाव श्रमिक संघ के नेताओं के उद्देश्यों में व्यापकता आने के फलस्वरूप हुआ था। श्रमिक संघों को केवल कार्य करने

की अच्छी दशाओं की व्यवस्था करने के लिए संघटनों के रूप में न देखकर अधिक नेतागण अब इन्हें औद्योगिक जनतंत्र की अर्थात् उद्योग में काम करने वाले समस्त श्रमिकों द्वारा उद्योग के नियंत्रण की स्थापना करने के साधन के रूप में देखने लगे। प्रथम विश्वयुद्ध के कुछ ही समय पूर्व श्रमिक संघ सुसंगठित हो चले थे। श्रमिक संघों के महासंघ (federation of trade unions) उदित हो गये थे। इसका नरमोत्कर्ष खान खोदने वाले श्रमिकों, रेल कर्मचारियों तथा परिवहन श्रमिकों के त्रिपक्षीय संघ में हुआ था।

वर्तमान शताब्दी का प्रथम दशक श्रमिक संघ के इतिहास का उत्तेजनापूर्ण काल था। इस अवधि में श्रमिकों की अनेक हलचलें हुईं। सन् 1900 में **लॉर्ड सदन** (House of Lords) ने **टॉफ व्हेल** (Taff Vale) के मुकदमें का परीक्षण किया और निर्णीत किया कि **श्रमिक संघ को इसके किसी भी सदस्य द्वारा किए गए व्यवहार-विषयक अपकृत्य** (civil worng) **के लिए उत्तरदायी ठहराया जायगा।** इस निर्णय की घोषणा ने श्रमिक संघवाद की वैधानिक नींव खतरे में डाल दिया इसके विरोध में श्रमिकों की हलचलें हुई। परिणामस्वरूप सन् 1906 में **व्यापार विवाद अधिनियम** (Trade Disputes Act) पारित किया गया जिसने इस कठिनाई से श्रमिक संघों को मुक्त कर दिया। सन् 1913 में लॉर्ड सदन ने **ओसबोर्न मुकदमे** (Osborne case) का परीक्षण कर निर्णय किया जिसके द्वारा उसने श्रमिक संघों को राजनीति में भाग लेने को रोक दिया। पुनः श्रमिकों ने आन्दोलन किया और उसी वर्ष सन् 1913 में **श्रमिक संघ अधिनियम** पारित हुआ जिसने इस कठिनाई को आंशिक रूप से दूर किया।

प्रथम विश्व युद्ध के प्रारंभ में सिन्डीकैलिज्म (syndicalism) और **गिल्ड सोसलिज्म** (guild socialism) **ने श्रमिकों पर अपना रंग जमाया था और हड़ताल की लहर दौड़ गयी थी।** सन् 1913 में रेलवे श्रमिक संघों को उनके नियोजकों द्वारा मान्यता दे दी गई। युद्ध छिड़ जाने से श्रमिक अशान्ति भी समाप्त हो गई। युद्धकालीन वर्षो में श्रमिक संघों की सदस्यता में स्त्रियों की संख्या में वृद्धि हुई। युद्धोत्तर कालीन वर्ष अत्यन्त ही अनिश्चित और अशान्त थे। **श्रमिक अशान्ति की चरम सीमा सन् 1926 में हुई साधारण हड़ताल में पहुँची।** 1929 ई॰ में कोयला उद्योग में हड़ताल हुई थी जिसकी सहानुभूति में श्रमिक संघ कांग्रेस (Trade Union Congress) ने सम्पूर्ण देश में हड़ताल की घोषणा की थी। संभवतः यह सबसे बड़ी हड़ताल थी। किन्तु सरकार ने इस हड़ताल को अवैध घोषित कर दिया था। अतएव ट्रेड यूनियन कांग्रेस के नेताओं ने 9 दिनों के बाद आम हड़ताल को समाप्त कर दिया। **यह हड़ताल असफल रही। फिर भी इस हड़ताल का ब्रिटेन के श्रम-आन्दोलन के इतिहास में बड़ा ही महत्त्वपूर्ण स्थान है।** जैसा कि **ब्राइन** (Brine) ने लिखा है, **अयोग्य संचालन और बदनामी के बावजूद 1926 की आम हडताल भावी इतिहासकारों के लिए, ब्रिटिश श्रमिक वर्ग के इतिहास में एक निर्णायक युग के रूप में उपस्थित होगी।** इस आम हडताल के परिणामस्वरूप 1926 ई॰ में **व्यापार विवाद अधिनियम** (Trade Dispute Act) तथा 1927 ई॰ में **श्रम-संघ (संशोधन) अधिनियम** (Trade Union [Amendment] Act) निर्मित हुए थे। 1927 ई॰ के श्रम **संघ (संशोधन) अधिनियम** के अनुसार कुछ विशेष दयाओं में हड़ताल को अवैधानिक करार दिया गया। राजकर्मचारियों के संघों को **श्रमिक संघ महासभा** (Trade Union Congress) से संबंध रखने पर प्रतिबन्ध लगा दिया गया। इस अधिनियम ने यह भी निर्धारित किया था कि जो श्रमिक राजनीतिक निधि के लिए

चन्दा देना चाहते हों वे तत्संबंधी घोषणा करेंगे। इस प्रावधान ने श्रमिक दल की आय को अत्यन्त ही कम कर दिया। सन् 1926 में श्रमिकों की हार और 1927 के अधिनियम के कारण लगभग एक दशक तक श्रमिक संघवाद पर हानिपूर्ण प्रभाव पड़ा था। इन संघों की सम्पूर्ण सदस्यता सन् 1926 में 52,19,000 थी जो सन् 1933 में घटकर केवल 43,92,000 तक हो गयी थी। किन्तु सन् 1933 के पश्चात् श्रमिक आन्दोलन का पुनरुत्थान होना प्रारंभ हुआ और सन् 1937 में इनकी सदस्यता पुनः बढ़कर 58,51000 तक हो गयी। वर्ष **1900 से 1939 के बीच की अवधि में ब्रिटिश संघो के विकास को नीचे की तालिका में दिखलाया गया है।**

ब्रिटिश श्रम संघों का विकास (1900-1939)

वर्ष	**श्रम संघों की संख्या**	**सदस्य संख्या (हजार)**
1900	1323	2022
1910	1269	2565
1920	1364	4344
1925	1144	5522
1939	1019	6298

द्वितीय विश्वयुद्ध और उसके बाद

सन् 1939 ई० में द्वितीय विश्वयुद्ध प्रारंभ हुआ। युद्ध की घोषणा के साथ ही सरकार ने व्यापार, उद्योग तथा श्रम आदि पर पूर्ण नियंत्रण रख दिया। श्रम संघों ने सरकार को पूरा सहयोग दिया। **1940 ई० में चेम्बरलेन के त्याग पत्र देने पर चर्चिल के प्रधान मंत्रित्व में एक सयुक्त सरकार बनी** जिसमें कई प्रमुख मजदूर नेता भी शामिल हुए। महान श्रम नेता **अर्नेस्ट बेवन** श्रम तथा राष्टीय सेवा मंत्री बनाये गये। युद्धकाल में श्रमिकों ने अभूतपूर्व त्याग, धैर्य और बलिदान का परिचय दिया। युद्धकाल में श्रमिकों की शक्ति में भी अभूतपूर्व वृद्धि हुई। युद्धोपरान्त 1945 ई० में **एटली** (Attlee) के **नेतृत्व में मजदूर दल की सरकार बनी। 1946 ई० में श्रम दलीय सरकार ने व्यापार विवाद और व्यापार संघ अधिनियम** (Trade Disputes and Trade Union Act) पारित किया जिसके अनुसार 1927 के अधिनियम को समाप्त कर दिया गया। इससे श्रमिकों को बहुत अधिक लाभ हुआ। श्रम-संघों की निधियों में प्रचुर वृद्धि हो गयी। लोक-सेवा श्रमिक संघों को भी अब श्रमिक संघ महासभा (Trade Union Congress) के साथ संबंध स्थापित करने और राजनीतिक निधियों की व्यवस्था करने के लिए छूट मिल गयी। इसके अतिरिक्त मजदूरी परिषद अधिनियम (Wages Council Act) भी बनाया गया। इसके अनुसार श्रम मंत्री को विभिन्न उद्योगों के लिए मजदूरी परिषदें संगठित करने का अधिकार दिया गया। मजदूरी परिषदों का प्रमुख कार्य श्रमिकों के लिए न्यूनतम मजदूरी निश्चित करना तथा छुट्टी आदि के संबंध में निर्णय देना है। युद्धोत्तर काल में श्रम-कल्याण संबंधी कार्यों पर भी जोर दिया गया। युद्धोत्तर काल में श्रम-संघों की सदस्यता में पर्याप्त वृद्धि हुई जो अगले पृष्ठ की तालिका से स्पष्ट है।

ब्रिटिश श्रम-संघों का विकास (1939 से 1965)

वर्ष	श्रम-संघों की संख्या	कुल सदस्य संख्या (हजार)
1939	1019	6298
1946	757	8803
1950	716	9244
1956	647	9700
1960	650	9803
1961	635	9883
1965	580	10,180

ऊपर की तालिका से स्पष्ट है कि सन् 1965 ई॰ में ब्रिटेन में श्रमिकों के कुल प्रायः 580 संघ थे जिसके सदस्यों की कुल संख्या लगभग 10,180000 थी।[1] इनमें से केवल 18 संघ इतने बड़े थे कि कुल श्रमिकों के प्रायः दो-तिहाई भाग इनके सदस्य थे। **युद्ध के बाद श्रमिक संघों की सदस्य संख्या बढ़ रही है किन्तु सम्मिलन के कारण श्रम-संघों की संख्या घट रही है। ब्रिटेन में श्रमिकों की सबसे बड़ी संस्था श्रम-संघ कांग्रेस** (Trade Union Congress) है। सरकार द्वारा इसे श्रम-संस्थाओं के प्रतिनिधि संस्था के रूप में मान्यता दी गयी है। इससे 170 संघ संबंधित हैं जिनकी सदस्य संख्या प्रायः 89 लाख है। यह संस्था श्रम-संबंधी सभी राष्ट्रीय तथा अन्तरराष्ट्रीय प्रश्नों पर विचार करती है। यह विश्व श्रम संघ महासंघ (World Federation of Trade Unions) से संबंधित हैं।

ब्रिटिश श्रम-संघों की वर्तमान अवस्था और विशेषताएँ

वर्तमान समय में ब्रिटेन में ''श्रमिक संघ संगठन ने जो ढर्रा अपनाया है वह प्रमुखतः अनुप्रस्थ रहा है न कि शीर्षस्थ, उद्योगों के आरपार रहा है न कि उनकी सरहदों तक सीमित रहता है।''[2] वर्तमान समय में ब्रिटिश श्रम-संघों का संगठन समानांतर है। सबसे छोटी तथा आधारभूत संस्था **स्थानीय इकाई** (local unit) होती है जिसका मुख्य कार्य स्थानीय मामलों का निणर्य करना है। इसके ऊपर **जिला परिषदें** (district councils) होती हैं जिनमें स्थानीय शाखाओं के प्रतिनिधि रहते हैं। इनके ऊपर **राष्ट्रीय संस्थाएँ** होती हैं जिनकी व्यवस्था राष्ट्रीय कार्यपालिका परिषद् (National Executive Councils) द्वारा की जाती है। श्रमिक संघों की **शीर्षस्थ संस्था श्रम-संघ कांग्रेस** (Trade Union Congress) है। इससे 89 लाख श्रमिक संबद्ध हैं। जून 1968 ई॰ में इसने अपनी स्थापना की शताब्दी मनायी। **राष्ट्रीय और स्थानीय सरकारी पदाधिकारी संघ** (National and Local Government Officers Union), राष्ट्रीय शिक्षक संघ (National Union of Teachers) आदि जैसे कुछ श्रम-संघों को छोड़कर देश के अधिकांश संघ इससे संबंधित हैं। इसकी व्यवस्था एक महापरिषद (general council) द्वारा की जाती हैं। **ब्रिटिश श्रमिक संघ मजदूर दल से संबंधित हैं। मजदूर**

---

1. Britain : *An Official Hand Book*, 1968
2. "The pattern which trade union organization has followed in the main has been horizontal rather than vertical, across rather than coterminus with the bounderies of industries."—Roberts : *Trade Union in a Free Society;* p. 25

दल की कार्यकारिणी में कुल 25 सदस्य होते हैं। इनमें से 22 सदस्य श्रमिक संघों के सदस्य होते हैं। इससे स्पष्ट है कि मजदूर दल की नीतियों के निर्धारण में श्रम संघों का महत्त्वपूर्ण स्थान है। 1954 और 1972 ई॰ के आम चुनाव में मजदूर दल की सरकार थी। **श्रम संघ विश्व के किसी भी देश में इतना सुसंगठित तथा प्रभावशाली नहीं है जितना कि ब्रिटेन में।** वर्तमान समय में इंगलैंड के श्रमिक संघ विश्व के अन्य देशों के श्रमिक संघों के लिए आदर्श हैं। ये श्रमिकों की माँगें स्वीकार कराने के अतिरिक्त विभिन्न प्रकार के श्रम-कल्याण कार्य भी करते हैं। संघों द्वारा श्रमिकों के आर्थिक, सामाजिक, नैतिक तथा राजनीतिक उत्थान के लिए कार्य किए जाते हैं। **युद्धोत्तर काल में श्रम के विकास की प्रमुख विशेषताएँ हैं—**

1. वृहत् श्रम-संघों की ओर प्रवृत्ति—युद्धोत्तर काल में ग्रेट ब्रिटेन में श्रम-संघों की संख्या में कमी हुई है परन्तु सदस्य संख्या में वृद्धि हुई है। यह इस तथ्य का द्योतक है कि युद्धोत्तर काल में बड़े-बड़े श्रम-संघ बनाये गये हैं और छोटे-छोटे श्रम संघों का एकीकरण हुआ है। 1938 में एक लाख से अधिक सदस्य वाले श्रम-संघ केवल 12 थे जबकि 1956 में ऐसे श्रम-संघों की संख्या 17 हो गयी थी।

2. नारियों की संख्या में वृद्धि—युद्धोत्तर काल में ब्रिटिश श्रम-संघों में पुरुषों की अपेक्षा स्त्री सदस्यों की संख्या में अधिक वृद्द्रि हुई है। यह इस तथ्य का परिचायक है कि अब ग्रेट ब्रिटेन में स्त्रियाँ अधिक श्रम कार्य करती हैं।

3. शिक्षित श्रमिकों का संगठन—विगत् कुछ वर्षों में ग्रेट ब्रिटेन में शिक्षित तथा उच्च पेशा वाले श्रमिकों के संघों में भी वृद्धि हुई हैं। वर्तमान समय में ऐसे श्रमिकों की सदस्य-संख्या लगभग दस लाख है। नागरिक सेवा लिपिक संघ (Civil Service Clerical Association), परिवहन वेतन-भोगी कर्मचारी संघ (Transport Salary Staff Association), अभियंत्रणा और जलयान निर्माण संघ (Association of Engineering and Shipuildings) आदि उच्च पेशेवाले श्रमिकों के प्रमुख संघ हैं।

4. श्रम अशांति—ग्रेट ब्रिटेन में युद्धोत्तर काल में श्रम-संबंध (labour relations) ठीक नहीं रहे हैं। परिणामस्वरूप औद्योगिक संघर्षों की संख्या में वृद्द्रि हुई है। ऐसे संघर्षों की संख्या 1957 में 1885 थी जिनमें 84 लाख कार्य दिनों की हानि हुई थी। संघर्षों की संख्या में यह वृद्द्रि औद्योगिक शांति स्थापित करने के प्रयत्नों के बावजूद हुई हैं।

ब्रिटिश श्रमिक संघ आन्दोलन का संदेश और उसकी प्रकृति

ब्रिटिश श्रमिक संघ आन्दोलन विश्व में संगठित श्रमिक संघ का एक सर्वोत्तम उदाहरण है। इंगलैंड का श्रमिक संघ आन्दोलन राष्ट्रीय क्षेत्र में भी एक आदर्श आन्दोलन है जो विकासशील देशों के लिए एक प्रेरणा-स्रोत है। **इंगलैंड में भी श्रमिक संघों का प्रमुख उद्देश्य अपने सदस्यों के आर्थिक हितों की रक्षा करना तथा काम की दशाओं में सुधार करना है। किन्तु इन्होंने इसके अतिरिक्त राष्ट्र की आर्थिक-सामाजिक नीतियों के निर्माण में भी अभिरुचि लेना प्रारंभ कर दिया है।**

द्वितीय विश्वयुद्ध के उपरान्त श्रमिक संघ उत्पादन शक्ति में अधिक-से-अधिक वृद्धि करने के लिए नियोजकों के साथ हाथ बँटा रहे हैं। **उन्होंने अनुभव किया है कि श्रमिकों को केवल धन के समान पुनर्वितरण से नहीं वरन् उत्पादन में महान वृद्धि से ही लाभ होगा। अतएव वर्गीय स्वार्थों पर जोर देकर विशुद्धत: लड़ाकू संगठन बनने**

के बजाय अब ये एक मंगल राज्य (welfare state) की सृष्टि करने में सहायता पहुँचाने के लिए रचनात्मक शक्तियों में परिणत हो गये हैं। इंगलैंड की श्रम-संस्थाएँ हड़तालें और अपनी माँगे स्वीकार कराने के अतिरिक्त कल्याणकारी कार्यों को भी संपादित करती हैं। ये कल्याणकारी कार्य इतने दृढ़ आधार पर संगठित हैं कि वे विश्व के अन्य देशों के लिए आदर्श कहे जा सकते हैं। **यहाँ की श्रमिक संस्थाएँ श्रमिक के जन्म से मृत्यु तक की सभी आवश्यकताओं पर पूर्ण ध्यान देतो हैं।** निवास स्थान, पानी, बिजली, प्रकाश, शिक्षा, चिकित्सा, दुर्घटना, निवृत्तिका (pension), बुढ़ापा बेकारी, मनोरंजन, सांस्कृतिक उत्थान आदि सभी प्रकार की व्यवस्थाओं पर इंगलैंड की श्रमिक संस्थाओं का ध्यान रहता है। इंगलैंड के श्रमिक संघ वहाँ के श्रमिक के प्रमुख अंग हैं। देश के अधिकांश श्रमिक संघों के सदस्य होते हैं और श्रमिक संघों का निर्देश कुशल श्रमिक नेताओं के द्वारा होता है। महान श्रम नेता **बेवन** (Bevan) के शब्दों में इंगलैंड की, ''**श्रमिक संस्थाएँ, प्रशिक्षण और उत्साह के प्रेरणा स्रोत हैं जिनसे आनेवाली पीढ़ियाँ अधिक उत्तरदायित्व उठाने के लिए तत्पर प्रतीत होती है। श्रमिक संस्थाओं ने अपने पुराने आन्दोलन के ढंगों में शीघ्रता से परिवर्तन कर लिया है। यद्यपि उनका हड़ताल करने का अधिकार वैधानिक रूप में उनकी धरोहर है तथापि उसके उचित प्रयोग के लिए वे सावधान हैं।** जनतंत्रीय देशों में श्रमिकों के पास हड़ताल का हथियार महान शक्ति का प्रतीक है। किन्तु यहाँ उन्होंने ऐसे उपायों को खोज निकाला है कि उनकी कठिनाइयों का समाधान इस हथियार की सहायता के बिना ही हो सके।''

ब्रिटिश और भारतीय श्रमिक संघ आन्दोलन का तुलनात्मक अध्ययन

इंगलैंड तथा भारत दोनों ही देशों में श्रमिक संघ आन्दोलन में बहुत कुछ समानताएँ पायी जाती हैं। जैसे दोनों में ये औद्योगिक क्रांति की देन है, दोनों ही देशों में ये श्रमिकों के हितों का प्रतिनिधित्व करते हैं, इनका लक्ष्य श्रमिकों के लिए काम की दशाएँ, काम के घंटे, न्यूनतम मजदूरी की दर आदि को निश्चित करना है, दोनों ही के द्वारा प्रारंभिक अवस्था में श्रम कल्याण कार्यो पर जोर नहीं दिया गया था, दोनों का इतिहास दीर्घ संघर्ष का इतिहास है और दोनों ही देशों में विकास की प्रारंभिक अवस्था में इस आन्दोलन को नियोजकों और सरकार ने कुचलने का प्रयास किया था। **किन्तु इन समानताओं के बावजूद इनमें अनेक विषमताएँ भी हैं।** इंगलैंड में कुल श्रमिकों के प्रायः 90-95 प्रतिशत श्रमिक इन संगठनों के सदस्य हैं किन्तु भारत के अधिकांश श्रमिक, लगभग तीन चौथाई, इन संघों से अलग हैं। इंगलैंड में इनकी व्यवस्था योग्य नेताओं द्वारा होती है, पेशेवर राजनीतिज्ञों द्वारा नहीं जैसा कि भारत में होता है। इंगलैंड में एक पृथक दल है जो अनवरत रूप से श्रमिकों के हितों में अभिवृद्धि का प्रयास करता रहता है। भारत में श्रमिकों का कोई राजनीतिक दल नहीं है। इंगलैंड में श्रमिकों का शैक्षणिक स्तर और जीवन स्तर भी भारतीय श्रमिकों की अपेक्षा बहुत अधिक ऊँचा है जिससे ये श्रम-संगठन के महत्त्व को समझते हैं तथा उनमें उचित योगदान करते हैं। भारतीय मजदूरों में इस प्रकार की भावना का अभी प्रायः अभाव है। इंगलैड में औद्योगिक श्रमिकों का एक स्थानीय वर्ग है जबकि भारत में अधिकांश श्रमिक आज भी ग्रामीण क्षेत्रों से औद्योगिक केन्द्रों में कार्य करने आते हैं। इससे भारत में श्रमिक आन्दोलन के विकास में बहुधा बाधा उत्पन्न होती हैं। **ब्रिटिश**

श्रम संघ जनतंत्रीय सिद्धांतों को ध्यान में रखते हैं जबकि भारतीय श्रम संघों के ऊपर से तो जनतंत्रीय सिद्धांतों का स्वांग रचा जाता है किन्तु वास्तव में सब कुछ दूसरा ही होता है। अत: भारतीय और ब्रिटिश श्रम संघों के दृष्टिकोण में भी अन्तर है।

संदर्भ

I.L.O : The Trade Union Situation in the U.K:

B. and S. Webb : The History of Trade Unionism.

A.J. Youngson : The British Economy, 1920-1957.

G.D.H Cole : A Short History of the British Working Class Movement.

Roberts : Trade Unionism in a Free Society.

मानक प्रश्न

1. इंगलैड मे श्रमिक संघ आन्दोलन के विकास का वर्णन करें। भारतीय श्रमिक संघ आन्दोलन से इसकी तुलना करें। **(Raj. U. 1958, 1963)**
2. इंगलैड में श्रमिक संघ आन्दोलन की मुख्य क्रियाओं की व्याख्या करते हुए इसके विकास का वर्णन कीजिए। इससे श्रम की परिस्थितियों को किस प्रकार प्रभावित किया है? **(Raj. U. 1956)**
3. औद्योगिक क्रांति द्वारा श्रमिकों की विचारशक्ति में हुए परिवर्तनों की व्याख्या कीजिए। इसके क्या कारण थे। **(Raj. U. 1959)**
4. वर्तमान शताब्दी मे इंगलैड के श्रमिक संघ आन्दोलन की स्थिति की व्याख्या करें। **(B.U.B. Com. 1960A)**
5. ग्रेट ब्रिटेन में संगठित श्रम-आन्दोलन के विकास के क्या कारण थे ? अपने विकास के क्रम में इसे किन-किन कठिनाइयों का सामना करना पड़ा ? **(B.U.B. Com. 1955 S)**
6. ''इंगलैड में श्रम एक जीवन शक्ति है।'' इस सन्दर्भ में श्रमिक संघ आन्दोलन के महत्त्व की व्याख्या कीजिए। **(Raj. U. 1968)**

❑

अध्याय 10

ग्रेट ब्रिटेन में श्रम विधान और सामाजिक सुरक्षा

(LABOUR LEGISLATION AND SOCIAL SECURITY IN GREAT BRITAIN)

श्रम विधान

औद्योगिक क्रांति के परिणामस्वरूप जहाँ एक ओर घोर सम्पन्नता और अपार वैभव के युग का शुभारंभ हुआ वहीं दूसरी ओर इसने समाज में एक सर्वहारा वर्ग को भी जन्म दिया जिसके पास श्रम के अतिरिक्त और कुछ नहीं था। औद्योगिक क्रांति के कारण इंगलैंड में कारखाना-प्रणाली का विकास हुआ। इसके अन्तर्गत बड़े-बड़े कारखानों में हजारों-हजार की संख्या में श्रमिक एक साथ कार्य करने लगे। इस प्रणाली के फलस्वरूप हजारों की संख्या में मजदूरों का दल कारखानों की ओर खिंचता चला आ रहा था। ये असहाय थे तथा इनके पास अपने श्रम को बेचने के अतिरिक्त और कोई भी दूसरा साधन नहीं था। यह कारखाना-प्रणाली दोषों से परिपूर्ण थी। कारखानों में कार्य करने की दशाएँ बिल्कुल अस्वास्थ्यकर थीं। कार्य करने के लम्बे घंटे, कम मजदूरी, औरत श्रमिकों तथा बच्चों का शोषण, काम करने का गन्दा वातावरण, दुर्घटनाएँ इत्यादि इन कारखानों की प्रमुख विशेषताएँ थीं। इनका तात्कालिक परिणाम यह हुआ कि श्रमिकों को बहुत अधिक समय तक इस प्रकार के घुटनशील वातावरण में कार्य करने के लिए विवश होना पड़ा। **इरविंग** (Irving) ने अपनी पुस्तक में तत्कालीन सूती-वस्त्र उद्योग में श्रमिकों की स्थिति की व्याख्या बड़े ही मार्मिक ढंग से की है—"प्रारंभ में सूती-वस्त्र कारखानों में साधारणतया चौबीस घंटे तक कार्य चलता था। मजदूरों से कार्य लेने की केवल एक ही सीमा थी—वे थक कर चूर-चूर हो जायँ। बालकों का समूह एक ही छत के नीचे कार्य करता था तथा ज्योंही एक पारी बिस्तरों से उठती उसका स्थान दूसरी पारी ले लेती। अत्यधिक कठिन परिश्रम के परिणामस्वरूप उन्हें शारीरिक अयोग्ताएँ भी हो जाती थीं। बिना ढँकी मशीनों से दुर्घटनाएँ आम बात थीं। फोरमैनो का चुनाव उनके अधिक-से-अधिक कार्य लेने की शक्ति के आधार पर होता था। वे श्रमिकों पर चाबुकों की वर्षा करते थे ताकि उन्हें एक साथ जमा रखा जाय तथा वे अधिक परिश्रम से कार्य कर सकें। उन्हें सस्ता-से-सस्ता तथा अति निम्न कोटि का भोजन मिलता था। इस प्रकार जो जीवित बच जाते (अधिकांश जीवित नहीं बचते थे) वे विकलांग के रूप में अपना जीवन-यापन करते थे।"[1]

1. "The early textile mills often worked continuously for twentyfour hours a day and the only limit to hours was that of physical exhaustion. The children were herded in sheds and as one shift arose from the beds another tumbled in, so that they were never cold. The hard physical labour they performed resulted in bodily deformities, and accidents from unfenced machines were only too common. Foremen were chosen for thier power to get the maximum amount of work from them and they were often flogged with whips to keep them awake and make them work harder. They were fed as cheaply as possible on the coarsest of food and those who survived—many of course did not—grew up with stunted rickety bodies and warped twisted minds brutalised by their appalling childhood."

—Irving : *An Introduction to Economic History,* p. 213

उस समय सरकार हस्तक्षेपहीन नीति का अनुसरण कर रही थी क्योंकि उसका प्रतियोगता में दृढ़ विश्वास था। अतएव यद्यपि कार्य करने की परिस्थितियाँ विद्रोहमयी थीं तथापि 19वीं शताब्दी भर उन परिस्थितियों में सुधार किये जाने के लिए कारखाना विधियों को निर्मित करने को लेकर एक विवाद खड़ा हो गया था। हस्तक्षेपहीन नीति के सैद्धांतिक समर्थक कारखाना विधियों को पारित करने का विरोध करते थे और अपने पक्ष में अनेक तर्क प्रस्तुत करते थे। उनका कहना था कि कार्य करने के घंटों को राज्य द्वारा नियंत्रित किये जाने पर उत्पादन में कमी आ जायेगी जबकि कार्य करने की पूर्ण स्वतंत्रता कुछ समय के पश्चात् अवश्य ही वर्तमान बुराइयों को दूर कर देगी। कालसिद्ध (classical) अर्थशास्त्री **नासू सीनियर** (Nassu Senior) ने एक विलक्षण सिद्धांत प्रतिपादित किया कि नियोजक का लाभ दिन के अन्तिम घंटे में किये गये कार्य से प्राप्त होता है। अतएव कार्य करने के घंटों में कोई भी कमी उस नियोजक को अपना कारखाना बंद कर देने के लिए विवश कर देगी। कभी-कभी इन विधियों को पारित करने के विरोध में यह भी कहा जाता था कि यदि इंगलैंड अपने कारखानों में कार्य किये जाने के घंटों में कमी करेगा तो उसे हानि होगी क्योंकि उसे उन देशों के साथ प्रतियोगिता करनी पड़ेगी जहाँ कार्य के घंटे अधिक होते हैं। कभी-कभी **कारखाना विधियों के विरोध में श्रमिकों के हितों को भी घसीट लिया जाता था।** मुक्त व्यापार के उत्साही समर्थक **जॉन ब्राइट** (John Bright) ने सन् 1847 में पारित **'दस घंटे'** के विधेयक (Ten Hours Bill) को **'श्रमिक वर्ग के साथ किया गया मिथ्या विश्वास'** (delusion) कहा। उसका विश्वास था कि थोड़े ही दिनों में इस विधेयक को रद्द करना पड़ेगा क्योंकि यह मजदूरी में कमी कर देगा। कुछ लोगों का तर्क था कि कार्य करने के लम्बे घंटों का श्रमिकों की नैतिकता पर अच्छा प्रभाव पड़ता है और उनमें कमी से पाप एवं अपराध करने के लिए पर्याप्त समय मिलेगा। कभी-कभी यह भी कहा जाता था कि स्त्रियों के कार्य करने के घंटों को सीमित कर पुरुष वर्ग उन्हें अन्ततः कारखानों से पृथक् रखने का षड्यंत्र कर रहा है।

कालान्तर में अनेक कारणों से श्रमिकों की कार्य करने की परिस्थितियों में सुधार एवं कारखाना विधियों का निर्माण हो सका—(1) प्रथमतः **विल्बरफोर्स** (Wilberforce) ने कारखाना प्रणाली के दोषों का वर्णन कर लोक मत को प्रभावित किया जिसके कारण जनता कारखाना विधियों के निर्माण के लिए माँग करने लगी। (2) कारखाना विधियों के निर्माण के लिए आन्दोलन को भूपतियों (landlords) की क्रियाओं से भी प्रचुर स्फूर्ति मिली जिन्होंने यह सोचकर कि उद्योगपति कॉर्न ला (Corn law) को रद्द कराने के प्रयास में सफल हुए हैं प्रतिहिंसा की भावना से कार्य किया और कारखाना विधियों का समर्थन किया। (3) श्रमिक संघों के विकास और उनकी शक्तियों में वृद्धि ने कारखाना विधियों का निर्माण आवश्यक बना दिया। (4) समाजवादियों तथा समाज सुधारकों के प्रचारों का भी इस क्षेत्र में महत्त्वपूर्ण हाथ था। (5) सन् 1867 और 1884 के अधिनियमों के अनुसार श्रमिकों को मताधिकार प्राप्त हो जाने के कारण भी इसके निर्माण के लिए दबाव पड़ा। (6) उत्तर काल में इन मामलों में सरकार भी प्रचुर अभिरुचि प्रदर्शित करने लगी थी और हस्तक्षेपहीन नीति को विदाई दे दी थी। अनुदार एवं उदार दोनों ही राजनीतिक दलों ने कारखाना विधान का विभिन्न रूपों में समर्थन किया। यह **कुछ विचित्र-सी बात है कि इनसे संबंधित सन् *1878, 1891, 1902* और सन् 1937 में किये गये चार महान् संहिताकरण (codification) अनुदार दलीय सरकार के ही कार्य हैं।**

प्रथम कारखाना अधिनियम 'हेल्थ एंड मॉरल्स एप्रेन्टिसेज एक्ट' (Health and Morals Apprentices Act) था जो 1802 में पारित किया गया था। इसने रात्रि-काल में 9 बजे के पश्चात् बच्चों द्वारा कार्य किये गऐ जाने पर प्रतिबन्ध लगा दिया और उनके लिए प्रतिदिन कार्य के समय को 12 घंटों तक सीमित किया। किन्तु यह अधिनियम बहुधा लागू नहीं किया जाता था। विख्यात लोकोपकारी **रॉबर्ट आवेन** (Robert Owen) ने सन् 1802 के अधिनियम को मजदूरी प्राप्त करने वाले बच्चों के साथ लागू किए जाने की माँग की। सन् 1819 में संसद ने एक विधि पारित की जिसके अनुसार 9 वर्षों से कम अवस्था वाले बच्चों को सूती वस्त्र उद्योग के कारखानों में भर्ती करने पर प्रतिबन्ध लगा दिया गया। सन् 1831 में एक अधिनियम ने 18 वर्ष से कम अवस्था वाले बच्चों के लिए कार्य करने के अधिकतम घंटों को 12 घंटा प्रतिदिन निश्चित किया। किन्तु **प्रथम प्रभावपूर्ण कारखाना अधिनियम सन् 1833 में पारित किया गया जिसे आसले कारखाना अधिनियम** (Ashley Factory Act) कहा जाता है। इस अधिनियम के अनुसार वस्त्र उद्योग के कारखानों में बच्चों के कार्य करने के घंटों को प्रतिदिन 9 घंटे और प्रति सप्ताह 48 घंटे रखा गया और 12 से 18 वर्ष की आयु वालों के लिए 12 घंटे प्रतिदिन और 69 घंटे प्रति सप्ताह रखा गया। सन् 1840 के पश्चात् कॉर्न लॉ (Corn Law) को रद्द करने के लिए किए गए संघर्ष द्वारा कारखाना सुधार के लिए किए जानेवाले आन्दोलन को अत्यधिक बल प्राप्त हुआ। सन् 1844 में **सर रॉबर्ट पील** (Sir Robert Peel) का कारखाना अधिनियम पारित किया गया जिसने वयस्क नारियों के लिए कार्य करने के लिए प्रतिदिन 11 घंटे और बच्चों के लिए 6½ घंटे निर्धारित किया। प्रतिदिन 10 घंटे कार्य करने की माँग करने वाले अपनी माँग की पूर्ति के लिए संघर्ष करते रहे और सन् 1846 में **फील्डेन** (Filden) कारखाना अधिनियम ने इस आदर्श को संलिष्ट किया। **कार्ल मार्क्स** ने इस अधिनियम का श्रमिक वर्गीय सिद्धांतों के लिए शानदार विजय के रूप में स्वागत किया। उसने घोषित किया कि **''अंगरेजी कारखानों के श्रमिक ने केवल अंगरेजी श्रमिक वर्ग के ही वरन् सामान्यत: समस्त आधुनिक श्रमिक वर्ग के प्रजेता (champion) हैं।''**

यह अधिनियम सर्वप्रथम वस्त्र उद्योग के कारखानों के साथ प्रयुक्त हुआ किन्तु सन्1847-48 में विभिन्न उद्योगों के साथ लागू किया गया। 1856 ई॰ में यंत्रों की ढँकाई की व्यवस्था की गयी। इसके बाद आवश्यक संशोधनों द्वारा इन अधिनियमों के क्षेत्र में विस्तार होता रहा। 1860 ई॰ में लेस के कारखानों, 1862 ई॰ में धुलाई एवं रंगाई से संबंधित कारखानों तथा 1878 ई॰ केलिको प्रिंटिंग कारखानों में इन अधिनियमों को लागू किया गया। 1862-63 ई॰ में सरकार ने अन्य उद्योगों में श्रमिकों की स्थिति की जाँच के लिए एक आयोग की नियुक्ति की। इसने अपना प्रतिवेदन 1863 ई॰ में प्रस्तुत किया। परिणामस्वरूप 1864 ई॰ में एक विशेष विधान (special legislation) द्वारा बर्तन (pottory), दियासलाई (match), कारतूस (cartidges), मोटिया कपड़ा काटने (fustian cutting) तथा कागज निर्माण (paper staining) आदि उद्योगों के साथ भी कारखाना अधिनियम लागू किया गया। 1867 ई॰ में कारखाना अधिनियम विस्तारण अधिनियम (Factory Act Extension Act) तथा कर्मशाला विनियम अधिनियम (Workshop Rgulation Act) पारित हुए। कारखाना अधिनियम विस्तारण अधिनियम के अनुसार लोहा-इस्पात, कागज, छपाई, काँच, जिल्द बंधाई तथा तम्बाकू के वैसे कारखानों में जहाँ 50 से अधिक व्यक्ति कार्य करते हों इसे लागू किया गया। इस अधिनियम के अंतर्गत कारखाने की परिभाषा पहली बार की गयी।

1874 ई० का कारखाना अधिनियम (Factory Act of 1874) व्यापक था जिसमें (1) स्त्रियों तथा युवा श्रमिकों के लिए प्रतिदिन 10 घंटे काम करने का दिन निश्चित किया गया। (2) इनसे एक सप्ताह में 56 घंटे 30 मिनट से अधिक कार्य नहीं लिया जा सकता था। रोजगार के लिए न्यनूतम आयु 9 से बढ़कर 10 वर्ष कर दी गयी। (3) कार्य करने वाले बच्चों की सुरक्षा पर विशेष रूप से ध्यान दिया जाना था। (4) ऐसे बच्चों की न्यूनतम आयु 14 वर्ष कर दी गयी। 1878 ई० में कारखाना और कार्यशाला अधिनियम (Factory and Workshop Act) पारित हुआ। इसके अनुसार विभिन्न प्रकार के कारखानों को एक सूत्र में बाँधा गया। इस अधिनियम में अनेक नियमों तथा विनियमों (regulation) को संहिताबद्ध किया गया। इसने कारखाना अधिनियमों को लागू करने की तत्कालीन व्यवस्था में सुधार किया। अब श्रमिकों के स्वास्थ्य आदि के संबंध में भी व्यवस्था की जाने लगी। 1891 ई० में कार्य करने की न्यूनतम आयु बढ़कर 11 कर दी गयी तथा 1896 ई० में सभी कार्यों के बच्चों के लिए30 घंटे का सप्ताह बनाया गया। 1895 ई० में चिकित्सकों को कतिपय व्यावसायिक रोगों की सूचना कारखानों को देने का आदेश दिया गया। इस प्रकार **उन्नीसवीं शताब्दी के अन्त तक कारखाना अधिनियम प्राय: सभी प्रकार से पूर्ण हो गये थे।**

बीसवीं शताब्दी में कारखाना अधिनियमों में समय-समय पर सुधार होते रहे। 1901 ई० में एक अन्य महत्त्वपूर्ण संहिताकरण हुआ जब 1901 ई० के कारखाना और कार्यशाला अधिनियम ने स्त्रियों और किशोरों के लिए कार्य करने के घंटों को घटाकर 55 घंटे प्रति सप्ताह कर दिया। कारखाना में काम करने वाले बच्चों की निम्नतम आयु 12 वर्ष कर दी गयी। पुरुषों से संबंधित प्रथम कारखाना अधिनियम सन् 1908 में पारित किया गया था जिसने खान खोदने वालों के लिए प्रतिदिन 8 घंटे का कार्य निर्धारित किया। सन् 1919 और सन् 1920 में बहुत से श्रमिकों के लिए कार्य करने के घंटों को घटाकर 47 घंटे प्रति सप्ताह कर दिया गया। सन् 1937 और सन् 1938 के अधिनियमों ने स्त्रियों और 16 से 18 वर्ष की आयु वाले नवयुवकों के लिए कार्य करने के घंटों को 48 घंटे प्रति सप्ताह निर्धारित किया। 1918 ई० में फिशर शिक्षा अधिनियम (Fisher Education Act) पारित हुआ। इसके अनुसार 14 वर्ष से कम आयु के बच्चों के लिए अनिवार्य शिक्षा की व्यवस्था की गई। बाद में 1944 ई० के विधान द्वारा काम करने वाले बच्चों की न्यूनतम आयु 15 वर्ष कर दी गयी। 1937 ई० में एक दूसरा कारखाना अधिनियम पारित हुआ। इसके अनुसार युवकों तथा स्त्रियों के लिए प्रति सप्ताह 48 घंटे काम की अवधि निश्चित की गयी। द्वितीय महायुद्ध काल में कारखानों में काम करने की दशाओं में सुधार के लिए कोई भी महत्त्वपूर्ण विधान नहीं पारित हुआ बल्कि काम के घंटों में वृद्धि के उद्देश्य से 1938 ई० के अधिनियम में ढिलाई दी गयी। 1940 ई० के सामान्य आपात अधिनियमों (General Emergency Act) के द्वारा पुरुषों के लिए कार्यशील सप्ताह60 घंटे कर दिया गया। 1944 ई० के युवा व्यक्ति अधिनियम (Young Persons Act) में संशोधन के अनुसार स्थानीय अधिकारियों को अपने क्षेत्र में बच्चों के काम करने की दशाओं के संबंध में नियम बनाने का अधिकार दिया गया।

द्वितीय विश्वयुद्ध के बाद 1948 ई० में 1937 ई० के कारखाना अधिनियम में संशोधन किया गया। 1950 में दुकान अधिनियम (Shop Act) पारित हुआ। इसके अनुसार दुकान खोलने और बन्द करने का समय निश्चित किया गया। प्रत्येक सप्ताह में आधे दिन की छुट्टी (weekly half day holiday) की व्यवस्था की गयी; 16 वर्ष के किशोरों के लिए कार्य करने की अधिकतम अवधि 44 घंटे तथा 16 से 18 वर्ष के किशोरों

के लिए 48 घंटे प्रति सप्ताह निश्चित की गयी। 1959 ई० में एक कारखाना अधिनियम पारित हुआ। इसके अनुसार युद्धकाल में नियोक्ताओं को दी गयी सुविधाएँ समाप्त कर दी गयीं। साथ ही, इससे श्रमिकों की सुरक्षा, स्वास्थ्य तथा श्रम-कल्याण के संबंध में नियम बनाए गये। सन् 1961 में एक अधिक व्यापक कारखाना अधिनियम बनाया गया जिसमें श्रमिकों की स्थिति में सुधार के व्यापक प्रावधान हैं।

खान-सम्बन्धी अधिनियम
(Mining Legislation)

खान-सम्बन्धी अधिनियमों का निर्माण ग्रेट ब्रिटेन में कारखाना अधिनियमों से पृथक रूप में किया गया। उन्नीसवी शताब्दी के प्रारंभ में खानों में कार्य करनेवाले श्रमिकों की स्थिति अत्यन्त शोचनीय थी। खानों के मालिक उनका तरह-तरह से शोषण करते थे। खानों में स्त्रियां तथा बच्चों से 15 घंटे प्रति दिन काम लिया जाता था। इन्हें अत्यधिक खतरनाक तथा दुःसह परिस्थितियों में काम करना पड़ता था। उन्नीसवीं शताब्दी के प्रारंभ में अनुमानतः प्रति वर्ष 1000 से अधिक श्रमिक दुर्घटनाओं से मर जाया करते थे तथा 700 से 800 तक विभिन्न प्रकार की दुर्घटनाओं के शिकार हो जाया करते थे। **ब्रिग्स** और **जॉरडन** (Briggs and Jordan) के अनुसार, **''शताब्दी के प्रारंभिक भाग में जीवन की दशाएँ चूड़ान्त तक हृदय विदारक थीं। श्रम वर्ग का कोई भी दूसरा उपवर्ग इससे अधिक पतित नहीं था। स्वभावतः खनन श्रमिक शेष औद्योगिक समुदाय से एक पृथक और विशिष्ट वर्ग बन गया था। खान मालिकों का स्थान एक विशेष अधिकार वाला था और खानों में काम करनेवाले व्यक्तियों का निर्लज्ज शोषण किया जाता था।''**[1]

अतएव कारखाना अधिनियमों के निर्माण के बाद अन्य उद्योगों में काम करनेवाले श्रमिकों के लिए अधिनियम बनाने की माँग की जाने लगी। फलतः खान में काम करनेवाले श्रमिकों की स्थिति की जाँच के लिए सरकार द्वारा एक आयोग नियुक्त किया गया। इसके सुझावों के आधार पर 1842 में कोयला खान अधिनियम पारित हुआ। इसके अनुसार नारियों तथा लड़कियों को खानों के अन्दर कार्य करने की मनाही कर दी गयी। साथ ही, 10 वर्ष से कम आयु वाले बच्चों को खानों में काम करने पर प्रतिबन्ध लगा दिया गया। सन् 1850 ई० में सरकारी निरीक्षकों की नियुक्ति की गयी जिनके द्वारा खानों में वायु-प्रवेश, रोशनी आदि की जाँच की जाने लगी। 1855 ई० में खानों में काम करने वाले श्रमिकों के स्वास्थ्य इत्यादि के सम्बन्ध में भी अधिनियम बनाए गए। 1860 ई० में खानों में काम करने की न्यूनतम आयु 20 वर्ष कर दी गयी।

1872 ई० का खान अधिनियम *(Mining Act of 1872)*—इस अधिनियम के अनुसार श्रमिकों की न्यूनतम आयु निश्चित की गयी। प्रतिदिन काम की अधिकतम अवधि 10 घंटे निश्चित की गयी। प्रत्येक खान में एक योग्य प्रमाणित प्रबन्धक (certified manager) की नियुक्ति की व्यवस्था की गयी जिन्हें खानों में स्वास्थ्य और सुरक्षा आदि के सम्बन्ध में एक सरकारी परीक्षा में उत्तीर्ण होना पड़ता था। 1903 ई० तथा 1906 ई० में

1. "The conditions of life in the early part of the century were shocking in the extreme. No section of the labouring classes was more degraded. The colliers naturally formed a distinct and separate class from the rest of the industrial community. The mine owners occupied a privileged position and the men were shamefully exploited."

पुनः खान अधिनियम पारित हुए। 1908 ई॰ तथा 1912 ई॰ में दो और खान अधिनियम पारित किये गये। इनके अनुसार कार्य की अवधि प्रतिदिन आठ घंटा निश्चित की गयी। **प्रत्येक जिले में एक समिति बनायी गयी जिसका काम अपने क्षेत्र में कोयले की खानों में काम करने वाले श्रमिकों की न्यूनतम मजदूरी निश्चित करना था।** 1920 ई॰ में श्रमिकों की बढ़ती हुई माँग के कारण कार्य की अवधि सात घंटे प्रतिदिन तय की गयी। इनकी न्यूनतम मजदूरी निश्चित करने के लिए **राष्ट्रीय मजदूरी मंडल** (NationalWages Board) का गठन किया गया। किन्तु 1926 ई॰ में पुनः 8 घंटे प्रतिदिन काम का नियम चालू किया गया।

1946 ई॰ में मजदूर दल की सरकार ने कोयला उद्योग का राष्ट्रीयकरण कर दिया। इससे अब श्रमिकों की सुरक्षा तथा कल्याण का दायित्व प्रत्यक्ष रूप से सरकार पर आ गया। 1952 ई॰ में **खान श्रमिक कल्याण अधिनियम** (Miner's Welfare Act) बनाया गया। इसके अनुसार 1939 ई॰ में स्थापित खान-श्रम कल्याण निधि (Miners' Welfare Fund) की व्यवस्था **कोयला उद्योग सामाजिक कल्याण संगठन** (Coal Industry Social Welfare Organization) को सौंप दी गयी। 1954 ई॰ में **खान और खदान अधिनियम** (Mines and Quarries Act) निर्मित हुआ। इसकी निम्नलिखित प्रमुख विशेषताएँ थीं:

1. खानों तथा खदानों में काम करने वाले श्रमिकों के स्वास्थ्य, सुरक्षा तथा कल्याण पर जोर दिया गया।
2. खानों में काम करने वाले कम आयु के श्रमिकों तथा महिला मजदूरों के लिए नियम बनाये गये।
3. प्रयोग में नहीं लायी जाने वाली खानों तथा खदानों की घेराबन्दी की व्यवस्था की गयी।

खानों के सम्बन्ध में 1954 ई॰ का अधिनियम एक पूर्ण व्यापक विधान है। इसके अन्दर खान तथा खदानों के मालिकों और प्रबन्धकों के दायित्व, यातायात की सुविधा, खान की कार्य-सम्बन्धी योजना, कर्मचारियों के कर्त्तव्य, आग लगने तथा अन्य आकस्मिक दुर्घटनाओं के सम्बन्ध में व्यवस्था की गयी है। इस अधिनियम के अनुसार स्त्रियाँ तथा बच्चे के नीचे काम नहीं कर सकते। इनमें प्रति सप्ताह 48 घंटे से अधिक काम नहीं होगा।

ब्रिटिश औद्योगिक श्रमिकों की वर्तमान स्थिति

ग्रेट ब्रिटेन में बने पिछले सभी कारखाना अधिनियमों और नियमों को एक सूत्र में बाँधकर 1961 में एक नया कारखाना अधिनियम बनाया गया जिसे 1961 का कारखाना अधिनियम (Factory Act of 1961) कहा जाता है। **1961 ई॰ के कारखाना अधिनियम के बाद श्रमिकों की स्थिति इस प्रकार है–**

1. काम के घंटे *(Hours of work)*—यद्यपि कारखाना अधिनियम द्वारा 48 घंटे का सप्ताह निर्धारित है तथापि व्यवहार में श्रमिकों को औसतन केवल 40 से 42 घंटे प्रति सप्ताह ही कार्य करना पड़ता है। अलग-अलग उद्योगों में पाँच दिन प्रति सप्ताह से लेकर साढ़े पाँच दिन प्रति सप्ताह काम होता है। महिलाओं तथा बच्चों के लिए काम के घन्टे कुछ कम हैं और उनसे रात्रि में कार्य लेना निषिद्ध है।

2. प्रति घंटे आय *(Income per hour)*—एक साधारण ब्रिटिश श्रमिक की आय 4 शिलिंग 9 पेंस से लेकर 6 शिलिंग प्रति घंटा तक है। महिला श्रमिकों की 3½ शिलिंग से 5 शिलिंग प्रति घंटा है। इससे अधिक समय कार्य करने के लिए अधिक मजदूरी मिलती है। इस कारण व्यवहार में यह औसत दर इससे कुछ अधिक होती है।

3. अवकाश और छुट्टी *(Leisure and leave)*—रविवार और आधे शनिवार के साथ-साथ तथा सार्वजनिक छुट्टियों के दिनों में भी ब्रिटिश श्रमिकों को सवेतनिक छुट्टियाँ मिलती हैं। उन्हें वर्ष में 12 दिन का सवेतन अवकाश भी मिलता है। कुछ उद्योगों में तो इससे भी अधिक अवकाश की व्यवस्था है।

4. सुरक्षा *(Safety and security)*—सामान्य अधिनियमों के अन्तर्गत श्रमिकों की सुरक्षा पर पूरा ध्यान रखना मालिकों का दायित्त्व ठहराया गया है। 1954 के खान और खदान अधिनियम (Mines and Quarries Act), 1956 के कृषि (सुरक्षा, स्वास्थ्य और कल्याण प्रावधान) अधिनियम [Agriculture (Safety, Health and Welfare Provisions) Act, 1946] तथा कारखाना अधिनियम 1961 के अन्तर्गत श्रमिकों की सुरक्षा के संबंध में पर्याप्त व्यवस्थाएँ की गयी हैं। ये व्यवस्थाएँ खतरनाक मशीनों को ढँकने, गतिशील मशीनों की सफाई, सुरक्षा के लिए प्रशिक्षण, आग-निरोधक व्यवस्था तथा हानिकारक गैस आदि से नेत्रों की सुरक्षा आदि से संबंधित है।

5. स्वास्थ्य और चिकित्सा *(Health and treatment)*—कारखानों एवं कर्मशालाओं आदि में सफाई, रोशनी, वायु-ताप, शुद्ध जल, स्नान-गृह, प्राथमिक चिकित्सा, अनिवार्य डाक्टरी परीक्षा आदि के संबंध में समुचित नियम बनाये गये हैं। इनकी देख-रेख कारखाना निरीक्षक करते हैं। इस समय ब्रिटेन में 1600 कारखाना डाक्टर नियुक्त हैं। इनके अतिरिक्त 700 कारखाना चिकित्सा अधिकारी भी नियुक्त हैं। इनका कर्त्तव्य नये भरती किये गये श्रमिकों के स्वास्थ्य की जाँच करना है। कारखाना अधिनियम, 1961 के अन्तर्गत ऐसा किया जाना अनिवार्य है।

6. श्रम कल्याण *(Labour welfare)*—ब्रिटेन में कारखानों में श्रम-कल्याण कार्यों के लिए विभिन्न प्रकार के अधिनियमों के अन्तर्गत न्यूनतम व्यवस्था की गयी है। व्यवहार में मालिकों तथा श्रमिकों के द्वारा पारस्परिक समझौते के आधार पर श्रम-कल्याण नीति निर्धारित की जाती है जो कानूनी व्यवस्था में बहुत ही अधिक व्यापक है।

7. आवास *(Housing)*—ब्रिटेन में द्वितीय विश्वयुद्ध के बाद औद्योगिक श्रमिकों के आवास के लिए भी विस्तृत व्यवस्थाएँ की गयी हैं।

श्रम-विधान और औद्योगिक विवाद
(Labour Legislation and Industrial Disputes)

औद्योगिक विवादों के संबंध में प्रथम महत्त्वपूर्ण अधिनियम सन् 1896 में पारित किया गया था। इसने समझौता मंडलों (conciliation board) को शक्तियाँ दीं। किन्तु अनिवार्य विवाचन (compulsory arbitration) सिद्धांत को नहीं अपनाया गया था। सन् 1896 का अधिनियम सन् 1894 के श्रम आयुक्त प्रतिवेदन (Labour Commissioner's Report) का परिणाम था। प्रथम विश्वयुद्ध के पूर्व के वर्षों में यह प्रत्यक्ष हो गया कि श्रमिक अशान्ति एवं औद्योगिक विवादों को दूर करने के लिए अधिक व्यापक (comprehensive) उपायों को अपनाया जाना आवश्यक है। फलस्वरूप सन् 1908 में एक स्थायी विवाचन न्यायालय (Court of Arbitration) की स्थापना की गई। साथ में एक औद्योगिक परिषद भी स्थापित की गई जिसमें नियोजकों और नियोजितों के प्रतिनिधि सम्मिलित थे और जिनका कार्य उपस्थित प्रश्न के समझौता और विवाचन के संबंध में व्यापार मंडल को परामर्श देना था। प्रथम विश्वयुद्ध द्वारा प्रस्तुत असाधारण परिस्थितियों ने ग्रेट ब्रिटेन को 1915-17 में **म्यूनिशन ऑफ वार एक्ट** (Munition of War Act) पारित करने के लिए विवश

किया जिसने हड़ताल को अवैधानिक घोषित किया और विवाचन मंडलों (board of arbitration) के निर्णयों को अवश्य पालनीय बना दिया।

किन्तु विश्वयुद्ध समाप्त हो जाने पर सन् 1919 में ऐसी विधियों को रद्द कर दिया गया। औद्योगिक विवादों की जाँच करने के लिए सन् 1916 में **ह्विटली समिति** (Whitely Committee) की नियुक्ति की गई। संगठित उद्योगों में इस समिति ने **एक-त्रिस्तरीय** (three tier) यंत्र की रचना की अनुशंसा(recommendation) की जिसमें(1) औद्योगिक प्रतिष्ठान की आन्तरिक समस्याओं के समाधान के लिए **कर्मशाला समितियाँ**(workshop committee), (2) स्थानीय क्षेत्र में उपस्थित होनेवाली समस्याओं के समाधान के लिए **जिला समितियाँ** (district committees) और (3) **राष्ट्रीय संयुक्त समितियाँ** होनेवाली थीं जहाँ पर सम्पूर्ण उद्योगों से संबंधित प्रश्नों पर विचार-विमर्श किया जाता। आंशिक रूप से संगठित उद्योगों के लिए उस समिति ने राष्ट्रीय संयुक्त समितियों (national joint councils) के निर्माण के लिए सुझाव दिया था। असंगठित उद्योगों के लिए इसने व्यापार मंडल के यंत्रों को चालू रखने का सुझाव दिया था। यह समिति अनिवार्य विवाचन के सिद्धांत के पक्ष में नहीं थी। इस प्रतिवेदन का कुछ मिश्रित स्वागत हुआ—मालिकों द्वारा भी और मजदूरों द्वारा भी। सन् 1929 में संसद ने **औद्योगिक न्यायालय अधिनियम** (Industrial Courts Act) पारित किया जिसमें **ह्विटली समिति** की अनुशंसाओं का समावेश किया गया। इस अधिनियम के अनुसार एक **स्थायी औद्योगिक न्यायालय** (Standing Industrial Court) की रचना की गई जिसमें मालिकों तथा कर्मचारियों के प्रतिनिधिगण तथा स्वतंत्र व्यक्ति भी रहने वाले थे। ये सभी श्रम मंत्रालय द्वारा मनोनीत किये जाने वाले थे। फिर भी इसके निर्णय को वैधानिक रूप से लागू नहीं किया जा सकता था। अधिनियम के खंड 2 के अधीन एक **जाँच न्यायालय** (court of enquiry) को संघटित किया गया जिसका कार्य विवादों की जाँच पड़ताल कर प्रतिवेदन प्रस्तुत करना था।

ह्विटली समिति की सिफारिशों ने श्रमिकों तथा मालिकों के बीच विचार-विमर्श करने का अभ्यास दृढ़ किया। वर्तमान काल में समस्त स्तरों पर परामर्श करने-कराने के लिए व्यवस्था है। कोई भी पक्ष किसी विवाद को कुछ परिस्थितियों में श्रम मंत्री के पास भेज सकता है और यदि उस विवाद का निपटारा करने के लिए अन्य समस्त साधन विफल हो जायँ तो उसे**औद्योगिक विवाद न्यायाधिकरण**(Industrial DisputesTribunal) के पास भेजा जायेगा जो मंत्री द्वारा नियुक्त एक सभापति और दो स्वतंत्र सदस्य(एक नियोजक का प्रतिनिधि और एक नियोजित का प्रतिनिधि) को सम्मिलित कर निर्मित होता है। सरकार ने नियोजित और नियोजकों के बीच परामर्श करने की व्यवस्था करने के लिए एक उच्च-स्तरीय निकाय **राष्ट्रीय संयुक्त परामर्शदात्री परिषद** (National Joint Advisory Council) की व्यवस्था की है जिसमें ब्रिटिश नियोजक परिसंघ (Biritish Employers confederation) और श्रमिक संघ महासंघ (Trade Union Congress) का प्रतिनिधित्व है। इधर **श्रमिकों को औद्योगिक प्रतिष्ठानों में भागीदार बनाने के लिए चेष्टा की जा रही है।**

सन् 1909 में **न्यूनतम मजदूरी**(minimum wages) निर्धारित करने के लिए कुछ शोषित उद्योगों (sweated industries) में व्यापार मंडल खोले गए थे। सन् 1913 और 1918 में सफलतापूर्वक इस प्रणाली को अन्य उद्योगों के साथ भी लागू किया गया। सन् 1924 में कृषक मजदूरों के लिए न्यूनतम मजदूरी निर्धारित की गई। आजकल उन उद्योगों में भी न्यूनतम मजदूरी निर्धारित की जाती है जिनमें श्रमिकों एवं नियोजक के संगठन मजबूत नहीं है।

सामाजिक सुरक्षा और सामाजिक बीमा
(Social Security and Social Insurance)

मरणशील मानव को पग-पग पर नाना प्रकार की जोखिमों तथा अनिश्चितताओं का सामना करना पड़ता है। बेकारी, बुढ़ापा, दुर्घटना तथा मृत्यु आदि सभी मानव जीवन के साथ लगे हुए हैं। प्रारंभ में व्यक्ति अपने हितों के लिए स्वयं उत्तरदायी समझा जाता था। अपने जीवन की अनिश्चितताओं का सामना भी उसे व्यक्तिगत रूप में अथवा परिवार के आधार पर ही करना पड़ता था। किन्तु कालान्तर में महसूस किया जाने लगा कि व्यक्ति स्वयं ही व्यक्तिगत रूप में इन घटनाओं की व्यवस्था नहीं कर सकता। निर्धन मजदूरों के जीवन में तो इन अनिश्चितताओं तथा जोखिम की भयंकरता और भी गंभीर हो जाती है। अत्यधिक गरीबी के परिणामस्वरूप थोड़े दिनों की बेकारी से भी ये अपनी रक्षा नहीं कर सकते। साथ ही कारखानों में काम करने में भी इन्हें सदा दुर्घटनाओं का भय बना रहता है। इन सभी जोखिमों तथा अनिश्चितताओं से श्रमिकों के जीवन को बचाने के लिए आधुनिक समाज में भी जो व्यवस्था की जाती है उसे सामाजिक सुरक्षा कहा जाता है। सरल शब्दों में, ''सामाजिक सुरक्षा का तात्पर्य वह सुरक्षा है जिसके द्वारा कोई समाज एक पद्धतियुक्त तरीके से अपने सदस्यों को बेकारी, बुढ़ापा, बीमारी, दुर्घटना तथा मृत्यु आदि जोखिमों से बचाता है।''[1] **सामाजिक सुरक्षा की धारणा का जन्म मंगल राज्य की धारणा** (concept of welfare state) **के साथ ही हुआ।** साधारणतया यह माना जाता है कि **एक मंगल राज्य में कम-से-कम पाँच परिस्थितियों–आवश्यकता, बीमारी, अज्ञानता, दरिद्रता तथा बेकारी में राज्य द्वारा व्यक्ति की सहायता की जानी चाहिए।** वस्तुतः समाज के सभी व्यक्तियों के लिए भौतिक कल्याण के एक न्यूनतम स्तर की व्यवस्था करना कल्याणकारी राज्य का परम कर्त्तव्य माना जाता है।**प्रो० कोल** (Cole) के अनुसार, ''सामाजिक सुरक्षा का अभिप्राय यह है कि राज्य अपने सभी नागरिकों के भौतिक कल्याण के एक न्यूनतम स्तर के लिए इतने व्यापार आधार पर स्वंय उत्तरदायित्व संभाले कि उससे व्यक्ति के जन्म से लेकर मरण तक की सभी आकस्मिक घटनाएँ इसके अन्तर्गत आ जाँय।''[2]

सामाजिक सुरक्षा और सामाजिक बीमा योजना आज के ब्रिटिश सामाजिक जीवन का एक आवश्यक महत्त्वपूर्ण अंग हो गई है और यह औद्योगिक संबंधों पर व्यापक प्रभाव डाल रही है। बीसवीं शताब्दी में इंगलैंड में सार्वजनिक सेवाओं पर परिवर्द्धित रूप में व्यय किया जा रहा है। इंगलैंड ने सन् 1890 में सामाजिक सेवाओं पर कुल व्यय केवल 23 मिलियन पौंड किया था। यह व्यय बढ़कर सन् 1900 में 26 मिलियन पौंड, सन् 1920 में 206 मिलियन पौंड, सन् 1935 में 246 मिलियन पौंड हो गया। **आजकल ग्रेट ब्रिटेन ने सामाजिक सुरक्षा की एक विशद व्यापक योजना बनाई है जिसके अनुसार सभी गरीब व्यक्तियों की सामाजिक जोखिमों से रक्षा की जाती है।** सामाजिक सुरक्षा योजना पर सन् 1982-83 में ग्रेट ब्रिटेन द्वारा 11,768 मिलियन पौंड व्यय किये जाने की

---

1. "Social security refers to the security that the society furnishes through appropriate organisation against certain risks to which its members are exposed."
2. "The idea of social security is that the state shall make itself responsible for ensuring a minimum standard of material welfare to all its citizens on a basis wide enough to cover all the main contingencies of life of an individual from birth to death."

व्यवस्था थी। इसके अतिरिक्त उस वर्ष स्वास्थ्य और व्यक्तिगत सामाजिक सेवाओं पर 10260 मिलियन पौंड व्यय होने का अनुमान था।[1] वर्तमान समय में सरकार के कुल व्यय का 2/5 सामाजिक सेवाओं के लिए व्यय किया जाता है।

आधुनिक रूप में सामाजिक बीमा योजना को इंगलैंड ने जर्मनी, डेनमार्क, न्यूजीलैंड, आस्ट्रेलिया आदि देशों से अपनाया है। 19वीं शताब्दी के अन्तिम चतुर्थांश में, जैसा कि हमलोगों ने पहले ही देखा है, इंगलैंड में एक महान् मन्दी आयी थी। इस काल में ब्रिटिश उद्योग ने जर्मन की प्रतियोगिता की गंभीरता का अनुभव किया। जर्मनी औद्योगिक क्षेत्र में इंगलैंड का भयंकर प्रतियोगी सिद्ध होने लगा था। इस कारण ब्रिटिश उद्योगपति जर्मनी की औद्योगिक व्यवस्था में रुचि लेने लगे। जर्मनी के उत्पादन ढंग ब्रिटिश ढंग से अच्छे थे। किन्तु इनके बावजूद राजनीतिक परम्पराओं की भिन्नता के कारण ब्रिटिश जनता जर्मनी के ढंगों को व्यवहृत न कर सकी। **जर्मनी के अनेक नव-प्रवर्तनों में सामाजिक सुरक्षा और सामाजिक बीमा योजना भी एक थी जिसकी ब्रिटेन में कड़ी आलोचना की जाती थी। बिस्मार्क** (Bismarck) **ने समाजवादियों के रास्तों को उनके पैरों के नीचे से ही समाप्त कर देने के लिए उपाय के रूप में सामाजिक बीमा योजना को प्रारंभ किया था** और यहीं से यह योजना आवश्यकतानुसार परिवर्तित होकर अन्य देशों में फैली। यद्यपि प्रारंभ में ब्रिटेन में इस योजना की आलोचना की गई थी तथापि परिस्थितियों के दबाव में आकर इसने भी सन् 1914 तक एक ऐसी सामाजिक बीमा योजना को अपना लिया जो जर्मनी योजना से भी अधिक विस्तृत थी। **ब्रिटेन में लगभग समस्त सामाजिक सेवाओं की अग्रगामिनी कुछ स्वैच्छिक संस्थाएँ थीं।** स्वैच्छिक संस्थाओं द्वारा प्रदत्त सामाजिक सेवा का एक उदाहरण चैरिटी **ऑर्गनाइजेशन सोसाइटी** है जो 1869 में ही स्थापित की गई थी।

ब्रिटिश सरकार द्वारा सामाजिक बीमा की व्यवस्था का प्रथम प्रयास 19वीं शताब्दी के अन्तिम वर्षों में किया गया जब औद्योगिक दुर्घटनाओं के कारण होने वाली चोट आदि के लिए आर्थिक सुरक्षा दी गई। श्रमिक संघों की हलचलों के कारण सन् 1880 में उद्योगपतियों के कड़े विरोध के होते हुए भी नियोजक दायित्त्व अधिनियम (Employer's Liability Act) पारित किया गया। किन्तु इस अधिनियम का क्षेत्र अत्यन्त ही संकुचित था। सन् 1897 में कर्मकार क्षति-पूर्ति अधिनियम (Workmen's Compensation Act) पारित किया गया जिसके अनुसार कुछ खतरे वाले व्यवसायों में कार्य करने वाले श्रमिकों को सभी प्रकार की दुर्घटनाओं के लिए वित्तीय क्षतिपूर्ति करने के लिए नियोजकों को उत्तरदायी ठहराया गया चाहे ये घटनाएँ व्यवस्थापकों अथवा नियोजकों की असावधानी से हों या अन्य किसी भी प्रकार से। किन्तु क्षति-पूर्ति तभी दी जानी आवश्यक थी जब श्रमिकों को चोट कार्य करते समय ही लगे। यह अधिनियम प्रमुखतः **जोसेफ चैम्बरलेन** (Joseph Chaemberlian) के प्रयासों का फल था। किन्तु इस अधिनियम में अनेक दोष रह गए थे जिन्हें दूर करने के लिए सन् 1906 में एक अन्य **कर्मकार क्षति-पूर्ति अधिनियम** पारित किया गया। सन् 1906 के अधिनियम ने इस योजना को अनेक विभिन्न व्यवसायों के साथ लागू किया। इस अधिनियम से 1,30,00,000 श्रमिकों को लाभ प्राप्त होने लगा। इसके अधीन श्रमिकों को क्षतिपूर्ति तभी मिलनी थीं जब वे चोट के कारण एक सप्ताह तक

1. The Statesman Year Book, 1982-83

पूर्ण मजदूरी कमा सकने में असमर्थ हो जाते थे। यदि श्रमिक को स्थायी चोट आ जाय तो वह आजीवन साप्ताहिक क्षतिपूर्ति का अधिकारी था। मृत्यु हो जाने पर उसके आश्रितों को तीन वर्षों की मजदूरी के बराबर क्षतिपूर्ति दी जाती थी। सन् 1908 में उदारवादी दल की सरकार ने **वृद्धावस्था निवृत्तिका अधिनियम** (Old Age Pension Act) पारित किया जिसके अनुसार 70 वर्ष से अधिक आयु वाले व्यक्तियों को कुछ दशाओं में 5 शिलिंग प्रति सप्ताह निवृत्तिका पाने का अधिकारी बनाया गया। इसके लिए वित्त की व्यवस्था कराधान द्वारा की गई थी। सन् 1911 में **राष्ट्रीय बीमा अधिनियम** पारित किया गया जिसके द्वारा स्वास्थ्य और बेकारी दोनों के लिए बीमा की व्यवस्था की गई। **स्वास्थ्य बीमा योजना एवं बेकारी बीमा योजना दोनों ही राष्ट्रीय बीमा अधिनियम** (National Insurance Act) **में सन्निहित कर दी गई थीं।** स्वास्थ्य बीमा योजना के अधीन 13 मिलियन श्रमिकों को रखा गया। सन् 1909 में श्रमिक नियोजनालय (labour exchange) खोले गए जिनके द्वारा श्रमिकों को नौकरी खोजने में सहायता दी जाने लगी। सन् 1923 में कर्मकार अधिनियम को संशोधित किया गया ताकि 15 वर्ष और इससे कम आयु वाले आश्रित बच्चों को अतिरिक्त वित्तीय सहायता दी जा सके। इस अधिनियम के क्षेत्र को भी बढ़ाया गया ताकि अधिक-से-अधिक श्रमिक इससे लाभ उठा सकें। क्षतिपूर्ति की राशि को भी अधिक कर दिया गया।

फिर भी इसमें दोष रह गये थे। इसके प्रशासन का व्यय बहुत अधिक था। इसकी व्याख्या करने में भी बहुत कठिनाइयाँ होती थीं और क्षति-पूर्ति देने में भी काफी विलम्ब होता था। इसलिए सन् 1946 में संसद ने राष्ट्रीय बीमा (औद्योगिक चोट) अधिनियम (National Insurance [Industrial Injuries] Act) को पारित किया जिसके अनुसार कर्मकार क्षतिपूर्ति को अंशदनीय आधार (contributory basis) पर रखा गया, श्रमिकों को अगहानि निवृत्तिका (disablement pension) पाने का अधिकार दिया गया और चोट खाये हुए श्रमिकों को प्राप्त होने वाली राशि में वृद्धि की गई।

सन् **1908 में पारित वृद्धावस्था पेन्सन अधिनियम** को सन् 1924 में संशोधित किया गया। पेन्सन की राशि को बढ़ा दिया गया। फिर भी यह पर्याप्त नहीं थी। सन् 1925 में **वृद्धावस्था अंशदानीय पेन्सन** (Old Age Contributory Pension) के अनुसार 65 से 70 वर्ष के बीच आयु के बीमाकृत (insured) पुरुष-स्त्रियों को 10 शिलिंग प्रति सप्ताह का पेन्सन देने की व्यवस्था की गई। विधवाओं के लिए अनुपूरक पेन्सन देने की व्यवस्था सन् 1940 में पारित **वृद्धावस्था विधवा पेन्सन अधिनियम** (Old Age Widows Pension Act) द्वारा की गयी। **सन् 1946 में पारित राष्ट्रीय बीमा अधिनियम** (National Insurance Act) **ने समस्त वृद्ध स्त्री-पुरुषों को एक प्रकार से उनकी निर्धनता के भय से मुक्त कर दिया।** इसके अनुसार 26 शिलिंग प्रति सप्ताह निवृत्तिका की व्यवस्था की गई। 1975, 1978, 11981 में सामाजिक बीमा और सुरक्षा तथा औद्योगिक चोट अधिनियमों में संशोधन किए गए।

राष्ट्रीय स्वास्थ्य बीमा अधिनियम में कई बार संशोधन किए गए और समस्त संशोधनों को सन् 1924 में समेकित कर दिया गया। इसके क्षेत्र को बहुत विस्तृत कर दिया गया और नकद लाभ (cash benefit) को बढ़ा दिया गया। इस योजना की कई प्रकार से आलोचनाएँ की जा रही थीं। कहा जाता था कि नकद लाभ बहुत ही कम कर दिया जाता था, जिस तरह की व्यवस्था की गई थी वह संतोषजनक नहीं थी, चिकित्सक पर्याप्त ध्यान

नहीं देते थे और इस योजना को कार्यान्वित करने वाले यंत्र कार्यभार से अत्यधिक बोझिल था। अतएव श्रमिक दल सरकार ने इस योजना में **राष्ट्रीय स्वास्थ्य अधिनियम** (National Health Act) को सन् 1946 में पारित कर संशोधन किया। इस अधिनियम ने सरकार को देश के समस्त चिकित्सालयों को अपने हाथ में लेकर उन्हें आंचलिक स्वास्थ्य मंडलों (health boards) द्वारा प्रशासित करने की शक्ति दी। इस योजना द्वारा समस्त वर्ग के लोगों के लिए समान चिकित्सा की व्यवस्था की गई और वर्ग-भेद को इससे कड़ा धक्का पहुँचा है। बेकारी बीमा योजना में सन् 1920, 1922, 1927, 1936 में परिवर्तन किए गये थे।

बेवरीज योजना की रूपरेखा
(An Outline of Beveridge Plan)

सामाजिक सुरक्षा और सामाजिक बीमा की समस्त योजनाओं को एकीकृत करने के प्रश्न पर बहुत दिनों से विचार होता आ रहा था। उपर्युक्त जो योजनाएँ थीं उनमें कुछ दोष चले आ रहे थे। अनेक ऐसे व्यक्ति इन योजनाओं की सीमा से बाहर थे जिन्हें इनकी आवश्यकता थी। इनसे लाभ प्राप्त करने के लिए आवश्यक कसौटियाँ स्पष्ट नहीं थीं। **द्वितीय विश्वयुद्ध काल में इन समस्त दोषों को दूर कर समस्त सामाजिक सुरक्षा तथा बीमा योजनाओं को एकीकृत कर उन्हें व्यापक रूप देने के लिए सन् 1941 में सर विलियन बेवरीज** (Sir William Beveridge) **को नियुक्त किया गया। सर बेवरीज** ने समस्याओं की छान-बीन कर **'पालना से कब्र तक बीमा योजना'** (cradle-to-gave insurance scheme) को अपनाने के लिए अपनी सिफारिशों के साथ दिसम्बर सन् 1942 में अपना प्रतिवेदन प्रस्तुत किया। **सर बेवरीज के प्रतिवेदन के अनुसार सामाजिक सुरक्षा योजना का प्रमुख उद्देश्य आय के साधनों और शक्ति के व्याघात-प्रतिघात के विरुद्ध सामाजिक बीमा करना है। इस योजना के 6 प्रमुख सिद्धांत हैं**—आजीविका की पर्याप्तता, लाभ की समान दर, अंशदान (contribution) की समान दर, प्रशासनीय उत्तरदायित्व की समानता, लाभ की पर्याप्तता और विभाजन अथवा वर्गीकरण। इन विभिन्न सिद्धांतों और राजकीय सहायता के सम्मिश्रण से सम्पूर्ण सामाजिक बीमा योजना आप्लावित है।

सर बेवरीज का प्रतिवेदन एक ऐतिहासिक महत्त्वपूर्ण प्रतिवेदन है। **प्रो० जी० डी० एच० कोल** (G.D.H. Cole) के अनुसार, ''यह वास्तव में एक सीमा चिह्न हैं क्योंकि यह प्रथम प्रकाशन है जिसमें सरकार व्यक्तिक नागरिकों के सम्पूर्ण सहयोग से सामाजिक सुरक्षा के लिए संघर्ष करने के लिए कृतसंकल्प हैं जिसे लॉर्ड बेवरीज ने उपयुक्त नाम दिया **'पंचसूत्री सहायता सामाजिक प्रगति पथ पर'। ये पाँच सहायता कार्य है**... आवश्यकता, रोग, अज्ञानता, गन्दगी, आलस्य। आलस्य से आशय अनैच्छिक बेकारी से है।' तत्कालीन मिश्रित सरकार (coalition government) से सर बेवरीज की प्रमुख सिफारिशों को स्वीकार कर लिया था। किन्तु श्रमिक सरकार के सत्तारूढ़ होने के पूर्व तक इस योजना के संबंध में केवल आंशिक कार्य ही सम्पादित हो पाया था। **सन् 1945 में सत्तारूढ़ होने के प्रथम वर्ष में ही श्रमिक दलीय सरकार ने राष्ट्रीय बीमा अधिनियम** (National Insurance Act) **और राष्ट्रीय स्वास्थ्य अधिनियम** (National Health Act) **पारित करवाया। राष्ट्रीय बीमा अधिनियम ब्रिटेन के उन समस्त व्यक्तियों के साथ लागू होता है जो स्कूल छोड़ने की अवस्था के अर्थात् 15 वर्ष के ऊपर के हैं। इस योजना के अधीन बीमारी, बेकारी, मातृत्व** (maternity) **और**

विधवा लाभ (widow benefit), **अभिभावक भत्ता** (guardian's allowance), **पेन्शन और मृत्यु-अनुदान** (death grant) **दिये जाते हैं।** कई अर्थों में तो यह योजना बेवरीज की योजना से भी बढ़ी-चढ़ी है। सन् 1945 में **पारिवारिक भत्ता अधिनियम** (Family Allowance Act) पारित किया गया था।

बेवरीज योजना के सिद्धांत—सर बेवरीज ने अपनी रिपोर्ट में सामाजिक सुरक्षा के छः मुख्य सिद्धांतों का उल्लेख किया है। ये सिद्धांत क्रमशः सम्पूर्णता (comprehensiveness), प्रशासन संबंधी उत्तरदायित्व का सामाजिक सुरक्षा के साथ एकीकरण (unification of administrative responsibilities), विभाजन या वर्गीकरण (classification), लाभ की पर्याप्तता(adequate benefit), अंशदान की समान दर(flat rate of contribution) और लाभ प्राप्ति की दर में समानता (flat rate of benefit) हैं। **बेवरीज** ने स्पष्ट किया था कि सामाजिक सुरक्षा की विस्तृत योजना में उपर्युक्त सभी तत्त्व अनिवार्य है। **उन्होंने इस बात पर भी जोर दिया था कि सामाजिक सुरक्षा-व्यवस्था के अन्तर्गत जीवन के सभी संभावित खतरों—जन्म से लेकर मरण तक—की पूर्ति अनिवार्य है।** साथ ही, इन खतरों की पूरी अवधि तक सहायता दी जानी चाहिए। **लॉर्ड बेवरीज** के ही शब्दों में 'सामाजिक सुरक्षा की योजना पूर्णतः एकीकृत होनी चाहिए जिसमें एक ही प्रकार का कार्ड, समान चन्दा, लाभ की एक सामान्य दर तथा भुगतान के लिए एक कार्यालय की व्यवस्था का समावेश है। इसमें पर्याप्त लाभ की व्यवस्था होनी चाहिए। साथ ही, खतरे तथा आकस्मिकताओं की पूरी अवधि के लिए लाभ के भुगतान की व्यवस्था होनी चाहिए।''[1]

वर्गीकरण *(classification)*—बेवरीज योजना के अन्तर्गत सम्पूर्ण समाज का अग्रांकित वर्गों में विभाजन किया गया—

1. श्रमिक या कर्मचारी—इस श्रेणी में वे श्रमिक अथवा कर्मचारी हैं जो अपनी सेवाओं के लिए वेतन अथवा मजदूरी पाते हैं।

2. स्वतंत्र कार्यों में लगे श्रमिक—इस श्रेणी में व्यापारी, नियोजक, मिल-मालिक तथा स्वतंत्र श्रमिक इत्यादि हैं।

3. गृहणियाँ—इस श्रेणी में कार्यशील विवाहित नारियाँ है।

4. अन्य व्यक्ति—इस श्रेणी में वे व्यक्ति हैं जो लाभपूर्ण कार्यों में नहीं लगे हैं तथा अर्द्धरोजगारी की स्थिति में हैं।

5. अल्प वयस्क—इस वर्ग में कार्य करने वाले कम आयु के बालक-बालिकाएँ हैं।

6. अवकाश-प्राप्त व्यक्ति—इस श्रेणी में अवकाश-प्राप्त व्यक्ति हैं।

लाभ *(Benefits)*—उपर्युक्त 6 वर्गों में अन्तिम वर्ग अर्थात् अवकाश-प्राप्त व्यक्ति पेंशन प्राप्त करेंगे और पाँचवाँ वर्ग अर्थात् अल्प-वयस्कों का वर्ग राष्ट्रीय कोष से बालक के रूप में लाभ प्राप्त करेगा। पहले वर्ग के प्रत्येक व्यक्ति को बेरोजगारी, अयोग्यता, पेंशन, बीमारी के समय चिकित्सा या मृत्यु के समय दाह-संस्कार-संबंधी लाभ प्राप्त होंगे। द्वितीय तथा चतुर्थ वर्ग के व्यक्तियों को बेकारी तथा अयोग्यता के अतिरिक्त अन्य सभी

1. "It must be one scheme with one card, one contribution and one standard rate of benefit and one office from which payments are made. It must provide adequate benefit. It must provide these benefits for the entire duration of the contingency."

प्रकार के लाभ प्राप्त होंगे। तृतीय वर्ग के अन्तर्गत नारियों को प्रसव-कालीन लाभ तथा वैधव्यता सहायता प्राप्त होगी। प्रसव के समय कार्यशील गृहणियां को तेरह सप्ताह का अवकाश भी मिलेगा। साथ ही, विधवाओं के आश्रितों को भी संरक्षण-लाभ प्राप्त होगा।

अन्य विशेषताएँ—बेवरीज योजना की अन्य विशेषताएं अग्रलिखित हैं—(1) बेकारी लाभ, अयोग्यता लाभ, अवकाश-प्राप्ति लाभ तथा प्रशिक्षण लाभ आय के स्तर को ध्यान में रखे बिना सभी व्यक्तियों को समान दर से प्राप्त होंगे। औद्योगिक दुर्घटना से उत्पन्न शारीरिक अयोग्यता या रोग से उत्पन्न शारीरिक अयोग्यताओं को समान माना जायगा। (2) बेकारी तथा सामाजिक अयोग्यता लाभ को स्वीकृत करने के पूर्व आवश्यक जाँच-पड़ताल की जायगी। (3) औद्योगिक कार्य के अतिरिक्त अन्य कार्यों से अवकाश प्राप्त करने पर भी पेंशन प्राप्त होगी। सेवा की अवधि में वृद्धि के साथ-साथ पेंशन की दर में भी वृद्धि होती रहेगी। (4) राष्ट्रीय स्वास्थ्य सेवा (National Health Services) के अन्तर्गत सभी को चिकित्सा लाभ प्राप्त होंगे। (5) जो नागरिक उपर्युक्त सामाजिक बीमा योजनाओं में सम्मिलित नहीं किये जा सकते उन्हें राष्ट्रीय सहायता (National Assistance) के अन्तर्गत सहायता दी जायगी। (6) यदि विधवाओं को अपने आश्रितों का पालन-पोषण करना पड़ता है तो उन्हें संरक्षक लाभ (guardian benefit) प्राप्त होगा। (7) इस योजना को कार्यान्वित करने के लिए एक **सामाजिक सुरक्षा मंत्रालय** (Ministry of Social Security) की स्थापना की गयी। यह मंत्रालय सरकारी तथा स्थानीय विभागों की सहायता से इस योजना का सम्पादन करेगा।

वर्तमान ब्रिटिश सामाजिक सुरक्षा और बीमा व्यवस्था के मुख्य रूप

बेवरीज योजना पर आधारित वर्तमान सामाजिक सुरक्षा व्यवस्था बहुत ही व्यापक है। इसके अन्तर्गत सभी नागरिक तथा उनके जीवन की प्रायः सभी आकस्मिकताएँ सम्मिलित हैं। **आधुनिक युग में लोक कल्याणकारी राज्य का जो मूर्त्त रूप हमें ग्रेट ब्रिटेन में देखने को मिलता है उसमें सामाजिक सुरक्षा की व्यवस्था का बड़ा ही महत्त्वपूर्ण स्थान है।** आजकल ग्रेट ब्रिटेन का प्रत्येक नागरिक सम्मानपूर्ण ढंग से अधिकार के साथ सहायता प्राप्त करता है। राष्ट्रीय बीमा, औद्योगिक चोट बीमा, पारिवारिक भत्ते और राष्ट्रीय सहायता (विशेष श्रेणी में) युद्ध पेंशन के साथ मिलकर ग्रेट ब्रिटेन में सामाजिक सुरक्षा की व्यापक प्रणाली का निर्माण करते हैं जो सुनिश्चित करती हैं कि किसी भी परिस्थिति में कोई भी व्यक्ति एक निश्चित जीवन-मान से नीचे नहीं गिर पाए। **ब्रिटेन की वर्तमान सामाजिक सुरक्षा और बीमा-व्यवस्था के अन्दर निम्नलिखित योजनाएँ सम्मिलित हैं**—

1. पारिवारिक भत्ता (family allowance) योजना;
2. राष्ट्रीय बीमा (national insurance) योजना;
3. औद्योगिक चोट बीमा (industrial injuries insurance);
4. पूरक लाभ योजना (supplementary benefits scheme);
5. युद्ध पेंशन (war pension) योजना; तथा
6. सामाजिक कल्याण सेवाएँ (social welfare services)

1. पारिवारिक भत्ता योजना *(Family Allowance Scheme)*—यह 6 अगस्त सन् 1946 से लागू की गई है। इसके अनुसार प्रत्येक परिवार के प्रथम बड़े लड़के को छोड़कर शेष सभी 15 वर्ष से कम आयु वाले बच्चों के लिए प्रति सप्ताह सरकार द्वारा आर्थिक सहायता दी जाती है। सन् 1952 के प्रारंभ में इंगलैंड के 30 लाख परिवारों को

लगभग 45 पौंड पारिवारिक सहायता दी जा रही थी। सन् 1956 में पारिवारिक भत्ता और राष्ट्रीय बीमा अधिनियम (Family Allowance and National Insurance Act) निर्मित किया गया जिसके अनुसार परिवार के तीसरे तथा उसके बाद अन्य प्रत्येक बच्चे के लिए भत्ता बढ़ा दिया गया। वर्तमान समय में यह योजना 1965 के पारिवारिक भत्ता अधिनियम (Family Allowance Act) द्वारा व्यवस्थित होती है। इसके अन्दर लाभ प्राप्त करने के लिए एकमात्र शर्त निवास (residence) है। भत्ता पाने की आयु उन बच्चों के लिए 15 वर्ष है जो इस आयु पर स्कूल छोड़ देतें हैं। किन्तु कुछ पीड़ित बच्चों के लिए यह आयु 16 वर्ष तथा पढ़ाई जारी रखने वाले बच्चों के लिए 18 वर्ष है।

2. राष्ट्रीय बीमा योजना *(National Insurance Scheme)*—यह योजना 5 जुलाई, 1948 से प्रारंभ की गई। यह 15 वर्ष से अधिक आयु वाले सभी पुरुषों और स्त्रियों के साथ लागू की जाती है। इस योजना के अनुसार प्रत्येक व्यक्ति को बीमा के लिए कुछ चन्दा देना पड़ता है। इनमें **चन्दा देने के लिए व्यक्तियों को तीन वर्गों में बाँटा गया है**—(1) वे व्यक्ति जो मजदूरी-वेतन लेकर दूसरों के यहाँ कार्य करते हैं, (2) वे लोग जो स्वयं अपना कार्य करते हैं (जैसे व्यापारी वर्ग के लोग) और (3) वे लोग जो कोई विशेष कार्य नहीं करते। प्रथम वर्ग के कर्मचारियों से बीमा का चन्दा प्राप्त करने का उत्तरदायित्व उनके नियोजकों (employers) पर है। दूसरे और तीसरे वर्ग के लोगों को बीमा का चन्दा स्वयं देना पड़ता है। सन् 1957 में निर्मित **राष्ट्रीय बीमा अधिनियम** (National Insurance Act) के अनुसार चन्दे की दर और बीमा से मिलने वाली सहायता की दर को बढ़ा दिया गया। वर्तमान काल में यह योजना 1965 के राष्ट्रीय बीमा योजना अधिनियम (National Insurance Act, 1965) के अधीन व्यवस्थित है जिसमें सामाजिक सुरक्षा अधिनियम 1975 द्वारा संशोधन किया गया। यह योजना स्कूल छोड़ने की आयु के ऊपर और पेंशन प्राप्त करने के पूर्व तक के लगभग सभी ब्रिटिश नागरिकों के साथ लागू है। इन बीमाकृत व्यक्तियों को निर्धारित मात्रा में चन्दा देने पर कुछ निश्चित आकस्मिकताओं के समय लाभ मिलता है। **राष्ट्रीय बीमा योजना के अन्तर्गत उपलब्ध लाभ विभिन्न आकस्मिकताओं के लिए अग्रलिखित प्रकार से दिए जाते हैं**—

(i) बेकारी लाभ *(Unemployment Benefit)*—बेरोजगारी लाभ प्रथम बार 30 सप्ताह के लिए दिया जाता है। इसके पश्चात् कुल 19 महीने तक यह लाभ दिया जा सकता है। यह चन्दा जमा करने की संख्या पर निर्भर है। लाभ की दर नवम्बर, 1981 से 22.50 पौंड प्रति सप्ताह है।

(ii) बीमारी लाभ *(Sickness Benefit)*—बीमारी संबंधी लाभ 12 मास से अधिक समय के लिए नहीं दिया जाता है यदि चंदे (contributions) 156 बार से कम जमा किए गए हों। किन्तु यदि 156 बार से अधिक का चन्दा जमा किया गया है तो अनुदान बीमारी की पूरी अवधि तक जारी रहता है। लाभ की दर 22.50 पौंड प्रति सप्ताह है। 168 दिनों के बाद बीमारी लाभ का स्थान नपुंसकता लाभ (invalidity benefit) ले लेता है जो प्रति सप्ताह 28.35 पौंड पेंशन होता है।

(iii) मातृत्व अथवा प्रसूति लाभ *(Maternity Benefit)*—मातृत्व अथवा प्रसूति लाभ की दरों में भी विभिन्नता है। बच्चा होते समय 25 पौंड का प्रसूति अनुदान दिया जाता है। यदि एक ही साथ एक से अधिक बच्चा पैदा होता है तथा ऐसा अतिरिक्त बच्चा 12 घंटे तक जीवित रहता है तो प्रति बच्चा उसी दर पर अतिरिक्त अनुदान दिया जाता है।

बच्चा घर पर या सरकारी अस्पताल के बाहर किसी भी स्थान पर होता है तो 6 पौंड अतिरिक्त अनुदान दिया जाता है। प्रसूति लाभ बच्चा पैदा होने के 11 सप्ताह पूर्व तथा 7 सप्ताह बाद तक दिया जाता है।

(iv) वैधव्य लाभ *(Widow's Benefit)*—विधवाओं को उनके पति की मृत्यु-तिथि के पश्चात् प्रथम 26 सप्ताह तक सहायता मिलती है। यदि उनके पास छोटे बच्चे हैं तो पेन्शन मिलना जारी रहता है। विधवा होते समय यदि अवस्था 50 वर्ष की है तो भी सहायता जारी रहती है। सहायता की दर प्रति सप्ताह 41.40 पौंड है। इसके अतिरिक्त प्रति नाबलिग बच्चा7.50 पौंड प्रति सप्ताह मिलता है। इस अनुदान को वैधव्य भत्ता किया जाता है। 26 सप्ताह बाद उसे 29.60 पौंड प्रति सप्ताह विधवा मातृ भत्ता (widows mother's allowance) मिलता है और 19 वर्ष से कम आयु के बच्चों को उसी दर से सहायता जारी रहती है।

(v) मृत्यु-लाभ *(Death Benefit)*—प्रत्येक वयस्क की मृत्यु होने पर 24 पौंड का अनुदान प्राप्त होता है। बच्चे तथा ऐसे व्यक्ति, जिसे पेन्सन की अवस्था प्राप्त करने में 10 वर्ष शेष थे, की मृत्यु अनुदान की रकम कम कर दी जाती है।

(vi) वृद्धावस्था पेन्सन *(Old Age Pension)*—जो व्यक्ति 65 वर्ष (औरतों के लिए 40 वर्ष) की आयु प्राप्त कर चुके हों तथा काम बन्द कर दिये हों उनको पेंशन दी जाती है। पेंशन की दर सेवा की अवधि पर निर्भर है। औरतों को उनके पति की बीमा योजना के अन्तर्गत 17.75 पौंड प्रति सप्ताह पेंशन की व्यवस्था है।

(vii) संरक्षक भत्ता *(Guardian Allowance)*—यदि किसी बच्चे के माता-पिता दोनों मर जाते हैं तो उसे 7.70 पौंड प्रति सप्ताह का संरक्षक भत्ता मिलता है।

(viii) बाल विशेष भत्ता *(Child Special Allowance)*—यह तलाक-शुदा माँ-बाप वाले बच्चों को मिलता है। राष्ट्रीय बीमा योजना के अन्तर्गत प्रथम वर्ग के सदस्यों को सभी प्रकार के लाभ दिये जाते हैं। द्वितीय वर्ग के व्यक्तियों को बेरोजगारी तथा औद्योगिक दुर्घटना के अतिरिक्त अन्य सभी प्रकार के लाभ दिये जाते हैं तथा तृतीय वर्ग के व्यक्तियों को बीमारी, बेरोजगारी और दुर्घटना की स्थिति से संबंधित लाभ तथा भत्ता नहीं दिये जाते हैं। लाभ की प्रामाणिक दर में समय-समय पर परिवर्तन होते रहते हैं।

3. राष्ट्रीय बीमा औद्योगिक चोट योजना *(National Insurance Industrial Injuries Scheme)*—यह योजना श्रमिक क्षति-पूर्ति अधिनियम 1897 ई॰ के स्थान पर बनायी गयी है और इसे जुलाई, 1948 ई॰ से लागू किया गया। 1965 के **राष्ट्रीय बीमा (औद्योगिक चोट) अधिनियम** (National Insurance [Industrial Injuries Act,] 1965) द्वारा इसमें संशोधन किया गया जिसे बाद में **सामाजिक सुरक्षा अधिनियम, 1975** में शामिल कर लिया गया। वर्तमान समय में श्रमिक को क्षति-पूर्ति इसी अधिनियम के अन्तर्गत दी जाती है। **इसके अंन्तर्गत यदि कोई व्यक्ति काम करते समय किसी दुर्घटना का शिंकार हो जाय अथवा किसी औद्योगिक बीमारी का शिकार हो जाता है तो उसे अग्रलिखित दर से लाभ प्राप्त होंगे**–

(क) चोट अनुदान *(Injury Benefit)*—यह लाभ प्रति वयस्क 25.25 पौंड प्रति सप्ताह मिलता है तथा उसके एक वयस्क आश्रित को 13.90 पौंड और प्रत्येक बच्चे को, जिन्हें बच्चा लाभ भी मिलता है, 0.80 पौंड की दर से मिलता है। यह अनुदान दुर्घटना अथवा बीमारी के दिन से 26 सप्ताह तक दिया जाता है।

(ख) अपाहिज अनुदान *(Disablement Benefit)*—यदि श्रमिक उपर्युक्त दुर्घटना अथवा बीमारी के कारण अपनी शारीरिक अथवा मानसिक शक्ति खो बैठता है तो उसे अपाहिज भत्ता दिया जाता है। इसकी राशि तथा अवधि मेडिकल बोर्ड द्वारा निश्चित की जाती है। **अपाहिज लाभ दो प्रकार का होता है**–(1) आंशिक अंग हानि के लिए और (2) पूर्ण अंग हानि के लिए। यदि श्रमिक 20 प्रतिशत से अधिक अपाहिज हो जाता है तो उसे प्रति सप्ताह 9.66 पौंड से 48.30 पौंड के बीच पेंशन मिलता है। 20 प्रतिशत से कम अपाहिज के लिए साधारणतया 3210 पौंड तक की एक ग्रैच्युटी दी जाती है। कुछ परिस्थितियों में अपाहिज भत्ता में वृद्धि की भी व्यवस्था है।

(ग) मृत्यु लाभ *(Death Benefit)*—यदि दुर्घटना अथवा बीमारी के कारण श्रमिक की मृत्यु हो जाती है तो उसके आश्रितों को अग्रलिखित दर से अनुदान दिया जाता है—श्रमिक की विधवा के लिए प्रथम 26 सप्ताह तक 41.40 पौंड प्रति सप्ताह। इसके बाद आयु, साधन आदि विभिन्न परिस्थितियों के अन्तर्गत अनुदान की दरों में परिवर्तन किया जाता है। इसके अतिरिक्त पारिवारिक भत्ता की सीमा के अन्दर की आयु वाले बच्चों को भी अनुदान दिया जाता है।

4. पूरक लाभ योजना *(Supplementary Benefit Scheme)*—1966 ई॰ के सामाजिक सुरक्षा अधिनियम (Social Security Act) के अनुसार 1948 ई॰ के राष्ट्रीय सहायता अधिनियम (National Assistance Act) के अन्तर्गत दी जाने वाली सहायता को समाप्त कर सहायक लाभ की व्यवस्था की गयी। इसके पूर्व 1958 ई॰ में राष्ट्रीय सहायता अधिनियम(NationalAssistanceAct) द्वारा निर्धनता विधियों(poor laws) की प्रचलित व्यवस्थाओं को समाप्त किया गया तथा उनके स्थान पर राज्य द्वारा वित्तीय सहायता की एक विस्तृत योजना लागू की गयी थी जिसकी व्यवस्था राष्ट्रीय सहायता मंडल द्वारा की जाती थी। इस विधान के अनुसार सामाजिक सुरक्षा मंत्रालय के तत्वावधान में अनुपूरक लाभ आयोग (Supplementary Benefit Commission) की नियुक्ति की गयी है जो इसकी व्यवस्था करता है। 1976 के पूरक लाभ अधिनियम, जिसे 1980 के सामाजिक सुरक्षा अधिनियम द्वारा संशोधित किया गया, के अधीन इस योजना के अन्तर्गत 16 वर्ष से अधिक आयु वाले किसी भी व्यक्ति को सहायता मिल सकती है यदि वह पूर्णकालिक लाभदायी कार्य में न लगा हो अथवा साधनहीन हो अथवा जिसके साधन कम हों तथा अन्य सामाजिक सुरक्षा व्यवस्थाओं के अन्तर्गत नही आता हो अथवा इन व्यवस्थाओं से प्राप्त अनुदान अपर्याप्त हों। इस प्रकार की सहायता प्राप्त करने के लिए प्रार्थना-पत्र देना पड़ता है। अनुदान की राशि प्रार्थी की आवश्यकता तथा उसकी आर्थिक स्थिति पर निर्भर होती है। अन्धे तथा क्षय रोग से पीड़ित व्यक्तियों को अधिक सहायता दी जाती है। इसके अन्तर्गत सहायता पाने के लिए यह आवश्यक है कि काम करने योग्य व्यक्ति किसी नियोजनालय (employment exchange) में अपना नाम दर्ज करा चुके हों।

5. युद्ध पेन्सन योजना *(War Pension Scheme)*—वर्तमान ब्रिटिश सामाजिक सुरक्षा व्यवस्था के अन्तर्गत युद्धकाल में उसके सैनिकों को घायल हो जाने पर पेन्शन दिए जाने की व्यवस्था है। पूर्ण अयोग्यता की स्थिति में ऐसे व्यक्ति को राजकीय कोष से 10 पौंड प्रति सप्ताह पेन्शन दी जाती है किन्तु पद (rank) के अनुसार यह राशि इससे अधिक भी हो सकती है। सैनिक की पत्नी और बच्चे के लिए भी पर्याप्त भत्ते की व्यवस्था है। ऐसी दशाओं में प्रायः व्यक्ति को अन्य कई प्रकार के अतिरिक्त भत्ता भी दिए जाते

हैं। जैसे बेकारिता भत्ता (unemployability allowance), परिचारक भत्ता (attendance allowance) आदि। युद्धग्रस्त विधवाओं को 7.80 पौंड प्रति सप्ताह भत्ता मिलता है। ऐसी विधवाओं को आश्रित बच्चों के लिए अतिरिक्त भत्ते (पारिवारिक भत्तों के अतिरिक्त) भी प्राप्त होते हैं। युद्ध पीड़ित सैनिक परिवारों को दी जाने वाली सहायता मानवीय दृष्टि से तो उचित है ही साथ ही यह सैनिक सेवाओं में संलग्न व्यक्तियों के हौसले को भी बढ़ाती है। उपर्युक्त आर्थिक सहायता के अतिरिक्त ऐसे परिवारों को अन्य प्रकार की सहायता तथा परामर्श देने की भी व्यवस्था है।

6. सामाजिक कल्याण सेवाएँ *(Social Welfare Services)*—सामाजिक कल्याण-संबंधी विभिन्न सेवाओं की व्यवस्था ब्रिटेन में हैं। उदाहरण के लिए, अशक्त तथा निराश्रित वृद्धि व्यक्तियों के लिए आवासगृहों की व्यवस्था की जाती है। वृद्धों के कल्याण कार्य समाज सेवा में लगी विभिन्न संस्थाओं द्वारा भी किए जाते हैं। इसी प्रकार ,अन्धों के लिए भी सहायता की व्यवस्था है। 1948 ई० में शिशु अधिनियम (Children Act) बनाया गया था। इसके द्वारा स्थानीय संस्थाओं के लिए 18 वर्ष से कम आयु के अनाथ, परित्यक्त तथा निर्धन बच्चों को सहायता देना अनिवार्य बना दिया गया है। समाजसेवा में लगी संस्थाओं द्वारा भी विभिन्न प्रकार की सहायता दी जाती है। राज्य भी इन संस्थाओं की तरह-तरह से सहायता करता है।

इसके अतिरिक्त युद्ध सेवा में घायल सैनिकों को अथवा उनके आश्रितों को शाही फरमान के अन्तर्गत पेन्शन दी जाती है। वर्तमान समय में सैनिकों को शत-प्रतिशत अपाहिज होने पर प्रति सैनिक 5 पौंड 15 शि० प्रति सप्ताह की दर से पेंशन दी जाती है। परन्तु सैनिक के पद तथा अपाहिज होने की सीमा के अनुसार पेंशन की दरें अलग-अलग निश्चित की गयी हैं। इसी प्रकार लड़ाई के कारण हुई विधवाओं या निराश्रितों को भी अनुदान दिया जाता है। आजकल कुल राजकीय व्यय का प्रायः 40 प्रतिशत भाग सामाजिक सेवाओं तथा खाद्य अनुदान के रूप में व्यय किया जाता है।

उपसंहार—इस प्रकार इंगलैंड में सामाजिक सुरक्षा और सामाजिक बीमा की एक विशद और पूर्ण योजना है जो ब्रिटिश निवासियों को जन्म से मृत्यु तक जीवन की अनिश्चितताओं से पर्याप्त सुरक्षा देती है। **इंगलैंड में सामाजिक बीमा और सामाजिक सुरक्षा योजना का सफल संचालन उसकी आर्थिक राजनीतिक परिपक्वता और उज्ज्वल भविष्य का द्योतक है।** इसी योजना ने इंगलैड जैसे पूँजीवादी देश को कल्याणकारी सामाजवादी देश की संज्ञा प्रदान की है।

पिछले कुछ वर्षों में श्रीमती मारगरेट थैचर के प्रधान मंत्रित्व काल में सामाजिक सुरक्षा व्यय में भारी कटौती की गयी–इतनी अधिक कि कहा जा रहा है कि ब्रिटेन में कल्याणवादी राज्य का अन्त हो गया है।

निर्धन सहायता विधियाँ
(The Poor Laws)

कुछ दूसरे रूप में सामाजिक सुरक्षा की धारणा प्राचीन ब्रिटेन में भी थी। प्राचीन काल में ब्रिटेन में वृद्धों, निर्धनों, अनाथों तथा विधवाओं को गिरजाघरों द्वारा आर्थिक सहायता दी जाती थी। कुछ धनी-मानी व्यक्ति भी निजी रूप में इस प्रकार के व्यक्तियों को सहायता देते थे। किन्तु 16वीं और 17वीं शताब्दियों में गिरजाघरों की खराब स्थिति, कृषि-व्यवस्था

में परिवर्तन तथा उद्योग-वाणिज्य में अभिवृद्धि के कारण निर्धनता की समस्या विकराल होने लगी। अब बहुत बड़ी संख्या में निर्धनों की सहायता करना कठिन होने लगा। अतः ऐसी स्थिति में राजकीय हस्तक्षेप अनिवार्य हो गया। सन् **1531 में इस सम्बन्ध में एक अधिनियम पारित किया गया जिसके अनुसार बिना लाइसेंस के भिक्षा मॉगने पर दंड देने की व्यवस्था की गयी।** किन्तु इससे स्थिति में पर्याप्त सुधार नहीं हुआ। अतः सन् 1536 में एक दूसरा अधिनियम पारित हुआ। इस अधिनियम के अनुसार **निर्धनों को तीन श्रेणियों में विभाजित किया गया**—प्रथम श्रेणी में वृद्ध तथा मरीजों (aged and sick) को रखा गया जिनके लिए पैरिश में चन्दा एकत्र करने की व्यवस्था की गयी। द्वितीय श्रेणी में ईमानदार योग्य बेकार व्यक्तियों (honest unemployed) जो कार्य को चाहते थे, रखा गया। इन लोगों के लिए कार्य की व्यवस्था की गयी। तृतीय श्रेणी में आलसियों (idle) को रखा गया जिन्हें दंडित करने की व्यवस्था की गयी। निर्धन बालकों की शिक्षा की भी व्यवस्था की गयी।

किन्तु धन के अभाव में इस अधिनियम की व्यवस्था अधिक दिनों तक नहीं चल सकी। अतएव सन् 1547 में एक नयी योजना चालू की गयी जिसके अनुसार निर्धनों के सहायतार्थ कोष के लिए कर लगाया जाने लगा। बाद में देश के अन्य भागों में भी इसे लागू किया गया। सन् 1552, 1557 तथा 1563 में विभिन्न अधिनियमों द्वारा इस क्षेत्र में और कार्य करने का प्रयास किया गया। सन् 1572 में इस उद्देश्य से एक अनिवार्य कर लगाया गया। इस प्रकार **गरीब-सहायता कर** (poor rate) की शुरूआत हुई। सन् 1576 के अधिनियम द्वारा न्यायाधीशों को यह अधिकार दिया गया कि वे आलसियों को कार्य-गृहों (work houses) में काम दिलायें। काम न करने की स्थिति में दंड की भी व्यवस्था की गयी। 1593 ई० में एक नया निर्धनता अधिनियम बनाया गया।

एलिजाबेथ प्रथम के शासन काल में सन् 1601 में ब्रिटेन में एक प्रमुख **दरिद्रता अधिनियम** पारित हुआ। इस अधिनियम में पहले के सभी अधिनियमों को संगठित कर एक ठोस रूप दिया गया। इस अधिनियम के अनुसार प्रत्येक पैरिश (parish) को अपने क्षेत्र के निर्धनों की व्यवस्था का दायित्व **सौपा गया।** इसके अन्तर्गत कार्य-अयोग्य निर्धनों को सहायता देने तथा कार्य-योग्य (**able bodied**) व्यक्तियों को **कार्य देने की व्यवस्था थी और आलसियों को सुधार गृहो में काम करने की व्यवस्था थी। इसी प्रकार निर्धन बालकों को शिक्षा देने की व्यवस्था थी** ताकि वे आगे चलकर अपना जीवन-निर्वाह कर सकें। इस अधिनियम के अन्तर्गत निर्धनों की सहायता पर व्यय की जानेवाली रकम पैरिश अधिकारियों द्वारा लगाये गये एक अनिवार्य कर तथा दंड के रूप में वसूल की गयी रकम से प्राप्त होती थी। यह व्यवस्था लगभग 50 वर्षो तक चली। इसके बाद बहुत से पैरिशों के लिए इसे चालू रखना कठिन हो गया। इससे बहुत से निर्धन अव्यवस्थित पैरिशों को छोड़कर अच्छे पैरिशों में जाने लगे। इसे हतोत्साहित करने के लिए सन् 1662 में एक बस्ती कानून (Settlement Law) बनाया गया जिसके अनुसार नवागन्तुक निर्धनों को 40 दिनों के अन्दर इस बात का प्रमाण देना पड़ता था कि उन्हें सहायता की आवश्यकता नहीं पड़ेगी अन्यथा उन्हें पैरिश से हटा दिया जाता था। इस प्रकार की व्यवस्था का श्रमिकों की गतिशीलता पर प्रतिकूल प्रभाव पड़ा। फिर भी सन् 1795 तक यह व्यवस्था चलती रही। सन् 1722 में कार्य-गृह अधिनियम (Work House

Act) पारित हुआ जिसके अनुसार निर्धनों को इन गृहों में जाकर कार्य करना पड़ता था। जो काम करने से इनकार करते थे उन्हें कोई सहायता नहीं दी जाती थी। किन्तु धीरे-धीरे कार्य-गृह (work house) भी भ्रष्टाचार के केन्द्र बन गये जिससे इस व्यवस्था में परिवर्तन की आवश्यकता पड़ी।

सन् 1782 में एक दूसरा अधिनियम पारित किया गया जिसे **गिलवर्ट अधिनियम** (Gilbert Act) कहा जाता है। इसके अनुसार न्यायाधीशों को अधिकार दिया गया कि जिन मजदूरों की मजदूरी अत्यन्त ही कम हो उन्हें वे **'निर्धन सहायता कोष'** से सहायता दें। किन्तु इसका परिणाम बहुत बुरा हुआ। पूँजीपतियों ने इस व्यवस्था के अन्तर्गत श्रमिकों को सहायता दिलाने के उद्देश्य से मजदूरी कम करनी प्रारंभ की। इससे निर्धन सहायता कोष समाप्त होने लगे। इसके प्रभाव इतने भयंकर थे कि सन् 1824 में एक **संयुक्त प्रवर समिति** (select committee) **ने इन नियमों की आलोचना करते हुए लिखा,** "देश के वे भाग जिनमें यह प्रणाली प्रचलित है, हमलोगों के उद्देश्यों और कानूनों के बावजूद आखेट-चोर और चोरों से भरे पड़े हैं।"[1] **हेमन्ड ने भी इस व्यवस्था की आलोचना में कहा है** "शीघ्र ही निर्धन सहायता विधियाँ एक कुचक्र की तरह हो गयीं जिससे निर्धन व्यक्ति वंचित नहीं रह सकते थे। जहाँ पर परिस्थिति अत्यन्त ही खराब थी वहाँ पर जिस किसी व्यक्ति के पास न्यूनांश में भी बचत होती थी उसे सहायता नहीं दी जाती थी और जो व्यक्ति सहायता नहीं पाता था उसे कोई कृषक नौकरी नहीं देता था।"[2]

इन आलोचनाओं के परिणामस्वरूप सन् **1832 में एक निर्धन सहायता विधि आयोग** (Poor Law Commission) **नियुक्त किया गया।** मध्य वर्ग को सन् 1832 में ही मताधिकार भी प्राप्त हुआ। यह वर्ग करों के भार से ग्रसित था तथा इस अवस्था का अन्त चाहता था। आयोग निर्धन सहायता की रकम में यथासंभव कमी करना चाहता था। अतएव आयोग सदा सहायता प्रदान करने में कम योग्यता (less eligibility) के सिद्धांत के पक्ष में था। आयोग के प्रतिवेदन के आधार पर सन् 1834 ई॰ में एक निर्धन सहायता विधि संशोधन अधिनियम (Poor Law Amendment Act) **निर्मित हुआ जिसकी निम्नलिखित विशेषताएँ थीं:**

1. निर्धन सहायता कानून की व्यवस्था निर्धन विधि आयुक्त (Poor Law Commissioners) नाम की एक केन्द्रीय संस्था को सुपुर्द किया गया।

2. निर्धन सहायता की उचित व्यवस्था के लिए पैरिशों को मिलाकर एक संघ बनाने की व्यवस्था की गयी।

3. प्रत्येक संघ के लिए स्थानीय अधिकारियों का निरीक्षक मंडल (board of guardians) बनाया जाता था। इसके अतिरिक्त घूमने वाले निरीक्षक (travelling inspectors) भी नियुक्त किए गए।

4. निर्धनों को दी जाने वाली सहायता की मात्रा कमिश्नरों द्वारा निर्धारित की जाती थी।

---

1. "The part of the country where the system prevails are, inspite of our goals and laws, filled with poachers and theives."
2. "The poor law soon became a vicious circle from which the poor man could not escape. Where things were at their worst, a man who had any savings could not get help from the rates, a man who did not get help from the rates could not get a farmer to employ him."

5. सुधार-गृहों की व्यवस्था पुनः लागू की गयी। बीमार तथा 60 वर्ष से अधिक आयु वाले व्यक्तियों के अतिरिक्त सभी निर्धनों को सहायता केवल सुधार-गृहों (work house) में ही दी जाती थी।

6. निरीक्षक-मंडल के हिसाब-किताब की जाँच केन्द्रीय समिति के अधिकारियों द्वारा की जा सकती थी।

इस अधिनियम के प्रभाव बड़े ही महत्त्वपूर्ण थे। इसके कारण कुछ वर्षों में ही सहायता की रकम में बहुत भारी कमी हो गयी। किन्तु इससे निर्धन वर्ग की कठिनाइयाँ बढ़ गयीं। **नये सुधार-गृह धीरे-धीरे भ्रष्टाचार के केन्द्र बन गये। अतः इन्हें संकट-गृह कहा जाने लगा।** कम-से-कम लोग इनमें रहना पंसद करते थे। किन्तु व्यवस्थापक इस कार्यक्रम में किसी प्रकार का परिवर्तन नहीं चाहते थे। समय ने भी इनका साथ दिया। सन् 1830 से 1850 के बीच बहुत बड़े पैमाने पर रेलों का निर्माण हो रहा था। इससे बहुत से निर्धन व्यक्तियों को रोजगार मिलने लगा जिससे धीरे-धीरे इनकी संख्या में कमी होने लगी। उदाहरण के लिए सन् 1830 में इंगलैंड में लगभग 10 लाख निर्धन व्यक्ति थे। इनकी संख्या घटकर 1849 में केवल 133,000 रह गयी जो सभी-के-सभी सुधार-गृह (work house) में रहते थे। इस प्रकार इस अधिनियम का प्रभाव बहुत अच्छा पड़ा। **इसने इस सिद्धांत को कार्य रूप दिया कि प्रत्येक व्यक्ति को अपने श्रम से ही जीना चाहिए।**

उन्नीसवीं शताब्दी के उत्तरार्द्ध में योग्य व्यक्तियों को सुधार-गृहों (work-house) के बाहर भी दवा, भोजन आदि के रूप में सहायता देने की व्यवस्था की गयी। सन् 1886 के बाद 1832 ई॰ के अधिनियम को योग्य श्रमिकों के लिए और सख्ती के साथ लागू किया गया। **सन् 1905 में सरकार ने निर्धनता की समस्या तथा इसके सभी पहलुओं की जॉच के लिए एक शाही आयोग की नियुक्ति की जिसने सन् 1909 में अपना प्रतिवेदन प्रस्तुत किया।** आयोग के सुझावों में प्रशासन क्षेत्र को विस्तृत बनाना, सुधार-गृहों (work houses) को समाप्त करना, विभिन्न प्रकार की सहायताओं में सामंजस्य स्थापित करना आदि उल्लेखनीय हैं। किन्तु उस समय इस सम्बन्ध में कोई नया कानून नहीं बन सका। **सन् 1929 के स्थानीय शासन अधिनियम (Local Government Act) के अनुसार निर्धन सहायता विधियों की व्यवस्था की जिम्मेवारी काउन्टी परिषदों को सौंप दी गयी।** इससे इस कार्य में मितव्यतता तथा कार्य-क्षमता में पर्याप्त वृद्धि हुई।

द्वितीय विश्वयुद्ध के बाद ब्रिटिश अर्थ-व्यवस्था अस्त-व्यस्त हो गयी। अतएव निर्धनता का पुनः उदय हुआ। ऐसी परिस्थिति में सन् 1948 में एक नया विधान **राष्ट्रीय सहायता अधिनियम** (National Assistance Act) पारित हुआ जिसके अनुसार एक राष्ट्रीय सहायता मंडल (National Assistance Board) की नियुक्ति की गयी जो विभिन्न प्रकार के व्यक्तियों को आर्थिक सहायता देता है। **इस प्रकार यद्यपि निर्धन सहायता विधि** (poor law) **को अब राष्ट्रीय सहायता** (national assistance) **कहा जाने लगा है फिर भी निर्धनता की समस्या अभी भी ग्रेट ब्रिटेन से पूर्णतया समाप्त नहीं हो पायी है।**

संदर्भ

1. *Beveridge* : Full Employment in a Free Society.
2. *G.D.H. Cole* : A Short History of the British Working class Movement.
3. Govt. of Britain : An Official Handbook.

मानक प्रश्न

1. Discuss the chief features of social insurance scheme in England.
इंगलैंड में सामाजिक बीमा योजना की प्रमुख विशेषताओं की व्याख्या कीजिए।

2. Review the development of the social security legislation in Great Britain up to the twenties of the present century. **(Patna U.B.A. (H) 1961)**
वर्तमान शताब्दी के बीसा वाले दशक तक ब्रिटेन में सामाजिक सुरक्षा के विकास की व्याख्या कीजिए।

3. Discuss briefly the broad features of the plan for social security in Great Britain as outlined by Lord Beveridge. How far has it been effectively worked out ?
लॉर्ड बेवरिज द्वारा सामाजिक सुरक्षा के लिए प्रस्तावित योजना की मुख्य विशेषताओं की संक्षिप्त व्याख्या करें। इसे किस प्रकार लागू किया गया है?

4. Give a brief appraisal of the social insurance schemes undertaken in Great Britain after the First World War. **(Raj. U. 1960)**
प्रथम विश्वयुद्ध के बाद ग्रेट ब्रिटेन की सामाजिक बीमा योजना की संक्षिप्त व्याख्या करें।

❑

अध्याय 11

ब्रिटिश बैंकिंग और करेन्सी

(BRITISH BANKING AND CURRENCY)

ब्रिटिश बैंकिंग प्रणाली का आदि-काल

(Beginnings of the British Banking System)

आधुनिक अर्थ में बैंकिंग का विकास सन् 1660 के पश्चात् होना प्रारंभ हुआ। ब्रिटिश बैंकिंग की जड़ों को मध्ययुग में खोजने का प्रयास किया जाता है। किन्तु यह ठीक-ठीक नहीं कहा जा सकता कि मध्य युग में भी ब्रिटिश बैंकिंग के अंकुर थे। ब्याज पर ऋण लेने की प्रथा वस्तुतः सन् 1290 से ही प्रचलित थी और राजा भी व्यापारियों की भाँति धनी-मानी व्यापारियों से ऋण लिया करता था। किन्तु इस प्रकार की लेन-देन को बैंकिंग कहना सम्भवतः उचित नहीं होगा। वस्तुतः **आधुनिक युगीन बैंकिंग का जन्मदाता स्वर्णकार** (goldsmith) है। यह मुद्रा का लेन-देन किया करता था। चार्ल्स प्रथम के काल में स्वर्णकार अपने ग्राहकों से सुरक्षित रूप से रखने के लिए मुद्रा लेना प्रारंभ करने लगे। उनके ग्राहक अपनी मुद्रा को स्वर्णकार के यहाँ जाकर सुरक्षित रखने के लिए जमा कर आते थे और बदले में एक रसीद ले आते थे जिस पर स्वर्णकार प्रतिज्ञा करते थे कि माँग करने पर वे उस मुद्रा को लौटा देंगे। **कालान्तर में स्वर्णकारों को अनुभव हुआ कि जो व्यक्ति मुद्रा जमा करते थे वे सभी समस्त मुद्रा को एक ही समय नहीं वापस ले जाते हैं। अतएव ग्राहकों द्वारा जमा की गयी मुद्रा की राशि में से कुछ मुद्रा को वे ब्याज पर उधार देना प्रारंभ कर दिए। माँग की जाने पर चुकता कर दिये जाने वाले नोटों को वे निर्गमित करना प्रारंभ कर दिए** और जब जनता का विश्वास प्राप्त हो गया तो वे अपने नोटों में वृद्धि कर दिए। इस प्रकार उनके पास अतिरिक्त करेन्सी हो गयी। अधिक-से-अधिक व्यक्तियां द्वारा उनके यहाँ मुद्रा जमा की जा सके, इस उद्देश्य से वे मुद्रा जमा करने वालों को भी ब्याज देना प्रारंभ कर दिए। इस प्रकार आधुनिक बैंकिंग प्रणाली का प्रारंभ हुआ।

चार्ल्स द्वितीय ने स्वर्णकारों को राज-कोष के लिए भी ऋण देने के लिए प्रोत्साहित किया। फलतः स्वर्णकार राजा को भी ऋण देना प्रारंभ कर दिए। किन्तु सन् 1672 में **चार्ल्स द्वितीय** ने स्वर्णकारों द्वारा दिए गए ऋण को चुकाना अस्वीकार कर दिया और केवल ब्याज देना ही स्वीकार किया। इस प्रकार **चार्ल्स द्वितीय ने स्वर्णकारों के लिए वित्तीय संकट तो ला ही दिया, बैंकिंग प्रणाली के विकास में भी उसने बाधा पहुँचाई। इसका बुरा परिणाम बेचारे विलियम तृतीय को भुगतना पड़ा। जब सन् 1689 की क्रांति के पश्चात् लुई चौदहवें से लड़ने के लिए विलियन तृतीय ने**

ऋण लेना चाहा तो लोगों ने ऋण देना ही अस्वीकार कर दिया। चार्ल्स द्वितीय का पाप विलियम तृतीय पर पड़ा।

इस समय जो लोग यूरोप के दो महत्त्वपूर्ण बैंकों की सफलता को जानते थे उनके द्वारा एक राष्ट्रीय बैंक की योजना पर विचार किया जाने लगा। इन दो बैंकों में एक **जिनोवा (Genoa) का बैंक ऑफ सेन्ट जॉर्ज** था और दूसरा **बैंक ऑफ एम्स्टरडैम** (Bank of Amsterdam) था। **सन् 1691 में स्काटलैण्ड निवासी विलियम पैटर्सन** (William Paterson) **ने राष्ट्रीय बैंक लिए एक योजना प्रस्तुत की और यह संसद द्वारा स्वीकृत कर ली गयी। संसद द्वारा पारित विधेयक के अनुसार सन् 1694 में बैंक ऑफ इंगलैंड का उदय हुआ।** यह एक संयुक्त पूँजी (joint stock) बैंक था। इसके द्वारा सरकार को दिए जाने वाले ऋण के मूल्य के बराबर नोट जारी करने का उसे अधिकार प्राप्त था। किन्तु केवल विनियम-विपत्र (bill of exchange), सोना-चाँदी और जब्त गिरवी (forefeited pledge) के अतिरिक्त अन्य किसी भी प्रकार के व्यापार में यह भाग नहीं ले सकता था।

अठारहवीं शताब्दी

बैंक ऑफ इंगलैंड ने ऋण लेने (borrowing) में सरकार की सहायता की। **सन् 1708 में इसे नोट निर्गमन** (note issue) **का एकाधिकार प्राप्त हो गया। साथ ही, इसे दो अन्य भी विशेषाधिकार प्राप्त हो गये--एक तो सरकारी शेष कोष** (balance) **को रखने का एकमात्र अधिकार इसे प्राप्त था और दूसरे सीमित दायित्व (limited liability**) **का एकाधिकार भी इसे मिला था। बैंक ऑफ इंगलैंड के इन तीनों विशेषाधिकारों ने इसे शीघ्र ही राष्ट्रीय व्यापार एवं वित्त का केन्द्र बना दिया।** सन् 1751 में राष्ट्रीय ऋण की व्यवस्था (management of national debt) का कार्य-भार भी इसे ही सौंप दिया गया और सन् 1773 में निकासी गृह (clearing house) की स्थापना की जाने के पश्चात् यह बैंकों का भी बैंक बन गया। फिर भी यह बड़े पैमाने पर व्यक्तियों के बैंक के रूप में कदापि कार्य नहीं किया वरन् मुख्यतः यह सरकार एवं बैंकों के बैंक के रूप में कार्य करता रहा। चेक प्रणाली (cheque system) के विकास को इसने अपने प्रतियोगियों पर ही छोड़ दिया।

18वीं शताब्दी बैंक ऑफ इंगलैंड का परीक्षण काल थी। फ्रांसीसी क्रांति के कारण सन् 1797 में एक आर्थिक संकट उपस्थित हो गया था। फ्रांस में स्वर्ण का मूल्य बढ़ गया था। इसलिए बैंक ऑफ इंगलैंड से लोग अपने-अपने निक्षेप (deposit) वापस लेने लगे थे। फलतः 1799 में बाध्य होकर इसने नगद चुकती (cash payment) करना बन्द कर दिया था।

उन्नीसवीं शताब्दी

सन् 1810 में हाउस ऑफ कॉमन्स ने सोने के ऊँचे मूल्य के कारणों की जाँच करने के लिए एक समिति का गठन किया। इस **बुलियन समिति** (Bullion Committee) की सिफारिशों के आधार पर सन् 1819 में एक अधिनियम पारित किया गया जिसके अनुसार बैंक ऑफ इंगलैंड को क्रमशः नकद चुकती करने का अधिकार दिया गया। सन् 1821 में पुनः नकद चुकती को पूर्णतः अपना लिया गया।

16 वीं तथा 17वीं शताब्दियों में ग्रेट ब्रिटेन रजतमान (silver standard) **को अपनाए हुए था।** 18वीं शताब्दी में ग्रेट ब्रिटेन के पारसामुद्रिक निवेश (overseas investment) के परिमाण में इतना अधिक प्रसार हुआ कि इंगलैंड के रजत-भंडार में बहुत कमी होती गई। रजतमान का लगभग पतन हो गया था। फलतः शनैः-शनैः ग्रेट ब्रिटेन स्वर्णमान की ओर आ रहा था। **सन् 1815 में ग्रेट ब्रिटेन ने स्वर्णमान** (gold standard) **को अपना लिया।** अब बैंक ऑफ इंगलैंड 3 पौंड 17 शिलिंग और 10½ पेन्स के टकसाल मूल्य (mint price) पर असीमित मात्रा में सोने का क्रय-विक्रय करने लगा। ग्रेट ब्रिटेन में सोने के आयात और निर्यात को बेरोक-टोक कर दिया गया। लन्दन अन्तरराष्ट्रीय मुद्रा-बाजार (money market) था। इसलिए इंगलैंड के इस मौद्रिक सुधार का विश्व पर भी प्रभाव पड़ा और विश्व के इतिहास में प्रथम बार स्वर्ण और करेन्सी का मूल्य निश्चित तथा स्थिर हो सका।

नेपोलियनी युद्धों के पश्चात् बैंक ऑफ इंगलैंड के नोट निर्गमन के एकाधिकार को समाप्त करने के लिए प्रबल माँगें की जाने लगीं। फलतः सन् 1826 में एक अधिनियम द्वारा बैंक ऑफ इंगलैंड के इस एकाधिकार को तोड़ दिया गया। अब वह लंदन के 65 मील के दायरे के अन्दर ही नोट-निर्गमन का एकाधिकारी रह सका और उसके बाहर नोट निर्गमन के अधिकार के साथ संयुक्त पूँजी बैंकों को स्थापित करने की छूट दे दी गई। फिर भी चूँकि लन्दन विश्व व्यापार की धुरी था इसलिए बैंक ऑफ इंगलैंड के महत्त्व में ह्रास नहीं हो सका। सात वर्ष बाद सन् 1833 में ब्रिटिश संसद ने एक विधि निर्मित की जिसके अनुसार लन्दन की परिधि के बाहर स्थित संयुक्त पूँजी बैंकों को भी लन्दन के अन्दर अपना कार्यालय स्थापित करने का अधिकार मिल गया और उनके द्वारा निर्गमित नोट लन्दन के कार्यालयों में परिवर्तित किए जा सकते थे। इस विधि के कारण संयुक्त पूँजी बैंकों के लिए प्रोत्साहन मिला और अनेक महत्त्वपूर्ण बैंकों की स्थापना की जा सकी। किन्तु इस विधि द्वारा बैंक ऑफ इंगलैंड का अधिकार और भी कम हो गया।

इस समय मौद्रिक समस्याओं के दक्ष व्यक्तियों के लिए विचार-विमर्श का महत्त्वपूर्ण विषय यह था कि **नोट-निर्गम को कैसे निनियमित किया जाय। सन् 1826 और 1839 के बैंकिंग संकटों के कारण इस प्रश्न का समाधान अत्यन्त ही आवश्यक हो गया था।** यह संकट इतना गंभीर था कि इस समय की बैंक ऑफ इंगलैंड की कठिनाइयों के सम्बन्ध में **वैजहॉट** (Bagehot) ने लिखा कि **सन् 1815 और 1857 के बीच बैंक ऑफ इंगलैंड को जो कठिनाइयाँ हो रही थीं उससे अधिक दयनीय स्थिति इतिहास में शायद ही कहीं हुई हो।**[1] **नोट-निर्गमन के सम्बन्ध में दो विचार-धाराएँ प्रचलित थीं—करेन्सी विचार-धारा** (currency school) और **बैंकिंग विचार-धारा** (banking school)। करेन्सी विचार-धारा वाले इस बात पर जोर देते थे कि उतने ही मूल्य के नोट निर्गमित किए जाएँ जितने मूल्य भर सोने-चाँदी का भंडार उपलब्ध है। दूसरे शब्दों में, प्रत्येक नोट के पीछे वे सोने-चाँदी का कोष रखना चाहते थे। दूसरी ओर, बैंकिंग विचारधारा वाले व्यक्ति नोट निर्गमन के सम्बन्ध में बैंकों को स्वविवेक (*discretion*) देना चाहते थे ताकि नोटों के परिमाण को व्यापार की माँग के अनुसार परिवर्तित किया जा सके। **करेन्सी विचारधारा की विजय हुई और सन् 1844 में पारित बैंक चार्टर**

1. बैजहॉट : दी लम्बार्ड स्ट्रीट, पृ॰ 230

अधिनियम (Bank Charater Act) **में इसे संलिष्ट किया गया।** इस अधिनियम ने **निश्चित विश्वासाश्रित निर्गमन प्रणाली** (Fixed Fiduciary Issue System) को अपनाए जाने की व्यवस्था की। इसने **बैंक ऑफ इंगलैंड को दो विभागों** में विभक्त किया—**निर्गमन** (issue) विभाग और **बैंकिंग** (banking) विभाग। निर्गमन विभाग में 14 मिलियन पौंड के मूल्य की प्रतिभूतियाँ (securities) रखी गईं जिनके आधार पर बैंक ऑफ इंगलैंड नोट निर्गमित कर सकता था। इस सीमा तक नोटों को निर्गमित करने के लिए बैंक ऑफ इंगलैंड को अपने पास सोने-चाँदी के कोष को रखना आवश्यक नहीं था। किन्तु इससे अधिक नोट तभी निर्गमित किए जा सकते थे जब उनके बदले में उतने मूल्य का स्वर्ण-रजत कोष रख लिया जाय। इस अधिनियम ने संयुक्त पूँजी बैंकों की नोट निर्गमन शक्ति को बहुत ही कम कर दिया।

किन्तु **बैंक चार्टर एक्ट वित्तीय संकट को नहीं रोक सका।** सन् 1847, 1857 और 1866 में वित्तीय संकट उत्पन्न हुए थे। इन संकट कालों में विश्वासाश्रित निर्गमन (fiduciary issue) की सीमा को बढ़ाने के लिए बैंक ऑफ इंगलैंड को अधिकार दिया गया था। सन् 1866 में इसने सचमुच इस सीमा को बढ़ाया भी। उसके पूर्व इस सीमा को बढ़ाने की आवश्यकता नहीं पड़ी थी।

यद्यपि 1844 के अधिनियम ने संयुक्त पूँजी बैंकों की नोट निर्गमन शक्ति को अत्यन्त कम कर दिया था तथापि संयुक्त पूँजी बैंकों का विकास नहीं रुका। ये बैंक धनादेश(cheque) का अधिक प्रयोग करने लगे और इस उपाय द्वारा अपने व्यवसाय और कार्य को तीव्र गति से बढ़ाने लगे। सन् 1858 में सीमित दायित्व (limited liability) के सिद्धांत को बैंकिंग कम्पनियों के साथ लागू कर दिया गया। फलतः समामेलन(amalgamation) की प्रवृत्तियाँ प्रबल हो गईं और **पाँच महान** (big five) **बैंकों**—लॉयड्स बैंक (Lloyds Bank), बार्कलेज (Barclays) बैंक, दी वेस्ट मिन्स्टर (The Westminster) बैंक, मिडलैंड (Midland) और नेशनल प्राविन्सियल (National Provincial) बैंक का उदय हुआ। इस काल की एक अन्य महत्त्वपूर्ण घटना **शाखा बैंकिंग** (branck banking) **प्रणाली का विकास** है। कुछ बैंकों द्वारा ब्रिटेन के पारसामुद्रिक क्षेत्रों में शाखाएँ खोली गईं। इस काल में अनेक निकास-गृह (clearing houses) भी स्थापित किए गए। **बैंकिंग प्रणाली का अब तक इतना अधिक विकास हो गया था कि सन् 1873 में प्रकाशित होने वाली अपनी पुस्तक लम्बार्ड स्ट्रीट (Lombard Street) में बेजहॉट यह लिखने में समर्थ हो सका कि ''देश के संयुक्त पूँजी बैंकों की प्रणाली एक अत्यधिक महत्त्वपूर्ण सफलता है।''**[1]

19वीं शताब्दी के अन्तिम चतुर्थांश में जब संयुक्त पूँजी बैंकों के व्यवसायों का विलक्षण प्रसार हो गया तो संयुक्त पूँजी बैंकों और बैंक ऑफ इंगलैंड के बीच का सम्बन्ध भी मजबूत हो गया।

बीसवीं शताब्दी—सन् 1939 तक

सन् 1911 से बैंक ऑफ इंगलैंड, अन्य बैंकों एवं वित्तीय संस्थाओं के प्रतिनिधियों की त्रैमासिक बैठकों की परम्परा प्रारंभ हुई और इनका पारस्परिक

1. "The joint stock banks of the country are a most remarkable success."

—Bagehot : *The Lombard Street*, p. 230

सहयोग घनिष्ठ होता गया। प्रथम विश्वयुद्ध काल में स्वर्णमान कार्य नहीं कर रहा था। सन् 1925 में ग्रेट ब्रिटेन ने पुनः स्वर्णमान को अपना लिया। किन्तु विश्व के स्वर्ण भंडार के कुवितरण (maldistribution) और प्रतिकूल अमेरिकी प्रशुल्क (tariff) तथा करेन्सी नीतियों द्वारा प्रस्तुत प्रतिकूल वातावरण के कारण पुनः सन् 1931 में स्वर्णमान का परित्याग कर देना पड़ा।

सन् 1928 में **करेन्सी एंड बैंक नोट्स एक्ट** पारित किया गया जिसके द्वारा **निश्चित विश्वासाश्रित निर्गम** (fixed fiduciary issue) की सीमा को बढ़ा कर 260 मिलियन पौंड कर दिया गया। निश्चित विश्वासाश्रित निर्गमन प्रणाली की वित्त और उद्योग समिति (Committee on Finance and Industry) द्वारा कटु आलोचना की गई। इस समिति का प्रतिवेदन (report) सन् 1931 में प्रकाशित हुआ था। इस समिति ने नोट निर्गमन की निरपेक्ष अधिकतम (absolute maximum) सीमा निर्धारित करने की प्रणाली के लिए और बैंक ऑफ इंगलैंड के दोनों विभागों को एक में ही मिला देने के लिए सिफारिश की थी। विदेशी विनिमय में अस्थिरता को रोकने के लिए सन् 1932 में एक **विनिमय समानीकरण निधि** (Exchange Equalization Fund) की स्थापना की गई।

सन् 1937 में विश्वासाश्रित (fiduciary) सीमा को क्रिस्टमस (charistmas) मौसम में बढ़ाने की प्रथा चालू की गई और दो ही वर्ष पश्चात् सन् 1939 में करेन्सी एण्ड बैंक नोट्स एक्ट ने विश्वासाश्रित सीमा को 30 मिलियन पौंड निश्चित कर दिया।

द्वितीय विश्व-युद्ध और उसके बाद

द्वितीय विश्व युद्ध के साथ बैंकों पर सरकारी नियंत्रण का काल प्रारंभ हुआ। बैंकों के विदेशी विनिमय तथा पूँजी बाजार (capital market) सम्बन्धी कार्यों पर कड़ा नियंत्रण कर दिया गया। सन् 1940 में ब्रिटिश सरकार ने सीधे बैंकिंग प्रणाली से ऋण लेना प्रारंभ किया और सरकारी ऋण बैंकों के सबसे अधिक महत्त्वपूर्ण आदेय (asset) हो गये। सन् 1946 में नोट निर्गमन की विश्वासाश्रित सीमा को बढ़ा कर 1450 मिलियन पौंड कर दिया गया। **युद्ध के पश्चात् जब ग्रेट ब्रिटेन में श्रमिक दल की सरकार सत्ताधारी हुई तो उसने अपने राष्ट्रीयकरण के कार्यक्रम में सबसे पहले बैंक ऑफ इंगलैंड का ही सन् 1946 में राष्ट्रीयकरण किया था।**

वर्तमान समय में ब्रिटिश बैंकिंग प्रणाली की मुख्य विशेषताएँ निम्नलिखित हैं—

1. इंगलैंड में शाखा बैंकिंग प्रणाली का प्रचलन है। ब्रिटिश बैंकर्स एसोएिशन (British Bankers' Association) के 25 बैंकिंग सदस्य देशी (domestic) सदस्य हैं और बैंकों की लगभग 12,500 शाखाओं पर नियंत्रण करते हैं।

2. इंगलैंड में चेक द्वारा भुगतान की प्रणाली बहुत प्रचलित है। सन् 1915 में लन्दन और प्राविन्सियल क्लियरिंग हाउस द्वारा प्रतिदिन निकासित (cleared) चेकों का सम्पूर्ण मूल्य 350 मिलियन पौंड तक था। बहुत से चेक तो निकास गृहों (clearing house) से होकर गुजरते भी नहीं हैं।

3. जहाँ तक कि वाणिज्य बैंकों के नगद कोष (cash reserve) का प्रश्न है, इंगलैंड के प्रमुख बैंक अपने सम्पूर्ण निक्षेपों (deposits) और नगद कोष में सामान्यतः 8 प्रतिशत का अनुपात रखते हैं।

4. ब्रिटिश बैंक उद्योगों में सीधे भाग नहीं लेते हैं बल्कि उन्हें केवल अल्पकालीन ऋण देते हैं।

5. स्काटलैंड और उत्तरी आयरलैंड के बैंकों को अब भी नोट-निर्गमन की कुछ शक्तियाँ प्राप्त हैं किन्तु ये अत्यन्त ही घिरी हुई हैं। विधान द्वारा उनके द्वारा नोट निर्गमित किए जाने के लिए सीमा निर्धारित किये जाने के अतिरिक्त बैंक ऑफ इंगलैंड के नोटों अथवा सिक्कों द्वारा पूर्णतः आधार प्रस्तुत कर ही वे नोट निर्गमित कर सकते हैं।

6. इंगलैंड में वाणिज्य बैंकों के अतिरिक्त 1,000 से भी अधिक प्रन्यासी (trustee) बैंक हैं और इंगलैंड के डाक घर बचत बैंकों (post office savings banks) का संगठन विश्व में सबसे बड़ा है।

संदर्भ

1. *Southgate*—English Economic History.

2. *Bagehot*—The Lombard Street.

मानक प्रश्न

1. Discuss the leading features of the development of British banking system.

2. Trace the growth of the banking system of Great Britain.

3. What are the salient features of the British banking system at present ?

❑

तृतीय खंड

संयुक्त राज्य अमेरिका का आर्थिक विकास

अध्याय 1

विश्व अर्थ-व्यवस्था और संयुक्त राज्य
[THE UNITED STATES AND THE WORLD ECONOMY]

यदि 19वीं शताब्दी ग्रेट ब्रिटेन की शताब्दी थी तो बीसवीं शताब्दी संयुक्त राज्य अमेरिका की शताब्दी रही है। आज विश्व में अमेरिका की सर्वोच्चता है। सम्पूर्ण विश्व के 7 प्रतिशत से अधिक भू-क्षेत्र और 6 प्रतिशत से भी कम जनसंख्या के साथ **संयुक्त राज्य अमेरिका आज विश्व का सबसे धनी एवं महान्** देश है जो विश्व के कुल उत्पादन का प्रायः 1/3 और विश्व की कुल निर्मित वस्तुओं का ½ का उत्पादन करता है और अपने वार्षिक खनिज उत्पादन के लगभग 50 प्रतिशत का स्वयं ही उपभोग भी करता है। संयुक्त राज्य अमेरिका एक बहुत बड़ा देश है जिसका क्षेत्रफल लगभग 3 मिलियन वर्गमील है और जिसकी जनसंख्या 1980 में 226.5 मिलियन थी। क्षेत्रफल के दृष्टिकोण से यह विश्व का पाँचवाँ और जनसंख्या की दृष्टिकोण से चौथा महान देश है जहाँ की जनता का जीवन-स्तर विश्व भर में सबसे अधिक ऊँचा है।

सामाजिक, आर्थिक, राजनीतिक और भौगोलिक सभी शक्तियों ने मिलकर इस देश को औद्योगिक, आर्थिक और राजनीतिक महानता प्रदान की है। इसके आर्थिक विकास के सहायक तत्त्वों में प्रमुखतः जनता की जातीय (racial) और सामाजिक दाय (inheritance), अनुकूल उत्तम जलवायु, प्राकृतिक साधन और उनका आदर्श वितरण, निपुण जनता, अनुकूल भौगोलिक स्थिति, विज्ञान एवं प्रौद्योगिकी का क्रमशः परिवर्द्धनशील प्रयोग, श्रम कल्याण, कार्यव्यवस्था में सतत सुधार आदि उल्लेखनीय हैं। अमेरिका में बसने के लिए आए हुए उपनिवेशी यूरोपीय देशों से आए थे। ये लोग अपने साथ ऊँची सभ्यता, संस्कृति, औद्योगिक एवं वाणिज्य भावनाओं को भी ले आए थे जिनके कारण अमेरिकी अर्थव्यवस्था का विकास बहुत ही तेजी से हो सका और इसका विकास यहाँ के आदिवासी लाल भारतीयों की व्यवस्था से बहुत ही भिन्न रूप से हुआ। देश के अन्दर उपलब्ध आर्थिक विकास के लिए आवश्यक साधनों के विशाल भंडार ने जनता में समृद्धिशीलता के लिए उत्कट अभिलाषा और व्यष्टिवाद के लिए सम्मान का भाव उत्पन्न कर दिया। **अमेरिका में सर्वदा आर्थिक क्षेत्र में सफलता को सामाजिक प्रतिष्ठा पाने का प्रमुख मार्ग समझा जाता है। ''व्यष्टिवाद के दर्शन ने इस देश में एक विशिष्ट अनुकूल वातावरण पाया। जनसंख्या की सापेक्ष कमी व्यक्तियों की सामाजिक एंव आर्थिक महत्ता में वृद्धि करने की ओर प्रवृत्त हुई।''**[1] देश की जलवायु सामान्यतः सभी शारीरिक

---

1. "The philosophy of individualism found an especially congenial environment in this country. The relative scarcity of people tended to raise the social and economic importance of individuals."

—Williampson, H.F. : *Growth of the American Economy*, pp 11-15

अथवा मानसिक कार्यों को सम्पादित करने के लिए अनुकूल है। खनिज, वन, कृषि, मत्स्य आदि के रूप में प्राकृतिक साधनों का भंडार अत्यन्त ही विशाल है। अमेरिका में अधिकांश आवश्यक खाद्यान्नों का उत्पादन उसकी आवश्यकताओं से अधिक होता है। कोयला, लोहा, पेट्रोलियम, ताँबा, कपास आदि के लिए अमेरिका बहुत धनी है।

इस प्रकार **एक ओर तो प्राकृतिक साधनों की अपार राशि और दूसरी ओर सामान्यत: धनी जनसंख्या देश की जनता को एक बहुत ही ऊँचे जीवनस्तर को बनाए रखने में सहायक रही है और अमेरिका में व्यवाहरत: जीवन-संघर्ष नहीं के बराबर है।** संयुक्त राज्य अमेरिका आकार में सम्पूर्ण यूरोप के क्षेत्रफल में थोड़ा-सा ही कम है। इस देश की भौगोलिक स्थिति ऐसी है कि इसमें जलवायु, उत्पादन एवं व्यापार के दृष्टिकोण से उत्तरी अमेरिका महादेश के सर्वाधिक अच्छे भागों के अधिकांश सम्मिलित हैं। इसका सम्पूर्ण पूर्वी भाग उर्वर मैदान है। यह पूरब, पश्चिम और दक्षिण में महासागरों से घिरा हुआ है जिससे विश्व के समस्त देशों के लिए समुद्री मार्ग इसके लिए उपलब्ध हैं। इसके अतिरिक्त यूरोप से अधिक दूरी पर बसे होने के कारण भी इस देश के तीव्र औद्योगिक विकास के लिए सहायता मिली थी। यूरोप से अधिक दूरी पर बसे होने के कारण यूरोप की आन्तरिक प्रतिद्वन्द्विता एवं संघर्ष इस नवीन देश के आर्थिक विकास को अबाधित नहीं कर सके। **राष्ट्रपति मुनरो** (Munroe) के सिद्धांत का अनुसरण कर अमेरिका ने बहुत दिनों तक **'अमेरिका अमेरिकनों के लिए'** (America for Americans) की नीति अपनाई थी और **विश्व राजनीति से यह अलग रहा था।** इस कारण भी इसके विकास को तीव्र गति मिल सकी। आज इस देश ने इस पृथकत्त्व की नीति का त्याग कर दिया है और अभी आने वाले कुछ वर्षों तक विश्व के भविष्य पर जितना अधिक आर्थिक राजनीतिक प्रभाव अमेरिका डाल सकता रहेगा उतना संभवतः और कोई भी देश नहीं।

औद्योगिक क्षेत्र में संयुक्त राज्य अमेरिका की सर्वोच्चता और महान् प्रगति केवल उसके खनिज पदार्थों की महान राशि एवं देश में उनके उत्तम अनुकूल वितरण के ही कारण नहीं वरन् विज्ञान एवं प्रौद्योगिकी के परिवर्द्धित प्रयोग और श्रम कल्याण तथा व्यवस्था में सतत सुधार के कारण भी हो सकी है। अमेरिकी **श्रमिकों की कार्यक्षमता विश्व में सबसे अधिक है और वैज्ञानिक व्यवस्था का आन्दोलन अमेरिका से ही** जोर पकड़ा था। अमेरिकी उद्योगों के यंत्र आधुनिकतम होते हैं। **विश्व के सभी देशों की अपेक्षा अमेरिका में सबसे अधिक उत्पादनशीलता है** और यहाँ उत्पादनशीलता में वृद्धि अन्य देशों की अपेक्षा सबसे अधिक होती है। अमेरिका में प्रति व्यक्ति घन्टा उत्पादन में 1850 से 1880 के बीच 28 प्रतिशत, 1880 से 1910 के बीच 74 प्रतिशत, 1910 से 1940 के बीच 83 प्रतिशत, 1940 से 1950 के बीच 92 प्रतिशत वृद्धि हुई है। सन् 1900 में अमेरिका में 250 औद्योगिक श्रमिकों पर एक अभियंता था। आज 60 श्रमिकों पर ही एक अभियन्ता पाया जाता है। यहाँ प्रति 15 वर्षों में प्रौद्योगिकीविदों (technologists) की संख्या दूनी हो जाती है और भौतिकशास्त्रियों की संख्या प्रति 8 वर्षों में दूनी हो जाती है।

संयुक्त राज्य अमेरिका की जनसंख्या में तीव्र वृद्धि मानवीय भूगोल की सर्वाधिक महत्त्वपूर्ण विशेषताओं में से एक है। सन् 1789 में संयुक्त राज्य की कुल जनसंख्या लगभग 4 मिलियन थी। सन् 1830 में वह बढ़कर 13 मिलियन और 1860 में 32 मिलियन हो गई। सन् 1870 तक संयुक्त राज्य की जनसंख्या फ्रांस की जनसंख्या से

भी अधिक हो गई और 1880 में यह जर्मनी की जनसंख्या से भी 50 मिलियन अधिक हो गई। सन् 1950 और 1960 के बीच संयुक्त राज्य की जनसंख्या में 28 मिलियन, 1960 से 1970 के बीच 24 और 1970 से 1980 के बीच 22 मिलियन की वृद्धि हुई। जनसंख्या में इस तीव्र वृद्धि के साथ-साथ जन-जीवन स्तर में भी सतत वृद्धि होती रही। आज अमेरिका में जनसंख्या का घनत्व औसतन 50 व्यक्ति प्रति वर्ग मील है जबकि फ्रांस में 190, इंगलैंड में 685 और बेल्जियम में 712 है।

संयुक्त राज्य अमेरिका की अर्थव्यवस्था एक संतुलित अर्थव्यवस्था है। किन्तु उद्योगों के विलक्षण विकास के बावजूद अभी भी कृषि का महत्त्वपूर्ण स्थान है। संयुक्त राज्य अमेरिका में औद्योगिक विकास जितनी तीव्र गति से हुआ है उतनी विश्व के किसी भी अन्य देश में नहीं। किन्तु अभी भी अमेरिका में कृषि का विशेष महत्त्व है। **आज अमेरिका विश्व का सबसे महान् कृषि-वस्तु उत्पादक देश है। संयुक्त राज्य अमेरिका के औद्योगिक विकास की नींव इसकी कृषि के द्वारा ही डाली गई है जिसमें पश्चिम की ओर जनसंख्या के प्रवास के द्वारा सहायता पहुँचाई गई।** एक शताब्दी पहले देश की 80 प्रतिशत जनसंख्या कृषि पर आश्रित थी। सन् 1900 में यह घटकर 37 प्रतिशत और 1944 में 20 प्रतिशत हो गयी। **1980 में केवल 3 प्रतिशत जनसंख्या ही कृषि पर आश्रित थी।** सन् 1980 में यहाँ पर 1042 मिलियन एकड़ भूमि पर खेती हुई थी, 26 प्रतिशत जनता ग्रामीण थी और कृषिक जनसंख्या 6 मिलियन थी, कुल 2.43 मिलियन कृषि प्रक्षेत्र (farm) थे और कृषि प्रक्षेत्र का औसत आकार 430 एकड़ था।[1] आज अमेरिका में केवल 2 प्रतिशत जनता ही खेती में कार्य करती हैं किन्तु तब भी यह न केवल अमेरिका की बढ़ती हुई जनसंख्या को ही बल्कि विश्व के अनेक देशों को भी भोजन देती है।

गेहूँ अमेरिका की मुख्य फसल है जिसकी खेती 58 मिलियन एकड़ में होती है। कपास की विश्व में जितनी पूर्ति होती है उसके 60 प्रतिशत की पूर्ति अकेले अमेरिका करता है और कपास के लिए पश्चिमी यूरोप अपनी आवश्यकता के 80 प्रतिशत के लिए संयुक्त राज्य पर निर्भर है। विश्व का 42 प्रतिशत तम्बाकू संयुक्त राज्य में पैदा किया जाता है।

खनिज पदार्थों के उत्पादन में संयुक्त राज्य विश्व के सभी देशों से आगे है। कोयला, पेट्रोलियम, प्राकृतिक गैस, सीमेन्ट, नमक, खनिज लोहा, चाँदी, सोना, ताँबा, जस्ता, बाक्साइट, राँगा आदि इसके प्रमुख खनिज पदार्थ हैं। सम्पूर्ण पश्चिमी यूरोप में कितना कोयला पैदा किया जाता है उससे भी अधिक कोयला केवल संयुक्त राज्य पैदा करता है। संयुक्त राज्य अलमुनियम के लिए विश्व का सबसे बड़ा उत्पादक देश है जो सम्पूर्ण विश्व के अलमुनियम के 50 प्रतिशत का उत्पादन करता है। पश्चिमी जर्मनी, जो अलमुनियम के उत्पादन के लिए विश्व का दूसरा सबसे बड़ा देश है, संयुक्त राज्य के कुल अलमुनियम उत्पादन का केवल 10 प्रतिशत ही उत्पादित करता है। यह विश्व के ताँबा के 40 प्रशित, राँगा के 25 प्रतिशत, जस्ता के 30 प्रतिशत, चाँदी के 20 प्रतिशत की पूर्ति करता है।

औद्योगिक क्षेत्र में संयुक्त राज्य अमेरिका विश्व का सर्वाधिक महान् और शक्तिशाली देश है। लगभग 16 मिलियन व्यक्ति निर्माणी उद्योग में लगे हुए हैं। अमेरिका में अधिक-से-अधिक कार्य मशीनों द्वारा होने लगा है और कम-से-कम कार्य मनुष्यों के द्वारा

1. The Statesman Year Book, 1982-83

जिसके कारण कम-से-कम व्यक्तियों के द्वारा अधिक-से-अधिक वस्तुओं का उत्पादन होने लगा है। लोहा और इस्पात के उत्पादन में यह विश्व का सबसे बड़ा उत्पादन देश है। सूती कपड़े के उत्पादन में संयुक्त राज्य का विश्व में प्रथम स्थान है और सूती कपड़े के निर्यात में यह केवल जापान और इंगलैंड से ही पीछे है। डेट्रायट मोटर गाड़ियों के निर्माण के लिए विश्व का सबसे बड़ा केन्द्र है।

रेलवे के दृष्टिकोण से संयुक्त राज्य अमेरिका विश्व का प्रथम महान देश है। सन् 1969 में अमेरिकी रेलवे की लम्बाई 222164 मील थी। सम्पूर्ण विश्व की रेलवे की लम्बाई का 29 प्रतिशत केवल संयुक्त राज्य में ही है। हवाई यातायात में भी संयुक्त राज्य का प्रथम स्थान है। विश्व के अन्य सभी देशों द्वारा कुल जितना वायु यातायात किया जाता है उससे भी अधिक वायु यातायात केवल संयुक्त राज्य करता है।

आज विश्व के राजनीतिक रंगमंच पर संयुक्त राज्य अमेरिका का सर्वाधिक प्रभाव है। सन् 1945 के बाद उद्योगों के महान विकास के बावजूद अमेरिकी उद्योगपति व्यवसायिक मन्दी एवं राज्य द्वारा नियंत्रण में वृद्धि के भय से आतंकित हो रहे हैं। किन्तु ये दोनों ही भय अभी तक आधारहीन सिद्ध हुए हैं। औद्योगिक गवेषणा (research) के विकास ने उद्योगपतियों को नवीन और उत्तम वस्तुएँ उत्पन्न करने के लिए अवसर उपलब्ध कर नवीन वस्तुओं के उत्पादन के लिए जनता में एक नवीन मॉग की सृष्टि करने में उनकी सहायता की है। इसके अतिरिक्त संयुक्त राज्य अमेरिका पूँजीवादी अर्थव्यवस्थाओं के पुनरुद्धार और विकास में सहायता पहुँचाकर साम्यवाद के प्रसार और साम्यवादी षड्यंत्रों को रोकने में अगुआ रहा है। सन् 1945 और 1951 के बीच **मार्शल योजना** (Marshall Plan) के अन्दर संयुक्त राज्य अमेरिका ने पश्चिमी यूरोप को अनुदान और ऋण के रूप में 301 बिलियन डालर की राशि दी थी। आज भी यह विश्व के बहुत से गैर-साम्यवादी देशों की बहुत बड़े पैमाने पर आर्थिक और सैनिक सहायता कर रहा है। संयुक्त राष्ट्र संघ और उसके अधीनस्थ विभिन्न अन्तरराष्ट्रीय संस्थाओं—जैसे, अन्तरराष्ट्रीय मुद्रा कोष (I.M.F.), अन्तरराष्टीय पुनर्निर्माण और विकास बैंक (I.BR.D.), अंतरराष्ट्रीय विकास संघ (International Development Association), अन्तरराष्ट्रीय वित्त निगम (International Finance Corporation) आदि और अन्य संस्थाओं जैसे—आयात-निर्यात बैंक (Import-Export Bank) आदि के द्वारा भी यह विश्व के विभिन्न देशों की आर्थिक, राजनीतिक एवं सैनिक नीतियों पर प्रभाव डाल रहा है और उनके आर्थिक विकास तथा सुरक्षा के लिए सहायता दे रहा है।

आजकल संयुक्त राज्य अमेरिका की अर्थव्यवस्था का विश्व में सर्वोच्च स्थान है। विश्व अर्थव्यवस्था में संयुक्त राज्य का अपेक्षित महत्त्व अंशतः तो इसलिए बढ़ गया है कि पुराने महान देशों की आर्थिक अवनति हुई है किन्तु प्रमुखतः इसका महत्त्व इसके उत्पादन में, धन में वृद्धि होने के कारण बढ़ गया है। यद्यपि अन्य देशों के पास भी उनके पुनर्निर्माण के लिए अधिकांश आवश्यक साधन उपलब्ध हैं तथापि खाद्यान्न यंत्र आदि जैसे अत्यन्त आवश्यक और महत्त्वपूर्ण साधनों को जो उन देशों की उत्पादन शक्ति को बढ़ाने के लिए आवश्यक हैं, संयुक्त राज्य अमेरिका से मँगाने के लिए वे विवश हैं। विश्व के अन्य औद्योगिक देशों की आर्थिक अवस्थाओं में परिवर्तन आर्थिक दृष्टिकोण से बहुत ही अधिक महत्त्वपूर्ण हैं। द्वितीय विश्वयुद्ध के समय और उसके बाद विश्व के अधिकांश देश

जो पहले अपने लिए आवश्यक औद्योगिक वस्तुओं को इन औद्योगिक देशों से मँगाया करते थे, अब स्वयं अपना औद्योगिक विकास करने के प्रयास करने लगे हैं। किन्तु वे अपने औद्योगिक विकास के लिए आवश्यक पूँजी-वस्तुओं को पर्याप्त मात्रा में अपने परम्परागत व्यापारी स्रोतों से प्राप्त करने में असमर्थ हैं। इसलिए ये देश अब इन पुराने महान् औद्योगिक देशों पर निर्भर होने के बदले अधिक-से-अधिक और बढ़ती हुई सीमा में अमेरिकी पूँजी, अमेरिकी औद्योगिक ज्ञान, व्यवस्था, निपुणता, अमेरिकी यंत्र पर आश्रित हो गए हैं।

संदर्भ

H.U. Faulkner : American Economic History.
A. Mukherjee : An Economic and Commercial Geography
A.H. Hansen : America's Role in the World Economy.
J.K. Galbraith : American Capitalism.
The Statesman Year Book, 1982-93.

मानक प्रश्न

1. विश्व अर्थव्यवस्था में अमेरिका के महत्त्व पर प्रकाश डालिए।
2. वर्तमान काल में विश्व अर्थव्यवस्था में अमेरिका के प्रमुख स्थान के कारणों की समीक्षा कीजिये।

❑

अध्याय 2

संयुक्त राज्य अमेरिका के आर्थिक विकास का सामान्य सर्वेक्षण

(A GENERAL SURVEY OF ECONOMIC DEVELOPMENT OF THE U.S.A)

अमेरिका को **'नया संसार'**(New World) भी कहा जाता है। इसका इतिहास वस्तुतः 1607 ई॰ से प्रारंभ होता है जब वहाँ पर यूरोपीय निवासियों का आगमन प्रारंभ हुआ था। इसका आर्थिक विकास इस तथ्य का इतिहास है कि किस प्रकार अमेरिका धीरे-धीरे अविकसित स्थिति से बढ़ते-बढ़ते अत्यधिक विकसित स्थिति में आ गया है। उपनिवेशीकरण की प्रारंभिक अवस्था में अमेरिकी अर्थ-व्यवस्था मुख्यतः कृषि, वाणिज्य और जहाजरानी पर आश्रित थी। अर्थ-व्यवस्था अविकसित थी तथा उद्योगों के विकास का कोई विशेष प्रयास नहीं किया जाता था। उन्नीसवीं शताब्दी में यहाँ की प्रमुख समस्या भौगोलिक थी—पश्चिम के विशाल भू-क्षेत्र में बसने तथा उसके प्रचुर साधनों का प्रयोग करने की थी। **उन्नीसवीं शताब्दी के पूर्वार्द्ध तक कृषि की ही प्रधानता थी।** उद्योगों का गौण स्थान था। इससे इस समय तक देश के आर्थिक एवं राजनीतिक जीवन में कृषि तथा किसानों का ही महत्त्वपूर्ण प्रभाव था। अतएव **इस काल की दो प्रमुख उपलब्धियाँ देश में उपनिवेशीकरण की तीव्र प्रगति तथा कृषि का विस्तार थीं।** किन्तु **उन्नीसवीं शताब्दी के उत्तरार्द्ध में संयुक्त राज्य अमेरिका में उद्योग एवं तकनीक के क्षेत्र में पर्याप्त प्रगति हुई। इसके कई कारण थे।** सर्वप्रथम तो जनसंख्या में तीव्र वृद्धि के परिणामस्वरूप मजदूरों के एक दृढ़ वर्ग का उदय हुआ। यातायात के साधनों के विकास, आवश्यक पूँजी की उपलब्धि तथा वृहत् परिमाण में प्राकृतिक साधनों की उपलब्धि इत्यादि ने भी महत्त्वपूर्ण योगदान किया। कृषि का भी यंत्रीकरण हुआ जिससे धीरे-धीरे इसने एक व्यापारिक रूप धारण कर लिया। उद्योगों का विकास इसी युग में प्रारंभ हुआ। किन्तु अब भी अर्थ-व्यवस्था मुख्यतः कृषि पर ही आश्रित थी और वस्तुओं के वितरण से अधिक महत्त्वपूर्ण समस्या उत्पादन की ही थी। **बीसवीं शताब्दी के प्रारंभ तक उद्योगों की पर्याप्त उन्नति हो गयी** किन्तु जनसंख्या की वृद्धि की गति धीरे-धीरे मन्द पड़ने लगी। इस युग में उद्योगीकरण की प्रक्रिया में साहसी वर्ग का महत्त्व बहुत बढ़ गया तथा वह अमेरिका के आर्थिक इतिहास का सूत्रधार बन गया। इस प्रकार **बीसवीं शताब्दी के प्रारंभ से ही अमेरिका में तकनीक, आधुनिक बड़े पैमाने के उत्पादन, बड़े पैमाने के विक्रय एवं बड़े पैमाने के उपभोग का काल आरंभ हुआ।** इस शताब्दी की प्रमुख समस्या बाजार के विस्तार की समस्या हो गयी। इस प्रकार संयुक्त राज्य अमेरिका ने पिछले तीन सौ वर्षों के बीच अविकसित अर्थ-व्यवस्था से बढ़ते-बढ़ते अपना पूर्ण आर्थिक विकास कर लिया है और **आज वह प्रत्येक दृष्टि से विश्व का सर्वाधिक विकसित राष्ट्र बन गया है।**

अमेरिकी आर्थिक विकास के प्रभावक तत्त्व
(Factors Behind American Economic Growth)

किसी देश का आर्थिक विकास वास्तव में बहुत से आर्थिक और गैर-आर्थिक तत्त्वों का परिणाम होता है। इन तत्त्वों के सापेक्षिक महत्त्व में देश-काल के अनुसार विभिन्नता पायी जाती है। मोटे तौर पर संयुक्त राज्य अमेरिका के आर्थिक विकास में निम्नवर्णित आधारभूत तत्त्वों को योग रहा है—

1. प्रचुर प्राकृतिक साधन—प्राकृतिक परिस्थितियों ने संयुक्त राज्य अमेरिका के आर्थिक विकास को प्रोत्साहित किया है। विशाल भू-क्षेत्र, प्रचुर प्राकृतिक साधन तथा आदर्श भौगोलिक स्थिति आदि ने संयुक्त राज्य के आर्थिक विकास में महत्त्वपूर्ण योगदान किया है।

2. यूरोपीय निवासियों के अनुभव—अमेरिकी अर्थव्यवस्था ने यूरोप के अनुभवों से भी पर्याप्त लाभ उठाया है। जो यूरोप निवासी यहाँ पर बहुत बड़ी संख्या में बसने के लिए आये उन्हें अपने देश की तकनीक को अपनाने में कोई असुविधा नहीं हुई। साथ ही, उन्नीसवीं शताब्दी में बहुत बड़ी मात्रा में यूरोप से पूँजी संयुक्त राज्य में निवेश के लिए आयी।

3. तकनीकी प्रगति—प्रारंभ में जनसंख्या की कमी के कारण श्रमिकों के अभाव का अनुभव किया जाने लगा। इससे तकनीकी प्रगति को प्रोत्साहन मिला। तकनीकी प्रगति अमेरिकी आर्थिक प्रगति का कारण एवं परिणाम दोनों थी।

4. ऊँची उपभोग प्रवृत्ति—अमेरिकी निवासियों की उच्च उपभोग प्रवृत्ति ने बड़े पैमाने पर उत्पादन तथा विक्रय संगठन को प्रोत्साहित किया।

5. साहसी वर्ग के प्रयास—अमेरिका के व्यवसाय-साहसी वर्ग ने इसके आर्थिक विकास के इतिहास में बड़ा ही महत्त्वपूर्ण योगदान किया है। अमेरिकी पूँजीवादी व्यवस्था की कुछ संस्थागत विशेषताओं (जैसे—मुक्त उद्यम तथा लाभ के प्रयोजन) के कारण वहाँ पर दृढ़ साहसी वर्ग का उदय तथा विकास हुआ। इसने अमेरिका के आर्थिक विकास की गति को तेज किया है।

6. अर्थव्यवस्था की लोच—अमेरिकी अर्थव्यवस्था में प्रारंभ से ही अभूतपूर्व नमनीयता एवं अनुकूलनीयता पायी जाती रही है। इससे इसकी संस्थाएँ तथा प्रक्रियाएँ वातावरण में परिवर्तन के अनुसार समायोजित होती रही हैं।

7. सरकार की नीतियाँ—अमेरिकी संघीय सरकार का भी देश के आर्थिक विकास में महत्त्वपूर्ण हाथ रहा है। देश में आर्थिक स्थायित्व बनाए रखने के साथ-साथ अमेरिकी सरकार ने अपनी प्रशुल्क नीति, नौवाहन अधिनियमों एवं आर्थिक सहायता से औद्योगिक विकास को प्रोत्साहित किया है तथा उदार भू-नीति के द्वारा उपनिवेशीकरण एवं यातायात के साधनों का विकास किया है।

8. अन्य कारण—इनके अतिरिक्त मध्यकालीन यूरोप की तरह सामाजिक कठोरता का अभाव, सामाजिक संस्थाओं का सहयोग, श्रम-शक्ति में वृद्धि आदि अन्य अनेक तत्त्व भी अमेरिका के तीव्र आर्थिक विकास के लिए उत्तरदायी हैं।

1. प्रारंभिक विकास : अमेरिका का उपनिवेशीकरण
(Early Growth : The Colonization of America)

12 अक्टूबर 1492 ई॰ को **कोलम्बस** (Columbus) ने भारतवर्ष के लिए समुद्री मार्ग का पता लगाने के क्रम में अमेरिकी तट का स्पर्श किया था। **कोलम्बस की यह प्रसिद्ध यात्रा सम्पूर्ण विश्व और विशेषत: उसके देश स्पेन के लिए वरदान सिद्ध हुई** क्योंकि इससे प्राकृतिक साधनों से भरपूर और एक विशाल उदार भू-भाग विश्व को, विशेषतः यूरोपवासियों को प्राप्त हुआ। शायद अपने जीवनकाल में कोलम्बस यह नहीं जान पाया था कि उसने एक सर्वथा नवीन महादेश का पता लगाया है। **उसकी साहसिक खोज का श्रेय फ्लोरेंस निवासी अमेरिगो वैस्पूसियस** को प्राप्त हुआ जिसके नाम से इस महादेश का नाम अमेरिका पड़ा। कोलम्बस के पदचिह्नों का अनुकरण करते-करते इटालिन नाविक **जॉन कैबोट** (John Cabot) जो इंगलैंड के **हेनरी अष्टम** की सेवा में था, 1513 ई॰ में **लैब्रोडोर** के समुद्री किनारे पर पहुँचा। तब से लगभग 100 वर्षों तक यूरोप निवासियों ने अमेरिका के मार्ग की खोज का प्रयास जारी रखा। इस उद्देश्य से कई समुद्री यात्राएँ की गयीं। परिणामस्वरूप 17वीं शताब्दी के प्रारंभ तक यूरोप निवासियों को संयुक्त राज्य अमेरिका के समुद्री किनारों तथा पूर्वी तट की दो प्रमुख नदियों—सेन्ट लॉरेन्स एवं हडसन का पता लगा। **अमेरिका की खोज के पश्चात् अठारहवीं शताब्दी के प्रारंभ तक लोगों का यूरोप से अमेरिका जाकर बसने का अनवरत क्रम चलता रहा। विश्व इतिहास में शायद ऐसा कोई दूसरा उदाहरण नहीं मिलेगा जब इतनी बड़ी संख्या में लोग एक-दूसरे स्थान में जा बसे हों। यूरोप निवासियों द्वारा अमेरिका को बसाने की कहानी साहस और वीरता, त्याग और बलिदान तथा अद्वितीय धैर्य की कहानी है।** इस निरन्तर जन-प्रवाह ने नवीन राष्ट्र को जन्म दिया जिसमें एक साथ विभिन्न राष्ट्रीयताओं का सम्मिश्रण हुआ और इस प्रकार अमेरिका में राष्ट्रीयता एवं सांस्कृतिक गतिविधियों का सूत्रपात हुआ।

अमेरिका के उपनिवेशीकरण की प्रेरक शक्तियाँ
(Motives for the Colonization of America)

अमेरिकी इतिहास वस्तुतः सन् 1607 से प्रारंभ होता है जब यूरोपीय निवासियों का वहाँ आगमन हुआ था। किन्तु यहाँ प्रश्न उठाया जा सकता है कि अमेरिका में यूरोपीय निवासियों के बसने के क्या कारण थे ? इसके लिए प्रेरक शक्तियाँ न केवल आर्थिक थीं वरन् राजनीतिक-सामाजिक-धार्मिक भी थीं।

(क) उपनिवेशीकरण की आर्थिक प्रेरणाएँ *(Economic)*

1. समुद्री-यात्राएँ *(Sea voyages)*—भारतवर्ष में आने के लिए नवीन मार्ग ढूँढ़ते हेतु अनुसंधानीय समुद्री यात्राएँ की गयी थीं ताकि मसाले एवं अन्य भारतीय वस्तुओं के लिए इटली और अरब के व्यापारियों पर अन्य यूरोपीय देशों की निर्भरता को दूर किया जा सके। उस काल में भारत एक अत्यधिक उन्नतिशील देश था और प्रत्येक यूरोपीय शक्ति भारत के साथ व्यापार कर लाभार्जन करने के लिए उत्सुक थीं। कोलम्बस ने भी भारत के लिए ही समुद्री मार्ग ढूँढ़ने के लिए यात्रा प्रारंभ की थी। किन्तु दैववश उसका जलयान दूसरी दिशा में चला गया और 'नवीन भूमि' (New Land) में जा पहुँचा जिसके फलस्वरूप 'नवीन संसार' (New World) अर्थात् अमेरिका की खोज हुई।

2. सोना-चाँदी का विशाल भंडार—जब नवीन संसार की खोज हुई तो पता चला कि वहाँ पर सोना और चाँदी के भंडार का प्राचुर्य है। 1519 में मेक्सिको में चाँदी की खानों

तथा 1531 में पेरू में इन बहुमूल्य पदार्थों की खोज के बाद यह विश्वास और भी दृढ़ हो गया। अतः इस भंडार के शोषण के लिए यूरोपीय देश जल्दीबाजी से आने लगे।

3. देश की निर्धनता से बचने की इच्छा—जिस समय 'नवीन संसार' अभी अस्पर्शित भूमि था, जहाँ पर लाल भारतीय निवास करते थे, उस समय अनेक यूरोपीय देश आर्थिक अभाव से ग्रस्त थे। इसलिए उस समय यूरोपीय देशों की जनता की इच्छा गृह-निर्धनता से बचकर अमेरिका में आने की थी। इस प्रकार **अमेरिका यूरोपीय देशों की अतिरिक्त जनसंख्या के लिए एक शरणस्थल बन गया।**

4. खाद्य-पदार्थों की प्रचुरता—नयी दुनिया में खाद्य पदार्थों की भी प्रचुरता थी। यहाँ का समुद्र घोंघों, केकड़ों, कॉड तथा लॉब्स्टर आदि मछलियों से भरा-पड़ा था। वनों में हंस इतने मोटे होते थे कि उनका वजन सुनकर आश्चर्य होता था। बटेर, गिलहरियाँ, तीतर, बारहसींघा, हिरण आदि बड़ी संख्या में उपलब्ध थे। फल, मेवा आदि सर्वत्र आप-से-आप प्राप्त होते थे। मटर, सेम, मकई, कद्दू आदि पेट भरनेवाले खाद्यों की खेती सरलता से हो जाती थी। भेड़, बकरियाँ, गाय, सूअर आदि भी पाले जा सकते थे। दूसरी ओर 1620 से 1665 ई॰ के बीच इंगलैंड में आर्थिक कठिनाइयों के कारण लाखों लोग बेकार हो गये थे। साथ-ही-साथ 16वीं तथा 17वीं शताब्दियों में इंगलैंड निवासियों के बीच यह सामान्य धारणा प्रचलित थी कि इंगलैंड में जनाधिक्य की स्थिति है। अतः लोग उपनिवेशों को अतिरिक्त जनसंख्या को आश्रय देने का महत्त्वपूर्ण साधन समझने लगे तथा बहुत बड़ी संख्या में उपनिवेशों में जाकर बसने लगे।

5. वणिकवाद का उदय (*rise of mercantilism*)—व्यापारी पूँजीवाद (merchant capitalism), जिसे दूसरे शब्दों में व्यापारवाद अथवा वणिकवाद कहा जाता है, का 15वीं शताब्दी में यूरोप में उदय हुआ था जिसे अमेरिका में यूरोपीय जनता के बसने का संभवतः सबसे अधिक महत्त्वपूर्ण कारण कहा जा सकता है। इस वणिकवाद ने सोना-चाँदी के संचयन पर विशेष जोर दिया था क्योंकि उस सिद्धांत के अनुसार सोना और चाँदी ही 'सम्पदाएँ' कही जाती थीं जो देश को सशक्त और समृद्धिशाली बनाती हैं। स्वर्ण के महत्त्व के संबंध में **कोलम्बस** ने कहा था **"सोना सर्वाधिक अच्छा है। यह खजाना है जिसके पास यह है वह इस दुनिया में जो चाहे कर सकता है और आत्मा को स्वर्ग में भेजने में भी सफल हो सकता है।"**[1] इस प्रकार उस काल में पारसामुद्रिक व्यापार को विस्तृत करने एवं उपनिवेशीकरण के लिए उत्प्रेरणाएँ मिली थीं।

(ख) धार्मिक प्रेरणाएँ (*Religious Motives*)

1. धार्मिक अत्याचार—विगत शताब्दियों ने धर्मान्धता और धार्मिक असहिष्णुता के कारण अनेक संघर्षों और इनके कारण विनाश को देखा है। **स्पेन में पावन संपृच्छ** (Holy Inquisition) हुई थी, **बर्थल्म्यू** (Berthalmew) में भयानक नरसंहार हुआ था। उसी प्रकार **रोमन कैथोलिक तथा प्रोस्टेस्टेन्ट के बीच होने वाले धार्मिक युद्ध भी लोकप्रिय ही थे।** किसी धर्म तथा धार्मिक पन्थ (sect) के अनुयायी जब सरकारी सत्ताधारी हो जाते थे तो अन्य धर्मावलम्बियों एवं पन्थ के अनुयायियों के प्रति वे असहिष्णु

1. "Gold is most excellent. It is treasure and he who possesses it does all he wishes to do in this world, and succeed in helping soul to go into paradise."—From a letter to Ferdin and Isab written on July 7, 1503 during the Fourth Voyage.

होते थे। इसीलिए वृहत् पैमाने पर अन्य धर्मावलम्बियों के साथ अत्याचार किया जाना असाधारण नहीं था। अतएव यूरोपीय जनता में इस प्रकार के धार्मिक संहारों से बचने की इच्छा उत्पन्न हुई थी और नए संसार ने इसके लिए द्वारा खोल दिया था।

2. धर्म-प्रचार की भावना—गृह देश में न केवल धार्मिक संपीड़न था वरन् स्वधर्म प्रचार के लिए भी यूरोपीय जनता में प्रबल भावना थी—विशेषतः ईसाई धर्म के प्रचार के लिए। **मध्य युग ने अनेक जेहादों** (crusades) को देखा है। धर्म प्रचार के लिए मध्य युग में अनेक युद्ध हुए हैं। किन्तु धार्मिक युद्धों के साथ-साथ धर्मों के शान्तिपूर्ण प्रचार के लिए भी कार्य किये जा रहे थे। **वास्को डि गामा** (Vassco de Gama) **जब भारत भूमि पर पैर रखा तो उसने कहा था ''हम लोग भारत में मसालों और ईसाइयों के लिए आये हैं।''** (We have come to India for spices and christians.) यह उक्ति ईसाई धर्म के तत्कालीन यूरोपीय अधिष्ठाताओं की प्रचलित धारणाओं को पर्याप्ततः चित्रित करती है। आश्चर्य नहीं कि अमेरिका के असहाय एवं पिछड़े हुए आदिवासी लाल भारतीय (Red Indians) यूरोपीयनों की जाल में फँसे और कालान्तर में उनका लोप भी हो गया।

(ग) राजनीतिक प्रेरणाएँ *(Political Motives)*

1. राजनीतिक प्रपीड़न—आर्थिक एवं धार्मिक प्रेरणाओं के अतिरिक्त अमेरिका में बसने के लिए राजनीतिक प्रेरणाएँ भी मिली थीं। जिस प्रकार धार्मिक अत्याचार यूरोपीय देशों में उस काल में असाधारण नहीं थे उसी प्रकार राजनीतिक अत्याचार भी असाधारण नहीं थे। अतएव जिन लोगों ने राजनीतिक अत्याचारों से बचना चाहा वे अपने देश को छोड़कर अमेरिका आने लगे।

2. अपराध दण्डों से बचने की इच्छा—अपने-अपने देशों से भाग-भाग कर अमेरिका में आने वालों में ऐसे भी लोग थे जो अपने अपराधपूर्ण कार्यों के लिए प्राप्त दंडों से बचने के लिए अपने देश से अमेरिका में भागकर आने लगे थे।

3. देश के भू-क्षेत्र के प्रसार की भावना—यूरोपीय देशों में अपने देश के भू-क्षेत्र के प्रसार की मनोवृत्तियाँ भी कार्य कर रही थीं। साम्राज्यवाद का उदय हो रहा था।

4. नवीन साहसिक कार्यों का प्रलोभन—उपर्युक्त कारणों के साथ-साथ नवीन साहसिक कार्यों के प्रलोभन से भी अमेरिका को बसाने में बहुत अधिक सहायता मिली। यों बहुत से यूरोप निवासियों को अमेरिकी नवजीवन में विशेष रुचि नहीं थी परन्तु नयी दुनिया की बस्ती बसाने वाली कम्पनियों की चतुराई भरी प्रेरणाओं ने उन्हें ऐसा करने की ओर उन्मुख किया। उदाहरण के लिए **विलियम पेन ने पेनसिलवानिया कॉलोनी में आने के लाभों का इस प्रकार से विज्ञापन किया कि बहुत बड़ी संख्या में लोग स्वतः इस ओर आकिर्षत हुए।** इसी प्रकार जहाजों के कप्तान भी पुरस्कार पाने के लिए कई प्रकार की युक्तियों का प्रयोग करते थे। न्यायाधीशों तथा जेल अधिकारियों को भी अपराधियों को कारावास का दण्ड भोगने के बदले अमेरिका जाने के लिए उत्प्रेरित करने को प्रोत्साहित किया जाता था।

संयुक्त राज्य अमेरिका के उपनिवेशीकरण के क्रम में सर्वप्रथम स्पेन आगे बढ़ा। धीरे-धीरे 17वीं शताब्दी के अन्त तक अन्य यूरोपीय राष्ट्र—इंगलैंड, हालैंड तथा फ्रांस ने भी अपने साम्राज्य स्थापित करने का प्रयास प्रारंभ किया। प्रत्येक राष्ट्र संयुक्त राज्य अमेरिका में अपना-अपना साम्राज्य स्थापित करने का प्रयास कर रहा

था। ऐसा करने में प्रत्येक का उद्देश्य अपने देश के विदेशी व्यापार का विस्तार था। किन्तु **इस दौड़ में अन्ततः इंगलैंड ही विजयी हुआ तथा लगभग 18वीं शताब्दी के अन्त तक इसका अमेरिकी उपनिवेशों पर प्रभुत्व बना रहा।**

इस प्रकार 'नवीन भूमि' के स्वामित्व के लिए यूरोपीय देशों में होने वाले संघर्षों में अन्ततः ब्रिटेन विजयी हुआ था। **अमेरिका में ब्रिटिश बस्तियाँ तीन प्रकार की थीं**–(1) कुछ बस्तियाँ (settlement) शास-प्राप्त समवायों (chartered companies) द्वारा बसाई गई थीं। बस्तियों की स्थापना को सहायता पहुँचाने एवं व्यापार करने के लिए उस समय कम्पनियों का संगठन हुआ करता था। (2) दूसरे प्रकार की बस्तियाँ स्वामिगत (proprietary) होती थीं। (3) कुछ बस्तियाँ ऐसे व्यक्तियों द्वारा बसाई गई थीं जो वैयक्तिक रूप से समृद्धि की खोज में आवास किए हुए थे। **अमेरिकी बस्तियों के तीव्र प्रसार के लिए मुख्यतः तीन कारण उत्तरदायी थे**–(1) जनसंख्या में तीव्र वृद्धि, (2) नवीन आवासितों (immigrants) का निरन्तर प्रवाह, (3) उपनिवेशों के पारस्परिक मतभेद एवं झगड़े इत्यादि जिनके कारण नवीन बस्तियों का जन्म हो जाता था।

2. औपनिवेशिक विकास (1607-1763)

प्रारंभ में अमेरिका में 13 उपनिवेश थे। ये तेरहों अमेरिकी उपनिवेश स्वतंत्रता संग्राम तक ब्रिटेन के आधिपत्य में थे। **ब्रिटेन उस समय 'वणिकवाद' की नीति का अनुसरण कर रहा था** जिसके अनुसार उपनिवेशों का मातृदेश के लाभ के उद्देश्य से प्रयोग किया जाता था। अतएव उपनिवेशों के आर्थिक हित को ब्रिटेन के हित के बाद द्वितीय स्थान दिया जाता था। इस उद्देश्य से उन उद्योगों को जो ब्रिटेन के उद्योगों के साथ प्रतियोगिता करते थे, उपनिवेशों में हतोत्साहित किया जाता था और जिन वस्तुओं की इंगलैंड में माँग होती थी उन्हें प्रोत्साहित किया जाता था। दूसरे शब्दों में, **उपनिवेशों के व्यापार का ढाँचा ग्रेट ब्रिटेन के आर्थिक हित में ही तैयार किया जाता था।** इस काल में औपनिवेशिक जनता का मुख्य पेशा कृषि थी क्योंकि अभी तक उद्योगों का विकास नहीं हो पाया था। कृषि नवीन भूमि के लिए उपयुक्त थी जहाँ पर उर्वरा भूमि का प्राचुर्य था। किन्तु कृषि कार्य आद्य (primitive) ढंग से किया जाता था। इसलिए कृषि बहुत खर्चीली थी। औपनिवेशिक जनता उन्हीं फसलों की कृषि करती थी जिससे वह अभ्यस्त थी। समयोपरान्त वह देशी (native) फसलों की खेती करने लगी। खेतों के आकार उत्तरी भाग में छोटे होते थे किन्तु दक्षिणी भाग में पर्याप्ततः बड़े होते थे।

उपनिवेशों में भूमि की व्यवस्था *(land tenures in the colonies)*—उपनिवेशों के साथ ही अमेरिका में भूमि-व्यवस्था की समस्या का भी प्रादुर्भाव हुआ। **उपनिवेशों की समस्त भूमि का स्वामी यूरोपीय देशों का राजा समझा जाता था** जो इन्हें कुछ शर्तों के अन्तर्गत संयुक्त पूँजी कम्पनियों, निजी स्वामियों अथवा स्वामियों के समूह को देता था। **राजा तथा निजी स्वामी यूरोप में प्रचलित भू-सामन्तवादी प्रथा को यहाँ भी लागू करना चाहते थे।** किन्तु भूमि की प्रचुरता, जनसंख्या के अभाव तथा देश के बड़े आकार को देखते हुए ऐसा संभव नहीं था। साथ ही संत्यजन लगान (quit rents) तथा अन्य सामन्तवादी नियमों के परिणामस्वरूप लोगों में एक प्रकार से असन्तोष फैलने लगा। अमेरिकी क्रांति के कारणों में यह भी एक प्रधान कारण बना था। वरजीनिया तथा मेसाचुसेटस में सहकारिता के आधार पर खेती का प्रयास किया गया था। किन्तु उसमें सफलता नहीं मिल

सकी थी। अतः विभिन्न व्यक्तियों के बीच भूमि का विभाजन एक निश्चित क्षेत्र के टुकड़ों में किया जाने लगा। सामन्तवादी-प्रथा का ठीक से अनुकरण नहीं होने के कारण उपनिवेशों में कृषि के क्षेत्र में पर्याप्त विस्तार हुआ। किन्तु इसका बड़ा दोष यह था कि इस भूमि में सट्टेबाजी की शुरुआत हुई तथा इससे दक्षिणी भाग में सामाजिक विषमता को प्रोत्साहन मिला।

इस काल में उद्योग गृह उद्योग की तरह थे। ग्रामीण उद्योगों का कुछ विकास हुआ था। शिल्पकाल औद्योगिक वस्तुओं का निर्माण करते थे। फिर भी कुछ उद्योग ऐसे भी थे जो वनों पर आधारित थे। लकड़ी उद्योग ऐसे उद्योगों में प्रधान था। समुद्री मत्स्य उद्योग, नाव निर्माण और कुछ स्थूल रूप के जलनिर्माण का भी कुछ विकास हुआ था। किन्तु ये समस्त उद्योग लघु पैमाने पर ही थे। **औपनिवेशिक वाणिज्य प्रारंभ काल से ग्रेट ब्रिटेन के साथ होता आ रहा था। देश के अन्दर व्यापार प्रमुखतः वस्तु विनिमय प्रणाली के आधार पर होता था।** औपनिवेशिक परिवहन बहुत ही बुरे ढंग से संघटित था। सड़कों एवं रेल का विकास नहीं हो पाया था। नदियों और झीलों में नाव परिवहन प्रचलित था। लघु पैमाने पर समुद्री तटीय जलयान परिवहन भी पाया जाता था।

औपनिवेशिक श्रम के साथ अनेक समस्याएँ थीं। इसका अत्यन्त ही अभाव था। इसके कारण अनेक कठिनाइयाँ उपस्थित हुईं। इसलिए उपनिवेश निवासी संविदाबद्ध श्रमिकों का आयात करने लगे। ऐसे श्रमिकों को अनुबद्ध (indentured) श्रमिक कहा जाता था। **अनुबद्ध श्रमिक दो प्रकार के होते थे**—ऐच्छिक और अनैच्छिक। कर्जदारों एवं अपराधियों को वहाँ पर अनैच्छिक श्रमिकों के रूप में लाया जाता था। **अपहरण उस समय सामान्य था।** इस प्रकार के श्रमिकों के अतिरिक्त एक और प्रकार के श्रमिकों का विकास हुआ। वह था निग्रो जाति को दास बनाना। **सन् 1609 में प्रथम बार दासों से भरा हुआ एक जलयान अमेरिका में आया था।** उस समय के पश्चात् दास श्रमिकों की प्रणाली का विकास हुआ। प्रारंभ में दास प्रणाली विकसित नहीं हो पायी थी क्योंकि अंग्रेज लोग अमेरिका के देशी निवासियों को जान से मार डालते थे। इसके अतिरिक्त निग्रो बुद्धिहीन और करीब-करीब मूढ़ होते थे। इन सब अनेक कारणों से इस काल में श्रम बहुत महँगा पड़ता था, विशेषतः दक्षिण अमेरिका में। किन्तु कालान्तर में यह विचार बदल गया और पारस्परिक सहायता द्वारा कार्य होने लगा जिससे श्रमिकों के अभाव की समस्या दूर हो गई।

औपनिवेशिक सामाजिक ढाँचा यूरोपीय सामाजिक ढाँचे का प्रतिरूप था। कुलीनों एवं सामान्य व्यक्तियों में विभेद था। ज्येष्ठाधिकार (primogeniture) नियम प्रचलित था। 17वीं शताब्दी के प्रथम तीन चौथाई भाग में अमेरिका आने वाले व्यक्तियों में 90 प्रतिशत इंगलैंड निवासी थे। स्वभावतः इन्होंने अंग्रेजी संस्कृति को अपनाया। किन्तु कालान्तर में शताब्दी के अन्तिम वर्षों में जर्मनी, स्विट्जरलैंड, फ्रांस तथा आयरलैंड से भी लोग अधिक संख्या में आने लगे। इन लोगों ने आंग्ल संस्कृति को नहीं अपनाया किन्तु आंग्ल निवासियों के सम्पर्क में आने के कारण इनमें भी अनेक सांस्कृतिक परिवर्तन हुए और इस प्रकार एक नयी संस्कृति का प्रादुभार्व हुआ जो नयी दुनिया में आंग्ल यूरोपीय महाद्वीप की विशेषताओं को लेकर बनी। इससे संयुक्त राज्य अमेरिका एक नवीन उदीयमान राष्ट्र का रूप धारण कर सका।

औपनिवेशिक काल की राजनीतिक संस्थाओं के संबंध में यहाँ यह कहना पर्याप्त होगा कि **कुछ क्षेत्रों में जनतंत्रीय संस्थाएँ विद्यमान थीं जबकि कुछ अन्य क्षेत्रों में निरंकुशता** (absolutism) **प्रचलित थी।** स्वामिगत उपनिवेशों में राजनीतिक संस्थाएँ

जनतंत्रीय थीं जबकि शास-समवायों (charatered companies) द्वारा स्थापित उपनिवेशों एवं निजी उपनिवेशों में निरंकुशता पाई जाती थी। समस्त रूप में उपनिवेश ब्रिटिश सरकार के पराधीन थे और ब्रिटिश सरकार सार्वभौम सत्ता थी।

3. अमेरिकी क्रांति की पृष्ठभूमि
(Background of the American Revolution)

अमेरिकी उपनिवेशों के प्रति ब्रिटिश सरकार की वाणिज्य आर्थिक-नीतियाँ

अमेरिकी उपनिवेशों से संबंध में ब्रिटेन ने वणिकवाद की नीति अपनाई थी। वणिकवादी नीति को लागू करने के लिए ब्रिटिश सरकार के उपाय मुख्यतः निम्नांकित थे—

1. **क्रामवेल** *(Crommwell)* के समय में सन् 1651 में पारित एक अधिनियम में व्यवस्था की गई थी कि (क) एशिया, अफ्रीका अथवा अमेरिका में निर्मित किसी भी वस्तु का इंगलैंड में अथवा उसके अधिराज्यों में आयात नहीं किया जा सकता जब तक उन्हें ऐसे जलयानों में नहीं लाया जाय जिनके मालिक और चालक अंग्रेज हों; (ख) यूरोप में निर्मित किसी वस्तु का आयात इंगलैंड अथवा उसके अधिराज्यों में नहीं किया जा सकता जब तक उन्हें अंग्रेजी जलयानों में अथवा ऐसे विदेशी जलयानों में नहीं लाया जाय जो उन देशों के हों जिन देशों से वैसी वस्तुएँ मँगाई जा रही हैं, (ग) किसी भी विदेशी वस्तु को इंगलैंड में नहीं लाया जा सकता जब तक वे वस्तुएँ उन्हीं स्थानों से नहीं जा रही हों जिन स्थानों में उनका उत्पादन हुआ हो। इस अधिनियम का आशय वस्तु परिवहन तथा व्यापार में अंग्रेजी अथवा औपनिवेशिक जलयानों के स्वामियों को एकाधिकार देना था। यह इंगलैंड को एक सशक्त नौवाहन शक्ति बनाना चाहता था। इसलिए यह अधिनियम उपनिवेशों के साथ भी लागू किया गया था।

2. सन् 1660 में जलयान और नौवाहन को प्रोत्साहित करने के लिए पारित एक अधिनियम ने सन् 1651 के अधिनियम को स्पष्ट किया। इसके अनुसार इंगलैंड में और इंगलैंड से भेजी जाने वाली वस्तुओं को न केवल अंग्रेजों द्वारा चालित जलयानों में वरन् इंगलैंड में अथवा उसके उपनिवेशों में निर्मित जलयानों में ही भेजा जाना आवश्यक बनाया गया। इस प्रकार यह अधिनियम एक पग और आगे हो गया। उसी वर्ष एक और भी अधिनियम निर्मित किया गया जिसने उपनिवेशों के व्यापार को विनियमित करना चाहा ताकि औपनिवेशिक व्यापार और वाणिज्य का भी एकाधिकार प्राप्त हो जाय। इसने निर्धारित किया कि **''एशिया, अमेरिका अथवा अफ्रीका में स्थित किसी भी अंग्रेजी बगान द्वारा उत्पादित चीनी, तम्बाकू, रूई, ऊन, नील आदि किसी भी वस्तु को इंगलैंड छोड़कर किसी भी अन्य स्थान में नहीं भेजा जा सकता।''** कालान्तर में क्रमशः इस सूची में विस्तार किया गया। 1651 और 1660 की इन दोनों विधियों को सामूहिक रूप से **नौवाहन विधियाँ** (navigation laws) कहा जाता है।

3. **इंगलैंड ने न केवल औपनिवेशिक निर्यात को ही नियंत्रित करना चाहा वरन् सन् 1663 के अधिनियम द्वारा उपनिवेशों के आयात को भी एकाधिकृत करना चाहा।** इस अधिनियम ने ऊँचे शुल्कों के द्वारा उपनिवेशों में यूरोपीय वस्तुओं के आयात को प्रतिषेधित करना चाहा जबतक उन्हें इंगलैंड(अथवा उसके उपनिवेशों) में बने और अंग्रेजों द्वारा चालित जलयानों में और इंगलैंड से होकर नहीं लाया जाय। इस प्रकार इस अधिनियम ने यूरोपीय वस्तुओं को उपनिवेशों में पहुँचने के पूर्व उन पर शुल्क लगाकर उन्हें इंगलैंड में एकत्र करने

की व्यवस्था की और ऐसी वस्तुओं को ले जाने से संबंधित लाभ को ब्रिटिश अथवा उसके उपनिवेशों के व्यापारियों तक ही सीमित रखा। **यह आर्थिक राष्ट्रीयतावाद का उग्र रूप था। ब्रिटिश वणिकवादी नीति न केवल वस्तुओं को ले आने और ले जाने के नियंत्रण एवं आयात-निर्यात के विनिमयन से ही वरन् उपनिवेशों के उद्योगों के नियंत्रण से भी संबंधित थी।** औपनिवेशिक उद्योगों को ब्रिटिश उद्योगों को प्रतियोगी नहीं बनने देने के लिए उपनिवेशों के गवर्नरों को अनुदेश (instruction) दिया गया कि वे समस्त निर्माणी उद्योगों के विकास को निरुत्साहित करें और उनके संबंध में पूरा विवरण प्रस्तुत करें। ब्रिटिश उद्योगों से प्रतियोगिता करने वाली वस्तुओं के निर्माण पर उपनिवेशों में विधियों द्वारा रोक लगा दी गई। **यह उपनिवेशों को उपनिवेशों के ही रूप में बनाए रखने के लिए किया गया था ताकि वे विकसित नहीं हो सकें और आवश्यक कच्चे माल की पूर्ति तथा निर्मित वस्तुओं के बाजार की व्यवस्था कर वे मातृदेश की सेवा कर सकें।** सन् 1699 में एक **ऊनी अधिनियम** (Woollen Act) पारित किया गया था जिसके अनुसार किसी ऊनी वस्तु का उपनिवेशों से निर्यात नहीं किया जा सकता और न उन्हें एक उपनिवेश से दूसरे उपनिवेश में ही भेजा जा सकता था। परवर्ती वर्ष में अर्थात् सन् 1700 में इंगलैंड से उपनिवेशों को भेजी जाने वाली ऊनी वस्तुओं पर निर्यात शुल्क समाप्त कर दिया गया। इस विधान के फलस्वरूप उपनिवेशों में विक्रय के लिए ऊनी कपड़ों का निर्माण बन्द हो गया और अंग्रेजी व्यापारियों का अमेरिकी व्यापार पर आधिपत्य लगभग एक शताब्दी तक जमा रहा। **ऐसी विधियों का उद्देश्य औपनिवेशिक व्यापार पर अंग्रेजों का अधिकार रखना और उपनिवेशों को कच्चे माल का उत्पादन करने तक ही सीमित रखना था। इसी को औपनिवेशिक नीति कहते हैं।**

4. ग्रेट ब्रिटेन और उसके अमेरिकी उपनिवेशों में होने वाले आर्थिक स्वार्थों की टक्कर में चलार्थ नीति (currency policy) से संबंधित विरोध का महत्त्व भी कम नहीं था। विषम व्यापार-संतुलन के कारण जो भी धातु-मुद्रा, चाहे वह अंग्रेजी हो अथवा पुर्त्तगाली अथवा स्पेनी, इन उपनिवेशों में उपलब्ध होती थी वह शीघ्र ही इंगलैंड में चली जाती थी। अन्त में यह अनिवार्य हो गया कि उपनिवेश विभिन्न प्रकार की पत्र-मुद्रा का प्रयोग करें। सन् 1704 में भूसम्पदा (real estates) के बंधक पर पत्र मुद्रा का निर्गमन (issues) करने के लिए मसाचूसेट्स (Mussachusetts) में तथा कथित **'ऋण बैंकों'** (loan banks) को स्थापित किया गया। किन्तु इस योजना को बहुत दूर जाने के पूर्व ही सन् 1741 में इंगलैंड की संसद ने हस्तक्षेप किया और सन् 1720 के **'बबुल एक्ट'** (Bubble Act) को लागू किया जिसने इन बैंकों की समाप्ति करं दी। सन् 1751 में उपनिवेशों में टकसाल खोलने एवं औपनिवेशिक सरकारों द्वारा पत्र-मुद्रा का निर्गमन करने पर प्रतिबन्ध लगाने के लिए संसद द्वारा अधिनियम निर्मित किये गये।

ये विधियाँ वणिकवादी नीति की प्रारंभिक अवस्था के आवश्यक अंग थीं। किन्तु इसके बाद परिवर्तन हुए। कम-से-कम 1763 तक ब्रिटिश संविधियाँ(status) औपनिवेशिक हितों पर कोई विशेष कुठाराघात नहीं कर सकी थीं। बल्कि दूसरी ओर अमेरिकी उपनिवेश ऐसी आर्थिक उन्नतिशीलता एवं राजनीतिक स्वतंत्रता का अनुभव किए जो 17वीं शताब्दी में असाधारण थी। जैसा कि **आदम स्मिथ** (Adam Smith) ने ठीक ही कहा था; ''किसी भी अन्य यूरोपीय राष्ट्र के शासन की अपेक्षा ब्रिटिश शासन कम उदारताहीन और दमनकारी था।'' **इस काल में उपनिवेशों की समृद्धिशीलता के तीन आधारभूत कारण थे–**

1. प्रथम कारण तो यह था कि कभी-कभी उपनिवेशों के हित ग्रेट ब्रिटेन के हितों के समानांतर ही होते थे। यद्यपि ये अधिनियम कठोर थे तथापि उपनिवेशों के लिए यह मूलतः अच्छा था कि वे अपने को निस्सारक उद्योगों (extractive industries) में व्यस्त रखें। ऐसे उद्योगों में इन्हें तुलनात्मक सुविधाएँ प्राप्त थीं।

2. बहुत-सी वस्तुओं के लिए उपनिवेशों को ग्रेट ब्रिटेन में व्यापारिक सुविधाएँ प्राप्त हो गई थीं। यद्यपि विभिन्न वस्तुओं के लिए ग्रेट ब्रिटेन द्वारा दिये गये निर्यात अधिदान(bounty) ने कुछ अवस्थाओं में कृत्रिम परिस्थितयाँ उत्पन्न कर दी थीं तथापि अन्य दशाओं में इसने तार्किक विकास के लिए व्यवस्था की और उपनिवेशों के लिए धन का एक साधन बन गयी।

3. संभवतः सर्वाधिक हानिपूर्ण विधान या तो अपवचित किए जाते थे अथवा लागू ही नहीं किए जाते थे। **चौर्यपणन** (smuggling) किया जाता था। 18वीं शताब्दी के पूर्वार्द्ध में इंगलैंड **रॉबर्ट वालपोल** (Robert Walpole) **की नीतियों का अनुसरण कर रहा था जिसका जीवन सिद्धांत था, 'सुषुप्त स्वानों को पड़ा रहने दो'** ("quietanon movere" i.e. "let sleeping dogs lie") इसी **''लाभ प्रदायिनी उपेक्षा''** (salutary neglect) के काल में पश्चिम भारतीय व्यापार में उतनी अधिक वृद्धि हो सकी थी।

सन् 1763 तक यही अवस्था थी। किन्तु उसके उपरान्त परिवर्तन की वायु का बहना प्रारंभ हुआ। ग्रेट ब्रिटेन एवं फ्रांस में होने वाले सप्तवर्षीय युद्ध (1756-63) में ग्रेट ब्रिटेन ने बहुत बड़े पैमाने पर ऋण लिया था जिसके भुगतान के लिए उपनिवेशों में अधिक राजस्व उगाहने की चेष्टा की गई। इस कार्य के लिए सरकार ने (1) व्यापार विधियों को कठोर रूप में लागू करना और (2) नवीन भूमि से राजस्व उगाहना प्रारंभ किया। इस **नीति के अनुसरण में अनेक संविधियाँ पारित की गईं जो अन्ततः इंगलैंड के साथ अमेरिकी स्वातंत्र्य युद्ध में फलीभूत हुईं।**

सन् 1763 के पश्चात् ग्रेट ब्रिटेन द्वारा किए गए कृत्य
(Measures Adopted by Great Britain after 1763)

जब तक उपनिवेश नए थे और विधियों का अपवंचन होता था तबतक वणिकवाद का बहुत अधिक प्रभाव नहीं था। उपनिवेशों के धन एवं जन में वृद्धि भी हुई थी। कुछ सीमा तक औपनिवेशिक आर्थिक जीवन इन असुविधाओं से समायोजित हो गया था। **किन्तु अतिरिक्त दबाव अवश्य ही कष्टदायक होने वाला था। सन् 1763 के पश्चात् इसी दबाव में वृद्धि ने स्वार्थों के विरोध को गंभीर कर दिया और अमेरिकी क्रांति की ओर ले जाने वाली शक्तियों को चरम सीमा पर पहुँचा दिया।** मौलिक रूप से सन् 1763 के पश्चात् भी ब्रिटिश नीति में कोई वास्तविक अन्तर नहीं आया सिवा इसके कि लगभग एक शताब्दी पुरानी नीतियों को दृढ़ और कठोर रूप से लागू किया गया।

1. **सन् 1763 में की गई उद्घोषणा में अमेरिकी पश्चिमी भूमि और भारतीयों के साथ व्यापार की नीतियों को निर्धारित किया गया।** इस उद्घोषणा ने अपलाशियन पर्वत के पश्चिम के क्षेत्रों में नयी बस्तियों के बसने पर प्रतिषेध लगा दिया और इसने निर्धारित किया कि भारतीयों के साथ व्यापार करने वाले समस्त व्यापारी उस कार्य के लिए ब्रिटिश सरकार से अवश्य अनुज्ञप्ति (licence) प्राप्त कर लें। इस उद्घोषणा का तात्पर्य अमेरिका के लाल भारतीयों की सुरक्षा करना था। किन्तु अमेरिका निवासी इससे बहुत ही अप्रसन्न हुए। इस अप्रसन्नता में और भी वृद्धि हुई जब सन् 1774 में ब्रिटिश सरकार ने कुछ प्राचीन

उपनिवेशों को अनुदान (grant) नहीं की गई भूमि एवं पश्चिमी भाग की भूमियों के संबंध में नवीन विनियमन जारी किया।

2. फ्रांसीसी और भारतीय युद्ध काल में फ्रांसीसी उत्पादक चीनी को अमेरिका में अंग्रेजी की अपेक्षा 25 से 40 प्रतिशत कम मूल्य पर बेच रहे थे। यह अंग्रेजों के लिए अधिक हानिपूर्ण था। इसलिए स्वभावतः **विलियम पिट्ट** (William Pitt) ने सन् 1761 में नौवाहिनी को पश्चिम भारतीय विदेशी व्यापार में चौर्यपणन को बन्द करने के लिए आदेश दिया। इसी चौर्यपणन कार्य में लगे व्यक्तियों का पता लगाने में सहायता देने के लिए औपनिवेशिक न्यायालयों को सहायता प्रलेख (writ of assistance) अर्थात् सामान्य अन्वेषी अधिपत्र (gerneral search warrant) जारी करने का आदेश दिया गया। **जेम्स ओटिश** (James Otis) ने **इन प्रलेखों के विरुद्ध इतने प्रभावपूर्ण शब्दों में गर्जन किया कि बाद में उसके भाषण को जॉन आदम्स** (John Adams) ने **'क्रांति को प्रारंभ करने वाली बन्दूक'** (opening gun of the Revolution) **कहा।**

3. सन् 1764 मे चीनी अधिनियम (Sugar Act) बना। सप्तवर्षीय युद्ध की समाप्ति पर **जॉर्ज तृतीय** के समर्थन से नवीन प्रधानमंत्री **ग्रेनह्विल** (Grenville) और व्यापार मंडल (Board Trade) के अध्यक्ष **टाउनशेन्ड** (Townshend) ने **'लाभ प्रदायनी उपेक्षा'** की नीति को समांजस्य कर देने का निश्चय किया। इस नवीन शासन में किया गया प्रथम उपाय सन् 1764 का चीनी अधिनियम था जो उपनिवेशों की सुरक्षा की व्यवस्था करने के लिए बनाया गया था। इसने विदेशी सिरके पर आरोपित आयात शुल्क को 6 पेन्स प्रति गैलन से घटाकर 3 पेन्स प्रति गैलन कर दिया। इसके अतिरिक्त चीनी, नील, कहवा, शराब, रेशम आदि पर चुंगी लगा दी गई और साथ ही परिगणित वस्तुओं (enumerated articles) की संख्या बढ़ा दी गई। तुरंत ही आर्थिक मन्दी का अनुभव किया जाने लगा।

4. चीनी अधिनियम की अनुपूर्ति सन् 1765 में **मुद्रांक अधिनियम** (Stamp Act) द्वारा की गई जिसने समाचार पत्रों, अनुज्ञप्तियों, वशीयतों (wills), संविदाओं (contracts), प्रपत्रों (pamphlets) और अन्य वैधानिक एवं वाणिज्य अभिलेखों (documents) पर मुद्रांक शुल्क निर्धारित किया। चीनी अधिनियम के पश्चात् इतना ही शीघ्र निर्मित किए जाने से इस मुद्रांक अधिनियम ने उपनिवेशों में असाधारण उत्तेजना ला दी। इंगलैंड में भी व्यापारियों एवं उत्पादकों को काफी क्षति हुई।

5. सन् 1766 में मुद्रांक अधिनियम वापस ले लिया गया। चीनी अधिनियम में भी ढिलाई कर दी गई। किन्तु एक उद्घोषक अधिनियम (Declaratory Act) पारित किया गया जिसने यह निश्चयपूर्वक कहा कि **उपनिवेशों पर कर लगाने और 'किसी भी दशा' में उनके लिए विधि निर्माण करने के लिए ब्रिटिश संसद को वैधानिक अधिकार प्राप्त है।**

6. ब्रिटिश सरकार ने उपनिवेशों में 10,000 सैनिकों को लाकर रखा जिसके लिए वार्षिक व्यय, जो लगभग 2,20,000 पौंड होता था, की व्यवस्था अमेरिकनों द्वारा की जानेवाली थी।

7. मुद्रांक अधिनियम को रद्द किए जाने पर खूब आनन्द मनाया गया था। किन्तु सन् 1767 में **चार्ल्स टॉउनशेन्ड** (Charles Townshend) ने जो उस समय मंत्रिपरिषद का सबसे प्रभावशाली सदस्य था, संसद से अनेक अधिनियमों को पारित करवाया जिन्हें **टाउनशेन्ड अधिनियम** (Townshend Acts) कहा जाता है। इन अधिनियमों ने कागज,

शीशा, चाय, चित्रकला के रंग आदि जैसी दैनिक व्यवहार की वस्तुओं पर आयात कर लगाया जिससे जीवन निर्वाह का व्यय बढ़ गया। इन शुल्कों से भी अधिक खतरनाक टॉउनशेन्ड अधिनियमों के वे प्रावधान थे जो सीमा शुल्क (customs duty) संबंधी सेवाओं के पुनर्गठन से संबंधित थे। एक विशेष अधिनियम ने न्यूयार्क की विधानसभा को इसलिए निलंबित कर दिया कि उसने सैनिकों के रहने के लिए बनाई गई सन् 1755 की एक विधि का पालन करना स्वीकार नहीं किया था।

8. टॉउनशेन्ड अधिनियमों के पारित होने के तुरन्त बाद उपनिवेशों ने अपनी असमागम (non-intercourse) की नीति को अपनाया। सन्**1768-69 का बहिष्कार केवल ऐच्छिक आन्दोलन ही नहीं था वरन् कहीं उससे बहुत कुछ अधिक था। परिणामस्वरूप सन् 1770 में टॉउनशेन्ड अधिनियम अंशत: रद्द कर दिये गये।**केवल चाय शुल्क के अतिरिक्त समस्त शुल्क हटा दिये। फलतः सन् 1770 के पश्चात् ब्रिटिश नीति के प्रति विरोध कम हो गया। **'आयात न करो'** (non-importation) आंदोलन चूर हो गया, व्यापार किया जाने लगा और समृद्धि लौट आई।

9. किन्तु ब्रिटिश सरकार के साथ अमेरिकी जनता के व्यतिरेक को दूर करने की आशा अमेरिका के क्रांतिकारियों एवं ब्रिटेन तथा उसके औपनिवेशिक अभिकर्त्ताओं(agents) द्वारा अपनायी गयी एक जड़ औपनिवेशिक नीति के कारण क्षीण हो गई थी। **पैट्रिक हेनरी** (Patrick Henry), **थॉमस जेफर्सन** (Thomas Jefferson) और अन्य व्यक्तियों की सहायता से **सैमुएल आदम्स** (Samual Adams) ने क्रांतिकारी भावना को जीवित रखने के लिए **संवादिता समिति** (Committee of Correspondence) का संगठन किया था। **किन्तु अंत में ब्रिटिश सरकार ने ही संभवत: अनिच्छापूर्वक, सामंजस्य की संभावना को समाप्त कर दिया। इसने सन् 1773 में एक अधिनियम पारित किया जिसके अनुसार ईस्ट इंडिया कम्पनी को उपनिवेश में चाय का निर्यात करने का एकाधिकार दिया गया। इस अधिनियम ने अमेरिकियों को क्रोधित कर दिया और वे हिंसापूर्ण कार्य में लग गये।** जब चाय अमेरिकी बन्दरगाहों में आती थी तो चेतन समितियाँ (vigilance committees) उसे सामान्यतः नष्ट कर देती थीं अथवा उन्हें उतारने नहीं देती थीं। बोस्टन बन्दरगाह में छद्मवेश में अमेरिकी नागरिकों का एक समूह जहाज पर चढ़ गया और चाय को उतारकर समुद्र में फेंक दिया।

'बोस्टन चाय दल' (Boston Tea Party) ब्रिटिश संसद के लिए एक सीधी चुनौती था और क्रोधिक **ब्रिटिश संसद ने इसका प्रत्युत्तर चार अनुशासनिक उपायों द्वारा दिया जिन्हें असहिष्णु अधिनियमों** (Intolerable Acts) **के नाम से पुकारा जाता है—**

1. बोस्टन बन्दरगाह बन्द कर दिया गया।
2. जिन औपनिवेशिक विधायिकाओं ने ब्रिटिश नीति के विरुद्ध प्रस्ताव पारित किया था उन्हें विघटित कर दिया गया।
3. औपनिवेशिक गवर्नरों को हिंसा के अपराध से दोषी अपराधियों को मुकदमा चलाने के लिए लन्दन भेजने के लिए शक्तियाँ दी गयीं।
4. समस्त औपनिवेशिक गर्वनरों को सैनिकों को रखने के लिए वैयक्तिक गृहों को अर्जित करने की शक्तियों से विभूषित किया गया।

इन अधिनियमों के पारित होने पर क्रांति की ओर ले जाने वाली घटनाओं का चक्र तीव्र गति से घूमने लगा। तुरन्त ही एक तृतीय बहिष्कार संघटित किया गया जिसके लिए विभिन्न औपनिवेशिक विधायिकाओं द्वारा 1 दिसम्बर सन् 1775 को होनेवाली महाद्वीपीय महासभा (Continental Congress) द्वारा प्रोत्साहन दिया गया था। अमेरिकी नेताओं ने **फिलाडेल्फिया में एक सम्मेलन** किया और ब्रिटिश सरकार से चाय संबंधी अधिनियमों को रद्द करने तथा अमेरिकनों के संकटों एवं अधिकारों के विषय में विचार करने के लिए कहा। किन्तु इस सम्मेलन के पश्चात् तुरन्त ही एक दुर्भाग्यपूर्ण घटना घटी। इंगलैंड का राजा और इसके मंत्रीगण झुकने वाले नहीं थे और उन्होंने मार्च **सन् 1775 में मसाचुसेट्स को विद्रोही घोषित कर दिया।** तब अमेरिकी क्रांतिकारियों ने 10 मई, सन् 1775 को एक गुप्त सम्मेलन किया और **जार्ज वाशिंगटन** (George Washington) **को अमेरिकी सेनापति निर्वाचित किया।** किन्तु अभी इस समय तक अमेरिकी नेता ब्रिटिश नेताओं से समझौता करना चाहते थे। **दुर्भाग्यवश ब्रिटिश सरकार ने अन्धी होकर कार्य करना प्रारंभ किया और समस्त अमेरिकनों को विद्रोही घोषित कर 20 हजार हेसियन सैनिकों**(HasianTroops) **को अमेरिका भेज दिया।** 22 दिसम्बर सन् 1775 को ब्रिटिश संसद ने एक अधिनियमं पारित कर उपनिवेशों के साथ सभी प्रकार के व्यापार को प्रतिबन्धित कर दिया। यही चरम सीमा थी। अतएव **4 जुलाई सन् 1776 को अमेरिकनों ने अमेरिकी क्रांतिकारी स्वातंत्र्य युद्ध की घोषणा कर दी।**

4. अमेरिकी क्रांति : कारण और परिणाम

सभी क्रांतियों की भाँति अमेरिकी क्रांति को भी किसी सरल सूत्र द्वारा नहीं समझया जा सकता। यह क्रांति अनेक शक्तियों की अन्तरक्रियाओं के कारण हुई थी जो आर्थिक भी थीं और सामाजिक, धार्मिक तथा राजनीतिक भी। फिर भी अधिकांश क्रांतियों की भाँति अमेरिकी क्रांति का विश्लेषण अन्ततः मुख्य रूप से ब्रिटेन और उसके उपनिवेशों के आर्थिक हितों के विरोध की व्याख्या द्वारा किया जा सकता है। फिर भी यह केवल ब्रिटेन और उसके उपनिवेशों के आर्थिक विरोध का ही फल नहीं थी। कई रूपों में यह ऐसी सामाजिक एवं राजनीतिक प्रणाली के विरुद्ध विद्रोह की अभिव्यक्ति थी जो अमेरिका की परिस्थितियों में अब प्रयोज्य नहीं रह सकी थी।

(ख) आर्थिक कारण

जैसा कि पिछले पृष्ठों में कहा जा चुका है, आर्थिक विरोध का आधार वणिकवादी नीति ही था। जहाजी बेड़े, व्यापार, निर्माणी उद्योग, चलार्थ संबंधी वणिकवादी नीतियाँ और पश्चिमी भूमि संबंधी नियंत्रण अमेरिकी क्रांति के मुख्य कारण हैं यद्यपि ये स्वयमेव हीं क्रांति के समस्त सामाजिक एवं आर्थिक कारणों का चित्र नहीं प्रस्तुत कर पाते हैं।

1. इंगलैंड की वाणिज्य नीति *(Commercial Policy)*—वणिकवादी सिद्धांतों पर आधारित इंगलैंड की वाणिज्य नीति क्रांति के सर्वाधिक महत्त्वपूर्ण कारणों में से एक है। **ग्रेट ब्रिटेन की वाणिज्य नीतियों से उद्भूत होने वाले आर्थिक कारण केवल 'राजनीतिक घटनाएँ'** (accidents of politics) **ही नहीं थी वरन् राज्य के वणिकवादी सिद्धांत के स्वाभाविक परिणाम थे जो औपनिवेशिक व्यापार को मातृदेश की सम्पत्ति मानता था और जिसको मातृदेश के नागरिकों द्वारा एकाधिकृत किया जाना चाहिए था।** ऐसी नीति का अनुसरण इंगलैंड के सभी तत्कालीन शासकों ने किया

था चाहे वे किसी भी वंश के क्यों न रहे हों। **सिद्धांत में गलत और व्यवहार में विनाशकारी वणिकवादी सिद्धांत का यूरोप में प्रचलन था और अमेरिकी उपनिवेशों द्वारा इस नीति को प्रथम धक्का दिया जाना आवश्यक था।**

2. पश्चिमोन्मुख विस्तार पर प्रतिरोध (*Prohibition of the Westward Movement*)—क्रांति का दूसरा महत्त्वपूर्ण कारण पश्चिमोन्मुख विस्तार पर प्रतिरोध था। कुछ प्राचीन उपनिवेशों एवं पश्चिम क्षेत्र की अनुदत्त नहीं की गई भूमि के संबंध में सन् 1774 में क्राउन द्वारा जारी किये गये विनियमों का उद्देश्य चाहे जो रहा हो उन्होंने अमेरिकनों को अप्रसन्न किया था। उनका सबसे अधिक प्रभाव संभवतः दक्षिणी बगान मालिकों पर पड़ा था। अनेक बंगान मालिक वणिकवादी विनियमनों के प्रतिबन्धों के अन्दर लाभपूर्ण कार्य करना कठिन पा रहे थे और वे अनेक ब्रिटिश निवेशकों के ऋणी हो रहे थे। उनके बचने के लिए एक ही मार्ग बच पाया था और वह था पश्चिमी भूमि में निवेश करना एवं सट्टेबाजी करना। जब सन् 1774 के विनियमनों ने इस मार्ग को भी बन्द कर दिया था तो अनेक व्यक्ति क्रांति के लिए प्रस्तुत हो चुके थे।

3. संत्यजन लगान और भू-राजस्व के संबंध में ब्रिटिश भूस्वामियों एवं अमेरिकी कृषकों के बीच अनेक झगड़े हुआ करते थे जो क्रांति के बीज बो रहे थे।

4. दिवालिया विधियाँ एवं अवैधकरण (*bankruptcy laws and illegalization*)—यह भी अमेरिकी क्रांति का एक महत्त्वपूर्ण आर्थिक कारण था।

5. मुद्रा और विनिमय—अमेरिकी क्रांति का एक अन्य कारण पत्र-मुद्रा संबंधी नियम था। उपनिवेशों में स्वर्ण और चाँदी की खानों के अभाव में विनिमय के एक उचित माध्यम की समस्या प्रारंभ से ही एक महत्त्वपूर्ण समस्या थी। कुछ उपनिवेशों ने पत्र-मुद्रा जारी करना प्रारंभ किया तथा बंधक एवं भू-सम्पदा (real estate) के आधार पर पत्र-मुद्रा जारी करने के लिए ऋण बैंकों की स्थापना की। किन्तु 1741 ई॰ में ब्रिटिश संसद ने **बबुल एक्ट** को लागू किया जिसके अनुसार उपनिवेश पत्र-मुद्रा नहीं जारी कर सकते थे। पुनः 1751 में ब्रिटिश सरकार ने वैधानिक मुद्रा के रूप में **बिल ऑफ क्रेडिट को जारी करना रोक दिया।** आगे चलकर इसे कुछ ढीला किया गया किन्तु पुनः 1764 ई॰ में इसे लागू किया गया। इस प्रकार उपनिवेश में पत्र-मुद्रा जारी करने के अधिकार पर रुकावट को लेकर भी दोनों देशों में झगड़ा का होना स्वाभाविक था।

6. आर्थिक मंदी (*Economic Depression*)—निःसंदेह क्रांति का एक अन्य महत्त्वपूर्ण कारण आर्थिक मंदी अथवा **'कठिन समय'** (hard times) भी था जो क्रांति के पहले आया था। सप्तवर्षीय युद्ध के पश्चात् ब्रिटेन में आर्थिक मंदी आ गई थी। इस आर्थिक मंदी का कारण केवल सप्तवर्षीय युद्ध ही नहीं था बल्कि यह मंदी 1763-1775 के काल में किए गए वाणिज्य एवं वित्तीय विनियमों एवं उनके फलस्वरूप उपस्थित हुए आर्थिक विस्थापन का भी परिणाम थी। कठिन समय कुछ अन्य कारणों से भी उत्पन्न हुआ था। इंगलैंड में वृहत् पैमाने का कारखाना प्रणाली और औद्योगिक पूँजीवाद की स्थापना के कारण प्रथम महान व्यापार-चक्र आया था जो अब सामान्य हो गया है। इंगलैंड का कठिन समय अमेरिका में भी प्रतिबिम्बत हुआ। वणिकवादी प्रणाली के लागू होने के साथ इंगलैंड की जनता की क्रय-शक्ति का ह्रास विनाशकारी सिद्ध हुआ और उपनिवेशों के वाणिज्यिक एवं गरीब वर्गों पर इसका अत्यन्त ही बुरा प्रभाव पड़ा।

(ख) राजनीतिक कारण

1. ब्रिटिश सरकार की कुछ राजनीतिक गलतियाँ—ये भी क्रांति के लिए उत्तरदायी थीं। **जीवन के लिए अनिवार्य वस्तुओं पर आरोपित शुल्क** (जिन्हें **टाउनशेन्ड शुल्क** कहा जाता है क्योंकि टाउनशेन्ड ही उनके लिए उत्तरदायी था), **बोस्टन बन्दरगाह कीबन्दी, न्यू इंगलैंड के मछुओं के लिए ग्रैन्ड बैंक का बन्द किया जाना**—ये कुछ शाही गलतियाँ थीं जिन्होंने औपनिवेशिक विद्रोह को तीव्र कर दिया था।

2. स्वायत्तता प्राप्त करने की इच्छा (*willingeness to have autonomy*)— क्रांति का सर्वाधिक महत्त्वपूर्ण राजनीतिक कारण अमेरिकी जनता की स्वायत्तता प्राप्त करने की प्रबल इच्छा था। अमेरिका ब्रिटेन से लगभग 3000 मील की दूरी पर स्थित था। यूरोप अथवा ब्रिटेन से अमेरिका आने-जाने में कई सप्ताह का समय लग जाता था। ऐसी स्थिति में कुछ समय बाद अमेरिका निवासियों से ब्रिटेन के प्रति राज्य-भक्ति की भावना की आशा करना केवल दुराशा मात्र ही था। साथ ही, अमेरिका के लगभग एक चौथाई निवासी हॉलैंड, जर्मनी, स्वीडेन, आयरलैंड तथा अन्य यूरोपीय देशों से आये थे तथा ये प्रारंभ से ही ब्रिटेश सरकार के विरोधी थे। **उपनिवेशों की स्थापना घोर अन्तरराष्ट्रीय विषमता के युग में हुई थी।** अतः उनमें राजनीतिक दृष्टि से स्वतंत्र तथा स्वावलम्बी लोगों के एक वर्ग का अभ्युदय हुआ जिन्हें जनतंत्र और स्वशासन की शिक्षा प्राप्त हुई थी। ऐसी स्थिति में जब ब्रिटेन के साथ अमेरिकी उपनिवेशों का संबंध धीरे-धीरे कमजोर पड़ने लगा तो उपनिवेश निवासियों में स्वतंत्र सामाजिक चेतना और मनोवैज्ञानिक प्रवृत्ति का विकास हुआ। **फ्रैंकलिन** (Franklin) ने कहा था : ''एक ऐसी मनःस्थिति का विकास जिसने स्वतंत्रता को वांछनीय बनाया था, एक लम्बी प्रक्रिया था।''[1] जैसा कि अनेक वर्षों के पश्चात् **जॉन आदम्स** (John Adams) ने कहा, **''क्रांति युद्ध छिड़ने के पूर्व ही हो चुकी थी।''**[2] **''यह जनता के मस्तिष्क एवं हृदय में थी।''**[3]

3. उपनिवेशों द्वारा करों का विरोध—**'बिना प्रतिनिधित्व के कराधान नहीं'** (no taxation without representation) की आवाज उठाई गई थी। इस आधार पर अमेरिकी उपनिवेशों के निवासी तथा इनके नेता करों का विरोध करते थे। 1763 ई॰ तक कर मुख्यतः शुल्क के रूप में होते थे। कर-संबंधी नियमों को अधिक सख्ती के साथ लागू नहीं किया जाता था। पर 1763 ई॰ के बाद कर-संबंधी नियमों को अधिक सख्ती के साथ लागू किया जाने लगा। करों की दर बहुत ऊँची नहीं थी। फिर भी कराधान के विरुद्ध एक मनोवैज्ञानिक प्रतिक्रया थी जिसने अंततः क्रांति की ज्वाला को प्रज्ज्वलित किया। उपनिवेशों की सामाजिक स्थिति भी इस प्रकार की थी कि किसी भी प्रकार का कर लोकप्रिय नहीं था तथा लोग छोटे-से-छोटे करों का विरोध करने को तैयार थे। ब्रिटिश प्रधानमंत्री ने यह अनुमान लगाया था कि 1760 ई॰ वाले दशक में करों से 2000 पौंड की आय वसूलने में ब्रिटेन को 8000 पौंड खर्च करना पड़ता था। स्पष्टतः अमेरिकी जनता औपनिवेशिक सरकार को किसी प्रकार का कर चुकाने के लिए तैयार नहीं थी।

---

1. "The development of a mentality which made independence was a long process."
2. "The Revolution had begun before the War commenced."
3. "It was in the mind and the heart of the people."

4. फ्रांसीसी लेखकों का प्रभाव—गणतंत्रीय सिद्धांतों के बीजारोपण एवं विकास के लिए अमेरिका एक उर्वर भू-क्षेत्र था। इस संबंध में फ्रांसीसी लेखकों का बहुत अधिक प्रभाव पड़ा था।

5. केन्द्रीय सत्ता और स्थानीय स्वराज्य का सामंजस्य करने में ब्रिटिश राजनीति की असफलता—यह असफलता भी अमेरिकी क्रांति का एक महत्त्वपूर्ण कारण थी।

6. वर्ग संघर्ष (*Sectional struggle*)—शासन में अधिक भाग लेने के लिए अमेरिका के गरीब एवं मताधिकारहीन वर्गों की इच्छा ने भी महत्त्वपूर्ण प्रभाव डाला था। मताधिकारहीन एवं अपेक्षाकृत कम सुविधा प्राप्त वर्ग में स्थानीय कुलीनों और ब्रिटिश सरकार की शक्तियों एवं प्रतिष्ठा को कम कर देने की प्रबल इच्छा थी। अतः **संघर्ष केवल इसलिए ही नहीं था कि गृह-शासन की व्यवस्था हो वरन् इसलिए भी था कि गृह-शासन में किसको अधिकार मिले।** जैसा कि प्रसिद्ध इतिहासकार **कार्ल बेकर** (Karl Becker) का कहना है, **''क्रांति केवल गृह-शासन का ही प्रश्न नहीं थी वरन् यह गृह में शासन कौन करे इसका भी प्रश्न थी।''**[1] उपनिवेशों के मध्य एवं निर्धन वर्ग के लोग समाज में धनी तथा कुलीन वर्ग के लोगों के उपनिवेशों की विधायिका में प्रभुत्व को कम करने के लिए शासन में भाग लेना चाहने लगे। किन्तु निम्न वर्ग के लोगों को मताधिकार प्राप्त नहीं था। अतएव ये लोग कुलीनों और ब्रिटिश सरकार की शक्तियों को कम करने के पक्ष में हो गये। इससे क्रांति और भी भयावह हो गयी। औपनिवेशिक विद्रोह में कुलीनों की अपेक्षा मध्य एवं निर्धन वर्गों के व्यक्तियों से ही अधिक बल मिला।[2]

(ग) धार्मिक एवं सामाजिक कारण

1. स्वतंत्र सामाजिक चेतना का विकास (*growth of independent social consciousness*)—सामाजिक संबंधों की कड़ियों में क्रमशः कमजोरी आ रही थी और एक स्वतंत्र सामाजिक चेतना का विकास हो रहा था।

2. धार्मिक असहिष्णुता (*religious intolerance*)—किसी विशेष राजकीय गिरजाघर (state church) की स्थापना से संबंधित धार्मिक असहिष्णुता अन्य कारण थी। उदाहरणस्वरूप इंगलैंड के गिरजाघर के प्राधिकार का उपनिवेशों में विस्तार की केवल संभावना मात्र ने ही विरोध का तूफान खड़ा कर दिया।

3. शिक्षा का प्रचार—शिक्षा के प्रति लोगों की धारणा में भी महत्त्वपूर्ण परिवर्तन हुआ। स्कूल तथा विश्वविद्यालय की स्थापना होने लगी थी। पत्रकारिता में भी लोगों की अभिरुचि बढ़ने लगी थी। ज्ञान-विज्ञान के क्षेत्र में प्रगति हो रही थी। इन सब बातों का भी अमेरिकी क्रांति पर परोक्ष रूप से प्रभाव पड़ा था।

क्रांति के उपर्युक्त कारणों का अध्ययन करने पर हमें पता चलेगा कि **यह सिद्धांत कि क्रांति इसलिए हुई कि एक अंग्रेजी निरंकुश राजा अपनी खोई हुई शक्तियों को पुनः प्राप्त करने का प्रयास कर रहा था, गलत सिद्ध होगा। क्रांति के पीछे अनेक दीर्घकालीन गंभीर कारण थे।** जैसा कि **बेयर्डस** (Beards) ने बतलाया है,

1. "The Revolution was not merely a question of home rule; it was also a question as to who should rule at home."
2. "The great strength of the rebellion came from the middle and the poorer classes, the plain people as distinguished from the aristocracy."

"एक हठी राजा और हीनानुवर्ती मंत्रियों द्वारा प्रस्तुत किए गये झगड़े के रूप में क्रांति की भावना एक तुच्छ मजाक में विलीन हो जाती है।" बहुत से लेखकों का विचार है कि यदि ब्रिटिश नीति में परिवर्तन भी हुआ होता तो भी क्रांति अवश्य हुई होती। जैसा कि **फाकनर** (Faulkner) का कथन है, 'यदि ग्रनह्विल और टाउनशेन्ड नहीं होते तो भी क्रांति हुई होती क्योंकि क्रांति ब्रिटिश पूँजीवाद तथा अमेरिकी व्यापारियों, बगान मालिकों और कृषकों के परिवर्तनशील आर्थिक हितों के विरोध की उपज थी।"[1] **बोगार्ट** (Bogart) **और केमरर** (Kemmerer) **ने भी ऐसा ही मत प्रकट किया है। उन लोगों के अनुसार** क्रांति ने अधिक-से-अधिक एक आत्म-विश्वासी एवं प्रगतिशील जनता द्वारा अपनी विस्तृत होती हुई शक्तियों की किसी भी बाह्य सत्ता द्वारा किये जाने के लिए की गई अस्वीकृति का प्रतिनिधित्व किया।"[2]

फिलाडेलफिया सम्मेलन—ब्रिटिश सरकार के कानूनों और दमन से अमेरिकी उपनिवेशवासी क्रुद्ध हो उठे। 1774 के सितम्बर महीने में स्वाधीनता प्रेमियों की एक बैठक किलाडेलफिया में हुई। यह किलाडेलफिया सम्मेलन के नाम से मशहूर है। इस सम्मेलन में यह निश्चित हुआ कि ब्रिटिश सरकार और संसद को उपनिवेशों पर 'कर' लगाने का कोई अधिकार नहीं है। इस सम्मेलन में सर्वसम्मति से एक घोषणापत्र तैयार हुआ। यह **ओलिव ब्रांच पेटिशन** (Olive Branch Petition) कहलाया। अधिकरों का यह घोषणापत्र अनेक बार ब्रिटिश सरकार के पास भेजा गया। लेकिन इंगलैंड की सरकार ने इसे बराबर अस्वीकार किया। इतना ही नहीं, मसाच्युसेट्स की विधायिका सभा भी इंगलैंड की सरकार द्वारा भंग कर दी गई। मसाच्युसेट्स सम्मेलन को भी अस्त-व्यस्त कर दिया गया और वहाँ ब्रिटिश सैनिक तैनात कर दिए गए। इन तैनात सैनिकों और उपनिवेशवासियों में वहाँ मुठभेड़ हो गई और गोलाबारी शरू हुई। कुछ अंग्रेज सैनिक हताहत भी हुए। गोलाबारी और विद्रोह की अग्नि तेजी से भड़क उठी। विद्रोह और तनाव के वातावरण में 1776 की 4 जुलाई को उपनिवेशवासियों की एक और बैठक फिलाडेलफिया में हुई। इसमें सभी अमेरिकी उपनिवेशों के प्रतिनिधि इकट्ठे हुए। इस **सम्मेलन का सभापतित्व जॉर्ज वाशिंगटन ने किया।** इसी बैठक में **'स्वतंत्रता की घोषणा'** की गई। **इस घोषणा पत्र का निर्माण टॉमस जेफरसन द्वारा हुआ था।** इसमें लोकतंत्र का प्रथम बार समर्थन हुआ और स्वतंत्र जीवन जीने की मानव-भावना का स्वागत हुआ। इस घोषणा-पत्र में निरंकुश सत्ता को मिटाने के लिए सैनिक बल के प्रयोग पर भी सहमति प्रकट की गई। स्वतंत्रता की घोषणा के प्रकाशन के साथ स्थिति नियंत्रण के बाहर चली गई और दोनों ओर से युद्ध की तैयारियाँ शुरू हो गईं। न्यूयार्क पर इंगलैंड ने 30,000 सेना भेजकर भीषण आक्रमण कर दिया। इस प्रकार इतिहास-प्रसिद्ध अमेरिका स्वतंत्रता-संग्राम छिड़ गया।

---

1. "The Revolution would have occurred even if there were no Grenvilles and Townshends because the Revolution was the end result of the conflict between British capitalism and the expanding economic interests of American merchants, plantation owners and farmers."—Faulkner : *The American Economic History.*
2. "The Revolution at best represented the refusal of self-reliant and progressive people to permit their expanding energies to be restricted by any external authority."
—Bogart and Kemmerer : *The American Economic History.*

क्रांति की प्रगति
(Revolution in Progress)

प्रारंभ में बहुत-से अमेरिका निवासी स्वतंत्रता की मांग के लिए एकमत नहीं थे। किन्तु अन्त में महाद्वीपीय कांग्रेस ने **4 जुलाई, 1776 ई० को स्वतंत्रता की घोषणा की। इस उद्घोष के आदर्श इस प्रकार से थे**—'हम इन सत्यों को स्वयं-सिद्ध मानते हैं कि सभी मनुष्य एक समान उत्पन्न हुए, उनके स्रष्टा ने उन्हें कुछ अनुपहरणीय अधिकारों से सम्पन्न किया है जिनमें जीवन, स्वतंत्रता एवं सुख-प्राप्ति के प्रयत्न भी शामिल हैं। इन अधिकारों की सुरक्षा के लिए ही शासनतंत्र की स्थापना की जाती है और इनको उचित शासनाधिकार भी शासितों की ही अनुमति से प्राप्त होते हैं। जब कभी कोई शासक इन उद्देश्यों का विरोधी हो जाय तो लोगों को यह अधिकार होता है कि वे उसे बदल दें या समाप्त कर दें और नये शासन की स्थापना करके उसका आधार ऐसे सिद्धांतों पर रखें और उसके अधिकारों का संगठन ऐसे रूप में करें जिनमें उनकी अपनी सुरक्षा एवं समृद्धि स्थायी रहने की सर्वाधिक आशा हो।''[1] इस घोषणा-पत्र ने उपनिवेश-निवासियों में एक नयी आशा एवं नयी जागृति को संचार किया।

युद्ध आरंभ होने पर अमेरिकी उपनिवेशों को अंग्रेजों के विरुद्ध सभी तरह की सहायता मिली। **फ्रांस से अमेरिकनों के पक्ष में लड़ने के लिए बहुत-से सैनिक भी पहुँचे। अमेरिकी उपनिवेशों की सेना का नेतृत्व किया जार्ज वाशिंगटन ने।** वाशिंगटन के सेनापतित्व में अमेरिकी सैनिकों ने अंग्रेजी सेना का डटकर मुकाबला किया। एक वर्ष के भीतर ही 1777 में अमेरिकी सैनिकों ने अंग्रेजों को सरगोटा के युद्धस्थल में पराजित किया। अमेरिकी उपनिवेशवासियों और अंग्रेजों के बीच युद्ध मेसाच्युसेट्स से शुरू हुआ। युद्ध के आरंभ में ही अंग्रेजों को कई जगहों पर मुँहकी खानी पड़ी। कैलिफोर्निया, बोस्टन और मॉन्ट्रियल आदि स्थानों से अंग्रेजों को पीछे हटना पड़ा। जेनरल वाशिंगटन ने अंग्रेजों को टैटन में बुरी तरह हराया। उत्तरी समुद्र के कई महत्त्वपूर्ण स्थानों पर अंग्रजों की पराजय हुई। **1781 में यार्क टाउन में अंग्रेजों की करारी हार हुई। यहीं पर ब्रिटिश सेनाध्यक्ष जेनरल कॉर्नवालिस ने हथियार पटककर उपनिवेशवासियों के हाथों अपनी हार मान ली।** फिर तो अंग्रेजों का मनोबल पस्त हो गया और वे सब जगह लगातार परास्त होते गये। अन्त में 1783 में वर्साय की सन्धि से युद्ध समाप्त हुआ। **इस सन्धि के अनुसार इंगलैंड ने तेरह अमेरिकी उपनिवेशों की स्वतंत्रता स्वीकार कर ली। स्पेन को इंगलैंड से फ्लोरिडा और माईनरका मिले। उधर फ्रांस को इंगलैंड से भारत में चन्दनगर की कोठी प्राप्त हुई। हॉलैंड के विजित प्रदेशों को भी इंगलैंड को लौटाने पड़े।**

कई तत्त्व क्रांति के विरुद्ध भी क्रियाशील थे। एक तो यह कि उपनिवेशों की जनसंख्या केवल 25 लाख थी जो इंगलैंड की जनसंख्या की तुलना में बहुत ही कम थी।

1. "We hold these truths to be self-evident that all men are created equal, that they are endowed by their Creator with certain inalienable rights, that among these are life, liberty and the pursuit of happiness, that to secure these rights governments are instituted among men enjoying their just powers from the consent of the governed, that whenever any form of government becomes destructive of these ends, it is the right of the people to alter or abolish it."

इनमें से भी कुछ इतिहसावेत्ताओं के अनुसार केवल एक-तिहाई उपनिवेश निंवासी ही स्वतंत्रता चाहते थे और इसके लिए लड़ने को तैयार थे, एक तिहाई ब्रिटेन के प्रति वफादार थे और एक-तिहाई लोग तटस्थ रहना चाहते थे। **दूसरे,** उपनिवेशों के बीच वापस में द्वेष भी था। **तीसरे,** युद्ध के लिए वित्त प्राप्त करना भी एक बहुत कठिन कार्य था क्योंकि उपनिवेश नये करों के विरुद्ध थे और धन मुख्यतः राज्य के समर्थकों के पास ही केन्द्रित था। **चौथे,** ब्रिटेन के पास एक बड़ी सैनिक एवं नौवाहिनी शक्ति भी वर्तमान थी जो उस काल में विश्व में अद्वितीय थी।

किन्तु बहुत से तत्त्व उपनिवेश निवासियों के पक्ष में भी कार्य कर रहे थे। अतः उन्हें सफलता प्राप्त करने में कोई विशेष कठिनाई नहीं हुई। **एक तो** उपनिवेश एक ही उद्देश्य से लड़ रहे थे। **दूसरे,** अंगरेज भी आपस में विभाजित थे। कुछ लोग उपनिवेश के प्रति हमदर्दी दिखाते थे। अतएव वे युद्ध के पक्ष में नहीं थे। **तीसरे,** अमेरिकी सेनाओं का प्रधान सेनापति (commander-in-chief) जार्ज वाशिंगटन जैसा साहसी, वीर एवं कुशल कुटनीतिज्ञ व्यक्ति था। **चौथे,** ब्रिटेन से बदला लेने के उद्देश्य से फ्रांस उपनिवेशों को सैनिक साज-सामान और अन्य साधनों से सहायता दे रहा था। 1778 ई॰ में इसने उपनिवेशों के साथ एक समझौता किया जिसके अनुसार फ्रांस ने अमेरिका निवासियों को बहुत अधिक सहायता दी। इससे उपनिवेश निवासी युद्ध को बहुत समय तक जारी रख सके।

यह स्वाधीनता संग्राम 6 वर्षों से अधिक समय तक चलता रहा। सभी उपनिवेशों में लड़ाइयाँ हुईं। अन्त में, 19 अक्तूबर, 1781 ई॰ को यार्क टाउन में अमेरिकी सेना की विजय के बाद ब्रिटिश सेना के सेनापति लार्ड कार्नवालिस के आत्मसमर्पण के साथ युद्ध समाप्त हो गया। यार्क टाउन के युद्ध के बाद हाउस ऑफ कॉमन्स ने भी युद्ध समाप्ति की घोषणा की। अप्रैल, 1782 ई॰ में शांति-वार्त्ता प्रारंभ हुई और 1783 ई॰ में संधि पर अन्तिम रूप से हस्ताक्षर हुए।

अंग्रेजों की विफलता के कारण

1. ब्रिटिश सेना को भौगोलिक कठिनाइयों का सामना करना पड़ रहा था। अमेरिका इंगलैंड से हजारों मील दूर है। तीन हजार मील दूर अमेरिकी युद्धभूमि में अंग्रेजों की सभी साज-सामान ठीक से नहीं पहुँच पाते थे।

2. युद्ध अमेरिका में चल रहा था। सभी उपनिवेशों में एक साथ आग की लपटें फैल गई। विस्तृत भू-भाग रणक्षेत्र बन गया था। अमेरिका के अधिकांश क्षेत्र जंगलों से घिरे थे। इन सभी स्थानों का जितना अच्छा अन्दाजा उपनिवेशवासियों को था अंगरेजों को उतना नहीं था।

3. इस युद्ध में फ्रांस ने अपनी नौसेना भेजकर जहाजों, धन, जन, मुद्रा के रूप में अमेरिकनों की भरपूर सहायता की। उधर सप्तवर्षीय युद्ध में विजय के बाद इंगलैंड ने नौसैनिक शक्ति की ओर ध्यान नहीं दिया था। फलतः उपनिवेशवासियों की ओर से फ्रांसीसी नौसेना का पलड़ा ब्रिटिश नौसेना से बहुत ही भारी साबित हुआ।

4. इंगलैंड को किसी भी यूरोपीय देश ने सहायता नहीं पहुँचाई। वह अकेला ही रणक्षेत्र में डटा हुआ था। फ्रांस, स्पेन और हालैंड सभी उससे चिढ़े हुए थे। पर्शिया, आस्ट्रिया और रूस उससे नाराज थे। फलतः इंगलैंड मित्रविहीन था।

5. ब्रिटिश युद्ध विभाग (British War Office) और उसके अधिकांश सेनानायक अकुशल थे। उन्होंने परिस्थिति की गंभीरता की ओर कुछ भी ध्यान नहीं दिया था। उस

समय इंगलैंड में जितने राजनीतिज्ञ या मंत्रिगण सत्ता में थे उनमें अधिकांश अयोग्य, दम्भी और अदूरदर्शी थे। **केवल पिट्ट ही एक दूरदर्शी तथा कुशल नेता थे।** परन्तु वे बराबर अस्वस्थ रहते थे। इसीलिए उनके सुयोग्य नेतृत्व में सरकार हमेशा नहीं चल सकी।

6. उपनिवेशवासियों में शक्ति, साहस, बलिदान और स्वदेश-प्रेम की प्रबल भावनाएँ कूट-कूटकर भरी हुई थीं। स्वतंत्रता की शंखध्वनि कर वे प्रत्येक बलिदान करने को तैयार थे।

7. अमेरिकनों को वाशिंगटन जैसा धीर, वीर, साहसी, सुयोग्य सैन्य-संचालक और सेनापति उपलब्ध था।

8. इंगलैंड के सम्राट जार्ज तृतीय ने जब अमेरिका पर युद्ध लादा तो उसे देश का पूरा समर्थन प्राप्त नहीं था। उसकी युद्धनीति से लोग संतुष्ट नहीं थे। उन लोगों ने सरकार की इस नीति का विरोध किया। **पिट्ट और एडमन्ड वर्क जैसे राजनीतिज्ञ सरकार के प्रबल विरोधी हो गए।**

9. अंग्रेजी सरकार ने अमेरिकी जनता की शक्ति का ठीक अन्दाजा नहीं लगाया था और वह भरपूर अस्त्र-शस्त्र नहीं भेज रही थी।

10. अमेरिका के सामान्य निवासी हथियार चलाने में दक्ष थे।

क्रांति के तात्कालिक परिणाम

(Immediate Consequences of the Revolution)

अमेरिकी क्रांति के परिणाम केवल आर्थिक ही नहीं प्रत्युत सामाजिक एवं राजनीतिक भी हुए। अनेक परिवर्तन तो युद्ध समाप्त होने पर किए गए। यह **ठीक हो सकता है कि युद्ध समाप्त हो गया किन्तु सच्चे अर्थ में क्रांति अब प्रारंभ हुई।**

(क) आर्थिक परिणाम

1. कृषि सुधार (*Agricultural Reforms*)—जिस प्रकार सन् 1789 की फ्रांसीसी क्रांति एवं सन् 1917 की रूसी क्रांति ने वृहत् भू-सम्पदाओं (landed estates) को तोड़कर कृषि की व्यवस्था में आमूल परिवर्तन किया था उसी प्रकार अमेरिकी क्रान्ति ने भी सन् 1775-1881 के बीच तेरह उपनिवेशों की भू-प्रणाली में वास्तविक परिवर्तन किया यद्यपि ये परिवर्तन अधिदर्शनीय नहीं थे। संक्षेप में कहा जा सकता है कि इसके कारण (क) भू-सामन्तवादी सम्पदा एवं विशेषाधिकार का नवम्बर सन् 1777 में उन्मूलन कर दिया गया और (ख) संत्यजन लगान लुप्त हो गया।

2. कृषि विकास को प्रोत्साहन मिला और कृषकों की समृद्धिशीलता में वृद्धि हुई। यदि संपूर्ण रूप से देखा जाय तो आद्य खर्चीले ढंग से होनेवाली अमेरिकी कृषि को क्रांति-युद्ध से लाभ ही हुआ, हानि नहीं। इसके अतिरिक्त यूरोपीय कृषि-सुधारों की जानकारी ऐसे विदेशियों से प्राप्त हुई जो युद्ध के कारण अमेरिका में आए थे। क्रांति के कारण नील तथा चावल की खेती में कुछ बाधा उत्पन्न हुई। नील के उत्पादन पर ब्रिटिश सहायता की समाप्ति से इसके उत्पादन में बहुत अधिक कमी हुई। किन्तु कपास तथा तम्बाकू के उत्पादन को युद्ध से बहुत अधिक प्रोत्साहन प्राप्त हुआ। तम्बाकू के उत्पादन में बहुत अधिक वृद्धि हुई। तम्बाकू की पत्ती का उत्पादन 1774 में 101,800,000 पौंड से बढ़कर 1800 ई॰ में **130,070,000 पौंड** हो गया। इस प्रकार क्रांति से **कृषि विकास को प्रोत्साहन** मिला तथा **कृषकों की समृद्धि में वृद्धि हुई। फॉकनर** (Faulkner) के अनुसार, "यदि समग्र रूप से

देखा जाय तो आद्य एवं खर्चीले ढंग से की जानेवाली अमेरिकी कृषि को क्रांति से लाभ ही हुआ, हानि नहीं। साथ ही, युद्ध काल में आये विदेशियों से यूरोप के कृषि-सुधारों के संबंध में जानकारी प्राप्त हुई।''

3. उद्योगों को अत्यधिक प्रोत्साहन मिला और वे विस्तृत होने लगे। उनका विकास **'आयात न करो आन्दोलन'** (non-importation movement) अर्थात् ब्रिटिश वस्तुओं के बहिष्कार के कारण सरल हो गया। वस्तुतः युद्ध से अमेरिकी उद्योगों को अमेरिकी कृषि की अपेक्षा अधिक सीधा प्रोत्साहन मिला था। अमेरिकी उद्योगों की उन्नति युद्ध का प्रारंभ होने के पूर्व ही प्रारंभ हो गई थी। युद्ध का प्रारंभ होने के पूर्व संचालित बहिष्कार के समय उपनिवेश निवासियों ने अँग्रेजी वस्तुओं को खरीदना अस्वीकार कर दिया था और अमेरिका में ही आवश्यकता की वस्तुओं के निर्माण के लिए काफी प्रयत्न किया था। युद्ध के समय हथियारों एवं युद्ध के लिए आवश्यक वस्तुओं के निर्माण को प्रोत्साहन मिला। क्रांति ने कागज उद्योग, वस्त्र उद्योग तथा चमड़ा आदि उद्योगों के विकास को बहुत अधिक प्रोत्साहन दिया। लोहा उद्योग को तो युद्ध से विशेष प्रोत्साहन प्राप्त हुआ। ब्रिटेन से ऊनी वस्त्र का आयात बन्द होने के कारण देशी वस्त्र की माँग बहुत बढ़ गयी। सूत कातने तथा वस्त्र बुनने का कार्य राष्ट्रीय पैमाने पर घर-घर में किया जाने लगा। औरतें भी इस कार्य में जुट गयीं। (Women of all classes turned to the production of cloth as domestic business.)

4. वाणिज्य एवं नौपरिवहन का विकास—युद्ध के पश्चात् भी अमेरिका में ब्रिटेन से भिन्न देशों के साथ व्यापार करने की प्रवृत्ति बनी रही थी। अतएव फ्रांस, स्पेन, हालैंड जैसे इतर ब्रिटिश देशों के साथ अमेरिका के वाणिज्य एवं व्यापार में प्रचुर वृद्धि हुई। इस प्रकार क्रांति से वाणिज्य एवं नौपरिवहन को प्रोत्साहन मिला। **क्रांति ने नौपरिवहन की दो प्रकार से सहायता की**—(1) प्रथम तो औपनिवेशिक बन्दरगाहों को संसार के लिए खोलकर और (2) दूसरे, वैयक्तिक नौपरिवहन की व्यवस्था को प्रोत्साहन देकर। युद्ध के पूर्व होने वाले **'आयात नहीं' आन्दोलन** के कारण अमेरिका में ब्रिटिश वस्तुओं की समाप्ति हो गयी थी। फलस्वरूप स्पेन, हालैंड और फ्रांस के व्यापारी उत्सुकतापूर्वक नवीन बाजारों का स्वागत कर रहे थे।

5. वित्त पर प्रभाव : स्फीति—क्रांति युद्ध के लिए वित्तीय व्यवस्था अधिकांशतः ऋण और पत्र-मुद्रा के निर्गमन द्वारा की गई थी। फलतः युद्ध के पश्चात् अमेरिका में स्फीति आ गई। क्रांति का सर्वाधिक प्रतिकूल प्रभाव मुद्रा एवं वित्तीय व्यवस्था पर पड़ा। युद्ध काल में अत्यधिक मात्रा में मुद्रा की आवश्यकता पड़ी। स्वर्ण के रूप में युद्ध से कुल व्यय का अनुमान 104,000,000 डॉलर लगाया गया था। इस रकम को कर के द्वारा प्राप्त किया जा सकता था। किन्तु कांग्रेस को कर लगाने का अधिकार नहीं था। नये-नये करों के बोझ को उठाने के लिए भी उपनिवेश तैयार नहीं थे। अतएव आवश्यक मुद्रा की पूर्ति के लिए कांग्रेस तथा राज्यों ने बहुत सारे उपायों को अपनाया। युद्ध-काल में कांग्रेस तथा विभिन्न राज्यों ने कुल मिलाकर 437,919,321 डॉलर पत्र-मुद्रा के रूप में जारी किया था। अत्यधिक पत्र-मुद्रा के कारण मुद्रास्फीति हो गयी थी। 1781 ई० में मुद्रास्फीति अपनी चरम सीमा पर पहुँच गयी थी जिसके परिणामस्वरूप एक जोड़े जूते के लिए 100 डॉलर तथा 1 पौंड चाय के लिए 40 डॉलर कर देना पड़ता था। इस प्रकार पत्र-मुद्रा बिल्कुल बेकार

हो गयी थी। इससे स्थायी आय वालों को बहुत हानि हुई किन्तु सट्टेबाज और ऋणी वर्ग बहुत अधिक लाभान्वित हुए। ("Not worth a continental become the synonym of worthlessness. People with fixed incomes suffered but it was the hayday for the speculator and the debtor.) किन्तु क्रांतिकाल में अव्यवस्थित मुद्रा का प्रभाव उतना हानिकारक नहीं पड़ा। अधिकांश उपनिवेश स्वावलम्बी थे जिससे उन्हें मुद्रा के प्रयोग की कोई आवश्यकता नहीं पड़ती थी।

(ख) धार्मिक एवं सामाजिक परिणाम

1. धार्मिक स्वतंत्रता सुनिश्चित की गई।

2. निःशुल्क पाठशालाएँ खोलने का प्रयास किया गया।

3. सन् 1786 तक केवल दो राज्यों को छोड़कर शेष समस्त राज्यों में क्रम निर्देशन (entail) प्रणाली को उन्मूलित कर दिया गया था और सन् 1800 तक ज्येष्ठाधिकार प्रणाली भी निःशेष हो गयी। यह उत्तराधिकार की प्रणाली का सुधार था। नयी विधियों ने उत्तराधिकार की व्यवस्था की। इस प्रकार सामाजिक क्रांति पूर्वापेक्षा अधिक जनतंत्रीय भूमि-व्यवस्था के द्वारा लायी गयी।

(ग) राजनीतिक परिणाम

1. मतदान प्रणाली को मताधिकार के आधार में परिवर्तन कर जनतंत्रीय बनाया गया। मताधिकार के आधार के रूप में निजी सम्पत्ति की समाप्ति हो गयी।

2. राज्यों की विधायिकाओं को पुनर्गठित एवं विस्तृत किया गया।

3. दो मुख्य राजनीतिक दलों का जन्म एवं विकास हुआ। एक दल **अलेक्जेन्डर हैमिल्टन** (Alexander Hamilton) के नेतृत्व में था जो एक शक्तिशाली केन्द्रीय सरकार के पक्ष में था। इस दल को **संघवादी** (federalist) कहा गया। दूसरा दल **जेफर्सन** (Jefferson) के नेतृत्व में था और वह राज्यों के लिए केन्द्र की अपेक्षा अधिक सत्ता चाहता था। इसे **प्रति-संघवादी** (anti-federalist) कहा गया।

5. 1812 का युद्ध : द्वितीय स्वतंत्रता युद्ध
(The War of 1812 : The Second War of Independence)

क्रांति के पश्चात् अमेरिका में एक आर्थिक अव्यवस्था उत्पन्न हो गयी। संघीय सरकार को न तो राज्यों पर नियंत्रण के लिए पर्याप्त अधिकार था न कर लगाने अथवा वाणिज्य व्यापार नियंत्रित करने का ही अधिकार था। युद्ध के बाद अमेरिका का व्यापार ब्रिटेन के साथ-साथ स्पेन, हॉलैंड तथा फ्रांस से भी थोड़े समय के लिए बन्द हो गया था। ऐसी स्थिति में अमेरिका निवासियों को बहुत अधिक कठिनाइयों का सामना करना पड़ता था। किन्तु शीघ्र ही अमेरिका ने बाल्टिक प्रदेश तथा पूर्वी देशों के साथ बड़े पैमाने पर व्यापारिक संबंध स्थापित करना प्रारंभ किया। इससे जहाजरानी के विकास को अत्यधिक प्रोत्साहन मिला। इसी बीच सन् 1793 से सन् 1815 के बीच यूरोपीय युद्ध से अमेरिका को अत्यधिक प्रोत्साहन प्राप्त हुआ। इस लम्बे युद्ध काल में ब्रिटैन के जहाजी बेड़े ने फ्रांसीसी तथा डच प्रतियोगिता को समाप्त कर दिया जिससे तटस्थ राष्ट्र के रूप में अमेरिका को अपने व्यापार तथा जहाजरानी के विकास का सन् 1807 तक बहुत अच्छा अवसर प्राप्त हुआ। इससे सन् 1807 तक अमेरिका के व्यापार में आशातीत वृद्धि हुई। इसके निर्यात में

पाँच गुनी तथा आयात में 6 गुनी वृद्धि हुई। सन् 1786 में इस व्यापार का केवल 23.3 प्रतिशत ही अमेरिकी जहाजों के द्वारा होता था। सन् 1807 में यह अंश बढ़कर 92 प्रतिशत हो गया।

युरोपीय युद्ध में फ्रांस महाद्वीप का मालिक (master of the continent) था तथा **ब्रिटेन समुद्र की मलिका** (mistress of sea) था। दोनों में सन् 1806-1807 के बाद एक प्रकार का आर्थिक युद्ध छिड़ गया। नेपोलियन ने महाद्वीप के साथ ब्रिटेन के व्यापार को समाप्त करने का प्रयास किया जबकि ब्रिटेन ने फ्रांस के किसी भी बन्दरगाह के साथ व्यापार करने पर रुकावट लगा दी। इससे अमेरिका के आयात तथा निर्यात की बहुत क्षति हुई। अमेरिका ने भी सन् 1810 में एक असमागम अधिनियम (Non-intercourse Act) पारित किया जिसके अनुसार ज्योंही फ्रांस अथवा ब्रिटेन में जो भी देश अमेरिका के विरुद्ध उपयुक्त प्रतिबन्धों को हटा लेता तो अमेरिका दूसरे देश के साथ प्रतिबन्ध लागू करता। सन् 1812 में नेपोलियन ने अमेरिका के विरुद्ध प्रतिबन्ध हटा लिया। अतएव अमेरिका ने ब्रिटेन के साथ उक्त अधिनियम लागू किया।

अन्तत: 1812 में अमेरिका ने ब्रिटेन के साथ युद्ध की घोषणा कर दी। इस **युद्ध के अग्रांकित तीन मुख्य कारण थे**—(1) प्रथम कारण तो अमेरिकी नौपरिवहन के अधिकारों की रक्षा करना था। (2) किन्तु इसका सर्वाधिक महत्त्वपूर्ण आर्थिक कारण पश्चिमी किसानों तथा बगान के मालिकों की हानि था। अमेरिकी व्यापार में ब्रिटेन के हस्तक्षेप से अमेरिकी कृषि को बहुत क्षति हुई क्योंकि पश्चिम की कृषि तथा बगानों की उपज का अधिकांश निर्यात के लिए ही उपजाया जाता था। अतएव निर्यात बन्द हो जाने से कृषि पदार्थों के मूल्यों में अतिशय कमी हो गयी थी। (3) तीसरा कारण पश्चिमी विस्तारवादी लोगों की कनाडा की जंगलवाली भूमि पर आधिपत्य जमाने की इच्छा था। पश्चिम वालों की यह धारणा थी कि युद्ध के द्वारा ही कनाडा से ब्रिटेन निवासियों को हटाया जा सकता था। इस प्रकार नौपरिवहन की रक्षा केवल युद्ध का बहाना थी। ठीक ही कहा गया था कि **"कृषि लाभ की लालसा न कि समुद्री अधिकार युद्ध को उत्तेजित करती है।"** (Agrarin cupidity not maritime rights urges the war.)

द्वितीय स्वतंत्रता युद्ध अथवा 1812 के युद्ध के परिणाम *(Effects of the War of 1812)*—द्वितीय स्वतंत्रता संग्राम बहुत दिनों तक नहीं चला। सन् 1814 में दोनों देशों के बीच समझौता हुआ। इस युद्ध ने अमेरिकी अर्थव्यवस्था में कई महत्त्वपूर्ण परिवर्तन ला दिए। इससे अमेरिकी नौपरिवहन तथा व्यापार में क्षणिक अस्थायित्व अवश्य उत्पन्न हुआ किन्तु इसने एक ही साथ उद्योगीकरण, यंत्रीकरण तथा नगरों के विस्तार की प्रवृत्ति को प्रोत्साहित किया। वास्तव में **कारखाना प्रणाली का विकास इस युद्ध का सर्वाधिक प्रमुख परिणाम था।** आयातों के बन्द हो जाने तथा व्यापार एवं जहाजरानी के क्षेत्र में निवेश बन्द हो जाने से पूँजी की प्रचुरता तथा कच्चे पदार्थों की प्रचुरता के परिणास्वरूप सूती-वस्त्र, लोहा, ऊन, धात्विक उद्योगों के विकास को प्रोत्साहन मिला। वास्तव में युद्धोत्तर काल में अमेरिका में **औद्योगिक क्रांति का सूत्रपात हुआ।** सन् 1820 से 1930 के बीच अमेरिकी वाणिज्य में पुनः प्रसार प्रारंभ हुआ। किन्तु समृद्धि के इस काल में भी अमेरिकी नौपरिवहन के लाभ में धीरे-धीरे कमी होने लगी। अतएव जहाजरानी के लाभ में कमी की संभावना से अमेरिकी पूँजी का निवेश उद्योग, नहरों तथा रेलों के विकास में किया जाने लगा। अतः **ग्रेट ब्रिटेन के साथ द्वितीय स्वतंत्रता युद्ध के परिणाम अमेरिका के लिए लाभदायक हुए थे:**

1. ब्रिटिश सरकार ने अमेरिकी नाविकों को समुद्र में नौवाहन करने के लिए जबरदस्ती भर्ती नहीं करने का वादा किया। इसने अमेरिकी परिवहन और आन्तरिक व्यापार के विकास में सहायता पहुँचाई।

2. इस युद्ध ने संयुक्त राज्य अमेरिका के दक्षिणी-पश्चिमी और पश्चिमी-पूर्वी भाग में ब्रिटिश प्रभाव समाप्त कर दिया। इससे पश्चिमोन्मुख विस्तार (westward expansion) के लिए सुविधा प्राप्त हुई।

3. इस युद्ध ने अमेरिकी इतिहास में एक नवीन युग का श्रीगणेश किया। अमेरिकी सरकार और जनता अब यूरोपीय युद्धों से अपना ध्यान हटाकर घरेलू समस्याओं के समाधान के लिए अपनी शक्तियाँ लगा सकने में समर्थ हो सकी।

6. द्वितीय स्वतंत्रता-युद्ध से गृह-युद्ध तक (1812-1860)

पश्चिमोन्मुख विस्तार के साथ संयुक्त अमेरिका का विकास दो दिशाओं में प्रारंभ हुआ—उत्तर-पूर्व में लोग औद्योगिक विकास के लिए उत्सुक थे क्योंकि इस क्षेत्र की स्थिति इस प्रकार की थी कि तकनीक एवं आर्थिक संगठन में परिवर्तन अनिवार्य था। अतएव इस भाग में कृषि, परिवहन, संचार और श्रम-संबंधों में तीव्र गति से परिवर्तन प्रारंभ हुआ। कारखाना प्रणाली का संगठन हुआ तथा नये-नये बाजारों की खोज की जाने लगी। इसके विपरीत दक्षिण में इस प्रकार का प्रायः कोई परिवर्तन नहीं हो सका था। इस क्षेत्र के लोग परिवर्तन का विरोध करते थे और जब उन पर परिवर्तन थोपा गया तो उन्होंने इसका विरोध किया। ऐसी स्थिति में दक्षिण की अर्थव्यवस्था पिछड़ी हुई रही और इनके खेत दासों द्वारा जोते जाते रहे। दक्षिण की जनसंख्या का अधिकांश दासों का ही था। अतएव दक्षिण उत्तर के साथ राजनीतिक और आर्थिक समानता नहीं बनाये रख सका और जब राष्ट्र ने दोनों के बीच समायोजन का प्रयास किया तो इसके परिणामस्वरूप गृहयुद्ध हुआ।

कृषि का विकास(*Development ofAgriculture*)—सन् 1789 ई॰ से 1860 तक कृषि ही अमेरिका निवासियों का सबसे बड़ा व्यवसाय थी। प्रत्येक 10 में प्रायः 9 व्यक्ति कृषि से ही अपनी जीविका प्राप्त करते थे। देश की राष्ट्रीय आय का प्रायः 40 प्रतिशत कृषि से ही उत्पन्न होता था। किन्तु कृषि कार्य बहुत ही पिछड़े तथा असन्तोष ढंग से होता था। बाद में धीरे-धीरे देश के विभिन्न भागों में वैज्ञानिक कृषि की उन्नति होने लगी। **सन् 1800 से 1860 ई॰ के बीच अमेरिकी कृषि में हुए परिवर्तनों को इतिहासवेत्ताओं ने क्रांतिकारी बतलाया है** क्योंकि—(1) इस अवधि में पहली बार कृषि का वाणिज्यकरण हुआ, (2) प्रादेशिक विशिष्टता की प्राप्ति हुई, (3) कृषि के समुन्नत तरीकों का प्रयोग किया जाने लगा, (4) पशुपालन का कार्य भी वैज्ञानिक तरीकों से किया जाने लगा, (5) कृषि में यंत्रीकरण की प्रवृत्ति का विकास हुआ तथा (6) कृषि कार्य निरंतर पश्चिम की ओर बढ़ता गया।

अमेरिकी कृषि का वाणिज्यकरण (*Commercialization of Agriculture*)—संयुक्त राज्य अमेरिका में प्रारंभ में कृषि कार्य किसानों के स्वावलम्बन के उद्देश्य से किया जाता था। किन्तु परिवहन साधनों के विकास के परिणामस्वरूप नये-नये बाजारों का विकास हुआ जिससे बाजार के लिए फसलें उत्पन्न करने की दिशा में द्रुतगति से ग्गति हुई। 1790 ई॰ के बाद कृषि-पदार्थों के निर्यात में द्रुतगति से वृद्धि हुई। ब्रिटेन तथा फ्रांस इनकी वस्तुओं के मुख्य ग्राहक थे। किन्तु 1812 ई॰ के द्वितीय स्वतंत्रता संग्राम के दौरान इन देशों से

व्यापारिक संबंध में रुकावट आ गयी थी। इससे अमेरिका निवासी अपने देशी बाजार पर ही निर्भर रहने लगे। वस्तुओं की आन्तरिक माँग में वृद्धि होने लगी। बाद में उद्योगों तथा परिवहन के तीव्र विकास के कारण कृषि के वाणिज्यीकरण को और भी बल मिला।

प्रादेशिक विशिष्टता *(Regional Specialisation)*—सन् 1800 के बाद निश्चित रूप से अमेरिकी कृषि में प्रादेशिक विशिष्टता की ओर प्रवृत्ति हो रही थी। दक्षिण ने कपास की खेती में विशिष्टीकरण किया। इस भाग में कपास का वार्षिक उत्पादन 1790 ई॰ में 52 लाख पौंड से बढ़कर 1830 ई॰ में 5072 लाख पौंड हो गया। इसी प्रकार अन्य प्रदेशों ने भी भिन्न-भिन्न फसलों की खेती में विशिष्टता प्राप्त की।

गृह युद्ध के पूर्व अमेरिकी कृषि में अन्य महत्त्वपूर्ण परिवर्तन भी हो रहे थे। उदाहरण के लिए कृषि-कार्य में सुधारे हुए औजारों का प्रयोग किया जाने लगा था। 1820 से 1840 ई॰ के बीच कृषि-कार्य में खाद के प्रयोग में भी वृद्धि हुई और कृषि से संबंधित समितियों की स्थापना की गयी। 1830 के बाद पशु-धन के सुधार पर भी पर्याप्त जोर दिया जाने लगा। इस कार्य के लिए अच्छी नस्ल के पशुओं का विदेशों से आयात किया गया। 1862 ई॰ में एक कृषि केन्द्र (agricultural bureau) की स्थापना हुई। 1862 ई॰ के **मॉरिल अधिनियम** (Morrill Act) के अनुसार राज्यों को कृषि विद्यालयों की स्थापना के लिए संघ द्वारा भूमि देने की व्यवस्था की गयी। इसी प्रकार लोहे के बने हुए नये कृषि औजारों का प्रचार हुआ। इससे श्रम की बचत और कृषि उत्पादकता में बहुत अधिक वृद्धि हुई।

औद्योगिक विकास *(Industrial Development)*—उन्नीसवीं शताब्दी के प्रारंभ विशेषतः 1808 ई॰ से ही संयुक्त राज्य अमेरिका का औद्योगिक विकास प्रारंभ होता है। इसके पूर्व निर्मित वस्तुओं के लिए यह मुख्यतः यूरोप पर आश्रित था। असमागम अधिनियम के पारित होने से इसके औद्योगिक विकास को अत्यधिक बल मिला। 1812 ई॰ के युद्ध ने अमेरिका के औद्योगिक विकास को और भी अधिक प्रोत्साहित किया। किन्तु **प्रारंभ के निर्माणी उद्योगों को कई कठिनाइयों का सामना करना पड़ता था। इनमें से कुछ कठिनाइयाँ इस प्रकार थीं**—(1) अमेरिकी क्रांति के बाद जब यूरोप के साथ व्यापारिक संबंध प्रारंभ हुआ तो यूरोप की बनी सस्ती वस्तुओं के साथ प्रतियोगिता करना अमेरिकी उद्योगों के लिए कठिन हो गया। (2) देश में पूँजी का अभाव था। (3) श्रम का भी अभाव था। पश्चिमोन्मुख विस्तार से श्रम का अभाव और भी बढ़ गया। (4) निर्माताओं के लिए परिवहन और संवादवाहन के साधनों का अभाव भी एक कठिन समस्या था। (5) योग्य व्यवस्थापकों का भी प्रारंभिक स्थिति में देश में अभाव था।

कालान्तर में ये सारी कठिनाइयाँ दूर होने लगीं और **अनेक कारणों से उद्योगों के विकास को बहुत प्रोत्साहन मिला। एक,** तो 1812 ई॰ के युद्ध के बाद अमेरिका ने इंगलैंड तथा अन्य देशों पर आश्रित रहना छोड़ दिया जिससे निर्माणी उद्योगों के विकास को बहुत बल मिला। **दूसरे,** पूँजी के अभाव को वाणिज्य से उद्योग में पूँजी के प्रत्यावर्तन के द्वारा दूर किया गया। **तीसरे,** श्रम के अभाव को विभिन्न प्रकार के श्रम बचाने के उपायों के प्रयोग द्वारा दूर किया गया। **चौथे,** परिवहन की कठिनाई को रेलवे, सड़क और नहर आदि के विकास द्वारा दूर किया गया। **पाँचवें,** 1816 से 1818 ई॰ के संरक्षणात्मक प्रशुल्क अधिनियम (tariff acts) ने अमेरिका में उन वस्तुओं के उत्पादन को बहुत अधिक प्रोत्साहित किया जिनका पहले इंगलैंड से आयात किया जाता था। **छठे,** अमेरिका में ईंधन एवं औद्योगिक कच्चे पदार्थों की प्रचुरता थी और जब इनके निर्यात में कमी आ

गयी तो इनका प्रयोग देश के अन्दर ही किया जाने लगा। **सातवें,** बढ़ती हुई जनसंख्या तथा पश्चिमोन्मुख विस्तार के कारण अमेरिकी जनसंख्या तीव्र गति से बढ़ रही थी। इससे अमेरिका को बाजार की कमी का सामना नहीं करना पड़ता था। **आठवें,** यूरोप की पूर्ति से स्वतंत्र होने की भावना अमेरिका निवासियों में अति प्रबल रूप से कार्य कर रही थी।

इन विभिन्न तत्त्वों ने अमेरिका के औद्योगिक विकास में योगदान किया। इससे कारखाना प्रणाली पूर्ण रूप से स्थापित हो गयी और **जब 1861 में गृह-युद्ध प्रारंभ हुआ तो उस समय तक देश के निर्माणी उद्योगों ने गृह उद्योगों का स्थान ग्रहण कर लिया था।** अमेरिका में सूती वस्त्र का पहला आधुनिक कारखाना 1814 ई॰ में बनाया गया। अन्य कारखानों का इसके बाद शीघ्र ही विकास प्रारंभ हुआ। किन्तु 1860 ई॰ तक भी ऊनी वस्त्र के संबंध में अमेरिका आत्मनिर्भर नहीं हो पाया था। लोहा-इस्पात तथा धात्विक उद्योगों में तीव्र गति से विकास प्रारंभ हो गया। 1840 ई॰ तक अमेरिका में लोहा गलाने तथा इस्पात तैयार करने की कला में महत्त्वपूर्ण विकास हुआ था। जूता निर्माण उद्योग में भी तीव्र गति से विकास हुआ। पहले शक्ति और ईंधन के रूप में मुख्य रूप से जल, पशु तथा लकड़ी का ही प्रयोग किया जाता था। कोयले का महत्त्व 1830 से 1960 ई॰ के बीच बढ़ा। 1859 ई॰ के पूर्व तक तेल का पता नहीं लगा था और बहुत दिनों तक यह ईंधन के रूप में प्रयुक्त नहीं किया गया था। उस समय पूँजी का सामान्य रूप से अभाव था। इससे कई उद्योगों को कठिनाइयों का सामना करना पड़ता था। जो पूँजी उपलब्ध भी थी उसे लोग भूमि, चुंगी, सड़कों, नहरों और रेलवे में लगाना चाहते थे। पश्चिम की विशाल भूमि को देखते हुए यह बिल्कुल स्वाभाविक ही था। सरकार भी परिवहन कंपनियों के हिस्सों को ही खरीदती थी। नेपोलियनी युद्ध के समय कुछ पूँजी का अन्तरण निर्माणी उद्योगों की ओर हुआ था। 1860 ई॰ तक अमेरिकी उद्योग पूँजी के संबंध में प्रायः आत्मनिर्भर हो गये। 1820 ई॰ में उद्योगों में केवल 50 मिलियन डॉलर की पूँजी लगी थी जो बढ़कर 1830 में 500 मिलियन डॉलर तथा 1830 ई॰ में 1000 मिलियन डॉलर हो गयी।

उद्योगों का स्थानीयकरण (*Localization of Industries*)—इस काल में उद्योगों का स्थानीयकरण अनेक आर्थिक तत्त्वों पर निर्भर था। जैसे—कच्चे माल, पूँजी, श्रम और परिवहन सुविधाओं की उपलब्धि। उपज के मूल्य के दृष्टिकोण से न्यूयार्क, पेन्सीलवानिया, मैसाच्यूसेट्स तथा ओहियो का स्थान प्रमुख था। न्यू इंगलैंड में सूती-वस्त्र उद्योग की प्रधानता थी। पेन्सीलवानिया लोहा तथा इस्पात के उत्पादन का प्रमुख केन्द्र था। इस कार्य में कोयले के प्रयोग के बाद इस उद्योग का महत्त्व और भी बढ़ गया। इसके बाद लोहा और इस्पात के उत्पादन में ओहियो का स्थान था।

परिवहन और संचार (*Transport and Communications*)—परिवहन एवं संचार के साधनों का संयुक्त राज्य अमेरिका के आर्थिक इतिहास में प्रारंभ से ही महत्त्वपूर्ण स्थान रहा है। पश्चिमोन्मुख विस्तार के बाद तो इनके महत्त्व में और भी अधिक वृद्धि हुई क्योंकि देश के विशाल भाग को बसने के योग्य बनाने में परिवहन और संचार के साधनों की प्रबल आवश्यकता थी। अमेरिका में परिवहन साधनों का विकास विभिन्न स्तरों में हुआ जिसमें प्रत्येक स्तर पहले से समुन्नत होता गया। 18वीं शताब्दी में घोड़ा तथा अन्य भारवाहक पशु थल-यातायात के प्रमुख साधन थे। यह यह **प्रथम स्तर** चुंगी सड़कों (turnpike road) का युग था। **द्वितीय स्तर** में नदियों में वाष्प संचालित नावों का प्रयोग

प्रारंभ हुआ। इस स्तर में नदियों का यातायात के लिए प्रयोग किया जाने लगा। **तृतीय स्तर** में परिवहन साधनों के रूप में नहरों का निर्माण तथा प्रयोग किया जाने लगा। देश में इस समय बहुत अधिक नहरों का निर्माण किया गया। **चतुर्थ स्तर** में बड़े पैमाने पर रेल लाइनों का निर्माण प्रारंभ हुआ जिसने जल परिवहन की सर्वोच्चता को चुनौती देना प्रारंभ किया। रेलों का विकास संयुक्त राज्य में बड़ी तीव्र गति से हुआ। परिवहन साधनों के विकास के साथ-साथ संचार के साधनों का विकास भी प्रारंभ हुआ। 1860 ई० तक अमेरिका में 59 हजार मील से अधिक टेलीग्राफ लाइनों का निर्माण हो गया था जो देश के सभी प्रमुख शहरों को एक-दूसरे से मिलाती थीं। इस समय तक डाक-व्यवस्था का विकास भी प्रारंभ हो गया था। छपाई तथा समाचार पत्र में भी प्रगति हो रही थी। 1835 ई० के बाद छपाई कार्य में भी शक्ति का प्रयोग होने लगा। इससे प्रकाशन व्यवसाय बहुत प्रोत्साहित हुआ।

विदेशी व्यापार *(Foreign Trade)*—सन् 1790 से 1860 ई० के बीच अमेरिका में वस्तुओं के आयात और निर्यात में बीस गुणा से भी अधिक वृद्धि हुई। निर्मित वस्तुओं के निर्यात गं धीरे-धीरे वृद्धि हो रही थी तथा इसके आयात में क्रमशः कमी हो रही थी। निर्यात वस्तुओं में वस्त्र, लोहे के सामान, तम्बाकू, लकड़ी के सामान, जूते इत्यादि की प्रधानता थी। यूरोप को किये जाने वाले निर्यात में वृद्धि हो रही थी। 1821 ई० में यूरोप को किया जाने वाला निर्यात कुल निर्यात का प्रायः दो-तिहाई भाग था। 1860 ई० में यह बढ़कर 75 प्रतिशत भाग हो गया। इसमें कपास की प्रधानता थी। आयात में भी ब्रिटेन की ही प्रधानता थी। 1811 ई० में भी कुल अमेरिकी आयात का 64 प्रतिशत भाग ब्रिटेन से आता था। 1860 ई० में इसका अनुपात प्रायः यही था। इंगलैंड से अमेरिका में भी सभी प्रकार की निर्मित वस्तुएँ आती थीं।

सम्पूर्ण 19वीं शताब्दी में संयुक्त राज्य अमेरिका एक ऋणी देश बना रहा क्योंकि विदेशों से पूँजीगत साधनों जैसे–रेल यंत्र आदि खरीदने के लिए उसे धन उधार लेना पड़ता था। अतएव गृह-युद्ध के पूर्व अधिकांश वर्षों में वह जितना आयात करता था उससे कम ही मात्रा में निर्यात करता था। भुगतान शेष की प्रतिकूलता को दूसरे देशों से कर्ज के द्वारा पूरा किया जाता था।

7. अमेरिकी गृह-युद्ध
(The American Civil War)

अमेरिका इतिहास ने सन् 1861 में एक गृह-युद्ध का अनुभव किया था। इस गृहयुद्ध के छिड़ने के लिए कोई एक ही कारण नहीं उत्तरदायी बनाया जा सकता। **मूलतः यह अमेरिका के विभिन्न वर्गों के आर्थिक हितों के पारस्परिक विरोध का परिणाम था। फिर भी यह युद्ध किसी भी प्रकार से अमेरिकी इतिहास का प्रथम वर्गीय टकराव** (sectional conflict) **नहीं था और न यह अन्तिम ही था।** अधिक-से-अधिक यह संयुक्त राज्य अमेरिका के उत्तरी और दक्षिणी भागों के उन आर्थिक हितों के विरोध की प्रव्यक्ति (manifestation) था जो सन् 1860 तक अत्यन्त ही गंभीर हो चला था। **उत्तरी राज्य मुख्यतः उद्योग-प्रधान थे।** इनमें व्यापार तथा निर्माणी उद्योगों की प्रधानता थी। उत्तरी राज्य के निवासी मुख्यतः व्यापारी, वित्त प्रदान करने वाले तथा निर्माता थे। इसके विपरीत **दक्षिणी राज्यों में कृषि की प्रधानता थी।** इस भाग के निवासी मुख्यतः कृषक और जमींदार थे जो गुलामों की सहायता से कृषि कार्य करते थे। इस प्रकार **गृह-युद्ध उत्तर की औद्योगिक**

एवं पूँजीवादी व्यवस्था तथा दक्षिण की कृषि प्रधान अर्थव्यवस्था के बीच मौलिक संघर्ष का परिणाम था। लगभग पचाव वर्षों तक इनके बीच विभिन्न कारणों को लेकर यह संघर्ष चलता रहा जो अन्ततः 1861 ई॰ में गृहयुद्ध के रूप में प्रकट हुआ। सुप्रसिद्ध अमेरिकी इतिहासवेत्ता **श्री चार्ल्स बेयर्ड** (Charles Beard) ने ठीक ही इसे **द्वितीय अमेरिकी क्रांति** (Second American Revolution) की संज्ञा दी है। **''वास्तव में यह उत्तर और दक्षिण के बीच एक महान चयन के लिए मुठभेड़ था–यह कृषिवाद और उद्योगवाद के बीच, वर्गवाद तथा राष्ट्रीयतावाद के बीच, आत्मनिष्ठ शान्ति तथा कठिन गत्यात्मकता के बीच और अन्ततः बाइबिल एवं डालर के बीच चयन का संघर्ष था।''**[1] इस युद्ध के बाद अमेरिका में बड़ी तेजी से औद्योगिक विकास हुआ और औद्योगिक क्रांति आ गयी। **''यदि 1812 के युद्ध ने कारखाना प्रणाली को जन्म दिया तो गृहयुद्ध ने औद्योगिक क्रांतिं का सूत्रपात किया।''**

गृह युद्ध के कारण

1. उत्तर और दक्षिण के बीच विकास की प्रवृत्ति में भिन्नता थी। उत्तर और दक्षिण के बीच होनेवाला आधारभूत विरोध इस कारण से हुआ था कि दक्षिणी संयुक्त राज्य अमेरिका प्रमुखतः कृषि-प्रधान और उत्तरी भाग क्रमशः उद्योग-प्रधान हो रहा था। यह दक्षिण की बगान अर्थव्यवस्था (plantation economy) और उत्तर के उदीयमान औद्योगिक पूँजीवाद (rising industrial capitalism) के बीच रगड़-झगड़ की उपज थी।

2. दक्षिण और उत्तर में दासत्व प्रणाली के प्रश्न को लेकर मतभेद हो गया था। अमेरिकी संघ से दक्षिण के पृथक होने के पूर्व राजनीतिक विवाद अधिकांशतः दासत्व प्रणाली के पुनः विस्तार के प्रश्न पर केन्द्रित था। दक्षिण कृषि-प्रधान था। इसलिए वह दासत्व प्रणाली को बनाए रखना चाहता था। उत्तर इस प्रणाली का विरोध करता था।

3. प्रशुल्क नीति को लेकर भी उत्तर में मतभेद हो गया था। हितों के विरोध का अनुभव सर्वप्रथम प्रशुल्क नीति (tariff policy) के संबंध में ही हुआ था। सन् 1812 के युद्ध के पश्चात् राष्ट्रीयता की लहर में दक्षिणी नेतागण सन् 1816 में संरक्षणात्मक नीति को अपनाने में उत्तरी नेताओं का साथ तो दिये थे किन्तु 1824 तक उनकी धारणाएँ परिवर्तित हो चुकी थीं और वे उस प्रशुल्क नीति का तीव्र विरोध करने लगे थे। दक्षिण प्रमुखतः कृषि-प्रधान होने के कारण संरक्षण नीति का विरोध करता था।

4. बैंकिंग एवं करेंसी प्रणाली के संबंध में भी ऐसी ही लड़ाई हो रही थी। सामान्यतः दक्षिण, जो ऋणी क्षेत्र था और जिसके पास तरल पूँजी का अभाव था, सरल बैंकिंग विधियों एवं विस्तृत करेंसी के पक्ष में था।

5. दक्षिण ने उत्तर को न केवल प्रशुल्क, करेंसी और बैंकिंग के संबंध में ही वरन् सार्वजनिक भूमि नीति और पश्चिमोन्मुख विस्तार के संबंध में भी पराजित किया था। रूई और दासत्व प्रणाली से घनिष्ठ रूप से संबंधित होने के कारण दक्षिणी कृषि को तीव्र प्रसार के लिए अधिक स्थान की आवश्यकता थी। किन्तु दूसरी ओर, उत्तरी

1. "Indeed it was a conflict between the North and South for the Great choice, a choice between agrarianism and industrialism, sectionalism, and nationalism, self-contained peace and troubled dynamism and, finally, between the Bible and the dollar."

उद्योगपति अपेक्षाकृत अधिक धनी जनसंख्या की चाह करते थे। इसीलिए वे ऐसे कार्यों का विरोध कर रहे थे जो पश्चिम में जनसंख्या के प्रवास को प्रोत्साहन दें। संक्षेप में दक्षिण चाहता था कि पश्चिमी भू-क्षेत्रों में बड़े-बड़े भागों का कम मूल्य पर विक्रय हो जबकि उत्तर उनका ऊँचे मूल्य पर छोटे-छोटे टुकड़ों में प्रतिबन्धित विक्रय का समर्थन करता था।

6. ऐसा ही मतभेद अमेरिका के भू-क्षेत्रीय विस्तार को लेकर था। दासत्व प्रणाली के अन्दर रूई के उत्पादन के लिए सतत नयी-नयी भूमि की आवश्यकता थी। इसलिए नए दास भू-क्षेत्र की माँग की गई थी। इसके अतिरिक्त उत्तर जैसे-जैसे जनसंख्या तथा धन के क्षेत्र में दक्षिण की अपेक्षा अधिक बढ़ता गया वैसे-वैसे दक्षिण के लिए सीनेट सदस्यों की उतनी अधिक संख्या में व्यवस्था करना आवश्यक हो गया जो सीनेट को नियंत्रित करने और दक्षिण के हितों की रक्षा करने के लिए पर्याप्त हो। इसलिए दक्षिण के नेतागण फ्लोरिडा, टेक्सास और अन्य राज्यों के अर्जन का समर्थन करते थे।

7. सन् 1860 में ऊँचे प्रशुल्क की माँग करने वाले पूर्वी उद्योगपतियों एवं नि:शुल्क भूमि की माँग करने वाले पश्चिमी कृषकों का रिपब्लिकन दल में गठबन्धन दक्षिणी नेताओं की दृष्टि में एक अपवित्र और दुर्भावनापूर्ण षड्यंत्र प्रतीत हुआ था और इसका अर्थ अन्ततः दक्षिण की पराजय हुआ था। इससे दक्षिण असंतुष्ट एवं क्रोधित हो उठा था।

8. उत्तर के राजनीतिक प्रभाव एवं प्रभुत्व के कारण भी दक्षिण असंतुष्ट था क्योंकि गृह-युद्ध के समय तक प्रायः समस्त राष्ट्रपति उत्तर के ही रहे थे।

9. दक्षिण के राजनीतिक लेखक अंगभूत राज्यों के लिए अधिक स्वतंत्रता की माँग करते थे जबकि उत्तर के राजनीतिक लेखक एक ऐसे शक्तिशाली संघ की कामना करते थे जिसमें अंगभूत राज्यों को विलग होने का अधिकार नहीं रहे। दक्षिणी लेखक संघ से विलग होने के लिए अधिकार की माँग करते थे। उनके विचार में राज्य का अस्तित्व पहले है और संघ का बाद में। इसीलिए वे केन्द्रीय कृत्यों को रोधिक (veto) करने के लिए राज्यों के अधिकार की माँग करते थे।

10. अलग होने की धमकी *(holding out threats of secession)*—बहुत पहले से ही दक्षिण संघ से अलग होने की धमकी दे रहा था। उत्तर के उद्योगपति तथा वित्तवेत्ता इससे स्वभावतः चिंतित थे। समस्या यह थी कि क्या संघ से कोई राज्य पृथक हो सकता था ? यह एक मौलिक प्रश्न था। गृह-युद्ध छिड़ने पर **अब्राहम लिंकन ने 1862 ई० में यह कहा था कि इस युद्ध में मेरा प्रमुख उद्देश्य संघ की रक्षा करना था।** इसी उद्देश्य से वह कार्य कर रहा था।

4 मार्च, 1861 ई० को **अब्राहम लिंकन** संयुक्त राज्य अमेरिका के राष्ट्रपति पद पर प्रतिष्ठित हुए और अपने प्रथम भाषण में ही उन्होंने दक्षिण राज्यों की पृथकता को अवैध और सत्ताहीन बतलाया। अतएव अप्रैल, 1861 ई० में गृहयुद्ध प्रारंभ हुआ। युद्ध चार वर्षों तक चलता रहा। अनुमान किया जाता है कि इस युद्ध में दोनों पक्षों के लगभग 6,20,000 + 1 अमेरिकी काम आये। **वह एक अब्राहम लिंकन** था जिसकी अप्रैल, 1865 ई० में हत्या कर दी गयी। दक्षिण की तुलना में उत्तर प्रत्येक दृष्टि से सुदृढ़ स्थिति में था। फिर भी दक्षिण की यह धारणा थी कि **'कपास राजा था'** (cotton was the king) अतएव बिना युद्ध के ही वह अपने उद्देश्यों की पूर्ति कर लेगा। (Without firing a gun, without drawing a sword we would bring the whole world to our feet) किन्तु

उनकी यह धारणा गलत थी। गृहयुद्ध में दक्षिण की ही पराजय हुई और इसे अत्यधिक बर्बादियों का सामना करना पड़ा क्योंकि युद्ध मुख्यतः दक्षिणी भाग में ही हुआ था। दक्षिणी नेता या तो मार डाले गए अथवा बंदी बना लिए गए।

गृह-युद्ध के परिणाम

(क) आर्थिक परिणाम

1. खेतों के आकार को परिवर्तित कर दिया गया। समस्त वृहत् बगानों को लघु बगानों में परिवर्तित कर दिया गया। वृहत् पैमाने की कृषि के स्थान पर लघु पैमाने की कृषि की व्यवस्था की गई।
2. बहुमुखी खेतों का विकास किया गया। गृह-युद्ध के पूर्व रूई, तम्बाकू आदि जैसी कतिपय प्रमुख फसलों की ही खेती होती थी। किन्तु गृह-युद्ध के पश्चात् अनेक फसलों की खेती होने लगी।
3. गृह-युद्ध के पश्चात दक्षिण का वृहत्तर उद्योगीकरण होने लगा।
4. देश के उत्तरी भाग पर गृह-युद्ध का परिणाम वहाँ के आर्थिक विकास को तीव्रतर बनाना था। अधिक सरकारी व्यय एवं स्फीति सदृश परिस्थितियों के कारण उत्तर के उद्योगों को प्रचुर प्रोत्साहन मिला।
5. गृह-युद्ध ने उद्योगों के लिए उन्नति लाकर औद्योगिक क्रांति और पूँजीवाद के विकास को तीव्रतर बनाया। **यदि 1812 के युद्ध ने कारखाना प्रणाली को जन्म दिया तो गृह युद्ध ने औद्योगिक क्रांति का सूत्रपात किया।**
6. परिवहन प्रणाली को भी गृह-युद्ध से कम प्रोत्साहन नहीं मिला। रेलपथ, जल-पथ और सड़कें सभी का तीव्रतर विकास हुआ।
7. देश की बैंकिंग प्रणाली को विकसित करने के लिए प्रयास किये गये। युद्ध की आवश्यकताओं ने मुद्रा-स्फीति और नवीन ढंग की पत्र मुद्रा को उत्पन्न कर दिया था। इसलिए **नेशनल बैंक एक्ट** के द्वारा बैंकिंग कार्यों पर अपना प्रभाव बढ़ाने एवं बैंकिंग सुविधाओं में वृद्धि करने के लिए संघीय सरकार को नया प्रयास करने के लिए विवश होना पड़ा।
8. प्रशुल्क नीति का निर्धारण संरक्षण के पक्ष में हुआ।

(ख) राजनीतिक परिणाम

1. संघ का पुनः स्थापन हुआ। पुनः संघीय एकता आ गई।
2. दासत्व प्रणाली का अन्त कर दिया गया।
3. दक्षिण के भू-कुलीन तंत्र (landed aristocracy) की शक्तियाँ कम कर दी गयीं।
4. **''संघीय सरकार दक्षिण के कृषि दास-यंत्र के नियंत्रण से हटकर उत्तर के उदीयमान औद्योगिक धनिक-तंत्र के नियंत्रण में चली गयी।''**[1]

8. प्रथम विश्वयुद्ध के अमेरिका पर प्रभाव

प्रथम विश्वयुद्ध संयुक्त राज्य अमेरिका के लिए अंतरराष्ट्रीय गरिमा एवं

1. "The Federal Government passed from the control of the agrarian slavocracy of the South to the rising industrial plutocracy of the North. —Faulkner : *ibid*, p. 365

प्रतिष्ठा का युग लाया। संयुक्त राज्य अमेरिका की अर्थव्यवस्था पर इसके बहुत अनुकूल प्रभाव पड़े।

1. संयुक्त राज्य औद्योगिक वस्तुओं का महान निर्यातक और कच्चे माल तथा अर्द्धनिर्मित वस्तुओं का आयातक बन गया। विश्वयुद्ध के पूर्व संयुक्त राज्य की अर्थव्यवस्था एक आत्मनिर्भर एवं आत्मपूर्ण अर्थव्यवस्था थी। कुछ सीमा तक यह अब भी ऐसी ही है। किन्तु युद्धकाल में संयुक्त राज्य ने अन्तर राष्ट्रीय महत्त्व के रूप में विश्व व्यापार के बाजार में प्रवेश किया। तब से उसका महत्त्व बढ़ता ही गया है।

2. संयुक्त राज्य यूरोप के लिए पूँजी प्रदायक बन गया। महायुद्ध के कारण हुए महान् विध्वंस के कारण यूरोपीय देश एक प्रकार से दिवालिए हो गये और पूँजी के लिए संयुक्त राज्य अमेरिका का मुँह देखने लगे जो विस्तृत पूँजी संसाधनों के साथ एक धनी देश था।

3. संयुक्त राज्य अमेरिका में किए गये यूरोपीय निवेश समाप्त हो गये और संयुक्त राज्य एक ऋणदाता देश बन गया।

4. संयुक्त राज्य में स्वर्ण का बहुत ही अधिक आयात हुआ। विश्व के स्वर्ण भंडार का अधिकांश अमेरिका में संकेद्रित हो गया क्योंकि—(1) संयुक्त राज्य ने निर्यात बहुत ही अधिक और आयात कम किया। फलतः व्यापार संतुलन उसके अनुकूल रहा। आयात निर्यात के अतिरेक को उसने सोने में वसूल किया। (2) यूरोपीय देशों को दिये गए अमेरिकी ऋण को चुकाने में यूरोपीय देश असमर्थ थे। (3) युद्ध के कारण हुई क्षति की पूर्ति सोने के रूप में की गई। इसलिए विश्व का अधिकांश सोना अमेरिका में केन्द्रीभूत हो गया। किन्तु ये अतिरिक्त सोने सरकार द्वारा ले लिए गए थे और सुरक्षित रखे गये थे। जनता के हाथ वे नहीं रह सके थे जिससे अमेरिका में मूल्य स्तर नहीं बढ़ सका था।

5. संसार का वित्तीय केन्द्र लन्दन से उठकर न्यूयार्क चला गया क्योंकि लन्दन मुद्रा बाजार में मुद्रा नहीं रह गयी थी।

6. संयुक्त राज्य एक विश्व शक्ति (world power) बन गया। प्रथम विश्वयुद्ध के पूर्व वह अभी एक द्वितीय श्रेणी की शक्ति था। विश्व की महानतम शक्तियों में वह युद्ध के पूर्व नहीं था। किन्तु युद्ध के पश्चात् वह विश्व की महानतम शक्तियों में से एक हो गया और कुछ काल के पश्चात् स्वयं महानतम राष्ट्र हो गया।

9. अन्तरयुद्धीय काल में आर्थिक विकास और संयुक्त राज्य
(The Inter War Period and the U.S.A.)

प्रो॰ लेविस (Lewis) के अनुसार अन्तरयुद्धीय (inter-war) काल को अर्थात् प्रथम विश्व-युद्ध और द्वितीय विश्वयुद्ध के बीच के काल को काल-चक्र के अनुसार **तीन वर्गों में विभक्त किया जा सकता है**—

1. सन् 1918 और 1925 के बीच का काल—इस काल में प्रथम विश्वयुद्ध के तुरन्त पश्चात् तेजी आई थी और उसके पश्चात् मन्दी। तेजी और मन्दी सामान्यतः समस्त देशों में सन् 1925 तक समाप्त हो गई थी। यह वर्ष पुनर्निर्माण (reconstruction) के काल का अन्त था जिसके बाद परिस्थितियाँ सामान्य हो गयीं। किन्तु यह कथन ग्रेट ब्रिटेन के साथ नहीं लागू होता है जहाँ पर पुनर्निर्माण सन् 1933 तक चलता रहा।

2. सन् 1925 से 1929 तक का काल—इस काल में उद्योगपतियों एवं व्यापारियों का विश्वास पुनः लौट आया और उत्पादन एवं व्यापार समस्त देशों में पुनर्जीवित हो गये केवल ग्रेट ब्रिटेन एवं अमेरिका को छोड़ कर। ग्रेट ब्रिटेन में व्यापारिक मन्दी बनी रही और अमेरिका में व्यापारिक मन्दी का कोई प्रश्न ही नहीं था क्योंकि वस्तुतः युद्ध में उसे कोई क्षति ही नहीं हुई थी। **1920 का दशक अर्थात् सन् 1920 से 1929 तक का काल अमेरिका में गर्जनकारी (roaring) दशक कहा जाता है क्योंकि इस काल में अमेरिका में असाधारण आर्थिक विकास हुआ था।** इस काल में संयुक्त राज्य में एक प्रकार से तेजी हो रही थी। सट्टे बाजार के मूल्य, प्रतिभूतियों के मूल्य आदि सभी में वृद्धि हो रही थी कि सन् 1929 में आकस्मिक गंभीर विस्फोट हो गया।

3. सन् 1929 से 1939 तक का काल—इस काल ने सन् 1929 में वाल स्ट्रीट (Wall Street) में एक आकस्मिक एवं गंभीर विस्फोट का अनुभव किया जिसके फलस्वरूप एक महान् मन्दी आ गई जो सन् 1933 तक बनी रही। सन् 1933 में कुछ मन्द गति से व्यावसायिक पुनर्जीवन होना प्रारंभ हुआ और सन् 1937 में तेजी आ गई। किन्तु उसके बाद व्यापारिक गति प्रतिकूल दिशा में होने लगी और पुनः मन्दी प्रारंभ हुई जो सन् 1939 में द्वितीय विश्वयुद्ध के छिड़ जाने तक बनी रही। इस प्रकार **यह काल अनेक गंभीर उत्थान-पतन** (ups and downs) **का काल था।** बेकारी, अन्तरराष्ट्रीय व्यापार में ह्रास आदि का परिणाम अत्यन्त ही अधिक गंभीर था।

व्यावसायिक क्रियाओं के दृष्टिकोण से प्रथम युद्ध के अन्त से लेकर द्वितीय विश्वयुद्ध के प्रारंभ तक की अवधि में अमेरिकी अर्थव्यवस्था के विकास को **तीन कालों में** बाँटा जा सकता है—

1. अल्पकालीन मंदी *(Short Depression, 1918-1925)*—प्रथम विश्वयुद्ध के बाद अमेरिका को 1918 से 1924 के बीच अल्पकालीन मन्दी का सामना करना पड़ा। बैंक साख का अत्यधिक विस्तार हुआ था। अतएव युद्ध की समाप्ति के बाद बैंकों को साख संकुचन करने के लिए बाध्य होना पड़ा। युद्ध के बाद बढ़ते हुए मूल्यों के कारण माँग में कमी से थोक तथा खुदरा व्यापारी अपने-अपने स्टॉकों में कमी करने लगे थे तथा निर्माताओं से कम माल खरीदने लगे थे। इससे उत्पादन कम हो गया। कारखाने बन्द होने लगे, मजदूरी में कमी होने लगी, बेरोजगारी फैलने लगी।

संयुक्त राज्य के श्रम-विभाग (United States Department of Labour) के अनुसार थोक मूल्य का औसत सूचनांक (1913-100) मई 1920 में 272 था जो जून 1921 में 148 और जून 1922 में 140 हो गया। इस अल्पकालीन मन्दी के संयुक्त राज्य अमेरिका की अर्थव्यवस्था पर कई गंभीर प्रभाव पड़े। मन्दी का सबसे बुरा प्रभाव कृषि पर पड़ा। युद्धकाल में कृषकों ने भूमि या कृषि यंत्रों का क्रय करने के लिए भारी ऋण लिया था। किन्तु इस अवधि में कृषि-उत्पादन का मूल्य काफी गिरने से उन्हें नुकसान हुआ। गेहूँ का मूल्य दिसम्बर 1919 में 2.15 डॉलर प्रति बुशेल से घटकर दिसम्बर 1920 में 1.44 डॉलर हो गया। अन्य कृषि उपजों के मूल्य में भी पर्याप्त गिरावट आ गयी।

2. अस्थायी समृद्धि *(Temporary Boom, 1925-1929)*—सन् 1922 के अन्त तक मन्दी के प्रभाव समाप्त होने लगे तथा अधिकांश उद्योग पूर्ण क्षमता से कार्य करने लगे

थे। बेरोजगारी समाप्त हो गयी। रेलवे का पर्याप्त विकास हुआ। किन्तु कृषि जैसे कुछ उद्योग इस सम्पन्नता से वंचित ही रहे। कृषि के अतिरिक्त कोयला, सूती वस्त्र-व्यवसाय, जहाज-निर्माण, जूता तथा चमड़ा उद्योग भी पूर्ण रूप से विकसित नहीं हो सके। इस अवधि में अमेरिका के मध्य अटलांटिक, पूर्व-उत्तरी तथा पेसिफिक जैसे कुछ राज्य विकसित हुए। किन्तु न्यू इंगलैंड, दक्षिण तथा मध्य पश्चिम के कृषि-क्षेत्र पिछड़े ही रहे तथा आर्थिक सम्पन्नता में उन्हें कुछ हिस्सा नहीं मिला। पर्याप्त तकनीकी विकास के कारण इस समृद्धि काल में भी बेरोजगारी पायी गयी थी। जुआ तथा सट्टा प्रवृत्ति का जोर था। नयी मशीनों का प्रयोग, विशाल उत्पादन, वैज्ञानिक प्रबन्ध तथा अनुसंधान में तीव्र विकास से भी इस काल में कुछ समृद्धि आती प्रतीत हुई थी। **अस्थायी सम्पन्नता के इस काल में सबसे अधिक प्रगति मोटर उद्योग, बिजली सामान और मकान निर्माण व्यवसाय में हुई।** मोटर उद्योग में प्रत्यक्ष और परोक्ष रूप से 40 लाख व्यक्तियों को रोजगार मिला। मोटर उद्योग के साथ-ही-साथ अच्छी सड़कों का निर्माण किया गया। 200 करोड़ डॉलर प्रतिवर्ष के हिसाब से इस अवधि में खर्च हुआ। इस काल में विद्युत शक्ति का उत्पादन दुगुना हो गया था। बिजली के सामान के उत्पादन का मूल्य 1921 तथा 1930 के बीच तिगुना हो गया। जबकि सन् 1919 में मकान निर्माण पर 117.20 करोड़ डॉलर खर्च हुए थे तो 1925 में 340 करोड़ डॉलर व्यय हुए। बैंकों के बचत खातों में 1914 से 1925 के बीच चौगुनी वृद्धि हुई। किन्तु कृषि के यंत्रीकरण से कृषि-पदार्थों के उत्पादन में अत्यधिक वृद्धि तथा युद्ध के बाद इनकी माँग में कमी थी।

3. महान मन्दी *(The Great Depression, 1929-39)*—1929 में वॉल स्ट्रीट विस्फोट के बाद अमेरिका में भयानक आर्थिक मन्दी का आगमन हुआ जो शीघ्र ही विश्वव्यापी हो गयी। यह मन्दी 1939 तक बनी रही। इसके बाद द्वितीय विश्वयुद्ध के कारण तेजी का काल प्रारंभ हुआ। पर मन्दी से पुनरुद्धार 1935 से ही प्रारंभ हो गया था। 1929 से 1933 का काल भयंकर आर्थिक संकट का काल था।

महान मन्दी के पूर्व अमेरिकी अर्थव्यवस्था

प्रथम और द्वितीय विश्वयुद्ध के बीच वाले समय में अमेरिकी अर्थ-व्यवस्था की प्रकृति एवं संगठन में महत्त्वपूर्ण परिवर्तन हुए। प्रथम महायुद्ध के बाद संयुक्त राज्य विश्व के महान ऋणदाता देश के रूप में प्रकट हुआ। विश्व के कई प्रमुख निर्मित पदार्थों तथा कृषि की उपजों एवं कच्चे पदार्थों का निर्यातक होने के साथ-साथ यह विश्व के लिए अत्यधिक महत्त्वपूर्ण बाजार प्रस्तुत करता था। सन् 1922 से संयुक्त राज्य अमेरिका के लिए सात वर्षों की अभूतपूर्व समृद्धि की अवधि प्रारंभ हुई था। उत्पादन में सबसे अधिक 1919 से 1929 के बीच लगभग 43 प्रतिशत वृद्धि हुई। मजदूरी—मौद्रिक तथा वास्तविक दोनों में पर्याप्त वृद्धि हुई थी। बेरोजगारी अपनी निचली सीमा पर पहुँच गयी। सन् 1922 से 1929 के बीच अन्तरराष्ट्रीय व्यापार में मूल्य की दृष्टि से 28 प्रतिशत वृद्धि हुई थी। **युद्धोत्तरकालीन अर्थव्यवस्था की एक प्रमुख विशेषता विश्व के अन्य देशों से अमेरिका में स्वर्ण का निरंतर अन्तर्प्रवाह थी।** 1929 तक संयुक्त राज्य विश्व का 2100 करोड़ डॉलर का ऋणदाता हो गया था और इसके पास विश्व के कुल स्वर्ण-कोष का लगभग 28 प्रतिशत जमा हो गया था। इस सामान्य समृद्धि से निवेशकों के मन में एक

प्रकार का आत्मविश्वास घर कर गया था। लाभ की दर में दिन-प्रतिदिन वृद्धि हो रही थी, नये उद्योग पनप रहे थे तथा पुराने उद्योगों जैसे मोटर उद्योग का तेजी से विकास हो रहा था। सन् 1919 की तुलना में प्रति श्रमिक उत्पादन में 40 प्रतिशत वृद्धि हुई थी। निवेश में इस वृद्धि को बड़े-बड़े वित्त गृहों से सहायता मिल रही थी जिनके साधनों में स्वर्ण के अन्तर्प्रवाह से अत्यधिक वृद्धि हो गयी थी। युद्धोत्तर काल के प्रारंभ में संयुक्त राज्य में आवास गृहों के निर्माण में भी तेजी प्रारंभ हो गयी थी जो सन् 1925 में अपनी चरम सीमा पर पहुँच गयी थी जब इस क्षेत्र में कुल निवेश 500 करोड़ डॉलर के स्तर पर पहुँच गया था। **किन्तु कृषि के संबंध में स्थिति बिल्कुल भिन्न थी। कृषि के लिए 1920 वाला दशक मूल्यों में निरन्तर ह्रास की अवधि था।** युद्ध द्वारा प्रोत्साहित तेजी क्षणिक थी तथा इसके शीघ्र ही बाद ह्रासमान मूल्यों का काल प्रारंभ हुआ। युद्ध के शीघ्र बाद ही अमेरिकी किसानों को विश्व में भीषण प्रतियोगिता का सामना करना पड़ा था। इस प्रकार स्पष्ट है कि इस सामान्य समृद्धि तथा राष्ट्रीय आय में वृद्धि के लाभ से अमेरिकी किसान पूर्णतया वंचित था। किसानों की खराब स्थिति में सुधार के लिए सरकार तथा वित्तीय संस्थाओं द्वारा ऋण आदि दिये जाते थे। परिणामस्वरूप सन् 1920 की तुलना में ऋण के बोझ में 28 प्रतिशत वृद्धि हो गयी थी। इस प्रकार कृत्रिम तरीके से कृषि-पदार्थों के मूल्य को ऊँचा रखा गया था।

सन् 1929 ई० का आर्थिक संकट
(The Crisis of 1929)

युद्ध के बाद अमेरिकी अर्थव्यवस्था अभूतपूर्व समृद्धि का अनुभव कर रही थी। इसी बीच अक्टूबर सन् 1929 में **वाल स्ट्रीट** (Wall Street) संकट के साथ महान् आर्थिक मंदी एवं संकट का युग प्रारंभ हुआ जो 1933 के प्रारंभ तक रहा। **यह मन्दी मूलतः अत्यधिक उत्पादन का परिणाम थी। यह 'प्रचुरता में अभाव'** (scarcity in plenty) **को व्यक्त करती थी। एक श्रमिक पुत्र तथा उसकी माँ के बीच निम्नलिखित वार्तालाप इस 'प्रचुरता में अभाव'** (poverty a midst plenty) **को मूर्त करता है—**

श्रमिक पुत्र— 'माँ! क्या आज चाय नहीं नहीं बनेगी?'

माँ— 'नहीं बेटा! आज घर में कोयला नहीं है।'

श्रमिक पुत्र— 'माँ! घर में कोयला क्यों नहीं है?'

माँ— 'बेटा! चूँकि तुम्हारे पिता कोयला खान से निकाल दिये गये हैं।'

श्रमिक पुत्र— 'माँ! पिताजी कोयला खान से निकाल क्यों दिये गये हैं?'

माँ— 'बेटा! चूँकि अमेरिका में कोयला बहुत अधिक है।'

वास्तव में अमेरिका ही नहीं, **इस प्रकार का विरोधाभास आधुनिक पूँजीवादी अर्थव्यवस्था की प्रमुख देन है।**

संकट की सीमा (*Extent of the Crisis*)—इस मन्दी की भीषणता का अन्दाजा निम्नलिखित तथ्यों से लगाया जा सकता है—

1. राष्ट्रीय आय में अत्यधिक कमी—1929-39 के लिए राष्ट्रीय विदेशी तथा देशी व्यापार केन्द्र (National Bureau of Foreign and Domestic Commerce) द्वारा

तैयार किये गये एक अनुमान के अनुसार मौद्रिक आय सन् 1929 में 8104 करोड़ डॉलर से घटकर सन् 1932 में 4845 करोड़ डॉलर हो गयी। किन्तु मौद्रिक आय में यह कमी जीवन-स्तर में 20 प्रतिशत कमी द्वारा अंशतः सम्पूरित हुई थी।

2. हिस्सों एवं प्रतिभूतियों के मूल्यों में ह्रास (*Decline in the prices of shares and securities*)—हिस्सों के मूल्य, जिनमें युद्ध के बाद बहुत अधिक वृद्धि हुई थी, में मन्दी काल में बहुत अधिक ह्रास हुआ। कुछ **प्रमुख संस्थाओं के हिस्सों में मूल्यों में ह्रास** का अन्दाजा निम्नांकित तालिका से लगता है—

	दिसम्बर, 1929	जनवरी 1933
औद्योगिक संस्थाएँ (तीस संस्थाओं का औसत)	364.9 डॉलर	62.7 डॉलर
सार्वजनिक सेवाएँ (बीस संस्थाओं का औसत)	141.9 डॉलर	28.0 डॉलर
रेल कम्पनियाँ (बीस संस्थाओं का औसत)	180.0 डॉलर	28.1 डॉलर

अन्य प्रकार की संस्थाओं, जैसे बैंकिंग आदि के संबंध में भी यही बात थी। हिस्सों के मूल्य बहुत कुछ सीमा तक किसी अर्थव्यवस्था की वास्तविक स्थिति के सूचक होते हैं। **अर्थव्यवस्था का चित्र संयुक्त राज्य श्रम सांख्यिकी केन्द्र** (U.S. Bureau of Labour Statistics) द्वारा तैयार (1926=100) के **थोक मूल्यों, रोजगार तथा मजदूरी की निम्नांकित तालिका से और अधिक स्पष्ट हो जाता है**—

वर्ष (औसत)	थोक मूल्य	रोजगार	मजदूरी
1929	95.3	97.5	100.5
1930	86.4	84.7	81.3
1631	73.0	72.2	61.4
1932	64.8	60.1	41.6
1933	65.9	64.6	44.0

3. औद्योगिक उत्पादन में ह्रास—औद्योगिक उत्पादन में समस्त ह्रास 50 प्रतिशत था किन्तु भारी उद्योगों तथा टिकाऊ उपभोक्ता वस्तुओं को तैयार करनेवाले उद्योगों में यह 80 प्रतिशत तक था। इससे उद्योगपतियों को अत्यधिक घाटे का अनुभव करना पड़ा तथा सन् 1932 में पूँजीगत मालों के मूल्यों में 30 से 35 प्रतिशत कमी हो गयी थी।

4. रोजगार में कमी—रोजगार की स्थिति सबसे खराब थी। रोजगार में कमी मन्दी का सबसे बड़ा सूचक है। **अमेरिकी श्रम संघ** (American Federation of Labour) के एक अनुमान के अनुसार **मन्दी काल में बेरोजगारी में निम्नांकित प्रकार से वृद्धि हो रही थी**—

वर्ष		बेरोजगार मजदूर
अक्टूबर	1930	46.39,000
"	1931	77,78,000
"	1932	111,86,000
जनवरी	1933	130,00,000

वास्तविक आय में कमी प्रायः 50 प्रतिशत के लगभग थी।

5. कृषि की दयनीय स्थिति (*Sad Plight of Agriculture*)—कृषि के संबंध में स्थिति और भी नाजुक थी। 1932 ई॰ तक कृषि-पदार्थों के मूल्य में 60 प्रतिशत की कमी हो गयी तथा किसानों की औसत वार्षिक उपलब्धि सन् 1929 में 847 डॉलर से घटकर सन् 1932 में 342 डॉलर हो गयी थी। किन्तु **कृषि-पदार्थों के उत्पादन-स्तर में अत्यधिक कमी नहीं हुई जो निम्नलिखित तालिका से स्पष्ट है—**

वर्ष	अनाज (करोड़ बुशेल)	गेहूँ (करोड़ बुशेल)	कपास (दस लाख गाँठ)
1939	250	80.65	149
1930	210	85.08	142
1931	260	90.02	171
1932	290	72.69	127

6. विदेशी व्यापार में कमी—विदेशी व्यापार में कमी और भी अधिक गंभीर रूप में थी। वास्तव में **मन्दी के प्रभावों का अधिक सही अन्दाजा संयुक्त राज्य अमेरिका के विदेशी व्यापार में कमी से ही लगाया जा सकता है जो अग्रांकित तालिका से स्पष्ट है—**

वर्ष	निर्यात (करोड़ डॉलर)	आयात (करोड़ डॉलर)
1929	524.1	439.9
1930	384.3	316.1
1931	242.4	209.1
1932	161.1	132.3

संक्षेप में **महान मन्दी के कारण अमेरिका में सन् 1929-33 में थोक मूल्यों में 1/3 की कमी हो गई, औद्योगिक उत्पादन आधा से भी कम हो गए, आन्तरिक व्यापार में 1/3 की कमी हो गई, विशुद्ध निवेश ऋणात्मक हो गया अर्थात् संयुक्त राज्य पूँजी का उपभोग करने लगा, रोजगारी 48 मिलियन से घटकर 36 मिलियन हो गई अर्थात् इन चार वर्षों में 12 मिलियन व्यक्ति बेकार हो गए, राष्ट्रीय आय घटकर आधी हो गई और दो ही वर्षों में 5096 बैंकों का दिवाला हो गया।**

सन् 1929 की महान मंदी के कारण

1. साख-स्फीति—सन् 1925-29 में साख स्फीति (credit inflation) अधिक हो गयी थी।

2. अल्प उपभोग—अल्प उपभोग दूसरा कारण था। परन्तु **प्रो॰ लेविस** के अनुसार उपभोग का ह्रास इस संकट के लिए पूर्णतः नहीं, केवल अंशतः ही उत्तरदायी था। सन् 1900 और 1929 के बीच राष्ट्रीय आय में चार गुनी वृद्धि हुई थी। किन्तु जबकि उत्पादन में असाधारण वृद्धि हुई थी तो अमेरिकी जनता की क्रयशक्ति में तीव्र वृद्धि नहीं हो सकी। अनुमानतः सन् 1929 में 60 प्रतिशत अमेरिकी कुटुम्ब कष्टमय समय बिता रहे थे।

3. आय वितरण में असामानता—सन् 1922 और 1929 के बीच ''जबकि राष्ट्रीय

आय में लगभग 1/3 की वृद्धि हो सकी थी तो जिन व्यक्तियों की आय प्रति वर्ष 50,000 डॉलर से अधिक थी उनकी आय में 241 प्रतिशत वृद्धि हुई थी, परन्तु 10 हजार से 50 हजार डॉलर की वार्षिक आय वाले व्यक्तियों की आय केवल 79 प्रतिशत ही बढ़ सकी थी और 5 हजार से 10 हजार डॉलर की वार्षिक आय वाले व्यक्तियों की आय में वृद्धि केवल 67 प्रतिशत ही हुई थी। 5 हजार डॉलर से कम की वार्षिक आय वाले व्यक्तियों की आय में वस्तुतः ह्रास हो गया था।'' इस प्रकार, **''राष्ट्र की आर्थिक प्रगति एक शक्तिहीन आधार पर हो रही थी।''** मजदूरी में अत्यन्त ही कमी हो गई थी जिसके परिणामस्वरूप आय में कमी हो गई थी। वास्तविक आय में भी ह्रास हो गया था। इसलिए प्रभावी माँग अत्यन्त ही कम हो गई थी।

4. निवेश अवसरों की समाप्ति—अस्थायी रूप से निवेश अवसरों की समाप्ति हो गयी थी जिसके फलस्वरूप निवेश में कमी हो गयी थी। निवेश अवसरों की समाप्ति भवन-निर्माण तेजी (building boom) एवं उपभोग ह्रास होने से हुई थी। भवन निर्माण कार्य प्रायः बन्द हो गये थे।

5. अत्यधिक सट्टेबाजी और आशावाद—स्टाक एक्सचेंज में अत्यधिक सट्टेबाजी भी एक महान कारण थी। जनता द्वारा प्रतिभूतियों के क्रय द्वारा मूल्य में कृत्रिम रूप से काफी वृद्धि हो गई थी। अंश बाजार के घ्वंश के कारण अनेक बैंक दिवालिए हो गये थे जिसके कारण सम्पूर्ण अर्थव्यवस्था भी दिवालिया हो गई थी।

इस महान आर्थिक मंदी के कारणों की व्याख्या अनेक अर्थशास्त्रियों द्वारा की गयी है। **यद्यपि अधिकांश अर्थशास्त्री महान् आर्थिक मंदी के कुछ कारणों के सम्बन्ध में एकमत हैं तथापि इनमें कई कारणों को लेकर मतभेद भी है।** उदाहरण के लिए सुप्रसिद्ध अमेरिकी अर्थशास्त्री **प्रो॰ हैन्सन** (Hansen) के अनुसार, 'महान मंदी इस तथ्य का परिणाम थी कि अनेक बड़ी निवेश तेजियाँ उसी समय समाप्त हो गयीं जिस समय अर्थव्यवस्था की परिपक्वता की परिणति अत्यधिक बचत और निवेश अवसरों में सामान्य ह्रास में हो रही थी।''[1] इंगलैंड से सुप्रसिद्ध अर्थशास्त्री **प्रो॰ रॉबिन्स** का कहना है कि ''वास्तविक बचत अत्यन्त कम हो रही थी और निवेश अनुचित रूप से बढ़ा और उसके बाद गिर गया क्योंकि इसके लिए वित्त व्यवस्था बैंक साख की अस्थिर पूर्ति से हुई थी न कि स्थिर बचत आदतों द्वारा।''[2] **शूम्पीटर** (Schumpeter) के अनुसार ''अनेक क्षेत्रों में नव-प्रवर्तनों के प्रवाहों से शक्तिपूर्ण हुई परिवहन और कृषि क्रांतियाँ अनिश्चित काल तक अपने आपको नहीं सँभाल सकती थीं और उनका आर्थिक मंदी में अन्त होना अवश्यम्भावी था।''[3] **इस प्रकार विभिन्न अर्थशास्त्रियों ने आर्थिक मंदी के कारणों की व्याख्या**

1. "The Great Depression was the result of the fact that several major investment booms came to an end at the same time that the economy's maturity was resulting in too much saving and in a general decline in investment opportunities."
2. "There was too little real saving and the investment expanded unduly and then collapsed because it was financed by a volatile supply of bank credit rather than by stable saving habits."
3. "The transaortation and agricultural revolutions fomented by waves of innovations in various fields could not sustain themselves indefinitely and were bound to end in depression."

भिन्न-भिन्न रूप में की है। किन्तु वास्तव में महान आर्थिक मंदी निम्नलिखित कारणों का परिणाम थी—

1. अत्यधिक आशावाद तथा सुरक्षा की गलत धारणा (*Over-optimism and false sense of security*)—1920 वाले दशक में अर्थ-व्यवस्था में अत्यधिक आशावाद तथा सुरक्षा की गलत धारणा वर्तमान थी। युद्धकाल के अत्यधिक लाभ ने लोगों को निवेश की ओर अधिक आकर्षित किया। इसका अन्दाजा इसी तथ्य से लगाया जा सकता है कि सन् 1927 से 1929 के बीच न्यूर्याक हिस्सा बाजार में बिकने वाले हिस्सों की संख्या 18 लाख से बढ़कर 80 लाख हो गयी थी। अक्टूबर, 1929 में आर्थिक संकट प्रारंभ होने के समय से लेकर उस माह के अन्त तक 165 लाख हिस्से बिकने के लिए आये थे। इससे इनके मूल्य में अत्यधिक ह्रास हो गया। 13 नवम्बर, 1929 तक अमेरिकन टेलिग्राफ तथा टेलीफोन के हिस्से का मूल्य 304 डालर से घटकर 197¹/₄ डॉलर हो गया। आर्थिक मंदी यहीं से प्रारंभ हुई।

2. युद्धोत्तर काल में कृषि आय में ह्रास (*decline in agricultural income in the post War period*)—महान आर्थिक मंदी का एक महत्त्वपूर्ण कारण यह था कि युद्धोत्तर काल में कृषि-जन्य पदार्थों के मूल्य में अप्रत्याशित रूप में ह्रास हुआ था। युद्धकाल में कृषि उत्पादन में बहुत अधिक वृद्धि हुई थी। किन्तु युद्ध के बाद माँग में कमी तथा विदेशी प्रतियोगिता के दबाव के कारण कृषि-जन्य पदार्थों के मूल्य में अत्यधिक ह्रास हो गया था। इससे किसानों की आय घट गयी थी और आय में कमी के कारण इनकी क्रय-शक्ति में भी ह्रास हो गया था। किसानों की यह असंतोषजनक स्थिति भी मंदी के लिए बहुत सीमा तक उत्तरदायी थी।

3. युद्धोत्तरकालीन समृद्धि की दोषपूर्ण प्रकृति (*Defective structure of the post War prosperity*)—संयुक्त राज्य अमेरिका की युद्धोत्तरकालीन समृद्धि पूर्णतया त्रुटिहीन नहीं थी। **यूरोप की तरह प्रथम महायुद्ध ने अमेरिका के जीवन-स्तर को प्रभावित नहीं किया था।** अतएव सन् 1920-21 में थोड़े समय के अतिरिक्त सन् 1929 तक अमेरिका ने लगातार समृद्धि का अनुभव किया था। मोटर उद्योग का विकास तथा सड़क निर्माण की तेजी इस समृद्धि के मुख्य आधार थी। अमेरिका में मोटरों की संख्या सन् 1914 में 12.5 लाख से बढ़कर सन् 1929 में 260 लाख हो गयी थी। मकान-निर्माण में भी अप्रत्याशित तेजी हुई थी। 1925 में इससे 500 करोड़ डालर का निवेश हुआ था। किन्तु इस तेजी से अर्थ-व्यवस्था में कुछ दोष भी उत्पन्न हो गये थे। युद्धोत्तर काल की समृद्धि में कुछ उद्योगों—जैसे कोयला, सूती-वस्त्र, जहाज-निर्माण आदि में उचित प्रगति नहीं हुई थी। कृषि की स्थिति भी अत्यन्त दयनीय थी। कृषि की तुलना में उद्योग का महत्त्व अर्थ-व्यवस्था में दिन-प्रतिदिन बढ़ता जा रहा था। इस प्रकार युद्धोत्तरकालीन समृद्धि त्रुटिपूर्ण थी। इससे भयानक आर्थिक मंदी की शक्तियों को और भी बल मिला।

4. उपभोग में कमी (*Under-consumption*)—उपभोग में कमी भी महान आर्थिक मंदी का एक प्रधान कारण थी। सन् 1900 से 1929 के बीच की अवधि में मजदूरी की तुलना में लाभ में बहुत अधिक वृद्धि हुई थी जिससे बचत तथा उपभोग के बीच का अन्तर बहुत बढ़ गया था। **जे॰ एम॰ क्लार्क** के अनुसार "लाभ के रूप में मिलने वाले कुल आय के अनुपात में वृद्धि हुई थी और उसी प्रकार मजदूरी तथा बचत के रूप में दिये

जाने वाले कुल आय के अनुपात में कमी हुई थी।''[1] 1900 से 1929 के बीच राष्ट्रीय आय में अनुमानतः चार-गुनी वृद्धि हुई थी किन्तु राष्ट्रीय आय में इस असाधारण वृद्धि के परिणामस्वरूप भी जनता की क्रय-शक्ति में कोई तीव्र वृद्धि नहीं हुई थी। क्रय-शक्ति में वृद्धि के अभाव में उपभोग में भी संतोषजनक वृद्धि नहीं हुई। महान मंदी का यह एक प्रधान कारण था।

5. आय के वितरण की विषमता में वृद्धि *(Increase in the inequality of income)*—महान आर्थिक मंदी के लिए आय के वितरण की विषमता भी बहुत अंश तक उत्तरदायी थी। सन् 1929 के पूर्व आर्थिक समृद्धि के क्रम में राष्ट्रीय आय में जो वृद्धि हुई थी उसका एक बहुत बड़ा भाग पूँजीपतियों को ही प्राप्त हुआ था। जैसा कि हम पहले देख चुके है, आय की अपेक्षा मजदूरी में बहुत कम वृद्धि हुई थी किन्तु प्रति व्यक्ति उत्पादन में औसतन 2.4 प्रतिशत प्रति वर्ष वृद्धि हुई थी। इसी प्रकार सन् 1922 से 1929 के बीच औद्योगिक मजदूरों को दी जाने वाली मजदूरी में 33 प्रतिशत तथा वेतन में 42 प्रतिशत वृद्धि हुई थी जबकि कम्पनियों के शुद्ध लाभ में 76 प्रतिशत वृद्धि हुई थी। हिस्सेदारों को दिये जाने वाले लाभांश में 108 प्रतिशत से भी अधिक वृद्धि हुई थी। इसे और स्पष्ट इस तथ्य से किया जा सकता है कि जबकि सन् 1922 से 1929 के बीच राष्ट्रीय आय में लगभग 33 प्रतिशत वृद्धि हुई थी तो 50,000 डॉलर से अधिक वार्षिक आय वालों की आय में 241 प्रतिशत, 10 हजार से 50 हजार डॉलर की वार्षिक आय वालों की आय में 79 प्रतिशत तथा 5 हजार डॉलर से 10 हजार डॉलर तक की वार्षिक आय वालों की आय में 67 प्रतिशत वृद्धि हुई थी जबकि 5 हजार डॉलर से कम वार्षिक आय वाले व्यक्तियों की आय में वस्तुतः ह्रास ही हुआ था। इस प्रकार उपर्युक्त तथ्यों से यह स्पष्ट है कि युद्धोत्तरकालीन समृद्धि में आय के वितरण की विषमता में और भी अधिक वृद्धि हुई थी। **प्रो॰ गालब्रेथ** (Galbraith) के अनुसार सन् **1929 में अत्यधिक आये वाले 5 प्रतिशत व्यक्तियों को कुल राष्ट्रीय आय का लगभग एक-तिहाई भाग प्राप्त होता था।** इनके अनुसार ''आय के इस अत्यधिक विषम वितरण का अर्थ यह था कि अर्थ-व्यवस्था निवेश के अत्यधिक उच्च-स्तर अथवा विलासिता-सम्बन्धी उपभोग पर अत्यधिक व्यय अथवा दोनों पर आधारित थी·····निवेश तथा विलासिता व्यय दोनों में अनिवार्यतः बहुत अधिक और अनिश्चित उच्चावचन होते हैं।''[2] इस प्रकार आय की विषमता में वृद्धि से भी अर्थ-व्यवस्था में एक प्रकार की अव्यवस्था उत्पन्न हो गयी थी जो अंशतः महान् आर्थिक मंदी के लिए उत्तरदायी थी।

6. विदेशी व्यापार में अव्यवस्था *(Dislocation of Foreign Trade)*—विदेशी व्यापार की स्थिति भी संतोषजनक नहीं थी। युद्ध के बाद महान् ऋणदाता देश होने के

1. "There was an increase in the proportion of total income going to profits and a corresponding decrease in the relative proportion going to wages and salaries."
—J.M. Clark : Strategic Factors in Business Cycles, p. 106

2. "This highly unequal income distribution meant that the economy was dependent on a high level of investment or a high level of luxury consumer spending or both.... Both investment and luxury spending are subject, inevitably, to more erratic influences and to wider fluctuations."
—J.K. Galbraith : The Great Crash, 1929, p. 195

बावजूद अमेरिका में अंतरराष्ट्रीय व्यापार के क्षेत्र में उच्च प्रशुल्क दरें ज्यों-की-त्यों चल रही थीं। अधिकांश यूरोपीय देशों ने जिनका संयुक्त राज्य के साथ प्रतिकूल भुगतान-संतुलन था तथा जिन्होंने संयुक्त राज्य से ऋण लिया था, अपने घाटे की पूर्त्ति को स्वर्ण भेजकर तथा नये निजी ऋणों द्वारा करने का प्रयास किया। किन्तु स्वर्ण के द्वारा लगातार घाटे की पूर्ति संभव नहीं है। इसके लिए यों तो इन देशों को अपने निर्यात में वृद्धि करनी होती अथवा आयात में कमी करनी होती या ऋण चुकाने में विलम्ब करना होता है। किन्तु सन् 1929 में **हॉले-स्मूट टैरिफ एक्ट** के पारित होने के बाद निर्यात में वृद्धि की कोई संभावना नहीं थी। अब उच्च प्रशुल्क के कारण यूरोप के इन देशों को ऋण चुकाने में विलम्ब करने के लिए बाध्य होना पड़ा। अतएव इन देशों ने भी संरक्षण नीति का अनुकरण करना प्रारंभ किया जिसके परिणामस्वरूप अमेरिका के निर्यात में बहुत अधिक कमी हो गयी। सन् 1929 की तुलना में सन् 1932 में विदेशी व्यापार 30 प्रतिशत ही रह गए।

7. अत्यधिक सट्टेबाजी (*Excessive speculation*)—**प्रथम महायुद्ध तथा युद्धोत्तर काल अमेरिकी उद्योगों के लिए अभूतपूर्व समृद्धि का समय था।** उन दिनों उद्योगों में अत्यधिक लाभ हो रहा था। अतएव उनके हिस्सों तथा प्रतिभूतियों में सट्टेबाजी भी बहुत अधिक बढ़ गयी। जनता द्वारा हिस्सों तथा प्रतिभूतियों के अत्यधिक क्रय से इनके मूल्य में अधिक वृद्धि हो गयी थी। अन्त में सन् 1929 में हिस्से बाजार के ध्वंस के कारण शेयर बाजार की स्थिति बहुत ही खराब हो गयी तथा कई बैंक दिवालिये हो गये। केवल **सन् 1929 तथा 1930 में संयुक्त राज्य अमेरिका में सात हजार से अधिक बैंक दिवालिए हो गये।** इस प्रकार अत्यधिक सट्टेबाजी भी महान आर्थिक मंदी का एक प्रमुख कारण थी।

8. बैंकों की दोषपूर्ण साख-नीति (*Defective credit policy of the banks*)—विदेशी व्यापार में वृद्धि तथा ऋण की वापसी के कारण अमेरिका में अन्य देशों का स्वर्ण संग्रहित होता चला आ रहा था। बैंकों के पास स्वर्ण की जो राशि थी उसी के आधार पर उन्होंने अत्यधिक साख का विस्तार किया तथा सट्टेबाजों को बड़े पैमाने पर ऋण देना प्रारंभ किया। यह बैंकिंग सिद्धांत एवं नीति के पूर्णतया प्रतिकूल था। बैंकों ने अत्यधिक मात्रा में साख का सृजन किया था। अतएव ज्योंही सन् 1929 में महान् मंदी प्रारंभ हुई हिस्से एवं प्रतिभूतियों के मूल्य में अतिशय कमी हो गयी जिससे बैंकों की बहुत अधिक पूँजी मारा पड़ गयी। वे अपने ग्राहकों की माँग पूरी नहीं कर सके जिससे बाध्य होकर बहुत सारे बैंकों को अपना कारोबार बंद करना पड़ा।

9. यंत्र-जनित बेरोजगारी (*Machine-made unemployment*)—महान् आर्थिक मंदी के विभिन्न कारणों में यंत्र-जनित बेरोजगारी भी उल्लेखनीय है। प्रथम महायुद्ध के बाद उत्पादन के प्रत्येक क्षेत्र में नये-नये तथा समय बचाने वाले यंत्रों के उपयोग की होड़-सी लग गयी थी। इन यंत्रों के कारण अब एक-एक यंत्र 200 व्यक्तियों या अधिक के बराबर काम करने लगे थे। इस प्रकार यांत्रिक उन्नति ने बेकारों की संख्या को बहुत अधिक बढ़ा दिया था। बेकारी से लोगों की आय कम हो गयी और आय में कमी से इनकी क्रय-शक्ति कम हो गयी जिससे प्रभावी माँग (effective demand) कम हो गयी। इस प्रकार मन्दी के कारणों में बेकारी में वृद्धि भी उल्लेखनीय है।

संयुक्त राज्य में उपस्थित हुआ आर्थिक संकट शीघ्र ही समस्त विश्व में व्याप्त हो गया। इसके अनेक कारण थे जो महान मंदी के भी कारण थे–

1. आर्थिक समायोजन की समस्याएँ–प्रो॰ लेबिस के अनुसार, ''प्रथम विश्व युद्ध ने आर्थिक परिवर्तन की निरंतरता को आकस्मिक एवं प्रचंड रूप से भंग कर दिया था। फलतः आर्थिक समायोजन की समस्याएँ बनी ही रहीं और अमेरिकी उथल-पुथल के धक्के का विश्व पर तुरन्त प्रभाव पड़ा।''

2. कृषि आय में ह्रास–महान मंदी के पूर्व काल में संसार के कुछ देशों में कृषि वस्तुओं का अपेक्षाकृत अति उत्पादन हुआ था। इसलिए मंदी की प्रवृत्तियाँ पहले से ही विद्यमान थी।

3. आर्थिक राष्ट्रीयतावाद–प्रथम विश्वयुद्ध के पश्चात् आर्थिक राष्ट्रीयतावाद का काफी विकास हुआ था जिसने अर्थव्यवस्था को सामान्य स्थिति में लौट आने में बाधा पहुँचायी थी।

4. युद्ध क्षतिपूर्ति के दुष्परिणाम–प्रथम विश्वयुद्ध के ऋण एवं हानिपूर्ति को चुकाने के परिणामें का विश्व पर गंभीर प्रभाव पड़ा था।

5. विदेशी व्यापार में अव्यवस्था–प्रथम विश्वयुद्ध काल में **अमेरिका यूरोपीय देशों को सैनिक एवं वित्तीय सहायता दे रहा था** जिसके कारण वह यूरोपीय देशों का ऋणदाता हो गया था। परन्तु अमेरिका में उच्च प्रशुल्क दरें ज्यों-की-त्यों बनी रही। फलतः विदेशी व्यापार में अव्यवस्था हो गई थी और इस ऋण को चुकाने के लिए यूरोपीय देशों को अपना स्वर्ण भंडार अमेरिका में बहुत बड़े पैमाने पर भेजना पड़ा था। फलस्वरूप **सन् 1914 और 1930 के बीच समस्त विश्व के समस्त स्वर्ण-भंडार का लगभग आधा स्वर्ण अमेरिका में ही केन्द्रीभूत हो गया था।** इस कारण सट्टेबाजी को प्रश्रय मिला था।

फलतः 14 अक्टूबर, सन् 1929 को अचानक ही वाल स्ट्रीट के स्कन्ध (स्टॉक) मूल्य में भयानक विस्फोट हो गया। इसे वाल स्ट्रीट विस्फोट (Wall Street Crash) कहा जाता है। 14 अक्टूबर, सन् 1929 वित्तीय इतिहास में सबसे बुरा दिन सिद्ध हुआ। उस दिन वृहस्पतिवार था। अतः इसे **'काला वृहस्पतिवार'** (Black Thursday) कहा जाता है।

महान मंदी के निवारण के लिए किये गए प्रारंभिक उपचार
(Early Recovery Measures to Fight the Great Depression)

महान आर्थिक मंदी हूह्वर (President Hoover) के समय में प्रारंभ हुई। सन् 1933 के प्रारंभ तक हूह्वर राष्ट्रपति रहे। राष्ट्रपति हूह्वर की यह धारणा थी कि मन्दी अपने आप टल जायगी। अतएव प्रारंभ में मन्दी को दूर करने के लिए कोई विशेष नीति नहीं अपनायी गयी। साथ ही, उनका रिपब्लिकन दल निर्बन्ध नीति में विश्वास करता था। अतएव सरकार को इस क्षेत्र में बहुत कम कुछ करना था। किन्तु 1929 के स्टॉक बाजार के संकट के बाद हूह्वर प्रशासन द्वारा कुछ करना अनिवार्य हो गया। अक्टूबर के संकट के बाद उसने उद्योपतियों की एक बैठक बुलाई जिसमें सामान्य व्यवसाय तथा मजदूरी की प्रचलित दरों को बनाये रखने पर जोर दिया गया। उद्योगपतियों ने भी इसी प्रकार की नीति अपनायी। किन्तु जब मूल्यों में लगातार ह्रास होने लगा तथा बेकारी बढ़ने लगी तो सरकार को सार्वजनिक कार्यों में व्यय करने की नीति अपनानी पड़ी। कांग्रेस ने भी सार्वजनिक कार्यों

पर व्यय के लिए उचित व्यवस्था पर जोर दिया। **जुलाई, 1929 के कृषि बाजार अधिनियम** के अधीन स्थापित **संघीय प्रक्षेत्र मंडल** (Federal Farm Board) ने अनाज तथा कपास के मूल्य को बढ़ाने के लिए **अन्न तथा कपास स्थिरीकरण निगम** (Grain and Cotton Stabilization Corporation) की स्थापना की। इसने कृषि पदार्थों के समर्थन में कम-से-कम 50 करोड़ डॉलर व्यय किया। फरवरी, 1932 में 40 करोड़ डॉलर की प्रारंभिक पूँजी से **पुनर्निर्माण वित्त निगम** (Reconstruction Finance Corporation) की स्थापना की गयी। इस निगम का उद्देश्य बैंक, बीमा कम्पनियों तथा कृषि एवं पशु संबंधी संस्थाओं की प्रतिभूतियों पर कर्ज देना था। बाद में इसे सार्वजनिक लाभ के कार्यों के लिए राज्यों तथा सरकारी एवं निजी संस्थाओं को ऋण देने का अधिकार दिया गया। हूवर प्रशासन द्वारा मन्दी के निराकरण के लिए किए गये उपायों में यह सर्वाधिक महत्त्वपूर्ण उपाय समझा जाता है। पहले वर्ष में ही निगम ने बहुत से बैंकों, बीमा कम्पनियों तथा रेलों को लगभग 300 करोड़ डॉलर का ऋण देकर इन्हें संकट से बचाया। फेडरल रिजर्व बैंक की नीति में इस प्रकार का परिवर्तन किया गया कि वे इस प्रकार की आर्थिक संस्थाओं को अधिक ऋण दे सकें। बोनस विधेयक (Bonus Bill) के अंतर्गत आवश्यक व्यक्तियों को सहायता देने के लिए सरकार ने लगभग 100 करोड़ डॉलर दिया। किन्तु इससे कोई आवश्यक सुधार नहीं हो सका। **हूवर की धारणा थी कि अमेरिकी अर्थव्यवस्था का समुत्थान अन्य देशों की अर्थव्यवस्थाओं में समुत्थान पर ही आधारित था।** उसने शासन काल में घाटे के बजट मन्दी को दूर करने के लिए नहीं वरन् आय में अप्रत्याशित कमी के कारण बनाये जाते थे।

10. राष्ट्रपति रूजवेल्ट और नया कार्यक्रम
(President Roosevelt and the New Deal)

4 मार्च, 1933 को जब रूजवेल्ट ने राष्ट्रपति का पद ग्रहण किया तो अर्थव्यवस्था की स्थिति अत्यन्त गंभीर एवं पेचीदा हो गयी थी। 40 प्रतिशत उद्योग प्रायः समाप्त हो गये थे, किसान विद्रोह करने वाले ही थे तथा हजारों की संख्या में बैंक दिवालिया हो गये थे। 25 प्रतिशत मजदूरी अर्थात् लगभग 140 लाख व्यक्ति बेरोजगार हो गये थे। देश का निर्यात अपने निम्नतम बिन्दु पर पहुँच गया था तथा बैंकिंग एवं साख-व्यवस्था चूर-चूर हो गयी थी। ऐसी स्थिति में सम्पूर्ण राष्ट्र सामाजिक और आर्थिक कार्यकलापों में सरकारी हस्तक्षेप की माँग कर रहा था।

रूजवेल्ट ने सत्तारूढ़ होते ही सर्वप्रथम कार्य देश को आर्थिक संकट से मुक्त कराने के लिए आंरभ किया। उसने अपने उद्देश्यों को इस प्रकार से व्यक्त किया: **''हमारा कार्य अभी उन साधनों और संस्थाओं का नियंत्रण करना है जो हमारे पास हैं। अतिरिक्त उत्पादन के लिए विदेशी बाजार प्राप्त करना और उपभोग, अर्द्ध-उपभोग, धन और उत्पादन के समान वितरण की समस्याएँ बाद की चीजें हैं।''** यह कार्य निःसन्देह कठिन था किन्तु उसने तत्परता के साथ इसे व्यावहारिक रूप देने का निश्चय किया। 6 मार्च, 1933 ई॰ को उसने कांग्रेस का एक विशेष आपातकालीन अधिवेशन बुलाया जो 16 जून तक चलता रहा। **6 मार्च को ही एक आपातकालीन घोषणा में उसने राष्ट्र भर में बैंक भुगतान स्थगन (moratorium) की घोषणा की तथा स्वर्ण के आने-जाने पर रोक लगा दी। उसी दिन से स्वर्ण-मान को समाप्त**

कर दिया। कांग्रेस के इस अधिवेशन में देश के लिए वित्तीय, आर्थिक और सामाजिक जीवन के कार्य-कलापों के संचालन के लिए आवश्यक विधेयक स्वीकार किए गये। इस संबंध में पारित **विधेयकों को दो वर्गों में विभाजित** किया जा सकता है—**प्रथम,** तत्कालीन और आवश्यक समस्याओं से संबंधित तथा द्वितीय, स्थायी उन्नति से संबंधित। इन दोनों प्रकार के विधेयकों को क्रमशः **सहायता एवं पुनरूत्थान** (Relief and Recovery) तथा **सुधार और पुनर्निर्माण** (Reform and Reconstruction) की संज्ञा दी गयी तथा इन्हें सामूहिक रूप से नया कार्यक्रम या न्यू डील (New Deal) का नाम दिया गया जिसका मुख्य उद्देश्य एक अधिक टिकाऊ समृद्धि का निर्माण करना (to build a more lasting prosperity) था। इन उपायों का मुख्य उद्देश्य राज्य नियंत्रण एवं हस्तक्षेप में वृद्धि तो था किन्तु वे समाजवादी उपायों को लागू करने के पक्ष में नहीं थे क्योंकि **न्यू डील का उद्देश्य प्रचलित आर्थिक व्यवस्था में किसी भी प्रकार का मौलिक सुधार नहीं था। उत्पादन के साधनों, वितरण तथा लाभ सभी के निजी स्वामित्त्व पर ही यह जोर देता था।** स्वयं **राष्ट्रपति रूजवेल्ट** के शब्दों में ''हमलोग जो प्राप्त करना चाहते हैं वह हमारी आर्थिक प्रणाली का संतुलन है—कृषि और उद्योग के बीच संतुलन और मजदूर मालिकों तथा उपभोक्ताओं के बीच संतुलन। हम यह भी चाहते हैं कि हमारे आन्तरिक बाजार धनी और बड़े रहें और अन्य देशों के साथ हमारा व्यापार खाता के दोनों ओर बढ़े।''[1] रूजवेल्ट की **न्यू डील नीति को चार वर्गों में विभक्त** किया जा सकता है—

(क) प्रथम वर्ग की नीतियाँ: औद्योगिक नीति—आर्थिक संकट ने औद्योगिक अवसाद उत्पन्न कर दिया था। इसलिए औद्योगिक प्रत्युत्थान के लिए कुछ नीतियों का अपनाया जाना आवश्यक हो गया था। **रूजवेल्ट का यह विचार था कि औद्योगिक मन्दी इस कारण से हुई है कि उद्योगपतियों को पर्याप्त लाभ नहीं हो रहा है, वे हानि उठा रहें हैं। लाभ इसलिए नहीं हो रहा है कि वस्तुओं का मूल्य बहुत ही घट गया है और वस्तुओं का मूल्य इसलिए घट गया है कि अत्यन्त ही अधिक प्रयोगिता हो गयी है।** अतः इसका अर्थ यह हुआ कि प्रत्युत्थान के लिए लाभ में वृद्धि आवश्यक है जिसके लिए प्रतियोगिता में कमी करना आवश्यक है। **सरकार ने अधिक निवेश करने की चेष्टा की और निवेश के लिए उत्प्रेरणा देने के लिए व्यवस्था की। रूजवेल्ट ने इस क्षेत्र में पाँच उपाय किया**—(1) राष्ट्रपति को विधायिका द्वारा 33,000 डॉलर लोक कार्य पर व्यय करने के लिए प्राधिकृत किया गया। लोक कार्य पर व्यय द्वारा अधिक रोजगार और फलतः वस्तुओं के लिए अधिक माँग की सृष्टि की जा सकती थी। वस्तुतः यह नीति **लॉर्ड केन्स की नीति** से प्रभावित थी। (2) सरकार ने प्रत्येक उद्योगपति को एक औद्योगिक संहिता बनाने के लिए अनुदेश दिया जो उत्तम एवं उचित प्रतियोगिता की व्यवस्था कर वस्तुओं के मूल्यों को ऊँचा रख सकती थी। (3) श्रमिक संघों द्वारा सामूहिक मोल भाव की व्यवस्था करने के लिए विधायिका ने कुछ विधियाँ निर्मित की। **रूजवेल्ट का**

1. "What we seek is a balance in our economic system—a balance between agriculture and industry, and balance between wage-earners, the employers and the consumers. We also seek that our internal markets be kept rich and large and that our trade with other nations be increased on both sides of the ledger."

मत था कि प्रत्युत्थान के लिए यह आवश्यक है कि जनता अधिक-से-अधिक वस्तुओं का क्रय करे और यह तभी संभव है जब जनता की आय अधिक हो। इसके लिए वेतन-मजदूरी भी अधिक होनी चाहिए।(4) राष्ट्रपति को न्यूनतम मजदूरी, कार्य करने के अधिकतम घंटे एवं सेवा की अन्य शर्तों को निर्धारित करने के लिए प्राधिकृत किया गया। **ये समस्त उपाय राष्ट्रीय औद्योगिक प्रत्युत्थान अधिनियम** (National Industrial Recovery Act) में सम्मिलित किये गये थे जिसे जून 1933 में पारित किया गया था। इसे संक्षेप में नीरा (NIRA) कहा जाता है। इस अधिनियम के उपबन्धों को लागू करने के लिए राष्ट्रपति ने एक नवीन पृथक शासन-विभाग की सृष्टि की थी जिसे **राष्ट्रीय औद्योगिक प्रत्युत्थान प्रशासन विभाग** (National Industrial Recovery Administration Department) कहा गया था। (5) डेमोक्रटिक दल के नेता होने के बावजूद रूजवेल्ट ने उस काल में प्रन्यास विरोधी विधियों को नहीं लागू करने का निर्णय किया। दूसरे शब्दों में, उस काल में कुछ समय के लिए डेमोक्रेटिक दल को परम्परागत प्रन्यास विरोधी नीति का त्याग कर दिया गया था। **राष्ट्रीय औद्योगिक प्रत्युत्थान अधिनियम** सन् 1933 से 1935 तक लागू होता रहा। किन्तु सन् 1935 में सर्वोच्च न्यायालय ने इसे असंवैधानिक घोषित कर दिया। फलतः यह समाप्त कर दिया गया।

(ख) द्वितीय वर्ग के उपाय : कृषि नीति—सन् 1929 से ही कृषि प्रत्युत्थान के लिए प्रयास किए जा रहे थे। 1929 में राष्ट्रपति हूव्हर (Hoover) कृषि की बुराइयों को दूर करने के लिए संघीय प्रक्षेत्र राहत मंडल (Federal Farm Relief Board) नामक एक सरकारी विभाग की स्थापना की थी। यह विभाग कृषि वस्तुओं को खरीद कर उन्हें बाजार में बेचने के बदले उन्हें इकट्ठा कर सुरक्षित रखता था। किन्तु यह नीति सफल नहीं हो सकी और कृषि वस्तुओं के मूल्य गिरते ही गए, गिरते ही गये।

राष्ट्रपति रूजवेल्ट ने फसल प्रतिबन्ध की नीति अपनायी। एक पृथक अधिनियम सन् 1933 में निर्मित किया गया जिसे **कृषि समायोजन अधिनियम** (Agriculture Adjustment Act) कहा गया। प्रत्येक प्रक्षेत्र (farm) के लिए उत्पादन करने के लिए एक अभ्यंश (quota) निर्धारित किया गया। अपने उस अभ्यंश से अधिक कोई भी प्रक्षेत्र उत्पादन नहीं कर सकता था। कुछ सीमा तक उत्पादन में कमी कर दी गई। इसका परिणाम यह हुआ कि कृषि कार्य केवल अच्छी भूमियों तक ही सीमित हो गया और विलक्षण रूप से उत्पादन भी अधिक हो गया। इस नीति के उद्देश्य विफल हो गये। इसे अतिरिक्त यह अधिनियम सन् 1936 में सर्वोच्च न्यायालय द्वारा असंवैधानिक घोषित कर दिया गया। **तब राष्ट्रपति रूजवेल्ट ने अपनी कृषि नीति को परिवर्तित कर दिया और अग्रलिखित व्यवस्था की**—(1) यह व्यवस्था की गयी कि कृषकों को अपनी कृषि भूमि के कुछ भाग को कृषित नहीं करने के लिए अधिलाभांश (bonus) दिया जायेगा। वस्तुतः यह व्यवस्था पूर्ववर्ती अधिनियम की व्यवस्था की भाँति ही थी। (2) दिये जानेवाले बोनस को इस प्रकार से निर्धारित किया जाता था कि उससे कृषकों के लिए समता (parity) की व्यवस्था की जा सके। **प्रथम बार समता नीति का प्रारंभ किया गया था।** कृषिकों की अवस्था आय एवं व्यय के अनुपात पर निर्भर थी, कृषकों का व्यय जीवन के लिए आवश्यक वस्तुओं के मूल्य स्तर पर निर्भर था और उपज के मूल्य कृषकों की आय की प्रदर्शित करते थे। (3) कृषि वस्तुओं के लिए सरकार की ओर से उपदान (subsidy) देने की व्यवस्था की गई थी।

माइकेल (Mikesell) का कहना है कि कृषि के संबंध में न्यू डील के प्रत्युत्थान कार्यक्रम का उद्देश्य कृषि वस्तुओं (farm commodities) के मूल्य को और इस प्रकार प्रक्षेत्रीय आय (farm income) को बढ़ाना था। मूल्य समर्थन कार्यक्रम (price support programme) की कसौटी समता (parity) की भावना थी। किन्तु संरचनात्मक कुसमायोजनों (structural maladjustments) की समस्याओं को सुलझाने में इस सिद्धांत की कोई मान्यता नहीं है। **संयुक्त राज्य में कृषि मन्दी का वास्तविक कारण अत्यधिक कृषकों का होना था।** राष्ट्रपति रूजवेल्ट की नीति ने इस आधारभूत रोग को दूर करने के लिए कुछ नहीं किया।

(ग) तृतीय वर्ग के उपाय: आर्थिक प्रत्युत्थान नीति *(Policy of Economic Recovery)*—जब रूजवेल्ट प्रशासन ने कार्य प्रारंभ किया था तो उस समय देश में केवल 4,95,00,000 कार्यशील जनसंख्या में प्रायः 140 लाख व्यक्ति बेकार थे। साथ ही, जो व्यक्ति कार्य में नियोजित थे उनके पास भी प्रायः आधा काम था। सन् 1933 ई० में 13,349 संस्थाओं के 52 प्रतिशत व्यक्तियों को आंशिक काम दिया जाता था। कार्य के घंटों में औसतन 28 प्रतिशत कटौती की गई थी। अतएव 31 मार्च, सन् 1933 के **बेरोजगार राहत अधिनियम** (Unemployment Relief Act) ने राष्ट्रपति को इस बात का अधिकार दिया कि वह बेकारी को सार्वजनिक कार्यों में नियोजित करें, उन्हें आवास-निवास की सुविधाएँ दें तथा जीविकोपार्जन के साधन के रूप में वस्त्र, चिकित्सा और नकद सहायता भी दें। इसके अतिरिक्त 12 मई, 1933 के **संघीय आपात राहत अधिनियम** (Federal Emergency Relief Act) के अन्तर्गत एक **संघीय आपात राहत प्रशासन** (Federal Emergency Relief Administration) स्थापित किया गया जिसका काम राज्य सरकारों की सहायता के लिए अनुदान देना था। 6 जून, 1933 के **राष्ट्रीय नियोजन सेवा अधिनियम** (National Employment Service Act) के अन्तर्गत राज्य सरकारों के सहयोग से नियोजनालयों (employment exchanges) की स्थापना की गयी। इनके अतिरिक्त एक नवीन कार्यक्रम **नीरा** (NIRA) अर्थात् **राष्ट्रीय औद्योगिक पुनरूत्थान अधिनियम** (National Industrial Recovery Act) रोजगार देने के लिए बनाया गया। इस योजना को कार्यान्वित करने के लिए कई सरकारी संस्थाएँ एवं विभाग स्थापित किये गये। उदाहरणार्थ **फेडरल एडमिनिस्ट्रेशन ऑफ पब्लिक वर्क्स** (F.P.W.A.), **सिविल कंजरवेशन कोर** (C.C.C.) तथा **फेडरल सिविल वर्क्स एडमिनिस्ट्रेशन** (F.C.W.A.) स्थापित किये गये। यद्यपि इन सहायता कार्यों के कुछ संतोषजनक परिणाम निकले तथापि इन अस्थायी अधिनियमों की कार्यान्वित में कुछ दोष पाये गये। इनसे कोई स्थायी सुधार नहीं ज्ञात हुआ। अतः यह माँग की गयी कि स्थायी सुरक्षा देनेवाले अधिनियम या विधेयक प्रस्तुत किये जायँ। अतएव, 1935 ई० में सरकार ने जनसाधारण की माँग को ध्यान में रखते हुए **सामाजिक सुरक्षा अधिनियम** (Social Security Act) पारित किया। **इन अधिनियम की मुख्य विशेषताएँ** इस प्रकार हैं—

1. संघीय सरकार द्वारा राज्य सरकारों को प्रत्यक्ष अनुदान उदाहरणार्थ प्रसूति और बाल-कल्याण, अन्धों के लिए प्रावधान, अपंग-अपाहिज लोगों के लिए पुनर्स्थापन अनुदान तथा सार्वजनिक स्वास्थ्य सेवाएँ।

2. राज्य सरकारों को अनुदान जिसके अन्तर्गत सामाजिक सुरक्षा प्रमंडल द्वारा स्वीकृत बुढ़ापे की बीमा योजना प्रारंभ की गयी। इस प्रकार की सहायता व्यक्ति के माहवारी वेतन का

50 प्रतिशत थी तथा इसकी अधिकतम सीमा 15 डॉलर रखी गयी थी। इस प्रकार की पेन्शन की आयु सन् 1940 ई० तक 65 वर्ष थी जिसे बाद में 70 वर्ष तक भी किया जा सकता था।

3. संघीय बुढ़ापा वार्षिकी योजना (federal old age annuities) के अन्तर्गत जो व्यक्ति इस बात के लिए योग्य माने जाते वे 65 वर्ष की अवस्था पर पेन्शन पाते जिसकी अधिकतम सीमा 85 डॉलर प्रति माह रखी गयी थी। इस प्रकार के कार्य के लिए जो कोष आवश्यक था वह कुछ श्रेणी के उद्योगों पर संघीय उत्पादन कर लगाकर प्राप्त किया जाता था। इस प्रकार का कर नियोजक और नियोजितों द्वारा समान अनुपात में दिया जाना था।

4. राज्यों द्वारा की जानेवाली अंशदानी बेरोजगारी योजना के लिए भी संघीय कर उन नियोजकों पर लगाया जाना था जिनकी मजदूरी पंजिका में 8 या 8 से अधिक श्रमिक थे। यह कर सन् 1936 ई० में 1 प्रतिशत, सन् 1937 में 2 प्रतिशत और 1938 तथा बाद में 3 प्रतिशत होनेवाला था। कुछ आवश्यक शर्तों को पूरा होने पर नियोजक कर का 90 प्रतिशत राज्यों द्वारा पूरा किया जाना था। सन् 1935 तक 37 राज्यों ने बुढ़ापा पेन्शन अधिनियम तथा कुल 8 राज्यों ने बेकारी संबंधी अधिनियम स्वीकार कर लिया था। इस प्रकार रूजवेल्ट के सहायता संबंधी कार्यों का परिणाम बहुत ही अच्छा था। **सन् 1938-39 के विश्व आर्थिक सर्वेक्षण** (World Economic Survey) **के अनुसार सामाजिक बीमा तथा सुरक्षा संबंधी संयुक्त राज्य अमेरिका की योजना कई रूपों में विकसित हुई।** बेकारी लाभ का भुगतान सन् 1938 तक अधिकांश राज्यों में होने लगा था और सन् 1939 के पूर्व संघ के सभी राज्यों तथा क्षेत्रों में प्रारंभ हो जाना था।[1]

आर्थिक प्रत्युत्थान के लिए किए गए उपायों से स्पष्ट होता है कि राष्ट्रपति **रूजवेल्ट ने हीनार्थ प्रबन्ध नीति को अपनाया था। इसका अर्थ वर्द्धित आय, वर्द्धित माँग, वर्द्धित, लाभ, वर्द्धित व्यावसायिक कार्य-कलाप होता है।**लोक व्यय के लिए रूजवेल्ट ने अनेक अभिकरणों और संगठनों की व्यवस्था की थी। ऐसा ही एक अभिकरण **प्रक्षेत्र साख प्रशासन** (Farm Credit Administration) था जिसके द्वारा कृषकों को मुद्रा दी जाती थी। **गृह स्वामी ऋण निगम** (Home Owner Loan Corporation) ऐसा ही एक अन्य संगठन था जिसके द्वारा गृह-निर्माण के लिए ऋण दिये जाते थे। महत पूँजी के साथ एक **पुनर्निर्माण वित्त निगम** (Reconstruction Finance Corporation) स्थापित किया गया। पेन्शन आदि के भुगतान के लिए प्रत्यक्ष कार्य साहाय्य (work relief) और लोक-कार्य विभागों की स्थापना की गई।

कुछ लेखकों के अनुसार ये उपाय अमेरिकी अर्थव्यवस्था के प्रत्युत्थान के लिए उत्तरदायी थे। किन्तु दूसरों का मत है कि ये उपाय उतने सफल नहीं हुए जितने कि लोग सोचते हैं। फिर भी प्रो० **लेविस** के अनुसार इन उपायों का परिणाम कम महत्त्वपूर्ण नहीं थे। रोजगार प्राप्त व्यक्तियों की संख्या में 80 लाख की वृद्धि हुई थी। अतएव सबसे अच्छा बीच का रास्ता है। **ये उपाय न तो बहुत ही अधिक सफल रहे और न बहुत ही अधिक विफल। ये बहुत सफल बहुत कारणों से नहीं हो सके। प्रथमत:** उद्योगपतियों एवं राष्ट्रपति में उचित सहयोग और विश्वास का अभाव था। **द्वितीय,** राष्ट्रपति रूजवेल्ट

---

1. "The social security scheme in the United States had developed in a number of ways. Unemployment benefits were being paid in most states in 1938 and will be paid in all States and territories of the Union before the end of 1939."

के विचार स्वविरोधी थे। लाभ में वृद्धि करने के लिए उन्होंने प्रतियोगिता में कमी करना चाहा था। किन्तु साथ ही उन्होंने मजदूरी में भी वृद्धि करना चाहा और सामूहिक मोल-भाव की व्यवस्था की। इस प्रकार एक ओर तो वे लाभ में वृद्धि करना चाहते थे और दूसरी ओर मजदूरी में भी वृद्धि करना चाहते थे जिसके द्वारा लाभ में कमी हो गई। फलतः निवेश करने की प्रवृत्ति प्रबल नहीं हो सकी और प्रत्युत्थान उतना नहीं हो सका जितना कि होना चाहिए था। फिर भी, **प्रो॰ लेविस का विश्वास है कि लोक व्यय की यह नीति एक प्रकार के आर्थिक उद्दीपन (pump-priming) में फलीभूत हुई।**

(घ) चतुर्थ वर्ग के उपाय : विविध उपाय *(Miscellaneous Measures)*

1. बैंकिंग सुधार– जब बैंकिंग संकट उपस्थित हुआ था तो उस समय कुछ काल के लिए राष्ट्रपति रूजवेल्ट ने बैंक ऋण भुगतान को रोकने (moratorium) की व्यवस्था की। फिर उन्होंने आपात बैंक अधिनियम (Emergency Bank Act) पारित करवाया जिसके अनुसार राष्ट्रपति को बैंकों से सोना एवं विदेशी विनिमय को अर्जित करने के लिए शक्तियाँ दी गई थीं। ऐसे सोने एवं विदेशी विनिमय को वह अतिरिक्त मुद्रा की व्यवस्था करने के लिए व्यय कर सकता था। यह व्यवस्था बेकार पड़े कोष को प्रयोग में लाने के लिए की गई थी। लघु निक्षेपकों (small depositors) के संरक्षण के लिए बैंक निक्षेपों के अनिवार्य बीमे की एक योजना कार्यान्वित की गई जिसके द्वारा लघु निक्षेपकों को पूर्ण संरक्षण प्राप्त हुआ। इस नीति में अन्तर्निहित भावना जनता में विश्वास उत्पन्न करना था। **राष्ट्रपति रूजवेल्ट के पूर्व देश की सम्पूर्ण बैंकिंग प्रणाली के खुले बाजार के कार्य एक निजी बैंक, न्यूयार्क बैंक द्वारा किए जाते थे। राष्ट्रपति रूजवेल्ट ने इस कार्य को निजी बैंक से लेकर संघीय प्रणाली को सौंप दिया।** किन्तु यह पूर्ण बैंकिंग सुधार नहीं था। इसलिए ये समस्त अपर्याप्त ही रहे। निजी वित्त प्रबन्धकों (private finaniers) की शक्तियाँ   बनीं रहीं।

2. स्वर्णमान का त्याग कर दिया गया और डॉलर के अवमूल्यन की नीति अपनाई गई ताकि अमेरिका के निर्यात में वृद्धि हो सके और इस प्रकार आर्थिक प्रत्युत्थान सरल हो सके। अवमूल्यन की नीति जारी रही और जब डॉलर मूल्य घटकर केवल आधा हो गया तो इसे रोक दिया गया।

3. निवेश को उत्प्रेरित करने के लिए सरकार ने **सुलभ मुद्रा नीति** अपनाई थी।

4. विभिन्न देशों के साथ सरकार ने **द्विपक्षीय व्यापारी करार** करने की नीति अपनाई। इस नीति में तत्कालीन राज्य सचिव **कार्डेल हल** (Cardel Hull) का हाथ था। अतः इस नीति को **कार्डेल हल कार्यक्रम** कहा गया।

तृतीय एवं चतुर्थ वर्ग के उपायों के परिणाम प्रथम तथा द्वितीय वर्ग के उपायों की अपेक्षा अधिक महत्त्वपूर्ण थे।

सन् 1933-1939 में अमेरिकी जनता अपने गृह मामलों का समाधान करने में व्यस्त रही। एक प्रकार से पृथक रहने की नीति अपनाई गई थी। सन् 1935 में तटस्थता अधिनियम (Neutrality Act) पारित किया गया था जिसमें निर्धारित किया गया था कि संयुक्त राज्य बाहरी संसार के मामलों में भाग नहीं लेगा।

न्यू डील का मूल्यांकन
(Evaluation of the New Deal)

चेस्टर राइट (*Chester Wright*) ने लिखा है कि रूजवेल्ट के निर्वाचन अभियान में घोषित न्यू डील को किसी भी प्रकार सुस्पष्ट रूप से सूचित नहीं किया गया था।[1] न्यू डील नीति की सफलता विफलता के संबंध में परस्पर विरोधी धारणाएँ हैं। जबकि एक ओर इस नीति को सफल कहा जाता है तो दूसरी ओर इसे सर्वथा असफल भी कहा जाता है। **''राष्ट्रपति रूजवेल्ट अमेरिकी अर्थव्यवस्था के मौलिक दोषों को दूर करने में विफल रहे और वे गंभीर रोग के केवल लक्षणों से ही संबंधित रहे।''**[2] परन्तु वस्तुतः इस नीति का ठीक-ठीक मूल्यांकन करना कठिन है क्योंकि सन् **1939 में द्वितीय विश्वयुद्ध छिड़ जाने से अमेरिकी अर्थ व्यवस्था की परिस्थितियाँ आमूलतः परिवर्तित हो गईं।** इसलिए **फाकनर** ने लिखा है कि ''सन् 1930 के दशक की महान मन्दी कभी समाप्त नहीं हुई। यह केवल 1940 के दशक के महान सैन्य संचालन में लुप्त हो गई।''[3] यद्यपि इस नीति के अनुसार किए गए अनेक उपाय अत्यन्त ही लोकप्रिय थे तथापि इस नीति की आलोचना की जाती है कि यह अपर्याप्त और हानिकारक थी। **सबसे अधिक विवाद जन आयवर्द्धक व्यय** (pump-priming expenditure) **और प्रतिबन्धनकारी कृषि नीति को लेकर था।** जबकि इसके समर्थकों ने कहा है कि इसने सन् 1933 में 13 मिलियन बेकार व्यक्तियों को घटाकर सन् 1937 में लगभग 8 मिलियन कर दिया तो इसके आलोचकों ने बताया है कि सन् 1938 की व्यापारिक प्रति-गति (recession) में बेकारों की संख्या 11 मिलियन हो गई थी। पर न्यू डील के समर्थकों ने इस बात पर जोर दिया है कि **व्यापारिक प्रतिगति सरकारी व्यय नीति की विफलता का कोई प्रमाण नहीं कही जा सकती** बल्कि यह इसी तथ्य का सबूत हो सकती है कि क्रय-शक्ति का सृजन पर्याप्ततः दीर्घकाल तक नहीं किया जाता रह सका। इसके संबंध में उचित निष्कर्ष यह निकाला जा सकता है कि **आर्थिक संगठन में मुख्य परिवर्तन के साथ-ही-साथ नहीं किए जाने पर हीनार्थ प्रबन्धन नीति की सार्थकता पुनरुत्थान के लिए सीमित हो सकती है।**

न्यू डील में सन्निहित एक महत्त्वपूर्ण विचार **'प्रति-प्रभावी शक्ति'** की धारणा (concept of countervailing power) था अर्थात् यह भावना कि आर्थिक शक्ति का सन्तुलन, जो उद्योगों के कप्तानों के पक्ष में था, इस प्रकार से किया जाना चाहिए कि श्रमिक और कृषक वर्ग भी महत्त्वपूर्ण हो सकें। इस कार्य में न्यू डील सफल थी यद्यपि कृषि-प्रतिबन्ध नीतियों की आलोचना की गई थी कि इसने कुछ क्षेत्रों में एकाधिकार को तोड़ने का प्रयास तो किया किन्तु इसके साथ ही यह कृषि क्षेत्र में इसे प्रश्रय और बढ़ावा दे रही थी। इस आलोचना का सन्दर्भ देते हुए प्रो॰ **जॉन केनेथ गालब्रेथ** (John Kenneth Galbraith) ने लिखा है, 'प्रति-प्रभावी शक्ति को दृढ़ करने के लिए पग उठाना

---

1. चेस्टर राइट : इकॉनोमिक हिस्ट्री ऑफ दी यूनाइटेड स्टेट्स, पृ॰ 782
2. "President Roosevelt failed to tackle the fundamental defects of the American economy and he merely dealt with the symptoms of a deep-seated malady."
3. "The Great Depression of the thirties never came to an end. It merely disappeared in the great mobilization of the forties."

सिद्धांततः प्रतियोगिता को सुदृढ़ करने से भिन्न नहीं है। अर्थव्यवस्था में यदि निजी बाजार शक्ति का अस्तित्व रहे तो प्रति-प्रभावी शक्ति का विकास अर्थव्यवस्था की स्वायत्त आत्म-विनियमन क्षमता को सुदृढ़ करता है और उसके द्वारा आवश्यक सरकारी नियंत्रण अथवा योजनाकरण की सीमा को कम करता है।''[1] जो आलोचक यह कहते हैं कि राष्ट्रपति रूजवेल्ट द्वारा किए गए उपाय बहुत अधिक दूर तक नहीं जा सके वे यह कहते हैं कि उनके अनेक उपाय तो राष्ट्रपति हूह्वर (Hoover) की नीतियों के साहस पूर्ण प्रयोग ही थे।

यद्यपि न्यू डील विशद रूप से योजनाबद्ध नहीं थी तथापि यह अर्थव्यवस्था के सुधार के लिए राष्ट्रपति हूह्वर की नीतियों की अपेक्षा बहुत ही अधिक व्यापक थी। इस नीति ने इस विश्वास को खोखला सिद्ध कर दिया कि सरकार को गैर-सरकारी व्यक्तियों के साथ प्रतियोगिता नहीं करनी चाहिए। हमें यह भी नहीं भूलना चाहिए कि राष्ट्रपति रूजवेल्ट को अपने कुछ अधिनियमों के संबंध में सर्वोच्च न्यायालय से भी लोहा लेना पड़ा था और तत्कालीन अमेरिकी परिस्थितियों में इससे भी अधिक क्रांतिकारी नीति शायद संभव नहीं होती। रूजवेल्ट द्वारा न्यू डील कार्यक्रम के अन्तर्गत अपनाये गये उपायों का अमेरिकी अर्थव्यवस्था पर बहुत प्रभाव पड़ा। यह संयुक्त राज्य अमेरिका के आर्थिक विकास की एक महत्त्वपूर्ण घटना थी। इसके पूर्व मंदी को दूर करने का न्यू डील जैसा सर्वांगीण प्रयत्न कभी ही नहीं किया गया था।

अपने उद्देश्यों की पूर्ति में रूजवेल्ट का यह प्रयास बहुत ही सफल रहा। उद्योग, कृषि, व्यापार तथा श्रम आदि सभी क्षेत्रों में बहुत-से सुधार हुए। बैंकिंग व्यवस्था एवं शेयर बाजार में स्थिरता आयी। **1936 तक स्थिति में पर्याप्त सुधार हुआ जो फेडरल रिजर्व बोर्ड के निम्नांकित सूचना रिपोर्ट से स्पष्ट है–**

उद्योग संबंधी सूचनांक (1923=100)

मदें	अगस्त 1934	अगस्त 1935	अगस्त 1936
औद्योगिक उत्पादन (industrial production)	73	87	107
निर्माण संविदा (construction contracts)	27	38	65
कारखाना में रोजगार (factory employment)	79	82	84
कारखानों में मजदूर (factory-pay-rolls)	62	69	81
मूल्य सूचनांक (आधार वर्ष 1923=100)			
सभी वस्तुओं का मूल्य	76.4	80.5	86.6
कृषि-पदार्थ	69.8	79.3	83.3
खाद्यान्न	73.9	79.9	83.1
कृषि एवं खाद्य-पदार्थों के अतिरिक्त अन्य पदार्थ	78.3	77.9	79.7

1. "Steps to strengthen countervailing power are not in principle different from steps to strengthen competition. Given the existence of private market power in the economy, the growth of countervailing power strengthens the capacity of the economy for autonomous self-regulation, and thereby lessens the amount of overall government control of planning that is required or sought."

—J.K. Galbraith : *American Capitalism*, p. 112.

किन्तु इस बीच विश्व की आर्थिक स्थिति में भी पर्याप्त परिवर्तन हो रहा था। सन् 1936 में अन्तरराष्ट्रीय व्यापार का सूचकांक सन् 1929 के स्तर से केवल 7½ अंक (point) ही नीचे था। अतएव यह निश्चित रूप से नहीं कहा जा सकता है कि इस सुधार में न्यू डील का कितना हाथ था तथा विश्व की शक्तियों का कितना हाथ था क्योंकि दोनों ही साथ-साथ सक्रिय थे।

न्यू डील कार्यक्रम का एक दूसरा पक्ष भी है। इसे कार्यान्वित करने में बहुत अधिक व्यय हुआ जिसके परिणामस्वरूप संयुक्त राज्य अमेरिका का राष्ट्रीय ऋण जो सन् 1933 में लगभग 19500 मिलियन डॉलर था, बढ़कर सन् 1937 में 36,000 मिलियन डॉलर हो गया। इतनी वृहत मात्रा में सार्वजनिक ऋण भविष्य में स्वयं सरकार तथा देशवासियों के लिए समस्या बन गया। दूसरी बात यह है कि उत्पादन तथा मूल्य में वृद्धि के बावजूद बेरोजगारों की संख्या बहुत अधिक लगभग 1 करोड़ थी जिससे इनकी सहायता पर भी सरकारी व्यय बहुत अधिक था। इन कारणों से आलोचकों के अनुसार रूजवेल्ट की नीति मुख्य रूप से विफल ही रही।

किन्तु उपर्युक्त आलोचनाओं के बावजूद यह कहा जा सकता है कि **न्यू डील नीति ने अमेरिकी सामाजिक आर्थिक व्यवस्था में कुछ महत्त्वपूर्ण एवं स्थायी परिवर्तनों का सृजन किया जिनमें अग्रलिखित विशेष रूप से उल्लेखनीय हैं:**

1. न्यू डील ने अर्थव्यवस्था में आयोजना एवं केन्द्रीय नियंत्रण के लिए वातावरण तैयार किया। अब धीरे-धीरे यह अनुभव किया जाने लगा कि 20वीं शताब्दी में अनियंत्रित पूँजीवादी व्यवस्था नहीं टिक सकती। इस पर कुछ-न-कुछ अंश तक सरकारी नियंत्रण अनिवार्य है। न्यू डील ने इस प्रकार के नियंत्रण के लिए मार्ग दिखलाया। किन्तु इसका तात्पर्य यह नहीं कि न्यू डील ने पूँजीवादी नीति का परित्याग कर समाजवाद का समर्थन किया।

2. न्यू डील के द्वारा आर्थिक समृद्धि की पुनः व्यवस्था करने के लिए उचित उपाय ढूँढ़ निकाला गया। इस कार्य में न्यू डील के अन्तर्गत अपनाये गये विभिन्न उपायों का महत्त्वपूर्ण योगदान रहा। आऽऽ (AAA) ने कृषि के क्षेत्र में, नीरा (NIRA) ने उद्योग के क्षेत्र में तथा वेगनर एक्ट ने श्रम के क्षेत्र में महत्त्वपूर्ण योगदान देकर आर्थिक प्रगति के लिए मार्ग तैयार किया।

3. न्यू डील नीति ने एक नवीन आर्थिक दर्शन का सूत्रपात किया जो मुख्यतया केन्स के सिद्धांतों पर आधारित था। इसके अनुसार मन्दी का मुख्य कारण अत्यधिक बचत तथा पर्याप्त व्यय का अभाव है। अतएव इसे दूर करने के लिए जनता के हाथ में बड़ी मात्रा में क्रय-शक्ति रख छोड़ना अनिवार्य है। इसी उद्देश्य से संघीय सरकार ने सार्वजनिक कार्यों के आयोजन द्वारा जनता के हाथ में क्रय-शक्ति को बढ़ाने का प्रयास किया। घाटे की वित्त व्यवस्था का भी समारंभ इसी समय से किया गया। अमेरिकी न्यू डील इस प्रकार के सभी कार्यों का प्रारंभिक बिन्दु था। दूसरे शब्दों में, **इसने नवीन आर्थिक दर्शन को एक व्यावहारिक रूप दिया।**

4. न्यू डील ने मौद्रिक, वित्तीय और बैंकिंग व्यवस्था में अनेक महत्त्वपूर्ण सुधार किया। इस वित्तीय और मौद्रिक परिवर्तनों का देश के आर्थिक विकास पर अत्यन्त ही अधिक प्रभाव पड़ा। इसने सरकार को भविष्य में देश में आनेवाली मन्दियों से सावधान कर दिया।

5. न्यू डील ने देश में कुछ सामाजिक परिवर्तन भी किया। इसके फलस्वरूप

अमेरिका के लोग अब अपने देशवासियों की भलाई के लिए चिन्तित रहने लगे हैं। **सामाजिक सुरक्षा की विस्तृत** व्यवस्था में जनता का विश्वास बढ़ने लगा है। सामाजिक कल्याण के अनेक कार्यों का सूत्रपात भी हुआ है। जैसा कि **राष्ट्रपति रूजवेल्ट** ने कहा था, **'न्यू डील ने सामाजिक प्रगति की सीमा का विस्तार किया।'** (New Deal extended the frontiers of social progress.)

फाकनर (Faulkner) का अभिमत है कि **''राष्ट्रपति रूजवेल्ट की न्यू डील नीति आर्थिक अस्त्रों से मंदी पर प्रहार करने के लिए प्रथम आर्थिक ढंग और इस रूप में यह एक नवीन नीति थी।''**[1] पुनः वे लिखते हैं कि **''न्यू डील स्वच्छदन्ता नीति का पतन प्रदर्शित करती है, किन्तु पूँजीवाद से विच्छेद नहीं।''**[2] प्रो॰ जॉन केनेथ गालब्रेथ (John Kenneth Galbraith) का कहना है कि न्यू डील की नीति दर्शनहीन नहीं थी अपितु इसमें अनेक दर्शनों का समावेश थाः ''यह बहुधा सुझाया गया है कि न्यू डील में आर्थिक दर्शन का अभाव था। सत्य इसका ठीक उल्टा है। इनमें अनेक दर्शन थे। न्यू डील के प्रथम कुछ वर्ष भानुमती का पिटारा थे जिसमें सभी लोगों के लिए कुछ-न-कुछ छोटे-मोटे उपहार विद्यमान थे। सुदृढ़ वित्त के प्रतिपादकों के लिए आयव्ययकीय रूढ़िवादिता थी, मौद्रिक उत्साहियों के लिए करेंसी एवं विनिमय का अभिसाधन था, विस्फीति द्वारा गंभीरतापूर्वक दण्डित व्यक्तियों के लिए मूल्य-निर्धारण था, राजनीतिक विज्ञान में हुई अनेक विचार-गोष्ठियों में सम्मिलित होने वाले व्यक्तियों के लिए अस्पष्ट 'योजनाकरण' था। **शनैः-शनैः आर्थिक शक्तियों के संबंध में दो तत्त्व प्रबल होने लगे। प्रथम तत्त्व केन्स का दृष्टिकोण था। दूसरा तत्त्व यह विचार था कि एकाधिकार और आर्थिक शक्ति का संकेन्द्रण एवं कुप्रयोग प्रमुख समस्याएँ हैं।''**[3]

जब **फ्रैंकलिन डी॰ रूजवेल्ट** अमेरिका के राष्ट्रपति-पद पर आसीन हुए थे तो उस समय उनके समक्ष सर्वाधिक महत्त्वपूर्ण प्रश्न था **''क्या पूँजीवाद बचा रहा सकता है।''** (can capitalism survive ?) राष्ट्रपति रूजवेल्ट ने जिन नीतियों का प्रयोग किया उनका उद्देश्य महान संकट को दूर भी करना था और उनके पुनरावर्तन को रोकना भी था।

---

1. Presdient Roosevelt's policy of the New Deal "was the first economic method to fight depression by economic weapon and in that respect was a novel one,"
2. "The New Deal shows a decline of laissez faire but no break with capitalism."
3. "It has been suggested that the 'New Deal' lacked any defined economic 'philosophy'. Nearly the reverse is true—it had several of them. The first few years of the New Deal were a Dutch-pie that contained a small present for every one—budget orthodoxy for the proponents of sound finance, currency and exchange manipulation for the monetary enthusiasts, price-fixing for those who were being punished too severely by deflation, a good deal of vague 'planning' for those who had attended too many seminars on political science. Gradually two positions on economic policy began to dominate the others. One can sufficiently and not inaccurately be called the Keynesian view. The other saw monopoly and the concentration and abuse of economic power as the principal problem."
—J.K. Galbraith : *Monopoly and Concentration of Economic Power," published in Survey of Contemporary Economics,* Vol. 1 edited by Ellis

ये नीतियाँ विनियमनकारी (regulative) **भी थीं और विकासीय भी।** इन्होंने पूँजीवाद की रक्षा करने का प्रयास किया और साथ ही उसमें रोक लगाकर उसे सुदृढ़ करने तथा समुदाय के निर्बल वर्गों को सहायता देकर पूँजीवाद में सुधार करने का भी प्रयास किया। राष्ट्रपति रूजवेल्ट तत्कालीन आर्थिक विचारधाराओं से बहुत ही प्रभावित थे। वस्तुतः **उन्होंने अर्थशास्त्र के प्राध्यापकों के एक समूह से अपने को घेर रखा था जिन्हें आलोचकों ने 'मस्तिष्क प्रन्यास'** (Brains Trust) **की संज्ञा दी थी।** उस समय **लॉर्ड केन्स** के प्रति **व्यापार-चक्रीय हीनार्थ प्रबन्धन** (counter-cyclical defict financing) संबंधी विचारों की प्रधानता थी और वृहत् पैमाने पर उन विचारों का व्यवहारतः परीक्षण किया गया। **केन्स का सिद्धांत था कि बेकारी की गंभीर समस्या अत्यधिक बचत और कम निवेश के फलस्वरूप उपस्थित होती है।** इसका समाधान सरकारी निवेश में वृद्धि करके किया जा सकता है। राष्ट्रपति रूजवेल्ट ने भी ऐसा ही किया।

अतएव संयुक्त राज्य अमेरिका के आर्थिक इतिहास में न्यू डील ने एक क्रांतिकारी परिवर्तन लाया। इसने पूँजीवादी व्यवस्था और अनुचित प्रतियोगिता में निहित बुराइयों की ओर जनता का ध्यान आकर्षित किया। आर्थिक क्षेत्र में सरकारी नियंत्रण और हस्तक्षेप को अवांछनीय मानने वाले लोग भी अब न्यू डील के कारण अपने विचारों में संशोधन करने लगे हैं।

11. द्वितीय विश्वयुद्ध का अमेरिकी अर्थव्यवस्था पर प्रभाव

आज का संयुक्त राज्य अमेरिका दो विश्वयुद्धों की देन है। दोनों विश्वयुद्धों ने जहाँ यूरोप के अधिकांश देशों की अर्थव्यवस्था को तहस-नहस कर दिया वहाँ अमेरिकी अर्थव्यवस्था पर बड़ा ही अनुकूल प्रभाव डाला। इन दोनों विश्वयुद्धों के परिणामस्वरूप ही संयुक्त राज्य आज विश्व का इतना अधिक शक्तिशाली राष्ट्र बन पाया है। इसका मुख्य कारण यह है कि दोनों विश्वयुद्ध अमेरिका की मुख्य भूमि पर नहीं लड़े गये थे। इसमें अमेरिका को यूरोप की तरह भीषण बर्बादियों का सामना नहीं करना पड़ा था। अतएव दोनों विश्व-युद्धों से अमेरिका को बहुत अधिक लाभ हुआ जिससे वह आर्थिक, औद्योगिक तथा राजनीतिक दृष्टि से आज सम्पूर्ण विश्व का नेतृत्व कर रहा है। अगस्त सन् 1939 में द्वितीय महायुद्ध प्रारंभ हुआ जिसने अमेरिका के राष्ट्रीय जीवन के प्रत्येक पहलू को प्रभावित किया। इसका तात्कालिक परिणाम यह हुआ कि अमेरिकी अर्थ-व्यवस्था सन् 1937 की प्रतिगति (recession) से मुक्त हो गयी। द्वितीय विश्वयुद्ध के प्रभाव अमेरिकी अर्थव्यवस्था के प्रायः सभी अंगों पर पड़े।

कृषि पर प्रभाव—द्वितीय विश्वयुद्ध ने अमेरिकी कृषि पर बड़ा ही अनुकूल प्रभाव डाला। खाद्यान्न की माँग में अत्यधिक वृद्धि हुई। यह बढ़ी हुई माँग मित्रराष्ट्रों, युद्ध से मुक्त देशों तथा घरेलू जनसंख्या से उत्पन्न हुई। युद्धकाल में कृषि उत्पादन में 23% वृद्धि हुई। उपज में यह वृद्धि कृषि के क्षेत्र में विस्तार के द्वारा नहीं वरन् यंत्रों के अधिकाधिक प्रयोग तथा गहन कृषि के द्वारा हुई थी। परिणामस्वरूप प्रति मजदूर उत्पादन में 1939 से 1944 के बीच बहुत तीव्र गति से वृद्धि हुई।

उद्योग पर प्रभाव—युद्ध काल में उद्योगों का बहुत अधिक विस्तार हुआ। सन् 1939

से 1941 के बीच औद्योगिक उत्पादन में 45 प्रतिशत तथा द्वितीय विश्वयुद्ध के अन्त तक पुनः 45 प्रतिशत वृद्धि हुई। इस्पात का उत्पादन सन् 1930 में 470 लाख टन से बढ़कर 1944 में 800 लाख टन हो गया। इसी अवधि में ताँबा, अल्मुनियम तथा अन्य धातुओं के उत्पादन में भी आशातीत वृद्धि हुई। युद्धकाल में अमेरिकी उद्योगों द्वारा अत्यधिक मात्रा में युद्ध की सामग्रियों का उत्पादन किया गया था। उद्योगों में यह अत्यधिक वृद्धि वर्तमान साधनों के अधिकतम उपयोग, पहले के अनुपयुक्त साधनों के उपयोग, उत्पादन की नयी-नयी रीतियों को अपनाने, कई पारी (shift) में काम करने और प्रविधि (technique) में सुधार करने के द्वारा हुई थी। युद्धकाल की समाप्ति के बाद अमेरिकी उद्योग युद्ध के पूर्व की अपेक्षा अधिक सुदृढ़ स्थिति में हो गये। सन् 1947 में संयुक्त राज्य ने विश्व की कुल निर्मित वस्तुओं का लगभग आधा उत्पन्न किया था।

विदेशी व्यापार का प्रभाव—द्वितीय विश्वयुद्ध काल में अमेरिकी विदेशी व्यापार में भी बहुत अधिक वृद्धि हुई। औद्योगिक उत्पादन में वृद्धि के कारण निर्यात में अत्यधिक वृद्धि हुई। सन् 1937 की तुलना में सन् 1947 में निर्यात 4.5 गुणा तथा आयात लगभग दुगुना अधिक था। इस प्रकार अमेरिकी विदेशी व्यापार पर भी द्वितीय विश्वयुद्ध का बड़ा अनुकूल प्रभाव पड़ा।

श्रम एवं जनसंख्या पर प्रभाव—द्वितीय विश्वयुद्ध का अमेरिकी श्रम पर भी अनुकूल प्रभाव पड़ा। युद्ध काल में उद्योगों में रोजगार सुविधाओं में बहुत अधिक वृद्धि हुई। निर्माणी उद्योगों में काम करनेवाले श्रमिकों की संख्या में लगभग 50 प्रतिशत वृद्धि हुई। फिर भी उद्योगों के समक्ष श्रम के अभाव की समस्या प्रबल थी। श्रम की माँग में अत्यधिक वृद्धि होने से मजदूरी स्तर में अत्यधिक वृद्धि हुई। युद्धकाल में श्रम-संगठनों में भी पर्याप्त वृद्धि हुई और श्रमिक संघों की सदस्यता में बहुत अधिक वृद्धि हुई। उसी प्रकार युद्ध काल में अत्यधिक मृत्यु-दर के बावजूद जनसंख्या में अत्यधिक वृद्धि हुई।

मूल्य स्तर का प्रभाव *(Effect on Price-level)*—युद्ध काल में मुद्रा की मात्रा में बहुत अधिक वृद्धि हुई। प्रचलन में मुद्रा की मात्रा सन् 1941 में औसतन 72 डॉलर प्रति व्यक्ति थी जो बढ़कर सन् 1946 में 200 डॉलर प्रति व्यक्ति हो गयी। व्यावसायिक बैंकों में जमा भी प्रायः दुगुना हो गया। किन्तु उत्पादन में इससे अधिक वृद्धि हुई थी। युद्धकाल में कुल राष्ट्रीय उत्पादन दुगुना से अधिक हो गया था। अतएव सन् 1941 से 1946 के बीच थोक मूल्यों में केवल 38 प्रतिशत तथा जीवन-स्तर लागत में केवल 33 प्रतिशत ही वृद्धि हुई। उपभोग स्तर पर रेशनिंग की उचित व्यवस्था तथा सरकार द्वारा मजदूरी और मूल्यों के नियंत्रण के कारण स्फीति में बहुत अधिक वृद्धि नहीं हो सकी।

करारोपण पर प्रभाव *(Effects on Taxation)*—करारोपण के द्वारा द्वितीय विश्वयुद्ध काल में बहुत अधिक राजस्व प्राप्त हुआ था। युद्ध काल में प्रगतिशील करों पर अधिक जोर दिया गया था। आय, लाभ, पूँजी तथा उत्तराधिकार पर प्रत्यक्ष करों के द्वारा कुल राजस्व का आधा भाग प्राप्त किया गया था। शेष भाग रोजगार एवं उत्पादन करों से प्राप्त हुआ था। द्वितीय विश्वयुद्ध काल में युद्ध के लिए वित्त प्राप्त करने की ऐसी पद्धति को अपनाया गया कि युद्ध का भार भविष्य की पीढ़ी पर बहुत कम पड़ा।

युद्धोत्तर अमेरिकी अर्थव्यवस्था
(The Post-War American Economy)

अध्ययन की सुविधा के लिए युद्धोत्तर अमेरिकी अर्थव्यवस्था की प्रवृत्तियों को निम्नांकित **पाँच वर्गों** में विभाजित किया जा सकता है—

1. युद्ध के शीघ्र बाद का काल—1946-50 (*Immediate Post-War-Period—1946-50*)—द्वितीय विश्वयुद्ध काल में अमेरिकी अर्थव्यवस्था अधिक सुदृढ़ हुई। युद्धोत्तर काल में संभावित बेकारी की समस्या के समाधान के लिए सन् 1946 में एक नियोजन अधिनियम (Employment Act) निर्मित किया गया जिसके द्वारा सरकार अधिकतम नियोजन और क्रय-शक्ति में वृद्धि करने की ओर अधिक प्रवृत्त हुई। इसका प्रभाव अच्छा पड़ा तथा रोजगार में लगातार वृद्धि होती रही। इस अवधि में यूरोप के युद्ध-विनष्ट राष्ट्रों द्वारा अमेरिकी वस्तुओं के लिए माँग में भी बहुत अधिक वृद्धि हुई जिससे अमेरिकी उत्पादन में बहुत अधिक वृद्धि हुई। इसने विभिन्न देशों को आर्थिक सहायता (economic aid) दी। संयुक्त राज्य अमेरिका इस समय विश्व का सबसे अधिक आर्थिक सहायता देने वाला देश है। इसने अन्तरराष्ट्रीय मुद्रा कोष (IMF), विश्व बैंक (World Bank), अन्तरराष्ट्रीय वित्त निगम (IFC) जैसी संस्थाओं में बहुत अधिक सहायता दी है। इसने इंगलैंड और यूरोप के विभिन्न देशों को भी युद्ध के पश्चात् पर्याप्त सहायता दी है। विभिन्न देशों के साथ कई पारस्परिक समझौते किये गये जिनसे विदेशों को अमेरिकी बाजार में स्थान मिला। जुलाई, सन् 1945 से 1952 तक अमेरिका ने 13600 करोड़ डॉलर की सहायता दी थी ताकि युद्ध के विनाशकारी प्रभावों को दूर कर पुनः अन्तरराष्ट्रीय भुगतान का सन्तुलन स्थापित किया जा सके। **मार्शल योजना** (Marshall Plan) का अमेरिकी विदेशी आर्थिक सहायता के संदर्भ में एक महत्त्वपूर्ण स्थान है। अमेरिका के तत्कालीन राज्य सचिव **श्री जॉर्ज सी० मार्शल** के नाम पर इसे **मार्शल योजना** कहा जाता है। श्री **मार्शल ने 5 जून, 1947 को इस योजना के संबंध में स्वयं कहा था**—''यह तर्कसंगत है कि विश्व में सामान्य स्थिति की व्यवस्था करने के लिए अमेरिका जो भी कर सकता है उसे करना चाहिए क्योंकि बिना शान्तिपूर्ण सामान्य स्थिति के राजनीतिक स्थिरता नहीं आ सकती। हमारी नीति किसी देश और सिद्धांत के विरुद्ध नहीं है वरन् यह दरिद्रता, भूख, विवशता और अव्यवस्था के विरुद्ध है। इसका उद्देश्य यह है कि पुनः ऐसी अर्थव्यवस्था का आविर्भाव हो जिसमें स्वतंत्र राजनीतिक और सामाजिक संस्थाएँ जीवित रह सकें।'' **मार्शल ने इस योजना को सहकारी यूरोपीय प्रत्युत्थान नीति** (Policy of Co-operative European Revival) कहा। अप्रैल 1948 में कांग्रेस ने अधिनियम निर्मित किया जिसके अन्तर्गत **'यूरोपीय प्रत्युत्थान कार्यक्रम'** (European Recovery Programme) अपनाया गया। इस कार्यक्रम के अंतर्गत **एक चारवर्षीय योजना के आधार पर 18 यूरोपीय देशों के लिए अमेरिका से आर्थिक सहायता दी जाती थी।** इस कार्यक्रम को **यूरोपीय सहयोग प्रशासन** (European Co-operation Administration) के अंतर्गत संचालित किया गया। संयुक्त राज्य ने 12,634 करोड़ डॉलर की सहायता से यूरोपीय राष्ट्रों की अर्थव्यवस्था को पुनर्जीवित करने का प्रयास किया। **दिसम्बर सन् 1951 में इस संस्था को समाप्त कर दिया गया।** सितम्बर, 1951 से **पारस्परिक सुरक्षा अभिकरण** (Mutual Security Agency) द्वारा विदेशी आर्थिक सहायता कार्यों का संचालन किया जा रहा है।

2. कोरियाई युद्ध तथा युद्धकालीन तेजी, 1951-56 (*Korean War and Post War Boom. 1951-56*)—जून, सन् 1950 में कोरियाई युद्ध प्रारंभ होने के समय स्फीति का दबाव बढ़ता जा रहा था। इसका मजदूरों, निश्चित आय प्राप्त करनेवालों तथा किसानों की आर्थिक स्थिति पर प्रतिकूल प्रभाव पड़ा। इस स्फीति को रोकने के लिए कई प्रकार के उपाय किये गये। किन्तु सन् 1951 के अंत तक ही स्थिति में कुछ सुधार हो सका। 26 जनवरी, 1951 को मूल्य तथा मजदूरी में वृद्धि को रोकने के संबंध में एक घोषणा की गयी। सन् 1951 के अंत तक स्फीति के दबाव में बहुत कुछ कमी आ गयी। इस अवधि में औद्योगिक उत्पादन में बहुत अधिक वृद्धि हुई। इस्पात का उत्पादन 100 मिलियन टन से बढ़कर 124 मिलियन टन हो गया। तीन वर्षों में अल्युमनियम का उत्पादन दुगुना हो गया तथा विद्युत शक्ति के उत्पादन में 45 प्रतिशत और पेट्रोल साफ करने में 60 प्रतिशत वृद्धि हुई। किन्तु 1953-54 से एक साधारण प्रतिगति (mild recession) प्रारंभ हुई जिससे उत्पादन में कुछ कमी आ गयी। **इस प्रतिगति के दो कारण थे**—(1) प्रतिरक्षा-संबंधी व्यय में कमी तथा (2) कुछ वस्तुओं की खुदरा बिक्री में कमी। किन्तु यह प्रतिगति अल्पकालीन थी और शीघ्र ही पुनः तेजी प्रारंभ हो गयी। 1954-55 में उत्पादन में बहुत वृद्धि हुई। बिक्री में पर्याप्त वृद्धि हुई, पूँजीगत निवेश बढ़ गया और उत्पादन एवं रोजगार में पर्याप्त वृद्धि हुई। वृद्धि की यह प्रवृत्ति 1955 के मध्य तक चलती रही।

3. सन् 1957-58 की प्रगति (*Recession of 1957-58*)—1957-58 में पुनः एक प्रतिगति आयी जो अल्पकालीन होते हुए भी काफी तीव्र थी। प्रतिगति अप्रैल, 1958 में अपनी चरम सीमा पर पहुँच गयी जब उत्पादन तथा रोजगार में 1948-49 तथा 1953-54 की दोनों प्रतिगतियों की अपेक्षा बहुत अधिक कमी हुई। इस प्रतिगति में बेरोजगारी की दर 7.5 प्रतिशत थी जबकि पिछली दोनों प्रतिगतियों में यह क्रमशः 6.9 तथा 5.8 प्रतिशत थी। इसमें निजी निवेश में बहुत अधिक कमी हुई। इसलिए इसे निजी निवेश की मन्दी कहा जाता है। किन्तु यह प्रतिगति भी बहुत ही अल्पकालीन थी। **शीघ्र ही तेजी के चिह्न पुनः दिखाई पड़ने लगे। इसके कई कारण थे।** जैसे—संघीय सरकार द्वारा कृषि तथा किसानों की आय में वृद्धि के लिए खर्च किया जाना और प्रतिरक्षा संबंधी व्यय (जो 1957 में घट गया था) में वृद्धि। इस प्रतिगति में जनता के जीवन स्तर में कोई कमी नहीं हुई थी। इसलिए विभिन्न वस्तुओं के मूल्य तथा माँग में कमी नहीं हुई। सन् 1958 के अन्त तक मन्दी की प्रवृत्ति समाप्त होने लगी तथा समुत्थान होने लगा।

4. तेजी तथा समृद्धि का काल 1959-69 (*period of boom and prosperity, 1959-69*)—1957-58 की प्रतिगति के बाद अमेरिकी अर्थव्यवस्था तेजी से आगे बढ़ने लगी। इसका मुख्य कारण 1946 के **नियोजन अधिनियम** (Employment Act) के अन्तर्गत सरकार द्वारा उत्पादन, रोजगार तथा क्रयशक्ति को कम करने की नीति था। इस अधिनियम का प्रमुख उद्देश्य काम करने योग्य प्रत्येक व्यक्तियों के लिए स्व-रोजगार समेत रोजगार के लाभदायी साधनों को उपलब्ध कराना है। इसके परिणामस्वरूप कुल राष्ट्रीय उत्पादन में तेजी से वृद्धि होने लगी, बेरोजगारी में कमी होने लगी। इन वर्षों में मूल्य स्थिर रहा।

5. वर्तमान संकट काल—1969 के बाद अमेरिकी अर्थव्यवस्था मूल्य वृद्धि, विदेशी व्यापार भुगतान असंतुलन और बेरोजगारी के संकट का सामना कर रही है। किन्तु पिछले कुछ वर्षों से इस स्थिति में सुधार हो रहा है।

अमेरिकी अर्थव्यवस्था की वर्तमान प्रवृत्तियाँ
(Current Trends in American Economy)

1. प्रचुरता की अर्थव्यवस्था (*Economy of abundance*)—अमेरिका की वर्तमान अर्थव्यवस्था प्रचुरता की अर्थव्यवस्था है। इसमें प्रत्येक वयस्क नर, नारी और बच्चे के लिए सम्पन्न जीवन-स्तर के अनुसार अधिक मात्रा में उत्पादन होता है। 1960 के दशक में प्रति व्यक्ति आय में द्रुतगति से वृद्धि हुई। इस अवधि में मूल्य-स्तर भी प्रायः स्थायी रहे हैं। यद्यपि 1969 के बाद मूल्यस्तर में वृद्धि हुई है तथापि उसे नियंत्रित किया जा सका है। वर्तमान समय में अर्थव्यवस्था में कोई विशेष गम्भीर सुस्ती नहीं नजर आ रही है और न निकट भविष्य में ही ऐसी कोई संभावना है। **वर्तमान अमेरिकी अर्थव्यवस्था को परिपूर्ण समाज** (affluent society) **की संज्ञा दी जाती है।** आज अमेरिका निवासी अपनी आय का बड़ा भाग टिकाऊ तथा गैर-टिकाऊ उपभोक्ता वस्तुओं पर खर्च कर रहे हैं। यह प्रवृत्ति 1960 वाले दशक के आरंभ में दृष्टिगोचर हुई। भविष्य में भी इसको जारी रहने की पूरी संभावना है। किन्तु वर्तमान समय में 1970 के दशक से प्रारंभ से ही अमेरिका को आर्थिक क्षेत्र में कुछ कठिनाइयों का सामना करना पड़ रहा है। ये कठिनाइयाँ विदेशों में अमेरिकी माल की माँग में कमी के कारण हैं। इससे सम्पूर्ण विश्व में मौद्रिक क्षेत्र में एक प्रकार की अव्यवस्था उत्पन्न हो गई है।

2. सामान्य बेकारी में कमी (*Reduction in mass unemployment*)—1960 के दशक में अमेरिका में रोजगार के साधनों में बहुत अधिक वृद्धि हुई। बेकारी की दर वर्तमान समय में कुल श्रम-शक्ति के 7 प्रतिशत से भी कम है। गैर सैनिक कार्यों में कार्य करने वाले श्रमिकों की संख्या में द्रुतगति से वृद्धि हो रही है। 1964 ई॰ तक यह 7.62 करोड़ तक हो गयी थी। **आइसन हावर, केनेडी, जॉनसन, निक्सन** तथा **फोर्ड** इस अवधि के सभी राष्ट्रपतियों ने बेकारी को बहुत बड़ा बुराई माना है। राष्ट्रपति **कार्टर** ने भी इसी प्रकार की नीति अपनायी थी। 1967-68 में बेरोजगारी 3.8 प्रतिशत हो गयी थी। अभी भी अमेरिका में कुछ लोग बेकार हैं जिसे यथासंभव कम करने के लिए अमेरिकी सरकार सभी संभव प्रयास कर रही है। 1980 में शासनारूढ़ होने पर राष्ट्रपति **रेगन** ने बेरोजगारी की समस्या के समाधान के लिए **पूर्ति पक्षीय अर्थशास्त्र** (supply side economics) को कार्यरूप देने का असफल प्रयास किया था। **बिल क्लिंटन** को भी बेरोजगारी की समस्या से जूझना पड़ा है और **जार्ज बुश** भी इससे जूझ रहे हैं।

3. तीव्र गति से तकनीकी प्रगति (*Accelerated technological advance*)—तकनीकी प्रगति की माप संभव नहीं है। फिर भी हम कह सकते हैं कि अमेरिकी अर्थव्यवस्था में द्रुत गति से तकनीकी प्रगति हो रही है। **1958 ई॰ में प्रो॰ चार्ल्स फ्रैंनकेल ने उस समय तकनीकी प्रगति की विशेषताओं को बताते हुए परिवर्तन की गति में परिवर्तन के कारण इसे विलक्षण कहा था। इस अवधि के तकनीकी परिवर्तनों में अग्रांकित परिवर्तन विशेष महत्त्वपूर्ण हैं**—मानवींय निरीक्षण का यांत्रिक क्रियाओं से प्रतिस्थापन और उद्योग-धन्धों में स्वतः चालित क्रियाओं का अपनाया जाना। इसका अर्थ औद्योगिक क्रिया-कलापों में स्वतः कार्य करने वाले उपायों को अपनाया जाना है जिसके अन्तर्गत **संभरण प्रभाव** (feedback effect) सिद्धांत के अनुसार विद्युत-यंत्र कहीं भी कोई गड़बड़ी होने पर सहायता पहुँचा देते हैं।

4. बड़े आकार और घाटे वाले सरकारी बजट (*Large govt. budgets and recent budget deficits*)—अमेरिका में न्यू डील काल से ही बड़े-बड़े बजट बनाने की प्रथा की शुरूआत हुई जो युद्ध काल में भी जारी रहा। युद्धोत्तर युग में तो शीतयुद्ध के कारण बड़े-बड़े बजट अमेरिकी अर्थव्यवस्था की एक सामान्य विशेषता बन गए। इस सम्बन्ध में दूसरी महत्त्वपूर्ण विशेषता 1960 वाले दशक के प्रारंभ से ही बड़े-बड़े घाटे के बजटों की व्यवस्था है। उदाहरण के लिए 1966 के बजट में 8.4 बिलियन डॉलर तथा 1964 ई० के बजट में 12 बिलियन डालर तक घाटे की व्यवस्था थी। घाटे के बजट कर-व्यवस्था में कई प्रकार के परिवर्तनों तथा राजकीय व्यय में वृद्धि के कारण आवश्यक हो गये हैं। विगत् वर्षों में संयुक्त राज्य अमेरिका में संयुक्त करों में भारी छूट दी गयी है। इस प्रकार की छूट पूर्ण रोजगार आधिक्य (full employment surplus) के कारण संभव हुई है। वास्तव में, **''करों का पुनरीक्षण आर्थिक सम्पन्नता और विकास को प्राप्त करने वाली अमेरिकी आर्थिक नीति का मुख्य यंत्र है।''** फिर पिछले कुछ वर्षों में शिक्षा, स्वास्थ्य, परिवहन और सवांद वाहन के साधनों के विकास पर व्यय में भी बहुत अधिक वृद्धि हुई है। अंतरिक्ष शोध कार्यक्रम (space programmes) तथा अघोषित वियतनाम युद्ध के कारण प्रतिरक्षा बजट में भारी वृद्धि के कारण भी सरकारी व्यय बहुत अधिक बढ़ा है।

निष्कर्ष—अमेरिकी अर्थ-व्यवस्था आज विश्व की सर्वाधिक प्रगतिशील और धनी अर्थव्यवस्था है। यह विश्व का सबसे अधिक शक्तिशाली देश है। इसलिए **प्रो० गालब्रेथ** (Galbraith) **ने इसे 'परिपूर्ण समाज'** (affluent society) **की संज्ञा दी है।** देश के उत्पादन में वृद्धि हो रही है। प्रविधि के क्षेत्र में भी अमेरिका दिन-प्रति-दिन आगे बढ़ता जा रहा है। इससे उत्पादन में वृद्धि होती जा रही है। अब अमेरिका ने कृत्रिम उपग्रहों को सफलतापूर्वक छोड़ना प्रारंभ कर दिया है। किन्तु इधर कुछ वर्षों से अमेरिकी अर्थव्यवस्था में गड़बड़ी पैदा हो रही है। इसका भुगतान संतुलन इसके प्रतिकूल हो गया है, देश में मूल्य स्तर बढ़ता जा रहा है, इसके डालर का मूल्य विदेशी बाजारों में घटता जा रहा है, बेरोजगारी में वृद्धि होती जा रही है। इस आर्थिक गड़बड़ी को रोकने के लिए डॉलर का अवमूल्यन, आयात पर नियंत्रण आदि का सहारा लिया गया है।

अमेरिकी अर्थव्यवस्था की वर्तमान समस्याएँ

1. अति-उत्पादन—वर्तमान समय में अमेरिका में कृषि एवं औद्योगिक उत्पादनों की प्रचुरता है। माँग के अभाव में यही प्रचुरता अति उत्पादन का रूप धारण कर अर्थव्यवस्था के लिए समस्या खड़ कर देती है। सन् 1929 की महान मन्दीकाल में अति-उत्पादन सबसे विकट समस्या था जिससे उत्पादन कार्य ठप होने की स्थिति में पहुँच गया था। न्यू डील और द्वितीय विश्वयुद्ध के आरंभ हो जाने के कारण स्थिति सुधर गयी और विदेशों में पुनः अमेरिकी उत्पादनों की माँग में तीव्र गति से वृद्धि हुई। परिणामस्वरूप न केवल उत्पादित वस्तुएँ अपर्याप्त सिद्ध हुई वरन् उत्पादन इकाइयों में विस्तार एवं नवीन इकाइयों की स्थापना भी करनी पड़ी। द्वितीय युद्धोपरान्त विदेशी माँगों में पुनः कमी हो गयी किन्तु कोरियन युद्ध के आरंभ होने के कारण शीघ्र ही स्थिति में कुछ सुधार हुआ। आधुनिक अमेरिका उपभोक्ता-सामग्रियों तथा औद्योगिक वस्तुओं के पर्याप्त माँग के अभाव में आज भी अति-उत्पादन से पीड़ित है। इस पर नियंत्रण पाने और विकास-चक्र को निरन्तर गतिवान बनाए रखने के उद्देश्य से अमेरिका अनेक विकासशील देशों को कृषि उपज तथा निर्मित

वस्तुएँ एवं रक्षा-सामग्री आदि सहायता या दान के रूप में देता रहता है। इस प्रकार वह एक ओर अपने अति-उत्पादन की समस्या का समाधान और प्रभावक्षेत्र में वृद्धि करने का प्रयास एक ही साथ कर रहा है। एकाध वर्ष में उसने अतिरिक्त खाद्यान्नों को समुद्र में इस उद्देश्य से डुबो दिया कि आधिक्य के कारण उनके मूल्य गिरने न लगें और कृषकों में असन्तोष का कारण न बन जाय।

2. बेरोजगारी—यद्यपि अमेरिका आज विश्व का सर्वाधिक विकसित देश है किन्तु वहाँ भी बेरोजगारी की समस्या विद्यमान हैं। अल्पविकसित देशों में बेरोजगारी अधिक है जबकि अमेरिका में आज भी लगभग 4% लोग बेरोजगार है। द्वितीय विश्वयुद्ध की समाप्ति के बाद विदेशी बाजार में सभी अमेरिकी उत्पादनों (कृषि, निर्मित एवं रक्षा सम्बन्धी उत्पादनों) की माँग में कमी होने और परिणामस्वरूप उत्पादनों के घटने के कारण बेरोजगारी में वृद्धि होने की पूरी-पूरी सम्भावना थी। अतः सन् 1945 में युद्ध समाप्त होते ही **'पूर्ण रोजगार अधिनियम'** (Full Employment Act) पारित किया गया और सभी कार्यक्षम व्यक्तियों को उनकी योग्यतानुसार समुचित रोजगार प्रदान करने को प्रधान लक्ष्य बनाया गया। बाद के सभी राष्ट्रपतियों ने भी बेरोजगारी को एक बहुत बड़ी सामाजिक बुराई माना और बेरोजगारी दूर करने की योजनाओं को भरपूर समर्थन दिया। **अमेरिका आज आर्थिक विकास के सबसे अग्रिम पंक्ति में खड़ा है, फिर भी बेरोजगारी की समस्या का पूर्ण समाधान करना अभी भी शेष है** और बेरोजगारी को पूर्णतः समाप्त करने के लिए अमेरिका पूर्णतः सचेष्ट एवं प्रयत्नशील है। आशा की जा सकती है कि शीघ्र ही निकट भविष्य में वह बेरोजगारी पूर्णतः समाप्त करने में सफल हो सकेगा।

3. भुगतान-असंतुलन—प्रथम एवं द्वितीय विश्वयुद्ध के कारण अमेरिकी अर्थव्यवस्था को तीव्र गति से विकास एवं अधिकाधिक निर्यात करने हेतु विशेष प्रोत्साहन मिला। युद्ध के आरंभिक वर्षों में वह पूर्ण एकाग्रता से उपभोक्ता एवं रक्षा-सामग्री के उत्पादन में लगा रहा जिससे वह विदेशी माँगों को पूरा कर सके और सर्वाधिक निर्यात का लक्ष्य प्राप्त कर सके। युद्ध आरंभ होने के दो वर्षों के पश्चात् वह मित्र-राष्ट्रों के सहायतार्थ उनकी ओर से युद्ध में शामिल हुआ और उन्हें अपने प्रभाव क्षेत्र में लेकर उनकी माँगों को पूरा करता रहा तथा भुगतान-संतुलन बनाये रखा। किन्तु द्वितीय विश्वयुद्ध के पश्चात् विदेशों में माँग कम हो जाने, आयातित वस्तुओं के मूल्य में वृद्धि हो जाने तथा विदेशी बाजारों में अन्य प्रतिस्पर्धियों के आ जाने के कारण भुगतान-संतुलन में घाटा होने लगा। मुख्यतः पेट्रोल के अधिकाधिक आयात और पेट्रोल-निर्यातक देशों द्वारा उनके मूल्य में वृद्धि कर दिये जाने से निर्यात की तुलना में आयात का मूल्य अधिक हो गया। इस भुगतान असंतुलन को दूर करने के लिए अमेरिका ने अनेक प्रकार के अस्त्र-शस्त्रों, युद्ध-सामग्रियों, इलेक्ट्रॉनिक यंत्रादि के निर्यात को बढ़ाने का यत्न किया है। साथ ही अर्थव्यवस्था में आर्थिक स्थायित्व बनाए रखने के लिए ऋण, अनुदान एवं आर्थिक सहायता प्रदान करने संबंधी अनेक कार्यक्रम बनाए हैं।

4. तकनीकी प्रगति—आज अमेरिका तकनीकी दृष्टि से सर्वाधिक विकसित है। परन्तु यही तकनीकी विकास उसकी एक समस्या बन गई है। **वह इतनी तकनीकी प्रगति कर गया है कि नित नवीन आविष्कार हो रहे हैं और तकनीकी प्रगति तथा आविष्कारों की गति इतनी तीव्र है कि जब तक वे बाजार में उपभोक्ता के पास उपभोग हेतु पहुँचते हैं, नयी तकनीकी विकसित हो जाती है नए आविष्कार हो जाते हैं और बाजार में उपलब्ध वस्तु स्वतः पुरानी पड़ जाती है।** उदाहरण के लिए अभी कम्प्यूटर्स

का सार्वजनिक प्रयोग शुरू भी नहीं हो पाया है, बहुत से विकासशील देशों में कम्प्यूटर्स मंगाए एवं लगाए जा रहे हैं। अमेरिका में सुपर कम्प्यूटर्स का आविष्कार हो चुका है, और विकासशील देशों द्वारा लगाए जाने वाले और अमेरिका में लगे सभी कम्प्यूटर्स पुराने पड़ गए हैं। इनकी लागत इतनी अधिक है कि एक साथ सबका प्रतिस्थापन (replacement) करना अत्यन्त कठिन है, विशेषतः विकासशील देशों के लिए। यही नहीं स्वयं अमेरिका के लिए भी अत्यधिक तकनीकी प्रगति एक समस्या बन गई है।

5. घाटे की बजट व्यवस्था—सन् 1933 में फ्रैंकलिन डी० रूजवेल्ट द्वारा राष्ट्रपति का पद ग्रहण करने के बाद सन् 1929 के महान मन्दी के प्रभावों को दूर करने के लिए एक बहुत बड़ा एवं व्यापाक बजट बनाया गया। बजट की आर्थिक आवश्यकताओं को पूरा करने हेतु घाटे के बजट व्यवस्था का अनुसरण किया गया। तब से आज तक (कुछ वर्षों 1981 से 85 के मध्य की अवधि को छोड़कर) **घाटे के बजट-रीति के आधार पर बड़े बजट बनाए जाने की परम्परा-सी बन गई,** जिससे अर्थव्यवस्था में निरंतर मुद्रा-स्फीति जैसी स्थिति बनी रही। अर्थव्यवस्था में आर्थिक स्थायित्व को बनाए रखने हेतु बजट के घाटे को उत्पादन कार्यों से प्राप्त आय के द्वारा पूरा करने के प्रयत्न किये जाते हैं।

6. मुद्रा-स्फीति—मुद्रा-स्फीति पर नियंत्रण स्थापित करने तथा आर्थिक स्थायित्व के लिए अनेकानेक प्रयास किये जा रहे हैं। एक ओर बजट के घाटे को उत्पादित कार्यों से प्राप्त आय द्वारा पूरा करने का प्रयत्न किया जा रहा है, दूसरी ओर अनेक अन्य उपाय भी किए जा रहे हैं। जैसे मजदूरी एवं मूल्यों में कटौती करना, उत्पादकता एवं तकनीकी विकास की गति में वृद्धि करना आदि। आवश्यकतानुसार मूल्य-नियंत्रण एवं राशनिंग-व्यवस्था भी अपनाई जाती है।

7. अन्य समस्याएँ—बेरोजगार, बेसहारा, अपाहिजों तथा अन्य लोगों की अपनी समस्याएँ भी हैं। प्रायः ये लोग अपने लिए रोजी-रोटी जुटाने में असमर्थ होते हैं। ऐसे लोगों की समस्याओं के समाधान के लिए भी अमेरिकी सरकार ने सामाजिक सुरक्षा योजना के अन्तर्गत अनेक प्रकार से सुरक्षा प्रदान करने एवं आर्थिक सहायता प्रदान करने की व्यवस्था की है। उसके लिए शिक्षण-प्रशिक्षण, स्वास्थ्य एवं चिकित्सा, बीमा की व्यवस्थाओं के अन्तर्गत अनेक सुविधाएँ प्रदान करने का प्रयास किया गया है। शहरी जनसंख्या के लिए गृह निर्माण, स्वास्थ्य एवं चिकित्सा तथा यातायात-सुविधाओं का निरंतर विस्तार किया जा रहा है। अनेकानेक अन्य सेवाएँ भी उपलब्ध कराये जा रहे हैं। उन्हें कुपोषण एवं प्रदूषण से मुक्त करने के लिए भी अथक प्रयास किया जा रहा है। जन-जीवन को अधिकाधिक सुरक्षित एवं सुखमय बनाए में अमेरिका बराबर लगा हुआ है।

विद्यमान स्थिति

यू० एस० इंडस्ट्री एंड ट्रेड आउटलुक 1998 के अनुसार पिछले प्रायः 15-16 वर्षों में संयुक्त राज्य अमेरिका की अर्थव्यवस्था में दो लम्बे आर्थिक प्रसार (expansion) और एक सापेक्षतः संक्षिप्त अवसाद (recession) के चक्र आए हैं। वर्ष 1983 के पहले 35 वर्षों के प्रायः 20 प्रतिशत महीनों में अमेरिका में अवसाद आया है। **उन वर्षों में औसत प्रसार काल 46 महीनों का रहा है और औसत अवसाद 11 महीनों का।** वर्ष 1981-82 के अवसाद के अन्त के बाद अमेरिकी अर्थव्यवस्था का प्रसार होता रहा है। मार्च 1997 तक प्रसार 164 महीनों में हुआ है और केवल 8 महीने अवसाद के रहे हैं यद्यपि श्रमबल

के बहुत से लोगों के लिए वह 8 महीनों वाला अवसाद कई वर्षों तक बना रहा था। बेरोजगारी में कमी नहीं आयी और वह 7 प्रतिशत बनी रही जबतक वर्ष 1982-91 का 48 महीनों का प्रसार और वर्ष 1996 में प्रारंभ हुआ 28 महीनों का विद्यमान प्रसार नहीं आया।[1]

वर्ष 1996 और 1997 के प्रारंभिक महीनों की संयुक्त राज्य अमेरिका की अर्थव्यवस्था की कहानी स्वस्थ विकास, कमजोर स्फीति और निम्न बेरोजगार की कहानी है। अप्रैल, 1997 में अर्थव्यवस्था ने अपने आर्थिक प्रसार के सातवें वर्ष को प्रारंभ किया। वर्ष 1996 में अमेरिकी अर्थव्यवस्था 2.4 प्रतिशत की दर से बढ़ी व्यय के अधिकांश प्रमुख उपांगों में लाभ के साथ। स्फीति सापेक्षतः हल्की रही। कुल घरेलू क्रयों के लिए मूल्य संकेतांक वर्ष 1996 में 2.1 प्रतिशत की वृद्धि हुई जो 1965 के बाद सर्वाधिक कम थी। वर्ष 1997 और 1998 में यही प्रवृत्ति बनी रहने का अनुमान था। अनुमान था कि अर्थव्यवस्था में सामान्य वृद्धि दर, नीची स्फीति और नीची बेरोजगारी दर इन वर्षों में भी बनी रहेगी और अर्थव्यवस्था की वृद्धि दर प्रतिवर्ष 2 और 2.6 प्रतिशत के बीच होगी, स्फीति दर (कुल घरेलू क्रयों के मूल्य संकेतांकों द्वारा मापित) 3 प्रतिशत वार्षिक से नीची बनी रहेगी और बेरोजगारी मोटे रूप से 5.5 प्रतिशत के आस-पास बनी रहेगी। अर्थव्यवस्था के विभिन्न उपांगों के अनुसार अमेरिकी कुल घरेलू उत्पादन की वृद्धि दर को नीचे की तालिकाओं में दिखलाया गया है।

उपांगों के अनुसार कुल घरेलू उत्पादन में वृद्धि दर

(GDP Growth by Components)

मद	1996 यथार्थ (actual) (प्रतिशत)	अनुमान 1997-98 की औसत वृद्धि (प्रतिशत)
वास्तविक कुल घरेलू उत्पाद (Real GDP)	2.4	2.0 से 2.8
गृह (housholds)		
उपभोक्ता व्यय	2.5	2.4 से 3.0
आवास-गृह (residential structures)	5.3	–0.5 से 1.0
व्यावसायिक निवेश		
साज-सज्जा (equipment)	8.3	4.5 से 8.5
व्यावसायिक इमारतें (structures)	4.9	–0.5 से 3.0
वस्तुओं एवं सेवाओं का विदेशी व्यापार		
निर्यात	8.5	5.5 से 9.0
आयात	8.4	7.5 से 9.0
सरकारी व्यय एवं निवेश		
संघीय	–1.1	–2.0 से –3.5
राज्य और स्थानीय	2.0	2.0 से 3.0

स्रोतः यू॰ एस॰ इन्डस्ट्री एण्ड ट्रेड आउटलुक 1998

1. U.S. Industriy and Trade Outlook, 1998

आर्थिक निष्पादन के अन्य मूल मापदण्ड (प्रतिशत परिवर्तन)
(Other Key Measures of Economic Performance [Per Cent Change])

मद	1996 यथार्थ (actual)	अनुमान 1997-98 औसत वृद्धि दर
उत्पादन		
औद्योगिक उत्पादन (प्रतिशत परिवर्तन)	2.7	2.7 से 3.5
नए आवास (housing starts) (मिलियन इकाइयाँ)	1.5	1.3 से 1.5
ऑटो और हल्के ट्रक विक्रय (मिलियन इकाइयाँ)	15	15 से 15.5
गैर-प्रक्षेत्र वस्तु भंडार संचय (मिलियन डॉलर 1992 के स्तर पर) (non-farm inventory accumulation)	19	20 से 35
मूल्य और मजदूरियाँ (प्रतिशत परिवर्तन)		
उपभोक्ता मूल्य संकेतांक	2.9	2.5 से 3.5
उत्पादक मूल्य संकेतांक (तैयार माल के लिए)	2.6	1.0 से 2.0
प्रति घंटा उत्पादन	0.8	0.7 से 1.7
ब्याज दरें (प्रतिशत)		
30 वर्षीय ट्रेजरी बाँड पर प्राप्त दर	6,7	6.5 से 7.5
ट्रेजरी बिल पर	5.0	5.0 से 6.0
आय (प्रतिशत परिवर्तन)		
व्यक्ति आय (मौद्रिक)	5.0	4.5 से 6.0
वास्तविक व्यय योग्य आय (real disposable income)	2.9	2.0 से 3.5

स्रोत: यू॰ एस॰ इन्डस्ट्री एण्ड ट्रेड आउट लुक 1998

संदर्भ

Faulkner : American Economic History.

Bogart and Kemmerer : American Economic History.

Wright : Economic History of the United States.

Galbraith : American Capitalism.

Lewis : Economic Survey, 1929-39.

Arndt : Economic Lessons of 1930's

Mikesell : U.S. Economic Policy and International Relations.

Jennings : Economic History of the United States.,

Harris : American Economic History.

Rhodes : History of the United States.

Herman Kross : American Economic Development.

Williamson : The Growth of the American Economy.

Twentieth Century Fund : The U.S.A. in New Dimensions. U.S. Industry and Trade Outlook, 1998

मानक प्रश्न

1. अमेरिका के आर्थिक विकास के संदर्भ में आर्थिक विकास की विभिन्न अवस्थाओं की विवेचना कीजिए।
2. संयुक्त राज्य अमेरिका के तीव्र आर्थिक विकास के लिए उत्तरदायी तत्त्वों की विवेचना कीजिए।
3. अमेरिकी अर्थ-व्यवस्था पर पिछले दो विश्व-युद्धों के प्रभावों की व्याख्या करें।
(B.U.B.A. (H) 1958)
4. युद्धोत्तर विश्व में अमेरिकी अर्थ-व्यवस्था की स्थिति की समीक्षा करें।
5. 1929 की महान आर्थिक मन्दी के कारणों की व्याख्या कीजिए। संयुक्त राज्य अमेरिका में आर्थिक पुनरुत्थान के लिए क्या प्रयास किये गये थे तथा इसमें कितनी सफलता प्राप्त हुई थी? **(B.H.U.M. Com. 1959)**
6. ''अमेरिकी अर्थ-व्यवस्था का पुनरुत्थान न्यू डील से नहीं युद्ध के द्वारा हुआ।'' क्या आप इससे सहमत हैं? कारण दीजिए।
7. प्रेसिडेन्ड रूजवेल्ट की न्यू डील नीति की प्रमुख विशेषताओं का विवेचन करें तथा आधिक्य की समस्या के समाधान में इसकी सफलता की व्याख्या करें। **(B.H.U.B.A. 1956)**
8. प्रेसिडेंड रूजवेल्ट की न्यू डील नीति की प्रमुख विशेषताओं की व्याख्या कीजिए।
(B.H.U.B.A. 1958, 1960)
9. 1929 के संकट के मूलभूत कारण क्या थे? इसके मौलिक परिणाम क्या थे?
(B.H.U.B.A. 1961)
10. न्यू डील क्या है? आर्थिक विकास पर इसके क्या प्रभाव पड़े?
11. न्यू डील के अन्तर्गत संयुक्त राज्य अमेरिका में औद्योगिक पुनरुत्थान के लिए अपनाये गये उपायों की आलोचनात्मक विवेचना कीजिए। **(P.U.B. Com. 1951)**
12. ''न्यू डील स्वेच्छावादी नीति के पतन को स्पष्ट करता है किन्तु पूँजीवाद की समाप्ति नहीं।'' व्याख्या करें। **(B.U.B.A. (H) 1960)**
13. ''प्रेसिडेंट रूजवेल्ट अमेरिकी अर्थव्यवस्था के मौलिक दोषों को दूर करने में मुख्यतः विफल रहे तथा उनका कार्य एक भयानक रोग के लक्षणों की व्याख्या तक ही सीमित रहा।'' न्यू डील के अन्तर्गत पुनरुद्धार तथा पुनर्निर्माण के लिए उनके द्वारा अपनाये गए उपायों के सन्दर्भ में इसकी व्याख्या कीजिए। **(B.U.B.A. (H) 1955)**
14. न्यू डील क्या है? संयुक्त राज्य अमेरिका में किस परिस्थिति में यह अपनाया गया था तथा इसके क्या परिणाम हुए? **(B.U.B. Com. 1955 S., P.U.B. Com. 1963 A)**
15. संयुक्त राज्य अमेरिका के गृह-युद्ध के आर्थिक पहलुओं की व्याख्या करें।
(P.U.B. Com. 1956, B.U.B. Com. 1954 S)
16. ''यदि 1812 के युद्ध ने कारखाना प्रणाली को जन्म दिया तो गृहयुद्ध ने औद्योगिक क्रांति का सूत्रपात किया।'' व्याख्या कीजिए। **(B.H.U.B.A. 1960)**
17. अमेरिकी अर्थव्यवस्था पर गृह-युद्ध के प्रभावों की व्याख्या कीजिए।
(B.H.U.A. 1960, M.U.B. Com. 1963)
18. संयुक्त राज्य अमेरिका के आर्थिक विकास पर अमेरिकी गृह युद्ध के क्या प्रभाव पड़े थे? विकास की प्रारंभिक अवस्था में देश के औद्योगिक विकास के लिए कैसे पूँजी प्राप्त हुई? **(P.U.B.A., (H) 1954)**

19. What is the position of the U.S.A. in the world economy today ? Account for the emergence of the U.S.A. as a world economic power after 1913.

(M.U.B.A. Hons. 1963)

20. Do you agree with the view that 20th century in the U.S.A. is the period of 'socialism on march' ? **(M.U.B.A. Hons. 1968)**

21. युद्धेत्तर अमेरिकी अर्थव्यवस्था की स्थिति का आलोचनात्मक विश्लेषण करें।

(E.B. U., 1978)

22. द्वितीय महायुद्धकालीन अमेरिकी अर्थव्यवस्था की विशेषताओं और उस पर महायुद्ध के प्रभावों की समीक्षा कीजिए।

23. द्वितीय युद्धोत्तर अमेरिकी अर्थव्यवस्था की विशेषताओं एवं समस्याओं का विश्लेषण करें।

24. आधुनिक अमेरिकी अर्थव्यवस्था की विशेषताओं का वर्णन करें और उसकी समस्याओं के समाधान हेतु किए गए उपायों का वर्णन करें।

❑

अध्याय 3

पश्चिम चलो आन्दोलन

(THE WESTWARD MOVEMENT)

जब अमेरिकी उपनिवेश ब्रिटिश सरकार से स्वतंत्रता प्राप्त किए थे तो उस समय अमेरिका की अधिकांश जनसंख्या अमेरिका के पूर्वी भागों, विशेषतः अपलाशियन पहाड़ के पूर्वी भागों में ही निवास करती थी। अभी तक इस अपलाशियन पहाड़ के पश्चिम का विशाल भू-खंड अमेरिकी जनता के लिए अज्ञात-सा ही था। उस भू-खंड में अधिकांशतः शिकारी अथवा फल का कार-बार करने वाले व्यापारी पाए जाते थे। किन्तु ये भी अधिकांशतः ओहियो और मिसीसीपी की घाटियों में ही पाए जाते थे। निर्जन-भू-खंड इतना विशाल था कि इसके विषय में एक बार **जेफर्सन** (Jefferson) ने कहा था कि **इस भू-भाग को जनपूर्ण होने में हजार वर्ष लग जायेंगे। यद्यपि जेफर्सन की धारणा के प्रतिकूल यह विशाल भू-खंड लगभग एक ही शताब्दी के अन्दर जनपूर्ण हो गया फिर भी संयुक्त राज्य अमेरिका के पश्चिमी खंड में जनता का प्रवास इतने वृहत् पैमाने पर हुआ कि यह विश्व इतिहास में महानतम जन प्रवासों में एक कहा जाता है।**

पश्चिमोन्मुख विस्तार की प्रगति और उसके सहायक तत्त्व

अमेरिका में पश्चिम की ओर प्रयाण **कई स्तरों** से होकर गुजरा है। **प्रथम स्तर** में शिकारी, व्यापारी तथा प्रचारक लोग आये। इसी वर्ग के लोग अग्रणी होते थे तथा इसमें भी पहले इन्हीं का पदार्पण हुआ। **द्वितीय स्तर** में चरवाहे अपने पशुओं के झुण्ड के साथ आये। पशुओं का चरागाह के लिए ले जाना अत्यन्त सरल था। अतः उन्होंने पश्चिमी सीमा को और आगे की ओर बढ़ाया। **तृतीय स्तर** में कृषक लोग आये जो कृषि के लिए भूमि का प्रयोग करने लगे। धीरे-धीरे कृषि की विशाल संभावनाओं को देखते हुए बहुत बड़ी संख्या में लोग खेती के लिए पश्चिम की ओर आये तथा कहीं-कहीं पर गहन कृषि भी की जाने लगी। **चतुर्थ स्तर** निर्माण उद्योग का स्तर है जब पूँजी और साहस वाले लोग बड़ी संख्या में पश्चिम की ओर आने लगे। निर्माणी उद्योगों के विकास के साथ इस भाग में बड़े-बड़े औद्योगिक नगर का अभ्युदय हुआ।

पश्चिम की ओर विस्तार (westward expension) ने स्वतंत्रता के पश्चात् जोर पकड़ा था। किन्तु इसका प्रारंभ औपनिवेशिक काल में ही हो गया था। औपनिवेशिक काल में भी निःशुल्क भूमि की माँग उत्पन्न हुई थी और कुछ सीमा तक सरकार द्वारा इस माँग की पूर्ति भी की जा सकी थी। **भूमि-संबंधी परिकल्पी क्रियाओं में बहुत लोगों ने, जॉर्ज वाशिंगटन** (George Washington) **सहित अमेरिकी नेताओं ने भी अपने लिए धन का अर्जन किया था।** ये लोग सस्ते मूल्यों पर भूमि के बड़े-बड़े टुकड़ों को खरीदते थे और इसे छोटे-छोटे टुकड़ों में ऊँचे मूल्यों पर बेचते थे। 18वीं शताब्दी के अन्तिम वर्षों में जब संयुक्त राज्य के पास उत्तरी-पश्चिमी क्षेत्र आ गया तो निःशुल्क भूमि

के लिए माँग पुनः उत्पन्न हुई। इस समय संयुक्त राज्य की विधायिका बड़े-बड़े भू-खंडों से इस क्षेत्र की भूमि को सैनिक अनुदान के रूप में देने के साथ-साथ राजस्व में वृद्धि करने के उद्देश्य से नीलामी के द्वारा कुछ भूमि बेचती भी थी। **सन् 1796 से 1820 के बीच भूमि सुधार विक्रय की पद्धति प्रचलित थी।** किन्तु इस प्रणाली के अधीन केवल धनी व्यक्ति ही भूमि खरीद पाते थे। 1814 के पश्चात् प्रतिवर्ष 10 लाख एकड़ से भी अधिक भूमि बेची जा रही थी। किन्तु सन् 1820 में उधार बिक्री के बदले नकद की प्रथा चालू की गई और भूमि के मूल्य को कम कर दिया गया। इससे भूमि की बिक्री और भी अधिक बढ़ गयी। संघीय सरकार के अतिरिक्त राज्य सरकारें भी भूमि की बिक्री कर रही थीं। **भूमि के क्रय-विक्रय संबंधी इन परिकल्पी क्रियाओं के फलस्वरूप उन व्यक्तियों की स्थिति के लिए धमकी उत्पन्न हो गई जो इस क्षेत्र में आकर जंगलों को काटकर भूमि पर अनाधिकार रूप में बस गए थे किन्तु जिनकी आर्थिक अवस्था अभी भी खराब ही थी।** उन्होंने इसका विरोध करना प्रारंभ किया। इस उद्देश्य से उन्होंने भूमि के विक्रय के लिए नीलामों में डाक बोलने के कार्य को रोकने के लिए दावा गोष्ठियां (claim clubs) का निर्माण किया। सरकारी भूमि से उन्हें बार-बार हटा दिए जाने के कारण उन्होंने भूमि संबंधी दावों पर बल दिया। उनके हठ से बाध्य होकर सरकार को अनेक आंशिक अग्र-क्रयाधिकार विधियों का निर्माण करना पड़ा था। अन्त में, सन् 1841 में **सामान्य अग्र-क्रयाधिकार अधिनियम** (General Preemption Act) निर्मित किया गया जिसके अनुसार इन अनाधिकारवासी व्यक्तियों (squaters) को यह अधिकार दिया गया कि जिस भूमि पर वे अनाधिकार रूप से बसे हुए हैं उन्हें यदि सरकार बेचेगी तो उसे वे न्यूनतम मूल्य पर खरीद सकेंगे।

मिसीसीपी नदी में वाष्प नौवाहन के प्रयोग, कपास की खेती का प्रसार, प्रेयरी ब्रेकर नामक यंत्र के आविष्कार, रेलवे के तीव्र विस्तार, अमेरिकी गृह-युद्ध के बाद भूमि के निःशुल्क वितरण कें विरोध के अन्त, कैलिफोर्निया में स्वर्ण की खानों की खोज, नवीन कृषि यंत्रों के आविष्कार, प्रशीतन गाड़ी (refrigerator car) **के प्रयोग आदि के कारण पश्चिमोन्मुख विस्तार को प्रोत्साहन मिला था।** ये विभिन्न तत्त्व विभिन्न समय में इस आन्दोलन में सहायक रहे हैं। प्रारंभ में पश्चिम की ओर विस्तार मिसीसीपी नदी में वाष्प नौवाहन के प्रयोग से प्रोत्साहित हुआ था और कपास की खेती में वृद्धि ने इस आन्दोलन को बल दिया था। किन्तु जब **जॉन डियरे** (John Deere) ने मैदान साफ करने के लिए **प्रेयरी ब्रेकर** (Prairie Breaker) नामक यंत्र को विकसित किया तो इस 'पश्चिम चलो आन्दोलन' को एक नवीन स्फूर्ति मिली। इस यंत्र के बिना पश्चिमी भाग में कृषि कार्य अत्यन्त ही कठिन और अलाभकर रहा होता। किन्तु इस यंत्र ने इस कार्य को सरल बना दिया। पश्चिम की ओर विस्तार होता रहा और साथ ही भूमि की परिकल्पिक क्रियाएँ भी।

19वीं शताब्दी के पाँचवें दशक में विशेषतः 1848 में कैलिफोर्निया में सोने की खानों की खोज के बाद कुछ लोग पश्चिम के सुदूर भाग में जाने लगे थे। सोने की खानों का पता लगने पर कुछ लोग विशाल मैदान (Great Plains) के सूखे भाग को छोड़ते हुए न्यू मेक्सिको के सान्ता फे और ओरगन के पास पहाड़ी राज्यों में पहुँच गये थे जिन्हें 'जंगली पश्चिम' (wild west) कहा जाता था। फिर भी अभी तक संयुक्त राज्य की 99 प्रतिशत जनसंख्या मिसीसीपी के पूर्वी भाग में बसी हुई थी। **किन्तु जब अमेरिकी गृह-**

युद्ध से संयुक्त राज्य अमेरिका के दक्षिणी राज्यों की हार के कारण देश के पश्चिमी भागों की भूमि के निःशुल्क वितरण के विरोध का अंत हो गया तो पश्मिोन्मुख विस्तार आन्दोलन ने खूब जोर पकड़ा। पश्चिम क्षेत्र की भूमि के निःशुल्क वितरण का विरोध देश के दक्षिणी राज्यों द्वारा इस भय से किया जाता था कि ऐसा करने से दक्षिणी राज्यों के बगानों के लिए आवश्यक श्रमिकों की कमी हो जाएगी। गृहयुद्ध के पश्चात् यह विरोध समाप्त हो गया और पश्चिमी भाग में जनता का प्रवाह कम होने लगा। **इसी समय रेलवे निर्माण का महान युग प्रारंभ हुआ** जब महाद्वीप के एक छोर से दूसरे छोर में जाने वाली रेल-लाइनों का निर्माण हुआ। **विशाल पैमाने पर रेलवे-निर्माण के कारण पश्चिम की ओर विस्तार में अत्यन्त ही अधिक तीव्रता आ गई।** महाद्वीप को आर-पार करने वाली रेलों के निर्माण ने सुदूर पश्चिम सीमा में वाणिज्यिक कृषि के तीव्र विकास को संभव बनाया। यातायात को आकर्षित करने के लिए रेलों ने आवास सूचना केन्द्रों (immigration bureaux) को स्थापित किया था और जो लोग पश्चिमी भाग में जाते थे उनके लिए मुफ्त यात्रा (free passes) की व्यवस्था की थी। फिर नवीन कृषि यंत्रों, प्रशीतक गाड़ियां आदि का भी आविष्कार हुआ। प्रशीतन गाड़ियों की व्यवस्था के कारण मांस का पूर्वी भागों में भेजा जाना संभव हो गया। जैसे-जैसे जनता नवीन अकृषित भूमि में बढ़ती गई, वह स्थान परिवर्तनीय कृषि (shifting cultivation) करती गई जिसका मिट्टी पर बहुत बुरा प्रभाव पड़ा। शीघ्र ही **लगभग 15 मिलियन भैंसों को मारकर महान मैदान से लाल भारतीयों को समाप्त कर दिया गया क्योंकि भैंसों पर ही इनकी अर्थव्यवस्था की नींव थी। सन् 1870-80 के बीच इन भैंसों का वृहत् पैमाने पर बध होता रहा और अन्त में हड्डियाँ ही बची रहीं।**

इसके बाद पूर्वी क्षेत्र से ग्वाले और पशुशाला वाले व्यक्तियों का आगमन हुआ जो अपने पशुओं को सैकड़ों मील हाँकते हुए और बिना वैधानिक अनुमति से ही 30-40 वर्गमील की पशुशालाओं की स्थापना करते हुए आए। टेक्सास बड़ी-बड़ी पशुशालाओं का राज्य बन गया। इसके अतिरिक्त न्यू मेक्सिको, ओकलाहामा; डाकोटास, मानटाना, कैलिफोर्निया और ओरगन भी गाय देश (cow country) में परिवर्तित हो गए। **इस प्रकार संयुक्त राज्य अमेरिका के पश्चिमी भाग में विश्व का महानतम पशु उद्योग स्थापित हो गया।** यहाँ पशु उद्योग अत्यन्त ही अधिक विकसित हो गया। यहाँ तक कि इंगलैंड और स्काटलैंड के भू-स्वामियों ने अमेरिका की पशुशालाओं में लाखों पौंड की पूँजी का निवेश किया। 19वीं शताब्दी के अन्तिम वर्ष में सुदूर पश्चिम के चरागाहों में भेड़ों को पालना प्रारंभ हो गया। पहले तो भेड़ों को घृणा की दृष्टि से देखा जाता था किन्तु थोड़े समय के पश्चात इन भेड़ों ने उस क्षेत्र की अर्थव्यवस्था में अपना महत्त्वपूर्ण स्थान बना लिया।

अब पश्चिम में जन-प्रवास की अन्तिम अवस्था प्रारंभ हुई। 1880 के बाद वाले कुछ वर्षों में पश्चिम से आनेवाले प्रवासी लोग पहाड़ी राज्यों एवं मिसीसीपी घाटी में आकर महान मैदान में बए गए और खाली भूमि में पशुओं के घूमने-फिरने पर बन्धन लगा दिए। मैदान को घेर लिया गया और घेरे के अन्दर ही पशुओं को रखा जाने लगा। **कँटीली तार के अनुसंधान ने इस कार्य में क्रांतिकारी परिणाम लाया।** इसके प्रयोग से सम्पूर्ण घास का मैदान (Prairie) शीघ्र ही घेर डाला गया। खुले मैदान में पशु पालन उद्योग का अन्त हो गया। **इस प्रकार सम्पूर्ण पश्चिमी प्रदेश अब जन-वासित हो गया और महान मैदान में पशु पालन उद्योग एवं कृषि उद्योग जड़ जमा लिए।**

19वीं शताब्दी में जितने विभिन्न अधिनियम निर्मित किए गए थे उन सबों के अधीन सब मिलाकर लगभग 200 मिलियन एकड़ से भी अधिक भूमि पश्चिम में बसने वाले व्यक्तियों को वितरित की जा सकी थी। **इस प्रकार 19वीं शताब्दी में पश्चिमोन्मुख विस्तार जोर-शोर से चलता रहा** और शताब्दी के अन्त तक लगभग पूर्ण हो चला यद्यपि क्षेत्रवास की रचना का क्रम कुछ सीमा तक वर्तमान शताब्दी के प्रारंभिक वर्षों तक चलता रहा।

पश्चिम की ओर प्रयाण को प्रभावित करनेवाले तत्त्व
(Factors Facilitating the Westward Movement)

1. देश की आंतरिक आर्थिक परिस्थितियाँ—सन् 1808 तथा 1815 के बीच पूर्वी भाग के सभी व्यापारिक केन्द्रों में वस्तुओं के अत्यधिक मात्रा में जमा हो जाने के परिणामस्वरूप मन्दी आ गयी थी। विभिन्न अधिनियमों के पारित होने तथा सन् 1812 के युद्ध के कारण विदेशी व्यापार में बहुत बाधाएँ उत्पन्न हो गयीं तथा देश को अपने साधनों पर आश्रित रहने के लिए बाध्य होना पड़ा। अतः देश के अन्दर बहुत से उद्योगों की स्थापना हो गयी। किन्तु सन् 1815 में युद्ध की समाप्ति के बाद बाहरी प्रतियोगिता पुनः बढ़ गयी। परिवहन एवं संचार के साधनों के अभाव में पश्चिम की ओर वस्तुओं को ले जाना भी संभव नहीं था। अतः बहुत से लोग पश्चिम की ओर आकर बसने लगे।

2. जनसंख्या की अत्यधिक वृद्धि—पूर्वी भाग में बढ़ती हुई जनसंख्या ने नयी भूमि तथा नये साधनों के विस्तार के लिए पश्चिम की ओर प्रयाण आवश्यक बना दिया। निम्नांकित आँकड़ों से जनसंख्या में इस वृद्धि का अन्दाजा लगता है—

वर्ष	जनसंख्या
1790	40,00,000
1820	1,70,00,000
1860	3,14,00,000

3. पश्चिम में प्राकृतिक और आर्थिक साधनों की प्रचुरता—पश्चिमी भाग में उपजाऊ भूमि तथा अन्य प्राकृतिक साधनों की प्रचुरता ने लोगों का ध्यान हठात् ही पश्चिम की ओर आकर्षित किया। पश्चिम के खनिज भंडारों, भूमि की उर्वरता तथा विशाल चरागाहों की चर्चा सुनकर प्रत्येक व्यवसाय के लोग इस ओर बहुत बड़ी मात्रा में आकर्षित हुए।

4. सरकार की उदार भूमि नीति—कांग्रेस की भूमि नीति के उद्देश्य थे पश्चिम की ओर बसने को प्रोत्साहित करना तथा भूमि के विक्रय द्वारा सरकारी आय में वृद्धि करना। सन् 1785 के भूमि अध्यादेश (Land Ordinance of 1785) के अनुसार यह व्यवस्था की गयी थी कि पहले से सरकार द्वारा भूमि का सर्वेक्षण किया जाना चाहिए। कुल भूमि का 36वाँ भाग शिक्षण संस्थाओं के लिए पृथक कर दिया जाना चाहिए तथा निम्न मूल्य पर भूमि के विक्रय के लिए सार्वजनिक कार्यालयों की स्थापना की जानी चाहिए। सरकार भूमि का विक्रय आम नीलामी द्वारा करती थी। इसका न्यूनतम मूल्य 1 डॉलर प्रति एकड़ रखा गया था जिसे सन् 1796 में बढ़कर 2 डॉलर कर दिया गया।

5. यूरोप की संक्रमणात्मक स्थिति *(Transitional State of Europe)*—जिस समय पश्चिम की ओर प्रयाण का क्रम चल रहा था उस समय यूरोप की आंतरिक स्थिति

बहुत ही अस्त-व्यस्त थी। एक ओर नेपोलियन ने यूरोप के जन-जीवन को संकट-ग्रस्त किया था और दूसरी ओर औद्योगिक क्रांति ने बेरोजगारों की एक बहुत बड़ी संख्या खड़ी कर दी थी। इनमें फ्रांस, इंगलैंड तथा स्पेन आदि देश अत्यधिक प्रभावित हुए थे। अतः यहाँ के निवासियों के लिए अमेरिका ही एक मात्र स्थान रहा गया था और वहाँ भी पश्चिम में ही बसने की अधिक सुविधाएँ थीं। इस प्रकार **एक ओर अमेरिका ने यूरोप के भूखे-नंगे तथा निराश्रितों को बड़ी संख्या में बसने के लिए आश्रय दिया तो दूसरी ओर इसने यूरोप के सम्पन्न निवासियों के लिए पूँजी निवेश के लिए भी मार्ग प्रशस्त किया।**

पश्चिमोन्मुख विस्तार के प्रभाव

आर्थिक प्रभाव—पश्चिमोन्मुख विस्तार के आर्थिक प्रभाव अत्यन्त महत्त्वपूर्ण हुए। अमेरिकी कृषि, जो उस समय संयुक्त राज्य अमेरिका का प्रधान धंधा थी, में क्रांतिकारी परिवर्तन करने में इसका महत्त्वपूर्ण योग रहा है। इसने पश्चिम में कपास की खेती को संभव बनाया। इस आन्दोलन ने वैज्ञानिक कृषि को प्रोत्साहित किया। भूमि की प्रचुरता तथा श्रम के अभाव के कारण पश्चिम में किसानों को श्रम-बचावक उपायों का प्रयोग करने के लिए प्रोत्साहन मिला। परिवहन साधनों के विकास के कारण शीघ्र ही पूर्व तथा पश्चिम के किसानों में एक प्रकार से प्रतियोगिता की भावना उत्पन्न हो गयी जिसका कृषि पर बड़ा ही स्वस्थ प्रभाव पड़ा। इस समय तक कपास की माँग बढ़ती जा रही थी जिससे कपास की खेती में बहुत वृद्धि हुई तथा इसका उत्पादन सन् 1790 में 40 हजार गाँठ से बढ़कर सन् 1860 में 38,41,000 गाँठ हो गया। अन्य फसलें, विशेषतः चावल तथा गन्ने की खेती भी की जाने लगी यद्यपि इनका महत्त्व बहुत कम था। पश्चिमोन्मुख विस्तार ने औद्योगिक विकास को भी प्रोत्साहित किया। पश्चिमी क्षेत्र में उद्योगों के अभाव के कारण पूर्वी क्षेत्र में स्थापित उद्योगों की वस्तुओं के लिए पश्चिम में धीरे-धीरे बड़ा बाजार मिलने लगा। इस प्रकार **इसने भूक्षेत्रीय श्रम-विभाजन को प्रोत्साहित कर पश्चिम में कृषि तथा पूर्व में उद्योगों के विकास को प्रोत्साहित किया।** किन्तु इनके बीच व्यापार एकांगी था। पूर्वी क्षेत्र अपनी वस्तुएँ पश्चिमी क्षेत्र को बेचता था। पश्चिमी क्षेत्र अपनी वस्तुएँ दक्षिणी क्षेत्र को भेजता था और दक्षिणी क्षेत्र अपने उत्पादन का लगभग तीन चौथाई भाग निर्यात कर देता था। धीरे-धीरे परिवहन और संचार के साधनों के विकास ने व्यापार की इस प्रवृत्ति में परिवर्तन ला दिया। पश्चिमोन्मुख विस्तार ने प्रौद्योगिक बेकारी के लिए बीमा का कार्य किया। यदि पूर्वी भाग में श्रमिक प्रौद्योगिक प्रगति के कारण बेकार हो जाते थे तो वे पश्चिम की ओर जाकर बसने लगते थे।

राजनीतिक प्रभाव—पश्चिमोन्मुख विस्तार ने एक ऐसे राजनीतिक वर्ग को जन्म दिया जो शीघ्र ही अमेरिकी राजनीति में अत्यधिक महत्त्वपूर्ण हो गया। सन् 1828 में पश्चिम का एक निवासी, **जैक्सन**, राष्ट्रपति बना जिसने अमेरिका में जनतंत्र को एक नया रूप दिया। **मुक्त एवं खुला पश्चिम, आर्थिक अवसरों में पश्चिम चलो आन्दोलन के प्रभावों के ही परिणाम हैं। राष्ट्रपति अब्राहम लिंकन** भी पश्चिम की ओर बसे हुए परिवार में ही उत्पन्न हुआ था। धीरे-धीरे पश्चिम का प्रभाव पूर्वी भाग पर भी पड़ने लगा। **इस प्रकार पश्चिमोन्मुख विस्तार ने एक वृहत् जनतंत्र के विकास में अवर्णनीय**

योगदान किया है। चेस्टर राईट (Chester Wright) के अनुसार 'पश्चिम निवासी राजनीतिक अखाड़े में प्रवेश करना प्रारंभ किये और उस काल में सामान्य वयस्क मताधिकार के विस्तार के लिए किए जा रहे आंदोलन की सहायता से उन्होंने सरकार के एक अधिक लोकप्रिय स्वरूप के विकास और अधिक अंश तक कार्यकुशल औद्योगिक जनतंत्र का विकास करने में सहायक विधियों के निर्माण को प्रोत्साहित किया।''[1]

सामाजिक प्रभाव—सीमा प्रदेशों की कठिनाइयों तथा अकेलेपन ने उनमें स्वतंत्रता एवं व्यक्तिवाद की भावना का संचार किया। **चूँकि सीमा प्रदेशों में विभिन्न जाति तथा सम्प्रदाय के लोग एक साथ मिलकर रहते थे इसलिए इससे अमेरिकी सभ्यता को एक नया रूप मिला।** इस प्रकार इसने अमेरिका निवासियों के सामाजिक जीवन को भी प्रभावित किया। कुछ लोगों के अनुसार, पश्चिमोन्मुख विस्तार का अमेरिकी जन-जीवन पर अच्छा प्रभाव नहीं पड़ा। किन्तु यह धारणा भ्रमपूर्ण है। वास्तव में **पश्चिम की ओर बसने वालों ने एक ऐसे वातावरण का सृजन किया जिसमें चुनाव के द्वारा निर्मित सरकार, चर्च, स्कूल, विद्यालय, छापाखाना तथा समाचार पत्र आदि को अपनाना संभव हुआ।**

पश्चिमोन्मुख विस्तार का महत्त्व

अपलाशियन पहाड़ के पश्चिम के भू-खंड को 19वीं शताब्दी में **'असंतोष का सुरक्षा-कपाट'** (safety valve of discontent) कहा जाता था। कारण यह था कि **अधिक घने बसे हुए पूर्वी क्षेत्र से जब गरीब पश्चिमी भाग में चले आते थे तो कुछ सीमा तक पूर्वी भाग में हलचलों में कमी हो जाती थी और इस क्षेत्र में कार्य करनेवाले औद्योगिक श्रमिकों की मजदूरी में वृद्धि होने में सहायता मिलती थी।** इसके अतिरिक्त यह भी कहा जाता है कि **यह प्रवास प्रौद्योगिक बेकारी के लिए बीमा का भी कार्य करता था** क्योंकि प्रौद्योगिक प्रगति के कारण यदि श्रमिक बेकार हो जाते थे तो वे पश्चिमी भाग में प्रवास कर लेते थे। इस प्रकार संयुक्त राज्य अमेरिका के आर्थिक विकास के इतिहास में पश्चिमोन्मुख विस्तार का बहुत ही अधिक महत्त्व है। **कुछ लोगों ने तो देश के पश्चिमी भाग को संयुक्त राज्य अमेरिका के सम्पूर्ण आर्थिक विकास एवं इसके ढाँचे तथा इसकी प्रकृति की गोद कह डाला है।** किन्तु वस्तुतः ऐसा कहना पश्चिमी भाग एवं पश्चिमोन्मुख प्रसार के महत्त्व की अतिशयोक्ति होगा। निःसंदेह पश्चिमी क्षेत्र के विशाल मैदान के द्वार को खोलने के अवसर ने अमेरिकी जनता के साहसिक तथा जोखिम उठाने वाले गुणों को प्रोत्साहन एवं आवाहन देकर अमेरिका में तीव्रगति गति से पूँजीवाद और इस प्रकार आर्थिक विकास को बढ़ावा दिया है। किन्तु पश्चिमी क्षेत्र एवं उसमें जन-प्रवास आन्दोलन को अमेरिकी आर्थिक विकास की नींव तथा मूल कहना गलत होगा और अमेरिका के आर्थिक विकास में यूरोप के प्रभाव के महत्त्व की

---

1. "Westerners began to enter the political area and aided by the movement towards a general extension of universal manhood suffrage which occurred at this period, they furthered the development of a popular form of government as well as the passage of laws designed to promote a greater degree of industrial democracy."
—C. Wright : *Economic History of the United States*, p. 334

अवहेलना करना होगा। वस्तुतः **स्वयं पश्चिमी क्षेत्र का विस्तार भी इसी कारण संभव हो सका था कि यूरोपीय देशों से अमेरिका में जनता का सतत् आगमन हो रहा था** जो कृषि, औद्योगिक एवं व्यापारिक क्षेत्र में अनुभवप्राप्त थी। पश्चिमोन्मुख विस्तार का एक अंधकारमय पहलू भी है। पश्चिमी सीमा के शीघ्र अन्त ने अमेरिका में एक असंतोष उत्पन्न कर दिया क्योंकि पश्चिम की ओर विस्तार संबंधी आंदोलन के कारण कृषि वस्तुओं के मूल्यों में बहुत कमी हो गयी और कृषि क्षेत्र में असंतोष हो गया जो लगभग 30-35 वर्षों तक अमेरिकी राजनीति की प्रमुख समस्या बना रहा।

फिर भी संयुक्त राज्य अमेरिका के आर्थिक विकास और जनसंख्या की समस्या के अध्ययन में पश्चिम की ओर प्रयाण का अपना महत्त्वपूर्ण स्थान है। **यह पश्चिमोन्मुख विस्तार अमेरिकी गृहयुद्ध का एक महत्त्वपूर्ण कारण था। इसी प्रकार 19वीं शताब्दी में अमेरिकी कृषि के विकास की कहानी लगभग पश्चिम चलो आन्दोलन की ही कहानी है।** प्रारंभ में विदेशी प्रवासियों ने अमेरिका के पूर्वी भाग में ही बसना प्रारंभ किया था जो पश्चिम में अलधैनी पर्वतों से तथा पूर्व में अटलांटिक महासागर से घिरा हुआ था। **उस समय उपनिवेशवादियों में लॉर्ड बर्कले की यह कहावत प्रचलित थी कि 'साम्राज्य का मार्ग पश्चिम की ओर है।''** जब इस नवीन क्षेत्र की ओर बढ़ने की प्रवृत्ति जागृत हुई तो आवास और आवागमन की सुविधाओं का विकास हुआ। अतः पश्चिम की ओर प्रयाण का संयुक्त राज्य अमेरिका के आर्थिक, सामाजिक एवं राजनीतिक जीवन पर स्थायी प्रभाव पड़ा है। **प्रो० टर्नर** (Turner) के अनुसार, **''अमेरिकी इतिहास बहुत अधिक अंश तक महान् पश्चिम के उपनिवेशीकरण का इतिहास है। मुक्त भूमि के एक क्षेत्र का अस्तित्व, इसकी निरन्तर प्रति-गति** (recession) **और अमेरिका निवासियों का पश्चिम की ओर प्रयाण अमेरिकी विकास को स्पष्ट करते हैं।''**[1]

निष्कर्ष—इस प्रकार पश्चिमोन्मुख विस्तार का अमेरिका के आर्थिक राजनीतिक एवं सामाजिक जीवन पर बड़ा ही महत्त्वपूर्ण प्रभाव पड़ा है। **प्रो० टर्नर** (Turner) के अनुसार, **''पश्चिम ने राजनीतिक एवं सामाजिक असंतोष के विरुद्ध सुरक्षा कपाट का कार्य किया। इसने पूर्व के शोषित मजदूरों के लिए स्वर्ग तथा प्रौद्योगिक बेकारी के विरुद्ध बीमा का कार्य किया।''**[2]

---

1. "American history has been to a large degree the history of colonization of the Great West. The existence of an area of free land, its continuous recession and the advance of American settlement westward explains American development.

—Turner : *The Frontier in American History*

2. "The West provided a safety valve against political and social unrest; it offered a heaven for the oppresed labourers of the east and served as an insurance against technological unemployement." —Turner : Ibid

संदर्भ

H.U. Faulkner : American Economic History.

F.J. Turner : The Frontier in American History.

L.C.A. Knowles : Economic Development During the 19th Century.

Chester Wright : Economic History of the United States

मानक प्रश्न

1. What do you mean by the Westward Movement ? What were its causes ?
2. Critically examine the economic, social and political effects of the Westward Movement.
3. "American history has been to a large degree the history of colonization of the Great West." Discuss.

❑

अध्याय 4

संयुक्त राज्य में कृषि और कृषि-क्रांति

(AGRICULTURE AND AGRICULTURAL REVOLUTION IN THE U.S.A.)

19वीं शताब्दी में अमेरिकी कृषि का विकास-कृषि-क्रांति काल

गृह-युद्ध के पश्चात् संयुक्त राज्य की कृषि में तीव्र विकास हुआ। सन् 1860-1910 की अर्द्ध-शताब्दी में अमेरिका ने कृषि-क्रांति को देखा जिसमें कृषि-यंत्र का व्यवहार और वैज्ञानिक कृषि का परिवर्द्धित प्रयोग दोनों ही सम्मिलित हैं। इस अर्द्ध-शताब्दी में 50,00,00,000 एकड़ से भी अधिक नवीन भूमि कृषित की गई जो लगभग पश्चिमी यूरोप के बराबर है। अतः 1860 से 1910 के बीच की अवधि को **अमेरिकी कृषि का क्रांति-काल** कहा जाता है।

इस काल में **अमेरिकी कृषि में अनेक क्रांतिकारी परिवर्तन हुए जिन्हें कई कारणों से कृषि-क्रांति कहा जाता है। प्रथम,** गृह-युद्ध के पूर्व सन् 1850 ई॰ में अमेरिकी कृषि के अन्तर्गत कुल 29.35 करोड़ एकड़ भूमि थी जो बढ़कर 1910 ई॰ में 87.8 करोड़ एकड़ हो गयी। **वस्तुत: 1890 ई॰ तक अमेरिकी कृषि का इतिहास मुख्यत: इसकी सीमाओं के विस्तार का इतिहास है।** सरकार की उदार भूमि नीतियाँ, जैसे—क्षेत्रवास अधिनियम (Homestead Act) और मरुभूमि अधिनियम (Desert Land Act) ने इसे बहुत अधिक प्रभावित किया। इन नियमों के कारण कृषि के क्षेत्र में बहुत अधिक वृद्धि हुई। **दूसरे,** इस अवधि में कृषि-कार्य में लगे हुए व्यक्तियों की संख्या में प्रायः 126 लाख की वृद्धि हुई। **तीसरे,** खेत सम्पत्ति (farm property) 1890 ई॰ में 793 करोड़ डॉलर से बढ़कर 1910 ई॰ में 7800 करोड़ डॉलर हो गयी। इस अवधि में कृषि क्षेत्र में यंत्रों के प्रयोग में अत्यधिक वृद्धि हुई। खेती के औजारों तथा मशीनों का मूल्य 1860 में 24.6 करोड़ डॉलर से बढ़कर 1880 में 40.6 करोड़ डॉलर तथा 1910 में 126.5 करोड़ डॉलर हो गया। **चौथे,** इस अवधि में कृषि पदार्थों के निर्यात में भी निरन्तर वृद्धि हुई। 1870 ई॰ में कृषि-पदार्थों के कुल निर्यात का मूल्य 36.10 करोड़ डॉलर था जो बढ़कर 1900 ई॰ में 83.6 डॉलर हो गया। 1900 में कृषि-पदार्थों का निर्यात कुल निर्यातों के लगभग 62 प्रतिशत था। इसके बाद औद्योगिक पदार्थों के निर्यात में वृद्धि होने लगी और 1920 ई॰ में कृषि-पदार्थों का निर्यात कुल निर्यात का केवल 53 प्रतिशत ही रह गया। **पाँचवें,** गृह-युद्ध के बाद कृषि प्रणाली में अनेक क्रांतिकारी परिवर्तन हुए। उदाहरण के लिए, जोतों का औसत आकार 199.2 एकड़ से घटकर 1880 ई॰ में 140.2 एकड़ हो गया। ऐसे जोतों में यंत्रीकरण संभव हुआ। श्रम-विभाजन का पूर्णरूपेण उपयोग किया जाने लगा। भूमि की अत्यधिक मात्रा में उपलब्धि ने भिन्न-भिन्न क्षेत्रों फसलों के विशिष्टीकरण की प्रवृत्ति को प्रोत्साहित किया। उदाहरण के लिए **दक्षिण में कपास, मिनेसोटा और डाकोटा में गेहूँ तथा कैलिफोर्निया और फ्लोरिडा में फल इत्यादि उत्पन्न किये जाने लगे।**

इस काल में कृषि-उत्पादन में प्रायः चार गुनी वृद्धि हुई। प्रमुख फसलों के उत्पादन में पर्याप्त वृद्धि हुई—अनाज के उत्पादन में 2½ गुनी, कपास के उत्पादन में 3 गुनी, गेहूँ के उत्पादन में 6 गुनी तथा जई के उत्पादन में 4 गुनी। कृषि-उत्पादन में वृद्धि जनसंख्या में वृद्धि की अपेक्षा अधिक तीव्र थी। 1860 ई॰ की अपेक्षा 1914 ई॰ में अमेरिकी किसानों को अच्छी और पर्याप्त जोतें उपलब्ध थीं। संभवतः कृषि का विकास अत्यन्त ही तीव्र था क्योंकि इसके कारण खाद्य पदार्थों का मूल्य इतना गिर गया कि कभी-कभी तो वह उत्पादन की लागत से भी कम हो गया। इस प्रकार कृषि का विकास ऐसी परिस्थितियों के साथ हुआ जिन्होंने कृषकों के लिए कठिनाइयाँ एवं असन्तोष ला दिया जिनका प्रतिबिम्ब राजनीतिक एवं आर्थिक अशान्ति में परिलक्षित हुआ। किन्तु कालान्तर में सन् 1899 में सन् 1920 के बीच कृषि उत्पादन और भूमि के मूल्य में वृद्धि होने तथा अच्छी सड़कों, मोटर एवं कृषि-यंत्रों आदि के कारण कृषिकों की आर्थिक दशाओं में सुधार हुआ और ग्रामीण जीवन अधिक सन्तोषजनक हुआ। फिर भी इन वर्षों ने नगरी जनसंख्या एवं निर्माणी उद्योग में सतत वृद्धि और कृषि-जनसंख्या तथा धन में सापेक्ष ह्रास को देखा है।

अमेरिकी कृषि के तीव्र विकास के कारण

1. कृषि-कला एवं प्रविधि में सुधार—कृषि दासतंत्र के अन्त के परिणामस्वरूप कृषि कला तथा प्रविधियों में सुधार हुआ था। जब तक कृषि-कार्य दासों द्वारा किया जाता रहा तब तक कृषक कृषि यंत्रों एवं प्रविधियों में अधिक अभिरुचि नहीं लेते थे क्योंकि श्रम अत्यन्त ही सस्ता था। किन्तु दास-प्रणाली के उन्मूलन के कारण प्रविधियों में परिवर्तन किया जाना आवश्यक हो गया।

2. सरकारी प्रोत्साहन और सरकार की उदार भू-नीति—सरकार ने आरंभ से ही इस नये उपनिवेश में बसने वालों को भूमि बहुत ही सरल शर्त्तों पर दी। अमेरिकी स्वातंत्र्य-युद्ध और 1820 ई॰ के बीच के समय में राष्ट्रीय ऋण की अदायगी और आमदनी के विचार से भूमि के कुछ विक्रय पर थोड़ा नियंत्रण रखा गया था। परन्तु सन् 1820 के पश्चात् राष्ट्रीय प्रगति के दृष्टिकोण से इस प्रकार का प्रतिबन्ध हटा लिया गया। इसके अतिरिक्त 1785 के एक अधिनियम की धाराओं के अन्तर्गत भूमि विक्रय की न्यूनतम मात्रा 650 एकड़ निश्चित कर दी गई थी। वह अधिनियम साधन-सम्पन्न धनवान कृषकों के लिए तो लाभदायक सिद्ध हुआ परन्तु साधनहीन निर्धन किसानों को इससे बहुत हानि उठानी पड़ी क्योंकि इतनी भूमि का क्रय उनकी शक्ति के परे था। अतः सन् 1800 में इस सीमा को घटाकर 160 एकड़ तथा सन् 1820 में 80 एकड़ कर दिया गया। गृह-युद्ध के बाद इसमें और परिवर्तन किया गया। सन् 1862 के क्षेत्रवास अधिनियम के अनुसार वास्तविक निवासियों को 160 एकड़ भूमि यों ही निःशुल्क दी जाने लगी जिस पर पाँच वर्षों तक खेती करने के बाद उन्हें अधिकार प्राप्त हो जाता था। सन् 1872 में एक दूसरा वासडीह-क्षेत्र अधिनियम (Homestead Act) पारित किया गया। इसके अन्तर्गत 640 एकड़ भूमि उन बाशिन्दों को दी जाती थी जो तीन वर्षों में सिंचाई की सुविधा की व्यवस्था कर सकें। सन् 1877 में इसी तरह एक मरुभूमि अधिनियम (Desert Land Act) पारित किया गया। परिणामस्वरूप विस्तृत भूमि-खंड आबाद किये गये।

3. भूमि की प्रचुरता, विशाल मैदान एवं अनुकूल जलवायु—संयुक्त राज्य अमेरिका एक विशाल देश है और इस रूप में उसके अन्तर्गत विशाल मैदानों की

उपलब्धि एक अनिवार्य तत्त्व है। प्राकृतिक वरदानों का आधार भूमि जनसंख्या और निवासियों की तुलना में इतना अधिक है कि कृषि-व्यवस्था वहाँ जीवन का ही आधार न होकर एक व्यवसाय और उद्योग बन गयी। जनसंख्या की वृद्धि का भी भूमि की प्रचुरता पर कोई प्रभाव नहीं पड़ा। साथ ही, अमेरिका की समशीतोष्ण जलवायु भी कृषि पदार्थों के उत्पादन के लिए उचित अवसर प्रदान करती है।

4. पश्चिमोन्मुख विस्तार का अन्त—पश्चिमोन्मुख प्रसार के अन्त ने अन्ततः भूमि-रक्षण, सिंचाई योजनाओं और वैज्ञानिक कृषि आदि के प्रति अभिरुचि में परिवर्द्धन किया। नवीन भूमि का लोप हो गया। इसलिए गहन कृषि की आवश्यकता हुई।

5. परिवहन एवं संचार के साधनों का विस्तार—इसने नवीन और विस्तृत बाजारों के लिए द्वार खोलकर कृषि-विकास को सुविधाएँ दीं।

6. साख की उपलब्धि—कुछ राज्यों में किसानों की सहायता के लिए ग्रामीण साख बैंक स्थापित किये गये थे। किन्तु **सबसे पहले 1916 ई० में सरकार ने फेडरल फार्म लोन की नीति को स्वीकार किया।** इसके अन्तर्गत फेडरल फार्म लोन बैंक की पद्धति प्रारंभ की गयी जिसके प्रशासन का कार्य 'फेडरलन फार्म लोन बोर्ड' नामक एक संस्था को सौंपा गया। इस योजना के साथ ही फेडरल लैंड बैंक तथा फेडरल फार्म एसोसिएशन नामक दो संस्थाएँ लेनदारों एवं देनदारों की संस्थाओं के रूप में स्थापित की गयीं। इस कार्यक्रम को कार्यान्वित करने के लिए संपूर्ण देश 12 प्रदेशों में विभाजित कर दिया गया और प्रत्येक प्रदेश में एक बैंक स्थापित किया गया। ये बैंक फार्म मोर्टगेज बौंड बेचकर अपना कोष प्राप्त करते हैं। 1925 ई० तक इस योजना के अन्तर्गत 15,350 लाख डॉलर का ऋण दिया गया था। फेडरल फार्म लोन बैंक किसानों को साधारणतया दीर्घकालीन कर्ज देता है।

7. विद्युत-शक्ति का बड़े पैमाने पर उपयोग—उत्पादन की वृद्धि, सिंचाई, वस्तुओं को विपरीत मौसम तक बचाने, दूध दूहने, दही-मक्खन निकालने आदि कार्यों में सरलता के अतिरिक्त विद्युत ने अमेरिकी कृषक का जीवन-स्तर ही परिवर्तित कर दिया है। आज संयुक्त राज्य अमेरिका का प्रत्येक गाँव विद्युत-शक्ति के प्रकाश से आलोकित है। मनोरंजन के साधन—सिनेमा, टेलिविजन, रेडियो का भरपूर प्रचार है। ग्रामों का विद्युतीकरण कृषि विभाग के ग्रामीण विद्युतीकरण प्रशासन द्वारा किया गया है जो सन् 1935 ई० में स्थापित हुआ था।

8. शिक्षा और शोध-अनुसंधान—शिक्षा पर अमेरिकी सरकार द्वारा सदा ध्यान दिया गया है। शिक्षा के प्रसार के सुव्यवस्थित प्रयत्न के रूप में **मोरिल एक्ट** अथवा **राष्ट्रीय कृषि-विद्यालय अधिनियम** (National Agricultural Colleges Act) 1862 में निर्मित किया गया था। इस अधिनियम के अन्तर्गत प्रत्येक राज्य को 30,000 एकड़ संघीय भूमि देने की व्यवस्था थी। राज्य द्वारा इस भूमि के विक्रय की राशि को कोष के रूप में सुरक्षित रखने और राज्य द्वारा इस योजना को मान लेने पर पाँच वर्ष के अंतर्गत एक कृषि महाविद्यालय स्थापित करने की व्यवस्था थी जिसके निर्माण और प्रबन्ध का भार राज्य सरकार द्वारा वहन किया जाना था। उपर्युक्त अधिनियम के अन्तर्गत प्रथम विश्वयुद्ध प्रारंभ होने के पूर्व तक देश में इस प्रकार के 69 कृषि महाविद्यालय स्थापित हो चुके थे। इसी प्रकार कृषि स्कूलों की सहायता के लिए **स्मिथ लीवर एक्सटेन्शन अधिनियम**, 1914

और **स्मिथ ह्यूज अधिनियम** 1917 (Smith-Lever Extension Act 1914 and Smith-Huges Act, 1917) पारित किये गये। सन् 1923 तक इस प्रकार की पाठशाओं में दो लाख-छात्र शिक्षा प्राप्त कर रहे थे। शिक्षा के साथ-ही-साथ सरकार ने कृषि क्षेत्र अनुसंधान एवं गवेषण कार्य को प्रोत्साहन देना प्रारंभ किया। इस संबंध में 1887 तक 20 परीक्षण केन्द्र स्थापित कर लिये गये। बाद में इस प्रकार के केन्द्रों की सहायता के लिए संघीय सरकार ने सन् 1914 में **हैच अधिनियम** (Hatch Act) निर्मित किया। उस समय देश में 60 गवेषणा केन्द्र कार्य कर रहे थे। ऐसे केन्द्र साधारणतः कृषि महाविद्यालयों से संबंधित होते हैं।

9. सिंचाई सुविधाएँ—संयुक्त राज्य अमेरिका में सन् 1870 ई० में केवल 20,000 एकड़ भूमि की सिंचाई का ही प्रबन्ध हो पाता था। सन् 1887 ई० में मरुभूमि अधिनियम (Desert Land Act) द्वारा सिंचाई कार्यों को प्रोत्साहन देने का प्रयत्न किया गया। इसके अन्तर्गत किसानों को तीन वर्ष में अपनी भूमि की सिंचाई की व्यवस्था को प्रोत्साहित किया जाने लगा। किन्तु यह अधिनियम अधिक सफल नहीं हुआ। इसलिए सन् 1894 ई० में **केरी अधिनियम** (Carey Act) निर्मित किया गया। इसके अनुसार सिंचाई कार्य निजी क्षेत्र को सौंपा गया। 1902 ई० की भूमि उद्धार अधिनियम (Reclamation Act) के अनुसार संघीय सरकार को नहरों के निर्माण में भाग लेने का अधिकार मिला। उसके बाद सरकार ने कई वृहत् नदी-घाटी योजनाओं को अपने हाथ में ले लिया। 1920 ई० तक कुल सिंचित भूमि का क्षेत्र बढ़कर 230 लाख एकड़ हो गया।

10. सरकारी नीति—प्रारंभ से ही अमेरिकी सरकार का दृष्टिकोण कृषि की उन्नति के अनुकूल रहा है। समय और परिस्थितियों के अनुसार सरकार ने ऐसे कई अधिनियम बनाए हैं जिनसे कृषि-कार्यों को प्रोत्साहन मिला है। आर्थिक संकटों की स्थिति में सरकार ने कृषकों की रक्षा के लिए सदा तत्परता दिखायी है और इस रूप में ऋण की व्यवस्था, गोदामों में कृषि पदार्थों की सुरक्षा तथा वातानुकूल यंत्रों की व्यवस्था के रूप में फल, सब्जी, अंडों आदि को सड़ने से रोकने के प्रयत्न तथा तत्संबंधी अधिनियमों का निर्माण सरकार की कृषि संबंधी उदार और सहानुभूतिपूर्ण दृष्टिकोण का द्योतक है।

11. कृषि बीमा—संयुक्त राज्य अमेरिका में **सर्वप्रथम 1938 ई० में गेहूँ तथा 1942 ई० में कपास की उपज के लिए संघीय सरकार द्वारा फसल-बीमा योजना का श्रीगणेश किया गया।** सन् 1938 ई० में ही इसके लिए **फसल बीमा निगम** (Crop Insurance Corporation) नामक एक संस्था स्थापित की गई। इस बीमा योजना के अन्तर्गत बाढ़, आँधी, तूफान, ओला या कृषि रोगों से क्षतिपूर्ति का कार्य आरंभ किया गया।

12. कृषि पदार्थों की विश्वव्यापी माँग—परिवहन और संचार के साधनों के विस्तार तथा विश्व के बदलते हुए संदर्भ में विगत कुछ वर्षों में राष्ट्रीय सीमाओं की ढहती हुई दीवारों ने अन्तरराष्ट्रीय क्षेत्र का निर्माण किया है। ऐसी स्थिति में विश्व की बढ़ती हुई जननंसख्या और व्यापार-वृद्धि ने कृषि पदार्थों की माँग को अन्तरराष्ट्रीय रूप दिया है। इससे अमेरिकी कृषि की अत्यधिक प्रगति अवश्यंभावी हो गयी।

13. पशुधन का विकास—संयुक्त राज्य अमेरिका में इस युग में पशु-धन के विकास पर भी पर्याप्त ध्यान दिया गया और पशु रोगों को रोकने के लिए पशु-चिकित्सा की उचित व्यवस्था की गयी।

14. यंत्रों के प्रयोग में वृद्धि—राष्ट्र के तीव्र उद्योगीकरण और संघीय सरकार द्वारा वृहद् सैन्य बल की व्यवस्था किये जाने के कारण श्रमिकों की कमी हो गई। फलस्वरूप कम श्रमिकों का प्रयोग करनेवाले यंत्रों का प्रयोग होने लगा और कृषि का यंत्रीकरण हुआ। **वृहत् खेत एवं श्रमिकों का अभाव ये दोनों शक्तियाँ प्रभावशाली बनी रहीं जिसके स्वाभाविक परिणामस्वरूप कृषि का यंत्रीकरण हुआ जो अन्ततः कृषि क्रांति में फलीभूत हो गया। बोगार्ट** (Bogart) के अनुसार कृषि यंत्रों तथा साधनों का मूल्य 1860 ई॰ में 24.6 करोड़ डॉलर से बढ़कर 1880 ई॰ में 40.8 करोड़ डॉलर और 1910 ई॰ में 126.5 करोड़ डॉलर हो गया था।[1] **बोगार्ट और केमरर के अनुसार अमेरिकी कृषि के यंत्रीकरण का इतिहास तीन कालों** में विभिक्त किया जा सकता है[2]—

1. सन् 1830 से 1860 ई॰ तक—खेती के उपकरणों में सुधार—**मानवीय श्रम का प्रयोग**।
2. सन् 1860 से 1914 तक—**अश्व चालित** (horse-driven) यंत्रों का क्रमिक प्रयोग, पशु शक्ति (animal power) का प्रयोग।
3. सन् 1914 के बाद—**शक्ति चालित यंत्रों** (power-driven machine) का क्रमिक प्रयोग अर्थात् कृषि में अभियांत्रिकी का प्रयोग। 1900 से 1936 के बीच कृषि में प्रयोग की जानेवाली शक्ति, पेट्रोल, विद्युत आदि में 8 गुनी वृद्धि हुई थी।

संयुक्त राज्य अमेरिका में कृषि में यंत्रों के प्रयोग का इतिहास एक प्रकार से सन् 1790 से प्रारंभ होता है जब लोहे के हल का आविष्कार हुआ था। बाद में 1834 ई॰ में **साइरस मैकनोर्मिक** ने फसल काटने के यंत्र **'रीपर'** (reaper) का आविष्कार किया। यह यंत्र अपनी आरंभिक प्रयोगात्मक अवस्था में घोड़े से चलता था। कुछ समय बाद सन् 1859 में **मार्श** ने **मार्श हारवेस्टर** (Marsh harvester) नामक एक मशीन का आविष्कार किया। सन् 1887 में **अप्लेवो** ने एक साथ फसल काटकर बोझ बाँधने वाली मशीन (self-binding reaper) निकाला। आधुनिक कृषि वैज्ञानिक-यंत्रों में **रोटरी डीसी क्लटीवेटर** और **कम्बाइन हारवेस्टर** की गणना की जा सकती है। आज का कम्बाइन तो ट्रैक्टर से चलने वाला है और दिन भर में सैकड़ों एकड़ भूमि पर बीज बोने, काटने, बोझ बाँधने और उन्हें बोरों में भर देने के सभी कार्य एक साथ संपादित कर सकता है। पशुओं के लिए चारा काटने के नवीन यंत्रों का आविष्कार भी हुआ है। शक्ति के साधनों के विकास और प्रयोग के संबंध में क्रमशः हाथी, घोड़ा, खच्चर, वाष्प-शक्ति, विद्युत और गैस शक्तियों का प्रयोग किए गये हैं। इस रूप में अमेरिका में पेट्रोलियम से चालित ट्रैक्टर का आविष्कार सन् 1904 में हुआ। यंत्रों के अधिकाधिक उपयोग ने संयुक्त राज्य की कृषि-प्रणाली में आमूल परिवर्तन ला दिया। आज यह विश्व की सर्वाधिक प्रगतिशील कृषि-व्यवस्थाओं में से है।

कृषि-यंत्रीकरण के कारण (*Causes of Mechanisation*)—सम्पूर्ण 18वीं शताब्दी में तथा उन्नीसवीं शताब्दी के प्रारंभ में अमेरिका में न तो कृषि-पदार्थों के लिए विस्तृत बाजार था और न परिवहन साधनों की ही पर्याप्त सुविधा थी। अतएव श्रम अभाव के बावजूद कृषि के यंत्रीकरण में बहुत ही कम प्रगति हो पायी। किन्तु सन् 1860 तक आंतरिक आर्थिक परिस्थितियों में महान परिवर्तन हुए। इनके परिणामस्वरूप कृषि में यंत्रों

---

1. Bogart : *Economic History of the United States*, p. 334
2. Bogart and Kemmerer : *Economic History of the American People*

का प्रयोग अनिवार्य हो गया। निस्संदेह बड़े पैमाने पर यंत्रीकरण के लिए श्रम का अभाव तथा भूमि की प्रचुरता मूलभूत कारण थे। किन्तु सन् 1860 के बाद इसके अपनाये जाने के लिए **चार कारण** प्रमुख रूप से उत्तरदायी थे। **प्रथमतः,** जनसंख्या में अत्यधिक वृद्धि तथा बड़े पैमाने पर नगरीकरण के कारण कृषि-पदार्थों के बाजार में आशातीत वृद्धि हुई। **द्वितीयतः,** कैलिफोर्निया में स्वर्ण की खोज तथा सन् 1846 में ब्रिटेन में अन्न विधियों (Corn Laws) की समाप्ति के बाद खाद-पदार्थों की माँग में अत्यधिक वृद्धि से कृषि पदार्थों के मूल्यों में बहुत वृद्धि हो गयी। **तृतीयतः,** यातायात साधनों के विस्तार से सस्ती दर पर बाजार में फसलों को ले जाना संभव हो गया। **चतुर्थतः,** बड़ी-बड़ी जोतें यंत्रीकरण के लिए आदर्श स्थिति प्रस्तुत करती थीं।

अमेरिकी कृषि के यंत्रीकरण के परिणाम

1. फसलों के उत्पादन के परिमाण में महान वृद्धि हुई। सम्पूर्ण देश की प्रतिव्यक्ति उत्पादन-शक्ति सन् 1860 में लगभग 5.6 बुशेल थी जो सन् 1880 में बढ़कर 9.2 बुशेल हो गई।
2. कृषि के यंत्रीकरण ने अन्य कार्यों के लिए व्यक्तियों को उपलब्ध किया।
3. यंत्रीकरण ने पशु शक्ति के प्रयोग को समाप्त कर दिया।
4. इसने कृषि-जीवन में अरुचिकर कठिन परिश्रम को कम कर दिया।
5. यंत्रीकरण के परिणामस्वरूप अनेक एकड़ भूमि जो घोड़ों के लिए चारे की खेती में फँसी हुई थी, को अन्य फसलों की कृषि के लिए उपलब्ध किया जा सका क्योंकि अश्व-शक्ति का स्थान विद्युत शक्ति ने ले लिया।
6. इसके परिणामतः खेतों का आकार बड़ा हो गया है।
7. इसने कृषकों की वास्तविक आय में वृद्धि की है।
8. इसने भूमि प्रयोग के ढर्रे में परिवर्तन कर दिया है। कम वर्षा वाली अधिक सतह भूमि का प्रयोग होने लगा है।
9. यंत्रीकरण ने निःसन्देह भूमिहीन कृषक मजदूरों की संख्या में अपेक्षाकृत अधिक वृद्धि की है क्योंकि इसने पूँजीहीन व्यक्तियों को कृषि-कार्य करना कठिनतर बना दिया है।
10. यंत्रीकरण का परिणाम कृषि में मानवीय श्रम की माँग में ह्रास भी हुआ है। फलतः देहातों से नगरों की ओर जनसंख्या का गमन हुआ।
11. यंत्रीकरण कृषि-वस्तुओं के अत्यधिक उत्पादन को सरल बनाकर कृषि मंदी की स्थिति उत्पन्न करने में भी सहायक हुआ है। यह तथ्य विशेषतः 19वीं शताब्दी के अन्तिम वर्षों के लिए सत्य सिद्ध हुआ। उसके पश्चात् से ही कृषि-मंदी अमेरिकी कृषि की एक विशेषता हो गई है।
12. 'गैसोलिन ट्रकों और आनन्ददायक गाड़ियों के प्रयोग ने कृषकों को शहरी जीवन के घनिष्ठ सम्पर्क में ला दिया और इसने क्रय-विक्रय दोनों को सुविधाजनक बना दिया।''[1]

---

1. "The use of gasoline truck and pleasure carts brought the farmer in close touch with urban life and this facilitated both marketing and purchasing".—Faulkner : *American Economic History*, p. 370

कृषि-सन्तोष
(Agrarian Discontent)

गृह-युद्ध के बाद अमेरिका में कृषि का विकास पूर्णतया दोषमुक्त नहीं था। इस युग में कृषि विकास की एक मुख्य विशेषता सन् 1867 से 1897 के बीच समय-समय पर मंदी के कारण कृषि क्षेत्र में अनिश्चितता और असन्तोष की उत्पत्ति थी। इस मंदी, अनिश्चितता तथा असन्तोष के लिए एक ही साथ कई कारण उत्तरदायी थे। **सर्वप्रथम** तो इसके लिए उत्पादन की अधिकता तथा कृषि-पदार्थों के मूल्य में ह्रास उत्तरदायी थे। युद्धकाल में कृषि वस्तुओं की माँग में वृद्धि के कारण इनके मूल्यों में अत्यधिक वृद्धि हो जाया करती थी। ऐसी स्थिति में किसान अपनी जोतों में वृद्धि द्वारा कृषि सम्बन्धी कार्यवाइयों को बढ़ा देते थे। जबतक बढ़ा हुआ मूल्य स्तर चलता था तब तक किसानों को कोई कठिनाई नहीं होती थी। किन्तु धीरे-धीरे अत्यधिक उत्पादन के परिणामस्वरूप कृषि-पदार्थों के मूल्य में कमी हो जाती थी जिससे किसानों की कठिनाइयाँ बढ़ जाती थीं। इस प्रकार मंदी का समारंभ होता था जिसमें कृषि-पदार्थों के मूल्य में औद्योगिक वस्तुओं की अपेक्षा अधिक गिरावट होती थी। **द्वितीयतः**, साख के कारण किसानों की कठिनाइयाँ और बढ़ जाती थीं। **तृतीयतः** बैंकिंग सुविधाओं का भी देश में बहुत अधिक अभाव था। राष्ट्रीय बैंकिंग व्यवस्था ग्रामीण क्षेत्रों में सुयोग्य सेवाओं की व्यवस्था नहीं कर पायी थी। दूसरी ओर निजी बैंक बहुधा ब्याज की ऊँची दरें वसूल करते थे। **चतुर्थतः**, द्रुतगति से विकसित रेल-व्यवस्था के कारण भी कठिनाइयाँ बहुत बढ़ जाती थीं। किसान अपनी फसलों के विक्रय के लिए रेलों पर आश्रित थे जो यदा-कदा उनके हितों की उपेक्षा करती थीं तथा उद्योगों को अधिक महत्त्व देती थीं। **पंचमतः**, उन्नीसवीं शताब्दी के अन्तिम दशक में संयुक्त राज्य अमेरिका में एकाधिकारी संघों का तीव्र गति से विकास हुआ। **इन एकाधिकारी संघों के प्रभावों के परिणामस्वरूप औद्योगिक पदार्थों के मूल्यों में कोई गिरावट नहीं हुई जबकि कृषि पदार्थों के मूल्यों में तीव्र गति से ह्रास हुआ। इससे किसानों को बहुत क्षति हुई।** इसके अतिरिक्त मध्यस्थ लोग किसानों के लाभ का एक बहुत बड़ा भाग स्वयं ले लिया करते थे जिससे किसानों में असन्तोष की भावना और बढ़ती जाती थी। इस प्रकार अति उत्पादन ही सम्पूर्ण कठिनाइयों की जड़ था।

इस समस्या के कई संभावित समाधान थे। उदाहरण के लिए **प्रथमतः**, या तो कृषि-पदार्थों की माँग को बढ़ाने का प्रयास करना चाहिए था अथवा इसके विकल्प के रूप में इनकी पूर्ति को घटाने का प्रयास करना चाहिए था। किन्तु उचित संगठन के अभाव में किसानों के लिए ऐसा करना संभव नहीं था। **द्वितीयतः**, सरकार आर्थिक सहायता द्वारा भी कठिनाइयों तथा असन्तोष को दूर कर सकती थी। किन्तु ऐसा भी बड़े पैमाने पर नहीं किया जाता था। सरकार इस भावना से प्रेरित होती थी कि सार्वजनिक कोषों का प्रयोग व्यक्तियों की कठिनाइयों के निवारण के लिए नहीं किया जाना चाहिए। इन कठिनाइयों के कारण गृह-युद्ध के बाद लगभग तीन दशकों तक अमेरिकी किसान असन्तुष्ट रहे। वे कई प्रकार के सुधारों की माँग करते थे। जैसे—रेलवे तथा व्यावसायिक संघों का नियमन, मुद्रा स्फीति, अनुसंधान तथा शिक्षा के लिए सरकारी सहायता, सरकार द्वारा ऋण की सुविधा तथा भूमि-सुधार इत्यादि। अपने हितों के लिए किसानों ने सन् 1867 में एक संगठन का निर्माण किया जिसे **ग्रेनजर्स** (Grangers) अथवा **कृषि-कार्य संरक्षक** (Patrons of Husbandary) कहा जाता है। इसका उद्देश्य ग्रामीण क्षेत्रों की सामाजिक और सांस्कृतिक स्थिति का सुधार

करना, किसानों को कृषि के वैज्ञानिक तरीकों को अपनाने के लिए प्रोत्साहित करना तथा विधान द्वारा रेलवे के भाड़े की दरों को कम करना इत्यादि था। किसानों की एक दूसरी संस्था **ग्रीन बैक दल** (Greenback Party) ने मुद्रास्फीति के संबंध में सुझाव दिया।

सरकारी उपाय—किसानों के इस असन्तोष ने सरकार का ध्यान कृषि में सुधार की आवश्यकताओं की ओर आकर्षित किया तथा सरकार को कृषि-पदार्थों के मूल्य तथा रेलवे के भाड़े की दरों के नियमन के लिए कई अधिनियम निर्मित करने पड़े। एकाधिकारी मूल्यों के विरुद्ध किसानों के असन्तोष के परिणामस्वरूप कई राज्यों तथा संघीय सरकार द्वारा इस संबंध में विधान बनाये गए यद्यपि मुद्रा-स्फीति तथा एकाधिकार के निर्माण को रोकने में ये मुख्यतः असफल ही रहे। वर्षों पूर्व से साख की उचित व्यवस्था को आवश्यक समझा जा रहा था। **फॉकनर के अनुसार उस समय देश में एक विशिष्ट प्रकार की बैंकिंग संस्था की आवश्यकता थी जो कृषि तथा किसानों की आवश्यकताओं को ध्यान में रखते हुए ब्याज की समुचित दरों पर ऋण उपलब्ध कर सके।**[1] किन्तु सरकार द्वारा इस संबंध में दीर्घकाल तक कोई प्रयास नहीं किया गया। सर्वप्रथम सन् 1916 में एक संघीय प्रक्षेत्र ऋण अधिनियम (Federal Farm Loan Act) पारित किया गया जो ब्याज की निम्न दरों पर मध्यम तथा दीर्घकालीन कर्ज की व्यवस्था की गारंटी देता था। इस अधिनियम के अन्तर्गत सरकार द्वारा 12 संघीय भूमि बैंकों की स्थापना की गयी जो भूमि के बंधक पर किसानों की संस्थाओं को कर्ज देते थे।

अमेरिकी कृषि प्रथम महायुद्ध और उसके बाद

प्रथम महायुद्ध के प्रारंभिक महीनों में कुछ मंदी दृष्टिगोचर हुई। किन्तु सन् 1915 के बाद यूरोप से बढ़ती हुई अन्न की माँग के कारण अमेरिकी अन्न की माँग में आशातीत वृद्धि हुई। इससे कृषि को बहुत अधिक प्रोत्साहन प्राप्त हुआ। जब सन् 1917 में अमेरिका विश्व युद्ध में शामिल हुआ तो राष्ट्रीय हितों को ध्यान में रखते हुए कृषि को युद्ध के लिए संगठित करने का प्रयास किया गया। इसके परिणामस्वरूप कृषि के क्षेत्र में आशातीत उन्नति हुई। कृषि क्षेत्र में विस्तार तथा कृषि-पदार्थों के मूल्यों में वृद्धि से किसान बहुत अधिक लाभान्वित हुए। उदाहरण के लिए सन् 1914 की तुलना में सन् 1919 में गेहूँ का मूल्य दुगुना हो गया। अनुमान लगाया गया है कि किसानों की समस्त शुद्ध आय सन् 1914 में 4.5 बिलियन डॉलर से बढ़कर 1919 में 9.9 बिलियन डॉलर हो गयी। युद्ध-काल में कृषि-पदार्थों के निर्यात में भी आशातीत वृद्धि हुई—गेहूँ का औसत निर्यात सन् 1917 से 1919 के बीच 12.9 करोड़ बुशल से बढ़कर सन् 1921 में 29.3 करोड़ बुशेल हो गया। इसी प्रकार कपास का निर्यात सन् 1916 में 50 लाख गाँठ से बढ़कर 1919 में 65 लाख गाँठ हो गया। अनाज तथा तम्बाकू के निर्यात में भी क्रमशः लगभग 400 तथा 100 प्रतिशत वृद्धि हुई। इस प्रकार **युद्ध के अन्तिम वर्षों में संयुक्त राज्य अमेरिका 'विश्व की रोटी की टोकरी'** (bread basket of the world) माना जाने लगा।

युद्धोपरान्त अमेरिकी कृषि को घोर मन्दी का सामना करना पड़ा। इस मंदी के कई तात्कालिक कारण थे। उदाहरण के लिए युद्ध के बाद यूरोपीय माँग बिल्कुल घट गयी।

1. "There was a crying need for some type of banking institutions which understood the peculiar borrowing needs of the farmer and could advance credit at reasonable rates of interest."

देश के भीतर भी उपभोक्ताओं के भोजन की आदतों में परिवर्तन हुआ तथा उन्होंने खाद्यान्न पर पहले की अपेक्षा कम मात्रा में व्यय करना प्रारंभ किया। इस प्रकार कृषि-पदार्थों की माँग में बहुत अधिक कमी हुई। किन्तु किसान अपनी उपज में कमी नहीं कर सका। सन् 1931 तथा 1932 में मन्दी की निम्नतम स्थिति में भी अनाज तथा गेहूँ का उत्पादन युद्धकालीन समय के ही बराबर बना रहा तथा कपास का उत्पादन तो युद्ध काल से भी अधिक हो गया। ऐसी स्थिति में इन तीनों आधारभूत कृषि उपजों के मूल्यों में अत्यधिक कमी हुई।

संकट को दूर करने के प्रारंभिक उपाय (*early measures*)—युद्ध के बाद मूल्य तथा लाभ में अत्यधिक कमी के कारण किसानों की कठिनाइयाँ बहुत बढ़ गयीं। अतएव सभी ओर से सहायता की माँग की जाने लगी। सन् 1921 में कुछ कृषि-प्रधान राज्यों के प्रतिनिधियों ने एक **'फार्म ब्लॉक'** की स्थापना की तथा वे किसानों एवं कृषि को सहायता देने के लिए विधानों के निर्माण पर जोर देने लगे। इन प्रयत्नों के परिणामस्वरूप किसानों को राहत देने के लिए बहुत सारे प्रयास किये गये। एक तो सन् 1921, 1922 तथा 1930 के तटकर अधिनियमों द्वारा कृषि-पदार्थों को विदेशी प्रतियोगिता से संरक्षण दिलाने का प्रयास किया गया। किन्तु इससे निर्यात को प्रोत्साहन नहीं प्राप्त हो सका। **दूसरे,** किसानों के बीच सहकारिता के प्रचार तथा साख की व्यवस्था का प्रयास किया गया। सन् 1921 में **युद्ध वित्त निगम** (War Finance Corporation) को कृषि-पदार्थों के निर्यात के लिए वित्तीय सहायता देने का अधिकार दिया गया। सन् 1932 में कृषि साख अधिनियम (Agricultural Credit Act) पारित किया गया जिसका मुख्य उद्देश्य सन् 1913 के संघीय प्रक्षेत्र ऋण अधिनियम के कार्यों को आगे बढ़ाना था। कृषि-विपणन के संगठन पर जोर दिया गया। सन् 1929 में एक **कृषि-विपणन अधिनियम** (Agricultural Marketing Act) पारित किया गया। इसके अनुसार 50 करोड़ डॉलर के कोष के एक संघीय प्रक्षेत्र मंडल की स्थापना की गयी। **तीसरे,** कृषि-पदार्थों के मूल्यों में वृद्धि करने का प्रयास किया गया। किन्तु इन सब प्रयासों से कृषि तथा किसान की स्थिति में कोई सन्तोषजनक सुधार नहीं हो सका तथा मन्दी की स्थिति ज्यों-की-त्यों बनी रही। इससे किसानों को बहुत अधिक क्षति उठानी पड़ी। भूमि का मूल्य घटकर पहले की अपेक्षा एक-तिहाई अथवा एक-चौथाई तक हो गया।

न्यू डील और अमेरिकी कृषि

न्यू डील नीति के अन्तर्गत कृषि की स्थिति में सुधार के लिए जो उपाय किये गये उनमें सर्वाधिक महत्त्वपूर्ण सन् 1933 का कृषि समायोजन अधिनियम (Agricultural Adjustment Act) है। इस अधिनियम का उद्देश्य किसानों की क्रय-शक्ति को बढ़ाना था। इस उद्देश्य की पूर्ति के लिए **अग्रांकित तरीके अपनाये गये**—(1) कृषि-उत्पादन पर नियंत्रण, (2) साख का प्रसार, तथा (3) मुद्रा का अवमूल्यन। **न्यू डील नीति इस सिद्धांत पर आधारित थी कि कि अत्यधिक उत्पादन ही सारी कठिनाइयों की जड़ है। अतएव कृषि-पदार्थों के उत्पादन को कम करने का प्रयास किया गया।** इसके लिए सभी प्रमुख कृषि पदार्थों के अन्तर्गत कृषि क्षेत्र को कम किया गया। इस प्रकार के क्षेत्र को कम करने के लिए किसानों को आर्थिक सहायता दी गयी। आर्थिक सहायता की यह रकम उन वस्तुओं द्वारा अन्य वस्तुएँ तैयार करने वालों से कर के रूप में प्राप्त राशि द्वारा की जाती थी। अन्य अधिनियमों द्वारा भी किसानों को विशेष सहायता देने की व्यवस्था की

गयी। उदाहरण के लिए सन् 1933 के कृषि-प्रक्षेत्र साख अधिनियम के अन्तर्गत बैंक और आर्थिक संस्थानों द्वारा किसानों को आर्थिक सहायता देने की व्यवस्था की गयी। इसी प्रकार सन् 1933 के **आपात प्रक्षेत्र बन्धक अधिनियम** (Emergency Farm Mortgage Act, 1933) के अन्तर्गत ऋण-ग्रस्तता निवारण की सुविधाओं की व्यवस्था की गयी। इस अधिनियम में केन्द्रीय भूमि बैंकों को सस्ती ब्याज दर पर ऋण देने की व्यवस्था की गई। इसी प्रकार 1933 के **गृहस्वामी ऋण अधिनियम** के अन्तर्गत उन लोगों को ऋण दिया जा सकता था जिनके मकान गिरवी थे। इन सब अधिनियमों के पालन का कार्य **'कृषि समायोजन प्रशासन'** (Agricultural Adjustment Administration) को सौंपा गया। सन् 1933 में स्वेच्छापूर्वक समझौता द्वारा और सन् 1934 में **बेकहेड कपास नियंत्रण अधिनियम** (Bakehead Cotton Control Act) के अन्तर्गत दबाव से कपास की उपज कम की गयी। तम्बाकू के उत्पादन की कटौती में भी दबाव से काम लिया गया। सन् 1934 में गेहूँ की उपज को 15 प्रतिशत घटा दिया गया। इस प्रकार की प्रतिबन्धात्मक योजनाओं से मूल्य बढ़ गए।

किन्तु रूजवेल्ट के शासन ने यह भी अनुभव किया कि केवल प्रतिबन्धनात्मक नीतियाँ ही मूल्य को ऊँचा नहीं रख सकीं। यह केवल एक अस्थायी उपचार है। समस्या के स्थायी समाधान के लिए कृषि पदार्थों का निर्यात बढ़ाने का प्रयत्न किया जाना चाहिए। इस दृष्टिकोण से आयात निर्यात को आर्थिक सहायता देने के उद्देश्य से एक **आयात-निर्यात बैंक** वाशिंगटन में स्थापित किया गया। साथ ही, यह भी अनुभव किया गया कि यदि अमेरिका अन्य देशों को अधिक अन्न बेचना चाहता है तो उसे अन्य देशों से अधिक माल खरीदने के लिए भी तत्पर रहना चाहिए। इस उद्देश्य से सन् 1920 के तट कर अधिनियम को सन् 1934 में संशोधित किया गया। इसके अनुसार राष्ट्रपति को अन्य देशों के साथ व्यापारिक संधियाँ करने तथा आवश्यक परिस्थिति में 50 प्रतिशत तक आयात कर घटाने का अधिकार दिया गया।

सन् 1936 में भूमि की उर्वरा शक्ति को बनाये रखने के लिए 'भूमि रक्षण अधिनियम' (Soil Conservation Act) पारित किया गया। इसके द्वारा भूमि की उर्वरा शक्ति बढ़ाने में सहयोग करने वाले किसानों को आर्थिक सहायता दी जाने लगी। साथ ही, आदेश दिया गया कि वे मिट्टी की उर्वरा शक्ति को कम करनेवाली फसलों—कपास, तम्बाकू, गेहूँ के स्थान पर मिट्टी की उर्वरा शक्ति को बढ़ाने वाली फसलों–अलफाफा, घास इत्यादि को उत्पन्न करें। इस अधिनियम का अप्रत्यक्ष उद्देश्य उत्पादन क्रम को बदल कर किसानों की क्रय शक्ति को बढ़ाना ही था। कृषि उत्पादन में सट्टेबाजी रोकने के लिए सन् 1936 में वस्तुविनिमय अधिनियम (Commodity Exchange Act) बनाया गया। सन् 1937 में विपणन करार अधिनियम (Marketing Agreement Act) पारित किया गया। 1937 में सर्वोच्च न्यायालय ने आऽऽ (AAA) को रद्द कर दिया। अतएव सन् 1938 में पुनः एक प्रक्षेत्र अधिनियम (Farm Act) पारित किया गया जिसमें **कृषि समायोजन अधिनियम** (AAA-Agricultural Adjustment Act) के सभी प्रावधानों को सम्मिलित कर लिया गया। इस अधिनियम के अन्तर्गत कपास, चावल, गेहूँ, तम्बाकू के उत्पादन पर नियंत्रण रखा गया और इस बात की व्यवस्था की गयी कि यदि इन फसलों के दो तिहाई उत्पादक चाहें तो इनके उत्पादन के क्षेत्र में कमी की जायगी और किसानों को निश्चित मूल्य तथा बाजार मूल्य का अन्तर दिया जाएगा। सन् 1934 मे एक **फसल बीमा निगम** (Crop

Insurance Corporation) की भी स्थापना की गयी। इन प्रयासों में पर्याप्त सफलता भी प्राप्त हुई। इस नीति के अन्तर्गत मूल्यों में 1933, 1934 तथा 1935 में क्रमशः, 90 तथा 108 प्रतिशत वृद्धि हुई। **किन्तु न्यू डील के अन्तर्गत अपनाये गये विभिन्न तरीकों से कृषि-समस्या का स्थायी रूप में कोई समाधान नहीं निकल सका।** उस समय **कृषि की आधारभूत समस्याएँ** दो थीं—(1) अपर्याप्त माँग और (2) उच्च उत्पादन व्यय। सरकार अभी इनका समाधान निकालने में लगी हुई थी कि इसी बीच 1939 ई० में द्वितीय विश्वयुद्ध छिड़ गया। इससे स्थिति पूर्णतया बदल गयी।

द्वितीय विश्वयुद्ध और अमेरिकी कृषि

द्वितीय युद्ध प्रारंभ होने के साथ-साथ मित्र राष्ट्रों द्वारा कृषि-पदार्थों की माँग में बहुत वृद्धि हुई। इससे **अब कम उत्पादन का स्थान 'अधिक अन्न उपजाओ आन्दोलन' ने ले लिया।** अब अधिक उत्पादन के लिए सरकार द्वारा विभिन्न प्रकार के प्रयास किये जाने लगे। **दिसम्बर, 1941 ई० में संयुक्त राज्य ने भी युद्ध में प्रवेश किया।** इसके साथ ही स्थिति में तीव्र गति से परिवर्तन हुआ। सरकार द्वारा अधिक अन्न उपजाने के लिए किसानों को प्रोत्साहन देने के उद्देश्य से कई नये नियम बनाये गये। किसानों को तरह-तरह से सहायता दी जाने लगी। इससे कपास तथा गन्ने के अतिरिक्त सभी पदार्थों के उत्पादन में पर्याप्त वृद्धि हुई। सन् 1944 में खाद्यान्न का उत्पादन अपनी चरम सीमा पर पहुँच गया जब यह सन् 1925 से 1939 ई० के बीच के औसत की अपेक्षा 36 प्रतिशत अधिक था। यहाँ से **मित्र राष्ट्रों को उधार पट्टा करार** (Lend-Lease Agreement) **के आधार पर खाद्यान्न पदार्थ दिये जाते थे।** इनमें ब्रिटेन, रूस, चीन, फ्रांस आदि का महत्त्वपूर्ण स्थान था। मित्र राष्ट्रों को खाद्य सामग्री भेजने के कारण देश में इनका अभाव हो गया। इससे रेशनिंग की व्यवस्था अपनानी पड़ी। इस कार्य के लिए **मूल्य प्रशासन कार्यालय** (Office of Price Administration—OPA) नामक एक संस्था की स्थापना की गयी। यद्यपि युद्ध की समाप्ति के बाद रेशनिंग समाप्त कर दी गयी तथापि मूप्रका (OPA) सन् 1946 तक चलता रहा।

युद्धोत्तर अमेरिकी कृषि

द्वितीय विश्वयुद्ध की समाप्ति का अमेरिकी कृषि पर प्रथम विश्वयुद्ध के विपरीत प्रतिकूल प्रभाव नहीं पड़ा। यद्यपि युद्ध के बाद ही उधार पट्टा करार (Lend Lease Agreement) समाप्त हो गया तथापि विदेशों द्वारा अन्न की माँग सदा बनी रही। यूरोप में युद्ध की बर्बादियों को ठीक करने तथा कृषि को पुनः व्यवस्थित करने में कुछ समय लगा। इस बीच वहाँ पर अमेरिकी अनाज की माँग बनी रही। एशिया के अल्पविकसित देशों में भी अमेरिकी अन्न की माँग बनी रही। अतः युद्ध के बाद भी अमेरिकी कृषि के विकास का कार्य जारी रहा। साथ ही, अति उत्पादन की समस्या का समाधान सरकारी सहायता द्वारा किया जाता रहा। **प्रो० एच० क्रूस** (H. Krooss) का कहना है कि *"कृषि अति-उत्पादन की समस्या हल नहीं हुई किन्तु इसकी लागत का समाजीकरण हो गया। कृषक अब अति-उत्पादन के सभी भार का वहन नहीं करता है बल्कि बहुत कुछ सीमा तक इसमें करदाता और नगरी उपभोक्ताओं का भी हिस्सा हो गया है।"*[1]

1. "The problem of agricultural over-production had not been solved, but its costs had been socialised. The farmer no longer carried the whole of the burden of over-production; it was shared to a great extent by tax payers and urban consumers."
—Herman Krooss : *American Economic Development*, p. 158

अमेरिकी कृषि की वर्तमान विशेषताएँ और प्रवृत्तियाँ
(Features and Trends of American Agriculture at Present)

19वीं शताब्दी के अन्त तक अमेरिकी कृषि में निम्नलिखित विशेषताएँ विकसित हो चुकी थीं–

1. दक्षिणी राज्यों में वृहत् बगानों को तोड़कर छोटे-छोटे कृषकों में बाँट दिया गया है।

2. पश्चिमी क्षेत्रों में पशुपालन उद्योग का विकास हुआ है।

3. पश्चिमी भूमियों पर खेती करने, खेतों में वृद्धि होने, पश्चिमी राज्यों में रेलवे के विस्तार, कृषि-शिक्षा एवं शोध-कार्य के लिए सरकारी सहायता आदि कारण कृषि उत्पादन में महान वृद्धि हुई है।

4. अमेरिकी कृषि आत्मनिर्भर कृषि से वाणिज्य कृषि में परिणत हो गई है अर्थात् अमेरिकी कृषि अत्यन्त ही वाणिज्यिक हो गई है।

5. जिस प्रकार रूई और तम्बाकू के उत्पादन एवं निर्यातक के रूप में संयुक्त राज्य को विश्व में प्रमुख स्थान प्राप्त था उसी प्रकार **आज अन्न के उत्पादन और निर्यातक के रूप में भी उसे प्रमुख स्थान प्राप्त हो गया है।**

व्यापक रूप से लगभग सन् 1890 तक अमेरिकी कृषि की कहानी प्रमुखत: पश्चिमोन्मुख प्रसार की कहानी थी। इस कहानी में नवीन यंत्रों के आविष्कार, नवीन भूमि के अनुसार नवीन फसलों के उत्पादन और नवीन क्षेत्र में उत्पादन के क्रमिक प्रसार द्वारा संशोधन किया जा चुका है। नवीन भूमि के विस्तृत क्षेत्रों को कृषि करने के कारण कृषि-मूल्य में ह्रास हुआ और निर्यात के लिए उत्पादन होने लगा। **सन् 1910 तक अमेरिकी कृषि एक प्रकार से विस्तृत कृषि थी।** किन्तु अब खेती की उपजों एवं भूमि के परिवर्द्धित मूल्यों के कारण गहन कृषि की ओर झुका हुआ है। **गृह-युद्ध के पश्चात् की अर्द्ध शताब्दी में जिन तत्त्वों से अमेरिकी कृषि पर प्रभाव डाला था उनमें कोई भी उतना अधिक महत्त्वपूर्ण नहीं है जितना कि विदेशी व्यापार।** कृषि आत्मनिर्भरता की अवस्था से आगे नहीं बढ़ सकती जबतक कि उसके लिए आवश्यक बाजार उपलब्ध न हो। अमेरिकी कृषिकों के लिए बाजार 19वीं शताब्दी के उत्तरार्द्ध एवं वर्तमान शताब्दी के प्रारंभिक वर्षों में पश्चिमी यूरोपीय देशों की जनसंख्या में तीव्र वृद्धि द्वारा उपलब्ध किया गया था। अमेरिका के लिए उपलब्ध इस बाजार ने उसे पश्चिमोन्मुख विस्तार को, आवासितों (immigrant) के प्रवाह को, परिवहन तथा बाजार की सुविधाओं में सुधार एवं विस्तार को तीव्र बनाने के लिए अवसर दिया। साथ ही, कृषि वस्तुओं के अतिरेक (surplus) ने यूरोप और अमेरिका के बीच विषम व्यापार सन्तुलन को ठीक करने में अमेरिका की सहायता की और यूरोप में वृहत पैमाने पर कर्ज लेना संभव बनाया। इस ऋणादान (borrowing) ने बदले में अमेरिकी उद्योगों को विकसित किया जो सरंक्षणात्मक प्रशुल्क प्रणाली द्वारा कृत्रिम रूप से प्रोत्साहित किये जा रहे थे। **वर्तमान शताब्दी में अमेरिकी कृषि की प्रमुख विशेषताएँ निम्नांकित हैं**–

1. कृषि पर आश्रित व्यक्तियों की संख्या में कमी (declining farm population)
2. भूमि के मूल्य में घोर उतार-चढ़ाव (falling land values),
3. कृषि-पदार्थों के मूल्य में घोर उतार-चढ़ाव (severe fluctuations in farm prices),

4. रैयतों की संख्या में वृद्धि (increase in the number of farm tenants),
5. खाद्य-अतिरेक की उत्पत्ति (emergence of food surplus),
6. व्यापक अर्थात् विस्तृत कृषि से गहन कृषि की ओर प्रगति, तथा
7. अधिकाधिक यंत्रीकरण (increased mechanisation)

अमेरिकी कृषि की वर्तमान अवस्था

आज संयुक्त राज्य अमेरिका विश्व का सबसे बड़ा कृषि उत्पादक देश है। संयुक्त राज्य में औद्योगिक विकास की नीव जनसंख्या के पश्चिमोन्मुख विस्तार के साथ-साथ कृषि के द्वारा डाली गई है। लगभग एक शताब्दी पूर्व संयुक्त राज्य में 80 प्रतिशत जनसंख्या कृषि पर आश्रित थी जबकि सन् 1900 में 37 प्रतिशत, सन् 1944 में 20 प्रतिशत और सन् 1972 में केवल 7 प्रतिशत जनसंख्या ही लगी हुई थी। **वर्तमान समय में 3 प्रतिशत से भी कम जनसंख्या ही कृषि में कार्य करती हैं।** सन् 1980 में 1080 मिलियन एकड़ भूमि और 6 मिलियन (3 प्रतिशत) जनसंख्या कृषि कार्य में लगी हुई थी। कृषि प्रक्षेत्रों (farms) की कुल संख्या 2.43 मिलियन और प्रक्षेत्रों का औसत आकार 430 एकड़ था। **संयुक्त राज्य में कृषि कार्य एक पारिवारिक संगठन** (family enterprise) **पर आधारित है। लगभग 80 प्रतिशत फार्मों में परिवार के व्यक्ति स्वयं कार्य करते हैं और केवल 20 प्रतिशत कृषि प्रक्षेत्रों में ही खेतिहर मजदूरों की सहायता से खेती होती है।** देश की जनसंख्या में वृद्धि के बावजूद इसका बहुत ही कम अंश कृषि में लगा हुआ है। किन्तु तब भी बहुत-सी फसलों का उत्पादन इतना अधिक होता है कि उससे न केवल अमेरिका की देशी माँग की ही पूर्ति होती है वरन् विश्व के अनेक अभावग्रस्त देशों की भी। **अमेरिका में दो तरह के कृषि प्रक्षेत्र हैं**—वाणिज्यिक और अन्य। वाणिज्यिक कृषि प्रक्षेत्र में वृहत् पैमाने पर उत्पादन होता है और यंत्रीकरण तथा नियोजित श्रमिकों का प्रयोग किया जाता है। फिर अमेरिका में पारिवारिक वाणिज्यिक प्रक्षेत्र भी हैं।

संयुक्त राज्य अमेरिका की कृषि के पास अत्यन्त ही व्यापक रूप से भिन्न परिस्थितियों के अनुसार अपने को मोड़ लेने और तब भी विशाल मात्रा में विभिन्न प्रकार के कृषि उत्पादन कर लेने की समर्थता है। विभिन्न वर्षों में कृषि उत्पादन तथा कृषि क्षेत्र में पर्याप्त परिवर्तन होते है। पृष्ट 414 पर दी गई तालिका में 3 वर्षों में अमेरिका में विभिन्न फसलों के उत्पादन और कृषि क्षेत्र का उल्लेख किया गया है जो अमेरिकी कृषि की इस विशेषता को मूर्त करता है।

निर्यात के दृष्टिकोण से अमेरिका की कृषि वस्तुएँ ही महत्त्वपूर्ण हैं। यहाँ से जितने मूल्य की कृषि वस्तुओं का निर्यात किया जाता है उसका 60 प्रतिशत खाद्यान्नों से प्राप्त होता है और लगभग 20 प्रतिशत कपास से। **सन् 1980 में संयुक्त राज्य की कृषि उत्पादन निम्नलिखित प्रकार से था**—

सन् 1980 में कृषि उत्पादन (मिलियन मेट्रिक टनों में)

फसलें	संयुक्त राज्य	सम्पूर्ण विश्व
गेहूँ	64	444
मकई	168	392
जौ	7	162

ओट	6	42
चावल (धान)	6	399
सोयाबीन[1]	19	31
आलू[1]	13	280
तम्बाकू[1]	1	4
कपास	3	11

गेहूँ संयुक्त राज्य अमेरिका की प्रमुख फसल है। यहाँ पर लगभग 58 मिलियन एकड़ में गेहूँ की खेती होती है। यहाँ शीत और बसन्त दोनों ऋतुओं में गेहूँ का उत्पादन होता है। **सबसे अधिक गेहूँ यहाँ की एक विस्तृत पेटी में होता है जो टेक्सास से डाकोटा तक विस्तृत है। प्रेयरी के साफ किए गए घास के मैदान में गेहूँ का उत्पादन सबसे अधिक होता है।** मानटाना, वाशिंगटन, इटाहो, टेक्सास, ओकलाहामा, कन्सास, उत्तरी डाकोटा और इलीनोइस गेहूँ के अत्यन्त ही महत्त्वपूर्ण क्षेत्र हैं। **कन्सास संयुक्त संयुक्त राज्य का सबसे बड़ा गेहूँ उत्पादक राज्य है।** पश्चिम की ओर कैलिफोर्निया की घाटी में गेहूँ का प्रसिद्ध उत्पादन क्षेत्र स्थित है। कैलिफोर्निया की घाटी में गेहूँ की खेती के लिए उपयुक्त जलवायु है क्योंकि यहाँ की जलवायु भूमध्यसागरीय (Mediteranean) है। संयुक्त राज्य में विश्व के कुल उत्पादन का 1/6 भाग गेहूँ उत्पादन होता है जिनका अधिकांश विदेशों को निर्यात किया जाता है। 1969 में गेहूँ का उत्पादन 145.61 करोड़ बुशेल था जिसमें 94 करोड़ बुशेल का निर्यात हुआ था। अमेरिका से जितने गेहूँ का निर्यात होता है। उसके 70 प्रतिशत का निर्यात विशिष्ट कार्यक्रमों के अधीन होता है। इसलिए इस निर्यात का वाणिज्यिक कार्यों पर विशेष प्रभाव नहीं पड़ता है।

मकई संयुक्त राज्य की दूसरी प्रमुख फसल है। यद्यपि गेहूँ की अपेक्षा मकई की खेती अधिक भूमि पर होती है तथापि निर्यात के दृष्टिकोण से मकई का महत्त्व नहीं है क्योंकि इसका अधिकांश या तो संयुक्त राज्य के दक्षिणी भाग में मनुष्यों के भोजन के रूप में प्रयुक्त कर लिया जाता है अथवा पशुओं के चारे के रूप में। मकई उत्पादक क्षेत्र गेहूँ उत्पादक क्षेत्र के दक्षिण और पूर्व में है। मिसीसीपी घाटी का मध्य भाग मकई के लिए बहुत ही अधिक महत्त्वपूर्ण है। आइओवा, इलीनोइस, इण्डियाना, मिसौरी, पूर्वी कन्सास जैसे क्षेत्रों में मकई की खूब खेती होती है। सेन्ट लुई, कन्सास सीटी, शिकागो मकई के महत्त्वपूर्ण बाजार केन्द्र हैं। **इसके बाद महत्त्वपूर्ण फसल जई** (oat) है जिसका प्रयोग नाश्ता की वस्तुओं का निर्माण करने के लिए अधिक होता है। 1969 में 93.81 करोड़ बुशेल जई का उत्पादन हुआ था। इसका लगभग तीन चौथाई भाग उत्तरी-मध्य राज्यों में उत्पादित होता है। **कपास के लिए संयुक्त राज्य अमेरिका विश्व का सबसे बड़ा उत्पादक और निर्यातक देश है।** कपास की खेती मकई उत्पादन क्षेत्र के दक्षिण में होती है। पूर्वी टेक्सास कपास के लिए सबसे अधिक महत्त्वपूर्ण है जो संयुक्त राज्य के अन्दर उत्पादित कुल कपास का 25 प्रतिशत उत्पादन करता है। अरकन्सास, अलाबामा, मिसीसीपी, जार्जिया, आकलाहामा और कैरोलीन में भी कपास की खेती होती है। कैलिफोर्निया तथा एरीजोना की साल्ट नदी की घाटी में भी कपास की अच्छी उपज होती है। **संयुक्त राज्य अमेरिका विश्व के कुल कपास उत्पादन का 60 प्रतिशत पैदा**

1961 में

प्रमुख फसलों का क्षेत्र और उत्पादन[1]

फसलें	1967			1968			1980		
	क्षेत्र (मिलयन एकड़)	उत्पादन (मिलियन बुशेल)	प्रति एकड़ उत्पादन दर (बुशेल)	क्षेत्र (मिलियन एकड़)	उत्पादन (मिलियन बुशेल)	प्रति एकड़ उत्पादन दर (बुशेल)	क्षेत्र (मिलियन (एकड़)	उत्पादन (मिलियन बुशेल)	प्रति एकड़ उत्पादन दर (बुशेल)
मकई (अनाज के लिए	60	4760	78.6	55.7	4374	78.5	53.0	6647	91
गेहूँ	58	1522	25.9	55	1570	28.4	70.8	2369	33.4
जौ	91	372	40.6	9.5	418	43.7	7.2	358.5	49.6
सोयाबीन	39.7	976	24.5	40.6	1079	26.6	67.8	1817	26.8
चावल (मोटा)[2]	1.9	89.3	4537	2.3	105.3	4475	3.2	145.0	4403
आलू[2]	1.4	305.3	210	1.3	294	214	1.1	3010	261
कपास[2]	7.9	7.4	447	10.1	10.9	516	12.9	11.1	411
तम्बाकू[2]	0.96	1967.9	2050	0.88	1712	1945	0.91	1772	1936

1. The Statesman Year Book, 1970-71 and 1982-83
2. चावल और आलू का उत्पादन मिलियन cwt में, कपास का मिलियन 500 पौंड गाँठ में तम्बाकू पौंड में

करता है और पश्चिमी यूरोप अपनी कपास की कुल आवश्यकता के 80 प्रतिशत के लिए संयुक्त राज्य पर निर्भर है। यहाँ, से प्रति वर्ष लगभग 60 लाख गाँठ कपास विदेशों से निर्यात की जाती है। सिंचाई की व्यवस्था के द्वारा न्यू मेक्सिको, एरीजोना और कैलिफोर्निया में भी विगत कुछ वर्षों से कपास की खेती होने लगी है।

कपास के बाद तम्बाकू का स्थान है। मूल्य की दृष्टि से अमेरिका के कृषि पदार्थों में तम्बाकू का पाँचवाँ स्थान है। **तम्बाकू के लिए अमेरिका विश्व का सबसे बड़ा उत्पादक राष्ट्र है।** केन्टकी, विरजीनिया, उत्तरी और दक्षिण कैरोलीना, टेनेसी प्रमुख तम्बाकू उत्पादक राज्य हैं। विरजीनिया तम्बाकू अपनी उत्तमता के लिए विश्वविख्यात है। ग्रेट ब्रिटेन, फ्रांस, जर्मनी आदि देशों को तम्बाकू निर्यात किया जाता है। विरजीनिया का रिचमंड बन्दरगाह तम्बाकू के निर्यात का प्रमुख केन्द्र है। **विश्व के 40 प्रतिशत तम्बाकू का उत्पादन केवल संयुक्त राज्य में होता है।** मानवीय उपभोग और औद्योगिक आवश्यकताओं के लिए **सोयाबीन** का भी बहुत महत्त्व है जिसे 19वीं शताब्दी के मध्य में एशिया से लाया गया था।

इस प्रकार **अमेरिकी कृषि विशिष्टीकरण के एक ढाँचे का प्रदर्शन करती है** जो वर्षा, मिट्टी, जलवायु और अन्य बातों द्वारा निर्धारित है। **किन्तु अमेरिकी कृषि की उत्पादन क्षमता मिट्टी की प्राकृतिक उर्वरा और उस ढंग का परिणाम है जिसके अनुसार खेतों का संगठन और व्यवस्था की जाती है।**

इस समय संयुक्त राज्य अमेरिका में कृषि कार्य मुख्य रूप से यंत्रों की सहायता से ही किया जाता है। आजकल अमेरिका में 40 लाख से अधिक ट्रैक्टर तथा 12 लाख से अधिक ग्रेन कम्बाइन्स प्रयोग में हैं। इससे खेती की उपज में बहुत वृद्धि हुई है। उदाहरण के लिए जबकि सन् 1925 में गेहूँ की प्रति एकड़ उपज 13.5 क्विन्टल तथा कपास की 180 पौंड थी तो सन् 1958 में इनकी प्रति एकड़ औसत उपज क्रमशः 21.7 क्विन्टल तथा 390 पौंड थी।

इस प्रकार **अमेरिका आजकल विश्व का सबसे बड़ा कृषि-उत्पादक राष्ट्र है।** यहाँ से प्रति वर्ष अरबों टन गेहूँ तथा अन्य खाद्य-पदार्थों का यूरोप, अफ्रीका एवं एशिया के विभिन्न देशों में निर्यात किया जाता है। संक्षेप में कहा जा सकता है कि "**संयुक्त राज्य अमेरिका की कृषि आज स्वतंत्र उपक्रम प्रणाली की महानतम सिद्धियों में से एक है। अधिक मात्रा में उत्पादन करने की इसकी क्षमता साम्यवादी शासन वाले देशों की ईर्ष्या और निराशा दोनों है।**"[1]

अमेरिकी कृषि की महत्त्वपूर्ण समस्याएँ

1. कृषि से प्राप्त आय की अनिश्चितता (*Instability of farm income*)—एक समस्या तो कृषि में प्राप्त आय की अनिश्चितता है। युद्धोत्तर काल में गैरकृषि क्षेत्र की आय में कृषि क्षेत्र की अपेक्षा बहुत अधिक वृद्धि हुई है। छोटे-छोटे फार्मों से प्राप्त आय में तो इस अवधि में और कमी हुई है। कृषि-आय में कमी का प्रमुख कारण कृषि के उत्पादन व्यय

1. "U.S. agriculture stands before the world today as one of the most outstanding achievements of the free enterprise system. Its capacity to produce in abundance is at once the envy and the despair of all communist governed countries."

—*Thirty Years of American Social and Economic Progress.*

का अत्यधिक ऊँचा होना है। परिणामस्वरूप साधनों की संरचना में तीव्र गति से परिवर्तन तथा कार्यकारी इकाइयों की संख्या तथा आकार में वृद्धि के परिणामस्वरूप कृषि से प्राप्त आय में गैर-कृषि क्षेत्रों की अषेक्षा बहुत ही कम वृद्धि हुई है। अतः लघु आकार के फार्मों, जिनकी आय अपेक्षाकृत कम है, वाले किसानों ने सामान्य आर्थिक प्रसार से लाभ उठाने के लिए गैर-कृषि व्यवसाय का सहारा लेना प्रारंभ किया है।

2. तकनीकी क्रांति (*Technological Revolution*)—दूसरी समस्या तकनीकी क्रांति है। युद्धोत्तरकाल में कृषि के क्षेत्र में एक प्रकार की तकनीकी क्रांति हुई जिसने अमेरिका के लिए दुर्भाग्यपूर्ण परिस्थिति उत्पन्न कर दी। युद्धोत्तर काल में कृषि की उत्पादकता में दीर्घकालीन वृद्धि की प्रवृत्ति स्पष्ट रूप से दृष्टिगोचर होने लगी। यह प्रवृत्ति अर्थव्यवस्था के गैर-कृषि क्षेत्र की अपेक्षा कृषि-क्षेत्र में अत्यधिक घनीभूत रही। प्रति-श्रम घंटे कृषि उत्पादकता में पिछले प्रायः पन्द्रह-बीस वर्षों में 6 प्रतिशत की वृद्धि हुई है। इससे कुल कृषि के उत्पादन में तो महत्त्वपूर्ण वृद्धि हुई है। किन्तु रोजगार में अत्यधिक कमी हुई है। जोतों के औसत आकार में भी वृद्धि हुई है। तकनीकी प्रगति मुख्यतः यंत्रीकरण, खाद और उर्वरक तथा कीटनाशक रसायनों के प्रयोग में केन्द्रित रही हैं। अत्यधिक यंत्रीकरण तथा तीव्र तकनीकी विकास अपने आप में खराब नहीं है। किन्तु कुल माँग तथा इसकी लोच पर विचार करने पर इसके बुरे प्रभाव स्पष्ट हो जाते हैं।

3. कृषि उपज की अधिकता (*Farm Surplus*)—अमेरिकी कृषि की तीसरी समस्या कृषि उपज की अधिकता है। यह एक विचित्र स्थिति है। तकनीकी क्रांति के फलस्वरूप कृषि-पदार्थों की उपज में बहुत वृद्धि हुई है। फलतः अमेरिका में कृषि-पदार्थों की अधिकता हो गयी है। इससे कृषि-पदार्थों का भंडार क्रमशः बढ़ता ही जा रहा है। उदाहरण के लिए 1940 से 1960 के बीच एक वर्ष से दूसरे वर्ष में जानेवाले गेहूँ का भंडार 40 करोड़ बुशेल से बढ़कर 130 करोड़ बुशेल तथा चावल का भंडार 10 लाख बुशेल से बढ़कर 135 लाख बुशेल[1] हो गया। इस समस्या की गंभीरता 1961 में राष्ट्रपति **आइसनहावर के आर्थिक विवरण के अग्रांकित उद्धरण से स्पष्ट हो जाती है**—"अनाज का पिछला अतिरिक्त कोष राष्ट्र के सभी पशुधन को 6 महीने तक खिलायेगा। कपास का अतिरिक्त भंडार सूती मिलों को 6 महीने तक चलायेगा। स्पष्टतः सुधार उत्पादन और प्रभावी माँग में समायोजन चाहता है। जब तक यह समायोजन नहीं हो जाता तबतक अतिरिक्त भंडारों की समस्या लोकचिन्ता का कारण बनी रहेगी।"[2] इस स्थिति के कारण कृषि पदार्थों के मूल्यों में भारी कमी हो गयी थी। किसानों की आय को और भी गिरने से रोकने के लिए संघीय सरकार को 7.5 बिलियन डॉलर के कृषि-पदार्थों का संचय करना पड़ा था।

4. प्रतिकूल मूल्य समता (*Unfavourable price parity*)—कृषि वस्तुओं के उत्पादन में वृद्धि से इनके मूल्यों में निरन्तर ह्रास होने लगा है। इस स्थिति के लिए उत्पादन की अधिकता के साथ-साथ ग्रामीण क्षेत्रों में पूर्ण प्रतियोगिता तथा कृषि-पदार्थों के वितरण

---

1. एक बुशेल (bushel) = 60 पौंड (pounds)
2. "The excess carry-over of the grain would feed all the nation's live-stock for almost six months, the excess stock of cotton would run the cotton mills for six months. Obviously, correction requires an adjustment of production to effective demand. Until this adjustment is accomplised, the problem of surpluses will remain a cause of public concern." —*Economic Report of the President, January,* 1961

की दोषपूर्ण व्यवस्था आदि भी मुख्य रूप से उत्तरदायी थे। पहले भी कृषि तथा औद्योगिक वस्तुओं के मूल्य की समता में परिवर्तन होते रहे हैं। किन्तु 1920 ई॰ के बाद यह समता दर कृषि किसानों के निरन्तर प्रतिकूल नहीं है। 1951-60 के बीच यह 80 :100 के अनुपात में रही थी।

5. कालातीत कृषि नीति (*Out-dated farm policy*)—अमेरिका में कृषि-संबंधी विधान बहुत पुराने पड़ गए हैं। अत- अमेरिकी कृषि और किसानों की वर्तमान कठिनाइयों का एक प्रमुख कारण दोषपूर्ण कृषि नीति भी है। **प्रेसिडेंट आइसनहावर** के अनुसार, *''कृषि अमेरिकी अर्थव्यवस्था के लिए गंभीर चिन्ता उत्पन्न कर रही है क्योंकि कृषि-संबंधी विधान कष्टपूर्ण रूप में पुराने प्रभावहीन और खर्चीले हो गए हैं।''*[1] कृषि-संबंधी आधारभूत अधिनियमों का निर्माण तीसा की भयानाक आर्थिक मन्दी काल में हुआ था। किन्तु अब परिस्थितियाँ पूर्णतः बदल गयी हैं। तकनीकी क्रांति के कारण माँग तथा पूर्ति में नये प्रकार का सामंजस्य आवश्यक है। **1960 ई॰ में प्रेसिडेंट आइसनहावर ने कहा था**, हमारी कृषि आज भी द्वितीय युद्ध काल की ही तरह कार्य कर रही है जबकि अमेरिका वर्षों से शान्ति का अनुभव करता आ रहा है।''

सरकार द्वारा इन समस्याओं का समाधान करने का प्रयास किया जा रहा है।

संदर्भ

H.U. Faulkner : American Economic History, Chap 11 & 19.
H.E. Krooss : American Economic Development
S.E. Harris : American Economic History.
Bogart and Kemmerer : Economic History of the United States
Hand Book of the United States Economy

मानक प्रश्न

1. प्रथम महायुद्ध के बाद संयुक्त राज्य अमेरिका में कृषि विकास की व्याख्या कीजिए। उस समय की कृषि के लिए राज्य की नीति क्या रही है?
2. प्रथम महायुद्ध के बाद संयुक्त राज्य अमेरिका की अर्थव्यवस्था में कृषि के महत्त्व की व्याख्या कीजिए।
3. महान मंदी के बाद संयुक्त राज्य अमेरिका की कृषि में अत्यधिक उत्पादन की समस्या की व्याख्या करें।
4. 1860 ई॰ के बाद अमेरिकी कृषि के विकास के लिए उत्तरदायी कारणों की व्याख्या कीजिए। प्रथम महायुद्ध के बाद कृषि आय में स्थायित्व के लिए सरकार द्वारा कौन-कौन से प्रयत्न किये गये हैं।
5. संयुक्त राज्य में कृषि-क्रांति के कौन-कौन से कारण थे? देश की अर्थव्यवस्था पर इसके क्या प्रभाव पड़े?

❑

1. "Agriculture is causing a serious curtain on the American economy because farm legislation is woefully out of date, ineffective and expensive."

अध्याय 5

अमेरिकी उद्योग और औद्योगिक क्रांति

(THE AMERICAN INDUSTRIES AND INDUSTRIAL REVOLUTION)

19वीं शताब्दी में संयुक्त राज्य अमेरिका का औद्योगिक विकास

लगभग 1850 तक संयुक्त राज्य का अधिकांश औद्योगिक उत्पादन दुकानों एवं घरों में परिवार के श्रम से किया जाता रहा। किन्तु सन् 1850 के पश्चात् अमेरिकी गौद्योगिक प्रणाली में क्रांति आयी। कारखाना प्रणाली का विकास निरन्तर हो रहा था किन्तु गृह-युद्ध की माँगों के कारण इस विकास प्रक्रिया में महान तीव्रता आ गयी। **''यदि सन् 1812 के युद्ध ने कारखाना प्रणाली को जन्म दिया तो गृह-युद्ध औद्योगिक क्रांति लाया।''**[1] गृह-युद्ध की माँग के कारण कारखाना प्रणाली का तीव्र गति से विकास प्रारंभ हुआ और लगभग 54 वर्षों की अल्प अवधि में अर्थात् सन् 1914 तक संयुक्त राज्य अमेरिका का विश्व के औद्योगिक राष्ट्रों में महत्त्वपूर्ण स्थान हो गया। (By 1914 the U.S.A. was recognised as a great manufacturing nation and one of the richest countries of the world.) गृह-युद्ध के बाद कृषि एवं निर्माणी उद्योगों की प्रगति का अन्दाजा निम्नांकित तालिका से मिलता है–

उत्पादन का मूल्य (लाख डॉलर में)

	1889	1899	1909	1919
कृषि	?460	4720	8500	23780
निर्माणी उद्योग	9370	11410	20670	62420

सन् 1895 में ही संयुक्त राज्य ने सम्पूर्ण यूरोपीय देशों के कुल उत्पादन का प्रायः एक-तिहाई भाग उत्पादन करना प्रारंभ कर दिया था। **संयुक्त राज्य अमेरिका के औद्योगिक विकास का अध्ययन निम्नांकित पाँच काल खंडों में विभाजित कर किया जा सकता है–**

1. औपनिवेशिक काल में उद्योग(*Industries During the Colonial Period*)– औपनिवेशिक काल में संयुक्त राज्य में निर्माणी उद्योग प्रायः नहीं के बराबर थे। प्रारंभिक बासिन्दों का प्रमुख धंधा कृषि था और ब्रिटिश सरकार का हित भी अमेरिका को अपने विकासशील उद्योगों के लिए कच्चे माल की पूर्ति के प्रमुख साधन के रूप में विकसित करना था। किन्तु इन बासिन्दों ने लकड़ी काटने तथा जहाज-निर्माण उद्योगों का विकास किया था। फर तथा मछली मारने के उद्योग भी पर्याप्त रूप में विकसित थे। हाथ से कपड़ा बुनने का उद्योग भी प्रचलित था। किन्तु आधुनिक आकार-प्रकार के निर्माणी उद्योगों का अभाव था।

---

1. "If the war of 1812 gave birth to the factory system, the Civil War brought the Industrial Revolution."

2. सन् 1770 से 1808 के बीच उद्योग *(Industries between 1770 and 1808)*—निर्माणी उद्योगों के लिए यह अवधि विशेष रूप से महत्त्वपूर्ण है। संयुक्त राज्य अब ब्रिटिश सत्ता से पूर्णतया स्वतंत्र हो गया था तथा वह अब अपने भविष्य का निर्माण अपनी इच्छानुसार कर सकता था। इस अवधि में यूरोप से पूँजी तथा कुशलता का बड़े पैमाने पर आयात होने लगा। अपने प्रचुर साधनों के द्वारा अब संयुक्त राज्य अमेरिका स्वयं अपने निर्माणी उद्योगों को विकसित करने की स्थिति में था। अतएव इस काल में संयुक्त राज्य अमेरिका के निर्माणी उद्योगों की नींव दी गयी। किन्तु इस काल में भी अच्छी वस्तुओं के लिए इसे यूरोप से आयात पर ही मुख्य रूप से निर्भर रहना पड़ता था।

3. सन् 1808 से 1860 के बीच औद्योगिक विकास *(Industrial development between 1808 and 1860)*—1808 से 1860 के बीच की अवधि को संयुक्त राज्य अमेरिका में **औद्योगिक क्रांति का पूर्व काल** कहा जाता है। **बोगर्ट** (Bogart) के अनुसार **''सन् 1808 को संयुक्त राज्य की यूरोप पर औद्योगिक वस्तुओं के लिए निर्भरता तथा औद्योगिक स्वावलम्बन के बीच एक रेखा खींचने का समय माना जा सकता है।''**[1] सन् 1808 के बाद औद्योगिक विकास की गति में तीव्र रूप से वृद्धि हुई। नेपोलियनी युद्धों के कारण यूरोप से आयात प्रायः बिल्कुल बन्द हो गया जिससे देश के उद्योगों को प्रोत्साहन मिला। सन् 1830 के बाद कोयले के द्वारा शक्ति उत्पन्न की जाने लगी। इससे भी औद्योगिक विकास के लिए अधिक बल मिला। इस अवधि में रेलों के विकास से भी औद्योगिक विकास को काफी बल मिला। इस काल में सरकार की औद्योगिक नीति में भी महत्त्वपूर्ण परिवर्तन हुए। सरकार द्वारा उद्योगों को प्रोत्साहन देने के लिए संरक्षण नीति को अपनाया गया। इसका औद्योगिक विकास पर बड़ा ही अनुकूल प्रभाव पड़ा। इस अवधि में बहुत से आविष्कार भी हुए। जबकि सन् 1840 में केवल 400 पेटेन्ट (patent) रजिस्टर्ड हुए थे तो सन् 1860 में इनकी संख्या बढ़कर 4800 हो गयी। कुल निर्माण का मूल्य सन् 1810 में 20 करोड़ डॉलर से बढ़कर सन् 1860 में 188.6 करोड़ डॉलर हो गया। उस वर्ष अमेरिका में कुल 1.5 लाख औद्योगिक संस्थाएँ थीं। उपर्युक्त तथ्यों से स्पष्ट है कि सन् **1808 से 1860 तक का काल संयुक्त राज्य अमेरिका के लिए औद्योगिक क्रांति का पूर्व काल माना जा सकता है।** किन्तु सन् 1860 तक भी अमेरिकी अर्थव्यवस्था में कृषि का स्थान उद्योगों की अपेक्षा अधिक महत्त्वपूर्ण रहा था।

4. सन् 1860 से 1900 तक का काल *(Period between 1860-1900)*—सन् 1860 से 1900 तक का काल**अमेरिका के औद्योगिक विकास का सर्वाधिक महत्त्वपूर्ण काल** समझा जाता है। गृह-युद्ध का औद्योगिक विकास पर बड़ा ही उत्तम प्रभाव पड़ा। वास्तव में इसने तीव्रतर औद्योगिक विकास के लिए आधार तैयार किया। (The Civil War was the forcing ground of American industrial development) सन् 1860 और 1870 के बीच औद्योगिक संस्थानों की संख्या में 80 प्रतिशत वृद्धि हुई तथा औद्योगिक श्रमिकों की संख्या 13 लाख से बढ़कर 20 लाख हो गयी। गृह-युद्ध के परिणामस्वरूप निर्मित वस्तुओं तथा कुशल श्रमिकों का अभाव हो गया। निर्मित वस्तुओं के अभाव को दूर करने के लिए नये-नये औद्योगिक संस्थानों की स्थापना की गयी तथा श्रम के अभाव को श्रम बचावक उपायों

1. "The year 1808 may be taken as a convenient line of demarcation to distinguish the period of dependence of the U.S.A. upon European countries from that of industrial self-sufficiency and diversified internal development."

के द्वारा दूर किया गया। इस काल में उद्योगों के क्षेत्र में तीव्र गति से प्रगति हुई। **सन् 1894 तक संयुक्त राज्य अमेरिका विश्व का सबसे बड़ा औद्योगिक राष्ट्र हो गया। अग्रांकित तालिका से यह स्पष्ट है।**

निर्मित वस्तुओं का मूल्य (लाख डॉलर में)

देश	**1820**	**1865**	**1894**
ब्रिटेन	14110	28080	42630
फ्रांस	11680	10920	29000
जर्मनी	9000	19950	33570
सम्पूर्ण यूरोप	56440	114790	17,3530
संयुक्त राज्य अमेरिका	2380	19070	94980

इस प्रकार उन्नीसवीं शताब्दी के अन्तिम पचास वर्षों में संयुक्त राज्य अमेरिका में कृषि तथा जनसंख्या में प्रायः समान दर से (1859 के स्तर से 300 प्रतिशत) वृद्धि हुई जबकि निर्माणी उद्योगों में 110 प्रतिशत से भी अधिक वृद्धि हुई।

5. बीसवीं शताब्दी में औद्योगिक विकास—उन्नीसवीं शताब्दी के अन्त तक विश्व के औद्योगिक क्षेत्र में संयुक्त राज्य का नेतृत्व स्थापित हो चुका था। संयुक्त राज्य ने **सन् 1890 में कच्चे लोहे तथा इस्पात के उत्पादन में, सन् 1899 में कोयला के उत्पादन में तथा सन् 1900 में सूती वस्त्र के उत्पादन में इंगलैंड को पीछे ढकेल दिया।** औद्योगिक प्रगति का यह क्रम बीसवीं शताब्दी के प्रथम दशक में भी जारी रहा। औद्योगिक प्रगति की तीव्र गति को प्रथम विश्वयुद्ध से और भी अधिक प्रोत्साहन प्राप्त हुआ। युद्ध काल में तटस्थ राष्ट्र होने के कारण अमेरिका यूरोप के युद्ध में लगे हुए राष्ट्रों के लिए आवश्यक मालों की पूर्ति का एकमात्र साधन था। युद्धकाल में आन्तरिक तथा विदेशी माँग में अत्यधिक वृद्धि के कारण संयुक्त राज्य अमेरिका के औद्योगिक उत्पादन में भी बहुत अधिक वृद्धि हुई। अग्रांकित तालिका से सन् 1859-1919 के बीच संयुक्त राज्य की औद्योगिक प्रगति का अन्दाजा लगता है—

अमेरिका में औद्योगिक प्रगति (1859-1919)

वर्ष	संस्थान (लाख)	मजदूर (लाख)	पूँजी (करोड़ डॉलर)	उत्पादन का मूल्य (करोड़ डॉलर)
1859	1.4	23	101.0	188.6
1899	3.6	42	652.5	947.2
1909	2.7	66	4446.6	2067.2
1919	2.1	88	8842.8	6241.8

प्रथम महायुद्ध की समाप्ति के शीघ्र बाद युद्ध-संबंधी माँग में कमी के कारण उद्योगों को कुछ कठिनाइयों का सामना करना पड़ा। इस अल्पकालीन मंदी के कारण कुल राष्ट्रीय उत्पादन का मूल्य सन् 1920 में 40.1 बिलियन डॉलर से घटकर सन् 1921 में 27.3 बिलियन डॉलर हो गया। किन्तु यह मन्दी शीघ्र ही समाप्त हो गयी और सन् 1921 के बाद पुनः समुत्थान होने लगा। कुल राष्ट्रीय आय में पुनः वृद्धि हो गयी। सन् 1920 से 1929 वाले दशक में मोटर उद्योग में बहुत अधिक प्रगति हुई। सन् 1923 से 1929 के बीच मोटर गाड़ियों तथा ट्रकों के उत्पादन में लगभग 100 प्रतिशत वृद्धि हुई। मोटर उद्योग

में विकास से विद्युत उद्योग को भी बहुत अधिक प्रोत्साहन प्राप्त हुआ। कुल उत्पन्न बिजली की मात्रा सन् 1910 में 46 बिलियन किलोवाट से बढ़कर सन् 1929 में 97 बिलियन किलोवाट हो गयी। भवन निर्माण उद्योग का भी इस अवधि में बहुत अधिक विकास हुआ। **अग्रांकित तालिका से सन् 1921 से 1929 के बीच औद्योगिक प्रगति का अन्दाजा लगता है।**

अमेरिका की आर्थिक प्रगति (1921-29)

वर्ष	औद्योगिक उत्पादन 1933-39 = 100	राष्ट्रीय आय (बिलियन डॉलर)	प्रति व्यक्ति वास्तविक आय (1929 के मूल्य पर डॉलर में)
1921	58	59	529
1922	73	61	563
1923	88	72	634
1924	82	72	633
1925	90	76	644
1926	96	82	684
1927	95	80	676
1928	99	82	677
1929	110	87	716

उन्नीसवीं शताब्दी के आठवें दशक तक अमेरिका में कृषि ही राष्ट्रीय धन का प्रमुख साधन थी। किन्तु सन् 1890 की गणना ने दिखलाया कि निर्माणी उद्योग में काफी प्रगति हुई है और वह कृषि से आगे बढ़ गया है और 10 वर्षों के पश्चात् अनुभव किया गया कि निर्माणी उद्योगों द्वारा उत्पादित वस्तुओं का मूल्य कृषि वस्तुओं के मूल्य का दूना हो गया था। अधिक-से-अधिक अमेरिकी जनसंख्या कारखाना द्वारा उत्पादित वस्तुओं एवं वृहत पैमाने के उद्योगों की ओर झुकने लगी। निर्माणी उद्योगों की वस्तुओं के मूल्य के दृष्टिकोण से संयुक्त राज्य का सन् 1840 में विश्व में पाँचवाँ और सन् 1960 में चौथा स्थान था। सन् 1894 तक उसने ग्रेट ब्रिटेन के औद्योगिक उत्पादनों से दूना और समस्त यूरोप के उत्पादनों का आधा उत्पादित कर विश्व में प्रथम स्थान प्राप्त कर लिया। **19वीं शताब्दी के पाँचवें दशक में निर्माणी उद्योगों की अनुकूल प्रगति हो रही थी। किन्तु सन् 1857 के संकट ने उसके विकास को रोक दिया था।** सातवें दशक में गृह-उद्योग द्वारा दिये गये प्रोत्साहन के कारण औद्योगिक संस्थानों की संख्या 79.6 प्रतिशत और मजदूरों की संख्या में 55.6 प्रतिशत वृद्धि हो गयी थी। सन् 1873 के गंभीर संकट ने पुनः इसके विकास में बाधा पहुँचायी थी। किन्तु पुनः पुनरुत्थान प्रारंभ हुआ और प्रगति के लक्षण दिखलाई देने लगे। गत शताब्दी के आठवें दशक ने निर्माणी उद्योगों में सर्वाधिक विकास प्रदर्शित किया और उस दशक से सन् 1909 तक पूँजी निवेश में 133.8 प्रतिशत और मजदूरों को दी गई मजदूरी में 19.5 प्रतिशत वृद्धि हुई। यद्यपि कृषि द्वारा प्रस्तुत कच्चे माल से उत्पादित निर्मित वस्तुओं का सर्वाधिक महत्त्व था तथापि सन् 1914 तक लोहा इस्पात उद्योग का स्थान भी देश में पाँचवाँ से दूसरा हो गया था।

निर्माण उद्योगों के विलक्षण विस्तार के साथ-साथ अमेरिका की तदनुरूपी

आर्थिक स्वतंत्रता में भी हुआ है। औपनिवेशिक काल से गृहयुद्ध के पूर्व काल तक अच्छी निर्मित वस्तुओं के लिए अमेरिका लगभग पूर्णतः यूरोप पर आश्रित था। उसके निर्यात की वस्तुएँ अधिकांशतः अतिरिक्त खाद्यान्न और कच्चे माल होती थीं। ऊँची प्रशुल्क दीवारों तथा यूरोप से अधिक संख्या में अमेरिका में बसने आनेवाले लोगों के कारण (इन आवासियों ने अमेरिका में सस्ते श्रमिकों को उपलब्ध किया था) अमेरिका के खनिज पदार्थों और कृषि धन को अनुकूलतः शोषित करना संभव हो सका। **प्रथम विश्वयुद्ध में अमेरिका ने जर्मनी के रासायनिक एकाधिकार को भी तोड़ दिया** और आज संयुक्त राज्य अमेरिका विश्व का सर्वप्रधान और सबसे धनी देश बन गया है।

अमेरिका में निर्माणी उद्योगों के तीव्र विकास के कारण
(Causes of the Rapid Growth of Manufacturing in the U.S.A.)

1. वस्तुओं के ऊँचे मूल्य—अमेरिकी उद्योगों के तीव्र विकास का निःसन्देह एक महत्त्वपूर्ण कारण गृह-युद्ध की अनिवार्य आवश्यकताओं और उनके कारण तथा प्रादिष्ट मुद्रा (fiat money) के निर्गमन के कारण उपस्थित हुई औद्योगिक वस्तुओं के ऊँचे मूल्यों के द्वारा दिया गया प्रोत्साहन था।

2. प्राकृतिक साधनों की प्रचुरता—संयुक्त राज्य महान औद्योगिक देश इसलिए भी बन पाया कि उसके पास प्राकृतिक साधनों का अद्वितीय भंडार था। केवल कुछ ही कच्चे मालों को छोड़कर अमेरिका के पास उसके लिए आवश्यक किसी भी वस्तु को उत्पादित करने की सामग्री उपलब्ध है। अमेरिका में लोहा, कोयला, सोना, ताँबा, पेट्रोलियम आदि खनिज पदार्थों का विपुल भंडार है। खाद्य पदार्थों और कृषि वस्तुओं का विशाल पैमाने पर उत्पादन होता है। औद्योगिक कच्चे मालों की पूर्ति सुलभ है। कृषि और खनिज पदार्थों की इतनी विपुलता है कि जिन कच्चे मालों का अमेरिका में अभाव है उन्हें वह अपनी बाहुल्य वाली वस्तुओं के बदले में विदेशों से सरलतापर्वूक प्राप्त कर लेता है।

3. जनसंख्या वृद्धि और कुशल श्रमिकों की पूर्ति—उद्योगों के विकास के लिए आवश्यक श्रम की पूर्ति देश की जनसंख्या में तीव्र प्राकृतिक वृद्धि तथा अन्य देशों से आनेवाले लाखों आवासियों के द्वारा की जा सकी जिनमें से अधिकांश व्यक्ति केवल कारखाना कार्य के अतिरिक्त अन्य कार्यों के लिए प्रशिक्षण के दृष्टिकोण से अनुपयुक्त थे। इस प्रकार उनके द्वारा कारखानों को प्रशिक्षित श्रमिकों की प्राप्ति हो सकी। 1860 ई॰ 1930 के बीच अमेरिका की जनसंख्या 3.1 करोड़ से बढ़कर 10 करोड़ हो गयी थी। यूरोपीय जातियों के साथ-साथ यहाँ पर कुशल श्रमिकों की उपलब्धि सरलता से हो जाती रही। नीग्रो तथा रेड इंडियन सस्ते वेतन पर मिलते रहे।

4. विस्तृत बाजार—श्रम तथा कच्चे माल के अतिरिक्त उद्योगों का विस्तार बाजार पर निर्भर होता है। यह बाजार स्वयं अमेरिका में ही उपलब्ध था। अमेरिकी उद्योगपतियों को विस्तृत बाजार के लिए प्राचीनतर देशों की ओर ताकने की आवश्यकता नहीं थी। उन्हें विदेशी वस्तुओं की प्रतियोगिता में स्वयं अपने देशों में ही अपने लिए बाजार की सृष्टि करनी थी। ऐसे बाजार की पूर्ति आंशिक रूप से देश की बढ़ती हुई जनसंख्या द्वारा और मुख्य रूप से संयुक्त राज्य अमेरिका के कृषि प्रधान दक्षिण तथा पश्चिमी राज्यों द्वारा की जा सकी। आज तो अमेरिकी वस्तुओं के लिए यूरोप, दक्षिणी-पूर्वी एशिया, भारत, पाकिस्तान, मध्य-पूर्वी एशिया, दक्षिणी अमेरिका, अफ्रिका में विस्तृत बाजार उपलब्ध है।

5. सरकार की प्रशुल्क नीति(*Tariff policy*)—गृह-युद्ध से प्रारंभ होने वाली उच्च प्रशुल्क दीवारें अमेरिकी अर्थव्यवस्था के आवश्यक अंग बन गईं और निःसंदेह उन्होंने उद्योगों को प्रोत्साहन दिया। इस प्रशुल्क नीति ने प्राचीन सुस्थापित उद्योगों के लिए अधिक-से-अधिक लाभार्जन करना संभव बनाया और शिशु-उद्योगों को संरक्षण दिया। देश का शासन चाहे रिपब्लिकन दल के नियंत्रण में रहा हो अथवा डेमोक्रेटिक दल के नियंत्रण में, उसने सदा औद्योगिक उन्नतिशीलता में वृद्धि करने का प्रयास किया है। सरकार की संरक्षणवादी नीति ने बाहर से आयात वस्तुओं के द्वार बन्द कर दिये। इस रूप में विदेशों की प्रतिस्पर्द्धा समाप्त हो गयी और घरेलू उत्पादन को घरेलू बाजार भी प्राप्त हो गया। इस तटकर नीति से पुराने उद्योगों को प्रोत्साहन प्राप्त हुआ तथा नये उद्योगों की उत्पत्ति हुई। इस संबंध में **बलाईन** (Baline) का कहना है कि **''एक ही साथ मुक्त व्यापार और संरक्षण दोनों के आनन्द ने संयुक्त राज्य के अद्वितीय विकास और विलक्षण समृद्धि में योगदान किया है।''**[1]

6. नवीन आविष्कार—जैसे-जैसे औद्योगिक क्रांति की प्रगति हुई है वैसे ही वैसे नवीन आविष्कार ने अनेक उद्योगों को संभव बनाया है जिन्हें अमेरिकी उपभोक्ताओं की बढ़ी हुई क्रयशक्ति के द्वारा भी प्रोत्साहन प्राप्त हुआ है। कृषि यंत्रों के अतिरिक्त संयुक्त राज्य ने सन् 1865 के पश्चात् अनेक वैज्ञानिक विकासों में योगदान किया है—ऐसे वैज्ञानिक अनुसंधानों में जिन्होंने उद्योगों के विकास को प्रचुर प्रोत्साहन दिया है। **उद्योगों में विज्ञान का यह प्रयोग अमेरिका के औद्योगिक विकास के महानतम कारणों में से एक रहा है**—विशेषतः हाल के कुछ वर्षों में। इसी कारण अमेरिका में प्रति व्यक्ति उत्पादन शक्ति संसार में सर्वाधिक है।

7. श्रम और व्यवस्था में सुधार—विज्ञान का श्रम के क्षेत्र में भी प्रयोग करने में प्रचुर प्रगति हुई है।**फ्रेडरिक विनस्लो टेलर** (Frederick Winslow Taylor) और उसके शिष्यों के नेतृत्व में **''वैज्ञानिक व्यवस्था''** का वर्तमान शताब्दी के द्वितीय दशक में कारखानों में प्रयोग होना प्रारंभ हुआ और प्रथम विश्वयुद्ध के उत्तर काल में यह सामान्य रूप से प्रयुक्त होने लगी। अक्षम श्रमिकों को निकाल कर तथा अनुकूल परिवर्तन द्वारा अच्छे कुशल श्रमिकों को प्रोत्साहन देकर महत्तर उत्पादन किया जाना और अधिक ऊँची मजदूरी की मितव्ययता ने अमेरिका के औद्योगिक क्षेत्र में अपना महत्त्वपूर्ण स्थान बना लिया।

8. परिवहन और संचार साधनों का विकास—औद्योगिक विकास में परिवहन और संवादवाहन का भी महत्त्वपूर्ण योग होता है। परिवहन के विकास ने एक ओर जहाँ उत्पादित्त माल के वितरण को सुविधाजनक बनाया है वहीं दूसरी ओर रेलों के विकास ने स्वयं कुछ औद्योगिक वस्तुओं की माँग भी उत्पन्न की है। वास्तव में संयुक्त राज्य अमेरिका का लौह-इस्पात उद्योग रेलों के विकास का अग्रणी है। रेल-मार्गों की लम्बाई 1860 ई० में 30,620 मील से बढ़कर 1930 ई. में 2,40,005 मील हो गयी। इस अवधि में इरी, ओन्टारियो, मिशीगन, सुपीरियर जैसी बडी झीलों को एक-दूसरे से संबंधित कर दिया गया। इससे आन्तरिक जल यातायात विकसित हो सका। नहरों के द्वारा खेई जानेवाली नदियों को जोड़ा गया जो व्यापार की शिराएँ सिद्ध हुईं। समुद्रतटीय यातायात की वृद्धि हुई।

---

1. "It is the enjoyment of free trade and protection at the same time which has contributed to the unexampled development and marvellous prosperity of the United States."

9. बैंकिंग प्रणाली का विकास—1864 ई॰ में राष्ट्रीय बैंकिंग व्यवस्था के श्रीगणेश के साथ ही संयुक्त राज्य अमेरिका में बैंकिंग के विकास ने विशाल उद्योगों की स्थापना में योग दिया। साथ ही, 1913 ई॰ में फेडरल रिजर्व पद्धति ने बैंकिंग के सामान्य दोषों को दूर कर उसे अधिक व्यवस्थित कर दिया।

10. शक्ति के साधनों की प्रचुरता—संयुक्त राज्य अमेरिका में शक्ति के साधन के रूप में कोयला, खनिज तेल, जल प्रचुर मात्रा में पाए जाते हैं। इनकी प्रचुरता और सस्तापन ने औद्योगिक विकास में महत्त्वपूर्ण योगदान किया।

11. औद्योगिक प्रशिक्षण—देश में औद्योगिक और व्यापारिक शिक्षा की समुचित व्यवस्था ने भी औद्योगिक उन्नति में महान योगदान किया। नवीन पद्धतियों की खोज के लिए शोधशालाएँ और संस्थान इस दिशा में अधिक सक्रिय हैं। श्रम के क्षेत्र में विज्ञान के प्रयोग का श्रेय **एफ॰ डब्ल्लयू॰ टेलर** (F. W. Taylor) नामक व्यक्ति को है जो अमेरिका में **वैज्ञानिक प्रबन्ध** का जन्मदाता कहा जाता है।

12. उद्योगों का उत्तम स्थानीयकरण *(proper localisation)*—उद्योगों के उचित स्थानीयकरण ने भी बड़े पैमाने के उद्योगों के विकास में यथोचित सहायता दी है। उचित स्थानीयकरण के कारण अमेरिका में दोषपूर्ण स्थानीयकरण से उत्पन्न होनेवाले दोष नहीं उत्पन्न हो सके।

13. साहसी एवं योग्य संघटक—अमेरिका के योग्य संघटकों ने भी अमेरिका की ओद्योगिक क्रांति को सफल बनाने में महत्त्वपूर्ण सहयोग दिया है। **पेट्रोल उद्योग के क्षेत्र में जॉन डी॰ राकफेलर** (John D. Rockfeller), **वित्त के क्षेत्र में जे॰ पी॰ मारगन** (J.P. Morgan), **इस्पात के क्षेत्र में एण्डू कार्नेगी** (Andrew Carnegie) आदि के नाम विश्व-विख्यात हैं। एकीकरण (integration), वित्त व्यवस्था, विक्रय कला आदि में अपने कौशल के द्वारा महान औद्योगिक व्यक्ति महान औद्योगिक इकाइयों का निर्माण करने में सफल हो सके जिसके कारण निर्माण व्यय में कमी की जा सकी, नवीन बाजारों की सृष्टि की जा सकी और औद्योगिक विकास को प्रोत्साहन दिया जा सका। लघु उद्योगपति भी संख्या में बहुत ही अधिक और कार्यकुशल थे। ऐसे उद्योगपतियों में बहुधा अभियंता, आविष्कारक, वैज्ञानिक और व्यवसायी आदि के गुण विद्यमान थे। ऐसे ही लघु उद्योगपति प्रारंभिक संघटक अथवा यों कहें कि अमेरिकी निर्माणी उद्योगों के निर्माता थे।

14. उपयुक्त जलवायु—संयुक्त राज्य अमेरिका की जलवायु समशीतोष्ण है। अतः यह श्रमिकों को आलस्य-रहित वातावरण प्रस्तुत करती है। ऐसी जलवायु में किसी भी प्रकार के उद्योग-धंधे का जन्म और विकास संभव है।

15. वित्तीय पूँजीवाद का उदय और पूँजी की प्रचुरता—अमेरिका के तीव्र औद्योगिक विकास में पूँजी की प्रचुरता का महत्त्वपूर्ण योगदान रहा है। संयुक्त राज्य प्रचुरता वाला देश है। प्रतिवर्ष उपभोग के बाद इतनी अधिक खाद्य औंर अन्य वस्तुएँ बच जाती रहीं कि उनका निर्यात कर विदेशों से विशाल धन-राशि प्राप्त होती रही है। विदेशियों ने भी अपनी पूँजी को अमेरिका में लगाना लाभप्रद पाया। फलस्वरूप **अमेरिका में पूँजी का महत्त्वपूर्ण स्थान हो गया और वित्तीय पूँजीवाद का जन्म हुआ। वस्तुतः अमेरिका के तीव्र औद्योगिक विकास का संभवतः सबसे महत्त्वपूर्ण कारण स्वयं वित्तीय पूँजीवाद** (finance capitalism) **अथवा औद्योगिक पूँजीवाद का उदय था।**

वित्तीय पूँजीवाद के उदय के कारण
(Causes of the Rise of Finance Capitalism)

1. पूँजीपतियों के महत्त्व में वृद्धि—अमेरिकी युद्ध के लिए आवश्यक वित्त पूर्वी क्षेत्रों के पूँजीपतियों के उधार लिया गया था। इसलिए युद्ध का अन्त होने पर उन्होंने अधिक महत्त्वपूर्ण स्थान प्राप्त कर लिया।

2. गृहयुद्ध के पश्चात् पारित नेशनल बैंक एक्ट—इसने मुद्रा का प्रसार किया और इसलिए ब्याज की दर में कमी हो गई। कम ब्याज दर ने पूँजीपतियों को उत्साहित किया।

3. पूँजीपतियों द्वारा रेल पथ का निर्माण—देश के कोने-कोने को जोड़ने के लिए रेलपथों का निर्माण हुआ। इन रेल कम्पनियों के संचालक पूँजीपति थे। इस कारण उन्हें अपने आधिपत्य के प्रसार में सरलता हुई।

4. भूमि एवं वित्तीय साधनों पर पूँजीपतियों का आधिपत्य—पूँजीपति कृषकों की भूमि तथा अन्य वित्तों पर बेईमानी और अन्य उपायों से अपना अधिकार जमा लेने में सफल हुए थे।

5. सन् 1864 का आवास अधिनियम *(Immigration Act)*—पश्चिमी देशों विशेषकर जर्मनी, फ्रांस आदि से सस्ते श्रमिकों के आवास के लिए छूट दे दी गई थी। ऐसे श्रमिकों के पारिश्रमिक अत्यन्त ही कम होते थे। इसलिए उत्पादन की लागत भी कम होती थी जिससे पूँजीपतियों के लिए लाभ अधिक हो पाता था। स्थानीय जनता की आय निम्न ही रही और आय के वितरण में महान विषमता आ गई जिसके कारण पूँजीपतियों के लाभों में और वृद्धि हुई। फलस्वरूप वित्तीय पूँजीवाद का उदय हुआ।

6. राजनीतिक दलों की हरकतें—अमेरिका में दो दल थे। जो भी दल सत्ताधारी होता था वह पूँजीपतियों द्वारा नियंत्रित होता था। पूँजीपति राजनीतिक दलों की आर्थिक सहायता करते थे जिसके फलस्वरूप राजनीतिक दल पूँजीपतियों का पक्ष लेते थे। राजनीतिक दलों को दलीय क़ल्याण, निर्वाचन आदि कार्यों के लिए पैसे की आवश्यकता पड़ती थी।

7. अमेरिकी संविधान का 14वाँ संशोधन—वित्तीय पूँजीवाद के आविर्भाव को संयुक्त राज्य अमेरिका के संविधान के 14वें संशोधन से अत्यन्त ही अधिक प्रोत्साहन मिला था। इस संशोधन ने निर्धारित किया कि **"कोई भी राज्य किसी भी विधि को निर्मित अथवा लागू नहीं करेगा जो संयुक्त राज्य के नागरिकों के विशेषाधिकारों अथवा विमुक्तियों** (immunities) **को संक्षिप्त करेगी और न कोई राज्य बिना विधि की उचित क्रिया** (due process of law) **के किसी व्यक्ति को उसके जीवन, स्वातंत्र्य अथवा सम्पत्ति से ही वंचित करेगा और न ही वह अपने क्षेत्राधिकार के अन्तर्गत किसी व्यक्ति को विधि का समान संरक्षण देना अस्वीकार करेगा।"** इस संशोधन का मूल उद्देश्य निग्रो जाति का संरक्षण करना था। किन्तु यह वस्तुतः धनी वर्ग के लिए लाभदायक सिद्ध हुआ क्योंकि इस संशोधन ने सम्पत्ति के नियंत्रण से संबंधित किसी भी प्रकार की विधि के निर्माण पर रोक लगा दी—चाहे वह मृत्यु कर हो अथवा अन्य भी कोई नियंत्रण। सरकार को हस्तक्षेपहीन नीति का अनुसरण करना पड़ा। इससे पूँजीपतियों को सु-अवसर प्राप्त हुआ। यह नीति सन् 1914 तक प्रचलित रही। इस प्रकार **सिद्धांततः इस संशोधन का आशय निग्रो जाति की सुरक्षा करना था किन्तु व्यवहारतः इसने पूँजीपतियों की सुरक्षा की।** जिसे असहाय निग्रो जाति का आत्मरक्षा यंत्र होना था यह

वास्तविकता में पूँजीपतियों की सम्पत्ति पर सरकारी उपाक्रण (encroachment) के विरुद्ध एक दृढ़ प्राचीर बन गया। पूँजीवाद निरन्तर बढ़ता गया।

महान आर्थिक मंदी काल में अमेरिकी उद्योग

सन् 1929 ई॰ में अर्थव्यवस्था का विस्तार अपनी चरम सीमा पर पहुँच गया जब अत्यधिक उत्पादन के सभी चिह्न दृष्टिगोचर होने लगे। किन्तु अक्टूबर, 1929 ई॰ में शेयर बाजार में एकाएक संकट प्रारंभ हो गया जिससे महान् मंदी की शुरूआत हुई। इस मन्दी का उद्योग-धन्धों पर बड़ा ही व्यापाक प्रभाव पड़ा। वस्तुओं के मूल्यों में अत्यधिक कमी हो गयी, बेरोजगारों की संख्या में बहुत वृद्धि हुई तथा चारों ओर असन्तोष की लहरें दिखाई पड़ने लगीं। स्थिति दिन-प्रति-दिन चिन्ताजनक होती जा रही थी। इसी बीच 1933 ई॰ में रूजवेल्ट अमेरिका के राष्ट्रपति हुए। रूजवेल्ट ने मंदी के प्रभावों को दूर करने के लिए न्यू डील नीति के अन्तर्गत कई उपायों को अपनाया। सन् 1933 में राष्ट्रीय औद्योगिक पुनरुत्थान अधिनियम जिसे संक्षेप में नीरा (NIRA) कहा जाता है, पारित किया गया। इसके अन्तर्गत उत्पादन को कम करने, मूल्य में वृद्धि करने तथा काम के घंटों को कम करने के प्रयास किये गये। विभिन्न उद्योगों का विनियमन किया गया।

द्वितीय विश्वयुद्ध काल में अमेरिकी उद्योग

सन् 1939 ई॰ में द्वितीय विश्वयुद्ध छिड़ा। इसका अमेरिकी उद्योगों पर बड़ा उत्तम प्रभाव पड़ा। **सितम्बर, 1939 ई॰ में युद्ध प्रारंभ होने तथा दिसम्बर, 1941 में पर्ल हारबर पर आक्रमण होने के बीच अमेरिकी उद्योगों का उत्पादन दुगुना हो गया।** यह अप्रत्याशित वृद्धि अग्रलिखित कारणों से संभव हुई थी—(1) प्रतिरक्षा कार्यक्रम, (2) अमेरिकी वस्तुओं के लिए यूरोपीय माँग में वृद्धि तथा (3) उपभोक्ता वस्तुओं के लिए बढ़ी हुई आंतरिक माँग। युद्ध काल में यूरोप में अमेरिकी वस्तुओं की माँग में वृद्धि हुई। पहले सभी वस्तुएँ नकद आधार पर दी जाती थीं। किन्तु बाद में सन् 1941 ई॰ में लेंड-लीज एक्ट (Lend Lease Act) पारित हुआ जिसके अन्तर्गत बहुत बड़ी रकम उधार दी गयी। इससे उद्योगों को और अधिक प्रोत्साहन मिला। युद्धकाल में सैनिक सामानों तथा युद्ध संबंधित अन्य उद्योगों के उत्पादन में बहुत अधिक वृद्धि हुई। उदाहरण के लिए मोटर उद्योग ने हवाई जहाज, टैंक, जीप तथा युद्ध से संबंधित अन्य वस्तुओं का उत्पादन प्रारंभ किया। औद्योगिक उत्पादन का संकेतांक(1938-39=100) 1943 ई॰ में 239 हो गया तथा टिकाऊ निर्मित वस्तुओं का उत्पादन संकेतांक 360 हो गया। यंत्रों के उत्पादन में चौगुनी तथा यातयात संबंधी सामानों के उत्पादन में सात गुनी वृद्धि हुई। 1936 ई॰ में संयुक्त राज्य प्रतिरक्षा के मद में अपनी कुल राष्ट्रीय आय का केवल 2 प्रतिशत व्यय करता था। 1944 में यह 40 प्रतिशत हो गया। इस प्रकार द्वितीय विश्वयुद्ध काल में अमेरिकी उद्योगों का उत्पादन बढ़ गया। किन्तु उत्पादन में इस अत्यधिक वृद्धि के बावजूद कभी-कभी खास-खास औद्योगिक वस्तुओं की कमी हो जाती थी। नागरिकों के लिए वस्तुओं का विशेष रूप से अभाव हो जाता था जिसे दूर करने के लिए रैशनिंग की व्यवस्था की गयी थी।

अमेरिका की वर्तमान औद्योगिक स्थिति

अमेरिका में उद्योगों का अधिक-से-अधिक विकेन्द्रीकरण होता जा रहा है। सन् 1940 के बाद बहुत-से बड़े-बड़े औद्योगिक संगठनों की स्थापना प्राकृतिक साधनों

अथवा बाजारों के समीप ही हुई है। इस देश में औद्योगिक कार्यों का यह विस्तार और फैलाव तीव्रगामी परिवहन एवं संचार के साधनों की प्रणाली के तीव्र विकास के कारण प्रोत्साहित हुआ। **संयुक्त राज्य अमेरिका में औद्योगिक उत्पादन का अन्दाजा निम्नांकित तालिका से लगाया जा सकता है–**

संयुक्त राज्य में औद्योगिक उत्पादन (हजार मेट्रिक टन में)

औद्योगिक उत्पादन	**1948**	**1961**
पिंड लोह (pig iron)	56,166	60,525
कच्चा इस्पात (crude steel)	80,413	88,917
सूती तागे	1715	
ऊनी तागे	362	303
रेयन और एशिटेट स्टेपुल (rayon and acetate staple)	122	206
अखबारी कागज (newsprint)	794	1882
कागज	9292	13730
कृत्रिम रबर (synthetic rubber)	496	1427
सूती कपड़े (मिलियन मीटर)	8815	8372
ऊनी कपड़े (मिलियन मीटर)	455	262

संक्षेप में आज संयुक्त राज्य अमेरिका विश्व का सबसे बड़ा औद्योगिक राष्ट्र है। सन् 1964 ई॰ में इसने विश्व के कुल इस्पात उत्पादन का लगभग 27.2 प्रतिशत, अल्मूनियम का 47.1 प्रतिशत, कोयले के उत्पादन का 22.8 प्रतिशत और पेट्रोलियम उत्पादन का 26.7 प्रतिशत उत्पादित किया था। इन चारों आधारभूत वस्तुओं के उत्पादन में इसका स्थान विश्व में प्रथम था। अन्य वस्तुओं के उत्पादन मे भी संयुक्त राज्य अमेरिका का विश्व में प्रमुख स्थान है। **निर्माणी उद्योग आज संयुक्त राज्य का सबसे बड़ा उद्योग है।** देश के लगभग 1.6 करोड़ व्यक्ति ऐसे उद्योगों में लगे हुए हैं। अमेरिका में औद्योगिक उत्पादन में वर्तमान वृद्धि का मुख्य कारण यंत्रों का अधिकाधिक प्रयोग है जिससे कम ही व्यक्तियों द्वारा अधिक-से-अधिक उत्पादन होता है।

अमेरिकी उद्योगों की विशेषताएँ

संयुक्त राज्य अमेरिका के निर्माणी उद्योगों के विकास पर अनेक तत्त्वों का प्रभाव पड़ा है जो इन्हें यूरोपीय प्रणाली से विलग करते हैं। ऐसे तत्त्वों में सर्वप्रथम तत्त्व **श्रम का अभाव** था जो अमेरिकी आर्थिक इतिहास की एक गंभीर समस्या रहा है और जिसने अनिवार्यतः श्रम की बचत करने वाले उपायों को अपनाने के लिए बाध्य कर राष्ट्र की अन्वेषणकारी प्रतिभा का निर्देशन किया है। **अमेरिकी वस्तुएँ प्रधानतः यंत्र-निर्मित होती है,** हस्त-निर्मित नहीं। श्रम के अभाव ने यंत्रों और उनके अंगों के प्रमापीकरण को अन्य देशों की अपेक्षा अमेरिका में पहले संभव बनाया जिसके कारण वृहत् परिमाण में जटिल यंत्र-रचना का तीव्र उत्पादन हो सका जिसके प्रत्येक अंग पहले पृथक-पृथक उत्पादित किए जाते हैं और तब अन्त में उन सभी अंगों को एकत्र कर जोड़ दिया जाता है। इस कारण यंत्रों के अंगों को आवश्यकतानुसार बदल दिया जाना संभव हो गया है और यंत्रों को चलाने का व्यय निम्न हो पाता है।

अमेरिकी निर्माणी उद्योग अल्प परिवर्तन करते हैं और इनके द्वारा उत्पादित वस्तुओं का मूल्य सम्पूर्ण उत्पादनों के मूल्य का एक लघु अंश है। यह विशेषतः अंशतः श्रम के अभाव के कारण है और अंशतः संभवतः कच्चे माल के कारण।

श्रम के अभाव से घनिष्ठ रूप से संबंधित ही एक विशेषता यह है कि हस्तशक्ति(hand power) **को छोड़कर किसी भी अन्य शक्ति को व्यवहृत करने के लिए अमेरिका में उत्साह रहा है।**अधिकांश अमेरिकी कारखाने वाष्प, जल विद्युत से संचालित किये जाते हैं।

अमेरिकी श्रमिक प्रज्ञ होते हैं और नवीन प्रविधियों एवं ढंगों को शीघ्र ही समझ लेते हैं और व्यवहृत कर लेते हैं। **वातावरण ने अमेरिकी जनता को हरफनमौला बना दिया है और उसकी अन्वेषणकारी प्रतिभा को पोषित किया है।**

अमेरिकी उद्योगों की अन्य महत्त्वपूर्ण विशेषता पुंजोत्पादन(mass production) **का विकास है।**पुंजोत्पादन समूहोपभोग(mass consumption) पर आधारित था और सन् 1900 तक ऐसा उपभोग संभव रहा था। सन् 1900 तक प्रौद्योगिकी उस अवस्था तक पहुँच गयी थी जहाँ से प्रमापीकरण और प्रविधियाँ इसके लिए सहायता प्रदान कर सकती थीं।**पुंजोत्पादन के विकास के क्षेत्र में नेतृत्व फोर्ड मोटर कम्पनी द्वारा किया गया था** जो समवेत प्रविधि (assembly technique) में प्रयोग करने के लिए विशेष रूप से उपयुक्त थी।

जनसंख्या और कृषि की भाँति निर्माणी उद्योगों की गति (movement) **भी सतत् पश्चिम की ओर रही है।** निर्माणी उद्योग भी जैसे-जैसे विकसित होता गया, पश्चिम की ओर बढ़ता गया।

कुछ प्रमुख अमेरिकी उद्योग

लोहा और इस्पात उद्योग—यह संयुक्त राज्य अमेरिका का सबसे महत्त्वपूर्ण उद्योग है। पश्चिमी पेन्सिलवानिया, पूर्वी ओहियो, इण्डियाना, इलीनोइस, अलाबामा जैसे राज्य लोहा और इस्पात उद्योग के लिए विशेष महत्त्व रखते है क्योंकि इन क्षेत्रों में कोयले का भंडार बहुत अधिक है, उत्पादित वस्तुओं के लिए विस्तृत उत्तम बाजार है और खनिज लोहा सस्ते परिवहन द्वारा लेक सुपिरियन जिलों से मँगा लिया जाता है। संयुक्त राज्य में लोहे और इस्पात के उत्पादन में विशिष्टीकरण का तत्त्व पाया जाता है। कृषि प्रधान जिलों में कृषि यंत्रों का उत्पादन होता है और शिकागो मध्य-पश्चिम का प्रमुख केन्द्र है। कृषि यंत्रों के निर्माण का दूसरा महत्त्वपूर्ण केन्द्र मीलवाकी (Milwaukee) है। न्यू इंगलैड के वस्त्र उत्पादक जिलों में वस्त्र उत्पादक यंत्रों की बहुत माँग होती है। इसलिए वोरसेस्टर (Worcester) वस्त्र निर्माण यंत्रों का प्रमुख केन्द्र है। न्यूयार्क में, जहाँ पर जल-शक्ति विकास के कारण विद्युत यंत्रों की बहुत अधिक माँग होती है, विद्युत अभियंत्र और यंत्रों का निर्माण होता है। फिलाडेल्फिया, शिकागो, पिट्सवर्ग, सेन्ट लुई जैसे महान रेलवे केन्द्र रेलवे अभियंत्रों और यंत्रों का निर्माण करते हैं और इन केन्द्रों में बड़ी-बड़ी रेलवे कार्यशालाएँ हैं। अटलांटिक, दक्षिणी प्रशान्त महासागरीय और लेक के जिलों में स्थित बन्दरगाहों एवं केन्द्रों में जलयान निर्माण उद्योग बढ़ा-चढ़ा है। **डेट्रायट में विश्व में मोटरगाड़ियों का सर्वाधिक महत्त्वपूर्ण उत्पादन केन्द्र है।** फल उत्पादन क्षेत्रों में टीन के डिब्बों आदि का निर्माण बहुत अधिक होता है। औद्योगिक यंत्रों, इंजिनों, विद्युतयंत्रों, मोटरगाड़ियों, वायुयान, यंत्र-औजार (machine tools) आदि को ऊँची मजदूरी होने के बावजूद संयुक्त राज्य किसी भी देश की अपेक्षा बहुत ही कम मूल्य पर बेच पाता है।

वस्त्र उद्योग *(textile industry)*—यह संयुक्त राज्य का दूसरा महान उद्योग है जिसमें सूती वस्त्र का विशेष महत्त्व है। संयुक्त राज्य के सूती वस्त्र उद्योग के प्रथम गृह न्यू इंगलैंड राज्यों में स्थित थे। इन राज्यों में जलवायु नम है, जल शक्ति की प्रचुर पूर्ति है। दक्षिणी क्षेत्र से पर्याप्त कपास की पूर्ति हो जाती है, पेन्सिलवानिया से सस्ता कोयला मिल जाता है, देश के आन्तरिक बाजारों में सरलतापूर्वक पहुँचने के लिए सरल साधन है। फिलाडेल्फिया में भी उस उद्योग के केन्द्र है। अलबामा, जार्जिया और कैरोलीना जैसे दक्षिणी राज्यों में भी इस उद्योग का विकास अभी थोड़े ही समय से हुआ और ये चीन और कनाडा के बाजारों के लिए निम्न श्रेणी के कपड़े का उत्पादन करते हैं। कपास की तलहटी के बीच में बसने और जल परिवहन की उत्तम सुविधाओं के कारण दक्षिणी राज्यों का सूती वस्त्र उद्योग भविष्य में सर्वाधिक महत्त्वपूर्ण हो सकता है। ऊनी वस्त्र उद्योग का तीव्र विकास संयुक्त राज्य में उत्तरी-पूर्वी क्षेत्रों में हुआ है। फिलाडेल्फिया इसका प्रमुख केन्द्र है। आस्ट्रेलिया और अर्जेन्टाइना से ऊन बोस्टन में मँगाया जाता है जो ऊन का सबसे बड़ा बाजार है। यहाँ से फिर ऊन को न्यू इंगलैंड राज्यों में वितरित किया जाता है। संयुक्त राज्य सिल्क के उत्पादन के लिए भी महत्त्वपूर्ण है। उत्पादन प्रमुखतः न्यूयार्क, जर्सी और पेन्सिलवानिया में होता है। अमेरिकी वस्त्र उद्योग में 1.1 मिलियन श्रमिक कार्य करते हैं। किन्तु वस्त्र उद्योगों के क्षेत्र में संयुक्त राज्य को विश्व बाजार में जापान, भारत, चीन के साथ प्रतियोगिता करने में अत्यन्त कठिनाई होती है।

मोटर उद्योग *(automobile industry)*—बीसवीं शताब्दी में मोटर उद्योग का तीव्र विकास संयुक्त राज्य अमेरिका के उद्योगीकरण की महत्त्वपूर्ण घटना है। **इस उद्योग के तीव्र विकास के लिए बहुत से तत्त्व उत्तरदायी थे**—अमेरिका में लोहा एवं इस्पात तथा अन्य धातुओं की उपलब्धि, देश तथा विदेशों में इसके लिए बढ़ती हुई माँग, इंजीनियरिंग उद्योग तथा अन्य उद्योगों का विकास तथा चतुर साहसियों की उपलब्धि आदि कुछ ऐसे तत्त्व हैं जिन्होंने अमेरिकी मोटर उद्योग के विकास को प्रोत्साहन दिया है। यद्यपि इस उद्योग का विकास सन् 1893 से ही प्रारंभ हुआ था तथापि 1903 तक इसका विकास बिल्कुल प्रारंभिक स्थिति में था। किन्तु 1914 तक अमेरिकी परिवहन व्यवस्था में मोटरों का महत्त्वपूर्ण स्थान हो गया था। उस वर्ष मोटर परिवहन में लगभग 400 मिलियन पूँजी लगी हुई थी। सन् 1914 से सन् 1929 के बीच मोटर उद्योग का तीव्र गति से विकास हुआ। सन् 1929 में इस उद्योग में लगभग 40 लाख व्यक्ति प्रत्यक्ष तथा परोक्ष रूप से लगे हुए थे और उसके द्वारा लगभग 5261 मिलियन डॉलर के मूल्य की वस्तुओं का उत्पादन हुआ था। संयुक्त राज्य अमेरिका की सामाजिक एवं आर्थिक व्यवस्था पर मोटर उद्योग का अत्यन्त महत्त्वपूर्ण प्रभाव पड़ा है। कृषि के क्षेत्र में क्रांति लाने के साथ-साथ उसने परिवहन के क्षेत्र में भी एक प्रकार की क्रांति ला दी है। इस उद्योग द्वारा प्रति वर्ष अनुमानतः 150 लाख से 200 लाख टन इस्पात का उपयोग किया जाता है।

पेट्रोलियम उद्योग—संयुक्त राज्य तथा बेनेजुएला में विश्व का सबसे बड़ा पेट्रोल उत्पादन क्षेत्र है। विश्व में पेट्रोलियम के कुल ज्ञात भंडार का 25 प्रतिशत पेट्रोल संयुक्त राज्य में निहित है। संयुक्त राज्य अमेरिका विश्व में पेट्रोल की वस्तुओं का सबसे बड़ा उत्पादक तथा निर्यातक देश हैं। सन् 1964 में इसने विश्व के कुल पेट्रोल उत्पादन का 26.7 प्रतिशत पेट्रोल उत्पन्न किया था। अमेरिकी अर्थव्यवस्था में पेट्रोलियम उद्योग का महत्त्वपूर्ण स्थान है। सन् 1929 में राष्ट्रीय आय में इस उद्योग का अंशदान 900 मिलियन

डॉलर था जो बढ़कर सन् 1961 में 4500 मिलियन डॉलर हो गया। इस उद्योग में लगभग 1.5 लाख व्यक्ति लगे हुए हैं। प्रतिवर्ष लगभग 500 मिलियन डॉलर के मूल्य के पेट्रोल की वस्तुओं का अमेरिका से निर्यात किया जाता है। अमेरिका के पेट्रोल उद्योग में **राकफेलर और स्टैन्डर्ड ऑयल इन्डस्ट्री के नाम विशेष रूप से उल्लेखनीय हैं।**

अन्य उद्योग—आटा मिलों का सर्वाधिक महत्त्वपूर्ण केन्द्र मिनियापोलिस है। चीनी शोधन (sugar refining), मांस उत्पादन (मेन और न्यूयार्क में), फल उत्पादन (कैलिफोर्निया में), मछली उत्पादन(बाल्टीमोर में) आदि अमेरिका के अन्य महत्त्वपूर्ण उद्योग हैं। विगत कुछ वर्षों में संयुक्त राज्य ने कृत्रिम रबर के उत्पादन में महान प्रगति की है। असली प्राकृतिक रबर का उत्पादन संयुक्त राज्य में नहीं होता है। इन्हें दक्षिणी-पूर्वी एशियाई देशों और दक्षिण अमेरिकी देशों से आयात किया जाता है। रबर के आयात की मात्रा प्रतिवर्ष लगभग 1.5 मिलियन टन है। किन्तु अमेरिका में द्वितीय विश्वयुद्ध काल में रबर की गंभीर कमी के कारण बनावटी रबर उत्पादन उद्योग का अत्यधिक तीव्रता के साथ विकास हुआ था। आज मोटर उद्योग, यंत्र-औजार उद्योग आदि में कृत्रिम रबर का व्यापक उपयोग हो रहा है। जूता, कपड़ा, खिलौने, विद्युत परिवर्तकों (electric transformers) आदि के निर्माण में भी इसका उपयोग होता है।

संयुक्त राज्य अमेरिका के प्रमुख औद्योगिक क्षेत्र
(Important Industrial Regions of the U.S.A.)

संयुक्त राज्य अमेरिका के प्रमुख औद्योगिक क्षेत्र प्रायः पूर्वी अटलांटिक तटीय क्षेत्र में पाए जाते हैं। इसी क्षेत्र में सबसे पहले यूरोपीय निवासियों ने बसना आरंभ किया था। इस भाग में बन्दरगाह, कोयला, जल-शक्ति और यूरोप की निकटता की सुविधाएँ उपलब्ध हैं। भौगोलिक स्थिति की दृष्टि से संयुक्त राज्य के औद्योगिक क्षेत्रों को **अग्रलिखित भागों में विभाजित किया जा सकता है**—

(क) अटलांटिक तटीय क्षेत्र *(Atlantic Coastal Recion)*—यह भाग देश के सबसे अधिक उन्नत औद्योगिक क्षेत्रों में से एक है। इसमें अग्रलिखित क्षेत्र मुख्य हैं—

1. न्यू इंगलैंड क्षेत्र—इस क्षेत्र में उद्योग इसके दक्षिणी पूर्वी कोने में **बोस्टन** के आस-पास केन्द्रित हैं। यहाँ पर सूती वस्त्र उद्योग का केन्द्रीकरण हो गया है। इससे यह पृथ्वी का एक पृथक भू-भाग-सा लगता है। इसी क्षेत्र में सबसे पहले देश के उद्योग चालू किए गए थे। केनेक्टीकट घाटी में धातु-उद्योग विकसित है। उस क्षेत्र में खनिज पदार्थ नहीं पाये जाते। किन्तु जलप्रपात से सस्ती विद्युत शक्ति प्राप्त की जाती है। पठारी क्षेत्र होने के कारण परिवहन का विकास भी पर्याप्ततः नहीं हो पाया है। लकड़ी चीरने, कागज और लुग्दी बनाने के उद्योग इसकी विशाल वन-सम्पत्ति पर निर्भर है। न्यू इंगलैंड राज्य के अधिक जनसंख्या वाले क्षेत्रों में पूँजी कारखाना उद्योग में लगायी गयी है। जलयानों और रेलों द्वारा अपलाशियन से कोयला प्राप्त हो जाता है। इसलिए औद्योगिक केन्द्र अधिकतर समुद्र तट के पास ही स्थित है। इस क्षेत्र में केवल हल्के उद्योग हैं। इस क्षेत्र के मुख्य औद्योगिक केन्द्र लावेल, लारेन्स, प्रोविडेन्स और ट्राय हैं। नकली रेशम ट्राय में, जूता हैवरिहल, ब्राकटन और लिग्न (मेसाचुसेट्स राज्य) में, बिजली की मशीनें केनेक्टिकट में, घड़ियाँ बाटबरी में, कागज होलीओक में, सूती कपड़ा बेडफोर्ड, फिलरिवर, लावेल और लारेंस में, ऊनी कपड़ा वनेरसेन्टर फेल्ट हैट, डेनबरा में बनाये जाते हैं। अधिकतर केन्द्रों में केवल एक ही उद्योग केन्द्रित हैं। बोस्टन इस क्षेत्र का सबसे बड़ा नगर है।

2. मध्य अटलांटिक क्षेत्र (*Middle Atlantic Metropolitan Districts*)—इस क्षेत्र में डिलावेयर, न्यू जर्सी, न्यूयार्क, पेन्सिलवानिया, ओहियो, पश्चिम वर्जीनिया और मैरीलैंड के कुछ भाग सम्मिलित हैं। इस क्षेत्र में अनेक उद्योग हैं। इस क्षेत्र को उत्तरी अपलायिन से प्रचुर मात्रा में कोयला, वाणिज्य संबंधी सुविधाएँ, बन्दरगाह और घनी आबादी आदि सुविधाएँ प्राप्त हैं। वस्त्र-उद्योग यहाँ का मुख्य उद्योग है। चीनी साफ करना, वनस्पति तेल, पेट्रोल और ताँबा साफ करने के कारखाने इस क्षेत्र के अन्य मुख्य उद्योग हैं। प्रायः ऐसे गौण उद्योग (secondary industries) बाल्टीमोर, फिलाडेल्फिया और पेनसिलवानिया के दक्षिणी-पूर्वी बिल्मिगटन में हैं। भाप की चक्कियाँ ट्रेनटन में, ऊनी कपड़ा फिलाडेल्फिया में और रेडियो कैमडेन में बनाये जाते हैं।

3. मध्य न्यूयार्क क्षेत्र (*Central New York Region*)—यह क्षेत्र अलबनी से रोचेस्टर तक है। इसे परिवहन की उत्तम सुविधाएँ प्राप्त हैं। हडसन नदी की घाटी से होकर कई रेलें, सड़कें और नहरी मार्ग इस क्षेत्र को उत्तर की ओर महान झील के क्षेत्र से जोड़ते हैं। महान झीलों को जोड़ने के लिए ईरी नहर खोदी गयी हैं। इस क्षेत्र में कोयले की स्थानीय पूर्ति तो नहीं है परन्तु पेन्सिलवानिया का विशाल एन्थ्रासाइट कोयला भंडार इसके निकट ही है। निकटवर्ती पर्वतीय क्षेत्रों में प्रचुर मात्रा में विद्युत शक्ति प्राप्त हो जाती है। यह क्षेत्र भी उद्योगों की विविधता के लिए विख्यात है। यहाँ पर वस्त्र बनाने, बिजली की मशीन, चश्मा, कागज और रसायनिक पदार्थों के उद्योग अत्यधिक विकसित हैं। कागज अलबनी में, रेशम विलियमटन में, भारी लोहे की मशीनें रोचेस्टर में, फोटोग्राफी के सामान रोचेस्टर में, चीनी मिट्टी के बर्तन साईराक्यूज और हाथ के दस्ताने कान्सटन में बनाये जाते हैं।

4. दक्षिणी अपलाशियन क्षेत्र (*South Appalachian Region*)—इस क्षेत्र में जल-परिवहन की सस्ती सुविधा प्राप्त है। यहाँ खनिज लोहा भी पर्याप्त मात्रा में पाया जाता है। सस्ता श्रम, वन-सम्पत्ति, कपास और अन्य कच्चे माल भी प्रचुर परिमाण से प्राप्त होते हैं। पीडमान्ट क्षेत्र में कपास के कारखाने और सूती कपड़े की मिलें हैं। उत्तरी अलाबामा में लोहे की भट्ठियाँ और इस्पात, कागज एवं रसायनिक पदार्थों की मिले हैं। इस क्षेत्र में उद्योगों का विशिष्टीकरण बहुत अधिक हुआ है। यह क्षेत्र अभी औद्योगिक परिपक्वता नहीं प्राप्त कर पाया है।

(ख) मध्य भाग (*Central Region*)—इस भाग के सारे क्षेत्र अपलाशियन श्रेणी द्वारा पूर्वी तटीय भाग से पृथक हैं। इस क्षेत्र में उद्योगो का विकास अपेक्षाकृत बाद में हुआ था। इसके निम्नलिखित मुख्य क्षेत्र हैं—

1. नियाग्रा-ओन्टारियो क्षेत्र (*Niagra-Ontario Region*)—इस क्षेत्र को महान झीलों से सस्ती परिवहन सुविधाएँ प्राप्त हैं। झीलों के क्षेत्र से खनिज लोहे और अपलाशियन क्षेत्र से प्रचुर मात्रा में कोयला भी प्राप्त किया जाता है। नियाग्रा जलप्रपात से प्रचुर मात्रा में जल-विद्युत मिल जाती है। इस क्षेत्र में मुख्यतः भारी उद्योग हैं। यहाँ लोहे की भट्ठियाँ, इस्पात की मिलें, मशीनें और गाड़ियाँ आदि बनायी जाती हैं। रसायन उद्योग, आटा पीसने और कृषि-उपज का उपयोग करने वाले कई उद्योग भी यहाँ पाये जाते हैं। यहाँ लोहे की भारी चादरें भी बनायी जाती हैं। बफैलो, टोरन्टो और नियाग्रा यहाँ के मुख्य केन्द्र हैं। बफैलो आटा पीसने का सबसे बड़ा केन्द्र है। यहाँ उद्योगों में विविधता नहीं है।

2. पिट्सवर्ग ईरी झील क्षेत्र (*Pitsburg-Erie Lake Region*)—वहाँ केवल भारी उद्योगों का केन्द्रीकरण हुआ है। इस्पात की मिलें और लोहे की भट्ठियाँ ही यहाँ अधिक हैं। ईरी झील के बन्दरगाह पर मेसावी श्रेणी से लाया गया खनिज लोहा उतारा जाता है। पश्चिमी वर्जीनिया और पेन्सिलवानिया में देश का सबसे अच्छा कोयला पाया जाता है। पेन्सिलवानिया क्षेत्र में भारी मात्रा में कोयला प्राप्त किया है। अब बन्दरगाहों पर ही उद्योग स्थापित किये जा रहे हैं। यह क्षेत्र अमेरिका में भारी इस्पात उद्योग का सबसे बड़ा केन्द्र है। यहाँ लोहा, इस्पात, सूती कपड़ा, काँच, चीनी मिट्टी के बर्तनों, गृह-निर्माण के काम में आनेवाली इस्पात की वस्तुओं और इस्पात की नली के बहुत से कारखाने स्थापित किए गए हैं। भारी इस्पात पिट्सवर्ग, क्लीवलैंड, यग्सटन और ओहियो में, रबर आक्रोन में, सूती वस्त्र क्लीवलैंड और ईस्टन में तथा इंजन रोनेकटाड़ी में बनाये जाते हैं।

3. डेट्रायट क्षेत्र (*Detroit Region*)—इस क्षेत्र में ईरी झील के पश्चिमी ओनन्टारियो उत्तरी-पश्चिमी ओहियो और दक्षिणी-पूर्वी मिशिगन के भाग समिलित हैं। डेट्रायट इस क्षेत्र का मुख्य केन्द्र है। यहाँ मोटर के इंजन और इनसे संबंधित विभिन्न प्रकार के समान बनाये जाते हैं। **डेट्रायट संसार का सबसे बड़ा मोटर निर्माण केन्द्र है।** इसके अतिरिक्त यहाँ औजार, बिजली के यंत्र, काँच और रसायान उद्योग भी स्थित है।

4. सिनसिनानी इण्डियाना पोलिस क्षेत्र (*Cincinani Indiana Polis Region*)—इस क्षेत्र में पूर्वी इण्डियाना और दक्षिणी पश्चिमी ओहियो के केन्द्र शामिल हैं। इसको महान झील का परिवहन मार्ग, झील क्षेत्र के लोहे तथा वन-संपत्ति की महान् सुविधाएँ तो प्राप्त नहीं है परन्तु कुछ अन्य सुविधाएँ प्राप्त हैं। इस क्षेत्र में लोहा, इस्पात, यंत्र, बिजली के सामान, वैज्ञानिक यंत्र, रासायनिक पदार्थ, मांस, तेल और साबुन के उद्योग स्थित हैं। यहाँ खेती पर निर्भर उद्योगों में एक प्रकार का संतुलन स्थापित है। सिनसिनानी इनका मुख्य केन्द्र है।

5. मिशिगन क्षेत्र (*Michigan Region*)—मिशीगन क्षेत्र अमेरिका के मुख्य क्षेत्रों में से एक है। इसमें मिशीगन झील का दक्षिणी भाग और उसका पृष्ठ प्रदेश सम्मिलित हैं। इस क्षेत्र के मुख्य उद्योग चादर की मिलें, ट्रैक्टर, खेत घेरने के तार, खेती की मशीनें, चमड़े का सामान, जूते, मांस पैकिंग और खाद्यान्न से संबंधित हैं। फर्नीचर और कागज की मिलें भी यहाँ पायी जाती हैं। शिकागो और मिलवाकी यहाँ के प्रसिद्ध केन्द्र हैं। औद्योगिक उत्पादन के विचार से यह अमेरिका में बड़ा केन्द्र है। **शिकागो में मांस की सबसे बड़ी मंडी है।** सेण्ट लुई में कागज बनाने और आटा पीसने के भी कई कारखानें हैं।

6. मध्य मैदान के क्षेत्र (*Central Plan Region*)—इस क्षेत्र के मुख्य केन्द्र मिनियोपोलिस, रैटपाल, ओहामा, कन्सास, सेन्ट लुई, डालेस-फोर्ट, बर्थ और हाउस्टेन हैं। इनका प्रधान कार्य कच्चा माल निर्माण कर उसको नया रूप देना (bulk reducing) है। यहाँ इस्पात, मशीनरी, जूते और रासायनिक पदार्थों के कारखाने हैं। युद्ध के समय मध्यवर्गीय नगरों में युद्ध सामग्री बनाने के कई उद्योग विकसित हो गए हैं। कन्सास और नेव्रास्का हवाई जहाज निर्माण केन्द्र हैं। **मिनियोपोलिस संसार में आटा पीसने का सबसे बड़ा केन्द्र है।**

अमेरिकी औद्योगिक संगठनों की प्रमुख विशेषताएँ
(Salient Features of American Industrial Organisations)

1. निर्माणी संस्थाओं का बड़ा आकार(*Large size of manufacturing units*)—संयुक्त राज्य अमेरिका के औद्योगिक विकास की **सर्वाधिकं प्रमुख विशेषता व्यावसायिक संस्थाओं के आकार में अत्यधिक वृद्धि है। इसके आकार में इस वृद्धि के लिए कई कारण** उत्तरदायी है। **प्रथम** कारण यह है कि अमेरिकी व्यावसायिक संगठन के रूप में संयुक्त पूँजी कम्पनी की सफलता के कारण बहुत अधिक स्थायी पूँजी का एकत्र किया जाना संभव हो गया। इससे बड़े पैमाने पर निर्माणी योजनाओं को कार्यान्वित किया जाने लगा। इस प्रकार व्यावसायिक संस्थाओं के आकार में बहुत वृद्धि हुई। **दूसरे,** परिवहन के क्षेत्र में जो क्रांति हुई उससे बड़े पैमाने के व्यवसाय के लिए बड़े आंतरिक तथा बाह्य बाजारों का पता लगान संभव हो सका। **तीसरे,** परिवहन सुविधाओं के परिणामस्वरूप आन्तरिक प्रतियोगिता में बहुत वृद्धि हुई। इस प्रतियोगिता में छोटे-छोटे उत्पादक धीरे-धीरे समाप्त होने लगे। इससे भी व्यवसाय के आकार में वृद्धि को प्रोत्साहन मिला। अनुमान किया जाता है कि सन् 1850 से 1910 के बीच 60 वर्षों में निर्माण की औसत इकाई की पूँजी में 39 गुनी, इनके मजदूरों की संख्या में 7 गुनी तथा इनके उत्पादन के मूल्य में 19 गुनी से भी अधिक वृद्धि हुई। सन् 1914 से 1929 के बीच छोटे-छोटे व्यावसायिक फर्म (5000 से 20 हजार डॉलर का कार्य करने वाले) का अनुपात 49 प्रतिशत से घटकर 33 प्रतिशत हो गया।[1]

2. कम्पनियों का विकास—गृह युद्ध के बाद शीघ्र ही व्यक्तिगत साहसी का स्थान कम्पनी तथा कॉरपोरेशन ने लेना प्रारंभ किया। कम्पनियों के अन्तर्गत बड़ी मात्रा में पूँजी का एकत्रीकरण संभव हो सका है। अतः धीरे-धीरे अमेरिकी औद्योगिक व्यवस्था में इनका महत्त्व बढ़ने लगा। सन् 1919 तक संयुक्त राज्य अमेरिका में इनका महत्त्व इतना बढ़ गया कि कुल उत्पादन का 87 प्रतिशत इनके द्वारा उत्पन्न किया जाने लगा और ये कुल श्रमिकों का 86 प्रतिशत नियुक्त करने लगीं। कम्पनी व्यवस्था में विभिन्न लाभों के साथ-साथ कुछ दोष भी हैं जो 1919 की भयानक आर्थिक मन्दी में बिल्कुल स्पष्ट हो गये।

3. संयोजन आन्दोलन (*Combination Movement*)—संयुक्त राज्य अमेरिका के औद्योगिक संगठन की अन्य प्रमुख विशेषता व्यवसायों में संयोजन की बढ़ती हुई प्रवृत्ति है। यह प्रवृत्ति सन् 1830 से ही दृष्टिगोचर होने लगी थी। किन्तु गृह-युद्ध के बाद यह अधिक शक्तिशाली हो गयी। **संयुक्त राज्य अमेरिका में संयोजन आन्दोलन पाँच स्पष्ट अवस्थाओं से होकर गुजरा है**—(1) समुच्चय (pool), (2) प्रन्यास (trust), (3) होल्डिंग कम्पनीज, (4) समामेलन तथा विलयन (amalgamation and merger), तथा (5) कम्यूनिटी ऑफ इन्टरेस्ट।

4. श्रम बचावक यंत्रों का बड़े पैमाने पर प्रयोग—अमेरिका में प्रारंभ से ही श्रम का अभाव रहा था जिसे दूर करने के लिए श्रम बचाने वाले यंत्रों का बड़े पैमाने पर प्रयोग किया जाता रहा है। अमेरिकी उद्योगों की यह विशेषता इन्हें यूरोपीय देशों से पूर्णतया पृथक करती है।

5. यंत्रों का प्रमापीकरण (*Standardization of machinery*)—यंत्रों तथा उनके विभिन्न भागों का प्रमापीकरण संयुक्त राज्य अमेरिका से ही प्रारंभ हुआ। इससे बड़े पैमाने पर यंत्रों का उत्पादन प्रारंभ हुआ। प्रमापीकरण के अन्तर्गत यंत्रों के सभी पुर्जे अलग-अलग

1. Faulkner ; *American Economic History.*

बनाये जाते हैं और तब सभी पुर्जों को एक साथ मिलकर पूर्णयंत्रों का रूप दिया जाता है। इससे उद्योगीकरण के कार्य में कई प्रकार की सुविधाएँ प्राप्त होती हैं।

6. शक्ति का अधिकाधिक प्रयोग—सन् 1870 के बाद से ही अमेरिका में शक्ति का बड़े पैमाने पर प्रयोग प्रारंभ होने लगा। पहले इस कार्य के लिए कोयले का प्रयोग किया जाता था। बाद में जल से शक्ति उत्पन्न करने का कार्य सस्ता जान पड़ने लगा। सन् 1914 के बाद जल शक्ति का बहुत प्रचार हुआ।

7. बड़े पैमाने पर उत्पादन (*mass production*)—अमेरिकी उद्योगों की एक अन्य विशेषता बड़े पैमाने पर उत्पादन है। धीरे-धीरे कच्चे पदार्थों के उत्पादन की तुलना में निर्मित वस्तुओं का अधिक मात्रा में उत्पादन होने लगा। **बड़े पैमाने पर उत्पादन की प्रवृत्ति की व्याख्या अग्रलिखित प्रकार से की गई है—"हमलोग बढ़ती हुई सीमा तक कारखानों का सहारा लेते हैं और कारखानों में बढ़ती हुई सीमा तक यंत्रों का। आविष्कार, प्राविधिक सुधार, नवीन प्रक्रियाएँ निरन्तर परिवर्तनों को संभव बनाती हैं। श्रम के बदले में यंत्रों का प्रयोग होता है, पुराने यंत्रों का शीघ्र ही नये यंत्रों द्वारा प्रतिस्थापन हो जाता है–ये सब औद्योगिक औजार और सामान का अधिकाधिक उत्पादन आवश्यक बनाते हैं।"**[1]

संदर्भ

Faulkner : American Economic History
Day and Thomas : The Growth of Manufactures.
R.M. Robertson : History of the American Economy.
Wright : Economic History of the U.S.A.

मानक प्रश्न

1. "यदि 1812 के युद्ध से कारखाना प्रणाली का प्रारंभ हुआ तो गृह-युद्ध से औद्योगिक क्रांति का सूत्रपात हुआ।" व्याख्या कीजिए।
2. अमेरिका के विश्व में सर्वाधिक महान् औद्योगिक राष्ट्र के रूप में उदय के लिए उत्तरदायी कारण क्या थे ?
3. आर्थिक इतिहास के अपने अध्ययन के आधार पर किसी देश के आर्थिक विकास में लोहा और इस्पात उद्योग के महत्त्व की व्याख्या कीजिए।
4. सन् 1860 से 1914 के बीच अमेरिका के औद्योगिक विकास की प्रगति की व्याख्या कीजिए। इसमें राज्य के महत्त्व को बतलाइये।
5. अमेरिका के वित्तीय पूँजीवाद के विकास के लिए उत्तरदायी कारणों की व्याख्या कीजिए।
6. प्रथम महायुद्ध के बाद संयुक्त राज्य अमेरिका में उद्योगों की प्रगति की व्याख्या कीजिए। अमेरिका के औद्योगिक विकास की प्रमुख विशेषताएँ क्या हैं ?
7. गृह-युद्ध के बाद संयुक्त राज्य अमेरिका में तीव्र औद्योगिक विकास के क्या प्रमुख कारण थे ? वर्तमान अमेरिकी उद्योगों की क्या विशेषताएँ हैं ?
8. संयुक्त राज्य अमेरिका के प्रमुख औद्योगिक क्षेत्रों पर संक्षिप्त टिप्पणी लिखें।

❑

1. "We resort increasingly to the factory, and within the factory, increasingly to the machine. Inventions, technical improvements, new industrial processes make for continued change. Labour is displaced by machinery, old machineries are rapidly displaced by new—all of which calls for larger output of industrial material and equipment." —Day and Thomas : *The Growth of Manufactures*, pp. 90-91

अध्याय 6

परिवहन और परिवहन क्रांति

(TRANSPORT AND TRANSPORT REVOLUTION)

प्रशुल्क की भाँति परिवहन का भी संयुक्त राज्य की अर्थव्यवस्था के विकास में महत्त्वपूर्ण स्थान रहा है। देश की जनसंख्या के पश्चिमोन्मुख प्रयाण के कारण परिवहन एवं संचार के साधनों के विस्तार की आवश्यकता हुई थी क्योंकि पश्चिमी भाग में वृहत पैमाने पर अमेरिकी जनता के प्रवास के पूर्व उन क्षेत्रों के निवासियों द्वारा उत्पादित वस्तुओं के लिए बाजार का रहना आवश्यक था और इस बाजार के लिए परिवहन तथा संचार के साधनों का रहना आवश्यक था।

अमेरिकी परिवहन क्रांति की प्रथम अवस्था: सड़क परिवहन

सन् 1812 के पूर्वकालीन वर्षों में सड़कें ही संचार एवं परिवहन के साधन थीं जिन पर स्थान-स्थान पर सड़क संस्थाओं द्वारा यात्रियों से कर वसूलने के लिए फाटक लगे हुए थे। किन्तु ऐसी सड़कें भी बहुत कम थीं और जो भी थीं वे ऐसी नहीं थीं कि संचार और परिवहन की लागत कम हो सके। ऐसी सड़कों द्वारा इतना कर लिया जाता था कि परिवहन एवं संचार की लागत बहुत ऊँची हो जाती थी। उदाहरण के लिए **फिलाडेल्फिया से केन्टकी तक जाते-जाते वस्तुओं का परिवहन व्यय उनके मूल्य का 1/3 हो जाता था।** इस कारण अनाज, आटा आदि जैसी वस्तुओं को दूर-दूर स्थानों में भेजा ही नहीं जाता था। परिवहन के साधन उस समय अपर्याप्त, खर्चीले और मन्दगामी थे। सड़कों पर चुंगी-फाटक (turn pike) गैर-सरकारी व्यक्तियों द्वारा भी बनाये जाते थे और सरकारी सहायता से भी चुंगी-फाटक वाली सड़कों का निर्माण किया जाता था। अमेरिकी कांग्रेस ने राष्ट्रीय सड़क का निर्माण किया था जो अन्ततः 1840 तक पेन्सिलवानिया से इलीनोइस वान्डालिया तक पहुँच गयी थी। पहली बार सन् 1818 में केन्द्रीय सरकार ने 'कम्बरलैंड सड़क' जिसे राष्ट्रीय पाईक (National Pike) कहा जाता है, का निर्माण किया। इससे पूर्व सड़कों के निर्माण में संघ सरकार ने कोई रुचि नहीं दिखाई थी। सड़क-निर्माण का कार्य कठिन होने से जनता ने भी इस ओर कोई ध्यान नहीं दिया। नहरों और रेलवे की उन्नति से भी सड़कों की उपेक्षा की गयी। **सबसे पहले अमेरिकी गृह-युद्ध के समय सड़कों का अभाव महसूस किया जाने लगा और जनता तथा सरकार का ध्यान इस ओर गया।** सन् 1890 ई० में जब शिकागो में उत्तम सड़कों का आन्दोलन आरंभ हुआ तो पुनः सड़कों के निर्माण की ओर लोगों का ध्यान गया। इसी बीच मोटर परिवहन का विस्तार हुआ। इसमें सड़कों का महत्त्व बढ़ गया। अमेरिका में जबकि 1895 में केवल 4 मोटरगाड़ियाँ सड़क यातयात के रूप में निबंधित हुई थीं तो 1963 के अन्त तक कुल 7.5 करोड़ मोटर गाड़ियाँ थीं जो विश्व में मोटर गाड़ियों की कुल संख्या का आधा थी। 1968 ई० में संयुक्त राज्य अमेरिका में प्रति दस हजार व्यक्तियों पर 4110 मोटरगाड़ियाँ थीं।

अमेरिका में **उन्नीसवीं शताब्दी तक सड़क निर्माण का कार्य मुख्यत: नगर और जिला अधिकारियों के जिम्मे था। कहीं-कहीं राज्य सरकारों ने भी इसमें सहायता दी। किन्तु वर्तमान शताब्दी के प्रारंभ से ही केन्द्रीय एवं राज्य सरकारों ने सड़कों के विकास की ओर ध्यान देना आरंभ किया।** सन् 1913 में राज्य सरकारों द्वारा सड़क निर्माण पर किया गया व्यय केवल 370 लाख डालर था जबकि स्थानीय सरकारों द्वारा इस मद में 1370 लाख डॉलर व्यय किये गये थे। सबसे पहले सन् 1916 ई० में संघीय सहायता राजमार्ग अधिनियम (Federal Aid Highway Act) पारित हुआ जिसके अनुसार राष्ट्रीय महत्त्व की सड़कों के निर्माण के कुल व्यय का आधा भाग राज्य सरकारों तथा आधा भाग संघीय सरकार को वहन करने की व्यवस्था की गयी। सन् 1944 ई० में राष्ट्रीय अन्तरराज्य तथा प्रतिरक्षा राजमार्ग प्रणाली(National System of Inter-State and Defence Highways) का सृजन किया गया। 1963 ई० में संयुक्त राज्य में 40 लाख मील लम्बी स्थानीय सरकारों की सड़कें, 9 लाख मील लम्बी संघीय सड़कें (federal highways), 7 लाख मील लम्बी राज्यकीय सड़कें (state highways) थीं। अब तक संघीय सरकार ने सड़कों के निर्माण पर 300 करोड़ डॉलर तथा राज्य सरकारों ने 150 करोड़ डॉलर की रकम व्यय की थी।

परिवहन क्रांति की दूसरी अवस्था : नहरें और नदियाँ

अमेरिकी परिवहन क्रांति की दूसरी अवस्था वाष्प-नावों एवं नहरों के विकास से प्रारंभ होती है। इस विकास अवस्था में आन्तरिक जल परिवहन (inland waterways) की प्रधानता थी जो दो तरह के थे—

1. नदियाँ और झीलें *(River and Lakes)*—बहुत समय तक नदियाँ तथा झीलें ही संयुक्त राज्य अमेरिका में परिवहन के साधन के रूप में प्रयुक्त की जाती रही थीं।**अमेरिका की अधिकांश नदियों में परिवहन के लिए प्रयुक्त किए जाने के प्राय: सभी गुण वर्तमान हैं।** 1807 में फुल्टन द्वारा वाष्प नाव बनाये जाने के बाद नदियों का यातायात के लिए बड़े पैमाने पर प्रयोग किया जाने लगा। 1811 तक सैकड़ों नावें नदियों में प्रयुक्त की जाने लगी थीं। धीरे-धीरे नदियों के तट पर प्रमुख शहर विकसित हो गए। इनमें अलबेनी, संट लूइस, बफैलो, न्यू आरलियन्स आदि विशेष रूप से उल्लेखनीय हैं। किन्तु संयुक्त राज्य अमेरिका में अधिकांश नदियों का बहाव उत्तर से दक्षिण की ओर है जबकि व्यापार की आवश्यकता पूरब से पश्चिम की ओर है। इससे अमेरिका में नदी परिवहन का क्षेत्र बहुत कुछ अंश तक सीमित हो जाता है। फिर भी आजकल नदियों का प्रयोग परिवहन के लिए किया जाता है। कुल 20 प्रमुख नदियों का परिवहन के रूप में प्रयोग किया जाता रहा है। इनमें सबसे महत्त्वपूर्ण नदियाँ **मिसीसीपी, डेलावेयर** और **ओयिमा** हैं। अनुमानत: प्रतिवर्ष नदियों से 50 करोड़ टन सामान ढोया जाता है। आंतरिक जल परिवहन में नदियों के साथ-साथ झीलों का भी प्रयोग किया जाता है। संयुक्त राज्य की बड़ी-बड़ी झीलों का भी प्रयोग किया जाता है। संयुक्त राज्य की बड़ी-बड़ी झीलों को नहरों के द्वारा मिला दिया जाता है। इससे परिवहन के लिए उनकी उपयोगिता बहुत बढ़ गयी है।

2. नहर परिवहन *(Canal Transport)*—अमेरिका में गृह युद्ध के पूर्व परिवहन साधन के रूप में नहरों का विशेष महत्त्व था। यद्यपि वाशिंगटन ने स्वयं नहर परिवहन के महत्त्व को महसूस किया था तथापि नहरों का तीव्र गति से विकास उन्नीसवीं शताब्दी के प्रथम दो दशकों में ही प्रारंभ हुआ। संयुक्त राज्य अमेरिका में परिवहन के विकास के

इतिहास में **1817 से 1937 ई० तक की अवधि को नहर निर्माण का युग** (era of canal building) कहा जाता है। इस युग का समारम्भ 362 मील लम्बी **ईरी नहर** (Erie Canal) के निर्माण से होता है। यह नहर ईरी झील (Lake Erie) को हडसन नदी से मिलाती है। आर्थिक दृष्टि से यह बहुत अधिक सफल हुई क्योंकि पहले वर्ष में वसूल की गयी चुंगी से ही इसके निर्माण का पूरा व्यय वसूल हो गया। ईरी नहर का बड़ा महत्त्वपूर्ण प्रभाव पड़ा। पश्चिम के लिए यह पहला व्यापारिक मार्ग सिद्ध हुआ। **न्यूयार्क नगर के विकास में ईरी नहर का महत्त्वपूर्ण साथ रहा है।** इसके परिणामस्वरूप 20 वर्षों में न्यूयार्क की जनसंख्या में 250 प्रतिशत की वृद्धि हुई। इसके बाद कई नहरों का निर्माण प्रारंभ हुआ। इनमें अग्रांकित विशेष रूप से उल्लेखनीय हैं—**पेन्सिलवानिया नहर** (1826-34), **चेयपेक** तथा **ओहियो नहर** (1826-34), **मोरिस नहर** (1828-1832), **डेलवेयर** तथा **रिरिटन नहर** (1828)।

सन् 1825 में ईरी नहर का निर्माण पूर्ण हुआ। इसने यातायात को नया मोड़ दिया। इसने ग्रेट लेक्स के आस-पास के अन्न क्षेत्रों के लिए द्वारा खोल दिया और बफलो तथा न्यूयार्क के बीच भाड़े को 100 डॉलर प्रति टन से घटाकर 15 डॉलर प्रति टन और यात्रा के समय को 20 दिनों से घटाकर 8 दिन कर दिया। फलतः **यह नहर पूर्व एवं पश्चिम के बीच एक आर्थिक संयोजक कड़ी बन गई।** इसके बाद नहरों के लिए महत् प्रयास किये जाने लगे। नहर निर्माण में देश के विभिन्न राज्यों में होड़ लग गई और **सन् 1835 तक फिलाडेल्फिया से पिट्सवर्ग तक नहर परिवहन की व्यवस्था हो गई।** नहर निर्माण के लिए वित्त को राज्यों ने उस धन राशि से प्राप्त किया जिसे संघीय सरकार उन्हें सार्वजनिक भूमि के विक्रय के सम्बन्ध में प्रदान करती थी। किन्तु यह पर्याप्त नहीं था। फलतः राज्यों के ऋण बढ़ने लगे और **जब सन् 1837 में वित्तीय विस्फोट हुआ तो राज्य सरकारों ने अपने लोक कार्यों को बेच डाला और लोक कार्य नहीं करने का निर्णय किया।** वस्तुतः राज्यों के संविधानों द्वारा भविष्य में राज्य सरकारों द्वारा ऐसे कार्यों के संपादन पर प्रतिषेध भी लगा दिये गये। **इसी के फलस्वरूप देश के रेलपथों का निर्माण गैर-सरकारी पूँजीपतियों एवं साहसियों द्वारा हुआ।**

1850 तक नहरें ही अधिकांश यातायात के लिए उत्तरदायी थीं। देश के मध्य भाग में आन्तरिक जल पथ की व्यवस्था बहुत ही उत्तम थी। किन्तु प्रारंभ में केवल नावें ही जलपथीय परिवहन के लिए उपलब्ध थीं। इस कारण परिवहन मन्दगामी था और एक स्थान से दूसरे स्थान में वस्तुओं आदि को भेजने में पर्याप्त समय लग जाता था। उदाहरण के लिए सेन्ट लूई से न्यू आर्लीयन्स तक पहुँचने में 40 दिन लग जाते थे। यही नहीं, लौटने की यात्रा के लिए उचित सुविधाएँ नहीं थीं और बहुत वस्तुएँ धूप एवं पानी में बर्बाद हो जाती थीं। किन्तु सन् 1807 में **रॉबर्ट फुल्टन** (Robert Fulton) ने सफलतापूर्वक हडहन नदी में वाष्प-नाव को चालू किया। सन् 1816 तक वाष्प नावें मिसीसीपी नदी में उन्मुक्त रूप से चलने लगीं। इसके कारण देश के कपास क्षेत्र के विकास के लिए प्रोत्साहन मिला और कपास-क्षेत्र के लिए भोजन की व्यवस्था करने में उत्तर-पश्चिमी जनता के लिए भी बाजार उपलब्ध हो गया। उत्तर-पश्चिमी क्षेत्र ने विकासशील दक्षिणी क्षेत्र को भोजन उपलब्ध किया। इससे उसको और भी अधिक विकास प्रोत्साहन मिला। दक्षिणी क्षेत्र अपनी फसलों के 3/4 को इंगलैंड में भेजने में समर्थ हो सका। पूर्वीय क्षेत्र अपनी निर्मित वस्तुओं को उत्तरी-पश्चिमी क्षेत्रों में बेचने लगा। किन्तु उस क्षेत्र में वह कोई वस्तु खरीदता नहीं था

क्योंकि पहाड़ों के पार-परिवहन की लागत खाद्यान्नों को पूर्वी क्षेत्रों में भेजना अलाभकर बना देती थी।

अमेरिकी परिवहन क्रांति की तीसरी अवस्था: रेल पथ

रेल-पथों के निर्माण ने परिवहन क्रांति की तीसरी अवस्था को चिह्नित किया। सन् 1840 एवं 1850 के दशकों में देश का महान आर्थिक विस्तार और विकास बहुत ही अधिक अंश तक रेल-पथ के निर्माण का ही परिणाम था। इतने विशाल भू-क्षेत्र वाले देश में महान समस्या अनिवार्यतः परिवहन की समस्या थी। जो कृषक देश के पश्चिमी क्षेत्र में गये थे वे अपनी उत्पादित वस्तुओं को पूर्वी क्षेत्र में जहाँ उनकी अधिक आवश्यकता थी क्योंकि ये अधिकाधिक औद्योगिक-वाणिज्यिक हो रहे थे, पर्वतीय बाधाओं के कारण बेच सकने में असमर्थ थे—केवल उन कृषकों को छोड़कर जो ग्रेट लेक्स के आस-पास बसे हुए थे और ईरी नहर के द्वारा अपनी वस्तुओं को दूसरे क्षेत्रों में भेज सकते थे। लघु खेत प्रणाली और दासता की अनुपस्थिति—ये विशेषताएँ उन्हें पूर्वी क्षेत्र के साथ आर्थिक दृष्टिकोण से संबंधित करती थीं। किन्तु अपने इस प्राकृतिक बाजार पूर्वी राज्यों से वे कृषक विलग रहे क्योंकि अन्न और पशु वजनी होते हैं और इसलिए इन्हें बाजारों में लाने के लिए परिवहन की उचित सुविधाओं का अभाव था। रेल-पथों के प्रादुर्भाव के पूर्व वे बिल्कुल ही विकसित नहीं हो पाते यदि साथ-ही-साथ कपास क्षेत्र का महान विकास नहीं हुआ होता—उस क्षेत्र का विकास जिसके लिए भोजन की व्यवस्था पश्चिमी क्षेत्रों के कृषकों ने की थी।

रेल पथों के विकास के परिणाम

रेल पथों के विकास का परिणाम देश के पश्चिमी एवं पूर्वी क्षेत्रों को जोड़ना हुआ, दक्षिण को नहीं। यदि रेल-पथों का विकास नहीं हुआ होता तो देश के मध्य स्थित राज्य अपने भाग्य को दक्षिण के ऊपर फेंक दिए होते। किन्तु **रेल-पथों के विकास के कारण यातायात को उत्तर और दक्षिण से पूर्व और पश्चिम की ओर मोड़ लिया गया।** अमेरिका जैसे विशाल देश के लिए, विशेषकर जाड़े और गर्मी के दिनों में, नहरें उपयुक्त नहीं हो सकतीं। **रेलवे विकास ने देश की महान दूरी को कम किया, विभिन्न दूरस्थ क्षेत्रों को एक-दूसरे से संबंधित किया और जनता को नदियों से दूर जाकर बसने और कार्य करने में समर्थ बनाया।** इन्होंने मिसीसिपी नदी के दूरस्थ क्षेत्रों में जनता के निवास को संभव बनाया, नवीन क्षेत्रों के लिए द्वार खोला।

वृहत पैमाने पर रेल पथों के निर्माण का वास्तविक युग गृह-युद्ध का अन्त होने पर प्रारंभ हुआ। गृह-युद्ध के पश्चात जब दक्षिणी क्षेत्र का पुनरुत्थान हुआ तो कपास की खेती का महान विकास हुआ। उसी प्रकार 1870 के दशक में मध्य क्षेत्र में महान कृषि का विकास हुआ था। वह विकास अन्ततः रेलवे के निर्माण से संबंधित और इससे अधिक ये इस्पाती रेल और इस्पाती उद्योगों के निर्माण से संबंधित थे। इस्पाती रेल और इस्पाती उद्योगों ने परिवहन की लागत को कम कर दिया और अमेरिकी अन्न उत्पादकों को विश्व में अपने उत्पादनों को बेचने के लिए अवसर दिया। औद्योगिक उत्पादन में देशी बाजार को बनाये रखने का प्रयास किया गया था। किन्तु देशी बाजार अमेरिकी कृषकों के लिए पर्याप्त नहीं था। इस कारण उन्हें अब निर्यात पर निर्भर रहना आवश्यक हो गया। किन्तु कृषि वस्तुओं का निर्यात स्वतः सस्ते परिवहन के विकास पर निर्भर था। फलतः रेलवे का तीव्र विकास

आवश्यक हुआ और रेलवे ने अमेरिकी अर्थव्यवस्था के विकास में महान योगदान किया। **विश्व में शायद ही ऐसा कोई देश होगा जो अपने आर्थिक विकास के लिए रेलवे का इतना अधिक ऋणी होगा जितना कि संयुक्त राज्य अमेरिका।** अमेरिकी रेल-पथ यूरोपीय रेलपथों की भाँति केवल व्यापारी मार्गों की व्यवस्था नहीं किये। वे साथ ही नवीन उत्पादक जिलों एवं वाणिज्यिक केन्द्रों की भी सृष्टि किये। 19वीं शताब्दी के उत्तरार्द्ध में मीसीसीपी के पश्चिम स्थित प्रेयरी (Prarie) जिला, पर्वतों एवं कारडीलरास का चरागाह जिला, प्रशान्त महासागर के क्षेत्र रेल-पथों के द्वारा ही खोले और विकसित किए जा सके।

अर्थव्यवस्था की अन्य कोई शाखा अपनी विचित्र वित्तीय अस्थिरता को इतनी अच्छी तरह चित्रित नहीं करती जितना कि अमेरिकी रेल-पथ। रेल-पथों का इतिहास ज्वरपूर्ण अति सट्टेबाजी और गंभीर मन्दी के कालों में बारी-बारी से आन्दोलित होता रहा है क्योंकि जब एक बार अच्छे यातायात की आशा होती थी तो उससे रेल पथों के निर्माण को प्रोत्साहन मिलता था, रेल-पथ में गलाघोंट प्रतियोगिता होती थी और फिर यातयात एवं रेलों के निर्माण में मन्दी आ जाया करती थी। **आर्थिक दृष्टिकोण से अमेरिकी रेल-पथों ने अब तक नवीन भूमि के लिए द्वार खोला, देश के दुर्गम क्षेत्रों में जाना सरल किया, उन्हें सदा के लिए एकीकृत किया और लगभग50 वर्षों में ही अमेरिकी संघ को विश्व के सर्वाधिक शक्तिशाली राज्यों में परिवर्तित कर दिया।**

1870 के दशक के प्रारंभिक काल में इस्पात की रेलों द्वारा लोहे की रेलों के प्रतिस्थापन ने गाड़ियों में मालों की लदाई में अनिश्चित वृद्धि करना संभव बनाया। **गाड़ियों के बोझ में वृद्धि का अर्थ परिवहन की लागत में महान् बचत हुआ।** फलतः भाड़े की दर में महान् कमी हो गई। **भाड़े की दर की इस कमी के अनेक महत्त्वपूर्ण परिणाम हुए। प्रथमतः** अब पश्चिमी कृषक यूरोपीय बाजारों के लिए अनाज पैदा करने में समर्थ हो गए। सन् 1867 में सम्पूर्ण गेहूँ की फसल के केवल लगभग 8.3 प्रतिशत का ही निर्यात किया गया था जबकि 1870 में 20 प्रतिशत का और 1880 में 40 प्रतिशत का। दूसरे शब्दों में, कृषि वस्तुओं के निर्यात का मूल्य सन् 1870 में 361, 188, 481 डॉलर से बढ़कर सन् 1880 में 681910910 डॉलर हो गया।[1] उनके बाजार के रूप में दक्षिण का बन्द होना अमेरिकी कृषकों को गेहूँ के लिए विदेशों में बाजार ढूँढ़ने के लिए विवश किया और रेलवे की सहायता से उन्होंने इस बाजार को यूरोप में प्राप्त किया।

सन् 1869 में प्रशान्त रेलवे (Pacific Railway) के पूर्ण होने पर सुदूर पश्चिम में बहुत बड़े पैमाने पर पशुपालन प्रारंभ हुआ। इस पशु यातायात को निम्न भाड़े की दर से प्रोत्साहन दिया गया। सन् 1878 में हिमकारक गाड़ियों (refrigerator car) का प्रारंभ परिवहन प्रणाली में अन्य महान सुधार था जिसने अमेरिकी माँसों के लिए यूरोप में नवीन बाजारों की सृष्टि की और देश के सुदूर पश्चिम और मध्य पश्चिम के फसल क्षेत्र तथा पशुपालन को प्रोत्साहन दिया। सस्ते यातायात और सस्ते उत्पादन के अन्न संचय के लिए रेलवे द्वारा निर्मित उत्थापकों (elevators) का आगमन हुआ। इन उत्थापकों ने कृषि उत्पादन को पुनः प्रोत्साहित किया क्योंकि उन्होंने खलिहान की व्यवस्था करने पर किए जाने वाले व्यय को समाप्त कर दिया और कम पूँजी के साथ भी कृषि कार्य को सरल बनाया। **अमेरिकी रेलवे इतिहास में अधिक महत्त्वपूर्ण तत्त्व एवं आधार वस्तु**

1. एल॰ सी॰ ए॰ नोल्सः इकॉनोमिक डेवलपमेन्ट इन दी नाइन्टीन्थ सेन्चूरी, पृ॰ 233

यातायात रहा है, यात्रियों का नहीं। सन् 1900 में अमेरिकी रेल पथों को यात्रियों के यातायात से जितनी आय प्राप्त हुई थी उसकी लगभग तीन गुनी आय उन्हें वस्तु यातायात से हुई थी और उस समय यात्री गाड़ियाँ जितनी थीं उनकी 40 गुनी वस्तुओं को ढोने वाली गाड़ियाँ थीं। खनिज-पदार्थ, गेहूँ, कपास आदि जैसी भारी वस्तुओं का परिवहन अमेरिकी रेल-पथों का प्रमुख कार्य था।

संयुक्त राज्य अमेरिका में रेलवे का विकास बड़ी तेजी से हुआ है और महान गति से अमेरिकी रेलवे के विकास के विलक्षण परिणाम हुए हैं। कहा जाता है कि **''अमेरिका में रेलवे का विकास का इतिहास अमेरिकी आर्थिक विकास का इतिहास है।''**[1] रेलवे के विकास ने देश के विभिन्न क्षेत्रों को एक-दूसरे के साथ और इस प्रकार सम्पूर्ण विश्व के साथ जोड़कर जिस तीव्र गति से उन्हें विकसित किया वह कल्पनातीत है। किन्तु इस असाधारण रेलवे विकास के गंभीर दोष भी थे। पूँजीपतियों द्वारा इनसे बहुत ही अधिक धन ऐसे ढंगों से अर्जित किया गया जो अनुचित थे। जहाँ कहीं रेलवे का एकाधिकार था अथवा जहाँ कहीं रेलवे समूह एकाधिकार की व्यवस्था कर सके वहाँ रेलवे भाड़े की दर बहुत ही अधिक हो गई और जहाँ रेलवे कंपनियों में प्रतियोगिता थी वहाँ पर महान बुराई रेलवे भाड़े की दर में विभेद की थी। इन दोनों ही बुराइयों के विरोध में रेलवे की सेवाओं के ग्राहकों ने विशेषतः कृषकों ने अपनी आवाज उठायी। हमने पहले ही कहा है कि **अमेरिकी अर्थव्यवस्था में उसकी विशिष्ट अस्थिरता को उसकी कोई भी अन्य शाखा उतनी अच्छी तरह चित्रित नहीं करती जितनी कि रेलवे। इस रेलवे निर्माण में ही हम अमेरिकी अर्थव्यवस्था की सर्वाधिक प्रतियोगिता और सबसे बुरी सट्टेबाजी को देखते हैं। इसी रेलवे निर्माण में हम अमेरिकी अर्थव्यवस्था के महानतम एकाधिकारी संघटनों के प्रादुर्भाव को भी देखते हैं** जिसमें पूँजीपतियों ने अनेक प्रकार के बुरे उपायों से भी उतना ही अधिक लाभ प्राप्त करने की चेष्टा की है जितना अधिक कि पूँजी, श्रेष्ठतर कार्य-कुशलता एवं भाग्य की सुविधाओं द्वारा। **यही कारण था कि अमेरिकी अर्थव्यवस्था में रेलवे ने हस्तक्षेपहीन नीति अर्थात् स्वेच्छावादी नीति** (laissez faire) **में संशोधन के लिए प्रथम आधार एवं कारण प्रस्तुत किया।**

अमेरिकी रेलवे का विकास

प्रारंभिक विकास—1829 से 1853 के बीच रेल पथों का निर्माण प्रमुखतः पूर्वी राज्यों में होता रहा। परन्तु इसके बाद इनका निर्माण अपलाशियन पहाड़ के पश्चिम में भी होने लगा। अमेरिकी रेलवे के विकास की प्रारंभिक अवस्था में रेलवे लाइनें छोटी-छोटी हुआ करती थीं। बहुत ही कम ऐसे रेल-पथ थे जो 500 मील से अधिक लम्बे होते थे। अमेरिका में रेलवे विकास की इतनी अधिक आवश्यकता थी कि इससे विकास के लिए किसी प्रकार के कठोर बन्धन नहीं रखे जाते थे। यही कारण था कि अमेरिका में पूँजीपतियों को रेलवे विकास के लिए प्रोत्साहन मिला था। उन्हें सभी प्रकार की उचित सुविधाएँ एवं प्रोत्साहन दिए जाते थे। रेलवे निर्माण के लिए सरकार द्वारा मुक्त रूप में उपदान (subsidy) दिए जाते थे। इसके लिए उन्हें भूमि का अनुदान किया जाता था, करों से छूट दी जाती थी, रेलवे कम्पनियों की पूँजी में सरकार अंशदान करती थी, उनके बंध-पत्रों की

1. "The history of railway development in the U.S.A is the history of the economic development of the country."

वह प्रत्याभूति करती थी। इन्हीं सब कारणों से अमेरिकी रेलवे में खूब सट्टेबाजी चली। **रेलवे पर स्वामित्व प्राप्त करना अमेरिकी जनता की प्रमुख रुचि हो गया–इतना अधिक कि वह रेलवे किस प्रकार प्राप्त करती है, किस शर्त पर प्राप्त करती है, रेलवे कैसी है इसकी उसे परवाह नहीं थी जबतक की रेल की दो पटरियाँ रहें जिन पर इंजन चल सके।** फलतः देश के पश्चिम भाग में रेलों का निर्माण हजारों मील प्रतिवर्ष की दर से होता रहा। पश्चिम की ओर प्रयाण ने देश में रेलों के तीव्र विकास को और भी आवश्यक बना दिया। 1827 ई० में स्थापित **बाल्टिमोर और ओहियो रेल रोड कम्पनी ने संयुक्त राज्य अमेरिका में रेल-निर्माण का कार्य प्रारंभ किया।** सर्वप्रथम 1829 ई० में डेलावेयर से हडसन तक रेलवे लाईन खोल दी गयी। 1833 ई० में दूसरी रेल लाइन परिवहन के लिए खोली गयी। इसके बाद रेलवे का द्रुतगति से विकास प्रारंभ हुआ। रेलवे लाइनों की लंबाई 1830 ई० में 30 मील से बढ़ कर 1840 में 2755 मील, 1850 तक 8571 मील और गृहयुद्ध छिड़ने तक 28919 मील हो गयी। **अमेरिका में प्रारंभ में रेलों का निर्माण नदियों तथा नहरों के पूरक के रूप में हुआ।** बाद में जब इनका महत्त्व स्पष्ट हुआ तो इनका विकास स्वतंत्र रूप से किया जाने लगा।

1860 से 1914 तक रेलवे विकास–गृह-युद्ध के बाद रेलों का तीव्र गति से विकास प्रारंभ हुआ। 1873 तथा 1893 ई० के अस्थायी अवरोध काल, जिसमें कई कम्पनियाँ दिवालिया हो गयी थीं, के अतिरिक्त यह विकास क्रम 1914 ई० तक निरन्तर चलता रहा। परिणामस्वरूप 1860 से 1910 ई० के बीच 50 वर्षों में रेल लाइनों की लम्बाई 30 हजार मील से बढ़कर 250 हजार मील हो गयी। इस प्रकार **अमेरिकी रेलवे के वास्तविक विकास का युग गृहयुद्ध के बाद ही प्रारंभ हुआ।** गृह-युद्ध के बाद अन्तरमहाद्वीपीय रेलवे (transcontinental railways) का निर्माण भी प्रारंभ हुआ। 1862 ई० में **यूनियन पैसिफिक रेल-रोड कम्पनी** को कैलिफोर्निया से संबंध स्थापित करने के लिए चार्टर दिया गया। इस कार्य के लिए सरकार ने भूमि देने के साथ-साथ 16 हजार से 49 हजार डॉलर तक प्रति मील की दर से आर्थिक सहायता भी दी। 1869 में यह रेल लाइन बनकर तैयार हुई। 1882 ई० में इसे कैलिफोर्निया से भी आगे बढ़ाया गया। **निम्नांकित तालिका** से संयुक्त राज्य अमेरिका में **1860 से 1920 के बीच 60 वर्षों में रेलवे-निर्माण की प्रगति** का अन्दाजा लगता है–

वर्ष	लम्बाई (मील)	वर्ष	लम्बाई (मील)
1860	30,000	1900	199,000
1970	53,000	1910	2,50,000
1880	93,000	1920	2,53,000
1890	1,67,000		

इन साठ वर्षों में अमेरिका में रेल लाइन की औसत लम्बाई में वृद्धि प्रतिवर्ष 4000 मील थी। **1920 ई० में अमेरिकी रेलों की कुल लम्बाई सम्पूर्ण यूरोप के रेलों से अधिक तथा सम्पूर्ण विश्व का प्रायः एक तिहाई भाग थी।**

सन् 1869 तक रेलवे भाड़ा की दर का विनियमन पृथक-पृथक राज्यों के हाथों में था। किन्तु बहुत से रेल-पथ राज्यों की सीमा से पार होकर दूसरे राज्यों तक भी फैले हुए थे जिससे वे किसी राज्य विशेष के नियंत्रण से बाहर चले जाते थे। फलतः रेल-पथों पर राज्यों

द्वारा नियंत्रण की व्यवस्था शीघ्र ही असंतोषजनक सिद्ध होने लगी। अतएव रेलपथों पर अधिक प्रभावी नियंत्रण के लिए व्यवस्था की जाने लगी। अमेरिकी रेलपथों पर वस्तुतः प्रभावी नियंत्रण 1887 से होना प्रारंभ हुआ जब अमेरिकी संघीय सरकार ने **अन्तरराज्य वाणिज्य आयोग** (Inter-State Commerce Commission) को संघटित किया था और विभेद तथा समुच्चय व्यवस्था (pooling agreements) की मनाही कर दी थी। इस अन्तरराज्यीय वाणिज्य आयोग के कार्य इंगलैंड के रेल-पथ एवं नहर आयुक्तों के कार्यों की ही तरह थे। यह आयोग सामान्यतया परिवादों की सुनवाई कर उस संबंध में उचित व्यवस्था करता था। किन्तु वह स्वयं अपने आप भी आवश्यक जाँच पड़ताल कर सकता था। रेल-पथों एवं उन व्यक्तियों द्वारा, जो अनुकूल विभेद-पूर्ण भाड़े की दरों से लाभान्वित हुए थे इस अन्तरराज्यीय आयोग का कठोर विरोध किया गया। इनके निर्णयों तथा कार्यों में बाधाएँ डाली गईं जिससे यह आयोग अकार्यकुशलता तथा विलम्ब के लिए बदनाम हो गया।

इन दोषों को दूर करने के लिए और विधि के प्रशासन को कठोर बनाने के लिए संघीय सरकार ने और भी अधिक प्रयास किया। इस उद्देश्य से सन् 1903 में **एल्किन्स अधिनियम** (Elkins Act) पारित किया गया जिसके अनुसार न केवल रेल-पथ अधिकारियों को ही वरन् स्वयं रेल-पथों एवं जलयान-स्वामियों को भी अवैधानिक भाड़े की दरों के लिए दण्डित किया जाना निर्धारित किया गया। सन् 1906 में पारित **हेपबर्न अधिनियम** (Hepburn Act) के द्वारा अन्तरराज्य वाणिज्यक आयोग की शक्तियों को और भी अधिक विस्तृत किया गया। अब रेल-पथों से संबंधित समस्त सुविधाओं को इस आयोग के प्राधिकार के अधीन ला दिया गया। इसके अनुसार अब यह आवश्यकतानुसार रेल-पथों से प्रतिवेदन माँग सकता था। और **'उचित तथा युक्तिसंगत अधिकतम दर'** (just and reasonable maximum rate) निर्धारित कर सकता था। इनसे भी अधिक शक्तियाँ इसे पुनः 1910 के **मान एल्किन्स अधिनियम** (Mann-Elkins Act) द्वारा दी गई। 1912 ई० के **पनामा नहर अधिनियम** (PanamaCanal Act) द्वारा रेल कम्पनियों को जल यातायात को नियंत्रण में लाने की मनाही कर दी गयी। **इस प्रकार रेलवे के क्षेत्र में क्रमशः एक प्रभावी सरकारी निनियमन प्रणाली की रचना की जा सकी–उस क्षेत्र में जो किसी समय स्वतंत्र प्रतियोगिता और वैयक्तिक साहस-संघटन का शक्तिशाली क्षेत्र समझा जाता था।** इस सरकारी नियंत्रण नीति को कुछ सफलता इस आयोग की कार्यवाहियों के प्रचार के कारण भी हुई थी।

प्रथम विश्वयुद्ध काल में रेलों के आर्थिक महत्त्व तथा राष्ट्रीय संकट को ध्यान में रखते हुए इनका नियंत्रण सरकार ने अपने हाथों में ले लिया था। युद्धकाल में इनकी स्थिति अत्यन्त दयनीय हो गई थी। यों इस काल में रेलों की खराब स्थिति के कई कारण थे किन्तु इसका सर्वाधिक प्रमुख कारण यह था कि अमेरिकी परिवहन व्यवस्था युद्ध काल तक अपनी चरम सीमा पर पहुँच गई थी। **अतएव 1916 के बाद जितनी रेल लाइनों का निर्माण किया गया उससे अधिक रेल लाइनों को छोड़ दिया गया।** कुल 20 माह तक रेलवे संघीय नियंत्रण में रही। इनकी व्यवस्था तो उत्तम तरीके से होती रही किन्तु इनको बहुत अधिक घाटा होता रहा। इस अवधि में संयुक्त राज्य रेल-सड़क प्रशासन को अत्यधिक घाटा लगा जिसका औसत प्रतिदिन 15 लाख डॉलर तक था। अतएव **युद्धोत्तर काल में रेलों का नियंत्रण पुनः निजी कम्पनियों को दे दिया गया।**

1920 ई० के यातायात अधिनियम (Transportation Act) के अन्तर्गत रेलवे

नियंत्रण की धाराओं में महत्त्वपूर्ण बदलाव किए गए। पहले-पहल सरकार ने रेल-कम्पनियों के एकाधिकार को स्वीकार किया। इस अधिनियम के अनुसार **अंतरराज्य वाणिज्य आयोग** (Inter-State Commerce Commission) को न्यूनतम दर निश्चित करने का अधिकार दिया गया। प्रथम विश्वयुद्ध के बाद उत्पन्न अवस्था 1924 ई० तक दूर हुई तथा रेलों ने अपनी स्थिति में पर्याप्त सुधार कर लिया। इस दशक में रेलों का पुनः संगठन हुआ तथा इसमें मितव्ययता की कई योजनाएँ लागू की गयीं। इस अवधि में रेलों की चतुर्दिक उन्नति हुई। 1925 ई० में डिजल तथा बिजली के इंजनों का प्रयोग प्रारंभ हुआ। 1927 ई० से यातायात नियंत्रण की व्यवस्था प्रारंभ की गयी। 1927 ई० से ही यात्रियों के लिए वातानुकूल डिब्बों को प्रारंभ किया गया। यह स्थिति 1929-30 तक चलती रही जब महान आर्थिक मन्दी तथा मोटर यातायात की प्रतियोगिता के परिणामस्वरूप इन्हें पुनः कठिनाइयों का सामना करना पड़ा। मन्दी काल में 1933 में **आपात यातायात अधिनियम** (Emergency Transportation Act) बनाया गया। इसके अन्तर्गत रेलों की आर्थिक स्थिति को सुधारने के लिए **पुनर्निर्माण वित्त निगम** (Reconstruction Finance Corporation) स्थापित हुआ।

द्वितीय विश्वयुद्ध काल में भी अमेरिकी रेलों को अपनी पूरी शक्ति भर काम करना पड़ा। किन्तु अपने प्रथम विश्वयुद्ध कालीन अनुभव से रेलों ने पूरा लाभ उठाया। इससे **द्वितीय विश्वयुद्ध काल में रेलों ने अत्यन्त सफलतापूर्वक कार्य किया।** प्रथम विश्वयुद्ध से कम ही साधनों के द्वारा रेलों ने युद्ध के लिए आवश्यक 98 प्रतिशत सैनिक कर्मचारियों तथा 91 प्रतिशत सैनिक सामानों का एक स्थान से दूसरे स्थान पर ढोया। **इसके लिए कई कारण उत्तरदायी थे**—(1) रेल पथ के डब्बे की क्षमता बहुत बढ़ गयी थी। (2) पहले की अपेक्षा इंजन अधिक शक्तिशाली थे। (3) व्यवस्था अधिक कुशल एसं योग्य थी। (4) यातायात के विभिन्न साधनों में पूर्ण समन्वय था। इससे युद्ध तथा जनता को सुविधा दोनों पर उचित ध्यान दिया जा सकता था।

युद्धोत्तर काल में युद्ध पूर्व की जो तकनीकी प्रगति युद्ध काल में स्थगित हो गयी थी वह पुनः 1945 ई० के बाद प्रारंभ हुई। युद्धोत्तर काल में रेलों ने पुनः नई सामग्रियों, डिजल तथा बिजली के इंजनों आदि के निर्माण में 10 से 15 बिलियन डॉलर खर्च किया। युद्ध के समय से ही रेलें सरकार के पूर्ण नियंत्रण तथा व्यवस्था के अन्तर्गत थीं। 1940 ई० के **यातायात अधिनियम**(TransportationAct) ने **परिवहन नीति की घोषणा की जिसमें बतलाया गया कि भविष्य में राष्ट्रीय परिवहन नीति संयुक्त राज्य की आवश्यकताओं के लिए भरपूर रेल, सड़क, जल और वायु परिवहन सुविधाएँ देने और सभी लोगों के लिए इनके संबंध में उत्तम, उचित और निष्पक्ष नियम बनाने की होगी।**

1954 ई० में **राष्ट्रपति आइसनहॉवर** ने 1940 ई० के अधिनियम के अन्तर्गत एक **कैबिनेट कमिटी** नियुक्त की। इस कमिटी की सिफ़ारिशों के आधार पर 1958 ई० में एक नया यातायात अधिनियम पारित किया गया। इसके अनुसार **अन्तरराज्य वाणिज्य आयोग** (Inter-State Commerce Commission) को रेलवे तथा यातायात के अन्य साधनों के संबंध में विस्तृत अधिकार दिये गये।

वर्तमान काल में अमेरिका का रेल-पथ के दृष्टिकोण से विश्व में प्रथम स्थान है। अमेरिका में गृह-युद्ध के समय 30,625 मील लम्बी रेलवे थी। सन् 1914 तक रेल-पथों की लम्बाई बढ़कर 2,50,000 मील हो गई थी। वर्तमान काल में अमेरिकी रेलवे में

लगभग 57 लाख व्यक्तियों को रोजगार मिला हुआ है। इसमें लगभग 28 बिलियन डॉलर की पूँजी लगी हुई है जो संयुक्त राज्य की कुल राष्ट्रीय आय का लगभग 10 प्रतिशत है। आजकल अमेरिकी रेलों की लगभग 400 कम्पनियाँ कम कर रही हैं। इस समय अमेरिका में लगभग 3,75,000 मील लम्बा रेल-पथ हैं, लगभग 37000 रेलवे ईंजन, 38000 सवारी गाड़ियों के डिब्बे, 18 लाख माल गाड़ियों के डिब्बे हैं और अमेरिका का रेल-पथ के दृष्टिकोण से विश्व में प्रथम स्थान है। **अमेरिका की प्रमुख रेलवे निम्नांकित हैं**—

1. उत्तरी पैसिफिक रेलवे—यह रेल-पथ शिकागो से प्रारंभ होकर उत्तर-पश्चिम की ओर वसन्तकालीन गेहूँ की पट्टी से होते हुए आटा पीसने के प्रमुख केन्द्र सेन्ट पाल तथा मिनियोपोलिस में पहुँचता है। यहाँ से आगे पश्चिम की ओर चलकर यह रॉकी पर्वत के पश्चिम में स्थित सीटिल तक पहुँचता है।

2. यूनियन पैसिफिक रेलवे—इस रेल-पथ का प्रारंभ स्थान भी शिकागो ही है। यह मार्ग पश्चिम की ओर चलकर ओहामा तथा इर्विंग दर्रे से होकर ओवाडन होता हुआ सैनफ्रान्सिसको पहुँचता है। इसकी शाखाएँ पोर्टलैंड तथा लास एन्जिल्स को जाती हैं।

3. दक्षिण पैसिफिक रेलवे—यह रेल-पथ बाल्टीमोर से प्रारंभ होता है और न्यू आर्लियन्स से एलपासो तथा लास एन्जिल्स होता हुआ सैनफ्रान्सिसको तक जाता है। यह रेल लाइन पूर्वी तट के फिलाडेल्फिया तथा न्यूयार्क आदि नगरों से भी जुड़ी हुई है।

ग्रेजर आन्दोलन

अमेरिका में रेलों का बड़ी तीव्र गति से विकास हुआ है। किन्तु **प्रारंभिक विकास काल में इंगलैंड की ही तरह अमेरिकी रेलवे परिवहन में भी कतिपय दोष थे।** संयुक्त राज्य अमेरिका में भी रेल-मार्गों के निर्माण पर किसी प्रकार का प्रतिबन्ध नहीं था। इससे इनमें आपसी प्रतियोगिता उत्पन्न हो गयी थी। इसके कारण एक बहुत बड़ी समस्या खड़ी हो गयी थी। बहुत-सी छोटी-छोटी रेल लाइनों के फलस्वरूप यात्रियों को अत्यधिक कठिनाइयों का सामना करना पड़ता था। रेलों की अनियमित एवं अपव्ययी प्रवृत्ति के कारण इनके किराये में भी बहुत अधिक वृद्धि हो गयी थी।**इन बुराइयों को दूर करने के लिए ग्रेजर आन्दोलन प्रारंभ हुआ। इसका उद्देश्य रेलवे में व्यापत बुराइयों की ओर जनता का ध्यान आकर्षित करना था।** इस आन्दोलन का प्रारंभ 1869 से 1875 के बीच इलिनोइस, मिनेसोटा और विसकोंसिन के किसानों द्वारा किया गया। 1870-71 में किराये की दरों में सुधार और रेलवे प्रशासन तथा निर्माण में व्याप्त दोषों के निराकरण के लिए नियम बनाये गये। बाद में इसी प्रकार के नियम अन्य राज्यों में भी बनाये गये। इस प्रकार **ग्रेजर आन्दोलन के परिणामस्वरूप किराया उचित रूप से निश्चित हो गया, रेल-कम्पनियों में प्रतिस्पर्धा पर प्रतिबन्ध लग गया और राज्य कर्मचारियों की निःशुल्क यात्रा अवैध कर दी गयी।**

अमेरिकी नौपरिवहन का विकास

अमेरिकी नौपरिवहन का इतिहास महान उत्थान-पतन से परिपूर्ण है। संयुक्त राज्य अमेरिका में तटीय व्यापार सर्वदा ही महत्त्वपूर्ण रहा है। उस प्रारंभिक काल में जब आन्तरिक संचार एवं परिवहन साधन दोषपूर्ण थे, तटीय व्यापार विशेष रूप से महत्त्वपूर्ण था। नेपोलियनी युद्धों के प्रारंभिक काल में अमेरिकी नौपरिवहन ने महान तेजी का अनुभव किया था और संयुक्त राज्य अमेरिका उस काल में विश्व का द्वितीय सबसे बड़ा

मालवाहक देश हो गया था। किन्तु अधिरोधन और असमागम अधिनियमों (Embargo and Non-intercourse Act) और सन् 1812 के युद्ध ने अमेरिकी नौपरिवहन की समृद्धिशीलता को समाप्त कर दिया। इसके फलस्वरूप अमेरिकी नौपरिवहन में एक मन्दी आ गई जो लगभग सन् 1840 तक बनी रही। सन् 1840 और 1860 के बीच पुनः अमेरिकी नौपरिवहन में तेजी आ गयी थी। इस काल में संयुक्त राज्य अमेरिका और सम्पूर्ण विश्व के व्यापार में तीव्र गति से वृद्धि हो रही थी। कैलिफोर्निया में सोने की खानों के आविष्कार ने प्रशांत महासागरीय यातायात (Pacific traffic) में विस्तार किया था। अमेरिकी जलयान निर्माता इस काल में तीव्रगामी खेवक जलयानों (sailing ships) के निर्माण में पूर्ण सफलता प्राप्त किये थे। इन सभी विभिन्न कारणों से 1840 से 1860 के बीच अमेरिकी नौपरिवहन की समृद्धिशीलता में तेजी आ गई थी।

किन्तु गृह-युद्ध ने पुनः अमेरिकी नौपरिवहन के लिए मन्दी ला दी। गृह-युद्ध के परिणामस्वरूप कुछ काल के लिए अमेरिकी सूती वस्तुओं के निर्माण का विनाश हुआ था और इसने निर्यात व्यापार को समाप्त कर दिया था। किन्तु गृह-युद्ध के समय और उसके बाद अमेरिकी नौपरिवहन की मन्दी का एकमात्र कारण गृह-युद्ध ही नहीं था। इसकी मन्दी के लिए और भी कारण थे। जिस समय अमेरिका में गृह-युद्ध हो रहा था उसी समय नौपरिवहन के क्षेत्र में एक महान क्रांति हो रही थी। लकड़ी के खेवक जहाजों का प्रतिस्थापन लोहे के वाष्प जलयानों द्वारा हो रहा था। इसके अतिरिक्त जिस समय संयुक्त राज्य अमेरिका गृह-युद्ध एवं उसके बाद अपनी अर्थव्यवस्था के पुनर्निर्माण में फँसा हुआ था उस समय इंगलैंड अपने नौपरिवहन में और भी अधिक विकास-विस्तार करने में सफल हुआ था। जलयान निर्माण के लिए आवश्यक वस्तुओं के रूप में लकड़ी से लोहे और लोहे से इस्पात में स्वयं परिवर्तन ने भी अमेरिकी जलयान निर्माताओं को बाधा पहुँचायी थी। अब वे जहाजों के निर्माण के लिए स्थानीय सस्ती लकड़ियों की पूर्ति पर निर्भर नहीं कर सकते थे—उस वस्तु पर जिसके संबंध में उन्हें इंगलैंड की अपेक्षा अधिक सुविधाएँ प्राप्त थीं क्योंकि ऐसी लकड़ियाँ स्वयं अमेरिका में ही मिल जाती थीं जबकि इंगलैंड को उन्हें विदेशों से मँगाना पड़ता था। अब उन्हें जलयान निर्माण के लिए लोहा और इस्पात का प्रयोग करना पड़ा। इसके संबंध में उस समय इंगलैंड को महत्त्वपूर्ण सुविधा प्राप्त थी।

सन् 1904-05 के अमेरिकी **जलपोत उपदान आयोग** (American Commission of Marine Subsidies) **ने अमेरिकी नौपरिवहन की अवनति के लिए दो कारणों का उल्लेख किया था। एक तो** अमेरिका में जलयान निर्माण संबंधी वस्तुओं पर कर लगाया जाता था और **दूसरे,** नौपरिवहन विधियों का अभाव था। इसके अतिरिक्त इस काल में नौपरिवहन ही ऐसा उद्योग था जिसके साथ सामान्य संरक्षणकारी उपाय नहीं प्रयुक्त किये जाते थे। वे उपाय जो उस काल में अमेरिका में सामान्यतः प्रचलित थे। फलतः **गृहयुद्ध काल में अमेरिकी नौपरिवहन की अवनति हो गयी** और लौह जलयान निर्माण के नवीन उद्योग को बिना संरक्षण के ही छोड़ दिया गया। फलस्वरूप यह ग्रेट ब्रिटेन की प्रतियोगिता से अपनी रक्षा नहीं कर सका और अमेरिकी नौपरिवहन का विलक्षण पतन हुआ। इसका अन्दाजा इस तथ्य से लगाया जा सकता है जबकि सन् 1861 में अमेरिकी जलयानों ने अपनी भारी वस्तुओं के 65 प्रतिशत को ढोया था तो सन् 1904-05 में वे केवल दो प्रतिशत को ही ढो सके थे। 1904-05 के आयोग ने नौपरिवहन की अवस्था में सुधार करने के लिए अत्यन्त ही कठोर एवं आमूलक उपायों का सुझाव दिया था।

नौपरिवहन को बहुत बड़े पैमाने पर उपदान दिया गया था। संयुक्त राज्य अमेरिका और फिलीपाइन्स के बीच और संयुक्त राज्य तथा क्यूबा के बीच तटीय व्यापार को अमेरिकी जलयानों के लिए आरक्षित कर दिया गया। किन्तु इन उपायों के परिणाम सब कुछ मिलाकर नगण्य ही कहे जा सकते हैं। अमेरिकी विदेशी व्यापार में अमेरिकी नौपरिवहन का महत्त्व कोई विशेष नहीं बढ़ सका। यहाँ तक कि सन् 1912 तक भी अमेरिकी परिवहन द्वारा 10 प्रतिशत से भी कम अमेरिकी आयात निर्यात की वस्तुओं को ढोया जा सका और अमेरिकी बन्दरगाहों में जितने जलयानों ने प्रवेश किया और माल ढोया उसके केवल 23 प्रतिशत ही अमेरिकी जलयान थे। फिर भी सन् 1914 के बाद, जब पनामा नहर का उद्घाटन किया गया, अमेरिकी नौपरिवहन के लिए तटीय व्यापार का आरक्षित किया जाना लाभकारी सिद्ध हुआ।

प्रथम विश्वयुद्ध काल में अमेरिकी सरकार प्रत्यक्ष रूप में अमेरिकी नौपरिवहन में भाग ले रही थी। किन्तु सन् 1920 में सरकार ने नौपरिवहन व्यापार से अलग रहने और उपदान देकर नौपरिवहन को प्रोत्साहन देने का निर्णय किया। अन्तरयुद्धीय काल में महासागरीय नौपरिवहन(ocean shipping) का परिमाण300 प्रतिशत बढ़ गया। सन्1938 के**व्यापारी जलयान अधिनियम** (Marchant Marine Act) ने अमेरिकी नौपरिवहन के लिए आर्थिक सहायता देने के लिए एक महत्त्वाकांक्षी कार्यक्रम प्रस्तुत किया। फलतः **द्वितीय विश्वयुद्ध काल में अमेरिकी नौपरिवहन की प्रगति अत्यन्त तीव्र रही। अमेरिकी नौपरिवहन कम्पनियों को आर्थिक सहायता देकर संयुक्त राज्य ने नौपरिवहन को बहुत ही अधिक विकसित कर नौपरिवहन के लिए भी विश्व में प्रथम स्थान प्राप्त कर लिया है।** द्वितीय विश्वयुद्ध काल में सम्पूर्ण विश्व की नौपरिवहन क्षमता का 2/3 केवल संयुक्त राज्य अमेरिका के ही पास था। द्वितीय विश्वयुद्ध के पूर्व अमेरिकी नौपरिवहनीय क्षमता जितनी थी उसकी तुलना में इस युद्ध के बाद लगभग पाँच गुनी वृद्धि हुई।

द्वितीय विश्वयुद्ध ने अमेरिका के जहाजरानी उद्योग को बहुत अधिक प्रोत्साहित किया था। जहाज निर्माण के कार्य को इसने नया जीवन दिया था। सन् 1942 में इस कार्य के लिए एक **युद्ध नौवाहन प्रशासन** (War Shipping Administration) की स्थापना की गयी थी जिसके अधीन सभी जहाजों को रखा गया था। युद्ध समाप्त होने के बाद सन् 1946 में इस संस्था को समाप्त कर दिया गया तथा यह कार्य पुनः **समुद्री यातायात आयोग** (Maritime Commission) को ही सुपुर्द कर दिया गया। इस संस्था को भी सन् 1950 में समाप्त कर दिया गया और इसके बदले एक **संघीय यातायात बोर्ड** का निर्माण किया गया। युद्ध काल में आर्थिक सहायता देकर यह विश्व का समुद्री शक्ति वाला सबसे बड़ा देश हो गया तथा विश्व का कुल दो तिहाई टन भार तथा अपने युद्ध के पूर्व की तुलना में पाँच गुणा टनभार उसके पास हो गया। किन्तु इसके बाद शान्ति काल में इसकी सापेक्षिक स्थिति में ह्रास हुआ है। सन् 1963 में इनके पास विश्व के कुल टन भार का केवल 16 प्रतिशत रह गया था जबकि सन् 1946 में यह 66 प्रतिशत था।

वर्तमान समय में संयुक्त राज्य अमेरिका के पास लगभग 3000 जलयान और 1000 मिलियन टन से अधिक माल ढोने की नौपरिवहनीय क्षमता है। **अमेरिका के लगभग 2/3 जलयान विदेशी व्यापार में लगे हुए हैं और आज अमेरिका नौपरिवहन के दृष्टिकोण से भी विश्व का प्रथम राष्ट्र है।**

वायु परिवहन

आधुनिक युग में वायु परिवहन यातायात का सर्वाधिक तीव्रगामी साधन है। **अमेरिका में वायु परिवहन का विकास प्रथम महायुद्ध से प्रारंभ हुआ है।** युद्ध के लिए अत्यधिक उपयोगी होने के कारण युद्धकाल में बहुत से वायुयानों का निर्माण किया गया तथा बहुत से चालकों को प्रशिक्षित किया गया। युद्धोत्तर काल में अत्यधिक संख्या में वायुयानों तथा चालकों की उपस्थिति के कारण इनका प्रयोग डाक-सेवा में किया जाने लगा। इसी से व्यापारिक सेवाओं की भी शुरूआत हुई। निजी उद्योग के रूप में वायु परिवहन का विकास 1925 के **केली अधिनियम** (Kelly Act) से हुआ। इसमें सन् 1926 के **वायु वाणिज्य अधिनियम** (Air Commerce Act of 1926) ने महत्त्वपूर्ण योगदान किया। इस अधिनियम ने व्यापार विभाग के अन्तर्गत एक **वायु वाणिज्य केन्द्र** (Bureau of Air Commerce) की स्थापना का अधिकार दिया था जो नागरिक उड्डयन के कार्य में सहायता देता था। किन्तु इन दोनों अधिनियमों से अपेक्षित लाभ नहीं हो सके। अतएव सन् 1930 में **वेटर्स अधिनियम** (Waiters Act) पारित हुआ। सन् 1934 में **हवाई-डाक अधिनियम** (Air Mail Act) पारित हुआ। सन् 1934 से 1938 के बीच का समय हवाई यातायात के तीव्र विकास का काल था। प्रतिवर्ष यात्रियों की संख्या में पर्याप्त वृद्धि हुई। किन्तु वायुयान उद्योग में कोई विशेष उन्नति नहीं हुई। सन् 1938 में एक **नागरिक वैमानिक प्रशासन** (Civil Aeronautics Administration) की स्थापना की गयी। बाद में एक **नागरिक वैमानिकी बोर्ड** (Civil Aeronautics Board) की स्थापना की गयी। **इस प्रकार हवाई यातायात का सरकार द्वारा नियमन होता है।** द्वितीय विश्वयुद्ध के बाद नागरिक उड्डयन में और अधिक उन्नति हुई। सन् 1939 में संयुक्त राज्य अमेरिका की कम्पनियों ने कुल मिलाकर 68.3 करोड़ यात्री मील उड़ान किया था जो बढ़कर सन् 1957 में 2890 करोड़ यात्री मील हो गया। तब से प्रतिवर्ष इसकी उन्नति होती जा रही है। 1963 में संयुक्त राज्य अमेरिका में कुल 8000 हवाई अड्डे (airports) थे। उस वर्ष जहाजों ने 120 लाख घंटे उड़ान भरा था। अमेरिका में 54 हवाई सेवाएँ हैं तथा 7000 अड्डे हैं।

संदर्भ

Faulkner : American Economic History
S.E. Harris : American Economic History.
D.L. Kemmerer : Economic History of the U.S.
L.C.A Knowles : Economic Development During the 19th Century.

मानक प्रश्न

1. 'संयुक्त राज्य अमेरिका में सड़क यातायात के विकास की व्याख्या करें।

2. ''अमेरिका में पश्चिम की ओर प्रयाण ने यातायात एवं संवादवाहन के विकास को अनिवार्य बनाया है।'' क्या आप इस बात से सहमत हैं कि यह संयुक्त राज्य में रेलों के विकास का एक मात्र कारण था?

3. ''संयुक्त राज्य अमेरिका में रेलों के विकास का इतिहास ही इसके आर्थिक विकास का इतिहास है।'' इस कथन की व्याख्या कीजिए।

❑

अध्याय 7

संयुक्त राज्य अमेरिका में संयोजन आन्दोलन

(COMBINATION MOVEMENT IN THE U.S.A)

संयुक्त राज्य अमेरिका के औद्योगिक विकास की एक मुख्य विशेषता औद्योगिक इकाइयों के एकीकरण की प्रवृत्ति है। दूसरे शब्दों में, औद्योगिक इकाइयों में सामान्यतः आपस में मिलकर बड़े-बड़े संयोजनों की स्थापना की प्रवृत्ति पायी जाती है। इन संयोजनों को अपने क्षेत्र में प्रायः एकाधिकार अथवा अर्द्ध-एकाधिकार की स्थिति प्राप्त होती है। **स्वतंत्रता-युद्ध के बाद से ही संयुक्त राज्य में हस्तक्षेपहीन नीति का अनुसरण किया जाता रहा था जिसकी पुष्टि संविधान के 14वें संशोधन द्वारा की गयी। इसने मुक्त प्रतियोगिता को जन्म दिया और अत्यधिक प्रतियोगिता के परिणामस्वरूप धीरे-धीरे व्यवसायियों में आपस में मिलकर संयोजन बनाने की प्रवृत्ति का उद्‌भव हुआ।** उन्नीसवीं शताब्दी के अन्त तथा बीसवीं शताब्दी के प्रारंभ में यह प्रवृत्ति अत्यधिक बलवती हो गयी तथा निर्माण, खनिज, उद्योग, यातायात, सार्वजनिक सेवाएँ, व्यापार और कृषि में भी संयोजन का निर्माण किया गया। अनुमान लगाया जाता है कि **इसी प्रवृत्ति के परिणामस्वरूप 1850 से 1910 के बीच साठ वर्षों में निर्माणी उद्योग के औसत प्लांट की पूँजी में 39 गुनी, इसके श्रमिकों की संख्या में लगभग सात गुनी तथा इसके उत्पादन की मात्रा में प्राय: 19 गुनी वृद्धि हुई। 1914 से 1929 के बीच लघु पैमाने के व्यवसाय (5000 से 20,000 डॉलर के व्यवसाय करने वाले) की सापेक्षिक संख्या 100 प्रतिशत से घटकर 33 प्रतिशत हो गयी जबकि बड़ी इकाइयों की संख्या में इसी अनुपात में वृद्धि हुई।**[1] 1930 ई॰ तक कुछ उद्योगों में नियंत्रण तथा व्यवस्था का केन्द्रीकरण बहुत बढ़ गया। ''दो कम्पनियाँ राष्ट्र के इस्पात उत्पादन के 50 प्रतिशत पर नियंत्रण कर रही थीं, तीन कम्पनियाँ मोटर गाड़ी उद्योग पर आधिपत्य जमाए हुए थीं, केवल एक ही फर्म ने अल्मूनियम निर्माण पर एकाधिकार जमा लिया था और चार विद्युत प्रकाश तथा शक्ति प्रणालियाँ बहुत बड़े अंश तक राष्ट्र की विद्युत शक्ति के उत्पादन पर नियंत्रण किए हुए थीं।''[2] द्वितीय विश्वयुद्ध के बाद फेडरल ट्रेड कमीशन ने यह पता लगाया कि **संयुक्त राज्य अमेरिका की प्राय: 250 बड़ी-बड़ी कम्पनियों के हाथों में देश की कुल उत्पादन-संबंधी सुविधाओं का प्राय: दो-**

1. Faulkner : *American Economic History,* p. 423
2. "Two companies controlled 50 p.c. of the nation's steel production, three companies dominated the automobile industry, a single firm mononopolised aluminium manufacturing, and four electric lights and power systems contrɔlled to a large exent the nation's production of electric power."—Franics G. Walet : *History of the United States.*

तिहाई भाग केन्द्रित है। अमेरिका की इन कम्पनियों का आकार इतना बड़ा है कि ये व्यावसायिक संगठन के रूप का सूचक नहीं होकर महान शक्ति का प्रतीक हो गयी हैं।[1] इसलिए कहा जाता है कि **''यदि फ्रांस को 200 परिवारों का देश कहा जाता है तो संयुक्त राज्य अमेरिका को 250 कंपनियों का।''**[2]

गृह-युद्ध के पश्चात् की शताब्दी ने अमेरिका में हस्तक्षेपहीन नीति की चरम सीमा और उसके प्रतिकूल प्रतिक्रिया को भी देखा है। अमेरिकी स्वतंत्रता युद्ध के पश्चात् से ही अमेरिका द्वारा अधिकांशतः एडम स्मिथ और उनके अनुयायियों की हस्तक्षेपहीन नीति के सिद्धांत का पालन होता रहा था और इन सिद्धांतों के लिए समुपयुक्त मुकुट संविधान के 14वें संशोधन द्वारा प्रस्तुत किया गया था। उदीयमान पूँजीपति तथा वस्तुतः औसत नागरिक के लिए भी वैयक्तिक पूँजी का विनियमन न केवल अनावश्यक प्रतीत होता था अपितु जघन्य अर्थशास्त्र भी। इस दृष्टिकोण को ऐसी सीमान्त जनता के अग्रगामी व्यष्टिवाद द्वारा और भी अधिक बल प्राप्त हुआ था जो अधिकतम कार्य स्वातंत्र्य की माँग करता था। फलतः **प्रतियोगिता और हस्तक्षेपहीन नीति उस काल की व्यवस्थाएँ थीं।** औद्योगिक इकाइयों के एकीकरण (integration) के लिए आन्दोलन—**प्रन्यास** (trust), **विलयन** (merger), **समुच्चय** (pool), **कार्टेल** (cartel), **संधारी कम्पनियाँ** (holding companies), **हित समुदाय** (community of interests) आदि के लिए आन्दोलन **गृह-युद्ध के पश्चात् प्रारंभ हुआ। गृह-युद्ध के पूर्व का काल लघु उद्योगपतियों के लिए स्वर्ण-काल था।** किन्तु 19वीं शताब्दी के आठवें दशक में प्रवृत्तियाँ समेकन (consolidation) की ओर रही है।

संयोजनों के विकास के कारण

1. तीव्र प्रतियोगिता—लघु औद्योगिक इकाइयों का वृहत्तर इकाइयों में समेकन औद्योगिक क्रांति द्वारा प्रस्तुत परिस्थितियों का एक अनिवार्य परिणाम है। सन् 1899 के **औद्योगिक आयोग** के समक्ष अपना मत प्रकट करने वाले अधिकांश साक्षियों का विश्वास था कि **''इतनी तीव्र प्रतियोगिता जिससे प्रायः समस्त प्रतियोगी संस्थाओं के लाभ समाप्त हो जाते हैं''** ही मुख्य व्यावसायिक संयोजनों के लिए मुख्य प्रेरक शक्ति है और संभवतः यही तात्कालिक कारण था जिसने औद्योगिक इकाइयों को अस्तित्वहीन होने से बचने के लिए संयुक्त होकर कार्य करने के लिए प्रेरित किया।

2. बड़े पैमाने की सुविधाएँ *(economies of scale)*—प्रतियोगिता के कारण मूल्य कटौती (price cutting) से होनेवाली हानियों के साथ-साथ प्रतियोगिता की कुछ अन्य हानियाँ भी थीं। विज्ञापन तथा विक्रय की लागत अधिक होती थी और गौण पदार्थों के प्रयोग, उत्तमोत्तम व्यवस्था और श्रमिकों, बैंक के मालिकों तथा परिवहन कम्पनियों आदि के साथ मोल-तोल करने में वृहत् औद्योगिक इकाइयों की अपेक्षा लघु इकाइयों को असुविधाओं का सामना करना पड़ता था।

3. अधिक लाभ प्राप्त करने की भावना—ऐसी अनावश्यक लागतों को कम करने के साथ-ही-साथ अधिक-से-अधिक लाभार्जन की प्रबल उत्कण्ठा भी उद्योगपतियों के साथ

1. Federal Trade Corporation of Productive Fecilities, 1947, p. 16
2. "If France is referred to as a land of 200 families, the U.S.A. is a land of 250 companies."

थी। अधिक-से-अधिक लाभ संभव था जब व्यवसाय इतने बड़े पैमाने पर किया जाय कि उसे किसी-न-किसी प्रकार एकाधिकार की प्राप्ति हो जाय। ऐसी अवस्था में संयोजनों की लोकप्रियता अवश्यंभावी थी।

4. औद्योगिक आविष्कार पर वैयक्तिक अधिकार—संयोजन के लिए अन्य उत्तरदायी कारण नवीन संगठनों के द्वारा एकस्व (patent) का नियंत्रण करने एवं प्रवर्त्तकों (promoters) को लाभ होने की संभावना थी।

5. श्रम-बचावक यंत्रों का आविष्कार *(invention of labour-saving machines)* —श्रम बचाने वाले यंत्रों के आविष्कार ने वृहत् पैमाने के उत्पादन को लाभपूर्ण बना दिया।

6. अधिक मात्रा में पूँजी लगाना—खर्चीले यंत्रों तथा उपकरणों में महान अचल निवेश ने प्रतियोगिता को हतोत्साहित किया।

7. देश का बड़ा आकार—राष्ट्र के बड़े आकार और इसके व्यवसायों के आकार में वृद्धि ने भी बहुत से व्यावसायिक क्षेत्रों में समेकन को अनिवार्य बना दिया जैसा कि रेलों और सड़कों के साथ हुआ।

8. सहायक लघु यंत्र का आविष्कार—क्रमशः यंत्र (typewriter), जोड़क यंत्र (adding machine) एवं अनेक अन्य छोटे-छोटे यंत्रों के आविष्कार ने भी वृहदाकार औद्योगिक इकाइयों के विकास मे अंशदान किया।

9. व्यवसाय के निगमित व्यक्तित्व का विकास*(growth of corporate business)* —व्यवसाय के निगमित रूप को अंगीकृत किये जाने के कारण भी संयोजन आन्दोलन को प्रोत्साहन मिला था। अधिकांश औद्योगिक इकाइयों का संघटन निगमित रूप से होने लगा।

10. सरकार की प्रशुल्क नीति *(tariff policy)*—**अमेरिकी सरकार की प्रशुल्क नीति ने संयोजन आन्दोलन को सरल बना दिया।** 19वीं शताब्दी के उत्तरार्द्ध में हस्तक्षेपहीन नीति अमेरिकी आर्थिक जीवन एवं नीति पर अपना प्रभुत्व जमाए रही होगी। फिर भी उसके प्रभुत्व के कुछ अपवाद भी अवश्य थे। **अपने विकासशील उद्योगों के प्रभाव में आकर संयुक्त राज्य ने सन् 1861 में संरक्षणीय प्रशुल्क प्रणाली को अपनाया था जिसे उसने सामान्यत: उस काल से ही बनाये रखा। चीनी प्रन्यास** (Sugar Trust) के अध्यक्ष **हेनरी ओ॰ हाह्वेमायर** (Henry O Havemeyer) ने इस प्रन्यास के निर्माण के समय कहा था, **''प्रशुल्क प्रन्यासों की जननी है।''** (The tariff is the mother of trusts.")

11. संकेन्द्रण की ओर सामान्य झुकाव—यह भी ध्यान में रहे कि **संकेन्द्रण 19वीं शताब्दी की एक विशेषता रहा है।** यह केवल व्यवसाय जगत में ही परिलक्षित नहीं हुआ था वरन् श्रम जगत में भी जहाँ श्रमिक संघों का निर्माण हुआ था और राजनीतिक जगत में जहाँ विस्मार्क (Bismark) के नेतृत्व में जर्मनी का और इटली का एकीकरण हुआ था।

12. गृह-युद्ध*(CivilWar)*—गृह-युद्ध काल और उसके बाद में अमेरिकी व्यवसायियों को अत्यधिक लाभ प्राप्त हुआ। अतएव ऊँचे वर्ग के व्यापारियों ने इस अवसर से लाभ उठाकर प्रतियोगिता को सदा के लिए समाप्त करने के उद्देश्य से व्यावसायिक संयोजन का निर्माण प्रारंभ किया। **प्रो॰ शैनन** (Shannon) के अनुसार **"गृह-युद्ध उद्योग की प्रगति को तेज करने के लिए इसके दिशा क्रम को बदलने के लिए अधिक प्रवृत्त हुआ।''**[1]

---

1. "The civil war tended more to alter the course of industry to speed up its progress."

13. आर्थिक अस्थिरता (*economic instability*)—गृह-युद्ध के बाद के काल को निरन्तर मन्दी के परिणामस्वरूप आर्थिक अस्थिरता का काल कहा जाता है। **1873, 1875, 1878, 1884, 1893 और 1896 ई० के आर्थिक संकटों ने व्यवसायियों के लाभों को अत्यधिक कम कर दिया था।** ऐसी स्थिति में व्यावसायियों की यह धारणा थी कि व्यावसायिक संयोजनों के निर्माण के द्वारा मन्दी के कुप्रभावों से बचा जा सकता है और लागत तथा मूल्य के बीच समायोजन स्थापित किया जा सकता है। (*It was felt that consolidated business would withstand depression and maintain parity between cost and prices.*) उन्नीसवीं शताब्दी के अन्त में बाजार के विस्तार के परिणामस्वरूप भी व्यावसायियों को संतोषजनक लाभ प्राप्त होता था। ठीक इसके विपरीत बाजार के लिए प्रतियोगिता से अत्यधिक उत्पादन होता था। इससे मूल्य में और भी ह्रास होता था। अतएव अत्यधिक प्रतियोगिता और मन्दी के प्रभावों से बचने के लिए व्यावसायियों ने संयोजन तथा एकाधिकार की स्थापना करना प्रारंभ किया।

14. आविष्कारों को प्रोत्साहन—अनुमान लगाया गया कि केवल संयोजन के द्वारा ही नवीन आविष्कारों का लाभदायक तरीके से प्रयोग किया जा सकता है और गौण पदार्थों का उचित तरीके से उपयोग किया जा सकता है। इससे विज्ञापन और विक्रय संबंधी व्यय में भी बचत होती है। इस कारण भी व्यावसायिक संयोजन को प्रोत्साहन मिला।

15. मौद्रिक प्रन्यास (*money trusts*)—इस काल में निवेश बैंकरों ने भी संयोजनों के निर्माण में महत्त्वपूर्ण योगदान किया। इसके द्वारा अत्यधिक लाभ की प्राप्ति के उद्देश्य ने भी संयोजनों के निर्माण में महत्त्वपूर्ण योगदान किया। इन्होंने मौद्रिक प्रन्यास का निर्माण कर अपने हाथ में अत्यधिक आर्थिक शक्ति का संकेन्द्रण कर लिया।

16. जनता की उदासीनता—व्यावसायिक संयोजनों के निर्माण को अमेरिकी जनता की उदासीनता ने भी प्रोत्साहन दिया। इसका कारण यह था कि व्यापारी निरन्तर समृद्धि का विश्वास दिलाते जाते थे।

व्यावसायिक संयोजनों के विभिन्न रूप
(Different Forms of Combinations)

1. सन्निधियाँ (*Pools*)—इस प्रकार के व्यावसायिक संयोजन में सम्पूर्ण व्यवसाय को सदस्यों के बीच विभाजित कर मूल्य को नियंत्रित किया जाता है।[1] 1873 से 1887 ई० के बीच संयुक्त राज्य अमेरिका में इस प्रकार का संयोजन अत्यधिक प्रचलित था। इसमें प्रतियोगी प्रतिष्ठानों में मूल्य या उत्पादन या बाजार के लिए या लाभ के वितरण के लिए समझौता होता है। इस प्रकार के संयोजन का जन्म रेलवे कम्पनियों में सर्वप्रथम हुआ। रेलों ने किराये की दर निश्चित कर ली। कोयले की खानों ने उत्पादन के प्रश्न पर समझौता किया और तम्बाकू कम्पनियों ने बाजार का क्षेत्र निश्चित करने पर समझौता किया। इसमें सम्मिलित कम्पनियाँ अपने-अपने लाभों को एक केन्द्रीय कम्पनी में जमा करती थीं। बाद में इन्हें सदस्य कम्पनियों में वितरित किया जाता था। कुछ समय तक पूल सफलतापूर्वक कार्य करते रहे। किन्तु शीघ्र ही इनके कार्यों में दोष प्रकट होने लगे। किसी भी सदस्य इकाई के लिए अप्रत्याशित लाभ के समय में समझौता तोड़ने अथवा उसके अनुसार कार्य न

1. A pool is an organization of business units to control prices by dividing the total business among its members.

करने के लिए कोई दण्ड-विधान नहीं था। अतएव ऐसी हरकतें बहुत अधिक पायी जाने लगीं। अतएव सरकार ने विवशतापूर्वक 1887 के अन्तरराज्य वाणिज्य अधिनियम (Inter State Commerce Act) के अनुसार इसे असंवैधानिक घोषित कर दिया। सन् 1887 ई० में सर्वोच्च न्यायालय ने भी पूल को असंवैधानिक घोषित कर दिया। इसके बाद व्यापारियों ने उसी प्रकार के एक अन्य संयोजन—प्रन्यास (trust) को जन्म दिया।

2. प्रन्यास *(Trust)*—प्रन्यास एक ऐसा व्यावसायिक संयोजन है जिसमें प्रतिद्वन्द्वी व्यापारिक कम्पनियाँ मिलकर एक प्रन्यास (trust) का निर्माण करती है जो इनके अधिकांश हिस्से खरीद लेता है या व्यवसायी अपने हिस्से प्रन्यास में जमा करके वहाँ से प्रमाण-पत्र ले लेते हैं।[1] ये ट्रस्टी प्राप्त अधिकारों के अनुसार व्यवसायों का प्रबन्ध करते हैं। **संयुक्त राज्य अमेरिका में प्रन्यास सन् 1887 से 1897 ई० के बीच सबसे अधिक लोकप्रिय रहे।** इस प्रकार के संयोजन का श्रीगणेश करने का श्रेय **जी० डी० रॉकफेलर** को दिया जा सकता है। इसने **स्टैण्डर्ड ऑयल कम्पनी** की स्थापना 1879 और 1882 ई० के समझौतों के आधार पर की। उसके पश्चात् चीनी, तेल, तम्बाकू, रबर, मांस इत्यादि उद्योगों में भी प्रन्यास बन गये। इन प्रयोगों और परीक्षणों के पश्चात् 'ट्रस्ट' शब्द बहुत अधिक प्रचलित हो गया। किन्तु धीरे-धीरे वे एकाधिकार कम्पनियों में सक्रिय हुए। अतएव इनके दुष्परिणामों को रोकने के लिए 1890 में **शेरमन प्रन्यास-विरोधी विधि** (Sherman Anti-trust Law) बनायी गयी। इसने ट्रस्ट को अवैधानिक घोषित किया। किन्तु ट्रस्ट के निर्माण को रोकने में यह अधिनियम अधिक सफल नहीं रहा। परन्तु न्यायालयों के निर्णयों ने ट्रस्टों को समाप्त-सा कर दिया। 1893 से 1897 ई० की आर्थिक मन्दी का भी संयोजन आन्दोलन की प्रगति पर बड़ा ही प्रतिकूल प्रभाव पड़ा।

3. संधारी कम्पनियाँ *(Holding Companies)*—ट्रस्ट के अवैधानिक करार दिये जाने पर एक नये प्रकार का व्यावसायिक संयोजन उत्पन्न हुआ जिसे संधारी कम्पनियाँ कहा जाता है। यह एक ऐसा संगठन है जिसके द्वारा किसी व्यवसाय में लगी कम्पनियों का संयोजन किसी एक पृथक कम्पनी को उनके अधिकांश या सम्पूर्ण हिस्सों के स्थानान्तरण के द्वारा सौंप दिया जाता है।[2] यह पृथक कम्पनी स्वयं व्यवसाय कार्य नहीं करती वरन् उस व्यवसाय में लगी कम्पनियों के अधिकांश हिस्सों का क्रय कर उन पर नियंत्रण करती है। प्रन्यास विरोधी अधिनियमों के पारित होने के बाद होल्डिंग कम्पनियों का विकास प्रारंभ हुआ। 1897 से 1904 ई० के बीच संयुक्त राज्य अमेरिका में इस प्रकार की कम्पनियाँ बहुत अधिक प्रचलित थीं। फेडरल स्टील कम्पनी और अमलगमटेड कॉपर कम्पनी (Ammalgamated Copper Company) इस प्रकार की कम्पनियों के सर्वोत्तम उदाहरण हैं। किन्तु प्रारंभ से संधारी कम्पनियों के सम्बन्ध में अनिश्चितता थी क्योंकि अधिकांश न्यायालयों के निर्णय इनके विरोध में आ रहे थे। अतः व्यवसायियों ने एक अन्य प्रकार के संयोजन—विलयन (merger) की ओर ध्यान देना प्रारंभ किया।

---

1. A trust is a form of organisation in which the stock-holderes under a trust agreement deposit with a board of trustees a controlling portion of their stock and receive trust certificates in return. Unlike a pool, it is not a federation of interests; it is a consolidation of interests.
2. A holding company is an organisation created to dominate other corporations by either owning or controlling of their stocks.

4. विलयन और हित समुदाय *(Mergers and Community of Interests)*—संधारी कम्पनियों की अनिश्चित वैधानिक स्थिति के कारण व्यवसायों ने एक संस्था का दूसरी संस्था द्वारा क्रय के द्वारा विलयन का निर्माण करना प्रारंभ किया। किसी कम्पनी द्वारा किसी दूसरी कम्पनी के क्रय को विलयन कहा जाता है। (Mergers constitute the outright purchase of one organisation by another.) बाद में ट्रस्ट-विरोधी नियमों के विस्तार से बचने के लिए व्यवसायियों ने हित समुदाय द्वारा एकाधिकार की स्थापना का कार्य प्रारंभ किया। ऐसा सामान्यतः व्यक्तियों, संधारी कम्पनियों, निगमों और निवेशी ट्रस्टों द्वारा कम्पनियों के हिस्से खरीद कर किया जाता था।[1] 1920 ई॰ के दशक में ऐसे संयोजन अधिक प्रचलित थे, जैसा कि निम्नलिखित तालिका से स्पष्ट होता है—

वर्ष	विलयनों की संख्या	विलय वाली संस्थाओं की संख्या
1923	66	218
1924	95	163
1925	121	363
1926	139	597
1927	207	678
1928	211	678

इस प्रकार अमेरिका में व्यावसायिक संयोजन ने विभिन्न परिस्थितियों के अनुसार विभिन्न रूप धारण किया। जब किसी एक प्रकार के संयोजन को कानून द्वारा रोकने का प्रयास किया जाता था तो विशेषज्ञों की प्रतिभा अन्य प्रकार के संयोजनों की व्यवस्था कर देती थी। इसी कारण अमेरिकी में एक के बाद एक विभिन्न प्रकार के व्यावसायिक संयोजनों का प्रचलन हुआ। **1873 से 1887 के बीच संन्निधियाँ (pools), 1887 से 1897 के बीच प्रन्यास, 1897 से 1904 के बीच संधारी कम्पनियाँ और उसके बाद विलयन तथा हित समुदाय लोकप्रिय रहे हैं।**

व्यावसायिक संयोजनों के अच्छे प्रभाव

संयुक्त राज्य अमेरिका में व्यावसायिक संयोजन के कुछ अच्छे प्रभाव हुए। **प्रथम,** संयोजन आन्दोलन के परिणामस्वरूप उत्पादन कार्य में केवल योग्य उत्पादक ही ठहर पाये। दूसरे शब्दों में, इसने व्यवसाय के क्षेत्र में सर्वाधिक योग्य को जीवित रहने (survival of the fittest) के सिद्धांत को क्रियात्मक रूप दिया। इससे व्यावसायिक इकाइयाँ मन्दी का अधिक कुशलतापूर्वक सामना कर सकती थीं। **दूसरे,** संयोजन से आधुनिक आविष्कारों को प्रोत्साहन मिला है, गौण-पदार्थों का उचित उपयोग किया जा सकता है तथा कार्यालय एवं विज्ञान संबंधी व्यय आदि में भी मितव्ययता की जा सकती है। **तीसरे,** संयोजन के द्वारा पूँजी, श्रम तथा कच्चे पदार्थों के उपयोग पर अधिक सक्रियतापूर्वक नियंत्रण किया जा सकता है। **चौथे,** ऐसे उद्योगों का उपयोग विशिष्ट प्रकार की वस्तुओं के लिए किया जा सकता है। **पाँचवें,** व्यावसायिक संयोजन के द्वारा ही **बाजार का क्षेत्रीय विभाजन संभव हुआ है** जिसके अन्तर्गत सभी क्षेत्र विशेष के कारखाने कम ही यातायात व्यय में अपनी वस्तुओं को बाजार तक पहुँचा पाते हैं।

1. This was usually done through the purchase of stocks by individuals, holding companies, corporations or investment trusts.

स्पष्टतः संयोजनों से अमेरिकी अर्थव्यवस्था को बहुत सारे लाभ प्राप्त हुए हैं। वास्तव में व्यावसायिक संयोजनों के परिणामस्वरूप ही संयुक्त राज्य अमेरिका थोड़े ही समय में विश्व में अन्तरराष्ट्रीय व्यापार के क्षेत्र में अग्रणी राष्ट्र बन सका। **जिस प्रकार जर्मनी में कार्टेल ने औद्योगिक प्रगति की गति को तीव्र बनाया उसी प्रकार संयोजन आन्दोलन ने संयुक्त राज्य अमेरिका की औद्योगिक प्रगति में अत्यधिक योगदान किया।**

व्यावसायिक संयोजनों के बुरे प्रभाव

किन्तु संयोजन आन्दोलन में कई बुराइयाँ भी थीं। परिणामस्वरूप यह आन्दोलन आलोचना का पात्र बन गया। इसके बुरे प्रभाव अग्रांकित थे—**एक** तो इसने प्रतियोगिता को समाप्त कर दिया। इस प्रकार व्यवसाय के क्षेत्र में प्रतियोगिता से होने वाले लाभ ही समाप्त हो गये। **दूसरे**, एकाधिकारी संयोजनों की प्रवृत्ति ने देश में राजनीतिक भ्रष्टाचार को प्रोत्साहित किया। **तीसरे**, इसने बहुत सारे छोटे-छोटे उद्योगों को कुचल दिया या नष्ट कर दिया। इससे बेरोजगारी को प्रोत्साहन मिला, समाज में धन तथा आय के वितरण में विषमता बढ़ी तथा आर्थिक भ्रष्टाचार को भी प्रोत्साहन मिला। **चौथे**, व्यावसायिक संयोजनों से उपभोक्ताओं का भी शोषण हुआ। अत्यधिक आयात-कर के परिणामस्वरूप विदेशी वस्तुओं का आयात बिल्कुल समाप्त हो गया। इससे उपभोक्ताओं को देशी व्यापारियों की मर्जी पर ही निर्भर रहना पड़ा जिन्होंने इनका तरह-तरह से शोषण किया। **पाँचवें**, इससे श्रमिकों का भी शोषण हुआ। कारण यह था कि श्रमिक संगठनों के अभाव में श्रमिकों को मजदूरी तथा काम की दिशाओं के लिए एकाधिकारी उद्योगपतियों पर ही निर्भर रहना पड़ता था। ये इनका तरह-तरह से शोषण करते थे। अतएव संयोजन के इन बुरे प्रभावों के परिणामस्वरूप संयोजन की प्रवृत्ति पर प्रतिबन्ध लगाने की माँग जोर पकड़ने लगे।

संयोजनों का विनियमन
(Regulation of Combinations)

अमेरिका में संयोजन आन्दोलन ने विभिन्न समय में विभिन्न परिस्थितियों के अनुसार विभिन्न रूप धारण किया है। जब एक प्रकार के संयोजन को विधियों द्वारा रोक दिया जाता था तो विधिज्ञ (lawyer) की प्रतिभा दूसरे प्रकार के संयोजनों की व्यवस्था कर देती थी। **जब कभी रिपब्लिकन दल सत्ताधारी होता था वह पूँजीपतियों की सहायता करता था और संयोजन को प्रोत्साहित करता था और जब कभी डेमोक्रेटिक दल सत्ताधारी होता था तो वह इस आन्दोलन को रोकने का उपाय करता था।**

हस्तक्षेपहीन नीति का प्रभुत्व तथा व्यावसायिक समेकन के लिए उत्साह के बावजूद **इस आन्दोलन का प्रबल विरोध होना प्रारंभ हुआ था। इसके कई कारण थे—** (1) यह विरोध प्रथमतः एकाधिकार के प्रति उस गंभीर विरोध के कारण हुआ जो अंग्रेजी सामान्य विधि (common law) की प्राचीन धारणा से प्राप्त हुआ था। ऐसे विरोध को निःसंदेह ऐसे व्यक्तियों के दुर्भाग्य से बल मिला था जिनकी आजीविका के साधनों पर नवीन व्यवसायिक समेकनों द्वारा कुठाराघात किया गया था। (2) इस विरोध का अन्य कारण वह भी था कि यह स्पष्ट हो गया था कि यदि उचित व्यवस्था न की गई तो देश के प्राकृतिक साधनों का नियंत्रण कतिपय अनुत्तरदायी व्यक्तियों के हाथों में चला जाएगा। एकाधिकार के तीव्र विकास और इसके कारण शक्तियों के अनुत्तरदायी प्रयोग के प्रति चिन्तनशील एवं समझदार नागरिकों ने गंभीर चिन्ता प्रकट की। फलतः सन् 1887 के

अन्तर राज्य वाणिज्य अधिनियम (Inter-State Commerce Act) के अनुसार उसी वर्ष समुच्चय (pool) प्रणाली को अवैधानिक घोषित कर दिया गया। आर्थिक क्षेत्र में सरकारी हस्तक्षेप का यह समारम्भ था। इसकी व्यवस्थाओं को लागू करने के लिए **इन्टरस्टेट कॉमर्स कमीशन** की नियुक्ति की गयी। समुच्चय प्रणाली का जन्म गृह-युद्ध के बाद हुआ था और सन् 1873 के संकट के पश्चात् इसका प्रचुर विकास हुआ था। जब समुच्चय प्रणाली सन् 1887 में अवैध घोषित कर दी गई तो प्रन्यासों का जन्म हुआ। इसलिए इन प्रयासों का अन्त करने के लिए सन् 1890 में, जब शासन सत्ता डेमोक्रेटिक दल के हाथों में थी, **शेरमन प्रति प्रन्यास अधिनियम** (Sherman Anti-Trusts Act) पारित किया गया। इसने उपबन्धित किया कि समस्त एकाधिकार अवैधानिक है और एकाधिकारों की सृष्टि करने वाला व्यक्ति इस अधिनियम के अनुसार दण्डित किया जाएगा। किन्तु **अनेक कारणों से यह अधिनियम प्रभावहीन ही रहा**—

1. इस अधिनियम को लागू करने के लिए किसी पृथक सरकारी यंत्र की व्यवस्था नहीं की गई थी।
2. प्रन्यास विरोधी कार्यों के संपादन के लिए पर्याप्त निधि की व्यवस्था नहीं की गई थी।
3. अमेरिका में नियोजक संघटन (employer's organization) अत्यन्त ही अधिक शक्तिपूर्ण था।
4. इस अधिनियम को लागू करने-करवाने में वैधानिक विलम्ब होता था। न्यायालय अत्यन्त ही अधिक विलम्ब करते थे।
5. विधि-कौशल नियोजकों को उपलब्ध था। अधिनियम से बच सकने के लिए रास्ता निकालने के लिए पूँजीपतियों के पास सुयोग्य विधिज्ञ विद्यमान थे।
6. कुछ छिपे हुए एकाधिकार (hidden monopolies) भी उस समय अमेरिका में थे जिनको इस अधिनियम ने ध्यान में नहीं रखा था। कालान्तर में ये अदृश्य एकाधिकार प्रत्यक्ष हो गये।

शेरमन अधिनियम की निरर्थकता सन् 1895 में निर्विवाद हो गई जब सर्वोच्च न्यायालय ने अमेरिकन सुगर रिफाईनिंग कम्पनी (American Sugar Refining Company) को इस आधार पर विघटित करना अस्वीकार कर दिया कि शेरमन अधिनियम केवल व्यापार-प्रतिबंध एकाधिकार (monopoly in restraint of trade) के साथ ही लागू हो सकता है और चीनी परिशोधन कारखानों (sugar refieries) का क्रय अथवा चीनी का परिशोधन (refining) मात्र ही विशुद्धत: संवैधानिक अर्थ में वाणिज्य नहीं हैं।

जबकि व्यवसायिक समेकनों पर शेरमन अधिनियम का कोई विशेष प्रभाव नहीं पड़ सका तो **यह दुर्भाग्य है कि श्रमिक संघों के विरूद्ध इस अधिनियम को प्रभावकारी रूप से प्रयुक्त करने में पूँजी सफल सिद्ध हुई।** इस अधिनियम की शरण लेकर सन् 1894 के **पुलमैन हड़ताल** (Pulman Strike) को सरकार ने न्यायालयों की सहायता से भंग कर दिया। विख्यात **डैनबरी हैटर्स मुकदमें** (Danbury Hatters Case) में अन्तरराज्यीय (inter state) बहिष्कार के कारण हुई हानि के लिए श्रमिक संघ के सदस्यों को उनकी पूर्ण सम्पत्ति के मूल्य तक इस शेरमन अधिनियम के अनुसार वित्तीय रूप से उत्तरदायी ठहराया गया था। कुछ न्यायालय तो श्रमिक संघों की वैधता के प्रति ही सन्देह करने लगे थे।

स्पेन-अमेरिका युद्ध के तुरन्त बाद उन्नतिपूर्ण वर्षों में संयोजन आन्दोलन का प्रचण्ड पुनरुत्थान हुआ। साथ ही, इन विशाल संयोजनों ने लोकहित एवं लोक-कल्याण की अवहेलना की। फलतः इनके विरुद्ध तार्किक प्रतिक्रिया हुई। सन् 1902 में निर्वाचन अभियान से संबंधित भ्रमण में **राष्ट्रपति थियोडोर रूजवेल्ट** (Theodore Roosevelt) ने प्रन्यासों पर प्रहार किया और **सन् 1903 में बड़ी-बड़ी औद्योगिक इकाइयों को प्रभावपूर्ण ढंग से नियंत्रित करने के लिए कांग्रेस ने तीन अधिनियम पारित किया। सरकार ने दो विशालकाय संयोजनों–स्टैन्डर्ड ऑयल कम्पनी और अमेरिकन टुबैको कम्पनी को विघटित करने के लिए कदम उठाया।**

राष्ट्रपति विल्सन *(Woodrow Wilson)* ने अपने निर्वाचन अभियान के भाषण में कहा था कि शेरमन अधिनियम के साथ कठिनाई यह थी कि यह स्पष्ट नहीं था। उन्होंने कहा कि उसके लिए अवैध कार्यों के अधिक सतर्क एवं स्पष्ट वर्णन की आवश्यकता है। अतएव सन् 1914 में कांग्रेस ने **क्लेटन प्रति-प्रन्यास अधिनियम** (Clayton Anti-Trust Act) पारित किया। इसने शेरमन अधिनियम के दोषों को दूर करने का प्रयास किया था। किन्तु अमेरिकी उद्योगों को विदेशी वृहत् उद्योगों के साथ सफलतापूर्वक प्रतियोगिता करने में सफल बनाने के लिए प्रन्यास विरोधी विधियों में सन् 1918 में संशोधन किया गया था।**अतः क्लेटन ऐन्टी ट्रस्ट एक्ट भी एकाधिकारी की वैधानिक अवस्था को सुनिश्चित नहीं कर सका और न सन् 1914 का संघीय व्यापार आयोग अधिनियम (Federal Trade Commission Act) ही कोई सुधार कर सका।** सन् 1920 के दशक में सबसे अधिक एकाधिकारों कम्पनियों का निर्माण हुआ। इस अधिनियम के प्रतिपादन में न्यायाधीशगण मनमानी करते थे।

राष्ट्रपति रूलवेल्ट की न्यू डील ने इस संबंध में कुछ कार्य किया। किन्तु **सन् 1933 का राष्ट्रीय औद्योगिक पुनरुद्धार अधिनियम (National Industrial Recovery Act) सर्वोच्च न्यायालय द्वारा सन् 1935 में असंवैधानिक घोषित कर दिया गया।** सन् 1935 में ही पारित **ह्वीलर रेबर्न अधिनियम** (Wheeler Rayburn Act) ने अन्तरराज्यीय उपयोगिता व्यवसाय (inter-state utility business) से संबंधित समस्त होल्डिंग कम्पनियों को विघटित कर दिया। सन् 1936 में **रॉबिन्सन पैटमैन अधिनियम** (Robinson-Patman Act) पारित किया गया। किन्तु इन समस्त अधिनियमों के बावजूद न्यू डील इस क्षेत्र में कोई विशेष सफलता नहीं प्राप्त कर सकी। नियंत्रित होना तो दूर रहा, ये एकाधिकारी कम्पनियाँ सन् 1940 के पश्चात् बड़े जोर-शोर से बढ़ीं। द्वितीय विश्वयुद्ध काल में प्रन्यास विरोधी विधियाँ नहीं लागू की गयी थीं। फलतः **इन एकाधिकारी कम्पनियों का राष्ट्रीय अर्थव्यवस्था पर अब भी वैसा ही प्रभाव है जैसा कि भूतकाल में था। ये केवल राष्ट्रीय व्यवस्था पर ही आधिपत्य नहीं जमाए हुए हैं बल्कि कुछ अर्थों में तो विदेशों में भी इनका प्रभाव फैला हुआ है।** 1930 ई॰ तक अमेरिका में लगभग 75 प्रतिशत इस्पात, 84 प्रतिशत खनिज और 90 प्रतिशत बिजली का उत्पादन एकाधिकारी संयोजनों द्वारा किया जा रहा था।

अमेरिका के प्रन्यास विरोधी विधानों की विफलता के कारण

अधिकांश अमेरिकी अब भी प्रतियोगिता के पक्ष में हैं। किन्तु इसके बावजूद इस प्रतियोगिता को बनाये रखने के लिए उनका प्रयास विफल ही रहा है। क्यों ?

1. उनका प्रयास विफल इसलिए हुआ है कि **ये प्रयास समयानुकूल नहीं रहे थे। 'परिवर्तनशील संसार में औद्योगिक इकाइयों के परिवर्द्धनशील आकार एवं समेकन को स्वीकार करने तथा उनका अनुज्ञप्तियों(licences) और पर्यवेक्षण(supervision) द्वारा नियंत्रण करने के बदले अमेरिकी कांग्रेस भूतकाल की ओर ताकती रही** और इन परिस्थितियों का उपचार अन्तरराज्यीय यातायात को प्रतिबंधित करने के रूप में करती रही। जबकि आवश्यकता भविष्य को निश्चित रूप देने की थी तो यह (अर्थात अमेरिका की विधायिका) भूतकाल की ओर देखती रही। **महानतम औद्योगिक क्रांतियों के प्रारंभ में सरकार वैसे ही अस्त्र-शस्त्र से सुसज्जित रही थी जो केवल छोटे-छोटे व्यापार की समस्याओं को ही सुलझा सकने में समर्थ थे।** इस प्रकार लघु व्यापार की समस्याओं से उद्भूत सामान्य विधि के नियमों का वृहत् उद्योगों के मामले का नियंत्रण करने के लिए आवाहन किया गया।'' समय बड़े व्यावसायिक संगठनों के पक्ष में था।

2. न्याय विभाग के प्रन्यास-विरोधी विभाग को अपने कार्यों को सम्पादित करने के लिए कभी-कभी पर्याप्त धनराशि नहीं अनुदत्त की जाती थी।

3. वादी (plaintiff) स्वयं भी बहुधा अधिक सहायक नहीं सिद्ध होते थे क्योंकि जिन षडयंत्रों से उन्हें हानि पहुँचती थी उनकी रचना में वे भाग नहीं लिए होते थे और इस प्रकार वे उन्हें पूर्णतः जानते नहीं थे।

4. सर्वोच्च न्यायालय ने निःसन्देह इस विधान के प्रतिपादन में अन्तकरण से कार्य किया। किन्तु जो न्यायालय इस विधान को वस्तुतः लागू करते थे वे अपने दृष्टिकोण एवं प्रतिपादन को इतना शीघ्र बदलने लगे कि वे समस्याओं को और भी विभ्रान्त कर दिए और विद्यमान विधियों द्वारा प्रन्यासों के विरोध में इससे कुछ भी अधिक किए जाने की संभावना को कम कर दिए।

5. न्यायालयों द्वारा उचित सहयोग नहीं किया जाता था। परिणामस्वरूप इन अधिनियमों को लागू करने करवाने में वैधानिक विलम्ब होता था।

6. व्यवसायियों को विधि-कौशल उपलब्ध था जिससे वे सरलतापूर्वक इससें बचने के लिए कोई-न-कोई रास्ता निकाल लेते थे।

7. अमेरिका में नियोजकों का संगठन बड़ा ही सुदृढ़ था। इन्हें राजनीतिज्ञों से भी समय-समय पर सहायता मिलती रहती थी।

8. बड़े व्यावसायिक संगठनों को राजनीतिक संरक्षण प्राप्त होता रहता था। **रिपब्लिकन दल संरक्षण नीति का पक्षधर रहा है और संरक्षण नीति व्यावसायिक संयोजनों का पक्षधर होती है।**

संदर्भ

Faulkner : American Economic History

H.V. Saidler : Concentration of Control of American Industry

John Moody : Truth About Trusts

S.E. Harris : American Economic History.

Jennings : American Economic History.

Gayer, Harris and Spencer : Basic Economics, article by Bain "The Growth of American Economy."

मानक प्रश्न

1. Trace the growth of the combination movement in American industries. What were its effects on the economic structure of the country ?
अमेरिका के उद्योगों में संयोजन आन्दोलन के विकास की व्याख्या कीजिए। इसका देश के आर्थिक ढाँचे पर क्या प्रभाव पड़ा ?
2. What advantages were expected from the combination movement in the U.S. A ? What important acts were passed by the State to curb the movement later on ?
अमेरिका में संयोजन आन्दोलन से किन-किन लाभों की आशा की गयी थी ? बाद में संयोजन आन्दोलन को नियंत्रित करने के लिए राज्य द्वारा कौन-कौन से महत्त्वपूर्ण अधिनियम पारित किये गये ?
3. How far have the Sherman Act, the Clayton Act and the Federal Trade Commission Act been successful in solving the problems created by monopolies in the U.S.A. ? Illustrate your answer with examples.
शर्मन एक्ट, क्लेटन एक्ट तथा फेडरल ट्रेड कमीशन संयुक्त राज्य अमेरिका में एकाधिकार द्वारा उत्पन्न समस्याओं के समाधान में कहाँ तक सफल रहे हैं ? उदाहरण द्वारा अपने कथन का चित्रण कीजिए।
4. What were the causes of the growth of combination movement in America ? Why did the anti-trust legislation fail to takle the problem ?
अमेरिका में संयोजन आन्दोलन के विकास के क्या कारण थे ? प्रन्यास-विरोधी नियम कहाँ तक इस समस्या के समाधान में सफल रहे ?
5. Write briefly about the nature and problems of monopolies in the U.S.A ? What are the objectives of the anti-combination laws ?
संयुक्त राज्य अमेरिका में एकाधिकार की समस्याओं तथा प्रकृति की संक्षिप्त व्याख्या कीजिए। संयोजन विरोधी नियमों के क्या उद्देश्य थे ?
6. Examine the cause of the growth of industrial combinations in the U.S.A. as compared to England where industrial development has taken place much earlier. Does the state provide enough protection to its citizens against its abuses ?
इंगलैंड, जहाँ औद्योगिक विकास काफी पहले हुआ, की तुलना में अमेरिका में औद्योगिक संयोजन के विकास के क्या कारण थे ? क्या राज्य द्वारा इनकी बुराइयों से जनता की पूरी रक्षा की जाती है ?

❑

अध्याय 8

अमेरिकी श्रमिक संघ आन्दोलन और सामाजिक सुरक्षा

(TRADE UNION MOVEMENT AND SOCIAL SECURITY IN THE U.S.A.)

अमेरिकी और ब्रिटिश श्रम संघीयता की तुलना

ग्रेट ब्रिटेन में श्रमिक समाज समरूपी है। किन्तु संयुक्त राज्य में इस समरूपता का अभाव रहा है। कारण यह था कि संयुक्त राज्य में जर्मनी, ग्रेट ब्रिटेन, पोलैण्ड, चीन आदि विभिन्न देशों के व्यक्तियों का अप्रवास हुआ है जिनकी भाषाएँ, जाति, रूप-रंग, संस्कृति आदि भिन्न-भिन्न हैं। अमेरिकी जनसंख्या की यह विषमरूपता प्रारंभिक काल में श्रमिक वर्ग के आन्दोलन में अवरोध पहुँचायी थी। फलतः कार्य दशाएँ अत्यन्त ही सोचनीय थीं और ग्रेट ब्रिटेन की अपेक्षा संयुक्त राज्य में मजदूरी भी अत्यन्त ही कम थी। **ग्रेट ब्रिटेन में श्रमिक आन्दोलन विशुद्धतः आर्थिक उद्देश्यों से हुआ था। अमेरिका में वह आन्दोलन कुछ सामाजिक एवं राजनीतिक उद्देश्यों से भी संलिष्ट था।** इसके अतिरिक्त ग्रेट ब्रिटेन में विभिन्न श्रम संगठन एक ही केन्द्रीय संघ के अधीन कार्य किये हैं। यही नहीं, **ग्रेट ब्रिटेन में श्रमिक राजनीतिक कार्यों में सक्रिय भाग ले सकते हैं। किन्तु अमेरिकी श्रमिक राजनीतिक कार्यों से वंचित हैं।**

अमेरिकी श्रम संघीयता का विकास

1. औपनिवेशिक काल (*Colonial period*)—अमेरिकी श्रमिक संघ आन्दोलन का आदि काल औपनिवेशिक काल है। इस काल में केवल लघु एवं कुटीर उद्योग पाये जाते थे। श्रम बल उतना शक्तिशाली नहीं था और यही बात श्रम-आन्दोलन के साथ भी थी।

2. 'सुषुप्त काल' (*'Dormant' period*)—**प्रो॰ बोगर्ट** एवं **प्रो॰ केमरर** ने सन् **1766 से 1820 तक के काल को 'सुषुप्त' काल कहा** है। इस काल में हड़ताल करने के उद्देश्य से अस्थायी रूप से संघ बनाये जाते थे। अभी तक श्रमिकों में संगठन की भावना का पूर्ण विकास नहीं हो पाया था। साथ ही हड़तालों को न्यायलयों द्वारा षडयंत्र करार दिया जाता था। इस काल में अनेक हड़तालें हुईं। 1791, 1795, 1805, 1807 की हड़तालें उल्लेखनीय हैं। किन्तु ये सभी हड़तालें आंशिक, अस्थायी और स्थानीय ही थीं।

3. 'जागरण काल' (*The 'Awakening' Period*)—**1820 से 1840 तक का काल अमेरिकी श्रम संघ आन्दोलन का 'जागरण' काल कहा गया** है क्योंकि इस काल में अनेक स्थायी श्रमिक संगठनों का निर्माण हुआ था। सन् 1841 में फिलाडेल्फिया में कुशल श्रमिक संघ(Skilled Workers Union) का निर्माण हुआ था। उसके बाद अकुशल श्रमिक संघ बना और फिर कुशल और अकुशल श्रमिकों को मिलाकर **राष्ट्रीय श्रमिक संघ** (National Trade Union) संघटित किया गया। उनके उद्देश्य निम्नलिखित थे—

1. उच्चतर मजदूरी में कमी को रोकना;

2. श्रमिकों के बच्चों के लिए निःशुल्क विद्यालयों की व्यवस्था करना;

3. ऋण के लिए कारावास के दण्ड को समाप्त करवाना;

4. कार्य करने के कम घंटे एवं मजदूरी के नियमित भुगतान की व्यवस्था करना।

इस प्रकार धीरे-धीरे श्रमिकों ने अपने-आप को एक केन्द्रीय श्रम-संस्था के रूप में संगठित करने का प्रयास किया। **1827 ई० में फिलाडेल्फिया के कारपेंटरों ने 10 घंटा प्रतिदिन काम के हेतु उत्पादन बंद कर दिया। इसी से संगठन की शुरूआत हुई।** विभिन्न प्रकार के कुशल श्रमिकों ने आपस में मिलकर संगठन का निर्माण करना प्रारंभ किया। परिणामस्वरूप 1827 ई० में **फिलाडेल्फिया मिस्त्री व्यापार संघ** (Mechanics Union of Trade Association of Philadelphia) का संगठन हुआ। इसके विषय में श्रमिकों के पत्र **'मेकैनिकल फ्री प्रेस'** ने लिखा—**"यह पहली बार था जब कर्मकारों ने लोक बैठक में यह जाँचने का प्रयास किया कि क्या इनको व्यक्तियों अथवा एक वर्ग के रूप में कोई अधिकार है जिसके द्वारा वे शासित हैं ?"** बाद में 15 प्रकार के श्रमिकों ने इसमें मिलकर कार्य करना प्रारंभ किया। इसके अतिरिक्त न्यूयार्क, बोस्टन आदि प्रमुख शहरों में भी ऐसी संस्थाओं की स्थापना की जाने लगी। साथ ही, 1830 ई० तक शूमेकर्स, कॉम्ब मेकर्स, कारपेन्टर प्रिंटर्स तथा हैंडलूम वर्कर्स इत्यादि श्रमिकों के भी राष्ट्रीय संगठन अस्तित्व में आये। 1832 ई० के चुनाव में भी श्रमिकों ने अपना उम्मीदवार खड़ा किया। इसके कुछ उम्मीदवार निर्वाचन में विजयी भी हुए। इस समय तक प्रायः 15 राज्यों में श्रम-राजनीतिक पार्टियाँ संगठित हुईं और श्रम विचारधाराओं के प्रतिनिधि अखबारों का प्रकाशन भी प्रारंभ हुआ।

किन्तु 1833 ई० तक संगठन के अभाव में श्रमिकों का राजनीतिक आन्दोलन लगभग समाप्त-सा हो गया। **श्रमिकों की प्रथम राष्ट्रीय सभा 1833 ई० में बुलाई गई** जिसमें देश भर के श्रमिकों के प्रतिनिधि सम्मिलित हुए। इस अवधि में समृद्धि के परिणामस्वरूप भी श्रमिकों के आंदोलन को प्रोत्साहन मिला। देश की समृद्धि के साथ-साथ श्रमिकों की माँग का औचित्य प्रकट होने लगा। इसी अवधि में महिला श्रमिकों की संस्था भी स्थापित की गयी जिसका उद्देश्य महिला श्रमिकों की सुरक्षा करना था। इस अवधि में श्रमिकों में पर्याप्त अंश तक गतिशीलता दीख पड़ने लगी। पुनः 1837 ई० में आर्थिक संकट प्रारंभ हुआ। इसमें कई कारखाने बंद हो गये और बेकारी की समस्या अप्रत्याशित रूप से बढ़ गयी। ऐसी स्थिति में 1834 ई० में बनाये गये श्रमिकों के बहुत सारे संगठन 1837 ई० में समाप्त हो गये। नवीन परिस्थितियों का सामना करने के लिए नियोजकों ने भी अपना संगठन प्रारंभ किया एवं श्रमिक संघों के नेताओं को दंडित करवाने का प्रयास किया। सन् 1842 तक अमेरिका में किसी भी प्रकार के संयोजन (combination) अवैध थे। फलतः अब तक श्रमिक संघ भी अवैध ही रहे थे।

4. 'उष्ण वायु काल' *(Hot Air Period)*—अमेरिकी श्रमिक संघ के इतिहास का **चतुर्थ काल 'उष्ण वायु' काल कहा जाता है जो सन् 1842 से 1860 तक था।** इस काल ने **फ्रांसीसी अर्थशास्त्री फुरो** (Fourier) के द्वारा प्रतिपादित समाजवाद, जो काल्पनिक समाजवाद (Utopian Socialism) कहा जाता है, को अंगीकृत किए जाने के लिए हुए आन्दोलनों को देखा है। कृषिवाद (agrarianism) नामक संघों का निर्माण हुआ। गरीबों की गरीबी को कम करने के लिए निःशुल्क भू-अनुदान की माँग की गई। सरकारी

समितियों की स्थापना के लिए भी आन्दोलन हुए थे। **ये समस्त आन्दोलन आदर्शवादी आन्दोलन थे** और केवल घटनात्मक रूप से ही श्रमिक संघ आन्दोलन के अंश थे। ऐसे ही विभिन्न आन्दोलन के कारण इस काल को 'उष्ण वायु' काल कहा जाता है। **अमेरिका के लिए 1840 ई० का दशक ऐसी राजनीतिक, आर्थिक, सामाजिक, बौद्धिक भावनाओं और उन्माद का काल था** जिसका इसके पूर्व कभी भी अनुभव नहीं किया गया था। इस काल में भिन्न-भिन्न विचारधारा के लोगों ने अपना प्रभाव जमाने का प्रयास किया। ब्रिटिश समाजवाद के जनक **रॉबर्ट ओवेन** (Robert Owen) ने संयुक्त राज्य में आकर एक समाजवादी बस्ती स्थापित की। 1851 ई० में **कार्ल मार्क्स** के शिष्य **जोसेफ वेडमेयर** (Joseph Weydemeyer) अमेरिका में मार्क्सवादी विचारों के प्रचार के लिए आये और अपने उद्देश्यों की पूर्ति के लिए एक समाचार पत्र भी निकाला। किन्तु ये लोग अपने उद्देश्यों की पूर्ति में सफल न हो सके। **फ्रांसीसी विचारक चार्ल्स फुरों** (Charles Fourier) के विचारों के आधार पर एक स्वप्नद्रष्टा समाज के निर्माण के भी प्रयास किये गये। किन्तु इसमें भी सफलता प्राप्त नहीं हुई। इसके अतिरिक्त इस काल में श्रमिकों ने स्वयं राजनीतिक, सामाजिक तथा आर्थिक माँगें प्रस्तुत करना प्रारंभ किया।

1845 ई० में **कर्मचारी संरक्षणात्मक संघ** (Workingmen's Protective Union) स्थापित किया गया। हड़तालों के असफल होने के पश्चात् यह पहला प्रयास था जिसमें श्रमिकों को बहुत कुछ सफलता प्राप्त हुई। इसके अन्तर्गत 800 वितरण केन्द्र सहकारिता के ढंग पर संगठित किये गये थे। किन्तु संगठनात्मक मतभेद के कारण यह आन्दोलन भी समाप्त हो गया। **इस काल तक श्रमिक आन्दोलन मुख्यत: काम के घंटों को लेकर होता रहा था, मजदूरी के प्रश्न को लेकर नहीं।** श्रमिकों को उस समय साढ़े बारह घंटे प्रतिदिन तक काम करना पड़ता था। आन्दोलनों के फलस्वरूप धीरे-धीरे सिद्धांतत: 10 घंटे प्रतिदिन काम को स्वीकार किया जाने लगा। **आर्थिक इतिहासकारों के विचारों में 1860 ई० तक वास्तविक मजदूरी में निरन्तर वृद्धि होती रही।** 1820 से 1860 के बीच इसमें 13 प्रतिशत की वृद्धि हुई। देश में यातायात एवं संवादवाहन के साधनों के विकास ने श्रमिक आन्दोलन को धीरे-धीरे व्यापक रूप दिया। कैलिफोर्निया के सोने की खानों की खोज तथा व्यापारिक कार्यों में अभिवृद्धि से श्रमिक संघ आन्दोलन को बहुत अधिक बल मिला। अतएव इस अवधि में कम-से-कम दस नयी यूनियनों की स्थापना हुई। इनमें **इंटरनेशनल टाइपोग्राफिक यूनियन** (1850), **दि हैट फिनिशर्स** (1854), **दि नेशनल यूनियन ऑफ मेकेनिक एण्ड ब्लैकस्मिथ्स** (1859) तथा **दि नेशनल मोल्डर्स यूनियन** (1859) विशेष रूप से उल्लेखनीय हैं। श्रम-संघों के प्रति सरकार और जनता के रवैये में धीरे-धीरे परिवर्तन होने लगा।

इस प्रकार **गृह-युद्ध के पूर्व तक वास्तव में अमेरिका में श्रम संगठन का उचित रूप से विकास नहीं हो पाया था। इस काल में श्रमिक आन्दोलन की कमजोरी के कारण मुख्य रूप से अग्रलिखित थे**–(1) अधिकांश अमेरिका निवासी श्रमिक संघों के विरुद्ध थे। उनके अनुसार इन संघों का मुख्य उद्देश्य व्यक्तिगत स्वामित्व अधिकार को घटाना था। (2) कृषि का हित श्रम के हित से भिन्न होने के कारण किसान श्रम-संघों के पूर्ण विरोधी थे। (3) उस समय संघटक **मजदूरी कोष सिद्धांत** (Wages Fund Theory) में विश्वास करते थे जिसके अनुसार मजदूरी का कोष पूर्व निर्धारित होता है। इस कारण उसमें किसी प्रकार की वृद्धि संभव नहीं थी। (4) श्रमिक भी अपने संगठन के प्रति उदासीन

थे तथा बहुत ही कम जागरूक थे। (5) अमेरिकी संविधान के अनुसार श्रम एक प्रान्तीय विषय था। इस रूप में विभिन्न राज्य श्रम-समस्याओं के समाधान के लिए अपने-अपने प्रकार के तरीकों को अपनाते थे। इन कारणों से अमेरिकी गृह-युद्ध के पूर्व श्रमिक संघ आन्दोलन विकसित नहीं हो सका। बाद में उन्नीसवीं तथा बीसवीं शताब्दी में अर्थव्यवस्था ज्यों-ज्यों विकसित होती गयी त्यों-त्यों श्रमिक संघ आन्दोलन भी शक्तिशाली होता गया। उत्पादन का कार्य ज्यों-ज्यों जटिल होता गया, श्रमिक तथा मालिकों की बीच सम्पर्क कम होता गया और श्रमिक अपने संगठनों से सम्पर्क बनाये रखने में ही अपना भविष्य सुरक्षित मानने लगा।

5. 'पुनरूत्थान काल' *(Revival Period)*—**यह काल सन् 1860 से 1914 तक चलता रहा। गृह-युद्ध के तुरन्त बाद श्रमिकों की अवस्था में हीनता आ गई थी क्योंकि**—

1. गृह-युद्ध के पश्चात् अमेरिका में स्फीति आ गई थी जिसके कारण वास्तविक मजदूरी में ह्रास हो गया था।
2. यंत्रों के व्यवहार में असाधारण वृद्धि हुई थी जिसके कारण बेकारी की समस्या उपस्थित हो गयी थी।
3. विदेशों से अधिक संख्या में आवासितों (immigrants) का आगमन होता आ रहा था। फलतः बेकारी की समस्या में और भी गंभीरता आ गई थी।
4. गृह-युद्ध के पश्चात् विशालकाय निगमों का विकास हुआ था जिनके कारण श्रमिकों एवं नियोजकों में आपसी सम्पर्क कम हो गया क्योंकि यह स्वाभाविक है कि श्रमिकों एवं नियोजकों के बीच जो सम्पर्क लघु संस्थानों में हो सकता है वह विशालकाय संस्थानों में संभव नहीं।

इस विभिन्न कारणों से श्रमिक संघवाद का पुनरुत्थान हुआ। राष्ट्रीय आधार पर कम-से-कम 26 विभिन्न श्रमिक-संघ बनाये गए जिनके कुछ उदाहरण **चलित्र-संघ** (Locomotive Union), **रेलपथ संघ** आदि हैं। सन् 1866 में इन समस्त पृथक संघों को एक संघीय (federal) संगठन के अधीन कर दिया गया जिसे **राष्ट्रीय श्रम-संघ** (National Labour Union) कहा गया। **इसकी तीन माँगे थीं**—(1) प्रतिदिन आठ घंटे का कार्य, (2) सहकारी समितियों का विकास और (3) ब्याजदर में कमी। 'आठ घंटे प्रतिदिन' आन्दोलन से घनिष्ठ रूप से संबंधित होने के कारण इस संघ के कार्य विधि-निर्माण से अधिक संबंधित थे न कि संघवाद से। इसके फलस्वरूप **सन् 1869 में वाशिंगटन में एक श्रमिक-गोष्ठी** (labour lobby) की स्थापना हुई जो काँग्रेस में श्रमिक के पक्ष पर प्रकाश डालती थी। श्रमिक आन्दोलन के अन्तरराष्ट्रीय पक्ष की मान्यता के फलस्वरूप उसी वर्ष एक यूरोपीय श्रम कांग्रेस में इसके द्वारा अपना प्रतिनिधि भेजां गया। राजनीतिक आन्दोलन में फँस जाने के कारण सन् 1872 में यह संघ भंग हो गया। इस संघ के अधीन श्रमिक आंशिक रूप में सफल हुए थे, किन्तु यह स्वयं ही सन् 1872 के पश्चात् लुप्त हो गया। सन् 1873 में एक अत्यन्त ही गंभीर वित्तीय संकट आया था।

सन् 1869 में **नाइट्स ऑफ लेबर** ***(Knights of Labour)*** प्रारंभ हुए थे। ये **आदर्शवादी संघ** थे और **उनके उद्देश्य थे**—(1) अमेरिका के समस्त श्रमिकों को सम्मिलित करना, (2) नियोजकों के साथ संघर्ष करना, (3) सहयोग द्वारा मजदूरी प्रणाली का प्रतिस्थापन करना और (4) राजनीतिक कार्यों एवं विधि-निर्माण की नीति का

अनुसरण करना न कि हिंसात्मक नीति का। **नाइट्स ऑफ लेबर अत्यन्त ही जनप्रिय हो गए और सन् 1880 के दशक के प्रारंभिक वर्षों में इन्होंने श्रमिक आन्दोलन पर अपना प्रभुत्व जमा लिया।** इन्हें गुप्त संगठन के रूप में सन् 1869 में प्रारंभ किया गया था और एक दशक पश्चात् इनकी सदस्य संख्या मुश्किल से 20 हजार ही रही होगी। तब ये अपनी गोपनीयता का त्याग कर राष्ट्रीय संगठन के रूप में हो गए जिसके फलस्वरूप सन् 1885 में इनकी सदस्य-संख्या 1 लाख से भी अधिक हो गई। सन् 1886 में तो इकनी सदस्य संख्या 7 लाख हो गयी थी जबकि उस वर्ष अमेरिका के समस्त संघीय सदस्यों की संख्या केवल 10 लाख ही थी। **किन्तु स्वार्थों की विभिन्नता एवं एकता का अभाव इसके लिए सबसे बड़ा घातक सिद्ध हुआ।** अधिकांश शक्तियाँ एक महासभा को प्राप्त थीं जिसकी क्रियाएँ स्थानीय संघटनों में बहुधा असंतोष उत्पन्न कर देती थीं। यद्यपि नाइट्स के कार्यक्रम बहुत ही व्यापक थे और उन्हें इसकी विषमरूप सदस्यता को प्रसन्न रखने के लिए बनाया गया था तथा उनमें विधि निर्माण के लिए अनेक सुधार सम्मिलित थे तर्थापि इस संगठन ने सन् 1880 के दशक में होने वाले श्रमिक आन्दोलनों में आक्रामक भाग लिया। फलतः सन् **1887 के पश्चात् नाइट्स ऑफ लेबर का तीव्र पतन हो गया। इसके पतन के अनेक कारण थे।** यथा–

1. नाइट्स में स्वार्थों में विभिन्नतता थी एवं एकता का अभाव था।

2. सन् 1884 के पश्चात् के तीन वर्षों में, जब अमेरिका में एक संक्षिप्त वित्तीय संकट आया था और फलस्वरूप मजदूरी में कटौतियाँ की गई थीं, नाइट्स ने बिना उचित तैयारी के ही अनेक हड़तालों को आयोजित किया था। आदर्शवादी होने के कारण वे पूर्ण तैयारी के साथ हड़ताल नहीं किये थे। फलस्वरूप उन्हें विफलता हाथ लगी थी।

3. अनेक अवसरों पर नाइट्स हिंसापूर्ण ढंग अपनाये थे। 1886 में मार्केट का रक्तपातपूर्ण दंगा इन्हीं की करतूत था। फलतः वे जन सहानुभूति खो दिए थे।

4. नाइट्स द्वारा संचालित सहकारी औद्योगिक इकाइयाँ असफल सिद्ध हुई थीं क्योंकि वे व्यावहारिक नहीं थीं। ऐसी सहकारी उत्पादक इकाइयाँ प्रायः 200 थीं जिनमें प्रायः 20 लाख डॉलर की पूँजी लगी हुई थी। फलतः जनमत इसके विरुद्ध होने लगा।

5. इस काल में अनेक विभिन्न शिल्प संघों (craft unions) की स्थापना हो गयी थी जो अधिक सफल और लोकप्रिय सिद्ध हुए थे।

सन् 1881 में **संगठित व्यापार एवं श्रमिक संघ** (Federation of Organized Trades and Labour Unions) की स्थापना कर श्रमिकों को संयुक्त करने का प्रयास किया गया था। यद्यपि इसे मुख्यतः शिल्प संघों का समर्थन प्राप्त था तथापि यह भी मुख्यतः विधि-निर्माण से संबंधित था और बहुत कुछ नहीं कर सका। सन् 1886 में यह **अमेरिकी श्रमिक संघ** (American Federation of Labour) **में विलीन कर दिया गया जो कालान्तर में श्रमिक आन्दोलन का अगुवा हो गया।** हड़ताल और बहिष्कार इस अमेरिकी श्रमिक संघ के अस्त्र थे। उसके उद्देश्य सामान्य और यथार्थवादी थे तथा उसके नेता सुयोग्य थे। फलतः यह **संघ अमेरिका में अब भी विद्यमान है।**

सन् 1905 में औद्योगिक नमूने पर आधारित **विश्व औद्योगिक कर्मकार** (Industrial Workers of the World) नामक संघटन को निर्मित किया गया। शिल्प आधार की अवहेलना कर इसने उद्योगों के समस्त श्रमिकों को सम्मिलित करना चाहा और प्रत्यक्ष

कार्यवाही करने का समर्थन किया। इसकी प्रत्यक्ष कार्यवाही के लिए हथकण्डे थे साधारण हड़ताल, कारखाने में रहकर भी कार्य नहीं करना और अन्तर्ध्वन्श आदि। यह प्रत्येक उद्योग में एक संघ की व्यवस्था करना चाहता था। यह संगठन सफल तो रहा किन्तु यह प्रथम विश्वयुद्ध के समय लुप्त हो गया। इसका स्वरूप अन्तरराष्ट्रीय था। इसलिए यह अमेरिका विरोधी समझा जाता था।

अतएव विभिन्न कारणों से गृह-युद्ध और युद्धोत्तर काल में श्रमिक आन्दोलन में पर्याप्त सरगर्मी रही। 1861 से 1873 के बीच 13 वर्षों में श्रमिकों में 23 संगठनों का निर्माण हुआ। इनमें से **नोबुल ऑर्डर ऑफ द नाइट्स ऑफ लेबर** (The Noble Order of the Knights of Labour) और **अमेरिकन फेडरेशन ऑफ लेबर** (American Federation of Labour) विशेष रूप से महत्त्वपूर्ण हैं। **नाइट्स ऑफ लेबर की स्थापना 1869 ई० में फिलाडेल्फिया के यू० एस० स्टीफैन्स तथा इसके 6 साथियों ने मिलकर की थी।** पहले यह एक गुप्त संस्था थी किन्तु बाद में इनके सदस्यों को रखने की छूट हो गयी। बाद में इसका उद्देश्य सभी श्रमिकों के लिए एक वृहत् संघ का निर्माण हो गया। इसने घोषणा की कि श्रम महान एवं पवित्र है तथा इस संगठन का उद्देश्य श्रमिकों को विभिन्न प्रकार के दोषों से मुक्त करना था।[1] श्रमिकों को सुविधा दिलाने के लिए इसने एक कार्यक्रम तैयार किया जिसके अन्तर्गत प्रतिदिन आठ घंटा कार्य, आय तथा उत्तराधिकार पर कर, खतरे के लिए श्रमिकों को क्षतिपूर्ति, भूमि के परिकल्पी विक्रय पर रोक, सहकारी क्रय एवं विक्रय समितियों की स्थापना इत्यादि को शामिल किया गया। इस संस्था की सदस्यता डाक्टर, वकील, बैंकर और सैलून मालिकों के अतिरिक्त अन्य सभी वर्गों के लिए खुली थी। कई कारणों से यह संगठन असफल सिद्ध हुआ। 1900 ई० तक इस संस्था की सदस्यता केवल 1 लाख रह गयी जिसमें मुख्यतः किसान, स्वतंत्र मैकेनिक और व्यापारी रह गये थे।

अमेरिकन फेडरेशन ऑफ लेबर (American Federation of Labour) **नाइट्स में आपसी मतभेद का परिणाम था।** 1881 ई० के आसपास से ही यह संस्था काम करने लगी थी। इसे 1886 ई० से मान्यता प्राप्त हुई। इसका संस्थापक **सैम्युएल गोम्बरस** नामक एक व्यक्ति था। यद्यपि पहले वह समाजवादी था किन्तु शीघ्र ही उसने यह अनुभव किया कि अमेरिका में पूँजीवाद के विरुद्ध कोई भी आन्दोलन सफल नहीं हो सकता। **अमेरिकन फेडरेशन ऑफ लेबर के उद्देश्य नाइट्स की अपेक्षा अधिक यथार्थवादी थे।** इसका प्रमुख उद्देश्य अधिक मजदूरी, प्रतिदिन आठ घंटा कार्य, सरकार द्वारा खानों तथा कारखानों के निरीक्षण आदि के द्वारा श्रमिकों के हित की रक्षा करना इत्यादि था। अपने उद्देश्यों की पूर्ति के लिए यह संस्था शान्तिपूर्ण उपायों को अपनाना चाहती थी। किन्तु हड़ताल आदि को भी यह श्रमिकों के लिए न्यायोचित मानती थी। अमेरिकन फेडरेशन ऑफ लेबर ने नाइट्स की तरह सभी प्रकार के श्रमिकों को अपने अन्तर्गत नहीं रखा बल्कि इसने केवल मजदूरी कमाने वालों को ही अपने अन्तर्गत रखा था। इसमें सम्मिलित श्रम संघों को बहुत अधिक स्वतंत्रता थी। इसके उद्देश्य श्रमिकों के लिए अधिक उचित थे। इससे

---

1. The Order declared that labour is noble and holy and the organisation was meant to defend it from degradation to divest it of the evils of body and mind and state which ignorance and greed have imposed.

इसकी क्रमशः प्रगति होती गयी जो अग्रलिखित तालिका से स्पष्ट है—

वर्ष	सदस्य संख्या
1890	100,000
1897	500,000
1900	548,000
1914	2,000000
1917	3,000000
1920	4079,000
1931	2,889,500
1941	9000,000

1930 ई॰ की भयानक आर्थिक मन्दी के समय तक यह संगठन श्रमिकों के प्रमुख देशव्यापी संगठन के रूप में कार्य करता रहा। किन्तु **1935 ई॰ में इसका विभाजन हो गया तथा जे॰ एल॰ लीविस** की अध्यक्षता में एक नये संगठन—**औद्योगिक संगठन समिति** (Committee for Industrial Organisation) की स्थापना हुई।

6. परिपक्वता काल (*Maturity Period*)—**वर्तमान काल :** प्रथम विश्व युद्ध के बाद अमेरिकी श्रमिक संघ आन्दोलन का वर्तमान काल प्रारंभ होता है जिसे अमेरिकी श्रमिक आन्दोलन का परिपक्वता काल कहा जा सकता है। इस काल में श्रमिक संघों की अवस्था सामान्यतः मजबूत हुई है यद्यपि इस काल में भी कई उतार-चढ़ाव आए हैं। 1929 ई॰ में प्रारंभ भयानक विश्वव्यापी आर्थिक मन्दी ने श्रमिकों को अत्यधिक कमजोर बना दिया। मन्दी काल में अमेरिकन फेडरेशन ऑफ लेबर की सदस्य संख्या घटकर 1931 ई॰ में 29 लाख रही गयी जबकि 1921 में यह 41 लाख थी। इस काल में श्रम संगठनों ने **'काम में सहयोग दो आन्दोलन'** (share the work movement) में साथ दिया। कुछ समय के लिए क्रांतिकारियों ने फेडरेशन में घुसकर अपना प्रभाव जमाना चाहा। किन्तु इसका कोई निश्चित परिणाम नहीं निकला। मन्दी काल में श्रम के प्रति सरकार की रुचि में भी परिवर्तन हुआ। **न्यू डील कार्यक्रम के अन्तर्गत श्रमिक संगठनों को और अधिक सुदृढ़ बनाने का प्रयास किया गया। नेशनल इण्डस्ट्रियल रिकवरी एक्ट (NIRA) के अन्तर्गत श्रमिकों को अपने प्रतिनिधियों के द्वारा सामूहिक सौदेबाजी का अधिकार दिया गया।** किन्तु 1935 ई॰ में नीरा को (NIRA) सर्वोच्च न्यायालय द्वारा अवैध घोषित कर दिया गया। इससे श्रमिकों के हितों को बहुत धक्का लगा। किन्तु 1935 ई॰ में **वेगनर एक्ट** (Wagner Act of 1935) द्वारा श्रमिकों की स्थिति सुदृढ़ हुई। इस **अधिनियम को श्रम संबंध अधिनियम भी कहा जाता है।** इस अधिनियम के द्वारा श्रमिकों को अपने संगठन तथा सामूहिक सौदेबाजी का अधिकार दिया गया। साथ ही, इस अधिनियम के द्वारा **राष्ट्रीय श्रम संबंध पर्षद** (National Labour Relations Board) की नियुक्ति की गयी। न्यू डील कार्यक्रम के अन्तर्गत की गई सामाजिक सुरक्षा की व्यवस्थाओं के अन्तर्गत भी श्रमिकों को बहुत सारे लाभ दिये गये।

सन् 1935 में **अमेरिकी श्रमिक संघ** (American Federation of Labour) के 10 लाख सदस्यों के अस्थायी रूप से अपनी एक पृथक **औद्योगिक संगठन नीति** (Committee for Industrial Organization) बनाई और श्रम संगठन के लिए एक आक्रामक अभियान आरंभ किया। इसके हथकंडे **'बैठे रहो' हड़ताल** (sit-down strike) थे और इससे उन्हें काफी सहायता भी मिली। **अमेरिकी श्रमिक संघ** (American

Federation of Labour) ने अपने विद्रोही सदस्यों के प्रति कार्यवाही की और जब सामंजस्य की कोई गुन्जाइश नहीं रह गयी तो यह उस औद्योगिक संगठन समिति पर अपने कार्यों द्वारा प्रहार करने लगा। इसके फलस्वरूप मतभेद और भी बढ़ा और **सन् 1938 ई॰ में औद्योगिक संगठन समिति ने औद्योगिक संगठन कांग्रेस** (Congress for Industrial Organization) के नाम से स्थायी रूप ले लिया। यह अकुशल श्रमिकों की संस्था हो गयी। ये दोनों संस्थाएँ श्रमिकों के लिए अत्यधिक महत्त्वपूर्ण हो गयीं। 1940 में इन दोनों की सदस्य संख्या 90 लाख तक पहुँच गयी यद्यपि फेडरेशन की सदस्य संख्या **औद्योगिक संगठन कांग्रेस** (C.I.O.) से अधिक थी। **ब्लोगेट और कैमरर के अनुसार ये दोनों आँखमिचौनी खेलने लगे।**[1] **किन्तु इन दोनों संस्थाओं ने 1945 ई॰ से अपना एकीकरण कर लिया।** 1964 में फेडरेशन की सदस्य संख्या 1 करोड़ के लगभग हो गयी। हाल के वर्षों में वे राजनीति में भी सक्रिय हिस्सा लेने लगे। इस फेडरेशन का सर्वोच्च अंग दो-वर्षीय सम्मेलन (Biennial Convention) है।

द्वितीय महायुद्ध ने श्रम की माँग में वृद्धि की थी और युद्ध के अन्त तक कुल श्रमिकों का 25 प्रतिशत श्रम संगठन के अन्तर्गत आ गया था। द्वितीय विश्वयुद्ध के अन्त तक राष्ट्र के लगभग सभी महत्त्वपूर्ण उद्योगों में श्रमिकों के संगठन क्रियाशील थे। अधिक मजदूरी की माँग के लिए 1945-46 में कई हड़तालें की गयीं थीं जिनके परिणामस्वरूप अधिक मजदूरी प्राप्त होने लगी। किन्तु युद्धोत्तर काल में इन्होंने जनता का विश्वास खो दिया और यह तर्क दिया जाने लगा कि नियोजक तथा नियोक्ता के बीच सन्तुलन स्थापित करने के लिए श्रम की शक्ति में कमी अनिवार्य है। इसी सन्तुलन को स्थापित करने के लिए 1947 के **टाफ्ट हार्टले अधिनियम** (Taft Hartley Act) जैसे अधिनियम पारित किए गये।

श्रम संगठन संबंधी विधियाँ

सन् 1914 के बाद श्रमिक संगठनों से संबंधित कुछ संविधियाँ (statutes) निर्मित की गयी थीं। सन् 1932 के पश्चात् श्रमिक संघों की सदस्यता में महान वृद्धि प्रमुखतः अनुकूल विधानों पर ही आधारित थी। सन् 1932 में **नॉरिस-ला गार्डीया अधिनियम** (Norris-La-Guardia Act) पारित किया गया था जिसने श्रमिक संघीय कार्यों के वैधानिक क्षेत्र को अत्यन्त ही व्यापाक बना दिया था। उसके पश्चात् अनेक अंगभूत राज्यों में ऐसी ही विधियाँ निर्मित की गईं। सन् 1932 के अधिनियम ने ऐसी संविदाओं (contracts) को प्रतिषेधित कर दिया जिनके द्वारा श्रमिकों को श्रमिक संघों में सम्मिलित होने से प्रतिषेधित किया जाता था। सन् 1933 के **राष्ट्रीय प्रत्युत्थान प्रशासन अधिनियम** (National Recovery Administration Act) ने उद्योगों में सुप्रतियोगिता संहिता (code of fair competition) की व्यवस्था करने के लिए एक अभिकरण की सृष्टि करने के निमित्त राष्ट्रपति को प्राधिकृत किया था। प्रत्येक संहिता में श्रमिकों के संबंध में कुछ प्रावधान होने वाले थे जिनके द्वारा नियोजितों (employees) को संगठित होने एवं स्वेच्छा से अपने प्रतिनिधियों द्वारा सामूहिक रूप से मोल भाव करने का अधिकार दिया जाना था। साथ ही, उनके द्वारा श्रमिकों को किसी संघ में स्वेच्छा में सम्मिलित होने के अधिकार भी दिये जानेवाले थे।

---

1. "The two gaints became almost as much alike as Tweedledee and Tweedledum except that the AFL was larger than the C.I.O"—**Blodgett and Kemmerer** : *Comparative Economic Development*, p. 94

किन्तु यह अधिनियम सन् 1935 में सर्वोच्च न्यायालय द्वारा असंवैधानिक घोषित कर दिया गया। तुरन्त ही उसी वर्ष कांग्रेस ने **वेगनर राष्ट्रीय श्रम संबंध अधिनियम** (Wagner National Labour Relations Act) पारित किया जिसने श्रमिक संघों के स्वतंत्र संगठन एवं संचालन के सबंध में नियाजकों के हस्तक्षेप को प्रतिबन्धित कर दिया। इस अधिनियम को लागू करने के लिए **राष्ट्रीय श्रम संबंध पर्षद** (National Labour Relations Board) की रचना की गई जिसे परिवाद की सुनवाई करने, मोल-भाव करने के संबंध में विवादा को तय करने आदि के लिए व्यापक शक्तियाँ दी गयीं। **इस अधिनियम को सर्वोच्च न्यायालय ने सन् 1937 में मान्य घोषित किया। इस अधिनियम को तन्मयता से लागू किया गया। इसके कारण श्रमिक संघ आन्दोलन की कुछ गंभीरतर बाधाएँ दूर की जा सकीं और श्रमिकों को अधिक उचित एवं अनुकूल रूप से मोल भाव करने का अवसर प्राप्त हो सका।** सन् 1946 तक लगभग 140 लाख श्रमिक अथवा यों कहें कि सक्रिय श्रमिकों संघों से संबंधित समस्त श्रमिकों के लगभग आधे श्रमिक सामूहिक मोलभाव द्वारा संविदा कर कार्य कर रहे थे। फिर भी अधिकांश श्रमिक अब भी श्रमिक संघों से बाहर ही थे।

सन् 1947 में श्रम व्यवस्था संबंध अधिनियम *(Labour Management Relations Act)* **पारित किया गया जिसे टाफ्ट-हार्टले अधिनियम** (Taft-Hartley Act) भी कहा जाता है। इसने 1935 के अधिनियम में परिवर्तन किया–

1. राष्ट्रीय श्रम-संबंध मंडल की सदस्यता 3 से बढ़ाकर 5 कर दी गयी।
2. संघीय सरकारी सेवक यदि हड़ताल में सम्मिलित होंगे तो उन्हें अपदस्थ किया जा सकता है।
3. श्रमिक संघ अपने सदस्यों को केवल बकाया नहीं देने के कारण ही निष्कासित कर सकते हैं, अन्य किसी कारण नहीं।
4. मालिकों के अनुचित कार्यों की एक सूची निर्मित की गई।
5. यदि श्रमिक संघ राष्ट्रीय श्रम संबंध के पास आवेदन करें तो उन्हें अपनी व्यवस्था के ढाँचे को भी बतलाना होगा।
6. राष्ट्रव्यापी प्रभाव डालने वाले हड़ताल की दशा में राष्ट्रीय्र श्रम-संबंध मंडल 80 दिनों का व्यादेश (injunction) दे सकता है।

टाफ्ट-हार्टले अधिनियम *(Taft-Hartley Act)* **का मुख्य उद्देश्य श्रम एवं व्यवस्था के बीच सन्तुलन स्थापित करना था।** इसे लागू करने का कार्य **राष्ट्रीय श्रम संबंध पर्षद** (National Labour Relations Board) को सुपुर्द किया गया। **इस अधिनियम ने राष्ट्रीय श्रम-संबंध अधिनियम** (National Labour Relations Act) **की प्रमुख बातों को अपने हाथ में रखते हुए श्रमिकों के लिए कुछ बातों की गारण्टी दी**–(1) किसी व्यक्ति के संघ में नहीं शामिल होने के अधिकार में हस्तक्षेप नहीं करना, (2) गैर संघीय मजदूरों को कष्ट देने से सुरक्षा, (3) कुछ प्रकार के हड़तालों को अवैध घोषित करना, तथा (4) अनिवार्य सामूहिक सौदेबाजी। **इस प्रकार अधिनियम का मुख्य उद्देश्य श्रमिक संघों की शक्ति को कम करना था। किन्तु सैम्युएलसन** (Paul A. Samuelson) **जैसे अर्थशास्त्रियों का कहना है कि इनसे श्रमिकों की शक्ति में कोई कमी नहीं हुई। वर्तमान समय में**–

1. अमेरिकी श्रम अत्यन्त ही संगठित एवं सुसम्पन्न है।
2. आज के अमेरिका में सामूहिक मोल-भाव एक सामान्य अभ्यास हो गया है।

3. श्रमिकों के संगठन शक्तिशाली एवं साधन सम्पन्न हैं।
4. संयुक्त राज्य अमेरिका में स्पष्ट रूप में श्रमिक संघों को राजनीतिक कार्यों एवं राजनीतिक संबंध से वंचित किया गया है।

अमेरिका में सामाजिक सुरक्षा और सामाजिक कल्याण

संयुक्त राज्य में सामाजिक कल्याण तथा सुरक्षा कार्यक्रम संघ सरकार तथा राज्य सरकारों दोनों के निर्देशों तथा सहायता पर निर्भर है। इनमें वृद्धावस्था पेंशन, आश्रितों के लिए सहायता तथा अयोग्यता के विरुद्ध बीमा आदि की व्यवस्था एंव वित्तीय सहायता संघ सरकार करती है तथा बेरोजगारी एवं अन्य प्रकार के बीमे की व्यवस्था राज्य सरकारें करती हैं। संघ सरकार द्वारा राज्य सरकारों को इस प्रकार के बीमे के लिए भी आर्थिक सहायता तथा निर्देश दिये जाते हैं। सन् 1934 में राष्ट्रपति रूलवेल्ट ने कांग्रेस को आर्थिक सुरक्षा के लिए आवश्यक कानून बनाने के निर्देश दिये थे। इस संबंध में एक विस्तृत योजना तैयार करने तथा स्थिति का अध्ययन करने के लिए एक समिति नियुक्ति की गयी। इसकी सिफारिशों के आधार पर 14 अगस्त, 1935 को **'सामाजिक सुरक्षा अधिनियम'** (Social Security Act) पारित हुआ। इसकी व्यवस्था **सामाजिक सुरक्षा पर्षद** (Social Security Board) द्वारा की जाती थी। किन्तु 1946 में इस बोर्ड को समाप्त कर दिया गया तथा इसकी व्यवस्था का दायित्व **सामाजिक सुरक्षा प्रशासन** (Social Secucirty Administration) **पर रखा गया। 1953 में यह स्वास्थ्य, शिक्षा तथा कल्याण विभाग का एक अंग बन गया।**

1. वृद्धावस्था पेंशन, आश्रित सहायता तथा अयोग्यता बीमा व्यवस्था *(Old Age Pension, Dependent Assistance and Invalid Insurance)*—1935 के कानून द्वारा वृद्धावस्था पेंशन (old age pension) की पहले पहल व्यवस्था की गयी। **इसकी व्यवस्था संघ सरकार करती है। इसके लिए धन की व्यवस्था उद्योगों और वाणिज्य क्षेत्र में नियोक्ताओं तथा कर्मचारियों से प्राप्त अनिवार्य चन्दों के द्वारा की जाती है। संघ सरकार भी इसमें आर्थिक योगदान करती है।** 1939 में एक संशोधन किया गया जिसके अनुसार यदि बीमाकृत व्यक्ति कार्य अवकाश प्राप्त करने के पूर्व या बाद में मर जायँ तो बीमा के लाभ उसकी स्त्री या बच्चों या आश्रित माता-पिता को देने की व्यवस्था की गयी। 1956 के एक कानून द्वारा स्थायी तथा सम्पूर्ण योग्यता वाले 50 या इसके अधिक की आयु के व्यक्तियों को भी लाभ देने की व्यवस्था की गयी। सन् 1950 के संशोधन द्वारा 1935 के कानून का कार्यक्षेत्र बढ़ाकर इसके अन्तर्गत खेतों तथा घरों में नियमित रूप से कार्य करने वाले व्यक्तियों तथा स्वयं नियुक्त व्यक्तियों के लिए भी बीमा की व्यवस्था की गयी। यहाँ तक कि 1960 में केवल कुछ सरकारी कर्मचारियों को छोड़कर, जिनके लिए अलग व्यवस्था होती है तथा स्वयं नियुक्त डाक्टरों के अतिरिक्त अन्य सभी प्रकार के व्यवसायों में कार्य करने वाले व्यक्ति इस कानून के अन्तर्गत शामिल कर लिए गये। चन्दे की दरें सन् 1960 में नियोक्ताओं तथा कर्मचारियों के लिए 3 प्रतिशत थी। यह दर कर-देय आय पर देय थी जिसकी अधिकतम सीमा 4800 डॉलर प्रति वर्ष रखी गयी थी। स्वयं नियुक्त व्यक्तियों के चन्दे की दर 4½ प्रतिशत तथा आय की अधिकतम सीमा 4800 थी। सन् 1966 में चंदे की दरें बढ़ाकर क्रमशः 4½ तथा 6.2 प्रतिशत कर दी गयीं। यह चन्दा **ओल्ड एज एण्ड सरवाइजर्स इन्श्योरेन्स ट्रस्ट फण्ड** नामक एक विशेष कोष

में जमा होता है। आयु की सीमा सन् 1958 से पहले वृद्धावस्था पेंशन योजना के अन्तर्गत लाभ के लिए 65 वर्ष थी किन्तु बाद में इसे घटाकर 62 वर्ष कर दिया गया। अयोग्यता प्राप्त व्यक्ति प्रारंभ में केवल 50 से 64 वर्ष की आयु के बीच में ही लाभ प्राप्त कर सकते थे। किन्तु नवम्बर 1960 में यह आयु सीमा भी हटा दी गयी। आश्रित बच्चे 18 वर्ष की आयु तक लाभ प्राप्त करते हैं।

2. बेरोजगार और अन्य बीमा योजनाएँ (*Unemployment and Other Insurance Schemes*)—बेरोजगारी बीमा के अन्दर जिन नियोक्ताओं के अन्दर चार अथवा अधिक व्यक्ति कार्य कर रहे हों तथा जिन्होंने वर्ष में कम-से-कम 20 सप्ताह कार्य किया हो उन नियोक्ताओं को बेरोजगारी बीमा कोष में अनिवार्य रूप में चन्दा देना पड़ता है। 1960 में दो तिहाई से अधिक कर्मचारी इस कानून के अन्तर्गत आ गये थे। यह योजना ऐसे व्यक्तियों पर लागू होती है जो कार्य कर रहे थे तथा काम करने को तैयार हैं किन्तु किसी कारणवश बेरोजगार हो गये हैं। इस योजना के अन्तर्गत विभिन्न राज्यों में दी जाने वाली रकम में विभिन्नता पायी जाती है। मजदूरी का लगभग 50 प्रतिशत भुगतान किया जाता है। लाभ की दर आश्रितों की संख्या पर निर्भर है। यह लाभ उस समय तक मिलता है जबतक रोजगार न मिल जाय। सन् 1961 में कुल 70.66 लाख बेरोजगार लोगों को 3.8 करोड़ डॉलर दिया गया था। बेरोजगारी बीमा के अतिरिक्त अन्य योजनाएँ भी राज्य सरकारें चलाती हैं। प्रायः सभी राज्यों में **श्रमिक क्षतिपूर्ति अधिनियम** (Workmen's Compenation Act) लागू हैं। इन योजनाओं के लिए संघ सरकार राज्य-सरकारों को सहायता देती है।

जुलाई, 1966 से **मेडिकेयर** (Medicare) नामक एक स्वास्थ्य योजना बड़े पैमाने पर चालू की गयी। इस योजना में 60 दिन के इलाज की अवधि का अस्पताल बीमा तथा 65 वर्ष से ऊपर की आयु के व्यक्तियों के लिए स्वेच्छा से चिकित्सा बीमा की व्यवस्था है।

संदर्भ

Faulkner : American Economic History
Blodgett : Comparative Economic Development
S.E. Harris : American Economic History.

मानक प्रश्न

1. संयुक्त राज्य अमेरिका में श्रमिक संघ आन्दोलन के विकास के देर से प्रारंभ होने के कारणों और प्रमुख विशेषताओं की व्याख्या करें।
2. संयुक्त राज्य अमेरिका में श्रमिक संघ आन्दोलन की संक्षिप्त व्याख्या करें।
3. ''श्रम संघीयता औद्योगिक क्रांति की देन है।'' जिन देशों के अर्थिक विकास का आपने अध्ययन किया है उनके आधार पर इसकी व्याख्या करें।

❑

अध्याय 9

संयुक्त राज्य की प्रशुल्क एवं विदेशी आर्थिक नीतियाँ

(AMERICAN TARIFF AND FOREIGN ECONOMIC POLICIES)

अमेरिकी प्रशुल्क नीति

प्रशुल्क नीति अमेरिकी आर्थिक इतिहास के महानतम महत्त्वपूर्ण विषयों में से एक है। अमेरिका में पहला प्रशुल्क अधिनियम 1789 ई॰ में ही अर्थात् अमेरिकी संविधान को स्वीकृत होने के ठीक एक वर्ष बाद ही बनाया गया था। इसलिए कहा जाता है कि **'अमेरिकी प्रशुल्क नीति अमेरिकी राष्ट्र के साथ-साथ प्रारंभ होती है।'** (American tariff schedules are almost co-existent with American nationhood.) **अमेरिकी गृह-युद्ध का एक बड़ा कारण प्रशुल्क नीति ही था। गृह-युद्ध के बाद तीव्र गति से उद्योगीकरण का एक प्रमुख आधार भी प्रशुल्क नीति ही था।** सामान्यतः धनी वर्ग का प्रतिनधित्व करने के कारण रिपब्लिकन दल संरक्षण नीति का समर्थन करता रहा है जबकि प्रमुखतः सामान्य व्यक्तियों का प्रतिनिधित्व करने के कारण डेमोक्रेटिक दल संरक्षण नीति को पसन्द नहीं करता रहा है। इसलिए **संयुक्त राज्य की प्रशुल्क नीति कौन दल सत्ताधारी है इस तथ्य पर निर्भर रही है।**

1. राजस्व प्रशुल्क काल
(Era of Revenue Tariffs)

यद्यपि **प्रथम अमेरिकी प्रशुल्क नीति वाशिंगटन के राष्ट्रपति बनने के केवल दो महीने** के बाद ही अंगीकृत की गई थी तथापि **सन् 1816 तक जो भी प्रशुल्क नीतियाँ अपनाईं गईं उनका उद्देश्य प्रमुखतः राजस्व प्राप्त करना रहा था।** यदि वे साथ-ही-साथ उद्योग को संरक्षण भी दी तो यह एक प्रकार से आकस्मिक घटना ही था। अतः **सन् 1789 से लेकर सन् 1812 के स्वतंत्रता के द्वितीय युद्ध तक अमेरिका में राजस्व प्रशुल्क की नीति अपनाई जाती रही।** 1789 का प्रशुल्क अधिनियम (Tariff Act of 1789) पहला प्रशुल्क अधिनियम था जिसके अनुसार मूल्य के अनुसार औसतन 8.5 प्रतिशत का एक प्रशुल्क कर लगाया गया। इसमें अमेरिकी जहाजों पर आने वाले सामानों के लिए 20 प्रतिशत की छूट थी। इस प्रकार इस अधिनियम के अनुसार प्रशुल्क करों की दर बहुत ही निम्न थी। जब 1812 ई॰ के युद्ध के बाद युद्ध काल में स्थापित नये उद्योगों के लिए विदेशी प्रतियोगिता का सामना करना कठिन हो गया तो अमेरिका में **शिशु उद्योग तर्क** (infant industry argument) के आधार पर संरक्षणात्मक करों की माँग की जाने लगी। 1815 ई॰ की मन्दी में भूमि कृषि-पदार्थों के मूल्य में अत्यधिक ह्रास के परिणामस्वरूप भी संरक्षण नीति में सरकार को अभिरुचि लेने के लिए बाध्य होना पड़ा। अतः 1816 ई॰ में एक दूसरा प्रशुल्क अधिनियम पारित हुआ।

2. सामान्य संरक्षण प्रशुल्क काल
(Era of Moderate Protective Tariffs)

सन् 1815-18 की विस्फीति के कारण एवं कृषि वस्तुओं के मूल्य में हुए महान ह्रास ने संरक्षण नीति में सरकार की सक्रिय रुचि उत्पन्न कर दी। इसके लिए एक कारण और था। यह भय था कि ग्रेट ब्रिटेन के साथ अमेरिका के द्वितीय स्वतंत्रता युद्ध (सन् 1812) का अन्त हो जाने से यूरोपीय वस्तुओं को अमेरिका में लाने की जो छूट मिल गई उससे संभव है यूरोपीय वस्तुएँ सस्ते मूल्य पर अमेरिका में बेची जायँ और अमेरिका के शिशु उद्योगों की मृत्यु हो जाय। युद्ध से प्रभावित होकर अमेरिकी समुदाय के **सभी वर्गों ने मिलकर सन् 1816 की प्रशुल्क विधि का समर्थन किया। इस प्रकार सन् 1816 में वास्तविक संरक्षण शुल्क आरोपित किए गए।** यह संरक्षण नीति इंगलैंड एवं अन्य यूरोपीय राष्ट्रों द्वारा आर्थिक रूप से अमेरिका पर आधिपत्य जमा लेने के भय का परिणाम थी। इसने सूती, ऊनी, लोहा एवं ऐसी अन्य निर्मित वस्तुओं को विशेष संरक्षण दिया जो उस युद्ध से प्रोत्साहित हुए थे।

किन्तु यह अधिनियम उच्च संरक्षण के समर्थकों को संतुष्ट नहीं कर सका और उच्च संरक्षण की माँग जारी रही। सन् 1816 से लेकर 1833 तक संरक्षण के लिए आन्दोलन की शक्ति बढ़ती ही गई। इस अवधि में कुछ साधारण संशोधन अवश्य हुए थे। सन् 1818 में लोहा उद्योग को और भी अधिक संरक्षण दिया गया और सूती तथा ऊनी वस्त्र उद्योग के लिए निर्धारित 25 प्रतिशत शुल्क को सन् 1828 तक आरोपित किया जाता रहा। सन् 1828 में लोहा एवं इस्पात उद्योग का संरक्षण दिया गया। सन् 1826-28 में दक्षिणी और उत्तरी क्षेत्रों की जनता में कुछ संघर्ष हुए थे। दक्षिण अपनी आवश्यक निर्मित वस्तुओं को सस्ते मूल्य पर प्राप्त करना चाहता था और उसकी कृषि वस्तुओं का प्रमुख बाजार यूरोप में था। इसलिए स्वभावतः उसने संरक्षण का विरोध किया।**सन् 1828 का प्रशुल्क अधिनियम ऊनी वस्त्र उद्योग द्वारा अधिक सरंक्षण की प्राप्ति के लिए की गई हलचलों का परिणाम था। सभी व्यक्तियों को यह जानकर विस्मय हुआ था कि यह विधेयक जिसने सामान्य प्रशुल्क दर को स्वतंत्रता-युद्ध के पश्चात् सबसे अधिक कर दिया था, सरलतापूर्वक पारित हो गया। फिर भी यह इतना बदनाम था कि शीघ्र ही उसे 'घृणा का प्रशुल्क' (tariff of abomination) कहा गया। दक्षिण ने इसका कड़ा विरोध किया।** सन् 1833 के समझौता प्रशुल्क अधिनियम (Compromise Tariff Act) द्वारा प्रशुल्क योजना में परिवर्तन किए गए। इस वर्ष दोनों पक्ष **हेनरी क्ले** (Henry Clay) द्वारा प्रस्तावित **समझौता प्रशुल्क** (compromise tariff) से सहमत हुए।**इसका परिणाम जेक्सन (Jackson) के नेतृत्व में राष्ट्रीयतावादियों की विजय था किन्तु दक्षिण के पक्ष में प्रशुल्क की दर में कमी था।** इस समझौता प्रशुल्क के अनुसार यह निश्चय किया गया कि प्रशुल्क की दर 20 प्रतिशत होनी चाहिए और सभी उच्चतर शुल्कों को 9 वर्षों की अवधि में कम कर दिया जाना चाहिए। पर सन् 1837 के संकट ने राष्ट्रीय सरकार की आय को इतना कम कर दिया कि संरक्षणवादी नेता प्रशुल्क को सन् 1842 में लगभग 1830 के स्तर पर पुनः ला सकने में सफल हो गये।

किन्तु ज्योंही सन् 1842 में डेमोक्रटिक दल सत्तारूढ़ हुआ त्योंही इसने इस 1842 के प्रशुल्क अधिनियमों को रद्द कर दिया। सन् 1846 में अपनाये गये **वाकर प्रशुल्क (Walker tariff) ने आयात की गई वस्तुओं को क, ख, ग, घ आदि श्रेणियों**

में विभक्त किया। **विलासिता की वस्तुओं को श्रेणी क** में रखा गया और उन पर 100 प्रतिशत प्रशुल्क आरोपित किया गया। **अर्द्ध विलासी वस्तुओं को श्रेणी ख** में 40 प्रतिशत प्रशुल्क के साथ रखा गया। वाणिज्यिक वस्तुओं को शेष श्रेणियों में रखा गया एवं उनके लिए 30 प्रतिशत में 5 प्रतिशत तक शुल्क लगाए गए। सन् **1857 के प्रशुल्क अधिनियम द्वारा वाकर प्रशुल्क की दर में सामान्यतः कमी कर दी गई। इस प्रकार सन् 1857 से 1861 तक संयुक्त राज्य मुक्त व्यापार के जितना समीप पहुँच चुका था उतना समीप सन् 1815 के पश्चात् कभी नहीं रहा।**

3. उच्च प्रशुल्क काल
(Era of High Tariffs)

सन् 1857 ई० के अधिनियम के पारित होने के शीघ्र बाद ही देश को पुनः आर्थिक संकट का सामना करना पड़ा। मूल्य-स्तरों में पुनः ह्रास हो गया जिससे सरकारी आय में ह्रास होने लगा। गृह-युद्ध ने आर्थिक कठिनाइयों को और भी उग्र बना दिया। ऐसी स्थिति में उस समय का नारा हो गया **'सभी वस्तुओं पर कर लगाओ'** (Wherever you find an article, a product, a profession or a soure of income, tax it.) **अमेरिका की उच्च संरक्षण प्रशुल्क प्रणाली गृह-युद्ध से प्रारंभ हुई कही जा सकती है।** वस्तुतः **सन् 1861 से 1865 के बीच का काल उच्च प्रशुल्क का काल कहा जा सकता है।** यह काल गृह-युद्ध का काल था जब दक्षिणी राज्यों का कांग्रेस में उचित प्रतिनिधित्व नहीं था। उत्तरी राज्यों ने इस अवसर का उपयोग ऊँचे संरक्षण प्रशुल्क की व्यवस्था करने में किया। प्रशुल्क की दरों में महान वृद्धि की गयी। सन् 1861 के **मॉरिल प्रशुल्क** (Morill Tariff) **ने उच्च प्रशुल्क प्रणाली का उद्घाटन किया। इसने सन् 1833 से 1861 तक प्रचलित प्रशुल्क न्यूनीकरण नीति को पूर्णतः उलट दिया।** गृह-युद्ध काल में न केवल मॉरिल प्रशुल्क को बनाए रखा गया। अपितु उस काल में काँग्रेस का कोई भी ऐसा सत्र नहीं हुआ जिसमें प्रशुल्क दर में वृद्धि नहीं की गई। 1864 का प्रशुल्क अधिनियम इनमें बहुत महत्त्वपूर्ण था जिसने सभी वस्तुओं पर प्रशुल्क की दरों को बढ़ा दिया। प्रशुल्क की औसत दर को बढ़ाकर 47 प्रतिशत कर दिया गया। गृह-युद्ध को संचालित करने के लिए मुद्रा की व्यवस्था की जानी आवश्यक थी, सामरिक उद्योग संरक्षण की माँग कर रहे थे, औद्योगिक उत्पादक ऊँची प्रशुल्क-दर के लिए शोर मचा रहे थे ताकि वे आरोपित किये जा रहे आन्तरिक उत्पादन-शुल्कों की विस्तृत प्रणाली के प्रभाव को दूर कर सकें। गृह-युद्ध के पश्चात् दक्षिणी राज्य पुनः कांग्रेस में लौट तो अवश्य आए थे किन्तु अब उनकी शक्तियों में महान ह्रास हो गया था। फलतः उच्च संरक्षण प्रशुल्क प्रचलित रहे।

किन्तु ये गृह युद्धकालीन प्रशुल्क अवैज्ञानिक एवं अनावश्यक रूप से अधिक ऊँचे थे। अतः स्वभावतः गृह युद्धोत्तर वर्षों में प्रशुल्क सुधारकों द्वारा उनकी कटु आलोचनाएँ की गयीं। 1870 के प्रशुल्क अधिनियम ने कतिपय वस्तुओं के प्रशुल्क को कम करने का प्रयास किया। पुनः सन् 1872 ई० में प्रायः सभी वर्ग की वस्तुओं के प्रशुल्क में 10 प्रतिशत की कमी की गयी। चाय, कहवा आदि पर करों को बिल्कुल समाप्त कर दिया गया। किन्तु यह कमी अल्पकालीन ही सिद्ध हुई। 1873 ई० से आर्थिक संकट प्रारंभ हुए जिससे 1875 ई० में प्रशुल्क दरों में पुनः वृद्धि की गयी तथा 1872 ई० के अधिनियम को समाप्त कर दिया गया।

1881 ई॰ तक सरकारी आय में पर्याप्त सुधार हो गया। अतः प्रशुल्क के प्रश्न पर पुनः विचार करने के लिए 1882 ई॰ में एक **प्रशुल्क आयोग** (Tariff Commission) की नियुक्ति की गयी। इसने प्रशुल्क दरों में 25 प्रतिशत कमी करने की सिफारिश की। किन्तु इस सिफारिश के बावजूद 1883 ई॰ के अधिनियम के अनुसार प्रशुल्क दर में केवल 5 प्रतिशत की कमी की गयी। इससे प्रशुल्क नीति बहुत अधिक बदनाम हो गयी। **1888 ई॰ के चुनाव में प्रशुल्क का प्रश्न मुख्य प्रश्न रहा।** इस चुनाव में रिपब्लिकन दल के उम्मीदवार की विजय हुई और हैरिसन राष्ट्रपति बना। **हैरिसन की विजय को उच्च संरक्षणात्मक प्रशुल्क के समर्थकों की विजय समझा गया।1890 के मैक किनले टैरिफ अधिनियम** (The McKinley Act of 1890) के अनुसार सभी आयात वस्तुओं पर प्रशुल्क की दर में अत्यधिक वृद्धि की गई। इसके अनुसार कृषि वस्तुओं को भी संरक्षण दिया गया। प्रशुल्क की दर औसतन 48.4 प्रतिशत हो गयी। इस अधिनियम ने राष्ट्रपति को यह अधिकार भी दिया कि वह किसी देश के साथ द्वि-पक्षीय समझौते कर सकता है। जो देश अमेरिकी वस्तुओं पर बहुत ऊँची दरों से प्रशुल्क लगाते थे, उनकी वस्तुओं पर भी इसी प्रकार से प्रशुल्क लगाने की व्यवस्था की गयी। **अब तक अधिकांश अमेरिकी उद्योग विकसित हो चले थे। अतएव शिशु उद्योग तर्क नहीं दिया जा सकता था। अत: उच्च प्रशुल्क का आधार राष्ट्रीय स्वावलम्बन तथा गृह बाजार तर्क माना जाने लगा।**

किन्तु प्रशुल्क की ऊँची दरों से जीवन-यापन की लागत में वृद्धि हो गयी। अगले निर्वाचन में डेमोक्रेटिक दल विजय हुआ जो प्रशुल्क की दरों में कटौती का समर्थन करता था। अतएव इसनें प्रशुल्क दरों में कमी की। **1894 के विल्सन गोरमैन अधिनियम** (The Wilson Gorma. Act of 1894) के अनुसार प्रशुल्क दरों में पर्याप्त कटौती की गयी। प्रशुल्क की दर अब औसतन 41.3 प्रतिशत हो गयी। मुक्त वस्तुओं के अन्तर्गत ताँबा, ऊन, लकड़ी इत्यादि को भी सम्मिलित किया गया। किन्तु यह बहुत समय तक नहीं चल सका। 1893 ई॰ के बाद आर्थिक संकट आया। फिर 1896 ई॰ में रिपब्लिकन दल की विजय हुई। इसने 1894 ई॰ के अधिनियम को समाप्त कर दिया। एक नया अधिनियम पारित किया गया जिसके अनुसार प्रशुल्क दरों में वृद्धि की गयी। **1897 का डिंगले टैरिफ अधिनियम** (The Dingley Tariff Act of 1897) **1864 के बाद सर्वाधिक महत्त्वपूर्ण प्रशुल्क अधिनियम था जो लगभग 12 वर्षों तक चला। यद्यपि इस अधिनियम का मुख्य उद्देश्य आय की प्राप्ति था तथापि इसके द्वारा उन सभी वस्तुओं को संरक्षण दिया गया जिनके लिए संरक्षण आवश्यक समझा गया।** प्रशुल्क की औसत दर को बढ़ाकर 57 प्रतिशत किया गया। इसके अन्तर्गत बहुत सारी वस्तुओं पर कर लगाया गया। इस अधिनियम ने राष्ट्रपति को द्विपक्षीय समझौते का अधिकार दिया। फ्रांस, इटली और पुर्तगाल के साथ इस प्रकार के समझौते किये गये। इस अधिनियम पर आधारित प्रशुल्क नीति लगभग 12 वर्ष तक चली। इस अवधि में देश की अर्थव्यवस्था में तीव्र गति से प्रगति हुई। अतएव इस बीच प्रशुल्क में संशोधन की आवश्यकता नहीं अनुभव की गयी।

4. बीसवीं शताब्दी में प्रशुल्क नीति

1908 ई॰ में प्रशुल्क के प्रति रिपब्लिकन दल की नीति में परिवर्तन हुए। इस दल के एक बयान के अनुसार, "संरक्षण के सच्चे सिद्धांत का सर्वाधिक अच्छा पोषण

ऐसे शुल्कों को लगाये जाने से होता है जो देश के अन्दर उत्पादन लागत और विदेशों की उत्पादन लागतों के अन्तरों को बराबर करने के साथ देशी उद्योगों को कुछ तर्कसंगत लाभ रख छोड़ते हैं।''[1] सन् 1909 ई० के अधिनियम से यह परिवर्तन बिल्कुल स्पष्ट हो गया। **1909 के पाइन-आलड्रिक प्रशुल्क अधिनियम** (The Payne-Aldrich Tariff Act of 1909) के अन्तर्गत बहुत-सी वस्तुओं पर प्रशुल्क कर को बिल्कुल समाप्त कर दिया गया तथा कुछ पर इनकी दरों में बहुत कमी कर दी गयी। इस अधिनियम के अनुसार करों की अधिकतम तथा न्यूनतम दरों को भी लागू किया गया। विभेदात्मक देशों से आने वाली वस्तुओं पर 25 प्रतिशत के अतिरिक्त कर की व्यवस्था की गयी। **जब पाइन-आलड्रिक अधिनियम लागू किया गया उस समय तक लोगों में एकाधिकार तथा संयोजन के प्रति घोर असन्तोष हो रहा था और लोग समझ रहे थे कि उच्च प्रशुल्क ही इन सारी कठिनाइयों का कारण था।** इसके परिणामस्वरूप 1913 में काँग्रेस तथा राष्ट्रपति के निर्वाचन में डेमोक्रेटिक विजयी हुई। **राष्ट्रपति उडरो विल्सन ने 1913 ई० में एक अधिनियम पारित करवाया जिसके अनुसार प्रशुल्क की दरों में कमी की गयी। राष्ट्रपति क्लीवलैंड** (Cleveland) के समय से ही डेमोक्रेटिक दल रिपब्लिकन दल के उच्च संरक्षणवाद की कटु निन्दा करता आ रहा था और निर्वाचन में राष्ट्रपति **विल्सन** (Woodrow Wilson) की विजय ने एक नवीन प्रशुल्क अधिनियम को अनिवार्य बना दिया। वे संरक्षण के विरोधी थे। उन्होंने **प्रतियोगी प्रशुल्क** (competitive tariff) **पर जोर दिया था।** इसलिए उन्होंने **अन्डरउड्स प्रशुल्क योजना** (Underwoods Tariff Scheme) लागू की। इस योजना के अनुसार लोहा, इस्पात, कच्चा ऊन, चीनी और कुछ कृषि वस्तुओं जैसे 100 मदों पर प्रशुल्क समाप्त कर दिया गया, 858 मदों पर प्रशुल्क को कम कर दिया गया और 86 मदों पर बढ़ा दिया गया। यह योजना सन् 1921 तक चलती रही।

प्रथम विश्वयुद्ध का अन्त होने पर सन् 1920 में रिपब्लिकन दल के सत्ताधारी होने पर प्रशुल्क में आमूल परिवर्तन किये जाने की आशा की गयी थी। इस परिवर्तन में दो तत्त्व महत्वपूर्ण थे, प्रथम तत्त्व तो कृषि-मन्दी था जिसके कारण कृषक संरक्षण की माँग कर रहे थे और **द्वितीय तत्त्व** उन आर्थिक हितों की आवाज था जो युद्ध-काल में प्रज्ज्वलित होनेवाले राष्ट्रीयतवाद का उपयोग कर अपनी माँग को प्रबल कर रहे थे और युद्ध द्वारा प्रोत्साहित उद्योगों को सरंक्षण देने के लिए हल्ला मचा रहे थे। युद्धोत्तर राशिपातन (post-war dumping) का निवारण करने और कृषकों की माँग पूरी करने के लिए एक **आपात शुल्क** (emergency tariff) को **कांग्रेस के एक विशिष्ट सत्र** (special session) में 27 मई सन् 1921 को स्वीकृत किया गया। सन् 1922 में रिपब्लिकन दल ने संरक्षणात्मक प्रशुल्क की दर में और भी अधिक वृद्धि कर दी। सन् **1922 का फोर्डने मैकम्बर अधिनियम** (Fordney Macumber Act) तथाकथित **'युद्ध शिशुओं'** (War babies) **से विशेषकर रसायनिक एंव रंजक (dye stuffs) उद्योगों से अधिक संबंधित था।**

इस प्रकार रिपब्लिकन दल ने संरक्षणात्मक प्रशुल्क को परिवर्द्धित कर दिया

1. "The true principle of protection is best maintained by the imposition of such duties as will equal the difference between the cost of production at home and abroad together with a reasonable profit to home industries."

और उसने संयुक्त राज्य में उत्पादित समस्त वस्तुओं की उत्पादन लागत तथा अन्य प्रतियोगी देशों में उत्पादित वस्तुओं की उत्पादन लागत के समानीकरण की बुरी नीति को अपनाया। इस दल द्वारा एक सिद्धांत नमनीय प्रशुल्क (flexible tariff) का समावेश किया गया। इसका अर्थ यह हुआ कि यदि किसी वस्तु की अमेरिका में उत्पादन लागत और अन्य देशों में उसकी उत्पादन लागत में कोई अन्तर आवे तो उस वस्तु से सबंधित प्रशुल्क की दर में आवश्यकतानुसार परिवर्तन किया जाय। इस उद्देश्य से राष्ट्रपति को यह प्राधिकार दिया गया कि वह **प्रशुल्क आयोग** (Tariff Commission) की अनुशंसा पर अधिक-से-अधिक 50 प्रतिशत तक प्रशुल्क में आवश्यकतानुसार वृद्धि अथवा कमी कर सकता है। यह नीति सन् 1930 तक चलती रही।

सन् 1930 में **हावले स्मूट अधिनियम** (Hawley Smoot Act) पारित किया गया जिसके अनुसार प्रशुल्क में कुछ वृद्धि की गई क्योंकि महान मन्दी के कारण कृषक इसके लिए माँग कर रहे थे। सन् 1934 में पारित **पारस्परिक व्यापार करार अधिनियम** (Reciporcal Trade Agreement Act) के अनुसार राष्ट्रपति को पारस्परिक प्रशुल्क न्यूनीकरण के आधार पर विभिन्न देशों के साथ द्विपक्षीय व्यापारिक करार करने के लिए शक्तियाँ दी गयीं। इस प्रकार कुछ सीमा तक उच्च प्रशुल्क नीति को परिवर्तित कर दिया गया। दूसरे शब्दों में, अन्तरराष्ट्रीय व्यापार को बढ़ाने का प्रयास किया गया। अमेरिका के तत्कालीन राज्य सचिव **श्री कार्डेल हल** (Cardell Hull) ने पारस्परिक व्यापार के आधार पर विभिन्न देशों के साथ व्यापारिक करार किया। फिर भी ध्यान रहे कि इस नीति के द्वारा प्रशुल्क में केवल कमी ही की गई, उन्हें सर्वथा समाप्त नही किया गया और यह कमी भी केवल कतिपय वस्तुओं के लिए ही की गई। **सामान्य प्रवृत्ति उच्च प्रशुल्क की ओर ही बनी रही।**

यही प्रवृत्ति आज भी विद्यमान है, यद्यपि समय-समय पर कुछ संशोधनों के साथ। 1950 के दशक में विश्व के अनेक देशों द्वारा अनुभव की गयी ''डॉलर अभाव' की समस्या अमेरिका की उच्च प्रशुल्क नीति के कारण ही उपस्थित हुई थी। अतएव यह सोचा जाने लगा की संयुक्त राज्य अमेरिका ही विश्व के आर्थिक पुनरुत्थान को बाधा पहुँचा रहा था। फलतः **राष्ट्रपति आइसनहावर** (Eisenhower) ने परिस्थितियों का अध्ययन करने के लिए सन् 1953 में **रैन्डेल समिति** (Rendell Committee) को नियुक्त किया था। इस समिति ने अपने प्रतिवेदन में सन्1953 में सुझाव दिया था कि राष्ट्रपति को तीन वर्षों के लिए सभी प्रकार के प्रशुल्क में 5 प्रतिशत की कटौती करने की शक्ति दी जानी चाहिए। साथ-ही उसे प्रशुल्क में यथा मूल्य (ad valorem) 50 प्रतिशत कमी करने का अधिकार भी दिया जाना चाहिए। समिति ने प्रशुल्क के समुचित प्रशासन के लिए भी सुझाव दिया था। 1955 में पारित **व्यापार करार (विस्तार) अधिनियम** [Trade Agreement (Extension)Act] के अनुसार इस संबंध में राष्ट्रपति को शक्तियाँ दी गयीं।

तब भी सामान्य प्रवृत्ति संरक्षण की ओर ही रही है। **स्वर्गीय राष्ट्रपति जॉन एफ॰ केनेडी** (John F. Kennedy) **ने प्रशुल्क में कमी करने का प्रयास किया था। इसलिए** 1962 **का व्यापार विस्तार अधिनियम** (Trade Expansion Act, 1962) **पारित किया गया। इस अधिनियम के अनुसार राष्ट्रपति को अग्रांकित अधिकार दिये गये**--(क) कुछ प्रशुल्कों में 50 प्रतिशत तक कमी करने की शक्तियाँ दी गयीं।

(ख) कुछ करों को बिल्कुल समाप्त करने का अधिकार दिया गया, तथा (ग) यदि आयात से रोजगार तथा उद्योगों को क्षति हो तो श्रमिकों तथा उद्योगपतियों की रक्षा के लिए नये उपायों को अपनाने का अधिकार दिया गया। **किन्तु प्रतिकूल भुगतान संतुलन का सामना करने के लिए राष्ट्रपति निक्सन ने 1971 में प्रशुल्क में वृद्धि की दी। अत: हम इस सारांश पर पहुँच सकते हैं कि वर्तमान समय में अमेरिका में सामान्य प्रवृत्ति संरक्षण की ओर हैं।**

अमेरिकी प्रशुल्क नीति का मूल्यांकन

अमेरिका के औद्योगिक विकास में सरकार की प्रशुल्क नीति का बड़ा ही महत्त्वपूर्ण स्थान रहा है। **कुछ अपवादों के साथ स्वतंत्रता-प्राप्ति के समय से लेकर अब तक संयुक्त राज्य के उद्योगों को उच्च प्रशुल्क का सरंक्षण प्राप्त होता रहा है। प्रशुल्क दो प्रकार के कार्यों का संपादन करता है—संरक्षणात्मक तथा राजस्व आय सम्बन्धी। संयुक्त राज्य अमेरिका के सम्पूर्ण आर्थिक इतिहास में ये दोनों कार्य एक-दूसरे से मिले-जुले रहे हैं।** फिर भी सन् 1860 के पूर्व तक प्रशुल्क का प्रमुख उद्देश्य राजस्व आय प्राप्ति रहा था। इसके बाद इनका रूप संरक्षणात्मक हो गया। निम्नांकित तालिका से यह स्पष्ट है—

वर्ष	प्रशुल्क कुल संघीय आय के प्रतिशत में
1791	98
1860	96
1865	25
1900	42
1940	6
1963	1

स्पष्ट है कि संयुक्त सज्य अमेरिका में **औद्योगिक विकास की प्रक्रिया में उपभोक्ताओं के हितों की अवहेलना की गयी है। अमेरिकी प्रशुल्क नीति वर्षों से राजनीति का विषय रही है तथा अमेरिका के दोनों राजनीतिक दल इसे अपनी नीति के अनुसार घटाते-बढ़ाते रहे हैं। परिणामस्वरूप अमेरिका में प्रशुल्क नीति में एक प्रकार की निरन्तरता का अभाव रहा है। अमेरिका की प्रशुल्क नीति समय-समय पर देश की राजनीतिक स्थिति तथा सरकार में परिवर्तन को प्रतिबिम्बित करती है।**

संयुक्त राज्य की विदेशी आर्थिक नीति
(Foreign Economic Policy of the U.S.A.)

राष्ट्रपति रूजवेल्ट के पूर्व तक अर्थात् सन् 1932-33 तक संयुक्त राज्य पृथकत्व (isolationism) की नीति का अनुसरण कर रहा था। विगत कुछ दशकों से ही संयुक्त राज्य विश्वव्यापी राजनीति में सक्रिय भाग लेना आरंभ किया है। सन् 1934 से संयुक्त राज्य में विश्व के विभिन्न देशों के साथ द्विपक्षीय व्यापारी कराकर करना आरंभ किया ताकि उसके व्यापार में विस्तार हो सके। सन् **1942-47 में अमेरिका ने विश्व के मामलों में और भी अधिक सक्रिय भाग लेना प्रारंभ किया था।**

इलियट (Ellot) और अन्य लोगों[1] के अनुसार सन् **1942-47 का काल ब्रिटेन ऊड्स** (Bretton Woods) **काल कहा जा सकता है।** इस काल में संयुक्त राज्य ने एक निश्चित उद्देश्य से विश्व के मामलों में भाग लेने का निर्णय किया। यह उद्देश्य था विश्व के विभिन्न देशों के साथ आर्थिक अन्तरराष्ट्रीयतावाद की नीति को अपनाना। **''उसने आर्थिक राष्ट्रीयतावाद के ज्वार को उलट देना चाहा।''**[2] इस उद्देश्य से संयुक्त राज्य ने सामान्य प्रशुल्क एवं व्यापार करार (General Agreement on Tariffs and Trade) और अन्य अन्तर्राष्ट्रीय आर्थिक करारों में भाग लिया। **''ये करार राष्ट्रीय सरकारों के लिए एक अच्छे आर्थिक व्यवहार की एक संहिता का निर्माण करने की चेष्टा किए। इस नीति को उदार आर्थिक अन्तर्राष्ट्रीयतावाद कहा जा सकता है जो हवाना चार्टर** (Havana Charter) **द्वारा प्रदर्शित आदर्शवादी राजनीतिक अन्तरराष्ट्रीयतावाद का सह-सम्बन्धी** (correlative) **है।''**[3]

फिर भी सन् 1947 के पश्चात् अनेक कारणों से एक परिवर्तन आया। इन कारणों में रूसी धमकी एवं उसके परिणामस्वरूप शीत-युद्ध (cold war) प्रमुख थे।

प्रो० माइकसेल (Mikesell)[4] ने अमेरिकी विदेशी आर्थिक नीतियों में अग्रलिखित विशेषताओं का उल्लेख किया है—

1. विभिन्न साधनों के साथ एक अधिक सक्रिय आर्थिक नीति अर्थात् वृहत् पैमाने पर आर्थिक एवं सैनिक सहायता, प्राविधिक सहायता, सामारिक वस्तुओं का संचय आदि।
2. अब आर्थिक एवं राजनीतिक नीतियों में घनिष्ठतर सम्बन्ध स्थापित हो गया है।
3. डालर-भिन्न (non-dollar) देशों द्वारा डालर के प्रति विभेदी वर्ताव (discrimination against dollar) के प्रति अमेरिकी सरकार अब अधिक सहिष्णु (tolerant) हो गयी है।
4. **अमेरिकी विदेशी आर्थिक नीति ब्रेटन ऊड्स काल के विश्वव्यापकतावादी (universalist) प्रवृत्तियों से हट कर दूर चली जा रही है।** अमेरिकी सरकार विश्व के विभिन्न देशों के साथ विभिन्न नीतियों को लागू करने का प्रयास कर रही है।
5. अमेरिकी विदेशी नीति का एक प्रमुख उद्देश्य पश्चिमी यूरोप का राजनीतिक एवं आर्थिक एकीकरण (unification) करना है।

---

1. इलियट और अन्य-दी पोलिटिकल इकॉनामी ऑफ दी अमेरिकन फॉरेन पॉलिसी, पृ० 205 और उसके आगे
2. "She sought to turn back the tides of economic nationalism.

   —Elliott and others : ibid.
3. "The agreements sought to lay down a code of a good economic behaviour for national governments. This policy may be said to be the liberal economic internationalism which is correlative to the idealistic political internationalism as exemplified by the Havana Charter. —Eiliott and others : Ibid.
4. माइकसेल—दी युनाइटेड स्टेट्स इकॉनॉमिक पॉलिसी एन्ड इन्टरनेशनल रिलेशन्स, अध्याय 12-15

मानक प्रश्न

1. संयुक्त राज्य अमेरिका की प्रशुल्क नीति की संक्षिप्त व्याख्या कीजिए। इसके आधार पर देश में बड़े-बड़े फर्मों के विकास की किस प्रकार व्याख्या की जा सकती है?
2. 1860 ई॰ से 1990 तक अमेरिका की प्रशुल्क नीति की संक्षिप्त व्याख्या कीजिए तथा आर्थिक विकास के क्षेत्र में इसके योगदान की व्याख्या कीजिए।
3. अमेरिका की प्रशुल्क नीति का संक्षिप्त इतिहास लिखिए। क्या आप समझते हैं कि ऊँचे प्रशुल्कों की अमेरिकी नीति 1950 ई॰ के दशक में विश्व में 'डॉलर अभाव' की समस्या के लिए उत्तरदायी थी ?
4. संयुक्त राज्य अमेरिका के उद्योगों के विकास में प्रशुल्कों के महत्त्व की व्याख्या कीजिए।
5. व्याख्या कीजिए कि किस प्रकार अमेरिका की प्रशुल्क नीति ने एकाधिकारी संघों के निर्माण में सहायक का कार्य किया है।
6. संयुक्त राज्य अमेरिका की विद्यमान विदेशी आर्थिक नीति पर संक्षेप में प्रकाश डालें।
7. क्या आप इस बात से सहमत हैं कि संयुक्त राज्य अमेरिका की विदेशी आर्थिक नीति विश्वव्यापकतावाद की प्रवृत्तियों से हटकर अमेरिकी हितों का संरक्षक बन गयी है?

❑

अध्याय 10

अमेरिकी अर्थव्यवस्था की प्रमुख विशेषताएँ

(LEADING FEATURES OF THE AMERICAN ECONOMY)

संयुक्त राज्य अमेरिका की अर्थव्यवस्था एक स्वतंत्र वैयक्तिक अर्थव्यवस्था (free private economy) का एक नमूना है। अमेरिकी अर्थव्यवस्था का विलक्षण विकास स्वयं ही इस तथ्य का प्रमाण है कि यह सोचना पूर्णतः गलत है कि किसी देश का आर्थिक उत्थान केवल केन्द्रीयकृत योजनाकरण द्वारा ही हो सकता है। वस्तुतः आर्थिक विकास के लिए सबसे अधिक महत्त्वपूर्ण तत्त्व, प्राकृतिक साधनों के अतिरिक्त जनता और सरकार के पास आर्थिक विकास करने की ''दृढ़ इच्छा'' है। इस कार्य में सरकार जनता को केवल सहायता ही दे सकती है। अमेरिकी सरकार की आर्थिक नीति के साथ यही बात सत्य है। संयुक्त राज्य अमेरिका की समृद्धि स्वतंत्र अर्थव्यवस्था की प्रणाली में भी सर्वांगीण है। वर्तमान समय में अमेरिकी अर्थव्यवस्था के प्रमुख स्वरूपों को निम्नलिखित रूपों में व्यक्त किया जा सकता है—

1. स्वतंत्र वैयक्तिक संगठन की अर्थव्यवस्था *(Free private enterprise economy)*—अमेरिकी अर्थव्यवस्था प्रमुखतः निजी संगठन की अर्थव्यवस्था है। कुछ लोकोपयोगी सेवाओं का प्रबन्ध सरकार भी करती है। किन्तु इसके बावजूद सरकारी स्वामित्व अधिक नहीं है। ''संयुक्त राज्य के सम्पूर्ण उत्पादनों का 7/8 भाग वैयक्ति आधार पर उत्पादित किया जाता है और केवल 1/8 भाग ही सरकार द्वारा।''[1] फिर भी अमेरिकी अर्थव्यवस्था को **निरपेक्षत: स्वतंत्र वैयक्तिक संगठन की अर्थव्यवस्था कहना भ्रममूलक है। यह सत्य है कि व्यक्तियों तथा व्यावसायिक संस्थाओं को क्रय-विक्रय करने और अपने स्वार्थों की पूर्ति करने के लिए स्वतंत्र रखा गया है। किन्तु यह स्वतंत्रता सरकार द्वारा निर्मित नियमों के ढाँचे के अन्तर्गत है।** इस ढाँचे में प्रशुल्क, सामाजिक बीमा योजनाएँ, अनेक प्रकार के सरकारी उपदान (subisidies), शुद्ध भोजन और औषधियों एवं साख का नियंत्रण, न्यूनतम मजदूरी विधियाँ, लोकोपयोगी वस्तुओं का नियंत्रण आदि आते हैं। **फिर भी अमेरिकी अर्थव्यवस्था मूलत: स्वतंत्र वैयक्तिक संगठन की अर्थव्यवस्था है।** अमेरिकी स्वतंत्र वैयक्तिक संगठन के प्रमुख स्वरूप निम्नलिखित हैं—

(क) उत्पादन साधनों के मालिक—लगभग 40 लाख भूमिधारी कृषक, अनेक लाख गैर-कृषि पूँजी के मालिक, अनेक प्रकार की निपुणता वाले लाखों शारीरिक और मानसिक श्रमिक आदि देश की विधि द्वारा निर्धारित सीमा के अन्तर्गत मनचाहे रूप में अपनी सम्पत्ति अथवा सेवाओं को प्रयुक्त करने में स्वतंत्र हैं।

(ख) प्रतियोगिता आर्थिक खेल का नियम है। इसका अर्थ यह नहीं कि सभी जगह और सभी समय में प्रतियोगिता होती रहती है। किन्तु सम्पूर्ण अर्थव्यवस्था को ध्यान

1. समर स्लाइटर : अमेरिकन इकॉनॉमी, अध्याय 1

में रखकर यह कहा जा सकता है कि अमेरिकी अर्थ व्यवस्था में कार्य करने के लिए प्रतियोगिता को आधार-भूत महत्त्व दिया गया है।

(ग) **विधायिका, जिसे कांग्रेस कहा जाता है, का प्रमुख उद्देश्य स्वतंत्र व्यक्तिगत संगठन को बनाए रखना और उन प्रवृत्तियों को रोकना है जो आर्थिक स्वतंत्रता को रोकना चाहती हों।** यहाँ भी मनुष्य द्वारा निर्मित बहुत-सी विधियाँ हैं। ये सभी स्वतंत्र रहने की इच्छा की अभिव्यक्ति हैं।

(घ) अधिकांश देशों में लोग पूँजीवाद को भले ही स्वीकार कर लेते हैं किन्तु वे उसे मन से पसन्द नहीं करते। किन्तु अमेरिकी जनता कुछ दूसरे रूप में सोचती है। **अमेरिका में यह कहने वाले लोग अत्यन्त ही कम हैं कि स्वतंत्र अर्थव्यवस्था बुरी चीज है और हमें अपनी अर्थव्यवस्था की प्रकृति को बदलना चाहिए।** अमेरिकी जनता, लगभग सभी, अपनी अर्थव्यवस्था के रूप में परिवर्तन लाने की बात से काँप उठती है। ये **लोग वर्तमान अर्थव्यवस्था के चार महत्त्वपूर्ण गुणों** को बतलाते हैं—(1) यह अर्थव्यवस्था सभी लोगों के लिए उच्च जीवनस्तर की व्यवस्था करती है, (2) यह कार्य-कुशल है, (3) यह व्यक्ति और उसके परिवार को अपना जीवन अपने ढंग से बिताने में समर्थ बनाती है और (4) यह निरन्तर सामाजिक प्रगति में सहायक है।

2. श्रम प्रधान अर्थव्यवस्था *(labouristic economy)*—अमेरिकी अर्थव्यवस्था 'श्रमप्रधान अर्थव्यवस्था' है। आजीविका के उपार्जन में लगे व्यक्तियों के तीन चतुर्थांश नियोजित व्यक्ति अर्थात् नौकरी करने वाले हैं। फिर भी **यद्यपि जनसंख्या का अधिकांश श्रमिक वर्ग है तथापि अर्थव्यवस्था एक सर्वहारा वर्ग की अर्थव्यवस्था में विकसित नहीं हो रही है** जिसमें अधिकांश जनता पीड़ित एवं सम्पत्तिहीन रहती है बल्कि दूसरी ओर संयुक्त राज्य में नियोजित वर्ग समुदाय का एक प्रभावशाली वर्ग है। **''प्रमुखतः स्वतंत्र नियोजितों से बने समुदाय विश्व इतिहास में नवीन हैं।''**[1]

3. शक्तिशाली श्रमिक संघ—संयुक्त राज्य में श्रमिक संघ अत्यन्त ही शक्तिशाली हैं। संयुक्त राज्य अमेरिका में भी संगठित श्रम का उतना ही महत्त्वपूर्ण स्थान है जितना कि यूरोपीय देशों में। किन्तु **दृष्टिकोण एवं शक्तियों में अमेरिकी श्रमिक और उनके संघ यूरोपीय श्रमिकों तथा श्रमिक संघों से बहुत भिन्न हैं।** अमेरिकी श्रमिक संघ इस बात पर जोर देते हैं कि (1) श्रमिकों एवं मालिकों के स्वार्थ अन्तर्निर्भर होते हैं, (2) स्वतंत्र संगठन की भाँति श्रम भी स्वतंत्र सरकार के अधीन ही रह सकता है। **अमेरिकी श्रमिक सरकारी नियंत्रण के पक्ष में नहीं है** बल्कि अपने उद्देश्यों की पूर्ति के लिए सामूहिक मोल-तोल में विश्वास करते हैं।

4. पूँजीवाद सभी के लिए *(capitalism for all)*—अमेरिकी पूँजीवादी अर्थव्यवस्था में सभी व्यक्तियों को कार्य करने और धन कमाने के लिए अवसर प्राप्त हैं। यह सत्य है कि अनेक अवस्थाओं में, विशेषकर लगभग एक दर्जन बड़े उद्योगों में, उत्पादन के साधनों की व्यवस्था अत्यन्त केन्द्रीयकृत है। किन्तु इन साधनों का स्वामित्व व्यापक रूप से बिखरा हुआ है। अनुमानतः 5 लाख से अधिक व्यावसायिक निगमों के स्वामित्व में 70 लाख से भी अधिक व्यक्तियों का हिस्सा है। वर्तमान समय में अमेरिका में लगभग 35 लाख

1. "Communities composed in the main of free employees are new in the history of the world." —Sumner Slighter. *The American Economy, Chap.*1

अनिगमित गैर-कृषि व्यावसायिक संगठन हैं। इनमें कुछ अकेले किन्हीं व्यक्तियों के स्वामित्व में हैं और कुछ पर अनेक व्यक्तियों का स्वामित्व होता है। लगभग 40 लाख कृषक (जो कुल कृषकों के 68 प्रतिशत हैं) स्वयं अपनी भूमि पर खेती करते हैं। अमेरिका में 5 लाख से अधिक स्वतंत्र पेशेवर आदमी हैं जिनके उत्पादन के साधन न केवल किसी प्रकार के औजार ही हैं वरन् कौशल (skill) और प्रशिक्षण भी हैं। **बहुत अधिक संख्या में व्यक्ति स्वयं पूँजी भी 'लगाते हैं और श्रम भी करते हैं। चूँकि अधिकांश अमेरिकी व्यक्ति पूँजी के मालिक भी होते हैं और श्रम करते हैं इसलिए अमेरिका में पूँजीपति वर्ग और श्रमिक वर्ग में कोई स्पष्ट अन्तर नहीं है।** यहाँ पर श्रमिक भी पूँजीपति है और पूँज़ापति भी श्रमिक है।

5. प्रतियोगी अर्थव्यवस्था—अमेरिकी अर्थव्यवस्था अत्यन्त ही प्रतियोगी है। संयुक्त राज्य में कृषि से भिन्न 38 लाख प्रतिष्ठान और कृषि में 60 लाख प्रतिष्ठान हैं। अतएव अमेरिका में आर्थिक प्रतिष्ठानों की संख्या बहुत बड़ी है जो नव-प्रवर्तन (innovation) के स्रोत हैं।

6. आत्म-निर्भर अर्थव्यवस्था—अमेरिकी अर्थव्यवस्था अत्यन्त ही आत्म-निर्भर है क्योंकि अमेरिका एक विशाल देश है जहाँ पर लगभग समस्त प्रकार के संसाधन उपलब्ध हैं चाहे वे कृषि के हों अथवा औद्योगिक अथवा खनिज। फलतः अमेरिका में वस्तुओं का आयात बहुत कम होता है।

7. गतिशील अर्थव्यवस्था (*dynamic economy*)—अमेरिकी अर्थव्यवस्था अत्यन्त ही गतिशील है इस अर्थ में कि वहाँ पर उत्पादन शक्ति में तीव्र विकास होता रहा है। विकास की दर विश्व के अन्य किसी भी देश की अपेक्षा इस देश में अधिक विलक्षण रही है। इसलिए यहाँ पर नवीन वस्तुओं तथा नवीन उद्योगों का जन्म होता रहा है। प्रति-व्यक्ति घंटा उत्पादन में औसतन 2 प्रतिवर्ष की दर से वृद्धि हुई है। वर्तमान शताब्दी के तृतीय दशक में और द्वितीय विश्वयुद्ध के पूर्व प्रति-व्यक्ति घंटा उत्पादन औसतन 4 प्रतिशत प्रतिवर्ष की दर से बढ़ा था। **यहाँ प्रति 40 वर्ष के पश्चात् श्रमिक उत्पादन दूना हो गया।** सन् 1955 में अमेरिकी अर्थव्यवस्था का विकास 7 प्रतिशत की दर से हुआ था और आज भी यह 4 से 6 प्रतिशत प्रतिवर्ष की दर से विकसित हो रही है। **अमेरिकी अर्थव्यवस्था के गतिशील होने के कारण निम्नांकित हैं—**

(क) अर्थव्यवस्था की प्रतियोगी प्रकृति (*competitive nature of the economy*)— समर स्लाइटर के अनुसार इसका एक कारण अर्थव्यवस्था की प्रतियोगी प्रकृति रहा है जिसके कारण नवीन उत्पादनों तथा नवीन प्रविधियों का जन्म होता रहा है। किन्तु क्या इस उत्पादनशीलता और उत्पादन में वृद्धि का लाभ श्रमिकों को भी होता है अथवा केवल पूँजीपतियों को ही ? **समर स्लाईटर** का कहना है कि **"जैसा कि कार्ल मार्क्स ने सोचा है, उसके विपरीत प्रौद्योगिक प्रगति के लाभ प्रमुखतः पूँजीपतियों के पास नहीं गये हैं। अधिकांशतः ये लाभ नियोजितों को हुए हैं। इसका साक्षी यह तथ्य है कि जनसंख्या के अधिकांश तथा परिवर्द्धनशील भाग के पास सम्पत्ति है और आय-वितरण के 3/5 भाग मजदूरी वेतन होते हैं तथा केवल इसके 2/5 भाग ही लगान, ब्याज और लाभ के रूप में वितरित किये जाते है।**[1] **राष्ट्रीय आय के महत्तर भाग**

1. समर स्लाइटर : दी अमेरिकन इकॉनॉमी

को हथियाने में पूँजीपति इसलिए असमर्थ हैं कि–

1. अमेरिका में तीव्र प्रौद्योगिक प्रगति और व्यावसायिक परिवर्तन श्रमिकों के ज्ञान, कौशल एवं उत्तरदायित्व की परिवर्द्धित माँग कर रहे हैं। स्वाभाविक रूप से इसका अर्थ यह हुआ है कि श्रमिकों को पारिश्रमिक भी अधिक मिलना चाहिए।
2. अमेरिका में श्रम संगठन अत्यन्त ही अधिक शक्तिशाली है।
3. अमेरिकी अर्थव्यवस्था प्रतियोगी और श्रमवादी है।

(ख) उपभोग प्रवृत्ति में सतत वृद्धि *(constant increase in the propensity to consume)*—अमेरिकी अर्थव्यवस्था के अधिक गतिशील होने तथा वहाँ की उत्पादशीलता में तीव्र विकास होने का एक अन्य कारण अल्पव्ययता में ह्रास और उपभोग प्रवृत्ति सतत् वृद्धि है।

(ग) प्राकृतिक और आर्थिक साधनों की प्रचुरता *(abundance of natural and economic resources)*—देश के विस्तृत संसाधन अर्थव्यवस्था की गतिशीलता में सहायक हैं। संसार का शायद ही कोई अन्य देश ऐसा है जहाँ पर इतने अधिक प्राकृतिक एवं आर्थिक साधन उपलब्ध हैं जितने कि संयुक्त राज्य अमेरका में। अतः संयुक्त राज्य अधिकांशतः एक आत्मर्भिर अर्थव्यवस्था है।

(घ) श्रमिकों की ऊँची कार्य-कुशलता *(high labour efficiency)*—उपर्युक्त कारणों के अतिरिक्त अमेरिका की उच्च श्रम-कुशलता भी अमेरिकी अर्थव्यस्था को गतिशील बनाने में सहायक है।

(ङ) आर्थिक विकास के लिए जनता की दृढ़ महत्त्वकांक्षा और उत्साह—अमेरिकी अर्थव्यवस्था के संबंध में यह विशेष रूप से कहा जा सकता है कि **अमेरिकी समृद्धि और विकास केवल प्राकृतिक साधनों और जनता का ही परिणाम नहीं वरन् प्रमुखतः उन मूल्यों और महत्त्वकांक्षाओं का परिणाम है जो राष्ट्रीय चेतना में जड़ पकड़ी हुई है** और उस मार्ग का परिणाम है जिस पर अमेरिकियों ने अपने आर्थिक प्रयासों को संगठित किया है।

8. अत्यन्त विकसित अर्थव्यवस्था *(highly developed economy)*—अमेरिकी अर्थव्यवस्था एक अत्यन्त ही विकसित अर्थव्यवस्था है। सम्पूर्ण विश्व के भू-क्षेत्रफल के 7 प्रतिशत और सम्पूर्ण विश्व की जनसंख्या के केवल 6 प्रतिशत ही के साथ संयुक्त राज्य अमेरिका की कुल राष्ट्रीय आय सम्पूर्ण विश्व की कुल आय के लगभग आधी है। अनुमानतः सन् 1955 में विश्व के समस्त देशों की कुल आय 800-900 बिलियन डॉलर थी जिसमें 400 बिलियन डॉलर संयुक्त राज्य अमेरिका की राष्ट्रीय आय थी। विश्व की समस्त वस्तुओं और सेवाओं का 2/5 और सम्पूर्ण विश्व की निर्मित वस्तुओं का ½ से 2/5 केवल संयुक्त राज्य अमेरिका में ही उत्पादित होता है। सन् 1952 में संयुक्त राज्य अमेरिका में विश्व की पाँच प्रमुख फसलों के कुल उत्पादन का 26 प्रतिशत पैदा किया गया था। सन् 1955 में सम्पूर्ण विश्व के हवाई यातायात का आधा से भी अधिक केवल अमेरिका में ही हुआ और सम्पूर्ण विश्व में जितनी हवाई जहाजों का प्रयोग किया गया था उनकी 80 प्रतिशत जहाजें अमेरिका में ही निर्मित जहाजे थीं। सम्पूर्ण विश्व के व्यावसायिक नौ परिवहन का 1/3 अमेरिका द्वारा किया जाता है। कुछ ही वर्षों में अमेरिका में प्रयोग की जाने वाली 8 करोड़ मोटर गाड़ियों की संख्या में लगभग तीन करोड़ की वृद्धि हो जाने वाली थी। तब भी प्रति 2 व्यक्तियों पर एक मोटर गाड़ी अमेरिका में पाई जाती थी।

9. अत्यन्त उच्च जन-जीवन स्तर *(very high standard of living of the people)*—अमेरिकी जनता का जीवन स्तर अत्यन्त ही ऊँचा है। विश्व के किसी भी देश में जनता की आय और जीवन स्तर उतना ऊँचा नहीं है जितना कि संयुक्त राज्य अमेरिका में। सन् 1951 के जाड़े के दिनों में 1 किलोग्राम मांस, रोटी, मक्खन, आलू और चीनी खरीदने के लिए अमेरिका में औसत औद्योगिक मजदूरी की दर पर 1 घंटे 40 मिनट तक कार्य करने की आवश्यकता पड़ती थी जबकि इतना ही उसी समय खरीदने के लिए ग्रेट ब्रिटेन में लगभग 3 घंटे और सोवियत रूस में लगभग 20 घंटे कार्य करने की आवश्यकता थी। एक सूती पोशाक, पुरुष के एक सूट और एक जूते को खरीदने के लिए प्रचलित औसत मजदूरी पर अमेरिका में 50 घंटे कार्य करना आवश्यक था जबकि उतना ही खरीदने के लिए ग्रेट ब्रिटेन में 96 घंटे और सोवियत रूस में 251 घंटे तक कार्य करना आवश्यक था।

10. विकेन्द्रित आयोजना *(Decentralised planning)*—कुछ लोगों का कहना है कि अमेरिकी अर्थव्यवस्था में बहुत-सी बुराइयाँ हैं और वे इस कारण उत्पन्न होती हैं कि अमेरिका में आर्थिक योजनाकरण का अभाव है। यही अभाव अत्यधिक आर्थिक उतार-चढ़ाव के कारण सम्पूर्ण विश्व अर्थव्यवस्था की स्थिरता के लिए एक गंभीर खतरा है। अमेरिकी अर्थव्यवस्था की इस आलोचना के उत्तर में कहा जा सकता है कि यदि आर्थिक योजनाकरण का अर्थ एक केन्द्रीकृत योजनाकरण अथवा पूर्ण योजनाकरण है तो संयुक्त राज्य में योजनाकरण का निश्चय ही अभाव है। किन्तु यदि राष्ट्रव्यापी स्तर पर योजनाकरण का अर्थ कुछ निश्चित आर्थिक उद्देश्यों को पूर्ण करने के निमित्त अर्थव्यवस्था को निर्देशित करने के लिए वैधानिक उपायों द्वारा एक सचेतन प्रयास है तो अमेरिकी अर्थव्यवस्था और अन्य अर्थव्यवस्थाओं में अन्तर योजनाकरण के अभाव में नहीं वरन् एक भिन्न प्रकार के योजनाकरण को अपनाए जाने में निहित है। **अमेरिका में केन्द्रीय योजनाकरण नहीं वरन् एक विकेन्द्रित योजनाकरण–आर्थिक स्वतंत्रता के लिए योजनाकरण को अपनाया गया है।** आर्थिक स्वतंत्रता के लिए किये जाने वाले योजनाकरण के लिए भी उतनी ही बुद्धि, विचार एवं दूरदर्शिता की आवश्यकता पड़ती है जितनी समूहवादी अथवा केन्द्रीकृत अर्थव्यवस्था के लिए किये गये योजनाकरण के लिए। **आर्थिक स्वतंत्रता के लिए किए जाने वाले योजनाकरण का अर्थ अर्थव्यवस्था को एक ऐसी गति प्रदान करना है जो इसकी समस्त आर्थिक इकाइयों को अपना-अपना स्थान प्राप्त करने में सहायता देती है।** आर्थिक दासत्व के लिए योजनाकरण का अर्थ यह होता है कि स्वयं सरकार ही अर्थव्यवस्था की समस्त इकाइयों के स्थान को निर्धारित करती है। अमेरिकी जनता का दृढ़ विश्वास है, जैसा कि **टुरगो** (Turgot) और **आदम स्मिथ** (Adam Smith) के विश्वास थे, ''**सर्वोत्तम परिणाम उस प्रणाली द्वारा लाए जाते हैं जो प्रत्येक इकाई को अपना स्थान प्राप्त करने में सहायता देती है जिसमें सब कुछ मिलाकर श्रमिकों और भूमि-पूँजी के मालिकों से अपने प्रयासों के लिए अधिकतम लाभ प्राप्त करने की चेष्टा में रहने की आशा की जा सके।**'' अभी तक न तो अमेरिका के अपने अनुभवों ने और न अन्य देशों के अनुभवों ने ही पर्याप्त प्रमाण प्रस्तुत कर पाया है कि अमेरिकी जनता का विश्वास गलत है। इसके अतिरिक्त **अमेरिका में उस स्तर पर योजनाकरण करने पर बहुत अधिक जोर दिया जाता है जहाँ पर आर्थिक क्रियाएँ कार्यशील होती हैं।** प्रति दूसरे दिन, सप्ताह, माह, वर्ष क्या कार्य होगा इसकी

योजना बनाना अमेरिका में भी व्यवस्थापक वर्ग का एक महत्त्वपूर्ण कार्य है। इस योजना का निर्माण बहुत ही सावधानी के साथ किया जाता है—शायद सोवियत रूस की साम्यवादी व्यवस्था में की जानेवाली सावधानी से भी अधिक सावधानी के साथ। **अमेरिकियों का विश्वास है कि समष्टिवादी सरकारी योजनाकरण आर्थिक सूत्रपात को कुण्ठित कर देता है,** किन्तु स्पष्ट और ठीक-ठीक योजनाकरण प्रत्येक व्यावसायिक संगठन का प्रमुख लक्ष्य है।

11. सीमित किन्तु ठोस सरकारी नियंत्रण—संयुक्त राज्य अमेरिका में आर्थिक क्षेत्र में राज्य का कार्यक्षेत्र भी सीमित है। **आर्थिक स्वतंत्रता की व्यवस्था अमेरिकी जनता की इच्छा का परिणाम है।** इसलिए इस आर्थिक स्वतंत्रता को बनाए रखने के लिए राज्य द्वारा ठोस कदम उठाए जाते हैं। किन्तु **सम्पूर्ण अर्थव्यवस्था पर सरकार द्वारा सर्वांगीण नियंत्रण अमेरिका में कभी भी नहीं किया गया है और अभी भी नहीं किया जा रहा है।** प्रारंभ में आर्थिक क्षेत्र में सरकार का प्रमुख कार्य बाह्य आर्थिक दबावों से अमेरिकी बाजार की रक्षा करना ही रहा था। कालान्तर में सरकार का प्रमुख कार्य देश के अन्दर आर्थिक प्रतियोगिता को बनाए रखने और धन के संकेन्द्रण को रोकने के उद्देश्य से एकाधिकारी संगठनों को रोकना था जिसके लिए प्रन्यास-विरोधी विधान बनाए गए और सार्वजनिक उपयोगिताओं तथा बैंकों के विनियमन किए गए। अब भी सरकार अर्थव्यवस्था के विभिन्न अंग-प्रत्यंगों में संतुलन रखने के लिए विभिन्न प्रकार के उपाय और विधि निर्माण करती है ताकि अर्थ-व्यवस्था के किसी तत्त्व को अनुचित लाभ न हो सके। उत्पादक और उपभोक्ता, श्रमिक और मालिक, निवेशक और ऋण लेता, कृषि और उद्योग, व्यापार आदि सभी अर्थव्यवस्था के विभिन्न तत्त्व हैं और सरकार इनमें से किसी के साथ अनुचित पक्षपात नहीं दिखलाने की चेष्टा करती है।

12. धन एवं आय का संकेन्द्रण और असमानता नहीं *(no concentration or inequality in wealth and income)*—अमेरिकी अर्थव्यवस्था एक स्वतंत्र अर्थव्यवस्था है। इससे यह पूछा जा सकता है कि क्या ऐसी आर्थिक प्रणाली एक ओर समाज के कुछ व्यक्तियों के पास धन का संकेन्द्रण और दूसरी ओर गरीबी में वृद्धि नहीं करती ? यह धारणा विगत कुछ वर्षों में अमेरिकी अर्थव्यवस्था के विकास से गलत सिद्ध हो जाती है—

(क) अमेरिका की कुल व्यय-योग्य आय में समाज के धनी व्यक्तियों (सम्पूर्ण जनसंख्या के 5 प्रतिशत) के अंश में कमी होती जा रही है—

वर्ष	व्यक्तियों की कुल व्यय के लिए उपलब्ध आय का प्रतिशत (percentage of total disposable income of individuals)
1929	26.1
1939	24.8
1948	17.9

(ख) किन्तु समाज के निम्नतर आय वाले व्यक्तियों के अंश में वृद्धि होती जा रही है–

आय के अनुसार परिवारों का विभाजन	राष्ट्रीय आय का प्रतिशत		औसत आय (डॉलर में 1948 के मूल्य स्तर)		औसत आय में प्रतिशत वृद्धि
	1935-36	1948	1935-36	1948	
निम्नतम 1/5 (lowest fifth)	4.0	4.2	534	893	67
द्वितीय 1/5	8.7	10.5	1159	223	93
तृतीय 1/5	13.6	16.1	1810	3410	88
चतुर्थ 1/5	20.5	22.3	2734	4721	72
उच्चतम 1/5 (highest fifth)	53.2	46.9	7083	9911	40

(ग) विगत कुछ वर्षों में प्रगतिशील आय-कर ने मौद्रिक आय के वितरण में और भी अधिक समानता बढ़ायी है–

मौद्रिक आय के अनुसार परिवारों का विभाजन	मौद्रिक आय का प्रतिशत वितरण			
	कर लगाने के पहले		कर लगाने के बाद	
	1947	1954	1947	1954
निम्नतम 1/5	4	4	4	5
द्वितीय 1/5	10	10	11	12
तृतीय 1/5	16	17	17	17
चतुर्थ 1/5	22	24	22	24
उच्चतम 1/5	48	44	46	42

(घ) अर्थव्यवस्था के अधिकतम समृद्धिशाली और अपेक्षाकृत गरीब भौगोलिक अंचलों (regions) और राज्यों के आय-स्तरों के अन्तरों में कमी होती जा रही है–

राज्य	प्रति व्यक्ति आय (डॉलर में)		सन् 1929 के प्रतिशत के रूप में 1954 (1954 as percentage of 1929)
	1929	1954	
धनी राज्य			
न्यूयार्क	1159	2162	187
कनेक्टीकट	1019	2361	130
कैलीफोर्निया	995	2162	217
इलीनोइस	957	2155	225
गरीब राज्य			
उत्तरी कैरोलिना	334	1190	356
अलाबामा	324	1091	337
अरकन्सास	305	979	321
मिसीसीपी	285	873	306
दक्षिणी कैरोलीना	270	1063	390

(ङ) अमेरिका में विगत वर्षों में गोरे और अन्य व्यक्तियों की आयों में अन्तर में भी कमी होने की प्रवृत्ति है—

	औसत वार्षिक आय (डॉलर में)		1939 के प्रतिशत के रूप में 1954 (1954 as percentage of 1939
	1939	1954	
पुरुष गोरा (male white)	1112	3754	338
स्त्री गोरा (female white)	676	2046	303
पुरुष गैर-गोरा (male non-white)	460	2131	463
स्त्री गैर-गोरा (female non-white)	246	914	371

समाजवाद की ओर?
(Towards Socialism ?)

संयुक्त राज्य अमेरिका की अर्थ-व्यवस्था एक पूँजीवादी स्वतंत्र वैयक्तिक संगठन की अर्थव्यवस्था है। किन्तु यहाँ पर कुछ समाजवादी तत्त्व पाए जाते हैं जिनके आधार पर कुछ लोग यह कहते हैं कि अमेरिकी अर्थव्यवस्था समाजवाद की ओर झुक रही है। इस तर्क के समर्थन में ये लोग निम्नलिखित प्रमुख तथ्यों का उल्लेख कर सकते हैं—

1. धन के वितरण की असमानता में कमी होने की प्रवृत्ति—अमेरिकी अर्थव्यवस्था में भूतकाल में धन एवं सम्पत्ति के वितरण में जो असमानता थी वह अब लगभग समाप्त हो गयी है। श्रमिकों के भाग्यों पर मालिकों और व्यवस्थापकों की शक्तियाँ, जो भूतकाल में श्रमिकों के शोषण के लिए अवसर उपलब्ध करती थीं, अब लगभग समाप्त हो गयी है। बेकारी और बुढ़ापे में गरीब हो जाने का भय बहुत जल्दी से दूर होता जा रहा है। एकाधिकार की बुराइयों अथवा बाजार के नियंत्रण को अवैधानिक बना दिया गया है।

2. आय स्तर में समानता की प्रवृत्ति—संयुक्त राज्य में जनता की आय में समानता होने की प्रवृत्ति देखी जा रही है। जनसंख्या के उच्चतम आय वाले 5 प्रतिशत व्यक्तियों ने सन् 1928 में सम्पूर्ण राष्ट्रीय आय का 34 प्रतिशत प्राप्त किया था, किन्तु 1948 में 17.9 प्रतिशत ही। अमेरिका में सबसे कम आय वाला वर्ग अकुशल श्रमिक और कर्मकारों का वर्ग है। यह वर्ग सन् 1930 में कुल श्रमिकों का 1/5 था जबकि सन् 1950 में घटकर केवल 1/10 ही हो गया। उच्चतम आय और निम्नतम आय के बीच का अन्तर 1904 से 1954 के बीच घटकर आधा हो गया।

3. राष्ट्रीय आय का अधिक भाग श्रमिकों तथा कर्मकारों को—अमेरिका में अधिकांश राष्ट्रीय आय मजदूरी अथवा वेतन के रूप में वितरित की जाती है और केवल अल्पांश ही ब्याज अथवा लाभ के रूप में वितरित किया जाता है। सन् 1955 में अमेरिकी जनता की वैयक्तिक आय लगभग 300 बिलियन डॉलर थी जिसका लगभग 80 प्रतिशत श्रमिकों को प्राप्त हुआ था। सन् 1950 में संयुक्त राज्य की जनता की वैयक्तिक आय 223 बिलियन डॉलर थी। इसमें से 145 बिलियन डॉलर (सामाजिक सुरक्षा लाभों को छोड़कर) मजदूरों और वेतन-भोगियों को मजदूरी अथवा वेतन के रूप में प्राप्त हुए थे, 35 बिलियन डॉलर अपने कार्यों में लगे व्यक्तियों (कृषक, व्यवसायी, पेशेवर व्यक्ति) को प्राप्त हुए थे और केवल 22 बिलियन डॉलर अर्थात् कुल आय का 1/10 ही भूमि और पूँजी की आय

(लगान, ब्याज, लाभ) के रूप में वितरित किया गया था और यह लगभग15 मिलियन व्यक्तियों में वितरित किया गया था जिनमें से अधिकांश नियोजित अथवा स्वतः नियोजित ही थे। श्रमिकों एवं वेतनभोगियों(कृषक, व्यवसायी आदि) की आय औसतन लगभग4000 डॉलर प्रति व्यक्ति प्रतिवर्ष थी और लाभ-ब्याज पाने वालों की औसत वार्षिक आय केवल 1500 डॉलर ही थी।

4. पूँजीपतियों के लाभों में कमी होने की प्रवृत्ति—सामान्यतः विदेशी व्यक्तियों का अनुमान हो सकता है कि अमेरिका में पूँजीपतियों का बहुत ही अधिक लाभ मिलता होगा। **समूहवादी और समाजवादी लोग अमेरिकी व्यवसायों के लाभों को देखकर भयभीत हो जाते हैं। किन्तु यह धारणा गलत है** क्योंकि (1) अमेरिका में केवल कुछ ही पूँजीपति नहीं हैं, वरन् लाखों हैं और (2) जो लाभ वस्तुतः पूँजीपतियों को प्राप्त होते हैं वे विभिन्न व्यावसायिक संगठनों के कुछ लाभों के केवल अल्पांश ही हैं। उदाहरण के लिए सन् 1950 में अमेरिकी व्यवसायों के कुल लाभ लगभग 43 बिलियन डॉलर थे जिसमें से 22 बिलियन डॉलर करों (taxes) के रूप में चुकाए गए, 12 बिलियन डॉलर पुनः निवेशित किए गए और केवल 9 बिलियन डॉलर ही व्यक्तिगत लाभ के रूप में पूँजीपतियों अर्थात् पूँजी के निवेशकों को प्राप्त हुए थे। उस वर्ष देश की सम्पूर्ण व्यक्तिगत आय का केवल 4 प्रतिशत ही लाभ के रूप में प्राप्त हुआ था। इस प्रकार **अमेरिका में भी पूँजीवादी अर्थव्यवस्था के बावजूद पूँजीपतियों का लाभ अपेक्षाकृत बहुत ही कम है** और क्रमशः कम ही होता जा रहा है।

5. अमेरिकी श्रमिकों की आर्थिक प्रगति अत्यन्त ही तीव्र हुई है—साम्यवादियों का विश्वास है कि पूँजीवादी अर्थव्यवस्था में श्रमिकों की आर्थिक अवस्था अत्यन्त ही दयनीय होती है और उनका पूँजीपतियों द्वारा शोषण होता है। किन्तु जहाँ तक अमेरिकी पूँजीवादी अर्थव्यवस्था का प्रश्न है, यह धारणा गलत है। **अमेरिका में श्रमिक उतने ही शक्तिशाली हैं जितने कि पूँजीपति–संभवतः उनसे भी अधिक।** इसके अतिरिक्त, आर्थिक दृष्टिकोण से अमेरिकी श्रमिकों की अवस्था में विलक्षण सुधार हुआ है। इस शताब्दी का प्रारंभ होने के समय से अब तक अमेरिकी श्रमिक की वास्तविक औसत मजदूरी (average pay in real terms) 22.5 प्रतिशत बढ़ गयी है। कुछ विशेष उद्योगों में तो और भी अधिक वृद्धि हुई। इसी काल में अमेरिकी श्रमिकों के कार्य के घंटे घटकर केवल 40 घंटे प्रति सप्ताह हो गए हैं। किन्तु इन्हीं 40 घंटे प्रति सप्ताह तक कार्य कर अमेरिकी श्रमिक अपने पितामह की तुलना में तीन गुणा अधिक उत्पादन कर लेता है।

6. अमेरिका में अधिकांशतः लघुस्तरीय व्यवसाय हैं। अमेरिका के अत्यन्त विशालकाय औद्योगिक संगठनों को देखकर विदेशियों की धारणा बनती है कि अमेरिकी उद्योग अत्यन्त ही विशाल पैमाने के होते हैं। किन्तु यह धारणा भी गलत है। **अमेरिकी अर्थव्यवस्था ने न केवल विश्व के सर्वाधिक विशाल औद्योगिक संगठनों को ही पैदा किया है वरन् साथ ही अनेकानेक लघु व्यवसायों को भी। अमेरिका में कुल श्रमिकों के 65 प्रतिशत श्रमिक ऐसे व्यावसायिक संगठनों में कार्य करते हैं जिनमें श्रमिकों की संख्या 50 से भी कम होती है।** यहाँ पर छोटे-छोटे व्यावसायिक संगठनों की संख्या लगभग 40 लाख है जो सभी मिलकर सम्पूर्ण अमेरिकी वस्तुओं के उत्पादन का 1/2 उत्पादित करते हैं तथा अमेरिका के थोक और खुदरा व्यापार के 1/2 और अमेरिकी सेवा उद्योगों के 3/4 के लिए उत्तरदायी हैं। 19वीं शताब्दी के उत्तरार्द्ध में अमेरिका के अधिकांश बड़े उद्योगों पर कुछ परिवारों अथवा कुछ ही व्यक्तियों के छोटे समूहों का

स्वामित्व था। किन्तु अब यह अक्षरशः सत्य है कि **अमेरिका की बड़ी-बड़ी औद्योगिक कम्पनियों के मालिक हजारों अंशधारी है जिनमें कम्पनियों में नियोजित बहुत से कर्मचारी और श्रमिक भी सम्मिलित हैं।** इन बड़ी-बड़ी कम्पनियों की व्यवस्था पर अब परिवारों का अधिकार नहीं है वरन् ये ऐसे व्यक्तियों के हाथों में हैं जिनका पेशा ही व्यवस्था है। **व्यवस्थापकीय पेशे का विकास अर्थव्यवस्था में हुए अनेक आर्थिक विकासों में से केवल एक है।** लघु उद्योगों और व्यवस्थापकीय पेशे के विकास की प्रवृत्ति अमेरिकी अर्थव्यवस्था के अन्दर पूँजीपतियों की शक्तियों एवं धन के संकेन्द्रण को कम करती है और समाजवादी प्रवृत्तियों का समावेश करती है।

7. सामाजिक सुरक्षा की व्यवस्था में वृद्धि (*increasing provision for social security*)—स्वतंत्र वैयक्तिक संगठन वाली अर्थव्यवस्था के बावजूद **अमेरिका में मंगल राज्य और समाजवादी राज्यों में पाई जानेवाली सामाजिक सुरक्षा और सार्वजनिक सेवाओं की व्यवस्था है। भूतपूर्व राष्ट्रपति रूजवेल्ट** के सामाजिक सुरक्षा अधिनियम में सन् 1950 और 1954 में किए गए संशोधनों के परिणामस्वरूप अमेरिका लगभग सभी नियोजित और स्वनियोजित व्यक्तियों को संघीय बुढ़ापा और उत्तर जीविता बीमा (federal old age and survivours insurance) के लाभ प्राप्त हैं। इसके अनुसार जिन व्यक्तियों की औसत आय प्रति माह 350 डॉलर अथवा अधिक हैं उन्हें 65 वर्ष की आयु होने पर 108.50 डॉलर प्रतिमाह मिलते हैं यदि वे अकेले हों और यदि वे विवाहित हों तो 162.80 डॉलर प्रतिमाह मिलते हैं। यदि नियोजित व्यक्तिं की मासिक आय 350 डॉलर अथवा अधिक हो तो उसके मरने पर उसकी विधवा अथवा उसके एक आश्रित को 81.40 डॉलर प्रति माह दिया जाता है, यदि दो आश्रित हों तो उन्हें 162.40 डॉलर प्रति माह दिये जाते हैं। निवृत्तिका लाभ (retirement benefit) किसी व्यक्ति के लिए 30 डॉलर प्रतिमाह से कम नहीं हो सकता। संघीय बीमा योजना के अतिरिक्त सभी प्रकार के संगठित कर्मचारियों (organised workers) के लिए निवृत्तिका योजना भी है। लगभग सभी उद्योगों द्वारा बीमारी और दुर्घटना लाभ की भी व्यवस्था की गई है। सरकार द्वारा निम्नतम मजदूरी की भी व्यवस्था की गई है। सन् 1955 तक संघीय निम्नतम मजदूरी 75 सेंट प्रति घंटा थी। किन्तु उस वर्ष उसे बढ़ाकर 1 डॉलर प्रति घंटा कर दी गई। उसी प्रकार बेकार कर्मचारियों के लिए बेकारी लाभ की व्यवस्था की गई है जिसकी दर देश के विभिन्न राज्यों में भिन्न-भिन्न है। देश के अपेक्षाकृत समृद्ध राज्यों में इसकी दर औसत मजदूरी की आधी तक है।

8. सम्पत्तिहीन, अवसरविहीन व्यक्तियों की संख्या में निरन्तर कमी होने की प्रवृत्ति—अमेरिका में ऐसे व्यक्तियों और समुदायों की संख्या में तीव्रता के साथ कमी होती जा रही है जिनके पास किसी प्रकार की सम्पत्ति नहीं है। **अमेरिकी समाज में सम्पत्ति का स्वामित्व विशेष प्रतिष्ठा प्रदान करता है—और भी अधिक प्रतिष्ठा यदि वह सम्पत्ति अपने प्रयास और श्रम का परिणाम हो।** सन् 1950 में हुए एक सर्वेक्षण के अनुसार अमेरिका के लगभग 50 मिलियन परिवारों में से केवल 8 प्रतिशत परिवारों के पास ही सम्पत्ति नहीं थी—भूमि, मकान, कम्पनी के अंश, तरल पूँजी आदि के रूप में। **अमेरिका की अधिकांश जनता के पास किसी-न-किसी प्रकार की सम्पत्ति है**—भूमि, मकान, कम्पनी के अंश, बचत, तरल पूँजी, बीमा आदि। सन् 1955 में अमेरिकी परिवारों के पास लगभग 200 बिलियन डॉलर की बचत थी। अमेरिकी में प्रतिवर्ष 4 प्रतिशत की दर से बचतों में वृद्धि हो रही है, बिना बचत वाले परिवारों की संख्या बहुत तेजी से कम होती जा रही है और उसी प्रकार बिना सम्पत्ति वाले परिवारों की संख्या भी तेजी से घटती जा रही है।

9. सरकार द्वारा सार्वजनिक उपयोगिता *(public untility services)* **की व्यवस्था में वृद्धि**--अमेरिकी सरकार भी कुछ लोकोपयोगी सेवाओं की व्यवस्था करती है। अनेक प्रकार के सरकारी उपदान (subsidies) अमेरिका में भी दिए जाते हैं। शुद्ध भोजन, औषधियों एवं अन्य लोकोपयोगी वस्तुओं पर अमेरिकी सरकार भी नियंत्रण करती है। यह **सत्य है कि अमेरिकी अर्थव्यवस्था में व्यक्तियों को आर्थिक क्रियाओं में स्वतंत्रता प्राप्त है। किन्तु यह स्वतंत्रता सरकार द्वारा निर्मित विधियों, नियमों एवं नियंत्रण के अधीन ही है।** विशेष उल्लेखनीय तथ्य यह है कि अमेरिकी अर्थव्यवस्था में भी सरकारी नियंत्रण एवं विनियमन क्रमशः बढ़ता ही जा रहा है।

ऊपर वर्णित विभिन्न तथ्यों का ध्यान में रखकर यह कहा जा सकता है कि अमेरिकी अर्थव्यवस्था भी क्रमशः समाजवाद की ओर मुड़ रही है। किन्तु यह धारणा भी भ्रामक ही होगी। **यह सत्य है कि अमेरिकी अर्थव्यवस्था में भी सरकार द्वारा सार्वजनिक सेवाओं की व्यवस्था की जाती है और सरकार भी कुछ उत्पादन कार्य करती है। किन्तु इसके बावजूद अमेरिकी अर्थव्यवस्था में सरकारी स्वामित्व अधिक नहीं है।** संयुक्त राज्य के सम्पूर्ण उत्पादन के 7/8 भाग का उत्पादन अभी भी वैयक्तिक आधार पर ही होता है और इसके केवल 1/8 भाग का ही उत्पादन सरकार द्वारा किया जाता है। सामाजिक सुधार की व्यवस्था और सरकारी नियंत्रण में वृद्धि भी समाजवाद की ओर मुड़ने की प्रवृत्ति की द्योतक नहीं वरन् विश्व की परिवर्तित परिस्थितियों के अनुसार चलने की प्रवृत्ति की द्योतक है। यह तथ्य अमेरिकी अर्थव्यवस्था की गतिशीलता को स्पष्ट करता है। **अमेरिकी अर्थव्यवस्था में वैयक्तिक सम्पत्ति और सम्पत्ति के वैयक्तिक स्वामित्व के प्रति जनता अत्यन्त ही अधिक चेतनशील है और इस प्रकार की व्यवस्था को बनाए रखने के प्रति वह अत्यन्त ही सचेत, सक्रिय एवं संवदेनशील है। अमेरिकी जनता का अटूट विश्वास है कि सम्पत्ति का स्वामित्व वैयक्तिक स्वतंत्रता और आर्थिक सुरक्षा देता है और इस वैयक्तिक स्वतंत्रता को बनाए रखने के प्रति अमेरिकी जनता अत्यन्त ही जागरूक है।** यहाँ तक कि अमेरिकी श्रमिक भी सरकारी नियंत्रण में वृद्धि को संदेहपूर्ण दृष्टि से देखते हैं। **अमेरिकी अर्थव्यवस्था अब भी मूलत: स्वतंत्र वैयक्तिक संगठन की पूँजीवादी अर्थव्यवस्था है और अभी यह नहीं कहा जा सकता है कि अमेरिकी अर्थव्यवस्था की प्रवृत्ति समाजवाद की ओर है।**

संदर्भ

Sumner Slighter : The American Economy.
Whinthrop, G. Brown : Life in America—A Progressive Economy
Massimo Salvadori : American Capitalism
W.S. & E. S. Woytinsky : American Economy.

मानक प्रश्न

1. Discuss the leading features of the American economic system.
2. "The American economy is highly dynamic." How do you explain this phenomenon?
3. Do you agree with the view that twentieth century in the U.S.A. is the period of "socialism on march ?" **(Magadh U.B.A. (Hons) 1968)**

❑

चतुर्थ खंड

सोवियत रूस का आर्थिक विकास

अध्याय 1

आर्थिक विकास और रूसी अर्थ-व्यवस्था
(ECONOMIC DEVELOPMENT AND THE RUSSIAN ECONOMY)

सन् 1917 की क्रांति से लेकर 1991 की प्रति-क्रांति तक सोवियत संघ श्रमिकों और कृषकों का एक समाजवादी राज्य रहा है। कर्मकार जनता के प्रतिनिधियों की परिषद (Soviets of Working People's Deputies) इसकी राजनीति इकाइयाँ रही हैं। सभी केन्द्रीय और स्थानीय सत्ताएँ इन्हीं सोवियतों में निहित रही हैं। **सोवियत रूस की आर्थिक नींव अर्थव्यवस्था की समाजवादी पद्धति और उत्पादन साधनों के समाजवादी स्वामित्व पर डाली गयी थी।** समाजवादी सम्पत्ति के दो रूप रहे हैं–(1) राजकीय सम्पत्ति अर्थात् सम्पूर्ण जनता की सम्पत्ति और (2) सरकारी तथा सामूहिक क्षेत्र सम्पत्ति अर्थात् व्यक्तिगत सामूहिक प्रक्षेत्रों (individual collective farms) की सम्पत्ति और सहकारी संघों की सम्पत्ति। भूमि, खनिज भंडार, जल, वन, मिल, कारखाने, खानें, रेलवे, जल और हवाई परिवहन, बैंक, संचार साधन, राज्य द्वारा संगठित बड़े कृषि संगठन (जैसे राजकीय कृषि प्रक्षेत्र (state farms) अर्थात् सोह्वोज, यंत्र-मरम्मत केन्द्र और ऐसे ही अन्य केन्द्र, नगरपालिका संगठन, शहरों और औद्योगिक केन्द्रों में प्रमुख निवास गृह सम्पत्तियाँ राजकीय सम्पत्ति रही हैं। किन्तु सामूहिक कृषकों के अधीन भूमि उनके लिए स्थायी रूप से सुरक्षित रही है जबतक वे देश के कानूनों के अनुसार उसका प्रयोग करते रहें। सामूहिक फार्मों अर्थात् कोलखोजों के सदस्य अपने निवास स्थान से सटे भूमि के छोटे-छोटे टुकड़ों को अपने व्यक्तिगत प्रयोग के लिए रख सकते थे। जो कृषक कोलखोज में शामिल नहीं होना चाहते हैं वे अपने व्यक्तिगत फार्मों को अपने पास रख सकते हैं। किन्तु उन्हें भाड़े पर मजदूरों का प्रयोग करने की छूट नहीं रही है। अपने कार्य से प्राप्त आय, अपनी बचतों, अपने निवास भवनों और संबंद्ध गृह अर्थव्यवस्था, अपने घरेलू फर्नीचरों, बर्त्तनों और व्यक्तिगत उपयोग और आराम की वस्तुओं के संबंध में नागरिकों के व्यक्तिगत सम्पत्ति के उत्तराधिकार संबंधी अधिकार कानून द्वारा सुरक्षित रहे हैं।

मार्च 1990 तक सोवियत रूस में 15 संघीय गणतंत्र (Union Republics) रहे हैं। इनमें से प्रत्येक में एक प्रमुख राष्ट्रीयता (जाति) के लोग रहते हैं जिनके नाम पर उस गणतंत्र का नाम पड़ा है। ये 15 संघीय गणतंत्र 113 क्षेत्रों और अंचलों (territories and regions) में बँटे रहे हैं और ये क्षेत्र पुनः 2976 जिलों और 1922 कस्बों तथा 3544 नगरी बस्तियों में बँटे रहे हैं। जिलों के 40732 देहाती जिले रहे हैं। सामान्यतः प्रत्येक में अनेक गाँव होते है। क्षेत्रों और अंचलों में अनेक छोटी-छोटी राष्ट्रीयताएँ (जातियाँ) भी होती हैं जो अपनी स्वशासित इकाइयों में निर्मित हैं–20 स्वायत्त गणतंत्र (autonomous republics), 8 स्वायत्त अंचल (autonomous regions) और 10 राष्ट्रीय क्षेत्र (national Areas)।

किन्तु 11 मार्च, 1990 को लातविया, लिथुआनिया और इस्तोनिया अपने को स्वतंत्र

राज्य घोषित कर लिए और 21 दिसम्बर, 1991 को शेष 12 गणतंत्रों को मिलाकर एक राष्ट्रकुल (CIS) की स्थापना की गयी। (देखिए अध्याय 15)

सोवियत रूस के आर्थिक विकास का अध्ययन क्यों ?

1. तीव्रतर आर्थिक विकास—सोवियत रूस एक अत्यन्त ही पिछड़े देश का एक अत्यन्त ही विकसित प्रविधियों का प्रयोग करने वाले एक महान औद्योगिक देश में रूपान्तरण का एक विलक्षण उदाहरण है—एक ऐसा रूपान्तरण जो हस्तक्षेपहीनता तथा पूँजीवादी उपक्रमों, जो भूतकालीन कालसिद्ध औद्योगिक क्रान्तियों की विशेषताएँ रहे हैं, के बजाय आर्थिक आयोजना के निर्देशन और नियंत्रण में हुआ है।

2. प्रथम समाजवादी देश—सोवियत रूस मार्क्सवादी विचारधाराओं के आधार पर स्थापित किया जानेवाला प्रथम समाजवादी देश रहा है। साम्यवाद का व्यावहारिक रूप और उसका प्रचार यहीं से हुआ।

3. योजनाकरण की सार्थकता को सिद्ध करने वाला देश—सोवियत रूस ने ही सर्वप्रथम यह प्रदर्शित किया है कि राष्ट्रीय विकास योजनाओं के द्वारा कितने ही अधिक सराहनीय एवं प्रभावपूर्ण परिणाम लाये जा सकते हैं। रूसी आर्थिक प्रयोगों ने समाजवादी विचारधाराओं और सिद्धांतों में निष्ठा और अधिक तीव्र आर्थिक विकास की संभावनाओं में विश्वास लाया।

4. श्रमिकों एवं कृषकों का प्रेरक—रूसी क्रांति के कारण विश्व के सभी देशों में श्रमिकों तथा कृषकों के संगठनों को प्रेरणाएँ मिलीं एवं क्रांति के पश्चात् हुए रूसी आर्थिक विकास ने श्रमिकों और कृषकों की महत्ता को और अधिक बढ़ाया।

5. राजनीतिक स्वतंत्रता का प्रेरक—रूसी क्रांति के कारण विश्व के विभिन्न पराधीन देशों को भी स्वतंत्रता संग्राम छेड़ने की प्रेरणा मिली है। रूस ने साम्राज्यवाद, उपनिवेशवाद तथा पूँजीवाद के शोषण पर सफल प्रहार किया है जिसके कारण आज विश्व के अधिकांश देश स्वतंत्र हो सके हैं।

6. आर्थिक विकास का प्रेरक—क्रांति के पूर्व स्वयं रूस भी एक विशाल किन्तु अर्द्धविकसित देश था। किन्तु उसने आर्थिक योजनाकरण के द्वारा अत्यन्त ही अल्पकाल में अपना विलक्षण आर्थिक विकास किया और 1930 के पश्चात् के वर्षों में भी वह चमत्कारपूर्ण गति के साथ अपना विकास करता रहा जबकि विश्व के सभी पूँजीवादी देश महान मंदी से त्रस्त थे।

7. दार्शनिक सत्य की सत्यता को सिद्ध करनेवाला देश—इसने उस चिरन्तन दार्शनिक सत्य की सत्यता को सिद्ध किया है जिसके अनुसार विगत भूत से पूर्णत: संबंध विच्छेद करनेवाली एक आमूल क्रांति असंभव है। रूसी प्रयोग बतलाता है कि अर्थव्यवस्था में परिवर्तन हिंसात्मक रूप में एवं झटके से नहीं होकर शनैः-शनैः होना चाहिए अन्यथा अर्थव्यवस्था में अस्थिरता एवं हानियाँ हो सकती हैं। यह प्रयोग यह भी बतलाता है कि किस प्रकार साम्यवादी लोग उदारवादी नीतियों एवं बुर्जुआ समाज की कुछ अवधारणाओं को अपना कर कितना लाभ प्राप्त कर सकते हैं।

8. साम्यवादी विचारों के सत्यासत्य को सिद्ध करने वाला देश—सोवियत अर्थव्यवस्था की सिद्धियाँ महत्त्वपूर्ण रूप में साम्यवादी धारणाओं के सत्य और असत्य दोनों को सिद्ध करती हैं। वे बतलाती हैं कि कहाँ तक साम्यवादी विचारों में सत्यता है और कहाँ

तक साम्यवादी गलतियाँ भी कर सकते हैं। यह अर्थव्यवस्था बतलाती है कि केवल एक दृढ़ निश्चित एवं सुअनुशासित शिक्षित समाज ही इस संघर्ष को पूर्ण कर सकता है। किन्तु यह शिक्षित समाज भी स्वयं ही आदर्शों की अपेक्षा शक्ति को ही अधिक महत्त्वपूर्ण मानने लगता है। परिणामतः समाज की प्रगतिशील शक्तियाँ भी बहुत ही संकटग्रस्त की जा सकती हैं एवं विचार, अभिव्यक्ति, विचरण आदि संबंधी स्वतंत्रता से वंचित की जा सकती हैं।

9. मार्क्स के सिद्धांतों को गलत सिद्ध करने वाला देश—कार्ल मार्क्स ने भविष्यवाणी की थी कि साम्यवादी क्रांति सर्वहारा वर्ग (proletariat) के द्वारा अर्थात् श्रमिकों के ही द्वारा होगी। **किन्तु रूसी क्रांति श्रमिकों एवं कृषकों के सहयोग से हुई। वस्तुतः रूसी क्रांति में कृषकों का विशेष हाथ था।** कार्ल मार्क्स ने यह भी भविष्यवाणी की थी कि सर्वहारा वर्ग की क्रांति इंगलैंड जैसे अत्यन्त ही विकसित औद्योगिक देश में होगी। किन्तु इंगलैंड में क्रांति अभी भी नहीं हुई है और सर्वहारा वर्ग की क्रांति रूस में हुई जो तब तक एक कृषि-प्रधान देश था और जो अभी भूदासत्व प्रणाली को पूर्णतः समाप्त नहीं कर पाया था। मार्क्स ने बतलाया था कि साम्यवादी क्रांति पूँजीवादी अर्थव्यवस्था का विध्वंस करने के लिए उसी समाज में स्वयं ही अंकुरित होती हुई अपने आप आयेगी। किन्तु रूसी क्रांति न तो अपने आप आयी और न सामान्य काल में ही आई। यह एक संगठित संघर्ष के कारण नहीं आयी बल्कि यह युद्ध एवं संकट के असामान्य (abnormal) काल में आई जब विश्वयुद्ध में रूस की भयानक पराजय हुई थी और ऐसे समय में सर्वहारा वर्ग ने नहीं वरन् रूसी सैनिकों ने सर्वप्रथम जार शासन के विरुद्ध विद्रोह किया। यह प्रयोग सिद्ध करता है कि **यदि देश की सरकार गरीबों के लिए उनकी अनिवार्यताओं की व्यवस्था कर सके और उसके व्यक्तित्त्व के विकास के लिए कुछ अवसर प्रदान कर सके तो शांति काल में साम्यवाद का आगमन सरल नहीं है।** कार्ल मार्क्स का विश्वास था कि सर्वहारा वर्ग के अधिनायकतंत्र में 'अन्तर्विरोध' का अन्त हो जाएगा। किन्तु सोवियत रूस में कभी भी इन अन्तर्निहित विरोधों का अन्त नहीं हो पाया है जैसा कि सोवियत रूस में समय-समय पर होनेवाला दमन एवं दल शुद्धियों (purges) से स्पष्ट है। यह देखा जा रहा है कि सोवियत रूस में सामूहिक खेतों में एक प्रकार का वर्ग-विभेद (class differentiation) उपस्थित हो गया है, सर्वहारा वर्ग पर शिक्षित व्यक्ति समूहों एवं आर्थिक योजनाकारकों का आधिपत्य हो गया है और साम्यवादी दल, विशेषकर उसका शिक्षित गुट, ऐसा कार्य करता रहा है और महत्त्व प्राप्त कर लिया रहा है जिसे मार्क्स ने सोचा भी नहीं था।

10. एक अत्यन्त ही विशाल समृद्धिशाली देश—रूसी अर्थव्यवस्था का विश्व अर्थव्यवस्था में महत्त्व इसलिए भी है कि यह विश्व का सबसे बड़ा एवं पर्याप्ततः समृद्धिपूर्ण देश है। भू-क्षेत्र के अनुसार यह विश्व का सबसे बड़ा देश है। इसका भू-क्षेत्रफल लगभग 22.4 मिलियन वर्ग किलोमीटर है जो सम्पूर्ण विश्व के क्षेत्रफल के लगभग 1/6 भाग पर फैला हुआ है। यह उत्तरी प्रशान्त महासागर से फिनलैंड की खाड़ी के बीच यूरोप और एशिया में फैला हुआ है। इसकी लम्बाई पूरब से पश्चिम 7000 मील और चौड़ाई उत्तर से दक्षिण लगभग 3000 मील है। इतने विशाल देश में केवल उष्ण (tropical) जलवायु को छोड़कर सभी प्रकार की जलवायु मिलती है और धरातल में भी विभिन्नता है। रूस की वोल्गा नदी यूरोप की सबसे बड़ी नदी है। सोवियत रूस में लगभग एक लाख छोटी-बड़ी नदियाँ और हजारों झीलें हैं। **खनिज पदार्थों के दृष्टिकोण से सोवियत रूस संभवतः विश्व का सर्वाधिक धनी देश है जहाँ अब तक ज्ञात लगभग सभी खनिज पदार्थों का भंडार है।** विश्व के अन्य समस्त देशों के सम्मिलित तेल भंडार से भी सोवियत

रूस का तेल भंडार अधिक है। खनिज, लोहा, सोना, पोटास, एस्बेस्टस के भंडार के दृष्टिकोण से भी सोवियत रूस को विश्व में प्रथम स्थान प्राप्त है। कहा जाता है कि सम्पूर्ण विश्व में खनिज लोहे का कुल जितना भंडार है उसका आधा से भी अधिक केवल सोवियत रूस में ही है। अनुमानतः ग्रेट ब्रिटेन, फ्रांस, पश्चिमी जर्मनी तीनों में जितना लोहे का भंडार है उससे 33 गुना अधिक भंडार केवल सोवियत रूस में है। कोयला और निकल के भंडार के दृष्टिकोण से सोवियत रूस का स्थान विश्व में दूसरा है जबकि संयुक्त राज्य अमेरिका का स्थान प्रथम है। मैगनीज के भंडार के दृष्टिकोण से इसका तीसरा स्थान है।

सोवियत रूस के आर्थिक विकास की पृष्ठभूमि
(Background of the Economic Development of the U.S.S.R.)

भौगोलिक पृष्ठभूमि *(Geographical Background)*

किसी देश के आर्थिक जीवन पर भौगोलिक वातावरण का बहुत ही अधिक प्रभाव पड़ता है। मानव समाज के सामाजिक, आर्थिक एवं राजनीतिक दृष्टिकोण, उसकी आदतें और इच्छाएँ आदि सभी प्राकृतिक वातावरण द्वारा बहुत अधिक सीमा तक प्रभावित होती है। अतएव किसी भी देश के आर्थिक इतिहास का अध्ययन उसकी भौगोलिक पृष्ठभूमि में किया जाना उचित है।

स्थिति और आकार—सोवियत रूस विश्व का सबसे बड़ा देश है। इसका क्षेत्रफल 2,24,02,200 वर्ग किलोमीटर है जो संयुक्त-राज्य अमेरिका के क्षेत्रफल का लगभग तिगुना और भारत का सात गुना है। यह विश्व से कुल भू-भाग का लगभग छठा भाग है। इसकी पश्चिमी सीमा पर नार्वे, फिनलैंड, पोलैंड, चेकोस्लोवाकिया, हंगरी और रूमानिया, दक्षिणी सीमा पर तुर्की, ईरान, अफगानिस्तान, चीन तथा मंगोलिया; पूर्वी सीमा पर प्रशान्त महासागर तथा उत्तरी सीमा पर आकर्टिक महासागर स्थित हैं। उत्तर से दक्षिण तक इसकी लम्बाई 4500 किलोमीटर और पूर्व से पश्चिम तक चौड़ाई लगभग 11,600 किलोमीटर है। इसके आर्थिक, राजनीतिक और सैनिक इतिहास में इसके आकार और भौगोलिक स्थिति दोनों का महत्त्वपूर्ण स्थान रहा है।

प्राकृतिक विभाजन—प्राकृतिक बनावट की दृष्टि से रूस को 6 भागों में विभाजित किया जा सकता है—

1. आर्कटिक का मरुस्थल जिसमें आर्कटिक के मरुस्थल और तैमूर प्रायद्वीप सम्मिलित हैं।
2. हिमाच्छादित प्रदेश जिसे टुण्ड्रा कहा जाता है और जो आर्कटिक महासागर के किनारे स्थित पश्चिम से पूर्व की ओर फैला हुआ है। यह सालों भर बर्फ से ढँका रहता है।
3. टुण्ड्रा के नीचे का वनाच्छादित प्रदेश जिसे टैगा (Taiga) कहा जाता है जिसमें फर, पाईन इत्यादि के वृक्ष बहुत अधिक पाये जाते हैं।
4. वनों के नीचे उपजाऊ मिट्टी वाला स्टेपिज का मैदान।
5. अजरबिस्तान, मध्य एशिया और कैस्पियन के निम्नतल क्षेत्र दक्षिण भाग वाले समशीतोष्ण का मरुस्थल और
6. दक्षिण में अर्द्ध-उष्ण क्षेत्र में फैले हुए मरुस्थल।

जलवायु—केवल उष्ण जलवायु (tropical climate) को छोड़कर अन्य सभी प्रकार की जलवायु सोवियत रूस में पायी जाती है—उत्तरी ध्रुव के निकटवर्ती प्रदेश की शीत

जलवायु से लेकर साइबेरिया के मरुस्थल तक। इसी कारण रूस में सभी प्रकार की वनस्पति तथा पशु-पक्षी मिलते हैं। **सोवियत रूस में ''वन और पहाड़ी चोटियाँ, अनेक झीलों और नदियों के साथ-साथ विशाल मैदान-चरागाह तथा घास के मैदान एक के बाद एक आते हैं।''** यहाँ पर वर्षा का वार्षिक औसत लगभग 20 इंच है। इस प्रकार सोवियत रूस में प्रचुर प्राकृतिक साधन, विस्तृत उपजाऊ प्रदेश तथा प्रत्येक प्रकार की जलवायु पायी जाती है। विशाल नदियाँ तथा प्रशस्त समतल भूमि के क्षेत्र यातायात के लिए आदर्श है। रूस में बहुत ही पुष्ट शरीर वाले और अत्यन्त मिहनती लोग निवास करते हैं। सम्पूर्ण रूस का प्रायः छठा भाग सदा बर्फ से ढँका रहता है। विश्व के कुछ सर्वोच्च पर्वत यहाँ पर पाये जाते हैं। स्तालिन पर्वत की ऊँचाई समुद्र की सतह से प्रायः 25 हजार फीट है। रूस में नदियों का जाल-सा बिछा है। वोल्गा रूस की सर्वाधिक महत्त्वपूर्ण नदी है जो यातायात के प्रमुख मार्ग के रूप में प्रयुक्त की जाती है। नदियों का प्रयोग जल-विद्युत के उत्पादन के लिए भी किया जा सकता है। **किन्तु रूस की नदियों की उपयोगिता दो कारणों से बहुत कम है--एक** तो वर्ष के अधिकाधिक भाग बर्फ से आच्छादित होने के कारण इनका प्रयोग सालों भर नहीं किया जाता और **द्वितीयत:** इनका प्रवाह उत्तर से दक्षिण की ओर है जबकि व्यापार की आवश्यकता पश्चिम से पूर्व अथवा पूर्व से पश्चिम की ओर है। यहाँ पर 25 हजार से अधिक झीलें हैं।

आर्थिक पृष्ठभूमि (*Economic Background*)

आर्थिक पृष्ठभूमि में वन, खनिज, शक्ति, पशु-धन आदि प्राकृतिक साधन और माननीय साधन अर्थात् जनसंख्या आदि तत्त्व आते हैं जो कृषि उद्योग आदि के विकास की पृष्ठभूमि हैं। हम यहाँ इनका अध्ययन औद्योगिक कृषि और मानवीय साधनों के रूप में करेंगे।

औद्योगिक साधन (*Industrial Resources*)—सोवियत रूस में उद्योगों के विकास के लिए आवश्यक प्रायः सभी साधन प्रचुर मात्रा में उपलब्ध हैं। सोवियत संघ खनिज पदार्थों के लिए धनी है। सोवियत वैज्ञानिकों का दावा है कि सोवियत रूस के पास विश्व के कुल कोयले के भंडार का 58 प्रतिशत, तेल के भडार का 58.7 प्रतिशत, खनिज लोहा के भंडार का 41 प्रतिशत, अपाटाइट के भंडार का 76.7 प्रतिशत, लकड़ी के क्षेत्र का 25 प्रतिशत, मैंगनीज के भंडार का 88 प्रतिशत, पोटासियम साल्ट के भंडार का 54 प्रतिशत, फास्फेट के भंडार का लगभग एक तिहाई है। औद्योगिक शक्ति के क्षेत्र में रूस के पास कोयला, तेल, जल-विद्युत तथा प्राकृतिक गैस प्रचुर मात्रा में उपलब्ध है। **विश्व में सबसे अधिक कोयला रूस में उपलब्ध है।** कोयले का सबसे महत्त्वपूर्ण क्षेत्र डोनेज (Donetz) घाटी तथा कुजवास (Kutzbas) है। 1937 ई॰ में रूस के कोयले के भंडार का अनुमान 1654 बिलियन मैट्रिक टन बताया गया था जो उस समय के उत्पादन के स्तर पर 6 हज़ार वर्षों के लिए पर्याप्त था। रूस में जल-शक्ति की भी प्रचुरता है। 1966 ई॰ में रूस में कुल 544 हजार मिलियन इकाई बिजली उत्पन्न की गयी थी। विद्युत-शक्ति के उत्पादन में रूस का विश्व में तीसरा स्थान है। 1937 ई॰ में अनुमान लगाया गया था कि सोवियत रूस में संभवतः 28 करोड़ किलोवाट विद्युत उत्पन्न करने की क्षमता है। रूस में पेट्रोलियम का अनुमानित भंडार लगभग 5 बिलियन मेट्रिक टन है। कैस्पियन सागर के पास बाकू के आस-पास सर्वाधिक मात्रा में पेट्रोलियम पाया जाता है। 1940 ई॰ में उत्पन्न किये गये कुल 3 करोड़ मेट्रिक टन पेट्रोल का प्रायः 70 प्रतिशत यहीं की खानों से प्राप्त हुआ था। कैस्पियन सागर के उत्तर में भी पेट्रोल पाया जाता है जिसे 'वाकू द्वितीय' कहा जाता है। 1966 ई॰ में रूस में 265

मिलियन टन पेट्रोल, 586 मिलियन टन कोयला तथा 143 हजार मिलियन घन मीटर गैस का उत्पादन हुआ था।[1] रूस में औद्योगिक खनिज-पदार्थों की भी प्रचुर उपलब्धि है। अबतक ज्ञात प्रायः सभी खनिज पदार्थों का सोवियत रूस में विशाल भंडार है। यहाँ पर लोहे का विशाल भंडार उपलब्ध है जो विश्व में प्रायः सर्वाधिक है। 1938 ई० में सोवियत रूस का दावा था कि विश्व में पाये जाने वाले कुल लोहे के भंडार का प्रायः 53.5 प्रतिशत रूस में ही पाया जाता है। सर्वाधिक महत्त्वपूर्ण लौह-क्षेत्र यूक्रेन में स्थित क्रिवायराजा है जहाँ से रूस के कुल लोहा उत्पादन का प्रायः आधा भाग उत्पन्न किया जाता है। यूराल पर्वतश्रेणी में भी खनिज लोहा भरा पड़ा है। 1966 ई० में रूस में कुल 150 मिलियन टन लोहे का उत्पादन हुआ था। सोवियत रूस में इस्पात बनाने के लिए लोहा और कोयला के साथ-साथ मैंगनीज भी पर्याप्त मात्रा में पाया जाता है। मैंगनीज की प्रमुख खानें जार्जिया प्रदेश के च्यातुरा, यूक्रेन के निकोपाल तथा यूराल में स्वर्डलोलक आदि में है। सोवियत संघ में ताम्बा, शीशा और जस्ता भी प्रचुर मात्रा में पाये जाते हैं। यहाँ बॉक्साइट भी प्रचुर है। स्वर्ण का भी बड़ी मात्रा में उत्पादन होता है। इन सब धातुओं के अतिरिक्त टीन, चाँदी, यूरेनियम, रांगा तथा प्लेटिनम आदि खनिज भी सोवियत रूस में प्रचुर मात्रा में पाये जाते हैं।

कृषि-साधन *(Agricultural Resources)*—पर्याप्त कृषि उत्पादन के लिए तापक्रम, वर्षा तथा मिट्टी आदि आवश्यक तत्त्व हैं। कृषि के लिए उपयोगी जलवायु तथा विशाल समतल मैदान के कारण सोवियत रूस में प्रायः सभी प्रमुख कृषि-वस्तुएँ उत्पन्न की जाती है। कृषि-वस्तुओं में गेहूँ, फ्लेक्स, चुकन्दर, कपास, जौ, जई तथा तेलहन आदि प्रमुख हैं। 1968 ई० में सोवियत संघ की कुल 2227.4 मिलियन हेक्टर[2] भूमि में से 546 मिलियन हेक्टर भूमि में खेती हुई थी जो सोवियत संघ के कुल क्षेत्र का अनुमानतः एक चौथाई भाग था। शेष भाग खेती के लिए अनुपयुक्त है क्योंकि ये अधिकांशतः दलदल, मरुस्थल, घास के मैदान, रेगिस्तान तथा पहाड़ों से आच्छादित हैं। इस भूमि के अधिक भाग को भी वैज्ञानिक तरीके से पाँचवीं तथा छठी योजनाओं में कृषि-योग्य बनाने का प्रयास किया गया था। देश के यूरोपीय भाग में काली मिट्टी का सबसे उपजाऊ प्रदेश है जो खेती के लिए सर्वाधिक प्रमुख है। उद्योगीकरण के साथ-साथ रूस में औद्योगिक फसलों के उत्पादन में भी महत्त्वपूर्ण वृद्धि हो रही है। सोवियत रूस में कृषि के साथ-साथ पशु-पालन भी बड़े पैमाने पर किया जाता है जिसका रूसी कृषि में महत्त्वपूर्ण स्थान है। जंगलों से प्राप्त होनेवाली वस्तुओं में फर प्रसिद्ध है। पूर्वी साइबेरिया तथा उत्तर के भाग फर के लिए विश्व में सर्वप्रमुख हैं। रूस में मछलियाँ भी बहुत अधिक मात्रा में पकड़ी जाती हैं। **कैस्पियन सागर में मछलियाँ इतनी अधिक पायी जाती हैं कि इसे 'मछली तालाब' कहा जाता है।** सोवियत रूस में वनों की अधिकता है। यहाँ कुल 747 मिलियन हेक्टर भूमि में वन पाये जाते हैं जो रूस के सम्पूर्ण क्षेत्रफल का प्रायः एक-तिहाई भाग है। अधिकांश वन (515 मिलियन हेक्टर) रूस के एशियाई भाग में हैं। **विश्व के कुल वनों के प्राय: 20 प्रतिशत वन रूस में पाये जाते हैं।** वन रूस की राष्ट्रीय आय का एक प्रधान साधन है। रूस में लकड़ी की सम्पत्ति प्रायः 7500 मिलियन घन मीटर है। यहाँ के वनों में फर वाले जानवर बड़ी संख्या में पाये जाते हैं। अतएव रूस से फर का बड़े पैमाने पर निर्यात किया जाता है।

---

1. Soviet Union —50 years, p. 80.
2. 1 हेक्टर—2.042 एकड़

मानवीय साधन : जनसंख्या (Human Resources : Population)—रूस की जनसंख्या दिसम्बर, 1971 ई॰ में प्रायः 24.5 करोड़ थी। जनसंख्या की दृष्टि से सोवियत रूस का विश्व में चीन और भारत के बाद तृतीय स्थान है। 1970 ई॰ के आँकड़ों के अनुसार 60 प्रतिशत लोग शहरों में तथा 40 प्रतिशत गाँवों में निवास करते हैं। क्रांति के पूर्व यहाँ की कुल 80 प्रतिशत जनसंख्या गाँवों तथा केवल 20 प्रतिशत शहरों में निवास करती थी। **लगभग 55 वर्षों में नगरी जनसंख्या के प्रतिशत में यह वृद्धि रूस की औद्योगिक प्रगति का द्योतक है।** सोवियत संघ में जनसंख्या में वृद्धि की वार्षिक दर 1.3 प्रतिशत थी जबकि भारत में यह दर 2.4 प्रतिशत थी। रूस में जन्म-दर (birth rate) प्रति हजार 19 तथा मृत्यु दर (death rate) प्रति हजार 6 है। इसकी जनसंख्या का औसत घनत्व 10.5 व्यक्ति प्रति वर्ग कि॰ मी॰ है जबकि भारत में यह 118 व्यक्ति प्रति वर्ग कि॰ मी॰ है। 1 जनवरी, 1969 को सोवियत संघ में कुल जनसंख्या लगभग 23.9 करोड़ थी जिसमें पुरुषों की संख्या 10.98 करोड़ तथा औरतों की संख्या 12.92 करोड़ थी। इस प्रकार उस वर्ष वहाँ प्रति 100 व्यक्तियों में से 46 पुरुष तथा 54 औरतें थीं। उस वर्ष कुल जनसंख्या में से 13.42 करोड़ नगरों में और 10.48 करोड़ देहातों में रहने वाले लोग थे। निम्नांकित तालिका से 1969 में सोवियत रूस और उसके प्रदेशों के क्षेत्रफल और जनसंख्या का अन्दाजा लगता है:

सोवियत रूस और उसके विभिन्न गणराज्यों का क्षेत्रफल और जनसंख्या[1]

(1 जनवरी, 1969)

प्रदेश		क्षेत्रफल (हजार वर्ग किलोमीटर)	जनसंख्या (मिलियन)	राजधानी (मुख्य नगर और प्रशासनिक केन्द्र)
सोवियत रूस (U.S.S.R)		22,402.2	2,39.3	मास्को
रु॰सो॰सं॰ग॰ (RSFSR)		17,075.4	1,28.5	मास्को
यूक्रेनिया सो॰ स॰ ग॰		601.7	46.8	कीव
बेलोरसिया	"	208	8.9	मिन्स्क
उज़बेकिस्तान	"	409.6	11.7	ताशकन्त
कजाकिस्तान	"	2756	12.9	अलमाअता
जार्जिया	"	70	4.7	तिबिलिसी
अजरबेजान	"	87	5	बाकू
लिथुवेनिया	"	64	3.1	विलनियस
मॉलदेविया	"	34	3.5	किसीनेव
लटविया	"	64	2.3	रीगा
किरगिजिया	"	198	2.9	फ्रुन्ज
तजिकिस्तान	"	143.1	2.8	दुशानवे
आर्मेनिया	"	30	2.4	येरेवान
तुर्कमैनिस्तान	"	468	2.1	असखाबाद
अस्टोनिया	"	45.1	1.3	तालिन

1. The Statesman Year Book, 1970-71, p. 1387

सोवियत रूस की जनसंख्या में विभिन्न प्रकार की संस्कृति के भिन्न-भिन्न भाषा-भाषी लोग सम्मिलित हैं। 1926 की जनगणना के समय पता चला था कि सोवियत रूस में 150 प्रकार के प्रजातीय समूहों (ethnic groups) के लोग रहते थे जिनमें स्लेविक, तुर्की एवं फिन्स इत्यादि बड़े-बड़े समूहों के अतिरिक्त अन्य छोटे-छोटे समूहों के लोग भी थे।[1]

सामाजिक पृष्ठभूमि

क्रांति के पूर्व रूसी समाज दो स्पष्ट वर्गों में विभाजित था—(1) शासक वर्ग तथा (2) शासित वर्ग। इस सामाजिक वर्गीकरण का आर्थिक इतिहास की दृष्टि से बड़ा ही महत्त्वपूर्ण स्थान है क्योंकि रूस का इतिहास वहाँ की सरकार का इतिहास है जिस पर सामान्य जनता के जीवन, विचार, अभिलाषाओं की कोई छाप नहीं मिलती। राजा और प्रजा के बीच खाई विश्व में अन्य कहीं भी इतनी चौड़ी नहीं रही है जितनी सोवियत रूस में। आदि काल से ही रूसी समाज शोषण के वातावरण में पलता आया था जिसकी रूसी जनता के चरित्र पर अमिट छाप है। क्रांति के पूर्व सेनाधिकारी, धर्माधिकारी और राज्याधिकारी सभी इस शोषण कार्य में अपना सहयोग देते रहे थे। सदियों से चले आ रहे इस शोषण के कारण सामान्य जनता अत्यन्त भाग्यवादी बन गयी थी। जार और धर्माधिकारियों ने अपने द्वारा जनता के शोषण को स्थायी रूप देने के लिए जनता के मन में यह विश्वास उत्पन्न कर दिया था कि शासक और उसके कर्मचारियों को राज्य करने की दैवी अधिकार प्राप्त है और पादरी उनकी आत्मा का स्वामी तथा स्वर्ग का द्वारपाल है। अतएव किसी भी मूल्य पर इसकी कृपा प्राप्त करना जनता के लिए अनिवार्य है। रूसी जनता की इस धर्मभीरु और भाग्यवादी प्रकृति में साम्यवादी आन्दोलन की सफलता का एक खास रहस्य छिपा हुआ है। शिक्षित बुद्धिवादी वर्ग का शासन के साथ सम्पर्क अवश्य था, किन्तु इन्हें अपने प्रगतिशील विचारों को व्यावहारिक रूप देने का उचित अवसर नहीं प्राप्त था।

रूसी जनता के चरित्र-निर्माण में भौगोलिक परिस्थितियों का भी महत्त्वपूर्ण प्रभाव पड़ा है। सदियों तक पश्चिमी प्रभावों से दूर रहने के कारण रूस के बाहर पाये जाने वाले विचारों और तरीकों से रूसी जनता बिल्कुल ही अप्रभावित रही। इससे आधुनिक युग में भी इसकी प्राचीन सामाजिक और सांस्कृतिक परम्परा ज्यों-की-त्यों बनी रही। किन्तु रूसी जनता का देश के सामान्य शासन में कोई विशेष अधिकार आज भी नहीं है और उसका जीवन-मान अभी भी पाश्चात्य देशों की तुलना में अत्यन्त नीचा ही बना हुआ है।

राजनीतिक और ऐतिहासिक पृष्ठभूमि

एशिया और यूरोप महादेशों के बीच बसा सोवियत रूस इन दोनों की अच्छाइयों और बुराइयों का एक विचित्र मिश्रण है। अभी तक इतिहासकार इस संबंध में एकमत नहीं हो पाये हैं कि सांस्कृतिक और मनोवैज्ञानिक रूप में रूस एशिया के अधिक समीप है अथवा यूरोप के। **स्वयं रूस भी कभी अपने को यूरोपीय मानता है तो कभी एशियाई।** प्राचीन काल में रूस बराबर बदलती हुई जातियों का देश रहा है। ये जातियाँ मुख्यतः एशिया से आयी थीं। इनमें **स्काइथियन** (Scythian) जाति विशेष रूप से उल्लेखनीय है। ईसा के आठवीं शताब्दी पूर्व तक इनका दक्षिण-पूर्व तक आधिपत्य जम चुका था। इनके बाद पाँचवीं शताब्दी के लगभग स्लाव (Slav) जाति का महत्त्व बढ़ने

1. H. Schwartz : *Ruissia's Soviet Economy*, p. 26

लगा। इतिहासकारों के अनुसार यह जाति एशिया से आयी थी और नदियों के किनारे-किनारे दूर-दूर तक फैल गयी थी। **सातवीं शताब्दी में स्लाव लोग तीन शाखाओं में विभक्त होकर बिखर गये।** इनमें से पूर्वी शाखा सर्वाधिक संगठित और क्रियाशील थी। इस शाखा को **रूस** (Russ) अथवा **रूसी स्लाव** कहा जाने लगा। दसवीं शताब्दी के आसपास यह जाति **बाइजेन्टाइन** (Byzentine) साम्राज्य के सम्पर्क में आयी और इसके बाद ईसाई धर्म के साथ-साथ इन लोगों ने बाइजेन्टाइन भाषा, लिपि तथा सभ्यता को अपनाया। इसके साथ ही व्यापार का विस्तार भी प्रारंभ हुआ। इस काल में **कीव** (Kiev) में राज्य का संगठन हुआ। **इसी कीव को उस समय रूस कहा जाता था।** आगे चलकर यह नाम एक बहुत बड़े क्षेत्र को दे दिया गया।

ग्यारहवीं शताब्दी के अन्त में कीव (Kiev) **का राजघराना आपसी मतभेदों के कारण कमजोर पड़ने लगा।** इससे यह अवनति की ओर अग्रसर होने लगा। तेरहवीं शताब्दी के प्रारंभ में **तातार जाति ने रूस पर आक्रमण किया** और **चंगेज खाँ के पोते ने कीव को बर्बाद कर डाला।** चंगेज खाँ की मृत्यु के बाद उसका विशाल साम्राज्य तहस-नहस हो गया और रूस **गोल्डेन होर्ड** (Golden Horde) साम्राज्य का एक अंग हो गया। लगभग दो सौ वर्षों तक रूस इन लोगों के प्रभाव में रहा। इस काल में मास्को का द्रुतगति से विकास हो रहा था। जब **धीरे-धीरे मंगोल शासक कमजोर होने लगे** तो मास्को के राजा **इवान महान** (Ivan, the Great), 1462-1505, ने मंगोलों को कर देना बन्द कर दिया। इसका पोता **इवान खूँखार** (Ivan, the Terrible) **1533-1584 ने जार (जार्च) की पदवी ग्रहण की।** किन्तु इसका राजवंश 16वीं शताब्दी के बाद नहीं चल सका। इसके बाद रूस के लिए बड़ा ही अन्धकारमय समय आ गया। 1613 ई॰ में **माईकेल रोमानोव** (Michel Romanove) **जार घोषित किया गया। इस प्रकार रोमानोव वंश की स्थापना की गयी। 1917 ई॰ की लाल क्रांति के पूर्व तक इसी वंश का रूस पर शासन रहा।** सत्रहवीं शताब्दी के रूस का पर्याप्त क्षेत्रीय विस्तार हुआ और धीरे-धीरे प्रशान्त महासागर तक पहुँच गया। इस प्रकार मास्को, जो दो शताब्दी पूर्व केवल छोटा राज्य था, विशाल रूस के रूप में परिवर्तित हो गया।

किन्तु आर्थिक दृष्टि से अपने पड़ोसी पश्चिमी राष्ट्रों की तुलना में रूस अत्यन्त पिछड़ा देश था। **पीटर महान** (Peter, the Great) (1682-1725) **पहला रूसी सम्राट था जिसने रूस के औद्योगिक उत्थान का प्रयास किया। इसलिए पीटर महान् को रूसी इतिहास का युग प्रवर्तक कहा जाता है।** इस छः फीट नौ इंच लम्बे रूसी जार में दूरदर्शिता, कूटनीतिज्ञता, कार्यकुशलता और संगठन की विलक्षण क्षमता थी। **देश को रूढ़िवादिता से निकाल कर आधुनिकता की ओर ले जाने का सारा श्रेय इसी युगस्रष्टा पीटर महान को है।** इसके शासन में रूस में सभी क्षेत्रों में प्रगति हुई। इसने यूरोप के अन्य देशों का भ्रमण किया। **इसके शासन काल में पहली बार यूरोपवाद की एक लहर आयी और रूस जर्मनी, फ्रांस तथा इंगलैंड की विचारधाराओं, सामाजिक संगठन और औद्योगिक विकास के ढाँचे में अपने-आपको बदलने की कोशिश करने लगा। रूस में उद्योगीकरण का सूत्रपात भी पीटर महान ने ही किया।** उसके शासन काल में राज्य संरक्षण और प्रेरणा से उद्योग में नया विचार, नयी तकनीक, नया संगठन, नये कारीगर और विदेशी पूँजी तथा जानकारी आदि का आगमन प्रारंभ हुआ।

पीटर महान के बाद किसी भी शासक में इसके कार्यक्रम को कार्यान्वित करने की योग्यता नहीं रही। अब तक रूसी समाज का उच्च वर्ग पश्चिमी देशों के बौद्धिक जागरण से प्रभावित हो चुका था। किन्तु अब भी उसकी अधिकांश जनता प्राचीन रीति-रिवाजों तथा विचारों के गर्त में डूबी हुई थी। 1812 ई॰ में **नेपोलियन** की सेना के मास्को तक आ जाने से रूस को पश्चिमी प्रभाव में आने का एक और अवसर प्राप्त हुआ। **निकोलस प्रथम** ने अपनी तीस वर्षों के शासन-काल (1825-55) में एक अत्यन्त क्रूरतापूर्ण शासन की स्थापना की। इसके शासन काल में लगभग 600 स्थानीय विद्रोह हुए जिन्हें अत्यन्त क्रूरता के साथ दबा दिया गया। **अलेक्जेंडर द्वितीय** (1855-81) ने इस असन्तोष को दूर करने के लिए बहुत अधिक प्रयास किया। रूसी किसानों को कई बन्धनों से मुक्त कर दिया गया। किन्तु **अलेक्जेंडर द्वितीय अपने सामन्तों के विरोध के कारण बहुत अंश तक सफल नहीं हो सका और 1881 में सामन्तों ने इसकी हत्या कर दी।** अन्तिम जार **निकोलस द्वितीय** (1894-1917) रोमानोव वंश के अत्याचार के बोझ को वहन करने में सर्वथा असमर्थ सिद्ध हुआ। 16 जुलाई, 1917 को साम्यवादियों द्वारा इस वंश के अंतिम प्रकाशहीन दीप को सदा के लिए बुझा दिया गया।

संदर्भ

A. Mukherjee : Economic and Commercial Geography
Maurice Dobb : The Soviet Economic Development
Harry Schwartz : Russia's Soviet Economy.
Soviet Union : 50 Years.
U.S.S. R. Reference Book
Statesman Year Book 1990-91

मानक प्रश्न

1. सोवियत संघ के प्राकृतिक साधनों की व्याख्या कीजिए। सोवियत संघ के आर्थिक विकास में इनसे कहाँ तक सहायता मिली है ?
2. ''पिछले प्रायः पचास वर्षों में सोवियत संघ के आर्थिक विकास में उसके प्राकृतिक साधनों ने महत्त्वपूर्ण योगदान किया है।'' इस कथन की व्याख्या कीजिए।
3. सोवियत संघ के प्रमुख खनिज पदार्थों की व्याख्या कीजिए।
4. सोवियत रूस के आर्थिक विकास का अध्ययन क्यों महत्त्वपूर्ण है ?

❑

अध्याय 2

रूसी अर्थव्यवस्था सन् 1917 के पूर्व

(THE SOVIET ECONOMY BEFORE 1917)

समृद्धि औंर दिभिन्न प्रकार के प्राकृतिक साधनों के बावजूद सन् 1917 के पूर्व का रूस न्यूनाधिक रूप में पिछड़ा देश था। फिर भी कुछ क्षेत्रों में पूँजीवादी उद्योगों का विशेषतः 1780 के पश्चात् अवश्य ही विकास हो रहा था जो पर्याप्ततः आधुनिक ढंग के थे और कतिपय व्यक्तियों द्वारा नियंत्रित थे। ऐसे उद्योगों में रेल पथ निर्माण, खनिज लोहा उद्योग आदि प्रमुख थे। 18वीं शताब्दी में रूस का औद्योगिक विकास **पीटर महान** (Peter, the Great) की पश्चिमीकरण नीति का एक महत्त्वपूर्ण अंग था। **सन् 1917 की रूसी क्रांति के पूर्व रूस में पूँजीवादी उद्योग का भी न्यूनाधिक विकास हो रहा था। उसका श्रेय इसी राष्ट्रनिर्माता पीटर महान को है।** उसी के काल में यूराल क्षेत्र लोहे की खान एवं आद्य लौह उद्योग के लिए महत्त्वपूर्ण हुआ। 18वीं शताब्दी के मध्य में रूस का लौह उत्पादन इंगलैंड से कई गुना अधिक था। लौह निर्यात दृष्टिकोण से वह स्वीडन के साथ प्रतियोगिता कर रहा था। जहाँ कहीं भी परिपक्व औद्योगिक पूँजीवाद ने जड़ पकड़ा था वहाँ पर पूँजीवाद पर्याप्ततः विकसित था।

राजनीतिक व्यवस्था—यह एक प्रकार से प्राधिकारवादी व्यवस्था थी। देश का शासन एक राजतंत्र के अन्तर्गत था जिसे **जार** (Czar) कहा जाता है। 1917 की क्रांति के पूर्व शताब्दियों तक रूस में जारशारी का बोलबाला था। यह राजवंश देश के भौतिक उत्थान अथवा जनकल्याण के लिए विशेष रुचि नहीं रखता था—विशेष कर विगत शताब्दी के मध्य तक। आश्चर्य यह है कि जबकि आर्थिक क्षेत्र में जार-शासित रूस एक अपेक्षाकृत अर्द्ध-औपनिवेशिक अवस्था में था तो दक्षिणी-पूर्वी देशों के प्रति उसके भी कुछ साम्राज्यवादी रुख थे और वह उन देशों में उसी ध्येय से अपनी पूँजी का निर्यात भी करता था तथा अपनी विभिन्न वस्तुओं के लिए वहीं बाजार ढूँढ़ रहा था। भू-क्षेत्रीय प्रसार के प्रति उसका लोभ 19वीं शताब्दी के उत्तरार्द्ध में प्रकट हुआ जब उसने सफलतापूर्वक मध्य पूर्व (Middle East) और सुदूरपूर्व (Far East) के आमूर के मैदान में घुसकर पैर जमा लिया। 19वीं शताब्दी के अन्त तक वह फारस, मंगोलिया, मंचूरिया आदि देशों में अपने आर्थिक राजनीतिक प्रभाव के प्रसार को चिह्नित कर रहा था। 15वीं शताब्दी से लेकर 19वीं शताब्दी के अन्त तक रूस के जारों ने युद्ध के द्वारा साम्राज्य के विस्तार-कार्य को निरन्तर जारी रखता था।

आर्थिक और सामाजिक व्यवस्था—जारों के शासन काल में **रूसी समाज स्पष्टतः दो वर्गों में विभाजित था**—आश्चर्यजनक धनी और विलासी उच्च वर्ग तथा अवर्णनीय दरिद्रता से घिरा हुआ कृषि-दास वर्ग। जार शासन काल में रूस युद्धों द्वारा साम्राज्य का निरन्तर विस्तार कर रहा था। सामन्तशाही तथा दास-प्रथा इन्हीं युद्धों की देन

थी। अठारहवीं तथा उन्नीसवीं शताब्दी में रूस की जनसंख्या में दस गुनी वृद्धि हुई। 1725 ई० में **पीटर महान** के समय रूस की जनसंख्या 130,00,000 थी जो बढ़कर 1817 ई० में 12 करोड़ 56 लाख हो गयी। जनसंख्या में यह अत्यधिक वृद्धि मुख्यतः प्रादेशिक विस्तार के कारण हुई। जारशाही काल में रूस पश्चिम से प्रायः विलग ही रहा। इसका प्रमुख कारण पड़ोसी राज्यों के साथ शत्रुता बतलाया जाता है। **इस कारण सामन्तशाही दासता और कठोर राज्यशाही रूस में बहुत समय तक चलती रही** जबकि इंगलैंड, फ्रांस और जर्मनी में यह बहुत पहले ही समाप्त हो गयी थी। **पीटर महान के शासन काल में यूरोपवाद की एक ऐसी लहर देश में आयी कि रूस पहली बार अपने-आप को जर्मनी, फ्रांस और इंगलैंड की विचारधाराओं, सामाजिक संगठन और औद्योगिक विकास के ढाँचें में ढालने का प्रयास करने लगा।** साम्राज्य की सीमा को समुद्र तट तक बढ़ाने के लिए पीटर महान जीवन भर युद्ध में लीन रहा। **पीटर महान की सबसे बड़ी देन पूँजीवादी उद्योगीकरण है।** उस समय यूरोप में प्रचलित वणिकवाद के सिद्धांतों ने पीटर महान को बहुत अधिक प्रभावित किया था। **पीटर महान ने ही देश के उद्योगीकरण के लिए राजकीय संरक्षण और प्रेरणा दी।**

सामन्तवाद अर्थात् बड़े-बड़े भू-स्वामियों के वर्ग के आधिपत्य का उदय रूस में नवीं शताब्दी में ही हो चुका था। धीरे-धीरे यह सामन्तवाद प्रमुख संस्था बन गया और सामाजिक संगठन का रूप धारण कर लिया। बड़ी मात्रा में बेकार और निर्मूल पड़ी हुई भूमि सामन्तों के हाथ लग गयी। किसान और कारीगर अपने औजारों की सहायता से इन बड़े भू-स्वामियों से भूमि प्राप्त कर कृषि कार्य करने लगे। इसके बदले में उसने उत्पादन का अंश **अब्रोक** (obrok) तथा अपने श्रम का निश्चित समय **बारसीना** (bartchina) भूस्वामियों की भूमि को देना पड़ता था। ज्यों-ज्यों समय बीतता गया, किसान भू-स्वामियों को आर्थिक और गैर-आर्थिक भार का शिकार होकर पूर्णरूपेण दास बनना पड़ा। सामन्तवाद के अन्तर्गत सामन्त ने भूमि पर अपना स्वामित्व घोषित कर रखा था जिसको **वॉशिना** (voichina) अथवा **वंशानुगत भू-सम्पत्ति** कहा जाता था। वॉशीना भू-स्वामियों को **बोयर** (boyer) अथवा **विशेषाधिकार प्राप्त व्यक्ति** कहा जाता था। 18वीं शताब्दी तक सामन्तवाद का प्रभुत्व रूसी सम्राटों और शासकों पर भी जम चुका था। 16वीं शताब्दी में **आइवान तृतीय** के नेतृत्व में बड़े-बड़े भूस्वामियों की जगह छोटे एवं मध्यम किसानों के वर्ग का उदय हुआ। जिन्हें **पोमेस्ती** भूस्वामी कहा जाता था। इनका कार्य सीमा प्रदेशों की रक्षा तथा राज्य की सैनिक सेवा था। **धीरे-धीरे लगभग 15 प्रतिशत कृषि-योग्य भूमि पोमेस्ती वर्ग के अधिकार में चली गयी।** किन्तु 17वीं शताब्दी में पामेस्ती वर्ग की शक्ति क्षीण होने लगी। **आइवान चतुर्थ** की लिवोनियन युद्ध में पराजय कृषि और किसानों की सोचनीय दशा का महत्त्वपूर्ण कारण बनी। इसके अतिरिक्त 1607 से 1612 की अवधि में पोलैंड द्वारा आक्रमण और मास्को पर उसके अधिकार ने किसानों के असंतोष को अधिक बढ़ा दिया। 1605, 1608 तथा 1670 में किसान प्रबल विद्रोह किये। कृषक विद्रोह क्रूरता से दबा दिये गए और **पोमेस्ती वर्ग ने किसानों की श्रम-शक्ति तथा शरीर पर वैधानिक अधिकार प्राप्त कर लिया।** यह वर्ग अब इतना शक्तिशाली हो गया कि **रोमानोव वंश** का आदमी जार चुना गया। **वॉशीना पद्धति का दासता यंत्र के रूप में अधिकाधिक और प्रभावशाली प्रयोग होने लगा।** परन्तु इससे भी कृषि की दशा में कोई सुधार नहीं हुआ। रूसी सम्राट इतने कमजोर और पंगु थे कि वे सामन्तवर्ग का विरोध नहीं कर सकते थे। वस्तुतः स्वयं इनका अस्तित्व ही सामन्तों की प्रसन्नता और अनुकम्पा पर निर्भर था।

व्यापार की वृद्धि और अनाज के निर्यात से धीरे-धीरे व्यापारी वर्ग का उदय हो रहा था। दूसरी ओर सामन्तों की विलासिता बढ़ी और इन्होंने अधिकाधिक कर लगाना प्रारंभ कर दिया। **1705 तथा 1707 के कृषक विद्रोह इसके ज्वलन्त प्रमाण हैं।** इसी समय रूस का औद्योगिक विकास भी प्रारंभ हुआ। अतएव सामन्त वर्ग शहरों की ओर आकृष्ट हुआ। इसका कृषि व्यवस्था पर और भी प्रतिकूल प्रभाव पड़ा।

18वीं शताब्दी के अन्त में तत्कालीन रूस में **भू-स्वामियों के प्रमुख वर्ग अग्रलिखित थे**–

1. जार स्वामित्व–पीटर महान के काल में कुछ भूमि जार ने अपने परिवार वालों को वंशानुगत स्वामित्व के रूप में दे दी थी। इनको जार की व्यक्तिगत सम्पत्ति माना जाता था तथा इसकी व्यवस्था व्यक्तिगत रूप से की जाती थी।

2. दरबार भू-स्वामित्व–यह प्रथा प्राचीन काल से ही चली आ रही थी। मध्य युग में मध्य रूस के विस्तृत प्रदेश इसमें शामिल कर लिए गये। दरबार स्वामित्व 18वीं शताब्दी के अन्त तक बढ़ता गया। सन् 1772 में दरबार के अन्तर्गत 3,57,328 और 1782 में 5,97,238 पुरुष थे। इस भूमिवर्ग का मुख्य कार्य दरबार के प्रमुख राजकुमारों तथा कर्मचारियों को दी जाने वाली राजकीय अर्थ-सहायता एकत्र करना था। इस वर्ग की स्थिति पोमेस्ती किसानों से अच्छी थी। इसका प्रबन्ध दरबार के एक विभाग द्वारा होता था। किन्तु **कैथराइन द्वितीय** के समय दरबार की भूमि राज्य स्वामित्व में बदल गयी।

3. राज्य स्वामित्व–राज्य की भूमि पर जो किसान बसते थे वे राज्य की सम्पत्ति की तरह थे। अतएव राजाज्ञा द्वारा इनका भी विक्रय किया जा सकता था। **कैथेराइन ने किसानों की दशा सुधारने का प्रयत्न किया तो जारिना** (Tzarina) **ने किसानों को अधिक दासता में बाँधा।**

4. चर्च स्वामित्व–इस वर्ग में 18वीं शताब्दी में प्रायः 10 लाख व्यक्ति अर्थात् रूस और साइबेरिया की कुल ग्रामीण जनसंख्या के लगभग 14 प्रतिशत लोग थे। इस भूस्वामित्व के अन्तर्गत किसानों की दशा अच्छी नहीं थी। वर्ष में किसानों को 163 दिन मठों की जमीन पर काम करना पड़ता था अर्थात् उन्हें वॉशीना देना पड़ता था। कुछ रूसी सम्राटों ने समय-समय पर चर्च और मठों की भूमि हथियाने का प्रयत्न किया। इनमें **जार एलेफ्जी, पीटर महान्, पीटर तृतीय तथा कैथेराइन द्वितीय** उल्लेखनीय हैं।

5. अन्य भूमिस्वामित्व–भूस्वामियों का एक अन्य वर्ग–**पोलोलीको वर्ग** 18वीं शताब्दी में अस्तित्व में आया। इस श्रेणी के किसानों को अपने उत्पादन का आधा भाग अपने भूस्वामी को देना पड़ता था। इसके अतिरिक्त इन्हें फसल काटना, भूसा निकालना, जंगल साफ करना, कपड़ा बुनना इत्यादि काम भू-स्वामी के लिए करने पड़ते थे। स्त्रियाँ और बच्चे उनके घरों पर कार्य करने के लिए बाध्य थे। इसी प्रकार **पोमेस्ती** किसानों का एक अन्य वर्ग था जिसे सीमा रक्षा के लिए सैनिकों के रूप में रखा जाता था।

1917 के पूर्व रूसी कृषि का विकास

सन् 1905 में लेनिन ने ''वित्तीय पूँजीपतियों के सहयोग से निकोलस द्वितीय के नेतृत्व में कतिपय भूमिपतियों के साथ'' रूस को पश्चिमी यूरोप के साम्राज्यवाद के अभिकर्त्ता के रूप में कार्य करने वाला कहा था।[1] इसका कारण **लेनिन** ने जार

1. लेनिन के कलेक्टेड वर्क्स (रूसी संस्करण) खंड 19, पृ० 136, खंड 20, पृ० 570

शासित रूस के ''सैनिक दासत्वपूर्ण'' स्वरूप को बतलाया था। **उस समय रूस में 'अत्यन्त ही पिछड़ी कृषि और बहुत ही आदिकालीन गाँव का और अत्यन्त ही विकसित औद्योगिक एवं वित्तीय पूँजीवाद'' का सहअस्तित्व था।** इस प्रकार अत्याचारी राजतंत्र के अधीन रहकर रूसी जनता की आय अत्यन्त ही कम थी और उनका जीवन-स्तर अत्यन्त ही निम्न था। वर्तमान शताब्दी के प्रारंभ में प्रति व्यक्ति आय प्रतिवर्ष केवल 100 रूबल थी। सन् 1917 के पूर्वकाल में जनता के निम्न जीवन-स्तर का आधारभूत कारण कृषि की कम उपज था। कृषि पर ही रूस की 3/4 जनसंख्या निर्भर थी। कृषियोग्य भूमि के प्रति एकड़ में औसत उपज केवल 8-10 बुशेल थी जो इंगलैंड की प्रति एकड़ उपज की 1/4 थी, पूर्वी जर्मनी की प्रति एकड़ उपज की केवल 1/3 और फ्रांस की 1/2 थी और यह बात आश्चर्यमय ज्ञात होगी यदि हम यह स्मरण रखें कि रूस की काली मिट्टी वाला क्षेत्र यूरोप के सर्वाधिक उर्वर क्षेत्रों में से एक है।

रूस की कृषि के पिछड़े हुए होने के कुछ कारण अग्रलिखित थे—(1) कृषि करने की प्रविधि आदिकालीन थी। जोतने, बोने, काटने आदि के ढंग समस्त अत्यन्त प्राचीन थे। **देश के अधिकांश में तीन खेत प्रणाली प्रचलित थी जिसके कारण कृषि-योग्य भूमि का एक तिहाई अनिवार्यत: प्रतिवर्ष अकृषित रखा जाता था।** फलतः आवर्त्तन का ढंग भी अवैज्ञानिक था। (2) खेत बिखरे हुए थे। (3) खेतों में संतुलन—कृषि और चरागाह भूमि में संतुलन का अभाव था। विशेषकर दक्षिण स्टेपी (Steppe) अंचल में चरागाह और पशुओं की कमी के कारण खाद की अत्यन्त कमी की समस्या उठ खड़ी हो गयी थी। (4) लगभग समस्त कृषकों के पास पूँजी का पुरातन अभाव चला आ रहा था। इसके कारण बीज, खाद, उपकरण आदि समस्त निम्न कोटि के थे। (5) रूस प्रमुखतः एक कृषि-प्रधान देश था। किन्तु कृषि-प्रधान देश के दृष्टिकोण से रूस की जनसंख्या का घनत्व अपेक्षाकृत अधिक था। जबकि 19वीं शताब्दी के अन्त में संयुक्त राज्य अमेरिका में जनसंख्या का घनत्व केवल 31 व्यक्ति प्रति वर्गमील था तो यूरोपीय रूस में यह 53.5 व्यक्ति प्रति वर्गमील था। (6) कृषित भूमि का अनुपात भी अपेक्षाकृत कम था। जबकि यह अनुपात फ्रांस और जर्मनी में लगभग 40 प्रतिशत था तो यूरोपीय रूस में समस्त भूमि का केवल 35 प्रतिशत की कृषित था। जनसंख्या का घनत्व अधिक होने तथा कृषित भूमि का अनुपात कम होने के कारण रूस में कृषि जनता के लिए प्रति व्यक्ति केवल 3 एकड़ कृषि भूमि का क्षेत्र पड़ता था जबकि संयुक्त राज्य अमेरिका की कृषि जनता को 13 एकड़ भूमि प्रति व्यक्ति पड़ती थी और डेनमार्क में 8 एकड़ तथा फ्रांस और जर्मनी में 4 एकड़। (7) इन सब कारणों के ऊपर जार शासित रूस में कृषि का कुसंगठन था। इस व्यवस्था में बड़ी-बड़ी भू-सम्पदाएँ एवं खेतों के टुकड़े कतिपय व्यक्तियों के हाथों में थे जो बड़े-बड़े भूपति थे। इन व्यक्तियों को सामूहिक रूप से कुलक वर्ग कहा जाता था। **कुलक का शाब्दिक अर्थ धनी कृषक होता है। किन्तु व्यवहारत: कुलक वर्ग बड़ा ही अत्याचारी था।**

किसान छोटे-छोटे गाँवों में रहते थे। इनके सामुदायिक संगठन को मीर (Mir) कहा जाता था जिसका कृषि व्यवस्था में महत्त्वपूर्ण स्थान था। कहा जाता है कि बोनी, कटनी, फसल इत्यादि का समय मीर द्वारा ही निश्चित किया जाता था। 15वीं तथा 16वीं शताब्दियों में मीर के सभी सदस्य कर देने के लिए बाध्य होते थे। मीर के अधिकारी कुल कर-राशि को मीर के सदस्यों के बीच विभाजित कर देते थे। यदि कुछ

सदस्य मीर छोड़कर चले जाते तो उनके कर का बोझ समुदाय के शेष सदस्यों में विभाजित कर दिया जाता था। 15वीं और 16वीं शताब्दियों में स्वतंत्र किसान और भिन्न-भिन्न श्रेणियों के बन्धनयुक्त किसानों द्वारा खेती होती थी। स्वतंत्र किसान की मुख्य विशेषता यह थी कि वह जमीन के मालिक में संतोषजनक करार होने पर जमीन जोतने का अधिकारी होता था किन्तु मालिक के असंतुष्ट होने पर उसे छोड़ देता था। **इस काल में भूमि के तीन मालिक थे**—भूमि या तो स्वयं जार के पास थी अथवा पोमेस्निक (सामंतगण) के पास अथवा मठाधीशों अथवा महंथों के पास। पोमेस्निकों को भूमि पुरस्कार स्वरूप अथवा भावी सेवाओं के बदले में दी जाती थी। इन्हें यह भूमि व्यक्तिगत रूप में नहीं मिलती थी। भूमि का वितरण भी विषम था। उदाहरण के लिए, 1905 ई॰ में केन्द्रीय सांख्यिकीय समिति ने अनुमान लगाया था कि 10 प्रतिशत किसान परिवार जिनमें से प्रत्येक के पास औसतन 55 एकड़ से अधिक भूमि थी, कुल भूमि के 35 प्रतिशत भाग के मालिक थे, औसतन 22 एकड़ भूमि प्रति परिवार के अन्दाज से 40 प्रतिशत किसानों के पास कुल का 20 प्रतिशत क्षेत्र था तथा प्रति परिवार 10 एकड़ से कम भूमिवाले 16 प्रतिशत किसानों के पास 4 प्रतिशत भूमि थी।[1]

पशु-धन तथा खेती के औजारों में विषमता और भी अधिक थी।[2] इस विषमता को दूर करने के लिए समय-समय पर भूमि का पुनर्वितरण भी किया जाता था। किन्तु इससे स्थिति में कोई सुधार नहीं हो पाता था। खेती के मौसम में फसल तैयार होने के बाद वापस कर देने के आधार पर धनी किसान गरीब किसानों को बीज उधार देते थे। इनका भुगतान या तो नकद मुद्रा में अथवा फसल के एक अंश के द्वारा किया जा सकता था। करों और अन्य प्रकार के दायित्वों के भुगतान के लिए निर्धन किसान अपनी फसल को तैयार होने के ठीक बाद ही बेचने के लिए बाध्य होते थे। उस समय उन्हें बहुत कम मूल्य मिल पाता था। इनके क्रेता गाँव में धनी-मानी किसान होते थे जो बाद में मूल्य अधिक होने पर निर्धन किसानों के हाथ ही उसे बेच दिया करते थे। इसी प्रकार से **कुलक अर्थात् बड़े-बड़े किसान अपने लाभ का एक बहुत भाग उपार्जित करते थे।**[3]

इस प्रकार क्रांति के पूर्व रूसी किसानों की दशा अत्यन्त दयनीय थी। 1895 ई॰ की एक सरकारी जाँच के अनुमान के अनुसार आधे से अधिक किसानों को अपने घर के खर्च के लिए औसतन 10 पूड गल्ले की कमी पड़ती थी और किसानों का केवल पाँचवाँ भाग ही ऐसा था जिसके पास 26-27 पूड गल्ला आवश्यकता से अधिक होता था। एक औसत किसान परिवार की औसत वार्षिक आय कठिनाई से 150 से 180 रूबल अर्थात् 15-16 पौंड तक थी।[4]

किसानों की दासता से मुक्ति (*Peasant Emancipation, 1869*)—रूस में किसानों की दासता का प्रारंभ 1580 ई॰ के लगभग हुआ जब किसानों को निषिद्ध वर्षों में

1. *Dobb : Soviet Economic Development Since 1917*
2. Maurice Dobb : *ibid*, p. 44.
3. "It was this type of share practice by which profit was made from the necessities of his neighbours that earned the richer peasant his opprobious title of kulak or first." —Lenin : *Agrarian Questions in Russia.*
4. Schwartz : *Russia's Soviet Economy*, p. 44

अपनी भूमि छोड़कर जाने का अधिकार नहीं था। आगे चलकर 1597 ई॰ की उकज (ukaz) अथवा एक आज्ञा द्वारा यह नियम बनाया गया कि 1 सिम्बर, 1592 ई॰ के बाद बसा किसान यदि अपना काम छोड़कर जायगा तो उसे पुनः अदालत द्वारा लौटने को बाध्य किया जा सकता था। 1646 ई॰ की जनगणना में सरकार ने बतलाया कि जो लोग जनगणना में करदाता के रूप में पंजीबद्ध कर लिए जायेंगे वे भूमि पर बंधनग्रस्त माने जायेंगे और उन्हें वापस होने के लिए बाध्य होना पड़ेगा। इसको नियमित रूप दिया गया। **इस प्रकार रूस में दास प्रथा बुरी तरह से जम गयी और दासों का क्रय-विक्रय किया जाने लगा। 1762 ई॰ की एक राजकीय आज्ञा द्वारा इस दास प्रथा को सुदृढ़ किया गया। मेवर** (Mavor) के अनुमान में 1762 ई॰ से 1766 ई॰ तक रूस की कुल 1.9 करोड़ जनसंख्या में से 1 लाख 48 हजार दास थे। इनका 40 प्रतिशत भाग जार के अधीन तथा 53 प्रतिशत भाग सामन्तों के अधीन था। इस दास-प्रथा में स्थायी सुधार के लिए किसानों की मुक्ति अनिवार्य थी।

रूस में इस दास-प्रथा के उन्मूलन के लिए बहुत पहले से ही प्रयास चल रहा था। किन्तु उसका वास्तव में सूत्रपात 1816-19 में ही हुआ जब एस्टोनिया, कुर्लेन्ड और लेवोनिया के दास मुक्त कर दिये गये यद्यपि पुनर्वास हेतु उन्हें कोई भूमि नहीं दी गयी और ग्रामीण क्षेत्रों को छोड़ने को भी निषेध आज्ञा जारी की गयी। 1854-56 में **क्रीमीयाई युद्ध में पराजय से रूसी अधिकारियों ने यह अनुभव किया कि इंगलैंड और फ्रांस की यह विजय उनकी आर्थिक और राजनीतिक जागृति का परिणाम थी और रूस की इस पराजय का मुख्य कारण दासता प्रणाली ही था।** इसलिए पाँच वर्ष पश्चात् 1861 ई॰ में दास मुक्ति अधिनियम (Emancipation Law of 1861) निर्मित किया गया। इसके अनुसार दास-प्रथा का अन्त कर दिया गया और किसानों को दासता से मुक्त कर दिया गया।

स्पष्टत: क्रांति के पूर्व रूसी अर्थ व्यवस्था कृषि प्रधान थी। लेनिन ने अपनी पुस्तक **''रूस में पूँजीवाद का विकास''** में बतलाया है कि रूसी जनता का 5/6 भाग केवल कृषि पर आश्रित था और उद्योग, परिवहन तथा व्यापार में रूसी जनता का केवल 1/6 भाग ही अपनी आजीविका प्राप्त करता था। सभी किसानों की आर्थिक स्थिति बड़ी दयनीय थी। **लेनिन के अनुसार** उस समय रूस में लगभग 1 करोड़ किसान परिवार थे जिनमें से प्रायः 35 लाख ऐसे थे जिनके पास एक भी घोड़ा नहीं था। ये लोग अपनी भूमि का बहुत थोड़ा भाग स्वयं जोतते-बोते थे। शेष दूसरों को जोतने बोने के लिए देकर स्वयं मजदूरी कर अपनी आजीविका चलाते थे। **उस समय रूस में लगभग 15 लाख धनी कृषक परिवार (कुलक) थे जिनके पास देश के कुलभूमि का प्राय: आधा भाग था।** ये लोग निर्धन किसानों से उनकी भूमि क्रय कर लेते थे। 1882 ई॰ में एक **कृषक बैंक** (Peasant Bank) की स्थापना की गयी जिससे बड़े-बड़े किसानों को और अधिक भूमि खरीदने में सहायता प्राप्त हुई। नवम्बर, 1909 ई॰ के **स्तोलिपिन सुधार** (Stolypin Reform) से बड़े-बड़े किसानों को और अधिक सहायता प्राप्त हुई।

संक्षेप में, **प्रथम विश्वयुद्ध के पूर्व रूस में पूँजीवादी कृषि की नींव सुदृढ़ हो चुकी थी।** उस समय **कृषक वर्ग दो भागों में विभाजित** था। **प्रथम वर्ग** में धनी-मानी

किसान थे जो श्रमिकों की सहायता से बाजार के लिए उत्पादन करते थ। **द्वितीय वर्ग** में निर्धन एवं भूमिहीन किसानों की विशाल संख्या थी। 1861 से 1913 ई॰ के बीच रूसी जनसंख्या का भार बहुत बढ़ गया था। इस स्थिति को दूर करने के लिए सरकार पूर्व की ओर जाने के लिए किसानों को प्रोत्साहित करती थी। इससे पूर्वी भाग में नयी-नयी बस्तियों का उदय होने लगा। इस काल में कृषि उपज में अत्यधिक वृद्धि हुई। निम्नांकित तालिका से यह स्पष्ट है—

रूस में प्रमुख फसलों की उपज का सूचनांक (1896-1900 = 100)

वर्ष	सूचनांक
1861	58.5
1896-1900	100.0
1911-1915	134.5

रूसी कृषि की उपज में इस वृद्धि का प्रायः आधा भाग कृषि क्षेत्र के विस्तार और आधा भाग कृषि के तरीकों में सुधार का परिणाम था। यद्यपि वार्षिक वृद्धि की दर के रूप में यह बहुत उत्साहजनक नहीं था फिर भी यह इस बात का परिचायक है कि कृषि क्षेत्र में उन्नति का क्रम प्रारंभ हो गया था।

1917 ई॰ के पूर्व उद्योग (*Industries Perior to 1917*)

मूलतः सन् 1860 ई॰ के पूर्व रूसी अर्थव्यवस्था कृषि प्रधान और स्वावलम्बी थी। कुटीर उद्योग के अतिरिक्त आधुनिक प्रकार के कोई बड़े उद्योग नहीं पाये जाते थे। लगभग प्रत्येक गाँव में आवश्यक कारीगर अथवा दस्तकार हुआ करते थे। ग्रामवासी अपनी आवश्यकताओं की पूर्त्ति स्थानीय या पास-पड़ोस के उद्योग-धन्धों से कर लिया करते थे। किन्तु उस समय व्यापार का बिल्कुल अभाव नहीं था। 13वीं और 14वीं शताब्दियों में भी मास्को और अन्य नगरों में दस्तकारों की संख्या काफी अधिक थी। उनके द्वारा भिन्न-भिन्न प्रकार की कलात्मक वस्तुओं का उत्पादन किया जाता था। ज्यों-ज्यों मास्को राज्य का विस्तार होता गया, व्यापार का क्षेत्र बढ़ता गया और सैनिक आवश्यकताओं में वृद्धि के साथ-साथ उद्योगों तथा नगरों का भी विकास हुआ। 16वीं शताब्दी में मास्को राज्य के नगरों में 200 प्रकार के कारीगर रहते थे। बड़े पैमाने के उत्पादन के लिए भी लोग आकृष्ट होने लगे तथा वस्तुओं का उत्पादन एवं क्रय-विक्रय अपेक्षाकृत बड़े पैमाने पर किये जाने लगे। 16वीं तथा 17वीं शताब्दियों में राज्य की अपनी खदानें तथा दुकानें होती थीं जिनसे आवश्यक वस्त्र, मुद्रा और अन्य सामग्री उपलब्ध होती थी। देश की अर्थव्यवस्था में विदेशी व्यापार का भी महत्त्व बढ़ रहा था। इंगलैंड और हालैंड के साथ समुद्र के द्वारा और जर्मनी एवं पोलैंड के साथ सड़कों के द्वारा व्यापार होता था।

रूस के औद्योगिक विकास में पीटर महान के योगदान विशेष रूप से उल्लेखनीय हैं। **पीटर महान के शासन-काल** (1682-1725) **में रूस का तीव्र गति से औद्योगिक विकास हुआ।** उसने स्वयं इंगलैंड और पश्चिमी जर्मनी की यात्रा की थी और उनकी औद्योगिक उन्नति को देखा था। वह देश को एक सुदृढ़ और समृद्धिशाली राष्ट्र बनाना चाहता था। अतएव उसने करों में छूट देकर, आर्थिक सहायता देकर, संरक्षणात्मक कर लगाकर, एकाधिकार का अधिकार देकर धनी व्यापारियों और सामन्तों को

उद्योगों में पूँजी लगाने के लिए प्रोत्साहित किया। पीटर महान को इस कार्य में बहुत अधिक सफलता भी प्राप्त हुई। रूस में औद्योगिक कच्चे मालों की प्रचुरता थी। पीटर महान ने उन्हें खोज निकाला और इनके उपयोग पर जोर दिया। उदाहरण के लिए यूराल के लौह भंडार का प्रयोग कर 18वीं शताब्दी के मध्य तक रूस लोहे और ताँबें के उत्पादन में विश्व में प्रथम राष्ट्र बन गया। **पीटर महान ने फ्रांस, इंगलैंड, हालैंड आदि देशों से विदेशी विशेषज्ञों को आमंत्रित किया था तथा देश के नवयुवकों को भी औद्योगिक शिक्षा ग्रहण करने के लिए विदेशों में भेजा था। पीटर महान के शासन-काल में रूस में कई प्रकार के उद्योगों की स्थापना की गयी।** उसके शासन-काल में स्थापित 195 बड़े कारखानों में से 26 ऊन, रेशम और सूती-वस्त्र, 5 चमड़े, 4 कागज और 3 शस्त्रों के कारखाने थे। इनमें 20 लोहे और अन्य धातुओं की शोधनशालाएँ थीं। इनमें से कुछ इतने बड़े थे कि उनमें हजारों की संख्या में मजदूर कार्य करते थे। किन्तु आधुनिक उद्योगों की तुलना में अधिकांश बहुत छोटे थे। इस काल में कुटीर उद्योगों में भी कई प्रकार के सुधार किये गये। **पीटर महान की मृत्यु के बाद भी औद्योगिक विकास का यह क्रम चलता रहा। अग्रांकित तालिका** से यह स्पष्ट है। इनमें 10 मजदूर से कम वाले छोटे-छोटे कारखाने भी सम्मिलित हैं।

1770-1860 ई॰ के बीच रूसी कारखाने और उनमें श्रमिकों की संख्या[1]

वर्ष	कारखानों की संख्या	श्रमिकों की संख्या (हजार)
1770	190 से अधिक	60 (लगभग)
1804	2399	95.2
1811	2241	137.8
1820	4578	176.6
1830	5453	253.9
1840	6863	435.8
1850	6813	501.6
1860	15332	565.1

नेपोलियनी युद्ध के समय ब्रिटेन की वस्तुओं का आयात बन्द हो जाने से औद्योगिक विकास पर अधिक बल दिया गया। **1822 से 1850 ई॰ तक सरकार द्वारा अनुसरण की गयी संरक्षणात्मक नीति से इसको अधिक शक्ति प्राप्त हुई।** किन्तु इस काल में पश्चिमी यूरोप और ब्रिटेन में बहुत अधिक विकास हुआ। इससे इनके औद्योगिक विकास की तुलना में रूस बहुत पीछे पड़ गया। **रूस के औद्योगिक विकास की मन्द गति का प्रमुख कारण रूसी सामाजिक, राजनीतिक एवं आर्थिक व्यवस्था का पिछड़ापन था। इसकी जनता का एक बहुत बड़ा भाग दासता के बंधन में जकड़ा हुआ था।** 1861 ई॰ में दासता की समाप्ति के बाद कारखानों में श्रमिकों की भर्ती कुछ सरल हो गयी यद्यपि इस व्यवस्था के अन्तर्गत भी किसानों को भूमि से पृथक कर कारखानों में भर्ती करना बहुत सुविधाजनक नहीं था। भूमि के मुआवजे के रूप में सरकार द्वारा जो ऋण-पत्र दिये गये थे उनसे औद्योगिक विकास के लिए पूँजी प्राप्त करने में बहुत सुविधा हुई। इसके

1. H. Schwartz : *Russia's Soviet Economy*, p.60

परिणामस्वरूप 1861 ई० के बाद विशेषतः 1885-89 एवं 1907-13 ई० के बीच औद्योगिक उत्पादन में तीव्र गति से वृद्धि हुई। इस काल में रूस के औद्योगिक विकास की गति ब्रिटेन, संयुक्त राज्य अमेरिका और जर्मनी की अपेक्षा अधिक तीव्र हुई। **1860 ई० से 1913 ई० के बीच रूसी औद्योगिक विकास की प्रगति** नीचे तालिका में दी गयी है।

1860-1913 के बीच कतिपय वस्तुओं का उत्पादन[1] (दस लाख पूडों में)

वस्तुएँ	1860	1870	1880	1890	1900	1913
कोयला	18.3	42.4	200.9	367.2	995.2	2214
पेट्रोल	—	1.8	34.9	241.0	632.0	561
कच्चा लोहा	19.6	20.7	26.1	55.1	176.8	283
लोहा और इस्पात	12.4	14.5	35.3	48.4	134.4	247

स्पष्टतः रूस में 1880 ई० के बाद कुछ क्षेत्रों में बड़े पैमाने के उद्योगों का विकास प्रारंभ हो गया था। दक्षिण डोनेट्स और नोपर के कोयले तथा लोहे वाले प्रदेशों, मास्को, पीटर्सबर्ग तथा पोलैंड के औद्योगिक क्षेत्रों में बड़े पैमाने के उद्योगों की विशेष प्रगति हुई थी। ये उद्योग अत्यधिक आधुनिक प्रकार थे। उदाहरण के लिए, देश की केवल 7 फ़र्मे मिलकर रेल की कुल पटरियां का 9/10 भाग उत्पन्न करती थीं और तेल उत्पादन का दो तिहाई भाग 6 बड़े-बड़े फर्मों द्वारा उत्पन्न किया जाता था। उस काल के रूसी उद्योगों में फ्रांस तथा जर्मनी की अपेक्षा अधिक और ब्रिटिश तथा अमेरिकी उद्योगों की अपेक्षा कम विद्युत-शक्ति का उपभोग हो रहा था।

किन्तु इन सबके बावजूद 1917 तक सब कुछ मिलाकर औद्योगिक दृष्टि से रूस एक पिछड़ा राष्ट्र था। विद्युत-शक्ति के उत्पादन में विश्व में उसका स्थान 16वाँ, कोयला के उत्पादन में छठा, लोहे के उत्पादन में 5वाँ तथा ताँबे के उत्पादन में 7वाँ था। रूसी मजदूरों की कार्य क्षमता भी बहुत कम थी। उस समय रूस में जो उद्योग थे मुख्यतः विदेशी पूँजी पर ही आश्रित थे। 1916-17 ई० में रूसी उद्योगों में अनुमानतः 2.2 मिलियर्ड स्वर्ण रूबल की विदेशी पूँजी लगी थी। इसका 32.6 प्रतिशत फ्रांस, 22.6 प्रतिशत ब्रिटेन, 19.7 प्रतिशत जर्मनी, 14.3 प्रतिशत बेल्जियम और 5.2. प्रतिशत अमेरिका का था। देश में 18 बड़े-बड़े संयुक्त पूँजी बैंक थे। उनकी आधारभूत पूँजी का 4.2 प्रतिशत विदेशी था, विशेषतः जर्मनी तथा फ्रांस की। **मॉरिस डॉब ने बतलाया है कि प्रथम विश्वयुद्ध के कुछ ही वर्ष पूर्व रूस औसतन 1000 लाख रूबल की दर से प्रतिवर्ष विदेशी पूँजी का आयात कर रहा था।**

परिवहन

रूस में उन्नीसवीं शताब्दी के अन्तिम वर्षों में रेलवे परिवहन की भी अच्छी प्रगति हो गयी थी। 1903 ई० तक देश भर में 40,000 मील लम्बी रेलवे लाइनें बन गयी थीं। 1914 ई० तक 8000 मील लम्बी और रेलवे लाइनों का निर्माण हुआ। **1891 एवं 1904 ई० के बीच 4000 मील लम्बी ट्रांस साइबेरियन रेलवे के द्वारा मास्को को प्रशान्त महासागर से जोड़ दिया गया।** किन्तु इसके बावजूद रेलवे के संबंध में रूस का स्थान

1. H. Schwartz : *Russia's Soviet Economy*, p.64

यूरोप के अन्य देशों की अपेक्षा बहुत ही पीछे था। इनमें प्रयोग किये जाने वाले इंजनों की संख्या बहुत अच्छी नहीं थी। अधिकांश रेलों में एक ही रेल-लाइन (single track) था। इससे बहुत अधिक असुविधा होती थी। इस काल में सड़कों के संबंध में रूस की स्थिति और भी दयनीय थी। देश भर में उस समय कुल 20 हजार मील लम्बी नियमित सड़कें थीं। इसमें पश्चिमी यूरोप के ढंग पर तैयार की गयी पक्की सड़कें 3000 मील ही थीं।

विदेशी व्यापार

रूस की स्थिति विदेशी व्यापार के संबंध में भी अच्छी नहीं थी। **वह मुख्यत: कच्चे पदार्थों का निर्यातक तथा निर्मित पदार्थों का आयातक था। उसके कुल निर्यात का प्राय: दो-तिहाई भाग खाद्य सामग्री था।** रूसी निर्यात में खाद्य पदार्थों की प्रधानता का सबसे बड़ा प्रमाण यह है कि उस समय पश्चिमी यूरोप के देश जितना गेहूँ विदेशों से मँगाते थे उसका एक-तिहाई भाग तथा अन्य अनाजों का आधा से अधिक भाग अकेले रूस से आता था।[1] देश के कुल आयात का लगभग एक तिहाई भाग निर्मित वस्तुओं तथा आधा भाग कच्चे पदार्थों एवं अर्द्धनिर्मित वस्तुओं का होता था। इसका अधिकांश जर्मनी से प्राप्त होता था। इस प्रकार रूस आयात के लिए मुख्य रूप से जर्मनी पर आश्रित था। अनाज के अधिक निर्यात का मुख्य कारण किसानों की निर्धनता तथा कर्ज और करों का बोझ था जिसे चुकाने के लिए उन्हें फसल तैयार होते ही उन्हें बेचने के लिए बाध्य होना पड़ता था।

निष्कर्ष—इस प्रकार 1917 ई० की क्रांति के पूर्व रूस अपनी भौगोलिक स्थिति की भाँति आर्थिक दृष्टियों से भी पश्चिम और मध्य यूरोप के औद्योगिक देशों और एशिया के अर्द्ध- विकसित देशों के बीच में था।[2] दूसरे शब्दों में, यह आर्थिक दृष्टिकोण से पश्चिमी और मध्य यूरोपीय देशों से पीछे किन्तु अर्द्धविकसित एशियाई देशों से आगे था। क्रांति से पूर्व देश की कुल जनसंख्या का केवल 15 प्रतिशत शहरों में निवास करता था। केवल 16 प्रतिशत व्यक्ति ही उद्योगों में अपनी आजीविका प्राप्त करते थे। रेलवे और उद्योगों के अतिरिक्त अन्य भी उद्योगों में काम करने वाले मजदूरों की संख्या 20 से 30 लाख के बीच में ही थी। प्रथम विश्व युद्ध के पूर्व रूस में प्रति 100 व्यक्तियों पर केवल 1.6 यांत्रिक अश्व-शक्ति का प्रयोग होता था जबकि जर्मनी, इंगलैंड एवं अमेरिका में क्रमशः 13, 24 एवं 25 यांत्रिक अश्व-शक्ति का। **प्रकोपोवीच** के अनुसार इस काल में रूस की प्रति व्यक्ति वार्षिक आय केवल 102 रूबल थी जो जर्मनी, इंगलैंड एवं संयुक्त राज्य अमेरिका की औसत प्रति व्यक्ति आय का केवल क्रमशः 1/3, 1/4 एवं 1/7 थी।[3] **यद्यपि जार-शासित रूस के उद्योग एवं व्यापार में एक पिछड़ी हुई अर्थव्यवस्था के गुण झलकते थे तथापित तत्कालीन रूसी अर्थव्यवस्था को निष्प्रवाहित अर्थव्यवस्था कहना गलत होगा।** रूस बड़े पैमाने पर विदेशों से पूँजी का आयात कर रहा था। जैसा कि **मॉरिस डॉब** (Maurice Dobb) ने दिखलाया है, रूस प्रथम विश्वयुद्ध के कुछ ही पूर्व औसतन 1000 लाख रूबल की दर से पूँजी का प्रतिवर्ष आयात कर रहा था। **इस वृहत् पैमाने पर पूँजी का आयात निश्चय ही यह बतलाता है कि रूस में आर्थिक**

1. Maruice Dobb : *Soviet Economic Development Since* 1917, p. 37
2. Maurice Dobb : ibid, p. 39
3. ibid., p.39

विकास की प्रक्रिया सन् 1917 की क्रांति के पूर्व ही प्रारंभ हो गई थी। वस्तुतः कोयले एवं लोहे के उद्योगों के विकास के लिए विस्तृत पैमाने पर विदेशी पूँजी का प्रयोग हो रहा था। निःसन्देह आर्थिक परिवर्तन की दर मन्द थी तथापि विश्वयुद्ध का प्रारंभ होने तक रूसी अर्थव्यवस्था में महान पूँजीवादी विकास के लक्षण दिखाई देने लगे थे।

संदर्भ

Maurice Dobb : The Soviet Economic Development Since 1917.
Harry Schwartz : Russia's Soviet Economy.

मानक प्रश्न

1. ''अपनी भौगोलिक स्थिति की ही तरह अपने आर्थिक विकास में भी यूरोपीय रूस एशिया के अर्द्ध-विकसित देशों तथा पश्चिमी एवं मध्य यूरोप के औद्योगिक दृष्टि से विकसित देशों के बीच में था।'' (डॉब) व्याख्या करें।
2. 1917 ई० की क्रांति के समय रूसी अर्थव्यवस्था की स्थिति की व्याख्या करें।
3. 1917 ई० की रूसी क्रांति के समय रूसी कृषि की स्थिति की व्याख्या करें।
4. प्रथम विश्वयुद्ध के प्रारंभ में रूसी उद्योगों की स्थिति की व्याख्या करें। इस संबंध में पीटर महान के योगदान की व्याख्या करें।

❑

अध्याय 3

सन् 1917 की विप्लववादी क्रांति

(THE BOLSHEVIK REVOLUTION OF 1917)

सन् 1917 की विप्लववादी क्रांति ने रूसी अर्थव्यवस्था को एक नया मोड़ दिया। सन् 1917 के वर्ष ने रूस में जार शासन के अन्त एवं पूँजीवादी संस्थाओं के विनाश के लिए एक दृढ़ प्रयास को देखा जिसके पश्चात् समाजवाद का महान पैमाने पर प्रयोग किया गया।

औद्योगिक सर्वहारा वर्ग का उदय *(Rise of Industrial Proletariate)*— 1860 ई. में क्रीमिया युद्ध में अपनी पराजय और जमींदारों के विरुद्ध किसानों के विद्रोह से त्रस्त होकर 1861 ई॰ में जार शासन को दास-प्रथा का अंत करने के लिए बाध्य होना पड़ा। किन्तु दास-प्रथा की समाप्ति के बाद भी जमींदारों का अत्याचार बन्द नहीं हुआ था। दासों को मुक्त करते-करते उन्होंने बहुत-सी वैसी भूमि को छीन लिया जिस पर पहले दास कार्य करते थे। भूमि के इन छीने हुए भागों को किसान **ओक्रेत्सकी** (लूट की जमीन) कहते थे। अपनी मुक्ति के लिए किसानों को भारी रकम चुकानी पड़ती थी। इससे तंग आकर वैकल्पिक पेशे की खोज में वे गाँव छोड़कर शहरों की ओर उन्मुख हुए। वे औद्योगिक कारखानों में भर्त्ती होने लगे। ज्यों-ज्यों पूँजीवादी व्यवस्था का विकास हुआ त्यों-त्यों औद्योगिक सर्वहारा वर्ग की संख्या बढ़ती गयी। सन् 1885 ई॰ के आस-पास श्रमिकों ने संघ-बद्ध होकर लड़ने की नीति अपनाई और हड़तालें करके सामूहिक आन्दोलन चलाना आरंभ किया। 1895 ई॰ में **लेनिन ने सेन्ट पीटर्सबर्ग में श्रमिकोद्धारक** संघ स्थापित किया। इसने श्रमिक आन्दोलन और मार्क्सवाद को एक करने के लिए श्रमिकों में सामूहिक आन्दोलन चलाया और श्रमिकों की हड़तालों का नेतृत्व किया। **सेन्ट पीटर्सबर्ग का श्रमिकोद्धारक संघ ही रूस में सर्वहारा वर्ग की एक क्रांतिकारी पार्टी की स्थापना का आधार था।** इस श्रमिकोद्धारक संघ की अनुमति पर रूस के सीमा-प्रदेशों और मुख्य-मुख्य औद्योगिक केन्द्रों में मार्क्सवादी संघ बनाये गए। **सन् 1898 में रूस के सामाजिक जनवादी श्रमिक दल का प्रथम सम्मेलन हुआ।** इसमें प्रथम बार मार्क्सवादी सामाजिक जनवादी दलों को एक पार्टी में संगठित करने का असफल प्रयत्न हुआ।

सन् 1905 की असफल क्रांति—रूस में सफल क्रांति नवम्बर, 1917 में हुई। किन्तु उसकी पृष्ठभूमि में पिछले अनेक वर्षों में किये प्रयत्नों का योगदान था। वस्तुतः बीसवीं शताब्दी के प्रारंभ से ही अनेक हड़तालों, विप्लवों, सशस्त्र विद्रोहों के रूप में सोवियत जनता का असन्तोष व्यक्त हो रहा था जो दिन-प्रतिदिन बढ़ता जा रहा था। 1904-1905 के रूस-जापान युद्ध में रूस की पराजय के कारण जनता का जार के सैनिकों की शक्ति का पता लग गया। **शोषण और उत्पीड़न का शिकार तथा मौलिक अधिकारों से वंचित सर्वहारा वर्ग क्रांतिकारी आन्दोलन को आगे बढ़ाने का प्रयत्न करने लगा।**

कृषकों के पास भूमि की कमी थी और दास प्रथा अभी भी छिट-पुट रूप गाँवों में प्रचलित थी। उधर औद्योगिक नगरों की स्थिति दिन-प्रतिदिन होती जा रही थी। सन् 1904 के बाकू की बोल्शेविक समिति के नेतृत्व में वहाँ के मजदूरों द्वारा एक भारी हड़ताल की गयी। यह एक संकेत था और धीरे-धीरे समस्त रूस में व्यापक हड़तालें की गयीं। **3 जनवरी 1905 को सेन्ट पीटर्सबर्ग में क्रांति की आग भड़क उठी** जो अन्य नगरों में फैल गयी। अनेक स्थानों पर सशत्र विद्रोह हुए और हड़ताली मजदूरों की सैनिकों से मुठभेड़ हुई। इसके बाद आन्दोलन गाँवों की ओर बढ़ा और अनेक क्षेत्रों में खेतिहर मजदूरों ने हड़तालें की। अक्टूबर, 1905 तक यह हड़ताल प्रायः रूस में फैल गयी। एक अनुमान के अनुसार इसमें लगभग दस लाख श्रमिक सम्मिलित थे तथा यह विद्रोह रेल, डाक-तार, सरकारी कार्यालयों से लेकर कारखानों तथा ग्रामीण क्षेत्रों तक फैल चुका था। जार सरकार के सैनिकों में भी असन्तोष था और कुछ स्थानों पर सैनिकों ने भी विद्रोह किया था। **काला सागर** (Black Sea) के जहाजी बेड़े के युद्धपोत **पीमेम्कीन** के नौ-सैनिकों द्वारा किया गया विद्रोह इसका मुख्य उदाहरण है। इस आन्दोलन को जार सरकार ने क्रूरतापूर्वक दबा दिया। सैनिक शक्ति तथा कूटनीतिक उपायों द्वारा सरकार इस क्रांति को दबा देने में सफल हुई। इसे रूस की **प्रथम असफल क्रांति** कहा जाता है। इसकी **असफलता के अनेक कारण** थे। जैसे—विद्रोह का यथेष्ट रूप में संगठित एवं सूत्रबद्ध न होना, रूसी सामाजिक जनवादी पार्टी में बोल्शेविक और मेन्शेविक दलों के कारण फूट, सैनिकों का जार के प्रति झुकाव तथा उनके द्वारा क्रांति को दबाने में पूर्ण सहयोग, किसानों का बिखरा हुआ आन्दोलन तथा पश्चिमी यूरोप की सरकार द्वारा जार सरकार की सहायता आदि। यह **क्रांति सफल नहीं हुई। फिर भी इसने आगे चलकर सन् 1917 में हुई क्रांति की सफलता के लिए आधार प्रस्तुत किया।**

सन् 1917 की क्रांति के कारण

1. शोषणपूर्ण जार शासन और उसकी निरंकुशता *(Oppressive Czarist regime and its autocracy)*—अत्याचारपूर्ण शोषक जार शासन सामान्य जनता के हित की वृद्धि के विपरीत सामाजिक आर्थिक विषमता को विस्तृत कर रहा था और दलितों एवं अवसरहीनों का शोषण हो रहा था। सामान्य वर्ग इस शासन से ऊब गया था। जिस प्रकार 1789 की फ्रांसीसी क्रांति के पूर्व लूई सम्राटों की स्वेच्छाचारिता, दमनकारी नीति और धृष्टता अपनी पराकाष्ठा पर जा पहुँची थी उसी तरह **1917 के पूर्व रूस में जार सम्राटों की मनमानी धाँधली और पाशविक प्रवृत्ति चरम सीमा पर पहुँच गयी थी। एलेकजेंडर द्वितीय** (Czar Alexander II) **को छोड़कर सभी जार क्रूरता और पशुता के अवतार थे। रूस का अन्तिम जार शासक निकोलस द्वितीय** था। उसका शासन काल 1894 से 1917 तक बना रहा। इसने भी कुछ खास सलाहकारों की राय से शासन का संचालन किया और सर्वसाधारण की इच्छाओं की कभी परवाह नहीं की। **इसके शासनकाल में शासन-व्यवस्था पर जारीना** (Tsarina) **का विशेष महत्त्व और प्रभाव था। जार निकोलस द्वितीय जारीना के कब्जे में था और स्वयं जारीना पर रासपुतीन** (Rasputin) **नामक जादूगर का सम्मोहन था। जारीना रासपुतीन के इशारे पर नाचती थी और उसका हर शौक पूरा करने को तैयार रहती थी।** अतः अप्रत्यक्ष रूप से रासपुतीन ही तत्कालीन रूस की राजनीति का संचालक था। उसकी इच्छा

के अनुसार ही जार निकोलस द्वितीय कोई भी प्रशासनिक कदम उठाता था। उसी के सुझाव और परामर्श से कोई अधिकारी किसी पद पर स्थापित किया जाता था। रासपुतीन ने जनता को सम्राट निकोलस द्वितीय से उस हद तक दलित और शोषित करवाया जिसकी कल्पना जार के निकटतम संबंधियों ने भी नहीं की थी।

2. सामन्तशाही व्यवस्था—जार सम्राट सामन्तशाही के सर्वोच्च पद पर आसीन थे। किन्तु उनकी नौकरशाही या सामन्तशाही बड़ी विचित्र थी। इनकी नियुक्ति, पदोन्नति और समृद्धि सम्राट की स्वेच्छा से ही संभव थी। इसलिए सम्राट की कृपादृष्टि के आकांक्षी ये सामन्त या अधिकारीगण सम्राट को सदा प्रसन्न रखने की कोशिश करते थे। सर्वसाधारण का रक्त चूसना तथा जनता का आर्थिक शोषण करना इनका दैनन्दिन बन गया था। **जार शासकों के जुल्मी शासन में नौकरशाही अपनी क्रूरता और पशुता के लिए प्रसिद्ध थी।** रूस की जनता दोहरी निरंकुशता में पीसी जा रही थी।

3. सर्वसाधारण में स्वतंत्रता का अभाव—20वीं सदी के प्रथम दशक में रूस में सामाजिक, धार्मिक और राजनीतिक क्षेत्र में स्वतंत्रता का पूर्ण अभाव था। सर्वसाधारण वर्ग को धार्मिक आजादी भी नहीं थी। अखबारों और विचारों की भी आजादी नहीं थी। बिना किसी कारण के इस वर्ग का कोई भी व्यक्ति कैद पर लिया जा सकता था और किसी को भी अपराधी घोषित कर साइबेरिया के जेल में बन्द किया जा सकता था। जासूस और पुलिस की बुरी निगाह से जीवन को सुरक्षित रखना मुश्किल था।

4. सुविधायुक्त कुलीन पूँजीपति वर्ग—रूस का पूँजीपति कुलीन वर्ग विविध विशेषाधिकारों और सुविधाओं से युक्त था। इन पूँजीपति कुलीनों के अधिकार में देश की अधिकांश भूमि थी। इनकी निजी जमींदारी और तहसीलदारी थी। इनकी जमींदारी में इन्हीं के कानून प्रचलित थे। ये उस भू-भाग (जागीरदारी) की सर्वसाधारण जनता से मनमाने ढंग पर कर वसूलते और बेगार लेते थे। कृषकों, मजदूरों और भूमि दासों के साथ इनका मानवीय संबंध नहीं था। सभी सरकारी पदों पर इन्हीं की नियुक्तियाँ होती थीं। सेना और प्रशासन के अनेक वरिष्ठ पदों पर ये ही स्थापित रहते थे।

5. भूमि समस्या—रूस में 1917 के पूर्व भूमि की समस्या बहुत गंभीर थी। बहुत किसानों के पास तो नाम-मात्र की ही जमीन थी और कुछ भूमिहीन किसान भी थे। दूसरी तरफ बड़े-बड़े सामन्त और जमींदार थे जिनकी संख्या बिल्कुल कम थी लेकिन इनके पास हजारों हजार एकड़ जमीन रहती थी। जार एलेक्जेंडर द्वितीय ने अपने शासनकाल में भूमि सुधार-संबंधी अनेक योजनाएँ कार्यान्वित कीं। परन्तु इन भूमि-समस्याओं का यथोचित समाधान नहीं हो सका।

6. मजदूरों की हीन अवस्था—रूस के कृषक-मजदूरों की अवस्था बड़ी नाजुक थी। कृषक-मजदूरों में भूमि-दास विशेष महत्त्व के थे। इन पर कुलीनों, सामन्तों और जार सम्राटों की शनि-दृष्टि बनी रहती थी। इनसे अमानुषिक ढंग पर बेगार लिए जाते थे। जिस जमीन पर ये काम करते थे उसके लिए कर और मुआवजा साथ-साथ देते थे। कर और मुआवजा की अदायगी में विलम्ब होने पर उनकी सारी संपत्ति, घर-द्वार नीलाम कर लिए जाते थे।

7. सैनिक असंतोष—रूस के जार निरंकुश थे। उनका स्वेच्छाचारी प्रशासन सैनिक तंत्र पर आधारित था। रूस के जारों ने एक विशाल सेना रखी थी। इसी सेना से क्रूर और अत्याचारी जार जन साधारण का मनमाने ढंग पर शोषण करते तथा उनकी विद्रोहात्मक

भावनाओं पर अंकुश रखते थे। जिस सेना पर उनकी जारशाही टिकी हुई थी उसमें भी घोर असन्तोष था। जारों की सैन्य व्यवस्था संयमित नहीं थी। सैनिकों में प्रेम, समानता, भाई-चारा और प्रसन्नता का अभाव था। सैनिक सुविधाएँ उच्च कुलीन और सामन्ती परिवारों को ही मिलती थीं। सर्वसाधारण वर्ग के सैनिकों की दशा ठीक नहीं थी। परन्तु उच्च वर्ग से आये सैनिकों को उच्च पदों पर नियुक्त किया जाता था। वे कुलीन ही सैनिक अफसर हो सकते थे। दूसरों को यह सुविधा प्राप्त नहीं थी।

8. औद्योगिक विकास—जब यूरोप में औद्योगिक क्रांति हुई तो रूस में भी औद्योगिक विकास शुरू हो गया। उद्योगों में लगे कल-कारखानों तथा मशीनों को चलाने के लिए लाखों मजदूरों की जरूरत पड़ी। ये मजदूर एक साथ घंटों काम करते थे। प्रतिदिन उन्हें मिलने-जुलने और बातें करने का मौका मिलता था। विचारों के आदान-प्रदान से उनमें एकता का बीज अंकुरित हुआ। शहर के वातावरण में राजनीतिक चेतना का उदय हुआ। इस मेल-जोल तथा विचार-विनिमय से उनमें निरंकुश शासन को पलट देने की भावना प्रबल हुई।

9. मार्क्स और मार्क्सवाद का प्रभाव—कार्ल मार्क्स जैसे जर्मन युवक के क्रांतिकारी विचारों को रूस में प्रोत्साहन प्राप्त हुआ। **कार्ल मार्क्स के समाजवाद को प्लेखनाव ने अपने देश रूस में प्रसारित करने का साहस किया।** यद्यपि जार ने उसे देश निष्कासन का आदेश दे दिया परन्तु प्लेखनाव ने मार्क्स की पुस्तकों का रूसी भाषा में अनुवाद करके रूसियों तक समाजवाद को पहुँचाने का विकट कार्य बाहर से ही पूरा किया। 1883 ई० में मार्क्सवाद का प्रचार-प्रसार रूस में शुरू हुआ। कृषक, भूमिदास, खेतिहर किसान और मिल-मजदूरों ने अपना संगठन कायम किया। इन संगठनों ने समाजवाद के सिद्धांत पर काम करना शुरू किया। मार्क्स के विचारों से प्रभावित होकर मजदूरों ने अनेक सक्रिय संगठनों का निर्माण किया जिनसे क्रांति को बल मिला।

10. रूस-जापान युद्ध—1904-05 में रूस और जापान के बीच युद्ध हुआ। जापान एशिया का छोटा देश और रूस यूरोप का बड़ा देश था। **इस युद्ध में जापान ने रूस जैसे महान् और शक्ति-सम्पन्न राष्ट्र को पराजित कर दिया। जापान की विजय से रूस की अन्तरराष्ट्रीय प्रतिष्ठा को गहरा धक्का लगा।** इस पराजय ने रूसी जनता के दिल में बड़ी चोट पहुँचाई। रूसियों ने इस पराजय के लिए शासन को ही दोषी ठहराया। लोगों ने भ्रष्ट और कलंकित राजतंत्र को मिटा देने का निर्णय किया। **अनेक इतिहासकारों ने रूस-जापान युद्ध को ही रूसी क्रांति का जनक माना है।**

11. सन् 1905 की विस्फोटक घटना—रूस-जापान युद्ध के बाद रूस में विद्रोह का तूफान उमड़ना शुरू हो गया। पराजित राष्ट्र की जनता विद्रोह द्वारा शासनाध्यक्ष से राष्ट्रीय अपमान का कारण जानना चाह रही थी। **एक बार 1905 के जनवरी महीने में मजदूरों की बहुत बड़ी भीड़ अपने दुखड़े की कहानी जार सम्राट को सुनाने चली। लेकिन जार के समीप पहुँचने के पूर्व ही भीड़ पर सम्राट के अंगरक्षक सैनिकों ने धुँआधार गोलियाँ बरसायीं। हजारों लोग मौत के घाट उतारे गये। इस घटना से जनसाधारण में उत्तेजना का विस्फोट हुआ।** सारे रूस में छिट-पुट रूप से विद्रोह की अग्नि भड़क उठीं। बड़ी सख्ती से इस विद्रोह के तूफान को जार सम्राट निकोलस द्वितीय ने दबा दिया। लेकिन रूस में जारों के अत्याचार के खिलाफ विद्रोह का एक ताँता-सा बँध

गया। **1917 की महान् क्रांति के पूर्व रूस में जारशाही शासन के दमन, जुल्म और उत्पीड़न के खिलाफ लगभग सोलह हजार विद्रोह हुए थे।**

12. बौद्धिक आन्दोलन—रूस के विद्वानों विचारकों और लेखकों ने अपने निबन्धों और ग्रंथों के द्वारा मानव हृदय की वेदनाओं का दुर्दान्त चित्र खींचा। फ्रांस की तरह रूस में भी इन महापुरुषों की रचनाओं ने मध्यवर्ग और सर्वसाधारण पर व्यापक प्रभाव डाला। यूरोपीय राष्ट्रों के प्रख्यात लेखकों की रचनाओं का अनुवाद रूसी भाषा में भी हुआ। रूस में भी कुछ असाधारण विचारों वाले लेखक प्रकाश में आये। **इनमें तुर्गनेव, दोस्तोवस्की और ताल्सताय** सर्वाधिक विचारशील लेखक साबित हुए। इनकी रचनाओं का अध्ययन रूस में बड़ी तीव्रता से प्रारंभ हुआ। शिक्षित वर्ग इनके विचारों से काफी प्रभावित हुआ। सामाजिक अस्त-व्यस्तता, नैतिक अधःपन, भ्रष्टाचार और पिछड़ेपन की हृदयस्पर्शी चर्चा इनके लेखों में मिली।

13. राजनीतिक दलों के कार्य—रूसी क्रांति को लाने में राजनीतिक दलों का अत्यन्त ही महत्त्वपूर्ण हाथ था। **अत्याचारी तथा दमनकारी जार शासन ने विभिन्न राजनीतिक दर्शनों और विचार भावनाओं पर आधारित इन राजनीतिक दलों के उदय के लिए आधार-शिला प्रस्तुत कर दी थी। 19वीं शताब्दी के मध्य के लगभग नास्तिवाद** (nihilism) **नामक राजनीतिक दर्शन का अभ्युदय एवं विकास हुआ** जिसके अनुसार व्यक्तियों के कार्यों को नियंत्रित करने के लिए किसी राज्य का अस्तित्व नहीं होना चाहिए। यही दर्शन क्रांतिकारी दलों का पंथ हो गया और वे जार-शासन को उखाड़ने के लिए सक्रिय हो गये। **इन्हीं क्रांतिकारियों ने जार एलेक्जेन्डर द्वितीय** (Czar Alexander II) **की हत्या की थी। मार्क्स के दर्शन का भी पर्याप्त प्रभाव था** और यही मार्क्स का दर्शन, जिसका लेनिन ने पुनः प्रतिपादन किया, सोवियत रूस के आर्थिक दर्शन की रीढ़ रहा है।

19वीं शताब्दी के अन्तिम वर्षों में समाजवादी जनतंत्रीय दल (Social Democratic Party) को संघटित किया गया था जो मार्क्स के दर्शन पर आधारित था। **इस दल का पूर्ण विश्वास था कि समाजवाद की स्थापना ही देश के समस्त सामाजिक, आर्थिक रोगों की महौषधि है और यही उनमें आमूल परिवर्तन ला सकता है। इस दल के समर्थकों में पारस्परिक मत-विरोध के कारण सन् 1903 में यह दो भागों में विभक्त हो गया। बहुमत वाले वर्ग का नेतृत्व लेनिन करता था और इसे बोलशेविक** (Bolshevik) कहा गया। यह दल वर्ग-युद्ध, क्रांति और सर्वहारा अधिनायकतंत्र (dictatorship of the proletariate) की स्थापना में विश्वास करता था। मार्क्सवाद में पूर्ण विश्वास करते हुए यह श्रमिक वर्ग के हितों की रक्षा के प्रति सक्रिय रूप से जागरूक था। **अल्पसंख्यक वर्ग को मेनशेविक** (Menshevik) **कहा गया और यह इस तथ्य में विश्वास करता था कि देश का आर्थिक उद्धार मध्यवर्ग अथवा बुर्जुआ वर्ग** (bourgeosise class) **पर निर्भर है और पूँजीवाद के प्रमुख स्वरूप बहुत दिनों तक जीवित रहेंगे।** इन दो वर्गों के बीच मतभेद की खाईं इतनी चौड़ी हो गई कि कालान्तर में दोनों स्वतंत्र दल बन गये।

नारदनिकी दल (*Narodniki Party*) **एक दूसरा राजनीतिक दल था** जो रूस के देहाती क्षेत्रों की आर्थिक विषमता को दूर करना चाहता था। वह **विचारधारा देश को कम्यूनों अर्थात् मीर के आधार पर पुनर्गठित करने के लिए अत्यन्त ही उत्सुक थी।**

कम्यून अथवा मीर रूस के ग्रामीण समुदाय थे जिसमें गाँव की समस्त भूमि को सामूहिक रूप से कृषित किया जाता था और भूमि को प्रति वर्ष पुनः वितरित किया जाता था। **इस दल के अनुसार मीर के द्वारा भूमि का आवधिक** (periodic) **पुनर्वितरण भू-स्वामित्व के संकेन्द्रण को और पूँजीवादी उद्योग के लिए श्रम-कोष** (labour reserve) **के रूप में भूमिहीन श्रमिकों की सृष्टि को रोकने का औजार था।** साथ ही, यह ग्राम्य समुदाय सहकारी जन-उत्पादन (people's production) के लिए आधार का कार्य कर सकता था। अतएव **नारदनिकी विचारधारा के लिए मीर अर्थात् ग्राम समुदाय ही पाश्चात्य देशों द्वारा अंगीकृत किए गए औद्योगिक पूँजीवाद के रूस को दूर रख सकता था।** इसका दृढ़ विश्वास था कि एक बाद यदि जनता पर छाए हुए भूपतियों के कुलीन-तंत्र के प्रभुत्व को समाप्त कर दिया जायगा तो रूस सीधे परम्परागत ग्राम्य संस्थाओं अर्थात् मीर पर आधारित कृषक साम्यवाद की ओर अग्रसर होगा। रूस के मीरों ने कृषक वर्ग में अत्यन्त ही समतावादी और साम्प्रदायिक भावनाएँ भर दिया था जो जर्मनी और फ्रांसीसी व्यष्टिवाद के लिए सर्वथा विदेशी थी। **इस मीर ने इस भावना को जीवित रखा था कि भूमि के स्वामित्व एवं उपयोग का अधिकार उस पर कार्य करने से प्राप्त होता है। एक अर्थ में यह नारदनिकी दर्शन महान फ्रांसीसी समाजवादी चार्ल्स फूरो** (Charles Fourier) **के काल्पनिक दर्शन** (utopian philosophy) **की एक गूँज था** चाहे वह कितनी ही दूर की गूँज क्यों न हो। फूरो की भाँति ही नारदनिकी दर्शन ग्राम्य समुदायों एवं कृषि के पुनर्गठन द्वारा सामाजिक परिवर्तन करना चाहता था। इसी ऐतिहासिक विकास की सम्पूर्ण धारणा की आलोचना में लेनिन ने अपनी अधिक शक्ति लगाई थी क्योंकि पूँजीवाद विदेशी प्रभाव की कृत्रिम उपज था और विदेशी बाजार पर आश्रित होने के बदले, जैसा कि नारदनिकी विचारक सोचते थे, रूस में सुस्थापित और व्यापक हो गया था।

वर्तमान शताब्दी रूस में समाजवादी क्रांतिकारी दल *(Socialist Revolution Party)* के विकास के साथ प्रारंभ हुई थी जिसका दर्शन एक प्रकार से नारदनिकी दर्शन एवं बोल्शेविक सिद्धांतों का समझौता था। नारदनिकी विचारधारा की भाँति यह दल गाँव के पुनर्गठन में और बोल्शेविक दल की भाँति यह सरकारी यंत्र पर श्रमिकों के नियंत्रण में विश्वास करता था।

14. प्रथम विश्वयुद्ध के बुरे प्रभाव—रूस के ये विभिन्न राजनीतिक दल तत्कालीन स्थापित व्यवस्था को उखाड़ फेंकने के लिए अभी रास्ता ही बना रहे थे कि सन् 1914-18 का महान विश्व-युद्ध छिड़ गया जिसने आग में ईंधन का कार्य किया। इस युद्ध के कारण जार शासन का अन्त और तीव्र हो गया। रूसी सरकार ने राजनीतिक दलों को शान्त करने के लिए अवश्य ही कुछ उपाय किया था किन्तु ये उपाय छिट-पुट थे और वांछित उद्देश्यों की पूर्ति नहीं कर सके। प्रथम विश्वयुद्ध ने आर्थिक अवस्था में गंभीर गड़बड़ी लाकर जार-शासन को शीघ्रतापूर्वक समाप्त कर दिया। इस युद्ध का रूसी साम्राज्य के अल्प साधनों पर बड़ा बुरा प्रभाव पड़ा। 1916 के शीतकाल तक आर्थिक गड़बड़ी अत्यन्त ही अधिक हो गई थी। रूस के पास युद्ध के सामान अपर्याप्त थे, उसके परिवहन एवं संचार के साधन कम थे। परिवहन और संचार की सुविधाओं की कमी से सैनिकों के संचरण में बाधा पड़ रही थी। देश के अन्दर से और बाहर से भी अस्त्र-शस्त्र, खाद्यान्न एवं अन्य आवश्यक वस्तुएँ शीघ्र ही नहीं आ पा रही थीं और देश के अन्दर सरकारी कर्मचारियों

की अकुशलता तथा भ्रष्टाचारिता के कारण परिवहन की सुविधाओं के उपयोग को निर्धारित करने का प्रयास विफल हो रहा था। **जबकि देश की राजधानी में कुलीनों के लिए काले सागर तट के ताजे गुलाबों से लदी हुई मोटर गाड़ियाँ आ रही थीं तो पड़ोस के प्रान्तों में खाद्यान्नों के लिए परिवहन साधन उपलब्ध नहीं थे।** युद्ध के कारण सैनिकों की देशव्यापी भर्ती के कारण 150 लाख सैनिक युद्ध में कार्य कर रहे थे जिसके कारण देश के उद्योगों एवं कृषि से 1/3 श्रमिक युद्ध में चले गए थे और उद्योगों तथा कृषि के लिए श्रमिकों की कमी हो गई थी। इसके फलस्वरूप फसलों की खेती भी कम हो गई थी। सन् 1916 तक फसल उगाए जानेवाले समस्त क्षेत्रों में 10 प्रतिशत कमी हो गई थी। आलू के क्षेत्र में 15 प्रतिशत और चुकन्दर-क्षेत्र में 20 प्रतिशत कमी हो गई। इसके अतिरिक्त 1916 के पश्चात् न केवल कृषि क्षेत्र में ही बल्कि प्रति एकड़ उपज में भी कमी ही गयी। फलतः खाद्यान्न की समस्या और भी गंभीर हो गई। पैदावर की असफलता के कारण देश में भयंकर अकाल पड़ा। सारे देश में भूखमरी की स्थिति उत्पन्न हो गयी। खाद्यान्न की बढ़ती हुई कमी ने कार्य करने वाली श्रमिक जनसंख्या के कष्टों में वृद्धि कर दी और उनका असंतोष बढ़ गया। युद्ध के समय औद्योगिक उत्पादन में कमी आई थी और स्फीति बढ़ रही थी।

गंभीर आर्थिक संकट के कारण जार-शासन के विरोध में व्यापक हलचलें होने लगीं। प्रथम महायुद्ध चार वर्षों तक चला। हजारों-हजार मजदूर सैनिक बनकर लड़ने चले गए। परन्तु जार सम्राटों ने अस्त्र-शस्त्र की पर्याप्त पूर्त्ति नहीं की। काफी संख्या में रूसी सैनिक हताहत हुए। इसलिए असन्तोष और क्षोभ की भावना सैनिकों में छा गयी। वे जार विरोधी भावनाओं में कट्टर समर्थक बन बैठे। युद्ध के दौरान अफसरों ने काफी रिश्वतखोरी की। सामानों की चोरी और बिक्री मनमाने ढंग पर हुई। सैनिकों ने भी इसी महान क्रांति में सर्वधारण का साथ दिया। परिणामस्वरूप 1917 में रूस में क्रांति आरंभ हो गई। इस प्रकार सन् 1917 की क्रांति का एक महान् किन्तु तात्कालिक कारण प्रथम विश्वयुद्ध था।

15. अकाल की भयानकता—1916-17 में रूस की कृषि-व्यवस्था असंतोषजनक हो गयी थी। प्रथम विश्वयुद्ध में फँस जाने के कारण जार सम्राट ने सारे साधनों का प्रयोग युद्ध की ओर ही कर दिया। यहाँ तक कि मजदूरों और कृषकों को भी लड़ाई में भेजने की आवश्यकता पड़ी। फलतः कृषि कार्य में शिथिलता आ गयी और अनाज के उत्पादन में भारी गिरावट आ गयी। पैदावार की असफलता ने समस्त देश को भूखमरी की स्थिति में डाल दिया। सारा देश अकाल की चपेट में आ गया। हजारों प्राणी भूख के शिकार हुए। चारों ओर त्राहि-त्राहि मच गयी। क्षुधा-पीड़ित मानवता कराह उठी और इस संकट के लिए लोगों ने जार शासन को उत्तरदायी मान कर उसे उखाड़ फेंकने के लिए क्रांति का मार्ग अपना लिया।

16. कृषक विद्रोह ***(Peasant's revolts)***—इससे भी अधिक महत्त्वपूर्ण और संभवतः सन् 1917 की क्रांति की ओर घटनाओं को प्रवाहित करनेवाला सर्वाधिक शक्तिशाली प्रभाव कृषकों का आन्दोलन था। कृषक वृहत् और परिवर्तशील पैमाने पर प्रत्यक्ष कार्यवाही द्वारा कुलक वर्ग से भूमि को बलपूर्वक छीन रहे थे। देश **'कृषि विधिहीनता'** (agrarian lawlessness) से पीड़ित था। **कुलकों के घरों को जला देना साधारण बात हो गई थी। कुलक वर्ग बड़े-बड़े भू-पतियों को कहा जाता था जो**

पूँजीवादी आधार पर कृषि कर रहे थे और कृषक श्रमिकों का शोषण भी। गरीब कृषक वृहत् सर्वहारा वर्ग में परिणत हो चले थे क्योंकि उनकी भूमि बड़े-बड़े भूमिपतियों द्वारा पूँजीवादी कृषि के लिए ले ली गई थी। यह कृषक सर्वहारा वर्ग कुलक वर्ग के विरुद्ध सक्रिय हो गया और उनकी भूमि बलपूर्वक छीनने लगा।

गंभीर हलचलों के दबाव में आकर जार ने मार्च सन् 1917 में रिपब्लिकन दल के पक्ष में अपनी शक्तियों का त्याग कर दिया। प्रिंस लोफ (Prince Loff) **के नेतृत्व में एक अस्थायी सरकार** (provisional govt.) **बनी। इसे रूस की 1917 की मार्च क्रांति कहा जाता है।** अनुदार वर्गों के हाथो में उग्रवादियों के हाथों में सत्ता के क्रमिक हस्तान्तरण का यह प्रारंभ था। रिपब्लिकन दल आर्थिक समस्याओं का समाधान करने में विफल रहा और **चार महीनों की अवधि के अन्दर ही करेन्स्की** (Kerensky) **के नेतृत्व में एक नवीन समाजवादी सरकार का गठन हुआ।** किन्तु यह भी विफल हुई और **नवम्बर सन् 1917 में लेनिन के नेतृत्व में बोल्शेविक दल ने बलपूर्वक शासन-यंत्र को अपने नियंत्रण में कर लिया। 7 नवम्बर सन् 1917 को बोल्शेविक दल के हाथ में राजनीतिक शक्ति के आ जाने से रूसी क्रांति की प्रक्रिया पूर्ण हो गई। यही रूस की नवम्बर क्रांति कही जाती है। यद्यपि लेनिन** मार्क्सवादी दर्शन का उपासक और श्रमिक वर्ग को शक्तियाँ दिलाने का कट्टर हिमायती था तथापि वह अत्यन्त ही चतुर एवं व्यावहारिक था। वह तुरन्त ही समझ गया कि देहात के विशाल कृषक वर्ग के समर्थन के बिना बोल्शेविक दल को अपनी अवस्था तथा शक्ति को सुदृढ़ करना असंभव है। **उस समय बोल्शेविक दल की सफलता के लिए श्रमिक एवं कृषक वर्ग में मैत्री संबंध स्थापित किया जाना अत्यन्त आवश्यक था** और लेनिन ने समाजवादी क्रांतिकारी दल की सहायता से ऐसा ही किया भी। **कृषक और श्रमिक वर्ग का यह मैत्री संबंध, जिसे स्मितका** (Smytchka) **कहा गया, प्राचीन शासन के औपचारिक अन्त और क्रांति के उपसंहार को चिह्नित किया।** लेनिन ने अपनी **'अप्रैल थीसिस'** में यह स्पष्ट शब्दों में लिखा कि **हमारा कार्य निकट भविष्य में समाजवाद की स्थापना करना नहीं वरन् समाज में होने वाले वस्तुओं के उत्पादन एवं वितरण को मजदूरों तथा किसानों की प्रतिनधि संस्था सोवियत के नियंत्रण में लाना है।** बोल्शेविक दल के हाथ में राजनीतिक सत्ता आने से रूसी क्रांति की प्रक्रिया पूरी हो गयी तथा लेनिन ने किसानों और मजदूरों की सहायता से इस क्रांति के बाद **सर्वहारा दल के अधिनायक तंत्र** की स्थापना का इतिहास प्रसिद्ध प्रयास प्रारंभ किया।

संदर्भ

M. Dobb : Soviet Economic Development Since 1917

H. Schwartz : Russia's Soviet Economy.

मानक प्रश्न

1. 1917 की रूसी क्रांति के प्रमुख आर्थिक कारणों की विवेचना कीजिए।
2. रूस में 1917 की क्रांति की ओर ले जाने वाली परिस्थितियों की विवेचना कीजिए।
3. 1917 की क्रांति प्रारंभ होने के समय रूसी अर्थव्यवस्था की स्थितियों का वर्णन कीजिए।

❑

अध्याय 4

राजकीय पूँजीवाद के अधीन रूस

(RUSSIA UNDER STATE CAPITALISM)

सोवियत रूस में नवम्बर 1917 से जुलाई 1918 तक का काल राजकीय पूँजीवाद का काल कहा जाता है। नवम्बर, 1917 की बोल्शेविक क्रांति के पश्चात् रूसी अर्थव्यवस्था एक आर्थिक अराजकता की अवस्था में आ गई थी। औद्योगिक क्षेत्र में अभिषदवादी[1] (syndicalist) प्रवृत्तियाँ बढ़ रही थीं जिसके कारण श्रमिक वृहत पैमाने पर हिंसापूर्ण कार्यों में लग गए थे और बड़ी संख्या में पूँजीपतियों की हत्या कर औद्योगिक व्यवस्था पर अपना नियंत्रण कर रहे थे। किन्तु श्रमिकों को औद्योगिक व्यवस्था और संगठन के क्षेत्र में कोई अनुभव नहीं प्राप्त था। परिणाम यह हुआ कि **औद्योगिक उत्पादन में कमी हो गई और नगरों में आतंक का राज्य छा गया।** कृषि क्षेत्र भी **'कृषि विधिहीनता'** के रोग से पीड़ित था। इस कृषि विधिहीनता को रोकने के लिए प्रशासन तंत्र पर्याप्ततः शक्तिशाली नहीं था। फलतः कृषि उत्पादन में भी महान कमी हो गयी थी और खाद्य-संकट उपस्थित हो गया था। वृहत् पैमाने पर नरसंहार होने लगा और आतंक का साम्राज्य स्थापित हो गया। इस प्रकार क्रांति के तुरन्त पश्चात् बोल्शेविक दल के समक्ष एक महान् आर्थिक संकट उपस्थित हो गया था। परिस्थितियाँ इसलिए और भी गंभीर थीं कि बोल्शेविक दल श्रमिकों एवं कृषकों के सक्रिय सहयोग से ही सत्तारूढ़ हुआ था जिसके कारण इस दिशा में कोई भी कड़ी कारवाई उसके समर्थकों तथा कृषकों में अवश्य ही असन्तोष पैदा कर देती। फिर भी उद्योग की अभिषदवादी प्रवृत्तियां और कृषिविधिहीनता को रोका जाना आवश्यक था क्योंकि ऐसा नहीं किया जाना प्रशासकीय दृष्टिकोण से वांछनीय नहीं था—इसलिए वांछनीय नहीं था कि ये परिस्थितियाँ सत्ताहरण के लिए द्वार खोल सकती थीं। सचमुच ही परिस्थिति **'विरोधाभाषों से गर्भित था।'**

किन्तु **लेनिन** चतुर एवं कुशाग्र बुद्धि वाला व्यावहारिक राजनीतिज्ञ था। **उसने तुरन्त ही अनुभव किया कि उसके समक्ष तात्कालिक महान् कार्य अपने दल की राजनैतिक शक्ति को दृढ़ करना था न कि मार्क्सवादी समाजवाद का सूत्रपात करना।** फलतः वह अस्थायी रूप से प्रतिक्रियावादी शक्तियों के साथ समझौता करने के लिए प्रस्तुत था ताकि वह अन्ततः मार्क्सवादी समाजवाद के प्रयोग के लिए अपनी अवस्था दृढ़ कर सके क्योंकि पूँजीवाद से तुरन्त ही समाजवाद में संक्रमण करना असंभव था। लेनिन ने अपने समक्ष उद्देश्य रखा **''तात्कालिक शान्ति, कृषकों को भूमि और सबके लिए भोजन की** (immediate peace, land to the peasants and food for all) की व्यवस्था करना। इसलिए उसने **नियंत्रित पूँजीवाद** की व्यवस्था की जिसे दूसरे शब्दों में

1. अभिषदवाद का प्राविधिक अर्थ औद्योगिक व्यवस्था पर नियंत्रण प्राप्त करने के लिए श्रमिकों का संगठित प्रयास होता है।

''राजकीय पूँजीवाद'' (state capitalism) कहा जाता है। अतः क्रांति के पश्चात् के प्रथम आठ महीनों की अवधि अर्थात् नवम्बर सन् 1917 से जुलाई सन् 1918 तक की अवधि ने एक नवीन प्रयोग को देखा जिससे पूँजीवाद को राज्य के नियंत्रण में लाया गया फिर भी समाजवाद की ओर जाने के संबंध में कोई उग्र पग नहीं उठाया गया। **राजकीय पूँजीवाद की नीति को अपनाने का मुख्य कारण महत्पूर्ण क्षेत्रों पर राज्य का अधिकार जमाना और राजनीतिक दृष्टि से सरकार को सबल बनाना था।** इस नीति के द्वारा सरकार उद्योगों का ऊपर तथा नीचे दोनों ओर से नियंत्रण करना चाहती थी ताकि देश की आर्थिक व्यवस्था के विघटन को जो क्रम प्रारंभ हो गया था उसकी रोकथाम की जा सके तथा सरकार को नीचा दिखलाने के लिए पूँजीपतियों की हड़ताल करने-कराने के जो प्रयत्न किए जा रहे थे वे विफल हो जायँ। इस नीति के द्वारा राज्य सत्ता ने अपने-आप को वर्तमान परिस्थितियों के अनुकूल बनाने तथा पुरानी परिस्थितियों से कम-से-कम संबंध विच्छेद करते हुए नये सामाजिक संबंध स्थापित करने का यथासंभव प्रयत्न किया। नयी सोवियत सरकार द्वारा जारी की गयी एक आज्ञप्ति के अनुसार उत्पादन पर कठोरता से नियंत्रण रखने को कहा गया और मजदूरों तथा किसानों से इस बात की अपील की गयी कि वे ''भूमि, खाद्यान्न, कारखानों, औजारों, उत्पादित वस्तुओं एवं परिवहन साधनों की रक्षा अपनी पुतली की भाँति करें तथा देश को समाजवाद की ओर धीरे-धीरे कृषकों और श्रमिकों के बहुमत की अनुमति और स्वीकृति से दैनिक जीवन के अनुभवों से शिक्षा लेते हुए ले जायँ।''[1]

औद्योगिक नीति के संबंध में लेनिन ने 14 नवम्बर सन् 1917 को एक अज्ञप्ति जारी की जिसे **''उद्योग पर श्रमिकों के नियंत्रण की अज्ञप्ति''** (Decree of the Worker's Control of Industry) कहा जाता है जिसके द्वारा प्रत्येक उपक्रम में श्रमिकों की समितियों को ''व्यवस्था को पर्यवेक्षित करने'' का अधिकार दिया गया। साथ ही इसने श्रमिकों को संगठनों के पत्र-व्यवहार एवं लेखा आदि को देखने का अधिकार भी दिया। किन्तु इसके साथ ही, इस आज्ञप्ति के परिशिष्ट में लिखित सामान्य अनुदेश संघटनों के संचालन के संबंध में आदेश देने के अधिकार को स्पष्टतः संघटनों के लिए सुरक्षित रखें और कारखाने की श्रमिक समिति को इस कार्य में हस्तक्षेप करने अथवा आदेश का पालन करवाने से मना कर दिया। **आज्ञप्ति के नवें अनुच्छेद ने श्रमिक समितियों को बिना उच्चतर प्राधिकारियों के संमोदन से ''संघटन को अपने कब्जे में करने अथवा उसे संचालित करने'' से मना कर दिया।** दूसरे शब्दों में, उद्योग पर श्रमिकों के नियंत्रण के अभिषदवाद पर रोक लगा दी गयी।

लेनिन ने राष्ट्रीयकरण के संबंध में कोई जल्दबाजी की नीति नहीं अपनाई थी। वस्तुतः उसने निजी संघटनों को कार्य करने की अनुमति दे दी थी बशर्ते कि वे औद्योगिक आज्ञप्ति की शर्तों को मानने के लिए प्रस्तुत थे। केवल आधारभूत और कुंजी-भूत उद्योगों को ही तेल और चीनी उद्योग समेत, राष्ट्रीयकृत किया गया। **औद्योगिक क्षेत्र का अधिकांश पूँजीवादी ही बना रहा।** सामरिक उद्योग सरकारी प्रशासन के अधीन लाए गए और **संयुक्त पूँजी बैंकों का राष्ट्रीयकरण कर उन्हें 17 दिसम्बर सन् 1917 को स्टेट बैंक में विलीन कर दिया गया** प्रमुखतः लोक सेवकों और कर्मचारियों की

1. M. Dobb : ibid, p. 83

हड़ताल को दूर करने के लिए जिसे निजी बैंक की आर्थिक सहायता से रूस के पुनर्जनन संघ (League for the Regeneration of Russia) द्वारा आयोजित किया जा रहा था। **लेनिन की सरकार ने न केवल निजी क्षेत्र को जारी ही रखा बल्कि विदेशी पूँजपतियों से बातचीत भी की और उन्हें उत्साहित भी किया। फिर भी समस्त निजी व्यवसायों पर सरकार का कड़ा नियंत्रण था जिसके लिए विसेन्खा** (Visenkha) **अर्थात् सर्वोच्च आर्थिक परिषद** (Supreme Economic Council) **की स्थापना दिसम्बर सन् 1917 में हुई थी।** इस विसेन्खा में श्रमिक संघों के सदस्य, सरकारी प्रतिनिधि, उद्योगपति एवं प्राविधिक विशेषज्ञ सम्मिलित थे। **प्रशासकीय दृष्टिकोण से विसेन्खा ने समस्त उद्योगों को दो श्रेणियों में विभक्त किया था**—भारी उद्योग और हल्के उद्योग। भारी उद्योगों के संबंध में आर्थिक एवं प्रशासकीय नियंत्रण सीधे विसेन्खा द्वारा किया जाता था। **समस्त भारी उद्योग ग्लावकी** (Glavki) के अधीन रखे गये थे जो व्यवहारतः सर्वोच्च आर्थिक परिषद का उपविभाग ही था। किन्तु हल्के उद्योगों पर नियंत्रण के लिए **'सेन्टर'** स्थापित किये गये थे। ऐसे सेन्टरों के कार्य औद्योगिक इकाइयों के लिए कच्चे माल का निर्यात करना, मूल्य निर्धारित करना एवं उद्योगों की विभिन्न इकाइयों को सामान्य रूप से पर्यवेक्षित और समन्वित करना था। **किन्तु ग्लावकी और 'सेन्टरों' के द्वारा उद्योगों पर द्वैध नियंत्रण प्रणाली संतोषजनक नहीं सिद्ध हुई** और राजकीय पूँजीवाद काल में औद्योगिक उत्पादन में ह्रास की प्रवृत्ति बनी रही।

अन्न व्यापार के संबंध में बोल्शेविक सरकार नीति ने अन्तर्कालीन सरकार की नीति को ही अपनाया जिसने इस व्यापार पर राज्य का एकाधिकार स्थापित कर दिया था। इस संबंध में इसने किसी नवीन सिद्धांत का समावेश नहीं किया बल्कि दूसरी ओर उसने फरवरी सन् 1918 में समस्त अन्न उत्थापकों (elevators) और गोदामों का राष्ट्रीयकरण कर उसी नीति को और भी दृढ़ बना दिया।

लेनिन की कृषि नीति वस्तुत: ऐतिहासिक दृष्टिकोण से उसकी औद्योगिक नीति के पहले ही अपनाई जा चुकी थी क्योंकि बोल्शेविक क्रांति श्रमिक एवं कृषक वर्ग के मैत्री संबंध, स्मितका (Smytchka) द्वारा सफलतापूर्वक पूर्ण की गई थी। चूँकि बोल्शेविक शासक की प्रारंभिक अवस्था में कृषकों का समर्थन बना रहना आवश्यक था इसलिए स्मितका का महत्त्व अत्यन्त ही अधिक था। लेनिन बोल्शेविक दल के लिए कृषक वर्ग का समर्थन प्राप्त करने के लिए चतुरता पूर्वक कार्य करना चाहता था। कुलक वर्ग का समर्थन प्राप्त करने के लिए कुलक वर्ग की भू-बुभुक्षा की तृप्ति करनी आवश्यक थी। किन्तु साथ ही ''कृषि विधिहीनता'' को बन्द करना भी अनिवार्य था। इन दोनों उद्देश्यों को ध्यान में रखकर **बोल्शेविक सरकार ने एक 'भूमि आज्ञप्ति'** (land decree) **जारी की जिसके द्वारा भूमि-स्वामियों को उन्मूलित कर दिया गया।** इस **'भूमि आज्ञप्ति' में अन्य बातों के अतिरिक्त अग्रलिखित बातें थीं**—(1) बिना मुआवजा दिए ही भूमि के वैयक्तिक स्वामित्व को समाप्त कर दिया गया। (2) पशु-धन और यंत्रों के साथ समस्त क्राउन और गिरजे की भूमि को ग्राम-समितियों को दे दिया गया। (3) समापहरित (confiscated) भूमि की क्षति अवैधानिक समझी गयी। (4) वस्तुतः कृषि करने वाले कृषकों की भूमि का समापहरण (confiscation) नहीं किया गया। (5) समस्त समापहरित भूमि को विभिन्न ग्राम एवं जनपद समितियों के द्वारा वास्तविक खेतिहरों में बाँट दिया जाने वाला था।

अतएव कृषकों के समर्थन को प्राप्त करने के लिए सोवियत सरकार **'किसानों के लिए शान्ति तथा भूमि'** (peace and land for the peasants) की नीति अपनायी। **क्रांति के दूसरे दिन ही सोवियत सरकार ने एक भूमि-आज्ञप्ति जारी की जिसके अनुसार भूमिपतियों का सभी प्रकार की भूमि पर से अधिकार बिना किसी मुआवजे के समाप्त कर दिया गया।** इसके अन्तर्गत राजकीय, महंथीय एवं गिरजाघरों की भूमि भी सम्मिलित थी। जब तक इस प्रकार से ली गयी भूमि के वितरण के लिए कोई स्पष्ट सिद्धांत का प्रतिपादन नहीं हो जाता तब तक भूमिपतियों की सभी भूमि तथा उत्पादन के साधनों को ग्रामीण समितियां तथा जिला सोवियतों को अन्तरित कर दिया गया। किन्तु वास्तव में ऐसा नहीं हो सका वरन् **आस-पास के गाँवों के किसानों ने स्वयं आपस में इसका वितरण कर लिया**। कृषि के क्षेत्र में इस अराजकता से बहुत साधन यों ही बर्बाद हो गये। किन्तु कई राजनीतिक एवं प्रशासकीय कारणों से सोवियत सरकार भूसम्पत्तियों के इस प्रकार के वितरण का मूक दर्शक बनी रही। अन्ततः **19 फरवरी, 1918 ई० को सोवियत सरकार ने भूमि के संबंध में अपनी नीति की घोषणा की जिसके अनुसार सभी प्रकार की भूमि का राष्ट्रीयकरण कर लिया गया** तथा इसमें काम करने वाले सोवियत किसानों के लिए भूमि को टुकड़ों-टुकड़ों में विभाजित करने की व्यवस्था की गयी। इस प्रकार **भूमि-आज्ञप्ति ने जमीन्दारों का अन्त** कर दिया। **यहाँ तक कि क्राउन और गिरजे की भूमि को भी नहीं छोड़ा गया** और उसे भी राज्य के नियंत्रण में लाया गया। इसने समस्त भूमि को वास्तविक कृषकों में वितरित करने की व्यवस्था की थी। किन्तु ध्यान रहे कि **इस भूमि आज्ञप्ति का उद्देश्य कृषि का समाजीकरण नहीं था बल्कि यह लघु कृषक स्वामित्व** (small peasant proprietorship) **की स्थापना करने की एक नीति थी।** इस आज्ञप्ति के अनुसार भूमि के पुनर्वितरण के परिणामस्वरूप कृषक स्वामियों के पास कृषि योग्य भूमि का प्रतिशत 70 से बढ़कर 96 हो गया। अतः **कृषि उत्पादन कार्य छोटे-छोटे उत्पादकों के पूर्ण नियत्रंण** में चला गया। **अस्थायी सरकार द्वारा लागू किये गये अनाज के व्यापार में राजकीय एकाधिकार को जारी रखा गया।**

निःसन्देह लेनिन की कृषि नीति कुछ प्रतिक्रियावादी थी। किन्तु यह प्रबल अवसरवादिता की भावना से निर्देशित थी। इसने तत्कालीन कृषि अशान्तियों को कम कर दिया गया और बोल्शेविक दल को अपनी स्थिति सुदृढ़ करने के लिए राहत दी। जान-बूझ कर लघु कृषक स्वामित्व की स्थापना को प्रोत्साहित कर निःसन्देह लेनिन ने कृषि समूहीकरण अर्थात् **कोलखोज** (Kolkhoz) जो बोल्शेविक दल का अन्तिम उद्देश्य था, की गति को कुछ काल के लिए पीछे कर दिया। किन्तु यह व्यवस्था राजनीतिक और प्रशासकीय दृष्टिकोण से अत्यन्त ही समीचीन और वांछनीय थी। भूमि पर स्वामित्व-अधिकार पाने की आशा में कृषक आनन्द विभोर हो गए, यद्यपि अल्पकाल के लिए ही, और कृषि विधिहीनता कम की जा सकी। इस प्रकार **राजकीय पूँजीवाद काल में कृषि-क्षेत्र में स्वामित्व का पूँजीवाद ढाँचा बना रहा।**

राजकीय पूँजीवाद के ध्वंस के कारण
(Causes of Breakdown of State Capitalism)

1. औद्योगिक आज्ञप्ति की असफलता *(Failure of the industrial decree)*—राजकीय पूँजीवाद की नीति के अन्तर्गत उद्योग नियंत्रण में द्वैध शासन की व्यवस्था की गयी। इसके अन्दर कुछ आधारभूत उद्योगों के अतिरिक्त अन्य उद्योगों के सामान्य समाजीकरण पर जोर नहीं दिया गया था। अतएव निजी उद्योगों पर कठोर नियंत्रण की नीति को अपनाया गया। किन्तु **उद्योग के क्षेत्र में राजकीय पूँजीवाद की यह नीति बहुत दिनों तक सफलतापूर्वक नहीं चल सकी। इसके कई कारण थे।** बहुत-सी मजदूर समितियों ने अवैधानिक रूप से उद्योगों पर कब्जा कर उन्हें अपने हाथों में ले लिया था। इन समितियों के कारण उद्योगपतियों के लिए काम करना और कारखानों को चलाना प्रायः असंभव हो गया था। जुलाई 1918 ई॰ के पूर्व केवल 100 फर्मे ऐसी थीं जिनका राष्ट्रीयकरण केन्द्र की आज्ञा से हुआ था जबकि 400 से अधिक फर्मे ऐसी थीं जिनका राष्ट्रीयकरण स्थानीय संस्थाओं ने स्वेच्छाचारितापूर्वक स्वयं कर डाला था। इतना ही नहीं, जिन कारखानों का केन्द्र द्वारा राष्ट्रीयकरण किया जाता था उन पर भी स्थानीय समितियाँ अपना अधिकार छोड़ने से इनकार करती थीं। क्रांति के प्रारंभ में अधिकांश कार्य स्थानीय व्यक्तियों द्वारा यों ही किये जाते थे। **डॉब के अनुसार ''यह क्रांति का प्रारंभ काल था जब अधिकांश कार्य असमन्वित स्थानीय सूत्रपात द्वारा किए जाते थे। ऐसी प्रारंभिक प्रवृतियाँ निःसंदेह नयी शासन पद्धति की शक्तियों के अंग थीं किन्तु इन प्रारंभिक प्रवृत्तियों का तात्कालिक प्रभाव हलचलपूर्ण हुआ।''**[1] अभिषदवाद अबाध गति से बढ़ता गया। फलतः औद्योगिक उत्पादन में महान ह्रास हुआ।

2. लेनिन की नीति का विरोध—बोल्शेविक दल के उग्र सदस्य राज्य पूँजीवाद के कट्टर विरोधी थे। अधिकांश लोग, विशेषतः वामपंथी साम्यवादी लोग पूँजीवाद से शीघ्र ही समाजवाद की स्थिति लाने के पक्ष में थे। **केन्द्रीय सोवियत प्रबन्धकारिणी समिति के चतुर्थ अधिवेशन में कैरेलिन** (Karelin) ने लेनिन द्वारा मध्यवर्गीय इंजीनियरों तथा अर्थशास्त्रियों की सेवाओं को स्वीकार किये जाने का घोर विरोध किया और कहा कि यह बुर्जुआ वर्ग के साथ मिलकर काम करना है। लेनिन की नीति का विरोध बोल्शेविक दल के बाहर से भी हो रहा था। उसकी कृषि नीति भी उग्रवादी तत्वों को शान्त नहीं कर सकी। ये व्यक्ति लेनिन को अनुचित रूप से पूँजीपतियों के प्रति उदार समझ रहे थे और व्यवहार-कुशल लेनिन ने भी उग्रवादियों के दबाव में झुकर कर राज्य पूँजीवाद के काल को छोटा कर देना वांछनीय समझा।

3. गृह-युद्ध *(Civil war)*—संभवतः राज्य पूँजीवाद को विघटित करने के लिए उत्तरदायी सबसे महत्त्वपूर्ण कारण सन् 1918 में गृह-युद्ध का छिड़ जाना था। इस गृह-युद्ध को विदेशी शक्तियों के सैनिक हस्तक्षेप से बल मिला था जो ''रूस को जीतकर सभ्यता के लिए लौटा लेना'' चाहती थीं। देश के पूँजीपति यूनान, अमेरिका और कनाडा के

---

1. "This was the elemental period of revolution when most things were done by the uncoordinated local initiative. Such elemental tendencies were, of course, part of the strength of the new regime. But the immediate effect of these elemental tendencies was turbulent."

समर्थन से प्रति-क्रांति करने के लिए उत्सुक थे। गृह-युद्ध के प्रारंभिक चरणों में बोलसेविक दल की दशा शोचनीय हो गयी थी। पर्याप्त भू-क्षेत्र पर इसका नियंत्रण समाप्त हो गया था। ''वस्तुओं की कमी उद्योग को पंगु करने की धमकी दे रही थी'', और 'अकाल मास्को एवं पेट्रोग्राड की सड़कों पर टहलने लगा था।'[1]

इस प्रकार सन् 1918 के मध्य तक रूस की आर्थिक और राजनीतिक परिस्थितियाँ भयावह हो गई थीं। **मई से ही राष्ट्रीयकरण, यहाँ तक की 'वैधानिक राष्ट्रीयकरण' की गति तीव्र हो गई थी। किन्तु जून में शीघ्रतापूर्वक एक सरकारी उपाय किया गया जिसने नीति के एक अध्याय को समाप्त कर दूसरे को प्रारंभ किया। यह उपाय जिसकी घोषणा ने राज्य पूँजीवाद के औपचारिक अन्त को चिह्नित किया 28 जून, 1918 की सामान्य राष्ट्रीयकरण आज्ञप्ति** (Decree of General Nationalization) **था** जिसे जर्मनी द्वारा अपनी पूँजी को वापस कर लेने की धमकी दिए जाने पर जारी किया गया था। **इसने वस्तुत: 10 लाख रूबल से अधिक पूँजी वाली समस्त कम्पनियों का लेखनी के एक ही आघात से राष्ट्रीयकरण कर दिया।** इस आज्ञप्ति के बाद अगले 6 महीनों से लेकर 9 महीनों के अन्दर सोवियत रूस से राष्ट्रीयकरण की धूम-सी मच गयी और 1919 ई॰ की शरद ऋतु तक लगभग 4000 संगठनों का राष्ट्रीयकरण कर लिया गया।[2]

संदर्भ

M. Dobb : Soviet Economic Development Since 1917
H. Schwartz : Russia's Soviet Economy.
Baykov : Development of the Soviet Economic System.

मानक प्रश्न

1. राजकीय पूँजीवाद नीति की विवेचना करें। इसका परित्याग क्यों हुआ ?
2. राजकीय पूँजीवाद से आप क्या समझते हैं ? राजकीय पूँजीवाद काल में सोवियत सरकार की औद्योगिक एंव भूमि-संबंधी नीतियों की व्याख्या करें।
3. राजकीय पूँजीवाद की नीति की आलोचनात्मक व्याख्या करें। इसका परित्याग क्यों किया गया ?

❑

1. "Shortage of materials threatened to paralyse industry" and "famine walked in the streets of Moscow and Petrograd."
—Dobb : *Soviet Economic Development Since 1917*, p. 98
2. M. Dobb : *Soviet Economic Development Since 1917*, p. 96

अध्याय 5

सामरिक साम्यवाद काल

(THE PERIOD OF WAR COMMUNISM)

सामरिक साम्यवाद की ओर ले जाने वाली परिस्थितियाँ

सामरिक साम्यवाद का काल सन् 1918 के मध्य से मार्च 1921 तक था। क्रांति के कुछ महीनों के बाद सोवियत रूस को एक भयंकर गृह-युद्ध का सामना करना पड़ा था जिसमें विदेशी हस्तक्षेप ने नयी सरकार की स्थिति को और भी दयनीय बना दिया था। गृह-युद्ध ने देश में बड़ी ही विकट परिस्थिति उत्पन्न कर दी थी। कृषि, उद्योग, यातायात आदि सभी क्षेत्रों में इसके बहुत भयंकर परिणाम हुए। विदेशों से कच्चे माल का आना रुक गया और जो उद्योग इस पर आश्रित थे वे एक-एक कर बन्द होने लगे। बाकू, ग्रोज्नी इत्यादि स्थानों से तेल का आना बन्द हो जाने तथा डोनबास को हाथ से निकल जाने से ईधंन की कठिनाइयाँ भी बढ़ गई और रेलवे में लकड़ी के कोयले का प्रयोग किया जाने लगा। सन् 1913 में रूसी साम्राज्य के कुल पिंड लोहे के उत्पादन का 60 प्रतिशत डोनेट्ज (जहाँ डेनिलिन उत्पाद मचाये था) में, 19 प्रतिशत यूराल (जहाँ युद्ध की मोर्चाबन्दी की जा रही थी) में तथा 21 प्रतिशत पोलैंड (जो जर्मनी के हाथों में था) में होता था।[1] अब इन क्षेत्रों पर दूसरों का कब्जा हो जाने से अथवा वहाँ युद्ध चलने के कारण रूस के लोहा उद्योग की स्थिति अत्यन्त शोचनीय हो गयी थी। कपास की कमी के कारण सूती-वस्त्र उद्योग की स्थिति भी अत्यन्त दयनीय हो गयी। रेलों की स्थिति तो और भी चिन्ताजनक हो गयी क्योंकि गृह-युद्ध की मोर्चाबन्दी रेल की मुख्य लाइनों के किनारे-किनारे ही की जा रही थी। **डॉब के शब्दों में यह गृह-युद्ध न होकर 'रेलवे युद्ध' बन गया था।**[2]

गृह-युद्ध की अनिवार्यताओं ने रूसी सरकार को उद्योगों का राष्ट्रीयकृत नियंत्रण करने एवं वस्तुओं के केन्द्रीकृत संग्रह तथा वितरण की व्यवस्था करने के लिए विवश कर दिया। प्रति-क्रांति के भय ने सोवियत सरकार को राज्य पूँजीवाद का अन्त कर साम्यवाद की ओर बढ़ने के लिए वृहत पैमाने पर राष्ट्रीयकरण करने की नीति अपनाने के लिए विवश किया था। **डॉब का कहना है कि ''सामरिक साम्यवाद विनाश से बचने के लिए नवीन शासन के घातक संघर्ष की उपज था जब सैनिक आवश्यकता का सर्वत्र शासन था और व्यवहारत: उद्योग की समस्याओं और सैनिक आपूर्ति में तादाम्य स्थापित हो गया था।''**[3]

1. Baykov : *The Development of Soviet Economic System*, p. 2
2. "To a large extent the civil war was a 'railway war', since it took place along the main lines, and the railway was the only means for moving troops, munitions and supplies to any distance.—M. Dobb : *Soviet Economic Development Since* 1917.
3. War Communism "was a product of the forcing house of a mortal struggle of the new regime against extinction when milatary necessity ruled all and problems of industry were virtually identified with the problem of military supplies."

—Dobb : *ibid*, p. 96

बेकव के अनुसार, ''सामरिक साम्यवाद काल में आपातकाल के दबाव में और साथ ही अनेक अवस्थाओं में मार्क्सवादी आर्थिक सिद्धांतों के प्रभाव में सोवियत सरकार के आर्थिक कार्य सीधे एक केन्द्र द्वारा निर्देशित उत्पादन एवं वितरण प्रणाली की ओर अग्रसर करने वाले प्रयास का रूप धारण कर लिए—एक राज्य संघटित वस्तु विनिमय प्रणाली की ओर चले गए।''[1] यह साम्यवाद काल सोवियत अर्थव्यवस्था के इतिहास के कठिनतम कालों में से एक है।

सामरिक साम्यवाद में आर्थिक स्थितियाँ

उद्योग—इस काल में अर्थव्यवस्था के समस्त क्षेत्रों को आच्छादित करती हुई अनेक आज्ञप्तियाँ जारी की गईं। 28 जून, 1918 को सामान्य राष्ट्रीयकरण आज्ञप्ति (decree) के अधीन देश के उद्योगों का राष्ट्रीयकरण निर्मम गति से हो रहा था। वर्षान्त तक राष्ट्रीयकृत प्रतिष्ठानों की संख्या 1,000 हो गई और सन् 1919 की शरद तक इनकी संख्या 3,000-4,000 हो गयी थी। इस काल में अपने भू-क्षेत्रों को खो देने के कारण रूस के पास उत्पादनों की कमी हो गई थी। **डॉब ने लिखा है** कि इस अवस्था में सोवियत सरकार उद्योगों के लिए पूर्व-कालीन कोयले की पूर्ति के केवल 10 प्रतिशत को छोड़कर शेष को खो चुकी थी और लोहा ढालने वाले कारखाने का 1/4 से भी कम उसके पास रह गया था। अन्न उपजाने के क्षेत्र का 1/2 से भी कम रह गया था और चीनी वाले चुकन्दर के स्रोत 1/10 से भी कम हो गए थे।[2] **इसका परिणाम औद्योगिक उत्पादन में महान कमी एवं स्फीति हुआ था। यह स्फीति कम-से-कम दो कारणों से उत्पन्न हुई थी**—(1) प्रथमतः रूसी सरकार का रूस के बहुत बड़े भू-क्षेत्र से नियंत्रण समाप्त हो जाने के कारण वस्तुओं एवं श्रमिकों का अभाव हो गया था। (2) द्वितीयतः, और यह अधिक महत्त्वपूर्ण कारण है, स्फीति वृहत् पैमाने पर पत्र मुद्रा के कारण लाई गई थी।

खतरनाक परिस्थितियों की शक्तियों के वशीभूत होकर रूसी सरकार ने कठोर कार्यवाही की और **सन् 1920 का अन्त होते-होते एक नवीन आज्ञप्ति जारी की गई जिसने उन समस्त प्रतिष्ठानों का राष्ट्रीयकरण करने के लिए अधिकार दे दिया जहाँ 5 से अधिक श्रमिक कार्य करते हों एवं यांत्रिक शक्ति का प्रयोग किया जाता हो।** 1921 के अन्त ने 37,000 से भी अधिक प्रतिष्ठानों के राष्ट्रीयकरण को देखा था। इस वृहत् पैमाने पर राष्ट्रीयकरण एवं परिवर्द्धनशील राज्य-एकाधिकार के साथ-साथ **उद्योग के प्रशासकीय केन्द्रीकरण** (administrative centralization) की प्रवृत्तियाँ भी दृष्टिगोचर हो रही थीं। प्रारंभिक अवस्था में 'ग्वावकी' और 'सेन्टर' की प्राचीन संस्थाएँ बनी रहीं। किन्तु **शनैः-शनैः 'सेन्टर' अपना पृथक् अस्तित्व खोने लगी और ग्लावकी में विलीन हो गयी।**

---

1. "During this period of 'war communism" the economic measures of the Soviet Government, under pressure of emergency...took the form of an attempt to pass directly to a centrally directed system of production and distribution, to a system based on state of organised barter.

   —Baykov : *The Development of Soviet Economic System*, p. 2

2. डॉब : वही, पृ॰ 18

प्रशासकीय नियंत्रण के लिए **उद्योगों को तीन श्रेणियों** में विभाजित किया गया—(1) राष्ट्रीय महत्त्व के उद्योग जिन्हें ग्लावकी द्वारा नियंत्रित किया गया, (2) मध्याकार उद्योग जिन्हें प्रान्तीय आर्थिक परिषद (Provincial Economic Council) के नियंत्रण में रखा गया और (3) लघु उद्योग जो प्रमुखतः स्थानीय बाजारों तक सीमित थे और जिन्हें **गुबसोनर्हसी** (Gubsovnarhosy) अर्थात् **प्रान्तीय आर्थिक परिषद** के नियंत्रण में रखा गया। किन्तु **उद्योगों के प्रशासकीय नियंत्रण का यह विभाजन कृत्रिम** सिद्ध हुआ और इसने औद्योगिक कार्य क्षमता पर प्रतिकूल प्रभाव डाला। **केन्द्र में स्थित ग्लावकी स्थानीय उद्योगों की कार्यशीलता के विषय में पूर्ण जानकारी नहीं रख सकती थी फिर भी यह गुबसोनर्हसी के निर्णयों में बढ़ती हुई गति से हस्तक्षेप करती जा रही थी।**

उद्योग के राष्ट्रीयकरण की गति में तीव्रता आने के साथ विसेन्खा का क्षेत्र मूलत: परिवर्तित हो गया। विसेन्खा अर्थात् सर्वोच्च आर्थिक परिषद की स्थापना मूलतः एक समन्वयकारिणी संस्था के रूप में की गयी थी। किन्तु यह अब बहुधा हस्तक्षेप करने लगी और विभिन्न मंत्रालयों के साथ इसका विरोध होने लगा। अतएव अधिक उत्तम ढंग से समन्वय करने के लिए एक **सुरक्षा एवं श्रम परिषद** (S.T.O.) की स्थापना की गई ज़िसने समन्वय के कार्य को अपने हाथ में लिया और विसेन्खा केवल एक पर्यवेक्षी संस्था हो गई। किन्तु इन समस्त परिवर्तनों के बावजूद कोई महत्त्वपूर्ण सुधार नहीं किया जा सका। विभिन्न ग्लावकियाँ विभिन्न उद्योगों की देख-रेख करती थीं जिससे अनेक विभिन्न कच्चे माल को प्रयुक्त करने वाली किसी उद्योग को विभिन्न संस्थाओं से और ग्लावकियों से अपने लिए आवश्यक वस्तुओं के लिए स्वीकृति प्राप्त करनी पड़ती थी। **यह अनेक नियंत्रणों की परिस्थिति औद्योगिक उत्पादन शक्ति पर प्रतिकूल प्रभाव डालने लगी।**

सारांश यह निकाला जा सकता है कि **''सामाजिक साम्यवाद'' काल में औद्योगिक नीति की कम-से-कम तीन प्रमुख विशेषताएँ थीं** अर्थात—(1) अन्धाधुन्ध राष्ट्रीयकरण, (2) परिवर्द्धनशील राज्य-एकाधिकार और (3) उद्योगों के प्रशासकीय नियंत्रण का अत्यधिक केन्द्रीकरण। **ऐसी औद्योगिक नीति का संचयी परिणाम यह हुआ कि औद्योगिक उत्पादन को लकवा मार दिया।**

कृषि—कृषि क्षेत्र में जो सफलता 'भूमि आज्ञप्ति' को प्राप्त हुई थी वह स्फीति के कारण समाप्त हो गयी। **औद्योगिक क्षेत्र में जिन कारणों ने स्फीति को लाया था उन्हीं कारणों ने कृषि में भी स्फीति लाया।** स्फीति ने स्थिति को और भी गंभीर बना दिया। स्फीति का प्रभाव सबसे अधिक कृषक वर्ग और महाजनों पर पड़ा था। **कृषक इस प्रतिदिन बढ़ती हुई स्फीति से दो तरह से कष्ट पा रहे थे** अर्थात्—(1) निर्मित वस्तुओं के मूल्य में कृषि वस्तुओं के मूल्य की अपेक्षा अधिक वृद्धि हो रही थी, (2) कृषि वस्तुओं के विक्रय और निर्मित वस्तुओं के क्रय के बीच की अवधि में भी निर्मित वस्तुओं के मूल्य में वृद्धि होती जा रही थी। **इसका परिणाम कृषि उत्पादन में और भी अधिक ह्रास हुआ और प्राचीन कृषि विधिहीनता' को पुन: उपस्थित हो जाने की आशंका हो गई।** निश्चय ही खाद्यान्न की कमी एवं कृषकों के असंतोष से स्मितका के अस्तित्व पर ही खतरा उपस्थित हो गया। इस प्रकार **'सामरिक साम्यवाद**

प्रणाली का आर्थिक मूल रूसी सरकार का कृषकों के साथ संबंध था।''[1] प्रचलित परिस्थितियों में सोवियत सरकार के लिए सामान्य प्रक्रिया द्वारा आवश्यक वस्तुओं को प्राप्त करना असंभव हो गया था। आवश्यक संसाधनों को वह बलपूर्वक और पूर्त्ति के केन्द्रीकृत नियंत्रण तथा वितरण द्वारा ही प्राप्त कर सकती थी। फलतः लेनिन सरकार ने गंभीर परिस्थितियों का सामना करने के लिए **अनिवार्य अधिग्रहण** (compulsory requisitioning) की नीति अपनाई। अभाव के कारण कृषि वस्तुओं के मूल्य में कृत्रिम वृद्धि और अकाल तथा उद्योगों के पतन को दूर करने के लिए यह नीति आवश्यक थी। कृषकों के खाने-पीने तथा बीज के लिए आवश्यक उत्पादन के अंश को छोड़कर शेष समस्त उत्पादन को अनिवार्य अधिग्रहण द्वारा ले लिया जाना निर्धारित किया गया। इस प्रकार से उत्पादन को प्राप्त करने तथा उन्हें सेना, उद्योग एवं श्रमिकों में वितरित करने का कार्य पूर्ति विभाग (Commissariate of Supplies) द्वारा किया जाना निश्चित हुआ जिसे दूसरे शब्दों में **नारकोमप्राड** (Narkompard) कहा जाता है। वस्तुओं का यह केन्द्रीकृत संकलन और वितरण इस प्रणाली की आधारशिला था। किन्तु यह व्यवस्था बहुत दिनों तक नहीं चल सकी **क्योंकि इस व्यवस्था का अपरिहार्य परिणाम कृषक एवं श्रमिकों के मैत्री-संबंध अर्थात् स्मितका को भंग करना था जिस पर सम्पूर्ण रूसी क्रांति आधारित थी। यही समस्या 'सामरिक साम्यवाद' की सबसे जटिल समस्या सिद्ध हुई।** वस्तुतः अनिवार्य अधिग्रहण की नीति ने कृषकों के असन्तोष को और भी तीव्र बना दिया। इस नीति के विरोध में कृषकों ने वृहत् पैमाने पर कृषि करना बन्द कर दिया और उतनी ही भूमि पर कृषि करना प्रारंभ किया जितना उनके भरण-पोषण के लिए अत्यन्त आवश्यक थी। इस प्रकार सम्पूर्ण कृषित क्षेत्र में कमी आ गई और बाजार में बेचे जाने वाले उत्पादन अतिरेक में भी। साथ ही, बोल्शेविक सरकार के विरुद्ध जोर शोर से हलचलें की जानें लगी।

लेनिन सरकार ने कृषकों की हलचल को निष्ठुरतापूर्वक एवं बलपूर्वक दबाने की चेष्टा की। अन्न संबंधी समस्त निजी व्यापार अवैधानिक घोषित कर दिया गया। 14 मई सन् 1918 को एक आज्ञप्ति जारी की गई जिसने घोषित किया कि, **''किसी भी जनपद में कृषक मजदूर, जो नागरिकों की अन्य किसी सेवा का व्यवहार नहीं करते हैं, इस बात को अवश्य ध्यान में रखें कि वे समस्त कृषक, जिनके पास अतिरिक्त अन्न हैं और जो निर्धारित मूल्य पर सरकार को देना नहीं चाहते हैं, जनता के शत्रु घोषित किए जा सकें और गणतंत्र निवासी के रूप में समस्त अधिकारों से वंचित किए जा सकें तथा क्रांतिकारी न्यायाधिकरण** (revolutionary tribunal) **के समक्ष प्रस्तुत किए जा सकें।''** इस आज्ञप्ति के पश्चात् 11 जून सन् 1918 को एक अन्य आज्ञप्ति जारी की गई जिसके द्वारा ग्रामीण निर्धन समितियां (committees of the village poor) की स्थापना की गई जिनका उद्देश्य गाँवों में सरकार के ऐसे समर्थकों का पता लगाना था जो अनिवार्य अधिग्रहण की नीति को लागू करने में औजार का कार्य कर सकें। किन्तु इन समितियों की रचना का गंभीर परिणाम हुआ क्योंकि इनमें से अधिकांश अपने मूल उद्देश्यों तक सीमित नहीं रह सकीं।

1. "The economic crux of the system known as War Communism consisted in the relationship of the Russian Government with peasant agriculture."—Dobb.

इस कारण बोल्शेविकों और वामपंथी सामाजिक क्रांतिकारियों (Left Social Revolutionaries) में संबंध-विच्छेद हो गया। इसके अतिरिक्त ये समितियाँ न केवल कुलक वर्ग को ही, जो प्रभावशाली होते हुए भी ग्रामीण जनसंख्या का अल्पसंख्यक था, विरुद्ध कर दीं वरन् सामान्य कृषकों को भी अप्रसन्न की दीं—उन कृषकों को जो देहात में बहुसंख्यक थे और जो कृषि अर्थव्यवस्था की रीढ़ थे। इसलिए **वर्षान्त में लेनिन ने ग्रामीण निर्धन समितियों को विघटित कर दिया।** ''सामरिक साम्यवाद'' काल के अन्त में कृषकों को एक निश्चित निम्नतम क्षेत्र में कृषि करने के लिए बाध्य करने की चर्चा की जा रही थी और सोचा जा रहा था कि प्रत्येक कृषक को बाध्य किया जाय कि उसके लिए निर्धारित भूमि पर वह अवश्य कृषि करे और कृषि-क्षेत्र को बंजर नहीं रहने दें। 8वीं सोवियत कांग्रेस ने इसके लिए व्यवस्था की।

दमनकारी हथकण्डों के बावजूद कृषक अपने उत्पादनों के विक्रय किए जाने योग्य अतिरिक्त खाद्यान्न को छिपाये ही रखे। फलतः प्रारंभिक आज्ञप्ति में संशोधन किया गया और **कृषि वस्तुओं को तीन श्रेणियों** में बाँटा गया—(1) अनिवार्य अधिग्रहण की वस्तुएँ, (2) अनाधिगृहित (un-requisitioned) किन्तु एकाधिकृत वस्तुएँ, और (3) अ-एकाधिकृत (un-monopolised) और अनधिगृहित वस्तुएँ जिन्हें विनिमय द्वारा बेचा जा सकता था। कृषि वस्तुओं के इस श्रेणीकरण के प्रति कृषकों की प्रतिक्रिया यह हुई कि प्रथम एवं द्वितीय श्रेणी में उल्लिखित वस्तुओं की कृषि कम हो गई। इस प्रवृत्ति को रोकने के लिए सरकार ने बाध्य होकर प्रथम और द्वितीय श्रेणी की वस्तुओं की संख्या में वृद्धि कर दी। **इसका अर्थ व्यवहारतः कृषि वस्तुओं के एकाधिकार की नीति की ओर पुनः मुड़ आना हुआ और 'स्मित्का' को खतरा बना हरा।**

अब हमलोग यहाँ **'सामरिक साम्यवाद' काल की कृषि नीति के कुछ परिणामों** पर दृष्टिपात कर सकते हैं। **इस काल में औद्योगिक क्षेत्र की भाँति कृषि क्षेत्र में भी पर्याप्त केन्द्रीकरण हुआ।** कृषि-नीति का निम्नोक्त व्यापाक चित्र उपस्थित होता है—

1. सरकार की कृषि नीति ने निश्चय ही कृषकों एवं श्रमिकों के मैत्री संबंध अर्थात् 'स्मितका' को हिला दिया—उस 'स्मितका' को जो नवम्बर सन् 1917 की बोल्सेविक क्रांति का आधार था। यह कृषकों के प्रति सरकार की दमनकारी नीति के फलस्वरूप हुआ।

2. कृषि क्षेत्र का पर्याप्त केन्द्रीकरण किए जाने का परिणाम कृषक वर्ग की आर्थिक स्वतंत्रता का लोप हुआ यद्यपि सरकार की कृषि नीति का उद्देश्य कृषि का समूहीकरण नहीं था।

3. कृषि वस्तुओं का अनिवार्य रूप से संग्रह एवं वितरण किए जाने के फलस्वरूप नगरी जनता के लिए खाद्यान्न की और उद्योगों के लिए कच्चे माल की पूर्ति करने की कठिनाई को अंशतः दूर किया जा सका।

4. कृषि-वस्तुओं के अनिवार्य अधिग्रहण के कारण कृषि-वस्तुओं के उत्पादन में कमी आ गई। साथ ही, सम्पूर्ण कृषित भूमि के क्षेत्र में भी कमी आई जिसके कारण कृषि उत्पादन और भी कम हो गया। इसके साथ-साथ प्रति एकड़ उपज में भी कमी आयी और पशुधन भी कम हो गया।

5. इस काल में आर्थिक दृष्टिकोण से प्रतिगामी कार्यों के कारण न केवल एक कठिन खाद्य समस्या ही उत्पन्न हुई वरन् कृषकों के संभाव्य विद्रोह का बीज भी पड़ गया और

बोल्शेविक तथा वामपक्षी समाजवादी क्रांतिकारियों के बीच खाईं पड़ गई।

व्यापार—राज्य-पूँजीवादी काल में आंतरिक व्यापार में एक उदार नीति का अनुकरण किया गया था कम-से-कम इस अर्थ में कि राजकीय व्यापार के सिद्धांत को कतिपय महत्त्वपूर्ण वस्तुओं तक ही सीमित रखा गया था और सामान्यतः वैयक्तिक एवं राजकीय व्यापार के सह-अस्तित्व का सिद्धांत अपनाया गया था। फिर भी सहअस्तित्व का सिद्धांत व्यवहारतः संतोषपूर्वक कार्य नहीं कर सका क्योंकि बोल्शेविक दल के उग्र सदस्य, जिनका स्थानीय सत्ताओं पर नियंत्रण हो गया था आन्तरिक वैयक्तिक व्यापार के निर्बन्ध प्रवाह पर बाधा डालने में अत्यधिक उत्साहपूर्ण थे। किसी-न-किसी बहाने से निजी व्यापारियों को आतंकित किया जाता था। परिणामतः लेन-देन के परिमाण तथा मूल्य दोनों ही में तीव्र ह्रास हो गया और तब स्फीति एवं अन्य बुराइयों के साथ गृह-युद्ध आया जिसने वस्तुओं का और भी अभाव उत्पन्न कर दिया और निजी एवं राजकीय व्यापार के शान्तिमय (?) सह अस्तित्व को समाप्त कर दिया। **समस्त व्यापार का शीघ्रतापूर्वक राष्ट्रीयकरण किया जाने लगा।** सन् 1918 की शरद में ही समस्त महत्त्वपूर्ण वस्तुओं के संबंध में राज्य का एकाधिकार स्थापित हो गया था। बाद में नवम्बर सन् 1918 में एक आज्ञप्ति द्वारा समस्त व्यापार का राष्ट्रीयकरण कर दिया गया। **नारकोमप्राड को 'निजी और गृह उपभोग की समस्त वस्तुओं के क्रय का कार्य-भार' सौंपा गया।** इसके बाद **जनवरी सन् 1919 में एक आज्ञप्ति जारी की गई जो और भी उग्र थी। इसने 'निजी एवं राजकीय व्यापार के सह-अस्तित्व' के महाप्रयाण को पूर्ण किया।** वस्तुतः सन् 1918 से 1919 तक उत्पादन और निजी उपभोग के लिए आवश्यक लगभग समस्त वस्तुओं के व्यापार को राज्य के अधीन कर लिया गया। इतने वृहत पैमाने पर राज्य एकाधिकार की स्थापना ने उस पूर्ति उपकरण को पूर्णतः विध्वंशित कर दिया जो व्यापार के वस्तु पूँजीवादी (commodity capitalist) संबंध के ढाँचे की विशेषता है। इस प्रकार **उत्पादन संघटनों के राष्ट्रीयकरण के समानान्तर ही वस्तुओं का स्वतंत्र विनिमय समाप्त हो गया और इसके साथ स्वतंत्र बाजार का उपकरण भी।**

विदेशी व्यापार—विदेशी बाजार के क्षेत्र में भी शनैः-शनैः राज्य एकाधिकार की प्रणाली स्थापित कर दी गई। दिसम्बर सन् 1917 में जारी की गई एक आज्ञप्ति के द्वारा आयात-निर्यात के लिए अनुज्ञप्ति प्रणाली प्रारंभ की दी गई थी। ऐसी अनुज्ञप्तियाँ बहुत दिनों से विदेशी व्यापार में लगे हुए व्यापारिक निकायों को ही दी जाती थीं, समस्त व्यापारी कम्पनियों को नहीं। इसका परिणाम अस्वस्थ प्रतियोगिता एवं सट्टेबाजी हुआ। किन्तु यह केवल अस्थायी उपाय ही था क्योंकि बोल्शेविक दल व्यापक एवं पूर्ण राजकीय व्यापार का कट्टर हिमायती था। अप्रैल सन् 1918 में जारी की गई एक नवीन आज्ञप्ति ने अनुज्ञप्ति प्रणाली को समाप्त कर दिया और विदेशी व्यापार में राज्य के एकाधिकार को स्थापित किया। निःसन्देह **विदेशी व्यापार में राज्य का एकाधिकार बोल्शेविक दल की नीति का परिणाम था।** किन्तु यह गृहयुद्ध के आपातकाल का शिशु था। **विदेशी व्यापार पर राज्य के एकाधिकार का उद्देश्य था 'विदेशों के समस्त आर्थिक एवं वित्तीय हस्तक्षेपों को दूर करना' जो विदेशी व्यापार और विनिमय के स्वतंत्र यंत्र द्वारा संभव हो सकते थे।**

ध्यातव्य है कि विदेशी व्यापार पर राज्य के एकाधिकार की नीति कोई गलत नीति

नहीं थी। फिर भी व्यवहारतः कुछ शक्तिशाली देशों द्वारा रूस के विरुद्ध किए गए आर्थिक बहिष्कार के कारण यह नीति असफल सिद्ध हुई। यह **आर्थिक नाकेबन्दी** सन् 1921 के मध्य तक चलती रही। **विदेशी व्यापार यंत्र का पूर्ण विनाश रूस के विरुद्ध इस आर्थिक नाकेबन्दी का ही परिणाम था। फलतः इस काल में 'विदेशी व्यापार भी पतन की उसी प्रक्रिया में चला गया जिसमें आर्थिक क्रियाओं की अन्य शाखाएँ जा चुकी थीं।''**[1]

आन्तरिक व्यापार में भी कृषि वस्तुओं के लिए बाजार माँग से संबंधित वितरण-यंत्र की अपर्याप्तता ने कुछ गंभीर परिस्थितियों को उत्पन्न किया था। पूर्ति की अपेक्षा माँग अधिक होने के स्वाभाविक फलस्वरूप कृषकों एवं नगरी उपभोक्ताओं के बीच अवैधानिक व्यापारिक एक सामान्य बात हो गया। अथक प्रयास के बावजूद सरकार कुछ न कर सकी।

व्यापार नीति के परिणाम ***(Effects of the Trade Policy)***

1. सीमित कृषि-वस्तुओं के समुचित वितरण के लिए राशनिंग और नियंत्रण का विस्तृत प्रबन्ध किया था। किन्तु यह राशनिंग योजना अवांछनीय वर्गविभेद के लिए उत्तरदायी हुई। जैसा कि बेहह्व ने लिखा है, सन् 1920 में **'उपभोक्ता वस्तुओं की पूर्ति के संबंध में जनसंख्या की 30 विभिन्न श्रेणियाँ थीं।''**[2]

2. प्राक्-क्रांति काल में स्थापित किये गये सम्पूर्ण व्यापारी संबंध समाप्त हो गये। केवल सहकारिता प्रणाली जीवित रही।

3. वस्तुओं का निजी व्यापार व्यवहारतः अस्तित्वहीन हो गया।

4. **मुद्रा साख और मूल्य अपना सामान्य कार्य करना बन्द कर दिए।** वस्तुतः राज्य के एकाधिकार की स्थापना ने मुद्रा के व्यवहार पर आधारित पूँजीवादी यंत्र को ध्वस्त कर दिया।

5. अत्यधिक केन्द्रीकरण और स्वतंत्र बाजार-यंत्र की भंगिता पर आधारित यह व्यापार नीति केवल अस्थायी उपाय के रूप में ही कार्य कर सकी। गृहयुद्ध की परिस्थितियों में एवं राज्य के नवीन प्रशासकीय उपकरण के विकास की प्राथमिक अवस्था में आवश्यक वस्तुओं के उचित वितरण के संबंध में क्षणिक व्यवस्था की जा सकी थी। **किन्तु यह नीति देश के आर्थिक प्रत्युत्थान के लिए कोई साधन नहीं प्रस्तुत कर सकी** जिसकी उस काल में अत्यन्त ही अधिक आवश्यकता थी। दीर्घकालीन नीति के दृष्टिकोण से यह अव्यवहार्य थी और इससे व्यभिचार तथा समाजविरोधी तत्त्वों को प्रश्रय एवं प्रोत्साहन स्वाभाविक था।

6. **सच्चे अर्थ में आन्तरिक व्यापार का अस्तित्व ही नहीं रह गया।**

सहकारिताओं की भूमिका—सामरिक साम्यवाद से बचकर जीवित रहनेवाली केवल सहकारी समितियाँ ही थीं यद्यपि उनके भी अनेक अधिकार क्षीग हो गए थे और उनकी प्रकृति में आमूल परिवर्तन किये जा चुके थे। **सामरिक साम्यवाद काल में आन्तरिक व्यापार सहकारी समितियों द्वारा और सहकारिता के आधार पर किया जाता रहा।** अनाधिगृहित कृषित वस्तुओं के क्रय में सरकार ने सहकारी समितियों का विस्तृत रूप से

---

1. बेकह्व: वही, पृ॰ 20
2. बेकह्व: वही, पृ॰ 26

प्रयोग किया था। **कृषि विभाग** (Commissariate of Agriculture) अर्थात् **नारकोमजेम** (Narkomgem) **ऐसी कृषि सहकारी समितियों का नियंत्रक था।** कुछ समय पश्चात् सरकार तथा ग्रामीण क्षेत्रों के बीच के व्यापार ने वस्तु विनिमय प्रणाली का रूप धारण कर लिया। निर्मित वस्तुओं का कृषि वस्तुओं के साथ विनिमय होने लगा। इस वस्तु विनिमय में **जन कृषि विभाग** (People's Commissariate of Agriculture) अर्थात् **नारकोमजेम** और **जन आपूर्ति विभाग** (People's Commissariate of Supplies) अर्थात् **नारकोमप्राद** (Narkomprad) का महत्त्वपूर्ण स्थान था। नारकोमजेम अपने अधीनस्थ विभिन्न सहकारी समितियां द्वारा कृषि को बेचने योग्य वस्तुओं का संग्रह करता था और इन्हें नारकोमप्राद द्वारा आपूर्ति की गई औद्योगिक वस्तुओं के साथ बदल दिया जाता था। किन्तु समय बीतने पर कृषि सहकारी समितियों पर सरकार का कड़ा नियंत्रण हो गया और मार्च सन् 1919 तक वे अपनी स्वतंत्र सत्ता खोकर व्यवहारतः नारकोमप्राद के पूर्ति-उपकरण में विलीन हो गईं। **रूसी सरकार ने सहकारी समितियों पर नियंत्रण ''विशुद्धत: राजनीतिक उद्देश्यों''** से किया था। ग्रामीण सहकारी समितियों के अधिकांश नेतागण अनिवार्य अधिग्रहण नीति के विरोध में थे। इसलिए सरकार ने सहकारी समितियों में साम्यवादी तत्त्वों का बहुमत करने की व्यवस्था कर इन नेताओं को निकाल बाहर फेंकने की चेष्टा की थी और इस चेष्टा में सरकार सफल रही। अन्ततः इसने सहकारी समितियों पर नियंत्रण प्राप्त कर लिया और उन्हें कृषि वस्तुओं के संग्रह-वितरण से संबंधित सरकारी योजना को कार्यान्वित करने के लिए एक अभिकरण में परिवर्तित कर दिया।

श्रम और मजदूरी—श्रमिक वर्ग के संबंध में लेनिन की नीति **14 नवम्बर, सन् 1917 को घोषित ''उद्देश्य पर श्रमिक के नियंत्रण'' नामक आज्ञप्ति द्वारा निर्धारित की गई थी। इस आज्ञप्ति के तीन प्रमुख उद्देश्य थे**—(1) अभिषदवाद को रोकना जिसके कारण औद्योगिक उत्पादन शक्ति को गहरा धक्का लग रहा था, (2) कुछ महत्त्वपूर्ण विशेषाधिकार एवं छूट देकर श्रमिक वर्ग के विश्वास को प्राप्त करना और (3) श्रमिकों के लिए व्यवसाय के प्र बन्ध में व्यावसायिक प्रशिक्षण प्राप्त करने के लिए अवसर प्रदान करना ताकि अन्ततः उद्योगों का राष्ट्रीयकरण और संगठनों पर श्रमिकों द्वारा ही स्वामित्व एवं प्रबन्ध सरल हो सके। साथ ही, लेनिन ने श्रमिक के कार्य करने की दशाओं में सामान्य सुधार हेतु अनेक **'प्रगतिशील श्रम विधियों'** का सूत्रपात किया—

1. 11 नवम्बर, 1917 की आज्ञप्ति ने आठ घंटा प्रतिदिन कार्य करने की व्यवस्था की और स्त्रियों से रात्रि में और भू-गर्भ में कार्य लेने पर प्रतिषेध लगा दिया।

2. 14 नवम्बर सन् 1917 की आज्ञप्ति द्वारा बिना किसी अपवाद के समस्त श्रमिकों के लिए बीमा योजना चालू की गई।

3. जनवरी और जून 1918 में जारी की गई आज्ञप्ति ने सरकारी नियोजन अभिकरणों (private employment agencies) का उन्मूलन कर श्रम संघों द्वारा नियंत्रित श्रम संस्थाओं की व्यवस्था की।

किन्तु यह आशा कि ये प्रगतिशील श्रम विधियाँ श्रमिकों को कठिन परिश्रम करने और औद्योगिक उत्पादन-शक्ति में वृद्धि करने के लिए प्रेरित करेंगी गलत सिद्ध हुई। संभवतः श्रमिक अपने प्राप्त विशेषाधिकारों से संतुष्ट नहीं थे। वे तब तक संतुष्ट होने के लिए प्रस्तुत नहीं थे जबतक निजी संगठनों का सम्पूर्णतः विनाश नहीं कर

दिया जाता। इसलिए **लेनिन की उदार श्रम नीति विफल हुई।** वृद्धि होना तो दूर रहा, औसत श्रम-उत्पादनशीलता में प्राक् युद्ध-स्तर की अपेक्षा 28 और 47 प्रतिशत के बीच और पतन ही हुआ। श्रम उत्पादनशीलता एवं अनुशासन में रहे कमी को दूर करने के लिए दृढ़ निश्चय होकर लेनिन सरकार ने विवश होकर असहयोगी श्रमिकों को पाठ पढ़ाने के लिए कठोर नीति अपनाई। **सरकार ने अनिवार्य श्रम-संचालन** (labour mobilization) **की नीति अपनाई।**

दिसम्बर, सन् 1918 में जारी की गई आज्ञप्ति के द्वारा 16 से 50 वर्ष की आयु वाले समस्त व्यक्तियों को कार्य करना आवश्यक बना दिया गया। साथ ही, प्राविधिक कर्मचारियों के पंजीयन एवं संचालन की प्रणाली प्रारंभ की गई। अन्त में **29 जनवरी सन् 1920 को जारी की गई एक आज्ञप्ति द्वारा सभी श्रमिकों को बलपूर्वक भर्ती कराने की एक योजना प्रख्यापित** (promulgate) **की गई। पेशा और कार्य-स्थान में परिवर्तन पर कठोर सीमाएँ निर्धारित की दी गईं और कार्य करने से पिंड छुड़ाने वाले श्रमिकों को दण्ड दिया जाना निर्धारित किया गया।** श्रम सेनाओं के सोवियत (Soviet of Labour Armies) के केन्द्रीय प्रशासी निकायों द्वारा विशेष श्रम सेनाएँ संघटित तथा निर्देशित की गईं। सामान्यतः **सामरिक साम्यवाद काल के अन्त तक श्रम को बलपूर्वक प्रयुक्त किया गया, उसका सैन्यकरण किया गया और उन्हें कार्य-स्थान से जोड़ दिया गया। श्रमिक वर्ग अपनी स्वतंत्रता खो बैठा। बलात् श्रम** (forced labour) **का काल प्रारंभ हुआ।** श्रमिकों को कार्य करने एवं संकेन्द्रण शिविर (concentration camp) में रहने के बीच चुनाव करने के लिए कहा गया। या तो वे कार्य करें अथवा सेना में भर्ती हों। **'उद्योग की भाँति श्रम भी राष्ट्रीयकृत हो गया।'**[1]

किन्तु **इस आर्थिक स्वतंत्रता को खो देने के बदले में श्रमिकों को मजदूरी वृद्धि आदि के रूप में कोई क्षतिपूर्ति लाभ नहीं प्राप्त हुआ। ''सभी प्रकार के श्रमिकों के लिए पारिश्रमिक की समता का सिद्धांत, जिसके विषय में मार्च सन् 1916 में हुए बोल्शेविक दल के 8वीं कांग्रेस में अत्यन्त ही अधिक जोर दिया गया था, एक पवित्र इच्छा ही बना रहा। इससे भी बुरी बात यह थी कि व्यवहारतः पारितोषिक योग्यता, कौशल अथवा कार्य की प्रगति के अनुसार नहीं दिया जाता था।''**[2] **मजदूरी ढाँचा अत्यन्त ही स्वेच्छाचारी और अस्थिर हो गया।** स्पीति के आगमन ने संकट को और भी अधिक गंभीर बना दिया। इस स्फीति ने श्रमिक वर्ग को बुरी तरह प्रभावित किया। क्रय शक्ति में महान पतन हुआ। आर्थिक स्वर्ग के उनके स्वप्न मृग-मरीचिका की भाँति हो गए। इस परिस्थिति का सामना करने के लिए सरकार ने श्रमिकों को वस्तु रूप में ही मजदूरी देना प्रारंभ किया जिसके द्वारा श्रमिकों को कुछ राहत मिली। यह अनुमान लगया गया है कि सन् 1921 के प्रारंभिक महीनों में मुद्रा के रूप में दिया जाने वाला परिश्रमिक सम्पूर्ण पारिश्रमिक का केवल 6.8 प्रतिशत ही था। **''इस प्रकार इस काल की मजदूरी नीति किसी निश्चित सिद्धांत द्वारा नहीं अपितु**

1. रॉजेनफील्ड (Rozenfield) : इन्डस्ट्रियल पॉलिसी ऑफ दी यू॰ एस॰ एस॰ आर॰, पृ॰ 135
2. बेकव: वही, पृष्ठ 43

आपातकालीन परिस्थितियों द्वारा प्रभावित हुई...और निःसन्देह इस काल के प्रथम वर्ष में श्रम विधानों के संबंध में प्रकट की गई समस्त महत्त्वकांक्षाएँ (अतिरिक्त समय काम करने पर प्रतिबन्ध, छुट्टियाँ, बीमा आदि) तत्काल के लिए केवल मनसाएँ ही रहीं, वास्तविक संभावनाएँ नहीं।''[1]

सामरिक साम्यवाद का सामान्य अवलोकन

1. इस काल में सोवियत सरकार राष्ट्रीय अर्थव्यवस्था के वृहत उद्योगों, परिवहन, बैंक, विदेशी व्यापार आदि पर नियंत्रण प्राप्त करने में सफल सिद्ध हुई। वैयक्तिक पूँजी लगभग अस्तित्वहीन हो गई, उत्पादन के साधन राष्ट्रीयकृत कर दिए गए। वित्तीय पूँजी को अंशतः बलपूर्वक ले लिया गया और शेष मुद्रा के मूल्य में ह्रास होने के कारण मूल्यहीन हो गयी।

2. औद्योगिक प्रशासन एवं वितरण के अत्यधिक केन्द्रीयकरण के ऋणात्मक परिणाम हुए थे। तथापि नवीन राष्ट्रीय आर्थिक उपकरण के लिए कुछ नींव डाली जा सकी। कुछ सरकारी संस्थाएँ उद्योग, परिवहन और वितरण की कुछ महत्त्वपूर्ण शाखाओं में, मानव शक्ति के संचालन में तथा विभागीय योजनाकरण में कुछ अनुभव प्राप्त कर सकीं थीं।

3. सरकार द्वारा किए गए उपाय और स्थापित की गई संस्थाएँ न तो राष्ट्रीय अर्थव्यवस्था की उत्पादन-शक्ति में वृद्धि करने के लिए आवश्यक दशाओं की सृष्टि करने में सफल हुईं और न उसके ह्रास को रोकने में ही। वस्तुतः इन्होंने ठीक उल्टा ही कार्य किया।

4. इस काल में जिन मुख्य भौतिक साधनों पर देश निर्भर रहा उनकी पूर्ति नवीन उत्पादन के द्वारा नहीं वरन् कच्चे माल, अनिर्मित और निर्मित वस्तुआं के तत्कालीन भंडारों से ही की गई जो प्राक् क्रांति काल से दाय के रूप में प्राप्त हुए थे। इन्हें कृषि वस्तुओं के अनिवार्य अधिग्रहण तथा बुर्जुआ वर्ग की सम्पत्तियों को बलपूर्वक छीनकर उपलब्ध किया गया था।

5. उद्योग और कृषि की उत्पादनशीलता में हो रहा ह्रास कम नहीं किया जा सका बल्कि इस काल के अन्तिम वर्ष में उसमें वृद्धि ही हुई। फलस्वरूप जनता की कठिनाइयों, अभाव और असन्तोष में वृद्धि हुई।

6. **निकट भविष्य में दूसरे देशों की पूँजीवादी प्रणाली में क्रांतिकारी परिवर्तन की आशाएँ लुप्त हो गईं।**

7. **कटु अनुभव द्वारा यह ज्ञात हुआ कि स्थापित आर्थिक प्रणाली को बिना किसी संशोधन के ही राष्ट्रीय अर्थव्यवस्था की पुनर्व्यवस्था के लिए प्रयुक्त नहीं किया जा सकता।**

सामरिक साम्यवाद आर्थिक संकट तथा सैनिक आवश्यकता का परिणाम

---

1. "Thus the wages policy of this period was influenced not by fixed principles but by the emergency situation... and of course all the aspirations in the labour legislations of the first year of this period (restriction on overtimes, holidays, insurance, etc.) remained for the time being only intentions, not real possibilities."—Baykov : *The Development of the Soviet Economic System*, p. 43-44

था, किसी सिद्धांत का नहीं। इस संबंध में **प्रो॰ डॉब का यह कथन विशेष रूप में उल्लेखनीय है—"स्पष्टत: सामरिक साम्यवाद एक आनुभविक रचना के रूप में उद्भूत होता है न कि सर्व-निर्धारित सिद्धांत की उपज के रूप में। वह सर्वभक्षी गृह-युद्ध की अवस्था में आर्थिक अभाव और सैनिक आवश्यकता की पूर्ति का उपाय था।"**[1] इस प्रकार सोवियत शासन को परिस्थितियों से बाध्य होकर सामरिक साम्यवाद की नीति अपनानी पड़ी थी। दूसरे शब्दों में, **आवश्यकतावश लेनिन को इस प्रकार की नीति अपनानी पड़ी थी जो पूँजीवाद से समाजवाद की ओर संक्रमण के पूर्णत: प्रतिकूल थी।** सामरिक साम्यवाद द्वारा सोवियत रूस ने अपने को देशी एवं विदेशी शत्रुओं से किसी प्रकार बचा लिया। किन्तु इसने अर्थव्यवस्था में कई प्रकार की अव्यवस्था उत्पन्न कर दी। वास्तव में इस अवधि में रूस की स्थिति बहुत ही चिन्ताजनक हो गई। उसकी सीमा पर स्थित फिनलैंड, लिथुआनिया, पोलैंड आदि उसके अधिकार से निकल गये थे और इस प्रकार लगभग 3 करोड़ जनसंख्या उसके अधिकार से निकल गयी थी। इसके साथ-साथ कई औद्योगिक केन्द्र भी रूस के हाथ से निकल गये थे जिससे रूसी अर्थव्यवस्था को गहरा धक्का लगा था। इसका रूस के समुद्री मार्ग के द्वारा व्यापार पर भी बड़ा बुरा प्रभाव पड़ा था। बाल्टिक सागर तट के बन्दरगाहों के द्वारा इसके कुल निर्यात का 30 तथा आयात का 35 प्रतिशत भाग गुजरता था। किन्तु अब ये बन्दरगाह रूसी अधिकार क्षेत्र से बाहर निकल गये थे। इस काल में रूसी औद्योगिक उत्पादन 70 प्रतिशत, कृषि उत्पादन 37 प्रतिशत तथा विदेशी व्यापार लगभग 90 प्रतिशत कम हो गया था। सन् 1916 की तुलना में 1922 ई॰ में केवल 62 प्रतिशत भूमि में खेती का कार्य हुआ था। कृषि की कुल उपज 1913 में 5 हजार मिलियन पूड से घटकर 1921 में केवल 1689 मिलियन पूड रह गयी थी। सन् 1921 ई॰ में लोहे और इस्पात का उत्पादन युद्ध के पूर्व की तुलना में केवल 3 प्रतिशत रह गया था। देश में रोटी, नमक, जूता, दियासलाई, तेल आदि का अत्यधिक अभाव हो गया था। **औद्योगिक उत्पादन में कमी का अन्दाजा निम्नांकित तालिका से लगता है—**

औद्योगिक उत्पादन में परिवर्तन

वर्ष	वृहत् उद्योग	लघु उद्योग	कुल
1913	100	100	100
1917	74.8	78.4	75.7
1920	12.8	44.1	20.4

सन् 1912 ई॰ के मूल्यों के आधार पर 1913 ई॰ में प्रति व्यक्ति औसत आय 101 रूबल थी जो घटकर 1921 ई॰ में 39 रूबल रह गई थी। **इस प्रकार सामरिक साम्यवाद काल में रूस की स्थिति अत्यन्त चिन्ताजनक हो गयी थी।**

किन्तु इन सब के बावजूद इसने ऐतिहासिक दृष्टि से कुछ अत्यन्त महत्त्वपूर्ण कार्यों का भी संपादन किया। उदाहरण के लिए, अनिवार्य अधिग्रहण नीति तथा दुलर्भ वस्तुओं

1. "War communism emerges clearly as an empirical creation not as the a priori product of theory, as an improvisation in place of economic scarcity and military urgency in conditions of exhausting civil war." —Dobb : *Soviet Economic Development Since* 1917, p. 122.

की केन्द्रीय पूर्ति की व्यवस्था ने गृह-युद्ध के समय में सेना तथा शहरी क्षेत्रों में श्रमिकों को भूखे मरने से बचा लिया तथा युद्ध के लिए आवश्यक सामग्रियों के उत्पादन को संभव बनाया। वास्तव में ऐसी व्यवस्था के अभाव में सेना का अस्तित्व ही समाप्त हो गया होता। साथ ही, इसने राष्ट्रीय अर्थव्यवस्था में सरकारी नियंत्रण एवं प्रशासन के अनुरूप कई परिवर्तन किया। **इसकी सबसे महत्त्वपूर्ण विशेषता राजकीय विभागों के लेन-देन में मुद्रा को समाप्त कर वस्तु विनिमय प्रणाली को अपनाया जाना था। इसने राज्य की कार्यवाहियों से मौद्रिक गणना को बिल्कुल समाप्त कर दिया।** यह इसकी सबसे बड़ी देन थी जिसने साम्यवाद के लिए मार्ग तैयार करने में अत्यधिक योगदान किया।

सामरिक साम्यवाद का ध्वंस

'सामरिक साम्यवाद' केवल एक अस्थायी समयोपयुक्त उपाय ही था। यह अनुभव की संतान था न कि किसी सिद्धांत का शिशु। यह केवल आर्थिक संकट की एक संतति था। 'सामरिक साम्यवाद हमलोगों पर युद्ध एवं विनाश द्वारा बलपूर्वक लाद दिया गया था। यह एक ऐसी नीति नहीं था और न हो ही सकता था जो सर्वहारा वर्ग के आर्थिक कार्यों के अनुकूल हो सकती थी। यह एक अस्थायी उपाय था'—इस प्रकार **लेनिन ने 21 अप्रैल, 1921 को खाद्य कर** (food tax) **से संबंधित एक लेख में लिखा।**[1] यह काल महान् विफलताओं की एक कष्टपूर्ण सूची सिद्ध हुआ। जब आर्थिक संकट दूर होने के बदले और भी गंभीर होने लगा तो इसका विघटन अपरिहार्य हो गया। **सामरिक साम्यवाद काल निम्नलिखित कारणों के दबाव में दब गया—**

1. केन्द्रीकरण, एकाधिकारीकरण और अनिवार्य अधिग्रहण की सरकारी नीति के प्रति कृषकों का परिवर्द्धित असंतोष एवं विरोध;

2. उद्योगों के प्रशासकीय केन्द्रीकरण की विफलता और गुवसोनर्होज (Gubsovnarhoz) द्वारा नियंत्रित उद्योगों की द्वितीय श्रेणी अर्थात् मध्य-आकारी उद्योगों की कठिनायाँ;

3. श्रमिकों को संतुष्ट करने की इस काल की नीति की विफलता।

4. गृह-युद्ध का अन्त एवं रूस से विदेशी सेना का वापस चला जाना। संभवतः 'सामरिक साम्यवाद' से नवीन आर्थिक नीति की ओर अग्रसर होने का सर्वनिकट कारण यही था।

नवीन आर्थिक नीति (New Economic Policy) का आरंभ करते समय सामरिक **साम्यवाद काल की नीति पर खेद प्रकट करते हुए लेनिन ने कहा था,** "कुछ कार्यों को करने के लिए हमलोग आवश्यकता से विवश कर दिए गए थे—हमलोग बहुत से ऐसे कार्य किये जो स्पष्टतः गलत थे—जितना सैद्धांतिक एवं राजनीतिक दृष्टिकोण से आवश्यक था उससे हमलोग आगे चल गये थे।"[2] **कुछ महीनों बाद उन्होंने पश्चाताप करते हुए सामरिक साम्यवाद को एक 'गलती'** (mistake) **और 'उछाल'** (jump) **कहा जो 'पूँजीवाद से समाजवाद में संक्रमण के संबंध में हमलोग ने जो कुछ लिखा**

---

1. "War Communism was thrust upon us by war and ruin. It was not, nor it could be, a policy that corresponded to the economic tasks of the proletartiat. It was a temporary measure."
2. लेनिन के सेलेक्टेड वर्क्स, खंड 9, P. 112, 178
3. 19 अक्टूबर 1921 को इजवेस्तिया (Izvestia) में प्रकाशित नवीन आर्थिक नीति पर दिए गए भाषण से।

था उसके पूर्णतः प्रतिकूल था।''[3]

'सामरिक साम्यवाद' की विफलताओं के कारण इसकी भंगिता ने इस दार्शनिक सत्य की दृढ़ता को सिद्ध किया कि **भूत से कोई भी संबंध नहीं रखने वाली पूर्ण आमूल क्रांति एक नितान्त असंभावना है। इसने आर्थिक एवं सामाजिक संस्थाओं की निरन्तरता से संबंधित ऐतिहासिक तथा दार्शनिक सत्य को दिग्दर्शित किया।** कोई भी क्रांति भूत से अपना पूर्णतः संबंध विच्छेद नहीं कर सकती बल्कि कितनी भी आमूल परिवर्तनकारिणी होने के बावजूद उसे कुछ अवस्थाओं से होकर गुजरना पड़ता है और उसका भूत से कुछ-न-कुछ संबंध अवश्य बना रहता है। वस्तुतः **स्वयं कार्ल मार्क्स ने भी पूँजीवाद को पूर्णतः उपेक्षित कर देने की प्रवृत्ति का उपहास किया था।** 'सामरिक साम्यवाद' के विनाश ने यह सिद्ध कर दिया कि पूँजीवाद से साम्यवाद में संक्रमण, जिसके लिए सांस्थिक ढाँचे में परिवर्तन करना आवश्यक है, तीव्र न होकर मन्द गति से शनैः-शनैः होता है। इस प्रकार सामरिक साम्यवाद की नीति बोल्शेविक दल के मूलभूत उद्देश्य—**सर्वहारा वर्ग का अधिनायकतंत्र, तात्कालिक शान्ति, किसानों के लिए भूमि तथा सभी के लिए रोटी** (dictatiorship of the proletariate, an immediate peace, land for the peasent and bread for all.) **की पूर्ति करने में असमर्थ रही।** इसलिए लेनिन और इसके दल ने इस नीति को छोड़कर नवीन आर्थिक नीति (N.E.P.) अपनाया।

संदर्भ

M. Dobb : The Soviet Economic Development Since 1917.
Baykov : Development of the Soviet Economic System.
E da Costa : Economic Progress of Russia, 1860-1948

मानक प्रश्न

1. सामरिक साम्यवाद की प्रकृति तथा उद्देश्यों की व्याख्या करें। इसका परित्याग क्यों किया गया?
2. सामरिक साम्यवाद के क्या उद्देश्य थे ? इन उद्देश्य की पूर्ति कहाँ तक हो पायी थी ?
3. सामरिक साम्यवाद को अपनाये जाने की परिस्थितियों की व्याख्या कीजिए। इसके क्या उद्देश्य थे ?

❑

अंध्याय 6

नवीन आर्थिक नीति (1921-1928)

(THE NEW ECONOMIC POLICY)

नवीन आर्थिक नीति एक प्रकार से 'सामरिक साम्यवाद' काल में अपनाई गई नीति की एक अस्वीकृति थी। 'सामरिक साम्यवाद' एक सामान्यकालीन नीति नहीं थी। किन्तु तत्कालीन परिस्थितियों में यह ऐतिहासिक एवं आर्थिक दृष्टिकोण से अनिवार्य था। **नवीन आर्थिक नीति क्रांति के पश्चात् अपनाई जाने वाली सर्वहारा वर्ग की सामान्यकालीन नीति थी।** सामरिक साम्यवाद के स्थान पर नवीन आर्थिक नीति को अपनाया जाना उस नीति-पथ पर पुनः लौट आना था जिस पर प्रारंभिक महीनों में गृह-युद्ध के पूर्व देश चल रहा था यद्यपि इस बार कुछ परिवर्तित परिस्थितियों में। अत्यधिक केन्द्रीयकरण के विरुद्ध प्रथम विद्रोह दिसम्बर सन् 1920 में हुए 8वें सोवियत कांग्रेस में हुआ था। किन्तु आश्चर्यजनक बात यह है कि जिस विचार-विमर्श से नवीन आर्थिक नीति उदित हुई वह राज्य और कृषक वर्ग के संबंध से नहीं प्रारंभ हुआ वरन् राज्य और श्रमिक वर्ग के संबंध से। **लेनिन** ने मार्च, 1921 ई॰ में पार्टी कांग्रेस की 10वीं बैठक में सामरिक साम्यवाद के अन्त के समय देश की स्थिति को इस प्रकार से व्यक्त किया—**''हमलोग कृषकों और श्रमिकों की प्रमुख उत्पादक शक्तियों की विपन्नता और विनाश, अत्यधिक थकावट और शक्तिरिक्तता की ऐसी स्थिति में रह रहे हैं कि कुछ समय के लिए सभी विचारों को वस्तुओं की पूर्ति को बढ़ाने के मौलिक विचार के अवश्य ही अधीनस्थ कर दिया जाना चाहिए।''**[1] स्पष्टतः सामरिक साम्यवाद नीति के आर्थिक परिणाम बड़े ही भयावह थे। किसानों और मजदूरों के बीच के मैत्री संबंध सामरिक साम्यवाद नीति के कारण बिगड़ रहे थे। कृषि और उद्योग में उत्पादन घट रहा था। अतएव इस नीति का परित्याग आवश्यक था। युद्धकाल में कृषि, उद्योग, परिवहन सभी क्षेत्रों में राज्य ने अपना एकाधिपत्य स्थापित कर लिया था। अतः इसमें परिवर्तन हुआ और एक ऐसी मिश्रित अर्थ नीति अपनायी गयी जिसे इतिहासकार 'नवीन आथिक नीति' कहते हैं।

नयी नीति को आवश्यक बतलाते हुए लेनिन ने तीन बातों पर जोर दिया था। एक तो किसी भी मूल्य पर उत्पादन की मात्रा में वृद्धि करना आवश्यक था। क्रांति के बाद कृषि और उद्योग के उत्पादन में जो भीषण कमी हुई थी उससे संपूर्ण आर्थिक तथा राजनीतिक ढाँचे के अस्त-व्यस्त हो जाने की आशंका किसानों के लिए अर्थहीन जान पड़ती थी। **दूसरी** ओर औद्योगिक कच्चे माल तथा अन्न की कमी ने औद्योगिक उत्पादन की स्थिति को दयनीय बना दिया था। दूसरे, राजनीतिक संकट से बचाव आवश्यक था।

1. "We are living in such conditions of impoverishment and ruin of overstrain and exhaustion of principal productive forces of the peasants and workers that for a time everything must be subordinated to this fundamental consideration at all costs to increase the supply of goods."

सामरिक साम्यवाद काल में अनिवार्य अधिग्रहण योजना के कारण 1921 ई० तक मजदूरों और किसानों, गाँवों और शहरों के बीच की खाई इतनी चौड़ी हो गयी कि बिना किसी उपाय के हँसिया और हथौड़ा का संबंध विच्छेद होने के कारण लक्षण दिखलाई पड़ने लगे। किसान और मजदूरों के मैत्री संबंध (smytchka), जो लेनिन की साम्यवादी नीति का आधार-स्तंभ था, के समाप्त होने की आशंका हो गयी थी। अतएव इनके संबंध में सुधार नयी आर्थिक नीति का एक प्रमुख उद्देश्य था। **तीसरे,** राष्ट्रीय स्नायु मंडल के प्रमुख केन्द्रों—बड़े—बड़े उद्योग, साख, मुद्रा, परिवहन और कर-प्रणाली को हाथ में रखकर उसके द्वारा उत्पन्न नयी पूँजीवादी शक्तियों का राज्य के अधिकतम कल्याण के लिए प्रयोग किया जाना था। घृणित पूँजीवादी दानव की पुनरावृत्ति का कारण समझने के लिए एक विवाद उत्पन्न हो गया था। किसान और मजदूर का संबंध घनिष्ठ बनाने के लिए व्यापार की आवश्यकता थी ताकि उनका उत्पादन एक-दूसरे के काम आ सके। व्यापार की वृद्धि अधिक उत्पादन पर निर्भर थी और अधिक उत्पादन के लिए कार्य-कुशलता तथा मशीनों के अभाव को दूर करना अनिवार्य था। धन, श्रम, कच्चा माल और माँग सब कुछ होते हुए भी कार्यकुशलता नहीं होने से इनका उचित प्रयोग असंभव था। किन्तु पुनः नियन्त्रित पूँजीवादी शक्तियों को निरंकुश होने से रोकने के लिए इनको संयोजित करने का प्रबन्ध किया गया।

उल्लेखनीय है कि **नवीन आर्थिक नीति एक पूर्व निश्चित तथा विधिपूर्वक निर्मित आर्थिक नीति नहीं थी। देश की बदलती हुई परिस्थितियों के साथ इसका रूप और गुण बदलता रहा।** किसी भी समय यह नीति अथवा इसके सिद्धांत न तो स्थिर रहे और न इन्हें स्थायी जड़ें पकड़ने का ही अवसर दिया गया। **प्रो० बेकोह्व** (Baykov) का यह कथन इसे स्पष्ट करता है: ''जिन मार्गों और साधनों से इन उद्देश्यों और कार्यों को नयी आर्थिक प्रणाली के निश्चित रूप में ढाला जायेगा वे नवीन आर्थिक नीति के प्रारंभ में स्पष्ट नहीं थे। संक्रमण काल में राजकीय और निजी अर्थव्यवस्था के बीच समझौता के अनिवार्य मूल्य के रूप में **प्रयास और भूल की रीति** को स्वीकार किया गया।''[1]

संक्रमण प्रक्रिया : नवीन कृषि नीति *(Process of Transition : The New Agricultural Policy)*—पुरानी नीति से नवीन नीति में संक्रमण करने की प्रक्रिया कुछ कठिन थी। कहाँ से और किस प्रकार नवीन नीति को प्रारंभ किया जाय, यह एक कठिन किन्तु महत्त्वपूर्ण प्रश्न था। फिर भी **लेनिन ने तुरन्त अनुभव कर लिया कि संक्रमण तुरन्त ही नवीन कृषि-नीति के निर्माण से प्रारंभ होना चाहिए।** खाद्यान्न व्यापार में सरकार का एकाधिकार समाप्त कर दिया गया और कृषि वस्तुओं के अनिवार्य अधिग्रहण के स्थान पर कृषि-कर लगाया जिसका भुगतान अनाज के रूप में करना पड़ता था। यह कर किसानों के परिवार के लिए आवश्यक अन्न के एक निश्चित अनुपात में होता था। इससे अधिक जो अन्न बचता था उसे अधिक मूल्य पर बाजार में बेचने के लिए किसान को स्वतंत्र छोड़ दिया गया। अनाज व्यवसाय पर सरकारी एकाधिकार समाप्त कर दिया गया। कर के निर्धारण में परिवार के आकार को भी ध्यान में रखा जाता था। जिसके पास जितनी अधिक भूमि होती थी उसे उतना ही अधिक कर देना पड़ता था। प्रारंभ में यह कृषि-कर

1. "The ways and means in which these aims and tasks would be moulded to the definite form of a new economic system were not clear at the beginning of N.E.P.; methods of trials and errors were accepted as the inevitable price of compromise between state and private economy in period of transition."

कृषकों के न्यूनतम भरण-पोषण के लिए आवश्यक वस्तुओं के रूप में निश्चित किया गया था किन्तु बाद में इसे मौद्रिक रूप दे दिया गया। इसका उद्देश्य कृषकों को पर्याप्त उत्प्रेरणा देना था।

नवीन कृषि-कर के प्रभाव
(Effects of the New Agricultural Tax)

चूँकि यह कर निर्वाह की आवश्यकताओं के अतिरिक्त शेष राशि पर लगाया जाता था इसलिए इस कर के भुगतान के बाद कृषकों के पास कुछ विक्रय अतिरेक (marketable surplus) बचा रहता था जिसे वे लाभ प्राप्त करने के लिए बेच सकते थे। इसलिए यह आशा की गई थी कि विक्रेय अतिरेक के परिमाण को बढ़ाने के लिए कृषिक अधिक-से-अधिक वस्तुओं का उत्पादन करेंगे। **कृषि कर के प्रारंभिक प्रभाव** ये पड़े—(1) कृषि-उत्पादन में हो रहे ह्रास को दूर किया जा सका। (2) कृषि वस्तुओं की उत्पादन-कुशलता में वृद्धि हुई। (3) इससे भी अधिक महत्त्वपूर्ण प्रभाव यह पड़ा कि इसने कृषक वर्ग और वोल्शेविक सरकार के बीच सामंजस्य स्थापित करने के लिए एक मनोवैज्ञानिक धारणा की सृष्टि की। किन्तु इन प्रारंभिक प्रभावों के अतिरिक्त भी इस कृषि कर ने अनेक महत्त्वपूर्ण परिवर्तन किया—(4) इसने कृषकों को उनके उत्पादन के उस भाग का व्यापार करने का अधिकार पुनः प्रदान कर दिया जो इस कर के भुगतान के बाद उनके पास बचा रहता था। वस्तुतः बिना इस अधिकार को पुनः प्रदान किये कृषकों के पास विक्रय अतिरेक की सृष्टि संभव नहीं थी। (5) व्यापार के इस अधिकार को पुनः प्रदान करने से कृषि उत्पादकों के संबंध में आन्तरिक बाजार की प्राचीन प्रणाली का पुनर्जीवन आवश्यक हो गया। (6) स्वतंत्र बाजार के पुनर्जीवन के बदले में 'मुद्रा के प्रचलन-क्षेत्र को पुनर्जीवन किया। यह स्पष्ट था कि मुद्रा के व्यवहार के बिना स्वतंत्र बाजार प्रणाली उत्तम रूप में कार्य नहीं कर सकती थी। (7) बाजार यंत्र के पुनर्जीवन और मुद्रा प्रचलन की पुनर्व्यवस्था के परिणामस्वरूप शासन का विकेन्द्रीकरण हुआ। फलतः नगरी जनता की समस्त पूर्ति से केन्द्रीकृत नियंत्रण उठा दिया गया। (8) नारकोमप्राड, जो सामरिक साम्यवाद में अत्यन्त ही महत्त्वपूर्ण था, का महत्त्व स्पष्ट कारणों से कम हो गया। (9) सहकारी समितियों को नवीन महत्त्व प्राप्त हुआ और उनकी कुछ स्वतंत्रता उन्हें पुनः प्राप्त हो गई। 26 अक्टूबर सन् 1921 को जारी की गई एक नवीन आज्ञप्ति ने सहकारी समितियों को सम्पूर्णतः वाणिज्यिक स्वतंत्रता के आधार पर रख दिया। साथ ही स्वेच्छा के आधार पर कृषि सहकारिताओं के निर्माण के अधिकार की मान्यता प्राप्त हुई। (10) उद्योगों के लिए केन्द्रीकृत पूर्ति के त्याग ने उद्योगों को 'स्वायत्तशासी' इकाइयों के रूप में संगठित करना संभव बनाया। इसके परिणामस्वरूप वाणिज्यिक सिद्धांत पर आधारित उद्योगों के एक नवीन ढाँचे की व्यवस्था हुई।

अतः कृषि पर कृषि कर का बड़ा ही महत्त्वपूर्ण प्रभाव पड़ा। **लेनिन ने पार्टी कांग्रेस में अपने भाषण में इस संबंध में स्वयं कहा था** कि "अनाज की अनिवार्य वसूली के बदले कृषि पर कर लगाने का प्रश्न मुख्यतया राजनीतिक है। इसका उद्देश्य श्रमिकों एवं कृषकों के संबंध को अच्छा बनाना है। ....हम समाजवादी क्रांति की रक्षा तभी कर सकते हैं जब हम किसानों से मिले रहें। यह आवश्यक है कि हम मध्यवर्गीय किसानों को आर्थिक दृष्टि से सन्तुष्ट रखें और खुले बाजार को पुनः स्थापित कर दें अन्यथा श्रमिकों की सत्ता

को स्थापित रखने में हम असमर्थ हो जाएँगे।'' **उसने पुनः कहा था, ''कृषि-कर सामरिक साम्यवाद, जिसे अत्यधिक आवश्यकताओं तथा विनाश एवं युद्ध की परिस्थितियों के कारण अपनाने के लिए हमें विवश होना पड़ा था, के स्थान पर सही समाजवादी वस्तुओं के आदान-प्रदान की स्थापना के लिए किये जाने वाले अनेक परिवर्तनों में से एक है।''**

प्रारंभ में कृषि-कर दमनकारी था। अतः इसका परिणाम देहाती क्षेत्रों में विषमता की सृष्टि करना हुआ था। इससे गरीब और मध्यवर्गीय कृषकों पर बुरा प्रभाव पड़ा जबकि धनी कृषकों अर्थात् कुलक वर्ग के लिए समृद्धियाँ आईं क्योंकि उनके पास सबसे अधिक विक्रय अतिरेक थे। किन्तु बोल्शेविक दल कुलक वर्ग को ''वर्ग शत्रु'' समझता था और उसका अन्त करने के लिए वह दृढ़-संकल्प था। **कुलक वर्ग को समाप्त करना बोल्शेविक दल का पुण्य कार्य था।** इसलिए कृषि कर में कुछ परिवर्तन किया जाना आवश्यक हो गया और 1926-27 में यह कर अत्यन्त ही प्रगतिशील बना दिया गया। कुलकों पर भारी कर-बोझ आरोपित कर दिए गए जबकि लघु कृषकों को अनेक प्रकार की सुविधाएँ दी गयीं। जैसे—कर में छूट, सरल ढंग से ऋण की व्यवस्था आदि।

सच्चे आर्थिक सिद्धांतों के दृष्टिकोण से यह नीति गलत थी। यह कुल वर्ग के बिरोध में निर्देशित थी और कुलक वर्ग के पास ही कृषि वस्तुओं के अतिरेक की सृष्टि करने की क्षमता थी। ऐसी परिस्थितियों में नवीन आर्थिक नीति काल में कृषि उत्पादन में वृद्धि को अत्यन्त ही मन्द होना स्वाभाविक था। वस्तुतः इस काल में सोवियत सरकार का कृषि-कार्यक्रम जान-बूझ कर देहातों में सामाजिक एवं आर्थिक विभेद दूर करने के लिए अपनाया गया था।

नवीन आर्थिक नीति के अन्तर्गत उद्योग

नवीन आर्थिक नीति के ढाँचे में **चार प्रकार के औद्योगिक प्रतिष्ठान थे**—एकमात्र राज्य के अधीन संगठन, मिश्रित संगठन, सहकारिताएँ और वैयक्तिक संगठन जो राज्य के विनियमन के अधीन कार्य कर रहे थे। **इस काल में उद्योगों का विकेन्द्रीकरण होना प्रारंभ हुआ जबकि 'सामरिक साम्यवाद' काल में इनका नितान्त केन्द्रीकरण हो रहा था।** उद्योगों का विकेन्द्रीकरण 'वाणिज्यिक दृष्टिकोण से स्वायत्तशासी' इकाइयों की व्यवस्था द्वारा संभव हो सका था। ऐसी इकाइयों को औद्योगिक प्रन्यास (industrial trust) और अभिषद (syndicate) कहा जाता था। **फिर भी उद्योग पर राज्य के कड़े नियंत्रण को हटाने और ग्लावकी प्रणाली को इस काल में समाप्त करने का अर्थ विशुद्ध वैयक्तिक औद्योगिक व्यवस्था नहीं हुआ।** इसके दूसरी ओर उद्योगों का विकेन्द्रीकरण प्रन्यासों एवं अन्य वैध संगठनों द्वारा किया गया।

इस प्रकार औद्योगिक क्षेत्र में नयी आर्थिक नीति का प्रमुख उद्देश्य आर्थिक प्रशासन का विकेन्द्रीकरण था। दिसम्बर, 1920 ई॰ में आठवीं सोवियत कांग्रेस में ग्लावकी तथा उद्योगों के अत्यधिक केन्द्रीकरण की कटु आलोचना की गयी थी। उद्योगों के प्रशासकीय केन्द्रीकरण से इस क्षेत्र में अव्यवस्था उत्पन्न हो गयी थी। इसका प्रमुख कारण औद्योगिक उत्पादन को नियंत्रित करने वाली केन्द्रीय संस्थाओं द्वारा अनुचित हस्तक्षेप था। वास्तव में ग्लावकी के पास उद्योगों की कार्यवाही के संबंध में बहुत कम जानकारी प्राप्त थी। इससे औद्योगिक क्षेत्र में एक प्रकार की अव्यवस्था उत्पन्न हो गयी थी। इसे दूर करने

के लिए नवीन आर्थिक नीति के अन्तर्गत उद्योगों की व्यवस्था को विकेन्द्रित करने का प्रयास किया गया। किन्तु निजी उद्योगपतियों को पूर्णतया स्वंतंत्र छोड़ देने से सोवियत सरकार की नीति के सामान्य उद्देश्यों की पूर्त्ति नहीं हो पाती। अतएव देश के **औद्योगिक विकास के सामान्य निरीक्षण को विशेन्खा** (Visenkha or Supreme Economic Council) के हाथ में रखा गया। **विशेन्खा के इस सामान्य निरीक्षण के अन्तर्गत औद्योगिक प्रतिष्ठानों के नियंत्रण को विकेन्द्रित किया गया।** इस प्रकार नवीन केन्द्रीय निर्देशन के साथ औद्योगिक प्रतिष्ठानों के नियंत्रण को विकेन्द्रित किया गया। इस प्रकार नवीन केन्द्रीय निर्देशन के साथ औद्योगिक शासन के विकेन्द्रीकरण का सिद्धांत अपनाया गया। इसका मूल उद्देश्य पुनर्गठन द्वारा दैनिक कार्य-संचालन में राजकीय संस्थाओं के अनावश्यक हस्तक्षेप को कम करना था।

नवीन आर्थिक नीति के अन्दर निश्चत किया गया कि विशेन्खा अर्थात् सर्वोच्च आर्थिक परिषद के अन्तर्गत केवल प्रमुख बड़े उद्योगों को ही रखा जाएगा। अन्य औद्योगिक संस्थाओं का संचालन सहकारी समितियों तथा व्यक्तिगत उत्पादकों पर छोड़ दिया जायगा। इसके अन्तर्गत छोटे-छोटे उद्योगों का निःराष्ट्रीयकरण किया गया तथा इन्हें इनके मालिकों को लौटा दिया गया। यह औद्योगिक नीति उत्पादन वृद्धि के उद्देश्य से ही अपनायी गयी थी। निःराष्ट्रीयकरण (denationalisation) इसका मुख्य आधार था। किन्तु प्रमुख बड़े उद्योग, बैंकिंग एवं परिवहन राज्य के हाथ में बने रहे जिनके द्वारा सम्पूर्ण औद्योगिक व्यवस्था पर राजकीय नियंत्रण संभव था।

अतएव नवीन आर्थिक नीति के अन्दर बड़े और प्रमुख उद्योग राज्य के स्वामित्व में रहे। असफल और अनुत्पादक निर्माण केन्द्रों को बन्द कर दिया गया। अधिकांश छोटे उद्योगों को सहकारी समितियों तथा छोटे उत्पादकों को सौंप दिया गया। छोटे-छोटे उद्योगों का बहुत बड़े पैमाने पर निःराष्ट्रीयकरण किया गया तथा इन्हें पुराने मालिकों को लौटा दिया गया। पूँजी, कुशलता तथा अनुभव प्राप्त करने के उद्देश्य से विदेशियों को कुछ प्राचीन उद्योगों को चलाने तथा नये उद्योगों को स्थापित करने के लिए आमंत्रित किया गया। सरकार द्वारा निजी पूँजी के सहयोग से मिश्रित उत्पादन व्यवस्था का भी आयोजन किया गया। 1924 ई० में 88.4 प्रतिशत उत्पादन संस्थाएँ निजी व्यक्तियों, 8.5 प्रतिशत राज्य तथा 3.1 प्रतिशत सहकारी समितियों के पास थी। किन्तु निजी व्यक्तियों द्वारा संचालित उद्योगों में कुल मजदूरों का केवल 12.4 प्रतिशत भाग लगा था। इस श्रेणी में केवल वे ही उद्योग थे जिनमें कम-से-कम दो तथा अधिक-से-अधिक बीस मजदूर काम करते थे। इसके विपरीत **सरकारी उद्योगों का अनुपात 8.5 प्रतिशत ही था। फिर भी इनमें कुल औद्योगिक श्रम का 84.1 प्रतिशत कार्य करता था।**

औद्योगिक प्रन्यास *(Industrial Trusts)*—विकेन्द्रित औद्योगिक व्यवस्था की आधारभूत इकाई को प्रन्यास कहा गया। सरकार द्वारा उद्योगों को एकत्र होकर प्रन्यास बनाने एवं अपने प्रबन्ध को ठीक करने की सुविधाएँ दी गयीं। प्रन्यास बनाने की प्रक्रिया जुलाई, 1922 ई० से प्रारंभ हुई। अधिकांश प्रन्यास दिसम्बर 1921 से मार्च 1922 के बीच बने। 1923 ई० की ग्रीष्म ऋतु तक विशेन्खा द्वारा अधिकृत (चार्टर्ड) प्रन्यासों की संख्या 478 हो गयी। ये 478 प्रन्यास 3561 उपक्रमों को एकीकृत कर बनाये गये थे जिनमें प्रायः दस लाख मजदूर (कुल मजदूरों का 75 प्रतिशत भाग) काम करते थे। **सोवियत सरकार ने इन्हें तीन भागों में विभाजित किया**–(1) संघीय प्रन्यास, (2) प्रादेशिक प्रन्यास तथा

(3) स्थानीय प्रन्यास। इन्हें क्रमशः **विशेन्खा, ग्लावकी** (प्रादेशिक आर्थिक परिषद) और संटर्स (स्थानीय आर्थिक परिषद) के नियंत्रण में रख दिया गया। कुल प्रन्यासों में से 60 प्रतिशत संघीय तथा 15 और 25 प्रतिश्शत क्रमशः प्रादेशिक और स्थानीय थे। आधे से अधिक प्रन्यास छोटे थे जिनमें कुल प्रन्यासों के अन्तर्गत कुल उद्योगों का केवल 10 प्रतिशत भाग था। औसतन 26 प्रतिशत मजदूर उन 45 बड़े प्रन्यासों में काम करते थे जिनमें औसतन 12,500 मजदूर करते थे। ये बड़े-बड़े प्रन्यास वस्त्र, धातु, शक्कर, रबड़, लकड़ी, इंजीनियरिंग इत्यादि उद्योगों के थे। 41 ऐसे छोटे-छोटे प्रन्यास थे जिनमें केवल 5 या 6 उपक्रम सम्मिलित हुए थे और जिनमें काम करने वाले मजदूरों की संख्या 10 से लेकर 20 तक ही थी।[1] 10 अप्रैल, 1923 की एक आज्ञिप्त द्वारा इन प्रन्यासों के अधिकारों और कर्त्तव्यों को निर्धारित किया गया। ये प्रन्यास सम्पत्ति के स्वामी के रूप में प्रसंविदा कर सकते थे। इनको विशेन्खा से अधिकार-पत्र प्राप्त करना आवश्यक था। काम के विभाजन, प्रन्यास के विघटन, प्रबन्ध समिति के सदस्यों को अलग करना इत्यादि कुछ बातों में विन्शेखा को पूर्ण अधिकार थे। अधिकार-पत्र में स्थिर एवं कार्यशील दोनों प्रकार की पूँजियों का विवरण होना आवश्यक था। प्रन्यास सक्रिय पूँजी को रेहन रखकर ऋण प्राप्त कर सकते थे। वे बांड (bonds) जारी कर सकते थे। परन्तु सरकार उनके लिए किसी प्रकार भी उत्तरदायी नहीं थी। इन्हें सरकारी कर भी चुकाना पड़ता था। बेकोह्व (Baykov) के शब्दों में, **''इस काल के सोवियत प्रन्यास उत्पादक कार्यों और राजकीय उद्योगों के संकेन्द्रण के एक रूप ही थे।''**[2]

सन् 1921 और 1922 के बीच प्रन्यासों का तीव्र विकास हुआ। इन प्रन्यासों को सन् 1923 में जारी की गई एक आज्ञप्ति द्वारा वैधानिक अवस्था प्रदान की गई। सन् 1921 और 1922 तक 10 लाख श्रमिकों को नियोजित करने वाले 3561 संघटनों से बने 478 प्रन्यासों को विसेन्खा ने मान्यता प्रदान की। भारी और सुरक्षा सम्बन्धी उद्योगों को विसेन्खा के केन्द्रीकृत नियंत्रण में रखा गया। शेष समस्त उद्योग प्रन्यासों के नियंत्रण में आ गए। ये **प्रन्यास वाणिज्यिक आधार पर संघटित स्वायत्तशासी औद्योगिक इकाइयाँ थे। प्राचीन ग्लावकी की जाल व्यवहारतः लुप्त हो गयी।** किन्तु विसेन्खा के नवनिर्मित औद्योगिक विभागों से तथा-कथित स्वायत्तशासी प्रन्यासों की क्रियाओं को पर्यवेक्षित करने एवं समन्वित करने की आशा की गई थी। फिर भी दिन प्रतिदिन के कार्यों में ये प्रन्यास पर्याप्तताः स्वतंत्रत थे।

प्रन्यासों का संघटन पूँजीवादी अर्थ-व्यवस्था के 'निगमों' की भाँति था। इसकी व्यवस्था के लिए विसेन्खा द्वारा नियुक्त एक निर्देशक मंडल (board of directors) हुआ करता था।

राजकीय कारखानों को सफल संगठन और संचालन के लिए अलग-अलग औद्योगिक समूहों में विभाजित कर दिया गया। इनका उद्देश्य सम्बन्धित कारखानों में उत्पादन तथा संचालन व्यापारिक सिद्धांतों पर लाभ प्राप्ति के लिए करना था। वैधानिक रूप से 1923 में इनकी स्थापना की गयी। जुलाई, 1927 ई॰ में राजकीय उद्योगों के प्रशासन के पुनर्गठन

1. Dobb : ibid, p. 135
2. "The Soviet trusts of this period were thus only a form of concentration of productive activities and state industry."
—Baykov : Ibid, p. 110

की दूसरी कोशिश की गयी। इसके द्वारा राजकीय संचालन में व्यापकता और आंतरिक प्रबन्ध में लोच लाने का प्रयत्न किया गया। नीति-निर्धारण का कार्य विशेन्खा (Supreme Economic Council) के योग्य हाथों में केन्द्रित किया गया। **ट्रस्ट का उद्देश्य भी ''व्यापारिक सिद्धांतों पर लाभ प्राप्ति'' के बदले ''व्यापारिक सिद्धांतों पर योजना के लक्ष्यों की पूर्त्ति'' बनाया गया।**

स्टेट बैंक और औद्योगिक प्रन्यास (*State Bank and Industrial Trusts*)—प्रारंभ में प्रन्यासों को कार्यशील पूँजी के अभाव का सामना करना पड़ता था। आशा की गयी थी कि राज्य इन्हें इनकी स्थापना के शीघ्र बाद कुछ पूँजी उपलब्ध करेगा। किन्तु स्वयं राज्य के पास भी पूँजी का अभाव था। अतः नवम्बर, 1921 ई० में प्रन्यासों को आवश्यक कर्ज देने के लिए पुनः स्टेट बैंक स्थापित किया गया। इसे ट्रेजरी द्वारा 50 मिलियन प्राचीन रूबल दिया गया। किन्तु मूल्य में अत्यधिक वृद्धि के कारण बैंक द्वारा अपना व्यवसाय प्रारंभ करने के समय इसका मूल्य केवल 14 मिलियन रूबल ही रहा गया था। इससे बैंक के पास भी पूँजी का अभाव हो गया। अतएव उसने प्रन्यासों से अत्यधिक दर से ब्याज लेना प्रारंभ किया—12 से 18 प्रतिशत प्रति माह तक। परिणाम यह हुआ कि प्रन्यासों को पुनः पहले की ही तरह कार्यशील पूँजी के अभाव का सामना करना पड़ा।

1924 ई० का मौद्रिक सुधार (*Monetary Reforms of 1924*)—**नवीन आर्थिक नीति ने मौद्रिक लेन-देन पर आधारित बाजार व्यवस्था को पुनः स्थापित किया।** इसका उद्देश्य सामरिक साम्यवाद काल में अव्यवस्थित सम्पूर्ण वित्तीय व्यवस्था को पुनर्गठित करना था। साथ ही इसके लिए मुद्रा का स्थिरीकरण भी परमावश्यक था। **लेनिन ने रूबल के स्थिरीकरण के कार्य को निर्णायक महत्त्व का बतलाया था।** इस सम्बन्ध में **उसका कहना था कि** ''यदि हम लोग रूबल को एक लम्बे अरसे तक और उसके बाद सदा के लिए स्थिरीकृत करने में सफल होते हैं तो इसका अर्थ यह होगा कि हम लोग विजय प्राप्त कर लिए हैं।''[1] किन्तु इसके लिए कुछ खास कार्य आवश्यक थे। उदाहरण के लिए, सरकारी बजट को संतुलित बनाना अनिवार्य था। इसके लिए बजट घाटे को दूर करना आवश्यक था। बजट घाटे को दूर करने के लिए खर्च को कम करने और आय को बढ़ाने के बहुत-से उपाय किये गये। उदाहरण के लिए राज्य द्वारा सहायता-प्राप्त उद्योगों की संख्या कम कर दी गयी, कई अलाभकारी उद्योगों को बन्द कर दिया गया और स्थानीय बजटों को राज्य के बजटों से स्वतंत्र कर दिया गया। किन्तु इससे स्थिति में कोई सुधार नहीं हो सका। सरकार को प्रतिवर्ष बढ़ती हुई मात्रा में पत्र-मुद्रा जारी करनी पड़ी। इससे मूल्य-स्तर में अत्यधिक वृद्धि हुई। स्थिति में सुधार के लिए **1921-22 ई० रूबल का दो बार अवलमूल्यन किया गया। 1923 ई० में स्टेट बैंक द्वारा एक नया रूबल शेरवोनेज रूबल** (Chervonetz rouble) जारी किया गया। प्रारंभ में यह बहुत कम मात्रा में जारी किया गया था। इससे दो प्रकार की मुद्राएँ प्रचलन में थीं। किन्तु 1924 ई० में पुराने रूबल को एक नये सुदृढ़ बैंक नोट के द्वारा पूर्णतः प्रति स्थापित कर दिया गया।

उद्योगों के वित्तीय पुनर्गठन के संबंध में 'एक महान पग आगे' (a great leap forward) उठाया गया। सामरिक साम्यवाद काल में अत्यधिक केन्द्रीयकरण के कारण उद्योगों का संचालन वाणिज्यिक आधार पर नहीं हो रहा था। फल यह हुआ था कि उद्योगों

1. "If we would succeed in stabilising the rouble for a long period and afterwards for ever that would mean we had won."

के संचालन में अकुशलता आ गई थी और उत्पादन अत्यन्त ही कम होने लगा था। इस **नवीन आर्थिक नीति काल में अकुशल व्यवसायी इकाइयों को बन्द करने के लिए सोच-समझ कर नीति अपनाई गयी एवं आर्थिक सिद्धांतों के आधार पर समस्त इकाइयों को कार्य करने की स्वतंत्रता दी गयी** ताकि वे न्यूनतम लागत से अधिकतम उत्पादन कर सकें। वस्तुतः कुशलता एवं उत्पादन में प्रभावपूर्ण सुधार करने के लिए व्यावसायिक इकाइयों का वित्तीय पुनर्गठन किया जाना आवश्यक था। औद्योगिक इकाइयों के लिए कार्यशील पूँजी के अभाव के कारण उपस्थित हुए गत्यावरोध को दूर करने के लिए **सन् 1923 में स्टेट बैंक को पुनर्गठित किया गया।** स्फीति के कारण वास्तविक रूप में स्टेट बैंक को बड़ा घाटा हुआ। जब स्टेट बैंक द्वारा दिये जानेवाले ऋण को वापस किया जाता था तो मुद्रा की क्रय शक्ति में हो रहे ह्रास के कारण उसे वस्तुतः पूर्वापेक्षा कम मूल्य की मुद्रा प्राप्त होती थी। फलतः स्टेट बैंक को बाध्य होकर ब्याज की दर में वृद्धि करनी पड़ती थी जो कभी-कभी 18 प्रतिशत तक हो जाती थी। यह ऊँची ब्याज दर उद्योगों के विकास में बाधक सिद्ध हुई। इसलिए **पर्याप्त विकेन्द्रीकरण के बावजूद औद्योगिक कुशलता में कोई विशेष सुधार नहीं हो सका। इसके तीन कारण विशेष रूप से उत्तरदायी थे**–(1) पूँजी का अभाव, (2) स्फीति और (3) ऊँची ब्याज दर। परिस्थितियों के तर्क के वशीभूत होकर रूसी सरकार ने **सन् 1923 में एक नवीन मुद्रा शेरह्वोनेज** (Chervonetz) चलाई और स्थिति में क्रमशः सुधार होने लगा।

इस काल में न केवल उद्योगों का तीव्र प्रशासनिक विकेन्द्रीकरण ही हुआ वरन् साथ ही उनका निःराष्ट्रीयकरण भी। दिसम्बर सन् 1921 में जारी की गई एक आज्ञप्ति ने स्पष्टतः निर्धारित किया कि ऐसे समस्त संगठन एवं कार्यशालाएँ, जिनमें 20 से कम श्रमिक कार्य करते हों, तुरन्त ही निःराष्ट्रीयकृत की जायेंगी। यह **जून 1918 की आज्ञप्ति की ठीक उल्टी थी** जिसने सामरिक साम्यवाद की नींव डालते हुए तीव्र राष्ट्रीयकरण की प्रक्रिया को प्रारंभ किया था। सन् 1922 तक निःराष्ट्रीयकृत संघटनों की संख्या 4000 हो गयी थी। फिर भी **निःराष्ट्रीकरण की सीमा की अतिशयोक्ति नहीं की जानी चाहिए क्योंकि**–(1) व्यवहारतः निःराष्ट्रीयकरण की नीति प्रमुखतः कार्यशालाओं एवं व्यापारी संगठनों के साथ लागू की गई थी न कि निर्माणी संघटनों के साथ और (2) वस्तुतः निःराष्ट्रीयकरण संघटनों को उनके पुराने स्वामियों और गैर-सरकारी व्यक्तियों को नहीं दिया गया था बल्कि अधिकांश दशाओं में निःराष्ट्रीकृत संघटनों को सहकारी समितियों को पट्टे पर वे दिया गया था। अतः निःराष्ट्रीकृत का कोई विशेष अधिक महत्त्व नहीं था। **वस्तुतः 1923 के वसन्त में सम्पूर्ण औद्योगिक उत्पादन में विशुद्ध वैयक्तिक संघटनों का अंश केवल 5 प्रतिशत था और वे समस्त नियोजित श्रमिकों में केवल 12.5 प्रतिशत को ही नियोजित किये थे।**

आन्तरिक व्यापार
(Internal Trade)

सामरिक साम्यवाद ने आन्तरिक व्यापार को लगभग समाप्त कर दिया था। नवीन आर्थिक नीति (N.E.P.) **ने कुछ सीमा तक उसे पुनर्जीवित किया। इसने उसे तीन तरह से पुनर्जीवित किया अर्थात**–(1) गैर-सरकारी व्यापारियों, जिन्हें नेपमैन

(Nepman) कहा गया, का विकास कर, (2) सहकारी समितियों को स्वतंत्रता देकर और (3) अभिषदों का निर्माण कर। **खुदरा व्यापार के क्षेत्र में 'नेपमैन' नामक गैर-सरकारी व्यापारी उपस्थित हुआ** और कुछ वर्ष तक समृद्धिशाली व्यापार किया। 'नेपमैन' गाँवों में जाकर अन्न, तरकारी, पशु आदि को कृषकों के यहाँ से खरीदता और नगरों में लाकर उन्हें लाभ उठाकर बेचता था। **सन् 1924 में ये नेपमैन देश का 75 प्रतिशत खुदरा व्यापार और 20 प्रतिशत थोक व्यापार कर रहे थे।** किन्तु सहकारी समितियों के विकास के कारण नवीन आर्थिक नीति के अन्तिम वर्षों में नेपमैन का पतन होने लगा। **डॉब के शब्दों में, ''बीसा के उत्तरार्द्ध में नेपमैन का सूर्य डूबने लगा था।''** (By the later 20's the Napman's sun had all ready begun to set.)

नेप-काल में कृषि उद्योग के उत्पादनों में वृद्धि होने से स्वतंत्र आन्तरिक व्यापार का स्वाभाविक विकास हुआ। साथ ही, स्वतंत्र सहकारी समितियों का भी विकास हुआ। सहकारी समितियों से कृषकों के विक्रय अतिरेक का क्रय-विक्रय करने के लिए कहा गया। नवीन औद्योगिक नीति ने उसके महत्त्व को और भी बढ़ा दिया। उन्हें औद्योगिक वस्तुओं को बेचने के लिए कहा गया। अप्रैल **सन् 1921 की आज्ञप्ति ने सहकारी समितियों को स्वशासी व्यापारी अभिकरणों के रूप में स्वीकार किया और उन्हें नारकोमप्राड और नारकोमजेम से मुक्त किया। सहकारी समितियों ने स्वतंत्र बाजार संबंधों को पुनर्जीवित करने में अत्यन्त ही महत्त्वपूर्ण कार्य किया।** प्रारंभिक काल में सहकारी समितियों को मूल्य-निर्धारण में निरपेक्ष स्वतंत्रता नहीं दी गयी थी। इसके कारण सन् 1921 के अकाल के महीनों में बहुत ही कठिनाइयाँ उपस्थित हुईं। फलतः कालान्तर में सहकारी समितियों से ये भी प्रतिबन्ध हटा दिये गये और उन्हें मूल्य-निर्धारण में लगभग पूर्ण स्वतंत्रता दे दी गई। स्वतंत्र आन्तरिक व्यापार का पुनर्जीवन राज्य-व्यापार के यंत्र के पुनर्गठन के कारण भी हुआ था। पारस्परिक प्रतियोगिता को दूर करने एवं व्यापार-कार्यों को संघटित तथा समन्वित करने के लिए प्रन्यासों ने अनेक अभिषदों को संघटित किया। प्रन्यासों के नियंत्रण में उद्योगों द्वारा उत्पादित वस्तुओं का थोक व्यापार इन्हीं अभिषदों के द्वारा व्यवस्थित किया जाता था।

सन् 1923 ई० के बाद राजकीय और सहकारी व्यापारिक संस्थाओं ने व्यापारिक क्षेत्र पर अपना अधिकार जमाना प्रारंभ किया और धीरे-धीरे उनका एक जाल-सा बिछ गया। थोक व्यापार के लिए औद्योगिक प्रन्यासों ने अभिषदों का निर्माण किया। प्रान्तीय सरकारों में भी थोक तथा फुटकर दोनों प्रकार के व्यापार के लिए पृथक् संस्थाओं का निर्माण किया गया। केन्द्रीय स्तर पर विशेन्खा ने तथा प्रादेशिक स्तर पर प्रादेशिक सरकारों ने कई समितियों का निर्माण किया। इन समितियों की संख्या एक वर्ष के अन्दर 80 तक पहुँच गयी तथा इनके हाथ में 16 प्रतिशत व्यापार आ गया। **प्रथम पंचवर्षीय योजना के प्रारंभ तक निजी व्यापारियों के हाथ में कुल थोक व्यापार का केवल 5 प्रतिशत तथा खुदरा व्यापार का एक-चौथाई भाग रह गया था।**

नीति संबंधी अन्य परिवर्तन

1. सामरिक साम्यवाद काल में बैंकों में वैयक्तिक जमा पर लगाये गये प्रतिबन्धों को समाप्त कर दिया गया। निजी व्यक्तियों में बैंक जमा को करों से सुरिक्षत किया गया। सरकारी ऋण-पत्रों तथा विदेशी मुद्राओं के लिए बाजार प्रस्तुत करने के उद्देश्य से मास्को और अन्य व्यावसायिक केन्द्रों में वित्तीय एक्सचेंज खोले गए।

2. बहुत-सी सेवाओं के लिए मूल्य देने की व्यवस्था की गयी। राजकीय संस्थाओं को भी इन सेवाओं के मूल्य देने की व्यवस्था की गयी। इनके अन्दर रेलवे, डाक-तार, जल, गैस, बिजली आदि सम्मिलित थे।

3. सन् 1921 में करों की पारस्परिक प्रणाली को अपनाया गया। औद्योगिक और व्यापारिक संस्थाओं पर पुनः कर लगाया गया। बजट घाटे को दूर करके इन्हें संतुलित बनाने का प्रयास किया गया।

इनके अतिरिक्त **कर-व्यवस्था में संशोधन किया गया और सरकारी व्यय में बचत का प्रयास किया गया। साथ ही, सरकारी बजट से राजकीय संस्थाओं को बाहर कर दिया गया।**

नवीन आर्थिक नीति की उपलब्धियाँ
(Achievements of the New Economic Policy)

रूस की अर्थ-व्यवस्था पर नवीन आर्थिक नीति का बड़ा ही अनुकूल प्रभाव पड़ा। प्रति व्यक्ति आय में महत्त्वपूर्ण वृद्धि हुई। प्रति व्यक्ति आय 1921 ई० में 39 रूबल से बढ़कर 1925 ई० में 100 रूबल हो गयी। इस प्रकार चार वर्षों में राष्ट्रीय आय में प्रायः 150 प्रतिशत की वृद्धि हो गई। अन्तरराष्ट्रीय इकाइयों के रूप में प्रति व्यक्ति आय 1921 ई० में 127 अन्तरराष्ट्रीय इकाइयों से बढ़कर 1923 ई० में 185 और 1925 ई० में 280 अन्तरराष्ट्रीय इकाइयाँ हो गयीं।

कृषि—नवीन आर्थिक नीति के अन्दर खाद्यान्नों के उत्पादन में पर्याप्त वृद्धि नहीं हुई। गेहूँ, जौ और मकई जैसी मुख्य फसलों का उत्पादन 1913 ई० के स्तर से बहुत ही कम रहा। किन्तु कपास, चुकन्दर, तम्बाकू तथा सन इत्यादि औद्योगिक फसलों के उत्पादन में महत्त्वपूर्ण वृद्धि हुई। सबसे महत्त्वपूर्ण वृद्धि पशुधन में हुई। गृह-युद्ध के समय में पशुओं का बहुत बड़े पैमाने पर संहार हुआ था। 1920 ई० तक पशु-धन युद्ध के पूर्व की स्थिति में पहुँच गया। अतएव कृषि क्षेत्र में नवीन आर्थिक नीति में बहुत कम विकास हुआ। फलतः इस काल में हुई समृद्धि से नगरों में बसने वाले लोगों और विशेषकर कारखानों में काम करने वाले श्रमिकों को उन किसानों की अपेक्षा कहीं अधिक लाभ हुआ जो गाँवों में रहते थे तथा कृषि के द्वारा अपनी जीविका चलाते थे। **1913 ई० में कृषि मजदूर की वार्षिक आय एक औद्योगिक मजदूर की वार्षिक आय की तुलना में केवल 35 प्रतिशत थी। यह संबंध 100 : 35 से और घटकर 1927-28 ई० में 100 : 25 हो गया। नवीन आर्थिक नीति से मुख्यतः औद्योगिक मजदूर ही लाभान्वित हुए।**

परिवहन—परिवहन के क्षेत्र में इस नीति से रूस को सबसे अधिक लाभ हुआ। गृह-युद्धों में रेलों की स्थिति बड़ी ही दयनीय हो गयी थी। 1913 ई० में रूसी रेलवे की कुल लम्बाई 58,549 किलोमीटर थी। 1918 ई० में यह केवल 17,500 किलोमीटर लम्बी रह गयी थी। गृह-युद्ध से लगभग 4332 रेलवे पुल नष्ट हो गये थे तथा अनेक कारखानों, इमारतों को क्षति पहुँची थी जिसका मूल्य 10 लाख स्वर्ण रूबल आँका गया था। नवीन आर्थिक नीति के अन्तर्गत न केवल क्षति की ही पूर्ति हुई वरन् नया निर्माण कार्य भी हाथ में लिया गया। परिणामस्वरूप रेलों की लम्बाई बढ़कर 1928 ई० तक 76,800 किलोमीटर हो गयी। डाक और तार के क्षेत्र में भी पर्याप्त विकास हुआ। 1913 ई० में केवल 112335

स्थान ही ऐसे थे जहाँ नियमित रूप से डाक जाती थी और प्रतिवर्ष प्रति व्यक्ति 6 पत्रों का औसत था। 1927 ई० में ऐसे स्थानों की संख्या बढ़कर 241000 हो गयी। इसी प्रकार औसत पत्रों की संख्या में भी बहुत वृद्धि हुई।

विदेशी व्यापार—नवीन आर्थिक नीति के अन्दर विदेशी व्यापार में भी पर्याप्त वृद्धि हुई। 1919 ई० में रूसी निर्यात केवल 14 लाख रूबल का ही रह गया था। यह बढ़कर 1921 ई० में 292 लाख रूबल, 1922 ई० में 816 लाख रूबल, 1923 ई० में 2050 लाख रूबल तथा 1929 ई० में 7094 लाख रूबल हो गया। आयातों में इसी प्रकार वृद्धि हुई। 1939 ई० तक रूसी आयात युद्ध के पूर्व स्तर का 85 प्रतिशत हो गया। 1926 ई० तक रूसी आयात ने पुनः युद्ध के पूर्व की स्थिति प्राप्त कर ली।

उद्योग—इस काल में औद्योगिक उत्पादन में वृद्धि हुई। किन्तु अनेक कारणों से यह प्रगति आशाजनक नहीं हो पायी। इसका प्रमुख कारण उद्योगों के लिए रुकावटें था। जैसे—अधिकांश कारखानों के यंत्र पुराने पड़ गये थे, पूँजी का अभाव था, कच्चे माल को प्राप्त करने में कठिनाई थी, औद्योगिक कुशलता का अभाव था, औद्योगिक श्रम की मनोवैज्ञानिक स्थिति उत्साहजनक नहीं थी। फिर भी इन कठिनाइयों के बावजूद औद्योगिक उत्पादन में पर्याप्त प्रगति हुई। 1926-27 ई० में उद्योगों का उत्पादन 1913 ई० में उत्पादन के लगभग हो गया। अग्रांकित तालिका से यह स्पष्ट है—

ओद्योगिक उत्पादन की प्रगति (मिलियन रूबल में)

वर्ष	भारी उत्पादन	उपभोक्ता उत्पादन	कुल उत्पादन
1913	4290	5961	10251
1921	814	1111	1925
1922	1090	1244	2512
1923	1785	2044	3829
1924	1959	2550	4469
1925	3121	4315	7436
1926	4304	5973	10,277
1927	5372	6679	12,051

किन्तु औद्योगिक उत्पादन के गुण और किस्म में अवनति होती चली गयी। उत्पादन बढ़ाने पर इतना अधिक जोर दिया गया कि किस्म के नियंत्रण पर से ध्यान ही हट गया। दूसरी बात थी उत्पादन की ऊँची लागत। इसके लिए अनुभवहीन प्रबन्ध, मजदूरी के अत्यधिक वेतन और उद्योग के क्षेत्र में एकाधिकार आदि कारण उत्तरदायी थे।

नेप काल की आर्थिक दशाएँ
(Economic Conditions During the NEP Period)

रूस के राष्ट्रीय उत्पादन में गृह-युद्ध काल में चतुर्दिक ह्रास हो गया था। इससे देश को क्रांति के पूर्व की अवधि में जमा की गयी पूँजी का ही प्रयोग करने के लिए विवश होना पड़ा था। गृह-युद्ध के परिणामस्वरूप देश के उद्योगों के अधिकांश यंत्र जर्जर हो गये थे तथा कच्चे पदार्थों की भीषण कमी उत्पन्न हो गयी थी। भूखमरी से श्रम का शारीरिक

और मानसिक ह्रास हो गया था। अतएव नवीन आर्थिक नीति के प्रारंभिक वर्षों में समुत्थान कार्य ने बड़ा गंभीर रूप धारण कर लिया था। विदेशी सहायता से इस क्षेत्र में सुधार की आशा की जाती थी। किन्तु निकट भविष्य में इसके पर्याप्त मात्रा में मिलने की कोई आशा नहीं थी। शायद इसी बात को ध्यान में रखकर **डॉब ने लिखा है कि ''सशस्त्र हस्तक्षेप का भेड़िया अभी हाल में ही प्रस्थान किया था। अब बहुत कम आशा रह गयी कि भेड़िया पुनः लौटेगा और अपने भूतपूर्व शिकार को खिलायेगा।''**[1] इस संबंध में किये गये विभिन्न प्रयासों के परिणामस्वरूप 1921 में केवल 2 करोड़ पौंड 1922 में 3.7 करोड़ पौंड की ही सहायता प्राप्त हो पायी थी। इसका तीन चौथाई भाग अन्न के आयात पर व्यय किया गया था। इसका अर्थ यह है कि रूस को अपने आर्थिक पुनरुत्थान के लिए मुख्यतः अपने पर ही निर्भर रहना पड़ा। इसके लिए पहले से ही थके मांदे शरीर से और अधिक परिश्रम करने की आवश्यकता थी। दूसरे शब्दों में, इसके लिए जनसंख्या को अपने उपभोग में कुछ कटौती करनी पड़ी।

ईंधन संकट
(Fuel Crisis)

नवीन आर्थिक नीति एक गंभीर ईंधन संकट के साथ प्रारंभ हुई थी जो 1921 के प्रारंभिक महीनों में और भी गंभीर हो गई। ईंधन संकट ने उद्योगों पर प्रतिकूल प्रभाव डाला। वस्तुतः इसने औद्योगिक उत्पादन को गतिहीन कर दिया। इसने रेलपथ परिवहन में भी बाधा पहुँचाई। ईंधन संकट इतना गंभीर था कि 1921 के मध्य में सूती कारखानों को उनकी सामान्य आवश्यकता का केवल 7 प्रतिशत ही ईंधन प्राप्त हुआ था। अगस्त 1921 में 56 ऊनी कारखानों में से 35 कारखाने और 64 सूती कारखानों में से 15 कारखानें ईंधन की कमी के कारण ठप्प हो गये थे। ईंधन की कमी के कारण ही सीमेंट उद्योग अपने प्राक् युद्ध उत्पादन का केवल 1 प्रतिशत ही उत्पादन कर रहा था।

ईंधन संकट के अनेक कारण थे–(1) गृह-युद्ध ने डोनबास के खान क्षेत्र में 'असुरक्षा और अनिश्चितता' की भावना भर दी थी। इस कारण ईंधन के उत्पादन में कमी हो गई थी। (2) कुशल श्रमिकों का गंभीर अभाव हो गया था जिससे ईंधन के उत्पादन में कमी हो गई थी। (3) किन्तु सबसे महत्त्वपूर्ण कारण खान क्षेत्र में खाद्यान्न का अभाव था जिसके कारण बहुत संख्या में श्रमिक खान-क्षेत्र छोड़कर शहरों में भागने लगे थे। (4) प्रशासनीय प्रणाली भी इतनी दुर्व्यवस्था में थी कि जहाँ ईंधन उपलब्ध था वहाँ भी अधिकांश दशाओं में ईंधन एवं सामानों को ठीक रूप से वितरित करने के लिए यह अयोग्य थी।

ईंधन संकट को दूर करने के लिए उपाय अग्रलिखित किये गये–(1) सरकार ने खान श्रमिकों को खाद्यान्न की पूर्ति करने के संबंध में उत्तरदायित्व से अपने को क्रमशः मुक्त कर लिया। उन्हें खाद्यान्न की पूर्त्ति करने का कार्य अब राज्य द्वारा नियंत्रित कुछ गैर-सरकारी अभिकरणों को सौंप दिया गया ताकि उनका बेहतर वितरण हो सके। (2) सैनिक मोर्चे से हटकर औद्योगिक मोर्चे पर शक्ति लगाने के लिए वृहत पैमाने पर खूब प्रचार

1. "The wolves of armed intervention had but recently departed. There was little chance that the wolves would now return and feed their former victim."

किया गया। (3) मजदूरी के भुगतान के लिए एक नवीन प्रणाली अपनायी गयी जिसके द्वारा, 'मजदूरी को संगठन के उत्पादन और श्रमिकों की न्यूनतम संख्या के अनुपात से संतुलित किया गया।'' (4) केन्द्रीय ईंधन प्रशासन को पूर्णतः पुनर्गठित किया गया और एस॰ टी॰ ओ॰ (श्रम एवं सुरक्षा परिषद) ने डोनबोस में खान खोदने की समस्याओं की जाँच करने के लिए एक विशेष आयोग नियुक्त किया। (5) ईंधन उत्पादन का संकेन्द्रण किया गया और अकुशल खानों को बन्द कर दिया गया। फलतः ईंधन संकट दूर हुआ।

विक्रय संकट
(Selling Crisis)

किन्तु ईंधन संकट के पश्चात् समानरूपेण गंभीर 'विक्रय संकट' सन् 1922 के प्रारंभ में उपस्थित हुआ था और कृषि वस्तुओं के मूल्य की तुलना में औद्योगिक वस्तुओं के मूल्य में अधिक तीव्र कमी में प्रतिबिम्बित हुआ था। अग्रांकित तालिका से ''विक्रय-संकट'' की गंभीरता का अनुभव किया जा सकता है।

	वर्ष	**औद्योगिक मूल्य**	**कृषि मूल्य**
	1912	100	100
जनवरी	1922	92	104
फरवरी	1922	90	105
मार्च	1922	82	109
अप्रैल	1922	77	111
मई	1922	74	113

'विक्रय संकट' के कारण अग्रलिखित थे–(1) प्रत्यक्ष कारण तो 'कृषि वस्तुओं का दोषपूर्ण विपणन उपकरण' था। किन्तु (2) वास्तविक कारण उद्योगों की पारस्परिक अशोभनीय एवं गलाघोंट प्रतियोगिता था। औद्योगिक वस्तुओं को स्थानीय बाजारों में जो भी मूल्य मिल पाता था उसी मूल्य पर शीघ्रतापूर्वक बेच दिया जाता था जिसके फलस्वरूप औद्योगिक साधनों का अभाव हो गया था। केन्द्रीय, राज्यीय विभागों, सहकारी समितियों तथा प्रन्यासों सभी के पास खाद्यान्न और कच्चे माल का अभाव हो गया था। इसलिए सभी समान रूप से अपनी औद्योगिक वस्तुओं को यथाशीघ्र बेच कर कृषि वस्तुओं को खरीदने के लिए उद्यत थे क्योंकि कृषि वस्तुओं का अभाव था। **अधिक खाद्यान्नों एवं कच्चे मालों को प्राप्त करने के लिए उद्योगों के प्रयास के कारण निर्मित वस्तुओं तथा कृषि वस्तुओं के विनिमय का अनुपात निर्मित वस्तुओं के प्रतिकूल हो गया।** औसत रूप से औद्योगिक वस्तु प्राक्-युद्ध काल में जितनी कृषि-वस्तु को अपने बदले में ला सकती थी उसका अब केवल 65 प्रतिशत ही लाने लगी। इसलिए यह विरोधाभास उत्पन्न हुआ कि **जबकि औद्योगिक उत्पादन प्राक्-युद्ध काल का केवल एक चतुर्थांश ही था और स्फीति अब भी बड़ी तेजी से बढ़ रही थी तो औद्योगिक वस्तुओं के लिए क्रेताओं का अभाव था।** इस प्रकार **'विक्रय संकट' उद्योग एवं कृषि के उस विषय अनुपात की एक अभिव्यक्ति था जिसके कारण कृषि का विक्रय अतिरेक उद्योगों के विस्तृत उत्पादन की आवश्यकताओं की तृप्ति करने के लिए अपर्याप्त था।** कच्चे माल की ऊँची लागतों ने उद्योगों को महान क्षति पहुँचाई और औद्योगिक उत्पादन के परिमाण पर गंभीर धक्का देने लगी।

'विक्रय-संकट को दूर करने के लिए किये गये विभिन्न उपाय अग्रलिखित थे–(1) 'विपणन उपकरण' (marketing apparatus) को सुधारने का प्रयास किया गया ताकि सीमित कच्चे माल का बेहतर वितरण हो सके। (2) गलोघांट प्रतियोगिता को दूर करने के लिए प्रन्यासों द्वारा अभिषदों का संगठन किया गया। निःसंदेह इन उपायों ने तुरन्त ही फल दिया। किन्तु ये एक अन्य गंभीर संकट में प्रतिफलित हुए। **ज्वार उल्टा हो गया और उसी वर्ष की शरद में औद्योगिक एवं कृषि मूल्य विरोधी दिशाओं में लना प्रारंभ कर दिये। विश्व विख्यात 'कैंची संकट' उपस्थित हुआ। वस्तुतः 'विक्रय-संकट', 'सीजर्स संकट' की भूमिका था और कालान्तर में यही 'विक्रय-संकट' 'कैंची संकट' में बदल गया।**

कैंची संकट
(Scissor's Crisis)

'सीजर्स संकट' औद्योगिक एवं कृषि मूल्यों के बीच विषम स्थिति को कहा जा सकता है। स्वस्थ तथा संतुलित आर्थिक विकास के लिए यह अत्यन्त ही आवश्यक है कि देश के अन्दर औद्योगिक और कृषि वस्तुओं के मूल्यों में कुछ प्रकार की समस्थिति अवश्य रहे। आर्थिक कैंची की मूल्यरूपी दोनों पंक्तियाँ एक-दूसरे से बहुत अधिक भिन्न न हों, लभी अर्थव्यवस्था सुचारु रूप से चल सकती है। किन्तु **रूस में सन् 1922 में परिस्थिति इसके विपरीत थी और गंभीर थी। वर्ष के पूर्वार्द्ध में जब औद्योगिक मूल्य नीचे जा रहे थे तो कृषि-मूल्य ऊपर जा रहे थे और उत्तरार्द्ध में जब औद्योगिक मूल्य ऊपर जाने लगे तो कृषि मूल्य नीचे जाने लगे।** वस्तुतः औद्योगिक एवं कृषि मूल्य एक कैंची की दो पत्तियों की चाल की तरह चल रहे थे। इसी कारण यह घटना 'कैंची संकट' के नाम से विख्यात है। 'कैंची संकट' की गंभीरता निम्नांकित तालिका से स्पष्ट है–

	वर्ष	**औद्योगिक मूल्य**	**कृषि मूल्य (price)**
	1913	100	100
11 जनवरी	1922	92	104
1 फरवरी	1922	90	105
1 मार्च	1922	82	109
1 अप्रैल	1922	77	111
1 मई	1922	74	113
1 जून	1922	89	106
1 जुलाई	1922	92	104
1 अगस्त	1922	99	100.5
1 सितम्बर	1922	112	94
1923 (प्रारंभिक महीनों में)		275	88

स्पष्टतः **1922 ई॰ के पूर्वार्द्ध में कृषि और औद्योगिक वस्तुओं के विनिमय की दर कृषि के पक्ष में थी।** इससे किसानों को कृषि क्षेत्र में विस्तार तथा बाजार में अधिक उपज प्रस्तुत करने के लिए अत्यधिक प्रोत्साहन प्राप्त हुआ। साथ ही, किसानों की क्रय शक्ति में वृद्धि से उन्होंने अधिक मात्रा में औद्योगिक वस्तुओं की माँग करना प्रारंभ किया।

फलस्वरूप **सितम्बर, 1922 ई॰ से स्थिति में ठीक विपरीत परिवर्तन होने लगा। 1923 ई॰ के प्रारंभ तक कृषि और औद्योगिक वस्तुओं के मूल्यों में बहुत अधिक अन्तर हो गया तथा विनिमय की दर कृषि के विपरीत हो गयी।** कृषि तथा औद्योगिक मूल्यों में इस परिवर्तन को ग्राफ के द्वारा बतलाने पर ये कैंची के दो फलों की तरह दिखाई देते थे। **सीजर्स संकट इन्हीं दो मूल्य स्तरों के अन्तर और इसके परिणामस्वरूप कृषि और उद्योग में उत्पन्न अव्यवस्था को बतलाता है।**[1]

इन प्रतिकूल शर्त्तों के परिणामस्वरूप किसानों ने अपनी क्रय-शक्ति का एक भाग हस्तकाल की वस्तुओं के क्रय में लगाना तथा कृषि पदार्थों को बाजार में जाने से रोकना प्रारंभ किया। फलतः ग्रामीण क्षेत्रों में औद्योगिक वस्तुओं की माँग बहुत कम हो गयी। इससे औद्योगिक पदार्थों की बिक्री भी कम हो गयी। इसके फलस्वरूप सामान्यतः निर्मित वस्तुओं के मूल्य में कमी होनी चाहिए थी और बाजार में कृषि पदार्थों की पूर्ति कम होने से इनके मूल्य में वृद्धि होनी चाहिए थी। किन्तु राजकीय उद्योगों की एकाधिकारी स्थिति के कारण यह सामान्य प्रतियोगिता व्यवस्था उचित रूप में काम नहीं कर सकी। विक्रय के लिए अपनी पूर्त्ति को कम करके राजकीय उद्योग अपनी वस्तुओं के लिए अनुकूल शर्त्तों को प्राप्त करने में समर्थ हुए। राजकीय उद्योगों को पर्याप्त मात्रा में साख की सुविधा उपलब्ध थी जिससे वाणिज्य अभिषदें निर्मित वस्तुओं का बहुत वड़ा कोष अपने पास रख सकती थीं। फलस्वरूप औद्योगिक लाभ की मात्रा में बहुत अधिक वृद्धि हुई। 1922-23 ई॰ के प्रथम चतुर्थांश में यह 52 मिलियन रूबल से बढ़कर अंतिम चतुर्थांश में 116 मिलियन रूबल हो गया।

किन्तु कैंची संकट गंभीरता का अनुभव तुरन्त नहीं किया जा सका क्योंकि यह सन् 1923 की महान स्फीति द्वारा पूर्णतः आच्छादित था। यह सोचा गया था कि ऐसी घटना के लिए स्फीति ही उत्तरदायी थी केवल इसी कारण से कि स्फीति के समय कृषि मूल्यों की अपेक्षा औद्योगिक मूल्यों में तीव्रतर वृद्धि होती है। इसलिए इस **''कैंची संकट'' पर प्रहार करने के लिए प्रथम उपाय स्फीति को दूर करना सोचा गया था।** अतएव स्टेट बैंक और प्रॉम बैंक (Prom Bank) को साख में घोर कमी करने के लिए कहा गया। जब यह उपाय भी विफल हो गया तो अन्ततः प्राचीन रूसी मुद्रा **'सोजनोक'** (Soznok) के स्थान पर एक नवीन रूसी **मुद्रा शेरवोनेज** (Chervonetz) **चलाई गई**। किन्तु रोग बना रहा और यह इसीलिए बना रहा कि इसका उचित निदान नहीं किया गया था। वास्तविक कारण भिन्न थे और भिन्न औषधि की आवश्यकता थी।

कैंची संकट के कारण—आश्चर्यजनक बात यह थी कि 'कैंची संकट' के कारणों के संबंध में मतैक्य का अभाव था। प्रारंभ में इसे स्फीति द्वारा उपस्थित किया गया समझ गया था। बाद में, **कॉन्ड्रेटिव** (Kondratiev) ने इस दृष्टिकोण का प्रचार किया कि संकट का मुख्य कारण ग्रामीण बाजार का संकुचन (contraction of the village market) था। किन्तु जैसा कि **मारिस डॉब का मत है, कॉन्ड्रेटिव द्वारा इस परिस्थिति की दी गई व्याख्या सम्पूर्णतः कृषि वस्तुओं के लिए माँग के कल्पित संकुचन पर निर्भर थी और इसलिए असंतोषजनक थी। डॉब के अनुसार इस संकट का प्रमुख कारण**

1. The "Scissor's Crisis" referred to this widening of the two price-levels and consequent disturbance to agriculture and industry.

अभिषदों एवं प्रन्यासों के कारण बाजार में उद्योगों की एकाधिकारी अवस्था था। निःसंदेह यह एकाधिकारी अवस्था कृषकों के शोषण के लिए प्रयुक्त की गई थी। जो भी हो, तथ्य तो **यह है कि यह संकट अनेक कारणों का एक संचयी परिणाम था** जो अग्रलिखित है—(1) औद्योगिक विकास की प्रारंभिक अवस्थाओं में अत्यधिक व्यवस्था लागत (overhead cost) के कारण उत्पादन-लागत एवं मूल्य अधिक हो गये थे। (2) सन् 1922 में स्टेट बैंक द्वारा सुलभ मुद्रा की व्यवस्था की जाने के कारण अति-निवेश हो गया था और स्फीति की अवस्था आ गई थी। (3) मूल्य वृद्धि करने के लिए प्रन्यासों तथा अभिषदों द्वारा औद्योगिक वस्तुओं को संग्रह कर रखने के कारण भी यह संकट आया। वस्तुतः प्रन्यासों और अभिषदों का यह विचित्र व्यवहार उसके संकट का प्रमुख कारण था। प्रन्यासों एवं अभिषदों के निर्माण के कारण उद्योगों को बाजार में एकाधिकारी की अवस्था प्राप्त हो गई और इस एकाधिकारी अवस्था का प्रयोग उद्योगों ने कृषकों के शोषण के लिए किया। (4) **कृषि वस्तुओं के मूल्य में पतन ने 'ग्रामीण बाजार के संकुचन' को और भी गंभीर बनाया और ग्रामीण बाजार के इस संकुचन ने इस कैंची संकट को।**

कैंची संकट के परिणाम (*Effects of Scissor's Crisis*)—कैंची संकट के आर्थिक, सामाजिक, राजनीतिक परिणाम हुए। **आर्थिक दृष्टिकोण** से कैंची संकट छिट-पुट आर्थिक विकास में फलीभूत हुआ। असामान्य लाभ के कारण उद्योगों का अस्वस्थ विस्तार हुआ। **नगरी जनता द्वारा ग्रामीण क्षेत्रों का शोषण, जिसे कार्ल मार्क्स** ने **''आद्य शोषण''** (primitive exploitation) कहा है, दृष्टिगोचर होने लगा। कृषि की लागत पर उद्योगों का प्रसार हुआ। इस संकट के **सामाजिक परिणाम** भी हुए थे। इसने कृषक वर्ग में असंतोष की सृष्टि एवं उसमें वृद्धि की। कृषकों तथा श्रमिकों में संघर्ष की संभावना बढ़ी। **राजनीतिक दृष्टिकोण** से इस संकट ने कृषक वर्ग एवं श्रमिक वर्ग के मैत्री संबंध अर्थात् स्मितका के लिए खतरा उपस्थित कर दिया। यह मैत्री संबंध टूट जाने वाला था। इस प्रकार **''कैंची संकट अपने आप में एक अत्यन्त सरल घटना था किन्तु इसके कारण और परिणाम अत्यन्त जटिल थे।''**[1]

कैंची संकट की चिकित्सा (*Cure of the Scissor's Crisis*)—कैंची संकट ने एक नाजुक समस्या उपस्थित कर दी। सरकार की गति साँप और छुछुन्दर की गति की भाँति हो गई। औद्योगिक मूल्य में कमी करने पर श्रमिकों द्वारा राजनीतिक हलचल किया जाना पूर्णतः संभव था, कृषि मूल्य में वृद्धि के कारण कृषि के निर्यात पर प्रतिकूल प्रभाव पड़ना अवश्यम्भावी था और संकट का बना रहना निश्चय ही खतरनाक था और तब भी किसी भी दिशा में कोई भी उपाय यदि जल्दीबाजी में किया जाता तो उनसे संकट और भी अधिक गंभीर हो जाना भी संभव था। अन्त में रास्ता निकल ही आया। **रूसी सरकार ने दोनों ही ओर से दबाव डालने का निश्चय किया—औद्योगिक मूल्य को कम करना और कृषि मूल्यों में वृद्धि करना। ऊँचे औद्योगिक मूल्यों को कम करने के लिए प्रन्यासों एवं अभिषदों पर तीन दिशाओं से दबाव डाले गये**—(1) स्टेट बैंक ने उद्योगों के लिए साख की पूर्ति में अत्यन्त ही कमी कर दी। (2) उद्योग के अधिकतम विक्रय मूल्यों को निर्धारित करने के लिए आन्तरिक व्यापार समिति (Committee for

1. "The phenomenon of the 'scissors crisis' was quite simple in itself but its causes and consequences were very complicated."

Internal Trade) को संगठित किया गया। (3) कुछ अवस्थाओं में देश के अन्दर उच्च औद्योगिक मूल्यों में कमी करने के लिए निम्न मूल्यों पर निर्मित वस्तुओं का आयात भी किया गया। **कृषि मूल्यों को ऊँचा करने के लिए** अग्रलिखित प्रयास किये गये— (1) खाद्यान्न के क्रय के संबंध में एक उदार और परिवर्तित मूल्य नीति अपनाई गई। (2) कृषक के लिए उदार साख अनुदान (grant of credit) की व्यवस्था की गई। उन्हें आवश्यक साख को सरलतापूर्वक प्राप्त करने के लिए सुविधाएँ दी गई। (3) खाद्यान्नों के निर्यात को प्रोत्साहित करने के लिए प्रयास किये गये।

मूल्य में कमी की नीति के अनुकरण से कुछ उद्योगों को हानि होने की संभावना थी। अतएव साथ-ही-साथ औद्योगिक लागतों में कमी की नीति का भी अनुसरण किया गया। इस अवधि में उच्च श्रम तथा ईंधन व्यय के कारण औद्योगिक लागतें बहुत ही बढ़ी थीं। औद्योगिक लागतों में वृद्धि का सर्वाधिक प्रमुख कारण सामान्य और प्रशासन संबंधी व्यय में वृद्धि था। प्रशासन संबंधी व्यय में अधिकता का मुख्य कारण औद्योगिक संयंत्रों की क्षमता के पूर्ण उपयोग का अभाव था। उदाहरण के लिए 1923 ई० के प्रारंभ में लेनिनग्राड मशीनरी ट्रस्ट (Leningrad Machinery Trust) की कुल क्षमता के 12 प्रतिशत और यूक्रेन मशीनरी ट्रस्ट (Ulkranina Machinery Trust) की कुल क्षमता के केवल 6 प्रतिशत का ही उपयोग किया जाता था। फलतः अधिक कार्यकुशल संयंत्रों पर ही उत्पादन के केन्द्रीकरण की नीति का अनुसरण किया गया। फलस्वरूप 1924 ई० के अन्त तक औद्योगिक लागतों में लगभग 24 प्रतिशत की कमी हो गयी। इस बीच मूल्य कैंची भी बन्द होने लगी थी। सितम्बर 1923 ई० में औद्योगिक और कृषि-मूल्यों का अनुपात 3 :1 की अधिकतम सीमा पर पहुँच गया था। अक्टूबर, 1924 ई० तक यह घटकर 1.5 : 1 हो गया। औद्योगिक वस्तुओं के मूल्य में कमी से इनकी उपज में वृद्धि हुई थी। औद्योगिक वस्तुओं के मूल्यों में लगभग दो-तिहाई कमी उत्पादन लागत में कमी और शेष एक-तिहाई कमी प्रन्यासों और अभिषदों के लाभों में कमी के परिणामस्वरूप हुई थी।

नवीन आर्थिक नीति का मूल्यांकन

एक अर्थ में नवीन आर्थिक नीति 'सामरिक साम्यवाद' की नीति का एक नकार, एक प्रत्याख्यान थी। ''लेनिन महान प्रत्याख्याता था। उसने ईश्वर, राजा, देश का प्रत्याख्यान किया......अन्त में उसने स्वयं अपना भी प्रत्याख्यान कर दिया''–इस प्रकार सर विन्स्टन चर्चिल (Winston Churchill) ने नवीन आर्थिक नीति के उद्घाटन का वर्णन किया।[1] डॉब ने नवीन आर्थिक नीति को प्राप्त हुए स्वागत के विषय में टीका करते हुए लिखा है--''तत्कालीन विदेशी बुर्जुआ वर्ग में नवीन आर्थिक नीति के प्रारंभ का स्वागत वापस मुड़ने, विफलता की स्वीकृति और भूतकाल में प्राप्त की गई अवस्था के परित्याग के रूप में किया गया था जो अवश्य ही अन्ततः पूँजीवाद की पुनः स्थापना में फलीभूत होता यदि उत्पादन के ह्रास को रोकने के बदले उसे बढ़ाना नहीं होता। यहाँ तक कि देश के अन्दर भी कुछ वर्गों में आशंका एवं निराशावाद उपस्थित हो गया था। नई नीति सारिका को पीछे मुड़ने, विरोधी शक्तियों के

1. "Lenin was the Grand Repudiator. He repudiated God, king, country. In the end, he repudiated himself."

समक्ष झुकने के रूप में मानने की प्रवृत्ति हो गई थी..........।''[1] दूसरे शब्दों में, **नवीन आर्थिक नीति के प्रारंभ को बहुधा पूँजीवाद की ओर अग्रसर होने एवं समाजवाद के प्रयोग की असफलता के रूप में वर्णित किया गया था।**

किन्तु क्या यह वस्तुतः समाजवाद से पीछे मुड़ना था ? निःसंदेह औद्योगिक क्षेत्र में पर्याप्त विकेन्द्रीकरण एवं निःराष्ट्रीकरण हुआ था। किन्तु यह अवश्य ही ध्यान में रखा जाना चाहिए कि **विकेन्द्रित तथा निःराष्ट्रीकृत उद्योगों को पूँजीपतियों के नियंत्रण में नहीं दिया गया था बल्कि इसके दूसरी ओर विकेन्द्रित उद्योगों को प्रन्यासों के नियंत्रण में रखा गया था** जिसके 'निर्देशक मंडल' विसेन्खा द्वारा अप्रैल सन् 1923 की आज्ञप्ति द्वारा निर्धारित शर्त्तों के अधीन नियुक्त किये जाते थे। **निःराष्ट्रीकरण का प्रभाव भी कोई विशेष महत्त्वपूर्ण नहीं था। निःराष्ट्रीयकरण की नीति का प्रयोग केवल कार्यशालाओं के साथ ही किया गया था, कारखानों के साथ नहीं और निःराष्ट्रीकृत संघटनों को भी पूँजीपतियों के हाथों में नहीं दिया गया था।** उन्हें सहकारी समितियों को पट्टे पर दिया गया था। भारी और प्रतिरक्षा उद्योग अब भी बिल्कुल केन्द्रीकृत प्रशासन के अधीन रखे गये थे। तो क्या इसे वस्तुतः समाजवाद से मुड़कर पूँजीवाद की ओर जाना कहा जा सकता है ? **सत्य तो यह है कि औद्योगिक क्षेत्र में समाजवादी तत्त्व अब भी बना ही रहा।**

किन्तु कृषि क्षेत्र की कहानी कुछ भिन्न है। रूसी कृषि प्रणाली में पूँजीवाद की जड़ अब भी गहराई तक थी। यह सत्य है कि राजकीय कृषि की व्यवस्था के लिए तुच्छ प्रयास प्रारंभ हो गया था। किन्तु फिर भी अब तक सामूहिक कृषि अर्थात् **कोलखोज** की व्यवस्था करने के लिए कोई निश्चित पग नहीं उठाया गया था। **अधिकांश कृषक अब भी पूँजीवाद के वैयक्तिक स्वामित्व एवं स्वामित्व अधिकारों के सिद्धांतों पर कार्य कर रहे थे** और सामरिक साम्यवाद के अन्त में कृषि पर सरकारी नियंत्रण की अन्तिम छाया को भी अनिवार्य अधिग्रहण तथा एकाधिकारीकरण की नीति को समाप्त कर दूर कर दिया गया था। इसके अतिरिक्त कृषि सहकारी समितियों को सरकारी हस्तक्षेप और नियंत्रण से मुक्त कर दिया गया था। सम्पूर्ण रूप से विचार करने पर कहना चाहिए कि **कृषि-क्षेत्र मूलतः अब भी न्यूनाधिक रूप में पूँजीवादी ही बना रहा।**

नवीन आर्थिक नीति के उपर्युक्त संक्षिप्त मूल्यांकन से जो निष्कर्ष निकलता है वह यह है कि **नवीन आर्थिक नीति को पूँजीवादी एवं साम्यवादी तत्त्वों का एक विचित्र संयोग कहना अधिक उचित है।** स्वयं **लेनिन** ने भी इस नवीन आर्थिक नीति को एक **'संक्रमणकालीन मिश्रित प्रणाली'** (transitory mixed system) के रूप में वर्णित किया था। **मिश्रित प्रणाली होने के कारण इसके समक्ष दो परस्पर विरोधी विकल्प थे** अर्थात् (1) पूँजीवाद से हटकर समाजवाद की ओर अग्रसर होना और (2) पूँजीवाद

1. "In foregin bourgeois circles at the time, the introduction of the NEP was hailed as a retreat, a recognition of failure and an abandonment of positions previously won, which must eventually result in a restoration of capitalism unless the collapse of production was to be aggravated instead of being overcome. Even inside the country there was an apprehension and pessimism in certain circles, a tendency to emphasis the new lines as a retreat, as concession to hostile forces....

—Dobb : op. cit., p. 144

की ओर अग्रसर होना। सच्चे ऐतिहासिक परिप्रेक्ष्य में विचार करने पर नवीन आर्थिक नीति प्रथम विकल्प अर्थात् समाजवाद की ओर एक निश्चित कदम सिद्ध होती है। **''एक समाजवादी समाज के प्रति लेनिन का स्वप्न और सन् 1921 में संक्रमणकालीन अर्थव्यवस्था की कष्टदायी समस्याओं के प्रति उसकी धारणा प्रज्ज्वलित यथार्थवाद से बनी थी। इस धारणा ने मार्क्स से सुरपरिचित कथन की गूँज की कि न्याय के सिद्धांत तत्कालीन आर्थिक दशाओं से ऊपर नहीं उठ सकते।''**[1]

सोवियत संघ के साम्यवादी दल का आधिकारिक इतिहास नवीन आर्थिक नीति को अपनाए जाने के कारणों का वर्णन एक-दूसरे ढंग से करता है। इसके अनुसार ''युद्धीय साम्यवाद नगरों एवं देहातों के पूँजीवादी तत्त्वों की गढ़ों को एक प्रहार, एक घातक आक्रमण के द्वारा हड़प लेने का प्रयास था। इस आक्रमणकारी चोट में साम्यवादी दल बहुत आगे निकल गया था, अपने आधार से ही संबंध तोड़ लेने का जोखिम उठाने लगा था। अब लेनिन इस कार्य से कुछ निवृत्त होना चाहा, कुछ समय के लिए लौटकर आधार के समीपतर आना चाहा, गढ़ पर प्रहार करने के बदले उसको घेर लेने के मन्दतर ढंग को अपनाना चाहा ताकि वह शक्ति एकत्र कर सके और पुनः प्रहार को प्रारंभ कर सके।''[2] **प्रो॰ डॉब** का कहना है कि ''नवीन आर्थिक नीति के अन्दर अर्थव्यवस्था में कोई आकस्मिक नवीनता नहीं थी जिसका अनुसंधान रातों रात कर लिया गया था अथवा जो प्राचीन शासन-व्यवस्था पर प्रत्यक्ष प्रहार की असफलता के द्वारा थोप दी गयी थी।''[3] **नवीन आर्थिक नीति के परिणामस्वरूप जिस अर्थव्यवस्था का विकास हुआ वह एक प्रकार की मिश्रित अर्थव्यवस्था थी जिसमें पूँजीवादी तथा समाजवादी दोनों प्रकार की अर्थव्यवस्थाओं की विशेषताएँ विद्यमान थीं।** इसमें उद्योग तथा थोक व्यापार में राजकीय क्षेत्र तथा कृषि एवं खुदरा व्यापार में निजी क्षेत्र की प्रधानता थी। नवीन आर्थिक नीति के अन्तर्गत लेनिन ने छोटे-छोटे उद्योगों का निःराष्ट्रीयकरण किया, कृषि तथा उद्योग के बीच विनिमय व्यवस्था को पुनः स्थापित किया तथा व्यापार विशेषतः फुटकर व्यापार के क्षेत्र में निजी व्यापारियों को स्वतंत्रता दी। इससे बहुत से लोगों, विशेषतः विदेशों में धारणा बनी कि नवीन आर्थिक नीति को अपना कर लेनिन साम्यवाद से पीछे मुड़ रहा है। किन्तु वास्तव में इसके अन्तर्गत एक ऐसी अर्थव्यवस्था अपनायी गयी जिसमें पूँजीवादी और समाजवादी दोनों व्यवस्थाओं की विशेषताएँ थीं। यह एक मिश्रित अर्थव्यवस्था थी। **लेनिन ने इसकी व्याख्या संक्रमणकालीन मिश्रित**

---

1. "...Principles of justice can never rise supperior to the economic conditions of the time." —Dobb : ibid, p. 148
2. "War Communism had been an attempt the take to fortess of capitalist elements in town and countryside by assault, by a frontal attack, In this offensive, the Party had gone too far ahead and ran the risk of being cut off from its base. Now Lenin proposed to retire, to retreat for a while nearer to its base, to change from an assault of the fortess to the slower method of siege, so as togather strength and resume the offensive." —*History of the Communist Party of the Soviet Union*, p. 395
3. "The economy under the N.E.P. was no sudden novelty, invented over night or forced upon intention quite alien to it by the failure of direct assault upon the old regime..."

व्यवस्था के रूप में की थी और इसे राजकीय पूँजीवाद बतलाया था। इसने इस बात पर जोर दिया था कि राजकीय पूँजीवाद अनिवार्य रूप से संक्रमणकालीन होगा क्योंकि इसके अन्तर्गत बहुत-सी शक्तियां का समावेश होता है जो एक-दूसरे के विपरीत हैं। अतएव इसमें इस बात की सदा आशंका रहती है कि या तो पूँजीवादी तत्त्व अथवा समाजवादी तत्त्व अन्ततः विजयी सिद्ध होंगे। **सोवियत सरकार सचेत रूप से समाजवादी शक्तियों को ही विजयी बनाना चाहती थी।** इस प्रकार इस नीति का अन्तिम उद्देश्य समाजवाद था।

तथापि यह प्रश्न पूछा जा सकता है कि क्या ऐसी संक्रमणकालीन मिश्रित अर्थव्यवस्था अनिवार्य थी ? दूसरी ओर, जैसा कि बहुत-से लेखकों ने लिखा है, यह कहा जा सकता है कि नेप को अपनाया जाना सोवियत सरकार की साम्यवादी नीति की विफलता का परिणाम था। किन्तु वास्तव में यह सही नहीं है। **लेनिन के विचार में समाजवाद की ओर संक्रमण में राजकीय पूँजीवाद का एक निश्चित स्थान है।** उसका कहना था कि पूँजीवाद तथा साम्यवाद के सन्धि काल में जो अर्थव्यवस्था होगी उसमें इन दोनों प्रकार की अर्थव्यवस्थाओं के तत्त्वों तथा उनकी विशेषताओं का रहना अनिवार्य है। **1918 ई॰ में ही लेनिन ने लिखा था:'वर्तमान समय में रूस में छोटा-छोटा बुर्जुआ पूँजीवाद प्रचलित है और यही सड़क इसे वृहत पैमाने के राजकीय पूँजीवाद की ओर और उसी एक मध्य स्थान से समाजववाद की ओर ले जाती है जिसे राष्ट्रीय हिसाब किताब और उत्पादन तथा वितरण का नियंत्रण कहा जाता है।''**[1] उसके अनुसार प्रमुख समस्या छोटे-छोटे बुर्जुआ पूँजीवाद को राजकीय पूँजीवाद की ओर ले जाने की थी। नेप व्यवहार में इसी समस्या का समाधान था। इसलिए सोवियत सरकार ने विशुद्ध साम्यवाद के स्थान पर एक ऐसी नीति अपनायी जिसमें पूँजीवाद को भी कुछ स्थान प्राप्त था। यद्यपि इस नीति को कड़े विरोध का सामना करना पड़ा था फिर भी इसे समर्थन भी कम नहीं मिला था। इसे लोगों ने इसलिए समर्थन दिया कि इससे लोगों को प्रेरणा मिलेगी और उत्पादन अधिक होगा। **लोभिनज, सेटसंकिन, बुखारिन इत्यादि जैसे वामपन्थी लोगों ने यह कहकर घोर विरोध किया कि यह पूँजीवाद के सामने घुटने टेकने और क्रांति को नष्ट-भ्रष्ट करने के समान है।** परन्तु तथ्य यह था कि वस्तुतः राष्ट्रीय अर्थव्यवस्था के महत्त्वपूर्ण अंगों पर राज्य का प्रभुत्व अब भी ज्यों-का-त्यों बना रहा था। कुंजी अब भी इसके पास ही थी। सम्पूर्ण बैंकिंग व्यवस्था, विदेशी-व्यापार, परिवहन साधनों, नगरी जमीन और इमारत, खनिज पदार्थ, बिजली, बड़े-बड़े उद्योग इत्यादि आवश्यक साधनों पर सोवियत सरकार का प्रभुत्व ज्यों-का-त्यों बना हुआ था। **अतः साम्यवाद की शिरोरेखा सोवियत सरकार के हाथों में ही थी। अतः यह पूँजीवाद के सामने साम्यवाद का नतमस्तक होना नहीं था।**

नयी अर्थनीति वस्तुतः रूस के लिए नयी नहीं थी। रूस ने गृह-युद्ध से पूर्व जिस राजकीय पूँजीवाद की नीति को अपनाया था उसी नीति को उसने पुनः

1. "At present, petty bourgeois capitalism prevails in Russia and it is one and the same road that leads from it to large scale state capitalism and to socialism through one and the same intermediate station called national accounting and control of production and distribution."—Dobb : *Soviet Economic Development Since* 1917, p. 154

अपनाना प्रारंभ किया था। कुछ वर्षों पहले रूस राजकीय पूँजीवादी नीति को छोड़ कर साम्यवाद की ओर एकाएक बहुत आगे बढ़ गया था। अतः जब दूसरी बार पुनः उसी नीति को उसने युद्ध के पश्चात् अपनाया तो लोगों को और विशेषकर विदेशियों को बड़ा आश्चर्य हुआ था। उनकी धारणा थी कि रूस ने साम्यवाद को तिलांजलि दे दी है और उसे सदैव के लिए दफना दिया है। परन्तु यह उनका भ्रम था। **लेनिन इतनी तेजी से भागने के पक्ष में नहीं था कि गिरने की नौबत आ जाय।** वह जानता था कि साम्यवाद लाने के लिए एक विशेष प्रकार की लम्बी तैयारी आवश्यक है और उस तैयारी के बिना साम्यवाद लाना अपने पैरों पर अपने-आप कुल्हाड़ी मारना है। पिछले कुछ वर्षों के अनुभव ने उसके इस विश्वास को और भी दृढ़ बना दिया था। **इतिहास बतलाता है कि लेनिन का व्यवहार कुशल था तथा सही दिशा में सोचता था।** उसके इस निर्णय को भी इतिहास ने सही सिद्ध कर दिया है। स्वयं **लेनिन ने नवीन आर्थिक नीति को 'दो कदम आगे बढ़ने के लिए एक कदम पीछे हटना'** (one step backward to take two steps forward) बतलाया था।

लेनिन की अवधारणा एवं उद्देश्य चाहे जो रहे हों, उसने नवीन आर्थिक नीति को अनुभूति की एक ही चमक में निर्मित नहीं किया था। यह विकासवादी नीति थी। इसका समय के प्रवाह में निर्माण हुआ था। **यह पूँजीवाद एवं समाजवाद के बीच यात्रा करने का कष्टकर पथ थी।** निःसंदेह 'उत्पादन की समादेशीय ऊँचाइयों (commanding heights of production) अर्थात् पूँजी, उद्योग, बैंक आदि पर राज्य का नियंत्रण किया जा सका था तथापि आधार में इतनी अधिक अनिश्चितता तथा उदासीनता थी कि सामान्य जनता इसके नामकरण को लेकर विभ्रान्त थी—इसे **'राजकीय पूँजीवाद'** (state capitalism) कहा जाय अथवा **'राजकीय समाजवाद'** (state socialism) अथवा **'अर्द्ध-समाजवाद'** (semi-socialism) इसका वह निश्चय नहीं कर पा रही थी।

संदर्भ

M. Dobb : The Soviet Economic Development Since 1917.
Baykov : Development of the Soviet Economic System.
Schwartza : Russia's Soviet Economy.
E da Costa : Economic Progress of Russia.

मानक प्रश्न

1. सोवियत संघ की नवीन आर्थिक नीति की मुख्य विशेषताओं की व्याख्या कीजिए। क्या आप इस बात से सहमत हैं कि नवीन आर्थिक नीति संक्रमणकालीन मिश्रित अर्थव्यवस्था को बतलाती है।
2. "विदेशी मध्य वर्ग में नवीन आर्थिक नीति को अपनाये जाने को पीछे की ओर मुड़ने तथा पहले से जीती गयी स्थिति का परित्याग करने के रूप में समझा गया था।" क्या आप इस कथन से सहमत हैं ? नवीन आर्थिक नीति की मुख्य विशेषताओं की व्याख्या कीजिए।
3. "पूर्णरूप से विचार करने पर नवीन आर्थिक नीति के अन्तर्गत सोवियत संघ समाजवाद, पूँजीवाद तथा मार्क्स के साधारण वस्तु उत्पादन का एक विचित्र मिश्रण था।" व्याख्या कीजिए।
4. लेनिन ने नवीन आर्थिक नीति को "दो कदम आगे बढ़ने के लिए एक कदम पीछे हटने" की संज्ञा दी है। क्या आप इससे सहमत हैं ?

5. रूस की नवीन आर्थिक नीति की मुख्य विशेषताओ की व्याख्या कीजिए। क्या आप इस बात से सहमत हैं कि यह नीति रूस की तत्कालीन परिस्थितियों में आवश्यक थी।
6. सोवियत संघ में लेनिन द्वारा अपनायी गयी नवीन आर्थिक नीति की मुख्य विशेषताओं की व्याख्या कीजिए।
7. रूस के जीवन पर लेनिन की नवीन आर्थिक नीति के प्रभावों की समीक्षा कीजिए।
8. सोवियत संघ के आर्थिक विकास के सन्दर्भ में आप 'सीजर्स संकट' से क्या समझते हैं ? व्याख्या कीजिए।
9. 'सीजर्स संकट' से आप क्या समझते हैं ? इस संकट को दूर करने के लिए सरकार द्वारा क्या उपाय अपनाये गये ?
10. आयोजन काल के पूर्व सोवियत संघ में 'सीजर्स संकट' के लिए उत्तरदायी कारणों की व्याख्या कीजिए। इसके क्या प्रभाव थे ?
11. लेनिन की नयी आर्थिक नीति की व्याख्या कीजिए। रूस की अर्थव्यवस्था पर इसका क्या प्रभाव पड़ा ?
12. 1925 में रूस को उद्योगीकरण की जिन समस्याओं का सामना करना पड़ा उनकी समीक्षा कीजिए। सरकार ने इसके समाधान के लिए क्या उपाय किया ?

❑

अध्याय 7

सोवियत रूस में आर्थिक आयोजना

(ECONOMIC PLANNING IN THE USSR)

एक स्वावलम्बी अर्थव्यवस्था के निर्माण को सोवियत नेताओं ने अपना अंतिम उद्देश्य स्वीकार किया था। **लेनिन के अनुसार औद्योगिक सर्वहारा वर्ग की साम्यवादी क्रांति में बड़े पैमाने के उद्योगों के विकास का प्रमुख स्थान है।**[1] सितम्बर, 1925 में पार्टी के 14वें अधिवेशन में देश को कृषि प्रधान से बदल कर औद्योगिक व्यवस्था के रूप में विकसित करने (transformation of the country from an agrarian into an industrial one capable by its own means of producing the necessary equipment.) की सिफारिश की गयी। दूसरे शब्दों में, सोवियत नेताओं ने एक अत्यधिक विकसित औद्योगिक व्यवस्था के निर्माण का प्रयास किया था और अर्थव्यवस्था को सुदृढ़ औद्योगिक आधार प्रदान करने के लिए आर्थिक आयोजन अनिवार्य समझा गया।

रूस में आर्थिक आयोजना का प्रारंभ सन् 1917 से ही हुआ कहा जा सकता है जब विसेन्खा का संगठन किया गया था। किन्तु विसेन्खा के कार्य विभिन्न उद्योगों के कार्यों को पर्यवेक्षित एवं समन्वित करने तक ही सीमित रहे थे। यद्यपि ग्लावकी की जाल द्वारा उद्योगों की विभिन्न शाखाओं पर विसेन्खा अत्यन्त ही अधिक नियंत्रण रखती थी तथापि इसे एक व्यापक आर्थिक योजना बनाने के कार्य को नहीं सौंपा गया था। फलतः यह ऐसे उत्तरदायित्व से मुक्त रही। मार्च सन् 1920 में **गोलरो** (Golero) अर्थात् **राज्य विद्युतीकरण आयोग** (State Commission for Electrification) की स्थापना से आर्थिक आयोजना की दिशा में एक अधिक निश्चित पग उठाया गया। **गोलरो ने शीघ्र ही सोवियत रूस के विद्युतीकरण के लिए एक महान योजना बनाने का कार्य अपने ऊपर ले लिया।** सन् 1920 में इसने 15 महत्त्वपूर्ण उद्योगों के विकास के लिए दीर्घकालीन लक्ष्य निर्धारित किया। किन्तु तब भी गोलरो द्वारा निर्मित योजना को वस्तुतः योजना नहीं कहा जा सकता। फरवरी सन् 1921 में **गॉसप्लान** (Gosplan) अर्थात् **राज्य योजना आयोग** (State Planning Commission) का संगठन किया गया। इस संगठन के साथ सोवियत आयोजना प्रणाली को एक निश्चित स्वरूप मिला। प्रारंभिक अवस्थाओं में गॉस प्लान एक लघु संगठन था। इसलिए इसकी क्षमता भी सीमित थी। किन्तु दो वर्षों के अन्दर ही यह विस्तृत हो गया और आर्थिक आयोजना के संगठन की समस्त साज-सज्जा को प्राप्त कर लिया। सन् 1925 तक इसके अधीनस्थ अभिकरण समस्त सोवियत संघ में फैल गए थे।

1. "The development of large scale industries was the support of the social force which is establishing the industrial proletariate's communistic revolution."

प्रथम पंचवर्षीय योजना (1928-33)

प्रथम पंचवर्षीय योजना की पृष्ठभूमि—सन् 1925 और 1928 के बीच के समय में गॉसप्लान **'नियंत्रण अंकों'** (control figures) को प्रस्तुत करने के कार्य में व्यस्त रहा जो तीन वर्षों अर्थात् सन् 1925-26, 1926-27, 1927-28 के लिए विभिन्न उद्योगों के लिए लक्ष्य निर्धारित किये। अतः **'नियंत्रण अंक' का संकेत 'वार्षिक' योजना की ओर था** जिनसे पंचवर्षीय योजना के आधार के रूप में कार्य करने की आशा की गई थी।

आर्थिक आयोजना निश्चित समय में आर्थिक साधनों का अधिकतम उपयोग करने के लिए विचार-विमर्शशील प्रयास से संबंधित है। किन्तु **गॉसप्लान** द्वारा इस काल में प्रस्तुत किए गए 'नियंत्रक अंक' समुदाय के पर्याप्त प्रयास के बिना ही अर्थव्यवस्था के संभावित आर्थिक विकास की भविष्यवाणी करने के ढंग पर आधारित थे। अतएव 'नियंत्रण अंक' आर्थिक विकास के लिए अपेक्षाकृत अनुदान लक्ष्य निर्धारित किए थे। **नियंत्रण अंक कुछ कल्पनाओं पर आधारित** थे जो गॉसप्लान की अनुदारता के लिए उत्तरदायिनी थीः (1) यह कल्पना की गई थी कि प्रथम पंचवर्षीय योजना-काल में कृषि की अवस्था में आमूल परिवर्तन नहीं किया जा सकता। दूसरे शब्दों में, यह कल्पित किया गया था कि कृषि की स्थिरता बनी रहेगी और यह पूँजीवादी तत्त्वों को बनाए रखेगी। (2) दूसरी कल्पना यह थी कि उद्योगीकरण की प्रक्रिया अनिवार्यतः कृषि-उत्पादन के विकास द्वारा निर्धारित की जाती है। अतएव न्यूनाधिक रूप में स्थिर कृषि-उत्पादन की कल्पना कर लेने के कारण गॉसप्लान के लिए यह कल्पित करना तार्किक था कि 5 वर्षों की अल्पावधि में उद्योगीकरण की सीमा अत्यन्त ही सीमित थी। गॉसप्लान के सदस्यों को अनुदार बनाने के लिए अन्य उत्तरदायी तत्त्व समय-क्रम(time series), आर्थिक पूर्वानुमान और व्यापार चक्र के तत्कालीन प्रचलित सिद्धांत थे। इन सिद्धांतों के कारण भी गॉसप्लान के सदस्यों का अनुमान अनुदार था।

जिस समय गॉसप्लान 'नियंत्रण अंकों' को प्रस्तुत करने में व्यस्त था उसी समय विसेन्खा भी एक महत्त्वाकांक्षी पंचवर्षीय योजना का प्रारूप प्रस्तुत करने में व्यस्त थी। ध्यान देने योग्य बात यह है कि **गॉसप्लान के विपरीत विसेन्खा सर्वथा भिन्न कल्पनाओं के आधार पर कार्य कर योजना का प्रारूप प्रस्तुत कर रही थी** और भौतिक बाधाओं पर नियंत्रण करने में मानवीय अभिकरणों के गतिशील कार्य को स्वीकार की थी। **विसेन्खा की आशावादिनी योजना की कल्पनाएँ** व्यापक रूप से अग्रलिखित कही जा सकती हैं—(1) इस योजना काल में फसल उगाने में विफलता नहीं होगी। किसी भी प्रकार की गंभीर असफलता नहीं होगी। (2) बिना किसी गंभीर कठिनाई के तत्कालीन मूल्यों पर यंत्र एवं पूँजी का विदेशों से आयात करना संभव था। (3) बेहतर उपयोग तथा बोल्शेविक दल की शक्तियों के संकेन्द्रण के कारण श्रम की उत्पादन-शक्ति में लगातार वृद्धि होगी। (4) योजना काल में कोई अचानक अन्तरराष्ट्रीय उलझनें नहीं उपस्थित होंगी। इसलिए प्रतिरक्षा-व्यय में कमी करना भी संभव होगा। ऐसी कल्पनाएँ कर लिए जाने पर विसेन्खा के लिए एक महत्त्वकांक्षी योजना निर्मित करना एवं गॉसप्लान के ऊपर इसलिए दोषारोपण करना स्वाभाविक था कि उसने सोवियत अर्थव्यवस्था की संभावनाओं का निम्न अनुमान किया था।

ये मूलतः भिन्न उपागमन गॉसप्लान एवं विसेन्खा में गंभीर विवाद खड़ा कर दिए—एक ऐसा विवाद जिसके परिणामस्वरूप पारस्परिक दोषारोपण एवं प्रति-दोषारोपण प्रारंभ हुए

और प्रथम पंचवर्षीय योजना को प्रारंभ करने में विलम्ब होने लगा। फलतः **गॉसप्लान के कुछ सदस्यों की 'शुद्धि' की गई और गॉसप्लान को पुनर्गठित किया गया। 'शुद्धीकृत' गॉसप्लान ने योजना के प्रारूप को दो रूपों में प्रकाशित किया अर्थात्**–(1) विसेन्खा की आशावादिनी कल्पनाओं पर आधारित अधिकतम लक्ष्य एवं(2) शुद्धीकरण के पूर्व वाले गॉसप्लान के सतर्क एवं अनुदार अनुमानों पर आधारित न्यूनतम लक्ष्य। अप्रैल सन् 1929 में हुए 16वें साम्यवादी दल कांग्रेस ने अधिकतम लक्ष्य वाले प्रारूप को स्वीकृत किया जो सोवियत रूस की प्रथम योजना का सरकारी प्रारूप हुआ।

प्रथम पंचवर्षीय योजना के उद्देश्य–प्रथम योजना का प्रमुख उद्देश्य उद्योगों का इस प्रकार से पुनर्गठन करना था कि उससे उद्योगों के साथ-साथ परिवहन और कृषि का भी समाजवादी आधार पर पुनर्गठन किया जा सके। (The basic objective was to create an industry able to re-organise not only the whole industries but also transport and agriculture on the basis of socialism.) अतः इसका आधारभूत उद्देश्य भारी उद्योगों के विकास द्वारा राष्ट्रीय आय में तीव्र वृद्धि करना था। यह तार्किक था कि योजना के अन्दर भारी उद्योगों के विकास को उच्चतम प्राथमिकता प्राप्त हो। यह आशा की गई थी कि पंचवर्षीय योजना काल में राष्ट्रीय आय के 25-33 प्रतिशत का निवेश संभव होगा। इस प्रकार विशुद्ध निवेश का स्तर ऊँचा था। यह वस्तुतः ग्रेट ब्रिटेन में होने वाले निवेश की अपेक्षा पर्याप्ततः अधिक था। क्रांति के पूर्वकालीन रूस में जो निवेश हो रहा था उससे यह 2½ गुना अधिक था। किन्तु यह सोचा गया था कि इतना अधिक निवेश 'निर्धनता के कुचक्र' को तोड़ने एवं निम्न राष्ट्रीय आय को ऊँचा करने के लिए आवश्यक था।

योजना के लक्ष्य–प्रथम पंचवर्षीय योजना **दो रूपों में तैयार की गयी थी।** उच्चतम विचरण (maximum variant) तथा निम्नतम विचरण (minimum variant)। इसमें से पहला अत्यधिक आशावादी तथ्यों पर आधारित था जबकि दूसरे में तथ्यों को सोच-समझकर रखा गया था। अन्त में उच्चतम विचरण को अपनाया गया। राष्ट्रीय आय, कुल निवेश और शुद्ध निवेश के संबंध में योजना के लक्ष्य निम्नांकित निर्धारित किये गये थे–

राष्ट्रीय आय, कुल और शुद्ध निवेश (हजार मिलियन रूबल में)

वर्ष	राष्ट्रीय आय	शुद्ध निवेश	कुल निवेश
1928-29	27.7	6.22	9.70
1929-30	30.9	8.71	12.41
1930-31	34.8	11.18	15.22
1931-32	38.7	12.85	17.34
1932-33	43.3	14.54	19.55

योजना के पाँच वर्षों की अवधि में राष्ट्रीय आय में 57 प्रतिशत की वृद्धि का आयोजन था। इतने बड़े पैमाने पर लक्ष्यों की प्राप्ति के लिए बहुत बड़े पैमाने पर राष्ट्रीय प्रयत्नों की आवश्यकता थी। योजना के कुल निवेश का प्रायः 32 प्रतिशत उद्योगों की मद में व्यय किया जाने को था। इसमें से 75 प्रतिशत भाग आधारभूत उद्योगों में निवेश करने की व्यवस्था थी। योजना के अन्तर्गत उपभोग को 1927-28 ई० में कुल राष्ट्रीय आय के 77 प्रतिशत से घटाकर 1932-33 ई० में 66 प्रतिशत करने का आयोजन था। अधिकांश निवेश भारी उद्योग क्षेत्र में ही किया जाने को था। अतः उपभोग-स्तर में भयानक कमी की

आशंका थी। किन्तु स्ट्रूमलिन का कहना था कि यद्यपि उपभोग व्यय में कुछ कमी होगी तथापि 'उच्चतम विचरण' से योजना काल में कुल उपभोग की मात्रा में 40 प्रतिशत की वृद्धि होगी।

इन लक्ष्यों को पूर्ण करना एक कठिन कार्य था। इसलिए इस योजना को अधिक महत्त्वाकांक्षी और अयथार्थवादिनी कहा गया। **इस योजना में औद्योगिक क्षेत्र के विकास पर और इस क्षेत्र में भी भारी उद्योगों के विकास पर अत्यधिक जोर डाला गया था–संभवत: आवश्यकता से भी अधिक। भारी उद्योगों पर जोर हल्के एवं उपभोक्ता उद्योगों की लागत पर दिया गया था।** अतएव एक प्रबल निराशावादी भावना इस आधार पर फैल गयी थी कि भारी उद्योगों में अत्यधिक निवेश उपभोग में कमी एवं जनता के जीवन-स्तर में ह्रास को आवश्यक बना देगा। यह निराशावादिता योजना के अनुमानित उपभोग व्यय के लक्ष्यों के कारण और भी अधिक बढ़ गई। सामान्य जनता को महान कठिनाइयाँ प्रस्तुत करते हुए भी उपभोग वस्तु उद्योगों को पृष्ठभूमि में ढकेल दिया गया था।

कृषि के क्षेत्र में प्रमुख लक्ष्य अग्रलिखित थे–(1) यह तय किया गया था कि **सामूहिक कृषि अर्थात् कोलखोज और राजकीय कृषि अर्थात् सोखोज** का प्रारंभ कर कृषि का समाजीकरण किया जायेगा। यह प्रस्तावित किया गया था कि समस्त कृषि भूमि के 20 प्रतिशत का समूहीकरण किया जायेगा जो समस्त कृषकों के 33 प्रतिशत को प्रभावित करेगा। (2) खाद्यान्न के उत्पादन में 35 प्रतिशत वृद्धि कर कृषि की उत्पादकता को बढ़ाया जाएगा।

समूहीकरण के तीन संभव भेदों अर्थात् मीर, आर्टेल और संयुक्त कृषि में आर्टेल पर अधिक जोर दिया गया था। किन्तु इस योजना काल में समूहीकरण (collectivization) की प्रक्रिया ऐच्छिक रखी गयी थी न कि बलात्कृत। समूहीकरण के लिए ऐच्छिक आन्दोलन पर राजनीतिक उद्देश्य से जोर दिया गया था। जैसा कि हमलोगों ने पहले ही देखा है, सोवियत राज्य का आधार कृषि श्रमिक वर्ग के निर्माण एवं कृषक वर्ग तथा श्रमिक वर्ग के मैत्री संबंध पर निर्भर था। अतएव समूहीकरण के लिए 'ऊपर' से दिया गया कोई भी दबाव उस मैत्री संबंध को तोड़ देगा, ऐसी आशंका थी। किन्तु ऐच्छिक समूहीकरण की आर्थिक उपलक्षणाएँ भी थीं। **'सामरिक साम्यवाद' काल में कृषि व्यवस्था में किए गए आमूल परिवर्तनों का परिणाम कृषि क्षेत्र में संकुचन एवं एकड़ कम उपज हुआ था जिनके कारण कृषि उत्पादन में संकुचन हुआ था।** अतः इस योजनाकाल में कोई भी दमनकारी कार्य उसी ऐतिहासिक तथ्य की पुनरावृत्ति कर सकता था। इसलिए यह स्वयं योजना की कल्पना को ही रद्द कर सकता था। ऐच्छिक समूहीकरण के साथ-साथ योजना ने राजकीय कृषि के लिए भी एक साहसपूर्ण योजना बनाई थी। राजकीय कृषि की व्यवस्था मुख्यतः भूमि को कृषि योग्य बनाकर की जानेवाली थी। इस प्रकार कृषि में फसल क्षेत्र में पर्याप्ततः वृद्धि करने एवं पर्याप्त विक्रेय अतिरेक की सृष्टि की आशा की गई थी।

उद्योग के क्षेत्र में लक्ष्य सम्पूर्ण रूप से औद्योगिक विकास था। **सोवियत संघ में आयोजना का प्रमुख उद्देश्य सोवियत अर्थव्यवस्था को कृषि-प्रधान से बदल कर उद्योग-प्रधान बनाना था जिसमें भारी उद्योगों की प्रधानता हो। व्यवस्था की दृष्टि से सोवियत उद्योग तीन श्रेणियों में विभाजित रहे–**

1. भारी उद्योग–इस श्रेणी में लोहा और इस्पात तथा भारी यंत्र आदि उद्योग रहे।

रूस में भारी उद्योग राज्य की आवश्यकताओं की पूर्त्ति करते हैं तथा उत्पादन और व्यवस्था की दृष्टि से अत्यधिक केन्द्रीकृत रहे हैं। इनकी व्यवस्था संघ सरकार के उद्योग मंत्रालय (commissariate) द्वारा की जाती रही है।

2. हल्के उद्योग—ऐसे उद्योग मुख्यतः उपभोक्ता वस्तुओं का उत्पादन करते हैं। ये अत्यधिक विकेकिन्द्रत रूप में पाये जाते हैं तथा विभिन्न गणतंत्रों में प्रत्यक्ष नियंत्रण में कार्य करते हैं।

3. स्थानीय उद्योग—ऐसे उद्योग स्थानीय आवश्यकताओं की पूर्त्ति करते हैं। इनकी व्यवस्था स्थानीय संस्थाओं द्वारा की जाती है तथा इन पर विभिन्न गणतंत्रों के मंत्रिमंडल का सामान्य रूप से निरीक्षणं रहता है।

सोवियत संघ में उद्योगों की व्यवस्था में औद्योगिक प्रन्यासों का महत्त्वपूर्ण स्थान है। इसका स्थान ऊपर में मत्रालयों तथा नीचे में कारखानों के बीच में है। प्रथम योजना में आधारभूत तथा भारी उद्योगों के विकास पर अधिक जोर था।

प्रथम योजना की सिद्धियाँ—उद्योग के क्षेत्र में योजना **'एक शानदार सफलता** (a grand success) सिद्ध हुई। वस्तुतः कुछ अवस्थाओं में निर्धारित लक्ष्य से भी अधिक सफलता प्राप्त हुई। उत्पादन वस्तुओं का कुल उत्पादन 1928 की अपेक्षा 2 गुना बढ़ गया और योजना में निर्धारित लक्ष्य से भी अधिक रहा। सम्पूर्ण वृहत् पैमाने वाले उद्योगों में 118 प्रतिशत वृद्धि हुई जबकि निर्धारित लक्ष्य 133 प्रतिशत था। यंत्र निर्माण उद्योगों के उत्पादन में 400 प्रतिशत वृद्धि हुई। विद्युत शक्ति के उत्पादन में 2½ गुना वृद्धि हुई। मिट्टी तेल के उत्पादन में 200 प्रतिशत वृद्धि हुई। औद्योगिक उत्पादन का तीव्र प्रसार, जो कभी-कभी निर्धारित लक्ष्य से भी अधिक था, योजना का प्रारंभ होने के दो ही वर्ष पश्चात् परिलक्षित होने लगा था। इस अवस्था ने **स्तालिन** (Stalin) को आशावादिता से इतना अधिक परिपूर्ण कर दिया है **उसने विश्वासपूर्ण शब्दों में कहा, ''हमलोग धातु के देश, मोटर के देश और ट्रैक्टर के देश होते जा रहे हैं।''**[1] इस आशावादिता ने योजना की निर्धारित अवधि को 5 वर्ष से घटाकर 4½ वर्ष कर दिया था।

किन्तु प्रथम पंचवर्षीय योजना के चित्र में कुछ अंधकारमय धब्बे भी थे। दो महत्त्वपूर्ण उद्योगों अर्थात् लोहा एवं इस्पात तथा कोयला उद्योग में उत्पादन निश्चित लक्ष्य से बहुत पीछे था। उदाहरण के लिए लोहा और इस्पात उद्योग के उत्पादन में वास्तविक वृद्धि केवल 60 लाख टन ही थी जबकि लक्ष्य 100 लाख टन निर्धारित किया गया था। सन् 1933 में कोयले का उत्पादन केवल 650 लाख टन ही था जबकि इसके लिए निर्धारित लक्ष्य 750 लाख टन था। उपभोग-वस्तु उद्योग के क्षेत्र में परिस्थिति और अधिक गंभीर थी। निःसन्देह कारखानों द्वारा उत्पादित उपभोग वस्तुओं के उत्पादन में 87 प्रतिशत वृद्धि हुई थी। किन्तु इस उत्पादन में यह वृद्धि लघु हस्तशिल्पों एवं स्थानीय उद्योगों की लागत पर हुई थी। निश्चय ही यह एक अस्वस्थ लक्षण था क्योंकि इसने केन्द्रीकरण के खतरे एवं उद्योगों के छिटपुट विकास को प्रकट किया। हस्तशिल्पों एवं स्थानीय उद्योगों के विनाश को ध्यान में रखने पर कारखानों द्वारा उत्पादित उपभोग-वस्तुओं के उत्पादन में वृद्धि एक भ्रम सिद्ध होता है। वस्तुतः वस्त्र उद्योग, जो सबसे अधिक महत्त्वपूर्ण उपभोग-

1. "We are becoming a country of metal, a country of automobiles and a country of tractors."

वस्तु उद्योग था, अपने उत्पादन में लगभग कुछ भी वृद्धि नहीं कर सका। बल्कि दूसरी ओर ऊनी-वस्त्र एवं सूती-वस्त्र दोनों उद्योगों का उत्पादन 1928 के स्तर से बहुत ही कम था। **कुछ उद्योगों के उत्पादन में कम वृद्धि होने के कई कारण थे**–(1) सुदूर पूर्व में जापानी आक्रमण की धमकी के कारण सुरक्षा-व्यय में वृद्धि, (2) सन् 1930-31 में महान व्यापारिक मन्दी आ जाने के कारण अन्तरराष्ट्रीय व्यापार के परिमाण में कमी, (3) सामान्य श्रम उत्पादन-शक्ति में कम वृद्धि परन्तु 1928 से 1932 के बीच मजदूरी और वेतन निधि में 4 गुनी से भी अधिक वृद्धि, (4) उद्योगों की उत्पादन-लागत अत्यन्त ही अधिक हो जाने के कारण स्फीति की स्थिति, (5) योग्य और प्रशिक्षित व्यवस्थापकों का अभाव। **मॉरिस डॉब** ने लिखा है कि व्यवस्था के उच्च स्तर में लगभग आधे पदों पर ऐसे व्यक्ति आसीन थे जिनको कोई विशिष्ट तकनीकी प्रशिक्षण नहीं प्राप्त था। (Nearly a half of the posts at higher managerial levels were held by persons who lacked any specialised technical training.) इस प्रकार **जिन कल्पनाओं पर 'अधिकतम' लक्ष्य वाली योजना का प्रारूप आधारित था उनमें कोई भी सत्य नहीं हो सकी। स्मरण रहे कि वह प्रारूप तीन महत्त्वपूर्ण कल्पनाओं पर आधारित** था अर्थात (1) प्रतिरक्षा व्यय में ह्रास, (2) अन्तरराष्ट्रीय व्यापार का क्रमिक प्रसार और (3) औसत श्रम उत्पाादनशीलता में तीव्र वृद्धि। इनमें से कोई भी कल्पना सत्य नहीं सिद्ध हो सकी। इसलिए कुछ उद्योगों का मन्द विकास होना अवश्यंभावी था। फिर भी **यह सत्य है कि महान मन्दी काल में रूसी अर्थव्यवस्था के औद्योगिक विकास ने संसार का ध्यान योजनाबद्ध अर्थव्यवस्था की ओर आकर्षित किया।**

कृषि क्षेत्र में प्रथम पंचवर्षीय योजना न्यूनाधिक रूप में विफल रही। न केवल कृषि उत्पादन में वृद्धि ही नहीं हो सकी अपितु उसमें ह्रास भी हुआ। **कृषि उत्पादन कई कारणों से कम हो गया।** (1) संभवतः सबसे महत्त्वपूर्ण कारण पशुधन में ह्रास था। अन्न के उत्पादन में ह्रास का अन्य कारण सन् 1930-32 में फसलों की व्यापक क्षति था जिसने कृषि-वस्तुओं के अभाव की समस्या को और भी गंभीर कर दिया था। प्राकृतिक प्रकोप के कारण फसल अच्छी नहीं हुई थी। (3) कृषि-क्षेत्र में योजना की विफलता का अन्य कारण कृषि कार्यकुशलता में ह्रास था। **कृषि कार्य के स्तर में ह्रास के कारण** अग्रलिखित थे–(1) औद्योगिक उत्पादन की भाँति ही कृषि उत्पादन में प्रथम पंचवर्षीय योजना का प्रमुख प्रयास मात्रात्मक वृद्धि में किया गया था और गुणात्मक वृद्धि पर अत्यन्त ही कम ध्यान रखा गया था। (2) कोलखोज के प्रबन्ध में बहुधा परिवर्तन किया जाता था और नवीन कृषि यंत्रों को चलाने के लिए प्रशिक्षित व्यक्तियों का अभाव था (3) श्रमिकों की व्यवस्था और उनकी मजदूरी का ढाँचा दोषपूर्ण था। सामूहिक कृषि की शुद्ध आय का वितरण भी दोषपूर्ण था। (4) सामूहिक कृषि क्षेत्र अभी सुस्थिर उत्पादन इकाई नहीं हो पाये थे और विभिन्न जनपदों में अभी तक कोई निश्चित भूमि-व्यवस्था सामूहिक कृषि द्वारा नहीं की जा सकती थी (5) सामूहिक कृषि में भूतपूर्व गरीब एवं मध्यवर्गीय कृषकों के बीच विरोध की भावना थी। इसका कारण यह था कि विभिन्न वर्ग के ये कृषक विभिन्न मात्रा में सामूहिक कृषि में अंशदान किये थे किन्तु इस सामूहिक कृषि के उत्पादन का बँटवारा प्रारंभिक अंशदान के अनुसार न होकर अन्य सिद्धांत के अनुसार हो रहा था। (6) अभी तक यह निर्धारण नहीं हो पाया था कि किस सीमा तक सामूहिक कृषि के सदस्य वैयक्तिक

आधार पर वस्तुओं का उत्पादन वैधानिक रूप में कर सकते थे और किस सीमा तक नहीं और न तो यह निश्चित किया गया था कि किस सीमा तक वे अपने वैयक्तिक उत्पादन के विक्रेय अतिरेक बेच सकते थे। ऐसे ही कारण कृषि के क्षेत्र में योजना की विफलता के लिए उत्तरदायी थे। निःसंदेह **ज्योंही कुलक वर्ग की प्रतिक्रिया के पूर्ण परिणाम ज्ञात हुए थे त्योंही स्तालिन ने अपने साथियों के स्वेच्छाचारी कार्यों की भर्त्सना की थी** और उन्हें समूहीकरण के प्रति अपने उत्साह को संयमित करने के लिए कहा था। इसी के फलस्वरूप उसके बाद नीति में परिवर्तन हुए और **''सामूहिक कृषि के आकार एवं संख्या में विस्तार के बदले उसके दृढ़ीकरण''** के लिए प्रयास किया जाने लगा। किन्तु अब अत्यन्त ही अधिक बिलम्ब हो चुका था। इसलिए 35 प्रतिशत की प्रत्याशित वृद्धि के बदले अन्न का उत्पादन सन् 1928 में 73.3 मिलियन मैट्रिक टन से घटकर योजना के अन्त में केवल 69.9 मिलियन मैट्रिक टन हो गया।

कृषि क्षेत्र में एक सन्तोषजनक बात राजकीय कृषि (state farms) **अर्थात् सोखोज की सफलता थी।** प्रथम पंचवर्षीय योजना में राजकीय कृषि-प्रक्षेत्रों की संख्या आठ गुनी बढ़ गई। राजकीय कृषि की व्यवस्था कर फसल उगाने के क्षेत्र में तीव्र प्रसार करने के लिए योजना के निर्देशन का अनुसरण कर सरकार ने एक **'अन्न प्रन्यास'** (grain trust) की सृष्टि की थी जिसका उद्देश्य राजकीय कृषि का संगठन करना था। राजकीय कृषि की प्रगति आश्चर्यजनक थी। इस योजनाकल में साइबेरिया और कजाकिस्तान में अनेक वृहदाकार राजकीय कृषि क्षेत्रों की व्यवस्था की गई। सन् 1931 में ऐसे खेत केवल 107 थे। 1932 तक ये खेत समस्त कृषि क्षेत्रों के 1/10 भाग हो गए थे और 10 लाख मजदूरों को काम दे रहे थे। सामूहिक कृषि के साथ इन राजकीय कृषि क्षेत्रों ने सन् 1932 में सम्पूर्ण विक्रेय अतिरेक के 85 प्रतिशत का उत्पादन किया था। प्रारंभिक अवस्था में राजकीय कृषि के समक्ष वृहदाकार होने के कारण कुछ कठिनाइयाँ उपस्थित हुई थीं। उनके आकार 50,000 से 60,000 एकड़ तक होते थे। इसलिए उनके पर्यवेक्षण में कठिनाइयाँ पड़ती थीं जिनके कारण उनकी उपज कम होती थी। बाद में उनके आकार की सीमा को लगभग 6,000 एकड़ कर दिया गया।

कृषि का समूहीकरण (*Collectivization of Agriculture*)—कृषि के क्षेत्र में सामूहिक खेती के आन्दोलन का सूत्रपात किया गया। इनमें सोवियत सरकार को अल्प काल में ही आशातीत सफलता प्राप्त हुई। सन् 1928 में सामूहिक कृषि के अन्तर्गत केवल 13.9 लाख हेक्टर भूमि में खेती की गयी थी। सन् 1929 में इस प्रकार की भूमि का क्षेत्र बढ़कर 42.6 लाख हेक्टर तथा सन् 1930 में 150 लाख हेक्टर हो गया। सामूहिक कृषि का प्रबन्ध करने वाली समितियों की संख्या दिन-प्रति दिन बढ़ने लगी तथा धीरे-धीरे गाँव-गाँव तथा जिलों के जिलों ने मिलकर इस प्रकार की सामूहिक कृषि करना प्रारंभ किया। कुलकों को भी इसमें शामिल होने के लिए बाध्य होना पड़ा। इस प्रकार **कृषि के क्षेत्र में पूँजीवाद का प्रभाव समाप्त हो गया।** सामूहिक कृषि के अन्तर्गत क्षेत्र में वृद्धि के साथ-साथ उत्पादन में वृद्धि होने लगी। सन् 1927 में सहकारी तथा सामूहिक खेतों ने कुल मिलाकर 35 करोड़ पूड गल्ला पैदा किया। सन् 1929 में इनमें 40 करोड़ पूड गल्ला पैदा होने लगा। सामूहिक फार्मों की संख्या नवम्बर, 1926 में 14,832 थी जिनमें 195000 किसान परिवार थे। यह बढ़कर मार्च 1930 ई० में 110,200 हो गयी जिनमें 14,300,000

कृषक परिवार थे। इस प्रकार 1930 तक प्रायः 55 प्रतिशत कृषक परिवार सामूहिक कृषि के अन्तर्गत चले आये जबकि योजना काल में कुल जोती बोई गयी भूमि के केवल 3/4 भाग को ही कृषि के अन्तर्गत लाने का लक्ष्य निर्धारित किया गया था। योजना के अन्त में बाजार में आनेवाले अनाज का 84 प्रतिशत तथा कपास का 83 प्रतिशत सामूहिक तथा राज्य कृषि फार्मों द्वारा पूरा किया जाता था।

समूहीकरण के प्रभाव—समूहीकरण के अग्रांकित प्रमुख प्रभाव थे—(1) **कुलकों की समाप्ति**—सामूहिक कृषि की प्रगति के साथ-साथ गाँव के धनी मानी किसानों अर्थात् कुलकों को इनके अन्तर्गत सम्मिलित होने के लिए बाध्य होना पड़ा। इससे इनकी संख्या सन् 1928 में 50 लाख से घटकर 1934 में केवल 15 लाख रह गयी। (2) **मवेशियों की संख्या में कमी**—कृषि के बड़े पैमाने पर समूहीकरण का सर्वाधिक प्रमुख प्रभाव मवेशियों की संख्या में बड़े पैमाने पर कमी था। सन् 1929 से 1930 ई॰ के बीच इनकी संख्या में लगभग 50 प्रतिशत की कमी हो गयी। मवेशियों की इस कमी से औद्योगिक क्षेत्रों को मांस तथा दूध आदि की पूर्ति में कठिनाई के साथ-साथ कृषि के क्षेत्र में खेती के लिए जानवरों का अभाव उत्पन्न हो गया। टैक्टरों की संख्या 6.7 गुनी अधिक होने पर भी पशुधन की अत्यधिक कमी हो जाने के कारण खेती के लिए शक्ति की आवश्यकता की पूर्ति किसी प्रकार नहीं हो रही थी। (3) **कृषि उत्पादन में कमी**—समूहीकरण की तीव्रता तथा प्रशासन की स्वेच्छाचारिता के परिणामस्वरूप सन् 1930 में अच्छे मौसम के बावजूद कृषि की उपज में बहुत अधिक कमी हुई। सरकारी आँकड़ों के अनुसार सन् 1930 में 8.33 मिलियन क्विन्टल, 1931 में 6.95 मिलियन क्विन्टल तथा 1932 में 6.99 मिलियन क्विन्टल की कमी हुई थी। कृषि की उपज में कमी 1933 ई॰ तक चलती रही।

प्रथम योजना की सीमक्षा

'सोवियत रूस की प्रथम पंचवर्षीय योजना स्थूल विचारों वाली थी और उसकी कार्यान्वित दोषपूर्ण थी।''[1] कुछ लोगों के अनुसार प्रथम पंचवर्षीय योजना पूर्णतः सफल नहीं हो सकी। उदाहरण के लिए **न्यूयार्क टाइम्स ने सन् 1932 ई॰ में योजना को एक प्रकार का जुआ बतलाया।** वस्तुतः योजना बनाने में अनेक भूलें रह गई थीं। उदाहरण के लिए यातायात एवं संचार के साधनों के विकास पर कुछ ध्यान नहीं दिया गया था। वैज्ञानिकों एवं विशेषज्ञों का अभाव, पूँजी का अभाव इत्यादि अनेक ऐसे कारण थे जो योजना को पूर्णतया सफल बनाने में बहुत बाधक सिद्ध हुए। इसके अतिक्ति ग्रामीण क्षेत्रों में कुलकों को निर्दयतापूर्वक समाप्त किये जाने को किसी प्रकार भी उचित नहीं ठहराया जा सकता। किन्तु इन सबके बावजूद प्रथम योजना ने बहुत कुछ सफलता प्राप्त की और योजना को कार्यान्वित करने वाले अधिकारियों एवं सहयोगियों को उसको श्रेय मिलना ही चाहिए। उदाहरण के लिए सन् 1928 से 1934 के बीच कृषि के अतिरिक्त अन्य उद्योगों में जो लोग लगे थे उनकी संख्या 131 लाख से बढ़कर 211 लाख हो गई। इतनी तीव्र गति से विश्व में उद्योगीकरण कहीं भी नहीं हुआ था।

प्रथम पंचवर्षीय योजना 30 सितम्बर, 1928 से प्रारंभ हुई थी और 31 दिसम्बर, 1932 को (अर्थात् $4^1/_4$ वर्ष में ही) यह घोषणा कर दी गई कि इसके लक्ष्य प्राप्त कर

1. "The first Five Year Plan of Soviet Russia was crude in conception and defective in its implementation."

लिए गए हैं और यह पूरी की जा चुकी है। यह बतलाया गया कि निर्धारित लक्ष्य से यंत्र एवं विद्युत सामग्री के क्षेत्र में 157 प्रतिशत, भारी धातु कार्मिक उद्योग के क्षेत्र में 37.7 प्रतिशत एवं उपभोक्ता वस्तुओं के क्षेत्र में 73.5 प्रतिशत अधिक मूल्य की वस्तुओं का उत्पादन किया गया तथा खेती के समूहीकरण के क्षेत्र में कुलभूमि के 25 प्रतिशत लक्ष्य के बदले 60 प्रतिशत भूमि को समूहीकृत किया गया।

परन्तु वास्तव में इनमें से अधिकांश आँकड़े भ्रमोत्पादक थे क्योंकि उत्पादन का रूबल में आँका गया मूल्य भले ही निर्धारित लक्ष्य को पार कर गया हो, उत्पादित वस्तुएँ लक्ष्य तक नहीं पहुँची। योजना के अनुसार 1932 ई॰ में 106 मिलियन मेट्रिक टन अन्न का उत्पादन होना चाहिए था। परन्तु उत्पादन केवल 69.9 मिलियन मेट्रिक टन ही हुआ। इस्पात का उत्पादन निर्धारित लक्ष्य के अनुसार सन् 1932-33 में 10.4 मिलियन टन होना चाहिए था। परन्तु इसका उत्पादन वास्तव में केवल 6 मिलियन टन ही हुआ। इस प्रकार के अनेक उदाहरण प्रस्तुत कर यह सिद्ध किया जा सकता है कि **रूस की प्रथम पंचवर्षीय योजना वास्तव में असफल रही है।**

किन्तु इन सबके बावजूद यह भी अस्वीकार नहीं किया जा सकता कि **प्रथम योजना अवधि में रूस ने अपनी भावी अर्थव्यवस्था की नींव डाली** और उसका दृढस्वरूप निर्धारित किया। **इस दृष्टिकोण से प्रथम पंचवर्षीय योजना का रूस के आर्थिक विकास में अपना एक विशेष महत्त्व हो जाता है।** सबसे महत्त्वपूर्ण बात तो यह है कि **रूस का यह विकास एक ऐसे समय में हुआ जब पूँजीवादी देश मन्दी, बेकारी आदि अनेक आर्थिक रोगों से ग्रस्त थे।** सन् 1930 से 1933 तक केवल तीन वर्षों के अन्दर (1929 के उत्पादन से) अमेरिका के औद्योगिक उत्पादन में 55 प्रतिशत, ग्रेट ब्रिटेन के औद्योगिक उत्पादन में 86 प्रतिशत, जर्मनी के औद्योगिक उत्पादन में 66 प्रतिशत एवं फ्रांस के उत्पादन में 77 प्रतिशत कमी हुई थी तथा लगभग 2 करोड़ 40 लाख लोगों को बेकारी का सामना करना पड़ा था। इसके विपरीत इस अवधि में रूस में उद्योगीकरण के क्षेत्र में संतोषजनक प्रगति हुई। **''योजना ने अपने मुख्य उद्देश्य–दृढ़ आधार पर भारी उद्योगों के निर्माण को शानदार सफलता के साथ पूर्ण किया था और मुख्य लक्ष्यों को समय के पूर्व ही पूर्ण कर लिया था।''** इस प्रकार **मॉरिस डॉब** ने रूस की प्रथम पंचवर्षीय योजना के विकास की समीक्षा करते हुए लिखा है।[1] जब सन् 1931 और 1932 के प्राकृतिक प्रकोपों का अभाव दूर हो गया और सुदूर पूर्व में युद्ध का खतरा कुछ कम हुआ तो आर्थिक जीवन में कुछ सुधार होने लगा यद्यपि कोई विशेष नहीं। सामान्य जीवन अब भी कठिन ही बना रहा और आर्थिक निर्माण का प्रयास निर्मम। किन्तु तब भी आर्थिक विकास एवं जीवन सुधार के लक्षण स्पष्ट एवं निश्चित आकार लेने लगे थे।

द्वितीय पंचवर्षीय योजना (1933-37)

द्वितीय पंचवर्षीय योजना का प्रारंभ होने तक सोवियत योजना निर्माताओं को पर्याप्त अनुभव प्राप्त हो गया था। कठिन वर्षों के अनुभव के आधार पर निर्मित होने के कारण

---

1. "Looking at the round, one can say that plan attained its primary objective—construction of heavy industry on firm basis—with brilliant success even reaching some of its main targets ahead of schedule." —Dobb : ibid, p. 255

द्वितीय पंचवर्षीय योजना प्रथम योजना की अपेक्षा अधिक यथार्थवादिनी थी। द्वितीय पंचवर्षीय योजना प्रथम योजना से दो आधारभूत सिद्धांतों में भिन्न थी– (1) द्वितीय पंचवर्षीय योजना ने कृषि एवं औद्योगिक वस्तुओं की मात्रा की अपेक्षा उसके गुण पर अधिक जोर दिया था। (2) इस योजना में हल्के एवं उपभोग-वस्तु-उद्योगों पर भी जोर था। **इन दो आधार-भूत सिद्धांतों के कारण इस योजना में समूहीकरण के लिए लगनपूर्ण उत्साह नहीं प्रदर्शित किया गया।** इस योजना ने कृषि सुधार के लिए उपाय के रूप में समूहीकरण के प्रसार के बदले दृढ़ीकरण पर जोर दिया। **इस क्षेत्र में योजना का नारा था ''प्राप्त हुए लाभों को दृढ़ करो'** (consolidate the gains already won')। उसी प्रकार औद्योगिक क्षेत्र में भी इस योजना ने मात्रात्मक सुधार के बदले गुणात्मक सुधार पर जोर दिया था। प्रथम योजना ने उद्योग के संगठन में बिना सुधार किए ही केवल उसके मात्रात्मक सुधार पर जोर दिया था। इसलिए यह स्वपराजयी थी। उसमें प्राविधिक कर्मचारी वृन्द के अभाव को दूर करने के लिए पर्याप्त व्यवस्था नहीं की गई थी। फलतः वह लोहा और कोयला आदि उद्योगों के विकास में विफल सिद्ध हुई थी। द्वितीय योजना ने इस समस्या को दूर करने का प्रयास किया था। इसलिए **उद्योग के क्षेत्र में स्तालिन ने जनवरी सन् 1933 में नारा लगाया–'नवीन प्रविधि का स्वामी बनो'** (master the new technique)। प्रथम पंचवर्षीय योजना ने जान-बूझ कर हल्के एवं उपभोग वस्तु उद्योगों के लिए प्रावधान नहीं किया था। **प्रो॰ कोलिन क्लार्क** (Colin Clark) के अनुसार इसका परिणाम यह हुआ था कि प्रथम योजना के अन्त तक जनता के उपभोग स्तर में 19 प्रतिशत कमी हो गयी थी। द्वितीय पंचवर्षीय योजना इस घटना की पुनरावृत्ति को रोकने के लिए सचेष्ट थी। इसलिए इसने हल्के एवं उपभोग वस्तु उद्योगों पर भी जोर दिया था। फिर भी इस योजना में भी उपभोग-वस्तु उद्योगों का प्रसार भारी उद्योग की लागत पर नहीं किया जाना था। भारी उद्योगों की प्राथमिकता इस योजना काल में भी बनी रही। निवेश की दर उच्च स्तर पर बनी रहने वाली थी। किन्तु राष्ट्रीय आय के अनुपात के दृष्टिकोण से इसमें कमी होने वाली थी।

उद्देश्य–द्वितीय योजना के दो प्रधान नारे थे, ''नयी तकनीक का स्वामी बनो'' तथा 'प्राप्त हुए लाभों को सुदृढ़ करो''। इन्हें ध्यान में रखकर द्वितीय योजना के प्रमुख उद्देश्य निम्नांकित रखे गये थे–

1. सम्पूर्ण राष्ट्रीय अर्थव्यवस्था में तकनीकी पुनर्निर्माण के कार्यों को पूरा करना ताकि योजना की पूर्ति के बाद कुल औद्योगिक उत्पादन का 4/5 भाग प्रथम तथा द्वितीय काल में प्रारंभ किए गए उद्योगों से प्राप्त किया जा सके। इसके लिए नवीन उद्योगों तथा नयी तकनीकों का ज्ञान प्राप्त करने तथा श्रम की उत्पादकता में बहुत अधिक वृद्धि तथा उपज के गुण में सुधार करना आवश्यक था।

2. जन-जीवन में अबतक जो आर्थिक सफलताएँ प्राप्त की जा चुकी थीं उन्हें राष्ट्रीय जीवन का इस प्रकार से अंग बना लिया जाना कि वे स्वयंसंचालित की तरह जान पड़ें।

3. औद्योगिक तथा कृषि पदार्थों की मात्रा में वृद्धि पर अधिक जोर नही देकर इनके गुण में सुधार करना।

4. हल्के तथा उपभोक्ता वस्तुओं के उद्योगों पर अधिक जोर। प्रथम पंचवर्षीय योजना में जनता के उपभोग स्तर में 20 प्रतिशत कमी हो गयी थी। इस प्रकार की स्थिति पुनः नहीं

उत्पन्न हो इसलिए द्वितीय योजना में उपभोक्ता वस्तुओं के उत्पादन पर अधिक जोर दिया गया था। किन्तु इस प्रकार का जोर पूँजीगत वस्तुओं का उत्पादन में कमी कर नहीं दिया गया था। वास्तव में द्वितीय योजना में भी पूँजीगत वस्तुओं के उत्पादन को उच्च प्राथमिकता दी गयी थी।

द्वितीय योजना में उद्योग—प्रथम योजना के कच्चे लोहे तथा इस्पात में आयोजित लक्ष्य से बहुत कम वृद्धि हुई थी। इससे अन्य उद्योगों तथा यातयात के क्षेत्र में कठिनाई उत्पन्न हो गयी थी। अतएव द्वितीय योजना में इनके उत्पादन में वृद्धि पर पर्याप्त जोर दिया गया था। द्वितीय योजना काल में कच्चे लोहे तथा इस्पात के उत्पादन को बढ़ाकर क्रमशः 160 लाख टन और 170 लाख टन करने का आयोजन था। यह सन् 1932 की तुलना में 2½ गुना अधिक था। इस उद्देश्य से 45 नयी धमन भट्ठियाँ, 164 ओपेन हर्थ फरनेस तथा 170 रोलिंग मिल स्थापित करने का आयोजन था। द्वितीय योजना काल में श्रम की उत्पादन क्षमता में 63 प्रतिशत वृद्धि का आयोजन था। यह प्रथम योजना के लक्ष्य से कम किन्तु उसकी वास्तविक उपलब्धि से अधिक था। इस आधार पर यह आशा की गयी थी कि उत्पादन व्यय में 26 प्रतिशत वृद्धि होगी। द्वितीय पंचवर्षीय योजना में मशीन टूल्स के उत्पादन में वृद्धि तथा विविधता लाना था। इसमें 200 नये प्रकार के मशीन टूल्स के उत्पादन का आयोजन था। इसके उत्पादन में 2¾ गुनी वृद्धि का आयोजन था। गैर-लोहा धातुओं में ताँबा, टिन, निकेल आदि के उत्पादन में वृद्धि पर जोर दिया गया था। वस्त्र उद्योग की सूत कातने की क्षमता में 40 प्रतिशत तथा करघों की संख्या में 25 प्रतिशत वृद्धि का आयोजन था। चमड़ा, जूता, बर्तन, फर्नीचर, रेडियो, कैमरा आदि उद्योगों की मशीन में 2½ गुनी वृद्धि का आयोजन था।

उद्योगों के क्षेत्र में इस अवधि में रूस ने पर्याप्त उन्नति की। भारी उद्योगों के अन्तर्गत लोहे तथा इस्पात के उद्योगों में कच्चे लोहे का उत्पादन सन् 1937 में 1932 की अपेक्षा दुगुना हो गया था। किन्तु निर्धारित लक्ष्य से फिर भी यह कम रहा। इस्पात का उत्पादन लक्ष्य से कुछ अधिक हो गया। सन् 1932 से 1937 के बीच यह 60 लाख टन से बढ़कर 1 करोड़ 76 लाख टन हो गया। तेल का उत्पादन लक्ष्य 4.68 करोड़ टन था जबकि वास्तविक उत्पादन सन् 1937 में केवल 3.05 करोड़ टन हुआ। कोयले के उत्पादन का लक्ष्य भी पूरा नहीं किया जा सका था और 15.2 करोड़ टन के स्थान पर 12.8 करोड़ टन कोयला ही सन् 1937 में निकाला गया। पर यंत्रों एवं औजारों के उद्योग ने आशातीत सफलता प्राप्त की थी और अपने उत्पादन को तिगुना बढ़ा लिया था जबकि योजना में लक्ष्य दुगुना करने का ही रखा गया था। योजना के अनुसार उद्योगों में केवल दुगुना उत्पादन करना था परन्तु योजना को इस क्षेत्र में इतनी सफलतापूर्वक कार्यान्वित किया गया कि उत्पादन तिगुना हो गया।[1] इंजीनियरिंग उद्योग की सफलता से बड़े पैमाने के उद्योगों के उत्पादन में 114 प्रतिशत की लक्ष्य की जगह 129 प्रतिशत वृद्धि हुई। प्रति मजदूर विद्युत शक्ति की खपत दुगुनी से भी अधिक हो गयी। पहली जनवरी 1938 ई० को जितने यांत्रिक औजारों का उपयोग किया जा रहा था उनमें से आधे तथा कुल ट्रैक्टरों तथा हारवेस्टरों का लगभग 9/10 भाग इन पिछले दस वर्षों के बीच बना था। विगत दस वर्षों से रूसी उद्योगों ने वास्तव में बहुत अधिक प्रगति कर ली थी। सन् 1928-1938 के बीच लोहा और इस्पात उद्योग की उत्पादन क्षमता चौगुनी हो गयी। इसी प्रकार इस काल में कोयला, तेल तथा

1. E. da Costa : *Economic Progress of Russia, 1860 to 1948*, p. 3...

विद्युत उद्योगों की उत्पादन क्षमता बढ़कर क्रमशः साढ़े-तीन-गुनी, तीन गुनी और सात गुनी हो गयी थी।[1] अनेक नये उद्योग स्थापित किए जा चुके थे। ऐसे उद्योगों में वायुयान, भारी रसायन (जिसमें प्लास्टिक एवं कृत्रिम रबर भी सम्मिलित थे), अल्मुनियम, ताँबा, राँगा, टीन इत्यादि बनाने के प्रमुख कारखाने थे। रूस संसार में सबसे अधिक ट्रैक्टर और रेलवे ईंजन बनाने वाला देश हो गया तथा मिट्टी का तेल, सोना, फास्फेट के उत्पादन में उसका स्थान द्वितीय हो गया। बिजली के उत्पादन में लगभग सात गुनी वृद्धि हो गयी।[3] इस काल में भारी उद्योगों, यंत्रों, विद्युत, शक्ति, कोयला, लोहा, इस्पात, रसायन पदार्थ का उत्पादन क्रमशः 150 प्रतिशत, 190 प्रतिशत, 170 प्रतिशत, 100 प्रतिशत, 300 प्रतिशत तथा 300 प्रतिशत बढ़ा। सन् 1928 के औद्योगिक उत्पादन की तुलना में द्वितीय पंचवर्षीय योजना के अन्त में रूस का औद्योगिक उत्पादन चौगुना हो गया था। द्वितीय पंचवर्षीय योजना के अन्तर्गत लघु उद्योगों का भी बहुत विकास हुआ जिससे उपभोक्ता वस्तुओं की पूर्ति बहुत कुछ संभव हो सकी। सन् 1937 में स्थिति यह थी कि रूस के कुल औद्योगिक उत्पादन का 80 प्रतिशत नव-निर्मित अथवा पूर्णतया पुनर्निमत कारखानों में तैयार किया गया था। सामूहिक कृषि के प्रचार से ग्रामीण जनता के जीवन स्तर में बहुत सुधार हुआ। सामूहिक खेती के खेतिहरों का वार्षिक लाभांश दुगुना तक बढ़ गया और किसान परिवार के सदस्य युद्ध पूर्व की अपेक्षा औसतन 50 प्रतिशत अधिक रोटी तथा दूध का उपभोग करने लगे थे। मांस का उपभोग कई गुना बढ़ गया था। निम्नांकित तालिका द्वितीय योजना-काल में कुछ महत्त्वपूर्ण उद्योगों की सफलताओं को प्रदर्शित करती है।[3]

उद्योग	निर्धारित लक्ष्य	वास्तविक प्राप्ति
वर्ग 'क' (उत्पादक वस्तु उद्योग)		
विद्युत शक्ति	24.5 मिलियन किलोवाट	25.4 मिलियन कि॰ वा॰
कोयला	152.5 मि॰ टन	128 मि॰ टन
लौहपिंड (pig iron)	46.8 मि॰ टन	30.5 मि॰ टन
इस्पात	17.0 मि॰ टन	17.7 मि॰ टन
अशोधित तेल (crude oil) और गैस	46.8 मि॰ टन	30.5 मि॰ टन
वर्ग 'ख' (उपभोग वस्तु उद्योग)		
सूती वस्त्र (मिलियन मीटर)	5,100.0	3,447.7
लीनेन (linen) वस्त्र (मिलियन वर्ग मीटर)	600.0	285.2
जूत (मिलियन जोड़े)	180.0	205.0

द्वितीय योजना में कृषि—कृषि के संबंध में द्वितीय योजना का उद्देश्य अब तक जो लाभ प्राप्त हुआ था उसे सुदृढ़ बनाना था। कृषि में समूहीकरण का आन्दोलन पर्याप्त प्रगति कर चुका था। द्वितीय योजना के अन्त तक प्रायः 93 प्रतिशत किसान परिवारों ने इसे

1. M. Dobb : *Soviet Economic Development Since* 1917, p. 281.
2. Dobb : *ibid*, p. 281
3. A. Baykov : ibid, table No. 43

स्वीकार कर लिया था तथा अन्न के कुल उत्पादन का प्रायः 99 प्रतिशत सामूहिक खेतों में पैदा किया जाने लगा था। कृषि-भूमि का क्षेत्र सन् 1913 में 10.5 करोड़ हेक्टर से बढ़कर सन् 1937 में 13.5 करोड़ हेक्टर हो गया था। सन् 1913 में केवल 4.8 अरब पूड गल्ला उत्पादन हुआ था। सन् 1937 ई॰ में गल्ले का उत्पादन 6.8 अरब पूड हो गया था। रूसी कुलक तथा किसान मिलकर जितने गल्ले का विपणन करते थे सन् 1937 में उससे 40 करोड़ पूड अधिक गल्ले का विपणन केवल सामूहिक कृषि द्वारा उत्पन्न गल्ले से होता था। सन् 1933 में रूस में केवल 80 लाख टन रोटी उत्पन्न होती थी। 1937 में 1.9 करोड़ टन रोटी का उत्पादन होने लगा था। रोटी की समस्या के समाधान के परिणामस्वरूप सन् 1935 में रैशनिंग की व्यवस्था समाप्त कर दी गयी। इस काल में चीनी का प्रतिव्यक्ति उत्पादन प्रायः दुगुना हो गया। आलू एवं अन्य सब्जियों के उत्पादन में भी 20 से 25 प्रतिशत तक वृद्धि हुई थी। सन् 1935 में कृषि आर्टेल के संबंध में एक नियम बनाया गया। आर्टेल कृषि-सहकारिता की तरह थे। इसके अनुसार केवल मकान, बगीचे तथा मवेशियों में निजी स्वामित्व होता था। कृषि का कार्य सामूहिक रूप से किया जाता था तथा फसल का वितरण सदस्यों के बीच किया जाता था। आर्टेल की भूमि को राजकीय सम्पत्ति घोषित किया गया जिस पर सभी व्यक्तियों का समान अधिकार होगा। आर्टेल अपने उद्देश्यों की पूर्त्ति में पूर्णतया सफल थे।

द्वितीय योजना काल में कृषि तथा उद्योग के संबंध में भी परिवर्तन लाने का प्रयास किया गया था। पहले इनके बीच का संबंध एक वस्तु-विनिमय का संबंध था। ऐसी स्थिति में कृषि-पदार्थों का बाजार में आगमन इनके मूल्य पर निर्भर था। इससे इस सम्बन्ध में थोड़ी अनिश्चितता आ जाती थी। इसकी अनिश्चितता को दूर करने के लिए सामूहिक फार्मों के साथ **'अग्रिम अनुबन्ध'** (forward contracts) व्यवस्था लागू की गयी। इससे कृषि-पदार्थों की पूर्ति के संबंध में पहले से ही जानकारी प्राप्त रहती थी जिसके आधार पर उद्योगों की योजनाएँ तैयार की जा सकती थीं। ये अनुबन्ध एक निश्चित मूल्य पर किये जाते थे। इससे अधिक उपज को बाजार में बेचने के लिए सामूहिक कृषि फार्म स्वतंत्र होते थे। कृषि में श्रम बचाने वाले उपायों के प्रयोग से बहुत से लोग गाँवों को छोड़कर औद्योगिक केन्द्रों में जाने लगे। सन् 1926 और 1939 के बीच ग्रामीण जनसंख्या में 5 प्रतिशत कमी हुई जबकि शहरों की जनसंख्या इस अवधि में दुगुनी हो गयी। शहरों की इस बढ़ी हुई जनसंख्या में से लगभग 20 मिलियन लोग ग्रामीण क्षेत्रों से आये थे। द्वितीय योजना काल में खाद्यान्न तथा उपभोक्ता मालों के उत्पादन में वृद्धि के परिणामस्वरूप किसानों तथा ग्रामवासियों की आर्थिक स्थिति में पर्याप्त सुधार हुआ। सरकारी आँकड़ों में यह बतलाया गया था कि सन् 1932 की तुलना में 1937 में सामूहिक फार्म के औसत कृषक को 2½ से 3 गुना तक अधिक लाभांश मिलता था और सन् 1914 के पूर्व की तुलना में प्रत्येक कृषक परिवार 50 प्रतिशत अधिक रोटी और दूध तथा कई गुना अधिक मांस का उपभोग करता था। इसी प्रकार **प्रो॰ कोलिन क्लार्क** ने यह अनुमान लगाया है कि सन् 1928 से 1932 के बीच खाद्यान्न के प्रतिव्यक्ति उपभोग में 20 प्रतिशत कमी हो गयी थी किन्तु 1934 ई॰ तक यह पुनः 1928 ई॰ के स्तर पर आ गया था जबकि खाद्यान्न के अतिरिक्त उपभोग की अन्य वस्तुओं की खपत में 45 प्रतिशत वृद्धि हो गयी थी। उन्होंने यह अनुमान किया था कि सन् 1934 से 1937 के बीच खाद्यान्न के उपभोग में ग्रामीण क्षेत्रों में 9 प्रतिशत तथा शहरी क्षेत्रों में 20 प्रतिशत वृद्धि हुई थी।

परिवहन एवं संचार की प्रगति—प्रथम पंचवर्षीय योजना में यातायात के साधनों के विकास पर पर्याप्त ध्यान नहीं दिया गया था जिससे आर्थिक विकास में संकट आ गया। यातायात कठिनाई कई कारणों से उत्पन्न हो गयी थी। एक तो कारखानों का स्थान-सीमन (location) यथोचित रूप से नहीं हुआ था और वे कच्चे माल के केन्द्रों से बहुत अधिक दूर स्थापित किये गये थे। कच्चा माल अधिकतर पूर्वी भागों में केन्द्रित था जबकि उद्योग की स्थापना पश्चिम के बड़े-बड़े शहरों में की गई थीं। इसमें वस्तुओं के उत्पादन-व्यय में वृद्धि के साथ ही यातायात की कठिनाइयाँ भी बढ़ जाती थीं। उदाहरण के लिए मास्को, लेनिनग्राड और खारकोव के बिजली इंजीनियरिंग के कारखानों में जो धातु का अर्द्ध-निर्मित सामान आता था उसे पूर्व से पश्चिम की ओर लगभग 1300 मील लम्बी रेल यात्रा तक करनी पड़ती थी तथा यूराल के लोहे एवं इस्पात के कारखानों को काकेशस जैसे दूरस्थ प्रदेश से मैंगनीज मँगाना होता था। अनुमानतः कुल कोयले के एक तिहाई भाग को अपने गन्तव्य स्थान तक पहुँचने के लिए 500 मील से अधिक की दूरी तय करनी पड़ती थी और तब कहीं वह किसी उद्योग में काम आ पाता था। पहले की अपेक्षा अब खाद्यान्न—विशेषतया गेहूँ को भी अधिक मार्ग तय करना होता था। काले सागर के बन्दरगाहों के पास के जिलों का गेहूँ अब विदेशों में निर्यात किये जाने के बदले देश के उस मध्य तथा उत्तरी भागों में भेजा जाता था जहाँ खाद्यान्न का अभाव होने से उसकी अत्यन्त आवश्यकता होती थी। साइबेरिया तथा उत्तरी कजाकिस्तान में अब खाद्यान्न आवश्यकता से अधिक होने लगा था तथा उसे अब यूरोपीय रूस और मध्य सोवियत एशिया में भेजा जाने लगा था। इस प्रकार यातायात के साधनों का द्रुतगति से विकास अति आवश्यक था। अतः **प्रथम पंचवर्षीय योजना में रेलवे के निर्माण कार्य के लिए जितनी व्यवस्था की गयी थी, द्वितीय योजना में उसकी तिगुनी की व्यवस्था थी।** परन्तु जोर फिर भी नई लाइनें बनवाने के बदले पुरानी लाइनों को ही सुधारने पर था। नव-निर्माण के लिए रेलवे में किए जानेवाले कुल निवेश का केवल सातवाँ भाग ही रखा गया। अनेक मौजूद लाइनों को दोहरा करने की योजनाएँ थीं जिसमें **ट्रान्स-साइबेरियन लाइन** का 2000 और 3000 मील के बीच लम्बा रेल-मार्ग तथा डोनबास को लेनिनग्राड मास्को वोल्गा क्षेत्र से मिलाने वाली लाइनों के कुछ भाग सम्मिलित थे। वाष्प संचालित ईंजनों के स्थान पर बिजली और डीजल के ईंजन रखना था तथा बड़ी-बड़ी फ्रेट कर्स ऑटोमेटिक प्रेस, ऑटोमेटिक कपलिंग, ऑटोमेटिक ब्लाक सिग्नल्स इत्यादि का उपयोग कर रेलवे को अधिक सुविधाजनक, सस्ता एवं सुलभ बनाना था। जल यातायात के विकास के संबंध में भी द्वितीय पंचवर्षीय योजना में अनेक कार्यक्रम रखे गये थे जिनमें मास्को वोल्गा नहर का निर्माण, पुरानी मैरिन्जकी नहर के उत्तरी भाग को विस्तृत करना एवं उसे ओमेगा, मेवा तथा बाल्टिक झील से जोड़ देना इत्यादि कार्यक्रम उल्लेखनीय थे। इनके अतिरिक्त सड़कों के विकास पर भी पर्याप्त ध्यान दिया जाने को था।

उद्योगों के स्थानीकरण में परिवर्तन—यातायात-व्यवस्था पर अधिक भार ने नये औद्योगिक संस्थानों के स्थान-सीमन में परिवर्तन को अनिवार्य बना दिया जिससे यातायात के प्रयोग को न्यूनतम बनाया जा सके। मेटालार्जिकल उद्योग को इनके कच्चे पदार्थों के समीप लाया गया। पूरब में खनिज पदार्थों की प्रबलता थी। अतएव उद्योगों का पूरब की ओर स्थानान्तरण हुआ। स्थान-सीमान में इस परिवर्तन का उद्देश्य केवल यातायात के साधनों के प्रयोग में मितव्ययता ही नहीं था वरन् देश के सर्वाधिक अविकसित भाग को

विकसित करना भी था। धीरे-धीरे इस क्षेत्र का औद्योगिक महत्त्व बढ़ने लगा। जबकि सन् 1913 में यह देश के कुल कोयला उत्पादन का केवल 13 प्रतिशत उत्पन्न करता था तो 1938 में 31 प्रतिशत उत्पन्न करने लगा।

जनसंख्या के वितरण में परिवर्तन—द्वितीय पंचवर्षीय योजना में कृषि के यंत्रीकरण से बहुत श्रमिक कृषि-कार्य से अधिक हो गये। ये लोग शहरों की ओर जाने लगे। सन् 1916 से 1939 के बीच रूस की जनसंख्या में स्वाभाविक रूप से लगभग 15.9 प्रतिशत वृद्धि के बावजूद ग्रामीण जनसंख्या में कमी हुई जबकि नगरी जनसंख्या पहले से लगभग दुगुनी हो गयी। नगरी ज़नसंख्या में इस वृद्धि का अधिकांश, लगभग 2 करोड़ ग्रामीण क्षेत्रों से गया था। सन् 1926 से 1939 के बीच ग्रामीण जनसंख्या में 5 प्रतिशत कमी हुई जबकि शहरों की जनसंख्या बढ़कर दुगुनी हो गयी। इससे स्पष्ट है कि गाँवों से शहरों की ओर जनसंख्या का प्रवाह हो रहा था जिससे कृषि एवं उद्योग के बीच संतुलन स्थापित हो रहा था। **मोलोतोव** (Molotov) के शब्दों में, **''उद्योग तथा कृषि में उत्पादन का प्राविधिक उपकरण आमूलत: नया हो रहा था।''** (The technical apparatus of production in industry and agriculture was radically renewed.)

द्वितीय योजना में कुल निवेश—द्वितीय योजना में पूँजीगत निवेश के आँकड़े अग्रलिखित प्रकार से प्रस्तुत किये जाते हैं—

द्वितीय योजना में कुल निवेश (मिलियर्ड रूबल में)

मदें	प्रस्तावित व्यय	वास्तविक व्यय
उद्योग	69.9	55.6
कृषि	15.2	14.5
परिवहन	26.5	20.7
संचार	1.6	1.1
व्यापार एवं वितरण	1.7	2.0
सामाजिक और प्रशासनिक सेवाएँ	18.8	20.8
कुल	133.4	114.7

इस प्रकार द्वितीय पंचवर्षीय योजना में कुल 133.4 मिलियर्ड रूबल खर्च करने का आयोजन था जबकि वास्तविक व्यय 114.7 मिलियर्ड रूबल हुआ।

राष्ट्रीय आय, जन-स्वास्थ्य, शिक्षा तथा तकनीकी प्रशिक्षण के क्षेत्र में भी द्वितीय योजना काल में पर्याप्त प्रगति हुई। योजनाकाल में अस्पताल में विस्तरों की संख्या में 1½ गुनी वृद्धि हुई। सन् 1937 के अन्त तक सोवियत रूस में विश्वविद्यालयों ने विशेषज्ञों के अभाव को दूर करने के लिए बहुत बड़ी संख्या में प्रशिक्षण की व्यवस्था की। जबकि प्रथम योजना काल में 17,000 व्यक्ति प्रशिक्षित किये गये थे तो द्वितीय योजना में 3,69,000 व्यक्ति प्रशिक्षित किए गए। कुशल श्रमिकों के विद्यालयों ने 14 लाख श्रमिकों को कुशल बनाया। इस प्रकार इंजीनियरों की संख्या में 7.7 गुनी, वैज्ञानिक कार्यकर्त्ताओं की संख्या में 7.5 गुनी तथा कृषि-विशेषज्ञों की संख्या में 5 गुनी वृद्धि हुई। सन् 1937 के अन्त तक रूस की राष्ट्रीय आय में अन्तरराष्ट्रीय इकाई के रूप में 6.8 बिलियन वृद्धि हुई। प्रतिव्यक्ति आय सन् 1934 में 267 अन्तरराष्ट्रीय इकाई से बढ़कर 1937 में 379 इकाई हो गयी अर्थात्

योजना काल में प्रति व्यक्ति आय में लगभग 42 प्रतिशत वृद्धि हुई। प्रति व्यक्ति आय में यह वृद्धि किसी भी प्रकार कम नहीं थी विशेषतः जब हमलोग इस बात पर ध्यान देते हैं कि रूस की कार्यशील जनसंख्या में इस अवधि में 32 लाख की वृद्धि हुई थी।

इस प्रकार **द्वितीय पंचवर्षीय योजना की अवधि में रूस में अत्यधिक प्रगति हुई। उत्पादन के क्षेत्र में 'यूरोप के सर्वाधिक विकसित पूँजीवादी देशों एवं अमेरिका को जा पकड़ने और उससे भी आगे निकल जाने' के कार्य का श्रीगणेश रूस ने इस अवधि में किया।** देश के आर्थिक ढाँचे में इस काल में महान परिवर्तन किये जा चुके थे और पूँजीवाद धीरे-धीरे खिसक रहा था। **अब 'नवीन आर्थिक नीति' तथा 'राजकीय पूँजीवाद' के समय की मिश्रित अर्थव्यवस्था समाप्त हो चुकी थी और उनके स्थान पर समाजवाद बहुत कुछ स्थापित किया जा चुका था।** सन् 1938 तक उन मजदूरों एवं वेतन पाने वालों की संख्या, जो आर्थिक अथवा राजनीतिक जगत में अर्थात् राजकीय सेवाओं में कार्य करते थे, कुल रोजी में लगी जनसंख्या की एक तिहाई हो गई थी। इसलिए सन् **1936 में जो नया संविधान देश में लागू किया गया उसकी धारा 4 में उल्लेख किया गया कि 'सोवियत रूस की आर्थिक नींव समाजवादी अर्थव्यवस्था पर रखी गई है तथा औजारों एवं उत्पादन के साधनों का समाजवादी स्वामित्व, जो अब दृढ़ रूप से स्थापित हो गया है पूँजीवादी अर्थव्यवस्था के दिवाला और औजारों एवं उत्पादन साधनों पर निजी स्वामित्व के उन्मूलन तथा मनुष्य द्वारा मनुष्य के शोषण के उन्मूलन का परिणाम है।''**[1] धारा 5 में कहा गया था कि समाजवादी संपत्ति या तो राजकीय सम्पत्ति (जनता की सम्पत्ति) अथवा सहकारी अथवा सामूहिक सम्पत्ति ही हो सकती है। **18वीं पार्टी कांग्रेस के समक्ष रिपोर्ट प्रस्तुत करते हुए मोलोतोव** (Molotov) **ने कहा था कि** ''यद्यपि हमने सोवियत रूस को विरोधी (hostile) वर्गों से रहित कर दिया है तथापि वर्गों का अभी हम पूर्णतया उन्मूलन नहीं कर सके हैं। अभी मजदूर तथा किसान वर्ग शेष है परन्तु वे पुराने मजदूर वर्ग और किसान वर्ग से बहुत भिन्न हैं। समाज तथा राज्य में उनका स्थान तथा कार्य बदल गया है। उनके जीवन का ढंग, उनकी संस्कृति, उनके नैतिक मान अनेक प्रकार से परिवर्तित हो चुके हैं। ....शोषक वर्गों के अवशेषों तक को समाप्त कर हमने परस्पर मैत्री-पूर्ण सम्बन्ध रखने वाले दो वर्गों के समाज की स्थापना की है। **इस समाज ने अपना निज का एक बुद्धिवादी समुदाय पैदा किया है जो मध्यमवर्गीय अथवा मध्यमवर्गीय प्रजातान्त्रिक न होकर मुख्यतया समाजवादी है।** यह बुद्धिवादी समुदाय समाजवाद तथा श्रमिक वर्ग से अभिन्न रूप से जुड़ा होने के कारण नए समाज तथा नए राज्य के विकास एवं संघठन के कार्य के निर्देशन में महत्त्वपूर्ण योगदान देता है। नगरों और ग्रामों के बीच का विरोध भी अब बहुत कुछ समाप्त हो गया है।'' किन्तु तो भी रूस अभी पश्चिम के प्रगतिशील देशों की तुलना में बहुत ही पीछे था। सन् 1937 में रूस में प्रतिव्यक्ति विद्युत उत्पादन ब्रिटेन का केवल एक तिहाई तथा अमेरिका का लगभग पाँचवाँ भाग, इस्पात का उत्पादन ब्रिटेन तथा जर्मनी का एक तिहाई से आधा भाग तथा कोयले

1. "The economic foundation of the U.S.S.R. is declared to consist of the socialist economic system and the socialist ownership of the tools and means of production, which have now become firmly established, was a result of the liquidation of the capitalist economic system and the abolition of private ownereship of the tools and means of production and the abolition of exploitation of man by man."

का ब्रिटेन का छठा भाग तथा अमेरिका का लगभग पाँचवाँ भाग था। अतः रूस इन सब प्रयत्नों के बावजूद अनेक पूँजीवादी देशों के जीवन स्तर को प्राप्त नहीं कर सका और आर्थिक जगत में उनसे बहुत पीछे रह गया। इन प्रमुख पदार्थों के उत्पादन में पश्चिमी राष्ट्रों की बराबरी करना तथा उनसे आगे बढ़ना रूस की प्रमुख समस्या था जिनके समाधान के लिए आगे आने वाले वर्षों में उसे प्रयास करना था।

तृतीय पंचवर्षीय योजना

''इस योजना के 'प्रारूप को प्रस्तुत करने एवं उससे भी अधिक इसे कार्यान्वित करने में तृतीय पंचवर्षीय योजना पर द्वितीय विश्वयुद्ध की फैलती हुई छाया पड़ी थी।''[1] युद्ध छिड़ जाने के कारण **इस योजना को तीन वर्ष से अधिक दिनों तक चालू नहीं किया जा सका।** इस योजना में उन उद्योगों को प्राथमिकता मिली थी जो प्रत्यक्षतः युद्ध से संबंधित थे।

तृतीय योजना के उद्देश्य तथा लक्ष्य—रूस ने 1928 ई० में जिस आयोजित विकास का कार्यक्रम प्रारंभ किया था उसका अब तक एक दशक पूरा हो चुका था जिससे रूस एक सुदृढ़ आर्थिक विकास की आधारशिला के निर्माण में पूर्णतया समर्थ हो चुका था। अब तक लोगों में आयोजित विकास के प्रति जागरूकता, आस्था तथा लगन का पर्याप्त संचार हो चुका था। अतएव तृतीय पंचवर्षीय योजना बड़े आकार में निर्मित की गई थी। **मोलवेतोव** के शब्दों में, इस योजना का मूल उद्देश्य 'समाजवाद को साम्यवाद में बदल देना था।' (The plan will change socialism into communism'.) संक्षेप में, **तृतीय योजना के निम्नांकित प्रमुख उद्देश्य थे**—

1. रूसी अर्थव्यवस्था को समाजवादी अर्थव्यवस्था से साम्यवादी अर्थव्यवस्था में बदलना।
2. देश की अर्थ-व्यवस्था, संस्कृति एवं समाज कल्याण के स्तर को उठाना।
3. तीव्र गति से उद्योगीकरण के लिए परिवहन साधनों का समुचित विकास करना।
4. रसायनिक उद्योगों के विकास पर पर्याप्त जोर देना।

तृतीय योजना में कुल 188.2 मिलियर्ड रूबल व्यय का आयोजन था जिसका विभिन्न मदों में निम्नलिखित प्रकार से वितरण था—

मद	व्यय की राशि (मिलियर्ड रूबल)
उद्योग	103.6
कृषि	18.0
परिवहन	35.8
संवादवाहन	1.7
व्यापार एवं वितरण	2.5
सामाजिक, सांस्कृतिक एवं प्रशासनिक सेवाएँ	26.6
कुल	188.2

तृतीय योजना में औद्योगिक उत्पादन में 92 प्रतिशत तथा कृषि उत्पादन में 53

1. "In its drafting and still more in its execution, the Third Five Year Plan was dominated by the lengthening shadows of War."—Dobb : ibid.

प्रतिशत वृद्धि का आयोजन था। आयात-निर्यात के विकास पर विशेष रूप से ध्यान दिया गया था। **समाजवाद से साम्यवाद की ओर अर्थ-व्यवस्था को धीरे-धीरे ले जाते हुए आर्थिक क्षेत्र में रूस को अन्य पूँजीवादी देशों की अपेक्षा अधिक समृद्ध एवं समुन्नत बनाने के उद्देश्य को सामने रखा गया था।** प्रारंभ में यह आशा की गयी थी कि देश में समाजवादी अर्थव्यवस्था की जड़ें मजबूती से अपना पाँव जमा चुकी हैं तथा देश अपनी खुशहाली की मंजिल प्राप्त करने ही वाला है। अतएव तृतीय योजना में उपभोग वस्तुओं के उत्पादन एवं रहन-सहन के स्तर को ऊँचा उठाने पर पर्याप्त जोर दिया गया था। किन्तु युद्ध की आशंका ने उन सारी आशाओं पर पानी फेर दिया। अतएव उपभोग वस्तुओं के उत्पादन में वृद्धि पर बहुत कम जोर दिया गया था। तृतीय योजना में उद्योगों के मद में निवेश की जाने वाली कुल रकम का केवल 15 प्रतिशत उपभोक्ता वस्तु उद्योगों के मद में लगाया गया। यह प्रथम योजना में उपभोग वस्तु उद्योगों में निवेश के अनुपात के बराबर था। **तृतीय योजना में रसायन उद्योग** के विकास पर बहुत जोर दिया गया था। वास्तव में इस काल का एक महत्त्वपूर्ण नारा हो गया था, **'तृतीय योजना को रासायनिक योजना बनाओ'** (Make the Third Plan a chemistry plan)। साथ ही, तृतीय योजना में यंत्र निर्माण करने वाले उद्योगों के विकास पर भी पर्याप्त जोर था। अल्मूनियम, राँगा, जिंक तथा निकेल आदि वस्तुओं के उत्पादन पर मुख्य रूप से जोर दिया गया था।

प्रतिरक्षा की आवश्यकताओं को ध्यान में रखते हुए यातायात के साधनों के विकास पर भी पर्याप्त ध्यान दिया गया था। तृतीय योजना में 7000 मील लम्बी रेल लाइनों को बिछाने का उद्देश्य रखा गया था जबकि द्वितीय योजना में केवल 2500 मील लम्बी लाइनें बिछाई गई थीं। तृतीय योजना में 5000 मील रेल लाइनों को दोहरा करने तथा 1200 मील लम्बी लाइनों के विद्युतीकरण का आयोजन था। जल एवं संड़क यातायात पर भी विशेष रूप से ध्यान दिया गया था।

पूर्वी क्षेत्र में उद्योगों के विकास पर इस योजना में पर्याप्त जोर दिया गया। इसके अन्तर्गत कुछ गैर-लौह धातुओं, जिनके कच्चे पदार्थ यूराल तथा इसके पूर्व में स्थित थे, के विकास पर और अधिक जोर दिया गया। इसका एक उदाहरण कामेस्क में अल्मूनियम उत्पादन के तीसरे केन्द्र की स्थापना था। इसी प्रकार वोल्गा तथा यूराल के बीच तेल के भंडार से 70 लाख टन तेल प्रति वर्ष उत्पादन की योजना कार्यान्वित की गयी।[1] योजना काल में भारी और आधारभूत उद्योगों के उत्पादन में 103 प्रतिशत वृद्धि तथा हल्के उद्योगों मे केवल 69 प्रतिशत वृद्धि का लक्ष्य था।[2] किन्तु रूसी जनता अभी अपने परिश्रम का फल प्राप्त नहीं कर पायी थी कि विश्वयुद्ध ने सारी स्थिति को बदल दिया।[3]

शस्त्र-निर्माण के लिए किए गए निवेश का अनुपात हमलोगों को पूर्णतः ज्ञान नहीं है। किन्तु इतना कहा जा सकता है कि प्रतिरक्षा के लिए निर्धारित आय-व्ययक के अंश को

1. Dobb : *Soviet Economic Development Since* 1917, p. 291
2. Dobb : *ibid.* p. 291
3. "Barely had the fruit of his labours in the lean years began to ripen for the ordinary citizen than they were to be snatched away from his grasp, first by the insistent hand of rearmament and all too soon by the cruel and relentless plight of war."

सन् 1940 में 1938 के स्तर की अपेक्षा दूना कर दिया गया था। इस वर्ष प्रतिरक्षा के लिए निर्धारित आय-व्ययक के अंश को यदि शस्त्र-निर्माण के लिए किए गए निवेश की राशि के साथ जोड़ दिया जाय तो यह राशि इस वर्ष के रूस की सम्पूर्ण राष्ट्रीय आय की आधी हो जाती है। सन् 1941 में आय-व्ययकीय प्रतिरक्षा व्यय में 1938 की अपेक्षा तीन गुनी वृद्धि हो गई थी। युद्ध की आवश्यकताओं के कारण एक बार पुनः हल्के एवं उपभोग वस्तु उद्योगों के तीव्र प्रसार का भारी एवं सुरक्षा उद्योगों के लिए त्याग करना पड़ा जिसमें उद्योगों के लिए निर्धारित सम्पूर्ण पूँजी-निवेश केवल 15 प्रतिशत को ही उपभोग-वस्तु उद्योगों के लिए निर्धारित किया जा सका जो अनुपात में लगभग उतना ही था जितना कि प्रथम पंचवर्षीय योजना में इनके लिए निर्धारित था।

तृतीय योजना की प्रगति—तृतीय योजना में औद्योगिक उत्पादन की वृद्धि की वार्षिक दर केवल 14 प्रतिशत थी जो प्रथम एवं द्वितीय योजनाओं द्वारा आवश्यक बनाई गई विकास-गति की अपेक्षा अत्यन्त ही कम थी। फिर भी तीन वर्षों में ही औद्योगिक उत्पादन में वृद्धि 44 प्रतिशत हुई थी जिसे पाँच वर्षों में पूर्ण करने की आशा की गई थी। पूँजी वस्तु उद्योगों में 50 प्रतिशत वृद्धि हुई थी और उपभोग वस्तु उद्योगों में 33 प्रतिशत। तीन वर्षों में सम्पूर्ण राष्ट्रीय आय 30 प्रतिशत बढ़ गई थी। किन्तु सन् **1941 में जर्मनी द्वारा आक्रमण किए जाने के कारण इस प्रगति-प्रवृत्ति में बाधा पड़ गई। इस आक्रमण के कारण योजना की सामान्य अवधि दो वर्ष कम हो गई।** इसे 1942 में शेष होना था।

यद्यपि योजना काल में वस्त्र-उद्योग में 50 से 60 प्रतिशत अधिक उत्पादन करने का लक्ष्य रखा गया था तथापि वास्तविक उत्पादन 1937 के उत्पादन से भी कम हुआ। योजना की समाप्ति पर चर्म उद्योग और चीनी उद्योग में क्रमशः 43 और 44 प्रतिशत तथा कागज के उत्पादन में 56 प्रतिशत वृद्धि की आशा व्यक्ति की गयी थी। परन्तु **द्वितीय विश्वयुद्ध के कारण तृतीय योजना पूरे समय तक कार्य नहीं कर सकी। फिर भी योजना के साढ़े तीन वर्षों में काफी प्रगति हुई।** 130 मिलियर्ड रूबल की पूँजी का निर्माण इस दौरान हुआ। इसका एक तिहाई भाग पूर्वी भाग को विकासत करने में लगाया गया। इस काल में लगभग 3000 नए सरकारी मिल, कारखाने तथा पावर स्टेशन इत्यादि प्रारंभ किए गये। इस काल में देश के पूर्वी भाग की औद्योगिक उन्नति की ओर विशेष ध्यान दिया गया। इसी कारण समूचे रूस में भारी उद्योग में लगाई गयी कुल पूँजी का एक-तिहाई भाग यहाँ खर्च किया गया। इस क्षेत्र में पर्याप्त सफलता प्राप्त हुई। सन् 1940 में रूस ने 150 लाख टन लोहा, 183 लाख टन इस्पात, 1660 लाख टन कोयला, 610 लाख टन तेल, 383 लाख टन गल्ला और 270 लाख टन कपास पैदा किया। **सारी रेलवे व्यवस्था का पुनर्निर्माण इस काल की एक प्रमुख विशेषता था।**

किन्तु इस काल में फिनलैंड के युद्ध अथवा कुछ अन्य कारणों से रूस के प्रमुख उद्योग अधिक उन्नति नहीं कर सके। उदाहरण के लिए 1940 मे लौहपिंड तथा तेल का उत्पादन लगभग 1938 के उत्पादन के ही बराबर रहा। इस्पात का उत्पादन भी कोई अधिक नहीं हुआ। सन् 1937 में इस्पात का उत्पादन 1.77 करोड़ टन, 1938 में 1.6 करोड़ टन तथा 1939 में 1.83 करोड़ टन ही था। कोयले का उत्पादन सन् 1940 में 1937 के उत्पादन से केवल 28 प्रतिशत अधिक था। बिजली के उत्पादन में भी लगभग एक तिहाई ही वृद्धि की जा सकी थी।

द्वितीय विश्वयुद्ध काल में रूसी अर्थव्यवस्था : पुनर्निर्माण काल

22 जून, 1941 को जर्मनी ने रूस पर आक्रमण कर दिया। फलस्वरूप रूस ने अपनी अर्थव्यवस्था को युद्ध की आवश्यकताओं के अनुरूप परिवर्तित एवं संवर्द्धित किया। उसके समस्त प्रयत्नों का एकमात्र लक्ष्य था **'आततायियों से पितृभूमि की रक्षा करना'** और इसके लिए मोर्चे पर लड़ रहे सैनिकों के लिए खाद्य सामग्री तथा अन्य आवश्यक वस्तुओं को प्राप्त करना।**अर्थशास्त्रियों के अनुसार द्वितीय महायुद्ध के पूर्व सोवियत रूस जर्मनी से आर्थिक विकास में बहुत पीछे था।** उदाहरण के लिए जर्मनी में सन् 1938 में कोयला का उत्पादन 18.6 करोड़ टन, लौह पिंड का 1.8 करोड़ टन तथा इस्पात का 2.3 करोड़ टन था जबकि रूस में उस वर्ष इसका उत्पादन क्रमशः 13.3 करोड़ टन, 1.46 करोड़ टन तथा 1.8 करोड़ टन ही था। साथ ही, जिन भू-भागों को जर्मनी ने 1941 तक जीत लिया था उससे उसकी उत्पादन क्षमता दुगुनी से भी अधिक हो जाती थी। रूस की प्रति व्यक्ति आय भी जर्मनी की प्रायः आधी थी। किन्तु कुछ वस्तुओं जैसे—खनिज लोहा, तेल, मैंगनीज, बाक्साइट, अल्यूमिनयम इत्यादि के उत्पादन में रूस की स्थिति जर्मनी से भी अच्छी थी। जर्मनी के अप्रत्याशित आक्रमण से रूस की अर्थव्यवस्था थोड़े समय के लिए अस्त-व्यस्त-सी हो गयी तथा **हिटलर द्रुतगति से बढ़ते हुए उत्तर** में लेनिनग्राड और दक्षिण में युक्रेन, क्रीमिया, डोनेज, डान तथा उत्तर काकेशश तक पहुँच गया। इस प्रकार उसने रूस की औद्योगिक रीढ़ पर और सर्वाधिक महत्त्वपूर्ण कृषि क्षेत्रों में से कुछ अंश पर अधिकार कर लिया था। इसके फलस्वरूप युद्ध से पूर्व कोयले की आधे से लेकर दो-तिहाई पूर्ति, लोहा धातु के उत्पादन का 60 प्रतिशत, इस्पात की लगभग आधी क्षमता, अन्न उत्पन्न करने वाली भूमि का एक-तिहाई से आधा भाग, लगभग 90 प्रतिशत चुकन्दर का उत्पादन, लगभग आधा सूअर-धन रूस के हाथ से निकल गया। अल्मूनियम उत्पादन के तीन केन्द्रों में से दो, इन्जीनियरिंग उद्योग का 20-22 प्रतिशत और 40 प्रतिशत खाद्य उद्योग शत्रु के हाथ में पहुँच गये।

युद्ध काल में रूसी नारा था 'सभी मोर्चे के लिए' (all for the fronts) **और इसे अत्यन्त ही निर्ममता के साथ कार्यान्वित किया गया।** फलतः उपभोग-वस्तु उद्योगों में बहुत ही अधिक संकुचन हो गया। सन् 1940 और 1944 के बीच उपभोग-वस्तु उद्योगों का उत्पादन संकेतांक 100 से घटकर 54 हो गया। इस अल्प उत्पादन के उपभोग में भी प्राथमिकता सैनिकों को दी जाती थी जिसके कारण सामान्य जनता के लिए वस्तुएँ अत्यन्त ही कम बच पाती थीं। फलतः जनता का जीवन-स्तर बहुत गिर गया।

जब जर्मन सेनाएँ पराजित-सी पुनः लौटने लगीं तो वे जो भी ग्रामीण क्षेत्र रास्ते में पड़े उन्हें नष्ट करती गयी। रास्ते में पड़ने वाले उद्योगों, कारखानों, फसलों एवं खानों आदि को भी इन्होंने नष्ट कर दिया। पशुओं, मकानों तथा निवासियों सभी का सफाया कर दिया गया। सरकारी अनुमानों के अनुसार लगभग 2,000 कस्बों, 70,000 गाँवों और 40 लाख श्रमिकों को काम देने वाले कारखानों को पूर्णतः अथवा अंशतः नष्ट कर दिया गया और 2.4 करोड़ व्यक्तियों को गृहहीन बना दिया गया। युद्ध में सोवियत संघ के लगभग 70 लाख व्यक्ति मारे गये तथा 50 लाख घायल हुए। इसके अलावा सोवियत संघ के आठ लाख वर्गमील क्षेत्र में युद्ध होने से कोयले की आधी खानें, आधी विद्युत उत्पादन शक्ति, 40,000 मील लम्बी रेल लाइनें, 31,000 छोटे-बड़े कारखानें, 98,000 सामूहिक खेत, 2,900 मशीन ट्रैक्टर

स्टेशन, 137,000 ट्रैक्टर और 49000 कम्बाइन हार्वेस्टरों का नुकसान हुआ। युद्ध के पूर्व कृषि का उत्पादन औसतन 10 करोड़ टन प्रतिवर्ष था। यह घटकर 5 एवं 7 करोड़ टन के बीच रह गया। साथ ही 2½ करोड़ व्यक्ति बेघर हो गये। **विंस्टन चर्चिल** के शब्दों में, **''रूसी लोग अपने योद्धा सेनापति स्टालिन के नेतृत्व में उतना नुकसान झेल सके जिसे भी देश अथवा सरकार इतने कम समय में झेल कर टिक नहीं पायी है।''**[1]

पुनर्निर्माण कार्य—1943 से 1945 तक का काल पुनर्निर्माण काल कहा जा सकता है। जर्मनी द्वारा सम्पूर्ण विनाश के पश्चात् भू-भागों की पुनः प्राप्ति और पुनर्निर्माण का कार्य अत्यन्त कठिन था। किन्तु ज्यों ही शत्रु ने पीठ मोड़ी, सोवियत संघ ने रक्षात्मक प्रयत्नों के समान ही पुनर्निर्माण के कार्य को महत्त्व देकर विश्रृंखल अर्थव्यवस्था, ध्वस्त साधनों और पीड़ित मनुष्यों को व्यवस्थित करने में अद्वितीय कार्य किया। सरकार ने ऋण देने की भी एक उदार और विस्तृत योजना तैयार की। अकेले यूक्रेन में ही 1943 से 1945 तक 26 हजार सामूहिक कृषि कार्य तथा एक हजार से अधिक मशीन टैक्टर स्टेशन स्थापित किये गये। प्रायः 3/4 भूमि पर कृषि होने लगी। किन्तु भूमि की उत्पादन शक्ति पूर्व कालीन स्तर पर नहीं लौट सकी। कृषि उत्पादन प्राक-युद्ध काल के स्तर के केवल आधा तक ही किया जा सका जो अत्यन्त ही कम था। शेष को पूर्वी अंचल में कृषि भूमि क्षेत्र में वृद्धि कर पूर्ण किये जाने की चेष्टा की गयी। युद्ध की विभीषिका ने 25 से 40 प्रतिशत श्रमिकों को लाल सेना में भर्त्ती होने के लिए बाध्य किया और नारियों तथा बच्चों को खेतों पर काम करना पड़ा। युद्ध के एक ही वर्ष बाद सामरिक कारखानों को उपभोक्ता पदार्थों के उद्योगों में परिणत किया गया। किन्तु सन् 1945 के अन्त तक भी पुनर्निर्माण के कार्य में केवल आंशिक सफलता ही प्राप्त हुई। कोयला उत्पादन कार्य ने उत्पादन शक्ति की आधी मंजिल तय कर ली। इसी प्रकार 100 इंजीनियरिंग कारखाने तथा 2,000 छोटे-छोटे कारखाने गतिशील हुए। रेल, जल और सड़क यातायात की मरम्मत का कार्य प्रारंभ कर दिया गया तथा 5 लाख व्यक्तियों के घर, 70,000 विद्यालय और 6,000 अस्पताल बना दिये गये। इस काल में उपभोग वस्तुओं के उत्पादन में वृद्धि की गई। स्मरण रहे कि उपभोग-वस्तुओं का उत्पादन संकेतांक युद्ध के कारण सन् 1940 में 100 से घटकर 1944 में केवल 34 हो गया था। सन् 1945 के पूर्वार्द्ध में उपभोग वस्तुओं के क्षेत्र में सन् 1944 के पूर्वार्द्ध के स्तर की अपेक्षा 30 प्रतिशत वृद्धि की जा सकी थी। उसी काल में 15,000 किलोमीटर लम्बी रेल पटरियां को पुनः निर्मित किया जा सका।

पूर्व की ओर उद्योगों का स्थानान्तरण—युद्ध आरंभ होने के साथ ही सोवियत सरकार ने तेजी से सोवियत उद्योगों को उठाकर पूर्वी क्षेत्र में ले जाने का कार्य आरंभ किया। वह समय भी सोवियत अर्थव्यवस्था के संक्रमण का समय था। **मानव जाति के इतिहास में यह शायद पहला अवसर था जब एक ओर जर्मन सेना देश के विशाल भू-भागों पर आधिपत्य जमाती हुई बस्तियों को उजाड़ती हुई कारखानों को नष्ट करती हुई आगे बढ़ रही थी और दूसरी ओर सोवियत, जनता पूर्वी क्षेत्रों में उद्योगों को स्थानान्तरित और चालू कर रही थी।** शीघ्र ही पूरे के पूरे कारखाने अथवा

1. "The Reussians under their warrior chief, Stalin, sustained losses which no other country or government has ever borne in so short a time and lived."

कारखानों के अधिकांश यूराल के पार अथवा सुदूर पूर्व साइबेरिया में ले जाकर नये स्थान पर स्थापित किये जा रहे थे और कम-से-कम समय में उत्पादन कार्य को आरंभ करने के प्रयत्न किये जा रहे थे। कुछ दशाओं में 6 महीनों में ही यह दावा किया गया कि उत्पादन पहले से भी अधिक हो गया। निरन्तर दृढ़ता और धैर्य से हल्के उद्योगों को वोल्गा तथा टैंक, अस्त्र-शस्त्र उद्योग, वायुयान आदि उद्योग यूराल क्षेत्र में चालू किये गये। 1941-42 ई० में लेनिनग्राड के उद्योगों के 70 प्रतिशत पूँजीगत साधनों का पूर्व की ओर स्थानान्तरण किया गया तथा लगभग 120 लाख व्यक्तियों को निर्जन स्थानों में ले जाकर बसाया गया। इस प्रकार **युद्ध-काल में पूँजी एवं जनसंख्या को वृहत् पैमाने पर जर्मनी द्वारा अधिकृत क्षेत्रों से हटाकर पूर्वी क्षेत्रों से स्थानान्तरित किया गया था।** साथ ही, पूर्वी क्षेत्रों से तत्कालीन उपलब्ध औद्योगिक उपकरणों एवं यंत्रों को बढ़ाया गया था। इस्पात की क्षमता में वृद्धि करने के लिए निवेश वृहत् पैमाने पर होता रहा और 1945 के ग्रीष्म तक इन नवीन क्षेत्रों की इस्पात क्षमता में 50 प्रतिशत से भी अधिक वृद्धि कर दी गई। पूर्वांचल में शस्त्र उत्पादन का विकास इतना तीव्र था कि 1943 के ग्रीष्म तक रूस में टैंकों और वायुयानों का उत्पादन जर्मनी से भी अधिक होने लगा। युद्धकालीन वर्षों में यूराल, साइबेरिया, मध्य एशिया औरं वोल्गा क्षेत्रों के विद्युत शक्ति-केन्द्रों की उत्पादन-क्षमता दूनी हो गई थी।

चतुर्थ पंचवर्षीय योजना (1946-50)

सन् 1946 और 1950 के बीच **पुनर्निर्माण का कार्य** पूर्ण किया जाने वाला था। साथ-ही-साथ यह भी निर्धारित किया गया था कि चतुर्थ पंचवर्षीय योजना के अन्त तक सम्पूर्ण औद्योगिक उत्पादन एवं राष्ट्रीय आय में इतनी अधिक वृद्धि की जा सके कि वे प्राक्-युद्ध स्तर से पर्याप्ततः अधिक हों। इन पाँच वर्षों में न केवल युद्ध-काल में क्षतियों को पूर्ण करना था वरन् पर्याप्त सुधार भी किया जाना निर्धारित किया गया था।

चतुर्थ योजना के मूल उद्देश्य

1. युद्ध काल में निवष्ट अर्थव्यवस्था का पुनर्निर्माण करना।
2. युद्ध पूर्व समय की अपेक्षा औद्योगिक उत्पादन को डेढ़ गुना बढ़ाना।
3. कृषि में विकास और खाद्य पदार्थों तथा उपभोग वस्तुओं का अधिक मात्रा में उत्पादन करना।
4. युद्ध संबंधी तैयारी में वृद्धि करना। सोवियत नेताओं के अनुसार सैनिक क्षेत्र में अमेरिकी स्तर को प्राप्त करना इस योजना का एक प्रमुख उद्देश्य था।

चतुर्थ योजना के महत्त्वपूर्ण लक्ष्य

मूल उद्देश्यों की पूर्त्ति के लिए **योजना के लक्ष्यों का निर्धारण इस प्रकार किया गया:** पाँच वर्षों की अवधि में राष्ट्रीय आय में 38 प्रतिशत वृद्धि करने का लक्ष्य था। यह स्पष्ट रूप से नहीं कहा गया था किन्तु ऐसा प्रतीत होता है कि राष्ट्रीय आय के एक चतुर्थांश का निवेश करने का उद्देश्य था। पाश्चात्य देशों में किए जाने वाले निवेश के अनुपात की तुलना में यह अनुपात अत्यन्त ही अधिक था यद्यपि सोवियत रूस की प्रथम पंचवर्षीय योजना में किये जाने वाले निवेश के अनुपात की तुलना में बहुत अधिक नहीं

था। औद्योगिक उत्पादन को चतुर्थ पंचवर्षीय योजना के अन्त तक प्राक्-युद्ध स्तर से 48 प्रतिशत अधिक करना और श्रम उत्पादन-शक्ति में प्राक्-युद्ध स्तर से 36 प्रतिशत वृद्धि करना था। कृषि उत्पादन में प्राक्-युद्ध तक वृद्धि की जानी थी और अल्प परिणाम में उस स्तर से भी अधिक उत्पादन किया जाना चाहिए था। अन्न का उत्पादन 1940 के स्तर से 7 प्रतिशत अधिक किया जाना चाहिए था। अतः **कृषि उत्पादन में वृद्धि के लक्ष्य संकुचित थे**। चुकन्दर का उत्पादन 22 प्रतिशत, कपास का 25 प्रतिशत, सन का 39 प्रतिशत बढ़ाया जाना था। पशु धन, विशेषकर भेड़, बकरी, सूअर आदि की संख्या मं वृद्धि की जानी थी। परिवहन प्रणाली को प्राक्-युद्ध स्तर पर लाना था और कुछ और भी प्रसार करना था—4500 मील। चतुर्थ योजना में पूर्वांचल की ओर उद्योगों का स्थानान्तरण चालू रखा गया था और उनमें विकास किया जाना था। प्राकृतिक साधनों का पूर्णतः शोषण करने की भावना, परिवहन के साधनों में मितव्ययता करने की भावना और कुछ सामरिक उद्देश्य भी इसके लिए उत्तरदायी थे। जबकि सन् 1913 में डोनबास क्षेत्र (पश्चिमी भाग) सम्पूर्ण कोयले के उत्पादन का लगभग 87 प्रतिशत कोयला उत्पादन करता था तो सन् 1937 में इसने केवल 60 प्रतिशत ही उत्पन्न किया और सन् 1950 में अर्थात् चतुर्थ योजना के अन्त में केवल 35 प्रतिशत ही।

योजना काल में भारी उद्योगों और रेलवे के पुनर्निर्माण तथा विकास को ऊँची प्राथमिकता दी गयी थी। लगभग सभी भारी उद्योगों के विकास को प्राथमिकता दी गयी थी। 1940 अर्थात् युद्ध के पूर्व की अपेक्षा चतुर्थ योजना काल में लोहा एवं इस्पात के उत्पादन में 35 प्रतिशत, कोयला के उत्पादन में 51 प्रतिशत, रसायनिक उद्योगों के उत्पादन में 50 प्रतिशत तथा विद्युत के उत्पादन में 70 प्रतिशत वृद्धि का आयोजन था। इंजीनियरिंग उद्योगों के उत्पादन को युद्ध के पूर्व की अपेक्षा दुगुना, ट्रैक्टर तथा मोटर के उत्पादन को युद्ध के पूर्व की अपेक्षा 3½ गुना तथा रेलवे इंजन के उत्पादन में युद्ध के पूर्व की अपेक्षा 2½ गुना वृद्धि करने का आयोजन था। **चतुर्थ पंचवर्षीय योजना में भारी और आधारभूत उद्योगों पर अत्यधिक जोर के दो कारण थे—एक तो** चतुर्थ पंचवर्षीय योजना का प्रमुख उद्देश्य अर्थव्यवस्था का पुनर्निर्माण था जिसके लिए सभी प्रकार के सामानों—इस्पात, यंत्र, इंजन, ट्रैक्टर, आदि की आवश्यकता थी। **दूसरे** अभी भी अन्तरराष्ट्रीय क्षेत्र में शान्ति बिल्कुल अनिश्चित थी और जबतक ऐसी बात थी, सोवियत संघ को अमेरिकी स्तर को ध्यान में रखते हुए अपनी सैनिक क्षमता में वृद्धि अनिवार्य थी। **सैनिक क्षमता का भारी उद्योगों से अत्यन्त घनिष्ठ संबंध है। डॉब के अनुसार, "जो देश अभी भी पूँजी निवेश में धनी नहीं है, भले ही वह प्राकृतिक साधनों का धनी हो, उसमें यह भावी विकास में उद्योग की विभिन्न शखाओं को जो प्राथमिकता दी जायेगी उसको निश्चय ही प्रभावित करेगा।"**[1]

उपभोग वस्तु उद्योगों के लिए निर्धारित लक्ष्य बहुत सामान्य थे। उपभोक्ता उद्योगों के उत्पादन के लक्ष्य की निश्चित रूप से व्याख्या नहीं की गयी थी। फिर भी **व्यापार मंत्री ने यह बतलाया था**कि योजना काल में औद्योगिक उपभोग वस्तुओं की राशि में36 प्रतिशत वृद्धि की जायेगी। 1950 ई॰ के उत्पादन लक्ष्य 1938 ई॰ के उत्पादन से सूती वस्त्र के लिए

1. "In a country that is still not rich in capital investment even if it is rich in natural resources this, again, must certainly condition the system of priorities assigned to different branches of industry in future development.

34 प्रतिशत, ऊनी वस्त्र के लिए 39 प्रतिशत, चमड़े के जूते के लिए 12 प्रतिशत तथा कपड़े के जूते के लिए 30 प्रतिशत अधिक निश्चित किये गये थे। युद्ध पूर्व के उत्पादन से कृत्रिम रेशम, कागज और मत्स्य उत्पादन के लक्ष्य क्रमशः 35 प्रतिशत, 65 प्रतिशत तथा 50 प्रतिशत अधिक रखे गये थे। योजना काल में टिकाऊ उपभोक्ता वस्तुओं (जैसे—कैमरा, सस्ती मोटर साइकिलें, साइकिल, रेडियो, घड़ी, ग्रामोफोन आदि) के उत्पादन को प्रारंभ करने की भी व्यवस्था थी।

परिवहन साधनों का पुनर्निर्माण और विकास किया जाना था। द्वितीय महायुद्ध काल में बड़े पैमाने पर उद्योग, जनसंख्या, युद्ध सामग्री और सेना को एक स्थान से दूसरे स्थान में ले जाना पड़ा था जिसका परिवहन व्यवस्था पर बड़ा ही प्रतिकूल प्रभाव पड़ा था। चतुर्थ योजना काल में रेलवे, जल तथा सड़क द्वारा ढोये जाने वाले माल में पर्याप्त वृद्धि (1940 ई॰ से लगभग एक-तिहाई अधिक) की आशा की गयी थी। **योजना काल में परिवहन के विकास कार्यक्रम को दो वर्गों में विभाजित किया गया था**—(1) युद्ध द्वारा विनष्ट सड़कों, नहरों तथा रेलों का पुनर्निर्माण करना, (2) इनके विस्तार का कार्य करना। चतुर्थ योजना काल में नये निर्माण के अन्तर्गत 7 हजार से 8 हजार मील नौगम्य आन्तरिक जलमार्ग तथा 4500 मील लम्बी रेलवे लाइनों का निर्माण करने का आयोजन था।

उद्योगों को प्राचीन पश्चिमी तथा दक्षिणी-पश्चिमी क्षेत्रों में पुनः स्थापित करने पर योजना में विशेष रूप से जोर दिया गया था। युद्ध काल में शत्रु के आधिपत्य में आये हुए क्षेत्रों में औद्योगिक उत्पादन में युद्ध-पूर्व के स्तर से 15 प्रतिशत वृद्धि का आयोजन था। फिर भी, चतुर्थ योजना में पूर्वी क्षेत्र में उद्योगों के स्थानान्तरण पर जोर में किसी प्रकार की कमी नहीं की गई। उदाहरण के लिए पूर्वी क्षेत्र में कोयला तथा लोहा और इस्पात के सापेक्षिक महत्त्व में बहुत अधिक वृद्धि का आयोजन था।

चतुर्थ पंचवर्षीय योजना काल में कुल 250 मिलियर्ड रूबल व्यय किये जाने थे। इसका 41 प्रतिशत भाग उद्योगों पर, 19.1 प्रतिशत कृषि पर, 18.4 प्रतिशत परिवहन तथा सचार पर, 1.8 प्रतिशत व्यापार पर तथा 19.7 प्रतिशत सामाजिक तथा प्रशासनिक सेवाओं पर व्यय किए जाने का आयोजन था।

चतुर्थ योजना की सिद्धियाँ—चतुर्थ पंचवर्षीय योजना के प्रथम दो वर्ष बहुत ही संकटपूर्ण थे। 1946 ई॰ में विगत 50 वर्षों में सबसे बड़ा सूखा पड़ा था। इसमें कृषि फसलों के उत्पादन तथा चारे में बहुत अधिक कमी हुई। अतः पशुधन की स्थिति में भी सुधार नहीं किया जा सका। साथ ही, 1946 ई॰ युद्धकालीन उद्योगों को शान्तिकालीन उद्योगों के रूप में परिवर्तित करने वाला वर्ष सिद्ध हुआ। इससे औद्योगिक उत्पादन में भी बहुत अधिक कमी हुई। किन्तु बाद के वर्ष योजना की प्रगति के वर्ष सिद्ध हुए। सम्पूर्ण योजना काल को मिलाकर यदि देखा जाय तो योजना काल में प्रगति काफी अच्छी रही। 1946 ई॰ की तुलना में 1947 ई॰ का वर्ष कुछ अच्छा था। इस वर्ष खाद्यान्न की फसल में 58 प्रतिशत तथा गन्ने की फसल में 300 प्रतिशत की वृद्धि हुई। 1948 ई॰ तक औद्योगिक उत्पादन युद्ध के पूर्व के स्तर पर पहुँच गया। पश्चिमी रूस के कुछ थोड़े से भाग ऐसे बचे थे जिनमें 1949 ई॰ तक युद्ध के पूर्व स्थिति विद्यमान थी। 1947 ई॰ में फसलें अच्छी होने के कारण दिसम्बर माह में रेशनिंग को हटा दिया गया।

उद्योगों के क्षेत्र में चतुर्थ योजना काल में प्रगति काफी संतोषजनक थी।

औद्योगिक उत्पादन 1950 ई॰ में 1940 ई॰ की तुलना में बहुत अधिक (73 प्रतिशत अधिक) था। इसमें पूँजीगत वस्तुओं के उत्पादन में बहुत अधिक वृद्धि हुई थी—युद्ध के पूर्व से प्रायः 100 प्रतिशत। किन्तु उपभोक्ता वस्तु उद्योगों में युद्ध के पूर्व के स्तर की अपेक्षा बहुत कम—केवल 23 प्रतिशत की वृद्धि हुई। लौह धातुओं के उत्पादन में 45 प्रतिशत, कोयला में 57 प्रतिशत, तेल में 22 प्रतिशत तथा विद्युत में 87 प्रतिशत की वृद्धि हुई। इस प्रकार **औद्योगिक उत्पादन में निर्धारित लक्ष्य से भी अधिक वृद्धि हुई। इसमें वास्तविक वृद्धि 73 प्रतिशत थी जबकि लक्ष्य केवल 40 प्रतिशत ही था।** श्रम उत्पादशीलता में वृद्धि का निर्धारित लक्ष्य 36 प्रतिशत था। वास्तविक वृद्धि 37 प्रतिशत हुई। भारी उद्योगों के लक्ष्य केवल पूर्ण ही नहीं हुए बल्कि उनमें निर्धारित लक्ष्य से भी अधिक वृद्धि हुई। किन्तु **दूसरी ओर उपभोग-वस्तु उद्योगों के उद्देश्य, जो पहले भी साधारण ही थे, पूरे भी नहीं हो सके।** यंत्र-निर्माण उद्योग के उत्पादन में सन् 1940 की अपेक्षा 2.3 गुनी वृद्धि हो गई। ये अंक एवं आँकड़े हमें चतुर्थ योजना की सिद्धियों की झाँकियाँ प्रस्तुत करते हैं। योजना काल में कतिपय उत्पादन क्षेत्रों में प्राक्-युद्ध स्तर की तुलना में वृद्धि करने के लक्ष्यों एवं इनमें वास्तविक वृद्धि के उदाहरण अग्रोक्त हैं—

मदें	वृद्धि के निर्धारित लक्ष्य (प्रतिशत)	वास्तविक वृद्धि (प्रतिशत)
1. **भारी उद्योग**		
लोहा और इस्पात	34	45
कोयला	51	57
रसायन	50	80
विद्युत्	70	87
2. **हल्के एवं उपभोग-वस्तु उद्योग**		
सूती वस्त्र उद्योग	20	2 से भी कम
3. **कृषि**	7	5 से भी कम

चतुर्थ पंचवर्षीय योजना के अन्त तक हुआ आर्थिक विकास ऐतिहासिक महत्त्व का है क्योंकि पंचम पंचवर्षीय योजना हमें स्तालिन-काल से बाहर लाती है। चतुर्थ योजना तक सोवियत रूस में समस्त योजनाएँ स्तालिन काल में रही थीं। उन पर मार्शल स्तालिन का पूर्ण प्रभाव था। **पंचम पंचवर्षीय योजना पर नवीन शक्तियों का प्रभाव था जो स्तालिन काल के अन्त में उदित हो रही थी।** किन्तु स्मरण रहे कि पंचम योजना का प्रासाद भी चतुर्थ योजना में प्रचलित परिस्थितियों की पृष्ठभूमि में निर्मित किया गया था। चतुर्थ पंचवर्षीय योजना के लक्ष्यों तथा उसकी पूर्ति का अन्दाजा आगे की तालिका[1] से लगाया जा सकता है।

1. M. Dobb : *Soviet Economic Development Since* 1917, p. 311

चतुर्थ योजना के लक्ष्य और सिद्धयाँ

उत्पादन (इकाई)	1913[1]	1928	1940	1950 में आयोजित	1950 में वास्तविक
पिंड लोहा (दस लाख टन)	4.2	3.3	15.0	19.5	19.3
इस्पात (दस लाख टन)	4.2	4.3	18.3	25.4	27.3
रोल्ड स्टील (दस लाख टन)	3.6	3.4	—	17.7	20.9
कोयला (दस लाख टन)	29.1	35.5	166	250	261
तेल (दस लाख टन)	9.2	11.7	31	35.4	38
बिजली (मिलियर्ड किलोवाट)	2	5	48	82	91.2
ताँबा (हजार टन)	—	19.1	161	—	225
सीमेंट (दस लाख टन)	1.5	1.8	5.8	10.5	10.2
रेल के इंजन (इकाइयाँ)	41.8	478	—	2720	1212
मालगाड़ी के डिब्बे (हजार)	14.8	10.6	—	146	51
ट्रैक्टर (हजार)	—	1.2	31	112	116
मोटरगाड़ियाँ (हजार)	—	0.7	147	500	363
अन्न (दस लाख टन)	—	73	119	127	81
चीनी (हजार टन)	80.82	1283	2150	2400	2500
कागज (हजार टन)	1290	244	812	1340	1200
सूती वस्त्र (दस लाख मीटर)	205	2742	3886	4686	3899
ऊनी वस्त्र (दस लाख मीटर)	2227	93	120	159	155
चमड़े के जूते (दस लाख जोड़े)	95	29.6	205	240	203
रबर के जूते (दस लाख जोड़े)	—	—	68	86.6	111

कृषि के क्षेत्र में योजना की प्रगति संतोषजनक नहीं थी। अनाज का उत्पादन योजना के अन्त में युद्ध-पूर्व की तुलना में केवल 50 लाख टन ही अधिक था। इसी प्रकार पशु-धन का विकास भी बहुत असंतोषजनक था। निम्नांकित तालिका से चतुर्थ पंचवर्षीय योजना की सफलताओं-असफलताओं का अन्दाजा लगाया जा सकता है—

चतुर्थ योजना के लक्ष्य और उसकी सफलताएँ (1940 = 100)

मदें	1940	लक्ष्य	उपलब्धि
1926-27 के मूल्य पर राष्ट्रीय आय	100	138	164
मजदूर तथा कर्मचारी	100	—	126
औद्योगिक उत्पादन	100	148	173
रेल यातायात	100	128	146
विद्युत उत्पादन	100	170	189

1. 1913 के आँकड़े 1939 से पूर्व जो रूस की सीमाएँ थी उनके लिए हैं।

मौद्रिक सुधार—1947 ई॰ के अन्त में एक मौद्रिक सुधार किया गया जिसका प्रमुख उद्देश्य मुद्रा की मात्रा को कम करना था। युद्ध काल में अत्यधिक व्यय को पूरा करने के लिए सरकार को अत्यधिक मात्रा में पत्र-मुद्रा जारी करनी पड़ी थी जिससे मूल्य स्तर में अत्यधिक वृद्धि हुई थी। इसके अन्तर्गत **पुराने अवमूल्यित रूबल की जगह पर नये रूबल को जारी किया गया।** नये रूबल को पुराने रूबल में एक निश्चित दर में जमा की रकम की प्रकृति के अनुसार बदला जाता था। उदाहरण के लिए नकद जमा के लिए 10 पुराने नोटों के बदले में एक नया नोट दिया जाता था, 3000 रूबल तक के नीचे की बचत जमा के लिए एक पुराने नोट के बदले एक नया नोट दिया जाता था। 3000 रूबल से अधिक जमा को निरंतर बढ़ते हुए अनुपात में बदला जाता था। इस मौद्रिक सुधार से नगद मुद्रा रखने वाले सबसे अधिक प्रभावित हुए। मजदूरी और वेतन अप्रभावित रहे तथा शहरों में जीवन-निर्वाह का व्यय लगभग आधा रह गया। उपभोक्ना वस्तुओं की मात्रा में वृद्धि के परिणामस्वरूप मूल्यों में और अधिक कमी हुई। चूँकि **मौद्रिक मजदूरी न्यूनाधिक मात्रा में स्थायी थी अतएव इसके परिणामस्वरूप वास्तविक मजदूरी में बहुत अधिक वृद्धि हुई।** मजदूरों की क्रय-शक्ति में बहुत अधिक वृद्धि हुई।

उपसंहार—चतुर्थ पंचवर्षीय योजना युद्धोत्तर पुनर्निर्माण एवं आर्थिक विकास की योजना के रूप में प्रारंभ की गयी थी। इस रूप में योजना पर्याप्त अंश तक सफल रही। योजना लक्ष्य की पूर्ति 4½ वर्षों में ही हो गयी। वास्तव में रूस निवासियों ने पुनर्निर्माण के कार्य को युद्ध के सदृश महत्त्व देकर खंडहरों और ध्वस्त शहरों, सामूहिक खेतों, मकानों आदि का बड़े पैमाने पर निर्माण कर उनमें नवजीवन का संचार कर अभूतपूर्व साहस, धैर्य, त्याग और क्षमता का ऐतिहासिक परिचय दिया। योजना काल में भी उपभोक्ता वस्तुओं तथा अनाज की कमी के कारण देशवासियों को अतिशय कष्ट का सामना करना पड़ा।

पंचम पंचवर्षीय योजना (1951-55)

यद्यपि पंचम पंचवर्षीय योजना सन् 1951 से ही प्रारंभ हो गयी थी तथापि जबतक सन् 1952 में हुए साम्यवादी दल के 19वें अधिवेश द्वारा इसे अनुमोदित नहीं किया जा सका था तब तक इसकी घोषणा खुले रूप में नहीं की जा सकी थी।

पंचम योजना कम-से-कम दो कारणों से विशिष्ट थी—

1. पंचम योजना में औद्योगिक उत्पादन में 72 प्रतिशत वृद्धि का लक्ष्य था जो पूर्ववर्ती योजनाओं में निर्धारित औद्योगिक लक्ष्य से कुछ कम था।

2. इस योजना में औद्योगिक क्षेत्र में भी पूँजी वस्तु उद्योगों एवं उपभोक्ता वस्तु उद्योगों के अन्तर को कम करने का प्रयास किया गया था।

योजना के लक्ष्य—इस योजना में पूँजी वस्तु उद्योगों के उत्पादन में 80 प्रतिशत एवं उपभोक्ता वस्तु उद्योगों के उत्पादन में 65 प्रतिशत वृद्धि करने का लक्ष्य निर्धारित किया गया था। यह व्यवस्था इस तथ्य का संकेतक थी कि अब योजना-कारकों की धारणा सोवियत रूस की जनता के उपभोग-स्तर को ऊँचा करने पर जोर देने की थी। जहाँ तक कि अन्य लक्ष्यों का संबंध है, यह निर्धारित किया गया था कि श्रमिकों की उत्पादनशीलता में 50 प्रतिशत वृद्धि होगी, कृषि के उत्पादन में लगभग 50 प्रतिशत वृद्धि होगी, खाद्यान्न

की पूर्ति में 50 मिलियन टन की वृद्धि होगी। यह योजना 1951 के उत्पादन-स्तर की तुलना में योजना काल के अन्त में मक्खन के उत्पादन में 72 प्रतिशत और मांस आदि जैसे अन्य खाद्य पदार्थों के उत्पादन में 90 प्रतिशत वृद्धि करना चाहती थी। प्रमुख लक्ष्यों का अन्दाजा निम्नलिखित की तालिका से लगता है—

पंचवर्षीय योजना के प्रमुख निर्धारित लक्ष्य

उत्पादन-वस्तु	इकाई	1950 में वास्तविक उत्पादन	1955 में लक्ष्य
कोयला	मिलियन	260	372
तेल	"	37.8	70
इस्पात	"	27.3	44
सीमेंट	"	10.3	22.7
उर्वरक (fertilizer)	"	5.1	9.6
अन्न	"	125	175–187
चीनी	"	2.52	4.3
विद्युत	मिलियन किलोवाट	90	162
सूती कपड़ा	मिलियन मीटर	3815	614.2
चमड़े के जूते	मिलियन जोड़े	205	138
पालतू पशु (cattle)	मिलियन	57.2	67.68
ट्रैक्टर	हजार	116	139
कागज	हजार टन	1194	1740
ऊनी वस्त्र	मिलियन मीटर	155	257
मारगरीन	हजार टन	192	350
मक्खन	हजार टन	322	554
वनस्पति	हजार टन	775	1372
मछली	मिलियन टन	1.8	2.8
मांस	मिलियन टन	1.2	2.3
डब्बा-बन्द खाद्य-पदार्थ	मिलियन डब्बा	1.5	3.1
आलू	मिलियन टन	87	122.7
रूई	मिलियन टन	3.7	6.0
सूअर	मिलियन टन	24.1	35.6
भेड़ बकरियाँ	लाख	99	158.0

बाद में 28 अक्टूबर, 1953 को उपभोग वस्तुओं के उत्पादन में वृद्धि के लिए पुनः 1954-1955 के लिए नीचे की तालिका में व्यक्त उत्पादन-लक्ष्य निर्धारित किये गये थे।

उत्पादन	इकाई	1954	1956
सूती वस्त्र	मिलियन मीटर	554.9	626.7

ऊनी वस्त्र	"	24.2	27.1
रेशमी वस्त्र	"	50.4	57.3
लिनेन	मिलियन	29.5	40.6
बुने हुए अण्डरवियर	"	32.6	38.6
बुने हुए ऊपरी वस्त्र	मिलियन जोड़े	7.9	8.7
होजरी	"	67.3	77.3
चमड़े के जूते	"	26.7	31.8
रबर के जूते	मिलियन रूबल	2904.6	3146.9
तैयार पोशाक	हजार	10.5	10.9
सिलाई मशीन	"	44014	51805
बाइसिकिल	"	1335	2615
मोटर सायकिल	"	2510	2445
घड़ियाँ	"	190	225
रेडियो सेट	"	16800	22000
टेलीविजन	"	325	760
घरेलू रेफ्रीजरेटर	"	107	300
धातु के पलंग	"	13500	16540
फर्नीचर	मिलियन रूबल·	533.6	695.8

पंचम पंचवर्षीय योजना की प्रगति—पंचम पंचवर्षीय योजना की प्रगति पर विचार करते हुए हम देखते हैं कि **जबकि पूँजी वस्तुओं के उत्पादन में वृद्धि का लक्ष्य 80 प्रतिशत रखा गया था तो वास्तविक वृद्धि 91 प्रतिशत हुई और जबकि उपभोक्ता वस्तुओं की वृद्धि का लक्ष्य योजना काल में 65 प्रतिशत रखा गया था तो वास्तविक वृद्धि 76 प्रतिशत हुई। कुल औद्योगिक उत्पादन में वृद्धि का लक्ष्य 71 प्रतिशत था जबकि योजना काल में कुल उत्पादन में वृद्धि 85 प्रतिशत हुई।** विकास की यह गति पूँजीवादी देशों के विकास की गति से 50 प्रतिशत अधिक थी। **सन् 1950-55 के बीच रूसी आर्थिक विकास की गति संयुक्त राज्य अमेरिका के आर्थिक विकास की गति से दुगुनी थी।** योजना काल में सबसे अधिक विकास अभियांत्रिकी उद्योगों में हुआ था—120 प्रतिशत। इसी प्रकार तेल का उत्पादन 80 प्रतिशत, पिंड लोहे का उत्पादन 74 प्रतिशत, कोयले का उत्पादन 50 प्रतिशत बढ़ गया। लेकिन इस योजना काल में भी **कृषि क्षेत्र में संतोषजनक प्रगति नहीं हो सकी।** अन्न का उत्पादन 1951 की तुलना में 3 से 4 प्रतिशत अधिक हुआ था और श्रम की उत्पादकता 44 प्रतिशत वृद्धि हो सकी थी। योजना काल में औद्योगिक उत्पादन युद्ध के पूर्व का दुगुना से अधिक हो गया। **औद्योगिक प्रगति का सबसे अच्छा मापदण्ड पूँजी का निवेश होता है।** योजना में पूँजी निवेश की मात्रा 686.7 मिलियर्ड रूबल थी जो प्रथम योजना की अपेक्षा 10 गुना अधिक थी। **पंचम योजना में औद्योगिक प्रगति के संबंध में डॉब ने लिखा है** वह (औद्योगिक विकास दर) 1899-1937 के बीच अमेरिका में औसत औद्योगिक विकास दर की तीन गुनी, 1950 और 1955 के बीच पश्चिम यूरोप के औद्योगिक उत्पादन

की वृद्धि दर की तीन गुनी और इसी अवधि में संयुक्त राज्य अमेरिका में औद्योगिक विकास दर की दूनी थी।''[1]

फिर भी **कृषि के क्षेत्र में स्थिति बहुत अधिक संतोषजनक नहीं थी।** 1953 ई० तक अन्न का उत्पादन 1950 ई० की तुलना में केवल 3 से 4 प्रतिशत ही अधिक था। मवेशियां की संख्या कम होने के कारण दूध तथा मांस की स्थिति बहुत ही दयनीय थी। **1953 ई० में स्तालिन की मृत्यु के पश्चात् कृषि के विकास पर पर्याप्त ध्यान दिया जाने लगा।** साम्यवादी दल द्वारा 1954 ई० में 3 लाख युवकों को बंजर भूमि को आबाद करने के कार्य में नियोजित किया गया तथा 2 लाख ट्रैक्टरों की सहायता से 2 वर्षों में 33 मिलियन हेक्टर भूमि को कृषि-योग्य बनाया गया।

इस योजना काल में राष्ट्रीय आय में भी पर्याप्त वृद्धि हुई। सरकारी आँकड़ों के अनुसार 1940 ई० की तुलना में राष्ट्रीय आय में 80 प्रतिशत की वृद्धि हुई। इसी अवधि मे राजकीय तथा सहकारी खुदरा बिक्री दुगुनी से अधिक हो गयी। पंचम पंचवर्षीय योजना में एक ओर **पूँजीगत उद्योगों के बदले उपभोक्ता वस्तु उद्योगों को प्राथमिकता दी गयी थी तो दूसरी ओर इसमें पहले-पहल विकेन्द्रीकरण की नीति का भी अनुसरण किया गया था।** इस रूप में **केन्द्रीय और क्षेत्रीय आर्थिक आयोजना का प्रारंभ इस योजना की महत्त्वपूर्ण विशेषता था।** योजना काल में लक्ष्यों में संशोधन किया गया था। **पंचवर्षीय योजनाओं में उनकी क्रियाशीलता के काल में बहुधा परिवर्तन रूसी योजनाकरण के लिए सामान्य बात है और विगत योजनाओं में भी बहुधा संशोधन-परिवर्तन होते रहे हैं। किन्तु इस पंचम पंचवर्षीय योजना में जो संशोधन किए गए थे वे पिछली योजनाओं के संशोधनों से भिन्न थे**—पिछली योजनाओं में जो संशोधन किए जाते रहे उनका प्रमुख उद्देश्य भारी उद्योगों के निर्धारित व्ययों में वृद्धि करना होता था। किन्तु इस योजना में जो संशोधन किए गए उनका उद्देश्य भारी उद्योगों के लिए निर्धारित व्ययों में नहीं अपितु उपभोक्ता वस्तु उद्योगों के लिए निर्धारित व्ययों में वृद्धि करना था ताकि **देश में उपभोक्ता औद्योगिक वस्तुओं के उत्पादन में वृद्धि कर जनजीवन स्तर को ऊँचा किया जा सके। इसका सूत्रपात सन् 1953 में स्तालिन की मृत्यु के पश्चात् रूस के तत्कालीन प्रधानमंत्री मेलंकह्व द्वारा किया गया था।** सन् 1925 के बाद हुए रूसी आर्थिक विकास की समीक्षा करते हुए **मेलंकह्व (Malenkov) ने सन् 1953 में सुप्रीम सोवियत में भाषण करते हुए कहा था, ''विगत 28 वर्षों में सारे देश में उत्पादन साधनों अर्थात् पूँजी वस्तुओं का उत्पादन 55 गुना बढ़ गया है जबकि उपभोक्ता वस्तुओं का उत्पादन केवल 12 गुना बढ़ पाया है।''** सन् 1929 से 1952 के बीच रूस में भारी उद्योगों के क्षेत्र में लगभग 638 बिलियन रूबल का निवेश किया गया था जबकि उपभोक्ता वस्तु उद्योगों में केवल 72 मिलियन रूबल का ही। इसलिए **मेलंकह्व ने इस प्रवृत्ति को परिवर्तित**

1. "It (the rate of industrial growth) is more than three times the average rate of industrial growth in the U.S.A. between 1899-1937 and three times the rate of growth of industrial production in the countries of Western Europe between 1950 and 1955 and double than in the U.S.A. during the same period."

—Dobb : o/. cit. p. 321

करना चाहा था और उपभोक्ता वस्तुओं के उत्पादन पर जोर दिया था। किन्तु कुछ ही समय पश्चात् मेलंकह्व की पदावनिति के बाद मेलंकह्व के विचारों को ठुकरा कर भारी उद्योगों के आर्थिक विकास संबंधी लेनिन की नीति का पुन: जोरदार समर्थन किया गया।

सन् 1953 में **स्तालिन की मृत्यु के पश्चात् रूसी अर्थव्यवस्था में कुछ अन्य भी महत्त्वपूर्ण आर्थिक एवं राजनीतिक परिवर्तन किए गए थे।** पहले की अपेक्षा अब कृषि विकास पर विशेष ध्यान दिया गया। भूमि सुधार के लिए सैनिक कार्रवाई की भाँति कार्य किया गया। आयात की जाने वाली वस्तुओं में उपभोक्ता वस्तुओं का महत्त्व बढ़ा दिया गया। योजना आयोग के ढाँचे एवं रूप में भी परिवर्तन किया गया। **आर्थिक आयोजन में विकेन्द्रीकरण की प्रवृत्ति का सूत्रपात किया गया।** केन्द्रीय सत्ता एवं प्रभुत्व के बदले अब रूस के संघीय गणतंत्रों (union republics) को आर्थिक कार्यक्रमों के लिए उत्तरदायी ठहराया गया। **योजना आयोग को गास्कोनोम** (Gascokonom) **एवं गालप्लान दो भागों में विभाजित किया गया।** नौकरशाही के दबाव को समाप्त कर उत्पादन कार्य में उत्प्रेरणा देने की व्यवस्था की गई।

षष्ठ पंचवर्षीय योजना (1956-1960)

षष्ठ पंचवर्षीय योजना के प्रमुख उद्देश्य—षष्ठ पंचवर्षीय योजना फरवरी 1956 ई॰ में 20वें काँग्रेस के समक्ष प्रस्तुत की गयी। यह योजना बहुत कुछ पंचम पंचवर्षीय योजना के ही समान थी। इस योजना का प्रमुख कार्य-उद्देश्य शान्तिपूर्ण आर्थिक प्रतियोगिता के साथ सर्वाधिक विकसित पूँजीवादी देशों के प्रति व्यक्ति उत्पादन के बराबर उत्पादन करना अथवा उत्पादन में उससे भी अधिक वृद्धि करना था। किन्तु अन्ततः **इसका प्रमुख उद्देश्य जनता के रहन-सहन के स्तर को ऊँचा उठाना था। इसलिए इसमें बड़े और छोटे दोनों प्रकार के उद्योगों पर जोर दिया गया था** जो **निकिता खुश्चेव** के इस वक्तव्य से स्पष्ट है: "अब जबकि हमारे पास एक शक्तिशाली भारी उद्योग है, जो सभी दृष्टिकोणों से सुविकसित है, हम पूँजीगत माल और उपभोग वस्तुओं दोनों का ही उत्पादन तेजी के साथ कर सकते हैं। साम्यवादी दल ऐसा ही करता है तथा करता रहेगा और भरसक प्रयत्न करेगा कि सोवियत नागरिकों की आवश्यकताओं को अधिक अंश तक तथा पूर्णरूप से सन्तुष्ट किया जा सके।" रूस अभी भी प्रमुख पूँजीवादी देशा के प्रति व्यक्ति उत्पादन में बहुत पीछे था।"[1]

अतः पूर्ववर्त्ती पंचवर्षीय योजनाओं की अपेक्षा षष्ठ पंचवर्षीय योजना में बहुत विशाल पैमाने पर एवं बहुत ही प्रकार की आर्थिक एवं सांस्कृतिक क्रियाओं का समावेश था। **इस योजना का मुख्य उद्देश्य सोवियत रूस की जनता के जीवन स्तर में और भी अधिक वृद्धि करना था।** इस उद्देश्य की पूर्ति के लिए अर्थव्यवस्था के सभी क्षेत्रों का विकास करने का प्रयास किया गया था। अर्थ-व्यवस्था की यह सर्वांगीण प्रगति केवल भारी उद्योगों के विकास को दी जानेवाली प्राथमिकता के आधार पर ही की जा सकती थी। फलतः भारी उद्योगों के विकास को सर्वाधिक महत्त्व दिया गया। पंचवर्षीय योजना में

1. Soviet Union was still lagging behind the leading capitalist countries in per capita production.

मेलंकव्ह ने उपभोक्ता वस्तु उद्योगों एवं कृषि उत्पादन पर विशेष जोर देकर जन-जीवन स्तर को ऊँचा करने पर जोर दिया गया। किन्तु उसकी पदावनति के पश्चात् पुनः भारी उद्योगों के विकास की प्राथमिकता का क्रम चालू कर दिया गया।

षष्ठ पंचवर्षीय योजना के प्रमुख लक्ष्य—षष्ठ योजना में औद्योगिक उत्पादन में कुल 65 प्रतिशत वृद्धि की जाने वाली थी। किन्तु जबकि उत्पादन साधनों के निर्माण अर्थात् भारी उद्योगों के उत्पादन में सन् 1955 के उत्पादन की तुलना में 70 प्रतिशत वृद्धि की जाने वाली थी, जो प्राक्-युद्ध काल के उत्पादन से 6.6 गुना अधिक थी तो योजना अवधि में उपभोक्ता वस्तुओं के उत्पादन में केवल 60 प्रतिशत ही वृद्धि निर्धारित की गई थी। इस्पात के उत्पादन को सन् 1955 में 45 मिलियन टन से बढ़ाकर सन् 1960 तक 68,300,000 टन करने का लक्ष्य निर्धारित किया गया था। यह प्राक्-युद्धीय काल के उत्पादन स्तर से 3.7 गुना अधिक था। कोयले के उत्पादन में 1955 में हुए उत्पादन की तुलना में 52 प्रतिशत वृद्धि की जानी थी। मिट्टी के तेल का उत्पादन योजना काल में दूना किया जाना था। गैस का उत्पादन चार गुना किया जाना था। विद्युत शक्ति के उत्पादन को 1960 तक बढ़ा कर 32,0000 मिलियन किलोवाट प्रति घंटा (k.w.h.) किया जाना था जबकि 1955 में इसका उत्पादन केवल 170000 मिलियन किलोवाट प्रति घंटा था। योजना काल में 2 से लेकर 2.5 मिलियन किलोवाट प्रति घंटा अणुशक्ति के सृजन की व्यवस्था की गई थी। अणुशक्ति-चालित अभियंत्र से युक्त एक हिम-भंगक (ice breaker) का निर्माण किया जाना था। कृषि-कार्य, औषधि एवं विज्ञान के क्षेत्र में गवेषणा, नियंत्रण, निदान आदि के लिए अणु शक्ति का शान्तिपूर्ण उपयोग किया जाना निर्धारित किया गया था। अभियान्त्रिकी एवं धातु संबंधी उद्योगों के उत्पादन में पर्याप्त वृद्धि का लक्ष्य निर्धारित था। उपभोक्ता वस्तुओं के उत्पादन में भी बहुत अधिक वृद्धि करने का लक्ष्य निर्धारित किया गया था। सूती कपड़ों के उत्पादन में 50 प्रतिशत, रेशमी वस्तुओं के उत्पादन में 100 प्रतिशत, रेडियो एवं टेलीविजन के उत्पादन में 150 प्रतिशत वृद्धि की जानी थी। खाद्यान्न के उत्पादन में 38 प्रतिशत वृद्धि करने की योजना बनाई गई थी। योजना काल में मांस के उत्पादन में 78 प्रतिशत, मछली के उत्पादन में 57 प्रतिशत वृद्धि की जानी थी। कपास के उत्पादन में 56 प्रतिशत तथा ऊन के उत्पादन में 85 प्रतिशत वृद्धि करने का आयोजन था जबकि आलू, तरकारियों के उत्पादन को 1.5 से 2.5 गुना बढ़ाना निश्चित किया गया था। 1960 तक कुल फसल को बढ़ाकर 18 करोड़ टन करना निर्धारित किया गया था जबकि चीनी उत्पादन को दूना किया जाना था।

षष्ठ योजना काल में 1956 से 1960 के बीच पूँजी निर्माण व्यय (capital construction expenditure) की राशि 990,000 मिलियन रूबल थी जो प्रथम पंचवर्षीय योजना के अन्दर किए गये पूँजी निवेश से 18 गुनी अधिक थी और चतुर्थ एवं पंचम पंचवर्षीय योजना दोनों में ही जितना कुछ निवेश किया गया था उस संयुक्त राशि से भी पर्याप्ततः अधिक थी। राष्ट्रीय उत्पादन में लगभग 60 प्रतिशत वृद्धि की जानी थी। औद्योगिक एवं अन्य श्रमिकों की वास्तविक मजदूरी में लगभग 30 प्रतिशत की वृद्धि की जानी थी जबकि सामूहिक कृषकों की औसत नकद आय में 40 प्रतिशत की वृद्धि की जानी थी। निम्न वेतन वाले श्रमिकों की मजदूरी में भी वृद्धि की जानी थी। उद्योगों में श्रम की उत्पादकता में 50 प्रतिशत की वृद्धि (पंचम योजना में 44 प्रतिशत की ही वृद्धि हुई थी) का आयोजन था। मजदूरी तथा वेतन पर काम करने वालों की कुल संख्या में योजना काल

में 13-14 प्रतिशत की वृद्धि का आयोजन था। षष्ठ योजना काल में राष्ट्रीय अर्थ-व्यवस्था में पूँजी के निवेश में पंचम योजना की तुलना में 67 प्रतिशत वृद्धि का आयोजन था। योजना प्रस्तुत करने समय **बुलगानिन** ने बताया था कि 1960 ई॰ तक रूस ब्रिटेन, फ्रांस तथा पश्चिमी जर्मनी के सम्मिलित उत्पादन से अधिक इस्पात, शक्ति, ईंधन तथा सीमेंट उत्पादन करने लगेगा। षष्ठ पंचवर्षीय योजना में कृषि पर विशेष जोर था। 1960 तक 18 करोड़ टन खाद्यान्न के उत्पादन का लक्ष्य परती भूमि को कृषि के अन्तर्गत लाकर पूरा करने का आयोजन था। किन्तु बाद में इस लक्ष्य के विषय में बहुत कम सुना गया। 15 दिसम्बर, 1958 को **निकिता खुश्चेव** ने इस अंक की निन्दा की थी। कृषि-फार्मों को 16.5 लाख ट्रैक्टर 5,60,000 कम्बाइन उपलब्ध करने का आयोजन था। षष्ठ योजना में कृषि के संबंध में एक महत्त्वपूर्ण अन्तर मशीन ट्रैक्टर स्टेशन को समाप्त करना था। इन्हें समाप्त कर इनके यंत्रों को सामूहिक फार्मों को बेच दिया गया।

उपलब्धियाँ—स्पष्टतः षष्ठ पंचवर्षीय योजना के लक्ष्य बहुत ही आशाजनक थे। योजना का प्रधान उद्देश्य मुख्यतः जीवन-यापन स्तर को ऊँचा उठाना था। योजना काल में 1957 ई॰ में श्रमिकों के काम करने के समय को 8 घंटा प्रतिदिन से घटाकर 7 घंटा प्रतिदिन कर दिया गया। साथ ही, सामाजिक सुरक्षा की अनेक योजनाएँ भी कार्यान्वित की गयीं। किन्तु एक **अर्थ में षष्ठ पंचवर्षीय योजना वस्तुत: कभी पूर्ण नहीं हुई क्योंकि 1958 ई॰ के अन्त में समाप्त कर इसे एक नयी सप्तवर्षीय योजना के रूप में परिवर्तित कर दिया गया।** इस प्रकार षष्ठ योजना 1956 से 1958 ई॰ तक ही अर्थात् कुल केवल तीन वर्षो तक ही चली। बाद में इसे सप्तवर्षीय योजना में बदल दिया गया। इस सप्तवर्षीय योजना (Seven Year Plan) की अवधि 1959 से 1965 ई॰ तक रखी गयी थी। इसे पार्टी कांग्रेस की 21वीं बैठक में 5 जनवरी 1956 को स्वीकार किया गया था। **पुरानी योजना के बदले नयी सप्तवर्षीय योजना चलाने का मुख्य उद्देश्य रसायन तथा कुछ अन्य उद्योगों के विकास पर विशेष बल दिए जाने के कारण षष्ठ योजना में आमूल परिवर्तन था।** अतएव इस निश्चय का प्रकट कारण शक्ति के नवीन साधनों का अन्वेषण बतलाया गया था यद्यपि वास्तविक कारण यह था कि षष्ठ पंचवर्षीय योजना संभवतः बहुत ही अधिक महत्त्वकांक्षी थी। किन्तु इसे सोवियत योजनाकरण की असफलता नहीं समझना चाहिए। **वस्तुत: योजनाकरण की यह नमनीयता सोवियत योजनाकरण की कोई नवीन बात नहीं है।** इसकी पूर्वकालीन पंचवर्षीय योजनाओं को भी पृथक-पृथक वर्षों में तोड़ा गया है। कभी-कभी तो उन्हें तीन महीने और कभी उससे भी अल्प अवधियों में तोड़ा गया है और प्रत्येक योजना समय-समय पर बहुत ही महत्त्वपूर्ण रूप से परिवर्तित भी की जाती रही है। कहा जाता है कि **'सोवियत योजना एक नारा अथवा प्रयाण होती है न कि एक नील-पत्र'** ('A Soviet Plan is a slogan or a drive, not a blue print.')

सप्तवर्षीय योजना (1959-65) : महान् आर्थिक उत्थान

रूसी सप्तवर्षीय योजना रूस के एक दीर्घकालीन आर्थिक विकास योजना का अंग थी। 1960 से 1980 के बीच एक बीस वर्षीय योजना की घोषणा पहले ही की जा चुकी थी। सप्तवर्षीय योजना इस बीस वर्षीय दीर्घकालीन योजना से अपना संबंध विच्छेद नहीं कर सकती थी। **सप्तवर्षीय योजना का प्रमुख उद्देश्य रूसी अर्थव्यवस्था का साम्यवादी समाज की ओर तीव्र गति से आर्थिक विकास करना था और साथ ही**

समाजवाद और पूँजीवाद के बीच शान्तिमय आर्थिक प्रतियोगिता में साम्यवाद की श्रेष्ठता सिद्ध करना था। इस उद्देश्य से सप्तवर्षीय योजना का प्रमुख कार्य भारी उद्योगों के विस्तार की प्राथमिकता के आधार पर अर्थव्यवस्था के समस्त अंगों का सशक्त उत्थान करना और देश की आर्थिक संभावनाओं में पर्याप्त वृद्धि करना था ताकि जन-जीवन स्तर ऊँचा होता रहे।

सप्तवर्षीय योजना के उद्देश्य—सप्तवर्षीय योजना का निर्माण व्यापक आर्थिक राजनीतिक उद्देश्यों को ध्यान में रखकर किया गया था। अतएव इसके उद्देश्य न केवल आर्थिक थे वरन् राजनीतिक भी। **आर्थिक क्षेत्र में** सप्तवर्षीय योजना का प्रमुख लक्ष्य उत्पादन शक्तियों का सर्वांगीण विकास तथा भारी उद्योगों के प्राथमिकता प्राप्त विकास के आधार पर अर्थतंत्र की सभी शाखाओं में उत्पादन का एक ऐसा स्तर हासिल करना था जिससे साम्यवाद के निर्माण के लिए भौतिक एवं प्राविधिक आधार की स्थापना की दिशा में निर्णायक कदम उठाना संभव हो सके तथा पूँजीवादी देशों के साथ आर्थिक प्रतियोगिता में सोवियत संघ की विजय सुनिश्चित हो सके। **राजनीतिक क्षेत्र में** सप्तवर्षीय योजना का उद्देश्य समाजवादी पद्धति का और अधिक सुदृढ़ीकरण, सोवियत जनता की एकता और संघबद्धता, सोवियत जनवाद का विकास तथा साम्यवाद के निर्माण में व्यापक जनसमुदाय का क्रियाकलाप था। **सैद्धांतिक दृष्टि** से इस योजना का उद्देश्य साम्यवादी दल के सैद्धांतिक और शैक्षणिक कार्यों को और भी जोरदार बनाया तथा सोवियत निवासियों में देश-प्रेम और अन्तरराष्ट्रीय की भावना का विकास करना था। **अन्तरराष्ट्रीय संबंधों के क्षेत्र** में इसका उद्देश्य विभिन्न सामाजिक पद्धति वाले देशों के साथ शांतिपूर्ण सह-अस्तित्व के लेनिन के सिद्धांतों के आधार पर एक ऐसी विदेशी नीति का अनुसरण करना था जिसका उद्देश्य अन्तरराष्ट्रीय शांति एवं सुरक्षा का सुदृढ़ीकरण हो।

इन उद्देश्यों को ध्यान में रखकर **सप्तवर्षीय योजना का कार्यक्रम** अग्रलिखित निर्धारित किया गया था—(1) राष्ट्रीय अर्थव्यवस्था के सभी अंगों का तीव्र विकास करना, (2) धातुओं के उत्पादन में पर्याप्त वृद्धि करना ताकि देश की अर्थ व्यवस्था की परिवर्द्धित माँगों की पूर्ति की जा सके, (3) रसायनिक उद्योगों का तीव्र विकास करना, (4) ईंधन के ढाँचे में परिवर्तन करना और इस उद्देश्य से कम व्यय वाले ईंधन अर्थात् तेल एवं गैस के उत्पादन में वृद्धि को प्राथमिकता देना, (5) प्रमुखतः वृहत् स्तरीय वाष्प विद्युत शक्ति केन्द्रों (thermal electric power station) का निर्माण कर देश की अर्थव्यवस्था के सभी अंगों के विद्युतीकरण के कार्य को तीव्र गति से संपादित करना, (6) विद्युतीकरण एवं डीजलीकरण के आधार पर रेल पथों का प्राविधिक पुनर्निर्माण करना, (7) खाद्यान्नों एवं कृषि कच्चे मालों से संबंधित देश की निरन्तर बढ़ती माँगों की पूर्ति के लिए कृषि के समस्त अंगों का और भी अधिक विकास करना, (8) श्रमिक जनता के गृह-अभाव की समस्या को दूर करने के लिए गृह-निर्माण में तीव्र वृद्धि करना, (9) देश के पूर्वी क्षेत्रों के प्राकृतिक साधनों के और भी अधिक विकास के लिए विशेष ध्यान देना।

मुख्य लक्ष्य—सप्तवर्षीय योजना के भौतिक लक्ष्य षष्ठ पंचवर्षीय योजना की तरह बहुत अधिक महत्त्वाकांक्षी नहीं थे। आगे की तालिका से यह स्पष्ट है।

विकास की वार्षिक दर (प्रतिशत)

मदें	षष्ठ योजना	सप्तवर्षीय योजना
राष्ट्रीय आय	10.0	7.4
कुल औद्योगिक उत्पादन	19.5	8.3
1. पूँजीगत वस्तुएँ	11.2	9.3
2. उपभोक्ता वस्तुएँ	10.0	7.3
कृषि की कुल उपज	11.0	8.0
श्रम उत्पादकता (उद्योग में)	8.4	6.6
रेलवे द्वारा ढोया जाने वाला माल	6.3	5.5

स्पष्टतः **सप्तवर्षीय योजना के साथ वर्षों की अवधि के समग्र औद्योगिक उत्पादन में 80 प्रतिशत की वृद्धि का लक्ष्य निर्धारित किया गया था।** इसमें पूँजीगत वस्तुओं के उत्पादन में वृद्धि का लक्ष्य 85 से 88 प्रतिशत (9.3 प्रतिशत वार्षिक) निर्धारित किया गया था। कच्चे लोहे के उत्पादन को 6.5 करोड़ टन से 7 करोड़ टन, इस्पात के उत्पादन को 8.6 करोड़ टन से 9.1 करोड़ टन तथा रोल्ड इस्पात के उत्पादन को 6.5 करोड़ टन से 7 करोड़ टन करने का लक्ष्य निर्धारित किया गया था।

पूँजी निवेश—सात वर्षों की अवधि में रूसी अर्थव्यवस्था में अभूतपूर्व वृहत् परिमाण में पूँजी का निवेश होनेवाला था। सन् 1956 से 1965 के बीच सरकार द्वारा जो निवेश किया जाना था वह विगत 7 वर्षों में किए गए पूँजी निवेश से 1.8 गुना अधिक था। योजना काल में सरकार द्वारा लगभग 1940 से 1970 बिलियन रूबल का निवेश होना था। नीचे की तालिका विभिन्न क्षेत्रों में सरकार द्वारा पूँजी निवेश को प्रदर्शित करती है।

पूँजी निवेश (हजार मिलियन रूबल)

मद	1952-58	1959-65	प्रतिशत वृद्धि
औद्योगिक निर्माण	821	1488-1523	181-184
गृह निर्माण एवं सार्वजनिक सेवाएँ	208	375-380	180-183
शैक्षणिक, सांस्कृतिक एवं स्वास्थ्य सुविधाएँ	43	77	179
कुल व्यय	1072	1940-1970	181-184

योजना काल में सरकार द्वारा कुल जितनी पूँजी का निवेश होना था उसका 40 प्रतिशत देश के पूर्वी क्षेत्रों के विकास में लगाया जाना था। इन पूर्वी क्षेत्रों में यूराल, साइबेरिया, सूदूर पूर्व, कजाकिस्तान और मध्य एशिया सम्मिलित हैं। **योजना काल में इस पूँजी निवेश के लिए कुछ महत्त्वपूर्ण सिद्धांत निर्धारित किए गए थे—**

1. जहाँ पर नवीन प्राकृतिक साधनों का पता लगे वहीं पर नवीन कारखाने स्थापित किये जायँ। इसी श्रेणी में तेल, गैस, विद्युत, खनिज सम्मिलित थे।
2. निर्माणी उद्योगों में नवीन कारखानों की स्थापना में पूँजी का निवेश न कर विद्यमान कारखानों का आधुनिकीकरण एवं पुनर्गठन हो।

सप्तवर्षीय योजना का अन्तरराष्ट्रीय महत्त्व—सप्तवर्षीय योजना को पूर्ण हो जाने पर सोवियत रूस का प्रति व्यक्ति औद्योगिक उत्पादन यूरोप के विकसित पूँजीवादी देश—ग्रेट

ब्रिटेन और पश्चिम जर्मनी के तत्कालीन उत्पादनों से अधिक हो जाता। इस प्रकार **यह यूरोप में प्रथम एवं विश्व में द्वितीय हो जाता।** सन् 1965 में कतिपय बहुत महत्त्वपूर्ण वस्तुओं के उत्पादन के लिए सोवियत रूस का उत्पादन संयुक्त राज्य अमेरिका के तत्कालीन उत्पादनों से भी अधिक हो जाता जबकि अन्य वस्तुओं के उत्पादन में सोवियत रूस का उत्पादन संयुक्त राज्य अमेरिका के औद्योगिक उत्पादन के बराबर हो जाता। उस समय तक सोवियत रूस में अधिकांश महत्त्वपूर्ण कृषि वस्तुओं का उत्पादन भी संयुक्त राज्य अमेरिका के तत्कालीन उत्पादनों से अधिक हो जाता। आर्थिक लक्ष्य के साथ-साथ योजना के **कुछ सामाजिक उद्देश्य** भी थे जो मुख्यतः अग्रांकित थे–(1) काम के घंटे को 8 घंटे प्रतिदिन से घटाकर 7 घंटे प्रतिदिन करना, (2) शनिवार को काम के घंटे में 2 घंटे की कमी करना, (3) निम्न आय वर्गों की न्यूनतम मजदूरी में वृद्धि करना तथा (4) पेंशन की व्यवस्था में सुधार करना।

सप्तवर्षीय योजना की उपलब्धियाँ–1960 ई॰ से विकास की दर 1950 वाले देश की अपेक्षा निम्न रही है। 1963 और 1964 ई॰ में इसकी गति और भी मन्द पड़ गयी। 1963 ई॰ तक सप्तवर्षीय योजना के पाँच वर्षों में औद्योगिक विकास आयोजित लक्ष्य से कुछ अधिक रहा। इसमें उपभोक्ता वस्तुओं का उत्पादन लक्ष्य से थोड़ा कम (वार्षिक 7.3 प्रतिशत की तुलना में 6.4 प्रतिशत) तथा पूँजीगत वस्तुओं का उत्पादन लक्ष्य से थोड़ा अधिक (वार्षिक 9.3 प्रतिशत की तुलना में 10 प्रतिशत) रहा।

1961-1965 के बीच वार्षिक प्रतिशत वृद्धि

	1961	1962	1963	1964	1965
कुल औद्योगिक उत्पादन	9.2	9.7	8.5	7.1	8.5
वर्ग क–पूँजी माल	10	10	10	7.8	8.7
वर्ग ख–उपभोक्ता माल	6.6	7	5	6.5	8.5
श्रमिक उत्पादन	3.6	6.2	4.9	4	5
राष्ट्रीय आय	7	6	4	7	6

किन्तु 1964 ई॰ में स्थिति पहले की अपेक्षा अधिक खराब हो गयी तथा विकास की दर आयोजित लक्ष्य से कुछ कम रही। 1965 ई॰ में कुछ समुत्थान अवश्य हुआ किन्तु कृषि क्षेत्र में वृद्धि आयोजित लक्ष्य से बहुत ही कम रही। ऊपर की तालिका से 1961 ई॰ से 1965 ई॰ तक घोषित परिणामों का अंदाजा लगता है। **रूस में युद्धोरत्तकालीन पुनर्निर्माण की समाप्ति से लेकर इस योजना तक वार्षिक यौगिक वृद्धि दर औसतन 10 प्रतिशत रही थी। यह युद्ध पूर्व के समय की तुलना में बहुत ही कम थी।** किन्तु पूँजीवादी देशों में विशेष परिस्थितियों में प्राप्त दरों की अपेक्षा यह बहुत ही अधिक थी। यह संयुक्त राज्य अमेरिका में 1871 के 1913 ई॰ के बीच विकास की दर की दुगुनी और 1950 वाले दशक की दर से तीन गुनी अधिक रही है। इस प्रकार **सप्तवर्षीय योजना के अन्तर्गत रूस में आर्थिक विकास की दर यद्यपि पहले की अपेक्षा कम थी तथापि यह पूँजीवादी देशों की तुलना में निश्चित रूप से अधिक थी।** सन् 1965 के पूर्व के सात वर्षों में रूस की अर्थव्यवस्था में बहुत अधिक सुधार हुआ। सुधार एवं प्रगति का यह क्रम कृषि की तुलना में उद्योगों में अधिक रहा। विशेषतः भारी

उद्योग के क्षेत्र में रूस ने इस अवधि में बहुत अधिक उन्नति कर वैज्ञानिक खोज एवं तकनीकी विकास के नये मानक स्थापित किये। किन्तु इस योजना के जनक श्री **निकिता ख्रुश्चेव का यह दावा कि योजना के अन्त में सोवियत रूस विश्व का प्रथम राष्ट्र हो जायगा, सही नहीं सिद्ध हो सका।** अनेक क्षेत्रों में सातवीं योजना की निसंदिग्ध सफलता के बावजूद यह नहीं कहा जा सकता कि रूस में प्रति व्यक्ति आय संयुक्त राज्य अमेरिका अथवा इंगलैंड की प्रति व्यक्ति आय के समान हो गयी। **सप्तवर्षीय योजना काल में विभिन्न क्षेत्रों में आर्थिक प्रगति इस प्रकार रही–**

1. उद्योग–इस योजना काल में औद्योगिक उत्पादन में 84 प्रतिशत अर्थात् 12 प्रतिशत प्रति वर्ष की दर से वृद्धि हुई जबकि लक्ष्य केवल 8 प्रतिशत रखा गया था। योजना की अवधि में लगभग साढ़े पाँच हजार औद्योगिक उपक्रमों की स्थापना की गयी। दूसरे शब्दों में यह कहा जा सकता है कि इन सात वर्षों में प्रति-दिन औसतन दो औद्योगिक इकाइयाँ स्थापित की गयीं। योजना के सात वर्षों में औद्योगिक उत्पादनों में जो वृद्धि हुई वह वस्तुतः 1956 से पहले के बीस वर्षों में की गयी औद्योगिक वृद्धि के बराबर थी। सप्तवर्षीय योजना काल में सैनिक और प्रतिरक्षा-संबंधी उद्योग में मशीन निर्माण तथा इंजीनियरिंग उद्योगों में विशेष रूप से प्रगति हुई। सोवियत सेना का पूर्ण मशीनीकरण कर दिया गया और वह वस्तुतः इलेक्ट्रॉनिक एवं परमाणु अस्त्रों से सुसज्जित हो गयी। औद्योगिक शक्ति, यातायात, इस्पात, अलौह धातुओं एवं भारी रसायनिक पदार्थों के उत्पादन में भी पर्याप्त वृद्धि हुई। सन् 1965 में रूस का इस्पात उत्पादन 10 करोड़ टन हो गया जो उस समय संयुक्त राज्य अमेरिका के इस्पात उत्पादन से कुछ ही कम था। इसी प्रकार कोयले का उत्पादन 60 करोड़ टन और खनिज तेल का उत्पादन 26.5 करोड़ टन तक हो गया। प्राकृतिक गैस एवं खनिज तेल के परिवहन के लिए पाइप लाइनें बिछायी गयीं। धातुओं, खनिज ईंधनों, रसायानिक पदार्थों और मशीनों के निर्माण में 100 से 150 प्रतिशत वृद्धि हुई।

2. कृषि–कृषि-उत्पादन संबंधी लक्ष्यों को सप्तवर्षीय योजना में पूरा नहीं किया जा सका। सात वर्षों की लम्बी अवधि में कृषि-उत्पादन में वस्तुतः केवल 12 प्रतिशत की वृद्धि हो सकी अर्थात् कृषि उत्पादन में वृद्धि की औसत वार्षिक दर 2 प्रतिशत भी नहीं रही। सन् 1958 तक कृषि की स्थिति कुछ ठीक थी किन्तु उसके पश्चात् कृषि में प्रगति का क्रम कुछ रुक-सा गया। सन् 1961 में कृषि उपज में 4.4 प्रतिशत वृद्धि हुई। किन्तु सन् 1962 में यह वृद्धि 2.8 प्रतिशत से भी कम थी। उसके बाद सूखे के कारण स्थिति और भी बिगड़ गयी जिससे विदेशों में अनाज का आयात करना आवश्यक हो गया। फलतः सामूहिक फार्मों का पुनर्गठन किया गया। छोटे-छोटे फार्मों को बड़ी इकाइयों में मिला दिया गया। देश में 1958 में सामूहिक फार्मों की संख्या 67, 700 थी जो घटकर सन् 1965 में केवल 36,600 रह गयी। कुछ सामूहिक फार्मों को राजकीय फार्मों में भी बदला गया। इस अवधि में कृषि के यंत्रीकरण की प्रक्रिया में सुधार किया गया। योजना अवधि में मांस, दूध, अण्डों और फल-सब्जियों के उत्पादन में भी वृद्धि की गयी। सप्तवर्षीय योजना काल में रसायनिक खाद के उत्पादन तथा वितरण पर काफी जोर दिया गया जिससे सन् 1965 में स्थिति में कुछ सुधार हुआ और कृषि उत्पादन बढ़ा।

3. गृह-निर्माण–वस्तुत: आवास व्यवस्था के क्षेत्र में ही सप्तवर्षीय योजना काल में सबसे अधिक प्रगति हुई। सात वर्षों में लगभग 185 लाख मकानों का निर्माण

किया गया। ये आवास-गृह आधुनिक सुविधाओं से युक्त थे। नये गृहों के निर्माण के साथ-साथ पुराने मकानों का भी सुधार किया गया था। गृह-निर्माण सहकारी संस्थाओं के माध्यम से किया जाता था जिसके लिए राज्य बैंक दीर्घकालीन ऋण देता था।

4. प्रति व्यक्ति आय और जन-जीवन स्तर में सुधार—योजनाकाल में प्रति व्यक्ति आय में 20 प्रतिशत की वृद्धि हुई। न्यूनतम वेतनों की राशि में वृद्धि कर दी गयी। शिक्षा संबंधी सुविधाओं का विकास किया गया। स्वास्थ्य और चिकित्सा के क्षेत्र में भी पर्याप्त प्रगति हुई। इस काल में श्रमिकों के कल्याण की अनेक योजनाएँ लागू की गयीं जिनके फलस्वरूप नये स्कूल, अस्पताल, शिशु गृह, जलपान गृह, होटल और स्वास्थ्य लाभ केन्द्रों की संख्या में वृद्धि हुई। काम की दशाओं में सुधार और काम के घंटों में भी कमी हुई।

ऐसी व्यवस्था की गयी कि शहरों और गाँवों दोनों क्षेत्रों में लोगों को पौष्टिक भोजन, शिक्षा, मनोरंजन एवं चिकित्सा सुविधाएँ और सरलता से प्राप्त हो सकें।

निम्नोक्त तालिका से 1928 से 1965 के बीच रूस में कुछ क्षेत्रों में उत्पादन-वृद्धि का अन्दाजा लगता है।

सोवियत रूस में कुछ प्रमुख पदार्थों का उत्पादन[1]

मदे	1928	1940	1950	1960	1965
कोयला (मिलियन टन)	35.5	165.8	261.1	513.1	578
कृषि (मिलियन टन)	11.6	31.1	37.9	147.9	243
विद्युत (मिलियर्ड कि॰ मी॰)	5.0	48.3	91.3	292.3	507
गैस (मिलियर्ड घ॰ मी॰)	0.3	3.4	6.2	47.2	129
कच्चा लोहा (मिलियन टन)	3.3	14.9	19.2	46.8	66.2
इस्पात (" ")	4.3	18.3	20.3	65.3	91.0
लौह धातु (" ")	6.1	29.9	39.7	105.9	153
सिमेंट (" ")	1.5	5.7	10.2	45.5	72.4
खनिज उर्वरक (" ")	0.1	3.2	5.5	13.9	31.3
कॉस्टिक सोडा (हजार टन)	—	190	325	765	133
कृत्रिम रेशा (" ")	0.2	11.1	24.2	211.2	407
कृत्रिम रेशम तथा प्लास्टिक (हजार टन)	—	14.9	74.5	33.17	82.1
वाष्प ईंजन (संख्या)	479	914	985	—	—
डीजल ईंजन (" ")	—	5	125	1303	14.5
विद्युत ईंजन (" ")	—	9	102	399	641
मोटर गाड़ियाँ (हजार)	0.8	145	363	523	616
बाईसिकिल (" ")	10.8	255	649	3950	3900
ट्रैक्टर (" ")	1.3	31.6	116	238	355

1. M. Dobb : *Soviet Economic Development Since* 1917, p. 326

ग्रेन हारवेस्टर (" ")	—	12.8	463	59.0	85.8
कागज (मिलियन टन)	0.3	0.8	1.2	2.4	3.4
सूती वस्त्र (मिलियन वर्गमीटर)	—	704	2745	4838	5504
ऊनी वस्त्र (" ")	—	152.1	193.2	438.5	466
लिनेन वस्त्र (" ")	—	268.3	257.4	561.1	547
रेशमी वस्त्र (" ")	—	64.2	105.9	675.2	796
चमड़े के जूते (मिलियन जोड़े)	8	211	203	419	486
घड़ियाँ (मिलियन)	0.9	2.8	7.6	26.0	30.6
रेडियो तथा टेलीविजन (")	—	0.16	1.07	5.88	8.9
मांस (मिलियन टन)	0.67	1.50	1.53	4.40	5.2
	(औसत)	(औसत)	(औसत)	(औसत)	(औसत)
	1928-32	1938-40	1949-63	1959-63	1964-65
अन्न (" ")	73.6	77.9	80.9	124.7	135.8

आठवीं पंचवर्षीय योजना (1966-1970)

सोवियत संघ के साम्यवादी दल की 23वीं कांग्रेस ने 1966 ई॰ से 1970 ई॰ के बीच पाँचवर्षीय योजना के लिए निर्देशों (directives) को स्वीकार किया। यही आठवीं पंचवर्षीय योजना बनी। इस प्रकार इस कांग्रेस में केन्द्रीय समिति द्वारा प्रस्तुत आठवीं योजना की रूपरेखा को अप्रैल 1966 में अंतिम रूप से स्वीकार किया गया था। इसके पहले इस योजना को जनमत प्राप्त करने के लिए प्रकाशित किया गया था। इस योजना को अंतिम रूप देते समय मजदूरों, किसानों तथा अन्य तबके के लोगों के विचारों को भी ध्यान में रखा गया था और इसके निर्माण में 1956 में बीसवीं कांग्रेस द्वारा निर्धारित तिथियों तथा पिछले दस वर्षों में राष्ट्र की प्रगति को भी ध्यान में रखा गया था। इस बीच **व्यक्ति पूजा के बदले सामूहिक नेतृत्व की स्थापना के लिए सभी स्तरों पर सैद्धांतिक, राजनीतिक और संगठनात्मक परिवर्तन किये जा चुके थे ताकि लेनिन के सिद्धांत के अनुसार वास्तविक जनतंत्र की स्थापना की जा सके।** आठवीं योजना आर्थिक दृष्टि से इन्हीं सम्पूर्ण महत्त्वपूर्ण परिवर्तनों की एक कड़ी के रूप में निर्मित और कार्यान्वित की गयी थी।

आठवीं योजना के उद्देश्य—इस योजना का प्रमुख उद्देश्य 1970 तक रूसी अर्थव्यवस्था का पर्याप्त विकास कर देशवासियों के जीवन-स्तर को और ऊँचा उठाना था। इसी व्यापक उद्देश्य को ध्यान में रखकर देश के उपलब्ध साधनों के अधिकतम उपयोग को इस योजना में आधारभूत महत्त्व दिया गया था। **आठवीं योजना के प्रमुख उद्देश्य इस प्रकार थे**—(1) वैज्ञानिक और तकनीकी उपलब्धियों के अधिकतम उपयोग द्वारा उद्योगों का और अधिक विकास ताकि योजना काल में औद्योगिक उत्पादन में 47 से 50 प्रतिशत तक वृद्धि की जा सके। (2) औद्योगिक उत्पादन में और अधिक उत्कृष्टता तथा कुशलता की प्राप्ति। (3) कृषि-विकास दरों में उच्च स्तर पर स्थायित्व लाना ताकि अगले पाँच वर्षों में कृषि-उत्पादन में एक तिहाई वृद्धि हो सके। (4) श्रम उत्पादन में वृद्धि—उद्योगों

में 33–35 प्रतिशत और कृषि में 40-45 प्रतिशत तक। (5) राष्ट्रीय आय में 38-41 प्रतिशत तक वृद्धि। (6) योजनाकाल में प्रति व्यक्ति वास्तविक आय में 30 प्रतिशत वृद्धि। (7) रूसी नागरिकों की भौतिक और सांस्कृतिक आवश्यकताओं की अधिक पूर्ति। (8) ग्रामीण क्षेत्रों में सामाजिक सेवाओं का प्रसार।

आठवीं योजना के लक्ष्य—आठवीं पंचवर्षीय योजना के अन्तर्गत प्रमुख लक्ष्य निम्नांकित रूप में निर्धारित किए गए थे—

मदें		**उत्पादन लक्ष्य**
शक्ति उत्पादन	(मिलियन kwh)	830,000-850000
तेल	(मिलियन टन)	345-355
कोयला	(")	665-675
इस्पात	(")	124-129
खनिज उर्वरक	(")	62-65
मशीन टूल्स	(संख्या)	220,000-230, 000
मोटरकार	(")	700,000-800,000
ट्रैक्टर	(")	600,000-625,000
कागज	(मिलियन टन)	5-5.3
सीमेन्ट	(")	100–105
वस्त्र (fabrics)	(मिलियन वर्ग मीटर)	9.5-9.8
चमड़े के जूते	(मिलियन जोड़े)	610-630
मांस	(मिलियन टन)	5.9-6.2
मक्खन	(")	1.2
चीनी	(")	9.8-10
नयी रेलवे लाइन	(किलो मीटर)	7000
नयी मोटर सड़कें	(")	63000
नये हवाई अड्डे (airports)	(संख्या)	35-40
जलयान टन भार (marine tonnage)	(प्रतिशत वृद्धि)	50
औसत खाद्यान्न उत्पादन	(प्रतिशत वृद्धि)	30

आठवीं योजना की प्रगति और उसकी समीक्षा—लम्बे योजनाकाल में सोवियत अर्थ-तंत्र ने पर्याप्त प्रगति की है और सोवियत रूस की प्रत्येक आर्थिक योजना ने राष्ट्रीय अर्थतंत्र के आकार-प्रकार में पर्याप्त परिवर्तन किया है। आठवीं योजना में राष्ट्रीय आय में 38 से 44 प्रतिशत वृद्धि का लक्ष्य था। किन्तु वास्तविक वृद्धि 41 प्रतिशत हुई। औद्योगिक उत्पादन में योजना काल में 47-50 प्रतिशत वृद्धि का प्रावधान था जबकि वास्तविक वृद्धि 50 प्रतिशत हुई। योजना में सामान्य नागरिकों के जीवन-यापन के स्तर में सुधार के जो लक्ष्य निर्धारित किये गये थे उन्हें भी योजनानुसार पूरा कर लिया गया।

उद्योग—आठवी योजना के अन्दर रूस में विद्युत शक्ति, रसायनिक उद्योग, पेट्रो-

रसायन, इंजीनियरिंग उद्योग, रेडियो, इलेक्ट्रॉनिक्स, मशीन औजार निर्माण उद्योगों के उत्पादन में अत्यन्त तीव्र गति से वृद्धि हुई। आठवीं योजना से पहले कुल औद्योगिक उत्पादन में इन उद्योगों का योगदान केवल 28 प्रतिशत था। योजना के अन्त में यह बढ़कर 33 प्रतिशत हो गया था। उपभोक्ता उद्योगों के उत्पादन में इस योजना अवधि में 49 प्रतिशत की वृद्धि हुई। इस योजना काल में औद्योगिक उत्पादन की प्रगति काफी तेज रही। योजना के अन्त में सन् 1970 का औद्योगिक उत्पादन द्वितीय विश्वयुद्ध से पहले की समस्त पंचवर्षीय योजनाओं की अवधियों के औद्योगिक उत्पादनों के योग का लगभग दो गुना था। अग्रांकित तालिका से आठवीं योजना में औद्योगिक प्रगति का अनुमान लगाया जा सकता है—

आठवीं योजना में औद्योगिक उत्पादन

उद्योग	इकाई	1965	1970	योजना काल में वृद्धि (प्रतिशत)
विद्युत शक्ति	अरब किलोवाट	507	740	46
खनिज तेल एवं गैस	दस लाख टन	243	353	45
कोयला	दस लाख टन	558	624	8
इस्पात	दस लाख टन	91	116	27
उर्वरक	दस लाख टन	31	55	77
सीमेन्ट	दस लाख टन	72	95	32
सभी प्रकार के वस्त्र	अरब वर्गमीटर	7.5	8.9	18
रेडियो और टेलीविजन	दस लाख	8.8	14.5	64
घरेलू रेफ्रीजरेटर	दस लाख	1.7	4.1	147

1963 के अन्त तक 36000 औद्योगिक संयंत्रों (plant) को विकेन्द्रित लागत-खाता (decentralised cost-accounting) की नयी प्रणाली में अन्तरित किया जा चुका था। ये सोवियत उद्योगों के कुल उत्पादन का 83 प्रतिशत और कुल लाभ का 91 प्रतिशत पैदा किये थे।

कृषि—सोवियत रूस की **आठवीं योजना कृषि-क्षेत्र में बहुत सफल नहीं रही।** इसमें कृषि-उत्पादन में 33 प्रतिशत वृद्धि का लक्ष्य था जबकि वास्तविक वृद्धि केवल 21 प्रतिशत ही हुई। सातवीं योजना में कृषि उत्पादन में केवल 12 प्रतिशत ही वृद्धि हुई थी। फिर भी कुछ फसलों के उत्पादन में आशातीत वृद्धि हुई। उदाहरण के लिए अनाज का उत्पादन औसतन 30 प्रतिशत बढ़ गया। अनाज का औसत वार्षिक उत्पादन सातवीं योजना के अन्त में 130 मिलियन टन से बढ़कर आठवीं योजना के अन्त में 167.5 मिलियन टन हो गया। कपास के उत्पादन में 22 प्रतिशत, चुकन्दर के उत्पादन में 37 प्रतिशत और मांस, दूध तथा अण्डों आदि के उत्पादन में 24 प्रतिशत वृद्धि हुई। आठवीं योजना का अन्तिम वर्ष सन् 1970 कृषि उत्पादन के लिए एक उत्तम वर्ष था।

आवास *(Housing)*—आवास की व्यवस्था के लिए आठवीं पंचवर्षीय योजना में 60 अरब रूबल व्यय किये गये और योजना के पाँच वर्षों में 50 करोड़ वर्गमीटर से कुछ अधिक गृहों और फ्लैटों का निर्माण किया गया। इसमें 5 करोड़ व्यक्तियों को आधुनिक

आवास सुविधाएँ उपलब्ध हो सकीं। सोवियत रूस के 10 लाख से अधिक जनसंख्या वाले 50 शहरों में आवास निर्माण पर अधिक ध्यान दिया गया।

सामाजिक सेवाएँ और अन्य क्षेत्र—आठवीं योजना में प्रति व्यक्ति वास्तविक आय में लगभग 30 प्रतिशत वृद्धि का लक्ष्य रखा गया था जबकि वास्तविक वृद्धि लगभग 33 प्रतिशत हुई। श्रमिकों तथा कार्यालयों के कर्मचारियों के वेतन में वृद्धि हुई। सामूहिक कृषि फार्मों में उत्पादन बढ़ा जिससे किसानों की आय में 42 प्रतिशत वृद्धि हुई। श्रमिकों की सवेतन वार्षिक छुट्टी में कुछ वृद्धि हुई। अब अधिकांश श्रमिकों तथा कर्मचारियों को सप्ताह में केवल पाँच दिन ही कार्य करना पड़ता है। आठवीं योजना की अवधि में जन-जीवन-स्तर में पर्याप्त वृद्धि हुई। सन् 1965 की तुलना में सन् 1970 में मांस के प्रति व्यक्ति उपभोग में 17 प्रतिशत, दूध तथा दूध से बनी वस्तुओं के उपभोग में 22 प्रतिशत, मछली और मछली से बने पदार्थों के उपभोग में 33 प्रतिशत, अण्डों के उपभोग में 23 प्रतिशत तथा चीनी के उपभोग में 14 प्रतिशत वृद्धि हुई। इन पौष्टिक खाद्य-पदार्थों की प्रति व्यक्ति उपलब्धि में वृद्धि के कारण अनाज और आलू की प्रति व्यक्ति खपत में कुछ कमी हुई। अतः **सोवियत संघ में औसत नागरिक के जीवन-व्यवहार में गुणात्मक सुधार हुआ।** आठवीं योजना के पूर्व की सभी योजनाओं में आधुनिक जीवन की समस्त सुविधाओं के लिए निर्धारित लक्ष्यों की उपलब्धियों में केवल संख्यात्मक पक्ष पर विशेष ध्यान दिया गया था। किन्तु **आठवीं योजना में इसके गुणात्मक पक्ष पर विशेष जोर दिया गया था। आठवीं योजना में उत्पादित वस्तुओं की किस्म के सुधार पर पर्याप्त जोर दिया गया था।** अतएव इस योजना की उपलब्धियों ने रूसी समाजवादी पद्धति को और अधिक सुदृढ़ किया और जन-जीवन-स्तर को कुछ ऊँचा कर सकने में सोवियत रूस को समर्थ बनाया।

नवीं पंचवर्षीय योजना (1971-75)

सातवीं और आठवीं योजनाओं के काल में सोवियत संघ में आर्थिक विकास की औसत वार्षिक दर आठ प्रतिशत से कुछ अधिक ही रही है। निम्नोक्त तालिका से 1963 से 1971 के बीच सोवियत संघ तथा संयुक्त राज्य अमेरिका में राष्ट्रीय आय में वृद्धि की दर का अन्दाजा लगता है।

राष्ट्रीय आय में वृद्धि (1963 = 100)

वर्ष	रूस	अमेरिका
1963	100.0	100.0
1964	107.7	113.5
1965	114.6	123.5
1966	122.6	135.9
1967	133.6	143.0
1968	144.6	172.6
1969	155.1	185.5
1970	170.7	193.5
1971	180.2	209.4

सोवियत रूस का यह आर्थिक विकास पूँजीवादी व्यवस्था के समर्थकों की इस धारणा को गलत सिद्ध करता है कि समाजवादी अर्थव्यवस्थाओं में आर्थिक प्रगति की दर शिथिल पड़ जाती है। आठवीं योजना सन् 1970 में समाप्त हुई। इस योजना के पाँच वर्षों में औद्योगिक उत्पादन 50 प्रतिशत बढ़ा तथा कृषि उत्पादन में 21 प्रतिशत की वृद्धि हुई। औद्योगिक उत्पादन की किस्मों में और अधिक सुधार लाया गया। सरकार की ओर से वृद्ध, असहाय व्यक्तियों के पेन्शनों की राशि में वृद्धि की गई। श्रमिकों की आय में भी 33 प्रतिशत की वृद्धि हुई। निम्न आय स्तरों पर आय कर की दरों में पर्याप्त कमी की गई। **1971 से रूस में नौवीं पंचवर्षीय योजना लागू की गई जो 1975 में पूरी हो गई।** नवीं योजना ने सोवियत समाज की आर्थिक प्रगति एवं उसके भौतिक तथा तकनीकी आधार के निर्माण तथा देश की आर्थिक और प्रतिरक्षा क्षमता को दृढ़तर बनाने में एक महत्त्वपूर्ण भूमिका अदा की है। 25वें कांफ्रेंस में नवम् योजना की सफलता के संबंध में चर्चा करते हुए तत्कालीन रूसी प्रधानमंत्री **कोसिजिन** ने कहा था कि **इसकी पूर्ति के फलस्वरूप आर्थिक संभाव्यता 10 वर्षों में दुगुनी हो गयी।**[1]

नवीं योजना के प्रमुख उद्देश्य और लक्ष्य—नवीं पंचवर्षीय योजना का प्रमुख उद्देश्य उच्च नागरिक जीवन स्तर का निर्माण करना था। योजना में सभी उपभोक्ता वस्तुओं की उत्पादन दर बढ़ाने पर विशेष जोर दिया गया था ताकि सभी नागरिकों को उपभोक्ता वस्तुएँ सरलता से सुलभ हो सकें। दूसरे शब्दों में, **नवीं पंचवर्षीय योजना का प्रमुख उद्देश्य राष्ट्रीय उत्पादन में ऊँची दर से वृद्धि द्वारा नागरिकों के भौतिक, सामाजिक एसं सांस्कृतिक स्तर पर पर्याप्त सुधार लाना था।** इसके लिए वैज्ञानिक और तकनीकी उन्नति के आधार पर समाजवादी उत्पादन क्षमता को बढ़ाना और श्रम-उत्पादकता में पर्याप्त बढ़ोत्तरी करना आवश्यक बतलाया गया था।

निर्धारित उद्देश्यों के अनुसार योजना के अन्त तक सोवियत रूस में प्रति व्यक्ति वास्तविक आय में 30 प्रतिशत तथा लोकापयोगी निधियों में 40 प्रतिशत तक की वृद्धि का आयोजन था। सार्वजनिक शिक्षा पर अधिक जोर दिया गया था तथा विद्यार्थियों की छात्रवृत्तियों तथा वृद्धों को प्राप्त होने वाले पेन्शनों में पर्याप्त वृद्धि की गई थी। इस योजना में आवास सुविधाओं में विशाल सुधार लाया गया। इस योजना में भवन निर्माण के लिए जितनी राशि निर्धारित की गई थी उतनी किसी अन्य मद में नहीं। अनुमान था कि इस योजना में प्रतिदिन प्रायः 900 फ्लैटों का निर्माण होगा तथा वर्तमान भवनों एवं फ्लैटों का सुधार एवं आधुनिकीकरण किया जाएगा।

योजना के उद्देश्यों की पूर्त्ति में विज्ञान एवं तकनीकी ज्ञान के पूर्ण उपयोग पर जोर था। इससे आधारभूत एवं उत्पादक उद्योगों की विकास दर की तुलना में उपभोक्ता उद्योगों की विकास दर को बढ़ाना संभव होगा। इसके लिए ऐसे नवीनतम संयंत्रों और उपकरणों के विकास पर जोर था जो अब तक विश्व के अन्य देशों के प्रयोग किए जाने वाले संयंत्रों और उपकरणों से भी अधिक उच्च कोटि के थे। इस प्रकार योजना में आविष्कारों को प्रोत्साहन तथा वैज्ञानिक उपलब्धियों की आधुनिकतम स्वरूप प्रदान करने की दिशा में विशेष प्रयास करने के प्रस्ताव थे। नवीं पंचवर्षीय योजना में सम्पूर्ण अर्थव्यवस्था एवं उसके विभिन्न क्षेत्रों में विकास के लिए उच्च दरें निर्धारित की गयी थीं। योजना काल में राष्ट्रीय

1. As a result of its fulfilment the country's economic potential has virtually doubled in the past 10 years—real income per head of population has doubled every 15 years.

आय में 40 प्रतिशत तक वृद्धि का लक्ष्य रखा गया था। आठवीं पंचवर्षीय योजना में औसत वार्षिक राष्ट्रीय आय लगभग 233 अरब रूबल रही जबकि नवीं योजना की अवधि में औसत वार्षिक राष्ट्रीय आय बढ़कर लगभग 325 अरब रूबल होने की आशा थी।

योजना काल में सोवियत संघ में आर्थिक विकास की दर अन्य देशों की अपेक्षा बहुत ही तीव्र रही है। अपने निबन्ध **'विगत शताब्दी में आर्थिक विकास की दर'** में **डॉ॰ पटेल ने यह निष्कर्ष निकाला है** कि 'विगत 1913 से 1958 के बीच 45 वर्षों में औद्योगिक उत्पादन की वृद्धि दर ग्रेट ब्रिटेन और फ्रांस में 2 प्रतिशत प्रतिवर्ष, जर्मनी में 2.4 प्रतिशत, अमेरिका में 3 प्रतिशत से कुछ अधिक, जापान में 5.4 प्रतिशत और रूस में 8 प्रतिशत प्रति वर्ष रही है।''[1]

तत्कालीन **सोवियत प्रधानमंत्री कोसीजिन** (A. N. Kosygin) ने भी समाजवादी दल के 25वें अधिवेशन में अपना विचार व्यक्त करते हुए बतलाया था कि पिछले पाँच वर्षों में औसत रूप से 7.4 प्रतिशत की वृद्धि हुई थी जबकि संयुक्त राज्य अमेरिका तथा यूरोपीय साझा बाजार के देशों में यह दर औसत रूप में 1.2 प्रतिशत वार्षिक रही थी। **कोसीजिन** के अनुसार सोवियत संघ के औद्योगिक विकास की इस उच्च दर के कारण नवीं पंचवर्षीय योजना लागू होने के पूर्व सोवियत संघ विश्व के अन्य किसी भी देश से अधिक कच्चा लोहा, लोहा, मैंगनीज, खनिज क्रोमियम, कोयला, सीमेंट, ट्रैक्टर तथा डीजल एवं विद्युत ईंजन का उत्पादन कर रहा है।

नवीं पंचवर्षीय योजना में आर्थिक प्रगति—नवीं पंचवर्षीय योजना की अवधि में रूसी अर्थव्यवस्था में चतुर्दिक उन्नति हुई। राष्ट्रीय आय में पाँच वर्षों में 34 प्रतिशत की वृद्धि हुई। इसमें 75 प्रतिशत उपभोग तथा 25 प्रतिशत संचय के कार्य में आया। कुल औद्योगिक उत्पादन में 43 प्रतिशत वृद्धि हुई। ईंधन और शक्ति में महान प्रगति हुई। 1975 में तेल का उत्पादन 49 करोड़ टन, गैस का उत्पादन 28900 करोड़ घन मीटर, कोयले का उत्पादन 70 करोड़ टन, विद्युत का उत्पादन 103800 करोड़ किलोवाट था। ईंधन एवं शक्ति का उत्पादन नवीं योजना के अन्त में इतना अधिक हो गया कि देश के उपभोग की आवश्यकताओं की पूर्त्ति के साथ-ही-साथ कुछ विदेशों को निर्यात करना भी संभव हो गया।

उद्योग—नवीं पंचवर्षीय योजना में **कुल औद्योगिक उत्पादन में 43 प्रतिशत की वृद्धि** हुई। भारी उद्योगों के क्षेत्र में लक्ष्य से भी अधिक वृद्धि हुई। उदाहरण के लिए इस्पात का उत्पादन 1970 ई॰ में 116 मिलियन टन से बढ़कर 1975 में 140 मिलियन टन हो गया। सीमेंन्ट का उत्पादन 95 मिलियन टन से बढ़कर 1975 ई॰ में 122 मिलियन टन हो गया। इंजीनियरिंग उद्योग के उत्पादन में लगभग 73 प्रतिशत की वृद्धि हुई। गाड़ियों का उत्पादन बढ़कर दुगुना हो गया तथा कृषि क्षेत्र के उत्पादन में 78 प्रतिशत की वृद्धि हुई। नवीं योजना की अवधि में हल्के तथा खाद्यान्न उद्योगों के क्षेत्र में लगभग 1000 नई इकाइयों में कार्य प्रारंभ किया गया। योजना काल में सभी प्रकार की उपभोक्ता वस्तुओं के उत्पादन में 37 प्रतिशत की वृद्धि हुई। घरेलू प्रसाधनों (household appliances) एवं टिकाऊ उपभोक्ता वस्तुओं के उत्पादन में 60 प्रतिशत की वृद्धि हुई।

---

1. For the 45 years period from 1913 to 1958, the rate of growth of industrial output rose from about 2 p.c. for U.K. and France to 2.4 per cent for Germany, over 3 per cent for the U.S.A., 5.4 p.c. for Japan and over 8 p.c. for U.S.S.R.

परिवहन के क्षेत्र में उल्लेखनीय प्रगति हुई। नवीं योजना में 7,000 किलो मीटर लम्बे रेल पथ का विद्युतीकरण तथा 7,000 किमी॰ नई रेल-निर्माण करने का प्रस्ताव था। रेलों की भार वहन क्षमता और गति में वृद्धि करने के उद्देश्य से अधिक शक्तिशाली विद्युत एवं डीजल इंजनों के उत्पादन को बढ़ाने की व्यवस्था थी। सोवियत संघ की नवीं योजना के रेल-परिवहन संबंधी लक्ष्य प्रायः पूरे हो गए। योजना के पाँच वर्षों में लगभग एक लाख दस हजार किलोमीटर लम्बाई की पक्की सड़कों के निर्माण का कार्यक्रम बनाया गया था। **सड़क परिवहन** को यह दायित्व सौंपा गया था कि कम दूरी के माल की ढुलाई के संबंध में वह रेलों के भार को हल्का करे और औद्योगिक प्रतिष्ठानों को अपेक्षाकृत सस्ती दर पर उन्च्च कोटि की परिवहन सेवा प्रदान करे। अगले पाँच वर्षों में **विमानों** द्वारा आने-जानेवाले यात्रियों की संख्या में लगभग 70 प्रतिशत की वृद्धि की आशा थी। इसके लिए हवाई बेड़े में आधुनिक जेट विमानों की संख्या को बढ़ाने तथा हवाई अड्डों पर यात्रियों को उपलब्ध सेवाओं में सुधार करने की पर्याप्त व्यवस्था थी। इस प्रकार सोवियत संघ की नयी योजना में परिवहन के क्षेत्र में विकास की पर्याप्त व्यवस्था थी। सभी प्रकार के परिवहन द्वारा माल की ढुलाई क्षमता 32 से 35 प्रतिशत के बीच वृद्धि की संभावना थी। इसमें रेलों द्वारा 28 प्रतिशत, मोटर मार्गों द्वारा 60 प्रतिशत, जल मार्गों द्वारा 40 प्रतिशत, आन्तरिक जलमार्गों द्वारा 24 प्रतिशत और पाईप लाइनों द्वारा 100 प्रतिशत वृद्धि की आशा थी। समस्त प्रकार के परिवहन द्वारा यात्री वहन क्षमता में 40 प्रतिशत की वृद्धि हो जानी थी। विमानों द्वारा 70 प्रतिशत अधिक यात्री ले जाये जा सकेंगे।

कृषि के क्षेत्र में प्रगति—नवीं योजना में कृषि के क्षेत्र में कुल 132000 मिलियन रूबल अर्थात् योजना के कुल निवेश के चौथाई भाग के निवेश का आयोजन था। इस अवधि में कृषि के भौतिक तकनीकी आधार को अधिक सबल बनाने तथा भूमि की किस्म के सुधार पर अधिक जोर दिया गया था। योजना काल में कृषि संयंत्रों में बहुत अधिक वृद्धि हुई। इस अवधि में 17 लाख अतिरिक्त ट्रैक्टर, 45 लाख ग्रेन हारवेस्टर तथा 11 लाख अतिरिक्त ट्रैक्टर एवं अन्य संयंत्रों को काम में लाया गया। इस प्रकार इस अवधि में कृषि के यंत्रीकरण के क्षेत्र में महत्त्वपूर्ण प्रगति हुई। योजना काल में कृषि के क्षेत्र में वार्षिक 13 प्रतिशत की वृद्धि हुई। 1970 ई॰ की तुलना में नवीं योजना के अन्तर्गत खाद्यान्नों के उत्पादन में वार्षिक 14 मिलियन टन की दर से वृद्धि हुई। कपास के उत्पादन में 26 प्रतिशत की वृद्धि हुई। कृषि के क्षेत्र में इतनी प्रगति कृषि के आयातों में वृद्धि तथा सामूहिक फार्मों के कार्य करने वाले श्रमिकों की लगनशीलता के कारण ही संभव हुई। कृषि के क्षेत्र में इस प्रगति से किसानों के जीवन स्तर में भी पर्याप्त सुधार हुआ। प्रायः 99 प्रतिशत सामूहिक फार्मों में बिजली का प्रयोग किया जाने लगा। इनमें कार्य करने वाले श्रमिकों के घरों में भी विद्युत का प्रयोग किया जाता है। गैस का भी ग्रामीण क्षेत्रों में बड़े पैमाने पर प्रयोग किया जाने लगा। 1975 में ग्रामीण क्षेत्रों में अधिकांश घरों में टेलीविजन का भी प्रयोग किया जाने लगा।

भवन निर्माण *(Construction of Houses)*—सन् 1971 से 1974 के बीच 544 मिलियन वर्ग मीटर जमीन को भवन निर्माण के अन्तर्गत लाया गया तथा 11 मिलियन गृहों का निर्माण किया गया। इससे 36 मिलियन सोवियत निवासियों को आवास की सुविधा प्राप्त हुई। **भवन निर्माण के क्षेत्र में सोवियत संघ की नीति एक परिवार के लिए एक भवन की रही है।** साथ ही, भवन इस प्रकार का होना चाहिए कि यह एक परिवार

के लिए प्रत्येक दृष्टि से पर्याप्त हो। प्रत्येक भवन पुँज (housing estate) के साथ-साथ दवाखाना, विद्यालय, सिनेमा तथा दूकान आदि की भी व्यवस्था रहती है।

शिक्षण सुविधाएँ *(Educational Opportunities)*—**सोवियत व्यवस्था के अन्तर्गत शिक्षा को मानव पूँजी निर्माण का एक महत्त्वपूर्ण साधन समझा जाता है। अधिकांश पश्चिमी देशों में उच्च शिक्षा सबके लिए नहीं खुली है। किन्तु सोवियत संघ में यह सुविधा सभी को उपलब्ध है।** सोवियत संघ में कोई बहुत बड़ा सामाजिक एवं आर्थिक अन्तर नहीं पाया जाता क्योंकि वहाँ शिक्षा, स्वास्थ्य तथा अन्य सामाजिक आवश्यकताओं की पूर्त्ति सामाजिक उपभोग निधि के द्वारा की जाती है। मुफ्त शिक्षा की व्यवस्था भी इसी कोष से की जाती है। 1975 में यह कोष 90000 मिलियन रूबल का था। इस कोष का वितरण इस प्रकार से होता है कि इसका बड़ा भाग छोटी-छोटी आय वाले परिवारों को जाता है। नवीं पंचवर्षीय योजना में 25 मिलियन लड़के 8 वर्षीय स्कूल से ग्रेजुएट बने। अन्तिम वर्ष 1975 में 53 मिलियन लड़के एवं लड़कियाँ इन स्कूलों से होकर निकले। इसका तात्पर्य यह है कि प्रत्येक 1000 लड़कों, जो आज से आठ वर्ष पूर्व माध्यमिक स्कूल से गुजरे, में से 950 लड़के 8 वर्षीय शिक्षा प्राप्त किए। 1975-76 में 56 प्रतिशत से भी अधिक बच्चे अपनी शिक्षा जारी किए रहे। इस प्रकार नई शिक्षा प्रणाली के अन्तर्गत 8 वर्षीय शिक्षण पद्धति को अत्यधिक महत्त्व दिया गया। इसके अन्तर्गत शिक्षा पाने वाले विद्यार्थियों की संख्या में बहुत अधिक वृद्धि हुई।

रहन-सहन के स्तर में सुधार—वेतनों, बच्चों के लिए प्राप्त होने वाले भत्तों तथा पेंशनों में वृद्धि करने तथा निम्न आय स्तरों पर आय-कर में छूट देने अथवा उनकी दरों में कमी करने के अनेक प्रस्ताव नवीं योजना में प्रस्तुत किए गये थे। इन सबका उद्देश्य लोगों के रहन-सहन के स्तर में वृद्धि करना था। योजना काल में लोगों की मौद्रिक आय में लगभग 40 प्रतिशत की वृद्धि की आशा थी किन्तु साथ ही बिक्री के लिए उपलब्ध माल की पूर्ति में 42 प्रतिशत तथा समूल्य सेवाओं की मात्रा में 47 प्रतिशत वृद्धि की आशा थी ताकि वस्तुएँ और सेवाएँ उचित मूल्य पर मिलती रहें। कार्यालयों के कर्मचारियों के वेतन में 20 से 22 प्रतिशत तथा सामूहिक कृषि फार्मों के कृषकों की आय में 30 से 35 प्रतिशत तक की वृद्धि की योजना थी।

इस प्रकार पिछली पंचवर्षीय योजनाओं में रूस के राष्ट्रीय अर्थतंत्र एवं आयोजना ढाँचें में सुधार की जो प्रक्रिया प्रारंभ की गई थी उसे नवी योजना में अधिक विस्तृत एवं वैज्ञानिक रूप दिया गया। इस उद्देश्य की पूर्त्ति के लिए उत्पादन एवं प्रशासनिक तंत्र में अनेक सिद्धांतों को लागू किया गया। जैसे कार्य की पूर्ति की जाँच-पड़ताल, आर्थिक प्रोत्सहान एवं उत्प्रेरणा, लागत एवं मूल्य प्रणाली, लाभ-हानि सिद्धांत आदि। इन सिद्धांतों को अत्यन्त सतर्कता के साथ लागू किया गया। इस बात पर ध्यान दिया गया था कि उनसे जो लाभ प्राप्त होंगे उन पर किसी व्यक्ति का अधिकार न होकर समस्त समाज का अधिकार होना चाहिए। **रूस में अपनाये गये इन सुधारों की प्रक्रिया का प्रमुख उद्देश्य सामाजिक स्वार्थ और लाभ सिद्धांत को और अधिक मजबूत बनाना है।** नवीं पंचवर्षीय योजना पिछली योजनाओं की तुलना में सोवियत अर्थव्यवस्था के विकास में अधिक सहायक सिद्ध हुई। इस योजना में लोगों के जीवन-स्तर में पर्याप्त सुधार हुआ तथा इसने समाजवादी सिद्धांत की आवश्यकता के लिए सुदृढ़ भौतिक एवं तकनीकी आधार तैयार करने की प्रक्रिया में अत्यन्त महत्त्वपूर्ण भूमिका अदा की है।

दसवीं पंचवर्षीय योजना (1976-80)

दसवीं पंचवर्षीय योजना के प्रमुख उद्देश्य—नवीं पंचवर्षीय योजना की सफलता ने सोवियत संघ में 10वीं योजना के लिए रास्ता तैयार किया। अपने 25वें अधिवेशन में साम्यवादी दल ने रूस की 10वीं योजना (1976-80) को स्वीकृति प्रदान की। **इस योजना का प्रधान उद्देश्य सामाजिक संबंधों तथा 'सोवियत मानव' की स्थिति में सुधार के द्वारा साम्यवाद के मौलिक तथा तकनीकी ढाँचे को सुदृढ़ बनाना था।** इस व्यापक उद्देश्य की प्राप्ति के लिए दसवीं पंचवर्षीय योजना के लिए उद्देश्यों को निर्धारित किया गया। **स्थिर विकास को सुनिश्चित करना** (to insure a stable growth) **इस योजना का प्रथम प्रमुख उद्देश्य था। इस उद्देश्य की पूर्त्ति के लिए अग्रांकित बातों पर जोर दिया गया**—वैज्ञानिक एवं तकनीकी प्रगति के लिए महत्त्वपूर्ण क्षेत्रों का द्रुतगति से विकास; कृषि उत्पादन तथा उपभोक्ता वस्तुओं एवं सामाजिक सेवाओं की पूर्त्ति में महत्त्वपूर्ण वृद्धि; पूँजी निवेश की प्रभावपूर्णता में वृद्धि, भवन निर्माण संबंधी कार्यक्रम को शीघ्रातिशीघ्र पूरा करना तथा कार्यशील उपक्रमों को तकनीकी दृष्टि से संगठित करने की गति को तीव्रतर बनाना इत्यादि। उपर्युक्त उद्देश्यों की पूर्ति के लिए उपभोग तथा संचय के लिए प्रयुक्त राष्ट्रीय आय में 24 से 28 प्रतिशत की वृद्धि करने का उद्देश्य था। **दूसरे,** देशवासियों के भौतिक एवं सांस्कृतिक स्तर में विकास के लिए दसवीं योजना में प्रति व्यक्ति वास्तविक मजदूरी की दर में 20 से 22 प्रतिशत वृद्धि का आयोजन था। **तीसरे,** राष्ट्रीय उत्पादन को अधिकतम करना था। इसके साथ-साथ प्रत्येक क्षेत्र में मितव्ययता की भी व्यवस्था थी। उत्पादन में वृद्धि के लक्ष्य को मुख्यतया श्रमिकों की उत्पादकता में वृद्धि के द्वारा प्राप्त करने का आयोजन था। श्रमिकों की उत्पादकता में वृद्धि के द्वारा राष्ट्रीय आय में 85 से 90 प्रतिशत तथा औद्योगिक उत्पादन में 90 प्रतिशत वृद्धि करने का आयोजन था। कृषि के क्षेत्र में भी ऐसा ही लक्ष्य निर्धारित किया गया था। **चौथे,** दसवीं योजना की अवधि में उत्पादन के क्षेत्र में समन्वित रूप से वैज्ञानिक एवं तकनीकी साधनों का अधिकाधिक प्रयोग करना था। साथ ही अर्थव्यवस्था की आर्थिक संभावना के अधिकाधिक प्रयोग के लिए राष्ट्रीय आर्थिक व्यवस्था को समुन्नत करने पर जोर दिया गया। इस उद्देश्य से, दसवीं योजना में कई प्रकार के प्रयत्नों की व्यवस्था थी। **पाँचवें,** इस योजना में अन्तरराष्ट्रीय क्षेत्र में अधिकाधिक सहयोग पर बल दिया गया। इस उद्देश्य की पूर्ति के लिए दसवीं योजना में समाजवादी देशों के साथ अधिकतम सहयोग पर जोर दिया गया था जिससे विश्व में समाजवादी शक्तियों के विकास को प्रोत्साहन प्राप्त हो। साथ ही, विकासशील देशों तथा औद्योगिक पूँजीवादी देशों के साथ आर्थिक, वैज्ञानिक एवं तकनीकी संबंधों को बढ़ाने के प्रयास किये जाने थे।

दसवीं योजना के लक्ष्य—नीचे की तालिका से सोवियत संघ की दसवीं योजना के प्रधान लक्ष्यों का अन्दाजा लगता है—

दसवीं योजना के लक्ष्य (हजार मिलियन रूबल में)

मदें	1975	1980 का आयोजित लक्ष्य	योजनावधि में वृद्धि	प्रतिशत
1. राष्ट्रीय आय	362	449 से 462	87 से 100	24 से 29
2. उपभोग	226	337 से 344	71 से 78	27 से 29
3. संचय	96	112 से 118	16 से 22	17 से 23
4. औद्योगिक उत्पादन	523	710 से 730	186 से 207	35 से 40
5. कृषि उत्पादन	91	104 से 106	23 से 35	14 से 17

ऊपर की तालिका से स्पष्ट है कि दसवीं पंचवर्षीय योजना काल में रूस की राष्ट्रीय आय में 24 से 28 प्रतिशत वृद्धि का आयोजन था। इसमें से उपभोग में 27 से 29 प्रतिशत तथा संचय में 17 से 23 प्रतिशत वृद्धि की आशा थी। औद्योगिक उत्पादन में पाँच वर्षों में 35 से 40 प्रतिशत तथा कृषि के उत्पादन में 14 से 17 प्रतिशत वृद्धि की आशा थी।

औद्योगिक उत्पादन—दसवीं योजना की अवधि में औद्योगिक उत्पादन में 35 से 40 प्रतिशत वृद्धि का आयोजन था जो नवीं योजना की अवधि में हुई वृद्धि से कुछ कम ही था। किन्तु दसवीं योजना में औद्योगिक उत्पादन में गुणात्मक सुधार पर जोर दिया गया था। उपभोक्ता वस्तुओं के उत्पादन में पर्याप्त वृद्धि का आयोजन था। श्रम की उत्पादकता में वृद्धि पर जोर था।

पूँजीगत उद्योगों के लक्ष्य—दसवीं योजना में विद्युत उत्पादन के क्षेत्र में 1340 से 1380 हजार मिलियन किलोवाट घंटा बिजली उत्पन्न करने का आयोजन था। इस उद्देश्य की पूर्ति के लिए जल तथा कोयला दोनों के द्वारा विद्युत के उत्पादन पर अधिक जोर दिया गया था। योजना के अन्त में 620 से 640 मिलियन टन तेल उत्पन्न करने का आयोजन था। गैस का उत्पादन 1980 तक 400 से 425 हजार मिलियन घन मीटर करने का आयोजन था। सम्पूर्ण देश के लिए गैस आपूर्ति की एक स्वचालित व्यवस्था स्थापित करने का आयोजन था। कोयले के उत्पादन को योजना के अन्त में बढ़ाकर 790 से 810 मिलियन टन करने का आयोजन था। रसायन तथा पेट्रो-रसायन के क्षेत्र में 60 से 65 प्रतिशत वृद्धि का आयोजन था। सीमेंट के उत्पादन में 18 से 20 प्रतिशत तथा इस्पात के उत्पादन में 20 प्रतिशत वृद्धि का आयोजन था। इस्पात का उत्पादन 1980 तक बढ़कर 170 मिलियन टन तथा सीमेंट का 146 मिलियन टन हो जाने को था।

उपभोक्ता उद्योगों का लक्ष्य—जीवन-स्तर में सुधार के लिए उपभोक्ता वस्तुओं के उत्पादन में भी पर्याप्त वृद्धि आवश्यक है। रूस में भी वस्तुओं का महत्त्व स्वीकार किया गया था **जो सोवियत साम्यवादी दल के 25वें कांग्रेस में राष्ट्रपति ब्रेजनेव के भाषण से स्पष्ट है।[1] इस आधारभूत उद्देश्य को ध्यान में रखते हुए दसवीं योजना में उपभोक्ता उद्योगों के विकास पर भी पर्याप्त जोर दिया गया था।** इस वर्ग के उद्योगों के उत्पादन में 1976-80 की अवधि में 30-32 प्रतिशत वृद्धि का आयोजन था। हल्के उद्योगों के उत्पादन में 26 से 28 प्रतिशत तथा खाद्य उद्योगों के उत्पादन में 25 प्रतिशत वृद्धि का आयोजन था। सांस्कृतिक एवं घरेलू वस्तुओं के उत्पादन में 57 प्रतिशत, मांस एवं दुग्धशालाओं के उत्पादन में 20 से 22 प्रतिशत तथा मछली के उत्पादन में 30 से 32 प्रतिशत वृद्धि का आयोजन था।

कृषि का विकास—1961 से 1970 के बीच कृषि के क्षेत्र में निवेश 110000 मिलियन रूबल था जबकि 1971 से 1980 के बीच इसे बढ़ाकर 260,000 मिलियन रूबल

1. "One of the greatest achievements of socialism is that every soviet man is assured of his future. He is aware that his work, his abilities, and his energy will always find a fitting use and appreciation. He is sure that his children will be given free education and a possibility of developing their talents. He knows that society will never abandon him in misfortune, that in the events of illness he will be given free medical treatment, a pension in the event of permanent disability and security in old age."

होने की आशा थी। इस अवधि में अन्न के उत्पादन में 215 से 220 मिलियन टन वृद्धि का आयोजन था। निम्नांकित तालिका से दसवीं पंचवर्षीय योजना में कृषि के क्षेत्र में वृद्धि का अन्दाजा लगता है।

दसवीं योजना में कृषि विकास-संबंधी कार्यक्रम

मदें	1976-80 में औसत वार्षिक उत्पादन	दसवीं योजना में वृद्धि	प्रतिशत वृद्धि
1. खाद्यान्नों का उत्पादन (मिलियन टन)	215 से 220	33.5 से 38.5	14 से 21
2. सोयाबीन (मिलियन टन)	7.6	1.6	27
3. चुकन्दर (मिलियन टन)	95 से 98	19 से 62	21 से 29
4. कपास (मिलियन टन)	8.5	0.8	11
5. दूध (मिलियन टन)	94 से 96	6.5 से 8.5	7 से 10
6. अण्डे (मिलियन)	58 से 60	6.5 से 9.5	13 से 18

कृषि उत्पादन में आयोजित लक्ष्य की प्राप्ति के लिए कृषि के यंत्रीकरण पर अधिक जोर दिया गया था। भूमि की उत्पादकता में वृद्धि के लिए रासायनिक खादों का भी अधिकाधिक प्रयोग किया गया। सामूहिक किसानों की आय में वृद्धि के लिए अन्य छोटे उपाय भी प्रस्तावित थे।

परिवहन और संचार—इस योजना काल में यातायात के साधनों के आधुनिकीकरण पर जोर था। यातायात एवं संवादवाहन के साधनों के विकास पर विशेष रूप से साइबेरिया क्षेत्र में इसके विकास पर विशेष रूप से जोर था।

उच्चतर जीवन-स्तर की व्यवस्था—जीवन-स्तर के अन्तर्गत भौतिक साधनों के साथ-साथ सांस्कृतिक आवश्यकताओं की पूर्ति पर भी उतना ही जोर दिया जाता है। अतएव दसवीं योजना में खाद्य सामग्री तथा उपभोक्ता वस्तुओं के साथ-साथ रेडियो, टेलीविजन, शिक्षा एवं स्वास्थ्य संबंधी सुविधाओं के विकास पर भी जोर दिया गया था। **एक सामान्य सोवियत नागरिक राष्ट्रीय आय में से अपना हिस्सा तीन तरीकों से प्राप्त करता है**—(1) मौद्रिक मजदूरी, (2) व्यापक पैमाने पर उपलब्ध सामाजिक सुविधाएँ (जैसे—शिक्षा, दवा-दारू इत्यादि की व्यवस्था) एवं (3) सस्ती अनिवार्य सेवाएँ (जैसे—यातायात, आवास, बिजली इत्यादि)। दसवीं योजना में 1980 तक औसत मजदूरी में 16 से 18 प्रतिशत तक की वृद्धि का आयोजन था। सामूहिक किसानों की आय में 24 से 27 प्रतिशत वृद्धि होनी थी। सामाजिक लाभ में 28 से 30 प्रतिशत वृद्धि की आशा थी। योजनावधि में सार्वजनिक सेवाओं में नगरी क्षेत्रों में 1.5 गुनी तथा ग्रामीण क्षेत्रों में 1.7 गुनी वृद्धि की आशा थी। इस अवधि में 545 से 550 मिलियन वर्ग मीटर के आवास गृहों का निर्माण किया जाना था। अस्पतालों में शय्याओं की संख्या में 1980 तक 3.3 मिलियन की वृद्धि की जानी थी। इन सभी उपायों से जीवन की औसत आयु बढ़कर 70 वर्ष हो जाने की आशा थी जबकि क्रांति की पूर्वावधि में यह केवल 32 वर्ष ही थी।

दसवीं योजना की उपलब्धियाँ—रूस के आर्थिक विकास के इतिहास में दसवीं योजना काल की प्रगति का अत्यन्त महत्त्वपूर्ण स्थान है। इसकी योजनावधि

में इसी राष्ट्रीय आय में 400,000 करोड़ रूबल की वृद्धि हुई। इस अवधि में 1200 बड़ी-बड़ी औद्योगिक इकाइयों का निर्माण हुआ तथा औद्योगिक उत्पादन में 1700 करोड़ रूबल की वृद्धि हुई। कृषि के क्षेत्र में योजना में 17000 करोड़ रूबल खर्च किये गये। दसवीं योजना के पाँच में से तीन खराब मौसम वाले वर्षों के बावजूद कृषि के उत्पादन में 9 प्रतिशत वार्षिक वृद्धि हुई। अनाज का उत्पादन बढ़कर 70.3 करोड़ टन तथा कपास का 10 मिलियन टन हो गया। दसवीं योजना काल में प्रति व्यक्ति वास्तविक आय में भी उल्लेखनीय वृद्धि हुई। इस अवधि में रूसी जनसंख्या की प्रति व्यक्ति प्रति माह आय बढ़कर 100 रुबल तक पहुँच गयी। शिक्षा, चिकित्सा तथा अन्य सामाजिक सुविधाओं में पर्याप्त वृद्धि हुई।

ग्यारहवीं पंचवर्षीय योजना (1981-85)

ग्यारहवीं पंचवर्षीय योजना के प्रमुख उद्देश्य—फरवरी 1981 में साम्यवादी दल के 26वें कॉंग्रेस में सोवियत संघ की 1981-85 के लिए ग्यारहवीं पंचवर्षीय योजना का प्रारूप प्रस्तुत किया गया। यह योजना एक लम्बे समय की अवधि 1981 से 1990 को ध्यान में रखकर तैयार की गई थी। इसका मूल उद्देश्य निरन्तर आर्थिक विकास तथा वृद्धिशील वैज्ञानिक एवं तकनीकी प्रगति के द्वारा सोवियत जनता के जीवन में सुधार करना था।[1]

ग्यारहवीं योजना के लक्ष्य—निम्नांकित तालिका ग्यारहवीं योजना में सोवियत संघ के विभिन्न क्षेत्रों में विकास के लक्ष्यों को स्पष्ट करती है।

क्षेत्र	1976-80 में विकास (प्रतिशत)	1981-85 में आयोजित विकास (प्रतिशत)
1. औद्योगिक उत्पादन	25	26 से 28
2. कृषि उत्पादन (वार्षिक)	9	12 से 14
3. रेलों द्वारा ढोया गया माल	6	13 से 15
4. पूँजी निवेश	29	12 से 15
5. राज्य एवं सहकारी खुदरा बाजार	25	22 से 25

उपर्युक्त लक्ष्य अगले पाँच वर्षों को ध्यान में रखकर निर्धारित किए गए थे। इसके फलस्वरूप राष्ट्रीय आय में पर्याप्त वृद्धि की आशा थी जिसका 18 से 20 प्रतिशत भाग उपभोग तथा पूँजी संचय के लिए उपलब्ध होना था। प्रति व्यक्ति वास्तविक आय में 16 से 18 प्रतिशत वृद्धि का आयोजन था।

जनता के रहन-सहन सांस्कृतिक स्तर में सुधार के उपाय—सोवियत संघ की ग्यारहवीं पंचवर्षीय योजना का मूल उद्देश्य ऐसे उपायों को काम में लाना था जिससे देशवासियों के जीवन-स्तर तथा सांस्कृतिक स्तर में विकास हो सके। इस उद्देश्य से इस योजना की अवधि में व्यक्तियों के सर्वांगीण विकास के लिए सभी आवश्यक शर्त्तों जैसे—अधिक आराम और अवकाश के लिए सुविधाएँ, शिक्षा, विज्ञान तथा संस्कृति का

1. The cardinal objective is to ensure a further rise of the Soviet people's living standard through stable, ongoing economic development, accelerated scientific and technological progress, the economy's transition to intensive development, a more rational utilization of the nation's porduction potential, the maximum savings of all kinds of resources and an improvement of the quality of work.

विकास, स्वास्थ्य की अधिकाधिक सुविधाएँ आदि में महत्त्वपूर्ण सुधार करना था। संक्षेप में, **इस योजना में जीवन के समाजवादी ढाँचे में ही महत्त्वपूर्ण परिवर्तन लाना था।** इसके लिए उपभोग वस्तुओं तथा सेवाओं की पूर्ति में पर्याप्त वृद्धि का आयोजन किया गया था। राज्य तथा सहकारी संस्थाएँ जो इन सामग्रियों के वितरण कार्य में लगी हैं, के कुल व्यापार में 22 से 25 प्रतिशत वृद्धि का आयोजन था। इस उद्देश्य से मजदूरी में पर्याप्त वृद्धि की जानी थी। योजना की अवधि में सामूहिक किसानों की आय में 20 से 25 प्रतिशत वृद्धि की आशा की गयी थी। योजना काल में बच्चों वाले परिवारों तथा माताओं की विशेष देखभाल की व्यवस्था थी। अब **आजकल सोवियत संघ में आयोजनकर्त्ताओं का उद्देश्य परिवार के आकार में वृद्धि को प्रोत्साहित करना है। कारण यह है कि सोवियत संघ की जनसंख्या में पिछले कुछ वर्षों में वृद्धि की दर 1 प्रतिशत वार्षिक से भी कम होती रही थी।** अतएव जनसंख्या की वृद्धि को प्रोत्साहित करने के उद्देश्य से बच्चे वाले परिवारों को अधिक दर से राजकीय सहायता प्रदान करने के लिए पाँच वर्षों में 100 करोड़ रूबल व्यय करने का आयोजन किया गया। योजना की अवधि में प्रथम बच्चे के जन्म पर 50 रूबल तथा द्वितीय एवं तृतीय बच्चे के जन्म पर 100 रूबल राजकीय सहायता देने की व्यवस्था की गयी। गृह-निर्माण कार्यक्रमों पर भी पर्याप्त जोर दिया गया था। सामाजिक सुरक्षा व्यवस्था को सुदृढ़ बनाने पर पाँच वर्षों में 600 करोड़ रूबल अतिरिक्त व्यय का आयोजन था। जन स्वास्थ्य में सुधार पर भी पर्याप्त जोर था।

श्रम की उत्पादकता में वृद्धि—ग्यारहवीं पंचवर्षीय योजना में भी श्रम की उत्पादकता में वृद्धि पर विशेष जोर दिया गया। योजना काल में श्रमिकों की उत्पादन क्षमता में 17 से 20 प्रतिशत वृद्धि का आयोजन था। विभिन्न क्षेत्रों में श्रम की उत्पादकता में आयोजित वृद्धि निम्नांकित तालिका से स्पष्ट है।

श्रम की उत्पादकता में प्रतिशत वृद्धि

क्षेत्र	1976-80 में वृद्धि	1981-85 में वृद्धि का आयोजन
1. उद्योग	17	23 से 25
2. कृषि	15	22 से 24
3. निर्माण	11	15 से 17
4. रेलवे	0.5	10 से 12

श्रम की उत्पादकता में आयोजित वृद्धि के परिणामस्वरूप ग्यारहवीं योजना के अन्त तक राष्ट्रीय आय में 85 से 90 प्रतिशत वृद्धि की आशा थी।

उपभोक्ता वस्तुओं की उपलब्धि में वृद्धि—योजना काल में सोवियत संघ के निवासियों के जीवन स्तर में वृद्धि के लिए उपभोक्ता वस्तुओं के उत्पादन में वृद्धि पर जोर दिया गया। नीचे की तालिका से ग्यारहवीं योजना में इन वस्तुओं के उत्पादन का अन्दाजा लगता है।

उपभोक्ता वस्तुओं की उपलब्धि में वृद्धि

वस्तुएँ	1980	1985	1985 में 1980 की तुलना में प्रतिशत वृद्धि
1. खाद्य उद्योग (हजार लाख रूबल)	100	123 से 126	23 से 26

2. दूध तथा दूध से बने पदार्थ (लाख रूबल)	248.7	283	14
3. हल्के उद्योगों का उत्पादन (हजार लाख रूबल)	100	118 से 120	18 से 20
4. वस्त्र (हजार लाख वर्गमीटर)	107	127	19
5. मनोरंजन एवं काम-काज की अन्य वस्तुएँ (हजार लाख रूबल)	435	61	40

उपभोक्ता वस्तु के उत्पादन में आयोजित वृद्धि से देशवासियों के जीवन स्तर एवं सुख-सुविधाओं में वृद्धि की आशा थी।

आधारभूत उद्योगों के उत्पादन में वृद्धि के लक्ष्य—इस योजना में आधारभूत उद्योगों के उत्पादन वृद्धि के लक्ष्य निम्नांकित तालिका से स्पष्ट हैं।

आधारभूत औद्योगिक पदार्थों का उत्पादन

उद्योग	इकाई	1980	1985	प्रतिशत वृद्धि
1. विद्युत	हजार मिलियन इकाई	1295	1550 से 1600	20 से 24
2. तेल	मिलियन टन	603	620 से 645	3 से 7
3. गैस	हजार मिलियन घनमीटर	435	600 से 640	38 से 37
4. कोयला	मिलियन टन	716	777 से 800	7 से 21
5. कृत्रिम खाद	मिलियन टन	104	150 से 155	44 से 49
6. कृत्रिम वस्तु एवं धागे	हजार टन	1176	1600	36
7. सीमेंट	मिलियन टन	124	124 से 142	13 से 15

कृषि उत्पादन में वृद्धि का आयोजन—ग्यारहवीं पंचवर्षीय योजना में कृषि क्षेत्र में प्रगति के निर्धारित लक्ष्यों को निम्नांकित तालिका में दिखलाया गया है।

कृषि पदार्थ	1976-80 में औसत वार्षिक उत्पादन	1980-85 में औसत वार्षिक उत्पादन	1980-85 में औसत वार्षिक वृद्धि
1. खाद्यान्न (मिलियन टन)	205	238 से 243	16 से 18
2. चुकन्दर (")	88.4	100 से 103	12 से 16
3. कपास (")	8.9	9.2 से 9.3	3 से 4
4. दूध (")	92.6	97 से 99	5 से 7
5. अंडे (हजार मिलियन)	63.1	72	14
6. सब्जियाँ (मिलियन टन)	26	29.5	13
7. ऊन (हजार टन)	460	470 से 480	3 से 4

इस प्रकार सोवियत संघ की ग्यारहवीं योजना इसके आर्थिक विकास के इतिहास में अत्यधिक महत्त्वपूर्ण सिद्ध होगी, ऐसी आशा थी। इस योजनावधि में सोवियत संघ के आर्थिक जीवन में चतुर्दिक उन्नति की आशा की गई थी। योजना काल में देश के कम विकसित क्षेत्रों में विकास पर विशेष जोर दिया गया। देश के पूर्वी तथा उत्तरी क्षेत्र को

विकसित करने का विशेष प्रयास किया जाना था। आजकल ईंधन पदार्थों की पूर्ति के साधन के रूप में ये क्षेत्र अधिक महत्त्व प्राप्त करते जा रहे हैं।

संदर्भ

M. Dobb : The Soviet Economic Development Since 1917.
Baykov : Development of the Soviet Economic System.
Schwartz : Russia's Soviet Economy.
Economic Survey of Europe (Latest edition)

मानक प्रश्न

1. "The Soviet First Five Year Plan was deliberately limited in conception, it was inevitably expensive in execution; it was disappointing in achievements" Discuss.
''सोवियत संघ की प्रथम पंचवर्षीय योजना जान-बूझकर सीमित बनायी गयी थी, इसे कार्यान्वित करने में कठिनाइयों का सामना करना पड़ा तथा इसकी उपलब्धियाँ बिल्कुल असंतोषजनक थीं।''
2. सोवियत संघ द्वारा द्वितीय महायुद्ध के पूर्व अपनी पंचवर्षीय योजनाओं में अपनायी गयी आर्थिक प्राथमिकताओं की आलोचनात्मक व्याख्या करें। क्या आप भारत के लिए वैसी ही प्राथमिकताओं के हिमायती हैं ?
3. सोवियत संघ की प्रथम पंचवर्षीय योजना में कृषि की प्रगति की समीक्षा करें।
4. प्रथम पंचवर्षीय योजना में सोवियत संघ की आर्थिक प्रगति की व्याख्या करें।
5. योजनाकरण के प्रारंभिक दिनों में सोवियत संघ को किन भिन्न-भिन्न कठिनाइयों का सामना करना पड़ा था ? क्या सोवियत संघ में आयोजना का कार्य सफल रहा है ?
6. द्वितीय अथवा चतुर्थ पंचवर्षीय योजना में सोवियत संघ के आर्थिक विकास की व्याख्या कीजिए।
7. सोवियत रूस की द्वितीय पंचवर्षीय योजना की प्रमुख विशेषताओं की व्याख्या कीजिए। इसकी क्या निष्पत्तियाँ थीं ?
8. Describe the pattern of industrial development envisaged in the Third Five Year Plan in Soviet Russia.
रूस में तृतीय पंचवर्षीय योजना में औद्योगिक विकास के ढाँचे की व्याख्या कीजिए।
9. रूस की तृतीय पंचवर्षीय योजना की प्रमुख विशेषताओं की व्याख्या कीजिए।
10. द्वितीय विश्व युद्ध में रूस को जो नुकसान हुआ था उसकी व्याख्या कीजिए तथा रूस की अर्थव्यवस्था पर इसके प्रभावों को बतलाइये।
11. सोवियत रूस की चतुर्थ योजना की प्रमुख विशेषताओं की व्याख्या कीजिए।
12. सोवियत संघ की चतुर्थ पंचवर्षीय योजना के प्रमुख उद्देश्यों तथा लक्ष्यों की आलोचनात्मक समीक्षा कीजिए। इन लक्ष्यों की कहाँ तक पूर्ति हो पायी थी ?
13. रूस की पंचम पंचवर्षीय योजना के प्रमुख उद्देश्यों और लक्ष्यों की व्याख्या कीजिए।
14. रूस की षष्ठ पंचवर्षीय योजना के प्रधान लक्ष्यों की व्याख्या कीजिए।
15. सोवियत संघ की पंचवर्षीय योजनाओं में कृषि के उत्पादन में वृद्धि क्यों नहीं हो सकी है ?
16. Point out the important features of the post-War planning in Russia.
सोवियत संघ में युद्धोत्तर योजनाकरण की मुख्य विशेषताओं की व्याख्या करें।
17. सोवियत रूस की सप्तवर्षीय योजना की प्रमुख विशेषताओं की व्याख्या कीजिए। इसके प्रमुख उद्देश्य क्या थे ?

18. आठवीं पंचवर्षीय योजना के प्रमुख उद्देश्यों की व्याख्या कीजिए।
19. सोवियत संघ की आठवीं पंचवर्षीय योजना की विवेचनात्मक समीक्षा करें तथा उद्योग एवं कृषि के क्षेत्र में इस योजना काल में हुई प्रगति का मूल्यांकन कीजिए।
20. State briefly the Economic situation of the U.S.S.R. on the eve of the First Five Year Plan.
21. "The First Five Year Plan of Soviet Russia was crude in conception and defective in implementation." Do you agree with this statement ? How far was this Plan a success ?
22. In what way did the Second Five Year Plan of the U.S.S.R. differ from the First ? Comment on its achievements.
23. What deviations had been made in Russia's Fifth and Sixth Five year Plans ?
24. Discuss the main features and economic significance of Russia's Seven Year Plan.
25. Discuss the main features of the First Five Year Plan of the U.S.S.R. What were its important targets ?
26. Examine the main features of Russia's Sixth Five Year Plan.
27. Make a critical estimate of the Soviet economic planning. What factors have been responsible for remarkably high rate of economic growth in the Soviet economy ?
28. Discuss the achievements of the Soviet economy under the Five Year Plan.
29. Point out the important features of post-War planning in Russia.
30. "It is said that battle for socialization in the Soviet Union has been fought in agriculture." What does this mean ?
31. Discuss in brief the economic developemnt of the U.S.S.R. after 1917.
32. Discuss the chief features of the development of the Soviet economy during the last 70 years.

❑

अध्याय 8

सोवियत आर्थिक विकास की समीक्षा

(REVIEW OF SOVIET ECONOMIC DEVELOPMENT)

सोवियत आर्थिक विकास के सत्तर वर्ष (1917-87)

अक्टूबर सन् 1917 की महान् सोवियत क्रांति के पश्चात रूस में जिस समाजवादी विकास का प्रारंभ हुआ वह समय की प्रगति के साथ-साथ दृढ़-दृढ़त्तर होता गया है। यद्यपि इस विकास में अनेक मूलभूत दोष के जिससे 1991 में प्रतिक्रांति हुई और अर्थव्यवस्था का रूप महत्त्वपूर्ण रूप में बदला है। फिर भी 1917 से 1918 के बीच सत्तर वर्षों की अवधि में रूसी जनता का आर्थिक राजनीतिक सामाजिक जीवन महत्त्वपूर्ण रूप में परिवर्तित हुआ है।

जनसंख्या की वर्ग रचना में परिवर्तन *(Change in the class composition of population)*—क्रांति के पश्चात् प्रारंभ होने वाली समाजवादी विकास की प्रक्रिया के फलस्वरूप देश की जनसंख्या का पेशा के अनुसार वितरण महत्त्वपूर्ण रूप में परिवर्तित हो गया है। नीचे की तालिका से स्पष्ट होता है कि रूसी क्रांति के पूर्व देश में व्यक्तिगत कृषक और शिल्पकार सम्पूर्ण कार्यशील जनसंख्या के 66.7 प्रतिशत थे। भू-स्वामी और अन्य शासक वर्ग 16.3 प्रतिशत थे। किन्तु आज ये दोनों वर्ग सोवियत समाज से लुप्त हो गये हैं जबकि प्रबुद्ध वर्ग (intelligentia) का उदय और विकास हुआ है। 1991 की प्रतिक्रांति तक रूस की कार्यशील जनसंख्या में केवल तीन ही वर्ग रह गये थे—सामूहिक कृषक, सरकारी, औद्योगिक तथा अन्य संस्थाओं में कार्य करने वाले श्रमिक (working class) और प्रबुद्ध वर्ग)। नीचे की तालिका 8:1 से यह स्पष्ट है।

तालिका 8:1 सोवियत रूस की पेशागत कार्यशील जनसंख्या

पेशा अथवा वर्ग	कुल कार्यशील जनसंख्या का प्रतिशत				
	1913	1928	1939	1966	1980
सरकारी औद्योगिक और अन्य संस्थाओं में कार्य करनेवाले श्रमिक	17.0	17.6	50.2	73.09	61.8
सामूहिक कृषक	—	2.9	47.2	26.58	15.1
व्यक्तिगत कृषक और शिल्पकार	66.7	74.9	2.6	0.33	—
भूमि के स्वामी, व्यापारी और कृषक	16.3	4.7	—	—	—
प्रबुद्ध वर्ग	—	—	—	—	23.1
कुल	100	100	100	100	100

कृषि विकास—इस अवधि में रूसी कृषि में क्रांतिकारी परिवर्तन हुए हैं। लेनिन की सहकारिता योजना कृषि क्षेत्र की इस क्रांति के लिए प्रमुख रूप से उत्तरदायी रही है। सामूहिक कृषि ने अर्थव्यवस्था का नक्शा ही बदल दिया। इसने रूस में एक ऐसी कृषि व्यवस्था को जन्म दिया जिसमें उत्पादन कार्य बड़े पैमाने पर और बड़े-बड़े आधुनिक यंत्रों की सहायता से किया जाता है। लेनिन अपने समय में रूस में कृषि कार्य के लिए केवल 1 लाख ट्रैक्टरों की बात सोचता रहा था जबकि सन् 1967 में वहाँ 1660000 ट्रैक्टर, 931000 ग्रेन कम्बाइन, 1 लाख से अधिक मोटर गाड़ियाँ और अन्य अनेक आधुनिक यंत्रों का प्रयोग किया जाने लगा था। इसके अतिरिक्त उस वर्ष कृषि के क्षेत्र में जितनी प्रति श्रमिक शक्ति उपलब्ध थी वह सन् 1913 की तुलना में 16 गुनी अधिक थी। वर्तमान समय में रूस में कृषि क्षेत्र में लगी जनसंख्या का अनुपात भूतकाल की अपेक्षा बहुत ही कम है। फिर भी सन् 1966 में रूस में जो कृषि उत्पादन हुआ था वह सन् 1913 में हुए कृषि उत्पादन से 180 प्रतिशत अधिक था। सन् 1966 में 1712 लाख टन अनाज का उत्पादन हुआ था जो पिछले सभी वर्षों से अधिक था। 1978 में सोवियत रूस में 2280 लाख टन अनाज का उत्पादन हुआ था। परन्तु 1980 में खाद्यान्न उत्पादन घटकर 1900 लाख टन ही रह गया।

औद्योगिक विकास—सोवियत रूस में इन सत्तर वर्षों में औद्योगिक विकास भी बड़ी ही तीव्र गति से हुआ है। इसके फलस्वरूप सोवियत रूस में लेनिन के उद्योगीकरण की योजना को कार्य रूप दिया जा सका है। लेनिन की योजना रूस में बड़े पैमाने की एक ऐसी समाजवादी औद्योगिक व्यवस्था स्थापित करने की थी जो आधुनिक यंत्रों से सुसज्जित हो और सर्वाधिक जटिल वैज्ञानिक एवं प्राविधिक समस्याओं तथा राष्ट्रीय सामस्याओं का सामना करने में सक्षम हो। आज रूस में ऐसी औद्योगिक व्यवस्था का विकास हो गया है। इस काल में रूसी औद्योगिक उत्पादन में महान् वृद्धि हुई है। वर्तमान समय में रूस विश्व के सम्पूर्ण औद्योगिक उत्पादन का लगभग 20 प्रतिशत पैदा करता है जबकि सन् 1913 में यह सम्पूर्ण विश्व के औद्योगिक उत्पादन का केवल 4 प्रतिशत और 1917 में केवल 3 प्रतिशत ही पैदा करता था। जबकि सन् 1913 में रूस ने विश्व के सम्पूर्ण इस्पात के उत्पादन का केवल 6.5 प्रतिशत और 1928 में केवल 3.9 प्रतिशत ही पैदा किया था तो सन् 1966 तक यह सम्पूर्ण विश्व के सम्पूर्ण इस्पात उत्पादन का 20 प्रतिशत पैदा करने लगा था। **सम्पूर्ण औद्योगिक उत्पादन के दृष्टिकोण से आज रूस का विश्व में दूसरा और यूरोप में पहला स्थान हो गया है।** विश्व में केवल संयुक्त राज्य अमेरिका ही औद्योगिक उत्पादन में रूस से आगे है। औद्योगिक उत्पादन के दृष्टिकोण से संयुक्त राज्य अमेरिका और सोवियत रूस के बीच अन्तर भी अब धीरे-धीरे कम होता जा रहा है। जबकि सन् 1913 में रूस ने संयुक्त राज्य अमेरिका के कुल उत्पादन का केवल 12.5 प्रतिशत ही पैदा किया था तो अब वह उसका 65 प्रतिशत उत्पादन करने लगा है। सन् 1913 से 1969 के बीच सोवियत रूस और संयुक्त राज्य अमेरिका के तुलनात्मक औद्योगिक विकास का अन्दाजा तालिका 8 : 2 से लगाया जा सकता है। इस तालिका से स्पष्ट है कि संयुक्त राज्य अमेरिका जैसे पूँजीवादी देशों की अपेक्षा सोवियत रूस में औद्योगिक विकास अधिक तीव्र गति से हुआ है। उदाहरण के लिए सन् 1967 में सोवियत रूस ने 100 मिलियन टन इस्पात पैदा किया था जो ब्रिटेन, फ्रांस, पश्चिमी जर्मनी और इटली के संयुक्त इस्पात उत्पादन से भी अधिक था। सन् 1913 में रूस ने संयुक्त राज्य अमेरिका के कुल इस्पात उत्पादन का केवल 15 प्रतिशत ही पैदा

किया था जबकि 1966 तक यह अमेरिका के कुल इस्पात उत्पादन का 78 प्रतिशत पैदा करने लगा था। उसी प्रकार रूस का विद्युत उत्पादन भी सन् 1913 में संयुक्त राज्य अमेरिका के कुल विद्युत उत्पादन का केवल 9 प्रतिशत ही था जो सन् 1966 तक बढ़कर 41 प्रतिशत हो गया था। सीमेन्ट का उत्पादन तो यह अमेरिका से भी अधिक करने लगा है। सन् 1966 में इसने संयुक्त राज्य अमेरिका के कुल सीमेंट उत्पादन का 120 प्रतिशत पैदा करने लगा था जबकि सन् 1913 में इसका सीमेंट उत्पादन संयुक्त राज्य अमेरिका का केवल 13 प्रतिशत ही था। 1917 से 1982 तक सोवियत रूस में अन्य विकसित देशों की तुलना में अधिक तेजी के साथ विकास हुआ है। तालिका 8 : 3 से यह स्पष्ट है।

तालिका 8 : 2

सोवियत और अमेरिकी औद्योगिक विकास एक तुलना

उद्योग	1913 से 1969 के बीच उत्पादन वृद्धि 1913 = 1		संयुक्त राज्य अमेरिका की तुलना में सोवियत रूस के उत्पादन में वृद्धि (अमेरिका = 1)
	संयुक्त राज्य अमेरिका	सोवियत रूस	
विद्युत शक्ति	52	267	5
कोयला और लिग्नाइट	0.95	18	19
तेल	12	26	2
इस्पात	4	22.5	6
सीमेन्ट	4	45	11
चमड़े के जूते	2.2	7.7	3.5
ऊनी कपड़े	0.7	3.7	5
सूती कपड़े (साधारण)	1.5	3.3	2

तालिका 8 : 3

कुछ प्रमुख देशों के औद्योगिक उत्पापदन (1978 में)

उद्योग	संयुक्त राज्य अमेरिका	ब्रिटेन	इटली	जर्मनी	सोवियत रूस
उद्योग में बिजली की खपत (हजार मिलियन इकाई)	860	133	93	183	739
तेल (मिलियन टन)	421	59	14	5.1	572
कोयला (")	632	120	1.9	10	665
इस्पात (")	127	202	24.4	410	151
कृत्रिम खाद (")	930	8.0	7.4	157	94
रेलवे इंजन (संख्या)	892	2441	480	432	183
सूती वस्त्र (हजार मिलियन वर्ग मीटर)	0.4	0.4	0.9	0.9	7.0
ऊनी वस्त्र (")	160	170	480	100	781

परिवहन विकास—विगत लगभग 70 वर्षों में रूसी परिवहन व्यवस्था का भी तीव्र विकास हुआ है। रूस ने बहुत बड़े पैमाने पर यातायात व्यवस्था का निर्माण कर लिया है—वायु परिवहन, नौ परिवहन, मोटर गाड़ी आदि सब में। परिवहन के इन सभी साधनों का रूस में महत्त्व बढ़ गया है। सन् 1913 में रूस में विभिन्न परिवहन साधनों द्वारा जितना माल ढोया गया था उससे 24 गुना अधिक माल 1967 में ढोया गया। उसी प्रकार 1913 की अपेक्षा 1967 में यात्रियों की संख्या 13 गुनी अधिक रही। विशेष उल्लेखनीय तथ्य यह है कि सन् 1967 में रेलवे द्वारा जितना माल ढोया गया था उसका 92 प्रतिशत डीजल और विद्युत इंजनों से ढोया गया था।

पूँजी निवेश—इस अवधि में रूस में पूँजी निवेश भी बड़े पैमाने पर हुआ है। इस अवधि में रूस में लगभग 65000 करोड़ रूबल का पूँजी निवेश हुआ है और लगभग 40 हजार बड़े औद्योगिक संस्थानों का निर्माण किया जा सका है। 1967 तक विगत लगभग 50 वर्षों में सन् 1913 की तुलना में 20 गुना अधिक पूँजी निर्माण हुआ।

श्रम उत्पादकता—श्रमिकों की उत्पादकता में वृद्धि का सोवियत अर्थव्यवस्था में अपना विशेष महत्त्वपूर्ण स्थान रहा है। साम्यवादी रूस की स्थापना में श्रमिकों का विशेष योगदान था। स्वभावतः रूस ने इनकी उत्पादकता में वृद्धि पर विशेष ध्यान दिया है। श्रम उत्पादकता पर जोर देते हुए **लेनिन** ने लिखा था, **''अन्तिम विश्लेषण में इस नवीन सामाजिक व्यवस्था की विजय के लिए श्रम उत्पादकता सर्वाधिक महत्त्वपूर्ण तथ्य है।''**[1] फलतः विगत 50 वर्षों में श्रमिकों की उत्पादकता में महान वृद्धि हुई है। सन् 1913 में रूसी श्रमिकों की जो उत्पादकता थी उसकी अपेक्षा सन् 1967 में यह 13 गुनी अधिक हो गई थी। सन् 1913 में रूसी श्रमिकों की उत्पादकता संयुक्त राज्य अमेरिका के श्रमिकों की उत्पादकता की केवल 11 प्रतिशत थी जो अब बढ़कर उसकी 40-45 प्रतिशत और अन्य सभी विकसित पूँजीवादी देशों के श्रमिकों की उत्पादकता से अधिक हो गयी है। रूसी श्रमिकों की उत्पादकता में महान् वृद्धि कार्य की दशाओं में सुधार तथा विद्युत शक्ति के प्रयोग में अधिक वृद्धि के कारण हुई है। आज रूस में प्रति व्यक्ति उपलब्ध विद्युत शक्ति की मात्रा बहुत अधिक हो गयी है। इस प्रकार क्रांति के बाद अपनी विभिन्न विकास योजनाओं के माध्यम से सोवियत रूस ने तेजी के साथ आर्थिक विकास किया है। नीचे तालिका 8 : 4 में सोवियत रूस के इस तीव्र विकास की झाँकी मिलती है।

तालिका 8 : 4सोवियत रूस का आर्थिक विकास (1940 के प्रतिशत में)

क्षेत्र	1940	1950	1970	1975	1979
कृषि वस्तुएँ	100	99	221	227	251
कुंल औद्योगिक उत्पादन	100	172	1183	1694	2033
उत्पादक वस्तुएँ	100	204	1189	2316	2811
उपभोक्ता वस्तुएँ	100	122	654	887	1044
श्रम उत्पादकता	100	170	738	921	1033

1. "In the last analysis productivity of labour is the most important thing for the victory of the new social system.—Lenin : *Collected Works*, Vol. 29, p. 427

1928-1940 के बीच सोवियत रूस में औद्योगिक उत्पादन में वृद्धि की कुछ झाँकी निम्न तालिका में दिए गए आँकड़ों से मिलती है।[1]

वस्तुएँ	वर्ष		
	1928	1934	1940
पूँजी वस्तुएँ			
कोयला (मिलियन मेट्रिक टन)	36	94	166
पेट्रोलियन (मिलियन मेट्रिक टन)	2	24	31
पिंड लोहा (मिलियन मेट्रिक टन)	3	10	15
इस्पात (मिलियन मेट्रिक टन)	4	10	18
विद्युत (मिलियन किलोवाट)	2	6	11
उपभोग वस्तुएँ			
सूती वस्त्र (मिलियन मीटर)	2515	2612	4005
ऊनी वस्त्र (मिलियन)	102	86	120
चमड़े के जूते (मिलियन जोड़े)	75	86	230
कृषि			
खाद्यान्न (मिलियन मेट्रिक टन)	73	90	19

निष्कर्ष—इस तरह विगत् 70 वर्षों की अवधि में सोवियत अर्थव्यवस्था का बहुमुखी विकास हुआ है और इनका नक्शा ही आमूलतः परिवर्तित हो गया है। आर्थिक और सैनिक शक्ति के दृष्टिकोण से रूस आज केवल संयुक्त राज्य अमेरिका से ही पीछे है। इस प्रकार यह विश्व का दूसरा सबसे अधिक शक्तिशाली और समृद्ध देश हो गया है। इतने अधिक क्रांतिकारी आर्थिक विकास के फलस्वरूप सोवियत जनता के भौतिक और सांस्कृतिक जीवन में महान परिवर्तन और सुधार हो गए हैं। आजकल रूस में उद्योग और निर्माण कार्य में लगे श्रमिकों की वास्तविक आय सन् 1913 की तुलना में 6.6 गुनी और कृषि क्षेत्र में कार्य करने वाले श्रमिकों की वास्तविक आय 8.5 गुना बढ़ गयी है और सोवियत संघ में बेराजगारी की समस्या का कहीं पता नहीं है।[2] सोवियत जनता को कार्य पाने, आराम, शिक्षा और बीमारी, बुढ़ापा अयोग्यता आदि से सुरक्षा संबंधी आधारभूत अधिकार प्राप्त हो चुके हैं। यद्यपि रूसी जनता की आय, उपभोग स्तर और जीवन स्तर अमेरिकी जनता की तुलना में अब भी बहुत पीछे है फिर भी इनमें तेजी से वृद्धि होती जा रही है और यह कहा जा सकता है कि सोवियत रूस में ''सब कुछ मनुष्य के लिए, मनुष्य के लाभ के लिए'' (every thing for the sake of man, for the benefit of man) के सिद्धांतों को वास्तव में साकार करने की चेष्टा की जा रही है। संक्षेप में, रूसी सामाजिक अर्थव्यवस्था के योजनाकृत विलक्षण आर्थिक विकास ने विकासशील देशों के लिए अनुकरणीय उदाहरण प्रस्तुत किया है।

1. Schwartz : *Russia's Soviet Economy*
2. Schwartz : *Russia's Soviet Economy*

योजनाकालीन सोवियत आर्थिक विकास का मूल्यांकन
(Appraisal of Soviet Economic Development Under Planning)

सोवियत रूस में योजनाबद्ध अर्थव्यवस्था की सिद्धियों का पूर्णरूप से मूल्यांकन करने के लिए हमें अनेक तत्त्वों को ध्यान में रखना न्याय-संगत होगा। **इनमें से दो तत्त्व विशेषरूप से ध्यान देने** योग्य हैं। **एक** तो रूसी सांख्यिकी (statistics) की अपर्याप्तता और, **दूसरे,** जार-शासन के अधीन भी रूस का पर्याप्त आर्थिक विकास का तथ्य। **प्रो० कोलिन क्लार्क** (Colin Clark) पहले अर्थशास्त्री हैं जिन्होंने अपनी पुस्तक 'क्रिटीक ऑफ रसियन स्टेटिस्टिक्स (Critique of Russian Statistics) में सोवियत अधिकारिक आँकड़ों की पर्याप्तता और लाभदायकता के प्रति संदेह-प्रश्न उठाया था। उनका प्रमुख तर्क यह था कि ये सरकारी आँकड़े प्रचार संबंधी भूमिका निभाते हैं और उनकी वैज्ञानिक मान्यता बहुत सीमित है। उन्होंने 1928 और 1934 के बीच सोवियत रूस में औद्योगिक उत्पादन में वृद्धि के संबंध में अपनी ओर से एक स्वतंत्र अनुमान लगाया था। यह अनुमान 1928 में अमरीकी डॉलरों के रूप में कुछ निश्चित प्रमुख वस्तुओं के मूल्यांकन पर आधारित था। इस अनुमान ने निवेश वस्तुओं के उत्पादन में वृद्धि की जिस दर को बतलाया वह आधिकारिक सोवियत आँकड़ों की लगभग आधी थी। **1926-27 मूल्यों के रूप में अनुमान लगाने की सोवियत रीति नि:संदेह उत्पादन में वृद्धि की दर की अतिशयोक्ति कर रही थी।** 1926-27 में जब कुछ नयी पूँजी वस्तुएँ सोवियत रूस में अभी-अभी प्रकट ही हुई थी तो तकनीक पर अपर्याप्त अधिकार होने और ऊँचे उपरिव्यय के कारण लागत ढाँचा संभवतः ऊँचा था। अतएव ऐसी अवस्था में सोवियत रूस की अर्थ-व्यवस्था की सिद्धियाँ वास्तविकता की अपेक्षा अधिक प्रभावोत्पादक और आकर्षक प्रतीत हो सकती हैं यदि 1926-27 के वर्ष को आधार मान लिया जाय।

इसके अतिरिक्त यह ध्यान में रखा जाना चाहिए कि **जार शासित रूसी अर्थव्यवस्था बिल्कुल प्रवाह-शून्य नहीं थी।** इसके विपरीत रूसी क्रांति के पहले भी औद्योगिक क्षेत्र में कुछ उल्लेखनीय प्रगति हो चुकी थी। यह तथ्य कि रूस उद्योगीकरण की दौड़ में काफी विलम्ब से शामिल हुआ था—1860 से प्रारंभ होने वाले वर्षों में ही रूस उद्योगीकरण के पथ पर अग्रसर हुआ था—प्रथम विश्वयुद्ध (1914-18) के प्रारंभ में रूसी अर्थ-व्यवस्था के सापेक्ष पिछड़ेपन को स्पष्ट करता है। **अतएव रूसी आर्थिक विकास पूर्ण शून्य की अवस्था से प्रारंभ नहीं हुआ था बल्कि यह उस अर्थव्यवस्था के ऊपर रख दिया गया था।** एक औद्योगिक आत्म-स्फूर्ति (industrial take-off) के चिह्न दिखलायी देने लगे थे। इस प्रकार संभवतः सोवियत योजनाकरण का कार्य कुछ सरल हो गया था।

तो भी सोवियत रूस की आर्थिक सिद्धियों को हम अत्यन्त तुच्छ नहीं मान सकते। पिछले पृष्ठों के आँकड़ों का आलोचनात्मक अध्ययन निःसन्देह बतलाता है कि आर्थिक विकास योजनाओं के अन्दर सोवियत अर्थव्यवस्था का विलक्षण तिकास हुआ है। वस्तुतः हम सरलतापूर्वक अग्रलिखित निष्कर्षों पर पहुँच सकते हैं—

1. भारी उद्योगों और पूँजीगत वस्तुओं के क्षेत्र में सोवियत रूस की सिद्धियाँ सचमुच उल्लेखनीय हैं। औद्योगिक शक्ति के रूप में सोवियत रूस आज विश्व में केवल संयुक्त राज्य अमेरिका से ही पीछे है। यह महान प्रगति केवल 3 दशकों की अल्प अवधि के अन्दर ही हो गयी।

2. फिर भी उपभोग वस्तु उत्पादन और कृषि वस्तुओं के उत्पादन की प्रगति सोवियत रूस के तीव्र उद्योगीकरण की रफ्तार के साथ कदम मिलाकर नहीं चल पायी है और कृषि तथा उपभोग वस्तुआं के क्षेत्र में सोवियत प्रगति उत्साहवर्द्धक नहीं रही है। एक अर्थ में वस्तुतः भारी उद्योगों का विस्तार उपभोग वस्तुओं और कृषि की लागत पर हुआ कहा जा सकता है। इस प्रकार **सोवियत आर्थिक योजनाओं ने सोवियत जनता को महान त्याग करने के लिए विवश किया है** क्योंकि ये जनता के उपभोग-स्तर पर जानबूझकर प्रतिबन्ध लगायी हैं और उनमें कटौती की हैं।

3. सोवियत रूस में आर्थिक योजनाकरण एक अनोखे उद्देश्य की प्राप्ति की ओर निर्देशित कर रहा है। यह मूलतः शक्ति-मूलक (power-oriented) रहा है न कि **कल्याण मूलक** (welfare-oriented) **अर्थात् सोवियत आर्थिक योजनाओं का निर्माण सोवियत रूस को एक शक्तिशाली देश बनाने के उद्देश्य से किया जाता रहा है न कि उसे एक मंगल राज्य के रूप में विकसित करने के उद्देश्य से। सोवियत रूस की आर्थिक नीति 'शक्ति की नीति'** (policy of power) रही है कि **'भरपूरता की नीति'** (policy of plenty)। देश की जनता के कल्याण की वेदी पर, जनता के कल्याण की लागत पर भी शक्ति-मूलक कार्यक्रमों को वरेण्य मानने के सोवियत निर्णय के पीछे कुछ जटिल ऐतिहासिक तत्त्व रहे होंगे। किन्तु सोवियत रूस की जनता द्वारा वर्षों तक किए गए त्याग सर्वथा व्यर्थ नहीं गये हैं। यद्यपि आज भी सोवियत जनता का जीवन-मान अमेरिका और पश्चिमी यूरोपीय देशों की जनता के जीवन-मान की तुलना में अत्यन्त ही नीचा है तथापि रूसी जनता इस तथ्य पर पूरे औचित्य के साथ अभिमान कर सकती है कि वर्ष 1991 तक एक औद्योगिक शक्ति के रूप में वह संयुक्त राज्य अमेरिका का एक महान प्रतिद्वंद्वी बन गयी थी।

सोवियत रूस में तीव्र आर्थिक विकास के कारण

रूसी षष्ठ योजना में औद्योगिक उत्पादन में 85 प्रतिशत वृद्धि की जानी थी। यह लक्ष्य उसी काल में संयुक्त राज्य में होनेवाली विकास दर से दूना था। इस क्षेत्र में सोवियत रूस के विकास की दर की तुलना पश्चिमी जर्मनी को छोड़कर अन्य पूँजीवादी देशों के विकास की दर से करने पर सोवियत अर्थव्यवस्था की श्रेष्ठता और कुशलता प्रकट होती है। यह भी जानना रुचिकर है कि **सोवियत रूस में भी भूतकाल की अपेक्षा विकास दर कम हो गई है। प्रथम एवं द्वितीय पंचवर्षीय योजनाओं में वृहत् पैमाने के उद्योगों के उत्पादन में वृद्धि की दर 120 प्रतिशत थी जबकि पंचम एवं षष्ठ योजनाओं में लक्ष्य केवल क्रमशः 72 प्रतिशत और 65 प्रतिशत ही निर्धारित किए गए थे यद्यपि पंचम योजना में वास्तविक वृद्धि 85 प्रतिशत हुई थी।** फिर भी तथ्य यह है कि विकास की दर सोवियत रूस में पूर्वपिक्षा कम हो गई है। ऐसी घटना स्वाभाविक है। सांस्थिक व्यवस्था के अनपेक्ष, चाहे वह व्यवस्था पूँजीवादी हो अथवा समाजवादी, यह स्वाभाविक है कि प्रारंभ में विकास दर ऊँची होती है और कालान्तर में यह घटने लगती है। संयुक्त राज्य की अपेक्षा रूस की विकास-दर अधिक है। यदि सोवियत अर्थव्यवस्था आर्थिक परिपक्वता की अवस्था में अभी नहीं पहुँच सकी थी (अमेरिकी अर्थव्यवस्था परिपक्व हो चुकी है) तो स्वाभाविक है कि अमेरिका की अपेक्षा सोवियत रूस में विकास की दर अधिक हो। सोवियत रूस में अद्‌भुत आर्थिक विकास के अनेक कारण कहे जा सकते हैं—

1. भूतकाल के औद्योगिक विकास का अनुभव—अन्य बातों के समान रहने पर

उद्योगीकरण के पथ पर पीछे से आने वाले देश कुछ सुविधाजनक अवस्था में होते हैं। इस पथ के अग्रगामियों को अधिक कठिनाइयाँ रहती हैं। किन्तु पीछे विकसित होने वाले देशों के समक्ष प्रधान समस्या प्रविधियों का अनुकरण करने की होती है, उनके अनुसंधान की नहीं। प्रविधियों के अनुकरण की प्रक्रिया उनको विकसित एवं जाँच करने की प्रक्रिया की अपेक्षा सरल होती है। ऐसी अवस्था में औद्योगिक उत्पादन में वृद्धि अपेक्षाकृत कम ही समय में की जा सकती है क्योंकि किसी प्रविधि का अनुसंधान एवं विकास करने में बहुत अधिक समय लग जाता है किन्तु उसे कुछ ही आवश्यक संशोधनों के साथ अंगीकृत करने में बहुत ही कम समय लगता है। रूस औद्योगिक विकास पथ पर पीछे आया और उसने विश्व द्वारा अनुभवों का प्रयोग व्यवहार किया। इसी कारण रूस में आर्थिक विकास अत्यन्त ही अधिक तेज हुआ।

2. प्राकृतिक साधनों की प्रचुरता—दूसरा महत्त्वपूर्ण तथ्य प्राकृतिक साधनों की पूर्त्ति है। **सोवियत संघ, संयुक्त राज्य अमेरिका और दक्षिण अफ्रीका ही विश्व के तीन ऐसे देश हैं जो विभिन्न प्रकार के प्राकृतिक साधनों के लिए धनी हैं।** इसके अतिरिक्त, सोवियत संघ एक अत्यन्त ही विशाल देश है किन्तु उसकी जनसंख्या अपेक्षाकृत कम ही है। सोवियत रूस के साधन संभवतः अमेरिका के साधनों से भी अधिक हैं। सोवियत रूस के पास विश्व में कोयले का सबसे अधिक भंडार है। खनिज लोहे, मैंगनीज आदि जैसे अन्य खनिज पदार्थों के दृष्टिकोण से भी वह धनी है। यदि इन प्राकृतिक साधनों का समुचित रूप से विकास करने में सफलता मिल जाय तो ये सोवियत संघ को विश्व का सबसे महान औद्योगिक राष्ट्र बना सकते हैं। यह आशा की गई थी कि 1960 में षष्ठ योजना के अन्त तक सोवियत संघ में विश्व में सबसे अधिक कोयले का उत्पादन होगा। विद्युत के संबंध में 1960 तक रूस द्वारा संयुक्त राज्य अमेरिका के विद्युत उत्पादन का ½ उत्पन्न किए जाने की आशा की गई थी। 1960 के अंत तक रूस षष्ठ योजना के पूर्व की अमेरिकी उत्पादन क्षमता का 2/3 उत्पन्न कर लेगा, ऐसी आशा की गई थी। वस्तु विशेष पर विचार करने के बदले यदि हम औद्योगिक उत्पादन को पूर्ण रूप से विचार में रखें, विशेषकर भारी उद्योगों के उत्पादन को तो सोवियत रूस इस संबंध में 1963 तक संयुक्त राज्य अमेरिका के बराबर उत्पन्न करने के योग्य हो जाने की आशा करता था। ऐसी आशाएँ रूस के प्राकृतिक साधनों के प्राचुर्य्य के कारण पूर्ण हो सकती थीं यद्यपि वे नहीं पूर्ण हुईं।

3. आर्थिक आयोजना—सोवियत रूस की वर्तमान स्थिति में पहुँचने में उसकी योजना-प्रणाली ने भी सहायता दी है। योजनाकरण के द्वारा व्यापार चक्रों के प्रभावों को दूर किया जा सकता है और अर्थव्यवस्था को दृढ़तापूर्वक निरन्तर तीव्र गति से विकसित होने में समर्थ बनाया जा सकता है। जबकि सन् 1930 के दशक में उपस्थित हुई महान मंदी के काल में विश्व के पूँजीवादी देश अपनी-अपनी अर्थव्यवस्थाओं में उत्पन्न हुई मन्दी की प्रवृत्ति को रोककर अपने उत्पादन-स्तर को बनाए रखने के लिए उपाय खोज रहे थे तो सोवियत रूस इस मन्दी की समस्या से दूर था और अपनी अर्थव्यवस्था के अधिकाधिक आर्थिक विकास के लिए योजना निर्मित करता और विकसित होता जा रहा था। उस समय सोवियत रूस में न केवल मंदी और बेकारी की गंभीर समस्या ही नहीं थी वरन् दूसरी ओर वहाँ कुछ स्फीति की प्रवृत्ति उत्पन्न हो गई थी और रोजगारी बढ़ रही थी जिससे श्रमिकों का अभाव हो गया था।

4. अधिनायकतंत्रीय शासन-प्रणाली *(Dictatorship)*—इन समस्त अनुकूल तत्त्वों के ऊपर सोवियत रूस की अधिनायकतंत्रीय प्रणाली है जिसके अन्दर आर्थिक

विकास की गति अत्यन्त तीव्र होती है। पूँजी निर्माण के लिए अधिकतम संभव अतिरेक की व्यवस्था करने में सांस्थिक व्यवस्था ने सक्रिय सहयोग किया था। **अधिनायकतंत्रीय शासन होने के कारण जितने अतिरेक की व्यवस्था रूस में की जा सकी, चाहे कृषि अतिरेक की अथवा औद्योगिक अतिरेक की, उतने की व्यवस्था उन परिस्थितियों में जनतंत्रीय शासन के अन्तर्गत कदापि संभव नहीं है।** पिछले पृष्ठों में हमने देखा है कि रूसी सरकार ने किस कठोरता के साथ कृषकों एवं श्रमिकों के साथ व्यवहार किया था। **रूसी अधिनियकतंत्रीय व्यवस्था ने श्रमिकों को दृढ़ नियंत्रण में रखा था और श्रम उत्पादन-शक्ति में वृद्धि होने के साथ-साथ अपनी वास्तविक आय में वृद्धि करने के लिए उन्हें अवसर ही नहीं दिया था।** इस प्रकार श्रमिकों की लागत पर वृहत् पैमाने पर पूँजी का संचय किया जाना संभव हो सका जिसका पुनः निवेश किया गया और विकास की प्रक्रिया चालू रही। कृषि के क्षेत्र में भी समूहीकरण की योजना ने अर्थव्यवस्था में औद्योगिक विकास के लिए महान् अतिरेक की सृष्टि की। खाद्यान्न की पूर्ति बलात्कृत समाहरण (forced procurement) द्वारा की गयी और विकास संभावना की सृष्टि यंत्रीकंरण द्वारा की गई। **उपभोक्ता के प्रकट अथवा अप्रकट विद्रोह का उस सरकारी यंत्र द्वारा दमन कर दिया गया जो सामान्य जनता के लिए स्वतंत्रता लगभग नहीं के बराबर प्रदान करती रही है।**

मानक प्रश्न

1. सोवियत आर्थिक आयोजनाओं की विवेचना करें।
2. सोवियत रूस में पिछले 70 वर्षों के आर्थिक विकास की समीक्षा करें।
3. पिछले 70 वर्षों में सोवियत रूस में हुए आर्थिक विकास की विशेषताओं की व्याख्या करें।
4. पंचवर्षीय योजनाओं में सोवियत रूस की आर्थिक उपलब्धियों पर प्रकाश डालें।
5. योजनाकालीन सोवियत आर्थिक विकास का मूल्यांकन करें। सोवियत रूस में आर्थिक विकास की गति क्यों तेज रही है ?

❑

अध्याय 9

रूसी श्रम और श्रम संघीयता

(LABOUR AND TRADE UNIONISM IN SOVIET RUSSIA)

श्रम संघीयता का प्रश्न रूस के आर्थिक विकास के इतिहास का संभवतः सबसे अधिक विवादग्रस्त प्रश्न है। **अनेक लोगों के लिए समाजवादी अर्थव्यवस्था में श्रमिक संघीयता की उपयोगिता संदिग्धपूर्ण है।** कारण यह है कि समाजवादी अर्थव्यवस्था में पूँजीपतियों का विनाश हो जाने से श्रमिकों के शोषण का प्रश्न नहीं उठता। अतएव प्रथा-सिद्ध श्रम-संघों के लिए समाजवादी समाज में कोई लाभदायक कार्य करना नहीं होता क्योंकि इन **श्रम संघों को सामूहिक मोलतोल द्वारा पूँजीपतियों के विरुद्ध 'श्रमिक वर्ग का एक निरन्तर संगठन' कहा जाता है।** तथापि **लेनिन** ने रूस में सशक्त श्रम-संघों की आवश्यकता पर बारम्बार जोर दिया था। निःसंदेश उसकी अवधारणा एक नवीन प्रकार के श्रम-संघ की थी जो श्रमिक वर्ग के आर्थिक हितों की सुरक्षा करेगा और साथ ही आर्थिक विकास के लिए श्रमिकों को प्रेरित करेगा। किन्तु ऐसे श्रमिक संघों का विकास सन् 1917 की क्रांति के बहुत पश्चात् अत्यन्त ही शनैः-शनैः हुआ।

रूसी श्रम संघीयता का विकास
(Development of Soviet Trade Unionism)

प्रारंभिक अवस्था *(Early Phase)*—रूस में 1861 ई॰ के **दासमुक्ति अधिनियम** के बाद तीव्र गति से औद्योगिक पूँजीवाद का विकास प्रारंभ हुआ। 1865 से 1890 ई॰ के बीच लगभग 25 वर्षों में बड़े-बड़े कारखानों और मिलों में काम करने वाले श्रमिकों की संख्या में बहुत अधिक वृद्धि हुई। किन्तु उद्योगीकरण की इस प्रारंभिक अवस्था में श्रमिकों की स्थिति दासों से भी बुरी थी। मजदूरों से प्रतिदिन 12 घंटे तक काम लिया जाता था। नारियों और बच्चों को कारखानों में पुरुषों के बराबर ही काम करना पड़ता था। मजदूरी दर भी बहुत कम थी। उन्हें कारखानों के गन्दे वातावरण में छोटी-छोटी कोठरियों में एक साथ बीस-पचीस की संख्या में अपना जीवन व्यतीत करना पड़ता था। इन विषम परिस्थितियों के विरुद्ध रूसी औद्योगिक श्रमिकों में धीरे-धीरे प्रतिक्रिया होने लगी और वे आपस में संगठित होने लगे। 1875 ई॰ में ऑडेमा में दक्षिणी रूस के श्रमिकों के एक संघ की स्थापना हुई। 1878 ई॰ में सेंट पीटर्सबर्ग के एक बढ़ई, **खाल्तूरिन** तथा एक फीटर **ओबनोस्की** के नेतृत्व में **रूसी मजदूरों का उत्तरी संघ** स्थापित किया गया। इसका मुख्य उद्देश्य पश्चिम के **सामाजिक जनवादी मजदूर दलों** (Social Democratic Labour Parties) के सदृश था। दूसरे शब्दों में, **इसका मुख्य उद्देश्य एक समाजवादी क्रांति के द्वारा तत्कालीन अन्यायपूर्ण राजनीतिक तथा आर्थिक व्यवस्था का अन्त करना था।** इस संघ का प्रमुख उद्देश्य जनता के लिए राजनीतिक स्वतंत्रता और सभा-समिति, भाषण-प्रकाशन आदि का अधिकार प्राप्त करना था। किन्तु उनकी तात्कालिक माँग काम के घंटों

में कमी थी। धीरे-धीरे संघ के सदस्यों की संख्या बढ़कर 200 हो गयी तथा यह हड़तालों में भाग लेकर श्रमिकों का नेतृत्व करने लगा। किन्तु इसकी शीघ्र ही समाप्ति कर दी गयी। फिर भी श्रमिक आन्दोलन धीरे-धीरे फैलने लगा। 1881 से 1886 ई॰ के बीच प्रायः 48 हड़तालें हुईं जिनमें लगभग 80 हजार मजदूरों ने भाग लिया था। **1885 ई॰ में मोरोसोफ मिल में हुई हड़ताल का क्रांतिकारी आन्दोलन पर विशेष प्रभाव पड़ा।** इस मिल में लगभग 8000 मजदूर काम करते थे। श्रमिकों के इस बढ़ते हुए आन्दोलन के भय से जार सरकार को अधिनियम बनाना पड़ा कि जुर्माने की रकम मिल मालिकों के पास नहीं जाकर मजदूरों के कल्याण पर ही व्यय की जायगी।

मार्क्सवादी दर्शन का उदय (*Rise of the Marxist Philosophy*)—**रूस में मार्क्सवादी गुट का जन्म सबसे पहले 1883 ई॰ में हुआ। इसका संगठन प्लेखा नोम ने जेनेवा में किया था।** इसका उद्देश्य मजदूरों का उद्धार करना था। इस दल ने कम्युनिष्ठ मैनिफेस्टो, मजदूरी और पूँजी आदि पुस्तकों का रूसी भाषा में अनुवाद कर इन्हें श्रमिकों में वितरित किया। 1884 से 1894 ई॰ के बीच **समाजवादी जनवादी आन्दोलन** छोटे-छोटे गुटों में विभाजित था। मजदूर आन्दोलन से इसका कोई प्रत्यक्ष संबंध नहीं था। **किन्तु जैसा कि लेनिन ने बतलाया है, सामाजिक जनवादी आन्दोलन एक अज्ञात शिशु की तरह गर्भ में ही विकसित हो रहा था।** 1896 ई॰ में सेंट पीटर्सवर्ग के लगभग 30 हजार मजदूरों ने हड़ताल कर दी। इससे विवश होकर सरकार ने 2 जून, 1897 को एक अधिनियम बनाया। इसके अनुसार काम के घंटे प्रतिदिन 11½ से अधिक नहीं हो सकते थे। सेंट पीटर्सबर्ग से देश के अन्य भागों में यह आन्दोलन फैलता रहा। 1894 ई॰ में मास्को में एक मजदूर संघ की स्थापना की गयी। धीरे-धीरे उत्तरी क्षेत्र में भी मजदूरों के संघ बनने लगे। इनसे **समाजवादी-जनवादी पार्टी का उत्तरी संघ** स्थापित हुआ। 1898 ई॰ में मास्को, सेंट पीटर्सबर्ग, किराफ और एकातेरी के संघों ने जनवादी मजदूर पार्टी बनाने का प्रयास किया। इसके लिए रूस की सामाजिक जनवादी मजदूर पार्टी की पहली कांग्रेस बुलायी गयी। इसमें केवल 9 व्यक्ति आये थे। फिर भी इस कांग्रेस ने विधिपूर्वक पार्टी के संगठन की घोषणा की। इससे क्रांतिकारी प्रचार में बहुत अधिक सहायता मिली। इसी समय **लेनिन ने 'इस्क्रा' नामक एक समाचार-पत्र निकालना प्रारंभ किया।** इसने श्रमिक आन्दोलन की भ्रांतियों को दूर करने का प्रयास किया। **'इस्क्रा' (अर्थात् चिनगारी) के प्रकाशन से एक नये युग का समारम्भ हुआ।**

19वीं शताब्दी के अन्त में यूरोप में एक आर्थिक संकट आया था। इससे रूस भी वंचित नहीं रह सका था। 1900 से 1903 ई॰ के बीच इस संकट में 1 लाख से अधिक श्रमिक बेकार हो गये थे। फिर भी इस आर्थिक संकट से न तो मजदूर आन्दोलन कमजोर हुआ और न इसकी प्रगति ही अवरोधित हुई। उल्टे अब उस पर क्रांति का रंग और भी गाढ़ा हो गया। हड़तालों की संख्या क्रमशः बढ़ती ही गयी। जुलाई 1903 ई॰ में पार्टी की दूसरी कांग्रेस बुलाई गई। इस कांग्रेस के दो कार्यक्रम थे। एक का संबंध अन्तिम उद्देश्य से तथा दूसरे का तत्कालिक उद्देश्यों से था। अन्तिम उद्देश्य पूँजीवादी शासन-व्यवस्था को समाप्त कर सर्वहारा वर्ग के एकाधिपत्य को स्थापित करना था। यह उद्देश्य कांग्रेस के आठवें अधिवेशन तक ज्यों-का-त्यों बना रहा। इसके बाद पार्टी द्वारा नया कार्यक्रम तैयार किया गया। बाद में नियमावली को लेकर पार्टी में फूट पड़ गयी तथा कांग्रेस के दो दल हो गये। **लेनिन अनुयायियों का कांग्रेस के निर्वाचन में बहुत था। उन्हें बोल्शेविक (बहुसंख्यक) कहा गया।**

1905 ई॰ की क्रांति की विफलता के बाद क्रांतिकारी आन्दोलन ह्रासोन्मुख हुआ। जनता भी थकी हुई थी। अतएव बोल्शेविक दल ने अपनी नीति बदल दी और जारशाही से खुली नहीं बल्कि छिपी लड़ाने लगने लगा। 1908 से 1912 ई॰ के बीच क्रांतिकारी कार्यों के लिए अत्यन्त कठिन समय था। किन्तु 1915 ई॰ के बाद क्रांति ने पुनः एक नया रूप धारण किया। **एक नए क्रांतिकारी समाचार-पत्र 'प्रवदा' का प्रकाशन प्रारंभ हुआ।**

1914 ई॰ के प्रथम विश्वयुद्ध में पूँजीवादी अर्थव्यवस्था कमजोर पड़ने लग गयी। रूसी मजदूरों तथा बोल्शेविक दल ने इसकी कमजोरी से लाभ उठाया। उन्होंने **नवम्बर, 1917 ई॰ में क्रांति में जारशाही के अन्तिम अवशेषों को समाप्त करने के लिए विश्व में श्रमिक वर्ग की प्रथम सफल क्रांति का संचालन किया और अन्ततः सर्वहारा वर्ग के अधिनायकतंत्र की स्थापना की।** अतः सोवियत रूस में श्रमिक संघ आन्दोलन का प्रारंभ 19वीं शताब्दी के उत्तरार्द्ध में औद्योगिक क्रांति के साथ ही हुआ और 50 वर्षों की अल्प अवधि में इसने जो उपलब्धि की वह समस्त विश्व के श्रमिक वर्ग के लिए ईर्ष्या बन गयी।

1917 ई॰ की आज्ञप्ति *(Decree of 1917)*—सोवियत रूस में 1917 ई॰ की क्रांति के बाद श्रमिक-संघों में एक प्रकार की **अभिषदवादी प्रवृत्ति** का संचार हुआ। **उन्होंने बलपूर्वक पूँजीपतियों से उनके उद्योगों को छीनकर उनकी व्यवस्था स्वयं करना प्रारंभ किया।** इसका औद्योगिक उत्पादन पर प्रतिकूल प्रभाव पड़ा। इसे रोकने के लिए **1917 ई॰ में एक आज्ञप्ति जारी की गयी। इस आज्ञप्ति के द्वारा लेनिन ने एक ही साथ दो उद्देश्यों की पूर्ति का प्रयास किया**—औद्योगिक उत्पादन पर अभिषदवाद के प्रतिकूल प्रभाव को कम करना तथा श्रमिकों को कुछ सुविधा देकर उनका समर्थन प्राप्त करना। इस आज्ञप्ति के अनुसार श्रमिक वर्ग को संगठन के खाता की जाँच, व्यवस्थापन का पुनरीक्षण तथा उत्पादन की न्यूनतम मात्रा निश्चित करने का अधिकार दिया गया। वस्तुतः यह उद्योगों के राष्ट्रीयकरण तथा श्रमिकों द्वारा इनके नियंत्रण के संबंध में पहला प्रमुख कदम था। लेनिन ने कुछ अन्य आदेशों के द्वारा काम की दशाओं में सुधार का भी प्रयास किया। नवम्बर, 1917 ई॰ में 8 घंटा प्रतिदिन काम की व्यवस्था की गयी तथा औरतों से रात्रि के समय तक खानों के अन्दर कार्य लेने की मनाही कर दी गयी। बाद के आदेशों द्वारा सभी श्रमिकों को बीमा की सुविधाएँ दी गयीं तथा संघों के द्वारा श्रमिक नियोजनालय की व्यवस्था की गयी। फिर भी श्रमिक वर्ग इन सुविधाओं से संतुष्ट नहीं था। वह निजी-उपक्रम की व्यवस्था को बिल्कुल समाप्त करना चाहता था। अभिषदें पहले की तरह ही कार्य करती रहीं। इसका श्रमिकों की उत्पादकता पर बड़ा प्रतिकूल प्रभाव पड़ा। ऐसी स्थिति में **सोवियत सरकार को 1918 ई॰ में श्रमिकों के प्रति कड़ा रूख अपनाना पड़ा। अब 16 से 50 वर्ष की उम्र के सभी व्यक्तियों के लिए कार्य करना अनिवार्य बना दिया गया। 1919 ई॰ तक श्रमिकों को कार्य करने के लिए बाध्य किया जाने लगा। सामरिक साम्यवाद की समाप्ति के समय तक श्रमिकों की काम चुनने की स्वतंत्रता को समाप्त कर दिया गया और इस प्रकार एक स्वतंत्र आन्दोलन के रूप में श्रमिक संघीयता की समाप्ति हो गयी।**

सोवियत रूस में श्रमिक संघ की भूमिका
(Role of Trade Unions in Soviet Russia)

रूस में क्रांति के पश्चात् श्रमिक संघों के कार्यों के संबंध में एक विवाद उठ खड़ा

हुआ था। क्रांति के पूर्व क्रांतिकारी दल के नेताओं का तर्क था कि श्रमिकों को इस प्रकार संगठित किया जाय कि तत्कालीन स्थापित व्यवस्था और सरकार को उलट देने में सफलता प्राप्त हो सके। क्रांति के पश्चात् उनके कार्यों में परिवर्तन किया जाना था। किन्तु इस परिवर्तन की प्रकृति के संबंध में **ट्रॉट्स्की** (Trotsky) और **ट्राम्स्की** (Tomsky) के बीच कटु विवाद उत्पन्न हो गया। **ट्रॉम्स्की श्रमिक संघों को अभिषदवाद** (syndicalim) **के आधार पर संगठित करने के पक्ष में था जिसका अर्थ एक अत्यन्त ही विकेन्द्रित समाजवाद की स्थापना करना होता। ट्रॉट्स्की इसके ठीक विपरीत एक अत्यन्त ही केन्द्रीकृत सर्वहारा अधिनियकतंत्रीय व्यवस्था के पक्ष में था।** अभिषदवादी कहते थे कि पूँजीवाद के अन्दर पूँजी एवं उद्योग कतिपय व्यक्तियों के ही स्वामित्व में होते हैं और महान् श्रमिक वर्ग सर्वथा पूँजीपतियों के चंगुल में फँसा रहता है। इसलिए उनका विचार था कि ऐसी व्यवस्था के स्थान पर उस व्यवस्था का सूत्रपात किया जाय जिसमें किसी उद्योग में कार्य करने वाले श्रमिकों द्वारा ही उस उद्योग का प्रबन्ध किया जाय। अतः इस तर्क का निष्कर्ष **'औद्योगिक जनतंत्र'** की स्थापना था। क्रांति के पश्चात् श्रमिक संघों की केन्द्रीय समितियों के कार्य विभिन्न इकाइयों के समन्वय एवं नियंत्रण तक ही सीमित रहने चाहिए थे। यह विचार प्रथम दृष्टि में तो तर्कसंगत ज्ञात होता था। शोषक वर्ग की अनुपस्थिति में इसका तार्किक अर्थ यह होता है कि औद्योगिक प्रबन्ध की शक्तियाँ श्रमिक संघों को मिलें। ऐसी नीति न केवल प्रशासनिक विकेन्द्रीकरण की व्यवस्था ही करती वरन् 'उद्योग में प्रत्यक्ष जनतंत्र' के सिद्धांत का भी समावेश करती। किन्तु स्पष्टतः ऐसी कोई भी नीति केन्द्रीकृत आर्थिक योजनाकरण के असंगत है क्योंकि यदि विभिन्न संघटनों को विभिन्न उद्देश्यों वाले विभिन्न श्रमिक संघों द्वारा नियंत्रित किया जाता तो केन्द्रीय योजना को कार्यान्वित करना असंभव होता।

ऐसे विचार के विरोध में **ट्रॉट्स्की का तर्क था कि श्रमिक संघों को राज्य के अंग के रूप में कार्य करना चाहिए, सब कुछ राज्य के अधीनस्थ कर दिया जाना चाहिए** और उसे राज्य की सुरक्षा शक्ति के रूप में मानना चाहिए। **ट्राट्स्की इस मत के विरुद्ध था कि श्रमिक संघों को 'सोवियत राज्य में कोई स्वतंत्र भूमिका' मिले।** उसने श्रमिक संघों के 'राष्ट्रीयकरण' अथवा 'राज्यीकरण' (stateisation) की नीति का समर्थन किया। **इस विचार-धारा के अनुसार श्रमिक संघों को 'मजदूरी एवं श्रम अनुशासन के क्षेत्र में विशिष्ट कार्यों को सौंप कर इन्हें राज्य के अंगों के रूप में राजतंत्र में ही विलीन' कर दिया जाना चाहिए।** दूसरे शब्दों में, श्रमिक संघों को सरकार के विभिन्न मंत्रालयों का उपविभाग बनना चाहिए था और अपने स्वतंत्र अस्तित्व को सर्वथा खो देना चाहिए था।

किन्तु लेनिन का निर्णय इन दोनों मतों से भिन्न था। लेनिन ने सतर्कता से मध्य का रास्ता अपनाया और घोषित किया कि श्रमिक संघ सरकार एवं अनभिज्ञ जन-समूह के बीच एक संचारण केन्द्र (transmission centre) हैं। **वह इस विचार के पक्ष में था कि श्रमिक संघ सरकार के साथ सहयोग करें और उद्योगों का प्रबन्ध करें।** इसी विचार को सन् 1922 की श्रम संहिता (labous code) में संलिष्ट किया गया। सन् 1922 में ट्रेड यूनियन कांग्रेस में यह निर्णय किया गया कि श्रमिक संघ जनतंत्रीय एवं ऐच्छिक होंगे। **संघटन के जनतंत्रीय स्वरूप का समावेश इस तथ्य द्वारा किया गया कि श्रमिक संघों के पदाधिकारी नियुक्त नहीं वरन् निर्वाचित किए जाएँ और**

उनके ऐच्छिक स्वरूप का अर्थ था कि श्रमिकों को स्वेच्छया श्रमिक संघ में सम्मिलित होने की स्वतंत्रता दी जाय। श्रमिकों को यह निर्णय करने की स्वतंत्रता मिलनी चाहिए कि वे वे श्रमिक संघ में सम्मिलित हों अथवा नहीं। किन्तु इन बातों के बावजूद श्रमिक संघों के सदस्यों को कुछ विशेषाधिकार दिए गए थे। इस प्रकार श्रमिक संघों में सम्मिलित होने के लिए श्रमिकों से परोक्ष रूप से अनुनय (persuasion) किया गया था। ये **विशेषाधिकार** (priviledges) निम्नलिखित थे–

1. रोजगारी में उनके साथ प्राथमिकतापूर्ण (preferential) बर्ताव किया जाता था।
2. संघीय श्रमिकों को कष्टों का निवारण करने के लिए सरकारी स्तर पर सुविधा दी जाती थी।
3. सामाजिक बीमा योजनाओं के क्षेत्र में श्रमिक संघों के सदस्यों के साथ प्राथमिकतापूर्ण बर्ताव किया जाता था।

किन्तु इन समस्त विशेषाधिकारों के बावजूद कुछ श्रमिक श्रम संघों से बाहर ही रहे। फिर भी लगभग 84 प्रतिशत श्रमिक श्रम-संघठनों में सम्मिलित हो गये थे। इन श्रमिक संघटनों को कुछ अधिकार दिये गये थे। किन्तु उनके कुछ कर्त्तव्य भी निर्धारित किये गये थे। श्रमिक संघों के कार्यालय के लिए पृथक कक्ष की व्यवस्था की गई थी और उनके व्यय का वहन व्यवस्थापन द्वारा किया जाता था। संघटनों को ये भी शक्तियाँ दी गयी थीं कि वे श्रमिकों के मामले में व्यवस्थापन से बातचीत कर सकते हैं। किसी श्रमिक को उसके कार्य से हटाने के 15 दिनों पूर्व इसकी सूचना श्रम-संघ को देने के लिए संघटन-व्यवस्था बाध्य थी। श्रमिकों की दशाओं में सुधार करने के उपायों के सुझाव भी श्रमिक संघ साधिकार व्यवस्था दे सकते थे। श्रमिक संघों का कर्त्तव्य था कि वे उत्पादन-शक्ति एवं उत्पादन में वृद्धि करने के लिए व्यवस्था द्वारा दिए गए आदेशों का पालन करें।

श्रम संहिता ने श्रमिकों द्वारा हड़ताल पर स्पष्ट शब्दों में प्रतिषेध नहीं लगाया था। किन्तु उसने इनके लिए कुछ शर्त्तों को निर्धारित किया था जिनका परिणाम लगभग वही होता था। हड़ताल को वैध होने के लिए उनका समोदन श्रमिक संघों द्वारा होता था। बिना श्रमिक संघों के संमोदन के कोई भी हड़ताल वैध नहीं हो सकती थी। श्रमिक संघटनों को वैध होने के लिए उनका संमोदन श्रमिक संघ की केन्द्रीय परिषद (Central Council of Trade Unions) द्वारा होना आवश्यक था। श्रमिक संघ की केन्द्रीय परिषद के प्राधिकारी वे ही व्यक्ति थे जो सरकारी प्रशासन और उद्योगों का संचालन करने से संबंधित थे। इस प्रकार श्रम-संहिता ने हड़ताल की प्रक्रिया को अत्यन्त ही कठिन बना दिया था। इस तथ्य की पुष्टि इस बात से होती है कि श्रम-संहिता के तुरन्त बाद सन् 1922-23 में 500 हड़तालें की गयीं थी जिनमें से केवल 11 हड़तालों को ही वैध माना गया था। 489 हड़तालें अवैध घोषित की गई थीं।

जहाँ तक श्रमिक संघों के संगठन का प्रश्न है, **श्री एवं श्रीमती वेब** ने अपनी पुस्तक **'सोवियत कम्यूनिज्म'** में उल्लेख किया है कि वहाँ **''किसी श्रमिक संघ की सीमा लगभग उस उद्योग की सीमा के साथ समाप्त होती है जिसमें उस संघ के सदस्य कार्य करते हैं। उसी संघ में उस उद्योग के समस्त शिल्प एवं श्रेणियाँ सम्मिलित रहती हैं–अनिपुण कर्मचारियों से लेकर प्राविधिक अथवा व्यवस्थापकीय कर्मचारियों तक। संघ के संघटन की इकाई भौगोलिक शाखा होने के बदले कारखाना अथवा कार्य-स्थान होती है।''**

सन् 1922 की श्रम-संहिता प्रथम योजना को प्रारंभ किए जाने तक संतोषपूर्ण ढंग से कार्यशील रही। किन्तु सन् 1929 में पुनः एक विवाद उत्पन्न हुआ इस बात को लेकर कि श्रमिक संघों के कार्य अब क्या हों ? **नवीन आर्थिक नीति काल में श्रमिक संघों के दो मुख्य कार्य थे अर्थात्**—(1) श्रमिक वर्ग के हितों की रक्षा करना और (2) नियमित उत्पादन में सरकार के साथ सहयोग करना। **लेनिन ने इन दोनों कार्यों में पारस्परिक विरोध का अनुमान नहीं किया था। किन्तु व्यवसाय में ये दोनों कार्य एक-दूसरे के विरोधी सिद्ध हुए थे।** फिर भी नवीन आर्थिक नीति काल में इन कार्यों में एक कठिन संतुलन किया जा सका था। प्रथम योजना को प्रारंभ करने के समय अब फिर प्रश्न उठा कि इन दोनों कार्यों में किस पर आपेक्षिक जोर दिया जाय अर्थात् किस कार्य पर अधिक जोर दिया जाय और किस पर कम।

सन् 1926 में टॉम्स्की श्रमिक संघों की केन्द्रीय परिषद का अध्यक्ष नियुक्त किया गया था। उसने घोषित किया था कि योग्यता प्राप्त और गैर-योग्यता-प्राप्त श्रमिकों के वेतन में महान अन्तर है और रूस में श्रमिकों की मजदूरी में भिन्नता पश्चिमी पूँजीवादी देशों की अपेक्षा अधिक है। फलतः उसने मजदूरी की भिन्नता को दूर कर मजदूरी की दर में समता लाने की नीति अपनाई। सन् 1928 तक इस कार्य में टॉम्स्की को महान सफलता भी प्राप्त हुई। **टॉम्स्की श्रमिक संघों की स्वतंत्रता का भी हिमायती था।** इसके अनुसार श्रमिक संघों के प्रथम कार्य अर्थात् श्रमिक वर्ग के हितों की रक्षा करने के कार्य पर योजना में अधिक जोर दिया जाना चाहिए था।

किन्तु **जब स्तालिन सत्ताधारी हुआ तो उसने टॉम्स्की को सन् 1929 में उसके कार्य-भार से मुक्त कर दिया। वस्तुतः टॉम्स्की की इस पद भार से मुक्ति श्रम-नीति में परिवर्तन किए जाने की एक अभिव्यक्ति थी। इस नवीन नीति ने जिसने टॉम्स्की की पदच्युति को आवश्यक बना दिया, श्रमिक अनुशासन पर अधिक जोर दिया न कि श्रमिक संघों के द्वितीय कार्य अर्थात् नियमित उत्पादन में सरकार के साथ सहयोग करने के कार्य पर। फलतः श्रमिक संघों के अधिकांश जनतंत्रीय स्वरूप समाप्त हो गए।** सोवियत संघ द्वारा कार्यान्वित की जाने वाली योजनाओं द्वारा निर्धारित लक्ष्यों की पूर्ति के लिए श्रमिकों से अधिक-से-अधिक कार्य कराया जाने लगा। श्रमिकों के कष्टों के निवारण से संबंधित श्रमिकों की माँग एवं उनके निवास की दशाओं में सुधार आदि की उपेक्षा की गई। श्रमिक संघों के पदाधिकारियों की निर्वाचन द्वारा नियुक्ति की व्यवस्था को समाप्त कर दिया गया और अब निर्वाचित पदाधिकारियों के स्थान पर नियुक्त पदाधिकारी कार्य करने लगे। यद्यपि 1937 में श्रमिक संघों के जनतंत्रीय स्वरूप को पुनर्जीवित करने का प्रयास किया गया था तथापि इसमें पर्याप्त सफलता नहीं मिल सकी। **स्तालिन को सत्ताधारी होने के पश्चात् मजदूरी से संबंधित नीति में भी परिवर्तन किया गया। अपने 'षष्ठ बिन्दु'** (six-point) **कार्यक्रम में स्तालिन ने मजदूरी की भिन्नता का समर्थन किया** क्योंकि जैसा कि उसने कहा था, सर्वहारा अधिनायक-तंत्र के काल में मजदूरी की भिन्नता का समर्थन मार्क्स और लेनिन दोनों ने ही किया था यद्यपि अन्ततः वर्गहीन समाज की साम्यवादी अवस्था में मजदूरी की भिन्नता नहीं रहती है।

सन् 1931 के पश्चात् दो व्यापक प्रवृत्तियाँ परिलक्षित होती हैं—(1) मजदूरी की भिन्नता में पर्याप्त वृद्धि हुई। इस कारण पश्चिमी आलोचकों ने कहा कि रूस के

सामान्य श्रमिक एवं अधिक कुशल श्रमिकों की मजदूरी में अत्यन्त ही अधिक विषमता है। इस तर्क से वे इस निष्कर्ष पर पहुँचे कि सोवियत रूस में श्रमिकों का व्यापक शोषण होता है। (2) **कारखाना प्रणाली में कठोर अनुशासन की व्यवस्था की गई थी। प्रत्येक श्रमिक को एक सेवा पुस्तिका** (service book) **दी गई थी जिसमें उस श्रमिक के संबंध में पूरी बात लिखी जाती थी। उसके वेतन में वृद्धि, पदोन्नति आदि का निर्णय उसी पुस्तिका के आधार पर किया जाता था। श्रमिकों की उपस्थिति लेने की कठोर प्रणाली निर्धारित की गई थी।** 20 मिनट विलम्ब से आने वाले श्रमिक को अनुपस्थित कर दिया जाता था और 4-5 दिन तक अनुपस्थित होने वाले श्रमिक की सेवा-मुक्ति हो जाती थी। उसकी नौकरी ही चली जाती थी। ये समस्त बातें श्रमिकों में बहुत ही अधिक असंतोष उत्पन्न कर दीं। 1930 के दशक के उत्तरार्द्ध से इस संबंध में अनेक पग उठाए गए और अन्त में यद्यपि चतुर्थ एवं पंचम योजनाओं तक इस प्रणाली में संशोधन नहीं किया गया तथापि इसकी कठोरता में कमी कर दी गई।

फिर भी **1928 के पश्चात् से ही श्रमिक संघों के दो प्रमुख कार्यों पर सापेक्षित जोर देने के संबंध में उत्पन्न हुआ विवाद बना रहा।** अन्त में **सन् 1949 में एक व्यापक श्रम संघ संविधि** लागू की गई जिसके अनुसार **श्रमिक संघों के मुख्य कार्य** अग्रलिखित निर्धारित किए गए–

1. समस्त संघों का प्राथमिक कार्य श्रम अनुशासन को बनाए रखना और योजनाओं के लक्ष्यों को पूर्ण करने में सरकार के साथ सहयोग करना है। साथ ही, उत्पादन के गुण में सुधार करने एवं उत्पादन लागत को कम करने के लिए भी श्रमिक संघों से आशा की गई है।
2. श्रमिकों एवं नियोजितों की मजदूरी को विनियमित करने के लिए साधनोपाय करना एवं व्यवस्थापकों के साथ सामूहिक करार (collective agreement) करना भी श्रमिक संघों का कार्य है।
3. सोवियत श्रमिक संघ का अत्यन्त ही महत्त्वपूर्ण कार्य शैक्षिक है। श्रमिक संघों के सदस्यों में साधारण शिक्षा का प्रसार करने का कार्य-भार श्रमिक संघों पर है। साथ ही वे प्राविधिक और व्यवसाय योग्यता में भी सुधार करेंगे।
4. सोवियत राज्य में सामाजिक बीमा योजना अधिकांशतः श्रमिक संघों द्वारा व्यवस्थित एवं कार्यान्वित की जाती है। श्रमिक संघ श्रमिकों के लिए विश्राम-गृहों, अवकाश गृहों (holiday home) के निर्माण, चिकित्सा साहाय्य का प्रबन्ध करने एवं अस्थायी अंगहानि तथा घातक घटनाओं की अवस्था में श्रमिकों और नियोजितों को दी जाने वाली आर्थिक राशि के भुगतान के स्वरूप एवं सीमा का निर्धारण करने के लिए उत्तरदायी बनाए गए हैं।
5. श्रमिक संघों को व्यवस्था के साथ होने वाले श्रम-विवादों को तय करने में भाग लेने एवं व्यावसायिक संघटनों तथा संस्थाओं में की जानेवाली श्रम-सुरक्षा की विभिन्न प्रविधियों पर सामान्य नियंत्रण करने का अधिकार दिया गया है।
6. श्रमिक संघों का यह भी कार्य है कि वे समाजवादी राजनीतिक एवं सामाजिक आदर्शों तथा विचारों का श्रमिकों और नियोजितों में प्रचार करें तथा उनके बच्चों की साम्यवादी शिक्षा में उनकी सहायता करें।

7. व्यावसायिक संगठन की व्यवस्था से संबंधित एवं श्रम स्वार्थों की समस्त समस्याओं को सरकारी अभिकरणों एवं अन्य लोक-सत्ताओं के समक्ष प्रस्तुत करना भी श्रमिक संघों का प्रमुख कार्य है।

इस प्रकार **वर्तमान श्रमिक संघों को तीन मुख्य कार्य** सौंपे गए हैं—(1) श्रमिक संघों को कुछ राजकीय कार्य सौंपे गए हैं। **1933 में कमीसारियत ऑफ लेबर** की समाप्ति ने भी श्रमिक संघों को सामाजिक बीमा प्रणाली के प्रशासन और कारखाना निरीक्षण के कार्य सुपुर्द कर दिया। (2) यह एक अभ्यास बन गया है कि सामान्य मजदूरी नीति, जो मजदूरी ढाँचे की सामान्य रूपरेखा को परिभाषित करती है, श्रमिक संघों की केन्द्रीय परिषद (Central Council of Trade Unions) और आर्थिक मामलों में सरकार के उच्चतम अंगों के बीच सामान्य सहमति के साथ वार्षिक आर्थिक योजनाओं के निर्माण के समय तक की जाय। (3) श्रम शक्ति का उचित संगठन करना ताकि सरकार की उत्पादन योजना और वित्तीय योजना पूरी की जा सकें।

हड़ताल का अधिकार *(Rights to Strike)*—श्रम-संघों के कार्यों की तरह हड़ताल के अधिकार के संबंध में भी विभिन्न-धाराएँ थीं। एक तो जो लोग श्रम-संघों को राज्य का एक अभिन्न अंग समझते थे वे इन्हें हड़ताल का अधिकार देने के विरोध में थे। दूसरी ओर लेनिन इसे श्रम-संघों का सर्वाधिक प्रमुख अधिकार मानता था। अन्त में दूसरी विचारधारा को ही मान्यता दी गई। किन्तु 1920 के दशक के प्रारंभ में हड़तालों का एक ताँता-सा बँध गया जिससे उत्पादन में कमी होने लगी। इसमें से अधिकांश हड़तालों में श्रम-संघों का बहुत ही कम हाथ था। इस समय भी इसका सामान्य उद्देश्य बातचीत के द्वारा श्रम-संघर्षों का निपटारा तथा हड़ताल को हतोत्साहित करना था। आगे चलकर **जून 1954 में श्रम-संघों के 11वें काँग्रेस में निम्नांकित बातों को स्वीकार किया गया।**

1. संघों की अनुमति के बिना कोई भी हड़ताल नहीं की जा सकती। उसकी अनुमति के बिना कोई भी हड़ताल अवैध होगी तथा उसमें भाग लेने वाले सजा के भागी होंगे।
2. वास्तविक तथा संभावित संघर्षों में हस्तक्षेप के लिए श्रम आयुक्त को पर्याप्त अधिकार दिया गया।
3. श्रम संघों के समाधान के लिए अनिवार्य विवाचन (compulsory arbitration) को मानने के लिए सभी बाध्य हैं।

श्रम संघों का संगठन *(Organisation of Trade Unions)*—सोवियत संघ में **श्रम संघों का संगठन औद्योगिक आधार पर हुआ है।** इनके अन्तर्गत सभी वर्ग के कर्मचारी तथा व्यवस्थापक वर्ग तक आ जाते हैं। **प्रत्येक उद्योग के लिए एक श्रम संघ है जिसकी सदस्यता लगभग शत प्रतिशत होती है। सिद्धांतत: स्वैच्छिक होते हुए भी श्रम-संघों की सदस्यता व्यवहार में अनिवार्य है।** सदस्यों को सामाजिक बीमा, छुट्टी, गृहों आदि के संबंध में सुविधा दी जाती है। सभी सदस्यों को अपनी मासिक मजदूरी का 0.5 से 10 प्रतिशत तक नियमित रूप से चन्दा देना पड़ता है। श्रम संघों का संगठन जनतांत्रिक है। अखिल संघीय केन्द्रीय श्रम-संघ परिषद (All Union Central Council of Trade Unions) का चुनाव वार्षिक सम्मेलनों में होता है। केन्द्रीय परिषद व्यवहार में सरकार के एक विभाग की तरह होती है तथा इसे सामाजिक बीमा, उत्पादन योजना आदि को कार्यान्वित करने का अधिकार है।

सोवियत श्रमिक संघीयता के संगठन के संबंध में **बिट्रिश** और **सिडनी वेब** ने लिखा है, *''सोवियत ट्रेड यूनियन अपने अधिकारियों की नियुक्ति और वेतन भुगतान स्वयं ही करता है, अपना कार्य संचालन स्वयं अपनी निर्वाचित समितियों द्वारा करता है, अपनी उच्चतम समितियों और अपने राष्ट्रीय अधिकारियों के द्वारा यह सामूहिक मोल-तोल करता है जिसके द्वारा मजदूरों की सामान्य परियोजनाएँ और स्तर निश्चित किए जाते हैं और सरकार के लगभग सभी अंगों में भाग लेता है।''*[1] प्रारंभ में सोवियत श्रमिक-संघ आन्दोलन को संगठन संबंधी दो **समस्याओं** का सामना करना पड़ा था—**एक** तो रूस में श्रमिकों तथा प्रबन्धकों के बीच मनोवैज्ञानिक मनमुटाव था जो क्रांति के पूर्व की परिस्थितियों का परिणाम था। **दूसरे**, क्रांति के पूर्व के बहुत से शिल्पियों को बदलती हुई परिस्थितियों के साथ समायोजन करने में कठिनाइयाँ अवश्य ही पायी जाती हैं। जैसा कि **बेकोव** ने लिखा है, *''ये ऐसी समस्याएँ हैं जिन्हें किसी-न-किसी रूप में वैसे सभी समय में सुलझाना पड़ता है जब प्रतियोगी अर्थव्यवस्था का स्थान उत्पादन और वितरण की आयोजित आर्थिक संगठन प्रणाली लेती है।''*[2] कारखाना स्तर पर श्रम-संघों का प्रमुख उद्देश्य अपने सदस्यों के हितों की रक्षा करना है। उत्पादकता को बढ़ाने के लिए श्रम-संघों द्वारा समय-समय पर समाजवादी प्रतियोगिता का आयोजन किया जाता है। **सोवियत श्रमिक संघ आन्दोलन संबंधी प्रशासकीय निर्णय अत्यन्त ही केन्द्रीकृत है। हठी एवं उद्दण्ड वर्ग का सहन नहीं किया जाता है। अखिल संघीय श्रमिक-संघ कांग्रेस** (All Union Trade Union Congress) **के निर्णयों का समस्त अधीनस्थ इकाइयों द्वारा पालन किया जाना अनिवार्य है। रूसी श्रमिक संघों का संगठन एक पिरामिड अर्थात् त्रिकोण स्तूप की भाँति है। इस पिरामिड के आधार के पास वाली निम्नतर संघीय इकाइयों को स्वायत्तता लगभग नहीं के बराबर प्राप्त है।**

सन् 1918 के पश्चात् सोवियत श्रमिक संघों की सदस्यता में सतत् एवं विलक्षण वृद्धि हुई है। सन् 1954 में सोवियत अर्थव्यवस्था के समस्त वेतनधारी (salaried) कर्मचारियों एवं मजदूरों (wage earners) के 90 प्रतिशत श्रमिक श्रम् संघों के सदस्य थे। उस वर्ष देश के कुल लगभग 45 मिलियन श्रमिकों में से 40.4 मिलियन श्रमिक श्रमसंघों के सदस्य थे। निम्नांकित तालिका से सोवियत श्रमिक संघों की सदस्यता की वृद्धि की सीमा का स्पष्टतः अनुभव किया जा सकता है—

वर्ष	सदस्यता (मिलियन)
1918	2.5
1928	11
1947	27
1949	28.5
1954	40.4

1. "A Soviet trade union appoints and pays its own officials and manages its business by its own elected committees; it conducts, through its highest committees and its national officials, the collective bargaining by which the general scheme and standard of wages are fixed and it takes part in almost every organ of the Government."
—Sidney and Beatrice Webb : *Soviet Communism*, p. 218
2. "These are the problem which, under one aspect or another, will have to be solved every time the competitive economy is being superseded by the system of planned economic organisation of production and distribution."

सोवियत श्रमिक संघीयता एवं ब्रिटिश श्रमिक संघीयता : एक तुलना

सोवियत रूस की श्रमिक संघीयता और इंगलैंड, अमेरिका आदि पूँजीवादी देशों की श्रमिक संघीयता में समता तथा विरोध के कुछ तत्त्वों को जानना एक रुचिपूर्ण अध्ययन होगा। हम यहाँ सोवियत और ब्रिटिश श्रमिक संघों को विशेष रूप में ध्यान में रखेंगे। जैसा कि **स्वार्ज** (schwartz)[1] का कहना है, **सोवियत श्रमिक संघों के कार्य इंगलैंड अथवा अमेरिकी श्रमिक संघों के कार्यों से 'अधिक व्यापक' भी हैं और 'कम व्यापक' भी।**

1. सोवियत श्रमिक संघों का कोई अपना स्वतंत्र अस्तित्व नहीं है भले ही उन्हें संवैधानिक रूप से पृथक मान्यता दी गयी है। वे केवल राज्य के अभिकरणों के रूप में कार्य करते हैं और सोवियत सरकार की नीति को प्रतिबिम्बित करते हैं।

2. सोवियत श्रमिक संघटन व्यवस्था के साथ लड़ाकू मनोवृत्ति वाले कार्य नही करते हैं। कुछ सीमा तक इस स्थिति का स्पष्टीकरण सोवियत रूस में शोषकों के पूँजीवादी वर्ग की अनुपस्थिति द्वारा किया जा सकता है। किन्तु सिद्धांततः यह सोचा जा सकता है कि जब तक राज्य का लोप नहीं होता तब तक स्वयं राज्य ही श्रमिक वर्ग के शोषण का कार्य संपादित कर सकता है। यदि यह स्थिति उत्पन्न हो जाय और ऐसी स्थिति सचमुच रूस में वर्तमान शताब्दी के 1930 के दशक में थी और कुछ सीमा तक आज भी है, तो **सरकार के विरुद्ध लड़ने के लिए सोवियत रूस में श्रमिक संघों के पास कोई भी प्रभावोत्पादक अस्त्र नहीं है।** सन् 1929 के बाद कठोर श्रम अनुशासन एवं उन पर राज्य के नियंत्रण के विषय में हमलोगों ने पहले ही विचार किया है। **निःसंदेह सिद्धांततः श्रमिकों को हड़ताल करने का अधिकार दिया गया है,** उसकी प्रत्याभूमि भी की गई है। किन्तु सोवियत रूस में हड़ताल करना कितना दुष्कर है, इसको हमलोगों ने पहले ही देख लिया है और **अनिवार्य विवाचन की व्यवस्था इस अधिकार की उपयोगिता को भी शून्य कर देती है।**

3. राष्ट्रीय आय में मजदूरी के अंश को निर्धारित करने में श्रम संघों का कार्य 'निगूढ़' (obscure) है। निःसंदेह उन्हें प्रशासन के साथ 'सामूहिक करार' करने का अधिकार प्राप्त है। किन्तु उनकी कोई मजदूरी नीति नहीं होती है। उन्हें सरकार की मजदूरी नीति को लगभग एक संपादित कार्य के रूप में स्वीकार करना पड़ता है।

फिर भी हम पाते हैं कि **सोवियत रूस में वर्तमान श्रमिक संघ को तीन मुख्य कार्य** सौंपे गये हैं जो अत्यन्त ही महत्त्वपूर्ण हैं—

1. श्रमिक संघों को सरकार ने अपने कुछ कार्यों को सौंप दिया है जिससे श्रमिक संघों का कार्य-क्षेत्र अत्यन्त ही व्यापक हो गया है। सन् 1933 में श्रम विभाग (Commissariate of Labour) का उन्मूलन कर दिया गया और उसके कार्यों को श्रमिक संघों को सौंप दिया गया जिससे सोवियत रूस के श्रमिक संघों को श्रमिकों की सामाजिक बीमा-प्रणाली का प्रशासन करने एवं कारखानों का निरीक्षण करने आदि के उत्तरदायित्व प्राप्त हो गए हैं।
2. वार्षिक आर्थिक योजना का निर्माण करते समय सोवियत रूस में श्रमिक संघों की

1. स्वार्ज-रशियाज सोवियत इकॉनॉमी

केन्द्रीय परिषद (Central Council of Trade Unions) और आर्थिक क्षेत्र में सर्वोच्च सरकारी अंश के बीच समझौता द्वारा सामान्य मजदूरी नीति का निर्धारण होता है।

3. सोवियत सरकारी उत्पादन-योजना और वित्तीय योजना को पूर्ण करने के लिए श्रम-बल का उचित संगठन किया जाता है।

इसके अतिरिक्त, सोवियत श्रमिक संघ श्रमिकों की सुरक्षा के लिए सुरक्षा विनियमों को पूर्णतः मानने और अन्य उपाय करने के लिए व्यवस्था के अधिकारियों को बाध्य कर सकते हैं। यही नहीं, सोवियत श्रमिक संघ श्रम-अनुशासन को बनाए रखने तथा अपने सदस्यों को शिक्षित करने का प्रबन्ध करते हैं। इन कार्यों के अतिरिक्त सोवियत श्रमिक संघों के सांस्कृतिक और कल्याणकारी कार्य निश्चित ही ब्रिटिश श्रमिक संघों की अपेक्षा अधिक व्यापक एवं विस्तृत हैं।

स्ताखनोवित आन्दोलन
(Stakhanovite Movement)

स्ताखनोवित आन्दोलन द्वितीय पंचवर्षीय योजना के दूसरे वर्ष (1935) में विकसित हुआ जब रूसी स्ताखनोवितों का एक सम्मेलन मास्को में हुआ था। यद्यपि इस आन्दोलन का वर्णन विदेशों में मात्र एक साम्यवादी प्रचार के रूप से किया गया था। फिर भी यह निश्चय ही उत्पादन के प्रति नया दृष्टिकोण अपनाए जाने और श्रमिकों के लिए नए सूत्रपात की सृष्टि करने के लिए उत्तरदायी था। **स्ताखनोवित आन्दोलन की मुख्य आत्मा उत्पादन की मात्रा में सुधार करने के लिए श्रमिक वर्ग में अपने आप जागरित इच्छा में निहित थी।** इस आन्दोलन का नामकरण इसके जन्मदाता **स्ताखनोव** (Stakhanov) पर हुआ था जो युक्रेन क्षेत्र में कोयले की खान में एक कर्मचारी था। उसने जो कुछ विकसित किया **वह मूलतः श्रम का लाभदायक विभाजन करने का एक ढंग था।** यह कोयले की खान में दो जटिल प्रक्रियाओं अर्थात् काटने (hewing) और थूनी लगाने (proping) को अलग करने की एक सरल विधि था। कालान्तर में इसमें परिष्कार किया गया और स्ताखनोव अपने अनुयायियों के साथ मिलकर एक यांत्रिक बरमा (mechanical drill) की सहायता से एक पाली (shift) में कोयले के उत्पादन को बढ़ाकर 102 कर पाने में समर्थ हो पाया था।

प्रारंभ में स्ताखनोव के नवप्रवर्तन के प्रति उसके अपने सहकर्मियों द्वारा भी पर्याप्त अंश तक संदेह प्रकट किया गया था। किन्तु उसकी नयी प्रविधि की उल्लेखनीय कार्यशीलता सफलता ने उसकी लोकप्रियता को बढ़ा दिया। इस प्रविधि का प्रयोग सभी कोयला खानों में विस्तृत रूप में किया जाने लगा। स्ताखनोव की नयी प्रविधि में संशोधन किए गए और दूसरे उद्योगों के साथ भी इसका प्रयोग किया गया। **इव्डोकिया विनोगाडोवा** (Evdokia Vinogradova) ने इसका प्रयोग वस्त्र उद्योग में किया और उत्पादन में तेजी के साथ वृद्धि हुई। बाद में स्ताखनोवित की रीति का प्रयोग धातु, विद्युत आदि अनेक दूसरे उद्योगों के साथ भी किया गया और सभी जगह स्ताखनोव के सिद्धांत को उल्लेखनीय सफलता मिली थी। परिणाम यह हुआ कि "थोड़े ही समय के अन्दर शायद ही कोई ऐसा कारखाना बच रहा जिसमें स्ताखनोवितों का समूह न रहा हो अर्थात् ऐसे श्रमिकों का समूह जो पर्याप्त सफलता का श्रेय अपने लिए ले रहे थे जिसके कारण

वे इस श्रेणी में रखे जाने के अधिकारी हो गए थे और जिन्हें अपनी सिद्धियों के लिए विशेष बोनस मिलने का अधिकार था।''[1]

द्वितीय पंचवर्षीय योजना काल (1934-37) में स्ताखनोवित आन्दोलन के प्रसार ने श्रमिक वर्ग में अभूतपूर्व आनन्द की भावना का सृजन किया था। उत्पादन के प्रति एक नया दृष्टिकोण हो गया था और स्ताखनोवितों ने नयी और सुधरी हुई प्रविधियों का प्रयोग औद्योगिक उत्पादन की मात्रा को जल्दी बढ़ाने के लिए किया। **स्वयं स्तालिन ने स्ताखनोवितों को बधाई दी थी और कहा था कि उनका सूत्रपात ''उत्पादन के पुराने स्तर को तोड़ने और उद्योग की अनुमानित क्षमता तथा उद्योग-नेताओं द्वारा तैयार की गई आर्थिक योजनाओं में संशोधन लाने में सफल हुआ था।**[2]

फिर भी स्ताखनोवित आन्दोलन दोषरहित वरदान नहीं था। इसमें अनेक कमजोरियाँ थीं। जैसा कि **मारिश डॉब** ने लिखा है, **''कभी-कभी यह दीर्घकालीन सिद्धियों की लागत पर गति के अल्पकालीन त्वरण का प्रतिनिधित्व करता था।''**[3] इसके अतिरिक्त स्ताखनोवित आन्दोलन का **दूसरा परिणाम** आर्थिक योजनाओं की सरल चिकनी क्रियाशीलता को अस्त-व्यस्त कर देना था। स्ताखनोवित व्यापक रूप से अपनी महत्तर कार्यकुशलता को न्यायोचित ठहराने के लिए उच्चतर मजदूरी का दावा कर रहे थे। किन्तु अनेक अवस्थाओं में मजदूरी में हुई वृद्धि उत्पादन में हुई वृद्धि की तुलना में अधिक हो जाया करती थी। **गैर-स्ताखनोवित श्रमिकों की तुलना में स्ताखनोवित श्रमिकों को बहुधा दूनी और कभी-कभी चार गुनी मजदूरी मिलती थी।** मजदूरी में इस तीव्र वृद्धि ने मुख्य उत्पादन लागतों को बेअनुपात बढ़ा दिया और **''उत्पादन लक्ष्यों को पूरा करते हुए इसने योजना के वित्तीय प्रावधानों के लिए बाधा पहुँचायी क्योंकि ये प्रावधान की निम्नतर दरों के अनुकूल मजदूरी के स्तर पर आधारित थे।''**[4]

मजदूरी और उत्पादकता
(Wages and Productivity)

आइये अब हम संक्षेप में सोवियत रूस में श्रमिकों की मजदूरी और उनकी उत्पादकता के बीच सम्बन्ध पर और इस बात पर विचार कर लें कि श्रमिक संघ नेता कहाँ तक इनके अन्तर को दूर कर पाने में सफल हो पाये हैं। क्रांति के बाद रूसी सरकार की प्रमुख समस्या तीव्र आर्थिक विकास कार्यक्रम को प्रारंभ करने की थी। इसके लिए बड़ी ऊँची मात्रा में अर्थ

1. The result was that "before long there was hardly a factory that had not its group of Stakhanovites. i.e. workers who had substantial achievements to their credit entitling them to be ranked as such and to be awarded special bonuses for their attainment. —Maurice Dobb
2. Their initiative had had succeeded in "smashing antiquated standards of output and introducing amendmends into the estimated capacity of industry and the economic plans prepared by the leaders of industry."
3. "Sometimes it represented short-term acceleration of tempo at the expense of long term achievements." —M. Dobb
4. "While beating the production targets it tended to disturb the financial provisions of the plan, based as these were on a level of wage earnings appropriate to lower rates of output." —M. Dobb

व्यवस्था में बचत करने की आवश्यकता थी। स्वभावतः परिणामस्वरूप इसके लिए सोवियत अर्थ व्यवस्था में उपभोग क्रियाओं पर अत्यन्त कठोर नियंत्रण आवश्यक हुआ। समस्या का यह पहलू वास्तविक मजदूरी (real wage) के सांथ श्रमिक संघों के सम्बन्ध से सम्बन्धित था जिसके लिए इन संघों की स्थापना होती है। इस प्रकार पूँजी निर्माण की समस्या और श्रमिकों की उत्पादकता में वृद्धि के अनुपात में वास्तविक मजदूरी में वृद्धि की समस्या प्रत्यक्ष रूप से एक दूसरे के विरोध में आ खड़ी हुई। सरकार द्वारा श्रमिक संघों की क्रियाओं पर कड़ी निगरानी रखने का निर्णय किया गया ताकि वे श्रमिकों की वास्तविक मजदूरी में बहुत अधिक वृद्धि करवा पाने में सफल नहीं हो सकें क्योंकि जिस सीमा तक वे इस मामले में सफल होते उस सीमा तक सोवियत रूस में पूँजी निर्माण की मात्रा और दर घट जाती।

डेरजिन्स्की (Dzherzhinsky) का विचार है कि 1922-24 में सोवियत रूस में मजदूरी में वृद्धि श्रम उत्पादकता की तुलना में अधिक तेजी के साथ हो रही थी। **स्तालिन ने इस नीति को पूर्णतः बदल दिया** और उसने बतलाया कि मजदूरी में अभी वृद्धि नहीं होने दिया जाना चाहिए ताकि निवेश के लिए पूँजी संचय किया जा सके।

प्रथम पंचवर्षीय योजना काल में मौद्रिक मजदूरी में पर्याप्त मात्रा में वृद्धि हुई थी जिसके परिणाम स्वरूप मजदूरी राशि में योजना में लगाए गए प्रारंभिक अनुमानों की अपेक्षा अधिक वृद्धि हो गयी। यह वृद्धि ऊँची स्फीति में प्रतिफलित हुई और इस प्रकार मौद्रिक मजदूरी में वृद्धि श्रमिकों की वास्तविक आय में कोई वृद्धि नहीं कर पायी। इसके विपरीत इस काल में श्रमिकों की वास्तविक मजदूरी में पहले की अपेक्षा वास्तव में कमी ही हुई। द्वितीय पंचवर्षीय योजना काल में वास्तविक मजदूरी में अवश्य कुछ वृद्धि हुई। **यदि पहली और दूसरी पंचवर्षीय योजनाओं को एक साथ मिलाकर देखा जाय तो सब कुछ मिलाकर श्रमिकों की वास्तविक मजदूरी में वृद्धि नहीं हुई थी।** यह तथ्य सैद्धांतिक प्रश्न के रूप में एक सर्वाधिक मौलिक सत्य को उजागर कर देता है कि **क्या श्रम के फलों का उपभोग भविष्य की उपेक्षा कर वर्तमान में ही कर लिया जाय अथवा इसके एक अंश को अलग रख लिया जाय** ताकि उसके प्रयोग से भविष्य में अधिक पुरस्कार मिल सके। **भविष्य के समृद्धिपूर्ण जीवन के लिए चाहे पूँजीवादी अर्थ व्यवस्था में हो अथवा समाजवादी अर्थ-व्यवस्था में वर्तमान पीढ़ी को कुछ-न-कुछ त्याग करना ही पड़ता है** और कुछ-न-कुछ कष्ट झेलने ही पड़ते हैं। इस तर्क की सत्यता को चुनौती नहीं दी जा सकती यद्यपि विभिन्न देशों में वर्तमान पीढ़ी के सदस्यों के बीच इस कष्ट के भार के वितरण में अन्तर हो सकते हैं।

सोवियत श्रमिक संघों की सदस्यता 40, 400,000 कारखाना और कार्यालय श्रमिकों की है। राष्ट्रीय अर्थ-व्यवस्था के विकास के लिए सरकारी योजनाओं की सिद्धि इन्हीं की क्रियाओं पर आश्रित है। **सोवियत व्यावसायिक संगठनों में जो सामूहिक सहमतियाँ** (collective agreement) **होती हैं वे समाजवादी प्रकृति की होती है और मूलतः वे दुधारी होती हैं।** यदि व्यवस्था पक्ष श्रमिकों की कार्य करने और रहने की अवस्थाओं तथा सांस्कृतिक सेवाओं में सुधार लाने का प्रयास करता है तो श्रमिक संघ संगठन अपनी ओर से सब कुछ करने का प्रयास करते हैं ताकि उत्पादन योजनाएँ पूरी हो सकें। सोवियत रूस की सारी राष्ट्रीय आय श्रमिक जन समूह की भलाई के लिए अर्पित है। इसका लगभग

तीन-चौथाई श्रमिक समाज की व्यक्तिगत आवश्यकताओं की प्रत्यक्ष रूप से पूर्ति के लिए अलग कर दिया जाता है और शेष को उत्पादन में और अधिक वृद्धि और अन्य सामान्य कार्यों में लगाने के लिए रखा जाता है। अतएव यह स्वाभाविक है कि सरकार की योजनाओं को पूर्ण किया जाना श्रमिकों और कर्मचारियों के ही हितों में है।

सामूहिक सहमतियाँ श्रमिकों की रहन-सहन अवस्थाओं में सुधार करने के लिए व्यवस्था को सौंपे गए कर्त्तव्यों को पूरा कराने में महत्त्वपूर्ण भूमिका अदा करती है। श्रमिक संघ शैक्षणिक कार्यों में सुधार करने और श्रमिक वर्ग के सांस्कृतिक स्तर को ऊँचा उठाने के लिए भी प्रयास करते हैं। इस सारिका पर अच्छी प्रगति करने के लिए सभी आवश्यक साधन उनके पास उपलब्ध हैं क्योंकि सोवियत रूस में विभिन्न संगठनों में श्रमिक संघ 10.500 क्लबों, कुल 12 करोड़ से भी अधिक पुस्तकों के साथ 17000 से भी अधिक बड़े-बड़े पुस्तकालयों और 112000 मनोरंजन (recreation) गृहों को नियंत्रित करते हैं।

सोवियत रूस में मजदूरी अन्तर
(Wages Differentials in the USSR)

रूस में भूतकाल में जो मजदूरी-अन्तर रहा था और इसकी वर्तमान अवस्था के संबंध में प्रमुख सोवियत आर्थिक इतिहासकारों में काफी गंभीर विवाद रहा है। ट्रेड यूनियन कांग्रेस के प्रारंभिक अधिकारियों ने जो रुख अपनाया था उसमें कालान्तर में काफी परिवर्तन हो गया। जनवरी 1919 में हुई द्वितीय ट्रेड यूनियन कांग्रेस ने संकल्प लिया था कि प्रत्येक उद्योग समूह में 12 वर्षीय मजदूरी मान की व्यवस्था की जाय और दो अन्तिम छोर पर स्थित श्रमिक वर्ग की मूल मजदूरी दरों का अनुपात 1 : 1 .75 निर्धारित किया जाय। शिल्पियों और ऐसे ही अन्य व्यक्तियों को छूट दी गयी थी। उनका वेतन 1200 रूबल तक निश्चित किया जा सकता था।

यह नीति यथासंभव अधिकतम सीमा तक कार्यान्वित की गई। वस्तुतः इस काल में मजदूरी और वेतन का समानीकरण द्वितीय ट्रेड यूनियन कांग्रेस द्वारा निर्धारित सीमा से भी आगे निकल गया। सामरिक साम्यवाद के संकट काल ने मुद्रा को समाप्त कर दिया था और राशनिंग प्रणाली का प्रारंभ किया था जिसने औद्योगिक श्रमिक वर्ग में असमानता को प्रायः समाप्त कर दिया गया था। निःसंदेह पूर्ण समानीकरण नहीं हो पाया था और वास्तविक अर्थ में मजदूरी अन्तर उस सीमा तक बना हुआ था जिस सीमा तक अन्तरपूर्ण राशनिंग व्यवस्था थी।

अप्रैल, 1920 में हुई तृतीय ट्रेड यूनियन कांग्रेस ने सोवियत मजदूरी नीति में कुछ प्रकार से एक मोड़ लाया। यद्यपि इसके द्वारा निर्धारित मजदूरी-अन्तर में साम्यकारी झुकाव बना रहा फिर भी इसने इस आधार पर कि पिछड़े देशों का विकास संघटकीय उत्प्रेरणा को आवश्यक बना देता है जो कुछ प्रकार के मजदूरी-अन्तर द्वारा दी जा सकती है, पूर्ववर्ती कांग्रेस द्वारा समर्थित मजदूरी में अधिक असमानता के पक्ष में अपने को बतलाया।

तृतीय ट्रेड यूनियन कांग्रेस द्वारा मजदूरी-अन्तर में वृद्धि की जिस प्रवृत्ति का सूत्रपात किया गया था वह उसके उत्तराधिकारियों द्वारा जारी रखी गयी। 1922 में हुई पाँचवीं ट्रेड यूनियन कांग्रेस द्वारा निर्धारित मजदूरी मान (wages scales) में सभी कर्मचारियों को 17 मजदूरी-वर्ग में वर्गीकृत किया गया था। मजदूरी कमाने वाले विभाग में दो अन्तिम छोरों के वर्गों की मूल मजदूरी दरों के अनुपात को 1:3 निर्धारित किया गया था। यह कसौटी 1922 से 1926 तक बनी रही।

1926 में ट्रेड यूनियन की सेन्ट्रल कमिटी के **अध्यक्ष टाम्स्की** (Tomsky) **ने यह विस्मयकारी वक्तव्य दिया कि रूस में मजदूरी अन्तर दूसरे पश्चिमी पूँजीवादी देशों की अपेक्षा अधिक है।** इस समस्या पर रुचि के साथ जिन अर्थशास्त्रियों ने विचार-विमर्श किया है वे दो वर्गों में बँटे हैं। पहले वर्ग में वे अर्थशास्त्री हैं जिनका टाम्स्की के वक्तव्य में विश्वास है। इस वर्ग में **टाम्स्की, जासनी** (Jasjney) और **प्रो॰ अम्लान दत्त** के नाम उल्लेखनीय हैं। दूसरे वर्ग के अर्थशास्त्रियों का टाम्स्की के वक्तव्य में विश्वास नहीं है। इसमें **मारिश डाब, बर्गसाँ** (Bergson) आदि के नाम उल्लेखनीय हैं। इन्होंने इस संबंध में एक नया सिद्धांत प्रतिपादित किया है।

पहले वर्ग के अर्थशास्त्री **टाम्स्की** के वक्तव्य के आधार पर बतलाते हैं कि सोवियत रूस में 1926 में मजदूरी अन्तर पूँजीवादी देशों की अपेक्षा अधिक था। कारण यह है कि मजदूरी को बराबर करने की जो नीति टाम्स्की ने अपनायी थी वह अत्यन्त ही अल्पकालीन थी और रूस में मजदूरी में अन्तर बहुत कम नहीं किया जा सकता था। **प्रो॰ अम्लान दत्त** ने अपनी पुस्तिका में अनेक दोषारोपण भी किया है और अनेक घटनाओं तथा तत्त्वों का उल्लेख किया है जिनके आधार पर वे टाम्स्की के निष्कर्षों पर पहुँचते हैं। **प्रो॰ अल्मान दत्त** ने बतलाया है कि **सामरिक साम्यवाद काल के प्रारंभ से ही विनिमय दर कृषि के प्रतिकूल रही थी** और वह प्रवृत्ति नवीन आर्थिक नीति काल में उत्पन्न 'कैंची संकट' (Scissor's Crisis) के कारण और भी बढ़ी ही थी। योजना काल में भी कृषकों की दशा न्यूनाधिक रूप में वैसी ही बनी रही क्योंकि तथाकथित 'विक्रेय अतिरेक' (marketable surplus) वस्तुतः एक 'बलात अतिरेक' (forced surplus) ही था। जब स्तालिन सत्तारूढ़ हुआ तो स्थिति और भी बिगड़ गयी। **स्तालिन मजदूरी-अन्तर का प्रबल समर्थक था इस आधार पर कि मजदूरी-अन्तर उत्पादन और औद्योगिक कार्यक्षमता को प्रेरणा देती है। उसकी तथाकथित 'प्रगतिशील कार्यानुसार मजदूरी-प्रणाली** (progressive piece rate system) **और स्ताखनोविज्म** (stakhanovism) **के प्रारंभ ने सोवियत रूस में मजदूरी अन्तर को बहुत ही अधिक बढ़ा दिया।** इसके अतिरेक द्वितीय योजना में राशनिंग व्यवस्था की समाप्ति ने आग में घी का काम किया। स्थिति में सुधार हुआ होता यदि रूस में एक अच्छी कर-प्रणाली की व्यवस्था की जा पायी। किन्तु रूस में आय कर का प्राप्त आय पर सापेक्षतः अत्यन्त ही कम प्रभाव पड़ता है। अर्जित (earned) और अअर्जित (unearned) आय के संबंध में उनका कहना है कि यद्यपि यह तथ्य है कि अअर्जित आय अमेरिका में जनता की आय का एक अच्छा-खासा भाग है तथापि यह तथ्य सोवियत रूस में बिल्कुल ही अनुपस्थित नहीं है। उदाहरण के लिए **ऊँचा ब्याज भुगतान सोवियत बजटों की एक अविरल विशेषता है। प्रो॰ दत्त अपना वक्तव्य प्रो॰ शुम्पीटर** की पुस्तक **'कैपिटलिज्म, सोसलिज्म एण्ड डेमोक्रेसी'** के संदर्भ में देते हुए समाप्त करते हैं कि जिसमें प्रख्यात विद्वान ने बतलाया है कि उस समय (अप्रैल 1940) उच्चतम आय वाले समूहों की प्रतिधारित आय (retained income of the highest income groups) निम्नतम आयवाले वर्गों की आय से 75 गुना अधिक थी। **प्रो॰ अम्लान दत्त** के ये सभी तर्क हमें इस निष्कर्ष के पक्ष में ले जाते हैं कि सोवियत रूस में 1928 की अपेक्षा 1928 के बाद वाले वर्षों में मजदूरी अन्तर अधिक थे। **वेब** (Webb) ने भी सोवियत कम्युनिज्म पर लिखी अपनी महान कृषि में इस तथ्य को स्वीकारा है।

लेकिन इसको समुदाय के अन्दर आय का वितरण नहीं मान जाना चाहिए क्योंकि उस अवस्था में हमलोगों को कुछ अन्य तत्त्वों को भी ध्यान में रखना पड़ेगा, जैसे—कर प्रणाली, अन्तर भुगतान योजना (transfer payment scheme) और सामाजिक सुरक्षा योजना।

अर्थशास्त्रियों के दूसरे वर्ग ने भी ठोस दलीले दी हैं। **डॉब** का तर्क है कि सोवियत संघ में मजदूरी-अन्तर संबंधी टाम्स्की का वक्तव्य सोवियत उद्योग में मजदूरी आय (wage-earnings) के वितरण संबंधी उपलब्ध आँकड़ों के संगत नहीं है। अपने तर्क के समर्थन में **प्रो॰ डॉब** ने **सोवियत मजदूरी के ढाँचे से संबंधित बर्गसॉ की आधिकारित कृति का हवाला दिया है। बर्गसा** की व्याख्या हमें इस निष्कर्ष पर ले जाती है कि सोवियत रूस 1928 में मजदूरी में अन्तर 1904 में अमेरिकी मजदूरों में मजदूरी के अन्तर में बहुत नजदीक था। किन्तु 1904 में अमेरिका एक अपरिपक्व पूँजीवादी (immature capitalist) देश था और यह कहने की आवश्यकता नहीं कि अपरिपक्व अर्थव्यवस्था में मजदूरी अन्तर परिपक्व अर्थव्यवस्था की अपेक्षा कम होगा।[1] किन्तु जैसे ही संयुक्त राज्य अमेरिका 1904 में अपरिपक्व अवस्था में 1928 से परिपक्व अवस्था में पहुँचा वैसे ही अमेरिका में 1904 की अपेक्षा 1928 में मजदूरी अन्तर अधिक हो गया। अतएव 1928 में अमेरिका में मजदूरी अन्तर 1928 में सोवियत रूस की तुलना में अधिक था। निःसंदेह यह सही है कि 1928 तक मजदूरी को समान करने संबंधी टाम्स्की की नीति केवल दो वर्षों तक ही क्रियाशील रही थी और मजदूरी अन्तर 1928 की अपेक्षा अधिक रहे होंगे। किन्तु क्या यही इस निष्कर्ष के लिए पर्याप्त प्रमाण है कि सोवियत रूस में 1926 में मजदूरी अन्तर 1926 में संयुक्त राज्य अमेरिका की अपेक्षा अधिक थे ? 1928 में **बर्गसाँ** ने अपनी सांख्यिक जाँच-पड़ताल का परिणाम निकाला था जिसके आधार पर इस वर्ग के अर्थशास्त्रियों ने सिद्ध किया है कि 1928 में सोवियत रूस में मजदूरी-स्तर 1928 में संयुक्त राज्य अमेरिका की अपेक्षा कम थे।

इस संबंध में एक रुचिकर बात यह ध्यान में रखनी होगी कि **प्रो॰ अम्लान दत्त ने सिद्ध किया है कि सोवियत रूस में 1926 में मजदूरी अन्तर 1926 में संयुक्त राज्य अमेरिका की तुलना में अधिक थे इस आधार पर "अमेरिका में शुद्ध आय प्राप्तियों में अन्तर 1904 में जितने थे उनकी तुलना में 1926 में कुछ मन्द गति से बढ़ते हुए प्रतीत होते हैं।"** (Variations in net eranings in America seem to have grown somewhat smaller in 1926 than what they had been in 1904) किन्तु जब यह मान लिया जाय कि मजदूरी आय में अन्तर परिपक्व अर्थव्यवस्थाओं में अधिक हो सकते हैं तो जिस धरातल पर **प्रो॰ अम्लान दत्त** के निष्कर्ष आधारित हैं वही खिसक जा सकता है।

---

1. 1904 की अमेरिकी अर्थव्यवस्था की तुलना 1928 की सोवियत अर्थव्यवस्था के साथ इस कारण की गयी है कि इस काल में इन दोनों देशों के प्रौद्योगिक स्तर (technological levels) बहुत कुछ अंश तक एक समान थे और आँकड़े भी उपलब्ध हैं। यह भी कुछ रुचिकर है कि इन दोनों देशों में न केवल मजदूरी-अन्तर एक-दूसरे के अनुरूप थे बल्कि सोवियत रूस में ऊँची मजदूरी वाले उद्योग उसी तरह के थे जिस तरह के संयुक्त राज्य अमेरिका में। आर्थिक प्रणाली की क्रियाशीलता के संबंध में यह स्पष्ट झाँकी देता है कि मजदूरी अन्तर बहुत कुछ देश की उत्पादक क्षमता पर निर्भर होता है।

वह सिद्ध करने के लिए कि 1926 में सोवियत रूस में मजदूरी-अन्तर संयुक्त राज्य अमेरिका की तुलना में अधिक थे, **प्रो॰ अम्लान दत्त के प्रहार की दूसरी मुख्य सारिकाएँ** ये हैं—प्रगतिशील कार्यानुसार मजदूरी पद्धति का अपनाया जाना (adoption of the progressive peice-rate system), अर्जित और गैर अर्जित आय पर कर तथा कर लगाने के बाद बची आय अर्थात् प्रतिधारिता आय (retained income)। प्रगतिशील कार्यानुसार मजदूरी प्रणाली संयुक्त राज्य अमेरिका में अधिक प्रचलित हैं। अर्जित और गैर-अर्जित आय के संबंध में हमलोग किसी भी प्रकार विचार-वस्तु को सरलता के साथ अलग टाल नहीं सकते मात्र इस तथ्य के कारण कि संयुक्त राज्य अमेरिका में एकाधिकरण की प्रवृत्ति पर्याप्त अंश तक है। इसके अतिरिक्त **प्रो॰ अम्लान दत्त के दोषारोपण में एक उल्लेखनीय और ध्यान देने योग्य बात यह है कि यदि यह मान भी लिया जाय कि यह कहने के लिए पर्याप्त प्रमाण नहीं है कि संयुक्त राज्य अमेरिका में सोवियत रूस की तुलना में मजदूरी-अन्तर कम है तो भी उनके तर्क यह सिद्ध करते ही हैं कि सोवियत रूस में मजदूरी-अन्तर में वृद्धि की प्रवृत्ति है।**

अतएव यद्यपि इस विषय पर किसी ठोस निश्चित निष्कर्ष पर पहुँचना कठिन है फिर भी हम अपने इस विश्लेषण को यह कहकर समाप्त कर सकते हैं कि **सोवियत रूस में मजदूरी-अन्तर बढ़े हैं किन्तु ये संभवत: संयुक्त राज्य अमेरिका में मजदूरी-अन्तर से अधिक नहीं हैं।**

संदर्भ

M Dobb : Soviet Economic Development Since 1917.
A Baykov : Development of the Soviet Economic System.
Schwartz : Russia's Soviet Economy.
B. and S. Webb : History of Trade Unionism.

मानक प्रश्न

1. Explain the organization and functions of the trade unions in Soviet Russia. How far is the right to strike an effective weapon of the Soviet trade unions ?
2. Discuss the role of trade unions in a socialist state with particular reference to the U.S.S.R.
3. Discuss the leading features of Soviet trade unionism. How does it differ from that of the U.S.A ?

❑

अध्याय 10

सोवियत सामाजिक सुरक्षा प्रणाली
(SOVIET SOCIAL SECURITY SYSTEM)

जिस प्रकार बिना सरकारी व्यय को ध्यान में रखे सरकारी कराधान नीति के औचित्य को जानना कठिन है, उसी प्रकार देश के अन्तर प्रचलित सामाजिक सुरक्षा प्रणाली पर बिना विचार किए देश के जन-जीवन स्तर को समझना भी कठिन है। श्रमिकों की दशाओं में सुधार करने के लिए किए उपायों के लिए सामान्यतः सामाजिक सुरक्षा प्रणाली का प्रयोग किया जाता है। चूँकि इस प्रणाली का प्रयोग नियोजित व्यक्तियों के साथ होता है इसलिए यह मजदूरी प्रणाली की एक कड़ी के रूप में कार्य करती है। यह कल्पना कर ली जाती है कि इस प्रणाली के कारण श्रमिक अधिक-से-अधिक कार्य करेंगे, श्रम की उत्पादनशीलता में वृद्धि होगी और सभी प्रकार के आर्थिक विकास तीव्र गति से होगा। सोवियत रूस में उपभोक्ता वस्तुएँ महँगी ही रही हैं। किन्तु इन कठिनाइयों से श्रमिकों को सामाजिक सुरक्षा प्रणाली द्वारा राहत मिलती रही है। बेकारी, मन्दी और अति-उत्पादन जैसी बुराइयों से सोवियत अर्थव्यवस्था मुक्त है। **रूस में सामाजिक सुरक्षा को नागरिकों का आधारभूत अधिकार माना गया है।** रूसी संविधान की 120वीं धारा के अनुसार नागरिकों को वृद्धावस्था, बीमारी तथा कार्यशक्ति की हानि की स्थिति में आर्थिक सुरक्षा दी गयी है।[1] वस्तुतः रूस में सामाजिक सुरक्षा को मजदूरी व्यवस्था का एक अंग माना जाता है। **इसके द्वारा साधारणतया मजदूरों की मौद्रिक आय में एक तिहाई की वृद्धि हो जाती है।**

1922 ई॰ की श्रम संहिता के अनुसार सभी प्रकार के मजदूरों को सामाजिक सुरक्षा के अन्तर्गत लाने की व्यवस्था थी। इसकी धारा 175 में बतलाया गया है कि सामाजिक बीमा प्रणाली सोवियत रूस के सभी नियोजित व्यक्तियों के साथ लागू होगी चाहे वे सरकारी, सहकारी अथवा गैर-सरकारी किसी भी प्रकार के संगठनों में काम करते हों और उनके नियोजन का रूप, वेतन, मजदूरी का ढंग चाहे जो हो।[2] किन्तु आरंभ में इस व्यवस्था के अन्तर्गत श्रमिकों को लाभ की रकम बहुत कम मिलती थी। वृद्धावस्था पेंशन की व्यवस्था 1927 ई॰ में कुछ खास उद्योगों के लिए ही की गयी थी। बेरोजगारी संबंधी लाभ भी कुछ

1. The constitution of the Union of Soviet Socialist Republics states that citizens of the U. S.S.R. have the right to maintenance in old age and also in case of sickness or disability.
2. "The social insurance system shall cover all employed persons irrespective of whether the undertaking, institutions or business in which they are employed are State, public or co-operative establishment and under a concession or a lease of mixed character or private, or whether they are employed by private individuals, and irrespective also of the nature and duration of employment and method of remuneration."

श्रेणी के श्रमिकों को ही दिया जाता था। यह कुल बेरोजगार व्यक्तियों के केवल एक चौथाई को ही दिया जाता था। लेकिन 1937 ई॰ के बाद वृद्धावस्था पेंशन को सभी प्रकार के मजदूरों के साथ लागू किया गया। केवल कुछ अस्थायी श्रमिक ही इस व्यवस्था से लाभान्वित नहीं होते। **आज प्राय: सभी श्रमिक सामाजिक सुरक्षा की व्यवस्था से लाभान्वित हो रहे हैं।** वर्तमान समय में सोवियत संघ की प्रशासनिक, आर्थिक तथा सामाजिक व्यवस्था कुछ इस प्रकार की है कि उनमें श्रमिकों के कल्याण और भौतिक सुख-समृद्धि पर पूरा ध्यान रखा जाता है। **रूसी सामाजिक सुरक्षा प्रणाली संसार में सबसे बढ़ी-चढ़ी है। श्री और श्रीमती सिडनी वेब** (Mr. and Mrs. Sidney Webb) ने रूसी सामाजिक सुरक्षा प्रणाली को **'समस्त मजदूरी प्राप्त करने वाली जनसंख्या के लिए एक असीमित तथा सर्वव्यापी प्रणाली'** कहा है। उनके अनुसार **''आर्थिक सुरक्षा की इस व्यवस्था ने रूसी श्रमिकों को न केवल अपनी रूसी नागरिकता के प्रति जागरूक ही किया है वरन् उन्हें उत्पादन के समस्त साधनों के संयुक्त स्वामित्व के प्रति भी चेतनशील बनाया है।''**[1]

रूसी सामाजिक सुरक्षा को दो भागों में विभक्त किया जा सकता है— (1) ऐच्छिक सामाजिक सुरक्षा और (2) अनिवार्य सामाजिक सुरक्षा। ऐच्छिक सामाजिक सुरक्षा योजना अधिक महत्त्वपूर्ण नहीं है। यह ग्रामीण क्षेत्रों में सहकारी श्रमिकों में पायी जाती है। **सामूहिक कृषि के सहकारी श्रमिक पारस्परिक सहायता समितियाँ** (mutual aid societies) निर्मित करते हैं जिन्हें सरकार आर्थिक सहायता देतीं है। इन समितियों का प्रशासन निर्वाचित पदाधिकारी द्वारा किया जाता है और ये ग्राम सोवियत (village soviet) तथा सामाजिक कल्याण मंत्रालय(Commissariate of Social Welfare) के स्थानीय कार्यालय के नियंत्रण में रहती है। ये स्वास्थ्य मंत्रालय द्वारा समन्वित की जाती है। इसके लिए वित्त की व्यवस्था इसके सदस्यों के चन्दे एवं सरकारी सहायता द्वारा की जाती है। **अनिवार्य सामाजिक बीमा प्रणाली रूसी अर्थव्यवस्था में अत्यन्त ही अधिक महत्त्वपूर्ण है।** यह प्रणाली सभी प्रकार के कर्मचारियों के लिए सामाजिक सुरक्षा की व्यवस्था करती है चाहे वे शारीरिक कार्य वाले हों अथवा मानिसक कार्य करनेवाले, कृषक मजदूर हों अथवा औद्योगिक मजदूर, निपुण श्रमिक हों अथवा घरेलू कर्मकार। **यह अनिवार्य सामाजिक बीमा प्रणाली अ-अंशदानीय** (non-contributory) और **सर्व-समाविष्टकारी** (all-inclusive) है। इसका प्रारंभ सन् 1922 की श्रम-संहिता द्वारा किया गया था। उस संहिता के अनुच्छेद 175 ने स्पष्टत: घोषित किया था कि समस्त नियोजित श्रमिकों को सामाजिक बीमा का लाभ प्रदान किया गया जाएगा। फिर भी उस समय नियोजित श्रमिकों की संख्या सम्पूर्ण जनसंख्या का केवल 1/7 ही थी। फिर भी कुछ ऐसे श्रमिकों को उस सामाजिक बीमा से पृथक रखा गया था जिनसे उनके सामाजिक उद्‌भव (social origin) के कारण मताधिकार भी 1936 के संविधान द्वारा छीन लिया गया। वेतन-भोगियों (salary-earneres) के अधिकार मजदूरी-धारियों की अपेक्षा अधिक सीमित थे। अब ये काले धब्बे नहीं रह गए हैं।

---

1. "The Russian social secuirty provides a system of unlimited and universal security to the entire wage-earning population and that in our judgement this provision of economic security has been ... an important factor in making each workman conscious not only of his Soviet citizenship but also of his joint ownereship with his fellows of the whole of the means of production."

योजनाकरण का प्रारंभ होने के बाद रूसी समाज व्याप्त बेकारी की अवस्था से हटकर अब पूर्ण रोजगार की अवस्था में पहुँच चुका है। सामाजिक उद्भव अब किसी प्रकार का बन्धन नहीं रह गया है। वेतनभोगियों एवं मजदूरीधारियों के बीच का अन्तर लुप्त हो गया है। योजना-काल के प्रारंभ के समय से ही उपभोक्ताओं को प्रतिबन्धित उपभोग करना पड़ रहा है। किन्तु अब जन-लाभ के लिए एवं विभिन्न सांस्कृतिक कार्यकलापों के लिए परिवर्द्धित मात्रा में व्यय किया जा रहा है। चतुर्थ पंचवर्षीय योजना (सन् 1946-50) में सामाजिक सेवा पर तृतीय योजना की अपेक्षा तीन गुना अधिक व्यय किया गया था। पंचम पंचवर्षीय योजना (सन् 1950-54) में सामाजिक सेवा संबंधी व्यय में 50 प्रतिशत वृद्धि हुई थी।

रूसी सामाजिक बीमा योजनाओं के कतिपय उदाहरण

1. चिकित्सा सुविधाएँ सबको उपलब्ध की जाती हैं। ये प्रत्येक गणतंत्र में स्वास्थ्य मंत्रालय (Commissariate of Health) और उनकी स्थानीय इकाइयों द्वारा व्यवस्थित की जाती हैं। इनके लिए वित्त केन्द्रीय तथा स्थानीय शासन के आयव्ययक से उपलब्ध किया जाता है। यह सेवा श्रमिक एवं उनके कुटुम्ब के सदस्यों सब के लिए उपलब्ध की जाती है। स्वास्थ्य अथवा चिकित्सा सुविधाओं के लिए रूस में एक विशद योजना है जिसमें चिकित्सा विज्ञान के सभी अंगों का समावेश है। केन्द्रीय स्वास्थ्य मंत्रालय (Commissariate of Health) के अन्तर्गत प्रत्येक राज्य, जिला तथा शहर में एक स्वास्थ्य विभाग स्थापित है। इसके अतिरिक्त प्रतिरक्षा, रेलवे तथा अन्तर्देशीय मंत्रालय की अपनी-अपनी पृथक्-पृथक स्वास्थ्य सेवाएँ हैं। विगत कुछ वर्षों के आय-व्ययक में स्वास्थ्य तथा चिकित्सा सेवाओं पर व्यय की जाने वाली धनराशि का अन्दाजा नीचे की तालिका के आँकड़ों से लगता है।

सोवियत रूस का जन-स्वास्थ्य बजट[1]

वर्ष	राशि (मिलियन रूबल)
1928	631
1938	9,433
1955	30,300
1956	35,500
1957	37,900

चिकित्सा-लाभ रूसी श्रमिक, उसके परिवार तथा उसके आश्रितों सभी को मिलता है। इसमें दवा की व्यवस्था, सलाह और स्वास्थ्य-संबंधी सभी प्रकार की सहायताएँ निःशुल्क ही दी जाती हैं। विशिष्ट अस्पतालों में किसी प्रकार के रोग की विशेष चिकित्सा का प्रबन्ध होता है। चिकित्सा के लिए प्रत्येक शहर को कई भागों में विभाजित करके उनके चिकित्सा की व्यवस्था की जाती है। साधारणतया 1500 श्रमिकों के लिए एक चिकित्सा केन्द्र होता है। खान, रसायन और पेट्रोल उद्योग में500 श्रमिकों के लिए एक चिकित्सा केन्द्र की व्यवस्था होती है। ग्रामीण क्षेत्रों में भी शहरी क्षेत्रों की तरह चिकित्सा संबंधी सुविधाओं का विस्तार है। ग्रामीण क्षेत्रों में चिकित्सा केन्द्रों की संख्या 1913 ई० में 4,500 से बढ़कर 1955 ई०

1. U.S.S.R. Reference Book, p. 193

में 65,900 हो गयी थी। साथ ही, सामूहिक फार्म, मशीन तथा ट्रैक्टर-स्टेशन तथा राजकीय फार्मों पर भी चिकित्सा केन्द्रों की व्यवस्था है।

2. वृद्धावस्था पेंशन कार्य से अवकाश प्राप्त व्यक्तियों को दी जाती है। पूर्णतः अंगहीन हुए व्यक्तियों के लिए भी निवृत्तिका की व्यवस्था की गयी है। इस सेवा का प्रबन्ध प्रत्येक गणतंत्र में सामाजिक कल्याण मंत्रालय (Commissariate for Social Welfare) द्वारा किया जाता है। इसका प्रारंभ सन् 1927 में किया गया था। यद्यपि उस समय श्रमिक संघों के सदस्यों एवं अन्य श्रमिकों के बीच कुछ अन्तर किया जाता था तथापि सन् 1936 ई० के पश्चात् इस अन्तर का अन्त कर दिया गया। अब यह सेवा सभी के लिए उपलब्ध की जाती है। **रूस में पेंशन व्यवस्था के अन्तर्गत दो वर्गों के लोगों को पेंशन देने की व्यवस्था है**–(1) अवकाश प्राप्त व्यक्तियों को पेंशन (old age pensions) तथा (2) पूर्णतः अयोग्य व्यक्तियों को पेंशन (pensions to the totally disabled)। पेंशन दो प्रकार से देने की व्यवस्था है। जो लोग प्रासंविदिक सेवाओं में नियोजित हैं उन्हें सामाजिक बीमा के अन्तर्गत पेंशन दी जाती है और जो व्यक्ति उपर्युक्त श्रेणी में नहीं आते उन्हें पेंशन राज्य की ओर से निर्वाह साधन के एक में दी जाती है। इसे **सामाजिक पोषण सेवा** भी कहा जाता है। **पेंशन अथवा सामाजिक पोषण सेवा राष्ट्रीय सेवा का वह अनिवार्य अंग हैं जिसमें आर्थिक सहायता के साथ-साथ अन्य सेवाएँ भी उपलब्ध की जाती हैं। सहायता अग्रांकित प्रकार के व्यक्तियों को उपलब्ध होती हैं**– (1) वैतनिक नाम करने वाले, (2) सैनिक, (3) उच्च अथवा विशेषज्ञ संस्थाओं में पढ़ने वाले विद्यार्थी, (4) अन्य नागरिक जो राज्य अथवा सार्वजनिक कर्त्तव्य के पालन में पंगु हो गये हों, तथा (5) यदि उपर्युक्त नागरिक अपने परिवारों के पोषक भी थे तो इनके परिवार का निर्वाह भी किया जाता है। **वृद्धावस्था पेंशन की योजना प्रत्येक राज्य का समाज-कल्याण मंत्रालय चलाता है।** इसके अन्तर्गत सभी अवकाश-प्राप्त व्यक्तियों तथा काम करने में पूर्णतया अयोग्य (disabled) हो गये व्यक्तियों को पेंशन दी जाती है। एक मिली-जुली बीमा योजना भी है जिसका संचालन श्रम संघों द्वारा किया जाता है। अंगहीनता, प्रसूत, दाह संस्कार तथा अन्य प्रकार के लाभों की व्यवस्था की जाती है। वृद्धावस्था पेंशन का प्रारंभ 1927 ई० में किया गया था। इसे प्रारंभ में कुछ उद्योगों में ही लागू किया गया था। लेकिन बाद में 1929 ई० में इसका क्षेत्र बढ़कर समस्त श्रमिकों तक हो गया। सन् 1937 ई० में सभी वैतनिक कर्मचारियों को इस सुविधा का लाभ दिया गया। वृद्धावस्था पेंशन की दर सामान्य मजदूरी की 50 और 100 प्रतिशत के बीच रहती है। कम आय वालों को 100 प्रतिशत पेंशन देने की व्यवस्था है। इसकी न्यूनतम और अधिकतम सीमा साधारणतया क्रमशः 400 रूबल प्रति माह और 1,200 रूबल प्रति माह है। पुरुषों को 60 वर्ष तथा औरतों को 55 वर्ष तक कार्य करना आवश्यक है। **असमर्थता त्याग** की दर सामान्य मजदूरी की 65 से 100 प्रतिशत तक है। **यह दर दो बातों** पर निर्भर है–(1) श्रमिक जिस अंश तक असमर्थ हो गया है, तथा (2) उसे कितने अंश तक सहायता की आवश्यकता है।

3. संयोजित बीमा (combined insurance) **की व्यवस्था की गई है** जिसमें अंगहानि और मातृत्व लाभ (disablement and maternity benefit), श्राद्ध भत्ते (funeral allowance), पेंशन, शिशु भत्ते (children allowance), विश्राम गृह (rest homes),

आरोग्य धाम (sanatorium), यात्रा सहायता आदि की व्यवस्थाएँ सम्मिलित हैं। प्रत्येक कारखाने अथवा कार्य-स्थान में ये सुविधाएँ **निर्वाचित सामाजिक बीमा समितियों** द्वारा प्रशासित की जाती हैं जो कारखाना समितियों के सम्पर्क में रहती हैं। इन सेवाओं के लिए आवश्यक निधि की व्यवस्था प्रत्येक कारखाने पर लगाई गई चुंगी से की जाती है।

4. बीमारी बीमा (sickness insurance) की व्यवस्था वृद्धावस्था पेंशन अथवा अंगहानि-वृत्ति से पूर्व ही की जा चुकी थी। नवीन रूसी संविधान को अंगीकृत किए जाने के पश्चात् इस सेवा के संबंध में भी किसी प्रकार का विभेद नहीं किया जाता है। सन् 1938 के पूर्व यह सुविधा ऐसे श्रमिकों को दी जाती थी जो कम-से-कम तीन वर्ष की सेवा पूर्ण कर चुके हों। किन्तु उसके बाद यह सेवा अवधि 3 वर्ष से बढ़ाकर 6 वर्ष कर दी गई—केवल खनिज श्रमिकों को छोड़कर जिसके लिए दो वर्ष की सेवा ही इस लाभ को प्राप्त करने का अधिकारी बनाने के लिए पर्याप्त है। इस व्यवस्था ने श्रम-अनुशासन को बनाये रखने में सरकार के लिए एक प्रभावपूर्ण औजार के रूप में कार्य किया।

5. बेकारी लाभ (unemployment benefit) की व्यवस्था का प्रारंभ सन् 1927 में किया गया था। योजना-काल के पूर्व यह व्यवस्था अधिक महत्त्वपूर्ण थी क्योंकि उस समय बेकारी की समस्या गंभीर थी। किन्तु अब बेकारी की समस्या दूर हो जाने के कारण इस वृद्धि का महत्त्व घट गया है।

अतएव वर्तमान समय में सोवियत रूस में सामाजिक योजना का एक जाल बिछा हुआ है। अब केवल कतिपय अस्थायी और मौसमी श्रमिकों को ही इस योजना से लाभ नहीं हो पाता है।

रूसी सामाजिक बीमा योजना की विलक्षणताएँ
(Peculiarities of the Soviet Scoial Insurance Scheme)

1. रूसी सामाजिक योजना युद्धोत्तरकालीन ब्रिटिश योजना, जिसकी व्यवस्था **लॉर्ड बेवरिज** के प्रतिवेदन के अनुसार की गई थी, की भाँति एक व्यापक सर्व-समाविष्टकारी योजना है जिसमें मानव जीवन के प्रायः समस्त पहलुओं पर ध्यान है।

2. रूसी सामाजिक बीमा योजना अ-अंशदानीय (non-contributory) योजना है। इसके लिए समस्त आवश्यक वित्त की व्यवस्था केन्द्रीय अथवा स्थानीय सरकार के आय-व्ययक से अथवा स्वयं कारखानों द्वारा की जाती है।

3. यह सर्वव्यापी (universal) योजना है—सभी प्रकार के श्रमिकों के लिए।

4. सन् 1933 से यह योजना श्रमिक संघों के अधीक्षण में है। फलस्वरूप अधिकांश अवस्थाओं में ऐसे श्रमिकों, जो श्रमिक संघों के सदस्य नहीं हैं, को श्रमिक संघीय सदस्यों की अपेक्षा कम सुविधाएँ प्राप्त हो पाती हैं।

5. बेकारी लाभ शून्य-प्राय हो गए हैं।

6. सामाजिक बीमा योजना द्वारा कुछ आर्थिक उद्देश्यों की पूर्ति हो पाती है। उदाहरणस्वरूप श्रमिक अनुशासन सुनिश्चित किया जाता है, श्रमिक प्रतिस्थापिता (labour turnover) में कमी की जाती है और श्रमिकों को उत्प्रेरणा एवं स्फूर्ति दी जाती है।

7. सन् 1936 से सामाजिक बीमा योजना की संवैधानिक रूप में प्रत्याभूति की गई है। **रूस के सन् 1936 के संविधान, जिसे स्तालिन संविधान** (Stalin Constitution)

कहा जाता है, के अनुच्छेद 320 में घोषित किया गया है: ''सोवियत रूस के नागरिकों को वृद्धावस्था में एवं बीमारी अथवा कार्य करने की असमर्थता की अवस्था में भौतिक सुरक्षा (material security) प्राप्त करने का अधिकार प्राप्त है। इस अधिकार को राजकीय व्यय से श्रमिकों एवं अन्य नियोजित व्यक्तियों के लिए सामाजिक बीमा के विस्तृत विकास द्वारा सुनिश्चित किया गया है।'' ऐसी व्यवस्था रूस के विगत क्रान्तिकालीन वर्षों के नारे में एक महान परिवर्तन है, क्योंकि उस समय रूस में नारा थाः **''जो कार्य नहीं करेगा वह खाना भी नहीं खायेगा।''** (He who does not work shall not eat.) रूसी सामाजिक बीमा योजना का यह संभवतः सर्वाधिक महत्त्वपूर्ण पक्ष है।

संदर्भ

B. and S. Webb : History of Trade Unionism.
M. Dobb : Soviet Economic Development Since 1917.
A Baykov : Development of the Soviet Economic System.
U.S.S.R. Reference Book

मानक प्रश्न

1. Discuss the social security system of the U.S.S.R.
2. Explain the chief elements of the social security system in Soviet Russia. What are its novel features ?

❑

अध्याय 11

साम्यवादी दल की बीस-वर्षीय योजना (1960–1980) समाजवाद से साम्यवाद की ओर

अक्टूबर सन् 1961 में हुए रूसी साम्यवादी दल के 22वें अधिवेशन में साम्यवादी समाज की स्थापना के लिए एक 20 वर्षीय योजना का प्रस्ताव किया गया। सोवियत साम्यवादी दल की 20 वर्षीय योजना सोवियत रूस में पूर्ण साम्यवाद की स्थापना विश्व में सबसे पहले करना चाहती थी। **साम्यवादी दल के कार्य का प्रारूप प्रस्तुत करते हुए खुश्चेव** (Khruschov) **ने कहा था,** "हमारा देश अब नवीन शिखर पर पहुँचने की ओर अग्रसर हो रहा है। साम्यवाद के शिकार की ओर। ....अपने संघर्ष में श्रमिक वर्ग और उनका साम्यवादी दल तीन ऐतिहासिक अवस्थाओं से गुजरा है—शोषकों के शासन का बलपूर्वक अन्त कर सर्वहारा वर्ग के अधिनायकतंत्र की स्थापना, समाजवाद का निर्माण एवं साम्यवादी समाज की सृष्टि। ......हमारा दल और हमारी जनता प्रथम दो अवस्थाओं से गुजर चुकी है। ....बीसवीं शताब्दी विलक्षण साम्यवादी विजय की शताब्दी है। शताब्दी के पूर्वार्द्ध में समाजवाद ने हमारे नक्षत्र पर दृढ़ पैर जमाया और इसके उत्तरार्द्ध में साम्यवाद अपना दृढ़ पैर जमाएगा। इसके लिए रास्ता साम्यवादी दल के नवीन कार्यक्रम द्वारा प्रदर्शित किया गया है जिसको ठीक ही रूप में **वर्तमान युग के साम्यवादी घोषणा-पत्र** (Communist Manifesto) के रूप में वर्णित किया है।"[1] इस साम्यवादी निर्माण के कार्यक्रम की ऐतिहासिक सीमा 20 वर्ष रखी गयी थी। इसीं अवधि में निम्नलिखित रूप में साम्यवाद की स्थापना का कार्यक्रम था।

1. राजनीतिक क्षेत्र में इस कार्यक्रम के अनुसार सार्वजनिक मामलों के प्रशासन में नागरिक भाग लेंगे और समाज स्वयं ही समाजवादी जनतंत्र के विस्तृत विकास द्वारा साम्यवादी स्वशासन के सिद्धांत को पूर्णरूप से कार्यान्वित करने के लिए अपने को प्रस्तुत करेगा।

2. सामाजिक क्षेत्र में वर्ग विभेद के जो अवशेष रह गये हैं उन्हें समाप्त कर दिया

1. "Our country is now on its way to new summits—the summits of communism....In their struggle the working class and its Communist Party go through three historic stages of world impact—overthrow of the rule of the exploirters and establishment of the discatrorship of the proletariat, construction of socialism, the creation of communist society...... Our Party and people have passed the first two stages....The twentieth century is a century of striking communist triumphs. In the earlier half of the century socialism gained a firm footing on our planet and communism will do so in the latter half. The way to this is shown by the new Party Programme, rightly described as the Communist Manifesto of the Present Epoch."

—Khrushchov : *On the Communist Programme, Report on the Programme of* C.P. S.U. to the 22nd Congress of the Party, October, 18, 1961, p. 56

जायगा। सभी वर्ग साम्यवादी श्रमिक जनता के वर्गहीन समाज में विलीन हो जायंगे; नगर तथा देहात का अनिवार्य विभेद और तब शारीरिक और मानसिक श्रम का विभेद दूर किया जायगा; राष्ट्रों के बीच महत्तर आर्थिक एक भावनात्मक साहचर्य्य रहेगा, साम्यवादी समाज के मनुष्य की विशेषताओं का विकास होगा—एक ऐसे मनुष्य का जो भावनात्मक अखण्डता, व्यापक शिक्षा, नैतिक विशुद्धता एवं शारीरिक पूर्णता का उत्तम संयोग होगा।

3. आर्थिक क्षेत्र में साम्यवाद के भौतिक एवं तकनीकी आधार की सृष्टि की जायगी। सोवियत संघ की अर्थ-व्यवस्था अत्यन्त ही विकसित पूँजीवादी देश की अर्थव्यवस्था से आगे निकल जायगी और प्रति व्यक्ति उत्पादन के दृष्टिकोण से विश्व में प्रथम स्थान प्राप्त करेगी। यहाँ की जनता का जीवन-स्तर विश्व भर में सबसे ऊँचा हो जायगा और भौतिक समृद्धि तथा सांस्कृतिक मूल्यों की प्राप्ति के लिए सभी अवस्थाओं की सृष्टि की जायगी।

इस प्रकार यह नया कार्यक्रम साम्यवादी दल के नारा **''सब कुछ मानव के लिए-मानव के हित के लिए'** (everything for the sake of man, for the benefit of man) को व्यवहार में पूर्ण करता है।

साम्यवादी समाज के लिए भौतिक एवं प्राविधिक आधार की सृष्टि के लिए 20 वर्षीय आर्थिक विकासकीय कार्यक्रम प्रस्तुत किया गया था। इसके लिए 20 वर्षों की अवधि में रूसी अर्थव्यवस्था में पूँजी निवेश लगभग 2,00,000 मिलियन रूबल का होना था। जनकल्याण में वृद्धि एवं समस्या के समाधान में भारी उद्योगों का महत्त्व अब दूसरे नवीन रूप में उपस्थित होता है। **भारी उद्योगों में दो प्रकार के कारखाने होते हैं**— (1) ऐसे कारखाने जो उन उद्योगों के लिए उत्पादन के साधनों का निर्माण करते हैं जो स्वयं भी उत्पादन के साधनों का निर्माण करते हैं और (2) वे कारखाने जो हल्के और खाद्य उद्योगों, कृषि, भवन निर्माण एवं सांस्कृतिक तथा लोक सेवाओं के लिए उत्पादन साधनों का निर्माण करते हैं। जब सोवियत रूस के भारी उद्योगों का निर्माण हो रहा था तो अधिकांश पूँजी निवेश केवल प्रथम श्रेणी के भारी उद्योगों में होता रहा था और दूसरी श्रेणी के उद्योगों के क्षेत्र में पूँजी निवेश रोका जाता था। अब रूस में दूसरी श्रेणी के भारी उद्योगों में भी पूँजी का निवेश बढ़ाया जाना था जिसके कारण जनता के उपभोग की वृद्धि-दर बढ़ जायेगी। सन् 1980 तक प्रथम श्रेणी के भारी उद्योगों का उत्पादन 1960 के उत्पादन की तुलना में 5 गुना बढ़ जाना था। इनके अतिरिक्त रूस के भारी उद्योग बढ़ती हुई माँग की पूर्ति करने के लिए सांस्कृतिक और गृह-व्यवस्था की वस्तुओं को बढ़ते हुए परिमाण में उत्पादित करेंगे। राष्ट्रीय आर्थिक विकास की 20 वर्षीय योजना पूँजी वस्तुओं एवं उपभोक्ता वस्तुओं के उत्पादन की वृद्धि-दरों में पर्याप्त रूप में समता लाना चाहती थी। सन् 1929 से 1940 के बीच उद्योग के क्षेत्र में उपभोक्ता वस्तु उद्योगों में वृद्धि की अपेक्षा पूँजी वस्तु उद्योगों का उत्पादन प्रति वर्ष 70 प्रतिशत अधिक रहा करता था जबकि 1960 से 1980 के बीच लगभग 20 प्रतिशत ही रह जाना था। भारी उद्योगों ने विस्तृत पुनरोत्पादन में सर्वथा अगुआ का कार्य किया है और करता रहेगा। किन्तु साथ ही साम्यवादी दल इस योजना के अन्दर यह व्यवस्था करने का भरपूर प्रयास करने वाला था कि भारी उद्योग उपभोक्ता वस्तुओं के उत्पादन में भी लगातार वृद्धि करते रहें। कुल सामाजिक उत्पादन सामाजिक उत्पादन की समस्त शाखाओं के लिए एक सर्वाधिक सामान्य संकेतक है। इसे 20 वर्षीय योजना के अन्दर 5 गुना बढ़ाये जाने की व्यवस्था की गई। देश का औद्योगिक उत्पादन सब मिलाकर कम-से-कम 6 गुना बढ़ जाना था और कुल कृषि उत्पादन कम-से-कम लगभग 3.5 गुना बढ़ जाना था। इसका अर्थ यह है कि 20 वर्षीय योजना को पूर्ण होने पर उस समय के सोवियत रूस जैसे 5 औद्योगिक

और 20 से भी अधिक कृषि प्रधान देशों की रचना सोवियत भूमि में हो जाती। इन बीस वर्षों में सोवियत उद्योग तब सम्पूर्ण; गैर-समाजवादी विश्व जितना उत्पादित करता है उसके दूना से भी अधिक उत्पादन करेंगे, ऐसा अनुमान था। इन बीस वर्षों में पूँजी वस्तु उद्योगों का उत्पादन 7 गुना बढ़ जाना था और उपभोक्ता वस्तु उद्योगों का उत्पादन 5 गुना बढ़ जाना था। सन् 1980 तक सोवियत रूस विश्व के अन्य समस्त देश 1960 में जितनी विद्युत शक्ति का उत्पादन करते थे उससे 50 प्रतिशत अधिक विद्युत उत्पादन करने वाला था और 1980 तक वह संयुक्त राज्य अमेरिका के विद्युत उत्पादन से अधिक उत्पादन करने वाला था। सन् 1960 से 1980 के बीच सोवियत उद्योगों का विकास निम्नांकित ढंग से होना था।

1980 में रूस का औद्योगिक उत्पादन लक्ष्य
(जुलाई 1955 के मूल्य स्तर पर)

उत्पादन	इकाई	1960	1970	1980	1960 से कितनी गुनी वृद्धि
कुल औद्योगिक उत्पादन (थोक कारखाना मूल्य पर	हजार मिलियन रूबल	155	408	970-1000	6.2-6.4
पूँजी वस्तुएँ (श्रेणी 1 उद्योग)	”	105	287	720-740	6.8-7
उपभोक्ता वस्तुएँ	”	50	121	250-260	5-5.2
विद्युत शक्ति	000 मिलियन k.w.h.	292.3	900-1000	2700-3000	9.2-10.3
इस्पात	000,000 टन	65	145	250	3.8
तेल	”	148	390	690-710	4.7-4.8
गैस	000 मिलियन cu.m.	47	300-325	680 720	14.4-15.2
कोयला	000,000 टन	513	686-700	1180-1200	2.3-2.34
सीमेन्ट	000,000 टन	45.5	122	233-235	5.1-5.2
वस्त्र (textile)	000 मिलियन वर्ग मीटर	6.6	13.6	20.22 900	3-3.3
चमड़े के जूते	000,000 जोड़े	419	825	1000	2.1-2.4

कृषि के क्षेत्र में 20 वर्षीय योजना कुल कृषि उत्पादन को 3.5 गुनी बढ़ाना चाहती थी, खाद्यान्न का कुल उत्पादन दूना से भी अधिक करना चाहती थी, मांस के कुल उत्पादन को लगभग 4 गुना और दूध के उत्पादन को लगभग 3 गुना बढ़ाना चाहती थी। कृषि वस्तुओं के उत्पादन को 1960 से 1980 के बीच अग्रलिखित ढंग से बढ़ाया जाना था:

उत्पादन	1960	1970	1980
अन्न (000 मिलियन पूड)	8.2	14	18-19
मांस (000,000 टन (मृत भार)	8.7	25	30-32
दूध (000,000 टन)	61.7	135	170-180
अण्डा (000 मिलियन)	27.4	68	110-116
ऊन (000 टन)	35.7	800	1045-1155
कपास (000,000 टन)	4.3	8	10-11
चुकन्दर (000,000 टन शोधनालयों में)	57.7	76	98-108
तेलहन (000,000 टन)	4.3	8	9-10
आलू (000,000 टन)	84.4	140	156
तरकारी और तरबूज (000,000 टन)	19.2	47	55
फल और बेरियाँ (000,000 टन)	19	28	51

जन-जीवन एवं जन-कल्याण में वृद्धि—आशा थी कि 20 वर्षीय योजना में सोवियत जनता का जीवन स्तर विश्व भर में सबसे ऊँचा हो जायेगा और उनके लिए सभी प्रकार की आवश्यक वस्तुएँ पर्याप्त मात्रा में उपलब्ध होंगी। **विश्व में सबसे ऊँचे जीवन स्तर की प्राप्ति करने में सोवियत जनता के लिए दो तत्त्व सहायक होंगे।**

1. सोवियत रूस में श्रमिकों की उत्पादकता में, सभी सामाजिक उत्पादन और राष्ट्रीय आय में पूँजीवादी देशों की अपेक्षा वृद्धि होती है और

2. सोवियत रूस में परिवर्द्धित सामाजिक धन एवं उत्पादन शक्तियों का देश की सम्पूर्ण जनता के हितों में वृद्धि करने के लिए प्रयोग किया जाता है न कि कतिपय व्यक्तियों के स्वार्थों में वृद्धि करने के लिए, जैसा कि पूँजीवादी देशों में होता है।

आशा की गयी थी कि 1960 के बाद 10 वर्षों में सोवियत जनता की प्रति वास्तविक आय दूनी हो जाएगी और 20 वर्षों में इसमें 250 प्रतिशत से भी अधिक वृद्धि हो जायगी। जनता की वास्तविक आय में वृद्धि सोवियत रूस की राष्ट्रीय आय में वृद्धि के कारण होगी। सन् 1980 तक सोवियत रूस की राष्ट्रीय आय बढ़कर लगभग 720-750 हजार मिलियन रूबल प्रतिवर्ष हो जायेगी अर्थात् 1960 की तुलना में रूसी राष्ट्रीय आय में 1980 तक लगभग 5 गुनी वृद्धि होगी। **1960 के बाद 20 वर्षों में सोवियत जनता के खाद्य पदार्थों के प्रति व्यक्ति उपभोग में इस प्रकार वृद्धि होगी**—मांस और मांस की बनी वस्तुओं का प्रति व्यक्ति उपभोग 2.5 गुना बढ़ जाएगा, दूध और दूध की बनी वस्तुओं का प्रति व्यक्ति उपभोग 2 गुना बढ़ जाएगा, मक्खन का 1.5 गुना, वनस्पति तेल का 2 गुना, अण्डों का 2.2 गुना, मछली और मछली की वस्तुओं का 1.5 गुना, चीनी का 1.5 गुना, तरकारी और तरबूजों का 2.3 गुना और फल एवं बेरियों का प्रति व्यक्ति उपभोग लगभग 5 गुना बढ़ जायेगा। 20 वर्षीय योजना बीस वर्षों की अवधि में कपड़े एवं जूतों के प्रति व्यक्ति उपभोग में 3.5 गुनी और सांस्कृतिक एवं गृह वस्तुओं (house-hold goods) के प्रति व्यक्ति उपभोंग में 5.5 गुनी वृद्धि करना चाहती थी।

बीस वर्षीय योजना के लक्ष्य एक सुनिश्चित व्यवस्था के आधार पर निश्चित किये गये थे तथा इन्हें पूरा करने का आवश्यक निर्देश भी दिया गया था। इस योजना के लक्ष्य हठात् ही किसी व्यक्ति के ध्यान को आकर्षिक कर लेते हैं। बीस वर्षों में औद्योगिक

उत्पादकता में 6 गुनी, कृषि उत्पादन में 3.5 गुनी, औद्योगिक क्षेत्र में श्रम की उत्पादकता में 4.5 गुनी, कृषि क्षेत्र में 5 से 6 गुनी तक वृद्धि का आयोजन था। राष्ट्रीय आय में 5 गुनी वृद्धि का अनुमान था। इस प्रकार यह विशाल देश, जो 1980 ई० तक प्रायः 28 करोड़ जनसंख्या वाला देश हो जाने वाला था, अपनी आवश्यकता की वस्तुएँ एक सभ्य समाज की तरह सरलतापर्वूक प्राप्त करने लगेगा, ऐसी आशा थी।

काम के घंटों में कमी *(reduced working hours)*—1970 ई० तक काम के घंटों को घटाकर 35 घंटा प्रति सप्ताह तथा 1981 ई० तक 30 घंटा प्रति सप्ताह कर दिया जाना था। सवेतन छुट्टियों (paid holidays) की संख्या में भी वृद्धि की जानी थी। इस प्रकार सोवियत संघ विश्व में सबसे कम काम के घंटों वाला देश हो जाने वाला था। (The Soviet Union will have the world's shortest and concurrently the most productive and the highest paid working days.) एक ओर न्यूनतम मजदूरी में व्यवस्थित ढंग से वृद्धि की जानी थी तो दूसरी ओर अधिक वेतन वाले वर्गों के वेतन में वृद्धि अस्थायी रूप में स्थगित कर दी जानी थी। इस प्रकार **न्यूनतम तथा उच्चतम मजदूरी में अन्तर को भी कम करने का प्रयास किया जाने वाला था।**

जन कल्याण सेवाएँ—बीस वर्षीय योजना के अन्त 1980 तक समाज के खर्च से देशवासियों को अग्रांकित सेवाएँ मुफ्त उपलब्ध की जाने वाली थीं—(1) विद्यालयों में विद्यार्थियों की सभी प्रकार की व्यवस्था, (2) अयोग्य तथा अपाहिज व्यक्तियों की देखभाल, (3) सभी विद्यालयों में शिक्षा की व्यवस्था; (4) सभी नागरिकों को चिकित्सा की व्यवस्था; (5) आवास की सुविधा; (6) नगर परिवहन की सेवा; (7) उद्योगों तथा संस्थानों में काम करने वाले व्यक्तियों तथा कृषि के समय सामूहिक किसानों को दिन के भोजन की व्यवस्था।

इस प्रकार इस योजना के पूर्ण हो जाने पर सोवियत अर्थव्यवस्था का विलक्षण विकास होना था और वह विश्व में प्रथम हो जाने वाली थी। सबसे बड़ी बात तो यह है कि इस कार्यक्रम द्वारा साम्यवाद को मूर्तरूप देना था और उसके परम उद्देश्य को पूर्ण करना था। जैसा कि उक्त दस्तावेज में **ख्रुश्चेव** की गर्जना थी—''**प्रथम बार यह प्रारूप महान साम्यवादी नारा, ''प्रत्येक से उसकी योग्यतानुसार और प्रत्येक को उसकी आवश्यकतानुसार'' को पूर्ण करने के रास्ते और उपायों पर प्रकाश डालता है।** भौतिक-उत्प्रेरणाओं और लोक-कोषों द्वारा बढ़ते हुए वितरण का एक उचित संयोग साम्यवादी समानता के सिद्धांत को कार्यान्वित की ओर ले जाता है।''

परन्तु दुर्भाग्य से योजना अपने उद्देश्यों को प्राप्त करने में विफल रही। उलटे वर्ष 1991 के बाद सोवियत अर्थव्यवस्था एक तरह से विखंडित हो गयी। तीन गणतंत्र राज्य इससे अलग हो गए और शेष 12 गणतंत्रों ने मिलकर एक राष्ट्र कुल की स्थापना की। आज सोवियत अर्थव्यवस्था आर्थिक संकटों से जूझ रही है। इस क्रम में वह अपनी साम्यवादी अर्थव्यवस्था में पूँजी तत्त्वों का समावेश कर रही है।

संदर्भ

1. Report on the Programme of the C.P.S.U. to the 22nd Congress, October, 1961

2. O. Pisarzhevsky : *Soviet Union* in 1980

❑

अध्याय 12

सोवियत कृषि : संगठन एवं प्रबन्ध तथा विकास और समस्याएँ

(SOVIET AGRICULTURE : ORGANIZATION AND MANAGEMENT, DEVELOPMENT AND PROBLEMS)

कहा जाता है कि सोवियत रूस में समाजीकरण की लड़ाई कृषि क्षेत्र में लड़ी गयी है। (It is said that the battle for socialisation in the Soviet Union has been fought in agriculture) पिछले 50-60 वर्षों में रूसी कृषि काफी प्रगति कर पायी है। यह कृषि-प्रणाली केन्द्रीय योजनाकरण और व्यक्तिगत कृषि सूत्रपात का संयोग है। इस प्रणाली की यह विशेषता रही है कि इसने कृषकों का बाजार परिवर्तनों और आर्थिक संकटों से बचाव किया है और प्रत्याभूत मजदूरी (guaranteed wages) तथा बीमारी, बुढ़ापा और चोट के कारण आय की क्षति के विरोध में सामाजिक बीमा के रूप में सुरक्षा प्रदान की है। विगत कुछ वर्षों में कृषि उत्पादन बहुत बढ़ गया है। 1973 में रूस ने 222.5 मिलियन टन कृषि वस्तुओं का उत्पादन किया था जो एक कीर्तिमान था। 1971 में कृषि उत्पादन 181 मिलियन टन, 1972 में 172 मिलियन टन और 1974 में 195.2 मिलियन टन था। यद्यपि पिछली योजना की अवधि (1971-75) में निर्धारित 195.5 मिलियन टन के औसत वार्षिक लक्ष्य तक उत्पादन नहीं हो पाया था तथापि उसके पहले के योजना काल (1965-70) की तुलना में सोवियत किसानों की 1971-75 की अवधि में अच्छी-खासी उपलब्धि थी जबकि उन्होंने एक के बाद दूसरे वर्षों में अभूतपूर्व खराब मौसम के बावजूद पिछले योजनाकाल की तुलना में 62 मिलियन टन अधिक अनाज पैदा किया। रूस में कुल कृषि उत्पादन 1922 की तुलना में 1972 में 5.1 गुना बढ़ गया। यह भी ध्यान में रखा जाना चाहिए कि सोवियत जनता कम फसल के बावजूद पिछली दशाब्दियों से एक किलो रोटी के लिए केवल 12 कोपेक्स (kopecks) का ही भुगतान कर रही थी। अब यह पहले की अपेक्षा अधिक प्रोटीन-युक्त भोजन का आनन्द ले रही है। यह इस तथ्य से स्पष्ट है कि दुग्ध पदार्थों (dairy products) का प्रति व्यक्ति उपभोग 1964 में 238 किलोग्राम से बढ़कर 1974 में 375 किलोग्राम और मांस का प्रति व्यक्ति उपभोग 1940 में 35 किलोग्राम से बढ़कर 55 किलोग्राम हो गया था।

1976-80 में सोवियत संघ ने औद्योगिक उत्पादन में 35 से 36 प्रतिशत तक और उपभोक्ता वस्तुओं के उत्पादन में 30 से 32 प्रतिशत तक वृद्धि करने की योजना बनायी थी। कृषि के क्षेत्र में मुख्य कार्य और अधिक विकास तथा स्थिरता की व्यवस्था करना है। वार्षिक कृषि उत्पादन की मात्रा को 14 से 17 प्रतिशत तक बढ़ाने का लक्ष्य रखा गया था। वार्षिक अन्न उत्पादन 215 से 220 मिलियन टन तक करने का लक्ष्य था। आशा थी कि 1980 तक सोवियत रूस 9 मिलियन टन तक कपास, 100 मिलियन टन के लगभग चुकन्दर

(sugar beet) का उत्पादन प्रतिवर्ष करने लगेगा। मांस का औसत वार्षिक उत्पादन बढ़ाकर 15 मिलियन टन, दूध का 94 से 96 मिलियन टन और अंडे का उत्पादन 60000 मिलियन तक कर दिया जाने वाला था।

कृषि के क्षेत्र में सोवियत उपलब्धियों की प्रशंसा विभिन्न देशों और विशेषज्ञों द्वारा की गयी है—**नॉमन बोरलाग** (Norman Borlaug) समेत। **कुछ वर्षों पूर्व दो फ्रांसीसी कृषि विशेषज्ञों के साथ ला मोंद** (Le Mond) **का एक पत्रकार सोवियत कृषि प्रक्षेत्रों** (farms) को देखने गया था। इन लोगों ने अपने प्रतिवेदन में बतलाया था कि **सोवियत सामूहिक कृषि प्रक्षेत्र** (collective farms) **अपनी आय को पिछली शताब्दी में 5 गुना बढ़ा लिए हैं।** उनका विश्वास था कि यदि बीजों का चुनाव सावधानी से किया जाय और फसल काटने के लिए अधिक तकनीकी सुविधाओं की व्यवस्था की जा सके तो **सोवियत संघ विश्व के ''प्रमुख अन्न निर्यातकों में से एक'' हो जाएगा।**

ऊपर के संक्षिप्त वर्णन से लगता है कि सोवियत कृषि का अभूतपूर्व विकास हुआ है और सोवियत रूस कृषि वस्तुओं के लिए आत्म-निर्भर हो गया है। किन्तु वस्तुस्थिति ठीक विपरीत है। **सोवियत रूस कृषि पदार्थों के लिए, यहाँ तक कि अनाज के लिए भी, आज भी आत्म-निर्भर नहीं हो पाया है और उसे बड़ी मात्रा में अनाज का विदेशों से आयात करना पड़ रहा है और तब भी सोवियत जनता का उपभोग स्तर पाश्चात्य देशों की तुलना में आज भी बहुत ही नीचा बना हुआ है।** जुलाई 1972 में संयुक्त राज्य अमेरिका के साथ सम्पन्न सोवियत रूस के 750 मिलियन डालर मूल्य के तीन वर्षीय अनाज क्रय समझौता की घोषणा ने अन्तरराष्ट्रीय अन्न बाजार को हिला दिया और अमेरिकी गेहूँ के मूल्य को 1.65 डॉलर प्रति बुशेल, जिस मूल्य पर सोवियत रूस ने जुलाई 1972 में अमेरिकी गेहूँ को खरीदा था, से उड़ाकर जनवरी 1974 में 5.80 डॉलर प्रति बुशेल कर दिया। वस्तुतः अन्तरराष्ट्रीय अन्न बाजार में गेहूँ के मूल्य में यह वृद्धि किसी भी रूप में नवम्बर 1973 में मिट्टी के तेल में हुई अभूतपूर्व वृद्धि से कम उल्लेखनीय नहीं है जिसने विश्व ऊर्जा संकट उत्पन्न कर दिया था।

1974 में उत्पन्न विश्व खाद्य-संकट, जिसने उसी वर्ष रोम में विश्व खाद्य सम्मेलन को प्रेरित किया था, कृषि के क्षेत्र में रूस की विफलता की जानकारी से ही संबंधित था। यह इस जानकारी से उद्भूत हुआ था कि सोवियत रूस क्रांति के 60 वर्षों के पश्चात् भी और 40-45 वर्षों तक चल रहे योजनाओं के क्रम के बावजूद आज भी अपनी जनता को खिला पाने में असमर्थ है। कुछ लोगों के द्वारा इस अमेरिकी रूसी समझौते को केवल एक अल्पकालीन अभाव की पूर्ति करने के एक प्रयास के रूप में देखा गया था न कि एक दीर्घकालीन प्रवृत्ति के रूप में। किन्तु वस्तुस्थिति की यह व्याख्या स्पष्टतः गलत सिद्ध हो गयी जब 20 अक्टूबर, 1975 में एक पंचवर्षीय समझौता इसी संबंध में अमेरिका और रूस के बीच फिर हुआ जिसके अनुसार अगले 5 वर्षों तक सोवियत रूस प्रतिवर्ष 3 मिलियन टन गेहूँ अमेरिका से खरीदता रहेगा। अप्रैल 1976 में रूस ने इसी संबंध में एक तीन वर्षीय समझौता आस्ट्रेलिया के साथ भी किया जिसके अनुसार सोवियत रूस अगले तीन वर्षों तक आस्ट्रेलिया से प्रति वर्ष 3 मिलियन टन गेहूँ खरीदता रहेगा। यह तथ्य रूसी अर्थव्यवस्था की अनाज के मामले में आयातों पर निर्भरता का स्पष्ट द्योतक है और वस्तु-स्थिति की रूसी सरकार द्वारा स्पष्ट स्वीकारोक्ति है। रूसी सरकार के ये कदम स्पष्टतः बतलाते हैं कि **रूस ने अब स्वीकार कर लिया है कि देश में खाद्यान्न उत्पादन उसके लिए माँग की तुलनां से पीछे पड़ गया है।**

सोवियत कृषि का संगठन एवं प्रबन्ध
(Organization and Management of Soviet Agriculture)

सन् 1917 की क्रांति से पूर्व रूस एक कृषि-प्रधान देश था। लगभग 80 प्रतिशत जनसंख्या गाँवों में निवास करती थीं और उसका प्रमुख व्यवसाय कृषि था। भूमि के एक बड़े हिस्से पर सम्राट के जार परिवार का स्वामित्व था। भूस्वामियों के एक छोटे से वर्ग (जार, मठ, जमींदार और कुलकों) का लगभग 63.2% भूभाग पर अधिकार था। जार परिवार, मठों एवं जमींदारों के स्वामित्व में 152 मिलियन हेक्टेयर भूमि थी जो कुल भूमि का लगभग 41.4% था। इसके अतिरिक्त कुल कृषक जनसंख्या का 15% भाग कुलको (Kulaks) का था जिनके अधिकार में 80 मिलियन हेक्टेयर भूमि थी जो कुल भूमि का 21.8% और कुलको तथा निर्धन एवं मध्यम किसानों की भूमि का 37.2% था। गरीब एवं मध्यम किसानों के अधिकार में मात्र 135 मिलियन हेक्टेयर भूमि थी जो कुल भूमि का मात्र 36.8% और कुलकों तथा निर्धन एवं मध्यम किसानों की भूमि का 62.8% था जबकि कुलकों एवं मध्यम किसानों के कुल परिवारों के योग में उनके परिवारों का भाग 85 प्रतिशत था। निम्नांकित आँकड़ों से इस सत्यता का अनुमान लगाया जा सकता है—

रूस में भू-स्वामित्व

भूस्वामी	मिलियन हेक्टर	परिवारों की संख्या (कुल का प्रतिशत)
जार, मठ तथा जमींदार	152	—
कुलक	80	12
गरीब एवं मध्यम किसान	135	85

7 नवम्बर 1917 की सफल क्रांति के तत्काल बाद सोवियत राज्य की स्थापना के साथ सम्पूर्ण भूमि का राष्ट्रीयकरण कर दिया गया और भूमि पर निजी स्वामित्व समाप्त हो गया। **भूमि सम्बन्धी एक आज्ञप्ति प्रसारित** (issue) की गई जिसके अनुसार, ''सभी भूमि चाहे वह राज्य, साम्राज्यिक मठ, चर्च, व्यक्तिगत, सार्वजनिक या अन्य किसी भी पक्ष की हो उसके स्वामित्व का हस्तान्तरण सम्पूर्ण राष्ट्रों के हाथों बिना किसी मुआवजे के होगा तथा इस पर श्रम करने वाला व्यक्ति इसका फल प्राप्त करेगा। आज के बाद भूमि बेचने, खरीदने, लीज पर उठाने, रेहन रखने या उसका किसी भी तरह से अलगाव (alienation) करने की मनाही होगी।'' इस प्रकार प्राप्त सभी भूमि एक राष्ट्रीय सामाजिक भूमि कोष को सौंप दी गयी। भूमि तथा उसके उपज के उपयोग के लिए भूमि का निर्मूल्य वितरण किसानों में कर दिया गया। **लेनिन के अनुसार, ''सर्वहारा वर्ग के अधिनायकवाद के अन्तर्गत पहलीबार किसान स्वयं अपने लिए कार्य कर रहा है** और अपना निर्वाह शहरों में रहने वालों से भी ज्यादा अच्छी तरह कर रहा है। किसानों ने पहली बार वास्तविक मुक्ति (स्वतंत्रता)—उसकी अपनी रोटी खा सकने की स्वतंत्रता, भूख से मुक्ति के दर्शन किये हैं।''

सन् 1922 से पूर्व की आज्ञप्तियों में निजी स्वामित्व की समाप्ति की चर्चा तो थी किन्तु राज्य स्वामित्व के आरंभ का वर्णन नहीं था। 30 अक्टूबर 1922 के सोवियत समाजवादी गणराज्य-संघ(U.S.S.R.—Union of Soviet Socialist Republics) के भूमि-नियमावली में भूमि पर स्वामित्व का वर्णन इस प्रकार किया गया, **''सोवियत गणतंत्रीय सीमा के अन्दर की भूमि चाहे वह जिसके अधिकार में हो राज्य, श्रमिक एवं कृषकों की सम्पत्ति होगी।''**

क्रांति के पश्चात् उपयोग के लिए भूमि कृषकों को सौंप दी गयी थी। श्रमिकों एवं सैनिकों के लिए सरकार कृषकों से खाद्यन्नादि क्रय करती थी। यह व्यवस्था नवम्बर 1917 से जून 1918 (लगभग 8 माह) तक युद्धकालीन साम्यवाद से पूर्व तक चलती रही। किन्तु इस अवधि में सरकार को अन्नादि के क्रय में अनेक कठिनाइयों का सामना करना पड़ा था। अतः युद्धकालीन साम्यवाद में अनिवार्य खाद्यान्न-अधिग्रहण की नीति लागू कर दी गयी जिससे खाद्यान्नों के उत्पादन पर विपरीत प्रभाव पड़ा। सन् 1921 में नवीन आर्थिक नीति के अन्तर्गत अनिवार्य खाद्यान्न अधिग्रहण नीति में परिवर्तन कर दिया गया और कृषिकर प्रणाली अपनाई गई। कृषि उत्पादन में वृद्धि हेतु अनेक अन्य सुविधाएँ भी प्रदान की गईं। तत्कालीन 'नवीन आर्थिक नीति (1921-28) के अन्तर्गत कृषि-उत्पादन को सन् 1913 (युद्ध पूर्व) के स्तर पर लाने में मदद तो मिली किन्तु उल्लेखनीय प्रगति न हुई। कुछ सम्पन्न कृषक कृषि-उत्पादन में कटौती करने की अपनी नीति जारी रखे हुए थे। यह स्पष्ट प्रतीत हो रहा था कि बिना आपात्कालीन उपाय किये कृषि उत्पादनों के वांछित भण्डार बना पाना संभव न होगा। **कुलक लोगों की शोषणकारी गतिविधियों पर नियंत्रण लगाने की नीतियों के स्थान पर कुलक वर्ग का खात्मा कर देने की नीति अपनाने की आवश्यकता थी। सन् 1918 ई० में भूमि का निजी स्वामित्व समाप्त कर दिया गया था किन्तु कृषि निजी खेती सिद्धांत पर ही चलती रही।** अब धनीमानी कृषकों (कुलकों) को समाप्त करने का निर्णय लिया जाना था। सन् 1929 से पूर्व भी सामूहिक फार्म (collective farms) तथा राजकीय फार्म (Government farms) कृषि उत्पादन एवं आपूर्ति में महत्त्वपूर्ण भूमिका निभा (योगदान कर) रहे थे। किन्तु सन् 1929-30 में सोवियत शासन ने तत्कालीन नीति में अचानक परिवर्तन करके राष्ट्रव्यापी सामूहीकीकरण (सामूहिक फार्मों के गठन) की नीति अपना ली। सन् 1930 तक 250 लाख निजी कृषि फार्मों तथा पशु एवं कृषि उपकरणदि मिलाकर 94,000 नये सामूहिक-फार्मों का गठन किया गया। सन् 1929 से सन् 1935 के मध्य सभी छोटे-छोटे व्यक्तिगत कृषक परिवारों के फार्मों के स्थान पर 2,43,500 सामूहिक फार्मों का गठन किया जा चुका था। इसी अवधि में राजकीय फार्मों में भी वृद्धि हुई और उनकी संख्या 4,000 तक पहुँच गई। **सन् 1935 तक निजी कृषकों का अस्तित्व समाप्त हो गया।**

इस प्रकार **सन् 1936 के सोवियत संविधान में भूमि पर स्थायी रूप से राज्य का स्वामित्व स्थापित हो गया। सोवियत संविधान के अनुसार,'' भूमि एवं उसकी सम्पूर्ण सम्पत्ति अर्थात जल, वन आदि पर राज्य का पूर्ण स्वामित्व होगा।''**

सोवियत संघ में कृषि फार्मों के रूप-भेद

वर्तमान में सोवियत रूस में कृषि फार्मों को समाजवादी क्षेत्र के फार्म तथा निजी क्षेत्र के फार्म में बाँटा जा सकता है। कृषि उत्पादन की दृष्टि से समाजवादी क्षेत्र के फार्म अत्यन्त महत्त्वपूर्ण हैं जबकि निजी क्षेत्र के कृषि फार्म भी कुछ-न-कुछ अंशदान करते ही रहते हैं।

समाजवादी क्षेत्र
(Socialist Sector)

समाजवादी क्षेत्र के फार्मों को भी तीन प्रकार के फार्मों में विभाजित किया जा सकता है—

1. सामूहिक फार्म (Collective farms)

2. राजकीय फार्म (Government or State farms)
3. सहायक फार्म (Subsidiary farms)

1. सामूहिक फार्म

सामूहिक फार्मों को सोवियत संघ में **कोलखोज** (Kolkhoz) के नाम से पुकारा जाता है। ये सबसे विशाल समाजवादी फार्म हैं। इन फार्मों पर समाज का या समुदाय का सामूहिक अधिकार होता है। इन फार्मों की भी सम्पत्तियाँ—भवन-भूमि, पशु तथा कृषि उपकरणादि सामूहिक फार्म के सभी सदस्यों की होती हैं जो समाज को सौंप दी जाती हैं। सामूहिक फार्मों के सदस्यों द्वारा जितनी भूमि पर खेती की जाती है, वह राज्य की सम्पत्ति होती है और उस पर सभी सदस्यों का अधिकार तो होता है किन्तु यह अधिकार राज्य द्वारा ही प्रदान किया जाता है। **सामूहिक फार्मों को भी 3 उपविभागों में वर्गीकृत किया जा सकता है**—

(क) तोज *(Toz)*—टोज एक संस्था का नाम है जिसमें उत्पादन कार्य सहकारिता के आधार पर होता है और प्रत्येक सदस्य को अपना अंश प्राप्त करने का अधिकार रहता है।

(ख) कम्यून *(Commune)*—इसके अन्तर्गत सम्पूर्ण भूमि, पशु, कृषि उपकरण आदि पर पूरे समाज का अधिकार रहता है। उत्पादन कार्य सभी मिलकर (सहकारिता के आधार पर) करते हैं। इसकी विशेषता यह है कि सभी सदस्य मिलकर एक ही परिवार की भाँति रहते हैं और उनका भोजन भी सम्मिलित रूप में पकता है। इनके बच्चों का लालन-पालन भी समाज द्वारा ही होता है जबकि टॉज के अन्तर्गत सामूहिक कार्याकलाप कृषि उत्पादन एवं वितरण तक ही सीमित रहता है।

(ग) आर्टेल *(Artel)*—सामूहिक खेती की आर्टेल-प्रथा, टॉज और कम्यून के बीच की प्रथा है। इसमें उत्पादन सामूहिक रूप में किया जाता है और उत्पादन के सभी साधन कोलखोज (सामूहिक फार्म) की सम्पत्ति होते हैं। इस प्रथा की विशेषता यह है कि इसके अन्तर्गत सदस्यों को थोड़ी मात्रा में निजी उत्पादन करने का भी अधिकार प्राप्त होता है। प्रत्येक कृषक के पास थोड़ी-सी भूमि, पशु तथा कृषि उपकरण आदि निजी रूप में भी होते हैं। निजी उत्पादन के अतिरिक्त सामूहिक फार्म से भी उसको अपना अंश प्राप्त होता है। निजी तथा सामूहिक फार्मों के उत्पादन से प्राप्त आय का वह जैसे चाहे उपयोग कर सकता है। यह प्रथा साम्यवादी तथा निजी उत्पादन-प्रथा का सम्मिश्रण है जिसमें अधिकाधिक श्रम द्वारा निजी उन्नति की प्रेरणा भी है किन्तु निजी उत्पादन की सुविधा का कुछ सदस्य दुरुपयोग भी करने लगे और सामूहिक फार्मों में कम श्रम एवं समय और निजी खेतों में अधिक समय तक श्रम देने लगे। इसके अलावा पशु, यंत्रादि तथा अन्य सुविधाओं का भी अधिकाधिक निजी उपयोग करने लगे। कृषि सामग्रियों की चोरियाँ भी होने लगीं। अतः कोलखोज की सम्पत्तियों की सुरक्षा के कड़े-प्रबन्ध तथा कृषि कार्य में बाधा डालने के किसी भी कार्यकलाप के लिए कठोर दंड की व्यवस्था की गई। सामूहिक फार्म के फसलों के समय पर बुवाई एवं कटाई के कड़े उपाय करने पड़े।

सामूहिक फार्मों के संगठन के प्रारूप, सदस्यों के कर्त्तव्य एवं अधिकारों की व्याख्या तथा नियमन कृषि आर्टेल कानून (कोलखोज चार्टर) द्वारा होता है। सामूहिक फार्मों के आकार के प्रति आर्टेल-कानून मौन है। स्थानीय परिस्थितियों के आधार पर ये छोटे या बड़े हो सकते हैं। अनुमानतः उस समय प्रत्येक सामूहिक फार्म का क्षेत्रफल

6300 हेक्टेयर था। सामूहिक फार्मों का उपयोग केवल कृषि कार्य के लिए ही किए जाने की अनुमति थी। इसी प्रकार कृषि भूमि पर पाई जाने वाली अन्य सम्पत्तियों जैसे जल, तालाब, झील आदि का भी प्रयोग केवल कृषि कार्य के लिए ही किया जा सकता था, मत्स्य-पालन आदि के लिए भी नहीं। **कृषि फार्मों को किसी अन्य कार्य जैसे उत्खनन-उद्योग या अन्य उद्योग-धंधे या कारखाने या राजकीय फार्म आदि स्थापित करने के लिए किसी भी समय राज्य द्वारा लिया जा सकता है।** इन परिस्थितियों में सम्बन्धित कृषक उन उद्योग-धंधों के श्रमिक स्वयंमेव हो जाते हैं।

कोलखोज (सामूहिक फार्म) प्रायः अपने सभी कृषि उत्पादन सम्बन्धी तथा अन्य साधनों में आत्मनिर्भर होते हैं। उनके पास अपने बड़े-बड़े कृषि यंत्र तथा औजारादि भी होते हैं। ट्रैक्टर स्टेशन से ट्रैक्टर तथा अन्य यंत्रादि सरलता से सुलभ हो जाते हैं। उत्पादन के अन्य साधनों में फार्म-भवन, पशु, बीज, सिंचाई-सुविधा तथा आटा-चक्की आदि भी उनके पास अपने होते हैं। उन्हें समय-समय पर विशेषज्ञों की सेवाएँ भी प्राप्त हो जाती हैं।

सामूहिक फार्मों का सन् 1938 में पुनर्गठन किया गया। सामूहिक फार्मों के आन्तरिक संगठन एवं सदस्यों के अधिकारों तथा दायित्वों (कर्त्तव्यों) के नियमन हेतु कुछ नयी विधियाँ निर्मित की गयी जो सामूहिक-फार्मों के संविधान बन गये। उनमें **मुख्य विधियाँ निम्न वर्णित हैं**–

1. आर्टेल को स्थायी रूप में दी गई भूमि न तो बेंची जा सकती है, न खरीदी जा सकती हैं और न ही लीज पर उठायी जा सकती है।
2. सामूहिक फार्म के सदस्यों के निजी उपयोग वाली भूमि की न्यूनतम सीमा 1/4 हेक्टेयर और अधिकतम सीमा 1/2 हेक्टेयर होगी। कहीं-कहीं यह 1 हेक्टेयर भी हो सकती थी।
3. सामूहिक फार्म के सदस्यों के निजी पशुओं की भी सीमा निर्धारित कर दी गई। जैसे 1 गाय एवं 10 भेड़ों से अधिक रखने का अधिकार नहीं था।
4. फार्मों के प्रबन्धकों द्वारा उनके सदस्यों को मनमानी ढंग से निष्कासित करने पर प्रतिबन्ध लगा दिया गया।
5. कोलखोज के अधिकारों एवं कर्त्तव्यों की स्पष्ट व्याख्या की गई और कार्यकाल एक वर्ष से बढ़ाकर दो वर्ष कर दिया गया।
6. आर्टेल को राज्य के प्रति अधिक उत्तरदायी बनाया गया। कानूनों में इस बात पर बल दिया गया, "आर्टेल इस बात का उत्तरदायित्व लेता है कि वह सामूहिक खेतों को सरकार द्वारा स्थापित योजना एवं आर्टेल को राज्य के प्रति उत्तरदायित्व के अनुसार चलायेगा।"

उत्पादन का वितरण

सामूहिक फार्म के उत्पादन में अनेक उत्पादन साधनों एवं विभागों का सहयोग होता है। अतः कुल उत्पादन को उनके मध्य वितरित किया जाता है। **सन् 1938 में कुल उत्पादन का वितरण निम्न प्रकार से किया जाता था**–

सामूहिक फार्मों के उत्पादन का वितरण (1938)

		कुल उत्पादन का %
निश्चित मूल्य पर राजकीय वसूली	...	15.0

राज्य को मशीन, ट्रैक्टर स्टेशनों के काम के लिए भुगतान	...	16.0
राजकीय वसूली एजेंसियों की बिक्री	...	5.1
बीज की राजकीय संस्थाओं को वापसी	...	2.0
बीज कोष को आबंटन	...	18.6
पशु-आहार कोष को आबंटन	...	13.6
सामूहिक कृषकों को शुल्क	...	29.9
अन्य आवंटन	...	2.8
कुल उत्पादन		100.0

सामूहिक फार्म के कुल उत्पादन में से लगभग 30-40 प्रतिशत किसी-न-किसी रूप में राज्य को दिया जाता है। तत्पश्चात् अगले वर्ष के लिए बीज एवं पशु-आहार के लिये लगभग 30-35 प्रतिशत सुरक्षित रखा जाता है और लगभग 25 प्रतिशत ही सामूहिक फार्म पर काम करने वाले कृषकों को उनके हिस्से के रूप में प्राप्त होता है।

2. राजकीय फार्म

सोवियत कृषि में राजकीय फार्म का बड़ा महत्त्वपूर्ण योगदान रहा है। सोवियत संघ में राजकीय फार्मों को **सोवखोज** (Sovkhoz) कहते हैं। इसका संचालन राज्य द्वारा किया जाता है। इसकी सारी सम्पत्ति पर राज्य का स्वामित्व होता है जबकि सामूहिक फार्मों पर इसके सदस्यों अर्थात् समाज का स्वामित्व होता है। राजकीय फार्म भी सामूहिक फार्मों की तरह बड़े-पैमाने पर खेती करने का कार्य करते हैं। राजकीय फार्मों पर कार्य करने वाले कृषकों की सेवा-शर्ते उद्योगों में काम करने वाले श्रमिकों से मिलती-जुलती हैं और उन्हें भी निश्चित अन्तराल पर एक पूर्व निश्चित मजदूरी प्राप्त होती है। इसके अतिरिक्त राजकीय फार्मों पर काम करने वाले कृषकों को मकान तथा बाग-बगीचे आदि लगाने के लिए थोड़ी-सी अतिरिक्त भूमि भी प्रदान की जाती है। भवन बनवाने हेतु सरकार दीर्घकालीन ऋण तथा भवन-सामग्री आदि की पूर्ति की भी व्यवस्था करती है। जिनके पास अपने मकान नहीं हैं उनके लिए राज्य (सोवियत सरकार) भवन का प्रबन्ध भी करती है।

राजकीय फार्मों पर फल-फूल, साग-सब्जी, खाद्यान्न तथा दुग्धादि का उत्पादन तो किया ही जाता है, साथ ही ये फार्म नवीन और उन्नत तकनीक एवं पद्धति द्वारा अधिकाधिक उत्पादन करने एवं लागत कमतर करने का आदर्श भी उपस्थित करते हैं और सामूहिक फार्मों को भी अच्छे तथा कमतर लागत पर उत्पादन करने के लिए प्रोत्साहित करते हैं। **लेनिन के अनुसार, ''राजकीय फार्मों का मुख्य कार्य कम-से-कम लागत में अधिक-से-अधिक उत्पादन का एक उदाहरण प्रस्तुत करना है।''**

प्रत्येक राजकीय फार्म के पास औसतन19000 हेक्टेयर कृषि योग्य भूमि,2000 पशुधन, और हजारों ट्रैक्टर, हार्वेस्टर तथा ट्रकें आदि रहती हैं। राजकीय फार्मों में आवश्यकतानुसार विद्युतशक्ति का भी प्रयोग किया जाता है। उत्पादन की दृष्टि से राजकीय फार्मों को महत्त्वपूर्ण स्थान प्राप्त है। सन् 1973 में कुल अनाज-उत्पादन का 49%, साग-सब्जियों का 56%, मांस का 43%, अंडों का 71% तथा ऊन का 46% भाग राजकीय फार्मों द्वारा उत्पादित था।

बाद के वर्षों सन् 1954 से 1956 तक की अवधि में उपयोग में न लाई गई भूमि को कृषि-भूमि के रूप में प्रयोग करने का अभियान आरंभ किया गया और 42 मिलियन

हेक्टेयर भूमि को कृषि-योग्य बना दिया गया। 4000 नये राजकीय-फार्मों की स्थापना की गई। इन राजकीय-फार्मों की स्थापना के पश्चात् सम्पूर्ण कृषि उत्पादन का 75% भाग राजकीय फार्मों द्वारा उत्पादित किया जाने लगा है।

3. सहायक फार्म

ये सहायक फार्म विभिन्न उद्योगों से संलग्न होते हैं और औद्योगिक श्रमिकों के लिए खाद्यान्नादि का उत्पादन करने का कार्य करते हैं। सहायक फार्मों के उत्पादन बिक्री के लिए नहीं होते हैं। इन फार्मों पर शोधकार्य किये जाते हैं। यही नहीं सहायक फार्मों में शिक्षण-प्रशिक्षण सम्बन्धी व्यवस्था भी होती है। अतः शोध एवं शिक्षण-प्रशिक्षण की दृष्टि से भी ये फार्म अत्यन्त महत्त्वपूर्ण होते हैं।

समाजवादी क्षेत्र के कृषि-फार्मों की आलोचनाएँ

समाजवादी क्षेत्र के सामूहिक फार्मों की आलोचना मुख्यतः इस बात को लेकर की गई कि **उनकी आय एवं उत्पादकता में निरन्तर कमी होती जा रही थी।** कुछ लोगों ने इसका कारण श्रमिकों की अकुशलता बताया और कुछ लोगों ने सरकार की खाद्यान्न-वसूली नीति को दोषी बताया। **किन्तु इसके मात्र दो ही कारण नहीं थे, कुछ अन्य कारण भी थे। उन सबका उल्लेख निम्नलिखित है–**

1. निजी फार्मों को अधिक महत्त्व–सामूहिक फार्मों की तुलना में, शर्तों के विपरीत निजी फार्मों को अधिक महत्त्व एवं प्राथमिकता प्रदान की गई। कृषक-सदस्य सामूहिक फार्मों पर निर्धारित कार्य निर्धारित समय में करने से कतराने लगे। वे सामूहिक फार्म के सभी उत्पादन साधनों, सामग्रियों, यंत्रों तथा उपकरणों आदि का निजी भूमि पर अधिकाधिक उपयोग करने लगे जिससे सामूहिक फार्मों की आय तथा उत्पादकता दोनों में ही कमी होने लगी। कहने की आवश्यकता नहीं है कि घरेलू-भूमि पर अधिकाधिक उत्पादन करने एवं अधिकाधिक लाभार्जन करने हेतु सामूहिक फार्मों के हितों को तिलांजलि दे दी गई।

2. उपज में कमी–सामूहिक फार्मों के लिए जो उत्पादन-लक्ष्य निर्धारित किये गये थे, उनके उत्पादन उन लक्ष्यों से बहुत नीचे रहे। यही नहीं कुछ फार्मों के उत्पादन तो गत वर्षों के उत्पादन से भी कम रहे। खाद्यान्नादि के उत्पादन में ही नहीं, भेड़ों, मुर्गियों, सूअरों तथा अन्य पशुओं की संख्या में भी कमी होने से सामूहिक फार्मों की आय में कमी हो गई थी।

3. सामूहिक फार्मों की अवैध जुताई-बुआई–सामूहिक फार्मों की उत्पादकता एवं आय में कमी का एक अन्य कारण कृषक-सदस्यों द्वारा उनका घरेलू-भूमि की तरह अवैध जोताई-बुआई एवं फसलों की कटाई करना था। निजी खेतों के लिए बड़ी मात्रा में अतिरिक्त भूमि प्राप्त करने एवं उनपर अवैध खेती करने के प्रयास किये गये।

4. अन्य रोजगार अपनाने की छूट–अधिकाधिक धनार्जन हेतु कृषक-सदस्यों को सामूहिक फार्म छोड़कर जाने एवं कारखानों में श्रमिक के रूप में कार्य करने की पूरी-पूरी स्वतंत्रता थी। परिणामस्वरूप सामूहिक-फार्मों पर कृषक-सदस्यों की संख्या में कमी होती गई जिसके कारण भी इनकी उत्पादकता में कमी आती गई।

5. सामूहिक फार्मों की उपजों की सदस्यों के बीच बिक्री–सामूहिक फार्मों की आय में कमी का एक महत्त्वपूर्ण कारण यह भी रहा कि इन फार्मों की उपजों को निम्न मूल्य पर सदस्यों को बेचा जाता था और वे सदस्य-श्रमिक इन्हीं उपजों को मुक्त बाजार में ऊँचे

मूल्य पर बेचकर लाभ की धनराशि स्वयं हड़प लेते थे तथा सामूहिक फार्म प्राप्त लाभ से वचिंत रह जाता था।

6. राज्य की दोहरी नीति—राज्य की अनिश्चित एवं दोहरी नीति के कारण भी उत्पादन एवं आय में गिरावट आई। राज्य द्वारा उत्पादन तथा आय-वृद्धि सम्बन्धी नीति तथा आदेश तो जारी कर दिये जाते थे किन्तु न तो आवश्यक सामग्री एवं उपकरण ही समय से उपलब्ध हो पाते थे और न ही संबन्धित कर्मचारियों एवं अधिकारियों को उद्देश्य पूर्ति के लिए वांछित क्रियाकलापों की ही छूट दी गई थी।

7. कृषक सदस्यों द्वारा सामूहिक फार्म की सम्पत्तियों की चोरी—कृषक सदस्य सामूहिक फार्म के कृषि उपकरणों तथा यंत्रों आदि का अधिकाधिक निजी उपयोग तो करते ही थे, बीजों-उर्वरकों तथा कृषि-उपजों की भी चोरी करते थे जिससे सामूहिक फार्मों के उत्पादन एवं आय में कमी होती गयी।

निजी क्षेत्र
(Private Sector)

निजी क्षेत्र के फार्मों अर्थात् घरेलू-भूमि को भी विभिन्न श्रेणियों में विभाजित किया जा सकता है। **उपयोग की दृष्टि से निजी (या घरेलू) भूमि को तीन श्रेणियों में और उपयोग-कर्त्ताओं की दृष्टि से पाँच भागों में बाँटा जा सकता है—**

उपयोग के आधार पर निजी क्षेत्र के फार्मों या घरेलू-भूमि का वर्गीकरण—

1. घरेलू-भूमि पर निर्मित फार्म-गृह
2. बाग-बगीचे वाली घरेलू-भूमि
3. कृषि-योग्य घरेलू-भूमि।

निजी क्षेत्र या व्यक्तिगत क्षेत्र में भूमि रखने की सुविधा भी सोवियत संघ में प्रदान की गई है। इस भूमि को घरेलू-भूमि कहा जाता है। **घरेलू-भूमि के क्रय-विक्रय पर पूर्ण निषेध है। घरेलू-भूमि पर घर बनवाये जा सकते हैं। बाग-बगीचे लगाक फल-फूल उगाये जा सकते हैं और खेती भी की जा सकती है किन्तु शर्त यह है कि इस प्रकार के भूमि पर फल-फूल तथा अन्नादि निजी श्रम से ही उगाये जा सकते हैं। उन्हें किराये के श्रमिक लगाकर श्रम कराने का अधिकार नहीं है।** घरेलू भूमि पर अनेक नियंत्रण लगाये गये हैं जैसे घरेलू-भूमि पर कृषि-कर की दर सामूहिक फार्म की तुलना में दो गुनी है। घोड़ों पर भी कर देना पड़ता है। घरेलू-भूमि के उत्पादनों में से राज्य को भी अन्न-आपूर्ति करने की अनिवार्यता है। किसी प्रकार की त्रुटि होने पर भूमि पर उसका अधिकार दो वर्षों के लिए छिन जाता है और भूमि पर खड़ी फसल पर भी राज्य का अधिकार हो जाता है यद्यपि उक्त भूमि पर उन्हें अनिश्चित काल के लिए निःशुल्क अधिकार प्राप्त होते हैं। घरेलू-भूमि पर निजी खेती करने की भावना को हतोत्साहित करने के लिए ही इतने अधिक नियंत्रण लगाये गये हैं।

उपयोगकर्त्ताओं के अनुसार घरेलू भूमि या व्यक्तिगत क्षेत्र के फार्मों का वर्गीकरण—

1. सामूहिक फार्म के कृषकों की घरेलू-भूमि
2. ग्रामीण क्षेत्र में रहने वाले कर्मचारियों एवं श्रमिकों की घरेलू-भूमि

3. शहरी क्षेत्र में रहने वाले कर्मचारियों एवं श्रमिकों की घरेलू-भूमि
4. विशेष रोजगार प्राप्त व्यक्तियों की घरेलू-भूमि
5. व्यक्तिगत कृषि फार्म

1. सामूहिक फार्मों के कृषकों की घरेलू-भूमि—सामूहिक फार्मों के कृषक-सदस्यों को 1/4 हेक्टेयर से 1/2 हेक्टेयर तक ही घरेलू-भूमि प्रदान की जाती है। कुछ दशाओं में 1 हेक्टेयर भूमि देने की भी व्यवस्था है। **वह इस भूमि पर भवनादि का निर्माण करा सकता है।** इस कार्य हेतु सरकार भवन-सामग्री तथा दीर्घकालीन ऋणों की भी सुविधा प्रदान करती है। **इस भूमि पर वह बाग-बगीचे भी लगा सकता है और खेती भी कर सकता है। खेती या बागवानी के लिए किराये के श्रमिकों को लगाने तथा भूमि का किसी भी प्रकार क्रय-विक्रय करने या पट्टे पर देने पर निषेध है। कृषक-सदस्यों को यह भूमि अग्रोक्त शर्तों पर प्रदान की जाती है—(क)** वह सामूहिक फार्मों पर निश्चित अवधि तक कार्य करेगा जिससे फार्म का उत्पादन न प्रभावित हो। अतिरिक्त समय में ही वह अपनी निजी भूमि पर खेती और बागवानी करने के लिए स्वतंत्र होगा, **(ख)** घरेलू-भूमि सामूहिक फार्म की सहायक भूमि के रूप में प्रयोग की जायेगी। **(ग)** घरेलू-भूमि सामूहिक फार्म की सम्पत्ति होगी। सामूहिक फार्म पर कार्य करने में त्रुटि होने या लापरवाही करने की दशा में घरेलू-भूमि पर से अधिकार दो वर्षों के लिये छीना जा सकता है। उन्हें सीमित मात्रा में घरेलू पशु-पक्षी आदि भी पालने का अधिकार दिया गया है। वे अंडों तथा दुग्ध का भी उत्पादन कर सकते हैं और उन्हें बेचकर अपनी आवश्यकताओं को पूरा कर सकते हैं।

2. ग्रामीण क्षेत्र में रहने वाले कर्मचारियों एवं श्रमिकों की घरेलू-भूमि—ऐसे श्रमिकों को जो सामूहिक फार्म के सदस्य नहीं हैं और उद्योगों में कार्यरत या राजकीय संस्थाओं, परिवहन व्यवसायों आदि में कार्यरत हैं किन्तु सामूहिक कृषि फार्म की भूमि पर रहते हैं, उन्हें भी घरेलू उपयोग के लिए भूमि प्रदान किया गया है। इसी प्रकार अपाहिजों, पेंशन पाने वाले वृद्ध व्यक्तियों आदि को भी, जो सामूहिक फार्म की भूमि पर रहते हैं, घरेलू उपयोग के लिए भूमि दी जाती है। उन्हें सामूहिक फार्म का ही थोड़ा-थोड़ा भाग घरेलू-भूमि के रूप में मिलता है जिसका उपयोग अपने जीवनयापन के लिए करने की छूट होती है। इस श्रेणी में आने वाले केवल वे ही श्रमिक एवं कर्मचारी आदि हैं जो सामूहिक फार्म की भूमि पर रहते हैं। ऐसे लोग जो सामूहिक फार्म की भूमि छोड़कर कहीं और रहने लगते हैं उनके घरेलू-भूमि सम्बन्धी अधिकार वापस ले लिए जाते हैं।

इसके अन्तर्गत अन्य अनेक वर्ग के लोगों को, जो ग्रामीण क्षेत्र में रहते हैं, भी घरेलू भूमि प्रदान की गई है। इसके अन्तर्गत कृषि-विशेषज्ञों, पशु-चिकित्सों, प्रबन्धकों, इंजीनियरों अध्यापकों, जो सामूहिक फार्म के सदस्य नहीं हैं, को घरेलू-भूमि के उपयोग का अधिकार दिया गया है। ऐसे कर्मचारी जो राजकीय फार्म (State Farm) के कर्मचारी हैं, उन्हें राजकीय फार्मों में से घरेलू उपयोग हेतु भूमि प्राप्त होती है।

3. शहरी क्षेत्र में रहने वाले औद्योगिक कर्मचारियों एवं श्रमिकों की घरेलू-भूमि—ऐसे श्रमिक एवं कर्मचारी जो शहरी क्षेत्र के औद्योगिक इकाइयों में कार्य करते हैं उन्हें भी बाग-बगीचे आदि लगाने के लिए घरेलू-भूमि दी जाती है। उन्हें कृषिकार्य के लिए 1 से 5 वर्षो तक के लिए विशेष प्रकार की भूमि दी जाती है जिस पर ये कृषिकार्य कर सकते हैं। यदि नियोक्ता उद्योग से संलग्न सहायक फार्म पर कर्मचारी को घरेलू-भूमि प्राप्त

है तो उसे अतिरिक्त भूमि नहीं मिलेगी। उद्योग से संलग्न फार्म पर घरेलू-भूमि न प्राप्त होने पर ही इस श्रेणी के अन्तर्गत औद्योगिक कर्मचारियों एवं श्रमिकों को भूमि प्राप्त होती है। इन्हे केवल बागवानी के लिए ही भूमि प्रदान की जाती है। ये भूमि पर भवन नही बनवा सकते क्योकि उन्हें निवास के लिए सरकारी भवन प्राप्त होते हैं।

4. विशेष रोजगार प्राप्त व्यक्तियों की घरेलू-भूमि—ऐसे लोगों को भी घरेलू-भूमि प्रदान की जाती है जिनके कार्यस्थल एंव निवास स्थान में पर्याप्त दूरी होती है, अर्थात् वे कार्य-स्थल या उस संस्थान से, जहाँ वे नियुक्त हैं, दूर निवास करते हैं। ये निवास उन्हें राज्य की ओर से प्राप्त होते हैं। ये घरेलू-भूमि पर भवन का निर्माण नहीं करा सकते क्योंकि इनको भवन सरकार द्वारा प्रदान किए जाते हैं। उल्लंघन करने पर भूमि पर प्राप्त अधिकार छीन लिया जाता है। इस भूमि पर बाग-बगीचे लगाकर फल-फूल आदि उत्पन्न कर सकते हैं। इस श्रेणी के अन्तर्गत प्रायः ट्रक-मेकेनिक्स, रेल-इन्जीनियर्स, रेल-कर्मचारी तथा जल परिवहन कर्मचारी आदि आते हैं। निर्धारित उपयोग के अतिरिक्त भूमि का अन्य उपयोग या दुरुपयोग करने पर या एक उद्योग छोड़कर किसी दूसरे उद्योग में नियुक्त हो जाने पर या एक कार्य छोड़कर अन्य कार्य करने पर प्रदत्त भूमि वापस ले ली जाती है। तत्पश्चात नये रोजगार एवं कार्य के स्थान के अनुसार घरेलू उपयोग के लिए पुनः अन्य स्थान पर भूमि प्रदान किया जाता है।

5. व्यक्तिगत कृषि फार्म—उपर्युक्त चार वर्गीकरणों के अतिरिक्त व्यक्तिगत क्षेत्र में व्यक्तिगत कृषि फार्म भी है, किन्तु इनकी संख्या अब नगण्य ही है। **इनके समाप्त होने के अनेक महत्त्वपूर्ण कारण हैं।** उनमें से प्रधान कारण फार्मों पर किराये के श्रमिकों को लगाने का निषेध है। फार्म की भूमि को न तो बेचने का अधिकार था न पट्टे पर उठाने का। इन फार्मों पर केवल परिवार के सदस्यों द्वारा ही खेती की जा सकती थी। **कृषि-योग्य फार्मों के अन्तर्गत** (1) उन पर निर्मित आवास गृह (2) बाग-बगीचे और (3) कृषि-योग्य भूमि आते हैं। निजी क्षेत्र में कृषिकार्य करने के इच्छुक कृषकों को यह फार्म या भूमि निःशुल्क देने की व्यवस्था थी। किन्तु व्यक्तिगत कृषकों को सामूहिक फार्मों के दूने दर से कृषिकर देना पड़ता है तथा अनेक अन्य प्रकार के भी प्रतिबन्ध हैं। इन्हें असीमित मात्रा में पशुओं को रखने का अधिकार न था। अतिरिक्त पशुओं के लिए पर्याप्त चारा मिलना एक समस्या है। इन्हें अपने उत्पादनों को बेचते समय इस बात का प्रमाण प्रस्तुत करना पड़ता है कि उनके पास व्यक्तिगत कृषि फार्म है और विक्रय हेतु लाया गया उत्पादन इसी कृषि फार्म का है। **इतने पर भी उन्हें आदर की दृष्टि से नहीं देखा जाता है। इसलिए व्यक्तिगत कृषक एवं व्यक्तिगत कृषि फार्मों की संख्या में निरन्तर ह्रास होता गया।** आलोचकों द्वारा कहा जाता है कि **व्यक्तिगत कृषक फार्मों का अस्तित्व स्वतंत्रता का दिखावा मात्र है। सम्पूर्ण जनसंख्या में व्यक्तिगत कृषकों की संख्या मात्र 0.1 प्रतिशत ही है।**

निजी क्षेत्र के फार्मों की आलोचनाएँ—व्यक्तिगत क्षेत्र में घरेलू-भूमि के वितरण के कारण अनेक समस्या उठ खड़ी हुई और ये समस्याएँ इनकी आलोचना का प्रमुख कारण बनीं **मुख्य आलोचनाएँ निम्नलिखित हैं**—

1. घरेलू-भूमि का वितरण इन शर्तों पर हुआ था कि सामूहिक फार्मों में निर्धारित अवधि तक एवं निश्चित कार्य करने के बाद ही घरेलू-फार्म पर बाग-बगीचे लगाये जायेंगे

या कृषिकार्य किये जायेंगे। किन्तु हुआ इसके विपरीत। सामूहिक फार्म पर कम और निजी भूमि पर अधिकाधिक ध्यान दिया जाने लगा जिससे सामूहिक फार्मों के उत्पादन कम होने लगे।

2. सामूहिक फार्मों की उत्पादन-सामग्रियों एवं साधनों का घरेलू-भूमि पर अधिकाधिक उपयोग किया जाने लगा जिससे सामूहिक फार्मों में इनके समयानुसार उपयोग में कठिनाई उत्पन्न हो गई।

3. उपजों की भी चोरी होनी लगी। अतः उपजों की बिक्री करने से पूर्व घरेलू-भूमि के स्वामित्व का प्रमाण-पत्र दिखलाना अनिवार्य कर दिया गया। फिर भी चोरी रोकने के लिए यह उपाय पर्याप्त न था। उत्तम बीजों, उर्वरकों तथा रसायनों की भी चोरी होने लगी।

4. इन निजी फार्मों द्वारा उपजों को बाजार में ऊँचे मूल्यों पर बेचकर अधिकाधिक लाभार्जन किया जाने लगा। अधिक लाभ कमाने के लिए अनेक अनुचित साधन अपनाये गये। जैसे सामूहिक फार्मों की अनाधिकृत भूमि पर भी घरेलू-भूमि की तरह खेती की जाने लगी और ऐसी उपजों की भी बिक्री की जाने लगी। इसीलिए घरेलू-भूमि की उपजों को बाजार में बेचने पर प्रतिबन्ध लगाने का भी सुझाव दिया गया।

5. ये साम्यवादी नीतियों के अनुरूप नहीं थे। अतः इनको समाप्त करने की माँग समय-समय पर बराबर उठती रही। इसका अन्य कारण घरेलू-भूमि के वितरण में भी अनियमितता तथा भेदभाव रहा।

6. घरेलू-भूमि पर पशुओं को पालने की भी छूट दी गई थी जिससे चारे की समस्या उठ खड़ी हुई। इन पशुओं के लिए भोजन या चारा कोई नहीं बेचता था। केवल कुछ सम्पन्न सामूहिक फार्म ही अपने कृषक-सदस्यों को चारा तथा अन्य पशु-आहार आदि दिया करते थे। पशुपालन का साम्यवादी अधिकारियों ने भी विरोध किया जिससे पशु पालन व्यवसाय भी अविकसित रहा।

संक्षेप में सोवियत कृषि सामूहिक और राजकीय प्रक्षेत्रों (farms) के आधार पर संगठित हैं जिन्हें क्रमशः कोलखोज (Kolkohz) **और सोखोज** (sovkhoz) **कहा जाता है।** 1970 में सोवियत रूस में 33200 कोलखोज और 14958 सोखोज थे। प्रत्येक कोलखोज औसतन 433 परिवारों (household) अथवा दुआर (duors) तथा 6100 हेक्टर का था और प्रत्येक सोखोज 21000 हेक्टयर का था। 1968 में सोखोज में कुल जमीन 655 मिलियन हेक्टर थी, कोलखोज के अन्दर 388 मिलियन हेक्टर और गैर सरकारी क्षेत्र में कुल केवल 8.6 मिलियन हेक्टर जमीन थी। **सोवियत रूस में अनाज के गैर-सरकारी व्यापार के लिए कोई महत्त्वपूर्ण अंश तक अनुमति नहीं दी जाती रही है।** इसलिए नगरी क्षेत्रों में अनाज का वितरण सरकार का उत्तरदायित्व रहा है। सरकार अनाज की पूर्ति सामूहिक और राजकीय प्रक्षेत्रों के विकास को प्रोत्साहित करके करती रही है। इस कारण सामूहिक कृषि और राजकीय कृषि प्रक्षेत्रों से सरकार को कृषि वस्तुओं की पूर्ति का अनुपात बहुत ही बदल गया है। 1940 में सरकार द्वारा जितने कुछ अनाज खरीदे गये थे उसमें 90 प्रतिशत अनाज कोलखोज से प्राप्त हुए थे जबकि 1963 में सरकार को कुल अनाज की पूर्ति में कोलखोज का अंश घटकर 63 प्रतिशत और 1970 में 50 प्रतिशत रह गया था। दूसरी ओर सोखोज और अन्य राजकीय खेतों का अंशदान 1940 में मात्र 10 प्रतिशत से बढ़कर 1970 में 50 प्रतिशत हो गया था।

कोलखोज और सोखोज दोनों ही लोक क्षेत्रीय संगठन हैं। इन दोनों में अन्तर अंशतः इनकी व्यवस्था के ढर्रे और में अंशतः इनके उत्पादन और आय के वितरण की रीति में निहित है। **सामूहिक खेतों का संगठन सहकारिता के आधार पर होता है और सरकार को दी जानेवाली रकम को निकाल देने के बाद जो आमदनी बचती है उसको इनके सदस्यों के बीच उनके श्रम के अंशदान के आधार पर बाँट दिया जाता है।** इस प्रकार प्राविधिक रूप में सामूहिक कृषि के सदस्य स्वनियोजित होते हैं और वे लाभ-हानि जोखिम में हिस्सा बँटाते हैं। **किन्तु जो लोग राजकीय कृषि प्रक्षेत्रों में काम करते हैं उन्हें सरकारी कर्मचारी माना जाता है और उन्हें मजदूरी मिलती है।** इन प्रक्षेत्रों में भूमि-सुधार के लिए निवेश करने और मशीनरी, बीज, खाद, कीटनाशक दवाओं आदि की व्यवस्था करने के लिए कार्यशील पूँजी की व्यवस्था करने का उत्तरदायित्व सरकार का होता है। **जो कुछ उत्पादन होता है वह सरकार का होता है।** सामूहिक और राजकीय कृषि प्रक्षेत्र मिलकर सोवियत रूस में लगभग सम्पूर्ण अनाज उत्पादन के लिए उत्तरदायी हैं क्योंकि गैर सरकारी क्षेत्र का हिस्सा नगण्य है।

सोवियत रूस में कृषि उत्पादन

सोवियत रूस में वार्षिक औसत अन्न उत्पादन 1949 और 1953 के बीच 81 मिलियन टन था। 1954-58 तक यह बढ़कर 110 मिलियन टन, 1961 में 130 में 130.79 मिलियन टन, 1962 में 140 मिलियन टन हो गया। 1963 में यह बहुत घटकर केवल 107.5 मिलियन टन ही रह गया लेकिन अगले वर्ष 1964 में पुनः बढ़कर 142 मिलियन टन हो गया। 1965 में पुनः फसलों की विफलता हुई और उत्पादन घटकर 121 मिलियन टन हो गया। अगले 5 वर्षों तक अन्न उत्पादन की लगातार वृद्धि जारी रही और 1970 में उत्पादन बढ़कर 180 मिलियन टन हो गया। फसलों की विफलता का दूसरा क्रम फिर उपस्थित हुआ। 1971 में अनाज का कुल उत्पादन 181 मिलियन टन हुआ और 1972 में 172 मिलियन टन। **1973 में अन्न उत्पादन 222.5 मिलियन टन हुआ जो एक कीर्तिमान था।** किन्तु 1974 में यह पुनः घटकर 195.6 मिलियन टन हो गया। 1975 में योजना लक्ष्य 215 मिलियन टन अनाज उत्पादन का रखा गया था किन्तु वास्तविक उत्पादन 170 मिलियन टन से भी कम हुआ।

1967 की दशाब्दी के मध्य तक सोवियत संघ न केवल अपनी खाद्य आवश्कताओं को ही पूरा करने में समर्थ था वरन् उसके पास पूर्वी यूरोपीय साम्यवादी देशों में निर्यात करने के लिए आधिक्य भी था। 1972 में पाश्चात्य देशों विशेषकर संयुक्त राज्य अमेरिका से बड़े पैमाने पर अनाज का आयात प्रारंभ हुआ जब एक वर्ष के अन्दर ही लगभग 30 मिलियन टन अनाज का आयात किया गया। तब से सोवियत रूस विश्व का सबसे बड़ा वार्षिक अन्न आयातक देश बन गया है। इसका अर्थ आवश्यक रूप से यह नहीं कि सोवियत रूस में अनाज की पूर्ति का अभाव बढ़ रहा है बल्कि यह आयातों के प्रति धारणाओं में परिवर्तन का परिणाम भी हो सकता है। संभव है कि उत्पादन में कमी होने पर अनाज के वितरण में कड़ाई करने, जैसा कि भूतकाल में रूस में होता रहा था, के बदले अब रूसी नेता आयातों की सहायता से जनता के ऊँचे जीवनमान को बनाये रखने की अनुमति देने की एक अधिक उदार नीति अपना रहे थे। पिछले 6 वर्षों में उत्पादन प्रवृत्तियों और प्रति व्यक्ति उपभोग पर एक दृष्टिपात इस धारणा को दृढ़ करता है।

रूसी कृषि उत्पादन में उतार-चढ़ाव
(Vicissitudes in Agricultural Production)

रूसी कृषि उत्पादन में अनेक उतार-चढ़ाव आए हैं और आज भी इसमें स्थिरता नहीं आ पायी है। पिछली कुछ समय में सोवियत रूस में अनाज की कमी का अनुमान 80 मिलियन टन लगाया गया है। यदि यह वर्तमान कमी भंयकर रूप में विनाशकारी मानी जाय तो लेनिन को इससे भी भयंकर अकाल की स्थिति का सामना 1921-22 में करना पड़ा था जब रूस में भयंकर अकाल की स्थिति उत्पन्न हो गई थी। किन्तु उसने विदेशी सहायता खोजना अस्वीकार कर दिया था और अनाज की सहायता के लिए **अमेरिका रिलीफ सोसाइटी के तत्कालीन अध्यक्ष हरवर्ट हूव्हर** (Herbert Hoover) **से मानवता के नाम पर अपील करने का काम विश्वविख्यात रूसी लेखक मैक्सिम गोर्की** (Maxim Gorky) **के ऊपर छोड़ दिया गया था।** 1928 में प्रथम पंचवर्षीय योजना के प्रारंभ में रूस में पुनः अन्न संकट उपस्थित हुआ था जो युद्धकालीन अनिवार्य अधिग्रहण नीति (compulsory procurement policy) की ओर पुनः लौट आने में प्रतिफलित हुआ था। यह संकट साम्यवादी दल द्वारा कृषि अर्थ व्यवस्था की दोषपूर्ण व्यवस्था और अयथार्थवादी अधिग्रहण मूल्य नीतियों (unrealistic procurement price policies) के कारण उत्पन्न हुआ था। किन्तु इसके लिए दोष कुलक वर्ग अथवा धनी कृषकों की क्रियाओं पर थोप दिया गया था और इसका समाधान कृषि के बलपूर्ण समूहीकरण में खोजा गया था जिसका अर्थ अन्ततः कृषि कार्य का बड़े पैमाने के व्यावसायिक संगठन में परिवर्तन हुआ था। व्यापक समूहीकरण की गति 1929 से 1932 के बीच तूफानी थी। जून 1929 में 3.9 प्रतिशत किसानों को ही समूहीकृति किया जा सका था जबकि 1932 में यह प्रतिशत भयानक गति से बढ़कर 60 हो गया था जो 200000 सामूहिक खेतों में संगठित किये गये थे और जिनके अन्दर कुल कृषित क्षेत्र का 77 प्रतिशत आ गया था। 1937 तक 69 प्रतिशत कृषक परिवार सामूहिक कृषि अर्थात् कोलखोज के अन्दर ला दिये गये थे।

इस समूहीकरण के पीछे दर्शन यह था कि समाजवादी राज्य में औद्योगिक क्षेत्र में निवेश करने के लिए बचत (surplus) **भूमि और श्रम को सरकार द्वारा चूसने निचोड़ने से प्राप्त होनी चाहिए।** कृषकों पर ऐसा दबाव परम्परागत कृषि व्यवस्था की अपेक्षा सामूहिक कृषि व्यवस्था में अधिक आसान होगा। **अतएव सामूहिक कृषि में दो लाभ प्राप्त करने की आशा की गयी थी। पहला** तो यह कि एक ही चोट में यह कृषि व्यवस्था पूँजीवाद के उन सभी शेष चिह्नों को धो डालेगी जो अक्तूबर क्रांति के बाद भी अभी तक बचे हुए थे। **दूसरा** यह कि खेतों के आकार बढ़ जायेंगे और उनके बड़े आकार कृषि के यंत्रीकरण, आधुनिक व्यावसायिक तरीकों और व्यवस्थापकीय निपुणता के प्रयोग को सहूलियत देंगे जिससे कि न केवल खेती की उत्पादकता ही बढ़ पायेगी बल्कि मितव्ययता प्राप्त करने में भी सहायता मिलेगी। किन्तु वास्तव में जो निर्णायक तर्क समूहीकरण के पक्ष में था वह था नगरी क्षेत्रों और गैर कृषि जनता के बीच अनाज के वितरण के लिए सरकार को अनाज की पूर्त्ति प्राप्त करने में सुविधा और सरलता।

इस समूहीकरण और उसकी तुफानी गति का अत्यन्त ही भंयकर प्रभाव कृषि उत्पादन पर पड़ा जो बहुत ही घट गया। किन्तु समूहीकरण द्वारा उत्पन्न प्रारंभिक विनाशलीला के

बाद कृषि-उत्पादन धीरे-धीरे पुनः बढ़ने लगा। 1930 में 83.5 मिलियन टन के उच्चतम उत्पादन से कृषि-उत्पादन 1932 में घटकर केवल 66 मिलियन टन रह गया था जो क्रांति के बाद के काल में सबसे कम था। इसके बाद उत्पादन बढ़कर 1935 में 76.6 मिलियन टन और 1937 में 96 मिलियन टन हो गया। कृषि उत्पादन के लिए द्वितीय विश्वयुद्ध के पहले का यह सबसे अच्छा वर्ष सिद्ध हुआ था। 1939 में कृषि-उत्पादन 82 मिलियन टन था। द्वितीय विश्वयुद्ध ने उद्योगों पर गंभीर प्रभाव डाला था किन्तु कृषि पर उससे भी अधिक गंभीर। युद्ध के तुरन्त बाद सरकार का ध्यान शीत युद्ध के कारण उद्योगों के पुनर्निर्माण और प्रतिरक्षा पर केन्द्रित रहा और कृषि पर अपेक्षित ध्यान नहीं दिया जा सका।

स्तालिन ने सोवियत देहाती क्षेत्रों को दरिद्रता की अवस्था में छोड़ दिया। अनाज का उत्पादन उसके लिए माँग की तुलना में पीछे पड़ रहा था और पशुधन क्रांति के पहले की अवस्था से भी कमजोर हो रहा था। किन्तु **मेलंकव्ह, जो स्तालिन के अन्दर कृषि की देखरेख कर रहा था, ने 1952 में हुए साम्यवादी दल के सम्मेलन और 1953 में सुप्रीम सोवियत के सम्मेलन में दावा किया कि अनाज की समस्या का समाधान हो गया है। स्तालिन की मृत्यु के तुरन्द बाद सोवियत कृषि संकट ने नेताओं के बीच एक गंभीर विवाद उत्पन्न कर दिया। तभी से सोवियत नेताओं का राजनीतिक भाग्य, अन्य बातों के अतिरिक्त, कृषि उत्पादन में उतार-चढ़ाव के साथ जुड़ गया है।**

स्तालिन की मृत्यु के 6 महीने बाद सितम्बर, 1953 में साम्यवादी दल की केन्द्रीय समिति की वार्षिक बैठक में **ख्रुश्चेव** ने कृषि-उत्पादन को बढ़ाने के प्रयास में वित्तीय सहायता और उत्प्रेरणाओं का कार्यक्रम प्रस्तुत किया। उस कार्यक्रम में बढ़ी हुई मात्रा में राजकीय निवेश, निम्नतर अदायगी अभ्यंश (lower delivery quota) और पशु उत्पादों (live-stock products) के लिए ऊँचे क्रय मूल्य की व्यवस्था थी—ऐसे उपायों की व्यवस्था जो उनके विचार में सामूहिक कृषि प्रक्षेत्रों की आय को अरबों रूबल बढ़ा देगी। चार महीनों बाद **सेन्ट्रल कमिटी प्रैसीडियम के पास भेजी गयी एक टिप्पणी में ख्रुश्चेव ने मेलंकव्ह** (Malenkov) **पर यह दावा करते हुए प्रहार किया कि 1953 में इतना कम अनाज पैदा किया गया था कि अनेक वर्षों के बाद पहली बार सरकार को अपने कोषों से धन निकालना पड़ा था।** उन्होंने देश के पूर्वी क्षेत्रों में अकृषित पड़ी लाखों हेक्टर जमीन पर अनाज बोने के कार्यक्रम को स्वीकार करने के लिए कहा। इस कार्यक्रम को सेण्ट्रल कमिटी की वार्षिक बैठक में स्वीकार कर लिया गया। अतः कृषित भूमि के क्षेत्र में विस्तार किया गया। इसके साथ ही मौसम भी ठीक रहा। इन दोनों कारणों से अन्न के उत्पादन पर तुरन्त अनुकूल प्रभाव पड़ा। अनाज का उत्पादन 1953 में 82.5 मिलियन टन से बढ़कर 1954-58 के बीच औसतन 110.3 मिलियन टन प्रतिवर्ष हो गया। 1955 में कृषि-उत्पादन ने एक कीर्तिमान स्थापित किया था। 1958 में भी कृषि-उत्पादन बहुत अच्छा हुआ था। ऐसा लग रहा था कि सोवियत संघ न केवल कृषि संकट से उबर ही गया है बल्कि वह शीघ्र ही संयुक्त राज्य अमेरिका के कृषि उत्पादन स्तर को छू लेगा और अन्ततः उससे आगे भी चला जायेगा। **खश्चेव ने 1958 में प्रतिज्ञा की कि कृषि के लिए सात वर्ष के लिए निर्धारित लक्ष्य दो-तीन वर्षों में ही पूरे कर लिए जायेंगे।**

किन्तु वस्तु-स्थिति इसके विपरीत रही। अनाज का उत्पादन बढ़कर 1962 में

140 मिलियन टन अवश्य हो गया था किन्तु 1963 में यह तेजी के साथ गिरकर केवल 107.5 मिलियन टन रह गया। 1964 में यह फिर बढ़कर 152 मिलियन टन हुआ किन्तु 1965 में घटकर 121 मिलियन टन हो गया। दूसरे वर्ष 1966 में यह बढ़कर 171 मिलियन टन हुआ किन्तु 1967 में घटकर 148 मिलियन टन हो गया। यह पुनः बढ़कर 1968 में 169 मिलियन टन, 1970 में 183 मिलियन टन, 1971 में 181 मिलियन टन हुआ किन्तु 1972 में पुनः घटकर 172 मिलियन टन हो गया। 1973 में यह बढ़कर 222.5 मिलियन टन हुआ किन्तु 1974 में पुनः घटकर 195.6 मिलियन टन हो गया और 1975 में केवल 179 मिलियन रह गया।

स्पष्ट है कि **सोवियत कृषि उत्पादन में अनेक उतार-चढ़ाव आते रहे हैं और आज भी यह अस्थिर, ही है। फिर भी उल्लेखनीय है कि पिछली दशाब्दी के उत्तरार्द्ध में सोवियत कृषि के उतार-चढ़ाव के बावजूद इसका विकास निरन्तर आगे ही बढ़ता रहा है। उत्पादन बढ़ा है और जब घटा है तो पिछले वर्ष के स्तर से ऊपर बढ़ता रहा है। कृषि के इस निरन्तर विकास ने ब्रेजनेह्व को शक्ति सत्ता की चोटी पर पहुँचा दिया था। ब्रेजनेह्व को श्रेय दिया जाना चाहिए कि उसने सोवियत कृषि के चिरस्थायी संकट से निपटने के लिए व्यावहारिकता, यथार्थवादिता और अनुभविकता का परिचय दिया।** उसने कृषि-उत्पादन को बढ़ाने के उद्देश्य से कृषि योजनाओं में बड़ी राशि में निवेश करने के लिए कदम उठाया। साथ ही उसने देश के अन्दर अनाज और अन्य कृषि वस्तुओं की माँग और पूर्ति के बीच अन्तर को पाटने के लिए उनका आयात करने का साहसी कदम भी उठाया।

कृषि नीति में परिवर्तन
(Swings in Agricultural Policy)

रूसी सरकार की कृषि-नीति में उल्लेखनीय परिवर्तन हुए हैं। **स्तालिन के शासनकाल में कृषि लगभग पूर्ण उपेक्षा की गयी थी और उद्योगों के विकास के लिए साधन जुटाने के माध्यम के रूप में कृषि-क्षेत्र को एक तरह से चूसा जा रहा था। किन्तु स्तालिन के उत्तर काल में और विशेष खुश्चेव के सत्तारूढ़ होने के बाद कृषि विकास के लए पूर्ण ध्यान दिया जाने लगा। ब्रेजनेव के शासनारूढ़ होने के बाद कृषि को और भी अधिक महत्त्व प्राप्त हुआ।** पिछले कुछ वर्षों में कृषि क्षेत्र में सरकारी निवेश बहुत बढ़ गया है। उदाहरण के लिए 1966-70 के बीच कृषि-क्षेत्र में वार्षिक निवेश औसतन 16,400 मिलियन रूबल का हो रहा था जबकि 1971 में यह पूँजी निवेश बढ़कर 21900 मिलियन रूबल, 1972 में 23900 मिलियन रूबल, 1973 में 25800 मिलियन रूबल और 1974 में 28,000 मिलियन रूबल तक पहुँच गया। ये निवेश मुख्यतः कृषित क्षेत्र में विस्तार, बंजर भूमि के उद्धार, ट्रैक्टरों और अन्य कृषि-यंत्रों तथा उपकरणों की पूर्त्ति में वृद्धि, अतिरिक्त संचय सुविधाओं की व्यवस्था, रासायनिक खाद और उर्वरकों आदि जैसी अन्य कृषि अदाओं (inputs) की व्यवस्था, संरक्षण की सुविधाओं की व्यवस्था आदि के लिए किए जा रहे हैं। 1973 में नयी सिंचित जमीन 980,000 हेक्टर थी। 1974 के बजट में 6900 मिलियन रूबल का आवंटन भूमि-उद्धार के लिए किया गया था। इसमें बड़े-बड़े शहरों और औद्योगिक केन्द्रो के इर्द-गिर्द सरकार की खेती के लिए सिंचित भूमि पर विशेष ध्यान दिया गया। 1973 में खेती के काम आने

वाले ट्रैक्टरों की कुल संख्या 22 लाख तक पहुँच गयी थी। यह संख्या 1970 में ट्रैक्टरों की संख्या से 10 प्रतिशत अधिक थी। 1973 में खाद उर्वरकों की पूर्ति 58 मिलियन टन थी जो पिछले वर्ष से 8 प्रतिशत अधिक थी।

इस बीच यूरोपीय सोवियत रूस के उत्तरी मध्य भागों अर्थात् RSFSR के गैर-काली मिट्टी क्षेत्र के विकास के लिए 1976 से 1990 तक की अवधि के लिए एक 15 वर्षीय योजना बनायी गयी। इस योजना के अन्तर्गत 29 प्रान्त (oblats) और स्वायत्त गणतंत्र शामिल हैं जिनमें खेती में लगी भूमि 52 मिलियन हेक्टर और कृषि योग्य भूमि 32 मिलियन हेक्टर (कृषि योग्य भूमि का 14 प्रतिशत) है। भूतकाल में इस क्षेत्र में सापेक्षतः दयनीय मिट्टी अवस्थाओं के कारण भूमि-साधनों का पूरा प्रयोग नहीं किया जा पाता था। इस कार्यक्रम का उद्देश्य कृषि विकास को उद्योग के साथ अखंड रूप में जोड़ना है। अन्न का उत्पादन उत्पादन दर में वृद्धि और फसलों के अन्दर जमीन में वृद्धि के द्वारा बढ़ाया जाना है। आलू और तरकारियों के उत्पादन में वृद्धि विशिष्टीकृत प्रक्षेत्रों की स्थापना के द्वारा की जायेगी जो समीप स्थित औद्योगिक जनसंख्या की आवश्यकताओं की पूर्ति करेंगे। चुकन्दर की खेती को प्रोत्साहित किया जायेगा और इसे चीनी कारखानों के समीप वाले फार्मों में केन्द्रित किया जायेगा। पशु-पदार्थों का उत्पादन बड़े संगठनों के आधार पर संगठित किया जायेगा और उनके उत्पादन में पर्याप्त वृद्धि की जायेगी।

इन सभी कृषि-उत्पादनों में वृद्धि के कार्यक्रमों को पूरा करने के लिए बड़ी मात्रा में निवेश किये जायेंगे। 1976-80 के बीच की अवधि में कृषि के क्षेत्र में 350,000 मिलियन रूबल का निवेश किया जाना,120 मिलियन टन खनिज उर्वरक,380,000 ट्रैक्टर,94000 ग्रेन कम्बाइन और 230,000 ट्रकों की उपलब्धि की जानी थी। भूमि-उद्धार पर विशेष जोर दिया जाना था। 1975 से 1990 के बीच 9.10 मिलियन हेक्टर जमीन के लिए नालियों की व्यवस्था की जानी थी,2.25 मिलियन हेक्टर जमीन के लिए सिंचाई की व्यवस्था की जानी थी 23 मिलियन हेक्टर पर अम्ल मिट्टियों के नूनाकरण (liming of acid soils) की व्यवस्था की जानी थी।

राजकीय खेतों की कार्यकुशलता को बढ़ाने के लिए 1967 से लागत-लेखा प्रणाली कार्यशील है। इसका उद्देश्य इन फार्मों को इतनी आय अर्जित करने में समर्थ बनाना है जो व्यय को पूरा कर कुछ लाभ छोड़ सकें। 1973 तक कुल 16000 राजकीय फार्मों में से 8000 फार्म इसी व्यवस्था के अन्दर काम कर रहे थे। 1974 में 5000 और ऐसे फर्म इसी प्रणाली के अन्दर काम करने लगे। 1975 के अन्त तक सभी राजकीय फार्म इसके अन्दर आ गए।

राजकीय फार्मों की क्रियाओं के सहायक और उनके बाहर की क्रियाओं के लिए सहकारिताओं को प्रोत्साहन दिया जायगा। कोलखोज और सोवखोज अनेक वर्षों तक जारी रहेंगे किन्तु प्राविधिक आदाओं में वृद्धि और विभिन्न सहकारी संघों के द्वारा उन्हें मजबूत बनाया जायेगा। ऐसे संघों की स्थापना और अत्यन्त उद्योगीकृत फार्म उपक्रम वर्तमान सोवियत कृषि नीति के मूल तत्त्व हैं।

सोवियत रूस के आर्थिक विकास के भावी ढर्रे को आधिकारिक तौर पर कृषि औद्योगिक एकीकरण कहा गया है। इस ढर्रे को **नीचे लिखी सारिकाओं पर** विकसित होने की आशा की जाती है--

1. कृषि और औद्योगिक (और कभी-कभी व्यापारी भी) संघटनों के बीच सम्पर्क में वृद्धि। इनमें से प्रत्येक या तो स्वायत्त होगा अथवा एक कृषि-उद्योग मिश्रित संगठन समूह में विलीन होगा जिसके लिए केन्द्रीय व्यवस्था होगी।

2 अत्यन्त उद्योगीकृत बड़े-बड़े जोत जिनमें उत्पादन के सभी रूप और प्रक्रियाएँ शामिल होंगी।
3. पहले से ही विद्यमान कोलखोज और सोवखोज में कारखानों का संगठन अथवा ऐसे कारखानों की संयुक्त फार्म आधार पर स्थापना।

विकास यह ढर्रा कहाँ तक सोवियत कृषि-प्रणाली की मूल कमजोरियों पर विजय पा सकेगा यह अभी देखना है। **कृषि और उद्योग के लिए निधियों के आवंटन में संतुलन को ठीक कर देने मात्र से ही सभी कठिनाइयाँ दूर नहीं हो पायेंगी। कृषि मूल्यों, सामूहिक और राजकीय फार्मों के आकार और कृषि-व्यवस्था की प्रणाली और ढाँचे के संबंध में व्यावहारिक नीतियाँ भी आवश्यक हैं।** साथ ही, उत्प्रेरणा की व्यवस्था करने के लिए बाजार शक्तियों को क्रियाशील होने देनें का भी प्रश्न उठता है। संकेत मिल रहे हैं कि **''एक पूरी पीढ़ी तक आर्थिक परिणामों के साथ प्राथमिक रूप से एक राजनीतिक विषय बने रहने के बाद सोवियत कृषि अब राजनीतिक अंगों के साथ प्रमुखतः एक आर्थिक समस्या में बदल गयी है।''[1] जिस सीमा तक आर्थिक निर्णयों को प्रभावित करने के लिए राजनीतिक भाव-भंगिमा को छूट दी जायेगी वही अन्ततः इस नयी योजना की सफलता को निर्धारित करेगी।**

सोवियत कृषि में संकट और उतार-चढ़ाव के कारण
(Causes of the Crisis and Vacissitudes in Soviet Agriculture)

अब हम सोवियत कृषि में बार-बार उत्पन्न होने वाले संकटों और गंभीर उतार-चढ़ाव के कारणों को स्पष्ट करने की स्थिति में आ गये हैं। पिछली पंक्तियों के वर्णन से स्पष्ट है कि सोवियत कृषि आज भी अस्थिरता और अन्य अनेक दोषों से परिपूर्ण है। **न केवल उत्पादन कम और अनिश्चित होता है बल्कि उत्पादन की दर आज भी बहुत कम बनी हुई है।** 74 वर्षों के समाजवादी विकास के बावजूद सोवियत रूस कृषि-उत्पादन और यहाँ तक खाद्यान्न-उत्पादन के मामले आत्मनिर्भर नहीं बन पाया। इस तथ्य के बावजूद कि सोवियत रूस के पास सम्पूर्ण विश्व के भू-क्षेत्रफल का लगभग 17 प्रतिशत है जबकि सम्पूर्ण विश्व की जनसंख्या का लगभग 6 प्रतिशत ही उसके पास है। यदि निरपेक्ष रूप में विचार नहीं कर सापेक्ष रूप से विचार किया जाय और इसकी तुलना संयुक्त राज्य अमेरिका के साथ जिसके पास सम्पूर्ण विश्व के कुल भू-क्षेत्रों का केवल 7 प्रतिशत ही है और सम्पूर्ण विश्व की जनसंख्या के लगभग 6 प्रतिशत से कुछ ही कम है, की जाय तो रूसी कृषि की अवस्था अत्यन्त ही दनयीय मालूम पड़ेगी। **संयुक्त राज्य अमेरिका की तुलना में सोवियत रूस में न केवल उत्पादित अनाज की मात्रा ही बल्कि उसकी उत्पादकता भी बहुत कम है।** उत्पादन की मात्रा के साथ आदा (input) की मात्रा पर भी ध्यान रखा जाना चाहिए। संयुक्त राज्य अमेरिका में खेती करने वालों की संख्या 4.3 मिलियन है जबकि सोवियत रूस में 37 मिलियन अनाज का प्रति कृषक उत्पादन संयुक्त राज्य अमेरिका में 50.8 मीटरीक टन है जबकि सोवियत रूस में मात्र 5.3 मीटरिक टन ही। **अनाज उत्पादन की प्रति एकड़ मात्रा संयुक्त राज्य अमेरिका में 1.41 मीटरिक टन है जबकि सोवियत रूस में केवल 0.63 मीटरिक टन ही। क्यों ?**

1. ".......after having been for a whole generation primarily a political issue with economic consequences, Soviet agriculture has now turned into a mainly economic problem with political overtones."

सोवियत प्रणाली के समर्थक इसका कारण प्राकृतिक शक्तियों के नृत्य में खोजते हैं—एक अन्तर्विरोधी तर्क क्योंकि साम्यवाद और प्राकृतिक शक्तियों की क्रियाशीलता की स्वतंत्रता एक-दूसरे की विरोधी धारणाएँ हैं। **रूस और साम्यवाद के हिमायती बतलाते हैं कि सोवियत कृषि की अस्थिरता, संकट और कम उत्पादकता का मूल कारण रूसी साम्यवादी व्यवस्था और उसके दोष नहीं बल्कि प्रकृति की चपलता है।** इनके अनुसार सोवियत कृषि कुछ सीमा तक प्रकृति की चपलता पर, उसकी अनिश्चितता पर निर्भर है जबकि उनके तर्कों के अनुसार अमेरिकी कृषि प्राकृतिक प्रकोपों से मुक्त है। इन लोगों के विचार में सोवियत रूस की कृषि लायक जमीन का लगभग 3/4 बहुधा अनावृष्टि और पाला का सामना करता रहा है जबकि संयुक्त राज्य अमेरिका में कुल कृषित भूमि का केवल 1 प्रतिशत ही ऐसी घटनाओं का सामना करता है। इस प्रकार समस्याओं के लिए उत्तरदायी सरकार और सरकारी नीति तथा राजनीतिक सामाजिक व्यवस्था नहीं है बल्कि प्रकृति है। किन्तु **फिर प्रश्न उठता है, साम्यवाद प्रकृति की चपलता पर आज तक नियंत्रण क्यों नहीं कर लिया है जबकि वह अमेरिका की बराबरी का और चन्द्र-मंगल लोक की यात्रा का स्वप्न देखता रहा है? वह सारी दुनिया पर साम्यवाद के विस्तार और अधिकार का केवल स्वप्न ही नहीं देखता रहा, सक्रिय प्रयास भी करता रहा है।** इसका वह स्वप्न यदि पूरा हो पाया तो क्या यह प्रकृति की चपलता सारे विश्व में नहीं फैल जायेगी ? **क्या भारत में अमेरिका के भूतपूर्व राजदूत डैनियल पेट्रिक मनिहन** (Daniel Patrick Moynihan) **का यह कथन सही नहीं सिद्ध होगा कि ''यदि सहारा रेगिस्तान को साम्यवादी अपने नियंत्रण में लें लेंगे तो सारे विश्व में बालू का अभाव हो जायेगा।''** (If communist took over the Sahara, there would be a shortage of sands all over the world ?)

तथ्य यह है कि रूसी कृषि की विफलता के कारण प्राकृतिक तत्त्व नहीं बल्कि मानवीय, आर्थिक, राजनीतिक और सामाजिक हैं। 6 नवम्बर, 1975 को क्रेमलिन की 58वीं वर्षगाँठ समारोह के अवसर पर प्रस्तुत एक प्रतिवेदन में सोवियत साम्यवादी दल के पोलित ब्यूरो सदस्य और बाद में सोवियत रूस के **रक्षामंत्री ए॰ ई॰ पेल्से** (A. E. Pelshe) ने बतलाया था कि **''जबकि अक्टूबर क्रांति के बाद 58 वर्षों के अन्दर औद्योगिक उत्पादन 203 गुना बढ़ गया है तो उसी अवधि में कृषि उत्पादन 2½ गुना से भी कम बढ़ पाया है।'' उद्योग और कृषि की विकास-दरों में इस महान अन्तर को सोवियत कृषि संकट का एक गंभीर कारण कहा जा सकता है।**

किन्तु यह भी पूर्ण विश्लेषण नहीं है और यह तर्क भी उन कारणों को पर्याप्ततः स्पष्ट नहीं कर पाता जो सोवियत रूस में समय-समय पर अक्सर ही खाद्य-संकट उत्पन्न करते हैं।

वर्तमान समय में सोवियत रूस में खाद्यान्न अभाव का अनुमान 80 मिलियन टन लगाया गया है। यदि इस वर्तमान अभाव को प्रलयंकर माना जाय तो, जैसा कि बतलाया जा चुका है, **लेनिन को 1921-22 में इससे भी गंभी संकट का सामना करना पड़ा था। किन्तु उसने विदेशी सहायता लेना अस्वीकार कर दिया था और सहायता के**

लिए अमेरिका रिलीफ सोसाइटी के तत्कालीन अध्यक्ष हरबर्ट हूवर (Herbert Hoover) **के अपील करने का काम विश्वविख्यात रूसी लेखक मैक्सिम गोर्की** (Maxim Gorky) **के ऊपर छोड़ दिया गया था।** अमेरिका ने उस समय भी रूस की सहायता की थी मानवता के नाम पर। **खाद्यान्न के मोर्चे पर सोवियत रूस की बारम्बार असफलता का मूलभूत कारण कृषक वर्ग के प्रति साम्यवादी धारणा** (communist attitude towards the peasantry) **है। यह धारण कार्ल मार्क्स की उस धारणा के प्रति अधैर्य** (impatience) **के ही संगत हैं जिसे उसने 'ग्रामीण मूढ़ता'** (rural idiocy) **कहा है।**

1921-22 के अकाल में निहित खतरे के संकेत को चतुर और व्यवहार-कुशल लेनिन ने पढ़ लिया था और उसने नवीन आर्थिक नीति की घोषणा करने का साहस बटोरा था जिसके अन्तर्गत कृषकों को अपनी जमीन पर लाभ कमाने की भावना (profit motive) के साथ खेती करने की छूट दी गई थी। **उसने यह भाँप लिया था कि ''मूल्य उत्प्रेरणा पर आधारित अधिग्रहण नीति क्रूर-विवशता पर आधारित नीति की तुलना में अधिक प्रभावकारी हो सकती है।''** (Procurement policy based on incentive is likely to be more effective than one based on coersion.) **किन्तु स्तालिन ने इस उदार नीति को उलट दिया** और बलपूर्ण समूहीकरण की अपनी नीति को निर्भय रूप से निर्मम गति के साथ लागू किया। **किसी भी कृषक विरोध को क्रूरता के साथ दवा दिया गया। किन्तु कृषकों ने निष्क्रिय प्रतिरोध द्वारा इसका प्रतिशोध किया।** इसका परिणाम 1932-33 का भंयकर विनाशकारी अकाल था।

कृषकों के प्रति साम्यवादी धारणा के अतिरिक्त कृषकों को कोलखोज और सोवखोज में जबरदस्ती ठूँस दिया जाना भी बारम्बार उत्पन्न होने वाले खाद्यान्न अभावों का एक महत्त्वपूर्ण कारण है। जबतक रूसी कृषकों को अपने कठोर परिश्रम के फलों के कुछ तर्कसंगत अंश को अपने पास रखने और उसका आनन्द लेने की छूट नहीं मिलेगी तब तक वे बस उतना ही उत्पादन करेंगे जितना उनके गुजर-बसर के लिए पर्याप्त है, अधिक नहीं। यदि उन्हें उत्प्रेरणाएँ दी जायेंगी तो वे निश्चय ही सरकार के द्वारा निर्धारित लक्ष्यों को पूरा करने के लिए भरपूर प्रयास करेंगे।

अतः **सोवियत रूस में कृषि की विफलता का सर्वाधिक महत्त्वपूर्ण कारण आर्थिक नहीं वरन् सामाजिक-राजनीतिक है। कृषक महसूस नहीं कर पाते हैं कि वे कोलखोज में मालिक हैं। वे अपने को मजदूर से अधिक नहीं समझ पाते।** इसलिए वे अनिच्छा के साथ काम करते हैं, अन्यमनस्क भाव से काम करते हैं, न कि पूरी लगन के साथ, मन लगा कर। जब तक ऐसा रहेगा और जबतक कोलखोजों को स्वायत्त और जनतंत्रीय आधार पर संचालित संस्थाओं में रूपान्तरित नहीं किया जायेगा तब तक सोवियत कृषि को संकट का सामना करते रहना पड़ेगा।

अतएव **अमेरिकी कृषि की सफलता और रूसी कृषि की विफलता का मूल कारण संभवत: यह है कि अमेरिकी कृषक स्वयं अपने लिए उत्पादन करता है जबकि सोवियत कृषक सरकार के लिए।** यह देखा गया है कि सोवियत रूस में जो जमीन कृषक के व्यक्तिगत उपयोग के लिए आवंटित की जाती है उस व्यक्तिगत जमीन पर सोवियत कृषक सरकारी और सामूहिक खेतों की तुलना में अधिक उत्पादन करता है।

संभवतः **जनतंत्रीय और अधिनायकतंत्रीय अथवा समग्रत्तावादी प्रणालियों में अन्तर इसी मूल तत्त्व में निहित है।**

आर्थिक और कृषि समस्याओं से संबंधित सोवियत रूस के प्रशासकीय समाधान बहुधा असफल हो जाते रहे हैं मुख्यतः तीन कारणों से–(1) **प्रथमतः** प्रशासनकीय उपाय इसलिए प्रभावकारी नहीं हो पा रहे हैं कि वे वास्तविक साधनों के आदाओं के बदले में उपदेश का प्रयोग करने का प्रयास करते रहे हैं। (.2) **द्वितीयतः**, प्रशासकों की प्रवृत्ति उपायों को अनावश्यक रूप से अत्यधिक उत्साह के साथ और विकृत रूप में लागू करने की रही है। (3) **तृतीयतः**, जब असफलताएँ और अतिशयताएँ दोनों ही स्पष्ट हो जाती रही हैं तो केन्द्रीय सरकार नये प्रशासकीय उपायों की व्यवस्था करने का निर्णय ले लेती रही हैं। अतएव **अभियान संभवतः सफल हो पाता है किन्तु नीति विफल हो जाती है और नये अभियान के साथ चक्र पुनः चालू हो जाता है।** ("The compaign may succeed but the policy fails—and with the next compaign the cycle begins all over again.")

सोवियत कृषि की उठा-पटक की नैतिक सीख
(Moral Lessons of the Vicissitudes of Soviet Agriculture)

पिछली 7 दशाब्दियों के साम्यवादी शासन काल में सोवियत कृषि जिस उठा-पटक से होकर गुजरी है उससे प्रथम **बड़ी सीख यह मिलती है कि तीव्र कृषि-विकास, जो विकासशील देशों के उद्योगीकरण के प्रारंभिक चरणों के लिए आवश्यक है, की नींव उन नीतियों द्वारा नहीं डाली जा सकती जिनका अनुसरण सोवियत रूस अभी हाल तक करता आ रहा था।**

दूसरी और अधिक महत्त्वपूर्ण सबक यह मिलती है कि कृषि अथवा कोई भी उत्पादन जितनी कुशलता के साथ गैर-सरकारी व्यक्तिगत आधार पर अर्थात् लाभ कमाने की भावना से हो सकता है उतनी कुशलता के साथ सामूहिक अथवा लोक-व्यवस्था के अन्दर नहीं। **व्यक्तिगत स्वामित्व और लाभ मोह उत्पन्न करता है और आर्थिक क्रियाओं के लिए उत्प्रेरणा देता है।** अतएव कृषि का विकास विशुद्धतः आर्थिक तत्त्वों का परिणाम नहीं होकर सामाजिक, राजनीतिक तत्त्वों का भी परिणाम होता है। जैसा कि हमलोगों ने देखा है, सोवियत कृषि में बारम्बार उत्पन्न होने वाले संकटों के मूल कारण सामाजिक-राजनीतिक व्यवस्था में निहित हैं।

तीसरे, सोवियत कृषि की अस्थिरता ने यह सिद्ध कर दिया है कि उद्योगों के लाभ के लिए कृषि का शोषण सन्तुलित आर्थिक विकास पर आँच पहुँचाए बिना केवल एक निश्चित सीमा तक ही किया जा सकता है। उद्योगीकरण की सम्पूर्ण प्रक्रिया में कृषि ही खाद्यान्न और कच्चे मालों की पूर्ति करती है और नए उद्योगों के लिए मानव-शक्ति तथा उद्योगों के निर्मित मालों के लिए क्रय-शक्ति उपलब्ध करती है। इन कार्यों को कृषि तभी कर सकती है जब विकास के प्रारंभिक चरण से ही कृषि विकास पर पर्याप्त ध्यान दिया जाय। भारत सहित अनेक विकासशील देश अब यह खुले रूप में महसूस करने लगे हैं कि **आर्थिक विकास मात्र औद्योगिक विकास का पर्य्याय ही नहीं हैं अर्थात् उद्योगीकरण मात्र ही आर्थिक विकास नहीं है।** अनेक विकासशील देशों ने कृषि के गहन विकास द्वारा पर्याप्त अंश तक समृद्धि प्राप्त की है। चतुर्थ पंचवर्षीय योजना काल के

प्रारंभ में भारत भी इस तथ्य को महसूस कर अब इसी रास्ते पर आ गया है और यह भी अब कृषि-विकास को ऊँची प्राथमिकता देने लगा है।

चौथे, सोवियत कृषि संकटों ने यह भी सिद्ध कर दिया है कि उद्योग के विपरीत **कृषि-उत्पादन सापेक्षत: छोटी-छोटी इकाइयों में अधिक कुशल होता है।** वृहत् पैमाने की कृषि को अनेक प्रकार की बाधाओं का सामना करना पड़ता है जो साधनों के कुशल उपयोग को कठिन बना देती है। इसके अतिरिक्त कृषि में निर्णय तुरन्त ही और कृषि-स्थान पर ही लेना आवश्यक होता है ताकि मौसम, जलवायु में सहसा परिवर्तनों और अन्य स्थितियों का सामना किया जा सके जो कृषि उत्पादन को अत्यन्त ही अधिक प्रभावित करती है। **सर्वाधिक अच्छा उपाय तो कृषि को पारिवारिक कृषि के आधार पर संगठित करना मालूम पड़ता है।** इसके लिए सिंचाई, विद्युत और अच्छे गुण वाले बीज, खाद, कीटनाशक औषधियों, साख आदि जैसी आदाओं की पूर्ति सरकार द्वारा की जा सकती है ताकि पारिवारिक कृषि-उत्पादनों को पर्याप्त समर्थन और सुविधाएँ मिल सकें। यह तथ्य भारत जैसे सभी विकासशील और दूसरे देशों के लिए सही है। सोवियत रूस में कोलखोज और सोवखोजों को अब पारिवारिक आकार वाले जोतों में तोड़ना शायद संभव न हो। फिर भी उनके नियंत्रण को विकेन्द्रित करने और फसलों के ढर्रे तथा उत्पादन-नीतियों के संबंध में निर्णय लेने के काम को स्थानीय व्यक्तियों और कृषि-विशेषज्ञों के ऊपर छोड़ देने के लिए उपाय वहाँ भी किये जा सकते हैं। **इतने दिनों के अनुभव ने स्पष्ट कर दिया है कि सोवियत कृषि पर नौकरशाही के फैले हुए हाथ और उसकी पकड़ ने कृषि पर महाविनाशकारी प्रभाव डाला है। अब सोवियत रूस में भी यदि कृषि का स्वस्थ विकास किया जाना है तो नौकरशाही के स्थान पर स्थानीय स्तर पर सूत्रपात और नव प्रवर्तन की व्यवस्था की जानी चाहिए।**

पाँचवें, सोवियत कृषि के अनुभव और भारत में जोत की सीमाबन्दी के संबंध में चले गंभीर विवादों के फलस्वरूप किये गये कुछ अध्ययनों ने बतलाया है कि **जब जोत का आकार एक निश्चित सीमा से अधिक हो जाता है तो कृषि-उत्पादन में वृद्धि की दर घटने लगती है।** भारत में इस आदर्श आकार को 15-20 एकड़ तक पाया गया है जिसके बाद उत्पादन घटने लगता है। इसका निष्कर्ष यह निकलता है कि यदि भूमि-सम्पत्ति पर व्यक्तिगत अधिकार अर्थात् गैर सरकारी भू-सम्पत्ति और इसलिए पारिवारिक कृषि की व्यवस्था नहीं की जा सके, किसी राजनीतिकवाद अथवा अन्य कारणों से, तो छोटी-छोटी सहकारिताएँ अथवा चीन में प्रचलित उत्पादन-टोलियों से मिलती-जुलती सामूहिक कृषि की व्यवस्था की जा सकती है जो कोलखोजों अथवा **चीन में 'उछाल'** (leap) **काल के पहले** वाले काल में प्रचलित विशाल दैत्याकार कम्यूनों की तुलना में कृषि की प्रगति के अधिक अनुकूल होंगी।

छठे, संभवतः सर्वाधिक महत्त्वपूर्ण शिक्षा यह मिलती है कि **कृषि विकास के लिए मूल्य-नीति एक अत्यन्त ही महत्त्वपूर्ण भूमिका अदा करती है। विकासशील देश आर्थिक कारणों से उतना नहीं जितना कि सामाजिक-राजनीतिक कारणों से कृषि मूल्यों पर कठोर नियंत्रण लगा देते हैं। यह नीति इस गलत भ्रमपूर्ण धारणा पर आधारित है कि खाद्यान्न के मूल्यों को नीचा रखे रहने पर यदि घाटे की वित्त व्यवस्था की जायेगी तो गंभीर स्फीति का खतरा नहीं होगा।** किन्तु भारतीय अनुभव

ने इसे इसके ठीक विपरीत सिद्ध कर दिया है। भारतीय कृषि-संकट का भी एक महत्त्वपूर्ण कारण वस्तुओं से संबंधित अनुकूल मूल्य-नीति का अभाव रहा है। इससे सोवियत कृषकों को प्रेरणा नहीं मिल पायी है।

अब सोवियत सत्ताधारियों को भी अनुभव होने लगा है कि **कृषि उत्पादन में मूल्य-नीति एक महत्त्वपूर्ण भूमिका निभाती है और अब भूतकाल की अपेक्षा सोवियत रूस में भी मूल्य-यंत्र को अधिक स्वतंत्र रूा से काम करने की छूट मिलनी चाहिए।** सोवियत अर्थशास्त्री समाजवादी कृषि का विकास करने के लिए अधिक विवेकपूर्ण साधनों की खोज में लगे हैं और कृषि उत्पादन के विवेकपूर्ण विशिष्टीकरण तथा देश के विभिन्न क्षेत्रों में उसके वितरण के संबंध में आर्थिक कसौटियों के निर्धारण के संबंध में विचार-विमर्श कर रहे हैं। कृषि में प्रयोग की जानेवाली तकनीक, पूँजी के निवेश की प्रभावपूर्णता आदि के संबंध में भी सोवियत अर्थशास्त्रियों के अध्ययन जारी हैं और वे इस बात की खोज में लगे हैं कि किस प्रकार समजावादी कृषि को अधिक प्रभावपूर्ण, कुशल बनाया जाए, उसमें स्थायित्व लाया जाय और क्या नयी व्यवस्था की जाय ? अब **सोवियत रूस में महसूस किया जाने लगा है कि मूल्य-उत्प्रेरणाओं पर आधारित अधिग्रहण-नीति बल-विवशता पर आधारित अधिग्रहण नीति की उपेक्षा श्रेयष्कर है, वरेण्य है।**

कोलखोज आन्दोलन
(Kolkhoz Movement)

समाजवादी अर्थव्यवस्था की पूर्ण प्राप्ति के लिए कृषि का समाजीकरण एक अनिवार्य कदम है। किन्तु क्रांति के तुरन्त बाद स्मितका के गठन ने इस उद्देश्य की प्राप्ति को अनिश्चित काल के लिए स्थगित कर दिया था। **बोल्शेविक दल** के नियम को दृढ़ करने की व्याग्रता के कारण **लेनिन ने 1917 में स्मितका का निर्माण किया था**—श्रमिक वर्ग और कृषकों के बीच मैत्री संबंध का निर्माण किया था और एक सच्चे समाजवादी अर्थतंत्र के अपने आदर्श में संशोधन कर लिया था। इस प्रकार पूँजीवादी कृषि के स्थान पर कोलखोज अर्थात् सामूहिक कृषि के समारम्भ के विचार को अस्थायी रूप से छोड़ दिया गया था। **नवीन आर्थिक नीति काल** (1921-28) **के अन्दर निश्चय ही पूँजीवादी कृषि के सिद्धांतों की ओर पुनरागमन हुआ था** जो कृषक स्वामित्व पर आधारित थी। सामरिक साम्यवाद के कटु अनुभव ने बड़ी तेजी के साथ कृषि के समूहीकरण की निरर्थकता को बहुत ही अधिक स्पष्ट कर दिया था। अतएव नवीन आर्थिक नीति का अन्त होने तक रूसी कृषि में पूँजीवादी तत्त्वों का बोलबाला रहा।

परन्तु **प्रथम पंचवर्षीय योजना (1928-33) के अन्दर सामूहिक कृषि के समारम्भ के संबंध में एक निश्चित नीति अपनायी गयी।** योजना काल के अन्दर तत्कालीन विद्यमान कृषक परिवारों के 33 प्रतिशत का समूहीकरण करने का निर्णय लिया गया। साथ ही, सामूहिक कृषि की प्रकृति के संबंध में भी कुछ विचार-विमर्श हुए। **सामूहिक कृषि के कम-से-कम तीन विभिन्न स्वरूपों** की कल्पना की जा सकती है—(1) तोज (toz), (2) आर्टेल (artel) और कम्यून (commune)। **तोज** भूमि की संयुक्त खेती के लिए कृषि खेतों का एक ढीला-ढाला संघ कहा जा सकता है। ऐसे संघ का आशय खेतों के उपविभाजन और अपखंडन की बुराइयों को दूर करना है। ऐसे संघों की तुलना पूँजीवादी देशों में सहकारी कृषि के साथ ही जा सकती है। **आर्टेल** कृषि खेतों

का एक अपेक्षाकृत अधिक मजबूत संघ है। ऐसे संघ के अन्दर भूमि और श्रम जैसे सभी प्रमुख उत्पादक साधनों पर सामूहिक स्वामित्व और खेती के लिए संयुक्त श्रम की व्यवस्था होती है। फिर भी कृषकों का व्यक्तिगत स्वामित्व निवास-गृहों, पशुओं, छोटे-छोटे कृषि-यंत्रों आदि पर बना रहता है। **कम्यून** सभी कृषकों के संघ का एक उग्र रूप है। इसके अन्दर उत्पादन के सभी साधनों पर पूर्ण रूप से सामूहिक स्वामित्व होता है और कृषि उपजों का वितरण सामान्य रूप से सामूहिक आधार पर सदस्यों के बीच होता है। इस प्रकार के संघ में व्यक्तिगत स्वामित्व की गुंजाइश नहीं होती और निवास-गृहों तथा वैसी सभी सुविधाओं पर भी सामूहिक स्वामित्व होता है जो कम्यून के अन्दर होती है।

सोवियत रूस में कोलखोज के आर्टेल रूप को स्वीकार करने का निर्णय किया गया था। इस प्रकार के कोलखोज को दो छोरों—तोज और कम्यून के बीच के स्वर्णिम मार्ग के रूप में कार्य करने की आशा की गयी थी। यह निर्णय किया गया था कि सामूहिक खेतों की व्यवस्था का समारम्भ ऊपर से दिए गए किसी दबाव के कारण नहीं होगा बल्कि संयुक्त होने और अपने खेतों के समूहीकरण के लिए कृषकों को अपने-आप जागरित होने वाली इच्छा के द्वारा किया जायेगा।

किन्तु व्यवहार में प्रथम पंचवर्षीय योजना के प्रथम दो वर्षों के अन्दर सामूहिक खेतों की व्यवस्था कृषकों पर ऊपर से दिये गये बड़े दबाव के द्वारा की गयी थी। ऊपर से दिये जाने वाले उस दबाव ने कुलक वर्ग को अलग कर दिया और 1930 में पशुओं के व्यापक बध में प्रतिफलित हुआ। सोवियत अर्थव्यवस्था पर इनका बहुत ही घातक प्रभाव पड़ा था। अन्ततः यह निर्णय किया गया कि समूहीकरण का यह कार्य धीरे-धीरे किया जाय। किसी भी अवस्था में सोवियत सरकार के लिए कृषकों को दूर रखना और अलग करना तथा उनका समर्थन खोना संभव नहीं था। अतएव यह निर्णय किया गया था कि द्वितीय पंचवर्षीय योजना के अन्दर और कोई कृषि खेतों का समूहीकरण करने के बदले उन परिणामों को दृढ़ कर लिया जाय जो अब तक प्राप्त हो चुके हैं।

संदर्भ

M. Dobb : Soviet Economic Development Since 1917
Schwartz : Russia's Soviet Economy.
Baykov : Economic Development of the Soviet Economic System.

मानक प्रश्न

1. Trace the development of the Russian agriculture in the post-War years.
युद्धोत्तर काल में रूस की कृषि के विकास का उल्लेख कीजिए।
(Bhag. U.B.A. (Hons.) 1975)
2. Discuss briefly the development of Soviet agriculture. Account for the crisis in Soviet agriculture.
सोवियत कृषि के विकास का संक्षिप्त वर्णन कीजिये। रूसी कृषि के संकट के क्या कारण हैं ?
3. It is said that the battle for socialization in the Soviet Union has been fought in agriculture. What does it means ?
कहा जाता है कि सोवियत संघ में समाजीकरण का युद्ध कृषि में लड़ा गया है। इसका क्या अर्थ है ?

❑

अध्याय 13

उद्योग तथा व्यापार का संगठन एवं प्रबन्ध

(ORGANISATION AND MANAGEMENT OF INDUSTRIES AND TRADE)

उद्योगों का संगठन एवं प्रबन्ध

सन् 1917 की बोल्शेविक क्रांति से पूर्व रूस में निजी क्षेत्र के उद्योगों का ही वर्चस्व था। यह भी सत्य है कि इनमें से अधिकांश बड़े उद्योगों पर विदेशियों का अधिपत्य एवं स्वामित्व था। कुछ उद्योग तो इतने विशालकाय एवं वृहदाकार थे कि वे देश के कुल उत्पादन का अधिकांश स्वयं उत्पादित करते थे जैसे रेल उद्योग तथा तेल-उद्योग। रेलों के कुल उत्पादन का 9/10 भाग केवल सात फर्मों द्वारा उत्पादित होता था। इसी प्रकार बाकू क्षेत्र के कुल तेल उत्पादन का 2/5 भाग केवल छः फर्मों से प्राप्त होता था। यही नहीं, बड़े-बड़े लौह उद्योगों में धमन भट्टियों का आकार जर्मनी और ब्रिटेन की धमन भट्टियों से भी बड़ा था। **इस औद्योगिक विकास का श्रेय पीटर महान को है।** उसके शासनकाल (1682-1725) में उद्योगों का तीव्र गति से विकास हुआ और 195 बड़े उद्योगों की स्थापना हुई। कुछ तो इतने बड़े थे कि उनमें हजारों श्रमिक कार्य करते थे। बाद के वर्षों में औद्योगिक विकास की गति धीमी रही। सन् 1914 के महायुद्ध का उद्योगों पर अत्यन्त विपरीत प्रभाव पड़ा। युद्ध-सामग्री का उत्पादन कर रहे उद्योग अस्त्र-शस्त्र की मांग की पूर्ति करने में असमर्थ थे। कोयला उत्पादन घटता जा रहा था, देश में इस्पात की कमी भी हो गई थी। फलस्वरूप रेल-सामग्री, इन्जनों एवं रेल-पटरियों आदि का उत्पादन घट गया। यातायात साधनों के पर्याप्त मात्रा में न उपलब्ध होने के कारण युद्ध-क्षेत्र में आवश्यक सामग्रियाँ नहीं भेजी जा सकीं। कृषकों एवं श्रमिकों की सेना में अनिवार्य भर्ती की गई। ईंधन की कमी तो थी ही, औद्योगिक एवं कृषि उत्पादनों की भी कमी हो गयी। उद्योग-धंधे अस्त-व्यस्त हो गये। इसी बीच साम्यवाद के प्रचार-प्रसार ने उद्योगों की रही-सही उत्पादन-क्षमता भी नष्ट करने में कोई कोर-कसर नहीं छोड़ी। उद्योगों पर अधिकार करने हेतु लड़ाई-झगड़े एवं फसाद आम-बात हो गई। हत्या और लूटपाट करने में भी वे नहीं हिचकिचाए। इस प्रयास में अनेक उद्योग-धंधे, यंत्र, उपकरण तथा उत्पादन के अन्य साधन नष्ट हो गये। जिन बड़े उद्योगों पर विदेशियों के अधिकार थे, उन्होंने उन उद्योगों को अपने मातृ-देश में अंतरित कर लिया और अन्य उद्योगों में निवेशित सभी पूँजी भी निकाल लिये। इस प्रकार 1917 की क्रांति तक प्रायः अधिकांश उद्योग-धंधे विनाश के कगार तक पहुँच गये थे। 7 नवम्बर 1917 को क्रांति की सफलतापूर्वक समाप्ति के बाद लेनिन के नेतृत्व में उद्योगों के पुनर्निर्माण एवं पुनर्गठन का प्रयास किया गया। लेनिन एक अत्यन्त विचारवान, दूरदर्शी, कुशल प्रशासक एवं नीतिज्ञ था। उसने साम्यवाद, तत्कालीन रूसी अर्थव्यवस्था तथा उसकी समस्याओं का व्यापक एंव गहन अध्ययन किया। औद्योगिक पुनर्निर्माण एवं पुनर्गठन

के मार्ग में आने वाली कठिनाइयों से भी वह पूर्वपरिचित था। **समस्याओं का पूर्वानुमान लगा लेना और समस्याओं के विकराल रूप धारण करने से पूर्व ही जन-आकांक्षाओं के अनुरूप नीतियों में परिवर्तन कर लेना लेनिन की ही समझ एवं वश की बात थी।** सोवियत जनता का असंतोष और आक्रोश लेनिन की साम्यवादी सरकार के विरुद्ध विद्रोह का स्वरूप ग्रहण कर ले, उससे पूर्व ही उस पर काबू पा लेना लेनिन जैसे कुशल राजनीतिज्ञ का ही खेल हो सकता है। यही कारण है कि आवश्यकतानुसार समय-समय पर नीतियों में परिवर्तन किया जाता रहा। 7 नवम्बर 1917 के तुरन्त पश्चात् नियंत्रित पूँजीवाद जिसे निर्देशित या राज्य पूँजीवाद भी कहा गया, की नीति अपनाई गई। यह नीति लगभग 8 माह तक ही चली। जून 1918 में युद्धकालीन साम्यवाद अपना लिया गया किन्तु गृहयुद्ध की समाप्ति और तत्कालीन परिस्थितियों पर नियंत्रण स्थापित हो जाने के कारण इस नीति में भी शीघ्र ही परिवर्तन कर दिया गया और सन् 1921 में नवीन आर्थिक नीति अपनायी गयी। पुनर्निर्माण एवं पुनर्गठन का कार्य पूरा हो जाने पर सन् 1928 में इस नीति में भी परिवर्तन कर दिया गया। सन् 1928 से योजनाबद्ध विकास का मार्ग अपना लिया गया जिससे रूस का अत्यन्त तीव्र गति से विकास किया जा सके। केवल देश का विकास हो इतने मात्र से वे सन्तुष्ट न थे, वे तो विश्व के आर्थिक-विकास के आकाश पर दैदिप्यमान नक्षत्र की भाँति उभरने और चमकने की महत्त्वकांक्षा से अभिप्रेरित थे।

सन् 1917 की सफल क्रांति के तत्काल बाद कुशल प्रबन्धकों की अत्यन्त कमी थी। श्रमिकों को प्रबन्ध सम्बन्धी कोई अनुभव नहीं था और कारखानों एवं उद्योगों को पुनः स्थापित करना तथा औद्योगिक एवं उपभोक्ता वस्तुओं के उत्पादन में वृद्धि आवश्यक थी जिससे देशवासियों की न्यूनतम आवश्यकताओं की शीघ्र ही आपूर्ति की जा सके। ऐसे में एकमात्र विकल्प स्वरूप उद्योगपतियों एवं कुशल प्रबन्धकों का सहयोग प्राप्त करना आवश्यक था। प्रबन्धकों एवं कारखानों के मालिक भी साम्यवाद के विरुद्ध थे। इतना शीघ्र साम्यवाद को आत्मसात कर लेना उनके लिए संभव नहीं था। ऐसी परिस्थितियों में राज्य पूँजीवाद (State Capitalism) की नीति अपनायी गयी और बड़े तथा राष्ट्रीय महत्त्व के उद्योगों का तत्काल राष्ट्रीयकरण कर दिया गया। यह सर्वहारावर्ग के अधिनायकत्व का प्रथम चरण था। निजी स्वामित्व की समाप्ति की घोषणा तो कर दी गयी किन्तु राष्ट्रीयकृत उद्योगों का संगठन निजी स्वामित्व के आधार पर ही चलता रहा। उद्योगों और कारखानों पर श्रमिकों का वर्चस्व तत्काल नहीं स्थापित हुआ जैसा कि लेनिन ने 'क्रांतिकाल' में घोषित किया था। श्रमिक अधिक दिनों तक 'राज्य-पूँजीवाद (जिसे निर्देशित पूँजीवाद और नियंत्रित पूँजीवाद भी कहा गया) को सहन नहीं कर सके क्योंकि पूँजीवाद में राष्ट्रीय महत्त्व के एवं बड़े पैमाने के उद्योगों का तो राष्ट्रीयकरण कर दिया गया किन्तु अन्य उद्योगों को निजी क्षेत्र में ही छोड़ दिया गया था। इन्हें पूँजीवाद और उसके तत्वों से घोर घृणा थी। वे उद्योगों का पूर्ण राष्ट्रीयकरण और निजी स्वामित्व का पूरी तरह से खात्मा चाहते थे। अतः 8 माह के बाद ही राज्य पूँजीवाद का परित्याग कर देना पड़ा और नवीन आर्थिक नीति के अन्तर्गत लगभग सभी उद्योगों का राष्ट्रीयकरण कर दिया गया जिससे निजी क्षेत्र के उद्योग-धन्धों का अस्तित्व नाम मात्र का ही रहा। कुछ ऐसे कठोर अधिनियम भी पारित किये गये जिससे निजी क्षेत्र में उद्योग-धंधों की स्थापना अलाभकर हो गई और समाजवादी क्षेत्र के उद्योग-धन्धों का वर्चस्व स्थापित हो गया।

समाजवादी क्षेत्र के उद्योग

वर्तमान में सोवियत संघ में समाजवादी उद्योगों द्वारा औद्योगिक उत्पादन किया जाता है। **इन उद्योगों को दो भागों में बाँटा जा सकता है**–(1) राजकीय उद्योग और (2) सहकारी उद्योग। आज सोवियत संघ में निजी क्षेत्र में उद्योगों का नामोनिशान भी नहीं है। 1928 में नवीन आर्थिक नीति के अन्त में कुल औद्योगिक उत्पादन का 17.6% निजी क्षेत्र के उद्योगों द्वारा उत्पादित था। धीरे-धीरे निजी क्षेत्र में उद्योगों की संख्या घटती गई और सन् 1937 के अन्त में कुल औद्योगिक उत्पादन का मात्र 0.2% ही निजी क्षेत्र के उद्योगों द्वारा उत्पादन किया गया। निजी क्षेत्र के उद्योगों के लिए सबसे बड़ी कठिनाई श्रमिकों की नियुक्ति की है। कोई भी निजी उद्योगपति अपने उद्योग में कानूनतः किराये के श्रमिक नहीं लगा सकता है। अतएव निजी उद्योग स्वतः समाप्त हो गये। सोवियत संघ में सन् 1956 में कुल उद्योगों के 94% राजकीय उद्योग और शेष 6% सहकारी उद्योग थे।

1. राजकीय उद्योग

जून 1918 में युद्धकालीन साम्यवाद की नीति अपनायी गयी और कुछ अति लघु उद्योगों को छोड़कर शेष सभी उद्योगों का 28 जून 1918 को राष्ट्रीयकरण कर दिया गया। ऐसे उद्योगों (1) जिनकी पूँजी दस लाख रूबल से अधिक थी, (2) जिनमें यंत्रों द्वारा उत्पादन कार्य किया जाता था और श्रमिकों की संख्या 5 या इससे अधिक थी तथा (3) जिनमें 10 या इससे अधिक श्रमिक लगे थे और बिना यंत्रों की सहायता से उत्पादन करते थे, का राष्ट्रीयकरण कर देने से राष्ट्रीयकरण की बाढ़-सी आ गयी। इनके कुशल प्रबन्ध-संचालन तथा प्रशासनिक समन्वयन के लिए ग्लवकी एवं वेशेन्खा नामक संस्थानों की दिसम्बर 1917 में स्थापना की गयी। वेशेन्खा की स्थापना सर्वोच्च आर्थिक परिषद के रूप में की गयी और इसका उद्देश्य राष्ट्रीयकरण की प्रक्रिया को सुव्यवस्थित करना था। एतदर्थ वेशेन्खा को नियंत्रण एवं निरीक्षण के व्यापक अधिकार प्राप्त थे। विभिन्न उद्योगों के लिए कच्चे माल तथा यंत्र आदि क्रय तथा निर्मित वस्तुओं की बिक्री आदि पर ग्लावकी तथा अन्य संगठनों के माध्यम से नियंत्रण करने के अधिकार भी प्राप्त थे। इन राष्ट्रीयकृत उद्योगों का नियंत्रण करने एवं प्रशासनिक समन्वय स्थापित करने हेतु **उद्योगों को तीन श्रेणियों**–(1) राष्ट्रीय महत्त्व के बड़े पैमाने के उद्योग (2) मध्यम आकार के स्थानीय उद्योग और (3) स्थानीय बाजार के लिए उत्पादन करने वाले लघु उद्योग में बाँट दिया गया। राष्ट्रीय महत्त्व के बड़े पैमाने के उद्योगों के प्रशासनिक नियंत्रण का भार **सर्वोच्च आर्थिक परिषद** अर्थात् ग्लावकी पर था। मध्यम श्रेणी और लघु उद्योगों के प्रशासनिक नियंत्रण का भार **प्रान्तीय आर्थिक परिषदों** (Provincial Economic Councils) को सौंपा गया। प्रान्तीय आर्थिक परिषदों को गुब्सोनाईसी (Gubsonarhozy) कहा गया है। जैसे-जैसे राष्ट्रीयकरण की प्रक्रिया तीव्र होती गई, राष्ट्रीयकृत उद्योगों की संख्या बढ़ती गयी। प्रान्तीय आर्थिक परिषदें लघु उद्योगों के प्रशासन में इतनी व्यस्त हो गयीं कि द्वितीय श्रेणी अर्थात् मध्यम श्रेणी के उद्योगों पर ध्यान न दे सकीं। फलतः इनके प्रशासन का भार ग्लावकी (Glavki) पर आ पड़ा। ग्लावकी भी प्रशासन-भार अत्यधिक बढ़ जाने के कारण उन पर नियंत्रण स्थापित करने में असफल रही। युद्धकालीन साम्यवाद में राष्ट्रीकृत उद्योगों की संख्या में आशातीत वृद्धि हो जाने के कारण अनेक अव्यवस्थाओं का सामना करना पड़ रहा था। अतः नवीन आर्थिक नीति के अन्तर्गत निःराष्ट्रीयकरण एवं विकेन्द्रीकरण की

नीति अपनाई गई और बड़ी संख्या में मध्यम और लघु उद्योगों को निजी क्षेत्र में अन्तरित कर दिया गया। व्यापार एवं औद्योगिक प्रशासन को निजी क्षेत्र में छोड़ दिया गया। इस प्रकार नवीन आर्थिक नीति के अन्तर्गत राजकीय उद्योगों को ट्रस्ट में मिला दिया गया। उत्पादन केन्द्रित करने के उद्देश्य से उद्योगों के समूहीकरण का क्रम ट्रस्टों की स्थापना के रूप में चलता रहा। इन **सोवियत ट्रस्टों का उद्देश्य एवं आशय अन्य साधारण ट्रस्टों से अलग है। सोवियत ट्रस्ट ऐसे सरकारी औद्योगिक प्रतिष्ठान थे जिन्हें लाभार्जन हेतु कार्य करने की राज्य द्वारा पूर्ण स्वतंत्रता प्राप्त थी। अतः केवल राजकीय उद्योग ही ट्रस्टों में परिवर्तित हो सकते थे।** ट्रस्टों को पूँजी पर स्वामित्व नहीं प्रदान किया गया था। उनकी पूँजी को स्थानान्तरित या समाप्त करने का अधिकार सरकार को ही था। फैक्ट्रियों तथा खदानों आदि को 'प्रतिष्ठान् (establishment)' का दर्जा दिया गया था और ये ट्रस्टों या न्यासों के अंग मात्र थे। ये ट्रस्ट उत्पादन तथा बाजार के बीच एक कड़ी के रूप में इन्हें जोड़ने का कार्य करते थे।

औद्योगिक लोक मंत्रालय

प्रथम पंचवर्षीय योजना के अन्तिम वर्षों में और द्वितीय पंचवर्षीय योजना से पूर्व सन् 1932 में सर्वोच्च आर्थिक परिषद—**विसेन्खा को तीन औद्योगिक लोक मंत्रालयों में परिवर्तित कर दिया गया।** किन्तु औद्योगिक इकाइयों में वृद्धि होने के साथ-साथ मंत्रालयों की संख्या भी बढ़ती गई। कुशलता में वृद्धि एवं विशेषज्ञता की दृष्टि से लोक-मंत्रालयों को सन् 1928 में छोटे-छोटे लोक-मंत्रालयों में विभाजित किया गया। सन् 1939 में लोक-मंत्रालयों की संख्या 34 थी। द्वितीय विश्वयुद्ध-काल में औद्योगिक नियंत्रण अधिकाधिक केन्द्रित किया गया। उद्योगों का नियंत्रण सोवियत गणराज्य के रक्षात्मक राज्य समिति के अन्तर्गत आ गया। युद्धोत्तर-काल में लोक-मंत्रालय पुनः युद्ध पूर्व स्थिति में आ गये। बाद के वर्षों में कभी कई मंत्रालयों की एकीकरण और कभी एक मंत्रालय को कई मंत्रालयों में विभाजित किया जाता रहा। स्टालिन की मृत्यु (4 मार्च 1953) के 2 दिन बाद (6 मार्च 1953 को) मंत्रालयों के एकीकरण की प्रक्रिया अपनाई गई। परिणामस्वरूप 60 मंत्रालयों की जगह 25 मंत्रालयों ने ले लिया। 6 माह बाद ही विपरीत दिशा में परिवर्तन हुए और मंत्रालयों की संख्या 25 से बढ़ाकर 46 कर दी गई। मंत्रालयों का मुख्य कार्य अपने क्षेत्र के वृहत् उद्योगों पर नियंत्रण रखना है, जिससे वे उद्योगों पर पूरा-पूरा ध्यान केन्द्रित कर सके। उनका देश के आन्तरिक प्रशासन से कोई सम्बन्ध नहीं है।

आर्थिक परिषद

सन् 1957 में खुश्चेव ने केन्द्रीयकरण की नीति का परित्याग कर दिया तथा सभी मंत्रालयों का विघटन कर दिया और उनके स्थान पर 104 आर्थिक परिषदों की स्थापना की गयी और सम्पूर्ण सोवियत संघ को 104 आर्थिक क्षेत्रों में विभाजित कर दिया गया। इन आर्थिक परिषदों को अपने-अपने आर्थिक क्षेत्रों के उद्योगों के नियंत्रण एवं प्रबन्ध का भार सौंपा गया। इस सम्बन्ध में तर्क यह दिया गया कि इससे केन्द्रीय कठोरता समाप्त होगी और स्थानीय हितों तथा सामाजिक प्रेरणा में न्यायशीलता को स्थान मिलेगा।

केन्द्रीय मंत्रालय का पुनर्निर्माण

सन् 1965 में खुश्चेव-शासन समाप्त हो गया। उनके पश्चात् कोसिजिन ने

शासन का भार संभाला। शासन संभालने के एक वर्ष बाद कोसिजिन ने सर्वप्रथम खुश्चेव द्वारा स्थापित आर्थिक परिषदों को बन्द कर दिया और उनके स्थान पर आर्थिक मंत्रालयों की स्थापना की। कोसिजिन ने दूसरा जो महत्त्वपूर्ण निर्णय लिया, उसके अनुसार उद्योगों की सफलता का आधार लाभ को बनाया गया। अभी तक उत्पादन की मात्रा बढ़ाने पर अधिक जोर दिया जाता था, उनकी गुणवत्ता पर नहीं। न्यूनतम आवश्यकताओ के पूर्ण हो जाने एवं रहन-सहन के स्तर में निरंतर सुधार होते रहने से अब उपभोक्ता वर्ग अच्छी वस्तुएँ खरीदना चाहता था जो उपलब्ध नहीं थी। निम्न-मानकों वाली (sub-standard) न बिकने वाली वस्तुओं से बाजार भरा था। कोसिजिन का विचार था कि कारखाने की क्षमता का अनुमान उसकी बिक्री से लगाया जाना चाहिए न कि उत्पादन की मात्रा से क्योंकि बिक्री से उत्पादन का अनुमान तो लगाया जा सकता है किन्तु उत्पादन से बिक्री का अनुमान लगाना कठिन है। अतः उनके शासनकाल में बिक्री पर लाभ की दर सुनिश्चित करने, उपभोक्ता-वस्तुओं के गुणवत्ता में सुधार करने तथा मजदूरी आदि तय करने की स्वतंत्रता प्रदान की गई। इससे पूर्व लागू उत्पादन की मात्रा में वृद्धि करने सम्बन्धी आदेश निरस्त कर दिये गये। इस प्रकार सोवियत अर्थव्यवस्था को सन् 1917 की क्रांति के बाद पहली बार केन्द्रीय नियोजकों के निर्देशों के स्थान पर उपभोक्तवर्ग की इच्छानुसार राष्ट्र का विकास करने की स्वतंत्रता प्रदान की गई।

इस नये कार्यक्रम के अन्तर्गत सोवियत सरकार ने यह निश्चय किया कि सरकार घाटे पर चलने वाले उद्योगों को सहायता नहीं प्रदान करेगी। ऐसा दण्डित करने के उद्देश्य से नहीं बल्कि इसलिए किया गया कि वे लाभ पर चलें। इसका उद्देश्य पूँजीवादी अर्थव्यवस्था जैसा लाभ प्राप्त करना नहीं था, बल्कि उद्योगों को मितव्ययतापूर्वक चलाना और अधिकाधिक कार्यकुशल बनाना था। फलस्वरूप शीघ्र ही सोवियत उद्योग लाभ अर्जित करने लगे। यही नहीं लाभ की मात्रा भी वर्ष प्रति वर्ष बढ़ती जा रही है। इस समय राष्ट्रीय निवेश कोष एवं राजकीय व्ययों का आधा से अधिक भाग औद्योगिक लाभों एवं अप्रत्यक्ष करों से प्राप्त होने लगा है। तीव्र औद्योगिक विकास के लिए उद्योगीकरण, उद्योगीकरण के लिए पूंजीकरण, पूंजीकरण के लिए लाभ में वृद्धि आवश्यक है। साहसी के लाभ में वृद्धि के महत्त्व को सरकार ने पहली बार समझा और स्वीकार किया। लाभ में वृद्धि के साथ अप्रत्यक्ष कर की दरों में धीरे-धीरे कमी कर दी गई। इस प्रकार अप्रत्यक्ष कर की दरों को आगे भी घटाने तथा उपभोग में वृद्धि के अधिक अवसर उपलब्ध हुए। सोवियत सरकार का यह भी विचार है कि इससे लागत में कमी तथा गुणवत्ता में सुधार को प्रोत्साहन मिलेगा जिससे उत्पादन एवं बिक्री में वृद्धि होगी और लाभ में वृद्धि होने से निवेश में भी वृद्धि होगी। इसलिए तीव्र आर्थिक विकास हेतु वस्तु की मात्रा के स्थान पर किस्मों एवं गुणवत्ता में सुधार का लक्ष्य बनाया गया। लक्ष्य की पूर्ति के लिए आधार रूप में लाभार्जन की सीमित स्वतंत्रता भी प्रदान की गई यद्यपि इस मत की पर्याप्त आलोचना की गई।

2. सहकारी उद्योग

समाजवादी क्षेत्र में राजकीय उद्योगों के अतिरिक्त सहकारी उद्योग भी कार्यरत हैं, यद्यपि कुल उत्पादन में इनका अंशदान अत्यल्प है। **सोवियत संघ में कार्यरत सहकारी उद्योगों को अध्ययन की सुविधा की दृष्टि से दो भागों में वर्गीकृत किया जा सकता है–**

(1) औद्योगिक या उत्पादक-सहकारी संस्थाएँ, और

(2) उपभोक्ता-सहकारी संस्थाएँ।

प्रथम वर्ग की सहकारी संस्थाओं में प्रायः ऐसे श्रमिक-सदस्य हैं जो कला-विशेष में दक्ष हैं जैसे चित्रकारी, दस्तकारी, शिल्पकला आदि में। युद्धजनित अपाहिजों तथा अन्य अपाहिज व्यक्तियों की सहकारी संस्थाएँ, औद्योगिक-सहकारी समितियाँ, शिकारी एवं मछली पालने वाली सहकारी संस्थाएँ और सामूहिक फार्म की सहकारी समितियाँ भी उत्पादक-सहकारी संस्थाओं के अन्तर्गत ही आती है। औद्योगिक सहकारी संस्थाओं में प्रायः ऐसे उपभोक्ता-वस्तुओं का उत्पादन किया जाता है जो दिन-प्रतिदिन के उपभोग के काम में आती हैं। जैसे—खान-पान समग्री, खिलौने फर्नीचर, जूते, कपड़े, टोकरी, लकड़ी के अन्य सामान, चीनी मिट्टी के सामान आदि।

द्वितीय वर्ग में ऐसी सहकारी समितियाँ या संस्थाएँ आती हैं जो सदस्यों के लिए उपभोक्ता-सामग्रियाँ प्राप्त किया करती हैं और उनका वितरण (विक्रय) सदस्यों के मध्य करती हैं। सम्पूर्ण औद्योगिक सहकारी उत्पादन का लगभग 80% इन्हीं उपभोक्ता-सहकारी संस्थाओं द्वारा प्राप्त कर लिया जाता है। इन संस्थाओं के माध्यम से कच्चे माल आदि की भी आपूर्ति की जाती है। ये छोटे-मोटे व्यापार भी चलाते हैं। जैसे साग-सब्जी, फल-फूल, डबल रोटी, मक्खन तथा अन्य खाद्य-सामग्रियों की बिक्री से सम्बन्धित व्यापार आदि।

निजी फार्मों तथा सामूहिक फार्मों में उत्पादित वस्तुओं को सहकारी संस्थाओं के माध्यम से ही बेचने का अधिकार प्राप्त है। इसी प्रकार वस्तुओं के सामूहिक उत्पादन अर्थात् सहकारी-उद्योगों के माध्यम से उत्पादन की स्वतंत्रता तो प्राप्त है किन्तु निजी क्षेत्र में उत्पादन की सुविधा नहीं है।

सहकारी संस्थाओं की स्थापना के लिये निर्धारित संख्या में सदस्यों को सदस्यता ग्रहण करनी आवश्यक होती है। इसके साथ ही प्रत्येक सदस्य को पूर्व निश्चित सदस्यता-शुल्क भी जमा करना पड़ता है। निश्चित शुल्क देकर सदस्यता प्राप्त कर लेने के पश्चात् वह इन संस्थाओं के अंश क्रय करने के लिए स्वतंत्र होता है। इस प्रकार एकत्रित धन का प्रयोग स्थिर एवं चल पूँजी के रूप में किया जाता है।

इस संगठन का सबसे शक्तिशाली अंग सदस्यों एवं श्रमिकों की साधारण सभा होता है जिसमें प्रबन्धक बोर्ड (मंडल) का चुनाव किया जाता है। सहकारी संस्थाएँ जिला, प्रदेश, एवं क्षेत्रीय तथा राज्य-स्तर पर भी बनाई जा सकती हैं। इनके प्रबन्ध-बोर्ड का भी चुनाव साधारण सभा में सदस्यों द्वारा ही किया जाता है। **सहकारी-संगठन राजकीय व्यवसाय से भिन्न होते हैं किन्तु राजकीय नियंत्रण से बाहर नहीं।**

व्यापार का संगठन एवं प्रबन्ध
(Organisation And Management of Trade)

सन् 1917 की क्रांति एवं सोवियत राज्य की स्थापना से पूर्व आन्तरिक एवं विदेशी व्यापार की पूर्ण स्वतंत्रता थी। राज्य-हस्तक्षेप के बिना वस्तुओं तथा सेवाओं के क्रय-विक्रय द्वारा समस्त रूसी जन अपनी आवश्यकताओं की पूर्ति किया करते थे। जैसे-जैसे राज्य का विस्तार होता गया, आन्तरिक व्यापार का क्षेत्र भी बढ़ता गया। बड़े-बड़े उद्योग-धन्धों की स्थापना के साथ-साथ उत्पादन भी बड़े पैमाने पर किया जाने लगा। **पीटर महान के शासन काल (1682-1725) में अत्यन्त तीव्र गति से औद्योगिक-विकास हुआ। साथ ही आन्तरिक एवं विदेशी व्यापार भी विकसित होता गया,** किन्तु विदेशी व्यापार की स्थिति अच्छी न थी। वह मुख्यतः कच्चे माल का निर्यात करता था और निर्मित

माल का आयात करता था। निर्यात किये जाने वाले कच्चे माल में लगभग 2/3 भाग खाद्य सामग्री होती थी, आयात में लगभग 1/8 भाग निर्मित वस्तुओं तथा ½ भाग कच्चे एवं अर्द्धनिर्मित वस्तुओं का होता था। यह आयात मुख्यतः जर्मनी पर आश्रित था।

7 नवम्बर, 1917 की सफल क्रांति के पश्चात राज्य-पूँजीवाद की नीति का अनुसरण किया गया। **राजकीय पूँजीवाद की अवधि में व्यापार में उदारवादी नीति अपनाई गई और राजकीय तथा निजी व्यापार के सहअस्तित्व के सिद्धांत का पालन किया गया।** इस नीति के अन्तर्गत देश में निजी व्यापार की स्वतंत्रता तो थी किन्तु यह स्वतंत्रता सीमित (प्रतिबन्धित) थी, कुछ महत्त्वपूर्ण वस्तुओं के व्यापार पर राज्य का एकाधिकार था। निजी व्यापार श्रमिक समितियों के निरीक्षण में किया जाता था।

जून 1918 में राज्य-पूँजीवाद की नीति का परित्याग करके युद्धकालीन साम्यवाद की नीति अपना ली गई। इस नीति के अन्तर्गत लगभग सभी उद्योग-धंधों एवं व्यापारिक संगठनों का राष्ट्रीयकरण कर दिया गया। निजी व्यापार की स्वतंत्रता समाप्त कर दी गई। सभी वस्तुओं के व्यापार एवं वितरण पर सोवियत सरकार ने अपना एकाधिकार स्थापित कर लिया। **21 नवम्बर 1918 को एक आज्ञप्ति द्वारा सभी प्रकार के निजी व्यापार का निषेध कर दिया गया।** सभी प्रकार की उपभोग की वस्तुओं को प्राप्त करने और उसे सेना, उद्योग तथा श्रमिकों में वितरित करने का उत्तरदायित्व **नारकोमप्रोड** (पूर्ति विभाग) को सौंप दिया गया। सहकारी समितियों को भी (जिन्हें प्रारंभ में व्यापार की स्वंतत्रता थी) नारकोमप्रोड के वितरण यंत्र में सम्मिलित कर लिया गया। **नारकोमजेम** (कृषि विभाग) को सहकारी समितियों के माध्यम से कृषि उपजों का संग्रह करने और उनके बदले में नारकोमप्रोड से औद्योगिक (निर्मित) वस्तु प्राप्त करके कृषकों की आवश्यकताओं को पूरा करने के लिए अधिकृत किया गया। 14 मई 1918 को एक आज्ञप्ति द्वारा खाद्यान्नों के अनिवार्य अधिग्रहण की नीति अपना कर मुक्त व्यापार की रही-सही स्वतंत्रता भी छीन ली गई। इस प्रकार **निजी व्यापार जो पूँजीवादी व्यवस्था की रीढ़ थी, समाप्त हो गई। वस्तुओं के विनिमय की व्यक्तिगत स्वतंत्रता के समाप्त होते ही मुद्रा का उपयोग अव्यवहारिक हो गया और मुद्रा का चलन भी समाप्त हो गया।**

विदेशी व्यापार पर एकाधिकार की शुरूआत सितम्बर 1917 ई॰ में हो गई जब आयात-निर्यात के लिए लाइसेंस (अनुज्ञा-पत्र) प्राप्त करने सम्बन्धी आज्ञप्ति जारी की गयी थी। इस व्यवस्था के अन्तर्गत नए प्रतिष्ठानों को निर्यात के लिए लाइसेन्स नहीं दिए जाते थे। कुछ पुराने प्रतिष्ठानों को ही जो बहुत दिनों से विदेशी व्यापार में लगे थे, लाइसेंस देने की व्यवस्था थी। अप्रैल 1918 की अज्ञाप्ति द्वारा यह व्यवस्था भी समाप्त कर दी गई और विदेशी व्यापार पर राज्य का एकाधिकार स्थापित हो गया। आन्तरिक व्यापार एवं विदेशी व्यापार पर राज्य-एकाधिकार की स्थापना से उन पर विपरीत प्रभाव पड़ा। कृषि-उपज तथा औद्योगिक उत्पादन की मात्रा में कमी हो गई। विदेशी व्यापार में भी कमी हुई तथा अनेक राष्ट्र सोवियत सरकार की इस नीति से असंतुष्ट हो गये। फिर भी यह नीति साम्यवादी सरकार की नीतियों के अनुरूप चलती रही।

सन् 1921 में युद्धकालीन साम्यवाद की नीति का परित्याग कर दिया गया। यह नीति गृहयुद्ध, तत्कालीन परिस्थितियों एवं श्रमिकों की पूर्ण राष्ट्रीयकरण की माँग के कारण विवश होकर ही अपनायी गयी थी। कृषि-उत्पादन पर भी इसका अत्यन्त विपरीत प्रभाव

पड़ा था। अतः जैसे ही गृहयुद्ध समाप्त हुआ युद्धकालीन साम्यवाद के स्थान पर नवीन आर्थिक नीति (NEP) अपना ली गयी। इस नई नीति के अन्तर्गत पुनः आन्तरिक व्यापार की स्वतंत्रता प्रदान कर दी गई, किन्तु विदेशी व्यापार पर राज्य का एकाधिकार पूर्ववत् बना रहा।

नवीन आर्थिक नीति के अन्तर्गत खाद्यान्नों के अनिवार्य अधिग्रहण की नीति के स्थान पर कृषिकर-व्यवस्था लागू की गई। कृषिकर-व्यवस्था के अन्तर्गत सर्वप्रथम कुल-उत्पादन में से जीवन-निर्वाह के लिए आवश्यक खाद्यान्न की मात्रा अलग कर दी जाती थी। इसके पश्चात् अतिरिक्त (surplus) खाद्यान्न-उत्पादन पर कृषिकर की गणना की जाती थी और इस अतिरिक्त उत्पादन पर कर देने के बाद शेष बच जाने वाले खाद्यान्न को बाजार में बेचने की उन्हें पूर्ण स्वतंत्रता प्रदान कर दी गई। यही नहीं प्रायः सभी वर्गों को (जो कृषक नहीं थे उन्हें भी) घरेलू-भूमि प्रदान की गई जिस पर वे फल-फूल, साग-सब्जी या खाद्यान्नादि का उत्पादन कर सकते थे और अतिरिक्त उत्पादनों पर कृषिकर चुकाने के बाद शेष खाद्यान्नों का विक्रय भी कर सकते थे। किन्तु सभी क्रय-विक्रय सहकारी-समितियों के माध्यम से ही किये जाने की स्वतंत्रता थी।

नवीन आर्थिक नीति के अन्तर्गत–(1) नेपमेन (निजी व्यापारियों) के व्यापार करने की स्वतंत्रता (2) सहकारी समितियों को प्रोत्साहन और (3) प्रन्यासों को अभिषदों (syndicates) के निर्माण की अनुमति प्रदान करके निजी व्यापार को पुनः जीवित करने का प्रयास किया गया।

नेपमेन छोटे-छोटे व्यापारी थे जो खुदरा (फुटकर) व्यापार में लगे थे। ये नवीन आर्थिक नीति अपनाये जाने के बाद पुनः सक्रिय हो गये। ये गाँवों से थोड़ा-थोड़ा अन्नादि खरीदकर पास के बाजारों में बेचने का कार्य किया करते थे। इसी प्रकार नगरों में भी छोटी-छोटी व्यापारिक दुकानों का प्रादुर्भाव हुआ। नेपमेन ने उपभोक्ताओं तक उनकी आवश्यकता की वस्तुओं को पहुँचाने का कार्य सँभाल लिया। फुटकर व्यापार मुख्यतः नेपमेन द्वारा ही किया जाने लगा था। सहकारी समितियों को इस काल में विशेष प्रोत्साहन मिला और सर्वत्र उनका जाल-सा बिछ गया। औद्योगिक प्रन्यासों ने भी थोक-व्यापार के लिए अभिषदों (syndicates) का निर्माण किया। नवीन आर्थिक नीति के अन्तिम वर्षों तक निजी व्यापारियों द्वारा थोक व्यापार का 5% और खुदरा व्यापार का लगभग 25% तक हथिया लिया गया था।

वर्तमान सोवियत राज्य में आन्तरिक व्यापार (1) राज्य द्वारा (2) सहकारी समितियों द्वारा तथा (3) सामूहिक फार्मों द्वारा किया जाता है।

1. राजकीय व्यापार–राजकीय व्यापार सोवियत व्यापार मंत्रालय द्वारा संचालित होता है। इस कार्य में राजकीय योजना-समिति तथा मंत्री-परिषद का पूर्ण सहयोग प्राप्त होता है। व्यापार-मंत्रालय द्वारा थोक एवं फुटकर व्यापार पर पूरा नियंत्रण रखा जाता है। अन्य मंत्रालयों द्वारा भी इस कार्य में (वस्तुओं की प्राप्ति, बिक्री एंव वितरण कार्य में) पूर्ण सहयोग प्रदान किया जाता है। कृषि मंत्रालय कृषि-वस्तुओं को प्राप्त करने एवं उनका वितरण करने का कार्य करती है। औद्योगिक मंत्रालय फुटकर व्यापार के लिए निर्मित वस्तुओं का आवश्यक मात्रा में विक्रय करने का कार्य करती है।

थोक व्यापार के लिए लगभग प्रत्येक स्थान पर गोदामों की स्थापना की गई है।

औद्योगिक वस्तुओं के थोक वितरण (व्यापार) का कार्य ''**प्राम्बजी**'' द्वारा किया जाता है। **ये मुख्य प्रशासक या राज्य व्यापारिक संगठन के अधीन होते हैं।**

फुटकर व्यापार के लिए एक अन्य संस्था की स्थापना की गई है जिसे टार्ग कहते हैं। यह व्यापार मंत्रालय के नियंत्रण में कार्य करती है। यह फुटकर बिक्री की प्रमुख इकाई है और विभिन्न शहरों एवं ग्रामीण क्षेत्रों में वितरण का कार्य करती हैं। टार्ग के अधिकारियों की नियुक्ति सीधे व्यापार मंत्रालय द्वारा की जाती है। ये मुख्यतः ग्रामीण क्षेत्रों में आवश्यक वस्तुओं की आपूर्ति करते हैं।

नगरों में वितरण कार्य के लिए बड़े-बड़े विभागीय भंडारों की भी स्थापना की गयी है। जिसमें प्रायः आवश्यकता की सभी उपभोक्ता वस्तुएँ उपलब्ध होती हैं चाहे वे अत्यन्त छोटी हों या बड़ी। **सन् 1953 में राजकीय विभागीय भंडार खोले गये जिनमें उच्चकोटि की वस्तुएँ उपलब्ध थीं। इनका नाम 'गम' रखा गया।**

इनके अतिरिक्त अन्य प्रकार की वस्तुओं का फुटकर व्यापार करने वाले अन्य संस्थान भी हैं जो व्यापार-मंत्रालय के अधीन हैं। कुछ विशिष्ट प्रकार के फुटकर व्यापार करने वाले भंडार भी हैं जो विशेष मंत्रालय के अधीन कार्य करते हैं। जैसे औषधि भंडार है। यह भंडार (फुटकर संस्थान) स्वास्थ्य मंत्रालय के नियंत्रण में फुटकर विक्रय का कार्य करता है।

2. सहकारी व्यापार—देश में दो प्रकार की सहकारी समितियाँ हैं जो फुटकर व्यापार का कार्य करती हैं (क) उपभोक्ता सहकारी समितियाँ और (ख) उत्पादक सहकारी समितियाँ।

उपभोक्ता सहकारी समितियाँ उपभोक्ता सदस्यों के लिए उपभोग-सामग्रियाँ प्राप्त करने एवं वितरण करने का कार्य करती हैं। **उत्पादन सहकारी-समितियों** के उत्पादन का अधिकांश इन उपभोक्ता सहकारी समितियों द्वारा प्राप्त कर लिया जाता है और सदस्यों में वितरित कर दिया जाता है। सामूहिक फार्मों तथा व्यक्तिगत फार्मों के उत्पादनों (कृषि उपजों) एवं कच्चे माल का भी इन समितियों द्वारा विक्रय किया जाता है। इस सेवा के लिए ये कमीशन प्राप्त करते हैं।

औद्योगिक सहकारी समितियाँ अपने सदस्यों के उत्पादनों को एकत्र करने एवं विक्रय करने का कार्य करती हैं। इन सहकारी समितियों के सदस्य ऐसे श्रमिक होते हैं जो चित्रकला, हस्तकला, मूर्तिकला, शिल्पकला में दक्ष होते हैं या अन्य प्रकार के दैनिक उपभोग वस्तुओं का उत्पादन करते हैं। दैनिक उपभोग वस्तुओं के अन्तर्गत अनेक प्रकार की वस्तुएँ आ जाती हैं। जैसे खिलौने, कपड़े, जूते, फर्नीचर, खेलकूद के सामान, टोकरी, चिकनी मिट्टी के बर्तन तथा अन्य घरेलू सामान आदि।

3. फार्मों द्वारा स्वतंत्र व्यापार—सामूहिक फार्मों को भी अपने उत्पादन का एक निश्चित हिस्सा विक्रय करने की स्वतंत्रता होती है। ये सामूहिक फार्म प्रायः आलू, माँस, साग-सब्जी, फल-फूल, अण्डा एवं दूध आदि का विक्रय करते हैं। मुक्त बाजार में माँग एवं पूर्ति द्वारा निर्धारित मूल्य पर क्रय-विक्रय सम्पन्न होता है। घरेलू फार्मों पर उत्पादित फल-फूल, साग-सब्जी तथा अन्य कृषि-उपज भी मुक्त बाजार में बेचने की स्वतंत्रता होती है। जिन श्रमिकों एवं कृषकों को घरेलू फार्म आवंटित किया जाता है, उन्हें इसका प्रमाणपत्र दिया जाता है। घरेलू फार्मों के उत्पादनों की बिक्री करते समय इन प्रमाणपत्रों की जाँच-पड़ताल भी की जाती है।

विदेशी व्यापार

सन् 1917 की सफल क्रांति के बाद विदेशी व्यापार सोवियत राज्य की साम्यवादी सरकार के नियंत्रण में आ गया। इस नियंत्रण की शुरूआत आयात-निर्यात की अनुज्ञा प्रणाली (Licensing System) द्वारा हुई। यह प्रणाली राज्य पूँजीवाद से आरंभ हुई। लेकिन शीघ्र ही जून 1918 में **युद्धकालीन साम्यवाद का आरंभ होते ही, सोवियत सरकार ने निजी व्यापार (आन्तरिक एवं विदेशी दोनों) पर रोग लगा कर निजी व्यापार की स्वतंत्रता समाप्त कर दी।** औद्योगिक एवं कृषि-उत्पादनों के अनिवार्य अधिग्रहण एवं राज्य द्वारा आवश्यक वस्तुओं के वितरण करने की नीति अपनाई गई। यह कार्य नारकोमजेम (कृषि विभाग) तथा नारकोमप्राड (पूर्ति विभाग) की सहायता से किया गया। इस व्यवस्था के अन्तर्गत निर्मित वस्तुओं के बदले में कृषि उपज तथा खाद्यान्न आदि प्राप्त करके उनका वितरण श्रमिकों में किया जाता था। इसी प्रकार विदेशी व्यापार पर भी राज्य ने एकाधिकार स्थापित कर लिया। सरकार स्वयं आयात-निर्यात कर सकती थी किन्तु कोई निजी व्यक्ति या व्यापारी आयात-निर्यात नहीं कर सकता था। राज्य पूँजीवाद की नीति के पश्चात आयात-निर्यात की अनुज्ञा प्रणाली भी रद्द कर दी गई।

आयात-निर्यात का निश्चयन राष्ट्रीय आर्थिक योजनाओं द्वारा किया जाता है। विदेशी व्यापार का भी नियंत्रण व्यापार मंत्रालय द्वारा ही किया जाता है। विदेशी व्यापार विदेशी व्यापार मंत्रालय के अधीन होता है जो व्यापार मंत्रालय के निर्देशन में कार्य करता है। विदेशी व्यापार संघीय निगम तथा आयात-निर्यात संगठन द्वारा किया जाता है जिन्हें इस कार्य के लिए पूर्ण स्वतंत्रता एवं अधिकार प्राप्त होता है।

मानक प्रश्न

1. सोवियत रूस में औद्योगिक प्रबन्ध एवं संगठन की व्याख्या कीजिए। **(इ० वि० वि० 1984, 1989)**
2. ब्रिटिश अमरीकी और रूसी अर्थव्यवस्थाओं के प्रमुख लक्षणों की तुलना कीजिये। उनके अध्ययन से भारत को क्या शिक्षा प्राप्त होती है ? **(इ० वि० वि० 1986)**
3. सोवियत रूस में व्यापार-प्रबन्ध एवं संगठन का वर्णन कीजिये।
4. सोवियत रूस में विदेशी व्यापार के संगठन एवं प्रबन्ध पर प्रकाश डालें।

❑

अध्याय 14

सोवियत आर्थिक आयोजना : उसकी खोल और मूल तत्त्व

(SOVIET ECONOMIC PLANNING—ITS FRAME AND CHIEF CONTENTS)

सोवियत योजना संगठन

(Planning Organization)

अपने विद्यमान रूप में सोवियत आर्थिक नियोजन प्रणाली उद्‌विकास की एक लम्बी और मन्द प्रक्रिया से उद्‌भूत हुई है। 1917 की क्रांति के थोड़े ही समय बाद विसेन्खा का गठन हुआ था। फिर भी उसके गठन के बाद कुछ वर्षों तक **''न तो इसके समक्ष उत्पन्न वस्तुनिष्ठ परिस्थितियाँ और न उसके कार्यों के लिए उसकी भावनिष्ठ उपयुक्तता ही उसे सम्पूर्ण अर्थ-व्यवस्था के एकीकरण के लिए एक यथार्थवादी एकात्मक योजना को सफलतापूर्वक जन्म देने में समर्थ बना सकी।''**[1] इसने अपने को प्रायः पूर्णतः क्रांति के बाद अर्थव्यवस्था के दृढ़ीकरण और उद्योगों की विभिन्न शाखाओं पर अधीक्षण के सामान्य कार्य तक ही सीमित रखा। एक विशिष्टीकृत संगठन के रूप में रूसी आयोजन प्रणाली का समारंभ **गोलरो** अर्थात् **राजकीय विद्युत आयोग** के निर्माण के साथ हुआ। गोलरो शीघ्र ही अर्थव्यवस्था के विद्युतीकरण की भव्य योजना बनाने के कार्य में जुट गया और इसे स्वयं लेनिन का नैतिक समर्थन और आशीर्वाद मिला था। फिर भी आशाशील 'विद्युतीकरण योजना'' (optimistic "plan of electrification") का अन्त, जैसा कि **क्रिहोनोवस्की** (Krzhizhonovsky) ने बतलाया है, मात्र ''विद्युत गल्प'' ("electric fiction") में हुआ था। इस प्रकार आठवें सोवियत काँग्रेस के उत्साहशील समर्थन के बाद भी गोलरे की आयोजना **''एक कल्पनामयी सृष्टि''** ("an imaginative creation") ही रही जो **''वास्तविकता से बहुत दूर''** ("for from reality") थी। फरवरी 1921 में **गासप्लान** अर्थात् **राजकीय योजना आयोग** की स्थापना सम्पूर्ण अर्थव्यवस्था के विकास के लिए एक व्यापक आर्थिक योजना बनाने के स्पष्ट उद्देश्य के साथ की गई। यही **गासप्लान सोवियत आर्थिक आयोजना का संगठन है।**

गासप्लान के कार्य

(Functions of the Gasplan)

प्राविधिक रूप में यदि कहा जाय तो **गासप्लान विशुद्ध रूप से एस० टी० ओ० अर्थात् श्रम और सुरक्षा परिषद** (Council of Labour and Defence) **के लिए एक**

---

1. "Neither the objective situation confronting it nor its own subjective fitness for the task enabled it successfully to bring to birth a realstic unitary plan for the integration of the economy as a whole."

—M. Dobb : Soviet Economic Development Since, 1917

सलाहकार के रूप में काम करता है। सभी कार्यकारी निर्णय अधिकार इसी एस॰ टी॰ ओ॰ में निहित है। किन्तु योजना का प्रारूप बनाने और अनुमोदित योजना को कार्यान्वित करने के कार्य गासप्लान को सौंपे गए हैं। इस **प्रकार गासप्लान और एस॰ टी॰ ओ॰ के कार्यों की तुलना भारत में क्रमश: योजना आयोग और राष्ट्रीय विकास परिषद** के साथ की जा सकती है। **गासप्लान के मुख्य कार्य,** जिनको राजकीय योजना आयोग (State Planning Commission) के विधान में परिभाषित किया गया था जो **आर॰ एस॰ एफ॰ एस॰ आर॰** के **कौसिल ऑफ पीपुल्स कमीसार्स** (Council of People's Commissars) के साथ संलग्न किया था, नीचे लिखे बतलाए जा सकते हैं—

1. ''राष्ट्रीय अर्थ-व्यवस्था के सम्बन्ध में सोवनारकोम (Sovnarcom) भावी, वार्षिक और तिमाही योजनाएँ बनाना और आर॰ एस॰ एफ॰ एस॰ आर॰ के पास प्रस्तुत करना।''
2. ''स्थानीय अर्थ-व्यवस्था के विकास के लिए भावी, वार्षिक अथवा तिमाही योजनाओं और गणतंत्रीय तथा अखिल संघीय आर्थिक योजनाओं में समन्वय करना।''
3. ''कच्चे माल और ईंधन के स्थानीय साधनों के आधार पर गणतंत्र की अर्थव्यवस्था और साथ-ही-साथ इसके अंगभूत अंचलों, प्रान्तों और स्वायत्त गणंतत्रों के अधिकतम विकास की प्राप्ति करना।''
4. ''लम्बी दूरी और इधर-उधर दोनों ओर माल भेजने-लाने की समस्या और स्थिति को दूर करने और उत्पादन को उसके कच्चे मालों के स्रोतों तथा उनकी वस्तुओं के उपभोक्ताओं के समीपतर लाने के दृष्टिकोण से व्यावसायिक संगठनों के उचित स्थापन-स्थान (location) को सुनिश्चित करना।''
5. ''राष्ट्रीय अर्थ-व्यवस्था की योजनाओं की सिद्धियों के क्रम पर निरन्तर नियंत्रण रखना।''

अपनी स्थापना के समय गासप्लान एक छोटा संगठन था जिसमें मात्र 40 कर्मचारी थे। इतनी छोटी प्रशासनीय इकाई से जटिल आर्थिक कार्यों का संपादन किए जाने की आशा नहीं की जा सकती थी। अतएव समय बीतने पर गासप्लान धीरे-धीरे एक अत्यन्त ही शक्तिपूर्ण और सम्यक योजना संगठन बन गया।

गासप्लान का ढाँचा कुछ इस प्रकार का है कि इस पर थोड़ा विशेष ध्यान देना चाहिए। **गासप्लान के शीर्ष पर एक सभापति** (chairman) होता है जिसकी सहायता के लिए **अनेक उप-सभापति और सदस्य होते हैं।** ये सभी मिलकर **केन्द्रीय समिति** (Central Committee) कहे जाते हैं। **योजना का प्रारूप** (draft) **इसी केन्द्रीय समिति द्वारा बनाया जाता है** किन्तु इसे अन्तिम रूप से स्वीकार लिए जाने के पूर्व इसका अनुमोदन **एस॰ टी॰ ओ॰** द्वारा किया जाना आवश्यक है।

आर्थिक योजना का प्रारूप तैयार करना अत्यन्त ही जटिल आर्थिक निर्णयों के क्रम और देश भर में विभिन्न प्रकार के सांख्यिक आँकड़ों के संकलन से सम्बद्ध है। **इस कठिन आर्थिक कार्य में गासप्लान की सहायता के लिए अधीनस्थ एजेन्सियों और विभागों की एक व्यापक जाल होती है। कार्यों के अनुसार ये अधीनस्थ एजेन्सियाँ तीन व्यापक समूहों में बँटी होती हैं**—(1) विशिष्टीकृत प्रशासन (specialised administration), (2) कर्मचारी संगठन (staff organisation) और (3) समन्वयकारी विभाग (coordinating divisions)।

विशिष्टीकृत प्रशासन में अनेक शाखाएँ हैं। प्रत्येक शाखा के नियंत्रण में एक

विशेष उद्योग होता है। इस प्रकार 'विशिष्टीकृत प्रशासन' के द्वारा गासप्लान उद्योग, कृषि, व्यापार, भवन निर्माण, परिवहन, स्वास्थ्य, शिक्षा आदि पर नियंत्रण रखता है और उनके विषय में सांख्यिक आँकड़ा एकत्र करता है।

स्टाफ आर्गनाईजेन्स के दो सर्वाधिक महत्त्वपूर्ण अंग 'सचिवालय' (secretariat) और **'गुप्त विभाग'** (secret section) हैं। **आँचलिक गासप्लान प्रतिनिधियों** (regional Gosplan representatives) **और विशिष्टीकृत प्रशासनों से प्राप्त सभी सूचनाओं की पूरी सावधानी के साथ सचिवालय द्वारा जाँच की जाती है और उन्हें 'समन्वयकारी विभागों' के पास अन्तिम रूप से योजना के प्रारूप में शामिल किये जाने के लिए भेज दिया जाता है।**

गासप्लान के समन्वयकारी विभाग, जो भावी योजनाओं और सम्पूर्ण राष्ट्रीय आर्थिक योजना का निर्माण करने के लिए अन्तिम रूप से उत्तरदायी हैं, महत्त्वपूर्ण आर्थिक भूमिका निभाते हैं। ये विभाग अर्थव्यवस्था के विभिन्न क्षेत्रों की अपेक्षाओं में न केवल समन्वय ही करते हैं बल्कि योजना में आवश्यक भौतिक और वित्तीय संतुलन भी स्थापित करते हैं।

सोवियत राष्ट्रीय आर्थिक योजना के विभिन्न चरण
(Different Stages in the Soviet National Economic Plan)

सोवियत राष्ट्रीय आर्थिक योजना के चार विभिन्न चरणों में अन्तर करना संभव है–(1) योजना निर्देश (plan directives), (2) इन निर्देशों के आधार पर योजना-निर्माण, (preparation of the plan), (3) सरकार द्वारा योजना का अनुमोदन (approval) और (4) योजना की क्रियान्विति (execution)।

1. योजना निर्देश *(Plan Directives)*

ऊपर अभी हमने बतलाया है कि **गासप्लान को योजना के उद्देश्यों और प्राथमिकताओं के सम्बन्ध में कोई कार्यकारी शक्तियाँ नहीं प्राप्त हैं। यह केवल एक सलाहकार के रूप में ही काम करता है। अतएव ''निर्देशों''** (directives) **में परिभाषित आर्थिक विकास की मूल सारिका** (line) **गासप्लान द्वारा नहीं तैयार की जाती है। ये निर्देश दल के निर्देशकारी अंगों–साम्यवादी दल की केन्द्रीय समिति की कार्यकारी परिषद** (Presidium of the Central Committee of the Communist Party) **से आते हैं।** स्पष्टतः तथाकथित ''योजना निर्देश'', जो राष्ट्रीय आर्थिक योजना का निर्माण करने में गासप्लान का दिशा-निर्देश करते हैं, सर्वथा विशुद्धतः आर्थिक विचार-भावनाओं के आधार पर ही नहीं दिये जाते। **सोवियत गणंतत्र के साम्यवादी दल का एक विशेष प्रकार का राजनीतिक दर्शन है। इसका प्राथमिक उद्देश्य राजनीतिक है–अआयोजित पूँजीवादी अर्थव्यवस्था की तुलना में समाजवादी अर्थव्यवस्था की श्रेष्ठता का दीप जलाना और गुणगान करना।** अतएव योजना के लिए निर्देशों का निर्धारण करने में बहुधा राजनीतिक विचार-भावनाएँ आर्थिक विचार-भावनाओं पर आच्छादित हो जाती हैं और उन्हें अपनी छाया में समेट लेती हैं।

बहुधा यह कहा जाता है कि **सोवियत योजनाकरण शक्तिमुखी** (power-oriented) है। यह भारी उद्योगों के विकास पर जोर देता है—यहाँ तक कि हल्के और उपभोक्ता उद्योगों की लागत पर भी। इसका परिणाम यह हुआ है कि 1928 में प्रथम

पंचवर्षीय योजना को चालू करने के एक लम्बे अरसे के बाद भी सोवियत जनता के जीवन स्तर में आज भी कोई खास वृद्धि नहीं हो पायी है—कम-से-कम पश्चिमी यूरोप और अमेरिका की जनता के जीवन-स्तर की तुलना में।

योजना-निर्देश निर्धारित करते समय साम्यवादी दली की केन्द्रीय समिति को जटिल राजनीतिक, सामाजिक और आर्थिक स्थितियों पर ध्यान रखना पड़ता है। फिर भी सामान्यतया दी हुई अन्तरराष्ट्रीय राजनीतिक परिस्थितियों में सोवियत नेता उत्पादन में अधिकतम वृद्धि करने की चेष्टा करते हैं जो "उत्पादक उपकरण की विद्यमान स्थिति" द्वारा निर्धारित होती है। योजना निर्देश भावी पूँजी निवेश की प्रकृति और मात्रा को भी निर्धारित करते हैं।

2. योजना का निर्माण (*Preparation of the Plan*)

गासप्लान योजना निर्देशों के आधार पर सामान्य राष्ट्रीय आर्थिक योजना का निर्माण करता है। इस प्रकार **यह माना जाता है कि गासप्लान ऊपर से प्राप्त आदेशों के अनुसार काम करेगा।** यह अर्थ-व्यवस्था की सर्वाधिक महत्त्वपूर्ण शाखाओं के लिए उत्पादन की दर और स्तर के सम्बन्ध में योजना निर्देशों में बतलाए गए उद्देश्यों के आधार पर आर्थिक विकास की सामान्य गति का अनुमान लगाता है। इस प्रकार यह **अन्ततः योजना का प्रारूप तैयार करता है। योजना का निर्माण यह दो रूपों में करता है—**

(क) भौतिक योजनाकरण (*Physcial Planning*)

गासप्लान राष्ट्रीय आर्थिक योजना को पहले भौतिक लक्ष्यों (physical targets) और 'वस्तुओं के संतुलन' (balances of commodities) के रूप में बनाता है। भौतिक योजना का निर्माण करने का ढंग समय-समय पर बदलाता रहा है। पिछले पृष्ठों में हमलोगों ने देखा है कि 1925 से 1928 के बीच जिन नियंत्रण आँकड़ों को गासतान ने प्रकाशित किया था वे मुख्यतः स्थैतिक और गतिशील गुणांकों (static and dynamic coefficients) के तरीके पर आधारित थे। इस तरीके में (1) प्राक्-युद्ध ऐतिहासिक आँकड़ों के साथ एक तुलना (a comparison with pre-War historical data) और (2) दक्ष प्राक्कलनों (expert estimate) द्वारा अनुपूर्ति (supplement) की गयी थी। **पहले** ने नींव को प्रस्तुत किया था जिस पर स्थैतिक संगठनात्मक सम्बन्ध (static structural relations) बनाए गए थे और **दूसरे** ने गतिशील गुणांकों की विश्वसनीयता के सत्यापन के लिए एक 'आरक्षित भूमिका' (reserved role) अदा की थी। गासप्लान के तत्कालीन अध्यक्ष स्ट्रूमीलिन (Strumilin) ने नियंत्रण आँकड़ों की गणना और संकलन में इसी तरीके का प्रयोग किया था। आँकड़ें और लक्ष्य 'स्थैतिक और गतिशील गुणांकों के तरीके से संकलित किए गए थे। स्थैतिक गुणांक अर्थव्यवस्था में विद्यमान संगठनात्मक सम्बन्धों (structural relations) को कुछ महत्त्वपूर्ण गुणांकों के रूप में परिभाषित करने का प्रयास किए थे। **'स्थैतिक गुणांक'** तरीके के पीछे मूल विचार यह था कि प्रत्येक आर्थिक प्रणाली में विभिन्न क्षेत्रों के बीच कुछ निश्चित साम्य-सम्बन्ध (equilibrium relationship) होना चाहिए और इन सम्बन्धों में कोई बाधा संतुलित विकास की स्थितियों को समाप्त कर देगी और गंभीर आर्थिक तनाव पैदा करेगी। **'गतिशील गुणांक'** तरीका विद्यमान संगठनात्मक सम्बन्धों का बिना अतिक्रमण किए ही समयान्तर में (over time) अर्थव्यवस्था के विभिन्न क्षेत्रों में जो विस्तार संभव है उसकी सीमा का अध्ययन करने से

सम्बन्धित था। दूसरे शब्दों में **'गतिशील गुणांक तरीका का अर्थ बाह्य कलन की एक साधारण सांख्यिक प्रविधि** (a simple statistical technique of extrapolation) था। इस प्रकार सावधानी के साथ विचार करने पर स्पष्ट होगा कि **'नियंत्रण अंक' समुदाय के बिना किसी पर्याप्त प्रयास के ही अर्थ-व्यवस्था के संभाव्य भावी विकास की भविष्यवाणी के तरीके पर आधारित थे। किन्तु अपने गतिशील अर्थ में योजनाकरण का अर्थ समयान्तर में आर्थिक साधनों के अधिकतम उपयोग के लिए एक सचेतन और विचार-विमर्शशील प्रयास** (a conscious and deliberate attempt at maximum utilization of economic resources over time) है। अतएव स्पष्टतः ये नियंत्रण अंक आर्थिक विकास के लिए काफी अनुदार लक्ष्य निर्धारित किए थे।

किन्तु अन्ततः **'गतिशील गुणांक' तरीके को छोड़ दिया गया** और इसके स्थान पर संतुलन का एक नया तरीका अपनाया गया। **पुरानी रीति आलोचना की ज्वाला में मुख्यतः दो कारणों से जल रही थी**–(1) इसने आर्थिक विकास की संभावनाओं का बहुत कम अनुमान (under rate) किया था और (2) इसने आर्थिक योजनाकरण में क्लिष्टता (rigidity) के तत्त्व का समावेश किया था।

स्मरण रखना चाहिए कि **ग्रोमैन** (Groman) और बाजारोह्व (Bazarov), जो पुराने तरीके के प्रमुख समर्थक थे, व्यावसायिक भविष्यवाणी के सांख्यिक तरीके से बहुत अधिक प्रभावित हुए थे। वे गतिशील आर्थिक योजना को भविष्यवाणी के सरल तरीके के साथ संभ्रान्त कर दिये थे। इस प्रकार **गतिशील गुणांक तरीका, जो बाह्यकलन (extrapolation) का ही एक दूसरा नाम था, आर्थिक विकास के क्षेत्र का अनावश्यक रूप से कम अनुमान लगाया था।** ग्रोमेन के '37-63 सम्बन्ध' ने औद्योगिक विस्तार को कठोरता के साथ कृषि विकास के साथ जोड़ दिया था। निःसंदेह कोई भी अर्थ व्यवस्था के विभिन्न क्षेत्रों के बीच कुछ बाह्य सम्बन्धों पर विवाद नहीं उठा सकता। किन्तु ये सम्बन्ध कठोर नहीं होते और वस्तुतः समय बीतने पर बदलते रहते हैं।

इसके अतिरिक्त स्थैतिक और गतिशील गुणांकों के तरीके ने योजना की क्रियास्थिति में अत्यन्त बेलोच की स्थिति उत्पन्न कर दी थी। इसने स्वतः संशोधन के लिए किसी साधन की व्यवस्था नहीं की थी। योजना के क्रिया काल में यदि गणना में कोई गलती मालूम हो जाती थी तो उसे शुद्ध करने के लिए गुणांक तरीके के अन्दर कोई सरल व्यवस्था नहीं थी। सभी अनुमान फिर से लगाने पड़ते थे।

अतएव समय बीतने पर नियंत्रण अंकों की पुरानी रीति का स्थान संतुलनों की नयी रीति ने ले लिया। इस तरीके के अन्दर सभी महत्त्वपूर्ण वस्तुओं के भंडार, पूर्ति और उपयोग का विस्तारपूर्वक अध्ययन किया जाता है और कुल माँग तथा कुल पूर्ति में एक संतुलन स्थापित किया जाता है। उदाहरण के लिए 1950 के लिए आर्थिक योजना में उपयोग और पूर्ति की निम्नलिखित परियोजना का प्रयोग किया गया था—

1. कुल उपयोग = उत्पादन आवश्यकताएँ + निर्माण आवश्यकताएँ (construction requirements) + स्वयं इस वस्तु के उत्पादन में उपयोग की गयी पूर्ति + निर्यात + खुदरा माँग + कोष (reserves)
2. कुल पूर्ति = उत्पादक अभिकरणों द्वारा सूचित उत्पादन + आयात + कोषों से पूर्ति

'वस्तु संतुलनों' की तरह श्रम संतुलनों का भी अध्ययन किया जाता है। इस प्रकार श्रम को भी एक वस्तु ही मान लिया जाता है और किन्हीं खास स्थानों अथवा उद्योगों में श्रमिकों की काम करने अथवा नहीं करने की इच्छा को न्यूनाधिक रूप में उपेक्षित कर दिया जाता है। हजारों वस्तुओं और सेवाओं वाली जटिल अर्थव्यवस्थाओं में कुल उपयोग और पूर्ति के ऐसे समीकरण स्वभावतः सभी वस्तुओं के लिए नहीं बनाए जा सकते। ''किन्तु सोवियत योजना कारकों का विश्वास है कि यदि मूल (key) वस्तुओं को भी इसके अन्दर लाया जा सके तो भी उससे योजना की क्रियान्विति में पर्याप्त सहायता मिलेगी।''[1] **स्वार्ज** ने बतलाया है कि 1950 में संतुलनों के ऐसे समीकरण कम-से-कम 1500 वस्तुओं के लिए बनाए गए थे।

जो हो, ''संतुलन तरीका'' औपचारिक रूप से प्रत्येक वस्तु के लिए एक समीकरण की पूर्वकल्पना करता है इस तरह कि समीकरण के दोनों पक्ष, जो कुल उपयोग और कुल पूर्ति का प्रतिनिधित्व करते हैं, अवश्य ही संतुलित हों। **इस प्रकार के समीकरण को स्वार्ज के अनुसार प्रतीकात्मक ढंग से निम्नलिखित रूप में व्यक्ति किया जा सकता है:**

So = वर्ष Se के अन्त में भंडार में मात्रा (amount in storage on the end of the year Se),

P = उत्पादन (production)

E = निर्यात (exports)

I = आयात (imports)

$C_1C_2C_3$ आदि = विभिन्न उद्योगों में वस्तुओं की खपत की मात्रा (amounts of the commodity consumed in different industries)

तब हमें नीचे लिखे समीकरण प्राप्त होगाः

$$So + P + I = C_1 + C_2 + C_3 \ldots\ldots Cn + E + Se$$
$$= \Sigma C + E + Se \ldots\ldots\ldots\ldots\ldots\ldots (1)$$

यह समीकरण मूल 'वस्तु संतुलन' को बतलाता है और आन्तरिक संगति की अवस्था को परिभाषित करता है। यदि यह शर्त पूरी नहीं होगी तो अर्थव्यवस्था के खास-खास क्षेत्रों में आधिक्य अथवा अभाव उत्पन्न होंगे। मांग और पूर्ति में ऐसा असाम्य निश्चय ही आर्थिक कुसमायोजन उत्पन्न करेगा, आन्तरिक संगति को समाप्त करेगा और योजना को विचलित कर देगा।

यह स्पष्ट है कि मांग और पूर्ति के संतुलन की चाँदनी में किसी वस्तु के आदा-प्रदा (input-output) के बीच का एक अधिक महत्त्वपूर्ण सम्बन्ध छिपा हुआ है। समीकरण के पूर्ति पक्ष (So + P + I) में एक निश्चित कालावधि में संपादन के रूप में P सम्मिलित हैं। स्पष्टतः पूर्ति पक्ष में P सर्वाधिक महत्त्वपूर्ण मद है जहाँ तक कि So और I को सामान्य वस्तुओं के लिए बहुत महत्त्वपूर्ण होने की संभावना नहीं है। उसी प्रकार समीकरण के मांग पक्ष (ΣC + E + Se) विभिन्न उद्योगों में वस्तुओं की खपत मात्रा से सम्बन्धित है।

---

1. **"Soviet planners apparently believe that even if the 'Key' commodities can be covered, that would help considerably the smooth implementation of the plan."**

अब सवाल उठ सकता है कि कुल माँग और कुल पूर्ति के बीच समानता की स्थापना करने के लिए भूमि, श्रम, पूँजी जैसे विद्यमान उत्पादन साधनों की कितनी मात्रा का प्रयोग किसी वस्तु के उत्पादन के लिए किया जाय ? वस्तुतः यह एक अत्यन्त ही महत्त्वपूर्ण प्रश्न है। इसका उत्तर देने का **एक रास्ता** स्वयं उत्पादन साधनों को ही विभिन्न वस्तुएँ मान लेना और तब उनकी कुल माँग और कुल पूर्ति के बीच सामान्य संतुलन की व्यवस्था करना है। **दूसरा तरीका** प्रत्येक वस्तु के लिए आदा-प्रदा सम्बन्ध (input-output-relationship) को अधिकतम मितव्ययता (miximum economy) के आधार पर व्यक्त करना है।

सोवियत रूस में संतुलनों का तरीका अनिवार्यतः विस्तृत आदा-प्रदा विश्लेषण से सम्बन्धित था। इस अर्थ में यह तरीका वही था जिसे **मारिश डॉब** के **"उत्पादन के प्राविधिक गुणांक''** (technical coefficients of production) कहा है न कि **''आगमन सांख्यिक साधारणीकरण''** (inductive statistical generalisations)।

बाद में यह व्यक्तिगत ''वस्तुसंतुलन''सम्पूर्ण राष्ट्रीय अर्थ-व्यवस्था के लिए संतुलन की व्यवस्था करने के निमित्त अर्थव्यवस्था के विभिन्न क्षेत्रों के साथ जोड़ दिया जाता है। **ऐसे राष्ट्रीय संतुलन के उद्देश्य दो हैं:** (1) आर्थिक विकास की प्रक्रिया को प्रतिबिम्बत करना, और (2) ''नौकरशाही अनाचार'' (bureaucratic excess) को कम करना तथा आर्थिक विकास की गति को अधिकतम करने के लिए सीमित साधनों को एक साथ करना। ऐसी राष्ट्रीय योजना के निश्चय ही अनेक अंग होंगे जिसमें श्रम के संतुलन, सामाजिक उत्पादनों के संतुलन, राष्ट्रीय सम्पत्ति के संतुलन शामिल हैं।

आइये अब हम सोवियत रूस में भौतिक योजनाकरण के ढर्रे का सारांश निकालें। भौतिक योजनाकरण के लिए सोवियत रूस ने **''व्यापक संतुलन तरीका''** ("method of comprehensive balance") अपनाया है। यह तरीका पूर्वकालिक स्थैतिक और गतिशील गुणांकों के तरीके की अपेक्षा 'कम-कपटी'' (less pretentious") और ''अधिक नमनीय'' ("more flexible") है। **कम-से-कम सिद्धांततः संतुलन का यह तरीका तीन अंगों से बना है:**

1. योजना काल में X,Y,Z आदि जैसी अलग-अलग वस्तुओं की कुल माँग और पूर्ति का निर्धारण और कुल माँग तथा कुल पूर्ति के बीच संतुलन स्थापित करना। इस संतुलन को एक समीकरण द्वारा इस प्रकार बतलाया जा सकता है—$So + P + I$ (supply) = $\sum C+E+Se$ (demand) अर्थात् पूर्ति = माँग। किन्तु व्यवहार में प्रत्येक वस्तु के लिए संतुलन के समीकरण का निर्माण असंभव हो जाता है। इसलिए कुछ महत्त्वपूर्ण मूल वस्तुओं का चयन अनिवार्य हो जाता है।

2. प्रत्येक वस्तु के लिए आदा-प्रदा सम्बन्धों के रूप में उत्पादन के लिए ''प्राविधिक गुणांकों'' का निर्धारण। यह कदम उत्पादन साधनों की उन मात्राओं के निर्धारण से सम्बद्ध है जो पूर्ति ($So + P + I$) को सृजित करने अथवा माँग ($\sum C + E + Se$) को संतुष्ट करने के लिए आवश्यक हैं। आन्तरिक संगति के लिए प्रत्येक वस्तु के लिए आदा-माँग (input-demand) को सम्पूर्ण अर्थव्यवस्था की उत्पादन साधनों की कुल पूर्ति के साथ जोड़ना होगा।

3. फिजूल खर्ची को न्यूनतम करने और आर्थिक विकास की गति को प्रतिबिम्बित करने के उद्देश्य से व्यक्तिगत वस्तु ''संतुलनों'' को सम्पूर्ण राष्ट्रीय संतुलन में सामान्य रूप से पिरोना।

(ख) वित्तीय योजनाकरण (*Financial Planning*)

वित्तीय योजना उस बिन्दु पर उदित होती है जिस पर वास्तविक अथवा भौतिक रूपों (अर्थात् आदा-प्रदा सम्बन्धों के रूपों) में व्यक्त भौतिक योजना के मूलभूत लागत-आँकड़ें (costing data) मुद्रा में रूपान्तरित किए जाते हैं। दूसरे शब्दों में, जैसे ही उत्पादक साधनों की सेवाएँ मुद्रा-लागतों में व्यक्त की जाती है और उत्पादन की मात्रा मौद्रिक मूल्यों के रूप में व्यक्त की जाती है, भौतिक योजना का संक्रमण वित्तीय योजना में हो जाता है। इस सम्बन्ध में एक कुछ झंझटिया समस्या पर ध्यान देना आवश्यक हो जाता है। **अनेक लोगों ने एक समाजवादी अर्थतंत्र में एक व्यापक वित्तीय योजना की आवश्यकता के प्रति संदेह किया है** जहाँ उत्पादन प्रत्यक्ष रूप से वास्तविक राशियों में आयोजित किया जा सकता है। तीसा के प्रारंभिक वर्षों में स्वयं सोवियत अर्थशास्त्री भी वित्तीय योजना की वांछनीयता के प्रश्न को लेकर मत-विभाजित थे। **एक वर्ग के अनुसार वित्तीय योजना पूँजीवाद से प्राप्त एक अवशेष है** और एक सच्ची समाजवादी अर्थव्यवस्था द्वारा मुद्रा और साख का उन्मूलन कर दिया जाना चाहिए। किन्तु **दूसरे वर्ग का मत था कि** "कुछ अर्थों में वित्तीय समस्याओं के समाधान को उत्पादक साधनों के सफल आवंटन की अपेक्षा प्राथमिकता मिलनी चाहिए और कुछ वित्तीय सिद्धांतों, जो व्यय को उगाहे गए राजस्व तक सीमित रखते हैं, का पालन किया जाना समाजवादी अर्थव्यवस्था में भी उतना ही आवश्यक है जितना कि एक पूँजीवादी अर्थव्यवस्था में, यदि आर्थिक गोल-माल नहीं होने देना है।"[1]

अब यह सामान्यत: माना जाने लगा है कि दूसरा दृष्टिकोण पहले दृष्टिकोण की तुलना में अधिक सही है। यदि वास्तविक साधनों के गतिशीलन (mobilization) और आवंटन (allocation) के लिए वित्तीय साधनों का गतिशीलन एक अनिवार्य पूर्व-दशा न हो तो भी समाजवादी अर्थव्यवस्था में वित्तीय यंत्र-व्यवस्था को बिल्कुल समाप्त नहीं किया जा सकता। **वस्तुत: समाजवादी अर्थव्यवस्था में भी वित्तीय योजना की आवश्यकता को स्पष्ट करना बहुत कठिन नहीं है।** रूस में भी श्रमिक अपनी सेवाओं के बदले में मौद्रिक मजदूरी प्राप्त करते हैं और इस मौद्रिक आय को उपभोग वस्तुओं के क्रय पर खर्च करने के लिए उनको स्वतंत्रता प्राप्त है। अतएव प्राविधिक रूप में यदि कहा जाय तो **सोवियत रूस में खुदरा व्यापार में "स्वतंत्र बाजार"** (free market) है। **इस स्वतंत्र बाजार का अस्तित्व वित्तीय योजना को स्पष्टत: आवश्यक बना देता है। जब तक मुद्रा आय के अर्जन का आधारभूत तरीका बना रहेगा तब तक उपभोग वस्तुओं के वितरण का कोई भी केन्द्रीकृत और प्रत्यक्ष संगठन संभव नहीं होगा।** सोवियत अर्थतंत्र ने अब तक मुद्रा के रूप में मजदूरी भुगतान के तरीके को समाप्त नहीं किया है। इसका कारण यह है कि सोवियत रूस में मजदूरों को उत्प्रेरणा (incentive) देने और विभिन्न वर्गों, उद्योगों तथा स्थानों में श्रमिकों की पूर्ति को विनियमित करने के एक साधन के रूप में **मजदूरी अन्तरों** (wage differntials) **को भी बनाए रखा गया है।** सामरिक साम्यवाद काल में प्राप्त अनुभव ने साफ-साफ बतला दिया है कि **मौद्रिक भुगतान का उन्मूलन उत्प्रेरणा पर गंभीर चोट मारता है और श्रमिकों की कार्य क्षमता को कम कर** देता है।

1. "......a solution of financial problems must in some sense take precedence over the successful allocation of productive resources, and that certain financial principles, conditioning expenditure to revenue raised, will need to be observed as much in a socialist as in a capitalist economy if economic chaos is not to intervene." —Dobb

वित्तीय योजना की प्रकृति
(Nature of Financial Plan)

अभी हमने ऊपर देखा है कि वित्तीय योजना प्रारंभ होती है जब हम आदा-प्रदा कार्यक्रम को मौद्रिक रूप में बदलते हैं। इस प्रकार यदि y प्रदा (output) को पैदा करने के लिए a + b+ c + d आदाएँ (inputs) आवश्यक है तो वित्तीय योजना बतलायेगी कि—

my = ma + mb + mc + md

जहाँ m मुद्रा की इकाई है। स्पष्टतः इस समीकरण में

my = "आयोजित मूल्य" (planned price) और

ma + mb + mc + md = आयोजित लागतें (planned costs")

सोवियत वित्तीय योजना की एक विशेषता आयोजित लागत (planned cost) **में "आयोजित लाभ"** (planned profit) **का शामिल किया जाना है।** आयोजित लाभ को आयोजित लागत के एक परिवर्तनशील प्रतिशत (varying per centage) के रूप में निश्चित किया जाता है। आयोजित लाभ की प्रकृति इस तरह होती है कि यह "यथार्थ लागत" (actual cost) के स्तर के ठीक उलटा (Haversely) बदलती रहती है। यही इसे बनाए रखने की आवश्यकता को स्पष्ट करती है। स्पष्टतः जब किसी संगठन (enterprise) की व्यवस्था अधिकतम कार्य क्षमता के साथ की जाती है तो यथार्थ लागत बहुत थोड़ी होगी। फलतः "आयोजित लाभ" की सीमा बढ़ेगी। इस प्रकार आयोजित लाभ की मद लागत ढाँचे में बृहत्तर मितव्ययता और संगठन की महत्तर कार्य क्षमता को प्रोत्साहन देने के एक ढंग के रूप में शामिल की जाती है।

जब यह वास्तव में उत्पन्न होता है तो **लाभ की इस सीमा का प्रयोग सावधानी के साथ व्यवस्थित किया जाता है। यह तीन भागों में विभाजित रहता है—**

1. इसका एक भाग सरकार द्वारा बजट में कर के रूप में ले लिया जाता है।

2. इसका दूसरा भाग प्रामबैंक (Prombank) अर्थात् औद्योगिक बैंक में कोष के रूप में जमा कर दिया जाता है। इस कोष का प्रयोग पूँजी विकास और व्यय के लिए किया जाता है।

3. लाभों का शेषांक "निर्देशक निधि" (directors' fund) में चला जाता है। इस निधि का प्रयोग संगठन (enterprise) के विवेक से कर्मचारी के कल्याण के लिए किया जा सकता है। इसका प्रयोग कर्मचारियों के लिए बोनस के रूप में अथवा विभिन्न कल्याण सुविधाओं की व्यवस्था के लिए किया जा सकता है।

वित्तीय योजना के अंग *(Components of Financial Plan)*

वित्तीय योजना तीन अंगों से बनी होती है—(1) साख योजना, (2) नकद योजना और (3) बजट।

1. साख योजना *(Credit Plan)*—साख योजना का संचालन प्रामबैंक को सुपुर्द कर दिया गया है। प्रत्येक संगठन आयोजित साख के लिए अपनी माँग को प्रामबैंक के पास पेश करता है और यह उसकी पूर्ति करता है। प्रारंभ में यदि उसे घाटा (loss) होता था तो यह अधिविकर्ष (overdraft) दे सकता था। किन्तु घाटे केवल "उसके नाम में खाता विकलन" ("book debits against it") के रूप में ही जमा होते रहते थे। सभी घाटों की पूर्ति "बैंकों के जरिये वस्तुतः उपदान" (virtual subsidy via the banks') द्वारा कर

दी जाती थी। इस व्यवस्था ने अकार्यकुशलता को बढ़ावा दिया और अधिविकर्ष निकालने की प्रणाली को व्यापक बना दिया। अतएव बार-बार अधिविकर्ष लेने को हतोत्साहित करने के लिए अब संगठनों के लिए साख की पूर्ति बहुत प्रतिबंधित कर दी गयी है। अब कार्यशील पूँजी (working capital) केवल निर्दिष्ट योजनाओं (specific projects) अथवा भौतिक योजना में पहले से ही अनुमोदित कार्यों के लिए ही उपलब्ध की जाती है। कार्यशील पूँजी सामान्यतः स्टेट बैंक द्वारा उपलब्ध की जाती है। **ग्राम बैंक** अपने को पूँजी संरचना योजनाओं (capital construction projects) के लिए दीर्घ कालीन साख देने तक ही सीमित रखता है।

किसी संगठन द्वारा साख के वास्तविक उपयोग की जाँच करने के लिए स्टेट बैंक को विस्तृत विनियमनकारी शक्तियाँ प्राप्त हैं। यह न केवल खास तौर पर निर्धारित योजनाओं के लिए साख की पूर्ति ही करता है बल्कि अपने को यह भी आश्वस्त करता है कि साख का प्रयोग ठीक उसी उद्देश्य के लिए ही हो रहा है जिसके लिए वह ऋण दे रहा है। जब किसी संगठन को पूँजी अथवा साख दी जाती है तो बैंकिंग प्रणाली उसके नाम में खाता-विकलन (book debit) करता है। किन्तु जैसे ही उत्पादन योजनाएँ पूरी हो जाती है और संगठन द्वारा वस्तुओं का उत्पादन कर लिया जाता है स्टेट बैंक तुरन्त ही वस्तुओं के मूल्यों के आधार पर उसके नाम से खाता-आकलन (book-credit) कर देता है। इसके साथ ही पहले के खाता-विकलन समाप्त कर दिए जाते हैं। यह प्रणाली स्टेट बैंक को "जिस अंश तक उत्पादन योजना सफलता के साथ कार्यान्वित की जा रही है" उसे मापने के लिए "एक सरल साधारणीकरण संकेताक" (an easy generalization index) उपलब्ध करती है।

सामान्यतः बैंकिंग प्रणाली अपने को साख योजना के अन्दर साख उपलब्ध करने तक ही सीमित है। किन्तु यह प्रणाली बिल्कुल अनमनीय नहीं है। अप्रत्याशित स्थितियों, आपातकाल आदि का सामना करने के लिए कुछ अंश तक लोच की व्यवस्था की जानी आवश्यक थी। अतः अब स्टेट बैंक को साख योजना के क्षेत्र के बाहर भी यहाँ तक कि "अआयोजित साख" भी उपलब्ध करने की शक्तियाँ दे दी गयी हैं बशर्ते कि इसे संतोष हो जाय कि उत्पादन को लकवा लगने से बचाने के लिए किसी संगठन को ऐसी साख सुविधाओं की आवश्यकता है।

2. नकद योजना *(Cash Plan)*—नकद योजना समूची वित्तीय योजना का एक अन्य अंग है यद्यपि इसका महत्त्व अधिक नहीं है। संगठनों अथवा एजेन्सियों के बीच नकद लेन-देन लुप्त-प्राय हो गया है। अन्तर्संगठनीय लेन-लेन (inter-organizations transactions) स्टेट बैंक द्वारा एक-दूसरे के विरोध में खाता-प्रविष्टियों (book-entries) के रूप में किये जाते हैं। **किन्तु व्यक्तियों के लिए भुगतान करने में, करों के रूप में व्यक्तियों से भुगतान लेने में और व्यक्तियों के बीच लेन-देन करने में नकद का प्रयोग अब भी व्यापक रूप में होता है।**

नकद योजना किसी निश्चित कालावधि (योजना अवधि) में अर्थव्यवस्था में नकद की कुल आवश्यकताओं का निर्धारण करती है। यह स्टेट बैंक को आवश्यक मात्रा में नकद जारी करने के लिए अधिकार भी देती है। **नकद योजना का मुख्य आधार निःसंदेह मजदूरी और वेतन राशियाँ है** जिनका भुगतान योजनाकाल में विभिन्न राजकीय संगठनों और सोवखोजी (sovkhozy) में श्रमिकों को करना पड़ता है।

3. बजट *(Budget)*—बजट वित्तीय योजना का सर्वाधिक महत्त्वपूर्ण अंग है। किसी भी सामान्य बजट की तरह **सोवियत बजट में भी दो पक्ष होते हैं**—(1) राजस्व पक्ष (revenue side) जिसमें संगठनों के लाभों का एक भाग व्यक्तियों से प्राप्त कर आदि होते हैं और (2) व्यय पक्ष (expenditure side) जिसमें सुरक्षा, मजदूरी, वेतन आदि पर किए जाने वाले व्यय शामिल होते हैं। **किन्तु सोवियत बजटों की दो विशिष्टताएँ होती हैं:**

1. ये स्वतः उत्पादन और वित्तीय योजनाओं के अनुकूल व्यवस्थित होते हैं। इस प्रकार इनका राष्ट्रीय आर्थिक योजना से स्वतंत्र कोई अस्तित्व नहीं होता।
2. सोवियत बजटों में पण्यावर्त करों (turn-over taxes) का अत्यधिक महत्त्व होता है।

पण्यावर्त करों की भूमिका ***(Role of Turn Over Tax)***

पण्यावर्त कर सोवियत अर्थव्यवस्था में एक स्वयंक्रिय स्थिरीकारक (automatic stabilizer) **की भूमिका अदा करता है।** पिछले पृष्ठों में हमलोगों ने देखा है कि वित्तीय योजना का आधार वास्तविक उत्पादों (real output) का ''आयोजित मूल्यों'' (planned prices") में और वास्तविक आदा (real input) का ''आयोजित लागतों'' (planned costs) में रूपान्तरण में निहित है। फिर भी यह संभावना रहती है कि ''आयोजित मूल्यों'' और ''आयोजित लागतों'' में अन्तर उत्पन्न हो जाय। ऐसा अन्तर आ सकता है जब कभी उपभोग वस्तुओं और पूँजी वस्तुओं में उत्पादन का आयोजित विभाजन समुदाय के व्यय और बचत के ऐच्छिक अनुपातों के संगत होने में विफल हो जाय। (Such divergency may take place whenever the planned division of output into consumers' goods and capital goods would fail to correspond to the community's voluntary ratio of spending to saving.) इस स्थिति को इस प्रकार स्पष्ट किया जा सकता है:

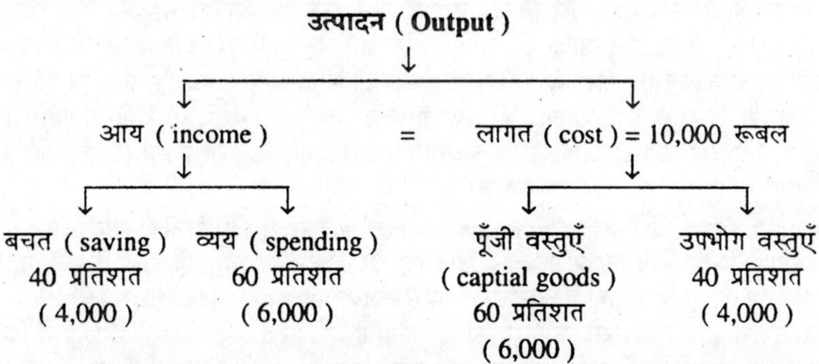

कल्पना कीजिए कि योजनाकाल में 10,000 रूबल के मूल्य का उत्पादन होता है। इस **उत्पादन में दो अंग हैं**—(क) **पूँजी वस्तुएँ** और (2) **उपभोग वस्तुएँ**। अब यदि योजना अधिकारी कुल उत्पादन का 60 प्रतिशत पूँजी वस्तुओं के रूप में उत्पादित करने का निर्णय लेता है तो पूँजी वस्तुओं और उपभोग वस्तुओं के आयोजित मूल्य और लागतें क्रमशः 6000 और 4000 रूबल होंगी। इस उत्पादन को पैदा करने के लिए जनता को 10000 रूबल के बराबर आय प्राप्त होगी क्योंकि **समुदाय के दृष्टिकोण से जो लागत है वही व्यक्तियों के दृष्टिकोण से आय कही जा सकती है।** इस मौद्रिक आय को

प्राप्त करने पर मान लीजिए कि जनता 40 प्रतिशत बचाने और शेष को खर्च करने का निर्णय ले सकती है। इसका अर्थ होगा कि बचत और व्यय क्रमशः 4000 और 6000 रूबल होंगे। यदि यही वास्तव में हो तो समुदाय को एक दुविधा का सामना करना पड़ेगा। उपभोग वस्तुओं की आयोजित लागत केवल 4000 रूबल है किन्तु जनता 6000 रूबल खर्च करने के लिए बेकरार है। इसके फलस्वरूप आयोजित लागतों की तुलना में मूल्य अधिक हो जायेंगे और अस्वस्थ अधिस्कीतिकारी प्रसार की सृष्टि हो जायेगी।

ठीक इसी अवस्था में पण्यावर्त कर अपनी निर्णायक भूमिका अदा करने के लिए आ धमकता है। जब मूल्य आयोजित लागतों से अधिक हो जाते हैं तो सरकार इनके अन्तर (ऊपर के उदाहरणों में 2000 रूबल) को पण्यावर्त कर के रूप में हथिया लेती है। इस प्रकार इस स्थिति में 2000 रूबल के बराबर समुदाय में **बलात बचत** (forced saving) होगी ताकि मूल्यों और लागतों में अन्तर मिट जाय। **इस प्रकार पण्यावर्त कर समुदाय में अस्वस्थ आर्थिक प्रसार और संकुचन की संभावना को दूर कर देता है** और आर्थिक व्यवस्था में युक्ति-युक्त स्थायित्व की व्यवस्था करता है।

3. सरकार द्वारा योजना का अनुमोदन (*Approval of the Plan*)

"योजना निर्देशों" के आधार पर योजना की रूप-रेखा बना लेने के बाद योजना के लिए सरकार का अनुमोदन लेना पड़ता है। यह अनुमोदन सामान्यतः मिल ही जाता है क्योंकि इसकी रूप-रेखा के प्रत्येक चरण में सरकार अपनी छाया डालती रहती है। किन्तु तब भी इस चरण में भी **सरकार को स्टेट प्लानिंग कमिटी द्वारा निर्मित योजना की रूप-रेखा में कोई भी छोटा-बड़ा संशोधन करने का अधिकार है।** सरकार द्वारा योजना का अनुमोदन योजनाकरण का तीसरा चरण है।

4. योजना की क्रियान्विति (*Execution of Plan*)

तब योजनाकरण का चौथा और अन्तिम चरण आता है—योजना की क्रियान्विति और उसे पूरा किया जाना (execuction and fulfilment of the plan)। **गासप्लान स्वयं ही वास्तविक व्यवहार में योजना की कार्यशीलता की प्रक्रिया की देख-रेख करता है।** योजना की कार्यशीलता कठिनाइयाँ और जटिलताएँ उत्पन्न करती है। अतएव इनकी देख-रेख कोई सरल काम नहीं है। वस्तुतः जैसा कि **मारिश डॉब** ने बतलाया है, **योजना को पूरा किये जाने का "आशय लक्ष्यों को प्राप्त करने अथवा विफल रहने के लिए प्रशंसा अथवा दोषारोपण के निमित्त केवल एक घटनोपरान्त अंकेक्षण अथवा निरीक्षण ही नहीं है।"**[1] योजना को पूरा करने की यह प्रक्रिया एक अत्यन्त ही जटिल, झंझटपूर्ण और गतिशील कार्य है।

योजना का कार्यशीलता की प्रक्रिया में योजना निर्माण में की गयी गणनाओं और अनुमानों तथा लक्ष्यों में अनेक गलतियाँ पायी जा सकती हैं। वस्तुतः कार्यरत योजना (plan in operation) संकलित सांख्यिक आँकड़ों की विश्वसनीयता और उन आँकड़ों के आधार पर बनाए गए लक्ष्यों की प्राप्ति की सहायता के लिए तथाकथित "प्रयोगशाला जाँच" (laboratory test) प्रस्तुत करती है। इस सम्बन्ध में गासप्लान का विशिष्टकृत

---

1. Plan fulfilment "in not intended to mean simply a post facto audit or inspection to allot praise or blame for achieving or falling short of the target." —Dobb

प्रशासन योजना की क्रियान्विति के समय प्राप्त परिणामों पर गहरी और निरन्तर चौकसी रखे रहता है।

योजना की कार्यशीलता के अधीक्षण का यह कार्य कुछ कठिन आर्थिक समस्याएँ उत्पन्न करता है—क्या विकास के लक्ष्यों को ''फलानुमान अथवा समादेश'' ("prognosis or command") माना जाय ? यदि लक्ष्यों को निरपेक्ष और क्लिष्ट माना जायेगा तो उनके गणना-अनुमान में गलतियों के स्पष्ट होने के बाद भी उन लक्ष्यों पर टिके रहने का प्रयास गंभीर आर्थिक विस्थापन और कुसमायोजन उत्पन्न कर सकता है। दूसरी ओर यदि लक्ष्यों को मात्र फलानुमान मान लिया जाय तो आयोजित लक्ष्यों में अत्यधिक नमनीयता को सरक आने की संभावना हो सकती है। ऐसी नमनीयता (flexibility) प्रशासन में सुस्ती को बढ़ावा दे सकती है और योजना की विफलता ला सकती है। अतएव **गासप्लान के लिए यह ठीक-ठीक पता लगाना निरपेक्षत: अनिवार्य हो जाता है कि किसी निश्चित क्षेत्र में निर्धारित रूप में योजना को कार्य करने में विफलता उचित है अथवा नहीं ?** यदि यह उचित नहीं है तो योजना सत्ता को उन लोगों के विरुद्ध कठोर और प्रभावी कार्यवाही करनी पड़ेगी जो विस्थापन के लिए उत्तरदायी हैं और इस विफलता को दूर करने के लिए तुरन्त ही उपाय करने होंगे। दूसरी ओर निश्चित रूप में कार्यशील होने में योजना की विफलता मात्र गणनाओं-अनुमानों अथवा गलत अथवा अपर्याप्त सांख्यिक आँकड़ों के कारण हो सकती है। ऐसी अवस्था में गासप्लान को तुरन्त ही नए गणना-अनुमान करने पड़ेंगे और उसे यह सुनिश्चित करना होगा कि आन्तरिक संगति का सिद्धांत चूर-चूर नहीं हो पाये। गासप्लान को इस तथ्य पर ध्यान रखना होगा कि ये नए गणना-अनुमान अर्थव्यवस्था के दूसरे क्षेत्रों में न्यूनतम उद्वोलन (disturbances) उत्पन्न करें।

किसी गलती का सरल और प्रारंभिक अवस्था में ही संशोधन करने के लिए गासप्लान के आर्थिक प्रशासन का विकेन्द्रीकरण आवश्यक हो गया है। आर्थिक योजनाकरण और आर्थिक प्रशासन के बीच अन्तर किया जाना आवश्यक और महत्त्वपूर्ण हैं। अनेक अवस्थाओं में जहाँ केवल स्थानीय समायोजन ही आवश्यक है, गासप्लान की निचली इकाइयों को आर्थिक प्रशासन की शक्तियाँ दी गयी हैं। ''वे किए जानेवाले किसी संशोधन का सूत्रपात अथवा संमोदन करने में क्रियाशील भूमिका निभायेंगी। ये योजना के ''प्रगति पदाधिकारी'' होंगी।''[1]

❑

1. "They will play the operative role in initiating or sanctioning any revisions that have to be made. They will be the "progress officers" of the plan." —Maurice Dobb

अध्याय 15

सोवियत जनता का जीवन-स्तर

(SOVIET STANDARD OF LIVING)

सोवियत रूस ने विज्ञान और प्रौद्योगिकी के क्षेत्र मं एक बहुत ही ऊँचा प्रभावशाली कीर्तिमान स्थापित कर लिया है। विगत पाँच-छः दशकों के दौरान सोवियत सरकार ने कोयला, लोहा और इस्पात, पेट्रोलियम आदि जैसी वस्तुओं का उत्पादन बहुत बढ़ा लिया है। सोवियत जनता ने अत्यन्त ही जटिल और सूक्ष्य तथा नाजुक वैज्ञानिक यंत्रों का भी विकास कर लिया है। आज सोवियंत रूस विज्ञान और प्रौद्योगिकी के क्षेत्र में विश्व के सर्वाधिक विकसित और धनी देश संयुक्त राज्य अमेरिका का महानतम प्रतिद्वन्द्वी बन गया है।

फिर भी सोवियत जनता का जीवन-मान महान प्रौद्योगिक सिद्धियों के साथ पग मिला कर चल पाने में विफल रहा है। आज भी सोवियत जनता का जीवन मान संयुक्त राज्य अमेरिका और यहाँ तक कि पश्चिमी यूरोप के देशों की जनता के जीवन मान से अत्यन्त ही नीचा है। यदि कहा जाय तो **जन-जीवन-स्तर के चार मुख्य अंग होते हैं**—(1) खाद्यान्न का उपभोग, (2) वस्त्र की व्यवस्था, (3) आवास और (4) विलास वस्तुओं का उपभोग। यह बहुत सरलतापूर्वक स्पष्ट किया जा सकता है कि **सोवियत रूस में विलास वस्तुओं का उपभोग बहुत अधिक नहीं है।** वस्तुतः एक औसत सोवियत उपभोक्ता के पास मोटर कार, प्रशीतक (refrigerator), टेप रिकार्डर, सुन्दर फोटो कैमरे आदि जैसी वस्तुओं को प्राप्त कर सकने के अवसर बहुत अधिक नहीं मिल पाते रहे हैं। जो कुछ विलास वस्तुएँ उन्हें मिल पाती रही हैं वे भी बहुत घटिया किस्म की और ऊँचे मूल्यों वाली होती रही हैं और इनके संबंध में उपभोक्ताओं के सामने कोई विशेष विकल्प नहीं रहते रहे हैं। निःसन्देह यह सही है कि इनमें से कुछ वस्तुएँ सारे समुदाय के आधार पर उपलब्ध की जाती रही हैं। जैसे विश्राम गृहों (rest houses) में अथवा अवकाश गृहों (holiday homes) में। किन्तु ऐसी वस्तुओं पर किसी व्यक्ति विशेष का अधिकार हो जाने का कोई विशेष अवसर नहीं मिल पाता है और जनता को केवल कुछ क्षणों तक ही इनका आनन्द लेने भर संतोष करना पड़ता रहा है। सब कुछ मिलाकर मोटे तौर पर **सोवियत जनता विलास वस्तुओं का अत्यन्त ही नीचा और क्षणिक आनन्द ले पाती रही है—परिमाण और गुण दोनों ही दृष्टिकोणों से। किन्तु बाइसिकिल, मोटरसाइकिल, सिलाई मशीनों, टेलीविजन सेट आदि जैसी वस्तुओं का प्रयोग अब सामान्य और लोकप्रिय बनता जा रहा है।**

एक औसत रूसी व्यक्ति के पारिवारिक बजट में सभी प्रकार की सेवाओं पर खर्च की जाने वाली आय का प्रतिशत 10 से अधिक नहीं हो पाता रहा है जबकि संयुक्त राज्य अमेरिका में यह प्रतिशत 25 के लगभग है। प्रत्यक्ष सेवाओं पर किया जाने वाला यह निम्न व्यय रहस्यात्मक महत्त्व वाला है। यह बतलाता है कि कुछ अनिवार्य और मनोरंजन

सेवाओं की व्यवस्था कर पाने में संयुक्त राज्य अमेरिका की अपेक्षा सोवियत रूस अभी बहुत ही पीछे है। वस्तुतः सोवियत रूस में धुलाई, ड्राईक्लीनिंग आदि अनिवार्य सेवाओं की बहुत ही कमी है और विशुद्ध मनोरंजन के लिए सुविधाओं की भी सामान्य रूप से बहुत कमी है। **लगभग सारे के सारे मनोरंजन गृहों पर सरकार का स्वामित्व है और ये मनोरंजन गृह अत्यन्त घटिया मनोरंजन मनबहलाव आनन्द दे पाते हैं। इन मनोरंजन गृहों का संचालन अनिवार्य रूप से साम्यवादी शिक्षा के विस्तार, साम्यवाद के प्रचार के लिए किया जाता रहा है न कि विशुद्ध मनोरंजन के लिए।** स्वभावतः ये मनोरंजन गृह वास्तव में मनोरंजन गृह नहीं रहकर सस्ते प्रचार-केन्द्र बन जाते रहे हैं। जनता को व्यक्तिगत धारणाओं के लिए वास्तव में अवसर नहीं मिल पाते रहे हैं।

हमलोग ने देखा है कि विलास वस्तुओं और सेवाओं के उपभोग के क्षेत्र में सोवियत रूस पाश्चात्य यूरोपीय देशों और अमेरिका से बहुत पीछे है। यदि विलास वस्तुओं के प्रति व्यक्ति उपभोग को किसी देश की उन्नतिशील अवस्था का प्रमुख परिचायक मान लिया जाय तो सोवियत रूस के पास दम्भ भरने के लिए संभवतः कुछ खास नहीं हैं। किन्तु बुनियादी अनिवार्यताओं के क्षेत्र में भी सोवियत रूस संयुक्त राज्य अमेरिका की बराबरी में कहीं भी नहीं टिक पाता है। **परम्परागत रूप से सोवियत रूस के सम्पूर्ण इतिहास में सोवियत जनता निम्न भोजित, निम्न वस्त्रित और निम्न और निम्न आवासित** (ill-fed, ill-clothed and ill-housed) **रही है।**[1]

प्रथम और द्वितीय पंचवर्षीय योजनाओं के प्रारंभिक चरणों में सोवियत जनता को मूल अनिवार्यताओं के अत्यन्त ही नीचे उपभोग-स्तर के कष्ट को भुगतना पड़ा था। 1939 में जब उत्पादन में पर्याप्त वृद्धि भी हो पायी थी तो उसके बाद भी औसत रूसी नागरिक प्रतिदिन मात्र 2800 कैलोरी के बराबर भोजन का ही उपभोग कार पाया है जबकि संयुक्त राज्य अमेरिका में औसत प्रति व्यक्ति प्रतिदिन भोजन कम-से-कम 3600 कैलोरी का होता है। **वस्तुतः एक औसत सोवियत नागरिक को संतुलित भोजन मुअस्सर नहीं हो पाता है। सोवियत रूस के नागरिकों के भोजन के मुख्य अंग रोटी और अन्य खाद्यान्न हैं। मांस, फल, दूध, मक्खन उन्हें अत्यन्त ही कम मिल पाते हैं।** खाद्य उपभोग में खाद्यान्नों का यह अधिक महत्त्वपूर्ण स्थान सोवियत जनता के नीचे जीवन-स्तर का एक निश्चित अचूक लक्षण हैं। **किन्तु खाद्यान्नों के लिए भी सोवियत रूस अभी तक आत्म-निर्भर नहीं हो पाया है** और विशाल पैमाने पर आज वह संयुक्त राज्य अमेरिका से खाद्यान्नों का आयात कर रहा है—इतने विशाल पैमाने पर कि अमेरिका का खाद्यान्न भंडार खाली हो गया है और **विश्व-बाजार में खाद्यान्नों का मूल्य अत्यधिक बढ़ गया है। इसके दो मुख्य परिणाम हुए हैं। एक** तो बढ़े हुए मूल्यों के कारण विश्व के लगभग सभी वैसे विकसित और अर्द्धविकसित देशों में खाद्यान्नों के लिए ऊँचा मूल्य चुकाना पड़ रहा हैं जो खाद्यान्नों के लिए आत्म-निर्भर नहीं है—विशेषकर भारत जैसे अर्द्धविकसित देशों को। **दूसरे** खाद्यान्न-पूर्ति के संबंध में सोवियत रूस के कार्यों के कारण चिन्ता व्याप्त हो गयी है।

वस्त्र और जूते के संबंध में भी सोवियत रूस कोई प्रभावशाली सिद्धयाँ प्राप्त

1. "Traditionally throughout the history of the U.S.S.R. the Russians have been 'ill-fed, ill-clothed and ill-housed."

कर पाने में विफल रहा है। 1936 में कुछ प्रमुख नगरों में युवा सोवियत कर्मचारियों के वस्त्र और जूतों के ढर्रे कुछ रुचिकर विशेषताओं का रहस्योद्‌घाटन करते हैं। **एक औसत नर कर्मचारी एक समय में केवल एक ओवरकोट, एक सूट, दो पायजामे, चार कमीजें और चमड़े के केवल एक ही जोड़ा जूता की व्यवस्था कर पाता था। उसी प्रकार एक औसत महिला कर्मचारी एक समय में दो ओवरकोट, तीन सूती पोशाक, एक रेशमी पोशाक और चमड़े के केवल एक जोड़े जूते का ही आनन्द ले सकती थी।** स्पष्टतः ऐसे उपभोग ढर्रे को किसी भी प्रकार के मापदंड से ऊँचा नहीं माना जा सकता। वस्तुतः द्वितीय विश्वयुद्ध के बाद सोवियत रूस को जाने वाले विदेशी लोगों को औसत सोवियत कर्मचारियों के अत्यन्त फटे-पुराने वस्त्रों को देखकर बहुत सदमा पहुँचता है और वे सोवियत देश की प्रभावशाली वैज्ञानिक तथा प्रौद्योगिक सिद्धियों के साथ इस निम्न जीवन-स्तर की घटना का सामंजस्य कर पाने में ठगे रह जाते हैं। इसमें कोई संदेह नहीं है कि सोवियत भूमि में पूँजी वस्तु उद्योगों के विकास की ऊँची दर उपभोग वस्तुओं के महान बलिदान पर ही प्राप्त की जा सकी है।

सोवियत जनता के जीवन-स्तर की सर्वाधिक बुरी और सर्वाधिक अन्धकारपूर्ण विशेषता अत्यन्त ही तुच्छ नगरी आवास सुविधा है। नगरी आवास की समस्या पर कुछ सावधानी के साथ विचार करना होगा। 1917 में रूसी क्रांति के बाद सोवियत रूस में नगरी जनसंख्या में पर्याप्त रूप से निरन्तर वृद्धि होती गयी है। नगरी जनसंख्या में यह वृद्धि प्रथम और द्वितीय पंचवर्षीय योजनाओं के अन्दर बहुत ही अधिक हो गयी थी। पिछले पृष्ठों में हमने देखा है कि कैसे नगरों में श्रम की बढ़ी हुई माँग के कारण द्वितीय योजना काल में बड़े पैमाने पर देहातों से जनता का राजधानी वाले और दूसरे बड़े केन्द्रों में प्रवास हुआ था। **वस्तुत: 1934 के बाद नगरी आवास समस्या को सोवियत रूस की गंभीरतम आर्थिक समस्याओं में से एक माना जाता है।** आवास समस्या को हल्का करने के लिए 1946 से 1953 के बीच सोवियत सरकार ने नए भवन-निर्माण को ऊँची प्राथमिकता दी थी। इस काल में निर्मित कुल नगरी आवास स्थान 183 मिलियन वर्ग मीटर से भी अधिक था। किन्तु भवन-निर्माण के लिए इस महान प्रयास के बावजूद नगरी आवास की समस्या गंभीर बनी रही। **1952 में मेलकह्न ने कहा, ''भवन-निर्माण के महान परिमाण के बावजूद अभी भी सर्वत्र गंभीर आवास का अभाव है।''**[1] अनुमान लगाया गया है कि 1953 में सोवियत रूस में प्राप्त प्रति व्यक्ति औसत आवास स्थान (housing space) मात्र 1.5 वर्गमीटर था अर्थात् 8 फीट × 6 फीट से भी कम क्षेत्र। इस प्रकार बिना कोई अतिश्योक्ति किए ही यह कहा जा सकता है कि एक औसत सोवियत कर्मचारी को झुग्गी-झोपड़ी निवासी से कुछ भी अधिक आवास सुविधा संभवतः नहीं प्राप्त है। **सोवियत नगरों में अत्यधिक जनता का जमावड़ा और आवास-स्थान का गंभीर अभाव नि:संदेह एक गंभीर आर्थिक और सामाजिक समस्या है।**

फिर भी यह कहा जा सकता है कि **स्तालिन की मृत्यु के बाद खुश्चेव के काल में सोवियत जनता के जीवन-स्तर को ऊँचा करने के लिए कुछ ठोस प्रयास किए गए हैं। किन्तु इन प्रयासों के प्रतिफल अभी तक बहुत अधिक सुखद नहीं हो पाए**

---

1. "Despite the great volume of housing construction there is still an acute housing shortage everywhere."

हैं और 1964 में खुश्चेव की पदच्युति के बाद तो काल-चक्र उल्टा ही हो गया था। एन० एस० खुश्चेव ने 1959 में सोवियत संघ के साम्यवादी दल की केन्द्रीय समिति की एक पूर्ण वार्षिक बैठक में सोवियत रूस की अर्थव्यवस्था की अग्रलिखित सिद्धियों का उल्लेख किया था—

1. वर्ष 1959 में 80 मिलियन वर्गमीटर के आवास-स्थान अथवा 2.2 मिलियन आधुनिक फ्लैटों का निर्माण नगरों और औद्योगिक समुदायों में किया जा पाया।

2. वर्ष 1959 के प्रथम 11 महीनों के अन्दर सामूहिक राजकीय फार्मों और मांस के उत्पादन में 32 प्रतिशत वृद्धि हो गयी।

3. सन् 1959 में देश में उत्पादित मक्खन की मात्रा 845000 टन अर्थात् औसतन 4 किलोग्राम प्रति व्यक्ति थी। 1958 में संयुक्त राज्य अमेरिका ने 685000 टन अर्थात् प्रति व्यक्ति 3.9 किलोग्राम मक्खन पैदा किया था। इस प्रकार मक्खन के प्रति व्यक्ति उत्पादन में सोवियत रूस अमेरिका से आगे हो गया।

विगत कुछ वर्षों में सोवियत रूस का विकास बड़ी तेजी के साथ हुआ है। अक्टूबर, 1972 में प्रकाशित सोवियत समाचार के अनुसार 1922 से 1972 के बीच लगभग 50 वर्षों के अन्दर ही 1922 की तुलना में सोवियत रूस की राष्ट्रीय आय 112 गुनी, औद्योगिक उत्पादन 321 गुना, कुल कृषि उत्पादन 5.1 गुना बढ़ा गया। साथ-ही-साथ कर्मचारियों के लिए वास्तविक मजदूरी 8.3 गुनी बढ़ गयी—1913 की तुलना में। सोवियत जनता की औसत आयु भी इस काल में 32 वर्ष से बढ़कर 70 वर्ष हो गयी। साक्षरता भी इस काल में 9 वर्ष से 49 वर्ष की आयु वाली जनता के लिए 44.1 प्रतिशत से बढ़कर 99.7 प्रतिशत अर्थात् लगभग शत-प्रतिशत हो गयी।

इस प्रकार सोवियत जनता के जीवन-स्तर में सुधार के प्रयास किये जा रहे हैं। किन्तु यद्यपि सोवियत सरकार ने विगत् कुछ वर्षों से जनता के जीवन-मान को ऊँचा करने की आवश्यकता को महसूस किया है और इस संबंध में वह प्रयास भी कर रही है तथापि सोवियत जनता को संयुक्त राज्य अमेरिका की सामान्य जनता के जीवन स्तर तक पहुँच पाने के लिए अभी मीलों जाना है—काफी लम्बी यात्रा अभी इस संबंध में उसे तय करनी है।

❑

अध्याय 16

रूसी अर्थ-व्यवस्था की वर्तमान स्थिति और प्रवृत्तियाँ : आर्थिक संकट और आर्थिक खुलापन तथा पुनर्गठन

(PRESENT POSITION AND TRENDS IN THE SOVIET ECONOMY : ECONOMIC CRISIS AND GLASNOST AND PERSETOIKA)

आर्थिक संकट

सोवियत समाचार एजेन्सी **तास** (Tass) के एक समाचार के अनुसार 1922 से लेकर 1972 के बीच पचांस वर्षों के अन्दर सोवियत संघ की राष्ट्रीय आय 1922 की तुलना में 1972 में 112 गुनी बढ़ गयी, औद्योगिक उत्पादन 321 गुना, कुल कृषि उत्पादन 5.1 गुना बढ़ गया। इसके साथ ही मजदूरों की वास्तविक मजदूरी 1913 की अपेक्षा 1971 में 8.3 गुनी, कृषकों की 12 गुनी बढ़ गयी। इसी अवधि में सोवियत रूस में जीवन की औसत आयु-प्रत्याशा (life-expectancy) 32 वर्ष से बढ़कर 70 वर्ष और 9 वर्ष से 49 वर्ष के बीच की अवस्था वाले व्यक्तियों की साक्षरता 44.1 प्रतिशत से बढ़कर लगभग शत प्रतिशत (99.7 प्रतिशत) हो गयी।

किन्तु पिछले कुछ वर्षों से सोवियत अर्थ-व्यवस्था कई प्रकार के गंभीर संकटों का सामना कर रही है। इसकी आर्थिक समस्याओं का रूप-आकार अब क्रमशः स्पष्ट होने लगा है। **आर्थिक समस्याओं की गंभीरता ने उसे सहायता के लिए पाश्चात्य पूँजीवाद देशों की ओर ताकने के लिए विवश कर दिया है। अब बाध्य होकर सोवियत रूस सहायता के लिए पूँजीवादी पद्धति को अपनाने वाले देशों का मुँह ताकने लगा है**—उस पद्धति को जिसे समाप्त करने का वीणा उसने साम्यवादी आदर्श के पालन के रूप में उठाया था। पिछले अध्याय में सोवियत कृषि के संकटों पर विचार करते हुए हमने स्पष्ट किया है कि रूस को इस बार भी बड़ी मात्रा में संयुक्त राज्य अमेरिका से अन्न और अनेक दूसरों रूपों में आर्थिक सहायता प्राप्त हुई है—उस अमेरिका से जो पूँजीवादी प्रणाली का पोषक है और जिसके साथ सोवियत रूस बराबरी का ही नहीं, उससे आगे निकल जाने का भी स्वप्न देखता रहा है।

सोवियत रूस का वर्तमान आर्थिक संकट भी कृषि से उत्पन्न हुआ है। 1972 में कृषि उत्पादन के लिए जो विनाशकारी संकट उत्पन्न हुआ था उसने सोवियत रूस को अन्न की पूर्ति विदेशों से प्राप्त करने के लिए बड़ी मात्रा में स्वर्ण कोषों को खर्च करने के लिए विवश किया था। उस वर्ष उसे पाश्चात्य देशों में 200 करोड़ डॉलर के मूल्य तक अनाज का क्रय संकटकालीन उपाय के रूप में करना पड़ा था। अब भी सोवियत रूस के स्वर्ण कोषों को 800 करोड़ से 1000 करोड़ डॉलर के बराबर माना जा रहा है। किन्तु वे रूस को उसके अन्य आर्थिक मोर्चा पर सहायता देने के लिए आवश्यक हैं।

कठिनाई यह है कि **कृषि भिन्न दूसरे मोर्चों से भी सुखद समाचार नहीं आ रहे हैं।** सोवियत संघ का कुल देशी उत्पादन (gross domestic product) 1972 में 2 प्रतिशत से भी कम दर से बढ़ा था। 1970 के दशक में सोवियत रूस की आर्थिक प्रत्याशाओं का **अध्ययन कुछ लोगों ने किया है जो अभी हाल में ही यूनाइटेड स्टेट्स कांग्रेस के तत्वावधान में प्रकाशित हुआ है। इस अध्ययन के लेखक के विचार में परिणाम 1929 में स्तालिन द्वारा आर्थिक योजनाकरण का प्रारंभ होने के बाद संभवत: सबसे बुरा निकला।** चूँकि कृषि आज भी सोवियत रूस के कुल देशी उत्पादन (GDP) के एक चौथाई के लिए उत्तरदायी है इसलिए 1972 में हुई दयनीय फसल, जो स्वयं ही बुरे मौसम और बुरे संगठन का परिणाम थी, पर इसका कुछ दोष मढ़ दिया जाता है। किन्तु उस वर्ष सोवियत उद्योग भी बहुत बुरी तरह विफल हुआ था। वर्ष के लिए निर्धारित लक्ष्यों को पूरा करने में अनेक औद्योगिक वस्तुएँ असफल रहीं। नीचे की तालिका से कुछ औद्योगिक वस्तुओं के उत्पादन में निर्धारित लक्ष्य से कमी का अन्दाजा लगाया जा सकता है।

वस्तुएँ	**निर्धारित लक्ष्य से उत्पादन में कमी (प्रतिशत)**
प्राकृतिक गैस	8.5
तेल क्षेत्र साज-सज्जा (oil field equipment)	15.4
हल्का उद्योग साज-सज्जा	11.0
फसल काटने वाली मशीनें (grain harvesting combines)	7.1
टरबाईन	11.1
धुलाई मशीनें	15.4
प्रशीतक (refrigerators)	2.6
शीशा (glass)	4.4

निरन्तर ढलाई तरीके (continuous casting method) से इस्पात का उत्पादन निर्धारित लक्ष्य से बहुत कम रहा है। **इस्पात के उत्पादन-लक्ष्यों की पूर्त्ति में विफलता सोवियत नेताओं के लिए निश्चय ही विशेष रूप से निराशापूर्ण रही है** जो देश की जनता से उत्पादन की आधुनिक तकनीकों के चरम बिन्दु तक सोवियत उद्योगों को पहुँचा देने की आवश्यकता के विषय में बारम्बार कहते रहे हैं।

उद्योगों की उत्पादकता को मापने की सोवियत योजनाकारों की रीति अनूठी रही है, एक विशेष प्रकार की रही है। किन्तु विशेष तरीके के अनुसार भी उद्योगों की उत्पादकता 1971 और 1972 में मात्र 1½ प्रतिशत प्रति वर्ष ही बढ़ पायी थी जबकि 1971 से 1975 के बीच की अवधि के लिए औसत आयोजित वृद्धि-दर 3.7 प्रतिशत प्रतिवर्ष रखी गयी थी। निश्चय ही वास्तविक वृद्धि निर्धारित लक्ष्य से बहुत कम रही। जब कभी रूसी निवासी ऊँचे उत्पादन की बात करते रहे हैं तो उसका आशय वे अतिरिक्त प्रदा (extra output) से लगाते रहे हैं जो कुशलतम व्यवस्था, यंत्रों के अधिक कुशल प्रयोग और कठोर परिश्रम जैसे साधनों से पूँजी और श्रम दोनों की एक निश्चित आदा (input) द्वारा प्राप्त किया जा सकता है। अतएव इस मोर्चे पर विफलता 1971-76 की योजना के महत्त्वाकांक्षी लक्ष्यों को पूरा कर सकने संबंधी रूसी नेताओं की आशाओं के लिए विशेष रही है। इन लक्ष्यों में औद्योगिक उत्पादन में 8 प्रतिशत वृद्धि शामिल रही थी जिसका आधा से कुछ अधिक

अतिरिक्त पूँजी और श्रम के प्रयोग द्वारा प्राप्त किया जाना था। शेष वृद्धि उत्पादकता से वृद्धि होने वाली थी।

नवीनतम विफलताएँ तत्कालीन रूसी नेता ब्रेजनेह्व के लिए बड़े बुरे समय में उत्पन्न हुई थी। सोवियत सरकार उस समय उपभोक्ताओं के लिए अधिक कुशल व्यवस्था करने और साथ-ही-साथ उद्योग तथा कृषि का आधुनिकीकरण करने के लिए बड़ी मात्रा में साधनों को लगाने और इन सबों को प्रतिरक्षा पर होने वाले व्ययों तथा कार्यक्रमों में बिना कटौती किए ही करने के कठिन काम में जुड़ी हुई थी। विगत वर्षों में पाश्चात्य देशों से रूस ने अनाज, इस्पात पाइप और यंत्रों का जो बड़ी मात्रा में आयात किया था उससे रूस के अन्दर होने वाले उत्पादन में तब तक होने वाली सबसे बुरी कमी को पूरा करने में सहायता मिल पायी थी। किन्तु 1972 में रूस के भुगतान संतुलन में 700 मिलियन डॉलर का घाटा था जो बढ़कर 1973 में 3000 मिलियन डॉलर हो गया। 1974 में यह घाटा और भी बढ़ गया। अब रूस को अपने स्वर्ण कोषों को टटोलना पड़ा और साथ ही स्वर्ण उत्पादन में वृद्धि के लिए प्रयास करना पड़ा। किन्तु इसके विशाल प्राकृतिक धन की तरह सोना भी इसके सुदूर उत्तरी और पूर्वी क्षेत्रों में मिल सकते हैं जहाँ पर सड़क, रेल भवन आदि के रूप में बड़ी मात्रा में निवेश की आवश्यकता है। यह एक कुचक्र का दो-तिहाई है।

क्या सोवियत संघ अब कभी 1960 के दशक के प्रारंभिक वर्षों की सापेक्षत: तीव्र आर्थिक विकास दर को पुन: प्राप्त कर सकता है ? श्रम और पूँजी की नयी मात्रा को नाटकीय ढंग से बड़ी मात्रा में निवेश करने की आशा बड़ी क्षीण लगती है। निश्चय ही कृषि क्षेत्र में अतिरिक्त श्रम प्राप्त कर पाना कठिन है। यह सही है कि रूस में कृषि में कुल श्रम बल का एक तिहाई से भी अधिक लगा हुआ है जबकि संयुक्त राज्य अमेरिका में कुल श्रम बल का केवल 4 प्रतिशत ही लगा हुआ है। किन्तु विद्यमान आर्थिक योजना के अधीन कृषि उत्पादन में 1975 तक 22 प्रतिशत वृद्धि होने की आशा की गयी थी। इसका अर्थ यह हुआ कि कृषि-कार्य व्यवस्थापक अपनी शक्ति भर श्रम बल को नगरों में जाने से रोकना चाहेंगे। खेतों से श्रमिकों को मुक्त तभी किया जा सकता है जब उनके स्थान पर यंत्र का प्रयोग करने के लिए धन प्राप्त कर लिया जाए। सोवियत संघ में केवल मध्य एशिया की गैर-रूसी जनता को छोड़कर सभी जगह जन्म दर में गिरावट आ रही है। अतएव **रूस में कुल श्रम बल में दीर्घकालीन वृद्धि की आशा भी कोई बहुत अधिक नहीं है।**

मूल उद्योगों—खदान, इस्पात निर्माण, अभियांत्रिक, पेट्रोकेमिकल और अन्य के लिए पूँजी की पूर्ति भी कोई सरल काम नहीं है। **उपभोग वस्तुओं की पूर्ति बढ़ाने के लिए ब्रेजनेह्व सरकार का निर्णय उत्पादन साधनों को भारी उद्योगों से दूर खींच ले गया था।** फिर निवेश के साथ ह्रासमान उत्पादन की भी समस्या है। साप्ताहिक पत्र **'दी इकॉनॉमिक गजेट'** के अनुसार पूँजी निवेश की लागत अर्थात् उत्पादक निवेश की प्रति रूबल राष्ट्रीय आय की प्रति अतिरिक्त इकाई की लागत (cost of each additional unit of national income per rouble of productive investmemt) 1961 से 1965 के बीच 13 प्रतिशत बढ़ी थी। तब से यह वृद्धि जारी रही है तथा संभवतः और बढ़ ही गयी है। निःसंदेह यह सही है कि सोवियत रूस अपने को आधुनिक बनाने की आशा में बहुत मात्रा में गवेषणा और विकास पर खर्च करता है। **अमेरिका द्वारा किये गये नये अध्ययन के अनुसार, सोवियत रूस ने 1972 में गवेषणा और विकास पर 28000 मिलियन डॉलर**

खर्च किया था। किन्तु इसमें कम-से-कम 60 प्रतिशत सैनिक कार्यों के लिए खर्च किये गये थे। गैर-सैनिक क्षेत्र की आवश्यकताओं के लिए मात्र 11000 मिलियन डॉलर ही बच पाये थे। संयुक्त राज्य अमेरिका में गैर-सैनिक कार्यक्रम पर 16000 मिलियन डॉलर खर्च किये गये थे और यह रकम भी उसी प्रकार का परिणाम नहीं ला पायी थी जिस प्रकार के परिणाम सैनिक क्षेत्र में प्राप्त हुए थे। स्पष्टतः सोवियत रूस में सैनिक ग्राहकों के पास अपनी आवश्यकताओं का गैर-सरकारी ग्राहकों की अपेक्षा अधिक स्पष्ट चित्र होता है और उन्हें प्राप्त करने के लिए दबाव डालने में वे पर्याप्त शक्तिपूर्ण हैं।

संकट के कारण

सोवियत रूस के उद्योगों के व्यवस्थापकों को दूर स्थित नौकरशाही द्वारा निर्धारित किए गए उत्पादन कार्यक्रमों को पूरा करने से अधिक कुछ कर दिखाने और काम करने के लिए न तो उचित अवसर मिलता है और न उत्प्रेरणा ही। सोवियत बिल्डर्स गजेट (Soviet Builder's Gazette) **में छपी एक कहानी** स्थूल से निर्धारित लक्ष्यों पर एकाग्रचित होकर ध्यान लगाने के दोषों को स्पष्ट करती है। संयुक्त राज्य अमेरिका की अपेक्षा रूस शीशे का दूना उत्पादन करता है किन्तु यह उसकी तुलना में केवल आधा भवनों का निर्माण कर पाता है। बाकी कहाँ चला जाता है ? इसका 46 प्रतिशत तो शीशा लगाने के पहले ही अथवा लगाते समय टूट जाता है। क्यों ? इसलिए कि सोवियत रूस में शीशा उत्पादन की योजनाएँ वर्गमीटर के रूप में निर्धारित की जाती है। अतः व्यवस्थापकों को पतले शीशे के निर्माण पर ध्यान केन्द्रित करने का प्रलोभन मिलता है जो बड़ी आसानी से टूट जाता है। ऐसी अवस्था में यह आश्चर्यजनक नहीं है कि **सोवियत रूस में नव प्रवर्त्तन–औद्योगिक प्रगति का वह अनिवार्य अंग—फल-फूल नहीं पाता है। अनेक आविष्कार उदय होते हैं किन्तु बहुत कम को कार्य रूप दिया जा पाता है** क्योंकि जैसा कि सोवियत अर्थशास्त्री स्वयं स्वीकार करते हैं, **व्यवस्थापकों के लिए नए उत्पादन के जोखिमों और अनिश्चितताओं के प्रति अपने को खुला छोड़ देने की अपेक्षा उसी पुरानी मद का उत्पादन करते रहना अधिक सुरक्षित और लाभदायक ज्ञात होता है। 1972 में छपे प्रावदा के एक विवरण** के अनुसार पेट्रोकेमिकल उद्योग में 600 से अधिक प्रक्रियाएँ और छापें तथा मार्का 25-30 वर्ष पुराने थे पर केवल 80 प्रक्रियाओं और मार्का को ही संशोधित किया जा रहा था।

नवप्रवर्तन करने और उन नवप्रवर्तनों को कार्यरूप देने में अत्यधिक समय लग जाता है तबतक वे पुराने पड़ जाते हैं। सोवियत रूस में नयी प्रक्रिया प्रारंभ करने की यदि वास्तविक इच्छा होती रही हैं तो भी फर्म की अपनी योजना और उस व्यवसाय में लगे दूसरे सभी फर्मों की योजनाओं में उसे ठीक करने तथा मंत्रालयों, स्टेट कमिटियों और अन्य एजेन्सियों तथा संस्थाओं द्वारा अनुमोदित किए जाने में **एक लम्बी अवधि बीत** जाती रही है और जब सभी संबंधित व्यक्तियों, संस्थाओं से पूर्ण अनुमोदन प्राप्त हो जाता है तो भी उस प्रक्रिया-विचार को वास्तव में कार्य रूप देने में 18 महीने का और समय लग सकता है। **घिसावट आदि के लिए नीची दरों पर छूट नये यंत्रों के प्रारंभ का प्रोत्साहन नहीं दे पाती। मूल साज-सज्जा की लागत को पूरा करने में 15-20 वर्ष लगते हैं।**

उत्पादन लक्ष्यों में सहसा किसी परिवर्तन के लिए अपने को अप्रस्तुत पा जाने के भय से व्यवस्थापक आतंकित रहते हैं। इसलिए ऐसे अकस्मात् परिवर्तन का सामना

करने के लिए वे एक बीमा के रूप में श्रम और कच्चे माल दोनों का छिपा-छिपा संग्रह करते रहे हैं, मानव-शक्ति के अभाव और कच्चे मालों की बर्बादी के विरोध में चलाए जाने वाले सरकारी अभियान के बावजूद। **जड़ता** (inertia) **की शक्तियाँ इतनी मजबूत रही है कि तथाकथित 'धक्केबाजों'** (pushers) **अर्थात् तोलकाची** (tolkachi) **की सहायता के बगैर आर्थिक क्रियाओं के वर्तमान स्तर को भी नहीं बनाए रखा जा सकता है** जो डोरी खींचने और सुराखों को बन्द करने के द्वारा बहुधा अनिवार्य पूर्ति का पता लगा सकते और व्यवस्था कर सकते हैं—अपने व्यक्तिगत लाभों के लिए।

संकट मुक्ति के वैकल्पिक उपाय

आर्थिक संकट को दूर करने के लिए सोवियत रूस वस्तुतः केवल तीन ही प्रकार का उपाय कर सकता है। पहला उपाय देश के प्रतिरक्षा कार्यक्रम पर किए जाने वाले विशाल व्यय में कटौती करना हो सकता है। किन्तु **बन्दूक से मक्खन की ओर हटना** व्यवहार में अधिकांश सोवियत राजनीतिक और सैनिक नेताओं को स्वीकार्य नहीं हो पायेगा जबतक कि इसके साथ-ही-साथ पाश्चात्य देशों के साथ प्रतिरक्षा-व्यय के संबंध में व्यापक समझौते-करार नहीं हो पाते। यदि ऐसे समझौते हो भी जाते हैं तो भी सोवियत नेता चीन से अपनी सैनिक श्रेष्ठता बनाये रखने और पूर्वी यूरोपीय साम्यवादी देशों पर अपना कब्जा जमाये रखने के लिए सैनिक व्यय में कोई विशेष कटौती करने की आवश्यकता नहीं महसूस करते रहेंगे। सैनिक व्यय में बचत के लिए कुछ अंश तक दबाव स्पष्टतः उन महत्त्वपूर्ण तत्त्वों में से एक है जिन्होंने रूस को संयुक्त राज्य अमेरिका के साथ प्रक्षेपास्त्रों के संबंध में बातचीत करने और वियना में होने वाले सैन्य कटौती बातचीत में भाग लेने के लिए बाध्य किया था। किन्तु यदि सैन्य व्यय में कटौती के संबंध में सहमति से पर्याप्त बचत हो भी पाती है तो भी उसका प्रभाव एक पर्याप्ततः लम्बे समय तक संभवतः रूसी अर्थव्यवस्था में महसूस नहीं किया जा पायेगा।

दूसरा विकल्प ऐसा आमूल आर्थिक सुधार किया जाना है जो व्यवस्थापकों को केन्द्रीकृत नियंत्रण की कुछ जंजीरों और जकड़नों से स्वतंत्र कर दे। 3 अप्रैल, 1973 को जारी की गयी आज्ञप्ति, जिसने पाश्चात्य देशों में प्रचलित निगमों की तरह और कल्पनानुसार मंत्रियों के नियंत्रण से स्वतंत्र नये औद्योगिक संघों की स्थापना के लिए व्यवस्था की थी, ने दिखलाया कि सोवियत सरकार कार्य-कुशलता के हित में कुछ सीमित उपायों की व्यवस्था करने के लिए तैयार हैं। किन्तु वर्ष 1987 के बाद **गोर्बाचोव** द्वारा उठाए गए साहसिक कदमों के पहले कोई भी महत्त्वपूर्ण बड़ा विकेन्द्रणकारी सुधार सोवियत रूस में संभवतः विचारातीत था। ऐसे आमूल सुधार की कल्पना ही नहीं की जा सकती थी क्योंकि ऐसे सुधार राजनीतिक सुधारों के लिए माँगों को बढ़ावा देते और फलस्वरूप अस्थायी रूप से उत्पादन में कमी भी हो सकती थी।

तब केवल तीसरा विकल्प बचा रहा था। इसके अन्दर सोवियत संघ को साँस लेने के लिए समय प्राप्त करने में सहायता देने के लिए पाश्चात्य प्रौद्योगिकी का बड़ी मात्रा में आयात किया जा सकता था। पश्चिमी जर्मनी, संयुक्त राज्य अमेरिका, जापान और दूसरे गैर साम्यवादी औद्योगिक देशों के साथ सोवियत संघ जो बड़े-बड़े नये सौदे कर रहा था उसका अर्थ यही है। **अनेक भूतपूर्व रूसी नेताओं और विशेषकर पीटर महान की तरह ब्रेजनेह्व भी ऐसे किसी सुधार से दूर रहकर भौतिक प्रगति के लिए छलांग**

लगाने के लिए पाश्चात्य देशों की ओर देख रहे थे जो देश की निरंकुश प्रणाली को बाधा पहुँचा सके। किन्तु यदि ब्रेजनेह्व जो सहायता चाहते थे वह मिल भी जाती तो भी जिस ढंग से सोवियत अर्थव्यवस्था संचालित की जाती रही है उसमें कुछ पर्याप्त और महत्त्वपूर्ण सुधार किया जाना आवश्यक था यदि सोवियत रूस वाँछित फल लाना चाहता था। **सोवियत रूस को अपने अनेकानेक नौकरशाहों, जो अब 1964 की तुलना में पाँच लाख से अधिक बढ़ गये थे, को धक्का देकर क्रियाशील बनाना पड़ेगा और उनकी क्रियाशीलता में नमनीयता लानी होगी।**

वर्ष 1987 से **'ग्लासनोस्त'** और **'पेरेस्त्रोइका'** के रूप में सोवियत नेता **गोर्वाचोव** द्वारा किए गए सुधार इसी अनिवार्यता की अभिव्यक्ति थे और वे इसी दिशा की ओर मुड़ थे। **गोर्वाचोव** के प्रयास तो हमें ऊपर वर्णित दूसरे से विकल्प की ओर ले जा रहे थे और वे बाजार अर्थव्यवस्था की स्थापना करने वाले हैं। वास्तव में 1991 के बाद ऐसा हुआ भी।

सोवियत रूस में आर्थिक खुलापन और पुनर्गठन
(Glasonost and Perestroika)

आज दुनिया के बहुत से देशों में बहुत ही विचित्र घटनाएँ घट रही हैं। एक व्यवस्था में दूसरी विपरीत व्यवस्था के प्रयोगों, कबाड़ अर्थव्यवस्था को सफल बनाने और आर्थिक गतिविधियों को व्यक्ति केन्द्रित करने की क्रांति के प्रयोग हो रहे हैं। प्रयोगशालाएँ साम्यवादी और समाजवादी देश हैं। अल्बानिया से लेकर वियतनाम और स्वीडेन से तंजानिया के सभी देश आर्थिक सुधार के नाम पर उन नुस्खों को अपना रहे है जो **कौटिल्य, महात्मा गाँधी, एडम स्मिथ या फ्रीडमैन** की उन थीसियों से संबंध रखते हैं जिनके प्रति कुछ साल पहले तक नाक-भौं सिकोड़ी जाती थी।

प्रयोग विचित्र हैं। ये व्यवस्था का कायाकल्प करने वाले हैं। जून 1987 की ही बात है। सोवियत संघ में पहली बार एक सीट के लिए दो-तीन उम्मीदवार खड़े होने देकर **क्रेमलिन** ने चुनाव करवाए। स्वयं **गोर्वाचेव** ने हिस्सा लिया। मास्को की एक बस्ती में वे जनता के बीच पहुँचे और लोगों की खरी बातों की बेलाग पुष्टि की। कहा कि सोवियत अर्थव्यवस्था में बदलाव जरूरी है। **गोर्वाचेव ने सार्वजनिक रूप में ऐसी बात कही जिसे यदि मार्क्स और लेनिन सुने होते तो अपनी कब्र में बेचैन हुए बिना नहीं रहे होते।** उन्होंने एक कोई **प्रोफेसर निकोलाई सेमलयोव** के कुछ सप्ताह पहले **'नई दुनिया'** के उस लेख को ठीक बताया जिसमें मुक्त बाजार की वकालत कर मौजूदा ढाँचे को जमकर कोसा गया था।

अब सोवियत संघ में आर्थिक विफलता बहुत सार्वजनिक होने लगी। कहा जाने लगा कि नेतृत्व को अर्थव्यवस्था की कमियाँ सार्वजनिक रूप से बतानी चाहिए। स्फीति और महँगाई को क्यों छुपाया जाता है ? ये अर्थशास्त्री बेरोजगारी का आँकड़ा तीस लाख बता रहे थे। इस तरह की बातों को खुलकर कहने की **गोर्वाचेव ने पुष्टि की। गोर्वाचेव ने एक महिला की इस बात को सही बताया था कि सोवियत संघ की आवास व्यवस्था बेहद खराब है।** कहना था कि लक्ष्य प्राप्त करने में 12 से 15 साल और लगेंगे। साथ खड़े मास्को नगर के पार्टी प्रमुख ने माना कि माँग के अनुसार मकान नहीं दिए जा पा रहे हैं और मास्कोवासियों का पाँचवाँ हिस्सा कम्यून मकानों में रहता है जिसमें चार परिवारों को एक साथ एक रसोईघर, एक शौचघर से गुजर करनी होती है।

गोर्वाचेव स्थायी संस्थाओं के चुनाव में वोट डालने के लिए जनता के बीच पहुँचे थे। 52,000 सोवियत यानी स्थानीय परिषद के 22 लाख प्रतिनिधियों के उस वर्ष जून में चुनाव हुए। उसके पहले तक एक सीट पर एक उम्मीदवार हुआ करता था। मतदाता को जाकर मात्र ठप्पा लगाना होता था। अब 4.3 प्रतिशत सीटों पर मतदाता को विकल्प देने का प्रयोग हुआ। छह सीटों के लिए आठ उम्मीदवार खड़े होने दिए गए थे। यह एक प्रयोग था जिसका दायरा धीरे-धीरे बढ़ाया जाना था।

लोकतंत्र की तरफ जाने वाले इस रास्ते पर फूँक-फूँक कर कदम रखा गया था। **पूँजीवादी नुस्खों को अपनाने में ऐसी हिचक नहीं है।** हर कम्युनिस्ट देश में आर्थिक सुधार से पहले पार्टी, सरकारी मशीनरी और कट्टरपंथियों को लचीला बनाया जा रहा है। आर्थिक सुधारों को अपनाए जाने और उनके सफल होने के बाद ही राजनैतिक परिवर्तन की बात सोची जाएगी। इसलिए जहाँ स्थानीय परिषदों के मात्र 2.3 प्रतिशत पर बहु-उम्मीदवारों के प्रयोग को बहुत माना जा रहा था वहीं आर्थिक मामलों में हर सीमा तोड़ी गयी थी।

केन्द्रीय समिति की जून, 1987 में हुई बैठक में निर्णय वही हुए जो गोर्वाचेव चाहते थे। आयोजना, मूल्यनीति, वित्त और साख प्रबन्ध, वस्तुओं के थोक व्यापार और विदेशी आर्थिक गतिविधियों को पुनर्गठित करने का फैसला हुआ। केवल राष्ट्रीय अर्थव्यवस्था के प्रबन्ध के लिए केन्द्रीय आर्थिक प्रबन्ध जिम्मेदार रहेगा। नीचे की आर्थिक संस्थाओं के रोजमर्रा के कामों में इसकी दखलंदाजी खत्म की जा रही है। कारखानों को उत्पादन, गुणवत्ता, नई तकनीक तय करने, नफा-नुकसान की सोचने की आजादी होगी। संक्षेप में, आर्थिक प्रशासन के लोकतांत्रिकीकरण और मानवीयकरण तथा व्यक्तिगत उद्यम को सक्रिय करने के निर्णय हुए।

गोर्वाचेव समर्थक सोवियत अर्थशास्त्री मूल्यतंत्र में परिवर्तन की वकालत कर रहे थे। अमेरिका-कनाडा अध्ययन संस्थान के **प्रोफेसर निकोलाई सेमलेव** और एक सोवियत साप्ताहिक के आर्थिक मामलों के प्रमुख **एलेक्जेंडर** ने समिति की बैठक से पहले वास्तविक कीमतों की वकालत में बहुत कुछ लिखा। यानी आयोजकों की अधिसूचनाओं के बजाय माँग और आपूर्ति से कीमतें तय हों जिससे प्रबन्धक बाजार की स्थिति के अनुसार उत्पादन तय कर सकें। पूर्वी यूरोपीय देशों के लिए सोवियत बाजार को प्रतिस्पर्द्धा के लिए खोलने और रूबल को अन्य करेंसियों से बदल सकने की छूट के लिए भी कहा जा रहा था।

मूल्य प्रणाली में परिवर्तन राजनैतिक दृष्टि से काफी जोखिम भरा है। सालों से सब्सिडी से भाव बंधे हुए रहे हैं। तीस साल से डबल रोटी के भाव नहीं बढ़े थे। इसलिए सुधार विरोधियों का तर्क था कि बाजार ताकतों को छूट देना सामाजिक असंतोष को न्योतना है। इसका अर्थ यह नहीं कि गोर्वाचेव के सुधार आग्रहों को पार्टी ने अनदेखा किया। सुधार के कदम उठे। सुधारवादी सत्ता प्रभावी केन्द्रों पर पहुँचे मगर सुधारों की मंजूरी छिट-पुट ढंग से दी गई। कभी किसी क्षेत्र में उदारता की घोषणा तो कभी निजी उद्यम को एक-दो रियायतें।

पार्टी मशीनरी के ठंडेपन और जड़ता ने गोर्वाचेव टोली को कम हताश नहीं किया। बाधाएँ हर तरफ से सामने आईं। न केवल कामचोर मजदूरों, निकम्मे प्रबन्धकों और लालफीताशाही ने ही प्रतिस्पर्धा का विरोध किया बल्कि पोलितब्यूरो के उनके साथी सदस्य भी गोर्वाचेव के इरादों को दुस्साहसी बतलाए। पार्टी के इन परंपरावादी कम्युनिस्टों की सत्ता से धकियाने की गोर्वाचेव ने वाकायदा मुहिम चलाई। उसी

का नतीजा था कि इस ताजा बैठक में सुधार कार्यक्रमों पर एकमुश्त मंजूरी न सही हर क्षेत्र में कुछ-न-कुछ रियायत दिलवाने में गोर्वाचेव टोली सफल रही।

गोर्वाचेव विरोधियों की शंकाएँ राजनैतिक कारणों से थीं। ये गोर्वाचेव के सुधारों का विरोध कर रहे थे मगर यह बताने की स्थिति में नहीं रहे कि सुधारों के बगैर सोवियत अर्थव्यवस्था जड़ता से कैसे उबर सकती है ? विरोध कर रहे थे मगर अपनी थीसिस भी नहीं रख पा रहे थे। यही कारण है कि **धीमी रफ्तार से ही सही गोर्वाचोव के सुधार कार्यक्रमों पर एक-एक कर ठप्पा लग रहा था। अगस्त 1991 में गोर्वाचोव को अपदस्त करने का असफल प्रयास भी हुआ। तीन दिनों तक वे नजरबन्द भी रहे। परन्तु अन्ततः सोवियत जनता ने सारे देश में उमड़कर उस प्रयास को विफल कर दिया। अन्ततः गोर्वाचोव पुनः सत्ता में आ गए।** इसके बाद तो परिवर्तन की प्रक्रिया तेज हो गयी। स्वयं कम्युनिस्ष्ट पार्टी पर ही रोक लग गयी और अन्ततः गोर्वाचोव भी हटा दिए गए। येल्तसिन अध्यक्ष बन गए।

परेस्त्रोइका के परिणाम

एक सौ पैंतालिस साल पहले **कार्ल मार्क्स** और **फ्रेडरिक एंजेल्स** ने कहा था कि **यूरोप पर साम्यवाद की छाया मंडरा रही है।** आज सोवियत संघ में गोर्वाचोव के परेस्त्रोइका और ग्लासनोस्त के नारों ने इतिहास में उतनी ही महत्त्वपूर्ण उम्मीदें जगा दी हैं। **सोवियत जन-जीवन में आज तक जो विचार अपरिवर्तनीय माने जाते थे, वे एकदम पलट गए हैं।** काम के तरीके और लागू करने की शैली उलटी हो गई है। इतने बड़े परिवर्तन के चलते कम्युनिस्ट जगत का मक्का समझे जाने वाले सोवियत संघ में हो रहे परिवर्तनों को लेकर दुनिया में साम्यवाद के अन्त संबंधी अटकलें लगाई जा रही हैं।

ग्लासनोस्त और परेस्त्रोइका लम्बे समय तक चलने वाली सहगामी अवधारणाएँ हैं और इनका मतलब अतीत से बिल्कुल कटकर अलग होना नहीं है। यह जीवन के हर पहलू पर प्रभाव डाल रही है। **परेस्त्रोइका में शांतिपूर्ण बदलाव पर सबसे ज्यादा जोर दिया गया था और यह अतीत के क्रांतिकारी परिवर्तनों के उस दौर से भिन्न रही जिसमें अनेक लोग मारे गए थे।**

सोवियत संघ में इस समय खुलेआम जितने भी विचार स्पष्ट हो रहे हैं उसमें एक समान शर्त यही है कि **पुनर्गठन की अनिवार्यता को हर कोई मान चुका है।** रूस में **पेरेस्त्रोईका के जबरदस्त हिमायतियों के साथ-साथ इसके कट्टर विरोधी भी मानते हैं कि अक्तबूर क्रांति के बाद महाशक्ति के रूप में सोवियत संघ के उभरने के बावजूद मौजूदा व्यवस्था में एक तरह का ठहराव आने लगा था। इस ठहराव को दूर करने के लिए जरूरी था कि मानवीय उपलब्धियों के लिए नई स्थितियों और नए मौकों का निर्माण किया जाय।**

सोवियत संघ में क्रांति के सूत्रधारों का यह सपना था कि देश में समृद्धि पर आधारित समतावादी समाज का निर्माण हो और मनुष्य तथा समाज के बीच राज्य की अत्याचारी ताकत का अन्त में खात्मा हो। पर आज जो माहौल है उसमें जरूरी चीजों की किल्लत, दुकानों पर लोगों की लम्बी कतारें, कम उत्पादकता, व्यवस्था में गतिशीलता की कमी और परिवर्तनों के साथ बदलने में अक्षमता हावी है। उसके ऊपर एटमी युद्ध और विनाश के मंडराते खतरे और समाज में अंदरूनी तनाव स्थिति को जटिल बनाए हुए थे।

सोवियत बुद्धिजीवियों का यह मानना है कि **शुरू के सपनों और आज की वास्तविकता के बीच जो बड़ी खाई पैदा हुई है उसका कारण यह है कि लक्ष्य तक पहुँचने की कोशिशों और अवधारणाओं में विकृतियाँ पैदा हुईं और उस पर किसी-न-किसी की व्यक्ति पूजा हावी हो गई।** लिहाजा पेरेस्त्राइका का मुख्य बिन्दु था डर और अभाव से मुक्ति दिलाने के लक्ष्यों को फिर परिभाषित करना, सामाजिक समृद्धि के दायरे को बढ़ाना और सबसे बढ़कर माध्यम और लक्ष्य को एक-दूसरे के नजदीक लाना ताकि अतीत की विकृतियाँ फिर न पैदा हों। **एक भारतीय के लिए ये विचार साफ तौर पर गाँधीवादी मालूम पड़ते हैं। सोवियत संघ** में परेस्त्रोइका की प्रक्रिया 1991 से 6 साल पहले शुरू हुई जब समांतर जीवन के कई बन्द दरवाजे लोगों के लिए खुले और मिथ्कों से हटकर वास्तविकता से सामना हुआ। **इसमें मुख्य बात यह थी कि अतीत की गलतियों के बारे में लोगों को विश्वास में लिए बिना मौजूदा समस्याओं का स्वरूप नहीं समझा जा सकता।** सामाजिक़ पुनर्गठऩ में जनता की भागीदारी तो दूर की बात रही।

इसी संदर्भ में **स्तालिन, उनके सहयोगियों, ख्रुश्चेव और ब्रेजनेव की भूमिकाओं की अब फिर से समीक्षा होने लगी है।** शिक्षा संस्थाओं में इतिहास की पढ़ाई-फिलहाल अस्थायी तौर पर स्थगित कर दी गई है। सोवियत संचार माध्यामों का चेहरा रातो-रात बदल गया है। पिछले पचास साल से यह परम्परा थी कि संचार माध्यम केवल सकारात्मक मुद्दों को ही तरजीह देते थे। लेकिन अब अतीत की नकारात्मक बातों का पर्दाफाश करने के साथ-साथ रोजमर्रा की घटनाओं के बारे में आश्चर्यजनक ढंग से आलोचनात्मक और व्यावसायिक रुख अपनाया जा रहा है। **सोवियत इतिहास में पहली बार भ्रष्टाचार, भाई भतीजावाद, कुप्रबंध और फिजूलखर्ची का भंडाफोड़ हो रहा है।** यहाँ तक कि **तास संवाद समिति** भी दुर्घटनाओं और वेश्यावृत्ति जैसी सामाजिक बुराइयों के बारे में खबरें दे रही है। अन्तरराष्ट्रीय घटना क्रम के बारे में मात्र पक्ष या विपक्ष की खबरें देने के बजाय अब संतुलित खबरें दी जाने लगी हैं।

समाजवाद और मार्क्सवाद को अलविदा ?

वर्ष 1990 में सोवियत संघ में क्रांतिकारी समाजवाद को विदा करने की पूरी तैयारी कर ली गयी। **स्तालिन द्वारा बनायी गयी योजना के लागू होने पर वहाँ पाँच सौ दिनों के भीतर सोवियत अर्थव्यवस्था का समाजवादी चेहरा मिटाकर उसे पूँजीवादी शक्ल दे दिया जाना था।** एक साल पूर्व तक 'निजी उद्यम' और 'बाजार अर्थ-व्यवस्था' से नाक-भौं सिकोड़ने वाली सोवियत संघ की व्यवस्था को अब वहाँ के राष्ट्रपति से लेकर मजदूर नेता तक नकारने लगे हैं। इस सम्बन्ध **सोवियत संघ के भूतपूर्व प्रधानमंत्री रिजकोव** ने तो यहाँ तक कहा कि दुनिया भर का अनुभव है कि बाजार अर्थव्यवस्था जितना आगे बढ़ेगी शोषण उतना ही घटेगा। साथ ही **सोवियत अध्ययन मंडल के सबसे कट्टर समाजवादी वेन्यामिन यारिन के अनुसार भी** यह कार्यक्रम बड़ा गंभीर और समझ-बूझ से भरा हुआ बताया गया। अर्थव्यवस्था में गंभीर परिवर्तनों की वकालत के दौरान **राष्ट्रपति मिखाइल गोर्वाचोव** को सहयोग देने के लिए आम सहमति भी जारी रही।

क्रांतिकारी परिवर्तनों के कारण—वर्ष 1990 की गर्मियों में सोवियत संघ में जितनी अच्छी फसल हुई यह पिछले दस वर्षों के बाद हुई थी। उपजाऊ प्रदेशों में यूक्रेन,

वायलोरूस और कजाकिस्तान के खेतों में लहलहाती फसलों को देखकर जितनी आशा बंधी थी उतनी ही चिन्ता इसे आम लोगों की रसोई तक पहुँचाने की भी व्याप्त हो गयी थी। फसल काटने और इकट्ठा करने के लिए एक लाख सैनिकों, कारखाने के मजदूरों और छात्रों को जुटाया गया। लेकिन कुप्रबंध और कामचोरी के कारण जहाँ फसल की कटाई तीन-चौथाई गति से हुई, वहीं सब्जियों की फसल का भी काफी बुरा हाल रहा तथा रख-रखाव की उचित व्यवस्था नहीं हो पाने से खेतों में ही बर्बाद हो गयी जिससे रोजमर्रे के लिए सब्जियों और फलों की कीमतों में बेतहाशा वृद्धि हो गयी। सरकारी आँकड़ों के अनुसार सन् 1979 में हुई फसल 2370 लाख टन की तुलना में इस बार की संभावित फसल 2260 लाख टन के करीब थी। लेकिन इसमें से चालीस प्रतिशत फसल के नष्ट हो जाने का अनुमान था।

मजे की बात यह भी है कि **सोवियत संघ में भरपूर फसल की उपज के बावजूद उस वर्ष साढ़े चार करोड़ टन अनाज का आयात करने की संभावना थी जिसे खरीदने के लिए उसके पास पर्याप्त विदेशी मुद्रा भी नहीं थी।** यह सब सोवियत केन्द्रीकृत अर्थव्यवस्था की खामियों के कारण ही हुआ।

सरकार अनाजों की खरीद के मूल्य बढ़ाये हुए रही। फिर भी किसान अनाज सरकार को बेचना नहीं चाहते थे क्योंकि वहाँ की ढीली-ढीली नौकरशाही व्यवस्था के कारण किसानों को कीमत उगाही के लिए मास्को जाना पड़ता। मतलब यह कि उनके आने-जाने का खर्च बढ़ने और व्यर्थ में इधर-उधर भटकने के कारण वे अपनी फसल छिपाकर नजदीकी जरूरतमन्दों को बेच देते थे तथा बची-खुची फसलों का उपयोग पशुओं को खिलाने में करते थे। **सामूहिक रूप से फसल कटाई में भी काफी दोष थे।** फसल कटाई की मशीनों को जहाँ सही समय पर पेट्रोल और डीजल नहीं मिल पाता था वहीं सरकारी कर्मचारी पेट्रोल और डीजल चोरी से बेच डालते थे। इसी तरह **भंडारण की व्यवस्था भी जहाँ अपर्याप्त और भ्रष्टाचार से लिप्त थी** वहीं पार्टी और सामूहिक फार्मों तथा सरकारी अधिकारियों-कर्मचारियों की मिली-भगत से किसानों की शिकायतें दबा दी जाती रहीं।

इसके अतिरिक्त **कारखाने के मजदूर फसल कटाई के काम को तुच्छ दृष्टि से देखते थे** जिससे इस काम के प्रति उनमें कोई विशेष उत्साह नहीं रहता था जबकि कारखानों में उनकी अनुपस्थिति के कारण औद्योगिक उत्पादन भी ठप हो जाता था।

यही कारण है कि वर्ष 1990 के सितम्बर माह में सोवियत संघ के अधिकांश क्षेत्रों में खाद्यान्न, सब्जियाँ, दूध आदि का अचानक अभाव हो गया था। इस प्रकार **जमाखोरी और चोरबाजारी की शुरूआत हो गयी** तो साधारण ब्रेड भी दुकानों में नहीं मिलने के कारण प्रदर्शन और दंगे की छोटी-मोटी वारदातें भी हुईं। साथ ही करीब सात लाख तेल कर्मचारियों ने भी हड़ताल की धमकी दी थी। रूस के राजनेताओं को पता था कि **सन् 1917 की कम्युनिस्ट क्रांति भी डबल रोटी के अभाव को लेकर दंगे से ही हुई थी।**

शतलिन योजना—सितम्बर, 1990 के दूसरे सप्ताह में जो योजना बनायी गयी थी उसमें निजी उद्यम, व्यक्तिगत सम्पत्ति और बाजार अर्थव्यवस्था की स्थापना की बात की गई थी। इस योजना के अनुसार पहले सौ दिनों में सरकारी सम्पत्ति का बड़ा भाग निजी मिल्कियत के लिए बेचने के साथ-साथ सभी राजकीय और सामूहिक फार्म बेच दिये जाने

थे। इसी तरह से राजकीय उद्योगों की आर्थिक सहायता को जहाँ बन्द कर दिया जाता, वहीं राष्ट्रीय गुप्तचरी की संस्था के॰ जी॰ बी॰ और सेना के बजट में भी कटौती कर दी जानी थी। और-तो-और बजट घाटा कम करने के उद्देश्य से विदेशों को दी जाने वाली सहायता में 75 प्रतिशत की कमी कर दी जायेगी। इसके बाद दूसरे चरण के तहत 150 दिन में जहाँ आधी सरकारी दूकानें और होटल बेच दिये जाने थे तो मूल्य नियंत्रण को भी खत्म कर दिया जाना था। 250 से 400 दिनों के भीतर उद्योग से 40 प्रतिशत, परिवहन और निर्माण से 50 प्रतिशत तथा जनसेवाओं से 60 प्रतिशत निजी उद्यमियों को बेच दिये जाने की योजना थी। इस प्रकार से तेल, मांस और ब्रेड को छोड़कर सभी वस्तुएँ अनियंत्रित हो जानी थीं। अन्तिम चरण में 400 से 500 दिनों के भीतर औद्योगिक सम्पत्ति का 70 प्रतिशत और सेवाओं तथा खुदरा व्यापार के 90 प्रतिशत बेचे जाने थे, मजदूरी को सरकारी हस्तक्षेप से मुक्त करके बाजार भाव को तय करने के लिए मुक्त छोड़ दिया जाना था तथा स्थानीय माँगों की पूर्ति हेतु आयात को छूट दी जानी थी।

शतलिन योजना (Shatlin Plan) नामक इस कार्यक्रम को सबसे पहले रूसी गणराज्य ने स्वीकार किया तथा इस पर वह 1 अक्टूबर, 1990 से कार्य करने लगा। इस योजना के लागू होने पर योजना समिति, मूल्य, कई राजकीय निगम विभाग, मंत्रालय और प्रशासन समाप्त हो जाने थे तथा इसमें संबंद्ध कर्मचारियों के अत्यधिक वेतन और विशेष सरकारी सुविधाओं में भरपूर कटौती कर दी जानी थी। सभी गणराज्य अपनी-अपनी अर्थव्यवस्था का प्रबन्ध स्वयं करेंगे जिसमें केन्द्र की कोई दखलंदाजी नहीं होगी और न ही इनका गणराज्यों के प्रति कोई आदेश और निर्देश होगा। आर्थिक गतिविधियों तथा उद्योगों को स्वतंत्रता, बाजार में प्रतियोगिता का विकास, रोजगार की संभावना जनसख्या को सामाजिक संरक्षण प्रदान करने की प्रणाली का विकास करना, सम्पत्ति का राज्य से अन्य स्वामियों के हाथों में अन्तरण, विकेन्द्रीकरण तथा एकाधिकार-विरोधी कदम उठाना जैसे मुद्दों के प्रति कारगर कदम उठाये जाने वाले थे।

इस प्रकार साम्यवाद का गढ़ रूस उस पूँजी के मायाजाल में डूब गया जिसके 'रोम-रोम' में मार्क्स को 'मवाद टपकता' दिखाई देता था। इसी निजी सम्पत्ति को नष्ट करने के नाम पर रूस में तिहत्तर साल पहले एक दैत्याकार राज्य बनाया गया था। पर निजी सम्पत्ति के जहर को नष्ट करने की जगह उसने उसे अपनी पार्टी के नेताओं-नौकरशाहों में बाँट दिया।

फलतः अब स्वयं सोवियत सरकार अपनी दरी के नीचे की गन्दगी को साफ करने लगी। इस फैसले में किसी किस्म की महानता नहीं, बस एक सपाट मजबूरी थी। **गोर्वाचेव ने इसीलिए अपनी गन्दगी को स्वीकार करने वाले 'खुलेपन' (ग्लासनोस्त) और उसकी सफाई करके पुनर्रचना (पेरेस्त्रोइका) करने पर जोर दिया था। सोवियत साहित्यकार पोझेदेत्वेंस्की के अनुसार ''हमारा सारा जोर सुन्दर दिखने पर था, बनने पर नहीं।... हमने अपने अपराधों पर तो आँख ही मूँद ली थी। हम मनते थे कि हेल्सिकी के पहले कहीं वेश्याएँ नहीं होतीं और स्टाकहोम के पहले कहीं नशीली दवाइयाँ नहीं मिलतीं।''**

सीधी साफ बात कहने के इस फैसले के साथ अब सोवियत संघ अपने रोगों को पहचानने की कोशिश करने लगा। **सरकारी आँकड़ों और पत्रिकाओं से साफ दिखने**

लगा कि सोवियत समाज बीमार है। उसके टैंक तो बहुत मजबूत हैं लेकिन वे जिस देश की रखवाली कर रहे हैं उसमें हिंसा, गैर बराबरी, लालच और गुलामी किसी पतनशील पूँजीवादी समाज जैसी ही है। हंगरी और चेकोस्लोवाकिया के लोग अभी भी सन् 1956 और 1968 के नरसंहार को नहीं भूले हैं। हंगरी की कम्युनिस्ट पार्टी के पोलित ब्यूरो सदस्य **हम्रे पोज्सगे** ने साफ कहा कि रूसी टैंकों ने हमारे देशवासियों को कुचलने का अक्षम्य अपराध किया है। **रूसी राज्य ने पूर्वी यूरोपीय देशों के साथ अपने नागरिकों को भी इसी तरह गुलाम बनाया। इसका नतीजा यह हुआ कि रूसी समाज जड़ हो चुका है।** इस जड़ता को तोड़ने के लिए आम रूसी नागरिकों ने कोई सशक्त आन्दोलन नहीं किया था बल्कि इस पतन से परेशान होकर समाज को स्वतंत्र सक्रिय बनाने का फैसला कम्युनिस्ट नेताओं ने अपनी ओर से किया था।

गोर्वाचेव ने मजबूरी में ही सही यह साहसी फैसला किया था। कम-से-कम इतना तो सच है कि सत्तर साल की जकड़न में लोगों को उस माहौल में जीने का अभ्यास हो गया था। इसलिए समाज का एक बड़ा वर्ग आजादी से अराजकता फैलने की आशंका करने लगा है। एक सीमा तक यह आशंका सही भी है। लेकिन एक बीमार अर्थव्यवस्था को सक्रिय करने का और कोई रास्ता था भी नहीं। **इसलिए गोर्वाचोव ने सीमित अराजकता को स्वीकार कर लिया। उन्होंने साफ कहा कि 'जातीय दंगों को ग्लासनोस्त में शामिल किया गया है।'** सामाजिक तनाओं को दबा कर खत्म नहीं किया जा सकता। नंगे दमन के सत्तर साल लंबे दौर में भी कोई समस्या समाप्त नहीं हुई। उल्टे आर्थिक जड़ता की एक नई समस्या और खड़ी हो गई। आज हालत यह है कि महाशक्ति होने के बावजूद रूस तेल के निर्यात से 70 प्रतिशत विदेशी मुद्रा कमाने के लिए मजबूर है। विदेशों में उसके किसी औद्योगिक उत्पादन की गिनती नहीं होती। एक बेहद पिछड़े देश की तरह उसे पूर्वी यूरोप के देशों तक अपना कच्चा माल भेजना पड़ता है।

सोवियत संघ की आर्थिक बदहाली का अंदाज 'मास्को-न्यूज' की एक विस्तृत रपट से लग सकता है। इस रपट में मास्को से मात्र सौ किलोमीटर दूर **किम्री नामक एक कस्बे** का ब्यौरा है। यहाँ के 30 प्रतिशत सरकारी मकानों में पचास सालों से पुताई नहीं हुई है। कई परिवारों के पास कुल जमा एक ही कमरा है। यहाँ की फैक्टरी की कोई भी मशीन 50 साल से कम पुरानी नहीं है और कुछ मशीनें तो 1903 में लाई गई थीं। इतने बड़े कस्बे मं एक टूटा-फूटा सिनेमा हॉल है और खुफिया पुलिस से घिरा एक चाय घर है।

मास्को से सटे इस कस्बे की रपट से पूरे देश का अंदाज लग सकता है। देश का पूरा औद्योगिक ढाँचा ही इसी तरह अपाहिज हो गया है। सरकार के पास इतना पैसा नहीं है कि वह इसका पुनरुद्धार कर सके और उसमें इतना साहस नहीं है कि वह इन बीमार इकाइयों का पुनर्नियोजन कर सके। इसी तरह वह सरकारी और सहकारी खेतों की घाटे वाली व्यवस्था को स्वीकार करने के लिए विवश है। **गोर्वाचेव चाहते थे कि निजी उद्यमिता को खेती, उद्योग और व्यापार में मौका दिया जाय।** इस मामले में सहकारिता ने कमाल का काम किया है।

लेकिन साम्यवाद के नाम पर सरकारीकरण करके अपना एकछत्र अधिकार जमाने वाले नौकरशाहों को निजी उद्यमिता से खतरा नजर आता है। लिगोचेव ने

तो इस मुद्दे पर गोर्वाचेव के खिलाफ मोर्चा ही खोल दिया था। नौकरशाहों ने अभी तक एक कानून से सहकारिताओं पर नब्बे प्रतिशत तक का प्रगतिशील कर लगाया था। इस कार्यवाही का इतना विरोध हुआ था कि आखिर में विवश होकर संसद ने इसे नामंजूर कर दिया था। इसी तरह का एक और कानून बनाया गया था जिसमें तमाम व्यवसायों को सहकारिता से बाहर कर दिया गया था। सहकारिता के कामों पर नौकरशाही अंड़गा लगाती रही है। आने वाले दिनों में आर्थिक आजादी का दायरा बढ़ेगा।

रूसी नेताओं के सामने सबसे बड़ी समस्या आर्थिक ही है। बहुत मजबूरी में ही उन्होंने आर्थिक उदारतावाद को मौका दिया था। लेकिन आर्थिक उदारतावाद के साथ हर किस्म की आजादी को पैठ बनाने का मौका मिलता है। इसलिए नेताओं को हर तरफ से कुछ आजादी देनी पड़ी। इन सबके बावजूद **आर्थिक सुधार ही इस पूरी प्रक्रिया की मूल प्रेरणा** है। **गोर्वाचेव ने इसी दबाव में विश्व-राजनीति को युद्धहीन बनाने की मुहिम छोड़ी थी।** उन्होंने अपने सैनिक-शक्ति को दस प्रतिशत कम करने और रासायनिक शस्त्रों के जखीरे को खत्म करने की एकतरफा घोषणा की थी। अंगोला, अफगानिस्तान और वियतनाम से वे अपनी जिम्मेदारी हटा लिए। इसके साथ ही **उन्होंने अन्तरराष्ट्रीय राजनीति को 'विचारधारा विहीन' और शस्त्रहीन बनाने और उसे 'सार्वभौम मानवीय सर्वानुमति' से चलाने की भावपूर्ण अपील की। उन्होंने दुनिया को 'परस्पर-निर्भर और समन्वित' इकाई माना और यूरोप को एक 'साझा घर'। उन्होंने शान्ति आन्दोलन को अन्तरराष्ट्रीय स्तर पर साम्यवादियों और समाजवादियों का सबसे अहम आन्दोलन माना।** गोर्वाचेव इस सशक्त अभियान के द्वारा हथियारों की होड़ से बाहर निकलना चाहते थे ताकि वे अपने संसाधनों को राष्ट्रीय आर्थिक पुर्निर्माण के काम में लगा सकें। **परमाणु बम से शुरू हुई हथियारों की दौड़ के हर दौर की शुरूआत हमेशा अमेरिका ने की है।** पर इस दौड़ में रूस कभी पीछे नहीं रहा। लेकिन इस दौड़ ने रूस की अर्थव्यवस्था को कभी मजबूत भी नहीं होने दिया। यह सच है कि अगर वे शस्त्र-प्रतिस्पर्धा को कम करवा सके होते तो वे रूस को एक सशक्त औद्योगिक देश बना सकने में भी सफल हो पाए होते।

गोर्वाचेव आर्थिक उदारता के खतरों से अच्छी तरह परिचित थे। सरकारी और निजी उद्यमों के घाल-मेल पर भ्रष्टाचार को और बढ़ावा मिलेगा। इससे आर्थिक गैर बराबरी बढ़ेगी और नये सामाजिक तनाव पैदा होंगे। वैसे भी कम-से-कम रूसी नौजवान तो उपभोक्ता संस्कृति के सबसे बड़े ग्राहक बन ही गए हैं। सरकारी प्रोत्साहन से इसका खतरा और बढ़ेगा। यह भी तय है कि आर्थिक स्वतंत्रता की शुरूआत में तनाव सबसे ज्यादा होगा। **'आदिम संचय' के इस 'जंगली दौड़' में ऊपर वही लोग पहुँचेंगे जो आक्रामक और पैसे की पूजा करने वाली मानसिकता के होंगे।** समाज के बाकी वर्ग उनसे घृणा करेंगे। इसके अलावा इस तेजी से रूसी समाज में मद्यपान, यौन स्वच्छंदता और पारिवारिक विखंडन की पुरानी समस्याएँ और अधिक जटिल हो जायेंगी। आर्थिक आजादी से रूसी समाज और राज्य का रिश्ता भी बदल जाएगा। राज्य को धार्मिक और राजनैतिक अधिकार स्वीकार करने पड़ेंगे। इन अधिकारों को सोवियत राज्य एक सीमा तक ही मानने को तैयार होगा। सोवियत संघ की राष्ट्रीयताएँ आजादी मांगेगी और राजनैतिक समूह चाहेंगे कि सत्ता से साम्यवादियों का एकाधिकार खत्म हों। लेकिन **साम्यवादी पार्टी के नेताओं का कट्टर विशिष्ट वर्ग जनता को इतनी आजादी कभी नहीं देना चाहेगा।**

परन्तु वर्ष 1989 के सोवियत संसदीय चुनाव के नतीजों ने साम्यवादी सरकार की जमीन हिला दी। सोवियत मतदाताओं ने मास्को के मेयर, पाँच प्रमुख क्षेत्रपों और दो राजधानियों के पार्टी अध्यक्षों को खारिज कर दिया। लेनिनग्राद के पार्टी अध्यक्ष को बहुमत का समर्थन नहीं मिला जबकि उसके मुकाबले कोई दूसरा उम्मीदवार भी नहीं था। **साम्यवादी पार्टी की तानाशाही के विरुद्ध जोरदार जनभावना का यह अच्छा प्रमाण है।** पूरे सोवियत संघ में केवल बाल्टिक क्षेत्र में विपक्षियों को मोर्चा बनाने की अनुमति मिली थी और वहाँ की दो सीटों पर विपक्षी मोर्चे ने कब्जा कर लिया। **कम्युनिस्ट पार्टी को सबसे करारा झटका मास्को के नतीजे से ही लगा। वहाँ से 58 वर्षीय बोरिस येल्तसिन जीते जिन्हें नवम्बर 1987 में पार्टी के पोलित ब्यूरो और मास्को इकाई के महासचिव पद से निकाला गया था।** इसके बावजूद येल्तसिन ने केवल चुनाव जीते बल्कि उन्हें 90 प्रतिशत रिकार्ड वोट मिले। गेल्तसिन ने अपनी पार्टी के भ्रष्टाचार और अधिनायकवाद के विरुद्ध जबर्दस्त आन्दोलन छेड़ दिया था। इस आन्दोलन के कारण वे पार्टी के दमन के शिकार हुए थे लेकिन इसी कारण वे सोवियत प्रतिरोध आन्दोलन के प्रतीक पुरुष भी हो गए। **दरअसल उनका चुनाव एक तरह से इस सवाल पर जनमत संग्रह में बदल गया था कि सोवियत संघ को स्तालिनपंथी साम्यवादी ढाँचे में रखा जाए या उसे जनतंत्र के रास्ते पर आगे बढ़ाया जाय। येल्तसिन ने 90 प्रतिशत वोट पाकर दिखा दिया कि साम्यवादी एकाधिकार के खिलाफ जनता में कितनी नाराजगी है।** यह याद रखना चाहिए कि **येल्तसिन सुधार के मामले में गोर्वाचेव से भी दस कदम आगे थे।** अपने चुनाव भाषणों में उन्होंने खुलकर साम्यवादी नेताओं के वैभवपूर्ण जीवन की भर्त्सना की थी। **उन्होंने साफ आरोप लगाया था कि सोवियत साम्यवादी पार्टी सारे भ्रष्टाचार की जड़ है।**

साम्यवादी पार्टी ने अपने एकाधिकार को बनाए रखने के लिए हर तरह की तिकड़म का इस्तेमाल किया। लेकिन जन असंतोष का दबाव इतना ज्यादा रहा कि उसने साम्यवादी लौह-तंत्र में एक सुराख बना लिया। **अन्तत: येल्तसिन की ही विजय हुई और सोवियत कम्युनिस्ट पार्टी को समाजवाद को अलविदा** कहना पड़ा। **25 जुलाई 1991 को सोवियत कम्युनिस्ट पार्टी के महासचिव मिखाईल गोर्वाचेव ने प्रस्ताव किया कि पार्टी अब मार्क्सवाद लेनिनवाद को अपना एकमात्र वैचारिक आधार न माने। उन्होंने कहा कि निकट भविष्य में कम्युनिस्ट समाज की स्थापना संभव नहीं है।** उस दिन सोवियत कम्युनिस्ट पार्टी की केन्द्रीय समिति की मास्को में शुरू हुई दो दिन की पूर्ण बैठक में केन्द्रीय नियंत्रण आयोग के सदस्य और गणराज्यों के क्षेत्रीय एवं जिला पार्टी समितियों के प्रमुख भाग ले रहे थे। **पार्टी नेतृत्व के तैयार नए कार्यक्रम मसौदे का उद्देश्य सोवियत कम्युनिस्ट पार्टी को यूरोप के दूसरे देशों में सक्रिय सोशल डेमोक्रेटिक पार्टियों जैसा स्वरूप देना था।** इस तरह के परिवर्तन की जरूरत इसलिए पड़ी क्योंकि रूसी गणराज्य के **राष्ट्रपति बोरिस येल्तसिन** ने अपने यहाँ सरकारी संस्थाओं और उद्यमों में पार्टी इकाइयों के काम करने पर पाबंदी लगा दी थी। गोर्वाचेव को अपने इस नए कार्यक्रम का पार्टी के कट्टरपंथी मार्क्सवादी लेनिनवादी समर्थकों ने जबर्दस्त विरोध की आशंका थी। गोर्वाचेव ने पूर्ण बैठक में कहा कि हाल के समय में चालीस लाख लोग पार्टी को छोड़कर जा चुके हैं। पार्टी को मात्र सर्वहारा वर्ग के हितों की हिमायत तक सीमित नहीं रहना चाहिए। उन्होंने समिति से नए कार्यक्रम के मसौदे पर

विचार करने का आग्रह किया। कार्यक्रम को उस वर्ष नवम्बर-दिसम्बर में पार्टी की असाधारण कांग्रेस में विचार एवं स्वीकृति के लिए पेश किया जाना था।

शायद यह अपरिहार्य ही था कि ग्लासनोस्त (खुलापन) और पेरेस्त्राइका (पुनर्गठन) की सुधारवादी धारणाओं के साथ जिन मौलिक सुधारों का बीजारोपण मिखाइल गोर्वाचेव ने सोवियत समाज में किया था वह अन्ततः सोवियत संघ की कम्युनिस्ट पार्टी को एक सामाजिक जनतंत्रीय पार्टी में परिवर्तित कर देने के प्रयोग की ओर ले जाय। यद्यपि इसमें कोई संदेह नहीं कि **सोवियत राष्ट्रपति गोर्वाचेव द्वारा देश में एक अधिक मानवीय राजनीतिक प्रणाली का प्रारंभ करने के प्रयास का सोवियत कम्युनिस्ट पार्टी के कट्टरपंथियों द्वारा सारी शक्ति के साथ विरोध किया जाता तो भी यह स्पष्ट है कि वे लोक एक हारी हुई लड़ाई ही लड़ रहे होंगे** क्योंकि यदि ये अनुदारवादी पार्टी को केन्द्रीय समिति में और बाद में पार्टी कांग्रेस में बहुमत पा भी लेते (यद्यपि इसकी आशा कम ही थी) तो भी वे समय के ज्वार के विपरीत ही तैरते हुए होते। **एक तरह से भाग्य का यह पलटा जिसके अन्तर्गत बोल्शेविकों को इतिहास की कूचड़दानी में फेंका जा रहा है बहुत कुछ उस स्थिति से मिलता-जुलता है जिसमें स्वयं उन्होंने 1920 के दशक में अपने विरोधियों को झाड़-बुहार कर फेंक दिया था जिनमें न केवल उन्हीं की पार्टी से अलग हुए मेनसेविक (जो संख्या में कम थे) ही थे बल्कि अति प्रभावकारी वाम सामाजिक क्रांतिकारी** (Left Social Revolutionaries) **भी थे। इन दो नाटकीय रूपान्तरों में यह तथ्य निहित है कि इन दोनों ही आन्दोलनों ने दबंग सामाजिक शक्तियों** (assertive social forces) **का प्रतिनिधित्व किया है जिन्हें साम्यवादी शब्दावली में परमनियंता**(ultimate arbiter) **माना जाता है।** इस दृष्टिकोण से तो कम्युनिस्ट पार्टी के कट्टरपंथियों द्वारा आज सोवियत संघ में हो रही घटनाओं के प्रति आपत्ति भी नहीं उठायी जानी चाहिए। कम्युनस्टि पार्टी पर रोक लगा दी गयी।

कुछ अंश तक तो ये वर्तमान आधार की गतिविधियाँ उस प्रक्रिया की ही चरम परिणति है जिसका प्रारंभ वर्ष 1956 में हुए 20वीं पार्टी कांग्रेस में ख्रुश्चेव के स्तालिन विरोधी भाषण से हुआ था। एक बार जब इस सत्य को बतला दिया गया कि 'समाजवादी स्वर्ग' में भी जार-शासन की बुरी-बुरी से ज्यादतियों और क्रूरताओं को दोहराया गया तो फिर अतीत की ओर लौटा ही नहीं जा सकता था। **ख्रुश्चेव के बाद शासनारूढ़ हुए ब्रेजनेव ने स्तालिन के पुनर्वास का प्रयास अवश्य किया था और खुलेपन की ओर गति अवश्य ही कुछ समय के लिए रुक गयी थी। परन्तु क्योंकि साम्यवाद के पतन की घड़ी आ चुकी थी, उसे दफनाने और उसका अन्तिम क्रिया-कर्म करने वाले व्यक्ति को उपस्थित होने में बहुत देर नहीं लग सकती थी। गोर्वाचेव साम्यवाद का दाह-संस्कार करने के लिए जल्द ही आ गए।**

कुछ अर्थों में साम्यवाद के कट्टरपंथियों द्वारा गोर्वाचेव की यह कटु आलोचना उचित भी कही जा सकती है कि उन्होंने सोवियत संघ को विश्व के सर्वाधिक साम्यवाद-विरोधी देश' (the most anti-communit country of the world) में परिणत कर दिया है। परन्तु तब यह ध्यान में रखा जाना चाहिए कि **गोर्वाचेव ने भूतकाल की कुरीतियों और विसंगतियों पर जोर देने के अतिरिक्त कुछ भी अधिक नहीं किया** जब उन्होंने कुछ अंश तक स्वतंत्र निर्वाचन की छूट दी, राजनीतिक बंदियों को रिहा किया, यहूदियों को रूस से बाहर जाने की अनुमति दी, सर्वशक्तिमान साम्यवादी दल की भूमिका को कुछ

कम कर दिया और इन सबसे ऊपर ग्लासनोस्त के द्वारा स्वतंत्र वाद-विवाद के उस वातावरण का समारंभ किया जो इसके पहले सोवियत रूस में अज्ञात था और पेरेस्त्रोइका के द्वारा देश के आर्थिक ढाँचे में सुधार किया। ऐसी क्रांति के बाद फिर वापस मुड़ने का प्रश्न ही कहाँ उठता है ? **बोरिस येल्त्सिन जैसे सुधारवादी तो यहाँ तक कर रहे हैं कि गोर्वाचेव बहुत धीरे-धीरे चल रहे थे। परन्तु यह गोर्वाचेव की एक सोची-विचारी ब्यूह रचना हो सकती है। शायद सोवियत जनता की कामनाओं को वे अधिक अच्छी तरह समझते थे।**

गॉसप्लान को अलविदा
(Good-Bye to Gosplan)

सोवियत रूस में नयी घटनाओं में एक महत्त्वपूर्ण घटना सोवियत गॉसप्लान की विदाई की ओर प्रवृत्ति है। **बड़े अंश तक यह अर्थव्यवस्था का एक जड़ अंग बन गया था और सोवियत संघ के त्वरित राजनीतिक उद्विकास द्वारा काल तिरोहित हो चुका था।** परन्तु **सोवियत संघ के पूर्व प्रधानमंत्री श्री वालेंतिन पावलोव (Valentine Pavlov) के अभी हाल ही के एक वक्तव्य को सोवियत रूस के कभी सर्वशक्तिमान राज्य आयोजना अधिकरण—गॉसप्लान—पर सरकारी मृतलेख माना जा सकता है। पावलॉव ने एक कार्यक्रम की रूपरेखा खींची थी जिसके अनुसार देश की केन्द्रीकृत मंत्रालय व्यवस्था को पूर्णतः ध्वस्त कर दिया जायेगा**—उस व्यवस्था को जो कभी सोवियत रूस की अर्थव्यवस्था के प्रायः प्रत्येक पहलू का निर्धारण करती थी—क्या पैदा किया जायेगा से लेकर कितना पैदा किया जायेगा और कितने मूल्य पर बेचा जायेगा तक। वर्ष 1928 से देश में पंचवर्षीय योजनाएँ चलायी गयीं जिन्होंने बड़ी संख्या में अनेक लघुतर योजनाओं को पैदा किया जो सोवियत जीवन के प्रायः प्रत्येक कोने-नुक्कड़ तक पहुँच चुकी थीं। **उदाहरण के लिए पुस्तकालयाध्यक्ष पाठकों को विवश करते रहे कि वे अपने द्वारा ली जाने वाली पुस्किन की लिखी गयी पुस्तकों के साथ 'दास कैपिताल' की एक प्रति भी ले जायँ क्योंकि वहाँ भी 'योजनाएँ' बनी होती थीं जिनमें लक्ष्य निर्धारित होते थे कि विभिन्न प्रकार की कितनी पुस्तकों को पढ़ा जाना है।**

पुस्तकालय योजनाएँ अब मृत हो चुकी हैं। परन्तु **पावलॉव** द्वारा बनाए गए कार्यक्रम-दस्तावेज में एक आमूलतः परिवर्तित अर्थव्यवस्था की रूपरेखा खींची गयी है। इसमें दो-तीन वर्षों के बाद गॉसप्लान के दूर-दूर विस्तृत साम्राज्य में से केवल कुछ तकनीकी मंत्रालय और शस्त्र निर्माण जैसे कुछ निर्माण उद्योग ही उसके पास बचे रह पायेंगे।

वस्तुतः सोवियत रूस में आयोजना अभिकरण की मृत्यु का आभास तो तभी मिल चुका था जब मिखाइल गोर्वाचेव ने सोवियत अर्थव्यवस्था में बाजार तंत्र को प्रारंभ करने और उद्यमियों को पुनः उन स्थानों पर बैठाने का कार्यक्रम बनाना प्रारंभ कर दिया था जहाँ नौकरशाहों ने उन्हें हटा दिया था। अब तक गॉसप्लान जीवित बचा हुआ रहा है तो मात्र इस कारण कि सोवियत रूस प्रायः अन्तहीन राजनीतिक संकटों में फँसा रहा है और वहाँ निजी क्षेत्र के लिए एक उचित वैधानिक आधार प्रस्तुत किए जाने में काफी विलम्ब हो रहा है।

गॉसप्लान की मृत्यु एक उल्लेखनीय रूप से अकुशल नौकरशाही की मृत्यु

ही नहीं होकर उससे बहुत कुछ अधिक है। वह वस्तुतः सोवियत संघ में क्रियाशील सम्पूर्ण समाजवादी प्रयोग की कफन में एक और कील है। इतिहासकार ई० एच० कार (E.H. Carr) **ने आयोजित अर्थव्यवस्था के सिद्धांत को क्रियारूप देने को सोवियत अर्थव्यवस्था का विश्व के लिए सर्वाधिक प्रभावकारी योगदान माना था।** सचमुच में तृतीय विश्व ने स्तालिन द्वारा सोवियत अर्थव्यवस्था के तीव्र उद्योगीकरण द्वारा अभीभूत होकर इसे अपने लिए विकसित राष्ट्रों की श्रेणी में उछाल मारने का एक साधन समझ लिया था। यहाँ तक कि पश्चिमी विश्व भी प्रारंभ में डर गया था कि रूस की केन्द्रीकृत आयोजना उन्हें आर्थिक विकास की दौड़ में पीछे रख छोड़गी।

परन्तु पिछले कुछ वर्षों की घटनाओं ने दिखला दिया है कि एक आयोजित अर्थ-व्यवस्था की कार्यकुशलता किस सीमा तक भ्रामक और मायावी है। केन्द्रीकृत निर्देशन किसी राष्ट्र को अपने संसाधनों को कुछ विशिष्ट क्षेत्रों में दिग्दर्शित करने की अनुमति देता है। मास्को ने क्षितिज अन्वेषण, लेसर प्रौद्योगिकी, शस्त्र निर्माण आदि जैसे उच्च तकनीकी क्षेत्रों में आगे उछाल लगाने में अपने को अति सफल-समर्थ सिद्ध तो कर लिया परन्तु ऐसा वह अर्थव्यवस्था के कुछ अन्य भागों—क्षेत्रों में भयानक विफलता के अंबार पर ही कर पाया। कृषि, उपभोक्ता वस्तुएँ और परिवहन इसके विशेष रूप से शिकार हुए। **आज सोवियत आर्थिक तंत्र के चमकीले बिन्दु अब उन काले धब्बों को नहीं छिपा सकते जो** इन तथाकथित शानदार सफलताओं के पीछे स्पष्टतः दिखाई देते हैं। क्षितिज स्टेशन और जेट लड़ाकू विमान अब सम्पूर्ण सोवियत अर्थव्यवस्था की घोर अकार्यकुशलता को पर्दे में नहीं छिपा सकते—उन अकार्य-कुशलताओं को जो प्रत्यक्षतः आयोजना पद्धति से जोड़ी जा सकती है।

आर्थिक आयोजना अंशतः इसलिए विफल हो गयी कि जहाँ तक सोवियत अर्थव्यवस्था का प्रश्न है, यह अन्य सभी क्षेत्रों में भी केन्द्रीकृत निर्देशन में फलीभूत हो गयी। जैसा कि **हिलायर बेलोक** (Hilaire Belloc) ने लिखा है, **''धन के उत्पादन पर नियंत्रण स्वयं मानव जीवन का ही नियंत्रण है।''** (The control of the production of wealth is the control of human life itself.) अन्तिम निर्णय में, और यह एक सुखद निर्णय है, **मानव क्रियाओं की जटिलता ने अपने को इतना अधिक बीहड़ सिद्ध कर दिया है कि वह मानव मस्तिष्क के नियंत्रण के परे है। मनुष्य की क्रियाएँ इतनी जटिल होती हैं कि उन पर मनुष्य प्रभावी और स्थायी नियंत्रण नहीं कर सकता चाहे वह कितना भी तेज दिमाग वाला प्रतिभा संपन्न क्यों न हो।**

❑

अध्याय 17

संघ से राष्ट्र कुल

(FROM UNION TO COMMONWEALTH OF INDEPENDENT STATES)

1917 की रूसी क्रांति के बाद बना सोवियत रूस वर्ष 1991 की प्रति क्रांति के बाद सोवियत समाजवादी गणतंत्र संघ (Union of Soviet Socialist Republic) से बदल कर **बारह गणराज्यों का राष्ट्रकुल** बन गया है। शनिवार 21 दिसम्बर 1991 को ग्यारह पूर्व सोवियत गणराज्यों ने स्वतंत्र राज्यों का राष्ट्रकुल बनाने के ऐतिहासिक समझौते पर दस्तखत किए। उन्होंने एलान किया कि हाल तक विश्व की महाशक्ति रहा सोवियत संघ अब समाप्त हो गया है। इन गणराज्यों के नेताओं ने तीन मुख्य दस्तावेजों पर दस्तखत किए जो नए यूरोपीय-एशियाई राष्ट्रकुल का आधार बनेंगे। रूस को संयुक्त राष्ट्र सुरक्षा परिषद में सोवियत संघ की जगह देने का निर्णय भी हुआ। ये सारे महत्त्वपूर्ण फैसले कजाकिस्तान की राजधानी अल्मा अता में हुए जहाँ उस दिन इन 11 पूर्व गणराज्यों के नेताओं का सम्मेलन हुआ। ध्यातव्य है कि **तीन बाल्टिक सागरीय देश–लिथुआनिया, लताविया और एस्तोनिया 11 मार्च 1990 को ही अपने को अलग-अलग स्वतंत्र राष्ट्र घोषित कर चुके थे।**

ग्यारह गणराज्यों के नेताओं ने जिन दस्तावेजों पर दस्तखत किए उनमें पहले दस्तावेज में राष्ट्रकुल के सभी घटक राज्यों को समानता के आधार पर इसका सह-संस्थापक माना गया। दूसरे दस्तावेज में 11 गणराज्यों की आजादी और मौजूदा सीमाओं को मान्यता दी गई। तीसरे दस्तावेज में 31 दिसम्बर 1990 तक के लिए अस्थायी सैनिक कमान की व्यवस्था की गई जिसके तहत **रक्षामंत्री शपोश्निकोव** को सेना का मुख्य कमांडर बनाया गया। इस तारीख से पहले ही राष्ट्रकुल की एक और बैठक होनी थी जिसमें सेना की स्थायी व्यवस्था के बारे में फैसला लिया जाना था।

समझौते और अन्य दस्तवजों पर दस्तखत करने वाले नेता थे—रूस के बोरिस येल्तसिन, कजाकिस्तान के नजरबायेब, उजबेकिस्तान के इस्लाम करीयोव, ताजिकिस्तान के रखमान नबीयेव, किरगिजिस्तान के अस्कर अकायेव, तुर्कमिनितान के समरमुरात नियाजोव, अजरवैजान के अयाज मुतालिबोव, आर्मीनिया के लेवोन तेर-पेत्रोस्यान, मोलदीवा के मिर्सिया स्नेगुर (सभी राष्ट्रपति) और वायलोरूस की संसद के अध्यक्ष स्तानिस्लावा शुश्केविच। **जार्जिया ने भी अपना पर्यवेक्षक अल्माअता भेजा था। राष्ट्रकुल में शामिल होने पर वह बाद में फैसला करने वाला था।**

इस प्रकार सोवियत संघ को कजाकिस्तान की राजधानी अल्मा-अता में शनिवार 21 दिसम्बर, 1991 को दफना दिया गया। रूस, यूक्रेन और बाइलोरूस के जिन गणराज्यों ने कोई सत्तर साल पहले सोवियत संघ की स्थापना की थी उन्होंने आठ दिसम्बर 1991 को

स्वतंत्र और सम्प्रभु गणराज्यों का राष्टकुल बनाने का प्रस्ताव किया। **दफन हुए सोवियत संघ के राष्ट्रपति गोर्वाचेव इस प्रस्ताव के पक्ष में नहीं थे और कोशिश में लगे थे कि किसी तरह के ढीले-ढाले संघ में सोवियत संघ बच जाए। लेकिन स्लाव कुल के तीन गणराज्यों की इस पहल को पहले रोका और अविश्वास में देखने के बाद मध्य एशियाई गणराज्यों ने भी राष्ट्रकुल में शामिल होने का मन बना लिया। कजाकिस्तान गोर्वाचेव का अन्तिम समर्थक गणराज्य था। उसके जाने के बाद गोर्वाचेव के पास कुछ बच नहीं गया था।** राष्ट्रकुल बनाने के सम्मेलन में जाते-जाते रूसी गणराज्य के राष्ट्रपति येल्तसिन ने विदेश और रक्षा मंत्रालय भी समाप्त कर दिए। शयाश्निकोव के प्रधान सेनापति बना दिए जाने के बाद गोर्वाचेव के हाथ से सारी सत्ता निकल गई। **ग्यारह गणराज्यों के राष्ट्रकुल बनाने के फैसले के बाद गोर्वाचेव के पास न तो कोई गणराज्य रह गया न कोई संघ। वे इस्तीफा दे दिए।** सोवियत संघ के साथ गोर्वाचेव का नेतृत्व भी समाप्त हो गया। **ग्लासनोस्त और पेरेस्त्रोइका के जरिए सोवियत संघ और समाज को बदलने की जो प्रक्रिया गोर्वाचेव ने शुरू की थी वहीं उन्हें निगल गई।**

अगस्त की प्रतिक्रांति सर्वसत्तावादी कम्युनिस्ट राज्य की फिर से स्थापना तो नहीं कर पाई लेकिन उससे जो आँधी निकली उसने सोवियत संघ को पंद्रह गणराज्यों में फिर बिखेर दिया। इनमें से तीन बाल्टिक गणराज्य, इस्तोनिया, लताविया और लिथुआनिया तो अब स्वतंत्र सम्प्रभु राष्ट्र हो गए हैं और उन्होंने राष्टकुल में शामिल होने से इनकार कर दिया है। जार्जिया थोड़े ही दिनों में तय करना था। बाकी के ग्यारह गणराज्य स्वतंत्र और सम्प्रभु राष्ट्र हो गए हैं। **जो राष्ट्रकुल उन्होंने बनाया है उसमें समन्वय करने की व्यवस्था भर है। हर राष्ट्र अपने फैसले खुद करेगा। समान हितों पर फैसले राष्ट्रकुल में गणराज्यों के राष्ट्रपति करेंगे।** राष्ट्रकुल गणराज्यों की कोई केन्द्रीय सत्ता नहीं होगी। वह आपसी हितों के लिए मिल कर काम करने का समन्वय मंच होगा। इस रूप में राष्ट्रकुल कैसे काम करेगा और कब तक टिका रहेगा अभी कोई नहीं जानता। राष्ट्रकुल बनाते समय ग्यारह गणराज्यों ने तीन दस्तावेजों पर दस्तखत किए हैं। ये दस्तावेज ग्यारहों गणराज्यों को समान अधिकार वाले राष्ट्र मान कर सभी को राष्ट्रकुल का संस्थापक बनाते हैं। ये एक-दूसरे को मान्यता देते हुए एक-दूसरे की मौजूदा सीमाओं को भी मानते हैं। अभी सेना के लिए अस्थायी व्यवस्था भी इन दस्तादेजों में है जो अगले साल में बदली जानी थी। ये दस्तावेज गणराज्यों के साथ रहने की इच्छा से ज्यादा कुछ नहीं दर्शाते।

लेकिन सोवियत संघ के गणराज्य किसी राष्ट्रकुल में भी साथ आएँगे इसकी उम्मीद पश्चिमी पर्यवेक्षकों ने नहीं की थी। वे मानते थे कि इनमें इतने जातीय और धार्मिक भेद-भाव हैं कि वे आपस में लड़कर अराजकता में समाप्त हो जाएँगे। लेकिन **मुसलिम मध्य एशियाई गणराज्यों ने स्लाव गणराज्यों के साथ बैठना स्वीकार किया तो इसीलिए कि वे जानते थे कि अलग रहने से उनका अस्तित्व खतरे में पड़ जाएगा।** सबसे बड़ी मजदूरी आर्थिक है। रूसी गणराज्य अगर पूरी तरह खुले बाजार को मान ले तो कई गणराज्य आती ठंड से भूखे ठिठुर जाएँगे। राष्ट्रकुल में आए देश अब बेसब्री से पश्चिमी सहायता का रास्ता देख रहे हैं। निष्ठुर ढंढ कैसे कटेगी अभी कोई नहीं जानता था। लेकिन **दुनिया के एक महाबली सोवियत संघ का ऐसा बिखराब और ऐसी दयनीय आर्थिक स्थिति वर्ष 1991 की सबसे सुखद घटना रही।**

साम्यवादी सत्ता के दौर में सोवियत संघ की अधिकांश कठिनाइयों का मूल कारण उसका सैनिक तंत्र रहा है। सोवियत संघ प्रतिरक्षा पर अपनी आय का इतना बड़ा हिस्सा खर्च करता रहा कि आर्थिक प्रगति के लिए जरूरी साधन नहीं बचे होते थे। फौज के वर्चस्व के कारण ही साम्यवादी नौकरशाही को नागरिकों के नैसर्गिक अधिकारों और अभिव्यक्ति की आजादी को कुचलने का मौका मिलता था। **सोवियत संघ के आर्थिक पिछड़ेपन का कारण यही सेना स्वतंत्र गणराज्यों के आर्थिक राष्ट्रकुल के रास्ते की सबसे बड़ी बाधा बन गई है।** बाइलोरूस की राजधानी में ग्यारह गणराज्यों की बैठक में विवाद का सबसे बड़ा मुद्दा पूर्व सोवियत सेना और साजा-सामान ही था। **काफी लम्बी बहस के बात तय हुआ कि सभी गणराज्यों के परमाणु हथियार एक ही कमान के तहत रखे जाएँगे। इसका संचालन रूस को सौंपने का फैसला हुआ था। लेकिन शर्त यह है कि रूसी राष्ट्रपति बोरिस येल्तसिन इनका इस्तेमाल और तीन गणराज्यों बाइलोरूस, यूक्रेन और कजाकिस्तान के राष्ट्रपति की सहमति से ही कर पायेंगे।** इसके लिए चारों गणराज्य को जोड़ने की एक 'हॉट लाइन' बनाई जा रही है। परमाणु हथियारों को केन्द्रीय नियंत्रण में रखने की इस सहमति के पीछे अमेरिका और यूरोपीय देशों का दबाव था। अमेरिका विदेशी मंत्री ने साफ किया था कि परमाणु हथियारों के सुरक्षित प्रबन्ध के बिना अमेरिका के लिए गणराज्यों की मदद करना संभव नहीं है। लेकिन गैर परमाणु हथियारों और पारस्परिक सेनाओं के नियंत्रण पर कोई समझौता नहीं हो पाया है। हर गणराज्य में राष्ट्रवादी भावनाएँ इतनी तेज हैं कि ये सेनाओं पर रूसी नियंत्रण को अपनी प्रभुसत्ता में हस्तक्षेप मानते हैं। इसलिए तीन प्रमुख गणराज्यों—बाइलोरूस, यूक्रेन और कजाकिस्तान—ने घोषणा की है कि वे अपनी अलग सेनाएँ बनाएँगे।

आर्थिक मामलों में बाजार व्यवस्था और निजीकरण पर तो व्यापक सहमति हो गई है लेकिन राष्ट्रीय मान्यताएँ और सामाजिक जरूरतें आड़े जा रही हैं। मसलन कजाकिस्तान के राष्ट्रपति का मानना था कि आर्थिक सुधारों के स्वरूप और गति में सभी गणराज्यों में एकदम समानता नहीं हो सकती। अपनी आवश्यकता के अनुसार निजीकरण की गति कम या ज्यादा रखी जा सकती है। **नजरबायेब** का यह तर्क काफी कुछ सही था। **कई गणराज्यों की आर्थिक स्थिति रूस की तुलना में काफी खराब है। सांस्कृतिक और जातीय विभिन्नताओं के कारण भी आर्थिक स्तर में अन्तर आया है।** इसलिए ऐसे गणराज्यों के लिए कमजोर वर्गों के लिए किसी-न-किसी प्रकार के संरक्षण की आवश्यकता होगी। दरअसल यही स्थिति सभी एशियाई गणराज्यों की है। लेकिन सबसे गंभी विवाद सोवियत संघ की सम्पत्ति का है। हालाँकि येल्तसिन ने सारी संघीय सम्पत्ति को कब्जे में ले लिया था लेकिन अब सभी गणराज्य अपना हिस्सा माँग रहे हैं। मुश्किल है कि ज्यादातर सम्पत्ति रूस की राजधानी या दूसरे शहरों में ही है। इस विवाद में कटुता काले सागर में सोवियत नौसेना के कारण पैदा हो गई है। यूक्रेन के राष्ट्रपति का दावा है कि यह नौसेना यूक्रेन को ही मिलनी चाहिए। लेकिन रूस इससे सहमत नहीं है क्योंकि येल्तसिन के अनुसार रूस ही सोवियत संघ का सही उत्तराधिकारी है। यूक्रेन के नेताओं में इस बात से नाराजगी है कि रूस ने कृष्णसागर में तैनात कुछ आधुनिक जहाजों को वापस रूसी समुद्र में बुला लिया था। विवाद के इन बिन्दुओं को सुलझाने के लिए दस जनवरी 1992 को मास्को में फिर से गणराज्यों का एक सम्मेलन हुआ था। सम्मेलन में सैनिक और गैर-सैनिक सम्पत्ति के अलावा विदेशों में सोवियत

सम्पत्ति और दूतावासों के बंटवारे का सूत्र खोजने की कोशिश की गयी थी। इन आरंभिक उलझनों को देखते हुए **पेरेस्त्रोइका के जनक एलेक्जेंडर यकोवलेव** का कहना है कि अगर येल्तसिन आर्थिक सुधारों की गति तेज नहीं करते तो राष्ट्रकुल का भविष्य अन्धकारमय हो जायेगा। दूरगामी आर्थिक सुधारों से ज्यादा प्राथमिकता का विषय अगले कुछ महीनों में लोगों की खाने-पीने की सामान्य जरूरतें पूरी करना था। रूस में भी खाने की दुकानों पर लाइनें लम्बी हो रही थीं और लोग आपस में ही लड़ने-झगड़ने लगे थे। अगर इन तात्कालिक समस्याओं को जल्द ही नहीं सुलझाया गया तो क्षेत्रीय तनाव जातीय टकराव में बदल सकता है। जॉर्जिया का गृहयुद्ध इसकी मिसाल है।

रूस के इतिहासकारों या राजनैतिक समीक्षकों की निगाह में गोर्वाचेव का कद जरूर काफी बड़ा रहेगा क्योंकि उनके लिए गोर्वाचेव का ऐतिहासिक मूल्यांकन ही महत्त्वपूर्ण है और इसमें किसी को कोई शक नहीं हो सकता कि **गोर्वाचेव** ने **रूस का इतिहास बदल दिया है** या शायद ज्यादा सही यह कहना होगा कि रूस के इतिहास ने अपना नया मार्ग चुनने के लिए गोर्वाचेव को माध्यम बनाकर उन्हें बहुत बड़ा रुतवा दे दिया है। 1917 में **जब रूस में बोल्शेविक क्रांति हुई थी तो आम लोगों ने नये क्रांतिकारी नेताओं की मुक्तिकारी घोषणाओं को सच मानकर ही साम्यवादियों की विजय का रास्ता प्रशस्त किया था। लेकिन राज्य सत्ता में पहुँचे लेनिन और फिर स्तालिन की वरीयता रूसी लोग नहीं उनका अपना वैचारिक ढाँचा था।** उन्होंने एक तरफ देश भर में साम्यवादी तंत्र खड़ा करने और दूसरी तरफ सोवियत रूस को एक आधुनिक औद्योगिक शक्ति बनाने के लिए जो कुछ भी जरूरी था सो किया।

सोवियत रूस के साम्यवादी नेताओं को इस बात का श्रेय दिया जाना चाहिए कि उन्होंने अपने देश को दुनिया की दूसरी महाशक्ति बना दिया। **मगर सोवियत रूस को महाशक्ति बनाने के लिए उन्हें रूसी लोगों की आशाओं आकांक्षाओं और विश्वासों को रौंदना पड़ा।** महाशक्ति बनने के लिए जिन अपार साधनों की जरूरत थी उन्हें प्राप्त करने के लिए **स्तालिन के जमाने में वर्ग-युद्ध के नाम पर बर्बर हत्याकांड रचे गए और एक तिहाई ग्रामीण खेतिहर आबादी को समाप्त कर दिया गया। स्तालिन के जामने के इस खूनी अभियान की ग्लानि को सोवियत रूस का साम्यवादी नेतृत्व फिर कभी मिटा नहीं पाया।**

स्तालिन के बाद के साम्यवादी शासन का सारा इतिहास सुधारवादी कोशिशों का इतिहास है हालांकि सोवियत संघ के सत्ता के ढाँचे में कोई मूलभूत परिवर्तन लाने में मिखाइल गोर्वाचेव से पहले का कोई नेता सफल नहीं हो पाया था। इसका सीधा-सा कारण यह है कि साम्यवादी राजतंत्र के ढाँचे में कोई वास्तविक सुधार संभव था ही नहीं। रूस की साम्यवादी पार्टी की निरंकुश तानाशाही ने न केवल लोगों को कमजोर, निकम्मा और भयभीत बना दिया था बल्कि समाज में नई ऊर्जा के उभरने का रास्ता ही रोके रखा था। इस सबके कारण लोगों का साम्यवादी तंत्र पर से विश्वास उठ गया था।

इस दौरान रूस के बौद्धिक जगत में साम्यवाद के विकल्प पर वैचारिक मंथन चलता रहा। इस वैचारिक मंथन के विवादांस्पद नेताओं को ही हम जानते हैं। इन नेताओं में से भी **सखारोव** और **सोल्झेनित्सिन** अधिक विख्यात हुए हैं। **सखारोव रूस के पश्चिमीकरण के समर्थक रहे थे तो सोल्झेनित्सन साम्यवादी के विकल्प के**

तौर पर रूसी स्वभाव के अनुकूल राजनैतिक ढाँचा बनाने की वकालत करते रहे। यहाँ इतना ही महत्त्वपूर्ण है कि रूस के बौद्धिक जगत में साम्यवाद को छोड़कर कोई दूसरा रास्ता अपनाने की वकालत काफी गंभीरता से और काफी समय से की जा रही थी।

मिखाइल गोर्वाचेव की खूबी यही थी कि उन्होंने सही समय पर इस दिशा परिवर्तन का नारा बुलन्द कर दिया। उनसे पहले साम्यवादी पार्टी शायद इस परिवर्तन के लिए तैयार न हुई होती। लेकिन गोर्वाचेव के सत्ता में आते-आते आम रूसी लोगों का दबाव इतना बढ़ गया था कि रूस की साम्यवादी पार्टी के नेता परिवर्तन की माँग को रोक नहीं पाए। **इतिहासकारों की दिक्कत यह है कि जब तक लोगों का दबाव किसी बड़ी उथल-पुथल में प्रकट न हो उसको वे दर्ज नहीं कर पाते।** रूस में ऐसा कोई जन आन्दोलन नहीं हुआ था। मगर लोगों के भीतर उमड़ रही निराशा और असन्तोष को पहचानना वहाँ के नेताओं के लिए असंभव नहीं था।

यह दबाव दो स्तरों पर महसूस किया जा रहा था। एक तरफ तो आम लोगों के जीवन स्तर में लगातार गिरावट महसूस की जा रही थी और लोगों की आर्थिक समस्याएँ साम्यवादी साम्राज्य के औचित्य को कठघरे में खड़ा कर रही थीं। **दूसरी तरफ** यह अहसास बढ़ता जा रहा था कि जिस तरह जापान जैसे देश तेजी से आगे बढ़ते जा रहे हैं सोवियत संघ आगे-पीछे दूसरी महाशक्ति के अपने स्थान से बेदखल हो सकता है अर्थात् **यह भावना बन रही थी कि रूस का मौजूदा ढाँचा उसे आगे बढ़ाने की बजाय अब पीछे धकेल रहा है।** इन दोनों की कारणों से साम्यवादी पार्टी के भीतर से विभिन्न राजकीय संस्थाओं में चुन कर पहुँचे हुए लोग भी परिवर्तन के समर्थक होते जा रहे थे।

मिखाइल गोर्वाचेव ने न केवल इन परिस्थतियों को भाँपा बल्कि परिवर्तन-नेतृत्व भी प्रदान किया। उन्होंने लेनिन के पुराने राजनैतिक साहित्य से ही पेरेस्त्रोइका और ग्लासनोस्त संज्ञाओं को उठाया और उन्हें साम्यवादी ढाँचे से उबरने का औजार बना दिया। मिखाइल गोर्वाचेव के आर्थिक और राजनैतिक सुधारों के नारों का व्यापक प्रभाव हुआ और सोवियत संघ में परिवर्तन के पक्ष में तेज हवा बहनी शुरू हो गई। सोवियत संघ के साम्यवादी तंत्र में कट्टरपंथी लोगों की कोई कमी नहीं थी और शिखर पर तो उनकी संख्या काफी थी। इसके बावजूद मिखाइल गोर्वचिव अपनी लड़ाई जीतते चले गए और उन्होंने साम्यवादी तंत्र को ढीला करने और आर्थिक शक्तियों के सक्रिय होने की गुंजाइश निकाल ली।

लेकिन यह काम इतनी धीमी रफ्तार से हो रहा था कि उसका लोगों के आर्थिक और राजनैतिक जीवन पर कोई खास प्रभाव नहीं पड़ पाया। **मिखाइल गोर्वाचेव की समस्या दोहरी थी। एक तरफ** तो उन्हें साम्यवादी पार्टी के भीतर कट्टरपंथियों से लड़ाई लड़नी पड़ रही थी और इसमें उनकी काफी शक्ति नष्ट हो गई थी। **दूसरी तरफ** रूस में किसी के पास साम्यवादी व्यवस्था से बाहर निकलने की संक्रमणकारी प्रक्रिया का नक्शा नहीं था। रूस के बौद्धिकों और विशेषज्ञों को इस काम में बाहरी दुनिया से भी कोई मदद नहीं मिल सकती थी। **दुनिया में पूँजीवाद से साम्यवाद में कैसे जाया जाता है इसका तो पर्याप्त साहित्य है मगर साम्यवाद से किसी गैर-साम्यवादी व्यवस्था में कैसे जाया जाय इनका कोई साहित्य नहीं रहा है।**

इन सब कारणों से मिखाइल गोर्वाचेव के नेतृत्व में लोगों को शक पैदा होने लगा

और अपने जीवन-स्तर में बढ़ती जा रही गिरावट ने लोगों को अधीर कर दिया। सोवियत संघ के ढाँचे में गोर्वाचेव के दोनों नारों से जो उथल-पुथल पैदा हुई थी उसने पैदावार को भी नुकसान पहुँचाया और एक तरह की अराजकता भी पैदा की। आम लोगों को लगने लगा कि उनकी समस्याएँ घटने के बजाय बढ़ती जा रही हैं। इससे प्रचारवादी बड़बोले नेताओं के उभरने का मौका पैदा हो गया। **रूस के मौजूदा राष्ट्रपति येल्तसिन ने इसका पूरा फायदा उठाया और लोकप्रियता के मामले में उन्होंने गोर्वाचेव को बुरी तरह पछाड़ दिया।**

येल्तसिन के उभरने में और भी कई बातों का योगदान रहा है। रूसी लोगों के स्वभाव में आज भी वह देहातीपन है जो बड़े साम्राज्यों को संदेह की निगाह से देखता है। कोई भी साम्राज्य अपने आप लोगों से दूर चला जाता है और अगर लोग राज्य के साथ घुलने-मिलने के आदी हों तो वे साम्राज्यों को ज्यादा दिन तक चलने नहीं देते। **रूसियों के अलावा यह विशेषता जर्मनी की भी रही है।** इसके साथ ही रूसियों में यह भावना भी घर किए हुए रही है कि इस साम्राज्य को टिकाए रखने के लिए उन्हें अनावश्यक कुर्बानी देनी पड़ रही है। बाकी प्रांतों से अलग होकर रूस अधिक तेजी से तरक्की कर सकता है। इन्हीं धारणाओं ने गोर्वाचेव से भिन्न एक खांटी रूसी नेता की जरूरत पैदा की और येल्तसिन ने इस जरूरत को पूरा कर दिया।

इसलिए **यह नहीं सोचना चाहिए कि सोवियत संघ का साम्राज्यवादी ढाँचा अचानक ढह गया है।** रूस के बौद्धिक नेताओं को काफी दिन से यह लग रहा था कि यह साम्राज्य रूसियों के पुरुषार्थ में बाधा सिद्ध हो रहा है। इसलिए वे अपने आपको इस साम्राज्य की जिम्मेदारी से अलग करने के बहाने ही खोज रहे थे। अलबता **रूस के वैचारिक नेताओं को एक महान स्लाव राज्य बनाने की इच्छा थी।** मगर जब सोवियत संघ ढहने लगा तो उसके हर प्रांत को लगा कि कहीं नए ढाँचे में उसके हित न बलि चढ़ जाएँ। इसलिए सबने काफी फुर्ती से अपने आपको स्वतंत्र घोषित कर दिया।

अभी बिखरे हुए सोवियत संघ के बारह राष्ट्रों ने मिलकर राष्ट्रकुल बनाया है। इसका कारण यही है कि सोवियत संघ में जो देशव्यापी संस्थाएँ, ताना-बाना और परस्पर निर्भर आर्थिक ढाँचा बनाया गया था उसे रातों-रात समाप्त नहीं किया जा सकता। एटमी हथियारों की समस्या से लगा कर कानूनी पेचीदगियों तक राष्ट्रकुल के सदस्यों को ढीले-ढाले रिश्ते बनाए रखने के लिए मजबूर कर रही थीं। मगर यह स्थिति शायद ज्यादा दिन नहीं रहने वाली क्योंकि इन बारह राष्ट्रों में कोई बहुत साम्य या एकता का सूत्र है नहीं। समय की जरूरतों के अनुसार इस ढाँचे में परिवर्तन होते रहेंगे और शायद अगले कुछ सालों में कोई व्यावहारिक रूप बन जाए।

❑

पंचम खंड

जापान का आर्थिक विकास

अध्याय 1

जापानी आर्थिक विकास की भौगोलिक-ऐतिहासिक पृष्ठभूमि

सामान्य परिचय

जापान को जापानी भाषा में नीप्पन (Nippon) अथवा नीहोन (Nihon) कहा जाता है। यह हजारों छोटे-बड़े टापुओं से बना हुआ है। चार मुख्य टापू होन्सू (Honshu), क्यूसू (Kyushu), होकैडो (Hokaido) और शिकोकू (Shikoku) है। होन्सू द्वीप जापान का मुख्य भाग है और यही सबसे बड़ा द्वीप है। जापान की राधानी टोकियो इसी द्वीप पर बसा है।

सम्पूर्ण देश 46 प्रीफेक्चरों (prefectures) अर्थात् तोदोफूकेन (Todofuken) (इनमें टोक्यो-टो (Tokyo-to) ओसाका-फू (Osaka-fu) और क्योटो-फू (Kyoto-fu), होकाई-डो (Hokai-do) शामिल हैं) और 42 केन (Ken) में विभाजित है। प्रत्येक प्रीफेक्चर अर्थात् तोदोफूकेन में एक गवर्नर (chiji) रहता है जो इस क्षेत्र के मतदाताओं द्वारा निर्वाचित किया जाता है। टोकियो की प्रीफेक्चरल सरकार उस प्रीफेक्चर के शहरी भाग के लिए भी उत्तरदायी है जिसे पहले टोकियो-सी (Tokyo-shi) कहा जाता था। प्रत्येक प्रीफेक्चर, शहर, कस्बा और गाँव में एक प्रतिनिधि सभा होती है जो उन्हीं मतदाताओं द्वारा चुनी जाती है जिनके द्वारा संसदीय चुनाव किये जाते हैं। **प्रशासन के दृष्टिकोण से अक्टूबर, 1965** तक जापान में 46 प्रीफेक्चर, 575 देहाती जिले (gun), 560 शहर, 1998 कस्बे और 819 गाँव थे।

क्षेत्रफल और जनसंख्या *(Area and Population)*—द्वितीय विश्वयुद्ध के बाद जो जापान संगठित हुआ उसका कुल क्षेत्रफल 369662 वर्ग किलोमीटर (142726.5 वर्गमील) है। 1 अक्टूबर, 1965 को की गयी जनगणना के अनुसार जापान की कुल जनसंख्या 9,82,81,955 थी। इसमें से 4.83 करोड़ नर और 5 करोड़ नारियाँ थीं। जनसंख्या का घनत्व (density of population) 265.9 व्यक्ति प्रति वर्ग किलोमीटर था। जून, 1966 में जापान में कुल 667072 विदेशी निवासी थे जिसमें से 584560 कोरियाई, 49413 चीनी, 15699 अमेरिकी, 2279 ब्रिटिश, 1856 जर्मन और 1372 कनाडा निवासी थे। विदेशों में रहनेवाले जापानियों की संख्या मार्च, 1966 में 12.1 लाख थी जिसमें से 595053 ब्राजील में, 464332 संयुक्त राज्य अमेरिका में, 29157 कनाडा में, 19200 अर्जेन्टाइना में, 8100 बोलीविया में थे।

1968 में जापान की जनंसख्या का अनुमान 10.145 करोड़ किया गया था। 1 अक्टूबर, 1970 को हुई जनगणना के अनुसार जापान की जनसंख्या 103704000 अर्थात् 10.37 करोड़ थी। 1967 में जापान में जन्म दर मोटे रूप में 19.3 प्रति हजार जनसंख्या (1947 में 34.3) और मृत्यु दर 6.7 प्रति हजार थी।

जापान एक छोटा-सा द्वीपीय देश है। **इसका कुल क्षेत्रफल संयुक्त राज्य अमेरिका के कुल क्षेत्रफल का मात्र एक पच्चीसवाँ भाग है जबकि जनसंख्या उस देश की जनसंख्या की प्रायः आधी है।** इस देश के पास प्राकृतिक साधन बहुत कम हैं परन्तु जनसंख्या प्रायः 12 करोड़ है। **जापान के सम्पूर्ण भू-क्षेत्र का 70 प्रतिशत पहाड़ी है, 12 प्रतिशत जंगलों अथवा झीलों से ढँका है, प्रायः 15.1 प्रतिशत पर खेती होती है और 2.9 प्रतिशत भू-क्षेत्र ही आवास के लिए बचा रहता है।** भू-क्षेत्र कुल 23700 वर्गमील अर्थात् प्रायः श्रीलंका के बराबर है जिस पर देश की प्रायः 12 करोड़ जनसंख्या निवास करती है। फिर भी इन विषम परिस्थितियों में और द्वितीय विश्वयुद्ध में अपने सारे उद्योग नष्ट हो जाने के बावजूद जापान ने न केवल अपनी अर्थव्यवस्था का पुर्निर्माण ही किया है वरन् तीव्र गति से विकास करके 1987 तक आर्थिक दृष्टि से विश्व में अपना दूसरा स्थान बना लिया। 1987 में जापान विश्व के कुल निर्माणी उद्योग के उत्पादन का 14.7 प्रतिशत, विश्व की कुल राष्ट्रीय आय का 12.2 प्रतिशत उत्पादन कर रहा था और उसके पास प्रायः 90 बिलियन डॉलर का व्यापार अतिरेक (trade surplus) हो गया था। इसका आर्थिक विकास 4 प्रतिशत प्रतिवर्ष की दर से जारी था। पुनरुत्थान तथा विकास की यह प्रक्रिया जिसके कारण देश की अर्थव्यवस्था आज के स्तर पर पहुँच सकी है, बहुत से तत्त्वों पर निर्भर रही है। इस प्रक्रिया से कई समस्याएँ भी उत्पन्न हुई हैं जिनका समाधान अब जापान को करना है।

जापान समाज को विश्व का सर्वाधिक परिवर्तनशील समाज कहा जाता है। परन्तु साथ-ही-साथ जापान युगों पुरानी अतीत की परम्पराओं से विच्छिन्न भी नहीं हुआ है और इतिहास एवं परम्पराएँ परिवर्तन में बाधक होने के बदले सहायक ही सिद्ध हुई हैं। यह संभवतः विश्व के अन्य किसी भी देश में नहीं देखा जाता है। **जापान के लोगों में नए विचारों को अपने विशिष्ट सांस्कृतिक वातावरण के अनुकूल आत्म-सात् करने की जो अद्वितीय क्षमता है वह हम उसके लम्बे इतिहास में देख सकते हैं।** जापान का इतिहास और उसकी भौगोलिक स्थिति ही कुछ ऐसी है जिसने जापानी निवासियों को एक-रूप बना दिया है। **शताब्दियों से बनाई गयी संस्थाओं, रीति-रिवाजों तथा चारित्रिक विशिष्टताओं ने जापानी जनता के हृदय को राष्ट्रीय एकात्मकता तथा समान लक्ष्य की भावना से परिपूर्ण कर दिया है।**

अपने राष्ट्रीय जीवन की इन विशिष्टाताओं से प्राप्त शक्ति और स्थायित्व के बल पर ही जापान पिछले सौ वर्षों के दो बड़े परिवर्तनों को झेल सका है। इनमें से **पहला परिवर्तन उन्नीसवीं शताब्दी के अन्त** में हुआ जब जपान अपनी सड़ी-गली सामन्ती व्यवस्था को उखाड़ फेंक कर आधुनिकीकरण के मार्ग पर अग्रसर हुआ तथा **दूसरा परिवर्तन बीसवीं शताब्दी के मध्य** में आया अब द्वितीय विश्वयुद्ध के दुःखद अनुभवों के पश्चात् जापान शान्तिपूर्ण सह-अस्तित्व और लोकतांत्रिक जीवन-पद्धति पर आधारित एक नए समाज के निर्माण में जुट गया। **इन दो कालों में राजनीतिक और सामाजिक ढाँचे में क्रांतिकारी परिवर्तन तो हुए किन्तु इस प्रक्रिया में न तो मौलिक परम्परागत तत्त्वों का ही परित्याग हुआ और न ही सामाजिक अविच्छिन्नता भंग होने पायी।** उसका एक पहलू हम पिछले वर्षों में हुए तेज आर्थिक विकास में देख सकते हैं जिसके फलस्वरूप जापान की गिनती विश्व के प्रमुख औद्योगिक देशों में होने लगी है। यदि

दीर्घकालीन दृष्टि से देखें तो जापान, जो मात्र 100 वर्ष पहले रहन-सहन के न्यूनतम स्तर से संतुष्ट एक कृषि-प्रधान समाज था, अब एक विकसित औद्योगिक समाज बन गया है और वहाँ का जीवन बौद्धिक, सांस्कृतिक तथा भौतिक दृष्टियों से पहले से अधिक समृद्ध है।

इस परिवर्तन का दूसरा पहलू है राष्ट्रीय जीवन के प्राय: प्रत्येक क्षेत्र का धीरे-धीरे अन्तरराष्ट्रीयकरण होते जाना। एक तो देश की भौगोलिक परिस्थिति, दूसरे ढाई सौ वर्ष लम्बी उसकी अलगाववादी विदेश-नीति और अन्त में इस शताब्दी में हुआ युद्ध तथा अमेरिकियों द्वारा कब्जा-इन सब कारणों से बहुत पहले से ही जापानियों का बाहरी दुनियाँ से सम्पर्क कम रहा था। अब जापान अन्तरराष्ट्रीय सहयोग के क्षेत्र में अपना उचित स्थान ढूँढ़ रहा है। आज जापान विश्व की सभी प्रमुख संस्थाओं से सम्बद्ध है। वह विश्व-शान्ति के लिए क्रियात्मक रूप से प्रयत्न कर रहा है और अन्तरराष्ट्रीय समाज के लिए सदस्य के रूप में पारस्परिक सद्भावना को बढ़ाने में योगदान कर रहा है।

इक्कीसवीं शताब्दी के प्रथम चरण में भी परिवर्तन ही जापानी समाज का एक मुख्य रूप है क्योंकि जापानी लोगों को राजनीतिक, आर्थिक और सामाजिक क्षेत्रों में उत्पन्न नयी-नयी समस्याओं का समाधान खोजना पड़ेगा तथा अन्तरराष्ट्रीय क्षेत्रों में भी नये उत्तरदायित्वों को ग्रहण करना पड़ेगा। अपने दीर्घकालीन इतिहास के सहारे और स्वभाव से व्यवस्थित तथा अनुशासित राष्ट्र होने के नाते जापानी लोग इन नयी चुनौतियों को अपने भविष्य के कर्त्तव्यों के रूप में ग्रहण करते हैं और समान लक्ष्य वाले अन्य लोगों के साथ मिलकर शांति तथा न्याय की खोज में प्रतिबद्ध हैं।

भौगोलिक पृष्ठभूमि

जापान चार प्रमुख द्वीपों के बना है—होक्काइदो, होन्शू, शिकोकू तथा क्यूशू। इनके अतिरिक्त बहुत-सी द्वीप शृंखलाएँ और हजारों छोटे-छोटे द्वीप तथा द्वीपिकाएँ भी जापान में शामिल हैं। एशिया महाद्वीप में पूर्वी तट से हटकर अवस्थित यह द्वीप-समूह एक धनुष के आकार में 3800 किलोमीटर (2360 मील) की लम्बई में फैला हुआ है।

जापान द्वीप समशीतोष्ण कटिबन्ध में है तथा कोरिया, चीन और दक्षिण-पूर्व एशिया से होते हुए भारत तक फैले हुए मानसूनी क्षेत्र के पूर्वोत्तर छोर पर अवस्थित है। जलवायु साधारणतः नरम है, किन्तु अलग-अलग स्थानों में उसमें बहुत अन्तर दिखाई देता है। इसका कारण यह है कि जाड़ों में उत्तर-पश्चिम से महाद्वीपीय वायु-धाराएँ तथा गर्मियों में दक्षिण-पूर्व से समुद्रीय वायु धाराएँ चलती हैं। जापान में चारों ऋतुओं का स्पष्ट अनुभव होता है। लगभग एक महीने की बरसात के बाद जुलाई मध्य से ग्रीष्म ऋतु का आरंभ होता है। इन दिनों गर्मी और नमी रहती है। उत्तरी जापान को छोड़कर अन्य भागों में मामूली जाड़ा पड़ता है और धूप भी काफी होती है। बसन्त और शरद साल के सबसे अच्छे मौसम हैं। दिन बड़े सुहावने होते हैं और धूप भी खूब निकलती है। किन्तु सितम्बर में तूफान आते हैं जिसमें भीतरी प्रदेश में मूसलाधार वर्षा होती है और बहुत तेज हवा चलती है। वर्षा प्रचुर मात्रा में होती है (40 इंच से 100 इंच तक प्रतिवर्ष)। उत्तरी भागों तथा भीतरी पहाड़ी भागों में सर्दियों में बर्फ बहुत गिरती है। प्रचुर वर्षा और समशीतोष्ण जलवायु के फलस्वरूप देश में घने वन और सब ओर हरियाली छायी रहती है।

जापान की स्थलाकृति अत्यन्त मिश्रित है जिसके कारण जलवायु से होने वाले लाभ

व्यर्थ चले जाते हैं। जापान द्वीप प्रशान्त महासागर पर्वतीय कटिबन्ध का एक भाग है जो दक्षिण-पूर्व एशिया से जापान होते हुए एल्यूशियन द्वीप-समूह तथा अलास्का तक फैला हुआ है। इस कारण एक ओर तो जापान को लम्बा और चट्टानी समुद्र तट अर्थात् बहुत से छोटे-छोटे किन्तु उत्तम बन्दरगाह प्राप्त हुए हैं और दूसरी ओर पर्वतीय क्षेत्र भी बहुत हो गए हैं जिनमें बहुत-सी घाटियाँ, तेज प्रवाह वाली नदियाँ तथा स्वच्छ जल वाली झीलें विद्यमान हैं। वस्तुतः जापान का लगभग 72 प्रतिशत भू-भाग पहड़ी है। इनमें से 580 से अधिक पहाड़ 2000 मीटर से भी अधिक ऊँचे हैं। उनमें सबसे ऊँचा फूजी पर्वत है जिसकी बिल्कुल कोनानुमा चोटी 3776 मीटर (12385 फीट) ऊँची है।

फूजी पर्वत एक प्रसुप्त ज्वालामुखी है जिसका अन्तिम विस्फोट सन् 1707 में हुआ था। **जापान में कुल 196 ज्वालामुखी हैं जिनमें से 30 अभी तक सक्रिय हैं।** इन्हीं की देन हैं वे खनिज पदार्थों से युक्त गर्म जल-धाराएँ जिनका उपयोग चिकित्सा केन्द्रों के रूप में उतना नहीं किया जाता जितना कि मनोरंजन के लिए। ये जल-धाराएँ लाखों जापानियों के लिए आराम और विश्रान्ति के स्थल बन गयी हैं। ज्वालामुखियों की उत्तम सक्रियता इस तथ्य का भी द्योतक है कि भू-गर्भ की दृष्टि से जापानी द्वीपों की आयु कम ही है अर्थात् भूमि का गठन अभी चल रहा है। इसी कारण बहुत भू-स्पंद होते रहते हैं जिनकी ओर सामान्य जापानी जनता का ध्यान तक नहीं जाता। कभी-कभी बड़े भूचाल भी आ जाते हैं।

जापान की स्थलाकृति का चित्र एक सुन्दर एवं मनोहारी रूप लिए हुए सामने आता है—हिमाच्छादित पर्वतीय झीलें, चट्टानी घाटियाँ, तेज बहने वाली नदियाँ, दुर्गम शिखर एवं मनोरम जलप्रपात। ये सब जापानी तथा विदेशी पर्यटकों को सदा उत्साह एवं आनन्द प्रदान करते हैं।

ऐतिहासिक एवं राजनीतिक पृष्ठभूमि

प्राचीन युग—जापानी जाति की उत्पति के संबंध में विशेषज्ञों में मतभेद है। परन्तु पुरतत्त्ववेत्ताओं ने यह सिद्ध कर दिया है कि जापान के आरंभिक निवासियों में पूर्व एशिया के विभिन्न क्षेत्रों तथा दक्षिणी प्रशान्त द्वीपों से आए हुए लोग भी शामिल थे।

यामातो (Yamato) नामक नृवंश समूह जापानियों का पूर्वज समझा जाता है। यामातो जाति ने ईसा के आरंभ की तीन-चार शताब्दियों में अन्य लड़ाकू कबीलों और कुलों पर धीरे-धीरे अपना प्रभुत्व जमा लिया। **यामातो को ही प्राय: जापानी राज-परिवार का पूर्वज माना जाता है।** चौथी शताब्दी के अन्त तक जापान और कोरिया प्रायद्वीप के राज्यों के बीच सम्पर्क स्थापित हो गया था। चीन में हान राजवंश के दिनों में बुनाई, धातु और चमड़े का काम, पोत-निर्माण आदि औद्योगिक कलाओं का बड़ा विकास हुआ और कोरिया के रास्ते इन सबका प्रवेश जापान में हुआ। इन आरंभिक वर्षों में कोरिया और चीन जापानी शिल्प कला एवं ज्ञान के स्रोत थे। इन्हीं की नींव पर उसने धीरे-धीरे अपनी संस्कृति का निर्माण किया। लेखन के लिए भावाक्षरों वाली चीनी लिपि का प्रयोग प्रारंभ हुआ और इसके माध्यम से जापानियों ने औषधि विज्ञान, पंचांग, खगोल विद्या और कन्फूसियसवाद का ज्ञान प्राप्त किया। **सन् 538 में जापान में बुद्ध धर्म का चीन तथा कोरिया के मार्ग से प्रवेश हुआ।** चीनी शासन प्रणाली के आधार पर ही जापानी शासकों ने अपनी शासन-व्यवस्था बनायी।

जापान की पहली स्थायी राजधानी आठवीं शताब्दी के आरंभ में सन् 710 में नारा में स्थापित हुई। सन् 710 से 784 तक अर्थात् 70 वर्षों से अधिक समय राज-परिवार ने यहीं निवास किया तथा वहाँ से समूचे देश में अपना अधिकार फैला। इससे पहले सर्वदा सम्राट की मृत्यु होने पर राजधानी बदल दी जाती रही थी। सन् 784 में क्योतो (Kyoto) में नयी राजधानी बनायी गयी। इसका निर्माण चीन की तत्कालीन राजधानी के नमूने पर हुआ था और लगभग एक हजार वर्ष तक सम्राट की गद्दी यहीं बनी रही। क्योतो में राजधानी स्थानान्तरित होने के साथ ही **हेइआन काल** आरंभ होता है जो सन् 1192 तक चला। यह समय कलात्मक विकास के महान युगों में गिना जाता है। नवीं शताब्दी के अन्त में चीन से सम्पर्क टूट गया और जापानी सभ्यता अपने विशेष रूपों तथा शैलियों में विकसित होने लगी। विदेशों से आयी वस्तुएँ धीरे-धीरे जापानी शैली में बदलती गयीं। उस प्रक्रिया का विशिष्ट उदाहरण है **हेइआन** काल में जापानी लिपि का विकास। चीनी अक्षर ध्वनि-अक्षर न होकर भावना अक्षर होने के कारण जापानी भाषा के अनुकूल नहीं थे। इसलिए लेखकों तथा पुरोहितों ने चीनी अक्षरों के आधार पर दो वर्णमालाओं का निर्माण किया। **हेइआन** के मध्य तक आते-आते इन अपेक्षाकृत सरल वर्णों, जिन्हें **काना** कहा जाता है, को परिष्कृत रूप प्राप्त हो गया था तथा इनका व्यापक रूप से प्रयोग भी होने लगा था। इसके फलस्वरूप जापानी शैली के साहित्य के विकास का मार्ग खुल गया था जिसने आयातित चीनी शैली का स्थान ले लिया।

राजधानी के जीवन में बड़ी शान-शौकत और नफासत आ गयी थी। एक ओर तो राज दरबार कलाओं तथा सामाजिक मनोविनोद की ओर झुकता चला गया और दूसरी ओर प्रान्तों में सैनिकों कुलों पर उसका अधिकार भी शिथिल होता चला गया। वास्तविक बागडोर धीरे-धीरे उसके हाथ से निकल गयी और दो प्रतिद्वन्द्वी सैन्य परिवारों, **मिनामोतो** (Minamotos) तथा **ताइरास** (Tairas) के बीच सत्ता के लिए संघर्ष छिड़ गया। ये दोनों ही परिवार अपने आप को सम्राट का वंशज मानते थे। **जापानी इतिहास के उथल-पुथल भरे मध्य युग में ऐसा भीषण और प्रसिद्ध युद्ध शायद ही कोई हुआ हो। अन्ततः सन् 1185 में मिनामोतो परिवार सेतोनाइकाई समुद्र के दान्नोउरा में ताइरास कुल का सर्वनाश करके विजयी हुआ।**

सामन्ती युग—मिनामोतो परिवार की विजय से राजसिंहासन की बागडोर सम्राट के हाथ से निकल कर **शोगुन** (Shogun) अर्थात् **सैनिक शासकों** के हाथ में आ गयी। यह शासन सात शताब्दियों तक चला। सन् 1192 में मिनामोतो परिवार के मुखिया **योरीतोमो** ने वर्तमान **तोक्यो के निकटवर्ती स्थान कामाकुरा में शोगुनत अथवा सैनिक शासन की स्थापना की** तथा सारे देश के प्रशासकीय अधिकार अपने हाथ में ले लिए। **कामाकुरा की शोगुनत का विचार था कि शान्ति मूलक कलाओं में आस्था ही क्योतो के ह्रास का कारण हुई।** इसकी प्रतिक्रियास्वरूप उसने सादगी और युद्धपरक कलाओं एवं अनुशासन को प्रोत्साहन दिया। कामाकुरा की शोगुनत यह समझती थी कि देश को विशेषकर सुदूर प्रान्तों के विद्रोही कुलों को पुनः अपने नियंत्रण में लाने के लिए ऐसा करना आवश्यक है। **यदि पूर्ववर्ती हेइआन कला में कलाओं की समृद्धि हुई तो योरीतोमो की शोगुनत के काल में जिसे कामाकुरा काल कहा जाता है, बुशिदों अर्थात् सामुराई** (Samurai) **पद्धति अथवा जापानी शौर्य की प्रधानता रही।**

सन् 1213 में सत्ता मिनामोती के हाथ से होजो (Hogos)—योरीतोमो की पत्नी के परिवार—के पास चली गयी जिनका सैनिक शासन कामाकुरा में सन् 1333 तक चला। इस काल में **मंगोलों ने उत्तरी क्योसो पर दो आक्रमण किए**—एक सन् 1274 में और दूसरा 1281 में। कमजोर हथियारों के बावजूद जापानी योद्धाओं ने आक्रमणकारियों को भीतर घुसने से रोक दिया। इन दोनों आक्रमणों के समय समुद्री तूफान के कारण मंगोलों के बेड़े नष्ट हो गए तथा उन्हें जापान से वापस हटना पड़ा।

सन् 1333 से 1338 तक फिर थोड़े समय के लिए शाही शासन की स्थापना हुई। इसके बाद **आशिकागा** परिवार ने **क्योतो के मुरोमाची नामक स्थान** पर नए सैनिक शासन की स्थापना की। **मुरोमाची काल दो सौ वर्षों से अधिक चला**—सन् 1338 से 1573 तक। इतिहास का चक्र एक बार फिर घूमा। **कामाकुरा** काल के सादे और कठोर जीवन के अनुशासन की समाप्ति हुई और उसका स्थान लिया **बुशिदो** के संयमी शौर्य ने जिसकी अभिव्यक्ति सौन्दर्य प्रसाधन तथा धार्मिक क्रिया-कलापों में हुई। **देश की कलाओं पर इनकी अमिट छाप युग-युगान्तर के लिए पड़ गयी। इसीलिए आज भी हम जापानी कला को उत्कृष्ट कोटि के संयम की भावना तथा सादगी से अनुप्राणित पाते हैं।**

दो शताब्दियों के शासन के बाद **मुरोमाची की शोगुनत** को देश के अन्य भागों में प्रतिद्वन्द्वी कुलों की निरन्तर बढ़ती हुई चुनौती का सामना करना पड़ा। सोलहवीं शताब्दी के अन्तिम दौर में जापान टुकड़े-टुकड़े हो गया क्योंकि प्रान्तीय शासकों ने अपने-अपने प्रभुत्व के लिए हथियार उठा लिए। अन्त में सन् 1590 में महान सेना नायक **हिदेयोशी तोयोतोमी** (Hideyoshi Toyotomi) के प्रयत्नों से फिर व्यवस्था आयी। **तोयोतोमी** द्वारा स्थापित शान्ति तथा एकता को **तोकुगावा शोगुनत** (Tokugawa Shogunate) के संस्थापक **आइयासू तोकूगावा** (Iyeyasu Tokugawa) ने और भी दृढ़ बना दिया। **गृहयुद्धों के इस संक्रमण काल (1573-1603) में ही जापान के अधिकांश सुप्रसिद्ध किलों का निर्माण हुआ।**

अलगाव के युग में एकता—समूचे जापान के समर्थ शासक के रूप में अपने पाँव जमा लेने के बाद सन् 1603 में **आइयासू ने एदो** (Ydo) में **अपनी शोगनुत की स्थापना की। एदो तोक्यो** (Tokyo) **का तत्कालीन नाम था।** यहाँ से जापानी इतिहास ने एक बड़ा मोड़ लिया। **आइयासू ने एक ऐसे साँचे का निर्माण किया जिसमें अगले 265 वर्षों तक राष्ट्रीय जीवन का प्राय: प्रत्येक पहलू विशेषकर राजनीतिक और सामाजिक संस्थाएँ ढलती रहीं।** अपनी सामाजिक राजनीतिक स्थिरता की रक्षा के लिए तोकुगावा शोगुनत ने बड़ा कठोर कदम उठाया और **वह कदम था 1639 में जापान के द्वारा बाहरी दुनिया के लिए लगभग बन्द कर देना। शोगुन ने सभी विदेशियों को जापान छोड़कर चले जाने का आदेश दिया था। पश्चिमी लोगों का पहला दल मुरोमाची काल में जापान के समुद्री तट पर पहुँच चुका था। सन् 1543 में पुर्तगाली व्यापारी दक्षिण-पश्चिमी जापान के एक छोटे-से द्वीप पर उतरे।** तब जापानी लोगों को बन्दूक देखने का पहला अवसर मिला। अगले कुछ वर्षों में **सन्त फ्रांसिस जेवियर** के नेतृत्व में पादरियों तथा स्पेनियों के दलों का आगमन हुआ। हालैंड और ब्रिटेन के व्यापारियों ने भी जापानी भूमि पर अपने पाँव जमा लिए। यूरोपीयों के इस प्रवाह का जापान

पर बड़ा प्रभाव पड़ा। **मिशनरियों ने बड़ी संख्या में धर्म परिवर्तन कराया, विशेषकर दक्षिणी जापान में। शोगुनत ने यह अनुमान किया कि ईसाई भी अपने साथ लाई बन्दूकों की तरह विस्फोटक शक्ति है और ईसाई धर्म अवैध घोषित कर दिया गया। इसके साथ ही शोगुनत ने सभी विदेशियों के जापान-प्रवेश पर प्रतिबन्ध लगा दिया।** केवल चन्द डच तथा चीनी व्यापारियों को अनुमति मिल गयी और वे **नागासाकी** के छोटे-से द्वीप **देजीमा** में ही रह सकते थे। **ढाई सौ वर्षों तक यह छोटी-सी बस्ती ही जापान और बाहरी दुनिया के बीच संपर्क का एक-मात्र केन्द्र थी।** देश के दीर्घकालीन अलगाव के समय यही एकमात्र छोटा-सा द्वार था जिसके द्वारा जापानी विद्वान पाश्चात्य चिकित्सा तथा विद्याओं का ज्ञान प्राप्त करते रहे।

राज शासन की पुन: स्थापना—18वीं शताब्दी के अंत तथा 19वीं शताब्दी के आरंभ में जापान पर अधिकाधिक दबाव पड़ता गया कि वह बाहरी दुनिया के लिए अपने समुद्र तट को खोल दे। **देश के भीतर आइयासु द्वारा निर्मित सामाजिक राजनीतिक ढाँचा समय की गति के साथ टूटना आरंभ हो गया था।** सन् 1853 में संयुक्त राज्य अमेरिका के कॉमोडोर **मैथ्यू सी॰ पेरी** ने अपने चार जहाजों का एक बेड़ा लेकर तोक्यो की खाड़ी में प्रवेश किया। उसने जापान को इस बात के लिए राजी कर लिया कि वह अमेरिका के साथ मैत्री-संधि कर ले और अपने इस प्रयत्न में सफल होकर वह अगले वर्ष वापस लौट गया। इसके बाद ऐसी ही संधियाँ रूस, ग्रेट ब्रिटेन और हालैंड के साथ भी उसी वर्ष संपन्न हुईं। इस प्रकार एक बार फिर विदेशों के साथ जापान का सम्पर्क प्रारंभ हुआ। चार वर्ष बाद इन संधियों को वाणिज्य संधियों में बदल दिया गया। फ्रांस के साथ भी इसी प्रकार की संधि हुई। इन घटनाओं का उस सामन्ती व्यवस्था पर निश्चयात्मक प्रभाव पड़ा जिनकी नींव अभी टूटी जा रही थी। लगभग दस वर्षों तक देश में बड़ी उथल-पुथल रही। सन् 1867 में **तोकूगावा शोगनत की सामन्ती व्यवस्था का पतन हो गया और 1868 में माइजी पुनस्थापन** (Meiji Restoration) द्वारा सम्राट को पूर्ण-सत्ता प्राप्त हो गयी।

आधुनिक युग—माइजी काल (1869-1912) विश्व-इतिहास के सबसे उल्लेखनीय युगों में एक है। सम्राट माइजी के शासन काल में जापान ने कुछ ही दशकों में वह सब कुछ पाने का प्रयत्न किया जिसे पाने के लिए पश्चिम को शताब्दियाँ लगी थीं—वह है आधुनिक उद्योगों, राजनीतिक संस्थाओं तथा आधुनिक ढाँचे के समाज से युक्त एक आधुनिक राष्ट्र का निर्माण। अपने शासन के पहले वर्ष में **सम्राट माइजी राजधानी को क्योतो से एदो ले** आये जो भूतपूर्व सामन्ती सरकार का केन्द्र था। **शहर का नाम दिया तोक्यो** जिसका अर्थ है **पूर्वी राजधानी**। देश में नया संविधान लागू हुआ जिसके द्वारा संवैधानिक राजतंत्र की स्थापना हुई। सामन्ती युग की सामाजिक वर्ग व्यवस्था समाप्त हो गयी। सारा देश पूरी शक्ति तथा उत्साह के साथ आधुनिक पश्चिमी सभ्यता के अध्ययन और उसे अपने जीवन में चरितार्थ करने में जुट गया।

माइजी पुन:स्थापना की प्रक्रिया कुछ ऐसी थी मानो कोई ऐसा बाँध टूट पड़ा हो जिसके पीछे शताब्दियों से ऊर्जा और शक्ति संचित होती रही थी। ये संचित शक्तियाँ इतनी तेजी से उभड़कर निकलीं कि उनका समुद्र पार प्रभाव हुए बिना नहीं रह सका। उन्नीसवीं शताब्दी का अन्त होने से पूर्व ही देश **1894-95 के चीन-जापान युद्ध में उलझ गया और दस वर्ष बाद 1904-05 में रूस-जापान युद्ध में। जापान दोनों**

ही युद्धों में विजयी हुआ था। मुख्यतः इन दो युद्धों के परिणामस्वरूप ही दक्षिण सखालिन उसे वापस मिल गया जो कुरील द्वीपों के बदले में सन् 1875 में जापान से रूस को हस्तान्तरित हो गया था। **फारमोसा और कोरिया भी उसे मिल गए और मंचूरिया में उसको विशेष अधिकार प्राप्त हुए। सन् 1912 में सम्राट माइजी का देहावसान हो गया।** तीव्र परिवर्तन के उन दशकों में उन्होंने अपने प्रबुद्ध एवं दूरदर्शी शासन के द्वारा देश का मार्ग दर्शन किया।

प्रथम विश्वयुद्ध की समाप्ति पर जापान विश्व की महाशक्तियों में गिना जाने लगा। सन् 1902 की आंग्ल-जापान मैत्री-संधि की व्यवस्था के अन्तर्गत जापान ने इस युद्ध में भाग लिया। सम्राट माइजी के बाद सम्राट **ताइशो** ने शासन किया। उनके उत्तराधिकारी हुए स्वर्गीय महामहिम **हिरोहितो** जो सन् 1926 में गद्दी पर बैठे और इस प्रकार वर्तमान **शोवा काल** प्रारंभ हुआ। **यह नया शोवा काल आशा का वातावरण लेकर आया।** राष्ट्रीय उद्योग-धन्धों का निरन्तर विकास हो रहा था। लगता था कि राजनीतिक जीवन में संसदीय शासन-प्रणाली की जड़ें बखूबी जम चुकी हैं। परन्तु कुछ नए तत्त्व सामने आए जिनसे उनमें बाधाएँ पड़ गयीं। विश्वव्यापी मंदी ने देश के आर्थिक जीवन को तितर-बितर कर डाला। बहुत-से भ्रष्टाचारों का पर्दाफाश होने पर राजनीतिक दलों से जनता का विश्वास उठ गया। उग्रपंथियों ने इस स्थिति का पूरा लाभ उठाया और सैनिक गुटबाजों को भी इस अस्त-व्यस्तता के बीच अपना उल्लू सीधा करने का सुअवसर प्राप्त हो गया। धीरे-धीरे राजनीतिक दलों का प्रभाव कम होता गया। सन् 1937 में जब चीन के साथ संघर्ष छिड़ गया तब राजनीतिक दलों के पास युद्ध के प्रयास में सहयोग देने के अतिरिक्त और कोई चारा नहीं रह गया था। अन्ततः **राजनीतिक दल भंग कर दिए गए और उनके स्थान पर एक संयुक्त राष्ट्रीय दल का निर्माण हुआ। इस प्रकार संसद रबर की मुहर मात्र बनकर रह गयी** और घटना-प्रवाह पर उसका कोई नियंत्रण नहीं रह गया। अन्ततः **1941 में 'प्रशान्त महायुद्ध' छिड़ा। अगस्त 1945 में युद्ध से थके और पीड़ित जापान ने अमेरिका द्वारा नागासाकी और हिरोशिमा द्वीपों पर परमाणु बमों की वर्षा के कारण अपनी हार मान ली** तथा सम्राट की आज्ञा के अनुसार लोगों ने हथियार डाल दिए। सन् 1945 से 1952 तक जापान पर संयुक्त राज्य अमेरिका के नेतृत्व में मिग शक्तियों के सर्वोच्च महादेशक का आधिपत्य रहा।

नया जापान

सात वर्षों पश्चात् सितम्बर 1951 में जापान ने सान-फ्रानसीसको में 48 देशों के साथ शान्ति संघर्ष पर हस्ताक्षर किया और अप्रैल 1952 में उक्त संधि के लागू होने के साथ ही प्रभुसत्ता तथा स्वतंत्रता उसे फिर वापस मिल गयी। जापान ने एक बार फिर राष्ट्र समुदाय के सदस्य के रूप में अपना स्थान ग्रहण कर लिया। इस प्रकार एक ऐसे परिवर्तन के युग की समाप्ति हो गयी जो पिछली शताब्दी में सम्राट माइजी के नेतृत्व में हुए परिवर्तन से कोई कम क्रांतिकारी नहीं था। **शांति-संधि पर हस्ताक्षर करने के लगभग एक वर्ष के भीतर ही जापान ने संयुक्त राष्ट्र संघ की प्रत्येक विशिष्ट एजेन्सी में प्रवेश कर लिया और दिसम्बर 1956 में इस विश्व संस्था का 80वाँ सदस्य बन गया।** विश्व समाज में स्वीकृत होने से जापान में एक नयी स्फूर्ति का संचार हुआ और अगले दशक में अधिक घरेलू आर्थिक विस्तार के साथ-साथ अन्तरराष्ट्रीय स्तर पर गतिविधियों में हिस्सेदारी की भी उल्लेखनीय वृद्धि हुई।

कुल राष्ट्रीय उत्पादन की विकास दर 1950 के दशक में 9.0 प्रतिशत और 1960 के दशक में और भी अधिक अर्थात् 11 प्रतिशत से ऊपर पहुँच गयी जो पश्चिम के अधिक अनुभवी औद्योगिक राज्यों की वृद्धि दर से भी अधिक थी। इस उपलब्धि के परिणामस्वरूप जापान 1964 में अन्तरराष्ट्रीय मुद्राकोष के अनुच्छेद 8 के अनुसार सदस्य राष्ट्र घोषित हुआ जिससे व्यापार और विदेशी मुद्रा विनिमय संबंधी प्रतिरोध समाप्त हो गए। **1964 में ही वह आर्थिक सहयोग और विकास संगठन का सदस्य स्वीकृत हुआ।**

विकास और वृद्धि की इस प्रक्रिया में जापान की सफलता की ओर विश्व का ध्यान दो बड़ी अन्तरराष्ट्रीय घटनाओं ने आकृष्ट किया। अक्तूबर, 1964 में तोक्यो ने 18वें ओलम्पिक खेल समारोह को आतिथ्य दिया जिसमें विदेशियों ने जापान आकर अपनी आँखों से देखा कि जापान में एक अद्‌भुत परिवर्तन हो रहा है जिससे जापान एक प्रमुख आधुनिक औद्योगिक राष्ट्र बनता जा रहा है। **दूसरी घटना थी** एक्स्पो 70 नामक विश्व प्रदर्शनी जो एशिया में पहली बार हुई। यह 1970 में ओसाका के बाहर सेनरी पहाड़ियों पर छः महीनों तक चली। ऐसी प्रदर्शनियों के इतिहास में इसमें सबसे अधिक संख्या में राष्ट्रों ने भाग लिया था। यह औद्योगिक और प्रौद्योगिक प्रगति में जापान के अथक प्रयत्नों की बहुत बड़ी उपलब्धि थी। परन्तु अनजाने ही एक्स्पो 70 के साथ जापान के द्रुत आर्थिक विस्तार का और तेजी से अपूर्व उपभोग-मुखी समृद्धि वाला समाज बनने का युग समाप्त हो गया।

वृद्धि की तेज गति के कारण औद्योगिक साधनों का अनुपातहीन विस्तार होने की अपनी ही समस्याएँ विशेष रूप से वातावरण के विकृत होने की समस्याएँ खड़ी करने लगीं। **सीमित प्राकृतिक साधनों के प्रति बढ़ती हुई विश्वव्यापी चिन्ता से अनन्त विकास की आशाएँ धूमिल होने लगीं।** इस प्रकार सातवें दशक में जापान ने तय किया कि उसकी आर्थिक प्रगति पहले से धीमी परन्तु अधिक दृढ़ होगी। सरकार और जनता दोनों ही अब व्यापक सामाजिक कल्याण के कार्यक्रम लागू करना और पहले से अधिक स्वस्थ तथा संतोषजनक जीवन पद्धति के लिए अधिक उपयुक्त वातावरण तैयार करना चाहती हैं।

संदर्भ

Govt. of Japan : Japan Today
G.C. Allen : Short Economic History of Modern Japan.
G.C. Allen : Japan's Economic Recovery
E. Hongo : A Scoial and Economic History of Japan.
J. Murdoch : A History of Japan.

❑

अध्याय 2

जापानी अर्थ-व्यवस्था का सामान्य सर्वेक्षण

(GENERAL SURVEY OF THE JAPANESE ECONOMY)

महान विश्व शक्ति के रूप में जापान का उदय
(Emergence of Japan as a Great World Power)

जापान को एशिया का ग्रेट ब्रिटेन कहा गया है। यही एक एशियाई देश है जिसने समय के एक अत्यन्त लघु दायरे में अपना आर्थिक विकास कर पश्चिमी विकसित राष्ट्रों के समकक्ष होने का सार्थक दावा किया है। इस आधुनिक जापान का उद्योगीकरण सन् 1868 में माइजी पुनस्थान (Mejiji Restoration) के पश्चात् होना आरंभ हुआ। इसके पूर्व यह एक पिछड़ा हुआ सामन्तवादी मध्ययुगीन देश ही था। **एक महान विश्व-शक्ति के रूप में जापान का अभ्युदय सन् 1914 के पूर्व लगभग 50 वर्षों में जर्मनी के पुनर्निर्माण के साथ-ही-साथ हुआ जो विश्व का महानतम राजनीतिक परिवर्तन है।** बहुत-से पश्चिमी लेखकों के लिए आर्थिक एवं राजनीतिक क्षेत्रों में जापान की सिद्धियाँ इतनी विलक्षण लगती हैं कि उनकी तार्किक व्याख्या कठिन है।

फिर भी यह कहना उचित होगा कि जापान सहसा ही इतनी महान अवस्था में नहीं पहुँच गया। उसका सम्पूर्ण इतिहास ही यह प्रदर्शित करता है कि **नवीन विचारों एवं रीतियों को शीघ्र-से-शीघ्र समझकर उन्हें अपना लेने, निर्भयतापूर्वक कार्य करने तथा सुसंगठित होने का जापानियों एक वरदान-सा प्राप्त है।[1] इसके अतिरिक्त, आधुनिक जापान को अपने विगत इतिहास से एक दाय** (heritage) **के रूप में कुछ ऐसी आर्थिक एवं राजनीतिक संस्थाएँ प्राप्त हुई थीं जो शीघ्र-से-शीघ्र नवीन आवश्यकताओं के अनुकूल परिवर्तित तथा प्रयुक्त की जा सकती थीं। एक विशेष प्रकार की कुटुम्ब प्रणाली पर आधारित जापानी सामाजिक व्यवस्था और शताब्दियों का सामन्तवादी अनुशासन जापानियों में उग्र आत्म-त्याग की भावना तथा क्षमता पोषित करने और सुसंगठित होकर कार्य करने में सहायक सिद्ध हुआ जिससे शीघ्रतम आर्थिक एवं सामाजिक परिवर्तन संभव हो सके। साथ-ही-साथ एक ऐसी राजतंत्रीय शासन-व्यवस्था जिसके अनुसार राजा को ईश्वर-तुल्य समझा जाता था, ने जापानियों को देशभक्ति की भावना से ओत-प्रोत किया।**

जापान का औद्योगिक विकास लगभग 60-70 वर्षों के भीतर ही हुआ। सत्यतः **जापान का आर्थिक विकास एक विलक्षण घटना है।** चीन और अन्य पूर्वी बाजारों के संबंध में जापान की सुविधापूर्ण भौगोलिक स्थिति ने उसे आवश्यक कच्चे मालों के लिए स्रोत और उसकी निर्मित-वस्तुओं के लिए बाजार उपलब्ध किया है। **जापान का औद्योगिक विकास**

1. J. Murdoch : *A History of Japan*, Vol. 1, pp. 1-30

सरकार के सक्रिय प्रयास का परिणाम है। सरकार द्वारा उद्योगों को संरक्षण दिए जाने की नीति, जिसका अनुसरण अर्द्धविकसित देश अपने आर्थिक पिछड़ेपन को दूर करने के लिए करते हैं का अनुसरण जापान में बड़े ही सक्रिय रूप में किया गया है। **जापान में सरकार** को **'उद्योग का देव पिता'** (God father of industry) कहा गया है। सरकार ने सूत कताई, जलयान निर्माण, लोहा और इस्पात आदि जैसे एक के बाद दूसरे महत्त्वपूर्ण उद्योगों को स्वयं ही स्थापित और विकसित कर उन्हें क्रमशः गैर-सरकारी व्यवस्था में रूपान्तरित किया। **''अब जापान में आवश्यक ज्ञान एवं निपुणता से परिपूर्ण एक ऐसी संतति का उदय हो गया है जो अन्य औद्योगिक देशों के अनुभवों–सिद्धियों तथा गलतियों दोनों के ही अनुभवों का लाभ उठा सकने में समर्थ हैं।''**[1] अब जापानी उद्योगों को सरकारी अनुदान और आर्थिक सहायता की आवश्यकता नहीं होती है। वर्तमान समय में सरकारी सहायता का एकमात्र रूप आयात प्रशुल्क है। फिर भी जापानी सरकार देश के उद्योगों एवं व्यापार को विधि-निर्माण द्वारा निर्देशित करने के लिए भावात्मक कदम उठाती रहती है।

जापान की जलवायु रेशम जैसे कतिपय कच्चे मालों के उत्पादन के लिए उपयुक्त वातावरण प्रस्तुत करती है। श्रम की पूर्ति प्रचुर और सस्ती है। स्मरण रहे कि सस्ता श्रम अनिवार्यतः कम वेतन प्राप्त श्रम नहीं होता है। **श्रम-लागत की सच्ची माप प्रति घंटा मजदूरी नहीं वरन् इकाई श्रम-लागत है जो जापानी श्रम के साथ कम है।** इसके अतिरिक्त, जापानी जनता एक मितव्ययी जीवन बिताती है। जापानी जनता ने अपने देश को स्वतंत्र और सम्मानित बनाने की भावना से अनुप्राणित होकर अपने देश को औद्योगिक सैनिक दृष्टिकोण से महान बनाने के लिए मानवेतर प्रयास किया है।

1894 में चीनी-जापानी युद्ध से लेकर प्रथम विश्वयुद्ध के अन्त तक के काल में जापानी अर्थव्यवस्था में महान क्रांतिकारी आर्थिक परिवर्तन हुए थे। माइजी पुनः स्थापना के बाद देश के शिशु उद्योगों के लिए वित्त की व्यवस्था करने में सरकार ने महत्त्वपूर्ण सक्रिय योगदान किया था। उत्पादन के क्षेत्र में वैसे यांत्रिक यंत्रों का प्रयोग किया गया जो अमेरिका और यूरोप में प्रचलित थे। **जापानी सरकार ने उद्योगों के लिए न केवल आर्थिक सहायता ही दी है वरन् उनमें प्रत्यक्षतः भाग भी लिया है।** जापानी उद्योगों में जापान के महान वित्तीय गुट, **जाइबात्सू** (Zaibatsu) का उद्योगों पर नियंत्रण था। इसने भी जापान के विलक्षण विकास में महत्त्वपूर्ण भाग लिया है। सन् 1894 से देश के परिवहन को प्रोत्साहन प्राप्त हो रहा था। इस विकसित परिवहन ने भी देश के उद्योगीकरण में महत्त्वपूर्ण सहायता पहुँचाई थी। फलतः जापान जो एक कृषि प्रधान देश था किन्तु जिसके पास बढ़ती हुई जनसंख्या और फलतः भूमि का अभाव था, स्वभावतः उद्योगीकरण की ओर प्रवृत्त हुआ।

सन् 1894 में चीन के साथ हुए युद्ध में जापान विजयी हुआ था। इस युद्ध ने जापान के उद्योगीकरण को शक्ति दी थी और देश के औद्योगिक कार्य-कलापों के एक नवीन युग का श्रीगणेश किया था। चीन के साथ शान्ति-संधि में जापान को चीन के संबंध में वैसे ही विशेषाधिकार मिले जो पाश्चात्य देशों को प्राप्त थे। फलतः जापानी पूँजी के लिए बाह्य

1. "There has now grown up in Japan a generation equipped with the necessary knowledge and skill which is able to profit by the experience—both of achievements and the mistakes—of other industrial countries."

द्वार मिला और जापान ने अपनी पूँजी का निवेश चीन में किया। चीन ने जापानी उद्योगों के लिए खाद्यान्न तथा कच्चे माल और उसकी निर्मित वस्तुओं के लिए विस्तृत बाजार उपलब्ध किया। इस युद्ध के कारण फारमोसा द्वीप, कोरिया और मंचूरिया के कुछ भागों पर जापान के आधिपत्य, कोरिया में जापान को प्राप्त आर्थिक और राजनीतिक विशेषाधिकार, चीन द्वारा जापान को दी गई युद्ध-क्षति-पूर्त्ति के भुगतान आदि ने उद्योगीकरण को गति दी।

सन् 1905 में रूस तथा जापान के बीच युद्ध छिड़ा। यह युद्ध, जहाँ तक कि एशियाई देशों का संबंध है, बीसवीं शताब्दी की महानतम घटनाओं में से एक है। इसमें **एक यूरोपीय शक्ति, रूस की जापान द्वारा पराजय हुई जिसके कारण आर्थिक विकास और राष्ट्रीयता की भावना के विकास के लिए नवीन जोश, नवीन, उमंग, नवीन प्रेरणा एवं स्फूर्ति मिली।** इस युद्ध के समाप्त होते ही पाश्चात्य देशों ने बिना किसी हिचकिचाहट के जापान को विश्व के शक्तिशाली देशों में सम्मिलित कर लिया। **उन्होंने स्वीकार किया कि जापान विश्व की महान शक्तियों में से एक है।** जापानी आर्थिक विकास में बाधा पहुँचाने वाली कोई भी महत्त्वपूर्ण घटना नहीं घटी, अपितु समस्त घटनाओं ने उसके तीव्रतर आर्थिक विकास में योगदान किया। इसके अतिरिक्त रूस के साथ जापानी शत्रुता में वृद्धि ने स्वभावतः जापानी भारी उद्योगों को व्यस्त और चालू रखा। जापान ने महसूस किया कि केवल लघु और कुटीर उद्योग ही जापान की आधुनिक सेना और नौवाहिनी को पर्याप्त वित्तीय आधार नहीं प्रस्तुत करेंगे और इसलिए प्रमुख वस्तुओं का वृहत् पैमाने पर उत्पादन राष्ट्र को संकट काल का सामना करने में सक्षम बनाएगा। फलतः वस्त्र उद्योग, लोहा और इस्पात आदि उद्योग विकसित किए गए और आधुनिक यांत्रिक उत्पादन ढंगों का प्रयोग किया जाने लगा, जलयान निर्माण और व्यापारी जहाजी बेड़े का विकास किया गया। चीनी, सीमेन्ट, शीशा, कागज आदि उद्योगों के विकास में जाईबात्सू का महत्त्वपूर्ण हाथ था। जर्मनी से रंजक (dyes) की पूर्ति रुक जाने के कारण जापान ने रासायनिक उद्योगों में पर्याप्त प्रगति की। स्वयं सरकार ने इस विकास में प्रत्यक्षतः भाग लिया। खनिज, विद्युत, मशीन-औजार (machine tools), पेट्रोलियम आदि उद्योगों की भी इस काल में असाधारण प्रगति हुई।

प्रथम विश्वयुद्ध ने जापान को उसके समीप वाले जर्मनी द्वारा शासित कुछ द्वीपों पर अपना अधिकार जमा लेने में समर्थ बनाया। साथ ही इसने जापानी उद्योगों के बाजार को विस्तृत कर दिया। महायुद्ध प्रारंभ होते-होते जापान उद्योगों, कार्यकर्त्ताओं एवं प्राविधिक व्यक्तियों के लिए आत्म-निर्भर हो चला था। औद्योगिक कार्यों के लिए अब उसे अन्य राज्यों पर आश्रित होने की आवश्यकता नहीं रह गयी थी। इस प्रकार **प्रथम विश्वयुद्ध जापान के आर्थिक विकास के लिए एक स्वर्ण अवसर सिद्ध हुआ।** इस समय पाश्चात्य देश भयंकर विनाशकारी युद्ध की माँगों की पूर्त्ति करने में लगे थे। जापान ने इस परिस्थिति का सर्वोत्तम उपयोग कर पूरा लाभ उठाया। इसने पाश्चात्य देशों की सारिकाओं पर उद्योगीकरण की नींव डाली और अपनी वाणिज्यिक नीति में विदेशों के आधिपत्य से अपने को मुक्त कर लिया तथा पाश्चात्य देशों का एक प्रतियोगी बनकर उन्हें उद्योग एवं व्यापार में चुनौती देने लगा। अब जापान विश्व का एक महान् शक्ति बन गया था।

जापान का तीव्र उद्योगीकरण सस्ते श्रम और परिवहन सुविधाओं के कारण संभव हो सका। प्रथम विश्वयुद्ध तक जापान में भारी उद्योगों की तुलना में हल्के उद्योगों

का अधिक विकास और विस्तार किया गया था। लघु उद्योग पूर्ण गति से कार्य कर रहे थे क्योंकि जापान में सर्वत्र सस्ती लागत पर शक्ति उपलब्ध थी। जापान ने उद्योगीकरण के लिए ऋण भी लिया था और इस ऋण पूँजी को औद्योगिक संगठनों में लगाया गया था।

माइजी पुनर्स्थापन के पूर्व जापानी अर्थव्यवस्था : सामन्तीवादी अर्थव्यवस्था
(Japanese Economy Before the Meiji Restoration : The Feudal Economy)

जापान में सामन्तवादी शासन का प्रारंभ सन् 1185 से माना जाता है जब **अपने आप को शाही परिवार का वंशज मानने वाले दो परिवारों मिनामोतोस** (Minamotos) **तथा ताइरास** (Tairas) **में जापान पर शासन करने के अधिकार को लेकर इंगलैंड सी** (England Sea) **में युद्ध छिड़ा और उसने मिनामोतोस परिवार विजयी रहा** और उसके बाद जापान पर उसका वास्तविक शासन स्थापित हो गया। कमजोर राजा उस परिवार के हाथों की कठपुतली बन गया। **यहीं से जापान में सामन्तवादी शासन का प्रारंभ हुआ जो 1185 से 1868 तक चलता रहा।** इस युग को जापान में सामन्तवादी युग कहा जाता है। इस काल की राजनीतिक, सामाजिक एवं आर्थिक दशाओं को संक्षेप में अग्रलिखित पंक्तियों में बतलाया जा सकता है।

राजनैतिक स्थिति

सन् 1185 के युद्ध में मिनामोतोस परिवार के विजय के तत्काल बाद सामन्तशाही (feudalism) अर्थात् सामन्ती शासन (Feudal Rule) का आरंभ हो गया। वास्तविक रूप में अब सत्ता पर सैनिकों का शासन स्थापित हो गया था। **सैनिक-शासन को शोगुन** (Shogun) **और सैनिक-शासक को शोगुन्ते या शोगुनेट कहा जाता था।** सैनिक शासन वस्तुतः सैनिक तानाशाही (Military Dictatorship) था जिसे जापानी भाषा में **बाकुफू** (Bakufu) कहा जाता है। राजा नाममात्र को राजा बना रहा। सैनिक शासकों पर राजा का कोई नियंत्रण नहीं था। वह क्योटो (राजधानी) में अपने इष्ट-मित्रों एवं सभासदों के साथ रहा करता था। **सिद्धांततः सैनिक शासन** (Shogun) **सम्राट के प्रति वफादार था, किन्तु व्यवहार में राजा सैनिक शासन (शोगुन) के हाथों में कठपुतली मात्र था। 1192 ई० में मिनामोतोस परिवार के प्रधान योरीटोमो** (Yoritomo) ने सैनिक शासन की स्थापना नई राजधानी आधुनिक **टोक्यो** (Tokoyo) के समीप की। इसके पश्चात् शासन की बागडोर **योरीतोमो** के महिला परिवार के हाथ में आ गयी जिन्हें **होगोस** (Hogos) कहा जाता था। होगोस का शासन पर लगभग 1333 ई० तक रहा। 1333 ई० के अन्त तक सैनिक-शासन की बागडोर **मुरमोई घराने के हाथों में आ गई। मुरमोई घराने ने राजधानी को टोक्यो के समीप से हटाकर पुनः क्योटो ले गया और क्योटो में सैनिक शासन की स्थापना किया। मुरमोई घराने के बाद मुरमोची घराने ने सैनिक शासन की बागडोर संभाल ली।** 16वीं शताब्दी के अन्त तक मुरमोची घराने के सैनिक शासन का विरोध होने लगा और अन्ततः गृहयुद्ध आरंभ हो गया। 1590 ई० में **हिदेयोशी टोयोटोमी** (Hidoyoshi Toyotomy) जापान में आन्तरिक शान्ति स्थापित करने में सफल रहा। इसके पश्चात् 1603 ई० में **आइयासु तोकूगावा** (Iyeyasu Tokugava) ने तोकुगावा सैनिक शासन की स्थापना की और जापान में शान्ति तथा एकता का कार्य पूरा किया। **तोकुगावा ने येडो** (Yedo) को अपनी राजधानी बनाया। **येडो का**

ही वर्तमान नाम टोकियो (Tokyo) है। तोकुगावा परिवार यहीं रहकर शासन करता रहा। 1603 ई॰ से लेकर 1868 ई॰ में मेजी पुनर्स्थापना से पूर्व 265 वर्षों तक **आइयासु तोकुगावा** द्वारा निर्मित राजनैतिक, आर्थिक एवं सामाजिक व्यवस्था निरन्तर चलती रही। उसके शासनकाल में जापान का सम्राट **क्योटो** (Kyoto) में निवास करता था; किन्तु प्रत्यक्षतः शासन से उसे कोई मतलब न था।

सामाजिक स्थिति

तोकूगावा घराना जापान का सबसे बड़ा सैनिक तानाशाह परिवार था। एक बार सत्ता पर अधिकार हो जाने के बाद, बराबर इनका आधिपत्य बना रहा। **तोकुगावा परिवार का जापान के कृषियोग्य भूमि के लगभग 1/4 भाग पर अधिकार था। शेष भाग पर सामन्तों** (lords), **जिन्हें जापान में डायमियो** (Diamyo) कहा जाता था, का अधिकार था। सम्पूर्ण देश **हॉन्स** (Hans) में विभाजित था और प्रत्येक **हॉन** (गाँव) पर एक डायमियो (सामन्त) का अधिकार था। डायमियों अत्यन्त शक्तिशाली थे। वह अपने हॉन का शासन, प्रधान दण्डाधिकारी भी था। इस प्रकार **प्रथम वर्ग तोकुगावा घराना** (सैनिक तानाशाह परिवार) और **द्वितीय वर्ग डायमियो** (सामन्तों) का था। **तृतीय वर्ग सेमुराइयों** (Samurai) का था। यह सेमुराई वर्ग आरंभ से ही कृषक था जिसे तोकुगावा शासनकाल में योद्धा के रूप में सेना में भर्ती कर लिया गया था। गृहयुद्ध के पश्चात जापान में आन्तरिक शान्ति की स्थापना में इन सेमुराइ योद्धाओं का प्रयोग किया गया। शान्ति स्थापित होने के बाद सेमुराइयों का यह योद्धा वर्ग प्रायः निष्क्रिय हो गया। इनके भरण-पोषण का भार डायमियो (कुलीनों या सामन्तों) पर था। सेमुराइयों का कार्य अब करों की वसूली मात्र रह गया था। ये डायमियो के सैनिकों के रूप में रहा करते थे। सन् 1868 ई॰ तक सेमुराइ परिवार और इनके नौकरों की जनसंख्या लगभग 20 लाख (जापान की कुल जन संख्या का 1/10 भाग) थी जो पराश्रयी अर्थात् परजीवी (parasitic) था। सेमुराइ वर्ग सामान्य नागरिकों द्वारा उत्पादित धन-धान्य का शोषण करता था। **चतुर्थ वर्ग सामान्य जनता** का था और इस वर्ग के कृषकों की ही प्रधानता थी (क्योंकि तत्कालीन जापान भी एक कृषि-प्रधान देश था)। ये कृषक अत्यन्त कष्टकर जीवन व्यतीत कर रहे थे। उनकी दशा अत्यन्त दयनीय थी। ये पूरी तरह से परतंत्र थे। वे अपनी भूमि का परित्याग नहीं कर सकते थे, उनके घूमने-फिरने पर भी पाबन्दी थी, वे नगरों में नहीं जा सकते थे, वे अपनी मनचाही फसलों की खेती भी नहीं कर सकते थे, डायमियो की आवश्यकतानुसार उनके लिए फसलों की खेती करनी पड़ती थी। वैसे तो कर के रूप में 40% से 50% तक उजप की वसूली का प्राविधान तो था किन्तु उनसे उपज का दाना-दाना वसूल लिया जाता था और उनके पास अपने लिए कभी भी पर्याप्त अनाज नहीं बच पाता था। वे भुखमरी के कगार पर प्रायः रहा करते थे। उनका बुरी तरह से शोषण किया जाता था और उसकी कोई सीमा न थी।

आर्थिक स्थिति

आर्थिक स्थिति का अध्ययन करने के लिए अर्थ व्यवस्था को दो भागों में विभाजित किया जा सकता है—(1) कृषि-व्यवस्था, और (2) उद्योग-धंधों की स्थिति।

1. कृषि व्यवस्था : सामंती युग (Feudal Age) में जापान एक कृषि प्रधान देश था। अधिसंख्यक जापानियों के जीविकोपार्जन का प्रमुख साधन कृषि था। तोकुगावा

शासनकाल में जनसंख्या का लगभग 80% भाग कृषि, वन एवं मत्स्य-व्यवसाय में लगा हुआ था। इस काल में प्रमुख उत्पादन चावल, गेहूँ, जौ और सोयाबीन था। इसके अतिरिक्त सन, नील, कपास तथा शहतूत की पत्तियों आदि की व्यापारिक फसलों की भी खेती की जाती थी। सामन्तशाही के अंतिम सैनिक शासक तोकुगावा वंश के शासनकाल में जापान के कृषियोग्य भूमि के 1/4 भाग पर तोकूगावा घराने का अधिकार था और शेष 3/4 भू-भाग पर डायमियो अर्थात् सामंतों (Lords) का आधिपत्य था। सम्पूर्ण भूमि हॉनों (Hans) में विभाजित थी। हॉनो का स्वरूप गॉवों से मिलता-जुलता था। प्रत्येक हॉन पर एक डायमियो का अधिकार होता था। वही अपने हॉन का प्रधान शासक था और दण्डाधिकारी भी था। मृत्यु-दंड छोड़कर वह सभी प्रकार के दण्ड देने में सक्षम था। कृषक-श्रमिकों की दशा दासों (slaves) जैसी ही थी। इन्हें न तो फसलों को अपनी इच्छानुसार बोने की छूट थी, न खाने की छूट थी, न अपने मन से पहनने की। डायमियो की इच्छा एवं आदेशानुसार फसलें बोई जाती थीं और उनके तैयार हो जाने पर अधिकांश उपज करों के रूप में वसूल लिया जाता था। जबकि कर की दर उपज का 40% से 50% मात्र ही थी। कृषक वर्ग दाने-दाने को मोहताज था। बन्धन इतने मजबूत थे कि वह हॉन छोड़कर अन्यत्र कहीं या नगरों में जा भी नहीं सकता था।

सेमुराइ वर्ग आरंभ में कृषक ही था। किन्तु तोकुगावा शासनकाल में उसे सेना में योद्धा के रूप में भर्ती कर लिया गया था। सैनिक तानाशाही की रक्षा एवं करों की वसूली का भार इसी सैमुराई वर्ग पर था। इनके भरण-पोषण का भार सैनिक शासक पर था। ये प्रमुख रूप से सामन्तों द्वारा प्रदत्त चावल पर आश्रित थे। तोकुगावा वंश के सैनिक तानाशाही की स्थापना हो जाने के बाद ये (सेमुराइ वर्ग) प्रायः निष्क्रिय एवं आलसी हो गये। इनकी कुल जनसंख्या 1868 ई॰ के अन्त तक लगभग 20 लाख थी जो सम्पूर्ण जनसंख्या का लगभग 1/6 भाग था। ये पूर्णतया परजीवी (parasitic) थे और जापानी समाज पर भार-स्वरूप थे।

कृषि-उत्पादन पर्याप्त नहीं था क्योंकि अधिकांश भू-भाग ऊबड़-खाबड़ पहाड़ी था और जाड़े में खेती भी नहीं हो पाती थी। अतः कृषि कार्य के अभाव में कुछ कृषक जाड़े में जीविकोंपार्जन के लिए नगरों में चले जाते थे और शेष कृषक-श्रमिक वहीं हॉनों में रहते हुए किसी-न-किसी अन्य पूरक उद्योग में कार्य करने लग जाते थे। अधिकांश श्रमिक एवं उनके परिवार के लोग प्रायः मत्स्य एवं रेशम के कीड़े पालने का कार्य करते थे जो जापान के लगभग हर घर में विद्यमान था। इसके अतिरिक्त कुछ कृषिक गाँवों (Hans) के उत्पादनों को नगरों में ले जाकर बेचने का भी धंधा करते थे। कृषक समुदाय और उसका पूरा परिवार वर्ष भर किसी-न-किसी कार्य में लगा रहता था फिर भी वह अत्यन्त दीन-हीन, गरीब, बेबस, लाचार और परतंत्र था।

2. उद्योग-धंधों की स्थिति—बड़े-बड़े नगर जैसे क्योटो, येडो एवं ओसाको आदि सूती-वस्त्र एवं सूत उद्योग, तलवार तथा अन्य युद्ध-सामग्री का उत्पादन करने वाले उद्योगों, कलात्मक दस्तकारी तथा अन्य उद्योगों आदि के केन्द्र रहे। इन उद्योगों पर मुख्यतः सेमुराइ वर्ग का आधिपत्य था। ये उद्योग उन्हीं की छत्रछाया में पनप रहे थे। कृषिकार्य जीविकोपार्जन के लिए पर्याप्त न था। जाड़ों में वैसे भी कृषिकार्य स्थगित कर देना पड़ता था। अतः प्रत्येक कृषक किसी-न-किसी अन्य पूरक उद्योग में लगा रहता था। इसमें रेशम उद्योग, मत्स्य उद्योग

प्रमुख थे और प्रायः घर-घर में विद्यमान थे। कुछ ग्रामीण रोजगार प्राप्त करने हेतु शहरों में भी चले जाते थे। कुछ लोग (हॉनवासी) हॉनों में उत्पादित वस्तुओं को नगरों में ले जाकर बेचने का भी व्यवसाय करते थे। ये उद्योग-धंधे प्रायः कुटीर-स्तर तक ही सीमित थे।

इस प्रकार 16वीं शताब्दी के पूर्व जापान एक राजा एवं कुलीनों (nobles) द्वारा शासित होता था। सामाजिक ढाँचा सामन्तवादी था। तत्कालीन जापानी जनता की अवस्था 12वीं और 13वीं शताब्दियों के अंग्रेज कृषकों जैसी थी। उन्हें कोई विशेष शक्तियाँ नहीं प्राप्त थीं। 16वीं शताब्दी में **आइयासू तोकूगावा** (Iyeyasu Tokugawa) नामक एक कुलीन के नेतृत्व में एक **दीर्घकालीन गृह-युद्ध** (civil war) हुआ था जिसके परिणामस्वरूप **शोगुन** (Shogun) अथवा **जापान के सांसारिक शासकों** (secular rulers of Japan) के रूप में **तोकूगावा परिवार** (House of Tokugawa) का उदय हुआ था। देश पर इसी वंश का शासन था। राजा यद्यपि पराजित किया गया था तथापि उसे एक नामधारी शासक के रूप में कार्य करने की अनुमति दी गयी थी और वह एक नगर विशेष में रहता था जिसे क्योतो (Kyoto) कहा जाता था। सिद्धांततः शोगुन इसी राजा के प्रति स्वामिभक्ति प्रदर्शित करता था। किन्तु यह सम्राट वास्तविक शासन में कुछ भी भाग नहीं लेता था। **वस्तुत: 17वीं एवं 18वीं शताब्दियों में देश के बाहर वाले व्यक्ति साधारणतः शोगुन को ही देश का वास्तविक प्रधान शासक समझते थे।** तोकूगावा द्वारा स्थापित शासन का स्वरूप एक प्रकार से **सैनिक अनिधनायकतंत्रीय** (military dictatorship) था जिसे **बाकुफू** (Bakufu) कहा जाता था। विधायिका आदि का नाम भी नहीं था। यह वंश देश पर अपना नियंत्रण कुलीनों द्वारा रखता था जिन्हें **डायमयो** (diamyo) कहा जाता था। ये इंगलैंड के सामन्तों (lord) के समान होते थे। सम्पूर्ण देश छोटे-छोटे स्थानीय टुकड़ों में विभाजित था, प्रत्येक टुकड़े में एक डायमियो का अधिकार था। **डायमियो को पर्याप्त अंश में स्वायत्तता प्राप्त थी। वह स्थानीय शासक, स्थानीय आरक्षी, स्थानीय दण्डाधिकारी, स्थानीय समाहर्त्ता आदि सब कुछ था।** वस्तुतः प्रशासन संबंधी सभी कार्य उसी के द्वारा संपादित किये जाते थे। प्रधान सेनापति **येडो** (Yedo) नामक नगर में रहता था जिसे अब **तोकियो** कहा जाता है। डायमियो के नीचे **समुराइ** (Samurai) होते थे। समुराई-वर्ग संभवतः प्रारंभ में ऐसे कृषकों से बना था जिन्हें शस्त्र धारण करने का अधिकार प्राप्त था और जो युद्ध के समय अपने सामन्तों की सहायता करते थे। 16वीं शताब्दी में युद्ध-कला में परिवर्तन के कारण वे अधिकांशतः अपना संबंध भूमि से तोड़ रहे थे और अपने सामन्तों के नगरों में सैनिक के रूप में रहने लगे थे। इनके कुटुम्बों एवं वंशगत सेवकों के भरण-पोषण के लिए सामन्त प्रतिवर्ष चावल दिये करते थे। **इस काल में जनता को कुलीनों** (aristocrates), **समुराई और सामान्य जनता में विभाजित किया जा सकता है। सामान्य जनता समुराई के नीचे होती थी।** अधिकांश शिल्पकार तोकियो और उसके समीपस्थ अन्य नगरों में बसे होते थे। कृषक कृषि में पूर्ण समय नहीं व्यतीत करते थे वरन् गृह-उद्योग में भी कार्य करते थे और मत्स्य उद्योग भी उनकी आजीविका का एक साधन था।

डायमियो पर केन्द्रीय नियंत्रण प्रमुखत: सैन्किन कोटाई (Sankin Kotoi) **अर्थात् वैकल्पिक उपस्थिति** (alternate attendence) की व्यवस्था कर रखा जाता था। इसका अर्थ यह था कि प्रत्येक डाइमियो के लिए यह आवश्यक था कि यह वर्ष के कई

महीनों तक येडो (वर्तमान टोकियो) में रहे जहाँ पर तोकूगावा वंश रहता था और जब वह अपने घर लौटे तो वहाँ अपने बदले में अन्य व्यक्तियों को रख छोड़े। समुराई-वर्ग भी अवसर-प्राप्त वर्गों में ही था यद्यपि धन एवं व्यक्ति के दृष्टिकोण में एक समुराई दूसरे से भिन्न था। सामान्य जनता अवसरविहीन थी। इसमें से अधिकांश कृषक थे। तोकूगावा शासन का अन्त होने के समय सम्पूर्ण जनसंख्या के तीन चौथाई ये ही अवसरहीन व्यक्ति थे। उनकी अवस्था यूरोपीय भूदासों (serfs) जैसी थी और उनकी स्वतंत्रता पर कड़े बंधन थे। वे अपनी भूमि का परित्याग नहीं कर सकते थे और नगरों में नहीं जा सकते थे। खाद्यान्न में स्थानीय आत्म-निर्भरता के नाम पर फसल बोने की उनकी स्वतंत्रता भी सामन्तों द्वारा सीमित कर दी गई थी। उनके पहनावे तथा निवास स्थान भी नियंत्रित थे। उनकी व्यक्तिगत स्वतंत्रता एक और प्रकार से सीमित थी। कृषकों में पारस्परिक सहायता से संघों का विकास हो गया था। प्रत्येक गाँव एक इकाई के रूप में कार्य करता था और करों का भुगतान तथा भूमि की उचित जोताई के लिए स्वेच्छया संयुक्त उत्तरदायित्व लेता था।

शोगुन और डाइमियो द्वारा प्राप्त राजस्व के मुख्य स्रोत कृषक ही थे। वार्षिक भूमि-कर सर्वाधिक महत्त्वपूर्ण भुगतान था। यह कर भिन्न-भिन्न प्रान्तों में भिन्न-भिन्न दरों से लगाया जाता था। इसमें सामन्त की इच्छा से बहुधा हेर-फेर हुआ करता था। यह चावल के रूप में दिया जाता था और सामान्यतः धान के खेतों की कुल फसल का 40 से 50 प्रतिशत तक होता था। इसके अतिरिक्त वस्तुओं और सेवाओं के रूप में अन्य भुगतान भी कृषकों से लिए जाते थे। इसलिए कृषकों की दशा अत्यन्त ही दयनीय हो गई थी। **''उनका भाग्य इतना कठोर था कि ऐसा जान पड़ता था कि वे केवल कर देने के लिए ही जी रहे हैं।''**[1] सिंचित क्षेत्रों में चावल की खेती होती थी जो वर्तमान काल की तरह उस समय भी जापान की मुख्य फसल थी। इसके अतिरिक्त गेहूँ, जौ, बाजरा, सोयाबीन और सब्जियों की खेती थी। औद्योगिक फसलों में रेशम के कीड़ों के लिए शहतूत, नील, कपास, सन मुख्य रूप से उगाये जाते थे।

देश की अर्थव्यवस्था प्रमुखतः कृषि-प्रधान थी। बहुत कुछ सीमा तक और विशेषतः तोकूगावा शासन के प्रारंभिक काल में ग्रामीण क्षेत्रों में एक प्रकार की **'प्राकृतिक अर्थव्यवस्था'** कार्य करती थी। कृषक सामन्तों को दिए जानेवाले कर आदि का भुगतान अपनी उपजों एवं सेवाओं द्वारा किया करते थे। अधिकांश वस्तुओं की पूर्ति वे स्वयं किया करते थे। **ग्रामीण क्षेत्रों में मौद्रिक अर्थव्यवस्था का क्रमिक विकास जापान की प्राचीन राजनीतिक एवं सामाजिक प्रणाली के ध्वंस का एक महत्त्वपूर्ण कारण था।** नगरों के निर्माणी उद्योग अधिकांशतः अवसर-प्राप्त वर्गों की माँगों पर आश्रित थे। प्रमुख उद्योगों में सूत और वस्त्र-उद्योग लकड़ी के सामान, तलवार जैसे धातु-संबंधी उद्योग आदि थे। सोने, चाँदी, ताँबे आदि की कतिपय खानें भी विद्यमान थीं। देश की निर्यात वस्तुओं में सोना, चाँदी, ताँबा आदि का विशेष महत्त्व था। अधिकांश ग्रामीण क्षेत्रों में प्रमुखतः आत्मनिर्भर अर्थव्यवस्था होने के बावजूद देश के विभिन्न क्षेत्रों के बीच व्यापार नगण्य नहीं था। आन्तरिक एवं तटीय व्यापार किया जाता था। कुछ लघु पूँजीपति भी थी जो शिल्कारों को भी ऋण देते थे।

---

1. "Their lot was so hard that they appeared to exist solely for the purpose of paying taxes." —E. Honjo : *A Social and Economic History of Japan*, p. 231.

तोकूगावा-शासन ने एक पृथकत्व (isolationism) **की नीति अपनायी थी**—पृथकत्व इस अर्थ में कि तत्कालीन जापान में ऐसे नियम बनाये गये थे जिनके द्वारा **जापानियों के लिए देश के बाहर जाने अथवा अन्य देशों के साथ संबंध रखने पर प्रतिषेध था।** विदेशियों से किसी भी प्रकार का संपर्क नहीं रखा जा सकता था। इसी कारण बड़े-बड़े जहाजों के निर्माण पर भी रोक थी—ऐसे जहाजों के निर्माण पर जो देश के बाहर जा सकते थे। विदेश व्यापार के परिमाण एवं संरचना पर कड़ा नियंत्रण तथा प्रतिबन्ध था। यह नीति 19वीं शताब्दी के मध्य तक चलती रही।

19वीं शताब्दी के मध्य तक जनता में प्रचलित शासन के विरोध में प्रबल भावनाएँ जागरित हो चली थीं। कुलीन वर्ग भी तत्कालीन शासन से असन्तुष्ट था। सामान्यतः यह भावना फैला दी गई थी कि शासन-शक्ति वर्तमान शासकों से छीन कर सम्राट को दे देनी चाहिए। एक अल्प-जीवी गृहयुद्ध छिड़ गया और तोकूगावा-शासन का अन्त हो गया। राजा का पुनरागमन हुआ।

सामन्तशाही अर्थात् तोकूगावा शासन के अन्त के कारण

सामन्तवाद अर्थात् तोकूगावा-शासन के अन्त और **माइजी शासन के पुनर्स्थापन के कारण** आन्तरिक एवं बाह्य दोनों प्रकार के थे—

(क) आन्तरिक कारण *(Internal Causes)*

1. धार्मिक कारण—धार्मिक कारण जापान में हो रहा धार्मिक आन्दोलन था जो तोकूगावा-शासन के विरोध में एवं सम्राट के पक्ष में था। यह आन्दोलन राजा को शासन-शक्ति प्रदान करना चाहता था। **जापान का शिन्टो धर्म राजा को ईश्वर-तुल्य समझता है।** 19वीं शताब्दी के मध्य में शिन्टो धर्म का पुनरुत्थान होने लगा था। फलतः स्वाभाविक रूप से राजा को उसकी खोई हुई शक्तियों से पुनः विभूषित करने की जन-इच्छा भी प्रबल हो गयी थी।

2. राजनीतिक कारण—राजनीतिक कारणों में तोकूगावा-वंश के प्रति कुछ सामन्तों का राजनीतिक विरोध महत्त्वपूर्ण था। कुछ कुलीन अत्यन्त शक्तिशाली थे यद्यपि वे अल्पसंख्यक थे। वे सर्वदा ऐसे ही कार्य करते थे जिन्हें तत्कालीन शासन सत्ता प्रतिषेधित करती थी। ये अल्पसंख्यक कुलीन विदेशियों के साथ गुप्त सम्पर्क स्थापित करने लगे। उन्होंने अपने-अपने पुत्रों को विदेशों में भेजना आरंभ किया—देश के उत्थान एवं विकास के दृष्टिकोण से नहीं वरन् इसलिए कि वे तोकूगावा-शासन का विरोध करते थे।

3. सामाजिक कारण—तोकूगावा-शासन के अन्त के सामाजिक कारण भी महत्त्वपूर्ण थे। कालान्तर में उदारवादी विचार-भावनाओं के विकास के कारण सामन्तवाद का ह्रास होने लगा। डाइमियो की वित्तीय अवस्थाएँ बिगड़ने लगीं और वे अपने समुराइयों का पोषण करने में परिवर्द्धित कठिनाइयाँ महसूस करने लगे। फलतः बहुत-से समुराइयों को उन्होंने हटा दिया। ये समुराई लड़ाकू थे और निर्भयतापूर्वक विदेशियों के साथ व्यापार आदि करने लगे। **अतः जिस वर्ग-व्यवस्था के ढाँचे पर जापानी सामन्तवाद आधारित था उसका स्वाभाविक रूप से लोप होने लगा।** प्राचीन व्यवस्था परिवर्तित हो गयी नवीन व्यवस्था को स्थान देकर। तोकूगावा-शासन में सामान्य जनता को कोई शक्ति प्राप्त नहीं थी और वह डाइमियो द्वारा शोषित, पददलित एवं पीड़ित की जाती थी। असंतोष की लहर फैल गयी थी।

4. आर्थिक कारण—तोकूगावा-शासन के अन्त और माइजी पुनर्स्थापन के आर्थिक कारण संभवतः अधिक महत्त्वपूर्ण थे। 19वीं शताब्दी के प्रारंभिक वर्षों से ही, संभवतः उससे भी पहले से ही **तोकूगावा-शासन को वित्तीय संकटों एवं देश के सामाजिक तथा आर्थिक ढाँचे में हुए परिवर्तनों से धक्का लगना प्रारंभ हो गया था। विद्रोह की अग्नि धधक रही थी। जैसे-जैसे समय बीतता गया, तोकूगावा-शासन की वित्तीय स्थिति गंभीरतर होती गयी। इन वित्तीय संकटों के कई कारण थे**—(1) निरंकुश राज्य होने के कारण शासन में व्यभिचार और भ्रष्टता आ गयी थी।(2) निरंकुशता के कारण ही शासन में कार्य-कुशलता का लोप हो गया था क्योंकि वैसी शासन-व्यवस्था में केवल सामन्तों को ही शासन-पद मिल सकता था जो अयोग्य भी हो सकते थे। शेष जनता शासन कार्यों में भाग लेने से वंचित थी। (3) तत्कालीन जापान में बहिःशुल्क अथवा चुङ्गियाँ (customs duties) नहीं थीं जिसके कारण सरकारी राजस्व भी अपर्याप्त था। इस घाटे को पूरा करने के लिए नवीन करों का लगाया जाना आवश्यक हुआ और करों में इस वृद्धि ने जनता में असंतोष का बीज भी बोना प्रारंभ किया। कृषकों की संख्या अधिक थी और नवीन करों का प्रभाव उन पर ही अधिक पड़ा। कराधान कष्टमय, भारस्वरूप एवं असह्य हो गया।(4) वित्तीय संकटों का सामना करने के लिए शोगुन ने परम्परागत सरकारी उपाय का सहारा लेकर मुद्रा का अपकर्षण (debasement) करना प्रारंभ किया। यह अपकर्षण कई बार किया गया जिससे जापानी सिक्कों की क्रयशक्ति 19वीं शताब्दी के मध्य तक घट कर उसकी सन् 1661 की क्रयशक्ति की मात्र 1/8 हो गयी।(5) इससे भी संभवतः अधिक महत्त्वपूर्ण कारण था सामन्तवादी समाज के ध्वंस के कारण उपस्थित हुई आर्थिक परिस्थितियाँ। कार्यहीन समुराइयों का पोषण करने में डायमियो का अधिकांश राजस्व समाप्त हो जाता था जिसके फलस्वरूप समुराइयों के निम्नवर्गीय व्यक्ति और भी गरीब होते गये और फलतः व्यापार करने लगे। डायमियो भी अपनी आर्थिक कठिनाइयों को दूर करने के लिए 18वीं शताब्दी के मध्य तक अधिक-से-अधिक ऋण पर निर्भर रहने लगे जिसके कारण व्यापारी वर्ग का विकास हुआ। व्यापारियों के धन एवं शक्ति तथा प्रभाव सभी में वृद्धि हुई। **इस प्रकार जिन संस्थाओं पर शोगुन अपनी आय को प्राप्त करने और शासन करने के लिए निर्भर था वे स्वयं परिवर्तित होने लगी थीं।** (6) 19वीं शताब्दी के अन्तिम वर्षों में जापान में भूकम्प, अकाल आदि अनेक प्राकृतिक प्रकोप आए थे जिनका भी देश की अर्थव्यवस्था पर बुरा प्रभाव पड़ा था। तत्कालीन शासन अपनी नीतियों का अनुसरण कर इन प्राकृतिक प्रकोपों द्वारा उपस्थित संकटों का सामना करने में सफल नहीं सिद्ध हुआ था।

5. बौद्धिक कारण—जनता के बौद्धिक जीवन पर भी इसका प्रभाव पड़ा था और उसमें परिवर्तन हो गया था। **मिंग वंश** (Ming dynasty) के ध्वंस के कारण अनेक चीनी विद्वान जापान में आये थे और उन्होंने जापान में नवीन बौद्धिक स्फूर्ति उत्पन्न कर दी थी। इसके कारण जापानियों में एक नवीन उत्तेजना एवं जागरण हुआ और तोकूगावा-शासन के प्रति उत्पन्न हुआ असन्तोष और भी तीव्र हो गया। जब शोगुन विवश होकर विदेशियों के साथ समझौता करने के लिए बाध्य हो गया तो इन बुद्धिजीवियों ने देशभक्ति के नाम पर शासन में भी परिवर्तन की माँग की।

(ख) बाह्य कारण *(External Cases)*

बाह्य कारणों में विदेशियों के प्रभाव सम्मिलित किये जाएँगे। **विदेशियों ने जापान**

पर अपना प्रभाव उसके साथ व्यापार करने के लिए उसे बाध्य कर और कुछ बौद्धिक प्रभाव डालकर जमाया था। बहुत-से विद्वानों का मत है कि शोगुन के अन्त का प्रमुख कारण जापानी बन्दरगाहों को विदेशियों के लिए बलपूर्वक खोल दिया जाना है अर्थात् तोकूगावा-शासन के ध्वंस का मुख्य कारण विदेशी प्रभाव ही है। किन्तु यह तर्क परिस्थितियों का सन्तोषजनक चित्रण नहीं कर सकता है क्योंकि जैसा कि हमने पहले ही देखा है शोगुन शासन के अन्त के अनेक आन्तरिक कारण भी थे जिनमें सामाजिक, धार्मिक, राजनीतिक, बौद्धिक, आर्थिक तत्त्व सम्मिलित हैं और जो तोकूगावा-शासन के अन्त की बहुत दिनों से भूमिका बना रहे थे। फिर भी **यह सत्य है कि माइजी शासन के पुनर्स्थापन अर्थात् तोकूगावा-शासन के अन्त का एक बहुत ही महत्त्वपूर्ण कारण विदेशी प्रभाव है।** प्रारंभ में जापान में व्यापार करने का कुछ अधिकार केवल चीनियों को ही प्राप्त था। कालान्तर में डचों को भी नागासाकी में व्यापार करने का अधिकार दिया गया था। अन्य देशों को जापान के साथ व्यापार करने का अधिकार नहीं था क्योंकि जापान पृथकत्व की नीति अपनाये हुए था। **किन्तु 19वीं शताब्दी के उत्तरार्द्ध से इस पृथकत्व की नीति का अनुसरण किया जाना कठिनतर होता जा रहा था।** अंगरेजी और अन्य यूरोपीय व्यापारी भी जापान के साथ व्यापार करने के लिए उस पर दबाव डाल रहे थे। **बहुधा विदेशी जलयान जापानी तटों के पास तैरते दीख पड़ते थे।** कुछ समय तक तो शोगुन इस दबाव से प्रभावित नहीं हुआ। किन्तु जब सन् 1854 में एक अमेरिकी व्यक्ति **पेरी** (Perry) **दूसरी बार अपना जहाज लेकर जापान में आ गया और बिना व्यापारिक समझौता किए जापान से बाहर जाना अस्वीकार कर दिया तो पृथकत्व की नीति का अन्त किया जाना आवश्यक हो गया** और सरकार को झुकना पड़ा। विदेशी जहाजों की नवीनता एवं उच्चता से जापानी भयभीत हो गये। **विदेशियों ने जापान में अपने जलयानों द्वारा बम वर्षा भी की थी।** फलतः जापानियों ने सोचा कि जब तक सैनिक प्रणाली में परिवर्तन नहीं किया जायगा तबतक जापानी स्वतंत्रता खतरे में रहेगी। इसके लिए विदेशियों के साथ सम्पर्क रखना आवश्यक हुआ। **पेरी के कृत्यों ने नीति में परिवर्तन आवश्यक बना दिया। सन् 1858 में जापानी सरकारी को विवश होकर संधियाँ करनी पड़ीं** जिनके द्वारा जापान में व्यापार करने के लिए फ्रांसीसी और अन्य राष्ट्रों को अधिकार प्राप्त हो गये। 5 अन्य बन्दरगाहों को विदेशियों के लिए खुला छोड़ देना पड़ा और विदेशियों को संरक्षण प्रदान करना पड़ा। इस नीति-परिवर्तन का तोकूगावा के समर्थकों द्वारा विरोध किया गया था। किन्तु जब विदेशियों ने अपने अपेक्षाकृत अच्छे शस्त्रों द्वारा **कागोशिमा** (Kagoshima) और **शिमोनोसिकी** (Shimonoseki) में सन् 1833 और 1864 में बम-वर्षा की तो जापानियों को पश्चिमी देशों की नौ-वाहिनी शक्ति का पूर्ण पता चल गया और वे अपनी नौवाहिनी शक्ति को सबल करने के लिए उद्यत हो गये। फलस्वरूप सरकार को प्रतिरक्षा कार्यों पर अधिक व्यय करना आवश्यक हो गया। इसने आर्थिक संकट को और भी गंभीर बना दिया।

कुछ लोगों ने कागोसीमा की बम-वर्षा को ही जापान में होने वाले परिवर्तनों का मुख्य कारण बतलाया है। किन्तु जापान की आर्थिक प्रगति के विषय में ग्रिफ्स (Griffs) ने लिखा है–''विदेशी एवं उनके विचार जापानी शासन की द्वैध प्रणाली के विनाश के लिए अवसर थे, कारण नहीं। उनकी उपस्थिति ने उस प्रक्रिया को

केवल शीघ्रतर कर दिया जो अपरिहार्य थी। जापान के अभिनव चमत्कारपूर्ण परिवर्तन का वास्तविक कारण मुख्यत: भीतर से ही सम्पन्न हुआ न कि बाहर से, आवेग से न कि प्रभाव से।''[1] जापान में विदेशियों से पूँजी आने लगी। शोगुन एवं डायमियो विदेशों से ऋण लेने लगे। साथ ही, उन विदेशी व्यापारियों की वित्तीय क्रियाओं के कारण भी विदेशी पूँजी जापान में आने लगी थी जो अब जापान में बस गये थे। इसका प्रभाव सम्पूर्ण औद्योगिक संगठन पर पड़ा।

इन नवीन परिस्थितियों के साथ समायोजन करने की प्रक्रिया ने सामाजिक एवं आर्थिक व्यवस्था पर दबाव डाला और इन परिवर्तनों से जिन वर्गों पर बुरा प्रभाव पड़ रहा था उनमें असंतोष भी उत्पन्न किया। **इस प्रकार शोगुन के दोनों प्रकार से कुख्याति प्राप्त हुई–अपनी पुरानी शासन-व्यवस्था की आर्थिक तथा सामाजिक बुराइयों के लिए भी और उन्हें दूर करने के लिए किये गये अपने कार्यों के लिए भी।** शोगुन ने इन परिवर्तनकारी कार्यों से एक शक्तिशाली वर्ग को असंतुष्ट कर दिया था। वह जो भी कार्य करता था उसके प्रति अविश्वास किया जाता था क्योंकि सम्राट के प्रति उसका संबंध संदेहपूर्ण था। इसलिए शोगुन को हटाने के लिए एक और तर्क मिला। **ऐसे समय जब राष्ट्र के लिए एक साहसी और दृढ़ नेतृत्व की आवश्यकता थी, शोगुन अपनी प्रतिष्ठा-हानि के कारण ऐसा कर सकने में असमर्थ था।** अन्य व्यक्तियों और अन्य संस्थाओं का उपयोग करना पड़ता था। 'बाह्य' वर्ग के निम्नस्तरीय समुराई ने विद्रोह की चिनगारी को सर्वप्रथम भड़काया और नवीन जापान की आर्थिक तथा राजनीतिक रूपरेखा के निर्माण में महत्त्वपूर्ण भाग लिया। **देश की सामाजिक, राजनीतिक, आर्थिक, धार्मिक एवं बौद्धिक परिस्थितियाँ विद्रोह की पृष्ठभूमि बना चुकी थीं। उस विद्रोह को केवल विदेशी आक्रमण के धक्के की आवश्यकता थी।** जब समुराई वर्ग के अत्यन्त ही सक्षम समूह के नेतृत्व में पश्चिम देशी वर्ग सम्राट के नाम पर शोगुन के विरुद्ध आगे बढ़े तो उनका विरोध अत्यन्त ही तुच्छ हुआ। **यह गृह-युद्ध अत्यन्त ही अल्पायु किन्तु प्रभाव पूर्ण सिद्ध हुआ।** सन् 1868 में तोकूगावा-शासन का अन्त हो गया और सम्राट को वह संवैधानिक पद प्राप्त हुआ जिसे वह विगत लगभग 800 वर्षों तक खोये हुए था। सम्राट का जिस समय पुनरागमन हुआ उस समय **सम्राट काइ-ओ** (Kei-O) की मृत्यु हो गयी थी और उसका केवल **16 वर्षीय उत्तराधिकारी माइजी सिंहासनारूढ़ हुआ।** माइजी-काल प्रारंभ हुआ और उसके साथ आधुनिक जापान का जीवन भी।

माइजी-पुनर्स्थापन के कारण हुए परिवर्तन और उनके प्रभाव
(Changes Caused by Meii Restoration & Their Effects)

माइजी पुनर्स्थापन तक पश्चिमी देशों एवं अमेरिका से जापान का संबंध स्थापित करने का जापान के राजनीतिक और आर्थिक दोनों क्षेत्रों में बहुत अधिक महत्त्वपूर्ण प्रभाव पड़ा। **माइजी पुनर्स्थापन ने सदियों से एकत्र शक्ति के प्रवाह को खोल दिया।** (The

1. "The foreigners and their ideas were the occasion, not the cause of the destruction of the dual system of government...Their presene served merely to hasten what was already inevitable. The causes of recent marvellous changes in Japan......operated mainly from within, not from without; from impulse, not from impact."

—W.. E. Griffs : *The Mikado's Empire, Vol.* p. 292-3

Meiji-Restoration was like bursting of a dam behind which had accumulated the energies and force of centuries.) पुनर्स्थापन के बाद जापानी नेताओं ने यह अनुभव किया कि **जापान का भविष्य प्रमुखतः दो बातों पर निर्भर है**–(1) सैनिक शक्ति में वृद्धि, तथा (2) देश की तीव्र गति से आर्थिक विकास। **उस समय जापान निवासियों का एक ही नारा था 'समृद्ध राष्ट्र शक्तिशाली सेना'** (rich nation, strong army)[1]। अब केन्द्रीय सरकार का नियंत्रण प्रत्यक्ष रूप से सम्राट के हाथ में आ गया तथा प्रशासन कार्य **सत्सुमा** (Satsuma), **चोसू** (Choshu), **तोसा** (Tosa), तथा **हिजेन** (Hizen) आदि वर्ग के नेताओं द्वारा किया जाने लगा जिन्होंने तोकूगावा घराने के विरुद्ध क्रांति में भाग लिया था। इससे समुराई वर्ग, विशेषकर उन लोगों में घोर असंतोष व्याप्त हो गया जिन्होंने शोगुन का समर्थन किया था। राज्य के शासन कार्य में भाग लेने वाले वर्गों की भी नीति के प्रश्न पर एकरूपता नहीं थी। परिणामस्वरूप सन् 1874 में वर्तमान शासन प्रणाली को **सागा कुटुम्ब** (Saga clan) तथा 1877 में **सत्सुमा** के विद्रोह का सामना करना पड़ा। किन्तु ये विद्रोह शांत कर दिये गये। वास्तव में **सन् 1877 में सत्सुमा वर्ग के विद्रोह के दमन के बाद ही जापान की राजनीतिक क्रांति पूर्ण हुई तथा सम्पूर्ण देश का एकीकरण हो सका।** इस राजनीतिक क्रांति का केन्द्रीय सरकार की प्रशासनिक व्यवस्था एवं वित्तीय साधनों पर निःसंदेह बहुत अधिक भार पड़ा। साथ ही, विदेशों के साथ जापान के संबंध स्थापित होने तथा जिन राजनीतिक संस्थाओं पर देश का आर्थिक जीवन आधारित था उनकी समाप्ति के परिणामस्वरूप देश समायोजन की प्रक्रिया से अभी गुजर ही रहा था। फिर भी माइजी पुनर्स्थापना काल के प्रारंभ में आर्थिक, वित्तीय, राजनीतिक तथा प्रशासिनक क्षेत्रों में कई महत्त्वपूर्ण परिवर्तन हुए।

प्रशासकीय और राजनीतिक परिवर्तन–डायमियो की सत्ता को उन्मूलित कर दिया गया। प्रत्येक हैन (han) अर्थात् जिले में आरक्षी स्थान (police station), डाक एवं तार इत्यादि स्थापित किये गये। इस प्रकार न्यूनाधिक रूप में ब्रिटिश प्रशासन-प्रणाली जैसी व्यवस्था जापान में भी की गयी। विधायिका और मंत्रिपरिषद की व्यवस्था की गई जिसके कारण संसदीय शासन-व्यवस्था का सूत्रपात हुआ। अंगरेजी सामाजिक पद-प्रतिष्ठा इत्यादि का भी प्रारंभ किया गया–जैसे, बैरोन इत्यादि। प्रशासकीय परिवर्तनों का प्रभाव यह हुआ कि प्रशासकीय नियंत्रण केन्द्रित हो गया और प्रशासनीय कुशलता में वृद्धि हुई।

सामाजिक तथा वैधानिक परिवर्तन–सन् 1869 में भू-सामन्तवाद का उन्मूलन कर दिया गया। सरदारों ने अपने अधिकारों को सरकार को यह कहते हुए लौटा दिया कि **''अब जबकि सम्राट की शक्ति पुनर्स्थापित कर दी गई है हम भूमि पर अधिकार कैसे रख सकते हैं जो सम्राट की है ? अतएव हम अपने सभी सामन्ती अधिकारों को सविनय सम्राट को लौटा देते हैं ताकि सारे साम्राज्य में एकरूपी नियम की व्यवस्था की जा सके।''[2] पेशा की स्वतंत्रता प्रदान की गयी। आन्तरिक व्यापार संबंधी**

---

1. "The slogan of the Meiji era which permeated all thinking minds and inspired the New Japan was "Fu koku kyo hei' or rich nation, strong army."
2. "Now that the imperial power is restored, how can we retain the possession of land that belongs to the Emperor ? We, therefore, reverently offer up all our feudal possession so that a uniform rule may prevail through out the Empire."

प्रतिबन्धों को समाप्त कर दिया गया। सभी नागरिकों को विधि के दृष्टिकोण से समान घोषित किया गया। जिसके भी पास द्रव्य हो उसे भूमि क्रय करने एवं संपत्ति रखने की अनुज्ञा दे दी गयी। जनता को सामान्य एवं प्राविधिक प्रशिक्षण प्रदान करने के लिए विद्यालय और महाविद्यालय खोले गये। इसके फलस्वरूप जापान में कार्यकुशल तथा प्रशिक्षित कार्यकर्त्तागण उपलब्ध हुए। शिक्षा अनिवार्य बना दी गयी जिसके कारण जापान में शिक्षित व्यक्तियों का अनुपात अधिक हो गया और वह इंगलैंड अथवा अमेरिका की बराबरी में आ गयी। 19वीं शताब्दी के अन्त तक जापान शिल्पियों के लिए आत्म-निर्भर हो गया।

भूमि की नयी व्यवस्था के अन्तर्गत जिन लोगों ने भूमि प्राप्त करने के लिए सामन्तों को अनुदान दिया था उन्हें भूमि का स्वामी बनाया गया। किसानों को फसल बोने की स्वतंत्रता पहले पहल प्रदान की गयी।

माइजी पुनर्स्थापन काल में और भी कई प्रकार की स्वतंत्रता दी गयी। विचरण एवं व्यवसाय की स्वतंत्रता पर लगाये अधिकांश प्रतिबन्धों को समाप्त कर दिया गया। "1869 ई॰ में विधि के समक्ष विभिन्न सामाजिक वर्गों की समानता की घोषणा की गयी। संचार की स्थानीय बाधाओं और आन्तरिक व्यापार पर लगाए गए प्रतिबन्धों को समाप्त कर दिया गया, फसल बोने-काटने की स्वतंत्रता दी गयी,.......पेशा और व्यवसाय-व्यापार में प्रवेश द्वार खोल दिया गया और भूमि पर सम्पत्ति अधिकार प्राप्त करने के लिए व्यक्तियों को अनुमति दे दी गयी।"[1] शिक्षा अनिवार्य बना दी गयी। इससे जापान में शिक्षा का बहुत अधिक प्रचार हुआ और इस क्षेत्र में यह इंगलैंड, अमेरिका आदि देशों की बराबरी करने लगा। 1871 ई॰ में सरकार ने एक शिक्षा विभाग की स्थापना की। राज्य का कार्य केवल अनुमोदन देने तक ही सीमित नहीं था वरन् शीघ्र ही यह देश के आर्थिक जीवन के आधुनिकीकरण पर जोर देने लगा। माइजी शासन के प्रारंभिक वर्षों में राज्य द्वारा जापानियों को तकनीकी प्रशिक्षण देने के लिए विदेशी विशेषज्ञों की सेवाएँ बड़े पैमाने पर प्राप्त की जाने लगीं। उदाहरण के लिए, 1875 ई॰ में केन्द्रीय तथा परफेक्चुरल सरकार की सेवाओं में कुल 527 विदेशी विशेषज्ञों को नियुक्त किया गया था।[2] जापानियों को भी विदेशों में प्रशिक्षण के लिए जाने को प्रोत्साहित किया जाने लगा। राज्य द्वारा बड़े पैमाने पर स्कूल, कॉलेज एवं विश्वविद्यालयों की स्थापना की जाने लगी। इनमें इंजीनियरिंग, माइनिंग तथा कृषि-विद्यालयों को प्रधानता दी जाती थी। **तकनीकी शिक्षा के संबंध में उन्नीसवीं शताब्दी के अन्त तक जापान प्राय: आत्मनिर्भर हो गया।**

आर्थिक परिवर्तन—सरकार ने तुरत ही देश की आर्थिक दशा को परिवर्तित करने के उद्देश्य से अनेक संस्थाओं का निर्माण किया। कृषि-सुधार के लिए प्रयोगशाला, आदर्श खेती आदि की व्यवस्था की गयी। वाणिज्य को प्रोत्साहन देने का प्रयास किया गया। जापानियों को प्रशिक्षित करने के लिए विदेशी दक्ष व्यक्तियों को बुलाया गया। आयात-

1. "In 1869 the equality of the various social classes before law was declared, local barriers to communications and restrictions on internal trade were swept away, freedom of cropping was allowed....entry into profession and trades was thrown open and individuals were allowed to acquire property rights in land."
2. The Fifth Annual Statistical Report of the Japanese Empire, 1886, pp. 335.37.

निर्यात व्यापार में स्वयं राज्य ने भी भाग लेना प्रारंभ किया। **''स्वाभाविक रूप से राज्य ने अन्तरराष्ट्रीय आर्थिक संपर्क के लिए आवश्यक रूप-रेखा प्रस्तुत करने के निमित्त प्रमुख उत्तरदायित्व अपने ऊपर ले लिया।''**[1] राज्य ने स्वयं रेलवे और वाष्प जलयानों के निर्माण में भाग लिया अथवा वैयक्तिक पूँजीपतियों को इस कार्य में सहायता दी अथवा उनके साथ संयुक्त रूप से कार्य किया। सरकार एवं गैर-सरकारी पूँजीपतियों के बीच पूर्ण सहयोग तथा संगति थी। इसी कारण जापान में आर्थिक विकास की प्रक्रिया अत्यन्त ही तीव्र रही है। कृषि की दशाओं में सुधार के लिए सरकार ने स्थान-स्थान पर कृषि प्रयोगशालाओं की स्थापना की। विदेशी व्यापार को प्रोत्साहित करने के लिए 1876 ई॰ में सरकार द्वारा एक **वाणिज्य सूचना केन्द्र** (Commercial Bureau) की स्थापना की गयी। **1877 ई॰ में टोकियो के यूनो पार्क** (Ueno Park) **में एक औद्योगिक प्रदर्शनी का आयोजन किया था।**

विदेशी व्यापार के क्षेत्र में भी सरकार विशेष रूप से अभिरुचि लेती थी। माईजी पुनर्स्थापन काल में जापान के पश्चिमीकरण के लिए बड़े पैमाने पर मशीनों, संयंत्रों, समुद्री जहाजों, सामरिक जहाजों तथा हथियार आदि का विदेशों से आयात करना पड़ता था। इसके लिए विदेशी मुद्रा में भुगतान की आवश्यकता पड़ती थी। अतः सरकार विदेशी भुगतान के लिए आवश्यक मुद्रा प्राप्त करने के उद्देश्य से निर्यात को प्रोत्साहित करती थी। स्वयं सरकार भी देशवासियों से चावल, चाय तथा रेशम आदि खरीदकर विदेशों से विक्रय करती थी। इसके विपरीत विदेशों से अनावश्यक वस्तुओं के आयात को हतोत्साहित करने के लिए राज्य द्वारा सीमेंट, शीशा तथा अन्य प्रकार के कारखानों की स्थापना की गयी।

सरकार ने पश्चिमी देशों की तरह बड़े पैमाने पर उद्योगीकरण के लिए आवागमन के साधनों की व्यवस्था पर भी जोर दिया। **1871 ई॰ में डाक-तार की व्यवस्था की गयी और 6 वर्ष बाद जापान ने अन्तरराष्ट्रीय डाक संघ** (International Postal Union) **में प्रवेश किया।** 1869 ई॰ में ओसाका तथा टोकियो के बीच एक जहाजी कम्पनी का निर्माण किया गया तथा शीघ्र ही टोकियो और याकोहामा को मिलाने में लिए पहली रेल लाइन का निर्माण हुआ। रेलवे और वाष्प जलयानों ने जापान के औद्योगिक विकास के महत्त्वपूर्ण योगदान किया।

देश के उद्योगीकरण में राज्य ने सक्रिय योगदान करना प्रारंभ किया। राज्य ने शोगुन (Shogunate) तथा डायमियो (Diamyo) द्वारा प्रारंभ किए गए बहुत से कारखानों की व्यवस्था को स्वयं लेकर उनका आधुनिक तरीके से पुनर्गठन किया। बहुती-सी ऐसी वस्तुओं के निर्माण के लिए राज्य ने आधुनिक तरीके के नये-नये कारखानों की स्थापना की जिनका उत्पादन अभी तक परम्परागत तरीके से होता था। 1870 ई॰ में **मेबासी** (Maebashi) तथा **टोमिको** (Tomiko) में फ्रेंच मॉडल पर रेशम के कारखानों की स्थापना की गयी। इसी प्रकार दूसरे बहुत से कारखानों की स्थापना भी राज्य द्वारा की गयी। इनमें Shivakawa White Tile Works, The Fukugawa Cement Works, The *Senji* Woolen Web Feactory आदि उल्लेखनीय हैं। अस्त्र-शस्त्र के निर्माण के लिए भी राज्य

1. "The state naturally assumed major responsibility for introducing necessary framework for international economic contract."

—G. C. Allen : *A Short Economic History of Modern Japan.*

द्वारा कारखानों (munition factories) की स्थापना की गयी। इसने कुछ पुराने कारखानों को लेकर उनका पुनर्गठन किया। 1880 ई॰ में राज्य द्वारा स्थापित कारखानों तथा सम्पत्ति में 3 जहाज कारखानें, 51 व्यापारिक जहाजें, 5 अस्त्र-शस्त्र निर्माण कारखाने, 52 अन्य कारखानें, 10 खानें, 52 मील लम्बी रेलवे लाइन तथा सभी प्रमुख नगरों को मिलाने वाली एक टेलीग्राफ व्यवस्था आदि उल्लेखनीय हैं।[1] 1882 ई॰ के बाद राज्य की इस नीति में परिवर्तन हुए। अब राज्य ने उद्योग के प्रत्यक्ष स्वामित्व की नीति का परित्याग कर केवल आर्थिक विकास के क्षेत्र में परोक्ष योगदान देना प्रारंभ किया। अतएव राज्य की अधिकांश औद्योगिक संपत्ति को निजी उपक्रमियों के हाथ अति अनुकूल दरों पर बेच दिया गया। बड़े-बड़े पूँजी प्रधान उद्योगों की स्थापना में सरकार ने स्वयं हिस्सा लिया। कई नये-नये उद्योगों की स्थापना तथा पुराने उद्योगों के विकास में निजी उपक्रम ने भी महत्त्वपूर्ण योगदान किया। जापान के बन्दरगाहों पर बसे हुए ब्रिटेन तथा अमेरिका निवासियों ने भी इस संबंध में महत्त्वपूर्ण योगदान किया। उन्नीसवीं शताब्दी के अन्त तक जापान का विदेशी व्यापार विदेशी व्यापारियों के हाथ में ही रहा। आधुनिक जापानी आर्थिक विकास के इन प्रारंभिक वर्षो में इन यूरोपीय तथा अमेरिकी व्यापारियों और बैंकरों ने आर्थिक परिवर्तन लाने के प्रमुख साधन के रूप में कार्य किया।

अतएव सरकारी प्रोत्साहन तथा मुक्त देशी व्यापार की अवस्था में जापानी उद्योग तथा कृषि का तीव्र गति से विकास होने लगा। 1881 तक रेलों की लम्बाई 122 मील हो गयी। समुद्री जहाजों का टर भार (tonnage) 1873 में 26000 टन से बढ़कर 1880-82 तक 50 हजार टन हो गया। जहाजों के निर्माण में भी जापान में आशातीत उन्नति हुई। अनेक लघु उद्योगों का भी विकास हुआ और अनेक प्राचीन उद्योगों ने भी अपने को बदली हुई परिस्थितियों से समायोजित कर लिया। कच्चे रेशम की माँग विदेशों में दिन-प्रतिदिन बढ़ती जा रही थी। इससे जापानी किसानों को अत्यधिक प्रोत्साहन मिला। लेकिन कुछ वर्गों पर सामन्ती व्यवस्था की समाप्ति का अत्यन्त प्रतिकूल प्रभाव भी पड़ा। कई प्रकार के ऐसे पेशे एकाएक समाप्त हो गये जो अब काफी विकसित हो चुके थे। अतः बहुत-से कुशल कारीगर बेकार पड़ गये। साथ ही, सामन्ती प्रथा की समाप्ति के बाद डायमियो द्वारा दिए जाने वाले विभिन्न प्रकार के एकाधिकार तथा सुविधाएँ भी समाप्त हो गयीं।[2] **सामन्ती प्रथा की समाप्ति से शहरों का जीवन कुछ समय के लिए अस्त-व्यस्त हो गया।** किन्तु यह अस्त-व्यस्तता अल्पकालीन ही थी।

माइजी पुनः स्थापन के साथ-साथ विदेशी व्यापार में भी वृद्धि हो रही थी। 1868 ई॰ में विदेशी व्यापार का कुल मूल्य चाँदी के येन[3] के रूप में 27 मिलियन येन था जो बढ़कर 1873 में 50 मिलियन येन तथा 1881 में 62 मिलियन येन हो गय। 1868 से 1873 ई॰

1. The Currency of Japan, p. 76–80
2. "A vast number of occupations which had hitherto been thriving had suddenly to be abandoned, and skilled labourers and artisans were thrown out of employment in thousands. Moreover all kinds of monopolies and business priviledges which the Daimyo granted to favourite merchants and to themselves ceased to exist with the fall of feudalism."
3. येन (Yen) जापानी मुद्रा का नाम है।

के बीच अतिरिक्त आयात का मूल्य निर्यात से बहुत अधिक होता था तथा 1868 से 1881 के बीच प्रतिकूल व्यापारिक संतुलन की मात्रा 79 मिलियन येन हो गई थी। उस काल में जापानी आयात के अन्तर्गत निर्मित वस्तुओं, विशेषतः वस्त्र की प्रधानता थी। अन्य वस्तुओं में मशीनों और औजार, जहाज, रेलवे सामग्रियाँ, अस्त्र-शस्त्र आदि की प्रधानता थी। कुल आयात का प्रायः 50 प्रतिशत ब्रिटेन से प्राप्त होता था। निर्यात के अन्तर्गत कच्चे पदार्थों की प्रधानता थी। इनमें कच्चा रेशम और चाय विशेष रूप से उल्लेखनीय थे।

वित्तीय परिवर्तन (*Financial Changes*)—प्रारंभ में माइजी सरकार को वित्तीय कठिनाइयों का सामना करना पड़ा। शोगुन द्वारा प्राप्त आय केन्द्रीय सरकार को उपलब्ध नहीं हो पाती थी। फिर अभी तक हान को भी करों के क्षेत्र में स्वायत्तता प्राप्त थी। दूसरी ओर, माइजी सरकार को अतिरिक्त युद्ध आदि के लिए बहुत अधिक मात्रा में व्यय करना पड़ता था। उदाहरण के लिए 1868 ई० में कुल व्यय 250 लाख येन था जबकि सामान्य साधनों से प्राप्त सरकारी आय केवल 37 लाख येन थी। आय की इस कमी को सरकार द्वारा अधिक मात्रा में पत्र-मुद्रा जारी करके ही पूरा किया जाता था। किन्तु पत्र-मुद्रा जारी करने का अभी तक कोई प्रमाणिक तरीका नहीं था। इससे देश में कई प्रकार की पत्र-मुद्रा का प्रचलन था। इसके साथ ही चाँदी तथा सोना के सिक्कों का भी देश में प्रचलन था। इस प्रकार **प्रारंभ में मौद्रिक एवं वित्तीय व्यवस्था के क्षेत्र में घोर अराजकता व्याप्त थी।** किन्तु धीरे-धीरे माइजी शासन के सुदृढ़ हो जाने और आन्तरिक कलह की शान्ति के बाद मुद्रा के क्षेत्र से भी अराजकता दूर होने लगी। इसी बीच करों की अवस्था में सुधार का प्रयास भी जारी था। 1802 ई० में बिल्कुल नये तरीकों से करों की व्यवस्था की गयी। भूमि कर में वृद्धि की गयी और इसका निर्धारण वैज्ञानिक आधार पर किया गया। इससे करों से प्राप्त आय में बहुत अधिक वृद्धि हुई। यह निम्नांकित तालिका से स्पष्ट है—

सरकारी आय (हजार येन)[1]

वर्ष	सरकार की कुल आय	करों से प्राप्त आय	भूमि-कर	कुल करों से प्राप्त आय में भूमि-कर का प्रतिशत
1870	20,959	9,323	8,218	88.1
1873	85,807	95,014	60,604	93.8
1876	69,482	59,194	50,345	85.0

कर-प्रणाली को पुनर्गठित एवं पुनर्व्यवस्थित किया गया। 5-6 वर्षों के उपरान्त सरकार ने अमेरिकी बैंकिंग प्रणाली के आधार पर बैंकों का निर्माण करना प्रारंभ किया। भिन्न-भिन्न कार्यों के लिए भिन्न-भिन्न बैंक होते थे। **प्रारंभ में जापान ने रजत-मान को अपनाया था। किन्तु 1897 में स्वर्ण-मान अपना लिया गया।**

परिवर्तनों के तात्कालिक परिणाम
(Immediate Effects of the Changes)

माइजी पुनर्स्थापन के बाद किए गए विभिन्न परिवर्तनों का शीघ्र ही प्रभाव पड़ा।

1. Report of the Public Revenue and Expenditure for Eight Fiscal Years.

जापानी उद्योग, वाणिज्य एवं परिवहन में तीव्र प्रसार हुआ। जापान की औद्योगिक सर्वोच्चता के आधार प्रस्तुत हो गये। कालान्तर में जापान शीघ्र ही एक महान शक्तिशाली औद्योगिक राष्ट्र बन गया। वृहत् एवं लघु दोनों प्रकार के उद्योगों का साथ-ही-साथ अस्तित्व था। जापानियों को विश्वास हो गया था कि पश्चिमी राष्ट्रों के ढंग का औद्योगिक उत्पादन जापान से श्रेष्ठकर था। जापानी बहुत कट्टर देशभक्त होते हैं। अतः उन्होंने महसूस किया कि उनकी स्वतंत्रता तब तक सुरक्षित नहीं रह पायेगी जब तक वे अपने को शीघ्र-से-शीघ्र और अत्यन्त ही अधिक उद्योगीकृत नहीं कर लें। इसी कारण वे पश्चिमी राष्ट्रों का अनुसरण करने में इतने अधिक उद्यत थे। **''जापानी उद्योग पाश्चात्य साम्राज्यवाद के विरोध में राज्य द्वारा उपक्रमित एक प्रतिरक्षा उपाय था। उन्होंने अपने को उद्योगीकृत किया ताकि वे स्वतंत्र रह सकें।''**[1]

जापानी अर्थव्यवस्था 1900 से द्वितीय महायुद्ध तक

माइजी पुनर्स्थापना के पश्चात् जापान का चतुर्दिक विकास तो हुआ था, किन्तु प्रथम महायुद्धकाल में उसके विकास की गति अपेक्षाकृत तीव्र रही। महायुद्ध के कारण आर्थिक विकास को विशेष प्रोत्साहन मिला एवं निर्यात का भी मार्ग प्रशस्त हुआ। युद्ध में संलग्न होने के कारण पश्चिमी राष्ट्र पूर्वी राष्ट्रों की माँगे पूरी करने की स्थिति में न थे। अतः उन बाजारों में माँगों की आपूर्ति करने का अवसर अनायास ही जापान के हाथ लग गया। जापान युद्ध से विरत रहकर ऐसी वस्तुओं के उत्पादन में लगा रहा जिनकी विदेशी बाजारों में अधिकाधिक माँग थी। जापान के जहाजी कम्पनियों के व्यवसाय में बड़ी तेजी से प्रगति हुई। जलयानों की माँग बढ़ी और जहाज उद्योग का भी बड़ी तेजी से विकास हुआ। निर्यात के असीम अवसर का जापान ने अधिकतम लाभ उठाया और पूर्वी बाजारों पर बड़ी सुगमता से अधिकार कर लिया। दूसरे देशों में उपलब्ध सस्ते कच्चे माल का भी आयात करने से जापान न चूका। युद्ध की समाप्ति तक निर्याताधिक्य के कारण जापान के पक्ष में अत्यधिक धन जमा हो गया।

प्रथम विश्वयुद्ध और उसके बाद

प्रथम महायुद्ध के पश्चात् की अवधि में जापान के विकास की गति धीमी रही, फिर भी वह अवधि गति से विकास के मार्ग पर निरन्तर आगे बढ़ता गया। सन् 1929 की विश्वव्यापी महान आर्थिक मंदी का भी इस पर विशेष प्रभाव नहीं पड़ा।

कृषि उत्पादन

कृषि उत्पादन में चावल एवं गेहूँ का उत्पादन अत्यन्त महत्त्वपूर्ण है और निम्नांकित आँकड़ों से पता चलता है कि प्रथम महायुद्ध काल में जापान में चावल एवं गेहूँ के उत्पादन में निरन्तर वृद्धि होती रही है। जापान ने निर्यात हेतु अन्य वस्तुओं का उत्पादन बढ़ाने के प्रयास तो किये किन्तु इससे चावल एवं गेहूँ के उत्पादन में कोई कमी नहीं आई, वरन् कृषि-क्षेत्र में भी निरन्तर अनुसंधान; यंत्रों के उपयोग में वृद्धि और कृषि की तकनीक में सुधार होते रहे जिससे चावल उत्पादन में भी उत्तरोत्तर वृद्धि होती रही है जैसा कि निम्नांकित आकड़ों से ज्ञात होता है—

1. Japanese Industry was state-sponsored defence against western imperialism. They industrialized in order to be independent.

चावल-उत्पादन (1915-37)

(वार्षिक औसत)

वर्ष	उत्पादन (मि॰ कोकू)	उत्पादन (प्रति चो को कू)
1915-19	57	18.5
1920-24	56	18.6
1925-29	59	18.7
1930-34	62	19.0
1935-37	64	19.5

औद्योगिक उत्पादन

प्रथम महायुद्ध काल तथा उसके बाद के वर्षों में प्रायः सभी प्रमुख उद्योगों के उत्पादन में वृद्धि हुई। कुछ महत्त्वपूर्ण उद्योगों के प्रगति का विवरण अग्रलिखित है—

वस्त्र-उद्योग—मेजी पुनर्स्थापना से पूर्व जापान सूती-वस्त्रों का आयात करता था और मेजीकाल के प्रथम दशक में भी कुल आयात का लगभग 40% भाग अकेले सूती वस्त्रों का ही था। बाद के वर्षों में जैसे-जैसे सूत एवं सूती वस्त्रों का उत्पादन बढ़ता गया, उनके आयात में भी कमी होती गई और सन् 1900 तक सूती वस्त्रों का आयात लगभग रुक सा गया। उसके पश्चात् तो जापान सूती वस्त्रों का निर्यात भी करने लगा। रेशम उद्योग तो शुरू से ही जापान का प्रमुख उद्योग था। सन् 1913 और 1929 के मध्य रेशम उत्पादन में तीन गुनी वृद्धि हुई। सन् 1929 तक लगभग 40% कृषक-परिवार रेशम का उत्पादन करने लगे थे। युद्धकाल में ऊनी वस्त्रों के उत्पादन में लगभग 12% की कमी अवश्य हुई किन्तु उसके पश्चात् सन् 1920 से 1925 तक के मात्र 5 वर्षों की ही अवधि में ऊनी वस्त्रों का उत्पादन 2½ गुना और सन् 1929 तक 3 गुना से भी अधिक हो गया था। निम्नांकित तालिका देखने से यही बात सिद्ध होती है—

वस्त्र-उद्योग

वर्ष	सूत उत्पादन (मि॰ पौण्ड)	कच्चे रेशम का उत्पादन (000 क्वान)	ऊनी कपड़े का उत्पादन (मि॰ गज)
1913	607	3,741	81
1920	727	5,834	71
1925	975	8,284	161
1929	1,117	11,292	222

कोयला उत्पादन—उद्योग-धंधों की स्थापना एवं विस्तार के लिए कोयला अत्यन्त महत्त्वपूर्ण था और प्रथम महायुद्ध-काल में कोयले के उत्पादन में वृद्धि भी हुई थी किन्तु उसके बाद की अवधि में कोयला उत्पादन में कोई विशेष तेजी नहीं आयी। सन् 1913 में कोयला उत्पादन 21.3 मिलियन टन था। युद्धकाल में कोयले का उत्पादन बढ़कर लगभग ढेड़ गुना हो गया किन्तु उसके बाद के 5—6 वर्ष अनुकूल न रहे और कोयले के उत्पादन

में गिरावट आ गई। उसके बाद के वर्षों में कुछ सुधार अवश्य हुआ किन्तु आर्थिक मंदी के पश्चात् पुनः सन् 1931 में स्थिति अच्छी नहीं रही। सन् 1936 तक पुनः सुधार हुआ और कोयला-उत्पादन 41.8 मि॰ टन तक पहुँच गया। युद्धकाल में लगभग 10 मि॰ टन की वृद्धि हुई जबकि बाद के 17 वर्षों में मात्र 10.5 मि॰ टन की वृद्धि हुई जो निश्चय ही संतोष-जनक नहीं था। नीचे की तालिका इसे स्पष्ट करती है।

कोयला उत्पादन (मिलियन टनों में)

1913	21.3
1919	31.3
1921	26.2
1925	31.5
1929	34.3
1931	28.0
1936	41.8

इस्पात, सीमेंट एवं विद्युत उत्पादन उद्योग—प्रथम महायुद्ध की अवधि में जापान के इस्पात, सीमेंट तथा विद्युत उत्पादनों में क्रमशः 109%, 110% और 140% की वृद्धि हुई। उसके पश्चात् सन् 1919 में सन् 1929 के मध्य के वर्षों में भी उत्पादन में वृद्धि होती रही। इसके बाद सन् 1929 की वार्षिक मंदी का इस्पात उद्योग पर व्यापक प्रभाव पड़ा और इस्पात उत्पादन 2034 हजार टन से घटकर सन् 1931 में मात्र 1663 हजार टन रह गया। सन् 1913 की तुलना में सन् 1929 में इस्पात, सीमेंट एवं विद्युत उत्पादन क्रमशः 8 गुना, 7 गुना और 8 गुना थे। युद्ध काल की तुलना में इसके बाद की अवधि में इनकी प्रगति अधिक तीव्र रही। निम्नांकित आँकड़े यही बताते हैं—

उत्पादन

वर्ष	इस्पात (000 टन)	सीमेंट (000 टन)	विद्युत (000 किलोवाट)
1913	255	645	504
1920	533	1353	1214
1925	1043	2508	2768
1929	2034	4349	4194
1931	1663	—	—
1936	4539	—	—
—	—	—	—

परिवहन—प्रथम महायुद्धकाल और उसके पश्चात के वर्षों में **रेल मार्गों का विकास** लगभग सामान्य गति से ही होता रहा। सन् 1910 की तुलना में सन् 1925 में रेलमार्गों की दूरी लगभग दूनी हो गई थी। अगले पृष्ठ की तालिका से यह स्पष्ट है।

रेल मार्ग की दूरी (मीलों में)

वर्ष	दूरी मीलों में
1910	5354
1915	6439
1920	8475
1925	10884

सामुद्रिक जहाजों की प्रगति, संख्या और कुल टन भार में वृद्धि की दृष्टि से रेलों की ही भाँति सामान्य कही जा सकती है। प्रथम महायुद्ध के आरंभ होने पर सामुद्रिक जहाजों की संख्या 2331 थी। सन् 1919 तक उनकी संख्या में लगभग 30% और कुल टन भार क्षमता में 60% की वृद्धि हुई थी। बाद के 12 वर्षों में प्रगति की दर धीमी रही और सन् 1931 में जहाजों की संख्या तथा कुल टन-भार क्षमता में क्रमशः 23% और 44% मात्र की वृद्धि हुई जो प्रथम महायुद्ध काल से भी काफी कम है। बाद के 4 वर्षों में अर्थात् सन् 1935 में सन् 1931 की तुलना में लगभग मात्र 8% की वृद्धि हुई। कुल टन-भार क्षमता में तो उल्टे कमी हो गयी। निम्न वर्णित आँकड़ों से यही निष्कर्ष निकलता है–

सामुद्रिक जहाजों की संख्या एवं टन-भार क्षमता

वर्ष	संख्या	कुल टन भार
1910	36	24,997
1914	2331	18,53,775
1919	3040	30,05,550
1931	3726	43,31,685
1935	4033	41,69,772

बहुमूल्य धातुओं का उत्पादन–बैंक ऑफ जापान के सांख्यिकी विभाग के अनुसार सोने और चाँदी का उत्पादन सन् 1900 ई॰ से 1925 ई॰ तक इस प्रकार रहा–

वर्ष	सोना (किग्रा॰)	चाँदी (किग्रा॰)
1900	2,125	58806
1910	4,368	141,613
1920	7,719	153,164
1925	8,463	126,195

उपर्युक्त आँकड़ों के अध्ययन से ज्ञात होता है कि जापान स्वर्ण एवं रजत जैसे बहुत मूल्य धातुओं के उत्पादन में भी पीछे नहीं था। प्रथम महायुद्ध के आरंभ होने से पूर्व, युद्ध काल में और उसके बाद के वर्षों में भी पर्याप्त मात्रा में दोनों ही धातुओं का उत्पादन होता रहा। सन् 1900 की तुलना में सन् 1925 ई॰ में सोना उत्पादन लगभग चार गुना हो गया था। जबकि सन् 1900 की तुलना में 1920 ई॰ में चाँदी का उत्पादन 2½ गुना से अधिक था। सन् 1925 में रजत-उत्पादन में कमी आ गई और सन् 1900 की तुलना में यह मात्र 2 गुना से थोड़ा ही अधिक था।

विदेशी व्यापार—निम्नांकित आँकड़ों से पता चलता है कि प्रथम विश्व युद्ध से पूर्व निर्यात की तुलना में आयात अधिक था। **प्रथम विश्व युद्ध आरंभ होने के पश्चात पहली बार निर्यात की तुलना में आयात कम रहा और व्यापार-संतुलन जापान के पक्ष में रहा।** आयात की तुलना मे निर्यात 240 मिलियन येन अधिक रहा। किन्तु प्रथम युद्ध के बाद के वर्षों में व्यापार संतुलन जापान के प्रतिकूल रहा। इसका कारण निर्यात में कमी नहीं था, बल्कि निर्यात की तुलना में आयात में अधिक वृद्धि था। सन् 1915-1919 में आयात 1423 मि॰ येन और निर्यात 1663 मि॰ येन था। सन् 1925–29 में आयात बढ़कर 2849 मि॰ येन हो गया और निर्यात बढ़ने पर भी 2449 मि॰ येन ही रह गया। **जापान के विदेशी व्यापार पर भी महान आर्थिक मंदी का प्रभाव पड़ा और सन् 1929 के पश्चात् सन् 1930-1934 में आयात घट कर 2,212 मि॰ येन और निर्यात घट कर 2058 मि॰ येन पर पहुँचा।** अब भी निर्यात कम और आयात अधिक रहा। सन् 1935-38 में आयात बढ़कर 3868 मि॰ येन और निर्यात बढ़कर 3776 मि॰ येन हो गया। **फिर भी आयात में वृद्धि की दर निर्यात में वृद्धि की दर से अधिक रहने के कारण व्यापार संतुलन प्रतिकूल ही रहा।** इस प्रकार प्रथम महायुद्ध काल विदेशी व्यापार की दृष्टि से अनुकूल और इससे पूर्व तथा इसके पश्चात् का काल प्रतिकूल रहा। **आयात के आधिक्य का प्रमुख कारण** सस्ते दर पर विदेशों से अधिकाधिक कच्चे माल का आयात करने की जापान सरकार का नीति रहा है। **सन् 1929 की विश्वव्यापी मंदी के कारण मूल्य स्तर में गिरावट आती जा रही थी।** विदेशों में कच्चे माल सस्ते एवं बड़ी मात्रा में उपलब्ध थे। जापान ने इस मंदी का लाभ उठाने के लिए सस्ती दर पर अधिकाधिक कच्चे माल के क्रय किए जिससे व्यापार संतुलन प्रतिकूल हो गया किन्तु जैसे-जैसे मूल्य स्तर में सुधार होता गया, जापान ने आयात कम कर दिंया। बाद के वर्षों में सभी देशों ने अपने देश में ही आवश्यक वस्तुएँ निर्मित करने की नीति अपनाई जिससे निर्यात में भी कमी होती गई।

विदेशी-व्यापार

वार्षिक औसत	कुल मूल्य (मिलियन येन)		
	आयात	निर्यात	संतुलन
1905-1909	468	413	–55
1915-1919	1,423	1,663	+240
1925-1929	2,849	2,449	–355
1930-1934	2,212	2,058	–154
1935-1938	3,868	3,772	–96

विकसित देशों के निर्यात की तुलनात्मक विकास दरें—प्रथम महायुद्ध काल और उसके पश्चात् के वर्षों में (सन् 1913 से 1938 के अवधि में) अमेरिका और विश्व के निर्यात् की वार्षिक औसत चक्रवृद्धि विकास-दर 1.4 रही जबकि ब्रिटेन की 0.1 और रूस की —12.4 ही रही। मलाया के निर्यात की वार्षिक औसत चक्रवृद्धि विकास-दर 4.2 थी, किन्तु जापान की सर्वाधिक 5.2 थी। अग्रांकित आँकड़ों के अनुसार जापान की विकास-दर अमेरिका और विश्व के वार्षिक औसत चक्रवृद्धि विकास-दर का $3^3/_4$ गुनी थी जो

निश्चय ही प्रथम विश्वयुद्ध काल तथा उसके पश्चात के जापान के तीव्र प्रगति का प्रतीक है—

निर्यातों में तुलनात्मक विकास 1913-37
(वार्षिक औसत चक्रवृद्धि विकास दरें)

जापान	5.2	अमेरिका	1.4
मलाया	4.2	विश्व-औसत	1.4
कनाडा	3.7	इटली	0.5
आस्ट्रेलिया	–2.2	ब्रिटेन	0.1
नीदरलैंड	1.8	रूस	–12.4

प्रति व्यक्ति वास्तविक कुल उत्पादन—सन् 1913 से 1938 के बीच न केवल जापान के कुल उत्पादन में वरन् जापान के प्रति व्यक्ति वास्तविक कुल उत्पादन में भी वृद्धि हुई। जापान के प्रति व्यक्ति वास्तविक कुल उत्पादन में वार्षिक वृद्धि की औसत दर 2.6 थी जबकि रूस, अमेरिका और ब्रिटेन की औसत विकास दरें क्रमशः 1.9, 0.8 और 0.7 ही रही जैसा कि निम्नांकित सारणी में अंकित है। जापान की विकास दर रूस की तुलना में लगभग $1^1/_3$ गुना, अमेरिका की तुलना 3 गुना से ज्यादा और ब्रिटेन की तुलना में लगभग $3^3/_4$ गुना थी।

प्रति व्यक्ति वास्तविक कुल उत्पादन 1913-38
(वार्षिक औसत चक्रवृद्धि विकास दरें)

जापान	2.6	इटली	1.0
नार्वे	2.1	फ्रांस	0.8
रूस	1.9	अमेरिका	0.8
स्वीडेन	1.3	ब्रिटेन	0.7
जर्मनी	1.1	कनाडा	0.0

वास्तविक कुल राष्ट्रीय उत्पादन—प्रथम महायुद्धकाल तथा महायुद्धों के मध्य की अवधि जापान के लिए अत्यन्त तीव्र प्रगति के वर्ष रहे। सन् 1913 से 1938 के मध्य जापान के कुल राष्ट्रीय उत्पादन में अनुमानतः 4% वार्षिक की दर से वृद्धि हुई जो न केवल अमेरिका, ब्रिटेन और फ्रांस से बहुत अधिक थी बल्कि नार्वे तथा रूस, जिनकी विकास दरें सर्वाधिक थी, से भी अधिक थी। देखें नीचे की तालिका।

वास्तविक कुल राष्ट्रीय उत्पादन में वृद्धि (1913-14)
(वार्षिक औसत चक्रवृद्धि विकास दरें)

जापान	4.0	इटली	1.7
नार्वे	2.9	जर्मनी	1.6
रूस	2.8	कनाडा	1.5
अमेरिका	2.0	ब्रिटेन	1.1
स्वीडेन	1.8	फ्रांस	0.9

निर्माणी गतिविधि—निर्माणी गतिविधियों में भी जापान सबसे आगे रहा। अग्रांकित आँकड़ों से पता चलता है कि प्रथम महायुद्ध आरंभ हो जाने के पश्चात् जापान की निर्माणी गतिविधिां में अप्रत्याशित तेजी आ गई। जापान की निर्माणी गतिविधि सन् 1911-13 की तुलना में सन् 1921-25 में दुगुनी, सन् 1926-30 में लगभग तीन गुनी, सन् 1931-35 में चार गुनी और 1936-38 में 6 गुनी से भी अधिक हो गई थी जबकि अन्य विकसित एवं विकासशील देशों जैसे अमेरिका, ब्रिटेन और भारत के सूचकांक उसी अवधि (सन् 1913 से 1938 के मध्य) में क्रमशः लगभग 67%, 22%, और 130% की वृद्धि दर्शाते हैं। **यही कारण है कि प्रथम महायुद्ध काल और उसके बाद की अवधि में हुए जापान की प्रगति को अत्यन्त आश्चर्यजनक कहा जाता है।**

विश्व के कुछ चुने हुए देशों में निर्माणी गतिविधि का विकास

(सूचकांक : 1913 = 100)

वार्षिक औसत	विश्व	जापान	अमेरिका	ब्रिटेन	भारत
1911-13	94	93	92	93	97
1921-25	103	205	129	76	122
1926-30	139	297	160	92	146
1931-35	128	410	118	92	175
1936-38	185	631	167	122	230

उपर्युक्त तथ्यों के अध्ययन के पश्चात् कहा जा सकता है कि **सामान्यतया जापान ने प्रथम महायुद्ध-काल और उसके बाद की अवधि में जिस गति से विकास किया है उसकी तुलना न किसी विकसित राष्ट्र से और न ही किसी विकासशील राष्ट्र से ही की जा सकती है।** शायद यही कारण है कि आज जापान सभी विकसित एवं विकासशील देशों को औद्योगिक प्रगति के क्षेत्र में आज भी निरंतर चुनौती दे रहा है।

तीव्र प्रगति के कारण

प्रथम महायुद्ध और उसके पश्चात् की अवधि में हुए जापान की आश्चर्यजनक आर्थिक प्रगति के निम्न वर्णित प्रमुख कारण थे—

1. महायुद्ध से पृथक रहना—जापान अत्यन्त महत्त्वाकांक्षी था और अपनी साम्राज्यवादी महत्त्वाकांक्षा को पूरा करने और अपने अपमान का बदला लेने तथा सेना शक्ति की धाक जमाने के लिए पूर्व के वर्षों में ही चीन, रूस तथा कोरिया पर विजय प्राप्त कर चुका था। दूसरे देश भी जापान की बढ़ती शक्ति से आतंकित थे। प्रथम महायुद्ध में जबरन कूद पड़ने की उसे आवश्यकता नहीं थी। इस अवधि में वह अपने उद्योग-धंधों के विकास में लगा रहा। युद्ध में लिप्त होने का मतलब विकास में व्यतिक्रम को न्यौता देना और उपभोक्ता-उद्योग को सामरिक-क्षेत्रों में परिवर्तित कर देना था। अतः **जापान युद्ध से पृथक रह कर विकास की गति को द्रुत से द्रुततर बनाने में ही लगा रहा।**

2. निर्मित वस्तुओं के बाजार का विस्तार—मित्र राष्ट्रों के युद्ध में लिप्त हो जाने के कारण उनके विदेशी बाजारों में जापान को प्रवेश करने का अवसर मिल गया। जब मित्र देशों के उत्पादन युंद्ध के कारण अन्य देशों में नहीं पहुँच रहे थे तो अवसर अच्छा देखकर जापान ने उन देशों को उनकी आवश्यकता की वस्तुओं का तेजी से निर्यात करना प्रारंभ

कर दिया। इसी प्रकार युद्ध की अवधि में जापान के विदेशी बाजार में निरन्तर वृद्धि होती रही। **युद्ध समाप्त होते-होते जापान एक बहुत बड़ा निर्यातक देश बन गया** जिससे जापानी उद्योग-धंधों को विकास एवं विस्तार हेतु नवीन प्रेरणा मिली।

3. जापानी वस्तुओं की माँग में वृद्धि—एक बार बाजार प्राप्त कर लेने के बाद आयातक देशों में जापानी वस्तुओं की माँग में निरन्तर वृद्धि होती गई और जापान उन बाजारों पर अधिकार स्थापित करने में सफल रहा। इसका मूल कारण था जापान में नित नवीन एवं उत्तमोत्तम वस्तुओं का उत्पादन। उक्त अवधि में जापान पश्चिमी देशों से नित नवीन तकनीक का भी मुक्तहस्त आयात कर रहा था। इसने बड़े-बड़े शोध-संस्थान देश में भी स्थापित कर रखे थे। परिणामस्वरूप जापान में निर्मित वस्तुओं का अन्य बाजारों (अन्तराराष्ट्रीय बाजार) में स्वयमेव वर्चस्व स्थापित हो गया और जापानी वस्तुओं की माँग बढ़ती गई जिससे जापान के उद्योग-धंधों को नित नई दिशा, नई गति, नई शक्ति एवं स्फूर्ति मिलती रही।

4. जहाजी बेड़े का विस्तार—मेजी पुनर्स्थापन से पूर्व विदेशी जहाजों के जापान में केवल प्रवेश की ही मनाही नहीं थी बल्कि जहाजों के जापान से बाहर जाने पर भी रोक थी। बड़े जहाजों के निर्माण की भी अनुमति नहीं थी। किन्तु मेजी पुनर्स्थापना के पश्चात् सुदृढ़ सेना का लक्ष्य प्राप्त करने के लिए जहाजी बेड़े में विस्तार अपरिहार्य था। अतः मेजी काल में जहाजों के विकास एवं विस्तार पर विशेष बल दिया गया था। परिणामस्वरूप प्रथम विश्वयुद्ध से पूर्व जापान के पास विशाल जहाजी बेड़ा उपलब्ध हो गया। जापान ने इन जहाजों का उपयोग विदेशी व्यापार में करना आरंभ कर दिया जिससे जापान द्वारा निर्मित वस्तुओं का निर्यात करना और विदेशों से सस्ते कच्चे माल का आयात करना अत्यन्त सुगम हो गया। जापान को अपने जहाजी बेड़े से विदेशी व्यापार में वृद्धि करने में महती सहायता मिली। प्रथम महायुद्ध की अवधि में जापान पहली बार लेनदार राष्ट्र के रूप में उभर कर सामने आया।

5. नये निवेशों को प्रोत्साहन—विदेशी बाजारों में विस्तार तथा इन बाजारों में जापानी वस्तुओं के लिए बढ़ती हुयी माँग के कारण जापानी उद्योग-धंधों में विकास एवं विस्तार के अनुकूल अवसर उपलब्ध हो गये और इन उद्योगों में अतिरिक्त पूँजी निवेश करने के नये अवसर भी मिले, अतिरिक्त पूँजी की माँग बढ़ती गई और नये निवेशों को निरन्तर प्रोत्साहन मिलता रहा। पूँजी निवेश बढ़ता रहा और विकास की गति तीव्र से तीव्रतर होती गई।

6. सस्ती दरों पर कच्चे माल की उपलब्धि—युद्ध की अवधि में निर्मित वस्तुओं के मूल्य-स्तर में जिस गति से वृद्धि हुई, कच्चे माल के मूल्य में उतनी तेजी से वृद्धि नहीं हुई। परिणामतः कच्चे माल अपेक्षाकृत सस्ते रहे। युद्ध समाप्ति के बाद के वर्षों तथा आर्थिक मन्दी काल में भी जापान ने सस्ते में कच्चे माल आयात किये और अधिकाधिक लाभ में रहा जबकि दूसरे देशों के विकास पर मन्दी का बड़ा ही प्रतिकूल प्रभाव पड़ा। जापान पर इस मन्दी का नाममात्र का प्रभाव रहा। कारण यह कि जापान मन्दी काल में भी दूसरे देशों से सस्ती दरों पर कच्चा माल खरीदता रहा और अधिकतर उच्च मूल्य पर निर्मित वस्तुएँ बेचता रहा। इस प्रकार जापान ने युद्ध की अवधि में तथा युद्ध के बाद भी सस्ते में कच्चे माल खरीदकर और ऊँची दर पर निर्मित माल बेच कर खूब लाभ में रहा।

8. उपलब्ध साधनों का अधिकाधिक उपयोग—मेजी पुनर्स्थापना के बाद जापान ने देश एवं विदेश में उपलब्ध संसाधनों का अधिकाधिक उपयोग करके शीघ्र ही दूसरे विकसित देशों के समकक्ष पहुँच जाना चाहता था। परिणामस्वरूप प्रथम युद्ध से पूर्व ही निर्मित वस्तुओं का ढेर लग चुका था। उनकी खपत एक समस्या बनकर उभर रही थी। तभी प्रथम युद्ध की घोषणा अनायास ही इस समस्या का समाधान बन गई और जापान ने युद्ध से अलग रह कर अपने उत्पादनों का निर्यात करके भरपूर लाभ उठाया। मित्र राष्ट्रों को जो युद्ध में लगे थे तथा अन्य देशों को जमकर निर्मित मालों का निर्यात किया। जापान ने निर्यात के कोई भी अवसर नहीं छोड़ा। जब कभी कच्चे माल की कमी का अनुभव किया गया, उसका भी अन्य देशों से तत्काल आयात करने में भी जापान ने कोई हिचकिचाहट नहीं दिखाई। राष्ट्र के तीव्र विकास हेतु जापानियों ने न केवल देशी बल्कि विदेशी साधनों का भी अधिकाधिक उपयोग किया।

8. कच्चे माल के निर्यात में कमी—प्रथम महायुद्ध की अवधि तथा पश्चात् की अवधि में तीव्र विकास का एक अन्य कारण कच्चे माल के निर्यात में होने वाली कमी भी थी। कृषि प्रधान जापान में (.मेजी पुनर्स्थापना से पूर्व) कच्चे माल के निर्यात की अधिकता थी। किन्तु जैसे-जैसे जापान में उद्योगों की प्रधानता होती गयी, कच्चे माल के निर्यात में कमी होती गयी और निर्मित वस्तुओं का निर्यात बढ़ता गया।

संक्षेप में प्रथम विश्वयुद्ध और सन् 1930 के बीच कुछ प्रकार की व्यापार में तेजी तथा मन्दी आयी थी। किन्तु ये विशेष महत्त्वपूर्ण नहीं थी। सन् 1929 से 1931 तक की मन्दी अत्यन्त ही अधिक गंभीर थी। तत्कालीन जापानी शासन ने एक विशेष प्रकार की नीति का अनुसरण किया जो बहुत कुछ उस नीति से मिलती-जुलती थी जिसका अनुसरण अंग्रेजी सरकार ने 1925 और 1931 के बीच किया था—संतुलित आय-व्ययक, स्वर्णमान आदि संबंधी नीति। इस नीति के कारण बाजार मूल्य एवं मजदूरी में कमी हो गयी थी। इन सब परिस्थितियों के कारण सन् 1932 में शासन में परिवर्तन हुआ और एक अन्य दल शासनारूढ़ हुआ। **रूढ़िवादी सार्वजनिक नीति का जापान के नवीन नेता ताकाहासी** (Takahashi) **द्वारा अन्त कर दिया गया और उसने सरल साख एवं हीनार्थ प्रबन्ध की नीति का अनुसरण किया। असंतुलित आय-व्ययक की नीति अर्थात् सामान्य स्फीति वाली इस नीति ने जापान को उसकी पूर्वकालीन अवस्था में लौट आने में समर्थ बनाया। इस प्रकार जापान में आर्थिक पुररूत्थान हुआ।** सन् 1919 के पूर्व बैंक दर 5 प्रतिशत थी। **ताकाहासी** ने इसे घटाकर 3 प्रतिशत कर दिया। **जापानी नोट-निर्गमन की विश्वासाश्रित सीमा** (fiduciary limit of note issue) को 120 मिलियन येन से बढ़ाकर 1000 मिलियन येन कर दिया गया। जापानी मुद्रा के विनिमय मूल्य में 20 प्रतिशत कमी हो गयी। इस प्रकार विदेशी व्यापार का संतुलन जापान के पक्ष में हो गया। नवीन रचनात्मक कार्यों पर सार्वजनिक व्यय बढ़ गया। किन्तु दुर्भाग्यवश सरकारी व्यय अधिकांशतः अस्त्र-शस्त्र निर्माण पर हुआ था।

ताकाहासी नीति के परिणाम
(Effects of the Takahashi Policy)

बाजार-मूल्य में वृद्धि होने से सरकारी व्यय में वृद्धि आवश्यक हो गयी और शस्त्र-निर्माण के कारण सैनिकवादी प्रवृत्तियाँ प्रबल हो गयी। सैनिक प्रवृत्तियों के साथ यह स्फीति

संबंधी नीति सन् 1936 तक चलती रही। **सन् 1936 में ताकाहासी ने सोचा कि स्फीति-प्रधान नीति अब अत्यन्त दूर चली गयी है और उग्र रूप धारण कर चुकी है। अतएव उसने नीति-परिवर्तन करना चाहा। उसने इस नीति को उलट दिया जिसके कारण स्फीति-प्रधान नीति समाप्त हो गयी। किन्तु यह नीति-परिवर्तन सैनिक प्रवृत्तियों को संतुष्ट नहीं कर सका। यह उनके अनुकूल सिद्ध नहीं हुआ। सैनिक प्रवृत्ति वाले व्यक्तियों, जिन्हें आतंकवादी कहा गया है ने एक गुप्त संघ निर्मित किया और ताकाहासी की हत्या कर डाली।** जनता आतंकवादियों से अत्यन्त ही भयभीत हो गयी। फलस्वरूप उनके साथ एक समझौता किया गया और एक सामान्य नीति अपनाई गई। सन् 1936 के पश्चात् सरकार ने निश्चय किया कि **अर्द्ध-युद्धकालीन नीति** (policy of quasi-war) अपनाई जाय—ऐसी नीति जो युद्ध-कालीन अर्थव्यवस्था में अनुसरित की जाती है जिसे **जापानी भाषा में जुनजेन्जी काईजाई** (Junsenji Keizai) कहा जाता है। **इसका अर्थ एक अधिनायक द्वारा समस्त देश पर नियंत्रण हुआ**—मजदूरी पर नियंत्रण, उत्पादन पर नियंत्रण आदि अर्थात् उसी प्रकार का नियंत्रण जैसा कि युद्ध काल में किया जाता है। जापान नवीन भू-क्षेत्रों की ताक में था। इसलिए उसने द्वितीय विश्वयुद्ध में संयुक्त राज्य अमेरिका, इंगलैंड एवं फ्रांस के विरुद्ध जर्मनी तथा इटली का साथ दिया। **सन् 1945 में जापान ने हथियार डाल दिया और आत्म-समर्पण कर दिया। द्वितीय विश्वयुद्ध में जापान की पराजय के कारण जापान पर मित्र शक्तियों** (allied powers) **का अधिकार जम गया। मित्र शक्तियों का सर्वोच्च समादेशक** (Supreme Commander of Allied Powers) मैक आर्थर (MacArthur) था। मित्रराष्ट्रों ने जापान पर सन् 1951 तक शासन किया।

द्वितीय विश्वयुद्ध का जापानी अर्थव्यवस्था पर प्रभाव

द्वितीय विश्वयुद्ध का जापानी अर्थव्यवस्था पर बहुत ही घातक प्रभाव पड़े। जापानी उद्योगों का स्वरूप विकृत होने लगा जो युद्ध पर्यन्त जारी रहा। उत्पादन में वृद्धि की आवश्यकता हुई। किन्तु साथ ही कच्चे माल के संरक्षण की उतनी ही महत्त्वपूर्ण आवश्यकता हुई क्योंकि जापान के पास कच्चे माल का अभाव था। इस प्रकार अनेक नागरिक वस्तुओं को उत्पादित करने वाले उद्योगों के उत्पादन में कटौती कर दी गयी। कई उद्योगों का उत्पादन रुक गया। पेट्रोलियम, खनिज, धातु, यंत्र, वायुयान, जलयान, सूक्ष्म औजार आदि ही कतिपय उद्योग युद्ध में लाभान्वित हुए। बम वर्षा के कारण जापान के भारी उद्योग लकवाग्रस्त हो गए थे और आत्मसमर्पण के बाद जापान कच्चे मालों से वंचित कर दिया गया था।

द्वितीय विश्वयुद्ध के प्रारंभ में जापानी अर्थ-व्यवस्था को महान शक्ति प्राप्त हुई थी। किन्तु इस युद्ध के अन्त में जापान की पराजय के कारण जापानी अर्थ-व्यवस्था को महान क्षति पहुँची। महाविनाश, जनशक्ति की क्षति, मौलिक पदार्थों का विनाश आदि सभी ने मिलकर जापानी जनता के जीवन स्तर को युद्धोत्तर काल में अत्यन्त ही नीचे ढकेल दिया। युद्ध के पहले भी जापानी औद्योगिक श्रमिकों के जीवन मान में महान अवनति हुई थी। शांति की व्यवस्था ने उनके जीवन-मान में कोई राहत नहीं वरन् और अधिक अवनति ही लायी। **सन् 1946 में जीवन-यापन की लागत में सन् 1937 की तुलना**

में 600-700 प्रतिशत वृद्धि हो गई थी जबकि मजदूरी में केवल 300-400 प्रतिशत ही वृद्धि हो पाई थी। इस प्रकार जबकि मूल्यों में तीव्र वृद्धि हो रही थी तो वास्तविक मजदूरी में तीव्र कमी हो रही थी। यह अवस्था स्फीति की अवस्था थी। युद्ध के तुरन्त बाद विश्व के लगभग सभी देशों में स्फीति की अवस्था उत्पन्न हो गई थी। किन्तु जापान की अवस्था विशेष रूप से खराब थी। **जापान की व्यापारिक नाकेबन्दी ने जापानी वस्तु-संचय की व्यवस्था को अत्यन्त ही बिगाड़ दिया था और जापान में आवश्यक कच्चे माल एवं अन्य आवश्यक वस्तुओं का अभाव हो गया था।** कच्चे माल तथा खाद्यान्न के अभाव ने जापान की अवस्था को और भी खतरनाक बना दिया। यहाँ तक कि कृषि उत्पादन भी सन् 1945 में अत्यन्त ही कम हुआ था। उनके वितरण की सरकारी नीति भी अकुशल थी। इससे जापान में अन्न के संबंध में हलचलें और दंगे हुए। खाद्यान्न की इतनी अधिक कमी हो गयी थी कि श्रमिकों को अन्न की खोज में नौकरियाँ तक छोड़नी पड़ीं। स्फीति ने मूल्यों को अत्यन्त ऊँचा कर दिया और जीवन-स्तर को अत्यन्त ही नीचा। **युद्ध के बाद जापान की कठिनाइयाँ इसलिए भी बढ़ गई थीं कि युद्ध के कारण जापान को कोरिया, फारमोसा, मानचूरिया आदि जैसे अपने पारसामुद्रिक उपनिवेशों से साथ होना पड़ा था। ये उपनिवेश जापान के लिए न केवल कच्चे माल ही उपलब्ध करते थे, उसकी अतिरिक्त जनसंख्या एवं निर्मित मालों के लिए द्वार भी थे।** जापान की जनसंख्या में वृद्धि भी अधिक थी और स्वभावतः यह प्रतिवर्ष 1.5 मिलियन की दर से बढ़ रही थी। युद्ध के कारण जापान का चीन पर प्रभाव भी समाप्त हो गया। इस विस्तृत चीनी बाजार से हाथ धोने के कारण जापान की अवस्था और दयनीय हो गई। **चीनी बाजार का हाथ से निकलना जापान की सबसे बड़ी पारसामुद्रिक क्षति थी** क्योंकि इसने जापानी विदेशी व्यापार को अत्यन्त ही संकुचित कर दिया। सन् 1929 ई॰ की महान मंदी के बाद पुनरुद्धार से लेकर सन् 1939 तक जापान का विदेशी व्यापार चीन के साथ 16.9 प्रतिशत से बढ़कर 37.5 प्रतिशत हो गया था। चीनी बाजार की क्षति से न केवल जापान के विदेशी व्यापार को ही धक्का लगा वरन् इसके कारण जापान ने कच्चे मालों, विशेष कर खनिज उद्योग, कोकिंग कोयला के प्रमुख स्रोत को भी खो दिया। युद्ध के पूर्व चीन से जापान के कोयला का आयात 81 प्रतिशत था जबकि खनिज लोहे का आयात 41 प्रतिशत था।

आधिपत्य काल में जापानी अर्थव्यवस्था
(Japanese Economy Under Occupation Period)

15 अगस्त, 1945 को हीरोशिमा और नागासाकी पर फेंके गये अणु बम ने 6 वर्षीय विश्वयुद्ध को समाप्त कर दिया और **जापान विजित होकर मित्र शक्ति सर्वोच्च समादेशक अर्थात् व्यवहारतः अमेरिका के अधीन हो गया। सन् 1951 में संयुक्त राज्य अमेरिका ने अपना नियंत्रण हटा लिया और अन्त में 20 अप्रैल सन् 1952 को हुई संधि के द्वारा जापान पुनः एक सर्वप्रभुता-सम्पन्न राष्ट्र बन गया।** द्वितीय विश्वयुद्ध के बाद सन् 1945 से सन् 1951 तक जापानी अर्थव्यवस्था मित्र शक्ति सर्वोच्च समादेशक (SCAP) के आधिपत्य में रही। **आधिपत्य काल के इन 6 वर्षों के अन्दर जापानी अर्थव्यवस्था में अनेक परिवर्तन हुए। मित्र शक्ति सर्वोच्च समादेशक मैक आर्थर (MacArthur) ने जापानी अर्थव्यवस्था का पश्चिमीकरण करने का प्रयास किया।** जापानी श्रमिक वर्ग, जिसे जापानी अर्थव्यवस्था में सम्मानीय स्थान नहीं प्राप्त था,

में जनतंत्रीय गुणों का समावेश किया गया और उसे पाश्चात्य ढंग पर संगठित किया गया। श्रमिक संघ आन्दोलन को विकसित करने की व्यवस्था की गयी और अब जापानी अर्थव्यवस्था में उसे अपेक्षाकृत अधिक अच्छा स्थान प्राप्त हुआ। **इस प्रकार द्वितीय विश्वयुद्ध के बाद जापान में होने वाले आर्थिक विकास एवं परिवर्तन रुचिपूर्ण और महत्त्वपूर्ण हैं। इस युद्ध में जापान की पराजय ने जापान की भू-सामन्तवादी अर्थव्यवस्था में आमूल परिवर्तन कर दिया।** जापान, जो लगभग आधी शताब्दी तक सैनिक आधिपत्य में था, इस काल में पाश्चात्य शासन के अधीन आ गया और पाश्चात्य देशों की छाप जापानी अर्थव्यवस्था पर अत्यन्त ही अधिक पड़ी। इसलिए **'जबकि प्रथम विश्वयुद्ध जापान के उद्योगीकरण के लिए एक महत्त्वपूर्ण घटना है तो द्वितीय विश्वयुद्ध जापानी आर्थिक ढाँचे एवं व्यवस्था के जनतंत्रीकरण को चिह्नित करता है।''**[1]

द्वितीय विश्वयुद्ध समाप्त होने पर जापान को वैसी ही अवस्था में रख दिया गया था जैसी अवस्था में प्रथम विश्वयुद्ध के पश्चात् जर्मनी को रख दिया गया था। जापान को उसके साधन-सम्पन्न उपनिवेशों से वंचित कर दिया गया था। उसकी भौतिक सम्पत्तियों का महाविनाश हुआ था और वह मित्र शक्ति सर्वोच्च समादेशक के नियंत्रण के अधीन आ गया था। **मित्रशक्ति सर्वोच्च समादेशक ने जापान के प्रशासन के लिए निर्देश जारी किया जिनका उद्देश्य था कि जापान में अब ऐसी परिस्थितियों की सृष्टि न की जाय जो विश्व शान्ति एवं सुरक्षा के लिए पुनः खतरा बन सकें किन्तु साथ ही जापान को राष्ट्रों के परिवार का एक उत्तरदायी और शान्तिपूर्ण सदस्य बनाया जा सके।** सर्वोच्च समादेशक जापानी अर्थ-व्यवस्था की विशृंखलता को दूर कर युद्ध से ध्वस्त अर्थव्यवस्था का पुनः समायोजन और पुनरुद्धार करना चाहता था। इस प्रकार **मित्रशक्तियों के अधीन जापानी अर्थव्यवस्था की तीन स्पष्ट अवस्थाएँ थीं—**

1. समायोजन काल (the period of adjustment)—विश्वयुद्ध के तुरन्त बाद से लेकर सन् 1947 तक।
2. पुनरुद्धार एवं स्थिरीकरण काल (period of recovery and stabilization)—1947 से कोरियाई युद्ध (Korean War) छिड़ने तक।
3. युद्ध-प्रोत्साहित पुनरुद्धार एवं पुनर्स्फीति काल (period of war stimulated recovery and reinflation)—कोरियाई युद्ध के अन्त तक।

मित्रशक्तियों के आधिपत्य के अधीन जापान में अनेक महत्त्वपूर्ण परिवर्तन हुए। इस काल में संयुक्त राज्य अमेरिका ने जापान के उद्योगों एवं पारसामुद्रिक व्यापार का पुनर्निर्माण करने में 18 बिलियन डॉलर व्यय किया। युद्ध के तुरन्त बाद जापान के औद्योगिक उत्पादन का संकेतांक 13.1 था जो सन् 1951 तक बढ़कर 126.4 हो गया और सब प्रकार की औद्योगिक क्रियाएँ सन् 1946 में 48.6 प्रतिशत से बढ़कर सन् 1951 में 147.4 प्रतिशत हो गयीं। **अतएव जापानी अर्थव्यवस्था के पुनर्निर्माण के लिए अमेरिकी सहायता की अतिशयोक्ति नहीं की जा सकती।** स्वभावतः अन्य देशों की अपेक्षा जापान की संयुक्त राज्य अमेरिका पर निर्भरता बहुत अधिक बढ़ गई क्योंकि अमेरिका ने युद्ध के बाद जापान की अर्थव्यवस्था के पुनर्निर्माण में प्रत्यक्षतः भाग लिया था।

---

1. "The First World War is a landmark of industrialization in Japan while the Second World War marks as a democratization."

द्वितीय विश्वयुद्ध के बाद आर्थिक पुररुद्धार
(Economic Recovery after World War II)

सन् 1946 में जापान की आर्थिक अवस्था में सुधार की आशाएँ बहुत उज्ज्वल नहीं थीं। जापान आशा करता था कि उससे युद्ध-क्षतिपूर्ति के रूप में उसके बहुत ही अधिक औद्योगिक संसाधनों को हड़प लिया जायेगा। जापान के भारी उद्योगों को पुनर्जीवित करने का विरोध किया जा रहा था इस भय से कि भविष्य में पुनः जापान विश्व शांति के लिए एक खतरा हो सकता है। किन्तु दो वर्षों के आधिपत्य के अन्दर ही संयुक्त राज्य अमेरिका ने अनुभव कर लिया कि जापान का स्वावलम्बन निर्यात में निहित है और जबतक उसके निर्यात उद्योगों को पुनर्जीवित नहीं किया जा सकेगा तब तक जापान को दी जाने वाली आर्थिक सहायता का कोई अन्त नहीं होगा। फलतः इसी ओर उचित गति से जापान का पुनर्गठन प्रारंभ किया गया और आयात के लिए सहायता देने के लिए साख नियमों के द्वारा वित्त एवं वस्तुओं की सहायता दी गई। अन्त में **सन् 1949 में संयुक्त राज्य अमेरिका ने घोषित किया कि युद्ध-क्षति-पूर्ति के रूप में जापान से किसी भी ऐसे औद्योगिक साज-सामान को नहीं हटाया जायेगा जिसका प्रयोग शान्तिपूर्ण अर्थव्यवस्था के लिए किया जा सकता है।** इस प्रकार अनेक क्षेत्रों में जापान के पास औद्योगिक क्षमता उसकी वर्तमान आवश्यकताओं से अधिक रह गई।

जापानी अर्थव्यवस्था का पुनर्निर्माण सन् 1947 से प्रारंभ हुआ। द्वितीय विश्वयुद्ध समाप्त होने पर सभी बाहरी क्षेत्र जापान से निकल गए और वहाँ से लगभग 60 लाख विस्थापितों के आने से जापान की जनसंख्या 8 करोड़ से भी ऊपर पहुँच गयी। खाद्य-पूर्ति निम्नतम स्तर पर थी, उत्पादन की सुविधाएँ बुरी तरह से नष्ट हो गयी थीं और माईजी युग में उद्योगीकरण द्वारा अर्जित राष्ट्रीय सम्पत्ति का लगभग एक तिहाई भाग नष्ट हो चुका था। अतः देश का सबसे पहला तथा अत्यावश्यक लक्ष्य था देश को पुनः अपने पाँव पर खड़ा करना। इस कार्य में लोग पूरी शक्ति के साथ जुट गए। युद्ध के तुरन्त पश्चात संयुक्त राज्य अमेरिका से जो सहायता मिली उससे लोग पुनःर्स्थापन का कार्य आरंभ कर सके। पुनर्स्थापना के इस युग में अमेरिका से प्राप्त खाद्य सामग्री ने लोगों को भूखों मरने से बचा लिया था। **'अमेरिका सहायता निधि'** पुनःस्थापना के लिए आवश्यक पूँजी का एक प्रमुख स्रोत बन गयी। अमेरिकी सहायता तथा लोगों के प्रयास के साथ ही कोरियाई युद्ध आदि कुछ अनुकूल अन्तरराष्ट्रीय परिस्थितियों के कारण जापानी अर्थव्यवस्था अपने युद्ध से पूर्व के स्तर तक पहुँच गयी। इसके बाद भी विकास की गति निरन्तर बढ़ती ही गयी।

माइजी युग से लेकर द्वितीय विश्वयुद्ध के पहले तक कुल राष्ट्रीय उत्पादन की औसत वार्षिक वृद्धि की वास्तविक दर 4 अथवा 5 प्रतिशत के लगभग थी। युद्धोपरान्त 1950 के दशक में यह दर 9 प्रतिशत तथा 1960 के दशक में 11.2 प्रतिशत तक पहुँच गयी अर्थात् जापानी अर्थव्यवस्था अन्य प्रमुख औद्योगिक देशों की तुलना में दुगुनी, तिगुनी गति से बढ़ने लगी। 1974 में कुल राष्ट्रीय उत्पादन 45170 करोड़ डॉलर था। यद्यपि इस दृष्टि से जापान विश्व में (साम्यवादी देशों को छोड़कर) संयुक्त राज्य अमेरिका के बाद दूसरे स्थान पर था तथापि यह अमेरिका के उसी वर्ष के कुल उत्पादन 139740 करोड़ डॉलर के एक तिहाई से भी कम था।

जापान का राष्ट्रीय उत्पादन तथा प्रति व्यक्ति राष्ट्रीय आय

वर्ष	कुल राष्ट्रीय उत्पादन (अरब अमेरिकी डॉलर)	प्रति व्यक्ति राष्ट्रीय आय (अमेरिकी डॉलर)
1970	199.2	1946
1971	226.0	1853
1972	293.2	2366
1973	497.7	3251
1974	451.7	3594

खनिज तथा औद्योगिक उत्पादन में आश्चर्यजनक पुनरूत्थान हुआ। सन् 1946 में उत्पादन युद्ध पूर्व काल (1934-36) की तुलना में 27.6 प्रतिशत तक गिर गया था परन्तु सन् 1951 में यह अपने युद्धपूर्व स्तर को पार करके 1960 में साढ़े तीन गुणा हो गया। 1960 के दशक में उत्पादन में चौगुनी प्रगति हुई। आज जापान ने औद्योगिक देशों में प्रमुख स्थान बना लिया है। आज यह समुद्री जहाजों, टेलीविजन सेट तथा रेडियो के उत्पादन में विश्व में प्रथम, मोटरगाड़ियों और रबर की वस्तुओं के उत्पादन में विश्व में द्वितीय, सीमेंट तथा लोहे और इस्पात के उत्पादन में तृतीय स्थान पर है।

घरेलू अर्थव्यवस्था का तेजी से विकास होने के साथ उसका विदेशी व्यापार भी विश्व के उदार व्यापार सिद्धांत पर निरन्तर बढ़ता गया है। 1964 से 1974 के बीच दस वर्षों में जापान का निर्यात प्रतिवर्ष औसतन 12.3 प्रतिशत की दर से बढ़ा। सन् 1974 में जापान से कुल 5553.6 करोड़ डॉलर मूल्य के सामानों का निर्यात हुआ। यह विश्व के निर्यात (साम्यवादी देशों को छोड़कर) का 7.2 प्रतिशत था जबकि 1965 में यह मात्र 5.6 प्रतिशत था। जापान का निर्यात कुल राष्ट्रीय उत्पादन का केवल 12.3 प्रतिशत था और यह ब्रिटेन अथवा पश्चिमी जर्मनी की तुलना में आधा था। राष्ट्र के आयात में भी इसी प्रकार वृद्धि हुई है। सन् 1965 में जापान का आयात 816.5 करोड़ डॉलर था जो 1974 में लगभग 8 गुना बढ़कर 6210 करोड़ डॉलर तक पहुँच गया। वह उसी वर्ष के विश्व के कुल निर्यात का 8.1 प्रतिशत था। इससे स्पष्ट है कि उपभोक्ता तथा औद्योगिक वस्तुओं के लिए घरेलू बाजार में कितना विस्तार हुआ।

जापान से निर्यात होने वाली वस्तुओं पर दृष्टिपात करने से ज्ञात होता है कि **1950 के दशक के अन्तिम वर्षों में भारी तथा रसायनिक उद्योगों को प्रधानता मिलने लगी।** इस परिवर्तन से निर्यात की वृद्धि में और भी तेजी आई। **1950 के दशक के आरंभ में जापान से निर्यात होनेवाली वस्तुओं में हल्की औद्योगिक वस्तुओं का प्रमुख स्थान था। 1965 तक कुल निर्यात में भारी तथा रासायनिक औद्योगिक वस्तुओं का अनुपात 61 प्रतिशत तक पहुँच गया और 1974 में यह बढ़कर 82 प्रतिशत हो गया।**

आयात में हुए परिवर्तनों से हम यह जान सकते हैं कि जापानी अर्थव्यवस्था किस प्रकार बदली। **आयात में खाद्य पदार्थों तथा मशीनरी जैसी वस्तुओं की प्रधानता कम हो गयी। इनके स्थान पर उद्योग के लिए आवश्यक कच्चे माल का आयात जापान के कुल आयात का 63 प्रतिशत (1974 में) हो गया। आज जापान सबसे अधिक कच्चा माल आयात करने वाले राष्ट्रों में से एक है।**

अर्थव्यवस्था में हुए इस परिवर्तन का प्रभाव भुगतान संतुलन की स्थिति में स्पष्ट दिखाई देता है। युद्ध की समाप्ति के बाद भुगतान की स्थिति यह थी कि पूँजी के सौदे में बचत और चालू खाते में घाटा रहा। ज्यों-ज्यों विश्व बाजार में जापान की प्रतियोगिता क्षमता बढ़ी व्यापार संतुलन में भी सुधार हुआ। साथ ही दीर्घकालीन पूँजी सौदे में घाटा होने लगा क्योंकि एक ओर निर्यात की वृद्धि के साथ जापान उसके भुगतान के लिए दूसरे देशों को ऋण देने लगा और दूसरी ओर विदेशों को दी जाने वाली सहायता भी बढ़ने लगी और इस प्रकार देश से अधिकाधिक मुद्रा बाहर जाने लगी। परिणामस्वरूप **1965 से जापान के भुगतान संतुलन के चालू खाते में बचत और दीर्घकालीन पूँजी सौदे में घाटा हो गया जिसकी पूर्ति चालू खाते की बचत से होती है।**

अप्रैल 1961 में जापान की कुल विदेशी मुद्रा 200 करोड़ डॉलर तक पहुँच गयी परन्तु उसके बाद फिर काफी समय तक इस स्तर से नीचे ही रही। 1968 से लगातार व्यापार संतुलन में बचत होने के फलस्वरूप 1974 के अन्त में यह फिर 1351.8 करोड़ डॉलर तक पहुँच गयी।

विकास का रहस्य

युद्धोत्तर विश्व में जापानी अर्थव्यवस्था का अभूतपूर्व विकास कई बातों पर निर्भर रहा है। जैसा कि हम पहले ही देख चुके हैं, **जापानी अर्थव्यवस्था 10 से भी कम वर्षों में उभर कर न केवल युद्ध-पूर्व-स्तर तक ही पहुँच गयी वरन् उसके बाद विकास की गति और भी तेज हो गई। यह प्रगति जापान के आर्थिक सामाजिक ढाँचे में निहित कुछ विशेषताओं के कारण ही संभव हो सकी।** कुछ विशेषताओं का यहाँ संक्षिप्त उल्लेख इस प्रकार किया जा सकता है।

जनतंत्रीकरण—युद्धोपरान्त राष्ट्र के आर्थिक सामाजिक ढाँचों को जनतंत्रीय बनाने के लिए अनेक कार्यवाइयाँ की गईं। जैसे—जाइबात्सू (बड़े वित्तीय ट्रस्टों) को भंग किया जाना, मजदूरी संघों के विकास के लिए विधियाँ बनाना, कृषकों को भूमि का स्वामित्व दिलाने के लिए भूमि सुधार करना आदि। इसके परिणामस्वरूप सम्पत्ति तथा आय का समान वितरण संभव हो गया, खुली प्रतिस्पर्द्धा की रुकावटें दूर हो गयीं और एक आर्थिक ढाँचे की नींव पड़ी जिसमें निजी क्षेत्र की मौलिकता तथा व्यावसायिक प्रेरणा को प्रधानता मिली। इस प्रकार घरेलू बाजार के विस्तार तथा अत्याधुनिक उद्योगों के विकास की नींव पड़ी। इसके साथ-ही-साथ इस आर्थिक पुनरुत्थान में नागरिकों की व्यावसायिक उत्साह की भावना का पूरा उपयोग किया गया।

बचत तथा पूँजी निवेश—यह भावना उन युवा व्यावसायियों में बहुत व्याप्त थी जिन्होंने युद्ध के बाद व्यवसायों की बागडोर संभाली। उन्होंने घिसे-पिटे पुराने उपकरणों के स्थान पर नए अत्याधुनिक उपकरणों को लगाने की पूरी कोशिश की जिससे कि वे घरेलू बाजार की कड़ी प्रतियोगिता में अपने अस्तित्व को बनाए रख सकें। बैंकों ने इनकी आवश्यकताओं को ध्यान में रखकर इनके लिए आवश्यक धन भी उपलब्ध किया। साथ ही, नागरिक भी मितव्ययी जीवन की परम्परा पर चल सके जिसके फलस्वरूप व्यक्तिगत बचत की दर 20 प्रतिशत तक पहुँच गयी। यह सब बचत बैंकों के माध्यम से निजी क्षेत्र के उद्योगपतियों को उपलब्ध हो जाती थी और यही कारण है कि **जापान को ऋण के लिए बहुत अधिक विदेशों की ओर ताकना नहीं पड़ा। वे ऋण पर नए उपकरण**

खरीदते थे। इसलिए आज व्यवसाय की कुल पूँजी में निजी पूँजी की औसत दर केवल 15 प्रतिशत ही है और बाकी उधार की पूँजी है। अतः भविष्य में निजी पूँजी की दर को बढ़ाना एक बड़ा काम बन जायेगा।

तकनीकी नवीनता—द्वितीय विश्व युद्ध से उत्पन्न तकनीकी पिछड़ेपन को दूर करने के लिए जापानी उद्योगों ने पहले तो बड़े पैमाने पर विदेशी तकनीक का आयात किया और कालान्तर में जापान ने अपनी अद्वितीय तकनीक का विकास किया। जिन क्षेत्रों में विदेशी तकनीक का प्रयोग किया गया वहाँ श्रमिक की उत्पादन-क्षमता में वृद्धि हो गयी। इससे न केवल जापानी औद्योगिक स्तर ऊँचा हो गया वरन् नये से नये उपकरण लगाने को भी और अधिक प्रोत्साहन मिला। अतः अर्थव्यवस्था के विकास में और भी नयी तेजी आयी। इस प्रक्रिया में एक ओर बड़े पैमाने वाले उद्योगों तथा छोटे उद्योगों के बीच तकनीकी आदान-प्रदान तेजी से बढ़ा, दूसरी ओर जापान धीरे-धीरे विदेशों को विकसित तकनीक का निर्यात भी करने लगा। वित्त वर्ष 1974 में जापान ने विदेशों से जो प्रौद्योगिकी आयात की उस पर 71.8 करोड़ डॉलर लाभांश के रूप में दिया। उसी वर्ष जापान ने 11.3 करोड़ डॉलर मूल्य की प्रौद्योगिकी निर्यात की। निर्यात और आयात का अनुपात जापान में 0.157 था जबकि अमेरिका में 10.0, ब्रिटेन में 1.0 तथा जर्मनी संघीय गणराज्य में 0.4 था। **श्रमिकों की बढ़ती हुई कमी को देखते हुए और अंतरराष्ट्रीय क्षेत्र में व्यापार तथा पूँजी के स्रोत को और अधिक उदार करने की प्रवृत्ति को ध्यान में रखते हुए इन दिनों जापान में बड़े पैमाने पर उत्पादन करने पर जोर दिया गया है।** नयी तकनीकी जानकारियों तथा स्वचालित मशीनों का प्रयोग निरन्तर बढ़ रहा है। अनुसंधान के काम में काफी तेजी आ रही है और एक क्षेत्र का नया तकनीक दूसरे क्षेत्र में तकनीकी विकास में सहायक सिद्ध हुआ है।

श्रम-पूर्ति—अर्थव्यवस्था के पुनर्निर्माण तथा विकास में सुशिक्षित तथा अनुशासित श्रम शक्ति का प्रचुर मात्रा में उपलब्ध होना बहुत आवश्यक है। अर्थव्यवस्था का तेजी से विस्तार होने के साथ-ही-साथ आधुनिक उद्योगों में विशेष रूप से श्रमिकों की माँग बढ़ गयी। उसकी पूर्ति मुख्यतः देहात में कृषि में लगे लोगों के एक बड़े भाग के औद्योगिक क्षेत्र में जाने से संभव हुई।

रोजगार में लगे लोगों का उद्योगगत वितरण (प्रतिशत में)

वर्ष	प्राथमिक उद्योग	द्वितीयक उद्योग	तृतीयक उद्योग
1955	40.2	24.0	35.9
1960	32.5	27.8	39.8
1965	25.5	31.6	42.8
1970	17.4	35.2	47.3
1974	12.9	36.3	50.5

युद्ध के बाद जन्म दर गिर जाने तथा उच्च शिक्षा प्राप्त करने वाले विद्यार्थियों की संख्या में वृद्धि होने के कारण इन वर्षों में श्रमिकों विशेष कर युवा श्रमिकों की और भी कमी हो गयी है। इस प्रकार जापान श्रमिक शक्ति की दृष्टि से अपना लाभ धीरे धीरे खो रहा है।

अन्य कारण—विश्वयुद्ध की समाप्ति के बाद का अन्तरराष्ट्रीय वातावरण जापान के अनुकूल होने के कारण देश का विदेशी व्यापार निर्बाध गति से बढ़ता गया। **जापान के**

अधिकांश कारखाने समुद्र तट पर हैं। इसका जापान को यह लाभ रहा है कि बाहर से आयातित कच्चा माल जहाजों से सीधे कारखाने पहुँचता है और वहाँ निर्मित वस्तुओं का मूल्य कम पड़ता है।

युद्ध के बाद अपनी विशेष स्थिति के कारण जापान का प्रतिरक्षा व्यय कम होता रहा है और यह देश की युद्धोत्तर अर्थव्यवस्था के विकास का एक और कारण है।

जापानी आर्थिक विकास का भविष्य तथा समस्याएँ

यद्यपि पिछले 25 वर्षों की तेज उन्नति के फलस्वरूप 1974 में कुल राष्ट्रीय उत्पादन 45170 करोड़ डॉलर तक पहुँच गया था जो गैर-साम्यवादी देशों में दूसरे स्थान पर था तथापि उसी वर्ष जापान की प्रति व्यक्ति आय केवल 594 डॉलर थी। यह विश्व में 17वें तथा 18वें स्थान पर थी तथा यूरोप और उत्तरी अमेरिका के औद्योगिक राष्ट्रों के स्तर से नीची थी। इतना ही नहीं, जापानी अर्थव्यवस्था के गतिशील विकास के फलस्वरूप कई और असंतुलन भी पैदा हो गये हैं। जैसे—कृषि तथा मध्यम और छोटे उद्योगों के आधुनिकीकरण में अपेक्षाकृत विलम्ब, उपभोक्ता वस्तुओं के मूल्य में निरन्तर वृद्धि, मकानों, सड़कों तथा जीवन-निर्वाह की अन्य सुविधाओं के लिए निवेश की कमी, बढ़ता हुआ दूषित वातावरण, शहरों में जनाधिक्य तथा लोगों में ग्रामीण क्षेत्रों को छोड़ने की प्रवृत्ति, प्रकृति का विनाश तथा मशीनीकरण की प्रगति से उत्पन्न सामाजिक तनाव। 1960 के दशक में इन असंतुलनों के प्रकट होने के बाद स्थति और भी बिगड़ी तथा बाहरी एवं भीतरी परिस्थितियों ने जापान की अर्थव्यवस्था के लिए 1970 के दशक में और भी जटिल और कठिन परिस्थिति उत्पन्न कर दी।

युद्धोत्तर विश्व अर्थव्यवस्था के ढाँचे में आज तेजी से परिवर्तन हो रहा है। अन्तरराष्ट्रीय मुद्रा व्यवस्था एक स्थिर विनिमय दर व्यवस्था को छोड़कर एक परिवर्तनशील विमिनय दर व्यवस्था अपना रही है और तथाकथित उत्तर-दक्षिण समस्याओं ने अर्थव्यवस्था में एक नयी हलचल पैदा कर दी है। **जापान की अर्थव्यवस्था पर देश में ऊर्जा और खनिज साधनों की कमी तथा श्रेयष्कर सामाजिक कल्याण कार्यक्रमों एवं सेवाओं की बढ़ती हुई माँगों दोनों से निपटने का दबाव पड़ रहा है।** इसके अतिरिक्त सन् 1973 में तेल संकट के कारण जो हलचल आयी थी उससे विश्व भर में मुद्रास्फीति फैल गयी थी। उससे लड़ने की प्रक्रिया में सारे संसार में आर्थिक मंदी हो गयी थी जिससे जापान भी अछूता नहीं रह सका था। **हाल के वर्षों में उसे अत्यन्त कठिन परिस्थितियों का सामना करना पड़ रहा है जिसमें मुद्रास्फीति तथा मंदी दोनों साथ-साथ पायी जाती हैं।** इन परिस्थितियों में जापान अपनी पहले की गतिशील विकास वाली आर्थिक नीति को बदल कर एक नयी नीति बना रहा है जिसका उद्देश्य राष्ट्रीय अर्थव्यवस्था की धीमी परन्तु निश्चित उन्नति करना है। **जापान की नयी समस्या यह है कि उसे अपनी अर्थव्यवस्था को देश तथा विदेश की परिवर्तनशील परिस्थितियों के अनुसार चलाना है।**

विश्व अर्थव्यवस्था के कायाकल्प में एक महत्त्वपूर्ण तथ्य यह है कि प्रमुख औद्योगिक देशों के बीच व्यापार उदार होने, टैरिफ के कम होने, अवधि के पूँजी लेन-देन के अधिक उदार होने आदि के कारण इन देशों की व्यापारिक गतिविधियाँ लगभग एक समान गति से चलने लगी हैं। राष्ट्रों में आर्थिक अन्तर-निर्भरता बढ़ती जा रही है। इससे

मंदी, स्फीति, ऊर्जा साधन और खाद्य जैसी आर्थिक समस्याएँ जो जापान को सुलझानी हैं अब विश्वव्यापी स्तर पर ही हल की जा सकती है।

बदली हुई विकास परिस्थितियों का दूसरा पक्ष यह है कि तेल और अन्य साधन भौतिक और कृत्रिम रूप से सीमित हो गए हैं। इनकी सीमाओं के कारण जापान को तेज आर्थिक वृद्धि की नीति, जिसके लिए पिछले दशकों में ऊर्जा और अन्य साधनों की खपत बढ़ानी पड़ी थी, को चलाना कठिन हो गया है। जापान उत्पादन साधनों का भारी आयात करता है। इसलिए साधनों की विश्व पूर्त्ति और माँग पर जापान पर्याप्ततः बड़ा प्रभाव डालता है और यदि उसकी तेज आर्थिक वृद्धि जारी रहती है तो उससे प्राकृतिक साधनों के विश्व बाजार मूल्यों में सहसा तेजी आने से औद्योगिक और विकासशील दोनों प्रकार के देशों पर बुरा प्रभाव पड़ता है। **विश्व की ऊर्जा खपत का तरीका सुधारना आवश्यक है जिससे कि उत्पादन की प्रत्येक इकाई पर पहले से कम ऊर्जा खर्च हो।** जापान के लिए यह भी आवश्यक हो जाता है कि वह अपनी कुल ऊर्जा पूर्ति में देशज ऊर्जा के अंश को बढ़ाने का प्रयास करे।

तीसरा तत्त्व है जापान में पर्यावरण की रक्षा और देश के औद्योगिक विकास पर उसके प्रभाव को लेकर बढ़ रही चिन्ता। नए कारखाने कहाँ खड़े किए जायें, इस प्रश्न पर वातावरण रक्षा के समर्थक जो समस्याएँ खड़ी करते हैं उससे भी देश की उत्पादन क्षमता घट सकती है। इसके अतिरिक्त सुरक्षा तथा वातावरण संरक्षण की बढ़ती हुई माँग के कारण देश को वर्तमान उत्पादन सुविधाओं के सुरक्षा स्तरों को, उत्पादित वस्तुओं के उत्पादन को और अभी तक की तकनीकी प्रगति की पद्धति को ही फिर से जाँचना पड़ेगा जिससे कि विविध तथा व्यापक आवश्यकताएँ अच्छी तरह पूरी हों और कुल मिलाकर जीवन-स्तर ऊँचा उठे।

चौथी बात यह है कि चूँकि विश्व में खाद्य की पूर्ति और माँग अस्थिर ही बनी हुई है, जापानी कृषि को किस तरह सुधारना पड़ेगा कि उसकी पूर्त्ति क्षमता में वृद्धि हो। आयात के स्थायी साधन भी जुटाने होंगे तथा देश में अधिक खाद्य भी उत्पन्न करना होगा। इसके अलावा भूमि सरंक्षण की आवश्यकता को देखते हुए नयी स्थायी राष्ट्रीय अर्थव्यवस्था की रचना में कृषि क्षेत्र को पहले की अपेक्षा हुए अधिक विविध प्रकार का योग देना पड़ेगा।

नया आर्थिक ढाँचा

इन नयी घटनाओं के प्रभाव से तथा अन्तरराष्ट्रीय श्रम विभाजन में विशेषज्ञता को अधिक महत्त्व मिलने से जापान की अर्थव्यवस्था का ढाँचा बदल जाने की आशा है। बीते समय में औद्योगिक विकास का रूप यह था कि कपड़ा और अन्य छोटी-मोटी चीजों का निर्माण करने वाले श्रम प्रधान उद्योग कम होते जा रहे थे तथा रसायन, इस्पात एवं मशीन जैसे पूँजी प्रधान उद्योगों में उल्लेखनीय वृद्धि हो रही थी। जापान के निर्यात में भारी उद्योगों का अंश उत्तरोत्तर बढ़ता गया है और कुल निर्यात माल का अधिकांश कच्चे माल की बहुत अधिक खपत वाले उद्योगों में निर्मित हुआ है।

अपने सीमित भूमि और खनिज संसाधनों को देखते हुए जापान को कच्चे माल की खपत करने वाले उद्योगों के स्थान पर ऐसे उद्योगों में उत्पादन बढ़ाना होगा जिनमें कौशल प्रधान होता है। उदाहरण के लिए रसायन और इस्पात का उत्पादन बढ़ाना जापान के लिए अधिकाधिक कठिन होता रहा है क्योंकि ऊर्जा की कमी है तथा

वातावरण संबंधी समस्याएँ भी हैं। परन्तु आशा की जाती है कि जापान मशीनरी का पहले की अपेक्षा अधिक उत्पादन और निर्यात करने लगेगा।

दूसरी ओर जहाँ तक आयात का प्रश्न है, श्रम प्रधान वस्तुओं का आयात बढ़ने की प्रवृत्ति दिखाई देती है यद्यपि कुल आयात में ऐसे माल का अंश अब भी कम ही है। पड़ोसी एशियाई देशों में औद्योगिक विकास बढ़ने पर जापान के आयात में यह परिवर्तन और शीघ्र होगा। किन्तु इस परिवर्तन की प्रक्रिया को तेज करने के लिए देश के भीतर परिस्थितियों में नए सिरे से परिवर्तन करना आवश्यक होगा।

राष्ट्र की खाद्य-पूर्ति की क्षमता बढ़ाने के लिए भविष्य में कृषि को अपनी उत्पादन क्षमता और लाभ दर बढ़ानी होगी। भविष्य में जापान की कृषि के अन्दर विकास के लिए फसलों की खेती और पशुपालन दोनों में अनेक प्रकार की विविधता लाना एक उपाय हो सकता है। कृषि की उत्पादनशीलता बढ़ाने का एक अन्य उपाय यह भी सोचा गया है कि नयी कृषि-भूमि को किराये और पट्टे पर देकर खेती का काम विस्तृत पैमाने पर किया जाय। जैसे-जैसे राष्ट्र की अर्थव्यवस्था पहले से धीमी वृद्धि के ढाँचे में अपने को ढालेगी वैसे-वैसे कृषि करने वाले परिवारों को आर्थिक स्थिति में भी परिवर्तन आयेंगे। जैसे—अपनी आय बढ़ाने के लिए कृषि के साथ किसी और काम पर निर्भर रहना, खेती की जमीन को उद्योग के काम में ले आना, खेती के क्षेत्र में श्रमिकों को बड़े पैमाने पर औद्योगिक नगरों में जाने लगना आदि।

अब तक अधिक बचत और अधिक निवेश करने वाले आर्थिक विकास के कारण वस्तुओं की माँग अधिक बड़ी है, सेवाओं की कम। परन्तु भविष्य में जब आर्थिक ढाँचे में परिवर्तन के फलस्वरूप साधनों का पहले से अधिक अंश व्यक्तिगत खपत, आवास, आमोद-प्रमोद तथा सार्वजनिक व्यय को दिया जाने लगेगा तो सेवाओं की पूर्ति भी बढ़ेगी। आशा की जाती है कि उपभोक्ताओं की आय के और अधिक बढ़ने पर भी सेवाओं की माँग बढ़ेगी।

संदर्भ

G. C. Allen : A Short Economic History of Modern Japan.

Thomas C. Smith : Political Change and Industrial Development in Japan.

S Tsuru : Essays on the Japanese Economy.

Allen and Donnithorne : Western Enterprise in Far Easter Economic Development (Section on Japan)

British Overseas Economic Survey, 1952 (Roberts on Japan)

Hubbard : The Eastern Industrialization.

Lockwood : Economic Development of Modern Japan.

Cohen : Japan's Economy in War and Reconstruction

G. C. Allen : Japan's Economic Recovery

Govt. of Japan : Japan Today (Yearly publication)

मानक प्रश्न

1. Examine the causes of the rise of Japan as an economic power during the 20th Century.
2. Examine the social, economic and political changes brought about by the Meiji Restoration. What were the immediate effects of the changes ?
3. Discuss the causes and consequences of the fall of the Tokugawa regime in Japan. What where the principal changes introduced in Japan after the Meiji Restoration?
4. Discuss the economic prosperity of Japan after World War II.
5. How far the Great World War I turned to be a boon to Japan ?
6. "The First World War is landmark of industrialization in Japan while the Second World War marks as democratization". Discuss.
7. Assess the role of the Occupation in the economic recovery of Japan after World War II.
8. Discuss the reforms that S.C.A. P. had effected in Japanese economy.
9. Comment on the post War economic development in Japan. What is the secret of quick economic up-surge in Japan after World War II ?
10. Discuss in brief the main causes of the extraordinary economic growth in Japan in post-Second World War period. What problems the Japanese economy is facing today ?
11. जापान की अर्थव्यवस्था ने उड़ान किस प्रकार किया? इसके प्रमुख लक्षणों का वर्णन करें।
(इ० वि० वि० T.D.C., 1987)
12. प्रथम महायुद्ध के समय जापान की अर्थव्यवस्था कैसी थी? स्पष्ट विवेचना करें।
(इ० वि० वि० T.D.C., 1988)
13. Discuss the economic conditions in Japan during the Inter-war-Period.

❑

अध्याय 3

जापानी कृषि

(JAPANESE AGRICULTURE)

19वीं शताब्दी के पूर्व जापान में कृषि की उत्पादनशीलता अत्यन्त की कम थी क्योंकि जोत के आकार छोटे थे और कृषि करने के ढंग पुरातन थे। सम्पूर्ण जापानी जनसंख्या के 55 प्रतिशत व्यक्ति कृषि में लगे हुए थे और 84 प्रतिशत जनसंख्या गाँवों में निवास करती थी। सरकारी आय कृषि उत्पादन के अतिरेक पर आधारिक थी अर्थात् सरकारी आय का प्रमुख साधन कृषि ही थी। कृषकों का शोषण हुआ करता था। भूमि डाइमियो अर्थात् सामन्तों के अधिकार में थी। मुख्य उपजें चावल, बार्ली आदि थीं।

माइजी शासन काल में कृषि

माइजी शासन काल में जापानी कृषि में अनेक महत्त्वपूर्ण परिवर्तन किए गए। जापानी किसान सामन्तवादी प्रतिबन्धों से बिल्कुल मुक्त हो गये। कृषि क्षेत्र में विभिन्न प्रकार के नये-नये प्रयोग करने का प्रयास किया जाने लगा। माइजी शासन काल में जनसंख्या में तीव्र गति से वृद्धि हुई। फिर भी इस समय कृषि पर आश्रित जनसंख्या के अनुपात में कमी हुई। 1868 ई० में जापान की जनसंख्या लगभग 300 लाख थी जिसमें से लगभग 80 प्रतिशत व्यक्ति कृषि पर आश्रित थे। माइजी शासन के प्रथम चरण में सरकार ने किसानों को सामन्तवादी प्रतिबन्धों से मुक्त कर नयी-नयी फसलों तथा खेती की सुधरी हुई रीतियों को अपनाने के लिए प्रोत्साहन दिया। देश में कृषि विद्यालयों की स्थापना की गयी तथा विशेषज्ञों को विदेशों में कृषि के तरीकों का अध्ययन करने के लिए भेजा जाने लगा। किसानों को प्रशिक्षित करने के लिए सरकार द्वारा विशेष प्रकार के शिक्षकों की नियुक्ति की गयी। अपने इन प्रयासों में सरकार कुछ असफल अवश्य रही। फिर भी इस काल में जापानी कृषि में महत्त्वपूर्ण प्रगति हुई। कृषि के अन्तर्गत भूमि के क्षेत्र में पर्याप्त वृद्धि हुई। उदाहरण के लिए चावल के अन्तर्गत भूमि का क्षेत्र 1878 ई० 2,579,000 चो[1] (cho) था जो बढ़कर 1908 ई० में 2,922,000 चो हो गया। अन्य फसलों के अन्तर्गत भूमि के क्षेत्र में भी इसी प्रकार से वृद्धि हुई। कई नई फसलों की खेती प्रारंभ की गयी। किन्तु इस काल में कृषि के उत्पादन में जो वृद्धि हुई वह मुख्यतः खेती के सुधरे हुए तरीकों की अधिकाधिक सुविधा, कीड़े-मकोड़े तथा विभिन्न प्रकार की बीमारियों पर नियंत्रण करने एवं खाद तथा उर्वरकों के प्रयोग का परिणाम थी। माइजी शासन-काल में प्रमुख कृषि-पदार्थों के उत्पादन में पर्याप्त वृद्धि हुई। अग्रांकित तालिका इस तथ्य को स्पष्ट करती है।

कृषि पदार्थों का उत्पादन (हजार कोकू[2] में)

वर्ष	चावल	जौ	गेहूँ
1879-83	30,874	5,506	2,219

1. एक चो = 2.45 एकड़
2. एक कोकू = 469 वुशल

1889-93	38,549	6,945	3,102
1899-1903	32,268	8,330	3,700
1909-1913	50,242	9,677	4,907

किन्तु माइजी शासन काल में कृषि रीतियों में सुधार तथा उत्पादन में वृद्धि के बावजूद कृषि तथा किसानों के जीवन में परिवर्तन की गति मन्द रही। जोतों अर्थात् कृषि क्षेत्रों का आकार बहुत ही छोटा था। माइजी पुनरागमन के पूर्व आधा चो (1.225 एकड़) की जोत को औसत आकार की जोत समझा जाता था। दक्षिणी जापान में निजी जोत शायद ही 2.5 एकड़ से बड़े आकार के होते थे। बड़े जोत मुख्यतः उत्तरी जापान, विशेषतः होकैडो में पाये जाते थे। इस प्रकार इस काल में भी जापानी कृषि में छोटे जोतों की प्रधानता बनी रही। **जापान में कृषि जोत के आकार के छोटा होने के कई कारण** हैं। **प्रथमत:** जापान में कृषि पदार्थो के अन्तर्गत चावल की प्रधानता है और इसकी खेती मुख्यतः सिंचाई वाले क्षेत्र में ही की जाती है। साथ ही, इसमें बहुत अधिक शारीरिक श्रम की आवश्यकता पड़ती है। **द्वितीयत:** पहाड़ी क्षेत्र होने के कारण चावल की खेती छोटे-छोटे खेतों में की जाती है। **तीसरे,** जापान में कृषि-भूमि का अभाव भी है। सन् 1910 ई॰ में देश के कुल क्षेत्रफल की लगभग 15 प्रतिशत भूमि में ही कृषि कार्य होता था। इस प्रकार **श्रम की प्रधानता तथा कृषि-योग्य भूमि के अभाव के कारण जापान में गहन कृषि पर पहले से ही जोर दिया जाता रहा है।** इसलिए जापान के लगभग एक-तिहाई जोतों का क्षेत्र आधा चो से भी कम है तथा दो-तिहाई से अधिक जोतें 1 चो अथवा इससे कम की हैं।

माइजी शासन काल में भूमि की व्यवस्था के सबंध में कई महत्त्वपूर्ण परिवर्तन किए गए थे। माइजी शासन काल में प्रारंभ में रैयतों के द्वारा कुल कृषित भूमि के क़ेवल 20 प्रतिशत पर ही खेती का कार्य किया जाता था। जब अन्य सामन्तवादी प्रतिबन्धों के साथ-साथ भूमि के विक्रय पर प्रतिबन्ध हटा लिया गया तो इसमें बहुत अधिक वृद्धि हुई। 1887 ई॰ में यह 40 प्रतिशत और 1910 ई॰ में 45 प्रतिशत हो गया। उस समय कुल किसानों में एक-तिहाई रैयत, 2/5 भाग भू-स्वामी कृषक थे। शेष अपनी भूमि के एक भाग के स्वामी थे तथा दूसरा भाग लगान पर लेते थे। चावल वाले खेतों की लगान चावल के रूप में ही चुकाई जाती थी। जापानी किसान प्रारंभ से ही कृषि के अतिरिक्त अन्य सहायक पेशों को अपनाये हुए थे। उदाहरण के लिए **तोकूगावा शासन काल में समुद्र के किनारे वाले क्षेत्र के किसान खेती के साथ-साथ मत्स्य-पालन का कार्य करते थे।** खास-खास क्षेत्रों में ये औद्योगिक फसलों की खेती करते थे। औद्योगिक फसलों में कपास की प्रधानता थी। किन्तु 1887 ई॰ के बाद बड़े पैमाने पर भारतीय कपास जापान आने लगी। 1866 ई॰ में कपास के आयात पर लगाया जाने वाला कर हटा दिया गया जिससे 1900 ई॰ तक कपास का उत्पादन लगभग समाप्त हो गया।

इस प्रकार तोकूगावा शासन का अन्त होने पर माइजी शासन ने कृषि में सुधार एवं परिवर्तन किया। इसने भूमि का पुनर्वितरण किया तथा कृषि के नवीन ढंगों का प्रारंभ किया। कृषि के विकास के लिए इसने शैक्षिक, प्राविधिक संस्थाओं को स्थापित किया और बैंकिंग प्रणाली का विकास किया। कृषकों के अन्य आय-साधनों के रूप में सहायक उद्योगों का विकास किया गया। **फलत: 19वीं शताब्दी के अन्त तक जापानी कृषि आधुनिक ढर्रे पर आ गई और उसका अत्यन्त अधिक विकास हो गया।**

जापानी कृषि सन् 1914 से 1932 के बीच

माइजी शासन-काल के बाद जापानी कृषि में महान् आर्थिक मन्दी के समय तक कोई महत्त्वपूर्ण परिवर्तन नहीं हुआ। इस काल में कृषक परिवारों की संख्या 55 लाख के लगभग स्थिर रही। जोतों के आकार में भी इस काल में बहुत कम परिवर्तन हुआ। जो थोड़ा बहुत परिवर्तन हुआ भी वह बहुत छोटे तथा बहुत बड़े जोतों दोनों के विरुद्ध हुआ। अग्रांकित तालिका से यह स्पष्ट हो जाता है–

जोतों की संख्या (हजार में)

वर्ष	आधा चो तक	½ से 1 चो तक	1 से 2 चो तक	2 चो से अधिक	कुल
1913	2003	1816	1079	546	5,444
1930	1939	1916	1227	518	5,600

इस काल में भूमि की व्यवस्था में भी बहुत कम परिवर्तन हुए। चावल जापान निवासियों का मुख्य भोजन तथा कृषि की प्रमुख फसल बना रहा। कुल खेती की जानेवाली भूमि के लगभग आधे से अधिक भाग (55 प्रतिशत) में चावल की ही खेती होती थी। किन्तु सन् 1920 ई॰ के बाद चावल के अन्तर्गत भूमि के क्षेत्र में बहुत कम वृद्धि हुई। इसकी उपज में भी इस काल में कोई वृद्धि नहीं हुई। **अत: अपनी बढ़ती हुई जनसंख्या को खिलाने की आवश्यकताओं की पूर्त्ति के लिए जापान को इस काल में मुख्य रूप से कोरिया तथा फारमोसा जैसे अपने उपनिवेशों पर आश्रित रहना पड़ा था।** सन् 1927-29 तक जापान के दो उपनिवेश–कोरिया तथा फारमोसा–जापान के कुल चावल उत्पादन का लगभग 12 से 14 प्रतिशत उपजाते थे। चावल के बाद खाद्यान्नों के अन्तर्गत गेहूँ तथा जौ का स्थान था। किन्तु इनकी सम्मिलित उपज चावल की उपज की केवल 1/6 ही थी। इनकी खेती चावल वाली भूमि पर जाड़े की उपज के रूप में की जाती थी। वास्तव में इस काल में जौ की उपज और इसके क्षेत्र में कमी हुई जबकि गेहूँ की उपज तथा इसके क्षेत्र में इस काल के अन्तिम वर्षों में थोड़ी बहुत वृद्धि हुई। 1914 से 1930 ई॰ के बीच कृषि पदार्थों की मात्रा में बहुत अधिक वृद्धि हुई। इस काल में विभिन्न प्रकार की तरकारियों तथा फलों की खेती की जाने लगी। इस युग में मुर्गी पालन का भी बहुत प्रचार हुआ। यद्यपि चावल की तुलना में इनका महत्त्व अभी भी बहुत कम था तथापि इनका बढ़ता हुआ महत्त्व जापान निवासियों की आय में वृद्धि का द्योतक था। **इस काल में जापानी कृषि में सर्वाधिक महत्त्वपूर्ण प्राविधिक परिवर्तन खाद तथा उर्वरकों का प्रयोग था।** विदेशी व्यापार के कारण किसानों को खाद तथा उर्वरकों की अतिरिक्त मात्रा प्राप्त हो जाती थी–मंचूरिया से सोयाबीन, दक्षिणी देशों से फॉसफेट तथा पश्चिम से अमोनिया सल्फेट। **प्रथम विश्वयुद्ध के बाद जापान ने स्वयं भी अपने रासायनिक उद्योग का विकास कर लिया था।** इस काल में कृषि पदार्थों के मूल्य में अत्यधिक अस्थिरता के कारण किसानों की आर्थिक स्थिति में कोई महत्त्वपूर्ण सुधार नहीं हो सका। प्रथम विश्वयुद्ध काल में चावल के मूल्य में अत्यधिक वृद्धि हुई थी। किन्तु युद्ध के बाद शीघ्र ही यह तेजी समाप्त हो गई और चावल का मूल्य जनवरी, 1920 ई॰ में 55 येन प्रति कोकू से घटकर मार्च, 1921 ई॰ में 25.5 येन प्रति कोकू हो गया। अतएव सरकार

चावल के मूल्य में ह्रास को रोकने के लिए स्वयं चावल खरीदने लगी। किन्तु 1927 ई॰ के बाद चावल की फसल बहुत अच्छी हुई। इससे सरकारी प्रयासों के बावजूद इसकें मूल्यों में बहुत अधिक ह्रास हो गया। अगस्त 1930 ई॰ में यह 31 येन प्रति कोकू तथा बाद के चार महीनों में 18 येन प्रति कोकू हो गया। इसका किसानों की आर्थिक स्थिति पर बहुत प्रतिकूल प्रभाव पड़ा। सन् 1914 से 1929 के बीच कच्चे रेशम के उत्पादन में लगभग तीन-गुनी वृद्धि हुई। सन् 1929 ई॰ तक कुल कृषक परिवारों के लगभग 2/5 परिवार एक सहायक धंधे के रूप में कच्चे रेशम का उत्पादन करने लगे थे। युद्ध काल में कच्चे रेशम के निर्यात मूल्य में बहुत अधिक वृद्धि हुई। युद्ध के बाद कुछ समय तक इसके मूल्य में तीव्र ह्रास हुआ। किन्तु इसके बाद शीघ्र ही मूल्य में वृद्धि हो गई।

महान मन्दी काल में जापानी कृषि

सन् 1929 ई॰ में जो भयानक आर्थिक मन्दी संयुक्त राज्य अमेरिका में प्रारंभ हुई उसका जापानी कृषि पर भी बहुत प्रतिकूल प्रभाव पड़ा। रेशम के निर्यात में बहुत कमी आ गई तथा चावल एवं रेशम दोनों के मूल्य में अत्यधिक कमी हो गयी। जापानी सरकार ने कृषि क्षेत्र में मन्दी के प्रभावों को दूर करने के लिए बहुत अधिक प्रयत्न किया। रेशम के मूल्य में ह्रास को रोकने के लिए 1929 ई॰ में **रेशम स्थिरीकरण और क्षतिपूरण अधिनियम** (Silk Stabilisation and Indeminification Act) पारित हुआ। रेशम के उत्पादकों को प्रोत्साहित करने तथा इनके घाटे को पूरा करने के लिए सरकार को बहुत अधिक खर्च करना पड़ा। इसी प्रकार चावल के मूल्य को भी उचित स्तर पर रखने के लिए 1933 ई॰ में सम्यक चावल विधि (Comprehensive Rice Law) निर्मित की गई। इनके अतिरिक्त 1932 ई॰ में जापान सरकार द्वारा विशिष्ट ऋण और क्षतिपूर्ति विधि (Special Loans and Loss Compensation Law) और अचल सम्पत्ति तथा बंधक ऋण और क्षतिपूरक विधि (Immovable and Mortgage Loan and Loss Compensation Law) निर्मित की गई थी। इन अधिनियमों के अन्तर्गत किसानों के अल्पकालीन एवं दीर्घकालीन दायित्वों के भुगतान के लिए केन्द्रीय सहकारी बैंक और बन्धक बैंक को अनुमति दी गयी कि वे सरकार द्वारा दी गई गारन्टी के अन्तर्गत एक निश्चित सीमा तक ऋण दे सकते हैं। इनके अतिरिक्त करों में भी कुछ परिवर्तन किये गये तथा किसानों को सहायता देने के लिए सहायता कार्यों का आयोजन किया गया। किसानों की स्थिति में स्थायी सुधार करने के लिए 1932 ई॰ में कृषि आर्थिक पुनरोद्धार केन्द्र (Agricultural Economic Recovery Bureau) की स्थापना की गई। किन्तु ये सभी उपाय जापानी किसानों को संतुष्ट नहीं कर सके। किसानों की शिकायत थी कि उद्योग एवं सैनिक तैयारी की तुलना में कृषि की अवहेलना की जा रही थी। किसान सरकार की कृषि नीति में महत्त्वपूर्ण परिवर्तन चाहते थे जिससे जापान के आर्थिक विकास के कुछ लाभ उन्हें भी प्राप्त हो सकें।

जापानी कृषि द्वितीय विश्व युद्ध के बाद

सन् 1939 ई॰ में द्वितीय विश्वयुद्ध छिड़ा। सन् 1945 में जापान ने आत्म-समर्पण कर दिया और जापान पर मित्र राष्ट्रों के सर्वोच्च समादेशक (Supreme Commander of Allied Powers) का आधिपत्य हो गया। मित्र शक्ति सर्वोच्च समादेशक (S.C.A.P.) के रूप में जेनरल मैक आर्थर ने शासन की बागडोर संभाली। इस सैनिक शासन ने जापानी

कृषि में महत्त्वपूर्ण परिवर्तन किया। **द्वितीय विश्वयुद्ध के पूर्व जापान में भूमि के स्वामित्व संबंधी जो प्रणाली प्रचलित थी उसे कृषि के विकास में बाधक समझा जाता था। इसके कम-से-कम चार महत्त्वपूर्ण कारण थे**–(1) इस प्रणाली के अन्दर जापान में लाखों गरीब कृषक थे–अधिकांशतः कास्तकार(tenants)। (2) भू-स्वामी और उनके कास्तकार आपस में भूमि के उत्पादन को आधा-आधा बाँट लेते थे। (3) कास्तकारों को किसी भी समय उनकी भूमि से वंचित किया जा सकता था। (4) कृषक वर्ग एक वृहत मनुष्य-कोष की तरह था जिसमें से सैनिक एवं सस्ते श्रम को प्राप्त किया जा सकता था। **इन परिस्थितियों का सामना करने के कारण सर्वोच्च समादेशक की सरकार ने ग्रामीण भूमि के संबंध में आमूल सुधार करने का कार्यक्रम बनाया।** इसने एक समृद्ध कृषक वर्ग की आवश्यकता को महसूस किया और कृषि के क्षेत्र में महत्त्वपूर्ण सुधार किया। सैनिक शासन यह भी समझता था कि **जापान की सैनिक शक्ति के आधार ग्रामीण जमींदार ही थे। अतएव भूमि-व्यवस्था में अत्यधिक महत्त्वपूर्ण परिवर्तन किये गये। इन परिवर्तनों ने वस्तुत: बड़े-बड़े किसानों को समाप्त कर दिया।** 9 दिसम्बर, 1945 को सैनिक प्रशासक **जेनरल मैक आर्थर ने घोषणा की कि** 'जापानी शाही सरकार को यह सुनिश्चित करने का निर्देश दिया जाता है कि जो लोग जापान की धरती को जोतते हैं उनको अपने श्रम के फल का आनन्द लेने के लिए अधिक समान अवसर मिलेगा।''[1] जापान में भूमि-सुधार का आधार यही घोषणा थी। **26 जुलाई सन् 1946 को ''कृषि संस्थाओं के आमूल सुधार की रूपरेखा''** (An Outline for Thorough Reforms of Agrarian Institutions) प्रकाशित की गयी जिसका मुख्य उद्देश्य स्वामी-कृषक (owner-farmer) की व्यवस्था करना था। सरकार स्वयं ही खेतों को खरीद कर इस कार्य के लिए बेचने वाली थी। **31 अक्टूबर, 1946 को मित्र-शक्तियों के सर्वोच्च समादेश** (S.C.A.P.) **ने कृषकों के लिए अधिक भूमि उपलब्ध के उद्देश्य से भूमि-सुधार किया जिसमें अग्रलिखित प्रमुख व्यवस्थाएँ की गयी थीं**–

1. यह निर्णीत किया गया कि सरकार अनुपस्थित रहनेवाले भू-पतियों की भूमि, कृषि योग्य बनायी गयी भूमि आदि जैसी कुछ प्रकार की भूमि भू-पतियों से क्रय करेगी।
2. ऐसी भूमि ऐसे व्यक्तियों के हाथ बेच दी जाएगी जो भूमि-धर कृषक (owner-farmer) बन सकने में सक्षम होंगे।
3. ऐसी भूमि का क्रय करने के लिए भूमि के मूल्य को सन् 1939 के मूल्य-स्तर पर निर्धारित किया गया जिसका भुगतान कृषक अंशतः नकद रूप में और अंशतः बन्ध-पत्रों के रूप में कर सकते थे जो 30 वर्ष की अवधि के अन्दर चुकता किए जा सकने थे।
4. विभिन्न स्थानों में भूमि-आयोग नियुक्त किये गये जिनमें स्थानीय भू-पतियां एवं कास्तकारों के द्वारा निर्वाचित सदस्य और कुछ मनोनीत सदस्य रहने वाले थे। भूमि के क्रय-विक्रय संबंधी उपस्थित होने वाले झगड़ों का निपटारा भूमि आयोगों द्वारा किया जाने वाला था।

---

1. "Japanese Imperial Government is directed to take measures to insure that those who till the soil of Japan shall have more equal opportunity to enjoy the fruits of their labour."

1946 ई० के मालिक-कृषक व्यवस्था विधि (Owner Farmer Establishment Law) **के अनुसार सभी जमीन्दारों से एक निश्चित मात्रा से अधिक सभी भूमि सरकार द्वारा ले ली गयी।** अनुपस्थित जमींदारों तथा अन्य बड़े-बड़े भूमिधरों से बहुत कम मूल्य पर भूमि खरीद ली गयी। इसका भुगतान 24 वर्षीय वार्षिक ऋण पत्र (annuity bonds) के रूप में किया गया। इस पर ब्याज की दर 3.65 प्रतिशत वार्षिक थी। इसे जो किसान भूमि जोतना चाहते थे उन्हें युद्ध के पूर्व के मूल्य पर बेच दिया गया। किसानों को इसका मूल्य 30 वर्षों में आसान किस्तों में अदा करना था। सरकार ने इस अतिरिक्त भूमि को रैयतों के हाथ बेच दिया। जमींदारों से उनकी भूमि लेने के लिए पत्र-मुद्रा के रूप में मुआवजा चुकाया गया था। किन्तु अत्यधिक मुद्रा स्फीति के कारण इस मुआवजे का मूल्य प्रायः नगण्य हो गया। इस प्रकार किसानों के ऋण का बोझ समाप्त हो गया और इन्हें अपनी भूमि में गहन कृषि के लिए प्रोत्साहन प्राप्त हुआ। युद्धोत्तर काल में खाद्यान्न का अभाव था। इसलिए इन्हें कृषि से अत्यधिक लाभ प्राप्त हुआ। **1949 ई० तक जमींदारों से अतिरिक्त भूमि लेने तथा रैयतों के हाथ उसे विक्रय करने का कार्य पूरा हो गया।** इस प्रकार कुल कृषि की जाने वाली भूमि में रैयती भूमि का प्रतिशत 46 से घटकर 8 प्रतिशत हो गया और 92 प्रतिशत किसान भूमि-स्वामी (owner-cultivators) हो गये। **इस प्रकार युद्धोत्तर जापान मुख्यतः कृषक स्वामियों** (peasant proprietors) **का देश हो गया।** स्पष्टतः सैनिक शासन काल में जापान में भूमि-सुधार का कार्य सराहनीय रहा है। आज के अर्द्ध-विकसित देश इसका लाभ उठा सकते और सरलता से अनुसरण कर सकते हैं। **''यदि और जब भूमि-सुधार क्रियाशील होने लगेगा तो कुछ जापानी अनुभव ध्यान दिये जाने योग्य होगा विशेषकर उन देशों के लिए जिनमें भूमि पर जनसंख्या का बोझ अधिक है और पेशा के वैकल्पिक स्रोतों का अभाव है।''**[1]

इस सुधार का प्रभाव अनुपस्थित भू-पतियों पर पड़ा जिन्हें अपनी समस्त भूमि को सरकार के हाथ बेचना पड़ा। प्रगतिशील स्फीति के कारण भूमि का क्रय-विक्रय मूल्य एक प्रकार से भूमि की हड़प सिद्ध हुआ क्योंकि भूमि का क्रय-विक्रय सन् 1939 के मूल्य स्तर पर आधारित था। इसमें यह भी व्यवस्था की गई थी कि गैर-कृषक निवासी भू-स्वामी (non-cultivating resident land-lords) भी 1 चो (cho) अर्थात् 2.45 एकड़ से अधिक भूमि के मालिक नहीं हो सकते। कृषक 3 चो भूमि का मालिक हो सकता था और उस पर खेती कर सकता था। भूमि का पुनर्विक्रय नकद भुगतान पर किया गया। भूमि को खरीदने वालों को इस सुधार के अधीन इसलिए भी लाभ हुआ कि खाद्यान्नों के प्रचलित मूल्य ऊँचे थे। फलतः पुराने कृषि ऋण चुकाए जा सके और नवीन भूमि अपेक्षाकृत अल्प समय के अन्दर ही खरीदी जा सकी। कास्तकार कृषक (tenant farmer) की स्थिति में **कृषि समायोजन अधिनियम** (AgriculturalAdjustmentAct) के द्वारा भी सुधार हुआ जिसने लगान को चावल के खेतों के लिए फसल के मूल्य का 25 प्रतिशत और सूखे खेतों के लिए 15 प्रतिशत निर्धारित किया। इस सुधार ने लिखित पट्टों, सुधरी हुई साख सुविधाओं की व्यवस्था की और कास्तकारी की अवस्था में सुधार किया।

---

1. "If and when the taking stage of land reform will give way to that of action, then some of the Japanese experience is worth the most careful consideration, particularly on the part of the those countries where population pressure on the land is great and alternative sources of occupation are lacking."

यह व्यवस्था अत्यन्त ही सफल हुई। **सन् 1948 तक 60 प्रतिशत भूमि स्वामित्वपूर्ण कृषकों को दी जा सकी थी।** शेष 40 प्रतिशत भूमि कास्तकारों के पास थी। वर्तमान समय में औसत लगान सम्पूर्ण उपज की 6 प्रतिशत है। **इस व्यवस्था के द्वारा भूमि-प्रणाली को जनतान्त्रीय** रूप दिया जा सका है। जुलाई सन् 1948 तक 4250,000 एकड़ से अधिक भूमि खरीदी जा चुकी थी और कृषक कास्तकार इसमें से लगभग 3,000,000 एकड़ भूमि को खरीद चुके थे। **ग्रामीण सुधार वस्तुत: भूमि स्वामित्व का सुधार था।** इसका प्रमुख सिद्धांत था **''जो भूमि को जोतते हैं वे ही उसके स्वामी अवश्य हों।''** (Those who till the land must be the owner.) **यह भूमि सुधार कार्यक्रम आमूल परिवर्तनकारी था और अत्यन्त ही सफल सुधारों में से एक था।** तत्काल के लिए कास्तकारी (tenancy) की समस्या को सुलझाया जा सका। किन्तु यह **कृषि योजना जापान की मूलभूत समस्या को नहीं सुलझा पायी है–''अत्यधिक कम भूमि पर अत्यधिक जनता''** (too many people on too little land) की समस्या को।

जापानी कृषि की वर्तमान स्थिति और प्रवृत्तियाँ

अब भी **सम्पूर्ण देश के भू-क्षेत्र का 15.1 प्रतिशत ही कृषि-कार्य के लिए उपलब्ध है।** 1980 में 54.61 लाख हेक्टर भूमि कृषि योग्य थी जिसमें 24 लाख हेक्टर अर्थात् 44.1 प्रतिशत धान के खेत थे। जोतों का औसत आकार 2 एकड़ का है। देश का अधिकांश भू-क्षेत्र पहाड़ी होने के कारण अधिक भूमि कृषि के लिए उपलब्ध नहीं हो सकती है। किन्तु उतने ही कृषित क्षेत्र पर जापान को अपनी आवश्यकताओं की पूर्त्ति के लिए अधिक खाद्यान्न और कच्चे माल को उत्पादित करना है। फलत: **कृषि गहन है और उत्पादन क्षमता अत्यन्त ही अधिक है। उत्पादन की दर ऊँची है। कृषि-भूमि को बढ़ाने के लिए अब स्थान नहीं रह गया है। फलत: अब अतिरिक्त जनसंख्या को कृषि से भिन्न क्षेत्रों के अर्थात् उद्योग आदि में रोजी प्राप्त करना आवश्यक हो गया है।** यही कारण है कि कृषि में कार्य करनेवाली जनता उद्योग आदि में कार्य ढूँढ़ रही है। सन् 1920 और 1930 के बीच 10 वर्षों में उद्योगों में कार्य करने वाले व्यक्तियों की संख्या में 10 प्रतिशत वृद्धि हुई थी। सारांश यह है कि **जापानी कृषि एक ऐसे कोष का कार्य कर रही है जिसमें से उद्योगों एवं वाणिज्य आदि में कार्य करने वाले व्यक्तियों की पूर्ति की जाती है।**

विगत् 80 वर्षों में निर्माणी उद्योगों के असाधारण विकास के बावजूद आज भी जापान में कृषि ही सबसे बड़ा उद्योग है। जापानी कृषि देश की 95 प्रतिशत जनता के लिए भोजन की व्यवस्था करती है। शेष की पूर्ति मछली व्यवसाय से की जाती है। जापानी अर्थव्यवस्था में मछली मारने के उद्योग का असामान्य महत्त्व है। **जापान विश्व का सबसे बड़ा मछली उत्पादक देश है। यह विश्व के कुल मछली उत्पादन का 15-20 प्रतिशत पैदा करता है।** सन् 1961 में जापान ने 6.7 मिलियन मेटरिक टन मछली का उत्पादन किया था जबकि 1974 में इसने 10.8 मिलियन मेटरिक टन मछली का उत्पादन किया जो विश्व के कुल मछली उत्पादन का 16.2 प्रतिशत था। जापान के 90 प्रतिशत मल्लाह तटीय मत्स्य उद्योग में लगे हुए हैं। **सन् 1929 में जापान में प्रति मील कृषित भूमि पर 2774 व्यक्ति थे जबकि संयुक्त राज्य अमेरिका में केवल 229.2 व्यक्ति ही। यह तथ्य स्पष्ट करता है कि किस सीमा तक जापान में भूमि का अभाव है और कितनी अधिक मात्रा में जनसंख्या भूमि पर आश्रित है।**

यही कारण है कि (1) जापान में बहुत अधिक मात्रा में श्रमशक्ति खेतों में लगी हुई है, (2) बड़े यंत्रों का प्रयोग कम हुआ है, (3) कृषि का आकार छोटा है और (4) गहन कृषि एवं (5) अधिक उर्वरकों के प्रयोग का प्रचलन है।

धरातल का पहाड़ी होना, कम उर्वर भूमि, संकरा तटीय मैदान, सीमित दोमट निचली भूमि (alluvial low lands) **आदि जापानी कृषि की प्रमुख कठिनाइयाँ हैं।** कृषि सम्पूर्ण जापानी भू-क्षेत्र में केवल लगभग 1/6 भाग में ही संभव है। छोटे-छोटे और बिखरे खेत श्रम बचावक यंत्रों के प्रयोग में बाधक हैं। **यदि 6 व्यक्तियों का एक औसत परिवार मान लिया जाय तो प्रति परिवार जोत का आकार 0.8 हेक्टर (1 हेक्टर = 2.4 एकड़) अर्थात् 2 एकड़ है। इससे स्पष्ट है कि जापान में जोत का आकार अत्यन्त छोटा है। जापानी जोत के आकार की अपेक्षा जर्मनी में जोत का आकार 6 गुना अधिक है, फ्रांस में 7 गुना अधिक है, कनाडा में 47 गुना अधिक है और संयुक्त राज्य अमेरिका में 215 गुना अधिक है।** इसलिए जापानी कृषि का पूर्ण यंत्रीकरण नहीं हो पाया है। किन्तु तब भी प्रति एकड़ उत्पादन दर जापान में बहुत ऊँची है। इसका कारण यह है कि जापानी कृषि में बहुत ही अधिक मात्रा में श्रम शक्ति और उर्वरकों का प्रयोग किया जाता है। जोत का औसत आकार छोटा होने के कारण बड़े-बड़े टैक्टर और अन्य कृषि यंत्रों का प्रयोग नहीं किया जा सकता। फिर भी जापान में कृषि का यंत्रीकरण क्रमशः बढ़ता ही जा रहा है। **जापानी किसान अपनी जोत के आकार के अनुसार छोटे-छोटे आधुनिक यंत्रों का प्रयोग करते हैं। जापान के लगभग 70 प्रतिशत किसान परिवार कृषि कार्य में यंत्रों का प्रयोग करते हैं।** 1964 ई० के पूर्व के पाँच वर्षों में जापानी कृषि-श्रमिकों की उत्पादकता में 37.5 प्रतिशत वृद्धि हुई थी।

चावल उत्पादन की मुख्य उपज है। 1968 में चावल का उत्पादन 145 लाख टन हुआ था। इसके बाद गेहूँ तथा जौ का स्थान है। **गहन कृषि, विभिन्न प्रकार के औजारों के प्रयोग तथा खाद आदि देने के कारण जापानी कृषि की प्रति एकड़ उत्पादकता विश्व में प्रायः सर्वाधिक है।** उदाहरण के लिए चावल उपज का अनुपात जापान में चार, चीन में तथा अन्य एशियाई देशों में एक है। आजकल कच्चे रेशम की कृषि में कमी होती जा रही है। इसके बदले विभिन्न प्रकार के फलों तथा रबर आदि की बड़े पैमाने पर कृषि हो रही है। इनका विदेशों में बड़े पैमाने पर निर्यात भी किया जाता है। दुग्धशालाओं का भी तीव्र गति से विकास हो रहा है। उत्तरी भाग में स्थित होक्काइडो नामक द्वीप की दुग्धशालाओं की गणना देश की बड़ी-बड़ी दुग्धशालाओं में होती है। इस प्रकार **आजकल जापान में न केवल कृषि का आधुनिकीकरण और तेजी के साथ विकास ही हो रहा है बल्कि उसका ढाँचा भी बदलता जा रहा है।** अधिक-से-अधिक सीमा तक आज जापान कृषि वस्तुओं, विशेषकर खाद्य-वस्तुओं के लिए आत्मनिर्भर बनने की चेष्टा कर रहा है। इस प्रकार द्वितीय विश्वयुद्ध के बाद जापानी कृषि में व्यापक दूरगामी परिवर्तन हुए हैं। यह प्रक्रिया आज भी जारी है।

इन परिवर्तनों से न केवल किसानों को लाभ हुआ है बल्कि सम्पूर्ण अर्थव्यवस्था पर अच्छा प्रभाव पड़ा है। **परन्तु इसके साथ ही कुछ समस्याएँ भी पैदा हुई हैं।** खेती में लगी जनसंख्या के अनुपात में कमी आयी है। **पहले जापान इस बात के लिए प्रसिद्ध था कि उसकी जनसंख्या में किसानों की संख्या बहुत अधिक थी। सचमुच द्वितीय**

विश्व युद्ध के पहले किसानों की संख्या देश की कुल जनसंख्या का 50 से 60 प्रतिशत थी। युद्ध के बाद भी कुछ समय तक यह अनुपात 40 प्रतिशत के लगभग रहा। परन्तु 1950 के दशक के उत्तरार्द्ध में औद्योगिक क्षेत्र के तेज विस्तार के साथ किसान बहुत बड़ी संख्या में खेतों को छोड़कर शहरों में जाने लगे। खेती में लोगों की कुल संख्या 1950 में 378 लाख से घटकर 1955 में 370 लाख और 1974 में केवल 238 लाख ही रह गयी जो कुल जनसंख्या की केवल 21.6 प्रतिशत थी जबकि 1950 में यह 43 प्रतिशत थी। कार्य-योग्य जनसंख्या तथा खेती में लगे लोगों की जनसंख्या का अनुपात भी 1962 में 24.7 प्रतिशत से घटकर 1963 में 23 प्रतिशत, 1966 में 19.4 प्रतिशत, 1974 में 11.4 प्रतिशत और **1980 में मात्र 10 प्रतिशत हो गया था।** यही नहीं, **खेती में लगे लोगों में पुरुषों की संख्या घट रही है।** विशेषकर 20 वर्ष से 39 वर्ष की आयु के लोगों की संख्या तेजी से कम होती जा रही है।

खेतों में सघन खेती की जाती है और उपलब्ध भूमि का चप्पा-चप्पा उपयोग किया जाता है। यहाँ तक कि पहाड़ियों तथा पर्वतों के ढलानों को काट कर उन पर खेती की जाती है। होक्काइदो को छोड़कर अन्य स्थानामें ट्रैक्टर आदि मशीनों का प्रयोग करना कठिन होता था क्योंकि वहाँ खेतों का आकार बहुत छोटा है। किन्तु खेती की मशीनों में प्रगति होने के कारण अब इस कमी को पूरा कर लिया गया है और 74 प्रशित कृषक-परिवार धान की खेती में मशीनों का प्रयोग कर रहे हैं। धान के लगभग सभी खेतों में मशीनों से जुताई की जा रही है। 1968 से 1974 के बीच चावल की पैदावार में प्रति वर्ष औसतन 1.0 प्रतिशत की वृद्धि हो रही है तथा 1975 से चावल की उपज प्रति हेक्टर 4.6 टन रही है।

कृषि में लगी जनसंख्या में तेज गिरावट होते हुए भी कृषक परिवारों की संख्या में अपेक्षाकृत कम गिरावट आयी है। 1960 में 59.9 लाख परिवारों की संख्या 1964 में घटकर 50.3 लाख रह गयी जिसमें से केवल 12.5 प्रतिशत परिवार ही आजीविका के लिए पूरी तरह कृषि पर निर्भर थे। कृषक परिवारों के 24.3 प्रतिशत सदस्य उद्योगों तथा कार्यालयों में कार्य करते थे और 63.2 प्रतिशत मुख्यतः कृषि से बाहर के कार्यों पर ही निर्भर थे। **कृषक परिवारों की कुल आय में केवल खेती-बाड़ी से प्राप्त आय का अनुपात घट रहा है।** यह भी 1960 में 55 प्रतिशत से गिरकर 1974 में 27.1 प्रतिशत रह गया। **परिणामस्वरूप राष्ट्रीय आय में कृषि से प्राप्त आय का अनुपात घट रहा है।** 1955 में 17.8 प्रतिशत से घटकर यह 1960 में 9.3 प्रतिशत, 1964 में 8.9 प्रतिशत और **1975 में 4.5 प्रतिशत हो गया।** परन्तु इन कुछ वर्षों में **कृषकों की प्रतिव्यक्ति आय तथा उनके जीवन-स्तर में असाधारण वृद्धि हुई है। कृषक-परिवार की आय भी अब शहर के श्रमिक परिवार से अधिक हो चुकी है।** उदाहरण के लिए कृषक-परिवार की आय का सूचनांक (1960 = 100) 1968 में 277 था जो बढ़कर 1974 में 719 तक पहुँच गया था। यह उन्नति कुछ अंश तक सरकार की खाद्य-प्रणाली द्वारा संभव हो सकी है क्योंकि उस प्रणाली के अन्तर्गत सरकार जिस मूल्य पर चावल खरीदती है वह अन्य देशों के मूल्यों की तुलना में बहुत अधिक है। 1974 में कृषक परिवारों की खेती के योग्य जमीन का औसत आकार 1.1 हेक्टर था। **1 हेक्टर से कम जमीन वाले कृषक परिवारों की संख्या घट गई है। फिर भी इस श्रेणी के कृषक परिवारों का अनुपात 68 प्रतिशत था।**

अन्य एशियाई देशों की भाँति जापान की मुख्य फसल चावल है। सन् 1974 में चावल का उत्पादन कुल कृषि उत्पादन का 36.3 प्रतिशत था। **भूमि-सुधार, नयी तकनीक तथा रसायनिक खाद एवं कीटनाशक औषधियों के भारी प्रयोग के फलस्वरूप जापान उन देशों में से एक गिना जाता है जो प्रति एकड़ के हिसाब से सबसे अधिक चावल पैदा करते हैं।** 1960 के दशक के अन्तिम वर्षों तक जापान में चावल की उपज लगातार इतनी अच्छी हुई थी कि 1.4 करोड़ टन की उपज भी अब सामान्य समझी जाने लगी है। 1967 में चावल का कीर्तिमान (record) उत्पादन 1,44,53,000 टन था और 1968 में 1,44,49,000 टन।

परन्तु इस बीच **जापान में खाद्यान्न के प्रति रुचि भी बदलने लगी है। लोग चावल के बदले माँस, चीनी, सब्जियाँ, तेल और फलों का उपयोग अधिक करने लगे हैं।** चावल का प्रति व्यक्ति वार्षिक उपभोग 1960 में 115 किलोग्राम से घट कर 1970 में 95 किलोग्राम और **1978 में मात्र 82 किलोग्राम** रह गया जबकि गेहूँ का प्रति व्यक्ति वार्षिक उपभोग 1945 में 7 किलोग्राम से बढ़कर 1978 में 32 किलोग्राम, गाय, बैल के मांस का उपयोग 1960 में 1 कि॰ ग्रा॰ से बढ़कर 1968 में 3 कि॰ ग्रा॰, सूअर के मांस का उपभोग 1960 में 1 किग्रा॰ से बढ़कर 1978 में 9 कि॰ ग्रा॰, मुर्गी का उपभोग उसी अवधि में 0.6 कि॰ ग्रां॰ से बढ़कर 6.5 कि॰ ग्रा॰ हो गया। यह एक बड़ा परिवर्तन है। **इस परिवर्तन का परिणाम यह हुआ है कि चावल का उपभोग 1.2 करोड़ टन से अधिक नहीं बढ़ पाया है।** इसी कारण 1968 में लगभग 24 लाख टन अतिरिक्त चावल बचा रहा गया। अब जापान चावल का निर्यात करना चाहता है। **उसके पास प्रति वर्ष 6 मिलियन टन चावल का आधिक्य रह रहा है।**

चावल के अतिरिक्त उत्पादन से ऐसी स्थिति पैदा हो गयी है कि चावल की अतिरिक्त उपज के स्थान पर कुछ नयी फसलें उगायी जाएँ और पशुपालन तथा फल उत्पादन पर जोर दिया जाय। 1969 से सरकार ने चावल की माँग और पूर्ति में सन्तुलन बैठाने के लिए उत्पादन में तालमेल बैठाने का काम प्रारंभ किया। इस कार्यक्रम में धान पैदा करने वाली जमीनों पर दूसरी फसलों की खेती करना भी शामिल था। तब से धान की वार्षिक फसल घट कर प्रायः 1.2 करोड़ टन रह गयी है।

अच्छे चरागाहों के अभाव में पशुपालन छोटे पैमाने पर किया जाता है। 1974 में यह कुल कृषि उत्पादन का 27 प्रतिशत अर्थात् दूसरे स्थान पर था। उस वर्ष जापान में 17,52,000 दूध देने वाली गायें, 1898000 मांस के लिए गायें, 8018000 सूअर तथा लगभग 25 करोड़ मुर्गियाँ थीं।

कृषि ढाँचे में एक अन्य परिवर्तन है फलों तथा सब्जियों, जैसे–मंदारिन, संतरे, लेटस, स्ट्राबेरी की उपज में वृद्धि। वास्तव में जापान में विविध प्रकार के फलों का उत्पादन होता है और इनका बड़ी मात्रा में निर्यात भी होता है।

यदि हम कृषि वस्तुओं के व्यापार विशेषकर आयात को देखें तो हमें पता चलता है कि घरेलू उपभोग में भारी परिवर्तन हुआ है। 1974 में जापान कृषि संबंधी आवश्यकताओं के मामले में 72 प्रतिशत आत्मनिर्भर था। परन्तु घरेलू माँग के बढ़ने के साथ-ही-साथ आयात में भारी वृद्धि हुई है। 1969 से 1974 तक यह वृद्धि प्रतिवर्ष 20.7 प्रतिशत के हिसाब से हुई। मूल्य के हिसाब से 1974 में 900.9 करोड़ डॉलर का आयात

हुआ। यह देश के कुल आयात का 14.5 प्रतिशत था। आयात में मुख्यतः मक्का, कार्योलियांग, मछली (जमी हुई, झींगा, ताजा मछली आदि), अनाज (गेहूँ, मक्का आदि), मांस (गोमांस, मुर्गी आदि), चीनी, तेलहन (मुख्यतया सोयाबिन), कपास और ऊन थे। निर्यात बहुत ही कम थे—1974 में कुल निर्यात का केवल 0.7 प्रतिशत ही क्योंकि ऐसी वस्तुओं की घरेलू माँग बहुत अधिक है।

जापानी कृषकों की समृद्धि के प्रोत्साहक तत्त्व
(Factors Promoting Peasant Prosperity)

द्वितीय विश्वयुद्ध के बाद का काल जापानी किसानों के लिए समृद्धि का काल चल रहा है। **युद्धोत्तर जापानी कृषि तथा किसानों की स्थिति में सुधार के प्रमुख कारण अग्रलिखित थे—प्रथम,** जमींदारी की समाप्ति के साथ-साथ रैयतों को भूमि का स्वामित्व प्राप्त हो गया। **दूसरे,** प्रारंभिक युद्धोत्तर वर्षों में जापान में खाद्यान्न के भीषण अभाव की स्थिति उत्पन्न हो गयी थी। इससे खाद्यान्नों के मूल्यों में अत्यधिक वृद्धि हुई थी। फलतः किसानों की आय में भी अत्यधिक वृद्धि हुई। **तीसरे,** इस काल में जापानी कृषि की प्रमुख विशेषता कृषि का यंत्रीकरण है। द्वितीय विश्वयुद्ध तक जापान में चावल के खेतों में ट्रैक्टरों का प्रयोग नहीं किया जाता था। किन्तु विश्व युद्ध के बाद ट्रैक्टरों और अन्य कृषि यंत्रों का बड़े पैमाने पर प्रयोग किया जाने लगा। ध्यातव्य है कि जापान ने अपने लघु आकार वाले खेतों को ध्यान में रखते हुए छोटे-छोटे कृषि यंत्रों एवं छोटे-छोटे ट्रैक्टरों का आविष्कार-निर्माण किया है जो प्रायः हाथ से पकड़ कर भी चलाए जाते हैं मोटर साइकिलों की तरह। वर्तमान समय में लगभग 80 प्रतिशत भूमि में चावल की खेतों यंत्रों की सहायता से ही की जाती है। इन परिवर्तनों से जापानी किसानों के जीवन-स्तर में काफी सुधार हुआ है।

संदर्भ

G. C. Allen : A Short Economic History of Modern Japan
Cohen : Japan's Economy in War and Reconstruction.
C.D. Cowan : Economic Development of Chiina and Japan.
G. C. Allen : Japan's Economic Recovery.
Govt. of Japan : The Japan of Today (yearly publication)
W. W. Lockwood : Economic Development of Modern Japan.
The Statestman Year Book, 1982-83

मानक प्रश्न

1. माइजी शासन काल में जापानी कृषि की स्थिति की व्याख्या कीजिए। इस अवधि में कृषि में क्या महत्त्वपूर्ण परिवर्तन हुए थे।
2. पिछले 45 वर्षों में अपनी खाद्य-समस्या के समाधान के लिए जापान द्वारा किये गये उपायों की व्याख्या-कीजिए।
3. युद्धोत्तर जापानी कृषि की स्थिति की व्याख्या कीजिए। इसकी वर्तमान स्थिति क्या है ?
4. द्वितीय महायुद्ध के बाद जापान में भूमि-सुधार के कार्यों की व्याख्या करें।
5. द्वितीय विश्वयुद्ध के बाद जापानी कृषि में सुधार की व्याख्या करें। जापानी कृषि की वर्तमान अवस्था पर प्रकाश डालें।

❑

अध्याय 4

जापानी उद्योगों का सामान्य सर्वेक्षण

(GENERAL SURVEY OF JAPANESE INDUSTRIES)

सन् 1868 के बाद से ही, जब जापान की समान्तवादी अर्थव्यवस्था का अन्त हुआ, जापान की यह एक महत्त्वपूर्ण समस्या रही है कि कैसे वह अपने भू-क्षेत्र के अन्दर आधुनिक उद्योगों का विकास करे। सन् 1894 और 1913 के बीच जापान में भारी और हल्के दोनों प्रकार के उद्योगों का विकास किया गया था। प्रथम विश्वयुद्ध (1914-18) के समय जापान ने अपने औद्योगिक उत्पादन और निर्यात को बढ़ाया। इस काल में अनेक उद्योग विकसित एवं विस्तृत किए गए। प्रथम विश्वयुद्ध के तुरन्त बाद शक्ति-साधनों का विकास किया गया। जापानी समुद्री यातायात ने भी विश्व बाजार में पर्याप्ततः प्रगति की। सन् 1936 में जापान विश्व का सबसे बड़ा सिल्क उत्पादक देश हो गया और सूती कपड़ों के निर्यातक देशों में भी वह विश्व का अगुआ देश हो गया। उसका रेयन का निर्यात भी पर्याप्ततः अधिक हो गया। सन् 1935 में जापान का इस्पात की वस्तुओं का निर्यात लगभग 1/2 मिलियन टन हो गया था।

द्वितीय विश्वयुद्ध में जापानी अर्थव्यवस्था को महान क्षति पहुँची और **युद्ध के बाद जापान की सबसे बड़ी समस्या उसकी आत्मपूर्ण अर्थव्यवस्था का विकास करना और निर्यातों में वृद्धि करना हुई।** उत्पादन शक्ति में वृद्धि और उत्पादन की लागतों में कमी करने के द्वारा जापान के लिए यह संभव हो सका है कि वह यंत्रों, रसायन, शीशे की वस्तुओं, रबर, चमड़े एवं लकड़ी की वस्तुओं का उत्पादन युद्ध के पूर्वकालीन उत्पादन-स्तर से भी अधिक कर सके। युद्ध के पश्चात् जापानी वस्त्र उद्योग के पुनरोद्धार में विलम्ब का प्रमुख कारण बाजार में परिवर्तन था। नाइलन की लोकप्रियता के कारण जापानी रेशम की माँग विश्व बाजार में कम हो गई। इसके अतिरिक्त अनेक देश, जो पहले जापानी सूती वस्तुओं का उपयोग करते थे, स्वयं ही इनका उत्पादन करने लगे। इनमें से कुछ देश आज विश्व बाजार में इन वस्तुओं के लिए जापान के प्रतियोगी भी हो चुके हैं।

पारिवारिक एकाधिकार अर्थात् जाइबात्सू जापान की औद्योगिक अर्थव्यवस्था की प्रमुख विशेषता है। द्वितीय विश्वयुद्ध के पूर्व 15 एकाधिकारी कम्पनियों का जापान के 70 प्रतिशत उद्योग एवं वित्त पर अधिकार था। केवल चार परिवार जापान के 1/3 उद्योग एवं 60 प्रतिशत अंश बाजार पर नियंत्रण करते थे।

जापान के वस्त्र उद्योग का विकास उल्लेखनीय हुआ है। जापान के निर्यातों में वृद्धि करने में यह उद्योग अत्यन्त ही महत्त्वपूर्ण भाग लेता है जिसके बदले में जापान देश की जनता के लिए खाद्यान्नों तथा उद्योगों के लिए कच्चे मालों का आयात कर पाता है। कपास, ऊन, रेयन, पल्प और पटसन बहुत बड़ी मात्रा में जापान विदेशों से आयात करता है। **चूँकि विश्व में वस्त्र उद्योग के साधनों का वितरण विषम है इसलिए कोई भी**

देश कच्चे माल की पूर्ति का पूर्ण लाभ नहीं उठा सकता है। फलत: जापानी सूती वस्त्र उद्योग का विकास भौगोलिक आर्थिक परिस्थितियों का परिणाम है जिनमें जापान तुलनात्मक रूप में भाग्यपूर्ण है। इसके अतिरिक्त जापानी वस्त्र उद्योग को जापान की अधिक नमी वाली समुद्री जलवायु से बढ़ावा मिलता है क्योंकि ऐसी जलवायु इस उद्योग के लिए अत्यन्त अनुकूल होती है। जापान के पास कर्मठ, अध्यवसायी और सस्ते श्रमिक भी पर्याप्त मात्रा में उपलब्ध हैं।**युद्धोत्तर काल में वस्त्र उद्योग का विकास उत्पादन प्रक्रिया में विवेकीकरण और प्रविधि में सुधार के अनुसार हो रहा है।** "उत्पादन की सुविधाओं में जापानी वस्त्र उद्योग के कारखाने कुछ माने में संयुक्त राज्य अमेरिका की तुलना में पिछड़े हैं किन्तु सब कुछ मिलाकर एक संगठित इकाई के रूप में ये अत्यन्त ही कुशल एवं विश्व स्तर से ऊँचे हैं। **विशेष उल्लेखनीय है जापानी वस्त्र उद्योग का संरचनात्मक परिवर्तन। युद्ध के पूर्व इसका स्वरूप श्रम प्रधान था किन्तु अब युद्ध के बाद व्यवस्था प्रधान हो गया है।**"[1] जहाँ तक जापानी वस्त्र उद्योग की वस्तुओं के बाजार का संबंध है, युद्धोत्तर काल में कुछ महत्त्वपूर्ण परिवर्तन हुए हैं। युद्ध के पूर्व संयुक्त राज्य अमेरिका जापानी रेशम और रेशमी वस्तुओं का सबसे बड़ा बाजार था। अब अमेरिका में नाइलन उद्योगों के विकास के कारण वहाँ इन वस्तुओं की खपत में कमी हो गई है। भारत, चीन और हिन्देशिया युद्ध के पूर्व जापानी सूती वस्त्र उद्योग की वस्तुओं के महत्त्वपूर्ण बाजार थे। आज भारत स्वयं अपनी सूती वस्तुओं के लिए विश्व बाजार पर आधिपत्य जमाना चाहता है, चीन एक सीमित बाजार हो गया है और हिन्देशिया की विदेशी मुद्रा अस्थिर है।

औद्योगिक प्रणाली एवं राष्ट्रीय सुरक्षा की योजना में अत्यन्त ही अधिक महत्त्व के कारण **जापानी सरकार देश के अन्दर इस्पात के उत्पादन के लिए बहुत ही अधिक और सक्रिय सहायता दे रही है।** जापान का आधुनिक इस्पात और लोहा उद्योग सन् 1901 से प्रारंभ हुआ जब सरकार ने इसके प्रथम कारखाने को **यावता** में खोला था। देशी साधनों की कम पूर्ति के कारण जापान को लगभग कुल आवश्यक खनिज लोहे को विदेशों से मँगाना पड़ता है। किन्तु **इस प्रतिकूल परिस्थिति के बावजूद जापान एशिया का सबसे बड़ा स्थूल इस्पात उत्पादक देश है।** सन् 1961 में जापान ने कुल 28 मिलियन टन स्थूल इस्पात का उत्पादन किया था जबकि उस वर्ष सम्पूर्ण विश्व में स्थूल इस्पात का उत्पादन 355 मिलियन टन था। **जलयान निर्माण** में **आज जापान विश्व का सबसे बड़ा उत्पादक देश हो गया है।** जापान के अन्य महत्त्वपूर्ण उद्योग रसायन, रबर, चमड़ा, सीमेन्ट, शीशा, वायुयान, मोटर गाड़ी आदि हैं। जापान के रबर उद्योग का महत्त्व बढ़ता जा रहा है। रसायनिक वस्तुओं के निर्माण में भी जापान की अच्छी प्रगति हो रही है। **जापान के खिलौने अत्यन्त सुन्दर होते हैं** और विश्व भर में उनकी माँग होती है। **ट्रान्जीस्टर रेडियो और टेलीविजन जापान का सबसे नया और प्रमुख उद्योग है। ट्रान्जीस्टर रेडियो का उत्पादन जापान की ही देन है।** सन् 1962 में 500000 से भी अधिक ऐसे

---

1. "In production facilities, Japanese textile factories are backward on some points compared to the U.S.A. but as a whole, as an organised body, they are highly efficient, surpassing the world level. Noteworthy is the structural change of Japanese textile industry—from its per-War character featured by rather intensive labour to its post-War character featured by rather intensive management."

रेडियो का निर्यात किया गया था जिनका मूल्य लगभग 9 मिलियन पौंड था। विदेशों में इनका निर्यात करने के अतिरिक्त जापानी उत्पादक विदेशों में इनका उत्पादन करने के लिए भी वहाँ के उत्पादकों के साथ संयुक्त रूप से कारखाने स्थापित किए हैं।

जापान में बहुत अधिक संख्या में मध्यकाय और लघुकाय औद्योगिक संस्थान हैं जो राष्ट्रीय अर्थ-व्यवस्था में महत्त्वपूर्ण योगदान करते हैं। जापान में सभी उद्योगों में कुल 18 मिलियन व्यक्ति कार्य करते हैं। इनमें से 14 मिलियन से अधिक लोग अर्थात् **कुल श्रमिकों के 81 प्रतिशत इन मध्यकाय और लघु उद्योगों में ही कार्य करते हैं।** विगत कुछ वर्षों में देश के निर्यात व्यापार में इन मध्यकाय और लघुकाय उद्योगों का प्रतिशत अंश बढ़ता जा रहा है। सन् 1961 में देश के कुल निर्यात का 50 प्रतिशत ऐसे ही उद्योगों से प्राप्त हुआ था। **विभिन्न वस्तुओं एवं पुर्जों की पूर्ति बड़े उद्योग इन लघु उद्योगों से करते थे।** इस प्रकार जापान में वृहत् और लघु उद्योगों में एक-दूसरे का संबंध है।

उद्योग एवं व्यवसाय का संगठन
(Organisation of Industry and Business)

जापान में व्यवसाय एवं उद्योगों के संगठन के विकास का **अध्ययन तीन चरणों में किया जा सकता है यथा**—(1) सामन्तवादी व्यवस्था (सन् 1868 से पूर्व) (2) मेजी काल शासन और (3) प्रथम विश्व युद्ध के पश्चात्

1. सामन्तवादी शासन व्यवस्था (सन् 1868 से पूर्व)

सामन्ती अर्थव्यवस्था और तोकूगावा शासन के प्रारंभिक वर्षों में ग्रामीण क्षेत्रों में प्राकृतिक या स्वाभाविक अर्थव्यवस्था का स्वरूप प्रचलित था। प्रायः हान (गाँव) आत्मनिर्भर थे। कुछ खास वस्तुओं जैसे नमक, दवाओं तथा धातु-निर्मित वस्तुओं आदि को छोड़कर आवश्यकता की लगभग सभी वस्तुएँ गाँवों (हानो) में ही उपलब्ध हो जाती थीं। अन्य वस्तुएँ वे बाहर से क्रय कर लिया करते थे। व्यापार भी अधिक विकसित अवस्था में नहीं था। व्यवसाय प्रायः एकल स्वामित्व पर आधारित था, वस्तुओं का उत्पादन कुटीर एवं लघु उद्योग के आधार पर होता था तथा बड़े पैमाने पर उत्पादन की प्रणाली प्रचलित नही थी। **तोकूगावा शासनकाल में कारखानों का अस्तित्व तो था किन्तु ये अत्यन्त छोटे थे।** राष्ट्रीय अर्थव्यवस्था में भी उनका विशेष महत्त्व नहीं था। औद्योगिक वस्तुओं में हस्तशिल्प वाली वस्तुओं की प्रधानता थी। कुछ खास वस्तुओं जैसे तलवार, कृषि-उपकरण, सूती वस्त्र, ताम्बे के बर्तन, कागज, छातों, मोमबत्तियां और दवाओं आदि के ही उत्पादन किये जाते थे। ये उद्योग भी कुछ नगरों जैसे **एडो** (आधुनिक **टोकियो**), **ओसाको** एवं **क्योटो** में ही सीमित था और इन उद्योगों पर प्रायः सामन्तों या डाइमियो का स्वामित्व था। हानो(गाँवों) में घर-घर रेशम के कीड़े और मछली पालने का काम किया जाता था। **मित्सुई घराने का फुटकर व्यवसाय पर आधिपत्य था।** 18वीं शताब्दी के अन्त तक मित्सुई घराने द्वारा टोकियो के फुटकर दुकानों पर लगभग1000 लोगों को रोजगार प्रदान किया गया था। शोगुनत द्वारा अपनाई गई एकांतता अर्थात् **अलगाववादी नीति** के कारण विदेशियों के साथ व्यापार करने की अनुमति नहीं थी। अतः इस अवधि में आयात-निर्यात प्रायः नगण्य था। **एकांतता या पृथकतावादी नीति अपनाये जाने के दो प्रमुख कारण थे।** प्रथम सामन्तवादी शासक तत्कालीन राजनैतिक व्यवस्था बनाये रखना चाहते थे और वे विदेशियों के संभावित हस्तक्षेप के प्रति सदैव सशंकित रहते थे। **द्वितीय,** सोने के भंडार को वे किसी भी तरह जापान से बाहर नहीं देना चाहते थे।

सामन्तवादी शासन व्यवस्था में साहूकारों एवं महाजनों का भी जन्म हो चुका था। ये साख (ऋण) प्रदान करने का कार्य किया करते थे। उनके द्वारा विनिमय-बिल और प्रतिज्ञा-पत्र (प्रामिसरी नोट) आदि के आधार पर भी ऋण प्रदान किया जाता था। साख-व्यवस्था भी अत्यन्त अविकसित व्यवस्था में ही थी। चावल की जमानत पर भी ऋण प्रदान किया जाता था क्योंकि चावल अत्यन्त महत्त्वपूर्ण उत्पादनों में से एक था और चावल जापान का प्रमुख उत्पादन था।

2. मेजी शासन काल

तोकुगावा घराने (सामन्तशाही के अन्तिम शासक परिवार) के पतन के बाद सन् 1868 में ही सम्राट मेजी ने (अपने पिता सम्राट केयो के निधन के पश्चात्) जापान की गद्दी सँभाल ली। **डब्लू॰ डब्लू॰ लाकवुड ने मेजी काल में चतुर्दिक** (कृषि, औद्योगिक, व्यापारिक एवं बैंकिंग) **विकास का इन शब्दों में वर्णन किया है**—"सन् 1868 ई॰ के पश्चात् जापान की आधुनिकीकरण की रफ्तार किसी बाँध के फट पड़ने जैसी थी। यह और भी अधिक हिसक थी क्योंकि यह अपने साथ सदियों से दबी हुई शक्तियों को बहाकर लाया था।" मेजी पुनर्स्थापना के पश्चात् जापान तीव्र प्रगति करने और अपने को विदेशी अधीनता (उपनिवेशन) से मुक्त रखने के लिए कटिबद्ध था। उसका नारा था—"**समृद्ध राष्ट्र सुदृढ़ सेना**"। सन् 1868 से 1881 के मध्य सरकार को आवश्यक वस्तुओं (पूँजीगत वस्तुओं जैसे मशीन, जहाज, रेल तथा सैन्य-सामग्री आदि) का मुख्यतः ब्रिटेन से आयात करना पड़ा। देश में आधुनिक उद्योगों की स्थापना हेतु निजी उद्यमियों और पूँजी का अभाव था। अतः सरकार ने स्वयं उद्योगों की स्थापना एवं संचालन करने का निर्णय लिया। सरकार ने रेशमी, सूती एवं ऊनी वस्त्रों के उत्पादन के लिए उद्योग स्थापित किये। शीशा तथा रासायनिक उद्योगों की भी स्थापना की। सन् 1882 तक जापान में आधुनिक एवं बड़े उद्योगों की स्थापना करने का कार्य सरकार ने ही किया। **सरकार द्वारा स्थापित एवं नियंत्रित उद्योगों को 3 श्रेणियों में विभाजित किया जा सकता है—**

1. सीधे सरकारी प्रबन्ध वाले उद्योग
2. सरकार द्वारा निर्मित एवं संचालित आदर्श उद्योग जो निजी उद्यमियों को प्रोत्साहित करने के उद्देश्य से स्थापित किये गये थे, और
3. ऐसे निजी क्षेत्र के उद्यम जिन्हें सरकारी संरक्षण, प्रोत्साहन तथा सहायता प्राप्त थे।

प्रथम श्रेणी के उद्योगों में उत्खनन, जहाज-निर्माण, रेल तथा रेलमार्गों का निर्माण, तार, टकसाल, सीमेंट, ग्लास तथा टाइप आदि के उत्पादन करने वाले उद्योग थे। **द्वितीय श्रेणी** में वस्त्रादि का निर्माण करने वाले उद्योग थे जो बाद में निजी उद्यमियों को बेच दिये गये। **तृतीय श्रेणी** में ऐसे उद्योग थे जिन्हें उनकी स्थापना तथा उपकरणों आदि के खरीद के लिए ऋण तथा अन्य सहयोग सरकार द्वारा प्रदान किया गया। **उद्योगों द्वारा माँगी गई पूँजी की आपूर्ति अधिकाधिक साख-निर्गमन द्वारा पूरा करने के लिए सन् 1882 में ही बैंक ऑफ जापान की स्थापना की गई।** सन् 1887 में इसने केन्द्रीय बैंक के रूप में कार्य करना शुरू कर दिया। शीघ्र ही धन-संबंधी कमी एवं स्थापित उद्योगों के अकुशल प्रबन्ध-संचालन तथा घाटे के कारण उन्हें निजी उद्यमियों को बेचने के लिए बाध्य होना पड़ा।

उद्योगों के विकास के लिए निजी उद्यमियों को प्रोत्साहित करने के उद्देश्य से उनको विदेश-आवागमन एवं शिक्षण-प्रशिक्षण की सुविधा प्रदान की गई। विदेशी विशेषज्ञों एवं तकनीशियनों को भी आमंत्रित किया गया। आधुनिक बैंकिंग संस्थाओं की स्थापना की गई। लाभ के पूँजीकरण को भी प्रोत्साहित किया गया, संयुक्त स्कंध कम्पनी के व्यवसायिक स्वरूप का प्रचार किया गया। **सन् 1882 के पश्चात् लगभग सभी प्रमुख उद्योगों पर जायबत्सु (वित्तीय गुट) का पूर्ण आधिपत्य स्थापित हो गया। यहीं से जायबत्सु के हाथों आर्थिक सत्ता का संकेन्द्रण शुरू हो गया था।** बाद में जिन बड़े उद्योगों की स्थापना निजी क्षेत्र में हुई वे—जहाजी सेवा, व्यापारिक फर्म, उत्खनन तथा अन्य विनिर्माणी उद्यम आदि थे। संयुक्त पूँजी वाली कम्पनी के रूप में बैंकिंग कम्पनियां, रेलवे कम्पनियां, व्यापारिक जहाज सेवा कम्पनियां तथा स्पिनिंग की स्थापना हुई। **सन् 1888 तक निजी क्षेत्र में भी अनेक बड़े पैमाने के उद्यमों की स्थापना हो चुकी थी। सन् 1894-95 के पश्चात् सरकार ने उद्यमों की स्थापना करने के स्थान पर निजीक्षेत्र के उद्योग-धंधों को वित्त प्रदान करने के स्वरूप को वरीयता प्रदान किया।** सरकार अब स्वयं भी वित्त प्रदान करती थी और अन्य वित्तीय संस्थाओं के माध्यम से भी। इसी उद्देश्य से **'जापानी औद्योगिक बैंक'** (Industrial Bank of Japan), की स्थापना की गई। यह बैंक नये तथा पुराने दोनों ही प्रकार के उद्योगों को वित्तीय सहायता प्रदान करता है। सन् 1896 के 'जहाज-निर्माण प्रोत्साहन अधिनियम (Ship Building Encouragement Act) के अन्तर्गत जहाज-निर्माण करने वाले उद्योगों को अनुदान देने का प्राविधान बनाया गया।

3. प्रथम विश्वयुद्ध के पश्चात्

प्रथम महायुद्ध एवं उसके पश्चात् काल में **निजी क्षेत्र में जायबत्सु संगठनों के अन्तर्गत तीव्र गति से विकास हुआ।** सन् 1917 के बैंकिंग संकट के कारण छोटे-छोटे उद्योगों का समापन हो गया और इनमें से अधिकांश उद्योगों को जायबत्सु द्वारा खरीद लिया गया जिससे उनके प्रभाव एवं शक्ति में और वृद्धि हो गई। सन् 1929 की महान आर्थिक मन्दी का उद्योगों पर प्रतिकूल प्रभाव पड़ा। मन्दी के दुष्प्रभावों को दूर करने एवं उद्योगों की कार्य कुशलता बढ़ाने के लिए सन् 1930 में **'औद्योगिक विकेन्द्रीकरण ब्यूरो'** की स्थापना की गयी। **द्वितीय विश्व युद्ध के पूर्व से ही उद्योगों पर सरकारी नियंत्रण पुन: बढ़ने लगा था।** सैनिक-नियंत्रण भी कसता जा रहा था। युद्ध की तैयारी की दृष्टि से बड़े उद्योगों को सरकार अपने नियंत्रण में लेने लगी थी। **द्वितीय युद्ध आरंभ होने से पूर्व निजी-क्षेत्र के सभी बड़े एवं महत्त्वपूर्ण उद्योगों पर सरकारी नियंत्रण स्थापित हो गया था। सन् 1935 तक राजनीतिक सत्ता सैनिक तत्त्वों के हाथ में आ गयी थी।**

द्वितीय युद्ध के दौरान जापानी उद्योगों को सर्वाधिक हानि हुई। युद्ध में लगभग सभी उद्योग-धंधे, भवन, मशीन तथा उपकरण आदि नष्ट हो चुके थे। **महान औद्योगिक नगर हिरोशिमा और नागाशाकी मलवों के ढेर में बदल गये** और जापान को अमेरिका के आगे घुटने टेक देने पड़े। **सन् 1945 में युद्ध समाप्त होने के पश्चात् जापान का प्रशासन संभालने के लिए स्थापित अमेरिकन आधिपत्य वाली अन्तरिम सरकार द्वारा सबसे पहले जायवत्सु को समाप्त करने के लिए कदम उठाये गये।** इनका अब तक निजी क्षेत्र के उद्योगों पर पूर्ण आधिपत्य था तथा सरकार पर भी बड़ा प्रभाव था। युद्ध की समाप्ति के बाद एक **न्यास विरोधी अधिनियम** (Anti Trust Laws) **पारित करके**

जायवत्सु की समस्त सम्पत्तियों पर सरकार द्वारा नियंत्रण कर लिया गया और उनके सभी अधिकार समाप्त कर दिये गये। इस प्रकार निजी क्षेत्र के अधिकांश उद्योगों पर से जायबत्सु का नियंत्रण समाप्त हो गया और पूँजीपतियों का एक बड़ा वर्ग प्राय: समाप्त हो गया। कुछ समय पश्चात् सरकारी प्रयासों से ही उनको पुनः जीवन मिला और एक बार फिर निजी क्षेत्र में काइरेत्सु नामक पूँजीपतियों का वर्ग आर्थिक शक्ति के रूप में उदित हुए किन्तु अब वे उतने शक्तिशाली नहीं रहे जितना वे द्वितीय युद्ध के पूर्व थे। अब वे राजनैतिक एवं आर्थिक नियंत्रण खो चुके थे। अब निजी क्षेत्र भी उतना महत्त्वपूर्ण नहीं रहा। आधुनिक जापान में अधिकांश बड़े तथा महत्त्वपूर्ण उद्योगों पर जापान सरकार का नियंत्रण एवं स्वामित्व है।

सरकार और जाइबात्सू के योगदान
(Role of the Government and the Zaibatsu)

जर्मनी के बाद जापान एकाधिकारी पूँजीवाद का एक दूसरा उदाहरण है। पाश्चात्य देशों में उद्योगीकरण के विकास के कारण पूँजीवाद का विकास हुआ है। किन्तु **जापान में औद्योगिक क्रांति सरकार द्वारा प्रोत्साहित की गई थी।** इसलिए आर्थिक शक्तियों का संकेन्द्रण प्रारंभ से ही कतिपय व्यक्तियों के पास ही रहा है। **किन्तु जापान में जिस पूँजीवाद का उदय हुआ वह ग्रेट ब्रिटेन अथवा जर्मनी के पूँजीवाद से भिन्न था। इंगलैंड में हस्तक्षेपहीन पूँजीवाद ने आर्थिक प्रगति लायी जबकि जर्मनी में नियंत्रित पूँजीवाद ने आर्थिक पुनरोद्धार को तीव्रतर बनाया। किन्तु जापान में कतिपय व्यक्तियों के हाथों में ही बहुत अधिक आर्थिक शक्तियों का संकेन्द्रण हो गया था। केवल कतिपय परिवार ही जापानी अर्थव्यवस्था के अधिकांश पर नियंत्रण किए हुए थे।**

जापानी सरकार की आर्थिक नीति—माइजी पुनर्स्थापना के बाद जापान की तीव्र गति से औद्योगिक प्रगति मुख्यतः सरकारी सहायता तथा सहयोग का परिणाम थी। **यदि प्रारंभ से ही उद्योगीकरण के क्षेत्र में सरकार का बड़े पैमाने पर हस्तक्षेप नहीं हुआ होता तो शायद जापान का इतनी तीव्र गति से औद्योगिक विकास नहीं हो पाता।** माइजी शासन काल के प्रारंभ में जब जापान में प्रणेता साहसियों का अभाव था, सरकार स्वयं निर्माणी उद्योगों के विकास में आगे बढ़ी। सरकार द्वारा इस काल में कई महत्त्वपूर्ण उद्योगों की स्थापना की गयी। सरकार ने शोगुन तथा डाइमियो के कई उद्योगों को अपने हाथ में ले लिया तथा उनका पुनर्गठन किया। देश में उद्योग-धंधों के लिए आवश्यक प्रशिक्षित व्यक्तियों के अभाव को दूर करने के लिए माइजी सरकार ने पश्चिमी देशों से शिल्पियों को प्राप्त करने का प्रयास किया। **1872 ई॰ में जापान में ऐसे विशेषज्ञों की संख्या 200 थी।** जापानी नवयुवकों को विदेशों में प्रशिक्षण के लिए भेजा जाने लगा। देश के भीतर भी प्रशिक्षण-संबंधी सुविधाओं का विस्तार किया जाने लगा। विदेशों से आधुनिक ढंग की बनी हुई वस्तुओं को मँगवाकर जापानी श्रमिकों एस कारीगरों को नमूना के लिए दिया जाने लगा ताकि वे नकल कर सकें और स्वदेशी वस्तुओं में सुधार कर सकें। **माइजी शासन के प्रारंभ में ही सरकार ने यह महसूस किया था कि यातायात तथा संवादवाहन के साधनों के विकास के बिना देश का उद्योगीकरण असभंव है।** अतः प्रारंभ से ही परिवहन एवं संवादवाहन के साधनों के तीव्र विकास के प्रयास किये जाने लगे।

इस प्रकार **पूँजी-निर्माण की समस्या का समाधान सरकार और बड़े-बड़े व्यापारियों के प्रयासों द्वारा किया गया था। सरकार ने क्रमबद्ध रूप में स्फीतिजनक नीति का अनुसरण किया जिसके परिणामस्वरूप हुए आय के पुनर्वितरण से पूँजी-निर्माण को प्रोत्साहन मिला।** माइजी शासन के प्रारंभिक वर्षों में सरकार ने एक ऐसी मजदूरी नीति का अनुसरण किया जिसमें मजदूरी में वृद्धि की छूट नहीं दी जाती थी। सरकार ने सामन्तों को मुआवजा के रूप में ऋण-पत्र दिया था जिसका प्रयोग इन्होंने नये-नये उद्योग-धंधों, बैंकों आदि के विकास तथा शेयर खरीदने में किया था। संक्षेप में, **माइजी शासन-काल के प्रारंभ में सरकार द्वारा औद्योगिक विकास को प्रोत्साहन देने की नीति आर्थिक परिवर्तन के लिए सर्वाधिक महत्त्वपूर्ण कारण थी।**[1]

अतः जापान के उद्योगीकरण में सरकार ने महत्त्वपूर्ण योगदान किया है। सरकार उन उद्योगों और सेवाओं की स्थापना में अत्यधिक सहायता करती थी जो इसके राजनीतिक तथा आर्थिक उद्देश्यों की पूर्ति के लिए आवश्यक मानी जाती थीं। इस उद्देश्य से सरकारी क्षेत्र में भी कई प्रमुख उद्योगों की स्थापना की गयी। अनेक औद्योगिक संगठनों के लिए सरकार द्वारा सार्वजनिक कोष अथवा औद्योगिक बैंकों से वित्तीय सहायता दी गयी। मुख्यतः आधारभूत उद्योगों को ऐसी सहायता दी जाती थी। अधिकांश ऐसे उद्योग या तो एशिया के भू-भाग पर अथवा 1930 ई० के पश्चात् जापानी उपनिवेशों में स्थापित किये गये। **मंचूरिया की रेल-व्यवस्था, फारमोसा का चीनी उद्योग तथा जापान के जलपोत उद्योग इस संबंध में विशेष रूप से उल्लेखनीय हैं।** प्रथम विश्व युद्ध के बाद आर्थिक सहायता की सीमा तथा गति और बढ़ा दी गयी और एक बड़े औद्योगिक-क्षेत्र को सहायता दी जाने लगी। युद्धोत्तर काल में सरकारी सहायता सोडा एश, डाईस्टफ आदि जैसे उद्योगों को भी दी जाने लगी। **1930 ई० तक जापान का आर्थिक विकास अपनी चरम सीमा पर पहुँच गया था।** अतः अब देश के आर्थिक विकास में कुछ खास क्षेत्रों के अतिरिक्त अनुदान और आर्थिक सहायता का अंश बहुत अधिक नहीं रह गया था। 1931 ई० में सरकारी सहायता की रकम 610 लाख येन थी जो कुल राष्ट्रीय बजट का केवल प्रायः 3 प्रतिशत ही थी।

जापान ने अपनी औद्योगिक व्यवस्था के निर्माण में तट करों पर बहुत ही कम भरोसा किया है। जापान में प्रशुल्क नीति उद्योगीकरण का एक यंत्र नहीं रही है बल्कि यह उद्योगीकरण की नीति के अधीनस्थ नीति रही है। सन् 1911 ई० में नये तट-करों को लागू किया गया। इस नयी तट-कर नीति का आधार यह था कि जिन औद्योगिक कच्चे पदार्थों को जापान में सरलतापूर्वक उत्पन्न नहीं किया जा सकता था उनको बिना किसी आयात-कर अथवा बहुत कम आयात कर द्वारा प्राप्त किया जाना चाहिए, अर्द्धनिर्मित वस्तुओं पर निम्न तथा निर्मित वस्तुओं पर साधारण आयात कर लगाया जाना चाहिए। भुगतान संतुलन की आवश्यकताओं को देखते हुए विलासिता की वस्तुओं पर बहुत अधिक आयात कर लगाया जाता था। **फिर भी यह नहीं कहा जा सकता कि अपने आर्थिक इतिहास के किसी भी काल में जापान ने ऊँचे तट-करों का पक्ष लिया है। 1931 ई० में मिनसीतो सरकार के पतन के पश्चात् आर्थिक नीति में तट-करों का महत्त्व अत्यन्त क्षीण हो गया।**

---

1. "A positive state policy was the most important instrument of economic change during the early Meiji era."

अब जापान में कुछ विशेष उद्योगों के विकास के लिए सरकार द्वारा अनेक प्रकार की सरकारी संस्थाओं की स्थापना की गयी। मत्स्य उद्योग के विकास के लिए भरपूर प्रयास किया गया। इस उद्योग के लिए इसने **उत्पादकों के एक संघ का निर्माण किया** और इस उद्योग में लगे सभी लोगों को **'सुसन कुमियाइ'** (Suisan Kumiai) में शामिल होने के लिए बाध्य किया गया। कच्चे रेशम उद्योग के विकास में सरकारी नियंत्रण एवं सहायता का महत्त्वपूर्ण प्रभाव पड़ा। जापान तथा कोरिया में चावल के उत्पादन को बढ़ाने के लिए सरकार ने बहुत ही कम ब्याज दर पर ऋण तथा आर्थिक सहायता देना प्रारंभ किया। आधारभूत एवं सामरिक महत्त्व के उद्योगों के अतिरिक्त निर्माणी उद्योगों के क्षेत्र में भी सरकार की क्रियाशीलता बहुत ही कम रही है। **1925 ई॰ के 'निर्यात संघ' एवं 'उत्पादक संघ' के रूप में इस नीति को और भी व्यापक बनाया गया। निर्यात की वस्तुओं के गुण पर बहुत अधिक जोर दिया जाता था।** 1925 ई॰ के निर्यात संघ विधि (Export Guild Law) तथा निर्माता संघ विधि (Manufacturers Guild Law) के अनुसार वस्तुओं के गुण को बनाये रखने के लिए संस्थाओं की स्थापना की गयी। निर्माताओं के बीच सहकारिता के लिए भी सरकार द्वारा कई प्रकार के प्रयास किए गए। सरकार इस प्रयास में पर्याप्त सफल भी हो पायी।

जाइबात्सू के योगदान—जापान के औद्योगिक विकास में सबसे अधिक महत्त्वपूर्ण भूमिका जापान के महान सेठ परिवारों की रही हैं जिन्हें संयुक्त रूप से जाइबात्सू कहा जाता है। **जाइबात्सू का शाब्दिक अर्थ वित्तीय संगठन अथवा गुट** (money clique) है। इसका प्रयोग जापान के व्यापक आर्थिक हित वाले कुछ बड़े व्यापारिक परिवारों के लिए किया जाता है।''[1] **जापान में चार बड़े परिवार थे—मित्शुई** (Mitsui), **मित्शुबिशी** (Mitsubishi), **सुमीतोमो** (Sumitomo) तथा **यासुदा** (Yasuda)। **मित्शुई का हित व्यापार के प्रोत्साहन में था, मित्शुबिशी जहाज-निर्माण तथा इंजीनियरिंग उद्योग से संबंधित था। सुमितोमो खनिज उद्योगों तथा यासुदा बैंकिंग व्यवसाय से संबद्ध था। इसमें मित्शुई परिवार सबसे बड़ा और सबसे अधिक सम्पन्न तथा प्रभावशाली था।** जाइबात्सू का प्रभाव भारी उद्योगों पर बहुत अधिक था। किन्तु ये जापान के आर्थिक जीवन के प्रत्येक पहलू को प्रभावित करते थे। वस्तुतः **जापान के आर्थिक जीवन का कोई भी अंग ऐसा नहीं था जो जाइबात्सू से किसी-न-किसी प्रकार से संबंधित नहीं रहा हो।** इन चार परिवारों ने जापान के आर्थिक विकास में अत्यन्त महत्त्वपूर्ण कार्य किया है। **1925 ई॰ के बाद जापानी अर्थव्यवस्था में ये इतना अधिक प्रभावशाली हो गये थे कि विश्व के किसी भी अन्य देश में इसकी बराबरी का कोई उदाहरण नहीं मिलता।** राजनीतिक पर भी इनका बहुत प्रभाव हो गया था।

जापान में जाइबात्सू संगठनों की स्थापना कुछ साहसिक व्यापारिक परिवारों ने की थी जो शताब्दियों से व्यापार तथा बैंकिंग कारोबार में बड़े पैमाने पर लगे हुए थे और जिन्होंने डाइमियो के इलाकों को देखभाल करके तोकूगावा शासनकाल में ही जापान में अपनी-अपनी वित्तीय तथा व्यापारिक जाल फैला रखी थी। **1868 ई॰ के पश्चात् इनमें से कुछ संगठनों ने माइजी सरकार की भी सहायता की थी। माइजी सरकार ने इन व्यापारिक संगठनों**

1. The term Zaibatsu means literally 'money-cliques' and is used to signify certain great Japanese business houses with extremely widespread interest.

का प्रयोग अपनी आर्थिक नीति को कार्यान्वित करने के लिए किया था। इस प्रकार जाइबात्सू और जापानी सरकारी के बीच अत्यधिक घनिष्ठ संबंध था। माइजी शासन का एक प्रमुख व्यक्ति **मारक्विश इनोया** (Marquis Inouye) मित्शुई घराने के निकट सम्पर्क में कार्य करता था। इसके बदले में मित्शुई घराने को कई प्रकार की सुविधाएँ दी गयी थीं। जैसे—कोयले की खुदाई तथा विदेशों में क्रय-विक्रय का अधिकार आदि। इसी प्रकार मित्शुबिशी घराने का फारमोसा में अत्यधिक स्वार्थ था। सरकार ने अन्य देशों में जहाज खरीद कर मित्शुबिशी जहाजी बेड़े को सुदृढ़ किया। जापान की सबसे बड़ी जहाजी **कम्पनी निप्पान युसेन कैसा** की स्थापना इसी प्रकार हुई। साधारणतया जापानी सरकार के सहयोग से जाइबात्सू जापान को उसके उपनिवेशों तथा मंचूरिया में सामरिक महत्त्व के उद्योगों की स्थापना के लिए पूँजी उपलब्ध करते थे। अधिकांश बड़े पैमाने के उद्योगों की स्थापना या तो इनके द्वारा की गयी थी अथवा उन्हें इनके नियंत्रण में लाया गया था।

जापानी उद्योगों का क्रमिक विकास

सन् 1868 ई॰ के पूर्व जापानी उद्योग—इस काल में जापान में कतिपय लघु उद्योगों का अस्तित्व था। यथा—सूती वस्त्र उद्योग, रेशम उद्योग, लोहा उद्योग आदि। इन सब उद्योगों के कार्यों को जापान ने 12वीं शताब्दी के प्रारंभ में ही चीन से सीख लिया था। **तोकूगावा शासन काल में उद्योगों के तीन मुख्य शाही केन्द्र थे—येडो** जो आगे चलकर टोकियो हो गया, **ओसाका** और **क्योतो** जहाँ उस समय सम्राट रहा करता था।

सन् 1868 से 1900 तक—इस काल को स्वामिगत (proprietory) उद्योगों का काल कहा जा सकता है। इस काल में आधुनिक ढंग के वृहदकार उद्योगों का विकास हुआ। जापान के भावी विकास के लिए नींव डाली जा सकी। **सन् 1868 के बाद जापान की औद्योगिक प्रगति विश्व के आर्थिक इतिहास में अद्वितीय रही हैं।** यह तीव्र प्रगति वस्तुतः माइजी मुनर्स्थापन के परिणामस्वरूप उत्पन्न परिस्थितियों का ही परिणाम थी। 1868 के बाद उद्योगीकरण को प्रोत्साहित करने वाले तत्त्व कई रूपों में उभरे। सरकार की सक्रिय भूमिका इनमें सर्व प्रधान थी। औद्योगिक विकास में सरकार ने सूत्रपात करना प्रारंभ किया क्योंकि बड़े पैमाने के उद्योगों के लिए आवश्यक पूँजी, संगठन, कुशल श्रमिकों आदि का अभाव था। औद्योगिक विकास में इतनी अधिक अभिरुचि प्रदर्शित करने के कारण ही **जापान सरकार को 'उद्योगों का देव-पिता'** कहा जाता है। **हबार्ड** (Hubbard) का अभिमत है कि **जापान में 'राज्य जापानी औद्योगिक विकास का यदि प्रजनक नहीं तो पितामह अवश्य था।''**[1] सरकार ने व्यक्तियों को प्रविधियों को सीखने के लिए विदेशों में भेजा, उद्योग के लिए आवश्यक वित्त की व्यवस्था की और संघटक का कार्य संपादित किया। जापान में कुछ ऐसे तत्त्व विद्यमान थे जिन्होंने जापानी औद्योगिक विकास में प्रचुर सहायता पहुँचायी। जापान में पर्याप्त श्रमिक उपलब्ध थे जो औद्योगिक कार्यों को सम्पादित करने में अभ्यस्त थे, प्रज्ञ, परिश्रमी और निपुण थे। निम्न जीवन स्तर एवं निम्न मजदूरी के कारण जापानी श्रम अत्यन्त ही सस्ता था। किन्तु साथ ही ये **श्रमिक इतने तेज थे कि एक बार उन्हें यदि बतला दिया जाता था तो वे प्रविधि पर अपना अधिकार कर लेते थे।** सरकार मजदूरी को कम बनाए रखने की नीति अनुसरित कर रही थी ताकि पूँजी निर्माण

---

1. "The state certainly was the grand father of Japanese industrial development if not its progenitor."—Hubbard : *The Eastern Industrialization.*

को प्रोत्साहन मिल सके। **जापान में बहुत-सी मजदूरियाँ शयनागारों** (dormitories) **में निवास करती थीं** जो संघटकों के अधीन होते थे। इससे भी जापानी औद्योगिक विकास में सहायता मिली। **ये श्रमिक लड़कियाँ अत्यन्त ही कुशल एवं निपुण होती थीं।**

जापान के तेज आर्थिक विकास के लिए अन्य कारण भी उत्तरदायी थे। जैसे पृथकत्व की समाप्ति के बाद पश्चिमी राष्ट्रों के अतिक्रमण का भय गंभीर रूप धारण करने लगा। अतएव **विदेशी प्रतियोगिता तथा विदेशी आक्रमण से प्रतिरक्षा की आवश्यकता का जापान के औद्योगिक विकास पर महत्त्वपूर्ण प्रभाव** पड़ा। दूसरी ओर सन् 1868 के बाद जापान के पश्चिमी देशों के सम्पर्क में आने के कारण इसके विदेशी व्यापार में तीव्र गति से वृद्धि हुई जिसका देश के निर्माणी उद्योगों के विकास पर भी अनुकूल प्रभाव पड़ा। विदेशी व्यापार से प्राप्त लाभ का प्रयोग जापान ने मुख्यतः उद्योग-धंधों के विकास में ही किया क्योंकि माइजी शासन काल में कृषि उत्पादकता में वृद्धि के कारण खाद्यान्न के संबंध में वह प्रायः आत्मनिर्भर हो गया था।

सन् 1901 से 1919 तक—इस काल में जापान की अन्तरराष्ट्रीय अवस्था न्यूनाधिक रूप में इंगलैंड और अमेरिका के समान हो गयी थी। वह कार्यकर्त्ताओं तथा पूँजी-वस्तुओं के दृष्टिकोण से आत्मनिर्भर हो गया था। जापानी व्यक्ति दूसरों की नकल करने में बड़े चतुर होते हैं। प्रथम विश्वयुद्ध का जापान पर अत्यन्त ही अनुकूल प्रभाव पड़ा। **हबार्ड का कथन है कि 'युद्ध (सन् 1914 का) जापान के लिए एक स्वर्ण अवसर था'।** (The war (1914) was a golden opportunity for Japan.) जापान के दृश्य एवं अदृश्य दोनों प्रकार के व्यापार में वृद्धि हुई। **आलेन** (Allen) **के अनुसार** कारखानों में कार्य करने वाले मजदूरों की संख्या में 63 प्रतिशत वृद्धि हो गयी, शक्ति के उत्पादन में 34 प्रतिशत वृद्धि हुई, कच्चे लोहे का उत्पादन 143 प्रतिशत बढ़ गया, इस्पात की वस्तुओं की वृद्धि 116 प्रतिशत हुई और विद्युत-मोटर की क्षमता में 206 प्रतिशत वृद्धि हो गयी।

सन् 1919 से 1929 तक—युद्ध-काल की औद्योगिक तेजी 1920 तक चलती रही जब जापान के उद्योगों ने 1914 की तुलना में बहुत अधिक प्रगति कर ली थी। किन्तु सन् 1920 के बाद इसे विदेशी बाजारों के साथ आन्तरिक बाजार में भी विदेशी प्रतियोगिता का सामना करना पड़ा। बहुत-सी नयी-नयी कम्पनियाँ जो युद्ध काल में स्थापित हुई थीं इस प्रतियोगिता का सामना नहीं कर सकीं। परिणामस्वरूप उत्पादन में ह्रास हुआ, लाभांशों में कमी हुई तथा बेरोजगारी बढ़ गयी। परिस्थिति में सुधार के लिए अतिरिक्त निवेश द्वारा सम्पूर्ण औद्योगिक ढाँचे को पुनर्गठित करने का प्रयास किया गया। किन्तु इस दिशा में अभी पर्याप्त प्रगति नहीं हो पायी थी कि इसी बीच सन् 1923 में एक भंयकर भूकम्प आया जिससे अत्यधिक बर्बादी हुई और स्थिति पुनः खराब हो गयी। इसके बाद पुनर्निर्माण तेजी से प्रारंभ हुआ किन्तु इसका परिणाम सन् 1927 का भयंकर आर्थिक संकट था जिसके परिणामस्वरूप कई कम्पनियाँ तथा बैंकिंग संस्थाएँ टूट गयीं। अतएव पुनः उद्योगों की संरचना तथा युक्तिकरण की एक नयी नीति अपनायी गयी। इससे इस काल में औद्योगिक उत्पादन में पर्याप्त प्रगति हुई। अनुमान लगाया गया है कि **प्रथम विश्वयुद्ध के प्रारंभ से 1929 के बीच जापान का औद्योगिक उत्पादन तीन गुना से भी अधिक हो गया।**[1] 1914 से 1929 के बीच कुछ उद्योगों के उत्पादन में वृद्धि का अन्दाजा निम्नांकित तालिका से लगता है—

1. W.W. Lockwood : *The Economic Development of Japan* 1954, p. 115-17.

वर्ष	सूत (लाख पौण्ड	कच्चा रेशम (हजार कया)	कोयला (लाख टन)	तैयार इस्पात (हजार टन)	सीमेंट (हजार टन)	विद्युत शक्ति (हजार कि॰ वा॰)
1913	6072	3741	213	255	645	56.4
1920	7268	5834	292	533	1353	122.4
1925	9747	8284	315	1043	2508	2708
1929	11170	11,292	343	2034	4349	4149

सन् 1929 से 1939 तक : आर्थिक मंदी तथा द्वितीय विश्वयुद्ध के पूर्व काल—सन् 1929 में अमेरिका में जिस महान आर्थिक मंदी का प्रारंभ हुआ उसके प्रभाव से जापानी उद्योग भी वंचित नहीं रह सके। **मंदी के प्रभाव से जापानी उद्योग भी वंचित नहीं रह सके।** मंदी के परिणामस्वरूप सूती वस्त्र तथा रेशम के निर्यात में बहुत अधिक कमी हुई तथा इनके मूल्य में बहुत अधिक ह्रास हुआ। **परिस्थिति में सुधार के लिए सरकार ने 1930 में डॉलर तथा पौंड की युद्ध के पूर्व की समता दर पर स्वर्णमान को पुनः अपनाया। किन्तु चूँकि इन देशों की अपेक्षा जापान के मूल्य-स्तर में ह्रास बहुत कम हुआ था, इसलिए येन का मूल्य अभी अधिक था। अतः विनिमय साम्य को बनाये रखने के लिए सरकार को येन का अवमूल्यन करना पड़ा।** किन्तु इससे अर्थव्यवस्था में भयंकर मंदी उत्पन्न हो गयी, औद्योगिक उत्पादन तथा निर्यात में बहुत कमी आ गयी और बेरोजगारी बहुत बढ़ गयी।

जापान सरकार ने इसके लिए सन् 1920 और 1930 के बीच कुछ वैसा ही उपाय किया जैसा कि अमेरिका ने न्यूडील नीति के अन्तर्गत किया था—(1) औद्योगिक विवेकीकरण विभाग (Industrial Rationalisation Department) की व्यवस्था की गयी जिसे उद्योगों की कार्यकुशलता में वृद्धि एवं उद्योगों की वैज्ञानिक व्यवस्था में सहायता करने का कार्य-भार सौंपा गया। (2) वृहत् पैमाने के उद्योग का संयोजन करने की व्यवस्था के लिए एक विधि पारित की गयी जिसे **स्थिर उद्योग नियंत्रण अधिनियम** (Stable Industries Control Act) कहा जाता है। इस प्रकार प्रतियोगिता को कम कर दिया गया और वस्तुओं के निर्यात तथा उद्योगपतियों को विवश करने की शक्ति प्राप्त हो गयी। (3) सहकारिताओं के संघों को अनिवार्यतः निर्मित करने के लिए विधियाँ निर्मित की गयी। इस काल में लघु पैमानेवाले हस्तशिल्पों (handicrafts) की दशा शोचनीय हो गयी थी। उन्हें सहकारिताओं में सम्मिलित होने के लिए बाध्य किया गया। वस्तुओं के बाजार की समस्याओं के सबंध में एक **सामाजिक संघ** (association) की स्थापना की गयी। (4) कुछ उद्योगों का राष्ट्रीयकरण कर दिया गया। (5) स्वर्णमान का परित्याग कर दिया गया और जापानी निर्यात को प्रोत्साहन देने के उद्देश्य से जापानी मुद्रा का मूल्य ह्रास (depreciation) कर दिया गया। यह उपाय बहुत पीछे चलकर किया गगा था।

हवार्ड ने लिखा है, **'इन समस्त उपायों का उद्देश्य औद्योगिक कार्य कुशलता में वृद्धि करना था। इन समस्त उपायों में सरकार ने पूँजीवादी लक्ष्यों का समर्थन किया था...उपभोक्ताओं और श्रमिकों के हितों को पूर्णतः उपेक्षित किया गया था।''**[1]

1. "All these measures were intended to promote industrial efficiency. In all these measures the Government supported the capitalist goal. The interest of consumers and of labour were completely ignored"—Hubbard : *The Estern Industrialization.*

परिणाम यह हुआ था कि **सन् 1930 के दशक तक जापानी उद्योगों में संयोजन अत्यन्त ही अधिक हो गया था।** मंदी के बाद जापान की औद्योगिक प्रगति तीव्र गति से होने लगी। सन् 1937 में चीन और जापान के बीच युद्ध प्रारंभ होने के समय तक जापानी उद्योगों की पर्याप्त प्रगति हो चुकी थी। औद्योगिक उत्पादन का संकेतांक जो सन् 1929 में 100 से घटकर सन् 1933 में केवल 92 हो गया था, अब बढ़कर सन् 1936 में 151 और सन् 1937 में 171 हो गया। **इस काल में जापान के पूँजी वस्तु उद्योगों का बहुत विकास हुआ।** सूती वस्त्र उद्योग का तीव्र गति से विकास हुआ। किन्तु सबसे अधिक विकास धात्विक उद्योगों, विशेषकर लोहा और इस्पात उद्योग का हुआ। औद्योगिक क्षमता भी बढ़ गयी। इस प्रकार द्वितीय विश्व युद्ध छिड़ने तक जापान युद्ध काल में प्रस्तुत औद्योगिक विकास का लाभ उठाने में समर्थ हो चुका था। इस कार्य में सरकार ने भी उद्योगों को पर्याप्त सहायता दी थी। किन्तु इस काल में सरकारी हस्तक्षेप मुख्य रूप से उद्योगों की संरचना से ही संबंधित थे।

द्वितीय विश्वयुद्ध और उसके बाद—द्वितीय विश्वयुद्ध छिड़ने तक जापान की आर्थिक दशाएँ बुरी नहीं थीं। किन्तु **इस युद्ध के पश्चात जापान पर अनेक हानिकारक प्रभाव पड़े**—(1) जैसे ही युद्ध छिड़ा, जापान को अपने उद्योगों के लिए आवश्यक कच्चे मालों के स्रोत से संबंध टूट गया। (2) सरकार ने असैनिक वस्तुओं के उत्पादन को कम कर दिया और इन वस्तुओं का निर्माण करने वाले उद्योगों में सैनिक वस्तुओं का निर्माण होने लगा। वस्त्र उद्योग में अनेक कारखानों को वस्त्र का उत्पादन करने से मना कर दिया गया और उन्हें रासायनिक वस्तुओं एवं वायुयानों के अंशों आदि का उत्पादन करने में लगा दिया गया। (3) युद्ध का तृतीय परिणाम यह हुआ कि श्रमिकों का सैनिक कार्यों में प्रयोग किया जाने लगा। विद्यार्थियों को भी सेना में भर्ती कर लिया गया। फलतः उद्योगों के लिए श्रमिकों का अभाव हो गया। (4) विश्वयुद्ध के उत्तर काल में परमाणु बम को गिराये जाने के पूर्व जापान में बम वर्षा की गयी थी। फलतः अनेक जापानी उद्योग ध्वस्त हो गये, कारखाने नष्ट हो गये, प्राविधिक श्रमिक बेकार हो गये, पूँजी तितर-बितर हो गयी। **इस प्रकार द्वितीय विश्वयुद्ध से जापानी उद्योगों की महान क्षति हुई। प्रथम विश्वयुद्ध जापानी उद्योगों के लिए स्वर्णकाल था किन्तु द्वितीय विश्वयुद्ध विनाश काल।**

सन् 1945 के पश्चात् जापान पर मित्रराष्ट्रों का आधिपत्य हो गया। इसके पश्चात् प्रथम दो वर्षों तक जापानी उद्योगों की स्थिति अनिश्चित रही क्योंकि मित्रराष्ट्रों द्वारा सन् 1945 में घोषित किया गया था कि जापानी कारखाने नष्ट कर दिये जायेंगे और यंत्र इत्यादि विजेता राष्ट्रों द्वारा हड़प लिए जायेंगे तथा जापान को युद्ध के लिए अत्यधिक क्षतिपूर्ति करनी पड़ेगी। लेकिन 1947 में संयुक्त राज्य अमेरिका ने अपनी नीति को परिवर्तित कर दिया और घोषित किया गया कि वह जापानी उद्योगों को ध्वस्त नहीं करेगा और जापान से क्षतिपूर्ति का दावा नहीं करेगा। इसलिए जापान ने अपनी अर्थव्यवस्था के पुनर्निर्माण को प्रारंभ किया। अमेरिका ने जापान को प्राविधिक परामर्श एवं पूँजी प्रदान किया। **विश्वयुद्ध के कारण हुए ध्वंस से जापानी अर्थव्यवस्था का पुनरोत्थान अत्यन्त ही तीव्र गति से हुआ और जापानी उद्योग पुन: अत्यधिक विकसित हो गये क्योंकि**—(1) जापान में तकनीकी कार्यकर्त्तागण प्रचुर मात्रा में उपलब्ध थे जो विनष्ट हुए उद्योगों को शीघ्र ही पुर्नगठित कर सके,(2) अमेरिका ने जापान की प्रचुर सहायता की, (3) सन् 1948 एक ऐसा वर्ष था जब वस्तुओं का अब

भी अभाव बना हुआ था और जापान ने जो उत्पादन किया उसके लिए आवश्यक बाजार पहले से ही प्रस्तुत था, (4) कोरियाई युद्ध के कारण जापान के औद्योगिक विकास को प्रोत्साहन मिला था, (5) जापान में औद्योगिक उत्पादन क्षमता पर्याप्त मात्रा में विद्यमान थी।

युद्धोत्तर काल में जापानी का पुनर्निर्माण *(Reconstruction of Japanese Industries in the Post War Period)*—द्वितीय विश्व युद्ध के बाद जापान को औद्योगिक पुनर्निर्माण में विशेष सफलता मिली। **सन् 1945 से लेकर अब तक हुई जापान की आर्थिक प्रगति को चार कालों में विभाजित** किया जा सकता है। **प्रथम काल** 1945 से 1952 तक का है जिसे **पुनर्निर्माण काल** (period of reconstruction) कहा जाता है। सन् 1945 में जापान के उद्योग बिल्कुल तहस-नहस हो गये थे। किन्तु 1952 तक आर्थिक पुनर्निर्माण का कार्य लगभग पूर्ण हो गया। सन् 1953 से 1959 तक का समय **द्वितीय काल** है जिसे **दृढ़ीकरण काल** (period of consolidation) कहा जा सकता है। 1959 से 1973 के बीच जापान की अर्थव्यवस्था युद्धोत्तरकालीन विकास के **तृतीय काल** में थी जिसे **पुनर्गठन और विस्तार काल** (period of reorganisation and expansion) कहा जा सकता है। इस अवधि में जापान के औद्योगिक क्षेत्र में बहुत अधिक उन्नति हुई। **1973 के तेल संकट को झेल लेने के बाद आजकल जापानी अर्थव्यवस्था परिपक्वता काल** (period of maturity) **में है।** युद्ध के बाद कुछ वर्षों में जापान के औद्योगिक उत्पादन में हुई वृद्धि का अन्दाजा निम्नांकित तालिका से लगाया जा सकता है—

औद्योगिक उत्पादन का संकेतांक (1937 से 1960 तक)

(1934-36 = 100)

वर्ष	संकेतांक	वर्ष	संकेतांक
1937	130	1954	167
1940	149	1955	181
1946	31	1956	221
1948	55	1957	262
1951	114	1958	263
1952	126	1959	325
1953	155	1960	410

युद्धोत्तर जापान की औद्योगिक व्यवस्था की कुछ महत्त्वपूर्ण विशेषताएँ

युद्धोत्तर जापान की औद्योगिक अवस्था में कुछ प्रमुख विशेषताएँ स्पष्ट हैं—

एक तो देश के औद्योगिक संगठन में महत्त्वपूर्ण परिवर्तन हुआ है। इसे उद्योगों का **संरचनात्मक परिवर्तन** (structural changes in industry) कहा जाता है। **द्वितीय विश्वयुद्ध के पूर्व जापान की औद्योगिक संरचना में छोटे पैमाने के उद्योगों तथा उपभोक्ता उद्योगों की प्रधानता थी** और इनमें भी वस्त्र उद्योगों की प्रधानता थी। किन्तु युद्ध के बाद जापान की औद्योगिक संरचना में आमूल परिवर्तन हुआ है। **युद्ध के बाद कृषि की पर्याप्त उन्नति हुई है। किन्तु देश की आर्थिक व्यस्था में कृषि का सापेक्षिक महत्त्व घटने लगा है।** इस काल में उद्योगों के अन्तर्गत धात्विक, रसायनिक तथा इंजीनियरिंग उद्योगों का विशेष रूप से विकास हुआ है। प्रारंभ में सूती वस्त्र उद्योग का क्षमता

का विस्तार करने का प्रयास किया गया। किन्तु 1959 ई॰ के पूर्व तक इसका उत्पादन युद्ध के पूर्व स्तर तक नहीं आ सका। 1960 ई॰ में इस्पात का उत्पादन 1937 ई॰ की तुलना में चार गुना अधिक था। इसके क्षेत्र तथा गुण में भी पर्याप्त विकास हुआ। सन् 1964 ई॰ में जापान में इस्पात का उत्पादन 397,80000 मेट्रिक टन हो गया जबकि 1950 ई॰ में यह केवल 48,39,000 मेट्रिक टन ही था। इस प्रकार जापान विश्व में अमेरिका तथा रूस के बाद इस्पात का तीसरा महान उत्पादक देश हो गया है। इंजीनियरिंग तथा रासायनिक उद्योगों के उत्पादन में इस्पात उद्योग से भी अधिक वृद्धि हुई है। आजकल जापान विश्व में समुद्री जहाज का सबसे बड़ा उत्पादक देश हो गया है। 1964 ई॰ में कुल 4,00,000 टन क्षमता तक जहाजों का उत्पादन हुआ था जो विश्व के कुल जहाजी उत्पादन का लगभग 40.5 प्रतिशत था। उस वर्ष मोटरगाड़ियों के उत्पादन में जापान का स्थान विश्व में संयुक्त राज्य अमेरिका, जर्मनी तथा ब्रिटेन के बाद चौथा था। इसने उस वर्ष कुल 17 लाख मोटरगाड़ियों का उत्पादन किया था। रासायनिक उद्योग का विकास भी जापान में पर्याप्त हुआ है। कुछ खास रासायनिक वस्तुओं के उत्पादन में तो विश्व में इसका बहुत ऊँचा स्थान है। सल्फरिक एसिड, कास्टिक सोडा तथा कार्बाइड आदि आधारभूत रासायनिक पदार्थों के उत्पादन में इसका विश्व में चौथा स्थान है। 1963 ई॰ में जापान से कुल 31.5 करोड़ डॉलर की रसायनिक वस्तुओं का निर्यात हुआ था जो जापान के कुल निर्यात का लगभग 5.8 प्रतिशत था। इस प्रकार जापान ने युद्धोत्तर काल में औद्योगिक क्षेत्र में आशातीत प्रगति की है। इस काल में नये-नये उद्योगों की स्थापना हुई है। **देश की अर्थव्यस्था में उद्योगों का महत्त्व बहुत बढ़ गया है। औद्योगिक श्रमिकों की संख्या में बहुत अधिक वृद्धि हुई है जो निम्नांकित तालिका से स्पष्ट है—**

वर्ष	औद्योगिक श्रमिकों की संख्या (हजार में)
1941	7,771
1946	10,500
1951	12,650
1956	17,410
1961	24,110

युद्धोत्तर जापान के औद्योगिक उत्पादन में बहुत अधिक वृद्धि हुई है। सन् 1954 से जापान में कुल राष्ट्रीय उत्पादन (GNP) का लगभग 25 प्रतिशत अथवा संयुक्त राज्य अमेरिका की अपेक्षा दूना निवेश कर दिया जाता रहा है। इससे इस अवधि में अन्य देशों की अपेक्षा जापान के औद्योगिक उत्पादन में बहुत अधिक वृद्धि हुई है जो निम्नांकित तालिका से स्पष्ट है—

औद्योगिक उत्पादन का सूचनांक (1955 = 100)

वर्ष	जापान	संयुक्त राज्य अमेरिका	ग्रेट ब्रिटेन	रूस
1955	100	100	100	100
1956	125	104	100	113
1957	143	104	101	123

1958	145	97	101	135
1959	180	110	106	150
1960	226	113	113	164
1961	271	114	115	178

औद्योगिक उत्पादन में वृद्धि के कारण देश की राष्ट्रीय आय में वृद्धि हुई है। फिर भी सन् 1960 में जापान में प्रति व्यक्ति आय केवल 341 डॉलर ही थी जबकि संयुक्त राज्य अमेरिका में यह 2288 डॉलर, ग्रेट ब्रिटेन में 1085 डॉलर और पश्चिमी जर्मनी में 967 डॉलर थी। **संयुक्त राष्ट्र संघ** (U.N.O.) **की एक विज्ञप्ति के अनुसार** 1958-67 के बीच दस वर्षों में विश्व में सर्वाधिक औद्योगिक विकास हुआ। किन्तु इस काल में जापान के औद्योगिक उत्पादन में 245 प्रतिशत की वृद्धि हुई जबकि रूस में 121 प्रतिशत, इटली में 113 प्रतिशत तथा ब्रिटेन में 38 प्रतिशत ही वृद्धि हुई। विचित्र बात तो यह है कि **जापान का यह मजेदार विलक्षण आर्थिक विकास अधिकांश कच्चे मालों से अभाव में संभव हुआ है।** जापान में कोयला के अतिरिक्त अन्य आवश्यक प्रायः सभी खनिज पदार्थों का अभाव है। कपास तथा ऊन की भी बिल्कुल कमी है। अतएव जापान को अपने प्रमुख उद्योगों के लिए आवश्यक प्रायः सभी कच्चे मालों के एक बड़े भाग का आयात करना पड़ता है। निम्नांकित तालिका इसे स्पष्ट करती है—

जापान में प्रमुख कच्चे मालों का आयात *(कुल उपयोग में प्रतिशत में)*

पदार्थ	**1967**	**1968**	**1969**
कपास	100.0	100.0	100.0
ऊन	100.0	100.0	100.0
खनिज लोहा	98.1	98.5	98.9
बॉक्साइट	100.0	100.0	100.0
ताँबा	89.6	89.9	90.3
कोकिंग कोयला	66.0	71.4	76.2
कच्चा रबर	100.0	100.0	100.0
खनिज तेल	99.3	99.4	99.5

उपर्युक्त तालिका स्पष्ट करती है कि जापान को कपास, ऊन, बॉक्साइट तथा कच्चा रबर का शत-प्रतिशत, खनिज लोहा तथा तेल का 98 प्रतिशत से अधिक और कोकिंग कोयले के तीन-चौथाई भाग का आयात करना पड़ता है।

औद्योगिक नीति

जापान के औद्योगिक विकास में सरकार का महत्त्वपूर्ण स्थान रहा है। इसके**उद्योगीकरण में सरकार के कार्य को स्पष्ट रूप से तीन स्तरों में विभाजित किया जाता है**— (1) **प्रथम स्तर** में सरकार ने स्वयं ही उपक्रमी के रूप में कार्य किया तथा उद्योगों की स्थापना में स्वयं ही बड़े पैमाने पर भाग लिया। **यह स्तर चीन-जापान युद्ध तक चला।** (2) **द्वितीय स्तर चीन-जापान युद्ध के बाद प्रारंभ हुआ।** इस स्तर में सरकार ने जापानी उद्योगों को वित्तीय सहायता देने के साथ-साथ अपनी बैंकिंग एवं कर नीतियों तथा अनुदान आदि द्वारा सहायता दी। **(3) तृतीय स्तर प्रथम विश्व युद्ध के बाद प्रारंभ हुआ।** इस

स्तर में सरकार द्वारा उद्योगों को स्फीति तथा मंदी से बचाने के लिए तरह-तरह के नियंत्रण किए गए। द्वितीय विश्वयुद्ध के बाद देश के आर्थिक पुनर्निर्माण में भी सरकार ने महत्त्वपूर्ण योगदान किया है।

उपक्रमी के रूप में जापान सरकार *(Japanese Government as Business Entrepreneur)*--माइजी शासन काल के प्रारंभ में, जब जापान में निजी उपक्रम (enterprise) तथा पूँजी का अभाव था, सरकार ने स्वयं उद्योगों की स्थापना तथा नियंत्रण का कार्य किया। स्वयं सरकार द्वारा रेशम, सूती वस्त्र, शीशा तथा रासायनिक उद्योगों से संबंधित कारखानों की स्थापना की गई। बाद में जब इस प्रकार के उद्योगों की नींव सुदृढ़ हो गई तो इन्हें निजी उद्योगों को बहुत ही कम मूल्य पर दे दिया गया। साथ ही, इसके द्वारा निजी उद्योगों को भी विभिन्न प्रकार की सहायता दी गयी। सन् 1882 के बाद निर्माणी उद्योगों में प्रत्यक्ष सहभागिता के द्वारा सरकार का कार्य कुछ अत्यन्त महत्त्वपूर्ण उद्योगों तक ही सीमित रहा। चीन-जापान युद्ध के समय जापान की औद्योगिक व्यवस्था इस स्तर पर पहुँच गयी थी कि निजी पूँजी स्वयं ही पर्याप्त मात्रा में औद्योगिक क्षेत्र में आने लगी।

वित्त-प्रदायक के रूप में जापानी सरकार *(Japanese Government as Financier)*—1894-95 ई० के चीन-जापान युद्ध के बाद सरकार ने उद्योगों के लिए वित्त प्रदान करने वाले रूप में कार्य करना प्रारंभ किया। निजी क्षेत्र के लिए आवश्यक पूँजी को सरकार ने या तो स्वयं ही प्रत्यक्ष रूप में दिया अथवा इस कार्य के लिए स्थापित विशेष बैंकों अथवा अन्य वित्तीय संस्थाओं द्वारा। **इण्डस्ट्रियल बैंक ऑफ जापान** की स्थापना के द्वारा नये तथा पुराने उद्योगों को वित्तीय सहायता दी जाने लगी। उद्योगीकरण को प्रोत्साहित करने के लिए कम-से-कम कर लगाये गये। 1909 ई० में विदेशी प्रतियोगिता से बचने के लिए खास-खास उद्योगों को संरक्षण दिया गया। निर्यात तथा परिवहन से संबंधित कई उद्योगों को सरकार ने अनुदान देकर उनको आर्थिक सहायता दी। सन् 1896 ई० में **जलयान निर्माण प्रोत्साहन अधिनियम** (Ship-building Encouragement Act) निर्मित किया गया जिसके अनुसार जहाज-निर्माण उद्योग को अनुदान दिया जाने लगा। 1902 से 1926 ई० के बीच जहाजरानी उद्योग के कुल 69.3 करोड़ येन लाभ में अनुदान का हिस्सा 20.7 करोड़ येन अथवा लगभग 33 प्रतिशत था।

इसी प्रकार सरकार ने विभिन्न उद्योगों के विकास के लिए उचित कर नीति का अनुसरण किया। उदाहरण के लिए लोहा तथा इस्पात के उत्पादकों को सरकार आय कर तथा अतिरिक्त लाभ कर से मुक्त कर देती थी। 1911 ई० के बाद सरकार ने कई नये उद्योगों को संरक्षण भी दिया।

प्रथम विश्वयुद्धोत्तर काल में औद्योगिक ढाँचे पर नियंत्रण कें प्रयास *(attempts to control industrial structure in the First Post-War years)*—प्रथम विश्वयुद्ध काल में जापान में उद्योगों की तीव्र प्रगति हुई। इससे युद्धोत्तर काल में इनमें अतिरिक्त उत्पादन क्षमता हो गई। इस संकट को दूर करने के लिए सरकार ने सम्पूर्ण औद्योगिक जीवन पर नियंत्रण करने का प्रयास किया। इस उद्देश्य से 1926 ई० में निर्यात उद्योग संघ विधि (Export-Industries Association Law) निर्मित हुई जिसका उद्देश्य निर्यात से संबंधित छोटे-छोटे उद्योगों में सहयोग को प्रोत्साहन देना था। 1929 ई० में आर्थिक मंदी का उद्योगों पर बड़ा ही प्रतिकूल प्रभाव पड़ा। 1930 ई० में सरकार ने उद्योगों के विवेकीकरण के लिए

औद्योगिक विवेकीकरण केन्द्र (Industrial Bureau of Rationalisation) की स्थापना की। **1931 ई॰ में स्थिर उद्योग नियंत्रण अधिनियम** (Stable Industries Control Act) पारित किया गया जिसके अनुसार **कार्टेल समझौतों को कई उद्योगों में लागू किया गया। जैसे-जैसे जापान में सैनिक नियंत्रण बढ़ने लगा वैसे-वैसे उद्योगों पर सरकारी नियंत्रण भी बढ़ने लगा।** युद्ध की तैयारियों के लिए सरकार द्वारा बड़े पैमाने के उद्योगों को अपने हाथ में लिया जाने लगा। सन् 1934 ई॰ में जापान में लोहा एवं इस्पात निर्माण करने वाली कम्पनियों के लिए एक नियम निर्मित हुआ जिसके अनुसार सरकार ने इस उद्योग की सभी निजी कम्पनियों के नियंत्रण को अपने हाथ में ले लिया। इस उद्योग की 83 प्रतिशत पूँजी सरकार की रही। इसी प्रकार 1935 ई॰ के पेट्रोलियम उद्योग विधि द्वारा पेट्रोलियम उद्योग पर सरकार द्वारा नियंत्रण किया गया। सन् 1936 ई॰ के जहाजरानी नियंत्रण विधि (Shipping Control Law) के अनुसार सम्पूर्ण जहाजरानी को पूर्ण सरकारी नियंत्रण के अन्तर्गत लाया गया। **इस प्रकार द्वितीय विश्वयुद्ध के पूर्व सभी महत्त्वपूर्ण उद्योगों को सरकार के नियंत्रण में ला दिया गया था।** ऐसा युद्ध की तैयारी के उद्देश्य से किया गया था। अन्य उद्योगों में भी सरकार ने विभिन्न प्रकार से प्रोत्साहन दिया था। सरकार ने निर्यात की वस्तुओं के गुणों में सुधार के लिए भी बहुत प्रकार से प्रयास किया। उदाहरण के लिए सन् 1925 के निर्यात संघ विधि (Export Guild Law) के अनुसार उद्योगों की वस्तुओं के निर्यात के गुण को बनाये रखने के लिए स्वेच्छिक संस्थाओं की स्थापना की व्यवस्था की गयी।

विगत् कुछ वर्षों में सरकार के कार्य (*Government Role in Recent Years*)— द्वितीय विश्वयुद्ध के बाद देश के आर्थिक पुनर्निर्माण में पुनः जापानी सरकार ने महत्त्वपूर्ण कार्य किया। इस काल में सरकारी निवेश में बहुत अधिक वृद्धि हुई। सन् 1951 से 1954 के बीच सरकार द्वारा स्थायी निवेश कुल राष्ट्रीय उत्पादन के 7.7 प्रतिशत से बढ़कर 1955 से 1958 ई॰ के बीच 8 प्रतिशत हो गया। किन्तु यद्यपि सरकारी निवेश सापेक्षिक रूप से अधिक रहा फिर भी पिछले वर्षों में निजी निवेश की तुलना में यह बहुत ही कम रहा। अतएव जापान की दसवर्षीय योजना (1961-1970) में, जिसका उद्देश्य राष्ट्रीय आय को दुगना करना था, कुल निवेश में सरकारी निवेश को बढ़ाया गया।

निष्कर्ष (*Conclusion*)—जापान आधुनिक युग का एक प्रमुख औद्योगिक राष्ट्र है। **वस्तुतः यही पहला एशियाई देश है जिसने अपनी आर्थिक मुक्ति के लिए उद्योगीकरण के मार्ग को सफलतापूर्वक अपनाया है।** इसके तीव्र उद्योगीकरण के कार्यक्रम में राज्य का योगदान निश्चय ही बहुत अधिक रहा है। वस्तुतः जापान का तीव्र उद्योगीकरण राज्य द्वारा दिये गये प्रोत्साहनों का ही परिणाम है। जापान के आधुनिक औद्योगिक विकास की एक प्रमुख विशेषता बड़े पैमाने के उद्योगों के सापेक्षिक महत्त्व में वृद्धि है। द्वितीय विश्व युद्ध के पूर्व तक जापान में छोटे पैमाने के उद्योगों की प्रधानता थी। किन्तु इसके बाद बड़े पैमाने के भारी तथा रासायनिक उद्योगों का विकास हुआ है। यह परिवर्तन जापान की अर्थव्यवस्था के लिए अत्यधिक महत्त्वपूर्ण है। किन्तु इसका रोजगार और आय के साधनों पर कोई बहुत प्रतिकूल प्रभाव नहीं पड़ा है। लघु उद्योग आज भी जापानी अर्थव्यवस्था में अपना महत्त्व बनाये हुए हैं और जापानी अर्थव्यवस्था की गतिशीलता के आधार बने हुए हैं। जापान में विद्युत शक्ति की प्रचुरता है। मार्च 1970 में

जापान में 2057 विद्युत शक्ति केन्द्र थे जिनमें से 1560 जल-विद्युत तथा 497 ताप विद्युत केन्द्र थे जिनकी सम्मिलित उत्पादन क्षमता 53,187,000 किलोवाट थी।

संदर्भ

G.C. Allen : A Short Economic History of Modern Japan.
Hubbard : The Eastern Industrialization.
W.W. Lockwood : The Economic Development of Modern Japan.
W.G. Beasley : The Modern History of Japan.
S. Tsunoyama : A Concise Economic History of Modern Japan.
Cohen : Japan's Economy in War and Reconstruction.
G.C. Allen : Japan's Economic Recovery.
Ministry of Foreign Affairs : The Japan of Today.

मानक प्रश्न

1. सन् 1914-32 के बीच जापान के उद्योगीकरण की संक्षिप्त व्याख्या कीजिए।
2. 1932-37 में जापान के औद्योगिक विकास की व्याख्या कीजिए। राज्य द्वारा इसमें किये गये सहयोग की व्याख्या करें।
3. जापानी सरकारी औद्योगिक नीति की समीक्षा कीजिए। अपने देश के लिए इससे हम क्या सीख सकते हैं ?
4. युद्धोत्तर काल में जापानी उद्योगों पुनर्निर्माण की व्याख्या करें। द्वितीय विश्वयुद्ध के बाद जापान के तीव्र गति से उद्योगीकरण के लिए उत्तरदायी कारणों की व्याख्या कीजिए।
5. Discuss the role of the State in the rapid industrial development of modern Japan.
6. "Japanese industry was a state-sponsored defence against western imperialism. They industrialized in order to be independent." Discuss this statement with particular reference to the measures taken by the Govt. in this regard.
7. Discuss the features of Japanese industrialization during the inter-War period.
8. Account for the rapid industrialization of Japan when European countries were struggling for survival.
9. "The First World War is a landmarx of industrialization in Japan while the Second World War marks as a democratization." Discuss.
10. जापान में व्यवसाय एवं उद्योगों के संगठन तथा प्रबन्ध की विवेचना करें।
11. जापान में उद्योगों एवं व्यवसाय के संगठन तथा प्रबन्ध की विवेचना करें तथा भारत के लिए इसकी उपयोगिता को समझाइये। **(इलाहाबाद वि॰ वि॰ 1989)**

❑

अध्याय 5

जाइबात्सू और आर्थिक नियंत्रण का संकेन्द्रण

(ZAIBATSU AND THE CONCENTRATION OF ECONOMIC CONTROL)

जापान में द्वितीय विश्वयुद्ध के पूर्व आर्थिक शक्तियों का संकेन्द्रण हो रहा था। यह संकेन्द्रण अमेरिका में प्राप्त संकेन्द्रण की तुलना में बहुत अधिक था। सन् 1930 के पश्चात् जापान में भयानक आर्थिक उथल-पुथल हुए थे जिनके समाधान के लिए शासन-परिवर्तन हुआ था और टाकाहासी सत्ताधारी हुआ था। **सन् 1936 के पश्चात् जब टाकाहासी ने अपनी नीति का परिवर्तन करना चाहा था तो इसी संकेन्द्रण के कारण उसकी हत्या की गई थी।** उस संक्रमण काल में जापान की आर्थिक अव्यवस्था और उथल-पुथल का संभवतः सर्वाधिक महत्त्वपूर्ण कारण आर्थिक शक्तियों का संकेन्द्रण था। **जापान के औद्योगिक संयोजन, जिन्हें जाइात्सू कहा जाता था, अत्यधिक अंश तक स्वतंत्र एवं शक्तिशाली थे।** इसी कारण जापान में वित्तीय दुव्यर्वस्था उत्पन्न हुई थी। उस समय जाइबात्सू और भी अधिक शक्तियों का संकेन्द्रण करना चाह रहे थे। **जी॰ सी॰ आलेन** (G.C.Allen) इस निष्कर्ष पर पहुँचे हैं कि जाइबात्सू अपने स्वार्थों के कारण विस्फीतिकारी नीति का प्रतिरोध करना वित्तीय एवं तकनीकी दृष्टिकोण से आवश्यक समझा था। उनका प्रतिरोध अत्यन्त प्रभावकारी सिद्ध हुआ क्योंकि जापानी विधायिका—डाइट (Diet) पर और देश के सरकारी कर्मचारियों पर उनका अत्यधिक प्रभाव था और वे केन्द्रीय बैंक के नियंत्रण से प्रायः स्वतंत्र थे।

संकेन्द्रण का प्रारंभ

माइजी पुनर्स्थापन के पश्चात् जापान में कतिपय ऐसे धनी परिवार थे जिन पर सम्राट की विशेष कृपा रहती थी। सम्राट उनका पक्ष लेता था। ये परिवार सम्राट के समर्थन में बहुत ही धनी होते गये और कई प्रकार से देश की अर्थव्यवस्था पर नियंत्रण करने लगे। समय के साथ **चार महान परिवारों**—मित्शुई (Mitsui), मित्सूबिशी (Mitsubishi), सुमीतोमो (Sumitomo) और यासुदा (Yasuda) का विकास हुआ जिन्हें **संयुक्त रूप से जाइबात्सू** कहा जाता था और जिनका देश की अर्थव्यवस्था पर सबसे अधिक नियंत्रण था। **मित्शुई परिवार सबसे बड़ा और सबसे शक्तिशाली था।** ये महान पारिवारिक संयोजन प्रथम विश्व युद्ध के समय और उसके बाद अत्यन्त ही अधिक समृद्ध और शक्तिशाली हो गये। अर्थव्यवस्था के आधुनिक कार्य-क्षेत्रों पर तो उनका अधिकार पहले से ही था, अब वे अपने नियंत्रण को परोक्षतः लघु पैमाने वाले वाणिज्य एवं उद्योगों पर फैलाना प्रारंभ किए। बड़े-बड़े परिवार एक ही साथ विभिन्न संघटनों पर नियंत्रण करने लगे। यथा व्यापार, नौवाहन, बैंकिंग, बीमा, भू-सम्पदा, खान, उद्योग आदि।

वर्तमान शताब्दी के 1920 के दशक ने अनेक लघु औद्योगिक एवं व्यावसायिक प्रतिष्ठानों के विनाश एवं महान व्यावसायिक प्रतिष्ठानों की महानता में वृद्धि को देखा है। वित्तीय शक्तियाँ परिवर्द्धित रूप से कतिपय महान संस्थानों के हाथों में केन्द्रीभूत होने लगीं। **जाइबात्सू के महत्त्व सन् 1929 तक अत्यधिक बढ़ गए थे जब से वे मंत्रियों एवं सरकारी नीति पर भी प्रभाव डालने एवं नियंत्रण करने लगे थे।** सन् 1930 के दशक में जाइबात्सू तथा आतंकवादियों के बीच शक्ति के लिए संघर्ष होना प्रारंभ हुआ। क्रमशः आतंकवादियों की शक्तियाँ बढ़ गईं और वे गुप्त रूप से हत्या और आतंक फैलाने लगे। अनेक सरकारी पदाधिकारियों की उन्होंने हत्या कर डाली। फलतः जाइबात्सू एवं आतंकवादियों के बीच सन् 1936 में एक समझौता हुआ था। द्वितीय विश्वयुद्ध के पश्चात मित्र राष्ट्रों के सर्वोच्च समादेशक (S.C.A. P.) द्वारा संकेन्द्रण की जाँचें की गईं थीं और जाइबात्सू को खंडित करने का प्रयास किया गया था।

संकेन्द्रण की सीमा

मित्र शक्तियों के सर्वोच्च समादेशक द्वारा आर्थिक संकेन्द्रण की जाँच करने के लिए सर्वप्रथम **एडवर्ड जाँच-समिति** (Edward Enquiry Committee) गठित की गई थी जिसके प्रतिवेदन से पता चला कि द्वितीय विश्वयुद्ध काल में 4 महान जाइबात्सू परिवारों का देश की 360 बिलियन येन की पूँजी पर नियंत्रण था जब कि सन् 1930 में उनके नियंत्रण में केवल 8.75 बिलियन येन की पूँजी थी। **जाइबात्सू का देश के सम्पूर्ण कोयले के उत्पादन एवं पूर्ति के 51 प्रतिशत पर, वाष्प-अभियंत्र के 88 प्रतिशत, पर सोडा के 88 प्रतिशत पर बैंकों की पूँजी के 51 प्रतिशत एवं उनके द्वारा दिये गये ऋणों के 71 प्रतिशत पर, बचत बैंकों के 88 प्रतिशत पर और अग्नि बीमा कम्पनियों की सम्पूर्ण पूँजी के 74 प्रतिशत पर उनका नियंत्रण था।** युद्ध काल में उनका नियंत्रण सरकारी नीति के कारण और भी बढ़ गया था क्योंकि सरकार की नीति संकेन्द्रण के पक्ष में थी।

एडवर्ड जाँच-समिति के पश्चात् **पाली समिति** (Pauley Committee) नियुक्त की गई थी जिसके प्रतिवेदन का सारांश था कि **जापान एक जाइबात्सू जापान है न कि छोटे व्यक्तियों का जापान**। पाली समिति के प्रतिवेदन को पढ़कर मित्र, शक्तियों के सर्वोच्च सामदेशक (S.C.A.P.) **मैक आर्थर** (Mac Arthur) ने कहा था, "ऐसी असाधारण आर्थिक प्रणाली का प्रतिरूप संभवतः विश्व ने कभी भी नहीं देखा है। इसने एकमात्र कतिपय व्यक्तियों के लाभ के लिए अनेक व्यक्तियों का शोषण करने के लिए अनुमति दी है। इन चन्द व्यक्तियों का सरकार के साथ पूर्ण संयोग था और सरकारी नीति पर प्रभाव अत्यधिक अनियंत्रित था तथा इसने एक ऐसा ढर्रा खोल दिया जो अन्ततः युद्ध और विनाश की ओर ले गया।"[1] जाइबात्सू की शक्तियां एवं नियंत्रण की सीमा के विषय में चर्चा करते हुए **लॉकऊड** (Lockwood) ने लिखा है, "वैयक्तिक पूँजी के आधार पर संगठित संभवतः किसी भी अन्य आधुनिक औद्योगिक समाज ने एकाधिकारी नियंत्रण के समस्त उपायों को

1. "The world has probably never seen a counterpart to so abnormal an economic system. It permitted the exploitation of the many for the sole benefit of the few. The integration of these few with the Govt. was complete and set the course which ultimately led to war and destruction."

प्रयुक्त करते हुए निर्बन्ध 'महानता की शक्ति' का प्रदर्शन इसके तुलनीय नहीं किया है। एक समूह के रूप में जाइबात्सू और उसके लग्गू-भग्गू जापानी अर्थ-व्यवस्था के आधुनिक आधुनिकतर क्षेत्रों पर आधिपत्य जमाये हुए थे।''[1]

जाइबात्सू नियंत्रण का स्वरूप एवं ढाँचा भी संयुक्त राज्य अमेरिका में जैसा नियंत्रण प्राप्त है उससे सर्वथा भिन्न था। **लॉकऊड ने इसे 'परिवार नियंत्रण कहा है। कुछ ऐसे पारिवारिक नियम थे जो जाइबात्सू परिवार को एक सूत्र में बाँधे हुए थे। ऐसे सभी परिवार व्यवसाय के संबंध में आपस में अवश्य लड़ा करते थे किन्तु जब सम्पूर्ण उद्योग का प्रश्न उठता था अर्थात् जब पूँजी संबंधी प्रश्न उठता था तो वे एक हो जाते थे और आपसी सहयोग से कार्य करते थे।**

जाइबात्सू के उदय और विकास के कारण

सामाजिक तत्त्व—जापान में **सामूहिक रूप से कार्य करने एवं नेतृत्व के अधीनस्थ होकर कार्य करने के अनुशासन के कारण** इस आर्थिक नियंत्रण का विकास संभव हो सका। एक अर्थ में जाइबात्सू ने व्यापारी गिल्ड संगठन और व्यापार एवं उद्योग में वंश एकाधिकार की परम्पराओं का ही नवीनता के आधुनिक काल में पालन किया था। नेतृत्व के सोपानिक संगठन की भावना (the spirit of hierarchical organisation of leadership), नेतृत्व की अधीनता और सामूहिक कार्य को निगमित वित्त एवं उद्योग के नवीन संसार में नवीन अभिव्यक्ति मिली। उसी प्रकार पारिवारिक संबंध के अन्य स्वरूप, ज्येष्ठाधिकार की प्राचीन व्यवस्था ने महान् पारिवारिक सम्पत्तियों को एक एकीकृत एवं सतत व्यवस्था के अन्दर बनाए रखने में सहायता प्रदान की क्योंकि कभी-कभी यदि ज्येष्ट पुत्र उत्तरदायित्व संभालने में अयोग्य होता था तो पारिवारिक नेतृत्व दूसरे पुत्र का होता था।

वैधानिक तत्त्व—जापान में संयोजन-विरोधी विधियों का सर्वथा अभाव था। वैधानिक रूप से इन प्रन्यासों को पूर्ण विमुक्तियाँ प्राप्त थीं क्योंकि माइजी सरकार की नीति किसी भी लागत पर जापान का शीघ्र आर्थिक विकास करने की थी।

राजनीतिक तत्त्व—इनसे भी अधिक महत्त्वपूर्ण कारण यह था कि सरकारी आय-व्ययक के लिए वित्त-व्यवस्था करने, विदेशी व्यापार एवं उपनिवेशीय संघटनों को व्यवस्थित एवं निर्मित करने तथा सेना और नौसेना के लिए आवश्यक भारी उद्योगों का निर्माण आदि करने के लिए वित्त की व्यवस्था करने में सरकार ने जाइबात्सू से सहायता ली थी। **जब कभी सरकार को वित्त की कमी होती थी वह जाइबात्सू का मुँह ताकती थी और वे वित्त उपलब्ध किया करते थे।** जैसे-जैसे संयोजनों की शक्ति बढ़ती गई, वे बदले में सरकार पर प्रभाव डालने लगे। उच्च सरकारी पदाधिकारियों से उनका घनिष्ठ संबंध हो गया था। यही नहीं, **जाइबात्सू प्रमुख राजनैतिक दलों के लिए भी वित्त उपलब्ध करते थे।** फलतः राजनीतिक दल भी उनका स्वभावतः समर्थन करते थे। एक अर्थ में वे सरकार के साझेदार जैसे थे और उन्होंने सरकार के साथ मिलकर **याकोहामा स्पेसी बैंक, दी साउथ**

1. "Probably no other modern industrial society organised on the basis of private property has offered a comparative display of the unrestrained 'power of bigness' employing all the devices of monopolistic control. As a group, in any case, the Zaibatsu and their satellites dominated the more modern sectors of Japan's economy."—Lockwood : *The Economic Development of Japan*, pp. 214—35.

मान्चूरिया रेलवे आदि अर्द्धसरकारी संस्थाओं का विकास देश के अन्दर एवं बाहर किया था।

आर्थिक तत्त्व—सबसे अधिक महत्त्वपूर्ण कारण आर्थिक थे। जापान में पूँजी का सामान्य अभाव था और बड़े पैमाने के उद्योगों में जापानी जनता की अनुभवहीनता थी। अतएव जिन लोगों के पास ये उपलब्ध थे उन्हें प्राथमिकता मिली। **लॉकऊड के मत में संयोजनों के प्रसार के लिए सर्वाधिक महत्त्वपूर्ण औजार बैंक साख पर जाइबात्सू का नियंत्रण था।** प्रन्यासी उद्योगों का विकास जाइबात्सू बैंकों की बढ़ती हुई शक्ति से घनिष्ठ रूप से संबंधित था।

इन विभिन्न कारणों से जाइबात्सू का जन्म एवं विकास हुआ। ''इस नियंत्रण के संकेन्द्रण को आरंभ से ही सुविधाएँ प्राप्त हुई थीं सैनिक धनतंत्र और असैनिक नौकरशाही के साथ घनिष्ठ संबंध द्वारा तथा प्रन्यास-विरोधी विधियों के अभाव द्वारा एवं एकाधिकार शक्ति के प्रयोग और शास्वतीकरण पर अन्य ऐसे सार्वजनिक प्रतिबन्धों के पूर्ण अभाव के द्वारा जैसे कि निगमित उपायों के विकास के साथ संयुक्त राज्य अमेरिका और इंगलैंड में विकसित हुए थे। अब (प्रथम विश्व युद्ध के पश्चात्) यह सन् 1927 में बैंक संकट जैसी युद्धोत्तरकालीन वित्तीय कठिनाइयों के द्वारा तीव्रगामी हो गया। इन्होंने हजारों ऐसे लघुत्तर एवं कमजोर व्यावसायिक प्रतिष्ठानों का अवसान कर दिया जो घाटा सहने, लागत कम करने, नवीन परिस्थितियों के अनुसार अपने को बदलने में जाइबात्सू कम्पनियों की अपेक्षा कम साधन-संपन्न थे।''[1]

प्रथम विश्वयुद्ध और उसके बाद जाइबात्सू संगठनों का बड़ी तीव्र गति से विकास हुआ। **1917 ई॰ के बैंकिंग संकट से इन्हें बहुत अधिक लाभ हुआ** क्योंकि इस संकट में बहुत-से लघु एवं कमजोर उद्योगों का दिवाला निगल गया और इनमें से अधिकांश को जाइबात्सू ने खरीद लिया। 1926 ई॰ तक जाइबात्सू अपनी शक्ति एवं प्रभाव के चरम शिखर पर पहुँच गये थे। (By 1926 the Zaibatsu had reached the zenith of their power and influence.) अपने अनेक प्रतिद्वन्द्वियों को समाप्त कर इन्होंने अपने प्रभुत्व का अत्यधिक विस्तार कर लिया। 1929 ई॰ की महान आर्थिक मन्दी के समय में भी बहुत छोटे-छोटे तथा मध्यम आकार के फर्म इनकी छाया में आ मिले। 1931 ई॰ के बाद जापानी अर्थव्यवस्था के सभी विभिन्न पहलुओं पर इसका प्रभाव जमने लगा। अर्थव्यवस्था का कोई भी क्षेत्र अब जाइबात्सू के प्रभाव से मुक्त नहीं रह गया था। बैंकों और वित्तीय संस्थाओं पर नियंत्रण होने के कारण ये अन्य औद्योगिक संस्थाओं की नीतियों को भी प्रभावित कर रहे थे। 1927-28 ई॰ के बाद कुछ जाइबात्सू, विशेषतः मित्सुई व्यापार के क्षेत्र में प्रवेश

1. "The concentration of control had been facilitated from the beginning by close association with military of oligorarchy and the civil bureaucracy, also by the complete absence of anti-trust laws and other public restraints on the exercise and perpetuation of monopolistic power such as developed in the U.S.A. and England with the growth of the corporate devices. Now it was accelerated by post-war financial difficulties like the bank crisis of 1927. These eliminated thousands of smaller and the weaker concerns which were less well-equiped than the Zaibatsu companies to take loses, cut costs, readjust to the new situation."—Lockwood, Ibid.

करने लग गये थे। पहले व्यापार का कार्य मुख्य रूप से छोटे-छोटे व्यापारिक संगठनों द्वारा किया जाता था। किन्तु इस काल तक मित्शुई की व्यापारिक संस्था **मित्शुई बूसन कैसा** (Mitsui Bussan Kaisha) ने व्यापारियों के साथ बड़े पैमाने पर प्रतियोगिता प्रारंभ कर दिया थी।

जापान में विभिन्न जाइबात्सू संगठनों की क्रियाशीलता का क्षेत्र सामान्य रूप से पृथक-पृथक था। किन्तु इसके बावजूद इसमें पारस्परिक प्रतियोगिता का अभाव नहीं था। राजनीतिक क्षेत्र में भी इनमें प्रतियोगिता हो रही थी। किन्तु सैनिक समर्थकों से सामना पड़ने पर ये आपस में मिलकर उनका सामना करने को तैयार हो जाते थे। इसके अतिरिक्त ये खास-खास उद्योगों में पारस्परिक सहयोग भी करते थे। उदाहरण के लिए उपनिवेशों में उद्योग-धन्धों की स्थापना तथा विद्युत उत्पादन आदि के कार्य में ये मिल-जुलकर कार्य करते थे। अतएव पारस्परिक प्रतियोगिता के बावजूद जाइबात्सू परिवारों में पर्याप्त अंश तक सहयोग और बाहरी शत्रुओं का सामना करने के लिए पारस्परिक एकता की भावना थी।

जाइबात्सू के आर्थिक परिणाम

अच्छे परिणाम—**''जाइबात्सू आर्थिक विस्तार के ज्वार पर उभरा था जिसमें स्वयं उसने भी महत्त्वपूर्ण अंशदान किया था।''**[1] जाइबात्सू ने तीव्र निर्माण एवं प्रौद्योगिकी के आधुनिकीकरण में महान योगदान किया जिसके परिणामतः जापान का तीव्र औद्योगिक विकास संभव हो सका। **इसने जापान को वृहत् पैमाने के उत्पादन की सुविधाओं से लाभान्वित होने में समर्थ बनाया।** जिस क्षेत्र में उत्पादन की इकाइयाँ लघु रही थीं उनमें भी वृहत् पैमाने के लाभ प्राप्त किये जा सके। इन्होंने वृहत् पैमाने के जापानी उद्योगों को सक्षम प्राविधिक व्यक्तियों एवं कार्य-कर्त्ताओं के अधीन रखा। इन विशालकाय औद्योगिक इकाइयों के द्वारा अर्जित लाभांश को पुनः उसी में उत्पादन के लिए लगाये जाने की प्रवृत्ति को प्रश्रय देकर इसने औद्योगिक और दूसरे में निवेश की दर को अधिक तीव्र बनाया। इस प्रकार **जाइबात्सू ने प्राविधिक प्रगति एवं औद्योगिक तथा वाणिज्य विकास में रचनात्मक कार्य सम्पादित किया।** विशेषतः प्रारंभिक स्थितियों में जाइबात्सू के वृहत् आकार एवं बहुरूपता ने संभवतः जापान को लघु बाजार की कठिनाइयों को दूर करने में समर्थ बनाया—ऐसी कठिनाइयों को जो उन देशों में नव प्रवर्तन के लिए बाधाएँ उपस्थित करती हैं जो नये रूप से अपना उद्योगीकरण कर रहे हों। इस प्रकार कुछ अंश में **जाइबात्सू ने उस कार्य को सम्पादित किया जो आधुनिक विश्व के अन्य देशों में परिवर्द्धित रूप से राज्य द्वारा निवेश कर सम्पादित किया जा रहा है।** प्राक्युद्धीय काल के व्यापक इतिहास की ओर देखकर कोई भी व्यक्ति प्राविधिक प्रगति के क्षेत्र में जापानी प्रन्यासों के संरचनात्मक कार्यों से प्रभावित हुए बिना नहीं रह सकता। **''जाइबात्सू केवल राजनीतिक मदारी अथवा वित्तीय अभिसाधक अथवा यहाँ तक कि समृद्ध निवेशक ही नहीं थे। वृहत् पैमाने वाले संघटनों में वे एक अनिवार्य कार्य सम्पादित किये जो अन्यथा केवल सरकार द्वारा सम्पादित किये गये होतें और वह भी संभवतः महत्तर सार्वजनिक लाभ के साथ नहीं।''**[2]

---

1. "The Zaibatsu rose on the tide of economic expansion to which they themselves markedly contributed."
2. "The Zaibatsu were not merely political wire-pullers, or financial manipulators, or even rentier investors. They performed an essential function in large scale enterprise which could otherwise have been performed only by the State, and not necessarily with greater public benefit."—Lockwood : ibid, pp. 560-66

अतः जापान के आर्थिक विकास में जाइबात्सू की महत्त्वपूर्ण भूमिका रही है। राष्ट्रीय शक्ति में अभिवृद्धि के लिए आवश्यक उद्योगों के विकास में प्रारंभ से ही इन परिवारों ने राज्य के सहयोगी के रूप में कार्य किया है। इन्होंने जापान को वृहत पैमाने के उत्पादन की सुविधाओं से लाभान्वित होने में समर्थ बनाया है। बैंक साख पर नियंत्रण के परिणामस्वरूप इन्होंने तीव्र गति में पूँजी-संचय में अत्यधिक योगदान किया और प्रतियोगिता को समाप्त कर इन्होंने अत्यधिक मात्रा में लाभ कमाया जिसका पुनः उद्योग-धन्धों के विकास में ही प्रयोग किया गया। जापानी आर्थिक विकास की प्रारंभिक अवस्था में ही किसी उद्योग धन्धे के विकास में निवेश करने में इन्होंने किसी प्रकार का संकोच नहीं किया। इनका स्वार्थ निर्माणी उद्योग एवं व्यापार, जहाजरानी तथा जलपोत निर्माण, खनिज और धातु उद्योग आदि सभी क्षेत्रों में था। दूसरे देशों में ऐसा निवेश साधारणतया सरकार द्वारा किया गया है। किन्तु जापान में यह कार्य जाइबात्सू ने ही किया। अतएव **संक्षेप में जाइबात्सू ने जापान की प्राविधिक प्रगति तथा औद्योगिक एवं वाणिज्य विकास में बड़ा ही महत्त्वपूर्ण और रचनात्मक कार्य किया है। आधुनिक जापान को जाइबात्सू की सबसे बड़ी देन नयी-नयी प्रविधियों को प्रोत्साहित करना रहा है।** इन्होंने जापान के आधुनिक विकास के लिए आवश्यक परिस्थितियों के सृजन में अत्यधिक योगदान किया है। माइजी शासनकाल में जापान में उद्योग एवं व्यापार में जो विस्तार हुआ वह मुख्यतः जाइबात्सू परिवारों की योग्यता एवं संगठन शक्ति का ही परिणाम था। जापान के आर्थिक विकास में इनकी देनों पर दृष्टिपात करने पर **प्रो० शुम्पीटर का यह विरोधात्मक कथन याद हो जाता है: ''एकाधिकार न कि प्रतिस्पर्द्धा औद्योगिक प्रगति लाता है।''** (Monopoly rather than competition makes for industrial progress.)

बुरे प्रभाव—परन्तु प्राक्युद्धीय जापान में पूँजीपतियों एवं नवप्रवर्त्तकों के रूप में कार्य करते हुए जाइबात्सू की प्राविधिक सिद्धियों के साथ-साथ जापानी अर्थव्यवस्था के सामाजिक तथा राजनीतिक क्षेत्रों में उनके बुरे प्रभावों को भी ध्यान में रखा जाना चाहिए। **यदि प्राविधिक क्षेत्र में जापान के उद्योग एवं वित्तीय व्यवस्था में संकेन्द्रण का प्रभाव अच्छा पड़ा था तो इसके सामाजिक राजनीतिक प्रभाव अत्यन्त ही बुरे सिद्ध हुए।** जाइबात्सू ने आय एवं धन की विषमता को उतनी ही अधिक मात्रा में बनाये रखा जितनी सामन्तवादी युगों में थी **यद्यपि दूसरे देशों की तुलना में जापान में सामाजिक पद-प्रतिष्ठा भौतिक धन के प्रदर्शन पर कम निर्भर रही है।** इस अर्थ में जापानी समाज तुलनात्मक रूप में जनतंत्रीय ही है भले ही वह अन्य अर्थों में कितना ही सोपानिक (hierachical) और प्राधिकारवादी क्यों न हो। **जापान के धनी वर्गों ने भी, यद्यपि वे सामान्य जनता की अपेक्षा बहुत ही धनी हैं, फिजूलखर्ची और आडम्बरमय उपभोग की वैसी प्रवृत्तियों को प्रदर्शित नहीं किया है जो अर्वाचीन अरब देशों के शेखों ने, भारतीय राजा-महाराजाओं** ने अथवा प्राचीन जापानी डाइमियो ने प्रदर्शित किया है। फिर भी निःसंदेह **जाइबात्सू ने आर्थिक विषमता को पोषित किया।** यही नहीं, इसने पद, मान एवं प्रतिष्ठा तथा अवसरों आदि में जापानी समाज में विषमता बनाए रखा। इसने सोपानमय पद एवं प्राधिकारवादी नियंत्रण की परम्परा को आधुनिक युगीन उद्योग तथा व्यवसाय में भी पोषित किया। साथ ही, इसने प्रारंभ से ही **एक सबल मध्य वर्ग के विकास को हतोत्साहित किया** जो पर्याप्त पूँजी और अवसर की स्वतंत्रता के साथ स्वतंत्र अध्यवसायी एवं व्यावसायिक

व्यक्तियों के रूप में कार्य कर सकते थे। इसके अतिरिक्त शक्ति एवं धन के इस संकेन्द्रण ने आर्थिक जीवन में वैयक्तिक उपक्रम और अन्तर निर्भरता के प्ररोचनामय विकास (persuasive growth) में बाधा पहुँचाकर **श्रमिक संघों के विकास को भी कुण्ठित किया।** यद्यपि जापान में श्रमिक संघों के विकास के लिए अन्य अनेक गंभीर बाधाएँ भी थीं यथापि सामूहिक मोल-तोल की दुर्बलता भी इसका एक महत्त्वपूर्ण कारण थी। **सामूहिक मोलतोल की भावना का विकास सबल उद्योगपतियों के सक्रिय एवं प्रत्यक्ष विरोध के कारण नहीं हो सका।** जाइबात्सू ने श्रमिकों का तो शोषण किया ही, साथ ही एक सामूहिक मोर्चा बनाकर उपभोक्ताओं का भी शोषण किया। राजनीतिक क्षेत्र में जाइबात्सू और राजनीतिक दलों के धनिक तंत्रीय मैत्री-संबंध(plutocratic alliance) ने अन्ततः सन् 1930 के पश्चात् संसदीय सरकार की पराजय एवं कुप्रतिष्ठा में योगदान किया। देश के अन्दर इस संकेन्द्रण ने जनतंत्रीय आन्दोलन के विकास को अवबाधित एवं विफल किया तथा देश के बाहर सैनिक आक्रमण के लिए औजार के रूप में कार्य किया।

जाइबात्सू का विघटन

जाइबात्सू ने एक ओर जापान के आधुनिकीकरण में अत्यधिक योगदान किया तो दूसरी ओर साम्राज्यवादी नीति को अपनाने के लिए भी जापान को विवश किया। **जापान की साम्राज्यवादी नीति इन्हीं जाइबात्सू परिवारों की पूँजीवादी आकांक्षाओं का परिणाम थी।** ये सामाजिक एवं राजनीतिक परिणाम 1920 के पश्चात् विशेष रूप से गंभीर हो गए। जैसे-जैसे जापानी पूँजीवाद परिपक्व होता गया वैसे-वैसे भूत की तुलना में वित्तीय शक्ति के महान संघटनों के अस्तित्व का प्राविधिक औचित्य कम महत्त्वपूर्ण होता गया। कुछ ऐसे उदाहरण हैं जहाँ पर विशाल प्रन्यास संभवतः प्रगति में बाधक सिद्ध होने लगे। जो भी हो, उपर्युक्त व्यापक विचारों के कारण ही **द्वितीय विश्वयुद्ध के पश्चात् मित्र राष्ट्रों के सर्वोच्च सामदेशक(S.C.A.P.) मेक आर्थर ने जाइबात्सू के विघटन के लिए कदम उठाया–**

1. नवम्बर सन् 1945 में समस्त सूत्रधारी कम्पनियों को विघटित करने के लिए एक आयोग निर्मित किया गया। विशाल सूत्रधारी कम्पनियों को अपनी प्रतिभूतियों और सम्पत्तियों को इस आयोग के पास अन्तरित करने के लिए निर्देशित किया गया। मुआवजा के रूप में इन्हें 10 वर्ष से अधिक की अवधि वाले जापानी सरकार के अहस्तान्तरणीय बन्ध पत्रों को दिया गया। इन बन्ध-पत्रों का मूल्य प्रतिभूतियों एवं सम्पत्तियों के पुनर्विक्रय से प्राप्त होनेवाली राशि से अधिक नहीं हो सकता था।

2. प्रतिबन्धित कम्पनियों की एक सूची निर्मित की गई और इन्हें पूँजी को अन्तरित करने अथवा बन्ध-पत्रों को निर्गमित करने पर रोग लगा दी गई।

3. मित्र शक्तियों के सर्वोच्च समादेशक (S.C.A.P.) ने एक निर्देश जारी किया जिसके द्वारा सूत्रधारी कम्पनियों को उत्पाद अथवा युद्ध-संबंधी क्षति-पूर्ति दिये जाने पर प्रतिरोध लगा दिया गया।

4. सन् 1947 ई० में एक एकाधिकार विरोधी अधिनियम पारित किया गया जिसका उद्देश्य बड़ी-बड़ी व्यावसायिक संस्थाओं के पुनर्स्थापन को रोकना तथा प्रतियोगिता क्षेत्र को बढ़ाना था।

इस प्रकार सैनिक शासन के अन्त तक जाइबात्सू संस्थाओं को कई छोटे-छोटे टुकड़ों में विभाजित कर दिया गया। किन्तु सन् 1958-59 के बाद पुनः जाइबात्सू की

प्राचीन संस्थाएँ आपस में मिलने लगीं तथा 1958-59 तक तीन बड़े-बड़े जाइबात्सू—मित्शुई, मित्शुविशी तथा सुमितामो के हाथ में विभिन्न प्रकार की औद्योगिक एवं वित्तीय संस्थाओं का नियंत्रण आ गया। फिर भी यद्यपि सन् 1960 तक जाइबात्सू पुनः जापान की अर्थव्यवस्था में महत्त्वपूर्ण हो चले थे तथापि इनका महत्त्व युद्ध के पूर्व की तुलना में बहुत ही कम रह गया। इसका मुख्य कारण यह है कि युद्धोत्तर जापान में पूँजी एवं व्यवस्था संबंधी योग्यता कुछ ही व्यक्तियों के हाथों में केन्द्रित न होकर अत्यधिक विकेन्द्रित हो गयी है। किन्तु पहले ही तरह आज भी आर्थिक नीति के निर्धारण में सरकार एवं उद्योग घनिष्ठ संपर्क में कार्य करते हैं तथा इसी आधार पर जापान के विकास की योजनाएँ तैयार और कार्यान्वित की जाती हैं। **आज जापान में जाइबात्सू के प्रतिरूप काइरेत्सू (Keiretsu) का जन्म हो चुका है जिसमें मत्सूशिता (Matsushita), हिताची (Hitachi) और निस्सान (Nissan) आदि के नाम उल्लेखनीय हैं।**

संदर्भ

G.C. Allen : A Short Economic History of Modern Japan

G.C. Allen : Japan's Economic Recovery.

Economic Planning Agency : New Long Range Economic Plan of Japan, 1961-70.

Lockwood : Economic Development of Modern Japan.

Cohen : Japan's Economy in War and Reconstruction.

Economic Journal, June, 1937 (Allen's article) "Concentration of Economic Control in Japan."

Holding Companies Liquidation Commission : Final Report on Zaibatsu Liquidation, 1961.

मानक प्रश्न

1. युद्ध के पूर्व जापान की औद्योगिक व्यवस्था में जाइबात्सू की भूमिका की व्याख्या कीजिए। क्या उससे आर्थिक शक्तियों का कुछ ही हाथों में संकेन्द्रण हो गया था?
Examine the role of Zaibatsu in the industrial economy of pre-War Japan. Was it responsible for the concentration of economic power in fewer hands ?

2. जाइबात्सू के उदय और शक्तिशाली होने के कारणों की व्याख्या करें। इसके क्या परिणाम हुए ?
What were the circumstances responsible for the rise of Zaibatsu ? What were their consequences ?

3. जाइबात्सू की समाप्ति के लिए सर्वोच्च समादेशक द्वारा किये गये प्रयत्नों की व्याख्या कीजिए। क्या इनकी समाप्ति हो गयी है ?
Discuss the attempts made by S.C.A.P. to liquidate Zaibatsu. Have they been done away with ?

❑

अध्याय 6

जापान के कुटीर और लघु उद्योग

(COTTAGE AND SMALL SACLE INDUSTRIES IN JAPAN)

महत्व और विकास

जापान में कुटीर एवं लघु उद्योगों का विशेष स्थान है। वस्तुतः जापान में अधिकांश उत्पादन और अधिकांश व्यक्तियों के लिए रोजगारी इन्हीं लघु उद्योगों द्वारा उपलब्ध की जाती है। देश में बेराजगारी को नीचे स्तर पर बनाए रखने में लघु उद्योग मुख्य भूमिका निभाते हैं। जापान में 300 से कम कर्मचारियों मजदूरों के साथ काम करने वाली इकाइयों को लघु उद्योग और मध्यम उद्योग इकाइयों की श्रेणी में रखा जाता है और **ऐसी ही इकाइयों में जापान की कार्यशील जनता का 81 प्रतिशत से भी अधिक काम पाता है। जापान के अन्तरराष्ट्रीय व्यापार तथा उद्योग मंत्रालय के अनुसार** जापान में 1975-85 के बीच लघु और मध्यम आकार वाले उद्योगों में काम करने वाले लोगों की संख्या में 6.3 प्रतिशत वृद्धि हुई और इनकी संख्या 73.5 लाख से बढ़कर 78.1 लाख हो गयी जबकि इसी अवधि में बड़े उद्योगों में इनकी संख्या में 7.1 प्रतिशत कमी आयी और वह 33.1 लाख से घटकर 30.7 लाख रह गयी।[1] **देश में जितने व्यावसायिक प्रतिष्ठान हैं उनके 80 प्रतिशत से भी अधिक प्रतिष्ठानों में 30 से कम ही व्यक्ति कार्य करते हैं अर्थात् 4/5 औद्योगिक इकाइयाँ लघु पैमाने की हैं।** फिर भी इन्हीं लघु उद्योगों के हाथों जापान का इतना विकास हुआ और गुण तथा परिमाण दोनों दृष्टिकोणों से इतना अधिक उत्पादन हुआ कि संसार के दूसरे देशों ने आवाज उठाई कि जापान **''सामाजिक राशिपातन''** (Social dumping) कर रहा है अर्थात् दूसरे देशों में अपनी वस्तुओं के लिए बाजार सुनिश्चित करने के लिए अपनी वस्तुओं को अत्यन्त ही कम मूल्य पर बेच रहा है। इस आवाज का आधार यह था कि जापानी वस्तुएँ गुण एवं अत्यन्त अच्छी और टिकाऊ तो होती ही थीं, बड़ी सस्ती भी होती थीं और वस्तुओं को बहुत बड़े परिमाण में वह बाहर भेज रहा था। यही कारण था कि यूरोपीय देशों ने 1934-35 में जापान के विरूद्ध आवाज उठाई और फलतः अन्तरराष्ट्रीय श्रम-कार्यालय (International Labour Office) के सहायक निर्देशक **मॉरेट** (Maurette) को वस्तुस्थिति की वास्तविक रूप से छान-बीन करने के लिए जापान भेजा गया। आश्चर्य की बात थी कि **जापान से लौटने पर मॉरेट ने अपने प्रतिवेदन में व्यक्त किया कि जापान में सामाजिक राशिपातन नहीं हो रहा है।** इस तथ्य से जापानी लघु उद्योगों की श्रेष्ठता का आभास मिलता है। जैसा कि **चमन लाल**' ने व्यक्त किया है, **''विश्वास कीजिए अथवा नहीं, जापान के विशाल औद्योगिक साम्राज्य की शक्ति मुख्यत: तथाकथित लघु उद्योगों के कारण है जिनमें 54 प्रतिशत एक-व्यक्ति कार्यशालाएँ एवं 40 प्रतिशत लघु कारखाने सम्मिलित**

---

1 The Statesman, Calcutta, Dak ed, November, 17, 1987

हैं जिनमें 5 से भी कम श्रमिकों द्वारा कार्य किये जाते हैं।''[1] श्री चमनलाल को भारतीय सरकार ने जापानी लघु उद्योगों का अध्ययन करने के लिए जापान भेजा था।

जापानी अर्थव्यवस्था में कुटीर एवं लघु उद्योगों का बहुत पहले से ही महत्त्वपूर्ण स्थान रहा है। आधुनिक तरीके से भारी उद्योगों का विकास जापान में बहुत बाद में हुआ। अतएव सदियों तक इनके अभाव में जापान की राष्ट्रीय आय में कुटीर एवं लघु उद्योगों की देन ही अत्यन्त महत्त्वपूर्ण रही। आज के इस बड़े पैमाने के उद्योगों के युग में भी जापानी अर्थ-व्यवस्था में इन उद्योगों का महत्त्वपूर्ण स्थान बना हुआ है। 1930 ई॰ में देश के कुल व्यावसायिक प्रतिष्ठानों में से 54 प्रतिशत में एक-एक व्यक्ति कार्य करते थे। 1938 ई॰ में जापान के कुल कारखानों में से 96.2 प्रतिशत संस्थानों में 5 से 100 के बीच व्यक्ति लगे हुए थे। 1933 ई॰ में कुल निर्यात का मात्रा के अनुसार 60.6 प्रतिशत तथा मूल्य के अनुसार 57.1 प्रतिशत लघु और मध्यम आकार के उद्योगों से प्राप्त हुआ था।[2] निम्नांकित तालिका से 1930 ई॰ में जापान के निजी निर्माणी उद्योगों में लघु पैमाने के उद्योगों की स्थिति का अन्दाजा लगाया जा सकत है।[3]

संस्थानों का आकार	**संख्या**	**लगे हुए व्यक्तियों का प्रतिशत**
स्वतंत्र	665,533	14.0
1 से 4 तक कार्य करने वाले	2,106,660	44.3
5 से 99 तक कार्य करने वाले	988,465	20.8
100 से 449 तक कार्य करने वाले	504,510	10.6
500 से अधिक तक कार्य करने वाले	494,761	10.3
	4,759,929	100.0

लाकऊड के अनुसार ये आँकड़े जापान की औद्योगिक व्यवस्था में लघु पैमाने के उद्योगों के महत्त्व को बहुत बढ़ा-चढ़ा कर दिखलाते हैं। फिर भी यह निर्विवाद है कि देश की औद्योगिक व्यवस्था में इनका अत्यन्त ही महत्त्वपूर्ण स्थान रहा है और आज भी है।

जापान में लघु उद्योग उसके उद्योगीकरण के पूर्व काल से रहे हैं। माइजी पुनरागमन के पूर्व उद्योगों का आकार लघु ही था। **सरकार की परम्परागत नीति लघु एवं बड़े दोनों प्रकार के उद्योगों को विकसित करने की रही है।** स्वभावतः लघु उद्योगों को भी सरकारी सरंक्षण प्राप्त होता रहा है और उनका विकास होता रहा है। **फलतः आज**

1. "Believe it or not, Japan's vast industrial empire owes its strength mainly to the so called small industries which include 54 percent one man work-shops, and 40 per cent small plants employing less than five workers." —Chaman Lal : *Cottage Industries and Agriculture in Japan.*
2. In 1938, factories employing between 5-100 operatives accounted for 96.2 per cent of the total number of factries. In 1933, 60.6 per cent of the volume and 57.1 per cent of the value of the Japanese exports was accounted for by small and medium scale industries"—Dhir and Pradhan : *Modern Economic Development,* Vol. II, p. 350
3. Lockwood : *Economic Development of Japan,* p. 240

जापानी अर्थव्यवस्था लघु एवं वृहद उद्योगों के वित्तीय सह अस्तित्व को बनाए हुए है। 19वीं शताब्दी के अन्त तक लघु एवं वृहत् उद्योगों में श्रमशक्ति के कोष का बँटवारा हो गया था। जापानी कुछ रूढ़ियों से अभ्यस्त थे जिनका वे परित्याग नहीं कर पाए थे और लघु उद्योगों का पोषण होता रहा। जिन क्षेत्रों में वृहत् पैमाने पर प्रमापीकृत वस्तुओं का वृहदाकार कारखानों में कम लागत से उत्पादन संभव है उनमें उत्पादन वृहत पैमाने के उद्योगों द्वारा होता है। किन्तु जिन क्षेत्रों में माँग विभिन्न प्रकार की होती है और अपेक्षाकृत कम मात्रा में की जाती है उनका उत्पादन लघु पैमाने पर किया जाना श्रेयष्कर होता है। जहाँ तक कि लघु उद्योगों की संख्या का प्रश्न है, हमलोग कह सकते हैं कि सन् 1930 में लगभग 35 प्रतिशत औद्योगिक संस्थानों में 10 से कम व्यक्ति कार्य करते थे और 70 प्रतिशत ऐसे संस्थान थे जिनमें 50 से कम व्यक्ति कार्य करते थे। **कुछ लोगों की राय है कि जापान में औद्योगिक जनता की 50 प्रतिशत जनता लघु उद्योगों में लगी हुई है। किन्तु युएदा** (Uyeda) **के विचार में इससे भी अधिक व्यक्ति लघु उद्योगों में कार्य करते हैं। युएदा का कहना है कि**–

1. लघु उद्योगों में सम्पूर्ण औद्योगिक श्रमिकों के 50 प्रतिशत कार्य करते हैं।
2. जापानी जनता के जीवन के प्रतिदिन की सामान्य आवश्यकताओं वाली वस्तुओं की पूर्ति कुटीर एवं लघु उद्योगों द्वारा की जाती है जो सम्पूर्ण राष्ट्रीय अर्थव्यवस्था में फैले हुए हैं।
3. जापानी निर्यात की 60-70 प्रतिशत वस्तुएँ लघु उद्योगों द्वारा निर्मित वस्तुएँ होती हैं।
4. जापानी सरकार की परम्परागत नीति लघु एवं वृहत् दोनों प्रकार के उद्योगों को विकसित करने की रही है।

किन्तु सन् 1925 के लगभग और उसके पश्चात् जापान के लघु उद्योगों की स्थितियाँ बिगड़ने लग गयीं, क्योंकि–(1) इस काल के लगभग विश्व के निर्यात व्यापार में कमी हो गयी और इसका बड़े उद्योगों की अपेक्षा लघु उद्योगों पर अधिक घातक प्रभाव पड़ा क्योंकि बड़े उद्योगों के पास पर्याप्त कोष थे और लघु उद्योगों के पास कोषों का अभाव था। (2) जापान में उद्योपतियों की प्रवृत्ति अपने आकार में निरन्तर वृद्धि करने की रही है। आकार में विस्तार करने की इस प्रक्रिया ने लघु उद्योगों के लिए संकट उत्पन्न कर दिया। इस काल तक जापान में संयोजन आन्दोलन प्रबल हो गया था।

इस परिस्थिति में **जापानी सरकार ने लघु उद्योगों की सहायता की और इस उद्देश्य से उसने अग्रलिखित उपाय किया**–(1) सन् 1925 में एक विधि निर्मित की गई जिसके द्वारा व्यवस्था की गई कि किसी स्थान विशेष के कुटीर एवं लघु आपस में मिलकर एक **स्थानीय संघ** का निर्माण करें। इस संघ का नाम **कोगियो कुमिकी** (Kogyo Kumiki) अर्थात् **लघु निर्माण गिल्ड** (small manufacture guild) **था**। ये संघ स्थानीय थे। सभी स्थानीय लघु उद्योगों को उस स्थानीय संघ में सम्मिलित होने के लिए बाध्य किया गया। **इन समस्त स्थानीय संघों का एक केन्द्रीय संघ** (central federation) **बनाया गया** जिसका कार्य सम्पूर्ण उद्योग पर नियंत्रण करना था। यह केन्द्रीय संघ निश्चित करता था कि कितना उत्पादन किया जाय, कैसे उत्पादन किया जाय। केन्द्रीय संघ सम्पूर्ण माँग से अवगत होता था और वह उत्पादकों के लिए एक निश्चित अभ्यंश निर्धारित करता था। दूसरे शब्दों में, **एक अर्थ में यह संयोजन ही था किन्तु लघु उद्योगों का–लघु उत्पादकों का।** केन्द्रीय

संघ अपने सदस्यों को सूचना देता था जो उत्पादकों को उनकी आवश्यकताओं के संबंध में सहायता करते थे—कच्चे माल के संबंध में, प्राविधिक ज्ञान के संबंध में, बाजार के संबंध में, वस्तुओं के गुण के संबंध में आदि। यह व्यवस्था सब के लिए अनिवार्य नहीं थी। यदि अधिकांश इकाइयाँ संघ बनाने के लिए इच्छुक रहती थीं तभी अल्पसंख्यक अनिच्छुक इकाइयों को सम्मिलित होने के लिए बाध्य किया जाता था। अन्यथा नहीं। इस व्यवस्था के मूल में निहित विचार यह था कि उद्योगों को सहकारी आधार पर संचालित किया जाय। इसके फलस्वरूप लघु उद्योगों का विवेकीकरण हुआ और 1930 तक ये पुनः समृद्धिशाली हो गए। (2) लघु उद्योगों को सरल शर्तों पर सरकार की ओर से आर्थिक सहायता दी गई। इस प्रकार जापान में सरकार ने इन उद्योगों के लिए संगठन और वित्त दोनों को उपलब्ध किया। यह व्यवस्था द्वितीय विश्वयुद्ध तक बनी रही।

बहुत से लेखकों ने यह सिद्ध करने का प्रयास किया है कि जापान के कुछ लघु उद्योगों का पतन हो रहा है। किन्तु युएदा इस तर्क से सहमत नहीं हैं। उन्होंने दिखलाया है कि जापानी लघु उद्योगों का पतन कम-से-कम तीव्र गति से तो नहीं हो रहा है यद्यपि इनके साथ वृहत् पैमाने के उद्योगों का विकास हो रहा है। **जापान के नगरों एवं कस्बों में अनेक छोटी-छोटी दूकानें हैं जिनकी विशेषताएँ हस्तशिल्प प्रणाली के समान हैं।** लघु उत्पादक अपनी वस्तुओं को सीधे पड़ोसी उपभोक्ताओं के हाथ बेचते हैं। **प्रतिदिन की आवश्यक वस्तुओं की पूर्ति करने वाली व्यापारी विशुद्ध व्यापारी न होकर आधे व्यापारी और आधे औद्योगिक व्यक्ति होते हैं। अतएव "हमारा सामान्य निष्कर्ष यह है कि जापान में लघु उद्योग सम्पूर्ण औद्योगिक जनसंख्या की आधी जनसंख्या को कार्य देते हैं और उनकी संख्या में अभी तक ह्रास नहीं हो रहा है।"[1] युएदा ने लघु उद्योगों की समृद्धिशीलता के कारणों का उल्लेख करते हुए लिखा है—**

1. लघु उद्योगों में भी यंत्रीकरण कुछ सीमा तक संभव है और जहाँ तक संभव हुआ है ऐसा किया भी गया है।
2. जिन क्षेत्रों में विभिन्न ढाँचे एवं ढर्रे की आवश्यकता होती है उनमें लघु उद्योगों को विशेष सुविधाएँ प्राप्त हैं।
3. प्राचीन जापान के कुछ हस्तशिपक जीवित रह सके हैं।
4. कुछ लघु उद्योगों को इसलिए भी सुविधाएँ प्राप्त हैं कि उनमें उनके मालिक एवं उनके परिवार के सदस्य स्वयं कार्य करते हैं।
5. जापान के अनेक नवयुवक लघु उद्योगों में कार्य पसन्द करते हैं।
6. जापानी लघु उद्योगों को सरकारी सहायता प्राप्त होती रहती है।
7. जापान में लघु एवं बड़े उद्योगों में पारस्परिक संबंध एवं मेल-भाव तथा सह-अस्तित्व रहा है और उन्होंने सहयोग से कार्य किया है। उपलब्ध साधनों का उन्होंने आपस में बँटवारा करके कार्य किया है।

यह सचमुच एवं विचित्र बात है कि आज के जापान में भी असंख्य लघु उद्योगों का अस्तित्व है और कुछ अवस्थाओं में ये तो वे अत्यन्त ही विशालकाय उद्योगों के साथ-

---

1. युएदाः स्माल इन्डस्ट्रीज ऑफ जापान, अध्याय 1

साथ विकसित भी हो रहे हैं। **यह ठीक है, जैसा कि मॉरेट** (Maurettee) **ने व्यक्त किया है, कि लघु उद्योगों के संख्यात्मक महत्त्व में शनैः-शनैः ह्रास हो रहा है। किन्तु वर्तमान परिस्थितियों में कोई भी व्यक्ति ऐसी आशा नहीं करेगा कि उनके स्थान शीघ्र ही वृहदाकार औद्योगिक प्रतिष्ठानों द्वारा ले लिए जाएँगे। वस्तुतः उनका तीव्र पतन और लोप अनेक जापानी परिवारों के लिए महाविनाश सिद्ध होगा।**

जापान में लघु उद्योगों के विकास के कुछ कारण तो भौगोलिक हैं और कुछ आर्थिक। जापान में भारी उद्योगों की तुलना में हल्के उद्योगों का विकास पहले हुआ था। यह विकास विश्व व्यापार में जापान की सफलता के महत्त्वपूर्ण कारणों में से एक है। जापान में लघु उद्योगों का विकास सस्ती विद्युत, गतिशील जीवन की परिवर्तनशील परिस्थितियों के अनुसार सरलतापूर्वक अपने-आप को परिवर्तित कर लेने की जापानी जनता की क्षमता, सस्ते श्रम के बाहुल्य आदि के कारण प्रोत्साहित हुआ है। जापानी सरकार ने भी देश के लघु उद्योगों के विकास को सहकारिता आदि द्वारा प्रोत्साहित किया है।

फिर भी द्वितीय विश्व युद्ध के समय में जापान में लघु उद्योगों को अन्य उद्योगों की भाँति संकटों का सामना करना पड़ा था। इस काल में उनके संकटों के सामान्य कारण थे कच्चे माल के अभाव, वृहत् पैमाने पर सामान्य रूप से व्यक्तियों का सेना में भर्त्ती किया जाना जिनके कारण उनके लिए कार्यकर्त्ताओं का अभाव हो गया, बाजार का अभाव आदि। किन्तु लघु उद्योगों के संकटों का विशेष कारण यह था कि जापान की सैनिक प्रवृत्तियों वाली सरकार औद्योगिक इकाइयों के संयोजनों के लिए पूँजीपतियों को सहायता और प्रोत्साहन दे रही थी और ये वृहदाकार संयोजन लघु औद्योगिक प्रतिष्ठानों को निगल गये। युद्ध के पश्चात् युद्धप्रिय व्यक्तियों का पतन हो गया। **मित्रशक्तियों के सर्वोच्च समादेशक ने सर्वप्रथम जो कार्य किया था वह वृहदाकार औद्योगिक संयोजनों को भंग करना था। इसलिए स्वभावतः जापान के लघु उद्योगों का पुनरुत्थान होना प्रारंभ हुआ।** किन्तु अब भी उनकी अवस्था उतनी अच्छी नहीं है जितनी कि पहले थी।

तो भी **आज जापान के समस्त क्षेत्र में लघु इकाइयाँ कार्यशील हैं और ये जापान में प्रत्येक वृहत् उद्योग को सहायता पहुँचाती हैं। द्वितीय विश्व युद्ध के पश्चात् जापानी सरकार ने एक लघु उद्योग मंडल** (Board of Small Industries) **की स्थापना की थी।** इसका एक महत्त्वपूर्ण उद्देश्य आर्थिक शक्तियों के संकेन्द्रण को रोकना भी है। यह लघु उद्योग मंडल सन् 1948 में स्थापित किया गया था और यह लघु उद्योगों की क्रियाओं का समन्वय करता है और इन्हें आवश्यक परामर्श देता है। देश की सरकार ने देश के ग्रामीण पुनर्निर्माण के लिए एक योजना का निर्माण किया है। इस योजना का प्रमुख उद्देश्य राष्ट्रीय अर्थव्यवस्था के तीव्र विकास के लिए कृषि और उद्योग का समन्वय करना है। इसलिए इस योजना के अन्दर सरकारी सहायता और सहकारिताओं की सहायता से ग्रामीण और लघु उद्योगों के विकास को प्रोत्साहित किया जा रहा है।

लघु उद्योगों पर बड़े पैमाने के उद्योगों का प्रभाव

जापान में लघु उद्योगों का विकास प्राचीन परम्परा से हुआ था। पहले ये उत्पादन की प्राचीन पद्धति का प्रयोग करते थे। किन्तु जब उन्नीसवीं शताब्दी के अन्त में जापान में बड़े पैमाने के उद्योगों का विकास होने लगा तो लघु उद्योगों ने भी अपनी उत्पादन प्रणाली में

सुधार किया। बड़े पैमाने के व्यवसाय के प्रभाव में आकर छोटे पैमाने के उद्योगों ने अपने यंत्रों का आधुनिकीकरण किया। इसमें इन्होंने बड़े पैमाने पर कच्चा माल, कार्यशील पूँजी तथा बाजार आदि के संगठन में उपलब्ध होने वाली बड़े पैमाने की मितव्ययताओं का लाभ उठाया। उन्होंने केवल परम्परागत उद्योगों तक ही अपनी क्रियाओं को सीमित नहीं रखकर नये-नये उद्योग-धन्धों का विकास किया। इस प्रकार वर्तमान शताब्दी के तीसरे दशक तक लघु उद्योग प्राचीन तथा नवीन दोनों क्षेत्रों में पाये जाने लगे। वास्तव में **आधुनिक जापान में लघु तथा कुटीर उद्योग का विकास बड़े पैमाने के उद्योगों के प्रतियोगी के रूप में नहीं होकर इनके पूरक के रूप में हुआ है।** इनकी प्रतियोगी क्षमता का आधार यह है कि वे बड़े पैमाने की विक्रय व्यवस्था, परिवहन तथा वित्त से लाभ उठाते हैं। सामान्यता ये बड़े कारखानों को कच्चे माल तथा सेवाएँ उपलब्ध करते हैं अथवा उत्पादन प्रक्रिया में किसी खास कार्य का सम्पादन करते हैं।

इस प्रकार **जापान की औद्योगिक व्यवस्था में इन दोनों प्रकार के उद्योगों के बीच एक निश्चित संबंध पाया जाता है।** जापान में इन दोनों क्षेत्रों में अन्य देशों की तरह कोई विरोध नहीं है। **वास्तव में सन् 1900 के बाद जापान में बड़े पैमाने के उद्योगों के तीव्र विकास ने लघु उद्योगों के लिए कठिनाइयाँ प्रस्तुत करने के बजाय इन्हें बहुत प्रकार से सहायता पहुँचाई है।** ''जापान में सन् 1900 के बाद वृहत् पैमाने के औद्योगिक संगठनों ने लघु उद्योगों का किसी प्रकार से विस्थान नहीं किया है बल्कि वृहत् उद्योग लघु उद्योगों के साथ पारस्परिक आधार पर एक-दूसरे को सहायता पहुँचाते हुए एक-दूसरे के पूरक के रूप में कार्यशील रहे हैं न कि प्रतियोगी के रूप में।''[1]

यहाँ पर जापान के औद्योगिक विकास की तुलना भारत में औद्योगिक विकास के साथ करना रुचिकर होगा। **भारतवर्ष में आधुनिक औद्योगिक प्रगति प्राचीन कुटीर उद्योगों के ह्रास के साथ प्रारंभ हुई जबकि जापान में यह एक ओर बड़े पैमाने के उद्योगों के विकास के साथ तथा दूसरी ओर लघु पैमाने के उद्योगों की उत्पादन पद्धति में क्रांतिकारी परिवर्तन के साथ प्रारंभ हुई। 'जापान में जो औद्योगिक क्रांति आई वह दो ओर से आगे बढ़ी। एक ओर यह पश्चिमी यूरोप से बड़े पैमाने की उत्पादन व्यवस्था को जापान में लाई। दूसरी ओर इसने साथ-ही-साथ लघु व्यवसाय को, जो जापान में सामन्तवादी काल से ही चले आ रहे थे, क्रांतिमय बना दिया।''**[2]

जापान में लघु उद्योगों की समृद्धि के कारण

जापान के लघु उद्योगों की समृद्धि के अनेक कारण हैं। **प्रथमत:** जापान में प्राकृतिक साधनों एवं पूँजी की कमी थी। किन्तु इसकी जनसंख्या तेजी से बढ़ रही थी। अतएव बढ़ती

1. In Japan the rise of big enterpirse after 1900 did not cause any serious dislocation to small industries. Rather large industries co-existed with the small business not in competitive relations, but in supplementary relations, assisting one another on reciprocal basis.—Yamnaka and Takizawa.
2. "The Industrial Revolution which overtook Japan proceeded in dual ways. It proceeded in the way of implantation of large scale production from Western Europe. Simultaneously, it revolutionised the small business which existed in Japan from feudal days."

हुई जनसंख्या को उत्पादक कार्य दिलाने कें लिए जापान ने मुख्य रूप से लघु उद्योगों का सहारा लिया। **द्वितीयत:**, ये लघु उद्योग विभिन्न रुचियों के लिए तरह-तरह की वस्तुओं का उत्पादन करते हैं। **तृतीयत:**, जापान में परिवहन और संचार की सुविधाओं के विस्तार ने इन उद्योगों के लिए कच्चे मालों को पहुँचाने तथा इनकी निर्मित वस्तुओं को बाजार में ले जाने में सहायता प्रदान की। इस सुविधा के कारण जापान में लघु पैमाने के उद्योग कहीं भी पनप सकते थे। **चतुर्थत:**, इन्हें बड़े पैमाने के उद्योगों के साथ कोई प्रतियोगिता नहीं करनी पड़ी थी वरन् ये इनके पूरक के रूप में कार्य करते थे। **पाँचवें**, सबसे बड़ी बात तो यह है कि बड़े पैमाने के उद्योगों के सहयोग में आने के कारण ये अपनी उत्पादन की शैली तथा यंत्रों को भी निरन्तर आधुनिक बनाने का प्रयास करते रहे। **छठा कारण** यह है कि जापान में सस्ते श्रम और विद्युत की पूर्ति से भी इन्हें बहुत अधिक सहायता प्राप्त हुई। गरीब किसान अपनी लड़कियों को सूती वस्त्र अथवा लघु उद्योगों में काम करने के लिए भेजते थे। **सातवें**, जापान में सरकार ने लघु तथा कुटीर उद्योगों के विकास को सब प्रकार से प्रोत्साहन दिया है।

लघु उद्योगों के संबंध में सरकारी नीति

जापान में लघु उद्योगों की समृद्धिशीलता का एक मुख्य कारण इन्हें सरकार द्वारा मिलने वाला प्रोत्साहन है। माइजी शासन काल में सरकार ने लघु उद्योग में हस्तक्षेप तथा नियंत्रण की नीति को हतोत्साहित किया। किन्तु परोक्ष रूप में इसने इन उद्योगों की कार्यक्षमता को बढ़ाने पर अधिक जोर दिया। इनका कारण यह था कि उस समय जापान का विदेशी व्यापार मुख्य रूप से इन्हीं उद्योगों पर आधारित था। अतएव सन् 1884 ई० के बाद सरकार ने छोटे-छोटे उद्योगपतियों तथा व्यवसायियों के बीच सहकारिता को प्रोत्साहित करने के लिए कई नियम निर्मित किया ताकि ये उत्तम कोटि की वस्तुओं का उत्पादन कर सकें। 1925 ई० के एक नियम के द्वारा गिल्ड की तरह स्वैच्छिक संस्थाओं की स्थापना की व्यवस्था की गयी जिससे ये इन उद्योगों की वस्तुओं के गुणों की समय-समय पर जाँच कर सकें। इस प्रकार **सन् 1930 के पूर्व जापानी सरकार का मुख्य उद्देश्य निर्यात की वस्तुओं के गुण में सुधार था। सन् 1929-30 की मंदी के साथ सरकार ने लघु उद्योगों को सहायता देने के संबंध में अधिक सक्रिय नीति अपनायी।** चूँकि मंदी का रेशम उद्योग पर बहुत प्रतिकूल प्रभाव पड़ा था अतएव सरकार ने इस उद्योग की सभी शाखाओं के लिए आर्थिक सहायता दी। मंदी काल में सरकार ने लघु पैमाने के निर्माता गिल्ड और निर्यात गिल्ड के रूप में संगठित करने का प्रयास किया। इन्हें सरकार द्वारा निम्न ब्याज दर पर ऋण तथा छोटे-छोटे अनुदान दिये जाते थे जिससे ये सहकारिता के आधार पर क्रय-विक्रय कर सकें। सन् 1933 में जापानी येन के अवमूल्यन के बाद विश्व में जब जापानी वस्तुओं के विरुद्ध एक प्रतिक्रिया हुई तो उसका लघु एवं कुटीर उद्योगों पर भी प्रतिकूल प्रभाव पड़ा। ऐसी स्थिति में जापानी सरकार ने इन्हें सरकारी संरक्षण में लघु उद्योगों के निर्यात की मात्रा तथा मूल्य को नियंत्रित करने का अधिकार दिया। सन् 1948 ई० में जापान सरकार ने एक लघु उद्योग मंडल की स्थापना की जो लघु उद्योगों के विकास के लिए सभी प्रकार का प्रयास करता है। यह बोर्ड वाणिज्य मंत्रालय के अधीन कार्य करता है। **1948 ई० में ही सरकार ने ग्रामीण पुनर्निर्माण की एक योजना कार्यान्वित की जो गाँवों में उद्योग तथा कृषि में सहयोग पर आधारित है।**

द्वितीय विश्वयुद्ध के बाद जापान के कुटीर एवं लघु उद्योग

सन् 1945 के बाद जापान की औद्योगिक व्यवस्था में महत्त्वपूर्ण परिवर्तन हुए। तीव्र गति से उद्योगीकरण के लिए सरकार ने नये निवेश के एक बड़े भाग को बड़े पैमाने वाले तथा आधारभूत उद्योगों में लगाना प्रारंभ किया। इसके विपरीत लघु उद्योगों की कार्यक्षमता को बनाये रखने के लिए कोई प्रयास नहीं किया गया। वास्तव में, द्वितीय विश्वयुद्ध के बाद जाइबात्सू के विघटन से इनकी कार्यक्षमता में ह्रास हो रहा था। साथ ही, रेशम जैसी वस्तुओं के अन्तरराष्ट्रीय व्यापार में ह्रास तथा जापानी अर्थव्यवस्था की संरचना में परिवर्तन के कारण इनकी कठिनाइयाँ बढ़ रही थीं। **इन सबके कारण जापानी उद्योगों में आजकल द्वैधवाद बहुत ही महत्त्वपूर्ण हो गया है। एक ओर इंजीनियरिंग तथा बड़े-बड़े आधारभूत उद्योगों में बड़े-बड़े औद्योगिक संस्थान हैं और दूसरी ओर नये तथा पुराने दोनों प्रकार के उद्योगों में लघु तथा मध्यम आकार के संस्थान हैं।** ये दोनों क्षेत्र उत्पादन की पद्धति तथा यंत्र इत्यादि में एक-दूसरे से बिल्कुल भिन्न हैं। फिर भी **जापान के लघु उद्योगों की प्रतियोगी शक्ति में कमी नहीं हुई है।** उन सभी क्षेत्रों में जहाँ पर वस्तु की प्रकृति इस प्रकार की है कि उसके उत्पादन में कम पूँजीवादी रीतियों को अपनाया जा सकता है, उत्पादन कार्य लघु पैमाने के उद्योगों के ही हाथ में छोड़ दिया गया है।

वर्तमान अवस्था

जापानी अर्थव्यवस्था में मध्याकार तथा लघु उद्योगों का आज भी अत्यन्त ही महत्त्वपूर्ण योगदान है। उनकी संख्या 5 लाख से भी अधिक है। **जापान के 16,14000 खुदरा विक्रेताओं में 99.7 प्रतिशत और 340,000 थोक विक्रेताओं के 99.2 प्रतिशत ऐसे ही संस्थान हैं। खुदरा विक्रय का 79.5 प्रतिशत तथा थोक विक्रय का 57 प्रतिशत लघु और मध्याकार दुकानों द्वारा ही किया जाता है।** जापान के लघु संगठनों में 126.9 लाख व्यक्तियों को रोजगार प्राप्त होता है। **जापान के कुल व्यावसायिक संस्थानों के 81 प्रतिशत लघु संगठन ही हैं तथा गैर-सरकारी क्षेत्र के गैर-प्राथमिक उद्योगों में लगे कर्मचारियों की कुल संख्या के 32 प्रतिशत इन्हीं संगठनों में लगे हुए हैं।** 1966 और 1975 के बीच सभी उद्योगों में लघु संगठनों का अंश संगठनों की वास्तविक संख्या के रूप में बढ़ता ही गया और 1970 के दशक के मध्य में तेल संकट, येन के अतिमूल्यन आदि के कारण मध्याकार तथा लघु संगठनों पर पड़ने वाले दबावों और अन्य समस्याओं के बावजूद यह प्रवृत्ति जारी रही है। **जापान में लघु संगठनों के मालिक अपनी आंचलिक समितियों में महान् भूमिका निभाते हैं तथा समाज में उनकी ऊँची आर्थिक तथा सामाजिक पद-प्रतिष्ठा होती है।** जापान में जिन निर्माणी संगठनों में 5 से कम व्यक्ति अथवा जिन सेवा अथवा वाणिज्य संगठनों में 5 से कम व्यक्ति नियुक्त होते हैं उन्हें लघु संगठन कहा जाता है।

निष्कर्ष—इस प्रकार जापानी औद्योगिक व्यवस्था में आज भी लघु एवं कुटीर उद्योगों का महत्त्वपूर्ण स्थान है। जापान के आर्थिक विकास में इन उद्योगों की देन अत्यन्त ही महत्त्वपूर्ण रही है। इन्होंने उद्योगीकरण की प्रारंभिक अवस्था में जापान में पूँजी तथा तकनीक के अभाव को दूर करने में महत्त्वपूर्ण योगदान दिया है। इस संबंध में **लॉकउड ने लिखा है, ''इसने पूँजी निवेश की वृहद इकाइयों और उन उपक्रमी गुणों की आवश्यकताओं**

में मितव्ययता करने में उसे (जापान को) समर्थ बनाया है जिन्हें प्रारंभिक अवस्थाओं में प्राप्त करना अधिक कठिन था।''[1]

अल्पविकसित देशों के लिए शिक्षा

जापान के इस अनुभव से भारत जैसे अर्द्ध विकसित देशां के आर्थिक विकास के लिए **कई शिक्षाएँ** मिलती हैं। **एक** तो बढ़ती जनसंख्या तथा पूँजी के अभाव वाले देश के लिए लघु तथा कुटीर उद्योग, जो प्रभावपूर्ण ढंग से बड़े पैमाने पर बचतों तथा साहसिक कुशलता के प्रयोग को संभव बनाते हैं, के विकास पर अधिक जोर दिया जाना चाहिए। **दूसरे,** लघु उद्योगां को यथासंभव नये-नये आधुनिक आविष्कारों के प्रयोग द्वारा अपनी कार्यक्षमता को बढ़ाने का प्रयास करना चाहिए। **तीसरे**, इन्हें बड़े पैमाने के उद्योगां के प्रतिद्वन्द्वी के रूप में कार्य नहीं कर इनके सहायक अथवा पूरक के रूप में कार्य करना चाहिए। **चौथे,** इन लघु संस्थानों की कुशलता को बढ़ाने के लिए सरकार द्वारा भी इन्हें समय-समय पर उचित सहायता दी जानी चाहिए।

संदर्भ

Lockwood : The Economic Development of Modern Japan.
Cohen : Japan's Economy in War and Reconstruction.
Uyeda : Small Industries of Japan.
Govt. of Japan : The Japan of Today.
Chaman Lal : Cottage Industries and Agriculture in Japan.

मानक प्रश्न

1. जापान की अर्थव्यवस्था में कुटीर एवं लघु उद्योगां के महत्त्व की संक्षिप्त व्याख्या कीजिए। लघु उद्योगां पर बड़े उद्योगां का क्या प्रभाव पड़ा ?
2. जापान में लघु उद्योगां की वर्तमान स्थिति की व्याख्या कीजिए तथा लघु उद्योगां के प्रति राज्य की नीति की आलोचनात्मक समीक्षा करें।
3. जापानी अर्थव्यवस्था में लघु एवं कुटीर उद्योगां के महत्त्व की व्याख्या करें। इस संबंध में जापान से भारत को क्या शिक्षा मिलती है ?
4. जापान में कुटीर और लघु उद्योगां की स्थिति की विवेचना करें। वहाँ आधुनिक काल में भी ये उद्योग क्यों समृद्धिपूर्ण हैं ?

❑

1. "It enabled her to economise on the need for large units of capital investment and for those entrepreneurial skills which were more difficult in the initial stage."
—*W.W. Lockwood : ibid*, p. 23

अध्याय 7

जापान के कुछ प्रमुख उद्योग

(SOME PRINCIPAL INDUSTRIES OF JAPAN)

सूती वस्त्र उद्योग

प्रारंभिक विकास *(early growth)*—जापान का सूती वस्त्र उद्योग अत्यन्त प्राचीन उद्योगों में से एक है। यह जापान में प्राचीन समय से ही पाया जाता है। **जापानियों ने सूत कातने एवं बुनने की कला चीनियों से सीखी थी** और कालान्तर में वे इस कला में अत्यन्त निपुण हो गये। 19वीं शताब्दी के अन्त तक वे हस्तकरघे एवं हाथ से बुनने वाली मशीनों के संचालन के कार्य में कुशल हो गए थे। सन् 1861 ई० में **सतसुमा सामन्त** (Lord of Satsuma) किसी प्रकार लंकाशायर से कुछ आधुनिक यंत्रों को मँगवा सकने में सफल हुआ था और जापान में उसने प्रथम बार सूती वस्त्र की एक मिल स्थापित की थी। किन्तु यह मिल जापानी गृह-युद्ध काल में बन्द कर दी गई।

माइजी पुनरागमन के पश्चात् मिल का नवीनीकरण हुआ और दूसरी मिल **ओसाका** में स्थापित की गई। इसके पश्चात् सरकार ने सूती वस्त्र उद्योग को आधुनिक ढंग पर विकसित करने के लिए प्रोत्साहन देना प्रारंभ किया। ऐसा अनुभव किया गया कि जापानी सूती वस्त्र उद्योग के लिए समीपस्थ देशों, विशेषतः चीन में पर्याप्त बाजार उपलब्ध है। इसके अतिरिक्त इस उद्योग से जापान को विदेशी विनिमय प्राप्त होता था। सन् 1887 तक जापान में अनेक मिलें हो गईं थीं और सम्पूर्ण तकुओं की संख्या 77000 हो गई थी जो लंकाशायर के केवल एक ही मिल के तकुओं की संख्या के बराबर थी।

सन् 1890 और 1900 के बीच सूती मिलों तथा तकुओं की संख्या में असाधारण वृद्धि हुई और जापान सूती उद्योग का एक प्रमुख देश हो गया। **इस काल में सूती वस्त्र उद्योग की असाधारण प्रगति के अग्रलिखित कारण थे**—(1) इस काल में मूल्य-स्तर में वृद्धि हुई थी किन्तु मजदूरी में वृद्धि नहीं हो पाई थी। फलतः उत्पादकों को अत्यन्त ही अधिक लाभ हुआ जिसके कारण इस उद्योग का विस्तार करने की ओर प्रवृत्ति रही। (2) चीनी-जापानी युद्ध के पश्चात् **कोरिया का बाजार** जापान को प्राप्त हो गया क्योंकि इस युद्ध में जापान की विजय हुई थी। (3) सन् 1894-95 के पश्चात् **चीनी बाजार** भी जापान को उपलब्ध हो गया। इसके पूर्व चीनी बाजार में सूत एवं कपड़ों की पूर्ति भारत के मुम्बई की मिलों के द्वारा की जाती थी। किन्तु उस समय मुम्बई में प्लेग का भयानक प्रकोप हुआ था और चीनियों को भय हो गया कि मुम्बई के कपड़ा के साथ मुम्बई का प्लेग भी चीन में आ जायगा। फलतः चीन में मुम्बई की मिलों में बने वस्त्रों आदि के आयात पर बन्धन लगा दिए गए। जापान को यह स्वर्ण अवसर प्राप्त हुआ जिसका उसने लाभ उठाया। (4) **जापानी सूती वस्त्र उद्योग की प्रतियोगी कुशलता** भी एक महत्त्वपूर्ण कारण थी। जापानी वस्तुएँ अच्छी, टिकाऊ और साथ ही सस्ती होती थीं। सुन्दर और सस्ती

जापानी वस्तुएँ विश्व बाजार में छा गईं। **जापानी वस्त्र उद्योग के कार्य-कुशल होने एवं सूत की वस्तुओं को सस्ता होने के लिए अनेक कारण थे**—(1) जापान कच्चे माल को बड़ी सस्ती दर पर अमेरिका और भारत से खरीदता था। कच्चे माल के मूल्यों की प्रवृत्ति सामान्यतः कम होने की रही, बढ़ने की नहीं। (2) समुद्री परिवहन, जो अत्यन्त ही सस्ता होता है, उसके लिए उपलब्ध था। जापान ने नौ परिवहन का विकास कर लिया था। (3) जापान में कुशल एवं सस्ते श्रम का बाहुल्य था। वस्तुतः सम्पूर्ण जापानी श्रमिकों में 60 से 80 प्रतिशत स्त्रियाँ थीं जो शयनागार (dormitory) में रखी जाती थीं। स्त्रियाँ स्वभावतः सस्ते श्रम का कार्य करती हैं। (4) जापान में श्रमिकों द्वारा की जानेवाले हलचलों का नाम भी नहीं था क्योंकि अधिकांश स्त्रियाँ ही श्रमिकों का कार्य करती थीं और स्त्रियाँ सामान्यतः श्रमिक संघ का निर्माण कर सकने में असमर्थ रही हैं। (5) जापान में साहसी एवं योग्य उद्योगपतियों का नेतृत्व था जिन्होंने जोखिम उठाने के लिए अपने को तत्पर रखा था। (6) जापानी सरकार सर्वदा उद्योगपतियों का साथ देती रही थी और उद्योगों का शीघ्र-से-शीघ्र विकास करना चाहती थी।

सन् 1900 से 1914 तक—इस काल में जापानी निर्यातों में अधिकांश सूती उद्योग की निर्मित वस्तुएँ थी और इस उद्योग में और भी अधिक प्रगति हुई। जहाँ तक सूत की कताई का प्रश्न है, लगभग सम्पूर्ण कताई मशीनों से होने लगी, हाथों से नहीं। अधिकांश सूतों को कपड़ों में बुन लिया जाने लगा। **बुनाई-क्षेत्र में दो विभाग थे**—हस्त-करघा क्षेत्र और यंत्रीय क्षेत्र (machine sector) और इन दोनों का स्पष्ट अस्तित्व था। कुटीर एवं हस्त-करघा क्षेत्र गृह उपभोग के लिए वस्त्र का उत्पादन करता था और मिलों में निर्यात के लिए उत्पादन किया जाता था।

सन् 1914 से 1932 तक—सूती वस्त्र उद्योग के महान विस्तार का अन्य काल सन् 1914 और 1932 के बीच का समय था क्योंकि प्रथम विश्वयुद्ध जापान के लिए एक स्वर्ण अवसर था। इस विश्वयुद्ध ने जापान के लिए नये बाजारों को उपलब्ध किया, नवीन अवसरों की सृष्टि की। व्यवहारतः सम्पूर्ण पूर्वीय देशों के बाजार जापान को उपलब्ध हो गए। तकुओं की संख्या सन् 1914 में केवल 2.5 मिलियन ही थी जो बढ़कर सन् 1932 में 6.5 मिलियन हो गई। मिलों का औसत आकार भी बढ़ गया और उनमें अपेक्षाकृत अधिक संकेन्द्रण हो गया। सम्पूर्ण तकुओं के 26 प्रतिशत केवल 7 औद्योगिक इकाइयों के अधीन थे। सारांश यह कि इस काल में सूती वस्त्र उद्योग के आकार, संख्या, संयोजन, उत्पादन सभी में वृद्धि हुई।

सन् 1932 से 1939 तक—इस काल में कुछ भिन्न प्रकार का परिवर्तन हुआ। वस्तुओं के गुण में सुधार हुआ। प्रारंभ में वस्तुएँ कुछ निम्न एवं मध्यम श्रेणी की होती थीं। अब ये उच्च श्रेणी की होने लगीं। वस्तुओं के गुणों में सुधार का अर्थ अपेक्षाकृत अधिक अच्छे यंत्रों की आवश्यकता हुआ। अतएव इस उद्योग के प्रसार की दर बहुत अधिक नहीं रही।

द्वितीय विश्वयुद्ध और उसके बाद—यदि प्रथम विश्वयुद्ध जापानी सूती वस्त्र उद्योग के लिए एक स्वर्ण अवसर था तो द्वितीय विश्वयुद्ध एक विधवंस का सिद्ध हुआ। इस युद्ध का सूती वस्त्र उद्योग पर अत्यन्त विनाशकारी एवं घातक प्रभाव पड़ा। प्रथमतः इसके लिए आवश्यक कच्चे मालों की पूर्ति रुक गई। जापान के विरुद्ध व्यापारी मोर्चाबन्दी जापान के समीप, समीपतर आती गई। फलतः बाहर से आनेवाली वस्तुएँ तो रुक ही गईं जापान का निर्यात भी रुक गया। जापान में सूती वस्त्र उद्योग के लिए कच्चे

माल का उत्पादन नहीं होता था। फलतः मिलें बेकार हो गईं। **दूसरे** मिलों को अनिवार्यतः बन्द करा कर उनसे युद्ध के लिए आवश्यक वस्तुओं का निर्माण कराया जाने लगा। **तीसरे,** सूती वस्त्र उद्योग को जिन वस्तुओं का निर्माण होता था उनके लिए अब बाजार भी नहीं रह गया था। उनका निर्यात कम हो गया। फलतः सूती वस्तुओं का उत्पादन भी कम हो गया था और कम कर देना पड़ा। **चौथे,** जापान पर बम-वर्षा की गई थी और अनेक मिलों को घ्वंस कर दिया गया था—विशेषतः युद्ध के अन्तिम चरण में। **पाँचवें,** अधिकांश श्रमिकों को लड़ाई के मैदान में भेज दिया गया था जिसके कारण श्रमिकों की कमी हो गई थी।

इन सब कारणों का परिणाम अवश्य ही विनाशकारी होनेवाला था और हुआ भी। युद्ध प्रारंभ होने के ठीक पूर्व जापानी सूती मिलों में कुल 12 मिलियन तकुए थे। किन्तु सन् 1947 मे उनकी कुल संख्या घटकर केवल 7 मिलियन ही हो गई थी। सन् 1945 में तो यह संख्या और भी कम हो गई थी—केवल लगभग 5 मिलियन। युद्ध समाप्त होने पर जापान मित्र शक्तियों के सर्वोच्च समादेशक (S.C.A.P.) के अधीन आ गया। उसके प्रयास से अमेरिका ने जापान के लिए ऋण के रूप में कच्चे माल एवं पूँजी को उपलब्ध किया। फलतः जापानी सूती वस्त्र उद्योग का पुनरोद्धार हुआ एवं उसका पुनर्निर्माण प्रारंभ हुआ। सन् 1951 में जापान ने विश्व में सबसे अधिक सूती वस्तुओं का निर्यात किया अर्थात् उस वर्ष जापान सूती वस्तुओं के लिए विश्व का सबसे बड़ा निर्यातक देश था।

आत्म-समर्पण के पश्चात् सूती वस्त्र उद्योग की स्थिति अच्छी नहीं रही। 1937 ई० में मिलों की संख्या 285, तकुओं की संख्या 125 लाख तथा करघों की संख्या 1,16,276 थी जो घटकर 1945 ई० में क्रमशः 38 मिलें, 20 लाख तकुए और 23,000 करघे हो गई। औद्योगिक नगरों पर भयानक बमबाजी और युद्ध की विभीषिका ने उद्योग को जर्जर बना दिया था। अच्छे किस्म की कपास नहीं मिल रही थी। 1946 ई० में एक अमरीकी समिति ने जापान को 'संयुक्त राज्य वस्तु साख निगम' से 2 लाख गाँठ कपास देने की सिफारिश की। इसी बीच जापान के निर्यात बाजारों में मोटे किस्म के वस्त्रों की माँग का स्थान महीन और बढ़ियाँ किस्म के कपड़ों की माँग ने ले लिया था। जापान के बाजारों में इस परिवर्तन ने जापान को अमेरिका तथा मिस्र में उत्तम कोटि की कपास को खरीदने के लिए बाध्य किया। **जापान वस्त्र-निर्यात संघ** ने सैनिक शासन से अनुरोध किया कि वस्त्र उद्योग को कम-से-कम 30 प्रतिशत तक युद्ध के पूर्व की क्षमता प्राप्त करने दिया जाय। सैनिक शासन ने इस उद्योग का विकास 40 लाख तकुओं तक ही सीमित रखा। बतलाया गया कि जापानी वस्त्रों की आन्तरिक और विदेशी माँग को पूरा करने के लिए इस उद्योग का कम-से-कम इतना विकास होने देना चाहिए कि उसका न्यूनतम आकार 80 लाख तकुओं को लगाने लायक हो जाय। 1950 ई० तक उद्योग में 43 लाख तकुए हो गये थे और इन्हें वस्त्र की माँग को पूरा करने के लिए लगातार बिना रुके हुए कार्य करना पड़ता था। 1952 ई० तक तकुओं की संख्या बढ़कर 64 लाख हो गई थी और 292,672 करघे काम कर रहे थे। 1953 में वस्त्र उद्योग में तकुओं की संख्या 75 लाख पर स्थिर हो गयी थी और युद्धपूर्व के उत्पादन का 80 प्रतिशत वस्त्र तैयार हो रहा था। **जापानी वस्त्र उद्योग के संबंध में दूसरी महत्त्वपूर्ण बात सूती वस्त्रों के आन्तरिक बाजार का अपूर्व विस्तार थी।** 1951 ई० में सूती वस्त्रों की आन्तरिक खपत युद्ध के पूर्व के स्तर पर पहुँच गयी थी और 1952 ई० में 50 प्रतिशत अधिक हो गई। इस प्रकार 1953 ई० के पूर्वार्द्ध में जापान के घरेलू बाजारों

में सूती वस्त्र उद्योग के सम्पूर्ण उत्पादन के 66 प्रतिशत की खपत हो रही थी जबकि युद्ध के पूर्व इन बाजारों में इसके उत्पादन के केवल 24 प्रतिशत की ही खपत हो रही थी।

वर्तमान स्थिति और समस्याएँ—जापान अभी विश्व के प्रमुख वस्त्रोत्पादक देशों में से एक है यद्यपि जापान को कच्चे माल, रूई और ऊन का पूर्णतः आयात करना पड़ता है। रूई का आयात वह संयुक्त राज्य अमेरिका से करता है और ऊन का आस्ट्रेलिया से। 1979 में जापान में 233.9 करोड़ मीटर सूती कपड़े और 507734 टन सूती धागे का उत्पादन हुआ था। **आजकल जापान के वस्त्र उद्योग का प्रबन्ध दस बड़ी-बड़ी कम्पनियों के हाथों में है।** इसके अतिरिक्त लगभग 8200 स्वतंत्र उत्पादनकर्त्ता हैं। इन दस बड़ी-बड़ी कम्पनियों के पास 109 मिलें हैं जिनमें 1,40,000 श्रमिक काम करते हैं। इनमें से 90 प्रतिशत युवतियाँ हैं। **स्वतंत्र उत्पादक 1,60,600 श्रमिकों को काम देते हैं और जापान में वस्त्र के कुल उत्पादन का 50 प्रतिशत तैयार करते हैं।** अतएव जापानी अर्थ व्यवस्था में सूती वस्त्र उद्योग का अब भी महत्त्वपूर्ण स्थान है यद्यपि युद्धोत्तर काल में भारी उद्योगों पर अधिक जोर रहने के कारण इनके सापेक्ष महत्त्व में कमी होती जा रही है। द्वितीय विश्वयुद्ध के पूर्व जापान के कुल निर्यात का 50 प्रतिशत सूती-वस्त्र से प्राप्त होता था। 1963 ई॰ में यह घटकर 22.9 प्रतिशत, 1969 में 14.2 प्रतिशत और 1974 में केवल 7.3 प्रतिशत हो गया। यद्यपि जापान को अपनी आवश्यकता के लिए सम्पूर्ण कपास का विदेशों से आयात करना पड़ता है तथापि आज भी यह विश्व का एक प्रमुख वस्त्र उत्पादक देश है। **ओसाका को जापान का मानचेस्टर कहा जाता है।** आजकल जापान में कृत्रिम वस्त्रों के उत्पादन में भी वृद्धि हो रही है। ऐसे वस्त्रों के उत्पादन में जापान का स्थान संयुक्त राज्य अमेरिका के बाद विश्व में दूसरा है। 1969 ई॰ में इसने विश्व के ऐसे वस्त्र के कुल उत्पादन का प्रायः 18.4 प्रतिशत और 1974 में 15.8 प्रतिशत का उत्पादन किया था। 1969 ई॰ में जापान के कृत्रिम वस्त्र का कुल उत्पादन 13 लाख टन था जबकि सूत का उत्पादन 5.3 लाख टन और सूती-वस्त्र का उत्पादन 27.8 करोड़ वर्गमीटर था। इस प्रकार कृत्रिम वस्त्र के निर्माण के कारण सूती वस्त्र के सापेक्ष महत्त्व में कमी हो रही है।

फिर भी अभी जापानी सूती वस्त्र उद्योग के पुररुत्थान की प्रबल संभावनाएँ हैं। परन्तु **आज जापानी सूती वस्त्र उद्योग की सबसे बड़ी कठिनाई यह** है कि जापान इस उद्योग के लिए कच्चे माल को अमेरिका से खरीद रहा है—उस देश से जो डॉलर क्षेत्र का नेता है—और निर्मित वस्तुओं को एशियाई देशों में बेच रहा है जो स्टर्लिंग क्षेत्र में है। फलतः अभी कुछ ही समय पूर्व तक जापान को अपने अमेरिकी ऋणों को चुकाने के लिए पर्याप्त डॉलर उपलब्ध नहीं हो पाते थे और उसका व्यापार-संतुलन ठीक नहीं हो पाता था। किन्तु अब यह समस्या समाप्त हो गयी है। फिर भी **आज का जापान प्राकयुद्धीय काल के जापान से सर्वथा भिन्न है। इसने अपने अधिकांश बाजारों को भी खो दिया है**—भारतीय बाजार इसके अधिकार से बाहर चला गया है, चीन बाहर चला गया है। फलतः जापानी सूती वस्त्रों के लिए बाजार की कमी हो गई है। उत्पादन की लागत भी अधिक हो गई है। ऐसी परिस्थितियों में ही जापान को विश्व में प्रतियोगिता करनी है।

रेशम उद्योग
(Silk Industry)

प्रारंभिक विकास *(early development)*—प्राचीन काल से ही जापान के ग्रामीण परिवारों में रेशम का उत्पादन होता रहा है। **तोकूगावा शासन काल में मलवरी के पेड़ों**

पर रेशम के कीड़ों को पालना ग्रामीण परिवारों का एक प्रमुख धन्धा था। किन्तु सन् 1855 के बाद जापानी रेशम के उत्पादन में बहुत अधिक वृद्धि हुई जब रेशम की माँग में एकाएक बहुत अधिक वृद्धि हो गई। सन् 1868 से 1883 के बीच जापानी रेशम का उत्पादन दूना और इसका निर्यात ढाई गुणा हो गया था। किन्तु सन् 1880 के बाद जापानी रेशम का निर्यात घटने लगा था और 19वीं शताब्दी का अन्त होते-होते यह लगभग नहीं के बराबर हो गया था। किन्तु इसकी उत्पादन लागत जापान में बहुत कम थी। इससे इसका बाजार बढ़ता गया। सन् 1893 के पश्चात् रेशम का उत्पादन कुछ विशेष प्रकार की संस्थाओं में होने लगा और ग्रामीण परिवारों में घटने लगा। सरकार ने इस प्रवृत्ति को प्रोत्साहन दिया। इसने 1877 में ही रद्दी रेशम के सूत बनाने के उद्देश्य से एक कारखाने की स्थापना कर दी थी। **जापान में रेशम बनाने का प्रमुख केन्द्र क्योटो था। इसकी बुनाई निपुण कार्यकर्त्ताओं द्वारा की जाती थी। आज भी बढ़िया रेशमी वस्त्र छोटे-छोटे शिल्पियों द्वारा करघा पर बुना जाता है न कि मशीनों द्वारा।** ऐसे रेशमी कपड़ों की खपत जापान के आन्तरिक बाजार में ही हो जाती है। मशीनों द्वारा बड़े-बड़े कारखानों में रेशमी वस्त्रों की बुनाई विदेशी बाजारों में रेशमी वस्त्रों की माँग पूरी करने के लिए की जाती है। सन् 1914 में प्रथम विश्वयुद्ध आरंभ होने के समय इस उद्योग में छोटी-छोटी इकायाँ थीं। विद्युत संचालित करघे कुछ सीमित भागों में ही थे। शिल्प उद्योगों के **दो महत्त्वपूर्ण केन्द्र ईशीकावा और फुकुवी में** केवल 40 प्रतिशत करघे विद्युत से चलाये जाते थे।

1914 से 1939 के बीच काल—इस युग में सबसे अधिक चमत्कारपूर्ण विकास कपड़ा उद्योग विशेषतः रेशमी कपड़ा उद्योग का हुआ। सन् 1914 और 1929 के बीच कच्चे रेशम का उत्पादन तिगुना बढ़ गया। अधिकाधिक कृषक रेशम के कीड़े पालने लगे। 1929 तक जापान में लगभग आधे कृषक परिवार यह कार्य सहायक धन्धे के रूप में कर रहे थे। इस कार्य में लगे व्यक्तियों में लड़कियों की संख्या अधिक थी। इससे कृषक परिवारों की आय बढ़ी, जीवन-स्तर ऊँचा होने लगा और यह धन्धा ग्रामीण क्षेत्रों में खूब फैला। सन् 1930 में रेशम के बाजारों में मन्दी आने के पश्चात् जापानी ग्रामीण जनता को जिस व्यापक और दुःसह आर्थिक संकट का सामना करना पड़ा वह इस धन्धे की लोकप्रियता का ही परिचायक है। इस अवधि में जापानी सरकार द्वारा रेशम उद्योग के विकास के लिए विभिन्न प्रकार की सुविधाएँ दी गईं। रेशम उद्योग के सभी क्षेत्रों में काफी सुधार किया गया। शहतूत की खेती, रेशम के कीड़ों को पालने तथा मशीनों आदि सभी में सुधार किया गया। रेशमी वस्त्र का मानदण्ड निर्धारित किया गया। उत्पादन विधियों में सुधार के फलस्वरूप सन् 1939 तक रेशम का उत्पादन 250 प्रतिशत बढ़ गया और हाथ का काम 1937 में चार प्रतिशत कम हो गया। **रेशम बुनने के उद्योग में दो विभाग थे**—(1) हाथ से संचालित करघे जो घरों और छोटी-छोटी दूकानों में घरेलू बाजार के लिए कम अर्ज के रेशमी वस्त्र तैयार करते थे और (2) बड़े कारखानों में मशीन द्वारा संचालित करघों द्वारा निर्यात के लिए चौड़े अर्ज के रेशमी वस्त्रों का उत्पादन। रेशमी वस्त्रों की विविध किस्मों को तैयार किया जाता था। बड़े-बड़े कारखानों में 50 से अधिक करघे काम करते थे।

द्वितीय विश्वयुद्ध और उसके बाद—द्वितीय विश्वयुद्ध के बाद कच्चा रेशम जिसका युद्ध के पूर्व जापान के निर्यात व्यापार में महत्त्वपूर्ण स्थान था, विदेशों में बहुत कम जाने लगा। युद्ध काल में शहतूत के बगीचों को खाद्यान्न के अभाव में खेती में परिणत कर दिया

गया। सन् 1951 के बाद जापानी रेशम का प्रमुख बाजार केवल संयुक्त राज्य अमेरिका ही रहा है। कृत्रिम वस्त्रों के निर्माण में तेजी के साथ वृद्धि के कारण अब जापान में रेशमी कपड़ों के उत्पादन में गिरावट आ गयी है। 1974 में केवल 13.7 करोड़ वर्ग मीटर रेशमी वस्त्र का ही उत्पादन हुआ था।

लोहा और इस्पात उद्योग

प्रारंभिक इतिहास *(early history)*—जापान का लोहा और इस्पात उद्योग वहाँ की उत्पादन संबंधी क्रियाओं के विकास में महत्त्वपूर्ण कार्य करता है। इसे जापान की आर्थिक शक्ति का मापक कहा जाता है। किन्तु जापान में इस उद्योग का विकास वर्तमान शताब्दी के प्रारंभ से आरंभ हुआ है। माइजी शासन काल के प्रारंभ में जापान में लोहा तथा इस्पात का उत्पादन बहुत ही कम होता था। यह अपनी सम्पूर्ण आवश्यकता की पूर्ति विदेशों से आयात के द्वारा कर लेता था। सन् 1887 में पहली धमन भट्ठी तथा 1891 में पहली खुली भट्ठी की स्थापना की गयी। किन्तु **आधुनिक ढंग का पहला लोहा तथा इस्पात कारखाना यावता वर्क्स**(YawtaWorks) **था जिसकी स्थापना1901 में सरकार द्वारा की गयी।** बाद में निजी उद्योगपतियों द्वारा भी कई छोटे-छोटे कारखानों की स्थापना की गयी। ये सभी सरकारी सहायता पर भी आश्रित थे। प्रथम विश्वयुद्ध के आरंभ तक इस उद्योग का उत्पादन बहुत ही कम था। देश मुख्य रूप से लोहा और इस्पात के लिए आयात पर ही निर्भर था।

सन् 1914 से 1929 के बीच की अवधि—प्रथम विश्वयुद्ध काल में लोहा तथा इस्पात उद्योग का तीव्र गति से विकास हुआ। युद्ध काल में तथा उसके बाद निजी उद्योगपतियों द्वारा कई कारखानों की स्थापना की गई और इसका विस्तार किया गया। किन्तु 1929 तक देश में उत्पादित कुल इस्पात तथा पिग आयरन का एक बहुत बड़ा भाग राज्य नियंत्रित यावता आयरन वर्क्स के द्वारा ही उत्पन्न किया जाता था। इस काल में इस्पात के उत्पादन में लगभग आठ गुनी वृद्धि हुई। अग्रांकित तालिका इसे स्पष्ट करती है—

वर्ष	**तैयार इस्पात** (finished steel) **का उत्पादन (हजार टन)**
1913	255
1920	533
1925	1043
1929	2034

किन्तु उत्पादन में इस वृद्धि के बावजूद यह उद्योग जापान के पिग आयरन और इस्पात की कुल आवश्यकता का बहुत ही कम भाग उत्पन्न करता था। अधिकांश आवश्यकता-पूर्ति के लिए इसे विदेशों से आयात पर ही निर्भर रहना पड़ता था।

सन् 1930 से 1947 के बीच की अवधि—इस अवधि में इस उद्योग का बहुत अधिक विकास हुआ। 1930 से 1936 के बीच पिग आयरन का उत्पादन दुगुना तथा तैयार इस्पात का उत्पादन दुगुना से भी अधिक हो गया। साथ ही, तैयार इस्पात के अन्तर्गत कई नयी वस्तुओं का उत्पादन प्रारंभ हुआ। अब जापान को इस्पात के आयात की आवश्यकता कम हो गयी। सन् 1936 तक इसने इस्पात का निर्यात भी प्रारंभ कर दिया। इस अवधि में सैनिक तैयारी को ध्यान में रखते हुए लोहा तथा इस्पात के उत्पादन के एकीकरण पर जोर

दिया गया। इस उद्देश्य से 1934 में जापान स्टील कम्पनी की स्थापना की गयी जिसकी 70 प्रतिशत पूँजी सरकारी थी। इस कम्पनी में यावता के सरकारी कारखाने के अतिरिक्त 6 बड़े-बड़े निजी उत्पादन सम्मिलित थे।

द्वितीय विश्वयुद्ध और उसके बाद—सन् 1937 के चीन-जापान युद्ध के समय इस उद्योग के विकास के लिए बड़ा ही अच्छा अवसर मिला। द्रितीय विश्वयुद्ध के आरंभ में इस्पात उत्पादन में पर्याप्त वृद्धि हुई। सन् 1944 में इसका उत्पादन अपनी चरम सीमा पर पहुँच चुका था। किन्तु 1945 में जापान के आत्मसमर्पण के पश्चात् उत्पादन में बिल्कुल कमी आ गयी। इसके लिए विदेशी विनिमय-संबंधी कठिनाइयाँ तथा कोयले का अभाव मुख्य रूप से उत्तरदायी थे। सन् 1947 तक सैनिक शासन ने लोहा तथा इस्पात उद्योग को पुनर्जीवित करने के लिए कोई प्रयास नहीं किया। इस्पात ट्रस्ट को छोटी-छोटी इकाइयों में तोड़ दिया गया। सन् 1949 में लोहे का उत्पादन 15 लाख टन और इस्पात का उत्पादन 31 लाख टन था जबकि सन् 1950 में इनका उत्पादन क्रमशः 22 लाख टन और 48 लाख टन था। इसके बाद धीरे-धीरे इस उद्योग का विकास प्रारंभ हुआ। इस्पात का कुल उत्पादन सन् 1950 में 48,39,000 मेट्रिक टन था जो बढ़कर 1964 तक 3, 91, 80,000 मेट्रिक टन हो गया था और जापान संयुक्त राज्य अमेरिका तथा रूस के बाद विश्व में इस्पात का तीसरा सबसे बड़ा उत्पादक देश बन गया। आजकल जापान विश्व का इस्पात का सबसे बड़ा उत्पादक देश है।

इस प्रकार विश्व-युद्ध के बाद जापान के लोहा और इस्पात उद्योग के उत्पादन में अभूतपूर्व विस्तार हुआ है। 1974 में कच्चे इस्पात का उत्पादन 11.4 करोड़ टन तक पहुँच गया था जबकि इससे केवल 4 वर्ष पहले 8.2 करोड़ टन ही था। इस्पात उद्योग की इस अभूतपूर्व उन्नति का कारण मशीनों के आधुनिकीकरण और देश में विकसित देशी तथा आयातित तकनीकी का प्रयोग है। **आज देश को गर्व है कि उसके पास बड़ी धमन भट्ठियाँ हैं और एल॰ डी॰ कन्वर्टरों का व्यापक पैमाने पर प्रयोग हो रहा है तथा धातु पट्टी मिलों की उत्पादन क्षमता ऊँचे दर्जे की है। इस उद्योग के सफल विकास का प्रमाण ये आँकड़े हैं**—कच्चे इस्पात का उत्पादन 1965 में 4.0 करोड़ टन से बढ़कर 1974 में 11.4 करोड़ टन हो गया; बेले हुए (rolled) साधारण इस्पात का उत्पादन 1965 में तीन करोड़ टन से तीन गुना बढ़कर 1974 में 9.1 करोड़ टन हो गया और बेले हुए विशेष इस्पात का उत्पादन चार गुना अर्थात् 24 लाख टन से बढ़कर 93 लाख टन हो गया; इस्पात की पाइपों का उत्पादन तीन गुना अर्थात् 30 लाख से 87 लाख टन, ठंढी बेली हुई इस्पात की चादरों का उत्पादन 26 लाख टन से 32 लाख टन हो गया। 1979 में 83059 हजार टन ढलवाँ लोहा, 111748 हजार टन कच्चा इस्पात और 87386 हजार टन साधारण बेला हुआ इस्पात का उत्पादन हुआ था। जहाँ तक सुविधाओं का संबंध है, जापान के पास 23 गरम पट्टी बेलने की मिलें और 70 ठंडी बेलने की मिलें हैं। इस मामले में केवल संयुक्त राज्य अमेरिका ही इससे आगे है। विश्व की सबसे बड़ी धमन भट्ठियाँ भी जापान में हैं जो प्रतिदिन 12 हजार टन ढलवाँ लोहा तैयार कर सकती हैं। 1974 में कच्चे इस्पात के कुल उत्पादन में से एल॰ डी॰ कन्वरटर इस्पात 80.8 प्रतिशत, बिजली भट्ठी इस्पात 17.8 प्रतिशत और खुली भट्ठी इस्पात 1.3 प्रतिशत था। एल॰ डी॰ कन्वर्टर इस्पात का अनुपात पहली बार 1973 में 80 प्रतिशत तक पहुँचा जो जापान के आज के इस्पात उद्योग की एक प्रमुख विशेषता

है।

जापान में विशेष शक्तिशाली इस्पात, ऋतु सह इस्पात तथा उपचारित सतह वाली इस्पात की चद्दरों का भी विकास किया गया है। भीमकाय चौड़े कोर वाली घरनों का भी विकास किया गया है और आज इसका प्रयोग गगनचुंबी इमारतें बनाने में पर्याप्त मात्रा में हो रहा है।

जापान में लोहा और इस्पात का उत्पादन (हजार मेटरिक टन में)

वर्ष	**ढलवाँ लोहा (pig iron)**	**कच्चा इस्पात (crude steel)**	**गर्म बेला हुआ इस्पात (rolled steel)**
युद्ध पूर्व आँकड़ें	4256 (1942)	7650 (1943)	4810 (1943)
1946	230	557	426
1951	3217	6502	4972
1956	5987	11106	8678
1960	11896	22138	17221
1965	27502	41161	33383
1970	68048	93322	75933
1974	89545	114036	96269
1979	83059	111748	87386

जापान का लोहा तथा इस्पात उद्योग खनिज लोहे, इस्पात की कतरनों तथा कोकिंग कोयले के लिए मुख्य रूप से विदेशों पर आश्रित हैं। 1964 में जापान ने 310 लाख टन खनिज लोहा, 51 लाख टन स्क्रैप आयरन तथा 112 लाख टन कोकिंग कोयले का विदेशों से आयात किया था। 1974 में इसने 14.2 करोड़ टन खनिज लोहा, 36 लाख टन इस्पात की कतरनों तथा 6.25 करोड़ टन कोकिंग कोयला का आयात किया था। **मलाया, भारत, चीन, पेरू, आस्ट्रेलिया तथा अन्य देशों से यह खनिज लोहा तथा अमेरिका और आस्ट्रेलिया से कोकिंग कोयले का आयात करता है** तथा इस्पात की कतरनों (scrap) का आयात यह मुख्यतया संयुक्त राज्य अमेरिका से करता है।

जापान लोहे तथा इस्पात का विदेशों में, विशेषत: संयुक्त राज्य अमेरिका, सोवियत संघ तथा भारत में पर्याप्त मात्रा में निर्यात भी करता है। सन् 1962 में जापान के कुल निर्यात का लगभग 11.2 प्रतिशत लोहा तथा इस्पात का निर्यात था। 1963 में 70 करोड़ डॉलर के लोहे तथा इस्पात की वस्तुओं का निर्यात हुआ था।

जलयान निर्माण उद्योग
(Ship-building Industry)

प्रथम विश्वयुद्ध के पूर्व—जापान का जलयान-निर्माण उद्योग सदियों प्राचीन है। अति **प्राचीन काल से ही जापान निवासी छोटे-छोटे संमुद्री बेड़ों का निर्माण का कार्य करते आए हैं।** किन्तु आधुनिक ढंग का पहला लोहे का जहाज सन् 1871 में तथा इस्पात का 1890 में निर्मित किया गया था। फिर भी माइजी शासन काल के अन्त तक जापान समुद्री जहाज की आवश्यकताओं के लिए विदेशों से आयात पर निर्भर था। सन् 1895 में पहली

बार 1000 टन भार का एक समुद्री जहाज निर्मित किया गया। **जहाज निर्माण के क्षेत्र में 1896 के जलयान निर्माण प्रोत्साहन अधिनियम** (Ship-building Encouragement Act) **के बाद एक नये युग का समारम्भ हुआ।** इस अधिनियम के अनुसार कुल 1000 टन भार से कम के जहाजों के निर्माण के लिए 12 येन प्रति टन तथा 1000 टन भार से अधिक के लिए 20 येन प्रति टन की दर से आर्थिक सहायता दी जाती थी। इसके परिणामस्वरूप कई नये समुद्री जहाज-निर्माण केन्द्रों की स्थापना की गयी। सन् 1909 में आर्थिक सहायता की दरों में और वृद्धि की गयी। इन सब प्रयत्नों के परिणामस्वरूप सन् 1913 ई॰ तक 1000 टन से अधिक वजन के जहाजों के निर्माण के लिए 6 कम्पनियाँ थीं।

1914 से 1939 तक—प्रथम विश्वयुद्ध काल में जापान में जहाज निर्माण उद्योग को बहुत अधिक प्रोत्साहन मिला। सन् 1919 में 6,50,000 टन के समुद्री जहाज का निर्माण हुआ था। किन्तु युद्ध की समाप्ति के बाद मन्दी की शुरुआत तथा विदेशी प्रतियोगिता के कारण इस उद्योग की स्थिति खराब हो गयी। सन् 1929 में यहाँ पर केवल 1,65,000 टन के ही समुद्री जहाज तैयार हो सके थे। किन्तु इसके बाद सरकारी प्रोत्साहन के परिणामस्वरूप जहाज निर्माण उद्योग में तीव्र गति से विकास हुआ तथा द्वितीय विश्वयुद्ध के प्रारंभ तक जापान के जहाज-निर्माण उद्योग का विश्व में प्रमुख स्थान हो गया।

द्वितीय विश्व युद्ध और उसके बाद—द्वितीय विश्वयुद्ध काल में इस उद्योग के विकास के लिए बड़ा अच्छा अवसर मिला। युद्धोत्तर काल के प्रारंभिक वर्षों में इस उद्योग को सैनिक शासन की नीति के कारण कुछ कठिनाइयों का सामना करना पड़ा। साथ ही, विदेशी विनिमय का अभाव, जाइबात्सू के विघटन तथा विदेशी बाजारों की समाप्ति से भी इस उद्योग को कुछ कठिनाइयों का सामना करना पड़ा। किन्तु धीरे-धीरे इस उद्योग का विकास जारी रहा। सन् 1956 तक जापान विश्व का सबसे बड़ा जहाज निर्माता देश हो गया। **दुनिया के सबसे बड़े जहाजों का निर्माता भी जापान है।** सन् 1957 ई॰ में जापान ने 24,33,000 टन भार के समुद्री जहाजों का निर्माण किया था जो विश्व के कुल जहाज उत्पादन का लगभग 29 प्रतिशत था। सन् 1964 में समुद्री जहाज का उत्पादन 42,00,000 टन भार हो गया जो विश्व के कुल उत्पादन का लगभग 40.5 प्रतिशत था। इसमें से 27, 20,000 टन निर्यात के लिए था।[1] 1974 में जापान ने 176 लाख टन का जहाज तैयार किया जो विश्व के कुल जहाज उत्पादन का 50.86 प्रतिशत था। इसमें से कुल 156 लाख टन निर्यात के लिए तैयार किए गए थे। **जापान में 1000 से भी अधिक पोत निर्माण कारखानें हैं जिसमें 51 बड़े आकार के हैं और वे 23 प्रमुख पोत निर्माताओं के हाथों हैं और ये पोत-निर्माता जापान के 85 प्रतिशत जहाज बनाते हैं।** पर जहाज निर्माण में अब गिरावट आने लगी है। 1979 में इसने कुल 50 लाख टन भार का उत्पादन किया जो कुल विश्व उत्पादन का 34 प्रतिशत था। इसमें से 19.98 लाख GRT टैंकर थे।

कोयला उद्योग

प्रारंभिक इतिहास—माइजी शासन काल के प्रारंभ में खनिज उद्योग के विकास का प्रयास किया गया। किन्तु कोयला के अतिरिक्त अन्य खनिजों में कोई विशेष प्रगति नहीं हुई। माइजी शासन काल में कोयले की खानें छोटी होती थीं। कुल उत्पादन का अधिकांश

1. The Japan of Today, (1964) p. 44

जाइबात्सू के अन्तर्गत कुछ कम्पनियां द्वारा किया जाता था। पहले उत्पादन बहुत कम था। किन्तु बाद में, विशेषतः 1894 के बाद उद्योगीकरण की प्रगति के साथ-साथ इसके उत्पादन में भी वृद्धि हुई। सन् 1913 तक कुल खनिज उत्पान का आधा से अधिक भाग केवल कोयले का था।

1914 से 1937 के बीच—प्रथम विश्वयुद्ध में कोयले के उत्पादन में बहुत अधिक वृद्धि हुई। किन्तु बाद में उत्पादन की दर उतनी अधिक नहीं रही। इस बीच कोयले की आन्तरिक माँग में तीव्र गति से वृद्धि हुई। किन्तु उत्पादन में उतनी वृद्धि नहीं होने के कारण इस बढ़ी हुई मॉग की पूर्ति आयात के द्वारा करनी पड़ी। किन्तु 1937 तक उत्पादन में पर्याप्त वृद्धि हुई। यह 1913 की तुलना में दुगुना हो गया। फिर भी कोयले का, विशेषतः कोकिंग कोयले का आयात जारी रहा क्योंकि इस प्रकार के कोयले का जापान में अभाव है।

द्वितीय विश्वयुद्ध और उसके बाद—द्वितीय विश्वयुद्ध के प्रारंभिक वर्षों में कोयले के उत्पादन में वृद्धि जारी रही। किन्तु बाद में इसमें कमी आ गयी। सन् 1947 में उत्पादन युद्ध के पूर्व स्तर के आधा के लगभग था। सन् 1948 में इसका पुनरुत्थान हुआ तथा 1953 तक उत्पादन युद्ध के पूर्व स्तर से अधिक हो गया। बाद में कई कठिनाइयों के कारण उत्पादन में कमी हो गयी। इसका मुख्य कारण अच्छी किस्म के भंडार की समाप्ति था। जापान अपने कोयले की इस कमी को दूर करने के लिए जल-विद्युत के विकास पर बहुत अधिक जोर दे रहा है। 1979 में 177 लाख टन कोयला उत्पादन हुआ था।

मोटर गाड़ी उद्योग
(Automobile Industry)

सन् 1907 में यह उद्योग छोटे पैमाने पर प्रारंभ किया गया था। 1927 में मोटरगाड़ियों का उत्पादन केवल 136 था। फोर्ड कम्पनी और जेनरल मोटर्स ने इस उद्योग को सुदृढ़ आधार पर स्थापित करने में सहायता दी। मोटरगाड़ी के ढाँचे और इंजन को संयुक्त राज्य अमेरिका से मँगाना पड़ता था। परन्तु अन्य भागों का निर्माण जापान में ही होता था। सन् 1936 में सरकार ने मोटर उद्योग को सरंक्षण दिया और उत्पादन शक्ति 5000 मोटर गाड़ी प्रति वर्ष कर दी गई। इस उद्योग में जापानी कम्पनियाँ थीं निसान मोटर कम्पनी और तायोता मोटर कम्पनी। सन् 1941 में मोटर गाड़ियों का उत्पादन 42813 तक हो गया था। सन् 1936 के मोटर विधान ने फोर्ड और जेनरल मोटरों के उत्पादन कार्यक्रम पर नियंत्रण लगा दिया।

द्वितीय विश्वयुद्ध और उसके बाद—युद्ध के वर्षों में मोटर गाड़ियों के स्थान पर वायुयानों का निर्माण होने लगा। सन् 1944 तक सवारी गाड़ियों का उत्पादन लगभग बन्द हो गया। सन् 1945 में जापान के आत्मसमर्पण के पश्चात् भी यह उद्योग ज्यों-का-त्यों बना रहा। किन्तु सन् 1950 में कोरियाई युद्ध ने इस उद्योग को विशेष प्रोत्साहन दिया। साधारण जापानी मोटर गाड़ियाँ छोटी होती हैं और उनमें 10 अश्वशक्ति के इंजन लगे रहते हैं। अधिकांशतः इनका उपयोग टैक्सियों के रूप में होता है। तीन पहिये वाली गाड़ियों से सामान्य ढोया जाता है।

जापान का यह उद्योग महत्त्वपूर्ण होता जा रहा है। सन् 1964 तक विश्व में मोटर गाड़ियों के उत्पादन में जापान का स्थान संयुक्त राज्य अमेरिका के बाद द्वितीय हो गया था। सन् 1967 में जापान ने चार पहिये वाली 34 लाख मोटर गाड़ियों का निर्माण किया था जो बढ़कर 1974 में 88 लाख हो गया। जापान की मोटर गाड़ियों का निर्यात भी होता

है। सन् 1960 और 1965 के बीच जापानी मोटर गाड़ियां के निर्यात में लगभग 15 गुनी वृद्धि हुई। 1974 में जापान ने 25 लाख मोटर गाड़ियों का निर्यात किया जो जापान के कुल निर्यात का 9.4 प्रतिशत था और इस्पात तथा जहाजों के बाद तीसरे स्थान पर था। पिछले कुछ वर्षों में मोटर साइकिलों के उत्पादन में भी जापान में बहुत अधिक वृद्धि हुई है। दो पहिये वाली गाड़ियां विशेषकर मोटर साइकिलों के उत्पादन तथा निर्यात दोनों में जापान विश्व में अग्रणी है। 1974 में जापान ने 45 लाख दो पहिये वाली गाड़ियों का निर्माण किया जिनमें 65 प्रतिशत अर्थात् 29 लाख निर्यात की गयीं।

रसायन उद्योग

आधुनिक जापानी औद्योगिक अर्थव्यवस्था में रासायनिक उद्योग का एक विशेष स्थान है। **रासायनिक उद्योग आज जापान की औद्योगिक गतिविधियों का सबसे अधिक महत्त्वपूर्ण क्षेत्र है।** 1960 के दशक में यह उद्योग खूब विकसित हुआ और **आज जापान आधारभूत रासायनिक कच्चे माल का उत्पादन करने वाले विश्व के प्रथम चार देशों में गिना जाता है।** विगत कुछ वर्षों में जापान में इस उद्योग के उत्पादन में तीव्र वृद्धि हो रही है जो 14 से 20 प्रतिशत प्रतिवर्ष तक रही है। आज उत्पादन के मूल्य की दृष्टि से रासायनिक उद्योग का जापान के उद्योगों में यंत्र निर्माण तथा धातु उद्योग के बाद तीसरा स्थान है। सल्फरिक एसिड, कास्टिक सोडा, कार्बाइड जैसे आधारभूत रासायनिक पदार्थों के उत्पादन में जापान विश्व के चार महान देशों में एक है। 1979 में 66 लाख टन सल्फुरिक एसिड, 30 लाख टन कास्टिक सोडा, 19 लाख टन अमोनियम सल्फेट, 567831 टन कैल्सियम सुपर फास्फेट का उत्पादन हुआ था। **विचित्र बात तो यह है कि जापान में इस उद्योग का विकास पेट्रोलियम, पोटाशियम, साल्ट जैसे आवश्यक पदार्थों के अभाव में हुआ है। 1960 के दशक में रासायनिक उद्योग के ढाँचे में उल्लेखनीय परिवर्तन हुआ। एक तो पेट्रो रसायन उद्योग** का विकास हुआ और, **दूसरे**, रासायनिक उर्वरकों तथा औद्योगिक सोडा रसायनों के बजाय कृत्रिम कार्बनिक रसायनों का उत्पादन प्रारंभ हुआ। जापान में पेट्रो-रसायन उद्योग के विकास के लिए सन् 1855 में 8200 करोड़ येन की लागत से एक पंचवर्षीय योजना चालू की गई थी। तब से इसके उत्पादन में महान वृद्धि हुई है। सन् 1960 ई॰ में इस उद्योग के विकास के लिए एक दूसरी योजना प्रारंभ की गई। इस योजना के अनुसार यह आशा की गई कि सन् 1970 तक इस उद्योग के उत्पादन में बहुत की अधिक वृद्धि होगी। पेट्रो-रसायन के कच्चे माल के व्यापक प्रयोग के फलस्वरूप 1950 के दशक में आरंभ हुए पेट्रो-रसायन उद्योग ने अगले 20 वर्षों में ऐसी उन्नति की कि आज जापान अमेरिकी उद्योग के समकक्ष विश्व में अग्रणी है। इस उद्योग के आधारभूत माल—एथीलिन का उत्पादन जापान में 51 लाख अर्थात् विश्व उत्पादन का एक तिहाई है। पेट्रो-रसायन उद्योग का उत्पादन मूल्य 1974 में 820 करोड़ डॉलर (पाँच वर्ष पहले मात्र 250 करोड़ डॉलर) था जो कुल रसायन उत्पादन का एक तिहाई से भी अधिक था। जापान रासायनिक वस्तुओं का निर्यात भी करता है। सन् 1963 में जापान ने लगभग 315 करोड़ येन की रासायनिक वस्तुओं का निर्यात किया था जो इसके कुल निर्यात मूल्य का लगभग 5.8 प्रतिशत था।

संदर्भ

Allen, G.C. : A Short Economic History of Modern Japan.
Allen, G.C. : Japan's Economic Recovery.
Lockwood, W.W. : The Economic Development of Japan.
Govt. of Japan : The Japan of Today.
Hubbard : The Eastern Industrialization.
Cohen : Japan's Economy in War and Reconstruction.
जापान सरकार : आज का जापान (1976)

मानक प्रश्न

1. जापान के लोहा और इस्पात उद्योग के विकास का संक्षिप्त वर्णन कीजिए। इसकी वर्तमान अवस्था की व्याख्या कीजिए।

2. जापान के जलयान निर्माण उद्योग के विकास का संक्षिप्त वर्णन कीजिए और उसकी वर्तमान अवस्था को स्पष्ट कीजिए।

3. जापान के रेशम उद्योग के इतिहास पर संक्षिप्त प्रकाश डालिए। इस उद्योग ने अपना प्राचीन गौरव क्यों खो दिया है ?

4. जापान के मोटर गाड़ी उद्योग के विकास और वर्तमान अवस्था को बतलावें।

5. जापान के सूती वस्त्र उद्योग के संक्षिप्त इतिहास का वर्णन कीजिए। इसकी वर्तमान अवस्था क्या है ?

❑

अध्याय 8

जापानी परिवहन व्यवस्था

(JAPANESE TRANSPORT SYSTEM)

तोकूगावा शासन काल में जापान में परिवहन की व्यवस्था अच्छी नहीं थी। रेलवे का अभाव था और सड़कों पर परिवहन कार्य बैलगाड़ियों अथवा घोड़ों द्वारा किया जाता था। किन्तु माइजी शासन काल में परिवहन विकास पर जोर दिया गया और औद्योगिक विकास के कारण परिवहन और संचार का भी पर्याप्त विकास हुआ। परिवहन साधनों के विकास ने देश के उद्योगीकरण को बढ़ावा दिया, आन्तरिक बाजार को विस्तृत किया, विदेशी बाजारों से जापान का सम्पर्क स्थापित हो गया। फलतः जापान के देशी विदेशी व्यापार में महान् वृद्धि हुई। उत्पादन और वितरण के कार्य में सफलता और मितव्ययता होने लगी। इस प्रकार परिवहन विकास ने जापान की अर्थ-व्यवस्था के बहुमुखी विकास में महान योगदान किया है।

जापानी रेल-पथ का विकास

माइजी शासन द्वारा रेलवे विकास (सन् 1868 से 1881 तक)—माइजी काल में रेलवे के विकास पर विशेष जोर दिया गया था। सन् 1869 के अकाल में रेलवे के निर्माण पर अधिक ध्यान दिया गया था। किन्तु इसके लिए देश के अन्दर पूँजी पर्याप्त मात्रा में उपलब्ध नहीं थी। अतएव ब्रिटिश पूँजी और प्रावधिक ज्ञान की सहायता ली गई। **सन् 1872 में पहली रेलवे टोकियो और याकोहामा के बीच बनकर तैयार हुई।** इनके दो वर्ष बाद ओसाका-कोवे रेलवे लाइन निर्मित हुई।

निजी कम्पनियाँ (सन् 1881 से 1906 तक)—इस काल में जापान में रेलवे निर्माण में निजी कम्पनियों का विशेष हाथ रहा है। रेलवे निर्माण में बहुत अधिक मात्रा में पूँजी व्यय होती थी जिसके अभाव के कारण सरकार को देश के आन्तरिक और बाह्य दोनों ही साधनों से ऋण लेने की व्यवस्था करनी पड़ती थी। अतएव सरकार ने रेलवे निर्माण के लिए निजी कम्पनियों को प्रोत्साहन दिय। फलतः सन् 1881 में बहुत बड़ी पूँजी लागत से **नहान रेलवे कम्पनी** का निर्माण हुआ। इसे सरकार ने सूद तथा भूमि संबंधी सुविधाएँ दीं। सरकार को इसकी व्यवस्था में भाग लेने का अधिकार प्राप्त था। एक निश्चित अवधि के बाद सरकार को इसे खरीद लेने का अधिकार प्राप्त था। नहान रेलवे कम्पनी की सफलता से प्रोत्साहित होकर अनेक नयी रेलवे कम्पनियों की स्थापना हुई। इस कारण जापान में रेलवे का विकास तीव्र गति से होने लगा। सन् 1906 में जापान की लगभग दो-तिहाई लाइनें निजी कम्पनियों के ही अधीन थीं।

सन् 1906 के बाद रेलवे का राष्ट्रीयकरण—किन्तु रेलवे विकास के संबंध में सुनियोजित योजना का अभाव था। इसलिए **जापान में रेलवे का तीव्र गति से विकास**

तो हुआ किन्तु उसमें कई प्रकार के दोष आ गये थे। अनेक अनार्थिक रेलवे लाइनों का निर्माण हुआ था जिनमें देश के आर्थिक साधनों की बर्बादी हुई। रेलवे कम्पनियों को भी ऐसी लाइनों से लाभ नहीं होता था जिससे उन्हें भी शीघ्र ही गंभीर वित्तीय संकट का सामना करना पड़ा। **बाध्य होकर सरकार को रेलवे का राष्ट्रीयकरण करना पड़ा। सन् 1906 में सरकार ने 17 निजी रेलवे कम्पनियों को अपने नियंत्रण में ले लिया।** राष्ट्रीयकरण के बाद इनमें अनेक सुधार किए गये। कुछ नयी रेलवे लाइनों का निर्माण हुआ। सरकार ने मुख्य रेलवे लाइनों का राष्ट्रीयकरण किया था। छोटे-छोटे शहरों को जोड़ने वाली सहायक रेलवे लाइनों के निर्माण को निजी कम्पनियों के हाथों में ही रख छोड़ा गया था। सरकार उन्हें विभिन्न प्रकार की सहायता देती रही। सन् 1908 में जापान की सभी रेलवे को एक **रेलवे परिषद** के अधीन रखा गया। सन् 1913 तक जापान में सहायक रेलवे लाइनों की कुल 357 कम्पनियाँ हो गयी थीं। निम्नांकित तालिका जापान के सरकारी और गैरसरकारी रेलवे विकास पर प्रकाश डालती है।

वर्ष	**सरकारी रेलवे** (किलोमीटर)	**गैर-सरकारी रेलवे** (किलो मीटर)
1873–74	29	—
1902-03	1710	4845
1912-13	8396	5289
1935-36	17030	7097
1963-64	21180	7400
1978-79	21307	5582

द्वितीय विश्वयुद्ध काल में जापानी रेलों को गंभीर कठिनाइयों का सामना करना पड़ा था। किन्तु युद्धोत्तर काल में इनमें तीव्र गति से सुधार हुआ। **सन् 1948 में सभी राष्ट्रीयकृत रेलों के नियंत्रण का अधिकार परिवहन मंत्रालय को दे दिया गया।** शीघ्र ही जापानी रेल- व्यवस्था विश्व की प्रमुख रेल व्यवस्थाओं में से एक हो गयी।

जापानी रेलपथों की वर्तमान स्थिति—वर्तमान समय में जापान में रेलपथों की एक जाल बिछी हुई है जो सरकारी और गैर-सरकारी दोनों ही है। 1979 में रेलवे की कुल लम्बाई 26889 किलोमीटर थी जिसमें से सरकारी रेलवे 21307 किलोमीटर और गैर-सरकारी रेलवे 5582 किलोमीटर थी। जापान का **जापान नेशनल रेलवे** नामक सार्वजनिक निगम सबसे बड़ा औद्योगिक संस्थान है। इस निगम की व्यवस्था के अन्तर 21180 किलोमीटर लम्बी रेलवे लाइनें हैं और यह स्थल पर चलने वाले कुल यात्री यातायात (passenger traffic on land) के 48.6 प्रतिशत तथा माल यातायात के 59 प्रतिशत के लिए उत्तरदायी है। प्रादेशिक सेवाओं की व्यवस्था 160 गैर-सरकारी कम्पनियों द्वारा की जाती है जो कुल मिलाकर 5582 किलोमीटर लम्बी रेल लाइने चलाती हैं और स्थल पर चलने वाले कुल यात्री यातायात के 23.6 प्रतिशत के लिए उत्तरदायी हैं।

जापानी रेलवे का स्तर विश्व भर में बहुत ऊँचा माना जाता है। अक्टूबर 1964 में खुली नयी शिन्कान्सेन लाइन की सुपर एक्सप्रेस गाड़ियाँ विश्व में सर्वोत्तम रेलवे टेकनोलॉजी का एक नमूना है। यह मानक गेज की दोहरी पटरी की लाइन है और अब यह तोक्यो से क्यूशू (1176.5 किलोमीटर) तक चलती है। 16 डिब्बे वाली यह गाड़ी

अधिकतम 250 किलोमीटर प्रति घंटे की रफ्तार पकड़ सकती है। सुरक्षा के लिए लाइन में स्वचालित रेल नियंत्रण (ATC) और केन्द्रीय गाड़ी नियंत्रण (CTC) की व्यवस्था है। **हाथ के ब्रेकों की आवश्यकता नहीं पड़ती। यह विश्व की सबसे तेज चलने वाली गाड़ी है।** इसकी तमाम लाइन भू-तल से ऊँचाई पर है। अतः लेवल क्रासिंग नहीं है।

समुद्री परिवहन

प्रारंभिक विकास—जापान का समुद्री तट बहुत कटा-पिटा है। इसलिए तोकूगावा शासन के पूर्व भी जापान का चीन और दक्षिण एशिया के देशों के साथ समुद्री संबंध था। किन्तु तोकूगावा शासन-काल में जापान को लगभग 200 वर्षों तक अन्य देशों से पृथक रखने की नीति अपनाई गई थी। इसलिए समुद्री परिवहन का विकास रोक दिया गया था। जापानियों को विदेशों में जाने से मनाही कर दी गयी थी। किन्तु 1853 में जापान में विदेशियों के बलपूर्वक प्रवेश के कारण जापान के समुद्री परिवहन की कमजोरी स्पष्ट हो गयी। अतः शोगुन ने इन प्रतिबन्धों को समाप्त कर जहाजरानी का विकास करने का प्रयास किया। **सतसुमा के सामन्त द्वारा कागोशिमा में एक जहाज निर्माण यार्ड** का निर्माण किया गया। इस प्रकार जापानी समुद्री परिवहन विकास का प्रारंभ हुआ।

सन् 1868 से 1913 तक—किन्तु इसका वास्तविक विकास 1868 में माइजी पुनर्स्थापन के बाद ही प्रारंभ हुआ। माइजी पुनरागमन के तुरन्त बाद सरकार ने सैनिक और वाणिज्य दृष्टिकोण से जहाजरानी के विकास का प्रयास किया। सन् 1870 में प्रथम बार व्यापारी जहाजी बेड़ा विधि (Mercantile Marine Law) का निर्माण किया गया। इसके अनुसार **'कैशो-कैशा'** नामक एक समुद्री परिवहन कम्पनी की स्थापना हुई। अंशतः इसकी व्यवस्था सरकार द्वारा की जाती थी। यह कम्पनी टोकियो और ओसाका के बीच जहाज चलाती थी। इसके कुछ वर्षों बाद अनेक छोटी-छोटी कम्पनियाँ निर्मित हुई। किन्तु ''कैशो-कैशा'' और 'मित्शुविशी शोकाथी' दो कम्पनियाँ ही प्रमुख थीं। सन् 1885 में मित्शुबिशी को एक कम्पनी के साथ मिलाकर **'निप्पान युसेन कैशा'** नामक एक अन्य जहाजी कम्पनी स्थापित की गयी। यह जापान की सबसे बड़ी कम्पनी हुई। उस समय इसके पास 65000 टन भार क्षमता के 58 जहाज थे। ओसाका की अन्य छोटी-छोटी कम्पनियों को मिलाकर 'ओसाका शोसेन कैशा' नामक एक अन्य बड़ी कम्पनी की स्थापना की गयी। **जापान के जहाजरानी उद्योग को चीनी-जापानी युद्ध से बहुत अधिक प्रोत्साहन मिला।** जहाजों की संख्या बहुत बढ़ गई। युद्ध के बाद भी जापानी जहाजरानी उद्योग को प्रोत्साहन मिलता रहा। किन्तु अब इस उद्योग के नव युग का संचार हुआ। अब जापान को बड़े-बड़े जहाजों की आवश्यकता पड़ने लगी। इसलिए बड़े-बड़े जहाजों के निर्माताओं को प्रोत्साहन देने के लिए **सन् 1896 में एक नौवाहन उपदान अधिनियम** (Navigaion Subsidy Act) निर्मित किया गया जिसके अन्दर बड़े-बड़े जहाजों के निर्माताओं को आर्थिक सहायता दी जाने लगी। फलतः जापान के जहाजरानी उद्योग के विकास को और भी अधिक बल मिला। सन् 1907 तक जापानी जहाज निर्माण उद्योग का पर्याप्त विकास हो गया था। सन् 1896 के विधान के अन्तर्गत जहाज निर्माताओं को सरकार द्वारा दी जाने वाली आर्थिक सहायता का बोझ सरकार पर बहुत अधिक बढ़ गया था। इसलिए सन् 1909 में एक नये अधिनियम का निर्माण हुआ जिसके अनुसार केवल कुछ विशेष प्रकार के जहाज निर्माताओं को ही आर्थिक सहायता देने का अधिकार सरकार को प्राप्त हुआ। ऐसी व्यवस्था जापानी जहाजरानी

उद्योग में गुण संबंधी सुधार करने के उद्देश्य से की गयी थी। इस प्रकार जापान का जहाजरानी उद्योग विकसित होता रहा। सन् 1893 में जापान ने अपने कुल निर्यात के 51 प्रतिशत को अपने जहाजों द्वारा भेजने लगा। इसके जहाजी बेड़ा की कुल क्षमता सन् 1875 में केवल 26000 टन थी जबकि सन् 1914 तक यह बढ़कर 815,10,000 टन हो गयी। फिर भी प्रथम विश्वयुद्ध तक बड़े-बड़े जहाजों की पूर्ति के लिए जापान विदेशों पर ही निर्भर था।

प्रथम विश्वयुद्ध और उसके बाद (सन् 1914 से 1939 तक)—**प्रथम विश्वयुद्ध जापान के जहाजरानी उद्योग के लिए एक स्वर्ण अवसर सिद्ध हुआ।** इस युद्ध से इस उद्योग को अधिक प्रोत्साहन मिला। इस युद्ध में यूरोपीय शक्तियाँ आपस में लड़ रही थीं और एशियाई देशों के साथ यूरोपीय व्यापार ठप्प पड़ गया था। जापान ने इस अवसर का पूरा लाभ उठाया और एशियाई देशों के बाजारों की पूर्ति करने लगा। इनके साथ इसका व्यापारिक संबंध बढ़ गया। फलतः युद्ध काल में जापान के विदेशी व्यापार में अत्यधिक वृद्धि हुई थी जिसका अनुकूल प्रभाव इसके समुद्री यातायात पर पड़ा था। इसका यह उद्योग अत्यन्त ही तीव्र गति से विकसित हुआ और युद्ध का अन्त होते-होते समुद्री यातायात के दृष्टिकोण से जापान ने विश्व में चौथा स्थान प्राप्त कर लिया। किन्तु **युद्धोत्तर काल में जापान के इस उद्योग के समक्ष कठिनाइयाँ आ गयीं।** इसके कई कारण थे। **एक** तो जापान के इस उद्योग का उत्पादन व्यय बहुत अधिक था। **दूसरे,** युद्ध के बाद विदेशी प्रतियोगिता बढ़ गई थी। **तीसरे,** युद्ध समाप्त होने पर जापानी विदेशी व्यापार में मन्दी की प्रवृत्तियाँ आने लगी। **चौथे,** युद्ध समाप्त होने के कुछ वर्षों बाद सारे विश्व में मन्दी की प्रवृत्तियाँ दृष्टिगोचर होने लगी थीं जो सन् 1929 में और उसके बाद कुछ वर्षों तक महान मन्दी में परिणत होकर व्याप्त रहीं। फलस्वरूप जापान में निर्मित जहाजों का कुल टन भार, जो 1919 में 646 हजार टन था, घटकर सन् 1929 में 165 हजार टन और सन् 1932 में केवल 54 हजार टन हो गया। उद्योग की मन्दी की समस्या का समाधान करने के लिए **सरकार ने सन् 1932 में 'तोड़ो और बनाओ योजना'** (scrap and build plan) कार्यान्वित की। इसका उद्देश्य पुराने जहाजों को तोड़कर नये जहाजों का निर्माण करना था। इसके लिए सरकार आर्थिक सहायता भी देने लगी। इस व्यवस्था का बड़ा अनुकूल प्रभाव पड़ा। जापान के जहाजरानी उद्योग का पुनरोत्थान होने लगा। सन् 1937 तक जापान में निर्मित जहाजों की क्षमता बढ़कर 446 हजार टन हो गयी। जापान के जहाजों की संख्या और कुल क्षमता का अन्दाजा अग्रांकित तालिका से लगाया जा सकता है—

वर्ष	**जहाजों की संख्या**	**कुल टन-भार**
1870	36	24997
1914	2321	1853425
1919	3040	3005550
1931	3626	4031695
1935	4036	4159772

द्वितीय विश्वयुद्ध और उसके बाद—द्वितीय विश्वयुद्ध काल में इस उद्योग की क्षमता में बहुत अधिक वृद्धि हुई। **किन्तु युद्ध के बाद यह उद्योग बिल्कुल समाप्त हो गया** क्योंकि जापान के सभी समुद्री जहाज मित्र राष्ट्रों द्वारा नष्ट कर दिये गये थे। सन् 1946 में जापान के पास केवल 17 समुद्री जहाज रह गए थे। युद्ध के बाद भी कुछ समय तक

जापान पर मित्र राष्ट्रों का अधिकार था जिन्होंने अपनी सैनिक नीति के अन्तर्गत इस उद्योग के पुनरोद्धार पर ध्यान नहीं दिया था। इस कार्य में वित्त का अभाव भी एक बड़ी कठिनाई था। सन् 1948 तक जापान को केवल तटीय जहाजों के निर्माण के लिए ही अनुमति मिल पाई थी। किन्तु इस वर्ष मित्र राष्ट्रों की नीति में परिवर्तन आया। फलतः इस उद्योग का पुनरोद्धार होने लगा। सन् 1952 में जापान पर मित्र राष्ट्रों का शासन भी समाप्त हो गया। अब जापानी सरकार ने इस उद्योग के पुनर्निर्माण पर विशेष ध्यान दिया। इसने निम्न ब्याज दर पर इसके लिए ऋण देने की नीति अपनाई। फलस्वरूप पुनः इस उद्योग का तीव्र गति से विकास होना प्रारंभ हुआ। कोरियाई युद्ध के कारण उत्पन्न हुई आर्थिक तेजी की स्थिति ने भी इसके विकास को प्रोत्साहित किया।

जापानी जलयान निर्माण उद्योग की वर्तमान स्थिति—सन् 1956 तक जापान विश्व का सबसे बड़ा समुद्री जहाज निर्माता देश हो गया। सन् 1959 में जापान के पास 65 लाख टन क्षमता के समुद्री जहाज हो गये थे जो द्वितीय विश्वयुद्ध के पूर्व के बराबर थे। सन् 1963 के मध्य तक इसके पास कुल 9980,000 टन क्षमता के समुद्री जहाज थे। वर्तमान समय में जापानी जहाजी बेड़े का विश्व में पाँचवाँ स्थान है। जापान के लिए जहाजरानी के महत्त्व को देखते हुए सरकार ने सन् 1961 से 1965 के बीच विभिन्न प्रकार के 40 लाख टन क्षमता के समुद्री जहाज बनाने की एक संशोधित पंचवर्षीय योजना बनाई थी। 30 जून, 1980 को जापान के जहाजी बेड़ा (merchant fleet) में 8855 जहाज थे, 1551 जहाज यात्री परिवहन (12.8 लाख ग्रास टन) थे, 3001 माल वाहक (cargo) जहाज (35.2 लाख ग्रास टन) थे और 1728 तेल वाहक जहाज (171 लाख ग्रास टन) थे। **आज जापान विश्व का सबसे बड़ा समुद्री जहाज निर्माता देश है।** सन् 1955 से 1963 के बीच जापान द्वारा निर्मित जहाजों का अन्दाजा निम्नांकित तालिका द्वारा लगाया जा सकता है।[1]

जापान में जहाज निर्माण (हजार टन)

वर्ष	आन्तरिक प्रयोग	निर्यात	कुल
1956	423	1130	1553
1957	747	1526	2003
1958	616	881	2797
1959	538	897	1435
1960	562	782	1344
1961	2522	2861	5363

वायु परिवहन

वायु परिवहन के दृष्टिकोण से भी जापान का विश्व में महत्त्वपूर्ण स्थान है। जापान का विमान निर्माण उद्योग 1911 में स्थापित हुआ और युद्धपूर्व काल में उसने विश्व में बहुत नाम कमाया। द्वितीय विश्व युद्ध के दौरान जापानी विमान उद्योग एक प्रकार से पूर्णतः नष्ट ही कर दिया गया था और 1952 तक, जबतक मित्र राष्ट्रों का जापान पर अधिकार रहा, विमान निर्माण जापान में निषिद्ध रहा। आज विश्व की लगभग 12 से भी अधिक प्रमुख

1. Facts About Japan.

अन्तरराष्ट्रीय कम्पनियों के वायुयान जापान आते-जाते हैं। टोकियो अन्तरराष्ट्रीय हवाई अड्डा (Tokyo International Airport) और ओसाका अन्तरराष्ट्रीय हवाई अड्डा जापान में दो मुख्य अन्तरराष्ट्रीय हवाई अड्डे हैं। हवाई यातायात के क्षेत्र में जापान की एकमात्र कम्पनी **जापान एयरलाइन्स** है जिसकी स्थापना सन् 1953 में हुई थी। सबसे पहले सन् 1954 में इसने जापान से सैनफ्रांसस्किो के बीच कार्य करना प्रारंभ किया था। तब से इसका विकास निरन्तर होता गया है। आजकल इसके वायुयान लगभग सभी महादेशों में आते-जाते हैं। आन्तरिक वायु यातायात की व्यवस्था दो कम्पनियों द्वारा की जाती है जिनके वायुयान टोकियो को देश के सभी नगरों से जोड़ते हैं। **आल निप्पन एयरवेज** (All Nippon Airways) प्रमुख कम्पनी है। 1978 में जापानी वायु कम्पनियों ने घरेलू सेवाओं में 371 लाख यात्रियों और अन्तरराष्ट्रीय सेवाओं में 44 लाख यात्रियों को ढोया।

संदर्भ

W. W. Lockwood : The Economic Development of Japan.
G. C. Allen : Japan's Economic Recovery.
Govt. of Japan : The Japan of Today.

मानक प्रश्न

1. जापान में रेलवे के विकास की व्याख्या करें। इनकी वर्तमान स्थिति क्या है ?
2. जापान में जहाज़-निर्माण उद्योग के विकास की आलोचनात्मक विवेचना कीजिए। इनकी वर्तमान स्थिति क्या है ?
3. जापान के जहाज-निर्माण उद्योग पर संक्षिप्त टिप्पणी लिखिए।

❑

अध्याय 9

जापान में श्रम संघीयता

(TRADE UNIONISM IN JAPAN)

जापान में श्रमिक संगठनों का प्रारंभ बहुत ही पीछे हुआ और अब भी यह अपनी शैशवावस्था में ही है। **ब्यूरो ऑफ सोशल अफेयर्स** (Bureau of Social Affairs) के **कारखाना निरीक्षण** (Factory Inspection) के भूतपूर्व संचालक **योसीसाका** (Yoshisaka) ने जापानी श्रम संघीयता को अब भी **'श्रमिकों के संघटन के लिए एक आन्दोलन** (a movement towards the organisation of labour) **ही कहा जाता है न कि एक ऐसा आन्दोलन जो संगठित श्रमिकों पर आधारित है।** कारण यह है कि, जैसा कि **प्रो० जी० सी० आलेन** (G. C. Allen) का कथन है, **'जापान का आर्थिक ढाँचा, वहाँ की औद्योगिक संबंधों की प्रणाली और महान् राजनीतिक प्रभाव सबल श्रमिक संगठन के विकास के विरोधी रहे हैं।'**

जापानी श्रम संघीयता का विकास

जापानी श्रमिक संघीयता का आदि काल (*Seminal Years of Japanese Trade Unionism*)—सन् 1882 के पूर्व जापान में कारखाना-प्रणाली का विकास नहीं हो पाया था। फलतः श्रमिक संघों का भी विकास नहीं हुआ था। आधुनिक **श्रमिक संघीयता कारखाना प्रणाली की एक उपज है।** कारखानों की गन्दी परिस्थितियाँ श्रमिकों को संगठित होकर अपनी हीनावस्था से पिंड छुड़ाने के लिए प्रयास करने के लिए उन्हें बाध्य करती हैं और चूँकि कारखाने में एक ही साथ अनेक श्रमिक कार्य करते हैं अतएव उनका संगठन बनाना संभव हो जाता है। लघु उद्योगों में कार्य करने वाले श्रमिक दूर-दूर बिखरे हुए होते हैं। अतएव उनमें पारस्परिक बातचीत का अवसर कम मिल पाता है। इसीलिए, जैसा कि **शैडवेल** (Shadwell) ने बताया है, **कारखानों की परिस्थितियों ने श्रमिक संगठनों को आवश्यक और साथ ही संभव भी बनाया।** चूँकि सन् 1868 के पूर्वकालीन जापान में वस्तुतः कारखाना-प्रणाली का जन्म तक भी नहीं हो पाया था इसलिए उस समय श्रमिक संगठन का भी नाम नहीं था। श्रमिकों के स्वार्थों की रक्षा गिल्ड द्वारा ही की जाती थी।

सन् 1868 से 1914 तक—जापानी श्रमिक संघीयता के इतिहास का यह दूसरा काल है। माइजी पुनरागमन के समय जापान में किसी प्रकार का श्रम विधान नहीं था। इस काल में भी कोई श्रम विधान नहीं हुआ। किन्तु बुद्धिजीवियों एवं अन्य व्यक्तियों द्वारा श्रमिक संगठन के आन्दोलन को प्रारंभ करने का प्रयास किया गया था। **माइजी पुनरागमन के तुरन्त पश्चात् जापान में जनतंत्र एवं साम्यवाद की भावनाओं का संचार होने लगा। फलत: श्रमिक संघों के संगठनों के लिए प्रयास भी किया जाने लगा।** इसी कारण इस **काल को जापानी श्रमिक संघों का 'सृष्टि काल'** (formative period) कहा जाता है। सन् 1862 के पश्चात् तीव्र औद्योगिक विकास के लिए सरकार की नीति ने श्रमिक

संघों का सूत्रपात किया। प्रथम प्रयास सन् 1883 में किया गया जब जापान में प्रथम श्रमिक हड़ताल हुई थी। इस **वर्ष शोहियो के रिक्शा चालकों ने हड़ताल की थी।** सरकार ने घोड़ों से चलाई जानेवाली ट्रामों की व्यवस्था की क्योंकि उस समय विद्युत उत्पादन नहीं हो रहा था। जनता अच्छे परिवहन साधन चाह रही थी। इसलिए जनता की सहानुभूति रिक्शा खींचनेवालों के साथ नहीं थी। फलतः जन-सहानुभूति एवं समर्थन के अभाव में यह हड़ताल विफल सिद्ध हुई थी। इसके नेताओं को सरकार द्वारा बन्दी बना लिया गया था।

सन् 1897 में अनेक जापानी विद्यार्थी, जिन्हें अमेरिका में अध्ययन के लिए भेजा गया था, जापान में लौट आए। इन लोगों ने जापान में भी वैसा ही आन्दोलन चलाने का निश्चय किया जैसा कि अमेरिका में चल रहा था। इन विद्यार्थियों ने **'सोसाइटी फॉर वर्क्स टू फाइट जस्टिश'** की स्थापना की। अनेक श्रमिक संघों का निर्माण हुआ और अनेक हड़तालें हुईं। सरकार इन कार्यकलापों से सशंकित और भयभीत हो गई। फलतः उसने सन् 1900 में **'पब्लिक पीस रेगुलेशन'** निर्मित किया।**श्रमिक संघों को अवैधानिक घोषित कर दिया गया और श्रमिक संघों के निर्माण पर प्रतिरोध लगा दिया गया।** आरक्षी विभागों में एक विभाग की सृष्टि की गई जिसे **विचार आरक्षी** (thaught police) कहा जाता था। यह बुरे कार्यों को बुरा विचारता था अर्थात् विचार-आरक्षी विचार करता था कि कौन कार्य अच्छा है और कौन कार्य बुरा। **इस थॉट पुलिस ने श्रमिक संघों पर रोक लगा दी।**

जापान में श्रम संघीयता के मन्द विकास के कारण

इस काल में जापानी श्रमिक आन्दोलन अत्यन्त ही मन्द रहा है। इसके अनेक कारण थे। ये कारण न केवल इसी काल में जापानी श्रमिक संघीयता के मन्द विकास के लिए उत्तरदायी थे वरन् ये समस्त जापानी श्रमिक संघीयता के मन्द विकास के भी कारण कहे जा सकते हैं। **मुख्य कारण ये हैं**—

1. सरकार वृहत् व्यवसायियों के पक्ष में थी और श्रम-संघों का विरोध करती थी। सरकार को वृहत् व्यवसायियों के पक्ष में होने के अनेक कारण थे जिनकी चर्चा हमने जाइबात्सू के विकास के संबंध में कर दी है। **एक तो** सरकार पैसे के लिए वृहत् उद्योगपतियों पर आश्रित थी और **दूसरे,** वह किसी भी मूल्य पर किसी भी प्रकार जापान का आर्थिक विकास करना चाहती थी। उद्योगपतियों का पक्ष लेने के कारण वह श्रमिक संघों का दमन कर देने के पक्ष में थी।

2. जापानी श्रम-संघों के विकास का गला बड़े-बड़े उद्योगपतियों ने घोंट दिया था और सामूहिक मोल-तोल का उन्होंने सबल विरोध किया था। बड़े-बड़े उद्योगपतियों के पास साधन थे, शक्तियाँ थीं, अवसर थे और इन समस्त साधनों को इन लोगों ने श्रमिक संघों को दबा देने के लिए प्रयुक्त किया। उनके इस कार्य में सरकार ने भी उन्हीं का साथ दिया।

3. जापान में श्रम और पूँजी का संबंध एक प्रकार से पैतृक था।**नियोजक**(employer) **और श्रमिक का संबंध पिता-पुत्र के संबंध की भाँति माना जाता था।** सरकार इस संबंध को वास्तविक मानती थी। वस्तुतः जापानी औद्योगिक विकास के आरंभ में ऐसा संबंध अवश्य ही था। किन्तु समयोपरान्त यह संबंध परिवर्तित हो गया। फिर भी सरकार अपनी पुरानी ही धारणा बनाए रही। जैसा कि**लॉकऊड**(Lockwood) ने लिखा है, **''पारिवारिक पैतृत्व की प्राचीन पद्धति को इसके संरक्षण और अधीनस्थता के पारस्परिक आभारों**

के साथ आधुनिक उद्योग में भी खींच लाया गया था। किन्तु औद्योगिक पूँजीवाद की हृदयहीन परिगणनाओं में इसने शीघ्र ही अपनी दयालुता और मानवता को खो दिया था।''[1] सरकार इस परिवर्तन की सत्यता को समझ सकने में असमर्थ रही थी। फलतः किसी प्रकार का कारखाना विधान नहीं बनाया गया था और न किसी प्रकार की संविदा स्वतंत्रता ही थी। प्रतिदिन 14 घंटों तक भी कार्य कराया जाता था।

4. सूती वस्त्र उद्योग में अधिकांशतः लड़कियाँ कार्य करती थीं जिन्हें शयनागार में रखने की व्यवस्था थी। 11 से 14 वर्षीया लड़कियाँ कारखानों में कार्य करने के लिए खरीद ली जाती थीं और उन्हें डारमीटरियों में रखा जाता था। एक तो वे लड़कियाँ थीं और, दूसरे उन्हें कारखाने के अन्दर ही शयनागार में रखा जाता था। फलतः उन्हें संगठित नही किया जा सकता था।

5. अन्य उद्योगों में अधिकांशतः स्त्रियाँ ही कार्य करती थीं जिन्हें संगठित करना कठिन होता है। जापान में कारखानों में कार्य करनेवाले श्रमिकों में 45 प्रतिशत स्त्रियाँ होती हैं।

6. जापान में जनसंख्या का भार अधिक था। फलतः बेकारी की स्थिति थी। ऐसी अवस्था में श्रमिक संघों का अविकसित होना स्वाभाविक था।

7. बड़े उद्योगों को छोड़कर शेष छोटे उद्योग देश भर में बिखरे हुए थे जिसमे उन उद्योगों में कार्य करनेवाले श्रमिकों को संगठित करना दुष्कर कार्य था।

8. जापान में श्रमिक संघों का नेतृत्व बुद्धिजीवी वर्गों के हाथों में था जो **'कोरे आदर्शों'** (abstract ideal) को अधिक महत्त्व देते थे न कि **'रचनात्मक कार्यों'** (constructive activities) को।

9. जापानी जनता को जनतंत्रीय वृहत् संगठनों का निर्माण करने का अनुभव नहीं था क्योंकि जापान में जनतंत्रीय भावनाएँ निखर नहीं पाई थीं। **जापान में राजनीतिक और सामाजिक तत्त्व श्रमिक संघों के विकास में बाधक थे।** वहाँ पर जनतंत्रीय भावना का विकास नहीं हो पाया था जिससे वहाँ पर श्रमिक संघों के विकास में बाधा होती थी। **प्रो० आलेन** (Allen) के शब्दों में, **''जापान के पास राजनीतिक जनतंत्र अथवा उदारतावाद की कोई परम्परा नहीं थी और सामाजिक संबंध पारस्परिक आभारों और तथाकथित सामंती अतीत से प्राप्त श्रेष्ठों के प्रति स्वामी-भक्ति की भावना द्वारा शासित होते थे।''**[2]

सन् 1912 में **बंगु सुसुकी** (Bungu Susuky) नामक व्यक्ति में अथक प्रयास से **युआईकाई** (Yuaikai) नामक संस्था अर्थात् **श्रमिकों के मित्र समाज** (Friendly Society of Workers) का प्रारंभ किया। इसका दूसरा नाम **सिन-यू-काई** (Sin-Yu-Kai) अर्थात् निष्ठावान मित्र-समाज (Faithful Friend Society) था। सुसुकी बहुत

---

1. "The old system of family paternalism was carried over into modern industry with its reciprocal obligation of protection and subordination. But it soon lost most of kindness and humanity in the cold calculations of industrial capitalism."

—Lockwood : *The Economic Development of Modern Japan*, p. 556-60.

2. "Japan had no tradition of political democracy or liberalism, and social relations were governed by concepts of mutual obligations and of loyalty to superiors derived from the so-called fedual past."—G.C. Allen : *Japan's Economic Recovery*, p. 148.

बुद्धिमान पुरुष था। उसने नियोजकों एवं श्रमिकों के पारस्परिक सहायोग का रास्ता अपनाया। फलतः सब लोगों ने उस व्यक्ति को पसन्द किया और उस मित्र-समाज की सदस्यता बढ़ गयी। श्रमिक संघ यद्यपि अब भी अवैधानिक थे तथापि दूसरे वेष में विकसित होने लगे।

सन् 1914 से 1936 तक—इस काल में सरकारी नीति में परिवर्तन हुआ। उसने श्रमिक संघों को अवैधानिक नहीं माना। किन्तु इस काल में भी आरक्षी कार्यों को समाप्त नहीं किया गया। आरक्षी दल अब भी श्रमिक संघों का पीछा कर रहा था। फिर भी इस काल में श्रमिक संघों का तीव्र विकास हुआ। उनकी संख्या बढ़ गयी। **प्रथम विश्वयुद्ध ने श्रमिक-संघ आन्दोलन को बहुत अधिक प्रभावित किया।** युद्ध-काल में जीवन स्तर की लागत में जितनी वृद्धि हुई उतनी मजदूरी की दर में नहीं हुई थी। इसके विपरीत निर्यात व्यापार में आशातीत वृद्धि के कारण मालिकों को अत्यधिक लाभ हुआ। ऐसी स्थिति में श्रमिकों ने मजदूरी में वृद्धि की माँग की और हड़ताल की भी धमकी दी। **युयाईकाई** अर्थात् **मित्र समाज** (Friendly Society) ने आपस में समझौता करने का प्रयास किया। इससे इसकी प्रतिष्ठा बढ़ गयी। फलस्वरूप इसके सदस्यों की संख्या में भी पर्याप्त वृद्धि हुई। 1916 ई॰ में इसका श्रम के आधार पर पुनर्संगठन किया गया और इनका नाम बदलकर **युआईकाई रॉद सोदोमाई** (Yuaikai Rod Sodomei) रखा गया। 1921 ई॰ में पुनः नाम बदलकर **निपन रोद सोदोमाई** (General Federation of Labour in Japan) रखा गया। इस काल में एक-दूसरे महत्त्वपूर्ण संघ का विकास किया गया जिसका नाम **सिन-यू-काई** (Sin-Yu-Kai) अथवा **निष्ठावान मित्र समाज** (Faithful Friends Society) **था जिसने श्रमिक संघ आन्दोलन में वाम पक्ष का प्रतिनिधित्व किया।** युद्ध काल में औद्योगिक अभिवृद्धि के परिणामस्वरूप उद्योगपतियों ने श्रमिकों की मजदूरी तथा काम की दशाओं में सुधार किया। इससे श्रमिक संघ आन्दोलन को बहुत बल मिला। सन् 1918 ई॰ में 51 संघों का निर्माण हुआ तथा सन् 1919 ई॰ में श्रमिकों की बहुत-सी हड़तालें हुई।

युद्धोत्तर काल में भी जापानी श्रमिक संघ आन्दोलन का विकास जारी रहा। **रूसी क्रांति की सफलता से इस काल में इस आन्दोलन को बहुत अधिक बल मिला।** श्रमिकों के प्रति सरकार की सापेक्षित उदारता से भी इस काल में इन्हें बहुत अधिक बल मिला। साथ ही, अन्तरराष्ट्रीय श्रम-संगठन की स्थापना ने भी इन्हें बहुत प्रोत्साहित किया।

सन् 1932 ई॰ के पूर्व जापान में श्रमिकों की राष्ट्रीय संस्था के अनेक प्रयास हुए। किन्तु **श्रमिकों में एकता के अभाव के कारण इनमें सफलता नहीं मिली।** सन् 1932 ई॰ में ऐसी एक संस्था की स्थापना की गयी जिसे **जापान ट्रेड यूनियन कांग्रेस** कहा जाता है। इसका प्रमुख उद्देश्य श्रमिकों को संगठित करना तथा श्रम संघीयता को वैधानिक मान्यता दिलाना था। इसने सन् 1936 ई॰ में सरकार में श्रम-संघों को मान्यता देने की माँग की और एक श्रम विभाग की स्थापना की सिफारिश की। **सन् 1937 ई॰ में चीन-जापान युद्ध** के प्रारंभ के पूर्व जापान का श्रमिक संघ आन्दोलन काफी विकसित हो चुका था। इस काल में जापान में श्रमिक संघ आन्दोलन की प्रगति का अन्दाजा अग्रांकित तालिका से लगाया जा सकता है।

जापानी श्रमिक संघों का विकास (1920-1931)

वर्ष	श्रमिक-संघों की संख्या	सदस्यों की संख्या
1920	273	—
1925	488	284,739
1927	505	209,493
1929	603	503,985
1930	650	342,379
1931	768	370,123

इस काल में जापानी श्रमिक संघों के तीव्र विकास के कारण निम्नलिखित थे–

1. सरकारी मनोवृत्ति श्रम-संघों के अनुकूल और सहानुभूतिपूर्ण रही।
2. युआईकाई (Yuikai) अर्थात् निष्ठावान मित्र-समाज अनेक विवादों को श्रमिकों के पक्ष में निर्णीत कराने में सफल रहा और उसकी प्रतिष्ठा बढ़ गई थी।
3. प्रथम विश्वयुद्ध जापान के लिए एक वरदान-सिद्ध हुआ था। जापानी उद्योगों के लिए यह स्वर्ण अवसर था और इन्हें खूब लाभ हो रहा था। अत्यधिक लाभ के कारण नियोजक श्रमिकों के साथ विवादों का निपटारा करने के लिए इच्छुक थे न कि हड़ताल-तालाबन्दी के लिए। फलतः श्रमिक संघों को प्रश्रय और अवसर मिला।
4. सन् 1917 की रूसी क्रांति से जापान के श्रमिकों को भी उत्साह मिला और वे अपनी शक्ति बढ़ाने लगे।
5. सन् 1914-18 के विश्वयुद्ध में मित्र राष्ट्रों (Allied Nations) अर्थात् ग्रेट ब्रिटेन, फ्रांस आदि की विजय हुई थी जिसका अर्थ जनतंत्र की विजय था। फलतः उदारतावाद का पुनरोत्थान हुआ जिसका प्रभाव श्रमिक संघों के विकास पर भी पड़ा। जापान के श्रमिक संघों में भी अन्य देशों के श्रमिक संघों की भाँति सशक्त होने की प्रवृत्ति हुई।
6. जापान सन् 1919 में स्थापित अन्तरराष्ट्रीय श्रम संगठन का सदस्य बन गया और जापानी श्रमिक आन्दोलन का सम्पर्क अन्तरराष्ट्रीय श्रमिक आन्दोलन से हो गया। फलतः श्रम-आन्दोलन को बढ़ावा मिला।

इस काल में जापानी श्रमिक संघीय आन्दोलन की चरम सीमा सन् 1936 में हुई। किन्तु तब भी सम्पूर्ण देश के केवल 6.9 प्रतिशत श्रमिक ही जापानी श्रमिक संघों के सदस्य हो सके थे।

सन् 1936 से 1941 तक–सन् 1936 में जापानी सरकार युद्धवादी (militarist) गुट के बड़े-बड़े व्यवसायियों के नियंत्रण में आ गई। आतंकवादियों एवं वृहत् उद्योगपतियों के इस मैत्री संबंध द्वारा गठित इस सरकार ने साम्राज्यवादी महत्त्वाकांक्षाओं को प्रश्रय दिया। इस नीति को कार्यान्वित करने के लिए सरकार ने जापानी अर्थव्यवस्था को अर्द्धयुद्धीय आधार पर संगठित किया। ऐसी अवस्था में उत्पादन की निरंतरता को बनाये रखने के लिए श्रमिकों पर कड़ा नियंत्रण रखना आवश्यक था जिसका अर्थ था श्रमिक संघों का विनाश। सरकार ने ऐसा ही किया। ऐसी व्यवस्था औद्योगिक शक्ति के लिए की गयी। **सरकार ने सभी श्रमिक संघों को भंग कर दिया और उन्हें सरकार द्वारा निर्मित संघों में सम्मिलित**

होने के लिए बाध्य किया। सरकार ने औद्योगिक श्रमिकों के लिए **ग्रेट जापानीज पैट्रियाटिक इंडस्ट्रियल एसोसिएशन**अर्थात्**साम्पो**(Sampo) का और सामयिक श्रमिकों के लिए**पैट्रियाटिक लेबर ऑर्गनाइजेशन**अर्थात्**कोनो होकोकू काई**(Kono Hokoku Kai) का संगठन किया था। यह आवश्यक बनाया गया कि सभी श्रमिक इनमें से किसी-न-किसी के सदस्य अवश्य बनेंगे।**इन संस्थाओं का उद्देश्य था**—(1) श्रमिकों को अनुशासन का पाठ पढ़ाया जाय, (2) उनमें राष्ट्रीयता की भावना का संचार किया जाय, और (3) राष्ट्रीय उत्पादन में वृद्धि की जाय। श्रमिकों पर कड़ी निगरानी रखी गई थी ताकि उन्हें जितना दिया जाय उससे अधिक न वे माँग सकें और न किसी प्रकार का संकट ही उपस्थित कर सकें। **इन संघों को आरक्षी दल के ''विचार विभाग''** (thought section) **के अधीन रखा गया।** ये संघटन श्रमिकों पर कठोर नियंत्रण बनाये रहे और जिन श्रमिक संघीय नेताओं ने इसका विरोध किया उन्हें या तो बन्दी बना लिया गया अथवा देश से बाहर निकाल दिया गया अथवा अन्य किसी उपाय से उन्हें शांत कर दिया गया। फलतः **द्वितीय विश्वयुद्ध का प्रारंभ होने के समय तक उन समस्त अधिनियमों एवं विधियों को रद्द कर दिया गया जो श्रमिकों को आरक्षण देने वाले थे। युद्ध के साज-सामान को उत्पादित करने के लिए समस्त श्रमिकों को संचालित कर दिया गया।** सभी पुरुषों, अविवाहित स्त्रियों और बालिकाओं को सरकार के कड़े नियंत्रण में रख दिया गया। स्पष्टतः श्रमिक संघों का पूर्णतः विनाश कर दिया गया। जिस समय जापान ने युद्ध में अपना हथियार डाल दिया था और आत्म-समर्पण किया था उस समय तक जापान में श्रमिक संघों का वस्तुतः कोई अस्तित्व नहीं रह गया था।

द्वितीय विश्वयुद्ध के बाद—द्वितीय विश्वयुद्ध के पश्चात् जापान **मित्रशक्तियों के सर्वोच्च समादेशक** (S.C.A.P.) के अधीन आ गया जिसने श्रमिक संघों की अवस्था में सुधार के लिए उपाय किया। **अक्टूबर सन् 1945 में उसने जापानी प्रधान मंत्री को एक अनुदेश दिया** जिसमें अन्य बातों के लिए सुधार के सुझावों के अतिरिक्त यह भी बात थी कि **''श्रम संगठन को प्रोत्साहित किया जाय ताकि यह ऐसी गरिमा से विभूषित हो जाय कि यह शोषण एवं दुरुपयोग से श्रमिकों की सुरक्षा करने तथा अपने जीवन-स्तर को ऊँचा करने में प्रभावशील आवाज उठाने में अपने को समर्थ पा सकें।''** जापान को जनतांत्रिक बनाने के उद्देश्य से श्रमिक संघों को भी संगठित करने की व्यवस्था कर दी गयी। जापानी श्रमिकों को प्रथम बार कुछ विशेषाधिकार मिले। **सर्वोच्च समादेशक का उद्देश्य जापानियों को कुछ स्वतंत्रता देना और जापान को अमेरिका के ढर्रे पर विकसित करना था।**

सितम्बर सन् 1945 में जापानी सरकार द्वारा संघटित **ग्रेट जापानीज पैट्रियाटिक इण्डस्ट्रियल एसोसिएशन** और **पैट्रियाटिक लेबर ऑर्गनाइजेशन** को विघटित कर दिया गया। एक निर्देश जारी कर वाक् स्वातंत्र्य प्रेस की स्वतंत्रता, संघटन की स्वतंत्रता आदि पर लगाये गए प्रतिबन्धों को समाप्त कर दिया गया। आरक्षी दल को केवल विधि और व्यवस्था को बनाए रखने के अतिरिक्त श्रम एवं पूँजी के विवाद में हस्तक्षेप करने से मना कर दिया गया। दिसम्बर **सन् 1945 में एक श्रमिक संघ विधि निर्मित की गई जिसके द्वारा संघटन बनाने के अधिकार, सामूहिक मोलतोल के अधिकार, हड़ताल करने के अधिकार आदि की गारंटी की गई।** यह विधि संयुक्त राज्य अमेरिका के सन्

1935 के श्रम-विधान की तरह थी। इस विधि को निर्मित होने पर जापानी श्रमिक संघों का विकास होने लगा। श्रमिक संघों के विकास की चरम सीमा सन् 1949 में पहुँची जब श्रमिक संघों की सबसे अधिक सदस्यता हो गई थी। उसके बाद उनकी सदस्यता में कुछ वर्षों तक ह्रास होने लगा। परन्तु उसके बाद पुनः इसमें वृद्धि होने लगी। नीचे की तालिका सन् 1946 के पश्चात् जापानी श्रम संघों के विकास को स्पष्ट करती है।[1]

वर्ष	**संघों की संख्या**	**सम्पूर्ण सदस्यता**	**सम्पूर्ण श्रमिकों में संघटित श्रमिकों का प्रतिशत**
1946	11,579	37,48,152	40.0
1947	23,323	56,92,179	46.8
1948	33,926	66,77,426	54.3
1949	34,688	66,55,483	55.7
1950	29,144	57,76,908	45.9
1951	27,644	56,76,774	42.6
1952	22,851	56,19,560	40.2
1974	67,829	123,25,000	33.8
1980	72,793	122,40,652	23.0

जापानी श्रमिक संघीय आन्दोलन की शक्ति अनिवार्यतः संघटित श्रमिकों की संख्या में प्रतिबिम्बत्त नहीं होती है। जापान में यह बात विशेष रूप से सिद्ध होती है जहाँ अत्यन्त अल्प काल में संघटित श्रमिकों का प्रतिशत ग्रेट ब्रिटेन के स्तर पर पहुँच गया और अमेरिका के प्रतिशत से बहुत आगे चला गया। जापानी श्रमिक संघीयता की शक्ति का निर्धारण करते समय यह बात ध्यान में रखी जानी चाहिए कि जापानी श्रमिक संघों का यह अत्यन्त ही तीव्र विकास युद्धोत्तर काल के आर्थिक उथल-पुथल में हुआ और सर्वोच्च समादेशक के सक्रिय प्रयास से हुआ। यह तथ्य कि संघटित श्रमिकों का प्रतिशत, जो एक बार 57 प्रतिशत हो गया था और अब गिरने लगा है, यह प्रदर्शित करता है जापान में श्रमिक संघों का तत्कालीन अप्राकृतिक आकस्मिक विकास जो अब पुनः सन्तुलित और संयोजित हो रहा है। फिर भी इस बात को अस्वीकार नहीं किया जा सकता है कि जापान में श्रमिक आन्दोलन प्राचीन ढाँचे को तोड़ रहा है। **इसका तीव्र विकास विश्व को इसके आर्थिक इतिहास को पुनः लिखने के लिए आह्वान कर रहा है।**

सितम्बर सन् 1946 में दो अन्य महत्त्वपूर्ण कार्य किए गए थे। श्रमिकों एवं पूँजीपतियों के विवादों का स्वेच्छापूर्ण निपटारा करने की व्याख्या की गई और श्रमिकों की सुरक्षा के लिए बनाए गए विधान, जिनको युद्धकाल में समाप्त कर दिया गया था, पुनर्जीवित किए गए। **नवम्बर सन् 1947 में बेकारी बीमा का प्रारंभ किया गया। बाद में, सामाजिक सुरक्षा के कुछ अन्य उपायों की भी व्यवस्था की गई। इस प्रकार सन् 1948 तक जापानी श्रमिक संगठन और विधान लगभग अमेरिका व्यवस्था के समान हो गए।** इस काल तक सर्वोच्च समादेशक ने वैसा ही कार्य किया जैसा कि श्रमिकों

1. स्रोतः जापान सरकार का प्रकाशन—जापान ऐज इट इज टुडे

के लिए आवश्यक था। **13 जुलाई सन् 1950 की जेनरल कौन्सिल ऑफ जापानीज ट्रेड यूनियन,** जिसे जापानी भाषा में सोहियो (Sohio) कहा जाता है, की स्थापना की गई।

किन्तु अब भी प्रश्न यही उठता है कि **क्या जापानी श्रमिकों को वैसी ही सुविधाएँ प्राप्त हैं जैसी कि अमेरिकी श्रमिकों को ?** इसमें लोगों को सन्देह है। सर्वोच्च समादेशक द्वारा श्रमिकों की दशाओं में सुधार के लिए जो विधियाँ निर्मित की गयीं उन्हें अधिकांशतः लागू ही नहीं किया गया। **कोहेन** (Cohen) का तर्क है कि **ये विधियाँ जापानी प्रकृति के अनुकूल नहीं थीं।** जैसे ही पूँजीपति अपनी शक्तियाँ पुनः प्राप्त कर लेंगे वैसे ही परिस्थितियाँ पुनः वैसी ही हो जायंगी जैसी कि युद्ध के पूर्व थीं। **फिर भी इस तथ्य पर आवरण नहीं रखा जा सकता कि आज जापान में श्रमिकों की कार्य-दशाएँ प्राक् युद्ध काल से अच्छी है।** जापान में प्रति घंटे मजदूरी दर गृह और लगान आदि को सम्मिलित कर ग्रेट ब्रिटेन की दर की 1/3 है। **अब भी कुछ अंश में पैतृकता की भावना पाई जाती है।** श्रमिकों को भरती करने की प्रणाली अच्छी नहीं है। डारमीटरियों में बालिकाओं को बेचने की प्रथा अब भी विद्यमान है यद्यपि बहुत छोटे पैमाने पर।

जापानी श्रमिक आन्दोलन की प्रमुख समस्ताएँ

युद्धोत्तर काल में जापानी श्रमिक आन्दोलन के समक्ष **तीन महत्त्वपूर्ण समस्याएँ रही हैं** जो जापानी श्रमिक आन्दोलन के अत्यन्त तीव्र विकास के कारण और गंभीर हो गई थीं:

1. मजदूरी की समस्या—आर्थिक दृष्टिकोण से मजदूरी की समस्या प्रथम महत्त्वपूर्ण समस्या है। मुख्य समस्या मजदूरी की है जो उसी दर से नहीं बढ़ सकी है जिस दर से युद्ध के बाद स्फीति में वृद्धि हुई है। फलतः मजदूरी अपेक्षाकृत अत्यन्त कम हो गई है। नवनिर्मित श्रमिक संघों ने अपना ध्यान श्रमिकों की मजदूरी में वृद्धि करने के लिए संघर्ष में लगा दिया ताकि वे गंभीर स्फीति से श्रमिकों के जीवन-स्तर की रक्षा कर सकें। सन् 1947 और 1948 के स्फीतिक वर्षों में क्रमशः 1035 और 1517 श्रमिक विवाद हुए जिनमें 80 प्रतिशत मजदूरी और भत्ते से संबंधित थे। जापान में श्रम विवाद, जो उच्चतम मजदूरी पर केन्द्रित थे, व्यवस्था के जनतंत्रीकरण से भी संबंधित थे। इसके कारण श्रमिकों ने **'उत्पादन नियंत्रण'** (production control) की चाल चली। उत्पादन नियंत्रण का अर्थ है कि श्रम एवं पूँजी के विवाद-काल में उत्पादन पर श्रमिकों का अस्थायी रूप से नियंत्रण हो। इसके कारण व्यवस्था को गंभीर आघात पहुँचा। सन् 1946 में ही कम-से-कम 137 विवाद ऐसे हो चुके थे जो उत्पादन नियंत्रण से संबंधित थे।

2. श्रम संविदा *(labour contract)* **की समस्या**—श्रम-संविदा की समस्या एक दूसरी समस्या है। सामान्य अर्थ में श्रम-संहिता किसी समय में प्रचलित श्रम व्यवस्था के संबंध की मूर्त्त अभिव्यक्ति होती है। जापान के साथ भी यही बात सत्य है। जापान में श्रम-संविदा की विषय-वस्तु जापानी श्रमिक आन्दोलन की परिवर्तित हो रही अवस्थाओं को स्पष्ट करेगी। युद्धोत्तर काल में श्रमिक आन्दोलन के प्रारंभ में लगभग समस्त नव संघटित श्रमिक संघ श्रम-संविदा की माँग कर रहे थे। ऐसा करने में उनका प्रमुख उद्देश्य था श्रमिकों के कार्य करने के मौलिक अधिकारों की रक्षा करना। फलतः उस समय व्यवस्था और श्रमिकों की श्रम संविदाएँ दी गईं थीं। किन्तु क्रमशः नियोजकों की धारणाओं में परिवर्तन होने लगे और सन 1947 के अन्त तक वे व्यवस्था संबंधी अपने अधिकारों पर जोर देने लगे। श्रमिकों ने भी श्रम संविदाओं के प्रति अपना उत्साह खो दिया क्योंकि उनमें से बहुतों ने सोचा कि इन

श्रम संविदाओं से कोई विशेष लाभ नहीं हो रहा है। फलतः सन् 1949 तक एक प्रकार से **'कोई संविदा नहीं' युग** (no contract era) का आगमन हो गया था। इस परिस्थिति का सामना करने के लिए जापानी सरकार ने प्रयास किया और वह संविदाओं के लिए परामर्श देने लगी। परिणामतः सन् 1952 तक 60 प्रतिशत श्रमिक संघ संविदाओं के अनुसार कार्य करने लगे।

3. श्रमिक संघ संघटन की समस्या (*problem of trade union organization*)—श्रमिक संगठन की समस्या अब भी इतनी जटिल है कि इसके संबंध में संक्षेप में कुछ कहना सरल नहीं है। यह समस्या श्रमिक-संघों के विकास के दृष्टिकोण से है। श्रमिक-संघों के अन्दर वामपंथी और दक्षिणपंथी विचारधाराओं के प्रभाव सर्वदा एक परिवर्तन की अवस्था में रह सकते हैं। किन्तु साधारणतः जापानी श्रमिक संगठन एक ढर्रे को अनुसरित कर रहा है जिसे हम समझ सकते हैं। **युद्धोत्तर काल** में जापानी श्रमिक संघटन का **प्रथम काल युद्ध के पश्चात से लेकर फरवरी सन् 1947 तक का काल है।** इस काल में **दो महान श्रमिक संगठनों** का उदय हुआ। एक था **नेशनल काँग्रेस ऑफ ट्रेड यूनियन अर्थात् सन्बेत्सू काइगी** (Sanbetsu Kaigi) **और दूसरा नेशनल फेडरेशन ऑफ ट्रेड यूनियन अर्थात् सोदोमाई** (Sodomei) था। ये दोनों एक-दूसरे के विरोधी थे। यह काल जापान में एक प्रकार से असाधारण काल था, आर्थिक संभ्रम (economic confusion) का काल था। **सन् 1948-49 तक के दूसरे काल** में कुछ आर्थिक स्थिरता रही। यह **दूसरा काल** श्रमिक संघीयता के क्षेत्र में **डेमोक्रेटिक लीग अर्थात् जेनरल कौंसिल ऑफ जापानीज ट्रेड यूनियन्स** जिसे दूसरे शब्दों में **सोहियो** (Sohio) कहा जाता है, के संघटन से अबतक का है। **इस काल तक सन्वेत्सू साम्यवादियों के प्रभाव में आ गया था।** इसने सरकारी सार्वजनिक संस्थाओं के कर्मचारियों को अपने संगठन का गुठली बनाया था और सन् 1947 की फरवरी में विध्वंसक साधारण हड़ताल को संघटित किया था जिस पर तत्कालीन सर्वोच्च समादेशक **जेनरल डोगलास मैकआर्थर** (General Douglas Mac Arthur) ने रोक लगा दी थी। इस घटना ने जापानी श्रमिकों में वामपंथी नेतृत्व को सर्वोच्च सीमा को चिह्नित किया था। फलतः जुलाई 1950 में तथाकथित **'लाल शुद्धीकरण'** (red purge) हुआ और **साम्यवादी नेताओं एवं श्रमिकों को निकाल बाहर किया गया।** जापानी श्रम-मंत्रालय द्वारा नवम्बर, 1950 में प्रकाशित एक विवरण के अनुसार 12,000 सदस्यों को इस शुद्धीकरण में निकाल दिया गया था। **साम्यवादियों के शुद्धीकरण के साथ-ही-साथ साम्यवाद-विरोधी जनतंत्रीय लीग ने जेनरल कौंसिल ऑफ जापानीज ट्रेड युनियन्स को स्थापित किया था। साम्यवादियों की शक्ति क्षीण हो गई। इसके बाद राजनीतिक दृष्टिकोण से तटस्थ संघों का विकास होने लगा।**

संक्षेप में, हम यों कहें कि जापान में श्रमिक संघों की मजदूरी, संविदा और संगठन से संबंधित तीन महत्त्वपूर्ण समस्याओं का सामना करना पड़ रहा है। श्रमिक संघों ने अपनी अवस्था को दृढ़ कर लिया है यद्यपि इस प्रक्रिया में उन्हें अनेक महान् कठिनायाँ हो रही हैं। समस्याओं के समाधान के लिए उनके प्रयास समय-समय पर भिन्न-भिन्न रहे हैं। किन्तु सामान्यतः वे स्वस्थ विकास का मार्ग अनुसरित किए हैं और कर रहे हैं। किन्तु श्रमिक संघीय आन्दोलन प्रचलित आर्थिक परिस्थितियों का एक प्रतिबिम्ब होता है। जापान को जिन आर्थिक परिस्थितियों से होकर गुजरना पड़ेगा उनमें जापानी श्रमिक संघ किस प्रकार से प्रभावित होंगे और कार्य करेंगे, यह तो केवल भविष्य ही बतला पायेगा।

जापानी श्रम-संघों की वर्तमान स्थिति और विशेषताएँ
(Present Position and Characteristics of Japanese Trade Unions)

द्वितीय विश्वयुद्ध के बाद जापान में श्रम-संघीयता का तीव्र गति से विकास हुआ। जून सन् 1969 में जापान में श्रमिकों के कुल 59 हजार संघ थे जिनके सदस्यों की संख्या 111 लाख थी जबकि जून सन् 1974 में 67829 मजदूर संघ हो गये थे जिनकी सदस्य संख्या 12325000 अर्थात् कुल श्रमिक जनसंख्या की 33.8 प्रतिशत थी। श्रमिक संघों में इस वृद्धि का श्रमिकों के काम करने की दशाओं पर बहुत ही अच्छा प्रभाव पड़ा है। **जापान में श्रम-संघों की प्रमुख विशेषता यह है कि इनका संगठन क्षैतिज (horizontal) नहीं होकर लम्बवान (vertical) है अर्थात् अधिकांशत: एक उद्यम में एक मजदूर संघ है और वहाँ के अलग-अलग धंधों वाले सभी कर्मचारी उसके सदस्य होते हैं। ऐसा नहीं है कि विभिन्न उद्योगों में फैले हुए एक ही धंधे वाले कर्मचारी किसी एक यूनियन के सदस्य हों।** जापान के अधिकांश श्रमिक संघ राष्ट्रीय संगठन के सदस्य है। इनमें से दो राष्ट्रीय संगठन प्रमुख हैं। ये राष्ट्रीय संघ हैं **सोहियो** (General Council of Trade Unions of Japan) तथा **दोमिकाइगी** (Japanese Confederation of Labour)। **सोहियो के मुख्य सदस्य सार्वजनिक कर्मचारी यूनियनें हैं।** जैसे--अखिल जापान सरकारी और सार्वजनिक कर्मचारी संघ, राष्ट्रीय रेलवे कर्मचारी संघ और जापान शिक्षक संघ। **दोमेइ (दोमिकाइगी) के प्रमुख समर्थक निजी उद्योगों की यूनियन हैं** जिनमें कपड़ा मजदूर यूनियनों का राष्ट्रीय संघ धातु उद्योग मजूदर यूनियनों का राष्ट्रीय संघ और जापान नाविक संघ शामिल हैं। प्रमुख राष्ट्रीय संगठनों की सदस्य-संख्या निम्नांकित तालिका में दी गयी हैं–

संघ	सदस्य संख्या (लाख में)		
	जून 1969	जून 1974	1980
सोहियो (General Council of Trade Unions of Japan)	42.5	44.5	45.2
दोमिकाइगी (Japanese Confederation of Labour)	19.6	26.1	21.5
शिन्सामवेत्सू (National Federation of Industrial Organisation)	0.7	0.71	—
च्यूरित्सू रोरेन (Federation of Independent Unions)	13.4	10.01	13.4
अन्य संघ	10.3	16.5	—

इस प्रकार विगत कुछ वर्षों में जापान में श्रमिक संघ आन्दोलन का तीव्र विकास हुआ है। इससे श्रमिकों की काम करने की स्थिति में सुधार हुआ है और नियोजकों की मनमानी पर बहुत अधिक नियंत्रण हो पाया है। किन्तु अब भी जापान के श्रमिक संगठनों का आधार कमजोर है। इस संबंध में **प्रो॰ अलेन** ने लिखा है, **"जापानी श्रमिक संघ आन्दोलन का आर्थिक आधार अब भी कमजोर है। युद्ध के पूर्व काल में श्रमिक संघों के**

विकास को बाधा पहुँचाने वाली दशाएँ–लघु संस्थाओं का बाहुल्य और काम खोजने वाले श्रमिकों की बढ़ती हुई पूर्ति–अब भी पूर्णत: दूर नहीं की जा सकी है।''[1]

संदर्भ

Allen : Japan's Economic Recovery.
Lockwood : The Economic Development of Japan.
Govt. of Japan : The Japan as it is Today.
Cohen : Japan's Economy in War and Reconstruction.
Orchard : Japan's Economic Position.
G.C. Allen : A Short Economic History of Modern Japan.
जापान सरकार : आज का जापान

मानक प्रश्न

1. Discuss the evolution of trade Union movement in Japan. What is its present position ?
2. Discuss the growth and problems of the trade union movement in Japan.
3. Discuss the characteristics of labour movement in Japan during the inter-War period.
4. Discuss the causes responsible for the slow growth of trade union movement in Japan. What are its present problems ?
5. Examine the growth and position of trade union movement in Japan after the World War II.

❑

1. "The economic basis of Japanese trade union movement is still weak; the conditions that retarded the development of unions in pre-War days are not all-together abolished, namely, the multiplicity of smaller establishment and the increasing supply of labour in search of employmenr."

—G.C. Allen : *Japan's Economic Recovery,* pp. 160-61.

अध्याय 10

जापान में श्रम विधान और समाज कल्याण प्रणाली

(LABOUR LEGISLATION AND SOCIAL WELFARE SYSTEMS IN JAPAN)

श्रम विधान

जापान में श्रमिकों की सुरक्षा, उनके स्वास्थ्य, उनके कार्य करने की दशाएँ एवं समय आदि के संबंध में हाल में ही विधान निर्मित किये जाने लगे हैं। भूतकाल में इनके सबंध में महत्त्वपूर्ण विधियाँ नहीं बनाई गई थीं। फलतः जापान में श्रम-विधान अभी पूर्णरूप से विकसित नहीं हो पाया है।

कारखाना विधान—1870 के पश्चात् आधुनिक कारखाना-प्रणाली का सूत्रपात हुआ और बड़े पैमाने के उद्योगों का विकास प्रारंभ हुआ। प्रारंभ में इन कारखानों की संख्या कम थी और आकार भी छोटे थे। फलतः उनमें काम करने वाले श्रमिकों की संख्या कम थी और उनकी समस्याएँ भी उतनी जटिल नहीं थीं। किन्तु कालान्तर में कारखानों की संख्या और उनके आकार में वृद्धि हुई। साथ ही, श्रमिकों की भी संख्या बढ़ गई और उनकी अवस्था में खराबियाँ आने लगीं। किन्तु तब भी सामन्तवाद, उद्योगों के स्वरूप, सरकारी रूख के कारण श्रमिकों के सबंध में किसी प्रकार का विधान बनाने के लिए कोई प्रयास नहीं किया गया। पिछले अध्याय में हम जापानी श्रमिक संघीयता के पिछड़े होने के कारणों एवं उनकी कठिनाइयों का वर्णन कर आए हैं। वे ही कारण श्रम-विधान में रुचि नहीं होने के लिए भी उत्तरदायी थे। जापान में **प्रथम बार सन् 1882 में एक कारखाना अधिनियम** का सूत्रपात किया गया था। किन्तु यह कम-से-कम 20 वर्षों तक अर्थात् 1911 तक विधि का रूप नहीं धारण कर पाया था। **सन् 1911 में कारखाना अधिनियम बना। इस कारखाना अधिनियम की प्रमुख विशेषताएँ अग्रलिखित थीं**—(1) यह अधिनियम उन कारखानों के साथ लागू किया जाने वाला था जिनमें नियमित रूप से कम-से-कम 15 श्रमिक कार्य करते हों अथवा खतरनाक या अस्वास्थ्यकर कार्यों से संबंधित हों। (2) नौकरी करने की निम्नतम अवस्था 12 वर्ष निर्धारित की गयी थी। किन्तु 10 से 12 वर्ष के बच्चों से भी हल्का कार्य कराया जा सकता था। 16 वर्ष से कम अवस्था वाले बच्चों के लिए संरक्षण दिया गया था। (3) संरक्षित बच्चों और स्त्रियों के लिए कार्य के घन्टों को प्रतिदिन 12 घंटा रखा गया था। किन्तु विशेष अवस्था में यह रेशम उद्योग में 14 घंटे तक बढ़ाया जा सकता था क्योंकि रेशम उद्योग की वस्तुओं का निर्यात किया जाता था। (4) 10 बजे रात से 4 बजे प्रातः तक स्त्रियों एवं बच्चों से कार्य नहीं कराया जा सकता था। (5) स्त्रियों तथा बच्चों के स्वास्थ्य, सुरक्षा, अवकाश, विश्राम आदि के लिए व्यवस्था की गई थी और कारखानों में श्रमिकों को चोट लगने पर क्षतिपूर्ति करने के लिए नियोजकों को उत्तरदायी बनाया गया था। (6) स्त्रियों से उनको बच्चा पैदा होने के बाद 5 सप्ताह तक कार्य नहीं कराया जा सकता

था। यह अधिनियम 1 सितम्बर सन् 1916 से लागू किया गया था। किन्तु रात के समय कार्य करने पर लगाए गए प्रतिबन्ध को लागू करने में विलम्ब किया गया था। इस अधिनियम के दायरे में कुल 18931 कारखाने थे जिनमें 1,118,077 श्रमिक कार्य कर रहे थे। किन्तु प्रौढ़ पुरुष श्रमिकों के साथ यह नियम बिल्कुल ही लागू नहीं होता था।

जापान में बाद में बननेवाले कारखाना-विधान सन् 1919 के अन्तरराष्ट्रीय श्रम सम्मेलन द्वारा प्रभावित हुए थे। वाशिंगटन सम्मेलन की अनुशंसाओं के आधार पर सन् 1923 में एक संशोधित कारखाना अधिनियम बनाया गया था जिसकी प्रमुख बातें अग्रलिखित थीं–(1) यह कम-से-कम 10 श्रमिकों को कार्य देने वाले कारखानों अथवा खतरनाक कार्यों वालों कारखानों के साथ लागू होता था। (2) नियोजन की न्यूनतम अवस्था 14 वर्ष निर्धारित की गई थी। किन्तु 12 वर्ष के ऊपर का बच्चा भी नियोजित किया जा सकता था बशर्ते कि उसने प्राथमिक पाठशाला की शिक्षा प्राप्त कर ली हो। 16 वर्ष की अवस्था तक के बच्चों को विशेष सरंक्षण दिया गया था। (3) स्त्रियों एवं 16 वर्ष से कम आयु वाले बच्चों के लिए प्रतिदिन कार्य करने के अधिकतम घंटों को 11 घंटा निर्धारित किया गया था। किन्तु 10 घंटे से अधिक समय तक चलनेवाले कार्य के लिए बीच में 1 घंटे का अवकाश मिलना आवश्यक था। इस प्रकार उनके लिए कार्य करने के घंटे वस्तुतः 11 नहीं 10 ही थे। (4) स्त्रियों तथा बच्चों से 10 बजे रात्रि के बाद कार्य नहीं कराया जा सकता था। (5) बच्चा पैदा होने के चार सप्ताह पहले और 6 सप्ताह बाद तक के लिए स्त्रियों को मातृत्व-अवकाश दिया जाना आवश्यक था। (6) कार्य करते समय दुर्घटना ग्रस्त होकर घायल हो जाने अथवा मर जाने पर अथवा बीमार हो जाने पर श्रमिकों को नियोजकों से क्षतिपूर्ति मिलने की व्यवस्था की गई थी। (7) यदि नियोजक अपनी सुविधा के अनुसार किसी स्त्री अथवा नवयुवक श्रमिक को कार्य से निकाल दे तो उसे ऐसे श्रमिकों को कारखाने से घर तक आने के लिए यात्रा व्यय देना आवश्यक था। (8) यदि किसी श्रमिक की नौकरी समाप्त कर दी जाय तो उसे 15 दिन पूर्व-सूचना अथवा उसके बदले में चौदह दिनों तक का अतिरिक्त वेतन दे देना आवश्यक था। (9) 50 से अधिक श्रमिकों को नौकरी देने वाले प्रत्येक नियोजक के लिए यह आवश्यक था कि वह नियोजन संबंधी नियम निर्मित कर और उन्हें लिपिबद्ध कर सरकार के पास प्रेषित करे। **यह अधिनियम सन् 1926 में लागू किया गया था। वाशिंगटन सम्मेलन के अधिकांश सुझावों को इस अधिनियम में स्थान दिया गया था।** फिर भी प्रौढ़ पुरुष श्रमिकों के लिए इसमें कोई व्यवस्था नहीं थी।

खान उद्योग की श्रमिकों के संबंध में 1905 में खान अधिनियम पारित किया गया था। इसे 1924 में संशोधित किया गया। जापान में सामाजिक सुरक्षा की व्यवस्था करने के लिए भी प्रयास किया गया था। सन् **1922 में प्रथम स्वास्थ्य बीमा अधिनियम** (Health Insurance Act) पारित किया गया था। इसे अंशतः जुलाई सन् 1926 में लागू किया गया और पूर्णतः जनवरी 1927 में। जिन कारखानों के साथ कारखाना अधिनियम लागू होता था और साथ ही जिन खानों में खान अधिनियम लागू होता था उनमें कार्य करनेवाले श्रमिकों के साथ भी यह लागू किया गया था।

बेकारी बीमा योजना (*Unemployment insurance scheme*)—इसको भी चालू करने के लिए बहुत दिनों से सरकार सोच रही थी। अधिक खर्च होने की संभावना के कारण

यह योजना लागू नहीं की जा सकी थी। फिर भी सन् 1936 में एक अधिनियम पारित किया गया जिसमें इस संबंध में कुछ व्यवस्था की गई थी। यह ऐसे समस्त कारखानों एवं खानों के साथ लागू किया गया था जिनमें कम-से-कम 50 श्रमिक कार्य करते हों किन्तु इसके दायरे में केवल मजदूरी पानेवाले (wage earner) श्रमिक ही आते थे, वेतनभोगी (salaried) श्रमिक नहीं।

उपर्युक्त विधानों के अतिरिक्त सरकार ने श्रमिकों के हित के लिए कुछ अन्य विधानों को भी बनाया था। **इम्प्लायमेंट एक्सचेंज एक्ट** 1921, **सीमेन्स इम्प्लायमेंट एक्सचेंज एक्ट** (Seamen's Employment Exchange Act, 1922) आदि के अधीन जापान में एक राष्ट्रव्यापी इम्प्लायमेंट एक्सचेंज प्रणाली की व्यवस्था की गई थी।

द्वितीय विश्व युद्ध काल में और उसके बाद श्रम-विधान

युद्ध के पूर्व निःसंदेह जापान में कतिपय संरक्षणकारी श्रम-विधान थे, विशेषतः मजदूरी और कार्य-दशाओं से संबंधित यद्यपि इनके द्वारा निर्धारित स्तर अत्यन्त ही नीचा था, उनके क्षेत्र अत्यन्त संकुचित थे और उन्हें अंशतः ही लागू किया जाता था क्योंकि उन्हें लागू करने में कड़ाई नहीं की जाती थी। किन्तु युद्ध काल में ये संरक्षण भी हटा लिये गये और इन समस्त विधियों को निलम्बित कर दिया गया। ऐसे युद्ध को सफल बनाने के उद्देश्य से समस्त श्रमिकों को संचालित करने के उद्देश्य से किया गया। फलतः युद्ध की समाप्ति के समय श्रमिकों की अवस्था अत्यन्त ही बिगड़ चुकी थी। मित्र राष्ट्रों के सर्वोच्च समादेशक (S.C.A.P.) ने समस्त प्राचीन श्रम-विधानों को पुनर्जीवित किया और साथ ही श्रमिकों की दशाओं की पूर्ण जाँच करने के लिए व्यवस्था की। अन्त में यह सोचा गया कि पुराने विधानों को संशोधित करने के बदले नए विधानों को निर्मित करना कहीं अधिक सरल और श्रेयष्कर है। फलतः श्रमिकों को सामूहिक रूप से मोलतोल करने, संघटित होने आदि की स्वतंत्रता तो दी ही गई साथ ही अनेक श्रम-विधानों की सृष्टि भी की गई थी। **कुछ विधान ये हैं**—

1. श्रमिक संघ विधि *(Trade Union Law)*—यह दिसम्बर, 1945 में निर्मित की गई। यह गैर-सरकारी उद्योगों में कार्य करने वाले श्रमिकों को संघटित होने, सामूहिक मोलतोल करने, हड़ताल करने आदि का अधिकार देती है। इनके संबंध में नियमों को भी निर्धारित किया गया।

2. श्रमिक संघ समायोजन विधि *(Labour Relations Adjustment Law)*—यह सन् 1946 में निर्मित की गई। यह गैर-सरकारी उद्योगों में सामंजस्य (conciliation) मध्यस्थता (mediation) और विवाचन (arbitration) के लिए प्रक्रिया निर्धारित करती है।

3. सार्वजनिक निगम श्रम-संबंध विधि *(Public Corporation Labour Relations Law)*—यह सन् 1948 में बनाई गई। यह विधि सरकारी एकाधिकारी नियमों और राष्ट्रीय रेलपथों में कार्य करने वाले श्रमिकों को संगठित होने एवं सामूहिक मोलतोल करने का अधिकार देती है किन्तु इनमें हड़ताल करने के अधिकार से उन्हें वंचित करती है। हड़ताल के बदले में यह अनिवार्य विवाचन की व्यवस्था करती है।

4. राष्ट्रीय लोक सेवा विधि *(National Public Service Law)*—यह सन् 1947 में निर्मित हुई। इसके अन्दर राष्ट्रीय रेलपथ और सरकारी एकाधिकारी निगमों में कार्य करने वाले श्रमिकों के अतिरिक्त अन्य सरकारी कर्मचारी आते हैं। यह केवल संगठन बनाने का अधिकार देती है। यह सामूहिक मोलतोल का अधिकार नहीं देती है और हड़ताल करने पर प्रतिबंध करती है। इसके दायरे के अन्दर के श्रमिक केवल आवेदन कर सकते हैं।

5. स्थानीय लोक सेवा विधि *(National Public Service Law)*—इसकी व्यवस्था सन् 1947 में की गई। इसने सभी प्रकार के अनिच्छापूर्ण दासत्व को समाप्त कर दिया है। कार्य करने की निम्नतम दशाएँ निर्धारित कर दी गई हैं—प्रतिदिन 8 घंटे और प्रति सप्ताह 48 घंटे तक ही कार्य कराया जा सकता है। अवकाश भत्ते आदि की भी इसमें व्यवस्था है। श्रमिकों के स्वास्थ्य, सुरक्षा और स्त्रियों तथा बच्चों के नियोजन के सबंध में भी इसमें व्यवस्था की गई है। यह विधि परिवार के कार्य करनेवाले व्यक्तियों (family workers) के साथ नहीं लागू होती है।

6. नियोजन सुरक्षा विधि *(Employment Security Law)*—यह सन् 1947 में निर्मित की गई। यह विधि इम्प्लायमेंट एक्सचेंज की स्थापना, आजीविका संबंधी पथ-प्रदर्शन (vocational guidance) और प्रशिक्षण आदि की व्यवस्था करती है। श्रमिकों की भरती में अजनतंत्रीय ढंग पर वह रोक लगाती हैं।

7. बेकारी बीमा विधि *(Unemployment Insurance Law, 1947-49)*—यह उन औद्योगिक श्रमिकों के साथ लागू होती है जो कार्य करना चाहते हों किन्तु कार्य न कर पा रहे हों और बेकार हों। इस योजना की लागत को सरकार, नियोजक और नियोजित सभी वहन करते हैं। इसके अन्दर श्रमिकों को लाभ प्राप्त करने के लिए यह आवश्यक है कि वे विगत 12 महीनों में बीमाकृत श्रमिक के रूप में कम-से-कम 6 महीनों तक नियोजित रह चुके हों।

8. श्रमिक दुर्घटना क्षतिपूर्ति विधि *(Workers' Accident Compensation Law, 1947)*—यह खतरनाक कार्यों में लगे हुए श्रमिकों के साथ लागू होती है।

श्रम विवाद *(labour disputes)* **के संबंध में श्रम-संबंध मंडल** (labour relations boards) **भी स्थापित किए गए हैं।** ये औद्योगिक विवादों के कारणों आदि की छानबीन करते हैं और उनके समाधान आदि की व्यवस्था करते हैं ताकि देश में औद्योगिक शान्ति बनी रहे। **द्वितीय विश्वयुद्ध के पश्चात् औद्योगिक संबंध के क्षेत्र में जापान के लिए एक असाधारण घटना उसका सन् 1951 में अन्तरराष्ट्रीय श्रम संघ का सदस्य बनना है।**

इस प्रकार द्वितीय विश्वयुद्ध के पश्चात् जापान में नए जनतांत्रिक सिद्धांतों के आधार पर श्रम संबंधी अनेक कानून बनाए गए जो आधुनिक और लोकतांत्रिक श्रमिक—मालिक संबंध तथा श्रम नियम की ब्योरेवार व्यवस्था करते हैं। उदाहरण के लिए श्रम मानक कानून में काम के समय, सवेतन अवकाश, सुरक्षा तथा स्वच्छता, स्त्रियों तथा युवा श्रमिकों के संरक्षण और अन्य न्यूनतम मानकों की व्यवस्था की गयी है। ये मानक साधारणतः दुनिया के अन्य देशों के मानकों के नीचे नहीं हैं। श्रमिक संघ कानून में इस बात की व्यवस्था है कि मजदूरों को सामूहिक रूप से संगठित होने तथा मालिकों के साथ समझौता करने का अधिकार हो। **श्रम संबंध समायोजन कानून में मुख्य रूप से श्रम विवादों के निपटारें के तरीके विस्तार से बताये गए हैं।** जैसे—समझौता, मध्यस्थता, पंच फैसला, आपात कालीन फैसला आदि। रोजगार सुरक्षा कानून और अन्य श्रम कानून जैसे—औद्योगिक सुरक्षा और स्वास्थ्य कानून, व्यावसायिक प्रशिक्षण कानून, श्रमिकों के संपत्ति-संग्रह को प्रोत्साहन देने वाला कानून, श्रमिक युवक-कल्याण कानून, औद्योगिक गृह कार्य कानून भी जापान में मजदूर-मालिक संबंध ढाँचे के आधार हैं। इसे जापान में समाज और उद्योग क्षेत्रों ने स्वीकार किया है।

जापान की श्रम-शक्ति
(Labour Force in Japan)

जापान में अक्टूबर, 1980 में कुल श्रम बल 554 लाख था। सितम्बर, 1980 में 10.9 लाख (1.9 प्रतिशत) व्यक्ति बेरोजगार थे जबकि 1974 में श्रमिकों की कुल संख्या 527.4 लाख थी जिसमें से केवल 1.4 प्रतिशत पूरी तरह बेरोजगार थे। **सन् 1980 और 1974 में रोजगार पर लगे हुए लोगों का विवरण मुख्यतः इस प्रकार था–**

पेशा	व्यक्ति (लाख में)	
	1974	**1980**
कृषि तथा वन व्यवस्था	62.8	530.0
मछली उद्योग और जल संवर्द्धन	4.5	4.5
खनन (mining)	1.4	1.1
निर्माण (construction)	45.9	55.0
निर्माणी उद्योग (manufacturing)	141.7	140.0
थोक, परचून व्यापार, वित्त, बीमा और स्थायी संपत्ति	25.2	140.0
परिवहन, संचार और सार्वजनिक संस्थाएँ	36.1	38.1
सेवाएँ (पेशा [profession] समेत)	825.7	100.0
सरकारी कार्य	—	19.9

1960 के दशक में श्रमिक बाजार में तेजी से आ जाने के कारण रोजगार की स्थिति में बड़े परिवर्तन दृष्टिगोचर होने लगे। 1959 के आस-पास से श्रमिकों की कमी महसूस की जाने लगी यद्यपि खेती-बाड़ी में लगे लोग बहुत संख्या में औद्योगिक क्षेत्र में आ गए।

जहाँ एक ओर जापानी अर्थव्यवस्था के तीव्र विस्तार के फलस्वरूप श्रमिकों की माँग में भारी वृद्धि हुई है वहीं दूसरी ओर उसकी पूर्ति सीमित मात्रा में ही हो रही है क्योंकि उत्पादक आयु वर्ग की संख्या उतनी तेजी से नहीं बढ़ पा रही है। लड़के और लड़कियाँ अधिकाधिक संख्या में अपनी शिक्षा हाई स्कूल तक और उसके बाद भी जारी रखते हैं जबकि वे माध्यमिक विद्यालय की शिक्षा समाप्त करके नौकरी करने लगते थे।

रोजगार प्रणाली

जापान की वेतन रोजगारी की कुछ अपनी विशेषताएँ हैं। एक है तथाकथित 'आजीवन रोजगार'। शिक्षा की समाप्ति के बाद युवक कर्मचारी सीधे किसी कम्पनी में नौकरी करने लगते हैं और अवकाश प्राप्त करने तक वहाँ काम करते हैं। सेवा की अवधि के अनुरूप वेतन भी बढ़ता जाता है। यह परम्परा श्रमिकों की कमी के कारण कमजोर होती जा रही है क्योंकि उस कमी के कारण पुराने और नए कर्मचारियों के वेतन में भी अन्तर कम हो गया है। फिर भी यह प्रथा आगे बहुत वर्षों तक चलेगी।

अपने पूरे श्रमिक जीवन में एक कर्मचारी को वेतन, अतिरिक्त समय कार्य (overtime) और भत्तों के अतिरिक्त विशेष नकद कमाई अथवा अर्द्धवार्षिक बोनस भी मिल सकता है। 1974 में जापानी कर्मचारियों को औसतन 4.8 महीनों के वेतन के बराबर का बोनस मिला था।

एक अन्य विशेषता है कम्पनियों द्वारा किए जाने वाले अनेक कल्याण कार्यक्रम तथा सुविधाएँ। उनमें अवकाश-प्राप्ति के बाद दिए जाने वाले भत्ते, होस्टल और शयनशालाएँ, चिकित्सा बीमा, बच्चों की देखभाल, सस्ती दुकानें तथा चिकित्सा, शिक्ष और मनोरंजन की

सुविधाएँ शामिल हैं। सन् 1974 के वित्त वर्ष में इन सुविधाओं के लिए सभी उद्योगों द्वारा किया गया व्यय प्रति कर्मचारी मासिक वेतन का औसतन 12.2 प्रतिशत था।

जापान की समाज कल्याण प्रणाली
(Social Welfare Systems in Japan)

जापान में स्वास्थ्य और कल्याण मंत्रालय तथा इसके अधीन स्वास्थ्य बीमा अभिकरण राष्ट्र के आय सुरक्षा कार्यक्रमों एवं स्वास्थ्य कल्याण सहित अन्य कल्याण सेवाओं में मुख्य भूमिका निभाते हैं। प्रान्त और प्रान्त स्तरों पर स्थानीय सरकारें रोजमर्रा की कल्याण सेवाएँ अपने कल्याण विभागों, कल्याण कार्यालयों और विभिन्न परामर्श केन्द्रों द्वारा प्रदान करती है। **जापान के समाज कल्याण कार्यक्रम मूलत: इन तत्त्वों से मिलकर बने हैं**—आय सुरक्षा जो मुख्य रूप से सामाजिक बीमा और सार्वजनिक आजीविका सहायता के द्वारा की जाती है; **स्वास्थ्य बीमें के द्वारा चिकित्सा कल्याण और सार्वजनिक कल्याण** जिसमें बूढ़ों, शरीर अथवा बुद्धि से अक्षम व्यक्तियों तथा स्वास्थ्य घरेलू जीवन से वंचित बच्चों के लिए सेवाएँ शामिल हैं। इन विविध कल्याण कार्यक्रमों में लोगों के रोजमर्रा के जीवन के बहुत से पक्षों को शामिल किया गया है। अब वे वैसे ही ऊँचे स्तर के होते जा रहे हैं जैसे पश्चिमी यूरोप, स्केन्डीनेविया अथवा ओसियाना के विकसित कल्याणकारी राज्यों में हैं। **लेकिन समाज कल्याण के लिए प्रतिव्यक्ति होने वाले वास्तविक व्यय अब भी अपेक्षाकृत कम हैं** हालाँकि हाल के वर्षों में इससे लाभ पाने वाले व्यक्तियों की संख्या और लाभ की रकम बहुत काफी बढ़ी है। **समाज कल्याण कार्य उन प्रमुख कार्यों में हैं जिनपर सरकार सबसे पहले ध्यान देती है।** 1975 के बजट (प्रारंभिक) में सरकार ने समाज कल्याण के लिए कुल सामान्य लेखा बजट का 18.4 प्रतिशत अर्थात्, 392700 करोड़ येन (1350 करोड़ डालर) निश्चित किया था।

वित्त वर्ष 1973 में राष्ट्र के समाजकल्याण कार्यक्रम में 616272.9 करोड़ येन खर्च हुए इसमें 341874.9 करोड़ येन अर्थात् कुल का 55.2 प्रतिशत चिकित्सा कल्याण तथा 274338 करोड़ येन अर्थात् कुल का 44.5 प्रतिशत आय सुरक्षा तथा कल्याणसेवा कार्यक्रमों के अधीन नकद सहायता देने के लिए था। यह योग इसके पिछले वर्षों से 26 प्रतिशत अधिक था और उसी वित्त वर्ष की कुल राष्ट्रीय आय के 6.72 प्रतिशत के बराबर था। अनुपात में भी यह पिछले वर्ष के अनुपात (अर्थात् 6.4 प्रतिशत) से अधिक था। वित्त वर्ष 1973 में समाजकल्याण पर कुल व्यय वित्त वर्ष 1970 की तुलना में 1.6 गुना अधिक और वित्त वर्ष 1965 की तुलना में 3.8 गुना अधिक था। इससे पिछले कुछ वर्षों में समाजकल्याण कार्यक्रमों के चौतरफा विकास का पता चलता है।

सामाजिक बीमा—सामाजिक सुरक्षा व्यवस्था के अधीन पेंशन योजनाओं तथा स्वास्थ्य योजनाओं के अन्तर्गत सामाजिक बीमा किया जाता है। **सामाजिक बीमा मूलत: दो प्रकार का होता है। एक सार्वजनिक और गैर-सरकारी प्रतिष्ठानों के कर्मचारियों के लिए और दूसरा अपना धंधा स्वयं चलाने वालों सहित अन्य लोगों के लिए।** व्यवसाय सम्बन्धी सामाजिक बीमा, पेन्शन और स्वास्थ्य दोनों के लिए होता है और बीमा करवाने वालों के व्यवसाय तथा उनको काम देने वाले संगठनों के अनुरूप यह अलग-अलग प्रकार का होता है।

ये विविध सामाजिक बीमा कार्यक्रम पिछली शताब्दी के दौरान समय-समय पर जारी किए गये थे। सर्वप्रथम सैनिक कर्मचारियों और केन्द्रीय सरकार के कर्मचारियों के लिए 19वीं

शताब्दी के अन्त में पेन्शन योजनाएँ लागू की गयी थीं। इसी कारण आज जापान की सामाजिक बीमा व्यवस्था बहुत ही जटिल और विविधता लिए हुए है।

स्वास्थ्य बीमा—सन् 1961 से जापानी जनता के प्रत्येक व्यक्ति को किसी-न-किसी रूप में स्वास्थ्य बीमा कार्यक्रम का लाभ मिलता रहा है। उदाहरण के लिए स्वास्थ्य सम्बन्धी भत्ते अथवा मुफ्त अथवा बहुत थोड़े शुल्क देकर चिकित्सा सुविधा आदि। इस कार्य के लिए पैसा मालिकों, कर्मचारियों, निजी धंधा करने वालों से प्राप्त चंदों तथा राष्ट्रीय निधि से दी जाने वाली सहायता में से जुटाया जाता है। **पेन्शन बीमा की तरह ही स्वास्थ्य बीमा भी दो प्रकार का है–एक सरकार और निजी संगठनों के कर्मचारियों तथा उनके आश्रितों के लिए और दूसरा बाकी सभी स्थानीय निवासियों के लिए। दूसरा प्रकार** राष्ट्रीय स्वास्थ्य बीमा कहलाता है। इसका प्रबन्ध मुख्यतः प्रान्तीय सरकारें करती हैं। **कर्मचारियों के लिए स्वास्थ्य बीमा में ये योजनाएँ शामिल हैं**—निजी उद्योगों के कर्मचारियों के लिए सामान्य स्वास्थ्य बीमा जिसका प्रबन्ध स्वास्थ्य बीमा, संस्थाएँ या सरकार करती है; दैनिक श्रमिकों का स्वास्थ्य बीमा नाविकों का बीमा, राष्ट्रीय सरकार के कर्मचारियों, स्थानीय सरकार के कर्मचारियों, सार्वजनिक निगम कर्मचारियों तथा गैर-सरकारी विद्यालयों के अध्यापकों एवं कर्मचारियों के लिए काम करनेवाली परस्पर सहायता संस्थाओं द्वारा संचालित स्वास्थ्य बीमा योजनाएँ। मार्च 1975 में 11.062 करोड़ लोगों को स्वास्थ्य बीमा का लाभ मिल रहा था। इसमें राष्ट्रीय स्वास्थ्य बीमा योजना के अधीन 39.6 प्रतिशत लोग थे। बाकी 60.4 प्रतिशत लोग कर्मचारियों के अन्य विविध स्वास्थ्य बीमों के अधीन थे जिनमें से 48.2 प्रतिशत कर्मचारियों के सामान्य स्वास्थ्य बीमा के अधीन थे। जैसा कि नीचे की तालिका से प्रकट होगा; राष्ट्र के चिकित्सा व्यय में स्वास्थ्य बीमा के अधीन होने वाले व्यय का अंश हाल के वर्षों में बढ़ा है:

चिकित्सा व्यय का अंश

कुलव्यय	**1955**	**1965**	**1973**
(100 करोड़ येन)	238.8	1112.4	3949.6
प्रतिव्यक्ति औसत वार्षिक व्यय (येन)	2665	11421	36332
अंशदान	**प्रतिशत**	**प्रतिशत**	**प्रतिशत**
राष्ट्रीय और स्थानीय सरकारों द्वारा	11.7	13.1	13.9
बीमा द्वारा	49.6	66.3	70.3
रोगियों द्वारा	38.7	20.6	15.8

राष्ट्रीय स्वास्थ्य बीमा योजना के अधीन बीमा करानेवालों और उनमें आश्रितों को उनके चिकित्सा व्यय का 70 प्रतिशत दिए जाने का नियम है। कुछ मामलों में इससे अधिक भी दिया जाता है। कर्मचारियों के सामान्य स्वास्थ्य बीमा के अधीन बीमा करानेवालों को उनकी आवश्यक चिकित्सा का पूरा और उनमे आश्रितों को इसका 70 प्रतिशत खर्च मिलता है। यदि उन्हें चिकित्सा पर एक निश्चित रकम से अधिक खर्च करना पड़े तो 70 प्रतिशत से अधिक भी दिया जा सकता है। इन स्वास्थ्य बीमा योजनाओं में मातृत्व, प्रसूति, शिशुपालन भत्ता, अन्तेष्टि व्यय तथा बीमारी और चोट-चपेट के लिए भी निश्चित अवधि तक भत्ते देने की व्यवस्था है।

आय सुरक्षा

आय सुरक्षा कार्यक्रमों के अधीन पेन्शन योजनाएँ, आजीविका सहायता, बेरोजगारी बीमा, श्रमिक दुर्घटना मुआवजा बीमा के साथ-साथ स्वास्थ्य बीमा योजनाओं के अन्तर्गत आनेवाले अनेक नकद लाभ जैसे बीमारी और चोट-चपेट भत्ता भी शामिल है।

पेन्शन बीमा—आय सुरक्षा कार्यक्रम के अधीन मुख्य योजनाएँ हैं वृद्धावस्था में अथवा अपंग हो जाने पर मिलने वाली पेन्शन की बीमा तथा मरणोपरान्त आश्रितों को भी पेन्शन देने वाला बीमा जिसमें संतान सहित विधवा और अनाथ बच्चों के लिए अतिरिक्त लाभ की व्यवस्था भी शामिल है। **जापान में पेन्शन व्यवस्था का इतिहास 1875 में थल और नौ सेना के लिए दो पेन्शन योजनाओं की स्थापना से आरंभ होता है।** 1920 के दशक में सरकारी और सार्वजनिक निगमों के कर्मचारियों के लिए अनेक पेन्शन योजनाएँ प्रारंभ की गयीं। तदोपरान्त नाविकों की बीमा योजना 1939 में और मजदूरों के लिए पेन्शन बीमा योजना 1942 में प्रारंभ हुई। यह बाद की योजना गैर-सरकारी उद्योगों के कर्मचारियों के लिए थी। यह 1944 में व्यापक और विस्तृत की गयी तथा दूसरे महायुद्ध के अन्त होने पर 1954 में और भी सुधारी गयी। 1959 में निर्मित एक कानून के अन्तर्गत सन् 1961 से एक व्यापक **राष्ट्रीय पेन्शन बीमा योजना लागू की गयी। इससे जापान की सारी जनसंख्या को पेन्शन योजना का लाभ मिलने लगा।**

वृद्धावस्था पेन्शन योजना—वृद्धाव्यवस्था पेन्शनें और बीमाकृत व्यक्ति के मर जाने पर आश्रितों को तथा जीवनकाल में स्वयं अपाहिज होने पर मिलनेवाली पेन्शनें 8 अलग-अलग योजनाओं के अधीन मिलती हैं। संगठनों के कर्मचारियों के लिए सामान्य पेन्शन बीमा है। इसे सरकार चलाती है। **विशेष धंधों में लगे लोगों के लिए भी योजनाएँ हैं।** जैसे नाविकों की बीमा योजना और राष्ट्रीय तथा स्थानीय सरकारों एवं सार्वजनिक निगमों के कर्मचारियों के लिए स्थापित बीमा योजनाएँ जिनका **प्रबन्ध 5 पारस्परिक सहायता संस्थाएँ करती है।** सरकार के ही द्वारा प्रशासित व्यापक राष्ट्रीय पेन्शन योजना खेती तथा मछली उद्योग में लगे व्यक्तियों, दैनिक मजदूरों और निजी धंधा चलानेवाले व्यक्तियों सहित बाकी जनसंख्या पर लागू होती है। पेन्शन बीमा योजनाओं के लिए धन बीमा कराने वाले कर्मचारियों तथा मालिकों (कर्मचारियों की पेन्शन योजना के लिए) के अंशदान से मिलता है। राष्ट्रीय खजाने और स्थानीय सरकारों की निधियों से भी इन्हें धन दिया जाता है। इसमें आरक्षित कोषों के निवेशों से प्राप्त होनेवाली आय भी शामिल है।

राष्ट्रीय पेन्शन बीमा—यह नियम है कि **प्रत्येक जापानी नागरिक जिसकी आयु 20 से 59 वर्ष के भीतर है और जो जापान में निवास करता है, यदि कर्मचारी पेन्शन योजना के अधीन बीमाकृत नहीं है तो वह राष्ट्रीय पेन्शन बीमा के अधीन होता है।** इस बीमा के अधीन व्यक्ति को 25 वर्ष अथवा इससे अधिक अपनी किस्ते दे चुकने के बाद 65 वर्ष का होने पर वृद्धावस्था लाभ मिलते हैं। कुछ मामलों में किस्तें न देने पर छूट दी अथवा अवधि घटायी जा सकती है। किस्तें सम्बद्ध स्थानीय कार्यालय के माध्यम से सरकार को सीधे दी जाती हैं। बीमाकृत व्यक्ति को कितना नकद लाभ मिलेगा। यह इस पर निर्भर है कि उसने कुल कितने महीनों तक बीमे की किस्तें दी हैं। मार्च 1975 में इस पेन्शन बीमा योजना के अन्तर्गत 252.2 लाख व्यक्ति थे और 1432000 व्यक्ति वृद्धावस्था से लाभ पा रहे थे।

कर्मचारियों की सामान्य पेन्शन बीमा योजना—कृषि, वन उद्योग, मछली उद्योग और सेवा क्षेत्रों के कुछ व्यापार-धंधों को छोड़कर अधिकाश गैर-सरकारी कार्यालयों तथा कारखानों में, जहाँ 5 अथवा उससे अधिक कर्मचारी काम करते हैं, सामान्य पेन्शन बीमा योजना लागू होनी अनिवार्य है।

बीमा पेन्शनों की संख्या (हजार में)

(31 मार्च 1975 को)

	कुल	**वृद्धावस्था पेन्शन**	**अपंगावस्था पेन्शन**	**आश्रितों को पेन्शन**
राष्ट्रीय पेन्शन बीमा	1702	1432	110	160
कर्मचारी सामान्य पेन्शन बीमा	2047	1244	118	685
पारस्परिक सहायता संस्थाएँ	933	729	16	188
नाविक बीमा	49	22	4	23
कुल	4731	3427	248	1056

इस पेन्शन योजना के अधीन वृद्धावस्था में नकद लाभ उस व्यक्ति को मिलते हैं जिसने 20 वर्ष अथवा अधिक किस्तें देने के बाद 60 वर्ष (स्त्रियों और खनन मजदूरों के लिए 55 वर्ष) की आयु प्राप्त की हो। किस्त मालिकों द्वारा दी जाती है और इसकी रकम देनेवालों की आय के अनुसार कम अथवा अधिक हुआ करती है। मार्च 1975 में 835000 कम्पनियों और अन्य कार्यालयों के 236.5 लाख कर्मचारी इस पेन्शन योजना के अधीन थे और 1244000 कर्मचारी वृद्धावस्था में इससे नकद लाभ पा रहे थे। 1973 में इस पेन्शन बीमा योजना के अधीन वृद्धावस्था में मिलनेवाले नकद लाभों की रकम काफी बढ़ा दी गयी थी। पेन्शन पानेवालों को बढ़ती हुई मँहगाई के बोझ से बचाने के लिए इन पेन्शन योजनाओं से प्राप्त लाभ की दरों में महँगाई के अनुपात में घटने-बढ़ने की व्यवस्था है। कर्मचारी सामान्य पेन्शन बीमा योजना के अधीन जापान में वृद्धावस्था के लाभों का स्तर पश्चिमी यूरोप और उत्तरी अमेरिका के देशों से अब भी नीचे है परन्तु जापान में कर्मचारी को अपनी कुल आय का प्रायः 45 प्रतिशत पेन्शन के रूप में मिल जाता है जो इन देशों में नहीं मिलता है। जापान में लाभ पाने वालों की संख्या अब भी अपेक्षाकृत कम है। इसका मुख्य कारण यह है कि ये पेन्शन बीमा योजनाएँ काफी नयी हैं। पहले केवल पारस्परिक सहायता संस्थाओं की योजनाएँ थीं और उनमें सरकारी कर्मचारियों के लिए भी एक योजना थी। अन्य पेन्शन योजनाएँ, विशेष रूप से राष्ट्रीय पेन्शन बीमा योजना का अभी विकास और विस्तार ही हो रहा है। किन्तु इन योजनाओं से पूरा लाभ पाने के अधिकारी व्यक्तियों की संख्या वर्ष प्रति वर्ष बढ़ती जा रही है क्योंकि कुल जनसंख्या में वृद्धों का अनुपात निरन्तर बढ़ रहा है।

कल्याण पेन्शन—70 वर्ष के ऊपर की आयु वाले वृद्ध, संतान सहित विधवाएँ और वे अपाहिज जो इन अंशदायी पेन्शन बीमा योजनाओं में से किसी के अधीन नहीं आते अथवा 1 नवम्बर 1959 को जब राष्ट्रीय पेन्शन बीमा योजना स्थापित हुई तब इसके बाद पाने के अधिकारी नहीं थे, गैर अंशदायी कल्याण पेन्शन योजना के अधीन लाभ पा सकते हैं। कल्याण पेन्शन कार्यक्रम वृद्ध, अपाहिज और संतान सहित विधवा की पेन्शनों के लिए 1959 में आरंभ हुआ। सितम्बर 1974 में 70 वर्ष से ऊपर के 4544000 व्यक्ति इसके

अधीन सरकार द्वारा लाभ पा रहे थे। इसी के द्वारा मार्च 1975 में 447000 बीमार अथवा अपाहिज व्यक्ति और 7000 संतान सहित विधवाएँ लाभ पा रही थीं। इस कार्यक्रम के अधीन लाभ पानेवालों की संख्या घटती ही जा रही है क्योंकि अधिकाधिक वृद्ध और संतान सहित विधवाएँ राष्ट्रीय पेन्शन बीमा और सामान्य कर्मचारी पेन्शन बीमा जैसे अधिकारी होते जा रहे हैं। सितम्बर 1974 में 70.8 लाख वृद्ध किसी-न-किसी पेन्शन बीमा योजना अथवा कल्याण पेन्शन योजना के अधीन लाभ पा रहे थे। कुल पेन्शन पाने वाले वृद्धों में 64.1 प्रतिशत कल्याण पेन्शन योजनाओं के 713.8 प्रतिशत राष्ट्रीय पेन्शन योजना के, 11.7 प्रतिशत कर्मचारी सामान्य पेन्शन बीमा के, 10.1 प्रतिशत विभिन्न पारस्परिक सहायता संस्थाओं की पेन्शन योजनाओं के और 0.3 प्रतिशत नाविक बीमा के अधीन लाभ पा रहे थे।

आजीविका सहायता—सरकार ने 1874 में उन गरीबों के लिए एक नियम बनाया जो अपने रिश्तेदारों और स्थानीय समाज से आर्थिक सहायता पाने में असमर्थ हैं। यहीं सार्वजनिक आजीविका सहायता कार्यक्रम का आरंभ था। 1950 का आजीविका संरक्षण कानून विपन्न स्थिति में पड़े सभी व्यक्तियों को जीने की कम-से-कम कुछ सुविधाएँ निश्चित कर देते हैं। वित्त वर्ष 1964 में 690000 परिवारों के 13.1 लाख व्यक्ति (औसतन सारे वर्ष) इस सहायता कार्यक्रम के अधीन किसी-न-किसी प्रकार की आर्थिक सहायता पा रहे थे। पिछले 10 वर्षों में रोजगार और आमदनी दोनों में तरक्की हुई है। इसलिए इस सार्वजनिक सहायता को लेने वालों की संख्या निरन्तर घटती जा रही है। सहायता का अनुपात (अर्थात् कुल प्रति हजार व्यक्तियों में से लाभ पाने वालों की संख्या) 1965 के वित्त वर्ष में 16.3 था। 1974 के वित्त वर्ष में यह घटकर 11.9 रह गया। आजीविका सहायता योजना के अन्तर्गत 7 सहायता योजनाएँ हैं। जैसे, दैनिक आवश्यकताएँ पूरी करने के लिए सहायता, चिकित्सा सहायता जिसमें अस्पताल का व्यय भी शामिल है, और बच्चे की शिक्षा, मकान, निर्माण, प्रसूति, व्यावसायिक प्रशिक्षण और अन्त्येष्टि जैसी अन्य मदों में सहायता की योजनाएँ। स्थानीय कल्याण कार्यलयों द्वारा प्रशासित इन सार्वजनिक सहायता कार्यक्रमों को सहायता के व्यय का प्रायः 80 प्रतिशत राष्ट्रीय सरकार और बाकी 20 प्रतिशत स्थानीय सरकारें देती हैं। अलग-अलग स्थानों पर विभिन्न प्रकार के परिवारों के लिए विभिन्न सहायता योजनाओं में सहायता का प्रतिमान स्वास्थ्य और कल्याण मंत्रालय निश्चित करता है। जब 1946 में यह सहायता कार्यक्रम आरंभ हुआ था तबसे जनता का औसत जीवन स्तर और उसपर होने वाला व्यय बढ़ता जा रहा है और उसी के अनुसार सहायता का प्रतिमान भी बढ़ाया गया है।

कल्याण भत्ता—माता-पिता और अभिभावकों के लिए तथा वृद्धा एवं अपाहिजों के लिए विशेष कल्याण भत्तों की व्यवस्था है। शिशु भत्ता 1972 में आरंभ हुआ। यह 3 अथवा अधिक बच्चों के साथ रहने और उनका संरक्षण करने वाले माता-पिता अथवा व्यक्ति को दिया जाता है बशर्ते कि उनकी आय एक निश्चित सीमा से अधिक न हो। अक्टूबर 1975 में यह भत्ता केवल तीसरे और उसके बाद के उन्हीं बच्चों को देने का नियम था जो 15 वर्ष से कम आयु के हों। कुछ अन्य विशेष भत्ते भी दिए जाते हैं। जैसे, परित्यक्ता अथवा विधवा माताओं के लिए शिशु पालन भत्ता (शिशु भत्ता लागू हो तो वह भी दिया जाता है)। अपाहिज बच्चों के माता-पिता और अभिभावकों को विशेष शिशु पालन भत्ता मिलता है। अत्यन्त अपाहिज बच्चे हों तो उनके माता-पिता को अथवा वयस्क हों तो तीमारदारों को भी पूरक भत्ता मिलता है।

कल्याण सेवाएँ—कल्याण सेवाएँ वृद्धों, शारीरिक या मानसिक रूप से दुर्बल व्यक्तियों तथा उनके बच्चों के लिए है जिन्हें सहायता की आवश्यकता है। स्वास्थ्य और कल्याण मंत्रालय तथा शिक्षा एवं श्रम मंत्रालय जैसे कल्याणोंन्मुख विभागों के अतिरिक्त स्थानीय सरकारें अपने कल्याण विभागों और स्थानीय कल्याण कार्यालयों तथा विभिन्न सलाहकार केन्द्रों के द्वारा कल्याण सेवाएँ जुटाती हैं। 1974 में सारे देश में 1130 कल्याण कार्यालयों में सामान्य कार्यालय कर्मचारियों और विशेष-पदाधिकारियों के अतिरिक्त 14000 'केसवर्कर' कार्यकर्त्ता काम कर रहे थे। यही नहीं, सलाहकार या घर पर जाकर हाथ बँटानेवालों की हैसियत से 23400 स्वयं सेवक भी कार्य कर रहे थे। उसी वर्ष प्रायः 19 लाख वयस्कों और बच्चों के लिए 31000 कल्याण संस्थाएँ और सुविधाएँ उपलब्ध थीं। विभिन्न कल्याण कार्यों के लिए और मनोरंजन तथा परामर्श के लिए 380 समाज कल्याण केन्द्र भी थे। वित्त वर्ष 1973 में केन्द्रीय सरकार ने 1964 की तुलना में 9.8 गुनी रकम अर्थात् 359.8 अरब येन समाज कल्याण सेवाओं को दिया जबकि 1964 से 1973 के बीच की अवधि में सामान्य लेखा बजट की कुल राशि केवल 4.5 गुना बढ़ी थी। प्रान्तीय और नगरपालिका स्तरों पर स्थानीय सरकारों ने वित्त वर्ष 1973 में सामाजिक सेवाओं पर कुल 1736.1 अरब येन खर्च किए।

वृद्धों के लिए सेवाएँ—जापान में वृद्ध जनों की संख्या निरन्तर बढ़ती जा रही है। 65 वर्ष के ऊपर के वृद्ध 1970 में कुल जनसंख्या के 7.1 प्रतिशत थे परन्तु 1975 में ये बढ़कर 7.9 प्रतिशत अर्थात् 87 लाख 7 हजार हो गए। लगभग 60 प्रतिशत वृद्धजन अपने रिश्तेदारों पर निर्भर थे और 74 प्रतिशत अपनी संतानों के साथ रह रहे थे। **1963 के वृद्धजन सुरक्षा कानून** के अन्तर्गत कई सेवाओं की व्यवस्था है। जैसे, शारीरिक परीक्षा, घरेलू सहायता और सामूहिक देखभाल। 65 वर्ष से बड़ी आयुवालों के लिए नगरपालिकाएँ प्रतिवर्ष मुफ्त स्वास्थ्य परीक्षाओं की व्यवस्था करती हैं जिसका खर्च केन्द्र, प्रान्त और नगर सरकारें मिलकर उठाती हैं। 1973 में 70 वर्ष या इससे बड़ी आयु के वृद्धों के लिए मुफ्त चिकित्सा सेवा आरंभ की गयी। इसमें एक निश्चित स्तर से ऊपर की निजी आमदनी वाले वृद्ध शामिल नहीं किए जाते हैं। इस सेवा के व्यय का दो तिहाई केन्द्र सरकार और बाकी हिस्सा प्रान्त सरकारें तथा नगर सरकारें बराबर-बराबर उठाती हैं जो इस सेवा का प्रबन्ध केन्द्र की ओर से करती हैं। 1975 में 9260 वैतनिक गृह सेवकों ने 65 वर्ष से बड़ी आयु के कम आमदनी वाले प्रायः 63 हजार अशक्त वृद्धों को उनके घरेलू कामकाज में सहायता देने तथा दैनिक समस्याओं में सलाह देने का काम सप्ताह में औसतन दो बार के हिसाब से किया। इन वृद्ध अशक्तों में कुछ को विशेष बिस्तर, गद्दे, पानी के गरम स्नान टब और अन्य बरतन तथा रोग से बचाव के लिए निर्देश दिए जाते हैं। 65 वर्ष से ऊपर के प्रायः 5 लाख व्यक्तियों के लिए, जो अकेले रहते हैं, आवश्यकता होने पर तीमारदार सेवक भेजे जाते हैं और मुफ्त टेलीफोन सेट लगाए जाते हैं। वित्त वर्ष 1975 में इनकी सेवा में 13 हजार तीमारदारों ने काम किया। अक्तूबर, 1974 में कुल 1530 सरकारी और गैर सरकारी सुश्रुषा घर तथा वृद्ध गृह 113000 वृद्धों की अर्थात् 65 वर्ष के ऊपर की आयुवालों में से 1.3 प्रतिशत की देखभाल कर रहे थे। सार्वजनिक वृद्ध गृह उन वृद्धों को रहने का स्थान देते हैं जिन्हें स्थानीय सरकारों ने आर्थिक अथवा अन्य कारणों से संस्थागत संरक्षण के योग्य घोषित किया है। एक निश्चित स्तर से ऊपर की आय वालों से ये सेवागृह केवल नाममात्र का शुल्क लेते हैं। गैर-सरकारी

वृद्ध गृहों में अनेक सरकारी सहायता प्राप्त हैं। इन गृहों में 60 वर्ष से ऊपर के व्यक्तियों को मामूली खर्च पर जगह मिल जाती है। वृद्धों के लिए अन्य सेवाओं में 440 वृद्ध जन कल्याण केन्द्र शामिल हैं जहाँ वृद्धजन परामर्श और पुनर्वास निर्देश जैसी विविध सेवाएँ प्राप्त कर सकते हैं। वृद्धों के लिए सारे देश में विशेष रूप से गरम स्रोतों और दर्शनीय स्थानों पर निवास और मनोरंजन के लिए 1110 केन्द्र बने हुए हैं। स्थानीय सरकारें वृद्धों के लिए लगभग 1 लाख समाजिक क्लबों को आर्थिक सहायता देती है। 1974 में 60 वर्ष से बड़ी आयु के कुल वृद्ध जनों में से 49 प्रतिशत इसके स्थायी सदस्य थे। इनके अतिरिक्त वृद्धों के लिए विशेष कर रियायत, मुफ्त रोजगार दिलाऊ सेवा और विशेष ऋण भी उपलब्ध हैं। स्थानीय सरकारों को वृद्धों के लिए मनारंजन और खेल-कूद जैसी गतिविधियों के विकास कार्यक्रमों के लिए केन्द्र से सहायता मिलती है।

विकलांगों के लिए सेवाएँ—1949 के विकलांग कल्याण कानून और 1970 के मानसिक रूप से दुर्बल तथा शारीरिक रूप से विकलांग व्यक्तियों के संरक्षण के मूल कानून तथा अन्य सम्बद्ध कानूनों के अनुसार केन्द्र और स्थानीय सरकारों का कर्त्तव्य है कि वे 18 वर्ष से बड़ी आयु के विकलांग व्यक्तियों को कल्याण सेवाएँ जुटाएँ। इनकी संख्या अनुमानतः 13 लाख है। विकलांग बच्चों के लिए कल्याण सेवा की व्यवस्था 1947 के शिशु कल्याण कानून और अन्य सम्बद्ध कानूनों द्वारा की जाती है। **विकलांगों की सेवाएँ विविध हैं:** जैसे, उनका शारीरिक परीक्षण और व्यावसायिक, सामाजिक तथा व्यक्तिगत समस्याओं में परामर्श। यह स्थानीय कल्याण कार्यालयों और पुनर्वास केन्द्रों में दिया जाता है। इसके अतिरिक्त निरोधक और अन्य उपचार, अंधों के वास्ते छड़ियों की, बहरों के वास्ते सुनने के यंत्रों की, अपाहिजों के वास्ते नकली अंगों, पहिया कुर्सियों और अन्य उपकरणों की व्यवस्था की जाती है। पुनर्वास और संरक्षण के लिए संस्थाओं में सेवा का भी प्रबन्ध किया जाता है। 1975 में पुनर्वास और चिकित्सा उपचार के लिए निवास गृहों सहित 296 सरकारी और अन्य संस्थाएँ कार्य कर रही थीं। अंधों के लिए 35 विशेष व्यावसायिक केन्द्र तथा 63 ब्रेल पुस्तकालय भी थे। बुरी तरह से अपाहिज हुए लोगों के लिए स्थानीय सरकार घर के काम में सहायता करनेवाले और सलाह देने वाले गृह-सहायक जुटाती है। वित्तवर्ष 1975 में ऐसे लोगों के लिए 1170 गृह-सहायक थे। अकेले रहने वाले अपाहिजों की और अंधों की सेवा के लिए विशेष आवश्यकता पड़ने पर सहायक पहुँचाए जाते हैं। अत्यन्त अपाहिज व्यक्तियों को टेलीफोन सेट, विशेष विस्तर, स्नानटब, टाइपराइटर और दैनिक उपभोग के बर्तन मुफ्त अथवा उधार दिए जाते हैं। अपाहिज लोगों को जहाँ तक संभव हो आत्मनिर्भर जीवन बिता सकने का प्रोत्साहन देने के लिए स्थानीय अधिकारी उनके लिए सुरक्षित कारखानों की व्यवस्था करते हैं और सार्वजनिक इमारतों में छोटी दुकानें खुलवाने तथा सिगरेट आदि की दुकानों के लाइसेंस देने में उनका विशेष ध्यान रखते हैं। **सारे देश में विकलांगों के लिए उमदा सार्वजनिक सुविधाएँ और सेवाएँ देनेवाले 30 नगरों को आदर्श स्थानीय समाज की उपाधि दी गयी।** केन्द्रीय और राज्य सरकारें दोनों विकलांगों के खेल-कूद को प्रोत्साहन और आर्थिक सहायता देती हैं। विकलांगों के अन्तरराष्ट्रीय खेल समारोह में उनके शामिल होने का भी प्रबन्ध है। विकलांगों के लिए अन्य सेवाएँ और लाभ भी हैं। एक निश्चित आय स्तर के नीचे के अपने घर में रहने वाले**अत्यन्त विकलांग व्यक्तियों को मासिक कल्याण भत्ता मिलता है।** सभी विकलांगों को सरकारी परिवहन गाड़ियों में भाड़े में रियायती (देशी विमान सेवा सहित), कुछ अन्य सार्वजनिक सेवाओं के मूल्य में रियायत, कर में रियायत,

विशेष ऋण, ब्रेल प्रकाशनों के लिएं मुफ्त डाक सेवा और विकलांगों के संगठन के पत्रव्यवहार के लिए डाकघर में रियायत मिलती है। इसी प्रकार की सेवाएँ केन्द्र और स्थानीय सरकार तथा अन्य कल्याण संगठन प्रायः 1 लाख 11 हजार विकलांग बच्चों के लिए भी जुटाते हैं। ऐसे बच्चों के लिए 1975 में 290 सरकारी और गैर-सरकारी संस्थाएँ थीं जिनमें अंधे और बहरे बच्चों के लिए संस्थाएँ और अत्यन्त विकलांग व्यक्तियों के लिए अस्पताल वार्ड भी शामिल है। प्रायः 3 लाख 56 हजार मानसिक दुर्बलता पीड़ित व्यक्ति **मानसिक दुर्बलता कल्याण कानून** 1960 और मानसिक तथा शारीरिक रूप से विकलांग व्यक्ति के संरक्षण के लिए बने कानून (1970) के अधीन अनेक प्रकार की सहायता के अधिकारी हैं—जैसे परामर्श और निर्देश, दिन के तकनीकी केन्द्रों में प्रशिक्षण, अत्यन्त विकलांग व्यक्तियों के लिए सेवालय। 1975 में दिन में देखभाल करनेवाले और सामान्य प्रशिक्षण देने वाले पुनर्वास केन्द्र 309 थे और व्यावसायिक प्रशिक्षण देने वाले केन्द्र 102 थे। मानसिक दुर्बलता से पीड़ित बच्चों के लिए 348 निवासगृह और जो अपने घर रहते हैं उनके लिए 168 शिक्षा और प्रशिक्षण केन्द्र थे।

शिशु कल्याण—शिशु कल्याण कानून 1947 के अधीन केन्द्रीय और स्थानीय सरकारों को सलाह देने के लिए केन्द्रीय शिशु कल्याण परिषद और प्रान्तीय तथा नगर शिशु कल्याण परिषदें बनायी गयीं। ये शिशु कल्याण सेवाओं की समीक्षा करती हैं और सम्बद्ध सरकारों को अपनी सिफारिशें देती हैं। अप्रैल 1975 में 152 शिशु परामर्श केन्द्रों में परामर्शदाता, डाक्टर, मनोवैज्ञानिक और अन्य विशेषज्ञ काम कर रहे थे। कोई 1 लाख 60 हजार **स्वयंसेवी सामाजिक कार्यकर्त्ता** भी शिशु सेवा कार्यक्रमों में लगे हुए थे। 1947 के कानून के अधीन कम आय वाले परिवारों की आसन्न प्रसवा स्त्रियों और शिशुओं को मुफ्त चिकित्सा मिलती है। इसके अतिरिक्त अप्रैल 1975 में स्थानीय सरकारों अथवा स्वयंसेवी संस्थाओं द्वारा 18 हजार दिवसकालीन शिशुपालन गृह सारे देश में खुले हुए थे। इनमें 1 लाख 15 हजार योग्य शिशु शिक्षक काम कर रहे थे। युवती माताओं में दिन की नौकरियाँ करने की बढ़ती प्रवृत्ति को देखते हुए इससे अधिक की आवश्यकता पड़ रही है। सामान्य घरेलू जीवन से किसी-न-किसी कारण वंचित बच्चों की देखभाल 129 नवजात शिशु गृहों, 522 शिशु गृहों और 5 बेघरबार विकलांग शिशु गृहों में की जाती है। **अप्रैल 1975 में 3330 घरों ने 3990 बच्चों को अपनाया था।** ऐसे अनेक घरों में बच्चों को अपनाने के लिए स्थापित राष्ट्रीय संस्था में अपने नाम लिखवाए हैं। अल्पावधि के लिए निजी घरों में शिशुओं को आश्रय देने का एक कार्यक्रम और 15 वर्ष से ऊपर के बच्चों को व्यावसायिक प्रशिक्षण देने के वास्ते अभिभावकों के लिए एक कार्यक्रम भी चलाया जाता है। वित्त वर्ष 1974 में सारे देश के शिशु परामर्श केन्द्रों में 14 वर्ष से कम आयु के बिगड़े हुए बच्चों को सुधारने के वास्ते 2 लाख 49 हजार परामर्श किए गए। इनमें से कुछ बच्चों को प्रशिक्षण और शिक्षा के लिए 58 केन्द्रों में भेजा गया। सारे देश में 44 हजार शिशुपार्क और खेलने के मैदान हैं। इनमें अतिरिक्त केन्द्र सरकार की सहायता प्राप्त और स्थानीय अधिकारियों द्वारा निर्मित तथा संचालित 2100 शिशु खेल घर भी हैं।

पितृहीन परिवार—1973 के सर्वेक्षण के अनुसार सारे देश में 6 लाख 26 हजार पितृहीन परिवार थे। विधवा अथवा परित्यक्ता माता, जिसे 20 वर्ष से नीचे की संतान का पालन करना है, संतान पोषण भत्ता की अधिकारी होती है और उसे व्यावसायिक प्रशिक्षण, मकान निर्माण, शिक्षा, चिकित्सा आदि के लिए विशेष कल्याण ऋण तथा स्थानीय कल्याण

सेवा कार्यालयों में विशेषज्ञों से परामर्श करने और व्यावसायिक प्रशिक्षण एवं निर्देश लेने का अवसर मिल सकता है। रहने की कम खर्च व्यवस्थाएँ भी इनके लिए दी गयी हैं। 6115 पितृहीन परिवारों के लिए अप्रैल 1975 में ऐसी कुल 431 आवासीय सुविधाएँ जारी थीं। विधवाओं अथवा संतान सहित परिपक्व माताओं के लिए जो अन्य सेवाएँ हैं उनमें सारे देश में फैले 40 कल्याण केन्द्र और 24 मनोरंजन एवं विश्राम गृह भी शामिल हैं।

स्वयंसेवी संगठन—समाज कल्याण की राष्ट्रीय परिषद कानून द्वारा स्थापित गैर-सरकारी संगठन हैं और अधिकांश नगरों अथवा सभी प्रान्तों में इसकी स्थानीय परिषदों में 1600 कर्मचारी काम करते हैं। इन परिषदों का काम स्थानीय समाज कल्याण सेवाओं का संयोजन और समन्वय करना है। कल्याण सेवाओं के स्वयंसेवी कार्यकर्त्ताओं के सम्बन्ध में 1948 में बने कानून के अनुरूप 1 लाख 60 हजार से अधिक स्थानीय व्यक्तियों को प्रान्तीय सरकारी सिफारिश पर स्वास्थ्य और कल्याण मंत्रालय ने अपने अपने इलाकों में 3 साल तक अवैतनिक कार्यकर्त्ताओं (मिन्सेइ-इन) के रूप में नियुक्त किया। ये अपने शहरों, कस्बों और गाँवों में सर्वेक्षण, परामर्श और विभिन्न कार्यों में स्थानीय कल्याण कार्यालयों और अन्य कल्याण संगठनों की सहायता करते हैं। गैर-सरकारी संगठनों में सामुदायिक कोष समिति, जापान रेडक्रॉस स्वयंसेवी संस्था, समाज सेवा बैंक, गुडविल बैंक या समाज सेवा सहयोग केन्द्र आदि नामों से प्रसिद्ध प्रायः 1 हजार स्थानीय संस्थाएँ भी हैं। स्वयंसेवी कल्याण सेवा संगठन जिनमें धार्मिक संस्थाओं द्वारा आयोजित संगठन भी शामिल हैं, केन्द्रीय और स्थानीय सरकारों से सहायता और अनुदान पाते हैं।

चिकित्सा कल्याण—जापानी लोगों की औसत आयु (पुरुषों की 71.2 तथा स्त्रियों की 76.3 वर्ष) विश्व के सर्वोच्च स्केन्डेनवियाई देशों के प्रतिमानों के निकट पहुँच गयी है। यद्यपि आय में वृद्धि आंशिक रूप में जीवन स्तर में सुधार होने से हुई है। परन्तु इसका मुख्य कारण चिकित्सा विज्ञान में प्रगति ही है। आज चिकित्सा विज्ञान ने उन रोगों पर विजय पा ली है जो कभी लोगों के जीवन को संकट में डाल देते थे। सन् 1974 में जापान में 779 व्यक्तियों के पीछे एक डाक्टर था। यह ब्रिटेन के अनुपात के निकट ही है। यह अनुपात स्थान-स्थान पर भिन्न होता है। शहरी इलाके में अधिक और दूरस्थ अन्तर्देशी स्थानों अथवा दूरवर्ती द्वीपों में कम। युद्धोत्तर वर्षों में पूरे देश में चिकित्सा सुविधाओं का तीव्र विकास हुआ है जिनमें अत्याधुनिक सुविधाओं से युक्त विश्वविद्यालयों के चिकित्सालय भी सम्मिलित है। हाल के दशकों की तकनीकी प्रगति के फलस्वरूप चिकित्सा विज्ञान ने भी अन्य विज्ञानों की भाँति इलेक्ट्रानिक इत्यादि का प्रयोग कर नयी दिशाओं में कदम उठाया है। 1974 में मरीजों के लिए अस्पतालों में 11 लाख 47 हजार से अधिक बिस्तरों की व्यवस्था थी। अर्थात् प्रति 1 हजार व्यक्तियों के लिए 10.4 बिस्तर उपलब्ध थे। नीचे प्रस्तुत आँकड़े 1974 के अन्त में जापान की स्वास्थ्य सेवाओं का परिचय देते हैं—

अस्पतालों की संख्या (1974)

अस्पताल	
सामान्य रोग	7198
संक्रामक रोग	28
कोढ़	16
क्षयरोग	103
मानसिक रोग	928
कुल	**8273**

सामान्य क्लिनिक	68277
दाँतों के क्लिनिक	30570
स्वास्थ्य कर्मचारी (1974)	
व्यावसायिक चिकित्सा	141000
दन्त चिकित्सक	45000
औषधारक	91000
जनस्वास्थ्य नर्से	15000
दाइयाँ	29200
चिकित्सालय नर्से	355000

आहार—युद्ध के बाद देश भर में जापानी दैनिक आहार सम्बन्धी आदतों में बड़ा परिवर्तन हो रहा है और यह पाश्चात्य देशों की आदतों से मिलती-जुलती जा रही है। साथ ही-साथ जीवन स्तर ऊँचा उठने के कारण भोजन की मौलिकता में भी उल्लेखनीय वृद्धि हुई है। मांस, दूध और डेयरी उत्पादनों की खपत बढ़ गयी है और अन्न की खपत में कमी हो गयी है। शहरी परिवार खाद्य पदार्थों पर जो खर्च करता है उसमें वृद्धि तो हुई है पर तुलना में कुल खर्च में अधिक वृद्धि होने के कारण एन्गेल्स गुणांक 1959 के 44.1 से गिरकर 1974 में 34.2 प्रतिशत रह गया है। औसतन एक जापानी (1973) में अपने आहार से प्रतिदिन 2273 कैलोरी तथा 84.1 ग्राम प्रोटीन लेता है। प्रोटीन का 27.6 प्रतिशत अन्न से मिलता है (जिसमें 19.7 प्रतिशत चावल शामिल है), 17.2 प्रतिशत फलों से, 25.1 प्रतिशत मछलियों से, 24.7 प्रतिशत पशुपालन के उत्पादनों से और 5.4 प्रतिशत अन्य खाद्यों से प्राप्त होता है।

आवास—अक्टूबर 1973 में एक अथवा एक से अधिक व्यक्तियों वाले 2.97 करोड़ परिवारों के लिए 3.14 करोड़ मकान थे।

आवासों की संख्या (हजार में)

सर्वेक्षण वर्ष	1963	1968	1973
आवास (क)	21090	25591	31059
परिवार (ख)	21821	25320	29651
क / ख	0.967	1.011	1.047

अक्टूबर 1970 की राष्ट्रीय जनगणना से पता चलता है कि उस समय 2.68 करोड़ मकानों में से 1.56 करोड़ में मकान मालिक स्वयं रहते थे। सार्वजनिक संगठनों के 17 लाख और निजी मकान मालिकों के 73 लाख मकान किराए पर उठे थे। 19 लाख मकान विभिन्न संगठनों ने अपने कर्मचारियों के लिए बनवाए थे और 4 लाख अन्य थे जिसमें किराए पर उठाए जाने वाले कमरे, कोठरियाँ भी शामिल हैं। उस समय परिवारों का राष्ट्रीय औसत आकार 3.68 व्यक्ति (3.54 शहरों और 4.12 ग्रामीण क्षेत्रों में) प्रति परिवार था। प्रति परिवार कमरों की औसत संख्या 3.92 (शहरी क्षेत्र में 3.66 और ग्रामीण क्षेत्र में 4.67) थी और प्रति व्यक्ति निवास स्थानों का औसत आकार प्रायः 10 वर्ग मीटर (शहरी क्षेत्र में 9.6 तथा ग्रामीण क्षेत्र में 11.4 वर्गमीटर) था। 1973 में प्रतिव्यक्ति औसतन 10.9 वर्ग मीटर अर्थात् 1968 की में प्रायः 20 प्रतिशत अधिक भूमि उपलब्ध थी। एक निश्चित

काल से अधिक पुरानी और अत्यन्त घनी बसी पुरानी इमारतों में 24 लाख 80 हजार परिवार अर्थात् कुल परिवारों के 8.4 प्रतिशत परिवार रह रहे थे। 1968 में यह प्रतिशत 14.6 था। इससे स्पष्ट होता है कि जापान में आवास स्थिति में निरन्तर सुधार हुआ है। अब देश के प्रत्येक प्रान्त में रहने मकानों की संख्या परिवारों की संख्या से अधिक हो गयी है। **चूँकि काफी मकान बन चुके हैं इसलिए आवास की समस्या अब मकानों की संख्या की नहीं बल्कि किस्म की हो गयी है।** युद्ध के तुरन्त बाद मकानों की भयंकर कमी को दूर करने और बेहतर मकान बनाने के जोरदार प्रयत्न प्रारंभ किए गए। 1950 में अपने मकान स्वयं बनवाने के इच्छुक व्यक्तियों को नीची दरों पर लम्बी अवधि के कर्ज देने के लिए **आवास ऋण निगम** स्थापित किया गया। 1955 में बड़े शहरों के आस-पास, जहाँ आवास की कमी विकटतम थी, बड़े पैमाने पर बहुमंजिले कंक्रीट के आवासीय भवन बनवाने के लिए **जापान आवास निगम** की स्थापना हुई।

संदर्भ

G.C. Allen : A Short Economic History of Modern Japan.

W.W. Lockwood : The Economic Development of Japan.

G.C. Allen : Japan's Economic Recovery.

Govt. of Japan : The Japan as it is Today.

मानक प्रश्न

1. जापान में श्रम विधान और सामाजिक सुरक्षा प्रणाली पर प्रकाश डालें।
2. जापान में श्रम विधान की विशेषताओं को स्पष्ट करते हुए कुछ श्रम विधानों पर प्रकाश डाले।
3. जापान की रोजगार प्रणाली पर एक टिप्पणी लिखें।
4. जापान की समाज कल्याण प्रणाली पर प्रकाश डालें।

❑

अध्याय 11

जापानी विदेशी व्यापार

(JAPANESE FOREIGN TRADE)

जापान में विदेशी व्यापार का महत्त्व और वर्त्तमान अवस्था

ग्रेट ब्रिटेन की भाँति जापान में भी विदेशी व्यापार का अत्यन्त ही अधिक महत्त्व है। जापान आज एक प्रमुख व्यापारी देश है और विश्व अर्थव्यवस्था का सक्रिय साझेदार है। जापान की अर्थव्यवस्था न केवल अपने कच्चे माल के आयात के लिए ही वरन् औद्योगिक और उपभोक्ता वस्तुओं के आयात के लिए भी अन्तरराष्ट्रीय व्यापार पर निर्भर है। वस्तुतः विदेशी व्यापार इंगलैंड की भाँति जापानी अर्थव्यवस्था के लिए भी जीवन-मरण का प्रश्न है। इसीलिए कहा भी जाता है कि, **''जैसे-जैसे जापानी विदेशी व्यापार चलता है वैसे-वैसे जापानी अर्थव्यवस्था भी चलती है।''** (As the Japanese foreign trade goes, so goes the Japanese economy.) जापान के उद्योगीकरण की प्रगति विदेशी व्यापार को विस्तृत करने की क्षमता पर निर्भर है। जापान में जिन उद्योगों का विकास हुआ है वे या तो कच्चे माल की पूर्ति के लिए अथवा निर्मित वस्तुओं के बाजार के लिए अथवा दोनों ही के लिए अत्यधिक अंश तक विदेशी व्यापार पर आश्रित हैं। **जो देश जितना ही छोटा होगा वह आर्थिक जीवन में उतना ही कम आत्म-निर्भर होगा। फलत: उसे उतना ही अधिक विदेशी व्यापार पर आश्रित होना पड़ेगा।** यह तथ्य ग्रेट ब्रिटेन और जापान के इतिहास को देखकर समझा जा सकता है। **''अब भी बढ़ती हुई जनसंख्या, अल्प प्राकृतिक साधन और सीमित भू-क्षेत्र के कारण जापान अपने आर्थिक अस्तित्व के लिए विदेशी व्यापार पर आश्रित है।''**[1]

कच्चे माल के दृष्टिकोण से जापानी व्यापार के महत्त्व को सन् **1932 में प्रकाशित वाणिज्य विभाग** के आँकड़ों द्वारा स्पष्ट किया जा सकता है। इसके अनुसार सम्पूर्ण कच्चे माल के 30 प्रतिशत का आयात किया जाता था। जापान के कतिपय विकसित और महत्त्वपूर्ण उद्योग और भी अधिक परिमाण में विदेशी व्यापार पर कच्चे माल के लिए आश्रित हैं। उक्त आँकड़ें के अनुसार सूती वस्त्र-उद्योग के लिए 75 प्रतिशत कच्चा माल बाहर से आयात किया जाता है, लोहा और इस्पात उद्योगों के लिए 90 प्रतिशत खनिज लोहा बाहर से मँगाया जाता है। अभियांत्रिकी और अन्य उद्योगों के साथ भी ऐसी ही बात है। अगले पृष्ठ पर दी गयी तालिकाओं से यह स्पष्ट हो जाता है कि कौन-कौन-सी वस्तुएँ जापान को आयात करनी पड़ती हैं और देश की कुल खपत में इन आयातित वस्तुओं का कितना हिस्सा है।

---

1. "With a still growing population, few natural resources, limited territory, Japan depends on overseas trade for its economic survival."

प्रमुख कृषि उत्पादों की आत्म-निर्भरता का अनुपात (प्रतिशत में)

उत्पाद	1971	1972	1973	1974
चावल	92	100	101	102
गेहूँ	8	5	4	4
जौ	29	18	10	11
सोयाबीन	4	4	3	4
फल	81	81	83	84
मांस (ह्वेल को छोड़कर)	83	81	78	84
दूध और डेयरी उत्पाद	88	86	83	83
चीनी	20	20	20	15

प्रमुख औद्योगिक सामग्रियों के आयात और कुल खपत का अनुपात (प्रतिशत में)

उत्पाद	1971	1972	1973	1974
कपास	100.0	100.0	100.0	100.0
कच्चा ऊन	100.0	100.0	100.0	100.0
खनिज लोहा	99.3	99.5	99.5	99.5
बॉक्साइट	100.0	100.0	100.0	100.0
खनिज ताँबा	94.1	95.1	97.0	80.2
कोकिंग कोयला	58.6	63.7	71.7	85.2
कच्चा रबर	100.0	100.0	100.0	100.0
कच्चा तेल	99.6	99.7	99.7	99.7
लकड़ी	47.1	51.0	55.7	63.9

जापान मुख्यतः कच्चे माल, तेल और खाद्य का आयात करता है। यह विदेशों से कपास, ऊन, बॉक्साइट और रबर के आयात पर पूर्णतः तथा खनिज लोहा और कच्चे तेल के आयात पर 80 प्रतिशत से भी अधिक निर्भर है।

उसी प्रकार जापानी उद्योग अपनी निर्मित वस्तुओं के बाजार के लिए भी विदेशी बाजार पर अधिकांशतः निर्भर है क्योंकि देश के अन्दर उनकी खपत अधिक नहीं हो पाती—देशी बाजार बहुत सीमित है। रेशम उद्योग के 82 प्रतिशत उत्पादन का निर्यात किया जाता है। सूती वस्त्र उद्योग के उत्पादन का 55 प्रतिशत बाहर भेजा जाता है। इसके अतिरिक्त जापान चाय, बिजली की वस्तुओं, खिलौना, साइकिल, घड़ी, साबुन आदि का भी वृहत् पैमाने पर निर्यात करता है। सन् 1963 में जापान के सम्पूर्ण औद्योगिक उत्पादन के 21 प्रतिशत का निर्यात किया गया था जबकि संयुक्त राज्य अमेरिका के केवल 3.2 प्रतिशत और जर्मनी के केवल 8 प्रतिशत का और ग्रेट ब्रिटेन के 20 प्रतिशत का।

सीमा शुल्क अदायगी के आधार पर आयात और निर्यात का कुल मूल्य तथा विश्व के आयात तथा निर्यात में इनका अनुपात अग्रलिखित प्रकार का रहा है—

वर्ष	निर्यात (करोड़ डॉलर)	विश्व निर्यात में जापान का अनुपात (प्रतिशत)	आयात (करोड़ डॉलर)	विश्व आयात में जापान का अनुपात (प्रतिशत)
1964	667.3	4.4	793.8	4.9
1965	845.2	5.1	816.9	4.7
1966	977.7	5.4	952.3	4.9
1967	1044.2	5.5	1166.3	5.8
1968	1297.2	6.1	1298.7	5.8
1969	1599.0	6.6	1502.4	5.9
1970	1731.8	6.9	1888.1	6.4
1971	2401.1	7.6	1971.2	6.0
1972	2859.1	7.6	2347.1	6.1
1973	3692.0	7.2	3831.5	7.3
1974	5553.6	7.2	6211.0	8.1
1976	6722.5	—	6479.9	—
1977	8049.4	—	7080.8	—
1978	9854.3	—	7934.3	—
1980	12980.7	—	14052.8	—

जापान के विदेशी व्यापार का विकास

सन् 1868 में माइजी शासन की स्थापना के बाद जापान के विदेशी व्यापार में विलक्षण वृद्धि हुई। युगों के आर्थिक पृथकत्व के पश्चात् जापान ने सन् 1868 के बाद अन्तरराष्ट्रीय व्यापार के क्षेत्र मे प्रवेश किया और मात्र 75 वर्षों के अन्दर ही वह विश्व का एक प्रमुख व्यापारी देश बन गया। इसलिए **प्रो० लॉकऊड** के मत में **''आधुनिक जापान का कोई भी अंग उतना अधिक नाटकीय नहीं है जितना कि सन् 1968 के पश्चात् उसके विदेशी वाणिज्य का क्रांतिकारी विकास।''**[1] जापानी विदेशी व्यापार के विकास को निम्नलिखित कालों में विभक्त किया जा सकता है—

1. माइजी पुनर्स्थापन के पूर्व—इस काल में जापान एक अलगाववादी नीति अपना रहा था। तोकूगावा शासन विदेशी व्यापार के विरोध में था। किन्तु इस विरोध के बावजूद कुछ विदेशी व्यापार होता था यद्यपि उसकी मात्रा बहुत कम थी। 19वीं शताब्दी के मध्य काल में जापान ने चीनियों एवं डचों के साथ सीमित पैमाने पर व्यापार करने की अनुमति दी थी। तस्करी अथवा चौर्यपणन काफी प्रचलित था। जापान रेशम और सूती कपड़ों का आयात करता था और ताँबा, कुछ अन्य धातुओं एवं खाद्य पदार्थों का निर्यात करता था।

2. सन् 1868 से 1893 तक—यह काल जापान में संक्रमण का काल था—प्राचीन

1. "No part of modern Japan is more dramatic than the revolutionary growth in her foreign commerce after 1868. —W.W. Lockwood : *The Economic Development of Modern Japan*, p. 305

से नवीन जापान की ओर संक्रमण का काल। जापान ने अभी उद्योगीकरण की राह पर चलना प्रारंभ किया था। यद्यपि जापान में विकास की प्रक्रिया प्रारंभ हो गई थी तथापि माइजी पुनरागमन के तुरन्त बाद जापान एक कृषि-प्रधान देश ही था। फलतः इस काल में जापान के निर्यात मुख्यतः कच्चे माल के होते थे और आयात निर्मित वस्तुओं के। इस काल में जापानी विदेशी व्यापार में वृद्धि हुई क्योंकि सरकार विदेशों से पूँजी वस्तुएँ मँगा रही थी। इसके लिए विदेशी विनिमय आवश्यक था और विदेशी विनिमय के लिए वस्तुओं का निर्यात। विदेशी व्यापार को प्रोत्साहित करने के लिए वित्तीय संस्थाओं की स्थापना की गई। सरकार की सर्वांगीण विकास नीति ने विदेशी व्यापार में वृद्धि की। सन् 1882 तक जापानी विदेशी व्यापार का सन्तुलन उसके प्रतिकूल रहा। किन्तु उसके व्यापार का परिमाण भी तीव्रता से बढ़ गया। इसमें तीव्र वृद्धि जापान के विदेशी विनिमय के स्थिरीकरण, विदेशी व्यापार के लिए वित्त उपलब्ध करने के लिए वित्तीय संस्थाओं की स्थापना और पाश्चात्य वाणिज्यिक ढंगों को अपनाए जाने आदि के कारण हुई।

3. सन् 1894 से 1914 तक—यह काल चीनी-जापानी युद्ध के साथ प्रारंभ हुआ और प्रथम विश्वयुद्ध का प्रारंभ होते-होते इसका अन्त हो गया। इस काल में **चीनी-जापानी युद्ध** और **जापानी-रूसी युद्ध** से विदेशी व्यापार पर अत्यन्त लाभदायक प्रभाव पड़ा था। इन युद्धों में जापान की विजय हुई थी और इनके फलस्वरूप जापान को कुछ नए उपनिवेश मिल गये थे। इस काल में जापानी विदेशी व्यापार के परिमाण और मूल्य दोनों में महान वृद्धि हुई। साथ ही, इस काल में विदेशी व्यापार का स्वरूप भी बदल गया—इसकी संरचना बदल गई और एक विकसित देश के व्यापार की तरह हो गई। अधिक-से-अधिक मात्रा में अब निर्मित और अर्द्धनिर्मित वस्तुओं का निर्यात किया जाने लगा और कच्चे माल का आयात। इन परिवर्तनों ने जापानी अर्थव्यवस्था के क्रमिक परिवर्तन को चिह्नित किया। सरकारी संरक्षण नीति द्वारा दिये गये प्रोत्साहन और चीनी-जापानी तथा जापानी-रूसी युद्ध द्वारा दी गई स्फूर्ति से जापानी उद्योगों का तीव्र विकास हो रहा था। उसके फलस्वरूप उस सीमा तक जापानी विदेशी व्यापार में भी विकास और परिवर्तन हुए थे। अतएव **आयात और निर्यात व्यापार में तीव्र विकास ने निर्मित वस्तुओं के निर्यातक के रूप में जापान के आर्थिक जीवन का प्रारंभ किया।** प्रथम विश्व युद्ध छिड़ने तक जापान का सम्पूर्ण विदेशी व्यापार 1000 मिलियन येन से कुछ अधिक हो चला था। किन्तु व्यापार संतुलन प्रायः इस सम्पूर्ण काल तक प्रतिकूल बना रहा। कारण यह था कि जापान को विदेशों से एक ओर तो महँगे मूल्या पर यंत्रों आदि को खरीदना पड़ रहा था और दूसरी ओर खाद्यान्न की पूर्ति देश में कम हो गई थी। फलतः दूसरे देशों से खाद्यान्नों को भी मँगवाना पड़ रहा था।

4. सन् 1914 से 1921 तक—इस काल ने जापानी विदेशी व्यापार के एक नवीन युग का प्रारंभ किया। विदेशी प्रतियोगिता से बाधारहित होकर जापानी उद्योगों ने खूब लाभ अर्जित किया—विशेषतः सुदूरपूर्वीय देशों में जिन पर मित्र शक्तियों का नियंत्रण नहीं रह पाया था। **प्रथम विश्वयुद्ध जापानी उद्योगों के लिए स्वर्णयुग था और इस प्रकार जापानी विदेशी व्यापार के लिए भी। वस्तुतः प्रथम विश्वयुद्ध का प्रत्यक्ष प्रभाव विदेशी व्यापार पर ही पड़ा था और उसके द्वारा उसका प्रभाव उद्योगों पर पड़ा। जापानी विदेशी व्यापार की संरचना पूर्णतः बदलकर एक पूर्ण विकसित देश के व्यापार की तरह हो गई।** प्रथम विश्वयुद्ध के पश्चात् जापान विश्व के लिए वस्तुओं

का संभरक हो गया विशेषतः सुदूर पूर्वीय देशों के लिए। नौपरिवहन में भी उसे प्रमुख स्थान मिला गया था। नौपरिवहन ने जापान को बहुत ही अधिक सहायता पहुँचाई। अब तक जापान एक पूर्ण विकसित पूँजीवादी देश हो गया था। सम्पूर्ण विदेशी व्यापार का मूल्य लगभग 4300 मिलियन येन हो गया। प्रति व्यक्ति व्यापार की दृष्टि से जापानी विदेशी व्यापार में लगभग तीन गुनी वृद्धि हुई थी। इस विलक्षण विकास ने विदेशी बाजारों में जापानी उद्योगों के लिए एक नवीन स्थान को चिह्नत किया। इस काल में जापान को अनुकूल व्यापार-संतुलन का अनुभव हो रहा था और अब वह एक ऋणदाता देश बना गया था। **किन्तु जापान ने अपने व्यापार-सन्तुलन का कुप्रबन्ध किया और उसने स्वर्णकोष एकत्र करने की योजना प्रारंभ की। फलस्वरूप देश में स्फीतिक परिस्थितियाँ उत्पन्न हो गईं।** जापान को विदेशी विनिमय का सूक्ष्म ज्ञान नहीं था। वह अपने विदेशी विनिमय को भली-भाँति सुरक्षित और व्यवहृत नहीं कर सका। **उसके विदेशी विनिमय विदेशी केन्द्रों में संचित किए गए थे और स्वर्ण-कोष में रखे गये थे।** यही कारण था कि उसके विदेशी विनिमय शीघ्र ही समाप्त हो गये और देश में स्फीति आ गई।

5. सन् 1921 से 1931 तक—यह काल अत्यन्त ही उतार-चढ़ाव का काल था। इस काल में आन्तरिक अर्थव्यवस्था में भी अस्थिरता रही और विदेशी व्यापार में भी। विश्वयुद्ध के पश्चात् जापान के प्रतियोगियों का पुनरुद्धार हुआ और उनके पुनरुत्थान ने जापानी उद्योगों और विदेशी व्यापार पर अत्यन्त ही हानिकारक प्रभाव डाला। जापानी वस्तुओं के बाजार अत्यन्त ही कम हो गए। फलतः जापान के निर्यात भी कम हो गए। यह परिस्थिति और भी गंभीर हो गई जब सन् 1923 में जापान में एक महान प्राकृतिक प्रकोप आया—भूकम्प। इस महान संकट ने जापानी अर्थव्यवस्था को तितर-बितर कर दिया। फलतः विध्वंस के कारण जापान के आर्थिक पुनर्निर्माण के लिए उसे वृहत् पैमाने पर आवश्यक वस्तुओं का आयात करना पड़ा। भूकम्प के कुछ दिनों बाद जापानी व्यापार में पुनः उत्थान होने लगा और जापानी मुद्रा येन के अवमूल्यन के कारण उसका निर्यात बढ़ने लगा। किन्तु प्राकृतिक संकट के कारण हुए विध्वंस का पुनर्निर्माण करने के लिए वृहत् पैमाने पर वस्तुओं का आयात आवश्यक हुआ था। फलतः निर्यात की अपेक्षा आयात अत्यन्त ही अधिक थे और जापान का व्यापार संतुलन प्रतिकूल रहा। यह अवस्था प्रायः सात वर्षों तक बनी रही। किन्तु सन् 1929 के पश्चात् संकट और भी गंभीर हो गया। इसके लिए उद्योग के सुव्यवस्थाकरण द्वारा जापानी उद्योगों को पुनर्गठित करने का प्रयास किया गया। यद्यपि महान मन्दी के कारण महान कठिनाइयाँ इस कार्य में आईं तथापि कालान्तर में जब जापान ने स्वर्णमान का परित्याग कर दिया तो यह उपाय लाभदायक सिद्ध हुआ। विदेशी व्यापार की संरचना और दिशा में क्रमशः परिवर्तन हो रहे थे ताकि वह जापान के औद्योगिक विकास के साथ अपने को समायोजित कर सके। इसी अवस्था में जापान की साम्राज्यवादी प्रवृत्तियों को आधार मिला था। **प्रो॰ आलेन** का कहना है कि सन् 1913 और 1931 के बीच जापान के विदेशी व्यापार में परिमाण के दृष्टिकोण से तीन गुनी और मूल्य के दृष्टिकोण से दूनी वृद्धि हुई थी। जापान और उसके उपनिवेशों के बीच व्यापार में अधिक प्रतिशत में वृद्धि हुई थी। जापान के विदेशी व्यापार में उपनिवेशों का महत्त्वपूर्ण स्थान था। जहाँ तक कि विदेशी व्यापार की दिशा का प्रश्न है, **आलेन** के अनुसार जापान का व्यापार अमेरिका के साथ रेशम और अर्द्ध-निर्मित वस्तुओं में होता था, चीन और उसके उपनिवेशों में यह पूँजी वस्तुओं का निर्यात करता था और शेष देशों में वह निर्मित और अर्द्ध-निर्मित उपभोग वस्तुओं का निर्यात करता था।

प्रथम विश्वयुद्ध की समाप्ति के बाद 1920 से 1930 ई॰ के बीच जापान को पुनः विदेशी प्रतियोगिता का सामना करना पड़ा। इसके अतिरिक्त 1923 ई॰ के भूकम्प का भी इसके विदेशी व्यापार पर बहुत प्रतिकूल प्रभाव पड़ा। मुद्रा के अवमूल्यन से इस स्थिति में कोई स्थायी सुधार नहीं हो सका था। इसके बाद 1927 ई॰ का वित्तीय संकट आया तथा इसके शीघ्र बाद ही व्यापार पर बड़ा ही प्रतिकूल प्रभाव पड़ा।

6. सन् 1932 से 1939 तक—यह महान मंदी के पश्चात् का काल है। यह काल व्यापार विस्तार की नवीन आशा के साथ प्रारंभ हुआ। अन्य बातों के अतिरिक्त येन के अवमूल्यन और अस्त्र-शस्त्र निर्माण पर सरकारी व्यय के द्वारा प्रोत्साहित होकर जापानी उद्योगों का विकास हुआ था। उसके फलस्वरूप विदेशी व्यापार में भी वृद्धि होने की आशा हुई। **जापान ने सस्ती और टिकाऊ वस्तुओं का निर्माण कर विदेशी बाजार पर इस तरह धावा बोला कि विश्व के अन्य देश उसकी प्रतियोगिता से भयभीत हो गए। इस काल में जापानी विदेशी व्यापार प्रवृत्तियाँ विश्व के अन्य देशों के विदेशी व्यापार की प्रवृत्तियों के ठीक विरोध में थीं।** महान मन्दी के कारण अन्य देशों का विदेशी व्यापार और सम्पूर्ण विश्व व्यापार भी संकुचित हो रहा था। किन्तु जापानी विदेशी व्यापार का परिमाण तीव्र गति से बढ़ रहा था। जापान के निर्यात का परिमाण सन् 1936 में सन् 1931 की अपेक्षा 20 प्रतिशत अधिक था और मूल्य के दृष्टिकोण से यह 1931 की अपेक्षा लगभग दूना हो गया था। निर्यात में निर्मित वस्तुओं का अनुपात सन् 1931 में 44.1 प्रतिशत था जबकि यह सन् 1936 में 51 प्रतिशत हो गया। सन् 1929 में विश्व व्यापार में जापानी विदेशी व्यापार का प्रतिशत निर्यात के लिए 2.93 और आयात के लिए 2.80 था जो सन् 1931 में क्रमशः 3.13 और 3.04 था। **इस काल में जापानी विदेशी व्यापार और अन्य देशों के विदेशी व्यापार में इस विरोधाभास का कारण यह था कि जापान ने इस व्यापार को बढ़ाने के लिए विनिमय दर के अवमूल्यन; करेन्सी अभिसाधन, व्यापार के लिए प्रत्यक्ष सरकारी सहायता आदि के रूप में उपाय किया था और कड़ी पद्धति की व्यवस्था की थी** और अर्थात् कतिपय निश्चित वस्तुओं को कतिपय वस्तुओं के निर्यात और आयात के साथ जोड़ दिया गया था। **इस काल की दूसरी महत्त्वपूर्ण उल्लेखनीय बात यह है कि जापान ने सन् 1936 के पश्चात् एक 'येन क्षेत्र'** (yen block) **की स्थापना करने के लिए प्रयास किया था, 'स्टर्लिंग क्षेत्र' की भाँति। उसने एक 'सहकारी क्षेत्र' में प्रवेश किया।** किन्तु अन्त में उसे इस विचार को छोड़ देना पड़ा क्योंकि उसके पास पर्याप्त सामग्री का अभाव था। इस काल का अन्त होते-होते जापान के लिए कठिनइयाँ उपस्थित होने और बढ़ने लगी थीं क्योंकि उसी की भाँति अन्य देशों ने भी आर्थिक क्षेत्र में विभेदात्मक नीति को अपनाकर विनिमय अवमूल्यन आदि करना प्रारंभ कर दिया था—जापान के विरुद्ध भी।

वस्तुत: 1931 से 1937 ई॰ के बीच जापानी अर्थव्यवस्था को युद्ध के आधार पर तैयार किया जाने लगा। सरकार द्वारा युद्ध की सामग्रियों के निर्माण पर बहुत बड़ी-बड़ी रकमें खर्च की जानें लगीं जिससे औद्योगिक क्रियाशीलता में बहुत वृद्धि हुई। इसका जापान के विदेशी व्यापार पर बड़ा अनुकूल प्रभाव पड़ा। इस काल में विश्व के अन्य प्रमुख देश भयानक आर्थिक मन्दी का सामना कर रहे थे। किन्तु **द्वितीय विश्वयुद्ध प्रारंभ होने के पूर्व तक जापान का विदेशी व्यापार अपनी चरम सीमा पर पहुँच गया था।** 1885

से 1939 ई० के बीच जापान के आयात तथा निर्यात में वृद्धि का अन्दाजा निम्नांकित तालिका से लगता है।

जापानी विदेशी व्यापार का विकास (लाख येन में)

वार्षिक औसत	आयात	निर्यात	व्यापार संतुलन
1885-99	470	550	+80
1900-04	3080	2740	–340
1910-14	6500	6060	–440
1915-19	14230	16630	+2400
1925-29	28490	24940	–3550
1936-39	48680	37720	–960

जापान के विदेशी व्यापार की संरचना (*composition*)—1868 से 1891 ई० के बीच जापानी अर्थव्यवस्था कृषि-प्रधान थी। उस काल में जापान कच्चे मालों का निर्यात और निर्मित वस्तुओं का आयात करता था। निर्यात की तुलना में आयात अधिक होने के कारण जापान का व्यापारिक संतुलन बराबर विपक्ष में रहा करता था। तीव्र गति से उद्योगीकरण के फलस्वरूप 1881 से 1893 ई० के बीच जापानी विदेशी व्यापारिक संतुलन इसके अनुकूल होने लगा था। इसके व्यापार का आधार भी बढ़ता जा रहा था। किन्तु इस काल में भी इसके निर्यातों में कच्चे मालों का और आयातों में निर्मित वस्तुओं की प्रधानता बनी रही। **किन्तु 1900 ई० के बाद जापान के विदेशी व्यापार में स्पष्ट रूप से परिवर्तन होने लगा।** अब आयात में निर्मित वस्तुओं की अपेक्षा कच्चे मालों का महत्त्व बढ़ने लगा। कच्चे मालों के अन्तर्गत कपास आदि की प्रधानता थी। कृषि विकास के परिणामस्वरूप खाद्यान्नों के आयात में भी कमी हो रही थी और निर्यात के अन्तर्गत निर्मित वस्तुओं का महत्त्व धीरे-धीरे बढ़ रहा था। **प्रो० आलेन** के अनुसार ये सब इस तथ्य के परिचायक थे कि जापान का वस्त्र-उद्योग तेजी से विकसित हो रहा था और इसके निर्माणी उद्योग प्रगति कर रहे थे।[1]

प्रथम विश्वयुद्ध के बाद जापान के निर्यात में निर्मित वस्तुओं की प्रधानता होने लगी। 1929 तक वस्त्र का निर्यात कुल निर्यात का 65 प्रतिशत हो गया। केवल कच्चा रेशम कुल निर्यात का 37 प्रतिशत था। अब इसके व्यापार की दिशा में भी महत्त्वपूर्ण परिपूर्ण हुए। 1913 ई० में जापान के निर्यात का 64 प्रतिशत चीन तथा संयुक्त राज्य अमेरिका को जाता था। 1929 ई० के बाद निर्यात में संयुक्त राज्य अमेरिका तथा भारत का स्थान प्रमुख हो गया। इस काल में उपनिवेशों के साथ व्यापार में वृद्धि हो रही थी। **जापान के विदेशी व्यापार में 1914 ई० के पहले उपनिवेशों का बहुत कम महत्त्व था। किन्तु 1929 ई० तक उपनिवेशों के साथ इसके कुल व्यापार का प्राय: पाँचवाँ भाग होने लगा। जापान के विदेशी व्यापार की संरचना में 1931 से 1939 ई० के बीच महत्त्वपूर्ण परिवर्तन हुए।** निर्यात के अन्तर्गत निर्मित वस्तुओं के अनुपात में बहुत अधिक वृद्धि तथा अर्द्धनिर्मित वस्तुओं के निर्यात में बहुत अधिक कमी हुई। इसी प्रकार कच्चे मालों और अर्द्ध-निर्मित वस्तुओं के आयात में बहुत अधिक वृद्धि और निर्मित वस्तुओं के आयात में बहुत अधिक कमी हुई।

1: "All these pointed out that the country had created a flourishing textile industry and was rapidly building up its equipment for its manufacturing trade as a whole."

7. सन् 1939 से 1945 तक—यह द्वितीय विश्वयुद्ध का काल था। **इस काल ने जापानी विदेशी व्यापार की सर्वोच्चता और उसके पतन दोनों को देखा।** प्रारंभिक अवस्था में जापान के कच्चे माल को प्राप्त करने और पक्के माल को बेचने में कोई विशेष कठिनाई नहीं हुई थी। अधिकांश पूर्वकालीन बाजार उसके लिए खुले हुए थे और कुछ नए बाजार भी उसके हाथ लग पाए थे—वे बाजार जो तथाकथित **'सहकारी क्षेत्र'** में थे। किन्तु सन् 1943 के पश्चात् परिस्थितियाँ जापान के प्रतिकूल हो गईं। **संयुक्त राज्य अमेरिका और मित्र शक्तियों द्वारा जापान के विरुद्ध की गई नाकेबन्दी का उद्देश्य विश्व के अन्य देशों के साथ जापान के आर्थिक संबंध समाप्त कर देना था।** फलतः जापानियों को खाद्यान्न मिलना भी बन्द हो गया। इस काल का अन्त होते-होते जापानी विदेशी व्यापार लगभग पूर्णतः समाप्त हो गया। दक्षिण सागरीय द्वीपों (South Sea Isles) में पराजित हो जाने के पश्चात् जापान के समक्ष केवल एक ही रास्ता बच गया था—अपनी राष्ट्रीय अर्थव्यवस्था के पूर्ण विनाश की प्रतीक्षा करना।

जापानी अर्थव्यवस्था विदेशी व्यापार पर ही आधारित थी, मुख्यत: निर्यात पर। युद्ध के पूर्व जापानी अर्थ-व्यवस्था पर्याप्ततः लोचदार थी। इससे जापान अपने विदेशी व्यापार में समायानुसार परिवर्तन करने में समर्थ हो पाता था। **प्रो॰ आलेन** के विचार में 'उसकी अर्थ-व्यवस्था की नमनीयता ने उसे अपने कुछ प्रमुख बाजारों और व्यापार की दिशाओं में होनवाली कमी की क्षतिपूर्त्ति के रूप में नये बाजारों और वैकल्पिक वस्तुओं को प्राप्त कर लेने में समर्थ बनाया।''[1] निर्यात व्यापार पर आश्रित होने के कारण जापान उदार व्यापारिक व्यवस्था का समर्थक था। किन्तु द्वितीय विश्वयुद्ध के समय विदेशी व्यापार पर तरह-तरह के नियंत्रण तथा प्रतिबन्ध लगाये जाने लगे थे। इससे जापान को कठिनाइयों का सामना करना पड़ा था। **द्वितीय विश्वयुद्ध में जापान को प्रवेश करने का एक प्रमुख कारण जापान द्वारा अपनी व्यावसायिक अभिलाषा की रक्षा करना ही था।** यदि वह फिलिपाइन्स, मलाया तथा इन्डोनेशिया को अपने कब्जे में करने में सफल हो जाता तो यह विदेशी व्यापार के संबंध में लगभग आत्म-निर्भर हो जाता। सन् 1943 ई॰ में एक नवीन विदेशी व्यापार निगम की स्थापना की गयी। इसे युद्धकाल में सम्पूर्ण जापान की व्यावसायिक नीति के संबंध में पूर्ण एकाधिकार था। युद्ध के दौरान जीते गये उपनिवेशों में भी ऐसे ही निगमों की स्थापना हुई थी।

8. 1945 से 1952 तक—यह काल द्वितीय विश्वयुद्ध की समाप्ति से शान्ति संधि (Peace Treaty) सम्पन्न होने तक का है। **इस काल को मित्र शक्ति सर्वोच्च समादेशक** (S.C.A.P.) **काल भी कहा जा सकता है।** 1945 ई॰ में जापान ने आत्म-समर्पण कर दिया। इसके साथ ही इसके सम्पूर्ण विदेशी व्यापार तथा उद्योग की संरचना अस्त-व्यस्त हो गयी। **1946 ई॰ में विदेशी व्यापार निगम** को समाप्त कर दिया गया और सैनिक शासन के अन्तर्गत **विदेशी व्यापार मंडल** (Board of Foreign Trade) की स्थापना की गयी। पहले दो वर्षों में व्यापार केवल सरकार द्वारा किया गया था। किन्तु

---

1. "The flexibility of her economy enabled her to find new markets and alternative commodities as compensations for the decline that occurred in some other chief markets and lines of trade." —*G.C. Allen : A Short Economic History of Modern Japan*, p. 159

1947 से निजी व्यापार को भी मुक्त कर दिया गया। इस काल में जापान का निर्यात प्रायः बिल्कुल समाप्त हो गया था जबकि आयात में वृद्धि हो गई थी। इस असन्तुलन को अमेरिकी सहायता के द्वारा दूर किया गया। किन्तु **1950 ई॰ में कोरियाई युद्ध छिड़ जाने के कारण जापान** ने संयुक्त राष्ट्रसंघ की सेना को अपना सामान बेचकर बहुत अधिक धन उपार्जित कर लिया। 1951 ई॰ में जापान के निर्यात का मूल्य 1949 ई॰ की अपेक्षा 165 प्रतिशत अधिक था। पर अभी अर्थव्यवस्था के पुनर्निर्माण के लिए निर्यात की अपेक्षा आयात की आवश्यकता बहुत अधिक थी। **1953 ई॰ में सरकार द्वारा निर्यात प्रोत्साहन के अनेक उपाय किये गये। एक तो** जापान के मूल्य-स्तर को विदेशों के स्तर पर लाने के लिए अवमूल्यन की नीति का अनुसरण किया गया। दूसरे, फर्मों को इस शर्त्त पर कुछ वस्तुओं के आयात की स्वीकृति दी गयी कि वे अपनी निर्मित वस्तुओं का एक निश्चित अनुपात निर्यात करेंगे। सन् 1954 ई॰ के बाद निश्चित रूप से जापान के निर्यात में वृद्धि तथा आयात में कमी होने लगी। किन्तु 1955 ई॰ तक भी जापान का निर्यात 1930 अथवा युद्ध के पूर्व स्तर पर नहीं जा सका था यद्यपि इसका औद्योगिक उत्पादन 1955 ई॰ में 1930 ई॰ की तुलना में दुगुना से भी अधिक था। **जापानी निर्यात व्यापार के विस्तार में देर के लिए उत्तरदायी कारण मुख्य रूप से अग्रवर्णित थे**—एक तो 1950 ई॰ तक जापान को अपने साधनों को आंतरिक निर्माण कार्य में लगाने के लिए बाध्य होना पड़ा था। **दूसरे,** जापान में अत्यधिक अमेरिकी व्यय के कारण मूल्य स्तर में वृद्धि हो रही थी जबकि विश्व के अन्य देशों के मूल्य स्तर में धीरे-धीरे कमी हो रही थी। परिणामस्वरूप जापानी निर्यात इसके आयात से पीछे रहता था। **तीसरे,** जाइबात्सू की समाप्ति से जापान की औद्योगिक क्षमता में बहुत कमी आ गयी थी। **चौथे,** द्वितीय विश्वयुद्ध के बाद जापान के निर्यात बाजार में भी काफी कमी आ गयी। **पाँचवें,** अन्य देशों में तकनीकी और औद्योगिक प्रगति से जापान का निर्यात बहुत अधिक प्रभावित हुआ था। उदाहरण के लिए, नाईलोन के प्रचलन के बाद संयुक्त राज्य अमेरिका में जापानी रेशम की माँग प्रायः समाप्त हो गयी थी। इसी प्रकार एशियाई देशों में सूती-वस्त्र उद्योग के विकास के कारण उनमें जापानी सूती-वस्त्र की माँग बहुत घट गयी थी।

कोहेन ने इस काल के जापानी विदेशी व्यापार की विशेषताओं का वर्णन इस प्रकार किया है।[1] इस काल में जापान का विदेशी व्यापार सर्वोच्च समादेशक के कठोर नियंत्रण में था जिसने केवल सरकार और सरकार के आधार पर व्यापार करने की अनुमति दी थी। कालान्तर में वैयक्तिक व्यापारिकों के लिए व्यापार करने का अवसर दिया गया। व्यापार का परिमाण स्वभावतः बहुत कम था। आयात मुख्यतः खाद्यान्नों का होता था जो संयुक्त राज्य अमेरिका अर्थात् डॉलर क्षेत्र में मँगाए जाते थे। निर्यात प्रमुखतः सूती वस्त्रों का। जापान के लोहा और इस्पात उद्योग का युद्ध में विनाश कर दिया गया था। निर्यात प्रमुखतः सुदूर पूर्वीय (Far Eastern) देशों और स्टर्लिंग क्षेत्रीय देशों में किया जाता था। इसका स्वाभाविक परिणाम डॉलर अभाव की समस्या हुआ। इस समस्या का अन्त में अमेरिकी डॉलर ऋणों द्वारा समाधान किया गया। पहले तो कोई निर्धारित विनिमय दर नहीं थी बल्कि जापानी करेन्सी और अन्य देशों की करेन्सी के विनिमय के लिए अनेक दरें थीं जो समय-समय पर भिन्न-भिन्न होती थीं। अन्ततः 25 अप्रैल सन् 1949 को विनिमय दर

1. कोहेनः जापान्स इकॉनॉमी इन वार एण्ड रीकास्ट्रक्शन

को स्थिरीकृत किया गया। जापान को पहले संयुक्त राष्ट्र संघ और उसकी शाखाओं का सदस्य भी नहीं होने दिया गया था। किन्तु बाद में वह सदस्य हो गया। तब भी अन्तरराष्ट्रीय मुद्रा कोष (International Monetary Fund) का सदस्य वह बहुत बाद सन् 1952 में बन सका। अन्तरराष्ट्रीय मुद्रा कोष (IMF) का सदस्य बनने पर जापानी विनिमय दर को 360 येन = 1 डॉलर निर्धारित किया गया।

9. सन् 1952 के बाद–अब जापानी अर्थव्यवस्था का पुनरुत्थान बड़ी तीव्र गति से होने लगा था और युद्ध में हुए विनाश का पुनर्निर्माण भी द्रुतगति से होने लगा था। सन् 1952 में जापान ने शान्ति संधि (Peace Treaty) सम्पन्न की। उस सन्धि के बाद मित्र शक्तियों ने जापान से अपना प्रत्यक्ष नियंत्रण हटा लिया। किन्तु उस शान्ति सन्धि में कुछ शर्तें निर्धारित की गई थीं। उस सन्धि में जापान से कहा गया था कि वह मित्र शक्तियों के साथ व्यापार समझौता करे और जब तक वैसा समझौता नहीं होता है तब तक अथवा 4 वर्षों तक उसके लिए मित्र राष्ट्रों के साथ वैसा व्यवहार करना आवश्यक बनाया गया जैसा कि परमानुगृहित राष्ट्रों (most-favoured-nations) के साथ किया जाता है। इसके अतिरिक्त उस शान्ति-संधि के अनुसार जापान अब कोई भी ऐसा कार्य नहीं कर सकता था जिसे अन्तरराष्ट्रीय व्यापार क्षेत्र में अनुचित कार्य कहा जाता है।

युद्धोत्तर काल में जापान का आयात बहुत बढ़ गया था किन्तु उसका निर्यात बहुत कम हो गया था। निर्यात व्यापार में वृद्धि बहुत धीरे-धीरे हो रही थी। **जापान ने इन परिस्थितियों का सामना दो प्रकार से किया। एक तो** उसने अपनी वस्तुओं के लिए नये बाजार और अपने आयात के लिए नए साधनों को ढूँढ़ निकाला। उसने संयुक्त राज्य अमेरिका तथा दक्षिणी पूर्वी एशियाई देशों के साथ अपने व्यापार को बढ़ा लिया जबकि उत्तर-पूर्वी एशियाई देशों के साथ अपने व्यापार को कम कर दिया। **दूसरे,** इसने अपने निर्यात व्यापार की संरचना में भी परिवर्तन किया। वस्त्रों के निर्यात में कमी को उसने इंजीनियरिंग वस्तुओं के उत्पादन में वृद्धि के द्वारा दूर किया। आयात में भी इसी प्रकार की कमी हुई। कपास आदि वस्तुओं के आयात में कमी हो गयी तथा पेट्रोलियम के आयात में बहुत अधिक वृद्धि हुई। युद्ध के पूर्व जापान के कुल आयात में वस्त्र उद्योगों के लिए कच्चे पदार्थों का प्रतिशत 32 था जो सन् 1963 में घटकर 13.1 प्रतिशत हो गया। इसी प्रकार जापान के कुल निर्यात व्यापार का लगभग 50 प्रतिशत वस्त्रों का निर्यात था जबकि 1963 ई० में इनका अनुपात घटकर 22.9 प्रतिशत हो गया। इसी बीच धात्विक साधनों, यंत्र तथा रसायन का निर्यात, जो युद्ध के पूर्व कुल निर्यात का केवल 16 प्रतिशत था, सन् 1963 में बढ़कर 50.1 प्रतिशत हो गया।

वर्तमान काल में जापानी विदेशी व्यापार

आजकल आयात और निर्यात दोनों में सर्वाधिक महत्त्वपूर्ण स्थान संयुक्त राज्य अमेरिका का है। जबकि 1923 में जापान के कुल निर्यात का 27.6 प्रतिशत संयुक्त राज्य अमेरिका को जाता था तो 1969 में यह इसके कुल निर्यात का 31 प्रतिशत हो गया। 1965 ई० में जापान के कुल निर्यात का 33.8 प्रतिशत एशिया, 26.9 प्रतिशत उत्तरी अमेरिका तथा 15.1 प्रतिशत यूरोप में जाने लगा जबकि इन महादेशों से इसके आयात का क्रमशः 30.4 प्रतिशत, 30.4 प्रतिशत तथा 13.8 प्रतिशत प्राप्त होता है। अग्रांकित तालिका से पिछले कुछ वर्षों में डॉलर के रूप में जापान के निर्यात एंव कुल मूल्य का अन्दाजा लगता है।

जापानी आयात-निर्यात (करोड़ डॉलर में)

वर्ष	निर्यात	आयात
1956	250.1	322.9
1957	285.8	428.3
1958	287.7	303.3
1959	345.7	360.0
1960	405.5	449.1
1961	423.6	581.0
1962	491.6	563.7
1965	845.6	816.9
1969	1599.0	1502.4
1973	3693.0	3831.4
1974	5553.6	6261.0
1976	6722.5	6479.9
1977	8049.4	7080.8
1978	9754.3	7934.3
1980	12980.7	82504.1

जापान को अपनी आर्थिक उन्नति के लिए व्यापार को उदार और खुला बनाना आवश्यक है। अतः अपने आयात को अधिक उदार बनाने के लिए जापान आयातों पर से नियंत्रण धीरे-धीरे हटाता जा रहा है। अक्टूबर, 1965 तक इसने अपने 93 प्रतिशत आयात-व्यापार को सभी प्रकार के नियंत्रणों से मुक्त कर दिया। इसके अतिरिक्त, विदेशी प्रतियोगिता का सामना करने के लिए जापानी सरकार तथा व्यापारी दोनों ही संयंत्रों का लगातार आधुनिकीकरण कर रहे हैं।

1965 और 1974 के बीच जापान के निर्यातों में औसतन प्रतिवर्ष 18.8 प्रतिशत की दर से अर्थात् विश्व दर की 1.1 गुनी रफ्तार में वृद्धि हुई। विश्व के निर्यात में जापान का स्थान संयुक्त राज्य अमेरिका और पश्चिमी जर्मनी के बाद तीसरा रहा। दूसरी ओर उसके आयातों में वृद्धि की दर औसतन 17.7 प्रतिशत रही। यह भी विश्व की दर की 1.1 गुनी थी। आयात की दृष्टि से जापान का स्थान क्रमशः संयुक्त राज्य अमेरिका, पश्चिमी जर्मनी तथा ब्रिटेन के बाद चौथा रहा।

आजकल देश के औद्योगिक ढाँचे में हुए परिवर्तनों और विदेशों में उत्पन्न तत्त्वों के कारण जापान के विदेशी व्यापार का रुख बदल गया है। द्वितीय विश्वयुद्ध के पहले कपड़े के लिए कच्चा माल कुल आयात का 32 प्रतिशत होता था और वस्त्रों का निर्यात कुल निर्यात का आधे से भी अधिक होता था। परन्तु 1974 में वस्त्रों के लिए कच्चे माल का आयात कुल आयात का मात्र 3 प्रतिशत रह गया और वस्त्रों का निर्यात गिर कर कुल निर्यात का केवल 7.3 प्रतिशत रह गया। कच्चे माल में पेट्रोलियम, खनिज लोहा और अलौह धातुओं के आयात में तेजी से वृद्धि हुई। यह जापान में भारी उद्योगों को दिए जाने वाले महत्त्व का द्योतक है। इसी बीच धातुओं की वस्तुओं, मशीनरी का निर्यात, जो युद्ध पूर्व काल में कुल निर्यात का मात्र 16 प्रतिशत होता था 1974 में बढ़कर 82.1 प्रतिशत

(4564.1 करोड़ डॉलर) हो गया जिसकी तुलना अन्य उन्नत देशों के स्तर से की जा सकती है। विशेषकर 1965 के बाद लोहा और इस्पात, जहाज, मोटर गाड़ियों तथा रेडियो सेट आदि के निर्यात में उल्लेखनीय वृद्धि हुई।

युद्ध के पूर्व जापान की वस्तुओं का मुख्य बाजार एशिया था। चीन, भारत, हिन्देशिया को जापान के कुल निर्यात का 40 प्रतिशत भाग भेजा जाता था। **आज एशिया, उत्तरी अमेरिका तथा पश्चिमी यूरोप जापान के लिए सबसे बड़ा बाजार है।** सन् 1974 में जापान के कुल निर्यात का 26.8 प्रतिशत तथा कुल आयात का 22.4 प्रतिशत एशिया से हुआ। जापान के कुल निर्यात का 25.1 प्रतिशत उत्तरी अमेरिका को हुआ और कुल आयात का 24.7 प्रतिशत वहाँ से आयात किया गया। जापान से यूरोप को कुल निर्यात का 15.1 प्रतिशत गया तथा वहाँ से जापान ने अपने कुल आयात का 8.4 प्रतिशत आयात किया। **आजकल संयुक्त राज्य अमेरिका जापान का सबसे बड़ा व्यापारिक साझेदार है** जिसे 1974 में जापान ने अपने कुल निर्यात का 23.0 प्रतिशत भेजा। इसके बदले में जापान कनाडा के बाद संयुक्त राज्य अमेरिका का दूसरा सबसे बड़ा ग्राहक है। यदि क्षेत्र के हिसाब से देखा जाय तो 1974 में जापान के कुल निर्यात का 47.6 प्रतिशत विकसित देशों को, 45.4 प्रतिशत विकासशील देशों को और 7.1 प्रतिशत समाजवादी देशों को गया। दूसरी ओर 1974 में जापान ने विकसित देशों से अपने कुल आयातका 41.5 प्रतिशत आयात किया, विकासशील देशों से53.4 प्रतिशत और समाजवादी देशों से5.1 प्रतिशत आयात किया।

आज जापान मुख्यतः जहाज, मशीनरी, मोटर गाड़ियाँ, रेडियो, ट्रांजिस्टर, टेलीविजन, टेपरिकार्डर, लोहा और इस्पात, रसायनिक उर्वरक, खिलौने, कृत्रिम रेशे और सूती वस्त्र, रसायनिक वस्तुएँ, धातु तथा धातु की वस्तुएँ अधिक निर्यात करता है और खनिज लोहा, पेट्रोलियम, कोकिंग कोयला, कपास, ऊन, गेहूँ, मक्का, लोहे की कतरनें, कच्चा रबड़, लकड़ी, सोयाबीन आदि का आयात करता है।

जापानी विदेशी व्यापार की सामान्य विशेषताएँ और प्रवृत्तियाँ

लॉकऊड के अनुसार जापानी विदेशी व्यापार की अग्रर्णित प्रमुख विशेषताएँ रही हैं।[1]

1. ''हम जापान में आयात और निर्यात दोनों में ही सतत् चढ़ाव की प्रवृत्ति को देखते है।'' यह बात द्वितीय विश्वयुद्ध तक विशेषतः सत्य है क्योंकि उस युद्ध तक जापान के निर्यात और आयात दोनों प्रकार के विदेशी व्यापार में सतत वृद्धि होती रही थी। पुनः 1952 के बाद यही प्रवृत्ति हो गयी है।

2. सम्पूर्ण राष्ट्रीय उत्पादन में निर्यात का अनुपात निरन्तर बढ़ता रहा है। सन् 1816 में जापानी निर्यात शून्य के बराबर था जबकि यह 1885 में सम्पूर्ण राष्ट्रीय उत्पादन का 5.9 प्रतिशत और सन् 1935-38 में 20.5 प्रतिशत हो गया।

3. सम्पूर्ण राष्ट्रीय आय में आयात का अनुपात भी सतत बढ़ता गया है। यह भी सन् 1816 में शून्य के बराबर था जबकि सन् 1885 में बढ़कर 5.1 प्रतिशत और 1935-38 में 21 प्रतिशत हो गया।

4. जापानी व्यापार की शर्त्तों में निरन्तर खराब होने की प्रवृत्ति रही है। कारण यह है कि जापान एक ऐसा देश है जो प्रमुखतः विदेशी व्यापार पर आश्रित है।

1. लॉकऊड ःवही अध्याय 6.7

5. **कुछ लोगों के अनुसार विदेशी बाजार को हड़पने का प्रयास जापानी उद्योगीकरण की प्रेरक शक्ति रहा है। किन्तु लॉकऊड के अनुसार यह धारणा गलत है। जापान का ध्येय अपनी स्वतंत्रता बनाए रखना था** और वह पाश्चात्य देशों के निवासियों के जीवन-स्तर के समान अपने देशवासियों के जीवन-स्तर को ऊँचा उठाना चाहता था। इसी कारण उसने विदेशी व्यापार पर अधिक जोर दिया था। **अत: उद्योगीकरण की प्रेरक शक्तियाँ विदेशी व्यापार से भिन्न थीं।** विदेशी व्यापार जापान के उद्योगीकरण की प्रेरक शक्ति नहीं था। **जापान के उद्योगीकरण का विस्फोटक तत्त्व आन्तरिक था।** (The explosive factor for industrialization came from within) उद्योगीकरण का कारण देश के अन्दर ही प्राप्त था। उनका कहना है कि विदेशी बाजारों के साथ देशी बाजार का भी विस्तार हुआ और यह देशी अर्थात् आन्तरिक बाजार अधिक महत्त्वपूर्ण था।

6. यद्यपि यह कहना सत्य नहीं है कि जापान का उद्योगीकरण प्रमुखत: विदेशी बाजार द्वारा प्रेरित हुआ तथापि **जापान के आर्थिक विकास में वाणिज्य ने, विशेषत: अन्तरराष्ट्रीय वाणिज्य ने गतिशील योगदान** किया है। **इसके लिए लॉकऊड ने निम्नलिखित तीन तर्कों को सामने रखा है–**

1. ''सन् 1859 में विदेशी के प्रारंभ ने एक प्रमुख क्षेत्र उपलब्ध किया और इसने आधुनिक विज्ञान, यंत्र, प्रौद्योगिकी एवं व्यावसायिक संगठन के प्रयोग के लिए पूर्णत: नयी स्फूर्ति दी।''[1]
2. ''सन् 1868 और 1938 के बीच विश्व अर्थ-व्यवस्था ने वृहत्तर परिवर्द्धित पैमाने पर अन्तरराष्ट्रीय विशिष्टीकरण के फल को चुनने में जापान को समर्थ बनाया है।''[2]
3. ''अपने अन्तरराष्ट्रीय वाणिज्य के कारण जापानी अर्थव्यवस्था विश्व की समृद्धि में उतार-चढ़ाव से बँधी हुई थी। यह तत्त्व स्थिरकारी और अस्थिरकारी दोनों ही रहा।''[3]

किसी देश के उद्योगीकरण के साथ उसके व्यापार में कैसा परिवर्तन होता है इसका बहुत उपयुक्त एवं उत्तम उदाहरण जापान की विदेशी व्यापार है।

संदर्भ

G. C. Allen : A Short Economic History of Modern Japan.
Allen and Donnithorne : Western Enterprise in Far Eastern Economic Development, Chap. 12
G.C. Allen : Japan's Economic Recovery.
W.W. Lockwood : The Economic Development of Japan.
Govt. of Japan : The Japan of Today.
Cohen : Japan's Economy in War and Reconstruction.

---

1. "The opening of foreign trade in 1859 provided one of the main channels and a whole new set of stimulli for the introduction of modern science, machines, technology and business organization."
2. "The world economy between 1868 and 1938 enabled Japan to reap the fruits of international specialization on a larger increasing scale."
3. "The Japanese economy was because of its international commerce tied to the fluctuations in world prosperity. This was both a stabilizing and an unstablizing factor."

मानक प्रश्न

1. जापान के विदेशी व्यापार के विकास तथा इसकी अर्थ-व्यवस्था में इसके महत्त्व की व्याख्या कीजिए। इसकी क्या विशेषताएँ हैं ?
2. ''जापान के विदेशी व्यापार में परिवर्तन बहुत अच्छी तरह इसके कृषि तथा औद्योगिक उत्पादन में परिवर्तन को स्पष्ट करते हैं।'' स्पष्ट कीजिए।

   "The changes in Japan's foreign trade reflect very well the changes in her agricultural and industrial production." Discuss.
3. युद्धोत्तर जापान के विदेशी व्यापार की प्रकृति तथा दिशा में परिवर्तन की आलोचनात्मक व्याख्या करें।

   Critically examine the changes in the nature and direction of Japan's foreign trade in the post—War period.
4. जापान में विदेशी व्यापार के महत्त्व और उसके विकास की विवेचना करें। वर्त्तमान जापानी विदेशी व्यापार की क्या विशेषताएँ हैं ?

   Discuss the importance and growth of Japanese foreign trade. What are the present features of Japanese foreign trade ?

❑

अध्याय 12

जापानी जनसंख्या और आर्थिक विकास

(POPULATION AND ECONOMIC GROWTH IN JAPAN)

जापान के आर्थिक विकास, उसकी प्रवृत्तियां आदि में जापान की जनसंख्या के विकास का महत्त्वपूर्ण योगदान रहा है। **जनसंख्या की समस्या ने ही जापान की साम्राज्यवादी विदेशी नीति को प्रभावित किया था।**

तोकूगावा शासन काल में जापान की जनसंख्या

जापान की जनसंख्या में 17वीं शताब्दी से नियमित रूप से वृद्धि हो रही थी। फिर भी तोकूगावा काल के अन्तिम वर्षों में जापान की जनसंख्या 3 करोड़ के आस-पास प्रायः स्थायी हो गयी थी। **तोकूगावा शोगुनत ने 1721 में जनगणना आरंभ की** जो देश भर में प्रति 6 वर्ष में हुआ करती थी। इससे पता चलता है कि तोकूगावा काल में जापान की जनसंख्या 3 करोड़ के लगभग स्थिर रही। लेकिन **उस काल की उसकी परिस्थितियों को देखते हुए जापान की इतनी जनसंख्या भी अत्यधिक थी। एक,** तो जापान का आकार बहुत ही छोटा है। **दूसरे,** इसका विदेशी व्यापार प्रायः नहीं के बराबर था। **तीसरे,** इसका आर्थिक विकास भी बहुत कम ही हुआ था। **चौथे,** यह मुख्य रूप से केवल एक ही फसल–चावल पर ही आधारित था। जो हो, **तोकूगावा शासन के अन्तिम वर्षों में जापान की जनसंख्या में प्राय: स्थायित्व था। इसके स्थायित्व के मुख्य कारण सामाजिक और आर्थिक थे।** सामाजिक कारणों से जन्म-दर में कमी होती थी। तत्कालीन जापान में ज्येष्ठाधिकार विधि (law of primogeniture) प्रचलित थी। इसके अनुसार अचल पैतृक संपत्ति केवल बड़े पुत्र को ही मिलती थी। इससे अन्य बच्चों का भविष्य बिल्कुल अनिश्चित था। इसका परिवार में जन्म-दर को नियंत्रित करने पर महत्त्वपूर्ण प्रभाव पड़ता था और जन्म-दर कम थी। **दूसरी ओर, कुछ आर्थिक कारण मृत्यु-दर को बढ़ाने में सहायक थे।** कृषि अधिकांश निवासियों की जीविका का प्रधान साधन थीं। किन्तु यह पिछड़ी हुई अवस्था में थी। अतः कृषि का पिछड़ा होना भी एक प्रमुख कारण था। कृषि कार्य जीवन-निर्वाह के लिए किया जाता था। जापानी सामन्त किसानों पर तरह-तरह के अत्याचार करते थे जिससे किसानों की कृषि-कार्य में विशेष दिलचस्पी नहीं रह जाती थी। वे अन्न का संचय भी नहीं करते थे। इससे कभी-कभी अन्न का अभाव हो जाता था। विदेशी व्यापार के अभाव में विदेशों से अन्न का आयात भी संभव नहीं था। अतएव खाद्यान्न की कमी के कारण बहुत से व्यक्ति प्रति वर्ष मर जाते थे। साथ ही औद्योगिक विकास के अभाव में गाँवों के अतिरिक्त जनसंख्या बेकार रह जाती थी और भूख तथा बीमारी के कारण मृत्यु का शिकार हो जाती थी। फलतः मृत्यु-दर अधिक थी।

सन् 1920 तक कोई ठीक-ठीक जनगणना उपलब्ध नहीं थी। फिर भी कुछ मोटे तौर पर पता लगाया गया है कि माइजी पुनर्स्थापन के समय तक अर्थात् 1868 तक जापान की

जनसंख्या न्यूनाधिक रूप में स्थिर थी और लगभग 26 मिलियन थी। यह बात बड़ी विचित्र-सी लगती है क्योंकि जनसंख्या सर्वदा बढ़ती अथवा घटती रहती है न कि स्थिर रहती है। किन्तु जापान में ऐसी विचित्रता एक सत्यता थी। इसके लिए प्राकृतिक, सामाजिक, आर्थिक कारण उत्तरदायी थे। जैसे–

1. कृषि आजीविका का प्रमुख साधन थी। वह पिछड़ी हुई थी। अतः जनता की आय कम थी। बीमारियाँ अधिक थीं। फलतः मृत्यु-दर अधिक थी।
2. माईजी सरकार के पूर्व जापान में खाद्य-संकट हुआ करते थे। खाने-पीने की सामग्री का अभाव था और रोग आदि से जनता पीड़ित थी। फलतः मृत्यु-दर अधिक थी।
3. जापान में बहुधा भयानक भूकम्प और तूफान आया करते थे जिससे असंख्य व्यक्तियों की जानें चली जाती थीं। इससे भी मृत्यु-दर अधिक थी। भूकम्प और तूफान अब भी जापान में बहुधा आया करते हैं। इसलिए जापान में मकान अधिकतर लकड़ी और कागज के बने होते रहे हैं।
4. **समुराई वर्ग में एक परिवार में अधिक-से-अधिक तीन बच्चों को ही उचित समझा जाता था। उससे अधिक बच्चों को मार डाला जाता था**–जन्म के बाद अथवा जन्म के पूर्व ही।
5. बहुत से लोग आयु अधिक होने पर शादी करते थे।
6. पैतृक सम्पत्ति के उत्तराधिकार के संबंध में ज्येष्ठाधिकार नियम प्रचलित था। अतः दूसरे बच्चों के भविष्य अनिश्चित थे। इससे बच्चे कम पैदा किये जाते थे।

माइजी पुन:स्थापना के बाद जनसंख्या वृद्धि

उपर्युक्त सब कारणों से 1868 के पहले जनसंख्या एक प्रकार से गतिशून्य थी और जनाधिक्य की समस्या गंभीर नहीं थी। किन्तु **माइजी पुनर्स्थापन के पश्चात् देश के उद्योगीकरण के साथ ही परिवर्तित सामाजिक प्रथाओं एवं रूढ़ियों के कारण जनसंख्या में तीव्र गति से वृद्धि होने लगी।** इसके विकास की तीव्रता का अन्दाजा इस तथ्य से लगाया जा सकता है कि जबकि सन् 1875 में जापान की कुल जनसंख्या केवल 35 मिलियन थी तो सन् 1952 में यह 84.5 मिलियन हो गई। सन् 1872 और 1975 के बीच जापान की जनसंख्या में तीन गुनी वृद्धि हुई और यह 348 लाख से बढ़कर 1119.44 लाख तक पहुँच गयी। **माइजी पुनर्स्थापना के पश्चात् ऐसा लगता है कि जन्म-दर और मृत्यु-दर के संतुलन में नाटकीय परिवर्तन हो गया। फलतः जनसंख्या के विकास में एक महान क्रांति आ गई। इस परिवर्तन के निम्नलिखित कारण कहे जा सकते हैं**–

1. जनता की धारणा में परिवर्तन हो गए। परिवार की सीमा संबंधी व्यक्तियों के विचारों को परित्यक्त कर दिया गया क्योंकिः
2. यह अनुभव किया जाने लगा कि देश की सुरक्षा और उद्योगीकरण हेतु अधिक मानव-शक्ति अर्थात् जनसंख्या आवश्यक है।
3. आर्थिक परिस्थितियों में भी परिवर्तन आ गए। कृषि का पर्याप्त विकास हुआ था। फलतः खाद्यान्न-पूर्ति में वृद्धि हुई थी।
4. औद्योगिक विकास से अधिकाधिक लोगों को काम मिलने लगे थे।

जनसंख्या वृद्धि के आर्थिक परिणाम

जनसंख्या में काफी वृद्धि के कारण प्राकृतिक शक्तियाँ प्रबल हो गयीं और रोग, खाद्यान्न-अभाव आदि प्राकृतिक कारणों से होनेवाली मृत्यु-दर बढ़ गई। परिवार नियोजन की भावना का उस समय अभाव था। इससे प्राकृतिक शक्ति ही प्रबल थी। अतः **जापान की जनसंख्या में तीव्र गति से वृद्धि ने कई नई समस्याओं को उत्पन्न कर दिया जिनका जापान के आर्थिक विकास पर बड़ा ही प्रतिकूल प्रभाव पड़ा। साथ ही, विश्व अर्थव्यवस्था पर भी जापानी जनसंख्या में वृद्धि का प्रभाव पड़ा। इन प्रभावों में अग्रांकित विशेषताएँ विशेषतः उल्लेखनीय हैं–**

1. जनसंख्या में महान वृद्धि से जापानी राष्ट्रीय आय में हिस्सा बँटाने वालों की संख्या दुगुनी हो गई। प्रति व्यक्ति आय और जीवन-स्तर निम्न बन रहे।

2. तीव्र गति से बढ़ती हुई जनसंख्या के कारण प्रति व्यक्ति आय कम होने लगी और प्रति व्यक्ति आय कम होने से उपभोक्ताओं का बाजार संकुचित हो गया।

3. जनसंख्या में श्रमिकों की अपेक्षा आश्रितों की संख्या में अधिक वृद्धि हुई। श्रमिकों एवं उनके आश्रितों के अनुपात में वृद्धि ने श्रमिकों की योग्यता में वृद्धि को प्रतिकूलतः प्रभावित किया।

4. जनसंख्या में वृद्धि ने भूमि तथा अन्य ऐसे साधनों पर जनसंख्या के बोझ को और गहन बना दिया जिसकी पूर्ति को बढ़ाया नहीं जा सकता। इससे इन क्षेत्रों में प्रति श्रमिक उत्पपदन भी कम हो गया। फलतः प्रति व्यक्ति उत्पादन एवं आय में कोई विशेष वृद्धि नहीं की जा सकी।

5. जापान में जनसंख्या का घनत्व अधिक था। फलतः वहाँ निवास क्षेत्र पर भारी दबाव पड़ा। जापान में पहाड़ी और पथरीली, जंगली-क्षेत्र अधिक हैं। फलतः स्थान की कमी हो गई और उसके फलस्वरूप अतिरिक्त भूमि प्राप्त करने की प्रवृत्तियाँ प्रबल हो गयीं।

6. जनसंख्या के अधिक भार ने साम्राज्यवादी प्रवृत्तियों को प्रबल बना दिया और जापान उपनिवेशवाद की ओर अग्रसर हुआ। सन् 1936 के बाद वह खुले रूप से क्षेत्रीय विस्तार की नीति अपनाने लगा।

7. जनसंख्या के विस्तार ने देश के प्राकृतिक साधनों को समाप्त कर दिया। फलतः वृहत पैमाने पर औद्योगिक निर्यात करने की भावना आ गई ताकि जापान अपनी जनता को भोजन-वस्त्र दे सके। जनता के लिए भोजन-वस्त्र की व्यवस्था करने के लिए जापान को विदेशी व्यापार में अधिक शक्ति लगानी पड़ी। अपने अस्तित्व की रक्षा के लिए, अपनी जनता के अस्तित्व की रक्षा के लिए जापान को विश्व बाजार में अवश्य ही प्रतियोगिता करनी होगी।

8. **लॉकऊड के विचार में 'चाहे बाजार अथवा प्रौद्योगिकी अथवा पूँजी निर्माण के दृष्टिकोण से विचार किया जाय, यह आर्थिक प्रगति के लिए एक निश्चय ही बाधक के रूप में उत्पन्न होती है–प्रति व्यक्ति के दृष्टिकोण से निश्चय ही।''**[1]

1. "Whether viewed from the stand-point of markets or technology or of capital accumulation, it appears to have been a decided deterrant to economic progress, certainly in per capita term."
—W.W. Lockwood : *Economic Development of Modern Japan*, p. 152-167.

निस्संदेह अत्यधिक जनसंख्या के कारण जापान में मजदूरी की दर निम्न बनी रही थी। निम्न मजदूरी दर के कारण जापान की विदेशों में प्रतियोगिता शक्ति बहुत अधिक थी। किन्तु निम्न मजदूरी दर से मजदूरों की उत्पादकता में कोई वृद्धि नहीं की जा सकी। इसके अतिरिक्त निम्न मजदूरी पर कार्य करने वाले मजदूरों की संख्या अधिक होने के कारण जापान में श्रम-संगठन का उचित रूप से विकास भी नहीं हो पाया। **अतएव माइजी शासन काल में जापान की जनसंख्या में अत्यधिक वृद्धि का इसके आर्थिक विकास पर अनुकूल प्रभाव नहीं पड़ा।**

यद्यपि माइजी शासन काल में जापान में जनसंख्या का दबाव पश्चिमी देशों की तुलना में बहुत अधिक रहा, **फिर भी उसके आर्थिक विकास पर इसका बहुत अधिक प्रतिकूल प्रभाव नहीं पड़ा।** यद्यपि इसके पास कृषि-योग्य भूमि का अभाव था फिर भी यह अपने प्रयासों के द्वारा खाद्यान्न के आयात को एक सीमा के अन्तर्गत ही रख पाने में सफल हुआ। जापान कृषि, उद्योग तथा व्यापार पर लगभग समान जोर देकर अपनी संख्या को भोजन-वस्त्र उपलब्ध कर पाने में सफल रहा। उसे जनसंख्या नियंत्रण नीति अपनाने की भी आवश्यक नहीं पड़ी।

प्रथम विश्वयुद्ध के बाद जनसंख्या में वृद्धि

सन् 1912 ई॰ में **सम्राट माइजी** का देहान्त हो गया। इसके बाद **सम्राट तैशो** (Taisho) का शासन काल (1912-26) प्रारंभ हुआ। प्रथम विश्वयुद्ध के बाद भी जापान की जनसंख्या में इसी प्रकार का वृद्धि-क्रम जारी रहा। सन् 1914 ई॰ से 1930 के बीच जापान की जनसंख्या 510 लाख से बढ़कर 640 लाख हो गयी अर्थात् इसकी जनसंख्या में प्रायः 25 प्रतिशत की वृद्धि हुई। द्वितीय विश्वयुद्ध तथा युद्धोत्तर काल में तो जनसंख्या वृद्धि का क्रम और भी तीव्र हो गया। 1956 ई॰ तक जापान की जनसंख्या 900 लाख हो गई। जापान की 1 अक्टूबर, 1970 को हुई जनगणना के अनुसार इसकी जनसंख्या 10.37 करोड़ के लगभग पाई गयी थी। इस प्रकार 1872 से 1970 के बीच जापान की जनसंख्या में 2.8 गुनी वृद्धि हुई अर्थात् 1872 में 30,800 हजार से बढ़कर यह 1970 में 103,704 हजार हो गयी। यद्यपि आजकल जापान में जन्मदर में बहुत अधिक कमी हो गई है और वर्तमान काल में जापान की जन्म-दर संसार की अल्प जन्म-दरों में से एक है फिर भी मृत्यु दर में अत्यधिक कमी के कारण अनुमान किया जाता है कि इस शताब्दी के अन्त तक वहाँ की जनसंख्या में वृद्धि होती रहेगी।

वर्तमान काल में जनसंख्या की दृष्टि से जापान का विश्व में सातवाँ स्थान है। 1930 में जापान में जन्म-दर 32.4 प्रति हजार थी। युद्ध के तुरन्त बाद उसमें वृद्धि हुई। 1945 में जापान में जन्म-दर 34.3 प्रति हजार थी जो सबसे अधिक थी। उसके बाद वह तेजी से गिरती गयी और 1961 में यह 16.9 प्रति हजार हो गयी जो दुनिया में रिकार्ड बन गयी। 1974 में जापान में जन्म-दर 18.6 प्रति हजार तथा मृत्यु-दर 6.5 प्रति हजार थी जबकि 1980 में जन्म-दर पुनः घटकर 13.6 प्रति हजार और मृत्युदर 6.2 व्यक्ति प्रति हजार हो गयी। 1950 वाले दशक में औसत जन्म दर प्रति हजार 20.8 तथा 1960 वाले दशक में 17.5 थी। इसी प्रकार मृत्यु-दर 1950 वाले दशक में 8.5 तथा 1960 वाले दशक में 7 व्यक्ति प्रति हजार थी। **वर्तमान काल में जापान में जन्म-दर तथा मृत्यु-दर दोनों पश्चिम के अत्यन्त विकसित देशों की ही तरह निम्न हैं।** किन्तु जन्म तथा मृत्यु-दरों

में कमी के बावजूद जापान की जनसंख्या अत्यधिक तीव्र गति से बढ़ती रही है। द्वितीय विश्व युद्ध के पूर्व वहाँ जनसंख्या की औसत वार्षिक वृद्धि 1.4 प्रतिशत थी जो बढ़कर 1950-51 में 1.6 प्रतिशत हो गयी थी। 1973-74 में यह 1.2 प्रतिशत थी। 1935 ई० में जापान में जीवन की औसत आयु पुरुषों के लिए 47 वर्ष और महिलाओं के लिए 50 वर्ष थी जबकि 1964 में यह पुरुषों के लिए 66.2 वर्ष तथा महिलाओं के लिए 74.7 वर्ष थी और 1974 में यह क्रमशः 71.2 वर्ष और 76.3 वर्ष हो गयी। जापान में **जनसंख्या का घनत्व** 1975 में 297 व्यक्ति प्रतिवर्ग किलोमीटर था जो संसार में केवल नीदरलैंड के 346 व्यक्ति प्रति वर्ग किलोमीटर तथा बेल्जियम के 301 ऐसे ही की कम था। किन्तु जापान के कुल क्षेत्र का केवल 15 प्रतिशत ही कृषि-योग्य है। अतः **कृषि-योग्य भूमि की तुलना में इसका घनत्व विश्व में सर्वाधिक है। जापान की कुल जनसंख्या का प्रायः 40 प्रतिशत केवल 1 प्रतिशत भूमि में ही निवास करता है। लगभग 70 प्रतिशत जापानी लोग नगरों में ही रहते हैं और नगरी जनसंख्या का प्रायः 58 प्रतिशत केवल तोकियो, ओसाका तथा नागोया में ही निवास करता है। जापान में प्रत्येक 9 में से 1 निवासी तोकियो में ही रहता है।**

अब जापान में प्रति पाँच वर्ष पर जनसंख्या की जाती है। 1970 में हुई गणना के अनुसार जापान की जनसंख्या 10.37 करोड़ थी। 1975 की जनगणना के अनुसार जापान की जनसंख्या 11, 19,34,000 थी जबकि 1980 की जनगणना के अनुसार 11,70,57,000 थी। 1980 में जनसंख्या का घनत्व 314 व्यक्ति प्रति किलोमीटर था।[1] **तीव्र गति से बढ़ती हुई जनसंख्या का दबाव जापान की एक गंभीर समस्या है। साथ ही, सरकार का दृष्टिकोण है कि यदि मानव-शक्ति का उचित उपयोग किया जा सके तो बढ़ती हुई जनसंख्या राष्ट्रीय अर्थ-व्यवस्था को शक्तिशाली बनायेगी।** अतएव जनसंख्या की समस्या को सुलझाने के लिए सरकार कृषि सुधार, बंजर भूमि के उद्धार, उद्योगों के विकास और विदेशी व्यापार के विकास की ओर विशेष रूप से ध्यान दे रही है। **जापान में प्रति वर्गमील कृषि भूमि पर 2774 व्यक्ति आश्रित हैं** जबकि ग्रेट ब्रिटेन में प्रति वर्गमील कृषि योग्य भूमि पर केवल 2170 व्यक्ति, बेल्जियम में 1709 व्यक्ति, जर्मनी में 806 व्यक्ति, इटली में 819 व्यक्ति और फ्रांस में केवल 467 व्यक्ति ही निर्भर हैं। कृषकों का एक बड़ा भाग सहायक पेशों में लगा हुआ है जो कृषि-आय के 34 प्रतिशत का उत्पादन करते हैं। **हस्तशिल्प और लघुस्तरीय स्थानीय उद्योगों का कृषि के साथ संयोग जापानी अर्थव्यवस्था की एक अत्यन्त ही महत्त्वपूर्ण विशेषता रहा है।** किन्तु पिछले कुछ वर्षों से जापान में कृषकों का एक नया वर्ग दृष्टिगोचर हो रहा है जो कृषि के मौसमी कार्य के साथ औद्योगिक कार्य करने में लगा है। जापानी सरकार द्वारा जनता को विदेशों में प्रवास करने के लिए भी प्रोत्साहन दिया जा रहा है, विशेषकर ब्राजील, पेरू और आस्ट्रेलिया में। किन्तु **जापान से जनता का प्रवास** (emmigration) **कभी भी प्रभावपूर्ण नहीं रहा है** क्योंकि केवल कुछ हजार व्यक्ति ही जापान से दूसरे देशों में बसने के लिए जा पाते हैं। अब तक मुश्किल से केवल 2 मिलियन जापानी व्यक्ति ही जापान से बाहर जाकर दूसरे देशों में बस पाए हैं। जनसंख्या की समस्या, जो अधिकांश एशियाई देशों में गंभीर हो गई है, को जापान में एक ऐसी समस्या समझा जा रहा है जिसके समाधान

1. The Statesman Year Book, 1982-83

के लिए न केवल उत्पादक कृषि की ही वरन् निर्माणी उद्योगों पर आधारित विकासशील निर्यात व्यापार की भी आवश्यकता है।

जनसंख्या नीति

जापान ने जनसंख्या समस्या के समाधान के लिए सरकारी आधार पर जनसंख्या नीति और परिवार नियोजन को अपनाया है। **जन्म-दर को कम करने के लिए राष्ट्रीय नीति के तौर पर अनेक उपाय किए गए हैं**—जन्म नियंत्रण, भ्रूण-हत्या को वैध बनाना आदि। इन सब कारणों से यद्यपि आजकल जापान में जन्म-दर में बहुत अधिक कमी हो गयी है तथा आधुनिक जापान में जन्म-दर संसार की निम्न जन्मदरों में से एक है फिर भी मृत्यु-दर में अत्यधिक कमी के कारण इस शताब्दी के अन्त तक वहाँ की जनसंख्या में वृद्धि होती रहने का अनुमान है। **आलेन** ने इस संबंध में लिखा है, **''यद्यपि जापान अब निम्न-दर वाले देशों के वर्ग में आ चुका है फिर भी उसकी जनसंख्या वृद्धि की दर मृत्यु-दर में अत्यधिक कमी होने के कारण अभी बहुत ऊँची है।''**[1] **पर जापान ने अपनी शक्ति एवं योग्यता के द्वारा अत्यधिक बढ़ती हुई जनसंख्या से उत्पन्न समस्याओं का सफलतापूर्वक समाधान कर लिया है।** वहाँ का जीवन-स्तर निरन्तर ऊँचा होता जा रहा है, प्रति व्यक्ति आय में वृद्धि होती जा रही है तथा जन्म-दर घट रही है। **वर्तमान समय में जापान में जनसंख्या में वृद्धि प्राय: बिल्कुल रुक गई है।**

संदर्भ

G.C. Allen : A Short Economic History of Modern Japan.
T. Uyeda : The Growth of Population and Economic Changes in Japan.
U.B. Taeuber : The Population of Japan.
G.C. Allen : Japan's Economic Recovery.
जापान सरकार : आज का जापान
The Statesman's Year Book, 1982-83

मानक प्रश्न

1. जापान के आर्थिक विकास पर जनसंख्या वृद्धि के प्रभावों की व्याख्या करें।
2. प्रथम महायुद्ध के बाद जापानी अर्थ-व्यवस्था के विकास पर जनसंख्या वृद्धि के प्रभावों की व्याख्या करें।
3. जापान में बढ़ती हुई जनसंख्या के आर्थिक प्रभावों पर प्रकाश डालें। जापान ने इस समस्या के समाधान में कहाँ तक सफलता पायी है ?

❑

---

1. "If Japan has now passed into the class of countires with low birth rate, her rate of increase has remained high because of the steep fall in the death rate."
—*G.C. Allen : Japan's Economic Recovery*, p. 28.

अध्याय 13

जापान की प्रशुल्क और कर नीति

(TARIFF AND TAX POLICY OF JAPAN)

सामान्यतः हम देखते है कि किसी देश की प्रशुल्क नीति उसके उद्योगीकरण से सम्बन्धित होती है। किन्तु **जापान में हम एक विरोधाभास पाते हैं। जापान में प्रशुल्क नीति उद्योगीकरण का एक यंत्र नहीं वरन् केवल एक अधीनस्थ** (subordinate) **नीति ही रही है।** सन् 1899 के पूर्व जापान विभिन्न देशों के साथ हुए समझौतों और संधियों के आभार से बंधा हुआ था। इस संधियों एवं समझौतों के कारण जापान अपनी पृथक प्रशुल्क नीति नहीं अपना सका था। जापान विदेशों से ऋण लेता था। फलतः उसके बदले में वह उन देशों से मँगाई जानेवाली वस्तुओं पर आयात कर (import tax) नहीं आरोपित कर सकता था। किन्तु 1899 में ये आभार समाप्त हो गए। **1911 में जापान ने प्रथम बार अपनी प्रशुल्क नीति को अपनाया था। इस वर्ष जापान ने आयात की गई वस्तुओं को 4 श्रेणियों में वर्गीकृत किया**–(1) औद्योगिक कच्चे माल;(2) अर्द्ध-निर्मित(semi manufactured) वस्तुएँ; (3) निर्मित वस्तुएँ(finished goods); और (4) विलासिता (luxury) वस्तुएँ। इन पर आरोपित किए गए करों में भिन्नता थी। **प्रथम वर्ग** की वस्तुओं पर कर नहीं आरोपित किया गया; **दूसरे वर्ग** की वस्तुओं पर नाम मात्र का कर लगाया गया; **तीसरे वर्ग** की वस्तुओं पर साधारण कर लगाए गए थे और **चौथे वर्ग** की वस्तुओं पर ऊँचे कर। सीमा शुल्क(custom duties) मोटे रूप से वस्तुओं के मूल्य के 20 प्रतिशत होते थे। इस सामान्य योजना में परिवर्तन किया जा सकता था। करों की दर में परिवर्तन किए जाते थे। फिर भी शायद ही कभी यह 20 प्रतिशत से अधिक होती थी। सन् 1914-18 के विश्वयुद्ध काल में सीमा शुल्क में कमी कर दी गई थी।

प्रथम विश्वयुद्ध के पश्चात् नीति में परिवर्तन हुए। बहुमूल्य वस्तुओं पर कर अधिक लगा दिए गए। सन् 1923 के भूकम्प के बाद प्रशुल्क की दर में वृद्धि कर दी गई। सन् 1926 के पश्चात् सामान्य रूप से प्रशुल्क दर में वृद्धि कर दी गई। ऊँची प्रशुल्क-दर 1931 तक बनी रही। किन्तु 1931 के पश्चात् प्रशुल्क का वास्तविक रूप में कोई महत्त्व ही नहीं रह गया क्योंकि उसके बाद जापान विनिमय अवमूल्यन (exchange depreciation) और विनिमय अभिसाधन (exchange manipulation) पर परिवर्द्धित रूप में निर्भर रहने लगा।

प्रशुल्क नीति की ऐसी अवस्था द्वितीय विश्वयुद्ध तक बनी रही। किन्तु **''देशी बाजार में विदेशी प्रतियोगिता पर प्रभाव डालने में प्रशुल्क का महत्त्व विनिमय-दर में तीव्र परिवर्तनशीलता द्वारा आच्छादित हो गया और यह आर्थिक नीति के शस्त्रागार में एक गौण शस्त्र से अधिक कभी नहीं रहा''–इन शब्दों में जी॰ सी॰ आलेन ने**

जापानी प्रशुल्क नीति के विषय में लिखा है।[1] जहाँ तक प्रतियोगिता का सम्बन्ध है, **प्रशुल्क नीति लगभग महत्त्वहीन थी।** इसका कारण बतलाते हुए **लॉकऊड** ने लिखा है, ''देशी उतपादकों की सबल अवस्था ने संरक्षण को अनावश्यक बना दिया था। किन्तु प्रशुल्क ने जापानी निर्माणी उद्योगों के प्रसार एवं वैविध्य को विस्तृत करने में सहायता पहुँचाई। साथ ही, इसने संसाधनों को उद्योगों के एक वर्ग से दूसरे वर्ग में पहुँचाने में भी सहायता की।''[2]

मित्र-सेना (Allied Armies) को जापान से हटने के पश्चात् हुई शान्ति सन्धि (Peace Treaty) ने **जापानी प्रशुल्क नीति पर कुछ अवरोध** निर्धारित किया। ये अवरोध (checks) चार वर्षों की अवधि तक रहनेवाले थे। इन चार वर्षों तक अथवा नवीन सन्धि की जाने तक मित्रराष्ट्रों (Allied Nations) को जापान द्वारा परमानुगृहीत राष्ट्र (most favoured nation) की तरह विशेष सुविधाएँ दी जानेवाली थीं। **दूसरे,** जापान के लिए यह आवश्यक था कि वह आश्वासन दे कि जापानी सरकार की वाणिज्य संस्थाओं के बाह्य क्रय और विक्रय केवल वाणिज्यिक आधार पर होंगे और जापान की औद्योगिक शक्ति का प्रयोग राजनीति कार्यों में नहीं किया जायेगा।

कर-नीति (Tax Policy)

जापानी सरकार की कर-नीति अपेक्षाकृत अधिक महत्त्व की है। प्रारंभ में जापानी सरकार की कर-नीति ने जापान के आर्थिक विकास में बाधा पहुँचायी थी। माइजी पुनर्स्थापन के पश्चात् इसमें सुधार किए गए। कालान्तर में इसने जापान के आर्थिक विकास में योगदान किया। कर नीति पूँजी निर्माण (capital formation) में सहायक रही।

सन् 1868 के पूर्व जापान में वस्तुतः किसी प्रकार की कर-नीति ही नहीं थी। समस्त करों का भार कृषकों पर था। करों का आरोपण स्वेच्छाचारिता से होता था। उनका संग्रह प्रपीड़नमय (oppressive) था। **माइजी सरकार ने इसे परिवर्त्तित किया—**

1. माइजी साकार ने कर-नीति में निश्चितता के तत्त्व (certainty element) का समावेश किया।
2. सन् 1873 के पश्चात् कर-संग्रह के पूर्वकालीन ढंगों को परिवर्तित कर दिया।

प्रारंभिक भूमि-कर (land tax) के स्थान पर भूमि के मूल्यांकन (valuation) के आधार पर आरोपित कर (tax) की व्यवस्था की गई जिससे कर मात्रा में निश्चित और संग्रह में नियमित हो गया।

सन् 1877 में वैयक्तिक आय-कर (personal income tax) **को प्रारंभ किया**

---

1. "The importance of tariff in its effects on foreign competition in the home market was overshadowed by exchange fluctuations and it was never more than a secondary weapon in the armoury of economic policy."—Allen : *A Short Economic History of Modern Japan*, p. 123.
2. "Strong position of domestic producers made protection unnecessary, but the tariff helped to extend the range and diversity of Japanese manufacturing. Also, it helped to shift resources from one group of industries to others."—Lockwood : *The Economic Development of Japan.*

गया। सरकार ने कृषकों से भिन्न व्यक्तियों पर भी कर लगाने का निर्णय किया। इस प्रकार कृषकों पर कर-भार कम हो गया। कर राशि में हुई कमी को वैयक्तिक आय-कर द्वारा पूरा किया गया। यह वैयक्तिक आय-कर अन्य देशों के आय-कर से भिन्न था। कारण यह था कि सरकार जाइबात्सू के नियंत्रण में थी। अतः वैयक्तिक आय-कर की दर केवल 3 प्रतिशत ही थी क्योंकि सरकार धनी वर्ग को असंतुष्ट नहीं करना चाहती थी। **कर-छूट** (tax exemption) **की सीमा बहुत ऊँची थी। इससे कर-भार बहुत कुछ हल्का हो गया था।** बन्ध-पत्रों (bond) से प्राप्त होने वाले ब्याज (interest) और समवाय लाभ (company profit) को प्रगतिशील (progressive) करों से छूट मिली थी। उन पर केवल 2.5 प्रतिशत कर ही लगाए जाते थे।

सन् 1880 में अप्रत्यक्ष (indirect) **करों को प्रारंभ किया गया** और उपभोग वस्तुओं पर कर लगाए गए। चीनी और मदिरा पर उत्पादन शुल्क (excise duty) लगाए गए। **सन् 1887 में व्यावसयिक पूँजी पर वैयक्तिक कर** और पुनः सामान्य कर आरोपित किए गए। सन् **1895 में उत्तराधिकार कर** (inheritance tax) की एक सामान्य योजना का श्रीगणेश किया गया।

सब कुल मिलाकर जापानी कर-प्रणाली प्रतिगामी (regressive) थी। **लॉकऊड के अनुसार सन् 1934 में करों की दर निम्नलिखित थी:**

उपभोग वस्तु	31.5 प्रतिशत
पूँजी और व्यवसाय	43.3 प्रतिशत
सीमा शुल्क (custom duty)	1.3 प्रतिशत

कर-प्रणाली इस प्रकार संघटित थी कि गरीब वर्ग को बाध्य होकर कठोर परिश्रम करना पड़ता था और उनकी कठिन परिश्रम द्वारा प्राप्त आय से अधिक राजस्व सरकार करों के रूप में प्राप्त करती थी। **दूसरी ओर,** पूँजी निर्माण करने में धनी वर्गों का पक्ष लिया जाता था। एक बात यह भी स्मरण में रखनी होगी कि **गरीब वर्ग को अपने उपभोग-व्यय** (consumption expenditure) **को नहीं बढ़ाने के लिए विवश किया जाता था।** किन्तु धनी व्यक्तियों के साथ ऐसी विवशता नहीं थी। **लॉकऊड** का कहना है कि इस व्यवस्था का लघु बचतों (small savings) पर प्रभाव पड़ा था। **ऐसी व्यवस्था उपभोग को निम्न स्तर पर बनाए रखने के लिए जान-बूझ कर अपनाई गई नीति का एक अंग थी ताकि राष्ट्रीय आय का एक वृहत् अंश पुनः उत्पादन कार्य में लगाया जा सके।** उसका आर्थिक विकास के लिए निवेश (investment) किया जा सके। सब कुछ मिला कर करों का भार साधारण और औसत था। कर-भार में वृद्धि की गई थी किन्तु तब भी सम्पूर्ण राष्ट्रीय आय का केवल 10-15 प्रतिशत ही करों के रूप में सरकार द्वारा वसूल किया जाता था।

संदर्भ

1. G C. Allen : A Short Economic History of Modern Japan.
2. W.W. Lockwood : Economic Development of Japan.

❑

अध्याय 14

जापानी अर्थ-व्यवस्था की गतिशीलता: युद्धोत्तर जापान का तीव्र आर्थिक विकास

(DYNAMISM OF THE JAPANESE ECONOMY : RAPID ECONOMIC GROWTH IN POST-WAR JAPAN)

द्वितीय विश्वयुद्ध के विनाश के बाद जापानी अर्थ-व्यवस्था का विकास निरन्तर उस निर्धारित दर से अधिक होता रहा है जिसे जापान के योजनाकारक अच्छा-से-अच्छा अनुमान लगाकर निर्धारित करते रहे हैं। जापान का यह चमत्कारपूर्ण आर्थिक विकास, जिसे **'दी इकॉनॉमिस्ट'** ने **''समस्त युगों की सर्वाधिक असाधारण आर्थिक गाथाओं में से एक गाथा''** (one of the most extra-ordinary economic stories of all times) कहा है, जापान की प्रति व्यक्ति आय को प्रति 10 वर्षों के अन्दर पाँच गुना करता गया है।

1980 तक सम्पूर्ण चित्र ही बदल गया। आज जापान विश्व का सबसे बड़ा इस्पात उत्पादक देश है। जलयान निर्माण, मोटर गाड़ियों, मोटर साईकिल, इलेक्ट्रॉनिक उपभोक्ता वस्तुओं, ऊँची श्रेणी के कैमरे और लेन्सों, घड़ियों आदि के निर्माण में भी अब वह विश्व का नेतृत्व कर रहा है। उद्योग के अन्य अनेक क्षेत्रों में भी यह विश्व के पाँच महानतम देशों में से एक हो गया है। **लन्दन** की पत्रिका **'दी बैंकर'** के अनुसार आज जापान विश्व का सबसे बड़ा ऋणदाता देश हो गया है। 1985 के अन्त तक इसकी शुद्ध विदेशी परिसम्पत्तियाँ 130 बिलियन डॉलर तक थीं जबकि 1986 के अन्त तक वे 200 बिलियन डॉलर तक पहुँच गयी थीं। **आज विश्व के 10 सबसे बड़े बैंकों में से 5 बैंक जापानी ही हैं** और इनके पास विश्व बैंकिंग की कुल अन्तरराष्ट्रीय परिसम्पत्तियों की 25 प्रतिशत आ गयी हैं। **दाई इची कांगियो** (Dei-Ichi-Kangyo) आज विश्व का सबसे बड़ा बैंक हो गया है। यद्यपि जापान अभी आज अन्तरराष्ट्रीय संबंधों एवं राजनीति पर कम प्रभाव डाल रहा है फिर भी इसमें कोई सन्देह नहीं है कि जापान अब विश्व की शिखर शक्तियों में से एक हो गया है और शीघ्र ही यह औद्योगिक दृष्टि से विश्व का नेतृत्व करने वाला है।

जापान के निर्यात व्यापार में भी महान प्रगति हुई है। जैसा कि **जापान योजना केन्द्र** के भूतपूर्व अध्यक्ष **डॉ॰ ओकिता** (Okita) ने बतलाया है, 1965 तक जापान और भारत दोनों के ही निर्यात एक बराबर थे। किन्तु 1977 तक जबकि जापान की निर्यात-आय 600 प्रतिशत बढ़ गयी थी तो भारत की निर्यात-आय में केवल 40 प्रतिशत वृद्धि हुई थी। 1965 में जापान के निर्यात में 1964 की तुलना में 27 प्रतिशत वृद्धि हुई थी जबकि सन् 1964 में सन् 1963 की तुलना में 23 प्रतिशत वृद्धि हुई थी। 1977 के पहले 10 वर्षों में जापान के निर्यातों में सम्पूर्ण विश्व के औसत निर्यातों की तुलना में 23 गुनी वृद्धि हुई थी। यह तथ्य यह संकेत करता है कि विश्व व्यापार में जापान के अंश में निरंतर वृद्धि हो रही है।

द्वितीय विश्वयुद्ध के पश्चात् जापान अर्द्ध-भूखमरी की व्यवस्था में ही था। उसका औद्योगिक उत्पादन मुश्किल से केवल प्रतिशत रह गया था। किन्तु विगत कुछ दशाब्दियों में ही जापान ने अपने आर्थिक विकास की संभावनाओं को अच्छी तरह प्रदर्शित किया है और आज वह विश्व के सर्वाधिक समृद्धिशाली देशों में से एक हो गया है। **जापान की स्वयं कमजोरियाँ ही–भूमि की कमी, कच्चे माल का अभाव, अति-जनसंख्या–जापान के लिए छिपे रूप में वरदान सिद्ध हुई** हैं। अनेक कारणों से जापान अत्यन्त ही अल्प समय में एक समृद्धिशाली राष्ट्र बन गया है और उसकी गतिशील नीतियों ने उसकी समृद्धिशीलता एवं गतिशीलता की गति को निरन्तर चालू रखने में उसको सफल बनाया है और उसकी सहायता की है।

युद्धोत्तर जापान के तीव्र आर्थिक विकास के कारण

द्वितीय विश्व युद्ध के पूर्व जापान आर्थिक विकास के क्षेत्र में पश्चिमी देशों से किसी प्रकार भी कम नहीं था। किन्तु द्वितीय विश्वयुद्ध में इसकी पराजय का आर्थिक व्यवस्था पर बहुत ही बुरा प्रभाव पड़ा। सन् 1945 में जापान के आत्म-समर्पण के बाद इस पर मित्र राष्ट्रों का सैनिक शासन हो गया। सन् 1948 में जापान का औद्योगिक उत्पादन 1934-35 की तुलना में 27.6 प्रतिशत कम हो गया। किन्तु युद्धोत्तर काल में इसका आर्थिक विकास तीव्र गति से प्रारंभ हुआ। सन् 1951 तक इसका औद्योगिक उत्पादन युद्ध के पूर्व स्तर पर आ गया, 1955 में उसका 153.6 प्रतिशत और 1960 में 349.6 प्रतिशत हो गया। इस प्रकार युद्धोत्तर काल में जापान का आर्थिक विकास आश्चर्यजनक गति से हुआ। इस काल में **विश्व से कुछ अन्य देशों के वार्षिक आर्थिक विकास की गति की तुलना** करने पर यह तथ्य अधिक स्पष्ट हो जाता है।

1951-56 के बीच कुल वास्तविक राष्ट्रीय उत्पादन में औसत वृद्धि[1]

देश	वार्षिक विकास दर (प्रतिशत)
जापान	7.76
पश्चिमी जर्मनी	7.50
फ्रांस	4.64
कनाडा	4.21
संयुक्त राज्य अमेरिका	2.95
ब्रिटेन	2.45

युद्धोत्तर जापान के औद्योगिक उत्पादन में वास्तविक वृद्धि दर भी अन्य देशों की तुलना में अधिक रही है। 1953-58 के बीच जापान के औद्योगिक उत्पादन में औसत वार्षिक वृद्धि दर 10.9 प्रतिशत थी जबकि पश्चिमी जर्मनी में इसकी औसत दर 8.5 प्रतिशत, फ्रांस में 7.9 प्रतिशत, ग्रेट ब्रिटेन में 2.7 प्रतिशत, सोवियत रूस में 11.8 प्रतिशत तथा युगोस्लाविया में 13.7 प्रतिशत थी। जापान में इस काल में औद्योगिक उत्पादन में वृद्धि के साथ-साथ टिकाऊ उपभोक्ता वस्तुओं के उत्पादन में तीव्र गति से वृद्धि हुई है। इससे लोगों के जीवन-स्तर में पर्याप्त सुधार हुआ है। इस प्रकार जबकि सितम्बर, 1958 में जापान के केवल 15.9 प्रतिशत शहरी परिवारों के पास टेलीविजन सेट थे तो सन् 1961 में यह

1. The Eastern Economist, September 24, 1968

बढ़कर 71.9 प्रतिशत हो गया। इसी बीच ग्रामीण क्षेत्रों में यह अनुपात 2.6 प्रतिशत से बढ़कर 28.5 प्रतिशत हो गया।

युद्धोत्तर काल में खनिज और औद्योगिक उत्पादन में आशातीत गति से वृद्धि हुई। इनका उत्पादन 1946 में 1935-36 के स्तर पर 27.6 प्रतिशत था। 1951 में यह बढ़कर युद्ध के पूर्व स्तर के बराबर हो गया और 1960 तक युद्ध के पूर्व स्तर का प्रायः 3.5 गुना हो गया। 1960 वाले दशक में तो जापान के औद्योगिक उत्पादन में इतनी अधिक वृद्धि हुई कि आज जापान विश्व का प्रमुख औद्योगिक राष्ट्र हो गया है। 1977 तक विश्व में जापान का स्थान समुद्री जहाज, रेडियो के उत्पादन में प्रथम, मोटर कार, रबर, रबर की वस्तुओं तथा टेलीविजन के उत्पादन में द्वितीय तथा सीमेंट, लोहा और इस्पात के उत्पादन में तृतीय हो गया था। **युद्धोत्तर जापान के कुल राष्ट्रीय उत्पादन में वृद्धि का अन्दाजा निम्नांकित तालिका से लगता है–**

जापान का कुल राष्ट्रीय उत्पादन तथा प्रति व्यक्ति आय

वर्ष	**कुल राष्ट्रीय उत्पादव (GNP)** **(बिलियन अमेरिकी डॉलर)**	**प्रति व्यक्ति आय** **(अमेरिकी डॉलर)**
1950	10.9	123
1955	24.0	198
1960	43.0	356
1965	88.3	707
1967	141.9	1,122
1969	166.4	1,289
1970	199.2	1,646
1971	226.0	1,853
1972	293.2	2,336
1973	407.9	3,251
1974	451.7	3,594

जापान के इस तीव्र आर्थिक विकास के लिए उत्तरदायी कारणों को दो वर्षों में विभाजित किया जा सकता है–

(क) युद्धोत्तर तात्कालिक कारण (*Immediate post-War factors*)—युद्धोत्तर काल में लगभग सभी प्रमुख देशों के आर्थिक विकास की दर में तीव्र वृद्धि हुई है। किन्तु यह वृद्धि उन देशों में सर्वाधिक रही है जिनके उत्पादन में युद्ध के परिणामस्वरूप बहुत अधिक कमी आ गयी थी। जापान के साथ भी यही बात थी। **जापान के तीव्र आर्थिक विकास के लिए निम्न वर्णित युद्धोत्तर विशेष रूप से उत्तरदायी रही हैं–**

1. पुनर्वास-संबंधी कारण (*rehabilitation factors*)—युद्धोत्तर काल में युद्ध के दौरान नष्ट हुए उद्योगों को पुनः स्थापित करने का प्रयास किया गया। इसमें पर्याप्त सफलता भी मिली। द्वितीय विश्वयुद्ध काल में जापान को बहुत क्षति उठानी पड़ी थी और उसके बहुत से उद्योग नष्ट हो गये थे।

2. सैनिक व्यय में भारी कमी *(sharp decline in military expenditure)*— युद्धोत्तर काल में अपनाए गए संविधान के अनुसार जापान को सेना रखने की अनुमति नहीं प्राप्त थी। वह केवल आत्म रक्षा के लिए सेना रख सकता था। इससे युद्धोत्तर काल में जापान के सैनिक व्यय में भारी कमी हो गयी। 1940 में जापान की केन्द्रीय तथा स्थानीय सरकारों द्वारा कुल 1045 करोड़ येन की रकम वस्तुओं तथा सेवाओं के क्रय में व्यय की गयी थी जिसमें से 666 करोड़ येन अर्थात् कुल व्यय का लगभग 63.8 प्रतिशत केवल सेना के ऊपर व्यय किया गया था। किन्तु 1960 में कुल 2683 बिलियन येन के सरकारी खर्च में से केवल 158 मिलियन येन, जो कुल व्यय का लगभग 5.9 प्रतिशत था, सेना के ऊपर व्यय किया गया था। इस प्रकार सैनिक खर्च में जो भारी कमी हुई उसका उद्योग धन्धों में निवेश किया गया जिससे आर्थिक विकास में तीव्र गति से वृद्धि हुई।

3. श्रम-संघ, भूमि-सुधार तथा स्फीति का प्रभाव *(roles of labour unions, land reforms and inflaction)*—युद्धोत्तर काल में सैनिक शासन द्वारा आर्थिक जनतंत्रीकरण की नीति के अन्तर्गत जाइबात्सू का विघटन किया गया, कृषि के क्षेत्र में भूमि-सुधार के लिए एक क्रान्तिकारी कार्यक्रम अपनाया गया और श्रम-संघों को पुनः नए सिरे से संघटित किया गया। भूमि-सुधार कार्यक्रम के अन्तर्गत लगभग 50 लाख एकड़ भूमि को अनुपस्थित जमीदारों के हाथों से लेकर किसानों के बीच वितरित किया गया। जमींदारों की कुल भूमि के लगभग तीन चौथाई को रैयतों को दे दिया गया। इसके परिणामस्वरूप किसानों की आय में पर्याप्त वृद्धि और जमींदारों की आय में कमी हुई। इसके अतिरिक्त सैनिक शासन ने युद्धकालीन श्रम-सन्नियमों को समाप्त कर श्रमिकों के संगठन को प्रोत्साहित किया। युद्धोत्तर काल में श्रमिकों तथा किसानों की आय में पर्याप्त वृद्धि के कारण आन्तरिक बाजार का पर्याप्त विस्तार हुआ। इससे युद्धोत्तरकालीन पुनर्निर्माण को पर्याप्त बल मिला। किन्तु वस्तुओं के अभाव में आन्तरिक बाजार में विस्तार से मूल्य-स्तर में वृद्धि की प्रवृत्ति दृष्टिगोचर होने लगी। इस स्फीति से आर्थिक विकास को परोक्ष रूप से प्रोत्साहन मिला। **वस्तुओं के अभाव तथा मुद्रा-स्फीति के कारण होने वाली बलात बचत के परिणामस्वरूप पूँजी निर्माण के कार्य में बहुत सहायता मिली।** सन् 1949-50 के सैनिक शासन द्वारा स्फीति-विरोधी नीति अपनाई गई। किन्तु कोरियाई युद्ध के कारण 1956 तक जापान में स्फीति की स्थिति बनी रही।.

4. तकनीकी अथवा प्राविधिक प्रगति *(technological innovations)*—युद्धोत्तर काल के प्रारंभ में जापान में तकनीकी क्षेत्र में कोई प्रगति नहीं हुई। किन्तु 1955 से 1959 के बीच तकनीक के क्षेत्र में अभूतपूर्व गति से प्रगति प्रारंभ हुई। औद्योगिक उत्पादन के क्षेत्र में नये-नये तरीकों को अपनाने से उत्पादन में बहुत अधिक वृद्धि हुई। जाइबात्सू के विघटन तथा एकाधिकार विरोधी नियमों से तकनीकी प्रगति को विशेष बल मिला। तकनीकी प्रगति के कारण जापान में सभी प्रमुख उद्योगों—इस्पात-निर्माण, यंत्र-निर्माण उद्योग, सूती वस्त्र, पेट्रो-रसायन तथा विद्युत संबंधी उद्योगों आदि का आशातीत विकास हुआ।

5. श्रम-शक्ति *(labour force)*—साधारणतया अन्य परिस्थितियों के समान रहने पर **श्रम-शक्ति की अधिकता से विकास की दर को ऊँचा होने की संभावना अधिक होती है।** इसका मुख्य कारण यह है कि अपेक्षाकृत निम्न मजदूरी एवं बाहर से अपनाए गए उच्च तकनीक के परिणामस्वरूप मूल्य-स्तर कम रहता है जिससे निर्यात के विस्तार को

प्रोत्साहन मिलता है। इसके विपरीत श्रम के अभाव वाली अर्थव्यवस्था में लागत में वृद्धि एवं भुगतान संतुलन की प्रतिकूलता के परिणामस्वरूप आर्थिक विकास में बाधा उत्पन्न होती है। युद्धोत्तर जापान की श्रमशक्ति में युद्ध के पूर्व की अपेक्षा अधिक तेजी के साथ वृद्धि हुई। इस काल में निर्माणी उद्योगों के विस्तार के लिए आवश्यक जनसंख्या कृषि-क्षेत्र से प्राप्त हुई थी। युद्ध के पूर्व के वर्षों में कृषि पर आश्रित जनसंख्या लगभग स्थायी थी। किन्तु युद्धोत्तर काल में कृषि पर आश्रित जनसंख्या में क्रमशः कमी होने लगी। जनगणना के अनुसार कृषकों की संख्या सन् 1950 में 161 लाख से घटकर 1955 में 148.9 लाख तथा 1960 में 132.2 लाख हो गयी। युद्धोत्तर काल में जापान में किसानों के बीच कृषि को छोड़कर उद्योग-धन्धों में प्रवेश करने की प्रवृत्ति बढ़ती ही गयी जिससे औद्योगिक विस्तार में बहुत अधिक सुविधा हुई। **इस काल में प्राथमिक उद्योगों से श्रमिकों का द्वितीयक तथा तृतीयक उद्योगों में भी अन्तरण हुआ।**

नियुक्त श्रमिकों के अनुपात में परिवर्तन (प्रतिशत)

वर्ष	प्राथमिक उद्योग	द्वितीयक उद्योग	तृतीयक उद्योग
1955	40.2	24.0	35.8
1960	31.5	17.8	39.7
1965	25.5	31.6	42.9
1969	18.8	35.0	46.2

6. सरकारी सहायता (*Government aid*)—युद्धोत्तर काल में जापानी सरकार के द्वारा भी आर्थिक विकास के लिए विभिन्न प्रकार की सहायता दी गयी। सन् 1947 में पुनर्निर्माण वित्त बैंक (Reconstruction Finance Bank) की स्थापना की गयी। **किन्तु 1949 में इस बैंक ने कार्य करना स्थगित कर दिया।** इस बैंक ने उद्योगों के लिए पूँजी उपलब्ध करने में अत्यधिक सहयोग दिया था। 1947 एवं 1948 के दो वर्षों में इसने कुल 132 बिलियन येन ऋण के रूप में दिया जिसका 36 प्रतिशत कोयला खान उद्योग, 17 प्रतिशत विद्युत शक्ति उद्योग तथा 9.6 प्रतिशत जहाजरानी उद्योग को दिया गया था। **संयुक्त राज्य अमेरिका की आर्थिक सहायता** ने भी जापान के आर्थिक विकास में पर्याप्त योगदान किया। जून 1951 तक संयुक्त राज्य ने जापान को सहायता के रूप में 2 बिलियन डॉलर दिया था जिससे अर्थव्यवस्था के पुनर्निर्माण एवं विकास में बहुत सहायता मिली। **आर्थिक विकास कार्य में जापानी सरकार ने अपनी कर नीति के द्वारा भी सहायता दी है। इस संबंध में सरकार द्वारा अनेक महत्त्वपूर्ण उपाय किये गये जिनमें अग्रलिखित विशेषत: उल्लेखनीय हैं–**

1. साधनों का पुनर्मूल्यन (*revaluation of assets*)—अत्यधिक मुद्रा-स्फीति के परिणामस्वरूप स्थायी साधनों के मूल्यों को अपरिवर्तित छोड़ देने पर उद्योगपतियों के लाभ, घिसावट व्यय आदि के शुद्ध मूल्य में कमी की आशा थी। अतएव सरकार ने 1950, 1951 तथा 1953 में साधनों के पुनर्मूल्यन की व्यवस्था की। किन्तु वह पुनर्मूल्यन स्वैच्छिक था। अतएव इससे मुख्यतः बड़े-बड़े उद्योगपतियों को ही लाभ हुआ।

2. घिसावट की विशेष व्यवस्था (*extra-ordinary depreciation system*)— औद्योगिक संस्थाओं के आधुनिकीकरण एवं निवेश को बढ़ाने के लिए व्यवसायियों के स्थायी

साधनों की अग्रिम घिसावट की व्यवस्था की गयी। उदाहरण के लिए यंत्र और समुद्री जहाजों के लिए 3 वर्षों में 50 प्रतिशत से अधिक घिसावट की व्यवस्था की गयी। इससे अर्थ-व्यवस्था के तीव्र विकास की आशा की गयी। किन्तु ऐसी सुविधा से भी मुख्यतः बड़े-बड़े व्यवसायियों को ही अधिक लाभ हुआ।

3. विभिन्न प्रकार के आरक्षित कोषों की व्यवस्था—कुछ विशेष प्रकार के आरक्षित कोषों में रखी जाने वाली रकम को कर-निर्धारण के लिए घाटे के अन्तर्गत लिया जाता था। जैसे बुरे कर्ज के लिए कोष (reserves for bad loans), मूल्य उच्चावचन कोष (price fluctuations reserves), पूँजी वापसी भत्ता कोष (retirement allowances reserves) इत्यादि। इससे व्यवसायिक संस्थाओं के पूँजीगत साधनों में बहुत अधिक वृद्धि हुई। उदाहरण के लिए, सभी कम्पनियों द्वारा प्रयोग में लायी गयी पूँजी में 1952 से 1959 के बीच 3.17 गुनी वृद्धि हुई। पूँजी निर्माण की प्रक्रिया में बहुत अधिक सहायता मिली। इसके अतिरिक्त, सरकार द्वारा बचत एवं पूँजी निर्माण को प्रोत्साहित करने के लिए और भी बहुत प्रकार के करों में छूट की व्यवस्था की गयी।

(ख) **दीर्घकालीन कारण** *(Long-term Factors)*—युद्धोत्तर काल में जापान के तीव्र आर्थिक विकास में कुछ दीर्घकालीन तत्त्वों ने भी योगदान किया है। इनमें अग्रवर्णित तत्त्व विशेष रूप से उल्लेखनीय हैं—

1. वित्तीय ढाँचा एवं निवेश आचरण *(financial structure and investment behaviour)*—युद्धोत्तर जापान के तीव्र आर्थिक विकास के कारणों में एक कारण जापानी व्यवसायियों में अधिक निवेश करने की प्रवृत्ति है। यह सर्वविदित है कि जापानी व्यवसायी निवेश करने के मामले में बहुत ही प्रबल हैं। अन्य देशों के व्यवसायियों की तुलना में अपने व्यवसाय के विस्तार में ये सदा अधिक मात्रा में निवेश करने के लिए तैयार रहते हैं। ये केवल अपने लाभ का ही निवेश नहीं करते वरन् वे बैंकों से कर्ज लेकर भी यह कार्य करते हैं। जापान में व्यावसायिक बैंक भी साधनों तथा यंत्रों के निवेश में अपनी रकम लगाने के लिए सदा तैयार रहते हैं। ऐसी बात अन्य देशों के व्यावसायिक बैंकों के साथ नहीं पायी जाती। युद्धोत्तर काल में तो जापान में निवेश की प्रवृत्ति को पुनर्निर्माण वित्त बैंक, प्रतिपक्षी कोष लेखा (Counterpart Fund Account) और जापान विकास बैंक (Japan Development Bank) आदि से बहुत बल मिला है। ऐसे निवेश को अन्ततः बैंक ऑफ जापान से सहायता मिली है। इस प्रकार जापान के तीव्र आर्थिक विकास में वहाँ के वित्तीय ढाँचे एवं निवेश आचरण का भी बहुत अधिक योगदान रहा है।

2. अर्थ-व्यवस्था का दोहरा ढाँचा और निर्यात की विकास संभावना *(dual structure of the economy and export growth potential)*—जापान की अर्थ-व्यवस्था का ढाँचा दोहरा है इस अर्थ में कि **इसमें बड़े पैमाने के उद्योगों के साथ-साथ लघु एवं मध्यम आकार के उद्योग भी अधिक संख्या में हैं।** ऐसी बात अन्य औद्योगिक राष्ट्रों में नहीं पायी जाती इसलिए कि उनका आर्थिक विकास दीर्घकाल में हुआ है। किन्तु एक नया विकासशील राष्ट्र थोड़े ही समय में अत्यन्त विकसित तकनीक को अपना लेता है जिसे विकसित राष्ट्र को पता लगाने तथा अपनाने में सैंकड़ों वर्ष का समय लगा था। इससे इनमें निम्न आय के साथ-साथ तकनीक का उच्च स्तर भी पाया जाता है जिससे मूल्य स्तर भी कम रहता है और निर्यात की संभावनाएँ भी अधिक रहती है। जापान के साथ भी यही

बात हुई। लगभग 1920 से बड़े एवं लघु उद्योगों के बीच मजदूरी में अन्तर स्पष्ट होने लगा। किन्तु इसी समय से देश में भारी उद्योगों का भी विकास प्रारंभ हुआ। 1920 से 1931 के बीच वाले काल में जब मूल्य-स्तर में बहुत अधिक ह्रास हुआ तो मजदूरों की मजदूरी में भी कमी की प्रवृत्ति दिखाई पड़ने लगी। किन्तु भारी एवं रासायनिक उद्योगों तथा बड़े-बड़े व्यवसायों में कुशल श्रमिकों का अभाव था। अतएव कुशल श्रमिकों को बनाए रखने के लिए इन उद्योगों में उद्योगपतियों ने **'आजीवन रोजगार'** (life employment) तथा **वरीयता के अनुसार वेतन** (pay by seniority) के तरीकों को अपनाया। इससे कुशल मजदूरों की मजदूरी में 1920 से 1931 के बीच कोई कमी नहीं हुई।

3. बैंकिंग नीति (*banking policy*)—1920 से 1931 के बीच के संकट काल में जापान के कई बैंक समाप्त हो गये। 1919 में जापान के बैंकों की संख्या 2069 थी जो घटकर 1932 में केवल 663 हो गयी। इसके परिणामस्वरूप बैंक ऋण छोटे-छोटे व्यवसायों की अपेक्षा बड़े व्यवसायियों को ही दिये जाने लगे। इससे भी आर्थिक विकास में बहुत अधिक सहायता प्राप्त हुई है।

4. उच्च आय-बचत अनुपात (*high income saving ratio*)—जापान में बचत का अनुपात भी अन्य देशों की अपेक्षा बहुत ऊँचा रहा है। सन् 1951 में जापान में कुल राष्ट्रीय उत्पादन में से 54.6 प्रतिशत वैयक्तिक उपभोग व्यय था जो संयुक्त राज्य के 82.1 प्रतिशत, ग्रेट ब्रिटेन के 83.2 प्रतिशत तथा पश्चिमी जर्मनी के 72.3 प्रतिशत की तुलना में बहुत ही कम था। साथ ही, वैयक्तिक व्यय-योग्य आय में से जापान में व्यक्तिगत बचत 18.5 प्रतिशत थी जो संयुक्त राज्य अमेरिका के 7.6 प्रतिशत तथा ब्रिटेन के 5 प्रतिशत की तुलना में निश्चय ही बहुत अधिक थी। ऊँची बचत अनुपात से ऊँची निवेश दर का अन्दाजा लगाया जा सकता है। **जापान में ऊँची वैयक्तिक बचत ने ऊँची निवेश दर के द्वारा देश के तीव्र आर्थिक विकास को संभव बनाया है।**

जापान के आर्थिक चमत्कार की चुनौती : जापानी आर्थिक विकास का भविष्य

जापानियों ने अनजाने रूप से द्वितीय विश्व युद्ध में विजयश्री प्राप्त कर ली है–शस्त्र द्वारा नहीं, वरन् कठोर परिश्रम, श्रेष्ठतर व्यवस्थापकीय निपुणता और उन्नत प्रौद्योगिकी को तुरन्त ग्राह्य कर लेने की अपनी समर्थता के द्वारा।[1] वस्तुतः चार दशाब्दियों पूर्व उनके सैनिक स्वामियों का जो दिवास्वप्न था उससे भी वे बहुत आगे निकल चुके हैं। आज जापान न केवल किसी समय बहुत-बदनाम सह-समृद्धिशीलता क्षेत्र' (once infamous sphere of co-prosperity)—चीन और दक्षिण पूर्वी एशिया—पर ही अपनी धाक जमा चुका है वरन् अब वह विश्व के सर्वश्रेष्ठ औद्योगिक राष्ट्र के रूप में उभर रहा है। अब केवल अमेरिकी अर्थव्यवस्था के कृषि, सैनिक और सेवा क्षेत्रों की ही छाया इस पर पड़ रही है। पिछले कुछ वर्षों में वह जलयानों, मोटरसाइकिलों और इलेक्ट्रॉनिक उपभोक्ता वस्तुओं के लिए विश्व का सबसे बड़ा और सर्वाधिक कुशल उत्पादक तो हो ही गया था, 1980 तक वह इस्पात और मोटरगाड़ियों—जो सामान्यतः उद्योगीकरण के प्रतीक हैं—के सबसे बड़े उत्पादक के रूप में संयुक्त राज्य अमेरिका से भी आगे निकल गया। **मात्र 11.4 करोड़**

1. The Statesman, Calcutta, Dak ed, August, 1980

अध्यवसायी जन-समूह का यह स्फूतिपूर्ण राष्ट्र उच्च कोटि के फोटे-कैमरों और लेन्सों के विश्व के सबसे बड़ा उत्पादक के रूप में पश्चिमी जर्मनी का स्थान बहुत पहले ही ले चुका था। वह घड़ी-निर्माण में विश्व के दैत्य के रूप में स्विटजरलैंड को भी मात दे चुका है और 1980 तक विश्व में वस्त्रों के सबसे बड़ा उत्पादक के रूप में वह केवल पश्चिमी जर्मनी के ही पीछे था। पश्चिमी देशों को अब भविष्य में उच्च प्रौद्योगिकी और वायु क्षैतिज उद्योग (aerospace industry) में भी कुछ सांत्वना नहीं रह गयी। पहले इसने रेडियो, टेपरिकार्डर और मोटर साइकिलों पर धाक जमाया। वर्तमान में यह इस्पात और मोटर गाड़ियों पर धाक जमा रहा है। अब **जापान वायु-क्षैतिज उद्योग के लिए आधार तैयार कर रहा है और 'सुपर चिप'** (super chip) **वृहत-स्तरीय समन्वित सर्किट अथवा कल के माइक्रो कम्प्यूटर के मस्तिष्क** (large scale intergrated circuit or the brain of the micro computer of tomorrow) **संबंधी गवेषणा और विकास में पश्चिमी देशों से आगे निकल गया प्रतीत होता है।** यहाँ तक अमेरिकी पश्चिमी (American West) के प्रतीक—विन्चेस्टर राइफल (Winchestor rifle) का निर्माण भी आज जापान में होने लगा है और वहाँ से अमेरिका में भेजा जाने लगा है।

1977 में जापान के दूसरे सबसे बड़ा कार-निर्माता—**निस्सान कॉरपोरेशन** के अध्यक्ष-**ताकासी इसीहारा** (Takashi Ishihara) ने घोषणा की थी कि **ऊर्जा संकट 1980** के दशक में **'संयुक्त राज्य में लघु कारों की दशाब्दी'** (decade of the small car in the United States) **लायेगा।** अमेरिका के मोटर गाड़ी निर्माताओं ने उस चेतावनी की अवहेलना कर गुण-नियंत्रण में बिना सुधार किए ही बड़ी कारों का निर्माण जारी रखा। **आज वे स्वयं अमेरिका में जापान की उच्च गुणवाली लघु कारों के लिए बढ़ती हुई माँग के कारण अपने अस्तित्व को बचा पाना कठिन पा रहे हैं।**

पश्चिमी उद्योगों का भविष्य कुछ बोलते हुए आँकड़ें स्वयं ही प्रतिबिम्बत करते हैं। जुलाई 1980 में जापान ने विश्व में कारों के सबसे बड़े उत्पादक के रूप में संयुक्त राज्य अमेरिका को मात दे दिया। उस वर्ष प्रथम छमाही में जापान ने अमेरिका की तुलना में 56 लाख यात्री गाड़ियों अर्थात् 14 लाख कारों का अधिक निर्माण किया। इस छमाही में अमेरिका के फोर्ड कॉरपोरेशन प्लान्ट को 45 करोड़ डॉलर, जेनरल मोटर्स को 30 करोड़ डॉलर और क्रिस्लर को 40 करोड़ डॉलर का घाटा हुआ था। 1979 में ब्रिटेन के लीलैंड कारखाने को 27 करोड़ डॉलर का घाटा और वाक्सहाल (Vauxhall) ने करों के पूर्व 7 करोड़ डॉलर का घाटा घोषित किया। इसके ठीक विपरीत जापान के **तोयता मोटर्स** (Toyota Motors) **को वर्ष 1980 में जून के अन्त में करों के पूर्व 125 करोड़ डॉलर का लाभ हुआ, निस्सान मोटर्स को 1980 के अन्त में 83.1 करोड़ डॉलर का लाभ हुआ और होन्डा** (Honda) **जो अभी 32 वर्ष पूर्व एक मोटर साइकिल की मरम्मत वाली दुकान के रूप में स्थापित था, ने 22 करोड़ डॉलर का लाभ कमाया।**

जैसा कि एक **अमेरिकी समाजशास्त्री और लेखक एजरा वोगेल** (Ezra Vogel) ने अपनी पुस्तक Japan As No. 1 में लिखा है, वस्तुतः **संयुक्त राज्य अमेरिका अब कच्चे मालों के आपूरक और श्रेष्ठकर उद्योगीकृत राष्ट्र से उच्च कोटि की निर्मित वस्तुओं के प्राप्तांक के रूप में जापान के प्राक्युद्धीय उपनिवेशों का स्थान ले चुका है। जो संजीवनी शक्ति जापान को सर्वोच्च शिखर पर पहुँचा दी है वह इस प्रायः**

भयावह तथ्य में प्रदर्शित होती है कि जो लोग सम्पूर्ण विश्व की जनसंख्या के मात्र 3 प्रतिशत हैं और सम्पूर्ण विश्व के क्षेत्रफल के मात्र 0.3 प्रतिशत में निवास करते हैं, वे विश्व की कुल आर्थिक क्रियाओं के 10 प्रतिशत का प्रतिनिधित्व करते हैं। इससे भी अधिक उल्लेखनीय तथ्य यह है कि जापान की सफलता गाथा उस द्वीप की जनता द्वारा पूर्ण की गयी है जिसके पास अपने देश में व्यवहार में कोई भी प्राकृतिक संसाधन नहीं है।

जापान अपने पश्चिमी मित्रों से न केवल उद्योग और व्यापार में ही आगे निकल गया है बल्कि संयुक्त राज्य अमेरिका और यूरोप के उद्योगीकृत जनतंत्रों के विपरीत **जापान एक विश्व आर्थिक शक्ति के रूप में उभरा है उस समाज के तानेबाने में बिना कुछ गड़बड़ी पैदा किए हुए ही जो पृथ्वी के सर्वाधिक समरूपी समाजों में से एक है। उदाहरण के लिए घातक हथियारों से संबंद्ध हिंसात्मक अपराध जापान की तुलना में पश्चिमी जर्मनी में 42 गुना और संयुवत्त राज्य अमेरिका में 250 गुना अधिक होते हैं।** साथ ही, जापानी श्रमिक संघों, जिसका नेतृत्व अविचल रूप से विश्व विद्यालयी प्रशिक्षण-प्राप्त अर्थशास्त्रियों द्वारा किया जाता है, और उद्योगों के व्यवस्थापकों ने एक ऐसा सूत्र खोज निकाला है जिसने जापान को औद्योगिक तालमेल का ऐसा कीर्तिमान स्थापित करने में समर्थ बनाया है जो विश्व के दूसरे देशों के लिए ईर्ष्यास्पद है। इससे भी लेश-मात्र भी संदेह नहीं कि **जापान का आर्थिक चमत्कार उसकी एक अन्य महान सिद्धि पर अवलम्बित है—आज का जापानी समाज विश्व के सर्वाधिक उच्च शिक्षित समाजों में से एक है।**

अभियांत्रिकी के क्षेत्र में भी जापान विश्व में सबसे आगे निकल गया है। **सौ से अधिक वर्षों तक ग्रेट ब्रिटेन और फ्रांस महाभिलाषी चुनेल (chunnel)—इंगलिश चैनेल से होकर ग्रेट ब्रिटेन और फ्रांस को जोड़ने वाला रास्ता–बनाने की संभावना पर विचार करते रहे हैं और विफल रहे हैं। परन्तु जापान प्राय: बिल्कुल वैसी ही परियोजना को पूर्ण कर लिया है–33 मील लम्बी समुद्र के भीतर से गुजरने वाली पतली सुरंग (tunnel) जिसने 1984 से होन्सू द्वीप को होकैडी द्वीप से जोड़ दिया। जापान की 'बुलेट' रेलगाड़ियाँ (bullet train) चमत्कार हैं। जापान की भावी रेलगाड़ियों में अब पहिए अथवा घूमने वाले अंग नहीं होंगे और वे हवाई जहाज की गति से जापान में चुपचाप घूमती रहेंगी।**

जापानियों ने अपने को अन्य अनेक उद्योगीकृत जनतंत्रों की तुलना में अपनी अर्थव्यवस्था का अधिक सक्षम व्यवस्थापक भी सिद्ध कर लिया है। विश्व के विकसित राष्ट्रों में सर्वाधिक उच्च विकास के साथ अवसाद से उभरते हुए जापान ने स्फीति को 8.2 प्रतिशत वार्षिक के नीचे रखने में सफलता प्राप्त की है। 1980 में जापान में मजदूरी दरें स्फीति दर की तुलना में कुछ अधिक ही बढ़ीं। साथ ही, जापान अपने पश्चिमी मित्रों की तुलना में 2 से 5 गुनी अधिक उत्पादन-दर की डींग मार सकता है।

एजरा वोगेल, हडसन इन्स्टीच्यूट के निदेशक **प्रो० हरमन काहन** (Herman Kahn) और अन्य चोटी के अमेरिकी अर्थशास्त्रियों तथा राजनीतिशास्त्रियों ने पहले ही भविष्यवाणी कर दी है कि **इक्कीसवीं शताब्दी जापान की शताब्दी होगी** और अनेक अर्थों में उनके पूर्वानुमान वास्तविकता बन चुके हैं। इस्पात का उदाहरण लें। 1979 में संयुक्त

राज्य अमेरिका जो कभी इस्पात उद्योग में विश्व का चुनौती-मुक्त अगुआ था, ने 12.3 करोड़ टन इस्पात पैदा किया। उसके बाद जापान का स्थान था जिसने 11.2 करोड़ टन इस्पात पैदा किया। (यूरोप के 9 राष्ट्रों का संयुक्त उत्पादन 14 करोड़ टन था।) परन्तु अप्रैल और मई 1980 तक जापान के अधिक कुशल और स्वसंचालित मिलों ने इस्पात के उत्पादन में संयुक्त राज्य अमेरिका को मात दे दिया और भविष्य में भी वे अमेरिका से अधिक उत्पादन करते रहने में आश्वस्त हैं। **प्रतिव्यक्ति आधार पर प्रत्येक जापानी एक अमेरिकी की तुलना में दूना इस्पात पैदा करता है।**

आज विश्व के कोने-कोने में जापान की आर्थिक शक्ति का अनुभव किया जाने लगा है। 1980 में जापान ने जलयानों के लिए सम्पूर्ण विश्व के कुल आदेशों का 50 प्रतिशत हथिया कर जलयानों के निर्माण और निर्यात में विश्व में अपना सर्वोच्च स्थान बनाए रखा। 1979 में जापान ने घड़ी निर्माण में स्विट्जरलैंड की 200 वर्षों की परम्परागत श्रेष्ठता को समाप्त कर दिया। उस वर्ष जापान के सात घड़ी निर्माताओं ने अपने घरेलू संयंत्रों (domestic plants) में 597 लाख टाइम पीस (time pieces) घड़ियों का निर्माण किया जो उस वर्ष स्विटजरलैंड के 678 घड़ी निर्माताओं ने कुल जितनी घड़ियों का उत्पादन किया उससे 90 लाख घड़ियाँ अधिक थीं।

जापान की सबसे बड़ी कमजोरी इसकी कम्पनियों एवं सरकारी तंत्र का अर्द्ध-सामन्ती ढाँचा है जो इसे पूरी तरह पूँजीवाद के गुणों को इसके समस्त अंगों के साथ अपना पाने में इसे असमर्थ बना देता है।

जापान की विकास प्रवृत्तियाँ: औद्योगिक नेतृत्व की ओर
(Japan's Growth Trends : On the Road to Industrial Leadership)

भविष्य में क्या होगा ? पहले से ही दूरदर्शन उपकरणों, टेपरिकार्डर, रेडियो और अन्य इलेक्ट्रॉनिक उपभोक्ता वस्तुओं का विश्व में सबसे बड़ा और सर्वाधिक प्रतियोगी उत्पादक हो चुका जापान अब बड़ी तेजी से प्रौद्योगिकी में भी आगे बढ़ता जा रहा है। **वाल स्ट्रील जनरल** ने भविष्यवाणी की है कि अगले कुछ ही वर्षों में जापान देशी कम्प्यूटर के अमेरिकी बाजार के 1/3 अंश को हथिया लेगा। **नावोकी तानका** (Naoki Tanka) आशा करते हैं कि जापान अब विश्व में सेमी-कान्डक्टर्स का सबसे बड़ा उत्पादक हो जायेगा। उनके अनुसार **''जापान का भविष्य सूक्ष्म यंत्रों और सूक्ष्म-कम्प्यूटरों में निहित है। जापान रोबो निर्माणी साज-सज्जा में पहले से ही अगुवा हो चुका है।''** (The future for Japan is in precision instruments and micro-computers. Japan is already ahead in robot manufacturing.) **लन्दन** से प्रकाशित पत्रिका **'दी बैंकर'** में जनवरी 1987 में छपे लेख 'Learning to Live with Supper Yen' के अनुसार पिछले 10 वर्षों में जापान द्वारा विदेशों में प्रत्यक्ष रूप में निवेश प्रायः 18 प्रतिशत की दर से बढ़ता रहा है और 1986 के प्रथम अर्द्धांश में यह 1985 की उसी अवधि की तुलना में 63 प्रतिशत बढ़ा था। यदि पिछले 10 वर्षों में हो रही वृद्धि का ही क्रम जारी रहा तो जापान का पारसामुद्रिक निवेश इस शताब्दी के अन्त तक 530 बिलियन डॉलर से भी अधिक हो जायेगा जो 1987 में संयुक्त राज्य अमेरिका के पारसामुद्रिक निवेश को दूना से भी अधिक हो जाने वाला था। 1986 के अन्त तक यह 200 बिलियन डॉलर हो गया था।

जनवरी 1975 में **'दी इकॉनॉमिस्ट'** में छपे एक लेख में **नॉर्मन मैकरे** (Norman

Macrae) **ने बतलाया था कि जो कोई भी जापान जाता है उसे प्रत्येक बार बतलाया जाता है कि जापान का आर्थिक विकास सदा के लिए अब मन्द हो जाने वाला है। किन्तु नॉर्मन मैकरे के अनुसार यह कुछ तेज ही हो गया है।** 1973 में अबर-इजरायल युद्ध के बाद अरबों द्वारा पेट्रोलियम के मूल्यों में अत्यधिक वृद्धि कर दिये जाने के कारण विश्वव्यापी ऊर्जा संकट उपस्थित हुआ था जिसकी करारी चोट जापानी-अर्थव्यवस्था को लगी। अतएव 1975 में स्थायी रूप से आर्थिक विकास की गति को मन्द होने की आवाज पहले की अपेक्षा अधिक जोरदार रूप में आने लगी'थी। किन्तु **मैकरे** के अनुसार जापान में विकास गति को और भी अधिक तेज होने की आशा के लिए तकनीकी कारण पहले की अपेक्षा अधिक ही ठोस हैं। वर्तमान परिस्थितियों को देखते हुए ऐसा कहना कुछ उल्टा और विस्मयकारी लगता है। किन्तु यह महत्त्वपूर्ण भी है क्योंकि जापान के आर्थिक विकास की गति में अब जो और वृद्धि होगी वह विश्व के औद्योगिक नेतृत्व को आमूल चूल बदल देगी।

पिछले 35-40 वर्षों में जापान का राष्ट्रीय उत्पादन उतार-चढ़ाव के साथ 10 प्रतिशत वार्षिक औसत दर से बढ़ता रहा है जिसका अर्थ है कि जापान का वास्तविक कुल राष्ट्रीय उत्पादन (real GNP) प्रति 7-8 वर्षों में दूना होता गया है। **एक जापानी अधिकारी ने उचित गर्व के साथ बतलाया,** "प्रारंभ (1955) में हमलोग प्रचलित मूल्यों पर अपने कुल राष्ट्रीय उत्पादन को दूना करने में 10 वर्ष लगाए, दूसरी अवधि में इसे दूना करने के लिए हमलोगों ने केवल 5 वर्ष लिया, सबसे नजदीक वाली पिछली अवधि (1970-73) में केवल तीन वर्ष ही लिया।" (In the beginning (1955) we took 10 years to double our gross national product at current prices; in the next period we took only five years to double that; in the latest period (1970-73) only three.) **यदि 1945 के पहले सम्राट जापान का देवता था जो विफल हो गया तो उसके बाद कुल राष्ट्रीय उत्पादन जापान का नया देवता बन गया है जो विफल नहीं हुआ है।**

मानव इंतिहास में यह तीव्रतम आर्थिक विकास 1940 के दशक के अन्त से प्रारंभ हुआ जब एक औसत जापानी की प्रति व्यक्ति वार्षिक आय 40 पौंड थी जो लगभग उसी स्तर के बराबर है जो आज एशिया के सबसे अधिक गरीब देशों में पायी जाती है। पर 1974 के मन्दी कालीन वर्ष के उपरान्त भी जापान में प्रति-व्यक्ति वार्षिक आय 1750 पौंड से अधिक थी जबकि ग्रेट ब्रिटेन में 1250 पौंड और संयुक्त राज्य अमेरिका में लगभग 2900 पौंड थी। 1974 में ही जापान के वास्तविक कुल राष्ट्रीय उत्पादन में लगभग 2 प्रतिशत की कमी हो सकी। **1975 के पहले 25-26 वर्षों के तेजी काल में भी जापान के विकास की गति पाँच अवसरों पर भयंकर रूप से कम हुई है। प्रत्येक बार विकास गति को रुक जाने अथवा स्थायी रूप से कम हो जाने की चर्चा उभड़ी है किन्तु प्रत्येक बार विकास गति को रुकने और स्थायी रूप से कम हो जाने की स्थिति विकास गति में पुन: सहसा तेजी में विलीन होकर 10 प्रतिशत से भी अधिक विकास-दर पर लौट आयी है।** यद्यपि आँख मूँद कर सीधी-सपाटी भविष्यवाणी और अटकलबाजी करना निकृष्टतम अर्थशास्त्र है फिर भी आँखों को पूरा खोल कर उस स्थिति पर पूरी दृष्टि जमाना सार्थक होगा जिसमें जापान के आर्थिक विकास की भूतकालीन दर की कुछ वर्षों के लिए पुनरावृत्ति हमें खींच ले आयेगी।

जापानी कुल राष्ट्रीय उत्पादन के केवल एक ही और दूनीकरण (doubling) को पूर्ण होने के पहले ही अर्थात् निकट भूतकालीन दरों पर 1980 के दशक के प्रारंभिक वर्षों में जापान प्रति व्यक्ति आय में संयुक्त राज्य अमेरिका से आगे निकल जायेगा। इसके बाद दूसरे दूनीकरण को पूर्ण होने के पहले, जिसका अर्थ है कि यदि 1948-73 की अवधि की प्रवृत्तियाँ अगले 15 वर्षों के संक्षिप्त काल तक जारी रहीं तो 1990 के दशक के प्रारंभ में तत्कालीन 11 करोड़ जापानी तत्कालीन 22 करोड़ अमेरिकियों से दूना से अधिक धनी हो जायेंगे जिससे कि जापान के पास विश्व में सर्वाधिक औद्योगिक उत्पादन हो जायेगा।

अधिकांश पाश्चात्य लोग ऐसे अटकलों को बुरा मानते हैं और अनेक जापानी इस स्थिति से असुरक्षित महसूस करते हैं कि उस अवस्था में जापान अपने को कैसे संभाल पायेगा। 1974-76 की मन्दी ऐसी स्थिति में दो-एक वर्षों के लिए विलम्ब कर सकती है। **अतएव सभी लोग दबे-दबे विनम्रता से स्वांग भरते हैं कि जापानी नेतृत्व का युग नहीं आयेगा। किन्तु यह पूरा संभव है कि यह आयेगा।**

विगत कुछ वर्षों में जापान के अपूर्व आर्थिक विकास का प्रमुख कारण देश की उस अत्यन्त भाग्यपूर्ण प्रणाली में निहित रहा है जिसके अन्दर जापानियों की क्षमता और समझ-बूझ के अन्दर आनेवाली किसी भी नवीन प्रौद्योगिकी और नवीन ज्ञान-विज्ञान को सर्वाधिक उत्पादक रूप दिया जाता रहा है। विकास दर कम हो सकती है यदि विश्व प्रौद्योगिकी और ज्ञान-विज्ञान की प्रगति मन्द पड़ जाय अथवा यदि जापान की विलक्षण व्यवसाय-पद्धति सड़ जाय, चूर-चूर हो जाय।

पहली संभावना और भय गलत है। सामान्यतः यह आशा की जा सकती है कि विश्व ज्ञान-कोष का विस्तार मन्द नहीं पड़ेगा बल्कि निश्चय ही यह जैसे-जैसे समंक शोधन क्रांति (data processing revoltion) अग्रसर होती जायेगी, और अधिक तेज हो जायेगा। जिस अधिक कुशलता के साथ हमलोग गणितीय और अन्य तार्किक परिगणनाएँ कर पाते थे वह पिछले 25-30 वर्षों में कई हजार गुनी बढ़ गयी है और पूर्ण आशा है कि यह प्रगति-काल उस काल की पूर्व-संध्या नहीं होगा जिसमें मानवीय अनुसंधानशीलता सहसा लुप्त हो जायेगी।

तो क्या जापान की व्यावसायिक प्रणाली सड़ जाने वाली है ? इसके उत्तर के लिए हमें समाज विज्ञान का सहारा लेना पड़ेगा। जापान की व्यावसायिक प्रणाली वस्तुतः है क्या ? सभी आधुनिक सभ्य अर्थ व्यवस्थाओं में सामान्य व्यक्ति को आज भी यह महसूस करने की आवश्यकता पड़ती है कि वह किसी वंशावली अथवा कबीला (tribe) से संबद्ध है। जापान में सामान्य शहरी व्यक्ति जिस कबीला से अपने को संबद्ध महसूस करता है वह मित्सूबिसी भारी उद्योग (Mitsubishi Heavy Industries) **अथवा ऐसी ही कोई अन्य वाणिज्यिक कम्पनी है जो उसे आजीवन रोजगार देती है और इसका अत्यन्त ही अधिक उत्पादक प्रभाव पड़ता है।**

ग्रेट ब्रिटेन में व्यक्ति जिस कबीला से अपने को संबद्ध महसूस करते हैं वह सर्वसामान्यतः **मध्य वर्ग बनाम श्रमिक वर्ग** है और इसका अत्यन्त ही अधिक विनाशकारी प्रभाव पड़ता है। ब्रिटेन में कुछ छोटे-छोटे कबीले भी हैं। जैसे—मानचेस्टर संयुक्त गुंडा फुटबाल समर्थक क्लब (Manchester United Hooligan Football Supporter's Club)

जबकि अल्स्टर में लोग अभी भी वस्तुतः प्रतियोगी धार्मिक कबीलों से संबद्ध महसूस करते हैं। इन सबों के ऊपर **घृणित ब्रिटिश वर्ग संघर्ष** (nasty British class strguggle) है। ये सभी बहुत विनाशकारी हैं।

संयुक्त राज्य अमेरिका में 1875-1975 के बीच महान गतिशीलता की एक शताब्दी रही है क्योंकि उस अगुआ और आवासित समाज में साथ चलने वाला कबीला(go-getters tribe) इतने लम्बे समय तक ऐसे छोटे-छोटे कबीलों से संख्या अधिक था जो **अपने को धरती का भाड़ित पुत्र** (hired sons of the soil) मानते हैं। किन्तु अब अमेरिका में **बुद्धिजीवियों का एक बड़ा कबीला** हो गया हैं जो श्रमिकों के साथ मिलकर व्यवसाय स्वयं-गामिमों (business go-getters) से संख्या में अधिक होकर 2 : 1 के अनुपात में हो गया है। अतः उत्तरी अमेरिका में व्यावसायिक गतिशीलता अब क्षीण होती जा रही हैं। **वहाँ अब मुख्य कबीला युद्ध संभवतः प्रवृत्तिशील बनाम प्रवृत्ति विरोधी** (trendy vs anti-trendy) बन गया है केवल यह छोड़कर कि अपेक्षाकृत गरीब क्षेत्रों में यह युद्ध श्वेत बनाम श्याम अर्थात् काला बनाम गोरा युद्ध है।

सोवियत संघ और चीन में क्रांति का मूल उद्देश्य (और संभवतः मार्क्सवाद का मूल उद्देश्य) केवल श्रमिकों के लिए प्रभुतापूर्ण कबीला की रचना करना रहा था। यह एक गतिशील उत्पादक बल के रूप में सर्वथा विफल हो गया है। दोनों ही साम्यवादी उप-महादेशों में कोई जोखिमपूर्ण निर्णय लेने के बजाय कोई निर्णय ही नहीं लिया जाना बहुत अधिक अनुकूल माना जाने लगा। नवप्रवर्तक की अपेक्षा निष्प्रवाहक के लिए जीवन भी बहुत अच्छा हो गया। प्रत्येक बिखरे स्थानीय समुदाय में नियम अनुदार नौकरशाहों की ओर आकृष्ट होता है। माओ ने अल्प काल के लिए सांस्कृतिक क्रांति को प्रोत्साहित करते हुए इसके खतरे के विरुदृध लड़ने का प्रयास किया था। यह खतरा स्वयं माओ के खिलाफ भी कम नहीं था। सोवियत सरकार आंतक और रियायत के एक सम्मिश्रण द्वारा देश में भी अनुदार नौकरशाही के खिलाफ विरोध को एक अल्पमतीय उपासना बनाने की व्यवस्था करता रहा है ताकि ये साम्यवादी अधिनायकतंत्र राजतंत्रीय पूँजीवादी आर्थिक चमत्कार वाले देशों की अपेक्षा अधिक अच्छी तरह विस्फोटक (बम फेंकी) सामाजिक दुर्व्यवस्था को दूर कर सकें। किन्तु **जो कोई भी यह कहता रहा कि साम्यवाद गतिशील आर्थिक छलांग को आगे ला रहा है वह सामान्यतः पर्यटन कक्ष** (tourist lounge) **से अधिक दूर जाता हुआ सिद्ध** नहीं हो पाया था। अब तो सम्पूर्ण रूसी साम्यवादी अर्थव्यवस्था ही चूर-चूर हो गयी है।

इस बीच जापान में कबीली गतिशीलता अब प्रविधि के लिहाज से औद्योगिक उत्पादन को निरन्तर बढ़ाने वाली सरल प्रक्रिया से जुड़ गयी है ताकि 1974 में **'एकानमिस्ट'** में छपे **ब्रायन वीधम** (Brain Beedham) के एक लेख के अनुसार **''मित्सूबिसी के लिए काम करने वाला व्यायलर-मेंडर यह महसूस करता है कि दूसरे फर्मों में काम करने वाले व्यायलर-मेंडरों की अपेक्षा मित्सूबिसी के लिए काम करने वाले दूसरे लोगों के साथ उसकी अधिक समानता है।'' मित्सूबिसी पदाधिकारी अपने संगठन के अन्दर काम करने वाले उस व्यायलर मेंडर के साथ अधिक लगाव महसूस करता है न कि 'मध्य वर्ग' के साथ।**

ऐसा क्यों हुआ है ? संभवतः चावल की नम खेती (wet rice cultivation) के

इतिहास के कारण। जापानी गाँवों में यह सर्वदा एक सहकारी प्रक्रिया रही है। अतएव जापानी श्रमिकों को फर्मों में **'आजीवन रोजगार'** के लिए शहरों में आना स्वाभाविक-सा मालूम हुआ है।

जापान के पास विश्व में सबसे अधिक व्यापक शिक्षित युवा श्रमिक हैं। 17 वर्ष से अधिक आयु तक स्कूल में ठहरने वाले बच्चों का अनुपात जापान में विश्व के किसी भी देश की अपेक्षा अधिक है। ये व्यापक रूप से प्रशिक्षित युवा श्रमिक विश्व में नवीनतम यंत्रों के साथ जापान में काम करते हैं। हाल में किए गए एक सर्वेक्षण से पता चलता है कि जबकि संयुक्त राज्य अमेरिका के निर्माणी उद्योगों में 65 प्रतिशत संयंत्र और साज-सज्जा 10 वर्ष से अधिक पुरानी है तो जापान में 62 प्रतिशत संयंत्र और साज-सज्जा 5 वर्ष से कम नयी हैं। कभी-कभी नए यंत्र टूट जाते हैं किन्तु नवीनता अपनी गतिशीलता लाती है।

1974 तक जापानी अर्थव्यवस्था प्रति वर्ष 10 प्रतिशत से अधिक दर से बढ़ रही थी। अतएव इसके सर्वाधिक विस्तारशील उद्योग इस दर की दूनी अथवा तीन गुनी दर से विकसित हो रहे थे। **जैसे-जैसे हमलोग प्राविधिक रूप से अत्यधिक तेजी के साथ परिवर्तनशील समंक शोधन युग की ओर बढ़ते जायेंगे वैसे-वैसे अकेले यही आदत ही जापान को स्वतंत्र विश्व के आर्थिक नेता के रूप में संयुक्त राज्य अमेरिका का स्थान ले लेने में समर्थ बना देगी जबतक कि इस पर किसी दैवी दुर्भाग्य अथवा गलतियों की चोट न पहुँचे।**

1975 में तोकियो के निराशावादियों ने बताया कि जापान पर ऐसे 6 दुर्भाग्यों अथवा गलतियों की मार पड़ने वाली है। सर्वाधिक कम्पनशील भविष्यवाणी यह है कि बहुत निकट भविष्य में कभी भी जापानी सरकार जापानी समाजवादी दल (Japanese Socialist Party) **के 19वीं शताब्दी के स्वप्निल मार्क्सवादियों** (dreamy 19th century Marxist) **के नेतृत्व में आ जायेगी जो विकासशील जापानी साम्यवादी दल, जो झिल-मिल पर्दों के अन्दर छिपे रूप में स्तालिनवादी है, धूर्ततापूर्ण और चालाकी से व्यवस्थित समर्थन द्वारा अस्थायी रूप से शासनारूढ़ रहेगा और अन्ततः साम्यवादी दल का अधिकार हो जायेगा जो विकास की गति को नहीं वरन् जापानी अर्थ-व्यवस्था की गुणवत्ता, गुण और स्वरूप को भी बर्बाद कर देगा। निराशावादियों के अन्य पाँच प्रमुख तर्क–जापान के दुर्भाग्य अथवा गलतियाँ ये हैं–जापानी उत्पादन की विकास गति रुक जायेगी–**

1. प्रदूषण को नियंत्रित करने की आवश्यकता के कारण,
2. कच्चे माल और ऊर्जा के अभाव के कारण,
3. वित्तीय यंत्र-व्यवस्था के विघटन के कारण जिसने स्फीति और मन्दी उत्पन्न की है,
4. व्यवसाय की कबीली यंत्र-व्यवस्था(tribal mechanism) के विनाश के कारण और
5. आर्थिक विकास के लिए इच्छा में गिरावट के कारण।

नॉर्मन मेकरे के विचार में ये पाँचों तर्क गलत हैं। इनमें से प्रत्येक का महत्त्वपूर्ण अर्थ हो सकता है उस प्रकार के विश्व के लिए जिसमें हम लोग प्रशान्त शताब्दी (Pacific century), जो संभवतः अब आरंभ हो रही है, में पहुँचेंगे। किन्तु स्वयं विकास के तत्त्व के लिए इनका कोई महत्त्वपूर्ण अर्थ नहीं है। **वास्तव में चिन्ताजनक एकमात्र स्थिति राजनीतिक प्रश्नों से उत्पन्न हो सकती है और उसका सामना हमें करना पड़ेगा।**

अन्तरराष्ट्रीय असैनिक व्यवस्था (civil order) **के क्या परिणाम होंगे यदि**–

1. कल के विश्व में जो देश केन्द्र में आसीन होगा वह पूर्णतः **अव्यावहारिक प्रकार का चश्मा चढ़ाये हुए मार्क्सवादी सरकार को चुनता है** और तब
2. अन्त में यह पाया जाता है कि जापान जैसे देशों में निर्वाचित सरकारें ऐसी डोरियाँ खींचती हैं जो वस्तुतः किसी भी वस्तु से संबंधित नहीं है, ताकि,
3. उस जनतंत्र की समीचीनता और उपयुक्तता के संबंध में संकट उत्पन्न हो जाय जिसे जापान में दक्षिण पंथ जीत सकता है।

निश्चय ही जापान में अपूर्व विकास गति के लिए खतरा राजनीतिक है। यदि मार्क्सवादी अथवा साम्यवादी सरकार जापान में सत्तारूढ़ होगी तो निश्चय ही तभी जापान की उच्च विकास दर मन्द पड़ जायेगी जैसा कि सोवियत रूस का इतिहास बतला रहा है।

जापानी अर्थव्यवस्था की सबसे बड़ी कमजोरी इसके व्यवसाय और सरकार का अर्द्ध सामन्ती ढाँचा है जो पूँजीवाद की गुण-क्षमताओं को इसके सभी अंगों के साथ अपना सकने में इसे रोक देता है।

1990 के दशक में जापान को आर्थिक संकटों एवं अवसाद का सामना करना पड़ा है। उसकी विकास दर मन्द पड़ गयी है। संकट अभी बरकरार है यद्यपि इसे दूर करने के लिए जापान जी-तोड़ प्रयास कर रहा है। इस सम्बन्ध में अध्याय 16 में कुछ विशेष चर्चा की गयी है।

संदर्भ

G.C. Allen : Japan's Economic Recovery.
Ministry of Foreign Affairs : Factors in Japan's Economic Growth.
Ministry of Foreign Affairs : The Japan of Today.

मानक प्रश्न

1. जापानी अर्थव्यवस्था की गतिशीलता की समीक्षा करें।
How for Japan's economy is dynamic ? Explain.
2. युद्धोत्तर जापान के द्रुतगति से आर्थिक पुनरुत्थान के सहायक तत्त्वों की व्याख्या कीजिए।
3. जापान के तीव्र आर्थिक विकास के मूल तत्त्वों की आलोचनात्मक समीक्षा करें।
4. द्वितीय विश्वयुद्ध के बाद जापान की आर्थिक समृद्धिशीलता की विवेचना करें।
5. द्वितीय विश्वयुद्ध के बाद जापान के तीव्र आर्थिक विकास की विवेचना करें।
6. जापानी समाज को विश्व का सर्वाधिक गतिशील समाज कहा जाता है। क्या आप इस कथन से सहमत हैं ? कारण बतायें।

❑

अध्याय 15

जापानी पूँजीवादी अर्थव्यवस्था की मुख्य विशेषताएँ-समस्याएँ

(SALIENT CHARACTERISTICS AND PROBLEMS OF JAPANESE CAPITALISM)

जापानी अर्थव्यवस्था एक पूँजीवादी अर्थव्यवस्था है। इसकी कुछ अपनी विशेषताएँ हैं और वर्तमान समय में इसके सामने कुछ समस्याएँ हैं। यहाँ हम जापानी अर्थव्यवस्था अर्थात् जापानी पूँजीवाद की कुछ विशेषताओं और समस्याओं पर विचार करेंगे।

जापानी पूँजीवाद आत्मनिष्ठ स्वआरोपित पृथक्कृत राष्ट्रवाद (self-centred self-inflicted allienated isolationist nationalism) **की उपज रहा है। जापानी आर्थिक और राजनीतिक व्यवस्था के विकास में द्वितीय विश्वयुद्ध के अन्त तक अन्तरराष्ट्रीय संबंधों में विश्वव्यापी दृष्टिकोण का अभाव रहा है।** ये संबंध अत्यधिक राष्ट्रवादी सैनिक पूँजीवादी वर्ग की धारणाओं के प्रतिबिम्ब रहे हैं जो शायद ही कभी अपने तात्कालिक वणिक स्वार्थों से आगे देख पाते थे। युद्धोत्तर जापान में भी ये ही धारणाएँ बन रही हैं किन्तु अब वे सैनिकवादी नहीं रह गयी हैं। जापान ने अब महसूस कर लिया है कि अब यह अपने नए युद्धोत्तरकालीन अन्तरराष्ट्रीयतावाद को और अधिक नहीं बाँध सकता है। फिर भी जिस अवस्था में आज वह है उसको दृष्टिगत रखते हुए यह कहना कठिन है कि उसका अन्तरराष्ट्रीयतावाद क्या होगा जब तक कि संयुक्त राज्य अमेरिका, रूस और चीन के साथ उसके नए संबंध स्पष्ट नहीं हो जाते। फिर भी यह अब मात्र राष्ट्रवादी पृथक्कृत नहीं रह सकता।

जापानी पूँजीवाद का उद्भव और विकास भू-सामन्तवाद (fedualism) से हुआ है और अपने दृष्टिकोण में यह आज भी अपने उस पुरातन दृष्टिकोण और अवस्था से ऊपर नहीं उठ पाया है। **ऊँचे प्रबन्धकीय स्तर पर आज भी जापान में सामाजिक संविदा** (social contract) **की अपेक्षा परम्परा की भूमिका पाश्चात्य देशों से अधिक महत्त्वपूर्ण है।** आज देश की मूर्ति व्यवसायी वर्ग की क्रियाओं पर निर्भर है और सार्वजनिक हितों के लिए लाखों-करोड़ों येन उपलब्ध करने का अभ्यास जापानी व्यवसायियों के लिए एक नया विकास है।

जापान में व्यावसायिक संगठनों के मालिकों की शक्तियाँ और प्रतिष्ठा अधिक होती हैं और उनका विशेष महत्त्वपूर्ण स्थान होता है। जैसा कि एक जापानी पत्रकार ने बतलाया है, **'प्रत्येक जापानी निगम का अध्यक्ष एक लघु-सम्राट होता है।'** (The president of every Japanese corporation is a miniemperor.) स्वभावत:

प्रत्येक नियोजक (employer) अपने नियोजितों (employees) से स्वामिभक्ति की आशा करता है। **जापानी इसे अद्भूत मानते हैं कि अमेरिका में ऊँचे-ऊँचे व्यवसायिक पदाधिकारियों को एक फर्म छोड़कर दूसरे फर्म में जाने की अनुमति दी जाती है,** प्रतियोगिता में सफलता के लिए अमेरिकी निगमों के संगठन और तरीकों को स्वीकार कर लिया जाता है तो भी। जापानियों की यह धारणा विगत 19वीं शताब्दी के उत्तरार्द्ध के औद्योगिक और वित्तीय धनतंत्र (oligorchy) के युग की विरासत है। इसलिए जब आज के विकासशील देशों में जापानी सामन्तवादी पूँजीवाद और पाश्चात्य देशों के उदारतावादी पूँजीवाद की भेंट हो जाती है तो जापानी सामन्तवादी पूँजीवाद के लिए उदीयमान स्थानीय मध्यवर्ग (rising local middle class) के साथ तादात्म्य (identity) स्थापित करना कठिन हो जाता है।

परम्परागत रूप में जापान में निजी संगठन बड़े-बड़े संगठन बनाने में पाश्चात्य देशों की अपेक्षा अधिक संवेदनशील और आतुर होते हैं। वस्तुतः जापानी संगठनों की स्वाभाविक प्रवृत्ति बड़े-बड़े संगठन बनाने अथवा उनके छोटे-छोटे सहायक नक्षत्रों में काम करने की होती है। जापानी संगठनों के साथ यह प्रवृत्ति पाश्चात्य देशों से अधिक होती है। द्वितीय विश्व युद्ध के बाद जापान पर अमेरिकी आधिपत्य काल में **जेनरल मैक आर्थर** ने जाइबात्सू का विघटन किया था मुख्यतः इसलिए कि उसने शाही जापान (imperial Japan) में राजनीतिक प्रभाव प्राप्त कर लिया था और यह जापानी सैनिकतावाद (militarism) के लिए आर्थिक आधार के रूप में काम कर रहा था। इस संबंध में इसकी तुलना केवल जर्मन पूँजीवाद के साथ की जा सकती है जिसने प्रशियाई सैनिकतावाद (Prussian militarism) के लिए ऐसी ही भूमिका निभाई थी। **मैक आर्थर ने सोचा था कि उसने केवल तीन-चार घरानों में व्यवसाय के संकेद्रण को उनके अंशों और स्टाकों को बड़ी संख्या में जनता के हाथों में पुनर्वितरित कर तोड़ दिया है। किन्तु मैक आर्थर ही यह धारणा गलत निकली।** आधिपत्य काल की समाप्ति पर जापानी पूँजीवाद ने प्रति सुधार (counter-reformation) का अनुभव किया। **अब बड़े-बड़े घरानों का पुनः जापान में उदय हो गया है, आर्थिक शक्तियों का संकेन्द्रण पुनः अपनी प्राचीन गरिमा प्राप्त कर लिया है।** जापान में किसी भी कम्पनी में **मित्सुई** का सर्वाधिक लम्बा इतिहास और परम्परा है। **मैक आर्थर ने इसे 170 फर्मों में विभाजित कर दिया था। किन्तु 1973 में अपने एक प्रकाशन में स्पष्ट संतोष के साथ मित्सुई ने बतलाया ''1955 और 1959 में मित्सुई की सहायक कम्पनियों के व्यावसायिक फर्मों का विलयन हुआ और भूतपूर्व 'मित्सुई एण्ड कम्पनी लिमिटेड' जितना बड़ा था उतने ही बड़े एक वृहत सामान्य व्यवसायिक फर्म की स्थापना हो गयी।''** यह बात दूसरी है कि उसे विलयन करने के लिए कारण था—यूरोप और संयुक्त राज्य अमेरिका में होनेवाले ऐसे ही विलयनों (mergers) के साथ अन्तरराष्ट्रीय बाजारों में उसे प्रतियोगिता करनी थी। किन्तु यह एक अलग बात है। जापानी फर्मों की यह प्रवृत्ति इस तथ्य का चित्रण करती है कि क्यों जापानी फर्में पूँजी के स्वामित्व और व्यावसायिक संगठनों की क्रियाओं के पैमाने से संबंधित विकासशील देशों की धारणाओं को समझ पाना कठिन पाती हैं। **कुछ जापानी व्यावसायिक घरानों के पास तो इतनी विशाल वैविध्यपूर्णता और तैयार**

व्यवस्था संयोजन (diversification and ready-made management integration) **है कि यदि आवश्यक हुआ तो वे अकेले ही सम्पूर्ण विकासशील देशों का विकास कर सकते हैं।** यह बात नहीं है कि वे ऐसी भूमिका निभाना नहीं चाहते। किन्तु **विकास के प्रति उनका दृष्टिकोण विशुद्ध व्यावसायिक है।** सचमुच विकासशील देशों की जो धारणा 'विकास' (development) के संबंध में है उसका कोई भी विशेष अर्थ जापानी घरानों के लिए नहीं है। **उनकी दृष्टि में आर्थिक विकास विशुद्धत: आर्थिक विकास है न कि समाजवाद अथवा कल्याणवाद जैसा कोई राजनीतिक नारा।**

जापानी पूँजीवाद एक प्रत्यायोजित निजी उपक्रम (delegated private enterprise) है। अनेक इकाइयाँ (शिपयार्ड, खनन, कारखाने) पहले सरकार द्वारा स्थापित की गयी थीं और बाद में निजी व्यवसायियों को सौंप दी गयी थीं। उस समय (कारखाना अन्तरण के लिए विनियमन 1880 [Regulation for the Transfer of Factories, 1880] के समय) जो अधिकारिक कारण बतलाया गया था वह यह था कि ऐसी इकाइयाँ सुसंस्थापित और समृद्ध हैं। (units were well established and prosperous.) किन्तु वास्तविक कारण यह रहा प्रतीत होता है कि वे अलाभकर हो गयी थीं। अतएव **विकासशील एशियाई देश लोक क्षेत्र की जो माला जपने की प्रवृत्ति दिखलाते हैं उसका जापानियों के लिए कोई अर्थ नहीं होता। संभवत: राजकीय संगठनों के लिए एशियाई देश जो पवित्रता का जामा-बामा पहनाते हैं उससे वे मनोरंजित होते हैं, आश्वत नहीं।** राजकीय संगठनों की इस पवित्रता में जापानियों की कोई आस्था नहीं है। **वे व्यावहारिक जगत में रहते हैं न कि आदर्श कपोल-कल्पित जगत में। जापानी लोग किसी राजनैतिक आर्थिक वाद से चिढ़ते हैं। किन्तु अब वे धीरे-धीरे इस स्थिति के साथ समझौता करना सीख रहे हैं।**

जापान में गैर-सरकारी व्यवसाय को जो प्रतिष्ठा और सरकार पर प्रभाव प्राप्त है वह पाश्चात्य देशों के स्वतंत्र संगठन वाली अर्थव्यवस्थाओं में भी शायद ही कहीं हो। उदाहरण के लिए जापान चैम्बर ऑफ कॉमर्स एण्ड इन्डस्ट्री के अध्यक्ष श्री शिगेयो नागानो (Shigeo Nagano) **जैसे व्यक्ति जो प्रभाव डालते पाते हैं उसका दूसरे देशों में शायद ही कोई बराबरी कर सके।** यदि कोई विदेशी सरकार अपनी किसी परियोजना के संबंध में इन्हें विश्वस्त कर पाये तो शायद वह जापानी सरकार को विश्वस्त कर पाती है। इसके ठीक विपरीत विकासशील एशियाई देशों में ऐसे व्यक्ति को राष्ट्रीय सरकार की आँखों में शंका की दृष्टि से देखा जायेगा।

जापान में सरकार और व्यवसाय में एक तरह से तादात्मय (identity) **पाया जाता है और ये दोनों ही एक साथ मिलकर काम करते हैं।** सरकार और व्यवसाय की यह एकजुटता (togetherness) भी आर्थिक विकास सहायता के प्रति जापानियों के दृष्टिकोण को स्पष्ट करती है। **जाधानियों का विकास सहायता के प्रति जो दृष्टिकोण है वह अर्थशास्त्र की कालसिद्ध विचारधारा** (classical school) का दृष्टिकोण है। कालसिद्ध अर्थशास्त्रियों की भाँति **जापानियों की दृष्टि में पूँजी पूँजी है।** (capital is capital)। **इसका उद्भव** (origin) **अनिवार्यत: इसके आर्थिक कार्यों को धूमिल नहीं करता।** दूसरे शब्दों में, पूँजी का जो कार्य है वह इस बात पर निर्भर नहीं है कि पूँजी

कहाँ से प्राप्त हुई है। **वह चाहे जहाँ से आयी हो पूँजी का कार्य वही है जो पूँजी का कार्य है।** अतएव जापानियों की दृष्टि में जब तक विकास का उद्देश्य पूरा हो पाता है तबतक इसकी कोई परवाह नहीं है और इसका कोई अर्थ नहीं निकलता कि पूँजी सरकारी क्षेत्र में निर्मित हुई है अथवा गैर-सरकारी या निजी क्षेत्र में। जापान विकासशील देशों को जो कुछ सहायता देता है उसका अधिकांश गैर-सरकारी क्षेत्र से ही प्राप्त होता है।

जापानी पूँजीवाद ने न केवल जापान के आर्थिक विकास के लिए ही वरन् सामाजिक रूपान्तरण के लिए भी पाश्चात्य प्रतिमान को अपनाया है और आज वह एशियाई देश होते हुए भी एशियाई देशों के साथ स्व-आरोपित अलगाव (self inflicted alienation) **का शिकार बन गया है। जापानी पूँजीवाद आर्थिक और सामाजिक दृष्टिकोण से पाश्चात्य पूँजीवाद के अधिक नजदीक है, न कि एशियाई देशों के।** एशियाई देशों के साथ जापानी लोग श्रेष्ठता (superiority) की भावना के साथ पेश आते हैं। जापान एशियाई देशों से आर्थिक दृष्टि से 100 वर्ष आगे रहा है इसलिए कि वह स्वतंत्र रहा है। वे पाश्चात्य प्रभाव के लिए अपने दरवाजे को खोलने के लिए स्वतंत्र थे क्योंकि उन्हीं के राजघराने, शोगुन ने उनके दरवाजे को 200 वर्षों तक विदेशी प्रभाव से बन्द कर रखा था और जापान पर प्रमुख पाश्चात्य अधिकारी विद्वान **सर जार्ज सैन्पसम** (Sir George Sanpsom) के शब्दों में **'अपनी ऊर्जा को कैद कर लिया'** (imprisoned their energies) था। भाग्यवश जब इसका दरवाजा खुला तो उसके ऐतिहासिक विकास द्वारा प्रस्तुत सुअवसरों का सदुपयोग करने के लिए जापान के पास नेतृत्व था और जापानी जनता के पास गुण थे। किन्तु इसका अर्थ यह नहीं कि जापान एक एशियाई देश नहीं है। किसी दक्षिणी-पूर्वी एशियाई देश के प्रति पाश्चात्य देशों के दृष्टिकोण की तरह ही अपना दृष्टिकोण अपनाकर जापान इस क्षेत्र में एक स्व-आरोपित अलगाव का सामना कर रहा है।

जापानी अर्थव्यवस्था मूलत: आत्मपूर्ण अर्थव्यवस्था नहीं है। इसकी आर्थिक क्रियाओं को और ऊँचे जीवन को आधार तथा समर्थन देने के लिए अनेक प्रकार के प्राकृतिक साधनों एवं खाद्यान्न आदि का आयात बड़ी मात्रा में और विश्व के विभिन्न देशों से करना पड़ता है। ऊर्जा और अनेक प्रकार के कच्चे मालों का जापान में नितान्त अभाव है जिन्हें उसे विदेशों से मँगाना पड़ता है। खाद्यान्न का आयात भी बड़ी मात्रा में करना पड़ता रहा है। यही नहीं, कच्चे माल, ऊर्जा, खाद्यान्न आदि के लिए विश्व के दूसरे देशों पर इसकी निर्भरता की दर इधर और बढ़कर अत्यन्त ही ऊँची होती गयी है जैसे-जैसे जापान के आर्थिक विकास में तेजी आती गयी है। भविष्य में इस निर्भरता की दर में और भी अधिक वृद्धि होने की संभावना है। जब प्राकृतिक साधनों, कच्चे माल, कोयला, तेल आदि ऊर्जा साधनों, खाद्यान्न आदि के व्यापार में विश्व बाजार एक **क्रेता बाजार** (buyer's market) था तब यह अवस्था जापान के आर्थिक विकास के अनुकूल थी। नौपरिवहन के तीव्र विकास ने विशेषकर बड़े-बड़े टैंकरों के विकास ने सुदूर परिवहन की लागतों को बहुत ही कम कर दिया था और इन साधनों के आयात द्वारा जापान के समुद्री किनारे स्थित उद्योगों के उत्पादन में वृद्धि कर लाभ कमाना सरल संभव था। अब कच्चे माल, खाद्यान्न, ऊर्जा साधनों (कोयला तेल) के विश्व व्यापी अभाव और उनके मूल्यों में अत्यधिक वृद्धि के कारण जब

यह बाजार एक **विक्रेता बाजार** बन गया है, जापान के पूँजीवादी आर्थिक विकास के लिए गंभीर समस्याएँ उत्पन्न हो गयी हैं। आज विश्व अर्थव्यवस्था का सम्पूर्ण नक्शा ही रूपान्तरित हो गया है। **अब विश्व अर्थव्यवस्था को साधन-निर्यातक देशों के मोल-भाव की बड़ी हुई शक्तियों, तथाकथित 'साधन राष्ट्रीयतावाद'** (resource nationalism) **की बढ़ती हुई तीव्रता और साधनों की विश्वपूर्ति की सीमाओं का अवश्य ही सामना करना पड़ेगा। जापान इस बदली हुई स्थिति के प्रति अन्य देशों की अपेक्षा कहीं अधिक संवेदनशील है।** कच्चे माल, ऊर्जा और खाद्यान्न के लिए विश्व के दूसरे देशों पर जापान की निर्भरता इतनी पूर्ण और अधिक है कि इसमें से किसी भी मद के संबंध में आत्म-निर्भरता प्राप्त करने के लिए जापान द्वारा अपनायी जा सकने वाली नीति नितान्त अवास्तविक लगती है। इनकी पूर्ति के स्रोतों को बहुमुखी किया जा सकता है, इनके प्रयोग में मितव्ययता लायी जा सकती है, आन्तरिक साधनों से उत्पादन में वृद्धि करने के प्रयास किए जा सकते हैं, ऊर्जा और खाद्यान्न के संकट कालीन भण्डारों की सृष्टि की जा सकती है। किन्तु इन मूल साधनों के लिए विश्व के दूसरे देशों पर अत्यधिक निर्भरता संबंधी जापानी अर्थव्यवस्था की आधारभूत विशेषता नहीं बदल पायेगी। इस मूल साधनों के संकटकालीन भंडारों की सृष्टि की भी सीमा है। **साधनों के पूर्ति आधार के प्रति जापान मूलतः संवेदनशील है।** उदाहरण के लिए, 1981 में प्रशान्त युद्ध छिड़ने के ठीक पूर्व जापान के पास सैनिक उद्देश्य से पेट्रोलियम का संचित भंडार 3 मिलियन किलोलीटर अर्थात् 19 मिलियन बैरेल था। आज परिस्थितियाँ इतनी बदल चुकी हैं और जापान का आर्थिक विकास इतना ऊँचा और आगे चला गया है कि 1973 के जापान के लिए यह भंडार जापान में केवल 3 दिनों तक के पेट्रोलियम उपभोग आवश्यकताओं को ही पूरा कर सकता था।

द्वितीय विश्वयुद्ध के बाद जिस प्रकार जापानी अर्थव्यवस्था अपने देशी कच्चे माल और ऊर्जा आधार से आगे निकल चुकी है उसी प्रकार उनकी पूर्ति के लिए पूर्वी एशियाई आधार से भी वह आगे निकल चुकी है। महत्त्वपूर्ण प्रमुख वस्तुओं के लिए पूर्वी एशिया (चीन समेत) और दक्षिण पूर्वी एशिया का जापान में इन वस्तुओं के कुल आयात में अंश प्रतिशत के रूप में इस प्रकार था—

वस्तुएँ	जापान के कुल आयात का प्रतिशत
पेट्रोलियम	15.2
कोयला	0.3
बॉक्साइट	27.9
खनिज लोहा	3.3
खनिज ताँबा	33.3
प्राकृतिक रबर	97.1
मकई	20.4
सोयाबीन	7.7

'महत्तर पूर्वी एशियाई सह-समृद्धि क्षेत्र' (Greater East Asian Co Prosperity Sphere) **की पुरानी धारणा मात्र इसी कारण अब मान्य और सही नहीं रह गयी।**

1930 के दशक का इतिहास, जब जापान विवेकपूर्ण आर्थिक परिगणनाओं की उपेक्षा कर सैनिक साहसिक जोखिम पर उतर आया था, शायद पुनः अपने को न दुहरा पाए।

जापानी पूँजीवाद अर्थात् जापानी अर्थव्यवस्था का ढाँचा द्वैधात्मक (dualistic) है। **वृहत् व्यावसायिक संगठनों के साथ-साथ जापानी अर्थव्यवस्था में लघु व्यावसायिक संगठनों की भरमार है** और उनका जापानी अर्थव्यवस्था में विशेष रूप से महत्त्वपूर्ण स्थान है। **विदेश में रहने वाला जो व्यक्ति जापान में कभी नहीं गया है उसके मस्तिष्क में जापानी अर्थव्यवस्था की मूर्ति अधिकांशत: जाइबात्सू (Zaibatsu) संगठनों अथवा उसके आधुनिक प्रतिरूप काइरेत्सू (Keiretsu) की क्रियाओं और उत्पादनों से बनी हुई होगी।** मित्सुई, मित्सूबिसी, सुमितामो, यासुदा जैसे नाम **जाइबात्सू समूह** में आते हैं जबकि मत्सूसिता (Matsushita), हिताची (Hitachi), निस्सान (Nissan) आदि के नाम **काइरेत्सू समूह** के अन्दर आते हैं। **किन्तु जो भी विदेशी जब जापान जाता है तो वहाँ इन विशाल पिशाचों के प्रभुत्व द्वारा उतना नहीं ठगा-सा रह जाता है जितना कि छोटे-छोटे व्यवसायों की विस्मयकारी संख्या से जिनकी जापान के निर्गमित** (corporate) **और नगरी क्षेत्रों में भरमार है।** जापानी अर्थशास्त्री जोरदार शब्दों में कहा करते थे और मार्क्सवादी अर्थशास्त्री आज भी जोर देकर बतलाते हैं कि **जापानी अर्थव्यवस्था में व्यवसाय का ढाँचा द्वैधात्मक** (dualistic) **है। जापानी अर्थव्यवस्था का द्वैध ढाँचा** (dual structure of Japanese economy) **आज भी बना हुआ है।** आज पूँजी गहन ऊँजी-प्रविधि निर्यातक विशाल संगठनों (capital intensive high technology exporting gaints) और वैसे सापेक्षतः श्रम गहन निम्न-उत्पादकता मध्य और लघु काय संगठनों के बीच विभाजन पर जोर दिया जा रहा है जिनकी वस्तुतः जापान के व्यावसायिक संगठनों में प्रधानता है।

जापान के अधिकांश व्यावसायिक संगठन मध्य और लघु आकार वाले हैं जो अधिकांशतः सारे देश में नगरों और कस्बों में स्थित हैं जिससे कि देहाती और नगरी उद्योगों में अन्तर करना अब कोई खास अर्थ नहीं रखता है।

आज जापान के लघु व्यवसाय क्षेत्र के संबंध में तीन मुख्य तथ्यों का उल्लेख किया जा सकता है। पहला इन व्यवसायों के आकार और अनेकरूपता से संबंधित है, **दूसरा** जापानी अर्थव्यवस्था में उनके योगदान और पिछली दशाब्दियों में जापान के आर्थिक विकास में उनके योगदान से संबंधित है और **तीसरा** तथ्य जापान की राजनीतिक और राजकोषीय (fiscal) प्रणाली में उनके विलक्षण स्थान से संबद्ध हैं।

लघु संगठन विधि (Minor Enterprises Law), जो इस क्षेत्र के आचरण को विनियमित करती हैं, को 1973 में संशोधित किया गया ताकि यह उन सभी कम्पनियों के साथ लागू हो सके जिनमें 100 मिलियन येन (लगभग 14.3 मिलियन पौंड) से कम पूँजी लगी हुई है अथवा जिसमें 300 से कम कर्मचारी काम करते हैं। इसके लिए **निम्नतर सीमा** (lower limit) खुदरा भंडारों (retail stores) के लिए 10 मिलियन येन की पूँजी और 50 कर्मचारी तथा थोक व्यवसाय के लिए 30 मिलियन येन की पूँजी और 100 कर्मचारी हैं। **इस वर्गीकरण के अन्दर सभी प्रकार के बोधगम्य व्यवसाय हैं जो छोटे-छोटे पारिवारिक व्यवसायों से लेकर वैसे बड़े व्यवसायों तक हैं जो शीघ्र ही लोक**

सूचित कम्पनियाँ (public listed companies) **बन जाने वाले हैं।** इनमें से अनेक कम्पनियाँ बड़े-बड़े व्यवसायिक समूहों के सहायक नक्षत्रों के रूप में कार्य करती है और स्थायी अर्द्धसंविदा आधार (sub-contractual basis) पर आवश्यक वस्तुओं और सेवाओं को उनके लिए उपलब्ध करती हैं। **दूसरी कम्पनियाँ अपना स्वतंत्र अस्तित्व बनाए हुए हैं और असाधारण रूप से अत्यन्त कम लाभ पर क्रियाशील हैं। आश्चर्य नहीं उनकी मृत्यु-दर अत्यन्त ऊँची है। मृत्यु के प्रति** उनकी संवेदनशीलता 1971 में पूर्णतः स्पष्ट हो गयी थी जब जापानी येन का पहली बार पुनर्मूल्यन (revaluation) हुआ था। पुनर्मूल्यन के कारण अनेक ऐसे लघु संगठन डूब गए क्योंकि येन की नयी विनिमय दर ने उनके अत्यन्त अल्प लाभों को बिल्कुल समाप्त कर दिया था।

फ्यूजी बैंक बुलेटिन (Fuji Bank Bulletin) के हाल के **एक अंक में प्रकाशित दो प्रकार के रुचिकर आँकड़े लघु व्यवसाय क्षेत्र के व्यवसायों के आकार और अनेक-रूपता** (size and diversity) **को चित्रित करते हैं।** राष्ट्रीय कर अभिकरण (National Tax Agency) के अनुसार 31 मार्च, 1973 को जापान में निगमित संगठनों (corporate enterprises) की कुल संख्या 1028000 थी। इनमें 89 प्रतिशत कम्पनियाँ 10 मिलियन येन से कम पूँजी वाली कम्पनियाँ थीं। 99 प्रतिशत कम्पनियाँ ऐसी थीं जिनकी पूँजी 100 मिलियन येन से कम पूँजी वाली कम्पनियाँ थी। 99% कम्पनियाँ ऐसी थी जिनकी पूँजी 100 बिलियन येन से कम थी। इसके अतिरिक्त जुलाई 1972 को जापान में 3687000 **व्यक्तिगत स्वामित्व** (individually-owned) **व्यवसाय** थे।

1965 की तुलना में निरपेक्ष रूप से इन कम्पनियों की अवस्था में कोई महत्त्वपूर्ण गिरावट नहीं आयी है। इनका प्रमुख कार्य-क्षेत्र अब भी खुदरा अचल सम्पदा और सेवाएँ बना हुआ है और **जापानी अर्थव्यवस्था में जाइबात्सू अथवा काइरेत्सू संगठनों के प्रभुत्व के बावजूद सब कुछ मिलाकर जापानी अर्थ व्यवस्था में लघु संगठनों के लिए नव प्रवर्तन** (innovation) **और प्रतिस्पर्धा की पर्याप्त गुंजाइश है।** इन लघु संगठनों के वेगपूर्ण कार्य-सम्पादन की एक व्याख्या उनके **पुनर्जीवनकारी योगदान** (regeneration role) में निहित है क्योंकि **यद्यपि नयी कम्पनियाँ सर्वदा जन्मती रहती है तथापि लगभग उतनी ही पुरानी कम्पनियाँ निरन्तर मरती रहती हैं।** लघु संगठनों के संबंध में **जापानी सरकार द्वारा प्रकाशित श्वेत पत्र** (White Paper on Small Enterprises) के अनुसार 20 (वाणिज्य अथवा सेवाओं कम्पनियों के लिए 5) से कम कर्मचारियों वाली 31 प्रतिशत कम्पनियाँ अपनी स्थापना के बाद 5 वर्षों के अन्दर डूब जाती हैं जबकि 51 प्रतिशत कम्पनियाँ 10 वर्षों के अन्दर डूब जाती हैं। किन्तु चूँकि लगभग इसी दर पर नयी कम्पनियों की स्थापना होती है जो नयी सेवाएँ अथवा नयी वस्तुएँ उपलब्ध करती हैं। इसलिए इस क्षेत्र का सम्पूर्ण चित्र सब कुछ मिला-जुलाकर स्थिर (stable) रहता है यद्यपि संगठनों का जीवन प्रथम कुछ वर्षों तक अत्यन्त खतरों से भरा रहता है तो भी।

इस ऊँचे पण्यावर्त अनुपात (turn over ratio) के संबंध में मूल तथ्य यह है कि **इस 'निगमित जन्म और मृत्यु, संताप और पुनर्स्थापन' की यह प्रक्रिया डार्विन चुनाव सिद्धांत (Darwinism Selection Theory) का आर्थिक प्रतिरूप है। इस प्रकार यद्यपि बड़ी-बड़ी जापानी कम्पनियाँ हास्यास्पद रूप से कम पूँजी आधार पर कार्य करती हुई प्रतीत होती हैं तथापि उनकी एक वास्तविक शक्ति यह है कि**

उनका उद्योग अपने निम्न स्तर पर इस आर्थिक डार्विनवाद (Darwinism) द्वारा निरन्तर काटा-छाँटा जाता रहता है। पाश्चात्य पर्यवेक्षकों को यह ध्यान में रखना होगा कि जापानी नियोजन प्रणाली (employment system) और वह प्रणाली जिसके द्वारा दिवालिया कम्पनियाँ निगमित पुनर्गठन विधि (Corporate Reorganization Law) के अधीन पुनर्गठन के लिए आवेदन करती हैं वे बिना किसी महत्त्वपूर्ण रूप में बेरोजगारी उत्पन्न किए ही ऐसा सब कुछ होने की छूट देती हैं।

जहाँ तक जापान के आर्थिक विकास में इन लघु-संस्थानों की भूमिका का प्रश्न है, **यह असंभव-सा लगता है कि जापान विगत दशाब्दियों में ऐसी ठोस आर्थिक विकास दर को बनाए रख पाया होता यदि इस काट-छाँट और पुनर्जनन** (pruning and regeneration) **तथा पुनर्सृष्टि की प्रक्रिया की संयुक्त कार्यशीलता नहीं रही होती** और इसके साथ उस नियोजन प्रणाली (employment system) का संयोग नहीं रहा होता जो व्यक्तिगत कर्मचारियों के एक काम से दूसरे काम में संक्रमण को सरल बना देती है।

अन्त में **जापान के राजनीतिक और राजकोषीय साँचे में भी जापान के मध्य और लघु संगठनों का अत्यन्त ही अधिक महत्त्वपूर्ण स्थान है।** राजनीतिक दृष्टिकोण से वे महत्त्वपूर्ण हैं। विशुद्धतः संख्यात्मक कारणों से अधिकांश जापानी इस संगठनों द्वारा नियोजित किए जाते हैं।

राजकोषीय दृष्टिकोण से जापान में 100 मिलियन येन से कम पूँजीवाले संगठन निर्माणी क्षेत्र में कुल निगमित राजस्व के 40.7 प्रतिशत का अर्जन (earn) किए थे तथा निर्माणी क्षेत्र (construction sector) में 56 प्रतिशत का और 10 मिलियन येन से कम पूँजी वाले व्यवसाय खुदरा व्यवसाय, अचल सम्पदा (real estate) सेवा क्षेत्रों में कुल विक्रय के 50 प्रतिशत के लिए उत्तरदायी थे।

जापान में कुछ सीमा तक लघु व्यक्तियों के प्रभुत्व को जान-बूझकर विभेदात्मक विधियों द्वारा संजोया जाता है जो संभवतः खुदरा व्यवसायी की लागत पर उपभोक्ताओं को दण्डित करती हैं। उदाहरण के लिए जापान में बड़े-बड़े बाजारों (super markets) के स्थापना-स्थान को सीमित करने वाले कठोर कानून हैं जिनका निर्माण स्पष्टतः अत्यधिक संख्या में खुदरा कम्पनियों को डूब जाने से रोकने के लिए किया गया है। ये कानून और लघु स्व नियोजित व्यक्तियों के मतों को आकर्षित करने के लिए सत्ताधारी राजनीतिक दलों के शाश्वत निरन्तर प्रयासों ने निःसंदेह जापानी वितरण प्रणाली की अकार्यकुशलता (inefficiency) और जापान की संरक्षणवादी व्यापार नीति के कुछ तत्त्वों में योगदान किया है। फिर भी इन दृष्टिकोणों से जापान पाश्चात्य अर्थव्यवस्थाओं से बहुत भिन्न नहीं है जिनका भी ढाँचा और नीतियाँ घरेलू राजनीतिक विचारों से प्रभावित होती रहती हैं।

सामान्यत: पाश्चात्य देशों में जब कभी कठोर मुद्रा नीति अपनायी जाती है तो राजनीतिक नेता रोजगारी और काम की रक्षा करने के लिए अपील करते हुए भाषण देते हैं। जापान में ये नेता लघु और मध्यम आकार वाले व्यावसायिक संगठनों की रक्षा करने के लिए भाषण देते हैं। विगत कुछ वर्षों में उत्पन्न अन्तरराष्ट्रीय मौद्रिक संकट और 1973 में अरब-इजरायल युद्ध के कारण पेट्रोल के मूल्यों में असामान्य (छः गुनी) वृद्धि के कारण उत्पन्न अन्तरराष्ट्रीय ऊर्जा संकट (energy crisis), जिसकी चपेट में जापान गंभीर रूप में आ गया, के कारण येन के पुनर्मूल्यन और मुद्रा स्फीति के

कारण जापान ने जो कठोर मुद्रा नीति अपनायी थी उससे इन लघु और मध्य काय व्यवसायिक संगठनों के लिए सकंट उत्पन्न हुए थे और वे 1973 के पहले जिस दर से मर रहे थे उससे तीन गुनी अधिक दर से मरने लगे थे। समय ज्वार उनके विरोध में अवश्य था किन्तु अल्प काल के लिए ही। अन्ततः शीघ्र ही समय पलट गया, ज्वार लघु संगठनों के पक्ष में हो गया और ये पुनः जापानी अर्थव्यवस्था को प्रतिस्पर्धी शक्तिवेग तथा गतिशीलता प्रदान करने लगे जो जापानी अर्थव्यवस्था की एक अत्यन्त ही महत्त्वपूर्ण विशेषता है।

संदर्भ

G. C. Allen : Japan's Economic Recovery.
Ministry of Foreign Affairs : Factors in Japan's Economic Growth.
Ministry of Foreign Affairs : The Japan of Today.

मानक प्रश्न

1. जापानी आर्थिक समाज की मुख्य विशेषताओं का उल्लेख करें। इसकी आज क्या मुख्य समस्याएं है ?
2. जापानी पूँजीवाद की मुख्य विशेषताओं पर प्रकाश डालें। इसकी कुछ मुख्य समस्याओं पर विचार करें।
3. जापान की द्वैध अर्थव्यवस्था पर प्रकाश डालें। इसमें लघु व्यवसाय संगठनों के स्थान पर विशेष रूप से प्रकाश डालें।

❑

अध्याय 16

जापानी अर्थव्यवस्था का विद्यमान संकट और भविष्य

विद्यमान संकट की प्रकृति

1980 के दशक में जापान विश्व के औद्योगिक नेतृत्व की ओर जा रहा था। 1950 से 1990 के बीच निःसंदेह जापान विश्व की सर्वाधिक सफल अर्थव्यवस्था रहा। एक ही पीढ़ी के अन्दर वह एक पिछड़ी विकासशील अर्थव्यवस्था से ऊपर उठकर विश्व की एकमात्र वैसी शक्ति बन गया जिसने कई अर्थों में अमेरिका की आर्थिक उपलब्धियों को भी धुँधला कर दिया। **परन्तु 1990 के दशक में जापानी चमत्कार अपनी चमक को प्रायः पूर्णतः खो दिया। आज जापान विश्व के प्रमुख औद्योगिक देशों में सबसे मन्द गति से विकसित होने वाला देश हो गया है।** इसके बैंक और बीमा कम्पनियाँ केवल दिवालिया होने से ही बच पायी हैं और कई अर्थों में वे तबाह हो गयी हैं। इसके बड़े औद्योगिक समूह अत्यन्त ही अल्प लाभ कमा रहे हैं अथवा घाटे पर चल रहे हैं। यहाँ तक कि इसकी बेरोजगारी दर बहुत जल्द ही जीवित स्मृति में पहली बार अमेरिकी बेरोजगारी स्तर से अधिक हो जायेगी।'' **आज विश्व की दूसरी सबसे बड़ी अर्थव्यवस्था जो ग्रेट ब्रिटेन, फ्रांस और जर्मनी को एक साथ मिला देने पर उनके बराबर है और जो विश्व अर्थव्यवस्था के लिए सभी एशियाई, लैटीन और अफ्रीकी विकासशील देशों को एक साथ मिला देने से भी अधिक महत्त्वपूर्ण है, आर्थिक क्रियाओं के सबसे बड़े संकुचन का सामना कर रही है जिसका पिछले 50 वर्षों के अन्दर किसी भी बड़े औद्योगिक देश ने नहीं किया है।** वर्षों तक जापान प्रायः पूर्ण रोजगार की स्थिति में रहा है। अब अधिक-से-अधिक लोग बेरोजगार होते जा रहे हैं। उतनी ही गंभीर समस्या यह है कि **जापान में कार्य के रूप और पद्धति भी परिवर्तन होते जा रहे हैं** जो परिस्थिति को और गंभीर बना रहे हैं। अधिकांश बड़ी कम्पनियों में रोजगार प्राप्त लोग सोचते रहे हैं कि उनका कार्य उनके जीवन काल तक बना रहेगा और आशा कर रहे थे कि उन्हें उनकी सेवा-निवृत्ति आयु तक काम पर बना रहने दिया जायेगा यदि उनके पास बहुत लाभदायक काम करने के लिए कुछ नहीं होगा तो भी। ऐसे **'घर में बेरोजगार'** (in-house unemployed) लोगों की संख्या 4.5 मिलियन तक हो गयी है। जहाँ वास्तव में काम पाया भी जाता है वहाँ भी इन कार्यों पर अस्थायी और अंश-कालिक कर्मचारियों को लगाया जाता है।

जापान के बड़े निर्यातक—कैसा (Kaisha) और उनमें सोनी, टायटा और मित्सूबीसी—लम्बे समय से अपने कर्मचारियों की छँटनी करने में अनिच्छुक रहे हैं। बहुत-सा रोजगार सरकारी खर्च पर बनाए रखा जा सका है। परन्तु यह बहुत अधिक दिनों तक चलने वाला नहीं है। 1990 और 1997 के बीच 1 मिलियन तक नया कार्य पैदा किया गया। परन्तु बाद में जब सरकारी खर्च में कटौती कर दी गयी तो इनमें से प्रायः आधा कार्य समाप्त हो गए। वर्ष 1998 में प्रधानमंत्री **केजो ओबुची** (Keizo Obuchi) ने मार्च 2000 तक

1 मिलियन नया काम सृजित कराने की प्रतिज्ञा की थी। परन्तु यह कार्य बड़ा दुःसाध्य लग रहा है। इसके पहले पूर्व प्रधानमंत्री **रूतारो हासीमोतो** (Ryutaro Hashimoto) ने **वर्ष 2010 तक 7.4 मिलियन नया कार्य सृजन करने का संकल्प लिया था जो धरा का धरा रह गया** क्योंकि निहित स्वार्थों और नौकरशाही की अपासी लड़ाई ने विनियमनों को हटाने के प्रयास को रोक दिया था। जापान की कम्पनियाँ यहाँ तक कि उसके सबसे अच्छे बड़े निर्यातक भी 'घर में बेरोजगारी' को बहुत अधिक दिनों तक नहीं बनाये रख सकेंगे। उन्हें विदेशी प्रतियोगियों के साथ तीव्र प्रतियोगिता करनी पड़ रही है और अनेक उद्योग, जैसे वित्त और दूरसचार, पहले की तुलना में अब कम संरक्षित हो गए हैं। **जापान बेरोजगारी के भय से काँप रहा है।** ''जबकि अधिकांश देश 4.4 प्रतिशत बेरोजगारी दर का स्वागत कर सकते हैं, जापान इस अनुभव को सदमापूर्ण मान रहा है,'' उसकी नसें ढीली पड़ रही हैं। कल्पना करें यदि बेरोजगारी दर तिगुनी हो गयी तो क्या होगा ?

संकट का मूल कारण

जापान की अर्द्धसामन्ती कम्पनियों और सरकारी ढाँचे ने पूँजीवाद को अपने सभी गुणों के साथ इसके समस्त अंग-उपांगों में नहीं अपना पाया और उसने सोना को उसके मलछट के साथ ही पूरी तरह बचाने का प्रयास किया। यदि सोने को साफ करना है तो उसके मलछट का त्याग तो करना ही पड़ेगा। जापान ऐसा नहीं कर पाया। **जापानी पूँजीवाद आधुनिक पूँजीवाद की तरह नहीं है जिसमें आधुनिकता प्राप्त करने के लिए परम्परावादिता और सामाजिक लगाव का त्याग करना पड़ता है।** यही विद्यमान आर्थिक संकट का मूल और सर्वाधिक महत्त्वपूर्ण कारण है।

संकट के प्रति जापान की संवेदनशीलता-उत्तरशीलता की विचित्रता

आर्थिक संकट के प्रति जापान की उत्तरशीलता विलक्षण है। जापान की आर्थिक मंदी विश्व अर्थव्यवस्था को महान क्षति पहुँचा रही है। जापान विद्यमान विश्व वित्तीय संकट की धुरी में है। इसकी नीति-विफलताएँ जो उसकी अर्थव्यवस्था के विनाशकारी कार्य-निष्पादन तथा उसकी सम्पूर्ण बैंकिंग प्रणाली के आसन्न विध्वंस में फलित होंगी, सच ही सम्पूर्ण एशिया के संकट का सर्वाधिक महत्त्वपूर्ण कारण मानी जा रही हैं और सम्पूर्ण अर्थव्यवस्था के विध्वंस की धमकी दे रही है। **तो भी इसके लिए जापान द्वारा प्राय: कुछ भी नहीं किया जा रहा है। स्थिति अति विलक्षण है। यह जापानी अर्थव्यवस्था विचित्र है। कल्पना कीजिए वैसे देश की जहाँ औसत परिवार के पास 1 लाख पौंड स्टर्लिंग से भी अधिक की बैंक बचतें हैं और तो भी हजारों लाभदायी व्यवसाय इसलिए दिवालिया होते जा रहे हैं** क्योंकि बैंक उन व्यवसायों को कर्ज नहीं दे रहे हैं जिससे वे मजदूरियाँ दे सकें और अपनी आवश्यक स्टॉक खरीद सकें। कल्पना करें उस देश की जहाँ उद्योग इतने कुशल और सक्षम हैं कि वहाँ के व्यापार मंत्री की सबसे बडी समस्या यह है कि वह कैसे निर्यात को प्रतिबंधित कर सके और तो भी सरकार को देश की मुद्रा को ध्वस्त होने से बचाने के लिए संघर्ष करना पड़ रहा है और उपभोक्ता अपनी मुद्रा खर्च करने से इसलिए घबड़ा रहें हैं कि देश आने वाले दशकों में भुगतान करने में शायद समर्थ न हो पाए। कल्पना करें उसे देश की जहाँ निवेशक सरकार को कर्ज देने के लिए इतने उतावले है कि ब्याज दर इतनी न्यूनतम स्तर पर गिर गयी है जितनी किसी भी देश में नहीं और जहाँ के राजनेता नियमित रूप से मतदाताओं को ब्याज दर ऊँची करने के वादों से एक

प्रकार से घूस देने का प्रयास कर रहे हैं और तो भी सरकार मुद्रा कर्ज लेने से घबड़ा रही है और तर्क दे रही है कि यदि वह कर्ज लेगी तो राष्ट्रीय दिवाला हो जायेगा। कल्पना करें उस देश की जो 1930 के बाद विश्व के किसी भी देश द्वारा अनुभव किए गए सर्वाधिक गहन आर्थिक पतन से भी अधिक गंभीर स्थिति में है और तो भी राजनेता तथा मतदाता यह विश्वास कर रहे हैं कि संकट वस्तुतः बहुत महत्त्वपूर्ण नहीं हैं। **उनकी समझ में अधिक महत्त्वपूर्ण बात इक्कीसवीं शताब्दी के मध्य में आने वाले अधिक गंभीर आर्थिक समस्याओं की संभावना है जब उनमें से अधिकांश जीवित भी नहीं रहेंगे।** यदि आप ऐसे देश की कल्पना कर सकते हैं तो आपके पास जापान की आज की स्थिति की एक अच्छी-खासी समझ प्राप्त हो जायेगी।

आज जापान एक प्रकार से राष्ट्रीय किंकर्त्तव्यविमूढ़ता की स्थिति में है। इसके राजनेता कोई निर्णय लेने में असमर्थ से लग रहे हैं, इसके औद्योगिक नेता और कर्मचारी अत्यधिक विनियमित और संरक्षित बाजारों के समय-जाल में फँसे हुए लगते हैं और इसके नागरिक जो अपने प्रचुर धन के बावजूद अपने को आश्वस्त किए हुए लगते हैं कि उन्हें भावी गरीबी का सामना करना ही है, खर्च करने में विमुख होकर सम्पूर्ण विश्व अर्थव्यवस्था के ध्वंस की धमकी बन गए लगते हैं।

जापान की आर्थिक समस्याओं की रूपरेखा और शेष विश्व पर पड़ने वाले उसके प्रभाव अब पूर्णतः ज्ञात हैं। ऐसे संकट से उबरने के लिए जो उपाय किए जाते हैं—करों में कटौती, अतिरिक्त सरकारी व्यय और उद्योग को विनियमनहीन (deregulate) करने के लिए उठाये जाने वाले निर्णायक कदम भी सर्व ज्ञात हैं। परन्तु **विद्यमान संकट के प्रति जापान की सोच-समझ पश्चिमी देशों के बिल्कुल उल्टी है। पश्चिमी देशों में राजनेता मोटा-मोटी आम घटना की तरह वित्तीय समस्या को सुलझा रहे हैं यह मानकर कि यह विश्व पूँजीवादी प्रणाली का एक समय-समय पर आनेवाला अस्थायी संकट है। जापान में हम ठीक इसके विपरीत उत्तरशीलता देखते हैं।** वहाँ अर्थव्यवस्था सचमुच में मंदी में है और सामाजिक राजनीतिक प्रणाली द्वितीय विश्वयुद्ध के बाद सचमुच की सर्वाधिक गंभीर संकट का सामना कर रही है। **परन्तु इस संकट ने वहाँ हड़बड़ी और हलचल पैदा करना तो दूर चेतनाशून्यता एवं संकट के अस्तित्व का नकार उत्पन्न किया है।** व्यवसाय एवं बैंक ध्वस्त होते जा रहें हैं। संकट गहरा होता जा रहा है। आवश्यक उपाय करने की आवश्यकता के लिए राजनेता, अधिकारी और व्यवसायी बहस छेड़ रहे है परन्तु कोई खास बहुत कुछ नहीं किया जा रहा है।

क्यों ? लालच हो रहा है, और शायद यह सही भी है, यह कहने के लिए कि **जापान की यह संज्ञाशून्यता जापान में कुछ महान गंभीर सामाजिक लगाव (social pathology) का एक लक्षण है। संभवतः जापान का परम्परागत समाज आधुनिकता की चुनौतियों का सामना करने में सक्षम नहीं है। शायद जापानी कर्मचारी और प्रबंधक भविष्य के ज्ञान-आधारित व्यवसायों के अनुरूप बनाने के लिए अपने परम्परागत निर्माणी उद्योगों को पुनर्गठित करने के प्रति अनिच्छुक हैं। शायद वे उस असुरक्षा का सामना करने में समर्थ नहीं हैं जो तीव्र आर्थिक परिवर्तन के साथ आती है।** संभवतः वे नवप्रवर्तन एवं प्रतियोगिता पर आधारित समाज की तुलना में एक स्थिर, विनियमित समाज को बनाए रखने का प्रयास, व्यर्थ ही, कर रहे हैं। **संभवतः**

जापानी संस्कृति दीर्घकालीन वचनबद्धता के गुणों को आवश्यकता से अधिक महत्त्व देती है क्योंकि इस दीर्घकालिक वचनबद्धता को उस स्थिति में अनमनीयता, कठोरता, विवेकहीन हठधर्मिता कहा जा सकता है जब नयी अर्थव्यवस्था नमनीयता, लचीलापन और तेज परिवर्तन को वरीय मानती है।

इन सभी अनुमानों में बहुत कुछ सच्चाई भी हो सकती है। परन्तु जापान के विद्यमान आर्थिक संकट के प्रति एक और दृष्टिकोण और अधिक भावपूर्ण दृष्टिकोण भी हो सकता है। जापान की इस चेतनाशून्यता का कारण इच्छा का अभाव होना नहीं भी हो सकता है। हो सकता है कि जापान पिछड़ेपन से आर्थिक आधुनिकीकरण के लिए बहुत तेज दौड़ के बाद कुछ साँस लेना चाहता है। बल्कि यह हो सकता है कि जापान अपनी राजनीतिक संस्थाओं एवं सामाजिक प्रणाली को आधुनिककृत करने के लिए अपने आधुनिकीकरण के प्रयास में कोई दूसरा महान पग उठाने की तैयारी कर रहा हो। यदि ऐसा है तो **जापानी राजनीति की विद्यमान संज्ञा-शून्यता और अपनी समस्याओं को सुलझा पाने में देश की असमर्थता की व्याख्या एक पीढ़ीगत परिवर्तन** (generational change) **द्वारा की जा सकती है। पूरे द्वितीय विश्वयुद्धोत्तर काल में अबतक जापान पर घनिष्ठ रूप से संबद्ध राजनीतिक, नौकरशाही और व्यवसायिक प्रबुद्ध वर्ग, अभिजात्य वर्ग** (elite) **का शासन रहा है।** यह प्रबुद्ध वर्ग लिबरल डेमोक्रेटिक पार्टी और दो महत्त्वपूर्ण सर्वशक्तिमान आर्थिक मंत्रालयों-वित्त मंत्रालय तथा अन्तरराष्ट्रीय व्यापार और उद्योग मंत्रालय के माध्यम से देश के आर्थिक आधुनिकीकरण में आयोजना, वित्तीयन एवं प्रबंधन में विलक्षण रूप में सफल रहा है। परन्तु इसने किसी राजनीतिक विरोध-विपक्ष के लिए बहुत कम गुंजाइश रख छोड़ रखी थी। वैकल्पिक राजनीतिक विचारों के विकास के लिए तो इसने कोई भी गुंजाइश नही रख छोड़ी थी, इन विचारों को कार्यरूप देने का तो कोई प्रश्न ही नहीं रहा और अब जब लिबरल डेमोक्रेटिक पार्टी (LDP) तथा वित्त मंत्रालय अपने गलत निर्णयों के लिए बदनाम हो गए हैं तो जापानी अर्थव्यवस्था चेतनाशून्यता की स्थिति में आ गयी है।

भविष्य

परन्तु जापानी अर्थव्यवस्था की संज्ञाशून्यता का कारण नयी नीतियों तथा नयी दिशाओं को स्वीकार करने में देश की असमर्थता नहीं है। सही कारण किसी वैकल्पिक शक्ति-केन्द्र का अभाव मात्र है। जापान का विद्यमान आर्थिक संकट एक वैकल्पिक शक्ति-केन्द्र का उदय कर सकता है और बहुत से जापानी मान भी रहे हैं कि सापेक्षतः युवा और आकर्षक व्यक्तित्व वाले पूर्व स्वास्थ्य मंत्री **नाओतो कान** (Naoto Kan) **के नेतृत्व में डेमोक्रेटिक पार्टी यह वैकल्पिक सत्ता-केन्द्र बन सकती है** और तब देश की राजनीति में एक गंभीर शक्तिपूर्ण विपक्ष का विकास होगा जो जापानी अर्थव्यवस्था को बचाने के लिए ठोस नीतियों का विकास करने में निर्णायक भूमिका निभायेगा। **जापानी राजनीतिक प्रणाली का रूपान्तरण करने के लिए देश के आर्थिक संकट का समाधान करने में कुछ और महीनों का विलम्ब एक ऐसा मूल्य होगा जो चुकाने योग्य होगा। यदि ऐसा आकलन सही है तो जापान परिवर्तित हो रही परिस्थितियों के अनुसार अपने को ढाल लेने और अपनी आर्थिक समस्याओं को सुलझाने के लिए आवश्यक निर्णायक कदम उठाने में अपनी समर्थता के द्वारा पुनः विश्व को चकित कर देगा।**

❑

षष्ठ खंड

चीन का आर्थिक विकास

अध्याय 1

चीन की अर्थ-व्यवस्था का संक्षिप्त सर्वेक्षण

1949 में साम्यवादी नेता माओ जेदोंग (Mao Zedong) के नेतृत्व में (माओ जेदोंग को पहले माओत्सेतुंग कहा जाता था) चीन की मुख्य भूमि पर साम्यवादियों का अधिकार हुआ और 1950 में उसके तट के समीप अधिकांश टापुओं पर भी उनका नियंत्रण हो गया। 1 अक्टूबर 1949 को **लोकवादी चीन गणतंत्र** (People's Republic of China) की स्थापना की घोषणा की गयी। इन पिछले पचास-पचपन वर्षों में चीन ने महान प्रगति की है। **संयुक्त राष्ट्र विकास कार्यक्रम** के अनुसार अभी मात्र दो दशकों पूर्व **तेंग शियाओपिंग** काल प्रारंभ होने के पूर्व चीन में 26 करोड़ लोग अत्यन्त गरीबी का जीवन व्यतीत कर रहे थे जबकि 1994 में यह संख्या घटकर मात्र 8 करोड़ रह गयी और अधिकारिक सूत्रों के अनुसार वर्ष 2000 में यह संख्या मात्र 4.2 करोड़ रह गयी। मात्र दो दशकों में प्रायः 23 करोड़ लोगों को गरीबी की अवस्था से ऊपर उठाना इतिहास में एक अपूर्व घटना है। ध्यातव्य है कि **माओ की मृत्यु के बाद चीन में तेंग शियाओ पिंग का काल प्रारंभ हुआ था।**

क्षेत्रफल और जनसंख्या

सोवियत संघ और कनाडा के बाद विश्व में तीसरे सबसे बड़े देश चीन का कुल क्षेत्रफल 9597000 वर्ग किलो मीटर (3704400 वर्ग मील) आँका गया है और 1980 में इसकी जनसंख्या 98.3 करोड़ आँकी गयी थी जब कि 1978 में उसका प्रति व्यक्ति कुल राष्ट्रीय उत्पादन (GNP) 230 अमेरिकी डॉलर आँका गया था।[1] 1953 में हुए जनसंख्या के सर्वेक्षण के अनुसार चीन की कुल जनसंख्या 601983035 थी जिसमें से शहरी जनसंख्या 7.73 करोड़ (13.3 प्रतिशत) और देहाती जनसंख्या 50.53 करोड़ थी। 1979 में सरकारी अनुमानों के अनुसार चीन की जनसंख्या (ताइवान को छोड़कर) 97.093 करोड़ थी जिसमें से 11 करोड़ शहरी जनसंख्या थी। 1982 की तीसरी जनगणना के अनुसार चीन की कुल जनसंख्या 1 जुलाई 1982 को 103,1882,511 थी जो विश्व की कुल जनसंख्या की 22.6 प्रतिशत थी।[2] इस प्रकार चीन जनसंख्या की दृष्टि से विश्व का पहला देश रहा है। इसमें 48.5 प्रतिशत स्त्रियाँ थीं और 51.5 प्रतिशत पुरुष थे। नगरी जनसंख्या 20.6 प्रतिशत थी जो 1964 की तुलना में 2.2 प्रतिशत अधिक थी।

आज भी चीन विश्व का सबसे अधिक जनसंख्या वाला देश बना हुआ है। सन् 1999 के अन्त तक उसकी जनसंख्या 12509 लाख (एक अरब पचीस करोड़ नौ लाख) हो गयी थी। वर्ष 1999 में इसकी जनसंख्या में 10990 हजार की बढ़ात्तरी हुई थी। उस वर्ष देश

1. The Statesman's Year Book, 1982-83, p. 344
2. China : *A General Survey, III Ed, Foreign Languages Press, Beijing*, p. 13

में 19090 हजार बच्चे जन्में। यह एक रिकार्ड है। देश में जन्मदर 1.523 रही। चीन में इस समय 14 साल तक के बच्चों का प्रतिशत 25.4 है। 65 वर्ष ऊपर के लोग 6.9 प्रतिशत हैं। चीन में परिवार का औसत आकार 3.58 है। वहाँ 30.9 प्रतिशत जनसंख्या शहरी है। सन् 1999 में शहरी क्षेत्रों का रहन-सहन बेहतर हुआ। सरकारी कर्मचारियों का वेतन बढ़ा। वर्ष 1999 में किए गए तमाम उपायों से गाँवों के प्राय: 80 लाख गरीबों को गरीबी रेखा से ऊपर लाया गया।[1]

चीनी की जनसंख्या का वितरण असमान है। इसके आन्तरिक क्षेत्रों में जनसंख्या का घनत्व बहुत कम है जबकि समुद्र तटीय भागों में काफी घनी जनसंख्या है। 1982 की तीसरी जनगणना के अनुसार चीन में जनसंख्या का औसत घनत्व 107 व्यक्ति प्रति वर्ग कि॰ मी॰ था जो 1964 की दूसरी जनगणना के अनुसार घनत्व की तुलना में 33 व्यक्ति अधिक था। सात तटीय प्रान्तों, 3 नगरपालिकाओं तथा एक स्वायत्त क्षेत्र में जनसंख्या का घनत्व 1964 में 232.7 व्यक्ति प्रति वर्ग कि॰ मी॰ की तुलना में वर्ष 1982 में बढ़कर 320.6 व्यक्ति प्रति वर्ग कि॰ मी॰ हो गया। 14 अन्दरूनी प्रान्तों, 4 स्वायत्त क्षेत्रों में जनसंख्या का घनत्व 1964 में 47.3 व्यक्ति प्रति वर्ग कि॰ मी॰ से बढ़कर 1982 में 71.4 व्यक्ति प्रति वर्ग कि॰ मी॰ हो गया।

नव चीन की स्थापना के बाद प्रथम 20 वर्षों में चीन की जनसंख्या में बड़ी तेजी से वृद्धि हुई। 1970 की दशाब्दी के प्रारंभ में चीन ने आयोजित जनसंख्या नियंत्रण नीति को कार्यान्वित करना प्रारंभ किया जिसके फलस्वरूप जनसंख्या वृद्धि दर 1970 में 26 प्रति हजार से उल्लेखनीय रूप में गिरकर वर्ष 1982 में मात्र 14.4 प्रति हजार हो गयी। चीन सरकार चाहती थी कि चीन की जनसंख्या को 20वीं शताब्दी के अन्त तक 120 करोड़ के नीचे ही बाँध रखा जाय। परन्तु 1999 के अन्त तक जो आँकड़े प्राप्त हुए उनके अनुसार चीन की जनसंख्या 125 करोड़ को पार कर गयी।

तालिका 1 : 1 सन् 1949 से 1983 के बीच चीन की जनसंख्या में वृद्धि (मिलियन में)[2]

वर्ष	**1949**	**1952**	**1957**	**1970**	**1979**	**1983**
जनसंख्या	541.67	574.82	646.53	825.42	970.92	1024.95

चीन के आधिकारिक स्रोत बतलाते हैं कि 1978 में चीन की जनसंख्या वृद्धि-दर प्राय: 1.2 प्रतिशत थी जो 1979 में गिरकर 1 प्रतिशत हो गयी और 1985 तक इसे गिर कर मात्र 0.5 प्रतिशत कर देने का सरकारी कार्यक्रम था। इस उद्देश्य की प्राप्ति के लिए 1976 में बड़े जोर-शोर से परिवार नियोजन का कार्यक्रम चलाया गया। **दो से अधिक बच्चे पैदा करने वाले परिवारों को दण्डित किया गया। विवाह की वैधानिक आयु नारियों के लिए 20 वर्ष और पुरुषों के लिए 22 वर्ष तो अवश्य निर्धारित है परन्तु क्रमश: 25 वर्ष और 27 वर्ष तक के लिए शादियों को रोक रखने के लिए सभी प्रकार के प्रोत्साहन दिए जाते हैं। गर्भपात वैधानिक है।** जनसंख्या का घनत्व देश के पश्चिमी भाग में 10 व्यक्ति प्रति वर्ग कि॰ मी॰ से लेकर पूर्वी भाग में 100 व्यक्ति वर्ग कि॰ मी॰ तक है। परन्तु उपजाऊ खेती वाले क्षेत्रों में यह 500-600 व्यक्ति प्रति वर्ग कि॰ मी॰ तक भी है।

1. जनसना, नयी दिल्ली, डाक संस्करण, 1 मार्च 2000
2. QIWEN : China : *A Genereal Survey, Foreign Languages* Press, Beijing, (1984). p. 14

वर्ष 1984 में चीन में जन्म दर 17.5 प्रति हजार और मृत्यु दर 6.69 प्रति हजार थी। प्राकृतिक जनसंख्या वृद्धि दर 10.81 प्रति हजार थी। अनुमानतः वर्ष 1983 के अन्त में चीन की कुल जनसंख्या 1036040000 थी जो वर्ष 1999 तक बढ़कर 12509 लाख हो गयी।

जनंसख्या नीति

चीन अपनी जनसंख्या को बीसवीं शताब्दी के अन्त तक 120 करोड़ पर स्थिर कर देना चाहता था। परन्तु कठिनाई यह है कि उसकी 65 प्रतिशत जनसंख्या 30-35 वर्ष से कम आयु की है जो माओत्सेतुंग के अधीन जनसंख्या वृद्धि प्रोत्साहन का परिणाम है। फलतः वर्ष 1999 के अन्त तक इसकी जनंसख्या बढ़कर 125 करोड़ से भी अधिक हो गयी। फिर भी जनसंख्या नियंत्रण में चीन को उल्लेखनीय सफलता मिली है। 1970 के दशक के प्रारंभ में चीन में जन्म दर 30 व्यक्ति प्रति हजार थी जो घटकर 1980 में मात्र 19 व्यक्ति प्रति हजार हो गयी और जनसंख्या वृद्धि दर 1971 में 2.34 प्रतिशत से घटकर 1979 में 1.17 प्रतिशत रह गयी। **चीन का साम्यवादी दल जनसंख्या वृद्धि को रोकने के लिए दण्ड और उत्प्रेरणा की कठोर नीति अपना रहा है ताकि प्रत्येक दम्पति केवल एक ही बच्चा रख सके। जनसंख्या वृद्धि के लक्ष्य सरकार द्वारा निर्धारित किए जाते हैं। प्रत्येक संगठन को प्रतिवर्ष जन्म की अनुमोदित संख्या दे दी जाती है जिससे अधिक जन्म नहीं होना चाहिए। इस योजना से अधिक बच्चे जिन नारियों के पेट में आ जाते हैं उन्हें गर्भपात कराने के लिए विवश होना पड़ता है।**

विश्व स्वास्थ्य संगठन (WHO) के विशेषज्ञों द्वारा किए गए एक अध्ययन के अनुसार **परिवार नियोजन के क्षेत्र में चीन को भारत की अपेक्षा बहुत अधिक सफलता मिली है।**[1] 1980 में चीन में जन्म दर केवल 18 प्रति हजार थी जबकि भारत में यह 35 प्रति हजार थी; मृत्यु दर चीन में 6 प्रति हजार थी जबकि भारत में यह 14 प्रति हजार थी और शुद्ध जनसंख्या वृद्धि-दर चीन में वार्षिक 1.2 प्रतिशत थी जबकि भारत में यह 2.1 प्रतिशत प्रतिवर्ष थी। विशेषज्ञ दल के अनुसार **जबकि प्रति व्यक्ति आय की दृष्टि से चीन अभी भी भारत की तरह एक विकाशील देश ही है, उर्वरता और मृत्यु स्तरों के रूप में जनांकिकी की दृष्टि से चीन की स्थिति विश्व के विकसित देशों के समान हो गयी है।** 1970 में चीन की जनसंख्या वृद्धि दर भी 2.3 प्रतिवर्ष थी जो भारत में जनसंख्या वृद्धि दर 2.2 प्रतिशत प्रतिवर्ष से अधिक थी। 1969 में चीन में जन्मदर 34 प्रति हजार थी जो घटकर 1979 में केवल 18 प्रति हजार रह गयी। **विशेषज्ञ दल** के शब्दों में, यह **''मानव इतिहास में एक बेजोड़ चमत्कार है।''** चीन में जनता की औसत आयु भी 1949 में 35 वर्ष (जो उस वर्ष भारत की स्थिति की तरह ही थी) से बढ़कर 1970 में 65 वर्ष तक पहुँच गयी थी। इसी अवधि में शिशु मृत्यु दर 180 प्रति हजार से घटकर 50 प्रति हजार रह गयी थी। परन्तु भारत में इसी अवधि (1949 से 1969 तक) में औसत आयु में मात्र 14 वर्ष की वृद्धि हुई। संक्षेप में **जबकि भारत ने स्वतंत्रता-प्राप्ति के बाद के 23 वर्षों में जन्मदर में केवल 8 बिन्दु तक कमी की तो चीन ने केवल 10 वर्षों में 16 बिन्दु तक कमी कर दी।**

1. Economic Times, October 28: 1981

जनसंख्या नियंत्रण नीति की सफलता के कारण

विश्व स्वास्थ्य संगठन के अध्ययन दल के अनुसार जिन तत्त्वों ने चीन को इस क्षेत्र में सफलता पाने में समर्थ बनाया है वे हैं: सरकार और चीनी साम्यवादी दल की पूर्ण राजनीतिक प्रतिबद्धता, संगठनात्मक क्षमता और कुशलता, वैज्ञानिक रूप से प्रेरणा और हतोत्साहन की व्यवस्था, मस्तिष्क की धुलाई तक पहुँचने वाला प्रचार, सामूहिक दबाव, गर्भ-निरोधक तथा गर्भपात सुविधाओं की उपलब्धि। **1979 से दम्पतियों पर निरन्तर यह जोर दिया जा रहा है कि वे केवल एक ही बच्चा उत्पन्न करें** जबकि भारत में दो बच्चों तक परिवार को सीमित रखने का आदर्श प्रस्तुत किया गया है। **चीन में एक ही बच्चा पैदा करने वाले दम्पतियों को मेधाविता पारितोषिक** (merit award) **दिए जाते हैं, देहाती क्षेत्रों में 60 रुपये का मासिक भत्ता दिया जाता है जबकि शहरी क्षेत्रों में इस मासिक भत्ता के अतिरिक्त अवकाश सुविधाएँ भी दी जाती हैं। देहाती क्षेत्रों में निजी कृषि के लिए भूमि दिया जाना और शहरी क्षेत्रों में निवास के लिए मकान दिया जाना अतिरिक्त आकर्षण हैं।** इसके अतिरिक्त लड़कों और लड़कियों के लिए विवाह की आयु जो 1971 में क्रमशः और 23 वर्ष और 21 वर्ष थी, बढ़ाकर अब क्रमशः 25 वर्ष और 23 वर्ष कर दी गयी है। **विश्व स्वास्थ्य संगठन के अध्ययन दल** ने चीन के विभिन्न क्षेत्रों का दौरा करने पर पाया कि व्यवहार में 95 प्रतिशत विवाह तब होते हैं जब लड़कियाँ 23 वर्ष से भी अधिक आयु की हो जाती हैं। **अध्ययन दल** ने पाया कि **''चीन में यौन सम्बन्ध सामान्यत: राज्य-विरोधी कार्य समझा जाता है और माओ जेदोंग के अनुसार प्रेम करना एक दकियानूसी आचरण है।** (Love making is a bourgeoise practice.) **यौन आन्दोलन उत्पादक दिशाओं में मोड़ा हुआ मालूम पड़ता है।'' अध्ययन दल ने यह पाया कि गाँव के कम्यून दूसरे बच्चे को पैदा करने के लिए किसी भी व्यक्ति को अनुमति नहीं देते केवल कुछ असामान्य स्थितियों को छोड़कर। कम्यून की बिना अनुमति के यदि किसी दम्पति को दूसरा बच्चा हो जाता है तो उसे उसके नवजात बच्चे के लिए राशन नहीं दिया जाता और उस दूसरे बच्चे को व्यक्ति माना ही नहीं जाता।**

चीन की वर्तमान जनसख्या नीति वर्ष 2000 ई० तक शून्य जनसंख्या वृद्धि-दर को प्राप्त करने की थी। उस वर्ष तक चीन की जनसंख्या को बढ़कर 120 करोड़ हो जाने का अनुमान था जबकि 1981 तक वह प्रायः 100 करोड़ तक पहुँच गयी थी। परन्तु वर्ष 1999 के अन्त तक ही चीन की जनसंख्या बढ़कर 125 करोड़ से अधिक हो गयी थी। **वर्ष 2000 ई० के बाद चीन अपनी जनसंख्या में ऋणात्मक वृद्धि दर प्राप्त करने की आशा करता था जिससे 2070 तक चीन की जनसंख्या घटकर 70 करोड़ हो जाने की आशा है।** चीन के नीति-निर्माता महसूस करते हैं कि देश में उपलब्ध खाद्यान्न, खनिज, ऊर्जा एवं स्थान संसाधन केवल 60 से 70 करोड़ जनसंख्या के पोषण के लिए ही पर्याप्त होंगे। अतः **चीन में अब संख्या मात्र में बल ढूँढ़ने के युग ने जीवन की गुणवत्ता के लिए चिन्ता को स्थान दे दिया है।**

आर्थिक नीति और आयोजन
(Economic Policy and Economic Planning)

नवम्बर 1952 में **राजकीय आयोजना आयोग** (State Planning Commission)

की नियुक्ति की गयी। **प्रथम पंचवर्षीय योजना 1953 से 1957 तक रही। द्वितीय पंचवर्षीय योजना उद्योग का, विशेषकर भारी उद्योगों का और साथ-ही-साथ कृषि का भी और विस्तार करना चाहती थी। परन्तु यह योजना दल-दल में फँस गयी। इसकी कठिनाइयों में प्राकृतिक प्रकोपों, प्रशासकीय विफलताओं, आगे की ओर महान उछाल** (Great Leap Forward) **1958-61 का धराशायी होना और सोवियत सहायता बन्द हो जाने को महत्त्वपूर्ण बतलाया जाता है। 1961 तक दीर्घकालीन आयोजना** ने वार्षिक योजनाओं को स्थान दे दिया जो मुख्यतः कृषि के पुनरोद्धार की ओर निर्देशित रही जबकि उद्योग के क्षेत्र में छँटनी और दृढ़ीकरण पर जोर दिया जाने लगा एवं उन क्षेत्रों को प्राथमिकता मिलने लगी जो कृषि विकास में सहायक हैं। **1966 में एक तीसरी पंचवर्षीय योजना** प्रारंभ हुई जिसमें कृषि को प्रथम स्थान मिला।

चीन के विद्यमान नेताओं का दीर्घकालीन उद्देश्य चीन को वर्ष 2000 ई० तक एक आधुनिक विकसित आर्थिक शक्ति में रूपान्तरित कर देना रहा है। यह काम **'चार आधुनिकीकरणों'** (four modernisations) **द्वारा पूरा किया जाना रहा है**—कृषि, उद्योग, प्रतिरक्षा तथा विज्ञान और प्रौद्योगिकी के आधुनिकीकरण द्वारा। 1978 में 'चार आधुनिकीकरणों' की पूर्ति में प्रथम कदम के रूप में एक 10 वर्षीय योजना (1976—85) का समारम्भ किया गया। परन्तु व्यवहार में यह अति महत्त्वाकांक्षी सिद्ध हुई। इस योजना के बहुत से लक्ष्य अत्यन्त ऊँचे थे और पूँजी विरचना (capital construction) का पैमाना अत्यधिक बड़ा था। इस योजना के अनुसरण ने अर्थव्यवस्था में गम्भीर कुसंतुलनों को उत्पन्न कर दिया। 1979 से अर्थव्यवस्था के **'पुनर्समायोजन, पुनर्संरचना, सुदृढ़ीकरण और सुधार'** की नीति (policy of "readjusting, restructuring, consolidating and improving" the economy) का अनुसरण किया जा रहा है।

पुनर्समायोजन कार्यक्रम में समाविष्ट एक अपेक्षाकृत अधिक विवेकपूर्ण दृष्टिकोण जो चीन की भौतिक और वित्तीय सीमाओं के अनुकूल बनाया गया है आज चीनी आर्थिक नीति की आधारशिला है। **इस कार्यक्रम में निवेश-कार्यक्रम में भारी उद्योगों की तुलना में कृषि तथा हल्के उद्योगों को उच्चतर प्राथमिकता प्राप्त है।** 1980 में विकास दरें अपेक्षाकृत नीची थीं और बजट को संतुलित करने के प्रयास में 1981 के लक्ष्यों को दो बार संशोधित कर कम किया गया था। 1981 में प्रौद्योगिक तथा कृषि उत्पादनों का कुल मूल्य 7.2 प्रतिशत बढ़ा था।

कृषि

चीन अभी भी मूलतः कृषि-प्रधान देश ही है। देश के कुल भू-क्षेत्रफल का प्रायः 11 प्रतिशत कृषि के अन्तर्गत है। **हजारों वर्षों से गहन कृषि और फल-फूल उत्पादन का कार्य किया जाता रहा है।** सरकार की विद्यमान कृषि नीति का उद्देश्य मिट्टी संरक्षण, वनरोपण, सिंचाई तथा जल निकास (drainage) परियोजनाओं द्वारा बाढ़ और सूखा के परम्परागत भय को दूर करना तथा उर्वरकों, कीट-नाशक दवाओं एवं सुधरे बीजों के प्रयोग द्वारा 'ऊँची स्थिर दरों वाले क्षेत्रों (high stable yield areas) में वृद्धि करना है। **फसलों में प्राथमिकता-क्रम इस प्रकार है**—खाद्यान्न, उद्योग के लिए कच्चे माल (विशेषकर कृषि); निर्यात के लिए फसलें (विशेषकर तेलहन)। **पशुधन में सूअर उत्पादन को प्राथमिकता दी जाती है।**

1950 में भू-सामन्तों तथा मठों एवं अन्य संस्थाओं की भूमि को राज्य द्वारा हड़प लिया गया। 1952 के अन्त तक भूमि-सुधार तथा 1958 के अन्त तक कृषि का समाजीकरण पूर्ण होने की घोषणा कर दी गयी। 1958 के अन्त तक कृषक जनसंख्या को मोटे रूप से 24000 'कम्यूनों' में संगठित कर दिया गया। प्रत्येक कम्यून में कुछ गाँव और 5000—10000 परिवार रखे गए थे। कम्यूनों ने गाँव के स्तर पर स्थानीय सरकार के कार्यों को अपने हाथों में ले लिया। केन्द्रीकृत सत्ता को उत्पादन 'ब्रिगेड' (production 'brigade') के माध्यम से 10—50 परिवारों के उत्पादन 'दलों' (production 'teams') तक नीचे आरोपित किया गया। 1958 से कम्यून प्रणाली में संशोधन किये गए जिसमें कम्यूनों के आकार में कमी किया जाना भी शामिल था। 1977 में कम्यूनों की संख्या प्रायः 50,000 थी। 1979 में कृषकों की औसत आय 83.40 युआन (yuan)[1] थी। लघु निजी खेतों का कृषकों की आय में योगदान 20 प्रतिशत अथवा उससे भी अधिक था।

1980 में कुल खाद्यान्न उत्पादन 31.8 करोड़ टन, चावल उत्पादन 13.93 करोड़ टन, तेलहन उत्पादन 77 लाख टन हुआ था और 1979 में चाय का उत्पादन 3.4 लाख टन हुआ था। 1974 में 12.7 करोड़ हेक्टयर कृषि योग्य भूमि थी जबकि 1977 में 4.3 करोड़ ट्रैक्टर (15 अश्व शक्ति वाले) थे। 1980 में घोड़े और बैल-गाय-भैंस 952.4 लाख, भेड़-बकरियाँ 1873.1 लाख, सूअर 3954.3 लाख थे और उस वर्ष मांस उत्पादन 120.6 लाख टन था।[2]

चीनी कृषि का विकास—चीन के जनवादी गणतंत्र की स्थापना के बाद से ही राज्य ने कृषि विकास को बहुत महत्त्व दिया है। ग्रामीण क्षेत्रों को आवंटित साख निधियाँ 1952 से 1981 के बीच 224.1 बिलियन युआन तक रही हैं। वर्ष 1984 तक चीन में 66000 से अभी अधिक संख्या में लघु-विद्युत शक्ति केन्द्र थे जो राष्ट्रीय ग्रिड से जुड़े हुए हैं और प्रायः समस्त जन कम्यून तथा आधे से अधिक प्रोडक्शन बिग्रेडों को विद्युत उपलब्ध थी। वर्ष 1983 में चीन के ग्रामीण क्षेत्रों में शक्ति का उपभोग 43.52 बिलियन कि॰ वा॰ घं॰ (KWH) था जो वर्ष 1952 की तुलना में 871 गुना था। जल परिरक्षण में भी महान प्रगति हुई है। 1973 तक चीन ने 87000 वृहत, मध्यम तथा लघु जलाशयों का निर्माण कर लिया था। सिंचाई के अधीन क्षेत्र बढ़कर 44.64 बिलियन हेक्टर हो गया था जो 1952 की तुलना में 4.3 गुना अधिक था। अनेक प्रान्तों तथा स्वायत्त क्षेत्रों में कुलसिंचित क्षेत्र कुल कृषिक क्षेत्र का प्रायः आधा हो गया था। निचले सतह वाले क्षेत्र के प्रायः 2/3 भाग को पानी के जमाव से मुक्त कर लिया गया है और प्रायः आधी ऊसर भूमि को खेती के योग्य बना लिया गया है।

चीन के उत्तरी दक्षिणी भागों में बहुधा सूखा अथवा जल-जमाव का प्रभाव रहता रहा है जिसके फलस्वरूप उत्पादन में अनिश्चितता रहती है। इस स्थिति पर काबू पाने के लिए येलो (Yellow), हुआही (Huaihe), हैही (Haihe) और अन्य मनचली नदियों को वश में करने के बहुत प्रयास किए गए हैं।

---

1. 1 अमेरिकी डॉलर = 1.83 युआन अथवा 1 पौंड = 3.35 युआन
2. The Statesman's Year Book, 1982-83, p. 351

वर्ष 1983 में चीन में 840000 बड़े और मध्यकाय ट्रैक्टर थे जिनके द्वारा देश की कृषि योग्य भूमि के 40 प्रतिशत की जुताई की गयी थी। सिचाई तथा जल निष्कासन मशीनें 78.49 मिलियन अश्वशक्ति (hp) के बराबर थीं और कृषि यंत्र की शक्ति 245 मिलियन अश्वशक्ति (h.p.) थी जो वर्ष 1957 की तुलना में 149 गुनी अधिक थी। बुआई, कटाई, परिवहन आदि क्षेत्रों में भी यंत्रीकरण ने काफी तेजी से प्रगति की है। तो भी शारीरिक श्रम का कृषि में सबसे अधिक महत्त्व बना हुआ है। ऐसा देश के विस्तृत क्षेत्र तथा बड़ी संख्या में लोगों द्वारा अनुपात में छोटे-छोटे भूमिखंडों की कृषि के कारण है जिनकी भिन्न-भिन्न क्षेत्रों में परिस्थितियाँ भी भिन्न-भिन्न हैं; जलवायु और मिट्टियाँ भी भिन्न-भिन्न हैं।

कृषि के विकास के लिए वर्ष 1978 में सरकार ने अनेक महत्त्वपूर्ण नीतियाँ तथा उपाय अपनाया। कृषि उत्पादों के क्रय मूल्य में बढ़ोत्तरी की गयी, उत्पादन टोलियाँ तथा कम्यून सदस्यों की निर्णय लेने की शक्तियों को सम्मानित किया गया, जमीन के निजी टुकड़ों को पुनः स्थापित किया गया, ग्रामीण मेला व्यापार को पुनर्जीवित किया गया; पारिवारिक कृषि पर आवश्यक प्रतिबंधों को हटा लिया गया, सभी प्रकार की उत्पादन उत्तरदायित्व प्रणाली ने उत्पादन के सम्बन्ध में कृषकों को प्रोत्साहित किया है।

वर्ष 1980 के स्थिर मूल्य के अनुसार चीन में कुल कृषि उत्पादन का मूल्य वर्ष 1982 में 262.9 मिलियन यूआन तक पहुँच गया जो वर्ष 1949 की तुलना में 4.55 गुना अधिक था। वर्ष 1959 से 1979 के बीच चीन में कृषि उत्पादन का मूल्य औसत रूप से प्रति वर्ष 4.7 प्रतिशत बढ़ा था जबकि जापान में यह वृद्धि दर केवल 2.7 प्रतिशत सोवियत रूस में 2.5 प्रतिशत, ब्रिटेन में 1.9 प्रतिशत और पश्चिम जर्मनी में 1.2 प्रतिशत हो रही थी।

चीन के लोकवादी गणतंत्र की स्थापना के बाद कुछ महत्त्वपूर्ण कृषि उत्पादों के उत्पादन में महान वृद्धि हुई है जो तालिका 1 : 2 से स्पष्ट है। वर्ष 1983 में अनाज का उत्पादन 387.28 मिलियन टन रहा जो वर्ष 1949 की तुलना में 3.42 गुना अधिक था। कपास का उत्पादन 4.637 मिलियन टन और खाद्य तेल का उत्पादन 10.55 मिलियन टन रहा।

वर्ष 1986 में कुल बोये गए क्षेत्र का 79.2 प्रतिशत खाद्य फसलों में लगा हुआ था। देश में फसलों के वितरण में बहुत ही अधिक भिन्नता पायी जाती है–सामाजिक, ऐतिहासिक, प्राकृतिक स्थितियों में विभिन्नता के कारण। सामान्यत: दक्षिणी क्षेत्र धान पैदा करने वाले क्षेत्र हैं जबकि उत्तरी और पश्चिमी भाग मुख्यत: गेहूँ, मकई, जौ, जनेरा और आलू उत्पादक क्षेत्र हैं। चीन विश्व के बड़े धान उत्पादक देशों में एक है। वर्ष 1982 में देश में खाद्य फसलों के कुल बोये गए क्षेत्र का 26 प्रतिशत धान की खेती में ही लगा था और कुल अनाज उत्पादन का 46 प्रतिशत धान ही था।

तालिका: 1 : 2 चीन में मुख्य कृषि उत्पादन (1949—83)[1]

मद	इकाई	1949	1952	1978	1982	1983
अनाज	(हजार टन)	113200	163900	304750	353430	387280
कपास	" "	445	1304	2166	3598	4737
मटर	" "	1268	2316	2377	3916	3951
रैपसीड	हजार टन	734	932	1868	5656	4289

1.QI WEN-China : A General Survey, p. 78.

तिल	(हजार टन)	326	481	322	342	347
जूट और डागवेन	" "	37	306	1088	1060	1019
चाय	" "	41	83	268	397	268
रेशम कीड़े ककून	"	31	62	173	271	401
गन्ना	" "	2642	7116	21117	36882	31141
चुकन्दर	" "	191	479	2702	6712	9182
सूअर	(हजार)	57750	89770	301290	300780	298540

कृषि में हुई महान प्रगति ने न केवल उद्योगों को ही सहायता पहुँचायी है बल्कि एक ऐसे देश में 1 बिलियन से भी अधिक लोगों के भोजन तथा वस्त्र की समस्याओं को भी सुलझा दिया है जहाँ प्रति व्यक्ति कृषि क्षेत्र मात्र 0.1 हेक्टर ही पड़ता है। कृषि क्षेत्र के समायोजन के लिए बाहर से अनाज का आयात भी होता रहा है। परन्तु यह प्रतिवर्ष चीन के कुल उत्पादन का मात्र 4 प्रतिशत तक ही रहा है। वर्ष 1984 में प्रमुख कृषि वस्तुओं के उत्पादन तालिका 1 : 3 में दिखाए गए है।[1]

उद्योग

'कुटीर' उद्योगों का चीन की अर्थव्यवस्था में प्राचीन काल से ही महत्त्व रहा है और 20वीं शताब्दी में भी उनका महत्त्व बना हुआ है। **आधुनिक औद्योगिक विकास का प्रारंभ सूती वस्त्रों के निर्माण तथा सिल्क कारखानों, इस्पात, कारखानों, आटा मिलों, दियासलाई कारखानों की स्थापना से हुआ।** 1949 के पूर्व चीन की पिछड़ी राष्ट्रीय अर्थव्यवस्था में उद्योगों का योगदान अति अल्प था। कारखानों में सही ढंग के उपस्कर नहीं थे। प्रौद्योगिकी का स्तर अत्यन्त नीचा था। उद्योगों का विकास बहुत ही बेढंगा, असम रूप से विकसित और गलत ढंग से वितरित था। हल्के मुख्यतः वस्त्र उद्योग और खाद्य उद्योग ही देश के सम्पूर्ण औद्योगिक उत्पादन मूल्य का 70 प्रतिशत से अधिक पैदा करते थे। भारी उद्योगों का योगदान प्रायः नगण्य था और मशीन निर्माता उद्योगों का औद्योगिक उत्पादन के मूल्य में योगदान केवल 1 : 7 प्रतिशत था। **उद्योग अधिकांशत: देश के पूर्वी तटीय भाग में स्थित थे।** अधिकांश लोहा और इस्पात, मशीन-निर्माण, विद्युत संचार, वस्त्र और बुनियादी रसायन उद्योग शंघाई, तायनजिन, क्वींग्डों, शेनियांग, अनशान और कुछ ही अन्य शहरों में स्थित थे। देश के विशाल अन्दरूनी क्षेत्र में आधुनिक उद्योगों का प्रायः कोई अस्तित्व ही नहीं था।

1949 की चीनी क्रांति के तुरन्त बाद ही नौकरशाही-पूँजीवादी प्रकृति वाले सभी उपक्रमों को सरकार द्वारा छीन लिया गया और उन्हें राज्य के स्वामित्व के अधीन समाजवादी उपक्रम बना दिया गया। पूँजीवादी उद्योग और वाणिज्य राजकीय निजी स्वामित्व (state private owncership) के माध्यम से शनैः शनैः समाजवादी सारिकाओं पर विकसित रूपान्तरित होने लगे। व्यक्तिक हस्तशिल्प

1. Information Office, Embassy of the People's Republic of China, New Delhi-Communique on Fulfilment of China's 1984 Economic and Social Development Plan, April, 22, 1985.

उद्योगों को भी समूहीकृत कर लिया गया। वर्ष 1956 तक कृषि, हस्तशिल्प और निजी उद्योग तथा वाणिज्य का निजी स्वामित्व से लोक स्वामित्व अथवा समूहवादी स्वामित्व में रूपान्तरण बुनियादी रूप में पूर्ण हो चला था और उत्पादन साधनों को लोक स्वामित्व में रखा जा चुका था। **उत्पादन सम्बन्धों में ये परिवर्तन उत्पादन शक्तियों के विकास के लिए शक्तिमान उत्तेजना थे।**

तालिका 1 : 3

कृषि वस्तुएँ	**वर्ष 1984 में उत्पादन (मिलियन टन)**	**1983 की तुलना में प्रतिशत वृद्धि**
अनाज	407.1	5.1
चावल	178.0	5.5
गेहूँ	87.6	7.7
सोयाबीन	9.7	–0.7
कपास	6.0	31.1
तेलहन फसलें	11.8	31.2
मटर	4.8	21.8
रैपसीड	4.1	–2.2
तिल	0.4	33.9
चीनी वाली फसलें	47.9	18.9
गन्ना	39.6	27.4
चुकन्दर (बीटरूट)	8.2	–9.8
जूट अन्बारी सन	1.4	46.1
रेशम कीड़े के ककून	0.3	5.0
चाय	0.4	2.6

चीन के जनवादी गणराज्य के बाद प्रथम तीन वर्ष युद्ध-जर्जर राष्ट्रीय अर्थव्यवस्था के पुनर्निर्माण में लगाए गये थे। यह कार्य 1952 तक पूरा हो गया जब देश के कुल औद्योगिक उत्पादन का कुल मूल्य युद्ध-पूर्व के सर्वोच्च स्तर से भी अधिक हो गया। राष्ट्रीय अर्थव्यवस्था का विकास एक आयोजित ढंग से वर्ष 1953 से प्रारंभ हुआ। प्रथम पंचवर्षीय योजना (1953–57) में भारी उद्योगों के विकास को प्राथमिकता मिली थी। परन्तु सोवियत सहायता के बन्द होने और **'महान पग आगे'** (Great Leap Forward), **1958—61 की विफलता के बाद भारी उद्योगों पर बहुत हल्का जोर दिया जाने लगा।** आजकल निर्माणी उद्योगों में विस्तारशील क्षेत्र हैं इस्पात, रसायन, सीमेन्ट, कृषि यंत्र, प्लास्टिक और लारियाँ। 1980 में चीन में प्रमुख औद्योगिक वस्तुओं का उत्पादन तालिका 1 : 4 के प्रकार रहा।

तालिका 1 : 4 वर्ष 1980 में औद्योगिक उत्पादन

औद्योगिक वस्तु	इकाई	उत्पादन
रासायनिक उर्वरक	(लाख टन)	123.2
रासायनिक धागे (chemical fibres)	(लाख टन)	4.5
लोहा पिंड (pig iron)	(करोड़ KWH)	380.2
विद्युत उत्पादन	(लाख टन)	31200.0
सिमेन्ट	(लाख टन)	798.6
सूती धागे (cotton yarn)	(लाख टन)	29.3
इस्पात	(लाख टन)	371.2
कोयला	(लाख टन)	6200.0
कागज	(लाख टन)	53.5
मोटर गाड़ियाँ	(लाख)	2.23
ट्रैक्टर	(हजार)	98.0
बाइसिकिल	(लाख)	130.2

1959 में चीन में विभिन्न औद्योगिक उत्पादन का कुछ इस प्रकार अनुमान लगाया गया था: कोयला 3478.0 टन; पिग आयरन 205.0 लाख टन, सीमेन्ट 122.7 लाख टन; कागज 170 लाख टन; रासायनिक उर्वरक, 1300 मीटरिक टन, विद्युत (1960) 5500 करोड़ kwh, सूती धागे 82 लाख गाँठ, सूतीवस्त्र 750 करोड़ मीटर; ऊनी कपड़े 2.3 से 5.9 करोड़ मीटर; रेशमी कपड़े 1 करोड़ मीटर से अधिक।

1975 में जो अनुमान लगाए गए थे उनसे पता चला था कि विगत 7 वर्षों में चीन का औद्योगिक उत्पादन प्रायः दूना हो गया था। उस वर्ष रूक्ष इस्पात (crude steel) का उत्पादन 2 : 4 करोड़ टन, कोयले का उत्पादन 39 करोड़ टन, विद्युत शक्ति का उत्पादन 11500 करोड़ किलो वाट घंटा (kwh), रूक्ष तेल का 7 से 8 करोड़ टन, सीमेन्ट का 3.3 करोड़ टन, सूती कपड़ा का उत्पादन प्रायः 800 करोड़ गज और रासायनिक उर्वरक का उत्पादन प्रायः 2.7 करोड़ टन आँका गया था। तेल (पेट्रोलियम) उत्पादन निश्चय ही एक सफलता की कहानी है। 1969 में चीन ने केवल 90 लाख टन तेल उत्पादन किया था। मात्र चार वर्षों बाद 1973 में ही वह इसका चार गुना तेल उत्पादन करने लगा था और 1975 तक यह 7.8 करोड़ टन तेल पैदा करने लगा।

वर्ष 1952 से 1982 तक औद्योगिक पूँजी रचना में निवेश कुल 464.4 बिलियन युआन तक हुआ। भारी संख्या में वृहत तथा मध्य आकार वाली औद्योगिक परियोजनाएँ पूरी या विस्तृत की जा चुकी। नये उद्योगों, नये उत्पादों, नयी प्रोद्योगिकी, नयी प्रक्रियाओं का उदय हो चुका है। **तालिका 1 : 5 में वर्ष 1949 से 1983 के बीच चीन में कुछ महत्त्वपूर्ण औद्योगिक उत्पादनों और उनमें प्रगति को दिखलाया गया है।**

देश के विभिन्न भागों में उद्योगों के वितरण में उल्लेखनीय रूप में परिवर्तन हुए हैं। न केवल समुद्र तटीय क्षेत्रों में पहले से स्थित औद्योगिक उपक्रमों का पूरा-पूरा उपयोग और विवेकशील रूप में विकास ही किया गया है वरन् देश के विशाल अन्दरूनी इलाकों में भी नए औद्योगिक आधारों तथा औद्योगिक केन्द्रों का निर्माण कर लिया गया है।

चीन के उद्योगों की वर्तमान समस्याएँ हैं उद्योग तथा कृषि के विकास में असंतुलन, उद्योग का अविवेकपूर्ण अन्दरूनी ढाँचा, प्रौद्योगिकी तथा प्रबन्धन का निम्न स्तर और निम्न आर्थिक प्रतिफल तथा परिणाम। इस स्थिति को दृष्टिगत रखते हुए **चीन ने वर्ष 1979 में पुनर्समायोजन, सुधार, दृढ़ीकरण तथा पुनर्रचना और परिमार्जन की आर्थिक नीति अपनाने का निर्णय किया जिसको बड़ी उल्लेखनीय सफलता प्राप्त हुई है।**

वर्ष 1984 में हल्के उद्योगों का कुल उत्पादन मूल्य 337.4 बिलियन युआन रहा जो वर्ष 1983 की तुलना में 13.9 प्रतिशत अधिक रहा। ऐसे उद्योगों के गुण में सुधार और उनमें विविधता भी आयी। अच्छे गुण वाले और मशहूर किस्म के औद्योगिक पदार्थों का उत्पादन बढ़ा तथापि वे उपभोक्ताओं की पूरी माँगों के बराबर नहीं हो सके। उस वर्ष प्रमुख हल्की औद्योगिक वस्तुओं का उत्पादन तालिका 1 : 6 दिखलाए प्रकार रहा।[1]

तालिका 1 : 5 प्रमुख औद्योगिक उत्पादों का उत्पादन (1949–83)[2]

मद	इकाई	1949	1952	1978	1982	1983
कच्चा कोयला	मिलि० टन	32	66	618	666	715
रूक्ष तेल	"	0.13	0.44	104.05	102.12	106.07
विद्युत	बिलि० कि० वा० घं० (k.h.w.)	4.3	7.3	256.6	327.7	351.4
पिंड लोहा	मिलि० टन	0.25	1.93	34.79	35.51	37.38
इस्पात	"	0.158	1.35	31.78	37.16	40.02
लकड़ी	मिलि० घन मी०	5.67	11.20	51.62	50.41	52.32
सीमेन्ट	मिलि० टन	0.66	2.86	65.24	95.20	108.25
रासायनिक उर्वरक	"	0.006	0.039	8.693	12.78	13.73
कृषि कीट-नाशक	हजार टन	—	2	533	457	331
शक्ति संचार उपस्कर	हजार कि०वा०	—	6	4838	1645	2740
मशीन टूल्स	हजार	1.6	13.7	187	100	121
मोटर गाड़ियाँ	"	—	—	149	196	240
ट्रैक्टर	"	—	—	113.5	40	37
रासायनिक फाइबर	"	—	—	284.6	517	541
धागे	"	327	656	2382	3354	3270
वस्त्र	बिलि० मीटर	1.89	3.83	11.03	15.35	14.88
यंत्र निर्मित कागज और तख्ते	हजार टन	110	370	4390	5890	6610
चीनी	"	200	450	2270	3384	3770
सिगरेट	मिलि० बक्से	1.60	235	11.82	18.85	19.38
टी० बी० सेट	मिलि०	—	—	0.5173	5.92	6.84
बाइसिकिल	"	0.014	0.08	8.54	24.20	27.58
सिलाई मशीनें	"	—	0.066	4.865	12.86	10.87
घड़ियाँ	"	—	—	13.51	33.01	34.69

1. Information Office, Embassy of the People's Republic of China, ibid.
2. QIWEN : *China : A General Survey*, pp. 88–89.

तालिका 1: 6

औद्योगिक वस्तुएँ		वर्ष 1984 में उत्पादन	वर्ष 1983 की तुलना में प्रतिशत वृद्धि
सूती धागे	(मिलयन टन)	3.2	–1.5
कपड़ा	(मिलियन मीटर)	13.4	–10.0
रासायनिक कपड़े	(")	5.8	8.7
रासायनिक धागे	(हजार टन)	720	34.2
ऊनी कपड़े	(मिलियन मीटर)	175	22.6
मशीन निर्मित कागज और तख्ती	(मि॰ ट॰)	7.1	8.0
चीनी	(")	3.7	0.8
बीयर	(")	2.1	34.8
सिगरेट	(बिलियन डब्बे)	53.1	9.6
रासायनिक औषधियाँ	(हजार टन)	52	9.0
धुलाई पाउडर और साबुन	(")	810	19.1
बाइसिकिल	(मिलियन)	28.5	3.6
सिलाई मशीनें	(")	9.3	–14.3
कलाई घड़ियाँ	(")	36.4	5.1
टेलीविजन सेट	(")	9.9	45.7
रंगीन (टी॰ वी॰)	(")	1.2	140.0
रेडियो	(")	21.8	9.4
केसेट रिकार्डर	(")	7.4	50.4
फोटो कैमरा	(")	1.2	37.0
घरेलू धुलाई मशीनें	(")	5.7	58.1
घरेलू रिफरीजरेटर	(हजार)	537	190.0

वर्ष 1984 में भारी उद्योगों का उत्पादन 364.1 बिलियन युआन था जो वर्ष 1983 की तुलना में 14.2 प्रतिशत अधिक था। प्रारंभिक ऊर्जा उत्पाद 766 मिलियन टन प्रामाणिक कोयला के बराबर था जो वर्ष 1983 से 7.4 प्रतिशत अधिक था। वर्ष 1984 में प्रमुख भारी **उद्योगों का उत्पादन तालिका** 1 : 7 के प्रकार रहा।[1]

1. Ibid

तालिका 1.7

भारी औद्योगिक वस्तुएँ		वर्ष 1984 में उत्पादन	वर्ष 1983 की तुलना में प्रतिशत वृद्धि
कोयला	(मिलियन टन)	772.0	8.0
रूक्ष तेल	(")	114.5	8.0
प्राकृतिक गैस	(बिलियन घन मीटर)	12.4	1.7
विद्युत	(बिलियन kwh)	374.6	6.6
जल विद्युत	(")	85.5	—1.0
लौह पिंड	(मिलियन टन)	39.9	7.0
इस्पात	(")	43.3	8.4
रोल्ड स्टील	(")	33.7	9.7
टिम्बर	(मि० घन मीटर)	55.0	5.1
सीमेन्ट	(मि० टन)	121.0	11.8
प्लेट शीशा	(मि० स्टैडर्न्ड केस)	47.3	13.7
गंधकी तेजाब	(मि० टन)	8.1	—6.5
सोडा ऐस	(")	1.8	5.0
रासायनिक उर्वरक	(")	14.8	7.5
नत्रजन उर्वरक	(")	12.2	—10.5
फास्फेट उर्वरक	(")	2.5	—5.3
रासायनिक कीटनाशक	(हजार टन)	310	—6.8
प्लास्टिक्स	(मि० टन)	1.1	3.2
खनिज उपस्कर	(हजार टन)	230	13.4
शक्ति-संचार उपस्कर	(मि० kwh)	4.6	69.8
मशीन टूल्स	(हजार)	131.4	8.6
मोटर गाड़ियाँ	(हजार)	315.0	31.6
ट्रैक्टर	(")	39.7	7.3
वाशिग ट्रैक्टर	(")	670.0	34.7
लोकोमोटिव	(संख्या)	658	11.7
असैनिक व्यवहार हेतु इस्पाती जलयान	(मि० टन)	1.4	11.1

श्रम

1979 में गैर-कृषि श्रम बल 9.5 करोड़ था। प्रायः 2 करोड़ व्यक्ति बेरोजगार थें जो मुख्यतः देहाती युवा थे। उस वर्ष कारखाना मजदूरियाँ औसत 59 युआन प्रति माह थीं। अक्टूबर 1977 और नवम्बर 1979 में मजदूरियों में वृद्धि की गयी जिससे गैर-कृषि श्रम-बल का 40 प्रतिशत लाभान्वित हुआ था। आजकल चीन में 6 दिन का कार्य-सप्ताह है और प्रति सप्ताह 48 घंटे काम लिया जाता है।

परिवहन

1978 में चीन में 35000 किलोमीटर नए राज-मार्गों का निर्माण पूरा हुआ जिससे चीन में कुल सड़क लम्बाई 890000 किलो मीटर हो गयी। 1976 में 83 प्रतिशत कम्यूनों में सड़कों से पहुँचा जा सकता था। 1983 के आँकड़ों के अनुसार देश में यातायात के लिए उपलब्ध 910000 किलो मीटर लम्बी सड़कें थीं जो 1949 की तुलना में 11 गुनी अधिक थीं। राजमार्ग ऊँचे स्तर के हैं परन्तु अधिकांशतः पक्के (metalled) नहीं हैं। 1969 में चीन में 409000 लारियाँ थीं, 60 हजार कारें थीं और 30 हजार बसें थीं। 1984 में प्रायः 51600 कि॰ मी॰ लम्बे रेलवे थी जिसमें से 1520 कि॰ मी॰ का विद्युत-करण हो चुका था। वर्ष 1949 में देश में काम के लायक केवल 11000 कि॰ मीटर लम्बी रेलवे ही थीं। 1980 में रेलवे द्वारा 120.2 करोड़ टन माल ढोया गया था। चीन में अनेक नदियाँ हैं जिनकी कुल नौ परिवहन लम्बाई 400000 कि॰ मी॰ से भी अधिक है। इसमें से 108900 कि॰ मी॰ तक वर्ष 1983 में नौ परिवहन हो रहा था।

विदेशी व्यापार और विदेशी पूँजी

विदेशी व्यापार, जो विदेशी मंत्रालय के अधीन राष्ट्रीय निगमों के द्वारा ही संचालित किया जा रहा था, अब विकेन्द्रीकृत किया जा रहा है। **प्रमुख शहरों और चुने हुए प्रान्तों में व्यापार प्राधिकरण स्थापित किए जा रहे हैं।** अर्द्ध-सरकारी चाइना इन्टरनेशनल ट्रस्ट एण्ड इन्टरनेशनल कारपोरेशन भी विदेशी व्यापार का कार्य करता है। **शुल्क-रहित अंचलों** (duty-free zones) **की स्थापना की गयी है। विदेशी ऋण और सहायता न लेने की नीति को उलट दिया गया है। जुलाई 1979 में बनी विधि विदेशी फर्मों के साथ संयुक्त व्यावसायिक संगठन स्थापित करने की अनुमति देती है। ऐसी कम्पनियों के अंशों में विदेशी हिस्सों पर कोई अधिकतम सीमा नहीं लगायी गयी हैं।** परन्तु न्यूनतम सीमा 25 प्रतिशत निर्धारित की गयी है। 1980 में चीन की विदेशी ऋणग्रस्तता 130 करोड़ ब्रिटिश स्टर्लिंग के बराबर थी।

वर्ष 1984 में चीन ने 2.66 बिलियन अमेरिका डालर तक विदेशी निधियों का प्रयोग किया जो वर्ष 1983 की तुलना में 35.7 प्रतिशत अधिक थीं। इनमें 1.32 बिलियन ऋणों के रूप में थे जो वर्ष 1983 की तुलना में 25.7 प्रतिशत अधिक थे, 1.34 बिलियन प्रत्यक्ष विदेशी निवेश था जो पिछले वर्ष की तुलना में 47.3 प्रतिशत अधिक था। समुद्री क्षेत्र में पेट्रोलियम की संयुक्त खोज और विकास में वर्ष 1984 में 0.52 बिलियन प्रत्यक्ष विदेशी निवेश हुआ था जो वर्ष 1983 की तुलना में 79.3 प्रतिशत अधिक था।[1]

1980 में चीन का कुल आयात 2910 करोड़ युआन और निर्यात 2720 करोड़ युआन मूल्य तक थे। चीन के आयातों में खाद्यान्न, कच्चे माल तथा कृषि के लिए अर्द्ध-निर्मित वस्तुएँ (मुख्यतः रसायनिक उर्वरक), हल्के उद्योग और वस्त्र, विकसित प्रौद्योगिकी वाले संयंत्र, विशेषकर पूरे प्लांट और उपभोक्ता वस्तुएँ महत्त्वपूर्ण हैं। इसके निर्यातों में पेट्रोलियम समेत भारी औद्योगिक वस्तुएँ कोयला, रसायन, खनिज पदार्थ, यंत्र और साज-सामान, हल्की औद्योगिकी वस्तुएँ तथा कृषि वस्तुएँ प्रमुख हैं।

वर्ष 1949 में जनवादी गणतंत्र की स्थापना से ही चीन ने विश्व के सभी देशों के साथ व्यापार सम्बन्ध विकसित करने का प्रयास किया है और देश के विदेशी व्यापार का परिमाण उल्लेखनीय रूप से बढ़ता गया है जो तालिका 1 : 8 से स्पष्ट है।

1. Information Office : People's Republic of China, ibid.

तालिका 1 : 8 विदेशी व्यापार का परिमाण (1949–83)[1]

(बिलियन युआन में)

वर्ष	1950	1952	1957	1978	1979	1982	1983
आयात-निर्यात का कुल परिमाण	4.16	6.46	10.45	35.51	45.46	75.64	86.01
आयात	2.14	3.75	5.00	18.74	24.29	33.64	43.83
निर्यात	202	2.71	5.45	16.77	21.17	42.0	42.18

देश के आयात-निर्यात की संरचना में महान् परिवर्तन हो चुके हैं। तालिका 1 : 9 से यह स्पष्ट होता है। **1949 के पहले चीन के निर्यात प्रमुखत: कृषि और कृषि सम्बद्ध वस्तुओं के होते थे। परन्तु क्रांति के बाद इस निर्यात व्यापार में औद्योगिक तथा खनिज उत्पादों का अंश क्रमश: बढ़ता गया है।** वर्ष 1950 में इनका अंश मात्र 9.3 प्रतिशत था जो बढ़कर वर्ष 1982 में 60.5 प्रतिशत तक पहुँच गया था। यद्यपि कृषि सम्बद्ध उत्पादों का परिमाण भी उल्लेखनीय रूप से बढ़ता गया है फिर भी इसका कुल निर्यात में अंश वर्ष 1982 में मात्र 14.9 प्रतिशत रह गया था।

क्रांति के पूर्व चीन के आयातों में उपभोक्ता और विलासिता वस्तुओं का वर्चस्व था, उत्पादन साधनों के आयात का महत्त्व अति अल्प था। उत्पादन के काम आने वाली वस्तुओं का आयात मूल्य कुल आयात मूल्य का 10 प्रतिशत से भी कम रहा करता था। **नवीन चीन की स्थापना के बाद उत्पादन में काम आने वाली वस्तुएँ ही आयात की मुख्य वस्तुएँ बना दी गयीं** जिससे देश का तेज औद्योगिक विकास हो सके और वह आत्मनिर्भर प्राप्त कर सके। **वर्ष 1946 से 1982 तक चीन उन्नत प्रौद्योगिकी का आयात करता रहा जिसने चीन के औद्योगिक आधार की रचना की।**

तालिका 1 : 9 चीन के आयात-निर्यात की संरचना[2]

वर्ष	निर्यातों की संरचना (निर्यात के कुल परिमाण को 100 मानकर)		आयातों की संरचना (आयातों के कुल परिमाण को 100 मान कर)		
	औद्योगिक और खनिज उत्पादन	परिष्कृत कृषि और सम्बद्ध वस्तुएँ	कृषि और सम्बद्ध उत्पादन	उत्पादन के साधन (उत्पादक वस्तुएँ	जीविका साधन (उपभोग वस्तुएँ)
1950	9.3	33.2	57.5	83.4	16.6
1952	17.9	22.8	59.3	89.4	10.6
1957	28.4	31.5	40.1	92.0	8.0
1965	30.9	36.0	33.1	66.5	33.5
1975	39.9	31.1	29.6	85.4	14.6
1978	37.4	35.0	27.6	81.4	18.6
1979	44.0	32.9	23.1	81.3	18.7
1980	51.8	29.5	18.7	78.9	21.1
1982	60.5	24.6	14.9	70.8	29.2

1. QI WEN : China, : A General Survey, P. 133.
2. QI WEN : China : A General Survey. P. 135.

वर्ष 1984 में चीन के आयात-निर्यात व्यापार में काफी वृद्धि हुई। इस वर्ष आयात-निर्यात का परिमाण 120.12 बिलियन युआन था जो वर्ष 1983 की तुलना में 39.7 प्रतिशत अधिक था। कुल निर्यात 58.06 बिलियन यूआन थे जो वर्ष 1983 की अपेक्षा 32.5 प्रतिशत अधिक थे। आयात 62.06 बिलियन यूआन के बराबर थे जो वर्ष 1983 की अपेक्षा 47.1 प्रतिशत अधिक थे। निर्यात की तुलना में आयात 4 बिलियन युआन अधिक थे। उस वर्ष निर्मित वस्तुओं का निर्यात 12.6 प्रतिशत अधिक हुआ और यह कुल निर्यात का 54.4 प्रतिशत था। प्राथमिक वस्तुओं का निर्यात कुल निर्यात का 45.6 प्रतिशत था और इसमें 24 प्रतिशत वृद्धि हुई थी।[1]

चीन का प्राय: 85 प्रतिशत विदेशी-व्यापार गैर-साम्यवादी देशों के साथ होता है। जापान चीन का सबसे बड़ा व्यापारी हिस्सेदार है। फरवरी 1978 में चीन ने जापान के साथ 8 वर्षीय व्यापार-करार किया जिसे 1979 में 5 वर्षों के लिए और बढ़ा दिया गया। चीन के साथ व्यापार करने वाले अन्य महत्त्वपूर्ण देश हैं हांगकांग, जर्मनी, संयुक्त राज्य अमेरिका और आस्ट्रेलिया। **संयुक्त राज्य अमेरिका के साथ चीन का व्यापार तेजी से बढ़ रहा है। ताइवान के साथ होनेवाले आयात और निर्यात पर लगाए जाने वाले सीमा-शुल्कों को अप्रैल 1980 में समाप्त कर दिया गया।** अप्रैल 1978 में **यूरोपीय आर्थिक समुदाय** (EEC) के साथ चीन ने **परमानुग्रह राष्ट्र करार** (most-favoured nations agreement) सम्पन्न किया और **1980 में यूरोपीय आर्थिक समुदाय** (यूरोपीय साझा बाजार) **ने चीन के साथ प्राथमिकतापूर्ण प्रशुल्क** (preferential tariff) **की व्यवस्था लागू की।** 15 नवम्बर 1978 को चीन ने ग्रेट ब्रिटेन के साथ विज्ञान तथा प्रौद्योगिक कराकर किया और 4 मार्च 1979 को आर्थिक सहयोग करार सम्पन्न किया। जुलाई 1979 में चीन ने संयुक्त राज्य अमेरिका के साथ एक तीन-वर्षीय व्यापार करार किया जिसने 1980 से चीन को अमेरिकी बाजारों में परमानुग्रह राष्ट्र का स्थान दिया। 17 अप्रैल 1980 को चीन अन्तरराष्ट्रीय मुद्रा कोष (IMF) का सदस्य बना और 15 मई 1980 को विश्व बैंक (IBRD) का।

मानक प्रश्न

1. 1949 के बाद चीन की अर्थ-व्यवस्था की सामान्य विशेषताओं को स्पष्ट करें।
2. चीन की जनसंख्या-समस्या और जनसंख्या-नीति को संक्षेप में स्पष्ट करें।
3. चीन की कृषि प्रगति पर प्रकाश डालें।
4. साम्यवादी चीन के औद्योगिक विकास पर संक्षिप्त टिप्पणी लिखें।
5. साम्यवादी चीन की औद्योगिक प्रगति और समस्याओं पर प्रकाश डालें।
6. 1949 के बाद चीन के विदेशी व्यापार और विदेशी पूँजी की स्थिति तथा प्रवृत्तियों को स्पष्ट करें।
7. चीन की जनसंख्या नीति की सफलता की विवेचना करें।

❑

1. QI Information Office, People's Republic of China, Ibid.

अध्याय 2

चीन का ग्रामीण विकास

(RURAL DEVELOPMENT IN CHINA)

चीन का ग्रामीण विकास अन्य देशों की तरह कृषि के विकास पर केन्द्रित है क्योंकि कृषि ही ग्रामीण क्षेत्रों का मुख्य धन्धा होती है। चीनी कृषि का विकास कम्यूनों पर केन्द्रित रहा है जिनके द्वारा कृषि का सामाजिक और तकनीकी रूपान्तरण किया गया।

1949 के पूर्व चीनी कृषि की स्थिति—चीन में कृषि का इतिहास कम-से-कम 4500 वर्ष पुराना है। ईसा के प्रायः 2500 वर्ष पहले उत्तरी चीन का मध्य मैदान बड़ी संख्या में देहाती जनसंख्या को भोजन की व्यवस्था कर रहा था जहाँ ज्वार-बाजरा और बाद में चावल, जो दक्षिणी-पूर्वी एशिया से लाया गया और गेहूँ, जिसे युरेशिया से लाया गया, की खेती हो रही थी। चीन के इतिहास में अनेक युद्धों, विद्रोहों और उथल-पुथल के बावजूद शान्ति और प्रगति की लम्बी अवधियाँ भी रही हैं जब नयी-नयी भूमियों के लिए द्वार खुले है। **19वीं शताब्दी के मध्य तक अधिकांश कृषि-योग्य भूमि का उपनिवेशीकरण हो चुका था।** भूमि पर जनसंख्या का बढ़ता हुआ दबाव और भूमि-स्वामित्व की भू-सामन्ती प्रकृति ने देश में अनेक उथल-पुथल उत्पन्न किया जिनमें से **ताइपिंग विद्रोह** (Taiping Rebellion) सर्वाधिक गंभीर था जिनमें 2–3 करोड़ लोगों की जानें चली गयीं थीं। नृशंस नर-संहार और विस्थापन, जो विद्रोह के बाद भी चलते रहे, के कारण चीन की जनसंख्या को 1850 में 41 करोड़ से घटकर 1876 में 35 करोड़ हो जाने का अनुमान लगाया गया। परन्तु 1913 तक जनसंख्या पुनः बढ़कर लगभग 43 करोड़ हो गयी मानी गयी।

चीनी कृषि की विशेषताएँ

चीन में कृषि की सर्वाधिक महत्त्वपूर्ण विशेषता कृषि-योग्य भूमि की सापेक्ष कमी रही है। शताब्दियों से चल रहे उपनिवेशीकरण और भूमि उधार के बावजूद **आज भी चीन के कुल 96 करोड़ हेक्टर (96 लाख वर्ग कि० मी० अर्थात 37 लाख वर्ग मील) भू-क्षेत्र का केवल 15–20 प्रतिशत ही कृषि योग्य है।** 1849 तक केवल 10.2 प्रतिशत (9.8 करोड़ हेक्टर) भूमि पर ही खेती हो रही थी जो अधिकांशः **दक्षिणी और मध्य चीन और उत्तर-पूर्वी भागों की नदी घाटियों में थी। चीन की प्राय: 90 प्रतिशत जनसंख्या उसके केवल 1/6 भू-भाग में ही निवास करती है। चीन में देहाती क्षेत्रों में निवास करने वाली जनता के पास कृषि योग्य भूमि मात्र 0.25 हेक्टर प्रति व्यक्ति है** जो वस्तुतः विश्व में सबसे कम प्रति व्यक्ति कृषित भूमियों में से एक है।

चीनी कृषि की दूसरी महत्त्वपूर्ण विशेषता प्राकृतिक प्रकोपों के प्रति उसकी संवेदनशीलता और खेती करने की परिस्थितियों में अत्यधिक विभिन्नता है। सदियों

से चीनी कृषक अत्यन्त ही नाजुक रूप से जलवायु की अस्थिरता के निरन्तर भय के अधीन कार्य करते रहे हैं। **नम दक्षिणी भाग में उसे सतत बाढ़ के भय ने पीड़ित रखा है** जबकि **अर्द्ध सूखे उत्तर और उत्तर-पश्चिम में उसे बारम्बार सूखा का प्रकोप सताता रहा है।** पूर्वी चीन जैसे देश के बहुत से क्षेत्र तो दोनों से ही पीड़ित-प्रताड़ित होते रहे हैं।

तीसरी महत्त्वपूर्ण विशेषता कृषि की भू-सामन्तवादी व्यवस्था, भूमि का अत्यन्त विषम वितरण और नौकरशाही अत्याचार से इसका पीड़ित होना रही है। आज जो भी विदेशी व्यक्ति चीन में घूमने जाता है उससे नये चीन का पक्ष-धर चीनी निवासी बार-बार यह कहते नहीं अघाता कि **''पुराने चीन में जनता की पीठ पर तीन विशाल पहाड़ थे–साम्राज्यवाद, भू-सामन्तवाद तथा नौकरशाही पूँजीवाद जो ग्रामीण क्षेत्रों में वर्ग-भेद को चिह्नित करते थे।** (In old China, there were three big mountains on the back of the people—imperialism, feudalism and bureaucratic capitalism which marked class differentiation in the rural areas.) **गरीब और छोटे कृषक जो कुल जनसंख्या के 70 प्रतिशत से भी अधिक थे, कुल कृषित भूमि के केवल 10 प्रतिशत के ही मालिक थे और भूमिपति तथा धनी किसान जो कुल जनसंख्या के केवल 10 प्रतिशत ही थे, कुल कृषित भूमि के 2/3 के स्वामी थे।** कृषकों को अत्यधिक भूमि-लगान, भारी शुल्क और ऊँची दरों पर कर देने पड़ते थे। कृषकों की पीठ में ये तीन छूरे घुसे हुए थे। उत्पादकता अत्यन्त नीची थी और खाद्यान्न की औसत उत्पादन दर केवल 1 टन प्रति हेक्टर थी। परिणामस्वरूप चीन को अपने समृद्ध भूमि संसाधनों तथा अनुकूल कृषि स्थितियों के बावजूद खाद्यान्न और कपास का विदेशों से आयात करना पड़ता था।

1949 में पूर्ण होने वाली चीनी क्रांति ने चीन के किसानों को प्रकृति के साथ अपने सम्बन्धों को तथा अपने भविष्य को बदल देने के लिए यह सुअवसर दिया। उन्होंने दिखला दिया कि एक ही पीढ़ी में क्या कुछ किया जा सकता है।

ग्रामीण चीन का सामाजिक रूपान्तरण
(Social Transformation in Rural China)

सामाजिक रूपान्तरण के विभिन्न आयाम

एक विकासशील देश में ग्रामीण समाज का सामाजिक रूपान्तरण अनेक जटिल सामाजिक-राजनीतिक मसलों से सम्बद्ध होता है। **पहली और बहुधा सर्वाधिक स्पष्ट समस्या तो स्वामित्व का ढाँचा** है। यदि समाज में कुछ थोड़े से ही व्यक्तियों के स्वामित्व और नियंत्रण में कृषि जोतों का एक बड़ा भाग केन्द्रित होता है और समाज का अधिकांश वर्ग छोटे-छोटे किसानों, भूमिहीन कृषक मजदूरों का होता है तो जब तक भूमि सुधार के माध्यम से भूमि के स्वामित्व का उचित वितरण नहीं किया जाय तब तक कृषि सुधार और ग्रामीण विकास का कार्य पूरा नहीं किया जा सकता।

परन्तु **सामाजिक रूपान्तरण का दूसरा और संभवत: अधिक महत्त्वपूर्ण पक्ष** सामाजिक सम्बन्धों की प्रकृति का रूपान्तरण करने से सम्बद्ध होता है। भूमि-सुधार जोत के लिए हदबन्दी कर सकते हैं और गरीब किसानों में तथा भूमिहीन कृषक मजदूरों में भूमि को पुनर्वितरित कर सकते हैं। परन्तु वे स्वयं ही मध्यम आकार वाले कृषकों, जिनके पास

निर्धारित सीमा से भूमि कम होती है, और उनके रैयतां के बीच सामाजिक सम्बन्धों को नहीं बदल सकते। फिर सीमा से अधिक भूमि जो लघु कृषकों और भूमिहीन कृषक मजदूरों में बाँटी जाती है वह कुल भूमि का एक बहुत छोटा भाग ही हो सकती है जिससे वह कुछ ही लघु कृषकों तथा भूमिहीन कृषि मजदूरों को उपलब्ध हो सकती है। फलतः उस थोड़ी-सी भूमि से उन्हें कोई विशेष लाभ नहीं पहुँच सकता है। **किसी ग्रामीण समाज का सामाजिक रूपान्तरण तभी प्रारंभ हो सकता है जब भूमि-सुधार पर्याप्तत: कठोर तथा आमूल-चूल परिवर्तन करने वाले हों** न केवल समस्त उपलब्ध भूमि के एक अधिक न्यायपूर्ण वितरण के उद्देश्य की प्राप्ति के लिए ही अपितु सामाजिक सम्बन्धों की प्रकृति को भी इस तरह से परिवर्तित करने के लिए भी कि उससे शोषण को समाप्त अथवा न्यूनतम किया जा सके तथा एक समतावादी नैतिकता पर आधारित अपेक्षाकृत अधिक समानता की सृष्टि की जा सके।

सामाजिक रूपान्तरण का तीसरा महत्त्वपूर्ण पहलू धनात्मक है। यदि भूमि का पुनर्वितरण भी हो जाय और अन्यायपूर्ण सम्बन्धों में प्रतिबिम्बित होने वाली पुरानी व्यवस्था की अवरोधात्मक विशेषताएँ परिवर्तित भी की जा सकें तो भी एक नये ग्रामीण सामाजिक सम्बन्ध की आवश्यकता पड़ती है जिसमें नए भू-स्वामी अपने भूमि तथा जल संसाधनों में सुधार करने, अपने उत्पादन और आय को बढ़ाने तथा एक गत्यात्मक ग्रामीण समाज का निर्माण करने के लिए एक साथ मिलकर काम कर सकें। यह काम शायद ही कभी सरल और बाधा-रहित होता है। **एक गरीब विकासशील देश में ग्रामीण समाज एक पिरैमिड की तरह होता है जिसमें चोटी पर भू-स्वामी तथा उच्च अधिकारी स्थित होते हैं और सतह पर गरीब सामान्य जनता होती है।** यदि किसी प्रकार हिंसक क्रांति द्वारा अथवा क्रमिक शान्तिपूर्ण सामाजिक परिवर्तन द्वारा राजनीतिक सत्ता गरीब सामान्य जनता, जो बहसंख्यक है, के हाथों में सौंपी जा सके तो पिरैमिड उलट जाता है। अब इस पिरैमिड के कोणों को गोल बना कर इसे एक चक्र का रूप देना पड़ता है ताकि एक नया संगतिपूर्ण सम्बन्ध स्थापित हो सके। यह एक सर्वाधिक जटिल राजनीतिक समस्या होता है।

सामाजिक रूपान्तरण आन्दोलन

चीन में साम्यवादी दल का क्रांति संघर्ष 1920 के दशक में तत्कालीन प्रचलित कृषि स्थितियों की प्रतिक्रिया स्वरूप प्रारंभ हुआ। 1926 में अपने प्रसिद्ध अध्ययन ''चीनी समाज का वर्ग-विश्लेषण'' (Analysis of Classes in Chinese Society) **में माओत्सेतुंग ने अपने अधिकारों की प्राप्ति के लिए संघर्ष छेड़ने में विभिन्न वर्गों का संभाव्यता का विश्लेषण किया था।** 1927 में उसने **दूसरा अध्ययन** पूर्ण किया जिसमें उसने क्रांति में गरीब किसानों की भूमिका पर विचार किया। कालान्तर में देश के कुछ क्षेत्रों को मुक्त कर लिया गया, भू-पतियों की भूमि और सम्पत्तियों को छीनकर उन्हें समानता के आधार पर जनता में बाँट दिया गया। **फिर भी भूमि स्वामित्व की परम्परागत प्रणाली और सामाजिक वर्ग-रचना का पूर्ण सफाया 1949 में चीन लोकवादी गणराज्य** (People's Republic of China) **की स्थापना के पहले तक नहीं हो पाया था।** 1947 में कृषि विधि (Agrarian Law) का प्रारूप पारित हुआ। इसने भू-सामन्ती और अर्द्ध-भू-सामन्ती शोषण का अन्त तथा जोतने वाले के लिए भूमि की व्यवस्था (the end of the feudal and semi–feudal exploitation and the realization of the system of land to the tiller) की घोषणा की। इस नीति की क्रियान्विति में 1949 से 1952 के बीच तीन वर्ष लग गए। इसके लिए देश के सभी भागों में कृषक संघों की स्थापना तथा जन-सभाओं की आवश्यकता पड़ी थी ताकि कृषकों को शिक्षित किया जा सके और उन्हें भूपतियां एवं धनी किसानों के विरोध में हलचलें करने के लिए संचालित किया जा सके। **ग्रामीण जनता को भूपतियों, धनी किसानों, मध्यम किसानों तथा गरीब किसानों में बाँटने की कसौटी 1947 के कृषि कानून की एक महत्त्वपूर्ण विशेषता थी। भूपति** (land–lord) उस व्यक्ति को कहा गया जो बड़ी मात्रा में भूमि का स्वामी था और जो शारीरिक श्रम में बिना कुछ भाग लिए ही सारी आय किसानों से वसूली गई लगान से प्राप्त करता था। **धनी किसान** (rich peasant) वे व्यक्ति थे जिनके स्वामित्व में भी पर्याप्त भूमि और सभी आवश्यक कृषि उपकरण थे। भूपति के विपरीत वे शारीरिक कार्य में भाग लेते थे। परन्तु उनकी आय का एक भाग शोषण से प्राप्त होता था क्योंकि वे अपनी भूमि का कुछ भाग अथवा भूमिपतियों से ली गयी भूमि को गरीब किसानों को लगान पर दे (sub–let) देते थे। **मध्यम किसान** (middle peasants) वे लोग थे जिनके पास अपनी भूमि और खेती के साज-सामान होते थे। वे न तो अपना श्रम बेचते थे और न दूसरों को श्रमिक रूप में रखते थे। **गरीब किसान** (poor peasant) वे थे जिनके पास या तो कोई जमीन नहीं होती थी अथवा बहुत कम जमीन और कुछ कृषि उपकरण होते थे तथा वे अपनी अल्प आय को भूमिपतियों अथवा धनी किसानों के खेतों में काम करके पूरा करते थे।**रैयती किसान**(tenant farmer) ग्रामीण समाज का वह सदस्य था जिसके पास न तो अपनी जमीन थी और न कोई कृषि उपकरण और जो अति निम्न मजदूरी पर अपना श्रम बेचकर जिन्दा रहता था।

बहुत-सी अवस्थाओं में भूमि-पतियों तथा किसानों के भूतकालीन आचरणों एवं धारणाओं को उनके भूमि स्वामित्व के वास्तविक आकार की तुलना में अधिक महत्त्व दिया गया था। **ग्रामीण समाज के वर्गीकरण का काम पूरा हो जाने पर साम्यवादी दल के नेताओं से कहा गया कि वे मध्यम और गरीब किसानों को भूमि-पतियों की जमीन और सम्पत्तियों को छीन लेने के लिए प्रोत्साहित करें।** शहरी क्षेत्रों के विद्यार्थियों तथा शिक्षकों से उन्हें इस कार्य में समर्थन-सहायता प्राप्त हुई। **कितने भूमिपतियों का शारीरिक रूप से सफाया कर दिया गया यह अनुमान लगाना कठिन है। बेनेडिक्ट स्टेविस ने अनुमान लगाया है कि 1949 से 1951 के बीच आधिकाधिक तौर पर लगभग 4 लाख से 8 लाख तथा-कथित प्रतिक्रियावादियों को मार डाला गया** जबकि गैर-आधिकारिक तौर पर कितने लोग मारे गए यह नहीं जाना जा सकता है।[1] बहुत से भूमि-पतियों और धनी किसानों को 'सुधार' दिया गया और उन्हें नयी वर्ग-रचना में पचा लिया गया। परन्तु नयी सामाजिक संरचना में खपा लिए जाने के बाद भी भूमि-पतियों और उनके पुत्र-पुत्रियाँ पर कड़ी नजर रखी जाती थी ताकि वे अपने विचारों में प्रतिक्रियावादी प्रवृत्तियाँ नहीं पनपने दें। अधिकांश ऐसे लोगों को बुरा तत्त्व माना जाता था और उन्हें उत्तरदायी पदों से वंचित कर दिया गया था तथा उन पर साम्यवादी दल के स्थानीय कार्य-कर्त्ताओं द्वारा कड़ी निगरानी रखी जाती थी।

1. Benedict Stavis : *Politics of Agricultural Mechanism in China, Cornell University Press,* 1977

अब दूसरा कदम भूमि और सम्पत्ति को गरीब तथा मध्यम किसानों के बीच फिर से बाँटने के लिए उठाया गया। इसमें वे भूमिपति और धनी किसान भी शामिल किये गये जो अपने को सुधारने के लिए तथा उन्हें दी जाने वाली भूमि पर जीवन निर्वाह करने के लिए तैयार थे। **सरकारी आँकड़ों के अनुसार 466 लाख हेक्टर भूमि को 30 करोड़ भूमिहीन तथा अल्प-भूमिवाले कृषकों के बीच बाँटा गया जिनमें से प्रत्येक को औसतन 0.15 हेक्टर भूमि प्राप्त हुई।[1] 1952 तक कृषि प्रणाली का पूर्ण सुधार हो चुका था। परन्तु गाँवों में उत्पादन ढाँचा अब भी मूलतः अपरिवर्तित ही रह गया था।** फिर भी इस सुधार ने अवश्य ही परम्परागत कृषि संरचना का विध्वंस कर दिया और चीन के ग्रामीण समाज के रूपान्तरण के लिए और आगे पग उठाने के लिए अनुकूल स्थितियां की सृष्टि की।

ग्रामीण चीन के सामाजिक रूपान्तरण के विभिन्न चरण

एक लघु कृषक अर्थव्यवस्था से एक सामूहिक कृषि की ओर चीन का संक्रमण साधारणतः **चार चरणों** में बाँटा जाता है—

1. पारस्परिक सहायता दल (mutual aid teams);
2. प्राथमिक सहकारिताएँ (elementary cooperatives);
3. उन्नत सहकारिताएँ (advanced cooperatives);
4. जन कम्यून (people's communes)।

ये सभी चरण 1952 से 1958 के बीच मात्र 6 वर्षों की लघु अवधि में ही पूरे हो गए। इनमें से दूसरे तथा तीसरे चरण कुछ एक-दूसरे पर चढ़े रहे। अतः इन विभिन्न चरणों में महत्त्वपूर्ण अन्तर समयगत क्रम में उतना निहित नहीं है जितना कि सामाजिक परिवर्तन जो प्रत्येक चरण ने चीनी की कृषि संरचना में लाया है, की प्रकृति में और समूहीकरण की सफलता की सीमा में निहित है। स्मरण रहे कि यह काल चीन की प्रथम पंचवर्षीय योजना (1953-57) का भी काल था।

1. पारस्परिक सहायता दल *(Mutual Aid Teams)*—**समूहीकरण की ओर पहला चरण** पारस्परिक सहायता दलों का निर्माण था। 1946-49 के भूमि सुधारों के बाद चीनी कृषकों द्वारा उत्पादन-वृद्धि के प्रयासों में उत्पादन साधनों के सापेक्ष अभाव के कारण कठिनाइयाँ उत्पन्न हुई थीं। **कुछ कृषकों के पास कुछ अंश तक बड़े खेत थे परन्तु उनके पास पर्याप्त पशु अथवा दूसरे कृषि औजार उपलब्ध नहीं थे। कुछ दूसरों के पास उनकी आवश्यकताओं से अधिक पशु थे और वे उन पर बोझ बन गए थे।** अतः 6 अथवा 8 अथवा 10 कृषक परिवारों ने एक समूह में मिल कर **पारस्परिक सहायता दलों** का निर्माण कर लिया और **इससे वे अपने श्रम, पशुओं और कृषि उपकरणों का एक सामूहिक कोष बना लिए** जबकि वे अपनी अपनी भूमि के मालिक स्वयं ही बने रहे। संसाधनों के इस सामूहिक कोष के प्रयोग द्वारा उत्पादन कार्य किया जाने लगा। मनुष्य के श्रम अथवा सदस्य कृषक के पशुओं द्वारा किए गये कार्यों का मूल्य सदस्यों की सहमति से निर्धारित एक स्थानीय मानक (local standard) द्वारा किया जाने लगा। इनमें

1. Cheng Shuh : *A Glance at China's Economy (Peking, Foreign Languages Press,* 1974)

से कुछ दल तो मौसमी अर्थात् अस्थायी होते थे परन्तु कुछ स्थायी थे। **1952 के अन्त तक चीन के 40 प्रतिशत ग्रामीण परिवारों ने अपने-आप को 80 लाख 'स्थायी' तथा मौसमी पारस्परिक सहायता दलों में संगठित कर लिया था।**

छोटे-छोटे किसानों को पारस्परिक सहायता दलों में संगठित किया जाना उपलब्ध उत्पादन साधनों के अधिक प्रभावी उपयोग के प्रारंभिक कार्य में सरलता तो लाया था परन्तु सतत प्रगति के लिए इन दलों की क्षमता सीमित ही थी। ये दल राष्ट्रीय संकटों का सामना नहीं कर सकते थे, बड़ी-बड़ी योजनाएँ कार्यान्वित नहीं कर सकते थे; कृषि यंत्रों को खरीद पाने में समर्थ नहीं थे, और न ही वे अधिक विकसित कृषि तरीकों तथा तकनीकी को अपनाने में समर्थ थे। अनेक दलों को अन्तर्विरोधों का भी सामना करना पड़ा था जो भूमि तथा उत्पादन साधनों के व्यक्तिगत स्वामित्व को भूमि पर सामूहिक कार्यों के साथ संयुक्त करने के प्रयासों से उत्पन्न हो रहे थे। प्रत्येक सदस्य कृषक के पास पहले अपने ही खेत पर काम करने की स्वाभाविक इच्छा हो रही थी। कुछ कृषकों ने संकटों का सामना करने में अपने को असमर्थ पाकर अपनी भूमि को अन्य कृषकों के हाथ बेच दिया और स्वयं अपेक्षाकृत अधिक समृद्ध कृषकों के यहाँ मजदूरी पर काम करने लगे।

2. प्राथमिक सहकारिताएँ *(Elementary Cooperatives)*—पारस्परिक सहायता दलों की सीमाओं से पार पाने के लिए **समूहीकरण का दूसरा चरण 1953 में प्रारंभ किया गया।** इसने प्राथमिक अथवा अर्द्ध-समाजवादी कृषि उत्पादक सहकारिताओं (elementary or semi-socialist agricultural producer's cooperatives) का रूप लिया। मध्यस्थों (middlemen) की समाप्ति के लिए साधारण साख अथवा बाजार सहकारिताओं की स्थापना तो 1953 के पहले ही की जा चुकी थी परन्तु बड़ा कदम उत्पादक सहकारिताओं की स्थापना था जिनमें भूमि को संयुक्त अथवा सामूहिक खेती के लिए एक साथ मिलाया जा सकता था। **इन प्राथमिक सहकारिताओं की मुख्य विशेषता यह थी कि उन्होंने आय वितरण व्यवस्था में व्यक्तिगत सम्पत्ति प्रणाली को स्वीकार किया था।** कुल आय का प्रायः 60 : 70 प्रतिशत सहकारिता के प्रत्येक सदस्य द्वारा किए गए कार्यों के आधार पर बाँटा जाता था परन्तु 30.40 प्रतिशत आय लाभांश के रूप में अथवा विभिन्न सदस्यों द्वारा उपलब्ध की गयी भूमि अथवा अन्य उत्पादन साधनों जो सहकारिता की अंश पूँजी बनाते थे, के लिए लगान के रूप में बाँटी जाती थी। **सहकारिता की सदस्यता स्वैच्छिक थी** और सदस्यों द्वारा अपनी सदस्यता को समाप्त किया जाना तथा अपनी भूमि का सहकारिता से वापस लिया जाना भी संभव था। सहकारिता की व्यवस्था का उत्तरदायित्व एक समिति पर था जिसे प्रतिवर्ष उस सहकारिता के सभी सदस्यों द्वारा चुना जाता था। 1955 तक प्रायः 1.3 कृषक परिवारों ने प्रायः 633000 प्राथमिक उत्पादन सहकारिताओं का निर्माण कर लिया था।

3. उन्नत सहकारिताएँ *(Advanced Cooperatives)*—**चीन के ग्रामीण विकास का तीसरा चरण** उन्नत उत्पादक सहकारिताओं की स्थापना था। **अनेक रूपों में यह तीसरा चरण दूसरे चरण से अधिक महत्त्वपूर्ण था** क्योंकि उन्नत सहकारिता में सहकारिता की पूरी आय का सदस्यों में वितरण सहकारिता के लिए उनके द्वारा किए जाने वाले कार्य पर आधारित था न कि सदस्यों द्वारा उपलब्ध की गयी भूमि अथवा औजारों के आधार पर। **उन्नत सहकारिताएँ आकार में अपेक्षाकृत अधिक बड़ी भी थीं** और उनकी स्थापना 10, 15 अथवा 20 प्राथमिक सहकारिताओं के एकीकरण द्वारा की जाती थीं।

व्यवहार में उन्नत सहकारिताएँ एक प्राकृतिक गाँव के बराबर होती थीं जिनमें जनसंख्या 1000 से 3000 तक और कृषि-योग्य भूमि 300 से 800 हेक्टर तक होती थी। अतएव इनके पास अपेक्षाकृत अधिक मात्रा में पूँजी होती थी जिनके द्वारा वे कृषि औजारों यंत्रों को खरीद सकती थीं, बड़ी सिंचाई और बाढ़ नियंत्रण योजनाओं को कार्यान्वित कर सकती थीं, लघु पैमानों के ग्रामीण उद्योगों के लिए वित्त-व्यवस्था कर सकती थीं।

चीन में प्राथमिक और उन्नत सहकारिताओं की सफलता के लिए सर्वाधिक महत्त्वपूर्ण अनिवार्यता क्रांति के बाद भूमि का समान वितरण थी। 1949 के बाद चीन में अधिकांश परिवारों के पास एक चौथाई हेक्टर से भी कम जमीन थी और उस भूमि से कुल आय मजदूरी की संभावित मात्रा से कोई बहुत अधिक नहीं थी जिसे परिवार के सभी सदस्य मिलकर कमा सकते थे। इस प्रकार उत्पादक सहकारिताओं का निर्माण, जिनमें आय का अधिकांश संपादित किए गए कार्यों के आधार पर वितरित किया जाता था, उनकी आय पर प्रतिकूल प्रभाव नहीं डाल पाया। यदि जोत के आकार बड़े होते तो कई कठिनाइयाँ अवश्य होतीं क्योंकि तब जोत से आय अधिक मिलती और कृषक परिवार अपने खेतों को एक साथ मिला कर खेती करने से कतराते।

दूसरी अनिवार्यता नि:संदेह समूहीकरण (collectivization) से प्राप्त परिणामों से प्रत्यक्षत: सम्बन्धित थी। यदि समूहीकरण के फलस्वरूप उत्पादन तथा आय में वृद्धि हो तो सहकारिताओं की स्थापना के लिए अधिक प्रोत्साहन मिलेगा और अगला कदम अपेक्षाकृत आसान हो जायेगा। चीन में इसकी सिद्धि विभिन्न स्तरों पर सक्रिय सरकारी समर्थन द्वारा संभव हो सकी। प्रारंभ में **सियांग** (Hsiang), **जो स्थानीय प्रशासन की निम्नतम इकाई था** ने उन गरीब और मध्यम किसानों को ऋण दिया जो सहकारिता का सदस्य बनने के लिए अपनी हिस्सा-पूँजी चुका पाने में असमर्थ थे। अक्टूबर 1955 में चीनी साम्यवादी दल की सातवीं केन्द्रीय समिति के छठे पूर्ण सम्मेलन (plenary session) ने कृषि सहकारिताओं के सम्बन्ध में कुछ महत्त्वपूर्ण निर्णय लिया और विभिन्न विभागों तथा बैंकों को निर्देश दिया कि वे सहकारिताओं को यंत्रीकरण, सिंचाई तथा पूँजी कार्यों के लिए दी जाने वाली अपनी वित्तीय सहायताओं में वृद्धि करें। **सियांग प्रशासनों** को निर्देश दिया गया कि वे कृषि के लिए तकनीकी ज्ञान तथा जानकारी एवं सहकारिताओं के लिए प्रशिक्षित कार्यकर्त्ता उपलब्ध करें। सहायता स्थानीय उद्योग की आयोजना तथा निर्माण के लिए भी उपलब्ध की जाती थी।

इन प्रयासों के परिणाम सब मिलाकर अत्यन्त सराहनीय रहे, धनात्मक रहे और 1955 तथा 1956 में फसलें दर्शनीय रूप से अच्छी हुई यद्यपि 1957 में फसलें ठीक नहीं रहीं। 1956 के अन्त तक 88 प्रतिशत एवं 1957 के ग्रीष्म तक 97 प्रतिशत कृषक परिवार प्राय: 740,000 उन्नत सहकारिताओं में संगठित किए जा चुके थे।

1953 से 1957 के बीच समूहीकरण की इस तूफानी गति के बावजूद संक्रमण कठिनाई-रहित नहीं था। कुछ मध्यम कृषक ऐसे थे जिनके पास कृषि औजारों की पूर्ति अधिक थी और जो अपनी ही भूमि पर अपने को अच्छा महसूस कर रहे थे। दूर-दराज के गाँवों में कुछ दूसरे किसान ऐसे थे जिन्होंने स्थानीय नेतृत्व पा लिया था और जो गरीब किसानों की भूमि को खरीद कर अपने कृषि जोतों को बड़ा करने की आशा बाँध रहे थे। ये तत्त्व समूहीकरण के प्रति अपेक्षाकृत मन्द और अधिक नमनीय दृष्टिकोण अपनाने का

तर्क देने लगे थे। कुछ किसान तो सहकारिता में 'भागीदार चुनने' के अपने अधिकार की भी बात करने लगे थे। ऐसी प्रवृत्तियों को सहकारिताओं की वित्तीय अथवा तकनीकी सहायता के द्वारा अथवा अपेक्षाकृत बड़ी फसल पैदावारों के द्वारा ही रोका नहीं जा सकता था। उनका सामना शक्तिपूर्ण राजनीतिक तथा संगठनात्मक आन्दोलन के द्वारा ही किया जा सकता था ताकि 'पूँजीवाद की वापसी' को रोका जा सके। **अतएव सहकारिताओं को संगठित करने के प्रयासों के साथ-साथ व्यापक राजनीतिक अभियान भी चलाया गया। भ्रष्टाचार, बर्बादी तथा नौकरशाही के विरूद्ध तथा 'पूँजीपतियों की पाँच बुराइयों** (five evils of capitalists)—**सरकारी कर्मचारियों की घूसखोरी, कर वचन, राजकीय सम्पत्ति की चोरी, सरकारी ठेकों में धोखेबाजी तथा निजी सट्टा के लिए आर्थिक सूचनाओं की चोरी के विरुद्ध विशेष अभियान चलाए गए।** बड़े पैमाने पर प्रौढ़ शिक्षा की व्यवस्था की गयी। साम्यवादी दल के कार्यकर्त्ताओं और स्थानीय प्रशासकों को विस्तृत पैमाने पर देहाती क्षेत्रों का दौरा करने के लिए तथा किसानों में अपेक्षाकृत अधिक राजनीतिक चेतना का संचार और विकास करने के लिए संचालित किया गया। इसका काम समूहीकरण के लाभों तथा निजी स्वामित्व की चिन्ता से उत्पन्न होने वाले खतरों को स्पष्ट करना भी था। इस अभियान में उन्होंने स्वभावतः सहकारिताओं की सफलताओं का उदाहरण भी पेश किया और दूसरों को प्रोत्साहित किया कि वे एक साथ मिलाकर आगे बढ़ें ताकि वे अपनी भूमि तथा जल संसाधनों के विकास के लिए वृहत्तर योजनाएँ कार्यान्वित कर सकें।

4. जन कम्यून *(People's Communes)*—सहकारिताओं की सिद्धियों तथा समूहीकरण के लिए जन-समर्थन बटोरने में राजनीतिक आन्दोलन की सफलता के संयोग ने **समूहीकरण के चौथे चरण** के लिए आधार प्रस्तुत किया। यह चौथा चरण पीपुल्स कम्यून की स्थापना था। **उन्नत सहकारिताओं ने भूमि के निजी स्वामित्व से सामूहिक स्वामित्व की ओर महत्त्वपूर्ण कदम उठाने में सफलता तो अवश्य पायी थी फिर भी उनका आकार इतना छोटा था कि वे बड़ी सिंचाई योजनाएँ नहीं कार्यान्वित कर सकती थीं अथवा अनेक औद्योगिक इकाइयों का निर्माण भी नहीं कर सकती थीं।** साथ ही, ग्रामीण विकास की एक इकाई की सृष्टि आवश्यक थी जो खेती से आगे बढ़कर ग्रामीण जीवन के सभी आर्थिक, प्रशासनिक, सामाजिक तथा राजनीतिक पहलुओं की व्यवस्था कर सकती थी। यह काम कृषि सहकारिताओं तथा निम्नतम प्रशासनिक इकाइयों (सियांग) को 'पीपुल्स कम्यूनों' में विलीन करने के द्वारा पूरा किया गया।

पीपुल्स कम्यूनों की सृष्टि के साथ-साथ एक अन्य जन-आन्दोलन अब तक हुए परिवर्तनों के दृढ़ीकरण तथा और अधिक समूहीकरण के लिए आधार तैयार करने के लिए चलाया गया। 1958 के ग्रीष्म में चेयरमैन माओ ने स्वयं ही देहाती क्षेत्रों का दौरा स्थितियों का जायजा लेने के लिए तथा इस आन्दोलन को अपनी व्यक्तिगत प्रतिष्ठा से आभूषित करने के लिए किया। **अगस्त 1958 में चीनी साम्यवादी दल की केन्द्रीय समिति ने पीपुल्स कम्यूनों की स्थापना का संकल्प लिया। ध्यातव्य है कि 'पीपुल्स कम्यून' शब्द-बन्ध की रचना चीन की सरकार अथवा चीनी साम्यवादी दल के नेताओं द्वारा नहीं की गयी थी। इसके नामकरण की प्रेरणा 1871 के पेरिस कम्यून** (Paris Commune) **से मिली थी। इसी शब्द-बन्ध के आधार पर 'पीपुल्स कम्यून' नामकरण किया गया।** 6 अगस्त 1958 को माओ ने कहा, **'यह अच्छा नाम है'**। बाद में इसे साम्यवादी दल की केन्द्रीय समिति द्वारा स्वीकार कर लिया गया। **उन्नत सहकारिताओं**

और सियांग को एक में विलीन कर पीपुल्स कम्यूनों की सृष्टि का काम बड़ी तेजी से किया गया। सितम्बर 1958 के अन्त तक इनकी स्थापना की प्रक्रिया प्रायः पूर्ण हो चुकी थी। तब तक प्रायः 740,000 उन्नत सहकारिताएँ 26000 कम्यूनों में पुनर्गठित की जा चुकी थीं।

अर्द्ध-समाजवादी सहकारिताओं से पूर्ण समाजवादी कम्यूनों में संक्रमण एक वह महत्त्वपूर्ण तत्त्व है जो चीन को उद्योगीकरण तथा नगरीकरण के सोवियत मॉडल से हटाकर अलग रास्ते पर ले जाता है। परन्तु राजनीतिक तथा सामाजिक रूपों में कम्यून प्रणाली अपने समय से कुछ आगे चली गयी थी। चीनी समाज समाजवाद से साम्यवाद की ओर संक्रमण करने के लिए अभी तैयार नहीं हो पाया था–यह 'प्रत्येक को उसके कार्य के अनुसार' के बदले ''प्रत्येक को उसकी आवश्यकता के अनुसार'' के सिद्धांत को कार्य रूप देने के लिए अभी सक्षम नहीं हो पाया था। अतः प्रत्येक व्यक्ति को मुफ्त भोजन देने की मनसा को शीघ्र ही छोड़ दिया गया और आयोजन तथा लेखा-जोखा कार्यों को कम्यूनों पर केन्द्रित करने के प्रस्ताव को कार्य रूप नहीं दिया गया। **उत्पादन तथा वितरण सम्बन्धी निर्णयों को पुनः उत्पादन ब्रिगेड** (production brigade) **को और सामान्यतः उत्पादन दलों** (pronuction team) **को सौंप दिया गया। उत्पादन दल लेखा की इकाई** (accounting unit) **और व्यवहार में वास्तविक कृषि-कार्य के लिए मूल सामूहिक इकाई बन गया।** कम्यून का आकार, जो 2 अथवा 1 पुराने सियांग का एक में विलीन कर बनाया गया था, भी बहुत बड़ा सिद्ध हुआ और इसने परम्परागत बाजार नगरों के इर्द-गिर्द बनी कुछ पुरानी संचार तथा प्रशासनिक व्यवस्थाओं को भी छिन्न-छिन्न कर दिया। अतः 26000 कम्यूनों को पुनः 74000 कम्यूनों में उप-विभाजित किया गया यद्यपि 1966-67 की **सांस्कृतिक क्रांति** (Cultural Revolution) के बाद पुनः कम्यूनों के आकार में वृद्धि की नीति अपना ली गयी क्योंकि अगस्त, 1975 में कम्यूनों की संख्या केवल 50000 थी। **निजी खेतों, जो कम्यूनों में मिला लिए गए थे, की प्रणाली को भी पुनः प्रारंभ किया गया परन्तु** निजी खेतों (private plot) के अन्तर्गत कुल क्षेत्र सामूहिक खेतों के अन्तर्गत कुल भूमि के 5 प्रतिशत से अधिक नहीं होना चाहिए था। इसके मुकाबले 1958 के पहले यह 10 प्रतिशत तक रह सकता था। **इस प्रकार निजी खेतों का नया आकार अपेक्षाकृत बहुत छोटा था और वह पिछवाड़े के बगीचे की तरह था।** यह व्यवस्था मुख्यतः कृषकों को सूअर, मुर्गी-बत्तक, आदि पालने-पैदा करने तथा तरकारी आदि पैदा करने में समर्थ बनाने के लिए की गयी थी चाहे अपने परिवार के उपयोग के लिए अथवा 1960 में प्रारंभ किए गए ग्रामीण मेलों में विक्रय के लिए। **इसका मूल उद्देश्य कृषकों को अपनी आय में वृद्धि करने में समर्थ बनाना था।**

इन परिवर्तनों द्वारा चीन ने ग्रामीण विकास के लिए एक अधिक सक्षम सांस्थिक ढाँचा का निर्माण करने में सफलता प्राप्त की जिसमें देश में जागरित प्रचंड सामाजिक चेतना को देश-काल के राजनीतिक यथार्थ और चीनी कृषकों के आर्थिक हितों के साथ युक्तिपूर्ण रूप में पिरोया गया था। फिर भी 1959-61 के कृषि संकट के कारण इस सम्बन्ध में विवाद छिड़ गया। **परन्तु 1959-61 के कृषि संकट द्वारा उत्पन्न वाद-विवाद कम्यूनों के आकार तथा उनकी आन्तरिक क्रियाशीलता तक ही सीमित नहीं था इसने चीन की सम्पूर्ण कृषि नीति के गंभीर मूल्यांकन के लिए**

विवश कर दिया था। तब तक कृषि के लिए अपेक्षाकृत बहुत अधिक प्राथमिकता के लिए आम सहमति तो बन चुकी थी परन्तु क्या निश्चित ठोस नीतियाँ अपनायी जाएँ इस सम्बन्ध में दृष्टिकोण अभी भी स्पष्ट नहीं हो पाया था। **कुछ लोगों ने कम्यूनों के विकेन्द्रीकरण का सुझाव दिया था और 1961 में वस्तुत: ''तीन निजी तथा एक गारंटी''** (three private and one guarantee) **के लिए तर्क भी दिया गया था। इसका अर्थ निजी खेतों का पुन: प्रारंभ, निजी आधार पर उत्पन्न वस्तुओं के लिए बाजारों का विस्तार तथा हस्तशिल्प की वस्तुओं का अधिक उत्पादन था।** इसके बदले में निजी खेतों के मालिकों से अपेक्षा की गयी थी कि वे एक निश्चित कोटा तक उत्पादन की गारंटी देंगे। इस प्रकार भूमि के क्रय और विक्रय पर प्रतिबन्धों के अतिरिक्त **इस दृष्टिकोण का अर्थ एक प्रतिबन्धित निजी खेती की ओर वापसी हुआ होता। दूसरा दृष्टिकोण कृषि में अपेक्षाकृत बहुत अधिक राजकीय निवेश का पक्ष-धर था,** विशेषकर यंत्रों के लिए और इसने तर्क दिया था कि बड़े पैमाने पर यंत्रों के प्रयोग द्वारा कृषि उत्पादन विसंगठित रूप में नहीं किया जा सकता तथा आधुनिक तकनीकी साज-समानों और यंत्रों का प्रयोग और संचालन छोटे कृषकों वाली अर्थ-व्यवस्था की शक्ति के परे हैं। इस दृष्टिकोण का कुछ विरोध भी हो रहा था क्योंकि इसका अर्थ संसाधनों को उद्योग से कृषि की ओर मोड़ना था।

विभिन्न दृष्टिकोण सम्बन्धी इस विवाद को अन्तत: सितम्बर 1962 में चीनी साम्यवादी दल की आठवीं केन्द्रीय समिति के 20वें पूर्ण सम्मेलन में सुलझाया गया जिसमें कृषि को उच्च प्राथमिकता देने का निर्णय किया गया। यह नयी नीति इस नारे की ओर ले गयी जो अब तक अत्यन्त प्रसिद्धि प्राप्त कर चुकी है: **''कृषि को आधार मानें और उद्योग को एक अगुआ तत्त्व''** ("take agriculture as the foundation and industry as the leading factor")। **अपनी व्यूह-रचना अथवा नीतियों के महत्त्वपूर्ण तत्त्वों को आसान नारों, जिन्हें समाज के किसी भी स्तर द्वारा सरलता से समझा जा सकता है, के रूप में प्रस्तुत करने में चीनी नेताओं की सफलता अनुकरणीय रही है। वस्तुत: चीन की कृषि-नीति के क्रमिक विकास को एक के बाद एक दिये जाने वाले उन नारों में खोजा जा सकता है जो समय-समय पर अपनाये और प्रस्तुत किए जाते रहे हैं।** ये नारे न केवल कृषि नीतियों को समाज के निम्नतर स्तरों पर समझने में सहायता करते हैं बल्कि उनकी क्रियान्विति में विचारगत दार्शनिक शक्ति भी जोड़ देते हैं। साम्यवादी दल के कार्यकर्त्ता विचारगत दर्शन के कारणों से ही किसी तकनीक अथवा नीति का अनुसरण करने के लिए अधिक इच्छुक रहते हैं यदि उसके आर्थिक लाभों को अभी प्रदर्शित नहीं किया गया हो तो भी।

दसवें पूर्ण सम्मेलन द्वारा कृषि के तकनीकी रूपान्तरण की ओर प्राथमिकता की मोड़ सम्बन्धी निर्णय चीन की कृषि में एक महत्त्वपूर्ण घटना है। फिर भी सापेक्ष जोर में इस परिवर्तन का अर्थ सामाजिक पहलुओं को पीछे धकेल देना नहीं था। इसी सम्मेलन ने यह भी निर्णय किया था कि **'वर्ग संघर्ष को कभी नहीं भूलो'** (never forget class struggle)। **1962 में समाजवादी शिक्षा आन्दोलन**(socialist education movement) **प्रारंभ किया गया** समाजवादी कृषि के उत्साह की पुनः सृष्टि करने के लिए पिछले तीन वर्षों में इसे धक्का लगने के बावजूद यद्यपि इस आन्दोलन के अन्य उद्देश्यों में ग्रामीण कार्य-कर्त्ता की धुलाई तथा कठिन वर्षों में विभिन्न व्यक्तियों के आचरणों तथा कार्य-निष्पादनों के प्रकाश में वर्ग संघर्ष पुनर्जीवित करना भी शामिल थे।

1959-61 की अवधि में लगे धक्कों और बाद के वर्षों में कम्यून प्रणाली में समायोजन-परिवर्तन के बावजूद कम्यून प्रणाली ने इस प्रारंभिक चुनौती का सफलतापूर्वक सामना किया। चीनी जनता प्राकृतिक प्रकोपों से अपरिचित नहीं थी। परन्तु पहली बार उन्हें उनका सामना करने के लिए पर्याप्ततः संगठित किया गया था। उसने राहत कार्यों में, तटबन्धों के निर्माण में, जल-साधनों की व्यवस्था में, कुओं के निर्माण में एक साथ मिलकर कार्य किया। **जीवन कठोर था परन्तु सबने उस कष्ट में हिस्सा लिया। जन-समूह की भलाई के लिए सरकार की चिन्ता भी सबके लिए स्पष्ट थी।** परिणामस्वरूप जो लोग सामूहिक कृषि के अनिच्छुक और हिचकपूर्ण समर्थक थे उन्होंने भी विपत्तियों का सामना करने में तथा ग्रामीण समाज के जीवन में सुधार करने में संगठित प्रयासों के महत्त्व और सार्थकता को महसूस करना प्रारंभ कर दिया।

कम्यूनों का संगठन और कार्य(*Organization and Functions of Communes*)—1958 के बाद से चीनी कम्यूनों ने ग्रामीण चीन के आर्थिक, सामाजिक और राजनीतिक जीवन में एक अत्यन्त ही महत्त्वपूर्ण भूमिका निभायी है। निःसंदेह विभिन्न कम्यूनों के आकार, उनकी आन्तरिक व्यवस्थाओं तथा आय-स्तरों और विभिन्न कम्यूनों द्वारा उपलब्ध की जानेवाली सामाजिक सेवाओं में पर्याप्त भिन्नताएँ हैं। परन्तु ये विभिन्नताएँ कम्यूनों की मूल प्रकृति और ढाँचे तथा उनकी सिद्धियों सम्बन्धी निष्कर्षों के सम्बन्ध में कोई अन्तर नहीं लातीं। **वस्तुतः चीनी कम्यून एक बड़ी कृषि सहकारिता नहीं है वरन् स्थानीय शासन की एक ठोस इकाई है जिसके अन्तर्गत ग्रामीण समाज के सभी आर्थिक, सामाजिक, प्रशासनिक और राजनीतिक कार्य शामिल हैं। इसका मूल उद्देश्य ग्रामीण जनता को अपनी भूमि तथा संसाधनों को विकसित करने के लिए संगठित और प्रचालित करना है** ताकि वह आत्म-निर्भरता के सिद्धांत पर अपनी मूल आवश्यकताओं को पूरा कर सके और साथ ही सामाजिक विषमताओं में कमी कर सके तथा ऐसे ग्रामीण समाज की रचना कर सके जो न्याय एवं समानता पर आधारित हो। **भूमि सुधार चाहे वे कितने भी आमूल परिवर्तनकारी और कठोर हों, ग्रामीण आर्थिक विकास के लिए केवल भूमिका ही बनाते हैं, आवश्यक अनुकूल दशाओं की सृष्टि ही कर पाते हैं। वास्तविक विकास के लिए भूमि-सुधारों के साथ-साथ ही उपयुक्त संस्थागत और संगठनात्मक व्यवस्थाएँ भी की जानी चाहिए जो ग्रामीण विकास के एक के बाद एक आने वाले विभिन्न स्तरों पर ग्रामीण समाज को संगठित रूप से प्रयास करने में सहायक के रूप में काम कर सकें।** चीन में कम्यून प्रणाली ने ऐसी ही संस्थागत और संगठनात्मक व्यवस्था का काम किया है।

चीन में कम्यून कई उत्पादन ब्रिगेडों (production brigades) **में विभाजित हैं और उत्पादन ब्रिगेड विभिन्न उत्पादन दलों** (production teams) **में उपविभाजित हैं।** किसी क्षेत्र में जनसंख्या के घनत्व और उपलब्ध भूमि के अनुसार कम्यूनों के आकार में बहुत भिन्नता होती है। किसी-किसी कम्यून में 8000 हेक्टर और 80,000 तक जनसंख्या होती है तो किसी कम्यून में मात्र 600 जनसंख्या भी पायी जाती है। परन्तु अधिकांश कम्यूनों में औसतन 10,000 से 40,000 तक जनसंख्या (2500 से 10,000 परिवार) और 800 से 4000 हेक्टर तक जमीन होती है। कम्यूनों के आकार की तरह प्रत्येक कम्यून में उत्पादन ब्रिगेडों तथा उत्पादन दलों की जनसंख्या में भी बहुत भिन्नताएँ होती हैं। **कुछ घनी जनसंख्या**

वाले क्षेत्रों में एक कम्यून में 30–35 उत्पादन ब्रिगेड और 300-400 उत्पादन दल होते हैं। परन्तु कुछ कम्यूनों में केवल 5–10 उत्पादन ब्रिगेड और 50–100 उत्पादन दल भी होते हैं।

उत्पादन दल (*production team*) **बहुधा एक गाँव अथवा मकानों के एक समूह से बना होता है** जिसमें 20–30 अथवा 40 परिवार अथवा 100–200 सदस्य होते हैं जो 10–40 हेक्टर भूमि, जो उपलब्ध भूमि और जनसंख्या के घनत्व पर निर्भर होती है, पर खेती करते हैं। उत्पादन दल उत्पादन और लेखा की बुनियादी इकाई है। इसी के स्वामित्व में भूमि होती है और उपलब्ध मानव शक्ति के सहयोग, उत्पादन की व्यवस्था तथा प्राप्त आय के वितरण सम्बन्धी निर्णयों का उत्तरदायित्व इसी पर होता है। उत्पादन की योजना कुछ निश्चित मार्ग-निर्देशों के अधीन बनायी जाती है। जैसे—अनाज और बुनियादी वस्तुओं का अभ्यंश, जिसे अवश्य ही निर्धारित मूल्यों पर सरकार को बेच देना पड़ता है, फल, तरकारी, मछली, मांस जैसे कुछ अन्य कृषि उत्पादों के लिए न्यूनतम और अधिकतम कोटा आदि। परन्तु इन विभिन्न अभ्यशों को पूरा करने अथवा कुछ अभ्यशों से भी अधिक उत्पादन करने के सम्बन्ध में उत्पादन दलों को अपने श्रम साधनों तथा बचतों के निवेश के सम्बन्ध में भी पर्याप्त स्वायत्तता प्राप्त होती है और वे कृषि यंत्रों, फलोद्यान का निर्माण और सिंचाई सुविधाओं में सुधार करने के सम्बन्ध में स्वयं कुछ महत्त्वपूर्ण निर्णय ले सकते हैं। **व्यवहार में उत्पादन दल चीन के ग्रामीण संगठन की सर्वाधिक महत्त्वपूर्ण इकाई रहे हैं।**

उत्पादन ब्रिगेड (*production brigade*) **कम्यून द्वारा उत्पादन दल के लिए निर्धारित अभ्यंशों के आधार पर बनी उत्पादन दलों की वार्षिक उत्पादन योजनाओं में समन्वय करता है** और उर्वरक, पम्पसेटों आदि जैसी कुछ कृषि आदाओं (inputs) का आवंटन करता है। **परन्तु इसके अधिक महत्त्वपूर्ण कार्य उन स्तरों पर निवेश और विकास योजनाओं को हाथ में लेना है जो उत्पादन दलों के सामर्थ्य के परे हैं।** उत्पादन ब्रिगेड पशुपालन फार्मों, सरकारी फार्मों, फलोद्यानों और उद्योगों की स्थापना कर सकते हैं। इसके अतिरिक्त ये ब्रिगेड प्राथमिक विद्यालय, चिकित्सा केन्द्रों आदि जैसी कुछ सामाजिक सेवाओं की भी व्यवस्था करते हैं। ये साख सहकारिताएँ और सैनिक दस्ते (militia units) भी बना सकते हैं। कुछ अवस्था में वे लेखा की इकाई का भी काम कर सकते हैं। परन्तु ऐसा सामान्यतः नहीं होता है। **उत्पादन बिग्रेड चीन के साम्यवादी दल की एक शाखा के रूप में भी काम करता है और इस प्रकार यह वह निम्नतम स्तर है जिस पर साम्यवादी दल ग्रामीण जनता के सीधे सम्पर्क में आकर उसके माध्यम से काम करता है।**

कम्यून न केवल उत्पादन दलों तथा उत्पादन बिग्रेडों के इन सभी कार्यों का समन्वय, अधीक्षण और दिशा-निर्देशन ही करता है वरन् वह ऐसे पूरक कार्यों का भी संपादन करता है जो उत्पादन दलों और उत्पादन ब्रिगेडों की क्षमता के परे हैं। यह वैसी बड़ी योजनाओं को हाथ में लेता है जिनमें बड़ी मात्रा में श्रम बल अथवा वित्तीय संसाधनों की आवश्यकता पड़ती है। जैसे—बड़ी जल-संरक्षण योजनाएँ, बड़ी ग्रामीण सड़कें, बड़ी औद्योगिक इकाइयाँ। इनके अतिरिक्त यह पूरक सामाजिक सेवाएँ, विशेषकर माध्यमिक शिक्षा और चिकित्सालय सुविधाएँ भी उपलब्ध करता है। **कम्यून का मुख्य राजनीतिक कार्य सरकार की राजनीतिक तथा प्रशासनिक नीतियों का अधीक्षण करना और**

उन्हें कार्यान्वित करना तथा ग्रामीण समाज के वैचारिक एवं राजनीतिक आधार को मजबूत बनाना है। कम्यून कुछ अन्य कार्य भी करते हैं। जैसे सैनिक शिक्षण, जनसंख्या के विचरण पर नियंत्रण, सरकारी करों का संग्रह। **राज्य सरकार का अगला उच्चतर स्तर, जिसे काउन्टी कहा जाता है, कम्यून में पुलिस स्टेशन, अथवा काउन्टी के अन्य विभाग का कार्यालय अथवा कर-संग्रह कार्यालयों जैसे कुछ कार्यालयों को रख सकता है।** परन्तु इन कार्यालयों पर अधिकांशतः कम्यूनों का अधीक्षण रहता है और ऐसे कुछ कार्यालय को कम्यून में खपा भी लिए जा रहे हैं। इस प्रकार **जबकि अपनी राजनीतिक भूमिका में कम्यून स्थानीय पैमाने पर सरकारी नीतियों को कार्यान्वित करने के लिए उत्तरदायी है, इसकी आर्थिक भूमिका है उत्पादन योजना, अनिवार्य आदाओं की उपलब्धि, ग्रामीण अर्थव्यवस्था के विविधीकरण और सामाजिक सेवाओं को उपलब्ध करने के माध्यम से कृषि तथा ग्रामीण विकास के लिए नेतृत्व, पथ प्रदर्शन एवं सहायता उपलब्ध करना।**

इस प्रकार **कम्यून प्रणाली,** जबकि यह छोटे-छोटे आत्म-पूर्ण समूहों को उत्पादन दलों के द्वारा उत्पादन योजना बनाने, उसकी व्यवस्था करने और उसे उत्पादन में हिस्सा बँटाने की छूट देती है और भौतिक उत्प्रेरणाओं के कुछ तत्त्वों को बनाए हुए है **समूहीकरण तथा नेतृत्व के दो पूरक स्तरों की व्यवस्था करती है जिन पर कम्यून के सदस्यों के लाभ के लिए अपेक्षाकृत बड़ी योजनाएँ हाथ में ली जा सकती हैं, पूरक संसाधनों की सृष्टि की जा सकती है और कुछ अनिवार्य सेवाओं की व्यवस्था की जा सकती है।**

कम्यून प्रणाली की दूसरी महत्त्वपूर्ण विशेषता विकेन्द्रीकरण और स्वायत्तता की वह सीमा है जो इसे अनिवार्य कार्यों के सम्पादन में मिली हुई है। **सम्पूर्ण व्यापक राजनीतिक ढाँचे तथा राष्ट्रीय संसाधनों के उपयोग एवं ग्रामीण संस्थाओं के ढर्रे सम्बन्धी नीति के अन्तर्गत कम्यूनों को सम्पूर्ण आर्थिक तथा विकास कार्यों के सम्बन्ध में अत्यन्त विस्तृत सीमा तक स्वायत्तता प्राप्त है।** कम्यून तथा उनकी अंगीभूत इकाइयाँ अपने भूमि, जल एवं मानव संसाधनों के उत्तम उपयोग के सम्बन्ध में तथा अपनी आय के वितरण, बचत और निवेश के सम्बन्ध में निर्णय लेने में स्वतंत्र हैं। कराधान निरपेक्ष रूप में निश्चित है (Taxation is fixed in absolute terms)। अतः कम्यून अपनी अतिरिक्त आय के अधिकांश को अपने उपभोग तथा निवेश के लिए अपने ही पास रख पाते हैं। उत्पादन योजना निर्माण के सम्बन्ध में भी, जो कुछ राष्ट्रीय लक्ष्यों तथा अभ्यंशों से जुड़ी हुई होती है, कम्यूनों को व्यवहार में अभ्यंशों को बदलने अथवा उससे भी अधिक उत्पादन करने के लिए बहुत अधिक छूट मिली होती है। उत्पादन लक्ष्य और अभ्यंश, यद्यपि वे बहुत विचार-विमर्श तथा विचार-विनिमय द्वारा निर्धारित किए जाते हैं, मूलतः पथ-निर्देश होते हैं और उनमें बहुत अधिक नमनीयता पायी जाती है।

चीनी कम्यूनों की सफलता के कारण

भूमि के सामूहिक स्वामित्व के प्रारंभिक चरणों में ग्रामीण विकास के प्रति चीनी दृष्टिकोण में **पहला महत्त्वपूर्ण तत्त्व** भूमि के सुधार, बाँधों के निर्माण, सिंचाई सुविधाओं की व्यवस्था, सड़कों के निर्माण और भूमि पर अधिक गहन रूप में खेती करने के लिए

देश के बेरोजगार अथवा अर्द्ध-रोजगार-प्राप्त श्रम बल को प्रचालित करने में चीन की सार्थकता है। इसमें समूहीकरण का विशेष हाथ रहा है। चीनी कम्यूनों की सफलता में **दूसरा महत्त्वपूर्ण तत्त्व** ग्रामीण अर्थव्यवस्था के विधिकरण में उसकी समर्थता है। कम्यून प्रणाली की सफलता का **तीसरा महत्त्वपूर्ण कारण** जो इसकी एक महत्त्वपूर्ण विशेषता भी है, ग्रामीण जनसंख्या के ज्ञान और निपुणता में वृद्धि तथा सुधार करने में इसकी सफलता है जो शिक्षा और प्रशिक्षण के माध्यम से पूर्ण हुआ। इस प्रणाली की **चौथी महत्त्वपूर्ण विशेषता** और इसकी सफलता का कारण आय के न्यायपूर्ण वितरण में इसकी सफलता है। इससे सामान्य जनता सुनिश्चित हो सकी कि उसके परिश्रम के फल समाज के केवल कुछ ही लोगों द्वारा हड़प नहीं लिये जायेंगे। इस प्रणाली की सफलता के लिए उत्तरदायी **पाँचवाँ महत्त्वपूर्ण तत्त्व** योजना निर्माण में इसका योगदान है। **कम्यून-प्रणाली ''नीचे से ऊपर और ऊपर से नीचे''** (from the bottom up and from the top down) **के सरल दर्शन के अनुरूप स्थानीय आयोजन के एक अत्यन्त प्रभावी यंत्र की व्यवस्था करती है।** प्रत्येक कम्यून में प्रत्येक वर्ष के मध्य में आयोजन प्रक्रिया प्रारंभ हो जाती है जो पिछले वर्ष के कार्य-निष्पादन और अगले वर्ष की कार्ययोजना पर आधारित होती है। **चीनी आयोजन प्रणाली का मूल गुण यह है कि इसमें स्थानीय आवश्यकताओं को पूरा करने के लिए स्थानीय संसाधनों के अधिकतम शोषण पर जोर दिया जाता है। छठा तत्त्व** यह है कि कम्यूनों के माध्यम से ग्रामीण समुदाय को उच्चतर राजनीतिक तथा प्रशासनिक स्तरों पर प्रभावी ढंग से जोड़ दिया गया है। चीनी कम्यून अनेक निर्णयों के लिए पर्याप्ततः विकेन्द्रीकृत और स्वायत होते हुए भी सब कुछ मिलाकर काउन्टी, प्रान्तीय और राष्ट्रीय स्तरों पर आयोजन प्रक्रियाओं के अखंड रूप से पिरोये हुए होते हैं। वे देश के प्रशासनिक तथा राजनीतिक पद-सोपानों (heirarchy) के महत्त्वपूर्ण अंग भी होते हैं। **कृषि से ग्रामीण विकास की ओर संक्रमण तब तक पूरा नहीं हो सकता जबतक ग्रामीण समाज को प्रभावी ढंग से उच्चतर राजनीतिक और प्रशासनिक स्तरों के साथ नहीं जोड़ दिया जाय** और उसके योजना तथा विकास कार्यों को राष्ट्रीय लक्ष्यों, उद्देश्यों तथा नीतियों से नहीं सम्बद्ध कर दिया जाय। **चीनी प्रणाली का मुख्य जोर जनता के लिए काम करने के लिए सरकारी सेवकों को ग्रामीण क्षेत्रों में भेजने पर नहीं रहा है जैसा कि अधिकांश देशों में होता है, बल्कि एक ऐसी प्रणाली की रचना पर रहा है जिसमें जनता स्वयं ही और उसके स्थानीय नेता अपने ही संसाधनों का प्रयोग करने और इस प्रकार अपनी बुनियादी आवश्यकताओं को पूरा करने के लिए संगठित और संचालित हो सकें।**

कृषि का तकनीकी रूपान्तरण
(Technical Transformation of Agriculture)

1949 से 1958 के बीच दस वर्षों तक जब ग्रामीण समाज के बुनियादी संस्थागत परिवर्तन का काम किया जा रहा था, कृषि के परम्परागत संसाधनों, मुख्यतः श्रम और खादों के अधिकतम उपयोग पर जोर रहा। युद्ध के पूर्व वाली सिंचाई परियोजनाओं की मरम्मत की गयी और श्रम गहन जल संरक्षण परियोजनाएँ प्रारंभ की गयीं। परिणामस्वरूप अनाज

तालिका 2:1 चीन में 1949 से 1975 के बीच अन्न उत्पादन

वर्ष	उत्पादन (मिलियन टन)	प्रतिशत वृद्धि	वर्ष	उत्पादन (मिलियन टन)	प्रशित वृद्धि
1949	108	—	1963	(182)	7.1
1950	125	15.7	1964	(195)	7.1
1951	135	8.0	1965	200	2.6
1952	154	14.1	1966	(220)	10.0
1953	157	1.9	1967	230	4.5
1954	160	1.9	1968	234	1.7
1955	175	9.4	1969	(237)	1.3
1956	183	4.6	1970	240	1.3
1957	185	1.1	1971	246	2.5
1958	(205)	10.8	1972	240	—2.4
1959	(170)	—17.0	1973	250	4.2
1960	150	—11.7	1974	275	10.0
1961	(160)	6.7	1975	(285)	3.6
1962	(170)	6.3			

टिप्पणी—कोष्ठक में दिए आँकड़े अनुमान हैं

का उत्पादन 1949 में 10.8 करोड़ टन से बढ़कर 1952 में 15.4 करोड़ टन और 1958 में 20.5 करोड़ टन हो गया। परन्तु 1959 से 1961 के बीच यह गिर कर औसतन 15 करोड़ टन और 15.7 करोड़ टन के बीच आ गया। पुनः 1965 में यह बढ़कर 20 करोड़ टन तक पहुँचा और उसके बाद यह बढ़ता हुआ 1970 में 24 करोड़ टन, 1974 में 27.5 करोड़ टन और 1975 में 28.5 करोड़ टन तक पहुँच गया। ऊपर की तालिका[1] में अनाज उत्पादन और उसमें वृद्धि को दिखलाया गया है।

चीनी नेता सुधरी हुई प्रौद्योगिकी और आधुनिक आदाओं के महत्त्व को समझ रहे थे। फिर भी उन्होंने पहले कृषि के सामाजिक रूपान्तरण को प्राथमिक महत्त्व दिया अंशतः इसलिए कि वे यह सुनिश्चित करना चाहते थे कि तकनीकी परिवर्तन के लाभ सभी लोंगें को मिलें न कि वे केवल साधन सम्पन्न लोगों द्वारा ही हड़प लिए जायें और अंशतः इसलिए कि ग्रामीण समुदाय को इस रूप में संगठित किया जा सके कि वह सुधरी प्रौद्योगिकी तथा आधुनिक आदाओं को अधिकांशतः अपने ही प्रयासों से अर्जित और विकीर्ण कर सके तथा उसके लिए आवश्यक वित्त की व्यवस्था कर सके। **कृषि के सामाजिक तथा तकनीकी रूपान्तरणों को एक-दूसरे में पिरोये जाने के तरीके और कृषि तथा उद्योग के बीच सम्बन्ध पर भी ग्रामीण विकास के चीनी दृष्टिकोण में पर्याप्त ध्यान दिया गया था।**

1958 की शरद में चेयरमैन माओत्से तुंग ने चीन में वैज्ञानिक कृषि के लिए **आठ सूत्री चार्टर प्रस्तुत किया। ये आठ सूत्र अभी भी महत्त्वपूर्ण हैं:** (1) मिट्टी, (2) उर्वरक, (3) जल संरक्षण (4) बीजों का चुनाव, (5) घनी रोपनी (close

1. सरताज अजीज की पुस्तक ''रूरल डेवलपमेन्ट : लर्निंग फ्रॉम चाइना'' से उदधृत

planting), (6) पौधा संरक्षण, (7) औजारों का सुधार और (8) खेतों की व्यवस्था (field management)। इस सभी बिन्दुओं पर विस्तृत निर्देश बनाए और जारी किए गए जिनसे स्थानीय परिस्थितियों के अनुरूप आवश्यकतानुसार संशोधन कर लिए जाने पर जोर दिया गया था। 1972 तक अनुमानतः चीन के कुल कृषित भूमि के प्रायः 20 प्रतिशत (2.5 करोड़ हेक्टर) में कृषि का आधुनिकीकरण किया जा चुका था। ये आधुनिकीकृत कृषि वाले क्षेत्र देश के प्रायः एक दर्जन विभिन्न अंचलों में स्थित हैं जिन्हें **'ऊँची तथा स्थिर उत्पादन-दरों का क्षेत्र'** (areas of high and stable yields) कहा जाता है। इनमें यांत्रिक सिंचाई, सुधरे बीज, अधिक मात्रा में रासायनिक उर्वरकों और चयनात्मक यंत्रीकरण की व्यवस्था है। चीनी कृषि के इस आधुनिकीकृत क्षेत्र में कृषि उत्पादन दरें 3.4 गुणी बढ़ गयी है। न बाढ़ और न सूखा अब इन क्षेत्रों को तंग कर सकता है और न उत्पादन पर कोई विशेष प्रभाव डाल सकता है। इनमें वर्ष में दोहरी और तीहरी फसल उत्पादन की संभावनाएँ बहुत बढ़ गयी हैं। आधुनिकीकरण के कुछ अन्य लघु क्षेत्र भी हैं विशेषकर देश के विभिन्न भागों में नगरी केन्द्रों के आसपास और उन क्षेत्रों में जहाँ बिना आधुनिक यंत्रों के खेती संभव ही नहीं है। **अब तकनीकी परिवर्तन की इस प्रक्रिया को चार बुनियादी परिवर्तनों–सिंचाई, विद्युतीकरण, रासायनिकीकरण तथा यंत्रीकरण** (four basic changes–irrigation, electrification, chemicalization and mechanization) **के द्वारा अन्य क्षेत्रों में भी फैलाने के प्रयास जारी है।**

तकनीकी परिवर्तन की गति 1972 के बाद बड़ी तेज रही है और 1975 तक चीन के कुल कृषित जमीन के 25 प्रतिशत ऊँची और स्थिर उत्पादन-दर वाली कृषि की व्यवस्था की जा चुकी थी। यह तथ्य 1973 के बाद खाद्यान्न उत्पादन में तीव्र गति से वृद्धि में प्रतिबिम्बित होता है। चीन में कुल खाद्यान्न उत्पादन जो 1960 के दशक के मध्य में 20 करोड़ टन से बढ़कर 1970 में 24 करोड़ टन तक पहुँच गया था, अंशतः बुरे मौसम के कारण अगले तीन वर्षों में 24 और 25 करोड़ टन के बीच में गति-शून्य होने लगा था। परन्तु 1973 के बाद अन्न उत्पादन में तेजी से वृद्धि हुई और यह 1974 में बढ़कर 27.5 करोड़ टन तथा 1975 में अनुमानतः 28.5 करोड़ टन तक पहुँच गया।

मात्र प्राय: 15 वर्षों के अल्प काल में अपनी कृषि के तकनीकी रूपान्तरण को प्रारंभ करने में चीन की सफलता अनाज के उत्पादन अथवा ग्रामीण जीवन में सुधार के क्षेत्रों में प्राप्त सफलताओं में ही नहीं बल्कि तकनीकी परिवर्तन के अनेक निश्चित सूचकों में भी प्रतिबिम्बित होती है जिनमें ये शामिल हैं:

1. सिंचाई के अन्तर्गत क्षेत्र में वृद्धि तथा उसके फलस्वरूप फसलों की गहनता (cropping intensity) में वृद्धि;
2. सुधरे बीजों के अन्तर्गत क्षेत्र का विस्तार तथा कृषि कार्य की तकनीक में अन्य सुधार;
3. रासायनिक उर्वरकों की अपेक्षाकृत बड़ी मात्रा में पूर्ति और उत्पादन;
4. कृषि कार्यों का क्रमिक यंत्रीकरण तथा ट्रैक्टरों और अन्य कृषि यंत्रों के देशी उत्पादन में प्रगति।

चीन की कृषि की तकनीकी प्रगति की दो विशेषताएँ मिलती हैं—

1. किसी निश्चित क्षेत्र में तकनीकी परिवर्तन की दर सामान्यतः एकरूपी तथा व्यापक है।
2. तकनीकी प्रगति के फल कम्यून के अन्तर्गत समान रूप से वितरित हुए हैं।

जल नियंत्रण और व्यवस्था (*Water Control and Management*)—**चीन में कृषि तथा सामाजिक विकास की सफलता में जिन तत्त्वों का योगदान है उनमें सर्वाधिक महत्त्वपूर्ण तत्त्व** जल संसाधनों को प्रभावी ढंग से नियंत्रित करना, व्यवस्थित करना और उनका उपयोग करना है। ऐतिहासिक तौर पर चीन में कृषित भूमि का प्रायः 1/4 से 1/3 क्षेत्र समय-समय पर आने वाले बाढ़ों से पीड़ित होता रहा है और चीन की जल वर्षा विभिन्न क्षेत्रों तथा विभिन्न वर्षों में असमान रूप से होती रही है। **1956 में सामान्य बाढ़ों तथा सूखों को 12 वर्षों के भीतर ही समाप्त करने का कार्यक्रम बनाया गया।** इसके लिए अनेक मध्याकार और वृहद बाँध तथा सिंचाई योजनाएँ क्रियान्वित की गयीं। **1949 से 1975 के बीच मात्र 26 वर्षों में सिंचाई के अन्तर्गत कृषित क्षेत्र तीन गुना से भी अधिक हो गया।** 24 करोड़ माऊ (mou) से बढ़कर यह 73.5 करोड़ माऊ हो गया। कृषित क्षेत्र, सिंचित क्षेत्र, ग्रामीण विद्युतीकरण और ट्यूब पम्प कुओं में वृद्धि के कुछ आँकड़े नीचे की तालिका 2:2 में दिए गए हैं।

तालिका 2:2

वर्ष	**कुल कृषित क्षेत्र (मिलियन हा [ha])**	**कुल सिंचित क्षेत्र (मि० हा)**	**ट्यूब पम्प कुओं की संख्या (मिलियन)**	**ग्रामीण विद्युत उपभोग (मि० kwh)**
1949	97.8	16.0	—	—
1952	107.9	21.3	—	43
1957	111.8	29.6	—	108
1965	102.2	34.6	0.1	2592
1971	127.0	42.6	0.6	—
1975	130.6	49.0	1.5	—

कृषि प्रौद्योगिकी तथा सुधरे बीज (Agricultural Technology and Improved Seeds)—**आधुनिक प्रौद्योगिकी के प्रयोग में चीन ने दोनों पैरों से टहलने'** (walking on two legs) **के सिद्धांत पर भरोसा किया है।** चीनी जीवन के विभिन्न पहलुओं में इस सिद्धांत का अनेक प्रयोग है। परन्तु इस संदर्भ में **इसका अर्थ पुराने और पारम्परिक तरीकों पर निर्भर रहते हुए नए और अधिक वैज्ञानिक तरीकों का विकास करना है। यह सिद्धांत कृषकों तथा विज्ञानविद् के बीच निरन्तर अन्तक्रिया पर भी जोर देता है**—कृषक विज्ञानविद् से अधिक उत्तम तकनीकों को सीखता है और विज्ञानविद् समस्याओं को स्वयं अपने ही समझने के लिए गाँवों में जाता है। इस क्षेत्र में भी चीन ने बहुत प्रगति की है। चीन का कुल कृषित क्षेत्र 1949 के बाद 1974 तक केवल 33 प्रतिशत बढ़ा था—1949 में 98 मिलियन हेक्टर से 1975 में 130.6 मिलियन हेक्टर—परन्तु बोया गया क्षेत्र (area sown) 1952 में 141 मिलियन हेक्टर से बढ़कर 1975 में 200 मिलियन हेक्टर हो गया। इसका अर्थ यह है कि **कृषित क्षेत्र का कम-से-कम 50 प्रतिशत बहु-फसल क्षेत्र बन गया जिसमें 10 प्रतिशत वह क्षेत्र भी शामिल है जिसमें तीन फसलें पैदा की जाती हैं।** ऊँची उत्पादन दरों की प्राप्ति के लिए चीन ने विशेषकर 1960 के दशक में सुधरे हुए बीजों को ऊँची प्राथमिकता दी थी।

उर्वरक (*fertilisers*)—प्राकृतिक उर्वरकों के प्रयोग में चीन का अनुभव शताब्दियों

पुराना है। **13वीं और 14वीं शताब्दी से ही चीनी कृषक अपने खेतों की उर्वरता बढ़ांने के लिए घासों, जड़ों, तालाबें के कीचड़ों आदि का प्रयोग खादों के रूप में कर रहे थे।** सरकारी आँकड़ों के अनुसार 1952 में कुल कृषित क्षेत्र का प्रायः 60 प्रतिशत प्रति माह औसतन 750 कि॰ ग्रा॰ प्राकृतिक उर्वरक प्राप्त कर रहा था जो प्रति हेक्टर प्रायः 11.25 टन के बराबर आता है। 1952 से 1966 के बीच प्राकृतिक उर्वरकों का प्रयोग प्रायः 54 प्रतिशत बढ़ गया और 1966 से 1972 के बीच इसमें पुनः 42 प्रतिशत वृद्धि हो गयी। इस तरह 1952 से 1972 के बीच कुल 30 वर्षों में प्राकृतिक उर्वरकों के प्रयोग में प्रायः 120 प्रतिशत वृद्धि हुई। इससे 1972 में प्रति माऊ कृषि क्षेत्र के लिए लगभग 4 कि॰ ग्रा॰ पौधा पोषण उपलब्ध हो पाए जबकि 1966 में ये 2.80 कि॰ ग्रा॰ और 1952 में 1.66 कि॰ ग्राम के बराबर थे।

परन्तु प्राकृतिक उर्वरकों की एक सीमा होती है और उनमें श्रम अधिक पड़ता है। अत: प्राकृतिक उर्वरकों के साथ-साथ रासायनिक उर्वरकों का भी प्रयोग बढ़ा है। 1960 के दशक के प्रारंभिक वर्षों में चीन रासायनिक उर्वरकों के देशी उत्पादन को ऊँची प्राथमिकता देने लगा। फलतः रासायनिक उर्वरकों का उत्पादन 1949 में मात्र 27000 टन से बढ़कर 1959 में 177 लाख टन और 1975 में 2.5 करोड़ टन हो गया। **1952 के बाद चीन ने उर्वरकों का आयात करना प्रारंभ किया** था ताकि उनके देशी उत्पादन की कमी को पूरा किया जा सके। 1952 में उर्वरकों का आयात केवल 128000 टन का ही हुआ था जबकि यह आयात बढ़कर 1957 में 10 लाख टन और 1971–72 में 40 लाख टन हो गया। परन्तु मूल्यों में अत्यधिक वृद्धि के कारण 1973 के बाद उर्वरकों के आयात में कटौती कर दी गयी। नीचे की तालिका 2:3 में चीन में रासायनिक उर्वरकों की उपलब्धि को दिखलाया गया है।

तालिका 2:3 रासायनिक उर्वरकों की पूर्ति (हजार टनों में)

वर्ष	देशी उत्पादन			आयात	कुल पूर्ति
	नाइट्रोजन	फास्फेट	कुल		
1949	27	—	27	—	27
1950	188	—	188	128	316
1957	751	120	871	996	1867
1965	6900	2000	8900	1989	10889
1972	12000	7900	19900	4000	23900
1975	15000	10000	25000	2000	27000

उल्लेखनीय यह है कि **रसायनिक उर्वरकों के अधिक मात्रा में प्रयोग पर जोर देते हुए भी चीन ने प्राकृतिक उर्वरकों के प्रयोग पर जोर देना बन्द नहीं कर दिया है।** 1949 से 1975 के बीच रसायनिक उर्वरकों की पूर्ति में औसतन 40 प्रतिशत प्रति वर्ष की अभूतपूर्व वृद्धि के बावजूद पौधा पोषकों के रूप में प्राकृतिक उर्वरकों का प्रयोग भी इसी अवधि में 120 प्रतिशत अर्थात् 3.5 प्रतिशत प्रतिवर्ष की दर से बढ़ा है। **चीन का अनुभव स्पष्टत: दिखलाया है कि प्राकृतिक उर्वरकों के साथ-साथ प्रयोग किए जाने पर रसायनिक उर्वरक उस स्थिति की अपेक्षा बहुत अधिक उत्पादन वृद्धि कर सकते हैं जिसमें केवल रसायनिक खादों का ही प्रयोग किया जाता हो।**

यंत्रीकरण (*Mechanization*)—चीनी कृषि के आधुनिकीकरण का अन्य महत्त्वपूर्ण संकेतक तीव्र गति से कृषि का यंत्रीकरण है विशेषकर 1960 के दशक के मध्य से। 1950 के दशक में ट्रैक्टरों का प्रयोग अत्यन्त सीमित था। 1961 तक उपयोग में कुल ट्रैक्टरों की संख्या बढ़कर प्रायः 90000, 1965 तक प्रायः 130000 हो गयी और 1975 तक प्रायः 500,000 हो गयी। 1975 तक अनुमानतः चीनी कृषि का प्रायः 1/5 यंत्रीकृत हो चुका था। तालिका 2:4 में चीन में ट्रैक्टरों के उत्पादन और प्रयोग को दिखलाया गया है।

चीन में कृषि का यंत्रीकरण केवल ट्रैक्टरों तक ही सीमित नहीं है। फसलों की दँवनी, पेराई, कटाई, संरक्षण और धान रोपाई आदि के लिए भी बड़ी मात्रा में विभिन्न प्रकार के कृषि यंत्रों का प्रयोग हो रहा है। इनके सम्बन्ध में निश्चित आँकड़ें नहीं उपलब्ध हैं। परन्तु ये उपकरण बहुत अधिक मात्रा में ऊँची और स्थिर उत्पादन दर वाले क्षेत्रों में केन्द्रित हैं।

तालिका 2:4 ट्रैक्टर का उत्पादन और प्रयोग

वर्ष	वार्षिक देशी उत्पादन	प्रयोग में कुल ट्रैक्टर
1949	—	401
1952	—	2006
1957	—	24629
1958	957	45330
1961	15200	90000
1964	21900	123000
1965	अज्ञात	130000
1971	अज्ञात	220000
1972	अज्ञात	338000
1974	118000	404000
1975	अज्ञात	500,000

कृषि के चयनात्मक यंत्रीकरण में चीन की सफलता का मूल्यांकन मात्र ट्रैक्टरों तथा अन्य कृषि यंत्रों की संख्या में वृद्धि के रूप में ही नहीं किया जाना चाहिए। कृषि के यंत्रीकरण की नीति के तीन अन्य महत्त्वपूर्ण पहलुओं पर भी ध्यान रखा जाना चाहिए:

1. चीनी लोग कृषि का यंत्रीकरण ग्रामीण अर्थव्यवस्था का महत्त्वपूर्ण रूप में वैविध्यकरण करने के बाद प्रारंभ किए जब इस वैविध्यकरण से ग्रामीण जनसंख्या का एक बड़ा भाग गैर-कृषि कार्यों में लग चुका था और अनेक कम्यून फसल के व्यस्त मौसम में श्रम अभाव का सामना करने लगे थे। साथ ही अभी भी छोटे हस्त संचालित ट्रैक्टरों पर जोर निरन्तर रूप से जारी है। **अतएव कृषि का बढ़ा हुआ यंत्रीकरण रोजगारी की स्थिति पर कोई भी बुरा प्रभाव नहीं डाल पाया है।**

2. कृषि के यंत्रीकरण के लिए वित्त की व्यवस्था कम्यूनों और ब्रिगेडों द्वारा अधिकांशतः अपनी ही बचतों से की गयी है और ट्रैक्टरों तथा अन्य कृषि यंत्रों के लिए कुल माँग सरकार जितना पूरा कर सकती है उससे अधिक कही जा रही है। कृषि यंत्रों के सापेक्ष अभाव के कारण उनकी उपयोग दर (utilization rate) पर्याप्ततः ऊँची और सुधरी हुई है।

3. सभी प्रकार के कृषि यंत्र चीन के अन्तर्गत ही निर्मित किए जाते हैं। अब कृषि यंत्रों का आयात व्यवहारतः समाप्त हो गया है।

1975 के बाद कृषि के चयनात्मक यंत्रीकरण से हटकर उसके पूर्ण यंत्रीकरण पर जोर दिया जाने लगा है। चेयरमैन माओ के प्रसिद्ध नारे–''कृषि सुधार का मौलिक रास्ता यंत्रीकरण में है'' (the fundamental way out for agriculture lies in mechanization) को बड़े पैमाने पर कार्य-रूप दिया जाने लगा है। अक्तूबर 1965 में पेकिंग में हुए राष्ट्रीय सम्मेलन में 1980 तक कृषि के बुनियादी यंत्रीकरण को सर्वाधिक महत्त्वपूर्ण उद्देश्यों में एक उद्देश्य माना गया। इस सन्दर्भ में **'बुनियादी यंत्रीकरण' का अर्थ कृषि कार्यों में प्राय: 70 प्रतिशत शक्ति का यंत्रीकरण है** जिसमें जोतना, खेती करना, फसल काटना और खाद्य विन्यास (food processing) शामिल है।

माओ की मृत्यु के बाद तेंग शियाओपिंग के शासन काल में चीन में कृषि के क्षेत्र में निजी सूत्रपात को प्रोत्साहन दिया जाने लगा। तेंग की नीतियों का परिणाम तात्कालिक और अनुकूल हुआ–कृषि उत्पादन में भारी वृद्धि हुई। फिर भी आज भी चीनी कृषि पूर्णतः विकसित नहीं हो पायी है।

क्या चीन की खेती समाजवादी बाड़ लाँघ पाएगी ?

''अब यह बहुत महत्त्वपूर्ण हो गया है कि हम इस बात की जाँच करें कि चीन की कृषि की वास्तविक स्थिति क्या है ?'' **चीन के कृषि, पशुपालन और मत्स्यपालन मंत्री हखांग ने हाल में यह हिदायत दी।** फिर स्वयं ही उन्होंने जबाव भी दिया कि **''चीन की कृषि अभी समाजवाद के प्रारंभिक चरण में है और अल्प पैदावार और निम्न विकास उसके लक्षण हैं।''**

चीन आज से नहीं, हजारों वर्षों से एक कृषि प्रधान देश है। वहाँ की 80 प्रतिशत जनता खेती पर निर्भर है। यही कारण रहा कि 1949 में हुई क्रांति वास्तव में **'शहरों को गाँवों से घेरने' की कृषत क्रांति ही थी। चीन का यह दावा रहा है कि समूचे विश्व की उपजाऊ भूमि का केवल नौ प्रतिशत उसके पास है जबकि उसे विश्व की कुल संख्या के 23 प्रतिशत लोगों की रोटी, कपड़े, मकान का इन्तजाम करना है। कृषि मंत्री ने अपने एक इंटरव्यू में यह जानकारी दी कि** 1986 में औसतन किसान ने कोई 1300 टवान (एक टवान कोई चार रुपयों के बराबर) मूल्य की फसल पैदा की या औसत 1250 किलोग्राम अनाज। फिर भी यह आँकड़ा विश्व औसत से नीचे है।

1978 में चीन की कम्यूनिस्ट पार्टी ने कृषि को एक नए तरीके से चलाने का निर्णय लिया जिसके अनुसार किसानों की पहल पर जोर देने और कृषि को अपेक्षाकृत विकास की ओर ले जाने के लिए खेती का 'कम्यून' ढाँचा तोड़ा गया। यह ढाँचा 1958 से चीन की एक अभूतपूर्व उपलब्धि के तौर पर प्रचारित किया गया था। 1976 में 'चौगुटे' के एक सत्ता पर न रहने के बाद से इस व्यवस्था पर प्रश्नचिह्न लगाए जाने शुरू हुए। **1978 में निर्धारित नीतियों में कम्यून पद्धति को समाजवादी क्रांति की वास्तविक स्थिति से काफी आगे का सपना करार देकर रद्द किया गया** और सन् 1957 तक की सहकारी खेती की नीति को अमल में लाने की बात की गई बल्कि इससे भी आगे बढ़कर **'ठेका पद्धति' लागू की गई। इसके तहत एक परिवार को जमीन का टुकड़ा दिया गया और उसपर होनेवाली उपज में से राज्य निर्धारित कोटे**

के अलावा उपज के बारे में किसान परिवार को मनमर्जी से प्रयोग की छूट दी गई। अखबारों में इसे कृषि में अभूतपूर्व सरगर्मी का दौर घोषित किया गया। सरकारी स्तर पर कृषि के क्षेत्र में चारों ओर प्रकाश ही प्रकाश फैलने की बात की गई। लेकिन इस सरगर्मी के अंधेरे पक्ष की या तो अनदेखी की गई या उसकी चर्चा करना उचित नहीं समझा गया।

कुछ वर्षों पूर्व तक की तैयार योजना के अनुसार सन् 2000 तक चीन में अनाज की पैदावार 50 करोड़ टन तक पहुँचाने का सपना रहा है जबकि चीन की ग्रामीण सम्पत्ति में कस्बाई उद्यमों की संख्या में 70 प्रतिशत तक की वृद्धि की उम्मीद की जा रही है। यहाँ तक पहुँचने के लिए कोई 16 करोड़ किसानों को गैर कृषि कार्य पर लगाना होगा। **अब तक के आँकड़ों के अनुसार कोई आठ करोड़ किसान गैर कृषि धन्धों में चले गए हैं।**

नीतियों के बावजूद कृषि के क्षेत्र में खास तौर पर अनाज उपज के सम्बन्धों में चीन के इस पिछड़ेपन के क्या कारण हो सकते हैं ? **कृषि मंत्री के अनुसार मानव-श्रम और पशु श्रम का चीन की कृषि में अभी मुख्य स्थान हैं। नतीजन कृषि को मूलत: प्राकृतिक शक्तियों पर निर्भर रहना पड़ता है।** इसलिए चीन की अनेक नीतियों और पारस्परिक व्यवहारों को बदलने की आवश्यकता है। एक तर्कसंगत भूमि नीति तैयार की जानी होगी। **देहातों में भूमि पर समूहों का अधिकार है और भूमि के उपयोग के अधिकार स्वामित्व से नहीं जोड़े जाते।** इस बारे में अब चीन सरकार का यह भी कहना है कि प्रशासनिक निर्देशकों के द्वारा **'बड़े परिवारों' को तोड़ने की कोशिश नहीं की जानी चाहिए (स्मरणीय है कि कम्यून आन्दोलन के दौरान ऐसी जोर जबरदस्ती हुई थी) बल्कि उन्हें प्राकृतिक आर्थिक सम्बन्धों के द्वारा और स्थानीय नेतृत्व के चतुर दिशा-निर्देशन के द्वारा इस ओर प्रवृत्त किया जाना चाहिए।** उपजाऊ भूमि की लूटमार को रोका जाना चाहिए। अनाज, चारे और नकदी फसलों की पैदावार साथ-साथ बढ़ाई जानी चाहिए। तकनीकी विकास को भी रणनीति का प्रमुख अंग बनाया जाना चाहिए आदि-आदि। 'चाहिए' शैली में बात करने का एक स्पष्ट अर्थ यह है कि जो लक्ष्य पहले तय हुए थे पूरे नहीं हो पाए। इसलिए **चीन में एक बार फिर यह बहस छिड़ी है कि कृषि को किस रास्ते आगे ले जाया जाय कि पैदावार भी अधिक हो और वह आम चीनी को पेट भर खाना देने के बुनियादी कम्यूनिस्ट सिद्धांत से भी परे रहे।**

चीनी कृषि की मौजूदा स्थिति का मूल्यांकन करते हुए **कुछ चीनी विद्वानों** ने अनेक तर्क इस पक्ष में प्रस्तुत किए हैं कि रूपान्तरण नीति के प्रथम चरण (1978 से 1986 तक) के पूरा होने के बावजूद चीन की कृषि पिछड़ी ही क्यों रह गई हैं। **इनमें से तीन विद्वान चीन की समाज विज्ञान अकादमी** के तहत ग्रामीण विकास अनुसंधान संस्था से सम्बद्ध हैं। **उनकी बातों का सार कुछ यूँ है :** चीन में ग्रामीण रूपान्तरण के पहले दौर (1978–86) से वर्षों से स्थिर पड़े कृषितंत्र में सरगर्मी आई जिससे ग्रामीण अर्थव्यवस्था ने अभूतपूर्व अच्छे नतीजे प्राप्त किए। लेकिन तब कुछ जिम्मेदार लोग यह डकार लेने लगे कि कृषि पैदावार की बुनियादी समस्याएँ मूलत: सुलझा ली गई है और किसानों को अब अनाज उगाने के लिए विशेष सरकारी प्रश्रय की जरूरत नहीं रह गई है। यह एक अत्यन्त आशावादी रवैया रहा। इनमें से **एक विद्वान ने शिकायत की है कि ग्रामीण रूपान्तर की समस्याओं का मुख्य कारण यह रहा कि ग्रामीण निधि जमा करने के लिए**

उचित पद्धति नहीं अपनायी गई। ग्रामीण रूपांतर के पहले दौर के बाद सामूहिक संग्रहण काफी कम हो गया। अब भंडार समूहों के हाथों में होने के बजाय परिवारों के हाथों में है और फिर किसानों ने अपनी आय का अधिकांश गैर उत्पादक मदों पर खर्च किया है। जैसे उपभोक्ता वस्तुओं पर जमकर व्यय किया गया है और निजी मकान खड़े करने पर ज्यादा ध्यान दिया गया है। ऐसा सोचा गया था कि 'ठेका पद्धति' लागू किए जाने से किसान खुद कृषि समस्याओं के समाधान की ओर प्रेरित और प्रवृत्त होंगे। पर हम यह देखना भूल गए कि किसानों में भंडार की कितनी क्षमता है। उनकी क्षमता को बढ़ाने के उपायों पर हमने सोचा ही नहीं। साथ में कुछ इलाकों में मौसम-पर्यावरण बिगड़ रहा है। इसने भी बुरी तरह खेती को प्रभावित किया है। कुल मिलाकर **चीन के अखबार 'क्वांग मिंगार पाओ' में निम्न कृषि पैदावार के कारण इस तरह गिनाए गए हैं:**

1. खासी आय प्राप्त करने के लिए ठेका लेने वाले परिवार के पास भूमि के सीमित टुकड़े को उपजाऊ बना सकना संभव नहीं है।
2. औद्योगिक उत्पादन और कृषि पैदावार में मूल्य संतुलन नहीं है और कृषि से होने वाली आय अब भी काफी कम है।
3. अनेक किसानों को अब भी इस बात का संदेह है कि 'ठेका पद्धति' वाली नीति स्थायी रह पायेगी।

इस सन्दर्भ में चीन में कुछ सर्वेक्षण भी किए गए हैं। **पेईचिंग के पास के चार गाँवों से यह पता चला कि 20 यू (लगभग 1.3 हेक्टेयर) भूमि पर काम कर एक कामकाजी व्यक्ति ग्रामीण कस्बाई कारोबार में काम कर रहे व्यक्ति के बराबर कमा पाता है बशर्ते कि प्रति यू अनाज पैदावार 500 किलोग्राम हो।** कुछ और नमूना सर्वेक्षणों से पता चला है कि अनेक किसान जमीन पर उपज कम होने के बावजूद जमीन छोड़ना नहीं चाहते।

अन्त में निष्कर्ष निकालते हुए उक्त विद्वानों का कहना है कि अगर 'बुनियादी मद में कृषि गिनी जा रही है तो **सरकार को कृषि निवेश बढ़ाना चाहिए।** फिलहाल चीन के कुल सरकारी निवेश का मात्र पाँच प्रतिशत कृषि पर लगता है।

निस्संदेह नई भूमि ठेका पद्धति ने किसानों को जोशखरोश से खेतों पर काम करने के लिए तो प्रेरित किया पर साथ ही अतिरिक्त उत्साह में इसकी सीमाओं को नजरअंदाज किए जाने की गलती ने चीन की कृषि पर भी पाला मारा है। बल्कि अभी कुछ सालों पहले तो हालत यहाँ तक पहुँच गयी थी कि खेतों का ताबड़-तोड़ उपयोग औद्योगिक कारोबारों और निजी मकान के लिए किया जाने लगा था। शायद यही कारण रहा कि 12वीं कॉंग्रेस के दौरान परम्परावादियों के राजनैतिक सिपाहसालार और **चीन के जाने-माने अर्थ विद्वान छन यून ने कृषि की उपेक्षा किए जाने पर पार्टी को खासी लताड़ पिलाई थी और स्पष्ट शब्दों में कहा था ''एक अरब लोगों के खाने और कपड़े का प्रबन्ध चीन की प्रमुख राजनैतिक और आर्थिक चुनौती है। कुछ ग्रामीण निवासी अनाज उपजाने में कोई रुचि रखते नहीं क्योंकि उनकी राय में बिना उद्योग में लगे समृद्धि नहीं आ सकती। अनाज की कमी सामाजिक अस्त-व्यस्तता पैदा कर सकती है। इस मामले को हम कम करके नहीं आँक सकते।''** यह बात **छन युन** ने सितम्बर, 1985 में कही थी। तब इस बात पर खासा हो-हल्ला हुआ था कि उन्होंने

यह बात रूपान्तरवादियों को राजनैतिक पटकी देने के लिए कही थी। लेकिन इधर उनकी इस चेतावनी की ओर चीन के नीति निर्माताओं और आर्थिक विशेषज्ञों का ध्यान ज्यादा-से-ज्यादा जा रहा है, तो यही माना जाना चाहिए कि चीन में इधर के वर्षों में कृषि के क्षेत्र में पैदावार के नए जोश के उमड़ने के साथ-साथ कृषि सम्बन्धी कुछ बुनियादी बातों की उपेक्षा हुई है और अनाज पैदावार निर्धारित लक्ष्य तक नहीं पहुँच पाई। **इधर खबर मिली कि** 1987 में चीन में अनाज पैदावार वर्ष 1986 से कम रही है।

कृषिमंत्री को यह स्वयं मानना पड़ा कि चीन के ग्रामीण क्षेत्रों की अर्थव्यवस्था में माल (बाजार केन्द्रित) व्यवस्था का तत्त्व बहुत क्षीण है। चीन की ग्रामीण श्रमशक्ति द्वारा उगाई फसलों में व्यापारिक फसलों का हिस्सा अब बहुत छोटा है और **चीन की समाजवादी जद्दोजहद के प्रथम चरण में कृषि उत्पादन नीची और अल्पविकसित रही है।**

मानक प्रश्न

1. चीन में कृषि के सामाजिक रूपान्तरण पर प्रकाश डालें। इसमें कम्यूनों का क्या योगदान रहा है?
2. चीन में कम्यूनों की क्या विशेषताएँ और कार्य हैं ? इनकी सफलनता के कारणों पर प्रकाश डालें।
3. चीन में कृषि के तकनीकी परिवर्तन की व्याख्या करें। चीन की कृषि पर इसका क्या प्रभाव पड़ा है?
4. कम्यूनों में उत्पादन टीमों तथा उत्पादन ब्रिगेडों के क्या कार्य हैं ? कम्यूनों में उनका क्या स्थान है?
5. साम्यवादी चीन में कृषि के तीव्र विकास को स्पष्ट करें। इसका विकास किन-किन चरणों में हुआ ?
6. साम्यवादी चीन की ग्रामीण अर्थ-व्यवस्था के विकास पर प्रकाश डालें। इसमें कम्यूनों का क्या स्थान है और उनका संगठन कैसे होता है?
7. चीन की ग्रामीण अर्थव्यवस्था के सामाजिक रूपान्तरण के विभिन्न चरणों और उनकी विशेषताओं पर प्रकाश डाले। इन विभिन्न चरणों का मूल महत्त्व क्या है?
8. ''भूमि-सुधार चाहे कितने भी व्यापक मौलिक और क्रांतिकारी हों, कृषि सुधार सही अर्थों में तब तक संभव नहीं है जबतक इसके लिए उपयुक्त संगठनात्मक संस्थागत सुधार और व्यवस्था न कर ली जाय।'' चीनी कम्यूनों के आलोक में इसे स्पष्ट करें और चीनी कम्यूनो की विशेषताओं तथा कार्यों को बतलावें।
9. चीन के ग्रामीण विकास पर प्रकाश डालें।
10. ग्रामीण चीन के सामाजिक रूपान्तरण की विवेचना करें।

❑

अध्याय 3

चीन के आर्थिक विकास का संक्षिप्त अवलोकन

तीव्र आर्थिक विकास और इसकी विशेषताएँ

1950 और 1960 के दशकों में राजनीतिक स्थायित्व बनाए रखने में, एक समतावादी समाज की रचना करने में और एक कार्यशील आर्थिक प्रणाली का प्रारंभ करने में चीन की सफलता को व्यापक स्वीकृति तो मिल रही थी परन्तु चीन के बाहर के बहुत ही कम विद्वान तथा पर्यवेक्षक चीन की प्रौद्योगिक अथवा आर्थिक सफलता से आकर्षित हो पाए थे अथवा चीन में व्यक्ति के स्थान और उसकी भूमिका के प्रति सुनिश्चित हो पाये थे। परन्तु जब 1970 के दशक में चीन ने अपने दरवाजों को बड़ी संख्या में विदेशी भ्रमणकारियों के लिए खोलना प्रारंभ किया तो चीन की आर्थिक तथा प्रौद्योगिक प्रगति के सम्बन्ध में तथा चीनी संस्थाओं, जो स्वयं मानव पर अधिक ध्यान केन्द्रित करती हैं, की बुनियादी मानवतावादी प्रकृति के सम्बन्ध में अधिक निष्कर्षपूर्ण प्रमाण पर्याप्त मात्रा में मिलने लगे। संदेह तो बहुत से लोगों द्वारा अब भी किया जाता रहा परन्तु इनके बावजूद यह सामान्यतः स्वीकार किया जाने लगा कि ऐतिहासिक परिप्रेक्ष्य में चीन की राजनीतिक, सामाजिक तथा आर्थिक प्रगति सही अर्थों में बहुत ही दर्शनीय रही है।

1949 में क्रांति के बाद 1975 तक 25 वर्षों की अल्प अवधि में चीन ने तेजी के साथ विकास कालों के साथ उत्पादन में ह्रास के कालों का भी सामना किया है। यदि पुनरूत्थान के प्रथम चीन वर्षों को अलग कर दिया जाये तो इस अवधि के शेष 22–23 वर्षों में सब कुछ मिलाकर चीन के कुल देशी उत्पादन (G.D.P.) में अनुमानतः 6.1 प्रतिशत प्रतिवर्ष, कृषि में 3.2 प्रतिशत प्रतिवर्ष, उद्योग में 9.7 प्रतिशत प्रतिवर्ष और प्रतिव्यक्ति आय में 4.2 प्रतिशत प्रतिवर्ष वृद्धि दर रही है। तालिका 3 : 1 में चीन में विभिन्न विकास दरों को दिखलाया गया है। इस अवधि मे वास्तविक रूपों (in real terms) में **प्रति व्यक्ति आय दूनी से भी अधिक हो गई थी और कुल राष्ट्रीय उत्पाद (GNP) में उद्योग तथा परिवहन का योगदान** 20.25 प्रतिशत से 45.50 प्रतिशत तक बढ़ गया था। इतनी छोटी-सी अवधि में इतनी अधिक सफलता बहुत ही कम विकासशील देशो ने प्राप्त की है। **चीन के पास विश्व की कुल कृषि योग्य भूमि की मात्र 8 प्रतिशत है परन्तु विश्व की कुल जनसंख्या का 20 प्रतिशत है।** इसके बावजूद चीन बिना कोई महत्त्वपूर्ण विदेशी सहायता से ही अपनी प्रायः 102 करोड़ जनसंख्या के लिए पर्याप्त भोजन की व्यवस्था करने तथा उसकी वस्त्र, आवास, चिकित्सा, शिक्षा आदि अन्य बुनियादी आवश्यकताओं को पूरा करने में सफल हो गया है। **यह निरपेक्ष निर्धनता को निर्मूल करने तथा बेरोजगारी और स्फीति की समस्याओं का समाधान करने में भी सफल रहा है**—उन तीन सर्वाधिक गंभीर समस्यओं का जो अधिकांश विकासशील देशों के सामने मुँह फाड़े खड़ी हैं।

तालिका 3 : 1 चीन में विकास दरें[1]
(1957 में मूल्य स्तरों पर प्रतिशत में)

अवधि	उद्योग	कृषि	कुल घरेलू उत्पाद (GDP)
1952-57	12.1	6.8	7.8
1957-65	7.2	1.2	3.7
1965-70	10.3	4.1	7.2
1970-74	11.1	1.9	6.1
1952-74	9.7	3.2	6.1

सामाजिक और राजनीतिक उद्देश्यों के रूप में चीन सामाजिक न्याय की संकुचित धारणा से बहुत ही आगे जा चुका है। इसने एक ऐसे समाज की रचना कर ली है जिसने मनुष्य को महत्ता की भावना, आत्मनिर्भरता की भावना से परिपूरित कर दिया है और जो विकास कार्यों में भागीदारी करने तथा निर्णय लेने के लिए अवसर प्रदान करता है। सबसे बड़ी बात तो यह है कि **इसने विकास के मूल्यों तथा उद्देश्यों में मौलिक परिवर्तन ला दिया है जिसमें व्यक्तिगत नहीं बल्कि सामूहिक पारितोषिक पर और सामाजिक न कि विशुद्धत: भौतिकवादी अथवा तकनीकी उद्देश्यों पर जोर दिया जाता है।** भौतिकवादी उत्प्रेरणाएँ विद्यमान है और वे महत्त्वपूर्ण भी हैं। परन्तु वे गौण हैं और सामाजिक राजनीतिक उद्देश्यों के अधीन हैं। यह सही है कि ये सिद्धियाँ बड़ी लागतों पर संभव हो सकी हैं और उनमें अनेक दोष, गलतियाँ तथा बुराइयाँ भी रही हैं। परन्तु चीन जैसे बड़े देश के लिए पिछले 40–50 वर्षों की सिद्धियाँ स्पष्ट हैं।

चीनी आर्थिक प्रगति की एक सर्वाधिक महत्त्वपूर्ण अभिव्यक्ति अपनी उस बड़ी जनसंख्या के लिए भोजन की व्यवस्था करने में उसकी सफलता है जो 1983 के अन्त में 102.4 करोड़ थी जो 1982 से उसकी जनसंख्या से 5.6 करोड़ अधिक थी।[2] 1949 से 1975 के बीच अनाज का उत्पादन दूना से भी अधिक हो गया। 1949 में 10.8 करोड़ टन से बढ़कर 1975 में यह 28.5 करोड़ टन हो गया था। चूँकि इसी अवधि में जनसंख्या में वृद्धि प्राय: 50 प्रतिशत हुई थी—जनसंख्या 55 करोड़ से बढ़कर 80 करोड़ हो गई थी—प्रति व्यक्ति उपलब्ध अनाज की मात्रा 200 किलो ग्राम प्रतिवर्ष से बढ़कर 300 किलोग्राम प्रतिवर्ष हो गयी थी। **अन्तरराष्ट्रीय खाद्य संगठन के खाद्य तलपट** (1975) (FAO Food Balance Sheets) **के अनुसार 1975 में कुछ अन्य एशियाई विकासशील देशों के लिए प्रतिवर्ष प्रतिव्यक्ति खाद्य उपलब्धि के आँकड़े इस प्रकार थे:** भारत 196 कि॰ ग्रा॰, पाकिस्तान 194 कि॰ ग्रा॰, हिन्देशिया 198 कि॰ ग्रा॰, श्रीलंका 186 कि॰ ग्रा॰, थाईलैंड 332 किलोग्राम। **अंशत: अनाज उत्पादन में सतत: वृद्धि और अंशत: उपलब्ध खाद्य-पूर्ति के न्यायोचित समान वितरण के कारण आज चीन में कुपोषण की शिकार जनता का अनुपात बहुत ही कम रहा गया है।** इसके अतिरिक्त चीनियों

1. Dwight H. Perkins : "The Central Features of China's Economic Development" paper presented to the Research Conference on the Lessons of China's Development Experience; Puerto Rico, January, 1976
2. Times of India, Patna, September 25, 1984.

ने एक **सक्रिय खाद्य-सुरक्षा नीति** का अनुसरण किया है। 1966 में चेयरमेन माओ ने निर्देश दिया कि **''सुरंग को गहरा खोदो, सर्वत्र अनाज का संचय करो और दादागिरी कदापि न करो** (dig tunnels deep, store grain every where, and never exercise hegemony)। तब से इस निर्देश का पालन कर चीनी लोग खाद्य भंडार का निर्माण करते रहें हैं अंशतः अतिरिक्त उत्पादन द्वारा और अंशतः आयातों द्वारा। 1975 में चीन में सरकार द्वारा नियंत्रित कुल खाद्यान्न भंडार अनुमानतः 4 करोड़ टन था। इसमें वे खाद्यान्न भंडार शामिल नहीं थे जो कम्यूनों और बिग्रेडों द्वारा अपने उत्पादन में उतार-चढ़ाव का सामना करने के लिए अपने पास संचित किए गए थे।

चीन की दूसरी महत्त्वपूर्ण और लगभग अभूतपूर्व सफलता अपनी बेरोजगारी समस्या को सुलझा पाने में उसकी समर्थता है। यह काम उपलब्ध भूमि और अन्य परिसम्पत्तियों का पहले ग्रामीण जनसंख्या में अधिक न्यायपूर्ण ढंग से पुनर्वितरण करने के बाद ऐसी ग्रामीण संस्थाओं की रचना करने के द्वारा किया गया जो प्रत्येक व्यक्ति को कुछ लाभदायी कार्य करने तथा पहले कृषि सुधार और फिर ग्रामीण अर्थव्यवस्था के क्रमिक विविधीकरण में भागीदार होने के लिए अवसर देती गयी है। इसमें श्रम बल में जो वृद्धि होती गई है उसके लिए काम के अवसर मिलते गए हैं। **चीन में ग्रामीण क्षेत्रों से शहरी क्षेत्रों में जनसंख्या के बहाव को कठोरता से नियंत्रित किया गया है।** इसमें उच्चतर मजदूरी प्राप्त करने के उद्देश्य से चीन में ग्रामीण श्रम-बल का नगरी क्षेत्रों में प्रवेश नहीं हुआ है जैसा कि अन्य देशों में सामान्यतः विकास के क्रम में होता रहता है। निःसंदेह इस नीति के प्रभाव अनेक लोगों पर बड़े कठोर रूप में प्रतिकूल पड़े हैं। परन्तु यह नगरी जनसंख्या में सापेक्ष वृद्धि को लगभग कुल जनसंख्या वृद्धि के अनुरूप ही रखती गयी है। **अनेक विकासशील देशों में नगरी जनसंख्या की वृद्धि उनकी कुल जनसंख्या वृद्धि की दूनी तक पायी गयी है।** इस नीति की सफलता निःसंदेह केवल जनसंख्या के वितरण पर भौतिक नियंत्रण, जिसे अप्रत्यक्ष रूप में शहरों में व्यापक राशनिंग व्यवस्था के द्वारा किया गया, से ही संभव नहीं हो सकी है बल्कि स्वयं ग्रामीण जीवन में सतत सुधार के द्वारा की गयी है जिससे ग्रामीण जनसंख्या को उच्चतर आय कमाने तथा विभिन्न प्रकार के कार्यों में भाग लेने के अवसर मिलते गए हैं। **खाद्य और रोजगारी समस्याओं का समाधान करने में चीन की सफलता में योगदान देने वाले सर्वाधिक महत्त्वपूर्ण तत्त्वों में एक तत्त्व चीन की प्रभावी जनसंख्या नीति है:** चीन ने स्थूल जन्म-दर को 1983 में 18.6 व्यक्ति प्रति हजार से भी नीचे ला दिया था जो अधिकांश विकासशील देशों से बहुत ही कम है। 1949 में जन्मदर 36 व्यक्ति प्रति हजार थी। पुस्तक के इस खंड के पहले अध्याय में चीन की जनसंख्या नीति पर विशेष प्रकाश डाला गया है। यहाँ यह स्मरण दिलाना पर्याप्त है कि **चीन का जनसंख्या नियोजन कार्यक्रम संभवतः विश्व में सर्वाधिक व्यापक, ठोस और प्रभावी है** यद्यपि चीन के परिवार नियोजन मंत्री ने स्वीकार किया कि जनसंख्या नियंत्रण का कार्य ''सरल नहीं है।''[1]

तीसरे, चीन स्फीति की समस्या से बच निकलने में सफल रहा है। यह काम इसने बुनियादी आवश्यकताओं की वस्तुओं के मूल्यों को पिछले 35–40 वर्षों में प्रायः स्थिर रखकर सम्पादित कर पाया है। उदाहरण के लिए अगस्त 1975 में शंघाई में कुछ बुनियादी

1. Economic Times, Calcutta, September 25, 1984

आवश्यकताओं की वस्तुओं के मूल्य 1950 की तुलना में कुछ अग्रांकित रूप में बतलाए गए जो तालिका 3 : 2 में व्यक्त हैं।

तालिका: 3 : 2

वस्तुएँ	1950	1975
चावल (50 कि॰ ग्रा॰)	17.63 यूआन[1]	16.60 यूआन
सूअर मांस (1/2 किलो)	0.80 "	0.98 "
उजला कपड़ा (1मीटर)	0.28 "	0.28 "
कोयला (50 कि॰ ग्रा॰)	2.86 "	2.50 "

चौथी और संभवत: सबसे अधिक महत्त्वपूर्ण तथ्य यह है कि चीन ने प्राय: प्रत्येक व्यक्ति की बुनियादी आवश्यकताओं को पूरा करने में सफलता पायी है। यह औद्योगिक तथा कृषि उत्पादन में अटूट वृद्धि तथा आय वितरण की न्यायोचित व्यवस्था के कारण संभव हो सका है। चीनियों का दावा है कि **''वे दिन अब सदा के लिए समाप्त हो गए जब अधिकांश चीनियों को भोजन और वस्त्र नसीब नहीं होते थे।''** (The days in which the majority of Chinese were without food and clothing have gone for ever.) जो लोग काम नहीं कर सकते उनके लिए **'पाँच गारंटियाँ'** (Wu Bao Hu) हैं **भोजन, वस्त्र, आवास, शिक्षा और शिष्ट ढंग से दफनाया जाना।** इसमें अब क्रमशः स्वास्थ्य को भी जोड़ दिया गया है। इन सभी गारंटियों की क्रियान्विति अधिकांशतः स्थानीय संस्थाओं द्वारा की जाती है—अपने स्वयं के सीमित साधनों से। **पाँच गारंटियों की चीनी प्रणाली चीन जैसे विशाल देश के लिए एक हल्की परन्तु उल्लेखनीय सामाजिक सुरक्षा और सामाजिक कल्याण प्रणाली है। काम करने के लायक प्रत्येक व्यक्ति को काम करना ही पड़ता है ताकि वह अपनी बुनियादी आवश्यकताओं को स्वयं पूरा कर सके।** ग्रामीण चीन में शिक्षा और स्वास्थ्य सुविधाओं का विस्तार बड़ी तेज गति से हुआ है। आज प्रायः 5 वर्ष से 11 वर्ष तक के प्रति 100 बच्चे के लिए 1 प्राथमिक विद्यालय की व्यवस्था है। **चीन में हुए सामाजिक परिवर्तनों में संभवत: एक सर्वाधिक महत्त्वपूर्ण परिवर्तन चीनी नारियों की स्थिति का रूपान्तरण है। अब वे पिता, भाई अथवा पति के अधीन और उन्हीं पर आश्रित नहीं रह गयी हैं। उन्हें काम और उत्तरदायित्व के बढ़ते हुए अवसर प्राप्त हो रहे हैं** यद्यपि औरतों की औसत मजदूरी चीन में निःसंदेह अब भी पुरुषों की तुलना में कम है।

यह सही है कि चीनी आर्थिक विकास का सही-सही अन्दाजा नहीं लगाया जा सकता; क्योंकि चीनी सरकार द्वारा जो आँकड़ें और दावे प्रस्तुत किए जाते हैं वे प्रायः विश्वसनीय नहीं होते। फिर भी आज अब कोई भी पिछले 40–50 वर्षों में आर्थिक विकास, सामाजिक प्रगति, स्फीति और बेरोजगारी पर विजय पाने और जनसंख्या वृद्धि दर में तेजी के साथ गिरावट लाने में चीन की महत्त्वपूर्ण सफलता को बिल्कुल सन्देह की दृष्टि से नहीं देख रहा है। इन क्षेत्रों में अब आम तौर पर चीनी सफलता को स्वीकार किया जाने लगा है। **आधुनिकीकरण के प्रथम चरणों में उत्पन्न होने वाली व्यवहारत: समस्त महत्त्वपूर्ण समस्याओं का समाधान करने में चीनियों ने नि:संदेह सराहनीय सफलता प्राप्त की**

1. एक यूआन (Yaun) = 1.40 डालर (1950 में) और 0.56 डालर (1975 में)।

है—वैसी समस्याओं का जिन्होंने अधिकांश विकासशील देशों को आर्थिक-सामाजिक अन्तर्विरोध की जाल में जकड़ लिया है। **विशेष उल्लेखनीय तथ्य यह है कि चीनी सिद्धियाँ पाश्चात्य विकास विशेषज्ञों की स्वीकृत धारणाओं तथा मार्क्सवाद के अधिकांश गंभीर सिद्धांतों की अवहेलना करते हुए संभव हुई है। निःसंदेह चीन ने यह नया विकास रास्ता, जो न तो पूँजीवादी रहा है और न शुद्ध मार्क्सवादी, प्रयास और भूल के तरीके से खोजा है।** किन्तु पिछले 40–45 वर्षों के प्रयास और प्रयोग के तरीके में प्रथम और बुनियादी निर्णय, जो अत्यन्त ही **गैर-मार्क्सवादी और गैर-पाश्चात्य अर्थात् गैर-पूँजीवादी रहा है उद्योगों को नीची प्राथमिकता देना** (भारी उद्योगों का तो प्रश्न ही नहीं था और उनको तो सर्वाधिक नीची प्राथमिकता मिली) ताकि अतिरिक्त ग्रामीण जरसंख्या को खपाया जा सके बल्कि इसके विपरीत कृषि को प्रथम प्राथमिकता देने तथा उसकी बढ़ती हुई उत्पादिता का स्थानीय वैविध्यकरण के लिए उपयोग करने का निर्णय लिया गया था। **इस व्यापक ब्यूह रचना को निम्नांकित पाँच मूल तत्त्व थे जिन्होंने मिलकर चीन में उल्लेखनीय आर्थिक विकास तथा सामाजिक प्रगति लायी है:**

1. ग्रामीण भूमि और संसाधनों का उचित तथा न्यायपूर्ण वितरण अर्थात् बड़े-बड़े जोतों का उन्मूलन तथा लघु कृषकों एवं भूमि-हीन परिवारों को सहकारी कृषि में मिलाना।
2. भूमि और जल विकास समेत कृषि तथा अन्य सभी सम्बद्ध क्रियाओं का सहकारी अथवा सामूहिक आधार पर संगठन।
3. ग्रामीण अर्थ-व्यवस्था का विविधीकरण जिसमें कृषि से सम्बद्ध उद्योगों से सम्बन्धित विभिन्न प्रकार की क्रियाएँ शामिल थीं। मत्स्य-पालन, कुक्कुट पालन, फलोत्पादन, साग-सब्जी उत्पादन, लघु और ग्रामीण उद्योग आदि का विकास।
4. शिक्षा, स्वास्थ्य आदि बुनियादी आवश्यकताओं की व्यवस्था से सम्बन्धित कार्यक्रमों का सतत विस्तार अर्थात् सामाजिक सेवाओं के विस्तार तथा सामाजिक सम्बन्धों में सुधार द्वारा सामाजिक विकास की एक सक्रिय नीति।
5. कम्यूनों में संयुक्त कार्यवाहियों के स्थानीय यंत्रों के रूप में उत्पादन ब्रिगेडों तथा उत्पादन दलों की सृष्टि जो चीनी अर्थ-व्यवस्था के ढाँचे में ही निर्णय लेने सम्बन्धी अपनी स्वायत्तता और अपनी बचतों पर अपने नियंत्रण को बिना खोए ही प्रभावी ढंग से काम पर सकें। दूसरे शब्दों में, **ग्रामीण विकास की ब्यूह रचना को प्रभावी ढंग से कार्यान्वित करने के लिए प्रभावी राजनीतिक तथा प्रशासनिक व्यवस्था की गयी थी।**

ये सभी तत्त्व उद्देश्यों और प्रक्रियाओं के सम्मिश्रण को प्रतिबिम्बत करते हैं। परन्तु ये सभी एक साथ मिलकर ग्रामीण विकास का एक अखंड ढाँचा बनाते हैं। यदि इसमें से कोई भी तत्त्व गायब हो जाय तो ग्रामीण विकास की प्रक्रिया पर प्रतिकूल प्रभाव पड़ सकता है।

तेज आर्थिक विकास के कारण

चीन अपनी प्रत्येक पूर्ववर्ती बौद्धिक और सामाजिक व्यवस्थाओं को तोड़ कर आर्थिक प्रगति की ओर कदम बढ़ाने में कैसे सफल हुआ जबकि दूसरे देश वैसी ही परिस्थितियों में विफल रहे? **बारबरा वार्ड** (Barbara Ward) **ने बतलाया है** कि इसका एक महत्त्वपूर्ण कारण तो निःसंदेह यही है कि **चीन की सभ्यता बहुत पुरानी और**

अटूट है और इसका अनुशासन, बुद्धि, प्रशिक्षित मानव शक्ति के रूप में अनुकूल प्रभाव पड़ा है। परन्तु यही तथ्य पर्याप्त नहीं है। दूसरे बहुत से देश भी इसी तरह की पुरानी सभ्यता वाले हैं। परन्तु वे अभी लड़खड़ा ही रहे हैं। अतः **बारबरा वार्ड** के अनुसार **चीन की सफलता का श्रेय मूलत: माओ को दिया जाना चाहिए।** 1925 में शंघाई के आन्दोलन में इसे जो असफलता मिली उसके बाद **माओ ने महसूस किया कि चीन का औद्योगिक सर्वहारा वर्ग इतना कमजोर है कि उसके द्वारा क्रांति नहीं लायी जा सकती। अत: माओ ने मार्क्सवादी विचारों–ग्रामीण जीवन की मूढ़ता** (ideocy of rural life) **और अन्य ऐसे ही मार्क्सवादी कठोर विचारों का त्याग कर किसानों की ओर मुड़ा जो देश की कुल जनसंख्या के 80 प्रतिशत हैं। उदाहरण के लिए लम्बी कूँच** (Long March) के सम्बन्ध में एक असाधारण रूप से प्रभावी तकनीक यह रही कि **प्रत्येक क्षेत्र में किसानों के एक समूह को बन्दी बना लिया जाता था, उन्हें लम्बी कूँच में शामिल होने वाले कार्य-कर्त्ताओं के साथ कुछ समय तक रख कर उनकी उनके साथ विचार-विमर्श कराया जाता था और तब उन्हें मुक्त कर दिया जाता था** परन्तु उनके ऊपर माओवादियों द्वारा कड़ी नजर रखी जाती थी। सेना ने भी कृषकों की जमीन को उनसे नहीं छीना बल्कि इसने भी फसल बोने—काटने में उनकी सहायता की। 1949 के पहले ही कृषकों को प्राथमिकतापूर्ण स्थान मिल चुका था और वे चीनी समाज के सर्वाधिक महत्त्वपूर्ण अंग बन चुके थे। फलतः 1949 के बाद सोवियत सहायता का अल्प काल तथा औद्योगिक विकास को प्राथमिकता देने के तर्क कृषकों की इस स्थिति में कोई विचलन नहीं कर पाए।

परन्तु माओ के इस निर्णय की ऐतिहासिक परिप्रेक्ष्य के रूप में व्याख्या करना और इसे जनप्रियता के रूप में पर्याप्त समर्थन के आधार स्वरूप देखना दोनों ही साम्यवाद की स्थापना के पूर्व चीन की विशेष स्थितियों के कारण ही संभव है। पिछले पृष्ठों में बतलाया जा चुका है कि साम्यवाद की स्थापना के पहले चीन में कृषक अत्यन्त ही गरीबी और असहायता की अवस्था में रह रहे थे। **1930 के दशक में चीन का भ्रमण करने पर प्रसिद्ध ब्रिटिश आर्थिक इतिहासकार डॉ० आर० एम० टॉनी** (R. M. Tawney) ने चीनी कृषकों की अत्यन्त हीन अवस्था और उनके कष्टों का बड़े ही मार्मिक शब्दों में वर्णन किया है और बतलाया है कि चीन की ग्रामीण जनता के लिए जान-माल की सुरक्षा भी नहीं उपलब्ध थी, जीवन तो अत्यन्त कष्टकर और हताशापूर्ण था ही। ग्रामीण जनता प्रायः सर्वदा गले तक पानी में पड़ी रहती थी जिससे कि एक हल्की लहर भी उसे डुबो देने के लिए पर्याप्त थी।[1] अपने समय के एक महानतम आर्थिक इतिहासकार द्वारा प्रस्तुत यह चित्रण चीन

---

1. "A large proportion of Chinese peasants are constantly on the brink of actual destitution...a propertied proletariat which is saved. when it is saved partly by its own admirable ingenuity and fortitude, partly by the communism of the Chinese family...It is, however, true that over a large area of China, the rural population suffers horribly through the insecurity of life and property. It is taxed by one ruffian who calls himself a general, by another, by a third and when it has bought them off, still owes taxes to government...There are districts in which the position of the rural population is that of a man standing permanently up to the neck of water so that even a ripple is sufficient to drown him."

में कालान्तर में होनेवाली **क्रांति को समझने में दो मुख्य सूत्र** पेश करता है। **एक** तो यह कि चीन के अधिकांश किसानों का जीवन इतना असह्य हो चुका था कि माओ और उसके सहगामी तथा साम्यवादी नियंत्रण के अधीन चीनी क्षेत्र में किए गए नये सामुदायिक प्रयोग आशा की अन्तिम किरण के रूप में चमके और वे चीनी किसानों के लिए अपने माथे को पानी से ऊपर उठा पाने के लिए अन्तिम अवसर ज्ञात हुए। यही कारण था कि **माओ के द्वारा लायी गयी क्रांति को इतिहास में संभवतः सर्वाधिक जन-समर्थन वाली क्रांति माना गया है।**

सफलता का **दूसरा सूत्र 'चीनी परिवारों का साम्यवाद'** है। चीनी गाँवों में हजारों वर्षों से एक-दूसरे की सहायता करने और साथ काम करने की परम्परा रही है। माओ के पास इस सांस्कृतिक दाय का अपने उद्देश्यों की पूर्ति के लिए प्रयोग करने की बुद्धिमत्ता थी। ध्यातव्य है कि **'उत्पादन दल' बहुत कुछ प्राचीन ग्रामीण समुदाय के ही समान है** और इसका एक बुनियादी क्रियाशील यंत्र के रूप में विकास विभिन्न आकारों, समूहों और पुरस्कार की प्रणालियों के प्रयास द्वारा हुआ है। **चीन में स्तालिनवादी जड़तापूर्ण व्यापक समूहीकरण जैसी किसी चीज ने चीन के ग्रामीण ढाँचे का विनाश नहीं किया।** एक के बाद एक विभिन्न कदमों और अनुभवों से चीन में इस व्यवस्था को पूर्ण रूप दिया गया। उसी प्रकार कम्यून के अन्तर्गत विकेन्द्रीकृत अन्तर्कालीन परम्पराओं का सहारा लिया गया परन्तु उसे पुनर्गठित, संशोधित और परिवर्तित किया जाता रहा इस उद्देश्य से कि अन्ततः वह एक अखंड प्रभावी विकास यंत्र बन सके जो प्रमुखतः स्व-समर्थित, आत्मपूर्ण और आत्म-निर्भर हो। साथ ही, यह अपने लिए वित्त की व्यवस्था स्वयं ही कर सके। इस कारण यह उन सबों को प्रोत्साहित और अनुप्राणित कर पाया जो वास्तविक रूप में काम करते हैं।

माओ की मृत्यु के बाद 1978 में चीन ने आर्थिक सुधारों की एक प्रक्रिया का प्रारंभ किया जिन्होंने मात्र 10 वर्षों के भीतर ही नाटकीय ढंग से आर्थिक तथा सामाजिक परिवर्तन ला दिया। वर्ष 1980 में चीन के आर्थिक आयोजकों ने इस शताब्दी का अन्त आते-आते देश के औद्योगिक तथा कृषि उत्पादन को चार गुना बढ़ा देने का लक्ष्य निर्धारित किया। वर्ष 1978 से चीन कुल राष्ट्रीय उत्पाद में 8 प्रतिशत वृद्धि दर का अनुभव करता रहा है।

वर्ष 1949 से 1976 के बीच चीन का कुल उत्पादन अधिकांशतः पूँजी निर्माण में वृद्धि के द्वारा हो सका था जो घरेलू बचतों के एक अति ऊँचे स्तर के कारण संभव हो सका था। यदि उत्पादकता में वृद्धि हुई भी होगी तो अति मंद गति से ही। परन्तु **इधर कुछ वर्षों में चीन में जो कुछ उत्पादन वृद्धि हुई है उसका आधा या उससे अधिक वर्द्धमान कुल साधन उत्पादनशीलता के कारण ही संभव हो सका है।** निश्चय ही यह भूतकाल से एक परिवर्तन का परिचायक है।

प्रश्न है, **क्या जिस विकास दर को चीन ने विगत कुछ वर्षों में प्राप्त किया है उसे वह बनाए रख सकता है?** इसका उत्तर अंशतः इस बात पर निर्भर है कि विगत कुछ वर्षों में चीन में जो नयी समस्याएँ उभरी हैं उनका वह किस प्रकार सामना करता है। **एक समस्या तो स्फीति की है।** यह क्रमशः बढ़ती जा रही है। वर्ष 1987 में स्फीति का अनुमान 7.9 प्रतिशत लगाया गया था। परन्तु वर्ष 1988 के प्रथम चतुर्थांश में स्फीति दर बढ़कर 11 प्रतिशत हो गयी उसके बाद यह अनुमानतः 20 प्रतिशत हो गयी। मूल्यों

में वृद्धि बड़े शहरों में और सूअर का मांस, अण्डा, तरकारियां जैसी दैनिक उपभोग की वस्तुओं के लिए अधिक रही है।

सुधार आवश्यक रूप से प्राय: सभी परिस्थितियों में स्फीतिक होने की प्रवृत्ति दिखलाते हैं क्योंकि इनके लिए सापेक्ष मूल्यों में समायोजन की आवश्यकता पड़ती है जिसका व्यवहार में अर्थ यह है कि औसत मूल्य निश्चय ही बढ़ेंगे। चीन की परिस्थितियाँ वैसे देशों से शायद ही भिन्न हैं जिन्होंने अपनी अर्थ-व्यवस्थाओं का गहन रूप से पुनः संरचना करने का प्रयास किया है। परन्तु चीन में स्फीति इस कारण जटिल हो गयी है कि चीन का आकार बड़ा है और इसने बढ़ी तेजी के साथ एक केन्द्रीकृत अर्थव्यवस्था से एक ऐसी अर्थ-व्यवस्था में प्रवेश किया है जिसमें बाजार की शक्तियाँ क्रियाशील होती हैं। ध्यातव्य है कि **माओ की मृत्यु के बाद चीन ने एक केन्द्रीकृत अर्थव्यवस्था से मोहभंग होने के कारण बाजार शक्तियों को महत्त्वपूर्ण स्थान देना प्रारंभ कर दिया है** जिसकी शुरूआत वर्ष 1978 में पहले कृषि में हुई और फिर वर्ष 1984 से उद्योग क्षेत्र तथा अन्य क्षेत्रों में।

चीन के आर्थिक विकास का संदेश

1949 में 'मुक्ति' के बाद सापेक्षतः एक अल्प अवधि में चीन ने **कई सफलताएँ पायी हैं**—

1. उसने अपने विसंगठित तथा निर्धनता की चूड़ान्त सीमा तक पहुँचा दी गयी ग्रामीण अर्थ-व्यवस्था को गत्यात्मक उत्पादन इकाइयों में रूपान्तरित कर दिया है जो अपनी जनसंख्या की बढ़ रही बुनियादी आवश्यकताओं की पूर्ति के लिए अपनी भूमि में सुधार लाने, अपने जल संसाधनों को नियंत्रित करने, सुधरी प्रौद्योगिकी का प्रयोग करने और कृषि उत्पादन में वृद्धि करने के लिए अपने को संगठित करने में सक्षम हैं।

2. इसने ग्रमीण क्षेत्रों के आधुनिकीकरण तथा संरचनात्मक परिवर्तन की गुठली का निर्माण कर लिया है जिसमें ग्रामीण अर्थ-व्यवस्था को औद्योगिक क्षेत्र की पृष्ठभूमि, जिसमें गाँवों का अतिरिक्त श्रम बल प्रवाहित होता रहे, के रूप में बनाए रखने के बदले उसका वैविध्यकरण करने की पूरी क्षमता है, आवश्यकतानुसार औद्योगिक क्रियाओं में वृद्धि करने की व्यवस्था है।

3. इसने एक ऐसी सामाजिक व्यवस्था का विकास कर पाया है जिसमें आय का न्यायोचित वितरण है और यथासंभव अधिकतम सामाजिक न्याय की व्यवस्था है परन्तु जिसमें साथ ही बढ़ते हुए उपभोग और आर्थिक उत्प्रेरणाओं की भी उस अंश तक पर्याप्त गुंजाइश है जहाँ तक इससे विशेषाधिकार-प्राप्त वर्ग की सृष्टि नहीं हो पाती हो।

4. इसने ग्रामीण क्षेत्रों में एक ऐसी प्रशासनिक प्रणाली का विकास कर लिया है जो निम्नतम स्तर से उच्चतम स्तर तक प्रशासनिक कड़ी की व्यवस्था करती है परन्तु साथ ही शिक्षा, चिकित्सा और अन्य सामाजिक सेवाओं की व्यवस्था समेत उस स्तर पर आवश्यक सभी अधीक्षण क्रियाओं के लिए आत्म-शासित प्रशासनिक इकाई के रूप में भी काम करती है। इस प्रशासनिक ढाँचा की मूल भावना और जोर जनता के लिए कुछ करने पर नहीं वरन् स्वयं अपने ही द्वारा काम करने के लिए जनता को संगठित और प्रचालित करने पर है। (The main thrust of this administrative structure is not to 'do things' for its people but to organise and mobilise the people to do things for thimselves.)

ये सफलताएँ भव्य तो लगती हैं परन्तु इनकी प्राप्ति आसानी और बाधा रहित ढंग से नहीं हुई है। ग्रामीण क्षेत्रों के सामाजिक रूपान्तरण की प्रक्रिया बहुत ही बड़े राजनीतिक तनावों और विवादों से परिपूर्ण रही है। इसमें बहुत-सा नर-संहार भी हुआ है, विशेषकर भूमि सुधारों के समय में, समूहीकरण के समाजवादी उच्च ज्वार के समय में, आगे की ओर महान उछाल के समय में और सांस्कृतिक क्रांति के समय में। 1984 में पहली बार चीन ने स्वीकार किया कि माओत्से तुंग द्वारा गलत ढंग से निर्धारित 1958 के महान उछाल द्वारा उत्पन्न अकाल के कारण उस उछाल काल (1958–61) में 1 करोड़ से भी अधिक लोगों की मृत्यु हुई थी यद्यपि अमेरिकी जनांकि की विद्वानों का अनुमान है कि 1958–61 की अवधि में 2.7 करोड़ से 3 करोड़ लोगों की जानें खाद्यान्न के अभाव के कारण चली गयी थीं।[1] विशाल कम्यूनों और बिना पहले से ही सोचे-विचारे कारखानों की स्थापना के लिए माओ की उछाल ने इस शताब्दी की सर्वाधिक भंयकर महाविपत्ति उत्पन्न कर दी जिसके फलस्वरूप इतनी बड़ी मात्रा में व्यक्तियों की अकाल मृत्यु हुई जिसमें प्राकृतिक और मानवीय दोनों प्रकार के तत्त्वों का हाथ था। **विशालकाय समूहीकरण सम्बन्धी माओ के प्रयोग ने अकाल, बाढ़ और महामारियों के साथ मिलकर बुरी फसलों को गंभीर खाद्यान्न अभाव में बदल दिया और लोग दाने-दाने के लिए दम तोड़ते गए।**

फिर भी यह मानना पड़ेगा कि **चीन की सफलताओं का यह भी अर्थ नहीं है कि उसने अपनी सारी आर्थिक तथा सामाजिक समस्याओं का समाधान कर लिया है।** आज भी चीन को अनेक गंभीर समस्याओं का सामना करना पड़ रहा है जिनके समाधान के लिए वह नीतियों में बहुधा परिवर्तन करता जा रहा है। **आज वह बहुत-सी पूँजीवादी पद्धतियों और नीतियों को अपनाने लगा है और जड़ साम्यवाद को उसने तिलांजलि दे दी है।** उसका मुख्य उद्देश्य अपनी अर्थव्यवस्था का आधुनिकीकरण करना है और इसके लिए यदि उसे कुछ समाजवादी आदर्शों का त्याग कर पूँजीवादी मार्गों को अपनाना आवश्यक पड़ रहा है तो भी उसे इसमें कुछ भी झिझक नहीं हो रही है।

यह भी सही है कि **चीनी सरकार द्वारा आँकड़ों पर भरोसा नहीं किया जा सकता** क्योंकि उनसे सही स्थिति का ज्ञान नहीं हो पाता। गैर-सरकारी आँकड़े तो चीन में उपलब्ध हो ही नहीं सकते। फिर भी **यह तो स्वीकार करना ही पड़ेगा कि चीन अपनी पूरी जनसंख्या के लिए एक न्यूनतम आर्थिक कल्याण की व्यवस्था करने में, चीनी जनता के मन में जीवन की सुरक्षा-भावना का संचार करने में तथा इन्हें अपने व्यक्तित्व का बोध कराने में सफल हो पाया है यद्यपि यह भी मानना ही पड़ेगा कि इस प्रक्रिया में चीनी जनता को अपनी अभिव्यक्ति और भाषण की स्वतंत्रता, गतिशीलता और विचरण की स्वतंत्रता, पेशा के चुनाव की स्वतंत्रता का त्याग करना पड़ा है।** फिर भी इन स्वतंत्रताओं पर प्रतिबन्ध चीनी जनता के लिए सह्य सीमाओं के भीतर ही है क्योंकि चीन ने जिस अर्थ-प्रणाली की रचना की है उसके साथ अधिकांश चीनियों का अब भावनात्मक लगाव हो गया है साम्यवादी धारणा के कारण।

प्रश्न यह है कि **चीन की इस सफलता से विकासशील देशों को क्या शिक्षा मिलती है?** आज तृतीय विश्व अपने को चौराहे पर पा रहा है। विकासशील देश आर्थिक

1. Economic Times, Calcutta, September 15, 1984

तथा सामाजिक विकास के अनेक लम्बे और कठिन संघर्ष में एक मोड़ पर पहुँच गए हैं। विगत कुछ वर्षों में अनेक विकासशील देश अब महसूस करने लगे हैं कि उन्होंने विगत तीन दशब्दियों में जिन विकास व्यूह-रचनाओं का अनुसरण किया है वे उनकी आवश्यकताओं के उपयुक्त नहीं रही है बल्कि व्यर्थ रही है। उन्होंने यह भी महसूस कर लिया है कि जो विकास व्यूह-रचना प्राथमिक रूप से आर्थिक विकास से बँधी हुई होगी वह स्वयं ही रोजगार और आय वितरण की समस्याओं का समाधान नहीं कर पायेगी और न जनसंख्या के निर्धनतम वर्ग की स्थितियों में सुधार ही ला पायेगी। **सच तो यह है कि अनेक देशों में तीव्र गति से आर्थिक विकास ने गरीबी, बेरोजगारी और असमानताओं में और भी वृद्धि ही की है।** आजकल वैकल्पिक विकास व्यूह-रचना की खोज तेज हो गयी है विशेषकर तृतीय विश्व के राजनीतिक नेताओं, समाज वैज्ञानिकों और अर्थशास्त्रियों में। इस खोज का प्रारंभ-बिन्दु यह है कि **जिस विकास व्यूह-रचना का उद्देश्य पाश्चात्य प्रतिमानों पर उपभोगवादी समाज की रचना है वह न तो साध्य है और न वाँछनीय ही है। अब तो यह भी माना जाने लगा है कि सीमित प्राकृतिक संसाधनों तथा मानव के वातावरण के निरन्तर क्षरण के साथ अधिकांश पाश्चात्य देश भी अपनी विकास तथा उपभोग दरों अथवा ढर्रों को 30–40 वर्षों से अधिक समय तक बनाए नहीं रख सकते।** विकासशील देश तो अपनी जनता की प्रचण्ड गरीबी और तेज जनसंख्या वृद्धि के कारण एक सभ्य जीवन की बुनियादी आवश्यकताओं की पूर्ति में भी कठिनाई महसूस कर रहे हैं, कार और रेफ्रीजरेटर जैसी विलास वस्तुओं की सबके लिए व्यवस्था तो उनके लिए दिवास्वप्न है। **अतः अब यह व्यापक रूप से स्वीकार किया जाने लगा है कि सम्पूर्ण जनसंख्या के लिए बुनियादी मानवीय आवश्कयताओं की व्यवस्था होनी चाहिए न कि विशेषाधिकारयुक्त अल्पसंख्या के लिए उपभोग के पाश्चात्य स्तर की व्यवस्था करना।**

एक धारणा के रूप में आर्थिक विकास के प्रति बुनियादी आवश्यकता दृष्टिकोण को एक प्रकार से सुधार कहा जा सकता है। परन्तु यह दृष्टिकोण भी स्वयं ही कोई व्यावहारिक विकास व्यूह-रचना और कार्य-साध्य नीतियाँ नहीं प्रस्तुत कर पाता। **बुनियादी आवश्यकताओं की व्यवस्था पर आधारित विकास व्यूह-रचना को विकसित करने और कार्य रूप देने के पहले अनेक कठिन आर्थिक, राजनीतिक, नैतिक मसलों का समाधान कर लेना होगा।** बुनियादी आवश्यकताओं की पूर्ति के लिए न केवल कुछ प्रकार की वस्तुओं और सेवाओं के उत्पादन में तीव्र गति से वृद्धि ही आवश्यक है बल्कि भूमि और अन्य उत्पादक साधनों का पुनर्वितरण भी अति आवश्यक है और यह **काम राजनीतिक सत्ता के ढाँचे में आमूल-चूल परिवर्तन किए बिना पूरा नहीं किया जा सकता।** एक बार जब अधिकांश जनता की भोजन, वस्तु और आवास की न्यूनतम आवश्कताएँ पूरी हो जाँय तो अनेक पूरक आवश्यकताएँ और उद्देश्य उत्पन्न हो ही जायंगे शिक्षा तथा सामुदायिक जीवन के माध्यम से सृजनशीलता तथा महत्ता के प्रति जनता को चेतनशील होने के लिए, समाज के विकास में अधिक-से-अधिक अंश तक भागीदार होने में उद्यत बनाने के लिए, विचरण, गतिशीलता, संघ बनाने अथवा विचार-भावनाओं की अभिव्यक्ति के लिए। इन बुनियादी और पूरक आवश्यकताओं को व्यक्तिगत बनाम सामूहिक पुरस्कार, स्वतंत्रता बनाम समानता, स्वायत्तता बनाम एकजुटता आदि जैसी विभिन्न और बहुधा अन्तर्विरोधी मूल्यों, भावनाओं की प्रणाली में कैसे पिरोया जाय? यह

प्रश्न महत्त्वपूर्ण हो जाता है और इस समस्या का समाधान सरल नहीं है। **फिर प्रश्न यह भी उठता है कि समाज के प्रत्येक व्यक्ति के लिए एक सामाजिक अधिकतम कल्याण की प्राप्ति के लिए एक अनिवार्य पूर्वापेक्षा के रूप में सामाजिक अधिकतम कल्याण की व्यवस्था अथवा व्यक्तिगत उपभोग पर सीमाबंदी की व्यवस्था की जाय अथवा नहीं?** यह प्रश्न भी अत्यन्त उलझनपूर्ण है और कई समस्याओं को जन्म देता है।

इस प्रश्नों के उत्तर में बहुत व्यापक अन्तर हैं। परन्तु इन सभी विभिन्न प्रकार के उत्तरों को **तीन व्यापक दृष्टिकोणों** में समेटा जा सकता है। **एक दृष्टिकोण मुक्त अर्थव्यवस्था के समर्थकों द्वारा अपनाया** गया है। ऐसी अर्थव्यवस्था में उत्पादन साधनों के निजी स्वामित्व पर भरोसा किया जाता है। यह दृष्टिकोण उच्चतर उत्पादन स्तर, अधिक निवेश, अधिक निर्यात, मूल्य स्थिरता आदि जैसे आर्थिक उद्देश्यों पर जोर देता है। इस दृष्टिकोण में विश्वास करने वाले लोगों का तर्क है कि अधिकतम वैयक्तिक विकास के लिए उत्प्रेरणाओं की सृष्टि तथा निवेश के लिए अनुकूल वातावरण की सृष्टि करने के द्वारा तीव्र विकास किया जा सकता है जो पूर्णतर रोजगार और बेहतर सामाजिक सेवाओं के माध्यम से अन्ततः समाज के निम्नतम आय-समूहों तक पहुँचेगा। इसमें आय वितरण में सुधार लाने के उद्देश्य से अपनायी गयी राजकोषीय नीतियों से सहायता मिलेगी।

परन्तु व्यवहार में ऐसा नहीं हुआ है। जिन देशों ने तीव्र आर्थिक विकास गति प्राप्त करने में सफलता पायी है उनमें भी जनसंख्या के निर्धनतम वर्गों की गरीबी अधिकांशतः कम नहीं हो पायी है और बेरोजगारी तथा आय के असमान गलत वितरण की समस्याएँ अधिकांश विकासशील देशों में और अधिक गंभीर ही होती गयी हैं। विश्व बैंक तथा इन्स्टीट्यूट ऑफ डेवलपमेन्ट स्टडीज के एक संयुक्त अध्ययन 'विकास के साथ पुनर्वितरण' (Redistribution with Growth) की अपनी प्रस्तावना में **होलिस चेनरी** (Hollis Chenery) ने इस स्थिति को बड़े ही सुन्दर ढंग से संक्षिप्त रूप में व्यक्त किया है।[1] उन्होंने लिखा है कि "अब यह स्पष्ट हो चुका है कि अल्पविकसित देशों में तीव्र विकास की एक से अधिक दशाब्दी उनकी एक तिहाई से भी अधिक जनसंख्या के लिए कुछ भी नहीं अथवा बहुत ही कम लाभ की रही है। यद्यपि तृतीय विश्व की औसत प्रतिव्यक्ति आय 1950 के बाद 50 प्रतिशत बढ़ गयी है, यह संवृद्धि विभिन्न देशों के बीच, देशों के अन्तर्गत उनके विभिन्न क्षेत्रों के बीच और उनके विभिन्न सामाजिक आर्थिक समूहों के बीच अत्यन्त ही असमान रूप से वितरित हुई है। यह एक विरोधाभास है कि जबकि विकास नीतियाँ प्रथम विकास दशाब्दी की प्रत्याशाओं से भी अधिक सफल हुई हैं एक सामाजिक उद्देश्य के रूप में कुल विकास की धारणा पर ही बढ़ती हुई मात्रा तक प्रश्न चिह्न लग रहे हैं।

"हाल में जो प्रमाण मिले हैं वे पहले किए गए अनुमानों को दृढ़ बना रहे हैं कि **आर्थिक विकास की प्रारंभिक अवस्थाओं में आय का वितरण अपेक्षाकृत अधिक संकेन्द्रित होने की प्रवृत्ति दिखलाता है।** उत्पादन में वृद्धियाँ अनुपातों से अधिक

1. IBRDIDS : Redistribution with Growth, Joint Study by the World Bank's Development Research Centre and the Institute of Development Studies, University of Sussex (Oxford University Press : 1976)

मात्रा में प्राथमिक उत्पादन तथा सापेक्षतः लघु आधुनिक क्षेत्रों से प्राप्त होती हैं जो कुल निवेशों के एक बड़े अनुपात को हजम कर लेते हैं और जिनमें उत्पादकता वृद्धि की सापेक्षतः ऊँची दरें होती हैं। संकेन्द्रित संवृद्धि का यह ढर्रा भूमि, साख, शिक्षा और आधुनिक क्षेत्रीय रोजगार में सीमित पहुँच के कारण शाश्वत होता जाता है और यह बहुधा चाहे-अन-चाहे रूप में सरकार की राजकोषीय तथा व्यापार नीतियों और साथ ही लोक व्ययों के वितरण द्वारा भी और भी अधिक बल प्राप्त करता जाता है।''[1] **यह अध्ययन यह भी बतलाता है कि अधिकांश विकासशील देशों में विकसित देशों तथा समाजवादी देशों की तुलना में बहुत ही अधिक असमानता पायी जाती है।** ऐसे प्रायः आधे देश में निम्नतम 40 प्रतिशत परिवारों का उन देशों की आय में हिस्सा औसतन 12 प्रतिशत है और आधे देशों में यह हिस्सा 9 प्रतिशत से भी कम है।

दूसरा दृष्टिकोण जो पहले दृष्टिकोण के ठीक विपरीत है, समाजवादी दृष्टिकोण है जिसमें मुख्य जोर अवसरों की समानता तथा उत्पादन-साधनों के सामूहिक अथवा राजकीय स्वामित्व पर दिया जाता है। जिन देशों ने ऐसी प्रणाली को अपनाया है उन्होंने सामान्यतः तेज आर्थिक प्रगति के साथ-साथ आय के अधिक समान और उचित वितरण की व्यवस्था करने में भी सफलता पायी है और इसके माध्यम से वे अपनी जनता की बुनियादी आवश्यकताओं को संतुष्ट करने तथा विलास उपभोग एवं संसाधनों की बर्बादी को न्यूनतम करने में भी सफल हो पाए हैं। **परन्तु इस प्रणाली में व्यक्तिगत स्वातंत्र्य तथा घूमन-फिरने, पेशा का चुनाव करने, विचारों की अभिव्यक्ति करने, अपना संघ बनाने आदि से सम्बन्धित स्वतंत्रताओं पर कठोर बन्धन लगे होते हैं। स्वतंत्रता तथा समानता में इस अन्तर्निहित अन्तर्विरोध के अतिरिक्त कुछ ऐसे देशों में विकास के प्रारंभिक चरण के बाद समायोजन की समस्याएँ बड़ी कठिन रही हैं** जब आवास, उपभोग वस्तुएँ और अन्य सुख-सुविधाओं के लिए माँग में वृद्धि होने लगी है और प्रारंभिक विचार तथा भावनागत लगाव कमजोर पड़ने लगा है।

इन दो एक-दूसरे के विपरीत दृष्टिकोणों के बीच इन दोनों के अनेक सम्मिश्रण

---

1. "It is now clear that more than a decade of rapid growth in under–developed countries has been of little or no benefit to perhaps a third of their population. Although the average per capita income of the Third World has increased by 50 per cent since 1950, this growth has been very unequally distributed among countries, regions within countries and social–economic groups. Pardoxically, while growth policies have succeeded beyond the expectations of the first development decade, the very idea of aggregate growth as a social objective has increasingly been called into question.

   Recent evidence confirms earlier speculations that in the early stages of development, the distribution of income tends to become more concentrated. Increases in output come disproportionately from relatively small modern sectors of primary production and industry which absorb a high proportion of total investment and have relatively high rates of productivity growth. This pattern of concentrated growth is perpetuated by limited access to land, credit, education and modern sector employment, and is aften reinforced, unintentionally or otherwise, by the government's fiscal and trade policies as well as the distributions of public expenditures."

है और इन दोनों को विभिन्न अनुपातों में संयोग कर उनको कार्य रूप देने का प्रयास किया गया है। इनमें से कुछ में प्रमुख जोर साधनों के निजी स्वामित्व पर रहा है परन्तु आय और सम्पत्ति के पुनर्वितरण, रोजगार तथा सामाजिक न्याय की व्यवस्था के लिए विभिन्न नीतियाँ सक्रिय रूप से कार्यान्वित की गयी हैं। कुछ दूसरों में आर्थिक संस्थाओं तथा व्यवस्था के प्रति दृष्टिकोण मूलतः समाजवादी रहा है परन्तु उनमें कुछ ऐसे राजनीतिक और संस्थागत नव प्रवर्तनों का समावेश किया गया है जिनमें अर्द्ध-समाजवादी स्वामित्व की छूट दी जाती है, व्यक्तिगत सूत्रपात तथा निजी स्वामित्व की कुछ गुंजाइश होती है, घूमने-फिरने तथा पेशा का चुनाव करने की अधिक स्वतंत्रता होती है।

व्यवहार में विकास प्रतिमानों और उनके विभिन्न रूपों ने विगत तीन-चार दशाब्दियों में मिले-जुले परिणाम लाए हैं। इनमें से कुछ प्रतिमान दूसरों की तुलना में अधिक सफल रहे हैं। परन्तु अभी तक कोई ऐसा विकास प्रतिमान अथवा ढर्रा नहीं उपलब्ध हो पाया है जो विकास विकल्पों से सम्बन्धित वाद-विवाद के लिए कम-से-कम एक बौद्धिक अथवा शैक्षणिक मतैक्य का आधार बन सके। ऐसा अंशतः तो इस कारण है कि विकास उद्देश्यों को निर्धारित करने अथवा उनके परिणामों को जाँचने के लिए कोई सहमतिपूर्ण कसौटी नहीं पायी जाती है और अंशतः इस कारण कि अधिकांश व्यावहारिक उदाहरण उनकी सैद्धांतिक अथवा धारणात्मक दृष्टियों के अनुरूप नहीं हो पाए हैं अथवा वैसा कुछ उपलब्ध नहीं कर पाए हैं जिसे विकास के राजनैतिक, सामाजिक और आर्थिक उद्देश्यों को यथा संभव सर्वाधिक उत्तम संयोग कहा जा सकता है।

इसी संदर्भ में चीन का आर्थिक विकास महत्त्वपूर्ण हो जाता है। अपनी व्यापक गरीबी और सीमित साधनों के साथ चीन जिस ढंग से ऊपर के प्रश्नों का उत्तर दे पाया है वह सावधानीपूर्वक गौर करने लायक है। **माओ ने स्पष्टत: महसूस किया था कि सामाजिक तथा राजनीतिक शक्तियों के पुनर्वद्धीकरण के बिना आर्थिक सम्बन्धों को परिवर्तित नहीं किया जा सकता और विकास का बुनियादी उद्देश्य मानव संसाधनों को वांछित दिशाओं में मोड़ना तथा संचालित करना होना चाहिए। इससे चीन को विकास उद्देश्यों का नया क्रम उपलब्ध हुआ जो भौतिक तथा गैर-भौतिक पुरस्कारों तथा सामूहिक स्वामित्व एवं वैयक्तिक उत्प्रेरणाओं का एक उचित संयोग था।** इस अर्थ में आर्थिक विकास सम्बन्धी चीनी धारणा भूमि अथवा आयों के पुनर्वितरण तक ही सीमित नहीं है वरन् **यह एक सामाजिक सम्बन्ध का आभास करती है** जो जनता द्वारा मिलजुलकर उठाए गए कष्टों, कठोरताओं तथा आत्म-निर्भरता पर आधारित है और यह अपेक्षा करती है कि **ग्रामीण समाज के सामाजिक रूपान्तरण की प्रक्रिया कृषि में तकनीकी सुधार के पहले प्रारंभ और पूर्ण होनी चाहिए।** अन्य विकासशील देशों की तरह 1949 के पहले चीन भी एक पिछड़ा कृषि प्रधान देश ही था। आज वह अपनी प्रायः सम्पूर्ण जनता के लिए भोजन, वस्त्र और आवास की न्यूनतम सुविधाओं की व्यवस्था करने के अतिरिक्त आर्थिक विकास की प्रक्रिया में बहुत आगे निकल गया है। परन्तु **रूस आदि जैसे समाजवादी देशों और पश्चिम के विकसित देशों के विपरीत उसने कृषि विकास के माध्यम से देश का आर्थिक विकास किया है, कृषि विकास को प्राथमिकता दी है और कृषि विकास में तकनीकी परिवर्तन के पहले सामाजिक रूपान्तरण को।** इसीलिए यह महत्त्वपूर्ण हो जाता है कि विकासशील देश चीनी आर्थिक विकास अनुभवों पर गौर करें। परन्तु हाँ,

यह चेतावनी पहले ही दे दी जाती है कि **वह कल्पना करना बहुत सरल और संभवत: गलत होगा कि चीनी आर्थिक विकास विशेषत: ग्रामीण विकास के प्रति चीनी दृष्टिकोण सभी विकासशील देशों के लिए एक आदर्श हो सकता है**, सरल हो सकता है। **विभिन्न देशों की आर्थिक सामाजिक, सांस्कृतिक, राजनीतिक परिस्थितियाँ अलग-अलग हैं। कुछ लाभ अवश्य उठाया जा सकता है।**

मानव के सामाजिक अस्तित्व ने उसकी समस्याओं के समाधान के लिए विभिन्न कालों में उसके समक्ष विभिन्न विकल्पों को प्रस्तुत किया है और कोई भी समाधान अनन्त काल तक उसकी सभी समस्याओं का संतोषजनक उत्तर नहीं दे सकता। परन्तु इतिहास की इस वर्तमान स्थिति में चीनी अनुभव से कुछ लाभप्रद शिक्षाएँ अवश्य मिलती हैं।

भारत और चीन के आर्थिक विकासों की तुलना

इस स्पष्ट कारण से कि अधिक जनसंख्या वाली अधिकांशतः कृषि-प्रधान अर्थ-व्यवस्थाओं की समस्याएँ प्रायः एक प्रकार की होती है, भारत के आर्थिक विकास की तुलना बहुधा चीन के आर्थिक विकास के साथ की जाती है। अतएव इन दोनों अर्थव्यवस्थाओं की सामान्य कमजोरियों और शक्तियों को ठीक तरह से समझने के लिए दोनों का तुलनात्मक अध्ययन लाभदायी होगा। **परन्तु भारत और चीन के आर्थिक विकासों तथा उनकी अर्थव्यवस्थाओं की कमजोरियों और शक्तियों का तुलनात्मक अध्ययन वस्तुत: अत्यन्त कठिन है। एक कारण** यह है कि चीन के कुल राष्ट्रीय उत्पादन, जनसंख्या, बचत निवेश, पूँजी निर्माण, पूँजी उत्पादन अनुपात, अर्थव्यवस्था की संरचना, राष्ट्रीय आय में क्षेत्रगत वृद्धि आदि जैसी अनेक महत्त्वपूर्ण बातों के सम्बन्ध में निश्चित और विश्वसनीय आँकड़ें नहीं उपलब्ध है। जो कुछ आँकड़े मिलते भी हैं उनमें कोई समानता नहीं मिलती और न कोई ताल-मेल होता है। स्वयं चीन के सरकारी आँकड़े भी बड़े तोड़-मरोड़ कर पेश किए जाते है। उनमें कोई संगति नहीं होती। अतः उन पर भरोसा नहीं किया जा सकता। **दूसरे, चीन और भारत की सामाजिक-राजनीतिक परिस्थितियाँ भी आमूलत: भिन्न हैं। चीन में साम्यवादी दल का अधिनायकतंत्र हैं और वहाँ जनता को व्यक्तिगत स्वतंत्रता नहीं प्राप्त है। चीन में घूमने-फिरने, लिखने-पढ़ने, अभिव्यक्ति करने, अपने संघों का निर्माण करने, पेशा का चुनाव करने की स्वतंत्रता जनता को नहीं प्राप्त है।** इस सम्बन्ध में भारत की स्थिति दूसरी है। यहाँ की जनता को भाव-विचार अभिव्यक्ति आदि सम्बन्धी स्वतंत्रता की संवैधानिक गारंटी है। फिर भी जो कुछ भी स्थूल आँकड़े हमें उपलब्ध है उनके आधार पर चीन और भारत के आर्थिक विकासों का कुछ स्थूल तुलनात्मक अध्ययन किया जा सकता है।

1949 का चीन आज के चीन से आमूलत: भिन्न हो गया है। 1949 का चीन एक पुरातन, ऊट-पटांग भू-सामन्तवादी और उपनिवेशीकृत राज्य का एक विशिष्ट नमूना था जबकि आज का चीन एक एकीकृत आधुनिकीकृत होता हुआ संजीवनीपूर्ण राज्य बन गया है। **अंग्रेजों, यूरोपियों और अमेरिकियों द्वारा उपनिवेशीकृत, जापानियों द्वारा रौंदा हुआ और गृह-युद्ध, विधिहीनता, निर्धनता, भिखमंगी, जुआ-खोरी, वेश्यावृत्ति, चापलूसी, महामारियों जैसी सभी प्रकार की बुराइयों और पापाचारों से परिपूर्ण इस देश में अब 1949 के बाद विस्मयकारी परिवर्तन हो चुके हैं।** आज अब चीन

में वैसे औपनिवेशिक और पतनशील समाज के कोई चिह्न नहीं रह गये हैं, बेरोजगारी समाप्त हो गयी है। स्फीति के लक्षण देखने को नहीं मिल रहे हैं। फिर भी चीन की आर्थिक नीतियाँ अपरिहार्य रूप से कुछ सीमा तक उसकी आर्थिक और राजनीतिक व्यवस्था के अन्तर विरोधों तथा संघर्षों को प्रतिबिम्बित करती हैं। **माओ के जीवन काल में माओ के विचारों को समझा जाता था कि वे ''आध्यात्मिक अणु बम हैं और आर्थिक उत्प्रेरणाएँ संशोधनवादी बकवास है''** (Moa's ideas were considered a "spiritual atom bomb and economic incentives are revisionist rubbish.") **1976 में माओ की मृत्यु के बाद अब चीन के सत्ताधिकारियों ने स्वीकार कर लिया है कि आर्थिक नियमों की अवहेलना करना संकट पूर्ण होता है** और अब वे आर्थिक नियमों के अनुरूप ही कार्य करने लगे हैं 'मूल्य-नियम की क्रियाशीलता और उत्पादकता को प्रोत्साहन देने पर उचित ध्यान देते हुए'' ("giving due attention to the operation of the law of value and stimulate productivity")। स्पष्टतः शासन की कठोरता में कुछ कमी की गयी है और कुछ उदारता दी गयी है। जो हो, हमें चीनी अर्थव्यवस्था और उसकी सिद्धियों के सम्बन्ध में एक संतुलित दृष्टिकोण अपनाना होगा।

यह तो नकारा नहीं जा सकता कि अपने अन्तर्निहित बल के द्वारा चीन विश्व अर्थव्यवस्था में भारत की तुलना में बहुत ही अधिक महत्त्वपूर्ण स्थान प्राप्त कर लिया है और आज वह अपने बल पर अपने को विश्व की एक राजनीतिक सैनिक और आर्थिक शक्ति गिनवा लिया है। विश्व राजनीति के रंगमंच पर वह आज भारत की तुलना में अधिक महत्त्वपूर्ण भूमिका अपने लिए हथिया लिया है। प्रारंभिक तुलना के उद्देश्य से **भारत और चीन के सम्बन्ध में कुछ बुनियादी आँकड़ें तालिका 3 : 3 में दिए गये हैं जिनसे निम्नांकित तथ्य उभरते हैं—**

1. चीन का क्षेत्रफल भारत से प्रायः तीन गुना अधिक है।
2. चीन की जनसंख्या भारतीय जनसंख्या से प्रायः डेढ़ गुनी अधिक है।
3. चीन की जनसंख्या वृद्धि दर बड़ी उल्लेखनीय तेज गति से गिर रही है जबकि भारत की जनसंख्या वृद्धि दर में नाम-मात्र की ही कमी आयी है।
4. चीन का राष्ट्रीय उत्पादन (GNP) भारत के कुल राष्ट्रीय उत्पादन से प्रायः साढ़े तीन गुना अधिक है।
5. चीन की प्रतिव्यक्ति आय भारत की प्रतिव्यक्ति आय से ढाई गुना अधिक है।

परन्तु इधर **विश्व बैंक का जो प्रतिवेदन**[1] निकला है (यह प्रतिवेदन चीनी सरकार के घनिष्ठ सहयोग से बनाया गया था) **उसके तथ्यों के आलोक में ऊपर के चौथे और पाँचवें निष्कर्षों को त्याग देना होगा** क्योंकि उस अध्ययन में विश्व बैंक ने भारत की प्रति व्यक्ति आय 190 डॉलर और चीन की प्रति व्यक्ति आय को 256 डॉलर बतलाया था अर्थात चीन की प्रति व्यक्ति आय भारत की प्रति व्यक्ति आय से केवल प्रायः डेढ़ गुनी ही अधिक है। परन्तु जैसा कि पिछले पृष्ठों में बतलाया गया है, **चीन में आर्थिक विकास के क्रम में विशेष कर महान उछाल के समय (1958–61 के बीच) प्रायः 3 करोड़ लोगों की जानें चली गयी थीं,** जनता की व्यक्तिगत स्वतंत्रता पर जो कड़े बन्धन लगे

1. **World Bank's confidential green cover document China : Socialist Economic Development.**

हैं वे तो अलग ही हैं। **इस स्थिति में हमें यह सोचने के लिए विवश होना पड़ रहा है कि क्या इतनी-सी आय वृद्धि के लिए जन-शक्ति और व्यक्तिगत स्वातंत्र्य पर कठोर बन्धन के रूप में इतना बड़ा बलिदान उचित और वांछनीय था?**

तालिका 3 : 3 भारत और चीन : कुछ बुनियादी तथ्य

				विश्व का प्रतिशत अंश	
मदें	भारत	चीन	विश्व	भारत	चीन
क्षेत्र (मिलियन वर्ग कि० मी०)	3.3	9.6	134	2.5	7.16
कृषि योग्य भूमि (")	1.65	1.29	14	11.8	9.21
कुल क्षेत्र का कृषि योग्य क्षेत्र (प्रतिशत)	50	13.43	10.45	—	—
जनसंख्या (मिलियन 1981 में)	684	983	4500	15.2	21.8
जनसंख्या वृद्धि दर (प्रतिशत वार्षिक)	2.4[1]	1.5[2]	1.9	—	—
जनसंख्या का घनत्व (व्यक्ति प्रतिवर्ग कि०मी०)	177	90	31	—	—
प्रति हेक्टर कृषि योग्य भूमि में व्यक्ति (संख्या)	3.8	6.7	3	—	—
कुल राष्ट्रीय उत्पादन (1977 में) (बिलियन अमेरिकी डॉलर)	97	346	7640	1.3	4.5
प्रति व्यक्ति राष्ट्रीय उत्पादन (अमेरिकी डॉलर)	150	410	1853	—	—
प्रतिव्यक्ति आय[3] (")	190	256	—	—	—

तालिका 3 : 4 में भारत की विकास दरों को दिखलाया गया है। इन दोनों देशों की विकास दरों का तुलनात्मक अध्ययन कुछ बहुत रुचिकर तथ्यों को स्पष्ट करता है—

1. प्रचलित मूल्य स्तरों पर कुल राष्ट्रीय उत्पादन (GNP) की विकास दरें यह संकेत देती हुई प्रतीत होती है कि भारतीय अर्थव्यवस्था की सिद्धियाँ यदि अच्छी नहीं तो कम-से-कम चीन के ही समान हैं। परन्तु यह भ्रमोत्पादक है यदि हम स्फीति दरों पर ध्यान दें। अतः यदि हम वास्तविक (real) राष्ट्रीय आयों पर विचार करें तो स्पष्ट होगा कि चीन में विकास दर 6 : 1 प्रतिशत प्रतिवर्ष रही है जबकि भारत में मात्र 3 : 5 प्रतिशत रही है।

2. खाद्यान्न उत्पादन की वृद्धि-दर चीन में भारत की तुलना में कुछ ही अधिक रही है।

3. कृषि उत्पादन में वृद्धि दर चीन में भारत से बहुत ही अधिक रही है।

4. औद्योगिक उत्पादन की वृद्धि दर भारत में आयोजित विकास की सम्पूर्ण अवधि में 6 : 3 प्रतिशत प्रतिवर्ष रही है जबकि चीन में इसी अवधि में यह 8.6 प्रतिशत वार्षिक

---

1. यह 1981 की जनगणना के आधार पर 1971–81 के लिए है।
2. यह 1975 के लिए है और इसमें स्थूल जन्म दर को 26 प्रति हजार तथा मृत्यु दर को 11 प्रति हजार की कल्पना की गयी है।
3. विश्व बैंक के हाल के अध्ययन के अनुसार

रही है। भविष्य में प्रायोजित विकास दर (projected growth) भी चीन में भारत की तुलना में अधिक है।

तालिका 3 : 4 भारत और चीन में तुलनात्मक विकास दरें

(1950–51 से 1977–78 की अवधि में प्रतिशत रूप में)

मदें	भारत	चीन
प्रचलित मूल्य-स्तरों पर		
कुल राष्ट्रीय उत्पादन (GNP)	8.5	7.0
वास्तविक (real) राष्ट्रीय आय	3.5	6.1
प्रति व्यक्ति राष्ट्रीय आय	1.4	—
कृषि उत्पादन	2.7[1]	5.3[2]
		4.34[3]
खाद्यान्न उत्पादन	2.7	—
औद्योगिक उत्पादन	6.3	8.6
विदेशी व्यापार	7.3	7.97
आयात	7.1	—
निर्यात	7.0	—

5. विदेशी व्यापार की वृद्धि दरें भारत और चीन में बहुत भिन्न नहीं रही हैं। परन्तु यह अवश्य ध्यान में रखना होगा कि पिछले कुछ वर्षों में चीन के विदेशी व्यापार का परिमाण बहुत ही तेजी से बढ़ा है। पिछले कुछ वर्षों में चीन के निर्यातों में 15–20 प्रतिशत वृद्धि हो गयी है और उसके आयातों में 30–40 प्रतिशत तक वृद्धि हो गयी है। चीन में चलाए जा रहे आधुनिकीकरण कार्यक्रम द्वारा चीनी अर्थव्यवस्था में जिस गत्यात्मकता का सृजन हुआ है उससे यह पूरी संभावना है कि अगले अनेक वर्षों में भी चीनी विदेशी व्यापार की ये प्रवृत्तियाँ चालू रहेंगी।

तालिका 3 : 5 में भारत और चीन के विभिन्न महत्त्वपूर्ण क्षेत्रों में उत्पादन से सम्बन्धित आँकड़े दिए गए है। **ये उत्पादन आँकड़े स्पष्टत: भारत की तुलना में चीन की अगुवायी को इंगित करते हैं। अगले वर्षों के लिए निर्धारित लक्ष्य भी दिखलाते हैं कि चीन की अगुवायी अधिकांश क्षेत्रों में और भी अधिक बढ़ जाएगी।** परन्तु हम कुछ ऐसे क्षेत्रों को भी इंगित कर सकते हैं जिनमें भारत का उत्पादन चीन के उत्पादन से अधिक है अथवा उसके बराबर हैं। जैसे—कुछ भारी रसायन, चीनी, मोटर गाड़ियाँ, रेलवे इंजिन, मालगाड़ी के डब्बे, सूती कपड़े, विद्युत उत्पादन, संयंत्र, कपास, तेलहन, पटसन आदि।

1951 में आयोजित आर्थिक विकास के प्रारंभ से अब तक भारतीय अर्थव्यवस्था का ढाँचा काफी बदल चुका है। घरेलू उत्पादन (G.D.P.) में कृषि का अंश 59 प्रतिशत से घटकर 1981 तक 42 प्रतिशत हो गया जबकि खनिज और निर्माणी उद्योगों का अंश उसी अवधि में प्रायः 15 प्रतिशत से बढ़कर 23 प्रतिशत हो गया। सेवाओं, परिवहन और संचार,

1. यह 1950-52 से 1975-77 की अवधि के लिए है।
2. यह 1950-52की अवधि के लिए है।
3. यह 1975-77 की अवधि के लिए है।

व्यापार तथा वित्त आदि के अंशों में और भी अधिक उल्लेखनीय वृद्धि हुई। इनका अंश इस अवधि में 16 प्रतिशत से बढ़कर 35.9 प्रतिशत हो गया। इस अवधि में गैर-कृषि क्षेत्र का अंश 41 प्रतिशत से बढ़कर 58.9 प्रतिशत से भी अधिक हो गया।

तालिका 3 : 5 भारत और चीन में कुछ क्षेत्रों में उत्पादनों की तुलना

	भारत		चीन	
मदें इकाई	1979-80	1980-81	1979	1980
कुल राष्ट्रीय उत्पादन (बिलियन अमेरिकी डालर प्रचलित मूल्य पर)	120	168	396	—
खाद्यान्न उत्पादन (मि॰ टन)	109	130	332	318[1]
औद्योगिक उत्पादन (बिलियन अमेरिकी डालर)	50.5	52	297	—
विद्युत उत्पादन (बिलियन kwh)	106	112	—	312
रूक्ष (crude) इस्पात (मिलियन टन)	9.7	10.1	34.5	35
कोयला (मि॰ टन)	107	118	—	620
रूक्ष (crude) तेल (मि॰ टन)	12	11	—	106
सीमेन्ट (मि॰ टन)	18	19	—	78
रसायनिक उर्वरक (मि॰ टन)	2.971	3.004	—	9.6
मशीन निर्मित कागज और दफ्ती (मि॰ टन)	1.058	1.144	—	5.2
चीनी (मि॰ टन)	3.9	4.5	—	2.6
सूती धागे (मि॰ टन)	1.136[2]	—	—	2.865
मोटर गाड़ियाँ (हजार)	105	120	—	160
बाइसिकिल (मिलियन)	3.7	4.1	—	14.84
ट्रैक्टर (हजार)	62.5	71.0	—	97.5

चीन के कुल राष्ट्रीय उत्पादन को क्षेत्रगत रूप से बतला पाना कठिन है। फिर भी ऊपर दी गयी तालिकाओं के उत्पादन आँकड़ों से यह मोटे रूप से बतलाया जा सकता है कि **चीन में कुल राष्ट्रीय उत्पादन में कृषि का योगदान 25 प्रतिशत है और उद्योगों का 66 प्रतिशत है।** यदि ठीक-ठीक कहा जाय तो उद्योगों के अन्तर्गत अनेक गैर-औद्योगिक मदों को भी एक साथ रख दिया गया है। यदि इसी प्रकार से भारतीय कुल राष्ट्रीय आय की गणना की जाय तो **भारत में भी उद्योगों का अंश (सेवाओं समेत) 50 प्रतिशत के आस-पास होगा।** तो भी भारत में कृषि का अंश 41 प्रतिशत तक जाएगा जबकि चीन में अर्थव्यवस्था के ढाँचे में सापेक्षतः अधिक तेज परिवर्तन का संकेत मिलता है क्योंकि उसकी कुल राष्ट्रीय आय में कृषि का अंश महत्त्वपूर्ण रूप से कम हो गया है।

जनसंख्या नियंत्रण के प्रति इन दोनों राष्ट्रों के दृष्टिकोण एक-दूसरे छोर पर हैं समस्या को समझने और उसे नियंत्रित करने के लिए अपनाए गये उपायों दोनों

1. इसमें ट्यूबरों (tubers) का उत्पादन शामिल है और 5 किलोग्राम ट्यूबर = 1 किलोग्राम खाद्यान्न माना गया है।
2. यह 1978-79 के लिए।

ही दृष्टियों से। भारत में जनसंख्या विस्फोट के सम्बन्ध में कुछ स्वस्थ चिन्ता रही है। फिर भी 1960 के दशक के मध्य से ही जनसंख्या नियंत्रण उपायों को प्रारंभ और कार्यान्वित किए जाने को आवश्यक समझा जाने लगा। इसके बावजूद **भारत की जनसंख्या वृद्धि दर में व्यवहारत: कोई भी महत्त्वपूर्ण परिवर्तन नहीं हो पाया है।** 1981 की जनगणना ने बतलाया कि 1961-71 में जनसंख्या वृद्धि 24.80 प्रतिशत से गिरकर 1971-81 में मात्र 24.75 प्रतिशत ही हो पायी। इसके विपरीत चीन में 1960 के दशक तक जनसंख्या में सरकारी नीति अस्पष्ट थी। पिछली तीन दशाब्दियों के दौरान चीन की जनसंख्या में 60 करोड़ की वृद्धि हुई. जो प्रायः भारत की जनसंख्या के बराबर रही। परन्तु 1960 के दशक में दृष्टिकोण बदल गया जब गर्भ निरोधक बंध्याकरण और यहाँ कि गर्भपातों के लिए भी सुविधाएँ मुफ्त में उपलब्ध की जाने लगीं। कुछ विवशताएँ और दबाव भी डाले गए। फलतः **चीन अपनी जनसंख्या वृद्धि दर को घटाकर प्राय: आधा कर पाने में सफल हो गया**—1971 में जनसंख्या वृद्धि दर 2.3 प्रतिशत थी जबकि 1978 में यह घटकर मात्र 1.2 प्रतिशत हो गई। 1979 के लिए लक्ष्य इसे 1 प्रतिशत तक लाने का था और 1985 तक मात्र 0.5 प्रतिशत तक। अन्ततः इसे शून्य वृद्धि दर तक ला देने का विचार था। **सरकार की जनसंख्या नीति में दण्ड और पुरस्कार तथा सुविधाओं दोनों की व्यवस्था है। एक से अधिक बच्चा होने पर चिकित्सा दम्पतियों को अनेक लोक सुविधाओं से वंचित कर दिया जाता है।** राशन कम कर दिया जाता है, चिकित्सा सुविधाएँ कम कर दी जाती हैं; वेतनों में 10 प्रतिशत कटौती कर दी जाती है। दूसरी ओर एक ही बच्चा पैदा करने तक परिवार को सीमित रखने पर भोजन, वस्त्र, और आवास का कोटा बढ़ा दिया जाता है। **1 से अधिक बच्चे का गर्भपात करने के लिए विवश किया जाता है** और परिवार को वहीं तक सीमित रखने के लिए बहुत-सी अन्य उत्प्रेरणाएँ भी दी जाती हैं। ऐसे में जनसंख्या नियंत्रण नीति को सफल होना स्वाभाविक है। **परन्तु भारत में इतनी कठोरताएँ नहीं बरती जा सकती हैं क्योंकि भारत एक जनतंत्रीय देश है और व्यक्तिगत स्वतंत्रता तथा मौलिक अधिकारों की गारंटी मिली हुई है। अत: यहाँ उत्प्रेरणा और प्रलोभन पर ही भरोसा किया जा सकता है।**

जहाँ तक चीन की कृषि और कृषि उत्पादन का प्रश्न है, यह सही है कि चीन क्षेत्रफल की दृष्टि से भारत से तीन गुणा है परन्तु **कृषि योग्य भूमि की दृष्टि से भारत की स्थिति भाग्यपूर्ण है क्योंकि यहाँ के कुल क्षेत्रफल का प्राय: 50 प्रतिशत कृषि-योग्य है जबकि चीन में कुल क्षेत्रफल का मात्र 13 प्रतिशत ही कृषि योग्य है।** इस प्रकार भारत के पास चीन की अपेक्षा 360000 वर्ग किलोमीटर अतिरिक्त कृषि योग्य भूमि है जिससे **भारत में 0.263 हेक्टर प्रति व्यक्ति कृषि-योग्य भूमि उपलब्ध हो व्यक्ति मिल पाती है जबकि चीन में मात्र 0.148 हेक्टेयर कृषि-योग्य भूमि ही प्रति व्यक्ति मिल पाती है।** अतः सामान्य धारणा के विपरीत यह अनुमान लगाया जाना चाहिए कि चीन की अति सीमित कृषि-योग्य भूमि विशेष कर उसके आकार को देखते हुए और सापेक्षतः बड़ी मात्रा में असिंचित भूमि को दृष्टिगत रखते हुए **चीन की कृषि का विकास भारत की तुलना में अधिक तेज और बेहतर हुआ है। भारत कृषि-योग्य भूमि की दृष्टि से भाग्यशाली होते हुए भी अपनी विकास संभावनाओं का पूरा उपयोग नहीं कर पाया है**—कृषि योग्य बेकार पड़ी हुई भूमि को कृषि के अन्तर्गत लाने की दृष्टि से भी।

चीन की कृषि के लिए मुख्य बाधाएँ विशेष कर 4.5 प्रतिशत वार्षिक वृद्धि दर की प्राप्ति के संदर्भ में मुख्यतः अकृषि-योग्य भूमि में निहित हैं विशेष कर सूखे उत्तरी तथा उत्तर पूर्वी भागों में। इन क्षेत्रों में कृषि विकास के लिए भूमि उद्धार तथा सिंचाई की व्यवस्था के लिए बहुत प्रयास करने होंगे। परन्तु इनकी लागत इतनी अधिक है कि इन्हें हाथ में लेना ही व्यर्थ लगेगा।

हारवर्ड विश्वविद्यालय के अर्थशास्त्री ड्वाइट परकिन्स (Dwight Perkins) **का मत है** कि यद्यपि उत्तरी चीन के असिंचित क्षेत्रों में ट्यूब वेलों की व्यवस्था से उत्पादन बढ़ाने की कुछ आशाएँ हो सकती हैं फिर भी इस कार्यक्रम को बहुत दूर तक आगे नहीं बढ़ाया जा सकता। दक्षिण और पूर्वी चीन में उत्पादन दरों को बढ़ाकर कृषि उत्पादन को बढ़ा पाने की आशाएँ सीमित हैं क्योंकि इन क्षेत्रों में उत्पादन दरें पहले से ही जापान और ताइवान जैसी ऊँची उत्पादन दर वाले देशों की तुलना में ऊँची हैं विशेषकर चावल के सम्बन्ध में।

अपनी कृषि के उत्पादन में वृद्धि की महत्त्वकांक्षी दरों की प्राप्ति के लिए चीन को अपने जल-संसाधनों की और भी अधिक उत्तम वैज्ञानिक व्यवस्था करनी पड़ेगी और रासायनिक उर्वरकों का अधिक उत्तम प्रयोग करना पड़ेगा। ऐसी कठिन परिस्थितियों में चीन को अपनी कृषि की वर्तमान 2–3 प्रतिशत वार्षिक दर को बनाए रख पाना भी एक कठिन काम होगा। इसका अर्थ यह है कि चीन को अभी लम्बे समय तक खाद्यान्न आदि कृषिगत मालों के लिए संयुक्त राज्य अमेरिका, कनाडा जैसे खाद्यान्न निर्यातक देशों पर निर्भर रहना पड़ेगा और यह निर्भरता बदले में चीन के व्यापार संतुलन पर प्रतिकूल प्रभाव डाल सकती है। इसके **विपरीत भारत खाद्यान्न के मामले में अब प्रायः आत्म-निर्भरता प्राप्त कर चुका है।** परन्तु भारत में गरीबी की रेखा के नीचे रहने वाली जनसंख्या के हाथों में पर्याप्त क्रय-शक्ति के अभाव की उपेक्षा नहीं की जा सकती।

विगत कुछ वर्षों में बाजार अर्थव्यवस्था सम्बन्धी कुछ व्यवहारों की चीनी कृषि में छूट मिल गई है ताकि वे उच्चतर दरों की प्राप्ति के लिए उत्प्रेरणाएँ दे सकें। इससे कार्यों में विभिन्नता आ गयी है। ऐसी प्रणाली के अन्तर्गत प्राप्त उत्प्रेरणाएँ कृषकों की संसाधनपूर्णता, महत्त्वकांक्षाओं को प्रोत्साहित कर सकती हैं और अधिक कठोर परिश्रम करने तथा ऊँची आय पाने के लिए उन्हें अनुप्राणित कर सकती हैं।

चीन के औद्योगिक उत्पादन सम्बन्धी आँकड़े अन्य आँकड़ों की तरह ही भारत की तुलना में बहुत अधिक प्रभावशाली लगते हैं। जैसा कि तालिका 3 : 5 बतलाती है, 1979 में भारत में औद्योगिक उत्पादन का मूल्य प्रायः 51 बिलियन अमेरिकी डॉलर था जो उस वर्ष चीन के औद्योगिक उत्पादन के मूल्य का केवल 1/6 ही था। 1951 और 1977 के बीच औद्योगिक उत्पादन में यौगिक वार्षिक वृद्धि दर भारत में 6.3 प्रतिशत थीं जबकि चीन में 8–9 प्रतिशत थी। 1978–85 के लिए बनी योजना के शेष वर्षों के लिए चीन की प्रस्तावित वार्षिक औद्योगिक उत्पादन वृद्धि दर 10 प्रतिशत रखी गई थी जबकि भारत में यह प्रस्तावित दर उत्पादन के मूल्य की दृष्टि से 1980–81 से 1984–85 के लिए 7.76 प्रतिशत तथा मार्च 1995 में समाप्त होने वाली दशाब्दी के लिए 6.02 प्रतिशत रखी गयी थी। यदि यह कल्पना की जाए कि चीन और भारत की ये प्रस्तावित दरें वास्तव में पूर्ण हो पाती हैं तो औद्योगिक दृष्टि से भारत चीन की तुलना में और भी पीछे पड़ जाएगा। जबकि चीन में

इस्पात उत्पादन की वृद्धि दर 30 प्रतिशत वार्षिक से भी अधिक रही है भारत में यह उत्पादन वृद्धि-दर मात्र 7-8 प्रतिशत वार्षिक के ही आस-पास रही है। सीमेंट उत्पादन की वृद्धि दर चीन में 17.2 प्रतिशत थी जबकि भारत में यह 2.6 प्रतिशत (1978–79) में थी। 1970 के दशक में भारत में कोयला उत्पादन की वृद्धि-दर 4–5 प्रतिशत रही हैं जबकि चीन में यह वृद्धि दर 1978 में 12 प्रतिशत थी यद्यपि 1979 में यह गिरकर 0.3 प्रतिशत हो गयी थी। फिर यह ध्यान देना चाहिए कि चीन में कोयला उत्पादन भारत के कोयला उत्पादन से 6 गुना अधिक है, उसका रूक्ष तेल उत्पादन भारत से 8 गुना अधिक है और उसका विद्युत उत्पादन भारत के विद्युत उत्पादन से दूना है। परन्तु विगत **कुछ वर्षों के अनुभव बतला रहे हैं कि भारतीय कछुआ चीनी खरगोश से क्रमशः आगे जाने लगा है।**

भारतीय सामाजिक-आर्थिक परिस्थितियों के सम्बन्ध में बहुधा विकास के द्वंद्वात्मक पहलुओं (dualistic aspect) **का उल्लेख किया जाता रहा है जिसका तात्पर्य यह है कि भारत में परम्परावादिता और आधुनिकता का सह-अस्तित्व है।** चीन के उद्योगों के सम्बन्ध में अधिक संतुलित दृष्टिकोण अपनाया जाना आवश्यक है और यह संभव है कि चीन में भी उच्च उत्पादकता तथा कुशलता के कुछ क्षेत्र हैं जैसा कि चीन के इस्पात उद्योग के लिए व्यावहारिक उदाहरणों और चित्रणों से स्पष्ट होता है।

मानक प्रश्न

1. चीन के आर्थिक विकास का संक्षिप्त विवेचन करें।
2. चीन में कम्यूनों की भूमिका को स्पष्ट करें।
3. साम्यवादी चीन और आयोजनाकालीन भारत के आर्थिक विकासों का विवेचनात्मक अध्ययन करें।
4. क्या भारत आर्थिक विकास में चीन से आगे निकल सकता है?

❑

अध्याय 4

माओ के बाद चीन की अर्थव्यवस्था में नए परिवर्तन और विकास

(NEW DEVELOPMENTS IN POST-MAO CHINA)

आधुनिकीकरण का चीनी मार्ग: जड़ सिद्धांतों का पतन
(Chinese Road to Modernization : Decline of Dogma)

1976 में माओ की मृत्यु के बाद चीनी अर्थ-व्यवस्था में अनेक महत्त्वपूर्ण परिवर्तन हुए हैं। यहाँ कुछ महत्त्वपूर्ण परिवर्तनों का जायजा लेना रुचिकर रहेगा। **माओ की मृत्यु के बाद आर्थिक विकास के प्रति चीनी दृष्टिकोण में महत्त्वपूर्ण परिवर्तन हो गए हैं। आजकल अब चीनियों ने उच्चतर उत्पादन और उत्पादकता को अपने आधुनिकीकरण के कार्यक्रम का आधार बना लिया है। इस प्रक्रिया में जड़ सिद्धांतवादी प्रतिबन्धों का त्याग कर दिया गया है** और प्रबन्धकीय व्यवहारों में मौलिक परिवर्तन किए जा चुके हैं। **समतावाद के लिए चिन्ता अब कम देखी जा रही है** और श्रमिकों की सुविधाओं के लिए राज्य द्वारा उदारतापूर्वक व्यवस्था तो अवश्य की जा रही है **परन्तु हड़तालों और कामबन्दी को बड़ी कड़ाई से हतोत्साहित किया जाने लगा है।** अभी भी सभी कारखानों में अपने-अपने श्रम संघ अवश्य हैं और श्रमिकों से सम्बन्धित सभी मुद्दों पर उनसे अवश्य सलाह ली जाती है। फिर भी अब कारख़ाने के निर्देशकों का निर्णय ही निर्णायक होता है।

चीन में माओ की मृत्यु के बाद प्रतियोगिता, निजी लाभ, बाजार-तंत्र जैसे पूँजीवादी तत्त्वों का समावेश करने और उदारीकरण की प्रवृत्ति सबसे पहले 1978 से कृषि क्षेत्र में प्रारंभ हुई थी। परन्तु 1984 से इस प्रवृत्ति का बड़ी सीमा तक उद्योगों के क्षेत्र में और अन्य क्षेत्रों में भी समावेश कर दिया गया।

इस प्रकार कृषि की भाँति उद्योगों में चीनियों ने आर्थिक विकास सम्बन्धी मार्क्सवादी सिद्धांतों, जिनको सोवियत रूस में कार्य रूप दिया गया था, को धक्का देने में कोई हिचक नहीं दिखायी है। वे खुल कर अब तक सँजोये इस मार्क्सवादी सिद्धांत की निन्दा करने लगे हैं कि विकास के क्रम में भारी उद्योगों को प्राथमिकता दी जानी चाहिए। इसके विपरीत वे **भारी उद्योग को ''कृषि और हल्के उद्योग की सेवा करने''** के उद्देश्य से उपयोग में लाने के लिए डट गए हैं।

कृषि में निजी सूत्रपात का समावेश—माओ की मृत्यु के बाद जब सत्ता **तेंग शियाओपिंग** के हाथों में आयी तो उन्हें माओ काल की सांस्कृतिक क्रांति से उत्पन्न गोलमाल विरासत में मिली। उन्होंने संकल्प लिया कि बहुत कुछ कम सीधा-सपाटा मार्क्सवादी विचार तथा विदेशी पूँजी के समर्थन के साथ निजी साहस-सूत्रपात के एक भारी-भरकम खुराक का एक मिश्रण ही चीन को उसके आर्थिक पिछड़ेपन से बाहर निकाल लाने

का सही और कारगर मार्ग हो सकता है। इसी दृष्टि से **उन्होंने देश में निजी साहस-सूत्रपात को स्थान देते हुए आर्थिक सुधार का कार्यक्रम अपनाया।**

सबसे पहले तेंग ने देहाती क्षेत्रों में व्यापारी बन्धनों में ढिलाई करना प्रारंभ किया। फल यह हुआ कि आज कृषक अपनी गोभियां, सेबों, मुर्गा-मुर्गियां, केलों आदि को शहरों में लाकर बाजार मूल्यों पर बेच रहे हैं। 1984 से तेंगवादी अपना ध्यान शहरों में की ओर मोड़ने लगे और **औद्योगिक प्रबन्ध पर भारी-भरकम बोझिल दलीय विचारधारा से युक्त नौकरशाही के चंगुल को ढीला करने लगे।** यहाँ समस्या निश्चय ही कठिन थी क्योंकि नगर में दल के कार्यकर्त्ताओं की पकड़ काफी मजबूत थी और वे अपनी सत्ता को बरकरार रखने के लिए कृत संकल्प थे। परन्तु तेंग ने महसूस किया कि जिन उपक्रमों में विदेशी पूँजी का सम्बन्ध होगा—उदाहरण के लिए रंगीन टी॰ वी॰, सूखी धुलाई मशीनें, बना-बनाया कहवा आदि उनमें लाल विल्लाधारी लोग व्यवसायिक दक्षता के मार्ग पर रोड़ा बनने में कठिनाई महसूस करेंगे।

तेंग की यह धारणा सही निकली। यदि आधिकारिक आँकड़ों पर विश्वास किया जाय तो **तेंग की नीतियाँ आज एक अधिक प्रगतिशील तथा समृद्धिशील चीन का निर्माण कर रही हैं।** 1985 की उसी अवधि की तुलना में 1986 के प्रथम चतुर्थांश में विकास दर 4.4 अधिक थी, द्वितीय चतुर्थांश में 5.3 प्रतिशत अधिक थी और तृतीय चतुर्थांश में 9 प्रतिशत थी। कुल खुदरा कारोबार (real turn-over) 13 प्रतिशत बढ़ गया और निर्यात में 12.2 प्रतिशत वृद्धि हो गयी। ये आँकड़े बड़े प्रभावशाली और ध्यानाकर्षक हैं उन अर्थव्यवस्थाओं के लिए भी जो ढीले-ढाले आधार से विकास प्रारंभ करती हैं। **आज शंघाई में बहुत पहले गुजरे जमाने की टूटी-फूटी जर्जर टैक्सियाँ भूतकाल की वस्तुएँ हो गयी हैं। उनका स्थान अब तायता तथा मर्सेन्डीज जैसी शानदार गाड़ियों ने ले लिया है।** शिक्षकों का जीवन मान अब बिल्कुल बदल गया है। उनकी आय पिछले दो वर्षों की तुलना में बढ़कर अब दूनी हो गयी है। **आम व्यक्ति आज पहले की तुलना में बहुत कुछ खुशहाली का जीवन बिता रही है।** उपभोक्ता को अब बहुत-सी ऐसी वस्तुएँ प्राप्त होने लगी हैं जिन्हें पहले कभी देखा भी नहीं जा सकता था। तेंग और उनके सहकारी चीन को निश्चय ही बदल रहे हैं और यह बदलाव निश्चय ही अच्छाई की ओर है, जैसा कि चीन के साम्यवादी दल के एक कार्यकर्त्ता ने कहा। आज चीनी कृषि का रूप बदल गया है।

उद्योग क्षेत्र में उदारीकरण और निजी सूत्रपात—1984 में चीन में वैचारिक चक्र अपनी परिक्रमा को पूर्ण करने पर आ गया। **साम्यवादी क्रांति के 35 वर्षों बाद चीन के सत्ताधारी लोग जो अभी कुछ ही दिनों पूर्व अपने को आमूल परिवर्तन के विश्व सागर में क्रांतिकारी आकाशदीप बनाने निकले हुए थे अब बड़ी तेजी से सामाजिक पुनर्रचना के अनेक वैसे सिद्धांतों को छोड़ते जा रहे हैं जिनपर उनके माओवादी अग्रज दृढ़ता से डटे हुए थे और जिनमें स्वयं उनका भी विश्वास था।** केवल सात ही वर्षों पूर्व वे इन सिद्धांतों पर पुनर्विचार करने लगे थे। विडम्बना यह है कि **मार्क्सवादी लेनिनवादी-माओवादी सिद्धांतों को समाजवाद के सम्बन्ध में वैज्ञानिक मार्क्सवादी विचारों को दृढ़ करने के नाम पर ही उठा कर फेंका जा रहा है—उन विचारों को जिनके साथ ''समतावादी विचारों''** (egalitarian thinking) **को अब ''नितांत असंगत''** (utterly incompatible) **कहा जा रहा है।** चीन में माओवाद की गढ़ को

तोड़ने का प्रथम प्रयास 1978 में कृषि में निजी सूत्रपात की छूट के साथ प्रारंभ हुआ। अब 1984 से उद्योग में निजी सूत्रपात को छूट देकर उसे दूसरा बड़ा धक्का देकर ध्वस्त किया जा रहा है। **माओवाद की शव में यह एक बड़ी विध्वंस खूँटी है।**

भोजन के स्वादिष्ट होने का प्रमाण उसे खाने में मिलता है—अथवा जैसा कि **तेंग शियाओपिंग ने बतलाया है, महत्त्वपूर्ण यह नही है कि बिल्ली का रंग क्या है वरन यह है कि यह चूहा पकड़ती है या नहीं।** नयी नीतियों की सफलताओं जिन्हें पहले देश में 80 करोड़ किसानों के साथ लागू किया गया, कट्टर माओ-पंथियों के विरुद्ध सर्वाधिक प्रभावी अस्त्र सिद्ध हुई है। **निजी सूत्रपात की पर्याप्त गुंजाइश दे दिए जाने पर देश के ग्रामीण क्षेत्रों में उत्पादकता तथा समृद्धि में अभूतपूर्व वृद्धि हुई है**—कृषकों की आय में प्रति वर्ष 10 प्रतिशत से भी अधिक वृद्धि होती गयी है। उन परिणामों से उन्होंने शासन की जो लोक प्रियता बढ़ायी उनसे उत्साहित होकर चीन के विद्यमान यथार्थवादी नेताओं ने अपना ध्यान उद्योग की ओर मोड़ा। **अर्थव्यवस्था के केवल मूल क्षेत्रों–ऊर्जा, भारी उद्योग, संचार, अनाज और कपास को छोड़कर सारे उद्योगों को अब नौकरशाही नियंत्रण से मुक्त कर दिया गया है।** अब उन्हें अपना उत्पादन कोटा पूरा करने के लिए बाध्य नहीं किया जायेगा बल्कि अब वे अपने लाभ को ही सरकार को सौंपेंगे और सरकार को कर का भुगतान कर चुकने के बाद उसे अपने पास रखने में समर्थ हो सकेंगे। उद्योग के क्षेत्र में ये **सुधार 1984 में चीन के साम्यवादी दल की केन्द्रीय समिति के द्वारा अनुमोदित 39 पृष्ठों वाले दस्तावेज के अधीन किए गए** जिसमें चीन के उद्योगों में उसी तरह के सुधार लाने के लिए बहुत से उपाय शामिल हैं जो 6 वर्षों पूर्व कृषि में लाकर उसे समृद्धिशील बनाया गया था।

इस दस्तावेज के अनुसार **राजकीय नियंत्रण का अर्थ ''काम में ढिलाई, मानसिक मन्दता, परिवर्तन से भयप्रदता और प्रथागतता''** (complacency, mental sluggishness, fear of change and conventionality) **हो गया है जिसके परिणामस्वरूप संवृद्धि तथा प्रायोगिकता** (experimentation) **को बाधा पहुँची है।** परन्तु इसके बदले में ''शहरी उपक्रमों में और साथ ही उनके 8 करोड़ कर्मचारियों में उत्पादन तथा संचालन के लिए उत्साह, सूत्रपात तथा रचनात्मकता को अवश्य ही पूरी छूट मिलनी चाहिए।'' अन्ततः यह अनुमान लगाया गया है कि अर्थव्यवस्था का तीन-चौथाई भाग विनियमनों की जकड़ से मुक्त (deregulated) कर दिया गया है।

क्योंकि सरकारी बजट की 80 प्रतिशत आय औद्योगिक राजस्व से प्राप्त होती है, उद्योग की उत्पादकता उस समृद्धि के लिए नितान्त आवश्यक है जिसमें सत्ताधारी देश को ले जाना चाहते हैं। **दस्तावेज कें अनुसार ''यदि सामूहिक समृद्धि का अर्थ परम समतावादिता तथा सबकी साथ-साथ समृद्धि लगाया जाय तो यह न केवल असंभव ही होगा बल्कि ऐसा विचार सामूहिक गरीबी की ओर भी ले जायेगा।''** (If common prosperity were understood as absolute egalitarianism and simultaneous prosperity, not only would this be impossible, but such thinking would lead to common poverty.) इसे स्पष्ट करते हुए दस्तावेज ने बतलाया कि **क्योंकि चीन के लोग सब मिलाकर पहले से सुधरी स्थिति में आ रहे हैं, अस्थायी असमानताएँ अच्छी बात हैं।** इससे अपेक्षाकृत धनी लोग अपेक्षाकृत गरीब लोगों को

अपेक्षाकृत अधिक प्रयास-कार्य करने के लिए प्रेरणा देंगे, दबाव डालेंगे। फिर भी देश के प्रायः 10 करोड़ लोगों, जो सर्वाधिक गरीब लोग हैं को सामाजिक कल्याण उपायों द्वारा संरक्षण दिया जायेगा। दस्तावेज के अनुसार चीन **जैसे बड़े देश में सामाजिक आयोजना केवल ''गोल-मटोल और लोचदार''** (rough and elastic) **ही हो सकती है। मूल्यों तथा उत्पादन का निर्धारण अधिकारियों द्वारा नहीं बल्कि बाजार तंत्र द्वारा होना चाहिए।** व्यवसायिक संगठनों के प्रबन्धकों को नयी शक्तियाँ दी जायेंगी जिससे कार्य-संचालन में नमनीयता और लोच आ सके। मजदूरियों को उत्पादन के साथ जोड़ दिया जायेगा। औद्योगिक प्रबन्धन को विकेन्द्रित किया जायेगा और कारखानों में प्रतियोगितात्मकता को प्रोत्साहन दिया जायेगा जिससे कि **'केवल सर्वोत्तम ही जीवित बच रहें'** (so that only the best survive)। आज चीन में ऐसा ही हो रहा है।

बुद्धिजीवियों का पुनर्वास *(Rehabilitation of Intellectuals)*—नए सुधारों की एक अन्य महत्त्वपूर्ण बात मानसिक तथा बौद्धिक मानसिक तथा बौद्धिक कार्यों का एक योग्य कार्य के रूप में पुनर्वास है। **सांस्कृतिक क्रांति के दौरान बुद्धिजीवियों को आलू छीलने अथवा खेतों में खुदाई करने के लिए विवश किया गया था जिससे कि उन्हें सिखाया जा सके कि 'सच्चा' श्रम क्या कहलाता है और उनकी 'परान्नभोजिता'** (parasitism) **का अन्त किया जा सके।** अब उन्हें देश के आधुनिकीकरण की प्रक्रिया में महत्त्वपूर्ण भूमिका दी जायेगी। इससे भी बड़ी बात यह है कि दस्तावेज में बतलाया गया है कि ''मानसिक कार्य के लिए विद्यमान पारिश्रमिकों को बदला जाना आवश्यक है क्योंकि वे सापेक्षतः नीचा है।'' चीन में आज ऐसा ही हो रहा है।

सबसीडी व्यवस्था में परिवर्तन—नए सुधारों के अनुसार 1950 से चली आ रही उपदान (subsidy) व्यवस्था को धीरे-धीरे विभिन्न चरणों में समाप्त कर दिया जायेगा। खाद्यान्न, बुनियादी उपभोक्ता वस्तुओं, आवास और परिवहन सम्बन्धी सरकारी सबसीडी का अंश राज्य के बजट का प्रायः 25 प्रतिशत तक हुआ करता था। इसे कार्यरूप दिया जा चुका है।

मूल्य प्रणाली में परिवर्तन चीनी अर्थव्यवस्था के सुधार का मूल *(changes in price system key to Chinese reforms)*—माओपरान्त चीन के व्यवहारवादी साम्यवादी शासकों ने अक्टूबर 1984 में एक साथ अनेक दूरगामी आर्थिक सुधारों की घोषणा की जो विश्व के सर्वाधिक जनसंख्या वाले देश को केन्द्रीयकृत सोवियत माडल से और भी दूर हटाकर एक मिश्रित अर्थव्यवस्था की ओर ले जाने वाले रहे हैं। सुधारों का यह झुण्ड, जिसे **तेंग शियाओपिंग** ने **''एक प्रकार की एक नयी क्रांति''** बतलाया, साम्यवादी दल की केन्द्रीय समिति की पूर्ण बैठक में एकमत से स्वीकार किए जाने के बाद घोषित किया गया। मार्क्सवाद के मूल तत्त्वों को चीन की वास्तविक स्थितियों के साथ जोड़कर बनाए गए इस सिद्धांत में अर्थव्यवस्था के आयोजित सुधारों को निर्धारित किया गया जिसमें राज्य-संचालित उद्योगों का विकेन्द्रीकरण और प्रचलित ''अविवेकपूर्ण'' मूल्य उपदान (irrational price–subsidy) का आंशिक रूप से ध्वस्त कर दिया जाना शामिल है। मूल्य प्रणाली को एक कुंजी बतलाते हुए दल के दस्तावेज में आर्थिक विभागों से कहा गया कि वे अर्थव्यवस्था को संचालित करने के लिए प्रशासनीय साधनों के प्रयोग के बदले स्वतंत्र-बाजार वाले आर्थिक साधनों का प्रयोग करना सीखें। दस्तावेज में अत्यधिक नियंत्रित मूल्यों

के स्थान पर कुछ सीमाओं के अधीन प्रवाहमान मूल्यों (floating prices) का अथवा कुछ स्थितियों में पश्चिमी विश्व की तरह स्वतंत्र मूल्यों का प्रयोग करने के लिए कहा गया जो श्रम उत्पादकता, बाजार पूर्ति तथा माँग पर आधारित होते हैं। इन सबों को कार्यरूप दिया जा चुका है।

ये घोषित सुधार उन सुधारों की महान सफलता से उद्भूत हुए थे जो पहले देश के देहाती क्षेत्रों में 1978 में किए गए थे जिन्होंने व्यक्तिगत आय को उत्पादकता से जोड़ते हुए एक नयी पारिवारिक संविदा उत्तरदायित्व प्रणाली (house–hold contract responsibility system) द्वारा सामूहिक खेती को प्रतिस्थापित किया था। **दल ने यह भी निर्देश दिया कि 'सुधारवादी'** (reformers) **और अनुदारवादी** (conservatives) **जैसे राजनीतिक नारेबाजी के साथ चिपका नहीं रहा जाय। इसने** ''सम्पूर्ण दल, सम्पूर्ण सेना और सभी समुदायों के लोगों'' को इन सुधारों को सफल बनाने का निर्देश दिया।

1985 से चीन ने कृषि वस्तुओं के मूल्यों पर राजकीय नियंत्रण में ढिलाई कर दी और इस प्रकार इन वस्तुओं के अनिवार्य आदेशात्मक राजकीय क्रय-विक्रय (mandatory state purchases and sales) **की 30 वर्ष पुरानी पद्धति को समाप्त कर दिया।** ''रेड स्टार'' पत्रिका के 1 फरवरी 1985 के अंक में इस कदम की घोषणा करते हुए चीनी प्रधानमंत्री **झाओ जियांग** (Zhao Ziyang) ने कहा कि सूअर के मांस, तरकारियों और अन्य नाशवान वस्तुओं के मूल्यों पर नियंत्रण ढीले कर दिए जायेंगे और उनके मूल्यों में भारी उतार-चढ़ाव को रोकने के लिए आवश्यक उपाय किए जायेंगे। फिर भी अनिवार्य वस्तुओं की राशनिंग युक्त शहरी आपूर्तियाँ सरकार द्वारा निर्धारित सबसीडी मूल्यों पर जारी रहेंगी। झाओ के अनुसार ये सुधार कृषकों को बाजार माँग के अनुसार उत्पादन करने में समर्थ बनाने के उद्देश्य से किए गए। उन्होंने कहा ''विद्यमान परिस्थितियों में यह अति आवश्यक था। यह ग्रामीण अर्थव्यवस्था को गति-शक्ति देने के लिए आवश्यक था।'' उन्होंने आगे कहा, 'कृषि उत्पादन, जो पहले मुख्यतः उत्पादकों के निर्वाह के लिए किया जाता था, की अब वस्तु अर्थ-व्यवस्था द्वारा और कृषकों को बाजार परिवर्तनों के अनुसार अपनी क्रियाओं में परिवर्तन करने की आवश्यकता द्वारा प्रतिस्थापित किया जा रहा है।'' उन्होंने कहा कि देश में कुछ वस्तुओं का अति अभाव हो गया है जबकि कुछ की पूर्ति माँग से अधिक हो गयी है। एक अपेक्षाकृत अधिक उत्तम ढंग से समन्वित कृषि विकास की प्राप्ति का मौलिक मार्ग मूल्य के नियम को क्रियाशील बनाना और बाजार विनियमनों की भूमिका का विस्तार करना है। (The fundamental way to achieve a better co-ordinated agricultural development was to bring the law of value into play and expand the role of market regulation.")

नयी पद्धति में राज्य फसल के पहले किसानों के साथ हुई संविदाओं के अधीन मुख्य-मुख्य कृषि उत्पादों को ''प्राथमिकतापूर्ण मूल्यों'' (preferential prices) पर खरीदता है और शेष को कृषक बाजार मूल्यों पर बेचने के लिए स्वतंत्र हैं। सरकार ने योजना बनायी कि वह प्रतिवर्ष 75 से 80 मिलियन टन आधिक्य वाले अनाज (surplus grain) को खरीदेगी और यह नीति एक लम्बे समय तक जारी रहेगी। अतः व्यवहार में फालतू कृषि उत्पादन का केवल एक छोटा-सा अंश ही बाजार विनियमनों के अधीन आ पायेगा। यह भी बतलाया गया कि जब कभी बाजार मूल्य राज्य द्वारा क्रय किए जाने वाले मूल्य से नीचे

गिर जायेंगे, सरकार आगे बढ़ेगी और कृषकों के हितों की रक्षा करने के लिए ऐसे फालतू उत्पादों को सरकारी मूल्यों पर खरीद लेगी।

राजकीय नियंत्रण तथा आर्थिक समानता की व्यवस्था में ढील—अक्टूबर, 1984 में चीन ने अगले पाँच वर्षों में कार्यान्वित करने के लिए दूरगामी आर्थिक सुधारों की घोषणा की जिसमें **उद्योगों के संचालन में राज्य की भूमिका को कम कर दिया गया है। पर्यवेक्षकों ने इसे ''माओ के समतावादी चिन्तन से अन्तिम विच्छेद''** (final break with Mao's egalitarian thinking") कहा है। इसके अनुसार **अब चीन उद्योगों के प्रबन्धकों को पूँजीवादी व्यवसाय पद्धतियों को सीखने के लिए प्रोत्साहित करेगा।** मजदूरी तथा वस्तुओं के मूल्यों में वृद्धि होने की संभावनाएँ उत्पन्न हो गयी हैं तथा प्रबन्धकों को अब पहले की तुलना में अधिक स्वायत्तता प्राप्त हो जायेगी।**अब चीन जितनी वस्तुओं का उत्पादन करता है उनके आधे से अधिक के लिए केन्द्रीकृत राजकीय आयोजन** (centralised state planning) **का मार्ग छोड़ दिया है।** राजकीय योजना आयोग (State Planning Commission) ने बतलाया कि वर्ष 1985 से राजकीय कोटा के अधीन औद्योगिक उत्पादों की संख्या 160 से घटाकर केवल 60 कर दी जायेगी और कृषि वस्तुओं की संख्या 29 से घटाकर मात्र 10 कर दी जायेगी।

ये सुधार कार्य कुशलता में वृद्धि तथा उत्पादक शक्तियों को प्रवाहमान बनाने के उद्देश्य से चीन की अर्थव्यवस्था में बाजार शक्तियों का समावेश करने के लिए चीनी नेता तेंग शियाओपिंग (Deng Xiaoping) **के द्वारा चलाए गए अभियान के अनुसार हैं।** देश में प्रचलित राजकीय उपदान (state subsidies) की प्रणाली को ध्वस्त करने के उद्देश्य से चालू किए जाने वाले मूल्य सुधार (price reforms) 12वीं साम्यवादी दल केन्द्रीय समिति के तीसरे पूर्ण सम्मेलन के बाद किए जाने की घोषणा की गयी।

इन सुधारों के परिणामस्वरूप चीन में जिन वस्तुओं पर राजकीय योजना का नियंत्रण अब नहीं रहा उनके सम्बन्ध में क्लिष्ट कोटा पद्धति का स्थान बाजार माँग तथा सामान्य उत्पादन दिशा-निर्देश (general production guide–lines) ले लिए। जो उपक्रम केन्द्रीय आयोजन के अधीन बने रहेंगे परन्तु जो अपने लक्ष्यों को पूरा करने में असफल रहेंगे उन पर दण्ड लगाए जायेंगे और उन्हें कच्चे माल तथा ऊर्जा की पूर्ति कम कर दी जाएगी। जिन वस्तुओं के लिए राज्य कोटा का निर्धारण करना जारी रहेगा उनमें कोयला, तेल, रोल्ड स्टील, टिम्बर, सीमेंट, विद्युत, रसायन, भारी यंत्र, कृत्रिम धागे, सिगरेट और शस्त्र शामिल हैं। अनाज कपास, तेल, तम्बाकू, जूट, सूअर और कुछ मछलियों के लिए फार्म कोटा जारी रहेंगे। जब कोई उपक्रम एक बार अपने कोटा को पूरा कर लेगा तो उसे अपने आधिक्य (surplus) को नमनीय मूल्यों पर बेचने की अनुमति दी जायेगी। दिसम्बर 1985 को उस अन्तिम तिथि के रूप में चुना गया था जब राष्ट्र के प्राय: 10 लाख उपक्रमों के अयोग्य पुराने प्रबन्धकों को हटा दिया जायगा। साम्यवादी दल की बारहवीं केन्द्रीय समिति के तीसरे पूर्ण सम्मेलन में जो निर्णय लिया गया उसके अनुसार व्यवसायों पर ''अत्यधिक तथा कठोर नियंत्रण'' का अन्त हो गया और अविवेकपूर्ण मूल्य ढाँचा में सुधार किया गया।

खुला द्वार नीति का अनुमोदन—आर्थिक सुधार के क्रम में तेंग शियाओपिंग ने **साम्यवादी चीन की अर्थव्यवस्था को विदेशी व्यापार और विदेशी पूँजी निवेश के**

लिए भी खुला रखने की घोषणा की थी। अब चीन का व्यापारिक सम्बन्ध पूँजीवादी देश के साथ होने लगा है और विदेशी व्यापार के क्षेत्र में पूँजीवादी तत्त्वों का समावेश होने लगा है। तेंग के संरक्षण में पले **झाओ जिवांग** (Zhao Zivang), जो तब चीन के साम्यवादी दल के प्रमुख थे, ने अक्तूबर 1987 में हुए साम्यवादी दल के 13वीं राष्ट्रीय सम्मेलन में अपने मुख्य मुद्दावाले भाषण में चीन की **खुला द्वार नीति** (open door policy) और आर्थिक सुधारों पर दृढ़ मुहर लगा दी। **अब चीन में आर्थिक कार्य निष्पादन तथा सरकारी तंत्र में दल का हस्तक्षेप कम कर दिया गया है।** यह काम चीन के आधुनिकीकरण की प्रक्रिया को तेज करने के लिए किया गया। अपने भाषण में झाओ ने चीन के **''एक देश दो प्रणालियाँ'' नीति** (one country two systems policy) को दृढ़ कर दिया जिनमें हाँगकाँग और मकाओ को उन्हें चीन में शामिल हो जाने के बाद भी अपना पूँजीवादी स्वरूप बनाये रखने की अनुमति दी गयी है। **''व्यापक नौकरशाही और पापाचार''** पर प्रहार किया गया और बतलाया गया कि दल के कार्यों को सरकार के कार्यों से अलग रखने तथा निचले स्तर पर अधिक सत्ता के प्रत्यायोजन से नौकरशाही पर विजय प्राप्त करने में सहायता मिलेगी। विदेशी पूँजी के निवेश को देश में आकर्षित करने के उद्देश्य से देश की वैधानिक प्रणाली में सुधार किया गया। आर्थिक विकास को तेज करने के लिए यह आवश्यक माना गया। दुर्लभ विदेशी मुद्रा को अधिक मात्रा में अर्जित करने की योजना के रूप में पर्यटन में विस्तार, श्रम तथा प्रौद्योगिकी के निर्यात में वृद्धि करने का कार्यक्रम बनाया गया।

यह सब वर्ष 1978 में चीन में तेंग शियाओपिंग द्वारा प्रारंभ किए गए आर्थिक सुधारों के क्रम में किया गया जिनके अनुसार **चीन की अर्थव्यवस्था में बाजार-तंत्रीय अर्थव्यवस्था का प्रारंभ किया गया था। आज चीन एक प्रकार से मूलतः मध्य-मार्ग** (middle path) **पर आ गया है**—मिश्रित अर्थव्यवस्था के मार्ग पर। **ध्यातव्य है कि चीन के आर्थिक विकास और आधुनिकीकरण में तेजी लाने के लिए माओ की मृत्यु के बाद 1978 में तेंग शियाओपिंग, जिन्हें माओ ने दो-दो बार पदच्युत किया था और ''चीन का दूसरे नम्बर का पूँजीवादी पथिक''** ("China's number two capitalist roader") **कहा था, द्वारा चीन की अर्थव्यवस्था में प्रतियोगिता तत्त्वों अर्थात बाजार-तंत्र-मुखी अर्थ-व्यवस्था के तत्त्वों का समावेश करने के लिए किया गया था जिसके परिणामस्वरूप चीन का बड़ी तेजी से आर्थिक विकास हो गया।**

मूलतः एक मध्य मार्ग का प्रस्ताव करते हुए **झाओ** ने रिपोर्ट में बतलाया कि ''चीन का समाजवादी समाज अभी भी समाजवाद के प्रारंभिक चरण में ही है।'' ("China's socialist society is still in its primary stage of socialism) चीनी विशेषताओं से युक्त समाजवाद के निर्माण में चीन को 'दक्षिणी भटकाववादी' तथा 'वाम' दोनों गलतियों से बच निकलने के लिए अवश्य ही 'इस चरण से कूद नहीं जाना चाहिए।'' ("In building socialism with Chinese characteristics China must not jump over this stage"—to avoid both 'right deviationist' and 'left' mistakes)। सितम्बर 1978 में 11वीं केन्द्रीय समिति के तीसरे पूर्ण सम्मेलन में चीन के साम्यवादी दल द्वारा अपनाए गए दृष्टिकोण—जब तेंगवाद (Dengism) ने अन्ततः माओवाद पर विजय प्राप्त की थी—को क्रांति-मार्ग को पाने के बाद दूसरा प्रमुख ऐतिहासिक उछाल (second major historical leap) बतलाते हुए **झाओ ने ''वैज्ञानिक समाजवाद तथा सभी प्रकार के स्वप्नवाद''** (utopianism) **में मौलिक अन्तर करने-समझने का आह्वान किया।** उन्होंने बतलाया कि चीन के समाजवाद का प्रारंभिक चरण वह है जिसमें ''हम शनैः-शनैः गरीबी तथा पिछड़ेपन'' का अन्त करेंगे और जो शारीरिक श्रम पर आधारित कृषि के साथ कृषि-प्रधान देश को धीरे-धीरे आधुनिक औद्योगिक देश में बदल देगी।

चीन की अर्थव्यवस्था की वर्तमान स्थिति : संक्रमण की ओर
(Present State of the Chinese Economy : Chinese Economy in Transition)

तेंग शियाओपिंग द्वारा किए गए सुधारों के कारण आज चीन की अर्थव्यवस्था ''निर्वाह-प्रधान अर्थव्यवस्था से सुलभता की अर्थव्यवस्था'' (from one of subsistence to one of ease) की ओर संक्रमणशील है। परन्तु कुछ गंभीर समस्याएँ अब भी बनी हुई हैं जो मुख्यतः कुल पूर्ति की तुलना में कुल माँग के आधित्य से सम्बन्धित हैं। एक उच्च सरकारी अधिकारी द्वारा मार्च 1986 में जारी किए गए विवरण से ज्ञात हुआ कि निश्चित परिसम्पत्तियों (fixed assets) में निवेश की गुंजाइश अभी भी बहुत अधिक है और **सामाजिक वस्तुओं की पूर्ति अर्थव्यवस्था में क्रय-शक्ति में हो रही वृद्धि के साथ कदम मिला कर चलने में विफल रही है।** साथ ही, विदेशी व्यापार में घाटा अनुमान ने अधिक हुआ है। परन्तु सब कुछ मिलाकर चीन की अर्थव्यवस्था में पिछले वर्ष निरन्तर स्थिर रूप में तेज गति से विकास (sustained stable and fast growth) हुआ। 1985 में चीन की राष्ट्रीय आय बढ़कर 3382.5 बिलियन रुपये और कुल देशी उत्पादन (gross domestic product) 3890 बिलियन रुपये हुआ था जो 1984 की तुलना में क्रमशः !2.3 प्रतिशत और 12.5 वृद्धि रही।[1]

सरकारी प्रवक्ता के अनुसार चीन का विदेशी विनिमय कोष भी निरन्तर बढ़ता गया है। 1985 में चीन के आयातों और निर्यातों का कुल मूल्य 66.9 बिलियन डॉलर था जो 1985 की तुलना में 30 प्रतिशत अधिक था। इसमें आयातों का अंश 42.26 बिलियन डॉलर था और इसमें 1984 की तुलना में 54.2 प्रतिशत वृद्धि थी। फलतः 15 बिलियन डॉलर तक विदेशी व्यापार घाटा रहा।

सरकारी प्रवक्ता ने बतलाया कि चीन की शहरी तथा देहाती दोनों ही क्षेत्रों में जनता के जीवन मान में और भी अधिक सुधार हुए हैं। वर्ष 1985 में औसत चीनी कृषक की शुद्ध आय बढ़कर 1985 रुपये हो गयी जो 1984 की तुलना में 8.3 प्रतिशत अधिक थी—मूल्य वृद्धि को निकाल देने के बाद। उसी प्रकार औसत चीनी शहरी निवासी की शुद्ध आय में 10.6 प्रतिशत वृद्धि हुई और यह बढ़कर 3760 रुपये हो गयी।

सरकारी प्रवक्ता ने बतलाया कि चीन में चल रहे बाजारमुखी आर्थिक सुधार 'प्रारंभिक विजय' (initial victory) प्राप्त कर लिए है। इनके अनुसार कृषि उत्पादों के एकरूपी तथा निश्चित राजकीय क्रय पद्धति (system of unified and fixed state purchases of farm products) में परिवर्तन किए गए हैं और राज्य-स्वामित्व वाले औद्योगिक प्रतिष्ठानों के 81 प्रतिशत प्रतिष्ठानों द्वारा राज्य को करों का भुगतान किया जाने लगा है। पहले सभी ऐसे प्रतिष्ठान अपने सभी लाभों को राज्यों को सौंप दिया करते थे।

1. The Statesman, Calcutta, Dak Ed, March 4, 1986

चीन के आधारिक समाचार-पत्र **'चाइना डेली'** के अनुसार **चीन में आज भी प्रायः 6 करोड़ लोग गरीबी की रेखा के नीचे हैं।** उनकी प्रतिव्यक्ति वार्षिक आय 150 युआन (40 अमेरिकी डॉलर) और 200 कि० ग्राम अनाज से भी कम (less than 150 Yuan ($40) plus 200 kg of grain) है।[1] फिर भी आज गरीबों की संख्या चीन का छठी पंचवर्षीय योजना (1981–85) के पहले उनकी संख्या 7 करोड़ से 14 प्रतिशत कम है। परन्तु चीन के प्रमुख समाजशास्त्री **प्रो० फाई शियाउतांग** (Fei Xiaotong) के अनुसार चीन में आर्थिक परिवर्तन का एक बहुत खेदजनक पहलू यह है कि **वहाँ हान और अल्पसंख्कों के बीच आर्थिक तथा सांस्कृतिक अन्तर बहुत बढ़ गया है।** उनके अनुसार गरीबी की रेखा के नीचे रह रहे अल्पसंख्यक सम्पूर्ण राष्ट्र पर भार हैं और जब तक इसे रोका नहीं जा सकेगा हान तथा अन्य लोगों के बीच यह अन्तर बढ़ता जायेगा जो राजनीतिक अन्तर्विरोध उत्पन्न करेगा। **उत्तरी पश्चिमी चीन के लूपान पहाड़ी क्षेत्र में रहने वाले 15 लाख निवासी चीन के सर्वाधिक गरीब लोग हैं जो अधिकांशतः पशुपालन जीवन बिताते हैं।**

वस्तु बाजार में एक शक्ति के रूप में चीन का उदय (*China a Force in Commodity Markets*)—प्रायः 125 करोड़ की जनसंख्या—विश्व के प्रति चार व्यक्तियों में से एक चीनी के साथ आज चीन विश्व के वस्तु बाजारों में एक महत्त्वपूर्ण शक्ति के रूप में उदित हो चुका है। **आज चीनी निवासी पहले की तुलना में अधिक पैदा कर रहे हैं, अधिक खा रहे हैं, अधिक खरीद रहे हैं।** अभी कुछ ही वर्षों पूर्व जिस देश की आर्थिक अकार्यकुशलता ने उसे अपनी जनता को खिलाने के लिए विदेशी अनाज पर आश्रित रख छोड़ा था वह सब आमूल-चूल उदारवादी आर्थिक सुधारों के माध्यम से अपने को अन्तरराष्ट्रीय वस्तु बाजारों में एक प्रमुख शक्ति बना लिया है। यह सही है कि **एक औसत चीन निवासी का उपभोग स्तर आज भी विश्व मानकों की तुलना में बहुत नीचा है।** उदाहरण के लिए आधिकारिक आँकड़े बतलाते हैं कि एक औसत चीन निवासी केवल 10 किलोग्राम चीनी का उपभोग करता है जो पश्चिमी देशों के प्रति व्यक्ति उपभोग की मात्रा का 1/10 भाग है।[1] परन्तु सम्पूर्ण रूप में चीन के पास कच्चे माल के लिए विशाल भूख है—एक ऐसी क्षुधा जो बढ़ती ही जा रही है ज्यों-ज्यों सरकार जनजीवन स्तर को ऊँचा उठाने का प्रयास करती जा रही है।

बेजिंग के निर्णयों का अर्थ अब संयुक्त राज्य अमेरिका के कृषकों के लिए कठोर परिश्रम होगा, यूरोप के कठिनाई-ग्रस्त वस्त्र उद्योगों के लिए अधिक प्रतियोगिता होगा और जापानी इस्पात के लिए वृहत्तर बाजार होगा। तृतीय विश्व के अनेक नाजुक एक-वस्तु अर्थ व्यवस्थाओं के लिए यह एक निर्माणक अथवा विध्वंशसक तत्त्व सिद्ध होगा। अब अन्तरराष्ट्रीय व्यापारी चीनी नीतियों पर बड़ी सावधानी से गौर कर रहे हैं क्योंकि वे विश्व वस्तु मूल्यों को प्रभावित करती हैं और अन्ततः विभिन्न देशों की दूकानों में अनेक मदों की मूल्य तालिकाओं को भी।

उधर देश के अन्तर्गत तंग के नेतृत्व में अपनायी जा रही नयी नीतियों ने उस **देश में पूँजीवाद का पुनर्जन्म किया है जो शताब्दियों तक निजी व्यवसाय सम्बन्धों पर**

1. The Times of India, Patna, August 21, 1986

फलता-फूलता रहा है। वहाँ पूँजीवाद के पुनर्जन्म के परिणाम जन-जीवन स्तर में नाटकीय वृद्धि में भी देखे जा सकते हैं। अब फर से बने कोट पहने फैशन युक्त चीनी महिलाएँ अलग-बगल में माओ जाकिटों में श्रमिकों के साथ-साथ भीड़-भरी सरकारी दुकानों में चमकीली छपायी वाली ब्लाउजों को खरीदती हुई देखी जाने लगी हैं। पिछले पाँच वर्षों में ही चीन निवासियों की औसत आय में 66 प्रतिशत वृद्धि हो गयी थी। बाइसिकिल, रेडियो और घड़ियाँ, जिनका अभी कुछ ही समय पूर्व बहुत अभाव था, अब सामान्य वस्तुएँ हो गयी हैं और नये धनी हुए चीनी परिवारों में रेफरीजरेटर, धुलाई मशीनें और मोटर साइकिलें रखने की ललक आ गयी है। **माओवाद से मुक्त होकर हजारों लाखों चीन निवासी अब अपना निजी व्यवसाय चलाना प्रारंभ कर दिए हैं। कारखाना प्रबन्धक, जो अभी कुछ ही समय पहले अन्तहीन राजनीतिक बैठकें किया करते थे, अब लाभों की खोज में चल निकले हैं।**

संक्षेप में, **माओ की मृत्यु के बाद 1978 में तेंग शियाओपिंग द्वारा सत्ता संभालने के बाद केवल सात वर्षों के अन्तर्गत ही देश लाभोन्मुख बाजार तंत्र आधारित उपभोगवादी समाज की ओर बड़ी तेजी** से भागा है। 1985 के पूर्व पिछले दो वर्षों में देश की वास्तविक आर्थिक प्रगति (real economic growth) औसतन 8 प्रतिशत वार्षिक रही।

तेंग का उद्देश्य ''चीनी चेहरे के साथ समाजवाद'' (socialism with Chinese face) है—ऐसी धारणा जो तेंग के भाषणों के संकलन 'लघु पीत पुस्तिका' (Little Yellow Book) में व्यक्त है।

द्वैध अर्थव्यवस्था की विशेषताएँ बरकरार—चीन की अर्थव्यवस्था आज भी द्वैध अर्थव्यवस्था की विशेषताओं से युक्त है। **विश्व बैंक के एक अध्ययन** के अनुसार **ग्रामीण विकास में आत्म-निर्भरता प्राप्त करने के लिए चीन की समूहवादी संस्थाओं के प्रयोग पर आधारित व्यूह-रचना ने शिक्षा तथा स्वच्छता और शोषण समेत जनस्वास्थ्य जैसे क्षेत्रों में असमानताओं में कमी लायी है।** तथापि यह व्यूह-रचना उच्चतर कृषि उत्पादन अथवा विकसित देशों के आय-स्तरों पर पहुँचने के लिए वैकल्पिक मार्ग प्रशस्त नहीं कर पायी है। **विश्व बैंक** के नए अध्ययन—**'चीन में ग्रामीण विकास'** (Rural Development in China) का यह निष्कर्ष है जिसमें पिछले 30 वर्षों से अधिक की अवधि में चीन की कृषि उपलब्धियों का लेखा-जोखा और विश्लेषण किया गया है। मार्च 1985 में प्रकाशित इस अध्ययन के लेखक थे **डवाइट एच॰ पर्किन्स** (Dwight H. Perkins), हारवार्ड विश्वविद्यालय में इन्स्टीट्यूट ऑफ इन्टरनेशनल डेवलपमेन्ट के डाइरेक्टर और **शाहिद यूसुफ** (Shahid Yusuf), विश्व बैंक में एक वरिष्ठ अर्थशास्त्री। इन लेखकों ने बतलाया है कि चीन का कृषि भविष्य ऐसा कुछ नहीं लगता जो अन्य देशों विशेषकर पूर्वी एशिया के देशों द्वारा प्राप्त की गयी सिद्धियों से **''उल्लेखनीय रूप में भिन्न''** (markedly different") है—वैसे अन्य देशों से जिन्होंने पर्याप्त आर्थिक विकास प्राप्त किया है। कृषि शोध तथा आधुनिक आदाओं (inputs) का वर्तमान प्रयोग उत्पादन को वर्द्धमान बनाए रखेगा और वर्द्धमान आय भोजन के लिए माँग में वृद्धि को उसी दर से अथवा कुछ अधिक तेज दर से वृद्धि करती रहेगी। **लेखक बतलाते**

हैं कि इन देशों की भाँति चीन में भी शहरी तथा ग्रामीण आयों में अन्तर जनता को देहाती क्षेत्रों से हटाकर उच्चतर उत्पादकता के साथ शहरी रोजगारों में लाए जाने के द्वारा ही मिटाया जा सकता है। यह एक ऐसा विकल्प रहा है जिससे चीनी अधिकारी जान-बूझकर बचते रहे हैं।

ग्रामीण स्तरीय कार्यक्रमों को कार्यान्वित करने में चीन में ''फालतू'' (surplus) **श्रमिकों को ऐतिहासिक दृष्टि से अभूतपूर्व पैमाने पर प्रचाालित किया गया।** विकास विश्लेषण के प्रथागत साधनों से आगे बढ़कर **विश्व बैंक अध्ययन** ने उस संगठनात्मक तथा राजनीतिक साधनों का परीक्षण किया है जिन्होंने चीनियों को विकास कार्यों के लिए इतना अधिक श्रम संचालित करने में समर्थ बनाया है। **लेखकों ने पाया कि चीनी नेतृत्व अपना तथा अपनी नीतियों का भविष्य देश के देहाती क्षेत्र की समृद्धि के साथ घनिष्ठ रूप से जुड़ा हुआ पाता है। इस विश्वास की तार्किक परिणति थी जनसंख्या वृद्धि की रोकथाम वाली औषधि तथा स्वास्थ्य प्रयासों पर चीन द्वारा दिया जानेवाला विशेष जोर (जिसे देश के दूर-दराज-क्षेत्रों तक पहुँचाया गया) और भूमि सुधार कार्यक्रम जिसके अधीन सर्वाधिक गरीब ग्रामवासी अधिकांश लाभ प्राप्त किए थे।**

व्यापक विकास व्यूह-रचना में कृषि की भूमिका की व्याख्या करते हुए लेखकों ने इस तथ्य पर जोर दिया है कि **चीन की कृषि तथा उद्योग विकास व्यूह रचनाएँ असामान्य अंश तक एक-दूसरे से अलग रखकर कार्यान्वित की गयी हैं।** इस प्रकार चीन में आज भी तीव्र औद्योगिक विकास की दशाब्दियों के बावजूद ''द्वैध'' (duel) अर्थव्यवस्था के अधिकांश लक्षण बने हुए हैं। **जबकि कृषि को आधुनिक औद्योगिक क्षेत्र के अस्तित्व से लाभ पहुँचा है, चीन में ग्रामीण विकास अन्य तीव्र गति से विकासमान अर्थव्यवस्था की तुलना में एक आत्म-निष्ठ प्रयास** (self contained effort) **ही रहा है।**

इन लेखकों का अन्य निष्कर्ष यह है कि जन स्वास्थ्य में नाटकीय ढंग से सुधार हुआ है जो मुख्यतः स्वच्छता और टीका-सूई अभियान का परिणाम है तथा जनसंख्या के सर्वाधिक गरीब चतुर्थांश की आय में महत्त्वपूर्ण वृद्धि भूमि-सुधारों का परिणाम है न कि उत्पादन में वृद्धि का और कृषि उत्पादन अवश्य बढ़े हैं परन्तु उतनी तेजी से नहीं जितना कि अन्य अनेक विकासमान देशों में जिन्होंने तुलनात्मक रूप में बहुत कम प्रयास में निवेश किया है।

1979 में चीनी सरकार ने अर्थव्यवस्था में नए सुधार तथा समंजन कार्यक्रम का सूत्रपात किया था। ग्रामीण क्षेत्रों में विभिन्न प्रकार की ''उत्पादन उत्तरदायित्व प्रणाली'' (production responsibility system) चालू की गयी जिसके अधीन छोटे-छोटे समूह तथा परिवारों को उत्पादन तथा निवेश सम्बन्धी निर्णयों में (स्वतंत्र अर्थव्यवस्था की तरह) सापेक्षतः अधिक स्वायत्तता दी गयी और साथ ही आयों को सीधे उत्पादन के साथ जोड़ दिया गया। **कृषि उत्पादकता में वृद्धि करने के लिए चीनी नेतृत्व तात्कालिक भविष्य के लिए उत्तरदायित्व पद्धति के उत्प्रेरणा प्रभावों और बढ़े हुए उत्पादन पर ध्यान लगाए हुए हैं जो दूसरे शब्दों में लम्बे समय से चली आ रही पूँजीवादी आर्थिक पद्धति के ही कुछ तत्त्वों को अपनाने के समान ही है।** उत्तरदायित्व प्रणाली की मुख्य उपलब्धि जैसा कि 1980 के दशक के प्रारंभिक वर्षों में हुई सिद्धियों से प्रमाण मिले, कृषकों की

उत्प्रेरणा में उल्लेखनीय सुधार और उसके फलस्वरूप कृषि उत्पादन में वृद्धि है। क्योंकि उत्तरदायित्व प्रणाली समूहीकृत कृषि के त्याग और व्यक्तिगत पारिवारिक कृषि प्रणाली (individual family farming) की वापसी की ओर ले जा सकती है, प्रश्न यह उठता है कि क्या चीनी नेता इतनी अधिक छूट देंगे ? अबतक के संकेत तो अच्छे ही मिले हैं।

विश्व बैंक के इस अध्ययन के लेखकों का निष्कर्ष है कि इस प्रश्न का उत्तर चाहे जो मिले, **पिछले तीस वर्षों का अनुभव इतना तो स्पष्ट कर ही देता है कि आत्म-निर्भर सामुदायिक विकास की जो व्यूह-रचना समूहीकृत कृषि पर आधारित होगी वह स्वयं ही चीन के कृषि उत्पादन अथवा आय वितरण की समस्या का समाधान नहीं कर पायेगी।** चीन की कृषि-योग्य भूमि सम्भावित रूप से इतनी पर्याप्ततः उत्पादक नहीं है कि वह केवल कृषि के द्वारा ही ऊँची ग्रामीण आयों में फलित हो सके और समूहीकरण देश के सर्वाधिक क्षेत्रों की समस्याओं को सुलझा नहीं सकता है। इस प्रकार ग्रामीण गरीबी के उन्मूलन तथा उच्चतर उत्पादकता की प्राप्ति के एक तरीके के रूप में शहरी उद्योग पर निर्भर होने की आवश्यकता स्पष्ट हो जाती है।

नयी आर्थिक नीति के परिणाम : उपभोगवाद का उदय

आज चीन में असल में देखना यह है कि 1949 से 1976 तक के माओ युग के बाद 1978 से शुरू हुए सुधार युग को साधारण लोग किस रूप में देखते हैं ? उनकी जिंदगी पर किस तरह का प्रभाव पड़ा है ? वे इसी रास्ते पर आगे बढ़ते रहना चाहते हैं या फिर से पीछे लौटना चाहते हैं ? यदि वे इसी रास्ते पर आगे बढ़ते रहना चाहते हैं तो क्या वह चीन के वर्तमान घोषित सिद्धांत से भटकाव नहीं होगा ?

सामान्य चीनी और पढ़े-लिखे लोग सांस्कृतिक क्रांति के युग को ज्यादतियों से भरा त्रासदीपूर्ण युग मानकर अब अपने आप को खुले आकाश में नई ताजी हवा के झोंका और ठीक ढंग से आगे-पीछे देख सकने वाली रोशनी के युग में महसूस कर रहे हैं। परन्तु इसमें जरा भी शक नहीं कि देश की बुनियादी जरूरतें पूरी कर लेने का काम माओ युग की सबसे बड़ी उपलब्धि है। रोटी, कपड़ा, आवास, दवाई, पढ़ाई के साधन प्राप्त कर चुकने के बाद किसी समाज के लिए यह स्वाभाविक ही था कि वह संपन्नता की नई-नई चीजें उपलब्ध करे। 1978 इसी बात की शुरूआत का साल था। तेंग ने यह शुरूआत बड़ी सावधानी के साथ गाँवों से की। **खेती की जमीन और साधनों पर सामूहिक स्वामित्व, सामूहिक उत्पादन तथा समान एवं सामूहिक उपभोग के सिद्धांत पर चलने वाले कम्यूनों के ढाँचे को धीरे-धीरे खत्म किया गया।**

आज चीन में कम्यून नहीं है। उनकी जगह प्रशासन द्वारा लीज पर किसानों को जमीन दी गई है। किसी परिवार को इसमें खेती का काम करने वालों की क्षमता, योगदान और संख्या के अनुपात में जमीन दी जाती है। सालाना पैदावार से एक निश्चित हिस्सा लीज की राशि के रूप में भुगतान किया जाता है। बाकी उत्पादन किसान अपने उपयोग में ला सकता है और स्वतंत्रतापूर्वक खुले बाजार में अधिकतम मूल्य पर बेच सकता है। किसानों को मिले इस प्रोत्साहन के परिणाम सामने आए हैं। 1978 से पहले जहाँ कुल कृषि उत्पादन 20-25 करोड़ टन था 1987 तक 40 करोड़ टन की सीमा पार कर गया था। अब प्रतिवर्ष इस बढ़ोत्तरी की दर 9.4 प्रतिशत है जबकि पहले चार प्रतिशत से भी कम रही थी। 1978 में किसान की वार्षिक आमदनी 133 युवान (1 युवान = 5 रुपये) थी जो बढ़कर 1987 में लगभग 500 युवान हो गयी थी।

इस बेतहासा बढ़ रहे उत्पादन से औसत व्यक्ति का जीवन स्तर ऊँचा उठा है। हर जगह गाँवों में पक्के और नए घर बनते नजर आते हैं। लोगों में नया सामान खरीदने की ललक जगी है। शहरों के अलावा गाँवों के लोग टेलीविजन, रेफ्रीजरेटर, कपड़े धोने की मशीन, सोफासेट और कमरे में लकड़ी की साज-सज्जा युक्त आलमारी (कपबोर्ड) को अपने 'स्टेटस' का प्रतीक समझने लगे हैं। कुछ लोगों ने उन्हें प्राप्त कर भी लिया है। और हाँ, अब टेरीकाट-टेरीलिन के रंग-बिरंगे कपड़े भी तेजी से खरीदे और पहने जा रहे हैं। खासकर औरतों और बच्चों में जापानी कपड़े खरीदने की होड़ लगी है।

इस पूरी प्रक्रिया में असमानता का उदय आसानी से देखा जा सकता है। मालिक और मजदूर के रिश्ते कायम न हों और अधिक साधन-संपन्न होकर कोई व्यक्ति दूसरे का शोषण न करे इसके लिए सरकार काफी सचेत है। वह नए श्रमिक कानून-नियम बनाकर इस पर अमल भी करती है। लेकिन इन रिश्तों को पनपने से बचा नहीं जा सकता। जहाँ ज्यादातर किसान अपनी मेहनत से परम्परागत खेती करते हैं वहीं दूसरी ओर कुछ परिवारों ने ज्यादा कमाई करके अपने ट्रैक्टर तथा दूसरी मशीने ले ली हैं। वे नए वैज्ञानिक ढंग से और ज्यादा कमायी कर पा रहे हैं। **सरकार की नीति ज्यादा-से-ज्यादा उत्पादन करने वाले को प्रोत्साहित करने की रही है।** ऐसे किसानों के चित्र सरकारी अखबारों में प्रकाशित किए जाते हैं जिन्होंने अपने कस्बे या गाँव में अधिकतम वार्षिक आय पैदा की हो। यह आय दस-बीस हजार युवान सालाना तक हो सकती है जबकि ज्यादातर परिवारों की आय पाँच सौ युवान सालाना से कम ही है।

शहर और कस्बों में चीनी लोग सुन्दर फूल-पत्तियों के बड़े शौकीन होते हैं। इसलिए फूल पत्तियों की खपत और उत्पादन दोनों बढ़ रहे हैं। शहर-कस्बों के पास के गाँवों के चतुर किसानों ने इस प्रवृत्ति को पहचानते हुए अपनी जमीनों में फल, घर सजाने की पत्तियाँ, सब्जियाँ पैदा करना और खाने के लिए सूअर के बच्चे पालना एवं अंडों का उत्पादन तेजी से शुरू किया है। इसमें सीधे, जल्दी और ज्यादा आमदनी होती है। परन्तु इस तरह के काम में वे ही लोग सफल हो रहे हैं जो ज्यादा होशियार हैं और जो स्वयं या जिनके जवान लड़के-लड़कियाँ साईकिलों या बसों से जाकर बाजार में अपने उत्पादन बेच सकते हैं। दूसरी ओर परम्परागत चावल या कपास की खेती करने वाले किसानों की आमदनी कम है। इससे कम आमदनी उनकी है जो लीज पर जमीन लेने में अक्षम हैं और गाँव की परम्परागत मजदूरी के कामों में लगे हैं।

बढ़ी हुई आमदनी वाले लोगों ने अपने परिवार के लिए दूसरे स्वरोजगार खुलवा दिए हैं जिससे आमदनी और भी ज्यादा बढ़ रही है। कहा नहीं जा सकता कि यह प्रवृत्ति आखिर कहाँ ले जाएगी। लेकिन यह विषमता को बढ़ाएगी इसमें संदेह नहीं है। चीन के वरिष्ठ अधिकारियों और पार्टी नेताओं का मत है कि **समाजवाद का अर्थ गरीबी का समान बँटवारा नहीं है बल्कि स्वस्थ स्पर्धा के द्वारा संपन्नता प्राप्त करना भी है।** यह सम्पन्नता समान हो इसके बारे में हम सचेत हैं। शुरूआत में इस तरह की गड़बड़ियाँ नजर आती हैं। बाद में यह अपने आप ठीक हो जाएगा। उनका मानना है कि **पहले के समाजवाद में लोगों का आर्थिक उत्पादन करने का उत्साह मर चुका था क्योंकि उसके पीछे आगे बढ़कर कुछ और हासिल करने की कोई प्रेरणा नहीं थी। नए सुधारों के कारण अब उत्साह लौटा है।**

गाँव और छोटे कस्बों में सामुदायिक उत्पादन इकाइयाँ स्थापित करने की प्रवृत्ति चीन में तेजी से पनप रही है। जिनके पास ज्यादा पैसा है वे सहकारी स्तर पर समितियाँ बनाकर छोटे कल-कारखाने स्थापित कर रहे हैं। 1987 में **ग्वान झाऊ** प्रान्त में पींगचाऊ के जिलाध्यक्ष ने बताया कि सड़सठ हजार की आबादी के इसे जिले की जनसंख्या 1985 से दिसम्बर 1986 तक 1.1 प्रतिशत बढ़ी जबकि आमदनी में सोलह प्रतिशत बढ़ोत्तरी हुई। किसान बहुल जनसंख्या वाले इस जिले में 1986 में प्रति व्यक्ति आय लगभग 1200 युवान रही। लोगों ने बैंक में दस करोड़ युवान जमा करा रखे थे। अब वे उसे धीरे-धीरे निकाल कर अपने दोमंजिला मकान बनवा रहे हैं, टेलीविजन वगैरह खरीद रहे हैं। इसी अतिरिक्त कमाई से किसानों ने 1980-81 में एक ऊनी कपड़ा की उत्पादन इकाई शुरू की थी जो आज एक बड़ा कारखाना बन गया है। उनमें लगे 1720 मजदूरों में अधिकांश किसान परिवारों से सम्बन्धित हैं। 1912 महिला मजदूर हैं। कारखाने की अध्यक्षा **श्रीमती वूम** के अनुसार 1986 में इसकी कमाई से प्रति व्यक्ति 672 युवान मजदूरी मिली। स्पष्ट है कि किसानों की आमदनी का लाभ पूरे कस्बे और आस-पास गाँव के गैर किसान परिवारों को भी मिला है।

इस तरह के भूमि सुधारों के बाद यह संभव नहीं लगता कि किसानों से हटाकर दुबारा सामूहिक स्वामित्व की नीति लागू की जा सके। लेकिन वर्तमान नीति को देखते हुए इसकी गुंजाइश भी नही है कि जमीनों पर लोगों का निजी स्वामित्व हो जाए।

गाँव-कस्बा स्तर पर इस नीति से कुछ अन्तर्विरोध भी उपजे हैं। एक तो मुक्त बाजार तंत्र में पार्टी और सरकार की आर्थिक पकड़ लोगों पर ढीली हुई है। **केन्द्र सरकार को पाँच प्रतिशत कर चुका कर किसान अपने व्यापार में लगभग स्वतंत्र है।** आर्थिक तंत्र पर पकड़ ढीली होने से नेताओं और अधिकारियों का राजनैतिक दबाव कम होना चाहिए था। कल तक जो लोग कम्यून के मुखिया बने बैठे थे आज वे ही लोग कमोबेश जिला और गाँव प्रशासन के सर्वेसर्वा बन गए हैं। चूँकि ये लोग चुने हुए नहीं हैं इसलिए जनता के प्रति सीधे तौर पर जवाबदेह भी नहीं हैं। **दूसरे**, पहले कम्यून के ऊपर पार्टी और सरकार का जितना नियंत्रण होता था अब उतनी देखरेख नहीं है। फल यह है कि देहातियों पर से सरकार एवं पार्टी का बोझ तो काफी कुछ उतर गया लेकिन व्यक्तिगत तौर पर प्रशासनिक अफसरों की लालफीताशाही की शुरूआत हो गई। गाँव-कस्बों में ड्राइवर, चपरासी, किसान एवं अधिकारियों के परस्पर व्यवहार में तथा हैसियत में तो बड़ा ही नजर नहीं आता लेकिन **इस बात के संकेत अवश्य मिलते हैं कि अधिक उत्पादन करने वाले ज्यादातर किसान अधिकारियों के रिश्तेदार हैं। कहा नहीं जा सकता है कि राजनैतिक सत्ता का आर्थिक उपयोग करने की नई प्रवृत्ति के फैलने पर चीन में भ्रष्टाचार को कैसे रोका जाएगा।**

अब शहरों में कल-कारखानों से जुड़े मजदूरों और अन्य लोगों की हालत को देखा जाए। **खुले दरवाजे की नीति अपनाने के साथ ही चीनी सरकार ने प्रयोग तौर पर चार इलाकों को विशेष दर्जा देकर मुक्त व्यापार इलाके घोषित किया। यह है: शेनझन, चुहदहे, शांथाओं और श्यातन।** इसमें भी हाँगकाँग और मकाओं से लगा शेनझन आधुनिकता और प्रगति की सबसे बड़ी प्रयोगशाला माना गया है। इन इलाकों में जाकर देखें तो हैरत होगी कि किस तरह इन्हें संपन्नता और वैभव के टापुओं की तरह

विकसित किया गया है। शेनझन तो ऐसे लगता है जैसे छोटा हाँगकाँग बन गया हो। बहुमंजिली होटलें, कैबरा डांस के थियेटर, महंगे चमचमाते रेस्तराँ, यूरोप या हाँगकाँग की तरह के शानदार सिनेमाघर और मोटर साइकिलों पर युवा पुरुषों के गले में बाहें डाले युवतियाँ आदि जो चीन के अन्य इलाकों में देखने को नहीं मिलते, शेनझन में मिलेंगे। होटलों, रेस्तॉओं, कल-कारखानों के निर्माण में अमेरिका, जापान और हाँगकाँग तथा अन्य पश्चिमी देशों के लोग बड़ी तेजी से पूँजी लगा रहे हैं क्योंकि उन्हें लाभ का 15 प्रतिशत ही चीनी सरकार को देना होता है।

विदेशी चीजों खासकर जापान और हाँगकाँग के फैशन परस्ती और विलासिता के सामानों का आयात तेजी से फलफूल रहा है। ऐसे धंधे में लगे लोग ज्यादा कमाई कर रहे हैं। यही कारण है कि विदेशी मुद्रा के बदले चीनी बैंकों से दिए जाने वाले मुद्रा सर्टिफिकेट का मूल्य साधारण युवान से सवा डेढ़ गुना ज्यादा है। हाँगकाँग डॉलर की तो उससे भी ज्यादा। टेलीविजन कार्यक्रमों, पत्र-पत्रिकाओं के विज्ञापनों और चित्रों तथा सिनेमा की तस्वीरों आदि में हालाँकि हाँगकाँग जैसा फूहड़पन और अश्लीलता चीन में नहीं मिलती, लेकिन कृत्रिम उपभोक्तावाद और हाँगकाँग के रास्ते चलकर पहुँची यूरोप की फैशनपरस्ती का तेज आक्रमण चीनी समाज पर हो चुका है। **यामा, सुजुकी, होंडा आदि जापानी मोटर सइकिलों सड़कों पर तेजी से बढ़ रही हैं।** लेकिन बहुसंख्यक लोगों की क्रयशक्ति इतनी भी नहीं कि वे टेलीविजन और रेफ्रिजरेटर तक खरीद सके। इसलिए विषमता के कारण पैदा हुई जलन चिढ़न और तनाव **शहरियों में थोड़ी देर बात-चीत करने में आभास देने लगते हैं।**

विशेष महत्त्वपूर्ण बात यह है कि **आज चीन में बेरोजगारी नहीं है। शहरों की थोड़ी जनसंख्या छोटी बड़ी दुकानों, चाय के ढाबों तथा छोटे-मोटे उद्योगों में लगी है।** बाकी लोग राज्य सरकार द्वारा अथवा श्रमिकों की सहकारी समितियों द्वारा चलाये जाने वाले कारखानों में मजदूरी करते हैं। नई आर्थिक नीतियों से पहले 1978 में एक कारखाना मजदूर की सलाना आय 316 युवान थी जो अब बढ़कर 800 युवान सालाना तक पहुँच गयी है। 1986 में **ग्वानझाऊ** मजदूरों की सालाना औसत आमदनी 672 युवान थी। मजदूरों के स्वास्थ्य, शिक्षा और मनोरंजन आदि के बारे में श्रमिक संघ की सबसे बड़ी भूमिका है।

कारखानों में साधारण मजदूरों, मजदूर नेताओं, प्रबन्धकों एवं सरकारी अधिकारियों से बातचीत करने के दौरान ऐसा आभास कहीं नहीं होता कि उनमें कोई बहुत बड़ी दूरी या विषमता है। **प्रत्येक मजदूर इस राजनैतिक चेतना से लैस है कि वह स्वयं इस फैक्टरी का मालिक है। एक महान राष्ट्र के निर्माण की बहुत बड़ी जिम्मेदारी उस पर है। स्त्रियाँ और पुरुष समान रूप से एक अभियान की तरह मुस्तैदी से इस भूमिका को निभाने में जुटे हैं। पूरे चीन में एक ही ट्रेड यूनियन है जिसका नाम मजदूर संगठनों का अखिल महासंघ है।** प्रबन्धक वर्ग और मजदूरों के वेतनों में बहुत थोड़ा अन्तर है। अधिकांश जगह बोनस तथा दूसरी सुविधाओं के कारण साधारण मजदूर की कुल सालाना आमदनी प्रबन्धक वर्ग से ज्यादा हो जाती है। कुछ कामों के लिए ठेका मजदूरों को भी लगाया जाता है। अपनी सुविधा या ज्यादा आमदनी के लिए मजदूर सीमित अवधि के लिए अथवा कम समय के लिए विशेष प्रकार के काम करने में रुचि रखते हैं।

निष्कर्ष

तेंग के नेतृत्व में चीनी अर्थव्यवस्था में किए गए सुधारों और उनके परिणामों को चीन की द्वितीय क्रांति (Second Revolution) **कहा जा रहा है। इस नयी व्यवस्था में ''उत्पादन साधनों पर जनता के स्वामित्व को बाजार तंत्र की कार्य-कुशलता के साथ'' संयुक्त किया गया है।** इन नये सुधारों, जिनके द्वारा पूँजीवादी तत्त्वों का—निजी साहस और सूत्रपात (विदेशी पूँजी समेत) का समावेश किया गया है, का एक सामान्य परिणाम सामाजिक अशान्ति और औद्योगिक दुराव हो सकता है। परन्तु अब तक तो ऐसा अनुभव नहीं किया जा सकता है। **1978 से तेंग शियाओपिंग ने जो मार्ग चुना है उस पर और आगे तथा और अधिक तेजी के साथ चलकर वे चीन में जनता ने अबतक जितनी समृद्धि का अनुभव किया है उसकी अपेक्षाकृत अधिक समृद्धि के लिए जितना दरवाजा खोल सकते हैं उतना ही संभवतः बुराइयों और कुरीतियों के लिए भी द्वार खुल जा सकता है। परन्तु उनका विश्वास है कि यह जुआ खेलने लायक है यदि और कुछ नहीं तो मात्र इस कारण कि 1949 के बाद चीन ने जिन जड़ सिद्धांतवादी नीतियों को अपनाया था–बहुधा महाविनाश के साथ भी–उन्होंने चीन की गरीबी को सुधारने के बजाय उसे और भी घनीभूत किया है। उदाहरण के लिए अभी हाल में ही यह रहस्योदघाटन हुआ कि माओ काल में कम-से-कम 3 करोड़ लोग चीनी परिवारों में मारे गए।** यद्यपि ये सुधार साम्यवाद की अस्वीकृति अथवा पूँजीवाद की पुनर्स्थापना करने भर नहीं है क्योंकि राज्य अभी भी सर्वप्रधान शक्ति बना हुआ है फिर भी नयी व्यवस्था के निर्माण में चीनी दृष्टिकोण में यह एक महान परिवर्तन है और इसके निश्चय ही अत्यन्त दूरगामी वैचारिक-सैद्धांतिक परिणाम होंगे।

आज चीन में लोग ताजी हवा का आनन्द ले रहे हैं। दुर्नाम माओ शासन से ऊब जाने के बाद जैसा कि एक चीनी महिला ने बतलाया है, चीन में ''लोग अब वैचारिकतावाद से ऊब चुके हैं।'' (People are fed up with ideology.") **चीन में अब ''तीन वर्ष नया, तीन वर्ष पुराना और तीन वर्ष पेबन्द लगा''** ("three years new, three years old and three years of sewing and mending") **के आधार पर कपड़ा पहनने के मितव्ययी आचरण का स्थान नयी-नयी डिजायनों के नए-नए कपड़े पहनने के शौक ने ले लिया है।** नृत्य, जो पहले बुर्जुआ आदत कहा जाता था, अब पुनः लौट आये हैं तथा लाटरी, भीडियो, कसरतें तथा शरीर-निर्माण प्रतियोगिताएँ भी।

भारत के लिए संदेश

जहाँ तक भारत का सम्बन्ध है, इसके लिए चीन में होने वाले ये सुधार अप्रत्यक्ष रूप में भारत के उस मार्ग की सार्थकता को सत्यापित करते हैं जिसे भारत ने अपने आर्थिक विकास के लिए चुना है। यह सही है कि हम यह नहीं कह सकते कि भारत में मिश्रित अर्थव्यवस्था पूर्णतः सफल रही है और इसने हमारी आर्थिक प्रगति में तेजी लायी है या हमारी जनता की गरीबी को व्याप्त बेरोजगारी तथा आर्थिक असमानता को समाप्त कर दिया है। तो भी **इस देश में मिश्रित अर्थव्यवस्था को, कुछ अंश तक सफलता तो अवश्य ही मिली है और इसकी विफलता इसके अन्तर्निहित दोषों के कारण नहीं अपितु देश में कुछ जड़ सिद्धांतवादिता, भारी-भरकम नौकरशाही, अत्यधिक राजकीय विनियमन तथा नियंत्रण, सूत्रपात एवं नवप्रवर्तन के लिए हतप्रेरणा आदि कारणों**

से हुई है। इन सभी कारणों का संचयी परिणाम वही हुआ है जिसे **डॉ० राज कृष्ण** ने **''विकास की हिन्दू दर''** (Hindu rate of growth) कहा है—आर्थिक विकास दर प्रायः 3.5 प्रतिशत पर टिकी रह गयी है। तो भी विगत कुछ वर्षों में बड़ी महत सावधानी के साथ जो आर्थिक उदारीकरण किया जा रहा है उसके लिए किसी महत वैचारिक पुनर्निर्माण तथा परिवर्तन की आवश्कता नहीं हुई है जैसा कि चीन में देखा जा रहा है जो आज प्रायः उसी मार्ग पर आ रही है जिस पर भारत 1947 से ही चलता आ रहा है—जनतंत्रीय भावनाओं और निजी सूत्रपात तथा प्रतियोगिता पर आधारित मिश्रित अर्थव्यवस्था के मार्ग पर। **भारत ने भी समाजवाद के प्रति प्रतिवद्धता दिखलायी है परन्तु यह समग्रसत्तावादिता और तानाशाही की ओर नहीं गया है**—उस 'वैज्ञानिक' मार्ग की ओर नहीं गया है जिस पर माओ चीन को ले गया था महाविनाश के साथ जिससे अब तेंग ने अर्थव्यवस्था को हटाकर भारत के चुने हुए मार्ग पर लाने का प्रयास किया है। **भारत में लोक क्षेत्र अर्थव्यवस्था की 'समादेशीय ऊँचाई'** (commanding hight of the economy) **पर तो अवश्य नियंत्रण करता है परन्तु कृषि कार्य प्रारंभ से ही निजी सूत्रपात पर सम्पन्न होता रहा जिसमें 'हरित क्रांति' आयी है।** भारत में कृषि क्षेत्र में ही सर्वाधिक विलक्षण विकास हुआ है। वर्षो तक, विशेषकर 1960 वाले 'क्रांतिकारी' दशक में और 1970 के दशक के मध्य तक भारत की तुलना प्रतिकूल रूप में चीन से की जाती रही थी। चीन की सराहना की जाती रही थी और उसे तृतीय विश्व का एक प्रकार से नन्दन कानन के रूप में चित्रित किया जाता रहा था। परन्तु अब तराजू के पलड़े निराशा भरे चक्षुओं से टूट कर गिर गए हैं और भारत के पक्ष में आ गए हैं। **भारतीय कछुआ चीनी खरगोश से आगे बढ़ने लगा है।**

भारत और चीन की सापेक्ष विकास-दर का भविष्य

यह सही है कि **'महान पग आगे'** (1958–60) **और सांस्कृतिक क्रांति** (1966–76) **के प्राय: 10 वर्षों के अन्दर महान उठा-पटक और विध्वंस के बावजूद चीन आर्थिक सिद्धियों में भारत से आगे निकल गया है।** विश्व बैंक के वर्ष 1985 के रिपोर्ट के अनुसार 1983 में चीन में प्रतिव्यक्ति आय 300 डॉलर थी जबकि भारत में यह केवल 250 डॉलर थी यद्यपि 1952 में चीन में प्रतिव्यक्ति आय केवल 50 डॉलर थी जबकि भारत में यह 1950 में ही 60 डॉलर थी। अब क्योंकि दोनों ही देश आधुनिकीकरण के महत कार्य में जुड़ गए हैं, प्रश्न यह उठता है कि क्या भारत इस अन्तर को कम कर पायेगा या और भी दूर खिसकता जायेगा ?

विगत प्राय: तीन दशकों में चीन की निश्चित रूप से श्रेष्ठतर सिद्धियाँ उस देश की जनता के संयम और कठोर परिश्रम तथा उस त्याग के परिणाम हैं जिन्हें बेजिंग सरकार ने आर्थिक समानता को प्रोत्साहित करने के कारण सहनीय बनाया है। खाद्यान्न, वस्त्र, आवास, काम, शिक्षा, स्वास्थ्य सम्बन्धी चीनी जनता की बुनियादी आवश्यकताएँ पूरी की जा चुकी हैं। यह तर्क दिया जा सकता है कि प्रगति और भी तेज हो सकती थी यदि तानाशाही सरकार की वैचारिक अस्थिरता नहीं रही होती। निश्चय ही 1959-61 के अकाल, जिसमें प्रायः 1.4 करोड़ लोग भूख से मरे थे, के घातक प्रभावों से बचा जा सकता था यदि उस काल में आर्थिक निर्णय-कार्य में केन्द्रीयकरण से स्थानीय सूत्रपात को पूर्ण छूट की ओर सहसा उछाल नहीं हुआ होता। परन्तु इस सबके बावजूद

अनेक क्षेत्रों में जन्म नियंत्रण से लेकर मानव कल्याण तक चीन की सिद्धियां पर मजाक नहीं किया जा सकता। जन्म के बाद जीवन की आशा जिसे गरीबी का संभवतः सबसे अधिक महत्त्वपूर्ण वास्तविक लक्षण माना जा सकता है, चीन में बढ़कर 67 वर्ष हो गयी है जबकि भारत में यह भी भी मात्र 59 वर्ष ही है।

इस प्रकार इस शताब्दी के अन्त तक चीन के कुल राष्ट्रीय उत्पादन को चौगुना करने तथा प्रतिव्यक्ति आय को वर्तमान स्तर पर 300 डॉलर से बढ़ाकर (डॉलर की आज की क्रयशक्ति पर) 800 डॉलर करने के प्रयास में तंग शासन भारत की तुलना में अधिक अच्छी स्थिति में है। चीन 1985 तक 10.6 करोड़ टन रूक्ष पेट्रोलियम पैदा करने लगा था जबकि भारत में इसका उत्पादन केवल 3 करोड़ टन ही था। उसी प्रकार वह भारत में इस्पात के 80 लाख टन उत्पादन की तुलना में 400 लाख टन पैदा करने लगा था, 15 करोड़ टन अनाज की तुलना में 37 करोड़ टन, विद्युत की 140 अरब इकाइयों की तुलना में 350 अरब इकाइयाँ पैदा करने लगा था जबकि चीन की संख्या भारतीय जनसंख्या से मात्र 43 प्रतिशत अधिक थी। अतएव यह स्पष्टतः ऐसा लगता है कि इस स्थिति में भारत कभी भी चीन की बराबरी करने में समर्थ नहीं हो पायेगा, अपेक्षाकृत अधिक विकसित पश्चिमी देशों की तो बात ही अलग है। 1973 तक चीन में जन्मदर भारत की अपेक्षा उच्चतर थी। परन्तु 1980 तक वह जन्म दर को घटाकर मात्र 1.2 प्रतिशत वार्षिक पर ला दिया जबकि भारत अभी भी ''जनसंख्या विस्फोट'' की समस्या से जूझ रहा है।

तो भी भविष्य में चीन की अर्थव्यवस्था की सापेक्ष संवृद्धि दर का यथार्थ मूल्यांकन नहीं किया जा सकता जबतक निम्नांकित पाँच मुख्य तत्त्वों को ध्यान में न रखा जाय:

1. **प्रथम,** ग्रामीण जनसंख्या में प्रतिव्यक्ति कृषि-योग्य भूमि की उपलब्धता चींन में भारत की प्रतिव्यक्ति उपलब्धता की 1/3 से भी कम है।

2. **दूसरे,** चीन में गैर धात्विक (non-metallurgical) औद्योगिक उत्पादन का प्रति इकाई ऊर्जा उपभोग भारत में ऐसे प्रति इकाई उपभोग का प्रायः दूना है और प्रयोग में लायी जानेवाली कुल वाणिज्यिक ऊर्जा का 60 प्रतिशत भारी उद्योगों द्वारा उपयोग में लाया जाता है।

3. **तीसरे,** चीन में ग्रामीण सड़क व्यवस्था भारत की ऐसी सड़क व्यवस्था की प्रायः आधी है और वहाँ मोटर गाड़ियों की संख्या भारत की तुलना में बहुत कम है यद्यपि इस कमी को चीन रेल परिवहन, आन्तरिक जल परिवहन तथा तटीय जहाजरानी की सुविधाओं के अधिक कुशल उपयोग द्वारा पूरा करता है।

4. **चौथे,** यद्यपि विद्यालयी स्तर पर और गैर औपचारिक शिक्षा में चीन का कीर्तिमान भारत की तुलना में बहुत ही अधिक अच्छा है तद्यापि **भारत के पास विश्व का तीसरा सबसे बड़ा तकनीकी तथा निपुण मानव-शक्ति कोष है**—भारत के पास जितने तकनीकी विशेषज्ञ तथा कार्यकर्त्ता हैं वे चीन की तुलना में बहुत ही अधिक हैं। 20 से 24 वर्ष के आयु वर्ग में भारत में चीन की तुलना में तीन गुने अधिक लोग उच्चतर शिक्षा का लाभ प्राप्त किए हुए हैं।

5. **पाँचवें,** सबसे बड़ी बात यह है कि **अपने अनेक दोषों और कमजोरियों के बावजूद भारत में प्रबन्ध व्यवहार दशकों से उन कसौटियों पर आधारित रहे हैं जिन्हें**

चीन ने अब अपनाना प्रारंभ किया है। नियंत्रित मूल्यों, रोजगार मजदूरियों, उत्पादन निवेश तथा सेवाओं की एक-दूसरे से गूँथी प्रणाली के साथ चीनी अर्थव्यवस्था ने एक ऐसी कठोरता प्राप्त कर ली है जिसे सुधार के संवेग से हिला कर ढीला कर पाना कठिन है। **चीन की दोहरी नौकरशाही—उसका विशाल प्रशासकीय उपकरण तथा अपने 4 करोड़ सदस्यों के साथ साम्यवादी दल की समानान्तर सत्ताधिकारिता—दुर्लभ निपुण मानवशक्ति के एक बड़े भाग को बर्बाद कर देती है।** इससे भी बुरी स्थिति यह है कि यह दोहरी नौकरशाही अत्यधिक निहित स्वार्थों के ढक्कनों में इतनी अधिक ढँक चुकी है कि इसे परिवर्तन की हवा के झोकों के प्रति उत्तरशील होना कठिन हो गया है।

नए परिवर्तनों की समीक्षा

आधुनिक प्रौद्योगिकी तथा प्रबन्धन व्यवहारों को अपनाने की जल्दबाजी में **तेंग शासन ने चीन को 1985 में अभूतपूर्व दबाव और तनाव के लिए खुला रख दिया।** कुछ मूल्य नियंत्रणों से स्वतंत्र पाकर तथा उत्प्रेरणाओं से प्रोत्साहित होकर औद्योगिक उत्पादन 1985 की प्रथम छमाही में ही अविश्वसनीय ढंग से 23.1 प्रतिशत बढ़ गया तथा कृषि उत्पादन में भी प्रायः उतनी ही वृद्धि हो गयी। परन्तु **उन्हीं सुधार-उपायों ने राष्ट्र के सम्पूर्ण इतिहास में सर्वाधिक विशाल व्यय उत्सव को भी जन्म दे दिया। लोगों की दबी हुई माँगें बन्धन ढीला होते ही उमड़ पड़ीं।** उपभोक्ताओं ने बाजार में खाद्यान्न से लेकर बाईसिकिल तक जो भी मिल सका खरीद लिया। परिणामस्वरूप देश में उसी अवधि में खुदरा मूल्य स्तर में सहसा 29 प्रतिशत का उछाल आ गया।

वर्षों तक कठोर बन्धन और अनुशासन में दब कर रहने के बाद ज्यों ही चीनियों ने स्वतंत्रता और प्रेरणा की कुछ ताजी हवा का अनुभव किया उनका उपभोक्ता और निजी स्वामित्वधारी के रूप में आचरण बड़ी तेजी से बदलने लगा है। इसके परिणामस्वरूप निजी संपत्ति और आय में वृद्धि की प्रवृत्ति तो तेज हुई है, अनुशासन में भी ढिलाई आयी है। **परिणामस्वरूप कर चोरी, धोखा धड़ी, सरकारी धन के गलत प्रयोग, गबन, घोटाले पापाचार में वृद्धि हो गयी है।**

समय-समय की बात है। **जिस देश को कुछ ही वर्षों तक केवल मार्क्सवाद-लेनिनवाद-माओत्से-तुंग विचारधारा की आवश्यकता थी उसे अब आदर्शवादी और पूँजीवादी विचारगत वर्जनाओं का दामन भी थामना पड़ रहा है** और यह गुहार किसी ऐरे-गैरे ने नहीं बल्कि **चीन के शीर्ष नेता तेंग शियाओपिंग के सुपुत्र तंग फू-फांग ने लगाई थी। 1966–76 की महा सांस्कृतिक क्रांति में उनके पिता के प्रति अपने राजनीतिक क्रोध की अभिव्यक्ति के तौर पर लाल रक्षकों ने उन्हें एक तिमंजिला मकान के तीसरे मंजिल से जमीन पर फेंका था जिससे उनकी दोनों टांगे नाकाम हो गई हैं। 7 सितम्बर 1987 को उन्होंने संवाददाताओं के सम्मुख निवेदन किया कि वे 'मानवतावाद' का प्रचार करें और यह भी जोड़ा कि ''चीन में चन्द लोग अपने विचारों की अपंगता से उबरना ही नहीं चाहते।'' उनका यह इशारा चीन के परंपरावादी विचारकों की ओर था।**

यह बात उन्होंने ऐसे क्षण कही थी जब अक्तूबर 1987 में चीनी कम्यूनिस्ट पार्टी का सम्मेलन होनेवाला था और जो बहुत ही महत्त्वपूर्ण घोषित किया जा रहा था। वर्ष 1986

में जब छात्रों के प्रदर्शनों ने चीन के राजनीतिक गलियारों में धूल-धक्कड़ पैदा कर दिया था तो उसके बाद से चीन के परम्परावादी और काल सिद्ध मार्क्सवादी नेताओं तथा विचारकों ने 'मानवतावाद' पर सार्वजनिक बहस या उसके जिक्र भर का खूब जमकर विरोध किया था। लेखकों को मना कर दिया गया था कि इस तरह के पश्चिमी मूल्यों में रचे-बसे 'मानवतावाद' के बारे में वे कोई खाम-ख्याली न रखें और तब चीन के शीर्ष नेता **तेंग शियाओपिंग** ने स्वयं तीन बुद्धिजीवियों **फाडब्लीचिड**, पत्रकार और लेखक **ल्युपिर्नबैन** और शंघाई के जबरदस्त सिद्धांतकार **बांग रो बांग** के पार्टी से निष्कासन की अनुमति दी थी। अब स्वयं श्री तेंग के सुपुत्र ने न केवल 'मानवतावाद' के प्रचार की बात की है बल्कि 'पुराने विचारों से अपंग' लोगों का भी व्यंग्यपूर्ण जिक्र किया है। ध्यातव्य है कि **पार्टी से बाहर किए गए शंघाई के सिद्धांतकार बांग रो बांग तंग फू-फांग के दोस्त माने जाते हैं।** लगता है कि परंपरावादियों और 'नये विचार' के प्रेरकों के बीच खींचतान नाजुक मोड़ पर पहुँच रही है और बहुत संभव है कि पार्टी कांग्रेस में यह अपनी हैसियत दिखाएँ।

वास्तव में मानवतावाद अस्पृश्यता श्रेणी का वाद मान लिए जाने के बावजूद चीन की सोच परम्परा में गहरे घँसा रहा है। चीन के महान लेखक **लूश्विन** जो चीनी कम्यूनिस्ट पार्टी के भीतर के धड़ों में समान रूप से स्पृश्य हैं, इस बात के प्रतीक के तौर पर उद्धृत किए जा रहे हैं कि उनकी रचनाओं का मानवतावाद हृदय को छू लेने वाला है। अभी कोई एक वर्ष ही चीन के अचानक प्रसिद्ध हो उठे साहित्य-आलोचक **ल्यू चाई फू** ने कहा था कि लूबेशन ने चीन के सामंती समाज और सामंती तौर-तरीकों की बखिया उधेड़ी थी और लूश्विन की रचनाओं का मानवतावाद उन्हें गहरे प्रभावित करता है।

तो मानवतावादी सोच के इन टुकड़ों का यकायक राजनीतिक आवाज के तौर पर बुलन्द हो उठना इस बात को सिद्ध करता सा लगता है कि **चीन को यदि आधुनिकीकरण की राह पर चलना है तो न केवल समाज की भौतिक तस्वीर बदलनी होगी बल्कि भौतिक जगत या अधिसंरचना क्षेत्र की मान्यताओं में भी काया पलट करनी होगी। सही भी है। जब निर्माण के लिए आप विदेशी पूँजी या तकनालॉजी का आयात करेंगे तो यह कैसे नहीं होगा कि विदेशी जीवन-मूल्य आप तक न पहुँचे ?** जब आप भाषण देते समय माओ कोट और सनयात सेन कोट की जगह टाई सूट वाले कपड़े पहनने लगे हों तब यह कैसे हो जायेगा कि आपकी जनहित से लबालब वाणी में इस कायापलट की छाया न आए ?

आज इस वास्तविकता से शायद ही कोई चीनी इनकार कर पाये कि गायन वादन हालाँकि पेइचिंग आपिरा शैली में चल रहा है पर लय-ताल और पदचाप गति तो डिस्को की तरफ बढ़ती जा रही है। ऐसे में शुद्धतावादी मार्क्सवादी अवश्य ही ऐसे परिदृश्य को सींग मारना चाहेंगे। मार भी रहे हैं। कुछ नतीजा पिछली काँग्रेसों और जन हलचलों में दिखाई पड़ा है, कुछ अक्तूबर वाली काँग्रेस में दिखा। चीन में इस समय ऐसे लोगों को अल्पसंख्या नहीं है जो न केवल पिछले तीस वर्ष की अपनी परम्परा को बल्कि उससे भी पहले की चाहे फिर कन्फ्यूशियसवाद ही क्यों न हो प्यार कर रहे हैं और दूसरी ओर रूपान्तर के बाद बाजार अर्थव्यवस्था की विदेशी अवधारणा के साथ चले आए नाच-गान, सोच मूल्यों में यकायक तेजी से प्यार में बदले लोगों की संख्या भी तेजी से

बढ़ती जा रही है। **सुन्दर अतीत से प्रेम करने वालों में प्रौढ़ और बूढ़े हैं और नवागन्तुक सांस्कृतिक मूल्यों से कम प्रौढ़, नौजवान, किशोरों की गिरह बँध रही है।** पर हजारों सालों की सभ्यता और सांस्कृति के धनी नए चीन में नए जीवन मूल्यों को सफल बना देना इतनी आसान हेकड़ी नहीं है। **5–10 साल तक लगता है सब ठीक चल रहा है। फिर अचानक तस्वीर उल्टी पड़ जाती है। एक चीनी व्यक्ति ने इस अटपटी स्थिति का मूल्यांकन यों किया था: ''इतिहास भी बड़ी विचित्र चीज है। उसे आप याद करते हैं तो गौरवान्वित होते हैं, सीना फूल उठता है। पर जब निर्बाध आगे उछलने को तैयार होते हैं तो यही इतिहास पाँयचा खींच लेता है।''** इस व्यक्ति के कहने का आशय जो भी रहा हो, पर इतना तो तय है कि चीन में नए और पुराने जीवन मूल्यों का संघर्ष पार्टी की एकछत्र सामूहिकता भी नहीं रोक पा रही है।

पतला होता लाल रंग

अब साम्यवादी दूध में पूँजीवादी जामन प्रभाव दिखा रहा है और दही तेजी से जम रहा है। **यदि यही रफ्तार रही तो शीघ्र ही चीन में साम्यवादी लाल रंग गायब मिलेगा।** तंग और उनके समर्थक पिछले 15–16 सालों की प्रगति से संतुष्ट रहे हैं। पूँजीवादी घुटकी के नतीजों से प्रभावित होकर वे इसे खुराक में बदलने की ओर प्रेरित हुए हैं। ले-देकर तंग का अकेला ध्येय विकास और खुशहाली का रहा है। फिर विकल्प भले पूँजीवाद का ही क्यों न हो। इसकी घुटकी लेने में हंगरी, बुल्गारिया और पोलैंड को चीन पछाड़ चुका है। **इसमें शक नहीं कि आर्थिक विकास पर अनुकूल प्रभाव पड़ा है, विशेषकर देहात की अर्थव्यवस्था पर। खेती-बाड़ी में छूट पहले दी गई थी। इसलिए देहात की तस्वीर ज्याद बदली है। अब शहरों में भी अर्थ-व्यवस्था का खुला बाजार केन्द्रित किया जा रहा है।** कुल मिलाकर विकास दर सात प्रतिशत के करीब है। नेतृत्व के आत्मविश्वास और अधिक जोखिम उठाने के पीछे यही कारण है। यों अन्तर्विरोध और विकृतियों की कमी नहीं और इन्हीं से कदम पीछे भी हुए। तंग ने पार्टी को इस अनुसार बना दिया है। **लाल विचारधारा में रचे बसे लगभग सभी को तेंग टोली ने प्रभावहीन कर दिया है। माओ के राज में तेंग का तीन बार पतन हुआ था। इसलिए पेइचिंग के सत्ता खेल को वे बहुत बारीकी से जानते हैं।** पिछले 13–14 वर्ष की उनकी चालों और सफलताओं से भी सिद्ध हुआ कि **तेंगवाद की जड़ें दूर-दूर तक गहरी फैलाई जा रही है अर्थात् साम्यंवादी चोंगे में पार्टी को पूँजीवादी रंग-ढंग में डालने का काम हो रहा है।** मान कर चलिए कि चीन अर्से तक साम्यवाद और पूँजीवाद के घालमेल में रहेगा और आसार कम नहीं कि विजय मुनाफावाद की हो। आज नहीं तो कल। सोवियत रूस ने रास्ता दिखा दिया है।

और अब चीन में अतीत की याद बनता जा रहा है मार्क्सवाद

आज चीन में अभूतपूर्व परिवर्तन दिखाई दे रहा है। **यह परिवर्तन मार्क्सवाद से बाजारवाद के रूप में सामने आया है। एक समय जिस विचारधारा ने दुनिया की सबसे बड़ी आबादी वाले देश में क्रांति पैदा कर दी थी आज वह अतीत की याद बनती जा रही है।** अब भी लोग ऐतिहासिक थ्यानमैन चौक पर आते हैं। लेकिन अब वे

चौराहे पर लगाई गयी चेयरमैन माओत्सेतुंग की प्रतिमा को देखकर प्रभावित नहीं होते। वे चौराहे के आसपास नकली रॉलेक्स घड़ियाँ और दूसरी पश्चिमी चीजें कम दाम पर बेच रहे रेहड़ी वालों की तरफ आकर्षित होते हैं। इससे पता चलता है कि पिछले ढाई दशकों में चीन के समाज में कितना बड़ा परिवर्तन आया है। **वर्ग संघर्ष के कारण चीन में राजनीतिक बदलाव आया था। यह सब अब अतीत की बातें बन चुकी हैं।** अब लोग आर्थिक विकास और उपार्जन पर ज्यादा ध्यान दे रहे हैं। जुलाई, 2004 में चीन का दौरा कर रहे भारतीय पत्रकारों के एक दल को एक सरकारी अधिकारी ने बताया कि **हम लोग चेयरमैन माओ का आदर करते हैं कि उन्होंने चीन का निर्माण किया। लेकिन डेंग जियाओपिंग को लोग अधिक याद करते हैं। गौरतलब है कि जियाओपिंग ने ही माओ की मौत के बाद 1976 में चीन में पहली बार आर्थिक सुधारों को शुरू किया।**

इस बदलाव के बारे में एक वरिष्ठ कैरियर राजनयिक **लियू जियाओमिंग** ने बताया कि परिवर्तन के लिए मार्क्सवाद जरूरी था। जब हमने लक्ष्य को पा लिया तो आधुनिक युग की जरूरतों को ध्यान में रखते हुए परिवर्तन करना भी जरूरी हो गया। लियू को जांसू में डेपुटेशन पर तैनात किया गया है। जांसू उन पश्चिमी प्रांतों में है जिनको पिछड़ा हुआ माना जाता रहा है और जहाँ बड़े स्तर पर विकास के कार्यक्रम शुरू किए गए हैं। **नेशनल डेवलपमेंट एंड रिफॉर्म्स कमीशन के एक अधिकारी** ने कहा कि आर्थिक सुधार के साथ-साथ हम लोग समाज कल्याण पर भी ध्यान देते हैं। यह कमीशन सरकार की आर्थिक नीतियों के साथ-साथ उसके क्रियान्वयन पर भी ध्यान देता है। अधिकारी ने कहा कि सरकार बाजार में किसी तरह का हस्तक्षेप नहीं करती। उन्होंने कहा कि **बेरोजगारी के डर से हम लोग सुधारों को रोक नहीं सकते।**

उन्होंने यह तब कहा जब उनसे पूछा गया कि सरकारी उद्योगों के निजीकरण के कारण बड़ी संख्या में कर्मचारियों को नौकरी से हाथ धोना पड़ा है। डेंग ने ही एक कार्यक्रम शुरू किया था जिसमें कृषि, उद्योग, विज्ञान और प्रौद्योगिकी के क्षेत्र में विकास तथा आधुनिकता पर जोर देने की बात कही गयी थी। वे चाहते थे कि चीन 21वीं सदी में विश्व की प्रमुख आर्थिक शक्ति बन जाए।

❑

अध्याय 5

चीन में नए सुधार और विकास : एक समीक्षा

माओ की मृत्यु के बाद 1978 में चीन ने आर्थिक सुधारों की एक प्रक्रिया का प्रारंभ किया जिन्होंने मात्र 10–15 वर्षों के भीतर ही नाटकीय ढंग से आर्थिक तथा सामाजिक परिवर्तन ला दिया है। **यह काल तेंग शियाओपिंग काल** कहा जाता है। वर्ष 1980 में चीन के आर्थिक आयोजकों ने बीसवीं शताब्दी का अन्त आते-आते देश के ओद्योगिक तथा कृषि उत्पादन को चार गुना बढ़ा लेने का लक्ष्य निर्धारित किया था। वर्ष 1978 से चीन कुल राष्ट्रीय उत्पाद में 8 प्रतिशत वार्षिक वृद्धि-दर का अनुभव करता रहा और वर्ष 2000 के लिए निश्चित लक्ष्य को सुविधापूर्वक पूर्ण कर सकने में वह समर्थ भी हो पाया।

फलतः **देश की जनता के जीवन मान में सराहनीय सुधार हुआ है। केवल दो दशकों पूर्व तेंग शियाओपिंग काल के पहले चीन में 27 करोड़ लोग अत्यन्त गरीबी का जीवन बिता रहे थे।** परन्तु गरीबी उन्मूलन कार्यक्रमों के सफल क्रियान्वयन के कारण **संयुक्त राष्ट्र विकास कार्यक्रम** की रिपोर्ट के अनुसार वहाँ ऐसे लोगों की संख्या 1994 में घटकर मात्र 8 करोड़ रह गयी और **अब यह संख्या अनुमानतः मात्र 4.2 करोड़ रह गयी है** जैसा कि आधिकारिक सूत्र बतलाते हैं। **मात्र दो दशकों के अन्तर्गत 23 करोड़ लोगों को गरीबी से उबार देना एक अद्वितीय उपलब्धि है** और साम्यवादी चीन को अपनी 50वीं वर्षगाँठ पर उत्सव मनाने का एक महान कारण और अवसर रही।

वर्ष 1949 से 1976 के बीच चीन का कुल उत्पादन अधिकांशतः पूँजी निर्माण में वृद्धि के द्वारा हो सका था जो घरेलू बचतों के एक अति ऊँचे स्तर के कारण संभव हो सका था। यदि उत्पादकता में वृद्धि हुई भी होगी तो अति मंद गति से ही। परन्तु **इधर कुछ वर्षों में चीन में जो कुछ उत्पादन वृद्धि हुई है उसका आधा या उससे अधिक वर्द्धमान कुल साधन उत्पादनशीलता के कारण ही संभव हो सका है।** निश्चय ही यह भूत काल से एक परिवर्तन का परिचायक है।

प्रश्न है, **क्या जिस विकास दर को चीन ने विगत कुछ वर्षों में प्राप्त किया है उसे वह बनाए रख सकता है ?** इसका उत्तर अंशतः इस बात पर निर्भर है कि विगत कुछ वर्षों में चीन में जो नयी समस्याएँ उभरी हैं उनका वह किस प्रकार सामना करता है। एक समस्या तो स्फीति की है। यह क्रमशः बढ़ती जा रही है। वर्ष 1987 में स्फीति का अनुमान 7.9 प्रतिशत लगाया गया था। परन्तु वर्ष 1988 के प्रथम चतुर्थांश में स्फीति दर बढ़कर 11 प्रतिशत हो गयी। उसके बाद में यह अनुमानतः 20 प्रतिशत हो गयी। मूल्यों में वृद्धि बड़े शहरों में और सूअर का मांस, अण्डा, तरकारियां जैसी दैनिक उपभोग वस्तुओं के लिए अधिक रही है।

सुधार आवश्यक रूप से प्रायः सभी परिस्थितियों में स्फीतिक होने की प्रवृत्ति

दिखलाते हैं क्योंकि इनके लिए सापेक्ष मूल्यों में समायोजन की आवश्यकता पड़ती है जिसका व्यवहार में अर्थ यह है कि औसत मूल्य निश्चत ही बढ़ेंगे। चीन की परिस्थितियाँ वैसे देश से शायद ही भिन्न हैं जिन्होंने अपनी अर्थव्यवस्थाओं की गहन रूप से पुनः संरचना करने का प्रयास किया है। परन्तु चीन में स्फीति इस कारण जटिल हो गयी है कि चीन का आकार बड़ा है और इसने बढ़ी तेजी के साथ एक केन्द्रीकृत अर्थव्यवस्था से एक ऐसी अर्थ-व्यवस्था में प्रवेश किया है जिसमें बाजार की शक्तियाँ क्रियाशील होती है। धातव्य है कि माओ के बाद चीन ने एक केन्द्रीकृत अर्थव्यवस्था से मोहभंग होने के कारण बाजार शक्तियों को महत्त्वपूर्ण स्थान देना प्रारंभ कर दिया है जिसकी शुरुआत वर्ष 1978 में पहले कृषि में हुई और फिर वर्ष 1984 से उद्योग क्षेत्र तथा अन्य क्षेत्रों में। अतएव **चीन की भविष्य में सफलता इस बात पर निर्भर होगी कि चीन निम्नलिखित चार बातों को एक ही साथ सम्पन्न कर सकता है अथवा नहीं:**

1. संवृद्धि उत्पादकता में सुधार के फलस्वरूप होनी चाहिए न कि केवल पूँजी निर्माण के फलस्वरूप।
2. सरकार के सभी स्तरों पर राजकोषीय संयम की व्यवस्था होनी चाहिए।
3. मौद्रिक विस्तार पर नियंत्रण होना चाहिए।
4. स्वायत्त-प्राय प्रदेशों को एक राष्ट्रीय बाजार के रूप में अखंड रूप से जोड़ दिया जाना चाहिए।

इसका अर्थ यह है कि चीन में होने वाले सुधार एक नवीन और क्रांतिक रूप में महन्त्वपूर्ण स्थिति में पहुँच गए हैं।

विकेन्द्रीयकरण
(Decentralization)

वर्ष 1978 से प्रारंभ सुधार प्रक्रिया को उन पूर्व प्रयासों के संदर्भ में देखा जाना चाहिए जिन्हें चीन ने आर्थिक निर्णय-निर्माण को विकेन्द्रित करने के लिए किया था। वर्ष 1958 के 'महान' पग आगे (Great Leap Farward) से सम्बद्ध सुधारों ने कच्चे माल की पूर्ति और कुछ प्रकार के निवेशों पर स्थानीय सरकारों की सत्ता को बढ़ा दिया था और उन्हें उन अधिकांश व्यवसाय संगठनों के सम्बन्ध में उत्तरदायित्व सौंपा था जो पहले केन्द्रीय सरकार के मंत्रालयों द्वारा प्रबन्धित किए जाते थे। 1958 में होंने वाले सुधारों ने अर्थव्यवस्था में एकीकृत संतुलन (unified balance) के उत्तरदायित्व को भी स्टेट प्लानिंग कमीशन के अन्तरित कर दिया था। नयी प्रणाली में संतुलन विभिन्न अलग-अलग उत्पादन इकाइयों के निर्णयों को जोड़कर लाने का प्रयास किया गया था। बाद में जब **'ग्रेट लीप फारवर्ड'** की असफलता आर्थिक प्रबन्धन तथा नियंत्रण में कुछ प्रकार के पुनः केन्द्रीकरण की ओर ले गयी तो भी केन्द्रीय सरकार ने स्थानीय सरकारों पर अपनी सत्ता को पूर्ण रूप से पुनः स्थापित नहीं किया।

विकेन्द्रीकरण उपायों का एक अन्य क्रम 1970 में अपनाया गया था **''निम्नतर स्तरों पर शक्तियों को सौंपना एक क्रांति है''** ("delegating power to lower levels is a revolution") नारे के अधीन। परन्तु आर्थिक निर्णय-निर्माण केन्द्रीय सरकार से हटाकर नीचे की इकाइयों को सौंपने का काम बहुत आगे नहीं बढ़ पाया था क्योंकि उस समय देश **'सांस्कृतिक क्रांति'** (cultural revolution) की भँवर-जाल में था।

नए सुधारों की प्रकृति

1978 के बाद चीन में जो सुधार किए गए हैं वे पूर्व वर्णित सुधारों से दो महत्वपूर्ण रूपों में भिन्न हैं–

1. दिसम्बर 1978 में जो दृष्टिकोण अपनाया गया उसमें प्रयोग किया गया नारा था **"शक्ति प्रत्यायोजित करो और राजस्व को छोड़ो"**। (delegate power and relinquish revenues.) चिन्तन का यह मार्ग अगले वर्षों में अत्यन्त ही गंभीर आर्थिक तथा सामाजिक प्रभाव लाने वाला हुआ विशेषकर इसलिए कि **इसमें आर्थिक निर्णय-निर्माण को बाजार द्वारा प्रभावित होने के लिए मुक्त कर दिया गया था।** इस प्रकार इस दृष्टिकोण के अन्तर्गत निर्णय-निर्माण का अर्थ आर्थिक निर्णयों पर अधिकार को केन्द्रीय मंत्रालयों से हटाकर प्रान्तीय संस्थाओं को सौंपने से अधिक रहा। इसका अर्थ था उत्पादकों एवं प्रबन्धकों को बाजार के कुछ संयमों से परिचित करना।

2. **वर्ष 1978 के बाद किए जाने वाले सुधारों ने पहले की तुलना में आयों के एक बहुत अधिक अंश को उत्पादकों तथा प्रबन्धकों के हाथों में रख छोड़ा है।** कुछ सीमाओं जिनकी स्पष्ट और कठोर रूप से व्याख्या नहीं की गयी है, के अन्तर्गत इन आयों को निवेश, सामाजिक विकास तथा मजदूरी में वृद्धि और इस प्रकार उपभोग में वृद्धि में लगाया जा सकता है। राज्य आर्थिक क्रियाओं को बाजार को नियमित करने के माध्यम से नियंत्रित करने की आशा करता है न कि उत्पादन की अलग-अलग इकाइयों पर प्रत्यक्ष रूप से नियंत्रण रखने के द्वारा।

नए सुधार ग्रामीण क्षेत्रों से प्रारंभ हुए थे और वहाँ काफी प्रगति भी कर चुके हैं। परन्तु आज चीन की अर्थव्यवस्था का शायद की कोई अंग ऐसा रह गया है जो सुधारों से अछूता है। आइये अब हम चीन की अर्थ-व्यवस्था के कुछ मुख्य क्षेत्रों पर इन नए सुधारों के प्रभावों की संक्षेप में समीक्षा करें।

कृषि और नए सुधार

आज चीन के कुल देशीय उत्पादन का प्रायः 30 प्रतिशत कृषि से प्राप्त होता है और देश के कुल श्रम बल का प्रायः दो-तिहाई कृषि में ही काम पाता है। **चीन की कृषि विश्व की प्राचीनतम जीवित कृषि व्यवस्था है। विश्व के किसी भी अन्य देश की तुलना में चीन में कृषि सर्वदा से ही अधिक गहन रही है।** ऐसा अनुपम सिंचाई व्यवस्था के विकास और नयी कृषि प्रौद्योगिकी के प्रयोग के कारण संभव हो सका है। यही कारण है कि जबकि चीन के पास विश्व की कुल कृषि योग्य भूमि का केवल 8 प्रतिशत है, यह विश्व की कुल जनसंख्या के प्रायः 22 प्रतिशत के लिए भोजन की व्यवस्था कर पाता है।

कृषि व्यवस्था की पुरानी आयु तथा कृषि कार्य की गहनता के संयोग ने एक विलक्षण प्रकार की समस्याओं को जन्म दिया जिनके समाधान के लिए सरकारी प्रयास आवश्यक हुआ था विशेषकर पहले सन् 1958 के **'ग्रेट लीप फरवार्ड'** के द्वारा और वर्ष 1966 से प्रारंभ होने वाली **'सांस्कृतिक क्रांति'** के द्वारा उत्पन्न किए गए विस्थापन के कारण। **ये घटनाएँ अनेक दुखद परिणाम छोड़ गयी थीं। यथा अतिरिक्त** (surplus) **कृषि उत्पादन के लिए बाजार की प्रायः पूर्ण समाप्ति, औद्योगिक पूँजी का सम्पूर्ण देश में विखराव–उन इकाइयों के समेत जो कृषि की आदाओं** (inputs) **की पूर्ति के**

लिए क्रांतिक रूप से महत्त्वपूर्ण हैं, शिक्षा प्रणाली का विनाश–कृषि शोध संस्थानों समेत। 'ग्रेट लीप फरवार्ड' और 'सांस्कृतिक क्रांति ने प्रांतों को भोजन के मामले में 'आत्मपूर्ण होने, तथा स्थानीय (देशी) कृषि तकनॉलॉजी पर निर्भर होने के लिए प्रोत्साहन किया था।

1970 से प्रारंभ होने वाले दशक के अन्तिम वर्षों में सरकार ने कृषि वस्तुओं के बाजार की पुनर्रचना, कृषि शोध संस्थानों की पुनर्स्थापना और आधुनिक तकनॉलॉजी के आयात के माध्यम से इन परिस्थितियों का सामना किया। राज्य द्वारा अधिग्रहीत कृषि वस्तुओं के मूल्यों में भारी वृद्धि कर दी गयी। उत्पादन का पहले की तुलना में बहुत अधिक भाग अब बाजार में बेचा जा सकता था। पहले उन्हें सरकार के हाथ ही बेचना पड़ता था। साथ ही, **जन कम्यूनों की व्यवस्था को तोड़ दिया गया**–उन कम्यूनों को जो 1958 के बाद प्रायः दो दशाब्दियों में एक अति ठोस प्रणाली के रूप में निर्मित किए गए थे जब भूमि को समूहीकृत किया गया था और उत्पादन प्रणाली का प्रबन्ध चार विभिन्न स्तरों–**काउन्टी, कम्यून, उत्पादन ब्रिगेड, और उत्पादन क्षेत्र** पर स्थित पर्यवेक्षकों के एक वर्ग-सोपान का उत्तरदायित्व बना दिया गया था।

जन कम्यूनों का स्थान अब परिवार उत्तरदायित्व प्रणाली ने ले लिया है। इसके अधीन भूमि को कृषि परिवारों को पट्टे पर दे दिया जाता है और कृषकों को बाजार अवसरों को वे जैसा समझें उसी के अनुसार फसल ढाँचा की व्यवस्था करने के लिए उकसाया जाता है। गाँवों को कृषि के साथ-साथ गैर कृषि क्रियाएँ सम्पन्न करने की छूट दी गयी है। प्रायः 8 करोड़ ग्रामीणों ने कृषि को बिल्कुल छोड़ दिया है और वे अर्थव्यवस्था के ''नगर तथा ग्रामीण उपक्रम'' क्षेत्र (town and village enterprise sector) में प्रवेश कर गए हैं।

सामूहिक उपक्रम (collective enterprises) को तेजी से बढ़ने को प्रोत्साहित किया जाता है और कुछ निजी संघटकों को निजी व्यवसाय स्थापित करने की अनुमति दी गयी है। फलतः ग्रामीण तथा नगरी निजी क्षेत्रीय रोजगार वर्ष 1979 से 1984 के बीच पाँच वर्षों में ही प्रायः नगण्य से बढ़कर 34 लाख तक हो गया। औद्योगिक उत्पादन में सामूहिक तथा निजी क्षेत्र का अंश वर्ष 1979 में·14 प्रतिशत से बढ़कर वर्ष 1987 में 40 प्रतिशत हो गया। यह संवृद्धि औद्योगिक क्षेत्र की भारी पुनर्रचना का द्योतक है न केवल स्वामित्व तथा प्रबन्ध के रूप में ही बल्कि उत्पादों की विभिन्नता और उद्योगों के भौगोलिक स्थान नियतन के रूप में भी। उदाहरण के लिए राष्ट्रीय औद्योगिक उत्पादन में योगदान की दृष्टि से गुआंतांग (Guangdong) शंघाई से आगे निकल गया क्योंकि वह हल्के और उपभोक्ता वस्तु उद्योगों में बड़ी मात्रा में निवेश करने में समर्थ था। ऐसी वस्तुओं की माँग देश-विदेश में बड़ी मात्रा में थी।

राजकीय उपक्रम (state enterprises) इन सुधारों के पहले सही ढंग से कार्य निष्पादन नही कर पा रहे थे। फलतः सरकार ने उन पर अपने नियंत्रण में ढिलाई करना प्रारंभ किया। वर्ष 1981 में राजकीय उपक्रमों के प्रबन्धकों को वैसी ही प्रेरणाएँ प्रदान करने के लिए बहुत बड़ी संख्या में ''आर्थिक उत्तरदायित्व प्रणालियाँ (economic responsibility systems) अथवा **जिंग्जी जेरेन्जी** (Gingji Zerenzhi) प्रारंभ की गयी जैसी सामूहिक तथा निजी उपकरणों के स्वामियों तथा प्रबन्धकों को उपलब्ध थीं।

वर्ष 1983 और 1985 के बीच किए गए सुधारों द्वारा राजकीय उपक्रमों तथा सरकार

के बीच एक नया वित्तीय सम्बन्ध स्थापित किया गया। इसकी मूल बात कुल लाभों (gross profits) पर 55 प्रतिशत कर लगाया जाना और कर-बाद आयों को उपक्रमों द्वारा अपने पास रख लेने की अनुमति दिया जाना है। अपने पास रखे गए लाभों का उपयोग ये उपक्रम नए निवेश तथा श्रमिकों को बोनस देने के लिए कर सकते हैं। उपक्रमों को अब अन्य उपक्रमों में अंश-पूँजी को खरीदने की भी छूट दी जा रही है और यह व्यवस्था सामाजिक संयुक्त पूँजी कम्पनियों (social joint stock companies) की सृष्टि में फलित हुई है। अति केन्द्रीकृत आय-व्ययकीय प्रणाली का स्थान संविदागत राजस्व-भागीदारी व्यवस्था (contractual revenue–sharing arrangement) ने ले लिया है जिसके अधीन केन्द्रीय सरकार के हिस्से को पाँच वर्षों के लिए तय कर दिया जाता है और शेष बचत को स्थानीय सरकारों अथवा इकाई उपक्रमों के स्वामियों को अपने विवेक से व्यय करने के लिए छोड़ दिया जाता है।

उत्पादन तथा निर्यातों की सुधारों के प्रति उत्तरशीलता

इन विभिन्न सुधारों के प्रति अर्थव्यवस्था की प्रत्युत्तरशीलता बड़ी तेज रही है। 1980 से 1986 के बीच चीन का कुल घरेलू उत्पादन (GDP) प्रति-वर्ष 10.5 प्रतिशत दर से बढ़ा जो वर्ष 1973–80 की अवधि में हुई वृद्धि दर का प्रायः दूना रहा। (देखिए तालिका 5 :1) कृषि उत्पादन की वृद्धि दर तो ऐसी रही जैसे चीन के सम्पूर्ण इतिहास में कभी नहीं रही है। यह वृद्धि दर 1973–80 के बीच वृद्धि दर की तिगुनी रही हैं। वर्ष 1985 में चीन ने 40.7 करोड़ टन खाद्यान्न उत्पादित किया जो न केवल घरेलू माँग को पूरा करने के लिए ही पर्याप्त थी वरन एक महत्त्वपूर्ण परिमाण में उसका निर्यात भी किया गया। औद्योगिक क्षेत्र का उत्पादन प्रतिवर्ष 12.5 प्रतिशत दर से बढ़ा।

अंशतः निजी तथा सामूहिक उपक्रमों को अपेक्षाकृत अधिक स्वतंत्रता दिए जाने के कारण **चीन से होने वाले निर्यात प्रतियोगितात्मक हो गए।** नए सुधारों के प्रारंभ से निर्यातों में वास्तविक रूप (real term) में प्रति वर्ष 13 प्रतिशत से भी अधिक दर से वृद्धि हुई है। वर्ष 1987 में चीन ने निर्यातों से 39 बिलियन डॉलर अर्जित किया जबकि वर्ष 1979 में यह राशि मात्र 15 बिलियन डॉलर ही थी।

जीवन मान
(Living Standard)

अर्थव्यवस्था के उत्पादन क्षेत्रों में सुधार करते हुए सरकार ने गरीबी उन्मूलन कार्यक्रम भी जारी रखा। इस क्षेत्र में भी चीन की सिद्धियाँ प्रभावोत्पादक रही हैं। इस सम्बन्ध में सिद्धि का एक प्रमाण जन्म के समय जीवन-आशा (life expectancy at birth) है। वर्ष 1955 में जीवन-आयु का अनुमान 31 वर्ष लगाया गया था। वर्ष 1985 में यह जीवन-आशा बढ़कर 69 वर्ष हो गयी (देखिए तालिका 5 : 2)। इसका सबसे बड़ा कारण शिशु मृत्यु और छूत की बीमारियों की घटनाओं में तेजी से गिरावट आना है।

स्वास्थ्य तथा शिक्षा दोनों के स्तरों में महत्त्वपूर्ण रूप में सुधार करने के बाद चीन अब अनेक **''दूसरे तल्ले''** (second tier) की समस्याओं के समाधान में लग गया है। इनमें सामान्य शिक्षा के स्तरों में सुधार तथा नगरीकरण, उद्योगीकरण तथा जनसंख्या की बुढ़ापा से सम्बद्ध स्वास्थ्य समस्याएँ शामिल हैं। वर्ष 1986 में सरकार ने **''अनिवार्य शिक्षा विधि''** (Compulsory Education Law) पारित किया जिसके अधीन विभिन्न चरणों

तालिका 5 : 1 चीन में सवृद्धि और परिवर्तन दरें (1965–87) (प्रतिशत में)[1]

कुल घरेलू उत्पाद के अंश (चालू मूल्य आँकड़ों पर)			वार्षिक वृद्धि दरें (स्थिर मूल्य आँकड़ों पर)					
	1965	1980	1986	1987	1973-80	1980-86	1986-87	
कृषि	39.1	32.0	30.7	2.8	2.8	7.9	3.4	4.7
उद्योग	37.5	48.0	46.2	12.1	8.6	12.5	11.4	16.5
इसमें निर्माणी	29.6	35.3	33.7	11.8	8.4	12.6	9.6	—
सेवाएँ	23.2	20.0	23.1	11.7	3.4	9.4	5.4	–3.4
कुछ घरेलू उत्पाद	100.0	100.0	100.0	7.8	5.4	10.5	7.9	9.4
निर्यात	4.2	7.1	10.9	2.1	3.6	13.3	10.8	15.3
आयात	3.7	8.4	13.7	1.6	11.3	17.1	—13.2	–7.9

स्रोत:विश्व बैंक रिपोर्ट

में 9-वर्षीय सर्वव्यापी शिक्षा की व्यवस्था की गयी—नगरों तथा तटीय क्षेत्रों में वर्ष 1990 तक; कम विकसित नगरों तथा गाँवों में 1995 तक और अधिक दूर-दराज वाले क्षेत्रों में उनमें से प्रत्येक क्षेत्र के विकास के अनुरूप दर पर। ये लक्ष्य महत्त्वकांषी थे। उदाहरण के लिए वर्ष 1998 तक निम्नतर माध्यमिक विद्यालय आयु वर्ग के केवल 52 प्रतिशत बच्चे ही विद्यालय जा रहे थे। अवश्य ही एक विकासशील देश के लिए यह आँकड़ा सम्माननीय है परन्तु चीन की सरकार ने जो लक्ष्य निर्धारण किया है उसे देखते हुए अत्यल्प है।

तालिका 5 : 2 चीन और अन्य विकाशील देशों में कुछ विकास संकेतक[1]

देश/क्षेत्र	स्थूल मृत्यु दर (प्रति हजार)	शिशु मृत्यु दर (प्रति हजार बच्चे)	जन्म के समय जीवन आशा (वर्ष में)	प्रति व्यक्ति कु॰ रा॰ उ॰ (GNP) (1985 में अमेरिकी डॉलर)
चीन (1985)	7	35	69	310
1950–55	31	236	34	—
भारत (1985)	12	89	57	270
ब्राजील (1985)	8	67	64	1640
1985 औसतः				
अल्प आय देश	10	72	60	270
मध्य आय देश	10	68	62	1290

नयी समस्याएँ

स्वास्थ्य में और भी जो प्रगति होगी उसके लिए सरकारी संसाधनों तथा निपुण शक्ति दोनों की आवश्यकता पड़ेगी।**चीन की स्वास्थ्य समस्याएँ प्राय: वैसी ही हैं जैसी अन्य विकासशील देशों की। परन्तु उनका सामना करने के लिए चीन के पास जो आय का स्तर है वह औद्योगिक विश्व के स्तर का मात्र चालीसवाँ भाग ही है।**

यहाँ **प्रथम प्रश्न** यह उठता है कि उत्पादन क्षेत्रों में भी जहाँ प्रगति रफ्तार काफी तेज रही है प्रश्न यह पूछे जा रहे हैं कि क्या चीन इस तेज दर पर विकास को बनाए रख सकता है? उदाहरण के लिए यदि चीन भोजन में आत्म पूर्ण होना चाहे तो उसे प्रति व्यक्ति वार्षिक अन्न उत्पादन को 1980 के दशक के मध्य में प्राप्त 400 कि॰ ग्रा॰ के स्तर से बढ़ाकर इस शताब्दी के अन्त तक 500 कि॰ ग्रा॰ के स्तर पर ले जाना होगा। ऐसा इसलिए कि जैसे-जैसे आय बढ़ेगी और जनता अपने भोजन में पूर्वापेक्षा अधिक मांस को शामिल करेगी, पशुओं को खिलाने के लिए अधिक अनाज की आवश्यकता पड़ेगी। अनाज उत्पादन में यह वृद्धि उस क्षेत्र से करनी पड़ेगी जो पहले से ही जमीन का बहुत अधिक उत्पादक ढंग से प्रयोग करने लगा है और जो मूल्यवान कृषि भूमि को नगरीकरण और उद्योगीकरण के कारण खोता जा रहा है।

दूसरे, भूतकाल में चीन ने निवेश के लिए आवश्यक धन-राशि जुटाने के लिए विदेशी ऋणों की तुलना में निर्यात आयों पर अधिक भरोसा रखा है। (देखिए तालिका 5 : 3) तब प्रश्न उठता है कि क्या वह विश्व जिसमें व्यापार अब बड़ी मंद गति से बढ़ रहा है, चीन की निर्यात वस्तुओं में भारी मात्रा में प्रतिवर्ष होने वाली वृद्धि को खपा पायेगा ?

1. विश्व विकास रिपोर्ट 1987 और चीन : स्वास्थ्य क्षेत्र (विश्व बैंक 1988)

तालिका 5 : 3 विश्व बैंक द्वारा चीन को दिया गया ऋण[1] (1981-88 वित्तीय वर्ष)

क्षेत्र	मात्रा (बिलियन अमेरिकी डॉलर)	प्रतिशत अंश	ऋण क्रियाओं की संख्या
परिवहन	1771	25	12
कृषि	1561	22	18
ऊर्जा	1427	20	12
उद्योग	1150	16	10
शिक्षा	751	11	8
जल आपूर्ति	225	3	2
स्वास्थ्य	165	2	2
तकनीकी सहायता	76	1	4
कुल	**7126**	**100**	**68**

तीसरे, प्रश्न यह उठता है कि क्या चीन अपनी विद्यमान तेज आर्थिक वृद्धि दर को गंभीर परिवहन तथा संचार बाधाओं एवं विद्युत-अभाव द्वारा समस्याओं का निदान किए बगैर बनाए रख सकता है ? दूसरे शब्दों में चीन को अपनी विकास व्यूह-रचना को संशोधित-परिमार्जित करना होगा। शायद उसे अब खाद्यान्न आयात की छूट देनी पड़े जिससे कि जमीन को निर्यात के लिए ऊँचे-मूल्य वाली फसलों के उत्पादन के लिए बचाया जा सके। **विकास के इंजिन के रूप में उसे अब घरेलू बाजार के उपभोग पर कुछ अधिक ज़ोर देना होगा** और आधार-रचना में सुधार के लिए राष्ट्रीय विकास कार्यक्रम को फिर चालू करना होगा। वर्ष 1987 के अन्तिम चतुर्थांश में साम्यवादी दल और सरकार द्वारा इस तरह के परिवर्तन के लिए कुछ आधार-निर्माण का कार्य प्रारंभ भी किया जा चुका था।

इस प्रश्नों को दृष्टिगत रखते हुए चीन के नेताओं ने एक नवीन सैद्धांतिक विचारात्मक ढाँचा को परिभाषित कर लिया है जिसके अन्तर्गत ''चीनी विशेषताओं से युक्त समाजवाद'' (socialism with Chinese characteristics) **की व्यवस्था के लिए प्रयास किया जायेगा। चीनी साम्यवादी पार्टी के तत्कालीन महासचिव झाओ जिंयांग** (Zhao Ziyang) ने दल के 13वें कांग्रेस में अपने उद्घाटन भाषण में इस नए ढाँचे को व्यक्त किया था। अक्टूबर 1987 में हुई प्रतिनिधियों की बैठक में उन्होंने बतलाया कि क्योंकि चीन का समाजवाद अर्द्ध-औपनिवेशिक, अर्द्ध-सामंती समाज से उत्पन्न हुआ है इसलिए इसे बहुत लम्बी प्राथमिक अवस्था से गुजरना पड़ेगा।[2]

वर्ष 1991 में सोवियत गणतंत्र की टूटन तथा सोवियत रूस समेत प्राय: सभी साम्यवादी देशों में समाजवादी अर्थव्यवस्था के विघटन एवं बाजार-आधारित

1. विश्व बैंक रिपोर्ट, 1988
2. "...Precisely because our socialism has emerged from the works of a semi-colonial, semi-feudal society with the productive forces lagging far behind those of the developed capitalist countries we are destined to go through a very long primary stage. During this stage, we shall accomplish industrialization and the commercialization, socialization and modernization of production which many other countries have achieved under socialist conditions."

अर्थव्यवस्था के अपनाए जाने के बाद अब चीन में भी इस परिवर्तन की दस्तक जोर शोर से आ पहुँची है जिसे वहाँ का राजनीतिक तंत्र रोकने का भरसक प्रयास कर रहा है। फिर भी विश्व आर्थिक प्रवृत्ति के दबाव में वहाँ भी समाजवादी पद्धति में परिवर्तन आया है। **नया नारा है "बाजार समाजवाद"** (Market Socialism) की स्थापना।

1970 के दशक में सोचा जा रहा था कि ब्राजील इस पृथ्वी का महान नक्षत्र बनेगा। 1980 के दशक में जापान के सम्बन्ध में ऐसा सोचा जाने लगा था। 1990 के दशक में चीन के सम्बन्ध में ऐसा सोचा जाने लगा। ब्राजील और जापान भिन्न-भिन्न रूपों में ऊँचाई से नीचे लुढ़क गए। ब्राजील (ताइवान के साथ) बीसवीं शताब्दी की सर्वाधिक तेज गति से विकसित होने वाली अर्थव्यवस्था रहने के बाद इसलिए लुढ़क गया क्योंकि उसने अपनी शक्ति से अधिक व्यय कर दिया और अपने वृहत राजकीय और सामाजिक क्षेत्रों में चिरकाल तक अपने निष्पादन में पीछे पड़ता रहा। **जापान इसलिए लुढ़क** गया क्योंकि उसके अर्द्ध-सामन्ती कम्पनी तथा मंत्रित्व (सरकारी) ढाँचों ने सोना के साथ उसके तलछट (मैला) को भी बचाये रहा उस प्रणाली को जो अपने को पूँजीवादी गुणतंत्र (meritocracy) को इसके समस्त अंगों में अपनाने में कभी भी प्रस्तुत नहीं कर पायी। **अब बढ़ती हुई गति से संकेत मिल रहे हैं कि चीन 20वीं शताब्दी का तीसरा लुढ़कने वाला बड़ा नक्षत्र होगा। चीन शायद अन्ततः "एक ऐसा चमत्कार नहीं है जो होने ही वाला है।"** (China perhaps after all is not a miracle about to be performed)। **चीन में शताब्दी अन्त की प्रौद्योगिकी एवं जानकारी कोष अत्यन्त ही कमजोर है। भारत के विपरीत चीन के पास ऐसे वैधानिक एवं संस्थानिक ढाँचा का अभाव है जो उसके विकास दर को बनाए रखकर विश्व का आर्थिक नेतृत्व करने में उसे समर्थ बना सके।**

क्या भारत आर्थिक विकास में चीन से आगे निकल सकता है?

क्या भारत आर्थिक प्रगति की दौड़ में चीन से आगे निकल सकता है? इस प्रश्न पर आज भारत के आर्थिक जगत और मीडिया में भी एक बहस चल रही है। कल तक यह सवाल खड़ा ही नहीं होता था। खड़ा होता था तो इसे हास्यास्पद और फूहड़ सवाल समझा जाता था। यह बहुत महत्त्वपूर्ण है कि आज उसे मूर्खतापूर्ण सवाल नहीं माना जाता। इन दोनों देशों की तुलना बहुत स्वाभाविक है। दोनों देशों की आबादी एक अरब से ज्यादा है। चीन की आबादी तो भारत से भी कोई 25 करोड़ ज्यादा है। दोनों देश क्षेत्रफल के मामले में भी बहुत बड़े देश हैं। दोनों देशों की भौगोलिक स्थिति सामरिक दृष्टि से महत्त्वपूर्ण है। दोनों देशों की सांस्कृतिक और सभ्यतागत गहराई पाँच हजार वर्ष से भी कहीं ज्यादा है। दोनों देश आण्विक शक्ति हैं।

अस्सी के दशक से ही चीन ने अपने यहाँ अमेरिका प्रेषित आर्थिक सुधार को तेजी से लागू किया और ढाई दशक में ही चीन एक आर्थिक शक्ति के रूप में पहचान बनाने में सफल हुआ। भारत ने ये आर्थिक सुधार नब्बे के दशक में शुरू किया। इससे पहले भारत पर समाजवाद का भूत सवार था और उसने आर्थिक विकास के कदमों को जकड़ रखा था। चीन तो "वैज्ञानिक समाजवाद" अर्थात् पूरी तरह राज्य नियंत्रित अर्थव्यवस्था का कठोरता से अनुपालन कर रहा था। 1980

के दशक से उसने एक नया प्रयोग चालू किया। एक तरफ अपने एक तिहाई क्षेत्र में वह आर्थिक लोकतंत्र अर्थात वैश्वीकरण की दौड़ में शरीक हो गया और दूसरी तरफ कम्युनिस्ट पार्टी की तानाशाही और नौकरशाही की पकड़ को बनाए रखा। परिणाम यह हुआ कि चकित कर देने वाली प्रगति हुई। यह प्रगति सीधे विदेशी पूँजी के निवेश से हुई। इसमें आधा से ज्यादा भागीदारी दुनिया भर में फैले हुए अप्रवासी चीनियों ने ही की। नजदीक के विकसित क्षेत्र हाँगकाँग, मकाओ और ताइवान में बसे चीनियों ने भी निवेश किया। उनकी चिंता में से यह एक भी थी कि चीन के पूर्वी क्षेत्र में चकित कर देने वाली प्रगति के कारण अविकसित चीनी क्षेत्र से कोई राजनीतिक संकट पैदा न हो और चीन को घाटा देने वाले सरकारी औद्योगिक क्षेत्र के भार को चीन की अर्थव्यवस्था बर्दाश्त कर सके। दस साल बाद इधर भारत की अर्थव्यवस्था ने आर्थिक सुधार के द्वार खोले। तब विदेशी पूँजी निवेश बड़ी शिथिल गति से आने लगा। भारत और चीन में विदेशी पूंजी के आने की तुलना नहीं हो सकता। **चीन तो करीब-करीब सारी प्रगति विदेशी पूँजी निवेश पर ही आधारित है। चीन स्थित विदेशी बहुराष्ट्रीय निगमों के उत्पाद यूरोप, अमेरिका और यहाँ तक एशिया और दूसरे प्रायद्वीपों में भी छाये हुए हैं।**

इस पृष्ठभूमि में आज यह सवाल खड़ा हो रहा है कि **क्या आर्थिक दौड़ में भारत-चीन को पीछे छोड़ सकता है?** इस प्रश्न की प्रासंगिकता के पीछे पिछले पाँच वर्षों में भारतीय अर्थव्यवस्था में हुई उत्साहजनक प्रगति है। इसी ने मूल प्रश्न को प्रासंगिक बनाया है। एक **चीनी प्रोफेसर यासीन हुआंग और एक भारतीय प्रोफेसर तरुण खन्ना ने वर्ष 2003 के जुलाई-अगस्त के फॉरेन पॉलिसी नामक विश्व प्रसिद्ध पत्रिका में इस सवाल पर एक अध्ययन पत्र लिखा है।** अपने विश्लेषण में उन्होंने एक महत्त्वपूर्ण मुद्दा उठाया है। उसका चरित्र ऐतिहासिक और वैज्ञानिक अधिष्ठान से संबंधित है। **उन्होंने राजनीतिक तानाशाही और आर्थिक लोकतंत्र के अंतर्विरोध की ओर ध्यान खींचा है और कहा है कि चीन के जमीनी धरातल के विकास की विषमता में ऐतिहासिक और वैधानिक मतभेद साफ तौर से झलक कर सामने आता है। ''चीन ने बाहरी सुधार के मामले में बहुत साहसी नीति का पालन किया, लेकिन स्थानीय और निजी उद्यमों पर खासी कड़ी कानूनी और नियामक नियंत्रण कायम रखा। आज भी स्थानीय निजी कंपनियों को अर्थव्यवस्था के लाभकारी क्षेत्रों में सबसे महत्त्वपूर्ण बैंकिंग, दूरसंचार, राजमार्ग और रेलमार्ग के लिए खोला नहीं गया है। यह रोकटोक इसलिए नहीं लगाई गई कि चीनी उद्यमी विदेशी कंपनियों से स्पर्धा न कर सकें, बल्कि इसलिए लगायी गई कि निजी चीनी कंपनियाँ चीन के राज्य नियंत्रित उद्यमियों से होड़ में न उतर सकें।''**

इन दोनों विद्वानों ने **अंतरराष्ट्रीय वित्त निगम के एक अध्ययन को** उद्धृत करते हुए ऐसे दर्जन उद्योगों का उल्लेख किया है जिनके लिए ये नियंत्रक रोकथाम के नियम लागू रखे गए हैं। ये विद्वान कहते हैं कि आज भी बीजिंग सरकार दूरसंचार से सरकारी नियंत्रण छोड़ने को तैयार नहीं है। 1990 के दशक में चीनी उद्यम ने प्रतिरोधों में शामिल होने की कोशिश की मगर वह चीनी सरकार की नीतियों के कारण विफल हो गए। ऐसी नीतियों के कारण बड़ी संख्या में चीनी उद्योगपति और व्यापारी विफल और ध्वस्त हो गए। अपने

देश के इन निजी उद्यमियों के प्रति उल्टा भेदभाव करने की बात को आज चीनी हलकों में स्वीकार किया जाता है। सन् 2001 की **चीन की सामाजिक विज्ञान अकादमी की एक रिपोर्ट** में कहा गया है कि गलत धारणाओं और पूर्वाग्रहों के कारण निजी और वैयक्तिक कंपनियों को नीचा राजनीतिक दर्जा देने और भेदभाव बरतने की अनगिनत नीतियों और नियमों के कारण खासी क्षति हुई। उसमें यह भी कहा गया है कि कानूनी नीतिगत और बाजार के वातावरण उनके लिए अनुकूल नहीं रखे गए।

इन दो विद्वानों ने यह निष्कर्ष भी निकाला है कि ''**भारत आर्थिक दौड़ में चीन को पीछे छोड़ सकता है, भले ही नई दिल्ली विदेशी निवेश को आकृष्ट करने में असफल रही हो क्योंकि नई दिल्ली अपने साधनों का इस्तेमाल कर टिकाऊ प्रगति कर सकता है।**'' उन्होंने यह भी कहा है कि ''**भारत ने बड़ी संख्या में भारतीय कंपनियों को छूट दी है और आज ये कंपनियाँ यूरोप और अमेरिका की कंपनियों से होड़ ले रही हैं।**'' विदेशी पूँजी को आकृष्ट करने के मामले में चीनी सफलता का उल्लेख करते हुए दोनों विद्वानों ने निष्कर्ष निकाला है कि ''**विदेशी पूँजी को आकृष्ट करने में चीन की सफलता एक ऐतिहासिक संयोग है।** उन्होंने कहा हाँगकाँग, मकाऊ और ताइवान से अरबों डालर का निवेश चीन में इसलिए किया गया ताकि चीन के आंतरिक, राजनीतिक और सुधारजनिक कठिनाइयों को बीजिंग झेल सके।'' उन्होंने एक तर्क दिया है कि **आर्थिक विकास यात्रा में चीन ने अपनी राजनीतिक व्यवस्था के कारण बाध्य होकर ऊपर से नीचे चलने वाला ढाँचा तैयार किया है, क्योंकि चीन में लोकतंत्र नहीं है जबकि भारत में है। भारत में जो ढाँचा ऊभर कर आया है वह नीचे से ऊपर जा रहा है। वह भारत की अर्थव्यवस्था की जमीनी ताकत से शीर्ष की यात्रा कर रहा है।**'' उन्होंने लिखा है कि चीन में शायद ही कोई चीनी कंपनी हो जो वैश्विक स्तर की हो, जबकि भारत में ऐसी अनेक कंपनियाँ हैं जो यूरोप और अमेरिका के बाजार में सर्वोत्तम उत्पाद के रूप में टिक सकती है।

यह सही है कि अंतरराष्ट्रीय बाजार 'मेड-इन चाइना' उत्पाद से पटे पड़े हैं। लेकिन इनमें चीनी उद्योग के उत्पादन नाममात्र के हैं। ज्यादातर चीन स्थित बहुतराष्ट्रीय निगमों के उत्पाद हैं। उन्होंने अनेक भारतीय बहुराष्ट्रीय निगमों का उल्लेख किया है जैसे इंफोसिस और विप्रो। फार्मास्युटिकल कंपनियाँ भी हैं जैसे रैनबैक्सी और रेड्डीज प्रयोगशाला। फोर्ब्स में 13 भारतीय कंपनियाँ हैं जबकि चीन की केवल चार कंपनियाँ हैं। भारत की मोटर वाहन क्षेत्र की प्रगति भी अप्रत्याशित हैं। भारत केवल वाहन उद्योग में ही प्रगति नहीं कर रहा है, बल्कि संसार की करीब-करीब सभी नामी गिरामी कम्पनियाँ भारतीय कंपनियों से कल-पुर्जों का आयात कर रही हैं। विश्व की कई दर्जन बड़ी कंपनियों ने अपना **रिसर्च एंड डेवलपमेंट शाखा** भारत में खोल रही है, **क्योंकि विज्ञान आधारित मानव संसाधन की उपलब्धि भारत में बहुत सहज है।** हाल में भारतीय उद्योगपति **रतन टाटा ने** सी॰एन॰बी॰सी॰ को अपनी बातचीत में कहा था कि **चीन के पास कोई अच्छी सेवा क्षेत्र की कंपनी** नहीं है और इसकी ज्यादातर **'मैन्युफैक्चरिंग कंपनियाँ' बहुराष्ट्रीय निगमों की हैं जो चीन का इस्तेमाल मिठाई की दुकान की तरह करते हैं।**

❑